ENCYCI
DE LA GRA
DE L'ORTH

ENCYCLOPÉDIES D'AUJOURD'HUI

ENCYCLOPÉDIE DE LA GRAMMAIRE ET DE L'ORTHOGRAPHE

La Pochothèque

LE LIVRE DE POCHE

Sommaire

GRAMMAIRE DU FRANÇAIS

par
Delphine DENIS
Maître de conférences à l'Université de Paris-Sorbonne

et

Anne SANCIER-CHATEAU
Professeur à l'Université de Lyon-III

Quel embrouillamini, tout ça !
(Charles Dickens, *Temps difficiles*)

À nos enfants.

Introduction

La grammaire dans l'histoire

Évoquer ici en quelques pages, fût-ce à grands traits, l'histoire de la réflexion humaine sur le langage relève du défi. Il est pourtant nécessaire d'indiquer sinon cette histoire – à quelle origine remonter ? – du moins les axes de pensée qu'elle a suivis, et aussi de redire, après d'éminents linguistes historiens de leur discipline, que l'étude du langage considéré comme objet de science à part entière ne date pas du XIXe siècle : la linguistique est très ancienne, même si ses domaines les plus connus ont pris le nom de *grammaire*, même si son champ d'analyse s'est par là même restreint.

À cet égard, il importe de mettre en évidence que les recherches contemporaines doivent beaucoup à l'examen attentif des textes anciens : le *Cratyle* de Platon, la *Logique* d'Aristote développent, en marge de la réflexion grammaticale ou métaphysique sur le langage, des pensées sur la matérialité de ce langage et sur ses fonctions de communication dont les linguistes d'aujourd'hui ont tiré le plus grand profit. Ce travail très ancien de la pensée humaine sur le langage s'observe d'abord à l'examen des modes d'écriture ; puis la réflexion se formalise dans l'Antiquité grecque : celle-ci pose les bases d'une conception de l'analyse de la langue dite aujourd'hui *traditionnelle*, parce qu'elle est fondée sur le sens et la logique. Mais, on le verra, bien des intuitions formulées montrent que la philosophie grecque avait perçu, d'une façon plus complexe qu'on ne l'a dit, les rapports des mots et du monde.

I. Les écritures

C'est sans doute l'étude des écritures qui révèle les premières traces du raisonnement grammatical. La diversité des caractères graphiques observée en **chinois** – comme dans les langues des régions de l'Asie du Sud-Est où ils se sont diffusés –, l'évolution de l'écriture pictographique des **Sumériens** et des **Égyptiens**, fondée d'abord, rappelons-le, sur une correspondance esquissée entre le trait graphique et l'objet du monde, témoignent déjà, par le jeu des oppositions et des nuances entre les signes, d'une analyse du langage. L'interprétation des images graphiques, les problèmes liés à l'homonymie et la nécessaire précision en matière de prononciation ont dû impliquer de multiples efforts de réflexion sur les structures mêmes du langage, dont la matérialité de la transcription devait rendre compte. Le pictogramme, puis l'écriture syllabique ont caractérisé les civilisations chinoises et sumériennes. Ensuite, on doit aux **Phéniciens**, peuple sémitique apparenté aux Hébreux, la création d'un alphabet consonantique comprenant vingt-deux lettres : les plus anciens textes, datés du XIIe siècle avant notre ère, montrent que seul le squelette consonantique du mot est noté, les voyelles étant aisément prévisibles en sémitique. Cet alphabet phénicien s'est répandu – et modifié – au Proche-Orient et en Asie Centrale. Différents procédés ont été utilisés pour le compléter durant les XIIe et XIe siècles avant notre ère. L'écriture **hébraïque** en offre de riches exemples ; un système de vocalisation et de ponctuation mis au point par les scripteurs de l'Ancien Testament témoigne d'une analyse des unités phonétiques minimales et d'une réflexion sur l'organisation et la hiérarchie de ces unités entre elles.

Le problème de la notation des voyelles se pose en termes similaires pour les **Arabes**, dont l'écriture représente une adaptation de l'alphabet consonantique phénicien. Le développement de la langue arabe et la nécessaire réflexion sur son enseignement sont liés à l'apparition et à la diffusion du Coran à partir du XIIe siècle de notre ère. Le livre sacré, dicté par Mahomet, ne devait pas être transcrit en un autre alphabet que l'alphabet arabe. Si l'enseignement de la grammaire de la langue se développe au fur et à mesure qu'est enseigné le Coran, l'écriture consonantique se maintient : elle est encore en usage en arabe moderne.

En revanche, l'alphabet **grec** adapte et enrichit l'alphabet phénicien : la richesse du vocalisme conduit à la nécessaire transcription des voyelles. L'alphabet complet est atteint.

La variété des procédés d'écriture schématiquement évoqués ici met en évidence la réflexion corrélative sur les structures de la langue et sur les signes matériels qui la notent : le pictogramme, l'idéogramme sont souvent accompagnés de différentes marques (phonétisme, principes de combinaison), qui en précisent le symbolisme ; par là même sont perçus des mécanismes sous-jacents d'analyse grammaticale, phonétique ou sémantique. La création de l'alphabet complet implique qu'ait été effectuée la décomposition de la syllabe du mot en unités phonétiques minimales, puis que ces unités aient été perçues comme éléments combinatoires et hiérarchisés : écriture et analyse de la langue sont donc indissolublement liées.

Il reste pourtant qu'une véritable réflexion grammaticale a été formulée plusieurs siècles avant notre ère : elle ne trouve pas son origine en Grèce, comme on l'a cru jusqu'au début du siècle dernier, mais en Inde. La connaissance de ces textes a durablement influencé les perspectives de la réflexion contemporaine ; c'est pourquoi, hors de toute considération sur le cheminement de la réflexion grammaticale de l'Occident depuis la Grèce, il convient de l'évoquer d'abord avant d'étudier les formes de réflexion sur le langage que développe l'Antiquité classique.

II. Premières réflexions, premières distinctions

A. Les analyses hindoues

Il est avéré aujourd'hui que la plus grande grammaire du sanskrit – les *Huit Livres* de **Panini** – que l'on date approximativement soit de 600, soit de 300 av. J.-C., présente une réflexion supérieure à celle que développa, à partir du IVe siècle av. J.-C., l'Antiquité classique. Si la question des rapports des mots avec les choses n'est pas étudiée, une approche proprement sémantique des mots – sens fondamental, sens contextuel, extension des sens d'un même mot – est effectuée, en même temps que se formule le problème du rapport entre le mot et la phrase ou la proposition. L'unité de celle-ci, les mécanismes de liaison qui l'assurent, constituent un axe fondamental de l'analyse. Des classes essentielles de mots – verbes, noms, prépositions et particules invariables – sont dégagées ; pour chacune de ces catégories est recherchée une base absolue, non marquée par le jeu des désinences : on reconnaît ici le concept de *degré zéro*, dont la linguistique après Saussure saura se servir.

Mais la linguistique hindoue n'a été connue qu'au tout début de notre XIXe siècle ; elle est donc sans incidence sur la pensée que va développer l'Occident jusqu'à cette date. La pensée occidentale sur le langage prend en effet sa source dans la philosophie grecque. Le premier texte qui prend comme objet de réflexion le langage est le dialogue de Platon, nommé le *Cratyle*. La réflexion d'Aristote en prolonge ensuite les perspectives.

B. Analyses de l'Antiquité grecque : Platon et Aristote

1. Platon (427-348 av. J.-C.) : vers une conception dite *naturelle* du langage. Une lecture attentive du *Cratyle* montre que peu de problèmes concernant le langage et sa matérialité ont échappé à Platon, mais que des questions jugées fondamentales à l'époque – le rapport des mots et du monde – occupent l'essentiel de sa réflexion, sans recevoir pourtant de solution : Socrate renvoie dos à dos les deux protagonistes, Hermogène et Cratyle.

Le premier développe la position selon laquelle le langage et ses formes relèvent de la pure convention : *Aucun objet ne tient jamais son nom de la nature, mais de l'usage et de la coutume de ceux qui l'emploient et qui en ont l'habitude* [384d]. Socrate lui oppose que la nécessité de nommer implique le choix d'un moyen stable, les choses ayant une essence fixe, indépendante de celui qui parle. L'institution des noms, qui n'est pas *une petite affaire* [384a] relève d'un législateur, *celui-là seul qui, les yeux fixés sur le nom naturel de chaque objet, est capable d'en incorporer la forme dans les lettres et les syllabes* [389d]. Suit alors une longue méditation sur les noms, où l'analyse étymologique – fantaisiste le plus souvent – permet de montrer qu'aux noms propres comme aux noms communs correspond la réalité des êtres : ainsi par exemple le corps – *sôma* en grec – se rapproche dans la prononciation du mot *sèma* qui désigne le *tombeau*. C'est la tradition orphique qui aurait établi ce nom, marquant ainsi que le *corps* est le *tombeau* de l'âme, enclose dans le corps qui le protège [400c]. L'analyse s'étend jusqu'aux syllabes et aux lettres, imitation des essences : la lettre *r* est un bel instrument pour évoquer le mouvement ; la lettre *i* sert pour tout ce qui est subtil ; la lettre *l* pour tout ce qui glisse...

Il ne fait pas de doute que la verve étourdissante de Socrate ne cèle une réelle moquerie à l'égard des prétentions des sophistes habiles à tout justifier, car le second protagoniste, Cratyle, qui est en accord apparent avec Socrate (il existe un rapport stable et juste des mots avec les choses), se voit opposer la variété des usages, les altérations possibles de la forme sonore du mot (*signifiant*) et le doute même quant à la véracité du rapport mot/chose établi par le législateur. Celui-ci, artisan créateur, a pu signifier un rapport approximatif, mais il est vrai que les nécessités de la communication imposent un certain nombre de choix, toujours reproduits dans une même communauté.

Bref, Socrate ne tranche pas entre la conception conventionnelle ou naturelle du langage : le débat reste ouvert de savoir si les noms sont donnés aux choses par une forme de convention et de contrat social ou s'ils découlent de la nature même des choses.

Reste pourtant une distinction essentielle entre l'enveloppe sonore (*signifiant*) du mot et la chose qu'il présente (*signifié*). Celui-ci avant même d'être nommé est présent dans le monde des idées : le signifié précède ainsi le signifiant.

La réflexion ultérieure sur le langage se trouve ainsi orientée vers la métaphysique au détriment de la matérialité même de l'outil. L'intérêt de ce dialogue est réel cependant pour le grammairien. Il réside moins dans les enjeux philosophiques qui viennent d'être notés que dans les remarques données comme relevant de l'évidence sur la matérialité du langage, ses composants, les principes de jonction, la force de la parole. Il peut être intéressant de les rappeler ici, puisque ce sont les données sur lesquelles s'est construite notre actuelle science du langage.

On trouve en effet dans le *Cratyle* nombre d'observations posées comme en marge du texte, mais qui s'avèrent aujourd'hui fondamentales, à savoir :

- la **conscience de l'image sonore du nom**, assemblage opéré par le législateur entre les sons et les syllabes ; d'où la nécessité de *distinguer les éléments d'abord*, c'est-à-dire *la valeur des lettres, puis celle des syllabes* [424c]. L'élément minimal de la chaîne sonore est désigné par le mot *lettre* ; la linguistique contemporaine l'appellera *phonème* et prolongera l'étude des combinaisons ;
- la **distinction langue/parole** : le fait de *nommer* donne naissance

à la parole : *Nommer, n'est-ce pas une partie de l'action de parler? Car en nommant, on parle, n'est-ce pas?* [387c]. Cette distinction – aujourd'hui contestée – figure pourtant comme point de départ de la réflexion saussurienne ;

• la **conscience de l'acte de parole** : *Nommer est donc une action, si parler était bien une action qui se rapporte aux choses* [387c]. Nulle part ailleurs Platon ne revient sur ce qu'il a spontanément conçu comme un acte, mais on sait la fortune de cette intuition dans ce qui constitue un axe fondamental de la réflexion contemporaine sur le langage : la *pragmatique*;

• la **nécessité d'une organisation de la chaîne sonore** : il faut parler *correctement* et trouver le moyen *convenable* pour dire les choses [388c]. L'image de l'habile tisserand manœuvrant bien la navette est à cet égard révélatrice. S'élabore ici l'idée d'une grammaire, conçue d'abord comme un art d'écrire normé, le principe des combinaisons n'étant pas laissé à l'initiative de chacun ;

• enfin la distinction, préliminaire à toute analyse grammaticale, entre *noms* et *verbes*, ceux-ci s'assemblant pour former des phrases. Platon est le premier à poser cette essentielle distinction et à noter l'importance du mécanisme des combinaisons, qu'il ne décrit pas cependant.

2. **Aristote (384-322 av. J.-C.) : une conception conventionnelle du langage. Du mot à la proposition.** La réflexion d'Aristote sur le langage est dispersée à travers ses différents ouvrages. Cependant la *Poétique*, la *Rhétorique* et surtout la *Logique* portent nombre de réflexions qui prolongent la pensée platonicienne, même si Aristote ne formule pas une théorie spécifique et cohérente du langage. Cette réflexion s'articule autour des points principaux déjà évoqués.

Tout d'abord, les **rapports des mots avec les choses** : Aristote refuse tout caractère naturel au langage et attribue son origine à une convention. Le mot n'est ni vrai ni faux par lui-même, il s'inscrit dans un *logos*, assemblage de noms et de prédicats. Les premiers représentent une chose, les seconds disent quelque chose de la chose. C'est donc dans le cadre de la proposition que se pose le problème de la véracité du rapport mot/chose, le mot en lui-même n'exprimant pas la nature de la chose qu'il désigne. La proposition est affirmation ou négation et en elle seule résident le vrai et le faux. En conséquence sont pris en compte les rapports mutuels des éléments de la phrase, d'où l'analyse des composants de la chaîne discursive – le *logos* – et des principes qui produisent leur assemblage.

Ensuite la **distinction des éléments** : Aristote distingue entre les éléments dépourvus de signification (conjonctions, articles), et ceux qui sont significatifs (noms, verbes) sans qu'aucune de leurs parties (syllabes) ne le soit.

Ce classement appelle une réflexion sur les cas, entendus très largement comme toutes les variations formelles qui affectent le verbe ou le nom (dérivation, flexions verbales, expression de l'unité et de la pluralité, fonctions).

On retiendra surtout pour l'histoire de la pensée grammaticale, la distinction nettement posée entre nom, verbe, conjonction et article, ainsi que la description de la proposition comme association d'un sujet (ou *thème*), avec un prédicat, seule structure où la question de la véracité du rapport nom/chose possède un sens.

3. **La pensée stoïcienne** (IIIe **siècle av. J.-C.)** : **une conception empiriste**. C'est la pensée stoïcienne qui pose les bases fermes de l'analyse grammaticale, après avoir formulé une théorie précise du signe. **Zénon** (335-264 av. J.-C.), et **Chrysippe** (280-205 av. J.-C.), en furent les fondateurs. **Diogène de Laërte**, écrivain grec du début du IIIe siècle, a exposé les principales théories de ce mouvement philosophique et notamment ses analyses linguistiques.

On a pu montrer que le langage n'est pas, pour les stoïciens, le reflet d'une réalité préétablie. L'aptitude à établir des relations entre les objets du monde est inscrite dans toute parole, acte proprement humain. Le langage ne *reproduit* pas une image structurée, il la *produit*. La langue peut devenir alors objet d'une description scientifique.

C'est aux stoïciens que l'on doit l'**examen le plus complet des catégories ou parties du discours et des fonctions grammaticales** : sont distinguées ainsi la catégorie du *nom*, divisée en *noms propres* et *noms communs*, la catégorie du *verbe*, qui dit quelque chose sur le nom et nécessite un sujet et qui exprime le temps comme l'aspect – opposant le *durant* à l'*achevé* –, les *conjonctions*, les *pronoms*, catégorie à laquelle est jointe celle de l'*article*.

Sont encore distinguées les catégories grammaticales secondaires, comme le nombre, le genre, la voix, le mode, le temps, le cas. En particulier les principales fonctions grammaticales sont examinées et identifiées, dans le cadre d'une théorie restreinte des cas. L'école stoïcienne écarte toute considération sur les rapports du langage avec la réalité et s'intéresse aux seuls constituants de la chaîne discursive : de l'unité minimale (syllabe) entrant dans la formation de la *lexis* (mot) aux différentes unités ou parties du discours. La grammaire est un savoir empirique du langage, celui-ci consistant en une masse variée d'unités sans qu'aucun principe logique ne préside nécessairement à leur rapport.

4. **La grammaire théorique : l'École d'Alexandrie.** Tous les présupposés à l'analyse du langage ont donc disparu : celui-ci est un objet en soi, hors de toute considération métaphysique. Ainsi apparaît la *grammaire.*

Denys de Thrace est le plus célèbre grammairien de l'école d'Alexandrie (170-90 env. av. J.-C.). Son ouvrage, *Système Grammatical*, se veut un manuel qui décrit empiriquement et méthodiquement les faits de langue, hors de toute théorie philosophique. Le grammairien se doit de découvrir les règles grammaticales de sa langue en regroupant les faits identiques (recherches des analogies). Il en résulte une répartition, qui a survécu jusqu'à nos jours, des mots en classes. Sont donc distinguées les catégories suivantes : *nom, verbe, participe, article, pronom, préposition, adverbe, conjonction.*

L'opposition entre le mot (*lexis*), et la proposition (*logos*) est indiquée, mais n'est pas développée : on doit à **Apollonios Dyscole** (antérieur à 150 av. J.-C.), une syntaxe, où le linguiste L. Hjemslev a vu l'expression la plus remarquable de l'école grammaticale grecque (analyse du système des cas, distinction entre pronoms déictiques et pronoms anaphoriques, définition de la coordination).

S'il s'agit, avant de suivre la réflexion grammaticale latine, de dégager les tendances qui structurent la pensée du langage en Grèce, on peut dire que celle-ci a posé deux axes de recherches principaux : le premier fait l'objet du débat dialectique du *Cratyle* et analyse les rapports des noms avec le monde, oscillant entre une conception naturelle et une conception conventionnelle du langage. Le second s'attache aux formes d'expression elles-mêmes, et aux principes logiques qui fondent leur distinction et leur rapport. Avec Aristote, l'analyse du langage ne s'oriente plus vers une recherche métaphysique sur l'origine. Le philosophe prend parti pour une conception conventionnelle du langage, donnée empirique – et sur cette voie s'engageront les stoïciens. Mais

Aristote ne s'en tient pas à un constat de la diversité des modes d'expression, il tente d'unifier celle-ci à partir de principes classificateurs. La logique aristotélicienne a pu mettre en évidence les modes de fonctionnement de la pensée, c'est-à-dire les conditions de vérité ou de fausseté d'une proposition ; comme la pensée est conçue comme antérieure au langage qui l'exprime – le signifié précède le signifiant –, les mêmes catégories qui permettent de décrire ces mécanismes de pensée vont être appliquées à la description du langage. En conséquence, la description de la chaîne discursive est une description logique.

III. La réflexion des Latins : le sens du compromis

Sur cet acquis théorique et méthodologique s'appuie la réflexion des grammairiens latins, parmi lesquels trois noms se détachent : Varron (Ier siècle av. J.-C.), et Priscien (Ier siècle ap. J.-C.). On classe à part saint Augustin (354-430), qui dans son dialogue *De magistro* élabore une théorie originale du signe.

Si l'on tente de dégager les axes de la réflexion des Latins sur la langue, on peut d'abord faire observer qu'ils s'appliquent à inscrire les faits de langue spécifiques au latin dans le cadre des théories et classifications grecques. Il en résulte un primat accordé aux catégories logiques préexistantes, selon la philosophie grecque, à toute formulation.

A. Varron

Varron reprend la discussion sur le caractère naturel ou conventionnel du langage et essaie de concilier les deux thèses : les catégories logiques expriment à travers la langue la régularité du monde, mais chaque langue possède ses anomalies : on reconnaît ici l'influence des Stoïciens. Cependant Varron privilégie la perspective normative. La grammaire ne décrit pas les particularités de la langue, elle définit un usage considéré comme correct, fondé en raison sur les principes logiques.

La volonté d'appliquer le système grec à la langue latine est manifeste, même si le classement des mots présente des perspectives originales.

B. Priscien

On s'accorde à reconnaître l'extension considérable que donne Priscien à la grammaire latine. On lui doit en effet la première syntaxe (deux livres) : celle-ci succède aux seize livres consacrés à la morphologie. Selon Priscien, un équilibre nécessaire doit s'établir entre l'étude de l'une et de l'autre, dans la mesure où la compréhension d'un énoncé est fondée sur l'identification de ses parties et sur leur fonction syntaxique : les formes des mots n'ont pas plus d'importance que leur rôle respectif dans la phrase.

Priscien établit donc huit classes de mots en s'inspirant des distinctions opérées par Denys de Thrace – quatre classes de mots invariables et quatre classes de mots variables. Le sens est le critère principal du classement. La morphologie comme la syntaxe sont soumises à la logique, et la langue est décrite comme un système logique. Cependant, il n'a pas échappé au grammairien que nombre d'emplois – et notamment l'emploi des cas – ne pouvaient être justifiés par les différences logiques. L'écart entre les catégories logiques stables et les constructions linguistiques variables est précisément l'objet d'une constante *interprétation* au fil des analyses.

L'influence de Priscien fut considérable. La réflexion ultérieure tentera de définir précisément les catégories logiques qui sous-tendent les constructions linguistiques.

C. Saint Augustin

Tout à fait particulière et en marge des considérations grammaticales se situe la réflexion de saint Augustin. Elle mérite d'être évoquée pour son originalité, bien qu'elle n'ait eu aucune influence sur la réflexion linguistique de l'époque.

Dans son dialogue *De magistro*, Augustin s'interroge non sur les parties du discours et sur leur rapport, mais plus largement sur la manière dont on peut transmettre sens et savoir à l'aide des mots. Ce faisant, il développe une complète théorie du signe, celui-ci associant une expression sonore, un sens (le concept), un référent (l'objet du monde ou chose désignée par le mot). Le sens – ou concept – n'est pas la chose, mais la connaissance de la chose. Est ainsi nettement marquée la différence, que redécouvrira la linguistique contemporaine, entre le signifié (concept) et le référent.

Augustin a encore souligné l'importance des contextes dans la compréhension de l'énoncé, dégageant donc sens conceptuel et contenus contextuels. Il marque les difficultés de la communication du sens dans tout échange humain.

Une observation s'impose donc ici : il n'y a pas de progrès régulier et ascensionnel dans les analyses du langage. La théorie du signe élaborée par Augustin n'a pas été productive à son époque. La logique d'Aristote a continué à exercer une influence prépondérante, le langage étant conçu jusqu'aux périodes les plus récentes comme l'expression d'une pensée préexistante à sa formulation.

IV. La réflexion médiévale : les modes de signification

Les invasions barbares ont, comme on s'en doute, modifié profondément les structures culturelles. Seuls les Irlandais et les Anglais avaient pu conserver les traditions culturelles antiques. La décadence de l'Occident cesse avec l'arrivée au pouvoir de Charlemagne, mais l'activité linguistique reste centrée sur l'enseignement, et il faut attendre la fin du XIe siècle pour voir un renouveau de la réflexion linguistique.

Celle-ci décrit le langage comme manière de signifier, système de signification : la langue réfléchit le sens – comme le miroir la lumière. Les modalités de cette réflexion sont décrites par les linguistes ou grammairiens qui ont été appelés pour cette raison les *modistes*.

La recherche des modes de signification est structurée autour de deux axes différenciés : la **logique** qui tend à décrire les modalités qui fondent la vérité ou la fausseté des jugements, et la **grammaire** qui explore les formes de la pensée dans le langage, c'est-à-dire le rapport sémantique du contenu à la forme.

Les modistes s'interrogent donc sur la grammaire et dégagent dans le système linguistique deux points d'appui, le nom et le verbe, présentant l'un et l'autre des modes spécifiques de signification. Selon **P. Abélard**, le mode de signifier du verbe est différent de celui du nom, en ce qu'il restitue le mouvement, le flux ; le nom, au contraire, restitue la permanence de l'état. De ces formes essentielles que sont les noms et les verbes, les modistes conviennent que les premiers expriment la stabilité (la *substance* aristotélicienne), et les seconds le mouvement (soit les variations de la substance). Le langage est donc conçu comme une conjonction de mots déclinables, associés dans la phrase ou la proposition. La morphologie étudie ce qui fonde logiquement leur distinction et la syntaxe ce qui fonde logiquement la déclinaison.

C'est à ces principes de variations, constants et universels, que la grammaire s'intéresse. À partir du XIIe siècle déjà, elle est perçue comme une science générale et non comme un discours sur une science particulière.

Retracer les cheminements de toute cette réflexion est impossible dans le cadre de cette présentation. On mentionnera, outre **Pierre Abélard** (vers 1100), initiateur de la philosophie conceptuelle, les noms de **Pierre Hélie** (vers 1150), fidèle disciple d'Aristote, d'**Alexandre de Villedieu** (vers 1200), qui dans sa grammaire en vers privilégie l'étude de l'ordre des mots et de la forme de ces mots pour décrire leurs rapports entre eux, de **Thomas d'Erfurt** enfin (vers 1300), qui pousse jusqu'aux nuances l'analyse des mécanismes de dépendance autour du verbe au sein de la proposition. On soulignera en particulier l'importance de la théorie des cas nominaux, qui se définissent par la relation du nom au verbe, le premier étant le support et l'initiateur du mouvement exprimé par le verbe (cas sujet), ou son terme et sa finalité (cas régime).

Tous les concepts de la grammaire traditionnelle sont approchés dès cette époque.

V. La Renaissance : de l'*usus* à la *ratio*

Deux faits marquent l'histoire de la grammaire au début du XVIe siècle : l'intérêt pour les langues modernes – français, italien, anglais – et l'apparition, corrélative, des premières grammaires françaises. La langue savante était, on le sait, le latin ; le développement de la littérature et des traductions, aidé par les progrès de l'imprimerie, provoque une prise de conscience des mérites de la langue française, dont Du Bellay, au milieu du siècle, prononça en effet la *Défense* (1549). À ces intérêts nouveaux correspondent le développement du comparatisme et l'élaboration des premières grammaires.

L'école aristotélicienne et l'école stoïcienne qui avaient exercé une influence prépondérante sur l'analyse de la langue latine, produisant, on l'a dit, des grammaires à la fois logiques et formelles, ne sont guère contestées. La grammaire latine et ses modes de description fonctionnent comme modèle absolu. Néanmoins l'intérêt pour les langues étrangères conduit à la rédaction d'ouvrages d'apprentissage, où prédominent des considérations pratiques, appuyées sur les faits multiples propres à la langue.

A. Les premières grammaires françaises : une description pratique

En 1530, l'Anglais **Palsgrave** fait paraître son *Éclaircissement de la Langue Française*, destiné à ses compatriotes soucieux de maîtriser le français. L'exposé est marqué par l'absence de toute théorisation : les développements tendent à la constitution de listes ou d'inventaires de faits, notés avec ordre et fondés sur l'observation minutieuse de ceux-ci. L'usage seul est pris en compte.

On peut considérer que la grammaire de **Meigret**, publiée au milieu du siècle, le *Trette de la Gramere Françoeze*, s'inscrit dans ces mêmes perspectives qui privilégient l'usage.

Il reste que les grammaires latines continuent à servir de modèle à la description du français et que la raison des formes, c'est-à-dire l'identification des valeurs logiques qui les justifient, constitue encore l'enjeu fondamental de la recherche au XVIe siècle.

B. La grammaire traditionnelle : le développement des perspectives logiques

Trois noms se détachent, qui dominent le raisonnement sur le français après 1530 : Sylvius, Scaliger et Ramus.

1. Sylvius et Scaliger. *C'est une rude tâche*, écrit Sylvius en 1531, *de découvrir une raison dans le français*. L'axe de recherche de sa grammaire du français écrite en latin est ainsi désigné : s'inscrivant dans la tradition logique, l'humaniste grammairien tente de montrer que des valeurs logiques sous-tendent le jeu des formes ; en cela il est en accord avec ses prédécesseurs latins. Sylvius hiérarchise les parties du discours en reconnaissant que les plus importantes sont celles qui possèdent le plus de modes d'être signifiés, c'est-à-dire le nom et le verbe, par opposition à la conjonction et à la préposition. Il cherche, grâce aux découpages en segments, à transposer les catégories de la morphologie latine en français : le présupposé logique connu selon lequel un fonds commun de concepts détermine les diverses constructions de chaque langue autorise ces correspondances. Sylvius utilise la notion de déclinaison – éliminée par Palsgrave – pour décrire les fonctions en français.

Mais il est amené à marquer l'incontournable différence entre les deux langues en soulignant le rôle de l'article et celui de la préposition.

On doit à Scaliger (1540) l'analyse approfondie de l'usage, la distinction entre fait grammatical et fait sémantique. Si la préoccupation dominante est bien de déterminer la *ratio*, il reste que le grammairien souligne la difficulté à donner, des cas ou fonctions par exemple, des définitions sémantiques. La donnée linguistique ne se laisse pas si aisément circonscrire ; il préconise alors l'étude des substitutions, des modifications, des transitions. La syntaxe tend ainsi à se dégager de la morphologie. L'ouvrage apparaît à la jonction des théories sémantico-logiques et des théories formelles.

Les préoccupations de Ramus prolongent celles de Scaliger.

2. **Ramus : la *Dialectique* (1556) et la *Gramere* (1560).** Les deux ouvrages sont parallèles : le premier examine les modalités de la pensée préexistante au langage, le second tire parti des données de la logique, celle-ci étant à la base de toute structure linguistique. Ainsi les deux composantes de la dialectique (l'*invention* et le *jugement*) sont-elles mises en rapport avec la morphologie – appelée par Ramus *Étymologie* – et la syntaxe. Dialectique, morphologie et syntaxe verront donc leurs distinctions respectives fondées sur une organisation logique.

Mais l'exigence théorique n'élude pas les difficultés que soulèvent maints usages. *J'aperçois plusieurs choses répugnantes* (= en contradiction), *avec ces principes...*, note le grammairien. La méthode de substitution, de transformation, tente de dégager des distinctions formelles entre les parties du discours. Le sens paraît banni de la réflexion explicite. La tentative de formalisme tourne court cependant, car le contenu du cadre formel est exploré logiquement.

On l'aura perçu, la réflexion sur la langue à l'époque de la Renaissance revalorise l'*usus* (l'usage et ses multiples variations) par rapport à la *ratio* (la raison justifiant ces variations). Cette opposition, dont tous les grammairiens disent les difficultés, n'empêche pas qu'on tente d'élaborer un système unificateur, mais les deux termes sont constamment correcteurs l'un de l'autre : l'observation empirique préconisée par tous corrige les effets simplificateurs du raisonnement logique, en même temps que celui-ci tente d'organiser un ordre dans les variétés des formes et les nuances introduites par l'énonciation.

On peut dire que désormais la réflexion sur le langage est radicalement coupée de la réflexion métaphysique engagée par les Grecs : l'origine du langage, naturelle (c'est-à-dire reflétant la réalité exacte d'un monde d'essences), ou conventionnelle, préoccupe désormais moins que sa systématisation à partir des catégories connues qui font fonctionner la pensée humaine.

Ce souci de systématisation extrême va présider dans la seconde partie du XVIIe siècle à l'élaboration de la *Grammaire* de Port-Royal (1660).

VI. Le XVIIe siècle : du bon usage à la *Grammaire générale et raisonnée*

Le développement remarquable de la production littéraire après les guerres de religion, la centralisation administrative et politique mise en place dans la première partie du siècle, la vie mondaine en plein essor déterminent les orientations de la réflexion sur la langue avant 1660.

A. Vers l'idéal classique de la netteté et de la pureté

Cette réflexion est avant tout pratique : il s'agit d'éliminer de la langue tous les mots jugés bas, ou techniques, ou provinciaux, ainsi que toutes les constructions obscures ou embarrassées. Malherbe avait donné l'exemple, corrigeant les prétendues fautes du poète Desportes. Le romancier H. d'Urfé remaniait en ce sens les premières parties de son roman *L'Astrée*. **Vaugelas**, homme du monde, mais non grammairien, présentait en 1647 dans ses *Remarques* une masse, non classée, de faits linguistiques, objets de controverse ; ce faisant il dégageait le *bon usage*, celui de *la plus saine partie de la Cour*, c'est-à-dire des honnêtes gens, qui ne *sentent* pas trop la province ou la *pratique* (juriste ou médecin).

Les analyses formelles de **Maupas** (1607, 1625, 1632), ou de **Oudin** (1632, 1640), sont organisées de manière à décrire au plus près l'usage, les concepts opératoires étant ceux de la grammaire latine, notamment dans la description des fonctions nominales (nominatif, accusatif...).

La véritable reprise dans la réflexion sur la langue intervient en 1660 avec la parution de la grammaire dite de Port-Royal.

B. La *Grammaire générale* de Port-Royal

L'œuvre de **Lancelot** et d'**Arnauld** paraît en 1660 et marque l'accomplissement de la tradition logique qui, de la réflexion médiévale à celle des théoriciens du XVIe siècle, tend à poser comme fond de la langue une *ratio* commune et nécessaire. Les analyses formelles de Ramus avaient souligné l'importance de l'*usus* et les difficultés de classement qu'il soulève. D'où l'idée d'une nécessaire systématisation.

Le lien profond entre logique et grammaire est affirmé. Le sous-titre de la seconde partie de la *Grammaire* est à cet égard explicite : *Où il est parlé des principes et des raisons sur lesquels sont appuyées les diverses formes de la signification des mots.* La distance entre *formes* et *principes* est posée. Il s'agit de partir des mécanismes de pensée et d'examiner la manière dont les formes d'expression les représentent : *La connaissance de ce qui se passe dans notre esprit est nécessaire pour comprendre les fondements de la grammaire (...). C'est de là que dépend la diversité des mots qui composent le discours.*

Certains mots *signifient les objets des pensées* – ce sont les noms, les articles, les pronoms, les participes, les prépositions et les adverbes –, d'autres la forme et la manière dont la pensée les organise (verbes, conjonctions et interjections).

Les mots prennent place au sein de la proposition, unité profonde où ils s'associent. La proposition peut être décrite dans une double perspective : unité réalisée dans le discours, mais aussi unité abstraite représentable sous la forme d'un schéma – sujet/prédicat ou attribut. Y est affirmé le rôle essentiel – et structurant – du verbe, qui pose l'affirmation.

Le verbe est ainsi conçu comme le pivot de cette unité appelée proposition : il permet de la déterminer. Autour de lui s'organisent hiérarchiquement les éléments du discours. Il est d'autre part *un mot dont le principal usage est de signifier l'affirmation*, alors que le nom, même s'il représente une opération du jugement, ne peut poser celle-ci qu'en tant qu'*objet* et non en *acte*. Le participe ici rejoint le nom comme impropre à poser un jugement, une affirmation. Le nom et le verbe n'ont donc plus rangs égaux : la rupture avec la tradition aristotélicienne est ici consommée.

L'analyse des cas est moins novatrice : elle consiste en une étude de la place des mots et du relevé de leur marque. La grille des cas latins sert de modèle et l'explication reste sémantico-logique.

On peut ici dégager nettement les aspects novateurs de cette grammaire :

– celle-ci n'est plus conçue comme un inventaire de termes ou de correspondances formelles de construction ; elle se veut une étude des unités supérieures, les opérations de l'esprit (concevoir, juger, raisonner), formulées par la proposition. Les opérations sont universelles, seules diffèrent selon les langues les formes d'expression ;

– la proposition est l'élément de base de la réflexion grammaticale. Le verbe est ce qui affirme, et non plus ce qui marque le temps ou la durée. Il permet de structurer et de hiérarchiser autour de lui les différents constituants.

La *Grammaire* de Port-Royal, dont allait se réclamer plusieurs siècles plus tard le linguiste N. Chomsky, n'eut pas d'imitateurs au XVIIe siècle. La grammaire courante continue à scruter l'usage.

C'est le XVIIIe siècle qui poursuit la réflexion de Port-Royal.

VII. Le XVIIIe siècle

L'impact de la *Grammaire* de Port-Royal est surtout sensible au XVIIIe siècle : celui-ci ne conçoit pas l'analyse de la langue sans cadre méthodologique. La grammaire ne peut plus être un classement dans les cadres latins d'une abondance de faits linguistiques que ne viendrait relier aucun principe logique unificateur. Port-Royal a ouvert la voie à la grammaire philosophique.

A. Les principes de la grammaire philosophique

La diversité des langues s'impose aux grammairiens philosophes et les conduit à souligner l'importance de l'expression proprement dite, nettement distinguée du contenu logique. On peut dire que la réflexion grammaticale, dès le début du siècle, prend en compte ces deux paramètres : la reconnaissance des caractères propres à chaque langue et la nécessité d'y découvrir des principes universels, un fond logique commun.

1. Les constats de la diversité. Les philosophes Condillac et Rousseau poussent plus avant l'analyse sur la diversité des langues : les états de civilisation, les besoins des hommes produisent des systèmes différents et des variations à l'intérieur des systèmes.

Mais il appartient au grammairien philosophe de structurer la diversité. La raison doit établir le dispositif d'agencement, elle va aider à étudier l'usage. **Du Marsais**, dans sa *Méthode raisonnée pour apprendre la langue latine* (1722), met en œuvre constamment une dialectique entre les principes de la *ratio* et ceux de l'usage, c'est-à-dire entre les règles logiques et la diversité des formes.

À partir de 1750, la réflexion sur la langue française s'inscrit dans les cadres de l'*Encyclopédie.* Du Marsais y participe, puis **Beauzée**.

Au-delà des multiples usages et de la pluralité des formes apparaissent les principes *d'une vérité immuable et d'un usage universel,* qui tiennent *à la nature de la pensée même.* L'article *Grammaire* de l'*Encyclopédie* réaffirme l'opposition entre la grammaire générale, *science raisonnée des principes immuables et généraux de la Parole,* et la grammaire particulière conçue comme *art d'appliquer aux principes immuables (...) les institutions arbitraires et usuelles d'une langue particulière.*

2. **Le classement des langues. Le concept d'ordre naturel.** L'observation de la diversité des langues conduit à la découverte des modes d'expression de la pensée, spécifiques à chacune d'elles. Dans son ouvrage *Les Vrais Principes de la Langue Française ou la parole réduite en une méthode conformément aux Lois de l'Usage* (1747), l'**abbé Girard** distingue entre les langues analytiques (français, italien, espagnol), qui suivent un ordre dit naturel (sujet agissant, action accompagnée de ses modifications, objet ou terme de cette action), les langues transpositives, comme le latin, qui ne suivent pas l'ordre naturel (faisant précéder tantôt l'objet, tantôt l'action, tantôt la modification et la circonstance), en troisième lieu les langues mixtes, comme le grec. Reprenant cette classification, l'*Encyclopédie* insistera sur l'importance de la flexion qui, dans les langues transpositives, matérialise la fonction des termes et permet donc un *arrangement dans l'élocution par d'autres principes.*

Cette distinction est donc fondée sur une analyse syntaxique : celle-ci prend une importance majeure tout au long du XVIIIe siècle.

B. Les analyses de la grammaire philosophique. L'enrichissement de la syntaxe

Le **Père Buffier**, le premier (1709), refuse de suivre l'ordre traditionnel de l'analyse (lettre, syllabe, mot). Il formule une théorie de la proposition et de ses constructions. Les noms et les verbes sont décrits dans leurs rapports respectifs avec plus de précision. L'analyse distingue différents modes de complémentation dans la proposition. Les outils, particules et articles, ne sont pas oubliés ; ils sont décrits comme intégrant ce système d'organisation syntaxique et contribuant à son élaboration.

Du Marsais, dans sa *Méthode raisonnée...*, dégage les relations entre les termes linguistiques. Plus tard, dans l'*Encyclopédie*, il prolonge la réflexion sur l'étude de ces relations, dépassant la simple désignation des marques propres à chaque forme. Il dissipe d'abord la confusion entre *articles* et *prépositions*. Les premiers *indiquant à l'esprit le mot qu'ils précèdent*, les secondes *marquant un rapport ou relation entre deux termes*. Il regroupe ensuite tous les éléments qui correspondent à la définition des articles et ce faisant élimine la traditionnelle distinction fonctionnelle entre *pronoms* et *articles*. Du Marsais distingue encore *construction* et *syntaxe* : *Construction ne présente que l'idée de combinaison et d'arrangement*. Il oppose trois types de construction : la construction nécessaire, appelée aussi *naturelle*, *celle par laquelle seuls les mots ont un sens*, la construction *figurée*, qui contrevient, par le biais de figures comme l'ellipse, à la première, enfin la construction *usuelle*, *l'arrangement des mots qui est en usage dans les livres, dans les lettres et dans la conversation des honnêtes gens*. À la pluralité des constructions s'oppose l'unité de la syntaxe ; dans chaque construction en effet *il y a les mêmes signes des rapports que les mots ont entre eux*. La syntaxe est décrite comme *la connaissance des signes établis dans une langue pour exciter un sens dans l'esprit* (*Encyclopédie*, art. *De la construction grammaticale*).

Enfin, Du Marsais distingue les deux plans d'analyse bien connus : analyse grammaticale et analyse logique. Ce faisant, il entre dans le détail de l'analyse de la phrase, constituée de propositions dites *absolues*, quand *l'esprit n'a besoin que des mots qui y sont énoncés pour en entendre le sens*, et de propositions dites *relatives*, quand *le sens d'une proposition met l'esprit dans la situation d'exiger ou de supposer le sens d'une autre proposition*.

Beauzée, dans sa *Grammaire générale* (1767), va rectifier et développer les exposés de Du Marsais ; il n'est pas possible ici de montrer comment s'élargit et se nuance toute cette description. Beauzée s'inscrit bien dans ce courant qui classe et systématise, persuadé que ce qui se trouve universellement dans l'esprit de toutes les langues, c'est *la succession analytique des idées partielles qui constituent une même pensée et les mêmes espèces de mots pour représenter les idées partielles, envisagées sous les mêmes aspects* (*Encyclopédie*, art. *Langage*).

C. Originalité de Condillac

Le philosophe **Condillac**, dans son *Essai sur l'origine des Connaissances humaines*, se démarque des préoccupations communes aux grammairiens de son époque. Il suppose, au départ du langage, une pensée globale et sensitive, la formulation complète de la pensée s'effectuant avec la parole. Les premiers mots sont tirés des cris humains, les premières langues nomment d'abord toutes les choses, puis les actions, à l'instar du latin. L'ordre *naturel*, sujet-verbe-complément, relève d'une pensée plus élaborée.

On conclura donc que le XVIIIe siècle a pris en compte, de manière systématique, la diversité des langues. Les grammairiens ont en effet tenté de les classer selon un système fondé sur l'exploration des relations logiques entre les constituants de la proposition. La réflexion ultérieure va pourtant prendre appui sur cette diversité même : l'étude du mécanisme de la comparaison relaie alors celui du classement.

VIII. De la grammaire à la linguistique

La fin du XVIIIe siècle est donc marquée par une double tendance : tandis qu'en France, et ailleurs en Europe, la *Grammaire générale* issue de Port-Royal continue d'exercer une influence durable, et inspire de nombreux travaux à visée spéculative et systématisante, les années 1786-1816 présentent à l'observateur les prémices d'une profonde mutation épistémologique. Avec la découverte du sanskrit en effet, en Angleterre et en Allemagne quelques savants commencent à mettre en évidence les similitudes entre latin, grec et sanskrit. Ce *comparatisme* naissant est cependant loin de constituer une méthode scientifique ; en effet, l'arrière-plan de ces travaux est encore tout empreint du grand mythe de la fin du siècle : la recherche de l'origine absolue du langage, de la langue-mère, commune à toute l'humanité.

Néanmoins, cette première ébauche d'une véritable science linguistique annonce effectivement la mutation radicale qui se produit au XIXe siècle : à l'*âge spéculatif* succède ainsi l'*âge philologique*. La grammaire, jusque-là conçue comme art de raisonner, ou comme lieu de systématisations logico-philosophiques, va s'ouvrir aux dimensions proprement humaines du temps et de l'espace. L'étude des langues, de plus en plus rigoureuse, va ainsi prendre en compte cet aspect historique de la variabilité des systèmes linguistiques. Ce faisant, on va le voir, se fonde une véritable **science linguistique**, progressivement autonome et objective.

A. L'âge philologique

À partir des années 1816, s'ouvre en effet une autre conception de l'étude des langues. Si le sanskrit n'est plus à découvrir à cette date, il restait cependant à établir avec précision les diverses filiations entre langues proches : l'**hypothèse de l'indo-européen**, formulée au milieu du siècle, permettra ainsi de passer d'un simple tableau comparatif des langues à l'établissement de leur évolution et de leurs filiations.

Le XIXe siècle offrira ainsi une vision générale des langues, en quelques grandes synthèses, encore fondées sur des postulats philosophiques, mais appuyées cette fois sur une collecte patiente et minutieuse de faits linguistiques, rigoureusement décrits, et que l'on tente de justifier selon des lois fermement établies – notamment en phonétique.

Cette mutation épistémologique, qui certes puise largement, à ses débuts, aux sources idéologiques des romantismes et des nationalismes, mais aura permis la naissance d'une véritable science linguistique, se produit en Europe essentiellement en Allemagne et au Danemark ; la France, entravée par le poids de sa tradition spéculative, toujours soumise au prestige de la grammaire générale, ne se ralliera que tardivement à ces vues nouvelles.

1. **La grammaire comparée**. La philologie naissante, on l'a dit, s'attache d'abord à mettre en évidence la **parenté des langues**, dans une perspective qui n'est pas encore historique (il ne s'agit pas d'établir leur filiation, ni leur évolution) mais **typologisante**. L'enjeu est donc de construire des systèmes de classement des langues, en se fondant, fait nouveau, non plus sur des rapprochements lexicaux, mais sur des phénomènes proprement grammaticaux : faits de syntaxe, de morphologie, de phonétique. L'autre acquis de cette période, qui s'étend de 1820 environ à 1876, est l'abandon progressif du mythe de l'origine absolue du langage.

Au Danemark, **Rasmus Rask** (1787-1832) publie en 1814 une étude sur les origines de la langue scandinave. Il étend ensuite ses recherches à de nombreuses autres langues ; s'inspirant du modèle des sciences naturelles – sur le modèle classificatoire de Linné – d'où il importe le concept d'*organisme*, il entreprend la première esquisse d'une grammaire comparée. Esprit systématique, il ambitionne encore, comme ses prédécesseurs, de construire une description générale de la structure des langues, mais ses méthodes sont déjà celles des philologues.

C'est le linguiste allemand **Franz Bopp** (1791-1867) que l'on s'accorde généralement à considérer comme le fondateur de la grammaire comparée, entendue au sens de science linguistique. Ses travaux, de 1816 à 1860 environ, portent sur la description du sanskrit, et sur la comparaison de cette langue avec de nombreuses autres : allemand, latin, persan et grec d'abord, puis lituanien, slave, arménien, celte et libanais, progressivement intégrés à l'analyse. C'est lui qui le premier formule l'hypothèse fondamentale du **changement des langues** : identiques à l'origine, elles auraient subi des modifications, accessibles à une description rigoureuse – la notion de *loi de changement* apparaît ainsi. Contre l'opinion de plusieurs de ses contemporains, il récuse la vision germano-centrique de l'origine des langues. Cependant, l'hypothèse de l'indo-européen n'est pas encore nettement émise, de nombreuses erreurs d'analyse subsistent dans l'établissement des parentés entre groupes de langues, la vision reste souvent brouillée par l'idéologie évolutionniste (la théorie de la décadence des langues trouve avec F. Bopp de nouveaux arguments). Mais la **méthode**, objective et rigoureuse, est déjà celle du positivisme. Surtout, le parti pris nettement affirmé de considérer les langues non comme moyen de connaissance, mais comme **objet d'étude**, est bien au fondement même d'une véritable science linguistique.

À la même époque, les premiers travaux des **romanistes** sont publiés. En 1819, le Français **P. Raynouard** publie une étude sur la langue des troubadours : il y reste fidèle à la conception erronée, déjà formulée par Dante, du provençal langue-mère. Mais il amasse un considérable matériel linguistique. En réaction à cette thèse, plusieurs linguistes élaborent d'autres hypothèses, elles aussi marquées au coin des idéologies nationalistes : la réponse d'**A. W. Schlegel** exalte ainsi, en retour, les langues germaniques.

La première synthèse théorique est offerte par **G. de Humboldt** (1767-1835). Il reprend la conception naturaliste des langues, perçues comme organismes soumis à évolution – de leur origine parfaite à leur décadence –, susceptibles d'un classement typologique. Surtout, ses thèses philosophiques sur le langage trahissent le poids de l'idéologie romantique : propriété innée, insaisissable, de l'esprit humain, la langue est conçue comme une *activité* où se forme la pensée. En elle se façonne l'*âme nationale* de chaque peuple, chaque système linguistique révélant ainsi une vision du monde spécifique. On a pu parler, pour définir l'œuvre de G. de Humboldt, d'une **anthropologie comparée** bien plus que d'une linguistique générale.

2. **La grammaire historique**. C'est le second tournant du siècle, amorcé vers 1876 quoique annoncé dès 1820 par certains précurseurs tels Grimm ou le romaniste F. Diez : le comparatisme devient *historicisme*. Évolution d'ailleurs inévitable parce que contenue en germe dans les principes mêmes du comparatisme. L'enjeu, cette fois, dépassant le simple classement des langues – au nom certes de leur parenté –, est bien de dégager les mécanismes de leur **évolution dans l'histoire**.

De nombreux travaux voient ainsi le jour, visant soit à établir les **filiations des langues apparentées**, soit à décrire, à l'intérieur d'une même langue, les diverses étapes parcourues dans le passage d'un état historique à un autre. En France, à la fin du siècle, on citera les études érudites de F. Brunot, A. Meillet, Vendryes, parmi d'autres encore.

L'apogée de cette période est marquée par l'œuvre fondamentale d'**A. Schleicher** (1821-1868) : il offre en effet, dès 1860, une vaste synthèse du savoir linguistique de son temps. Mieux encore, il élabore pour la première fois la théorie de l'indo-européen, langue à reconstruire hypothétiquement à partir des formes les plus archaïques attestées (grec mycénien, sanskrit, etc.), et au moyen de lois linguistiques – en particulier, lois d'évolution phonétique – toujours pensées sur le modèle naturaliste. Cet objectivisme dans la conception de la langue, soumise à des lois naturelles et au principe d'évolution de tous les organismes, et dans l'élaboration des procédures d'analyse, fait de A. Schleicher l'un des pionniers de la **linguistique générale**. Mais ses thèses sont encore très largement déterminées par des *a priori* philosophiques : ainsi de sa vision évolutionniste de l'histoire des langues, ou de son refus de considérer le langage comme un fait social ou comme un système de signification.

3. **Le positivisme en phonétique et en phonologie : les Néo-Grammairiens**. À la fin du siècle, sous l'influence de l'idéologie philosophique positiviste et du progrès des sciences expérimentales, qui offrent le moyen d'une description objective, physiologique, de l'articulation des sons du langage, s'élabore une véritable science phonétique.

Le **mouvement des Néo-Grammairiens** naît en Allemagne, à Leipzig, vers 1876, autour d'anciens élèves de Curtius, alors âgés de moins de trente ans : Brugmann, Osthoff, Ascoli en Italie, s'attachent ainsi à la résolution de questions de phonétique jusque-là laissées en suspens. Ce faisant, ils dénoncent hardiment les contradictions et les faiblesses théoriques de leurs prédécesseurs. **H. Paul** offrira en 1880 une synthèse générale de leur doctrine : l'affirmation de l'existence objective de **lois phonétiques**, au caractère absolu – elles interviennent dès le stade indoeuropéen –, la **conception historiciste** de la linguistique, attachée à reconstruire étape par étape les états de langue intermédiaires, les principes de changement, en renonçant définitivement aux chimères mythologiques – en particulier au mythe de la langue originelle, ou bien à l'idéologie évolutionniste. Enfin, contre les anciens cadres de la logique, dans lesquels se débat encore la linguistique, s'affirme la spécificité du langage, jugé irréductible à toute schématisation : son étude devrait ainsi être menée selon les méthodes et les principes nouveaux de la psychologie naissante.

4. **Le courant descriptif et normatif**. Tandis que se déroulent, tout au long du siècle, ces importantes mutations épistémologiques, qui voient le passage progressif de la grammaire à la linguistique, la tendance traditionnelle, purement descriptive, soucieuse de rappeler les règles du **bon usage** pour en fixer les **normes**, reste en marge de cette évolution mais continue d'inspirer de nombreux ouvrages à **visée essentiellement pédagogique** et utilitaire. Des manuels des règles et des ressources du français se publient ainsi, des grammaires scolaires – par exemple celle de Chapsal, rééditée de 1823 à 1890 –, des codes du bon usage – notamment le célèbre ouvrage des frères Bescherelle –, des dictionnaires des difficultés du français...

Le XIXe siècle aura donc permis, dans son *âge philologique*, un immense progrès des connaissances, appuyé sur une masse de documentation et d'érudition. Cependant, comme on l'a vu, les élaborations théoriques demeurent encore insuffisantes : tantôt trop tributaires des idéologies ambiantes ou des enjeux nationalistes, tantôt, à l'inverse, par un excès de scrupule positiviste, trop méfiantes face aux efforts de synthèse et de théorisation. Ainsi, l'explication des faits décrits restait à élaborer. Alors seulement, la linguistique pourrait, d'historique et de positive qu'elle était, devenir une science générale. Rigoureusement saisie dans sa dimension temporelle et spatiale, décrite selon des principes objectifs, la langue pouvait ainsi être comprise comme un système organisé de signes, c'est-à-dire une **structure**.

B. L'âge structuraliste

Le XXe siècle s'ouvre en effet sur une nouvelle mutation épistémologique, aux retombées considérables non seulement en Europe mais ailleurs dans le monde. De fait, le mouvement structuraliste connaît un développement parallèle en Europe, après F. de Saussure, et aux États-Unis. Ce courant de pensée, que l'on peut considérer comme une **linguistique théorique et générale**, fondée sur des principes *a priori* – mais posés à partir des acquis concrets de la linguistique historique –, reposant sur des bases et des postulats communs, recevra cependant des éclairages différents selon ses lieux d'élaboration.

1. **Ferdinand de Saussure**. À une époque encore globalement dominée par les vues positivistes des Néo-Grammairiens, et en dépit de quelques précurseurs comme le Suisse A. Marty, qui en appelait déjà à une linguistique générale, l'œuvre de F. de Saussure fait figure unique dans le panorama linguistique, en raison du caractère hautement théorique de ses postulats. Né à Genève, le linguiste professe dès 1881 à Paris, et dispense ensuite de 1906 à 1911 son célèbre *Cours de Linguistique Générale*, où s'énoncent les principales thèses du structuralisme.

Tout d'abord s'y affirme, contre l'abstention positiviste face aux questions de théorie, la **nécessité d'une science générale du langage**, à la recherche d'universaux, s'appuyant sur une conception de la **langue comme système**. Le structuralisme engage ainsi avec F. de Saussure une réflexion poussée très avant sur la **nature de l'objet** de la science linguistique : la **langue** est opposée à la parole ; système abstrait, fermé, offert à l'investigation, elle s'oppose à l'infini insaisissable des réalisations concrètes du langage. La description, pour atteindre au général, se doit d'être **synchronique** et non plus diachronique : on n'envisagera donc qu'un même état de langue à la fois, pour en dégager la structure. Une **théorie du signe linguistique** est élaborée, associant une forme extérieure – le signifiant – à un signifié ; le signe est donné pour **arbitraire**, dénué de toute motivation extrinsèque : il ne trouve sa valeur propre qu'au sein du système, par comparaison et mise en relation avec les autres signes. Cette théorie du signe a généré un nouveau type d'approche de la langue. La mise en évidence de deux paramètres négligés, le matériel sonore du signe (signifiant) et l'objet du monde désigné par celui-ci (référent), comme constitutifs du signe, conduit à rompre l'opposition parole/pensée, à affirmer leur indissoluble association et à analyser chaque constituant dans sa matérialité, et dans son fonctionnement. On prend en compte l'intégration du signe dans la chaîne pour décrire les modalités de cette intégration. Celle-ci s'effectue en fonction de deux composantes, d'une part la nature des signes environnants – le signe n'est pas isolé, il fonctionne dans un groupe ou syntagme –, d'autre part la nature du signe lui-même et ses possibles commutations avec d'autres signes. La langue est alors perçue comme un système hiérarchisé de signes. La grammaire décrit toutes les combinaisons possibles, en tenant compte des deux axes évoqués, axe syntagmatique, axe paradigmatique.

De la même manière, la réflexion porte sur la **méthode d'analyse** à retenir, sur les procédures mises en œuvre. Ce faisant, la linguistique s'interroge elle aussi sur ses présupposés, sur sa propre démarche, consciente que ses résultats dépendent très largement de la théorie à laquelle appartient le modèle d'explication, et que le point de vue choisi constitue et détermine l'objet lui-même.

2. **Le structuralisme en Europe**. L'influence de F. de Saussure, en France et ailleurs en Europe, est d'emblée très grande : ainsi, à l'intérieur même de la grammaire philologique, des voix s'élèvent – celle d'A. Meillet en particulier – pour tenter de concilier ces vues systématiques avec la nécessité d'une description minutieuse des faits historiques.

En France, on rattache ordinairement au courant structuraliste plusieurs théories linguistiques, élaborées notamment dans le domaine de la syntaxe. Les travaux d'**A. Martinet** – à partir de 1955 –, portant d'abord sur la phonologie, puis sur la syntaxe – dite *fonctionnelle* –, s'inscrivent dans ce courant épistémologique : même souci de rigueur et de **systématisation**, même accent mis sur la **propriété de combinaison** des unités délimitées (*phonèmes*, dans le domaine phonétique, *monèmes* dans le domaine du lexique et de la syntaxe), sur la notion de **classes d'équivalences** (ensembles de monèmes possédant les mêmes capacités de combinaison). **L. Tesnière** élabore de son côté une approche originale de la syntaxe – dite *syntaxe structurale* –, publiée à titre posthume en 1959. Il y redéfinit les catégories traditionnelles de la grammaire, et propose une conception nouvelle des phénomènes syntaxiques : il distingue la *connexion*, qui unit dans la phrase simple l'élément subordonné à l'élément régissant, la *jonction* et la *translation* dans la phrase complexe ; il analyse encore les postes fonctionnels dans la phrase (théorie de la *valence verbale*, s'appuyant sur la distinction entre *actants*, prévus par le verbe, et *circonstants*). **G. Guillaume** pour sa part fonde, de 1919 à 1958, dans les cadres initiaux du structuralisme, une théorie générale du langage (la *psychomécanique*) s'appuyant sur une **conception dynamique** des rapports entre pensée et langage. L'opposition entre langue et parole se trouve réinterprétée en termes de mouvement : le passage d'un plan à l'autre est susceptible d'être perçu par l'analyse au moyen de *coupes interceptives* ou *saisies*, permettant une approche plus fine des effets de sens – nécessairement divers – sans renoncer à l'hypothèse saussurienne d'un signifié de langue unique. Avec G. Guillaume, la linguistique, jusque-là cantonnée à l'étude de la langue, s'ouvre au domaine du discours, de l'énonciation.

Ailleurs en Europe, l'influence de F. de Saussure est sensible essentiellement dans deux mouvements : à l'Est, avec le **Cercle Linguistique de Prague** (à partir de 1926), et en Scandinavie avec le **Cercle de Copenhague** (à partir de 1940). Les travaux des linguistes réunis dans le Cercle de Prague (savants tchèques, mais aussi français comme **E. Benveniste** ou russes comme **R. Jakobson**) portent initialement sur l'aspect phonique de la langue. Ils les conduisent à élaborer de rigoureuses méthodes d'analyse, où se dégagent les principes d'**alternance** et de **distribution complémentaire**. Pensées sur le mode binariste – au nom du principe structuraliste d'opposition fonctionnelle –, ces vues systématiques n'interdisent pas la prise en compte de la dimension historico-sociale du langage. C'est aussi en effet à l'**activité concrète des sujets parlants**, et pas seulement à une théorie générale de la langue, que s'intéresse le Cercle Linguistique de Prague. Certains travaux portent ainsi sur des énoncés particuliers (le conte par exemple, ou la langue poétique), ou sur l'interaction entre langue et parole (l'opposition entre récit et discours, à travers l'étude des temps verbaux). À Copenhague, la revue *Acta Linguistica*, à partir de 1939, réaffirme nettement les thèses structuralistes, en rendant la primauté à l'examen des mécanismes de la langue. Les travaux de **Hjemslev**, à partir de 1928, s'inscrivent dans ce formalisme extrémiste : la langue doit selon lui être décrite rigoureusement, à l'aide d'hypothèses logico-formelles, d'abord émises *a priori* puis confrontées aux données empiriques. S'élabore ainsi une théorie formelle de la langue, extrêmement complexe et abstraite.

3. **Le structuralisme américain.** À partir des années 1930, la linguistique américaine s'ouvre elle aussi au courant structuraliste. Elle est cependant marquée par plusieurs aspects spécifiques, qui la distinguent du mouvement européen.

Tout d'abord, l'ensemble des linguistiques américaines s'accordent pour proposer de la langue une définition **statique** – toujours autour de la notion de système –, **objective** et **neutre**. En construisant l'hypothèse théorique d'un **sujet** parlant **idéal**, neutre, défini par sa seule compétence linguistique, on éliminait durablement du champ de la linguistique le domaine de la signification et de l'énonciation.

D'autre part, les préoccupations théoriques et épistémologiques passent au second plan, si elles ne sont pas même totalement inexistantes. On a souvent en effet fait remarquer que le projet initial de ces linguistes – parvenir à décrire des langues encore inconnues, les langues amérindiennes, en usant par conséquent d'une méthode volontairement neutre, plate, purement descriptive – avait dans une large part déterminé cette méfiance vis-à-vis de la réflexion théorique.

Enfin, le souci constant de rigueur formelle, propre au structuralisme en général, trouve outre-Atlantique un modèle épistémologique qui fascinera pour longtemps la linguistique : les **sciences mathématiques**, et en particulier les langages formels utilisés en informatique, semblent ainsi pouvoir offrir à la fois un modèle et une garantie de neutralité et d'objectivité. Les présupposés idéologiques de cette conception formaliste de la linguistique ne sont presque jamais remis en cause, de même qu'aucune réflexion épistémologique ne s'engage sur l'appropriation discutable de ces méthodes dans le domaine de l'étude du langage.

Le parcours de la linguistique américaine, des années 1930 jusqu'aux tout récents travaux de N. Chomsky, est souvent décrit comme une ligne continue menant du **distributionnalisme** à la **grammaire générative**, en passant par le **transformationnalisme**. On en rappellera très sommairement les principales étapes.

Le linguiste **L. Bloomfield**, en 1933, fonde effectivement la méthode de la grammaire distributionnaliste. Influencé par les conceptions du béhaviorisme – qui associe mécaniquement un stimulus à une réponse –, il propose de la langue une définition volontairement réductrice. Refusant de prendre en compte la signification – qui serait du ressort du discours, non de la langue –, il assimile ainsi le sens à l'**information** transmise par la langue, conçue alors comme simple instrument ou vecteur. Le but avoué d'une telle réduction, c'est de rendre possible, à moyen terme, le traitement automatique du langage par la machine. La méthode elle-même se veut une **procédure d'analyse neutre, empirique**. À partir d'un corpus donné, échantillon représentatif de la langue à étudier, l'analyse segmente les éléments, en se fondant sur l'examen de leur **répartition** et de leur capacité d'association et de substitution à l'intérieur de l'ensemble du système. Se dégagent ainsi des **constituants**, hiérarchisés entre eux. Chaque élément se voit donc défini par sa **distribution**, c'est-à-dire par la place qu'il occupe au sein du système et par ses possibilités de variation et de commutation.

Approfondissant la procédure, le linguiste **Z. Harris** recourt, à partir de 1952, au concept de **transformation**, seul capable de faire passer du plan de la phrase à celui du discours, c'est-à-dire à l'analyse de textes entiers. La notion d'**équivalence** entre phrase de départ et phrase d'arrivée est au cœur de ce système, dans lequel le sens est toujours conçu comme l'information invariante véhiculée par la langue. À partir des années 1970, des modèles de **dérivation** sont élaborés – toute phrase complexe pouvant être dérivée de phrases élémentaires, moyennant l'intervention d'*opérateurs* agissant à différents niveaux. La description prend un tour de plus en plus complexe et formalisée, toujours sur le modèle mathématique. L'ensemble reste en effet soumis à la même visée : permettre l'application du modèle à l'analyse automatique du langage, en restant pour cela dans le cadre restreint de la conception informationaliste et instrumentale de la langue.

En France, les travaux de **M. Gross** et de ses disciples – notamment **L. Picabia** –, à partir des années 1960, peuvent être considérés comme s'inscrivant dans ce projet d'une description neutre et empirique à l'aide des concepts de distribution et de transformation. L'objectif en est la description exhaustive des principaux faits syntaxiques du français : ainsi des constructions verbales ou adjectivales, qui ont par exemple été systématiquement explorées. Appuyée sur la collecte minutieuse du plus grand nombre de données empiriques, l'analyse doit aboutir à la constitution – en cours – d'un ambitieux *lexique-grammaire* associant aux éléments du lexique l'indication de leurs capacités d'emploi, de construction et de combinaison, toujours dans la perspective d'applications informatiques.

Si la méthode d'analyse des structuralismes américains a permis de réels progrès dans la compréhension des faits de langue, faisant entrer dans le bagage commun de la linguistique les concepts et les procédures de commutation, de distribution, de dérivation (et d'autres encore), le bilan global doit être nuancé. Le refus de toute théorisation générale prive la linguistique d'une véritable syntaxe, d'une conception d'ensemble de la phrase et des relations fonctionnelles entre constituants à l'intérieur de ce cadre : la **méthode, purement analytique**, s'interdit la synthèse. De la même façon, en l'absence de toute réflexion théorique sur le langage, la perspective adoptée s'avère très réductrice. Amputée du champ de la signification, la langue, désormais sans sujet et sans histoire, n'est peut-être alors que le moyen d'élaborer une description hautement technique, formalisée, calculable et donc mathématiquement opératoire. S'agit-il encore d'une linguistique ?

IX. La modernité : vers une conception dynamique du langage

À partir du milieu du siècle, la linguistique s'ouvre en effet à une nouvelle conception du langage. Sans toujours récuser les exigences de rigueur et de formalisme émises par le structuralisme, les travaux de ces dernières années, quelle que soit leur diversité, font émerger d'une manière générale l'idée d'une **vision dynamique du fait linguistique**. De plus en plus, l'activité de parole est comprise non comme une succession d'états, accessibles à une description plate et analytique, mais comme une continuelle **mise en relation, combinaison d'opérations** aux interactions complexes.

Deux tendances peuvent être dégagées à l'intérieur de ce nouveau programme d'étude : d'un côté, la **tendance formaliste**, issue des méthodes du structuralisme américain mais ambitionnant désormais de construire une théorie générale de la langue. De l'autre, le **courant sémantico-pragmatique**, dont l'objet d'étude est bien plus l'activité concrète de parole que l'analyse des structures abstraites de la langue – que l'on dénonce alors comme une illusion épistémologique.

A. L'âge formaliste : la grammaire générative et les grammaires formelles

La grammaire dite *générative* est née des travaux du linguiste américain **N. Chomsky**, à partir des années 1950, dans la continuité du transformationnalisme. Elle partage en effet avec le structuralisme américain la fascination pour le modèle épistémologique des sciences mathématiques (en particulier de l'informatique) et l'exigence hautement poussée de formalisme : il s'agit là encore de construire un modèle formel, calculable et opératoire. De la même manière, l'objet d'étude demeure la langue, conçue en dehors de la signification, toujours rattachée à un sujet neutre idéal, pure construction théorique.

Mais certaines des ambitions et certains des présupposés de N. Chomsky séparent la grammaire générative du pur structuralisme. D'abord parce que la description, tout en restant neutre, doit dépasser le cadre de la simple décomposition analytique pour **élaborer une synthèse générale** : la grammaire générative se veut en effet une théorie générale de la langue. Elle ne saurait par conséquent faire l'économie d'une **syntaxe**. C'est bien désormais le domaine syntaxique de la phrase qui va fournir son cadre à l'analyse. Ensuite, parce que le concept de transformation est réinterprété en termes dynamiques. Il ne s'agit plus en effet de décrire la structure d'un corpus, mais de parvenir à mettre en évidence le **mécanisme génératif** de la langue, c'est-à-dire de montrer comment, à partir d'un ensemble fini d'axiome de départ et de règles de procédure, le locuteur idéal parvient à former – à *générer* – un nombre infini de phrases syntaxiquement conformes, grammaticales. La notion de **dérivation**, élaborée à partir du concept de transformation, permet seule de garantir l'application des règles de génération. Elle seule en effet possède le pouvoir d'expliquer les phénomènes d'équivalence sémantique – deux phrases formellement différentes seraient alors données comme dérivant d'une structure identique – ou de démêler les phénomènes d'ambiguïté – deux phrases syntaxiquement identiques mais non équivalentes dériveraient de deux structures distinctes. On voit bien comment se met ainsi en place une **vision dynamique de la structure syntaxique**, décrite comme une *histoire dérivationnelle*.

La théorie de N. Chomsky a connu d'incessants remaniements ; elle est à l'heure actuelle encore en cours d'élaboration. Le modèle d'analyse proposé, tout en restant dans le cadre initial d'une théorie syntaxique de la phrase – et non des énoncés –, a donné lieu à différentes versions, chacune présentée comme un progrès par rapport à la précédente. Le linguiste a ainsi été amené, par exemple, à abandonner le concept de *structure profonde* de la phrase, la structure de surface demeurant seule pertinente pour l'analyse. Ou encore, le modèle, jusque-là organisé en *niveaux* et *composantes* strictement hiérarchisés, où interviennent des opérations successives, se présente désormais sous la forme de *modules* autonomes, combinables entre eux. Mais, comme on le voit, quel que soit le stade d'élaboration de la théorie, celle-ci reste soumise à une **conception exclusivement formelle** de la langue, compatible avec la technicité et la scientificité d'une formulation mathématique, opératoire et calculable pour un traitement informatique du langage.

Le projet, en dernière analyse, est de plus en plus ambitieux : il ne s'agit rien moins que de fonder une **grammaire universelle des langues**, en se fondant sur le postulat de l'existence de propriétés universelles. Enfin, le lien aux sciences mathématiques s'infléchit vers un intérêt croissant accordé aux **sciences cognitives** : la grammaire générative, conçue alors comme une théorie générale du langage, voudrait en effet offrir un modèle procédural de la faculté de langage et de ses processus d'acquisition.

C'est sans doute là que réside la principale limite de la grammaire formelle selon N. Chomsky : comment concevoir le langage en le coupant de l'acte même d'énonciation, et donc aussi bien du sujet parlant que de la signification?

Ce formalisme pur s'est pourtant imposé très largement en linguistique. Il a fait naître, dans la mouvance de N. Chomsky, de nombreux travaux engagés dans le traitement automatique du langage (les *grammaires formelles*, à dominante tantôt syntaxique, tantôt sémantique), ainsi que des courants dissidents issus de la grammaire générative, mais soucieux de dégager les mécanismes propres de la *composante sémantique*.

Cependant, il a également suscité un vaste débat – toujours ouvert – sur l'objet de la linguistique ; les questions que soulevait cette conception technicienne et procédurale de la langue demeurent d'actualité.

De fait, la linguistique s'est largement intéressée, ces dernières années, à l'**activité de parole**, refusant de restreindre plus longtemps son objet d'étude.

B. Les sciences du langage ouvertes à l'activité de parole

Cette nouvelle mutation de la linguistique se produit, depuis environ quinze ans, sur un fond commun de **réaction face au réductionnisme** des approches issues du structuralisme. Qu'il s'agisse en effet de réduire le langage à une langue formalisable, de concevoir le sens de façon purement instrumentale ou mécanique, on a vu comment le courant américain, en particulier, entendait exclure de son champ d'étude la dimension proprement humaine du langage. Les questions de signification dans le discours (problèmes de vérité, de référence, de représentation du monde...) étaient ainsi écartées par décision *a priori*. Surtout, le sujet parlant, dans son activité concrète d'énonciation, était totalement ignoré. C'est donc de proche en proche toute la **dimension communicative du langage** qu'il restait à mettre au jour, et ses divers paramètres – partenaires de l'échange ou co-*énonciateurs*, situation extralinguistique, enjeux pragmatiques de la prise de parole – qu'il convenait désormais d'étudier.

Pour la commodité de l'exposé, on distinguera deux courants engagés dans ce projet commun : le **courant sémantique** qui remet à l'ordre du jour la question de la signification et de la représentation du monde, et le **courant pragmatique** attaché à replacer le langage dans les circonstances concrètes de l'énonciation.

1. Le courant sémantique. Les travaux de **B. Pottier**, qui s'inscrivaient initialement (dans les années 1960) dans la mouvance du structuralisme européen, ont manifesté très tôt une ambition globalisante. D'un formalisme certes poussé, ils se présentent cependant comme une grammaire de **production des énoncés**, soucieuse d'intégrer au modèle les paramètres concrets de l'activité de parole (contexte, situation, rôle de l'implicite, etc.).

Le **courant logique** entend pour sa part s'écarter des formalismes importés d'autres sciences, refuse l'assimilation réductionniste du langage à la logique mathématique. Pour rendre compte du processus de la signification, ces travaux sont à la recherche de modèles plus souples, plus fins, moins formalisés, bref, mieux adaptés à la réalité complexe du langage. On entreprend ainsi d'explorer les questions de la vérité, du sens, de la référence – ainsi des travaux de **R. Martin** notamment –, ou de construire une *logique naturelle* du discours argumentatif (**J.-B. Grize**), en reconnaissant aux locuteurs une commune *compétence discursive*.

Le **courant cognitif** s'efforce de proposer une théorie psychologiquement vraisemblable de la construction du sens dans le discours : il s'attache essentiellement à dégager les mécanismes de **représentation du monde**, médiatisée à travers le langage par les sujets parlants (on citera par exemple les travaux de **G. Fauconnier** ou de **R. Jackendoff**).

2. **Le courant pragmatique**. Les nombreux travaux qui se rattachent à ce courant dessinent à l'intérieur de la linguistique un domaine très vaste, assez hétérogène – l'interdisciplinarité y est presque toujours revendiquée, associant notamment aux linguistes les ethno-sociologues, les psychologues spécialistes en sciences cognitives, les philosophes, etc. – mais au projet stimulant. Rendu à sa dimension humaine, le langage y est conçu comme **acte**, son étude est envisagée dans ses diverses implications. Le concept d'**énonciation** y occupe la place centrale, imposant à l'analyste de prendre en compte les circonstances concrètes de la prise de parole, ses multiples paramètres, ainsi que toutes les modalités de la communication humaine.

Les linguistes s'attachent ainsi à mettre en évidence les **traces laissées dans le discours par l'acte d'énonciation** : marques d'intersubjectivité, catégories grammaticales qui font passer du plan de la phrase à celui du discours (modalités, déictiques, adverbes de discours, phénomènes de structuration thématique...). Ce faisant, ces travaux tentent de construire une théorie dynamique de la production des énoncés : on pense en particulier à l'œuvre pionnière d'**A. Culioli**. De la même manière, les linguistes s'intéressent aux diverses réalisations discursives, en posant la question fondamentale de savoir **ce qui se passe réellement dans l'interaction verbale** : la théorie des **actes de langage**, élaborée par les Anglais **J. L. Austin** et **J. Searle**, amène à distinguer plusieurs types d'actes réalisés dans et par le discours, à en décrire les effets pragmatiques. Les questions de l'**implicite** (présupposés, allusions, actes dérivés, implicatures lexicales...) et celle de l'**inférence** sont également au cœur de la réflexion, de même que le concept de **polyphonie** énonciative – dû en particulier à **O. Ducrot** et ses disciples. Une voie récente d'approche amène enfin les linguistes à s'intéresser tout particulièrement aux interactions verbales effectives, données comme prototypiques du fonctionnement communicationnel du langage : c'est le domaine récent de l'**analyse conversationnelle**.

À cette énumération de propositions denses et stimulantes, on mesure bien à la fois la fécondité de cette nouvelle conception de la linguistique, au projet ambitieux, mais aussi les risques méthodologiques encourus. Car dans ce foisonnement d'approches, d'analyses, dans ce partage enrichissant des connaissances, le champ proprement linguistique tend parfois à se dissoudre dans les plus vastes *sciences du langage*. Une véritable réflexion épistémologique – d'ailleurs souvent menée – est donc nécessaire pour bien prendre la mesure de ce phénomène, quitte à devoir délimiter nettement les domaines de chaque discipline.

L'enjeu, en définitive, se révèle considérable : la pragmatique ambitionne en effet la place centrale dans la théorie linguistique, dont elle se veut le principe organisateur. Ce qu'elle propose ainsi, c'est une définition globale de l'activité de communication et de signification.

Présentation de l'ouvrage

Les leçons de l'héritage historique : les choix épistémologiques

De ce parcours rapide des grandes étapes de la pensée linguistique, le lecteur aura sans doute mesuré la richesse des propositions successivement ou simultanément offertes à la réflexion, mais aussi la difficulté à réduire cette évolution à un mouvement de progrès continu : l'hétérogénéité des thèses et des points de vue ne s'inscrit pas toujours sur un fond unique et cohérent, en dépit des réelles avancées dont nous avons tenté de rendre compte. De fait, plusieurs tendances – issues de cette histoire de la grammaire – ont pu ainsi être dégagées. On voudrait ici formuler brièvement les positions adoptées dans cet ouvrage par rapport aux principales d'entre ces tendances.

La description grammaticale, comme on l'a vu, s'est progressivement détachée de la **pensée logique et métaphysique**, héritage des siècles antiques et de la tradition scolastique. La soumission de la langue à la pensée, le primat du sens au mépris de l'examen des formes d'expression, sont autant de positions qui ont gagné à être abandonnées. Mais on a vu combien il était difficile – et même illusoire – d'espérer bannir totalement de l'analyse la composante sémantique : l'étude des faits de langue n'impose pas nécessairement le rejet absolu des questions du sens et de la signification. Bien au contraire, la description purement grammaticale et syntaxique gagne à reprendre à son compte propre plusieurs concepts préalablement élaborés dans le cadre logique. On retiendra ainsi, dans les analyses proposées, la notion de *prédication* comme essentielle à la compréhension de certains mécanismes langagiers. Elle permet en effet, par exemple, de décrire la structure d'énoncés non canoniques (*Superbe, cette robe !/Et tes enfants ?*), ou encore de rendre compte de certains faits de subordination, comme la proposition participiale ou l'infinitive. De la même manière, la question de la *valeur de vérité* d'une proposition peut servir de cadre à l'explication de nombreux faits de langue (emploi du subjonctif, des temps de l'indicatif, de la négation, etc.) : mais c'est à l'intérieur des *univers de croyance* et des *mondes possibles* – donc, au sein d'une logique assouplie et rendue plus complexe – que se pose désormais cette question du sens et de la référence.

L'**héritage philosophique**, issu du courant rationaliste qui trouve avec Port-Royal son expression la plus achevée, ne saurait lui non plus être intégralement assumé : si la grammaire peut encore espérer mettre au jour les principaux mécanismes à l'œuvre dans les modes d'expression, faire comprendre, dans une certaine mesure, la logique propre à chaque système linguistique, en bref si elle n'entend pas renoncer à toute théorisation et tout effort de conceptualisation, il est clair qu'elle doit s'interdire toute ambition universalisante, toute prétention à la généralité absolue.

Il s'agira donc, d'abord, de décrire, en tentant de formuler des hypothèses explicatives. Cette **perspective descriptive** suppose par conséquent que les leçons de la grammaire philologique aient été assimilées. L'analyse grammaticale doit ainsi intégrer à ses présupposés et à sa méthode la notion de *diachronie*. L'objet d'étude n'est donc pas ici le système abstrait, absolu et général de la Langue – illusion épistémologique – mais bien un état historique du français, saisi à un moment particulier de son évolution : celui du *français moderne*, dont il est ainsi possible de décrire le fonctionnement, les éventuelles modifications prévisibles, les apparentes aberrations ou exceptions (qui trouvent précisément parfois leur explication dans l'histoire de la langue), les hésitations ou les régularités de l'usage. Précisément, dans ce cadre descriptif, quelle place faire au **courant normatif** et prescriptif qui a longtemps prétendu résumer à lui seul toute l'ambition de la grammaire ? C'est bien l'*usage* communément admis – mais aussi réglementé par toute une tradition académique et scolaire – qui devra faire figure de norme : mais celle-ci n'a donc plus aucune valeur absolue, aucune légitimité intrinsèque. Il ne s'agit que d'isoler, au sein de plusieurs modes d'expression possibles, un certain niveau de langage ; le français moderne qui sera ici décrit se présente donc en grande partie comme un *français standard*, de niveau *courant* à *soutenu*. Nouvelle coupe empiriquement faite à l'intérieur d'une réalité linguistique complexe. De fait, l'ouvrage se propose à la fois de décrire ce français moderne courant, et d'en rendre l'accès aisé au plus grand nombre de locuteurs possible. Ce faisant, la comparaison avec d'autres modes d'expression – littéraire en particulier, mais aussi familier, voire populaire – a paru, de temps à autre, nécessaire à la description, qui se veut ainsi hostile à toute visée prescriptive.

Enfin, les dernières mutations épistémologiques qui ont conduit à replacer la grammaire dans le cadre plus large de la linguistique, et à prendre en compte la **dimension dynamique du langage**, doivent elles aussi être intégrées à la description grammaticale. On le verra, la conception du langage comme *acte*, l'examen du processus d'*actualisation* au cours duquel la langue virtuelle s'enracine dans l'*ici et maintenant* d'un locuteur effectif, permettent d'éclairer de nombreux aspects du fonctionnement linguistique. Plus largement, la prise en compte globale de l'*énonciation*, de ses paramètres et de ses divers acteurs, se révèle indispensable à l'analyse – fût-elle purement grammaticale – de nombreux faits de langue et à la description de nombreuses catégories (par exemple les adverbes, les pronoms personnels, les modalités de la phrase, etc.). Il semble en effet désormais impossible de maintenir la fiction d'une description neutre, totalement empirique et procédurale, d'un objet-langue rattaché à un *locuteur idéal*, coupé de la situation effective de parole. Cette illusion épistémologique – postulat qui a cependant permis de grands progrès à la description – a semble-t-il été efficacement et durablement dénoncée par les principaux courants de la linguistique contemporaine.

Comment alors résumer, à l'intérieur de ce cadre épistémologique dont on vient de rappeler les enjeux, l'objectif de cette *Grammaire du français* ? Il paraît notamment légitime de s'arrêter un moment sur le terme de *grammaire*, qui a connu de multiples acceptions au cours de l'histoire de la réflexion sur la langue, et doit ici être entendu d'une certaine façon. À l'origine, comme le révèle l'étymologie du mot – la *grammatikè technè* ou *épistémè* désigne d'abord l'art de savoir lire les lettres de l'alphabet, dites *grammata* – la grammaire a vu son domaine étendu à l'étude de toute l'activité de parole ou d'écriture (prononciation, orthographe, apprentissage du vocabulaire, maîtrise des règles...).

Elle englobe même dans son champ d'investigation les textes philosophiques ou littéraires, suscitant gloses et commentaires. Elle a donc partie liée avec la Rhétorique, en tant qu'art de la parole. Au Moyen Âge, la grammaire entre dans l'enseignement des Arts dits *libéraux*, et figure comme l'une des disciplines du *Trivium*, à côté de la Dialectique et de la Rhétorique – le *Quadrivium* réunissant l'arithmétique, la géométrie, l'astronomie et la musique. On a vu comment, par la suite, la grammaire se constitue progressivement en discipline autonome, réduisant son champ d'étude tout en enrichissant ses outils et en se dotant d'un objet propre. Mais l'acception traditionnelle du terme *grammaire*, dans l'esprit du public d'une part, mais aussi telle qu'elle ressort de l'examen de nombreux manuels et ouvrages pédagogiques, s'avère alors trop restrictive.

D'abord en ce qu'elle écarte trop souvent de son champ d'étude des phénomènes pourtant véritablement linguistiques, tels que la phonétique, la prosodie, ou bien l'interaction du lexique et de la sémantique sur la syntaxe : le primat est ainsi constamment donné, et souvent exclusivement, à la morphologie et à la syntaxe.

D'autre part parce que les ouvrages de grammaire traditionnelle se présentent la plupart du temps comme de simples taxinomies, se limitant à étiqueter, à classifier les catégories, offrant ainsi de la langue une vision fragmentée, étroitement compartimentée. Elles se révèlent trop souvent incapables de mettre en évidence les parallélismes de fonctionnement – par exemple entre les diverses expansions du nom, adjectifs, relatives, participes ou compléments du nom –, elles découpent en unités parfois problématiques des catégories dont le mécanisme est méconnu – ainsi des divers *adjectifs* possessifs, démonstratifs ou indéfinis, qu'il faut regrouper en réalité, aux côtés de l'article, dans la classe des déterminants. Morcelant ainsi la description, ces grammaires méconnaissent le principe du *continuum*, en préférant ranger dans des compartiments étanches des termes qui peuvent cependant présenter, selon les contextes d'emploi, des comportements certes distincts mais apparentés. Enfin l'énumération de *règles*, présentées comme d'application mécanique, se substitue presque toujours à l'explication des faits de langue.

Face à cette double exclusive, cette *Grammaire* se voudrait de plus large ambition : sans récuser les cadres traditionnels de l'analyse – moyennant ici ou là quelques propositions de réaménagement ou d'assouplissement –, il s'agit, en quelque sorte, d'ouvrir la grammaire à la linguistique, en intégrant aussi souvent que possible à la description les principaux acquis des recherches les plus récentes dans ce domaine.

Pour autant, aucune obédience aveugle ni absolue à telle ou telle doctrine linguistique : au risque de paraître trop souple, trop *accueillant* pourrait-on dire, cet ouvrage se veut résolument éclectique. La description se réserve ainsi la liberté d'emprunter ici ou là, à telle ou telle théorie – psycho-mécanique de G. Guillaume et de ses disciples, théorie de la valence chez L. Tesnière, des univers de croyance chez R. Martin, linguistiques de l'énonciation comme chez A. Culioli, etc. – le principe explicatif qui semble le plus opératoire et le plus pertinent.

Ce faisant, une grammaire ainsi conçue devait rester à la fois utile et accessible. Les analyses présentées ont tenté de relever le défi d'une constante exigence de rigueur, de précision et de théorisation, sans sacrifier à la clarté ni à la lisibilité. Elles devraient – tel est en tout cas le souhait des auteurs – susciter une double lecture.

Lecture pratique tout d'abord, l'ouvrage se voulant effectivement un *usuel*, de consultation rapide et aisée : qu'il s'agisse de vérifier un point d'accord, une règle de syntaxe, une définition, l'emploi d'une forme verbale par exemple, l'usager du français moderne devrait trouver ici avec précision la réponse à ces questions ponctuelles qui se présentent couramment à lui dans la pratique de l'écrit ou de l'oral.

Plus largement, cette *Grammaire du français* espère ouvrir à un vaste public le champ passionnant de la réflexion sur le fonctionnement du français. À la lecture consultative, utilitaire, pourrait alors s'associer – et parfois peut-être, se substituer – une lecture spéculative. Car, plutôt que d'appliquer mécaniquement et aveuglément des règles et des procédures d'analyse, il paraît souhaitable, dans la mesure du possible, d'en comprendre la logique propre, le système interne. C'est à cet effort de conceptualisation que sont invités non seulement les professionnels, spécialistes du français – étudiants, professeurs, journalistes, traducteurs, correcteurs, etc. –, mais aussi tous les lecteurs curieux de mieux comprendre la langue et le fonctionnement de ses outils.

Le cadre d'analyse retenu Il convient maintenant de préciser le cadre syntaxique général retenu pour l'analyse des différentes catégories grammaticales et pour l'étude de leur mise en relation. La nécessité de présenter une description complète de ces outils et de leur fonctionnement a conduit à retenir comme cadre de leur expression l'unité linguistique de la *phrase*. Il a fallu d'abord distinguer soigneusement la phrase de l'énoncé. En effet, l'énoncé relève de l'expression, plus ou moins spontanée et donc plus ou moins construite. Il lui suffit pour être compris que soient formulés les éléments minimaux utiles, même en l'absence d'un pivot verbal. L'énoncé peut ainsi revêtir des formes si diverses et si elliptiques parfois qu'il ne saurait constituer une base stable et suffisante pour l'analyse.

Le cadre de la phrase permet seul en effet d'isoler tous les constituants syntaxiques (du groupe large, appelé *syntagme*, aux unités minimales ou *parties du discours*) et de décrire les mécanismes de leur mise en relation (fonction syntaxique, coordination et subordination). On rappellera encore que la phrase intègre la composante énonciative (intonation, modalités...).

Le lecteur devra donc se reporter à l'article **Phrase** pour prendre une juste mesure des catégories d'analyse envisagées dans l'ensemble de cet ouvrage. On se contentera ici de rappeler brièvement les principaux postes offerts à l'analyse grammaticale dans ce cadre de la phrase :

– les **parties du discours**, classement des divers éléments du lexique selon leur fonction (nom, pronom, verbe, adverbe, etc.) ;

– les diverses **fonctions syntaxiques** assumées dans la phrase par ses constituants (sujet, attribut, complément d'objet, complément circonstanciel, etc.) ;

– les **propositions**, qui constituent en quelque sorte des sous-phrases intégrées à l'ensemble de la phrase. On opposera ainsi la phrase simple à une seule proposition (*L'enfant dort.*) à la phrase complexe, qui comporte plusieurs propositions qu'elle relie sur le mode de la juxtaposition-coordination (*L'enfant dort, tout est calme./L'enfant dort et tout est calme.*) ou sur le mode de la subordination (*L'enfant dort quand tout est calme.*) ;

– les **modalités**, qui affectent la forme même de la phrase et traduisent la relation de l'énonciateur au contenu de l'énoncé (assertion, exclamation, interrogation, ordre) ;

– l'**ordre des mots** dans la phrase, enfin, devra être considéré comme un élément important de l'analyse grammaticale. Pour chaque modalité en effet, un ordre canonique pourra être établi et décrit ; certaines règles de modification de ce modèle, imposées par la syntaxe elle-même, devront être rappelées. Enfin, dans la réalité des énoncés, les écarts repérés par rapport à cet ordre canonique peuvent ainsi être inventoriés et classés, et recevoir une explication dans l'acte même d'énonciation.

Organisation de l'ouvrage On s'arrêtera ici sur le choix de la présentation alphabétique : si elle présente l'inconvénient – corrigé d'ailleurs par l'exposé de l'article **Phrase** – de ne pas donner au premier regard une vision organisée de la langue, elle permet une consultation rapide et aisée des points sur lesquels des éclaircissements sont souhaités. Un jeu de rappels et de renvois aux articles complémentaires permet l'élargissement de l'analyse et favorise la compréhension des relations d'une forme ou d'une structure avec une autre.

L'exposé, dans chaque rubrique, suit toujours la même progression : définition de la notion, description de la forme, étude du fonctionnement syntaxique. L'examen des effets de sens, lorsqu'il est jugé nécessaire, n'intervient qu'au terme de cette analyse formelle, et est étroitement rattaché au jeu des interprétations contextuelles.

Lorsque les rubriques sont apparentées (par exemple, les déterminants, ou les pronoms), le plan adopté pour chacune d'entre elles est identique, et souligné par les mêmes marques matérielles.

Les analyses, enfin, s'appuient systématiquement sur des exemples. Ceux-ci relèvent très majoritairement du français courant (extraits de dialogues entendus, parfois reformulés, proverbes, phrases forgées de toutes pièces...). D'autres sont parfois empruntés aux textes littéraires : il a en effet paru utile de montrer que certaines distinctions ou nuances opérées par la langue pouvaient effectivement être mises à l'œuvre, et par ailleurs de faire place, en marge du français courant, à d'autres formes d'expression. De la même manière, aux phrases grammaticales – c'est-à-dire correctement formées – destinées à servir d'exemple, il a souvent fallu opposer, pour éclairer l'analyse, des phrases irrecevables : **l'astérisque**, précédant dans les exemples ces phrases incorrectes, en marque précisément l'a-grammaticalité.

adjectif

Comme l'indique son nom, l'adjectif est un mot **adjoint**, venant **s'ajouter** à un autre mot auquel il apporte une précision de sens. Il est donc inapte à être employé seul.

Il entre dans la catégorie des éléments venant **modifier** le nom (qu'on appelle parfois *expansions nominales*).

On réservera donc l'appellation d'*adjectif* à la seule catégorie de mots variables en genre et en nombre, dont **l'expression est facultative**. Cette classe s'oppose ainsi à l'ensemble des déterminants du substantif. Ceux-ci au contraire entrent **obligatoirement** dans le groupe nominal, et se situent toujours à la gauche du nom.

ex. : *Elle a mis (une/sa/cette...) robe.*

Aussi les prétendus adjectifs non-qualificatifs (possessifs, indéfinis, démonstratifs, interrogatifs, numéraux), qui fonctionnent en réalité comme déterminants du nom, seront étudiés séparément : on aura intérêt à les **exclure** de la catégorie de l'adjectif.

REMARQUE : Certains mots présentent la particularité de pouvoir fonctionner soit comme déterminants (ils sont placés à gauche du substantif) :

ex. : *un certain sourire*

soit comme adjectifs :

ex. : *un charme certain.*

Comme on le voit, des différences de sens apparaissent alors (*un* quelconque *jour de la semaine / un homme très* quelconque).

On signalera enfin qu'il existe des adjectifs dont le rôle n'est pas de qualifier, mais de préciser l'identité du nom muni par ailleurs d'un déterminant :

– c'est le cas par exemple des adjectifs ordinaux (voir **numéral** [adjectif]), qui indiquent le rang d'apparition du référent :

ex. : *le troisième homme, la vingt-cinquième heure*

– c'est le cas encore d'un adjectif comme *propre*, qui, antéposé ou encore postposé et joint au déterminant possessif, renforce le lien établi avec la personne :

ex. : *ma propre sœur / mes biens propres.*

Ainsi compris, l'adjectif appartient avec le substantif à la catégorie nominale : comme le nom, il obéit à la **flexion** en genre et nombre. Cette parenté rend possibles de nombreux passages d'une classe à l'autre, par le mécanisme de la dérivation impropre (changement de catégorie grammaticale sans modification de forme, voir **lexique**) :

ex. : *une robe* orange (passage du nom à l'adjectif)

Le Rouge et le Noir (passage de l'adjectif au nom).

Cependant, outre son comportement syntaxique propre, l'adjectif ne joue pas le même rôle sémantique que le nom. En effet, tandis que ce dernier renvoie nécessairement, lorsqu'il est employé dans une phrase avec un déterminant, à une entité du monde (réel ou fictif), qu'on appelle alors son *référent* :

ex. : *un ballon, la licorne*

l'adjectif ne permet pas la désignation. Il indique une **propriété** du nom, permanente ou momentanée :

ex. : *un ballon* rouge, *la* légendaire *licorne.*

La catégorie de l'adjectif, ainsi limitée, s'avère cependant à l'examen assez hétérogène : des fonctionnements logiques particuliers entraînent parfois en effet des restrictions d'emploi importantes. Il convient donc d'examiner préalablement ces différents types.

I. UNE CATÉGORIE HÉTÉROGÈNE

A. CLASSIFIANTS ET NON-CLASSIFIANTS

On peut opposer deux fonctionnements logiques de l'adjectif :

– tantôt il indique une propriété objective, unanimement reconnue, sur la base de laquelle il est possible d'établir des classes, des ensembles stables, indépendants des énonciateurs (adjectif classifiant) :

ex. : *une robe rouge, la table ronde, l'arrêté ministériel*

– tantôt il caractérise de manière subjective, et traduit la position de l'énonciateur (adjectif non-classifiant), que celui-ci exprime son affectivité :

ex. : *une histoire surprenante, une fille merveilleuse*

ou émette un jugement de valeur :

ex. : *une remarque ridicule, un enfant minuscule.*

REMARQUE : Des changements de catégorie sont possibles. On opposera par exemple :

ex. : *la garde royale* (classifiant) / *un festin royal* (non-classifiant)
une robe noire (classifiant) / *de noirs desseins* (non-classifiant).

On le verra, la place de l'adjectif épithète est parfois conditionnée par ce type de fonctionnement.

B. ADJECTIF QUALIFICATIF ET ADJECTIF DE RELATION

Il convient d'opposer ces deux types d'adjectifs, dont le fonctionnement est très différent. Les adjectifs de relation, parfois appelés *pseudo-adjectifs*, ont en effet la particularité de ne pas pouvoir répondre à toutes les propriétés habituellement reconnues aux adjectifs qualificatifs. L'adjectif de relation entre en effet dans la catégorie des **classifiants**. Il possède enfin la particularité de se souder avec le nom pour former une nouvelle appellation, à la limite du mot composé :

ex. : *une fièvre aphteuse / une fièvre typhoïde* (maladies spécifiques, opposées par exemple à *la varicelle, la grippe,* etc.).

Tandis que l'adjectif qualificatif exprime une **propriété intrinsèque** du nom qu'il précise, l'adjectif de relation met en rapport **deux notions distinctes** ; aussi peut-on le paraphraser par un groupe nominal prépositionnel :

ex. : *un arrêté ministériel* (= du Ministre).

L'adjectif de relation constitue donc une classe à part ; s'il conserve la morphologie d'adjectif (il est soumis à l'accord), il en perd certaines propriétés syntaxiques, ce que marquent les traits suivants qui l'opposent aux autres adjectifs :

– fonction : il ne peut être ni attribut ni épithète détachée :

ex. : **Cette étoile est polaire/ *Cette étoile, polaire, se voit de loin.*

– place : il ne peut être que postposé au nom, avec lequel il constitue un ensemble soudé ; aucun autre adjectif ne peut venir s'y intercaler :

ex. : **un ministériel arrêté/ *un ministériel important arrêté*;

– il n'est pas modifiable en degré :

ex. : **un arrêté très ministériel/ *un arrêté plus ministériel que jamais*;

– n'étant pas sur le même plan logique que l'adjectif qualificatif, il ne peut lui être coordonné :

ex. : **un arrêté ministériel et important.*

II. MORPHOLOGIE DE L'ADJECTIF

A. RÈGLES D'ACCORD

1. Règle générale

Seule manifestation de l'unité formelle de cette classe, la morphologie de l'adjectif est marquée par le **phénomène de l'accord en genre et en nombre** avec le substantif dont il dépend. Cela traduit sa dépendance syntaxique et logique vis-à-vis de ce dernier.

ex. : *une nappe blanche, des chiens méchants.*

Lorsque l'adjectif dépend de plusieurs substantifs, il se met au pluriel :

ex. : *des assiettes et des couverts* étincelants.

REMARQUE : La langue littéraire, conformément à l'usage du français classique, autorise parfois l'accord au singulier avec le substantif le plus proche, même si l'adjectif se rapporte logiquement à l'ensemble :

ex. : *une pensée et une conduite personnelle.*
(F. Mauriac)

L'accord au masculin est de règle si les substantifs sont de genres différents ; on préférera cependant l'ordre féminin-masculin, qui facilite l'application de cette règle :

ex. : *des compagnes et des amis* chers.

En l'absence d'un sujet exprimé (par exemple, aux modes impératif et infinitif), l'adjectif se met au genre exigé implicitement par le contexte :

ex. : *Sois* belle *et tais-toi !*

REMARQUE 1 : C'est précisément cette propriété de l'accord qui permet entre autres d'opposer en français moderne la catégorie du *participe présent*, invariable, à l'adjectif verbal, soumis à l'accord (voir **participe**) :

ex. : *une rue* passante (adjectif)/Passant *dans la rue, une voiture klaxonna* (participe).

Cette séparation s'accompagne parfois de distinctions orthographiques : opposition -ant/-ent (*excellant/excellent*), opposition qu-/c– et gu-/g– (*convainquant/convaincant, fatiguant/fatigant*).

REMARQUE 2 : Il peut se trouver qu'un substantif soit en facteur commun à deux adjectifs. Le nom se met alors au pluriel, tandis que les adjectifs restent au singulier :

ex. : *les agrégations littéraire et scientifique.*

2. Latitudes d'emploi

– Lorsque le nom est déterminé par un groupe nominal quantifiant (*une foule de, un tas de...*), l'adjectif s'accorde soit avec le premier des deux noms (accord au singulier), soit avec le second (accord au pluriel) :

ex. : *un groupe d'enfants* difficile *(difficiles) à discipliner.*

– La locution attributive *avoir l'air* permet également les deux accords. Fonctionnant le plus souvent comme équivalent du verbe *être*, elle s'analyse alors comme locution verbale, entraînant l'accord de l'attribut avec le sujet :

ex. : *Cette fillette a l'air* charmante.

Cependant, si le nom réfère à un animé, il est toujours possible d'accorder l'adjectif avec le mot *air*, l'attribut portant alors sur l'objet :

ex. : *Cette fillette a l'air* fatigué.

REMARQUE : Cette latitude est interdite lorsque le sujet est un non-animé : on ne dira pas **Ces poires ont l'air bon.*

3. Exceptions : les adjectifs invariables

a) adjectifs empruntés

Les adjectifs d'origine étrangère, parfois mal intégrés au français, restent le plus souvent invariables :

ex. : *une femme* snob, *la civilisation* maya.

b) adjectifs de langue familière

Certains mots, de formation expressive, ne s'accordent pas :

ex. : *des styles* rococo, *une fille très* olé olé.

De même, plusieurs adjectifs formés par troncation (réduction) restent invariables :

ex. : *une fille* sympa, *la musique* pop.

REMARQUE : On observe dans l'usage une tendance de plus en plus nette à l'accord, notamment en nombre (*des gens sympas*).

c) adjectifs de couleur

Une grande partie des adjectifs de couleur font exception à la règle de l'accord. En effet, ces adjectifs étaient à l'origine pour la plupart des noms, et sont passés dans la classe des adjectifs par dérivation impropre :

ex. : *des robes* orange (mais *une couleur orangée*)

ou bien sont des mots empruntés à une langue étrangère, mal intégrés au français :

ex. : *des cheveux* auburn, *une toile* sépia.

REMARQUE : Cependant, par analogie, certains de ces adjectifs finissent par s'accorder (*des chaussettes* roses, *des mouchoirs* mauves, *des toges* pourpres).

On n'accordera pas non plus les adjectifs de couleur composés, ou bien modifiés par un autre mot :

ex. : *une jupe* vert clair.

d) emploi adverbial

Lorsqu'il est en emploi adverbial (il se rapporte alors à un verbe ou à un autre adjectif), l'adjectif ne s'accorde pas :

ex. : *parler* haut et clair,
fin *prête*, court *vêtue*.

REMARQUE : Dans *des portes grandes ouvertes* et *des fleurs fraîches écloses*, l'adjectif s'accorde en dépit de son statut adverbial (= *ouvertes* totalement, *écloses* récemment), conformément à l'ancien usage.

e) emploi prépositionnel

Les adjectifs *plein* et *sauf*, antéposés au groupe nominal, passent dans la classe des véritables prépositions, et perdent de ce fait l'accord :

ex. : *des fleurs* plein *les mains* (mais *les mains pleines de fleurs*)
Tous sont venus sauf *ma sœur*.

f) cas particuliers

– *Demi* et *nu*, en composition (toujours antéposés), ne s'accordent pas :

ex. : *une demi-portion* (mais *une heure et demie*), *nu-tête* (mais *les pieds nus*).

– *Possible*, employé avec le superlatif, est invariable (on peut en effet sous-entendre *qu'il est possible*) :

ex. : *Prends les fleurs les plus fraîches* possible.

B. MODIFICATIONS MORPHOLOGIQUES

La règle d'accord entraîne très souvent des modifications formelles pour l'adjectif, que celles-ci se manifestent seulement à l'écrit, ou qu'elles s'entendent également à l'oral.

1. Accord en genre

La marque du féminin est la voyelle finale *e muet* ([ə]). Son adjonction entraîne parfois un changement de prononciation.

REMARQUE : Certains adjectifs manifestent l'opposition de genre par une variation suffixale. Ce phénomène ressortit à l'étude du lexique, non de la grammaire *(tentateur/tentatrice, enchanteur/enchanteresse).*

L'opposition des genres est cependant loin d'être systématique. Près des deux tiers des adjectifs ont ainsi, à l'oral, une même forme aux deux genres.

a) forme indifférenciée

Ne varient pas en genre, à l'écrit comme à l'oral, les adjectifs dits *épicènes* (se terminant au masculin par un *e muet*) :

ex. : *une histoire véridique*

REMARQUE : S'ajoutent bien sûr à cette catégorie ceux des adjectifs que l'on a dit *invariables* (voir plus haut).

b) prononciation identique, forme écrite distincte

– L'adjonction du *e muet* de féminin entraîne parfois des modifications graphiques : *joli/jolie.* Lorsque l'adjectif se termine au masculin par les consonnes [t], [l] prononcées, le passage au féminin entraîne un doublement de la lettre graphique :

ex. : *nul/nulle, net/nette*

– Si la finale au masculin est la consonne [k] (notée *-c*), le féminin se note *-que*, sauf pour l'adjectif *grecque* :

ex. : *caduc/caduque, laïc/laïque*

– Enfin lorsque le masculin se termine par la consonne [r], on observe au féminin l'adjonction de l'accent grave : *amer/amère*.

c) prononciation et forme écrite distinctes

– La présence du *e muet* entraîne au féminin la prononciation de la consonne précédente, qui restait muette au masculin.

ex. : *petit/petite, sourd/sourde* [pətɪ/pətɪt] [suʀ/suʀd]

REMARQUE : Certains linguistes, prenant acte de ce mécanisme, ont proposé de décrire la modification de genre en faisant dériver le masculin du féminin : ainsi *petit* [pətɪ] est formé à partir de *petite* [pətɪt], après suppression de la consonne orale.

– Ce phénomène s'accompagne parfois d'un changement d'ouverture de la voyelle précédente :

ex. : *sot/sotte* (o fermé/o ouvert), *léger/légère* (e fermé/e ouvert),

ou bien d'une *dénasalisation* :

ex. : *bon/bonne, persan/persane, plein/pleine* (passage d'une voyelle nasale au masculin à la voyelle orale au féminin, avec prononciation de la consonne suivante).

– Il peut encore se produire au féminin une modification de la consonne finale de masculin, avec ou sans changement pour la voyelle antérieure :

ex. : *doux/douce, menteur/menteuse, neuf/neuve*

REMARQUE : Il faut signaler les couples *beau/belle, nouveau/nouvelle, fou/folle, mou/molle, vieux/vieille*, où le masculin correspond à une *vocalisation* (transformation en voyelle) de la consonne [l] ; le féminin s'est formé sur l'ancien masculin, qui survit parfois devant un mot à initiale vocalique (*un vieil ami, un mol oreiller, un bel enfant*).
Enfin, quelques adjectifs voient leur féminin prendre, outre le *e muet* final, une consonne supplémentaire : *coi/coite, favori/favorite, rigolo/rigolote, butor/butorde, esquimau/esquimaude, andalou/andalouse.*

2. Accord en nombre

La marque du pluriel, pour les adjectifs comme pour les noms, est à l'écrit la lettre *s*, parfois *x*.

REMARQUE : Les adjectifs se terminant par *-al* au masculin singulier ont normalement un pluriel en *-aux* (*froids glaciaux, chants choraux*), à l'exception des mots suivants : *banal, bancal, cérémonial, fatal, fractal, naval, prénatal, tonal*, qui s'alignent sur la règle générale (*des hommes banals*). En pratique, l'usage hésite pour de nombreux adjectifs utilisés ordinairement au singulier. La tendance semble être cependant à l'adjonction du *-s* final, par analogie.

À l'oral, cette marque n'est perceptible qu'en cas de **liaison** (c'est-à-dire devant un mot à initiale vocalique), et se prononce alors [z].

III. SYNTAXE DE L'ADJECTIF

L'adjectif est, comme on l'a dit, dans la dépendance du nom, par rapport auquel il peut assumer des fonctions diverses, qui lui sont propres et sont normalement interdites au substantif.

Par ailleurs, l'adjectif peut constituer la tête d'un groupe appelé **groupe adjectival**, dont il convient d'examiner la formation.

A. LA COMPOSITION DU GROUPE ADJECTIVAL

On ne rappellera ici que les principaux points à retenir.

1. Les compléments de l'adjectif

L'adjectif peut en effet recevoir des compléments, de statut variable. Il faut distinguer en effet :

– les compléments essentiels, propres aux adjectifs transitifs :

ex. : *exempt* de défauts, *prêt* à partir

– des compléments facultatifs, de construction libre :

ex. : *Il est gentil* pour ses enfants, *malgré son ton* gentiment *moqueur*.

Ces compléments sont de nature nominale (noms ou pronoms), ou bien sont représentés par des éléments à statut nominal (infinitif ou proposition complétive). On y rencontre aussi des adverbes.

Ils sont dans la grande majorité des cas en construction prépositionnelle.

2. Les degrés de l'adjectif

La propriété indiquée par l'adjectif peut faire l'objet d'une évaluation en degré (voir **degré**). Elle peut être mesurée :
– par rapport à un élément explicite (degrés de comparaison : infériorité, égalité, supériorité) :

ex. : *Il est* plus aimable *que son frère.*
C'est le plus aimable *de tous tes amis.*

– sans référence à un étalon de mesure (degrés d'intensité) :

ex. : *Il est* peu/assez/relativement/très/extrêmement *aimable.*

B. FONCTIONS DE L'ADJECTIF

1. Dans le groupe nominal : l'adjectif épithète

L'adjectif est alors placé dans la proximité immédiate du substantif (antéposé ou postposé), sans qu'aucune pause ne l'en sépare :

ex. : *la bicyclette* bleue, *de* charmants *enfants.*

L'adjectif indique une **propriété constante** du référent visé par le nom. Cette propriété peut être interprétée de manière **restrictive**, lorsque l'adjectif restreint l'extension du nom :

ex. : *Les élèves attentifs réussiront* (= seuls ceux des élèves qui sont attentifs réussiront).

ou bien **non-restrictive**, s'il se contente de fournir une précision non indispensable à la phrase :

ex. : *Elle enfila sa vieille veste noire* (= elle enfila sa veste noire, et celle-ci était vieille).

REMARQUE : Les pronoms de sens indéfini (*cela, quoi, rien, personne, quelque chose,* etc.) ne peuvent recevoir directement d'adjectif épithète. La langue recourt alors à la préposition *de,* qui s'intercale entre le pronom et l'adjectif (voir **pronom** [complément du]).

ex. : *Quoi de nouveau ?*

2. En position détachée : l'adjectif épithète détachée

Séparé du nom par une pause importante, que traduisent à l'écrit les virgules qui l'encadrent, l'adjectif est en position détachée :

ex. : *Ils regardaient,* attentifs, *la pluie tomber.*

Il est alors **mobile dans la phrase**, pouvant occuper des positions diverses :

ex. : Attentifs, *ils regardaient la pluie tomber.*

Il évoque une **propriété transitoire**, concédée seulement pour le temps et le procès du verbe principal.

Comme l'apposition, l'adjectif en position détachée constitue en fait un énoncé distinct, inséré dans un autre énoncé (= ils regardaient la pluie tomber et ils étaient attentifs). Cet acte d'énonciation secondaire intervient souvent pour justifier l'énonciation principale. Aussi l'adjectif détaché peut-il prendre souvent des **nuances circonstancielles** :

ex. : Attentifs, *ils regardaient la pluie tomber* (nuance de manière).
Fatigué, *il a dû renoncer à venir* (nuance de cause).
Quoique fatigué, *il a tenu à venir* (nuance de concession).

3. Dans le groupe verbal : l'adjectif attribut

Conformément à la définition de l'attribut, il se rattache au groupe verbal, et vient qualifier :
– le sujet (attribut du sujet)

ex. : *Il est* charmant (attribut direct).
Il passe pour agréable (attribut indirect).

– le complément d'objet (attribut de l'objet)

ex. : *Je le trouve* charmant.
Il a les mains blanches.

REMARQUE : Dans cette dernière fonction, une ambiguïté peut se trouver et faire hésiter entre deux interprétations de l'énoncé. Ainsi dans la phrase :

ex. : *Je préfère les tables* rondes.

on peut analyser *rondes* soit comme adjectif épithète de *tables* (= les tables rondes, je les préfère aux consoles, aux commodes, etc.), soit comme attribut direct du complément d'objet (= les tables, je les préfère rondes plutôt que carrées).

C. PLACE DE L'ADJECTIF ÉPITHÈTE

Alors que dans l'ancienne langue l'adjectif était normalement antéposé au substantif (ce dont témoignent encore les tours figés comme *à chaudes larmes, grand-mère*, etc.), l'ordre le plus courant pour le français moderne est la **postposition** de l'épithète.

Cependant cette place, dans de nombreux cas, peut varier, en fonction de contraintes diverses qui parfois se combinent. Ailleurs au contraire l'ordre est stable et fixe : ces deux modes de fonctionnement doivent être opposés.

1. Adjectifs à place fixe

a) adjectifs postposés

Se placent à droite du nom :
– les adjectifs classifiants, et notamment les adjectifs de relation :
ex. : *une table ronde, une réaction chimique, une étoile polaire*
– les adjectifs suivis d'un complément :
ex. : *des amis désireux de venir.*

b) adjectifs antéposés

L'ordre inverse, adjectif-nom, sera réservé aux cas de fonctionnement de l'adjectif en non-qualificatif (dès lors qu'il ne qualifie plus mais permet de préciser l'identité du référent). C'est le cas pour certains adjectifs, en général courts, très fréquents, qui peuvent être qualificatifs s'ils sont postposés, mais perdent ce sens propre en antéposition, pour marquer des rapports grammaticaux de quantification ou de détermination :

ex. : *mon* seul *ami/un homme seul*
un petit *appétit* (= peu d'appétit)*/un homme petit*

ou encore pour former avec le nom des groupes figés ou en voie de figement, marquant très souvent le degré. Se créent alors des couples de quasi-homonymes, dont le dictionnaire fait état :

ex. : *un* grand *homme, une* petite *fille, un* gros *mangeur.*

REMARQUE : L'adjectif fonctionne ici à la manière d'un adverbe. Intervenant précocement dans la phrase, il altère ainsi le sens du substantif, qui se trouve qualifié avant même d'avoir livré la totalité de son sens. Se forme ainsi une image globale de l'adjectif et du nom, dans laquelle l'adjectif spécifie le cadre du substantif (*un grand malade* = un qui est grandement malade, *un ancien élève* = un qui est anciennement élève, *un bel échec* = un échec de la belle manière, etc.).

2. Place variable

Divers facteurs interviennent pour contraindre ou influencer la place de l'adjectif épithète.

a) facteurs formels

Rythme et prosodie : conformément à la tendance du français, qui groupe de préférence les mots par masses volumétriques croissantes, des groupes courts aux groupes longs (cadence majeure), l'adjectif court sera plus volontiers placé avant le mot long, tandis qu'inversement on postposera l'adjectif de volume plus important que le nom.

ex. : *les* grands *palétuviers/un acte* extraordinaire.

Syntaxe : la présence de compléments pour le nom ou pour l'adjectif modifie leur volume et influe sur leur place. On retrouve donc ici le facteur précédent :

ex. : *un* agréable *récit de voyage* (complément du nom)
un homme beau *à voir* (complément de l'adjectif).

b) facteurs sémantiques

Dans les couples évoqués plus haut comme apparemment homonymes (*grand homme/homme grand, vieil ami/ami vieux*, etc.), on montrera que le fonctionnement logique et sémantique de l'adjectif antéposé diffère très souvent de l'adjectif postposé. On peut en effet, à la suite de certains linguistes, proposer l'explication suivante pour tenter de rendre compte de ces mécanismes sémantiques.

Placé à droite du nom (*un fumeur grand*), l'adjectif intervient après que le substantif a livré la totalité de son contenu de sens (*fumeur* = qui a l'habitude de fumer) ; l'adjectif apporte alors sa propre valeur de qualification (*un fumeur grand* = un qui est fumeur et qui est de taille élevée). Deux classes sont donc ainsi construites, réunies mais autonomes (les fumeurs et les grands). Antéposé au contraire, l'adjectif, au lieu de désigner *la manière d'être de la chose*, signifie alors, comme on l'a justement fait remarquer, *la manière d'être la chose* (grandement, bellement, etc.). Son contenu de sens porte alors, non plus sur l'individu particulier auquel le nom fait référence (Pierre*, ce grand fumeur*), mais sur la propriété elle-même désignée par le nom. L'adjectif antéposé constitue ainsi, avec le substantif dont il a modifié le cadre, une unité nouvelle, complexe et soudée.

La prosodie porte témoignage de ces deux modes de fonctionnement : un seul accent lorsque l'adjectif est antéposé (*une jeune fílle*), mais deux accents en cas de postposition, chacun des éléments ayant son autonomie (*une fémme jeúne*).

On le voit avec les exemples choisis, cette dualité de fonctionnement n'est possible qu'à des adjectifs de sens large, peu spécialisés et, de ce fait, très fréquents.

c) facteurs stylistiques

Lorsque la variation de place n'entraîne pas de conséquence sur le plan de l'interprétation, elle peut relever d'une volonté de **marquage** stylistique.

Ainsi l'adjectif antéposé prendra volontiers une valeur subjective, propre à traduire l'appréciation ou l'affectivité de l'énonciateur.

ex. : *un excellent repas* (= il m'a fait plaisir)/*un repas excellent* (= objectivement très bon).

REMARQUE : C'est de cette manière que l'on peut comprendre l'emploi métaphorique des adjectifs de couleur : normalement postposés en tant que classifiants, ces adjectifs, dès lors qu'ils se placent avant le nom, perdent ce caractère objectif et entrent alors dans la catégorie des non-classifiants :

ex. : *mes vertes années, de noires pensées.*

Enfin, on mettra à part la figure rhétorique de **l'épithète de nature** :

ex. : *la blanche colombe, de vertes prairies*

L'adjectif est ici logiquement redondant par rapport au nom, impliqué par la définition même de celui-ci (une colombe est blanche, les prairies sont vertes). Se créent ainsi des stéréotypes d'expression, ou « clichés ».

REMARQUE : Aucune nuance péjorative ne doit ici intervenir : cette figure, très ancienne, a été d'une grande productivité pendant des siècles ; elle entrait dans la catégorie esthétique du *style noble* et marquait de ce fait comme spécifiquement différente la langue littéraire. Sa désaffection progressive dans notre culture relèverait d'une longue histoire de la stylistique.

3. **Les épithètes multiples**

Lorsque le substantif est précisé par plusieurs adjectifs épithètes, deux cas peuvent se présenter :

a) les adjectifs sont sur le même plan logique

En l'absence de hiérarchisation logique, ils sont alors juxtaposés ou coordonnés, et obéissent aux mêmes contraintes que l'adjectif seul :

ex. : *une fillette sage et jolie.*

b) les adjectifs ne sont pas sur le même plan logique

Il faut alors décrire un mécanisme d'emboîtement :

ex. : *une jolie petite fille contente de partir.*

Dans l'exemple, le premier groupe *petite fille* est qualifié par l'adjectif antéposé *jolie* : ce deuxième groupe ainsi formé, *jolie petite fille,* est à son tour précisé par le groupe adjectival *contente de partir.*

IV. AUX FRONTIÈRES DE L'ADJECTIF : LE PARTICIPE

On rappellera en effet que le participe peut être décrit comme la forme adjectivale du verbe, *participant* à la fois de la catégorie du verbe et de celle de l'adjectif. Cette définition, quoique juste, doit être nuancée.

Tandis que le participe présent demeure avant tout une forme du verbe, même si ses fonctions peuvent être celles de l'adjectif, et devra donc en être radicalement distingué, le participe passé pourra dans certains cas être légitimement rapproché de l'adjectif, dont il possède l'essentiel des propriétés (notamment la flexion en genre et nombre).

On opposera ainsi, aux deux extrêmes :

– un fonctionnement verbal du participe passé : avec l'auxiliaire *être* ou *avoir,* il entre par exemple dans la formation des temps composés, ou encore de la forme pronominale :

ex. : *J'ai dormi et je me suis réveillé.*

– un fonctionnement adjectival, à l'intérieur du groupe nominal :

ex. : *Je déteste les maisons trop bien* rangées.

REMARQUE : Il existe ainsi de nombreux participes passés qui ont relâché leur lien avec le verbe dont ils dérivent, au point de devenir alors de véritables adjectifs ; le dictionnaire les accueille sous cette forme (*ci-joint, ouvert, ordonné,* etc.).

Entre ces deux pôles, une ambiguïté subsiste parfois dans le cas de la périphrase passive (voir **voix**). Ainsi, hors contexte, l'exemple suivant :

ex. : *La maison sera rangée.*

peut-il être interprété de deux manières :

– phrase attributive, où *rangée* = en ordre, assume la fonction d'attribut du sujet (*La maison sera propre et rangée quand tu rentreras*) ;

– verbe à la voix passive, où *rangée* ne s'analyse pas séparément, mais constitue le second élément de la périphrase (*ranger* au passif = *être rangé* : *La maison sera rangée demain par la femme de ménage* < *La femme de ménage rangera demain la maison*).

adjectif (complément de l')

L'adjectif est parfois à la tête d'un groupe appelé alors **groupe adjectival**, où figurent également les divers compléments de l'adjectif. Celui-ci peut en effet être modifié de plusieurs manières.

ex. : *un homme* rarement *facile* à convaincre.

On distinguera ainsi les compléments :
– **essentiels** : on les rencontre après certains adjectifs qui ne peuvent fonctionner seuls, et exigent précisément pour leur sens d'être complétés (on peut parler d'adjectifs *transitifs*).

ex. : *exempt* de défauts, *désireux* de venir, *enclin* à la boisson.

Le choix de la préposition n'est alors jamais libre, la construction est fixe pour chaque adjectif.

REMARQUE : Ces adjectifs transitifs peuvent cependant parfois s'employer absolument, c'est-à-dire sans leur complément ; mais celui-ci peut toujours être restitué.

ex. : *Il est content (de quelque chose). Je suis prête (à quelque chose).*

– **facultatifs** : dans tous les autres cas, dès lors que le complément n'est pas exigé, mais intervient librement, de manière non prévisible :

ex. : *célèbre* dans tout le pays pour son talent.

I. NATURE ET CONSTRUCTION DU COMPLÉMENT DE L'ADJECTIF

A. NATURE

Le complément de l'adjectif peut être de nature diverse.

1. Valeur nominale

C'est le cas le plus fréquent. Il apparaît alors sous la forme du nom, ou de ses équivalents contextuels.

a) nom

ex. : *gentil* pour ses enfants
rouge tomate.

b) équivalent du nom

– pronom :

ex. : *J'*en *suis fier.*

– infinitif à valeur nominale :

ex. : *soucieux* de bien faire

– subordonnée complétive (après des adjectifs d'opinion et de sentiment) :

ex. : *Je suis sûr* qu'il viendra/*content* qu'il vienne.

2. Adverbe

ex. : *Il est* toujours *aimable et* volontiers *serviable.*

REMARQUE : On mettra à part la modification en degré de l'adjectif, qui s'effectue bien souvent au moyen de l'adverbe (voir **degré**) :

ex. : *Il est* remarquablement *intelligent.*

B. CONSTRUCTION

1. Construction directe

Le complément de l'adjectif se construit parfois directement, sans l'aide d'une préposition. C'est souvent le cas avec les adjectifs de couleur :

ex. : *bleu* roi, *blanc* crème.

On observera que le substantif complément est toujours employé sans déterminant : il fonctionne dans sa plus grande virtualité, apportant à l'adjectif les propriétés qu'il contient, sans désigner un élément du monde.

REMARQUE : Les pronoms personnels, adverbiaux *(en, y)* et le relatif *dont* complètent sans préposition l'adjectif, mais leur forme porte trace d'une complémentation indirecte, ce dont témoigne leur remplacement par un pronom démonstratif, précédé alors de la préposition disparue en surface :

ex. : *J'*en *suis heureux (heureux* de cela*).*
Il lui *est cher (cher* à celle-ci*).*
*J'*y *suis prête (prête* à cela*).*

2. Construction indirecte

C'est de très loin la plus fréquente. Diverses prépositions peuvent introduire le complément de l'adjectif : surtout *de* et *à*, mais aussi *en, pour, envers*, etc.

ex. : *heureux* en amour, *doué* pour les langues.

II. CLASSEMENT DES EMPLOIS

A. COMPLÉMENT DE L'ADJECTIF TRANSITIF

ex. : *épris* de sa femme, *relatif* à son travail.

Ce complément est appelé par l'adjectif lui-même : sa construction n'est donc pas libre (le choix de la préposition est imposé par l'adjectif).

B. COMPLÉMENT À VALEUR CIRCONSTANCIELLE

ex. : *un homme célèbre* dans tout le pays pour son dévouement.

Ce complément apparaît de manière facultative. La préposition retrouve ici à la fois sa liberté (elle n'est pas fixée) et sa pleine valeur sémantique : des indications de lieu, de temps, de cause, de manière, etc., sont ainsi fournies.

REMARQUE : **Le degré de l'adjectif.** C'est un cas particulier d'emploi de l'adjectif (voir **degré**) dont la propriété évoquée est ainsi mesurée à l'intérieur d'une échelle :

ex. : *Il est peu/assez/très aimable.*

Cette complémentation doit être distinguée du complément de l'adjectif entendu au sens strict, qui reste valable quel que soit le degré de l'adjectif :

ex. : *Il est très dévoué* pour ses amis.

adverbe

En dépit d'une apparente unité formelle – l'adverbe est un mot invariable – cette catégorie grammaticale se révèle à l'examen assez peu homogène, intégrant des mots d'origine et de fonctionnement différents.

L'adverbe, forme invariable, est destiné à apporter un **appoint sémantique** à un adjectif, un verbe, un autre adverbe, une phrase tout entière, rarement à un nom. Ce dernier en effet peut être déterminé ou caractérisé par des formes adjectives auxquelles il impose son genre et son nombre. En revanche, les adverbes portent sur des parties de discours qui n'ont pas spécifiquement de genre ni de nombre à imposer. C'est pourquoi ils sont **invariables**.

Les formes adverbiales sont ainsi porteuses d'un contenu sémantique dont le poids varie d'un adverbe à l'autre. On opposera dans cette perspective les adverbes de manière, qui renvoient à un concept précis (*adroitement* = avec adresse) aux adverbes de négation porteurs de la seule idée négative, ou encore aux adverbes d'intensité ou de degré, qui servent à mesurer la propriété (*si* aimable, *le plus* aimable).

Trois critères permettent de reconnaître ou de définir la classe des adverbes (dans laquelle on joindra les **locutions adverbiales**, de forme figée : *en particulier, de toute façon...*).

L'invariabilité

C'est le critère qui fonde la différence formelle avec l'adjectif qualificatif. Des adjectifs comme *haut* ou *bas* restent ainsi invariables lorsqu'ils fonctionnent comme adverbes :

ex. : *Elle parle* bas.

REMARQUE : Un cas particulier est présenté par *tout* qui s'est longtemps accordé comme un adjectif. Au XVIIe siècle, un grammairien comme Vaugelas tente d'imposer son invariabilité, mais en admettant quelques exceptions. En français moderne, il constitue dans un seul cas l'unique exception à la règle absolue de l'invariabilité de l'adverbe : en effet, *tout* employé devant un adjectif féminin commençant par une consonne s'accorde avec ce dernier :

ex. : *Elles sont* toutes *fraîches,* toutes *heureuses.*

On notera au contraire qu'il reste invariable devant l'adjectif au féminin à initiale vocalique :

ex. : *La France* tout *entière le soutenait.*

La dépendance

L'adverbe n'a pas d'autonomie syntaxique, il a besoin d'un support auquel se rattacher. Dès lors, son statut est bien celui d'un complément :

- de verbe : *Il parle* trop ;
- d'adjectif : *Elle est* très *heureuse ;*
- d'adverbe : *Il parle* très *lentement ;*
- de préposition : *Il se plaça* tout *contre elle ;*
- de phrase : Heureusement, *il est arrivé à temps ;*
- rarement, de nom : *C'est une femme* bien.

L'intransitivité

À la différence de la préposition, avec laquelle il partage le critère d'invariabilité, l'adverbe ne peut introduire de complément. C'est précisément ce critère qui fonde la distinction entre la préposition et l'adverbe, même en cas de formes semblables. On distinguera ainsi un adverbe dans l'exemple :

ex. : *Passe* devant *!*

et une préposition dans la phrase suivante :

ex. : *Il marche* devant *elle.*

I. MORPHOLOGIE : ORIGINE DES ADVERBES

On reconnaît plusieurs sources aux adverbes français.

A. L'HÉRITAGE LATIN

Il concerne un nombre assez réduit de formes monosyllabiques subsistant en français moderne : *bien* (lat. *bene*), *mal* (lat. *male*), *hier* (lat. *heri*), *loin* (lat. *longe*), *mais* (lat. *magis*)...

B. L'HÉRITAGE ROMAN

En raison de l'usure phonétique de ces mots généralement courts, il est apparu à l'époque romane des adverbes constitués à partir de particules latines (adverbes et prépositions) juxtaposées : par exemple *avant* issu de *ab+ante, avec* issu de *ab+hoc, assez* issu de *ad+satis, arrière* issu de *ad+retro, demain* issu de *de+mane.*

Certaines de ces formes ont souvent présenté un doublet avec *e* final : *ore/or, voire/voir, encore/encor.* Une seule de ces formes a subsisté en français courant (seul *encore* est susceptible de variation en poésie).

On peut noter enfin qu'un *s* a souvent été ajouté en finale, alors que l'étymologie ne le justifiait pas (*encore/encores, doncque/doncques...*). Le mécanisme puissant de l'analogie a joué ici : certains adverbes comportaient en effet un *s* étymologique à la finale (*mais, certes...*) ; celui-ci a été étendu aux autres formes. En français moderne, ces formes analogiques ont disparu.

C. LA DÉRIVATION

La catégorie très nombreuse en français moderne des adverbes en *-ment* provient de la soudure de l'ablatif latin féminin *mente* (*mens* = esprit, attitude, manière) à un adjectif antéposé, accordé à ce substantif : *sincera+mente* a ainsi donné *sincèrement*, etc. *-Ment* a fonctionné par la suite comme suffixe marquant la manière de faire ou d'être, et s'est soudé à des adjectifs de forme féminine (même lorsque en latin la forme adjective était commune au masculin et au féminin). Ainsi *granment* a été refait en *grandement* à partir de *grande*, alors que le latin *grandis* ne distinguait pas le féminin du masculin. Devenu très productif, le suffixe s'est soudé à des mots appartenant à d'autres classes grammaticales : déterminants (*aucunement, nullement*), adverbes (*quasiment*), et même substantifs (*diablement*).

On signalera enfin l'ancien suffixe *-ons* vivant dans l'ancienne langue, qui permettait de former des adverbes précisant l'attitude du corps. Le suffixe se soudait à des verbes ou des substantifs. Il nous est resté les locutions adverbiales *à tâtons, à reculons, à croupetons*.

D. LA COMPOSITION

Le mécanisme qui était déjà à l'œuvre à l'époque romane (soudure de termes latins) se développe en français : deux adverbes peuvent ainsi s'agglutiner (*bien-tôt, ja-mais*), ou une préposition et un adverbe (*de-dans, sur-tout, en-fin*), ou un déterminant et un substantif (*quelque-fois, autre-fois, tou-jours*...). On note qu'une association plus complexe génère les formes *dorénavant, naguère, désormais*.

La composition apparaît plus nettement encore lorsque les mots bases sont liés par le trait d'union : *là-dessus, après-demain, avant-hier*, ou tout simplement juxtaposés : *nulle part, tout à fait, peu à peu*... Ce type de groupe forme des **locutions adverbiales**, qu'il est parfois malaisé de distinguer de simples compléments détachés à valeur circonstancielle (*au milieu, face à face, côte à côte, à la légère, de bonne heure, à genoux*, etc.). En fait, c'est le critère de **soudure** du groupe qui est à considérer ; on admettra qu'il s'agit bien de locutions lorsque les éléments constituants apparaissent fixes, ce que révèlent l'absence éventuelle de déterminant (ou l'impossibilité de modifier le déterminant), la commutation impossible d'un élément avec un autre de même nature, qu'il soit synonyme (*face à face* et non **visage à visage*) ou antonyme (*de bonne heure* et non **de mauvaise heure*).

E. L'EMPRUNT

Peuvent entrer dans la langue des mots appartenant à une langue étrangère sans qu'il y ait traduction. Sont ainsi issus de l'arabe *bezef, chouya, fissa,* de l'italien *piano, franco...* La plupart des emprunts viennent cependant du latin : *a posteriori, a fortiori, ad hoc, ad libitum, de visu, in extremis, in extenso, sic.*

F. LA DÉRIVATION IMPROPRE

On désigne ainsi le fait de langue qui consiste pour un mot à sortir de sa catégorie sans changer de forme, pour en intégrer une autre et fonctionner alors comme tous les mots de cette catégorie (voir **lexique**). Ainsi l'adjectif peut se faire adverbe (*la pluie tombe* dru, *boire* sec...). Le français contemporain, et notamment le discours publicitaire, a largement développé ce type de formation d'adverbes : *s'habiller* triste, *voter* utile...

II. CLASSEMENT FONCTIONNEL DES ADVERBES

Le classement usuel des adverbes est sémantique (adverbes de manière, de quantité, d'intensité, de lieu, de temps, etc.). Mais la catégorie étant comme on l'a dit très ouverte, les nuances peuvent se ramifier à l'infini. Ce classement présente en outre deux inconvénients majeurs :
– Certaines formes identiques peuvent avoir des valeurs sémantiques très différentes selon le contexte d'emploi. Ainsi *lourdement* dans les deux exemples suivants :

ex. : *Il s'assoit* lourdement (adverbe de manière).
Il s'est lourdement *trompé* (adverbe d'intensité).

– Le fonctionnement d'un même adverbe dans la phrase peut être très différent ; le seul classement sémantique ne permet pas de mettre en évidence cette diversité. Ainsi dans les phrases :

ex. : *Je vous assure qu'il travaille* sérieusement.
Sérieusement, *je vous assure qu'il travaille.*

Dans le premier cas, l'adverbe de manière est situé dans la dépendance du verbe, tandis que dans le second exemple le même adverbe, avec la même valeur sémantique, spécifie l'énonciation tout entière et porte sur la phrase.

Il paraît donc nécessaire d'opérer un **classement fonctionnel** qui prenne en compte la nature du terme sur lequel porte l'adverbe.

A. ADVERBE INTÉGRÉ À LA PHRASE

Il entre dans la phrase dont il est l'un des constituants – plus ou moins nécessaire comme on le verra. Dans ce fonctionnement, l'adverbe est soit adossé au terme sur lequel il porte, soit adjoint à l'ensemble de la proposition dont il pose les cadres (adverbes de lieu et de temps).

1. Adverbe adossé au terme sur lequel il porte

a) adverbe adossé à l'adjectif seul

Il s'agit des **adverbes de manière** en *-ment*, qui constituent la catégorie d'adverbes la plus étendue.

REMARQUE : Cette catégorie des adverbes de manière ne se réduit pas aux seuls adverbes en *-ment*, mais comporte un grand nombre de formes ayant intégré la classe des adverbes par dérivation impropre (*chanter* faux) ; mais ces adverbes ne portent que sur le verbe.

Les adverbes de manière en *-ment* ne peuvent se rapporter à d'autres adverbes, mais peuvent préciser des adjectifs. Dans ce cas ils précèdent généralement l'adjectif, mais les cas de postposition ne sont pas rares :

ex. : *un enfant* intellectuellement *rapide/un enfant rapide* intellectuellement.

b) adverbe adossé à l'adjectif ou à l'adverbe

Le fonctionnement de l'adverbe est comparable dans l'un et l'autre cas puisque l'adverbe vient préciser un terme déjà porteur d'une caractérisation : il s'agit des **adverbes de degré**.

Ils expriment la mesure d'une propriété (voir **degré**). On observera avant toute chose que ces adverbes, qui engagent le terme sur lequel ils portent dans un processus d'évaluation, précèdent toujours le terme en question :

ex. : *Il m'a répondu* très *aimablement.*

Degré de comparaison

Il s'agit ici d'un véritable système grammatical, aux formes fixes et codifiées. La mesure de la propriété s'effectue par rapport à un terme de référence, étalon de comparaison. L'adverbe de degré peut alors s'inscrire dans la construction du **comparatif**, qui présente un système gradué (supériorité, égalité, infériorité) :

ex. : *Il est* plus/aussi/moins *aimable que son frère.*

Il parle plus/aussi/moins *fort que son frère.*

Il entre encore dans la construction du degré **superlatif**, qui présente la propriété à son plus haut ou son plus bas degré par rapport à tous les objets de la même classe :

ex. : *Il est* le plus/le moins *aimable de tous ses amis.*

Il parle le plus/le moins *fort de tous ceux qu'elle connaît.*

Degré d'intensité

La mesure de la propriété s'effectue de manière absolue, sans qu'il soit fait référence à un terme étalon. L'expression en est fort nuancée et ne forme pas système. Elle s'organise en une échelle aux degrés nombreux, du plus haut au plus bas. On observe que, quelle que soit la position considérée, deux types d'adverbes sont aptes à exprimer le degré d'intensité : des formes grammaticales (*si, très, trop, assez*...) et des formes à base lexicale (l'adverbe en *-ment* : *extrêmement, totalement*...) dont on ne saurait confondre le fonctionnement avec l'adverbe de manière.

Marques du haut degré : On y trouve les **formes grammaticales** *très, trop, fort, bien, tellement, si* :

ex. : *Il est* trop *pressé. Il m'a parlé* bien *doucement.*

REMARQUE : *Tellement* et *si* ne peuvent s'employer seuls qu'en modalité exclamative :

ex. : *Il parle si/tellement vite !*

Dans tous les autres cas, on notera qu'ils impliquent une corrélation consécutive :

ex. : *Il parle* si/tellement vite *qu'on ne le comprend pas.*

On rencontre également des **adverbes à base lexicale** : *excessivement, extrêmement, incroyablement, effroyablement, terriblement, joliment,* etc.

ex. : *Il est* extrêmement *coléreux.*

Tu lui as joliment *bien répondu !*

Marques du moyen degré : Le seul outil grammaticalisé est l'adverbe *assez*; quelques adverbes ou locutions adverbiales à base lexicale se rencontrent : *suffisamment, moyennement, modérément, médiocrement, passablement, à peu près...*

ex. : *Il est* assez *intelligent.*

REMARQUE : On notera que l'expression du moyen degré se prête aisément au sens figuré, et traduit assez souvent, au moyen de la figure nommée *litote*, le haut degré :

ex. : *Elle est* passablement *mal élevée.*

Marques du bas degré : On y trouve les adverbes et locutions adverbiales *peu, un peu, quelque peu, médiocrement, à peine* :

ex. : *Il est* peu *aimable.*
Elle chante à peine *juste.*

REMARQUE : Alors que *peu* oriente vers une interprétation négative de la propriété, on constate que *un peu* en signifie l'existence positive ; on comparera ainsi :

ex. : *Il est peu/un peu fatigué.*

Tout au bout de l'échelle, on observe que l'expression du bas degré touche à la négation :

ex. : *Il* n'*est* en rien *insensible à vos conseils.*

c) adverbe adossé au nom

Dans un petit nombre de cas, l'adverbe semble s'adosser immédiatement au nom pour lui apporter un appoint sémantique :

ex. : *la roue* arrière, *une femme* bien.

On peut ici discuter du statut véritable du mot dont le fonctionnement est le même que celui de l'adjectif qualificatif. Il occupe en effet les fonctions d'épithète ou d'attribut :

ex. : *Je trouve cette femme* bien.

On serait là en présence d'une dérivation impropre (le mot change de catégorie grammaticale sans changer de forme), mais il faut noter que l'adverbe n'intègre pas absolument la catégorie de l'adjectif qualificatif dans la mesure où il ne varie ni en genre ni en nombre.

REMARQUE : Dans les constructions prépositionnelles (*les femmes* d'aujourd'hui), l'adverbe n'est pas adossé au nom. Relié à celui-ci par la préposition, il assume la fonction de complément du nom.

Le seul cas où l'adverbe formellement adossé au nom conserve cependant son statut d'adverbe est présenté par l'emploi de *même* : l'adverbe peut alors précéder le groupe nominal ou le suivre :

ex. : Même *les femmes étaient présentes.*
Les femmes même *étaient présentes.*

REMARQUE : On peut faire valoir que *même* est proche de l'adverbe de discours (voir plus bas) : il apporte moins un appoint sémantique au nom qu'il n'exprime le point de vue de l'énonciateur (étonnement, etc.).

d) adverbe adossé au déterminant numéral

L'adverbe peut préciser le déterminant numéral :

ex. : Environ *cinquante personnes ont répondu à l'appel.*
Ils ont compté presque *trois cents participants.*

REMARQUE : Certains grammairiens nomment l'adverbe dans cet emploi *prédéterminant.*

e) adverbe adossé à la préposition

Certaines prépositions peuvent être précisées par l'adverbe :

ex. : *Il est* tout *contre le mur*/juste *devant la porte.*

f) adverbe adossé au verbe

Il apporte au verbe un complément appelé à des degrés variés de nécessité. Ainsi on distinguera dans cette perspective les valeurs différentes de l'adverbe dans ces deux constructions apparemment parallèles :

ex. : *Elle parle* vite.
Il habite ici.

Dans le premier cas, l'expression de l'adverbe n'est pas exigée par le verbe ; dans le second au contraire elle est indispensable, appelée par la construction du verbe. Il paraît donc pertinent d'analyser le fonctionnement de l'adverbe dans son rapport avec le verbe.

L'adverbe complément nécessaire du verbe

Il est alors intégré au groupe verbal, et non adjoint à celui-ci ; comme tel il n'est pas déplaçable et suit nécessairement le verbe. Son fonctionnement est parallèle à celui du complément circonstanciel de lieu intégré (voir **circonstanciel**).

Adverbes de lieu : L'adverbe joue ce rôle de complément nécessaire après les verbes dits locatifs (exprimant la situation dans l'espace) :

ex. : *Il habite* ici.

Adverbes de mesure : Son expression est rendue nécessaire après les verbes de mesure (temps, poids, prix) :

ex. : *Le cours dure* longtemps.
Ce sac pèse lourd.
Le livre coûte cher.

L'adverbe complément non nécessaire du verbe

C'est la fonction intrinsèque de l'adverbe : il fait partie du groupe verbal et s'adosse – en postposition généralement – au verbe. Mais sa présence est facultative :

ex. : *Le Tour de France est passé* (ici).

Dans cet emploi de complément facultatif du verbe, l'adverbe peut se charger de multiples valeurs sémantiques.

Adverbe de manière : Il porte ici sur le groupe sujet-verbe. Il exprime fréquemment une propriété du sujet :

ex. : *Paul travaille* courageusement/vite.

Intègrent cette catégorie bon nombre d'adverbes en *-ment* qui permettent de préciser la manière dont l'agent du procès accomplit celui-ci. On peut donc dire que l'adverbe est ici « orienté vers le sujet ». Mais, dans un certain nombre de cas, l'adverbe en *-ment* porte seulement sur le contenu sémantique du verbe dont il restreint l'extension, sans mettre en cause le sujet :

ex. : *Il l'a démoli* psychologiquement.
Il l'admire intellectuellement.

Adverbe de degré : Il mesure la propriété dénotée par le verbe. Le système, décrit à propos de l'adverbe portant sur l'adjectif ou le verbe, reste valide ici. On retrouve donc les deux modes d'évaluation qui ont été présentés à ce propos.

Les degrés de comparaison sont exprimés, au comparatif, par les adverbes *plus, autant, moins*, le complément de comparaison étant introduit par *que* :

ex. : *Il travaille* plus que/autant que/moins que *son frère.*

Au superlatif, l'adverbe est précédé de l'article défini :

ex. : *C'est Pierre qui travaille* le plus/le moins.

Les degrés d'intensité se répartissent en une échelle aux degrés divers.

– **Le haut degré**, où l'on rencontre les outils grammaticaux *trop, beaucoup, tant, tellement* :

ex. : *Il parle* beaucoup.

On utilise également de nombreux adverbes à base lexicale (adverbes en *-ment*) :

ex. : *Il parle* énormément.

– **Le moyen degré** ne connaît que l'outil *assez*, et les adverbes *suffisamment, modérément, médiocrement, moyennement* :

ex. : *Elle a* assez *travaillé.*

– **Le bas degré**, où l'expression est supportée par les outils *peu, un peu* et l'adverbe à base lexicale *à peine* :

ex. : *Elle le connaît* à peine.

Au bout de l'échelle, l'expression du bas degré rejoint la négation.

Adverbe restrictif : Il porte exclusivement sur le groupe verbal :

ex. : *Elle aime* surtout *le chocolat.*
Elle a particulièrement *apprécié ce concert.*

2. Adverbe adjoint à la phrase

Il s'agit des adverbes de lieu et de temps, qui précisent le cadre spatio-temporel dans lequel se déroule l'ensemble de l'événement décrit par le groupe sujet-verbe-complément. À la différence des adverbes de lieu ou de temps adossés au verbe, leur place est mobile dans la phrase, et ils sont détachés du groupe sujet-verbe :

ex. : Là-haut, *à travers les nuages, on distinguait le reflet des torrents./On distinguait* là-haut *le reflet des torrents à travers les nuages.*

B. ADVERBE NON INTÉGRÉ À LA PHRASE

1. Définition et caractères

On peut distinguer ici entre deux types d'adverbes :

– Certains rendent compte de l'appréciation de l'énonciateur sur ce qui est dit, c'est-à-dire sur l'énoncé ; comme tels ils sont extérieurs à l'ensemble du groupe qui constitue cet énoncé (sujet-verbe-complément), puisqu'ils n'en font pas partie mais le commentent.

– D'autres expriment le sentiment ou l'attitude de l'énonciateur sur l'acte de parole lui-même, c'est-à-dire sur l'énonciation.

Tous ces adverbes ont en commun d'être extérieurs à la phrase ; ils peuvent donc se situer aux deux bornes extrêmes de la phrase et sont détachés par une pause que matérialise à l'écrit la virgule. Ainsi s'opposent par leur fonctionnement et par leur valeur respective les adverbes dans les phrases suivantes :

> ex. : *Je crois qu'il travaille* sérieusement.
> Sérieusement, *je crois qu'il travaille./Je crois qu'il travaille,* sérieusement.

Dans le premier exemple, l'adverbe est adossé au verbe qu'il complète – de façon facultative. Dans les deux autres cas, il est paraphrasable par *pour parler sérieusement*, et comporte donc une appréciation de l'énonciateur sur son énoncé.

> REMARQUE : On ajoutera qu'aucun de ces adverbes détachés de la phrase ne peut s'y intégrer, dans le même emploi, au moyen de la construction *c'est... que (*C'est sérieusement que je crois qu'il travaille).* De la même manière, l'interrogation portant sur ces adverbes est impossible, puisqu'ils posent intrinsèquement une assertion : **Est-ce sérieusement, je crois qu'il l'aime ?*

On proposera d'appeler ces adverbes, liés à l'acte de parole, *adverbes de discours.*

2. Classement des adverbes de discours

a) adverbes portant une appréciation sur l'énoncé

Ils modalisent, c'est-à-dire nuancent le contenu de ce qui est dit. On peut distinguer dans cette catégorie divers types de modalisation.

Modalisation en vérité

L'adverbe exprime l'appréciation de l'énonciateur sur la valeur de vérité contenue dans l'énoncé :

ex. : *Il viendra* nécessairement/forcément/à coup sûr...

ou sur sa conviction quant à la validité de l'énoncé :

ex. : *Il viendra* certainement/probablement/peut-être...

On peut considérer également que les adverbes d'assertion employés dans le cadre des structures question/réponse, explicites ou non, portent bien sur la valeur de vérité de l'énoncé :

ex. : *Viendrez-vous ?* – Oui/Assurément/Sans aucun doute.

Modalisation affective

Ils expriment l'appréciation subjective de l'énonciateur. Ils sont dits *évaluatifs* :

ex. : Heureusement, *il viendra.*
Curieusement, *il n'est pas venu.*

b) adverbes portant une appréciation sur l'énonciation

Modalisation évaluative

Ils expriment la position de l'énonciateur sur la manière dont il profère l'énoncé :

ex. : Sincèrement/Justement, *je voulais vous parler.*

Articulation du discours

Ils interviennent dans l'organisation, la structuration, soit logique soit chronologique, que l'énonciateur construit de son propre discours.

L'articulation chronologique est exprimée par les adverbes ou locutions adverbiales comme *d'abord, alors, puis, ensuite, premièrement...*

L'expression des rapports logiques peut être formulée par un grand nombre d'adverbes, traduisant par exemple la cause *(en effet, d'ailleurs)*, la conséquence *(par conséquent, ainsi)*, la concession *(cependant, malgré cela)*, l'opposition *(au contraire, en revanche)*, la gradation *(de plus, et même)*, la conclusion *(ainsi, donc, en définitive).*

La place de ces adverbes est générée par les nécessités d'une expression logique : on note ainsi que, s'ils n'ouvrent pas nécessairement l'énoncé, ils interviennent généralement en son tout début.

adverbial (pronom)

Les pronoms *en* et *y*, d'origine adverbiale, ont un statut syntaxique parallèle à celui des pronoms personnels conjoints. Ils présentent cependant des particularités morphologiques et syntaxiques, c'est pourquoi il convient de les étudier à part.

I. MORPHOLOGIE

En et *y* sont originellement des adverbes de lieu. *En* est issu de la forme adverbiale latine *inde* (= de là), *y* est issu de *ibi* (= à cet endroit).

De cette origine adverbiale, ils ont conservé leur propriété morphologique essentielle : l'**invariabilité**. Ils ne varient en effet ni en genre ni en nombre :

ex. : *Il a visité de nombreux pays, mais il* en *est toujours revenu. Il n'a pas choisi d'*y *demeurer.*

II. EMPLOI DES PRONOMS ADVERBIAUX

De la désignation du lieu (valeur adverbiale), *en* et *y* en sont venus à représenter ce lieu, puis à marquer l'origine ou le point d'application du procès, passant ainsi du statut d'adverbe à celui de pronom représentant.

A. PROPRIÉTÉS SYNTAXIQUES DE *EN* ET *Y*

En et *y* pronominalisent des compléments prépositionnels de statuts très divers.

1. *En*

Il pronominalise des groupes prépositionnels introduits par *de*, préposition marquant originellement le point de départ, l'origine (*Il revient* de Rome. *Il est mort* de faim.) Ainsi *en* peut assumer diverses fonctions.

a) complément circonstanciel de lieu

ex. : *Tu vas à Paris, et moi j'*en *reviens.*

REMARQUE : Le fonctionnement de *en* est ici proche de celui de l'adverbe *là* précédé de la préposition *de* :

ex. : *Je reviens de là.*

b) complément d'objet

Complément d'objet indirect

En représente le COI d'un verbe exigeant la préposition *de* :

ex. : *Ce sont ses affaires, je ne m'*en *soucie pas.*

Complément d'objet direct

En peut encore avoir la fonction de COD lorsqu'il est appelé à représenter un groupe nominal déterminé par l'article partitif :

ex. : *Reprends un peu de vin. – Non merci, je n'*en *veux plus.*

REMARQUE : On rappellera ici (voir **article**) que l'article partitif intègre dans sa forme l'élément *de*. Le pronom *en* est ainsi utilisé, au lieu de *le/la*, pour représenter une partie prélevée sur un tout. Il rend compte d'un mécanisme d'**extraction** que l'on observe encore lorsqu'il représente des éléments comptables prélevés sur un ensemble désigné : *en* renvoie alors à cet ensemble et marque l'opération de prélèvement qui s'y joue :

ex. : *Les enfants jouent dans la cour. J'*en *vois qui se battent* (= Je vois parmi les enfants certains qui...).

c) complément du nom

En représente un groupe nominal ; il assume la fonction de complément du nom (là où la construction nominale imposerait la préposition *de*) :

ex. : *Plusieurs fois par semaine, j'*en *ai des nouvelles* (= de lui/d'elle/d'eux).

d) complément du pronom

En peut encore s'associer à un pronom numéral ou indéfini dont il est alors le complément à valeur partitive. Il marque ici encore l'opération de prélèvement sur un ensemble qu'il représente :

ex. : *J'*en *vois plusieurs/dix qui se battent.*

REMARQUE : On rapprochera cet emploi des cas où *en* fonctionne en combinaison avec un adverbe ou une locution adverbiale de quantité :

ex. : *Finis mon dessert, j'en ai trop.*

L'ensemble *en* + adverbe est équivalent à un groupe nominal déterminé, en fonction de complément d'objet direct (*J'ai* trop de dessert.). Voir **indéfini** (déterminant).

e) complément de l'adjectif

ex. : *Antoine a acheté une planche à voile. Il* en *est fier.*

2. *Y*

Y pronominalise des groupes prépositionnels principalement introduits par *à*, préposition qui indiquait à l'origine l'endroit où l'on est aussi bien que celui où l'on va. Les emplois de *à* se sont ensuite étendus ; de même, *y* peut assumer des fonctions diverses.

a) complément circonstanciel de lieu

Il marque la situation :

ex. : *Il est à Paris, il* y *restera quelques jours.*

ou la destination :

ex. : *Je m'*y *rendrai le mois prochain.*

On observera que *y* peut pronominaliser un complément de lieu introduit par d'autres prépositions que *à* :

ex. : *Le vase est sur l'étagère, il* y *est mis en valeur.*

b) complément d'objet indirect ou second

Il intervient dès que la construction du verbe exige la préposition *à* :

ex. : *Depuis que Pierre a rencontré Marie, il* y *songe sans arrêt.*

c) complément de l'adjectif

ex. : *Il est apte à ce travail./Il* y *est apte.*

B. VALEUR DE *EN* ET *Y*

On a souvent discuté de la possibilité ou de l'impossibilité pour ces deux pronoms de représenter des êtres animés.

1. ***En***

Le pronom *en* peut, en général, renvoyer aussi bien à des inanimés (objets, notions...) :

ex. : *Il travaille, je m'*en *réjouis.*

qu'à des animés :

ex. : *J'*en *connais qui ne diraient pas non.*

Cependant, on remarque certaines restrictions d'emploi. En fonction de **complément d'agent**, *en* est concurrencé par le pronom personnel en construction prépositionnelle :

ex. : *Il aime Marie, et voudrait* en *être aimé/être aimé* d'elle.

En fonction de **complément d'objet indirect ou second**, *en* est employé le plus souvent pour référer à un inanimé, tandis que les animés sont représentés par le pronom personnel derrière la préposition :

ex. : *Apporte-moi ce livre, j'*en *ai besoin.*
Appelle Pierre, j'ai besoin de lui.

REMARQUE : S'il s'agit de représenter une proposition tout entière, seul *en* est possible :

ex. : *Il travaille, je m'*en *réjouis.*

2. *Y*

Y représente un inanimé (chose ou notion) mais s'emploie plus rarement pour référer à un être animé :

ex. : *Vous serez au calme, j'*y *veillerai.*
Marie est fragile, je veillerai sur elle (et non **j'y veillerai*).

Cependant, après les verbes marquant une opération de la pensée (*penser, songer, réfléchir...*), le pronom *y* peut être employé en fonction de complément d'objet indirect pour renvoyer à un animé :

ex. : *Marie, il* y *pense jour et nuit.*

REMARQUE : La concurrence avec le pronom personnel disjoint *lui/elle/eux* n'est possible que pour les animés ; s'il s'agit de représenter un inanimé, seul *y* apparaît :

ex. : *Cette solution est séduisante, j'*y *songerai* (et non **je songerai à elle*).

3. *En* et *y* lexicalisés

Un certain nombre de locutions verbales intègrent ces pronoms adverbiaux, alors vidés de toute référence. Entrant dans la formation de ces verbes composés, on dit que les pronoms sont *lexicalisés* :

ex. : *S'y connaître, y aller de bon cœur...*
En prendre pour son grade, en vouloir à quelqu'un.

III. PLACE DE *EN* ET *Y*

Les pronoms *en* et *y* sont des *clitiques*, c'est-à-dire qu'ils sont contigus au verbe sur lequel ils s'appuient. Ils sont le plus généralement placés à gauche du verbe. Deux cas sont à distinguer, selon la modalité de la phrase.

A. EN PHRASE ASSERTIVE, INTERROGATIVE OU EXCLAMATIVE

1. *En* ou *y* seuls compléments

Quelle que soit leur fonction exacte, ils sont placés obligatoirement **à gauche du verbe** :

ex. : *Le travail* en *est délicat. Il* y *pense. Il* en *est capable.*

2. En combinaison avec d'autres pronoms clitiques

En et *y* apparaissent alors, toujours antéposés au verbe, **en dernière position** derrière tous les autres pronoms :

ex. : *Il leur* en *a souvent parlé. Ils m'*y *ont engagé.*

3. *En* et *y* combinés entre eux

Le pronom *y* précède alors devant le verbe le pronom *en* :

ex. : *Des gens qui critiquent, il* y en *a toujours.*

B. EN PHRASE JUSSIVE, AVEC LE VERBE À L'IMPÉRATIF

1. Impératif positif

Comme il est de règle pour les autres pronoms clitiques lorsque le verbe est conjugué à l'impératif, *en* ou *y* sont **postposés au verbe** :

ex. : *Vas*-y ! *Prenez*-en *votre parti !*

REMARQUE : Les verbes du premier groupe, qui perdent à l'impératif de la 2e personne la désinence personnelle en *-s* propre à l'indicatif, retrouvent ce *-s* s'ils sont suivis des pronoms adverbiaux *en* ou *y* (eux-mêmes non suivis d'un infinitif) :

ex. : *Mesure bien la difficulté de ce projet./Mesures-en toute la difficulté.*

Combiné avec d'autres clitiques, le pronom *en* ou *y* apparaît derrière le verbe, **en dernière position** :

ex. : *Allez-vous*-en.

2. Impératif négatif

Lorsque le verbe à l'impératif est nié, l'ordre des pronoms clitiques est semblable à celui qu'on observe en phrase assertive : *en* et *y* apparaissent, à gauche du verbe, après tous les autres clitiques :

ex. : *Ne vous* y *fiez pas. Ne m'*en *parle plus.*

agent (complément d')

On appelle complément d'agent tout terme présent dans une phrase dont le noyau verbal est à la voix passive et qui est apte à occuper la fonction sujet lorsque le verbe est retourné à la voix active :

ex. : *Elle a été entendue* par le juge./Le juge *l'a entendue.*

Le complément d'agent se définit donc moins par son sémantisme que par son fonctionnement (la transformation possible) et le jeu des structures dans lesquelles il s'inscrit.

Sur le plan syntaxique, on notera enfin que le complément d'agent est un complément **facultatif**, situé dans la dépendance du groupe verbal.

I. NATURE DU COMPLÉMENT D'AGENT

Le complément d'agent est de nature exclusivement nominale : il se présente sous la forme du **nom déterminé** ou du **pronom** :

ex. : *Il est apprécié* de ses étudiants./*Les étudiants* dont *il est apprécié sont assidus à ses cours.*

II. CONSTRUCTION DU COMPLÉMENT D'AGENT

La construction du complément d'agent est toujours **prépositionnelle** : *par* permet toujours de l'introduire, et peut dans certains cas commuter avec *de* et *à*.

a) le complément d'agent introduit par la préposition par

Par, en français moderne, construit régulièrement le complément d'agent ; à cet égard, la préposition est neutre, non marquée.

ex. : *Il a été réélu* par ses collègues.

b) le complément d'agent introduit par la préposition de

On observe que la préposition *de* est assez souvent préférée à *par* pour construire le complément d'agent dépendant de verbes :
– exprimant l'appréciation subjective (sentiment ou jugement)

ex. : *Aimé* des dieux, *il vécut âgé.*
Il est connu et apprécié de tous.

– exprimant la situation dans l'espace (emploi éventuellement métaphorique)

ex. : *Précédé* de ses enfants/d'une bonne réputation.

REMARQUE : On notera que l'emploi de *de* entraîne obligatoirement la suppression de l'article indéfini pluriel *des* devant le nom (phénomène d'haplologie, c'est-à-dire de réduction à l'une de deux formes grammaticales analogues et contiguës) :

ex. : *Accablé* d'un souci trop pesant/de soucis trop pesants.

L'examen des compléments nominaux introduits par *de* après la forme adjective du verbe à valeur passive amène parfois à hésiter entre l'analyse en complément d'agent ou en complément circonstanciel de moyen ou de cause :

ex. : *Une loge garnie* de bonnets et de toilettes surannées.

Dans cet exemple, les compléments peuvent en effet s'interpréter en termes de moyen (et l'on ne présuppose aucune transformation de l'actif au passif). Mais si l'on admet que la séquence a pour origine le tour actif « *Des bonnets et des toilettes surannées garnissaient la loge* », il s'agit alors d'un complément d'agent. Les mêmes remarques peuvent être faites à propos de l'expression *torturé de remords*, où le complément évoque aussi bien la cause que l'agent du procès.

REMARQUE : Lorsque l'alternance est possible entre *de* et *par*, on observe parfois (mais non systématiquement) une répartition des valeurs de sens : *par* intervient lorsqu'il s'agit de la cause concrète, efficiente, *de* se rencontre dans des emplois figurés :

ex. : *Il fut saisi* par la police./*Il fut saisi* d'une grande frayeur.

Mais dans de nombreux cas, l'alternance ne révèle aucune différence de sens :

ex. : *Le père Henri est respecté* de tous *et même* par les bandits.

c) le complément d'agent introduit par la préposition à

La préposition *à* introduit le complément d'agent dans quelques rares cas de locutions figées :

ex. : *mangé* aux mites/*piqué* aux vers.

apostrophe (mise en)

L'apostrophe consiste à désigner dans l'énoncé le destinataire de cet énoncé, c'est-à-dire l'être ou la collectivité à qui on s'adresse :

ex. : Sophie, *range ta chambre.*
Français, *si vous saviez !*

L'apostrophe, comme l'impératif avec lequel on la trouve souvent employée, n'intervient donc que dans le discours, l'interlocuteur étant présent dans l'énoncé.

I. NATURE DES TERMES MIS EN APOSTROPHE

Le nom

Le nom mis en apostrophe ne peut être déterminé que par l'article défini ou le possessif.

ex. : *Servez-vous,* les amis.
Mes amis, *je dois vous annoncer une triste nouvelle.*

Le nom propre

ex. : Antoine, *éteins la télévision.*

Le pronom personnel de rang 2 ou 5

ex. : *Tu aimes le chocolat,* toi ?/*Vous comprenez cela, vous ?*

II. CONSTRUCTION ET PLACE

Le terme mis en apostrophe n'a pas de fonction syntaxique dans la phrase. Il est construit librement. Une pause, marquée par la virgule, le détache du reste de l'énoncé.

Sa place est donc libre : il peut figurer soit en tête, soit au milieu, soit à la fin de la phrase :

ex. : Mes amis, *entrez./Je ne comprends pas,* mes amis, *que vous restiez à la porte./Entrez,* mes amis.

III. APOSTROPHE ET APPOSITION

Lorsque le mot mis en apostrophe désigne le même être que le sujet ou l'objet, la distinction entre apostrophe et apposition peut être délicate dans le texte écrit :

ex. : *Amis, vous resterez toujours unis./Je vous vois, mes amis, réunis autour de cette table...*

On l'observe, l'intonation est le facteur décisif qui permet de distinguer l'apostrophe de l'apposition.

apposition

La fonction apposition est très diversement décrite selon les grammairiens. Certains sont favorables à une interprétation large de la notion. Privilégiant le critère formel (l'apposition serait un **complément détaché**), ils considèrent que tout terme caractérisant, et notamment l'adjectif qualificatif, peuvent être apposés. Dans cette conception, des structures comme :

ex. : Souriante, *la jeune fille se laissa embrasser.*
Mon père, médecin de campagne, *a poursuivi longtemps ses activités.*

relèveraient de la même analyse.

Un examen plus détaillé de constructions différentes, où l'on s'accorde généralement pour reconnaître d'autres cas d'apposition, amène cependant à émettre quelques réserves. Ainsi, dans les tours suivants,

ex. : *la ville de Paris, le roi Louis XV*

on constate l'identité essentielle des deux termes mis en rapport : l'élément apposé (*ville, roi*) désigne le même être que le terme avec lequel il est mis en rapport (*Paris* est *une ville, Louis XV* est *un roi*). Aucun détachement n'intervient ici, mais on le repère dans un tour comme *Flaubert, le maître du réalisme,* où existe la même relation d'équivalence entre les deux termes (*Flaubert* est *le maître du réalisme*).

Dans tous ces exemples, les éléments apposés sont des groupes nominaux qui réfèrent bien au même être que le terme auquel ils sont apposés. Au contraire, cette co-référence n'est pas à l'œuvre dans les tours à base d'adjectifs (Souriante, *la jeune fille se laissa embrasser*). L'adjectif en effet ne désigne pas, il énonce une propriété qui n'est qu'une composante de l'être mais ne le représente pas en totalité. Il ne formule ni une identité ni une identification. Dans cette perspective, *souriante* n'est donc pas en fonction d'apposition ; on l'analysera comme épithète détachée.

On sera ainsi amené à réserver aux groupes à statut nominal la possibilité d'assumer la fonction apposition.

La fonction *apposition* peut alors se définir à partir de deux critères sémantiques :
– **la co-référence**, comme on l'a vu. Elle pose un rapport d'identité. Les termes mis en rapport réfèrent au même être, on peut dire qu'ils sont superposables ;
– mais aussi **la prédication** : le phénomène désigne, on le rappelle, le fait d'établir entre deux termes une relation telle que l'un dit quelque chose (prédicat) de l'autre (thème). L'apposition a toujours une valeur prédicative ; ainsi dans la phrase suivante,

ex. : *Flaubert, le maître du réalisme, mourut en 1880.*

il est dit non seulement que *Flaubert ... mourut en 1880*, mais aussi qu'il était *le maître du réalisme.*

REMARQUE : Un problème important est posé par l'absence éventuelle de déterminant du nom à l'intérieur du groupe apposé. On opposera ainsi :

ex. : *Flaubert, écrivain réaliste/Flaubert, le maître du réalisme.*

Le nom déterminé par l'article défini permet en effet une identification précise de l'être considéré : à la co-référence s'adjoint cette identification. La relation établie par l'apposition est symétrique (*Flaubert = le maître du réalisme/le maître du réalisme = Flaubert*). En revanche, si le nom n'est pas déterminé, il fonctionne comme support abstrait de propriétés stables, il inscrit simplement l'être dans une classe. La relation établie par l'apposition n'est pas symétrique (*Flaubert = écrivain réaliste* parmi d'autres, mais *écrivain réaliste* ne s'applique pas qu'à *Flaubert*, donc *écrivain réaliste ≠ Flaubert*).

Le même problème d'interprétation de la relation prédicative se pose pour la fonction attribut.

La fonction apposition combine ces deux paramètres, puisque le prédicat n'évoque pas une propriété aléatoire et passagère de l'être considéré, mais établit un rapport stable d'identité entre deux êtres ou deux notions, rapport que le groupe nominal seul – ou ses équivalents – est apte à exprimer.

I. NATURE DE L'APPOSITION

Les termes qui peuvent assumer cette fonction sont donc de statut nominal :

– noms (propres ou communs) ou groupes nominaux :

ex. : *Flaubert,* écrivain réaliste, *mourut en 1880.*

J'ai deux amours, mon pays et Paris.

REMARQUE : Le groupe nominal peut être apposé à une proposition tout entière :

ex. : *Il n'a laissé aucune instruction,* chose regrettable.

– infinitifs :

ex. : *J'ai deux passions :* lire et chanter.

– proposition conjonctive complétive :

ex. : *Il n'a qu'une crainte,* que je le dénonce.

REMARQUE 1 : Le nom mis en position détachée dans des phrases du type :

ex. : Pierre, *il ne viendra pas.*

ne peut être considéré comme mis en apposition. Il y a bien co-référence *(Pierre=il)* mais aucune information nouvelle n'est apportée. On observe ici un simple fait de détachement et de redoublement d'un même poste syntaxique (le sujet) à des fins de mise en relief. Il s'agit en fait d'une structure d'emphase, variante de la phrase linéaire *Pierre ne viendra pas.* Voir **ordre des mots**.

La structure suivante se laisserait plus volontiers analyser en apposition :

ex. : *Pierre,* lui, *ne viendra pas.*

On constate en effet que le pronom personnel prend la forme tonique, et ne peut donc occuper la fonction sujet : prédicatif, il spécifie et souligne, par contraste, l'identité de *Pierre.*

REMARQUE 2 : Certains grammairiens évoquent encore la possibilité pour une proposition subordonnée relative d'être apposée :

ex. : *Il n'a laissé aucune instruction,* ce qui est regrettable.

Si l'on convient en effet de considérer comme relative l'ensemble *ce qui est regrettable,* cette analyse peut être maintenue. On observera cependant qu'il est encore possible de séparer du pronom relatif *qui* son antécédent, le démonstratif *ce* : seul alors ce dernier est **apposé** à la proposition précédente (il peut même commuter avec un nom : *affaire, chose...*).

Le groupe nominal – ou son équivalent – assumant la fonction apposition pouvant se présenter sous des formes diverses, il est nécessaire d'en étudier la construction : l'apposition peut en effet être formulée par le biais de **constructions liées**, par juxtaposition *(le roi Louis XI)* ou à l'aide de la préposition *(la ville de Paris)* ou par le biais de **constructions détachées** *(Flaubert, le maître du réalisme).*

II. LES CONSTRUCTIONS LIÉES

A. CONSTRUCTIONS DIRECTES : LA JUXTAPOSITION

1. Description

a) ordre prédicat/thème

Le prédicat et le thème sont juxtaposés sans mot de liaison ni pause :

ex. : Mon amie *Catherine*. Le roi *Louis XV*.

Le prédicat (donc l'élément apposé) précède le thème (*Catherine* est *mon amie, Louis XV* est *le roi*). On observe ici le mécanisme de co-référence, doublé par celui de l'identification (*Catherine* est identifiée par sa relation amicale avec moi, *Louis XV* par sa fonction).

b) ordre thème/prédicat

Il s'agit de tours du type :

ex. : *un discours* fleuve, *une employée* modèle.

Le thème précède le prédicat, qui est présenté par un nom sans déterminant. Il y a bien co-référence (le *discours* est assimilé métaphoriquement à un *fleuve*).

REMARQUE : Cependant, en l'absence de déterminant, *fleuve* ou *modèle* ne renvoient pas à un référent (tel ou tel fleuve ou modèle), mais fonctionnent comme caractérisants, simples supports de propriétés sémantiques.

2. Distinction entre apposition et complément du nom

Dans les deux types de séquences envisagées, une propriété définitoire est attribuée à l'être désigné ; une relation d'identité, d'équivalence est établie.

En revanche, on rencontre couramment des constructions formellement semblables, mais qui ne se laissent pas analyser de cette manière :

ex. : *le projet* Martin, *un couscous* poulet.

Il s'agit ici non d'une relation d'identité entre les deux êtres désignés par les noms, mais d'un lien de complété (*projet, couscous*) à complément (*Martin, poulet*). Dans ces exemples en effet, le second terme vient réduire l'extension de sens du premier (il ne s'agit pas de n'importe quel *projet* ou *couscous*), il n'en définit pas l'identité : *Martin* n'est pas un *projet*, un *couscous* n'est pas un *poulet*, mais il s'agit du *projet* de *Martin*, d'un *couscous* au *poulet*.

B. CONSTRUCTIONS INDIRECTES

1. Description

Prédicat et thème, terme apposé et terme support sont unis par une **construction prépositionnelle** (toujours à l'aide de la préposition *de*) :

ex. : *la ville de Paris, le mois de mars, un amour d'enfant.*

Dans tous les cas, l'élément apposé, toujours déterminé, précède le terme support, selon l'ordre prédicat-thème ; la préposition joue un rôle de simple ligature.

REMARQUE : Dans les séquences du type : *cet imbécile de Pierre, un amour d'enfant, une merveille de petite robe,* l'apposition sert à évaluer (en termes mélioratifs ou péjoratifs) le support. On parle parfois de *noms de qualité.*

2. Distinction entre apposition, complément du nom et déterminant

Les groupes nominaux prépositionnels construits à l'aide de la préposition *de* sont très courants en français, et de statuts très divers. On ne confondra donc pas les exemples suivants :

ex. : *un amour d'enfant* (apposition)
un jardin d'enfants (complément du nom)
une foule d'enfants (déterminant).

Dans le deuxième cas en effet, *enfants* joue le rôle de complément du nom, il restreint le sens de *jardin.* Il n'y a aucun rapport d'identité.

Dans le troisième exemple, le groupe nominal *une foule de* joue le rôle de déterminant du nom *enfants,* qu'il sert à quantifier de manière indéterminée (voir **indéfini** [déterminant]). Là encore, il n'y a pas co-référence.

III. CONSTRUCTION DÉTACHÉE

1. Description

Dans les deux phrases suivantes,

ex. : *Pierre,* l'ami de Jean-Louis, *est parti pour Colmar.*
La jeune fille, silhouette transparente, *s'avança vers le soleil.*

on observe qu'une pause, à l'oral, marquée à l'écrit par les virgules, détache le sujet *(Pierre, la jeune fille)* du groupe nominal *(l'ami de Jean-Louis, silhouette transparente)*; ces deux éléments sont bien en relation de co-référence.

REMARQUE : On note cependant que, dans le premier cas, la présence du déterminant assure l'identification, tandis que dans le second exemple, le nom sans déterminant donne au substantif une valeur de caractérisant.

La construction détachée présente deux particularités :
– le groupe apposé est mobile dans la phrase :

ex. : *L'ami de Jean-Louis, Pierre, est parti pour Colmar.*

– le groupe apposé et détaché présente en fait une seconde assertion dans la phrase ; deux faits sont bien assertés : *Pierre est parti pour Colmar* et *Pierre est l'ami de Jean-Louis.*

2. Distinction entre apposition et épithète détachée

Ce mécanisme de double énonciation se retrouve dans des constructions parallèles qui font intervenir, avec le même phénomène de détachement, l'adjectif ou ses substituts (participe, proposition relative) :

ex. : *Pierre,* souffrant cette semaine, *n'a pas pu partir à Colmar.*
Pierre, qui était souffrant cette semaine, *n'a pas pu partir à Colmar.*

Seules les parentés formelles et énonciatives rapprochent ces constructions de l'apposition. Il y a bien ici, en effet, deux énonciations, mais il ne s'agit pas d'établir une identité entre deux êtres : le prédicat (adjectif ou proposition relative) évoque une caractéristique, une propriété du sujet, mais ne lui est pas co-référent.

article

L'article est un déterminant du nom : il permet donc de faire passer celui-ci d'une signification **virtuelle** (telle que l'offre le dictionnaire : *chat* = petit mammifère domestique de la race des félins...) à une représentation **actuelle** (*le chat* = individu particulier inséré dans une situation d'énonciation donnée).

Du point de vue syntaxique, l'article apparaît, comme tous les déterminants, à la gauche du nom qu'il actualise. On rappellera en effet que la présence du déterminant est obligatoire dans la phrase avec un nom occupant la fonction de sujet ou de complément d'objet. Cependant, dans un certain nombre de cas, le nom apparaît sans déterminant :

ex. : Pierre *qui roule n'amasse pas* mousse.
Femmes et enfants *reprirent le chemin de la ferme.*

Mais on observe que, dans tous ces cas, s'il est absent en surface, l'article demeure présent en structure profonde ; il peut même être rétabli :

ex. : Une *pierre qui roule n'amasse pas* de *mousse.*
Les *femmes et* les *enfants reprirent le chemin de la ferme.*

Il paraît donc nécessaire de faire l'hypothèse de l'existence d'un *article zéro,* dont on examinera plus bas les cas d'emploi et dont on tentera l'explication.

L'article ne peut se combiner avec les autres déterminants dits *spécifiques* (démonstratifs, possessifs, *quel* interrogatif : **le ce chat*) ; seuls les déterminants dits *secondaires* (indéfinis et numéraux) peuvent apparaître en combinaison avec l'article *(les trois chats, un certain sourire).*

Marquant le sens actuel du nom, l'article possède encore la propriété de **désigner la quantité des êtres du monde auxquels le nom est appliqué** dans une situation donnée (*un chat, des chats, les chats*) : on dit qu'il règle l'*extensité* du nom.

Le choix de l'article est donc lié à la désignation de cette quantité : elle-même est fonction de la manière dont sont perçus les objets du monde (selon que l'on peut ou non les dénombrer). On distingue ainsi plusieurs aspects :
– **aspect comptable** : les objets du monde se présentent comme distincts, ils sont autant d'exemplaires d'une même catégorie et par là se prêtent à la numération, à l'addition, etc. : *un, deux, dix chats.* Nombrables, ils peuvent être déterminés par l'article indéfini, singulier ou pluriel *(un chat, des chats)* ou par l'article défini *(le chat, les chats).*
– **aspect non comptable** : la matière désignée par le substantif se présente comme continue, **dense** ; elle peut donc être fractionnée sans perdre son identité : si un morceau de chat n'est plus un chat, une portion de beurre reste du beurre. Ces êtres ou ces objets perçus comme denses ne peuvent donc être comptés : ils ne sauraient être évoqués au pluriel. L'article défini singulier *(le vin, la viande)* et l'article partitif *(du vin, de la viande)* conviennent à leur détermination.

Les **noms abstraits** *(la blancheur, la bonté...)* constituent un cas particulier. Ils renvoient à des concepts qui ne peuvent être ni comptés ni fractionnés, à la différence des deux catégories précédentes. Ils sont dits **compacts**. L'article qui les détermine est le défini ou encore le partitif *(La bonté est une belle qualité./Il a de la bonté.).*

La perception que l'énonciateur se fait des objets du monde – objets comptables, denses ou compacts – commande donc dans une large mesure le choix de l'article. Seul l'article défini est commun à toutes les manières de percevoir les objets ; l'indéfini convient seulement à la désignation des objets comptables, le partitif détermine les objets non comptables (denses ou compacts).

REMARQUE : Bien évidemment, la répartition des objets du monde dans chacune de ces trois catégories n'est pas une donnée préalable, c'est un choix de perception de l'énonciateur. Aussi les changements de catégorie sont-ils possibles, matérialisés alors par une modification dans la répartition du déterminant ; on opposera ainsi :

ex. : *Il aime boire* du vin./*Il aime boire* des vins *sucrés* (passage du dense, non comptable, à l'aspect comptable).
J'ai vu des lions *au zoo*./*Il a mangé* du lion *aujourd'hui !* (passage du comptable à la catégorie des objets denses, continus ; du lion = de la viande de lion. Emploi bien sûr métaphorique ici !).
La blancheur *de sa peau l'éblouissait*./*Le ciel présentait* des blancheurs *éblouissantes* (passage du compact à la catégorie des objets comptables ; des blancheurs = des traces concrètes de blancheur).

I. MORPHOLOGIE DE L'ARTICLE

A. TABLEAU DES FORMES DE L'ARTICLE

	singulier	pluriel
indéfini	masc. *un* — fém. *une*	masc. fém. *des*
partitif	*du/de l'* — *de la*	∅
défini	formes simples *le* — *la* l'(init. voc.) formes contractées *au* — *à la* *du/de l'* — *de la*	*les* *aux* *des*

B. ORIGINE DE L'ARTICLE

1. Article indéfini singulier

L'article indéfini singulier *un/une* provient du numéral latin employé au cas-régime *(unum/unam)*. De cette valeur de singulier numérique *(un, deux, trois...)*, on a pu passer à celle du singulier indéfini à valeur de particularisation *(un livre attira mon attention)*.

2. Article indéfini pluriel

L'article indéfini pluriel exista sous la forme *uns/unes* jusqu'au XVe siècle. Il permettait de désigner un objet constitué de deux parties semblables *(unes grosses levres).*

Pour formuler le pluriel indéfini, la langue s'est longtemps passée d'article, seule la graphie (*-s* du pluriel) marquait la collectivité indéterminée. Mais on a eu recours aussi à la forme *des* : celle-ci intègre la préposition *de* et le défini pluriel *les*. Le mode de formation est analogue à celui du partitif *de + la, du*. Le nombre indéterminé d'objets est perçu comme prélevé sur un ensemble d'objets identiques.

REMARQUE : Certains grammairiens ont fait valoir que la préposition *de* inversait le mouvement d'extension signifié par l'article *les*.

3. Article partitif

L'ancienne langue ne l'utilisait pas et construisait directement le nom dont il était indiqué qu'on prenait une partie : *manger pain*.

Pour préciser le mécanisme du prélèvement, la même préposition *de* – qui apparaît dans la formation de l'article indéfini pluriel – a été employée ; elle indique l'origine de la substance dont est prélevée la partie. Cette substance est elle-même déterminée par le défini singulier : *manger du pain, de la soupe*.

4. Article défini

L'article défini provient du déterminant et pronom démonstratif latin variable en genre et en nombre, *ille*. Les cas-régime respectifs *illum/illam* (singulier), *illos/illas* (pluriel) employés devant le nom ont abouti respectivement à *le, la, les*. La valeur définie de l'article, qui dans certains cas peut commuter avec *ce*, est liée à l'emploi originellement démonstratif de la forme qui lui a donné naissance *(la/cette porte est ouverte)*.

REMARQUE : *Au(x)* et *du* proviennent de la contraction de *à + le(s)* et *de + le*. Le *l* placé entre une voyelle et un *-e-* se vocalise lui-même en *u* (phénomène dit de *vocalisation*).

C. COMMENTAIRES

L'examen des formes de l'article et leur mise en rapport avec les modes de pronominalisation appelle plusieurs remarques.

L'**article indéfini pluriel** *des* détermine un groupe nominal pronominalisé par *en* (pronom spécifique du régime indirect : *COI*, voir **complément**). C'est la preuve que *des* incorpore dans sa forme même *de+les*, *de* n'étant plus perçu comme préposition.

REMARQUE : On ne saurait confondre cet article indéfini pluriel avec la forme *des*, résultat de la contraction de la préposition *de* avec l'article défini *les* (forme dite précisément *définie contractée*) :

ex. : *Je reviens des champs* (= *de les champs)./*J'ai vu des champs semés* (article indéfini).

On notera encore qu'il existe une forme réduite de cet article (*de*), qui apparaît dans certaines conditions *(de grands arbres/Je ne veux pas de dessert)* qu'on précisera plus loin.

L'**article partitif** incorpore, lui aussi, le mot *de* auquel s'adjoint le défini, contracté au masculin *(du)*, identifiable au féminin *(de la)*.

REMARQUE : Certains grammairiens, se fondant sur l'examen de la forme de l'article, ont été tentés de contester la validité de la distinction entre défini et partitif. Ils préfèrent restituer à *de* sa pleine valeur de préposition (elle marque alors le point de départ de l'opération de prélèvement). Cependant, il paraît préférable de maintenir la distinction : elle se fonde notamment sur l'emploi nécessaire de *du/de la* devant les noms de matière continue, et l'impossibilité de faire précéder ces noms d'un déterminant pluriel – à moins d'opérer, comme on l'a vu, un changement de catégorie *(du vin/des vins prestigieux)*. Il y aurait donc là deux formes spécifiques de l'article.

II. EMPLOI DES DIFFÉRENTS ARTICLES

A. EMPLOI DE L'ARTICLE INDÉFINI

1. Article indéfini singulier *un/une*

a) valeur sémantique

Opération de particularisation

L'article indéfini engage le nom comptable dans la voie de la particularisation. Partant d'une perception générale et globale de l'objet *(homme)*, l'article indéfini aboutit à en proposer une vision particularisante *(un homme)*. On opposera ainsi ces deux états de sens de l'article indéfini :

ex. : Un homme *sera toujours un homme* (= vision globale).

Un homme *est assis sur le banc* (= vision particulière).

REMARQUE : Ce mouvement de particularisation oppose encore l'article indéfini à l'article défini, comme on le verra.

Opération d'extraction

L'emploi de *un/une* implique en outre fondamentalement une opération d'extraction, de prélèvement. L'article indéfini permet ainsi d'extraire d'un ensemble formé de plusieurs êtres ou objets un élément unique : c'est ce qui explique la pronominalisation du groupe nominal par *en... un/une* (*Je vois des pommes : j'*en *veux* une). L'emploi de *un/une* présuppose donc l'existence d'un ensemble qui ne peut être vide ni se réduire à un seul élément. Ce mécanisme d'extraction peut fonctionner à plusieurs niveaux, le contexte seul permettant de les distinguer :
– niveau général :

ex. : Un roi *se gêne mais n'est pas gêné.*
(H. de Montherlant)

N'importe quel élément de l'ensemble est considéré. Ce qui est dit est vrai pour l'ensemble de la classe désignée par le nom.
– niveau intermédiaire :

ex. : *Pierre veut planter* un arbre *dans son jardin.*

Ici le propos concerne un seul élément, non spécifique, de la classe considérée : la représentation de l'objet reste en somme abstraite (ce n'est pas un arbre concret qui est désigné).
– niveau particularisant :

ex. : *Pierre est en train de planter* un arbre.

Il s'agit bien, cette fois, d'un objet particulier isolé dans un ensemble, donc d'un élément unique et spécifique. Deux possibilités sont alors offertes : ou bien cet objet est spécifié et identifié par l'énonciateur (il sait de quel arbre il s'agit, pin ou chêne par exemple, même s'il juge inutile de le préciser), ou bien au contraire il n'est pas identifié, l'élément spécifié reste inconnu (la seule chose que sache l'énonciateur, c'est qu'il ne s'agit pas de fleurs ni de buissons, mais d'arbres).

On fera observer que, dans ces deux derniers emplois, l'article indéfini inscrit dans l'espace et le temps du discours un **être nouveau**, dont il n'a pas déjà été question, et qui n'est pas connu de l'interlocuteur. La reprise de ce nouvel objet s'effectuera par la suite à l'aide de l'article défini :

ex. : Un *agneau se désaltérait dans le courant d'une onde pure. [...] Sire, répondit* l'*agneau...* (La Fontaine)

b) cas particulier : le nom en fonction d'attribut

On ne peut faire valoir cette opération d'extraction dans le cadre de constructions attributives du type :

ex. : *Ce végétal est* un arbre.

Ici un élément parfaitement identifié (*ce végétal*) est versé dans une classe (celle des *arbres*) : il n'y a donc pas là d'extraction, mais classification (insertion d'un élément dans l'ensemble des éléments appartenant à la même classe). Voir **attribut**.

2. **Article indéfini pluriel** *des/de*

a) valeur sémantique

L'article indéfini prend au pluriel la forme *des*, ou *de* à la forme réduite : il intègre donc, comme on l'a montré, le mot grammatical *de* dépourvu de sa valeur prépositionnelle et l'article défini pluriel *les*. Deux visions de l'objet considéré se superposent ici, marquées par l'association de ces deux outils :
– avec *les*, la perspective est globalisante, renvoyant à un ensemble de large extension ;
– sur cet ensemble, est prélevé avec *de* un nombre réduit d'éléments ; s'engage alors une vision particularisante.

REMARQUE : *De* est ainsi parfois considéré, dans cet emploi, comme un *inverseur* du mouvement d'extension impliqué par l'emploi du pluriel.

b) emploi de la forme réduite de

De se substitue à *des* dans plusieurs cas qu'il convient de préciser.
– En français soutenu ou dans la langue littéraire, *de* apparaît lorsque **le substantif est précédé d'un adjectif épithète** :

ex. : De grosses larmes *roulaient sur ses joues*.

On peut considérer ici que le mouvement d'extension, marqué par le pluriel, est d'emblée limité par l'antéposition de l'adjectif, qui restreint le sens du substantif (il ne s'agit pas de n'importe quelles larmes, mais de *grosses larmes*). C'est ce qui expliquerait l'impossibilité de faire précéder le groupe nominal du déterminant pluriel *des*. *De* confirme ainsi l'opération de restriction du général au particulier déjà amorcée par l'adjectif antéposé.

– Le même phénomène de substitution s'observe dans les **phrases négatives** (négation du sujet postposé ou du complément d'objet) :

ex. : *Dans ce pays ne poussent pas* de fleurs.
Je n'ai jamais passé de moments *avec lui.*

ou **après les adverbes de quantité**, dans la formation d'autres déterminants :

ex. : *Peu* de fleurs *poussent dans ce pays.*

L'explication relève du même phénomène, puisque le mouvement de réduction de l'extension est déjà engagé (soit par la négation, soit par le quantifiant) : le déterminant pluriel de forme pleine *des* ne peut donc apparaître. *De*, forme réduite, confirme ce mouvement restrictif.

REMARQUE : On ne confondra pas *de*, forme réduite de l'indéfini pluriel, avec la préposition *de* dans des constructions du type :

ex. : *Une corbeille garnie* de *rubans.*
Une coupe remplie de *vin.*

On observe en effet dans ces exemples la suppression de l'article indéfini *(*de des rubans)* ou de l'article partitif *(*de du vin)* derrière la préposition *de* (phénomène nommé *haplologie*). La langue évite la rencontre successive du même outil grammatical *de*, présent à la fois sous la forme de la préposition et entrant dans la formation de l'indéfini pluriel et du partitif.

B. L'ARTICLE PARTITIF

1. Valeur sémantique

Précédant les noms qui présentent la matière comme dense mais non comptable, il intègre lui aussi dans sa forme le mot grammatical *de* auquel s'adjoint l'article défini *le* (qui se contracte alors en *du*) ou *la*. L'article partitif marque ainsi, par ces deux éléments, qu'est prélevée sur un tout faisant masse et vu dans son extension maximale une quantité indéterminée de matière : l'article défini qui entre dans sa formation évoque la matière dans sa plus large extension *(le vin, la viande)*, tandis que *de* marque à l'inverse la réduction de ce mouvement extensif *(du vin, de la viande).*

2. Emploi de la forme réduite *de*

On observe ici encore qu'à la forme négative l'article défini disparaît :

ex. : *Je ne veux pas* de pain.

Le mouvement de restriction est amorcé ici par le contexte négatif *(ne... pas)*; il interdit en conséquence la présence d'un article de large extension devant le substantif : *le, la* s'effacent donc et *de* reste seul pour souligner la réduction du mouvement extensif. On n'analysera donc pas ce *de* comme une préposition, mais comme la forme réduite de l'article partitif.

C. L'ARTICLE DÉFINI

La catégorie de l'article défini est plus homogène que celle de l'indéfini : la morphologie montre bien la correspondance entre les formes du singulier *(le/la)* et la forme du pluriel *(les)*. Il est donc possible de dégager les traits communs à ces trois formes de l'article.

1. Valeur générale

Opération d'identification

À la différence de l'article indéfini, l'article défini permet de référer à un objet déjà identifié; alors que le premier présuppose un ensemble d'objets à partir duquel est sélectionné un (ou plusieurs) élément(s), le second construit un ou plusieurs objet(s) particuliers supposés identifiables par l'interlocuteur. Ainsi *le* ne peut commuter avec *un* dans des énoncés du type,

ex. : Le soleil *se leva.*

Le président *déclare la séance ouverte.*

puisque dans tous ces cas *le* réfère à un objet particulier et unique, et non à un objet sélectionné dans une classe d'objets identiques.

Opération de généralisation

L'article défini permet de présenter le substantif référant à un ou plusieurs objets particuliers identifiés :

ex. : *J'ai acheté* le livre *que tu m'as conseillé.*

ou référant à toute une classe :

ex. : Le livre *s'est répandu grâce aux progrès de l'imprimerie.*

On peut donc considérer que la quantité des êtres auxquels s'applique le nom déterminé par l'article défini *(l'extensité)* est variable : l'article défini présentant aussi bien un objet singulier que toute la classe à laquelle appartient l'objet.

2. **Valeurs d'emploi particulières**

On distinguera essentiellement deux emplois de l'article défini.

a) emploi référentiel

L'article défini renvoie ici à un ou plusieurs objets du monde (réel ou fictif), supposés connus. Il peut les présenter sous différentes perspectives.

Désignation du particulier spécifique

L'article défini réfère alors :

– Soit à un ou plusieurs éléments particuliers identifiés par l'interlocuteur **dans la situation d'énonciation** :

ex. : *Peux-tu ouvrir* la fenêtre *?*

La phrase n'a de sens que dans une situation donnée : hors de ce contexte, l'identification des éléments présentés par l'article est impossible.

REMARQUE : La référence à l'objet supposé connu peut impliquer de la part du destinataire de l'énoncé une compétence particulière. Ainsi dans le roman d'Aragon *Aurélien*, il est dit du héros éponyme :

ex. : *[...] il ne s'était jamais bien remis de* la guerre.

Il faut ici que le lecteur connaisse la date de publication du roman (1935) pour reconnaître la situation évoquée : le référent est ici *la guerre de 1914-1918.*

– Soit à un ou plusieurs objets identifiés dans l'enchaînement des phrases (à l'écrit ou à l'oral). Il peut alors s'agir d'un mécanisme de **reprise** (anaphore) :

ex. : *Antoine s'est acheté* une planche à voile. La planche *sera livrée demain.*

ou d'**annonce** (cataphore) :

ex. : *J'ai déjà lu* le livre dont tu me parles.

Dans tous les cas, on observe que l'article défini peut commuter avec le déterminant démonstratif *(ce/cette/ces)*, qui pointe alors la spécificité de l'objet considéré dans sa classe.

Désignation de l'être unique dans sa classe

Certains objets du monde ont la particularité d'être dans ce monde, et donc dans leur classe, l'unique exemplaire (ensemble à un élément : *singleton*). Ainsi en est-il des référents comme *la lune, le soleil*... qui ne peuvent de ce fait être mis au pluriel (sauf à cesser de désigner le même objet), ou encore des êtres décrits du point de vue de leur fonction, celle-ci ne pouvant être assumée que par un être unique *(le Premier ministre)* :

ex. : Le président *a quitté la séance.*

Désignation de l'être pour la classe tout entière (valeur générique)

Le nom prend alors une extensité maximale : l'être est considéré comme valant pour la totalité de la classe à laquelle il appartient.

ex. : L'homme *est un loup pour* l'homme.

REMARQUE : Cette classe peut n'avoir d'existence que théorique :

ex. : *Chercher le mouton à cinq pattes.*

Le pluriel, qui est possible avec cette valeur générique, renvoie alors à tous les constituants de la classe considérée.

ex. : *Tant que* les hommes *pourront mourir et qu'ils aspireront à vivre...* (La Bruyère)

REMARQUE : Dans cet emploi, l'article défini donne de la classe une vision globale et collective, tandis que l'indéfini présenterait l'élément comme exemplaire type des différents constituants de l'ensemble. On opposera ainsi :

ex. : *Un homme reste toujours un homme* (vision d'un individu type).
L'homme est mortel (vision de l'ensemble d'une classe).

b) emploi non référentiel

Dans un certain nombre de mots composés (locutions verbales ou noms composés, par exemple : *prendre* la *fuite, boîte* aux *lettres*), on observe la présence obligatoire de l'article défini, qui ne fait alors référence à aucun objet du monde, mais évoque le seul concept, dans sa plus grande virtualité.

REMARQUE : Ne renvoyant à aucun objet du monde, le nom ne peut être séparé de l'ensemble où il figure. Il ne peut ainsi faire l'objet d'une question :

ex. : **Que prend-il ? – La fuite.*

ni entrer dans des constructions clivées :

ex. : **C'est la fuite qu'il prend.*

Il fonctionne donc comme élément du mot composé : ici la locution verbale peut commuter avec le verbe simple *(prendre la fuite/s'enfuir/fuir)*, et constitue donc la réponse à la question *Que fait-il ?* et non *Que prend-il ?*

L'article défini se rapproche dans cet emploi du degré zéro (*prendre peur*), où le nom est employé sans article dans le cadre d'un mot composé.

D. L'ARTICLE ZÉRO

Il s'agit ici d'une hypothèse théorique, destinée à rendre compte de certains phénomènes d'absence d'article dans la phrase (mais non de tous les cas où le nom apparaît seul, comme on le verra) : absent en surface, cet article posséderait pourtant une existence – d'où son nom d'*article zéro* – dans la structure profonde de la phrase. Il s'agirait, en quelque sorte, d'un mot à forme phonétique nulle.

On conviendra ainsi de parler d'article zéro lorsque l'article est effacé en surface mais peut être rétabli en structure profonde (le nom sans article renvoie à un objet du monde : emploi référentiel) ou lorsque le substantif est employé dans sa plus grande virtualité, pour évoquer l'ensemble des propriétés qu'il dénote (emploi non référentiel).

1. L'article zéro en emploi référentiel

Le nom sans article renvoie à un objet du monde qu'il désigne ; l'article peut être restitué en structure profonde. Il apparaît dans des structures diverses.

a) énoncés à valeur d'aphorisme

ex. : Pierre *qui roule n'amasse pas* mousse.

Nécessité *fait loi.*

b) énoncés interrogatifs ou exclamatifs

ex. : *Y a-t-il* bonheur *plus complet ?*

L'énonciateur parcourt ici toute la classe des éléments sans en sélectionner aucun.

c) séries énumératives (évocation d'une pluralité)

ex. : Femmes, moine, vieillards, *tout était descendu.*
(La Fontaine)

d) substantif précédé d'un adjectif indéfini caractérisant

ex. : Pareil choix *me semble inadapté.*

e) après la préposition de, *par effacement*

ex. : *Une loge garnie* de bonnets (=* de des bonnets).
On nomme ce phénomène **haplologie**.

2. L'article zéro en emploi non référentiel

Le substantif est employé alors sans article en tant que support des propriétés sémantiques dont il est porteur ; il ne renvoie à aucun objet du monde (valeur dite *intensionnelle*).

a) constructions attributives ou appositives

Le substantif, support des propriétés, est rapporté à un être par le biais de la fonction apposition ou attribut :

ex. : *Albert Schweitzer,* médecin célèbre*, mourut au début du siècle.*
Son père est médecin.

REMARQUE : L'attribut à article zéro s'oppose donc à l'attribut déterminé par l'article indéfini, qui range l'être dans la classe ainsi construite :

ex. : *Son père est* un médecin.

ou à l'attribut déterminé par l'article défini, qui pose une relation d'équivalence, d'identification :

ex. : *Son père est* le médecin de notre famille.

Ici le nom, propre ou commun, est défini par un substantif porteur de l'ensemble des propriétés qu'il dénote.

REMARQUE : Il existe d'autres types d'apposition avec article zéro, qui n'identifient pas mais indiquent une propriété provisoire (elles caractérisent) :

ex. : *La jeune fille avançait,* silhouette menue.

Sur cette distinction, voir **Apposition**.

b) constructions prépositionnelles

Le substantif apparaît encore avec l'article zéro dans certaines constructions prépositionnelles :
– soit à l'intérieur du groupe nominal :

ex. : *un bocal* à cornichons, *un goût* de poisson

– soit dans le groupe sujet-verbe (elles qualifient alors le sujet du verbe pour toute la durée du procès) :

ex. : *Il est sorti* sans chapeau.
Je viendrai avec plaisir.

Comme on le voit, on est ici à la limite de locutions adverbiales.

c) mots composés

Le substantif s'intègre à un mot composé, qu'il s'agisse en particulier de noms (*chien* de berger, *cheval* à vapeur) ou de locutions verbales (*rendre* gorge, *donner* raison). La présence de l'article changerait la valeur d'emploi du substantif, qui renverrait alors à un objet déterminé : *le chien* du berger, *donner* une raison...

REMARQUE : Dans le cas des locutions verbales, on observe que tantôt le substantif a perdu toute autonomie, et le tour ne peut être employé au passif (* Gorge *a été rendue*), tantôt le figement est moins sensible, rendant possible la mise au passif (Justice *a été rendue*).

Ces cas d'effacement apparent de l'article doivent maintenant être distingués des cas où l'article est purement exclu dans la phrase, et où le nom apparaît seul.

III. L'ABSENCE D'ARTICLE

L'article est en effet parfois exclu devant le nom : sa présence est inutile, il serait superflu dans la phrase parce que les données de la situation d'énonciation permettent une référence immédiate à l'être considéré.

REMARQUE : On ne prendra ici en considération que les cas où l'énoncé constitue une phrase à part entière (voir **Phrase**) :

ex. : *France,* mère *des arts, des armes et des lois,*
Tu m'as nourri... (J. Du Bellay)

Il existe en effet bien des cas possibles où l'énoncé est constitué d'un nom sans déterminant :

ex. : Terrain *à vendre.*
Carambolage monstre *sur l'autoroute du Sud.*

1. Le substantif en apostrophe

Il s'agit d'une interpellation et non d'une désignation. L'être considéré est déjà repéré et identifié dans le discours, il est perçu comme « déjà là » :

ex. : Ô temps, *suspends ton vol !* (Lamartine)

2. Le nom propre

Par définition, le nom propre renvoie en effet à un être unique, qui s'autodétermine :

ex. : Pierre Dupont *nous a quittés.*
Londres *est une belle ville mais je préfère vivre à* Paris.

REMARQUE 1 : On peut estimer que le nom commun désignant le jour de la semaine ou le mois de l'année a une valeur de nom propre lorsque son emploi est rapporté au présent de l'énonciation :

ex. : *Ils viendront* mardi *prochain, c'est-à-dire début* février.

REMARQUE 2 : Un certain nombre de noms propres imposent cependant l'article défini ; c'est le cas par exemple des noms géographiques (*la Seine*), des noms référant à des époques ou des monuments historiques *(la Convention)*, des noms de corps constitués (*le Sénat)*, etc. Voir **Nom**.

L'emploi de l'article devant un nom propre de personne peut relever d'un usage étranger :

ex. : La Callas *a chanté à Venise.*

ou d'un régionalisme :

ex. : *Va donc aider* la Marie *!*

c) noms en emploi métalinguistique : l'autonymie

Il s'agit de cas où le nom ne réfère pas à un objet du monde, mais se désigne lui-même en tant que terme lexical, faisant l'objet d'un commentaire sur le maniement de la langue (valeur dite *métalinguistique*) :

ex. : Tableau *fait son pluriel en -x.*
Gentilhommière *relève de la langue soutenue.*

REMARQUE : On dit qu'il est utilisé non pas *en usage*, comme c'est normalement le cas, mais *en mention.*

C'est à des tendances, plutôt qu'à des règles, qu'obéissent, comme on l'a vu, les cas d'emploi du nom sans article, qu'il s'agisse de l'article zéro ou de la pure absence d'article. On fera observer, enfin, que le français a connu, dans son évolution historique, des usages variables de ce déterminant.

aspect

La notion d'aspect, impliquée dans l'examen des catégories du verbe, a longtemps été ignorée des grammaires, faute de recevoir systématiquement en français des marques spécifiques. En effet, la forme verbale superpose le plus souvent les deux indications de temps et d'aspect – outre les catégories du mode et de la voix (voir **verbe**) –, qu'il importe cependant de distinguer.

Ainsi, dans les deux énoncés suivants :

> ex. : *Il* vivait *en Italie.*
> *Il* vécut *en Italie.*

la datation temporelle, par rapport au point de repère qu'est le moment de l'énonciation, est identique. Il s'agit bien dans les deux cas de procès **passés**, antérieurs au moment de l'énonciation. Cependant, les formes verbales employées adoptent sur le procès engagé deux points de vue distincts :
– à l'imparfait, l'action est envisagée de l'intérieur, décomposée moment après moment, sans que ses limites ne soient prises en compte (ni le début ni la fin de *vivre* ne sont impliqués) ;
– au passé simple, le point de vue est extérieur, et c'est l'ensemble du procès, dans sa globalité (début, déroulement, fin) qui est présenté.

On aura donc intérêt à opposer, entre autres exemples, imparfait et passé simple sous le chef, non du temps, mais de l'**aspect**.

Il est ainsi possible de **définir l'aspect comme la manière dont la forme verbale présente le procès, le point de vue dont est envisagé son déroulement propre.**

La notion d'aspect, ainsi entendue, met en jeu des facteurs et des supports divers que l'analyse devra distinguer soigneusement, de manière à rendre compte de leurs éventuelles combinaisons.

I. ASPECT GRAMMATICAL

Les indications aspectuelles se rattachent parfois à des marques grammaticales : en l'occurrence les formes verbales elles-mêmes.

REMARQUE : On n'oubliera pas cependant que ces marques formelles comportent également, en français, une valeur temporelle.

A. ASPECT ACCOMPLI/ASPECT NON ACCOMPLI

Par définition, tout procès – donc toute forme verbale – suppose à la fois un point de départ, un déroulement et un terme. Selon que la forme verbale déclare ce terme accompli ou que le procès est vu en cours d'accomplissement, la morphologie verbale oppose, à tous les modes, les deux séries de formes suivantes :
– formes simples : aspect non accompli

ex. : J'aime *bien ce livre* (= et cela continue d'être vrai).
Il est interdit de fumer (= d'être en train de fumer).

– formes composées : aspect accompli

ex. : J'ai *bien* aimé *ce livre.*
*Je suis contente d'*avoir arrêté *de fumer.*

Les formes composées font appel à un auxiliaire (*être* ou *avoir*) suivi de la forme adjective du verbe (voir **participe**).

Chaque forme simple se trouve ainsi systématiquement mise en relation avec une forme composée, comme le montre le tableau ci-dessous :

mode	forme simple	forme composée
indicatif	*je lis* (présent) *je lirai* (futur) *je lus* (passé simple) *je lisais* (imparfait) *je lirais* (conditionnel présent)	*j'ai lu* (passé composé) *j'aurai lu* (futur antérieur) *j'eus lu* (passé antérieur) *j'avais lu* (plus-que-parfait) *j'aurais lu* (conditionnel passé)
subjonctif	*que je lise* (subjonctif présent) *que je lusse* (subjonctif imparfait)	*que j'aie lu* (subjonctif passé) *que j'eusse lu* (subjonctif plus-que-parfait)
infinitif	*lire* (infinitif présent)	*avoir lu* (infinitif passé)
participe	*lisant* (participe présent)	*ayant lu* (participe passé)
gérondif	*en lisant*	*en ayant lu*

On prendra garde cependant qu'à la forme simple, la dénomination d'aspect non accompli est parfois source de confusion. En réalité, ce qu'indique la forme simple, c'est que le procès est considéré sous l'angle de son déroulement, entre les deux bornes extrêmes, début et fin – que celles-ci soient ou non prises en compte. Ainsi, au passé simple, l'énoncé suivant :

ex. : *Il* partit *furieux.*

envisage l'action dans sa globalité (début-déroulement-fin), mais toujours entre ces bornes extrêmes. En revanche, la forme composée correspondante :

ex. : *Et le drôle* eut lappé *le tout en un moment.*
(La Fontaine)

ne prend en compte le procès qu'une fois le terme de l'action atteint : ce qui est évoqué, c'est l'état nouveau résultant de cet achèvement du procès.

REMARQUE : Pour parer à ce risque de confusion, on a pu proposer d'appeler **tensif** l'aspect indiqué par les formes simples, *tendues* d'un point de départ à un point d'arrivée, et **extensif** l'aspect accompli (= ce qui se passe une fois la tension achevée).

Ainsi, l'opposition entre forme simple et forme composée est d'abord à lire en termes d'**aspect**. Cependant, dans de très nombreux cas, la mise en relation d'une forme composée avec une forme simple s'interprète en termes de **temporalité**, de chronologie relative. La forme composée dénote alors un procès **antérieur** à celui évoqué par la forme simple :

ex. : Ayant appris *l'anglais de bonne heure, il est maintenant trilingue.*

B. ASPECT GLOBAL/ASPECT SÉCANT

Cette autre distinction s'appuyant sur les formes verbales permet d'opposer deux manières d'envisager le déroulement du procès, sa *tension.*

– Tantôt le procès est perçu de l'extérieur, dans sa globalité, considéré comme un tout indivis (**aspect global**) :

ex. : *Je* lirai *ce livre demain.*
Je lus *ce livre sans perdre de temps.*

– Tantôt le procès est envisagé de l'intérieur, depuis l'une des étapes de son déroulement, sans que soient prises en compte les limites extrêmes ; on ne voit donc ni le début ni la fin du procès (**aspect sécant** = qui donne une vision « en coupe », latin *secare*) :

ex. : *Je* connais *ce livre.*
Je lui lisais *ce livre tous les soirs.*

Ainsi, comme on l'a vu, l'opposition entre les deux formes verbales d'imparfait et de passé simple relève, non du temps (ce sont deux procès passés), mais de l'aspect, l'imparfait étant réservé à l'aspect sécant, le passé simple à l'aspect global :

ex. : *Je* lisais *un livre lorsque le téléphone* sonna.

On observera donc que cette opposition d'aspect est liée à l'emploi de telle ou telle forme temporelle : ainsi le passé simple et le futur simple marquent toujours l'aspect global tandis que l'imparfait est réservé à l'aspect sécant (voir **indicatif**).

II. ASPECT LEXICAL

Le sens des verbes eux-mêmes est porteur d'indications aspectuelles indépendantes de leur emploi grammatical. On opposera ainsi deux catégories de verbes.

A. LES VERBES PERFECTIFS

ex. : *Victor Hugo* mourut *le 22 mai 1885.*

Ces verbes comportent en leur sens même une limitation de durée : les procès perfectifs, pour être effectivement réalisés, doivent nécessairement se prolonger jusqu'à leur terme. Ces verbes sont donc théoriquement incompatibles avec des compléments de durée (on ne dira pas **Il ferma longtemps la porte*).

B. LES VERBES IMPERFECTIFS

ex. : *Victor Hugo* vécut *en exil dans l'île de Jersey.*

À l'opposé de la précédente, cette catégorie regroupe des verbes dont le procès ne présuppose en lui aucune limite : une fois commencé, il peut se prolonger aussi longtemps que la phrase l'autorise (jusqu'à ce que d'éventuelles circonstances extérieures en marquent le terme).

REMARQUE : Cette typologie n'interdit pas d'observer de possibles changements de classe, selon le contexte. Ainsi le verbe *prendre* est perfectif dans l'exemple suivant :

ex. : *Il* prit *sa veste et sortit.*

imperfectif ici :

ex. : *Elles* prennent *souvent le thé ensemble.*

Ce classement, on le voit, est avant tout d'ordre **sémantique** : il devrait donc intéresser non pas la grammaire, mais le lexique. Cependant, dans la mesure où il concerne bien le déroulement du procès, et où il a souvent d'importantes conséquences dans l'interprétation contextuelle des formes verbales, on pourra continuer à parler d'aspect, que l'on dira donc **lexical** par opposition au marquage **grammatical** de l'aspect.

III. INTERPRÉTATIONS CONTEXTUELLES

Si l'on s'intéresse maintenant à l'interprétation des énoncés, on constate que la combinaison de l'aspect lexical des verbes, et des indications temporelles fournies par le contexte aboutit à des **effets de sens** qui relèvent de l'aspect, et peuvent se partager en trois catégories.

A. ASPECT SEMELFACTIF

ex. : *Il* prit *sa veste et* sortit.
Lundi dernier, je me suis rendue *à Rennes.*

Le procès, perfectif, est présenté comme se produisant **une seule fois** (latin *semel*).

B. ASPECT DURATIF

ex. : *J'*ai *longtemps* habité *sous de vastes portiques...*
(Baudelaire)

Associée à un verbe imperfectif, l'indication temporelle présente le procès comme continuant dans le temps.

C. ASPECT ITÉRATIF

ex. : *Tous les jours, elle* travaille *à son roman.*
Cette semaine, je me suis réveillé *tôt.*

L'indication temporelle, dans le premier exemple, associe nettement le procès (qu'il soit perfectif ou imperfectif) à la **répétition**. Dans le second exemple, le complément de temps, associé à un verbe perfectif, interdit toute interprétation en termes d'aspect duratif, et oblige à comprendre le procès comme se répétant.

IV. LES PÉRIPHRASES D'ASPECT

On rappellera pour finir que le français recourt parfois, pour préciser l'aspect, à des périphrases spécialisées :
– aspect duratif et sécant : *être en train de (être à) + infinitif*

ex. : *J'*étais en train de lire (à lire) *lorsque le téléphone sonna.*

– aspect progressif : *aller + gérondif*

ex. : *Ses chances* vont diminuant *d'année en année.*

– aspect inchoatif (entrée dans le procès) : *se mettre à, commencer à/de + infinitif*

ex. : *La pluie* se mit à tomber *avec violence.*

– aspect terminatif (sortie du procès) : *finir, achever, cesser de + infinitif*

ex. : *Je* finis de rédiger *et j'arrive.*

attribut

On donne le nom d'*attribut* à une **fonction syntaxique**, assumée par un mot ou groupe de mots, par l'intermédiaire d'un verbe particulier appelé **verbe attributif**.

Le mot attribut exprime alors une qualité ou une propriété que l'on « attribue », ou encore une identité que l'on pose, à propos d'un autre terme de la phrase. Il existe ainsi des **attributs du sujet** et des **attributs de l'objet**.

L'attribut apporte enfin l'information essentielle de la phrase.

I. DESCRIPTION SYNTAXIQUE

A. FORMES DE L'ATTRIBUT

1. Nécessité du verbe attributif

La fonction attribut est conférée par une classe fermée de verbes appelés verbes attributifs. Ces verbes partagent la propriété de ne pas pouvoir être mis au passif, qu'il s'agisse de verbes intransitifs :

ex. : *Il semble très aimable.*

ou de verbes transitifs :

ex. : *Je le trouve très aimable.*

Dans ce dernier cas en effet, la présence de l'attribut rend impossible la transformation passive.

Il se forme ainsi un **groupe ternaire**, constitué du sujet ou du complément d'objet, du verbe et de l'attribut ; chacun de ses membres est étroitement solidaire.

a) verbes introduisant l'attribut du sujet

Il s'agit dans la plupart des cas de **verbes d'état**, avec toutes les variantes possibles :

– verbe d'identité : le verbe *être*, appelé dans ce cas verbe *copule* ; il se contente en effet de permettre le lien entre sujet et attribut, sans être lui-même porteur de sens.

ex. : *Il est aimable.*

– verbes ou locutions verbales indiquant l'apparence. Ils nuancent l'attribution de l'identité : *sembler, paraître, avoir l'air, passer pour, se révéler, se montrer,* etc.

ex. : *Il paraît aimable.*

REMARQUE : Il faut signaler l'extension en français moderne de l'emploi attributif des verbes *faire* (ex. : *Elle fait très jeune*), *représenter, constituer, composer.* Ces verbes, qui connaissent par ailleurs des emplois transitifs non attributifs (ex. : *Elle fait la cuisine. Le chef du gouvernement constitue son armée*) sont pris ici comme variantes du verbe *être* :

ex. : *Cette décision constitue (est) une erreur.*

– verbes indiquant la persistance, l'entrée ou le changement dans l'état : *rester, demeurer, se trouver, tomber + adjectif :*

ex. : *Il est tombé amoureux.*

Un autre ensemble de verbes attributifs peut être dégagé. Il s'agit de **verbes conférant un titre ou une appellation**, et introduisant normalement l'attribut de l'objet (voir ci-dessous). Ces verbes peuvent, en l'absence du complément d'objet, servir à introduire l'attribut du sujet dans les cas suivants :
– au passif (puisque le complément d'objet est devenu sujet (voir **voix**) : *être nommé, être élu, être appelé, être jugé,* etc.

ex. : *Il fut élu président.*

– à la forme pronominale (puisque le pronom réfléchi occupe la place normalement réservée au complément d'objet) : *s'appeler, se nommer, se constituer...*

ex. : *Il s'est constitué prisonnier.*

Un cas particulier et difficile est enfin présenté par **certains verbes d'action** (les verbes de mouvement notamment), qui peuvent introduire des attributs du sujet :

ex. : *Il est reparti vexé.*

À la différence des autres verbes attributifs, qui le sont de manière essentielle puisqu'ils exigent un attribut, ces verbes d'action connaissent un emploi normalement non attributif, mais peuvent à l'occasion se construire de cette manière. Aussi dans ce cas, l'attribut peut être supprimé sans que la phrase devienne incorrecte :

ex. : *Il est reparti (vexé).*

On constate cependant que le sens des deux énoncés diffère : avec l'attribut, l'information principale est bien *il est vexé*, le verbe s'effaçant alors partiellement, tandis qu'en l'absence de l'attribut il redevient porteur de l'information centrale.

b) verbes introduisant l'attribut de l'objet

On rencontre dans cette fonction :
– des verbes de jugement et d'appréciation : *juger, trouver, estimer, considérer comme, regarder comme...*

ex. : *Je le trouve très aimable.*

– des verbes indiquant un changement d'état : *laisser, rendre, faire*, etc.

ex. : *Cela l'a rendu furieux.*

REMARQUE : Dans ce cas, le complément d'objet peut parfois ne pas être exprimé :

ex. : *L'amour rend heureux.*

On peut alors restituer un objet de valeur très générale (*les hommes*).

– des verbes conférant titre ou dénomination : *proclamer, nommer, élire, traiter de, appeler...*

ex. : *Le peuple l'a proclamé* roi.

2. Nature de l'attribut

a) l'attribut du sujet

Il peut prendre des formes très diverses, que l'on peut cependant regrouper en deux grands ensembles : nom et équivalents du nom, adjectif et équivalents de l'adjectif.

Nom et équivalents du nom

L'attribut peut être :
– un nom (avec ou sans déterminant) :

ex. : *Pierre est* (un) médecin.

– un pronom :

ex. : *Cela n'est* rien.
Charmante, elle l'*a toujours été.*

REMARQUE : On constate qu'en français moderne, à la différence du français classique, les pronoms *le* et *que* en fonction d'attribut reprennent aussi bien un mot de genre masculin ou féminin, et de nombre singulier ou pluriel ; les marques de genre et de nombre sont donc neutralisées. C'est la raison pour laquelle on appelle souvent le pronom *le* dans cet emploi **pronom neutre**.

– un infinitif (parfois précédé de l'indice *de*) :

ex. : *Souffler n'est pas* jouer.
L'étonnant est d'oser *le dire*.

– une proposition subordonnée conjonctive :

ex. : *Le mieux est* qu'il ne vienne pas.

– une proposition subordonnée relative sans antécédent (relative substantive) :

ex. : *Je ne suis pas* qui vous croyez.

Adjectif et équivalents de l'adjectif

– un adjectif ou un groupe adjectival :

ex. : *Il est* charmant *(pour ses invités)*.

– un groupe prépositionnel :

ex. : *Il est resté* sans voix.

– une forme adjective du verbe :

ex. : *La porte semble* fermée.

– une proposition subordonnée relative avec antécédent :

ex. : *Il est là* qui t'attend.

– un adverbe à valeur adjectivale :

ex. : *Puisque les choses sont* ainsi, *il vaut mieux partir*.

b) l'attribut de l'objet

Les classes de mots pouvant assumer cette fonction sont en nombre plus limité. On peut rencontrer :

– un nom :

ex. : *On l'a nommé* président.

– un pronom :

ex. : *Je le considère comme* celui *qu'il nous faut*.

– un adjectif ou un participe passé :

ex. : *Je juge ces mesures* insuffisantes/dépassées.

– un groupe prépositionnel :

ex. : *Je l'ai trouvé* en paix.

– une proposition subordonnée relative, lorsque le verbe de la proposition principale est un verbe de perception ou le verbe *avoir* :

ex. : *Je le vois* qui attend.
J'ai les mains qui tremblent.

3. **Construction de l'attribut**

a) construction directe

C'est le cas le plus fréquent :

ex. : *Il paraît fatigué. Je le trouve fatigué.*

b) construction indirecte

L'attribut se construit alors au moyen d'une préposition *(à, de, pour, en, comme)*. Celle-ci est d'emploi fixe et grammaticalisé : on ne peut pas la remplacer par une autre. Elle a perdu son autonomie syntaxique et sémantique, et constitue un simple outil de construction. C'est pourquoi on peut considérer qu'elle appartient au verbe *(passer pour, traiter en, considérer comme...)*.

ex. : *Je l'ai traité* en ami.

B. SYNTAXE DE L'ATTRIBUT

1. **L'attribut du sujet**

a) propriétés

Membre du groupe verbal

On l'a dit, l'attribut entre dans un groupe solidaire de trois éléments : le sujet, le verbe et l'attribut. Il constitue de fait un élément obligatoire du groupe verbal. Aussi partage-t-il avec le complément d'objet direct plusieurs propriétés, avec cependant des différences importantes. En effet, contrairement au complément d'objet qui peut parfois disparaître, l'attribut ne peut être supprimé :

ex. : *Il paraît charmant/*Il paraît.*

Pronominalisation par le

L'attribut peut être pronominalisé au moyen du pronom neutre *le*, qui reprend le contenu sémantique de l'attribut sans référence à son genre ni à son nombre :

ex. : *Elle semble charmante* > *Elle* le *semble.*

REMARQUE : Comme pour le complément d'objet, si l'attribut est déterminé par l'article indéfini ou le partitif, la pronominalisation s'effectue au moyen du pronom *en.*

ex. : *C'est de la viande* > *C'*en *est.*

Remplacement par l'adjectif

À la différence du COD, de statut nominal, l'attribut peut toujours commuter avec un adjectif :

ex. : *Elle ne reste jamais* en repos/tranquille.

REMARQUE : À ces propriétés, il faudrait ajouter que l'attribut, lorsqu'il est de nature nominale, possède la particularité de pouvoir se passer de déterminant, tandis que le groupe COD est toujours déterminé.

ex. : *On le nomma* président du conseil/**On nomma président du conseil.*

b) accord de l'attribut

Accord de l'adjectif et du participe passé

La question de l'accord ne se pose en réalité que pour l'attribut de nature adjectivale, ou pour le participe passé. L'adjectif (ou le participe) s'accorde en genre et en nombre avec le terme sujet ou objet, dans les mêmes conditions que pour toute autre fonction :

ex. : *La nuit sera* longue.

L'attribut se met au pluriel s'il se rapporte à plusieurs noms :

ex. : *Son veston et son gilet sont* assortis.

Si ceux-ci sont de genre différent, l'accord se fait au masculin pluriel :

ex. : *Sa veste et son gilet sont* assortis.

REMARQUE : La locution verbale *avoir l'air* autorise deux types d'accord si le sujet est un animé : l'accord avec le sujet est possible (ex. : *Elle a l'air* douce), la locution fonctionnant alors comme équivalent du verbe *être.* Mais l'adjectif peut également s'accorder avec le nom *air*, qui retrouve alors sa pleine autonomie (ex. : *Elle a l'air* doux = *Elle a un air doux*).

c) place

En tant que constituant du groupe verbal, l'attribut se place normalement à la droite du verbe, comme le COD. Il peut cependant le précéder dans les principaux cas suivants :
– lorsque l'attribut prend la forme des pronoms *le* ou *que*, ou de l'adjectif *tel* :

ex. : *Voilà l'homme* que *tu es devenu.*
Telle *est ma décision.*

– dans l'interrogation, avec les pronoms *qui* ou *que* :

ex. : Qui *est cet homme ?* Qu*'est-il devenu ?*

– dans les phrases exclamatives, avec le déterminant *quel* :

ex. : Quel homme merveilleux *il est devenu !*

– enfin dans des tours expressifs, lorsque l'on souhaite mettre en relief le terme attribut :

ex. : Tendre *est la nuit.*
Béni *sois-tu pour ta gentillesse.*

2. L'attribut de l'objet

a) propriétés

Cette fois, les termes mis en relation dans la phrase attributive sont le complément d'objet, l'attribut et le verbe transitif. On retrouve les mêmes propriétés que pour l'attribut du sujet. Cependant, elles permettent ici notamment d'opposer l'adjectif attribut de l'objet à l'adjectif épithète membre du groupe COD. On opposera ainsi les deux phrases suivantes, dans lesquelles l'adjectif se comporte de manière différente :

ex. : *Les députés jugent ces mesures* insuffisantes (attribut).
Les députés dénoncent ces mesures insuffisantes (épithète).

L'attribut est un membre du groupe verbal

Dans le premier cas, en effet, la suppression de l'adjectif donne à la phrase un tout autre sens (*Les députés jugent ces mesures*), tandis qu'ailleurs elle n'a pour conséquence que d'ôter une précision non indispensable (*Les députés dénoncent ces mesures*).

Maintien en cas de pronominalisation du COD

Lorsque l'adjectif est en fonction d'attribut, il demeure inchangé si le COD est pronominalisé :

ex. : *Ces mesures, les députés les jugent* insuffisantes.

Lorsqu'il est épithète au contraire, il est solidaire du groupe nominal COD et se pronominalise donc avec lui :

ex. : *Ces mesures insuffisantes, les députés* les *dénoncent.*

Maintien en cas de transformation passive

L'attribut de l'objet n'est pas affecté par la transformation passive et conserve sa place à droite du verbe.

ex. : *Ces mesures sont jugées* insuffisantes *par les députés.*

Au contraire, l'adjectif épithète participe au déplacement du groupe objet, qui devient sujet dans la phrase passive :

ex. : *Ces mesures insuffisantes sont dénoncées par les députés.*

b) accord

L'adjectif et le participe passé s'accordent en genre et en nombre avec le complément d'objet, dans les mêmes conditions que l'attribut du sujet :

ex. : *Cette affaire l'a rendue* furieuse.

c) place

L'attribut de l'objet se trouve toujours placé immédiatement après le verbe, qu'il soit ou non précédé d'une préposition.

Il peut cependant suivre le complément d'objet ou se placer avant lui : des contraintes rythmiques permettent la plupart du temps d'expliquer l'une ou l'autre position. On rappelle en effet que le français préfère grouper les mots par masses volumétriques croissantes (cadence majeure).

Attribut placé après le COD

C'est le cas le plus fréquent :

ex. : *Je trouve ton ami* charmant.

REMARQUE : On mettra bien sûr à part les cas où le COD est obligatoirement antéposé au verbe (par exemple les pronoms personnels conjoints). L'ordre est alors le suivant : COD + verbe + attribut.

ex. : *Je le trouve charmant.*

Attribut placé avant le COD

C'est le cas lorsque l'attribut est court face à un groupe complément plus long :

ex. : *Je trouve* curieux *qu'il ne soit pas venu.*
J'avais cru préférable *de ne pas venir.*

II. SENS DE LA RELATION ATTRIBUTIVE

L'attribut représente dans une phrase l'information principale apportée (= le *prédicat*, c'est-à-dire ce qui est déclaré sur quelque chose, qu'on appelle le *thème*). Cette information donnée à propos d'un autre terme de la phrase (sujet ou objet) peut prendre des valeurs logiques et sémantiques assez diverses.

1. Valeur de qualification

ex. : *Il est* charmant.

Lorsque **l'attribut est un adjectif** (qualificatif), il a pour rôle d'indiquer une propriété, une qualification.

REMARQUE : Cette fonction d'attribut est interdite aux adjectifs de relation, précisément parce qu'ils n'ont pas pour rôle de qualifier (voir **adjectif**).

ex. : **Cette session est parlementaire.*

C'est le cas également lorsque **l'attribut est porté par un substantif sans déterminant** : le nom privé de son déterminant fonctionne alors à la manière d'un adjectif, renvoyant non pas à un individu, mais à la propriété contenue dans sa définition :

ex. : *Il est* professeur.

2. Valeur de classification

ex. : *Pierre est* un ami de ma sœur.

Lorsque **l'attribut est un nom précédé d'un article indéfini ou partitif**, il permet d'indiquer dans quelle classe, dans quel ensemble on range le sujet ou l'objet.

Cette relation, qui peut également se comprendre en termes d'inclusion (*Pierre* est inclus dans l'ensemble des *amis de ma sœur*), est donc par définition non réversible, non réciproque.

3. Valeur d'identification

ex. : *Pierre est* l'ami de ma sœur.
Cet homme est Pierre Dupont/mon voisin.

À l'inverse de la situation précédente, il s'agit ici d'une véritable équation posée entre les deux termes : **l'attribut prend la forme d'un nom précédé d'un déterminant défini** (article défini, adjectif démonstratif ou possessif), **d'un nom propre, ou encore d'un pronom démonstratif**. Les deux termes mis en rapport renvoient exactement à la même entité : ils ont la même référence (*Pierre* = *cet homme* = *mon voisin*). Aussi la relation peut-elle être inversée (elle est symétrique), les deux termes échangeant alors leur fonction :

ex. : *Mon voisin est* cet homme.

REMARQUE : À ces trois valeurs fondamentales, il faut ajouter la possibilité qu'a l'attribut de *quantifier* :

ex. : *Ils étaient* quarante *la semaine dernière*.

III. AUX FRONTIÈRES DE L'ATTRIBUT

On rapprochera en effet de la fonction attribut plusieurs constructions assez fréquentes du français.

1. Énoncé sans verbe et relation attributive

Dans les énoncés suivants :

ex. : Incroyable, *cette histoire !*
Quelle chance *que ce beau temps !*

on constate qu'une propriété, une identité (un prédicat : *incroyable, une chance*) est attribuée à un élément sans l'intermédiaire d'aucun verbe ; on pourrait cependant réécrire les séquences en faisant intervenir la copule *être* (*Cette histoire est incroyable./Ce beau temps est une chance*). Il s'agit donc en réalité d'une **relation attributive**, qui présente la particularité de placer obligatoirement en tête de phrase le prédicat (l'élément attributif).

On ne parlera pas pour autant d'un attribut au sens syntaxique, dans la mesure où, en l'absence du verbe – qui fait partie intégrante de la phrase attributive –, on aboutit à un ensemble binaire, et non plus ternaire.

REMARQUE : On constate que, dans le second exemple *(Quelle chance que ce beau temps !)*, la présence du mot *que* permet d'éviter le détachement, la segmentation de la phrase. On aboutit alors à un énoncé dont la lecture est linéaire *(Quelle chance que ce beau temps !)*, tandis que la virgule, dans le premier exemple, matérialise une prosodie segmentée, hachée *(Incroyable, cette histoire !)*.

2. Limite entre adjectif épithète et adjectif attribut

ex. : *Comme des nuées*
Flottent gris *les chênes*
(P. Verlaine)

Ce tour, réservé à la langue littéraire, superpose plusieurs relations syntaxiques : l'adjectif *gris* est formellement séparé – mais non détaché (pas de virgules) – du groupe nominal. On ne peut donc plus y voir tout à fait une épithète. Il porte aussi sur le verbe qu'il modifie, un peu à la manière d'un adverbe. L'information de la phrase ne se limite donc pas au seul verbe *flottent*, mais à l'ensemble verbe + adjectif, dans une structure alors comparable à celle de l'attribut.

3. Passif et phrase attributive

En dehors de tout contexte, le groupe *être* + participe passé peut en effet donner lieu à deux lectures (voir **adjectif** et **voix**) :

ex. : *La maison sera* rangée.

Tantôt on analysera l'ensemble *sera rangée* comme forme passive du verbe *ranger* (ex. : *La maison sera rangée demain par la femme de ménage* < *La femme de ménage rangera demain la maison*), tantôt on verra dans cet ensemble un groupe verbe copule + participe passé attribut (ex. : *La maison sera propre et rangée pour ton retour*). De fait, le verbe à la voix passive se confond formellement avec la structure attributive, seul le contexte permettant parfois de lever l'ambiguïté.

auxiliaire

On donne le nom de **verbe auxiliaire** aux formes verbales *être* et *avoir* lorsque, suivies d'un autre verbe employé à un mode impersonnel, elles servent à conjuguer :
– les formes composées et surcomposées du verbe :

ex. : *j'ai aimé, j'ai eu aimé, je suis sorti*

– le passif (pour les verbes transitifs directs) :

ex. : *je suis aimé.*

À côté de ces deux auxiliaires, dont on examinera les principales caractéristiques, il est possible de reconnaître l'existence de **semi-auxiliaires** dans les exemples du type suivant, qui mettent en œuvre des périphrases verbales,

ex. : *Il* va *partir à Londres dans quelques jours.*

moyennant le repérage de certains critères d'identification, qui doivent être rappelés préalablement.

I. DÉFINITION GÉNÉRALE ET CRITÈRES D'IDENTIFICATION

Pour reconnaître, dans les exemples cités, le statut d'auxiliaires ou de semi-auxiliaires aux verbes employés, il convient de les opposer dans cet emploi à leur utilisation en tant que verbes autonomes, possédant alors leur plein statut verbal.

Ainsi, tandis que dans les exemples suivants,

ex. : *Je lui* ai *parlé.*
Son intervention a été *très appréciée.*

être et *avoir* servent à conjuguer successivement les verbes *parler* (au passé composé de l'indicatif, voix active) et *apprécier* (même temps, voix passive), et ne sont de ce fait que des verbes **auxiliaires** (= qui aident à...), simples **outils grammaticaux** au même titre que les marques de personne et de nombre, ces mêmes verbes, employés comme verbes autonomes, retrouvent leur pleine valeur dans les exemples suivants :

ex. : *Je pense, donc je* suis (emploi plein d'*être* au sens d'*exister*).
Elle a *une maison à la campagne* (*avoir* = posséder).

On posera donc qu'*être* et *avoir* sont **auxiliaires** dans le premier cas, et **verbes pleins** dans le second.

Pour que ces formes soient reconnues comme auxiliaires, il faut que plusieurs conditions soient remplies, dont on rappellera les principales.

A. PERTE DE SENS

Tandis qu'en emploi plein, *être* et *avoir* possèdent un contenu de sens (même si celui-ci est parfois très abstrait), ils deviennent presque entièrement « transparents » du point de vue sémantique lorsqu'ils sont auxiliaires. De ce fait, tandis que dans l'exemple suivant,

ex. : *Je* veux partir.

il est question successivement dans la phrase de deux procès (*vouloir* et *partir*),

ex. : *Je* suis partie.

une seule information *(partir)* est fournie par les deux verbes, l'auxiliaire s'effaçant devant la forme adjective du verbe.

REMARQUE : Comme on le verra cependant, il est possible de repérer une différence de sens entre les auxiliaires *être* et *avoir*. On opposera ainsi :

ex. : *Le navire* a *échoué sur la côte bretonne* (sens de procès verbal : *avoir* marque l'événement accompli).

Le navire est *échoué près de Saint-Malo* (sens attributif : *être* marque le résultat, le terme dépassé).

B. COHÉSION DES DEUX VERBES

L'auxiliaire constitue avec le verbe qui le suit (appelé parfois *auxilié*) une **forme verbale unique**, dont font état les tableaux de conjugaison.

Cela est vrai pour le sens, on l'a vu, mais aussi du point de vue syntaxique, comme le montrent les caractéristiques suivantes.

1. Impossibilité de pronominaliser l'auxilié

En effet, le second verbe ne peut pas être repris par un pronom, ni être extrait hors de la phrase, preuve de sa solidarité avec l'auxiliaire. On comparera ainsi :

ex. : *Sa maison de campagne, elle* l'*a depuis dix ans./*Travaillé, elle l'a toujours.*

Travailleuse, elle l'*est depuis toujours./*Mariée, elle* le *sera par le Maire de Paris.*

2. Comportement des pronoms personnels conjoints

Dans la mesure où le groupe auxiliaire + verbe forme un tout, les pronoms personnels conjoints, bien que dépendant syntaxiquement du second verbe, se placent à gauche de l'ensemble :

ex. : *Je* les *ai vus hier.*

et non entre les deux verbes :

ex. : **J'ai les vus hier* (mais *Je veux* les *voir*).

La reconnaissance de ces critères d'identification dans un énoncé permet donc d'analyser comme auxiliaires les verbes *être* et *avoir*, qui servent à enrichir la conjugaison de tous les autres verbes, et comme semi-auxiliaires des verbes au statut moins nettement grammaticalisé (comme *aller, venir de, devoir,* etc.) qui entrent alors dans des périphrases dont le rôle est de préciser les divers modes de réalisation du procès (voir **périphrase**). On comparera ainsi de la même manière :

ex. : *Je* vais *souvent à Rennes./Rennes, j'y vais souvent* (= verbe plein).
Je vais *retourner à Rennes cette semaine./*Retourner à Rennes, j'y vais* (= semi-auxiliaire dans une périphrase marquant le futur).

II. EMPLOI DES AUXILIAIRES ET DES SEMI-AUXILIAIRES

A. ÊTRE ET AVOIR

1. Auxiliaires de temps et d'aspect

Être et *avoir* servent en effet à constituer, en regard des formes simples de la conjugaison, les **formes composées et surcomposées** des verbes, à tous les modes et quelle que soit la voix.

ex. : *J'ai écrit ce livre.*

REMARQUE : Ces formes composées ont une double valeur en français (voir **Aspect**) :
– elles marquent l'**aspect accompli** du procès, en indiquant que le terme de celui-ci a été atteint, et qu'une situation nouvelle résulte de cet achèvement du procès :

ex. : *Il* est rentré *de vacances avec plein de projets.*

– elles peuvent également prendre une **valeur temporelle**, en marquant l'antériorité du procès par rapport à la forme simple avec laquelle elles sont en relation :

ex. : *Lorsqu'il* sera rentré, *il me téléphonera.*

La distribution des auxiliaires *être* et *avoir* dans la conjugaison verbale obéit à plusieurs paramètres, qu'il convient de préciser.

a) formes composées des voix active et passive

– Les verbes transitifs se conjuguent toujours avec l'auxiliaire *avoir* :

ex. : *J'*ai *lu ce livre* (voix active)./*Ce livre* a *été beaucoup lu* (voix passive).

REMARQUE : Comme on le voit dans ce dernier exemple, la forme composée à la voix passive cumule deux auxiliaires : *avoir* marque le temps et l'aspect, *être* la voix passive (voir plus bas).

– Les verbes intransitifs se conjuguent avec l'auxiliaire *avoir* et/ou l'auxiliaire *être* :

ex. : *J'*ai *marché longtemps et* suis *arrivée tard.*

La majorité des verbes intransitifs n'admet qu'un seul auxiliaire : pour la plupart d'entre eux, il s'agit du verbe *avoir*, qui sert même d'auxiliaire à *être* (ex. : *J'*ai *été ravie de vous rencontrer*).

On a pu faire observer, pour tenter de justifier la répartition des auxiliaires, que le **sens du verbe** était parfois en cause.

Ainsi, le verbe *être* ne se trouve employé qu'avec des verbes perfectifs (dont le procès comporte en lui-même une limite qui doit être atteinte pour que l'événement ait lieu : *naître, mourir, trouver, entrer,* etc. – voir **Aspect**) :

ex. : *Je* suis *entré à huit heures et ressorti deux heures après.*

L'auxiliaire *avoir* se rencontre plutôt avec des verbes imperfectifs (qui peuvent occuper toute la durée sans aucune limite interne : *parler, aimer, lire...*) :

ex. : *Il* a *parlé deux heures durant.*

REMARQUE : Cette répartition n'est cependant pas systématique. Ainsi certains verbes perfectifs prennent l'auxiliaire *avoir* aux temps composés :

ex. : *La bombe* a *explosé en pleine rue.*

Cependant, il s'agit d'une assez grande régularité pour que l'on ait tenté d'en comprendre la logique. On remarquera ainsi que le verbe *être* convient aux procès ayant atteint et dépassé leur terme (ils impliquent de ce fait la **résultativité**, ce que marque la structure attributive de la phrase), tandis qu'*avoir* s'emploie dans les autres cas (terme atteint mais non dépassé : événement accompli).

Dans certains cas cependant, le verbe intransitif peut s'employer avec l'un ou l'autre auxiliaire. On observe alors des différences de sens.

Ainsi l'utilisation de *avoir* fait référence à l'**événement** qui a eu lieu, tandis qu'*être* évoque le **résultat** nouveau qui en découle, et se confond alors avec la structure attributive. On comparera ainsi,

ex. : *Elle* a *beaucoup changé. / Elle* est *très changée.*

où le choix de l'adverbe (adverbe de quantité propre au verbe dans le premier cas, adverbe de degré propre à l'adjectif dans le second) manifeste cette nuance de sens.

REMARQUE : La différence de valeur relève parfois d'une **spécialisation sémantique** – à la limite de l'homonymie. On opposera ainsi par exemple *demeurer* au sens de *vivre, habiter* (ex. : *J'ai longtemps demeuré rue Lebrun*), qui se conjugue avec *avoir*, et *demeurer* au sens de *rester (Je suis demeurée impassible)*, qui prend l'auxiliaire *être*.

b) formes composées du verbe pronominal

Qu'ils soient transitifs ou intransitifs, tous les verbes employés à la forme pronominale se conjuguent aux temps composés avec l'auxiliaire *être* :

ex. : *Je me* suis *promené dans le petit jardin...*
(P. Verlaine)

2. Auxiliaire de voix

À la voix passive, le verbe se conjugue avec l'auxiliaire *être* :

ex. : *Il* est *très apprécié de ses étudiants.*

REMARQUE : On rappellera que cet auxiliaire de voix peut se combiner avec l'auxiliaire *avoir* pour former les temps composés du passif :

ex. : *Il* avait été *très apprécié.*

B. LES SEMI-AUXILIAIRES

On se contentera de rappeler ici (voir **périphrase**) que certains verbes, combinés avec un autre verbe à l'infinitif ou au gérondif, peuvent perdre leur emploi propre pour fonctionner comme semi-auxiliaires dans des périphrases verbales.

Ces périphrases n'entrent pas dans la conjugaison proprement dite : elles constituent des moyens de préciser, par le recours au lexique, les divers modes de réalisation du procès,

– du point de vue du temps :

ex. : *Je* vais *vous répondre dans deux minutes* (= futur proche).

– du point de vue de l'aspect :

ex. : *Je* finis *de vous répondre* (= sortie du procès).

– du point de vue de la modalité :

ex. : *Elle* doit *avoir terminé maintenant* (= probabilité).

– du point de vue des participants au procès :

ex. : *Elle* fait *travailler son fils tous les soirs* (= ajout d'un participant).

C

causale (proposition subordonnée)

La proposition subordonnée de cause est décrite traditionnellement comme une proposition jouant le rôle de complément circonstanciel par rapport à la principale : le circonstant fonctionne comme un complément adjoint, il est donc mobile dans la phrase qu'il complète :

> ex. : *Il n'est pas venu* parce qu'il était fatigué./Parce qu'il était fatigué, *il n'est pas venu.*

Cette **définition syntaxique** appelle plusieurs précisions. La proposition causale introduite par une conjonction peut en effet, le plus souvent, précéder, couper ou suivre la proposition principale. Mais il s'en faut que cette place soit absolument libre. En effet, lorsque la subordination est marquée par un lien de corrélation, l'ordre est fixe : le sens est tout autre si l'on change l'ordre des propositions. On comparera ainsi :

> ex. : *Plus je vois les hommes, plus je vous estime./Plus je vous estime, plus je vois les hommes.*

On constate donc que s'il n'est pas question de considérer la proposition causale comme intégrée au groupe verbal (à la différence par exemple de la consécutive, qui complète le verbe), sa place n'en est pas pour autant toujours libre dans la phrase.

L'étude du **mécanisme logique** en jeu dans le rapport de cause établi conduit d'autre part à distinguer deux groupes de propositions causales.
Dans les phrases du type,

ex. : *Il ne travaille pas* parce qu'il est malade.

le lien de cause à effet s'établit entre deux faits que l'énonciateur pose et déclare vrais (*Il ne travaille pas* et *il est malade*). Mais ailleurs,

ex. : Puisqu'il est malade*, il ne travaille pas.*

le fait donné comme cause n'est plus établi, mais présupposé : il est présenté par l'énonciateur comme déjà connu, ne pouvant être soumis à discussion. Seul le rapport causal est posé, pris en charge par l'énonciateur.
Ainsi se dégagent deux types de rapports de cause profondément distincts : l'un établit un lien causal entre deux faits que l'énonciateur déclare vrais et prend en charge; l'autre établit ce même rapport de cause entre deux faits dont l'un est supposé connu et l'autre explicitement posé. Cette distinction peut fonder le classement des propositions causales.

I. CLASSEMENT DES SUBORDONNÉES CAUSALES

Deux groupes se distinguent comme on l'a vu : le premier est introduit par *parce que* et ses équivalents, le second par *puisque* et ses équivalents.

A. LES PROPOSITIONS INTRODUITES PAR *PARCE QUE* ET SES ÉQUIVALENTS

1. Description du mécanisme

ex. : *Je n'ai pas lu ce livre parce que je n'ai pas eu le temps.*

Un tel énoncé porte à la connaissance du lecteur deux informations également prises en charge par l'énonciateur : le contenu de la proposition subordonnée *(je n'ai pas eu le temps)*, et la relation de cause à effet établie entre principale et subordonnée par la conjonction *parce que.* Il n'y a qu'un seul acte de parole (une seule énonciation), puisque le fait principal est, lui, déjà connu du destinataire.

REMARQUE : La proposition introduite par *parce que* pose ainsi un fait donné comme information nouvelle. C'est à ce titre qu'elle peut s'intégrer dans une construction d'extraction (voir **ordre des mots**) :

ex. : *C'est* parce que je n'ai pas eu le temps *que je n'ai pas lu ce livre.*

ou encore se constituer comme réponse à la question *pourquoi ?*

ex. : – Pourquoi n'as-tu pas lu ce livre ?
– Parce que je n'ai pas eu le temps.

et enfin supporter la négation :

ex. : *Je n'ai pas lu ce livre,* non (pas) parce que je n'ai pas eu le temps, *mais parce que je ne l'ai pas trouvé en librairie.*

2. Marques de subordination

a) conjonctions de subordination

À côté de *parce que* (et de sa variante niée *non parce que)* on rencontre avec la même valeur la locution conjonctive *sous prétexte que*, qui pose la cause alléguée.

b) autres marques de subordination

On peut classer dans cette catégorie les subordonnées non conjonctives qui procèdent par **corrélation** :

ex. : *Moins je le vois, mieux je me porte.*

On y rattachera encore les **propositions participiales** à valeur causale :

ex. : Sa nièce arrivant, *c'était le feu à la maison.*
(G. de Nerval)

3. Place

Les subordonnées conjonctives ainsi que les propositions participiales ont une place mobile dans la phrase :

ex. : Parce qu'il est malade, *il ne viendra pas./Il ne viendra pas* parce qu'il est malade.

En revanche, les subordonnées construites par corrélation ont, comme toujours, une place fixe : elles précèdent nécessairement la principale.

ex. : Plus je vois les hommes, *plus je vous estime.*

B. LES PROPOSITIONS INTRODUITES PAR *PUISQUE* ET SES ÉQUIVALENTS

1. Description du mécanisme

ex. : Puisqu'on plaide et puisqu'on meurt, *il faut des avocats et des médecins.* (La Bruyère)

Le fait introduit par *puisque (on plaide et on meurt)*, qui fait l'objet d'une énonciation particulière, d'un acte de parole spécifique, n'est cependant pas assumé par l'énonciateur : il est rapporté à une autre source (ici la voix anonyme du sens commun) ; supposé connu et admis, c'est un fait observable dans le monde. L'énonciateur établit entre ce fait et une autre proposition *(il faut des avocats et des médecins)* une relation de causalité, qui est, elle, pleinement assumée par lui.

REMARQUE 1 : On observe que ce type de proposition répond négativement aux tests mis à l'œuvre pour les propositions introduites par *parce que* et ses équivalents : elle ne peut s'intégrer à une construction d'extraction (**C'est puisqu'on plaide et qu'on meurt qu'il faut des avocats et des médecins*), ni constituer une réponse à la question *pourquoi ? (– Pourquoi faut-il des avocats et des médecins ? – *Puisqu'on plaide et qu'on meurt.)*, ni enfin supporter la négation *(*Il faut des avocats et des médecins non puisqu'on plaide et qu'on meurt, mais puisque...).*

REMARQUE 2 : Des difficultés d'analyse surgissent dans des phrases comme :

ex. : *Elle l'a quitté l'an passé,* puisque tu veux tout savoir.

Il est clair que la proposition causale ne fournit pas ici une explication du contenu de l'énoncé principal (elle ne dit pas pourquoi *tu veux tout savoir*), mais bien de l'**acte d'énonciation** lui-même : elle vient ainsi expliquer pourquoi (je te dis que) *elle l'a quitté l'an passé.*

REMARQUE 3 : On ne peut manquer ici de percevoir la parenté de *puisque* avec la conjonction de coordination *car*. Ces deux outils ont en commun d'introduire un acte de parole spécifique, distinct du précédent (proposition principale ou phrase précédente). Deux énonciations sont ainsi à l'œuvre. La différence logique entre les deux tient essentiellement à ce qu'avec *car*, au contraire de *puisque*, le fait causal est pleinement pris en charge et revendiqué par l'énonciateur ; il n'est pas rattaché à une autre source :

ex. : *Je n'ai pas pu joindre Pierre, car il était sorti* (= c'est moi qui affirme qu'*il était sorti*).

2. Marques de subordination

a) conjonctions de subordination

Certaines locutions conjonctives formulent explicitement la présupposition : *étant donné que, vu que, attendu que, du fait que, du moment que, dès l'instant que, dès lors que* ; c'est aussi le cas de la conjonction *comme* dans son acception causale. D'autres outils conjonctifs marquent la cause appuyée : *d'autant (plus) que, surtout que*, la cause indifférenciée *(soit que... soit que)* ou encore la cause écartée *(non que).*

b) autres marques

Dans une **structure de parataxe**, le lien causal peut être établi par l'adverbe *tant*, toujours placé en tête de la subordonnée :

ex. : *Elle grelottait,* tant elle était fiévreuse.

3. Place

Les propositions causales qui s'inscrivent dans ce mécanisme logique n'ont pas toutes la même place dans la phrase. On notera cependant que la plupart sont mobiles.

a) place mobile

C'est le cas pour toutes les subordonnées conjonctives, qui peuvent précéder ou suivre leur principale. Deux exceptions doivent cependant être signalées :
– avec les outils de la cause appuyée (*surtout que* et *d'autant (plus) que*), où la subordonnée suit obligatoirement la principale.
– avec la conjonction *comme*, qui impose l'ordre inverse subordonnée/principale lorsqu'elle a valeur causale (et non temporelle ni comparative).

b) place fixe

La subordonnée non conjonctive suit obligatoirement la principale :

ex. : *Rien ne saurait le satisfaire* tant il est difficile.

II. MODE ET TEMPS DANS LA SUBORDONNÉE CAUSALE

A. L'INDICATIF

Que le fait présenté comme cause soit posé comme fait nouveau par l'énonciateur *(parce que)* ou qu'il soit supposé connu *(puisque)*, le mode dans la causale est en général l'indicatif : dans les deux cas en effet la proposition subordonnée appartient au monde de ce qui est vrai pour l'énonciateur.

ex. : *Il n'est pas venu parce qu'il* était *fatigué.*

B. LE SUBJONCTIF

En revanche, si l'on veut exprimer qu'il ne s'agit que d'une cause possible, on rencontre le mode subjonctif. C'est le cas après *non que*, puisque précisément le fait écarté ne s'inscrit pas dans le monde de ce qui est vrai pour l'énonciateur.

ex. : *Son âme fut inondée de bonheur, non qu'il* aimât *Mme de Rénal, mais un affreux supplice venait de cesser.* (Stendhal)

(= Il n'est pas vrai pour le narrateur que Julien aime Mme de Rénal.)

C'est encore le cas avec *soit que... soit que*, où la cause peut fort bien demeurer à l'état de pure hypothèse, simple possibilité.

ex. : *Soit qu'elle l'*aime, *soit qu'elle le* déteste, *son comportement est étrange.*

REMARQUE : On constate cependant que l'indicatif se rencontre également après *soit que... soit que*. L'hypothèse est alors reçue pour valide par l'énonciateur, elle s'intègre à ses croyances :

ex. : *Soit qu'il* est *malade, soit qu'il* est *absent, il n'a pas répondu à ma lettre.*

III. L'ORDRE DES MOTS DANS LA SUBORDONNÉE CAUSALE

Aucune contrainte grammaticale ne pèse sur l'ordre des mots dans la subordonnée de cause, qui est conforme à l'ordre canonique de la phrase assertive (sujet-verbe-compléments). Seuls des facteurs stylistiques (rythme, expressivité) peuvent entraîner la postposition du sujet.

ex. : *Il ne songeait pas à quitter ce jardin parce que demeurait vivace le souvenir du passé.*

circonstanciel (complément)

L'appellation *complément circonstanciel* est fondée sur une définition sémantique de la fonction : ce type de complément a en effet été décrit comme exprimant les *circonstances* dans lesquelles se déroule le procès ou qui rendent possible son accomplissement.

Le champ de pareils compléments est donc très large (lieu, temps, moyen, manière, cause, etc.) et surtout toujours ouvert, les nuances sémantiques se ramifiant à l'infini,

ex. : *Il travaille* à Paris, toute l'année, avec courage.

On a vite fait d'observer que cette définition sémantique est inapte à rendre compte du fonctionnement syntaxique du groupe complément circonstanciel. En effet, une première distinction s'impose entre les compléments liés étroitement au verbe, appelés par la construction de celui-ci, et qui de ce fait ne sont pas déplaçables,

ex. : *Il se rend* à Paris.

et les compléments exprimant éventuellement le même contenu sémantique (indications de lieu, de temps...) mais dont la présence est facultative, et la place libre dans la phrase,

ex. : *Les oiseaux chantent* dans les bois./Dans les bois, *les oiseaux chantent*.

Il convient donc d'étudier en les opposant ces deux fonctionnements. On désignera ainsi sous l'appellation de compléments circonstanciels *intégrés* ceux qui entrent dans le groupe verbal, qu'ils complètent étroitement, et l'on donnera le nom de compléments circonstanciels *adjoints* à la catégorie opposée. C'est cette dernière que l'on se propose d'abord d'étudier, comme la plus homogène et la plus aisément identifiable. Le mécanisme de la relation au verbe dans le cadre des compléments *intégrés* pourra ensuite être mieux perçu dans sa spécificité.

I. LES COMPLÉMENTS CIRCONSTANCIELS ADJOINTS

A. DÉFINITION

Ce type de complément circonstanciel se reconnaît d'abord à son autonomie par rapport au verbe de l'énoncé. En effet, le procès exprimé par le verbe n'exige pas la présence d'un tel complément, à la différence par exemple, comme on le verra, des verbes évoquant la situation dans l'espace *(aller, habiter)* ou l'expansion dans le temps *(durer)*. Le complément circonstanciel adjoint n'est donc pas sous la dépendance directe du verbe – il n'appartient pas au groupe verbal –, mais modifie l'ensemble groupe sujet-groupe verbal : pour cette raison, on l'appelle parfois *complément de phrase*.

ex. : Dans quelques jours, *tout sera fini*.

B. CRITÈRES D'IDENTIFICATION

Adjoint à la phrase, sans être nécessaire à sa cohérence syntaxique (il est en marge de la proposition minimale), le complément circonstanciel adjoint se reconnaît à plusieurs critères.

1. Expression facultative

Il peut être supprimé, sa présence n'étant pas obligatoire.

ex. : *Il a travaillé* (cette nuit).

2. Mobilité dans la phrase

Il peut en effet occuper des places diverses, aucune n'étant fixe.

ex. : Tous les jours, *il a travaillé*./*Il a travaillé* tous les jours.

3. Préposition libre

S'il est construit au moyen d'une préposition, le choix de celle-ci n'est pas contraint par le verbe ; elle est ici, non un simple outil de construction, mais porteuse d'éléments de signification (indications de temps, de lieu, de cause, etc.). De ce fait, son choix est déterminant pour le sens de l'énoncé.

ex. : *Il travaille* dans son jardin/sous les arbres/derrière sa maison.

4. Cumul

Il peut se cumuler avec d'autres compléments circonstanciels adjoints, par simple juxtaposition :

ex. : *Il a travaillé* tous les jours, dans son jardin, sous les arbres.

REMARQUE : On observera au contraire que les compléments d'objet sont nécessairement reliés entre eux par coordination :

ex. : *Elle apprécie* son travail et sa disponibilité.

C. NATURE ET CONSTRUCTION DES COMPLÉMENTS CIRCONSTANCIELS ADJOINTS

La fonction de complément circonstanciel adjoint est occupée prioritairement par le groupe nominal (ou le pronom) précédé de la préposition *(= groupes prépositionnels)* :

ex. : À Paris, en hiver, *il pleut souvent.*

REMARQUE : Le complément circonstanciel adjoint est structurellement un complément prépositionnel. Il arrive cependant que la préposition s'efface, facultativement : c'est le cas avec certains groupes nominaux, lorsque le complément circonstanciel adjoint rend compte d'un cadre spatio-temporel :

ex. : *Les lumières ont brillé* (pendant) toute la nuit (sur la) place de la Concorde.

Cette fonction peut également être assumée par tous les équivalents, groupes remplaçables par la **structure préposition + substantif** :

- infinitifs prépositionnels :

ex. : Avant de partir, *il leur a fait ses recommandations.*

- gérondifs, introduits par *en* :

ex. : En partant, *il leur a fait ses recommandations.*

- propositions subordonnées circonstancielles :

ex. : Quand il est parti, *il leur a fait ses recommandations.*

- adverbes, lorsque ceux-ci présentent le cadre du procès exprimé dans la phrase :

ex. : Aujourd'hui, *il leur a fait ses recommandations.*

D. CLASSEMENT DES COMPLÉMENTS CIRCONSTANCIELS ADJOINTS

On peut distinguer deux types fondamentaux de compléments circonstanciels adjoints.

1. Les circonstants

Gravitant autour du groupe sujet-verbe, ils précisent le cadre dans lequel le sujet est affecté par le procès. Au nombre de ces *circonstances*, on peut évoquer :

- le temps et le lieu :

ex. : Toute la journée, *il travaille* dans son jardin.

- le moyen ou l'instrument :

ex. : *Il a découpé le rôti* avec un couteau électrique.

- le but ou la destination :

ex. : *Il travaille* pour réussir/pour ses enfants.

– la cause :

ex. : *Le jugement a été cassé* pour vice de forme.

– l'opposition ou la concession :

ex. : *Il l'a reconnu* contre l'opinion de sa famille/malgré l'obscurité.

– la supposition :

ex. : En cas de difficulté, *prenez cet argent.*

REMARQUE : Il va de soi que la liste n'est pas exhaustive, tant sont potentiellement nombreuses les circonstances qui peuvent entourer la réalisation du procès, et tant sont variées les nuances qui peuvent les distinguer.

On le voit, ce type de complément circonstanciel concerne l'énoncé et ses modes de réalisation. On peut en distinguer un second, qui exprime l'attitude de l'énonciateur soit par rapport à l'énoncé lui-même, soit par rapport à sa propre énonciation.

2. Les modalisateurs

a) l'énonciateur exprime son opinion sur ce qui est dit

– adhésion ou distance :

ex. : Selon moi/d'après ses parents, *il est malade.*

– certitude ou doute :

ex. : De toute évidence, *il est malade./Il est* peut-être *malade.*

– appréciation :

ex. : Malheureusement, *il est malade.*

b) l'énonciateur s'exprime sur sa manière de dire

ex. : Franchement, *vous partagez son avis ?*/Justement, *je voulais vous voir.*/Sérieusement, *je souhaite vous parler.*

On ne saurait donc confondre le fonctionnement de l'adverbe dans les deux énoncés suivants :

ex. : Sérieusement, *vous l'aimez ?*
Vous l'aimez sérieusement *?*

Dans le premier cas, l'adverbe, en fonction de complément circonstanciel adjoint, n'entre pas dans le groupe verbal : il sert à modaliser l'énoncé *(= pour vous parler sérieusement).* Dans le second exemple, l'adverbe est intégré au groupe verbal, il n'est pas déplaçable. Nous sommes en présence d'un type nouveau de complément circonstanciel, différent du précédent, dont il convient d'entreprendre l'étude.

II. LES COMPLÉMENTS CIRCONSTANCIELS INTÉGRÉS AU GROUPE VERBAL

A. DÉFINITION

Ce type de complément ne s'oppose pas au précédent par son rôle sémantique : il permet lui aussi de préciser les circonstances qui déterminent l'accomplissement du procès. Mais son comportement syntaxique présente d'importantes différences : il entre dans le groupe verbal, dont il constitue ainsi l'un des éléments *intégrés* (tandis que le complément circonstanciel adjoint a été défini comme un complément de phrase, portant sur tout le groupe sujet-verbe).

B. CRITÈRES D'IDENTIFICATION

Adossés au verbe – parfois placés devant lui comme il sera montré –, les compléments circonstanciels intégrés n'ont pas d'autonomie syntaxique et ne sont pas mobiles dans l'ensemble de l'énoncé :

ex. : *Le vase est posé* sur l'étagère.
Le Tour de France passe par la Savoie.

C. NATURE ET CONSTRUCTION DU COMPLÉMENT CIRCONSTANCIEL INTÉGRÉ

La fonction de complément circonstanciel intégré peut être assumée par :
– le groupe nominal prépositionnel (ou le pronom représentant, derrière préposition) :

ex. : *Un vase est posé* sur l'étagère/sur celle-ci.

REMARQUE : La préposition n'est cependant pas toujours nécessaire, certains verbes appelant aussi bien la construction directe qu'indirecte :

ex. : *Il habite* la campagne/à la campagne.

– l'adverbe (manière ou intensité/quantité) :

ex. : *Elle parle* doucement/beaucoup.

– certaines propositions subordonnées circonstancielles (comparatives et consécutives) :

ex. : *Il fera* comme il voudra.

D. CLASSEMENT DES COMPLÉMENTS CIRCONSTANCIELS INTÉGRÉS

Intégrés au groupe verbal, comme on l'a dit, ces compléments n'ont cependant pas tous le même degré de nécessité par rapport au verbe qui les régit. Certains verbes en effet exigent d'être complétés, appelant obligatoirement un complément d'objet ou un complément circonstanciel (**Je vais*, **J'habite*, **Ce rôti pèse*), tandis que d'autres admettent dans leur dépendance immédiate un complément dont l'expression reste facultative (*Il l'aime* [à la folie]).

1. Les compléments d'expression facultative, dits *compléments adverbiaux*

Ce sont des compléments circonstanciels facultatifs, de sens varié, et qui ne sont pas imposés par la construction du verbe :

ex. : *Il court* vers sa fiancée/contre la montre/avec rapidité.

Le fonctionnement de ces compléments est parallèle à celui des adverbes avec lesquels, dans un certain nombre de cas (expression de la manière notamment), ils peuvent commuter. Sans autonomie syntaxique – à la différence des compléments circonstanciels adjoints –, ils sont **adossés** au verbe qu'ils complètent, bien que leur expression ne soit pas indispensable à la cohérence syntaxique de la phrase. Comme tels, ils expriment par exemple :

– la manière :

ex. : *Elle chante* avec grâce.

– le moyen :

ex. : *Il écrit* au stylo-plume.

– la cause :

ex. : *Trop de gens meurent* de faim.

– l'accompagnement :

ex. : *Il va à l'école* avec sa sœur.

Cependant, la distinction n'est pas toujours aussi tranchée qu'il y paraît entre ces compléments circonstanciels dits adverbiaux et les circonstanciels adjoints. L'examen de la catégorie sémantique des compléments de lieu permet de mettre en évidence la difficulté qu'on rencontre parfois à les opposer. Dans les cas les plus nets, la construction du verbe n'impose pas une complémentation de lieu. L'expression de celui-ci reste donc tout à la fois libre et mobile, et conduit à l'analyser comme complément circonstanciel adjoint :

ex. : À Paris, *il pleut souvent.*

Mais dans un certain nombre de cas, les verbes dits *locatifs* (ils situent dans l'espace) appellent à des degrés différents une complémentation de lieu. Ainsi dans la phrase, *Des rubans pendaient* à sa robe, on observe que l'antéposition du complément est possible, avec ou sans postposition du sujet (*À sa robe pendaient des rubans/des rubans pendaient*). Doit-on pour autant reconnaître là un complément adjoint, ou s'agit-il bien d'un complément intégré? Ici, en dépit de l'antéposition du complément, parfois possible, il semble bien qu'il faille analyser le groupe nominal *à sa robe* comme circonstanciel intégré : il dépend en effet **du groupe verbal**, tandis que le circonstanciel adjoint est une complémentation libre et mobile **du groupe sujet-verbe**.

Ces variations dans les degrés de nécessité du lien verbe-complément conduisent à isoler une autre catégorie de compléments circonstanciels intégrés, ceux qui sont exigés par la construction du verbe.

2. Les compléments circonstanciels *expansions contraintes* du verbe

Les verbes appelant obligatoirement la présence d'un complément circonstanciel intégré peuvent être divisés en deux catégories sémantiques.

a) verbes locatifs

Il s'agit de verbes permettant la localisation dans l'espace : *habiter, résider, loger, se trouver, être* (dans ce sens locatif), le verbe impersonnel *il y a*, ainsi que les tournures passives *être appuyé, être disposé, être situé*... et leurs synonymes. Le complément dépendant du verbe est placé régulièrement à sa droite. Mais cette place n'est pas toujours imposée. On peut comparer en effet les deux phrases suivantes :

ex. : *Un vase de Chine est placé* sur l'étagère.
Ses parents résident à Paris.

Dans le premier cas, l'antéposition du complément circonstanciel est possible (moyennant en général la postposition du sujet : *Sur l'étagère est placé un vase de Chine*) ; dans le second exemple, en revanche, l'ordre sujet-verbe-complément est obligatoire.

On notera que le choix de la préposition n'est nullement déterminé par la construction du verbe (*Un vase de Chine est placé* derrière ce livre/dans ce placard/à côté de la lampe...).

Les verbes locatifs imposent donc une complémentation de lieu étroitement liée au groupe verbal. Mais, à la différence du complément d'objet indirect (voir **objet**), la construction du complément circonstanciel intégré conserve une relative liberté (antéposition parfois possible, choix de la préposition).

b) verbes de mesure

Les verbes exprimant une mesure (poids, prix, durée, distance) offrent moins de liberté dans la construction de leurs compléments : par là, ces derniers se rapprochent davantage du fonctionnement du complément d'objet. Ainsi dans les exemples suivants :

ex. : *Ce poulet pèse* deux kilos.
Ce livre coûte soixante francs.
Le cours a duré deux heures.
Il a couru un kilomètre.

on remarquera que :
– la place du complément est fixe ;
– la construction du complément est imposée ;
– le fonctionnement de ce type de complément se rapproche de celui du complément d'objet (en particulier, la pronominalisation, possible il est vrai au prix de quelques modifications : *Ses deux kilos, ce poulet* les *pèse presque).*

REMARQUE : Il convient cependant de maintenir la distinction entre complément d'objet direct et complément circonstanciel intégré (construit directement). On observe en effet que l'accord de la forme adjective du verbe, obligatoire avec le complément d'objet direct :

ex. : *Les efforts que ce livre leur a* coûtés.

ne se fait pas lorsqu'il s'agit du complément circonstanciel intégré :

ex. : *Les cinquante francs que ce livre leur a* coûté.

Au terme de cette étude, on conclura non pas à une opposition tranchée entre ces divers types de compléments, mais à la nécessité de penser leurs différences en termes de *continuum*, une ligne continue pouvant ainsi mener du complément d'objet (le plus contraint et le plus dépendant du verbe) au complément circonstanciel adjoint (le plus libre et le plus « périphérique »).

circonstancielle (proposition subordonnée)

La proposition subordonnée circonstancielle s'oppose, dans le classement traditionnel, à la proposition subordonnée relative et à la proposition subordonnée complétive. Loin de constituer un type homogène, elle réunit, comme on le verra, des propositions aux fonctionnements et aux outils souvent très divers. Une unité peut-elle cependant être trouvée à l'intérieur de cette classe ?

I. DÉFINITION SYNTAXIQUE

À la rigidité du lien qui unit la complétive à sa proposition rectrice, on a souvent opposé la souplesse de la relation entre circonstancielle et proposition rectrice : tandis que la complétive est essentielle dans la phrase, dont elle forme l'un des constituants principaux, et ne peut être de ce fait ni supprimée ni déplacée, la circonstancielle serait ainsi une proposition à l'expression facultative : elle pourrait donc être supprimée sans rendre la phrase agrammaticale, et occuperait une place mobile dans la phrase. Cette définition est juste dans un certain nombre de cas :

ex. : (Quand tu auras terminé,) *nous irons au cinéma./Nous irons au cinéma* (quand tu auras terminé).

Mais elle ne rend pas compte de nombreuses occurrences où la circonstancielle occupe une place fixe et est appelée nécessairement par la proposition rectrice :

ex. : *Tout alla de façon* qu'il ne vit plus aucun poisson.
(La Fontaine)

REMARQUE : Ce problème recoupe en partie celui de la définition même du complément circonstanciel : on rappelle qu'il est nécessaire d'opposer le complément circonstanciel adjoint, mobile et déplaçable, au complément circonstanciel intégré, qui entre dans le groupe verbal.

II. DÉFINITION SÉMANTIQUE

Traditionnellement proposée, cette définition fait de la circonstancielle une proposition située dans la dépendance d'une autre proposition dont elle énonce une circonstance qui rend possible ou accompagne l'action principale. Ainsi la subordonnée circonstancielle peut-elle donner des indications :

– de temps (temporelle) :

ex. : Dès que tu auras fini, *nous sortirons.*

– de but (finale) :

ex. : *Tu l'attendras* afin qu'il te remette le livre.

– de cause (causale) :

ex. : *Il ne t'attendra pas* parce qu'il prend le train de cinq heures.

– d'opposition ou de concession (concessive) :

ex. : Alors que je travaille, *tu t'amuses bruyamment.*

– d'hypothèse (hypothétique) :

ex. : S'il fait beau, *nous sortirons.*

– de conséquence (consécutive) :

ex. : *Il travaille tant* qu'il aura fini en avance.

Mais là encore, une telle définition ne parvient pas à rendre compte de certaines circonstancielles. Ainsi la comparative ne saurait être comprise comme exprimant une circonstance accompagnant le procès principal ; bien plutôt, son rôle est de mettre en relation deux propositions par le biais de l'analogie ou de la proportion :

ex. : Comme le champ semé en verdure foisonne [...]
Ainsi de peu à peu crût l'empire romain. (J. Du Bellay)

III. CLASSEMENT DES CIRCONSTANCIELLES

A. CLASSEMENT SYNTAXIQUE

On sera donc conduit à distinguer deux grands types de « circonstancielles » au fonctionnement distinct :
– les circonstancielles **adjointes à la proposition rectrice** (elles ne complètent donc pas le seul verbe), déplaçables et d'expression facultative ;
– les circonstancielles **intégrées au groupe verbal** qui les commande (tel est le cas des consécutives).

REMARQUE : La distinction opérée entre ces deux types de circonstancielles ne peut être constamment valide que dans le cas des propositions **conjonctives**. En effet, dans les autres cas, la marque de subordination peut imposer un ordre fixe des propositions :

ex. : Plus je le vois, *moins je l'apprécie.*

B. CLASSEMENT FORMEL

L'analyse du rapport de subordination a montré que les subordonnées circonstancielles ne se limitaient pas aux seules propositions conjonctives (c'est-à-dire introduites par une conjonction de subordination). D'autres marques peuvent en effet engendrer le même mécanisme de dépendance, pour exprimer les mêmes nuances :

ex. : Tu ne me l'aurais pas dit, (que) *je l'aurais deviné.*

Pour chaque type de circonstancielle, on devra donc mentionner l'un et l'autre mode d'introduction (conjonctive et non conjonctive).

comparative (proposition subordonnée)

La proposition subordonnée comparative est traditionnellement classée au rang des circonstancielles : on verra que, sur le plan du fonctionnement syntaxique, elle se comporte tantôt comme un complément circonstanciel adjoint à la phrase, tantôt comme un complément circonstanciel intégré au groupe verbal.

Sur le plan du rapport logique, on désigne sous le nom de *comparative* une proposition qui pose un **rapport de comparaison** entre deux processus ou qui **mesure le degré d'une propriété** au moyen d'un point de comparaison explicite.

Il existe ainsi différents types de propositions comparatives.

Certaines comparatives posent un rapport d'analogie entre deux processus, et mettent alors en rapport deux propositions entières :

ex. : *Il allait de globe en globe, lui et les siens,* comme un oiseau voltige de branche en branche. (Voltaire)

Certaines comparatives encore effectuent une comparaison entre deux propriétés d'un même être, exprimées par le biais d'un prédicat verbal :

ex. : *Il crie* plus qu'il ne parle.

D'autres enfin établissent un rapport de mesure graduée (supériorité : *plus*, égalité : *aussi/autant*, infériorité : *moins*), c'est-à-dire :

– la mesure d'une même propriété attribuée à deux entités distinctes :

ex. : *Paul est* plus *courageux* que son frère ne l'était.

REMARQUE : On observera que les êtres qui reçoivent cette propriété doivent, pour être comparés dans une telle structure, appartenir à la même classe sémantique (animés/non animés) :

ex. : **Ce livre est* plus *plaisant* que ma sœur ne l'était.

– la mesure d'une même propriété attribuée à un même être, mais dans des circonstances spatio-temporelles différentes :

ex. : *Il est* plus *aimable ici* qu'il ne l'est en voyage./*Il est* plus *aimable* qu'il ne l'était autrefois.

– la mesure de deux propriétés distinctes chez un même être :

ex. : *Paul est* plus *courageux* qu'il n'est prudent.

– la mesure du nombre affectant des ensembles différents :

ex. : *Il a tué* plus *de lièvres* qu'il n'a tué de lions.

Cette diversité de valeurs logiques se traduit, sur le plan syntaxique, par des modes de fonctionnement différents. On observe en effet que la comparative peut se présenter tantôt comme un **complément circonstanciel adjoint**, donc mobile dans la phrase. C'est le cas de certaines comparatives qui établissent un rapport d'analogie :

ex. : Comme tu as semé, *tu récolteras*./*Tu récolteras* comme tu as semé.

REMARQUE : Le même rapport d'analogie peut encore être formulé par une construction corrélative :
ex. : *Tel il a été, tel il restera.*

On observe alors qu'aucune des propositions n'a d'autonomie syntaxique, et que la place de la comparative est fixe, obligatoirement en tête de phrase.

Tantôt au contraire **la place de la comparative est fixe**, la subordonnée portant non plus sur l'ensemble de la phrase, mais sur un de ses constituants : adjectif *(plus intelligent que...)*, adverbe *(plus intelligemment que...)*, verbe *(Tu feras* comme on te dira), déterminant du substantif *(plus de lièvres que...)*.

REMARQUE : Le mécanisme d'enchâssement de la subordonnée dans la phrase se constate encore lorsque sont comparés deux prédicats verbaux, dont un seul est déclaré approprié :
ex. : *Il crie plus qu'il ne parle.*

L'ordre est donc fixe, imposé par la corrélation *plus... que*.

I. MARQUES DE SUBORDINATION

A. MOTS CONJONCTIFS

Il s'agit de conjonctions de subordination *(comme)* ou de locutions conjonctives *(autant que...)*. On rencontre encore des corrélations conjonctives *(plus/moins/aussi/autant... que)*. On peut classer ces outils selon leur valeur logique.

REMARQUE : Bien qu'il ne puisse être repris par la conjonction *que* en cas de subordination *(*Comme tu as semé et que tu as planté, tu récolteras)*, on maintiendra *comme* dans la catégorie des mots conjonctifs, dans la mesure où il a une valeur démarcative (il introduit la subordonnée) et où la proposition ainsi introduite n'a aucune autonomie de fonctionnement *(*Comme tu as semé)*.

1. Équivalence

On rencontre les outils conjonctifs *comme, ainsi que, autant que, de même que, tel que* :

ex. : De même que vous l'aimez, *il vous aimera.*
Il est comme (ainsi que, tel que) vous l'imaginez.

2. Dissemblance

Autre/autrement... que, plus/moins... que, plutôt que marquent un rapport de dissemblance :

ex. : *Elle travaille* autrement que je ne le pensais.

REMARQUE : On observe, lorsque la comparative marque un rapport de dissemblance ou d'inégalité, la présence facultative de l'adverbe de négation *ne*, appelé alors *ne explétif*. Voir **négation**.

3. Proportion

D'autant que, d'autant plus/moins que, dans la mesure où, suivant que, selon que, à mesure que, au fur et à mesure que... comportent une indication de variation proportionnelle (à laquelle se joint parfois une nuance de cause, comme pour *suivant que* et *selon que*) :

ex. : Au fur et à mesure que le temps passe, *je l'apprécie davantage.*

REMARQUE : La place de la proposition subordonnée peut avoir une valeur discriminante et permettre de distinguer le rapport causal de la comparaison. On observe en effet que l'antéposition de la subordonnée semble orienter l'interprétation vers le rapport de cause :

ex. : Dans la mesure où vous travaillez, *vous réussirez.*

tandis que la postposition indiquerait plutôt la comparaison proportionnelle :

ex. : *Vous réussirez* dans la mesure où vous travaillerez.

4. Équivalence hypothétique

À la comparaison se joint une valeur d'hypothèse, avec les outils *comme si, plus/moins... que si* :

ex. : *Je sens son infidélité* comme si elle n'était point morte.
(Mme de Lafayette)

Les deux événements rapprochés ne relèvent pas du même univers : dans la principale, le fait appartient au monde de ce qui est pour l'énonciateur, tandis que le fait subordonné n'est qu'hypothétique, appartenant au monde des possibles.

B. LES CONSTRUCTIONS PARATACTIQUES

Elles impliquent la présence de marqueurs lexicaux (adverbes de degré) dans la principale et dans la subordonnée : il s'agit donc de **structures corrélatives**. Les outils de corrélation peuvent être symétriques ou non :

ex. : Plus *on dort,* plus *on veut dormir.*
Moins *je le vois,* mieux *je me porte.*

II. MODE DE LA COMPARATIVE

A. L'INDICATIF

La proposition comparative inscrit la plupart du temps le comparant dans le monde de ce qui est tenu pour vrai par l'énonciateur. Aussi le mode privilégié de cette subordonnée est-il l'indicatif :

ex. : *Comme on* voit *sur la branche au mois de mai la rose...*
(Ronsard)

B. LE SUBJONCTIF

On ne rencontre le subjonctif que dans les comparatives hypothétiques *(comme si...)* : il s'agit alors d'un plus-que-parfait, à valeur d'irréel du passé ; il exprime en effet un procès ayant été possible dans le passé, mais démenti par le cours des événements :

ex. : *Comme si un incendie* eût éclaté *derrière le mur, il sauta hors de son lit...* (G. Flaubert)

Cette forme est cependant d'un emploi rare et littéraire, le français courant lui préférant le plus-que-parfait de l'indicatif.

III. PLACE DE LA COMPARATIVE

La place de la subordonnée de comparaison dépend, comme on l'a dit, de la façon dont elle s'intègre à la phrase. On rappellera les cas principaux.

A. PLACE FIXE

1. Ordre principale/subordonnée

C'est dans cet ordre que s'exprime la comparaison lorsque la subordonnée intègre un des constituants de la phrase :

ex. : *Il est* plus *vif* que ne l'était son père.

2. Ordre subordonnée/principale

C'est le cas dans les constructions paratactiques, avec corrélations adverbiales :

ex. : *Plus je le vois, plus je l'apprécie.*

B. PLACE MOBILE

La comparative est mobile lorsqu'elle fonctionne comme un complément circonstanciel adjoint, portant sur l'ensemble de la phrase. On observe une tendance à placer en tête de phrase la subordonnée, un adverbe pouvant alors, en principale, venir rappeler le lien d'analogie :

ex. : *Comme le champ semé en verdure foisonne [...]*
Ainsi de peu à peu crût l'empire romain.

(J. Du Bellay)

complément

La catégorie du complément est l'une des plus importantes de l'analyse grammaticale traditionnelle, et en même temps l'une des plus floues, en raison de la **diversité des compléments** eux-mêmes (leur nature varie : groupes nominaux, propositions subordonnées, infinitifs ; leur construction non plus n'est pas homogène : présence de préposition, construction directe, etc.), de la **diversité des termes complétés** (on distingue ainsi les compléments du verbe, du nom, de l'adjectif, du pronom), et surtout, de la **diversité des liens syntaxiques en jeu** (certains compléments sont essentiels, d'autres facultatifs, certains portent sur l'un des constituants de la phrase seulement, d'autres sur la phrase tout entière).

A. COMPLÉMENT ET SUBORDINATION

La définition de cet ensemble hétérogène engage en réalité une notion fondamentale, la **relation de subordination**, ou encore de dépendance syntaxique, qui unit de manière unilatérale un terme recteur (le complété) à son régime (le complément).

ex. : *Tous les jours, le facteur distribue le courrier de l'immeuble.*

Ainsi, la fonction du groupe nominal *le courrier de l'immeuble* doit être trouvée par rapport au verbe *distribue*, tandis que l'inverse n'est pas vrai. On dira que ce groupe nominal **complète** le verbe (il en est le complément d'objet direct) ; de même, le groupe *de l'immeuble* est subordonné au groupe nominal *le courrier*, dont il est le complément du nom.

B. UNE NOTION COMPLEXE : DIVERSITÉ DU LIEN SYNTAXIQUE

Cependant le type de dépendance mis en œuvre varie :

– tantôt le complément est essentiel à son terme recteur ; il ne peut être supprimé que dans des cas bien précis (voir **transitivité**) :

ex. : **Le facteur distribue tous les jours.*

– tantôt au contraire la suppression du complément est toujours possible, celui-ci se révélant facultatif, apportant à la phrase de simples précisions :

ex. : *Le facteur distribue le courrier.*

On aura ici opposé les **compléments d'objet**, essentiels à la phrase, inscrits dans le programme même du verbe recteur (on *distribue* toujours *quelque chose*), aux **compléments circonstanciels adjoints**, portant sur la phrase, et pouvant être supprimés (*tous les jours*). De la même manière, il convient de distinguer les compléments entrant :
- dans le groupe verbal (complément d'objet, complément circonstanciel intégré, complément d'agent) ;
- dans le groupe nominal ou adjectival (complément du nom, du pronom, de l'adjectif).

Pour une analyse détaillée de ces divers compléments, on se reportera aux rubriques : **objet** (complément d'), **circonstanciel** (complément), **agent** (complément d'), **nom** (complément du), **pronom** (complément du), **adjectif** (complément de l').

complétive (proposition subordonnée)

On appelle **complétive** une catégorie de propositions subordonnées, distinctes, dans le classement traditionnel, des relatives et des circonstancielles, ayant comme principal trait commun la propriété syntaxique d'occuper dans la phrase l'une des **fonctions essentielles du groupe nominal** : complément d'objet surtout, mais encore sujet, terme complétif, attribut, etc.

ex. : *J'apprécie* que tu sois venu.

REMARQUE : Sur les problèmes posés par ce classement traditionnel des propositions subordonnées, voir **subordination**. On rappellera ici qu'il mêle des critères formels (une relative n'a en effet comme propriété constante que d'être introduite par un outil relatif) et des critères syntaxiques (les circonstancielles et les complétives s'opposeraient ainsi par la relation qu'elles entretiennent avec leur support).

Traits formels

Sur le plan formel, les complétives constituent une classe hétérogène, puisqu'on y rencontre aussi bien :
- des propositions conjonctives, dont le mot introducteur est une marque suffisante de subordination. C'est le cas des subordonnées **introduites par** QUE OU CE QUE :

ex. : *Je m'attends à* ce qu'il ne vienne pas.

ainsi que des **interrogatives indirectes totales**, toujours introduites par la conjonction *si* :

ex. : *Je me demande* s'il viendra.

– des propositions non conjonctives, avec mot introducteur. C'est le cas des **interrogatives indirectes partielles**, dont l'outil apparaît également dans la question directe, et ne constitue donc pas une marque suffisante de subordination :

ex. : *Je me demande* pourquoi il n'est pas venu.

– enfin, des propositions non conjonctives, sans mot introducteur. C'est le cas des **infinitives**, directement rattachées à leur support :

ex. : *J'entends* siffler le train.

Traits syntaxiques

Le choix du terme *complétive* a souvent été critiqué : inspirée par la fonction la plus fréquente de ces subordonnées (complément d'objet, qui est parfois la seule fonction possible pour certaines d'entre elles), cette appellation méconnaît la possibilité qu'ont ces propositions d'occuper la fonction sujet :

ex. : Que tu aies lu ce livre *me semble important.*

Quoi qu'il en soit, les complétives possèdent comme principale caractéristique d'occuper des **fonctions nominales** :
– par rapport au groupe sujet-verbe : elles peuvent être sujet, complément d'objet (direct ou indirect), terme complétif :

ex. : *Il faut* que tu viennes.

REMARQUE : Cependant, ces fonctions peuvent également être assumées par des propositions relatives sans antécédent (appelées alors *substantives*), que l'on ne classe pourtant pas dans les complétives.

ex. : *Embrassez* qui vous voulez.

– par rapport au groupe nominal :

ex. : *L'idée* que tu viennes *me réjouit.*

– par rapport à l'adjectif :

ex. : *Je suis heureux* que tu viennes.

REMARQUE : Dans les phrases du type *Heureusement que tu es venu !*, l'adverbe n'est pas suivi, en dépit des apparences, d'une complétive en fonction de complément. En réalité, il s'agit ici du fonctionnement spécifique des adverbes de discours (voir **Adverbe**) : ici *heureusement* sert à nuancer (à modaliser) le contenu de l'énoncé, c'est-à-dire, en l'occurrence, la proposition *que tu es venu.*

Les propositions complétives jouent donc dans la syntaxe de la phrase un **rôle essentiel, occupant une place qui ne peut rester vide**. Aussi sont-elles en relation étroite avec les autres constituants de la phrase. Cette interdépendance se traduit notamment, sur le plan syntaxique, par plusieurs caractéristiques, qui les opposent en particulier à la grande majorité des circonstancielles :
– elles ne peuvent être supprimées :

ex. : **Je me félicite (que tu viennes).*

– elles ne peuvent être déplacées dans la phrase, ne disposant d'aucune autonomie :

ex. : **Me réjouit que tu viennes* (mais *Que tu viennes me réjouit*).

REMARQUE : La seule possibilité de les déplacer consiste à les faire entrer dans une structure d'emphase (voir **Ordre des mots**) ; mais elles sont alors reprises par un pronom, qui occupe alors la place laissée vide :

ex. : *Cela me réjouit que tu viennes.*

Enfin, de la même manière, leur relation d'étroite subordination se manifeste par leur **soumission au repérage personnel et temporel** de la principale : le choix des temps et des personnes dépend dans le discours indirect du cadre énonciatif posé dans la principale :

ex. : *Il a dit : « Je* viendrai *sans doute. »* > *Il a dit qu'il* viendrait *sans doute.*

De même, le choix du mode est contraint par le sens du support :

ex. : *Je pense qu'il ne* viendra *pas./Je crains qu'il ne* vienne *pas.*

On étudiera successivement les trois grands types de proposition complétive : les conjonctives par *QUE* ou *CE QUE*, majoritaires ; les interrogatives indirectes ; les infinitives, aux contraintes d'apparition plus strictes.

I. COMPLÉTIVES CONJONCTIVES PAR *QUE* ET *CE QUE*

Cette catégorie particulière de complétive est la plus fréquente, en raison notamment de son aptitude à dépendre de supports variés, assumant des fonctions diverses.

A. TRAITS FORMELS

1. **Terme introducteur**

a) la conjonction de subordination que

Cette conjonction constitue en français la marque minimale de subordination. Dépourvue de contenu sémantique (et de ce fait apte à marquer divers liens logiques, voir **conjonction**), elle n'a qu'un **rôle syntaxique** : marquer la frontière entre principale et subordonnée (**rôle démarcatif**) et assurer l'enchâssement de la subordonnée dans la principale (**rôle subordonnant**) :

ex. : *Je souhaite* que tu viennes.
Je suis heureux que tu viennes.

Aussi cette conjonction a-t-elle pour conséquence de **nominaliser la proposition qu'elle introduit**, la rendant ainsi apte à assumer une fonction nominale dans la phrase. De fait, la subordonnée complétive conjonctive par *que* peut souvent être remplacée par un groupe nominal de même valeur et de même statut :

ex. : *Je souhaite* ta venue.
Je suis heureux de ta venue.

On notera enfin que la complétive par *que* n'apparaît jamais seule derrière une préposition :

ex. : **Je me réjouis* de que tu viennes.

En effet, même si le verbe doit être suivi d'un complément d'objet indirect (*se féliciter* de quelque chose), la préposition disparaît obligatoirement devant la conjonction *que* :

ex. : *Je me félicite* qu'il ait réussi.

REMARQUE : Cependant, en cas de reprise pronominale, on constate que c'est le pronom adverbial (*en* ou *y*) qui apparaît, et non le pronom *le* : c'est le signe que l'effacement de la préposition en surface ne modifie pas le statut syntaxique du complément, que l'on pourra continuer à appeler COI (voir **objet**) :

ex. : *Qu'il ait réussi, je m'*en *félicite.*
*Qu'il puisse ne pas réussir, j'*y *songe parfois.*

La langue dispose cependant d'un moyen de conserver devant la complétive la préposition qui était exigée devant le groupe nominal : l'outil introducteur *que* cède alors la place à *ce que*.

b) la locution conjonctive ce que

Elle apparaît assez fréquemment en français courant, après les prépositions *à* et *de* :

ex. : *Je m'attends* à ce qu'il réussisse.
Je me félicite de ce qu'il a réussi.

REMARQUE : La langue littéraire fait souvent l'économie de cette locution, jugée lourde et maladroite, lui préférant la construction directe avec *que* :

ex. : *Je me félicite qu'il ait réussi.*

On notera cependant que certains verbes ne permettent pas le choix, exigeant l'une ou l'autre construction (*informer que* et non *de ce que, veiller à ce que* et non **veiller que*).

Ainsi s'opère une spécialisation des outils conjonctifs :
- *que*, en l'absence de préposition,
- *ce que*, après préposition.

REMARQUE : Les grammairiens s'interrogent parfois sur le statut du mot *ce* dans cette locution. Est-il pronom, auquel cas la complétive fonctionne comme une apposition *(Je me félicite de ce[la], qu'il a réussi)*? Ou encore déterminant démonstratif, la complétive fonctionnant alors totalement comme un nom *(Je me félicite de ce [qu'il a réussi]/de [cette réussite])*.
Pour l'analyse cependant, on ne décomposera pas l'outil *ce que*, senti comme indissociable, que l'on nommera *locution conjonctive*, et que l'on ne confondra pas avec la locution pronominale *ce que*, qui apparaît dans les interrogatives indirectes (voir plus bas) :

ex. : *Je t'ai demandé* ce que tu voulais.

En effet, dans ce dernier cas, *que* est un pronom, et non plus une conjonction. Il occupe de ce fait une fonction syntaxique dans la subordonnée (COD de *voulais*) ; la conjonction au contraire, on le rappelle, n'assume par définition aucune fonction, et n'a qu'un rôle de subordonnant.

2. Intonation et ordre des mots

L'outil conjonctif *que* servant, comme on l'a dit, à nominaliser une phrase, qu'il intègre à une autre phrase en la transformant en subordonnée, la complétive conjonctive par *que* ne possède pas de mélodie propre.

L'ordre des mots est conforme à la phrase assertive (voir **modalité**).

B. FONCTIONS DE LA COMPLÉTIVE PAR *QUE* ET *CE QUE*

Les complétives introduites par *ce que* sont d'un emploi beaucoup moins large que les conjonctives par *que* : elles ne peuvent en effet assumer que deux fonctions :
– COI (le plus souvent) :

ex. : *Je me félicite* de ce qu'il a réussi.

– complément de l'adjectif (ou de la forme adjective du verbe) :

ex. : *Il n'est pas conscient* de ce qu'il pourrait échouer.

REMARQUE : On notera enfin que les conjonctives introduites par *ce que* apparaissent encore, après la préposition *à*, à la suite d'expressions comme *Il n'y a rien de surprenant (à ce que...), il n'y a pas de mal, quoi d'étonnant*, etc.

L'emploi des conjonctives introduites par *que* est beaucoup plus large, comme on va le voir.

1. Nature du support

Lorsque la complétive possède un support – ce qui n'est pas toujours le cas, puisqu'elle peut être sujet –, celui-ci peut être de nature diverse.

a) support verbal

La complétive dépend alors d'un verbe – ou d'une locution verbale –, que celui-ci soit conjugué ou non à un mode personnel :

ex. : *Il a téléphoné, pensant* que je viendrais.

b) support nominal

Elle entre comme constituant d'un groupe nominal qu'elle détermine.

ex. : *L'idée* que tu viennes *me réjouit.*

c) support adjectival

Elle dépend d'un adjectif, ou d'un participe passé à valeur adjectivale.

ex. : *Je suis étonnée* qu'il ne soit pas là.

2. Fonction de la complétive

a) sujet

ex. : Que tu viennes *me ferait plaisir.*

b) attribut

ex. : *L'essentiel est* que tu viennes.

REMARQUE : Pour certains, c'est en réalité le groupe en tête de phrase (*l'essentiel*) qui doit être analysé comme attribut. En effet, il est plus juste de considérer que le thème de la phrase (ce dont on parle) est ici la complétive (il s'agit de *ta venue*), tandis que le prédicat (ce que l'on dit du thème) est placé en tête : la complétive assumerait alors la fonction de *sujet*, postposée au verbe.

c) complément d'objet

– direct :

ex. : *Il m'a dit* qu'il viendrait.

– indirect :

ex. : *Je me félicite* qu'il ait réussi.

REMARQUE : En l'absence de la préposition (interdite devant *que*), on se fiera au test de la pronominalisation pour distinguer la fonction COD (reprise par *le* : *Il me* l'*a dit*) du COI (reprise par *en* ou *y* : *Je m'*en *félicite*).

d) terme complétif

La complétive peut remplir cette fonction après :
– une tournure impersonnelle (verbe ou locution) :

ex. : *Il serait préférable* que tu viennes.

– un présentatif :

ex. : Voilà *que ça recommence !*
C'est préférable *que tu viennes.*

e) apposition et position détachée

ex. : *Elle n'a qu'un souhait :* que tu viennes demain.

On rapprochera encore de la fonction apposition les constructions suivantes, propres à la phrase segmentée (voir **ordre des mots**) :

ex. : *Cela me ferait plaisir,* que tu viennes.
Qu'il vienne, *j'en doute fort.*

La complétive peut en effet être rattachée à un pronom (démonstratif ou personnel) dans des constructions à valeur d'emphase.

REMARQUE : Dans ces structures, la complétive semble formellement apposée au pronom, mais il paraît préférable de considérer ces constructions comme des variantes emphatiques de phrases « neutres », sans mise en relief, donc sans dislocation :

ex. : *Qu'il vienne me ferait plaisir.*
Je doute fort qu'il vienne.

f) complément du nom

La complétive entre dans le groupe nominal.

ex. : *L'idée* que tu viennes *me réjouit.*

g) complément de l'adjectif

Elle peut entrer enfin dans le groupe adjectival.

ex. : *Je suis très heureux* que tu sois venu.

C. MODE ET TEMPS DANS LA COMPLÉTIVE PAR *QUE* ET *CE QUE*

L'étroite dépendance qui unit la subordonnée complétive à son support se traduit par le jeu des **modes** et des **temps** verbaux.

1. Mode

Indicatif et subjonctif se rencontrent également. Leur répartition est conforme au principe général qui oppose ces deux modes.
– L'indicatif intervient dès lors que le procès est posé, pleinement actualisé et pris en charge :

ex. : *Je pense* qu'il viendra.

– Le subjonctif partout où le procès relève soit du domaine du possible (et non du certain ou du probable),

ex. : *Ce serait étonnant* qu'il ne vienne pas.

soit implique, en creux, la possibilité contraire :

ex. : *Je suis heureux* qu'il vienne. (= Il aurait pu ne pas venir.)

a) indicatif

Partout où le procès peut être posé, actualisé, le mode indicatif apparaît. C'est le cas :
– après des supports impliquant un **contenu de parole ou de pensée**

(déclaration, croyance, certitude), puisque l'énonciateur prend en charge, à des degrés divers, le contenu asserté :

ex. : *Je suis presque convaincu* qu'il viendra.

On ajoutera à cette catégorie les **verbes de doute soumis à négation**, dont le sens équivaut alors à une certitude, et qui de ce fait peuvent se faire suivre de l'indicatif :

ex. : *Je ne doute pas* qu'il viendra.

REMARQUE : Le subjonctif, qui est toujours possible, modifie cependant en partie l'interprétation de la phrase, en maintenant l'idée du possible (dans un but souvent polémique) :

ex. : *Je ne doute pas* que ton fils soit très intelligent, *mais*...

– après des supports comportant l'**idée de probable** (les chances de réalisation l'emportent en effet sur les chances de non-réalisation) :

ex. : *J'espère/Il est probable* qu'il viendra.

– après des présentatifs, dont le rôle est précisément de « poser » ou « présenter » un événement :

ex. : *Voilà* qu'il pleut !

b) subjonctif

Ce mode intervient, conformément à sa valeur de base, dans des situations qui peuvent être ramenées à trois types.

La subordonnée complétive est en tête de phrase

ex. : *Que l'Europe ait changé en deux siècles, cela est évident.*

Le subjonctif est obligatoire ; il s'explique par l'indétermination dans laquelle se trouve l'énonciateur, à la fin de la subordonnée, quant au jugement porté sur son contenu. Aussi le sens du support n'est-il pas en jeu, celui-ci restant précisément encore inconnu :

ex. : *Que l'Europe ait changé, cela est certain/possible/probable/regrettable*...

Le sens du support impose le subjonctif

C'est le cas lorsque le procès est donné comme seulement possible (doute, souhait, volonté, empêchement : ex. : *je crains, je souhaite, je défends, je veux, il est possible*... qu'il vienne).

C'est encore le cas lorsque l'énonciateur présente un fait avéré comme susceptible de ne pas avoir eu lieu (évaluation : ex. : *il est scandaleux/*

normal/étonnant qu'il ne soit pas là ; sentiment : ex. : *je me réjouis/je regrette* qu'il ne soit pas là. Dans tous ces exemples, s'inscrit en creux *il aurait pu être là*).

REMARQUE : On signalera l'apparition possible de l'adverbe *ne*, appelé dans cet emploi *explétif*, après des supports impliquant virtuellement une idée négative (crainte, doute nié, empêchement) :

ex. : *Je crains qu'il* ne *vienne*.

Sur cette question, voir **négation**.

La principale n'actualise que faiblement le procès

C'est le cas lorsque le verbe recteur est nié ; ainsi les verbes de déclaration et d'opinion, qui imposent normalement l'indicatif en raison de leur sens lexical, peuvent se mettre au subjonctif lorsqu'ils sont soumis à la négation : l'énonciateur alors ne prend pas en charge le procès.

ex. : *Je ne crois pas* qu'il vienne.

La même possibilité est offerte en cas d'interrogation, puisque l'énonciateur suspend son adhésion :

ex. : *Croyez-vous* qu'il vienne ?

Enfin, mais plus rarement, le phénomène se rencontre lorsque la subordonnée complétive s'enchâsse dans une subordonnée hypothétique (qui implique donc l'idée de possible) :

ex. : *Si j'étais certain* qu'il vienne, *je resterais*.

2. Temps

La même situation de dépendance entre proposition rectrice et subordonnée complétive par *que* ou *ce que* s'observe dans le jeu des formes verbales, à l'indicatif comme au subjonctif. On constate en effet que le temps de la proposition rectrice (selon que la forme verbale relève de la sphère du présent/futur ou du passé) détermine dans la subordonnée un choix restreint de formes temporelles : c'est le phénomène souvent nommé **concordance des temps**, ceux de la subordonnée devant effectivement manifester un écart minimal avec ceux de la principale.

Deux facteurs contraignent ainsi le choix de la forme verbale dans la subordonnée :
– la sphère temporelle à laquelle appartient la principale ;
– la relation chronologique qui unit la subordonnée à la principale : rapport d'antériorité, de simultanéité ou de postériorité.

a) transposition des temps à l'indicatif

Lorsque la principale est à un temps du présent ou du futur (indicatif présent, parfois passé composé, futur et futur antérieur), le repère chronologique coïncide avec le moment de l'énonciation. À l'inverse le décalage temporel introduit par une principale au passé (le moment de l'énonciation est postérieur à l'événement) impose dans la complétive un **jeu de transpositions** : ce phénomène est propre au discours indirect (récit d'un contenu de paroles ou de pensées).

ex. : *Il me disait hier* qu'il ne viendrait pas.
(= Je ne viendrai pas, me disait-il hier.)

REMARQUE : De fait, le discours indirect impose une transposition non seulement des marques **temporelles** (verbes, adverbes et locutions adverbiales) mais aussi des **personnes** (pronoms et déterminants personnels). Cette forme de discours rapporté est en effet soumise à la seule sphère de l'énonciateur de la principale – tandis qu'au discours direct, deux énonciations, donc deux repères, se succèdent.

On peut dresser le tableau suivant de cette transposition des temps :

	antériorité de la subordonnée	simultanéité de la subordonnée	postériorité de la subordonnée
principale au passé	**plus-que-parfait** (transpose le passé composé ou le passé simple)	**imparfait** (transpose le présent)	**conditionnel** (transpose le futur)
Il disait que	*...il était venu*	*...il venait*	*...il viendrait.*

b) transposition des temps au subjonctif

Le même phénomène de concordance des temps s'applique au subjonctif. Ce mode ne comportant que quatre formes, le choix est théoriquement très restreint : on observera notamment qu'en l'absence de « subjonctif futur » (incompatible avec sa valeur propre), les relations de simultanéité et de postériorité entre principale et subordonnée se marquent de la même manière.

La langue classique – et la langue littéraire, encore de nos jours – disposait d'un système de concordance des temps plus complexe que celui qui est en usage dans le français courant. On rappelle en effet (voir **subjonctif**) que les quatre formes apparaissaient dans la disposition suivante :

	antériorité de la subordonnée	simultanéité ou postériorité de la subordonnée
principale au présent ou au futur *Je crains/je craindrai*	**subjonctif passé** *...qu'il ne soit venu*	**subjonctif présent** *...qu'il ne vienne.*
principale au passé ou au conditionnel *Je craignais/ je craindrais*	**subjonctif plus-que-parfait** *...qu'il ne fût venu*	**subjonctif imparfait** *...qu'il ne vînt.*

Le français courant, qui a partiellement perdu l'usage des subjonctifs imparfait et plus-que-parfait, utilise en règle générale un système réduit aux seuls subjonctifs présent et passé, marquant l'opposition entre simultanéité/postériorité et antériorité, et cela quel que soit le temps de la principale :

ex. : *Je crains/Je craignais* qu'il ne vienne. (Simultanéité/postériorité.)
Je crains/Je craignais qu'il ne soit venu. (Antériorité.)

D. ALTERNANCE DES COMPLÉTIVES PAR *QUE* OU *CE QUE* AVEC L'INFINITIF

Les termes introduisant la subordonnée complétive conjonctive par *que* présentent souvent la particularité de pouvoir faire alterner deux constructions lorsque l'agent du verbe de la subordonnée se confond avec le sujet de la principale :
– la subordonnée complétive par *que* : *Je te promets* que je viendrai.
– l'infinitif complément : *Je te promets* de venir.

Cette alternance s'avère **obligatoire** avec les verbes de volonté (*Je veux partir/*Je veux que je parte*) ; elle est libre dans les autres cas (*Je pense partir/que je partirai*). On observera cependant qu'avec les verbes d'obligation ou de possibilité, de construction personnelle, ainsi qu'avec les verbes à double objet (type **Je te demande que tu partes*), la complétive est impossible :

ex. : *Je dois* partir.
Je te demande de partir.

II. COMPLÉTIVES INTERROGATIVES ET EXCLAMATIVES INDIRECTES

On réunit sous cette dénomination (le plus souvent réduite aux seules interrogatives indirectes) des subordonnées complétives à contenu sémantique d'interrogation ou d'exclamation, mais ayant perdu la modalité interrogative ou exclamative pour devenir des propositions subordonnées.

Ainsi, une interrogative indirecte résulte du passage d'une phrase à modalité interrogative à une proposition subordonnée dépourvue de toutes les marques de cette modalité :

ex. : *Viens-tu ? > Je t'ai demandé* si tu venais.

De la même manière, la phrase autonome à modalité exclamative abandonne la plupart de ses marques spécifiques en devenant subordonnée :

ex. : *Comme il a changé ! > J'admire* comme il a changé.

Comme on le voit, questions et exclamations directes perdent, dans le mécanisme de subordination qui en fait des interrogatives ou des exclamatives indirectes, toute autonomie prosodique et syntaxique.

On notera que, du point de vue de leur emploi, les complétives sont d'usage plus limité que les conjonctives par *que* ou *ce que* : elles ne se rencontrent que dans le groupe sujet-verbe.

A. TRAITS FORMELS

La perte d'autonomie exigée par le mécanisme de la subordination implique l'abandon des traits spécifiques de la modalité, compensée éventuellement par le recours à des outils introducteurs.

1. Mots introducteurs

Comme dans l'interrogation directe, on distingue la **subordonnée interrogative totale** de la **subordonnée interrogative partielle** (voir **modalité**).

REMARQUE : Cette distinction ne s'applique pas à l'exclamation indirecte.

a) interrogation totale

La proposition subordonnée est introduite par la **conjonction de subordination *si*** – parfois nommée *adverbe interrogatif* –, qui constitue une marque suffisante de subordination :

ex. : *J'ignore* s'il viendra.

REMARQUE : Cette conjonction, que l'on ne confondra pas avec l'adverbe d'intensité, qui modifie un terme de la phrase *(elle est si gentille)*, se rencontre également dans les circonstancielles de condition et d'hypothèse :

ex. : S'il vient, *nous irons au restaurant.*

Outre la différence de sens entre les deux subordonnées (dans la complétive, la réalisation de l'événement décrit par la principale n'est suspendue à aucune condition, tandis que, pour que soit déclarée vraie la proposition *nous irons au restaurant,* il faut que soit vérifiée *il vient*), on notera l'opposition de comportement syntaxique :
– mobilité de la circonstancielle, déplaçable/place fixe de la complétive ;
– pronominalisation impossible de la circonstancielle/reprise possible de la complétive interrogative indirecte par *le.*

Cette conjonction se substitue ainsi aux marques de l'interrogation directe totale : outil *est-ce que* ou postposition du sujet, intonation montante.

La conjonction *si* peut également introduire l'exclamation indirecte :

ex. : *Regarde* s'il est mignon !

REMARQUE : On sait en effet que l'exclamation directe emprunte parfois ses marques à l'interrogation directe *(Est-il mignon !)*; le passage à la subordonnée peut alors se faire de la même manière.

b) interrogation partielle

La complétive est introduite par un **outil interrogatif** (voir **interrogatif** [mot]) qui ne constitue pas une marque suffisante de subordination.

Cet outil apparaissait déjà dans la question directe, ayant pour rôle de préciser la portée de l'interrogation. On rencontre ainsi, toujours en tête de la subordonnée (rôle démarcatif) :
– le déterminant *quel :*

ex. : *J'ignore* quel nom *il porte.*

– les adverbes interrogatifs *où, quand, comment, combien, pourquoi :*

ex. : *J'ignore* pourquoi il n'est pas venu.

REMARQUE : On notera la possibilité, pour l'exclamative indirecte, d'être introduite par l'adverbe *combien* ou par *comme* :

ex. : *Je ne pus m'empêcher de lui dire* combien (comme) je la trouvais différente d'elle-même... (G. de Nerval)

– les pronoms interrogatifs simples *qui/que/quoi* et le composé *lequel* :

ex. : *Je me demande* à quoi tu penses.

On notera cependant deux substitutions exigées par l'interrogation indirecte partielle :
– le pronom interrogatif *que*, ou *qu'est-ce que* devient la locution pronominale *ce que :*

ex. : *Je t'ai demandé* ce que tu voulais.

REMARQUE : *Que* se maintient cependant lorsque le verbe de la subordonnée interrogative indirecte est à l'infinitif :

ex. : *Je ne sais plus* que *dire*.

– *qu'est-ce qui* devient *ce qui* :

ex. : *Dis-moi* ce qui te ferait plaisir.

REMARQUE : Ces deux locutions pronominales sont en réalité formées du pronom démonstratif *ce* suivi d'une relative déterminative. On aura cependant intérêt à analyser d'un bloc l'outil *ce que/ce qui* dans l'interrogation indirecte.
Seul le sens du support de la subordonnée permet en réalité d'opposer l'interrogative indirecte à la relative : dans le premier cas, il s'agit de verbes rapportant un contenu de parole ou de pensée ; dans le second cas, tous les autres supports se rencontrent. Ainsi dans l'exemple suivant : *Je ne sais pas* ce que tu veux, le sens du verbe *savoir* nié, marquant l'ignorance, impose l'interprétation de la subordonnée comme interrogative indirecte, tandis que dans l'exemple suivant : *Tu peux faire ce que tu veux*, le pronom *ce* est l'antécédent d'une proposition subordonnée relative.
Enfin on opposera la locution pronominale *ce que* à la locution conjonctive de même forme, mais dans laquelle *que*, conjonction de subordination, n'assume aucune fonction syntaxique (voir plus haut).

2. Intonation et ordre des mots

Comme on l'a dit, la subordination impose l'abandon de l'intonation spécifique des modalités interrogative et exclamative.

De la même manière, la postposition du sujet, spécifique de la modalité interrogative, disparaît en subordonnée, l'ordre des mots suivant le schéma de la phrase assertive. On notera cependant que la postposition du sujet se maintient dans les cas suivants :
– obligatoirement, derrière *quel* et *qui* en fonction d'attribut nécessairement antéposé :

ex. : *Je me demande* quels/qui sont ses amis.

– facultativement, après les adverbes interrogatifs, ainsi que derrière *ce que/ce qui*, pour des raisons essentiellement stylistiques (groupement des mots par masses croissantes) :

ex. : *J'ignore* ce que fera le père de ton ami.

B. NATURE ET SENS DU SUPPORT DES COMPLÉTIVES INTERROGATIVES ET EXCLAMATIVES INDIRECTES

À la différence des complétives conjonctives par *que*, les interrogatives et exclamatives indirectes ne peuvent dépendre que d'un **support verbal** (verbe ou locution verbale).

L'unité sémantique de la classe est assurée par le sens de ce verbe :
– verbes de sens interrogatif, ou présupposant l'interrogation, le plus souvent (verbes d'interrogation, d'ignorance, auxquels on ajoutera des verbes comme *chercher, examiner, regarder*... qui présupposent l'ignorance) :

ex. : *Je me demande* ce qu'il est devenu.

– plus largement, verbes rapportant un contenu de paroles ou de pensées :

ex. : *Raconte-moi* ce que tu deviens.

C. FONCTION DE LA SUBORDONNÉE INTERROGATIVE OU EXCLAMATIVE INDIRECTE

Les interrogatives ou exclamatives indirectes occupent la fonction de complément d'objet direct par rapport à leur support verbal :

ex. : *J'ignore* s'il viendra.

REMARQUE : La fonction sujet, ou apposée au sujet, est rare mais cependant possible :

ex. : *Pourquoi il n'est pas venu, cela restera toujours sans réponse.*

La fonction de complément de nom ou d'adjectif se rencontre dans la langue littéraire :

ex. : *L'incertitude où j'étais* s'il fallait lui dire « madame » ou « mademoiselle » *me fit rougir.* (M. Proust)

Elles se rencontrent parfois seules (un verbe pouvant être sous-entendu), dans les titres de chapitre ou de livre :

ex. : *Comment Candide se sauva d'entre les Bulgares, et ce qu'il devint.* (Voltaire)

ou bien dans le dialogue, lorsque l'interlocuteur reprend la question posée :

ex. : *Si je viens? Mais bien sûr!*

REMARQUE : Ici la modalité interrogative est imposée par le support implicite *(Me demandes-tu...)* et non, bien sûr, par la subordonnée elle-même.

D. MODE ET TEMPS DANS LES COMPLÉTIVES INTERROGATIVES ET EXCLAMATIVES INDIRECTES

1. Mode

On rencontre dans ces complétives les mêmes modes que dans l'interrogation ou l'exclamation directe.

a) indicatif

C'est le mode le plus fréquent : l'interrogation indirecte représente en effet un contenu de pensée que l'on a besoin d'actualiser afin de pouvoir le déclarer vrai ou faux, ou de le compléter.

b) infinitif

Ce mode, utilisé dans l'interrogation, prend une valeur délibérative :

ex. : *Je ne sais où* aller.

2. Temps de l'indicatif

On observe dans l'interrogation et l'exclamation indirectes le même phénomène de **transposition des temps** (et des personnes) que celui décrit pour les complétives conjonctives par *que* : on se reportera donc au tableau de la concordance des temps (pages 164-165).

ex. : *Je me demandais* s'il était venu/s'il venait/s'il viendrait.

III. COMPLÉTIVES INFINITIVES

Ce dernier type de complétives est d'un emploi beaucoup plus restreint que les précédentes. Il se caractérise par une structure formelle particulière, puisque la proposition infinitive est constituée d'un **noyau verbal à l'infinitif**, dont l'agent est obligatoirement exprimé,

ex. : *J'entends* siffler le train.

à moins qu'il ne s'agisse d'un agent indéterminé :

ex. : *J'entends* dire des choses étranges (j'entends qu'on dit...).

A. TRAITS FORMELS

1. Absence de mot subordonnant

La proposition infinitive est de **construction directe**, rattachée à son support sans la médiation d'aucun mot subordonnant.

REMARQUE : Elle exclut notamment la présence d'une préposition : on n'analysera donc pas comme subordonnées infinitives des tours comme,

ex. : *Je t'ai demandé de venir.*

où l'infinitif est simplement complément d'objet du verbe.

2. Groupe verbal et groupe sujet

Le noyau verbal de la proposition infinitive est constitué d'un verbe à l'infinitif, centre de la proposition logique :

ex. : *J'entends* siffler le train.

L'infinitif a en effet ici pour rôle d'exprimer la propriété attribuée au groupe nominal (on dit du *train* qu'il a la propriété de *siffler*). Il est donc dans cet emploi **prédicatif** (ce que l'on dit à propos du thème – objet du discours – s'appelle le prédicat). Aussi la proposition infinitive peut-elle être remplacée par une proposition à un mode personnel :

ex. : *J'entends* que le train siffle.
J'entends le train qui siffle.

L'infinitif possède en général son propre agent exprimé, thème de la proposition logique : celui-ci se présente sous la forme du groupe nominal déterminé,

ex. : *Je sens monter* la fièvre.

ou du pronom, personnel ou relatif,

ex. : *Je* la *sens monter.*
... la fièvre que *je sens monter.*

On notera l'absence fréquente d'un ordre des mots déterminé dans l'infinitive, le groupe nominal pouvant la plupart du temps suivre ou précéder l'infinitif :

ex. : *J'entends siffler le train/le train siffler.*

REMARQUE : Le thème de cette proposition logique ne constitue pas pourtant, à strictement parler, un sujet syntaxique, puisque, par définition invariable, l'infinitif ne porte pas les marques personnelles que le sujet a pour rôle de transmettre au verbe (voir **sujet**). Si l'on veut continuer à parler de *sujet de la proposition infi-*

nitive, on prendra garde à l'abus de langage que cette appellation représente. Cette limite apportée à la notion de « proposition subordonnée infinitive » a pu amener de nombreux grammairiens à nier l'existence en français de ce type de subordonnée.

B. NATURE ET SENS DU SUPPORT DES COMPLÉTIVES INFINITIVES

L'infinitive dépend obligatoirement d'un support verbal :
– verbes de perception *(voir/apercevoir, écouter, entendre, regarder, sentir)*, dans la grande majorité des cas,

REMARQUE : On rattachera aux verbes de perception le présentatif *voici*, formé de l'impératif *vois* et de l'adverbe de lieu, qui peut introduire la complétive infinitive, à condition que le verbe de celle-ci soit un verbe de mouvement. Ce tour est littéraire :

ex. : *Voici* venir les temps *où vibrant sur sa tige*
Chaque fleur s'évapore ainsi qu'un encensoir ;
(Baudelaire)

– verbes introduisant le discours indirect (paroles ou pensées rapportées), dans le cas de propositions enchâssées – structure complexe réservée à l'écrit :

ex. : *Elle a reconnu l'homme* qu'elle croyait être son agresseur.
(=**Elle croyait* l'homme être son agresseur.)

REMARQUE 1 : Cette structure est héritée du latin qui construit ainsi les verbes d'opinion et de déclaration.

REMARQUE 2 : Avec les verbes *faire* et *laisser* suivis d'un groupe nominal et d'un infinitif,

ex. : *Les résistants ont fait* dérailler de nombreux trains.

en dépit de l'apparente identité de construction, il ne s'agit pas d'une infinitive, mais d'un emploi **périphrastique**, dans lequel les verbes introducteurs *faire* et *laisser* ont perdu leur sens plein pour fonctionner comme semi-auxiliaires. L'infinitif n'y occupe pas la fonction de centre de proposition, mais est centre de périphrase, formant avec son semi-auxiliaire un groupe verbal. Sur cette construction, voir **Infinitif**, **Périphrase verbale** et **Auxiliaire**.

C. FONCTION DE LA COMPLÉTIVE INFINITIVE

La complétive infinitive s'analyse comme **complément d'objet direct** du verbe dont elle dépend. L'infinitive dépendant du présentatif sera dite *régime* de ce présentatif.

concessive (proposition subordonnée)

La proposition subordonnée concessive fonctionne comme un complément circonstanciel adjoint par rapport à la principale : à la différence de la consécutive par exemple, elle n'intègre pas le groupe verbal mais porte sur l'ensemble de la principale qu'elle peut ainsi précéder, suivre ou couper :

> ex. : Quoique cet orateur soit malhabile, *il est toujours écouté. Cet orateur est toujours écouté,* quoiqu'il soit malhabile.

Le rapport de sens qui unit la principale à la subordonnée concessive a longtemps été décrit comme l'expression de la *cause inefficace* : la concession se définirait ainsi comme une cause qui n'a pas produit l'effet attendu (dans l'exemple précédent, le rapport causal serait ainsi *il n'est pas écouté puisqu'il est malhabile*).

Sans être fausse, cette définition a pu être précisée. On a ainsi rapproché le mécanisme de la concession de celui de l'hypothèse : tous deux se fondent en effet sur un rapport d'**implication**. Mais tandis que ce rapport d'implication est affirmé dans l'hypothétique *(si tu viens => je serai content)*, il est nié en tant que tel dans la concession. En effet, dans l'exemple précédent, une relation devrait être établie entre la proposition P *(cet orateur est malhabile)* et la proposition non-Q *(il n'est pas écouté)* : *s'il est malhabile => il n'est pas écouté*. Or, ce que déclare l'exemple au moyen de la concessive, c'est précisément que cette implication attendue est fausse ici *(il est malhabile* et pourtant *il est écouté)*.

L'intérêt de cette définition du mécanisme de la concession est de permettre de justifier le rapprochement souvent effectué entre concession et opposition. Ainsi dans la phrase :

> ex. : Alors que je travaille, *tu t'amuses bruyamment.*

on peut retrouver la négation de l'implication *si je travaille => tu ne dois pas faire de bruit*. De la même façon, l'exemple suivant :

> ex. : Loin qu'il te demande des comptes, *mon père te félicite.*

s'interprète comme la négation de *si mon père te demande des comptes => il ne te félicite pas.*

Cette distinction entre concessive pure et concessive d'opposition étant estompée, on peut proposer une analyse globale des outils concessifs.

I. MARQUES DE SUBORDINATION

A. MOTS SUBORDONNANTS

1. Conjonctions de subordination et locutions conjonctives

Ces mots subordonnants peuvent introduire divers types de concessives.

a) concessive pure

Elle porte sur l'ensemble du procès. Elle est introduite par les outils conjonctifs *quoique, bien que, encore que* :

ex. : Bien qu'il soit malhabile, *cet orateur est écouté.*

REMARQUE : La locution conjonctive *malgré que* est vieillie et condamnée par de nombreux grammairiens.

b) concessive alternative

L'outil *que... que* permet d'introduire la concessive alternative :

ex. : Qu'il vente ou qu'il pleuve, *je sortirai.*

c) concessive négative

Sans que permet de construire ce type de rapport :

ex. : Sans qu'il soit bon orateur, *il est toujours écouté.*

d) concessive hypothétique

La proximité des rapports de concession et d'hypothèse est parfois explicitement traduite par les outils *même si, quand, quand même, quand bien même* :

ex. : *Nos passions nous poussent au dehors,* quand même les objets ne s'offriraient pas pour les exciter. (B. Pascal)

e) concessive à valeur d'opposition

Rapprocher deux phénomènes dans le temps peut conduire à les opposer ; ainsi les outils servant à introduire des temporelles peuvent construire des propositions à valeur d'opposition. C'est le cas de *alors que, quand, tandis que, lors même que* :

ex. : Quand tout le monde fuyait cette expédition, *moi seul j'ai demandé à en être.* (P.-L. Courier)

L'opposition peut encore être signifiée par les outils *loin que, au lieu que* (opposition inscrite dans un espace métaphorique) :

ex. : *Elle me divertit* au lieu que son frère ne fait que m'ennuyer.

REMARQUE : La conjonction *si* peut encore marquer l'opposition, le contraste :

ex. : Si je souffre, *j'ai du moins la consolation de souffrir seul.* (J.-J. Rousseau)

2. Corrélations à base relative

Elles aident à construire les concessives dites *extensionnelles*, c'est-à-dire celles qui présentent un être ou une de ses propriétés que l'on décrit dans son extension : la concession s'exprime alors au moyen de **tours corrélatifs**, dont le second élément est le relatif *que*. La subordonnée peut se rattacher à divers constituants.

a) la concessive se rattache à l'adjectif ou à l'adverbe

ex. : Si *agréable* que soit un camarade, *il est des jours où sa vue même vous impatiente.* (F. de Croisset)

Si *loin* qu'il soit, *j'irai le voir.*

On rencontre ainsi les corrélations *si... que, tout... que, quelque... que.*

b) la concessive se rattache au nom ou au pronom

ex. : *Il est malheureux,* tout *roi* qu'il est.

Quelque *condition* qu'on se figure *[...], la royauté est le plus beau poste du monde.* (B. Pascal)

3. Pronoms et adjectifs relatifs

On rapprochera de la catégorie précédente les outils relatifs *qui, que, quoi que, où que, quel que,* qui introduisent des propositions relatives sans antécédent (dites substantives) assumant la fonction de complément circonstanciel de concession. Ces propositions relèvent donc d'une double analyse :

– formellement, ce sont des relatives ;

– fonctionnellement et logiquement, ce sont des circonstancielles concessives.

ex. : Où que tu ailles, *je te suivrais.*

B. AUTRES MARQUES DE SUBORDINATION

Les **constructions en parataxe** avec postposition du sujet peuvent encore exprimer le rapport de concession. Elles s'appuient en outre sur la présence :
– d'un adverbe d'intensité :

ex. : Si courageux soit-il, *il n'y parviendra pas.*

– du conditionnel, ou bien du subjonctif imparfait (avec les verbes *être, avoir, devoir* et *pouvoir*) :

ex. : Serait-il malade (que), *je le verrai bientôt.*
Dût-il s'effrayer de mon audace, *je le lui dirai.*

On signalera encore le recours à la **locution verbale *avoir beau + infinitif***, dans une construction en parataxe sans postposition du sujet :

ex. : Il a beau mentir, *personne ne le croit.*

II. MODE DE LA CONCESSIVE

A. LE SUBJONCTIF

1. Dans les concessives pures

Dans les concessives pures, on l'a vu, la relation d'implication est niée, c'est-à-dire rejetée hors de l'univers de croyance de l'énonciateur. Aussi le rapport concessif est-il toujours formulé au subjonctif :

ex. : *Quoiqu'il* soit *malhabile, cet orateur est très écouté.*

REMARQUE : Ce qui est exclu, ce n'est donc pas le contenu propositionnel de la concessive (il est vrai que *cet orateur est malhabile*), mais l'implication normalement attendue *(il est malhabile => on ne l'écoute pas).*

2. Dans les concessives dites extensionnelles

Ce type de concessive, on l'a dit, est introduit par une corrélation à base relative (*si... que, quelque... que,* etc.). Le subjonctif s'impose parce que la concessive présente un univers de possibles qui est parcouru dans toute son extension, et dont on extrait au moyen de la corrélation un élément :

ex. : *Si aimable qu'il* soit, *il ne sera jamais admis.*

B. L'INDICATIF

1. Dans les concessives hypothétiques

Avec l'outil *même si*, l'imparfait, à valeur modale ici, traduit que le fait subordonné n'appartient pas à l'actualité de l'énonciateur :

ex. : *Même si vous* étiez *malade, j'irais vous rendre visite.*

Avec les autres locutions conjonctives, c'est au conditionnel qu'est confié ce rôle :

ex. : *Quand bien même vous* seriez *malade, j'irais vous rendre visite.*

2. Dans les concessives à valeur d'opposition

Après les outils *alors que, tandis que, cependant que*, l'indicatif est de règle : l'accent est mis surtout sur la concomitance des faits de la subordonnée et de la principale (ce que traduit l'origine temporelle des locutions), plus que sur la négation du rapport d'implication, qui reste au second plan.

ex. : *Alors que je* travaille, *tu persistes à faire du bruit.*

REMARQUE : Cependant, après *loin que*, qui ne possède pas cette ancienne valeur temporelle, le subjonctif redevient obligatoire :

ex. : *Loin qu'il* soit *seul, il a été très entouré dans cette épreuve.*

III. PLACE DE LA CONCESSIVE

Qu'elle soit introduite par un mot subordonnant ou de construction paratactique, la subordonnée concessive est mobile dans la phrase :

ex. : *J'irai le voir quoi qu'on me dise./Quoi qu'on me dise, j'irai le voir.*
Je le recevrai, dût-il me tromper./Dût-il me tromper, je le recevrai.

C'est bien le signe qu'elle constitue un véritable complément circonstanciel adjoint.

REMARQUE : Seule la construction paratactique avec *avoir beau* impose l'ordre fixe proposition subordonnée/proposition principale.

conjonction

Comme le mot le signifie, la conjonction désigne, au sens large, un **outil de liaison** ; cette classe grammaticale concerne des mots **invariables**, qui se distinguent cependant des adverbes ou des prépositions.

Une première approche permet de dégager certains critères propres à distinguer deux modes de relation, c'est-à-dire deux types de conjonctions.

1. Certaines particules invariables sont aptes à **relier deux éléments** (termes, groupes, propositions) **placés sur le même plan syntaxique**, c'est-à-dire occupant les mêmes fonctions dans la phrase :

ex. : *Mes parents* et *moi-même quitterons Paris ce soir.*
Mes parents ne partiront pas, mais *visiteront Paris.*
Pierre n'est ni *laid* ni *beau.*
Dehors ou *dedans, il fait toujours aussi froid.*

Ces particules sont désignées sous le nom de **conjonctions de coordination** ; on les énumère traditionnellement dans la séquence *mais, ou, et, donc, or, ni, car.*

Toutes ont en commun un caractère ayant trait à leur fonctionnement : instruments de relation, elles maintiennent l'égalité syntaxique entre les éléments qu'elles conjoignent. Il y a ainsi équilibre autour du mot pivot qui matérialise la liaison. L'usage de la conjonction de coordination **garantit ainsi l'autonomie syntaxique des éléments qu'elle conjoint** :

ex. : *Il pleut,* mais/or *il sort se promener.*

La conjonction de coordination est exclue du groupe syntaxique, dont elle n'est que l'instrument de liaison.

2. D'autres particules, au contraire, sont utilisées pour **relier deux éléments situés sur des plans syntaxiques différents**. Si la relation s'effectue entre termes nominaux, la langue recourt parfois à la préposition :

ex. : *heureux* de *cette nouvelle.*

Si la relation s'effectue de proposition à proposition, l'une et l'autre étant placées sur des plans syntaxiques différents, la langue peut recourir, pour les mettre en rapport, à la **conjonction de subordination** :

ex. : Quand *il arrivera, je sortirai.*
Comme *il arrivait, je sortis.*
Si *tu arrivais, je sortirais.*
Je crois qu'*il arrive.*

On aura reconnu dans ces exemples les quatre conjonctions de subordination du français. Toutes les autres sont formées à l'aide de *que*, combiné avec d'autres éléments : *lorsque, puisque, dès que*...

Tandis que la conjonction de coordination est exclue du groupe syntaxique, la conjonction de subordination, on le voit, **intègre dans la phrase la proposition qu'elle introduit et matérialise ainsi le lien de dépendance**, la hiérarchisation entre propositions. De ce fait, et par opposition aux conjonctions de coordination, la conjonction de subordination peut toujours être relayée par *que*, outil conjonctif universel :

ex. : Si *tu viens et* qu'*il fasse beau, nous irons nous promener.*
Quand *tu viendras et* que *tu m'auras informé, nous rédigerons la notice.*

REMARQUE : Cet emploi de *que* venant reprendre une autre conjonction de subordination précédemment employée est parfois nommé *vicariant* (latin *vice* = à la place de...).

On le voit, c'est donc une différence de **fonctionnement**, non de sens, qui fonde la distinction entre les deux types de conjonctions. On fera observer notamment qu'un même rapport sémantique entre propositions (par exemple le lien de cause) peut être traduit aussi bien par la conjonction de coordination :

ex. : *Il ne sortira pas* car *il pleut.*

que par la conjonction de subordination :

ex. : *Il ne sortira pas* parce qu'*il pleut.*

Seul le mode de fonctionnement diffère : autonomie des éléments reliés dans le premier cas, subordination dans le second exemple.

I. LES CONJONCTIONS DE COORDINATION

A. MORPHOLOGIE

Certaines conjonctions issues du latin où elles fonctionnaient comme telles, jouent le rôle de purs coordonnants, associant dans la phrase des éléments de même rang : c'est le cas de *et* (latin *et*) à valeur additive, de *ou* (latin *aut*) à valeur disjonctive, et de *ni* (latin *nec*) à valeur négative.

D'autres sont issues d'adverbes latins et continuent de spécifier une relation logique entre les termes qu'elles unissent : *mais* (latin *magis* =

plus, en plus), *donc* (latin *dunc* refait sur *dum*, particule qui en latin de basse époque signifiait *donc*, et se joignait à des impératifs), *car* (latin *quare* = c'est pourquoi), *or/ores* (latin *hac hora* = à cette heure, avec passage de la contiguïté temporelle à la valeur adversative).

Ces indications morphologiques légitiment l'étude distincte des **purs coordonnants** d'une part, et des autres conjonctions de coordination d'autre part, dont le fonctionnement est à bien des égards parallèle à celui des adverbes d'articulation logique du discours (voir **adverbe**).

B. LES PURS COORDONNANTS : *ET, NI, OU*

1. Fonctionnement

On peut décrire le mécanisme associatif de ces outils de liaison en faisant les remarques suivantes.

a) les termes qu'ils unissent ont dans la phrase le même rôle syntaxique

ex. : *Voici des fruits, des fleurs, des feuilles* et *des branches*
(P. Verlaine)

Le groupe constitué par l'énumération des termes a même fonction que chacun de ses constituants pris isolément (ici, l'ensemble des groupes nominaux dépend du présentatif *voici*, dont il est régime, chacun des éléments occupant pour sa part cette même fonction). On vérifie ainsi que le lien de coordination matérialisé par ces purs coordonnants maintient l'autonomie syntaxique de chacun des termes conjoints.

REMARQUE : Coordination et juxtaposition.

On a pu faire valoir, compte tenu de l'autonomie syntaxique conservée par chacun des constituants, que la coordination établissait des rapports analogues à ceux que crée la simple juxtaposition des termes. Dans les séries énumératives, la présence de la conjonction de coordination n'est pas obligatoire, la séquence pouvant rester ouverte :

ex. : Liberté, égalité, fraternité *sont les maîtres mots de l'idéal républicain.*

Dans cette perspective, la juxtaposition peut être décrite comme un cas de « coordination zéro », c'est-à-dire où l'outil de liaison est matériellement absent.
On peut cependant observer que la présence de la conjonction de coordination crée dans la phrase un syntagme unique, dont les membres sont solidaires et constituants d'un tout.

b) la nature grammaticale des éléments reliés n'est pas nécessairement identique

Certes, le plus fréquemment, les purs coordonnants unissent des éléments appartenant à la même classe grammaticale : substantif + substantif, adjectif + adjectif, proposition + proposition, etc.

Mais il faut rappeler que c'est d'abord l'**équivalence fonctionnelle** qui est requise.

On fera remarquer ainsi que les **constructions asymétriques**, très fréquentes dans la langue du XVIIe siècle (notamment lorsqu'il s'agissait de construire le COD), n'ont pas absolument disparu en français moderne, où elles peuvent témoigner de recherches stylistiques. On en évoquera quelques modèles assez courants :

– adjectif + proposition relative

ex. : *Source vaste et sublime* et qui ne peut tarir.
(V. Hugo)

– pronom objet + proposition conjonctive

ex. : *Vous connaissez tout cela, tout cela*
Et que je suis plus pauvre que personne.
(P. Verlaine)

– groupe nominal COD + infinitif prépositionnel

ex. : *Un vieux moine très savant lui enseigna l'Écriture sainte, la numération des Arabes, les lettres latines* et à faire sur le vélin des peintures mignonnes. (Voltaire)

D'autre part, on sait que l'identité de nature ne permet pas toujours à des termes d'être coordonnés. Des **lois de cohérence sémantique** sont en effet à l'œuvre, interdisant en théorie des associations pourtant grammaticalement correctes. Ainsi, sauf jeu de mots (et recours à la figure rhétorique appelée *zeugma*), les séquences suivantes sont pratiquement impossibles :

ex. : **Il tira une lettre de sa poche* et *de sa poitrine* un soupir. (Jeu sur les deux sens, propre et figuré, du verbe *tirer*.)
**une voiture rouge* et présidentielle (association d'un adjectif qualificatif et d'un adjectif relationnel).

On est ainsi amené à comprendre que ces purs coordonnants ne sont pas seulement des outils de ligature, mais, pour reprendre une excellente formule : *l'indicateur d'ensembles homogènes construits dans le discours.*

2. Cas particuliers d'associations

a) coordination de termes

On emploiera ici le mot *terme* pour désigner les mots qui possèdent un contenu notionnel : les purs coordonnants sont ainsi aptes à relier entre eux les groupes nominaux et leurs représentants, les adjectifs qualificatifs, les verbes. On notera à l'inverse que l'on ne peut coordonner les déterminants, à moins que l'on veuille traduire l'hésitation entre masculin et féminin, ou entre singulier et pluriel :

ex. : Le ou la *ministre sera nommé(e) ce soir.*
La ou les *personnes concernée(s) sont priée(s) de se faire connaître.*

On notera également que l'expression du déterminant est obligatoire devant chacun des noms éventuellement coordonnés ; son omission devant le second élément n'est possible que si les deux noms renvoient à la même entité (on dit qu'ils sont coréférents) :

ex. : *Je vous présente* mon collègue et ami *Pierre Dupont.*

REMARQUE : L'unité fonctionnelle du groupe créé par la coordination est manifestée par le **phénomène de l'accord** (du verbe ou de l'adjectif) :

ex. : *Mon fils et sa femme* arrivent *demain.*
J'utilise un livre et un cahier neufs.

b) coordination de propositions

La même cohésion fonctionnelle s'observe lorsque sont coordonnées deux propositions. Cette cohésion se vérifie par les faits suivants.
– Deux propositions coordonnées peuvent régir en commun un même complément circonstanciel adjoint :

ex. : *Après avoir visité quelques villes, les enfants regagnèrent Paris et leurs parents poursuivirent leur voyage.*

On ne peut coordonner des verbes régissant des compléments d'objet qu'à la condition que ces compléments soient de même construction.
On admettra donc :

ex. : *Cet hymen m'est fatal ; je* le *crains* et souhaite.
(P. Corneille)

(Deux compléments d'objet construits directement.)

mais non :

ex. : **Je veux et je m'attends* à ce qu'il vienne. (Un COD et un COI.)

– Enfin, l'ellipse d'un verbe commun à l'une et l'autre des propositions coordonnées est possible :

ex. : *Il préfère le cinéma* et sa femme le théâtre.

L'étude des liaisons au moyen des purs coordonnants conduit à poser le problème de la nature d'éléments comme *puis, ensuite,* et à distinguer précisément les conjonctions de coordination des autres mots de liaison.

3. Spécificité des purs coordonnants

Le problème se pose des rapports éventuels entre les purs coordonnants et les formes adverbiales couramment utilisées pour marquer l'enchaînement, la succession : *puis, ensuite.* Comme on le verra, en dépit de rapprochements possibles sur le plan sémantique, les critères syntaxiques conduisent à maintenir la distinction entre conjonctions et adverbes.

a) combinaison des purs coordonnants

Une première observation touche au jeu possible des combinaisons des particules entre elles : alors que *puis, ensuite* peuvent être associés à *et,* on note qu'aucun des purs coordonnants ne peut s'associer avec un autre (**et ni, *et ou...*).

b) place des purs coordonnants

Plus complexe paraît l'analyse de la place respective des mots. En effet, les purs coordonnants sont toujours placés devant le ou les termes qu'ils unissent, selon le schéma suivant : *A* et *B, A* ou *B,* ni *A* ni *B.*

Mais on observe que *puis* n'est pas davantage déplaçable ; on dira donc :

ex. : *Les femmes* puis *les enfants sortiront les premiers.*

et non **les femmes les enfants puis....* Cet argument est parfois invoqué pour joindre *puis* à la catégorie des purs coordonnants.

Il n'en va pas de même pour *ensuite* ou *alors* ; dans la succession qu'ils permettent de construire, on note qu'ils ne précèdent pas nécessairement le terme relié :

ex. : *Il part pour Paris, il prendra* ensuite *l'avion pour Rome.*

c) répétition des purs coordonnants

Un troisième argument vient à l'appui pour défendre la spécificité de la classe des conjonctions de coordination : seuls les purs coordonnants peuvent être répétés devant chacun des termes qu'ils unissent. On peut donc rencontrer les séquences suivantes :

ex. : Et *les femmes* et *les enfants quitteront le navire.*
Ou *les femmes* ou *les enfants quitteront le navire.*
Ni *les femmes* ni *les enfants ne quitteront le navire.*

Cette possibilité est déniée aux autres outils de liaison (= *connecteurs*) :

ex. : *Puis *les femmes* puis *les enfants quitteront le navire.*
*Ensuite *les femmes* ensuite *les enfants quitteront le navire.*

Ces trois arguments (combinaisons, place, répétition) seront examinés de nouveau lorsqu'on tentera de distinguer les adverbes de relation des autres conjonctions de coordination *(mais, donc, or, car).* Ils conduisent ici, comme on l'a vu, à maintenir la traditionnelle distinction entre les catégories grammaticales.

On aura ainsi isolé la classe des purs coordonnants *(et, ou, ni)* au fonctionnement spécifique. Il convient maintenant d'en analyser les valeurs respectives.

4. Valeurs des purs coordonnants

a) valeur de et

Comme tous les purs coordonnants, *et* possède un champ d'utilisation très large : il ne porte aucun contenu de sens, c'est une simple marque formelle de solidarité. C'est donc le contexte qui impose l'interprétation de la relation établie. On peut noter que *et* est propre à signifier :

L'adjonction ou réunion de deux notions distinctes

ex. : *Ils agitaient des drapeaux bleus* et rouges.

L'intersection de deux notions formant une entité unique

ex. : Ils agitaient des drapeaux *bleu et rouge.*

REMARQUE : Comme on le voit, l'accord des adjectifs traduit ici la différence d'interprétation : accord au pluriel dans le premier cas, où il faut comprendre *des drapeaux bleus et (des drapeaux) rouges*, accord au singulier ailleurs puisque c'est l'ensemble des deux adjectifs qui qualifie globalement le nom, formant ainsi une entité à la limite du mot composé.

La succession temporelle

ex. : *Vous arriverez au carrefour* et vous prendrez la rue à gauche.

La succession logique

ex. : *Il s'arrête* et l'on s'arrête.

Les deux éléments coordonnés rendent compte d'un rapport de cause à conséquence (l'ordre en est fixe).

L'opposition

ex. : *Il mange beaucoup* et il ne grossit pas.

REMARQUE : Il existe un emploi particulier de *et* en tête de phrase, dans des tours du type :

ex. : *Hélène, une minute!* Et regarde-moi bien en face.
(J. Giraudoux)

Les analyses contemporaines font valoir qu'ici *et*, employé en structure de discours, engage un nouvel acte de parole : il est paraphrasable en *je te demande encore, qui plus est...*

b) valeur de ou

Cette conjonction possède un champ d'emploi aussi large que *et*. Elle peut coordonner des substantifs et leurs représentants, des adjectifs, des propositions, etc. Sa signification est imposée par le contexte :

Alternative ou disjonction exclusive

ex. : *C'est un garçon* ou une fille *?*

Les deux notions s'excluent mutuellement.

Alternative ou disjonction inclusive

ex. : *On recherche un garçon* ou une fille *sachant l'italien*.

Les deux notions associées suggèrent un choix possible et indifférent entre elles.

REMARQUE : Si les termes reliés par *ou* sont sujets de verbe, l'accord se fait au singulier quand est signifiée la disjonction exclusive. Dans le cas contraire (*ou* d'alternative inclusive), le verbe s'accorde au pluriel. Il faut encore noter que si les sujets sont représentés par des pronoms personnels, le verbe est toujours au pluriel et à la personne qui intègre les deux pronoms :

ex. : *Toi ou moi* irons *au marché*.
Toi ou lui irez *au marché*.

c) valeur de ni

La conjonction *ni* est la négation de *et* et de *ou*. Elle ne peut s'employer sans la présence de la négation verbale (l'adverbe *ne*) :

ex. : *Il ne dort* ni ne mange.
Ni Pierre ni Marie *ne viendront.*
Il n'a ni vraie beauté ni vraie intelligence.

On constate, à l'examen de ces exemples, que *ni* peut être répété ou non.

Lorsque *ni* est répété, il peut coordonner deux mots ou deux syntagmes (c'est-à-dire groupes de mots ayant fonction unique). Il peut encore coordonner deux propositions, indépendantes ou subordonnées :

ex. : *Je ne crois pas que son frère vienne* ni que personne ne l'attende.
Ni son frère ne vient, ni personne ne l'attend.

Lorsqu'il n'apparaît qu'une seule fois, on observe qu'il faut que les éléments coordonnés présentent un terme commun (sujet ou verbe) :
ex. : *Pierre ne boit ni ne fume.*

REMARQUE : Lorsque plusieurs sujets sont reliés par *ni*, le verbe se met au pluriel si ceux-ci forment un ensemble :

ex. : *Ni Corneille ni Racine n'*ont *encore* été surpassés.
(Sainte-Beuve)

L'accord se fait au singulier si les sujets s'excluent mutuellement :

ex. : *Ni toi ni lui n'*aura *gain de cause dans cette affaire.*

On observe encore que, lorsque l'un des sujets est au pluriel, le verbe s'accorde toujours au pluriel quelle que soit la valeur de la coordination :

ex. : *Ni les menaces ni la douceur ne* viendront *à bout de sa résistance.*

Ces analyses, tout en dégageant la spécificité de chacun des purs coordonnants, n'infirment pas le principe selon lequel ces trois conjonctions constituent une classe particulière et homogène. On le vérifiera encore en examinant le fonctionnement des autres conjonctions de coordination, issues d'adverbes latins : *mais, car, or, donc.*

C. *MAIS, CAR, OR, DONC* : PARTICULARITÉS

La nécessité d'exclure ces termes de la classe des purs coordonnants se justifie d'abord si on analyse le mécanisme associatif qu'ils génèrent.

1. Fonctionnement

Le mécanisme associatif de ces quatre conjonctions se distingue de celui des purs coordonnants. Leur capacité de coordination, en effet, s'avère bien plus limitée.

On observe en effet qu'ils ne peuvent coordonner fondamentalement que des propositions ou des phrases, et non des éléments de phrase :

ex. : *Je ne sors pas,* mais *je travaillerai chez moi.*
Je ne sors pas, car *je veux travailler chez moi.*
Je ne sors pas, or *j'aurais des courses à faire.*
Je ne sors pas, donc *je travaillerai chez moi.*

Dans les cas où ces conjonctions semblent coordonner des éléments de phrase, on constate en réalité qu'il s'agit d'**ellipse**, la proposition entière pouvant être aisément rétablie :

ex. : *Je ne mange pas de viande* mais *(je mange) du poisson.*
Il est touchant car *(il est) timide.*
On invite les étudiants donc *(on invite) les professeurs.*

Cette **spécialisation dans la coordination de phrases ou de propositions** se justifie, comme on le verra, par la valeur sémantique de ces quatre conjonctions : elles ne fonctionnent pas en effet comme de simples outils de liaison, mais effectuent une opération logique.

2. Spécificité de *mais, car, or, donc*

À l'exception de *donc,* qui possède en réalité un fonctionnement adverbial (comme on va le montrer), *mais, car* et *or* conservent les caractères des coordonnants. Seul leur champ d'emploi – coordinateurs de phrases ou de propositions – lié à leur valeur sémantique conduit à les isoler au sein de la catégorie des conjonctions de coordination.

Trois critères avaient été évoqués pour fonder la distinction entre coordonnants et adverbes : on se propose d'examiner si ceux-ci restent pertinents à l'égard des outils *mais, car, or, donc.*

a) jeu des combinaisons

Comme les purs coordonnants, *mais, car* et *or* ne peuvent se combiner entre eux, non plus qu'avec *et, ou, ni* :

ex. : **Je ne sortirai pas et mais je resterai chez moi.*

À l'inverse, *donc* peut se présenter en combinaison avec *et, ni, mais* et *or* : il partage cette propriété avec les adverbes de liaison *d'ailleurs, ensuite, alors, en effet,* etc. :

ex. : *Je ne sortirai pas,* et donc *je resterai chez moi.*

REMARQUE : Sa valeur sémantique (expression de la conséquence) lui interdit toute combinaison avec *car,* qui marque la cause.

b) place

De même que les purs coordonnants, *mais, car* et *or* précèdent nécessairement le dernier des éléments qu'ils unissent :

ex. : *Je ne sors pas* car *il pleut./*Je ne sors pas il pleut car.*

Là encore, le comportement de *donc* doit être isolé. Il peut en effet s'insérer dans la proposition qu'il relie, sans occuper nécessairement la place initiale :

ex. : *Il n'est pas venu,* donc *le mauvais temps l'aura fait reculer./Il n'est pas venu, le mauvais temps l'aura* donc *fait reculer.*

c) répétition

Ce critère, à la différence des deux précédents, n'a ici qu'une validité relative. En effet, seul *mais* peut être redoublé à des fins stylistiques (ce n'est donc pas l'usage le plus fréquent) et placé alors devant le premier terme de la séquence :

ex. : *Elle doit épouser non pas vous, non pas moi*
Mais de moi, mais de vous *quiconque sera roi.*
(P. Corneille)

Les trois autres outils *(car, or, donc)* ne peuvent être répétés : ils ont à cet égard un fonctionnement parallèle à celui des adverbes.

On signalera enfin un dernier critère permettant de distinguer les adverbes de liaison des conjonctions de coordination : l'emploi de la conjonction de coordination n'entraîne jamais la postposition du sujet dans la proposition reliée, tandis que cette postposition est parfois imposée avec certains adverbes (notamment *ainsi* et *aussi*). On opposera donc les phrases suivantes :

ex. : *Il fut surpris, mais il ne se mit pas en colère.*
Il fut surpris, aussi ne se mit-il pas en colère.

Deux conclusions doivent être tirées de ces considérations.

– D'une part, il convient d'isoler ***donc*, qui fonctionne en réalité comme un adverbe**, et gagnerait à être reclassé dans cette catégorie (il peut se

combiner avec des conjonctions de coordination et n'occupe pas nécessairement la place initiale).
– En revanche, *mais, car, or* sont bien des conjonctions de coordination, dont ils possèdent le fonctionnement grammatical. Cependant, à la différence des purs coordonnants qui n'ont qu'une faible valeur de sens et dépendent du contexte pour être correctement interprétés, ces trois mots possèdent une forte valeur logique, et donnent de ce fait des instructions précises pour l'interprétation.

C'est de cette valeur qu'on se propose désormais de rendre compte.

3. Valeurs de *mais, car, or, donc*

Ces quatre mots ont en commun de **traduire l'intervention de l'énonciateur**, qui marque ainsi les articulations logiques de son discours.

a) valeur de mais

Deux valeurs distinctes doivent être précisément dégagées :

– ***valeur de correction***, où *mais* rectifie l'élément A placé à gauche et comportant nécessairement une négation :

ex. : *Je ne bois pas d'alcool mais du jus de fruits.*

REMARQUE : Dans le tour *non seulement... mais (encore)*, on constate que l'élément B relié par *mais* ne contredit pas A. Il a **valeur de soulignement** :

ex. : *Arrive-t-il [...] un homme de bien et d'autorité qui le verra [...], non seulement il prie, mais il médite.* (La Bruyère)

On peut voir dans la valeur de ce *mais* la trace du sens qu'avait en latin *magis* (= bien plus, plus encore).

– ***valeur argumentative***, où *mais* ne contredit pas l'élément A, mais contredit en réalité la conclusion implicitement suggérée par l'énoncé de ce premier élément. *Mais* récuse cette conclusion en introduisant l'élément B qui annule cette conclusion en posant un argument de force supérieure. Ainsi dans les vers célèbres du *Cid* :

ex. : *Je suis jeune il est vrai, mais aux âmes bien nées*
La valeur n'attend pas le nombre des années.
(P. Corneille)

Rodrigue qui parle ici réfute par avance la conclusion implicite qu'on pourrait tirer de l'énoncé de A (jeunesse = incompétence et faiblesse).

REMARQUE : Cette analyse vaut encore lorsque *mais*, placé en tête de phrase ou de paragraphe, réfute une objection possible ou une attitude supposée du destinataire de l'énoncé :

ex. : *... si on m'avait demandé mon avis, j'aurais bien aimé à mourir entre les bras de ma nourrice [...];* mais parlons d'autre chose. (Mme de Sévigné)
L'auteur de la lettre anticipe ici une probable réaction négative de Mme de Grignan, et la résout en... changeant de sujet.

b) valeur de car

Car justifie l'énoncé qui le précède et que l'énonciateur prend en charge. Deux actes de parole se succèdent ainsi, le premier qui énonce un fait (A), et le second qui constitue la **justification de cette énonciation** A (*car* B) :

ex. : *Vous n'avez pas lieu de vous plaindre d'avoir avancé en âge, car vous êtes aujourd'hui plus jeune que jamais.*

REMARQUE : *Car* se distingue de *parce que* en ce que cette locution conjonctive ne s'articule pas sur l'énonciation de A, mais bien sur le contenu de l'énoncé. *Parce que* pose la cause du procès principal. Ainsi, dire,

ex. : *Il n'est pas venu* parce qu'il était fatigué.

c'est expliquer non pas pourquoi j'énonce A, mais pourquoi *il n'est pas venu.*
Avec *puisque*, autre outil conjonctif marquant la cause, l'énoncé B n'est pas posé, mais supposé déjà connu : de ce fait le procès B n'est pas discutable. Dans l'exemple suivant,

ex. : *Puisqu'on plaide et puisqu'on meurt, il faut des avocats et des médecins.* (La Bruyère)

le contenu de la proposition subordonnée est supposé déjà connu et admis (il est vrai qu'*on plaide* et qu'*on meurt*), c'est le rapport causal établi entre les deux propositions qui est nouveau.
Sur tous ces points, voir encore **causale**.

c) valeur de or

C'est la conjonction de coordination la moins usitée. On rappellera sa **valeur argumentative** dans le cadre du syllogisme type :

ex. : *Tous les hommes sont mortels.*
Or Socrate est un homme.
Donc Socrate est mortel.

La deuxième proposition (appelée *mineure* en logique) a pour rôle de limiter la portée de la première, en même temps qu'elle la justifie. *Or* permet d'apporter un argument complémentaire s'inscrivant dans le cadre d'une démonstration logique.

Le fonctionnement des conjonctions de coordination *et, ni, ou, mais, or, car* se différencie donc de celui des adverbes en ce que les premières s'affirment d'abord comme mots de liaison, placés à l'initiale de phrases ou de propositions, ou encore devant l'élément qu'elles coordonnent. Si le poids sémantique de certaines en fait aussi des mots de discours à forte valeur argumentative, cette propriété n'infirme par leur appartenance à la catégorie des conjonctions de coordination.

II. LES CONJONCTIONS DE SUBORDINATION

La conjonction de subordination est un outil qui établit et matérialise la dépendance syntaxique d'une proposition par rapport à une autre proposition. **Placée en tête** de la subordonnée qu'elle introduit, elle n'occupe cependant (à la différence du pronom relatif) **aucune fonction** dans cette proposition. Outil introducteur, elle est donc un instrument dont la présence transforme une proposition en sous-phrase s'intégrant syntaxiquement à une phrase rectrice (voir **subordination**) :

ex. : *Il sera sorti* quand *tu arriveras.*

La conjonction *quand* permet ici d'établir la relation de dépendance entre deux propositions. Elle intègre dans la phrase un élément constitué d'une proposition, appelé ainsi à assumer une fonction syntaxique (dans l'exemple la proposition subordonnée est complément circonstanciel de temps).

On voit donc que la conjonction possède un double rôle :

– ***rôle de démarcation***, en ce qu'elle marque la limite initiale de la proposition qu'elle introduit,

– ***rôle d'enchâssement***, en ce qu'elle permet à cette proposition de s'intégrer à la phrase en y assumant une fonction.

REMARQUE : Parmi les diverses conjonctions de subordination, il convient d'isoler *que* pour plusieurs raisons.
D'une part, à la différence des autres conjonctions qui intègrent à la phrase une proposition jusque-là autonome,

ex. : *Tu viendras; tu m'apporteras le journal.* > *Quand tu viendras, tu m'apporteras le journal.*

que introduit un groupe dépourvu de toute autonomie, puisque ce groupe assume une fonction essentielle :

ex. : Qu'il vienne *me surprendrait.*

On constate ici la valeur fondamentalement **nominalisatrice** de *que* : la conjonction transforme en effet la proposition qu'elle introduit en un équivalent du nom, et la rend apte à en occuper les fonctions principales (voir **complétive**) :

ex. : Qu'il vienne *me surprendrait*. (Sujet)
J'aimerais qu'il vienne. (Complément d'objet)

D'autre part, *que* semble fonctionner comme marque minimale (et suffisante) de subordination, comme le prouve son aptitude à reprendre toute autre conjonction ou locution conjonctive en cas de coordination de subordonnées (on dit alors que *que* joue un rôle *vicariant*) :

ex. : *Si tu viens* et que tu passes devant une librairie, *tu m'apporteras le journal.*

On a pu ainsi appeler *que* **conjonctif universel**.

A. MORPHOLOGIE

L'analyse morphologique des conjonctions de subordination conduit à distinguer deux groupes.

1. Les conjonctions simples

Au nombre de quatre en français moderne, elles proviennent directement de mots latins : *quand (< quando), comme (< quomodo), si (< si), que (< quod).*

2. Les conjonctions composées

Elles sont issues de plusieurs mots entrés en composition avec la conjonction *que.* On observe les combinaisons suivantes, dont on donnera les principaux exemples :
– adverbe + *que* : *alors que, puisque*;
– préposition + *que* : *depuis que, avant que, après que*;
– relatif + *que* : *quoique*;
– déterminant + *que* : *quel... que, quelque... que*;
– démonstratif + *que* (derrière une préposition) : *à/de/en ce que, parce que, jusqu'à ce que...*;
– groupe nominal prépositionnel + *que* : *au fur et à mesure que, à condition que, de peur que...*;
– gérondif + *que* : *en supposant que, en attendant que*;
– infinitif prépositionnel + *que* : *à supposer que.*

On réservera le terme de conjonction de subordination aux compositions graphiquement soudées (ex. : *puisque*), et on appellera locutions conjonctives les conjonctions composées sans soudure graphique (ex. : *de sorte que*).

B. VALEUR DES CONJONCTIONS DE SUBORDINATION

On observe le même phénomène que pour les prépositions : à la polysémie des conjonctions simples, appelées à marquer plusieurs valeurs logiques, s'oppose la spécialisation sémantique de la plupart des conjonctions composées.

1. Polysémie des conjonctions simples

Elles ont hérité du latin une plus ou moins large extension d'emploi.
– *Quand* : exprime le rapport de temps *(Quand il viendra, je le recevrai)* mais aussi celui de l'hypothèse concédée (*Quand il viendrait* = même si, *je ne le recevrais pas*).
– *Comme* : exprime le rapport de comparaison *(Je lui accorde ma confiance comme il m'accorde la sienne)* mais aussi un rapport de temps *(Comme il travaillait, on sonna à la porte)* ou un rapport de cause *(Comme tu es aimable, tu réussiras).*
– *Si* : exprime le rapport d'hypothèse *(Si tu travailles, tu réussiras)* ou s'associe à *comme* pour marquer le rapport de comparaison hypothétique *(Il court comme s'il avait le diable à ses trousses).* Il peut encore formuler un rapport d'opposition *(Si j'ai été malheureux, j'ai du moins souffert en silence).*
– *Que* est apte à reprendre, comme on l'a dit, toutes les conjonctions simples ou composées, à l'exclusion de *comme* exprimant la comparaison.

2. Spécialisation des conjonctions composées

Les conjonctions composées ne sont porteuses que d'une seule indication de sens, à l'exception de *alors que* et *tandis que;* ces deux conjonctions peuvent exprimer un rapport de temps :

ex. : Alors que j'entrais *dans la pièce, il sortit.*
Tandis qu'il jouait de la musique, *elle entra discrètement.*

ou un rapport d'opposition (voir **concessive**) :

ex. : Tandis que/alors que je travaille, *tu t'amuses bruyamment.*

conjugaison

La conjugaison représente la liste des formes fléchies du verbe : cette liste est fermée (on ne peut rajouter aucune forme à l'ensemble constitué) mais regroupe un nombre assez important de formes possibles pour un même verbe, dont font état les traditionnels tableaux de conjugaison.

La conjugaison constitue donc la manifestation morphologique des catégories qui peuvent affecter le verbe : le mode, la personne et le nombre, le temps et l'aspect, enfin la voix (sur la valeur de ces catégories, voir **verbe**).

Ces variations formelles affectent le verbe d'une manière différente selon les cas. On opposera ainsi :

– des **formes simples** du verbe, où le radical de celui-ci est complété par des désinences (ex. : *tu aim-eras*). On les rencontre à la voix active, aux « temps simples » des différents modes. Elles sont sujettes à de grandes variations selon les verbes, et ne sont donc pas toujours aisément prévisibles. C'est pour permettre leur énumération qu'un classement des verbes en **groupes** a été élaboré ;

– des **formes composées et surcomposées**, qui combinent un ou plusieurs auxiliaire(s) (*être* ou *avoir*) dont seul le premier est conjugué, suivi(s) de la forme adjective du verbe (ex. : *tu* auras *été aimé*). Elles concernent les « temps composés » de la voix active, aux différents modes – à chaque forme simple correspond en effet une forme composée –, et toute la conjugaison de la voix passive. À l'inverse des précédentes, ces formes sont d'une parfaite régularité, et sont donc toujours prévisibles, pourvu que l'on connaisse la forme adjective du verbe que l'on veut conjuguer.

Il convient enfin de faire observer que les variations formelles du verbe n'ont pas le même fonctionnement à l'écrit et à l'oral : de nombreuses formes, orthographiquement distinctes, ont la même prononciation (ex. : *j'aime/tu aimes/ils aiment* = [ɛm]), seul le pronom personnel sujet permettant l'identification.

Pour les analyses et les tableaux, on se reportera à la section **conjugaison** page 719 et suivantes.

consécutive (proposition subordonnée)

Les subordonnées de conséquence, traditionnellement classées dans les circonstancielles, ne constituent pas un ensemble homogène dans leur fonctionnement.

On observe d'abord qu'aucune d'elles ne fonctionne comme complément circonstanciel adjoint à la phrase : en effet, à la différence de ce type de complément, elles ne sont pas mobiles dans la phrase et l'ordre proposition principale/proposition subordonnée est obligatoire :

ex. : *Tout alla* de façon qu'il ne vit plus aucun poisson.
(La Fontaine)

En outre, la dépendance de la consécutive par rapport à la principale s'effectue de diverses manières.

Certaines consécutives spécifient un constituant de la phrase. Elles s'intègrent ainsi au groupe qu'elles complémentent. Elles peuvent se rattacher à :

– un adjectif :

ex. : *Il est si* brillant *qu'il s'impose partout.*

– un nom :

ex. : *Il a accompli tant* d'exploits *qu'il est partout célèbre.*

– un adverbe :

ex. : *Il parle si* vite *que personne ne le comprend.*

– ou encore un verbe :

ex. : *Il* travaille *tant qu'il réussira.*

Certaines consécutives complètent l'ensemble de la proposition à laquelle elles s'intègrent :

ex. : *Il a beaucoup travaillé,* à tel point qu'il a maintenant terminé.

Certaines enfin peuvent être détachées de la principale par une forte ponctuation. La proposition marquant la conséquence représente alors un énoncé second par rapport à l'énoncé principal, si bien qu'il y a en réalité deux assertions successives, et à la limite, deux phrases distinctes :

ex. : *Je m'attachai à lui, il s'attacha à moi ;* de sorte que nous nous trouvions toujours l'un auprès de l'autre. (Montesquieu)

On le voit, l'outil conjonctif pourrait ici être supprimé ou remplacé par la conjonction de coordination *et.* On mesure avec des exemples de ce type que la frontière entre coordination et subordination est parfois malaisée à déterminer.

Du point de vue de sa valeur logique, **la proposition de conséquence présente l'effet produit par la cause énoncée en principale** :

ex. : *Il est si grand qu'il touche le plafond.*

Elle s'inscrit donc, à ce titre, dans les formes qui expriment le rapport causal ; elle figure en effet la même relation logique que les causales, mais d'un point de vue inverse :

ex. : *Il a réussi parce qu'il a travaillé./Il a travaillé de sorte qu'il a réussi.*

I. MARQUES DE SUBORDINATION

On peut considérer que les outils introducteurs des consécutives permettent d'exprimer soit la **manière** dont fonctionne le lien cause/conséquence, soit l'**intensité** de ce lien. On distinguera ainsi deux groupes de termes introducteurs.

A. LES SUBORDONNANTS EXPRIMANT LA MANIÈRE

On rencontre les conjonctions de subordination et locutions conjonctives suivantes : *de façon que, de manière que, en sorte que, si bien que, sans que.*

ex. : *Il m'a tout raconté,* si bien que je comprends mieux maintenant.

REMARQUE 1 : Dans les cas où l'origine relative du tour est sensible *(de façon que, de manière que, en sorte que)*, le déterminant indéfini *tel* peut précéder le substantif *(de telle façon que...)*.

REMARQUE 2 : L'expression de la conséquence niée (outil *sans que*) est parfois traduite par le seul *que*. On observe alors la présence de la négation réduite à l'adverbe *ne* en principale comme en subordonnée :

ex. : *Je n'en ai jamais entendu louer un seul* que son éloge ne m'ait secrètement fait enrager. (D. Diderot)

Ce type de construction appartient à la langue littéraire.

B. LES SUBORDONNANTS EXPRIMANT L'INTENSITÉ

Le rapport de subordination s'exprime par des moyens plus variés.

1. Conjonctions de subordination

Il s'agit de variantes de la locution conjonctive *au point que* : *à tel/ce point que, à un tel point que, à un point que.*

ex. : *Il a excité ma colère,* au point que j'ai pensé le frapper.

2. Systèmes corrélatifs

Il s'agit de systèmes à deux éléments : la subordonnée est introduite par une conjonction de subordination, qui est annoncée dans la principale par un adverbe. L'ensemble adverbe-conjonction fonctionne en corrélation.

a) subordonnée introduite par que

La subordonnée est annoncée, en principale, par un adverbe qui porte soit sur l'adjectif, soit sur un autre adverbe, soit sur le verbe, soit encore sur le nom.

– *Si... que* spécifie l'adjectif ou l'adverbe :

ex. : *L'amitié remplissait* si *bien nos cœurs* qu'il nous suffisait d'être ensemble... (J.-J. Rousseau)

– *Tellement... que* spécifie l'adjectif, l'adverbe ou le verbe :

ex. : *Il parle* tellement *vite* qu'on ne le comprend pas.

– *Tant* spécifie le verbe :

ex. : *Il travaille* tant qu'il aura fini en avance.

– *Tant* et *tellement*, combinés avec la préposition *de*, peuvent déterminer le nom : ils entrent alors dans des corrélations portant sur le substantif.

ex. : *Il a vu* tant *de participants* qu'il a quitté la réunion.
Il possède tellement *de tableaux* qu'il ne sait plus où les mettre.

– Enfin *tel... que* spécifie le substantif :

ex. : *L'enjeu était* tel qu'il ne parvenait pas à se décider.

b) subordonnée introduite par pour que

Annoncée dans la principale par les adverbes *assez, trop, suffisamment,* portant sur l'adjectif, l'adverbe, le nom ou le verbe, la subordonnée est introduite par la locution conjonctive *pour que* :

ex. : *La cellule n'était pas* assez *haute* pour qu'on s'y tînt debout. (A. Camus)

Les tours impersonnels *il faut, il suffit* peuvent également être suivis d'une consécutive en *pour que* :

ex. : *Il suffit d'un peu d'argent* pour qu'il soit libéré.

REMARQUE : C'est le seul cas où la proposition de conséquence peut précéder la principale :

ex. : *Pour qu'il soit libéré, il suffit d'un peu d'argent.*

La raison de cette mobilité, interdite aux autres consécutives, est que l'on est ici à la limite entre rapport de conséquence et rapport de finalité (résultat attendu/ résultat visé).

II. MODE DANS LA SUBORDONNÉE CONSÉCUTIVE

A. L'INDICATIF

On trouve l'indicatif chaque fois que la conséquence est actualisée pleinement (elle est présentée comme effectivement réalisée), et s'inscrit donc dans l'univers de croyance de l'énonciateur. C'est le cas avec toutes les consécutives exprimant l'intensité :

ex. : *J'ai tant fait que nos gens* sont *enfin dans la plaine.* (La Fontaine)

C'est encore le cas avec les consécutives qui marquent la manière, dès lors que le résultat est donné comme effectif :

ex. : *Tout alla de façon qu'il ne* vit *plus aucun poisson.* (La Fontaine)

B. LE SUBJONCTIF

Si la conséquence est au contraire présentée comme visée, et non pas atteinte, elle reste dans le monde des possibles, et impose le mode subjonctif.

1. **Résultat voulu ou souhaité après les mots subordonnants exprimant la manière**

   ex. : *Je vous conjure de faire en sorte que je ne le* voie *point.* (Mme de Lafayette)

2. **Après les tours corrélatifs exprimant l'intensité**

   ex. : *Il n'est pas assez intelligent pour qu'il* puisse *triompher d'un pareil adversaire.*

3. **Après les principales négatives, interrogatives ou hypothétiques**

   ex. : *Vous n'avez pas tant travaillé que vous* soyez *sûr du succès.*

4. **En consécutive négative (après *sans que*)**

   ex. : *Il est passé sans qu'on le* voie.

coordination

On appelle coordination le lien syntaxique qui s'établit entre deux termes ayant même fonction dans la phrase ou la proposition, les unités coordonnées étant placées sur le même plan. L'étude de ce lien est faite à la rubrique **conjonction**.

ex. : Il n'a *ni femme ni amis.*
Il n'est pas venu *car il était fatigué.*

La ***juxtaposition*** *peut être décrite comme un cas de «coordination zéro», c'est-à-dire sans marque formelle :*

ex. : Le lait tombe : adieu veau, vache, cochon, couvée. *(La Fontaine)*

Il n'est pas venu : il était fatigué.

D

degré

La langue dispose, pour mesurer le degré auquel une propriété s'applique à un terme (par exemple, le qualificatif d'*aimable*, rapporté au groupe nominal *ce garçon*), de moyens variés, ressortissant tantôt à la grammaire proprement dite, tantôt à l'expression stylistique, tantôt au lexique. Ainsi on peut comparer les énoncés suivants :

ex. : *Ce garçon est très/peu/assez/extraordinairement/aimable.*
Ce garçon est des plus aimables.
Que ce garçon est aimable !
Ce garçon est extrêmement aimable.
Ce garçon est plus aimable que son voisin.
Ce garçon est le plus aimable de tous mes amis.

On le voit, ce qui varie dans tous ces exemples, ce n'est pas la propriété elle-même, mais le degré auquel celle-ci est attribuée au support. C'est donc à ce processus de mesure, d'évaluation, que renvoie la catégorie du degré.

Ces variations en degré ne concernent bien évidemment pas toutes les classes grammaticales : tous les mots de la langue ne se prêtent pas également à cette mesure. Il convient donc de rappeler, avant d'entrer dans le détail de l'analyse, quel est le domaine d'application de la variation en degré.

Catégories concernées

– L'adjectif qualificatif, on vient de le voir, est par excellence susceptible de cette variation ; en revanche les adjectifs dits *relationnels* (voir **adjectif**), dont le rôle est de classifier et non de qualifier, en sont exclus : un *arrêté* ne peut pas, par exemple, être plus ou moins *ministériel*. De même les adjectifs dont le sens exclut la variation (les classifiants) ne connaissent pas de degré *(aveugle, nouveau-né, enceinte, carré, etc.)*.

REMARQUE : Lorsque le substantif est employé en fonction de complément du nom, sans préposition, il se rapproche de l'adjectif épithète, et peut ainsi se voir modifié en degré *(une demeure un peu trop campagne)*.

– L'adverbe peut également, sous certaines réserves, recevoir cette évaluation :

ex. : *Il travaille extrêmement rapidement/plus rapidement.*

REMARQUE : Cela n'est pas vrai de tous les adverbes. On remarquera notamment qu'une partie des adverbes utilisés pour marquer le degré (*assez, bien, fort, très, trop*) ne varient pas en degré.

– Le verbe peut lui aussi faire l'objet d'une évaluation, au moyen : des adverbes d'intensité,

ex. : *Il travaille beaucoup/trop/peu.*

des systèmes comparatifs (voir **comparative**) :

ex. : *Il travaille autant qu'il peut/moins que son frère.*

Degré de comparaison et degré d'intensité

Comme les exemples précédents le montrent, l'évaluation en degré peut se faire de deux manières distinctes :

– Tantôt, pour mesurer la propriété, le locuteur procède par comparaison explicite avec un point de repère :

ex. : Il est moins aimable que *son frère.*
C'est le garçon le plus aimable *de tes amis.*

– Tantôt au contraire l'évaluation se produit sans qu'aucun point de référence ne soit précisé ; on parle alors de **degré d'intensité**, par opposition au **degré de comparaison** précédent.

ex. : *Il est extraordinairement/très/peu aimable.*

Le fonctionnement de ces deux modes d'évaluation n'étant pas identique, l'analyse devra de même les distinguer.

I. LES DEGRÉS DE COMPARAISON

Il s'agit ici d'un véritable **système grammatical**, fortement structuré, possédant ses règles de formation et ses outils spécifiques.

REMARQUE : De la terminologie utilisée pour l'étude des langues anciennes, la tradition scolaire a hérité des expressions de *comparatif* et *superlatif*, cette dernière classe se divisant elle-même en *superlatif absolu* et *superlatif relatif*. Seul, comme on le verra, le superlatif relatif relève des degrés de comparaison. En dépit de leur inadéquation partielle au système linguistique du français moderne, on en conservera les termes.

A. LE COMPARATIF

La propriété est mesurée en référence à un autre élément, appelé *étalon*; celui-ci peut rester implicite :

ex. : *Il est devenu* plus aimable *(qu'autrefois)*.

1. Règle de formation

Le système comparatif met en jeu :
– des **adverbes**, précédant obligatoirement le terme évalué *(moins, plus, aussi)*;
– et une **corrélation** mettant en rapport les deux termes mesurés, au moyen de la conjonction de subordination *que*.

On distinguera trois types de comparatif :

a) le comparatif d'infériorité

Il se forme sur la structure *moins* adjectif (ou adverbe) *que x*.

ex. : *Il est* moins aimable que *son frère*.

b) le comparatif de supériorité

Structure : *plus* adjectif (ou adverbe) *que x*.

ex. : Il est plus aimable que *son frère*.

c) le comparatif d'égalité

Structure : *aussi* adjectif (ou adverbe) *que x*.

ex. : Il est aussi aimable que *son frère*.

REMARQUE : De l'ancien système latin, qui marquait le degré par la **flexion** des adjectifs et adverbes (en leur ajoutant des suffixes), le français a conservé trois formes dites *synthétiques* (puisqu'elles englobent l'idée de comparaison dans leur morphologie même) :
– *meilleur* (comparatif de *bon*)
– *pire* (comparatif de *mauvais*, remplacé par le neutre *pis* dans des tours stéréotypés : *de mal en pis*) : mais *Il se fait* plus mauvais *qu'il n'est.*
– *moindre* (comparatif de *petit*) : il ne survit que dans l'usage soutenu ou dans des stéréotypes *(un moindre mal).*

On observera que ces trois niveaux de comparaison peuvent eux-mêmes faire l'objet d'une variation en intensité, au moyen des adverbes *beaucoup, encore, bien, etc.*

ex. : *Il est* bien moins aimable que *son frère.*

2. **Le complément du comparatif**

On nommera **complément de comparaison** l'étalon de référence.

a) nature grammaticale

Dans la mesure où le locuteur peut envisager divers points de référence, la forme prise par l'étalon n'est pas nécessairement nominale. On trouvera ainsi :
– un groupe nominal (ou un pronom)

ex. : *Il est plus aimable que* son frère/*que* toi.

– un adjectif

ex. : *Il est plus bête que* méchant.

– un adverbe

ex. : *Il est plus aimable qu'*hier.

– une proposition subordonnée comparative

ex. : *Il est aussi aimable que* son frère est désagréable.

b) syntaxe

Le complément de comparaison est introduit par *que*, analysé ordinairement comme une conjonction de subordination. On convient en effet de restituer un verbe, pouvant être retrouvé à partir d'une **ellipse** : la forme pleine du complément de comparaison serait ainsi, en réalité, une proposition comparative.

ex. : *Il est aussi aimable que son frère (est aimable).*

REMARQUE : Le complément du comparatif d'infériorité et de supériorité fait en général intervenir l'adverbe *ne*, appelé en ce cas *adverbe explétif*; il a pour rôle de reprendre l'idée négative sous-jacente : affirmer en effet qu'*Il est moins/plus aimable que ne l'est son frère*, c'est implicitement poser qu'*Il* n'est pas *aussi aimable que son frère*. C'est cette discordance que marquerait l'adverbe *ne* (voir **négation**).

B. LE SUPERLATIF RELATIF

Il s'agit toujours d'une comparaison, mais d'un autre type : cette fois, l'étalon est représenté par tous les éléments d'un ensemble, auquel on compare un élément porteur de la qualité au plus haut ou au plus bas degré.

ex. : *C'est* le plus aimable *de tous tes amis.*

REMARQUE : Le superlatif relatif exclut par nécessité la comparaison d'égalité, dans la mesure où, pour pouvoir isoler un élément d'un ensemble, il faut précisément en indiquer les différences.

1. Règle de formation

Il se forme à l'aide du comparatif (de supériorité ou d'infériorité), précédé d'un déterminant défini. La règle d'emploi doit cependant distinguer deux cas.

a) *le superlatif précède le substantif*

ex. : *C'est le plus aimable de tous tes amis/mon plus cher ami.*

On ne distingue pas le déterminant du substantif de celui du superlatif. Ce déterminant peut être un article défini *(le)*, un possessif *(mon)*, ou encore la particule *de* lorsque le support est un neutre *(C'est ce que j'ai trouvé de plus intéressant).*

b) *le superlatif est postposé au substantif*

ex. : *C'est l'ami le plus aimable de tous.*

Le substantif est déterminé soit par l'article défini, soit par le possessif (jamais par l'article indéfini), et le superlatif est précédé de l'article défini *(le/la/les).*

2. **Le complément du superlatif relatif**

Puisque l'étalon de référence est constitué de tous les éléments d'un ensemble, il y a donc **extraction**, prélèvement (on isole, on soustrait un élément parmi d'autres) ; cette valeur, également appelée **valeur partitive**, est marquée par la préposition *de*, qui permet donc de construire le complément du superlatif relatif.

REMARQUE 1 : La préposition se contracte obligatoirement avec l'article défini pluriel *les*, sous la forme *des* (= *de les).
ex. : *Le plus aimable* des amis (= de les) que je possède.

REMARQUE 2 : On remarquera que, si l'ensemble de référence est donné pour illimité, il peut alors rester implicite.
ex. : *C'est lui le plus aimable (de tous).*
Le superlatif relatif offre alors un équivalent à l'expression du **haut degré**, propre aux **degrés d'intensité**.

II. LES DEGRÉS D'INTENSITÉ

Il s'agit ici d'un ensemble très disparate, regroupant des faits relevant de différents niveaux d'analyse, qui n'intéressent pas tous la grammaire au même titre. Le point commun de tous ces phénomènes est qu'ils permettent une évaluation de la propriété sans référence – autre que tacite, implicite – à un étalon quelconque.

Le parcours des degrés, à la différence du système de la comparaison, est beaucoup plus vaste et se présente en réalité sous la forme d'une **échelle** aux multiples graduations intermédiaires.

A. L'ÉCHELLE DES DEGRÉS

On proposera ici un classement tenant compte des principaux degrés parcourus sans distinction de leurs outils.

a) le bas degré

ex. : sous-*développé*, peu *aimable*, médiocrement *intelligent*.

REMARQUE : À la limite inférieure du bas degré pourrait figurer le *système de la négation*, qui dénie la propriété à son support.
ex. : *Il n'est nullement aimable.*

b) le moyen degré

ex. : assez *aimablement*, suffisamment *rapide*, à peu près *exact*.

c) le haut degré

ex. : fort *aimable*, bien *tardivement*, incroyablement *rapide*, trop *cher*, si *rapidement*.

REMARQUE : C'est dans l'expression du haut degré que la langue dispose de la plus grande variété de moyens, dont certains ressortissent à l'étude stylistique :

ex. : *bête* à pleurer/*ce n'est pas* joli joli.

B. LES MOYENS D'EXPRESSION

1. Adverbes et locutions adverbiales

Antéposés au terme qu'ils modifient (adverbe ou adjectif), ils obéissent à certaines règles d'emploi.

Tantôt ils fonctionnent comme de purs outils grammaticaux (et sont à la limite des préfixes), tantôt au contraire ils ont une relative autonomie sémantique, et leur étude relève alors de la lexicologie plus que de la grammaire.

a) les outils grammaticaux

Doivent en effet être isolés les adverbes *assez, bien* (dans son rôle d'adverbe d'intensité, et non d'adverbe de manière : *Vous êtes* bien *aimable* ≠ *Il a* bien *travaillé*), *fort, très, trop*, qui ne peuvent eux-mêmes être modifiés en degré.

ex. : **Vous êtes très bien aimable* mais *Il a très bien travaillé*.

b) autres adverbes

On fera ici quelques remarques ponctuelles concernant leur emploi.

– *Peu* se rapproche des outils grammaticaux : de même que les adverbes *trop, assez*, il peut s'employer devant l'adverbe et l'adjectif, ou bien modifier le verbe (adverbe d'intensité : *Il travaille peu/trop/assez*). Mais, à la différence des adverbes précédents, il peut lui-même être modifié en degré :

ex. : *Il est* assez *peu aimable*.

REMARQUE : Tous ces adverbes ont également en commun la propriété de pouvoir s'employer comme **déterminants** d'un groupe nominal (qu'ils quantifient : *J'ai peu d'amis*).

– *Si*, portant exclusivement sur l'adjectif et sur l'adverbe, est toujours associé à une **corrélation** (sauf en modalité exclamative : *Il est si aimable !*) :

ex. : *Il est* si *aimable* que tout le monde l'adore.

On remarquera enfin que, pour l'expression du haut degré, la langue dispose d'un nombre très important d'adverbes en *-ment*, pouvant parfois fonctionner aussi comme adverbes de manière : on veillera à ne pas confondre ces deux emplois :

ex. : *Il dessine joliment* (manière)/*Il s'est fait joliment gronder !* (degré).

REMARQUE : Ces adverbes, plutôt réservés à la langue orale, sont de ce fait en constant renouvellement et varient au gré des modes et des niveaux de langage (voir au XVIIe siècle l'emploi de *furieusement, effroyablement*, en français moderne *rudement, terriblement*, en français populaire *vachement*, etc.).

2. Outils lexicaux et stylistiques

Ils ne relèvent pas d'une étude grammaticale à proprement parler ; on se contentera de les énumérer pour mémoire :

– morphologie : préfixation *(sous-développé, surcoté, hyper-gentil)* (voir **lexique**).

REMARQUE : Du système de la dérivation latine, le français n'a conservé – partiellement – que le suffixe *-issime*, très souvent utilisé à des fins parodiques.

– prosodie : accent d'insistance, ou détachement des syllabes d'un mot, pour indiquer le haut degré *(for-mi-dable !)*,

– syntaxe : l'expression du haut degré passe souvent par la modalité exclamative *(Qu'il est aimable !)*,

– procédés stylistiques : le locuteur peut recourir par exemple, toujours pour l'expression du haut degré, à des figures de rhétorique (*Il n'est pas mal*, litote pour *Il est très bien*), ou à des tours stéréotypés *(fier comme un paon, bête à pleurer)*.

démonstratif (déterminant)

Les déterminants démonstratifs appartiennent à la catégorie des déterminants spécifiques qui rendent compte à la fois du **nombre** et de l'**identité** de l'être qu'ils désignent (*ce livre/ces livres*). Ils combinent la signification de l'article défini (*le/la/les*) avec une référence expressément désignée. On les range dans la catégorie des quantifiants-caractérisants (voir **déterminant**).

I. MORPHOLOGIE

A. TABLEAU DES DÉTERMINANTS DÉMONSTRATIFS

	singulier		pluriel
	masc.	fém.	masc./fém.
formes simples	(devant consonne) *ce* (devant voyelle) *cet*	*cette*	*ces*
formes renforcées	*ce... -ci/-là* *cet... -ci/-là*	*cette... -ci/-là*	*ces... -ci/-là*

B. SPÉCIFICITÉ DES DÉTERMINANTS DÉMONSTRATIFS

L'observation du tableau appelle deux remarques principales :

– la possibilité pour toutes les formes simples d'être doublées par une forme renforcée : *ce/ce... -ci/ce... -là* :

ex. : *ce garçon/ce garçon-ci/ce garçon-là*
cet automne/cet automne-ci/cet automne-là
ces enfants/ces enfants-ci/ces enfants-là

– la neutralisation de l'opposition des genres au pluriel

ex. : *ces jeunes filles/ces jeunes gens*

et au singulier, pour les formes orales, avec le masculin à initiale vocalique :

ex. : *cet automne/cette fille* [sɛt]

C. ORIGINE DES DÉTERMINANTS DÉMONSTRATIFS

Ils proviennent tous d'une forme latine variable *(iste)* renforcée par la particule ayant valeur de désignation *ecce*. Les formes de base ayant abouti à *cet/cette/ces* sont donc respectivement *eccistum/eccistam/eccistos* (latin tardif). On peut considérer que *ce* au masculin singulier et *ces* au féminin pluriel sont analogiques de l'article défini *le/les*.

II. EMPLOI DES DÉTERMINANTS DÉMONSTRATIFS

Les déterminants démonstratifs possèdent des propriétés syntaxiques communes ; seules varient les valeurs sémantiques.

A. PROPRIÉTÉ SYNTAXIQUE

Antéposés au nom, ils ne peuvent se combiner avec d'autres déterminants spécifiques :

ex. : **le ce livre.*

Mais entre le démonstratif et le nom peuvent s'insérer un adjectif qualificatif (*ce* beau *livre*) et/ou un déterminant secondaire (*ces* quelques *livres*).

REMARQUE : Seul *tout*, déterminant quantifiant indéfini est antéposé au déterminant démonstratif : tous *ces livres*/tout *ce chapitre*.

B. VALEURS SÉMANTIQUES

Les déterminants démonstratifs prennent selon le contexte d'emploi des valeurs différentes que l'on peut regrouper autour de deux axes : ou bien ils réfèrent à un **être présent dans la situation d'énonciation** (valeur déictique) :

ex. : *Ferme* cette porte *!*

ou bien ils réfèrent à un **être présent dans l'enchaînement des phrases** (valeur anaphorique) :

ex. : *J'ai acheté une voiture d'occasion.* Cette voiture *est garantie deux ans.*

On notera cependant que, dans les deux cas, l'emploi du déterminant démonstratif présuppose l'**existence même** de l'être désigné.

1. Valeur déictique

Le déterminant fait référence à un élément inscrit dans la situation d'énonciation et identifiable par rapport à cette situation :

ex. : *Il viendra me voir* ce samedi./*Il m'a apporté* ces fleurs.

On notera que le démonstratif à lui seul ne contient aucune indication susceptible de déterminer de quel objet il s'agit.

REMARQUE : À la différence de formes comme *aujourd'hui, je...*, qui n'ont pas besoin d'indices supplémentaires pour que soit spécifiée leur référence, le démonstratif reste peu explicite en lui-même (on dit parfois qu'il est *opaque*).

En cas d'ambiguïté possible sur l'être désigné, l'énoncé doit donc être accompagné d'indices de type non linguistique (geste, regard) pour que soit identifié le référent :

ex. : *Passe-moi* ce livre, *s'il te plaît.* (Geste d'ostension.)

REMARQUE : L'adjonction de *-ci* ou de *-là* ne marque respectivement que la proximité ou l'éloignement, et ne permet pas d'éviter l'usage de ces indices supplémentaires de désignation.

Le démonstratif à valeur déictique peut encore s'appliquer à des éléments qu'on ne peut pas précisément montrer, et qui sont pourtant interprétés comme éléments de la situation d'énonciation :

ex. : Cette nuit *je sortirai.*
Cette idée *me paraît farfelue.*

D'autres signes linguistiques – dans les exemples cités le *je/me*, les temps de l'indicatif – viennent alors à l'appui de l'évocation du contexte énonciatif.

REMARQUE : Dans le texte écrit enfin, où la situation d'énonciation est nécessairement verbalisée (qu'elle soit fictive, comme dans le roman, ou historique), des indications complémentaires, fournies elles aussi par le texte, permettent l'identification du référent :

ex. : *« Prends* cette *médaille », lui dit-elle, en lui tendant l'objet d'or qui pendait à son cou.*

2. Valeur anaphorique

a) mécanisme de base

L'écart est moins sensible qu'on ne pourrait le croire entre la valeur déictique et la valeur anaphorique du démonstratif, si l'on prend en compte l'environnement immédiat du déterminant démonstratif. En effet, lorsqu'il ne réfère pas à la situation d'énonciation (donc, en contexte non-déictique), le démonstratif réfère toujours à un objet qui est présupposé exister et qui se trouve **présenté dans la phrase** (et non dans le contexte extra-linguistique) **ou dans l'ensemble des phrases formant le discours**. L'environnement du démonstratif n'est plus alors d'ordre physique, il est décrit par la seule chaîne des mots dans le texte.

Cela posé, on peut faire valoir que le démonstratif peut référer à un objet déjà nommé et repris par le même nom,

ex. : *J'ai acheté* une voiture *d'occasion.* Cette voiture *est garantie deux ans.*

ou par un autre nom (synonyme, périphrase, etc.) renvoyant au même référent :

ex. : *Un agneau se désaltérait*
Dans le courant d'une onde pure.
Un loup *survint à jeun qui cherchait aventure [...]*
Qui te rend si hardi de troubler mon breuvage
Dit cet animal *plein de rage ?* (La Fontaine)

Le démonstratif référant à un objet désigné ailleurs dans le texte peut être utilisé, comme dans ces exemples, avec une valeur de **reprise** (valeur anaphorique) ; il peut encore servir d'**annonce** (valeur cataphorique), en présentant pour la première fois dans le texte un objet qui est ensuite identifié :

ex. : *La mélodie se terminait à chaque stance par* ces trilles *chevrotants que font valoir si bien les voix jeunes quand elles imitent...* (G. de Nerval)

REMARQUE : Commutation *le/ce.*
L'origine démonstrative de l'article défini (voir **article**) lui permet, dans certains emplois déictiques, de commuter avec le démonstratif :

ex. : *Ferme* la/cette porte.

Cette commutation n'est pas toujours possible en contexte anaphorique. On peut remarquer que :

– l'emploi du démonstratif s'impose si on veut pointer la spécificité de l'objet considéré dans sa classe :

ex. : Un lièvre *en son gîte songeait [...]*
Dans un profond ennui ce lièvre *se plongeait.*
(La Fontaine)

Aucun autre élément ne vient s'insérer entre les deux désignations successives : la mise en relation est directe et rendue possible.
En revanche, si deux éléments appartenant à deux classes distinctes ont été nommés, la reprise ne peut s'effectuer que par l'article défini qui spécifie l'opposition entre ces deux classes :

ex. : *Il était une fois* un Roi et une Reine *qui étaient [...] fâchés de n'avoir point d'enfants [...]. Enfin pourtant* la Reine *devint grosse.* (Ch. Perrault)

– la fonction du groupe nominal anaphorique joue enfin un rôle dans le choix du déterminant : le démonstratif s'impose dans le cas où ce groupe nominal est complément du verbe :

ex. : *Le cerf se cacha parmi les vignes. Quand les veneurs virent* ce cerf...

b) cas particuliers : les formes renforcées -ci/-là

Les formes *-ci* et *-là* restituaient à l'origine l'opposition entre la proximité *(ci)* et l'éloignement *(là).* On observe cependant, en français moderne, que la forme *là* ne marque pas toujours la distance, ainsi que l'attestent des phrases comme :

ex. : *Tu vois ce livre-là là-bas ?*

où l'indication d'éloignement a besoin d'être spécifiée par l'adverbe *là-bas.* On constate donc que la **forme renforcée non marquée** du déterminant démonstratif est, en français moderne, la forme avec *-là* :

ex. : *Prends ce livre-là.*

tandis qu'avec *-ci* (forme rare au demeurant), l'interprétation en termes de proximité reste toujours valide, et permet alors de rendre à *-là* sa valeur d'éloignement :

ex. : *Prends ce livre-ci, pas celui-là.*

démonstratif (pronom)

La série des pronoms démonstratifs double celle des déterminants démonstratifs, la répartition des formes selon l'emploi grammatical étant rigoureusement réglée :

ex. : Ce *livre me plaît* (déterminant)./Celui-ci *me plaît* (pronom).

Le pronom démonstratif désigne un élément présent dans le contexte, qu'il s'agisse de la situation d'énonciation elle-même :

ex. : Celui-ci *travaille,* celui-là *est plus distrait.*

ou de l'enchaînement des mots dans le discours :

ex. : *Tous ces livres m'intéressent ; je prendrai* celui *que vous me conseillez.*

I. MORPHOLOGIE DES PRONOMS DÉMONSTRATIFS

A. TABLEAU DES PRONOMS DÉMONSTRATIFS

	masculin		féminin	indifférencié/ neutre
formes simples	sing. plur.	*celui* *ceux*	*celle* *celles*	*ce/c'*
formes renforcées	sing. plur.	*celui-ci/là* *ceux-ci/là*	*celle-ci/là* *celles-ci/là*	*ceci/cela/ça*

B. PARTICULARITÉS DES PRONOMS DÉMONSTRATIFS

On observe que les pronoms démonstratifs opposent au genre masculin et féminin, normalement seul représenté en français, une forme indifférenciée *ce* (élidée *c'*), parfois appelée *neutre*, mais qui peut selon l'environnement évoquer un élément masculin ou féminin :

ex. : *Comme* c'*est beau,* cette histoire !/*Comme* c'*est beau,* ce spectacle !

Les pronoms démonstratifs présentent deux séries de formes : des formes simples et des formes renforcées dans la formation desquelles interviennent les particules adverbiales *-ci* et *-là*.

C. ORIGINE

Les formes pronominales sont toutes issues du pronom/adjectif démonstratif latin *ille/illa/illud*, renforcé par la particule elle-même démonstrative *ecce*, selon l'évolution suivante :
– *ecce illui* > *celui* : d'abord complément d'objet indirect, il s'impose ensuite comme forme sujet, au détriment de l'ancien *cil* < *ecce ille*, et comme forme de complément d'objet direct, au détriment de *cel* < *ecce illum* ;
– *ecce illam* > *celle*, *ecce illas* > *celles* ;
– *ecce illos* > *ceux* ;
– *ecce hoc* > *ce*.

Ces formes s'opposent en français moderne aux formes des déterminants démonstratifs (issues de *ecce istum/istam* > *cet/cette*).

REMARQUE : Quand les formes sont renforcées, on observe la symétrie des correspondances entre la forme renforcée du déterminant et celle du pronom :

ex. : celle-ci/cette *femme*-ci
celui-ci/cet *homme*-ci.

Mais cette symétrie ne se retrouve pas entre les formes simples des déterminants et celles des pronoms *celui/celle* :

ex. : Celle *que j'aime*/cette *femme que j'aime*.

II. SYNTAXE DES PRONOMS DÉMONSTRATIFS

A. EMPLOI DES FORMES SIMPLES

1. Emploi des formes de masculin et de féminin *(celui/celle, ceux/celles)*

a) construction

Aucun de ces pronoms n'a de fonctionnement autonome : ils doivent toujours être suivis d'un complément qui les détermine. Celui-ci peut prendre des formes diverses :
– complément du pronom, de construction prépositionnelle (le plus souvent, derrière la préposition *de*). Il peut s'agir d'un groupe nominal, d'un adverbe ou d'un infinitif :

ex. : *la robe de ma mère, celle* de ta sœur
ceux d'autrefois
le plaisir de lire, celui de comprendre

– proposition subordonnée relative :

ex. : *Prends celle* que tu voudras.

– participe épithète :

ex. : ... *sans autres émotions que celles* données par la famille. (H. de Balzac)

REMARQUE : Cette dernière construction est blâmée par les puristes, mais reste cependant usitée.

b) statut

Ces pronoms démonstratifs ne fonctionnent que comme **représentants** (voir **pronom**). On notera qu'ils ont tous une valeur particularisante : le terme qu'ils reprennent peut en effet évoquer un ensemble plus large que l'être qu'ils désignent :

ex. : *J'ai vu plusieurs films dans la semaine, et* celui *que je préfère est le dernier Tavernier.*

C'est avec cette même valeur de représentant que le pronom est employé dans des tours du type :

ex. : *Que* celui *qui a des oreilles pour entendre entende.*

où *celui* annonce l'être désigné par la relative (il est *cataphorique*).

2. La forme indifférenciée *ce*

Comme tous les pronoms démonstratifs de forme simple, *ce* n'a pas d'autonomie syntaxique ; il ne fonctionne que comme pronom clitique (conjoint au verbe) appui du verbe *être*, comme pronom support d'une proposition relative ou d'une proposition complétive.

REMARQUE : Dans l'ancienne langue, *ce* pouvait avoir un fonctionnement autonome, disjoint du verbe. Il pouvait notamment figurer derrière une préposition (il nous en reste quelques traces dans les tours comme *Sur* ce, *il s'éclipsa*) ou comme complément d'objet du verbe (Ce *faisant, il nous a mis dans l'embarras*). À l'exception de ces tours figés qu'a conservés à l'état de vestiges notre français moderne, *ce* n'a plus aujourd'hui de fonctionnement indépendant. Disjoint du verbe, il prend alors la forme renforcée *cela*.

a) **ce** ***pronom clitique***

Il est contigu au verbe *être* (dont il est, à strictement parler, le sujet) et apparaît dans des constructions diverses.

Tour présentatif : il permet la mise en relief de certains éléments, qu'il peut simplement introduire, en désignant alors un objet présent dans la situation d'énonciation (et non dans la phrase) :

ex. : *C'est merveilleux !*
C'est mon frère.

REMARQUE : Lorsque le terme présenté est au pluriel, l'accord du verbe être se fait tantôt au singulier (*C'est mes voisins*), tantôt au pluriel (*Ce* sont *mes voisins*). Voir **présentatif** et **verbe**.

Il peut encore reprendre ou annoncer un élément présent dans la phrase, à laquelle il donne alors une dimension emphatique (voir **ordre des mots**) :

ex. : *Jouer, c'est ma passion. Qu'il aime jouer, c'est certain.*
(*Ce* reprend alors *jouer* ou la proposition complétive : il est *anaphorique.*)

C'est fascinant de jouer. C'est certain qu'il aime jouer.
(*Ce* annonce alors *de jouer* ou la proposition complétive : il est *cataphorique.*)

***Élément de l'outil* c'est... que/c'est... qui** : cette construction, dite d'*extraction* (voir **ordre des mots**), permet d'isoler, d'extraire du reste de la phrase un élément qui en devient alors l'information essentielle (le prédicat) :

ex. : C'est *ce soir* que *Pierre viendra.*
C'est *Pierre* qui *viendra ce soir.*

Il s'agit, comme on le voit, de variantes emphatiques de la phrase linéaire *Pierre viendra ce soir.*

***Élément de la locution interrogative* est-ce que** : il permet alors de formuler, à lui seul, la question totale :

ex. : Est-ce que *tu viendras ce soir?*

et, en association avec les outils interrogatifs, la question partielle :

ex. : Qui est-ce qui *viendra ce soir?*

Postposé au verbe auquel il reste conjoint, le pronom *ce* porte la marque syntaxique de la modalité interrogative (postposition du sujet), permettant ainsi de maintenir dans le reste de la phrase l'ordre canonique *sujet-verbe-complément.*

b)* ce *antécédent de la proposition relative

Il est alors immédiatement suivi d'une proposition subordonnée relative qui le complète et a pour rôle d'en délimiter le sens :

ex. : *J'aime bien ce* que vous écrivez. *J'apprécie ce* à quoi vous vous appliquez.

c) ce ***outil de la proposition complétive interrogative indirecte***

Il entre dans la composition d'une locution pronominale servant à introduire une proposition subordonnée interrogative indirecte partielle (voir **complétive**), et apparaît **à chaque fois que l'indétermination porte sur un inanimé** :

ex. : *Je ne sais* ce qu'il fait. *J'ignore* ce qui te ferait plaisir.

Ces propositions subordonnées correspondent à des interrogations directes : *Que fait-il ? Qu'est-ce qui te ferait plaisir ?* L'outil *ce que/ce qui* permet d'enchâsser ces interrogations dans la phrase, puisque l'intégration directe est impossible ici (**Je ne sais qu'il fait*).

REMARQUE : Ce type de construction subsiste cependant lorsque le verbe est à l'infinitif, dit *infinitif délibératif*,

ex. : *Que dire ? Je ne sais* que *dire.*

ou encore lorsque le pronom interrogatif renvoie à un animé :

ex. : *Je ne sais* qui *viendra.*

L'outil *ce que/ce qui* (qui s'analyse en fait comme une séquence formée du pronom démonstratif suivi d'une relative) sera donc considéré, d'un seul bloc, comme outil de l'interrogative indirecte partielle.

d) ce ***appui de la proposition complétive conjonctive***

On rappellera (voir **complétive**) que certaines subordonnées complétives en fonction de complément d'objet indirect admettent deux constructions, l'une sans préposition, introduite par *que*,

ex. : *Je me réjouis* que *tu viennes.*

l'autre derrière préposition, introduite par *ce que* (*que* seul derrière préposition étant exclu) :

ex. : *Je me réjouis* de ce que tu viennes./**de que tu viennes.*

REMARQUE : Plusieurs hypothèses ont été formulées par les grammairiens pour rendre compte de cette construction. On peut ainsi analyser *ce* comme pronom à part entière, en fonction de COI du verbe, auquel serait alors apposée une proposition conjonctive (*Je me réjouis de ce/[de cela, à savoir] que tu viennes*). Mais, puisque la complétive a un statut nominal – elle peut souvent commuter avec un nom –, on peut encore considérer *ce* comme un déterminant démonstratif, qui viendrait alors déterminer l'ensemble de la subordonnée :

ex. : *Je me réjouis de ce + que tu viennes/de ta + venue.*

C'est ainsi toute la séquence *ce* + complétive qui assumerait la fonction de COI.

B. EMPLOI DES FORMES RENFORCÉES

1. Construction

Aucune des formes renforcées *celui-ci/-là, celle-ci/-là, ceux-ci/-là, celles-ci/-là, cela/ça* n'a besoin d'être complétée. Elles fonctionnent donc de façon autonome dans la phrase, pouvant assumer toutes les fonctions nominales :

ex. : Celui-ci *me plaît. Je prendrai* celui-ci.

2. Statut

– Les formes renforcées des pronoms démonstratifs fonctionnent essentiellement comme **représentants**, pouvant reprendre un élément déjà mentionné dans le contexte. Ils peuvent désigner le même être (ils sont alors au même nombre que leur antécédent),

ex. : *J'ai rencontré Pierre :* celui-ci *m'a dit qu'il viendrait.*

ou bien ne reprendre que le contenu notionnel du nom (et non les êtres qu'il désigne) ; il est alors employé à un nombre différent :

ex. : *Je lis souvent des romans :* celui-là *m'a beaucoup plu.*

La forme de genre indifférencié *cela/ceci/ça* représente un être inanimé, évoqué dans le contexte de manière indéterminée. Elle peut reprendre cet élément (valeur anaphorique),

ex. : *Elle m'a remercié. Après* cela, *elle est partie.*

ou l'annoncer (valeur cataphorique) :

ex. : Ça *veut dire quoi ce griffonnage ?*

– Les formes renforcées des pronoms démonstratifs peuvent également fonctionner comme **nominaux** (à la différence des formes simples, exclusivement représentantes), désignant alors directement un être ou une notion non évoqués dans le contexte (voir **pronom**). Il s'agit alors d'un élément présent dans la situation d'énonciation (valeur déictique) :

ex. : Celui-là *si je l'attrape !*
Regardez-moi ça *!*

Ça/cela peut en particulier renvoyer à l'ensemble de la situation :

ex. : Ça *va mal partout.*

Les formes au masculin ou au féminin désignent des membres de la collectivité humaine, elle-même perçue implicitement :

ex. : Ceux-ci *diront du bien de vous,* ceux-là *en diront du mal : personne ne peut jamais faire l'unanimité.*

REMARQUE : On observe que l'emploi nominal du pronom, dans ce dernier cas, implique l'expression de l'alternative : le pronom démonstratif peut alors commuter avec le pronom indéfini *l'un... l'autre.*

III. VALEUR SÉMANTIQUE

A. RÉPARTITION ANIMÉ / INANIMÉ

Les formes de genre indifférencié, quel que soit leur emploi (nominal ou représentant), ne peuvent normalement référer à l'animé humain – sauf à être précisément employées à des fins péjoratives :

ex. : *Et c'est* ça *qu'on nous envoie pour remplacer Pierre ?*

Employées comme représentants, les formes de masculin ou de féminin peuvent désigner aussi bien des animés que des inanimés :

ex. : *Vos fleurs sont superbes. Je prendrai* celles-ci.
J'ai parlé à la directrice : celle-ci *m'a tout expliqué.*

Employées comme nominaux, elles désignent des membres de la collectivité humaine et renvoient donc toujours à l'animé :

ex. : *Quoi que vous fassiez,* ceux-ci *vous loueront,* ceux-là *vous blâmeront.*

B. VALEUR DES ÉLÉMENTS *-CI* ET *-LÀ*

1. Analyse traditionnelle

Formes renforcées

On présente traditionnellement la différence entre les deux particules adverbiales, dans les formes renforcées, sous l'aspect de l'opposition entre proximité (que marquerait *-ci*) et éloignement (*-là*). Cette distinction serait pertinente en emploi nominal aussi bien que représentant.

Formes simples

De la même façon, l'opposition entre *ceci* et *cela* s'interpréterait toujours en termes d'espace (cette fois, textuel) comme l'opposition entre emploi anaphorique, réservé à *cela* :

ex. : Cela *dit, il faut trancher.*

et emploi cataphorique (*ceci*) :

ex. : *Je voudrais vous faire remarquer* ceci...

2. Limites de cette analyse

L'usage courant montre en réalité la fragilité de ces distinctions – opérées surtout dans la langue littéraire. En français courant, on observe en effet que les formes en *-là* se répandent au détriment de la série en *-ci* qui subsiste en fait principalement dans un système d'opposition :

ex. : *Donnez-moi* celles-là, *pas* celles-ci.

En dehors de ce jeu de contrastes, l'emploi des formes en *-là* pour désigner un objet lointain nécessite souvent le recours à des précisions supplémentaires :

ex. : Celui-là, là-bas, *est en train d'abîmer les livres.*

La distinction entre *ceci/cela* restitue surtout l'opposition entre l'être spécifiquement délimité (*ceci*) et l'être simplement désigné (*cela*).

On fera observer enfin que les formes en *-là* sont les seules utilisées à des fins expressives :

ex. : Celle-là, *elle me fatigue.*

La distinction entre les deux séries tend donc à devenir, en français courant, la traduction de l'opposition entre une forme non marquée, toujours disponible (série en *-là*), et une forme marquée, aux emplois plus rares et plus contraints (série en *-ci*).

déterminant

La catégorie du déterminant du nom regroupe en grammaire une classe de mots ou groupes de mots qui précèdent nécessairement le substantif dans la phrase lorsque celui-ci occupe la fonction de sujet ou de complément d'objet du verbe :

ex. : Le *chat a mangé* sa *pâtée.*/**Chat a mangé pâtée.*

REMARQUE : L'absence apparente de déterminant devant le nom occupant la fonction de sujet ou d'objet n'infirme pas cette définition. En effet, dans des phrases du type *Pierre qui roule n'amasse pas mousse*, l'absence de déterminant devant le sujet (*pierre*) ou l'objet (*mousse*) n'en contredit pas la nécessité. On observera notamment que le déterminant pourrait ici être rétabli (Une *pierre qui roule n'amasse pas* de *mousse*). Certains grammairiens font ainsi l'hypothèse de l'existence d'un *article zéro*, c'est-à-dire absent en surface mais présent en structure profonde. Sur cette question, voir **article**.

Le déterminant apparaît ainsi comme le **marqueur spécifique du nom** : le passage dans la classe du nom d'un mot appartenant initialement à une autre catégorie s'effectue toujours par l'adjonction du déterminant devant le mot considéré :

ex. : *Peser* le *pour et* le *contre.*
Rien n'est beau que le *vrai.*
Le *rire est le propre de l'homme.*

REMARQUE : Le nom propre, qui implique la référence à des objets du monde intrinsèquement définis se passe normalement de déterminant. On observe cependant que certains noms propres ont pris l'article défini au cours de l'évolution de la langue (voir **nom**). Hormis ces cas spécifiques, l'adjonction du déterminant devant le nom propre change ainsi sensiblement le statut de celui-ci : tantôt parce qu'on envisage alors une facette seulement de l'être évoqué (*le Paris de l'entre-deux-guerres*), tantôt encore parce que l'on constitue l'objet en classe, par emploi figuré (*Les harpagons sont toujours odieux*). De même, on ne considérera pas comme des exceptions à la règle d'absence de déterminant devant le nom propre les cas de transfert métonymique du type *Il possède deux Picasso* (= deux tableaux peints par Picasso) ou *Les Martin sont des gens agréables* (= les gens de la famille Martin).

La nécessité de l'expression du déterminant est liée au rôle discursif de ce mot. Il permet en effet de présenter le nom dans une situation d'énonciation donnée (*ce chat* = celui que je vois et que je désigne), et par là même d'**identifier l'objet du monde auquel réfère l'énonciateur** (le référent). Est ainsi considéré comme déterminé l'être identifié. On opposera donc l'emploi **virtuel** du nom, décrit par le dictionnaire (*chat* = petit mammifère domestique de la famille des félins...) à sa référence **actuelle**, c'est-à-dire à son identification en discours opérée grâce aux déterminants : Un *chat*/mon *chat*/ce *chat court dans la rue*. Déterminer, c'est donc dire d'un être *lequel c'est*.

Ainsi les déterminants du nom permettent-ils, quelles que soient leurs propriétés respectives, d'inscrire ce nom dans l'espace-temps de la prise de parole – éventuellement restituée par le texte – et de le présenter par rapport à la situation d'énonciation. Les différents déterminants pourront donc de ce point de vue être classés en fonction de leur valeur sémantico-logique : on distinguera ainsi ceux qui ont pour rôle d'indiquer la **quantité** des êtres auxquels le nom réfère (trois *chats*), et/ou ceux qui précisent les **caractères** qui leur sont conférés (certains *chats*).

REMARQUE : Sur l'absence de déterminant, voir **article**.

L'étude des déterminants devra d'abord prendre en compte leurs caractéristiques formelles : leur place et leurs possibilités de combinaisons entre eux.

I. CLASSEMENT FORMEL : PLACE ET COMBINAISON DES DÉTERMINANTS

Le déterminant se place **toujours à gauche du substantif**. Le déplacement parfois possible du mot entraîne une modification de son rôle : de déterminant, il devient alors adjectif qualificatif :

ex. : Différents *étudiants l'attendaient* (= déterminant).
Des étudiants différents *l'attendaient* (= adjectif qualificatif).

Le jeu des combinaisons possibles entre déterminants amène à opposer deux classes distinctes : les déterminants spécifiques et les déterminants secondaires.

A. LES DÉTERMINANTS SPÉCIFIQUES

Ils ne peuvent en aucun cas se combiner entre eux. On regroupe dans cette catégorie les articles, les possessifs, les démonstratifs et l'interrogatif *quel* :

ex. : **La ma robe s'est déchirée.*

B. LES DÉTERMINANTS SECONDAIRES

Ils peuvent, pour la plupart, se combiner avec les déterminants spécifiques ;

ex. : *J'ai lu* tous *les livres que tu m'as prêtés.*

mais on peut parfois les rencontrer seuls devant le nom :

ex. : *J'ai lu* plusieurs *livres.*

Enfin, certains peuvent se combiner entre eux :

ex. : Plusieurs autres *livres me feraient plaisir.*

Appartiennent à la classe des déterminants secondaires les indéfinis et les numéraux. On y rattachera encore les déterminants à base adverbiale *(beaucoup/trop/peu/assez/suffisamment/plus/moins... de)* et les déterminants formés sur des noms de quantité *(une masse/troupe/rangée/file... d'étudiants).*

REMARQUE : Certains grammairiens appellent *prédéterminants* des mots comme *environ* ou *presque, à peine...*, dans des tours du type : environ *soixante étudiants,* presque *tous les étudiants...* Il paraît cependant plus juste de conserver à ces mots leur statut d'adverbes : ils modifient le déterminant numéral ou indéfini qui les suivent.

II. CLASSEMENT SÉMANTICO-LOGIQUE

On opposera deux valeurs possibles du déterminant : la **quantification** du substantif ou bien sa **caractérisation**, ces deux valeurs pouvant, dans certains cas, se trouver combinées.

A. LES DÉTERMINANTS QUANTIFIANTS

Ils désignent la quantité des êtres auxquels le nom est appliqué (ce que l'on nomme parfois l'*extensité*) : ils limitent ainsi l'ensemble des objets du monde auxquels renvoie le substantif. On dit alors que celui-ci est défini en extensité.

On distinguera deux types de déterminants : ceux qui marquent une quantité précise, éventuellement chiffrée, et ceux qui marquent une quantité imprécise.

1. Quantifiants précis

a) déterminants numéraux cardinaux

– *Un, deux, trois, mille,* etc.

b) déterminants indéfinis évoquant

– une quantité nulle : *aucun, nul ;*
– une quantité égale à *un*, dans une perspective distributrice : *tout* + nom au singulier, *chaque.*

c) articles défini et indéfini singuliers

– *Un/une, le/la,* qui spécifient le genre.

2. Quantifiants imprécis

a) déterminants indéfinis évoquant

– la pluralité : *plusieurs, quelques, la plupart, beaucoup de...*
– la totalité : *tous, toutes.*

b) articles défini et indéfini pluriels

– *Des, les,* qui neutralisent les marques de genre.

c) articles partitifs

– *Du/de la,* qui spécifient le genre.

B. LES DÉTERMINANTS QUANTIFIANTS/CARACTÉRISANTS

Ils ajoutent à la désignation du nombre la spécification de certaines propriétés relatives au substantif.

1. Déterminants démonstratifs

Ce et sa variante *cet* devant un nom masculin à initiale vocalique (*cet ami*), *cette* au féminin, *ces* pour le pluriel des deux genres spécifient à la fois le nombre (ils opposent l'unicité, au singulier, à la pluralité) et situent l'être auquel renvoie le nom dans la situation d'énonciation (ils désignent dans l'espace et le temps) ou dans la chaîne du discours (ils réfèrent à un élément évoqué auparavant).

2. **Déterminants possessifs**

Mon/ma, mes marquent, outre le nombre (singulier/pluriel), le rapport entre l'être que désigne le nom et la personne.

3. **Déterminants indéfinis**

Ils expriment la pluralité imprécise en ajoutant des indications quant à la forme que revêt cette pluralité : *certains, divers, différents.*

On regroupera également dans cette catégorie les déterminants à base nominale, dont la liste est ouverte, en perpétuel renouvellement : *une masse de, une foule de, des torrents de...*

C. LES DÉTERMINANTS CARACTÉRISANTS

Ils ne spécifient plus le nombre, mais marquent exclusivement une propriété de l'être considéré. Ils se réduisent à certains indéfinis : *même, autre, tel, quel.*

La présentation d'ensemble qui a été ici adoptée permet, pour chacun des déterminants, de combiner les deux types d'approche, formelle et sémantico-logique. Si l'on conserve la distinction traditionnelle des différents types de déterminants,
- article,
- démonstratif,
- possessif,
- indéfini,
- numéral,

il est possible, à l'intérieur de chaque catégorie, d'indiquer la valeur sémantico-logique du déterminant tout en précisant les contraintes formelles qui pèsent sur ses éventuelles combinaisons avec d'autres déterminants.

REMARQUE : Comme on l'aura constaté, n'ont été considérés comme *déterminants du nom* que les mots grammaticaux antéposés au substantif et servant à son actualisation. La notion de **détermination** est parfois entendue dans un sens plus large de restriction du sens du nom : à cette fin, la langue dispose d'autres outils, parmi lesquels on citera notamment l'adjectif qualificatif, le complément du nom et la subordonnée relative :

ex. : *une table* dorée/en merisier
Les étudiants qui travaillent (= studieux) *réussiront.*

E-F

épithète, épithète détachée

Le terme d'épithète, avant d'être utilisé en grammaire, a longtemps connu un emploi rhétorique : il désignait alors le recours à l'adjectif pour qualifier de manière stéréotypée certains noms (*le* bouillant *Achille, les* vertes *prairies*).

En syntaxe, l'épithète désigne une *fonction* adjectivale : elle est un complément, de nature essentiellement adjectivale, se rapportant exclusivement au nom ou au pronom.

I. LA FONCTION ÉPITHÈTE

A. PROPRIÉTÉS SYNTAXIQUES

1. Proximité immédiate du substantif

L'épithète (qui signifie en grec *placé à côté*) se situe en effet dans l'entourage immédiat du substantif, dont elle constitue l'une des expansions possibles. Elle appartient à ce titre au groupe nominal :

ex. : *J'ai rencontré des gens* charmants.
Elle a fait réparer sa voiture qui était en panne.

Aucune pause vocale importante ne la sépare du substantif : à l'écrit, aucune marque de ponctuation ne l'en éloigne.

L'adjectif épithète peut dans de nombreux cas se trouver aussi bien postposé (c'est même sa place la plus fréquente) qu'antéposé :

ex. : *C'est un charmant garçon/un garçon charmant.*

REMARQUE : Plusieurs facteurs interviennent pour déterminer la place de l'adjectif épithète, qui n'est pas toujours aussi libre qu'il le paraît (voir **Adjectif**).

2. Support de l'épithète

L'épithète complète essentiellement le nom :

ex. : *une robe* rouge.

Avec les noms propres, elle n'est possible qu'à condition que le nom propre reçoive l'article ; sa seule place est alors l'antéposition :

ex. : *la* belle *Ariane/le* bouillant *Achille.*

Les pronoms neutres et indéfinis (*ceci, cela, rien, quoi, personne, quelque chose, grand-chose,* etc.) ne peuvent pas se faire suivre directement d'un adjectif épithète. Pour leur permettre cependant de recevoir une qualification, la langue recourt à la médiation de la préposition *de* :

ex. : *Quoi de* neuf ? *Pas grand-chose* d'intéressant.

On parlera dans ce cas **d'épithète indirecte**.

B. NATURE DE L'ÉPITHÈTE

Cette fonction est normalement assumée par l'adjectif (qualificatif ou relationnel) :

ex. : *une décision* surprenante, *un arrêté* ministériel.

Les équivalents de l'adjectif peuvent également être épithètes, qu'il s'agisse de propositions subordonnées relatives (précisément nommées alors **adjectives**) :

ex. : *Il a pris une décision* qui a surpris tout le monde/surprenante.

ou de participes :

ex. : *un enfant* fatigué.

REMARQUE : On conviendra donc de réserver le terme de **complément du nom** aux autres catégories grammaticales pouvant également modifier le nom (adverbes, noms, infinitifs, complétives, etc.).

ex. : *une fille* bien, *le chien* de mon voisin, *le plaisir* de lire.

Cela n'interdit nullement d'observer certaines parentés de fonctionnement entre

le complément du nom et l'épithète, dans la mesure où certains noms viennent par exemple parfois qualifier le nom à la manière d'un adjectif :
ex. : *une idée* de génie/*géniale*
la rosée du matin/*matinale*

II. LA FONCTION ÉPITHÈTE DÉTACHÉE

A. PROPRIÉTÉS SYNTAXIQUES

1. Mise en position détachée

À la différence de l'épithète, qui est liée au substantif, une importante **pause vocale** (marquée à l'écrit par les virgules, ou parfois tirets ou parenthèses) sépare ici l'épithète détachée du reste de la phrase :

ex. : Émerveillés, *les enfants regardaient la vitrine.*

Ce phénomène prosodique traduit une moindre dépendance de l'épithète détachée par rapport à son support. Aussi l'épithète détachée est-elle **mobile** dans la phrase, pouvant occuper des positions diverses :

ex. : *Les enfants,* émerveillés, *regardaient la vitrine.*
Les enfants regardaient, émerveillés, *la vitrine.*
Les enfants regardaient la vitrine, émerveillés.

C'est que l'épithète détachée constitue en fait un **énoncé distinct**, inséré dans l'autre énoncé que représente la phrase où il prend place. Ainsi dans l'exemple précédent, deux déclarations successives doivent être distinguées : *Ils regardaient la vitrine* et *Ils étaient émerveillés.* Cet acte d'énonciation secondaire intervient souvent comme justification de l'énoncé principal, ce qui explique que l'épithète détachée prenne souvent des valeurs circonstancielles, que marquent parfois explicitement des conjonctions de subordination :

ex. : Quoique fatigué, *il a déclaré qu'il viendrait* (concession).
Déçu, *il a rompu leur accord* (cause et manière).

Enfin, la suppression de l'épithète détachée ne modifie jamais le sens logique de la phrase : à la différence de l'épithète, qui peut restreindre le sens du substantif qu'elle qualifie, l'épithète détachée est toujours **non restrictive**, n'ajoutant qu'une précision facultative. On comparera ainsi les deux exemples suivants :

ex. : *Les élèves attentifs ont compris* (= seuls ceux qui sont attentifs : valeur restrictive).

Attentifs, les élèves ont compris (= les élèves ont compris *et* les élèves étaient attentifs : valeur non restrictive).

2. **Support de l'épithète détachée**

Elle modifie sans restriction d'emploi le nom, propre ou commun :

ex. : *Furieux, mon ami/Pierre a rompu son engagement*

Elle peut également porter sur le pronom, sous certaines réserves :

ex. : *Celle-ci, étonnée, lui a demandé ses raisons.*
Étonnée, je lui ai demandé ses raisons.

REMARQUE : On notera que les pronoms personnels clitiques (ne pouvant être disjoints du verbe) ne peuvent recevoir d'épithète que détachée, et à la condition que celle-ci ne s'interpose pas entre le pronom et le verbe :

ex. : **Je étonnée lui ai demandé ses raisons.*

Le cas unique de la formule *Je, soussignée,* relève d'une utilisation archaïque du pronom *je*, qui ne fonctionne plus alors comme un clitique.

B. NATURE DE L'ÉPITHÈTE DÉTACHÉE

Cette fonction est réservée aux mêmes catégories grammaticales que pour l'épithète :
– adjectifs :

ex. : Surprenante, *sa décision était pourtant légitime.*

– propositions subordonnées relatives :

ex. : *Sa décision,* qui a surpris tout le monde, *avait été longuement mûrie.*

– ou participes :

ex. : Pensant *les surprendre, il a pris une décision rapide.*

REMARQUE : On a souvent assimilé la fonction d'**apposition** à la fonction d'épithète détachée. En dépit de parallélismes de fonctionnement, il est préférable de réserver aux seuls **groupes nominaux** la fonction d'apposition, ce qui permet d'en préserver une définition logique (voir **apposition**). Ainsi seule l'apposition possède la même référence que son support (elle renvoie à la même entité), tandis que, de nature adjectivale, l'épithète détachée est de ce fait inapte à assurer la référence. Elle a pour rôle non de désigner un être particulier, mais d'indiquer une propriété.

finale (proposition subordonnée)

La proposition subordonnée de but, appelée encore *finale*, exprime en effet la finalité du procès principal. Elle fonctionne comme circonstant, adjoint à la principale : aussi la classe-t-on traditionnellement dans les *circonstancielles*. Comme les circonstants adjoints (voir **circonstanciel**), sa place est libre dans la phrase : elle peut donc précéder, suivre ou couper la proposition principale.

ex. : Pour que madame Derville ne s'aperçût de rien, *il se crut obligé de parler* (Stendhal)./*Il se crut obligé de parler* pour que madame Derville ne s'aperçût de rien.

REMARQUE : Une seule exception à la mobilité de la proposition finale est représentée par le tour à valeur de but *impératif* + *que* + *verbe* :

ex. : *Descends* que je t'embrasse.

Dans ce cas la subordonnée introduite par *que* est obligatoirement postposée, en raison du lien conjonctif instauré par *que*. L'antéposition de la finale exigerait l'expression de la locution conjonctive :

ex. : Afin que je t'embrasse, *descends*.

I. MARQUES DE SUBORDINATION

Les propositions circonstancielles de but sont toutes introduites par des locutions conjonctives. Plusieurs nuances sémantiques s'attachent à la représentation du but, ce que traduit la relative variété des outils conjonctifs.

A. BUT VISÉ DANS UNE STRUCTURE AFFIRMATIVE

On rencontre le plus souvent *pour que*, mais aussi *afin que*, *à seule fin que* (originellement *à cele* = cette *fin que*) :

ex. : *Il s'arrêtait après chaque phrase,* pour que la traduction fût faite aussitôt. (A. Malraux)

REMARQUE : *En sorte que, de façon que* peuvent poser une conséquence visée, et les deux notions (but et conséquence) se combinent alors sans qu'il soit toujours facile de dégager la prédominance de l'une ou l'autre :

ex. : *Nous parlerons doucement* de façon que vous puissiez travailler.

B. BUT ÉCARTÉ DANS UNE STRUCTURE NÉGATIVE

À côté de la stricte négation des locutions précédemment rencontrées *(pour que... ne... pas/afin que... ne... pas)*, on citera encore les outils de sens négatif *de peur que, (de) crainte que* :

ex. : *J'allume le feu* de peur que tu n'aies froid.

REMARQUE : On observe ici la présence facultative de l'adverbe de négation *ne*, appelé *explétif*. Voir **négation**.

II. MODE ET TEMPS

Le mode dans les propositions finales est **toujours le subjonctif**, puisqu'est exprimé un objectif seulement visé : le fait souhaité n'appartient encore qu'au monde des possibles.

Les règles de la concordance des temps fonctionnent normalement (voir **subjonctif**). On rappellera notamment que les concordances à l'imparfait et au plus-que-parfait du subjonctif appartiennent aujourd'hui à la langue littéraire soutenue ou teintée d'archaïsme :

ex. : *On avait envoyé la femme de chambre me réveiller* pour que j'allasse chercher le docteur. (R. Radiguet)

Le français courant se contente d'un système à deux temps (subjonctif présent/subjonctif passé) :

ex. : *J'avais écrit pour qu'il ne* s'inquiète *pas.*

III. ORDRE DES MOTS

Seuls des facteurs rythmiques ou d'ordre expressif peuvent entraîner dans la finale la postposition du sujet :

ex. : *Je compte sur vous* pour que vive la République et que vive la France. (C. de Gaulle)

G

gérondif

Comme l'infinitif et le participe, le gérondif est un des modes non personnels et non temporels du verbe : il ne connaît en effet dans sa morphologie aucune variation en personne, ne possède pas d'opposition temporelle et est inapte à dater le procès dans la chronologie.

Tandis que l'infinitif peut être considéré comme la forme nominale du verbe et le participe comme sa forme adjective, on rapprochera le gérondif de l'**adverbe**, dont il partage en effet la fonction de complément circonstanciel :

ex. : *C'est* en travaillant (par le travail) *que tu réussiras.*

I. DESCRIPTION GÉNÉRALE

A. MORPHOLOGIE

Le gérondif se forme régulièrement, en français moderne, à partir du participe présent **précédé du mot *en***, parfois renforcé par l'adverbe *tout*, qui insiste alors sur la simultanéité des procès :

ex. : *C'est* en forgeant *qu'on devient forgeron.*
Il travaille tout en écoutant *de la musique.*

Originellement préposition à valeur temporelle (issue de la préposition latine *in*), *en* est devenu à part entière un élément de formation du gérondif. Aussi l'appelle-t-on parfois **indice** de gérondif, pour bien marquer la perte de son statut de préposition et son rôle purement morphologique d'identification en français moderne.

REMARQUE : Jusqu'au XVIIIe siècle d'ailleurs, le gérondif peut être employé seul, sans l'indice *en*. Aussi la distinction avec le participe était-elle souvent difficile, la fonction seule permettant de les identifier (fonction adjectivale pour le participe, fonction adverbiale pour le gérondif). De cet ancien état de la langue, le français moderne a conservé quelques traces dans des tours figés où le gérondif apparaît seul :

ex. : *chemin faisant, tambour battant, argent comptant.*

Par choix stylistique enfin, certains auteurs modernes continuent de refuser la distinction nette entre gérondif et participe, en employant ainsi le gérondif sans *en*, après des verbes de mouvement :

ex. : *Hannes pousse une fausse note*
Quand Schulz vient portant *un baquet.* (G. Apollinaire)

On est ainsi à la frontière entre deux analyses : participe présent qualifiant le sujet, et gérondif complétant le verbe conjugué.

Comme le participe sur lequel il se forme, le gérondif est **invariable** en personne et en nombre.

REMARQUE : Il convient de rappeler qu'il existe, pour les verbes transitifs, une forme active et une forme passive du gérondif : *en aimant/en étant aimé.*

On notera également qu'on rencontre parfois une **forme composée** du gérondif, à partir du participe passé : *en ayant aimé* (actif)/*en ayant été aimé* (passif), pour les verbes transitifs, *en étant sorti, en ayant marché* pour les verbes intransitifs. Cette forme est d'emploi rare, en raison de la valeur temporelle de la préposition *en* qui dénote avant tout un rapport de simultanéité entre les procès, tandis que la forme composée évoque un procès accompli, donc **antérieur** au procès principal :

ex. : En ayant travaillé *plus sérieusement, tu aurais réussi.*

B. SENS DU GÉRONDIF

1. Valeur verbale

En tant que forme verbale, ce mode exprime un **procès**, c'est-à-dire une action ou un état soumis à une durée interne, décomposable en différents moments.

Ce procès présuppose nécessairement un **support** : l'être ou la chose qui est déclaré le siège du procès.

Celui-ci se confond généralement, en français moderne, avec le sujet du verbe principal :

ex. : *En allant chez lui, je l'ai croisé.*
(= Lorsque j'allais chez lui.)

REMARQUE : La langue classique n'était pas toujours aussi rigide – ou aussi claire. Le gérondif pouvait assez souvent avoir pour support un autre actant que le sujet, comme dans l'exemple suivant où le support du gérondif reste implicite, renvoyant à un agent indifférencié :

ex. : *La Fortune vient* en dormant. (La Fontaine)

2. Valeur aspectuelle

Comme pour les autres modes non temporels, le gérondif ne permet pas la datation du procès : il dépend pour cela de l'indication extérieure que donne le verbe principal. Il n'a donc **aucune valeur temporelle**.

Employé le plus souvent à la forme simple, le gérondif, comme le participe présent, possède une **valeur aspectuelle de non accompli** : le procès est envisagé à l'intérieur de son déroulement, sans que l'on prenne en compte les limites (début ou fin). Du même coup, le gérondif évoque un procès **simultané** à celui qui est désigné par le verbe principal :

ex. : En partant, *il a oublié son parapluie*. (= Pendant qu'il partait.)

REMARQUE : À la forme composée, le gérondif prend l'aspect accompli ; le procès étant considéré comme achevé, il est de ce fait compris comme antérieur au verbe principal :

ex. : En ayant cru *bien faire, il a commis une lourde erreur.*

II. SYNTAXE DU GÉRONDIF

A. PROPRIÉTÉS GÉNÉRALES

En tant que forme verbale, le gérondif possède les principales propriétés syntaxiques du verbe.

Il peut en effet toujours se faire compléter par les compléments du verbe (complément d'objet, complément d'agent, complément circonstanciel intégré) :

ex. : *Tout en étant apprécié* de tous pour son dévouement, *il a beaucoup d'ennemis.*

De la même manière, il peut se faire suivre de l'attribut, si le verbe le permet :

ex. : *Il ne sera apprécié qu'en étant* plus serviable.

Enfin, comme tous les verbes, il recourt à la négation verbale *ne... pas/plus/jamais,* etc.

ex. : *En* ne *t'écoutant* pas, *il a commis une grave erreur.*

B. FONCTION DU GÉRONDIF

Le gérondif prend dans la phrase la fonction syntaxique de **complément circonstanciel** :

ex. : En me couchant, *j'ai pensé à toi./J'ai pensé à toi* en me couchant.

REMARQUE : Cette fonction de complément circonstanciel est également possible à l'infinitif, lorsque ce dernier se trouve employé après préposition :

ex. : Avant de venir, *donne-moi un coup de téléphone.*

Mais dès lors que l'on recourt à la préposition *en*, l'infinitif devient exclu et cède la place au gérondif :

ex. : En venant, *n'oublie pas de m'amener le livre dont nous parlions.*

C'est en raison de ce phénomène de substitution obligatoire que l'on considère parfois le gérondif comme une variante complémentaire de l'infinitif.

Il peut prendre plusieurs valeurs logiques, selon l'interprétation contextuelle. La valeur de temps, conformément au sens originel de la préposition *en*, est toujours présente et se rencontre dans la grande majorité des cas. Elle marque la **simultanéité** des procès :

ex. : En allant chez lui, *je l'ai croisé.*

D'autres valeurs peuvent s'ajouter à celle-ci, le gérondif occupant alors les fonctions de :

- complément circonstanciel d'hypothèse :

ex. : En ayant travaillé plus sérieusement, *tu aurais réussi.*

- complément circonstanciel de concession (alors précédé de l'adverbe *tout*) :

ex. : Tout en sachant la vérité, *il gardera le silence.*

- complément circonstanciel de cause ou de moyen :

ex. : En baissant ses prix, *il a remporté de nouvelles parts de marché.*

- complément circonstanciel de manière :

ex. : *Elle travaille souvent* en écoutant de la musique.

REMARQUE : On notera que, dans cet emploi, le gérondif perd sa mobilité pour venir s'adosser au verbe, dont il précise les conditions de déroulement. Les compléments circonstanciels de manière sont en effet des compléments **intégrés** au verbe, et non adjoints.

H

hypothétique (proposition subordonnée)

On désigne par subordonnée *hypothétique* une proposition qui pose entre elle et la principale un rapport d'implication logique, tel que la réalisation de *P* entraîne la réalisation de *Q* (P=>Q) :

ex. : *Si tu viens, nous irons au cinéma.*

Ce qui est déclaré vrai et pris en charge par l'énonciateur, ce n'est ni *P* ni *Q*, mais la relation déclarée nécessaire entre *P* et *Q*.

On classe traditionnellement l'hypothétique dans la catégorie des propositions circonstancielles.

En effet, à l'examen de son **fonctionnement syntaxique**, la proposition hypothétique présente des analogies avec le complément circonstanciel adjoint puisque, comme lui, elle est **mobile dans la phrase**. Elle peut en effet, et c'est le cas le plus fréquent, être placée avant la principale, conformément à l'ordre logique (puisque *P* énonce un procès devant survenir avant *Q*). Mais cette antériorité logique n'empêche pas l'ordre inverse proposition principale/proposition subordonnée :

ex. : *Nous irons au cinéma* si tu viens.

Cette analyse de l'hypothétique comme circonstancielle paraît cependant difficilement tenable du **point de vue logique** : en effet la proposition d'hypothèse n'énonce pas une circonstance adjointe à la phrase, et donc d'expression facultative, mais bien une condition essentielle du procès principal, puisque le rapport logique d'implication lie la réalisation du procès principal à la réalisation du fait subordonné. On constate d'ailleurs la variation parallèle des formes verbales dans l'une et l'autre proposition :

ex. : *Si tu* viens, *nous* irons *au cinéma./Si tu* venais, *nous* irions *au cinéma.*

Enfin, il convient de signaler dès maintenant que se présentent sous la forme *si P* des propositions de fonctionnement et de valeur logique très diverses, qui ne doivent pas toutes être nommées, en dépit de leur apparence, hypothétiques.

I. CLASSEMENT DES PROPOSITIONS DE TYPE *SI P, Q*

On observe que la relation établie par l'hypothèse entre une proposition *P* et une proposition *Q* se traduit de deux manières qu'il convient de distinguer.

A. LA NÉGATION DE *P* ENTRAÎNE CORRÉLATIVEMENT LA NÉGATION DE *Q*

Il y a alors réversibilité du rapport d'implication entre principale et subordonnée.

ex. : *Si tu obéis, tu seras récompensé./Si tu n'obéis pas, tu ne seras pas récompensé.*

Dans ce cas, l'ordre des propositions est libre et le fonctionnement de la subordonnée est celui d'un complément circonstanciel adjoint. On appellera ces propositions subordonnées *hypothétiques conditionnelles.* C'est ce rapport d'implication, défini dans ce sens strict de relation réversible, qui justifie à proprement parler le terme d'*hypothétique.*

B. LA NÉGATION DE *P* N'ENTRAÎNE PAS LA NÉGATION DE *Q*

La relation n'est pas réversible.

– Tantôt le rapport reste implicatif (*P*=>*Q*), mais la négation de *P* apparaît impossible :

ex. : *Si Dieu existe, il est bon./*Si Dieu n'existe pas, il n'est pas bon.*

L'ordre des propositions est fixe.

– Tantôt il ne s'agit plus d'une relation d'implication. *Si P* énonce une simple supposition. La négation de *P* est alors sans conséquence sur *Q* :

> ex. : *Si la Cité est le cœur de Paris, le quartier latin en est l'âme./Si la Cité n'est pas le cœur de Paris, le quartier latin en est l'âme.*

L'ordre des propositions est fixe ici encore, puisque le déplacement de la subordonnée modifie le sens de la phrase, en lui redonnant une pleine valeur d'hypothèse et en rétablissant le lien d'implication :

> ex. : *Le quartier latin est l'âme de Paris si la Cité en est le cœur.* (= À la condition que...)

> REMARQUE : Le rapport *si P, Q* peut évoluer encore vers l'expression de la simple conjonction logique entre deux faits. Alors le fait *P* ne peut plus être contesté, il est présupposé, c'est-à-dire considéré comme admis par l'interlocuteur :
>
> ex. : S'il vous a mal répondu, *c'est qu'il était fatigué.*
>
> Le fait subordonné est déclaré vrai, et ne conditionne pas le fait principal : *si P* pose un constat d'évidence (*il vous a mal répondu*) dont *Q* propose une explication.

II. LES SUBORDONNÉES HYPOTHÉTIQUES CONDITIONNELLES

On rappellera que ces propositions sont **mobiles** dans la phrase, lorsqu'elles ne sont pas en construction paratactique.

A. MARQUES DE SUBORDINATION

1. Mots subordonnants

a) la conjonction si

C'est l'outil privilégié de construction de l'hypothèse. Il peut intégrer les locutions *sauf si, excepté si* (hypothèse restreinte), *même si* (hypothèse et concession), *comme si* (hypothèse et comparaison) :

> ex. : Si tu l'appelles, *il viendra.*
> Même si *tu ne l'appelles pas, il viendra.*

> REMARQUE : En cas de coordination, *si* peut être repris par la conjonction *que*, alors suivie du subjonctif :
>
> ex. : *Si tu viens* et qu'il fasse beau, *nous irons nous promener.*

b) quand *et ses formes composées* quand même, quand bien même

ex. : Quand il serait milliardaire, *je ne l'épouserai pas.*

c) locutions intégrant la conjonction que

On citera les locutions *à (la) condition que, à supposer que, supposé que, pour peu que, à moins que, pourvu que, en admettant que, si tant est que, mettons que :*

ex. : *Nous irons nous promener,* à moins qu'il ne pleuve.

La locution corrélative *soit que... soit que* (et sa variante *que... que*) permet de formuler l'hypothèse alternative indifférente :

ex. : Qu'il fasse beau, qu'il fasse laid, *c'est mon habitude d'aller sur les cinq heures du soir me promener au Palais-Royal.* (D. Diderot)

tandis que les locutions *selon que* et *suivant que* – les seules à imposer le mode indicatif – marquent l'hypothèse alternative exclusive :

ex. : Selon que vous serez puissant ou misérable, *les jugements de cour vous rendront blanc ou noir.* (La Fontaine)

REMARQUE : Quel que soit l'outil conjonctif, la conjonction *que* peut se substituer en cas de coordination à l'ensemble de la locution :

ex. : *À supposer que tu l'aies appelé et* qu'il ait été disponible, *il serait venu.*

d) locutions intégrant le relatif où

On rencontre encore les locutions *au cas où, pour le cas où,* suivies du conditionnel :

ex. : Au cas où tu viendrais, *j'achète ce gâteau.*

2. **Autres marques de subordination**

Diverses **constructions paratactiques** (= juxtaposition de propositions) peuvent exprimer le rapport d'hypothèse.

L'ordre des propositions est **fixe**, l'hypothétique précédant obligatoirement la principale. La subordonnée est prononcée avec une intonation ascendante et suspensive (la voix reste en l'air, en suspens).

Le choix des modes et des temps dépend de la façon dont est considéré le procès subordonné (selon qu'il est intégré au monde des croyances de l'énonciateur, ou relégué dans le monde des possibles).

a) parataxe au subjonctif

Deux constructions sont possibles : soit le subjonctif est précédé de *que* – qui n'est pas ici la conjonction de subordination, mais bien la *béquille* du subjonctif –, soit il est employé seul, mais il entraîne alors la postposition du sujet :

ex. : Qu'une gelée survienne, *et tous les bourgeons seront brûlés.*
Survienne une gelée, *et tous les bourgeons seront brûlés.*

REMARQUE : Outre le subjonctif présent, on trouve parfois l'imparfait du subjonctif avec les verbes *être, avoir, devoir* et *pouvoir,* dans des tours rares et littéraires ; on observe que le subjonctif apparaît alors sans *que,* entraînant la postposition du sujet :

ex. : Fût-il milliardaire, *je ne l'épouserais pas.*

b) parataxe au conditionnel dans l'une et l'autre proposition

On peut observer une facultative postposition du sujet dans la subordonnée :

ex. : M'offririez-vous un empire, *je le refuserais.*

Les deux propositions peuvent être reliées par un *que* de ligature – il ne s'agit toujours pas de la conjonction de subordination :

ex. : Vous m'offririez un empire *que je le refuserais.*

c) n'étai(en)t, n'eût été/n'eussent été *suivis de leur sujet*

Il s'agit de tours figés, d'emploi recherché :

ex. : N'étaient les hirondelles qui chantent, *on n'entendrait rien.*
(P. Loti)

d) parataxe à l'impératif

La subordonnée est constituée d'un groupe verbal à l'impératif :

ex. : Répète-le *et tu le regretteras.*

Cette construction n'est possible que lorsque l'hypothèse s'inscrit dans un avenir conçu comme éventuel.

REMARQUE : Ce tour semble contredire la règle qui impose à la phrase une et une seule modalité, puisque se succèdent en apparence la modalité jussive, marquée par l'impératif, et la modalité déclarative de la principale. En réalité, la subordonnée n'énonce pas un ordre, mais formule une hypothèse : l'ensemble de la phrase est donc soumis à la modalité déclarative, puisqu'est déclaré vrai le rapport d'implication entre les deux propositions.

e) modalité interrogative

La subordonnée prend l'apparence d'une phrase autonome de modalité interrogative :

ex. : Wellington triomphait-il ? *La monarchie rentrerait donc à Paris* [...]. (Chateaubriand)

En réalité, il s'agit bien d'un rapport de dépendance et d'implication, puisque la première proposition n'a aucune vraie valeur interrogative, et que le fait énoncé dans la seconde proposition est soumis à la réalisation du fait subordonné *(= si Wellington triomphait, la monarchie rentrerait à Paris).*

f) la proposition participiale

C'est en effet l'une des valeurs possibles de la participiale, à côté de la valeur temporelle, plus fréquente (voir **participe**). Seule l'interprétation en contexte peut permettre de reconnaître le lien d'implication :

ex. : Dieu aidant, *nous vaincrons.*

B. MODE ET TEMPS DANS LA SUBORDONNÉE HYPOTHÉTIQUE

Le rapport d'implication entre le fait subordonné et le fait principal peut se trouver inscrit à différentes époques chronologiques (passé, présent, futur). De la même façon, il peut être intégré à l'univers des croyances de l'énonciateur (monde de ce qui est tenu pour vrai par celui-ci) ou bien se trouver rejeté hors de ce monde, relégué dans le monde des possibles, l'hypothèse imaginaire reconstruisant alors le passé ou le présent.

1. Mode

Deux cas sont à considérer : ou bien l'hypothèse est introduite par *si* et seul l'indicatif est possible, ou bien elle est introduite par *que* (ou des locutions intégrant *que*), et on trouve alors le subjonctif.

Il convient de s'arrêter sur cette distribution en alternance. En effet, poser une hypothèse, c'est toujours inscrire un fait dans le monde des possibles : l'expression de l'hypothèse devrait donc se faire systématiquement au mode subjonctif. C'est bien le cas partout où intervient *que* – qui a pour rôle de suspendre la valeur de vérité de la proposition qu'il introduit –, et notamment lorsque la conjonction reprend *si* après coordination :

ex. : *Si tu viens et qu'il* fasse *beau, nous irons nous promener.*

Pourquoi dès lors ne trouve-t-on pas le subjonctif après *si* ? Il faut invoquer peut-être la valeur sémantique de cette conjonction, qui suffit à elle seule à inscrire l'hypothèse dans le monde des possibles, sans qu'il soit nécessaire de faire intervenir le choix du mode (tandis que la conjonction *que* est vide de sens, et implique ainsi le choix entre indicatif et subjonctif, selon que le fait est inscrit dans le monde de ce qui est tenu pour vrai ou dans le monde des possibles).

REMARQUE : On observe que, à l'initiale de phrase, *que* est toujours suivi du subjonctif, la valeur de vérité de la proposition où il se trouve étant *de facto* indécidable à ce stade de l'énoncé :

ex. : *Qu'il vienne me ferait plaisir.*
Qu'il vienne, je le recevrai.

En résumé, on constate donc que :
– l'indicatif s'impose après *si*, et en particulier le conditionnel après *pour le cas où, au cas où, quand (bien) même*;
– le subjonctif après *que.*

2. Temps

a) présent (de l'indicatif ou du subjonctif)

Le présent (à l'indicatif ou au subjonctif) est utilisé dans l'hypothétique chaque fois que le fait est conçu comme **éventuel**, c'est-à-dire intégré au présent ou à l'avenir de l'énonciateur :

ex. : *Si tu* viens, *j'achèterai/j'achète ce gâteau.*
À supposer que tu viennes, *j'achèterai ce gâteau.*

La principale est alors au futur, ou bien au présent (à valeur de futur).

REMARQUE : On observe que l'hypothèse formule un fait logiquement antérieur au fait principal. Ainsi se justifie l'impossibilité du futur après *si.*

b) imparfait (de l'indicatif ou du subjonctif)

L'imparfait intervient, aux modes indicatif et subjonctif, en corrélation avec le conditionnel dans la principale.

On rencontre l'imparfait de l'indicatif dans deux cas théoriquement différents :

– ou bien le fait envisagé est conçu comme possible dans l'avenir de l'énonciateur (**potentiel**) :

ex. : *Si tu* venais, *j'achèterais ce gâteau.*

– ou bien le fait envisagé est conçu comme simplement contraire à l'actualité présente de l'énonciateur (**irréel du présent**) :

ex. : *Si seulement tu* étais *là, je saurais quoi faire.*

REMARQUE : Cependant, en l'absence de marques lexicales, ou hors de tout contexte, la distinction entre la valeur de potentiel et celle d'irréel n'est pas décidable, puisqu'elle n'est pas marquée par le choix des formes verbales elles-mêmes (à la différence du latin, qui recourait à des temps différents). Ainsi la phrase :

ex. : *Si j'étais riche, j'achèterais un bateau.*

peut-elle rendre compte d'un avenir possible (potentiel) ou d'un monde purement imaginaire (irréel). La présence d'adverbes ou de compléments de temps peut lever l'ambiguïté :

ex. : *Si* demain *j'étais riche.../si* seulement *j'étais riche...* (potentiel/irréel).

De même, avec des verbes perfectifs (voir **aspect**), l'hypothèse s'interprète nécessairement en potentiel :

ex. : *S'il tombait, il ne se relèverait pas.*

En effet, ces verbes impliquent dans leur sens même qu'au-delà de leur réalisation s'ouvre une situation nouvelle.

Dans tous les cas, on notera que l'emploi de l'imparfait de l'indicatif ne témoigne pas d'une datation dans le passé, mais indique que le procès n'appartient pas à l'actualité de l'énonciateur : c'est donc fondamentalement une **valeur modale** qui est ici représentée (voir **indicatif**).

REMARQUE : On observe que l'emploi de l'imparfait dans la subordonnée, en relation avec le conditionnel en principale, traduit ici aussi l'antériorité logique de la subordonnée (on rappelle en effet que le conditionnel intègre dans sa morphologie l'élément *-r*, commun au futur, qui marque l'idée d'avenir).

L'imparfait au mode subjonctif, exigé par la concordance des temps après les locutions conjonctives *à supposer que, en admettant que,* etc., est aujourd'hui tombé en désuétude et remplacé par le présent (voir **subjonctif**) :

ex. : *À supposer qu'il* vienne *(qu'il* vînt*), j'achèterais ce gâteau.*

c) *plus-que-parfait (de l'indicatif ou du subjonctif)*

En corrélation avec le conditionnel passé dans la principale, il permet d'exprimer l'**irréel du passé**, c'est-à-dire l'hypothèse inscrite dans un passé conçu comme possible mais démenti par les événements :

ex. : *Si le nez de Cléopâtre* avait été *plus long, la face du monde aurait été changée.*

Comme pour l'imparfait, le plus-que-parfait de l'indicatif est ici employé avec une valeur modale, puisqu'il n'évoque pas un événement accompli dans le passé.

REMARQUE : On évoquera une fois encore l'antériorité logique du fait subordonné traduit par le jeu des formes verbales.

C'est le seul cas où l'on peut trouver un subjonctif après *si* (ainsi que dans la principale) :

ex. : *Si le nez de Cléopâtre* eût été *plus long, la face du monde eût été changée.*

Mais il s'agit là d'un décalque de la syntaxe latine, et le tour ne survit aujourd'hui que dans une langue littéraire ou archaïsante.

REMARQUE : En principale, on observe que le conditionnel passé peut être remplacé par un imparfait de l'indicatif :

ex. : *Si vous n'étiez pas arrivé à temps, cet enfant se* noyait.

La principale est présentée comme conséquence inéluctable entraînée par la réalisation du fait subordonné. L'accent est mis sur la concomitance des deux procès.

d) indicatif conditionnel et conditionnel passé

Cette forme verbale (simple ou composée) se rencontre après les locutions *pour le cas où, au cas où, quand, quand (bien) même.*

***Le conditionnel exprime le* potentiel** :

ex. : *Au cas où tu* sortirais, *tu verrais les illuminations.*

***Le conditionnel passé exprime l'*irréel du passé** :

ex. : *Quand bien même il* aurait eu *dix ans de moins, je ne l'aurais pas aimé.*

On observe que le choix du mode et du temps est libre dans la principale :

ex. : *J'achète ce gâteau pour le cas où tu viendrais.*
Au cas où il ferait froid, prends ton manteau.

On a envisagé ici tous les systèmes canoniques de l'hypothèse au sens strict, c'est-à-dire dont la relation d'implication est réversible (la négation de la subordonnée entraînant celle de la principale). On rappelle qu'on pourrait convenir d'appeler ces propositions *hypothétiques conditionnelles.*

REMARQUE : Font exception à cette règle de réversibilité les outils *même si* et *quand, quand (bien) même.* En effet, à la stricte valeur d'hypothèse se joint une nuance de concession, c'est-à-dire que le rapport d'implication ne fonctionne plus : la principale est déclarée vraie en dépit du fait subordonné (voir **concession**).

On se propose d'examiner maintenant les cas où *si* et ses équivalents ne construisent plus un rapport de pure implication mais servent à la formulation de rapports logiques plus lâches.

III. AUTRES PROPOSITIONS INTRODUITES PAR *SI* ET SES SUBSTITUTS : LES PSEUDO-HYPOTHÉTIQUES

Sont réunies ici les propositions introduites par *si* (à l'exclusion des interrogatives indirectes, qui entrent dans la catégorie des complétives et sont étudiées à cette rubrique) qui sortent de la stricte définition des hypothétiques proposée jusque-là (rapport d'implication réversible et mobilité dans la phrase).

Ces propositions établissent tantôt un **rapport d'implication non réversible** (c'est le cas lorsqu'elles expriment la nécessité logique), tantôt ne marquent même plus le rapport d'implication, mais posent d'**autres relations logiques** (simple conjonction, opposition ou cause).

À la différence des hypothétiques conditionnelles, ces pseudo-hypothétiques occupent une **place fixe** dans la phrase, précédant toujours la principale. En effet, ou bien tout déplacement est impossible :

ex. : **Dieu est bon s'il existe.*

ou bien l'ordre principale/subordonnée, possible, redonne à la proposition sa pleine valeur conditionnelle et rétablit le rapport d'implication réversible :

ex. : *Le quartier latin est l'âme de Paris si la Cité en est le cœur* (= à la condition que...).

A. EXPRESSION DE LA NÉCESSITÉ LOGIQUE

1. Mécanisme

ex. : *Si Dieu existe, il est bon.*

On observe dans l'exemple ci-dessus que la principale énonce une conséquence nécessaire découlant de la proposition subordonnée : il y a donc bien rapport d'implication. Mais l'assertion n'a de sens que dans la mesure où *si P* est déclaré vrai, n'est pas soumis à négation : dans le cas contraire, rien ne peut être asserté, aucune conséquence parallèle ne peut être tirée (*Si Dieu n'existe pas* n'implique pas *il n'est pas bon* : la phrase n'aurait aucun sens). **Le rapport d'implication est de type définitoire** (il décrit les propriétés théoriques impliquées par l'être en cause), il n'est donc pas soumis à des variations de circonstances.

2. Outils introducteurs

Les formes prises par ce type de subordonnée sont beaucoup moins variées : la construction en parataxe est exclue, de même que les outils subordonnants *pour le cas où, pour peu que,* etc. On rencontre, à côté de la conjonction *si,* les locutions équivalentes *s'il est vrai que, en admettant que, à supposer que.*

3. Mode et temps

L'**indicatif** s'impose dans la subordonnée quel que soit l'outil introducteur, puisque le fait soumis à définition est posé, par hypothèse, comme appartenant au monde de ce qui est pour l'énonciateur (son univers de croyance) : par nature, la définition proposée implique que *si P* est déclaré vrai.

La forme verbale utilisée est en général le présent, à valeur omnitemporelle (voir **indicatif**).

B. EXPRESSION DE LA CONJONCTION LOGIQUE

1. Mécanisme

ex. : *S'il vous a mal répondu, c'est qu'il était fatigué.*

Ici, les faits mis en rapport au moyen de la conjonction *si* n'entretiennent plus entre eux de rapport d'implication : *P* est avéré (il est vrai que *il vous a mal répondu*), et ne constitue donc pas une hypothèse. La principale n'en énonce pas les conséquences, mais vient justifier le fait subordonné. Il y a ici, en réalité, deux énonciations successives : *il vous a mal répondu* et *il était fatigué.*

2. Outils introducteurs

Si peut commuter avec *s'il est vrai que*, à l'exclusion de tout autre outil subordonnant. La parataxe est impossible.

3. Mode et temps

Le procès subordonné, on l'a dit, est avéré : le mode est donc l'**indicatif**. Le choix de la forme verbale dépend du contexte.

C. EXPRESSION DU CONTRASTE ET DE LA COMPARAISON

1. Mécanisme

> ex. : *Si la Cité est le cœur de Paris, le quartier latin en est l'âme.*

Aucune relation de dépendance logique n'est posée entre les deux propositions : la négation de l'une ne modifie ni n'interdit l'énoncé de l'autre. Il s'agit simplement de mettre en parallèle, pour **établir un contraste**, deux propositions sémantiquement indépendantes.

L'ensemble de la phrase *si P, Q*, lorsqu'elle exprime le contraste, ne constitue qu'une seule énonciation.

2. Outils introducteurs

Si est paraphrasable par *s'il est vrai que*, à l'exclusion de tout autre outil. La parataxe est, là encore, impossible.

3. Mode et temps

L'**indicatif** s'impose puisque les faits s'inscrivent dans l'univers de croyance de l'énonciateur. On peut même, fait remarquable, rencontrer un futur après *si* (puisque la subordonnée s'interprète en *si on admet que...*) :

> ex. : *Si la science* laissera *toujours sans doute un domaine de plus en plus rétréci au mystère [...], il n'en est pas moins vrai qu'elle ruine, qu'elle ruinera à chaque heure davantage les anciennes hypothèses.* (É. Zola)

IV. CAS LIMITE : DE LA CIRCONSTANCIELLE À LA COMPLÉTIVE

On regroupera ici les structures où *si* n'introduit plus une proposition à valeur de complément circonstanciel, mais une subordonnée venant compléter le verbe. On exclura cependant de cette analyse les complétives interrogatives indirectes, dans lesquelles on a pu montrer que *si* ne fonctionne pas exactement comme conjonction de subordination (il ne peut pas être repris par *que* en cas de coordination : **Je me demande s'il viendra et qu'il m'aura ramené mon livre*).

1. Mécanisme

ex. : *Je vous demande pardon* si j'ai des sentiments qui vous déplaisent.

On observe ici que la proposition introduite par *si* vient s'inscrire, à l'instar d'une complétive, dans la dépendance d'un verbe ou d'une locution verbale : à la limite, la subordonnée peut commuter avec *de ce que (j'ai des sentiments...)*. Elle **entre dans le groupe verbal** et ne fonctionne plus comme un complément circonstanciel. Empruntant la forme d'une hypothèse, la subordonnée évoque en réalité un **fait avéré**.

2. Outil introducteur

Seule la conjonction *si* se rencontre dans ce type de structure.

3. Mode et temps

Si pose un fait qui s'inscrit dans l'univers des croyances de l'énonciateur : l'**indicatif** est donc de règle.

Le choix de la forme verbale dépend de la situation d'énonciation.

4. Place

Membre du groupe verbal, la subordonnée se situe **obligatoirement à droite de l'élément verbal**. Tout déplacement changerait le sens de la phrase et redonnerait à la proposition subordonnée sa pleine valeur d'hypothèse (marquant l'éventuel) :

ex. : *Si j'ai des sentiments qui vous déplaisent, je vous demande pardon* (= mais dans le cas contraire, je ne m'excuse pas).

I-J

impératif

L'impératif occupe dans la conjugaison, à côté des autres modes personnels du verbe (indicatif et subjonctif), une place spécifique en raison notamment de sa forte spécialisation : ce mode, doté d'une morphologie et d'une syntaxe propres, est en effet réservé à **l'expression de l'ordre** (dans toutes ses variantes : défense, prière, requête, etc.).

ex. : *Ferme la fenêtre. Entrez. Ne fumez pas.*

Il entretient de ce fait un lien étroit avec la notion de **modalité**, puisqu'il n'apparaît essentiellement que dans des phrases à modalité jussive (à côté par exemple des énoncés interrogatifs, déclaratifs, etc.).

Pour qu'un énoncé puisse recevoir cette valeur d'ordre, il faut nécessairement présupposer une situation de discours, dans laquelle un énonciateur et un destinataire soient mis en présence, celui-ci cherchant à obtenir de celui-là la réalisation d'un acte donné. C'est dire à la fois la **dimension foncièrement interlocutoire** de ce mode, ainsi que sa **valeur pragmatique**, l'énonciateur entendant modifier ainsi l'ordre du monde.

I. MORPHOLOGIE

Le mode impératif présente la particularité d'offrir une morphologie relativement composite, puisqu'il emprunte ses formes tantôt à l'indicatif, tantôt au subjonctif, ou bien encore se réserve des formes spécifiques quoique en rapport avec les précédentes.

A. UNE CONJUGAISON LACUNAIRE

On notera en effet que l'impératif n'offre pas la même richesse de conjugaison que les deux autres modes personnels.
– D'une part parce qu'il n'apparaît qu'à certaines personnes :

ex. : *aime/aimons/aimez*

– D'autre part parce qu'il ne connaît que deux formes (présent et passé), à l'actif et au passif :

ex. : *aime/sois aimé, aie aimé/aie été aimé*

1. Conjugaison en personne

Mode de discours, l'impératif ne se conjugue qu'aux personnes de **l'interlocution**, c'est-à-dire dès lors qu'est supposé un destinataire de l'énoncé :
– à la deuxième personne, du singulier et du pluriel (P2 et P5) :

ex. : *aime/aimez*

– à la première personne du pluriel (P4) dans la mesure où derrière ce pluriel il faut comprendre à la fois un *je* (l'énonciateur) et un ou plusieurs *tu* (le ou les destinataires) :

ex. : *aimons*

Aussi est-il logique que soit exclue de sa conjugaison la troisième personne (P3 ou P6), qui se définit précisément comme celle dont on parle, mais qui reste extérieure au dialogue.

REMARQUE : Comme on le verra plus bas, le subjonctif rend possible l'expression de l'ordre à cette 3e personne :

ex. : *Qu'il entre. Qu'ils attendent.*

Mais on constatera que cet ordre n'est pas directement adressé : aussi se réinterprète-t-il soit comme souhait ou prière, soit comme injonction indirectement destinée à d'autres (*qu'il entre* = faites-le entrer).

2. **Les deux temps de l'impératif**

Appelées improprement **impératif présent** (*aime*) et **impératif passé** (*aie aimé*), ces deux formes ne livrent en réalité qu'une image temporelle très incomplète.

Du fait même de son sens injonctif, l'impératif possède une **valeur temporelle prospective** (action dont l'accomplissement est souhaité pour le futur, proche ou lointain) : aussi l'opposition qui structure la forme simple appelée *présent* et la forme composée *passé* doit-elle en fait se comprendre au moyen de la notion d'**aspect**.

a) forme simple

Elle est réservée à l'aspect non accompli, le procès étant envisagé sous l'angle de son déroulement :

ex. : Révisez *vos cours*.

b) forme composée

Elle n'a rien d'un passé, en dépit de son nom, puisqu'elle aussi relève de la valeur future ; elle indique, au contraire de la forme simple, l'aspect accompli,

ex. : Ayez révisé *ce chapitre pour la semaine prochaine*.

auquel se joint souvent une nuance d'**antériorité** dans le futur.

B. FORMES DE LA CONJUGAISON

Celles-ci, on l'a dit, sont assez composites, l'impératif empruntant – moyennant certaines modifications – sa conjugaison à celle de l'indicatif présent (sauf pour les verbes *être, avoir, vouloir, savoir*).

1. **Formes simples : règles de conjugaison**

a) verbes du premier groupe

– À la P2 (deuxième personne du singulier), on notera l'absence du *-s* de l'indicatif présent :

ex. : *chante, aime* (vs *tu chantes, tu aimes*).

Cette lettre apparaît cependant, prononcée [z], lorsque l'impératif se fait suivre des pronoms adverbiaux *en, y* (non suivis d'un infinitif) :

ex. : *Penses-y, juges-en.*

– Aux autres personnes, les formes sont identiques à celles de l'indicatif présent :

ex. : *chantons, aimez.*

b) verbes du second groupe

Les formes sont conformes à celles de l'indicatif présent :

ex. : *finis/finissons/finissez*

c) verbes du troisième groupe

Font exception à la règle de formation de l'impératif sur le modèle de l'indicatif présent *(type dis/disons/dites, fais/faisons/faites)* :
– les quelques verbes en *-ir* qui ont à l'indicatif présent une désinence en *-e (cueillir, couvrir, offrir, ouvrir, souffrir)*; eux aussi voient disparaître à la P2 le *-s* final :

ex. : *cueille* (mais *offres-en*)

– les verbes *être* et *avoir*, qui se forment sur le subjonctif présent avec, pour *aie*, disparition du *-s* après le *e* muet :

ex. : *sois/soyons/soyez*
aie/ayons/ayez

– les verbes *vouloir* et *savoir*, qui possèdent leurs formes propres (sur une base de subjonctif) :

ex. : *veuille/veuillons/veuillez*
sache/sachons/sachez

REMARQUE : On notera l'absence d'impératif pour certains verbes dont le sens exclut l'expression de l'ordre (*devoir, pouvoir, valoir*).
Certains linguistes ont avancé, pour expliquer la double formation sur l'indicatif ou le subjonctif, l'hypothèse suivante : les verbes qui indiquent un procès dont la réalisation est difficilement « commandable » (ou, pour le dire autrement, qui supposent que la réalisation du procès n'est pas au pouvoir effectif du destinataire de l'ordre), soit ne possèdent pas d'impératif, soit choisissent alors d'emprunter les formes du subjonctif, marquant par là leur différence d'avec les verbes indiquant un procès pouvant faire l'objet d'un ordre. On observera qu'il s'ensuit parfois une légère perte de sens. Ainsi *sache* signifie non pas *aie la connaissance de*, mais *apprends*, *veuillez* est réservé à l'ordre atténué (formule de politesse).

2. Forme composée

Elle est régulière quel que soit le type de conjugaison du verbe : elle se forme avec l'auxiliaire *être* ou *avoir* (selon les verbes) à l'impératif présent suivi de la forme adjective du verbe :

ex. : *Aie chanté./Soyez arrivés.*

C. AUTRES TRAITS SPÉCIFIQUES

1. Absence de sujet exprimé

À la différence des autres modes personnels, l'impératif ne possède pas de sujet exprimé. C'est qu'en effet l'agent du procès se confond avec le destinataire de l'ordre, sa présence effective dans la situation d'interlocution rendant inutile sa formulation explicite.

Cependant le destinataire de l'ordre peut parfois être spécifié sous la forme grammaticale de l'apostrophe :

ex. : *...exulte, Maître du chant !*
(Saint-John Perse)

REMARQUE : On notera que, dans les énoncés sentencieux, le destinataire implicite demeure très général ; l'ordre s'interprète alors comme s'adressant à tout homme potentiel.

ex. : *Connais-toi toi-même.*

L'impératif est donc, de tous les modes personnels, la seule forme verbale à pouvoir fonctionner comme centre sans sujet d'une proposition autonome : il est directement affecté des marques de personne et de nombre, sans que celles-ci lui soient données par le phénomène de l'accord du verbe avec le sujet.

REMARQUE : Dans le cas des verbes attributifs à l'impératif, l'attribut s'accorde alors avec le genre et le nombre du destinataire de l'ordre :

ex. : *Sois* belle *et tais-toi.*

Le même phénomène d'accord implicite se produit avec le participe passé :

ex. : *Sois* aimée *pour longtemps.*

2. Prosodie et adverbes de discours

Comme tous les autres énoncés à valeur d'ordre, l'impératif possède une intonation fortement descendante, ce que marque à l'écrit le point d'exclamation *(!)*.

Il se rencontre souvent accompagné de l'adverbe *donc* (parfois de la locution *eh bien*), toujours postposé dans cet emploi.

ex. : *Mais pensez donc !*

II. SYNTAXE DE L'IMPÉRATIF

L'absence de sujet exprimé a pour conséquence notoire de laisser au verbe la première place dans la phrase, normalement réservée au sujet : la place des pronoms clitiques change du même coup.

A. SYNTAXE DES PRONOMS PERSONNELS CONJOINTS

Les pronoms personnels conjoints (clitiques) se placent, on le rappelle, dans la phrase canonique (c'est-à-dire de modalité déclarative) à gauche du verbe, la première place étant occupée par le sujet :

ex. : *Tu le lui as dit.*

1. À l'impératif positif

Le verbe étant cette fois en tête, les pronoms clitiques passent *à droite* de celui-ci :

ex. : *Dis*-le-*lui*.

Ce faisant, ils supportent un accent prosodique (alors que, antéposés, ils étaient atones – c'est-à-dire dépourvus d'accent) :

ex. : *Calmons*-nous !

Lorsqu'il existe dans la langue une opposition morphologique entre forme atone et forme tonique (type *me/moi*), le pronom complément de l'impératif, qui reste clitique, est à la forme tonique :

ex. : *Dis*-moi. (vs *Tu me dis*).

Pour bien marquer leur statut d'étroite dépendance avec le verbe (que traduisait dans la phrase déclarative leur antéposition et l'unité d'accentuation qu'ils formaient avec le verbe), l'usage orthographique impose de les **conjoindre à celui-ci au moyen du trait d'union**.

2. À l'impératif négatif (défense)

Cette fois, c'est l'adverbe de négation *ne* qui occupe la première position dans la phrase : du même coup, l'antéposition des pronoms redevient possible, ainsi que le retour à la forme atone :

ex. : *Ne* me le *dis pas*.

B. SYNTAXE DES PROPOSITIONS À L'IMPÉRATIF

1. En proposition autonome

On l'a dit, l'impératif y fonctionne, ainsi que toute autre forme verbale personnelle, comme centre de la proposition, la phrase prenant alors la *modalité jussive.*

2. En proposition subordonnée

Dans une structure non conjonctive (en l'absence de conjonction de subordination) comprenant deux propositions juxtaposées ou coordonnées (parataxe), la première proposition, mise à l'impératif, fonctionne alors comme une **subordonnée implicite** (Voir **subordination**) de la proposition suivante ; elle assume une fonction de complément circonstanciel de condition :

ex. : Recommence, *et je crie* (= *si tu recommences*).

parfois de condition et de concession :

ex. : Pleure, *je ne t'ouvrirai pas* (= *même si tu pleures*).

REMARQUE : Cette structure est soumise à d'importantes contraintes :
– l'ordre des propositions est fixe,
– le verbe de la seconde proposition est à l'indicatif présent ou futur.
Comme dans tous les cas de subordination implicite, la mélodie ascendante et suspensive de la première proposition (avec un pic en fin de proposition) est le signe de son caractère non autonome : la prosodie fonctionne ici comme marque de subordination, palliant l'absence de la conjonction.

III. SENS DE L'IMPÉRATIF

A. IMPÉRATIF ET MODALITÉ

Si l'on admet de reprendre la traditionnelle distinction logique entre contenu de pensée (*dictum* = ce que l'on dit) et attitude de l'énonciateur face à son énoncé (*modus* = manière dont l'énonciateur envisage le *dictum*, soit qu'il le donne pour vrai, douteux, obligatoire, etc.), on posera que l'impératif, en tant que mode réservé à l'expression de l'ordre, entre dans la **modalité jussive**.

Ainsi, pour un même contenu propositionnel (ex. : *sa venue*), tandis que la phrase déclarative pose le procès comme vrai ou faux pour l'énonciateur,

ex. : *Il vient./Il ne vient pas.*

la phrase à l'impératif n'énonce aucun jugement sur ce qui se passe dans le monde actuel ; avec ce mode l'énonciateur signifie seulement sa volonté de **faire modifier par autrui** (le destinataire) cet ordre du monde.

ex. : *Viens !*

L'impératif constitue, du fait de cette **valeur pragmatique** (il tente de faire accomplir une action) un acte de discours.

Cet **acte de prescription** peut être, selon les contextes, diversement interprété, en fonction notamment des rapports de place (rapports hiérarchiques, rapports de forces, savoirs inégaux, etc.) qui existent préalablement entre l'énonciateur et le destinataire. Mais ces réinterprétations ne changent rien à la valeur fondamentale de l'impératif. Celui-ci la plupart du temps servira ainsi à l'expression de l'ordre ou de la défense,

ex. : *Ouvrez vos livres page 15 et ne bavardez pas.*

mais il permet aussi de formuler une prière, une requête,

ex. : *Veuillez prendre place.*

ou encore un conseil :

ex. : *Ne lui dis surtout pas !*

B. SUBSTITUTS POSSIBLES DE L'IMPÉRATIF

Support privilégié de la modalité jussive, comme on l'a dit, l'impératif partage cette valeur avec d'autres formes.

1. L'infinitif centre de phrase

ex. : *Faire revenir à feu doux. Ne pas fumer.*

Mode impersonnel, l'infinitif permet d'éviter la sélection d'un destinataire précis : aussi les énoncés prescriptifs à l'infinitif sont-ils adressés **généralement**. Tout destinataire potentiel (lecteur d'un guide, d'une notice, d'un avertissement) y est donc inclus.

2. **Le futur à valeur modale et ses équivalents**

ex. : *Vous n'oublierez pas de fermer la porte.*
Tu vas te taire, à la fin ?

Le futur simple (et la périphrase *aller + infinitif* à valeur de futur proche) est en effet souvent employé pour des énoncés en réalité prescriptifs, l'énonciateur feignant de donner pour certain la réalisation ultérieure d'un fait dont il formule en fait la volonté.

3. **Énoncé sans verbe**

ex. : *Lumière, s'il vous plaît !*
La porte !

Seul le thème (ce dont il s'agit) est énoncé ; le prédicat (ce que l'on en dit, ou en l'occurrence ce que l'on voudrait qu'il en soit : *allumer, ouvrir*) reste implicite, le contexte et la situation d'énonciation permettant aisément de le restituer.

REMARQUE : Dans tous ces cas, on le voit, l'expression de l'ordre implique la présence, en situation, d'un destinataire direct. Aussi ne peut-on considérer le subjonctif à valeur jussive comme un substitut de l'impératif, avec lequel il ne commute pas. Il apparaît au contraire, comme on l'a vu, à la troisième personne, et exclut donc toute adresse directe de l'ordre. Il est en rapport de complémentarité, et non d'équivalence, avec l'impératif.

ex. : *entre/qu'il entre/*
entrons/entrez/qu'ils entrent.

impersonnelle (forme)

On réserve le nom de forme **impersonnelle** (ou encore **unipersonnelle**) à un type de construction verbale particulière.

À côté des phrases où le verbe, variable en personne, reçoit un sujet pourvu de sens et renvoyant à une entité précise :

ex. : *Pierre travaille* (Je *travaille*/vous *travaillez*...).

on posera l'exemple suivant :

ex. : Il *faut que tu travailles.*

où le verbe reçoit comme seul sujet possible un pronom invariable *(il)*, ne renvoyant à aucune « personne » et ne représentant aucun élément : le verbe *falloir* sera dit *impersonnel.*

La forme impersonnelle s'oppose ainsi à la construction personnelle, soit que le verbe n'existe que sous l'une des deux formes (verbes impersonnels au sens strict, ex. : *Il neige*), soit que l'on puisse observer, avec des verbes normalement personnels, une construction impersonnelle (ex. : *Trois livres restent sur la table./Il reste trois livres sur la table.*).

I. DESCRIPTION FORMELLE

On rappellera ici les principales caractéristiques de cette forme du verbe.

A. PRÉSENCE DU PRONOM *IL* INVARIABLE

ex. : *Il convient de résumer ce point.*
Il est utile de résumer ce point.

1. Syntaxe

– Le pronom *il* est **obligatoire** devant le verbe impersonnel.
– On ne peut le remplacer par aucun autre pronom : il est donc invariable.

ex. : **Tu es utile de résumer ce point.*

REMARQUE : On rapprochera de cette construction la *tournure présentative,* employée dans des conditions similaires avec le pronom démonstratif *ça* ou *ce* élidé :

ex. : *Il pleut./Ça pleut !*
Il est interdit de fumer./C'est interdit de fumer.

2. Statut du pronom *il*

À la différence du pronom personnel *il*, fonctionnant comme représentant et désignant de ce fait un être donné (personne, objet, notion, etc.) :

ex. : *Pierre est arrivé.* Il *m'a dit qu'il resterait dix jours.*

le pronom *il* de la forme impersonnelle ne possède aucun contenu de sens et ne désigne rien. On n'y verra donc pas, à strictement parler, un pronom **personnel**.

Dépourvu de rôle sémantique, il n'a qu'un statut de mot grammatical : sa présence en effet est purement fonctionnelle. Il n'est là que pour donner au verbe une assise syntaxique, en lui fournissant, sous sa forme minimale, le support sujet dont l'expression est obligatoire en français moderne. Il permet ainsi l'emploi du verbe dans la phrase. De ce point de vue, il peut être considéré comme appartenant morphologiquement au verbe, au même titre que les désinences (ou terminaisons) personnelles.

REMARQUE : Aussi longtemps que ces désinences personnelles suffisaient au verbe pour en permettre l'identification et l'emploi dans la phrase, l'expression d'un sujet n'était pas obligatoire (v. le latin *oportet* : il convient, l'italien *piove* : il pleut, l'ancien français *avint* : il arriva, etc.).

B. CONJUGAISON INCOMPLÈTE

Les verbes impersonnels possèdent en outre la propriété de ne pouvoir être employés qu'à l'indicatif et au subjonctif :

ex. : *Je crois qu'il faut y aller.*
Je ne crois pas qu'il faille y aller.

L'infinitif cependant leur est également possible, mais uniquement en périphrase verbale, le pronom *il* se reportant alors sur le verbe conjugué :

ex. : *Il va falloir y aller.*
Il ne cesse de pleuvoir.

Ces verbes n'apparaissent donc ni à l'impératif (puisque par définition, ce mode exclut la 3e personne, seule forme possible pour ces verbes), ni au participe présent, ni au gérondif, qui nécessitent un support nominal.

REMARQUE : Seule la forme *s'agissant* doit être exceptée de cette règle. Elle fonctionne en fait plutôt comme une préposition que comme un participe :

ex. : *S'agissant de ce problème, on notera...* (= *à propos de* ce problème).

II. VERBES IMPERSONNELS ET CONSTRUCTIONS IMPERSONNELLES

On peut opposer deux modes d'apparition de la forme impersonnelle :

– Tantôt elle constitue le seul emploi normalement possible du verbe ou de la locution. On parlera alors de verbes impersonnels ; il s'agit d'un phénomène dont fait état le dictionnaire :

ex. : *Il neige.*

– Tantôt au contraire on opposera, d'un point de vue non plus lexical, mais syntaxique, deux constructions possibles pour le même verbe, pouvant être mises en parallèle :

ex. : *Il reste trois livres sur la table./Trois livres restent sur la table.*

A. LES VERBES IMPERSONNELS

On regroupera dans cette catégorie des verbes ou locutions n'existant qu'à cette forme.

On y classera également les verbes *il semble, il paraît, il s'avère,* etc., dans la mesure où leur fonctionnement en construction personnelle ne peut pas être mise en parallèle avec la forme impersonnelle :

ex. : *Il semble que Pierre est fatigué/ *Que Pierre est fatigué semble.*

1. Les verbes sans complément : verbes météorologiques

Ils dénotent des phénomènes naturels. On y rencontre :
– soit des verbes :

ex. : *Il tonne, il vente, il pleut...*

– soit des locutions verbales, composées de *faire + adj. ou substantif sans déterminant* :

ex. : *Il fait beau/froid.*
Il fait soleil/nuit.

Ces verbes ne nécessitent pas d'être complétés : ils s'emploient normalement seuls.

REMARQUE : Divers emplois figurés, en général métaphoriques, peuvent altérer le comportement de ces verbes.

ex. : *Les coups pleuvaient.* (Construction personnelle d'un verbe impersonnel.)
Il pleuvait des hallebardes ! (Présence d'un complément.)

2. Verbes et locutions à complément obligatoire

Ils servent à présenter un événement, à en poser l'existence (voir **présentatif**).

ex. : Il y a *trois livres sur la table.*
Il était *une Dame Tartine.*

Ou bien ils font intervenir des jugements de pensée :

ex. : Il faut *étudier cette question.*
Il s'agit *de ne pas se tromper.*
Il paraît *que Pierre viendra.*

Ils sont obligatoirement suivis d'un élément qui les complète : on tentera plus loin d'en déterminer la nature et le fonctionnement.

B. LES CONSTRUCTIONS IMPERSONNELLES

1. Définition

Elles se définissent, à la différence de la catégorie précédente, en référence à une construction personnelle, dont elles constituent une variante possible.

On parlera donc de construction impersonnelle dès lors que l'on pourra reconnaître le mécanisme de transformation suivant :

ex. : *Il est arrivé un terrible accident* < *Un terrible accident est arrivé.*

REMARQUE : La construction impersonnelle présente l'intérêt de modifier la hiérarchie de l'information dans la phrase. En effet, dans la construction personnelle, le sujet a normalement le rôle de **thème** (il indique ce dont on parle), le verbe supportant l'information principale (= ce que l'on dit du thème = **prédicat**) :

ex. : *Un accident* (thème) est arrivé (prédicat).

Le rôle prédicatif est, au contraire, dans la construction impersonnelle, confié au complément du verbe, ce dernier ne jouant plus que le rôle de thème :

ex. : *Il est arrivé* (thème) un accident (prédicat).

Ce mécanisme peut être décrit comme suit :

a) le sujet de la construction personnelle devient régime (complément) de la construction impersonnelle.

De ce fait, il passe à droite de la forme verbale.

ex. : *Un accident est arrivé./Il est arrivé un* accident.

b) le verbe de la construction impersonnelle prend alors, comme marque morphologique de sujet, le pronom* il *invariable.

Le verbe s'accorde alors, comme il est de règle, à la 3ᵉ personne du singulier (P3), quels que soient les éléments qui le suivent.

ex. : *Il* survint *alors des événements extraordinaires.*

Il faut noter cependant que toutes les constructions personnelles ne sont pas susceptibles de cette transformation. On examinera donc quels sont les types de verbes avec lesquels celle-ci se rencontre.

2. Types de verbes entrant dans la construction impersonnelle

Puisque la construction impersonnelle impose la présence d'un élément venant la compléter, occupant la position à droite du verbe normalement réservée au complément d'objet, il faut donc que le même verbe, dans la construction personnelle, exclue la présence d'un complément d'objet : seuls les verbes dits **monovalents** (voir **transitivité**) pourront donc figurer dans les deux constructions.

a) locutions ou verbes intransitifs

ex. : *Il reste trois livres./Trois livres restent.*

La structure *Il est + adjectif* fonctionne elle aussi de manière intransitive :

ex. : *Il est impossible d'entrer.*

b) verbes transitifs ayant perdu leur complément d'objet

Ils ont alors subi une réduction de valence (voir **transitivité**).

– À la voix passive, on parle alors de **passif impersonnel** :

ex. : *Il* a été trouvé *une montre de valeur.*

– À la forme pronominale, dès lors que le pronom est inanalysable (sens passif) :

ex. : *Il* s'est trouvé *quelqu'un pour affirmer une chose pareille !*

REMARQUE : Outre ce critère de valence, diverses contraintes ont été décrites pour rendre possible la construction impersonnelle. On observera notamment que le groupe nominal qui lui est postposé est normalement déterminé par un non-défini (ce qui est logique, puisque l'on a dit que le sujet *il* ne renvoyait à aucune entité donnée).

3. Le complément des verbes impersonnels : forme et fonction

a) nature

Les verbes ou constructions impersonnelles peuvent se faire suivre :

– **de groupes nominaux**, noms communs à déterminant indéfini :

ex. : *Il se dit ici* des choses curieuses.

ou parfois, pour certains verbes, noms propres :

ex. : *Il s'agit de* Paul.

– **de leurs substituts**, pronom :

ex. : *Il entre* quelqu'un.
Il s'agit de celui-ci.

infinitif en emploi nominal, parfois précédé de son indice *de* :

ex. : *Il faut* travailler.
Il est nécessaire de travailler.

proposition subordonnée complétive (conjonctive) :

ex. : *Il est douteux* que Pierre vienne.

b) fonction syntaxique

On ne confondra pas ces éléments avec le complément d'objet, dans la mesure où :
– seuls les verbes excluant la présence de ce complément peuvent entrer dans cette construction ;
– et où les éléments qui suivent le verbe impersonnel ne peuvent être pronominalisés, à la différence du complément d'objet :

ex. : *Il entre trois hommes./ *Il les entre.*
*Il s'agit de Pierre./ *Il en s'agit.*

On ne parlera pas non plus de *sujet réel*, puisque ces éléments ne peuvent pas toujours fonctionner comme sujet,

ex. : *Il faut que tu viennes./ *Que tu viennes faut.*

et surtout parce qu'il est préférable de proposer du sujet une définition syntaxique, et non sémantique (voir **Sujet**) : selon cette définition, seul le pronom *il* peut être analysé comme sujet.

Quelle fonction reconnaître alors à ces termes ?

Pour bien marquer la spécificité de ce fonctionnement syntaxique, propre à cette structure (ainsi qu'aux présentatifs), on conviendra, comme l'ont déjà proposé plusieurs grammairiens, de nommer **régime** cette fonction particulière. Ainsi dans le tour : *Il s'est produit une chose étrange,* le groupe nominal *une chose étrange* sera analysé comme régime de la construction impersonnelle.

incidente (proposition)

La proposition *incidente*, comme l'incise (voir plus loin), ouvre une parenthèse dans la phrase où elle vient s'insérer, en construction détachée, pour y apporter un commentaire :

ex. : *Cette nouvelle,* vous vous en doutez/je vous l'ai dit/c'est évident, *nous a fort affectés.*

Sur le plan morphosyntaxique

Elle prend la forme d'une proposition indépendante – comportant parfois en son sein un élément chargé de reprendre tout ou partie du reste de la phrase (*vous vous* en *doutez, je vous* l'*ai dit,* c'*est évident*). À la différence de la proposition incise, l'ordre des mots dans l'incidente n'est pas marqué par la postposition obligatoire du sujet. Aussi la proposition incidente se présente-t-elle formellement comme une proposition **juxtaposée**. Comme l'incise, elle constitue une parenthèse dans la phrase, et s'en détache au moyen de **pauses** que matérialisent à l'écrit divers signes de ponctuation : virgules, tirets ou parenthèses en marquent ainsi les limites.

Elle se présente sous des formes syntaxiques variées : modalité assertive le plus souvent, comme dans l'exemple retenu, mais aussi interrogation :

ex. : *Un soir, t'*en souvient-il? *nous voguions en silence...*
(Lamartine)

exclamation :

ex. : *Elle m'a dit* – c'est bizarre! – *qu'elle n'était pas au courant.*

ou apparaît même à la modalité jussive :

ex. : *Il faudra,* croyez-en mon expérience, *renoncer à ce projet.*

Sur le plan sémantique

La proposition incidente constitue un **acte d'énonciation supplémentaire et autonome**, inséré dans l'énonciation principale de la phrase, en général pour y apporter un commentaire, y ajouter une précision ou en nuancer l'expression.

REMARQUE : Comme la proposition incise, l'incidente marque donc une rupture dans le tissu énonciatif de la phrase, ce que traduit là encore le **changement de ligne mélodique** qui la caractérise. Elle se prononce en effet sur une tonalité plus basse que le reste de la phrase, et suit une ligne mélodique plane (et non pas circonflexe). Ainsi, pour la phrase citée en exemple *Elle m'a dit – c'est bizarre ! – qu'elle n'était pas au courant*, on obtient le schéma mélodique suivant :

↗ → ↘

incise (proposition)

La proposition dite *incise*, qui marque que l'énoncé rapporte les paroles ou les pensées d'un locuteur, constitue un cas particulier d'enchâssement dans la phrase. Formée d'un noyau verbal et d'un noyau sujet, elle entre en effet dans la phrase sans aucun mot subordonnant, et s'y intègre en **position détachée** :

ex. : *Si tu savais quelle est ma situation,* me disait le général, *tu raisonnerais autrement.*

Plusieurs caractéristiques font de l'incise une proposition à part, ni subordonnée ni vraiment juxtaposée.

Sur le plan morphosyntaxique

On observe :

– que l'ordre des mots fait apparaître systématiquement la **postposition du sujet** dans l'incise. Ce fait semble traduire l'absence d'indépendance de cette proposition, incapable à elle seule de constituer une phrase, et qui ne peut donc être considérée comme une indépendante ;

REMARQUE : En outre, on constate parfois – c'est le cas dans l'exemple proposé – que le verbe de l'incise appelle un complément d'objet direct, qui serait représenté dans une autre structure par le reste de la phrase :

ex. : *Le général me disait :* « Si tu savais quelle est ma situation... ».

L'ordre verbe-sujet pourrait alors manifester le rattachement syntaxique de l'incise à son complément d'objet antéposé.

– que l'incise constitue une parenthèse dans la phrase, ouverte puis refermée entre deux **pauses**, que traduisent à l'écrit divers signes de ponctuation : virgules le plus souvent, encadrant l'incise si elle coupe la phrase (c'est le cas de l'exemple) ou la détachant simplement (*Je ne viendrai pas,* me dit-il), mais aussi tirets ou parenthèses ;

– enfin, traduction prosodique de ce statut marginal de l'incise, l'intonation sur laquelle est prononcée cette proposition se caractérise par un **changement de niveau mélodique par rapport au reste de la phrase**. L'incise est prononcée un ton plus bas, sur une mélodie plane et non plus circonflexe (voir **modalité**). L'exemple proposé présente donc le schéma prosodique suivant :

↗ → ↘

Sur le plan sémantique et logique

La proposition incise relève d'un fonctionnement particulier. Elle n'est en effet **pas située sur le même plan énonciatif** que le reste de la phrase, et marque en quelque sorte un décrochement par rapport à l'énonciation principale – rupture que traduit précisément le changement de schéma mélodique. On constate en effet que les verbes de l'incise (verbes de déclaration au sens large : *dire, s'exclamer, enchaîner*... ou verbes de pensée : *juger, croire, se demander*...) **se rattachent ordinairement à un autre énonciateur** que le reste de la phrase. Ainsi dans l'exemple initial : *Si tu savais quelle est ma situation, tu raisonnerais autrement,* la phrase est prise en charge par un premier énonciateur, identifié comme *le général* (ma *situation* = celle du général), tandis que l'incise est rattachée à une autre source, un second énonciateur à l'identité inconnue ici (me ≠ le général).

REMARQUE : Lorsque, à la P1, les deux énonciateurs semblent se confondre :

ex. : *Je viendrai sûrement, ai-je promis.*

on observe cependant qu'il s'agit là encore de deux énonciations distinctes et successives : le discours rapporté (*Je viendrai*) et le récit de ce discours (*ai-je promis*).

indéfini (déterminant)

Les déterminants indéfinis sont rangés dans la classe des déterminants secondaires du substantif (voir **déterminant**) dans la mesure où certains d'entre eux peuvent se combiner avec un déterminant spécifique (l'article par exemple) ; c'est le cas notamment de *quelque* et de *tout* :

ex. : ces quelques *livres,* tous les *livres.*

À la différence des déterminants spécifiques, encore, les déterminants indéfinis peuvent parfois se combiner entre eux :

ex. : Maintes autres *définitions ont été proposées.*

Cependant, la catégorie des déterminants indéfinis est de définition floue du point de vue du fonctionnement sémantique : on y range en effet des déterminants quantifiants purs, qui indiquent de façon plus ou moins précise le nombre des êtres auxquels s'applique le nom (*quelques*...), des déterminants quantifiants et caractérisants, qui ajoutent à l'indication du nombre celle de caractères propres à l'être auquel s'applique le nom (ex. : *certains*), et enfin des déterminants caractérisants purs, qui évoquent l'identité de l'être déterminé. Ces derniers établissent tantôt un rapport d'analogie *(même/autre)*, tantôt spécifient cette identité, sans donner d'indication précise *(tel)*.

I. LES QUANTIFIANTS PURS

Toujours antéposés au nom qu'ils présentent (à une seule exception près, comme on le verra), les indéfinis quantifiants fournissent des indications quant au nombre d'êtres auquel s'applique le nom.

A. PROPRIÉTÉS MORPHOSYNTAXIQUES

À l'exception de quelques propriétés communes, le comportement morphosyntaxique des indéfinis quantifiants est extrêmement variable.

1. Propriétés communes

Tous les indéfinis quantifiants peuvent commuter avec l'article :

ex. : nul *bruit*/un *bruit*, quelques *bruits*/des *bruits*

Tous se placent devant le nom qu'ils déterminent. On observe même que, pour certains d'entre eux, la postposition entraîne le changement de catégorie grammaticale (de déterminants, ils passent alors dans la classe de l'adjectif qualificatif) :

ex. : Différents *livres ont été empruntés./Des livres* différents *ont été empruntés.*

2. Particularités

Certains, comme on le spécifiera au cours de l'analyse, peuvent marquer le genre et le nombre : *aucun bruit, aucune trace.*

Certains peuvent se combiner avec un autre déterminant : *ces quelques livres, tous mes livres,* par exemple.

B. CLASSEMENT ET EMPLOI

On peut distinguer, à l'intérieur de la classe des indéfinis quantifiants, ceux qui évoquent une quantité nulle (ils présentent un ensemble vide), ceux qui évoquent une quantité positive (ils présentent plusieurs éléments d'un ensemble) et ceux qui évoquent la totalité, d'un point de vue global ou distributif.

1. Expression de la quantité nulle : présentation d'un ensemble vide

On observe que ces déterminants **s'emploient seuls devant le substantif** dont ils adoptent le genre – et parfois le nombre, comme on le verra.

a) aucun

Le déterminant *aucun* a le sens négatif de *pas un* dans les phrases négatives :

ex. : *Il n'a vu* aucun *étudiant.*

ou dans le groupe prépositionnel introduit par *sans* :

ex. : *Il a accepté sans* aucun *scrupule.*

REMARQUE : Dans ce seul cas, *aucun* peut être postposé au substantif *(sans crainte aucune).*

Intégrant dans sa formation le numéral *un (aliquis + unus > aucun)*, il avait **à l'origine un sens positif** qu'il a conservé, en français soutenu, dans les phrases interrogatives ou dans les subordonnées d'hypothèse, de comparaison, ou bien dépendant d'un support à sens dubitatif :

ex. : *Existe-t-il* aucune *femme qui puisse lui être comparée ?*
*Je doute qu'*aucune *femme puisse lui être comparée.*
On a plus écrit sur elle que sur aucune *femme.*

REMARQUE : Cette acception positive a autorisé jusqu'au XVIIe siècle l'emploi pluriel de *aucun* :

ex. : *...On ne verra jamais [...] une petite ville qui n'est divisée en* aucuns *partis.*
(La Bruyère)

En français moderne, cet emploi ne s'est conservé que lorsque le substantif déterminé par *aucun* est obligatoirement pluriel : *sans aucuns frais.* Dans tous les autres cas, il s'agit d'un emploi littéraire, archaïsant :

ex. : *On ne peut lui attribuer [...]* aucunes *ombres intérieures.*
(P. Valéry)

b) pas un

L'emploi du mot *pas* pour confirmer et fermer un propos négatif a conduit à donner à ce mot, qui désignait au départ une *petite trace*, une valeur intrinsèquement négative (voir **négation**). C'est avec cette valeur qu'il sert à former le déterminant indéfini négatif *pas un.*

Porteur en lui-même d'une signification négative, *pas un* s'emploie cependant en combinaison avec *ne*,

ex. : *On ne voyait* pas un *chat dans la rue.*

aussi bien qu'en l'absence de verbe :

ex. : Pas un *chat dans la rue.*

c) nul

L'étymologie latine associe un mot négatif à un mot positif *(ne + ullum).* Les emplois de *nul* sont parallèles à ceux de *pas un* : porteur d'une signification négative, *nul* fonctionne en corrélation avec *ne*,

ex. : *On n'entendait* nul *bruit.*

sauf en l'absence de verbe, où il marque à lui seul la négation :

ex. : Nulle *vie et* nul *bruit.*

Il peut déterminer un substantif pluriel lorsque celui-ci n'est employé qu'à ce nombre :

ex. : Nulles *funérailles ne furent plus grandioses.*

REMARQUE : Dans des tours littéraires, *nul* apparaît au pluriel lorsque le substantif est employé dans un contexte gnomique (énoncé de vérité générale),

ex. : Nulles *paroles n'égaleront jamais la tendresse d'un tel langage.*
(A. de Musset)

ou comparatif :

Nuls *prisonniers n'avaient plus à craindre que ceux d'Orléans.*
(Michelet)

2. **Expression de la pluralité : présentation d'un ensemble à plusieurs éléments**

On passe donc de l'expression de la quantité nulle à celle de la pluralité, sans évoquer la singularité.

REMARQUE : En effet, on fera observer que les déterminants indéfinis qui semblent indiquer la singularité (ensemble à un seul élément) ont en réalité pour rôle moins de spécifier ce nombre que d'évoquer l'**indétermination** de l'être considéré : on rangera donc *certain, quelque, n'importe quel* parmi les déterminants indéfinis caractérisants :

ex. : Quelque *fée se sera penchée sur son berceau.*

D'une façon générale, les déterminants numéraux, qui n'indiquent que le nombre, et non l'identité, peuvent être considérés comme indéfinis.

a) quelques

Employé seul au pluriel devant le substantif, *quelques* fonctionne comme pur quantifiant ; une nuance de sens peut en effet être observée entre ces deux phrases :

ex. : Quelques *livres me feraient plaisir* (nombre indéterminé). *Ces* quelques *livres me feraient plaisir* (ici la nuance d'indétermination porte aussi bien sur le nombre que sur l'identité : voir plus bas).

Spécifiant l'indétermination quant à la quantité, il désigne un petit nombre d'unités dans un ensemble d'éléments comptables.

b) plusieurs

Toujours pluriel, *plusieurs* s'emploie seul devant le nom ; il ne peut se combiner avec un déterminant spécifique :

ex. : **Ces plusieurs livres me feraient plaisir.*

Il est invariable en genre :

ex. : Plusieurs *livres ou* plusieurs *revues me feraient plaisir.*

Il marque une pluralité indéfinie d'éléments comptables, généralement supérieure à deux.

c) maint(e)s

Placé seul devant le substantif, il ne peut se combiner avec un déterminant spécifique,

ex. : **les maintes personnes*

mais il peut se combiner avec certains déterminants indéfinis :

ex. : Maintes autres *questions restent en suspens.*

Il porte la marque du genre et du nombre du substantif qu'il détermine :

ex. : Maintes *personnes m'ont raconté cette histoire.*

Il exprime un grand nombre d'éléments comptables – en ce sens il est parfois redoublé :

ex. : *On me l'a raconté* maintes et maintes *fois.*

d) plus d'un

Intégrant le numéral *un*, il ne varie qu'en genre (Plus d'une *fille vous le confirmera*). Il ne peut se combiner avec d'autres déterminants.

e) formes composées à base adverbiale

Certains déterminants composés intègrent un ou plusieurs adverbes de quantité *(beaucoup, assez, trop, peu)* auquel s'adjoint *de* :

ex. : beaucoup de *gens*/beaucoup trop de *gens*

Les précisions concernant le nombre sont données par le contenu de sens de l'adverbe. Toutes ces formes rendent compte d'une pluralité d'objets non identifiés, comptables (beaucoup de *livres*) ou non (trop de *bonté*/assez de *soupe*).

3. Expression de la totalité

Le déterminant quantifiant peut présenter la totalité de l'ensemble selon deux perspectives différentes : de façon distributive, en envisageant séparément, un par un, chaque élément, ou de façon globale.

a) expression distributive

Elle implique que le nom déterminé appartienne à la catégorie des noms comptables (la matière se présentant de façon discontinue, voir **article**).

Chaque

Placé devant le nom, il ne peut se combiner avec aucun déterminant spécifique :

ex. : **mon chaque livre*

Il s'emploie toujours au singulier.

Il présente un être conçu comme élément d'une pluralité collective existante parcourue exhaustivement :

ex. : Chaque *élève apportera ses livres.*

Par extension, il peut porter sur une unité simple de temps et de mesure ; *chaque* exprime alors la périodicité :

ex. : *Il vient* chaque *été.*

Tout

– Au **singulier**, variable en genre et placé devant le nom, il ne peut dans cet emploi se combiner avec aucun déterminant spécifique :

ex. : **toute cette femme.*

REMARQUE : La combinaison n'est possible que dans le tour figé *tout un chacun.*

Sa valeur est parallèle à celle de *chaque* : la totalité des éléments de l'ensemble est passée en revue. Mais à la différence de *chaque, tout* réfère à un ensemble donné comme virtuel, et non pas comme existant :

ex. : Tout délit *est passible d'une condamnation.*

– Au **pluriel**, en combinaison avec l'article défini, voire le numéral, *tout* peut marquer la périodicité :

ex. : Toutes les heures, *il passe voir le malade.*
Tous les cinq ans, *il fait une croisière.*

b) expression globale de la totalité : tout

On peut ici distinguer différents cas, selon la façon dont se présentent les êtres évoqués par le nom (objets comptables, ou bien denses, non comptables, ou encore compacts, non comptables).

– Devant les noms communs non comptables (donc toujours au singulier), *tout* se combine avec d'autres déterminants spécifiques :

ex. : *Je ne mangerai pas* tout ce/le/mon *pain.*

Il exprime donc la totalité d'un ensemble dont aucune partie ne peut être soustraite.

Placé devant un nom propre de ville, il conserve la même valeur, mais s'emploie seul :

ex. : Tout *Paris accourut.*

– Devant les noms communs compacts, non comptables – c'est le cas notamment des noms dérivés d'adjectifs *(blancheur)*, deux emplois de *tout* sont possibles.

Combiné avec un déterminant spécifique, *tout* s'interprète comme exprimant la totalité absolue de l'ensemble :

ex. : Toute *la douceur du monde n'y peut rien changer.*

Employé seul devant le nom, *tout* peut se rapprocher de la valeur adverbiale :

ex. : *parler en* toute *tranquillité* (= parler tout à fait tranquillement)/ *donner* toute *satisfaction* (= entièrement).

– Devant les noms comptables, *tout*, employé au singulier ou au pluriel, se combine avec un autre déterminant spécifique et exprime que la totalité des éléments composant l'ensemble est prise en compte :

ex. : Toute *la ville accourut.*
Tous *les passants accoururent.*

II. LES QUANTIFIANTS CARACTÉRISANTS

Deux propriétés les distinguent des purs quantifiants.
– **Propriété syntaxique** : tous se combinent avec les déterminants spécifiques (*à* de certains *moments*, ces quelques *moments*).
– **Propriété sémantique** : ils adjoignent à la désignation du nombre indéterminé, la désignation d'une identité non précisée. Ils ne s'appliquent qu'aux noms comptables.

1. Certains

Employé au pluriel, il peut se combiner avec l'article indéfini :

ex. : *Il y a* (de) certaines *choses pour lesquelles on éprouve de la répugnance.*

Il porte la marque du genre :

ex. : Certaines *personnes le critiquent.* Certains *livres sont captivants.*

Antéposé au nom, il exprime une pluralité restreinte et évoque l'indétermination de l'identité. S'il est combiné avec l'article indéfini, cette dernière nuance sémantique se trouve soulignée :

ex. : *Il y a de certaines paroles qu'on n'oublie pas.*

REMARQUE : Postposé au nom, il perd sa qualité de déterminant et devient adjectif caractérisant ; il désigne alors ce qui est tenu pour vrai, et qui est précisément déterminé :

ex. : *Il avait pour la musique des enthousiasmes* certains.

2. Quelques

Employé au pluriel, il peut se combiner avec les déterminants spécifiques (article défini, démonstratif, possessif) :

ex. : (Les/ces/tes) quelques *livres étaient soigneusement rangés.*

Dans ce type d'emploi, il spécifie aussi bien le nombre, et notamment la quantité restreinte, que l'indétermination de l'identité.

En corrélation avec *que*, il entre dans la formation d'une locution concessive avec cette même valeur d'indétermination quant au nombre et à l'identité :

ex. : Quelques *raisons* que *vous lui donniez, il ne changera pas d'avis.*

REMARQUE : On ne confondra pas *quelque* déterminant du substantif avec *quelque* adverbe (et donc invariable) placé devant un déterminant numéral, et signifiant alors *environ, presque* :

ex. : *Ils ont perdu* quelque *soixante mille francs dans l'opération.*

En corrélation avec *que*, l'adverbe *quelque* peut se trouver employé devant un adjectif qualificatif ; il équivaut alors à l'adverbe d'intensité *si* et permet de construire une locution concessive :

ex. : Quelque *rares* que *soient les mérites des belles...*
(Molière)

3. Divers, différents

Antéposés au substantif, ils se combinent éventuellement aux déterminants spécifiques, à l'exception de l'article indéfini :

ex. : Les/mes/ces divers (différents) *livres me fascinent.*

Ils fonctionnent alors comme déterminants, et non comme adjectifs qualificatifs, catégorie grammaticale qu'ils réintègrent s'ils sont postposés au nom :

ex. : *Ces livres* divers (différents) *me fascinent.*

Ces deux déterminants, toujours employés au pluriel, peuvent marquer l'opposition des genres :

ex. : Différentes *personnes arrivèrent.*/Divers *livres étaient exposés.*

Tous deux expriment une pluralité d'êtres distincts dont l'identité reste indéterminée.

4. **Formes composées à base nominale**

Certains déterminants sont formés à l'aide d'un nom spécifiant l'indétermination du nombre et de l'identité : *une masse de, une troupe de, une armée de, un flot de...* Ce nom est obligatoirement prédéterminé par l'article indéfini *(un/une, des)* présentant une quantité indéterminée d'êtres comptables :

ex. : *Une foule de manifestants.*

REMARQUE : L'emploi de l'article défini marque un changement de structure :

ex. : *La foule des manifestants fut dispersée par la police.*

L'article présente alors un substantif suivi par un complément de nom, introduit par la préposition *de* suivie de l'article défini *les* (l'ensemble se contractant en *des* = de + les).

On rangera dans cette catégorie le déterminant *la plupart de,* qui intègre dans sa formation un substantif (*la part* = la partie), précédé de l'adverbe *plus.* Il désigne la plus grande partie d'un ensemble d'éléments comptables :

ex. : *La plupart des enfants sont en vacances.*

REMARQUE : On distinguera cette structure des emplois pronominaux de *certains, plusieurs* :

ex. : *certains de ces enfants/plusieurs de ces enfants...*

Ici, les deux indéfinis fonctionnent comme pronoms représentants ; on notera qu'ils fonctionnent comme déterminants dans des constructions différentes :

ex. : *certains/plusieurs enfants.*

III. LES CARACTÉRISANTS PURS

Ces déterminants possèdent en commun une même propriété sémantique, tandis qu'ils ont un comportement syntaxique différent selon les cas.

Propriété sémantique : ils n'évoquent plus une indétermination quant au nombre, mais touchant à l'identité ou à la qualité des êtres présentés par le nom. Ils s'appliquent tous aux noms comptables, à l'exclusion des noms non comptables denses.

REMARQUE : Une phrase comme :

ex. : Tel *vin*/le même *vin l'écœurait.*

implique que la matière soit alors perçue comme discontinue (*vin* = tel ou tel produit particulier).

Certains déterminants caractérisants peuvent cependant s'appliquer aux noms compacts (ceux qui nominalisent la qualité, en particulier les dérivés d'adjectifs) :

ex. : *Il a montré* quelque *douceur.*

Propriétés syntaxiques : certains déterminants caractérisants peuvent se combiner avec les déterminants spécifiques :

ex. : un autre/même/certain *individu*

tandis que cette possibilité est déniée à d'autres (*quel* et ses composés, auxquels on peut adjoindre *tel*). On envisagera d'abord l'étude de ces derniers.

A. LE GROUPE DES DÉTERMINANTS CARACTÉRISANTS INTÉGRANT *QUEL*

Ces déterminants fonctionnent donc, comme on l'a dit, devant le nom en l'absence de déterminant spécifique.

1. Quelque

Employé au singulier, il est toujours antéposé :

ex. : Quelque *vaisseau perdu jetait son dernier cri.*
(V. Hugo)

Il est compatible avec des noms compacts :

ex. : *Il lui a montré* quelque *tendresse.*

Il spécifie l'indétermination quant à l'identité de l'être qu'il présente.

2. Quel... que

Employé au singulier ou au pluriel, il fonctionne comme déterminant indéfini dans la seule construction *quel* + *que* + verbe *être* + substantif :

ex. : Quels que *soient ses actes*/quelle que *soit sa méchanceté, je lui pardonne.*

Il entre ainsi dans la formation d'une locution concessive, qui marque que la propriété ou l'ensemble des éléments distincts ont été pris en compte en totalité.

Il s'emploie devant les substantifs comptables ou compacts pour spécifier l'indétermination portant sur l'identité.

REMARQUE : *Quel* n'assume donc pas ici la fonction d'attribut, mais bien de déterminant du sujet du verbe *être*. C'est le pronom relatif *que*, reprenant l'indéfini *quel*, qui est attribut du sujet.

3. N'importe quel

Toujours antéposé au nom, *quel* intègre ici une structure verbale lexicalisée (*[il] n'importe*).

Toujours singulier, il est variable en genre :

ex. : *Raconte-moi* n'importe quelle *histoire*.

Employé devant les seuls noms comptables, il marque l'indétermination touchant à l'identité.

4. Cas particulier : *un quelconque*

Cette forme de déterminant indéfini est nécessairement prédéterminée par l'article indéfini :

ex. : *Tu chercheras* un quelconque *prétexte*.

REMARQUE : L'adjectif *quelconque*, postposé, peut encore produire un sens différent :
ex. : *C'est une femme très* quelconque.
Il signifie ici *banal, ordinaire*, et est à part entière un adjectif qualificatif.

Il s'applique aux seuls noms comptables pour spécifier l'indétermination quant à l'identité.

REMARQUE : Devant un nom compact, il indique que la qualité est considérée comme élément comptable :

ex. : *une quelconque douceur*.

5. Tel

Employé au singulier et variable en genre, il est toujours antéposé au nom. Il ne peut se combiner avec des déterminants spécifiques :

ex. : *Il a lu cette annonce dans* telle *revue*.

Il présente la particularité de pouvoir être redoublé : il est alors coordonné (par *et* ou *ou*), sans variation de sens. Le nom qu'il détermine reste au singulier :

ex. : *Il m'a dit* telle et telle *chose*.
Il écoute tel ou tel *disque*.

Il marque l'indifférence absolue quant à l'identité particulière de l'être désigné.

REMARQUE : On ne confondra pas *tel* déterminant indéfini avec *tel* adjectif. Dans ce dernier emploi, *tel* peut assumer les fonctions d'attribut :

ex. : Telle *est ma décision*.

ou d'épithète, alors antéposée à un nom déterminé par l'article indéfini :

ex. : *Une* telle *décision m'a étonnée.*

Il marque la similitude.

Tel adjectif peut entrer en corrélation avec la conjonction *que* pour introduire une proposition subordonnée de conséquence (il a alors une valeur d'intensité) :

ex. : *Il a pris une* telle *importance qu'on lui a confié un portefeuille ministériel.*

ou de comparaison (avec une valeur de similitude) :

ex. : *Il est bien* tel *qu'on vous l'a décrit.*

On notera enfin que l'adjectif *tel*, marquant la similitude en dehors de la corrélation avec *que* peut s'accorder aussi bien avec le comparé :

ex. : *Sa voix claque* telle *un coup de fouet.*

qu'avec le comparant :

ex. : *Sa voix claque* tel *un coup de fouet.*

B. AUTRES DÉTERMINANTS CARACTÉRISANTS

On rappellera qu'ils peuvent tous se combiner avec un déterminant spécifique, et qu'ils s'appliquent aux noms comptables et aux noms compacts.

1. Certain

Au singulier, uniquement combinable avec l'article indéfini, *certain* marque la variation en genre :

ex. : *Je ne veux citer que* (une) certaine *histoire qui se trouve rapportée partout.* (P. Mérimée)

Antéposé au nom, il marque l'indétermination quant à l'identité. Employé seul, il s'applique aussi bien aux noms comptables que compacts :

ex. : Certain *renard gascon...*
Certaine *douceur l'inquiète.*

REMARQUE : Lorsqu'il est précédé de l'article indéfini et détermine un nom compact, il implique alors que le nom n'évoque plus une propriété, mais une manifestation particulière de cette propriété, et rejoint ainsi la catégorie des noms comptables :

ex. : *Il a fait preuve d'une certaine douceur.*

Appliqué au nom propre, il traduit selon le contexte diverses nuances de sens allant de l'indifférence à l'ironie, selon que réellement on ne connaît pas l'individu nommé, ou qu'on feint de ne pas le connaître :

ex. : *Un certain Blaise Pascal.*
(J. Prévert)

REMARQUE : Postposé au nom, *certain* quitte la catégorie des déterminants pour devenir alors adjectif qualificatif ; il exprime ce qui est tenu pour vrai, indéniable :

ex. : *Il a un courage certain.*

2. Même

Il peut se combiner avec tous les déterminants spécifiques – cependant la combinaison avec le possessif n'est possible qu'au pluriel (*nos mêmes livres*) :

ex. : *le/un/ce* même *livre.*

Variable, il ne peut déterminer qu'un nom comptable – ou bien c'est que le nom compact évoque alors la manifestation concrète de la propriété, et non plus l'abstraction elle-même :

ex. : *les mêmes amis, la même douceur.*

Selon la place qu'il occupe, il reçoit deux interprétations différentes. Placé devant le nom, il indique l'identité, ou encore l'analogie entre objets considérés comme distincts :

ex. : *Il a usé avec elle de* la même *douceur qu'autrefois.*

Placé derrière le nom, il a valeur de soulignement, et renforce la désignation de cette identité :

ex. : *Il était la douceur* même.

REMARQUE : On ne confondra pas *même* déterminant variable, spécifiant le nom, avec *même* adverbe antéposé ou postposé au groupe nominal :

ex. : Même *ces paroles ne l'apaisèrent pas./Ces paroles* même *ne l'apaisèrent pas.*

3. Autre

Antonyme de *même*, son comportement n'est pourtant pas absolument parallèle.

Il peut se combiner avec tous les déterminants spécifiques, au singulier ou au pluriel :

ex. : des/ces/les/trois/mes autres *livres.*

Variable, il ne peut déterminer que les noms perçus comme comptables :

ex. : *une* autre *douceur/un* autre *livre.*

Il est généralement antéposé et signifie la non-identité. Il n'est postposé que dans le cas où il reçoit un complément :

ex. : *Il m'a donné un cadeau* autre *que celui qu'il m'avait promis.*

REMARQUE : La frontière est ici assez mince avec celle de l'adjectif qualificatif. *Autre* intègre cette dernière catégorie lorsqu'il assume la fonction d'attribut et signifie alors *différent par nature* :

ex. : *Ne dites pas qu'ils sont bizarres, mais qu'ils sont* autres.

4. **Cas particulier :** ***l'un et l'autre***

Ce déterminant indéfini ne se combine avec aucun autre déterminant (puisqu'il intègre déjà l'article dans sa formation).

Il ne se rencontre qu'au singulier, et ne varie donc qu'en genre :

ex. : *J'ai plu à* l'une et l'autre *femme.*

Il spécifie un nom comptable, qui renvoie à deux êtres distincts dotés des mêmes traits sémantiques.

indéfini (pronom)

Pas plus que la catégorie des déterminants indéfinis auxquels ils correspondent, la classe des pronoms indéfinis n'est homogène sur le plan formel, fonctionnel ou même sémantique.

Certains d'entre eux présentent des formes identiques à celles des déterminants indéfinis (*certains, plusieurs, beaucoup...*), et peuvent ainsi fonctionner soit comme déterminants soit comme pronoms, sans modification de leur forme. D'autres au contraire, de forme tonique, correspondent à des déterminants de forme atone (chacun/*chaque*, quelques-uns/*quelques*...).

Certains de ces pronoms indéfinis peuvent fonctionner tantôt comme **nominaux** (voir **pronom**), renvoyant alors directement à l'être qu'ils désignent,

ex. : Chacun *jugera en son âme et conscience.*

tantôt comme **représentants**, reprenant ou annonçant un terme présent dans le contexte :

ex. : Chacun *d'entre vous jugera en conscience.*

D'autres au contraire ne connaissent que des emplois nominaux *(personne, rien...)* :

ex. : Rien *ne va plus.*

Enfin, certains pronoms indéfinis sont exclusivement employés pour référer à l'être animé *(personne)* ou inanimé *(rien)*, tandis que d'autres peuvent selon le contexte évoquer l'un ou l'autre (*plusieurs, la plupart*).

La diversité des formes et des fonctionnements syntaxiques des pronoms indéfinis invite à préférer en mener l'étude selon une perspective sémantique et logique : on opposera ainsi les pronoms indéfinis qui spécifient le nombre (quantité nulle, singleton, pluralité), dits pronoms **quantifiants**, à ceux qui marquent seulement l'indétermination portant sur l'identité (**non quantifiants**).

I. LES PRONOMS INDÉFINIS QUANTIFIANTS

A. EXPRESSION DE LA QUANTITÉ NULLE

On regroupe dans cette catégorie les pronoms *personne, rien, nul, aucun, pas un.*

1. Origine et propriétés morphologiques

– *Personne* et *rien* proviennent de substantifs latins (*persona*, qui désignait le masque, et par glissement de sens, la personne qui le portait, et *rem* qui désignait l'affaire en cours).
– *Nul* provient d'une forme pronominale et adjective variable en genre et nombre *(nullum).*
– *Aucun* résulte de l'association de deux pronoms à valeur indéfinie et positive *(aliquem + unum).*
– *Pas un*, de formation romane, intègre le pronom numéral à la particule de négation *pas.*

Personne, rien, nul sont invariables, tandis qu'*aucun* et *pas un* peuvent varier en genre, mais restent évidemment au singulier :

ex. : Nul *ne le lui avait dit auparavant.*
Pas une *ne me plaît.*

Lorsqu'il existe une forme de déterminant correspondante, on observe qu'elle est semblable à la forme pronominale :

ex. : Aucun *n'est venu.*/Aucun *étudiant n'est venu.*

2. Fonctionnement syntaxique

a) *valeur nominale/valeur de représentant*

Personne, rien et *nul* ne fonctionnent que comme nominaux, et désignent directement leur référent. Ils peuvent occuper les principales fonctions du nom, à l'exception de *nul*, toujours sujet :

ex. : Personne *n'est venu./ *Je ne vois nul.*

Aucun, pas un peuvent fonctionner comme nominaux,

ex. : Pas un *ne pourrait croire une chose pareille.*

ou comme représentants :

ex. : *Parmi les auditeurs,* pas un *n'a ajouté foi à son récit.*

b) *élément de négation*

Tous ces pronoms peuvent s'intégrer à la négation, en corrélation avec l'adverbe *ne* :

ex. : Nul n*'est censé ignorer la loi.*

3. Valeur de sens

a) *animé/inanimé*

Rien désigne exclusivement l'inanimé, *personne* et *nul* l'animé ; seuls *pas un* et *aucun* peuvent renvoyer indifféremment à l'un ou à l'autre.

b) *valeur semi-négative ou négative*

À l'exception de *nul* et *pas un,* toujours négatifs (ils intègrent même dans leur forme des éléments de négation), les autres pronoms de la quantité nulle sont en fait des mots semi-négatifs. Leur origine leur permet de signifier, dans certains cas, la simple indétermination (en l'absence bien sûr de l'adverbe de négation *ne*). Ils prennent cette valeur en contexte négatif ou interrogatif,

ex. : *As-tu* rien *vu de plus joli ?* (= quelque chose).
Il n'admet pas que personne *puisse le troubler* (= quelqu'un).

ainsi que dans des structures comparatives ou consécutives :

ex. : *C'est la plus grande sottise que* personne *ait jamais dite.*
Il avait trop de confiance pour rien *voir.*

Leur sens originellement positif explique la présence de la négation *ne* lorsqu'ils prennent une valeur négative.

Personne, rien, aucun, pas un (à l'exception de *nul*) peuvent cependant avoir à eux seuls une valeur pleinement négative en l'absence de *ne*, donc dans des énoncés sans verbe :

ex. : Personne *dans les rues.* Rien *dans les poches.*
Avez-vous vu ses films ? – Aucun/pas un.

B. EXPRESSION DE LA QUANTITÉ ÉGALE À *UN*

Quatre pronoms sont porteurs de cette indication : *un, quelqu'un, quelque chose* et *chacun.*

1. Origine et propriétés morphologiques

– *Un* provient du numéral latin *unus.* Il est variable en genre :

ex. : *Elle secoua la tête comme* une *qui cherche à comprendre.*

– *Quelqu'un* associe l'adjectif indéfini latin *qualis* > *quel* + *que* relatif au même numéral *unus.* La variation en genre, théoriquement possible, est cependant très rare :

ex. : *Si* quelqu'une *retient votre attention, dites-le-moi.*

REMARQUE : Si le pronom est appelé à recevoir une épithète (par le biais de la préposition *de*), seul l'emploi de la forme masculin est possible :

ex. : *quelqu'un de gentil/ *quelqu'une de gentille.*

La variation en nombre est possible *(quelques-uns)*, mais le pronom exprime alors bien sûr la pluralité.

– *Quelque chose* associe le déterminant indéfini *quelque* au nom *chose* pour former un pronom unique, toujours masculin comme en témoigne l'accord de l'adjectif (*quelque chose d'*étonnant)

REMARQUE : *Quelqu'un* et *quelque chose*, de forme renforcée, sont les corollaires du déterminant indéfini *quelque.*

– Le pronom *chacun* est issu de l'expression latine *(unum) cata unum*, qui signifiait *un à un.* Il reste variable en genre :

ex. : *J'ai reçu* chacune *séparément.*

REMARQUE : *Chacun* est la forme renforcée du déterminant indéfini *chaque.*

– Enfin, le pronom *qui*, invariable, marque la quantité égale à *un* lorsqu'il prend une valeur distributive (toujours dans des structures énumératives) :

ex. : *Ils s'emparèrent de tout ce qui traînait,* qui *des livres,* qui *des vêtements,* qui *de la vaisselle...*

2. Fonctionnement syntaxique

a) valeur nominale ou de représentant

Les formes composées du numéral *un* peuvent fonctionner soit avec une valeur de **nominal** (elles sont alors invariables en genre),

ex. : Chacun *pour soi et Dieu pour tous.*
Quelqu'un *est entré.*

soit comme pronoms **représentants**, de genre variable :

ex. : Chacune *de tes filles possède sa propre chambre.*

Dans tous les cas, ces pronoms occupent les principales fonctions du nom.

b) valeur exclusivement nominale

Qui distributif et *quelque chose* ne peuvent avoir qu'un fonctionnement nominal : ils renvoient directement à l'être ou l'objet qu'ils désignent :

ex. : *Il se doutait de* quelque chose.

3. Valeur de sens

a) animé/inanimé

Un, quelqu'un, chacun désignent l'animé, *quelque chose* renvoie à l'inanimé.

b) quantité

À l'exception de *chacun*, ces pronoms ajoutent à l'expression de l'unicité celle de l'indétermination. *Chacun* évoque le prélèvement de l'unité sur une totalité comptable, composée d'éléments identiques ; il évoque la quantité sous son aspect distributif.

C. EXPRESSION DE LA PLURALITÉ

Cette catégorie regroupe le plus grand nombre de pronoms indéfinis. On distinguera ceux qui évoquent une pluralité restreinte, une pluralité large, et enfin la totalité.

1. Expression de la quantité restreinte

Les pronoms qui entrent dans cet ensemble sont les suivants : *peu, certains, quelques-uns, plusieurs.* Tous indiquent qu'un nombre limité d'éléments comptables est prélevé dans un ensemble.

a) origine et propriétés morphologiques

– *Peu*, à l'origine adverbe, reste invariable mais laisse passer l'accord en genre et en nombre selon le contexte :

ex. : Peu *m'ont semblé* intéressantes.

Lui correspond le déterminant *peu de (Peu de revues m'ont semblé intéressantes).*

– *Certains*, d'origine adjectivale, varie en genre (Certaines *m'ont paru intéressantes*). La forme du pronom ne diffère pas de celle du déterminant *(certaines revues).*

– *Quelques-uns*, forme pluriel de *quelqu'un*, est variable en genre (Quelques-unes *m'ont semblé intéressantes)*. La forme de déterminant qui lui correspond est *quelques*, de finale non accentuée *(quelques revues).*

– *Plus d'un*, formé sur la base du numéral *un*, varie en genre (Plus d'une *vous le confirmera*). La forme du déterminant ne diffère pas de celle du pronom (*plus d'une revue*).

– *Plusieurs*, issu du comparatif de supériorité *pluriores* (= plus nombreux), est invariable mais laisse passer l'accord en genre *(Plusieurs m'ont semblé intéressantes)*. Il fonctionne sous la même forme comme déterminant *(plusieurs revues)*.

REMARQUE : Tous ces quantifiants, s'ils sont suivis d'un complément intégrant *nous* ou *vous*, imposent en général un accord du verbe à la P6 (l'accord aux P4 et P5 est possible mais peu usité) :

ex. : *Plusieurs/peu d'entre nous* ont jugé *ces revues intéressantes* (avons jugé).

Après le pronom *plus d'un*, l'accord du verbe se fait indifféremment au singulier (P3) ou au pluriel (P6) :

ex. : *Plus d'un vous l'*aura/auront dit.

– *D'aucuns*, toujours masculin, présente le pluriel du pronom *aucun* qui traduisait à l'origine l'indétermination. Il est toujours précédé de l'article indéfini de forme réduite *de*, élidé. Aucune forme de déterminant ne lui correspond en français moderne.

REMARQUE : Le pronom *les uns* évoque certes une quantité limitée d'éléments nombrables, mais il est toujours employé en corrélation avec *les autres* : il marque donc l'alternative plus que l'indétermination du nombre, aussi sera-t-il étudié ailleurs.

b) fonctionnement syntaxique

– *D'aucuns*, d'emploi archaïsant, ne fonctionne que comme pronom nominal :

ex. : D'aucuns *soutiendront qu'il faut renoncer.*

– Tous les autres pronoms peuvent fonctionner comme nominaux ou comme représentants :

ex. : *Beaucoup sont appelés,* peu *sont élus./Parmi les étudiants,* peu *ont été reçus à l'examen.*
Plusieurs *vous diront le contraire./Parmi les assistants,* plusieurs *le connaissent.*

Lorsqu'il est employé comme nominal, le pronom indique que l'ensemble sur lequel est prélevée la quantité restreinte n'est qu'implicitement désigné ; dans l'autre cas, il l'est explicitement dans le contexte.

c) valeur de sens

Spécifiant la quantité nombrable, ces pronoms peuvent tous s'employer pour renvoyer indifféremment à des animés ou des inanimés :

ex. : *Ces livres sont abîmés :* certains/plusieurs *ont été brûlés.*
Ces enfants jouent dans la cour : certains/plusieurs *se battent.*

2. **Expression de la quantité large**

Les pronoms qui l'expriment sont *beaucoup, la plupart.* Ils indiquent qu'une quantité importante est prélevée sur un ensemble d'éléments comptables.

a) origine et propriétés morphologiques

– *Beaucoup*, d'origine adverbiale, reste invariable mais laisse passer les marques de genre et de nombre :

ex. : Beaucoup *m'ont semblé* intéressantes.

Le déterminant qui lui correspond est *beaucoup de*.

– *La plupart* intègre au substantif *part* l'adverbe *plus*. Le pronom ne peut être affecté ni par le nombre ni par le genre, mais en laisse passer les marques :

ex. : La plupart *m'ont semblé* intéressantes.

REMARQUE : Comme le pronom *plus d'un*, *la plupart*, de forme singulier mais évoquant la pluralité, entraîne l'accord du verbe indifféremment au singulier et au pluriel :

ex. : *La plupart m'*ont semblé/*m'*a semblé...

Lui correspond le déterminant *la plupart de*.

REMARQUE : Lorsque *beaucoup* ou *la plupart* sont suivis d'un complément intégrant les pronoms *nous* ou *vous*, le verbe s'accorde le plus souvent – mais non obligatoirement – à la P6 :

ex. : *La plupart/beaucoup d'entre vous* ont approuvé *ce projet* (avez approuvé).

3. Fonctionnement syntaxique

Beaucoup et *la plupart* peuvent fonctionner comme nominaux ou comme représentants, selon que l'ensemble sur lequel est prélevé la quantité est implicitement évoqué (nominal),

ex. : Beaucoup *vous diront la même chose*.

ou l'est explicitement dans le contexte (représentant) :

ex. : *J'ai rencontré vos conseillers*. La plupart *m'ont dit la même chose*.

a) valeur de sens

Ces pronoms désignent l'un et l'autre aussi bien l'animé que l'inanimé.

Beaucoup présente une particularité dans son emploi nominal. Lorsqu'il désigne l'inanimé, il impose l'accord du verbe au singulier (P3),

ex. : *Beaucoup* a été fait *en ce domaine*.

tandis que s'il réfère à des animés, il entraîne l'accord au pluriel (P6) :

ex. : *Beaucoup* ont étudié *ce projet.*

4. Expression de la totalité

Les pronoms qui expriment la totalité sont *tout* et *tous,* qui comme on le verra impliquent deux perspectives différentes.

a) origine et propriétés morphologiques

Tout, issu de l'adjectif latin *totus* signifiant *tout entier,* est de forme invariable et impose l'accord aux formes non marquées du verbe et de l'adjectif (masculin, singulier, P3) :

ex. : *Tout* est *fini.*

Tous a reçu une marque analogique de pluriel, et peut recevoir des marques de genre :

ex. : Toutes *me plaisent.*

Ces deux pronoms correspondent à des déterminants de forme identique *(tout le port/tous les marins).*

b) fonctionnement syntaxique

Tout fonctionne exclusivement comme nominal et assume les principales fonctions du nom :

ex. : *Il se méfie de* tout. Tout *lui fait peur.*

Tous peut fonctionner comme nominal ou comme représentant :

ex. : Tous *ont été du même avis* (nominal)*./Les étudiants sont satisfaits,* tous *ont été reçus cette année* (représentant).

c) valeur de sens

Tout désigne l'inanimé, perçu sous l'angle d'une totalité globale :

ex. : Tout *est calme.*

Tous désigne l'animé ou l'inanimé, perçus sous la forme d'un ensemble complet d'éléments comptables, distincts :

ex. : *J'ai voulu vous faire plaisir à* tous.

II. LES PRONOMS INDÉFINIS NON QUANTIFIANTS

Ils expriment, non plus le nombre, mais simplement l'indétermination quant à l'identité.

A. EXPRESSION DE LA PURE INDÉTERMINATION

Ce sont les pronoms indéfinis *quiconque, qui que ce soit, n'importe qui, je ne sais qui, quoi que ce soit, n'importe quoi, je ne sais quoi, n'importe lequel, je ne sais lequel.*

1. Propriétés morphologiques et sémantiques

Comme on l'aura observé, certains de ces pronoms intègrent le pronom *qui/quoi*, invariable, d'autres l'interrogatif *lequel* de forme variable en genre et nombre.

a) pronoms indéfinis intégrant qui/quoi

La répartition entre la série en *qui* et celle en *quoi* marque la distinction entre les formes qui réfèrent à l'animé *(qui)*,

ex. : N'importe qui *pourrait te voir.*

et celles qui renvoient à l'inanimé *(quoi)* :

ex. : N'importe quoi *me ferait plaisir.*

REMARQUE : À *quiconque* ne correspond aucun pronom évoquant l'inanimé.

Ces pronoms marquent l'indétermination portant sur l'identité. Aucun déterminant ne correspond à ces séries pronominales.

b) pronoms indéfinis intégrant lequel

La série intégrant *lequel* est variable en genre et nombre. Elle exprime l'inanimé aussi bien que l'animé, et évoque l'indétermination portant sur la qualité plutôt que sur l'identité :

ex. : *Je t'offre un disque : choisis* n'importe lequel.

Ces pronoms correspondent au déterminant *n'importe quel* :

ex. : N'importe quelle *couturière vous fera cette réparation.*

2. Fonctionnement syntaxique

a) *série intégrant* qui/quoi

La série formée à l'aide des pronoms *qui/quoi* ne peut avoir qu'une valeur nominale :

ex. : *Il fréquente* je ne sais qui.
Il pense toujours à je ne sais quoi.

b) *série intégrant* lequel

À l'inverse, la série formée à l'aide du pronom interrogatif *lequel* a une valeur de représentant exclusivement ; ces pronoms tantôt servent à annoncer un élément du contexte (valeur *cataphorique*),

ex. : N'importe laquelle *de vos amies pourrait me rendre ce service.*

tantôt le reprennent (valeur *anaphorique*) :

ex. : *Je cherche une couturière :* n'importe laquelle *peut faire ce travail.*

B. EXPRESSION DE L'ANALOGIE, DE LA DIFFÉRENCE OU DE L'ALTERNATIVE

Dans tous les cas, le pronom ne spécifie pas l'identité de l'être considéré, mais établit entre plusieurs êtres non décrits des rapports :

– d'analogie :

ex. : *Tu as une jolie robe : j'achèterais volontiers* la même.

– de différence :

ex. : *Je n'aime pas cette robe : je t'en achèterai* une autre.

– ou de contraste (alternative) :

ex. : Les uns *vivent,* les autres *meurent.*

1. Les pronoms exprimant l'analogie et la différence

Pour exprimer l'analogie, le français ne dispose que de la seule forme pronominale *le/la/les même(s).*

Pour exprimer la différence, plusieurs pronoms sont possibles : *autre chose, autrui, l'autre/les autres, un(e) autre/d'autres.*

a) propriétés morphologiques

– *Même* est précédé de l'article défini qui exprime le genre et le nombre ; il prend la marque du pluriel :

ex. : *Tes livres me plaisent, je veux* les mêmes.

– *Autre* est précédé de l'article défini ou indéfini variable, il est lui-même affecté par le pluriel :

ex. : *J'ai déjà lu ces livres, j'en veux* d'autres./*Je veux* les autres.

REMARQUE : À ces deux pronoms correspondent des formes identiques de déterminants (*les mêmes livres/les autres livres/d'autres livres*).

– *Autre chose, autrui* sont invariables et n'ont aucune forme de déterminant qui leur corresponde.

ex. : *Essaye de penser à* autre chose.

b) fonctionnement syntaxique

– *Même* est toujours représentant : il reprend un élément déjà désigné dans le contexte :

ex. : *Tu as une jolie robe : je voudrais* la même.

– *Autre* peut fonctionner comme nominal :

ex. : *Il ne pense jamais* aux autres.

ou comme représentant :

ex. : *J'ai déjà lu ce livre : prête-moi* les autres.

– *Autrui* et *autre chose*, à l'inverse, ont toujours une valeur de nominaux :

ex. : *Manger l'herbe d'autrui, quel crime abominable !*
(La Fontaine)

REMARQUE : Pour certains grammairiens, *autrui* ne devrait fonctionner que comme sujet du verbe. L'usage est plus souple.

c) valeur de sens

Spécifiant le rapport d'analogie (*même*) ou de différence (*autre*), *même* et *autrui* peuvent désigner aussi bien l'animé que l'inanimé. *Autrui* réfère toujours à l'animé humain, et *autre chose* à l'inanimé.

2. Les pronoms spécifiant l'alternative

On range dans cette catégorie les pronoms fonctionnant par couples : *l'un(e)... l'autre/un(e) autre, les un(e)s... les autres/d'autres.*

ex. : L'une *pleure pendant que* l'autre *rit.*

a) propriétés morphologiques

Précédés de l'article défini ou indéfini, ces pronoms sont variables en genre ou en nombre. Aucune forme de déterminant ne leur correspond.

b) fonctionnement syntaxique

Ils sont le plus souvent représentants anaphoriques (ils reprennent un élément déjà évoqué), référant explicitement à un ensemble délimité :

ex. : *Ces livres sont abîmés :* les uns *ont brûlé,* d'autres *ont été déchirés.*

Il arrive cependant que cet ensemble de référence reste implicite ; il réfère de manière large à la collectivité humaine. Ces pronoms ont alors un fonctionnement de nominaux :

ex. : Les uns *vivent,* d'autres *meurent.*

C. PROPRIÉTÉS SÉMANTIQUES

Ces formes pronominales expriment toutes la répartition alternative dans un ensemble d'éléments comptables. Elles peuvent toutes désigner aussi bien l'animé,

ex. : *Toutes les candidates ont été entendues.* Les unes *seront retenues,* les autres *éliminées.*

que l'inanimé :

ex. : *Ces livres me plaisent :* les uns *traitent d'aventure,* d'autres *d'histoire.*

3. Un cas particulier : le pronom *tel*

Ce pronom n'est guère usité en français courant, il appartient à la langue littéraire. Il marque l'indétermination à la fois quant à l'identité et au nombre :

ex. : Tel *est pris qui croyait prendre.*

a) propriétés morphologiques

Tel peut prendre la marque du genre et du nombre :

ex. : Tels *étaient pieux et savants qui [...] ne le sont plus.*
(La Bruyère)

REMARQUE : La forme de déterminant qui lui correspond est identique (*une* telle *attitude*).

b) fonctionnement syntaxique

Ce pronom fonctionne comme **nominal** dans la structure *tel(le) ou tel(le)* :

ex. : *J'entends dire de* telle ou telle *: elle est intelligente.*

Ailleurs, il fonctionne normalement comme **représentant**, soit qu'il ait une valeur d'annonce (*cataphorique*),

ex. : Tel *qui rit vendredi, dimanche pleurera.*

soit qu'il reprenne un antécédent (valeur *anaphorique*) :

ex. : *Plusieurs femmes la soupçonnaient :* telles *l'en blâmaient,* telle *l'en excusait.*

REMARQUE : Joint à l'article indéfini singulier (*un tel/une telle*), le pronom fonctionne comme nominal :

ex. : Un tel *vous dira blanc,* un tel *vous dira noir.*

c) valeur de sens

Tel peut évoquer un ou plusieurs animés, d'identité indéterminée.

indicatif

L'indicatif est, avec le subjonctif et l'impératif, l'un des modes personnels du verbe. Il est, de tous les modes, celui qui offre la représentation du temps la plus complète et la plus élaborée (il possède dix formes verbales ou *temps*, contre quatre au subjonctif et deux aux autres modes). À la différence du subjonctif, qui situe le fait évoqué dans le monde des possibles, l'indicatif pose le procès dans le **monde de ce qui est tenu pour vrai par l'énonciateur** : aussi l'inscrit-il avec le maximum de précision dans les différentes époques de la durée. On distingue ainsi, correspondant à la représentation de ces époques, cinq formes simples à l'indicatif, doublées chacune par autant de formes composées, voire surcomposées :

– présent/passé composé/passé surcomposé :
 ex. : *je chante/j'ai chanté/j'ai eu chanté*
– futur/futur antérieur/futur antérieur surcomposé :
 ex. : *je chanterai/j'aurai chanté/j'aurai eu chanté*
– passé simple/passé antérieur/passé antérieur surcomposé :
 ex. : *je chantai/j'eus chanté/j'eus eu chanté*
– imparfait/plus-que-parfait/plus-que-parfait surcomposé :
 ex. : *je chantais/j'avais chanté/j'avais eu chanté*
– conditionnel/conditionnel passé/conditionnel surcomposé :
 ex. : *je chanterais/j'aurais chanté/j'aurais eu chanté*

Le nombre des formes et leurs variations selon le groupe auquel appartient le verbe fait l'objet de l'étude spécifique de la conjugaison (voir également **verbe**). On se bornera à rappeler ici quelques principes très généraux de la morphologie verbale.

Opposition voix active/voix passive

Certains verbes en effet, la plupart du temps transitifs, présentent la particularité de pouvoir figurer tantôt à la voix active *(j'aime)*, tantôt à la voix passive *(je suis aimé)*, au moyen de l'auxiliaire *être*, conjugué au temps simple ou composé requis *(je suis/j'ai été, j'aurais été aimé)* suivi de la forme adjective du verbe accordée avec le sujet.

Opposition formes simples/formes composées

Les formes composées et surcomposées de la conjugaison sont obtenues au moyen des auxiliaires *être* ou *avoir* (sur la répartition de leur emploi, voir **auxiliaire**), conjugués au temps simple requis suivi de la forme adjective du verbe.

On s'attachera ici à mettre en évidence les valeurs et les conditions d'emploi des différentes formes verbales de l'indicatif, successivement simples puis composées. Avant d'entrer dans le détail de cette étude, quelques notions importantes doivent être rappelées.

I. PRÉLIMINAIRES : VALEURS TEMPORELLE, MODALE ET ASPECTUELLE

Le choix des différentes formes de l'indicatif est, dans une certaine mesure, déterminé par trois paramètres.

A. TEMPS ET REPÉRAGE CHRONOLOGIQUE

1. Valeur de base

L'énonciateur, à l'indicatif, décrit le procès par rapport au moment de l'énonciation : c'est le **repère chronologique**. Les formes verbales sont alors employées avec leur valeur propre, dite valeur de base.

On opposera le système du **discours**, où le repérage est clairement celui du moment de l'énonciation,

ex. : *Je partirai demain.*

au système du **récit**, qui donne l'illusion de procès situés dans le passé, mais fictivement détachés de l'énonciation :

ex. : *Elle se tut et personne n'osa rompre le silence.*

2. Valeur stylistique

Un écart est opéré par rapport à cette valeur de base, souvent élargie ; le verbe n'est pas conjugué à la forme verbale normalement attendue : à des fins d'expressivité, le présent vient par exemple se substituer au passé simple dans le récit, le futur ou l'imparfait remplacent le présent, etc. L'ensemble du système temporel se déplace :

ex. : *Femmes, moine, vieillards, tout était descendu*
L'attelage suait, soufflait, était rendu.
Une mouche survient *et des chevaux* s'approche. (La Fontaine)

3. Valeur modale

Cette fois, la forme verbale n'est plus utilisée pour préciser une situation dans le temps, mais pour traduire la **prise de position de l'énonciateur** sur l'événement considéré : la valeur modale intervient alors, et transcende la valeur temporelle. Ainsi par exemple, l'imparfait, dans le système hypothétique, ne signifie plus que le procès a eu lieu et a duré dans le passé (ce qui était sa valeur temporelle : ex. : *Je dormais lorsque tu es entré*), mais indique que l'événement est purement et simplement exclu de l'actualité de l'énonciateur (il n'a même jamais eu lieu) :

ex. : *Si tu* venais, *nous irions nous promener.*

B. TEMPS ET ASPECT

La notion d'*aspect* désigne, on le rappelle, la manière dont est envisagé le processus exprimé par le verbe. Les formes verbales du français fournissent en effet indistinctement ces deux informations, de temps et d'aspect. Quelle que soit en effet l'époque chronologique, le procès peut être considéré sous l'angle de son déroulement. Deux grandes oppositions peuvent ainsi être établies :

– le procès exprimé par le verbe est vu dans son développement, c'est-à-dire à l'intérieur des limites de début et de fin (que celles-ci soient ou non explicitement évoquées) : c'est ce que traduit toute forme simple ;

ex. : *Je marche.*

– le procès est considéré au-delà du terme final : l'événement est donné comme accompli, et le verbe, à la forme composée, indique qu'un nouvel état résulte de cet accomplissement :

ex. : *J'ai marché.*

REMARQUE : On mesure ainsi toute l'ambiguïté de la désignation *temps du verbe* (imparfait, présent, etc.), à laquelle on préférera la simple appellation de *formes verbales.* Le mot *temps* en effet renvoie aussi bien à la perspective chronologique (distinction des époques présent/passé/futur) qu'à la perspective morphologique (désinences et formation du présent, de l'imparfait, etc.), tout en masquant le phénomène de l'aspect.

C. SENS LEXICAL DES VERBES

Pour rendre compte des valeurs d'emploi des différentes formes verbales de l'indicatif, il faut encore signaler que les verbes présentent des procès qui n'évoquent pas tous, de par leur sens même, les mêmes conditions de réalisation.

1. **Verbes perfectifs**

Certains verbes évoquent des processus dont le terme initial et le terme final sont intrinsèquement impliqués, quelle que soit l'époque envisagée ou la forme verbale choisie. Ces verbes comportent en effet **en leur sens même une limitation de durée** : les procès perfectifs, pour être effectivement réalisés, doivent nécessairement se prolonger jusqu'à leur terme. Ainsi en est-il de verbes comme *mourir, naître, sortir, fermer*... qui portent en eux-mêmes la désignation de leurs propres limites.

2. **Verbes imperfectifs**

D'autres verbes au contraire évoquent des **procès qui ne portent en eux aucune limite** : l'événement peut ainsi se prolonger aussi longtemps que l'énoncé le lui permet. C'est le cas pour des verbes comme *marcher, manger, vivre*...

Étudier la valeur respective des différentes formes verbales impose ainsi de prendre en compte ces paramètres (temps-aspect-valeur modale) tous recouverts sous l'appellation commune et malencontreuse de *temps*, à laquelle on substituera donc celle, moins ambiguë, de forme verbale. On s'attachera d'abord aux cinq formes simples, avant de passer à l'examen des formes composées.

II. LES FORMES SIMPLES DE L'INDICATIF

A. LE PRÉSENT

Définition : la dimension temporelle du présent, comme on le verra, est assez floue. On a même pu dire qu'il constituait, en quelque sorte, le *temps zéro*, forme de base du verbe, non marquée, à partir de laquelle les valeurs des autres formes verbales doivent être dégagées. Il est certain en tout cas que c'est à partir de sa morphologie que se conjuguent les autres formes du verbe.

Valeur aspectuelle : forme simple, le présent évoque un procès en cours d'accomplissement, tendu de son point de départ à son terme (*aspect non accompli*, appelé encore *tensif*). Cependant ses limites extérieures (début et fin) ne sont pas prises en compte, l'événement est observé de l'intérieur *(aspect sécant)*.

1. Valeur de base

Plusieurs éléments doivent être retenus dans la définition de ce qui semble être la valeur de base du présent.

Temps du discours, lié à l'énonciation, le présent constitue le **seuil**, délimité par l'énonciateur à partir de cette énonciation, **entre passé et avenir**. Dans la représentation du temps commune à notre culture, le flux des événements est en effet envisagé comme une ligne orientée : passé → présent → avenir.

Le présent inclut ainsi nécessairement une parcelle plus ou moins grande d'instants déjà réalisés, et une autre somme d'instants à venir. La phrase,

ex. : *Pierre marche dans la forêt.*

signifie bien en effet que Pierre a déjà engagé sa promenade au moment où l'on parle, et qu'il la poursuit.

Dans la mesure où ce seuil entre passé et futur est déterminé par l'énonciation (l'acte de parole), le présent évoque normalement un événement qui **se produit** (ou qui est présenté comme se produisant) **en même temps que l'acte d'énonciation lui-même**. Pour reprendre le même exemple que plus haut, la phrase *Pierre marche dans la forêt*, une fois énoncée, indique que l'événement est en cours au moment où je parle.

REMARQUE : À l'appui de cette coïncidence entre procès et moment de l'énonciation, on trouvera souvent dans la phrase des marqueurs temporels, adverbes *(maintenant, aujourd'hui)* ou locutions temporelles *(en ce moment, ces jours-ci...).*

Cette contemporanéité entre événement et énonciation doit, en pratique, être entendue dans un sens plus ou moins large.

Elle se réalise de manière absolue dans le cas particulier de certains verbes dont l'expression crée l'acte lui-même (**verbes performatifs**). C'est le cas pour des verbes comme *promettre, jurer, pardonner...* qui, employés à la modalité affirmative et à la première personne, constituent des actes réalisés par le fait même de leur énonciation, et non pas des descriptions d'actes :

ex. : *Je te* baptise, *au nom du Père...*
Je jure de *dire la vérité...*

Mais dans tous les autres cas, la coïncidence entre événement et énonciation n'existe pas aussi absolument.

a) présent momentané

ex. : *On* sonne ! *Va ouvrir s'il te plaît.*

Ce type de présent se rencontre avec les verbes perfectifs : le procès étant nécessairement limité dans sa durée, il coïncide assez étroitement avec le moment de l'énonciation.

b) présent actuel

ex. : *Pierre* marche *dans la forêt.*

C'est la valeur la plus courante du présent : le procès s'intègre au moment de l'énonciation mais le dépasse. On remarque que les verbes imperfectifs impliquent cet élargissement temporel puisqu'ils ne portent pas en eux-mêmes mention de leur limite finale. Des compléments de temps peuvent d'ailleurs préciser l'extension du côté du passé :

ex. : *Pierre marche dans la forêt* depuis une heure.

c) présent omnitemporel

Dans la mesure où, comme on l'a dit, le présent dans sa valeur de base intègre une parcelle plus ou moins grande de passé et d'avenir, il est apte à évoquer un procès dont le point de départ dans le passé n'est pas précisé, non plus que la borne finale (vers l'avenir) : on parlera alors d'emplois **omnitemporels**.

Le présent peut en effet servir à décrire une propriété conférée à un être, une notion ou une chose, pour une durée indéterminée ; c'est le **présent de caractérisation** :

ex. : *Marie* a *les yeux bleus.*
J'ai revu le château, les eaux paisibles qui le bordent...
(G. de Nerval)

Ce présent élargi peut évoluer encore vers l'expression de vérités générales (énoncés définitoires, maximes, sentences...). On parle de **présent gnomique** :

ex. : *Tout corps plongé dans l'eau* subit *une poussée...*
Rien ne sert *de courir. Il* faut *partir à point.*
(La Fontaine)

On signalera encore un effet particulier de l'énoncé au présent lié au contexte : la **valeur itérative**, dans laquelle le procès au présent doit s'interpréter comme se répétant régulièrement. Des indications contextuelles (en général, des compléments de temps) imposent cette interprétation, possible aussi bien avec des verbes perfectifs qu'imperfectifs :

ex. : *Il* sort *tous les jours à cinq heures.*
Il travaille *tous les matins.*

REMARQUE : En l'absence de toute indication contextuelle, une phrase comme :

ex. : *Il se réveille à huit heures et part au bureau sans avoir déjeuné.*

est difficilement interprétable : s'agit-il d'un événement se produisant une seule fois, ou au contraire se répétant habituellement ? On voit donc que la valeur itérative n'est qu'un effet de sens contextuel.

d) extension de la valeur de base

Intégrant cette parcelle de passé et d'avenir, le présent peut, par extension de sa valeur d'actualité, être employé dans le discours pour évoquer un événement passé ou futur. Ces emplois *dilatés* du présent sont très fréquents à l'oral.

Décalage vers le passé : très fréquemment à l'oral, le présent est employé pour évoquer un passé très proche, encore actuel pour l'énonciateur :

ex. : *Je* reviens *d'Angleterre où j'ai reçu un excellent accueil.*
J'apprends *à l'instant une nouvelle étonnante.*

REMARQUE : On observera que les périphrases verbales à valeur de passé sont formées d'un semi-auxiliaire conjugué au présent :

ex. : *Il* vient *de sortir.*

Décalage vers l'avenir : le verbe au présent peut évoquer un procès à venir, mais que l'énonciateur intègre d'ores et déjà à son actualité :

ex. : *Je* descends *à la prochaine station.*
Je me sauve *cette nuit ; en deux jours (...) je* suis *à Besançon ; là je* m'engage *comme soldat...* (J.-J. Rousseau)

REMARQUE : On notera que les périphrases verbales à valeur de futur sont formées d'un semi-auxiliaire conjugué au présent :

ex. : *Je* suis *sur le point de partir.*

2. Emplois à valeur stylistique

Il s'agit ici d'un emploi remarquable du présent. La forme verbale apparaît en effet, non plus dans le discours, mais **en contexte de récit** : elle est donc coupée de la situation d'énonciation. Avec le **présent**

historique appelé encore **présent de narration**, sont évoqués des événements situés dans le passé. La forme verbale constitue en fait une variante stylistique de l'imparfait ou du passé simple, avec lesquels elle peut toujours commuter :

ex. : *Sous moi donc cette troupe* s'avance
Et porte *sur le front une mâle assurance.*
Nous partîmes cinq cents...
(P. Corneille)

3. **Valeur modale**

Le présent sert ici à traduire l'attitude de l'énonciateur par rapport à l'événement considéré.

a) dans le système hypothétique

Après la conjonction *si*, le présent s'associe au futur dans la principale pour marquer l'éventualité :

ex. : *Que ne fera-t-il pas, s'il* peut *vaincre le Comte?*
(P. Corneille)

b) dans la modalité jussive

La phrase s'interprète comme l'énoncé d'une volonté (dans toutes ses nuances, de l'ordre à la requête); il s'agit de variantes de l'impératif :

ex. : *Tu* finis *ton assiette ou tu* vas *au lit tout de suite.*

Le présent, conçu par l'énonciateur comme frontière entre le passé et l'avenir, est donc propre à intégrer au moment de l'énonciation une part de l'une et l'autre dimension temporelle. L'énonciateur peut ainsi prendre en charge dans son univers actuel des procès situés en deçà ou au-delà. Cette prise en charge, on l'a vu, autorise parfois un décalage de l'ensemble du système temporel, créant l'illusion d'une descente du passé vers le présent, ou d'une remontée de l'avenir vers le moment de l'énonciation. Forme verbale éminemment plastique, susceptible de se plier à un grand nombre d'emplois, le présent rend compte moins du temps précis de l'événement que de celui de sa prise en charge par l'énonciateur.

B. LE FUTUR

Définition : la morphologie du futur dénonce son lien avec le présent, puisqu'il est formé à partir d'une périphrase intégrant l'infinitif simple du verbe et le verbe *avoir* conjugué au présent : *je chanterai* se décompose ainsi en *chanter+ai, tu chanteras* < *chanter+as*, etc.

Valeur aspectuelle : à la différence du présent qui évoque une succession d'instants, les uns accomplis, les autres à venir, le futur donne du procès une image globale, synthétique, non décomposable (*aspect global*).

1. **Valeur de base**

a) le futur catégorique

Le futur évoque l'avenir vu du présent, c'est-à-dire, plus précisément, conçu à partir du moment de l'énonciation. Du même coup, la forme verbale peut être accompagnée de marqueurs temporels qui indiquent la situation dans le temps par rapport au présent de l'énonciateur (*demain, désormais, dans une minute, tout à l'heure...*) : ce sont des *déictiques*, ce qui signifie que ces mots désignent la situation d'énonciation, à partir de laquelle seulement ils peuvent être interprétés.

REMARQUE : La référence au présent peut se faire explicitement grâce à des adverbes ou locutions adverbiales :

ex. : *Je travaillerai* ce matin.
Je ne sortirai pas aujourd'hui.

Le temps présent est alors conçu comme une période élargie dans laquelle se profile l'avenir. On ne confondra pas ces exemples avec des phrases comme :

ex. : *Quand nous verrons-nous à* présent *?*

En effet la locution adverbiale *à présent* fait ici référence au moment de l'énonciation, à partir duquel démarre le procès futur (*à présent = désormais*). Elle ne marque donc pas la référence à l'avenir, mais définit au contraire l'époque de référence pour la délimitation du futur.

L'avenir étant construit à partir du présent, il est au futur donné comme certain : le fait évoqué entre dans l'univers de croyance de l'énonciateur, que ce fait soit ancré dans un avenir indéterminé,

ex. : *Moi aussi je* regarderai *les étoiles.*
(A. de Saint-Exupéry)

ou précisément déterminé :

ex. : *Demain nous* partirons *pour Naples.*

Dans sa valeur de base, le futur est donc **catégorique** : posant l'avenir à partir du présent, il réduit le coefficient d'incertitude qui s'attache normalement à cette représentation.

b) extension de la valeur de base

Présentant l'avenir comme certain, le futur est apte à évoquer des vérités générales formulées à partir du présent et valables pour l'ensemble des temps à venir (**futur gnomique**) :

ex. : *Tant que les hommes pourront mourir et qu'ils aimeront à vivre, le médecin* sera raillé, *et bien payé.* (La Bruyère)

Le procès futur peut encore être perçu contextuellement comme engagé dans un rythme de répétition ; des marques lexicales (compléments de temps) signalent cette **valeur itérative** :

ex. : *Ils vous* appelleront *quatre fois et vous* ferez *le signal.*

Cette aptitude peut évoluer vers l'indication de l'**habitude** :

ex. : *Un jour il* sera *de bonne humeur, le lendemain on ne* pourra *lui parler.*

2. Emplois à valeur stylistique

Dans un contexte narratif au passé, l'énonciateur, pour des raisons d'expressivité, crée l'illusion de sa présence dans le passé et décrit ainsi comme encore à venir des faits appartenant au passé. La forme verbale recrée dans le passé l'illusion d'une perspective. Ce **futur historique** relève d'un emploi littéraire :

ex. : *Jamais Hugo* n'oubliera *« ce doux voyage en Suisse ».* (A. Maurois)

3. Valeurs modales

Le futur peut encore être utilisé pour traduire une attitude spécifique de l'énonciateur à l'égard de son énoncé.

a) futur de conjecture

Une hypothèse est émise, inférée par l'énonciateur à partir d'indices présents, mais cette conjecture ne pourra être vérifiée que dans l'avenir (d'où l'emploi du futur). L'hypothèse, vraisemblable, n'intègre cependant pas immédiatement l'actualité de l'énonciateur :

ex. : *On sonne, ce* sera *le facteur.*

b) futur d'atténuation

Très fréquent à l'oral, cet emploi du futur *de politesse* opère une transposition ; le fait évoqué réfère à une situation présente, mais dont l'énonciateur, par un mécanisme de mise à distance, feint de rejeter la prise en charge vers l'avenir :

ex. : *Cela vous* fera *dix francs.*

c) futur jussif

Il s'agit d'une des expressions possibles de la modalité jussive. Au futur, la réalisation du procès est présentée comme inéluctable, tandis qu'à l'impératif (ou au subjonctif) rien n'est dit sur ses chances de réalisation. Cet emploi du futur pour marquer l'injonction (dans toutes ses nuances : de l'invitation polie à l'ordre, en passant par la suggestion ou la requête) est très fréquent en français courant :

ex. : *Tu* passeras *à la banque et tu* retireras *un chéquier.*
Vous prendrez *bien une tasse de café?*

Le futur apparaît donc comme une forme verbale de définition simple ; il donne du procès une vision synthétique et globale orientée du présent vers l'avenir. Cette aptitude fondamentale à présenter comme certain ce qui ne l'est pas encore permet d'obtenir des effets particuliers qui révèlent une prise de position spécifique de l'énonciateur sur le fait considéré.

C. L'IMPARFAIT

Définition : cette forme verbale est traditionnellement considérée comme apte à rendre compte d'un processus situé dans le passé. Cette approche devra être nuancée dans la mesure où l'imparfait, forme homologue du présent, se prête comme lui à de multiples emplois qui ne se limitent pas à l'évocation de faits passés.

Quels que soient ses emplois, l'imparfait indique en fait que l'événement n'appartient plus (ou n'appartient pas) à l'actualité de l'énonciateur : soit qu'il relève désormais d'un passé révolu, soit qu'il n'évoque qu'un procès purement fictif.

Valeur aspectuelle : l'imparfait présente le procès dans son déroulement, en cours d'accomplissement (comme toutes les formes simples) ; mais, à l'instar du présent, il en donne une image vue de l'intérieur, dans laquelle les limites initiale et finale ne sont pas prises en compte : c'est la succession temporelle, moment après moment, qui est ainsi représentée (*aspect sécant*).

1. **Valeur de base**

On reconnaît à l'imparfait le pouvoir de présenter une action en cours dans le passé, et l'expression de **présent dans le passé** est couramment utilisée pour rendre compte de cette valeur fondamentale. Ainsi l'imparfait peut être utilisé dans le récit (narration ou description) ou dans le discours pour donner à voir l'événement évoqué dans son développement :

ex. : *La Belle au Bois* dormait. *Cendrillon* sommeillait.
(P. Verlaine)

De cette valeur fondamentale découlent un certain nombre d'emplois particuliers, mais qui lui sont rattachés.

a) alternance imparfait/passé simple dans le récit

L'imparfait, opposé au passé simple, permet de présenter les circonstances, le décor, la toile de fond sur lesquels vont se détacher les événements principaux relatés au passé simple. Ces circonstances ont précédé le processus évoqué au premier plan, et se prolongent après son achèvement :

ex. : *Nous sortîmes du bal, nous tenant par la main. Les fleurs de la chevelure de Sylvie* se penchaient *dans ses cheveux dénoués. (...) Je lui offris de l'accompagner chez elle. Il* faisait *grand jour, mais le temps* était *sombre.* (G. de Nerval)

De la même façon, l'imparfait peut encore être employé pour renvoyer à un procès dont le déroulement est interrompu par un autre événement évoqué au passé simple :

ex. : *Deux coqs* vivaient *en paix : une poule survint...*
(La Fontaine)

b) valeur itérative

Il s'agit, comme au présent, d'un cas particulier lié à l'interprétation contextuelle. L'imparfait peut en effet, avec des verbes perfectifs mais aussi imperfectifs, servir à marquer la **répétition dans le passé**. Il est alors environné de marques temporelles exprimant l'engagement du procès dans un rythme :

ex. : *Il* sortait *tous les jours à sept heures.*

De cette valeur découle l'imparfait dit ***d'habitude*** :

ex. : *Il y* entrait *à huit heures du matin, y* restait *jusqu'à midi,* venait *déjeuner, y* retournait *aussitôt et y* demeurait *jusqu'à sept ou huit heures du soir.* (M. Maeterlinck)

c) le mécanisme du décalage : expression de la parole de l'autre

L'imparfait peut encore présenter, en opposition avec l'univers actuel de l'énonciateur, un autre univers, non assumé par lui, mais pris en charge par un autre énonciateur : il permet alors l'expression de la parole (ou pensée) d'un autre.

Imparfait de commentaire

Dans un contexte narratif au passé, le surgissement de l'imparfait peut marquer l'intervention du narrateur pour commenter des faits qui, relatés au passé simple, semblaient se raconter d'eux-mêmes. Les événements considérés font l'objet d'une explication ou d'une appréciation formulée en marge du récit ; une autre voix, étrangère à la pure voix narrative, se fait donc entendre :

ex. : *Tout à coup La Marseillaise retentit. Hussonnet et Frédéric se penchèrent sur la rampe. C'*était *le peuple. Il se précipita dans l'escalier...* (G. Flaubert)

Imparfait de discours indirect

Cette forme verbale se rencontre encore, dans un contexte narratif au passé, pour transcrire la parole ou la pensée d'un personnage (au discours indirect ou indirect libre), que celle-ci soit ou non rattachée à un terme introducteur :

ex. : *La dame au nez pointu répondit que la terre*
Était *au premier occupant.*
*C'*était *un beau sujet de guerre*
Qu'un logis où lui-même il n'entrait *qu'en rampant.*
(La Fontaine)

Dans un contexte narratif au passé, l'imparfait se substitue à ce qui, dans le discours direct, aurait pris la forme du présent (*La terre* est *au premier occupant. C'*est *un beau sujet de guerre...*) : ce mécanisme de transposition relève du phénomène dit *de concordance.* L'imparfait permet de réduire le décalage temporel entre le temps de la narration (au passé) et celui du fait évoqué, qui constitue, lui, l'actualité présente du locuteur.

REMARQUE : Cependant, le phénomène de concordance ne s'applique pas automatiquement lorsque la subordonnée rend compte d'une vérité générale, d'une définition valable quelle que soit l'époque considérée :

ex. : *Il expliqua qu'un triangle isocèle* est *un triangle qui a deux côtés égaux.*

On peut noter encore que l'imparfait, en concordance, peut évoquer l'avenir vu du passé (comme le ferait normalement le conditionnel) ; l'emploi de cet imparfait correspond à la transposition d'un présent à valeur de futur proche :

ex. : *Il écrivit qu'il* arrivait *le lendemain.* (= «J'arrive demain.»)

2. Emplois à valeur stylistique

a) imparfait historique

Dans son emploi usuel, l'imparfait, qui offre la vision d'un processus perçu dans son développement, s'adapte particulièrement aux verbes imperfectifs puisque ceux-ci n'impliquent pas en eux-mêmes leur limite finale. Or, cette forme verbale peut aussi s'utiliser, de façon figurée, avec la catégorie opposée des **verbes perfectifs**. L'imparfait, dans cet emploi apparemment contradictoire (puisque le terme final du procès est impliqué dans la seule mention de celui-ci), permet alors de **dépasser les bornes inpliquées par le sens du verbe pour en suggérer le développement ultérieur**. Des indications temporelles viennent ainsi souligner le moment à partir duquel s'ouvre précisément cette situation nouvelle. Cet emploi de l'imparfait, appelé *historique*, ou encore *imparfait de clôture* ou *de rupture*, recrée en somme, au début ou à la fin d'un récit, une situation d'expectative dont les conséquences pourront être développées dans la suite de la narration, ou simplement suggérées au lecteur :

ex. : *En 1815, Napoléon* partait *pour Sainte-Hélène.*

b) imparfait d'imminence

Un emploi parallèle avec des verbes perfectifs est présenté par l'imparfait appelé *d'imminence* :

ex. : *Un instant après, le train* déraillait.
Je sortais *quand tu es arrivé.*

On perçoit dans ces emplois de l'imparfait avec les verbes perfectifs, qu'une distance est prise par l'énonciateur par rapport à l'événement. La borne finale, impliquée par le verbe perfectif, est comme effacée par l'énonciateur, qui donne alors l'illusion de laisser peser sur l'événement tout le poids du possible.

REMARQUE : L'imparfait, à ce point de l'analyse, permet donc bien de figurer la distance :
– distance dans le temps, puisque le fait évoqué, appartenant au passé, n'est plus intégré à l'actualité de l'énonciateur, et/ou
– distance par rapport au fait lui-même : l'événement et ses conséquences ne sont pas assumées par l'énonciateur qui suggère ainsi une mise en perspective dans le passé, génératrice de possibles.

3. **Valeurs modales**

Dans tous les emplois qui vont être analysés, l'imparfait n'est plus inséré dans un cadre temporel passé (il ne décrit plus un procès qui a eu lieu dans le passé), mais il est apte à transcrire la distance prise par l'énonciateur par rapport à l'événement : **le procès évoqué à l'imparfait est présenté comme s'il n'appartenait pas à l'univers de croyance de l'énonciateur.**

a) dans le système hypothétique

En subordonnée hypothétique introduite par *si*, l'imparfait marque que le procès est exclu de l'univers de croyance de l'énonciateur :

ex. : *Si vous* étiez *si méchant vous ne le diriez pas.*
(H. de Montherlant)

REMARQUE : On peut noter que l'hypothèse ne se combine pas exclusivement avec le conditionnel : les conséquences éventuelles peuvent aussi être actualisées dans le présent de l'énonciateur :

ex. : *Il court comme s'il* avait *le diable à ses trousses.*

b) hors du système hypothétique

L'imparfait traduit ici encore une volonté de mise à distance.

– **imparfait d'atténuation** : par politesse, l'énonciateur feint de rejeter hors de son univers de croyance un fait qui pourtant le concerne dans l'immédiat. Cet emploi est très usité à l'oral :

ex. : *Je* voulais *vous demander un petit service.*

– **imparfait hypocoristique** : l'énonciateur, en situation d'interlocution, exclut le destinataire de son discours en lui déniant le statut de locuteur :

ex. : *Comme il* souffrait *ce pauvre chéri !*

REMARQUE : On notera que cette situation d'exclusion de l'interlocution se traduit encore par la substitution de la P3 *(il)* à la P2 *(tu)*; c'est qu'en effet, la P3 est par définition celle qui n'a pas le statut de locuteur.

– un cas particulier est présenté par l'imparfait évoquant, vu du passé, **un fait perçu comme imminent et inéluctable, mais qui pourtant ne s'est pas réalisé effectivement** (il n'est donc pas intégré à l'univers de l'énonciateur) :

ex. : *Sans ton courage, cet enfant* se noyait.

Il faut donc souligner la dimension non temporelle de l'imparfait, apte à témoigner d'un recul pris par rapport à l'événement qui se trouve de ce fait écarté du monde actuel de l'énonciateur, non assumé par lui. La forme verbale de l'imparfait présente donc fondamentalement une différence radicale avec le passé simple, qui fonctionne exclusivement comme temps du passé.

D. LE CONDITIONNEL

Définition : la morphologie de cette forme verbale (appelée encore *forme en -rais)* est parallèle à celle du futur, dont elle retrouve l'élément *-r-*, issu de l'infinitif; mais le conditionnel emprunte ses désinences à l'imparfait *(-ais, -ais, -ait, -ions, -iez, -aient)* : *tu chanterais* se décompose donc en *chanter+ais.*

Valeur aspectuelle : comme le futur, le conditionnel donne du procès une vision globale et synthétique, indécomposable en une suite d'instants *(aspect global).*

1. Valeur de base

Comme le futur, le conditionnel indique une vision postérieure du procès : cette fois cependant, le point de référence à partir duquel est envisagé l'avenir n'est plus le présent, mais bien le passé. Dans sa valeur de base, cette forme verbale n'exprime donc en rien le « conditionnel » ou l'hypothèse, mais bien **l'avenir vu du passé**.

Cette valeur temporelle fondamentale est sensible dans les structures de **discours indirect** (qui rapportent les paroles ou les pensées d'un personnage) :

ex. : *Il m'écrivit qu'il* partirait *seul en vacances.*

Si le verbe principal au passé disparaît et qu'est mentionné en phrase indépendante le seul contenu du discours, la structure prend la forme de **discours indirect libre**, avec le même emploi du conditionnel :

ex. : *Il m'écrivit une longue lettre. Cette année, il* partirait *seul en vacances pour faire le point.*

Dans ces emplois, on observe le phénomène de **concordance** : dans un contexte au passé, le conditionnel se substitue, pour évoquer l'avenir, à ce qui serait un futur au discours direct *(Je* partirai *seul en vacances...)*, afin de réduire l'écart temporel entre récit et discours. On l'a parfois appelé, dans cet emploi, **futur du passé**.

Telle est en effet l'analyse traditionnelle de cet emploi du conditionnel. Mais il est aisé de voir que cette forme verbale rend compte ici de la parole d'un locuteur second, distinct de celui qui énonce le récit, même si celui-ci s'effectue à la première personne. Ainsi la forme du conditionnel permet-elle fondamentalement de présenter un point de vue différent de celui de l'énonciateur premier.

2. Valeur modale

a) dans le système hypothétique

En proposition principale

Dans le système hypothétique, le fait énoncé par la proposition principale est soumis à la réalisation de l'hypothétique *(si P, Q)*; par suite, la principale s'inscrit nécessairement dans le monde des possibles. Telle est bien la valeur du conditionnel dans ce cas, qui marque précisément que l'univers évoqué n'est pas le monde de ce qui est tenu pour vrai par l'énonciateur :

ex. : *Si tu venais, nous* ferions *la fête.*
Si tu étais là, nous ferions *la fête.*

En proposition subordonnée

La subordonnée hypothétique, lorsqu'elle est introduite par *si*, exclut la présence du conditionnel. Mais on notera qu'après d'autres outils conjonctifs *(au cas où, quand bien même, quand...)*, ou bien dans le cadre de la subordination implicite (parataxe), cette forme verbale réapparaît :

ex. : *Dans le cas où il* ferait *beau, j'irais à la campagne.*
Vous ne me l'auriez *pas* dit *(que), je l'aurais deviné.*

REMARQUE : Hors de tout contexte, ou en l'absence d'indications temporelles spécifiques, il est impossible de faire la distinction entre **potentiel** (fait possible dans l'avenir) et **irréel du présent** (fait actuellement impossible) : il s'agit donc de valeurs liées, non à la grammaire (à la différence du latin qui recourait à des marques verbales spécifiques), mais à l'interprétation des énoncés. (Voir **hypothétique**)

b) hors du système hypothétique

Le conditionnel est donc propre à restituer un univers de croyance distinct de celui de l'énonciateur premier. Aussi la forme est-elle fréquemment utilisée, hors du système hypothétique, pour présenter une information donnée comme incertaine :

ex. : *Selon nos correspondants, le chef d'État* quitterait *Paris vers 15 heures.*

L'énonciateur premier, comme on le voit, refuse de prendre en charge le contenu de l'énoncé, qu'il attribue ici explicitement à une autre source.

La distance prise par l'énonciateur se manifeste encore dans d'autres effets de sens liés à l'emploi du conditionnel :

– la pure éventualité ;

ex. : Connaîtriez-vous *la personne qui tient ce magasin ?*

REMARQUE : Associée à la modalité interrogative, dans le cadre de la question rhétorique (c'est-à-dire une phrase de forme interrogative qui ne constitue pas une question mais oriente vers une conclusion imposée), l'éventualité peut alors marquer le doute ou l'appréhension :

ex. : Trahirait-il *notre secret ?*

Quoi, vous iriez dire *à la vieille Émilie*
Qu'à son âge il sied mal de faire la jolie... ?
(Molière)

ou bien l'éventualité écartée comme absurde :

ex. : J'ouvrirais *pour si peu le bec !*
(La Fontaine)

– le rêve ou l'imagination ludique ;

ex. : *Tout y* parlerait
À l'âme en secret
Sa douce langue natale.
(C. Baudelaire)
Tu serais *le papa et moi la maman et on* irait *au restaurant...*

– l'atténuation : la distance prise par l'énonciateur permet de faire passer poliment une requête en la présentant comme hors de son actualité (alors même qu'elle concerne le présent) :

ex. : Pourriez-*vous me rendre un petit service ?*

L'hiatus est donc moins large qu'il n'y paraît entre la valeur temporelle et la valeur modale du conditionnel. Dans les deux cas en effet, cette forme verbale témoigne de l'**écart** entre ce qui est (univers actuel de l'énonciateur) et ce qui pourrait être ; la désinence d'imparfait sanctionne ainsi la distance prise par rapport à l'événement, qu'il soit passé ou présent.

E. LE PASSÉ SIMPLE

Définition : nommé par certains grammairiens *passé défini*, le passé simple a une pure valeur temporelle qu'on se propose ici de décrire : on n'opposera donc pas une valeur de base, seule représentée, à d'autres emplois (stylistiques ou modaux).

Valeur aspectuelle : à l'opposé de l'imparfait, avec lequel il se combine souvent, le passé simple donne du procès une vision globale, c'est-à-dire qu'il en présente tout à la fois le terme initial, le développement complet, et le terme final. Le procès est perçu dans sa globalité comme une totalité finie *(aspect global).*

Cette forme verbale présente, en français moderne, la particularité essentielle de n'apparaître qu'en usage écrit, réservé à des emplois littéraires. C'est par excellence le **temps du récit**.

a) temps du récit

Le passé simple présente, dans sa totalité finie et bornée, un procès situé dans un passé révolu, sans lien exprimé avec le moment de l'énonciation. Les faits, délimités dans le passé, s'enchaînent les uns aux autres et semblent se raconter eux-mêmes :

ex. : *Adrienne* se leva. *Développant sa taille élancée, elle nous* fit *un salut gracieux et* rentra *en courant dans le château.*

(G. de Nerval)

REMARQUE : Cette vision synthétique et globale du procès au passé simple n'empêche pas que soit mentionnée la distance entre le terme initial et le terme final du procès. Le laps de temps dans lequel il s'inscrit est ainsi dominé et cadré :

ex. : *Il* marcha *trente jours, il* marcha *trente* nuits.

(V. Hugo)

On peut rappeler ici que, par opposition à l'imparfait, le passé simple traduit le fait saillant, l'événement qui surgit sur une toile de fond évoquée à l'imparfait :

ex. : *Je me* levai *enfin courant au parterre du château où se trouvaient des lauriers, plantés dans de grands vases de faïence...*

(G. de Nerval)

Cette valeur de base peut donner naissance, selon le contexte, à des emplois particuliers du passé simple.

b) valeur itérative

La présence de marques lexicales (ou parfois le seul contexte) conduisent parfois à interpréter le procès au passé simple sous l'angle de la répétition :

ex. : *Il* l'appela *quatre fois sans succès.*

c) valeur gnomique

Il s'agit d'un emploi assez paradoxal (et rare) du passé simple. En effet, l'expression de la totalité bornée dans le passé, confiée au passé simple, devrait normalement lui interdire la formulation d'une vérité générale ou d'une définition à valeur omni-temporelle. On observe cependant qu'en prolongement de sa valeur itérative, apparaît une valeur gnomique au passé simple ; le contexte oriente vers cette interprétation en fournissant des marques temporelles évoquant l'absolu *(toujours, jamais...)* ou la fréquence *(souvent...)* :

ex. : *Qui ne sait se borner ne* sut *jamais écrire.*

(Boileau)

La représentation du procès exprimé au passé simple est nette : cette forme verbale présente un moment délimité dans le passé, susceptible de s'enchaîner à un autre moment, suggérant ainsi la pure succession chronologique d'événements révolus. La netteté de cette valeur n'a cependant pas empêché sa décadence dans la langue courante. Le jeu insolite des désinences aux premières personnes du pluriel (*-^mes, -^tes...*) a sans doute conduit au choix du passé composé comme substitut usuel du passé simple.

III. LES FORMES COMPOSÉES DE L'INDICATIF

Toutes les formes composées, on l'a vu, évoquent, quelle que soit l'époque dans laquelle elles s'inscrivent, un procès dont le déroulement est donné comme **accompli** (valeur aspectuelle).

Mais, dans une même phrase, la combinaison possible d'une forme composée avec une forme simple, pour une même époque (passé, présent ou futur), conduit à donner à la forme composée une valeur temporelle, ou plus exactement, chronologique : celle-ci est alors perçue comme **antérieure** à la forme simple – d'où la terminologie de *passé antérieur* et de *futur antérieur*. Ainsi :

ex. : *Quand tu* auras mangé*, tu débarrasseras la table.*
Lorsqu'il eut déjeuné, *il sortit.*

Pour chacune des formes considérées, il faudra donc dégager les expressions, parfois non parallèles, de la valeur aspectuelle d'accompli et de la valeur temporelle d'antériorité.

Par ailleurs, des phénomènes de décalage à valeur stylistique pourront être mis en évidence, pour les formes composées comme pour les formes simples. Il y aura donc lieu de séparer ici encore la valeur de base de la valeur stylistique, elle-même distincte de la valeur modale.

A. LE PASSÉ COMPOSÉ

Définition : formé à partir de l'auxiliaire *être* ou *avoir* conjugué au présent, suivi de la forme adjective du verbe, le passé composé garde la trace des valeurs de base du présent : c'est fondamentalement un **temps du discours**.

1. Valeur de base

a) valeur d'accompli

Le procès est vu depuis le présent de l'énonciateur, dans la mesure où l'événement touche ce présent : l'événement passé se prolonge par ses conséquences dans le présent de l'énonciateur.

Le passé composé fonctionne donc normalement comme forme d'**accompli dans le présent**. Des compléments de temps peuvent venir indiquer précisément ce point d'ancrage :

ex. : *Maintenant les soldats* ont exécuté *l'ordre : le condamné* a été fusillé.
*Jusqu'à présent Paul n'*a écouté *que de la musique classique.*

Le passé composé peut encore évoquer un événement futur et proche, mais perçu dans le présent comme déjà accompli :

ex. : *Attends-moi : j'*ai fini *dans deux minutes.*

b) valeur d'antériorité

Le passé composé, quelle que soit la nature du verbe, peut marquer la simple antériorité. Il concurrence dans le récit le passé simple, puisqu'il est apte à évoquer un procès accompli dans un passé indéterminé :

ex. : *Il* a acquis *une bonne formation et* a exercé *une profession qui lui plaisait. Puis la guerre* a éclaté.

Mais il peut aussi présenter un fait daté dans le passé, par rapport au présent de l'énonciation :

ex. : *Hier il* a plu.

On notera que ce fait peut être limité en durée :

ex. : *Hier il a plu toute la journée.*

REMARQUE : Dans ces emplois, le passé composé s'oppose à l'imparfait. Dans la phrase,

ex. : *La nuit dernière il pleuvait.*

le fait est présenté non comme limité dans le passé, mais comme se déroulant tout au long de cette période, de laquelle il est donc contemporain.

c) valeur itérative

Que le procès ait valeur d'accompli ou de simple antériorité chronologique, il peut, en contexte, s'interpréter comme un événement qui se répète :

ex. : *On m'*a *souvent* demandé *de m'expliquer sur le personnage d'Aurélien.* (L. Aragon)

d) valeur omni-temporelle

La valeur d'accompli propre au passé composé s'étend à la présentation d'un fait conçu comme **vérité générale** : les résultats du procès accompli sont décrits comme pouvant se vérifier, quelle que soit l'époque, dans le moment de l'énonciation. On remarquera que, dans cet emploi, le passé composé est accompagné de marques temporelles *(toujours, jamais, souvent...)* :

ex. : *La discorde* a *toujours* régné *dans l'univers.* (La Fontaine)

REMARQUE : Le passé composé, à valeur de **caractérisation**, peut venir s'insérer dans un récit au passé, et figurer dans un commentaire du narrateur ; celui-ci en effet commente le récit en faisant valoir le prolongement du passé dans le moment même de la narration :

ex. : *Je me représentai un château du temps de Henri IV [...]. Des jeunes filles dansaient en rond sur la pelouse, en chantant de vieux airs transmis par leur mère et d'un français si naturellement pur qu'on se sentait bien exister dans ce vieux pays du Valois où pendant plus de mille ans* a battu *le cœur de la France.* (G. de Nerval)

2. Valeur modale

Le passé composé s'emploie dans la subordonnée hypothétique, pour marquer l'éventualité. Le procès évoqué dans l'hypothèse étant par définition antérieur au procès principal qui en découle (et s'exprime au futur ou au présent), on recourt à cette forme d'accompli :

ex. : *Si vous* avez terminé *dans une semaine, vous m'en avertirez.*

REMARQUE : Le passé composé a pu se trouver employé avec les verbes modaux *devoir, falloir, pouvoir* pour marquer **l'irréel du passé**. Cet emploi se rencontre dans la langue classique :

ex. : *Vous dont* j'ai pu (= j'aurais pu) *laisser vieillir l'ambition...* (Racine)

Cet emploi est archaïque en français moderne.

B. LE FUTUR ANTÉRIEUR

Définition : il inscrit le futur simple dans sa formation, puisque c'est à cette forme que se conjugue l'auxiliaire *être* ou *avoir*. Aussi le futur antérieur conserve-t-il la trace des valeurs de base de la forme simple : son aspect global (vision synthétique de l'événement) et la vision qu'il donne d'un avenir perçu du présent de l'énonciation, et conçu comme certain. Le futur antérieur, comme le futur simple, est donc un **temps du discours**.

1. Valeur de base

a) valeur d'accompli

C'est la valeur essentielle du futur antérieur. Le fait est perçu comme accompli dans l'avenir :

ex. : J'aurai fini *dans un petit quart d'heure.*

b) valeur d'antériorité

En parallèle avec une action évoquée au futur simple, le futur antérieur est apte à marquer l'antériorité dans l'avenir :

ex. : *Quand j'*aurai fini, *je sortirai.*

2. Valeur stylistique

Le futur antérieur peut être utilisé pour présenter un **fait accompli dans le présent** ; l'énonciateur se projette fictivement dans l'avenir pour en dresser le bilan :

ex. : J'aurai *même pas* tiré *un coup de fusil, dit-il avec amertume.* (J.-P. Sartre)

3. Valeur modale

Comme le futur, le futur antérieur se rencontre avec une **valeur de conjecture**. L'énonciateur émet une hypothèse concernant un procès peut-être accompli dans le présent, mais dont la réalité ne peut être vérifiée que dans l'avenir :

ex. : *Il* aura *encore* oublié *l'heure !*

C. LE PLUS-QUE-PARFAIT

Définition : il intègre l'auxiliaire *être* ou *avoir* conjugué à l'imparfait ; comme on le verra, la valeur aspectuelle de la forme – elle présente le procès dans les différentes étapes de son déroulement (aspect sécant) – reste sensible dans certains emplois du plus-que-parfait. Ceux-ci sont beaucoup plus étendus que ceux du passé antérieur, qui conserve la marque de la vision proposée au passé simple (aspect global et synthétique d'un procès dont on ne donne pas à voir le déroulement).

Comme l'imparfait, le plus-que-parfait peut fonctionner dans le récit ou dans le discours.

1. Valeur de base

a) valeur d'accompli

Le procès est perçu comme accompli dans le passé, et comme tel évoque un état. Le résultat du procès accompli est inscrit dans un passé indéterminé :

ex. : *Tous les preux* étaient morts, *mais aucun n'*avait fui.
(A. de Vigny)

Le plus-que-parfait peut évoquer un procès ayant duré dans le passé : des compléments de temps viennent alors préciser cette durée d'accomplissement,

ex. : *Ils* avaient combattu *tout un mois pour enlever la citadelle.*

ou bien indiquent le point d'achèvement du procès au-delà duquel s'engage une situation nouvelle :

ex. : *Il* avait *beaucoup* lu *et* travaillé *en solitaire jusqu'à la mort de sa mère.*

b) valeur d'antériorité

Cette valeur se superpose souvent à la valeur d'accompli lorsque la forme verbale se trouve opposée à l'imparfait, qui décrit un fait postérieur à celui qui est évoqué au plus-que-parfait. Le fait antérieur engage une situation nouvelle (exprimée à l'imparfait) :

ex. : *Un pince-maille* avait *tant* amassé
Qu'il ne savait où loger sa finance.
(La Fontaine)

Mais le plus-que-parfait peut encore exprimer une action antérieure, située dans un passé indéterminé, par rapport à tout autre événement passé :

ex. : *Paul a perdu/perdit le livre qu'il* avait acheté.

c) valeur itérative

Le plus-que-parfait, comme l'imparfait, est apte à exprimer un procès qui se répète, qu'il s'agisse d'un événement accompli ou de la simple valeur d'antériorité :

ex. : *Quand il* avait déjeuné, *il faisait le tour du jardin.*

d) le mécanisme du décalage : expression de la parole de l'autre

Plus-que-parfait de commentaire : la forme verbale intervient dans le cours d'un récit pour restituer le discours du narrateur qui commente les faits relatés :

ex. : *Il se sentit de plus en plus mal à l'aise : les déclarations de sa sœur l'*avaient embarrassé.

Plus-que-parfait de discours indirect : il constitue l'expression, dans le cadre du discours indirect ou indirect libre, des paroles ou des pensées d'un personnage de récit :

ex. : *Il me disait souvent qu'il ne l'*avait *jamais* aimé.

Il se reprenait à regretter la guerre.
Enfin, pas la guerre. Le temps de la guerre. Il ne s'en était *jamais* remis. *Il n'*avait *jamais* retrouvé *le rythme de la vie.* (L. Aragon)

Il se substitue alors à ce qui, dans le discours direct, aurait été noté par le passé composé. *(Il me disait : « Je ne l'ai jamais aimé. » Il pensait : « Je ne m'en suis jamais remis. Je n'ai jamais retrouvé le rythme de la vie. »)*

REMARQUE : Du commentaire à la parole rapportée, la frontière est parfois ténue :
ex. : *Aurélien n'aurait pas pu dire si elle était blonde ou brune. Il l'*avait *mal* regardée. (L. Aragon)

Dans cet exemple, il est difficile de savoir s'il s'agit d'un commentaire du narrateur expliquant l'attitude du personnage, ou bien du discours rapporté du personnage lui-même.

2. Valeur stylistique

Le plus-que-parfait garde trace de la valeur fondamentalement sécante de l'imparfait. Il ne devrait donc pas pouvoir être employé avec les verbes perfectifs, qui évoquent tous un procès vu dans sa totalité, le terme final étant obligatoirement considéré comme atteint. Il ne paraît pas non plus compatible avec la vision d'un procès dont on souligne que l'accomplissement est si rapide que le terme final se confond presque avec le terme initial. Or, il se trouve qu'on rencontre le plus-que-parfait dans l'un et l'autre cas. Il prend alors une valeur stylistique.

a) avec les verbes perfectifs

Le plus-que-parfait souligne que le terme final ouvre une situation nouvelle dont l'importance outrepasse le fait lui-même, et inaugure des prolongements divers :

> ex. : *En 1855, la guerre d'Italie* avait mis aux prises *la France et l'Autriche.*

Il constitue dans cet emploi le pendant exact de l'imparfait dit *historique* (voir plus haut).

b) avec indication d'une durée brève

> ex. : *En un clin d'œil, il* s'était dépouillé *de ses vêtements.*

Dans cet emploi seulement, le plus-que-parfait peut commuter avec le passé antérieur – qui, en raison de son aspect global, est naturellement propre à évoquer un procès de courte durée :

> ex. : *En un clin d'œil, il* se fut dépouillé *de ses vêtements.*

3. Valeur modale

Le plus-que-parfait traduit, comme l'imparfait, la distance prise par l'énonciateur par rapport à son énoncé.

a) dans le système hypothétique

On rencontre le plus-que-parfait dans la subordonnée hypothétique introduite par *si*, antérieure logiquement à la principale (qui décrit les conséquences impliquées). Le plus-que-parfait marque la distance prise par l'énonciateur devant un fait qu'il conçoit comme possible dans le passé, mais dont il sait que les chances de réalisation ont été détruites par le cours des événements (**irréel du passé**) :

ex. : *Si vous* aviez vu *leur maison de ce temps-là, elle vous aurait fait peine.* (A. Daudet)

b) hors du système hypothétique

Il fonctionne de façon parallèle à l'imparfait.

Il s'emploie pour marquer les conséquences inéluctables d'un événement évité de justesse :

ex. : *Sans votre courage, cet enfant* était mort.

On le trouve encore pour marquer la distance par rapport à un énoncé que l'énonciateur ne prend pas entièrement en charge : le plus-que-parfait remplace alors le présent à des fins d'atténuation et/ou de politesse :

ex. : *J'*étais venu *vous demander un petit service.*

C'est encore le cas dans les emplois dits *hypocoristiques*, fréquents en langage familier :

ex. : *Comme il* avait *bien* mangé*, le petit vaurien !*

D. LE CONDITIONNEL PASSÉ

Définition : il intègre dans sa forme l'auxiliaire *être* ou *avoir* conjugué au conditionnel. Comme la forme simple, il s'emploie avec une valeur de base, temporelle, ou avec une valeur modale.

1. Valeur de base

Le conditionnel passé possède dans cet emploi une valeur temporelle de **futur antérieur du passé**.

a) valeur d'accompli

Il présente un fait à venir, vu du passé, sous son aspect accompli. Il s'inscrit alors dans le cadre du **discours indirect ou indirect libre**, pour évoquer les paroles ou les pensées du personnage :

ex. : *Il croyait qu'il* aurait fini *son livre à la fin du mois.*
Il était heureux : il aurait fini *son livre à la fin du mois.*

b) valeur d'antériorité

Couplé avec la forme simple, le conditionnel passé peut, toujours dans le cadre du discours rapporté, exprimer l'antériorité :

ex. : *Il m'a dit qu'il prendrait des vacances quand il* aurait fini *son livre.*

REMARQUE : On rappellera l'analyse des emplois parallèles du conditionnel ; se trouve ainsi reproduite la parole d'un énonciateur second, perçu comme distinct de celui qui énonce *il m'a dit.* Un autre univers de croyance est ainsi mis en place.

2. **Valeur modale**

a) dans le système hypothétique

La proposition principale au conditionnel passé exprime un **irréel du passé** : elle envisage un procès qui aurait pu être accompli dans le passé, mais que le cours des événements a démenti :

ex. : *S'il était venu, je l'*aurais reçu.

b) hors du système hypothétique

Mise à distance

Le conditionnel passé présente un procès dont l'accomplissement est donné comme incertain, puisque l'événement est pris en charge, non par l'énonciateur principal, qui s'en distancie, mais par un autre énonciateur (qui peut rester implicite) :

ex. : *(Selon l'A.F.P.) le chef de l'État* aurait quitté *Paris vers dix heures.*

La forme composée traduit de même cette distance de l'énonciateur lorsqu'elle marque une atténuation polie :

ex. : *J'*aurais voulu *vous demander un petit service.*

En contexte interrogatif ou exclamatif, le conditionnel passé évoque une possibilité que l'énonciateur récuse :

ex. : *Moi, j'*aurais allumé *cet insolent amour?*

(P. Corneille)

Rêve ou imagination

L'univers évoqué au conditionnel passé n'est pas le monde de ce qui est pour l'énonciateur, mais bien un univers imaginaire :

ex. : *J'*aurais pris *un traîneau et nous* serions partis *très loin.*

Irréel du passé

En modalité affirmative, la distance prise par l'énonciateur peut encore exprimer un fait conçu comme possible dans le passé, mais démenti par le cours des événements :

ex. : *Pierre* aurait détesté *cette situation.*

REMARQUE : On a pu faire observer que ces tours impliquaient implicitement une proposition d'hypothèse *(...aurait détesté cette situation s'il l'avait vécue).* On constate que dans cette valeur d'irréel du passé, même en l'absence de la subordonnée hypothétique, le conditionnel passé peut commuter avec le subjonctif plus-que-parfait :

ex. : *Ô toi que j'*eusse aimée (= que j'aurais aimée), *ô toi qui le savais.*
(C. Baudelaire)

E. LE PASSÉ ANTÉRIEUR

Définition : il est formé à l'aide de l'auxiliaire conjugué au passé simple, et comme tel, il en reprend les principaux emplois. Le passé antérieur donne en effet du procès une vision globale, synthétique, dans laquelle le terme initial et le terme final sont perçus (aspect *global*). En outre, il est fondamentalement, comme le passé simple, un temps du récit.

a) valeur d'accompli

En proposition non dépendante, le passé antérieur présente un événement globalement saisi comme accompli ; aussi est-il apte à évoquer des procès donnés comme rapidement survenus :

ex. : *Et le drôle* eut lappé *le tout en un moment.*
(La Fontaine)

b) valeur d'antériorité

En proposition subordonnée temporelle, le passé antérieur exprime un événement passé immédiatement antérieur à un autre événement, évoqué au passé simple :

ex. : *Quand il* eut soufflé *la bougie, tout changea.*
(J. Gracq)

Le terme final du procès évoqué au passé antérieur coïncide avec le terme initial de l'action évoquée au passé simple.

REMARQUE : Ce mécanisme de coïncidence ou de juxtaposition d'événements définit la spécificité du passé antérieur par rapport au plus-que-parfait. Ce dernier en effet, combiné avec toute forme verbale au passé, permet de placer le procès dans un passé indéterminé. On comparera ainsi :

ex. : *Il a fait la promenade qu'il* avait souhaitée.
Quand il eut fini *sa promenade, il rentra directement.*

infinitif

À l'opposé des modes personnels (indicatif, subjonctif, impératif), l'infinitif entre, avec le participe et le gérondif, dans la catégorie des modes du verbe :

– non personnels (il ne varie ni en personne ni en nombre) ;
– non temporels (il ne permet pas de situer le procès dans la chronologie).

Cette morphologie extrêmement réduite traduit en fait la spécificité fondamentale de l'infinitif : s'il appartient bien à la conjugaison du verbe, il ne présente du procès que sa pure image virtuelle, sans le situer dans le monde actuel, c'est-à-dire sans le rattacher explicitement à un support sujet (puisqu'il ne connaît pas la flexion personnelle) ni à la temporalité. On dira donc que l'infinitif **n'actualise pas** (à la différence de l'indicatif, mode de l'actualisation complète). Il laisse au contraire le procès verbal dans sa plus grande virtualité, un peu à l'image du nom employé sans déterminant :

ex. : *courir/course.*

De cette étroite parenté avec le nom, les grammairiens ont tiré la conclusion que l'infinitif constituait, dans la conjugaison, la **forme nominale du verbe** : de même que le participe en serait la forme adjectivale, le gérondif la forme adverbiale, le troisième mode non personnel et non temporel posséderait lui aussi un double statut grammatical.

Après avoir tenté de vérifier cette hypothèse d'analyse, on verra que l'étude des emplois de l'infinitif – sa syntaxe – peut également se mener de ce point de vue.

I. TRAITS GÉNÉRAUX : UNE FORME INTERMÉDIAIRE ENTRE VERBE ET NOM

A. UNE FORME VERBALE

1. Morphologie

a) conjugaison

L'infinitif entre dans les tableaux de conjugaison du verbe, à côté des autres modes impersonnels (participe et gérondif) : il possède ses propres désinences *(-er, -ir, -re, -oir, -ire)*. Mieux encore, c'est lui qui fournit à la fois les entrées du dictionnaire et le modèle de conjugaison à respecter (voir **conjugaison** page 719 et suivantes) :

ex. : *Lire : verbe du troisième groupe.*

b) formes de l'infinitif

Il possède en effet plusieurs formes, qui ont une valeur :
- **de voix** (active/passive), pour les verbes transitifs :

ex. : *aimer/être aimé*

REMARQUE : L'infinitif possède également, pour certains verbes, une forme pronominale :

ex. : *s'aimer*

Celle-ci cependant ne relève pas entièrement du mécanisme de la voix (voir **pronominale** [forme]).

- d'aspect (non accompli/accompli) :

ex. : *aimer/avoir aimé*

Ce dernier point est important, puisque là encore (voir **impératif**, **participe** par exemple), les dénominations traditionnelles d'**infinitif présent** *(aimer)* et d'**infinitif passé** *(avoir aimé)* laissent penser que l'opposition de ces deux formes se situe sur le plan temporel. Il n'en est rien, puisque l'infinitif peut s'employer indifféremment dans tous les contextes temporels :

ex. : *Il fallait lire (avoir lu)/Il faut lire (avoir lu)/Il faudra lire.*

Aussi l'opposition entre forme simple et forme composée de l'infinitif relève-t-elle en fait d'une **différence d'aspect** : la forme simple indique l'aspect non accompli, le procès étant envisagé dans son déroulement ;

l'aspect accompli est propre à la forme composée ; elle présuppose que l'action a eu lieu, et nous livre l'état nouveau résultant de cet accomplissement (*avoir lu* = être dans la situation de celui qui connaît le texte).

Cette opposition aspectuelle, comme toujours, se comprend parfois sous l'angle d'une **chronologie relative** (et non absolue, le procès ne pouvant pas être daté par l'infinitif) : l'infinitif passé sera ainsi compris comme **antérieur** à tout verbe à la forme simple :

ex. : *Tu comprendras après* avoir lu *ce livre.*

2. Syntaxe

L'infinitif possède la plus grande partie des prérogatives syntaxiques du verbe.

a) capacité à régir des compléments verbaux

Il se comporte en effet comme une forme verbale personnelle à l'égard des éventuels compléments qu'il peut régir :
– complément d'objet (direct, indirect ou second) :

ex. : *Lire* un magazine *est distrayant.*
Veille à ne pas le lui *dire.*

– complément d'agent, si l'infinitif est au passif :

ex. : *Un livre est fait pour être lu* par tout le monde.

– complément circonstanciel :

ex. : *J'aime lire* lentement pour mieux savourer mon plaisir.

b) négation de l'infinitif

Comme le verbe personnel, l'infinitif est nié par la négation à deux éléments *(ne... pas/plus/rien/personne,* etc.) :

ex. : *Être ou* ne pas être *?*

tandis qu'il existe pour les autres catégories grammaticales une négation lexicale, sous la forme du préfixe :

ex. : *le* non-*être, l'*im*possibilité.*

On notera cependant que cette négation se place tout entière **à gauche du verbe**, tandis qu'elle encadrait le verbe personnel :

ex. : Ne rien *dire./Je* ne *dis* rien.

c) fonctions verbales de l'infinitif

On verra plus loin que dans ses emplois, l'infinitif peut assurer le rôle de **centre de proposition** (fonction verbale par excellence) :

ex. : *J'entends* siffler le train.

3. Sens

a) procès verbal

L'infinitif possède un **sens verbal** : au contenu lexical proprement dit évoqué par le radical, qu'il possède parfois en commun avec le nom correspondant (*lire/lecture* : fait de déchiffrer pour comprendre un texte écrit), il ajoute une indication spécifiquement verbale, celle de **procès**. L'infinitif dénote ainsi de manière dynamique une action ou un état possédant une durée interne, pouvant être décomposée en une succession d'instants passant de l'un à l'autre (*lire* = commencer, continuer, finir de lire).

b) support actant

Ce procès, en tant que tel, doit être rattaché à un support, *l'actant* (pour *lire*, il faut bien supposer un lecteur). Mais ce support nécessairement impliqué par toute forme verbale peut, à l'infinitif, rester virtuel et inexprimé :

ex. : *Lire est agréable.*

ou bien être déterminé par le contexte, le support actant occupant alors une fonction syntaxique dans la proposition :

ex. : *J'aime lire.* (Support = sujet de la proposition.)
Demande-lui de te lire ce livre. (Support = complément d'objet indirect.)

Le cas le plus radical de présence explicite du support se rencontre dans les emplois du type,

ex. : Moi, *lire des ouvrages de grammaire !*
J'entends siffler le train.

où le support actant constitue le thème d'une proposition.

REMARQUE : Cela a parfois conduit les grammairiens à parler d'un *sujet* de l'infinitif. En réalité, le terme est abusif, puisque contrairement à la définition du sujet :
– le verbe à l'infinitif ne s'accorde pas ;

– la forme nominale support ne prend pas la marque morphologique propre au sujet, lorsque celle-ci existe (*je* et non *moi*).
Si l'on choisit de maintenir par commodité cette dénomination, on n'oubliera pas qu'elle est en fait très peu rigoureuse ici.

B. UNE FORME NOMINALE

1. Morphologie

Comme le nom, l'infinitif est invariable en personne et en temps. Puisqu'il n'actualise pas, il pourra, comme on l'a dit, être utilisé dans des contextes très divers, et rattaché à des supports multiples, dans les mêmes conditions que le nom :

ex. : *Lire (la lecture) me/te/lui est/était/sera agréable.*

S'il possède comme on l'a vu une forme passive, on notera cependant que la notion de voix s'applique parfois mal à l'infinitif, dans la mesure où par exemple certains infinitifs de forme active pourront avoir :
– tantôt un sens actif :

ex. : *une histoire à* dormir *debout*

– tantôt un sens passif :

ex. : *une maison à* vendre.

2. Syntaxe

L'infinitif entre dans la phrase comme constituant nominal et y occupe ainsi les fonctions normalement réservées au nom :

ex. : *J'aime* lire (COD).
Je songe à partir (COI).

Un cas extrême de son emploi nominal est représenté par **l'infinitif substantivé** :

ex. : Des rires *fusèrent*.

L'infinitif a ici changé de catégorie grammaticale par **dérivation impropre** (absence de modification morphologique) : devenu entièrement nom, il abandonne alors toutes ses prérogatives de verbe, et se comporte comme tout autre nom commun (nécessité d'un déterminant, ici *des*, marque du pluriel, fonction sujet).

REMARQUE : Ce mécanisme de substantivation a donné naissance à une classe importante de mots, dont la liste est close en français moderne – à l'exception du vocabulaire philosophique.

3. Sens

Dans la mesure où il n'actualise pas, l'infinitif possède en commun avec le nom sans déterminant cette image virtuelle, à laquelle il ajoute, comme on l'a montré, l'idée verbale de procès.

REMARQUE : On a pu considérer la particule *de*, qui précède parfois l'infinitif (anglais *to*), comme l'*article* propre à l'infinitif. Elle apparaît en effet dès lors que le procès est particularisé, spécifié – c'est-à-dire déterminé.

ex. : De lire *m'a toujours fait plaisir.*
Et tous de s'esclaffer.
Mon rêve, ce serait de partir vivre à l'étranger.

II. SYNTAXE : LES EMPLOIS DE L'INFINITIF

A. EMPLOIS VERBAUX

L'infinitif, dans ces divers emplois, assume la fonction de **centre de proposition**, comme le ferait un verbe conjugué à un mode personnel.

ex. : *Ne pas* fumer. (= Ne fumez pas.)
J'entends chanter *les oiseaux.* (= Les oiseaux qui chantent.)

Comme le verbe conjugué, l'infinitif est alors rapporté à un support actant qui constitue le **thème** auquel s'applique ce **prédicat** : on dira donc que, dans ces emplois verbaux, **l'infinitif est prédicatif** et apporte une information inédite.

REMARQUE : Ce parallélisme de fonctionnement avec le verbe personnel ne doit cependant pas masquer une importante différence. En effet, la relation thème/prédicat, dans le cas de la phrase avec verbe personnel, se grammaticalise en relation sujet-verbe, pour former une **proposition syntaxique** (non dépendante ou subordonnée) :

ex. : *J'entends* que les oiseaux chantent.

L'infinitif en revanche, ne possédant pas de sujet, s'intègre comme on l'a dit à la phrase où il prend place en tant que constituant nominal. Lorsqu'il comporte, comme ici, un thème exprimé, il forme avec lui une unité logique (une proposition, au sens logique du terme, associant un thème et un prédicat), mais celle-ci ne possède pas pour autant les traits syntaxiques de la proposition grammaticale. Aussi, à s'en tenir à cette stricte définition, ne devrait-on pas parler de « proposition à l'infinitif ». Rien n'interdit en tout cas, si l'on choisit malgré tout cette présentation commode, de bien marquer la séparation ici manifeste entre logique et syntaxe.

1. L'infinitif centre de phrase autonome

Comme il est inapte à actualiser le procès, l'infinitif ne possède en lui-même aucune valeur modale : il ne permet pas à lui seul, comme le font les autres modes, de donner une indication sur l'attitude de l'énonciateur par rapport à l'énoncé (certitude, volonté, souhait, doute, etc.).

Cette absence de spécificité explique que l'infinitif puisse, selon les contextes particuliers, se plier à toutes les modalités : on le rencontrera donc dans divers emplois, où il pourra commuter avec d'autres modes – auxquels une valeur modale propre est normalement attachée.

a) en modalité déclarative

ex. : *Et tous* d'éclater de rire.

L'infinitif, appelé ici **infinitif de narration**, peut être remplacé par un indicatif : ce tour, exclusivement littéraire, permet de présenter avec vivacité une action comme découlant infailliblement d'événements antérieurs.

REMARQUE : On notera la présence de la particule *de*, qui actualise ici l'infinitif.

b) en modalité interrogative

ex. : Être *ou ne pas* être ?
Que faire ?

L'infinitif, dit **délibératif**, commute là encore avec l'indicatif. Mais sa virtualité lui permet de présenter seulement l'idée générale du procès, sans même en évoquer la possibilité effective. L'énonciateur en reste à sa simple évocation.

c) en modalité jussive (infinitif d'ordre)

ex. : Tourner *à gauche après le panneau.*
Ne pas fumer.

Dans cette valeur d'ordre, l'infinitif constitue bien sûr une variante de l'impératif. Il apparaît dès lors que le destinataire de l'énoncé doit rester implicite, dans sa plus grande virtualité (guides, recettes, prescriptions officielles, etc.).

d) en modalité exclamative

ex. : Voir *Naples et* mourir !
Moi, croire *à une histoire pareille !*

L'énoncé peut, on le voit, prendre diverses nuances affectives (souhait ou regret, indignation, surprise, etc.) : une fois encore le procès n'est pas actualisé, il n'est l'objet que d'une évocation. Ainsi dans le deuxième exemple, l'énonciateur feint de repousser en esprit la seule pensée du fait.

REMARQUE : On rappellera ici que, lorsque le support actant est exprimé (*moi*, dans l'exemple cité), celui-ci ne constitue pas pour autant un **sujet** au sens grammatical, mais seulement le thème de la phrase.

2. En subordonnée

L'infinitif constitue le centre d'une proposition non autonome, enchâssée dans une proposition rectrice (la principale).

a) en proposition infinitive

ex. : *J'entends* chanter *les oiseaux.*

Avec les verbes de perception *(voir, apercevoir, écouter, entendre, regarder, sentir)* et le présentatif *voici* (formé sur *voir*), l'infinitif peut constituer le centre d'une proposition. Il possède alors un support propre exprimé (ici *les oiseaux*), auquel s'applique le prédicat *(chanter).*

Le groupe *chanter les oiseaux* assume tout entier la fonction nominale de complément d'objet direct du verbe principal : la proposition infinitive appartient donc à la catégorie des complétives.

Cette proposition se rencontre également – mais beaucoup plus rarement – dans le cas de propositions enchâssées :

ex. : *L'actrice qu'elle croit* être *sa voisine.*

Elle permet d'éviter la succession de propositions subordonnées *(= qu'elle dit qu'elle croit qu'elle est sa voisine)* : le support de l'infinitive (le relatif *que* ici) est donc enchâssé dans la relative. Cette structure, à la fois complexe et élégante, est réservée à la langue soutenue.

REMARQUE : On vérifiera ici encore qu'il est abusif de parler de *sujet* d'une « proposition » infinitive, puisque la pronominalisation du support de l'infinitif se fait non sous la forme du sujet, mais du complément d'objet :

ex. : *Je* les *entends chanter.*

C'est sans doute dans le cas controversé de l'infinitive que se pose le plus nettement le problème du double statut de l'infinitif, centre d'une proposition logique (puisqu'il y a un thème et un prédicat), mais inapte à fonder une proposition grammaticale.

b) en proposition relative

ex. : *J'aimerais avoir un endroit où* travailler *tranquillement.*

Dans cet emploi, on remarquera que l'infinitif est dépourvu de support exprimé. Le procès est envisagé dans sa plus grande virtualité (*où travailler* = où je puisse travailler).

c) en interrogative indirecte

ex. : *Je ne sais plus que* faire.

Parallèle à l'infinitif délibératif, centre de phrase interrogative, cet emploi n'est possible qu'en interrogation partielle, c'est-à-dire avec des outils interrogatifs.

L'interrogative indirecte est complément d'objet direct du verbe de la principale : c'est une **complétive**.

3. L'infinitif centre de périphrase

ex. : *Je vais vous* répondre *tout de suite.*

La notion de périphrase suppose en effet une forme verbale complexe, avec :
– un semi-auxiliaire, conjugué à un mode personnel. C'est lui qui actualise le procès, et porte la marque grammaticale du verbe (il s'accorde avec le sujet) ;
– une forme verbale impersonnelle (le plus souvent infinitif). C'est elle qui apporte l'information (le prédicat), et constitue la marque lexicale du verbe, son contenu notionnel.

Chacun des deux éléments de la périphrase est incapable de fonctionner à lui seul comme pivot de la proposition : c'est l'ensemble soudé de la périphrase qui assumera cette fonction.

L'infinitif porte l'information principale de la phrase (il est prédicatif). Il n'est donc jamais pronominalisable :

ex. : *Je vais vous répondre* > **J'y vais* (mais *Je vais* le faire).

Ce trait important permet d'opposer l'infinitif centre de périphrase, en emploi verbal, à l'infinitif complément d'objet, en emploi nominal :

ex. : *Je veux vous répondre* > *Je* le *veux.*

Les périphrases verbales servent à préciser le procès du point de vue soit du temps, soit de l'aspect, soit de la modalité, soit de l'actant.

a) périphrase temporelle

Elle permet de situer le procès dans la chronologie. Elle se conjugue uniquement au présent ou à l'imparfait.

Aller + infinitif = le futur proche :

ex. : *J'allais lui répondre lorsque le téléphone sonna.*

Devoir + infinitif = futur proche dans un contexte au passé :

ex. : *C'est là qu'elle rencontra celui qui devait devenir son mari* (= qui deviendrait par la suite).

Venir de + infinitif = le passé récent :

ex. : *Je viens de vous le dire !*

REMARQUE : On notera que les semi-auxiliaires étaient parfois à l'origine des verbes de mouvement (on est passé du déplacement spatial au mouvement dans le temps). Ceux-ci, en s'auxiliarisant, ont perdu ce sens propre. Ce mécanisme de perte de sens est constitutif des périphrases verbales.

b) périphrase aspectuelle

Elle envisage le procès dans l'un ou l'autre des différents moments de sa durée interne.

Commencer à/de + infinitif
Se mettre à + infinitif

ex. : *Elle se mit à pleurer.*

Phase initiale d'entrée dans l'action : aspect **inchoatif**.

Être en train de + infinitif
être à + infinitif (littéraire)

ex. : *J'étais en train de lire lorsqu'il est entré.*

Le procès est vu sous l'angle de son déroulement, dans sa durée : aspect **duratif** (ou progressif).

Finir de + infinitif

ex. : *Je finissais de lire lorsqu'il est entré.*

Aspect **terminatif**.

c) périphrase de modalité

Elle précise le point de vue de l'énonciateur sur le contenu invoqué. On n'indiquera ici que les plus fréquentes.

Sembler + infinitif

ex. : *Il semble prendre les choses du bon côté.*

L'énoncé traduit ici une mise à distance, l'énonciateur relativisant la proposition en marquant la possible discordance entre apparence et réalité.

Devoir + infinitif

ex. : *Tu dois être drôlement contente !*

L'énoncé traduit ici la probabilité.

Pouvoir + infinitif

ex. : *Il pouvait être huit heures lorsqu'il est entré.*

C'est ici l'éventualité, et non la probabilité (chances de vérification plus faibles) que traduit la périphrase.

REMARQUE : Si on considère que *devoir* possède comme sens propre la valeur d'obligation (matérielle, dans le cas d'une « dette », ou morale), on ne l'analysera pas comme semi-auxiliaire dans les tours du type,

ex. : *Tu dois absolument lire ce livre.*

dans la mesure où le verbe conjugué ne subit pas d'infléchissement sémantique, ce qui est au contraire le cas lorsqu'il marque la probabilité. La même remarque peut être faite à propos de *pouvoir*, dont on peut choisir de limiter le sens propre à la valeur d'aptitude (ex. : *Je* peux *marcher de nouveau*), ou d'y intégrer la valeur de possibilité, voire de permission (ex. : *Tu peux prendre ce gâteau*).

d) périphrase actantielle

Elle permet de modifier le nombre des participants au procès (= les actants) et d'en préciser le rôle logique.

Faire + infinitif (+ groupe nominal)

ex. : *J'ai fait partir nos invités.*

Ici, le procès de *partir* se trouve rattaché à la fois au groupe nominal *nos invités* (qui en est le support) et au sujet du verbe *(je)*. On parlera de **périphrase causative**, puisqu'un actant supplémentaire, donné pour cause du procès, est introduit grâce à la périphrase.

Laisser + infinitif (+ groupe nominal)

ex. : *J'ai laissé partir nos invités.*

Le sujet de la périphrase est présenté comme actant passif du procès, dont il n'empêche pas la réalisation. Cette périphrase peut être appelée **tolérative**.

REMARQUE : À la différence de la périphrase précédente, l'ordre des mots entre l'infinitif et le groupe nominal support est théoriquement libre ici :

ex. : *J'ai laissé ma montre s'arrêter.*

(Se) voir + infinitif (+ groupe nominal)

ex. : *Il s'est vu signifier son congé (par lettre recommandée).*

Le sujet est simplement considéré comme spectateur passif du procès.

REMARQUE : Dans ces trois périphrases, on vérifiera une fois de plus le phénomène de perte de sens du verbe conjugué. Ainsi *faire* ne signifie plus *confectionner, laisser* ne veut pas dire ici *ne pas prendre*, et *voir* n'implique pas une perception visuelle du procès.
L'infinitif possède bien un support actant. Aussi certains grammairiens voient-ils dans ces emplois une proposition infinitive. Mais c'est négliger que, dans le cas de l'infinitive, le verbe conjugué conserve son sens propre et ne constitue donc pas un semi-auxiliaire, ce qui est le cas dans ces trois exemples.

B. EMPLOIS NOMINAUX

L'infinitif, dans ces emplois, assume les diverses fonctions syntaxiques du nom, tout en conservant ses prérogatives de verbe : il continue donc notamment à pouvoir lui-même régir des compléments.

À la différence de l'emploi verbal, il n'est plus prédicatif (aussi ne comporte-t-il plus de support actant distinct), et peut donc être repris par un pronom.

1. Autour du groupe sujet-verbe

a) sujet

ex. : Lire *est agréable.*

REMARQUE : Dans des phrases attributives sans verbe, l'infinitif joue alors le rôle de *thème* :

ex. : Lire, *quel plaisir !*

b) attribut

ex. : *L'essentiel est* de participer.

c) régime (du verbe impersonnel ou du présentatif)

ex. : *Il me tarde* de lire.
C'est me faire *trop d'honneur.*

REMARQUE : On observe que, dans ces diverses fonctions, l'infinitif est parfois précédé de la particule *de*, qu'on ne confondra pas avec une préposition.

d) complément d'objet

– direct : ex. : *J'aime* lire.
– indirect : ex. : *Je songe* à me marier.
– second : ex. : *Je l'ai accusé* d'avoir menti.

L'infinitif complément d'objet peut souvent commuter avec une proposition subordonnée complétive conjonctive :

ex. : *Je pense* être présent/*que je serai présent.*

Ce remplacement, parfois facultatif, est cependant obligatoire avec les verbes de volonté, lorsque le sujet du verbe principal est également l'agent du verbe subordonné (*Je désire* être présent/ **Je désire que je sois présent*).

REMARQUE : Dans ces constructions, on observe que l'infinitif est parfois précédé du mot *de*, bien qu'il soit repris en cas de pronominalisation par le pronom *le*, preuve de sa fonction de complément d'objet direct :

ex. : *Je te conseille* de partir > *Je te* le *conseille.*

On ne confondra donc pas cet infinitif complément d'objet direct, précédé de l'indice *de*, avec l'infinitif complément d'objet indirect, où la préposition *de* est intégrée à la construction du verbe :

ex. : *Je me réjouis* de partir > *Je m'*en *réjouis.*

e) complément circonstanciel

Toujours prépositionnel dans cette fonction, l'infinitif peut prendre diverses valeurs logiques, dont on indiquera les principales :

– temps : ex. : *Téléphone-moi* avant de venir.
– cause : ex. : *Il est tombé malade* d'avoir trop travaillé.
– but : ex. : *Je viendrai te chercher* pour aller au cinéma.
– conséquence (avec des tours corrélatifs) : ex. : *Il est trop fatigué* pour pouvoir venir ce soir.
– concession : ex. :
Ah ! pour être dévot, *je n'en suis pas moins homme.* (Molière)
– manière niée : ex. : *Il travaille* sans se fatiguer.

En français moderne, le support actant de l'infinitif complément circonstanciel est obligatoirement le sujet du verbe dont il dépend.

REMARQUE : Cette règle était loin d'être aussi rigoureuse en français classique :
ex. : *Le temps léger s'enfuit* sans m'en apercevoir. (Desportes)

f) complément dit « de progrédience »

ex. : *Je cours te* chercher *ce livre.*
J'ai emmené les enfants voir *les marionnettes.*

Ce complément n'existe qu'à l'infinitif. On le rencontre, toujours en construction directe (pas de préposition), **après des verbes de mouvement** (employés dans leur sens plein). Ces derniers peuvent être intransitifs : le support actant de l'infinitif se confond alors avec le sujet du verbe principal (voir le premier exemple), ou transitifs : alors c'est l'objet du verbe principal qui est le support actant de l'infinitif (*les enfants*, dans le deuxième exemple).

REMARQUE : On a parfois confondu cette fonction avec l'infinitif complément circonstanciel de but. On observera cependant :
– que l'infinitif de progrédience n'est jamais prépositionnel (à l'inverse du complément circonstanciel) ;
– qu'il est pronominalisable par *y*, ce qui n'est pas le cas du complément circonstanciel ;
ex. : *J'y cours, je les y ai emmenés.*
– qu'il ne peut, dans cet emploi, être nié, tandis que cette possibilité est offerte au complément circonstanciel ;
ex. : **Je cours ne pas voir ce film/Je reste chez moi pour ne pas voir ce film.*

2. Autour du groupe nominal

a) complément de nom ou de pronom

ex. : *Le plaisir* de lire, *celui* de comprendre.
Une histoire *à dormir debout.*

b) complément d'adjectif

ex. : désireux *de lire.*

3. En position détachée : apposition

ex. : *J'ai deux plaisirs,* lire *et* chanter.

infinitive (proposition subordonnée)

La proposition subordonnée infinitive, **dont le noyau verbal est à l'infinitif, de construction directe**, est une variété particulière de proposition subordonnée complétive, dans la mesure où elle assume dans la phrase la fonction de complément d'objet direct,

ex. : *J'entends* siffler le train.

ou, plus rarement, de régime du présentatif (après *voici*) :

ex. : *Voici* venir le printemps.

Pour une étude détaillée de cette proposition, et des problèmes que pose cette analyse traditionnelle, voir **complétive** et **infinitif**.

interjection

L'interjection est une des catégories de mots définies par la grammaire. Elle désigne le mot invariable « jeté » entre deux éléments constitutifs de l'énoncé, elle matérialise la présence du locuteur dans celui-ci, c'est une marque absolue de discours :

ex. : Zut, *j'ai raté mon train.*/Chut, *on vient...*

1. Morphologie

Toujours invariable, l'interjection ne constitue pas, pour autant, une catégorie homogène du point de vue morphologique.

L'interjection peut s'apparenter à l'onomatopée, définie comme une création lexicale restituant un bruit *(vroum, pschitt...).* Ainsi peut-on considérer les interjections de type *Ouf, Beurk, Pouah, Zut, Hein,* qui ne proviennent d'aucune autre catégorie grammaticale.

Mais l'interjection peut être empruntée à d'autres classes – nom : *silence !*; adjectif : *bon !*; pronom : *quoi !*; verbe : *allez.* On observe alors que l'interjection peut être présentée par un seul mot (exemples précédents) ou par la réunion de deux termes : *Dis donc, Tu parles...* Mais dans tous les cas ses composants restent invariables.

2. Syntaxe

Marque du discours, l'interjection, comme l'apostrophe avec laquelle elle peut s'associer – *(hé, toi, viens ici)* –, n'a pas de fonction syntaxique dans la phrase. Elle est construite librement et n'a aucune place assignée dans l'énoncé :

ex. : *Tu as bien travaillé,* bravo./Bon, *j'ai encore oublié mes clefs.*

On peut observer que l'interjection à elle seule peut constituer un énoncé : *Bravo ! Hourra ! Diable ! Chut !*

REMARQUE : On a fait observer que *oui, si, non,* classés comme adverbes d'énonciation, avaient un fonctionnement très proche de l'interjection, notamment lorsqu'ils servent d'appui du discours et non de mot-réponse :

ex. : *Il est malade, oui.*

Oui, je viens dans son Temple adorer l'Éternel...
(J. Racine)

3. Valeur de sens

Certaines interjections présentent une valeur de sens spécialisée : celles qui marquent par exemple le dégoût – *Pouah ! Beurk !* –, l'enthousiasme – *Bravo, Hip, hip, hip, hourra* –, la demande de silence – *chut !* –, la douleur – *aïe !* –, la joie – *chic !* On notera que les interjections formées par emprunt peuvent s'inscrire dans cette catégorie – *Silence, Attention !* –, même si le sens premier du mot n'est plus représenté dans l'interjection : *flûte !, diable !, par exemple !*

Il reste que d'autres interjections ne prennent leur valeur de sens qu'en contexte : *Ah ! Oh ! Eh ! Eh bien !*

REMARQUE : Certaines formes analysées comme interjections sont en fait des formes altérées de juron – ceux-ci constituant une sous-classe de l'interjection. C'est ainsi que *parbleu, sacrebleu, pardi...* présentent l'altération du nom *Dieu* (le blasphème étant sévèrement puni, on trouva des subterfuges). Des interjections comme *nom de nom* ou *nom d'une pipe* sont encore formées par commutation : *nom, pipe* remplacent le mot Dieu.

interrogatif (mot)

On regroupe sous la rubrique des mots interrogatifs diverses classes de termes (déterminants, pronoms, adverbes) qui figurent dans des interrogations **partielles** – c'est-à-dire portant sur un élément de la phrase, et non sur la valeur de vérité de celle-ci –, que ce soit dans des phrases à modalité interrogative (interrogation directe) ;

ex. : Où *vas-tu ?*

ou dans des propositions subordonnées complétives (interrogation indirecte) :

ex. : *J'ignore* où *tu vas.*

Ils occupent dans la phrase la fonction sur laquelle porte l'interrogation (dans l'exemple, *où* est complément circonstanciel de lieu, puisque la question concerne l'identité du lieu).

Certains de ces mots peuvent également être utilisés en modalité exclamative :

ex. : Quelle *robe mettras-tu ?*/Quelle *belle robe !*

I. MORPHOLOGIE

A. LES DÉTERMINANTS

Ils interrogent tantôt sur l'identité du nom, tantôt sur la quantité en cause.

1. Déterminant de l'identité : *quel*

ex. : Quel *roman préfères-tu ?*

Quel, improprement nommé adjectif interrogatif, fonctionne en réalité comme un déterminant du nom (il ne peut être épithète, et ne se combine pas avec les autres déterminants spécifiques). Il marque à l'écrit le genre et le nombre du substantif :

ex. : Quelles *nouvelles me rapportes-tu ?*

2. Déterminant de la quantité : *combien de*

ex. : Combien *de livres as-tu écrits ?*

Invariable, *combien de* sert à interroger sur la quantité (*combien de livres* > *trois livres/aucun*, etc.).

REMARQUE : On le distinguera ici de son emploi possible comme adverbe, où il occupe la fonction de complément circonstanciel intégré après les verbes de mesure :

ex. : Combien *coûte cette robe?*

B. PRONOMS

On distinguera trois séries de pronoms : simple, renforcée et composée.

1. Forme simple

Les pronoms simples *qui/que/quoi* sont formés à partir de la base *qu-*, commune aux interrogatifs et aux relatifs.

ex. : Que *fais-tu?*

2. Forme renforcée

Le français moderne a créé, à partir de la forme simple, une série d'outils renforcés au moyen de la locution interrogative *est-ce* : *qu'est-ce qui, qui est-ce qui, qu'est-ce que, qui est-ce que, à/de/sur... quoi est-ce que.*

ex. : À qui est-ce que *tu parles?*

REMARQUE : Ces outils, on le voit, peuvent se décomposer de la manière suivante : un pronom interrogatif simple, suivi du verbe principal soumis à l'interrogation, enfin un pronom relatif dont l'antécédent est le pronom démonstratif *ce*. Formant un tout indissociable, ils sont sentis comme lexicalisés.

3. Forme composée

Il s'agit de la série variable en genre et nombre *lequel/laquelle*, commune aux relatifs composés. Ces formes se contractent avec les prépositions *à* et *de*, dans les mêmes conditions que l'article défini :

ex. : Desquelles *parlais-tu?*
Auxquels *me conseilles-tu de m'adresser?*

C. ADVERBES

Il s'agit des adverbes *quand, où, comment, pourquoi, combien.*

ex. : Pourquoi *n'est-il pas venu?*

II. SYNTAXE : EMPLOI DES INTERROGATIFS

A. DANS L'INTERROGATION DIRECTE

Le mot interrogatif se situe normalement en tête de phrase (après la préposition bien sûr si celle-ci est exigée), le locuteur indiquant ainsi d'emblée la portée de sa question.

ex. : Où *vas-tu ?* À qui *parles-tu ?*

Cependant à l'oral on observe que l'ordre des mots tend à maintenir en phrase interrogative la même structure qu'en phrase déclarative (voir **modalité**). De ce fait le mot interrogatif se trouve alors à la place demandée par sa fonction, et non plus en tête de phrase :

ex. : *Tu vas* où ? *Tu parles* à qui ?

Quelle que soit sa position, c'est sur le mot interrogatif que se place le sommet de la montée de la voix (intonation ascendante) propre à la modalité interrogative :

ex. : Quand *viendras-tu*? *Tu viendras* quand ?

1. Les déterminants

Ils peuvent non seulement servir à la détermination du nom, mais aussi être employés en fonction d'**attribut**, dès lors qu'ils se rencontrent seuls. On opposera ainsi :

ex. : *Quels livres as-tu écrits ? Combien de livres as-tu écrits ?*

(déterminants de l'identité et de la quantité, employés avec le nom).

ex. : *Quels sont ces livres ? Combien sont-ils ?* (attributs du sujet).

Seul possible en fonction d'attribut pour les non-animés, *quel* peut alterner avec *qui* dans cet emploi lorsqu'il s'agit de questionner sur l'identité d'un animé humain :

ex. : Qui/quel *est cet homme ?*

2. Les pronoms

a) emploi des formes simples

Les pronoms *qui/que/quoi* sont essentiellement **nominaux** (voir **pronom**) c'est-à-dire qu'ils ne représentent aucun nom, mais questionnent directement sur la nature du référent. Aussi peuvent-ils aussi bien anticiper sur celui-ci que rester indéterminés, selon le contexte :

ex. : À qui *parles-tu ? – À Pierre.*

Qui *peut croire une chose pareille ?*

Le tableau suivant permet d'en préciser les conditions d'emploi, selon deux paramètres : le **statut sémantique** du référent visé (animé ou non) et la **fonction occupée** dans la phrase. La distinction de genre et de nombre n'intervient pas ici, puisque l'objet est par définition inconnu du locuteur.

fonction	animé	non-animé
sujet	*qui*	∅
COD/régime/ attribut	*qui*	*que (quoi)*
complément prépositionnel	*prép. + qui*	*prép. + quoi*

Plusieurs remarques doivent être formulées ici :

– On observera tout d'abord que le tableau laisse apparaître une importante place vide : la fonction sujet ne peut pas être assumée par un pronom simple lorsque le référent est non animé. Le français moderne recourt en ce cas à la forme renforcée *qu'est-ce qui* :

ex. : Qu'est-ce qui *te ferait plaisir ?*

REMARQUE : La langue classique employait dans ce cas le pronom *qui*, avec l'ambiguïté inhérente à cette forme également réservée au référent animé :

ex. : *Qui* (= qu'est-ce qui) *te rend si hardi de troubler mon breuvage ?* (La Fontaine)

– Le pronom *qui* intervient pour les animés quelle que soit la fonction :

ex. : *Qui est là ?* (sujet)

Qui vois-tu demain ? (complément d'objet direct).

À qui parles-tu ? (complément d'objet indirect).

Qui êtes-vous ? (attribut).

REMARQUE : Lorsqu'il s'agit non de décliner une identité humaine, mais de classifier, c'est-à-dire de faire rentrer le référent dans une catégorie ou de caractériser, on recourt alors au pronom *que* (ou à *quoi* en cas de postposition, dans un français relâché) :

ex. : Que *pensez-vous donc être pour me parler ainsi ?*

Il est quoi ?

S'il s'agit d'interroger sur une qualité (et l'on répondra donc par un adjectif ou un de ses équivalents), on peut également trouver en cette fonction d'attribut l'adverbe *comment* :

ex. : Comment *le trouves-tu ? – Charmant.*

– Pour les non-animés, l'opposition *que/quoi* fait apparaître deux phénomènes. D'une part, *que*, en tête de phrase, intervient dans toutes les constructions directes, tandis que *quoi* est réservé au complément prépositionnel :

ex. : Que *fais-tu ?* À quoi *penses-tu ?*

D'autre part, dès lors que, à l'oral notamment, l'ordre de la phrase canonique (sur le modèle de la modalité assertive : groupe sujet – groupe verbal – compléments) est maintenu, le pronom interrogatif passant **derrière** le verbe, *quoi* se substitue alors à *que*, quelle que soit sa fonction :

ex. : *Tu fais* quoi ? / Que *fais-tu ?*

REMARQUE : Ces deux phénomènes relèvent en réalité du même mécanisme d'explication. Le pronom *que*, à la différence de *quoi*, est en effet un **clitique**, c'est-à-dire qu'il ne peut s'employer qu'en prenant appui sur le verbe – immédiatement avant celui-ci, à moins d'en être séparé par un autre clitique :

ex. : Que n'*ai-je pas fait pour lui ?*

Il forme avec le verbe une seule unité accentuelle. Il cède donc la place au pronom *quoi* lorsqu'il cesse d'être conjoint au verbe : après la préposition, qui marque par définition la frontière entre deux éléments, complété et complément, ou bien lorsque la place retenue est à droite du verbe, la mélodie de la phrase interrogative entraînant alors son accentuation.

b) emploi des formes renforcées

Elles permettent de spécifier nettement le type de référent et la fonction occupée. Le premier pronom marquera ainsi l'opposition sémantique (*que* ou *quoi* pour les non-animés, *qui* pour les animés), le second indiquant la fonction (*qui* pour la fonction sujet, *que* pour les compléments). On obtient alors le tableau suivant, qui ne laisse aucune place vide :

fonction	animé	non-animé
sujet	*qui est-ce qui*	*qu'est-ce qui*
COD/attribut	*qui est-ce que*	*qu'est-ce que*
complément prépositionnel	*prép. + qui est-ce que*	*prép. + quoi est-ce que*

Ces formes explicites sont d'un usage très fréquent à l'oral, dans la mesure où, comportant en leur sein l'antéposition sujet-verbe propre à l'interrogation directe, elles permettent de maintenir partout ailleurs l'ordre des mots de la phrase déclarative. On comparera ainsi :

ex. : *Que dis-tu ?/Qu'est-ce que tu dis ?*

c) emploi des formes composées

Lequel, pouvant également fonctionner comme mot relatif, peut s'employer dans tous les cas, quelles que soient la fonction et la place :

ex. : *Tu prends* lequel ? Laquelle *t'a parlé ?*

Il est cependant d'un usage plus restreint, en raison de son sens. À la différence des pronoms simples, *lequel* fonctionne en effet comme **représentant** et non comme nominal : il suppose que le locuteur connaisse l'existence et la nature du référent visé, mais en ignore l'identité. Il peut donc aussi bien annoncer le référent (toujours en interrogeant sur l'identité) :

ex. : Laquelle *de ces robes mettras-tu ?*

que le reprendre :

ex. : *De ces deux robes,* laquelle *mettras-tu ?*

3. Les adverbes

Ils sont employés lorsque l'interrogation porte sur les **circonstances** du procès, selon la valeur sémantique qui leur est normalement attachée : temps *(quand)*, lieu *(où)*, manière, moyen ou qualité *(comment)*, nombre *(combien)*, cause *(pourquoi)* :

ex. : *Quand pars-tu ? Et comment ?*

B. DANS L'INTERROGATION INDIRECTE

Employés dans l'interrogation **partielle**, les outils interrogatifs restent normalement inchangés. Ils continuent de préciser la **portée** de l'interrogation et assument une **fonction** dans la subordonnée.

ex. : *J'ignore* où *tu vas/*qui *te l'a dit/*à qui *m'adresser.*

Dans la mesure où ces mots interrogatifs apparaissaient déjà dans l'interrogation directe, ils ne doivent pas être considérés comme mots subordonnants (à la différence des relatifs, qui marquent l'enchâssement de la subordonnée dans la phrase).

Cependant, deux modifications sont à noter dans le passage de l'interrogation directe à l'interrogation indirecte :

– *que* devient *ce que*, que l'on analysera d'un bloc comme locution pronominale :

ex. : *Je me demande* ce qu'*il fait.*

REMARQUE : Il se maintient cependant lorsque le verbe de la subordonnée est à l'infinitif délibératif :

ex. : *Je ne sais plus* que *faire.*

– *qu'est-ce qui* devient *ce qui* :

ex. : *Dis-moi* ce qui *te ferait plaisir.*

REMARQUE 1 : Ces outils *ce que/ce qui* sont en fait formés au moyen du pronom relatif (dont l'antécédent est le démonstratif *ce*). Seul le sens du terme recteur permet de distinguer la proposition subordonnée relative (*Je ferai ce que tu voudras*) de l'interrogative indirecte (*Dis-moi ce que tu veux*). Sur cette question, voir **complétive**.

REMARQUE 2 : Dans l'exemple suivant,

ex. : *J'ignore ce qui lui est arrivé.*

la locution *ce qui* provient en réalité d'une confusion, puisque le verbe devrait être à la forme impersonnelle (Il *lui est arrivé quelque chose*), complété par *que*. La proximité phonétique de *ce qu'il lui est arrivé* (forme régulière)/*ce qui lui est arrivé* explique cette confusion, que l'on rencontre également avec les relatifs.

interrogative indirecte (proposition subordonnée)

On donne le nom de subordonnée interrogative indirecte à des propositions complétives, assumant en général la fonction de complément d'objet direct, introduites :

– soit par le mot *si*,

ex. : *Je ne sais pas* si Paul viendra demain.

– soit par des outils interrogatifs,

ex. : *Je ne sais* que faire/où aller/qui est venu...

Sur le plan du fonctionnement sémantique, ces propositions peuvent être considérées comme résultant de **l'enchâssement dans la phrase d'une interrogation directe**, portant soit sur l'ensemble de la phrase (interrogation totale) :

ex. : *Paul viendra-t-il ?* > *Je ne sais* si Paul viendra.

– soit sur l'un de ses constituants (interrogation partielle) :

ex. : *Quand viendra Paul ?* > *Je ne sais* quand Paul viendra.

Aussi dépendent-elles toujours d'un **support à sens interrogatif** *(= se demander, ignorer, ne pas savoir...)*, ou bien, plus généralement, d'un **terme permettant de rapporter les paroles ou les pensées** d'un tiers (= *dire, prévenir, avertir, examiner...*).

Pour une analyse détaillée de leur fonctionnement, voir **complétive**.

juxtaposition

On appelle juxtaposition le mode de construction qui consiste à placer l'un à côté de l'autre, sans mot de liaison matérialisant le type de la relation, deux ou plusieurs termes mis sur le même plan syntaxique, c'est-à-dire occupant la même fonction au sein de la phrase ou de la proposition.

ex. : Femmes, moine, vieillards, tout *était descendu.*
(La Fontaine)

Seule l'absence de mot de liaison permet de distinguer les constructions coordonnées des constructions juxtaposées. On a pu parler à propos de la juxtaposition de « coordination zéro ». Pour l'étude détaillée de ce type de construction syntaxique, on se reportera à la rubrique **conjonction**.

L

lexique (formation du)

La langue française contemporaine est composée de mots dont on peut dire qu'ils se rangent en deux catégories :
– les **mots héréditaires ou empruntés** à d'autres langues qui ont été transposés dans la nôtre ;
– les **mots construits** à partir d'un terme sur lequel se greffent des affixes (préfixes et/ou suffixes : mots dérivés) ou à partir de plusieurs mots-bases associés (mots composés).

I. LES MOTS TRANSPOSÉS

Les mots transposés sont, en français, des **mots simples** (on ne repère ni suffixe ni préfixe français), même si, dans leur langue d'origine, ils pouvaient être parfois formés par dérivation ou composition.

A. LES MOTS HÉRÉDITAIRES

Les mots dits héréditaires sont hérités du latin, par le gallo-roman (*caballum* > *cheval, noctem* > *nuit)*. Mais ils ont pu être empruntés encore au gaulois (**landa* > *lande*) ou au germanique (**hagja* > *haie*).

La prononciation a altéré la forme originelle : la phonétique historique étudie ces mécanismes d'évolution.

REMARQUE : Le sens des mots varie parfois à travers le temps : ainsi par exemple le mot *chef* a désigné la tête de l'être humain aussi bien que l'extrémité de quelque chose (conformément à la valeur originelle du mot *caput* qui a donné phonétiquement *chef*). À partir du XVIe siècle, *chef* se spécialise pour désigner l'être qui assume un commandement. Mais il reste des traces dans notre langue de l'acception première *(couvre-chef, chef d'accusation)*. La sémantique étudie, entre autres points, les variations d'acception des mots au fil du temps.

Le stock des mots hérités n'est pas stable : certains ont disparu (*galer* qui signifiait *s'amuser* n'est resté que dans *galant* et *galanterie*), d'autres ont connu d'importantes variations de sens *(chef/tête)*. Le recours à l'emprunt est donc une nécessité pour pallier cette instabilité.

B. LES MOTS EMPRUNTÉS

L'emprunt aux langues étrangères peut revêtir des formes différentes, allant des plus nettement intégrées au lexique (*redingote*, issu par modification orthographique et phonétique de l'anglais *riding-coat*) aux mots transposés sans aucune modification formelle, mais parfaitement intégrés à l'usage (*piano* < italien, *bezef, chouia* < arabe...). À la limite de cette catégorie, on trouve en français moderne un bon nombre de termes empruntés à l'anglo-saxon, réservés aux vocabulaires spécialisés (monde des affaires, informatique...) :

ex. : *stand-by, turn-over, software...*

En fait, la principale source de mots nouveaux a été la dérivation et la composition, moyens prônés dès le XVIe siècle pour enrichir la langue. Dérivation et composition permettent en effet de construire des mots selon des procédés qui vont être décrits.

II. LES MOTS CONSTRUITS

Les mots construits s'opposent aux mots dits simples en ce qu'ils sont constitués de plusieurs éléments. On distingue deux modes particuliers de construction : la dérivation et la composition.

A. LA DÉRIVATION PROPREMENT DITE (DÉRIVATION PROPRE)

Le mot est construit par adjonction d'affixes sur un radical *(détester/ détestable/détestation)* – on parle alors de **dérivation progressive** – ou au contraire par suppression d'éléments à partir du terme de base *(galoper > galop)* : **dérivation régressive.**

REMARQUE : Il paraît nécessaire de distinguer le **radical**, unité de sens minimale, auquel on ne peut rien enlever par commutation *(fleur)* du **terme de base** désignant toute unité à laquelle se joint un affixe : *refleurir*/radical *fleur*/terme de base *fleurir*.

1. Dérivation régressive

Le mot est obtenu par réduction. On observe le plus fréquemment l'effacement des désinences verbales : *galoper > galop/ crier > cri*. À partir de verbes, on forme ainsi des noms appelés *déverbaux*.

Cet effacement peut s'effectuer sans aucune modification du radical, comme dans les exemples ci-dessus ; il peut au contraire entraîner une modification phonétique du radical – c'est le cas notamment lorsque l'effacement s'est produit à une date ancienne : *espérer > espoir/ avouer > aveu*.

Les noms déverbaux sans suffixe sont masculins *(cri, galop)*. Le féminin est créé par l'adjonction d'un *-e (plonger > la plonge)*.

REMARQUE : Parfois, sur une même base verbale, se forment ainsi deux noms dérivés de genre opposé et de sens distinct : *traîner > un train/une traîne*.

2. Dérivation progressive

Elle s'effectue par adjonction d'affixes (préfixes ou suffixes).

REMARQUE : On ne considère comme dérivés que les mots où la relation entre la base et les affixes est perceptible par les usagers. Certains mots sont en effet apparus dans la langue par dérivation, mais ne sont plus aujourd'hui analysés comme dérivés, car aucune relation sémantique n'est plus établie entre l'affixe et le terme de base. Ainsi *détaler* n'est-il plus perçu comme formé du préfixe *dé* (à valeur négative) et du verbe *étaler*. De même *remuer* est-il désormais analysé comme mot simple, radical, alors qu'il dérive de *muer* par préfixation.

a) dérivation simple

Elle s'effectue soit par l'adjonction d'un préfixe, soit par celle d'un suffixe.

Les préfixes

Le préfixe est un élément ajouté à gauche du terme de base, il a un rôle sémantique ; porteur d'éléments de signification, il apporte une restriction au sens de la base à la manière d'un complément (*surévaluer* = *évaluer* au-dessus de la valeur réelle).

On note que certains préfixes sont polysémiques. Ainsi le préfixe *re-* peut marquer le mouvement inverse *(ramener)*, la répétition *(redire)*, le retour à un état initial après destruction de cet état (*recoiffer*, qui implique que l'on coiffe de nouveau après avoir décoiffé), l'expression pleine du processus *(remplir)*. D'autres ont des synonymes : *sur-* et *hyper-* marquent tous deux l'excès par rapport à la norme *(surabondance, hyperémotivité)*. D'autres encore ont des antonymes : *hyper-* s'oppose à *hypo- (hypertendu/hypotendu)*, *in-* à *dé- (induire/déduire)*, etc.

REMARQUE : Il est impossible, dans le cadre de cette étude, de fournir la liste – importante – des préfixes. On se bornera à noter qu'ils proviennent le plus souvent d'adverbes ou de prépositions issus du latin, moins souvent du grec.

Les préfixes ne modifient jamais la catégorie grammaticale du mot auquel ils s'adjoignent : ils forment ainsi des verbes sur des verbes *(évaluer > dévaluer)*, des adjectifs sur des adjectifs *(possible > impossible)*, etc.

Un même préfixe peut s'adjoindre à un verbe, à un nom, à un adjectif : *prévoir, prévision, prévisible.*

L'adjonction du préfixe peut entraîner des modifications phonétiques. Le préfixe se réalise alors, selon les termes de base, sous des formes différentes *(in-/im-/ill-/irr- : invivable/impossible/illisible/irréel)* : on dit qu'il est *allomorphe.*

Les suffixes

Ils sont placés à droite du terme de base dont ils modifient le sens, en ajoutant comme le font les préfixes des éléments significatifs (*croissant > croissanterie* = lieu où l'on fabrique des croissants).

Certains suffixes sont polysémiques : *-ation* désigne l'action exprimée par le verbe de base *(contemplation)*, et/ou le résultat de cette action (*abstention* = action de s'abstenir, et vote où l'électeur s'est abstenu). D'autres sont synonymes (*-ard, -asse, -aille* sont tous péjoratifs dans les exemples suivants : *chauffard, blondasse, piétaille*).

À la différence des préfixes, les suffixes peuvent modifier la catégorie grammaticale du terme de base : sur *cri,* nom, on forme l'adjectif *criard.*

Ils peuvent cependant le maintenir dans sa catégorie : *maison* > *maisonnette.*

Les suffixes se spécialisent en fonction de la catégorie grammaticale qu'ils imposent. On distingue ainsi :
– des suffixes nominaux, qui forment des noms à partir de verbes *(travaill-eur)* ou de noms *(chevr-ette)*;
– des suffixes adjectivaux, propres à créer des adjectifs sur des noms *(démocrat-ique)* ou des verbes *(mange-able)*;
– des suffixes adverbiaux : *-ment*, seul suffixe encore productif du français, s'ajoute normalement à un adjectif *(honnête-ment)*;
– les suffixes verbaux *(-iser, -ifier, -ailler, -asser, -oter...)* qui s'ajoutent au nom *(cod-ifier)*, à l'adjectif *(fin-asser)* ou au verbe *(touss-oter).*

REMARQUE : On a parfois décrit comme suffixes verbaux les désinences d'infinitif *(-er, -ir,...)* qui s'ajoutent à des adjectifs *(calm-er, jaun-ir)*, des noms *(group-er).* Ces éléments n'ont cependant aucune valeur sémantique : on hésitera donc à les classer parmi les suffixes.

b) *dérivation cumulative*

Plusieurs affixes s'ajoutent au terme de base. Le mécanisme peut fonctionner de deux façons différentes.

Adjonction successive

Le mot est formé par l'accumulation progressive d'affixes : sur un mot base, se forme un dérivé, à partir duquel un autre mot est dérivé, etc. : *nation* > *national* > *nationaliser* > *nationalisation/dénationaliser* > *dénationalisation.* Au bout de la chaîne, on observe que le sens s'est formé par stratification progressive.

Adjonction simultanée

Le mot est formé par l'adjonction simultanée d'un préfixe et d'un suffixe. La suppression de l'un ou de l'autre est impossible, on aboutirait à un terme de base non attesté : ainsi en est-il de *inviolable* (ni **violable* ni **invioler* n'ont d'existence).

On observe que ce mode de formation implique toujours un changement de classe grammaticale : *viol* > *inviolable.*

3. Productivité des affixes

On désigne comme *productifs* les affixes qui permettent maintenant encore de créer de nouveaux dérivés. Pour être productif, un affixe doit

être perçu comme nettement distinct des termes auxquels il s'ajoute. On pourra cependant distinguer :
– les affixes perceptibles et très productifs : par exemple les préfixes *anti-, in-, hyper-*, les suffixes *-able, -tion, -erie.* La liste des mots formés avec ces affixes est toujours ouverte en français moderne ;
– les affixes perceptibles mais peu productifs : par exemple les préfixes *outre-, mé-*, les suffixes *-oire, -aud, -asse,...* La liste des mots ainsi formés est très restreinte ;
– les affixes perceptibles mais improductifs : ainsi des préfixes *trans-, équi-,...* ou des suffixes *-aison, -onner, -ille,...* La liste des mots ainsi dérivés est close en français moderne.

On note que le recul d'un affixe est souvent lié à la progression d'un autre : par exemple, les diminutifs *-et/-ette* sont désormais concurrencés par le préfixe *mini-*, *contre-* s'efface devant *anti-*, *sur-* devant *hyper-*.

4. **Irrégularité de la dérivation**

La formation par dérivation est fondamentalement irrégulière. Il n'y a pas de règles mécaniques de fabrication des dérivés : *sur-* ne peut par exemple s'adjoindre à tous les verbes (**surmanger* n'existe pas, tandis que *suralimenter* existe), *in-* s'adjoint à bien des adjectifs suffixés en *-able*, à base verbale *(inutilisable, immangeable)*, mais **inaimable* n'est pas attesté.

D'autre part, des suffixes marquant par exemple l'action peuvent s'attacher à une même base et donner naissance à des mots de sens très différent : *le passage d'une rivière/la passation des pouvoirs.* À l'inverse, si *brassage* existe, **brassation* n'est pas usité.

Enfin, pour certains mots français, la dérivation se fait sur la base dite *savante* du mot latin : si *peindre* a bien fourni *peinture*, le dérivé nominal de *feindre* est, non pas **feinture* mais *fiction* (formé sur le participe latin) ; *passer* > *passation* mais *opprimer* > *oppression*, toujours selon ce procédé de la dérivation savante.

B. LA DÉRIVATION IMPROPRE OU CONVERSION

On décrit sous ce nom le phénomène qui consiste à transposer un mot hors de sa catégorie grammaticale d'origine, sans en changer la forme : il n'y a donc ni suppression ni adjonction d'éléments, le mot reste identique.

1. **Création de noms : la substantivation**

De nouveaux noms peuvent faire leur entrée dans le lexique, à partir du transfert d'adjectifs *(le beau, le vrai)*, de verbes *(le déjeuner, le rire)*, de participes *(le vécu, le passant)*, de prépositions (*(le pour et le contre)*. Dans tous ces cas, devenu nom à part entière, le mot en adopte les marques morphosyntaxiques (nécessité du déterminant, genre et nombre, fonctions nominales dans la phrase : voir **nom**).

2. **Création d'adjectifs**

Ils peuvent en effet être issus de noms (*le ticket* choc, *un couple très* province). C'est en particulier le cas pour de nombreux adjectifs de couleur *(marron, grenat, pastel...)* : ceux-ci restent alors parfois invariables (*des robes* marron). Voir **adjectif**. Les participes présents ont également fourni de nombreux adjectifs (*une conviction* étonnante, *des enfants* charmants), nommés **adjectifs verbaux** (voir **participe**) ; ceux-ci, à la différence des participes présents, sont variables en genre et nombre.

3. **Création de prépositions**

Les participes ont pu donner naissance à des prépositions :

ex. : *Tu choisiras* suivant *tes goûts.*

4. **Création d'adverbes**

Le français contemporain fait un large usage de l'adjectif en emploi adverbial, lorsqu'il s'agit de préciser des verbes : *parler* haut et clair, *voter* utile, *jouer* gros...

5. **Phénomènes de lexicalisation**

On observe parfois cependant une perte totale du sens premier du mot, conséquence de son transfert de catégorie. Ainsi *pas* et *point*, lorsqu'ils servent de renfort à l'adverbe *ne* pour marquer la négation totale, n'ont-ils pas gardé trace de leur ancienne valeur concrète de noms. *On*, qui était à l'origine un nom (signifiant *l'homme*, issu du latin *hominem*), ne fonctionne plus que comme pronom, mais a gardé de cette origine une limitation de ses emplois à la fonction sujet et à la désignation exclusive de l'animé humain.

C. LA COMPOSITION

Le mot composé est formé par l'adjonction de plusieurs éléments lexicaux ayant chacun un fonctionnement autonome dans le lexique : ces constituants peuvent en particulier servir eux-mêmes, hors du mot composé, de base à la dérivation. Ainsi dans *rouge-gorge, rouge > rougir, gorge > engorger.*

Ces éléments sont unis dans le mot composé par des relations syntaxiques qui peuvent être décrites sous la forme d'une phrase prédicative : *un rouge-gorge* est un [oiseau] qui a la gorge rouge, *un porte-drapeau* = un [homme] qui porte le drapeau, etc.

Ainsi se définit une catégorie apparemment homogène de mots construits. Cependant, des difficultés apparaissent parfois lorsqu'il s'agit de distinguer dérivation et composition : *contre-offensive* doit par exemple, comme on le verra, être analysé comme mot composé puisque *contre* n'est pas ici préfixe, en dépit des apparences. Par ailleurs, comment considérer un mot comme *anthropologue*, dont aucun des éléments constitutifs n'a d'existence autonome dans le lexique français, mais qui ne peut pas davantage être décrit comme dérivé (où serait la base ?). Ces difficultés, bien réelles, nécessitent que soient d'abord précisés les critères morphosyntaxiques de reconnaissance du mot composé.

1. Critères morphosyntaxiques

Le mot composé se définit, comme on l'a dit, par l'association de plusieurs constituants en une unité lexicale, autonome dans son fonctionnement, et dont le degré de cohésion et d'indépendance peut être apprécié par différents critères formels et fonctionnels.

a) inséparabilité des éléments

Aucun des éléments du mot composé ne peut être déterminé isolément, ni modifié isolément par l'adjectif ou l'adverbe, ou par une autre catégorie grammaticale. Ainsi, à partir de *plante verte* on ne peut obtenir *plante très/assez/trop verte,* à moins de ne plus parler de la *plante d'appartement aux feuilles toujours vertes* qui définit une *plante verte. Produit d'entretien* ne peut devenir ni **produit de l'entretien* ni **produit de bon entretien.*

Dès lors, toute qualification – par l'adjectif par exemple – s'effectue sur l'ensemble du mot : *une énorme pomme de terre*, mais non une **pomme énorme de terre*, des *produits d'entretien efficaces* et non des **produits efficaces d'entretien*.

b) fixité des constituants

De la même manière, l'ordre des constituants est fixe dans le mot composé : l'adjectif *verte* ne peut être déplacé dans *plante verte*, pas plus que *longue* dans *chaise longue*, ou *fort* dans *coffre-fort*.

Par ailleurs, il n'est pas possible de substituer à l'un des constituants un élément synonyme : **boîte aux lettres* ne pourra pas être remplacée par **boîte aux plis urgents* ou *boîte aux missives*.

REMARQUE : Dans les mots composés en voie de figement, c'est ce critère qui n'est pas toujours applicable : à côté de *journaux du matin*, on trouve *journaux du soir/de l'après-midi...*

c) virtualité du nom dépendant

Dans les structures du type *chemin de fer* (associant à un nom un autre nom complément), le nom dépendant (ici, *fer*) reste virtuel : il ne désigne pas un élément du monde, mais apporte au mot composé son seul contenu notionnel. Dans *boîte aux lettres*, le nom dépendant ne renvoie pas à des lettres effectives, mais à la destination de cette *boîte*. L'absence d'article est souvent la marque de cette virtualité : on opposera ainsi le *chien de berger*, qui désigne une race canine, au *chien du berger*. Dans le cas où le nom complément est déterminé, on observe que ce déterminant est fixe et ne peut être modifié : *boîte aux lettres* et non **boîte à plusieurs lettres*.

d) tendance à l'invariabilité interne des constituants

Certes, on observe parfois la variation en nombre des éléments de certains mots composés *(des rouges-gorges)* lorsque celui-ci est au pluriel. Mais, lorsque cette variation en nombre ne se marque pas par l'élément *-s* mais par un changement dans la forme du mot *(œil/yeux, ciel/cieux...)*, on constate alors que le mot composé qui intègre cet élément variable, mis au pluriel, prend la forme du singulier, à laquelle vient s'adjoindre la marque *-s* : *des ciels de lit, des œils-de-bœuf* (et non pas *des *cieux de lit, des *yeux-de-bœuf*).

REMARQUE : Le trait d'union ne peut être considéré comme un critère formel de reconnaissance du mot composé, dans la mesure où il ne figure pas toujours entre les constituants du mot composé : *chemin de fer, fer à repasser*...

Il semble donc nécessaire de poser un continuum entre les noms composés qui témoignent d'une cohésion totale *(porte-monnaie)* et ceux qui sont en voie de figement : *journaux du soir/du matin,* etc.

2. Problèmes de frontière

On s'attachera maintenant aux difficultés présentées par l'analyse de certains mots composés.

a) noms dérivés préfixés/noms composés

Les préfixes, comme on l'a dit, sont des éléments qui se placent à la gauche d'une base nominale ou verbale pour en modifier la signification. Certains d'entre eux *(auto-, extra-, contre-, néo-,...)* peuvent présenter une double possibilité de construction : ou bien en effet ils s'attachent directement à la base *(automobile)* ou bien ils y sont reliés par le trait d'union *(auto-infection).* Dans ce second cas, le mot dérivé se présente formellement comme un mot composé, mais l'analyse de ses constituants fait apparaître que le premier élément *(auto)* n'a aucune autonomie de fonctionnement et ne peut servir lui-même de base pour dériver d'autres mots : c'est donc bien un préfixe, qui peut effectivement s'adjoindre à plusieurs bases *(autoradio, autoroute...).*

REMARQUE : Certains préfixes passent directement dans la catégorie du nom par dérivation impropre *(un extra, un ex...).* Mais ces cas sont exceptionnels et, surtout, ne permettent pas de conclure que le préfixe est autonome (puisqu'il a alors changé de catégorie grammaticale).

Dans certains cas au contraire, le préfixe se confond formellement avec un mot base, et le mot formé présente une difficulté d'analyse. Ainsi *contre-offensive* est-il bien un mot composé, face à *contresens* ou *contre-allée* qui sont des dérivés par préfixation. On constate en effet que *contre,* dans *contre-offensive,* renvoie en fait au verbe *contrer* : une *contre-offensive* est bien une [offensive] qui contre (= réplique à) une première offensive. Dans *contre-allée, contresens* à l'inverse, *contre* est un préfixe issu de la préposition : une [allée] qui est contre (= qui est adossée à) une autre allée, un [sens] qui est contr(aire) au sens réel.

b) mots composés soudés

L'analyse de certains mots *(lieutenant, gendarme,...)* pose en effet problème selon la perspective adoptée : du point de vue historique, il s'agit de mots composés (*lieu-tenant* = celui qui remplace, *gens-d'arme*). Mais si l'on se fonde sur le sentiment actuel de l'usager, on fera valoir que la soudure entre ces éléments est si totale que le mot n'est plus perçu comme composé.

3. Typologie des mots composés

a) sur le plan syntaxique

On peut établir une distinction entre deux types de mots composés. Certains sont constitués d'éléments qui conservent les mêmes propriétés syntaxiques : le mot composé reste dans la même catégorie grammaticale que le terme de base. Ainsi, sur le nom *eau* on forme le nom composé *eau-de-vie*, sur l'adjectif *vert* l'adjectif composé *vert olive*, sur le verbe *prendre* la locution verbale *prendre froid*, etc. Certains mots composés, au contraire, sont formés de constituants appartenant à une autre catégorie : *porte-drapeau*, par exemple, à base verbale, est un nom.

b) modalités de composition

Les noms composés admettent deux types de composition : base nominale (avec ou sans jonction prépositionnelle : *une ville-dortoir, une eau-de-vie*) ou base verbale (selon l'ordre constant *verbe+nom* : *tue-mouche, brise-glace, porte-drapeau*).

On considérera comme verbes composés les locutions verbales : *prendre froid, faire peur, rendre gorge,...*

REMARQUE : Les adjectifs composés sont peu nombreux ; un seul mode de composition est possible : la juxtaposition *(vert olive, aigre-doux).*

c) ordre des constituants

Dans les noms composés qui intègrent une base verbale, l'ordre est dit *progressif* (verbe+complément : *tue-mouche, brise-glace*). Dans les noms composés intégrant un adjectif, on peut avoir l'ordre progressif *(peau-rouge)* ou l'ordre régressif, l'adjectif précédant alors le nom *(rouge-gorge).*

D. LES MOTS RECOMPOSÉS

On désigne ainsi parfois les mots de formation savante – le plus souvent des noms – qui intègrent des constituants d'origine grecque ou latine : ainsi *anthropophage* associe deux mots grecs (*anthropos* est un nom qui signifie *homme*, *phage* est un radical verbal qui signifie *manger*), *génocide* associe un nom grec (*genos* = le peuple) et une base verbale latine (*-cide* > *ceccidi* = tuer).

Ces mots ne peuvent être décrits comme composés à part entière dans la mesure où leurs constituants n'ont pas en français d'autonomie de fonctionnement. En effet, s'ils peuvent servir de base à d'autres mots (*anthropologue, misanthrope*), ils n'ont cependant aucune existence libre en français (ni **anthrope*, ni **logue/logie*, ni **phage* ne sont attestés), et ne peuvent de ce fait servir à former des mots dérivés.

1. **Morphologie**

Ces mots d'origine grecque ou latine subissent une modification lorsqu'ils entrent en composition et occupent la première place. En règle générale, on observe que les mots grecs prennent alors une terminaison en *-o (anthropo-logie)*, les mots latins en *-i (carni-vore)*.

2. **Modalité de composition**

On peut distinguer deux types de recomposés : les mots à base verbale, selon l'ordre nom + verbe *(fratricide, anthropophage)*, les mots à base nominale (nom + nom : *psycho-logie, psych-iatrie*).

3. **Place des constituants**

On observe une prédominance de l'ordre régressif (complément + verbe) : ainsi au mot composé *porte-drapeau* correspond le recomposé *anthropophage*.

Certains éléments ne peuvent être utilisés qu'en première position, d'autres ne peuvent occuper que la dernière place (*-logue* : *psycho/dermato-logue*). D'autres enfin admettent les deux positions *(graphe* : *graphologue/polygraphe)*.

On observe aujourd'hui le grand développement de ce type de mots, qui apparaissent dans les langues scientifiques et techniques : les médias vulgarisent ces vocabulaires dont les mots passent de plus en plus dans le français courant *(démocratie, psychologie, métropole...)*.

III. LES NÉOLOGISMES

On désigne par le terme de *néologisme* la création de nouveaux éléments lexicaux hors des mécanismes décrits jusque-là. Le phénomène est donc très large, et des commissions officielles tentent de le réglementer en dressant la liste des mots nouveaux à faire entrer au dictionnaire. Aujourd'hui, à la source de ces créations lexicales, on trouve notamment le procédé de la **siglaison** (mot nouveau formé à partir d'initiales), fréquent dans la langue des sciences et des techniques *(radar > Radio Detection And Ranging, laser > Light Amplification by Stimulated Emission of Radiations)* ou celui de la **troncation** (suppression de la fin d'un mot : *métro < métropolitain*). La langue littéraire recourt à des procédés plus variés (ainsi on relève chez Céline *superspicace* ou *rhétoreux*, chez Michaux les verbes *empadouiller* et *endosquer*...).

On conclura cet examen de la formation des mots en soulignant l'hétérogénéité du lexique français, qui emprunte plus volontiers à d'autres sources (grec, latin, arabe, langues européennes...) qu'il n'utilise son fonds propre.

M

modalité

Dans le passage de la **phrase**, unité linguistique abstraite dotée d'un sens, à l'**énoncé** effectivement proféré, engagé dans une situation d'énonciation singulière, en même temps qu'il évoque un contenu notionnel (ex. : *départ de Pierre*), l'énonciateur manifeste nécessairement son attitude à l'égard de ce contenu : doute (ex. : *Pierre part-il ?*) ; certitude (ex. : *Pierre part.*) ; volonté (ex. : *Que Pierre parte.*) ou émotion (ex. : *Pierre part !*). Cette attitude spécifique, trace de son engagement dans l'énoncé, peut effectivement varier alors même que le contenu notionnel reste inchangé. La notion de **modalité** regroupe ces diverses variations susceptibles d'affecter la phrase.

Quatre modalités sont ainsi d'ordinaire distinguées : modalité **assertive** (énoncé donné pour vrai) ; **interrogative** (mise en débat du contenu de l'énoncé) ; **jussive** (exécution requise du contenu de l'énoncé) ; **exclamative** (réaction affective face à la situation considérée). Elles sont exclusives les unes des autres (une phrase ne peut comporter qu'une seule modalité). Enfin, toute phrase est obligatoirement affectée d'une modalité.

REMARQUE : La phrase négative, comme on le voit, ne constitue pas une modalité. Susceptible de se combiner avec les quatre modalités énumérées, elle doit donc être considérée comme une variante possible des divers types de phrase.

Prise en ce sens, la notion de modalité est liée à l'**énonciation** : elle témoigne de l'ancrage de l'énoncé dans une situation concrète de communication, à chaque fois différente, et porte trace des divers modes de présence de l'énonciateur dans l'énoncé.

REMARQUE : À côté de ces **modalités d'énonciation**, on distingue parfois des **modalités d'énoncé**, qui viennent en affecter la valeur logique : nécessité, possibilité, obligation, etc. Ces concepts, empruntés à la logique modale, sont parfois utiles à la description des faits grammaticaux. On s'abstiendra cependant d'en proposer ici une présentation systématique.

I. MODALITÉ ASSERTIVE

ex. : *Pierre part en voyage.*

L'énoncé constitué par une phrase à la modalité assertive (ou encore déclarative) **présente le contenu propositionnel comme vrai pour l'énonciateur**, en vertu d'un des principes de la communication normale, qui veut que le locuteur parle sincèrement (loi de sincérité). Ainsi tout énoncé assertif implique une autre assertion : dire *Pierre part* implique *je crois vrai que*... Engagée dans le circuit de la communication, l'assertion demande à être validée par l'interlocuteur, qui lui conférera à son tour une valeur de vérité.

REMARQUE : En vertu de son apparente neutralité, et de son faible marquage formel, la phrase assertive, dans les descriptions grammaticales, est considérée comme phrase canonique. C'est sur son modèle que sont recensées les principales variations touchant par exemple à l'ordre des mots (voir **sujet, pronom personnel**), ou encore les phénomènes prosodiques (voir **ordre des mots**).

A. MARQUE PROSODIQUE : L'INTONATION

Parmi les divers éléments à retenir pour la définition d'une phrase, on rappelle l'importance de la courbe mélodique comprise entre deux pauses : cette **intonation** comporte en outre une valeur discriminante, puisqu'elle varie selon la modalité de la phrase.

1. Intonation circonflexe

La phrase assertive se caractérise en général par une intonation parfois dite « circonflexe » : mélodie d'abord montante puis doucement descendante, le point le plus bas de la voix marquant la fin de l'énoncé.

ex. : *Pierre partira demain.* (↗↘)

REMARQUE : On appelle *protase* la première partie, montante, de la phrase, et *apodose* son mouvement conclusif.

À l'écrit, les notations typographiques de cette inflexion sont le point final (.) ou les points de suspension (...).

2. Cas particuliers

Ce mouvement mélodique cesse d'être aussi net dès lors que l'on a affaire à des phrases très complexes : c'est le cas des **périodes**, où protase et apodose se subdivisent souvent, formant ainsi par exemple l'idéal classique de la période quaternaire (à quatre membres) :

ex. : *La plus noble conquête que l'homme ait jamais faite/est celle de ce fier et fougueux animal/qui partage avec lui les fatigues des guerres/et la gloire des combats.* (Buffon)

C'est encore le cas lorsque, à l'intérieur de la phrase, et donc de son mouvement circonflexe, est inséré un élément relevant d'un autre niveau syntaxique (incises, appositions, apostrophes, prononcées sur une ligne plane) : la rupture mélodique traduit en fait ce changement de niveau syntaxique.

ex. : *Pierre, m'a-t-on dit, partira demain.* (↗ — ↘)

B. MARQUES MORPHOSYNTAXIQUES

1. Ordre des mots

Si l'on excepte les fonctions *périphériques* (appositions, apostrophes, compléments circonstanciels adjoints), qui ne sont pas nécessaires à la cohérence syntaxique de la phrase ni à sa définition minimale, et dont la place est mobile, l'ordre des mots dans la phrase assertive se présente régulièrement selon le schéma suivant : sujet – verbe – éventuels compléments d'objet (le COD avant le COI) :

ex. : *Pierre raconte une histoire à ses enfants.*

REMARQUE : Cet ordre canonique peut cependant se trouver modifié, le sujet passant à droite du verbe, pour des raisons stylistiques :

ex. : *Dans la plaine naît un bruit.*
(V. Hugo)

à des fins d'expressivité (cas de la phrase segmentée par exemple, voir **ordre des mots**),

ex. : *Cette histoire, je la connais.*

ou encore en raison d'une rupture de niveau syntaxique (cas de l'incise notamment) :

ex. : *Pierre, m'a-t-on dit, partira demain.*

Voir **sujet**.

On signalera cependant, exception de taille, que certains pronoms personnels compléments se comportent à cet égard de façon tout à fait particulière : **conjoints** au verbe, ils imposent l'ordre sujet – compléments d'objet (COD puis COI) – verbe :

ex. : *Pierre* la leur *raconte.*

2. Les repères de l'actualisation

L'énoncé assertif, qui décrit comme vraie pour l'énonciateur une propriété attachée à un objet du monde *(Pierre arrive./La voiture est rouge)*, exige que soient précisées les conditions de vérité de la phrase.

Aussi le **cadre temporel**, qui précise à quel moment est conférée la propriété, est-il nécessairement actualisé : le verbe en particulier sera employé à un mode personnel actualisant, c'est-à-dire à l'indicatif, dont les dix formes temporelles permettent d'effectuer précisément le repérage temporel.

REMARQUE 1 : On mettra bien sûr à part le cas des énoncés non verbaux, qui ne permettent pas toujours explicitement cette actualisation. Celle-ci cependant peut être explicitement restituée. Ainsi dans ces vers :

La nuit. La pluie. Un ciel blafard que déchiquette
De flèches et de tours à jour la silhouette
D'une ville gothique éteinte au lointain gris.
(P. Verlaine)

les séquences nominales doivent-elles être interprétées en fonction d'une temporalité donnée, qu'exprimeraient par exemple des présentatifs (c'est *la nuit,* il y a *de la pluie...*).

REMARQUE 2 : On rencontre parfois l'infinitif en phrase assertive (infinitif de narration). Mais ce tour, réservé à la langue littéraire, constitue précisément un marquage stylistique :

ex. : *Et tous de s'esclaffer.*

De la même manière, le **cadre personnel** doit être spécifié, qu'il s'agisse des personnes de l'interlocution (les couples *je/tu, nous/vous* et leurs combinaisons) ou de la troisième personne (pronom personnel, nom propre ou nom commun actualisé).

REMARQUE : Le cadre spatial, s'il n'est pas toujours explicitement indiqué, n'en reste pas moins indispensable à l'actualisation : tout énoncé asserté l'est en effet dans le cadre d'une situation d'énonciation singulière, en un lieu, un temps, et pour une personne donnés.

C. ASSERTION ET MODALISATION

Si l'énoncé asserté est, sans autre indication, présenté comme vrai par l'énonciateur, celui-ci dispose néanmoins d'outils assez variés pour **nuancer** cette croyance (on parlera alors de **modalisation**) : adverbes et locutions adverbiales, portant tantôt sur l'énonciation elle-même *(sincèrement, à vrai dire, selon moi,...)*, tantôt sur l'énoncé (*heureusement, apparemment, peut-être,...* Voir **adverbe**), verbes ou locutions verbales *(il est certain que..., il se peut que...)*.

D. ASSERTION ET NÉGATION

Sans entrer dans le détail des problèmes posés par le système linguistique de la négation en français (voir **négation**), on fera remarquer ici que l'énoncé négatif présente la particularité de faire entendre, en creux, derrière l'assertion du locuteur, une autre énonciation, supposée inverse de celle qui est assertée (polyphonie énonciative). Ainsi, déclarer :

ex. : *Pierre ne partira pas demain.*

c'est faire entendre la possibilité d'affirmer : *Pierre partira demain*, tout en contredisant cette assertion implicite.

II. MODALITÉ INTERROGATIVE

ex. : *Pierre part-il ? Quand Pierre partira-t-il ?*

La phrase de structure interrogative peut recevoir d'assez nombreuses interprétations contextuelles : une valeur commune à ces divers effets de sens peut néanmoins être trouvée dans la notion de **mise en débat**, avancée par certains grammairiens. En effet, tandis que l'énoncé assertif, comme on l'a vu, pose pour vrai le contenu notionnel de la phrase, l'énonciateur, dans l'interrogation, **suspend son jugement de vérité**, présentant comme provisoirement indécidable – ne pouvant être déclaré ni vrai ni faux – le contenu propositionnel. Celui-ci est donc de la sorte « mis en débat », soumis à la nécessaire validation de l'interlocuteur, qui tantôt le déclare vrai, faux ou possible (ex. : *Pierre part-il ? – Oui/Non/Peut-être.*), tantôt lui apporte le complément d'information requis (ex. : *Quand Pierre partira-t-il ? – Demain.*).

REMARQUE : De cette valeur fondamentale de mise en débat découlent les diverses interprétations possibles d'une phrase interrogative : depuis la simple demande de confirmation, répétition en écho des paroles de l'interlocuteur, jugées étonnantes,

ex. : *Pierre part demain. – Il part demain ?*

jusqu'à la fausse interrogation, appelée *rhétorique*, qui oriente nécessairement le jugement de l'interlocuteur,

ex. : *Est-il admissible de se conduire ainsi ? – Non. N'est-ce pas inadmissible ? – Si.*

en passant par la demande d'information,

ex. : *Quand Pierre partira-t-il ?*

éventuellement réinterprétée en requête,

ex. : *Peux-tu me passer le sel ?*

en rappel à l'ordre,

ex. : *Finiras-tu ?*

ou en hypothèse,

ex. : *Wellington triomphait-il ? La légitimité rentrerait donc dans Paris...*

(Chateaubriand)

Plus nettement encore que la phrase assertive, l'énoncé interrogatif atteste le lien évoqué entre modalités et énonciation : interroger est bien un **acte de discours**, présupposant une **relation d'interlocution**, et exigeant de l'interlocuteur une réponse dans des cadres préétablis, ceux-là même de la question.

Aussi l'interrogation indirecte, constituée d'une proposition subordonnée complétive (ex. : *Je me demande si Pierre partira/quand partira Pierre*), doit-elle être exclue de la modalité interrogative. N'ayant pas d'autonomie syntaxique, elle ne constitue pas un **acte** de questionnement : elle s'intègre au contraire dans la modalité de la phrase tout entière (voir **complétive**, **interrogatif**). Ne seront donc examinées ici que les phrases non dépendantes de structure interrogative, appelées **interrogations directes**.

A. PORTÉE DE L'INTERROGATION

On l'a vu, la mise en débat du contenu propositionnel peut se faire de deux manières : demande de validation globale,

ex. : *Pierre part-il ?*

ou demande de complément d'information :

ex. : *Quand Pierre part-il ?*

Se distinguent ainsi deux types de phrase interrogative : l'**interrogation totale** et l'**interrogation partielle**.

1. **Interrogation totale**

C'est l'**ensemble du contenu propositionnel** qui est mis en débat :

ex. : *Viendrez-vous ce soir ?*

L'interlocuteur est ainsi amené à le doter d'une valeur de vérité : soit en le déclarant vrai *(– Oui)*, faux *(– Non)*, ou seulement possible *(Peut-être).*

2. **Interrogation partielle**

L'interrogation porte au contraire sur l'un des constituants de la phrase (obligatoirement représenté par un mot interrogatif) :

ex. : *À qui parlais-tu ?*

Cette distinction importante se justifie encore dans l'examen des marques de l'interrogation, qui ne sont pas toujours communes.

REMARQUE : À côté de ces deux types clairs d'interrogation, une **forme mixte** peut être repérée dans l'association de la modalité interrogative et du présentatif complexe *c'est... que/qui* :

ex. : *Est-ce Pierre qui est venu ?*

Un élément est extrait de la phrase, sur lequel porte plus spécialement la question (réponse : *Non, c'est Paul*). De ce point de vue, la portée de l'interrogation est partielle. Cependant on constate qu'aucun mot interrogatif n'intervient, et que l'interlocuteur est, comme dans l'interrogation totale, contraint avant tout de répondre par une validation *(Oui/Non/Peut-être)*, et non par un complément d'information.

B. MARQUES DE L'INTERROGATION

1. **Marque prosodique : l'intonation**

Marquée à l'écrit par un signe typographique, le point d'interrogation (?), la phrase interrogative se caractérise par une courbe mélodique spécifique. Celle-ci cependant diffère selon le type d'interrogation.

a) interrogation totale

La mélodie est ascendante, la voix reste en l'air, ce qui traduit précisément la « suspension » constituée par la mise en débat :

ex. : *Aimez-vous Brahms ?* (↗)

Cette intonation propre à l'interrogation suffit à elle seule, en l'absence de toute autre marque, à transformer une phrase de syntaxe assertive en énoncé interrogatif :

ex. : *Vous aimez Brahms ?* (↗)

b) interrogation partielle

Dans ce second type d'interrogation, la ligne mélodique est déterminée par la place du mot interrogatif : c'est en effet sur celui-ci, puisqu'il indique la portée de l'interrogation, que se place le point le plus haut de la montée de la voix.
– S'il est placé en tête de phrase, comme c'est la norme, la ligne mélodique démarre nécessairement sur une tonalité haute, et la voix ne peut alors que redescendre :

ex. : *Quel est votre compositeur préféré ?* (↘)

– Si au contraire l'ordre de la phrase assertive est maintenu, comme cela se constate à l'oral, le mot interrogatif, souvent placé alors en fin de phrase, détermine une mélodie ascendante :

ex. : *Vous venez quand ?* (↗)

2. **Marques morphosyntaxiques**

a) ordre des mots

La phrase interrogative se marque régulièrement par un ordre des mots très souvent distinct de la phrase assertive : le sujet y est postposé au verbe, le mot interrogatif placé en tête de phrase.

REMARQUE : Comme on l'a vu, cet ordre des mots n'est pas toujours respecté à l'oral.

Dans l'**interrogation totale**, deux types de postposition doivent être distingués, selon la nature du sujet :
– postposition **simple**, avec les pronoms personnels, le pronom indéfini *on* et le démonstratif *ce* :

ex. : *Viendrez-vous ? Est-ce vrai ?*

– postposition **complexe** dans tous les autres cas : le groupe sujet demeure à gauche du verbe, mais il est repris à droite de ce dernier par un pronom anaphorique *(il/ils, elle/elles)*, dépourvu de toute autonomie syntaxique :

ex. : *Pierre viendra-t-il ?*

REMARQUE : Le français courant, pour éviter la postposition, de maniement parfois délicat, recourt souvent à la locution *est-ce que* (voir plus bas).

Dans l'**interrogation partielle**, la présence en tête de phrase du mot interrogatif entraîne une disposition particulière des constituants de la phrase.

– Si la question porte sur le sujet, l'ordre est le même que dans la phrase assertive :

ex. : *Qui vous a dit cela ?*

– Avec les mots interrogatifs *que, qui* attribut, *quel* et *lequel*, le sujet est postposé selon le principe de la postposition simple (pas de reprise anaphorique) :

ex. : *Que fait la police ? Quel est cet homme ?*

– Avec les autres mots interrogatifs (les adverbes *comment, pourquoi, combien, quand* et *où*), la postposition est simple si le sujet est un pronom personnel, *on* ou *ce* :

ex. : *Pourquoi partez-vous ?*

– Dans les autres cas, la postposition complexe est toujours possible, quelle que soit la construction du verbe,

ex. : *Comment Pierre a-t-il appris la nouvelle ?*

mais si le verbe est intransitif, la postposition simple se rencontre parfois :

ex. : *Quand partira Pierre ?*

REMARQUE : Ici encore, le recours à la locution *est-ce que/est-ce qui* après le mot interrogatif permet de maintenir l'ordre sujet-verbe :

ex. : *Quand est-ce que Pierre partira ?*

b) la locution **est-ce que**

Comme on l'a vu, le recours à cette locution, qui comporte déjà en son sein la postposition requise, permet de maintenir l'ordre des mots de la phrase assertive.

– Dans l'interrogation totale, elle apparaît seule :

ex. : *Est-ce que Pierre part ?*

– Dans l'interrogation partielle, elle se joint aux mots interrogatifs pour former un outil composé :

ex. : *Où est-ce que tu vas ?*

REMARQUE : Avec les pronoms interrogatifs *que/qui/quoi*, elle forme un système complexe permettant de marquer à la fois la fonction, et l'opposition sémantique animé/non animé. Comparer ainsi :

ex. : *Qui est-ce que...* : fonction objet, référent animé
Qui est-ce qui... : fonction sujet, référent animé
Qu'est-ce qui... : fonction sujet, référent non animé
Qu'est-ce que... : fonction objet, référent non animé.

Pour un tableau des emplois, voir **interrogatif** (mot).

c) les mots interrogatifs

Leur présence, comme on l'a vu, est obligatoire dans l'interrogation partielle, et exclue de l'interrogation totale.

On rappellera (voir **interrogatif**) qu'il existe des déterminants *(quel, combien de)*, des pronoms (simples : *qui/que/quoi* ; renforcés : *qui est-ce que*, etc., composé : *lequel*) et des adverbes interrogatifs *(où, quand, comment, pourquoi, combien)*.

d) les modes verbaux

Mettant en débat la validité d'un contenu propositionnel, la phrase interrogative, comme la phrase assertive, exige en général que soient présentés les cadres (temps, personne, espace) dans lesquels cette phrase sera déclarée vraie ou fausse par l'interlocuteur : aussi nécessite-t-elle le plus souvent l'**actualisation verbale**. C'est donc l'**indicatif** qui en est le mode privilégié.

On signalera cependant la possibilité de recourir à l'**infinitif**, appelé alors **infinitif délibératif** :

ex. : *Être ou ne pas être ? Que faire ?*

C. L'INTERRO-NÉGATION

Dans la question totale, lorsque la négation s'ajoute à la modalité interrogative, l'effet de sens obtenu est un énoncé orienté positivement :

ex. : *Ne vous l'avais-je pas dit ?*

Ce type de question constitue donc une **interrogation rhétorique** (ou encore **oratoire**), détournement figuré d'une structure interrogative à des fins exclamatives : l'interlocuteur en effet est moins amené à valider le contenu propositionnel, puisque l'énoncé est déjà orienté par la négation, qu'à **acquiescer** au présupposé *(Je vous l'avais bien dit)*.

REMARQUE : La langue littéraire récupère parfois à des fins poétiques un ancien tour, de règle en ancien français et jusqu'au XVIIe siècle, consistant à omettre l'adverbe *ne* dans ce type de question – signe de la valeur positive de la phrase :

ex. : *Est-ce pas révoltant ?*

III. MODALITÉ JUSSIVE

ex. : *Qu'il parte ! Pars si tu veux. Attention !*

L'énoncé jussif (du latin *jubeo* : j'ordonne) constitue l'expression de la volonté de l'énonciateur dans toutes ses nuances : ordre, prière, requête, etc. Celui-ci entend ainsi modifier le cours des choses, soit directement, en intimant un ordre à l'interlocuteur *(Pars !)*, soit indirectement en confiant – ou feignant de confier – la réalisation de cet ordre à un tiers *(Qu'il parte !)*.

Ainsi, comme la modalité interrogative, la modalité jussive est-elle explicitement liée à une situation de communication, sur laquelle elle a une incidence pragmatique, puisqu'elle contraint le destinataire de l'injonction à réagir dans les cadres prévus.

A. MARQUE PROSODIQUE : L'INTONATION

La phrase jussive est affectée d'une mélodie spécifique, fortement descendante, jusqu'à un niveau sonore assez bas :

ex. : *Venez ! plus près !* (↘)

En l'absence de toute autre marque, cette intonation suffit à conférer une valeur d'ordre à n'importe quel énoncé :
- énoncé sans verbe *(La porte !)*
- phrase de structure assertive, au futur ou au présent de l'indicatif *(Tu fermeras la porte en partant.)*.

À l'écrit, cette intonation est très souvent marquée par le point d'exclamation (!), mais le point final se rencontre également.

B. MARQUES MORPHOSYNTAXIQUES : LES MODES VERBAUX

Le choix des modes verbaux dépend du destinataire de l'ordre.

1. Ordre adressé à l'interlocuteur : impératif

Aux P2, P5 *(va/allez)* et à la P4 *(allons)* qui peut en fait exprimer une exhortation adressée à soi-même, l'expression de l'ordre est confiée à l'**impératif**.

2. Ordre adressé à un tiers : subjonctif

Aux P3 et P6 *(Qu'il parte/Qu'ils partent !)*, pour lesquelles l'impératif est exclu, le **subjonctif** présent ou passé, précédé de *que*, permet de faire intervenir une autre personne, étrangère à l'interlocution. Le locuteur en effet confie à un interlocuteur un ordre qui concerne un tiers, étranger au dialogue :

ex. : *Qu'il soit rentré avant huit heures.*

3. Ordre à destinataire non spécifié : infinitif

Le recours à l'**infinitif**, mode non personnel et non temporel, permet d'exprimer un ordre généralement adressé, qui ne sélectionne pas de destinataire particulier :

ex. : *Faire cuire à feu doux. Ralentir.*

C. L'ORDRE NÉGATIF : LA DÉFENSE

L'expression de la défense recourt à la combinaison de la modalité jussive avec la négation à deux éléments *(ne... pas/plus/jamais...)* :

ex. : *Ne crie plus ! Ne pas fumer.*

IV. MODALITÉ EXCLAMATIVE

ex. : *Pierre part demain ! Que de changements !*

La modalité exclamative traduit la réaction affective du locuteur face à l'événement considéré : étonnement, colère, admiration, regret, etc. Liée au discours, c'est-à-dire à la parole effectivement (ou fictivement) prononcée, elle n'implique pas de réaction de la part d'un interlocuteur – dont la présence est du reste facultative.

La délimitation des phrases exclamatives pose en théorie un problème, dans la mesure où cette modalité accueille des phrases de structure très variable, et emprunte très souvent ses outils à d'autres modalités :

ex. : *S'il est mignon ! Est-il mignon ! Il est mignon !*

A. MARQUE PROSODIQUE : L'INTONATION

Deux courbes mélodiques s'appliquent à la phrase exclamative :
– tantôt une intonation ascendante (la voix monte cependant moins haut que dans l'interrogation) :

ex. : *Pierre part !* (↗)

– tantôt une courbe d'abord montante, démarrant d'assez haut, puis descendante, avec un fort accent d'emphase sur la dernière syllabe :

ex. : *Qu'il est mignon !* (↘)

L'intonation peut ici encore suffire à elle seule à caractériser la modalité exclamative : qu'il s'agisse d'énoncés sans verbe ni outil spécifique *(L'imbécile !)*, de phrases de structure interrogative *(Est-il mignon !)* ou assertive *(Il est mignon !)*, la courbe intonative impose l'interprétation de l'énoncé comme exclamatif.

À l'écrit, cette intonation se marque par le point d'exclamation, noté (!).

B. MARQUES MORPHOSYNTAXIQUES

Il existe cependant des marques facultatives de la modalité exclamative.

1. Les mots exclamatifs

Ils ont comme point commun de traduire l'**expression du haut degré**, en termes de quantité ou d'intensité.

Certains de ces termes sont communs aux mots interrogatifs :
– le déterminant *quel* ;

ex. : *Quelle histoire !*

– l'adverbe *combien* ;

ex. : *Combien je le regrette !*

– le mot *si*, qui introduit également l'interrogative indirecte totale (voir **complétive**) :

ex. : *S'il est mignon !*

D'autres appartiennent à la classe des adverbes d'intensité : *comme, tant, que* (avec sa variante *ce que*) :

ex. : *Que d'histoires ! Comme/ce qu'il a changé ! Il a tant changé !*

REMARQUE : À côté de l'adverbe d'intensité *que*, il faut signaler l'existence d'un *que* adverbe interro-exclamatif, littéraire et archaïsant, issu de l'adverbe latin *qui* signifiant *pourquoi, en quoi ?* Cet outil apparaît dans des phrases négatives à forte nuance de regret, où l'interrogation rhétorique se combine avec l'exclamation :
ex. : *Que ne le disiez-vous plus tôt ?!*

2. Postposition du sujet

La modalité exclamative recourt parfois, comme en phrase interrogative, à la postposition simple du sujet :

ex. : *Est-il mignon !*

3. Les interjections

Cet ensemble assez disparate de mots invariables, tantôt d'origine onomatopéique *(ô ! zut ! ah ! bof !)*, tantôt issus d'autres classes grammaticales *(bravo ! chouette ! dis donc !)*, dotés d'une autonomie syntaxique par rapport aux autres constituants de la phrase, est très souvent associé à la modalité exclamative :

ex. : *Chouette, les vacances !*

4. Mode

On rencontre la plupart du temps l'**indicatif**, mais aussi le **subjonctif** à valeur de souhait,

ex. : *Puisses-tu être heureux !*

ou encore l'**infinitif**, centre de phrase :

ex. : *Voir Naples et mourir !/Moi, faire une chose pareille !*

5. L'actualisation nominale

La modalité exclamative recourt souvent à un mode de détermination particulier : l'emploi de l'article indéfini *un/une*, ou du tour partitif *un(e) de ces* + groupe nominal au singulier, traduit ici encore la recherche de l'intensité.

ex. : *C'est d'un chic ! Il a une de ces patiences !*

N

négation

Le phénomène de la négation intéresse à la fois la logique et la grammaire. En effet, nier, c'est inverser la valeur de vérité d'un propos, et à cette fin la langue recourt à des outils grammaticaux, constitués en système. Or ces deux niveaux, logique et grammatical, ne coïncident pas toujours, les mots grammaticaux ne pouvant rendre compte de toutes les valeurs logiques. Ainsi la phrase *Paul n'est pas venu hier*, peut-elle s'entendre de plusieurs façons différentes, ambiguïté que peuvent seuls lever le contexte ou la situation de parole. La négation, dans cette phrase, peut en effet affecter l'ensemble de la proposition (= il n'est pas vrai que Paul est venu hier) ; mais elle peut également ne concerner que l'un des constituants de la phrase, soit le sujet (= ce n'est pas Paul, mais Pierre), soit le verbe (Paul n'est pas venu, mais il a téléphoné), soit le complément (ce n'est pas hier, mais avant-hier que Paul est venu)...

Avant d'étudier ces problèmes qui tiennent à la portée de la négation, on se propose de présenter la description morphosyntaxique du système de la négation en français.

I. DESCRIPTION MORPHOSYNTAXIQUE

On distinguera deux séries de cas : ceux où la négation est exprimée par un système corrélatif à deux unités *(ne... pas/plus/jamais,* etc.*)*, ce qui est la règle générale en français moderne, et ceux où la négation est réduite à un seul outil, autonome *(non)* ou non autonome *(ne).*

A. LE SYSTÈME CORRÉLATIF

1. Fonctionnement

L'adverbe de négation *ne* qui précède normalement le verbe a pour rôle de lancer, d'initier l'impulsion négative dans une proposition qui va alors s'opposer à une proposition implicite, marquée positivement : nier, c'est en effet toujours s'inscrire contre une proposition affirmative implicite.

REMARQUE : Ce rôle de « décrochage du positif » assumé par l'adverbe *ne* se traduit parfois par l'appellation de *discordantiel* que l'on donne à cet outil.

Le mouvement négatif ainsi initié est conforté et fermé par l'adjonction d'un élément second *(pas, point, plus,* etc.*)*. On peut présenter ainsi le schéma du système négatif à deux éléments :

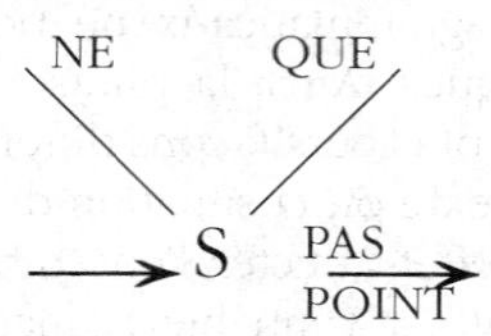

On observe qu'à partir du seuil noté S, deux attitudes sont possibles :
– ou bien l'on excepte, l'on sort du mouvement négatif un élément, et pour ce faire on utilise le mot *que,* qui pose l'élément soustrait à la négation :

ex. : *Il* ne *voit* que *son frère.* (= Il ne voit personne, sauf son frère.)

– ou bien l'on ferme totalement le mouvement négatif, qui se trouve alors conforté au-delà du seuil de négativité : on s'aide à cette fin de particules appelées *forclusifs* qui marquent en effet qu'est « forclos », verrouillé, le phénomène négatif :

ex. : *Il* ne voit pas *son frère.*

REMARQUE : On doit mettre à part le cas particulier de *ne... guère*, qui marque une **négation restreinte**. La confirmation du mouvement négatif engagé par *ne* n'est pas complète. Le mouvement s'achève par la désignation d'une quantité minimale restante. On comparera ainsi les deux phrases :

ex. : *Je* ne *suis* guère *riche./Je* ne *suis* pas *riche.*

On parlera donc de négation restreinte, tandis que *ne... que* formule une négation exceptive.

2. Classement grammatical des forclusifs

Les termes qui viennent fermer la négation appartiennent à des catégories grammaticales variées.

a) adverbes

Guère, plus, jamais, nullement, nulle part, liste à laquelle on ajoutera les anciens substantifs *pas* et *point*, qui avaient une valeur positive avant de désigner la quantité nulle.

ex. : *Il* ne *sort* jamais nulle part *le dimanche.*

b) pronoms

On opposera les pronoms *personne* et *rien*, le premier référant à l'animé humain, le second à l'inanimé :

ex. : Personne n*'est venu dimanche.*

On rencontre encore les pronoms *nul* et *aucun.*

c) déterminants

Aucun et *nul* s'emploient également devant le substantif qu'ils déterminent :

ex. : *Nulle des nymphes,* nulle *amie* ne *m'attire.*
(P. Valéry)

Aucune *étudiante* n'*est venue.*

3. Valeur de certains forclusifs : les mots semi-négatifs

a) origine des forclusifs

Les mots *rien* et *personne* proviennent respectivement du latin *rem* (= l'affaire en cours, la chose) et *persona*, qui désignait le masque de l'acteur, puis par glissement de sens l'être qui le porte.

REMARQUE : Ces deux mots peuvent d'ailleurs également fonctionner comme substantifs :

ex. : *Un souffle, une ombre,* un rien, *tout lui donnait la fièvre.*
(La Fontaine)
Une personne *est venue déposer ce paquet.*

D'autres mots, comme *jamais,* sont formés à partir d'adverbes latins à valeur positive ; *aucun* est emprunté à la série latine des indéfinis indéterminés, enfin *nul,* issu de *nullus,* possédait en latin une forme positive, *ullus.* On voit donc qu'à l'exception de *nul,* ces forclusifs ont à l'origine un statut positif, ou tout au moins semi-négatif.

b) ambivalence de certains forclusifs

Aucune variation de forme ne signale en français leur emploi comme mots pleinement négatifs, ou comme mots conservant une valeur positive. Dans la mesure où ils sont porteurs de cette ambivalence (qui est déniée à *pas, point, ne, ni*), ces forclusifs présentent la particularité de pouvoir se combiner entre eux sans modifier l'interprétation positive ou négative de la phrase :

ex. : *As-tu* jamais rien *vu d'aussi stupide ?*
Je ne vois jamais personne *le dimanche.*

Valeur négative

Les mots *personne, rien, nullement, nulle part, jamais, aucun* peuvent fonctionner, même en l'absence de *ne,* avec une pleine valeur négative. C'est le cas :

– dans les réponses à une interrogation :

ex. : *Que vois-tu ?* – Rien.
Qui vois-tu le dimanche ? – Jamais personne.
Où l'as-tu vu ? – Nulle part.

– Dans les énoncés nominaux (en l'absence d'un verbe sur lequel porterait *ne*) :

ex. : Rien *dans les mains,* rien *dans les poches.*
Personne *dans la rue.*

– Dans des formulations familières, ils suffisent à marquer négativement l'énoncé :

ex. : *J'ai* jamais *dit ça.*

Valeur semi-négative

Ils évoluent ainsi vers la positivité, et servent à la désignation de l'**indéterminé** ; ils peuvent alors commuter avec un terme pleinement positif qui marquerait explicitement cette indétermination. On les rencontre dans cet emploi :

– dans des phrases négatives, où seul *ne* marque à proprement parler la négation :

ex. : *Il n'avait jamais vu* rien (= quelque chose) *d'aussi beau.*

– Avec des mots de sens négatif :

ex. : *Je refuse* (= je ne veux pas) *d'envisager* jamais (=un jour) *pareille solution.*

– Dans des phrases à modalité interrogative :

ex. : *As-tu* jamais (= déjà) rien *vu d'aussi beau ?*

– Dans des structures comparatives :

ex. : *C'est le plus grand monument que* personne (= quelqu'un) *ait vu.*

– Dans des structures consécutives :

ex. : *Je suis trop fatigué pour* rien *voir* (= pour voir quelque chose).

B. LA NÉGATION RÉDUITE À UN SEUL ÉLÉMENT

1. L'adverbe *ne* employé seul

a) adverbe de négation

Ne est un mot atone (il n'est jamais accentué), toujours adossé au verbe qu'il précède : c'est donc un mot *clitique.*

L'adverbe *ne* est originellement le seul qui nie et qui suffise à nier. Il peut donc fonctionner seul avec cette valeur négative. Cependant, comme on l'a dit, la négation s'exprime en français sous la forme d'une structure corrélative *(ne... pas/point/jamais,* etc.*)*; aussi les emplois de *ne* seul sont-ils limités à des cas particuliers :

– Dans des tours figés, résidus de l'ancienne langue :

ex. : *À Dieu* ne *plaise !*
Qu'à cela ne *tienne.*
Il n'*empêche...*, n'*importe...*

– Dans les structures hypothétiques, avec certains verbes :

ex. : *Si je* ne *m'abuse...*

– Facultativement avec les verbes *oser, cesser, pouvoir, savoir,* dont le sens s'affaiblit alors :

ex. : *Il* n'*osera/il* ne *saurait vous contredire.*

b) ne *explétif*

L'adverbe *ne* peut encore s'employer seul en ne conservant qu'une trace ténue de cette valeur négative. Sa présence n'est pas indispensable (ce que révèle le test de sa suppression, toujours possible) ; aussi l'appelle-t-on *explétif* :

ex. : *Je crains qu'il* (ne) *vienne.*

REMARQUE : On fera observer que la phrase peut s'interpréter comme *Je souhaite qu'il ne vienne pas.* Le *ne* manifeste ainsi, en surface, la valeur négative implicitement contenue dans le terme recteur (*craindre*, c'est en effet souhaiter que... ne... pas).

On trouve ce *ne* explétif dans des propositions subordonnées :

– Après un terme recteur marquant le désir négatif (crainte, précaution, empêchement) :

ex. : *Prends garde qu'on* ne *te voie.*

– Après les locutions conjonctives *de peur que, crainte que, à moins que, avant que.* Cette dernière locution marque en effet que le procès subordonné n'est pas encore réalisé :

ex. : *Tu partiras avant qu'il* n'*arrive* (= il n'est pas encore arrivé).

À moins que formule l'hypothèse d'une exception contraire à l'hypothèse que soutient l'énonciateur :

ex. : *Tu partiras à moins qu'il* n'*arrive* (= s'il n'arrive pas, ce que je crois plausible).

– En structure comparative posant l'inégalité ou la différence :

ex. : *Il est plus rapide que* ne *l'est son frère* (= son frère n'est pas aussi rapide que lui).

ex. : *Il se laissa tomber plutôt qu'il* ne *s'assit* (= il ne s'assit pas vraiment).

REMARQUE : Dans tous ces cas, l'expression du *ne* reste facultative, et le français courant ne l'emploie guère. Mais sa valeur négative est indirectement prouvée par la présence obligatoire du *ne* explétif après un *que* conjonctif marquant à lui seul les mêmes nuances de but négatif, antériorité, exception :

ex. : *Tu ne sortiras pas d'ici que* (= avant que, sans que, à moins que) *tu* n'*aies fini ton travail.*

2. L'adverbe *non*

Non s'oppose à *ne* à divers égards. D'abord parce qu'il est une forme **tonique**, c'est-à-dire accentuée, tandis que *ne* est atone, non accentué. Ensuite dans son fonctionnement même, puisque tandis que *ne* n'a aucune autonomie (il lui faut obligatoirement un support verbal), *non* échappe à la sphère du verbe et peut ainsi se passer de support.

a) non *comme centre d'énoncé*

Il suffit à lui seul pour constituer un énoncé. Son fonctionnement est parallèle à celui de l'adverbe d'assertion *oui*. Il peut ainsi représenter négativement toute une proposition :

ex. : *A-t-il téléphoné ?* – Non.
J'ai demandé s'il avait téléphoné, on m'a répondu que non.
Il part en vacances, moi non.

Lorsqu'il reprend une proposition négative, il est renforcé par l'adverbe *plus* :

ex. : *Il ne part pas en vacances, moi* non plus.

Cette aptitude à reprendre le contenu de toute une proposition lui permet encore de fonctionner dans le second membre d'une alternative,

ex. : *A-t-il téléphoné ou* non *?*

ou de représenter négativement toute une proposition, dans la phrase interrogative :

ex. : *C'est mon droit,* non *?*

b) non *comme négation de constituant*

Il ne porte alors que sur un seul élément de la phrase à laquelle il s'intègre.

En structure coordonnée, il sert à nier l'un des éléments constitutifs non verbaux de la phrase ; il alterne alors éventuellement avec *non pas.*

ex. : *Il a acheté un chat,* non *un chien.*
Il a acheté non pas *un chat, mais un chien.*

Il peut de même porter sur certains adjectifs :

ex. : *une aide* non *efficace*

sur certains participes passés à valeur d'adjectifs :

ex. : *une promesse* non *tenue*

sur certaines prépositions :

ex. : non *sans peine.*

REMARQUE : Cette valeur lui permet encore de fonctionner comme préfixe devant le nom ou l'adjectif (voir **lexique**) :

ex. : *un non-lieu, une manifestation non violente.*

3. **La conjonction *ni***

Ni est une conjonction de coordination qui permet d'unir deux structures négatives (mots ou propositions). Elle s'emploie normalement en corrélation avec *ne* :

ex. : *Il n'a pas d'argent* ni *de biens.*
Il n'est ni *aimable* ni *sympathique.*
Ni *l'argent* ni *les biens ne font le bonheur.*

Mais ce mot présente des caractères communs avec les mots semi-négatifs :
– Dans des énoncés sans verbe, il assume seul la valeur négative :

ex. : Ni *fleurs* ni *couronnes.*

– Il peut commuter soit avec *et* soit avec *ou* et perdre alors sa valeur négative, dans des phrases interrogatives,

ex. : *Avez-vous jamais rencontré femme plus aimable* ni *plus sympathique ?*

ou en structure comparative :

ex. : *Patience et longueur de temps*
Font plus que force ni *que rage.*
(La Fontaine)

On observe encore que *ni* ne peut se combiner avec *pas* ou *point* (forclusifs pleinement négatifs), mais qu'il le peut avec tous les autres *(personne, rien, jamais...)* :

ex. : *Il n'aime* ni *le cinéma* ni rien.

II. PORTÉE DE LA NÉGATION

Dans la mesure où, comme on l'a dit, la négation peut ne pas porter sur la proposition tout entière, le problème se pose parfois d'identifier les constituants de la phrase affectés par la négation. C'est le cas notamment lorsque sont présents dans la phrase des termes quantifiants *(tous, beaucoup...)* ou des verbes à valeur modale.

A. EN PRÉSENCE DE DÉTERMINANTS QUANTIFIANTS

La phrase suivante est en soi ambiguë :

ex. : *Tous les étudiants n'étaient pas convoqués.*

On peut hésiter entre deux interprétations : soit la négation affecte l'ensemble de la proposition, qui se comprend alors comme *aucun étudiant n'était convoqué*, soit elle ne porte que sur l'indéfini *tous*; dans ce cas, celui-ci peut être déplacé et mis ainsi plus étroitement en rapport avec la négation :

ex. : *Les étudiants n'étaient pas tous convoqués.*

REMARQUE : On peut observer qu'à l'oral, l'énoncé perd son ambiguïté, puisque *tous* est fortement accentué s'il est porteur de la négation.

B. EN PRÉSENCE DE VERBES À VALEUR MODALE

Pour un certain nombre de ces verbes *(vouloir, devoir, falloir)*, la place de la négation est fixe, les deux éléments encadrant systématiquement le verbe. Aucune ambiguïté n'apparaît alors :

ex. : *Je* ne *veux* pas *travailler.*

Avec *sembler* ou *penser*, la variation possible de la place de la négation n'entraîne aucune modification de sens :

ex. : *Il* semble ne pas *entendre./Il* ne semble pas *entendre.*

En revanche, quand s'expriment la **possibilité**, la **nécessité**, la **permission** ou l'**obligation**, la place de la négation va déterminer sa portée. Ainsi, selon que la négation porte sur le verbe recteur ou sur son complément, on opposera :

ex. : *Je ne peux pas travailler./Je peux ne pas travailler.*

Il n'est pas nécessaire de travailler./Il est nécessaire de ne pas travailler.

Il ne m'est pas permis de travailler./Il m'est permis de ne pas travailler.

Je ne suis pas obligé de travailler./Je suis obligé de ne pas travailler.

REMARQUE : Si le verbe modal régit une proposition subordonnée, la négation encadre nécessairement le verbe, mais l'alternance des modes peut renseigner sur la portée de la négation :

ex. : *Je ne pense pas qu'il est malade* (la négation affecte le verbe).

Je ne pense pas qu'il soit malade (la négation affecte la subordonnée, qui s'inscrit dans un monde possible. L'énonciateur n'intègre pas la proposition à son univers de croyance).

III. VALEURS LOGIQUES DE LA NÉGATION

On a pu opposer deux valeurs logiques de la négation.

A. VALEUR DESCRIPTIVE

Dans ce cas, la phrase se contente de décrire une propriété négative :

ex. : *Il n'y a plus personne dans la rue.*

B. VALEUR RÉFUTATIVE

La négation prend alors valeur de dénégation : la phrase contredit une assertion antérieure (implicite ou non). En contexte, la négation peut donc avoir une forte valeur polémique par la charge de dénégation qu'elle implique :

ex. : *Il ne viendra pas* (= il n'est pas vrai qu'il viendra).

REMARQUE : On n'aura donc envisagé ici que les systèmes de négation formulés à partir des adverbes *ne* et *non*, et de la conjonction de coordination *ni*. Cependant, la langue dispose d'autres outils pour exprimer l'idée négative :

– les préfixes (voir **lexique**) : *in-, non-, ...*

ex. : *in-acceptable, non-lieu.*

– la préposition *sans* et la locution conjonctive *sans que* :

ex. : *Il réussit sans travailler./Il travaille sans que personne ne l'en félicite.*

nom

Ce ne sont pas ses propriétés de sens qui distinguent le nom des autres mots analysés par la grammaire comme *parties du discours* (déterminants, adverbes, prépositions, etc.), mais bien un ensemble de particularités morphologiques et syntaxiques. Une même notion en effet pourra aussi bien être exprimée par un nom (*le départ*) que par un verbe par exemple (*partir*). Le nom n'exprimerait donc pas une substance plus ou moins concrète, quand le verbe évoquerait une action : en fait, le nom peut signifier la même chose que le verbe ou une autre partie du discours, mais il signifie *de manière différente.*

On reconnaît aux noms les propriétés morphosyntaxiques suivantes :

– Ils assument des fonctions essentielles dans la phrase (sujet, complément, attribut).

– Ils ne tiennent que d'eux-mêmes leur genre. Le déterminant permet de préciser la quantité d'êtres évoqués par le nom, celui-ci de même porte la marque grammaticale du nombre.

– Ils nécessitent, pour désigner les êtres ou objets du monde et s'inscrire dans la phrase, la présence de déterminants – à l'exception du nom propre qui, comme on le verra, désigne à lui seul directement un être déterminé.

I. NOMS PROPRES ET NOMS COMMUNS

En eux-mêmes, les noms communs désignent des objets de pensée (représentations mentales d'êtres, de choses, de notions, de jugements, etc.) doués de propriétés spécifiques et susceptibles de s'appliquer à divers individus du monde : ainsi le nom *siège* (défini par les propriétés suivantes : *pièce du mobilier – donc objet comptable – conçue pour s'asseoir*) pourra-t-il, selon les énoncés possibles, désigner dans mon salon aussi bien les deux fauteuils club que les six chaises Empire de la salle à manger, ou encore le canapé convertible. Pour que ce nom *siège*, support du concept de siège, puisse effectivement désigner tel ou tel objet du monde (appelé alors son *référent* : ce à quoi réfère le nom), il faut qu'il soit accompagné, dans l'énoncé où il figure alors, d'un déterminant, dont le rôle est précisément de permettre l'identification de l'être que je nomme.

Les noms propres, au contraire, opèrent directement cette identification, parce qu'ils désignent non plus des concepts ou des objets de pensée, mais bien des référents uniques *(Paris, Baudelaire, Bételgeuse...)* – celui-ci pouvant cependant être décrit sous l'angle de sa pluralité (ainsi de l'archipel – ensemble d'îles – *des Açores*, de la chaîne montagneuse *des Alpes*...).

De ce fait, les noms propres ont en eux-mêmes leur détermination (puisqu'ils désignent un référent unique, précisément situé dans le temps et/ou l'espace). Aussi la présence du déterminant (notamment l'article) leur est-elle le plus souvent inutile :

ex. : Paris *est la capitale de la France.* Baudelaire *y est né.*

Tous portent la majuscule, qui les distingue précisément du nom commun (on opposera ainsi, par exemple, *la Lune*, astre unique des physiciens et astronomes, aux *lunes*, ancienne unité de mesure du temps).

On observe cependant que certains noms propres ont pris l'article au cours de l'évolution de la langue. C'est le cas en particulier :
– des noms géographiques, continents *(l'Europe)*, pays *(la France)*, régions *(la Bretagne)*, cours d'eau *(la Seine)*, montagnes *(le Jura)*... ;
– des noms de planètes connues *(la Lune, la Terre, le Soleil)*, à moins qu'ils n'aient reçu un nom emprunté à la mythologie *(Mercure, Pluton, Mars,...)*;
– des noms d'habitants d'un pays ou continent *(Les Français sont des Européens.)*;
– des noms de corps constitués, sociétés savantes, civiles... *(le Sénat, l'Église, l'Académie française...)*;
– des noms référant à certaines époques, dates ou événements historiques *(l'Empire, la Réforme, la Révolution française...)*;
– des noms donnés à des monuments, navires, avions, œuvres d'art *(le Parthénon, le Normandy, le Concorde, la Victoire de Samothrace)*;
– des noms désignant dans le vocabulaire scientifique des classes zoologiques, botaniques *(les Rosacées, les Ombellifères,...)*.

REMARQUE : L'emploi de l'article devant un nom propre peut encore relever d'un usage étranger *(la Callas)* ou régional, campagnard *(la Marie)*.

Dans certains cas, le nom propre apparaît avec le déterminant s'il est traité comme un nom commun (par exemple lorsqu'on oppose plusieurs aspects différents d'un même objet) :

ex. : *le Paris de Balzac, un Paris morose.*

Enfin, le nom propre peut passer entièrement dans la catégorie du nom commun, perdant alors sa majuscule et exigeant le déterminant ; il désigne alors un type (à partir de l'individu singulier qui lui a donné naissance) :

ex. : *un don juan* (un parfait séducteur), *un harpagon* (un avare absolu).

REMARQUE : Ce changement de catégorie correspond à une figure de rhétorique nommée *antonomase*.

II. GENRE DES NOMS

A. RÉPARTITION DES GENRES

Celle-ci n'obéit pas à des critères précis. On formulera donc les remarques suivantes.

1. Les deux genres du français

À la différence d'autres langues, le français ne connaît que deux genres, le masculin et le féminin, à l'exclusion du neutre.

REMARQUE : Certains grammairiens emploient cependant le terme de *neutre* pour désigner le genre indifférencié que présentent certaines formes pronominales (*le/ce* dans certains emplois. (Voir **personnel** [pronom] et **démonstratif** [pronom].)

2. Arbitraire du genre

Le genre des noms est une donnée conventionnelle, obligatoirement fournie par le lexique et transmise par l'usage. Le plus souvent, il ne reçoit pas de marques grammaticales spécifiques : c'est le déterminant qui l'exprime de façon régulière. Le genre des noms se transmet ensuite par l'accord aux formes adjectives.

ex. : Le *page est* dévoué./La *page est* abîmée.

REMARQUE : Le genre des noms n'étant pas fondé sur la distinction des sexes (qui ne concerne que les êtres animés), sa connaissance nécessite du locuteur l'apprentissage de la langue. On observe d'ailleurs que pour quelques noms communs l'usage est hésitant, les deux genres étant admis indifféremment :

ex. : *après-midi, avant-guerre, palabre*...

En outre, pour de nombreux noms – en particulier ceux commençant par une voyelle – la connaissance du genre (en théorie fixé) s'avère souvent difficile :

ex. : *une orbite* (féminin) mais *un opprobre* (masculin).

La répartition des genres n'est pas liée à la distinction entre les sexes pour les noms référant à des inanimés : rien ne motive ainsi le masculin de *fauteuil/banc/tabouret* face au féminin de *chaise*. La présence ou l'absence d'un *-e* muet final n'est pas davantage un critère distinctif : *un coffre/une cuve, la beauté/un gynécée*.

Pour les noms référant à des animés (humains ou non), l'opposition des sexes conduit parfois à une opposition en genre : *un homme/une femme, un père/une mère, un taureau/une vache...*

REMARQUE : Certains prénoms marquent également cette opposition : *Jean/Jeanne, Yves/Yvette*, etc.

Mais ce phénomène est loin d'être constant, puisque pour quelques noms référant à l'animé humain, la répartition du genre ne recouvre pas la distinction des sexes : *une sentinelle/un laideron*. En outre, certains noms d'espèces animales ne possèdent qu'un genre unique pour les deux sexes : *un canari mâle* ou *femelle, une langouste mâle* ou *femelle*. Enfin, un certain nombre de noms peuvent s'appliquer à des femmes tout en restant au masculin (*une femme* écrivain, *une femme* médecin, *une femme* docteur *ès lettres*...). C'est le cas en particulier pour plusieurs noms évoquant des fonctions naguère exclusivement masculines *(ministre, maire, député,...)*. Des particularités d'usage s'observent alors : *madame le Ministre* mais *la ministre Simone Veil, la député-maire du Ve arrondissement...*

REMARQUE 1 : Signe de l'évolution des temps, de nouvelles formes apparaissent, recommandées par l'Académie *(écrivaine, ...)* ainsi que de nouvelles règles d'usage. Celles-ci sont pour l'instant loin de correspondre à la réalité de la pratique linguistique des usagers...

REMARQUE 2 : Certains noms évoquant une fonction jusqu'à présent occupée exclusivement par des hommes *(général, maréchal,...)* apparaissent parfois au féminin. Mais ils désignent alors l'**épouse** du titulaire de la charge :

ex. : *la maréchale de Fervaques*
la présidente de Tourvel.

3. Marques lexicales du genre

Pour les nombreux noms communs formés par dérivation suffixale (voir **lexique**), on observe une régularité en genre due à la présence du suffixe : les suffixes en effet sont spécialisés en genre – mais celui-ci n'est pas davantage motivé par la signification du suffixe. Ainsi par exemple, *-ade* marquant une action sur une base verbale impose-t-il le féminin *(noyade, bravade)*, alors que *-age*, avec la même valeur, impose le masculin *(élevage, arrosage)*.

On peut donc dire que ce jeu d'opposition des genres lié aux suffixes contribue à structurer le lexique en renforçant la cohésion des familles lexicales : tous les noms en *-tion* ou *-té* sont féminins, tous ceux qui présentent le suffixe *-ment* ou *-isme* masculins, etc.

4. Valeur discriminante du genre

L'opposition des genres permet bien souvent de distinguer les homonymes : *un page/une page, un voile/une voile,...*

B. MARQUES DU GENRE

Comme on l'a dit, l'opposition entre masculin et féminin est généralement marquée par le déterminant seul, le nom lui-même ne portant le plus souvent aucune marque grammaticale du genre : *un siège/une chaise.* Cela est toujours vrai pour les noms référant à des inanimés.

Pour ceux qui désignent des animés, l'opposition des genres peut cependant se traduire par des variations morphologiques affectant le mot lui-même.

1. Le masculin, genre non marqué

La forme masculin apparaît en effet comme non marquée par rapport au féminin : en revanche, la forme féminin s'exprime parfois par une série de modifications morphologiques.

2. Expression morphologique du féminin

a) addition d'un -e muet final

L'adjonction de cette voyelle peut ne pas entraîner de changement dans la prononciation *(un ami/une amie)* : c'est le cas lorsque le masculin est à finale vocalique. Mais le plus souvent, il conduit à des modifications phonétiques :
– la consonne finale, qui n'apparaissait que graphiquement au masculin, se prononce au féminin : *un marchand/une marchande.* Cette modification dans la prononciation peut entraîner un changement orthographique : *un époux/une épouse, un loup/une louve, un chat/une chatte*;
– la dernière voyelle tonique peut subir une modification, soit par ouverture *(manchot/manchote),* ce que traduit alors parfois l'ortho-

graphe *(berger/bergère)*, soit par fermeture *(chanteur/chanteuse)*. Elle peut encore se dénasaliser, au profit de la prononciation de la consonne nasale [n] : *chien/chienne, lion/lionne, paysan/paysanne, châtelain/châtelaine.*

b) addition d'un suffixe

Au nom masculin s'ajoute parfois un suffixe spécifiquement féminin :
– en *-esse* : *chasseur/chasseresse, docteur/doctoresse.* La suffixation entraîne alors des modifications à l'écrit et à l'oral sur la dernière voyelle prononcée ;
– en *-ine* : *speaker/speakerine, tsar/tsarine.*

c) alternance de suffixes

Le masculin possède parfois un suffixe propre, qui alterne au féminin avec un autre suffixe : *-eur/-rice (aviateur/aviatrice)*, ou bien qui disparaît au féminin *(canard/cane, compagnon/compagne).*

3. Expression séparée du masculin et du féminin

L'opposition des genres se manifeste parfois de façon radicale, masculin et féminin étant formés sur des bases lexicales spécifiques. Deux possibilités se présentent :
– ou bien un même mot latin (le radical) a donné naissance à deux formes distinctes en français : *roi/reine* (radical *reg-*), *chanteur/cantatrice* (radical *cant-*) ;
– ou bien les bases sont d'origine différente : *coq/poule, frère/sœur.*

III. NOMBRE DES NOMS

A. NOMS COMPTABLES/NON COMPTABLES

Le nombre n'affecte que les noms qui présentent la matière comme discontinue, et donc composée d'éléments comptables (voir **article**) ; seuls les noms dits *comptables (chaise, boîte, chat)* peuvent être affectés par le pluriel.

Les noms dits *denses*, qui présentent la matière comme continue *(beurre, vin)*, ou encore les noms *compacts*, qui réfèrent à des concepts *(douceur, bonté)*, ne sont pas quantifiables et ne peuvent donc être mis au pluriel. S'ils le sont, comme c'est parfois le cas, cela signifie que l'on envisage la matière comme discontinue (*boire* de bons vins), ou bien que l'on évoque les manifestations concrètes de la qualité (*avoir* des bontés *pour quelqu'un*). On opposera ainsi, pour le même nom *poulet*, la désignation de l'animal, donc comptable *(les poulets de la ferme)*, et celle de la viande *(aimer le poulet)*.

Le choix du nombre est donc motivé par le sens que l'on veut donner à l'énoncé : la variation en nombre traduit une perception spécifique des objets désignés.

REMARQUE : Le problème du nombre se pose notamment dans les séquences formées d'un nom suivi d'un complément prépositionnel :

ex. : *char à bancs, mur de briques...*

On observe en effet que, dans les cas où la séquence est figée, le nombre est imposé (**char à banc, *bateau à moteurs*) : il se justifie par la valeur du référent (il y a plusieurs bancs, le bateau est propulsé par un moteur...). Dans les autres cas, le choix du nombre se fait en fonction de la perspective adoptée :

ex. : *mur de brique* = matière continue
mur de briques = éléments discontinus formant le mur.

B. MARQUES DU PLURIEL

1. Système courant

La marque du pluriel est graphique (un *-s*), héritage de la terminaison latine au pluriel d'un grand nombre de noms masculins ou féminins. Elle s'adjoint au nom singulier : *un chat/des chats.*

Si le nom singulier est terminé par un *-s*, un *-z* ou un *-x (souris, nez, flux)*, on ne peut lui adjoindre la marque du pluriel.

Il arrive que cette marque graphique soit perçue à l'oral [z] si les conditions de la liaison sont remplies, c'est-à-dire lorsque le mot qui suit commence par une voyelle : *de charmants enfants.*

2. Cas particuliers

La marque de pluriel se réalise parfois sous des formes différentes, entraînant diverses modifications.

La finale *-x* (abréviation de l'ancienne finale *-us*) **se substitue à *-s*** avec les mots :

– en *-eau* ou *-au* : *châteaux, tuyaux*, à l'exception de *landau* et *sarrau* qui font leur pluriel en *-s*;

– en *-eu* : *feux*, sauf *pneu* et *bleu (des pneus neufs, des bleus à l'âme)*;
– en *-ou*, pour certains noms *(bijou, caillou, chou, genou, hibou, joujou, pou)*.

Certaines modifications phonétiques et orthographiques sont entraînées par l'addition du *-s* de pluriel :
– les noms terminés par *-al* ont un pluriel en *-aux* (issu de *-als*) : *cheval/chevaux*, à l'exception d'une liste fermée de quelques noms qui conservent cette finale *-als (bal, cal, carnaval, chacal, choral, festival, naval, pal, récital, régal)*;
– sept noms terminés par *-ail* subissent la même modification (*ails* > *-aux*) : *bail, corail, émail, soupirail, travail, vantail, vitrail.*

C. PLURIEL SPÉCIFIQUE À CERTAINS NOMS

1. Pluriel des noms composés

On rappellera (voir **lexique**) que ceux-ci sont construits par la combinaison de deux mots qui perdent respectivement leur autonomie sémantique pour former une seule unité lexicale : *un rouge-gorge, une boîte aux lettres.*

L'expression du nombre pour ces noms composés dépend de deux facteurs : le mode de soudure et la nature des éléments qui entrent dans sa formation.

a) les noms composés écrits en un seul mot

Ils suivent la règle des mots simples : *des électrocardiogrammes, des portemanteaux*.

REMARQUE : Cependant, la trace de la formation par composition subsiste dans certains mots comportant deux éléments aujourd'hui soudés :

ex. : *monsieur/messieurs, madame/mesdames, mademoiselle/mesdemoiselles bonhomme/bonshommes, gentilhomme/gentilshommes.*

b) les noms composés écrits en plusieurs mots

Ils posent des problèmes plus complexes liés à la nature des éléments qui entrent dans la composition :

– Une première observation peut être faite : les mots entrant dans la composition qui récusent le pluriel en *-s* (soit parce qu'ils connaissent d'autres marques de pluriel, comme les verbes ou certains pronoms, soit parce qu'ils sont invariables, comme les prépositions ou les adverbes) restent invariables :

ex. : *des* brise-*glace/des* savoir-faire, *des* va-et-vient
des contre-*exemples, des* avant-*postes*
des on-dit.

– Le second paramètre déterminant est le sens lui-même du mot composé : la notion de pluralité peut en effet s'appliquer, pour le sens, à l'un des composants, aux deux, ou au contraire n'en concerner aucun :

ex. : *des* timbres-*poste* (= des timbres pour la poste)
des choux-*fleurs, des* rouges-gorges
des mot-à-mot (= expressions prononcées mot après mot)
des porte-plume (= chacun ne porte qu'une seule plume).

En particulier, on rappellera que les noms denses (matière conçue comme continue) ne peuvent se mettre au pluriel : *des brise-glace* (= qui brisent la glace) mais *un brise-lames* (qui arrête les vagues du large).

– Enfin, on prendra en compte le rapport fonctionnel que les constituants entretiennent entre eux. Si le second substantif a valeur de complément du nom, il reste invariable :

ex. : *des eaux-de-*vie.

REMARQUE : On signalera quelques particularités.

Ne varient pas les mots *saint* et *terre* lorsqu'ils entrent en composition pour former des noms communs dérivés de noms propres : *des* Saint-*Cyriens* < *Saint-Cyr, des* Terre-*Neuviens* < *Terre-Neuve.*

Les adjectifs *nouveau, premier* et *dernier*, qui fonctionnent comme adverbes en composition, et devraient donc rester invariables, reçoivent cependant la marque du pluriel, à l'exception de *nouveau-né* (des *nouveau-nés*) : *les nouveaux mariés, les premiers-nés, les derniers-nés.*

2. Pluriel des noms propres

Les noms propres ne prennent la marque du pluriel que dans des cas bien précis.

a) noms patronymiques

– Noms de familles illustres : *les Stuarts, les Bourbons.*
– Noms de personnes désignant des œuvres d'art : *les Apollons de la Grèce* (mais *trois Picasso*).

REMARQUE : On rappellera que certains noms propres sont entièrement passés dans la catégorie des noms communs (*des harpagons*). Mais si ce changement de catégorie n'est que partiel (le nom propre prenant alors valeur de désignation typique), il reste au singulier : *des Danton.*

b) noms géographiques

– Ils sont parfois intrinsèquement au pluriel *(les Landes).*
– Ils peuvent servir à distinguer deux perspectives d'un même objet : *les deux Allemagnes.*

3. Pluriel des noms empruntés

Les noms communs empruntés à une langue étrangère prennent des formes de pluriel variables selon la langue d'origine.

a) noms issus du latin

Les noms en *-um*, conformément à leur langue d'origine, font parfois leur pluriel en *-a* : *des desiderata.* Le plus souvent cependant, le nom à finale en *-um*, s'intégrant au français, reçoit la marque *-s* de pluriel : *des ultimatums.*

Les noms formés à partir de verbes ont également un pluriel en *-s* : *des vivats, des accessits.*

b) noms issus d'autres langues

Les autres noms d'origine étrangère peuvent conserver le pluriel en usage dans la langue mère : *un lied/des lieder, un concerto/des concerti.* Ils peuvent toujours, cependant, recevoir la marque usuelle du pluriel : *des lieds, des concertos.*

La tendance d'ailleurs est aujourd'hui d'intégrer les noms empruntés en adoptant la forme du pluriel en *-s.*

nom (complément du)

Sous cette rubrique apparemment très ouverte, destinée, pourrait-on croire, à englober les diverses manières dont un ou plusieurs termes peuvent dépendre d'un nom (ainsi par exemple les déterminants, les adjectifs et participes, les relatives adjectives, les noms avec préposition), se cache en réalité une sous-catégorie spécifique. La grammaire réserve en effet l'appellation de **complément du nom** aux **compléments nominaux**, le plus souvent prépositionnels, situés dans la dépendance d'un groupe nominal.

ex. : *l'homme* de la rue, *une cuiller* à café.

Traits généraux

À la différence de certains compléments de verbe, les compléments du nom sont **facultatifs** – même si leur suppression entraîne parfois de notables changements de sens dans l'énoncé. Leur rôle est de **modifier le nom, en délimitant son extension**, c'est-à-dire en spécifiant son domaine d'application : ainsi la *cuiller à café* appartient bien à la catégorie plus large des *cuillers*, dont elle constitue un sous-ensemble, mais s'oppose, pour l'identification, à la *cuiller à soupe* ou à la *cuiller à moka.*

Rapprochement avec la fonction d'épithète

Le complément du nom constitue donc un sous-ensemble des **expansions nominales**, et doit de ce fait être rapproché de la fonction épithète, que celle-ci soit assumée :
– par un adjectif ;

ex. : *la rosée* matinale/*la rosée* du matin

– par un participe (présent ou passé) ;

ex. : *des joues* rougies/*des joues* en feu

– par une subordonnée relative ;

ex. : *l'enfant* qui se promène à bicyclette/*l'enfant* à bicyclette

REMARQUE : Aussi l'appellation qui a parfois été proposée **d'épithète prépositionnelle** aurait-elle le mérite d'éviter la confusion avec le vaste ensemble potentiel des compléments du nom (c'est-à-dire des expansions nominales), et de marquer nettement la parenté de fonctionnement avec l'épithète.

I. NATURE ET CONSTRUCTION DU COMPLÉMENT DU NOM

A. NATURE DU COMPLÉMENT DU NOM

Le complément du nom est, comme on l'a dit, de nature nominale.

1. Nom ou groupe nominal

Le complément du nom peut être lui-même un nom,
– déterminé ou non ;

ex. : *l'appartement* de mes voisins, *un moteur* à essence

– propre ou commun ;

ex. : *la loi* Veil, *la loi* sur l'interruption volontaire de grossesse.

2. Équivalents du nom

Peuvent se substituer au nom tous ses équivalents fonctionnels :
– le pronom ;

ex. : *être l'ami* de quelqu'un/de celui-ci

REMARQUE : Les pronoms *dont* et *en* sont les seuls à ne pas être prépositionnels, puisqu'ils équivalent précisément à la structure *de + groupe nominal* :

ex. : *l'homme* dont *je connais la femme ; j'*en *connais la femme.*

– l'infinitif nominal ;

ex. : *la fureur* de vivre

– l'adverbe ou la préposition, à condition que ceux-ci acquièrent une valeur nominale à l'aide de la préposition qui les introduit :

ex. : *les Noëls* d'antan, *le magasin* d'à côté

– la proposition subordonnée complétive ;

ex. : *La crainte* qu'il ne vienne pas

REMARQUE : Certaines subordonnées conjonctives, d'origine circonstancielle, peuvent elles aussi se nominaliser et devenir complément du nom :

ex. : *des souvenirs* de quand j'étais enfant.

B. CONSTRUCTION DU COMPLÉMENT DU NOM

De nature nominale, le complément du nom est en français moderne normalement prépositionnel : un nom, surtout s'il est déterminé, ne saurait en théorie venir compléter directement un autre nom. Le truchement de la préposition est donc en général nécessaire.

Cependant, il se trouve en français moderne certaines constructions directes du complément du nom, qu'il convient de ne pas confondre avec les appositions. On examinera donc successivement les compléments du nom sans préposition, puis prépositionnels.

1. Construction directe

a) le complément du nom est un nom propre

ex. : *la tour Eiffel, l'affaire Dreyfus, le Pont-Marie*

On retrouve ici une ancienne construction du français, où la préposition n'était pas nécessaire pour marquer la dépendance, l'existence en ancien français du système des cas et/ou l'ordre des mots y suppléant *(la Mort le Roi Artu).*

La paraphrase avec la préposition est en français moderne toujours possible (et concurrence parfois cette construction : *l'avenue du Général-Leclerc/la rue Jean-Moulin*).

Le nom propre complément ne renvoie pas à la même réalité que le nom qu'il complète : il n'entretient avec lui aucune identité de référence. Aussi ne peut-on établir, entre complément et complété, aucun lien attributif (on ne peut pas poser que *Dreyfus est une affaire, Eiffel est une tour*, etc.). Ce trait fondamental l'oppose à la fonction apposition. On comparera ainsi :

ex. : *l'empereur Trajan* (= *Trajan est un empereur* : apposition)
Le code Napoléon (= *le code de Napoléon* : complément du nom).

b) le complément du nom est un nom commun

ex. : *côté cœur, une veste fantaisie, un aspect province*

Ces combinaisons, de plus en plus courantes dans la langue contemporaine, opèrent un raccourci en se passant de la préposition. On aboutit parfois :

– soit à de véritables noms composés (ce que traduit, mais pas nécessairement, le trait d'union) :

ex. : *un compte épargne-logement, un stylo plume*

– soit à des groupes où le premier élément nominal est senti comme un équivalent de préposition :

ex. : *courant juin, question santé.*

REMARQUE : On prendra garde que, pour pouvoir fonctionner ainsi, à la manière d'un adjectif épithète, le nom complément doit renoncer à être déterminé. Il apporte en effet à son terme recteur son contenu notionnel dans toute sa virtualité, sans renvoyer à une entité dans le monde actualisé (il n'a pas de référence). Il ajoute ainsi au nom complété l'ensemble des **propriétés** qu'il évoque ordinairement, sans leur donner de point d'application : c'est bien ce qui le rapproche de l'adjectif, qui ne donne qu'une indication de propriété et doit trouver hors de lui-même un support.

ex. : *une femme enfant* (= qui a l'apparence, le comportement d'un enfant).

2. **Construction indirecte**

ex. : *le travail* à la ferme, *le quai* de la gare, *une promenade* en ville, *une Vierge* à l'enfant.

C'est la construction normale du français moderne, de loin la plus fréquente. De multiples prépositions peuvent introduire le complément du nom, les plus courantes étant *de* et *à*.

REMARQUE : Le lien sémantique et/ou syntaxique qu'elles établissent entre les deux noms est très divers, on tentera de le spécifier plus loin.

C. PLACE DU COMPLÉMENT DU NOM

Conformément à la tendance du français, qui place les mots par masses volumétriques croissantes (cadence majeure) et situe le déterminé avant le déterminant (ordre progressif), le complément du nom se place normalement **à droite** du nom qu'il modifie.

ex. : *la beauté* de ces villes

Cependant les pronoms *dont* et *en* échappent à cette règle, puisqu'ils se placent avant leur terme recteur :

ex. : *les villes* dont *j'apprécie la beauté/j'*en *apprécie la beauté.*

II. CLASSEMENT DES COMPLÉMENTS DU NOM

Comme on l'a dit, les prépositions qui introduisent le complément du nom peuvent traduire et établir des liens de nature très diverse :
– tantôt ce lien est **sémantique**, et la préposition possède alors sa pleine autonomie de sens :

ex. : *un dîner en ville/chez des amis/sans façons*

– tantôt la préposition ne joue qu'un rôle de **ligament syntaxique**, permettant simplement de subordonner un nom à un autre :

ex. : *le départ de Paul.*

Il apparaît à l'examen que la **valeur du nom complété** est déterminante pour l'analyse du complément du nom : deux grandes classes devront être distinguées, selon que le nom recteur est apparenté ou non à un verbe ou un adjectif.

A. LE NOM COMPLÉTÉ S'APPARENTE À UN VERBE OU À UN ADJECTIF

1. Il est apparenté à un verbe

Il faut alors, pour comprendre la valeur du lien en jeu, faire le parallélisme avec la phrase verbale correspondante.

ex. : *l'arrivée du train en gare de Lyon (le train arrive en gare de Lyon).*

a) le complément du nom introduit par de

Obligatoire, ce complément du nom traduit une relation syntaxique essentielle :
- soit de sujet à verbe,

ex. : *le départ de mes amis (= mes amis partent)*
- soit de verbe à complément d'objet,

ex. : *le désir de plaire (= on désire plaire)*

La préposition, simple marque de subordination, n'a aucune valeur sémantique : elle joue un rôle actantiel, en indiquant la relation entre l'action verbale et ses « actants ».

REMARQUE : Cette relation est parfois ambiguë hors contexte, d'où les exemples traditionnellement empruntés aux grammaires latines, où se posait avec le génitif le même problème :

ex. : *la crainte des ennemis* (= *les ennemis ont peur* : valeur subjective / *on craint les ennemis* : valeur objective).

b) le complément du nom introduit par une autre préposition

Ce type de complément facultatif s'ajoute normalement à un autre complément du nom introduit par *de*. Là encore, le parallélisme devra être fait avec la phrase verbale :

ex. : *l'abolition de la peine de mort* par le gouvernement, *le devoir d'un citoyen* envers son pays.

À la différence de la préposition *de*, d'expression obligatoire, qui n'avait aucune valeur sémantique mais traduisait simplement une relation de dépendance, ces autres prépositions sont ici significatives et d'emploi libre (elles peuvent commuter avec d'autres prépositions).

2. Il est apparenté à un adjectif

Il s'agit de noms formés sur des adjectifs transitifs, c'est-à-dire des adjectifs exigeant ordinairement d'être complétés. Le parallélisme s'opère ici non plus avec la structure verbale, mais avec l'adjectif, le choix de la préposition étant en général commandé par cette structure.

> ex. : *l'insensibilité* au froid *(= insensible au froid), l'inaptitude* au service militaire *(= inapte au service militaire).*

La préposition n'a donc aucune valeur sémantique, et ne joue qu'un rôle syntaxique.

B. LE NOM COMPLÉTÉ NE S'APPARENTE PAS À UN VERBE OU UN ADJECTIF

Le parallélisme avec la phrase verbale (ou le groupe adjectival) ne s'impose plus. Diverses relations peuvent être repérées.

1. Valeur d'appartenance

Étendue au sens large, cette relation établie par les seules prépositions *de* et *à* possède comme point commun de pouvoir être glosée par le verbe *avoir*, dans ses diverses acceptions.

a) valeur partitive

> ex. : *les barreaux* de la chaise *(= la chaise a des barreaux).*

b) valeur de possession

> ex. : *des amis* à moi *(= j'ai des amis), le chien* de mon voisin *(= mon voisin a un chien).*

c) propriété

> ex. : *l'odeur* de la pluie, *la poussière* des chemins.

2. Valeur d'épithète

Il modifie le nom à la manière d'un adjectif, en indiquant ses propriétés. Comme pour l'adjectif, on distinguera les valeurs :

a) qualificative

ex. : *une idée* de génie (=géniale), *une nuit* sans étoiles (=sombre), *la fille* aux yeux d'or.

b) relationnelle

ex. : *un moteur* à essence (à combustion), *un chien* de berger (un griffon).

Le complément du nom a une fonction de **classification**, il permet de créer des sous-catégories, dont parfois le lexique prend acte en les inscrivant au dictionnaire : on aboutit alors à de véritables mots composés.

REMARQUE 1 : L'origine circonstancielle de ces tours est souvent encore très sensible (*le cuir* de Russie : lieu), mais la fonction de classification est ici déterminante. En réalité, aucune frontière nette ne permet d'opposer les compléments du nom à valeur circonstancielle, qui sont idéalement de simples productions de discours, n'aboutissant pas nécessairement à un nom composé,

ex. : *Ils firent une promenade* en forêt/à cheval.
Regarde la petite fille avec son nounours *!*

et les compléments du nom épithètes de relation, d'origine circonstancielle, mais qui se sont figés et que le dictionnaire accueille comme des mots composés.

Cette frontière impossible intéresse en réalité moins la grammaire (la fonction reste la même) que la lexicologie : quand doit-on considérer que l'on a affaire à un mot composé ?

REMARQUE 2 : On ne considérera pas comme des compléments du nom les groupes du type :

ex. : *des flots de larmes, une sorte de manteau, une foule de gens.*

Il s'agit en fait d'une construction où le premier des deux noms sert de déterminant au second, à la fois pour le quantifier, et pour en préciser les caractéristiques. Voir **déterminant** et **indéfini** (déterminant).

numéral (adjectif)

Les adjectifs numéraux sont constitués des seuls numéraux ordinaux (les numéraux cardinaux se classent dans la catégorie des déterminants du nom ou dans celle des pronoms). En tant qu'adjectifs, ils varient en nombre, certains seulement pouvant marquer l'opposition du genre.

I. MORPHOLOGIE

On peut distinguer ceux qui proviennent directement du latin, et ceux qui sont de formation romane.

A. LES NUMÉRAUX ORDINAUX HÉRÉDITAIRES

Ce sont les quatre premiers : *prime* ou *premier, second, tiers, quart* (les deux derniers sont d'un emploi restreint, comme on le verra). *Premier* et *second* sont variables en genre et nombre :

ex. : *les* premiers *hommes, sa* seconde *femme.*

B. LES NUMÉRAUX ORDINAUX DE FORMATION ROMANE

Le suffixe *-ième*, variable en nombre mais pas en genre, s'ajoute au numéral cardinal : *deuxième, vingtième.*

Si le numéral cardinal est un mot composé, le suffixe s'adjoint au dernier chiffre : *le vingt et unième.*

REMARQUE : Le trait d'union se maintient partout où il est de règle pour le numéral cardinal. Voir **numéral** (déterminant).

C. FORMES PARALLÈLES

Au numéral cardinal *un* correspondent deux formes, non commutables, *premier* et *unième.* La seconde forme n'est utilisée que dans les nombres composés : *la quarante et unième page.*

Au numéral cardinal *deux* correspondent les formes *second* et *deuxième.* En composition, seule la seconde formulation est possible (*la trente-deuxième année*) ; dans les autres cas, le choix est libre.

REMARQUE : Certains puristes spécifient que *second* ne s'emploie que dans le cas où le groupe ne compte que deux éléments.

D. FORMES ARCHAÏQUES

Prime, tiers (et *tierce*), *quart* (et *quarte*) ne s'emploient que dans des contextes très restreints (langages spécialisés) où ils sont alors substantivés par l'article. Ainsi la langue religieuse recourt à ces formes anciennes pour désigner les heures canoniales où sont récités les offices (aux termes déjà cités, il faut ajouter *quinte, sixte, octave, none*). La langue de la musique utilise encore ces termes pour désigner des écarts de mesure ; en escrime, il s'agit de positions, etc. On ajoutera que *prime* subsiste en français courant dans l'expression *de prime abord* et *tiers* dans certaines désignations *(le Tiers État, le tiers payant,...)*.

II. EMPLOI DES ADJECTIFS NUMÉRAUX

A. PROPRIÉTÉS SYNTAXIQUES

Ils fonctionnent comme adjectifs et se placent généralement entre le déterminant et le nom : *le troisième homme.* Ils peuvent cependant se placer derrière le nom pour désigner le chapitre, plus rarement le tome, dans l'édition : *chapitre troisième, tome second.*

Ils sont compatibles avec les déterminants spécifiques (*le/ce/mon second roman*) et complémentaires (*tous les deuxièmes jours de la semaine, tout le deuxième tome*).

Ils assument comme adjectifs les fonctions d'épithète ou d'attribut :

ex. : *Ils sont arrivés* premiers.

B. VALEUR SÉMANTIQUE

Ils expriment le rang, la place occupée dans une série par un ou plusieurs éléments.

Ils sont d'un emploi moins fréquent que les numéraux cardinaux qui les remplacent souvent pour exprimer l'ordre dans une succession : *Henri III, Acte II, scène 1.*

numéral (déterminant)

Les déterminants numéraux servent à quantifier par l'indication du nombre, en chiffrant arithmétiquement la quantité des êtres auxquels renvoie le nom. On les classe donc dans la catégorie logico-sémantique des purs quantifiants (voir **déterminant**). Comme ils ne portent qu'une indication de nombre, et non d'identité, on les classera parmi les déterminants indéfinis.

Ils se composent des numéraux **cardinaux**, qui forment la suite infinie des nombres entiers (*un, deux, trois...* jusqu'à l'infini).

REMARQUE : Les numéraux **ordinaux** *(premier, deuxième, quart, tiers,...)* ne fonctionnent pas comme déterminants du nom : soit ils sont adjectifs *(le troisième homme)*, soit ils sont substantifs *(le quart, la moitié,...)* et peuvent alors être suivis d'un complément du nom à valeur partitive (*le quart* de ce gâteau).

I. MORPHOLOGIE DES DÉTERMINANTS NUMÉRAUX

On opposera les formes simples aux formes composées.

A. FORMES SIMPLES

1. Origine

Elles sont héritées du latin et comprennent :

- les seize premiers nombres ;
- les nombres indiquant les dizaines *(dix, vingt, trente, quarante...)*;
- *cent, mille.*

2. Accord

Elles sont **invariables**, à l'exception de *un*, qui varie en genre *(une pomme)* et qui, en changeant de catégorie grammaticale, peut aussi varier en nombre *(les uns, quelques-uns...).*

REMARQUE : Il existe une forme substantive, homonyme de *mille*, qui désigne une unité de mesure spatiale (aujourd'hui utilisée pour rendre compte de la seule distance en mer) et prend la marque du nombre :

ex. : *Nous sommes encore à deux milles de la côte.*

On ne la confondra pas avec les déterminants numéraux.

B. FORMES COMPOSÉES

Les formes composées restent **invariables**, à l'exception de *vingt* et *cent*, qui s'accordent au pluriel lorsqu'ils sont multipliés et ne sont pas suivis d'un autre chiffre :

ex. : *quatre*-vingts *ans/quatre*-vingt-*deux ans*
trois cents *hommes/trois* cent *dix-huit hommes*.

REMARQUE : Ils restent cependant invariables lorsqu'ils sont employés, non comme déterminants, mais pour préciser une situation donnée : *au kilomètre quatre-vingt, page deux cent.*

La composition des numéraux est fondée sur les opérations arithmétiques d'**addition** *(dix-neuf)* ou de **multiplication** *(trois mille)*. On observe qu'elle procède par coordination ou par juxtaposition.

1. La coordination

Sont unis par la coordination, sans trait d'union, les nombres qui procèdent par addition du numéral *un* aux noms de dizaine, à partir de *vingt* et jusqu'à *quatre-vingt* exclu (ensuite le trait d'union s'impose) :

ex. : *vingt et un* mais *quatre-vingt-un.*

La coordination unit encore *onze* au nom de dizaine *soixante* : *soixante et onze.*

2. La juxtaposition

Le **trait d'union** est de règle pour relier tous les termes des numéraux composés par juxtaposition, inférieurs à *cent.*

Sont formés par juxtaposition :
– les nombres qui procèdent par l'addition du chiffre des unités (de *un* à *neuf*) à celui des dizaines (à partir de *dix-sept*), des centaines, des milliers :

ex. : *dix-neuf, quarante-huit, cent quatre, mille deux.*

– les nombres qui procèdent par addition du chiffre des dizaines à celui des centaines *(cent trente)*, du chiffre des centaines à celui des milliers *(mille cent)*;
– les nombres qui combinent addition et multiplication :

ex. : *trois cent quarante-deux, deux mille quatre-vingt-deux.*

II. EMPLOI DES DÉTERMINANTS NUMÉRAUX

A. PROPRIÉTÉS SYNTAXIQUES

Ils sont compatibles avec les déterminants spécifiques (à l'exception évidente de l'article indéfini) : les/mes/ces *trois enfants* et avec quelques déterminants caractérisants indéfinis : *les trois* autres *enfants.*

Ils sont toujours immédiatement antéposés au nom, dont ils ne peuvent être séparés que par un adjectif qualificatif : *trois jolis enfants.*

Ils peuvent, à la différence des déterminants spécifiques, occuper la fonction attribut :

ex. : *Ils sont* trois.

B. VALEURS SÉMANTIQUES

Ils expriment tous la **quantité précise** et chiffrée arithmétiquement.

REMARQUE : Dans un certain nombre de cas cependant, la désignation du nombre reste figurée :

ex. : *en voir* trente-six *chandelles*

Je le lui ai dit vingt/cent *fois.*

Ces tours à valeur hyperbolique expriment alors une quantité indéterminée.

Ils peuvent exprimer le **rang**, lorsqu'il s'agit de marquer l'ordre de succession (dynasties, jours, heures, pages, séquences successives dans un texte...). Dans la plupart de ces cas, le numéral se trouve postposé :

ex. : *Henri IV, Acte II, scène 5...*

Seule l'indication du jour ou de l'heure s'effectue par l'emploi du numéral cardinal antéposé :

ex. : *Rendez-vous le* neuf *septembre à* quinze *heures.*

numéral (pronom)

Les pronoms numéraux expriment la quantité pure, effaçant la désignation de l'être auquel ils réfèrent :

ex. : *Les enfants jouent dans la cour; j'en vois* trois *qui se battent.*

La catégorie des pronoms numéraux se limite aux seuls nombres cardinaux, à l'exclusion des ordinaux.

REMARQUE : Ces derniers peuvent être substantivés par l'article défini pour indiquer le rang :

ex. : Le premier *qui bouge aura affaire à moi.*

ou la fraction :

ex. : *Il a mangé à lui seul* le quart *du gâteau.*

Du point de vue morphologique, les pronoms numéraux ont une forme identique à celle des déterminants numéraux :

ex. : *Il n'y a que trois gâteaux, mais j'en avais commandé* quatre/dix/quinze...

Le pronom numéral peut intégrer dans sa forme l'article défini :

ex. : *J'ai commandé trois gâteaux.* Les trois *seront livrés ce soir.*

Il représente alors la totalité des éléments de l'ensemble. Employé seul au contraire, le pronom numéral renvoie alors à une partie de l'ensemble :

ex. : *J'ai commandé quatre gâteaux.* Trois *ont déjà été livrés.*

Lorsque le pronom numéral est employé en fonction de complément d'objet direct du verbe, il est nécessairement associé au pronom adverbial *en* :

ex. : *Les gâteaux sont arrivés. J'*en *avais commandé* trois.

On voit alors que l'emploi du pronom numéral implique une opération d'**extraction** à partir d'un ensemble spécifié : c'est cet ensemble que représente *en*, tout en marquant l'opération de prélèvement.

O

objet (complément d')

Le complément d'objet constitue l'une des fonctions possibles du nom ou de ses équivalents : situé dans la dépendance d'un verbe – ou d'une locution verbale – de construction personnelle, parfois rattaché directement, parfois à l'aide d'une préposition, il peut ainsi se présenter sous les espèces du complément d'objet direct (COD), indirect (COI) ou second (COS) :

ex. : *Le professeur enseigne* la grammaire à ses élèves.

REMARQUE : On ne confondra pas ce type de complément avec les séquences qui suivent les verbes ou locutions verbales à **construction impersonnelle** :

ex. : *Il convient* de se taire. *Il est nécessaire* de se taire.

ou encore après les **présentatifs** :

ex. : *Voilà* le soleil.

Ces compléments, qui n'ont pas le même fonctionnement syntaxique que le complément d'objet, seront appelés **régimes**. On se reportera pour le détail de l'analyse aux rubriques : **impersonnelle** [forme] et **présentatif**.

I. DÉFINITION SYNTAXIQUE

Le complément d'objet est parfois défini comme « ce sur quoi passe – ou porte – l'action exprimée par le verbe ». Le caractère extrêmement flou de cette définition, ses dangers (le verbe par exemple n'implique pas toujours une action), doivent inviter à abandonner toute interprétation sémantique du complément d'objet. On se fondera donc sur une définition **formelle**, s'appuyant sur des critères syntaxiques aisément repérables.

A. COMPLÉMENT D'OBJET ET TRANSITIVITÉ

On rappellera ici (voir **transitivité**) que les verbes français peuvent être, du point de vue de leur complémentation, divisés en deux catégories :

– certains verbes en effet se suffisent à eux-mêmes, n'exigeant pas d'être complétés ; ce sont les **verbes intransitifs**, qui excluent donc le complément d'objet :

ex. : *Paul dort.*

– d'autres verbes ont au contraire en commun la nécessité d'être complétés, soit directement, c'est-à-dire sans préposition, soit indirectement, combinant parfois les deux constructions ; ce sont les **verbes transitifs**, qui impliquent l'existence du complément d'objet :

ex. : *Paul demande* un renseignement au policier. *(*Paul demande.)*

On définira donc le complément d'objet comme le complément admis ou imposé par le verbe transitif.

REMARQUE : En effet, l'effacement du complément d'objet est parfois possible, sous certaines conditions ; son rétablissement cependant est toujours possible syntaxiquement (voir **transitivité**) :

ex. : *Anne fume trop* (de cigarettes).

Reste à mettre en évidence les propriétés syntaxiques du complément d'objet, permettant notamment de l'opposer au complément circonstanciel et à l'attribut. On comparera ainsi :

ex. : *Elle aime* la nuit./*Elle travaille la nuit./Elle est médecin.*

B. PROPRIÉTÉS SYNTAXIQUES

1. Le complément d'objet direct (COD)

Il forme avec le verbe transitif direct un syntagme lié, appelé syntagme verbal ou encore **groupe verbal** (GV).

a) place

Il se place normalement **à droite du verbe**. À la différence du complément circonstanciel, qui peut aussi apparaître dans cette position, le complément d'objet n'est **pas déplaçable** :

ex. : *Elle aime* la nuit./**La nuit elle aime*. (Mais comparer : *La nuit, elle travaille.*)

b) pronominalisation

Le complément d'objet se fait reprendre ou annoncer, par exemple en cas de phrase segmentée, par les **pronoms personnels** ***le/la/les***, ou bien par le pronom adverbial *en* si le groupe nominal repris comporte une détermination indéfinie ou partitive (comportant l'élément *de* : *du, de la, des*) :

ex. : *Mes amis, je* les *vois souvent. Des amis, j'*en *ai beaucoup.*

REMARQUE : Ce test de la pronominalisation permet de distinguer du COD le complément circonstanciel adjoint, de construction directe, mais qui n'est pas susceptible de cette reprise :

ex. : **La nuit, elle la travaille.*

Il n'est pas suffisant en revanche pour opposer l'attribut au COD, puisque l'attribut direct du sujet répond favorablement à ce test :

ex. : *Charmant, il* l'*est.*

c) transformation passive

En tant que complément d'un verbe transitif direct, le complément d'objet direct présente la particularité de pouvoir devenir le sujet du verbe lors du retournement de l'actif en passif – à l'exception du verbe *avoir* :

ex. : *Le policier arrête* le voleur. > Le voleur *est arrêté par le policier.*

REMARQUE : Ce test permet notamment de distinguer le complément direct d'un verbe, qui n'est pas susceptible de cette transformation passive,

ex. : *Ce livre coûte* cinquante francs. (**Cinquante francs sont coûtés par ce livre.*)
Mon parfum sent le musc. (**Le musc est senti par mon parfum.*)

du véritable complément d'objet direct. Voir **circonstanciel** (complément).

d) valeur nominale

À la différence de l'attribut, qui répond lui aussi de manière positive aux deux premiers critères, le complément d'objet est essentiellement de **valeur nominale** : il ne peut donc être remplacé par un adjectif – tandis que cette substitution est toujours possible pour l'attribut :

ex. : **J'aime sombre* (mais *J'aime les nuits sombres*).

2. Le complément d'objet indirect (COI)

Il partage avec le COD la plupart des propriétés énumérées ci-dessus, moyennant cependant les différences suivantes :

a) construction prépositionnelle

Le complément d'objet indirect est normalement construit **avec une préposition**. Le choix de celle-ci, à la différence du complément circonstanciel, n'est **pas libre**, mais imposé par le verbe ; cette contrainte traduit en fait son étroite dépendance à l'égard de ce dernier.

ex. : *Je compte* sur vous (mais non *à vous* = COI),
mais *Je vais* au marché/en ville/chez mes amis (complément circonstanciel intégré au groupe verbal).

REMARQUE : Cependant, les pronoms personnels, comportant encore des traces d'une flexion casuelle, se présentent parfois sans préposition en fonction de COI. Absente en surface, la construction prépositionnelle peut cependant toujours être rétablie :

ex. : *Je* lui *donne ce livre.* > *C'est* à lui *que je le donne.*

Cet effacement de la préposition se rencontre également avec certaines propositions subordonnées complétives, introduites par la conjonction *que* et dépendant d'un verbe de construction indirecte ; là encore, le rétablissement de la préposition est toujours possible :

ex. : *Je me félicite* qu'il vienne. > *Je me félicite* de cela.

b) pronominalisation

Le COI est la plupart du temps pronominalisable au moyen des pronoms adverbiaux *en* et *y* :

ex. : *Pierre, je m'*en *méfie. Cette rencontre, j'*y *tiens beaucoup.*

REMARQUE : Les règles d'emploi de ces pronoms, qui ne peuvent pas toujours servir de reprise en cas de référent non animé, restreignent en pratique l'application du test de pronominalisation (voir **adverbial** [pronom]).

3. Le complément d'objet second

Certains verbes (exprimant le dire et le don, et leurs contraires) nécessitent d'être construits, non pas avec un seul complément d'objet, mais avec un **double objet** :

ex. : *Donner* quelque chose à quelqu'un.

Si le premier complément ne pose pas problème (c'est un COD), on appellera le second complément : complément d'objet second (COS). Comme le COI, il est exigé par la construction du verbe, qui lui impose la préposition ; mais à la différence du COI, il implique la présence du COD.

REMARQUE : Deux types de COS peuvent être distingués :

– le COS non animé, presque toujours introduit par la préposition *de* :

ex. : *accuser quelqu'un* de quelque chose.

– le COS animé, introduit par la préposition *à* : on y retrouve l'ancien *complément d'attribution* (assez mal nommé en ce qu'il recouvre aussi bien le don que l'intérêt, le détriment, etc.) :

ex. : *dire quelque chose* à quelqu'un.

Ce second type de COS est pronominalisable par les pronoms *lui/leur*.

On en rapprochera la construction suivante, d'analyse délicate,

ex. : *Je* lui *lave les mains.*

où le pronom apparaît en l'impossibilité du possessif (**Je lave ses mains*).

4. Le complément d'objet interne

Ce type de complément d'objet doit être mis à part. Il s'agit d'un tour littéraire, relevant d'un **écart** par rapport à la norme. Le complément d'objet interne apparaît, en effet, de façon tout à fait surprenante, dans la dépendance d'un verbe normalement intransitif :

ex. : *Souffrir* mille maux. *Vivre* une époque formidable.

En outre, à la différence du COD, dont le sens reste distinct de celui du verbe, l'objet est ici dit *interne* en ce qu'il reprend, sous une forme nominale, le contenu sémantique du verbe, pour le spécifier : soit qu'il le caractérise (c'est le cas de l'adjectif *formidable*), soit qu'il le quantifie (mille *maux*). Il fonctionne, en quelque sorte, à la manière d'un adverbe *(souffrir intensément, vivre bien)*, n'ajoutant pas d'autre information au verbe que cette spécification apportée par l'adjectif ou le déterminant. De cette nécessaire parenté sémantique découlent souvent des effets stylistiques, dès lors notamment que le nom complément d'objet s'avère un dérivé lexical du verbe :

ex. : *Songer* un songe.

II. FORMES DU COMPLÉMENT D'OBJET

A. NATURE DU COMPLÉMENT D'OBJET

On l'a dit, le COD est essentiellement de valeur nominale.

1. Groupe nominal déterminé

– En construction directe, pour le COD et le CO interne :
ex. : *Porter* un vêtement.

– En construction indirecte, pour le COI et le COS :
ex. : *Se fier à* son intuition. *Emprunter de l'argent à* des amis.

REMARQUE 1 : Le COS et le CO interne ne peuvent prendre la forme que du **nom** ou du **pronom**.

REMARQUE 2 : La présence nécessaire du déterminant permet de distinguer du complément d'objet la fonction attribut, où le nom peut apparaître seul, à droite du verbe :

ex. : *Pierre est* médecin.

Elle permet encore de considérer comme locutions verbales, donc mots composés, des structures où le verbe transitif apparaît suivi d'un nom sans déterminant :

ex. : *rendre justice, avoir faim, prendre peur,...*

On n'analysera pas ces substantifs comme compléments d'objet, mais comme éléments intégrés à la formation de la locution verbale (voir **lexique**).

2. Équivalents fonctionnels du nom

– Pronom :
ex. : *Je* la *vois ce soir. J'*en *suis heureux.*

– Infinitif en emploi nominal :
ex. : *J'aime* (à) lire.

– Proposition subordonnée complétive, conjonctive :
ex. : *Je me félicite* qu'elle vienne.
Je ne m'attendais pas à ce qu'elle vienne.

- interrogative indirecte :
ex. : *Je me demande* si elle viendra.

REMARQUE : La subordonnée interrogative indirecte ne peut jamais être complément d'objet indirect, elle se construit toujours directement.

- ou encore infinitive :
ex. : *J'entends* siffler le train.

– Proposition subordonnée relative sans antécédent (appelée *substantive*) :
ex. : *Aimez* qui vous aime.

B. PLACE DU COMPLÉMENT D'OBJET

On l'a dit, sa place est à droite du verbe. Cependant le complément d'objet est obligatoirement antéposé dans les cas suivants :

– le complément d'objet est l'un des pronoms personnels clitiques *(me/te/se/lui/la/leur/nous/vous)*, ou un pronom adverbial *(en, y)* :

ex. : *Je* vous *crois. Elle* le lui *dira.*

– le complément d'objet est un pronom relatif ou interrogatif :

ex. : *La maison* que *tu vois a été bâtie en 1904.*
Que *vois-tu ?* À qui *parlais-tu ?*

REMARQUE : Le critère d'ordre des mots est devenu déterminant en français dès lors que le système des déclinaisons s'est effondré, cédant d'abord la place à l'opposition réduite cas sujet/cas régime, celle-ci venant également à disparaître vers le XVe siècle. En effet, tandis que la forme fléchie du nom (la désinence) pouvait suffire à marquer la fonction, il fallut, en l'absence de ce signe, trouver une autre forme de marquage grammatical.

Ainsi, dès lors que subsistent encore quelques traces de ce système des cas (les pronoms personnels, anciennement fléchis), la place à droite du verbe n'est pas nécessaire, et l'antéposition des pronoms personnels compléments, exigée pour des raisons de prosodie (unité accentuelle avec le verbe), s'avère alors possible.

L'antéposition des relatifs et interrogatifs relève d'une autre explication. La place du pronom relatif en tête de la subordonnée – donc à gauche du verbe – traduit sa fonction de mot conjonctif, marquant la séparation entre principale et subordonnée ; quant au pronom interrogatif, il apparaît en tête puisque c'est lui qui indique quelle est la portée de la question.

on (pronom personnel indéfini)

Le pronom *on* présente, dans sa morphologie, son fonctionnement et son sens des particularités qui ne le rendent assimilable à aucune catégorie de pronom.

C'est un pronom clitique – adossé au verbe – correspondant à la troisième personne du singulier (P3) pour l'accord du verbe et qui ne peut fonctionner que comme sujet :

ex. : On *a toujours besoin d'un plus petit que soi.*

Du statut exclusivement nominal (où il renvoie directement à l'être qu'il désigne, à la différence des représentants), il peut accéder au statut de pronom personnel.

I. MORPHOLOGIE

On est formé à partir du substantif latin *hominem* (homme). En raison de cette origine nominale, il peut être précédé de *l'*, trace de l'ancien article défini, mais qui reste d'expression facultative : il figure aujourd'hui principalement après *et, ou, où, que* et *si*, surtout pour des raisons euphoniques :

ex. : *si l'on veut, où l'on veut.*

REMARQUE : L'adjonction de *l'*, courante en français classique, même en tête de phrase, est rare à l'oral en français courant. C'est surtout un usage de la langue écrite, et qui témoigne d'un niveau de langage soutenu.

Il ne présente qu'une forme sujet de P3, sans qu'aucune forme de pronom complément ne lui corresponde. S'il faut reprendre *on* par un pronom complément, c'est le pronom personnel (*se* ou *nous*) qui apparaît :

ex. : *Si on réussit et qu'une marque de reconnaissance* nous *soit accordée, on* se *sent heureux.*

II. EMPLOI DU PRONOM *ON*

On ne peut fonctionner que comme sujet du verbe.

En tant que clitique, il lui est normalement antéposé, sauf dans les phrases interrogatives et dans les propositions incises :

ex. : *Peut-*on *croire une chose pareille ?*
*Le soleil, dit-*on, *s'éteindra un jour.*

Il fonctionne exclusivement comme nominal, c'est-à-dire qu'il renvoie immédiatement à l'être qu'il désigne sans qu'il soit besoin d'évoquer un terme antécédent :

ex. : On *affirme que le Président nommera ce soir le Premier ministre.*

REMARQUE : On observe cependant, dans un français relâché, l'emploi de *on* reprenant un *nous* – sans que soit modifié l'accord du verbe :

ex. : *Nous,* on est *les meilleurs.*

Le pronom *on* neutralise les oppositions de personne et de nombre, en imposant l'accord du verbe à la P3 ; cependant, au passif ou dans des phrases attributives, la forme adjective du verbe ou bien l'adjectif peut prendre, selon le contexte, des marques de genre et de nombre :

ex. : *On est* ravies *d'être* venues.

Il peut se substituer à la plupart des pronoms personnels, en fonction du sujet (voir plus bas).

REMARQUE : On notera, en particulier, que *on* se substitue très fréquemment à *nous* en français courant. Il impose en effet l'accord du verbe à la P3, non marquée *(on mange)* au lieu de la P4 *(nous mangeons)* et est de ce fait d'utilisation plus commode.

III. VALEURS DU PRONOM *ON*

Les valeurs de sens de *on* sont très diverses. On fera observer cependant que ce pronom désigne exclusivement des **animés humains** ; il peut référer aussi bien à une collectivité qu'à un être unique. Ses valeurs d'emploi oscillent en fait de l'indéfini au défini.

A. *ON* À VALEUR D'INDÉFINI

Le pronom *on* peut désigner un ensemble, une collectivité totalement indéterminée en identité comme en nombre. Il peut même désigner une collectivité très restreinte, et commute alors avec le pronom indéfini *quelqu'un* :

ex. : On *m'a pris mon papier à lettres.*

REMARQUE : La valeur d'indétermination du pronom est sensible dans tous les cas, comme en témoigne la possibilité de faire disparaître *on* en cas de passivation :
ex. : *On a souvent défendu un point de vue contraire./Un point de vue contraire a souvent été défendu.*

Cette valeur d'indétermination interdit à *on* de reprendre un pronom personnel déterminé *(il/elle).*

B. *ON* SUBSTITUT DE PRONOM PERSONNEL

Il renvoie alors à des êtres identifiables et non plus indéterminés.

1. **Emplois courants**

On peut remplacer *nous*, incluant donc le locuteur,
– à l'exclusion de l'interlocuteur *(on = je+eux)* :
ex. : On *t'a déjà fait part de nos projets.*
– en incluant l'interlocuteur (on = je+tu/vous) :
ex. : On *va lui faire part de nos projets.*

2. **Emplois figurés**

L'emploi de *on* comme équivalent de pronom personnel peut répondre à des fins d'expressivité. Il s'agit alors d'emplois figurés, *on* marquant alors l'effacement du locuteur (ironie, discrétion, complicité,...). On donne à cette figure le nom d'*énallage.*
– *On* peut ainsi se substituer à la P5, et remplacer le *vous* :
ex. : *Gardes, qu'*on *m'obéisse.*
– *On* peut encore remplacer le *tu* (ou le *vous* de politesse, désignant l'interlocuteur) :
ex. : On *n'est pas en pleine forme, à ce que je vois.*
– Enfin, *on* peut se substituer à la P1 :
ex. : On *se tue à vous faire un aveu des plus doux.*
(Molière)

ordre des mots

Si l'on met de côté tout critère de sens et d'intonation, la phrase peut être définie comme un ensemble ordonné de constituants assumant autour du verbe une fonction syntaxique (voir **introduction**). C'est dire que l'**ordre des éléments** qui la composent peut être considéré comme un trait formel, dont on voudrait ici rappeler la complexité. Car, à côté d'un **ordre canonique**, pouvant être décrit pour chaque type de phrase (assertive, interrogative, exclamative, jussive), de nombreux phénomènes viennent, lors du passage de la phrase à l'énoncé, modifier la place respective des éléments.

I. ORDRE CANONIQUE : LA PHRASE LINÉAIRE

À l'intérieur de chaque modalité, il existe une forme canonique de la phrase, dont la grammaire doit fournir une description. On s'accorde généralement pour choisir comme base de présentation le **modèle de la phrase assertive**, dont l'ordre des mots est préférentiellement le suivant : *sujet/verbe/complément d'objet direct* ou *attribut/complément d'objet indirect/compléments circonstanciels.*

REMARQUE : Parler d'ordre canonique, c'est donc envisager la structure abstraite de la phrase, où la place des différents éléments, en l'absence de marques casuelles, constitue bien l'indication de leur fonction (ainsi de l'opposition, autour du verbe, du sujet et du complément d'objet : *Pierre aime Jeanne – Jeanne aime Pierre*). Des recherches statistiques portant sur des corpus attestés – donc sur des énoncés – ont en outre montré que cette structure était la plus fréquente.

La phrase, lorsqu'elle affecte la forme ci-dessus, est dite **linéaire** : les éléments s'enchaînent les uns aux autres sans heurts ni pauses notables. L'ensemble est donc prosodiquement lié.

Cependant, à côté des fonctions à place fixe (normalement, sujet, verbe, complément d'objet, attribut), on constate que certains éléments peuvent occuper une **place mobile** dans la phrase. C'est le cas notamment du complément circonstanciel adjoint, qui peut être détaché et occuper diverses positions :

ex. : *Pierre,* par manque de temps*, a renoncé à ses vacances.*/Par manque de temps*, Pierre a renoncé à ses vacances./Pierre a renoncé à ses vacances* par manque de temps.

REMARQUE : On opposera donc ce type de complément circonstanciel au complément circonstanciel *intégré*, situé dans la dépendance du groupe verbal, et dont la place est fixe, à droite du verbe :

ex. : *Pierre habite* à Paris.

De très nombreux facteurs peuvent venir modifier cette structure archétypale de la phrase : contraintes grammaticales, propres à certaines catégories ou à certains faits de syntaxe ; tendance rythmique du français à grouper les mots par masses de volume croissant, des unités courtes aux unités longues ; surtout, des facteurs liés à l'énonciation peuvent modifier, comme on va le voir, l'ordre des mots dans la phrase.

II. PRINCIPALES MODIFICATIONS DE L'ORDRE CANONIQUE

A. MODIFICATIONS LIÉES AUX STRUCTURES GRAMMATICALES

Diverses contraintes grammaticales peuvent en effet entraîner une modification de la structure canonique de la phrase : il s'agit de phénomènes stables, prévisibles, soumis à des règles.

1. Choix de la modalité

La première de ces contraintes est bien sûr le choix de la modalité : on a dit en effet que le modèle canonique de la phrase varie en fonction de la modalité considérée. Ainsi, face à l'ordre *S-V-C* de la phrase assertive, la postposition du sujet est-elle tout à fait régulière en modalité interrogative :

ex. : *Aimez-vous Mozart ?*

La phrase exclamative place en tête le verbe au subjonctif à valeur de souhait,

ex. : *Puisses-tu ne jamais oublier !*

ou bien *quel* attribut, ou encore le complément d'objet déterminé par *quel* :

ex. : *Quelle ne fut pas ma surprise !*
Quelle belle journée nous avons passée !

À la modalité jussive, le verbe à l'impératif se place en tête de phrase, entraînant le déplacement des pronoms personnels conjoints :

ex. : *Dis-moi ce que tu préfères.*

2. Propositions incises

Ces propositions qui s'intercalent dans le cours de la phrase pour annoncer le discours rapporté imposent, en français soutenu, la postposition du sujet :

> ex. : *Que de querelles ce journal va faire naître!* disait la duchesse. (Stendhal)

3. Subordination sans mot subordonnant

Certaines propositions subordonnées traduisent leur dépendance syntaxique, en l'absence d'un mot subordonnant, par la postposition du sujet. C'est le cas des concessives au subjonctif :

> ex. : Fût-il milliardaire*, je ne l'épouserais pas.*

4. Subordonnées introduites par des mots relatifs ou interrogatifs

Les propositions subordonnées relatives et les interrogatives indirectes (voir **complétive**) comportent en leur sein des pronoms, déterminants ou adverbes qui se placent obligatoirement en tête de la proposition, quelle que soit leur fonction :

> ex. : *J'ai rencontré l'étudiant* dont *nous parlions hier.*
> *Je n'ai pas compris* où *tu irais cet été.*

Cette place en tête de l'outil relatif ou interrogatif entraîne parfois la postposition du sujet :

> ex. : *Nous irons dans la villa qu'*a achetée mon père/*que mon père a achetée.*
> *Je ne sais pas* où iront mes parents.

5. Emploi des pronoms personnels conjoints

Enfin, certains pronoms personnels compléments, qui conservent une trace morphologique de leur ancienne flexion casuelle, obéissent à des règles de position qui leur sont propres :

> ex. : *Je le lui en ai déjà parlé.*

B. MODIFICATIONS LIÉES À L'ÉNONCIATION

Dans le passage de la phrase à l'énoncé, l'ordre des mots peut encore subir certaines variations par rapport au modèle canonique, selon la façon dont l'énonciateur envisage de présenter le contenu propositionnel.

1. Structuration thématique

Il s'agit, pour l'énonciateur, de sélectionner dans la phrase le **thème** et le **prédicat**, en d'autres termes de guider ainsi la compréhension et la réponse possible d'un éventuel destinataire. On observe ainsi que la place en tête de phrase est normalement réservée aux éléments qui constituent le thème du discours, et n'ont par conséquent qu'une faible valeur d'information (ils ne sont pas *nouveaux*), tandis que les éléments prédicatifs occuperont les places finales. On opposera ainsi les deux phrases suivantes, qui hiérarchisent différemment le thème et le prédicat, pour un même contenu propositionnel :

ex. : *J'ai raconté à Paul* (thème)/ *nos dernières vacances*. (prédicat) => [réponse à la question *Qu'as-tu raconté à Paul ?*]
J'ai raconté nos dernières vacances (thème)/ *à Paul*. (prédicat) => [réponse à la question *À qui as-tu raconté nos dernières vacances ?*]

REMARQUE : C'est sans doute ainsi qu'il faut expliquer la postposition du sujet après des verbes de déplacement dans l'espace (notamment dans les didascalies des textes de théâtre) :

ex. : *Entre* (thème)/ *le roi, précédé de ses gardes* (prédicat).

Il s'agit ici en effet de ménager l'entrée en scène d'un personnage.

De la même manière, pourront occuper la place initiale divers éléments, promus au rôle de thème, ou bien permettant d'assurer la continuité thématique avec les phrases précédentes. C'est le cas avec certains adverbes de discours, dont l'antéposition entraîne alors parfois la postposition du sujet :

ex. : *Ainsi parlait Zarathoustra*. (F. Nietzsche)

L'antéposition du complément circonstanciel adjoint peut, elle aussi, provoquer la postposition du sujet :

ex. : *Le long de la colline* (thème) *courait une rivière* (prédicat).

REMARQUE : On ne dira rien ici des éventuelles figures de rhétorique (chiasme, hyperbate, hypozeuxe,...), qui jouent encore sur l'ordre des constituants.

2. Variantes emphatiques de la phrase linéaire

On regroupera sous cette rubrique les deux principales structures d'emphase pouvant être mises en regard de la phrase linéaire, non marquée :

ex. : *Pierre arrive demain => C'est demain que Pierre arrive/ Pierre, il arrive demain.*

Il s'agit de phénomènes très courants à l'oral (concernant donc les énoncés, mais modifiant la structure syntaxique de la phrase) où se retrouve, comme on va le voir, le problème de la structuration thématique. On opposera ainsi les deux structures présentées, dotées chacune de marques formelles spécifiques, et relevant d'un fonctionnement différent.

a) mécanisme d'extraction : la phrase « clivée »

Il s'agit d'isoler du reste de la phrase un élément, qui devient alors le prédicat ; on recourt pour ce faire à l'outil complexe *c'est... que/c'est... qui* :

ex. : *C'est* la grammaire *que je préfère.*

L'élément ainsi isolé est donc mis en relief, promu au rang d'information essentielle de la phrase.

REMARQUE : Cette structure est parfois nommée encore *focalisation* (le *focus* est, en anglais, le foyer, le centre de l'information), ou encore *phrase clivée.*

b) mécanisme de dislocation

La dislocation consiste en la reprise ou l'annonce, sous une forme pronominale, d'un élément de la phrase, qui en est alors séparé par une forte pause, et occupe ainsi une place mobile (cet élément est donc détaché du reste de la phrase) :

ex. : Pierre, il *me fatigue./*Il *me fatigue,* Pierre.
Au cinéma, *tu* y *vas souvent ?/Tu* y *vas souvent,* au cinéma *?*

Il s'agit ici, à l'inverse du mécanisme précédent, de mettre en relief le thème de l'énoncé, soit en redoublant le terme sujet (qui occupe déjà, en temps ordinaire, ce rôle de thème),

ex. : *Pierre* (thème) *me fatigue* (prédicat). > *Pierre, il me fatigue.*

soit en donnant par ce moyen le statut de thème à un élément qui serait normalement intégré au prédicat :

ex. : *Pierre* (thème) *me fatigue* (prédicat). > *Moi, Pierre me fatigue.*

REMARQUE : On prendra garde, dans cette structure, à l'analyse grammaticale de l'élément détaché. Car s'il se présente formellement comme une apposition détachée (antéposée ou postposée) au pronom, il semble cependant préférable de ne pas en proposer cette analyse, dans la mesure où il s'agit en fait d'une variante emphatique de la phrase linéaire. On voit bien en effet qu'il ne s'agit pas de l'apparition d'une nouvelle relation, d'une nouvelle fonction dans la phrase, mais que le poste fonctionnel est dédoublé : il apparaît une fois sous sa forme normale (groupe nominal ou pronom), mais est alors détaché, et en quelque sorte, sorti du cadre de la phrase, et une autre fois sous la forme d'un pronom (de reprise ou d'anticipation) intégré à la phrase.

c) combinaison des deux structures précédentes : la phrase « pseudo-clivée »

Il existe en effet un troisième outil d'emphase, mais qui n'est rien d'autre que la combinaison des deux structures de dislocation puis d'extraction ; il s'agit de l'outil *ce que/ce qui..., c'est...* :

ex. : *Ce que je préfère, c'est la grammaire.*

Le thème est placé en tête au moyen d'une proposition relative, détaché de la phrase et repris par le pronom démonstratif *ce* (élidé) qui introduit le prédicat.

Comme on le voit, l'examen – aussi sommaire soit-il – de l'ordre des mots dans la phrase amène une fois encore à constater les liens essentiels de la grammaire à l'énonciation.

P

participe

Comme l'infinitif et le gérondif, le participe est un des modes impersonnels du verbe (il ne varie pas en personne, ni même vraiment en temps, puisqu'il est inapte à situer à lui seul le procès dans la chronologie, mais tire du contexte sa coloration temporelle).

Comme son nom l'indique, il « participe » de deux catégories distinctes : le verbe, puisqu'il entre dans la conjugaison et conserve bon nombre des propriétés syntaxiques du verbe, et l'adjectif, avec lequel il entretient d'étroits rapports (comparer *une crème brûlée/la crème est brûlée/la crème a brûlé*).

Les participes

On distingue deux formes de participes, que la grammaire nomme *présent* et *passé*, appellation impropre puisqu'en réalité leur différence n'est pas réellement temporelle (ils ne datent pas le procès), mais tient soit à l'aspect (participe présent non accompli/participe passé accompli), soit à l'enchaînement des actions dans la phrase. Ainsi on comparera :

> ex. : Prenant *son chapeau, il se dirigea vers la sortie* (deux actions simultanées, contemporaines).
>
> Ayant pris *son chapeau, il se dirigea vers la sortie* (action antérieure et accomplie : participe passé).

La forme adjective du verbe

Enfin, à côté de ces deux formes pleines du participe (*prenant/ayant pris*), le français connaît une forme réduite, que l'on peut appeler **forme adjective du verbe**, et dont les emplois, comme on le verra, se distinguent partiellement du participe.

I. DESCRIPTION DU SYSTÈME

A. LE PARTICIPE

1. Morphologie

a) tableau des formes du participe

	participe présent	participe passé
actif	*aimant*	*ayant aimé*
passif	*étant aimé*	*ayant été aimé*

Ce tableau oppose pour les **verbes transitifs directs** les voix active et passive, valables pour les deux participes.

Les **verbes intransitifs**, ne connaissant pas de passif, se présentent sous la seule opposition participe présent/participe passé :
– verbes à auxiliaire *avoir* : *marchant/ayant marché*;
– verbes à auxiliaire *être* : *sortant/étant sorti.*

b) règles de formation

Le participe présent

Il se forme sur le radical verbal suivi de la désinence *-ant*, dans les conditions normales de la conjugaison :

ex. : *fatigu-ant, pleur-ant, excell-ant*

REMARQUE 1 : Les verbes *savoir*, *être* et *avoir* font au participe : *sachant, étant, ayant.*

REMARQUE 2 : Cette règle de formation permet d'opposer, le cas échéant, le participe présent à l'adjectif verbal correspondant, qui peut alors présenter des différences orthographiques :
ex. : *fatiguant/fatigant, excellant/excellent.*

Le participe présent est en français moderne *invariable* en genre et en nombre :

ex. : *Il voyait au loin les collines* environnant *la ville.*

REMARQUE : Cette caractéristique est relativement récente. Dans l'ancienne langue en effet, et jusque vers 1680, le participe s'accorde en nombre, et parfois même en genre. L'Académie décrète en 1679 son invariabilité, pour le distinguer de l'adjectif verbal. Mais dans l'usage, la règle n'est pas toujours suivie aussi strictement. En français moderne, des traces subsistent de cet ancien état de la langue, dans certaines locutions figées (particulièrement dans le vocabulaire juridique, souvent archaïque) :

ex. : *les ayants droit, toutes affaires cessantes.*

Le participe passé

Il se forme à partir de l'auxiliaire (*être* ou *avoir*) conjugué au participe présent, suivi de la forme adjective du verbe (voir plus bas ses règles de formation) :

ex. : *étant sorti, ayant salué.*

2. Sens des participes

a) valeur verbale

Participe présent et participe passé possèdent tous deux un **sens verbal**, c'est-à-dire qu'ils **évoquent un procès** (une action ou un état soumis à une durée interne).

Ce procès présuppose nécessairement **un support** : l'être ou la chose qui est déclaré le siège du procès. Aussi le participe doit-il obligatoirement être rattaché à un support nominal, et ne peut s'employer seul :

ex. : Les enfants *s'étant endormis, elle ferma la porte.*

Cependant, à la différence du verbe conjugué, le participe est inapte à dater le procès, c'est-à-dire à le rattacher à la chronologie. Il ne l'actualise pas. Aussi peut-il, comme l'infinitif, se rencontrer dans tous les contextes temporels :

ex. : *Prenant son chapeau, l'homme se dirige/dirigea/dirigera vers la sortie.*

b) opposition des deux formes

Opposition aspectuelle

Contrairement à ce que laisserait penser leur dénomination, les participes *présent* et *passé* n'ont pas de valeur temporelle. Leur opposition, conformément à leurs formes (simple/composée) relève en réalité de l'aspect.

Le participe présent : Il indique que le procès est en cours de déroulement (aspect non accompli), et que l'action est observée de l'intérieur, sans que l'on puisse en distinguer le début ou la fin (aspect sécant). En ce sens, le participe est comparable à l'imparfait :

ex. : *Une femme passa, d'une main fastueuse*
Soulevant, balançant *le feston et l'ourlet* (Baudelaire)
(= qui soulevait, balançait...).

Le participe passé : Le verbe au participe passé indique que le procès est accompli, et renseigne sur l'état nouveau résultant de cet achèvement :

ex. : *La circulation* ayant été rétablie, *tout rentra dans l'ordre.*

Opposition chronologique

Inaptes à dater le procès, les participes peuvent cependant indiquer, outre leur valeur aspectuelle, une chronologie relative, en situant le procès par rapport au verbe principal.

– Le participe présent indique que les procès sont simultanés, ou encore concomitants :

ex. : Saluant *tout le monde, il sortit.*

– Le participe passé indique que l'action est antérieure au procès principal :

ex. : Ayant salué *tout le monde, il sortit.*

B. LA FORME ADJECTIVE DU VERBE

1. Morphologie

a) règles de formation

Elle présente en général une **désinence vocalique** : à part une liste close de verbes du troisième groupe à finale graphique consonantique

(*maudit, requis, ouvert,* etc.), la forme adjective du verbe se termine par une voyelle :
– verbes du premier groupe : radical + *é*;

ex. : *aim-é, chant-é*

– verbes du deuxième groupe : radical + *i*;

ex. : *applaud-i, fin-i*

– verbes du troisième groupe : ils se présentent sous des formes assez diverses et variables :

ex. : *moul-u, sort-i, éch-u.*

b) accord

La forme adjective du verbe, **employée seule**, s'accorde en genre et nombre avec son support nominal ;

ex. : *une femme* agenouillée*, des enfants* fatigués.

Employée dans la formation du participe passé ainsi que des temps composés, elle s'accorde selon la règle suivante :
– avec l'auxiliaire *être*, accord obligatoire avec le sujet :

ex. : *Les enfants étant* sortis*, nous sommes* allés *au cinéma.*
La décision a été prise *à temps.*

– avec l'auxiliaire *avoir*, la forme adjective du verbe reste invariable lorsque le verbe n'est pas suivi d'un complément d'objet direct ;

ex. : *Elles ont* marché *longtemps.*

ou lorsque ce complément est placé à droite du verbe ;

ex. : *Elles ont* rencontré *nos amis.*

Elle s'accorde au contraire avec le complément d'objet direct dans tous les cas où celui-ci précède le verbe.

En pratique, plusieurs cas peuvent conduire à cette antéposition du COD :
– avec les pronoms personnels conjoints (dits *clitiques*),

ex. : *Je les ai* vus *hier (les ayant vus)*

et en particulier avec le pronom réfléchi *se* en fonction de COD (voir **pronominale** [forme]) ;

ex. : *Elles se sont* vues *hier.*

– avec le pronom relatif *que* :

ex. : *Les amis que j'ai* vus *hier.*

– avec l'adjectif interrogatif *quel* :

ex. : *Quels amis as-tu* vus *hier ?*

REMARQUE : Ce critère de l'accord avec le complément d'objet direct antéposé révèle la distinction entre le complément direct d'un verbe, qui n'impose pas l'accord de la forme adjective,

ex. : *Les cinquante francs que ce livre a* coûté.

et le véritable complément d'objet direct :

ex. : *Les efforts que cette victoire lui aura* coûtés.
Les paquets que Pierre a montés.

2. Emplois de la forme adjective du verbe

a) en composition avec un verbe

La forme adjective du verbe entre en effet dans la formation des verbes
– au participe passé (voir plus haut) :

ex. : *Ayant* chanté.

– à la voix passive, avec l'auxiliaire *être* :

ex. : *Il est* compris.

– aux temps composés et surcomposés des modes personnels :

ex. : *J'ai* chanté.
Il a eu fini.

b) emploi adjectival avec un nom

La forme adjective du verbe se rencontre parfois sans verbe, appuyée à un support nominal. Mais elle connaît alors des restrictions d'emploi.

Elle se trouve en effet avec
– des verbes transitifs directs :

ex. : Aimé *de ses enfants, il jouit d'un bonheur paisible.*

– des verbes intransitifs à auxiliaire *être* :

ex. : Sortie *de bonne heure, j'ai profité du beau temps.*

REMARQUE : Sont donc exclues de cet emploi les formes adjectives des verbes transitifs indirects *(*douté)* et la très grande majorité des verbes intransitifs à auxiliaire *avoir (*marché).*

3. Sens de la forme adjective

a) sens adjectival

Elle représente en effet l'étape ultime du verbe avant le passage à l'adjectif pur et simple. Le verbe ici en est réduit à indiquer ce qui en lui est proprement *résultatif.* Il n'a plus pour rôle de présenter une action, un procès effectif, mais bien un état nouveau, c'est-à-dire en fait une propriété. On comparera ainsi :

ex. : *peindre une toile/ une toile peinte*
(sens verbal) (sens adjectival)

Aussi le passage est-il aisé, en langue, de cette forme adjective du verbe à l'adjectif proprement dit :

ex. : Maudit *sois-tu !*

REMARQUE : On notera, pour preuve de cette perte du statut verbal, que la forme adjective du verbe, à la différence du participe qui demeure un verbe, ne peut plus recevoir de compléments sous la forme de pronoms clitiques *(*en sorti)* et ne peut plus être niée par la négation corrélative propre au verbe *(*ne pas aimé* mais *mal aimé).*

b) interprétations de la forme adjective du verbe

On observe en effet que l'interprétation de la forme adjective, employée sans verbe, varie selon le type de verbe dont elle dérive
– avec les verbes transitifs, elle s'interprète comme un *passif* :

ex. : *un homme* aimé *de ses enfants.*

REMARQUE : On distinguera cependant, à l'intérieur des verbes transitifs, les verbes imperfectifs, qui indiquent un procès susceptible de se prolonger indéfiniment. Pour ceux-ci, la forme adjective indique l'aspect non accompli :

ex. : *Toujours* aimé *de ses enfants, il jouit d'un bonheur paisible.*

Pour les verbes perfectifs (dont l'action, pour être réalisée, doit être menée jusqu'à son terme), la forme adjective indique l'aspect accompli :

ex. : *Je déteste les portes* fermées.

Sur cette distinction entre perfectifs et imperfectifs, voir **aspect**.

– Avec les verbes intransitifs, la forme adjective s'interprète comme un *actif* (puisque ces verbes ne connaissent pas le passif) et indique l'**aspect accompli** :

ex. : Sortie *de bonne heure, j'ai profité du soleil.*

II. SYNTAXE : LES EMPLOIS DU PARTICIPE

Comme on l'a dit, le participe relève de deux fonctionnements : un emploi verbal, où l'on peut comparer son rôle à celui du verbe conjugué, et un emploi adjectival, où il occupe par rapport au nom support les fonctions de l'adjectif.

Quelles que soient ses fonctions, on notera cependant que le participe demeure une forme du verbe, dont il possède les principales caractéristiques syntaxiques.

Aussi peut-il toujours se faire suivre des compléments du verbe (complément d'objet, complément d'agent, complément circonstanciel),

> ex. : *S'inspirant* largement de son dernier roman, *l'auteur devrait connaître un nouveau succès.*

et aussi d'un attribut, si le verbe le permet :

> ex. : *Demeurant* immobile, *l'homme semblait réfléchir.*

De la même manière, il recourt à la négation verbale *ne... pas/plus/jamais/*etc.

> ex. : Ne *croyant* plus *à son succès, il a renoncé à écrire.*

A. EMPLOI VERBAL : CENTRE DE LA PROPOSITION PARTICIPIALE

Le participe, dans cet emploi, est **prédicatif**, c'est-à-dire qu'il apporte une information autonome, qui s'applique à un **thème** (son support nominal). Il forme ainsi avec le thème une proposition logique : quelque chose est affirmé – prédicat – au sujet de quelque chose – thème).

> ex. : *La pluie* tombant *toujours, ils décidèrent de rester.*
> *L'hiver* étant venu, *les troupes se retirèrent.*
>
> REMARQUE : Au participe passé, on observe que l'auxiliaire *être* peut parfois être sous-entendu (ellipse), le participe se trouvant alors réduit à la forme adjective :
>
> ex. : *L'hiver* venu, *les troupes se retirèrent.*

Le participe apparaît dans ces exemples comme pivot d'une proposition subordonnée, appelée *participiale*, dont on peut décrire les principales caractéristiques.

1. Présence d'un support nominal autonome

Le participe s'appuie, comme toujours, sur un support nominal *(la pluie, l'hiver).* Mais celui-ci fonctionne ici comme thème d'une proposition logique, et **n'assume par ailleurs aucune autre fonction dans la phrase**.

REMARQUE : Comme pour la proposition infinitive, la participiale pose un problème d'analyse. En effet il paraît difficile d'appeler « sujet » de proposition ce support nominal en emploi de thème, dans la mesure où le participe est invariable en personne (tandis que la définition morphosyntaxique du sujet fait de lui la forme qui entraîne l'accord du verbe). Parler de « proposition subordonnée » participiale, c'est ainsi étendre – abusivement – à la syntaxe un fonctionnement de proposition logique (thème + prédicat). Si l'on peut ne pas s'interdire de recourir à cette terminologie traditionnelle, on en reconnaîtra cependant les limites ici. Ce constat a d'ailleurs amené certains grammairiens à nier l'existence de la subordonnée participiale, comme de la proposition infinitive.

2. Fonction de la proposition participiale

La proposition ainsi constituée est relativement autonome par rapport à sa principale, ce que traduit son détachement (à l'écrit, elle est séparée du reste de la phrase par la virgule, les tirets ou les parenthèses) et sa relative mobilité *(Ils décidèrent de rester, la pluie tombant toujours)* : ces traits, entre autres, sont caractéristiques de la majorité des propositions subordonnées circonstancielles, dont la participiale est l'un des sous-ensembles. Aussi peut-elle prendre diverses valeurs logiques :

– le temps (c'est le cas le plus fréquent) ;

ex. : L'été finissant, *nous reprîmes le chemin de la ville.*

– la cause ;

ex. : *Ils décidèrent de rester,* la pluie tombant toujours.

– et, plus rarement, l'hypothèse ou la concession.

ex. : Dieu aidant, *tu réussiras.*

On observera enfin que la proposition participiale n'est introduite par aucun mot subordonnant.

B. EMPLOI ADJECTIVAL

Le participe n'est plus prédicatif : il apporte une information comparable à celle qu'ajoute l'adjectif.

S'il s'appuie toujours sur un support nominal, on observera cependant que ce support n'est plus autonome dans la phrase, mais y occupe au contraire une fonction syntaxique. Le participe entre alors comme constituant facultatif du groupe nominal ainsi formé.

ex. : *La pluie* tombant *sur les toits fait un bruit agréable.*

Il occupe ainsi les diverses fonctions de l'adjectif.

1. Épithète

ex. : *La pluie* tombant *sur les toits fait un bruit agréable.*

2. Épithète détachée

ex. : Travaillant *sans relâche, Pierre devrait réussir.*
Réveillé *tard, il a raté son train.*

3. Attribut

ex. : *Je la trouvai* lisant *un livre dans le jardin.*

Cette fonction n'est possible – mais rare – qu'avec des verbes transitifs attributifs, le participe occupant alors la fonction d'attribut de l'objet.

REMARQUE : Au contraire, elle est toujours possible avec la forme adjective du verbe :

ex. : *Ma chambre est* repeinte *à neuf.*

III. CHANGEMENTS DE CATÉGORIE : LES DÉRIVATIONS IMPROPRES

Le participe et la forme adjective du verbe ont pu en effet, sans changer de forme, quitter leur classe d'origine pour entrer dans une autre catégorie grammaticale : c'est le phénomène de **dérivation impropre** (voir **lexique**).

1. Le participe devient un nom

a) à partir du participe présent

ex. : *les passants, une commerçante.*

b) à partir du participe passé

ex. : *la venue, le passé.*

On observe que, conformément à leur nouvelle classe d'accueil, ces substantifs varient en nombre, voire en genre, et doivent, pour occuper la fonction de sujet, être précédés d'un déterminant (ici l'article).

2. Le participe devient un adjectif

a) à partir du participe présent

ex. : *une rue* passante, *une femme peu* commerçante.

Il s'agit ici du passage à l'**adjectif verbal**.

b) à partir du participe passé

ex. : *un garçon très* réfléchi.

Devenus adjectifs à part entière, ces anciens participes perdent ainsi toutes leurs prérogatives de verbe, et, comme l'adjectif, redeviennent **variables en genre et nombre**, prennent les **marques du degré** (*la rue* la plus passante *du quartier*).

3. Le participe devient un mot invariable

a) à partir du participe présent

ex. : Durant *l'hiver, les troupes cessaient les hostilités.*

Ces changements de catégorie se sont produits dans l'ensemble à date assez ancienne. Aujourd'hui la liste de ces prépositions ou adverbes (*cependant,* par exemple) issus de participes est close, et seule une connaissance historique de la langue permet d'en retrouver l'origine.

b) à partir de la forme adjective du verbe

ex. : Excepté *ta fille, je n'ai invité personne.*

On notera que, devenue préposition, la forme adjective du verbe **ne varie plus**. Cette recatégorisation est possible avec les formes suivantes : *approuvé, attendu, compris, excepté, supposé, vu,* à condition qu'elles soient **placées avant le nom**.

REMARQUE : Il suffit que la forme verbale redevienne postposée pour qu'elle soit de nouveau sentie comme participe, et entraîne alors l'accord :

ex. : *Mes amis intimes* exceptés, *je n'invite personne.*

De la même manière, les tours *ci-joint* et *ci-inclus*, antéposés, sont invariables *(ci-joint copie de ma lettre)*, mais redeviennent variables en emploi d'adjectifs *(la lettre ci-jointe)*.

périphrase verbale

On désigne sous ce terme une forme verbale complexe (constituée d'un semi-auxiliaire conjugué, suivi d'un verbe à un mode non personnel), utilisée à la place d'une forme simple du verbe, pour en préciser certaines valeurs ressortissant aux catégories du temps, de l'aspect, de la modalité, et pour modifier les participants au procès. Ainsi dans,

ex. : *Je vais vous répondre.*

le procès envisagé (le prédicat) n'est pas l'action d'*aller* (alors que c'est ce verbe qui est conjugué), mais bien celle de *répondre*, dont on précise qu'il aura lieu dans un futur imminent. En ce sens, *je vais vous répondre* est à mettre en relation avec la forme simple correspondante *je vous répondrai*.

REMARQUE : Au contraire, dans la phrase suivante,

ex. : *Je* veux *vous répondre.*

deux procès, et non plus un seul, sont en jeu, que traduisent les deux verbes.

I. DÉFINITION ET CRITÈRES D'IDENTIFICATION

A. REPÉRAGE DES PÉRIPHRASES VERBALES

La définition d'une périphrase verbale suppose que l'on reconnaisse, dans l'ensemble ainsi formé :

ex. : *Il vient juste de sortir.*

– un semi-auxiliaire (verbe ou locution verbale) conjugué à un mode personnel. C'est lui qui porte ainsi les indications nécessaires à l'actualisation du procès, en le rattachant à un temps et à un support personnel, et qui en spécifie les conditions de réalisation (dans l'exemple, action située dans le passé récent) ;

– une forme verbale impersonnelle (infinitif, parfois gérondif), qui indique le procès dont il est question.

REMARQUE : Ainsi, tandis que, dans le verbe conjugué (ex. : *tu parleras*), informations lexicales (action de proférer une parole) et grammaticales (ancrage du procès par rapport à un temps, une personne, et une énonciation) se trouvent réunies sous la même forme – même si l'on peut en décomposer les divers éléments : *parler-a-s* –, la périphrase sépare nettement le rôle grammatical, dévolu au semi-auxiliaire, du rôle lexical, confié à la forme impersonnelle.

Chacun des deux éléments de la périphrase est incapable de fonctionner à lui seul comme pivot de la proposition : c'est l'ensemble soudé de la périphrase qui assumera cette fonction verbale.

B. PRINCIPAUX TRAITS FONCTIONNELS

Pour pouvoir analyser une forme verbale complexe comme une périphrase, plusieurs critères plus ou moins stricts ont été proposés, permettant de délimiter ainsi une classe parfois étroite, parfois plus large de périphrases. Le problème en effet se pose dans la mesure où la notion de périphrase met en jeu aussi bien des phénomènes grammaticaux que des phénomènes lexicaux : la frontière entre périphrase et syntagme verbal à valeur d'aspect, de temps, etc., n'est pas toujours aisée à tracer.

On choisira ici d'adopter une présentation souple de la notion de périphrase, selon que se retrouvent dans le syntagme tout ou partie des critères de définition.

1. Le mécanisme d'auxiliarisation

On l'a dit, le premier élément de la périphrase est un semi-auxiliaire. Pour pouvoir être reconnu comme tel, il faut que ce verbe – ou locution verbale – conjugué ait subi un **infléchissement sémantique**, le conduisant à abandonner partiellement (voire presque totalement) son sens originel. De cette perte de sens découle précisément la nécessité d'être complété par un autre verbe.

On opposera ainsi par exemple, pour le verbe *faire*, à côté de l'emploi propre où il signifie *confectionner, fabriquer* :

ex. : *Elle lui fait un gâteau.*

un emploi auxiliarisé où le verbe a perdu cette valeur première :

ex. : *Elle lui fait goûter le gâteau.*

De la même façon, si l'on convient de réserver pour *devoir* un sens plein marquant l'obligation (matérielle puis morale : voir le substantif dérivé *dette*), on l'analysera alors comme semi-auxiliaire dans les emplois suivants :

> ex. : *Tel est l'homme qu'elle* devait *épouser quelques années plus tard* (= qu'elle épouserait : valeur prospective).
> *Cet homme* doit *être son mari* (= est sans doute : valeur de probabilité).

REMARQUE : Cet infléchissement sémantique se manifeste plus ou moins nettement selon les périphrases habituellement inventoriées. Ainsi dans, *Il commence à pleuvoir*, s'il s'agit bien de spécifier les conditions de réalisation de *pleuvoir* (envisagé dans sa phase initiale), le sens propre du verbe *commencer* est encore très clairement perceptible.

2. Coalescence de la périphrase

L'ensemble formé par le semi-auxiliaire suivi du verbe au mode non personnel, constitue une unité de discours, que l'on ne saurait séparer que sous certaines réserves.

Ce caractère soudé (= sa **coalescence**) se traduit essentiellement par l'**impossibilité de pronominaliser le verbe impersonnel** employé avec le semi-auxiliaire.

Ainsi, tandis que l'infinitif en emploi nominal, venant compléter un verbe conjugué, peut toujours être repris par un pronom,

> ex. : *Je veux vous répondre.* > *Je* le *veux.*
> *Je vais me coucher.* > *J'*y *vais.*

lorsqu'il apparaît à l'intérieur d'une périphrase, cette possibilité lui est déniée :

> ex. : *Je vais vous répondre.* > **J'y vais.*

REMARQUE : Une autre manifestation de cette coalescence se reconnaît dans les cas d'**invariabilité du participe**. On opposera ainsi,

ex. : *La crème brûlée que j'ai* faite *hier.*

où *faire* s'accorde avec son complément d'objet (le relatif *que*, mis pour *crème*), puisqu'il est en emploi propre, à l'exemple suivant,

ex. : *La crème brûlée que j'ai* fait *cuire hier.*

où *faire*, centre de périphrase, ne s'accorde plus dans la mesure où *que* est alors complément d'objet de *faire cuire*, et non du seul verbe conjugué.

II. VALEURS ET CLASSEMENT DES PÉRIPHRASES

Les périphrases verbales constituent l'un des moyens lexicaux que s'est donné le français pour spécifier les conditions de réalisation du procès (qui sont parfois portées par le seul verbe conjugué).

Elles donnent ainsi des indications qui ressortissent aux principales catégories sémantiques du verbe : le temps, l'aspect, la modalité, et l'engagement des participants au procès. On conviendra de relever ici les périphrases les plus fréquentes, sans viser à l'exhaustivité.

A. LES PÉRIPHRASES TEMPORELLES

Elles permettent de situer le procès dans la chronologie, en le datant par rapport à l'énonciation.

1. L'expression du futur

– *aller + infinitif*

ex. : Il va pleuvoir *demain*.

Cette périphrase concurrence largement le futur simple, en français courant – et surtout à l'oral.

– *devoir + infinitif*

ex. : *Tel est l'homme qu'elle* devait épouser *quelques années plus tard*.

Cette périphrase sert essentiellement de forme supplétive au futur, partout où celui-ci est impossible ou inexistant : dans un contexte passé, comme dans l'exemple (il concurrence alors le conditionnel dans son emploi temporel), ou bien aux modes infinitif et subjonctif, dépourvus de « futur » :

ex. : *Il avance d'un bon vent et qui a toutes les apparences de* devoir durer. (La Bruyère)

2. L'expression du passé

– *venir de + infinitif*

ex. : *Il* vient de sortir *à l'instant*.

REMARQUE : On trouve également, avec cette même valeur temporelle, la périphrase *ne faire que de + inf.*, assez courante en français classique (parfois sous la forme *ne faire que + inf.*) et aujourd'hui d'un emploi littéraire :

ex. : *Le bâtiment ne faisait que d'être achevé.*

B. LES PÉRIPHRASES ASPECTUELLES

Elles envisagent le procès dans l'une ou l'autre des différentes étapes de sa durée interne.

1. Entrée dans le procès (aspect inchoatif)

– *se mettre à + infinitif*

– *commencer à/de + infinitif*

ex. : *Ils* se mirent à pleurer *tous ensemble.*

2. Déroulement du procès (aspect duratif)

– *être en train de + infinitif*

ex. : *J'*étais en train de lire *lorsque tu es entré.*

REMARQUE : On citera aussi la périphrase *être à + inf.* d'emploi littéraire :

ex. : *Elle est toujours à regarder de mon côté.*
(A. Gide)

– *aller + gérondif*

ex. : *Ses chances de réussite* vont diminuant *d'année en année.*

REMARQUE : On notera que, dans cet emploi, le gérondif apparaît sous sa forme ancienne (sans *en*), et se confond formellement avec le participe présent.

3. Sortie du procès (aspect terminatif)

– *finir de + infinitif*

ex. : *Je* finissais d'écrire *lorsque tu es entré.*

C. LES PÉRIPHRASES MODALES

Elles précisent le point de vue de l'énonciateur sur le contenu affirmé : selon que le procès est présenté comme vrai/faux/indécidable, probable ou incertain, etc.

– le vraisemblable : *sembler (paraître) + infinitif*

ex. : *Il* semble prendre *les choses du bon côté.*

L'énoncé traduit ici une mise à distance, l'énonciateur relativisant la proposition en marquant la possible discordance entre apparence et réalité.

– le possible et le permis = *pouvoir + infinitif*

ex. : *Comment* peut-on affirmer *une chose pareille ?*

– le probable et l'éventuel : *devoir* et *pouvoir + infinitif*

ex. : *Tu* dois être *drôlement contente !*
Il pouvait être *huit heures lorsqu'il est entré.*

Avec *devoir*, le locuteur affirme une inférence (il déduit de certains signes une probabilité pour que le procès soit effectif). Avec *pouvoir*, il s'agit d'une simple hypothèse, d'une éventualité.

– l'obligation : *devoir + infinitif*

ex. : *Pierre* doit partir *dès demain.*

– la défense : *ne pas aller (à l'impératif) + infinitif*

ex. : N'allez *surtout* pas croire *une chose pareille !*

– l'exclu : *savoir + infinitif*

ex. : *Vous ferez beaucoup plus que sa mort n'*a su faire.
(J. Racine)

Ce tour se rencontre essentiellement avec le semi-auxiliaire nié, ou en phrase interrogative. Il subsiste en français soutenu au conditionnel :

ex. : *Il ne saurait se satisfaire d'une pareille réponse.*

On rapprochera enfin des périphrases modales les périphrases qui permettent de présenter un procès comme presque effectif, mais cependant non réalisé :

– *penser + infinitif*

ex. : *J'ai* pensé mourir *de frayeur.*

– *avoir failli + infinitif*

ex. : *Il* a failli rater *son train.*

– *manquer (de) + infinitif*

ex. : *Nous* avons manqué *aujourd'hui* d'engager *le Parlement, moyennant quoi tout était sûr, tout était bon.*

(Cardinal de Retz)

D. LES PÉRIPHRASES ACTANCIELLES

Elles permettent de modifier le nombre des participants au procès (les actants), et d'en préciser le rôle effectif (acteur, patient, spectateur, bénéficiaire, etc.).

REMARQUE : Dans une acception logique de la notion de voix, que l'on définit parfois comme la catégorie linguistique servant à spécifier le rôle des actants du procès, on a pu parler, pour ces emplois, de périphrases de voix.

– *(se) faire + infinitif*

ex. : *J'ai* fait cuire *le dessert.*

Ici, le procès de *cuire* se trouve rattaché à la fois au groupe nominal *le dessert* (qui en est le support) et au sujet du verbe conjugué (*je*). On parlera de périphrase **causative**, puisqu'un actant supplémentaire, donné pour cause du procès, est introduit grâce à la périphrase.

– *(se) laisser + infinitif*

ex. : *J'ai* laissé partir *nos invités.*

Le sujet de la périphrase est présenté comme actant passif du procès, dont il n'empêche pas la réalisation. Cette périphrase peut être appelée **tolérative**.

REMARQUE : Avec *faire* et *laisser* (ainsi d'ailleurs qu'avec les verbes de mouvement *envoyer, mener* et *emmener*), l'infinitif d'un verbe pronominal présente la particularité de pouvoir perdre le pronom réfléchi :

ex. : *Ce séisme risque de* faire (s')écrouler *les immeubles.*

– *(se) voir + infinitif*

ex. : *Il* s'est vu signifier *son congé.*

Le sujet est simplement considéré comme spectateur passif du procès.

REMARQUE : Avec *faire* comme avec *voir*, le phénomène d'auxiliarisation entraîne le non-accord du participe :

ex. : *La maison que j'ai fait construire, l'amende qu'elle s'est vu obligée de payer.*

Avec *laisser*, l'usage est hésitant, et les cas d'accord sont assez fréquents :

ex. : *Ils se sont laissé(s) porter par le courant.*

personnel (pronom)

On regroupe sous la catégorie des pronoms personnels à la fois les mots supports de la conjugaison en personne du verbe (de la P1 = *je* à la P6 = *ils/elles*) et les mots qui désignent ou bien les êtres qui parlent, à qui l'on parle, ou dont on parle *(me/moi, te/toi, se/soi...)*. À la différence des autres pronoms, les pronoms dits *personnels* n'ajoutent aucune indication (de quantité, de situation dans l'espace, etc.) sur l'être qu'ils désignent.

Le qualificatif de *personnel* est cependant malencontreux dans la mesure où il ne rend compte que d'un emploi particulier du pronom : la désignation des personnes, au sens strict, de l'interlocution. Or le pronom dit *personnel* est employé plus largement pour exprimer tous les rangs personnels du verbe, de la P1 *(je)* à la P6 *(ils/elles)*, alors même que le statut des pronoms de la P3 *(il/elle)* et celui de la P6 *(ils/elles)* n'est pas le même que celui des autres rangs personnels ; en effet, le pronom joue dans ce cas le rôle syntaxique de **représentant** d'un tiers, présent ou non dans le contexte énonciatif, et qui n'est pas nécessairement une personne :

> ex. : *La banque est fermée,* elle *n'ouvre qu'à quatorze heures* (elle = la banque).

Au contraire, à tous les autres rangs, le pronom ne réfère pas à un être déjà désigné, il désigne directement, comme le nom : il est dit **nominal** (voir **pronom**).

> REMARQUE : Seuls les pronoms de la P1 et de la P2 *(je/tu)* fonctionnent exclusivement comme nominaux, tandis que les pronoms de la P4 et de la P5 *(nous/vous)* peuvent en certains cas fonctionner comme représentants, tout en s'articulant sur la situation d'énonciation :
>
> ex. : *Ma sœur et moi* nous *vous attendrons.*
>
> Cependant pour la clarté de l'exposé, on classera ces pronoms de la P4 et de la P5 parmi les nominaux.

La distinction entre nominal et représentant est sans incidence sur la place du pronom sujet ou complément, qui obéit à des règles propres. L'examen du rapport entre place et fonction fera donc l'objet d'une étude spécifique, valable pour ces deux modes de fonctionnement.

I. LES PRONOMS NOMINAUX

On rappellera qu'il s'agit des pronoms qui présentent les personnes de l'interlocution, soit ceux qui désignent les personnes simples, locuteur (P1= *je/me/moi*) et interlocuteur (P2= *tu/te/toi*), soit ceux qui désignent une association de personnes (P4= *nous* et P5= *vous*).

À ces personnes s'ajoute le pronom *il*, sujet de verbes ou tournures impersonnelles.

A. MORPHOLOGIE

1. Tableau des pronoms personnels nominaux

		formes conjointes/clitiques		formes disjointes[3]
		sujet	objet	sujet/objet
personnes simples	P1	*je*	*me*	*moi*
	P2	*tu*	*te*	*toi*
	P3	*on*[1]	∅	∅
		il[2]	∅	∅
personnes doubles	P4	*nous*	*nous*	*nous*
	P5	*vous*	*vous*	*vous*

1) Du point de vue de la morphologie et du fonctionnement syntaxique, *on* peut être classé parmi les pronoms personnels clitiques, c'est-à-dire conjoints au verbe ; il ne peut être que sujet. Sa valeur sémantique est cependant celle d'un pronom indéfini (voir **on**).

2) *Il*, forme impersonnelle, est un pronom conjoint clitique qui fonctionne syntaxiquement comme un pronom sujet.

3) À l'impératif positif, les formes clitiques sont postposées sous la forme disjointe.

2. Spécificité des pronoms nominaux

a) expression du genre

Aucune de ces formes, comme on le voit, ne marque le genre : désignant les personnes – humaines et donc sexuées – de l'interlocution, la mention du genre n'a pas besoin d'être explicitée. On observera cependant que si les pronoms nominaux, de ce point de vue, restent invariables, l'accord en genre affecte l'adjectif ou la forme adjective du verbe qui s'y rapportent :

ex. : *Je me suis* trompée. *Nous sommes* contents.

b) expression du nombre

Je et *tu* n'ont pas de pluriel. Les formes *nous* et *vous* qui semblent leur correspondre, appelées traditionnellement – et malencontreusement – *première et deuxième personnes du pluriel*, ne présentent en réalité ni une pluralité de *je* , ni une pluralité de *tu*.

– *Nous* rend compte d'un ensemble qui peut être formé par :
  - *je* + *tu* ou *vous* : *Toi (Vous) et moi* nous *irons les voir.*
  - *je* + *il/elle* ou *ils/elles* : *Lui (Eux) et moi* nous *irons les voir.*
– *Vous* rend compte de la combinaison de :
  - *tu* + *tu* : *Dites donc, tous les deux,* vous *n'avez pas fini ?*
  - *tu* + *il/elle* ou *ils/elles* : *Pierre et toi* vous *irez les voir.*

c) formes et fonction

Ni l'opposition entre forme conjointe (liée au verbe) et forme disjointe (détachée du verbe), ni l'opposition entre forme sujet et forme complément, ne sont marquées aux personnes P4 et P5 :

ex. : Nous, nous *viendrons vous voir.*
Ils nous *ont tout expliqué.*

Elles le sont, au contraire, aux personnes P1 et P2 :

ex. : Moi, je *viendrai vous voir.*
Ils me *l'ont expliqué.*

Cependant, ces pronoms ne marquent pas l'opposition entre complément d'objet direct et complément indirect :

ex. : *Ils* me *comprennent./Ils* me *parlent.*

3. Origine

Tous les pronoms nominaux sont issus de pronoms latins :
– *je* < *ego, me/moi* < *me*
– *tu* < *tu, te/toi* < *te*
– *nous* < *nos*
– *vous* < *vos.*

Une même forme latine a donc donné naissance à deux formes différentes : forme pleine *moi/toi*, forme réduite *me/te*. La forme latine a subi en effet un traitement phonétique différent selon qu'elle était frappée ou non par l'accent tonique. La forme accentuée a produit la forme pleine, la forme non accentuée la forme réduite.

B. EMPLOI DES PRONOMS NOMINAUX

1. Propriétés syntaxiques

a) les formes disjointes

Elles gardent une autonomie de fonctionnement par rapport au verbe, dont elles sont détachées. Elles peuvent ainsi apparaître dans des structures d'emphase (voir **ordre des mots**), qu'il s'agisse de l'extraction,

ex. : *C'est* moi *qui te parle.*

ou de la dislocation, où elles redoublent alors le pronom sujet, nécessairement exprimé :

ex. : Moi, *je voudrais te parler.*

Elles assument encore la fonction d'attribut,

ex. : *Je reste* moi *quoi qu'il arrive.*

et toutes les fonctions de compléments prépositionnels :

ex. : Il passe avant *moi.*

REMARQUE : Cependant *je* a conservé dans un seul cas son aptitude à fonctionner d'une manière autonome, non soudé au verbe :

ex. : Je, *soussigné, Pierre Dupont, atteste que ...*

b) les formes conjointes

Les formes conjointes, dites encore *clitiques*, ne peuvent fonctionner séparées du verbe auquel elles sont contiguës, ce qui exclut donc tout emploi prépositionnel. Seule une forme conjointe peut être associée à une autre forme conjointe dans la sphère du verbe :

ex. : Je te *donne franchement mon avis./*Je franchement te donne mon avis.*

REMARQUE : Les formes conjointes s'inscrivent dans la classe des mots dits *clitiques*, c'est-à-dire contigus au verbe, et ne portant pas d'accent tonique – à une exception près, qu'on précisera. On regroupe dans cette catégorie des *clitiques*, outre ces pronoms personnels, le pronom *on*, le pronom démonstratif *ce*, les pronoms adverbiaux *en* et *y* et l'adverbe de négation *ne*. Seuls les clitiques peuvent se combiner entre eux en contiguïté avec le verbe :

ex. : *Tu* ne m'en *as jamais parlé*.

À l'impératif positif, les formes clitiques des P1, P2, P4 et P5 sont postposées au verbe sous une forme tonique :

ex. : *Regarde*-moi, *regardez*-vous.

Le trait d'union témoigne bien de la liaison nécessaire avec le verbe.

Elles occupent des fonctions spécifiques :

– *je, tu, nous, vous* fonctionnent comme sujet du verbe :

ex. : Je *travaille*, vous *écoutez de la musique*.

– *il* apparaît comme sujet dans des tours impersonnels (verbes ou locutions verbales) :

ex. : Il *convient de conclure*./Il *est nécessaire de conclure*.

REMARQUE : *Il*, décrit le plus souvent comme forme impersonnelle, ou forme vide (il ne désigne aucun être), fonctionne en fait comme un support morphologique exigé par la conjugaison du verbe. Voir **impersonnelle** (forme).

– *me, te, nous, vous* fonctionnent comme complément d'objet (direct, indirect ou objet second) :

ex. : *Je* te *regarde*./*Je* vous *offre ces fleurs*.

On notera que la combinaison de deux formes conjointes (un complément d'objet direct et un complément d'objet second) n'est possible qu'à la condition que l'un des pronoms soit à la troisième personne (P3 ou P6) :

ex. : *Tu* me le *dis*./**Tu te me confies* mais *Tu te confies* à moi.

2. Valeur sémantique

Les pronoms personnels nominaux ont d'abord été définis comme personnes de l'interlocution. Les pronoms de la P1 et de la P2 n'ont qu'une interprétation possible (locuteur/interlocuteur); on évoquera donc uniquement les valeurs particulières que peuvent prendre *nous* et *vous*.

a) nous

Le pronom de la P4 peut commuter avec *moi/je*, c'est-à-dire désigner le locuteur. C'est le cas notamment lorsqu'un personnage officiel statue dans l'exercice de ses fonctions :

ex. : Nous, Premier ministre de la République, ordonnons...

On dit que *nous* est alors utilisé avec la valeur de pluriel de majesté.

Un autre cas est présenté par le *nous* de modestie, en usage dans les formes de communication écrite (article, essai) ou orale (conférence) qui renvoie au locuteur qui s'estompe derrière le pluriel :

ex. : *Comme nous venons de le montrer...*

Nous peut alors commuter avec *on*.

Dans les deux cas, l'accord de la forme adjective du verbe se fait selon le sens, au singulier, le cas échéant au féminin :

ex. : *Nous en sommes* très heureuse.

b) vous

Le pronom de la P5 s'emploie couramment à la place de la P2 *(tu/te/toi)* comme forme de politesse. L'accord se fait ici encore selon le sens :

ex. : *Mademoiselle, vous vous êtes* présentée *trop tard.*

II. LES PRONOMS REPRÉSENTANTS

On rappellera que les pronoms de la P3 et de la P6 sont des représentants, c'est-à-dire qu'ils réfèrent à des éléments présents dans le contexte, qu'ils pronominalisent :

ex. : *Pierre a acheté une voiture. Je* la *trouve très luxueuse.*

REMARQUE : On a noté que les formes *nous* et *vous* peuvent renvoyer à des éléments présents dans le contexte en même temps qu'ils associent des personnes de l'interlocution :

ex. : *J'ai rendu visite à ta sœur, qui m'a dit que* vous (= toi + ta sœur) *viendriez ce soir.*

A. MORPHOLOGIE

1. Tableau des pronoms personnels représentants

Voir page suivante.

	formes conjointes/clitiques						formes disjointes			
	sujet		objet direct		objet indirect		sujet		construction prépositionnelle	
	masc.	fém.	masc.	fém.	masc.	fém.	masc.	fém.	masc.	fém.
formes non réfléchies										
singulier	*il*	*elle*	*le*	*la*	*lui*		*lui*	*elle*	*lui*	*elle*
pluriel	*ils*	*elles*	*les*		*leur*		*eux*	*elles*	*eux*	*elles*
	en									
	y									
formes réfléchies	∅		*se*						*soi*	

REMARQUES

Les pronoms *en* et *y*, invariables de par leur valeur adverbiale, ne peuvent comme tels être considérés comme de purs pronoms personnels : clitiques, ils ont pourtant un fonctionnement syntaxique analogue. On les analyse à part comme pronoms adverbiaux personnels.

À l'impératif positif, le pronom complément, postposé au verbe, conserve la forme conjointe mais est accentué (ex. : Prends-le/Dis-leur).

2. Spécificité des pronoms personnels représentants

a) pronom réfléchi/pronom non réfléchi

La catégorie des représentants oppose la forme dite réfléchie *se/soi* qui exprime l'identité des deux actants intervenant dans la réalisation du procès (*il* se *lave*) à la forme non réfléchie qui exprime l'intervention de deux actants différents dans le déroulement du procès (*il* le *lave*).

On ajoutera que les formes réfléchies ne marquent jamais l'opposition du genre et du nombre, et qu'elles ne peuvent occuper que la fonction de complément d'objet (direct ou indirect).

REMARQUE : Dans certains cas, le pronom réfléchi n'est même pas analysable, il n'assume aucune fonction mais fait corps avec le verbe. Voir **pronominale** (forme) :

ex. : La tour va *s'écrouler*.

b) expression du genre

Les formes non réfléchies marquent le plus souvent l'opposition des genres ; c'est le cas pour toutes les formes disjointes, quelle que soit la fonction qu'elles occupent,

ex. : *Il pense toujours à* elle/*à* lui.

et pour la plupart des formes conjointes, à l'exception du complément d'objet indirect *(lui/leur)* et du complément d'objet direct au pluriel *(les)*, qui sont indifférents à la catégorie du genre.

La forme *le* masculin peut référer à un être masculin ou à une notion. Le neutre n'existant pas en français, le masculin le remplace avec cette valeur indifférenciée :

ex. : *Je* le *savais bien qu'il viendrait.*

3. Origine

Les pronoms représentants, à l'exception des formes réfléchies, sont empruntés aux formes du démonstratif latin *ille (il < ille, elle < illa, le < illum, la < illam, lui < illui, les < illos/ illas, eux < illos, leur < illorum).*

On comprend mieux la distinction entre les formes des P1, P2, P3 et P4, issues de pronoms personnels spécifiques, et ces formes de troisième personne, empruntées au démonstratif.

Les formes réfléchies sont issues du pronom latin réfléchi *se*, qui a donné naissance aux deux formes *soi/se* selon qu'il était ou non accentué.

B. EMPLOI DES PRONOMS REPRÉSENTANTS

1. Propriétés syntaxiques

Les pronoms représentants ont en commun une propriété : celle de référer à un être présent dans le contexte textuel ou énonciatif. Ils pronominalisent l'être en question. Si celui-ci a déja été mentionné, le pronom est dit d'emploi *anaphorique* :

ex. : *Pierre a acheté une voiture.* Il *me* l'*a fait conduire hier.*

Si celui-ci annonce l'être dont il va être question, le pronom est dit d'emploi *cataphorique* :

ex. : Il *me fatigue, Pierre.*

a) les formes disjointes

On les rencontre :
– en fonction d'attribut renforcé par *même* :

ex. : *Ils restent* eux-mêmes.

– en construction prépositionnelle :

ex. : *Ils pensent* à eux.
Ils jouent devant elles.

Elles peuvent encore entrer dans toutes les mises en relief s'exprimant par la dislocation ou par l'extraction (voir **ordre des mots**) :

ex. : Eux, *nous les aimons bien.*
C'est lui *que je veux.*

REMARQUE : On peut hésiter à reconnaître comme sujet du verbe les pronoms disjoints dans la phrase suivante :

ex. : Lui *au moins s'est exprimé clairement.*

En effet, il semble qu'ici soit effacée en surface la forme conjointe (*Lui,* il *s'est exprimé clairement*). L'emploi de la seule forme disjointe n'a qu'une valeur d'emphase, et redouble en fait la forme sujet, conjointe.

b) les formes conjointes

Formes clitiques, donc contiguës au verbe, les formes conjointes peuvent fonctionner comme sujet :

ex. : Elle *nous a beaucoup intéressés.*

comme complément d'objet, direct, indirect ou second :

ex. : *Je* la *regarde./Je* lui *parle./Je* lui *enseigne la grammaire.*

Ces pronoms peuvent s'associer entre eux s'il s'agit de compléments d'objet différents :

ex. : *Je* le lui *donne* (complément d'objet direct + complément d'objet second).

2. Valeur sémantique

a) valeur de représentants

C'est la valeur de base de ces pronoms, qui représentent un être désigné dans le contexte, déjà évoqué précédemment (valeur anaphorique) ou évoqué ultérieurement (valeur cataphorique).

REMARQUE : Problème de la reprise pronominale. Si l'on examine le mécanisme de la représentation pronominale, on constate que le pronom personnel représentant doit reprendre exactement le groupe nominal :

ex. : *Antoine s'est acheté* une planche à voile. *Je* la *trouve bien légère.*

Il y a bien alors co-référence, c'est-à-dire identité absolue des êtres désignés. Or, la co-référence – fondement de la reprise pronominale – n'est possible que si le pronom peut restituer l'exacte extension du groupe nominal. Ainsi le pronom personnel peut-il reprendre :
– un nom propre : Pierre, *je* le *connais bien*;
– un nom commun particulier : *J'ai acheté* une voiture. Elle *est très agréable à conduire*;
– un nom commun à valeur générique : Le chien *est un animal fidèle* : il *revient toujours vers ses maîtres.*
Mais, dans ce dernier cas – lorsque le pronom reprend un nom pris dans sa plus large extension –, le pronom personnel complément *le/la/les* ne peut être utilisé :

ex. : *Le chien est un animal fidèle. *Je l'ai acheté.*

Seul le pronom *en* est alors apte à effectuer cette reprise, en association avec le pronom numéral *un* (l'ensemble marque alors que l'on extrait un individu particulier d'une classe générique) :

ex. : Le chien *est un animal fidèle. J'*en *ai d'ailleurs acheté* un.

b) ambiguïtés référentielles

La forme réfléchie *soi* pose quelques problèmes liés à l'identification du référent.
– *Soi* renvoie le plus souvent à un animé indéfini :

ex. : On *a souvent besoin d'un plus petit que* soi.
Chacun *travaille pour* soi.

Mais la représentation de l'animé défini n'est pas exclue – l'usage classique l'autorisait :

ex. : La jeune fille *revenue à* soi...

Cependant, avec cette valeur, *soi* est en concurrence avec la forme non réfléchie :

ex. : *La jeune fille revenue à* elle...

La forme non réfléchie disjointe peut être renforcée par *même* :

ex. : *Antoine travaille pour* lui-même.

– *Soi* peut référer aussi à un inanimé :

ex. : *La chose* en soi *n'est pas mauvaise.*

Mais il est concurrencé par la même forme disjointe (*La chose* en elle-même *n'est pas mauvaise*).

III. PLACE DES PRONOMS PERSONNELS

A. FORMES DISJOINTES

On rappellera que toutes les formes disjointes ont un fonctionnement relativement autonome dans la phrase :

ex. : À moi, *il dira la vérité.*
Devant eux *toute la troupe défila.*

Leur place n'est donc pas contrainte.

B. FORMES CONJOINTES

En revanche, les formes conjointes, dites *clitiques*, ont un fonctionnement particulier : elles sont par définition contiguës au verbe, et quelle que soit la valeur du pronom, nominal ou représentant, se pose le problème du rapport entre leur place et leur fonction.

1. Place des pronoms conjoints sujets

Les pronoms personnels conjoints sujets sont, dans l'ordre canonique de la phrase assertive, normalement placés à gauche du verbe dont ils marquent le rang personnel :

ex. : Je *travaille,* vous *dormez.*

Ils ne peuvent être séparés du verbe que par d'autres formes clitiques :

ex. : *Je* ne le *vois pas ici.*

REMARQUE : En modalité interrogative, l'ordre des pronoms personnels clitiques sujets est différent, puisqu'ils sont régulièrement postposés au verbe, mais toujours contigus à celui-ci :

ex. : *Viens*-tu ?

On observe cependant la postposition du pronom clitique sujet dans certaines constructions syntaxiques. C'est le cas dans les propositions incises (qui marquent le discours rapporté),

ex. : *Pierre,* dis-tu, *ne viendra pas ?*

et dans les propositions subordonnées d'hypothèse et de concession sans mot subordonnant :

ex. : *Frapperait*-il *des heures, qu'on ne lui ouvrirait pas.*

Enfin la postposition est encore de règle lorsque la phrase commence par certains adverbes de discours :

ex. : *Peut-être souhaiterais*-tu *rester ?*

En fait, comme on le voit, le pronom clitique sujet est toujours adossé au verbe, qu'il lui soit antéposé ou postposé.

REMARQUE : Certains grammairiens ont ainsi pu insister sur la nature particulière du lien entre le clitique sujet et le verbe, suggérant que ce clitique soit moins considéré comme un pronom que comme un élément inclus dans le syntagme verbal (on l'a parfois nommé *particule préverbale*). Outre la présence constante du clitique sujet adossé au verbe, on peut faire valoir, à l'appui de cette analyse, les tours du français familier tels que,

ex. : *Antoine i(l) vient demain.*

où le clitique ne fait que redoubler, en modalité assertive, l'expression du sujet.

2. Place des pronoms conjoints compléments

a) en modalité assertive, interrogative, exclamative

Un seul pronom clitique complément

Dans ce cas, le pronom personnel conjoint complément d'objet (direct ou indirect) précède la première forme verbale conjuguée à un mode personnel :

ex. : *Je* l'*ai vue.* – Lui *as-tu offert des fleurs ?*

REMARQUE : Il en allait de même en français classique, quand le verbe conjugué recevait un complément à l'infinitif :

ex. : *Je* la *veux voir.*

Le pronom complément de l'infinitif se retrouvait alors en tête de l'ensemble du groupe verbal. En français moderne, le pronom précède l'infinitif :

ex. : *Je veux* la *voir.*

Plusieurs pronoms clitiques compléments

Lorsque se trouvent combinés plusieurs pronoms compléments (alors de construction différente), l'ordre d'apparition **à gauche du verbe** est précisément réglé. Deux types de combinaisons sont possibles :
– les pronoms compléments sont tous représentants : le complément d'objet direct précède le complément d'objet indirect ou second (*Je* la *lui offre*) ;
– les pronoms compléments associent un représentant de la troisième personne à un nominal *(me/te/nous/vous)* : alors, la désignation des personnes de l'interlocution précède celle de la troisième personne (*Pierre* me le *donne*). Enfin, le représentant réfléchi, combiné avec le non réfléchi, précède ce dernier (*Elle* se l'*est offert*).

b) en modalité jussive : le verbe est à l'impératif

Impératif positif

Le pronom complément suit alors le verbe, et prend la forme disjointe aux personnes 1 et 2 :

ex. : *Regarde*-moi.

Pour toutes les autres personnes, le pronom conserve la forme conjointe, mais reçoit l'accent :

ex. : *Dis*-nous/*Donne*-lui.

Si plusieurs pronoms compléments sont associés, le complément d'objet direct précède, à droite du verbe, le complément d'objet indirect ou second :

ex. : *Donne*-le-moi *! Dis*-le-lui *!*

Impératif négatif

Si le verbe est nié, l'ordre des compléments suit alors la règle d'emploi des autres modalités :

ex. : *Ne* me le *dis pas. Ne* le lui *dis pas.*

La forme conjointe s'associe alors, à gauche du verbe, à la forme clitique de la négation *ne.*

phrase

Le statut de la phrase pose, au locuteur tout autant qu'au spécialiste de grammaire, de très nombreux problèmes qui tiennent à la difficulté d'une définition entièrement satisfaisante. Car, si cette unité traditionnelle d'analyse de la grammaire semble admise par tous les locuteurs (en témoignent des expressions comme *Ce ne sont que des phrases ! Il fait trop de belles phrases pour être honnête !*), loin s'en faut que nous reconnaissions tous intuitivement aux mêmes éléments le statut de phrases ; pour certains en effet, des séquences aussi diverses que

ex. : *Ralentir.*
Hôpital : silence.
La nuit. La pluie.
(P. Verlaine)
Ailleurs, bien loin d'ici ! trop tard ! jamais peut-être !
(C. Baudelaire)
Les enfants jouent dans le jardin.

seront analysées comme autant de phrases (au nom notamment d'un critère sémantique : unité de sens, et d'un critère mélodique : unité d'intonation), tandis que seront exclus de cet inventaire des exemples comme,

ex. : *Les trains étonnés jouent furieusement à la marelle.*

au nom de leur irrecevabilité sémantique. D'autres, au contraire, choisiront de n'accorder le statut de phrases qu'aux ensembles à base verbale, formant une proposition syntaxique, quel que soit le degré de compatibilité sémantique des unités en jeu.

REMARQUE : Du côté des grammairiens, il sera difficile là encore de trouver de la phrase une définition recevable par tous : selon les choix théoriques, selon les procédures d'analyse, telle ou telle définition sera jugée préférable parce que plus opératoire pour l'élaboration de la théorie générale. Ainsi, la phrase est pour les grammaires généralistes un axiome de base. On admet par principe de la définir comme obligatoirement constituée d'un syntagme nominal sujet associé à un syntagme verbal, dans l'ordre indiqué (P–>SN+SV). Pour d'autres encore – notamment dans l'analyse traditionnelle–, à côté de la phrase à base verbale, il faut reconnaître, plus largement, le statut de phrases à des éléments non verbaux, pourvu qu'on puisse y repérer l'association d'un thème (ce dont on parle) et d'un prédicat (ce que l'on dit à propos du thème) ;

ex. : *Superbe, cette robe.*

ou bien un seul de ces deux éléments :

ex. : *Et l'Algérie ?* (thème seul = *qu'as-tu à dire à ce sujet*).
Incroyable ! (prédicat seul).

La phrase n'est donc pas une donnée préalable de la grammaire. Sa définition engage, on le voit, des choix d'analyse et de méthode très divers. Il s'agit donc ici moins de décrire un fonctionnement, une réalité observables, que de proposer et de construire une définition de cette unité conventionnellement admissible.

Avant d'entrer dans l'examen de l'analyse syntaxique de la phrase, véritable objet de la grammaire, on se propose de lever une ambiguïté souvent dénoncée – mais source de confusions souvent réitérées ! – en tentant de distinguer la **phrase**, unité d'analyse abstraite dégagée par la grammaire, et l'**énoncé**, produit concret de l'activité de langage d'un locuteur réel.

I. LA PHRASE ET L'ÉNONCÉ

A. LES NOTIONS EN JEU

La langue courante et trop souvent la grammaire, ne distinguent pas toujours ces deux notions : le terme de **phrase** en vient ainsi à désigner aussi bien une catégorie grammaticale abstraite, unité maximale de découpage, que le plus petit message effectivement prononcé par un locuteur singulier, dans une situation concrète de communication.

On conviendra de nommer **énoncé** cette seconde acception du terme phrase, limitant l'emploi de ce dernier terme à la description grammaticale. L'énoncé se définit alors comme le résultat concret d'un acte de parole individuel, tenu par un énonciateur unique, dans des circonstances déterminées : engagé dans le processus vivant de la communication, il met en jeu des acteurs (énonciateur et énonciataire, partenaires de l'échange verbal) et suppose la référence à une réalité extralinguistique. Cet acte de parole individuel peut produire, comme on le verra, des messages – ou énoncés – de formes extrêmement diverses. Ancré dans la réalité, il renvoie à des objets du monde (êtres, choses, notions, événements...). Aussi peut-il être déclaré vrai ou faux, selon qu'il est ou non conforme à cet état des choses.

La **phrase**, dans cette perspective, n'est qu'une des formes possibles que peuvent prendre les énoncés : c'est une unité d'analyse conventionnellement dégagée par la grammaire, une catégorie abstraite dont la description est possible, indépendamment de toute situation réelle d'énonciation. Ainsi le grammairien peut-il s'intéresser, comme on le verra, à dégager les éléments qui constituent la phrase :

ex. : *Les trains rapides ont chaque année un succès croissant.*

(groupes nominaux, groupe verbal...) et à étudier leurs relations mutuelles (fonctions assumées, places occupées, règles d'accord) alors même que personne jamais, peut-être, ne s'avisera de la prononcer effectivement, c'est-à-dire de la faire devenir énoncé. Aussi une phrase n'est-elle, en soi, ni vraie ni fausse, puisqu'elle ne réfère pas à une réalité extérieure : c'est seulement une fois énoncée qu'elle se verra dotée de telle ou telle valeur de vérité.

Loin de recouvrir l'ensemble des formes possibles des énoncés, la phrase n'en est donc qu'un des avatars : elle seule cependant, en l'état actuel de nos connaissances linguistiques, peut, on le verra, faire l'objet d'une description rigoureuse et systématique.

B. DIVERSITÉ FORMELLE DES ÉNONCÉS

On se contentera ici de rappeler que l'activité de parole des locuteurs les conduit à énoncer des messages de forme très variée, dont la description n'est pas toujours aisée, et surtout ne relève pas, à strictement parler, du domaine de la grammaire.

REMARQUE : C'est plus largement à la linguistique, et en particulier aux domaines de la sémantique et de la pragmatique, que revient la tâche de tenter de rendre compte de l'énonciation et des énoncés. Cependant, comme on le verra, la séparation des domaines, théoriquement justifiée, est souvent bien difficile à maintenir.

Tout d'abord, comme on l'a dit, l'énoncé s'inscrit dans le cadre d'une **situation de communication**. Aussi suppose-t-il, au moins en théorie, et dans la grande majorité des cas, en pratique, un *énonciataire*, interlocuteur et partenaire de l'échange verbal. L'étude linguistique des interactions verbales (conversations, colloques, interviews, consultations...) a ainsi dégagé, de son côté, des unités d'analyse spécifiques, distinctes des unités grammaticales (en particulier, elle fait l'économie de la notion de phrase). Dans l'échange suivant,

ex. : *Depuis combien de temps es-tu installé à Paris ? – Dix ans. – Déjà !*

chacun des locuteurs énonce en s'appuyant sur l'intervention précédente ; on distinguera ainsi trois *interventions* successives – trois énoncés – formant un ensemble appelé *échange* ; seule, la première de ces trois interventions prend la forme grammaticale d'une phrase (en l'occurrence, interrogative).

Les énoncés peuvent encore se réduire à de simples interjections *(Bof! Mince! Ah!)*. Ils peuvent, toujours dans le cadre de l'interaction verbale, être constitués d'adverbes de discours (c'est-à-dire, précisément, d'adverbes dont le sens et l'emploi ne se justifient que dans le cadre de l'énonciation) ;

ex. : *Oui./Non./Assurément./Heureusement!*

ou encore d'adjectifs (ou de leurs équivalents), qui représentent alors un commentaire sur un des éléments de la situation en cours (voire sur l'ensemble de la situation elle-même) :

ex. : *Magnifique!*

REMARQUE : Ils constituent les prédicats d'un thème implicite, non nommé, mais présent dans la réalité extralinguistique et, par conséquent, accessible aux partenaires de l'échange.

L'énoncé – en particulier à l'écrit – peut également être formé d'un groupe nominal :

ex. : *La nuit. La pluie.*
(P. Verlaine)
Meurtre mystérieux à Manhattan (film).
Profiteroles au chocolat (recette ou menu).

REMARQUE : Comme on le voit dans ces deux derniers exemples, le déterminant n'est pas nécessaire à l'énoncé – alors qu'il s'impose dans le cadre syntaxique de la phrase (voir **déterminant**).

ou d'un élément lexical appartenant à une autre catégorie grammaticale, comme ici l'adverbe :

ex. : *Ailleurs, bien loin d'ici! trop tard! jamais peut-être!*
(C. Baudelaire)

Les énoncés peuvent encore réunir un thème et un prédicat :

ex. : *Incroyable, cette histoire!*
Israël : reprise des négociations avec la Palestine.
Moi, croire une chose pareille?

Ils peuvent prendre la forme de propositions, syntaxiquement bien formées, qu'il s'agisse de phrases :

ex. : *La rue assourdissante autour de moi hurlait.*
(C. Baudelaire)

ou d'éléments de phrase, en l'absence de terme recteur :

ex. : *À quoi rêvent les jeunes filles.*
(Titre d'une pièce d'A. de Musset)

Enfin l'énoncé peut être aussi bien respectueux des règles de bonne formation grammaticale (liées à l'usage et à la norme), que se révéler totalement a-grammatical :

ex. : *Moi vouloir toi.*
Je connais pas celui que tu parles.

Comme on le voit, la diversité formelle des énoncés amène à reconnaître que toutes ces séquences possibles (et d'autres encore!) ne se laissent pas décrire de la même façon. La grammaire, pour son compte, s'en tiendra – peut-être provisoirement? – à l'étude de la phrase, dont il faut maintenant proposer une définition : celle-ci se fonde essentiellement sur la **syntaxe**.

C. DÉFINITION SYNTAXIQUE DE LA PHRASE

On définira la phrase comme une **unité linguistique constituée par un ensemble structuré d'éléments sémantiquement compatibles, syntaxiquement ordonnés autour d'un verbe, véhiculant une proposition douée de sens, et dotée d'une unité mélodique**. Deux critères sont ainsi en jeu : un critère formel (unité syntaxique, unité d'intonation) et un critère sémantique (unité de sens). La phrase, enfin, représente l'unité maximale de la grammaire : elle inclut les autres constituants sans être elle-même incluse dans une unité supérieure. C'est dire que la phrase possède une réelle **autonomie syntaxique** (elle ne dépend pas d'un autre ensemble), et qu'au-delà de cette unité d'analyse, si l'ensemble des phrases peut bien constituer un texte ou un discours, ces catégories ne relèvent plus de la seule description grammaticale.

On a donc choisi de donner de la phrase une définition syntaxique : **les éléments qui la composent doivent en effet occuper une fonction, assumée autour d'un pivot verbal**. Il peut s'agir d'un verbe conjugué à un mode personnel, alors doté d'un sujet – sauf dans le cas de l'impératif, dont le sujet est absent en apparence :

ex. : *Les enfants jouent.*
Il pleut.

REMARQUE 1 : On voit que le verbe peut aussi bien entrer dans une construction personnelle que dans une tournure impersonnelle (avec pour sujet le pronom *il* sans valeur anaphorique, simple support morphologique).

REMARQUE 2 : On peut, comme le font certains grammairiens, choisir de ramener certaines séquences sans verbe à une structure de phrase sous-jacente, elliptique du verbe :

ex. : *Que fais-tu ?* – Rien. (= Je ne fais rien.)
Pas de bruit. (= Il n'y a pas de bruit.)

Cette position, qui présente de nombreux avantages – notamment celui de la simplification et de l'unification –, oblige cependant bien souvent à un coûteux travail de reformulation pour retrouver la séquence complète.

La phrase peut encore fonctionner – cas limite – autour d'un verbe à l'infinitif,

ex. : *Grenouilles aussitôt de* rentrer *dans les ondes.*
(La Fontaine)
Être *ou ne pas* être ?

ou enfin autour d'un présentatif (mot à base verbale) :

ex. : *Voilà Pierre qui rentre.*

L'agencement de ces divers éléments de la phrase (encore appelés *termes* ou *constituants*) obéit à un certain nombre de **règles**, contraintes syntaxiques et morphologiques qui portent sur leurs possibilités de combinaison, sur leur place respective, sur les phénomènes d'accord. Ce sont ces règles, plus ou moins strictes et sujettes à variations selon les usagers et l'époque historique considérée, dont la description constitue, en dernière analyse, l'objet de la grammaire.

Choisir de circonscrire la phrase à cet ensemble syntaxique ordonné autour d'un verbe, parmi la diversité des énoncés possibles, c'est donc, bien sûr, s'interdire de rendre compte de l'ensemble des productions langagières. Mais, pour limitée et modeste qu'elle soit, une telle définition possède cependant sa pleine justification. La phrase en effet est, pour tous les locuteurs, **une forme toujours accessible, quelle que soit la situation d'énonciation**, tandis que d'autres formes d'énoncé, à l'inverse, ne sont possibles que dans tel ou tel cas particulier. Aussi tous les énoncés peuvent-ils, à la limite, se paraphraser, c'est-à-dire se gloser par une phrase,

ex. : *Moi vouloir toi* ≃ *Je te veux.*
Bof ! ≃ *Ce n'est pas formidable.*

sans que l'inverse soit toujours possible. À ce titre, la phrase, dans l'acception étroite qui en a été proposée, demeure bien la forme de base à décrire, forme qu'on pourrait appeler *archétypale*.

D. PHRASE ET ÉNONCÉ : LES POINTS DE PASSAGE

On a vu tout l'intérêt qu'il y avait à maintenir la distinction entre phrase et énoncé. On a montré encore que la grammaire traditionnelle limitait son objet d'étude à la phrase, et aux catégories morphosyntaxiques qu'elle implique. Cependant, dans de nombreux cas, la description grammaticale est contrainte de faire référence à l'acte d'énonciation, la phrase embrayant alors, pour ainsi dire, sur l'énoncé. Car si, pour définir un complément d'objet, de même que pour décrire la morphologie verbale, il n'est nul besoin de faire intervenir le sujet parlant, il n'en va pas de même de certaines catégories grammaticales : la notion de modalité suppose ainsi, par exemple, que soit prise en compte la relation de l'énonciateur à la phrase énoncée (assertion/interrogation, etc.), cette relation se traduisant, sur le plan formel par un ensemble de marques morphosyntaxiques. L'analyse des temps de l'indicatif engage, elle aussi, la référence à une situation d'énonciation (le présent se définissant alors dans sa valeur de base comme la coïncidence entre énonciation et moment d'accomplissement de l'événement, tandis que l'imparfait traduit au contraire un décalage entre les deux points de vue, etc.). Certains pronoms personnels *(je/tu, nous/vous)* ne peuvent être employés en dehors d'une situation de communication, c'est-à-dire qu'ils imposent nécessairement que la phrase soit énoncée. Certains adverbes encore portent non pas sur tel ou tel élément de la phrase, mais sur l'ensemble de l'énoncé, qu'ils viennent ordonner *(premièrement, deuxièmement,...)* ou commenter *(heureusement, malheureusement,...)*. Ainsi le grammairien est-il amené, de temps à autre, à dépasser, au profit de l'énoncé, le strict cadre de la phrase, afin de mieux rendre compte du fonctionnement de celle-ci.

Ainsi, sans méconnaître l'ensemble des problèmes posés par toute définition de la phrase, ni même le caractère intrinsèquement problématique de cette unité qui est encore loin de permettre une description unifiée de l'activité de langage, on voit qu'il est possible de choisir, par convention, une approche syntaxique de la phrase. On se propose maintenant de rappeler en un rapide panorama l'ensemble des catégories grammaticales impliquées par la phrase.

II. SYNTAXE DE LA PHRASE

On envisagera successivement la question des modalités de la phrase et de la mélodie, la nature des constituants (de l'unité minimale aux ensembles plus larges pouvant entrer dans la formation de la phrase), puis les divers modes de relation entre les constituants : la notion de fonction syntaxique, les phénomènes morphologiques d'accord et de flexion, et la question de l'ordre des termes dans la phrase, qui amènera à poser deux couples d'opposition : entre place fixe et place facultative, et entre ordre linéaire, non marqué, et ordre emphatique, marqué.

A. MODALITÉ ET INTONATION

La phrase, on l'a dit, se caractérise entre autres par une **unité mélodique** : elle est pourvue d'une intonation particulière (que matérialisent normalement à l'écrit les divers signes de ponctuation) où s'opposent plusieurs schémas possibles. On distinguera ainsi, grossièrement, un **schéma circonflexe** où se succèdent mouvement ascendant *(protase)* et descendant *(apodose)*,

ex. : *J'ai rencontré Paul en revenant du marché.* (↗↘)

un **schéma descendant** – la voix pouvant atteindre des paliers plus ou moins bas,

ex. : *Viens !*
La belle affaire ! (↘)

et pouvant démarrer sur une note haute,

ex. : Qui *t'a dit cela ?*

et un **schéma ascendant**, dit suspensif :

ex. : *As-tu vu ce film ?* (↗)

Comme on le voit à travers les exemples, l'intonation varie en corrélation avec la structure de la phrase : assertion, exclamation, ordre, interrogation. On aura reconnu dans cette énumération les **quatre modalités fondamentales de la phrase**, notion dont on rappellera brièvement les principales caractéristiques.

D'un point de vue formel, la modalité se caractérise par une série de marques morphosyntaxiques affectant la phrase : intonation, ordre des constituants (par exemple, la postposition du sujet caractéristique de l'interrogation), outils lexicaux (les pronoms interrogatifs, les adverbes d'exclamation, etc.), choix des modes verbaux (l'impératif ou l'infinitif à la phrase jussive), etc. Sensibles dans la forme même de la phrase, ces marques sont donc inscrites dans la langue, leur description revient à la grammaire.

Mais elles ont pour rôle de manifester, sur le plan sémantique, l'acte même d'énonciation. On peut dire en ce sens qu'elles font *embrayer* la phrase sur l'énoncé, assurant le passage d'un plan à l'autre, de la langue au discours. En effet, les modalités traduisent la relation de l'énonciateur au contenu de l'énoncé ainsi qu'au partenaire de l'échange : selon qu'il présente comme vraie une phrase dont il demande à l'énonciataire de la valider ou l'infirmer (phrase assertive) ; selon qu'il donne pour indécidable la vérité de son énoncé, laissant à l'énonciataire la charge de remplir les « blancs », les inconnues qui en empêchent la validation (phrase interrogative) ; selon encore qu'il impose à l'énonciataire la réalisation d'un acte (phrase jussive) ou qu'il lui communique ses divers états affectifs, joie, surprise, regret... (phrase exclamative).

La modalité apparaît donc comme une des composantes fondamentales de la phrase : d'une part parce que toute phrase comporte obligatoirement cette dimension, une seule à la fois (elle est ou bien assertive, ou interrogative, ou jussive, ou exclamative), et d'autre part en ce que la modalité constitue le point de passage le plus manifeste entre grammaire (à travers la syntaxe de la phrase) et linguistique (à travers la notion d'énonciation).

B. NATURE DES CONSTITUANTS

On a proposé de définir la phrase comme un ensemble structuré d'éléments syntaxiquement organisés autour d'un verbe : ces éléments, que l'on appelle des *constituants*, peuvent se décomposer en ensembles d'inclusion successive, selon leur rôle dans la phrase.

1. Les syntagmes

Ainsi, dans l'exemple suivant,

> ex. : *Le chat frileux de mon voisin/faisait sa sieste quotidienne/ lorsque je rentrai.*

la phrase pourra se décomposer, dans un premier temps, en trois ensembles distincts, appelés *syntagmes* (= groupements de termes) :
– *le chat frileux de mon voisin* (qui pourrait commuter avec le seul nom propre *Minet*), en position de sujet,
– *faisait sa sieste quotidienne* (qui peut être remplacé par le verbe seul *dormait*), pivot verbal de la phrase,
– *lorsque je rentrai* (que l'on pourrait, par exemple, remplacer par le groupe prépositionnel *à mon retour*), complément accessoire, facultatif, de l'ensemble essentiel sujet-verbe.

Le syntagme se définira donc, plus précisément, comme un ensemble de termes d'ampleur variable, inclus dans la phrase, et jouant à l'intérieur de celle-ci un unique rôle fonctionnel.

2. Des syntagmes aux parties du discours

Ces premiers ensembles peuvent encore se laisser analyser : on aura ainsi isolé, par exemple, plusieurs **groupes nominaux** *(le chat frileux, mon voisin, sa sieste quotidienne)*, qu'il sera encore possible de décomposer en distinguant un **déterminant du nom** *(le/mon/sa)*, un **nom** *(chat/voisin/sieste)*, et un **adjectif** *(frileux/quotidienne)*. Dans ce dernier cas, on constate que l'adjectif constitue une *expansion du nom*, un prolongement, au même titre par exemple que le complément prépositionnel : ainsi le chat *frileux* est lui-même précisé par *de mon voisin*, ces deux groupes venant tous deux préciser le nom *chat*.

De la même façon, dans le dernier syntagme, on aura la possibilité d'isoler un outil de subordination (*lorsque*, qui pourrait être remplacé par *quand, au moment où*... : c'est une **conjonction de subordination**), un **pronom personnel** sujet *(je)* et un **verbe** *(rentrai)*.

Les syntagmes mettent ainsi en relation des éléments du lexique que les grammairiens ont, depuis l'Antiquité, tenté de classer et d'inventorier en établissant des listes (variables selon les époques – et selon les auteurs !). Ce classement, repris par les *Instructions officielles* à des fins pédagogiques (pour permettre l'apprentissage de la langue), distingue actuellement neuf **catégories grammaticales**, appelées encore *parties du discours* :
– l'article,
– le nom,
– le pronom,
– l'adjectif,
– le verbe,

– l'adverbe,
– la préposition,
– la conjonction (de coordination et de subordination),
– l'interjection *(Ah ! Bof ! Zut !)*.

REMARQUE : Chacune de ces catégories fait l'objet de la description grammaticale. Le lecteur se reportera donc aux rubriques concernées pour une étude de leur fonctionnement.

3. Les propositions

Dans l'exemple proposé plus haut, seul le troisième syntagme peut lui-même se décomposer à nouveau en un syntagme sujet *(je)* et un pivot verbal *(rentrai)* : cet ensemble constitue ce qu'on appelle traditionnellement une **proposition** – en quelque sorte une sous-phrase enchâssée dans la phrase matrice qui l'accueille.

REMARQUE : Comme on le rappelle souvent, le terme de *proposition* est d'origine logique. Il désigne un contenu de pensée (le *contenu propositionnel*) qui associe un *thème* (ce dont on parle) et un *prédicat* (ce que l'on déclare à propos du thème). Certains grammairiens, hostiles à cette soumission de la syntaxe à la logique, condamnent l'emploi du terme *proposition*, préférant parler uniquement de *phrases* (enchâssées/matrices). On fera cependant deux remarques à ce propos. D'une part, le lien entre logique et syntaxe reste difficile à dénoncer : la phrase est en effet, comme on l'a dit, dotée d'un sens, qui se confond bien, dans une certaine mesure, avec le contenu propositionnel. D'autre part, l'étude du mécanisme de la subordination conduit en réalité à distinguer essentiellement deux modes de dépendance : l'enchâssement proprement dit (la *sous-phrase* entrant effectivement comme constituant de la phrase matrice,

ex. : *J'attends* qu'il pleuve/*la pluie*),

mais aussi l'adjonction (dans lequel la subordonnée reste en quelque sorte à la périphérie de la phrase, dont elle modifie ou commente l'énonciation possible),

ex. : Puisque tu me le demandes, *je veux que tu partes.*

Ces réserves légitiment, outre des raisons purement pédagogiques, le maintien de la terminologie officielle du terme de *proposition.*

Selon le nombre de propositions dans la phrase, on opposera ainsi la phrase simple à la phrase complexe.

a) phrase simple

Elle n'est constituée que d'une seule proposition :

ex. : *Le chat de mon voisin faisait la sieste.*

b) phrase complexe

Elle réunit, selon des modes de fonctionnement divers, plusieurs propositions. On distinguera ainsi, selon les relations entre propositions :
– la **coordination** et la **juxtaposition** :

ex. : *Le chat dormait et tout était silencieux.*
Le chat dormait, tout était silencieux.

Deux propositions autonomes, placées sur le même plan syntaxique (aucune ne dépend de l'autre, chacune pourrait être supprimée), se trouvent rapprochées dans la même phrase : tantôt le rapprochement est matérialisé par un mot de liaison (la conjonction de coordination, ici *et*), et l'on parle de coordination, tantôt il se réduit à une simple juxtaposition, une pause (marquée par la virgule, le point-virgule, les deux-points) venant s'intercaler entre les deux propositions.
– la **subordination** :

ex. : *Le chat dormait* lorsque je suis rentré.

Cette fois, la relation entre les propositions est non symétrique : il s'agit d'un lien de dépendance syntaxique, une proposition (appelée *subordonnée*) ne pouvant subsister seule, en l'absence de la proposition dont elle dépend (appelée *principale*) :

ex. : **Lorsque je suis rentré.*

On rappellera que les propositions subordonnées peuvent avoir une forme syntaxique achevée (elles réunissent un sujet et un verbe, comme dans l'exemple ci-dessus) ou bien se réduire à un état en quelque sorte embryonnaire, associant simplement un thème et un prédicat sans qu'il soit possible de parler d'un sujet ; c'est le cas de la proposition subordonnée infinitive (voir **complétive**),

ex. : *J'ai vu* dormir le chat.

de la participiale (voir **participe**),

ex. : Le chat dormant tranquillement, *je suis ressorti.*

et même de certains groupes nominaux, qui associent un thème nominal et un prédicat adjectival en l'absence d'une copule verbale :

ex. : *Ils regardaient tomber la pluie,* nu-tête, les bras ballants.

Entre ces deux bornes extrêmes que sont la juxtaposition-coordination et la subordination, des cas limites existent bien sûr, parmi lesquels on évoquera tout particulièrement la **corrélation**, qui associe deux propositions apparemment juxtaposées, reliées entre elles par des termes corrélateurs :

ex. : *Plus on dort, moins on est reposé.*

Aucune de ces deux propositions n'est véritablement autonome, chacune étant en étroite interdépendance avec l'autre.

REMARQUE : Cas particulier de l'**incise** et de l'**incidente**.

La phrase complexe peut en effet accueillir en son sein une proposition dite **incise**, formellement juxtaposée ou coordonnée, mais qui n'est pas placée sur le même plan énonciatif :

ex. : *Je crois,* me dit Pierre, *à l'existence des OVNI.*

La proposition *me dit Pierre* n'est pas rattachée au même énonciateur que la proposition *Je crois à l'existence des OVNI* : cette dernière constitue en effet le discours rapporté de *Pierre* (où *je* = Pierre), tandis que l'incise *me dit Pierre* implique la présence d'un autre énonciateur (*me* ≠ Pierre). Matérialisant cette **rupture** sur le plan de l'énonciation, on observe que l'incise :

– est prononcée sur une intonation plane (et non circonflexe), un ton plus bas que le début de la phrase (elle *décroche* de la mélodie première) ;

– constitue une pause dans le déroulement de la phrase, une sorte de parenthèse ouverte puis refermée, ce que traduisent ici les deux virgules qui l'encadrent (on rencontre encore les tirets ou les parenthèses) ;

– est marquée, comme dans l'exemple, par la postposition du sujet.

À côté des incises, limitées aux verbes rapportant les paroles ou les pensées, on rencontre encore des propositions **incidentes**, qui ouvrent une parenthèse dans la phrase, qu'elles commentent en général :

ex. : *Je crois – mais je peux me tromper – que les OVNI existent.*

Celles-ci ne comportent pas de postposition du sujet ; elles marquent cependant, elles aussi, une rupture avec le reste de la phrase, que traduit leur intonation.

C. RELATIONS ENTRE LES CONSTITUANTS

Il s'agit maintenant de rassembler l'essentiel des relations possibles entre les syntagmes constituants de la phrase.

1. Les fonctions

On appelle *fonction* le rôle syntaxique assumé par un syntagme dans la phrase (ce syntagme peut éventuellement se limiter à un seul mot). La grammaire offre une description des différentes fonctions, dont elle s'efforce de préciser les critères d'identification au moyen de tests syntaxiques, ou de marques morphologiques (par exemple, la flexion des pronoms personnels) et/ou syntaxiques (ainsi de la place des syntagmes nominaux autour du verbe).

Certaines fonctions sont réservées à telle ou telle partie du discours, la plupart sont communes à plusieurs catégories grammaticales (le complément d'objet direct par exemple peut prendre la forme d'un groupe nominal, d'un pronom, d'un verbe à l'infinitif, d'une proposition...). À l'inverse, certaines catégories grammaticales n'assument pas de fonction au sens strict (les conjonctions et les prépositions, qui mettent en relation mais n'ont pas de fonction en elles-mêmes, certains adverbes comme ceux qui apportent une modification en degré, enfin les interjections).

On pourra distinguer les fonctions essentielles de la phrase, et les fonctions accessoires, facultatives.

a) fonctions essentielles

Elles s'articulent autour du verbe, **centre de proposition** :
– le **sujet** :

ex. : Le chat *dort*.

– l'**attribut**, avec un verbe attributif :

ex. : *Le chat semble* endormi.

– le **complément d'objet**, avec un verbe transitif (ses variétés sont le COD, le COI et le COS) :

ex. : *Il enseigne* la grammaire/à ses étudiants.

– le **complément circonstanciel intégré**, qui entre dans le groupe verbal et présente certains points communs avec le complément d'objet :

ex. : *Il habite* à Paris.

Toutes ces fonctions doivent obligatoirement être remplies, dans la phrase, par un syntagme. L'absence éventuelle, en surface, de ce syntagme, est soumise à des conditions précises et restrictives (ainsi, l'effacement du sujet devant le verbe à l'impératif, ou encore l'emploi absolu d'un verbe transitif – *Il boit.* –). La place enfin des éléments assumant ces diverses fonctions est réglée par des lois assez strictes.

b) fonctions accessoires

Elles n'entrent pas dans la définition minimale de la phrase, aussi la suppression des syntagmes qui assument ces fonctions est-elle très souvent possible. On énumère ainsi, selon leur point d'application :

Autour du groupe sujet-verbe

– le **complément d'agent**, avec un verbe au passif :

ex. : *Les appartements de prestige sont souvent achetés* par des étrangers.

– le **complément circonstanciel adjoint** :

ex. : Depuis dix ans, *il habite à Paris.*

– le **complément détaché**, qui prend la forme d'un groupe nominal avec ou sans préposition et qualifie le sujet dans les limites du procès indiqué par le verbe :

ex. : *Un soldat jeune,* bouche ouverte, tête nue,
Et la nuque baignant dans le frais cresson bleu,
Dort ; ... (A. Rimbaud)

REMARQUE : Ce type de complément se rencontre avec des groupes nominaux (prépositionnels ou non prépositionnels) désignant des parties du corps – ou plus largement, des éléments vestimentaires, allure, comportement – du sujet. Souvent analysés comme compléments circonstanciels de manière, il faut cependant noter qu'ils qualifient le sujet.

On notera que ce type de groupe associe toujours un nom, qui assume le rôle de thème, et une expansion adjectivale, à valeur prédicative ; la copule *être* n'est pas exprimée, mais pourrait cependant toujours être restituée :

ex. : *La bouche [étant] ouverte, la tête [étant] haute.*

Dans le groupe nominal, ou à sa périphérie

– l'**épithète** :

ex. : *Elle arborait une* nouvelle *robe.*

– l'**épithète détachée** :

ex. : Furieuse, *elle est sortie en claquant la porte.*

– l'**apposition**, liée ou détachée :

ex. : L'ami *Georges*
Pierre, l'ami de ma sœur, *est ingénieur chimiste.*

– le **complément du nom** :

ex. : *une promenade* en forêt, *le souci* de bien faire.

– le **complément du pronom** :

ex. : *Certains* d'entre nous *ont refusé de partir.*

– le **complément de l'adjectif** :

ex. : *Il est célèbre* dans le monde entier.

REMARQUE : Certains adjectifs, dits *transitifs*, ont besoin d'être complétés ; ce complément, qui peut ne pas apparaître dans certaines conditions particulières, est alors un complément essentiel dans le groupe adjectival :

ex. : *Je serais enclin* à penser comme vous.

On a donc exclu de l'inventaire l'**apostrophe**, qui ne constitue pas une fonction au sens strict :

ex. : Ô temps, *suspends ton vol !*
(Lamartine)

Il s'agit en fait d'une interpellation, dans le cadre d'un discours adressé : l'apostrophe est donc liée à l'énoncé plutôt qu'à la phrase.

Dans la grande majorité des cas, la place des éléments qui remplissent ces fonctions accessoires n'est soumise à aucune règle grammaticale.

2. Marques morphologiques de dépendance

Les relations entre les différents constituants se traduisent parfois, sur le plan morphologique, par une série de modifications : celles-ci concernent, bien sûr, les catégories variables du lexique.

Le **verbe**, aux modes personnels, manifeste ainsi son étroite relation au sujet par le phénomène de l'accord en personne, qui entraîne sa flexion dans le cadre de la conjugaison à laquelle il appartient. Cette flexion prend la forme d'une série de *désinences* (ou terminaisons) dites *désinences personnelles.*

ex. : *Je march-e, tu march-es, nous march-ons, vous march-ez...*

L'**adjectif**, de même, traduit sa dépendance syntaxique par rapport au nom en subissant l'accord en genre et nombre avec celui-ci :

ex. : *J'ai passé une soirée* merveilleuse.

REMARQUE : C'est encore le cas du **déterminant**, qui varie lui aussi en nombre et parfois en genre selon le nom qu'il actualise :

ex. : Cette *soirée était merveilleuse.*

Le déterminant dit possessif ajoute, aux marques de genre et nombre, l'indication du rang personnel : c'est alors la base du mot qui varie (*m-a, t-a, s-a*...).

À côté des phénomènes d'accord, on rappellera que sont également susceptibles de variations certains **pronoms**, dont la forme varie, entre autres facteurs, selon la fonction assumée. Ainsi le pronom personnel oppose-t-il une forme sujet *(je/tu/il...)*, une forme complément tantôt conjointe *(me/te/se-le-la...)*, tantôt disjointe, utilisée en cas de détachement ou derrière la préposition *(moi/toi/soi...)*. Les pronoms relatifs et interrogatifs possèdent eux aussi l'alternance *qui/que/quoi*, qui révèle notamment leur rôle fonctionnel.

3. Ordre des constituants

La phrase, comme on l'a vu, peut être définie comme un **ensemble ordonné** de constituants : c'est dire que l'**ordre** des éléments qui la composent peut être considéré comme un trait formel, dont on voudrait ici rappeler les principales caractéristiques (pour une étude plus détaillée, voir **ordre des mots**).

a) ordre canonique

L'ordre des mots dans la phrase varie en fonction de chaque modalité (ainsi la postposition du sujet est la norme pour l'interrogation, tandis qu'elle a une valeur particulière dans la phrase assertive, etc.). Mais on s'accorde généralement pour choisir, comme point de repère à la description, l'ordre des mots dans la phrase assertive. C'est à partir de ce modèle, dit **phrase canonique**, que seront décrits les éventuels écarts.

La phrase canonique se présente sous une forme linéaire (les constituants s'enchaînant les uns aux autres sans heurts ni pauses notables) :

ex. : *S-V-COD/Attribut-COI/C d'Agent-CC-CC...*

En l'absence de marques casuelles, la place des différents constituants autour du noyau verbal est une **indication de leur fonction**. On opposera ainsi, par exemple :

ex. : Pierre *aime* Jeanne./Jeanne *aime* Pierre (sujet ≠ COD).
Le chat frileux *reste chez lui*./*Le chat reste* frileux *chez lui* (épithète ≠ attribut).

Seul le complément circonstanciel adjoint peut être déplacé dans la phrase, et occuper diverses positions (mais on s'écarte alors du modèle linéaire, puisqu'une pause marque alors ce détachement) :

ex. : *Il pleut souvent à Paris* (phrase linéaire)./*Souvent, à Paris, il pleut* (compléments circonstanciels détachés, antéposés).

b) modifications grammaticales

Diverses contraintes grammaticales peuvent entraîner une modification de la structure canonique de la phrase : ces phénomènes sont réguliers, stables et prévisibles : choix de la modalité, postposition du sujet avec certains types de propositions dans la phrase complexe (incises, subordonnées concessives au subjonctif sans mot subordonnant), place en tête de certains outils n'occupant pourtant pas la fonction sujet (mots relatifs et interrogatifs), place spécifique des pronoms personnels conjoints.

c) modifications liées à l'énonciation

Outre le facteur rythmique (le français privilégiant les groupements de mots par masses de volume croissant, des unités brèves aux unités longues), l'ordre canonique peut encore être affecté, lors du passage de la phrase à l'énoncé, par le souci de l'énonciateur de **hiérarchiser l'information** (sélection du thème/choix du prédicat). Ainsi s'expliquent, sans doute, les variations possibles de la place de certains compléments,

ex. : *J'ai raconté à Paul* (thème)/*le film d'hier soir* (prédicat).
J'ai raconté le film d'hier soir (thème)/*à Paul* (prédicat).

ou encore la place en tête de certains adverbes de discours, ayant pour rôle de structurer ou de modaliser l'énoncé, entraînant la postposition du sujet,

ex. : Du moins/sans doute/ainsi... *conclura-t-on à la nécessité d'une synthèse.*

ainsi que de certains compléments circonstanciels :

ex. : Le long de la colline *courait une rivière.*

On rappellera surtout que le modèle de la phrase linéaire peut subir deux variations principales, selon le choix que fait l'énonciateur de mettre en relief tel ou tel élément de la phrase. Ces deux **variantes emphatiques** de la phrase linéaire sont :
– l'**extraction**, au moyen de l'outil *c'est... que/qui* ;

ex. : *C'est souvent que Pierre lit de la grammaire.*

– la **dislocation** (dédoublement d'un constituant de la phrase au moyen d'un pronom, de reprise ou d'anticipation) :

ex. : *Pierre, il en lit souvent, de la grammaire.*

REMARQUE : La combinaison de ces deux structures est possible au moyen de l'outil *Ce que/ce qui..., c'est...* :

ex. : *Ce que Pierre aime lire, c'est de la grammaire.*

possessif (adjectif)

L'adjectif possessif, outre le genre et le nombre du nom auquel il se rapporte, marque la relation entre l'objet désigné par le nom et l'une des six personnes du verbe : *un mien ami.* Il varie donc encore selon le rang personnel qu'il indique.

I. MORPHOLOGIE

A. TABLEAU DES ADJECTIFS POSSESSIFS

rang personnel	nom singulier		nom pluriel	
	masc.	fém.	masc.	fém.
P1	*mien*	*mienne*	*miens*	*miennes*
P2	*tien*	*tienne*	*tiens*	*tiennes*
P3	*sien*	*sienne*	*siens*	*siennes*
P4	*nôtre*		*nôtres*	
P5	*vôtre*		*vôtres*	
P6	*leur*		*leurs*	

B. SPÉCIFICITÉ DES ADJECTIFS POSSESSIFS

Ils sont tous de forme tonique (ou encore, accentuée). On observe aux personnes P4 et P5 la différence de graphie et de prononciation par rapport aux formes atones des déterminants possessifs (votre *livre/ce livre est* vôtre) : l'accent circonflexe allonge et ferme le [o]. Il n'y a qu'à la P6 que la forme est commune aux deux séries (leur *livre/ces livres sont* leurs).

Ils varient selon le nom qu'ils qualifient. Comme on l'a dit, les adjectifs possessifs marquent en outre la personne en relation avec l'objet désigné par le nom.

II. EMPLOI DES ADJECTIFS POSSESSIFS

A. PROPRIÉTÉS SYNTAXIQUES

L'adjectif possessif ne permet pas d'actualiser le nom : il s'intègre donc à un groupe nominal déjà déterminé *(un mien ami)*. Il est compatible, outre l'article indéfini, avec le déterminant numéral ou démonstratif *(cette terre mienne, deux miens amis)*.

Ils assument, comme adjectifs, les fonctions d'épithète (aux personnes P1, P2, P3 et P6) ou d'attribut (à tous les rangs personnels) :

ex. : *Cet enfant est* nôtre. *Cette décision, je l'ai faite* mienne.

On ajoutera que les adjectifs possessifs entrent dans la formation des pronoms possessifs, en combinaison avec l'article défini (*le mien/la tienne/les nôtres...*). On ne les confondra cependant pas avec ces derniers, qui occupent dans la phrase des fonctions nominales, et non adjectivales. Voir **possessif** (pronom).

B. VALEURS SÉMANTIQUES

Les adjectifs possessifs ont pour rôle de spécifier avec insistance la relation d'appartenance : *cette affaire est nôtre.* On signalera cependant qu'ils ne s'emploient plus que dans une langue littéraire, archaïsante :

ex. : *Un mien ami vivait au Monomotapa...*
(La Fontaine)

Le français moderne utilise plutôt le déterminant possessif (*mon ami*), ou bien, s'il s'agit d'insister sur la relation d'appartenance, la construction prépositionnelle du complément du nom : *un ami à moi.*

possessif (déterminant)

Les déterminants possessifs se classent dans la catégorie des déterminants spécifiques du nom (ils ne peuvent se combiner ni avec l'article ni avec le démonstratif). Ils notent le nombre et l'identité de l'être qu'ils déterminent, et ajoutent à la signification de l'article défini la **référence à la personne** qui est en relation avec l'être désigné :

ex. : *ma ville, mon enfance.*

I. MORPHOLOGIE

A. TABLEAU DES DÉTERMINANTS POSSESSIFS

rang personnel	nom singulier		nom pluriel
	masc.	fém.	masc. fém.
P1	*mon*	*ma* / *mon* (init. vocal.)	*mes*
P2	*ton*	*ta* / *ton* "	*tes*
P3	*son*	*sa* / *son* "	*ses*
P4	*notre*		*nos*
P5	*votre*		*vos*
P6	*leur*		*leurs*

B. SPÉCIFICITÉ DES DÉTERMINANTS POSSESSIFS

Au pluriel, l'opposition des genres se neutralise, phénomène commun également aux articles et aux déterminants démonstratifs.

Au singulier, l'opposition est marquée, sauf si le nom féminin commence par une voyelle ; dans ce cas, c'est la forme du masculin qui l'emporte : *ma voiture/mon vélo/mon automobile.*

Le déterminant possessif cumule deux valeurs : celle de la **détermination du nom** et celle de la **désignation de la personne** en relation avec l'objet déterminé. Deux paramètres interviennent donc dans sa formation :
– le rang personnel (défini par rapport aux personnes du verbe, P1 *je*, P2 *tu*, etc., voir **verbe**) : *mon pays/ton pays/son pays...*

– le genre et le nombre de l'objet désigné : *ton pays/ta ville/tes enfants.*

REMARQUE : À la différence de certaines autres langues (par exemple, anglais et allemand), le déterminant possessif de la troisième personne (P3 et P6) ne marque pas en français le genre de la personne en relation avec le référent. Des ambiguïtés peuvent alors surgir quant à l'identité de la personne (voir plus bas).

C. ORIGINE

Les déterminants possessifs proviennent d'un système d'adjectifs latins qu'ils reproduisent exactement dans leur morphologie *(meus, a, um/tuus, a, um/suus, a, um...).*

REMARQUE : Aux personnes P3 et P6, *suus* ne pouvait renvoyer qu'au sujet de la proposition ; dans tous les autres cas, un pronom personnel complément lui suppléait (*ejus/eorum/earum* : de celui-ci, de celle-ci, de ceux-ci, etc.). Le français, comme on le verra, recourt au même procédé pour dissiper d'éventuelles ambiguïtés.

II. EMPLOI DES DÉTERMINANTS POSSESSIFS

Les déterminants possessifs présentent des propriétés syntaxiques et des valeurs de sens communes.

A. PROPRIÉTÉS SYNTAXIQUES

1. Place et combinaison des possessifs

Variable, comme on l'a dit, en genre, nombre et personne, le déterminant possessif, en tant que déterminant spécifique, ne peut se combiner ni avec l'article ni avec le démonstratif. Il est toujours antéposé au nom ; seule est possible l'insertion, entre le déterminant et le nom, d'un adjectif (*mon* joli *livre, ma* propre *maison*) ou d'un déterminant complémentaire *(mes* quelques *livres).*

2. Commutation avec l'article défini

L'article défini se substitue au possessif chaque fois que le rapport entre l'objet désigné et la personne n'a pas besoin d'être spécifié. C'est le cas notamment avec les parties du corps, où la substitution est obligatoire :

ex. : *Il a mal à* la *tête. (*Il a mal à sa tête).*

Mais la présence d'un adjectif caractérisant justifie la réapparition du possessif :

ex. : Sa pauvre *tête lui fait mal.*

B. VALEURS SÉMANTIQUES

1. Le rapport personnel

Établissant un rapport entre l'objet désigné et la personne, le possessif peut effectivement indiquer un **rapport de possession** :

ex. : *Ce sont* leurs *livres.*

Mais, plus généralement, le déterminant possessif peut rendre compte du seul **lien existant entre la personne et l'objet désigné** :

ex. : *C'est* mon *pays d'origine. Telle fut* mon *enfance.*

Beaucoup de grammairiens ont d'ailleurs proposé de nommer ce déterminant *déterminant personnel.*

REMARQUE : À l'appui de cette désignation, en effet préférable à la terminologie actuelle, on peut observer l'apparition du pronom personnel, à la suite du groupe nominal, pour lever les éventuelles ambiguïtés de la phrase :

ex. : *Elle a prié pour* son *salut* à lui.

2. Ambiguïtés référentielles

L'interprétation du déterminant possessif peut poser problème, en raison de phénomènes d'ambiguïtés quant à la désignation de la personne en relation avec l'objet.

a) à la P3 (son/sa/ses)

Dans la phrase suivante,

ex. : *Ma sœur a fêté avec Paul* son anniversaire.

le déterminant possessif de la P3 (comme celui de la P6) ne spécifiant pas en français le genre de la personne, il est impossible de savoir si :
- *son anniversaire* est celui de *ma sœur,*
- ou celui de *Paul.*

REMARQUE : Pour lever l'ambiguïté, le français recourt à des compléments prépositionnels (*son anniversaire* à lui/à elle) ou à l'adjectif *propre,* qui renvoie alors au sujet de la phrase *(son propre anniversaire).*

Un autre problème peut se poser lorsqu'un groupe nominal animé et un groupe nominal inanimé se trouvent en présence :

ex. : *Socrate réfléchit sur le monde et mesure* sa vanité.

Cette phrase est en effet théoriquement ambiguë : *sa vanité* désigne-t-elle celle du *monde* (alors le déterminant possessif peut être remplacé par le pronom *en* : *il en mesure la vanité*), ou bien celle du philosophe Socrate ?

Le déterminant possessif renvoie en effet ordinairement à un animé, à moins que l'inanimé apparaisse seul dans la séquence :

ex. : *Le monde et sa vanité ont toujours frappé le philosophe.*

b) à la P6 (leur)

On comparera les deux phrases suivantes :

ex. : *Ils regagnèrent* leurs *maisons./Ils regagnèrent* leur *maison.*

Dans le premier cas, on considère l'ensemble des objets présentés (= il y a plusieurs maisons) ; l'accord se fait donc au pluriel.

Dans le second cas, l'accord au singulier est source d'ambiguïté, deux interprétations s'avérant possibles :
– ou bien il ne s'agit que d'une seule maison, commune aux personnes considérées (= ils habitent la même maison) ;
– ou bien l'interprétation est distributive, chaque personne étant mise en relation avec une seule maison (= chacun d'entre eux habite une maison différente).

c) à toutes les personnes

Lorsque le nom déterminé exprime un procès (il est alors en général de la même famille lexicale que le verbe correspondant : *la crainte/craindre*), une autre ambiguïté apparaît. Le déterminant possessif peut en effet alors renvoyer soit à l'agent, soit à l'objet du procès. Ainsi, *votre souvenir* peut exprimer soit *le souvenir que vous avez en tête* (valeur dite *subjective*),

ex. : *Votre souvenir de l'accident me semble exact.*

soit *le souvenir qu'on a de vous* (valeur *objective*) :

ex. : *Votre souvenir nous est cher.*

possessif (pronom)

Les pronoms possessifs présentent de nombreux points communs avec les déterminants possessifs. Ces deux outils ont en effet la propriété d'établir, pour l'objet auquel ils réfèrent ou qu'ils déterminent, une relation avec l'une des personnes du verbe :

ex. : *C'est* mon *livre./C'est le* mien. (= Le livre qui m'appartient.)

On notera que cette relation peut être beaucoup plus large que la seule notion d'appartenance ou de possession :

ex. : *Cette histoire, c'est* la nôtre. (= Celle que nous vivons.)

Cependant, outre une différence de fonctionnement syntaxique (le pronom n'est pas un déterminant), les adjectifs et les pronoms possessifs se distinguent du point de vue morphologique.

I. MORPHOLOGIE

A. TABLEAU

rang personnel	singulier		pluriel	
	masc.	fém.	masc.	fém.
P1	*le mien*	*la mienne*	*les miens*	*les miennes*
P2	*le tien*	*la tienne*	*les tiens*	*les tiennes*
P3	*le sien*	*la sienne*	*les siens*	*les siennes*
P4	*le nôtre*	*la nôtre*	*les nôtres*	
P5	*le vôtre*	*la vôtre*	*les vôtres*	
P6	*le leur*	*la leur*	*les leurs*	

B. PROPRIÉTÉS

On rappellera ici que, comme le déterminant possessif (ou encore l'adjectif possessif), le pronom possessif varie selon deux paramètres : la personne en relation avec l'objet désigné par le nom, et le nom lui-même dont il reprend le genre et le nombre *(tes amies > les tiennes).*

Un certain nombre de caractères spécifiques distinguent les pronoms des déterminants possessifs.

On observe en effet que toutes les formes pronominales sont toniques, accentuées : on note en particulier la différence de graphie et de prononciation du *o* aux personnes P4 et P5 (*notre ami/le* nôtre, *votre amie/la* vôtre). L'accent circonflexe du pronom marque la fermeture du [o].

Toutes les formes pronominales intègrent l'article défini. On remarque que le déterminant numéral peut venir s'intercaler entre l'article et la forme variable :

> ex. : *Tes enfants sont déjà partis en vacances?* Les deux miens *resteront encore quelques jours.*

Le pronom possessif peut être renforcé par l'adjectif *propre* qui insiste sur la relation d'appartenance spécifique :

> ex. : *Il a emprunté des fonds qui sont venus s'ajouter* aux siens propres.

II. EMPLOI DES PRONOMS POSSESSIFS

Le pronom possessif reprend ou annonce un groupe nominal déterminé par le possessif :

> ex. : *Ta fille et* la mienne *se connaissent bien.*

Il implique donc une double représentation : celle du contenu notionnel du nom (*la mienne* renvoie à une *fille*), et celle de la personne mise en relation avec l'objet désigné (= ici, la P1).

Le statut du pronom possessif est donc, le plus souvent, un statut de **représentant** à valeur anaphorique (il reprend un groupe nominal). Il peut encore parfois – dans des tours figés – désigner directement, à lui seul, un être ou un objet : il a alors statut de **nominal**. Il peut prendre cette valeur au masculin singulier, dans des expressions figées comme :

> ex. : *y mettre/y ajouter* du sien.

Il apparaît aussi comme nominal, au féminin pluriel dans la locution *faire* des siennes, et au masculin pluriel dans les expressions *les miens, les tiens, les siens,...* qui désignent les proches, la famille :

> ex. : *Au nom de tous* les miens.

préposition

La préposition est un **mot grammatical invariable qui aide à construire un complément**. À la différence de l'adverbe, qui ne gouverne aucun autre mot, la préposition est un outil qui permet de mettre en relation syntaxique des éléments qui sans elle ne pourraient être reliés :

ex. : *Pierre joue* dans *le jardin./*Pierre joue le jardin.*

En l'absence de complément, la présence de la préposition est impossible dans la phrase *(*Pierre joue dans).* L'élément introduit par la préposition, parfois appelé *régime* de la préposition, est toujours placé à la droite de celle-ci.

Mot subordonnant, la préposition marque donc la dépendance entre les termes qui l'environnent (la maison *de* mon père/je pense *à* mon père), ou entre son régime et le reste de la phrase *(Après* son repas, *il va volontiers faire la sieste.)* Mais, à la différence de la conjonction de subordination, la préposition ne permet pas d'insérer une phrase dans une autre ni de mettre en relation des phrases ou des propositions.

Enfin, **le régime de la préposition a toujours un statut de nom**, qu'il s'agisse effectivement d'un groupe nominal ou pronominal (*le chien* de mes voisins), d'un infinitif – alors à valeur nominale (*jolie* à regarder) ou même d'une proposition subordonnée (*Je m'attends* à ce qu'il vienne). On dira donc que la préposition permet d'insérer dans la phrase un groupe essentiellement nominal, syntaxiquement dépendant.

I. MORPHOLOGIE

Les prépositions sont d'origine diverse, certaines transmises directement au français par le latin, d'autres de création plus récente.

A. PRÉPOSITIONS HÉRÉDITAIRES ISSUES DU LATIN

Leur liste est fixe depuis longtemps. Ce sont en fait les prépositions les plus courantes du français :

– *à* < *ad* ou *ab*, ces deux prépositions latines, qui marquaient des rapports différents, ayant abouti à la même forme en français,
– *de* < *de,*
– *en* < *in,*

– *entre* < *inter,*
– *par* < *per,*
– *pour* < *pro,*
– *sans* < *sine,*
– *sur* < *super.*

B. PRÉPOSITIONS FORMÉES PAR DÉRIVATION IMPROPRE

Il s'agit de prépositions issues de mots appartenant en français à une autre catégorie grammaticale (dans laquelle ils continuent parfois de figurer) : le passage dans la classe de la préposition s'est opéré sans entraîner de modification de forme (voir **lexique**). Elles proviennent :
– d'adverbes : *devant, derrière, depuis*;
– d'adjectifs : *plein, sauf*;

REMARQUE : On opposera ainsi le fonctionnement prépositionnel de *plein* ou *sauf* (*de l'argent* plein *les poches,* sauf *votre respect*), à leur fonctionnement comme adjectifs *(les mains pleines, la vie sauve).*

– de participes (présents ou passés) : *suivant, moyennant, excepté, hormis, passé, vu*...

REMARQUE : La même spécialisation d'emplois se repère ici; devenus prépositions, ces participes sont invariables et toujours placés à gauche de leur régime (excepté *nos voisins/nos voisins exceptés*).

C. PRÉPOSITIONS FORMÉES PAR COMPOSITION

1. Sur une base latine

La composition, réalisée à date assez ancienne, aboutit à un mot entier en français (la soudure est totale). C'est le cas pour :
– *parmi* < *per mediu,*
– *dans* < *de intus* (qui a d'abord donné naissance à *dedans* avant d'aboutir à *dans*).

2. Sur une base romane

Malgré est issu de la composition de l'adjectif *mal* avec le substantif *gré.*

3. Les locutions prépositionnelles

De formation plus récente, elles sont très nombreuses en français et en constant renouvellement. Elles intègrent dans leur formation une ou plusieurs prépositions héréditaires : *à côté de, au lieu de, grâce à, à la faveur de...*

II. SYNTAXE DES PRÉPOSITIONS

A. FONCTIONNEMENT

Instrument qui aide à construire le complément, la préposition comble un vide syntaxique soit entre deux constituants de la phrase, soit entre un constituant et la phrase tout entière. On devra donc distinguer ces deux modes de fonctionnement.

1. La préposition subordonne un constituant à un autre constituant

L'élément complété, qui peut être un nom (ou pronom), un adjectif ou un verbe, figure en tête d'un groupe dans lequel s'insère la séquence préposition + régime. L'ensemble du groupe ainsi formé assume la même fonction que l'élément tête du groupe :

ex. : *Je déteste* le chien de ma mère.

C'est bien l'ensemble du groupe nominal *(le chien de ma mère)* qui est complément d'objet direct de *je déteste*, tout comme le serait à lui seul le nom tête *le chien.* On voit donc que le groupe prépositionnel (préposition + régime : *de ma mère*) est subordonné à l'élément tête.

a) dans le groupe nominal ou pronominal

La préposition subordonne son régime – lui-même nominal – à un nom ou un pronom :

ex. : *un moteur* à essence, *le chevalier* sans peur et sans reproche, *la maison* de mes parents/*celle* des tiens, *ceux* de la ville.

On rappelle en effet (voir **nom** [complément du]) que ni le nom ni le pronom ne peuvent normalement être complétés directement par un autre élément nominal : pour effectuer cette mise en relation, la préposition est donc nécessaire.

Sa présence s'impose encore lorsqu'il s'agit de rattacher un infinitif – forme nominale du verbe – à un nom ou un pronom :

ex. : *le désir* de voir Rome, *celui* d'y revenir.

b) dans le groupe adjectival

De la même façon, l'adjectif ne saurait être directement complété (voir **adjectif** [complément de l']) ; la préposition est ici encore nécessaire, qu'elle introduise un nom ou un pronom,

ex. : *bon* pour le service, *préférable* pour toi

ou bien qu'elle ait pour régime un infinitif :

ex. : *facile* à réaliser.

c) dans le groupe verbal

Lorsque le verbe exige d'être complété, mais ne peut l'être directement (soit parce qu'il gouverne déjà un complément d'objet direct, soit parce qu'il refuse la transitivité directe), la préposition intervient pour rattacher ce complément au verbe, s'intégrant alors au groupe verbal. Elle construit ainsi divers types de compléments.

Complément d'objet indirect (COI)

ex. : *Il pense* à ses enfants.

Complément d'objet second (COS)

ex. : *Il a emprunté des livres* à ma fille.

REMARQUE : On rappellera (voir **objet**) que, à la différence du COI, seul complément d'objet du verbe, le COS apparaît lorsque le verbe exige deux compléments (*dire quelque chose* à quelqu'un, *accuser quelqu'un* de quelque chose...).

Complément circonstanciel intégré

À la différence du complément circonstanciel adjoint, mobile dans la phrase et qui dépend de la phrase tout entière, certains compléments circonstanciels, qu'on appellera *intégrés*, rentrent dans le groupe verbal dont ils sont un complément nécessaire :

ex. : *Il va* à Paris. *(*Il va.)*

2. La préposition subordonne un constituant à l'ensemble de la phrase

Dans un certain nombre d'emplois cependant, le groupe prépositionnel n'est pas subordonné à un constituant de la phrase, mais vient s'inscrire dans la dépendance de la phrase tout entière.

Le groupe prépositionnel est alors mobile dans la phrase ; il assume la fonction de complément circonstanciel adjoint :

ex. : Après le déjeuner, *il part faire sa promenade quotidienne./Il part,* après le déjeuner, *faire sa promenade quotidienne./Il part faire sa promenade quotidienne* après le déjeuner.

On le voit dans cet exemple, la préposition sert à construire un complément (ici, le complément circonstanciel de temps) qui ne dépend pas d'un terme précis de la phrase, mais bien de l'ensemble de celle-ci.

L'examen de ces constructions met en évidence le fait qu'une même préposition, selon les cas, prend des valeurs très diverses et introduit des compléments de statut syntaxique différent. Par exemple la préposition *à* peut non seulement construire le complément circonstanciel adjoint, en spécifiant le lieu,

ex. : À la campagne*, la vie est plus rude qu'en ville.*

ou le temps :

ex. : À trois heures*, il s'en ira.*

Elle peut encore introduire le complément d'objet (indirect ou second) :

ex. : *Il pense toujours* à elle*. Il a confié son chagrin* à son meilleur ami.

Tandis que, lorsqu'elle construit le complément circonstanciel, la préposition conserve une valeur sémantique plus ou moins stable, elle perd tout contenu de sens si elle introduit le complément d'objet : le choix de la préposition n'est alors plus libre, mais imposé par le verbe (*Je compte* sur *toi* et non **Je compte* à *toi*).

Le classement des prépositions s'effectuera donc moins en fonction des valeurs de sens qu'elles expriment à des degrés divers, qu'en fonction des constructions qu'elles opèrent et de leur degré de nécessité.

B. CLASSEMENT FONCTIONNEL DES PRÉPOSITIONS

1. Prépositions introduisant les compléments à valeur circonstancielle

a) introduisant le complément circonstanciel adjoint

Dans ce type de construction, la préposition possède sa pleine valeur de sens : aucun élément de la phrase n'impose en effet la présence de telle ou telle préposition, seul le sens à donner au complément est déterminant. Les prépositions peuvent ainsi marquer :

– le temps :

ex. : Depuis trois jours, *il pleut à Paris.*

– le lieu :

ex. : *Il marcha toute la journée* dans/vers la ville déserte.

– la manière :

ex. : Avec une agilité remarquable, *ses doigts couraient sur les touches.*

– l'accompagnement :

ex. : Avec toi, *j'irai au bout du monde.*

– le moyen :

ex. : Avec des efforts, *on parvient à tout.*

– la cause :

ex. : Par ses absences répétées, *il s'est attiré des ennuis.*

– le but :

ex. : Pour entretenir sa famille, *il ferait n'importe quoi.*

– l'opposition :

ex. : Malgré l'opinion de sa famille, *il l'a épousée.*

b) introduisant le complément circonstanciel intégré

À la différence du complément d'objet, dont la construction est totalement contrainte, imposée par le verbe, le choix de la préposition dans le complément circonstanciel intégré est libre. On comparera ainsi ces divers compléments du groupe verbal :

ex. : *Elle habite* à Paris/en ville/chez ses parents/dans un quartier agréable...

REMARQUE : Un cas particulier et intéressant est présenté par l'étude des **compléments de lieu**. On observe en effet la **concurrence entre *à* et *en*** pour désigner le lieu où l'on est aussi bien que le lieu où l'on va :

ex. : *Il est* en *France./Il est* au *Portugal.*

On remarque d'abord que *à* s'emploie toujours devant un nom de lieu considéré comme circonscrit, limité, réduit à un point sur la carte : c'est le cas avec les noms de ville ou d'île, si celle-ci est perçue comme éloignée ou petite :

ex. : *Il va à Noirmoutier/à Madagascar.*

En s'emploie au contraire devant les noms de continent, de pays, de région :

ex. : *Il est en Asie/en Turquie/en Bretagne.*

Mais des considérations liées à l'histoire de la langue viennent perturber cette répartition. On observe en effet que les noms de pays féminin sont précédés de *en* seul :

ex. : *Il va en Espagne.*

Au s'est en certains cas substitué à *en* :

ex. : *Il va au Portugal/au Mexique.*

Anciennement, la préposition *en* devant l'article défini *le* ou *les* s'est en effet contractée, et a donné *ou/on (en+les>ès)*, formes vivantes dans l'ancienne langue, mais qui ont été progressivement remplacées par *au* – contraction de *à + le.* Les anciennes formes *on, ou, ès* ont donc été confondues avec *au.* En conséquence, devant les noms de pays masculins, on trouvera uniquement *au* au lieu de la forme ancienne. Les noms de pays féminins restent, eux, précédés de *en* seul, la forme *en la* ayant elle aussi disparu par analogie avec les transformations et les disparitions évoquées.

Enfin, **un autre jeu d'opposition** peut être dégagé pour l'évocation du lieu, opposant *à* à *chez* :

– *à* est réservé à la désignation d'un lieu professionnel (services, commerces, bureaux, etc.) :

ex. : *Aller au supermarché/à la boucherie/à la mairie ...*

– *chez* (<*casa* = maison) est réservé à la désignation de la personne chez laquelle on se rend ou l'on séjourne :

ex. : *Aller chez des amis/chez le coiffeur.*

c) introduisant le complément du nom ou de l'adjectif à valeur circonstancielle

Il s'agit ici encore de constructions libres, non contraintes, dans lesquelles le choix de la préposition se fait en fonction du sens :

ex. : *un week-end* à la campagne/chez des amis/sans complication/avec les enfants...
une femme connue pour son charme/à travers le monde...

2. Prépositions introduisant des compléments imposés

S'il est vrai qu'à l'origine, le sens de la préposition a déterminé son emploi après tel verbe, nom ou adjectif, cet emploi s'est ensuite figé et n'est plus susceptible de varier aujourd'hui. Seules des prépositions à faible valeur de sens *(à, de, en)* ont pu se prêter à ces constructions imposées :

– introduisant le complément d'objet du verbe :

ex. : *Il pense* à elle./*Il rêve* d'elle./*Il croit* en Dieu.

– introduisant le complément de l'adjectif dit transitif :

ex. : *Il est difficile* à satisfaire./*Il est capable* de bien faire.

– introduisant le complément du nom :

ex. : *la joie* de ses parents/*l'arrivée* du train/*l'insensiblité* au froid.

On observe que dans tous ces cas, le choix de la préposition n'est pas libre ; sa valeur de sens est très affaiblie, voire nulle : c'est précisément cette perte de sens qui rend la préposition apte à exprimer la pure relation syntaxique entre deux constituants.

III. PARTICULARITÉS LIÉES À L'EMPLOI DES PRÉPOSITIONS

A. LA POLYSÉMIE

S'il est vrai que, selon les constructions dans lesquelles elles entrent, les prépositions peuvent conserver une valeur de sens plus ou moins stable et précise, on constate que le même outil peut s'interpréter de diverses manières (il est polysémique), tandis qu'à l'inverse, une même nuance de sens peut être rendue par des prépositions différentes (phénomène de synonymie).

Ainsi *avec* peut exprimer aussi bien la manière (*travailler* avec soin), le moyen (*écrire* avec un stylo-plume), l'accompagnement (*partir* avec ses enfants). Mais la même idée de manière sera, selon les cas, aussi bien rendue par *avec* que par *à, en, sans*... (*voyager* en roulotte/à cheval/sans bagages).

On devra ainsi distinguer les prépositions qui présentent une polysémie large *(à, de, en)*, celles qui offrent une polysémie moyenne (par exemple *avec, contre, sans, pour, vers,* etc.), et celles qui n'ont qu'une seule valeur de sens *(après, avant, chez, malgré,* etc.*)*. À cette dernière catégorie se rattachent toutes les locutions prépositionnelles, toujours monosémiques.

B. ORGANISATION DE MICROSYSTÈMES D'OPPOSITIONS

Comme on l'a vu, il n'est pas possible de proposer un classement sémantique des prépositions qui serait absolument rigoureux. Plutôt que d'un système unifié, mieux vaut parler de microsystèmes, fonctionnant localement selon quelques grands axes d'opposition :

– approche/éloignement : *à/de,*
– inclusion/exclusion : *dans/hors de,*
– antériorité/postériorité : *avant/après,*
– position supérieure/position inférieure : *sur/sous,*
– addition/soustraction : *avec/sans,*
– transition/destination : *par/pour,*
– cause/but : *par/pour.*

présentatif

On donne le nom de présentatifs à une catégorie de mots ou de locutions offrant la particularité syntaxique de pouvoir fonctionner comme base d'une phrase minimale, en l'absence de tout verbe,

ex. : *Voilà le printemps !*

et ayant comme rôle sémantique commun de **présenter** à la connaissance du destinataire de l'énoncé tel ou tel élément devant ainsi être mis en évidence.

Le français dispose à cette fin de trois principaux outils présentatifs : le couple *voici/voilà*, et les locutions *il y a* et *c'est.*

I. DESCRIPTION FORMELLE

A. ORIGINE VERBALE

Ces trois présentatifs ont, à l'origine, une base verbale : c'est évident pour les locutions *il y a* et *c'est*, où la présence des verbes *avoir* et *être* est encore sensible, mais c'est aussi le cas pour les présentatifs *voici* et *voilà*, anciennement formés sur l'impératif du verbe *voir* suivi des adverbes de lieu *ci* et *là.*

Cette origine verbale explique la possibilité qu'ils ont de pouvoir fonctionner comme **pivot** de la phrase minimale, ainsi que leur capacité à régir des compléments :

ex. : *Le voici !*

B. CARACTÈRE FIGÉ

Les présentatifs ont cependant perdu la totale autonomie du verbe fléchi : ils se sont plus ou moins figés, lexicalisés.
– *Voici* et *voilà* ont perdu toute trace de la morphologie verbale, et sont entrés au dictionnaire comme mots simples, inanalysables.
– *Il y a* connaît encore une variation en temps, et partiellement en mode, mais ne se fléchit pas en personne ni en nombre, puisqu'il entre dans la catégorie des verbes impersonnels :

ex. : *Il faudrait qu'*il y ait *plus de monde.*

– *C'est* est, des trois présentatifs, le plus proche de son origine verbale, puisqu'il peut également varier en nombre,

ex. : Ce sont *de bonnes décisions.*

mais cette variation est facultative, le présentatif étant alors senti comme simple outil partiellement lexicalisé :

ex. : C'est *nous !*

C. SYNTAXE DES PRÉSENTATIFS

1. Présentatifs simples

Les présentatifs introduisent des éléments **nominaux** (à l'instar des verbes dont ils sont originaires) : on pourra nommer ces compléments **régime** du présentatif, pour bien en marquer la spécificité. Ils peuvent prendre la forme :
– du nom ou groupe nominal déterminé :

ex. : *Voilà* Pierre ! *Il y a* trois livres *sur la table. C'est* le facteur.

– du pronom :

ex. : En *voilà. Il y* en a. *C'est* moi.

– d'une proposition subordonnée à statut nominal, complétive conjonctive ou relative substantive :

ex. : *Voilà* qui est fait. *Il y a* que je suis fatigué. *C'est* que je suis *fatigué.*

REMARQUE : Seuls *voici/voilà* peuvent introduire des propositions infinitives : ex. : *Voici* venir le printemps.

– enfin *c'est* peut introduire des adverbes ou des adjectifs :

ex. : *C'était* hier. *C'est* facile.

ou encore des infinitifs nominaux :

ex. : *C'est bien* parler !

REMARQUE : On notera aussi que les présentatifs *il y a* et *voici/voilà* connaissent des **emplois prépositionnels**, introduisant des compléments circonstanciels de temps :

ex. : *Le bus est passé* voilà/il y a dix minutes.

2. **Présentatifs complexes**

Ces mêmes éléments présentatifs peuvent en effet entrer en corrélation avec les outils relatifs *que* et *qui*.

ex. : *Voilà le bus qui arrive. Il y a ma voiture qui ne démarre pas. C'est hier que cela s'est passé.*

Ces tours complexes permettent de former des phrases dont un élément est extrait pour être mis en relief; à chaque fois en effet, une phrase sans mise en relief peut être posée en parallèle :

ex. : *Le bus arrive. Ma voiture ne démarre pas. Cela s'est passé hier.*

Le rôle de ces outils est donc, à travers cette mise en relief (ou encore *emphase*), de déterminer quel est l'élément informatif de la phrase (c'est-à-dire son **prédicat**), et cela quel que soit le statut syntaxique de cet élément : sujet *(C'est Pierre qui a acheté des fleurs hier)*, complément d'objet *(C'est des fleurs que Pierre a achetées hier)*, complément circonstanciel *(C'est hier que Pierre a acheté des fleurs)*. Parmi ces éléments, une place particulière doit donc être accordée au présentatif *c'est... que/qui*, qui permet, quelle que soit la phrase d'origine, de constituer un type de phrase particulier (voir **ordre des mots**).

II. SENS DES PRÉSENTATIFS

Les présentatifs servent, comme on l'a dit, à porter à la connaissance du destinataire de l'énoncé un élément nouveau d'information : aussi, dans une interprétation logique, peut-on dire qu'ils ont pour rôle commun d'**introduire le prédicat** de toute phrase.

On opposera ainsi une phrase linéaire, sans mise en relief,

ex. : *Pierre et moi sommes allés hier au cinéma.*

dans laquelle, hors contexte, le thème de l'énoncé se confond en général avec le sujet (il s'agit de *Pierre et moi*) et le prédicat avec le groupe verbal (j'affirme de *Pierre et moi* que nous *sommes allés hier au cinéma*), à la phrase suivante,

ex. : *C'est au cinéma que Pierre et moi sommes allés hier.*

où le prédicat extrait par le présentatif (c'est-à-dire l'information nouvelle à donner) est constitué du seul complément *au cinéma*, le reste de la phrase devenant alors globalement **thème**.

Cependant, des valeurs plus précises peuvent être assignées à tel ou tel présentatif, à partir de ce **rôle commun de soutien du prédicat**.

A. *VOICI/VOILÀ*

De tous les présentatifs, ce sont eux qui possèdent la plus forte valeur démonstrative (en raison de l'élément déictique *ci/là* qu'ils contiennent).

Ils ont pour rôle de désigner, dans le cadre de l'interlocution, un élément nouveau qui survient dans le présent du discours.

ex. : *Voilà le bus !*

Ils sont donc entièrement ancrés dans la situation d'énonciation, liés au temps et au lieu de l'énonciateur.

REMARQUE : Cela explique l'opposition théorique entre *voici* et *voilà*, qui situent par rapport à l'énonciateur l'événement présenté soit dans la proximité immédiate *(voici)*, soit dans l'éloignement *(voilà)*.

ex. : *Voici les points que je développerai. Et voilà.*

Cependant cette nuance de sens (la même que celle qui oppose *ici* à *là*) tend à disparaître au profit de *voilà*, qui s'utilise alors indifféremment.

B. *IL Y A*

Ce présentatif a pour rôle de poser l'existence de l'élément qu'il introduit, de l'actualiser, c'est-à-dire de l'ancrer dans le monde.

ex. : *Il y a beaucoup de monde dans ce magasin.*

C. *C'EST*

Le présentatif *c'est* permet de décliner l'identité d'un élément déjà présent dans la situation d'énonciation ou présent dans le contexte : le pronom démonstratif *ce*, élidé dans la locution, a pour rôle de reprendre ou d'annoncer cet élément afin d'en permettre l'identification.

ex. : *Qui est-ce? C'est moi.*

pronom

La notion de pronom, couramment employée par la grammaire traditionnelle, ne recouvre pas cependant une catégorie de mots homogènes. À première vue, le mot *pronom* semble désigner tout mot dont le rôle est de remplacer un nom (*pro* = à la place de...). Or, on le constate aisément, certains pronoms ne remplacent aucun mot ni aucune notion, ils désignent directement : ainsi en est-il de certains pronoms personnels *(je/tu, nous/vous)*, de certains indéfinis *(personne, rien, tout...)*. D'autres pronoms au contraire réfèrent à un être ou une notion désignée dans le contexte :

ex. : *Les enfants jouent dans la cour.* Ils y *sont depuis deux heures.*
Tu travailles bien, je le *sais.*

On constate ainsi que s'opposent deux types de pronoms, ceux qui désignent directement le référent, à l'instar d'un nom – on les appelle *nominaux* – et ceux qui rappellent ou annoncent un être ou une notion évoqués dans le contexte (textuel ou énonciatif) – on les appelle *représentants.*

En fait, au-delà de cette distinction que l'on est amené à établir pour l'étude de chaque catégorie de pronom, il est nécessaire d'examiner le fonctionnement de la classe dans son ensemble : **tout pronom, qu'il soit nominal ou représentant, fonctionne en effet comme un nom muni de son déterminant**, et peut en occuper les fonctions :

ex. : *Les élèves sont venus.*/Ils *sont venus.*
Le professeur parle aux élèves du concert./Il leur en *parle.*
Les élèves sont heureux de la décision./Ils en *sont heureux.*

De plus, on observe la correspondance étroite entre le déterminant du nom et le pronom qui évoque le groupe formé par ce déterminant et le nom :
– à l'article défini correspond le pronom personnel de la P3 :

ex. : *Je regarde* la *pluie.*/*Je* la *regarde.*

– à l'article indéfini *un* correspond le pronom indéfini *un* :

ex. : *Je vois* un *élève./J'en vois* un.

– au déterminant possessif correspond le pronom possessif :

ex. : Mes *élèves sont absents.*/Les miens *sont absents.*

– au déterminant démonstratif correspond le pronom démonstratif :

ex. : Ces *élèves travaillent.*/Ceux-ci *travaillent.*

– au déterminant numéral correspond le pronom numéral :

ex. : *Je vois* trois *élèves./J'en vois* trois.

– au déterminant interrogatif correspondent les pronoms interrogatifs :

ex. : Quel *élève vois-tu ?*/Lequel *vois-tu ?*

– au déterminant relatif correspondent les pronoms relatifs :

ex. : *Il a fait une demande,* laquelle *est enregistrée./Il a fait une demande* qui *est enregistrée.*

I. LES PRONOMS NOMINAUX

Comme on l'a dit, ils ne représentent pas un être ou une notion déjà évoqués, mais font immédiatement référence à l'être qu'ils désignent (en cela ils équivalent à des noms) :

ex. : Tu *es malade*; chacun *est inquiet.*

A. ACCORD AVEC DES ANIMÉS

Les nominaux, lorsqu'ils renvoient à des êtres animés, en restituent parfois le nombre mais ils n'expriment pas le genre en eux-mêmes. Cependant, ils entraînent l'accord des termes fléchis (on dit qu'ils servent de relais d'accord) :

ex. : *Je suis* furieuse. *Nous sommes* étonnées.

REMARQUE : *Personne* fait exception, dans la mesure où il désigne un ensemble vide d'êtres animés. Il impose l'accord au masculin singulier (forme non marquée en réalité) :

ex. : *Personne n'est mécontent.*

B. ACCORD AVEC DES INANIMÉS

Les pronoms nominaux, lorsqu'ils désignent des inanimés, imposent aux adjectifs ou aux formes adjectives du verbe l'accord au masculin singulier (c'est-à-dire à la forme non marquée) :

ex. : *Tout est* mort. *Rien n'est* surprenant.

II. LES PRONOMS REPRÉSENTANTS

Ils représentent un élément (être, chose, notion) présent dans le contexte, que celui-ci soit déjà évoqué (le pronom est dit alors *anaphorique*, il sert de reprise),

ex. : *J'ai vu* Pierre, il *viendra*.

ou qu'il le soit par la suite (le pronom est dit *cataphorique*, il annonce) :

ex. : *Je te* l'*avais bien dit* que Pierre viendrait.

Comme on peut le voir dans ce dernier exemple, le pronom ne représente pas seulement le nom, il peut reprendre ou annoncer d'autres catégories, comme
– l'adjectif :

ex. : Furieuse, *elle* l'*était apparemment*.

– le pronom :

ex. : *Je* les *vois souvent*, ils *me sont sympathiques*.

– l'infinitif :

ex. : *J'aime* cuisiner, cela *me détend*.

– ou une proposition :

ex. : *Je te* l'*avais bien dit* qu'il viendrait.

REMARQUE : Le mécanisme de la reprise nominale (l'anaphore) met en jeu un mécanisme complexe. En effet, on peut distinguer deux cas :
– l'anaphore porte sur l'objet désigné (le référent) par l'ensemble du groupe nominal déterminé :

ex. : Les enfants *jouent dans la cour*, ils *s'amusent bien*.

– l'anaphore ne porte pas sur l'objet désigné par le groupe nominal, il ne reprend que le contenu notionnel du nom, et renvoie alors à un autre référent :

ex. : *Tes enfants jouent dans la cour*, les miens *travaillent*.

III. PROBLÈME DE FRONTIÈRE

Si certains pronoms ne peuvent à l'évidence que fonctionner comme nominaux *(je/tu, personne, rien, tout, quelqu'un/quelque chose)*, d'autres pronoms en revanche peuvent, selon le contexte, fonctionner tantôt comme nominaux, tantôt comme représentants. C'est le cas en particulier pour bon nombre d'indéfinis. On opposera ainsi :

ex. : Chacun *pour soi.*/Chacun *de ces enfants m'est cher* (nominal/ représentant).
Certains *l'aiment chaud./J'aime* certains *de ses films* (nominal/ représentant).

La présence d'un complément du pronom (à valeur partitive) n'est pas le seul facteur qui conduit au changement de catégorie ; le pronom indéfini peut en effet encore avoir valeur de représentant lorsqu'il évoque une quantité d'êtres indéterminés prélevés sur une collectivité déjà mentionnée dans le contexte :

ex. : *J'ai vu les étudiants.* Beaucoup *m'ont fait part de leurs inquiétudes.*

Les frontières entre nominaux et représentants sont donc perméables. L'opposition des deux grands types doit cependant être maintenue, dans la mesure notamment où celle-ci se retrouve au sein de la plupart des grandes catégories de pronoms.

On rappellera pour finir la liste de ces différents pronoms, qui font l'objet d'études spécifiques :

– les pronoms personnels
– les pronoms adverbiaux
– les pronoms démonstratifs
– les pronoms possessifs
– les pronoms numéraux
– les pronoms indéfinis
– les pronoms relatifs
– les pronoms interrogatifs.

pronom (complément du)

Une définition hâtive – et fausse ! – du pronom comme substitut du nom pourrait laisser penser que se retrouvent ici des compléments parallèles aux compléments du nom. En réalité, cela n'est vrai – et encore, partiellement – que du pronom démonstratif simple, les autres pronoms connaissant des contraintes de complémentation beaucoup plus importantes que les noms.

I. LE COMPLÉMENT DU PRONOM DÉMONSTRATIF SIMPLE

Il s'agit de la série des démonstratifs *celui, celle, ceux*.

A. NATURE ET CONSTRUCTION DU COMPLÉMENT

Comme pour le complément du nom, ce complément peut prendre les formes :
– du nom
ex. : *Celui* de tes amis *que je préfère.*
– du pronom
ex. : *Celui* de tous *que je préfère.*
– de l'infinitif nominal
ex. : *Le plaisir de lire, celui* d'étudier.
– de l'adverbe
ex. : *Les jours d'antan, ceux* d'autrefois.
– de la proposition subordonnée relative
ex. : *Celui* que je préfère.

REMARQUE : Le cas de la relative mis à part, on observera que le complément du pronom démonstratif est toujours **prépositionnel** (introduit en général par *de*).

B. VALEURS

Les compléments peuvent être classés de la même manière que les compléments du nom.

1. Le pronom remplace un nom d'origine verbale

ex. : *L'arrivée de mes amis, suivie de celle* de leurs enfants.

La relation est d'ordre syntaxique, il faut remonter à la phrase verbale correspondante *(leurs enfants arrivent)* pour préciser la valeur du complément (ici, valeur de sujet).

2. Le pronom remplace un nom sans relation avec un verbe

a) *valeur circonstancielle*

ex. : *Je ne veux pas de cette cuiller, je préfère celle* en argent (matière).

Pas ces chaussures, celles pour la pluie (destination).

REMARQUE : Rarement attesté, sauf à l'oral, ce type de complément fonctionne surtout, comme on le voit, dans des contextes d'opposition (tours contrastifs).

b) *valeur d'appartenance*

ex. : *Le chien de ma voisine* > *celui* de ma voisine (possession).

Ceux d'entre vous *qui m'écoutez* (partitif).

II. AVEC LES AUTRES PRONOMS

1. Valeur partitive

Il ne subsiste en effet, de l'ensemble des compléments possibles pour le nom, que le complément **à valeur partitive**. Il est introduit par les prépositions *de* ou *d'entre*, il est de valeur nominale (nom ou pronom) et se rencontre après :

– les pronoms interrogatifs :

ex. : *Qui* de nous deux *choisiras-tu ?*

– les pronoms indéfinis :

ex. : *Certains* de mes amis, *chacun* d'entre nous.

2. L'épithète indirecte

À la différence du nom, les pronoms à contenu sémantique neutre ou virtuel (*qui/quoi* interrogatifs, *rien, aucun, personne, quelque chose, quelqu'un,* etc.) ne peuvent plus en français moderne être suivis directement de l'adjectif épithète ; pour leur conférer une qualification, la langue recourt à la préposition *de,* qui permet d'éviter cette rencontre immédiate entre pronom et adjectif :

ex. : *Quoi* de neuf *? Rien* de sensationnel.

REMARQUE : La même construction prépositionnelle se rencontre avec les adverbes comparatifs :

ex. : *Rien* de trop.

pronominale (forme)

S'il est possible de proposer une description formelle de la construction pronominale, permettant de l'opposer à une construction non pronominale,

> ex. : *Ariane coiffe sa poupée./Ariane* se coiffe.
> *Ariane a coiffé sa poupée./Ariane* s'est coiffée.

il semble en revanche beaucoup plus difficile d'offrir, en l'état actuel des connaissances, une interprétation homogène des multiples effets de sens que cette forme reçoit dans le discours.

Aussi les appellations hésitent-elles souvent entre le terme de *voix* pronominale (ce qui suppose une homogénéité logique bien difficile à trouver - voir **voix**) et, plus superficiellement, les étiquettes de *forme, construction, tournure.*

I. DESCRIPTION FORMELLE

A. PROPRIÉTÉS CONSTANTES

L'examen morphologique des verbes employés à la forme pronominale fait apparaître une forte unité de la classe, s'appuyant sur les traits suivants.

1. Présence du pronom réfléchi

a) règle d'emploi

> ex. : *Le coiffeur me peigne./Le coiffeur* se peigne.

À la forme pronominale, on observe la présence d'un pronom personnel conjoint, non accentué, de forme complément *(me/te/se/nous/vous/se)*, de même rang que le sujet.

Comme ce pronom renvoie nécessairement à la même entité que celle qui est désignée par le sujet de la phrase (il a la même référence), on dit qu'il est *réfléchi* : l'expression du sujet est donc dédoublée dans la phrase, puisqu'il apparaît une première fois sous la forme grammaticale du sujet, et ensuite sous la forme du pronom complément.

REMARQUE : Seule la troisième personne (singulier ou pluriel) possède en fait une forme réfléchie, qui l'oppose à la forme complément non réfléchi (*se* : réfléchi, mais *le/la/les* : non réfléchis). Pour les autres rangs, on observera que le même pronom sert aussi bien à marquer la forme pronominale que la forme non pronominale :

ex. : *Tu* te *coiffes./Il* te *coiffe.*

b) place

– devant le verbe à la forme simple

ex. : *Nous* nous *écrivons souvent.*

REMARQUE : À l'impératif positif, le verbe passant à la première place, entraîne la postposition de ce pronom, qui prend alors la forme accentuée :

ex. : *Calme*-toi ! (mais : *Tu te calmes*).

– devant l'auxiliaire du verbe à la forme composée

ex. : *Nous* nous *sommes souvent écrit.*

2. Auxiliaire *être*

Le verbe à la forme pronominale ne connaît, aux temps composés, que l'auxiliaire *être* :

ex. : *S'asseoir* > *S'*être *assis*
Je m'assois > *Je m'*étais *assis.*

3. Impossibilité de la transformation passive

Les verbes pronominaux transitifs directs ne peuvent pas être mis au passif.

B. COMPORTEMENT SYNTAXIQUE

Les verbes pronominaux se répartissent en deux catégories :

– verbes transitifs, directs

ex. : *Je me lave* les mains.

– ou indirects

ex. : *Il se moque* de moi.

– verbes intransitifs

ex. : *Elle s'est endormie.*

II. CLASSEMENT DES EMPLOIS

L'hétérogénéité sémantique de cette catégorie de verbes, pourtant fortement unifiée du point de vue formel, semble évidente lorsqu'on s'attache à examiner les différents effets de sens que peut prendre, contextuellement ou non, le verbe à la forme pronominale.

On comparera ainsi les trois exemples suivants, dont l'analyse sémantique est radicalement différente :

ex. : *Je* me vois *dans cette vitrine.*
Nous nous verrons *dimanche prochain.*
Un incendie, ça se voit *de loin.*

Deux cas peuvent ainsi être, très largement, opposés :
– tantôt en effet le pronom réfléchi se laisse analyser grammaticalement, et possède une fonction ;
– tantôt au contraire il reste rebelle à l'analyse, et semble indissociable du verbe avec lequel il tend à faire corps.

L'étude des valeurs d'emploi de la forme pronominale devra donc être conduite selon cette répartition.

A. PRONOM RÉFLÉCHI ANALYSABLE

1. Sens réfléchi

ex. : *Je me regarde* (= Je regarde moi-même).

– Le sujet est à la fois source et terme de la relation exprimée par le verbe.
– Le pronom réfléchi peut occuper une fonction :

a) de COD

ex. : *Je* me *suis vue dans la vitrine.*

b) de COI

ex. : *Je* me *suis offert un stylo.*

REMARQUE : Un problème d'analyse (d'ailleurs non spécifique aux constructions pronominales), se pose pour les tours suivants :

ex. : *Je me lave les mains. (Je lui lave les mains.)*

Lorsque le COD représente une partie du corps (parfois du vêtement) du sujet (*les mains*), la règle d'usage veut que l'on remplace le déterminant possessif, interdit dans cette séquence, par un pronom complément, en l'occurrence réfléchi :

ex. : **Je lave mes mains./(Je lave ses mains) > Je me lave les mains.*

2. Sens réciproque

ex. : *Leurs yeux se rencontrèrent.*
(G. Flaubert)

Chacun des éléments évoqués par le sujet est à la fois source pour lui-même et terme pour l'autre de la relation exprimée par le verbe. On peut souvent, pour lever une ambiguïté, ajouter des expressions comme *l'un l'autre (les uns les autres), mutuellement, réciproquement.*

Cette analyse n'est possible qu'avec un sujet pluriel (ou de sens collectif : *L'équipe se voit rarement en dehors des heures de travail*).

Là encore, le pronom réfléchi est tantôt :

a) COD

ex. : *Ils* se *voient tous les jours.*

b) COI

ex. : *Ils* se *parlent peu depuis qu'ils sont fâchés.*

B. PRONOM RÉFLÉCHI INANALYSABLE

Le pronom fait pour ainsi dire corps avec le verbe, fonctionnant comme un préfixe. Il n'a aucune autonomie grammaticale.

1. Sens passif

ex. : *Cette voiture* se conduit *aisément.*

Cette possibilité est offerte à tous les verbes transitifs directs : le groupe nominal qui serait, en construction non pronominale, en fonction de complément d'objet (*On conduit* cette voiture) devient sujet de la forme pronominale.

Le sujet, entrant dans la catégorie des inanimés, ne peut donc être compris comme l'agent du procès verbal, ce qui oblige à une réinterprétation passive de la phrase. Il devient alors le support d'une propriété.

ex. : *Le poulet* se cuit *souvent au four* (= est cuit).

Ce tour entre donc en concurrence avec le passif (voir **voix**), que l'on rencontre de préférence avec des sujets animés. On observera de même que, à la différence du passif, l'agent du procès n'est ici jamais exprimé : il reste indéterminé.

REMARQUE : On rapprochera de ce tour la construction impersonnelle pronominale :

ex. : Il s'est vendu *cette année dix mille exemplaires de ce livre.*
Dix mille exemplaires se sont vendus.
Dix mille exemplaires ont été vendus.

2. Sens lexicalisé

Il s'agit de cas d'emploi où le verbe pronominal entre dans le dictionnaire, au même titre qu'un autre verbe.

– Tantôt il n'existe que sous cette forme, constituant un ensemble soudé (verbes essentiellement pronominaux) :

ex. : *s'absenter* (*absenter).

– Tantôt la forme non pronominale existe, mais avec un sens différent :

ex. : *s'ennuyer* (= éprouver de l'ennui)/*ennuyer* (= causer de l'ennui).

a) verbes essentiellement pronominaux

ex. : *Il s'enfuit.*
Je me souviens de cela.

Ces verbes apparaissent dans le dictionnaire, c'est-à-dire dans le *lexique* (d'où le terme de *sens lexicalisé*), sous leur forme pronominale ; ils n'entrent en concurrence avec aucune autre construction.

b) concurrence avec la forme non pronominale

ex. : *se taire* (face à : taire un secret)
s'endormir (face à : endormir un enfant)

Des différences de sens apparaissent, parfois radicales, parfois plus ténues, sans qu'aucune régularité ne puisse être perçue dans le rapport entre les deux constructions mises en parallèle. On est ainsi amené à poser l'existence de deux verbes distincts, dont le dictionnaire fait état.

REMARQUE 1 : On a pu constater cependant qu'il s'agissait très souvent de verbes subjectifs, renvoyant à des processus mentaux, psychologiques ou physiologiques, dont le sujet est considéré comme étant le siège, intéressé cependant à la réalisation du procès (ce que marquerait la présence du réfléchi). Le parallèle a parfois été fait avec la voix *moyenne* – ou *déponente* – des langues grecque ou latine, par exemple.

REMARQUE 2 : La forme pronominale a pour conséquence de réduire le nombre de compléments du verbe (voir **transitivité**) :
– ainsi le verbe transitif direct, à un seul complément (verbe *bivalent*), devient intransitif *(monovalent)* :

ex. : *lever quelqu'un/se lever.*

– le verbe transitif à double objet (verbe *trivalent*) perd l'un de ses compléments (il devient donc *bivalent*) :

ex. : *rappeler quelque chose à quelqu'un/se rappeler quelque chose.*

On le voit, analyser le comportement syntaxique de la construction pronominale suppose que l'on considère comme un tout les verbes *se lever, se rappeler.*

III. ACCORD DES VERBES À LA FORME PRONOMINALE

La question de l'accord des verbes employés à la forme pronominale se pose pour les **temps composés** des modes verbaux. L'auxiliaire *être* s'accorde obligatoirement avec le sujet, selon les règles d'accord appliquées au verbe simple (voir **verbe**). La forme adjective du verbe obéit à des règles d'accord spécifiques, qui varient selon la valeur d'emploi de la forme pronominale. On reprendra donc pour les exposer le classement précédemment établi.

A. LE PRONOM RÉFLÉCHI EST ANALYSABLE

L'accord de la forme adjective du verbe est suspendu, ici comme ailleurs, à l'analyse de la **fonction** du pronom.

1. Le pronom est COD du verbe à la forme pronominale

ex. : *Elle s'est coiffée.*
Ils se sont connus jeunes.

La forme adjective s'accorde obligatoirement avec le COD, prenant le genre et le nombre du nom représenté par le pronom réfléchi.

2. Le pronom n'est pas COD du verbe à la forme pronominale

ex. : *Ils se sont acheté une maison.*
Elle s'est vu insulter publiquement.

La forme adjective reste invariable : soit que le pronom occupe par rapport au verbe à la forme pronominale une autre fonction

ex. : *Ils ont acheté une maison* à eux-mêmes : COI,

soit qu'il ne dépende pas de ce verbe, étant alors COD du verbe à l'infinitif

ex. : *Elle a vu qu'on insultait* elle-même.

B. LE PRONOM RÉFLÉCHI N'EST PAS ANALYSABLE

La forme adjective s'accorde avec le sujet du verbe à la forme pronominale : cette règle est constante pour les pronominaux à sens passif :

ex. : *Dix mille exemplaires de ce livre se sont vendus cette année.*

Elle concerne également les pronominaux lexicalisés : c'est le cas en effet pour les verbes essentiellement pronominaux :

ex. : *Elle s'est évanouie.*

Pour les autres (verbes où existe une forme non pronominale, mais avec un autre sens), on signalera deux exceptions à cette règle d'accord : avec *se rire de* et *se plaire, se complaire à*, la forme adjective reste invariable.

ex. : *Ils se sont plu à me contredire.*

R

relatif (mot)

Les outils relatifs, constitués de la série des pronoms et adverbes simples *qui, que, quoi, dont, où*, et de la série composée des formes de *lequel* ont un fonctionnement complexe qui les rapproche à la fois :
– des conjonctions de subordination : ils jouent en effet un rôle de **démarcation** en introduisant la proposition relative, et de **subordonnant**, en rattachant celle-ci à la principale ;
– et des pronoms : à la différence des conjonctions en effet, les mots relatifs **occupent une fonction** dans la proposition où ils figurent, et peuvent avoir un **rôle de représentant** par rapport à leur antécédent, dont ils reprennent le contenu sémantique.

I. MORPHOLOGIE

A. DIVERSITÉ DES MOTS RELATIFS

1. La série simple

Héritée du latin, apparue à date ancienne en français, cette série réunit :
– les pronoms *qui/que/quoi* (que l'on retrouve utilisés dans l'interroga-

tion). Ils ne marquent ni le genre ni le nombre, mais varient selon la fonction qu'ils occupent dans la proposition ;
– les pronom et adverbe *dont* et *où* : invariables, ils sont d'un emploi beaucoup plus restreint que les précédents.

2. La série composée

Il s'agit du pronom/adjectif *lequel*, et de ses formes contractées : *à* + *lequel* > *auquel, de* + *lequel* > *duquel.*

D'apparition plus tardive en français, il porte les marques du genre et du nombre (*lesquelles, de laquelle,* etc.).

On joindra à cette série le relatif *quiconque.*

B. RELATIFS ET INTERROGATIFS

Qui, que, quoi, où et *lequel* pronom ne sont pas intrinsèquement relatifs : ils peuvent également apparaître dans l'interrogation.

ex. : Lequel *préfères-tu ? Je ne sais* que *choisir.*

De fait, la différence entre proposition subordonnée interrogative indirecte et proposition subordonnée relative disparaît parfois ; seul le sens du verbe recteur permet la distinction :

ex. : *Dis-moi qui te plaît* (proposition interrogative indirecte : le verbe indique un discours indirect).
Choisis qui te plaît (proposition relative).

Pour rendre compte de ce double fonctionnement des outils relatifs, on aura intérêt à définir *qui* comme le mot désignant l'être animé dans sa plus grande virtualité, et *quoi* l'être inanimé de virtualité maximale.

II. SYNTAXE

A. ACCORD DES RELATIFS

– *Lequel* varie selon le genre et le nombre de son antécédent :

ex. : *Les femmes auxquelles j'ai consacré un livre.*

– *Qui, que,* ne marquant pas les catégories du genre et du nombre, servent cependant de **relais** en imposant au verbe et à l'adjectif de la proposition relative l'accord qu'aurait entraîné l'antécédent lui-même :

ex. : *Les femmes que j'ai* vues/*trouvé* belles.

B. EMPLOI DES RELATIFS

Comme la plupart des pronoms, ils peuvent fonctionner comme **représentants** (ils reprennent leur antécédent : *Les femmes* que *j'ai vues*), ou comme **nominaux** (sans antécédent, ils renvoient directement à un référent : Qui *dort dîne*). Leur emploi varie selon l'un et l'autre cas.

1. Les relatifs nominaux

Lequel, dont et *que* sont exclus de ce fonctionnement (ils sont nécessairement représentants), qui se limite donc aux formes simples *qui/quoi* auxquelles se joint l'indéfini *quiconque* qui renvoie toujours à l'animé humain. La règle d'emploi est la même que pour les interrogatifs.

REMARQUE : *Où* assume normalement la fonction de complément circonstanciel de lieu :

ex. : *J'irai* où *tu iras.*

RELATIFS NOMINAUX		
	non animé	animé
sujet	∅	*qui* *quiconque*
COD/attribut	*quoi*	
complément prépositionnel	*quoi*	

2. Les relatifs représentants

a) le système général

RELATIFS REPRÉSENTANTS		
	non animé	animé
sujet	*qui (lequel)*	
COD/attribut	*que*	
complément prépositionnel	antécédent indéfini *quoi (lequel)*	antécédent marqué en genre et en nombre *qui (lequel)*

On ajoutera à ce tableau les outils *dont* et *où*.

Dont *:* toujours représentant, il remplace le groupe *de + relatif (= de qui, duquel)* dans toutes ses fonctions.

ex. : *La femme* dont je *parle* (COI).
La femme dont *j'ai rencontré l'ami* (complément du nom).
La femme dont *je suis fier* (complément de l'adjectif).
La façon dont *elle chante* (complément circonstanciel de manière).

Deux règles cependant en limitent l'emploi :

– La relation d'appartenance (au sens large) qu'indique *dont* ne doit pas être exprimée une deuxième fois dans la proposition. On proscrira donc de son entourage le pronom *en* et le pronom possessif *(mon, ton,* etc.*)* :

ex. : **L'endroit dont j'en viens/*la femme dont j'en suis fier.*
**La femme dont je connais son mari.*

– Il ne peut être utilisé s'il doit dépendre d'un nom employé après une préposition : on emploiera alors *duquel* :

ex. : *Le balcon sur l'appui* duquel *tu te tiens (*dont sur l'appui).*

REMARQUE : Issu du latin tardif *de unde*, qui indiquait une origine spatiale, le relatif *dont* a eu longtemps une valeur locale (signifiant *d'où, duquel*) ; celle-ci a subsisté en français moderne pour les compléments indiquant l'extraction (le sens local est alors métaphorique) :

ex. : *La famille dont je sors* (mais : *le lieu d'où je viens*).

Où *:* cet adverbe, en français moderne, ne peut être employé qu'après un antécédent inanimé ; il assume une fonction de complément circonstanciel (de lieu ou de temps).

ex. : *J'aime l'endroit* où *tu vis.*
Je repense au temps où *nous étions amis.*

Il peut se combiner avec les prépositions *de*, alors élidée, *par, jusque* (élidée).

REMARQUE : Son emploi était plus large en français classique, puisque *où* pouvait reprendre un antécédent animé :

ex. : *Vous avez vu ce fils* où *mon espoir se fonde.* (Molière)

b) précisions d'emploi

On constate que l'emploi de *qui* et *que* non prépositionnels ne fait pas intervenir la distinction animé/inanimé ; seule la fonction les oppose :

ex. : *Je fais un travail* qui *me plaît* (sujet).
Heureux que *tu es !* (attribut).
Je fais un travail que *beaucoup envient* (COD).

Après préposition, le tableau fait apparaître, pour les antécédents inanimés, une différence d'emploi entre *quoi*, réservé en français moderne aux antécédents indéfinis (*ce, rien, autre chose, quelque chose*, etc.) ou bien utilisé pour reprendre une proposition tout entière, et *lequel*, s'utilisant dans tous les autres cas :

ex. : *Je me doute de* ce à quoi *tu penses.*
La chaise sur laquelle *tu es assis.*

REMARQUE : En français classique, *quoi* pouvait également s'employer après un antécédent marqué en genre ; le tour subsiste encore en langue littéraire, par choix d'archaïsme :

ex. : *Ces bornes à quoi l'on amarre les bateaux*
(F. Mauriac)

On notera que l'orthographe impose la soudure dans le groupe *pour* + *quoi* relatif :

ex. : *Ce pourquoi je suis venue.*

La langue littéraire emploie enfin parfois *qui*, là où le français standard utiliserait *lequel* (avec un antécédent inanimé et en construction prépositionnelle) :

ex. : *La dorme du baromètre, sur qui frappait un rayon de soleil*
(G. Flaubert)

Lequel, lorsqu'il n'est pas précédé d'une préposition, peut apparaître en style soutenu comme sujet d'une relative appositive ; il permet notamment de lever une éventuelle ambiguïté sur le choix de l'antécédent :

ex. : *J'ai rencontré récemment cette dame,* laquelle *m'a paru charmante.*

Le mot ***que*** est sans doute celui dont les emplois sont les plus étendus ; on rappellera qu'il peut être employé au début d'une proposition incidente :

ex. : *Il n'est pas venu,* que *je sache.*

REMARQUE : Le français populaire connaît un fonctionnement analogue avec le tour *qu'il me dit* et ses équivalents ; il présente l'intérêt de maintenir l'ordre sujet-verbe.

Il convient encore de signaler l'extension, en français populaire, des emplois de *que* ; il se généralise quelle que soit sa fonction, devenant une sorte de « relatif universel », réponse commode – et incorrecte – aux complexités de maniement des mots relatifs :

ex. : **Ce type, que je supporte pas ses façons, je lui ai dit...*

On remarquera encore qu'en français classique (et en style soutenu), le relatif *que* peut être employé dans un fonctionnement adverbial, avec les valeurs normalement réservées à *dont* et *où* :

ex. : *Du temps que les bêtes parlaient...*
(La Fontaine)

REMARQUE : Lorsque le verbe de la relative introduite par *que* est à la forme impersonnelle, on observe le passage très fréquent de *qu'il* à *qui* (pour d'évidentes raisons de proximité phonétique).

ex. : *Ce* qui *lui est arrivé* (= qu'il lui est arrivé) *est bien triste.*

On notera pour conclure la richesse et la complexité du système relatif français, pour lequel l'écart entre langue littéraire (avec ses archaïsmes, par exemple), langue soutenue et français populaire se creuse d'une manière assez spectaculaire.

relative (proposition subordonnée)

On appelle proposition subordonnée relative une proposition répondant aux critères suivants :

Critère formel : elle est introduite par un outil relatif *(qui, que, quoi, dont, où, lequel).* Celui-ci possède un statut complexe :

ex. : *Nous avons trouvé l'appartement que nous cherchions.*

– Il **représente** en effet son antécédent (ici, *que* reprend le contenu sémantique du mot *appartement*) et assume une fonction syntaxique dans la subordonnée (*que* est complément d'objet direct de *cherchions*) ; on reconnaît là le fonctionnement du pronom.
– Dans le même temps, il joue un **rôle démarcatif** : situé en tête de la proposition, il introduit la subordonnée et la rattache à sa principale ; à ce titre, il est comparable à la conjonction de subordination.

Critère syntaxique : la relative n'a aucune autonomie et ne peut donc subsister seule (*que nous cherchions* est inapte à constituer une phrase) ; c'est donc une subordonnée.

On distingue trois catégories de relatives :
– les relatives adjectives, qui ont un antécédent et le complètent à la manière d'un adjectif qualificatif :

ex. : *J'aime travailler avec des enfants* qui écoutent/*attentifs*.

– les relatives substantives, sans antécédent : elles occupent une fonction nominale dans la phrase :

ex. : Qui m'aime *me suive !* (= sujet).

– les relatives attributives, qui se comportent par rapport à leur antécédent comme un attribut, et constituent donc l'information centrale de la phrase :

ex. : *Il a les cheveux* qui tombent (= ses cheveux tombent).
Je l'entends qui revient ! (= il revient !).

I. LES RELATIVES ADJECTIVES

Elles sont toutes dotées d'un antécédent, dont elles constituent une expansion, à la manière d'un adjectif.

A. NATURE DE L'ANTÉCÉDENT ET FONCTION DE LA RELATIVE

1. Antécédent nominal ou pronominal

La relative adjective vient le plus souvent compléter un nom déterminé (propre ou commun) ou un pronom :

ex. : Paul, *qui m'a téléphoné, ne viendra pas ce soir.*
Elle m'a répondu la première chose *qui lui venait en tête.*
Ceux *qui n'écoutent pas ne comprendront pas.*

C'est par rapport à ces emplois, de loin les plus fréquents, que les relatives à antécédent ont été nommées adjectives : elles complètent en effet le groupe nominal ou le pronom comme le ferait un adjectif, dont elles prennent la fonction :
– d'épithète

ex. : *La robe* que tu m'as offerte *me plaît beaucoup.*

– d'épithète détachée

ex. : *Les enfants,* qui n'écoutaient pas, *n'ont pas compris.*

Dans les autres cas, où l'antécédent est d'une nature différente, on se contentera de signaler que la relative est complément de son antécédent.

2. **Antécédent adjectival**

ex. : *Ô Cœlio,* fou *que tu es !* (A. de Musset)

3. **Antécédent adverbial**

La relative peut en effet compléter un adverbe de lieu ou de temps :

ex. : *J'irai* là *où tu iras.*

REMARQUE : On peut considérer comme locutions conjonctives les groupes comme *maintenant que*, où l'antécédent adverbial (ici *maintenant*) s'est, à l'usage, soudé au pronom relatif pour former une locution permettant d'introduire une subordonnée circonstancielle de temps.

B. ORDRE DES MOTS DANS LA RELATIVE

On place en tête de la proposition :
– soit le relatif lui-même (dans la majorité des cas), lorsque celui-ci est seul :

ex. : *J'aime beaucoup les fleurs* que *tu m'as apportées.*

– soit le groupe formé par la préposition et le relatif :

ex. : *Paul,* à qui *j'ai téléphoné, ne viendra pas.*

REMARQUE : Lorsque le pronom relatif assume la fonction de complément du nom, c'est le groupe nominal tout entier où il figure qui se trouve en tête.

ex. : *Paul,* à la femme duquel *tu as parlé ce soir, est un de nos collègues.*

Cette position initiale du mot relatif entraîne parfois une modification de l'ordre des mots dans la subordonnée, le sujet venant se placer après le verbe (voir **sujet**) :

ex. : *Voici la maison qu'a construite mon père.*

REMARQUE : Cette postposition est impossible si le sujet est un pronom personnel conjoint, le pronom *on*, ou encore le pronom démonstratif *ce*. Tous ces pronoms présentent en effet la particularité de se souder avec le verbe pour former un seul ensemble accentuel (ce sont des *clitiques*) ; leur syntaxe est spécifique.

C. PLACE DE LA PROPOSITION RELATIVE

Pour éviter toute ambiguïté dans le repérage de l'antécédent, la relative se place, dans la grande majorité des cas, immédiatement après son antécédent.

REMARQUE : Pour des raisons stylistiques, il arrive que la relative en soit parfois éloignée, à condition que cela n'entraîne aucune ambiguïté :
ex. : *Une servante entra, qui apportait la lampe.* (A. Gide)

D. SENS DE LA RELATIVE : RESTRICTIVES ET NON RESTRICTIVES

Dans les exemples suivants,

ex. : *Les enfants,* qui n'écoutaient pas*, n'ont rien compris.*
Les enfants qui n'écoutaient pas *n'ont rien compris.*

on voit que le sens de la phrase change, l'ensemble *les enfants* ne désignant pas la même chose.

1. Relative non restrictive

Dans le premier cas, en effet, l'ensemble *les enfants* n'est pas modifié. La relative peut donc être supprimée sans nuire au sens global de la phrase (l'information donnée est bien *les enfants n'ont rien compris*).

REMARQUE : La relative a pour rôle d'ajouter une information supplémentaire : aussi l'appelle-t-on parfois **explicative**.

2. Relative déterminative

Dans le second exemple en revanche, la suppression de la relative est impossible sans nuire au sens de la phrase, qui oppose ici deux groupes distincts :
– *les enfants qui n'écoutaient pas*, sous-ensemble de l'ensemble formé par *les enfants* (de ma classe, par exemple) ;
– *les autres enfants*, qui écoutaient.
Seuls les premiers, affirme la phrase, sont concernés par le verbe ; supprimer la relative reviendrait à écrire que *aucun enfant* n'a compris. On dira que cette proposition est **restrictive** ou encore **déterminative**, puisqu'elle permet de déterminer l'antécédent, (*certains enfants* et non *tous les enfants*) pour l'identifier avec précision.

REMARQUE : Plusieurs critères ont été proposés pour permettre d'opposer avec certitude ces deux types de relatives : présence ou non d'une ponctuation comme la virgule ou les tirets (marques d'une pause à l'oral), type d'antécédent (noms propres, noms fortement déterminés en eux-mêmes ne pouvant se faire suivre que d'une non-restrictive *vs* antécédents indéfinis nécessitant une détermination), remplacement possible de la non-restrictive par une indépendante coordonnée, mode du verbe, etc. En réalité, aucun de ces critères n'est totalement satisfaisant à lui seul et ne répond à tous les cas possibles. C'est donc **l'interprétation contextuelle** qui impose la plupart du temps cette distinction.

On notera qu'avec *lequel* sujet, l'interprétation est toujours non restrictive :

ex. : *J'ai rencontré votre secrétaire,* laquelle *m'a semblé très efficace.*

E. LE MODE DANS LA RELATIVE

1. L'indicatif

C'est le mode le plus employé, puisqu'il permet de situer avec précision le procès dans la chronologie.

ex. : *J'aime beaucoup le livre que tu m'*as offert.

2. L'infinitif

On le rencontre dans les relatives déterminatives, avec une nuance de conséquence et/ou de but (valeur consécutive-finale).

ex. : *Je cherche un endroit où* travailler *au calme.*

Il se combine toujours avec un antécédent indéfini (un *endroit*) pour offrir une image virtuelle, la plus large possible.

3. Le subjonctif

Ce mode apparaît également en relative déterminative :

– après un antécédent indéfini, lorsque le verbe exprime une incertitude ou un jugement appréciatif :

ex. : *Je cherche un endroit qui me* plaise.

– après un antécédent au superlatif, ou encore exprimant une idée d'exclusion *(le seul, l'unique, le dernier,* etc.*)* :

ex. : *C'est l'endroit le plus agréable que je* connaisse.

– lorsque la proposition dont dépend la relative ne permet pas d'actualiser le procès, c'est-à-dire de le présenter par la chronologie comme appartenant à l'univers de croyance de l'énonciateur. C'est le cas avec :

une principale négative ou dubitative :

ex. : *Il n'y a rien qui me* plaise *ici.*

une principale interrogative :

ex. : *Y a-t-il quelque chose qui te* plaise *ici ?*

ou encore une principale hypothétique :

ex. : *Si tu vois un objet qui te* plaise, *prends-le.*

REMARQUE : On constate que dans la plupart des cas, l'indicatif se rencontre également, mais le point de vue est changé. Tandis que le subjonctif maintient l'ensemble du procès dans le possible (*quelque chose susceptible de, quelque chose de nature à*), l'indicatif le place dans le monde de ce qui est. On comparera ainsi :

ex. : *Je cherche quelqu'un qui ait été à Rome.* (= Construction purement hypothétique, simple vue de l'esprit : je ne sais pas qui est cette personne, ni même si elle existe ; j'indique seulement les conditions nécessaires.)

ex. : *Je cherche quelqu'un qui a été à Rome.* (= Il existe dans le monde tel que je le conçois quelqu'un qui a fait ce voyage, mais j'ignore son identité.)

F. QUELQUES CONSTRUCTIONS PARTICULIÈRES

1. La construction emphatique *c'est... que/qui*

Il s'agit d'une variante emphatique de la phrase linéaire. Ce tour permet en effet de détacher, pour le mettre en relief et en faire l'élément informatif principal (le **prédicat**), n'importe quel élément de la phrase, excepté le verbe.

ex. : *Demain, Jean et moi nous irons au cinéma* > C'est *demain* que *Jean et moi irons au cinéma* / C'est *au cinéma* que *nous irons, Jean et moi* / C'est *Jean et moi* qui *irons au cinéma*.

La relative ne sera pas ici analysée à part, comme une subordonnée : elle constitue en fait le second élément de ce tour très usité à l'oral (voir **ordre des mots**).

2. Les relatifs de liaison

L'antécédent du mot relatif est ici la proposition rectrice tout entière, ou bien, plus largement, l'idée qu'elle porte :

ex. : *Je lui ai expliqué la situation,* à quoi *il a répondu que...*

Le relatif joue ici un rôle de liaison entre les deux propositions (*à quoi* = et à cela), équivalant à une **relation de coordination** plus que de subordination : la preuve en est que les deux propositions peuvent être séparées par une ponctuation forte, et que le tour peut même se figer jusqu'à constituer une sorte de connecteur logique :

ex. : *J'ai écouté avec attention cet exposé.* D'où *je conclus que...*

REMARQUE : On rapprochera de cet emploi certaines relatives figées, fonctionnant comme propositions incidentes à l'intérieur d'une phrase *(que je sache, dont acte).*

3. La relative enchâssée

Ce tour, d'un maniement complexe, est réservé à un usage littéraire, ou soutenu. Il était assez courant en français classique. La relative comporte en son sein une proposition rectrice et une proposition régie. Le mot relatif dépend en fait de la seconde proposition :

> ex. : *C'est une affaire* dont *j'ignore quelle sera la fin* (= J'ignore quelle sera la fin de cette affaire : relative + interrogative indirecte).
> ex. : *L'homme* qu'*elle dit qu'elle a vu* (= Elle dit qu'elle a vu l'homme : relative + complétive conjonctive).
>
> REMARQUE : La difficulté, en français courant, est souvent contournée par le recours à d'autres constructions, notamment la proposition infinitive (voir **infinitif**) :
>
> ex. : *L'homme* qu'elle dit avoir vu.

II. LES RELATIVES SUBSTANTIVES

Elles n'ont pas d'antécédent, aussi peuvent-elles occuper toutes les fonctions que celui-ci aurait assumées dans la proposition.

> REMARQUE : Les mots relatifs disponibles se limitent ici aux seuls *qui, quoi, où, quiconque* (auxquels on ajoutera le *que* de la locution *n'avoir que faire*).

1. Fonction et place des relatives substantives

Elles assument des fonctions nominales (= substantives) et occupent, par conséquent, la place exigée par celles-ci.

a) sujet

> ex. : Qui veut voyager loin *ménage sa monture.*
>
> REMARQUE : Lorsque, pour des raisons diverses, le verbe est amené en première place, la relative sujet est alors postposée :
>
> ex. : *Comprenne* qui pourra.

b) attribut

> ex. : *C'est pour lui que je suis devenue* qui je suis.

c) complément d'objet

– direct :

> ex. : *Embrassez* qui vous voudrez.

– indirect :

ex. : *Je parle* à qui me plaît.

d) complément d'agent

ex. : *Nous sommes séduits* par qui sait nous parler.

e) complément circonstanciel

ex. : *J'irai* où tu voudras.

f) complément du nom

ex. : *C'est la femme* de qui tu sais.

g) complément de l'adjectif

ex. : *Il est aimable* envers qui lui plaît.

REMARQUE : On ne considérera pas comme relatives substantives les propositions ayant pour antécédent les pronoms démonstratifs *ce/celui-celle/ceux*. L'analyse grammaticale devra faire débuter normalement la relative au mot relatif :

ex. : *C'est bien celle* que j'ai vue.

2. Les relatives concessives

Avec les relatifs indéfinis complexes *(qui que, quoi que, où que)* et les corrélations *quel... que, quelque... que,* ces relatives substantives occupent la fonction de complément circonstanciel de concession.

ex. : Où que tu ailles, *je serai toujours avec toi.*

REMARQUE : On n'analysera pas le mot *que*, pourtant pronom relatif, et on considérera qu'il forme avec le premier mot un ensemble soudé. Ces propositions seront réexaminées avec les concessives, dont elles constituent un sous-ensemble.

3. Le mode dans les relatives substantives

a) indicatif

C'est là encore le mode le plus courant.

ex. : *Qui* veut *voyager loin ménage sa monture.*

b) infinitif

On le rencontre après le groupe prépositionnel *de quoi.*

ex. : *Il n'y a pas de quoi* se vanter *!*

c) subjonctif

Il est obligatoire avec les relatifs indéfinis complexes, dans les relatives concessives.

ex. : *Quoi que tu* fasses, *je te suivrai.*

III. LES RELATIVES ATTRIBUTIVES

Elles ont un antécédent explicite, mais ce sont elles qui portent l'information nouvelle de la phrase (elles sont **prédicatives**). On ne peut donc pas les supprimer sans modifier le sens de l'énoncé :

ex. : *Il y a le téléphone* qui sonne *!*

Elles ne peuvent être introduites que par le relatif *qui*, et ne peuvent apparaître que dans certains contextes particuliers.

1. Relative attribut du sujet

On la rencontre avec les verbes *être, rester, se trouver*, etc., lorsque ces verbes sont suivis d'un complément circonstanciel de lieu :

ex. : *Elle était là,* qui attendait patiemment.

2. Relative attribut de l'objet

– Après les verbes de perception (*voir, entendre, sentir,* etc.) :

ex. : *Je l'entends* qui rentre.

REMARQUE : On rapprochera de cette structure les présentatifs *voici/voilà*, et *il y a*, qui peuvent également introduire une relative attributive.

ex. : *Le voilà* qui rentre *!*

– Après certains autres verbes permettant ordinairement d'introduire l'attribut de l'objet, comme *avoir, rencontrer, trouver*, etc. :

ex. : *J'ai les mains* qui tremblent.

REMARQUE : La distinction de ces relatives d'avec les relatives adjectives n'est pas toujours aisée. Certaines phrases, hors contexte, peuvent ainsi être ambiguës, selon ce que l'on croit devoir être l'information principale (le prédicat) :

ex. : *Je vois tes enfants qui courent vers nous.*

– réponse à la question *Que vois-tu ? = Je vois tes enfants, et ils courent vers nous.* Relative adjective, non restrictive, épithète de *tes enfants*;
– ou bien réponse à la question *Que font-ils ? = Je les vois courir vers nous.* Relative attributive, attribut de l'objet *tes enfants.*

S

subjonctif

On appelle subjonctif l'un des **modes** personnels du verbe, à côté de l'indicatif auquel on l'oppose traditionnellement : le subjonctif figure donc dans les tableaux de conjugaison du verbe.

L'opposition des modes indicatif et subjonctif a fait l'objet d'amples études ces dernières années, et un certain nombre de considérations traditionnellement avancées pour justifier la répartition de ces modes ont été jugées insuffisantes. Parmi celles-ci il faut évoquer l'une des plus répandues selon laquelle l'indicatif serait le mode d'expression de la réalité, le subjonctif au contraire rendant compte du fait virtuel. Ce sont là des indications beaucoup trop schématiques, qui rendent inexplicable l'apparition du subjonctif dans les occurrences suivantes :

> ex. : *Je regrette qu'il* soit venu.
> *Le fait qu'il* soit venu *ne m'étonne guère.*
> *Bien qu'il* soit venu, *je ne le recevrai pas.*

Les analyses récentes ont affiné la réflexion et fait valoir des critères plus adaptés pour rendre compte de l'apparition du mode subjonctif.

– Partant du constat que le subjonctif présente moins de formes que l'indicatif (deux formes fondamentales, présent et imparfait, doublées chacune par les formes composées correspondantes : passé et plus-que-parfait), on a pu dire que le subjonctif offrait une image temporelle incomplète du procès : le point de vue de l'énonciateur, son appréciation, son jugement (que l'on appelle parfois *visée*) viendrait en fait se superposer à la vision même du procès envisagé. Ainsi l'insertion de ce procès dans le temps (son *actualisation*) apparaît comme secondaire par rapport à l'interprétation qui en est donnée. Tout se passe comme si la visée de l'énonciateur voilait la perception du procès lui-même, le subjonctif rendant compte en effet de la primauté accordée à l'interprétation sur l'actualisation.

– Sans nier la pertinence de telles analyses qui soulignent l'importance d'une **pesée critique** sur la représentation des faits, des études plus récentes explorent cette présence de l'énonciateur, celle de son « univers de croyance » dans cette représentation. Elles s'appuient sur le constat que la frontière entre indicatif et subjonctif correspond à la ligne de partage entre le **probable** et le **possible**. Si l'on approfondit ce dernier champ, il apparaît alors que tous les faits qui s'inscrivent dans le monde des possibles, et non dans le monde de ce qui est pour l'énonciateur, sont évoqués au subjonctif. Le monde des possibles présente une double face : il réunit le monde potentiel (faits non avérés mais qui pourraient être) et un monde en contradiction avec ce qui est, monde *contrefactuel* qui rassemble des possibles que le réel a annihilés.

Il est intéressant de montrer l'efficacité de ces hypothèses dans l'examen des emplois du subjonctif. Ceux-ci seront présentés dans les cadres syntaxiques traditionnels :
– le subjonctif en construction libre (il apparaît en proposition non dépendante) ;
– le subjonctif en construction dépendante (il intervient en proposition subordonnée).

Ce cadre permet en effet de mettre en évidence les divers modes d'expression de cette pesée critique de l'énonciateur : elle reste **implicite**, immédiatement transmise lorsque le subjonctif apparaît en construction libre *(Qu'il sorte !)*, tandis que, lorsqu'on rencontre le subjonctif en construction dépendante *(Je veux qu'il sorte.)*, elle se transmet **explicitement** par la médiation d'un terme vecteur (locution conjonctive ou terme régissant la subordonnée).

I. DESCRIPTION DU MODE SUBJONCTIF : MORPHOLOGIE ET VALEURS DES FORMES TEMPORELLES

A. MORPHOLOGIE

1. Formation

Le subjonctif, rappelons-le, ne comporte que deux formes simples : le *présent* et l'*imparfait*, que doublent les formes composées, *passé composé* (appelé subjonctif *passé*) et *plus-que-parfait.*

À l'exception des verbes *être* et *avoir*, qui ont au présent des désinences spécifiques, tous les autres verbes, quel que soit le groupe auquel ils appartiennent, possèdent au présent les désinences *e/es/e/ions/iez/ent* (voir **conjugaison** page 719 et suivantes). À l'imparfait on retrouve, ajoutée au thème verbal, la même voyelle qu'au passé simple (*a, u, i* ou *in*) : à cette base s'adjoint la désinence commune à tous les verbes *(sse/sses/^t/ssions/ssiez/ssent).* Les temps composés se conjuguent à l'aide des auxiliaires *être* ou *avoir* suivis de la forme adjective du verbe : au subjonctif passé, l'auxiliaire est au présent (*que j'*aie *aimé*), au subjonctif plus-que-parfait, il se conjugue à l'imparfait (*que j'*eusse *aimé*).

2. Formes vivantes, formes littéraires

L'imparfait et le plus-que-parfait du subjonctif sont des formes qui n'appartiennent plus au français courant, mais sont réservées à la langue littéraire de facture classique. Le français courant ne dispose plus, en pratique, que de deux formes : le subjonctif présent, opposé au subjonctif passé.

ex. : *Je voulais qu'il* sorte/*qu'il* soit sorti *avant qu'elle n'arrive.*

B. VALEURS D'EMPLOI DES FORMES TEMPORELLES

On notera tout d'abord qu'à la différence de l'indicatif, le subjonctif ne permet pas de distinguer les époques (passé/présent/futur). En réalité, subjonctif présent et subjonctif imparfait sont utilisés pour évoquer respectivement l'avenir vu du présent ou vu du passé. De la même manière, le subjonctif étant comme on l'a dit réservé à l'évocation des mondes possibles, on comprendra sans peine qu'il n'existe pas de subjonctif futur.

1. Subjonctif présent et subjonctif passé composé

Ces deux formes, seules vivantes en français courant, s'opposent en raison de leur différence, non de temps (puisqu'elles s'inscrivent toutes deux dans le monde possible), mais bien d'**aspect**.

a) subjonctif présent

Il évoque le procès dans son déroulement (aspect **non accompli**). Aussi permet-il de présenter un fait contemporain ou postérieur, soit au moment de l'énonciation,

ex. : *Qu'il sorte !*

soit au fait principal :

ex. : *Je voulais qu'il* sorte.

b) subjonctif passé composé

Il présente le fait comme **accompli** :

ex. : *Pour qu'il t'*ait dit *cela, il devait être vraiment fâché.*

De cette valeur d'accompli peut découler, comme souvent, une aptitude à évoquer l'**antériorité chronologique** (quelle que soit l'époque) :

ex. : *Elle trouvera normal que nous* ayons tenu *parole.*
*Il fallait qu'elle l'*ait vu *avant son départ.*

2. Subjonctif imparfait et subjonctif plus-que-parfait

a) opposition aspectuelle

Cette opposition double la précédente en langue soutenue ou en français littéraire ; en effet, lorsque le subjonctif apparaît en subordonnée **après une principale au passé ou au conditionnel**, la règle classique exclut l'emploi des subjonctifs présent et passé composé, leur substituant obligatoirement, avec la même opposition entre aspect non accompli et aspect accompli, les subjonctifs imparfait et plus-que-parfait.
– L'imparfait rend ainsi compte d'un fait contemporain ou postérieur au fait principal, et présente le procès dans son déroulement :

ex. : *Je souhaitais qu'il* vînt.

– Le plus-que-parfait indique que l'action est accomplie, et donc antérieure au fait principal :

ex. : *Je regrettais qu'il* eût oublié *notre rendez-vous.*

b) valeurs modales : expression des possibles

– L'imparfait du subjonctif peut encore évoquer **l'éventualité pure**, indépendamment de tout contexte temporel (avec la même valeur que le conditionnel, auquel la langue classique le préfère parfois). Cet emploi, courant en latin et en ancien français, ne subsiste plus, en proposition non conjonctive, qu'avec les verbes *être* et *devoir*, dans une langue classique ou littéraire :

ex. : Dût-*il me haïr, je ne céderai pas.*

Avec les autres verbes, il se rencontre avec cette valeur d'éventualité en construction dépendante, se substituant alors au conditionnel :

ex. : *Hélas on ne craint point qu'il venge un jour son père ;*
*On craint qu'il n'*essuyât *les larmes de sa mère.* (J. Racine)

REMARQUE : Cet emploi est courant en français classique, et perdure chez les écrivains contemporains qui adoptent cette facture :

ex. : *Sans doute tout n'est pas égal dans ce petit livre, encore que je n'en* voulusse *rien retrancher.* (A. Gide)

– De la même façon, le plus-que parfait du subjonctif est apte à rendre compte d'un fait conçu comme possible, mais que la réalité a démenti (éventualité passée non réalisée) : c'est la valeur dite d'**irréel du passé**. Il commute alors avec le conditionnel passé.

On le rencontre dans le système hypothétique (voir **hypothétique**), en proposition principale comme dans la subordonnée,

ex. : *S'il l'*eût voulu, *il* eût pu *réussir.*

ou dans des structures qui sous-entendent l'expression d'une hypothèse :

ex. : *Ô toi que j'*eusse aimée, *ô toi qui le savais.*
(C. Baudelaire)

REMARQUE : Avec les verbes de sens modal *(devoir, falloir, pouvoir)*, on peut trouver en français classique (trace de l'usage latin) l'indicatif imparfait avec cette valeur d'irréel du passé :

ex. : *Vous* deviez, *ce me semble, armer mieux votre sein.* (Molière)

(= Vous auriez dû).

3. Récapitulation : le phénomène de la concordance

On appelle *concordance* le mécanisme qui vise à réduire le décalage temporel entre deux verbes lorsque l'un s'inscrit dans la dépendance syntaxique de l'autre : on ne parlera donc de concordance des temps que dans le cadre de la proposition subordonnée.

ex. : *Je veux qu'il* vienne/*Je vois qu'il* vient.
Je voulais qu'il vînt/*Je voyais qu'il* venait.

Ce phénomène, qui n'est donc pas propre au seul mode subjonctif, mais intervient encore à l'indicatif, présente au subjonctif une singularité notable. En effet, deux systèmes sont en présence : un système classique, qui utilise de manière rigoureuse les quatre formes disponibles, et un système réduit, en français courant, qui ne comprend qu'une opposition de deux formes.

a) le système classique de la concordance

Deux paramètres permettent d'en présenter le tableau : l'époque dans laquelle s'inscrit le fait principal, et le rapport chronologique qui unit la subordonnée à sa principale.

temps de la principale	simultanéité ou postériorité de la subordonnée	antériorité de la subordonnée
présent ou futur *Je doute*	subjonctif présent *qu'il parte*	subjonctif passé *qu'il soit parti.*
passé ou conditionnel *Je doutais*	subjonctif imparfait *qu'il partît*	subjonctif plus-que-parfait *qu'il fût parti.*

b) le système courant de la concordance

Des deux paramètres, un seul subsiste désormais : seul compte le rapport chronologique entre subordonnée et principale, quelle que soit l'époque de cette dernière. Le tableau se présente donc sous la forme suivante :

	simultanéité ou postériorité de la subordonnée	antériorité de la subordonnée
je doute / je doutais	subjonctif présent *qu'il parte*	subjonctif passé *qu'il soit parti.*

II. SYNTAXE DU SUBJONCTIF

Le subjonctif rend compte, comme on l'a vu, de la visée de l'énonciateur qui insère le fait décrit dans le champ des possibles et non dans le monde de ce qui est vrai pour lui. Cependant l'alternance entre indicatif et subjonctif obéit à des tendances beaucoup plus qu'à des règles : ainsi des subjonctifs ont pu être relevés après des verbes comme *affirmer, prétendre, imaginer que...*, des indicatifs après des verbes de souhait, dans des structures concessives... Mais si souple que puisse être l'alternance, elle reste significative et comme telle mérite d'être décrite à l'intérieur des cadres syntaxiques dans lesquels elle fonctionne.

REMARQUE : Mis à part quelques tours figés (*Ainsi soit-il, Vive la France*), le subjonctif est toujours précédé de *que*, qu'il soit en construction libre ou en construction dépendante. Ce mot grammatical a fait l'objet de nombreuses analyses : on a pu montrer que le rôle du *que* est de suspendre la valeur de vérité de la proposition qu'il introduit, en la faisant dépendre de l'élément verbal ou conjonctionnel qui précède. En construction libre, *que*, souvent appelé *béquille du subjonctif*, inscrit cette proposition dans la modalité adoptée par l'énonciateur (souhait, ordre), et suspend là encore le mouvement d'actualisation.

A. LE SUBJONCTIF EN PROPOSITION AUTONOME

1. Modalités

Le subjonctif, situant le procès dans le champ des possibles, apparaît dans le cadre des modalités de la phrase.

a) ordre et défense

Le subjonctif remplace l'impératif aux personnes défaillantes (P3 et P6) :

ex. : *Qu'il* sorte.

b) souhait

Restant dans le cadre de l'expression du désir, il peut encore traduire toutes les nuances du souhait (vœu, prière, etc.) :

ex. : *Que l'année* soit *bonne pour vous.*

À cette valeur d'emploi peut être rattaché le subjonctif figé du verbe *être* dans des tours du type *Soit un triangle équilatéral*..., où s'impose à l'esprit la présence conventionnelle des données d'un raisonnement.

c) exclamation

Évoquant un procès que l'on refuse d'ancrer dans le monde de ce qui est, il exprime l'indignation (et commute alors avec l'infinitif) :

ex. : *Moi, héron, que je* fasse *une si pauvre chère !*
(La Fontaine)

2. **Expression de l'éventualité**

On rappellera que le subjonctif plus-que-parfait évoque un procès ayant été possible dans le passé mais que la réalité a démenti (irréel du passé). Il commute dans cette valeur avec le conditionnel passé :

ex. : *Une petite aventure* eût arrangé *les choses.*
(L. Aragon)

B. LE SUBJONCTIF EN PARATAXE

Dans la parataxe, où se traduit le rapport de subordination implicite, le subjonctif, employé dans la proposition dépendante, exprime l'insertion des faits dans un monde possible, dont on sait qu'il n'a pas de réalité immédiate ou qu'il n'a pas eu de réalité passée. Les trois formes présent, imparfait, plus-que-parfait marquent les différentes nuances de l'éventualité.

1. **Éventualité supposée : subjonctif présent**

Le présent du subjonctif marque une éventualité vue du présent : le fait n'est pas inscrit dans l'univers de ce qui est pour l'énonciateur.

ex. : *Qu'on me* permette *de lui parler, et je serai heureuse.*

Le subjonctif s'insère ici dans une subordonnée complément circonstanciel d'hypothèse (= Si l'on me permet...).

2. Éventualité concédée : subjonctif imparfait

L'éventualité concédée (hypothèse restrictive dont le marqueur de subordination serait *même si*) peut se traduire par l'imparfait du subjonctif. Celui-ci est encore courant dans cet emploi en français classique, avec toutes sortes de verbes :

ex. : *Je voudrais, m'en* coutât-il *grand-chose,*
Pour la beauté du fait, avoir perdu ma cause.
(Molière)

En français moderne, la généralisation du système *si + imparfait de l'indicatif* couplé avec le conditionnel, a conduit à la disparition de ce tour. En parataxe, l'imparfait du subjonctif n'est resté courant, dans la langue littéraire, qu'avec les verbes *pouvoir, devoir, être* :

ex. : *Le symptôme est commun à toutes les formes de maladie,* fussent-elles l*es plus rares.*

3. Éventualité dépassée

Le fait s'inscrit dans un univers des possibles cette fois dépassés, annihilés par le réel : monde des possibles dont on sait qu'ils n'ont pu avoir lieu. Il s'agit là encore de la valeur d'irréel du passé.

ex. : *Qu'elle se* fût appelée *Jeanne ou Marie, il n'y aurait pas pensé.* (L. Aragon)

Dans tous ces emplois, le subjonctif traduit bien que l'énonciateur situe le fait qu'il évoque dans un univers qui n'est pas le sien au moment de l'énonciation.

C. LE SUBJONCTIF EN PROPOSITION SUBORDONNÉE EXPLICITE

1. En proposition relative

a) relative substantive indéfinie

Dans ce type de subordonnée, où la relative, dépourvue d'antécédent, est introduite par un outil relatif indéfini, le subjonctif obligatoire indique que l'échelle des possibles a été parcourue dans son extension maximale :

ex. : *Où que tu* ailles, *je te suivrai.*
Quelles que soient *ses idées, il se rendra à notre avis.*

b) relative adjective

Il s'agit ici d'une subordonnée relative dépendant d'un groupe nominal antécédent. En principe, le mode attendu est l'indicatif, puisque la valeur de détermination ou de caractérisation de cette proposition implique qu'elle s'attache à actualiser le fait décrit. Mais précisément, pour peu que le support de la relative se trouve placé non dans l'univers de croyance de l'énonciateur, mais dans le champ des possibles, alors le mode subjonctif apparaît. Plusieurs cas peuvent en pratique se présenter :

– Le groupe antécédent + relative implique l'idée d'un **résultat visé**, mais non atteint. Il définit une propriété sans affirmer que celle-ci soit réellement vérifiée. La propriété est donc maintenue dans le monde des possibles. On peut observer que l'antécédent est accompagné d'un déterminant indéfini (à moins qu'il ne soit lui-même pronom indéfini), et que le verbe marque l'idée de « tension-vers » :

> ex. : *Il avait cherché à dire quelque chose de pas banal après quoi on le* tînt *tranquille.* (L. Aragon)
>
> *Trouvez-moi un homme qui* puisse *faire ce travail.*

– Le groupe antécédent + relative présente une affirmation d'**existence restreinte** : l'énonciateur parcourt tout le champ des possibles pour sélectionner un antécédent restreint ; ce faisant, il rejette hors de son univers tous les autres éléments :

> ex. : *Il n'y a que lui/Il est le seul qui* puisse *faire ce travail.*

Cette valeur du subjonctif est encore présente dans les constructions superlatives, où l'on parcourt tout le champ des possibles pour sélectionner en raison de son excellence un seul élément :

> ex. : *C'est le plus grand héros qui* soit.

– Le groupe antécédent + relative est soumis à l'hypothèse (phrase interrogative ou système hypothétique) ou à la négation. La relative ne peut inscrire dans le temps un procès chargé de définir un antécédent incertain ou nié, c'est-à-dire non actuel. Le subjonctif vient marquer, là encore, que le groupe antécédent + relative ne s'inscrit pas dans l'univers de l'énonciateur.

> ex. : *Je ne connais pas d'enfant qui n'*ait besoin *d'affection./ Est-il un enfant qui n'*ait besoin *d'affection ?*

2. En proposition complétive

Lorsque le verbe de la complétive est au mode subjonctif, le support de la subordonnée rend compte explicitement de la manière dont est envisagé le fait subordonné : il marque toujours l'inscription de ce fait dans le monde des possibles, et non dans le monde de ce qui est. C'est donc bien, dans la très grande majorité des cas, le sens de ce support qui détermine le choix des modes indicatif et subjonctif.

a) expression de la volonté

Une première série de termes recteurs exprime la tension plus ou moins affirmée de la volonté : le fait subordonné est donc présenté comme inscrit dans le possible, qu'il soit admis, souhaité, craint ou voulu. Si l'on présente de façon graduée cette série de termes, on obtient les regroupements suivants (par commodité, on s'appuiera sur des verbes recteurs, sans oublier cependant que les noms et les adjectifs peuvent également être supports de complétive) :

– **Tension faible** : *attendre que, accepter que*

ex. : *J'attends qu'il* vienne.

– **Tension affirmée** : Le subjonctif s'impose après les termes traduisant l'idée même de volonté *(vouloir, exiger, demander que...)* ou le désir négatif *(craindre, empêcher, prendre garde que...)* :

ex. : *J'exige qu'il* vienne.

On peut rattacher à ce groupe les termes qui imposent normes et valeurs : ils définissent non l'univers de ce qui est, mais bien ce qui **doit être** et comme tel s'inscrit dans le champ des possibles. Ainsi *imposer que, permettre que, interdire que,* auxquels on adjoint les tours impersonnels *il faut que, il est obligatoire, nécessaire que, il suffit que,* tous verbes pouvant figurer à la forme négative ou traduire l'idée négative *(s'opposer à ce que, il est exclu que...).*

b) expression du possible

Une autre série de termes supports expriment explicitement l'idée du possible, champ privilégié de l'emploi du subjonctif : *il se peut que, il arrive que, il est possible/impossible que...*

ex. : *La première possibilité était qu'il* épousât *une femme sans fortune.* (L. Aragon)

c) expression de l'appréciation

Cette série regroupe tous les termes portant explicitement l'appréciation, le jugement critique de l'énonciateur ou de l'agent du verbe. Ils n'évoquent pas dans leur approche immédiate une quelconque possibilité, puisqu'ils évoquent au contraire des faits avérés, qui font l'objet d'une évaluation. On reconnaît ici tous les verbes exprimant le jugement favorable ou défavorable, l'appréciation positive ou négative : *être heureux* ou *déplorer que, se réjouir* ou *regretter que*, et tous les synonymes gravitant autour de cette opposition *(aimer que, préférer que, être content que, dommage que...)*.

ex. : *Il est étonnant qu'il ne* soit *pas* venu.

REMARQUE : Le concept de *monde possible* qui paraît rendre compte le plus largement des emplois du subjonctif s'avère ici éclairant. En effet, dans les formules *je regrette qu'il soit venu*, le fait subordonné est avéré, mais perçu comme non nécessaire : il implique en réalité l'existence d'un monde possible où ce fait n'aurait pas eu lieu (=il aurait pu ne pas venir). Ce qui est pris en compte par le subjonctif, c'est précisément cette possibilité implicite de non-existence. Est ainsi évoqué, de manière sous-jacente, le monde des possibles en contradiction avec ce qui est, monde qu'on a donc pu appeler *anti-univers*.

d) expression de la croyance niée

Une quatrième série de termes entraînant le subjonctif est représentée par l'ensemble des verbes ou noms exprimant que le fait évoqué **ne s'inscrit pas dans l'univers de croyance de l'énonciateur**. Il s'agit donc des verbes traduisant l'opinion, le savoir, dès lors que ceux-ci sont **à la forme négative ou interrogative** :

ex. : *Je ne crois pas qu'il* vienne. *Crois-tu qu'il* vienne ?

On perçoit ici que, sous le doute ou la négation, s'inscrit l'évocation d'un monde possible, dans lequel le fait considéré et rejeté par l'énonciateur redevient possible pour un autre énonciateur.

REMARQUE : On observera qu'à la différence des catégories précédentes, l'emploi du subjonctif n'est pas ici obligatoire :

ex. : *Je ne suis pas sûr qu'il viendra.*

On rattachera à ce groupe les termes exprimant le **doute** (là encore, le fait évoqué n'est pas pris en charge par l'énonciateur) :

ex. : *Je doute qu'il* vienne.

e) complétives en tête de phrase

Il faut encore mentionner l'emploi obligatoire du subjonctif dans les complétives placées en tête de phrase, quel que soit le sens de leur support :

ex. : *Qu'il* soit venu*, cela est étonnant/certain/impossible...*

En pareille position, rien ne permet de déterminer si le fait évoqué va être pris en charge ou refusé par l'énonciateur. Le subjonctif traduit cette expectative, laissant en suspens l'ancrage du procès dans le monde de ce qui est ou dans le monde possible.

3. En proposition circonstancielle

On rappellera que, dans le cas des propositions conjonctives, c'est l'outil subordonnant qui matérialise le lien logique unissant la principale à sa subordonnée. De fait, c'est cette **valeur logique du lien** qui est déterminante dans le choix du mode en proposition subordonnée circonstancielle. La conjonction de subordination, dans cette perspective, n'entraîne pas le subjonctif, elle signifie un rapport logique qui, lui, impose le subjonctif.

a) les circonstancielles exprimant le but ou la conséquence visée (volonté)

Le subjonctif est de règle puisque le fait est inscrit dans le monde des possibles, non dans le monde de ce qui est pour l'énonciateur ou pour l'agent verbal. Ainsi dans les propositions finales,

ex. : *Je vous le dis pour que vous y* preniez garde.

ou dans les propositions consécutives évoquant la conséquence visée mais non atteinte :

ex. : *Il s'arrange pour qu'elle ne le* sache *pas.*

On notera que si la principale est à la forme négative ou interrogative, la conséquence qui s'y rattache est de ce fait rejetée hors du monde de ce qui est :

ex. : *Tu n'as pas tant travaillé que tu* sois *sûr du succès.*

De même, après *sans que* on rencontre obligatoirement le subjonctif qui marque l'inscription du fait subordonné dans un univers contradictoire par rapport à ce qui est (on a pu parler ici *d'affirmation d'inexistence*) :

ex. : *Il est rentré sans que personne n'en* soit averti.

b) les circonstancielles de temps marquant l'antériorité du fait principal par rapport au fait subordonné

La locution conjonctive désigne comme antérieur le fait principal au moyen de l'adverbe *avant*, du gérondif *en attendant*, de la locution prépositionnelle *jusqu'à ce*, formes auxquelles s'associe le conjonctif *que* marqueur de subordination. Ces tours permettent d'évoquer que si le fait principal est bien actualisé, posé dans le temps, le fait subordonné ne l'est pas encore : à ce titre, il demeure dans le monde des possibles.

ex. : *Elle travaillait jusqu'à ce que nous* arrivions.

c) les circonstancielles exprimant la concession

Le rapport de concession, matérialisé par la locution conjonctive *bien que* ou la conjonction *quoique*, a pu être décrit comme relevant d'une relation d'implication rejetée hors de l'univers de croyance de l'énonciateur. Ainsi dans l'exemple suivant,

ex. : *Bien qu'il* soit *malade, Pierre travaille.*

le fait subordonné (la maladie de Pierre) devrait normalement avoir pour conséquence un autre fait (ne pas travailler) ; la relation d'implication s'énonce donc de la façon suivante : *quand on est malade, on ne travaille pas.* Mais cette relation est démentie par l'énonciateur, d'où l'emploi du subjonctif.

REMARQUE : Il est aisé de vérifier ici combien le critère trop longtemps avancé de réalité (indicatif) opposée à la non-réalité (que marquerait le subjonctif) est inopérant : la réalité du fait considéré (la maladie de Pierre) n'est en effet pas discutable.

d) les circonstancielles exprimant la cause niée

La relation causale entraîne normalement le choix du mode indicatif ; mais dès lors que le fait subordonné se voit dénier la capacité d'être la cause du fait principal (ce qu'indique précisément la notion de cause niée), le subjonctif apparaît. La proposition causale ainsi introduite par *non que* rejette donc dans le monde possible le fait évoqué :

ex. : *Elle tient beaucoup à ce bijou, non qu'il* ait *de la valeur, mais parce qu'il lui vient de sa mère.*

e) les circonstancielles exprimant l'hypothèse

Quelle que soit la forme dans laquelle s'exprime l'hypothèse, le fait qu'elle présente n'est par définition pas intégré au monde de ce qui est pour l'énonciateur. Il serait donc logique que le verbe de la subordonnée circonstancielle d'hypothèse se conjugue au subjonctif.

On sait cependant qu'après la conjonction *si*, c'est **l'indicatif** qui apparaît régulièrement (voir **hypothétique**).

Le mode subjonctif se rencontre cependant aussi dans la proposition circonstancielle d'hypothèse. Ce mode apparaît en effet après tous les autres outils, qui intègrent d'ailleurs le mot *que* dans leur formation :
– *à moins que, pour peu que, à supposer que, à la condition que, pourvu que,*

ex. : *Je ne dirai rien, à moins qu'on ne me le* demande.

– *que* seul (ou *soit que... soit que*) pour marquer l'alternative :

ex. : *Qu'il* fasse *beau, qu'il* fasse *laid, c'est mon habitude d'aller sur les cinq heures du soir me promener au Palais-Royal.*

On observera encore que, dans le cas de coordination de deux circonstancielles d'hypothèse, dont la première est introduite par *si* et la seconde par la conjonction de relais *que*, appelée alors « vicariante », le subjonctif, exclu après *si*, réapparaît régulièrement dans la seconde proposition :

ex. : *Si tu viens et qu'il* fasse *beau, nous irons nous promener.*

REMARQUE 1 : On rappellera qu'en parataxe, la subordonnée circonstancielle d'hypothèse impose encore l'emploi du mode subjonctif (voir plus haut) :

ex. : *Qu'une gelée* survienne, *et tous les bourgeons sont brûlés.*

REMARQUE 2 : Après la conjonction de subordination *si*, le subjonctif est cependant possible dans un seul cas ; il s'agit du système à l'irréel du passé, c'est-à-dire au plus-que-parfait du subjonctif.

ex. : *S'il l'*eût voulu, *il m'eût comprise.*

On observera cependant que cet emploi est rare, et réservé à la langue littéraire et/ou archaïsante.

subordination

Subordination et dépendance syntaxique

Par opposition à la coordination qui implique l'égalité fonctionnelle des termes qu'elle associe et maintient l'autonomie de chaque constituant du groupe, la subordination, définie au sens large, établit un **lien de dépendance** entre mots ou groupes de mots :

ex. : *Il part après le déjeuner/après avoir déjeuné/après elle.*
Il part après qu'il a déjeuné.

Dans ces deux exemples, les termes construits à l'aide de la préposition *après* ou de la conjonction *après que* dépendent d'un support (en l'occurrence, le groupe sujet-verbe *il part*) qui, lui, est autonome. Deux remarques s'imposent alors.

– Tantôt le mot marquant la dépendance peut introduire comme complément un mot ou groupe de mots à valeur nominale (nom, pronom, infinitif). Il s'agit alors de la préposition, spécialisée dans la construction de tels compléments.

– Tantôt au contraire, c'est une proposition (c'est-à-dire un groupe de mots comportant un pivot verbal et un sujet) qui est insérée dans la phrase par l'intermédiaire d'un outil dépourvu de fonction : on est alors en présence d'une conjonction dite *de subordination*.

Dans les deux cas, on note que le groupe complément vient compléter un support, qu'il le précède, le coupe ou le suive, sur lequel il s'appuie et faute duquel il ne peut être exprimé ; l'élément subordonné ne peut constituer à lui seul une phrase :

ex. : **Après déjeuner.*
**Après qu'il eut déjeuné.*

L'élément subordonné n'a donc, par définition, aucune autonomie syntaxique. C'est précisément ce point qui permet d'opposer coordination et subordination.

On parle traditionnellement de subordination dans un sens restreint, lorsque l'élément intégré est une proposition. C'est en ce seul sens qu'on traitera désormais de la subordination.

Coordination et subordination : problème de frontière

On pourrait faire remarquer, pour nuancer l'opposition entre subordination et coordination, que la plupart des conjonctions de coordination impliquent elles aussi un élément sur lequel s'appuyer : c'est le cas notamment avec *car*, qui nécessite la présence d'une proposition antérieure *(Je ne resterai pas car j'ai peu de temps).* Mais on observera que ces outils, maintenant l'équivalence fonctionnelle entre les éléments qu'elles unissent, peuvent être supprimés (on parle alors de *juxtaposition)* sans qu'aucun d'entre eux ne perde son autonomie :

ex. : *Il ne viendra pas car il est malade.*
Il ne viendra pas, il est malade.

Un second critère, déterminant, peut permettre d'opposer nettement ces deux notions de coordination et subordination. On observe en effet que seule la conjonction de subordination peut être reprise par *que* (outil conjonctif universel) dans une structure coordonnée par *et* :

ex. : *Il viendra parce qu'il l'a dit et* qu*'il tient ses promesses.*

La conjonction de coordination, elle, ne peut être reprise par aucun mot ; seul *et* est utilisé pour coordonner les segments introduits par *mais, car, or* :

ex. : *Il viendra,* mais *il ne pourra pas rester longtemps et il ne déjeunera pas.*

REMARQUE : *Comme* introduisant une proposition de comparaison,
ex. : *Comme tu as semé, tu récolteras.*

ne peut être cependant repris par *que.* Il a pourtant valeur de conjonction de subordination, dans la mesure où la proposition qu'il introduit n'a aucune autonomie de fonctionnement (**comme tu as semé*).
En revanche, *comme* introduisant une proposition causale peut être repris par *que* :

ex. : Comme *il m'avait annoncé sa visite et* que *je n'étais pas libre, je lui ai téléphoné.*

Les formes de la subordination

Le rapport de dépendance de proposition à proposition peut être marqué de diverses manières et, notamment, en l'absence de mots subordonnants, le mécanisme de la corrélation, le jeu des modes et temps verbaux, la place du sujet peuvent matérialiser le même rapport de subordination qu'avec un mot subordonnant. Ainsi ces exemples constituent-ils autant de formes prises par la subordonnée hypothétique :

ex. : S'il venait, *je ne le recevrais pas.*
Viendrait-il, *que je ne le recevrais pas.*
Qu'il vienne, *et je ne le recevrai pas.*
Vient-il, *je ne le recevrai pas.*

Il paraît donc nécessaire d'examiner en détail les moyens de subordination.

I. LA SUBORDINATION SANS MOT SUBORDONNANT

La subordination entre propositions peut en effet être formulée par des marqueurs autres que la conjonction ou le pronom relatif (seuls véritables mots subordonnants).

Elle peut alors prendre plusieurs formes.

A. PARATAXE FORMELLE : MARQUES LEXICALES ET SYNTAXIQUES

La parataxe formelle, qui procède par **juxtaposition apparente de propositions**, est l'une des formes possibles de la subordination. On observe cependant qu'un certain nombre de marques lexicales ou syntaxiques viennent renforcer le lien de dépendance.

Quels que soient les moyens choisis, on note que les subordonnées construites en parataxe possèdent deux traits formels constants :

– L'ordre des propositions est fixe : la subordonnée précède toujours la principale :

ex. : Plus je vois les hommes, *plus je vous estime.*

REMARQUE : Il existe cependant, comme on va le voir, un seul cas où l'ordre inverse principale/subordonnée s'impose (avec les adverbes *tant, tellement*) :

ex. : *Rien ne peut le satisfaire,* tant il est difficile.

– La mélodie de la phrase se développe toujours sur le même modèle : la subordonnée placée en tête est prononcée sur une mélodie ascendante, la voix reste en suspens et redescend au fur et à mesure que s'énonce la principale.

1. Marques lexicales

À la parataxe s'ajoute la présence d'outils lexicaux, qui indiquent le sens de la relation logique établie. On observe en effet qu'il s'agit exclusivement de propositions subordonnées circonstancielles.

ex. : *Rien ne peut le satisfaire,* tant il est difficile.

Dans cet exemple, la marque lexicale est constituée de l'adverbe *tant*, placé en tête de la proposition subordonnée. Celle-ci n'a aucune autonomie syntaxique *(*Tant il est difficile)* et dépend donc de son support, en l'occurrence la proposition principale. La relation logique établie entre proposition principale et proposition subordonnée est un rapport de cause : on analysera donc la subordonnée comme une circonstancielle causale.

Ailleurs, c'est la locution verbale *avoir beau* qui indique la relation logique entre principale et subordonnée, en l'occurrence la concession :

ex. : Il aura beau m'interroger, *je ne dirai rien.*

De la même façon, en dépit de l'apparente juxtaposition des propositions, on observe que la seconde ne peut subsister seule *(*Il aura beau m'interroger)* : c'est donc une subordonnée.

En présence de ces marques lexicales, on remarque qu'aucun mot de liaison (aucune *ligature*) ne vient réunir les deux propositions.

2. Jeu des modes et des temps verbaux

Cette fois, une ligature entre principale et subordonnée peut intervenir, substituant alors une mélodie linéaire (la phrase est prononcée sans pause) à la structure coupée de la pure juxtaposition. Cette ligature reste cependant facultative. Plusieurs formes verbales sont susceptibles d'apparaître dans le cadre de la parataxe formelle.

a) conditionnel

ex. : J'aurais *un secret, (que) je ne vous le confierais pas.*

REMARQUE : Le caractère facultatif de la liaison établie par *que* rend inacceptable l'analyse parfois proposée d'un tel exemple comme cas de *subordination inverse. Que* en effet ne joue ici aucun rôle subordonnant. Placé devant la proposition principale, il fonctionne comme simple cheville, ligature destinée à combler un vide syntaxique (on comparera avec les structures du type *Quel bonheur que ce soleil !* où *que* permet également d'éviter la pause : *Quel bonheur, ce soleil !*). On voit donc qu'il ne transforme aucunement la principale en subordonnée, ce qui d'ailleurs serait pour le moins étrange.

b) subjonctif

ex. : *Qu'il* vienne, *(et) je lui dirai ma façon de penser.*

À la présence de ces formes verbales (conditionnel et subjonctif) s'ajoute encore, facultativement, la **postposition du sujet** :

ex. : Aurais-je *un secret que je ne vous le confierais pas.*
Fût-il ruiné, *je l'épouserais.*

REMARQUE : La postposition du sujet, là encore, traduit la suspension de la valeur de vérité de la proposition.

c) impératif

ex. : Dis-*moi la vérité, (et) tu seras récompensé.*

On observe que ces marques verbales se rencontrent exclusivement en subordonnée circonstancielle d'hypothèse (relation à laquelle s'ajoute parfois la concession).

REMARQUE : En effet, conditionnel, subjonctif et impératif ont en commun de suspendre la valeur de vérité de la proposition dans laquelle ils se trouvent. De fait, l'hypothétique ne décrit pas un état du monde pris en charge, déclaré vrai par l'énonciateur. Seule la relation logique entre les deux propositions (relation d'implication) est déclarée vraie. Voir **hypothétique**.

3. Un cas limite : la modalité interrogative

ex. : L'insurrection triomphait-elle ? *C'en était fini de la royauté.*

Il s'agit ici d'un cas limite, puisque deux **phrases** – et non deux propositions – se succèdent en apparence. Mais en réalité la première est dépourvue d'autonomie, comme le prouve le test de suppression :

ex. : *L'insurrection triomphait-elle ?*

Si la phrase interrogative apparaît seule, on constate en effet que le sens en est modifié : il s'agit alors d'une véritable question, portant sur l'ensemble du processus, et appelant une réponse (validation par *oui*, réfutation par *non*, doute : *peut-être...*).

Mais, en liaison avec la phrase suivante, la valeur proprement interrogative disparaît, au profit d'une valeur d'**hypothèse** *(si l'insurrection triomphait, c'en était fini de la royauté).* C'est dire que, dans ce cas, la phrase interrogative s'analyse en fait comme une proposition subordonnée, puisqu'elle n'a pas d'autonomie.

REMARQUE : On retrouve une fois encore la même fonction de **suspension de la valeur de vérité** : par définition en effet, la phrase interrogative ne déclare pas vrai le contenu propositionnel, elle le « met en débat » (voir **modalité**). Ce qui est asserté, c'est seulement la relation d'implication entre les deux « phrases ».

4. Les structures corrélatives

ex. : Plus *je vois les hommes,* plus *je vous estime.*
Tel *il était,* tel *il restera.*
Il était à peine *entré* que *le spectacle commença.*

On rappelle que le phénomène de la corrélation se reconnaît à la présence dans une proposition d'un premier élément lexical qui appelle, dans la seconde proposition, un terme qui lui fait écho *(plus... plus, tel... tel, à peine... que,* etc.*).* Les deux propositions, subordonnée et principale, se trouvent donc liées syntaxiquement et sémantiquement : on est ici à la limite de la subordination marquée.

REMARQUE : Dans ce type de rapport on peut observer l'**étroite solidarité fonctionnelle** entre les deux propositions, puisque aucune des deux ne peut se passer de l'autre, unies qu'elles sont par les éléments corrélatifs.

B. LES SUBORDONNÉES INFINITIVE ET PARTICIPIALE

Ces deux types de subordonnée (expliquées en détail aux articles **infinitif** et **participe**) se présentent sans mot subordonnant, puisque les modes infinitif et participe ont une valeur nominale ou adjectivale qui leur permet de s'intégrer directement dans la phrase.

1. La proposition infinitive

ex. : *Je sens* monter la fièvre.

Cette proposition est un complément essentiel du verbe (COD ou régime). On la classe donc dans la catégorie des complétives.

2. La proposition participiale

ex. : L'été finissant, *nous décidâmes de rentrer en ville.*

Elle occupe une fonction accessoire : elle est mobile, et joue le rôle de complément circonstanciel adjoint. Elle entre dans la catégorie des circonstancielles.

C. LES INTERROGATIVES INDIRECTES PARTIELLES

Ces complétives se rattachent directement à leur support :

ex. : *Dis-moi* quel fruit tu veux.
Je te demande qui est venu.
J'ignore où tu vas.

On observe, en tête de subordonnée, la présence d'un mot interrogatif (*quel*, déterminant, *qui*, pronom, *où*, adverbe). Mais ils n'ont pas pour autant un rôle de subordonnant. On constate, en effet, que ces mots apparaissent également dans l'interrogation directe (Quel *fruit veux-tu ?* Qui *est venu ?* Où *vas-tu ?*). Ils servent en fait à préciser la portée de l'interrogation. Ils se maintiennent en subordonnée sans changer de forme (à l'exception de *que* : *Dis-moi* ce que *tu veux.*).

REMARQUE : En revanche, la subordonnée interrogative indirecte totale exige la présence d'un mot introducteur (l'outil *si*) :

ex. : *Je ne sais pas* si Pierre viendra (mais : *Pierre viendra-t-il ?*).

On serait tenté de le considérer comme une conjonction de subordination. Cependant, on observe qu'il ne peut être remplacé par *que* en cas de coordination :

ex. : **Je ne sais pas si Pierre viendra* et qu'il m'aura ramené mon livre.

Ce critère devrait interdire, en pratique, de ranger cet emploi de *si* parmi les conjonctions de subordination. On l'appelle alors parfois **adverbe interrogatif**, pour bien marquer sa différence avec son comportement de conjonction dans la subordonnée d'hypothèse :

ex. : *Si Pierre vient* et qu'il me ramène mon livre, *je serai soulagé.*

II. LA SUBORDINATION AVEC MOTS SUBORDONNANTS

Les outils relatifs et les conjonctions de subordination jouent, en subordonnée, le rôle de marqueurs de dépendance entre propositions.

A. LES OUTILS RELATIFS

Le mot relatif (pronom, adverbe ou adjectif, voir **relatif**) se place en tête de la proposition qu'il introduit, et dans laquelle il assume une fonction – ce qui conditionne entre autres facteurs sa variation de forme. Il joue ainsi un double rôle :

– rôle d'**enchâssement** et de **démarcation**, puisqu'il intègre la subordonnée relative à la phrase ;

– rôle **fonctionnel**, puisque lui-même assume une fonction dans la relative.

L'outil relatif peut fonctionner de deux façons différentes.

Ou bien en effet il est **représentant**, et il est en relation avec un terme (nom ou pronom) placé dans la principale, qu'il représente dans la subordonnée (on dit alors qu'il possède un antécédent) :

ex. : Les amis dont *je te parlais nous ont rendu visite hier.*

La proposition subordonnée relative fonctionne alors comme un adjectif par rapport à cet antécédent (relative adjective).

Ou bien le mot relatif fonctionne comme **nominal**, c'est-à-dire sans antécédent, et prend alors une valeur d'indéfini :

ex. : Qui *veut voyager loin ménage sa monture.*

La proposition subordonnée relative occupe alors une fonction nominale dans la phrase (relative substantive).

B. LES CONJONCTIONS DE SUBORDINATION

Mot subordonnant invariable, la conjonction de subordination marque le rapport de dépendance entre la principale et la subordonnée qu'elle introduit, lui permettant de s'intégrer à la phrase en y assumant une fonction nominale. Elle joue donc un rôle d'**enchâssement**. Mais, quel que soit son sens – quand elle en a un, ce qui n'est pas le cas de la conjonction *que* –, elle n'occupe elle-même **aucune fonction** dans la subordonnée.

Trois critères la distinguent donc de l'outil relatif :
– son invariabilité,
– son vide fonctionnel,
– son aptitude à être reprise par *que*, conjonctif universel, en cas de coordination entre subordonnées (à l'exception de *comme* comparatif).

On observe que les conjonctions de subordination peuvent introduire des subordonnées fonctionnant de deux façons distinctes.

1. La subordonnée s'intègre à la phrase

La conjonction de subordination permet en effet à la subordonnée d'intégrer une fonction à l'intérieur de la phrase, dans le cadre du même énoncé. Elle est alors, véritablement, outil d'enchâssement. La proposition subordonnée sera ainsi amenée à occuper une fonction essentielle (on l'appelle alors complétive, introduite par *que* ou la locution conjonctive *ce que*) ou bien une fonction accessoire de complément circonstanciel ; c'est en effet le cas avec certaines subordonnées circonstancielles : les temporelles *(quand, lorsque, tandis que...)*, les finales *(afin que, pour que, de peur que...)*, certaines causales *(parce que,...)*, la plupart des concessives *(bien que,...)*, certaines consécutives *(de façon que, en sorte que, si... que,...)* et certaines comparatives.

REMARQUE : On observe que les propositions subordonnées au mode subjonctif rentrent toutes dans cette catégorie de subordonnées enchâssées. Ce mode implique en effet la présence d'un cadre (en l'occurrence, le terme recteur ou la conjonction elle-même) qui spécifie la manière dont l'énonciateur perçoit le procès qu'il décrit. Il n'y a donc qu'un seul acte d'énonciation :

ex. : *Je regrette* qu'il soit venu.
Bien qu'il ne soit pas venu, *je me suis amusée.*

2. La subordonnée s'ajoute à la phrase

La conjonction de subordination ne joue plus alors un rôle d'enchâssement, mais un rôle de liaison : elle ajoute un prolongement à la phrase et ne s'y intègre pas. On observe alors que la phrase présente non pas un seul acte d'énonciation, mais bien deux actes de parole successifs.

C'est le cas avec certaines causales *(puisque)* :

ex. : *Il viendra,* puisque tu veux le savoir.

certaines consécutives *(de sorte que, si bien que)* :

ex. : *Tu l'as fâché,* si bien qu'il ne reviendra plus.

certaines concessives *(encore que)* :

ex. : *Il est parti,* encore que je ne lui aie rien demandé.

certaines hypothétiques :

ex. : *Ils se sont séparés,* au cas où tu ne le saurais pas encore.

REMARQUE : On signalera enfin ici le statut particulier de la conjonction *si*, introduisant la subordonnée d'hypothèse. Elle ne joue pas non plus de rôle d'enchâssement, mais établit un rapport d'implication logique. Voir **hypothèse**.

sujet

Dans les éléments constitutifs de la phrase minimale du français, le sujet occupe à côté du verbe la place centrale. Cette **fonction** se définit de fait, comme on le verra, dans son rapport avec le groupe verbal.

Le terme de *sujet* présente la particularité de s'appliquer également, en français courant, à des éléments qui ne relèvent pas d'une description grammaticale : on parle ainsi du *sujet d'une discussion*, d'un *sujet d'examen*, etc. Le sujet représente alors, dans cette perspective, le thème abordé, ce à propos de quoi l'on affirmerait quelque chose. Une telle définition sémantique, appliquée au cadre grammatical de la phrase, semblerait pouvoir coïncider dans la majorité des cas avec l'ensemble des termes reconnus comme sujet du verbe. Ainsi dans l'exemple suivant,

ex. : Mon ami Pierre *partira demain pour l'étranger*.

le groupe nominal *Mon ami Pierre* est à la fois :

– le **thème** de l'énoncé : ce groupe nominal n'affirme rien de nouveau, il n'est que le support, le point d'appui de l'affirmation. Sur ce thème s'articule l'information (*partira demain pour l'étranger*, qui constitue le **prédicat**) ;

– l'**agent** de l'action de *partir*;

– et le **sujet** grammatical de la phrase.

C'est en se fondant sur cette fréquente coïncidence que certaines grammaires ont été amenées à donner du sujet une définition sémantico-logique : le sujet, dans cette perspective, se définirait comme **celui qui fait ou subit l'action exprimée par le verbe**.

Or cette situation de totale coïncidence entre le rôle sémantique et la fonction syntaxique est loin d'être une règle générale :

ex. : *Il est arrivé un accident* (sujet = *il*, mais c'est le groupe nominal *un accident* qui est le support sémantique du verbe).
J'ai vu l'accident qui est arrivé (sujet = *qui*, tandis que là encore c'est *un accident* qui « subit l'action »).
Cette nouvelle a été accueillie avec satisfaction par les journalistes (sujet = *cette nouvelle*, mais agent de l'action = *les journalistes*).

De fait, il paraît difficile d'appuyer sur une définition sémantique ou même logique constamment recevable la notion grammaticale de *sujet*. Aussi la prudence recommande-t-elle de proposer de cette fonction une description formelle, s'appuyant sur des critères morphosyntaxiques, c'est-à-dire spécifiquement grammaticaux.

I. DESCRIPTION FORMELLE

A. CRITÈRES SYNTAXIQUES

1. Expression obligatoire du sujet

Dans la phrase assertive choisie comme modèle de référence, le terme sujet, à la différence de plusieurs autres fonctions, ne peut être omis.

ex. : **fume (une cigarette après le repas).*

REMARQUE : Dès lors que l'on quitte ce cadre de référence, on peut relever des séquences dépourvues de sujet :

– Énoncés sans verbe, puisque, comme on l'a dit, le sujet se définit par rapport au groupe verbal :

ex. : *Incroyable, cette histoire !*

– Verbes à l'impératif, puisque ce mode exclut par définition l'expression du sujet (seule la désinence du verbe traduit la présence implicite d'un « sujet », ou point d'application du procès). Dans la mesure en effet où l'impératif n'apparaît que dans le cadre du discours, c'est-à-dire de l'interlocution, le verbe seul peut suffire à sélectionner l'allocutaire :

ex. : *Viens !*

– On mettra à part le cas de certains verbes impersonnels, qui ont conservé de l'ancien usage la possibilité de s'employer sans leur sujet *il*, dans des tours figés :

ex. : *Si bon vous semble, peu importe.*

Cependant, si plusieurs verbes coordonnés (ou juxtaposés) ont un même sujet, celui-ci peut ne pas être répété, par souci stylistique.

ex. : *Il crie, tempête, menace, et brusquement se calme.*

2. Accord du verbe avec le sujet

La solidarité, l'interdépendance du groupe sujet-verbe se traduit sur le plan morphologique par le phénomène de l'**accord obligatoire du verbe avec le sujet** (voir **verbe**). Ce dernier donne en effet au verbe ses marques de personne et de nombre,

ex. : *Tu* viendras *avec moi.*
Ces enfants sont *charmants.*

parfois de genre, dans le cas de la forme adjective du verbe :

ex. : *La réunion s'est* terminée *tard.*

REMARQUE 1 : Ce critère syntaxique de l'accord permet ainsi d'identifier comme seul sujet du verbe impersonnel le pronom *il*, même lorsque le support logique du verbe est constitué d'un groupe nominal au pluriel.

ex. : *Il se produit ici de curieux phénomènes.*

On exclura donc l'appellation de *sujet réel* pour ce groupe nominal, restreignant la fonction sujet à ces seuls critères syntaxiques.

REMARQUE 2 : Une telle position devrait, en toute logique, exclure l'existence d'un sujet pour les propositions subordonnées infinitives ou participiales, dont le verbe est précisément invariable. Pour ne pas se priver cependant de ces propositions traditionnellement reconnues, on pourra convenir de reconnaître à leur verbe un support « sujet », dans une acception alors élargie (voir **infinitif**, **participe**).
ex. : *J'entends siffler* le train.

3. Place du sujet

Le français ayant perdu les marques casuelles qui suffisaient autrefois à différencier la fonction sujet des autres rôles syntaxiques, l'ordre des mots est devenu, à un certain degré, marque syntaxique à part entière. Ainsi seule la **place à gauche du verbe** permet-elle, dans les exemples suivants, d'identifier le sujet par opposition au COD,

ex. : *Pierre aime Jeanne.*

ou à l'attribut.

ex. : *Pierre est mon ami.*

REMARQUE : Le sujet est donc, normalement, antéposé au verbe ; cependant les cas de **postposition du sujet** ne sont pas rares, comme on le verra plus bas. Mais cette postposition est alors elle-même une marque syntaxique à part entière, ou bien ne constitue qu'une variante stylistique de l'antéposition, qui reste toujours possible.

B. NATURE DU SUJET

La fonction sujet est une **fonction nominale**. Aussi se présente-t-elle dans la majorité des cas sous la forme d'un groupe nominal, celui-ci pouvant être remplacé par l'un de ses équivalents fonctionnels.

1. Nom ou groupe nominal

La fonction sujet est remplie par un **nom déterminé**, qu'il s'agisse du nom propre (qui contient en lui-même sa propre détermination, puisqu'il ne s'applique par définition qu'à un seul individu),

ex. : Ariane *est ma fille aînée.*

ou du nom commun, celui-ci devant alors obligatoirement être précédé d'un déterminant :

ex. : Mon/ce voisin *est un ami d'enfance.*

REMARQUE : Cette règle ne connaît d'exceptions que limitées à l'usage littéraire ou archaïque, et cela dans les conditions suivantes :

– dans le cas d'une énumération (juxtaposée ou coordonnée), le nom peut se présenter sans déterminant :

ex. : *Pièces et billets bleus s'échangent sur les tables.*
(F. Ponge)

– dans les énoncés proverbiaux, figés dans un usage ancien :

ex. : *Chat échaudé craint l'eau froide.*

(Voir **article**)

2. Équivalents du nom

a) pronom

Que celui-ci soit représentant, ou bien qu'il soit d'emploi nominal (voir **pronom**), le pronom peut assumer la fonction sujet :

ex. : *Pierre,* qui *est un ami d'enfance, partira demain pour l'étranger.*
Chacun *sait que Pierre est un ami d'enfance.*

b) infinitif nominal

ex. : Fumer *est dangereux pour la santé.*

REMARQUE : L'infinitif sujet est parfois précédé de la particule *de*, qui ne s'analyse alors plus comme une préposition, mais constitue un *indice* morphologique de ce mode (cf. l'anglais to *live*).

ex. : De trop dormir *fatigue autant que de veiller.*

c) proposition subordonnée complétive (conjonctive introduite par* que*)

ex. : Que Pierre doive partir demain *m'attriste un peu.*

d) proposition subordonnée relative substantive

ex. : Qui dort *dîne.*

II. LA POSTPOSITION DU SUJET

Il arrive en effet que le sujet, au lieu de précéder le verbe, occupe la place à droite. Cette postposition relève de deux facteurs distincts d'explication :
– elle joue parfois un **rôle syntaxique**, permettant de distinguer par exemple la phrase interrogative de la phrase déclarative, ou bien marquant la non-autonomie syntaxique de la proposition ;
– des **facteurs stylistiques** peuvent également faire préférer la postposition ; l'ordre canonique inverse est cependant alors toujours possible.

A. RÔLE SYNTAXIQUE DE LA POSTPOSITION

À côté du modèle de la phrase assertive (ordre canonique sujet-verbe-complément), les faits de postposition grammaticale du sujet (ou d'antéposition du verbe, autre présentation du même phénomène) peuvent recevoir une interprétation globale. On opposera ainsi la phrase déclarative, qui présente comme vrai un contenu de pensée (voir **modalité**),

ex. : *Il est charmant.*

à la phrase dont ce même contenu n'est pas posé, mais demeure en suspens, soumis à un mouvement virtualisant :

ex. : Est-il charmant?
Fût-il charmant, *je ne l'aimerais pas.*

On le voit, l'ordre des mots traduit alors ce caractère non assertif de la phrase.

Plusieurs contextes rendent possible ce mouvement virtualisant. Il convient cependant, avant de les étudier, de distinguer deux modes de postposition du sujet :

– postposition totale : elle concerne les pronoms dits *clitiques* (conjoints au verbe), c'est-à-dire certains pronoms personnels ainsi que le démonstratif *ce* et l'indéfini *on*, beaucoup plus rarement les groupes nominaux ;

ex. : *As*-tu *fini?*
Est-ce *vrai?*
Quand reviendra le temps d'aimer*?*

– postposition complexe : réservée à tous les autres cas, elle consiste à redoubler l'expression grammaticale du sujet. Ainsi, tandis que le groupe nominal reste à gauche du verbe, conformément à l'ordre canonique, un pronom représentant vient alors se postposer au verbe :

ex. : Pierre *me dirait*-il *d'abandonner, je continuerais néanmoins.*

Les contextes syntaxiques de la postposition sont les suivants.

1. Modalité interrogative

L'ordre des mots permet ici d'opposer la modalité interrogative à la modalité déclarative. L'élément sur lequel porte l'interrogation étant nécessairement placé en tête de phrase peut alors entraîner la postposition du sujet.

ex. : *Que fait Pierre?*
Viendras-tu?

C'est précisément parce que le caractère de vérité de la proposition est encore indécidable (la phrase est mise en débat) que l'ordre de la phrase assertive est exclu.

REMARQUE 1 : La postposition totale du sujet se limite en français moderne, pour la **question totale**, aux pronoms clitiques (pronoms personnels, *ce* et *on*). Lorsque le sujet se présente sous la forme d'un groupe nominal, le français recourt soit à la locution *est-ce que* (qui comporte déjà en son sein la postposition du sujet) suivie d'une phrase à ordre canonique, soit à la postposition complexe :

ex. : *Est-ce que* Pierre *viendra ?*
Pierre *viendra-t-*il ?

REMARQUE 2 : On rapprochera de cet emploi les cas de postposition du sujet dans les phrases exclamatives à sujet pronominal :

ex. : *Est-il charmant !*

L'indétermination que traduit cet ordre des mots s'interprète alors comme une marque d'intensité.

2. Propositions incises

Dans les propositions en incise, le sujet est régulièrement postposé au verbe.

ex. : *Il viendra sûrement, affirma* Pierre.

REMARQUE : L'ordre des mots traduit ici la différence de niveau syntaxique des deux propositions : la seconde ne s'analyse pas comme une indépendante située sur le même plan que la précédente ; elle ne constitue qu'une énonciation secondaire, située en retrait de la proposition principale.

3. Subordination implicite

La postposition est ici le signe du caractère incomplet, inachevé de la première proposition :

ex. : *Frapperais-*tu *des heures, on ne t'ouvrirait pas.*

Ainsi, quoique sans outil subordonnant, la première proposition s'analyse-t-elle comme une proposition subordonnée circonstancielle d'hypothèse et de concession *(même si tu frappais)* : l'ordre des mots joue alors ce rôle de subordonnant, indiquant là encore que les deux propositions ne sont pas sur le même plan syntaxique (voir **subordination**).

REMARQUE : Se joint à l'ordre des mots une **mélodie ascendante** dans la première proposition : l'intonation, restant en suspens, indique elle aussi que l'énoncé est incomplet et ne peut se voir assigner aucune valeur de vérité.

4. Après les adverbes de discours

Lorsque ces adverbes, qui présentent la caractéristique de nuancer l'énoncé ou l'énonciation, ou encore de rattacher l'énoncé au discours précédent (rôle de connecteur), sont placés en tête de phrase, la langue soutenue impose normalement la postposition du sujet.

ex. : *Ainsi parlait* Zarathoustra.
(F. Nietzsche)
Peut-être pourrais-tu *le faire?*

B. FACTEURS STYLISTIQUES

1. En proposition subordonnée

Conformément à la tendance générale du français, qui groupe les mots de préférence par masses volumétriques croissantes (loi de la **cadence majeure**), le sujet d'une proposition subordonnée pourra éventuellement suivre le verbe.

ex. : *J'aime beaucoup le livre qu'a écrit* cet auteur célèbre.

REMARQUE : On retrouve dans ce phénomène de postposition la valeur non assertive évoquée plus haut, dans la mesure où une subordonnée ne constitue pas à elle seule une phrase.

2. En proposition non dépendante

Outre les considérations rythmiques (recherche de la cadence majeure) et proprement esthétiques (effets de distorsions poétiques, figures de rhétorique telles que le chiasme, l'hyperbate, etc.), deux ordres d'explication peuvent être avancés.

a) recherche de continuité thématique

Pour préserver la progression générale de l'énoncé (dont l'ordre usuel est : thème/prédicat ; voir **ordre des mots**) seront placés de préférence en tête de phrase des éléments non informatifs, déjà évoqués précédemment : ils constitueront le **thème**. Du même coup, le sujet apportant l'information nouvelle (le prédicat) sera de préférence postposé.

ex. : *La ville se déployait à nos pieds. À droite l'enceinte médiévale étendait ses murs fortifiés. Plus loin s'élevait* une colline.

À ce facteur se substitue – ou se joint – éventuellement un souci d'expressivité.

b) recherche d'expressivité

Dès lors qu'afin d'être mis en relief, un autre terme de la phrase se trouve placé en première position, le sujet pourra alors se trouver à droite du verbe.

Verbe en tête de phrase

– Verbes de mouvement, indiquant la survenue d'un événement :

ex. : *Vint l'*hiver.

– Verbes au subjonctif dans des phrases à modalité exclamative (expression du souhait),

ex. : *Puisse-t-*il *seulement me répondre !*

ou indiquant une supposition, pure éventualité de l'esprit :

ex. : *Soit* ABC un triangle rectangle.

– Verbes indiquant un procès dont les sujets sont énumérés,

ex. : *Sont déclarés admis* Dupont Pierre, Vidal Marie, etc.

Attribut en tête de phrase

L'ordre affectif (prédicat/thème) est ici préféré, l'élément porteur de l'information principale (c'est-à-dire l'attribut) prenant la première place impose la postposition du sujet.

ex. : *Telle est* ma volonté.
Tendre est la nuit.

Circonstant en tête de phrase

ex. : *Ici repose* Gustave Flaubert.

REMARQUE : Comme on le voit dans ce dernier exemple, la contrainte thématique est encore à l'œuvre : il s'agit dans cette phrase d'informer non pas du lieu, présent dans la situation d'énonciation (*ici repose* est donc le thème de la phrase), mais de l'identité du défunt (*Gustave Flaubert* = prédicat).

T

temporelle (proposition subordonnée)

La proposition subordonnée circonstancielle de temps entre dans la catégorie des circonstancielles **adjointes** (voir **circonstancielle**) dont elle présente le caractère de **mobilité** dans la phrase :

> ex. : Quand tu auras achevé ton travail, *tu sortiras./Tu sortiras* quand tu auras achevé ton travail.

ainsi que le caractère **facultatif** (elle peut être supprimée) :

> ex. : *Tu sortiras.*

Elle a pour rôle d'établir un rapport temporel entre le fait principal et le fait subordonné. On notera que ce rapport peut s'exprimer en termes de **simultanéité** des procès :

> ex. : Quand tu parles, *il ne t'écoute jamais.*

ou d'**antériorité** du procès principal :

> ex. : *Tu seras parti* avant qu'il ne revienne.

ou encore de **postériorité** du procès principal :

> ex. : *Tu parleras* après qu'il aura exposé son point de vue.

I. MARQUES DE SUBORDINATION

A. CONJONCTIONS DE SUBORDINATION ET LOCUTIONS CONJONCTIVES

La proposition subordonnée circonstancielle de temps est très souvent introduite par un outil conjonctif : celui-ci, conformément à la définition de la conjonction de subordination, joue à la fois un rôle démarcatif (il sépare la proposition subordonnée de sa proposition rectrice) et un rôle subordonnant (il permet l'enchâssement de la subordonnée dans la phrase).

1. Marquant la simultanéité des procès

a) conjonctions

Lorsque (ancienne locution, soudée en français moderne) est spécifiquement temporel ; *quand* (que l'on ne confondra pas avec l'adverbe interrogatif) et *comme* se rencontrent également, mais sont moins spécialisées quoique d'un emploi plus courant :

ex. : Quand je travaille, *j'écoute de la musique.*

b) locutions conjonctives

Alors que, pendant que, tandis que marquent purement la simultanéité ; *aussi longtemps que* et *tant que* y joignent l'expression de la durée ; les locutions *au moment où, dans le temps que, au moment que, en même temps que* sont d'origine relative, et permettent une datation précise ; *à présent que, maintenant que* indiquent le point de départ dans le temps ; *à mesure que* la progression dans le temps, *chaque fois que* et *toutes les fois que* la répétition dans le temps :

ex. : *J'écoute de la musique* pendant que je travaille.

2. Marquant l'antériorité du procès principal

On ne rencontre ici que des locutions conjonctives, *avant que* étant la plus fréquente. On signalera encore *jusqu'à ce que, jusqu'au moment où, en attendant que,* qui indiquent la limite du procès principal :

ex. : Avant que je le connaisse, *il vivait à l'étranger.*

3. Marquant la postériorité du procès principal

Là encore, seules les locutions conjonctives se rencontrent : *après que, une fois que*; *dès que* et *sitôt que* marquent la limite initiale du procès principal; *depuis que* en exprime le point d'appui :

ex. : Dès qu'il eut fini, *tout le monde se leva.*

REMARQUE : On rappellera que toutes ces conjonctions ou locutions conjonctives ont pour caractéristique de pouvoir être reprises, en cas de coordination, par la conjonction *que*, appelée alors *vicariante* :

ex. : *Tant que les hommes pourront mourir* et qu'ils aimeront à vivre, *le médecin sera raillé et bien payé.* (La Bruyère)

B. AUTRES MARQUES DE SUBORDINATION

1. La proposition participiale

De construction toujours détachée (elle est délimitée par des pauses), elle possède un noyau verbal au participe et exige un groupe nominal support de ce verbe, qui ne peut occuper aucune autre fonction dans la phrase :

ex. : L'air devenu serein, *il part tout morfondu.* (La Fontaine)

2. La construction paratactique

Il s'agit de propositions formellement juxtaposées (aucun lien conjonctif), mais syntaxiquement hiérarchisées : l'une est subordonnée, ce que révèle son incapacité à pouvoir fonctionner seule (voir **subordination**).

La locution adverbiale *à peine*, toujours en tête de proposition, permet de marquer l'antériorité immédiate du fait subordonné; un *que* de ligature peut souder la subordonnée à sa principale, la pause disparaissant alors.

ex. : À peine étions-nous dans la plaine *(que) l'orage éclata.*

On observera dans la subordonnée la postposition obligatoire du sujet et l'emploi nécessaire de l'imparfait, auquel succède, dans la principale, le passé simple pour signifier que s'interrompt le processus.

REMARQUE : On a parfois proposé d'analyser comme temporelle elliptique un exemple comme celui-ci :

ex. : Présente, *je vous fuis,* absente, *je vous cherche.* (J. Racine)

On rappelle en effet que l'épithète détachée (fonction assumée ici par les adjectifs *présente* et *absente*) constitue un fait d'énonciation spécifique, qui s'ajoute à l'énonciation principale, et peut de ce fait se prêter à des interprétations circonstancielles.

II. MODE DE LA TEMPORELLE

A. EMPLOI DE L'INDICATIF

Les propositions subordonnées circonstancielles de temps qui traduisent la simultanéité des procès ou la postériorité du fait principal par rapport au fait subordonné voient leur verbe conjugué à l'indicatif (elles évoquent des procès pleinement actualisés) :

ex. : *Quand il* travaille, *il ne supporte aucun bruit.*
Après qu'il eut parlé, *un grand silence se fit.*

REMARQUE : L'analogie avec les temporelles introduites par *avant que* conduit parfois à l'emploi du subjonctif dans les subordonnées introduites par *après que*. Cette évolution se constate de plus en plus largement dans le français courant.

B. EMPLOI DU SUBJONCTIF

Les subordonnées circonstancielles de temps qui marquent l'antériorité du procès principal voient leur verbe conjugué au subjonctif : elles évoquent en effet un procès qui, n'étant pas encore advenu, entre dans la catégorie non des faits posés, mais des faits possibles (voir **subjonctif**) :

ex. : *Tu partiras* avant qu'il n'arrive.
Je travaillerai jusqu'à ce qu'il revienne.

REMARQUE : La locution conjonctive *jusqu'au moment où* impose cependant le mode indicatif ; la raison en est l'origine encore très sensible du tour relatif.

III. ORDRE DES MOTS DANS LA TEMPORELLE

L'ordre des mots dans la proposition subordonnée circonstancielle de temps est conforme à l'ordre canonique (celui de la phrase assertive : sujet-verbe-complément). Des facteurs rythmiques (équilibre des volumes sonores) ou stylistiques (recherche de l'expressivité) peuvent justifier parfois la postposition du sujet (voir **sujet**) :

ex. : Quand reviendra Merlin, *reviendront à cheval le roi Artus, Gauvain, Tristan et Perceval.* (P. Fort)

transitivité

Le terme de *transitivité*, formé sur un ancien verbe latin signifiant « passer d'un endroit à un autre », désigne, dans une acception très large, la propriété qu'ont certains mots de la langue d'être **complétés** étroitement par d'autres mots : ils « font passer » la relation qu'ils indiquent sur leur complément.

La notion de transitivité est donc d'abord une **notion syntaxique**, puisqu'elle engage l'étude des relations des mots entre eux.

Grammairiens et lexicographes l'appliquent par prédilection au domaine du verbe, mais on verra qu'un phénomène analogue peut être observé hors du verbe.

I. LA TRANSITIVITÉ VERBALE

Il s'agit donc d'examiner les compléments du verbe ; la notion de transitivité désigne tantôt une **propriété intrinsèque des verbes** permettant d'en proposer un classement, tantôt un **type de construction**, fait de discours et non de langue.

A. VERBES TRANSITIFS ET VERBES INTRANSITIFS

La grammaire divise parfois les verbes français en deux classes opposées : les verbes transitifs, acceptant un complément d'objet, et les verbes intransitifs, refusant cette construction.

1. Les verbes transitifs

Ils ont les propriétés suivantes :

a) présence du complément d'objet

Ils admettent un complément d'objet, que celui-ci soit direct (COD)

ex. : *Pierre mange* un gâteau.
Elle le *voit*.

ou indirect (COI)

ex. : *Elle* lui *parle*.

REMARQUE : Comme on le verra, le complément d'objet direct peut dans certains cas n'être pas exprimé :

ex. : *Pierre mange. Pierre parle.*

b) transformation passive

Les verbes transitifs directs ont la possibilité de subir la transformation passive (voir **voix**) : le complément d'objet devient alors sujet et le verbe change de forme.

ex. : *Le policier arrête le voleur* > Le voleur *est arrêté (par le policier).*

REMARQUE : Cette propriété n'est pas vraie de tous les verbes transitifs directs. Elle exclut notamment le verbe *avoir.*

c) auxiliaire avoir

À la voix active, les verbes transitifs se conjuguent tous aux temps composés avec l'auxiliaire *avoir.*

ex. : *Le policier l'*a *arrêté.*
Elle le lui aura *dit.*

REMARQUE : Cependant les **verbes pronominaux**, qui peuvent être transitifs, se conjuguent toujours avec l'auxiliaire *être.* Voir **pronominale** (forme).

ex. : *Elle s'*est *vue dans la glace.*

2) Les verbes intransitifs

Leurs propriétés sont inverses de celles des verbes transitifs.

a) refus du complément d'objet

Ils admettent des compléments circonstanciels, mais récusent la présence d'un complément d'objet.

ex. : *Pierre dort* depuis longtemps.
Il pleut souvent.

REMARQUE : Ils peuvent parfois se faire suivre du complément d'objet interne, qui redouble pour spécifier le sens du verbe.

ex. : *Pleurer des larmes de sang.*
Dormir son dernier sommeil.

Certains imposent la présence de l'attribut du sujet : ils sont dits *verbes attributifs* :

ex. : *Elle devient* pénible.

b) refus de la transformation passive

La distinction entre voix active et voix passive est inopérante à leur égard : **ils ne connaissent que la forme active**, quel que soit leur sens.

c) auxiliaire être *ou* avoir

Ils se conjuguent aux temps composés, selon les cas, avec l'auxiliaire *être* ou *avoir*, ce dernier ayant la plus large extension d'emploi.

– Certains d'entre eux ne connaissent qu'un seul auxiliaire :

ex. : *devenir => être devenu*
dormir => avoir dormi

– Certains peuvent s'employer tantôt avec *être*, tantôt avec *avoir*. Le sens de la forme composée varie alors, soit qu'il y ait spécialisation de sens,

ex. : *J'*ai *longtemps* demeuré (= j'ai vécu) *boulevard Saint-Germain.*
Je suis demeuré *sourd à ses remarques* (= je suis resté).

soit que le point de vue (c'est-à-dire l'aspect) diffère :

ex. : *Le navire a échoué* (= accent mis sur la réalisation du procès, donné pour achevé).
Le navire est échoué (= accent mis sur le résultat : à rapprocher de la construction attributive).

REMARQUE : En ce qui concerne le choix de l'auxiliaire, des tendances peuvent être dégagées plutôt que des règles (voir **auxiliaire**).

3. **Un autre classement possible : la notion de *valence***

On a parfois proposé de prendre comme critère distinctif des verbes le nombre d'éléments appelés à la réalisation du procès (***sujet***, siège de l'action évoquée, et **complément d'objet**, point d'aboutissement du procès) : cette possibilité syntaxique qu'a le verbe d'être ou non entouré de ces participants (on parle parfois d'*actants*) s'appelle la *valence*. On sera alors amené à distinguer les verbes avalents, monovalents, bivalents et trivalents.

a) les verbes avalents

ex. : *Il pleut.*

Le sujet grammatical ne représente aucune entité douée de sens : il n'est là que pour donner au verbe une assise syntaxique, pour en permettre la conjugaison (voir **impersonnelle** [forme]). Le procès est évoqué seul, sans actant : la phrase signifie, en quelque sorte, que *la pluie a lieu.*

b) les verbes monovalents

ex. : Pierre *dort.*
La tour *s'écroule.*

Ils ne connaissent qu'un seul actant, le sujet (parfois redoublé sous la forme du pronom réfléchi).

c) les verbes bivalents

ex. : Pierre *mange* un gâteau.
Il *se moque de* lui

Avec le complément d'objet, un actant supplémentaire intervient.

d) les verbes trivalents

ex. : Pierre *a offert des fleurs à sa femme.*
On *a accusé* Pierre de ce crime.

On reconnaît ici la double complémentation : au complément d'objet se joint en effet un complément d'objet second ; cette possibilité concerne en particulier les verbes de *dire* et de *don* (ainsi que leurs contraires).

Ce classement, on le voit, n'est pas contradictoire avec le précédent : les verbes transitifs sont ainsi par définition bivalents ou trivalents, les verbes intransitifs avalents ou monovalents.

REMARQUE : L'intérêt de cette distinction réside en fait dans son extension à de nombreux phénomènes qui peuvent intervenir et modifier occasionnellement la valence d'un verbe donné. (Voir **impersonnelle** [forme], **périphrase**, **pronominale** [forme], **voix**)

Ainsi l'emploi du verbe *faire* en périphrase permet d'ajouter un actant au verbe :

ex. : *Pierre fait tomber Paul.* (Le verbe *tomber*, de monovalent, devient alors bivalent.)

Au contraire, l'emploi du pronom réfléchi dans la forme pronominale opère parfois la réduction d'un actant, pouvant alors entraîner un changement de sens du verbe :

ex. : *Pierre se lève.* (Le verbe *lever*, de bivalent, devient monovalent.)

B. CONSTRUCTIONS TRANSITIVES ET INTRANSITIVES

En réalité, le classement proposé divisant les verbes en deux catégories apparemment imperméables s'avère dans la majorité des cas trop restrictif, dans la mesure où de nombreux verbes peuvent changer de groupe, passant alors d'un emploi transitif à une construction intransitive.

À côté de certains verbes qui ne peuvent s'employer qu'avec un complément d'objet (ex. : *redouter, se fier à*), de très nombreux verbes transitifs peuvent être utilisés en l'absence de ce dernier. Il faut cependant distinguer deux analyses, selon que le complément d'objet s'efface sans que le verbe change de sens, ou que la construction intransitive entraîne alors une altération sémantique.

1. Effacement du complément d'objet sans changement de sens

On considère alors qu'il y a eu ellipse (disparition en surface) du complément, celui-ci pouvant toujours être restitué. **Le verbe reste transitif**, en construction absolue. Le sens ne change pas radicalement, tout au plus se spécialise-t-il parfois.

Cet effacement n'est possible que dans certains cas :
– le complément d'objet peut être restitué aisément grâce au contexte, à la situation d'énonciation : il demeure implicite :

ex. : *Donne !*
Couvrir et laisser cuire à feu doux.

– le complément d'objet est très général, le procès n'est pas spécifié :
ex. : *Il mange* (quelque chose de comestible).
Il bégaya (des mots, une phrase, etc.).

– le complément d'objet est spécifique (il ne constitue qu'un sous-ensemble des objets possibles du verbe), mais peut être restitué ; le verbe se spécialise :

ex. : *Il fume* (des cigarettes, la pipe...).
Il boit trop (de boissons alcoolisées).

2. De la transitivité à l'intransitivité : changement de sens

L'absence du complément d'objet et éventuellement l'appartenance du sujet à la catégorie des animés ou non-animés entraîne une modification du sens du verbe, que le dictionnaire entérine en lui ouvrant une entrée spécifique. **Devenant intransitif**, le verbe n'indique plus un procès, mais une **propriété**.

a) verbes symétriques

Certains verbes, en nombre limité, ont la propriété de pouvoir accepter le même groupe nominal, soit en position de complément d'objet, soit en position de sujet, le verbe devenant alors intransitif.

ex. : *Pierre casse le verre./Le verre casse.*
Pierre cuit le rôti./Le rôti cuit.

REMARQUE 1 : Les mêmes verbes acceptent également la construction pronominale :
ex. : *Le verre se casse.*
Le rôti se cuit.

REMARQUE 2 : Certains verbes présentent, dans cet emploi symétrique, la particularité de se faire suivre d'un complément direct, qui cependant ne s'analyse pas comme un complément d'objet :
ex. : *As-tu senti* (= respiré l'odeur de) *mon nouveau parfum ?/Mon nouveau parfum sent* (= exhale l'odeur de) *le musc.*

b) changement de sujet : sujet animé/sujet inanimé

ex. : *Pierre coupe un fruit./Le couteau coupe.*

Aucune symétrie n'est visible ici entre les positions sujet et objet. Cependant, en construction intransitive, le sujet est inanimé et entraîne une modification du sens du verbe (du procès : action de *couper*, à la propriété : qualité de *coupant*).

II. LA TRANSITIVITÉ HORS DU VERBE

Le concept de transitivité peut être étendu aux autres parties de la phrase. Dès lors qu'il existe des mots qui appellent nécessairement une complémentation, on peut considérer que l'on retrouve le mécanisme de la transitivité.

A. PRÉPOSITIONS, CONJONCTIONS ET ADVERBES

On opposera de ce point de vue l'ensemble formé par les prépositions et les conjonctions, aptes à régir des éléments, et l'adverbe, de nature foncièrement intransitive.

La préposition, appelant nécessairement un régime, est un outil qui assure la transitivité ; dès lors que ce régime disparaît, on dira qu'elle est en emploi *adverbial.*

ex. : *Passe* devant *moi* (préposition).
Passe devant (emploi adverbial).

REMARQUE : C'est précisément cette propriété qui lui permet de rendre transitif (indirect) un verbe qui, refusant la complémentation directe, serait sans elle intransitif.

ex. : *Elle se moque (de lui).*

La conjonction de subordination possède les mêmes propriétés de transitivité : elle se distingue de la préposition en ce qu'elle subordonne, non des groupes nominaux, mais des sous-phrases (les propositions subordonnées).

B. ADJECTIF

Certains adjectifs, ou participes passés adjectivés, nécessitent d'être complétés de manière fixe, stéréotypée : on peut les appeler *adjectifs transitifs.* Voir **adjectif** (complément de l').

ex. : *enclin à quelque chose, disposé à quelque chose.*

REMARQUE : Comme pour les verbes, ce complément peut s'effacer et l'adjectif s'employer absolument.

ex. : *Il est bien disposé.*
Je suis prêt.

V

verbe

Le verbe est en grammaire l'une des plus importantes *parties du discours*, c'est-à-dire l'une des classes grammaticales (à côté du nom, pronom, adverbe, préposition, etc.) appelées à jouer en français un rôle fondamental. Elle réunit des mots ou groupes de mots (verbes au sens strict ou locutions verbales, comparer *apeurer/faire peur*) dotés de caractéristiques particulières.

Pour la morphologie

Le verbe est un mot **variable**. Il se présente en effet sous diverses formes qui constituent un ensemble fermé appelé *conjugaison* :

ex. : *aimer/tu aimes/aimant/aime,* etc.

Pour la syntaxe

Le verbe joue ordinairement en français un **rôle central** à l'intérieur de la phrase, dont il relie les divers éléments. On dit parfois qu'il est le *nœud*, le *pivot* de la proposition :

ex. : *Pierre* écoute *souvent de la musique.*

Pour le sens

Le verbe évoque un **procès** (état, action ou événement soumis à une durée interne) susceptible d'être situé dans une chronologie (passé/présent/futur) et présupposant nécessairement un **support** appelé *siège* du procès :

ex. : *La rumeur* approche.
L'écho la redit. (V. Hugo)

Il joue enfin, du point de vue logique, un double rôle dans la phrase et dans l'énoncé :
– il sert, dans la plupart des cas, à apporter sur un élément appelé *thème* une information nouvelle (le **prédicat**) :

ex. : *Pierre* (thème) *travaille* (prédicat).

– il permet de faire le lien entre la phrase et la réalité, en rattachant le procès à une personne et un temps (en l'**actualisant**), ainsi qu'en déclarant ce qui est dit comme conforme à ce qui est, ou encore faux, ou indécidable (voir **modalité**) :

ex. : *Pierre travaille./Pierre, travailler ?/Travaille, Pierre !*

I. LES CATÉGORIES MORPHOLOGIQUES DU VERBE

Sans entrer dans le détail des formes verbales (voir **conjugaison** page 719 et suivantes), on rappellera ici quelles sont les variations qui affectent la forme du verbe, et la valeur qui s'y attache.

Dans l'analyse morphologique d'un exemple comme,

ex. : *Tu parleras.*

il est possible de décomposer la forme verbale en isolant :
– un radical (ici *parl-*) : il appartient au **lexique**, puisque ses variations tiennent au sens du procès, et non à ses conditions de réalisation ;
– des désinences (ou encore terminaisons : ici, successivement *er+a+s*) : elles relèvent de la **grammaire**, puisqu'elles permettent de conjuguer le verbe.

Ces désinences, jointes aux différentes formes que peut prendre le verbe au moyen par exemple de l'emploi des pronoms personnels (forme pronominale et forme impersonnelle) permettent de mettre en évidence plusieurs catégories morphologiques propres au verbe.

A. LE MODE

Le français connaît six modes, que l'on peut opposer de la manière suivante :

1. Modes personnels

L'indicatif, le subjonctif et l'impératif servent à renseigner sur le degré d'actualisation du procès : en même temps qu'ils situent celui-ci par rapport à une personne, voire à un temps, ils donnent une **indication modale** (voir **modalité**), c'est-à-dire qu'ils renseignent sur l'attitude de l'énonciateur face à son énoncé.

a) indicatif

À l'indicatif, le procès est déclaré comme appartenant au monde de ce qui est vrai (dans le passé, le présent ou le futur) pour l'énonciateur, si la phrase est de modalité déclarative,

ex. : *Pierre travaille.*

ou comme momentanément indécidable (mais en attente de vérification) si la modalité est interrogative :

ex. : *Pierre travaille-t-il ?*

REMARQUE : Certaines formes de l'indicatif ont cependant, par extension de leur valeur de base, une **valeur modale** qui nuance parfois la valeur propre de l'indicatif. Ainsi l'imparfait est-il propre à évoquer des procès déclarés comme totalement exclus de l'actualité du locuteur :

ex. : *Si seulement Pierre travaillait !* (mais il ne travaille pas...).

Pour le détail de ces emplois particuliers, voir **indicatif**.

b) subjonctif

Au subjonctif, le procès est déclaré comme appartenant à l'ordre des **possibles** (que ce *monde possible* soit ou non effectivement vérifié dans la réalité) :

ex. : *Que Pierre travaille !*
Je regrette que Pierre travaille (= il pourrait ne pas le faire).

c) impératif

À l'impératif, le procès fait l'objet d'une **injonction**, d'un ordre (ou défense) adressé à l'interlocuteur :

ex. : *Pierre, travaille !*

REMARQUE : On le voit, ces trois modes sont en rapport avec la notion de modalité, dont ils constituent l'un des outils d'expression, mais non le seul. Par exemple certains adverbes (*peut-être, évidemment, sincèrement,* etc.), certains faits de prosodie (intonation, place de l'accent) ou certains phénomènes d'ordre des mots (postposition du sujet en phrase interrogative...) permettent également de distinguer les diverses modalités.

2. Modes impersonnels

L'infinitif, le participe et le gérondif ne varient pas en personne (ni d'ailleurs en temps). Ils constituent des formes limites du verbe, qui le rapprochent d'autres catégories grammaticales.

a) infinitif

L'infinitif est la forme nominale du verbe. Il ne retient du procès que l'idée lexicale et l'implication d'une durée et d'un actant ; aussi est-il apte à assumer les fonctions du substantif, avec lequel il se confond parfois :

ex. : Rire *est agréable.* / Le rire *est le propre de l'homme.*

b) participe

Le participe est la forme adjectivale du verbe. Il évoque une **propriété** soumise à la durée, pour le participe présent, ou simplement résultative, pour le participe passé :

ex. : *Des enfants* fatigués.

c) gérondif

Le gérondif est la forme adverbiale du verbe. Il précise, à la manière d'un adverbe, les circonstances dans lesquelles s'effectue le procès principal :

ex. : *Il travaille* tout en écoutant *de la musique.*

Ces trois modes, on le voit, ne permettent pas d'actualiser le procès, et ne donnent de ce fait aucune information sur la conformité de l'énoncé avec la réalité. Aussi n'ont-ils pas à proprement parler de valeur modale.

B. LA PERSONNE ET LE NOMBRE

Ces deux catégories doivent être réunies dans la mesure où elles n'affectent que les verbes employés à des modes personnels (à l'exception toutefois de la forme adjective du verbe, parfois variable en nombre), et où d'autre part elles sont conférées au verbe en même temps, par l'intermédiaire du sujet, en vertu des règles d'accord.

1. Les six formes personnelles du verbe

On distingue traditionnellement trois personnes pouvant varier au singulier et au pluriel, ce qui fait en réalité six formes personnelles. De fait, il serait préférable de parler de *rang personnel* (P1 = je, P2 = tu, ... P6 = ils/elles). Car si la distinction singulier/pluriel est opératoire en ce qui concerne la troisième personne,

ex. : *Le chat dort./Les chats dorment.*

elle est plus difficile à maintenir ailleurs. En effet, la P4 n'est pas le résultat de l'addition de plusieurs *je*, mais de la combinaison du *je* avec d'autres actants :

ex. : *Pierre et moi (nous)* irons *nous promener.*

Il en va de même pour la P5, dont le maniement est assez complexe :
– tantôt elle équivaut, pour des raisons de politesse, à la P2, le *je* s'adressant à un interlocuteur unique :

ex. : *Pardon, Monsieur, auriez-vous l'heure s'il vous plaît ?*

– tantôt elle s'emploie lorsque sont en jeu plusieurs interlocuteurs :

ex. : *Dites donc, tous les deux, vous n'avez pas bientôt fini ?*

– tantôt encore elle intervient lorsque se combinent un ou plusieurs interlocuteurs et un actant extérieur au dialogue :

ex. : *Pierre et toi (vous) êtes mes meilleurs amis.*

2. Personnes de l'interlocution et personnes du récit

Il convient en effet, dans le système personnel, de distinguer deux ensembles :

a) les personnes de l'interlocution

Les personnes P1, P2, P4 et P5 *(je, tu, nous, vous)* ne se rencontrent pour le verbe que lorsque sont en jeu un locuteur et un interlocuteur.

Le verbe ne peut en fait se trouver conjugué à ces personnes qu'à la condition qu'elles apparaissent explicitement sous la forme de pronoms personnels :

ex. : *Je pars demain.*

REMARQUE : À l'impératif cependant, en l'absence de sujet exprimé, c'est le verbe qui sélectionne directement, par ses désinences, le ou les destinataires de l'ordre :

ex. : *Pars/Partons/Partez.*

b) les personnes du récit

Le verbe se conjugue aux personnes P3 et P6 dès lors qu'il ne s'agit plus d'un dialogue, mais bien de décrire les procès qui affectent un actant (être, chose ou notion) **exclu de l'interlocution**. Ainsi, pour pouvoir écrire,

ex. : *Pierre part.*

il faut présupposer que l'énoncé, qui constitue au sens large un *récit*, ne s'adresse pas à Pierre : la troisième personne est bien celle dont on parle, mais non celle qui parle ou à qui l'on parle.

REMARQUE : Cette situation d'exclusion du dialogue permet par exemple d'expliquer certains emplois de la troisième personne, là où l'on attendrait normalement le *tu* (énallage, en termes rhétoriques) :

ex. : *Comme il est mignon ce bébé !* (une mère à son enfant).

Ce que présuppose l'emploi de la P3, c'est précisément que l'enfant (latin *in-fans* = qui ne parle pas) ne possède pas ici la faculté de répondre, ou tout au moins n'est pas considéré comme partenaire de la situation d'énonciation.

De ce fait, les P3 et P6 ont une extension d'emploi beaucoup plus large que les personnes de l'interlocution. Le verbe se conjugue en effet à ces personnes dès lors que le sujet est un nom ou groupe nominal (ou tout autre de ses équivalents fonctionnels), ou encore un pronom autre que les personnels de rang 1, 2, 4 et 5 :

ex. : *Le tabac est dangereux pour la santé. Fumer est dangereux. On ne devrait pas fumer.*

REMARQUE : À la forme impersonnelle, le verbe se conjugue exclusivement avec le pronom *il* et prend alors les marques de la P3 :

ex. : *Il arrive souvent des accidents.*

C. LE TEMPS ET L'ASPECT

Ces deux catégories possèdent en français des marques communes, c'est-à-dire qu'une même désinence cumule deux informations distinctes. Ainsi dans l'exemple suivant,

ex. : *Il parl-ait.*

la désinence d'imparfait *(-ai-)* permet :
– de dater le procès, en le situant dans la chronologie (procès **passé**, par rapport au moment de l'énonciation). C'est la fonction **temporelle** ;
– d'indiquer que le procès est considéré sous l'angle de son déroulement, celui-ci étant vu en cours, sans que les limites (début ou fin) en soient perceptibles. C'est la fonction **aspectuelle** (voir **aspect**).

À chaque forme simple du verbe, quel que soit le mode, correspond en français une forme composée, et parfois surcomposée, recourant aux auxiliaires *avoir* ou *être* :

ex. : *Je finis/J'ai fini/J'ai eu fini.*

L'ensemble de ces formes porte en grammaire traditionnelle le nom de *temps* du verbe (ex. : *présent, passé composé, futur antérieur,* etc.), bien que leur opposition soit le plus souvent à comprendre en termes d'aspect : aspect accompli pour la forme composée et surcomposée, aspect non accompli pour la forme simple.

REMARQUE : On constate donc toute l'ambiguïté du terme *temps* dans son emploi en grammaire. Il recouvre en effet des réalités très diverses.
– On parle des *temps* du verbe pour désigner les formes que celui-ci peut prendre dans la conjugaison des modes (présent, plus-que-parfait, etc.), même lorsque ces formes n'ont pas de valeur temporelle, mais seulement une valeur aspectuelle. On a parfois proposé de les appeler *tiroirs verbaux.*
– On parle encore du *temps* que met le procès à se dérouler, lorsqu'on l'envisage sous l'angle de sa durée interne : il s'agit bien de l'**aspect** au sens strict.
– Enfin le *temps* réfère à la chronologie, c'est-à-dire la datation en époques des procès (passé/présent/futur) ou à leur position relative les uns par rapport aux autres (simultanéité/postériorité/antériorité). Seul ce dernier emploi nous paraîtrait devoir être réservé, en grammaire, au mot *temps.*

D. LA VOIX

La catégorie de la voix a longtemps fait l'objet d'une définition sémantique, que l'on fondait sur les rapports entre fonctions syntaxiques (sujet, objet, complément d'agent) et fonctions logiques (agent/patient).

En raison de nombreuses difficultés inhérentes à une telle présentation (voir **voix**), on préférera donner de la voix une définition purement formelle (morphologie et syntaxe).

1. La voix active

La voix active représente la **forme non marquée** du verbe, celle dont font état tous les tableaux de conjugaison quel que soit le verbe.

On y regroupe des verbes transitifs aussi bien qu'intransitifs (voir **transitivité**) :

ex. : *Pierre* veut *partir.*
Pierre part.

Elle comprend encore des verbes employés à la **forme pronominale** (avec un pronom complément réfléchi, et l'auxiliaire *être* aux temps composés),

ex. : *Pierre* s'est décidé *à partir.*

et des verbes à la **forme impersonnelle** (avec le pronom sujet *il* dépourvu de toute valeur sémantique) :

ex. : Il faut *que Pierre parte.*

2. La voix passive

Rare en français, la voix passive n'apparaît que pour certaines catégories de verbes :
– les verbes transitifs directs (à l'exception de quelques-uns, dont *avoir* au sens de *posséder*) :

ex. : *Pierre* est aimé *(de ses enfants).*

– quelques rares verbes transitifs indirects :

ex. : *Pierre* est obéi *(de ses enfants).*

La voix passive peut être décrite à partir de la voix active, comme le résultat d'une **transformation syntaxique** : le complément d'objet de la voix active remonte au passif en position de sujet, tandis que le sujet de l'actif est parfois exprimé sous la forme du complément d'agent.

Morphologiquement, le français ne dispose pas de désinences spécifiques au passif : la langue recourt à la périphrase formée de l'auxiliaire *être + forme adjective du verbe,* se confondant ainsi partiellement avec la structure attributive :

ex. : *La porte* est fermée.

II. LE RÔLE SYNTAXIQUE DU VERBE

Le verbe occupe en français une place centrale dans l'économie syntaxique de la phrase. C'est, en effet, la plupart du temps, autour de lui que s'organisent les autres constituants.

A. VERBE ET PHRASE

1. La phrase verbale

À côté des énoncés sans verbe, réservés à des conditions d'énonciation particulières (voir **phrase**),

ex. : *Superbe, cette robe!*
Ailleurs, bien loin d'ici! Trop tard, jamais peut-être!
(C. Baudelaire)

le modèle canonique de la phrase reste en français un modèle syntaxique organisé autour d'un groupe nominal (le sujet) et d'un groupe verbal (le verbe et ses éventuels compléments d'objet) :

ex. : *Elle lit un livre à ses enfants.*

2. La fonction prédicative du verbe

La grammaire traditionnelle décompose la phrase en « propositions » (indépendante, principale ou subordonnée, selon leur autonomie syntaxique et leurs relations entre elles), s'inspirant en fait d'une ancienne tradition logique. La proposition, dans cette perspective, est une unité logique permettant de distinguer ce dont on parle (le **thème**) et ce qu'on en dit (le **prédicat**). Ainsi dans,

ex. : *Pierre est charmant.*

le prédicat se confond avec l'adjectif attribut, le thème avec le sujet (le verbe *être* n'étant alors qu'une « copule », simple marqueur de liaison). Dans l'exemple suivant,

ex. : *Pierre plaît à tous.*

c'est au groupe verbal qu'est confiée la fonction prédicative.

De fait, dans un très grand nombre de phrases simples – et sans tenir compte des éventuels faits de segmentation ou d'emphase –, la prédication se fait par l'intermédiaire du verbe, dès lors que celui-ci joue précisément son rôle de « centre de proposition », en assumant la fonction verbale qui lui est propre.

B. FONCTION VERBALE

La traduction syntaxique de cette fonction prédicative du verbe fait de lui le **noyau** autour duquel s'articulent les principaux constituants de la phrase.

Dans cette fonction proprement verbale (à laquelle renoncent parfois les verbes conjugués aux modes impersonnels : voir **infinitif**, **participe**, **gérondif**), on analysera donc le verbe comme « centre » ou encore « pivot » de la proposition. Autour de lui se repéreront les principales fonctions : le **sujet** (qui lui donne ses marques morphologiques, en vertu de l'accord), le **complément d'objet** si le verbe est transitif, situé dans sa dépendance, certains **compléments circonstanciels**, que l'on peut appeler « intégrés », au fonctionnement proche des compléments d'objet, et même l'éventuel **complément d'agent** avec un verbe au passif :

ex. : *Le professeur distribue les livres aux enfants.*
Les livres sont distribués aux enfants par le professeur.

REMARQUE : Il est cependant possible de maintenir l'existence de certaines propositions, dotées d'un verbe à valeur prédicative en fonction de pivot ou de centre, mais pourtant dépourvues de sujet apparent.
Tel est le cas :
– des phrases à l'impératif :

ex. : *Parle !*

– des propositions infinitives et participiales, à l'existence souvent contestée ; leur verbe, par définition même invariable, ne possède donc pas à strictement parler de sujet :

ex. : *J'entends [siffler le train].*
[L'été finissant], nous reprîmes le chemin de la ville.

Mais, dans ces deux cas, le verbe à l'infinitif ou au participe remplit une fonction prédicative (il est bien question de quelque chose qui *siffle* et de quelque chose qui *finit*) : or celle-ci s'applique effectivement à un thème *(le train, l'été)*, l'ensemble constituant ainsi une « proposition » au sens logique du terme. Que cette proposition n'accède pas à la pleine existence syntaxique (en d'autres termes, que le thème ne puisse devenir sujet) n'ôte rien au fonctionnement du verbe, qui est bien dans les deux cas « centre » ou « pivot ».

C. ACCORD DU VERBE

Le phénomène syntaxique de l'**accord du verbe**, obligatoire en français avec le sujet, est la traduction morphologique de l'unité fonctionnelle du couple sujet-verbe.

1. Règle d'accord

Les formes personnelles du verbe (modes indicatif, subjonctif aux formes simples, et auxiliaires des formes composées de ces mêmes modes) s'accordent en personne et en nombre avec leur sujet :

ex. : *Mes amis* ont *trouvé que tu* étais *charmant.*

REMARQUE : Sont donc exclues de cette règle les formes verbales aux modes impersonnels, qui n'ont pas de sujet (infinitif, participe et gérondif). La forme adjective du verbe (ex. : *aimé, pris*... Voir **participe**), qui se rencontre seule ou en composition avec une forme verbale conjuguée, obéit à des règles propres d'accord en nombre et en genre qui sont exposées à l'article **participe**.

À l'impératif, l'accord du verbe, en l'absence d'un sujet exprimé, se fait par référence implicite au destinataire de l'injonction :

ex. : Prenez *vos livres s'il vous plaît.*

On notera que la règle d'accord, valable du point de vue orthographique, n'a pas toujours de réalisation phonétique :

ex. : *J*'aime/*tu* aimes/*il* aime/*ils* aiment = [ɛm]

REMARQUE : Ce sont donc souvent les pronoms personnels sujets, ou l'article des groupes nominaux, qui permettent de faire oralement la distinction de ces formes homophones. On comparera ainsi :

ex. : *Il aime* [ilɛm] / *Ils aiment* [ilzɛm].

et :

ex. : *Le garçon joue/les garçons jouent* [lə/le].

2. Applications et cas particuliers

a) accord en personne

– Le verbe ne se conjugue aux rangs P1, P2, P4 et P5 qu'en présence des pronoms personnels correspondants :

ex. : *Vous la* connaissez *sans doute.*

Des règles de préséance s'appliquent lorsque plusieurs personnes sujet sont en présence pour un même verbe :

– la première personne prévaut sur les deux autres et impose l'accord du verbe à la P4 :

ex. : *Pierre et moi (nous)* passerons *te prendre.*

– la deuxième personne prévaut sur la troisième et impose l'accord à la P5 :

ex. : *Pierre et toi (vous)* passerez *me prendre.*

Le verbe se conjugue aux personnes P3 et P6 dans tous les autres cas. L'accord en nombre intervient.

ex. : *Qui* veut *voyager loin ménage sa monture.*
Les voyages forment *la jeunesse.*

Quelques difficultés

Le pronom personnel est déterminé par un adverbe de quantité ou un nom à sens collectif (beaucoup d'*entre nous,* la majorité d'*entre nous*). Les deux accords sont possibles, aussi bien l'accord à la P6, s'appuyant sur la tête du groupe nominal,

ex. : *Beaucoup d'entre nous* ont *été satisfaits.*

que l'accord en personne selon le rang du pronom complément :

ex. : *Beaucoup d'entre nous* avons *été satisfaits.*

***Le pronom relatif* qui** possède comme antécédent un pronom personnel *(toi qui...). Qui* sert normalement de relais et impose l'accord avec son antécédent :

ex. : *Vous qui* savez, *rives futures...* (Saint-John Perse)

L'accord peut cependant se faire à la troisième personne lorsque l'antécédent de *qui* est un **attribut** du pronom personnel :

ex. : *Je suis l'Astre qui* vient. (V. Hugo)

mais :

ex. : *tu es la seule qui* puisses *me comprendre.*

b) accord en nombre

La règle d'accord peut être formulée très simplement : à sujet unique (ou considéré comme tel), verbe au singulier, à sujets multiples, verbe au pluriel.

C'est dire que, dans les cas litigieux, c'est essentiellement l'**interprétation** du groupe nominal sujet qui commande l'accord en nombre.

Le verbe se conjugue régulièrement au singulier

– Avec un seul sujet :

ex. : *Le chat* est *un animal domestique.*

– Lorsque les sujets renvoient en fait à une même réalité (ils sont coréférentiels) :

ex. : *Un cri, un sanglot me* fait *tressaillir.*

– Avec le pronom *on*, même lorsque celui-ci est à prendre dans un sens pluriel (il équivaut alors soit à *ils*, soit à *nous* dans le français oral) :

ex. : *Pierre et moi, on* ira *se promener s'il fait beau.*

Le verbe se conjugue au pluriel

– Avec un sujet au pluriel :

ex. : *Les chats* sont *des animaux paisibles.*

– Avec plusieurs sujets, coordonnés ou juxtaposés :

ex. : *Pierre et sa sœur* viendront *ce soir.*

– Lorsque le nom au pluriel est déterminé par les adverbes de quantité *beaucoup, peu, combien, trop* ou par le collectif *la plupart*. L'accord se fait alors par le sens :

ex. : *La plupart des gens/beaucoup de gens* ont *été étonnés.*

Employés seuls, ces outils continuent d'entraîner un accord au pluriel :

ex. : *Beaucoup* croient *encore à l'astrologie.*

Les deux accords se rencontrent

– En cas de coordination avec *ni, ou*, ou avec les comparatifs *comme, ainsi que,* etc. On considère ordinairement que si la coordination est **disjonctive** (un seul choix possible, les termes étant exclusifs l'un de l'autre) ou si le **sens comparatif** est maintenu, le verbe s'accorde au singulier :

ex. : *Le préfet ou son représentant* assistera *à la cérémonie.*
La mer, comme la montagne, attire *de nombreux vacanciers.*

Lorsqu'au contraire c'est l'idée de simple **ajout**, d'**addition** qui prime, le verbe se conjugue au pluriel :

ex. : *Ni son courage ni son mérite ne* sont *passés inaperçus.*
Le chat comme le chien sont *des mammifères.*

– Lorsque le sujet est constitué d'un **nom déterminé par un autre nom de sens collectif** (ex. : *une foule d'étudiants*), si l'accent est mis sur le nom collectif, l'idée de globalité l'emporte alors et le verbe s'accorde au singulier :

ex. : *Une foule de manifestants* défilait *en silence.*

Lorsque c'est l'idée de pluralité qui prime, le verbe se conjugue au pluriel :

ex. : *Une foule d'étudiants se* sont *rendus à l'appel des organisateurs.*

– Avec ***plus d'un***, l'accord se fait traditionnellement au singulier,

ex. : *Plus d'un* aura *apprécié.*

mais le pluriel se rencontre assez souvent (*Plus d'un* auront *apprécié*).
– Avec les expressions ***l'un(e) et l'autre***, les deux accords sont possibles, le pluriel étant cependant plus fréquent :

ex. : *L'un et l'autre se* sont *donné beaucoup de peine.*

– Avec les expressions partiellement lexicalisées ***vive, qu'importe (peu importe), soit***, la tendance est à l'invariabilité de la forme verbale, sentie comme figée, mais l'accord grammatical au pluriel est toujours possible :

ex. : Vive*(nt) les femmes !*

– Avec le **présentatif *c'est***, la même tendance au figement peut être notée, la locution restant au singulier même lorsqu'elle introduit un nom ou un pronom pluriel :

ex. : C'est *eux que je préfère.*

Cependant dans l'usage soutenu la mise au pluriel du présentatif est fréquente :

ex. : Ce sont *de vrais amis.*

REMARQUE : Avec les pronoms personnels *nous* et *vous*, l'invariabilité du présentatif est obligatoire *(c'est nous).*

voix

Opposant les diverses formes que peuvent prendre certains verbes, la grammaire distingue traditionnellement deux, voire trois « voix » :

ex. : *La mère* lave *l'enfant* (active).
L'enfant est lavé *tous les jours* (passive).
L'enfant se lave *seul* (pronominale).

À ces formes, on a longtemps cru pouvoir associer une valeur de sens immuable : la voix serait alors la catégorie pertinente pour définir les rapports entre agent et patient de l'action verbale.

Mais les très nombreux contre-exemples doivent inviter à renoncer à offrir de la voix une telle définition logique : on préférera provisoirement en proposer, plus prudemment, une description formelle.

I. DESCRIPTION FORMELLE

A. DIFFICULTÉS D'UNE DÉFINITION SÉMANTIQUE

1. Présentation traditionnelle

Reprenant l'exemple précédent, on peut être amené à opposer trois relations possibles entre agent et patient du procès verbal.

a) à la voix active

ex. : *La mère lave l'enfant.*

Le sujet grammatical se confond avec l'agent logique de l'action. La position de complément d'objet est occupée par le patient.

b) à la voix passive

ex. : *L'enfant est lavé tous les jours (par la mère).*

Cette fois, c'est le patient logique qui occupe la fonction de sujet. On remarquera que l'indication de l'agent – ancien sujet de l'actif –, toujours possible, demeure cependant facultative.

c) à la voix pronominale

ex. : *L'enfant se lave seul maintenant.*

Cette voix opérerait une synthèse des deux précédentes : le sujet grammatical est bien l'agent du procès, comme à la voix active, mais il est aussi, redoublé sous la forme du pronom réfléchi, le patient.

2. Limites

Cette présentation s'avère dans les faits bien loin de correspondre à la totalité des emplois possibles. De nombreux verbes en effet fonctionnent comme autant de contre-exemples.

a) non-correspondance entre forme et sens

Forme active et sens passif

De très nombreux verbes se présentent sous la forme active, sans que l'on puisse identifier le sujet avec l'agent du procès.

ex. : *Pierre* subira *bientôt une opération chirurgicale.*

C'est notamment le cas de nombreux verbes intransitifs :

ex. : *Pierre* souffre *beaucoup.*

Verbes pronominaux de sens non réfléchi

De la même manière, on peut citer de nombreux cas où la forme pronominale ne s'accompagne pas du sens réfléchi, c'est-à-dire où le sujet du verbe ne peut être présenté comme étant à la fois agent et patient du procès. Voir **pronominale** (forme).

ex. : *Pierre* s'est endormi. (*Pierre a endormi lui-même.)
Le pont pourrait s'effondrer. (*Le pont pourrait effondrer lui-même.)

b) verbes sans passif, verbes sans actif

La catégorie de la voix telle qu'elle a été présentée jusque-là pose le problème de son extension : l'opposition des trois formes est en effet loin d'être possible pour tous les verbes.

– Ainsi, les verbes intransitifs (voir **transitivité**) ne peuvent être mis au passif.

ex. : *Il dort. (*Il est dormi.)*

– De même, certains verbes n'existent qu'à la forme pronominale, ne connaissant pas la forme active.

ex. : *Il s'est évanoui.*

Deux conclusions s'imposent au vu de ces difficultés :
– d'une part, la multiplicité des effets de sens de la forme pronominale, et l'impossibilité d'en donner une interprétation logique valable pour tous, doit amener à exclure cette construction de la catégorie de la voix. Seuls l'actif et le passif demeurent, la construction pronominale devenant un sous-ensemble de l'actif ;
– d'autre part, seule une définition formelle de ces deux « voix » (si l'on convient de maintenir un terme admis par une longue tradition) peut permettre d'échapper à ces contradictions.

B. POUR UNE DÉFINITION SYNTAXIQUE

1. La voix active

Valable pour tous les verbes, elle constitue donc la forme neutre, non marquée, que prend le verbe conjugué. Elle fournit ainsi à la morphologie verbale un **modèle de conjugaison**.

Elle peut se combiner avec diverses constructions :
– verbes transitifs ou intransitifs ;

ex. : *Je la connais.*
Elle dort beaucoup.

– construction pronominale ;

ex. : *Je m'en souviens.*

– construction impersonnelle ;

ex. : *Il pleut.*

Lorsqu'il est possible à un verbe d'être employé à la voix passive, la voix active fonctionne alors comme référence pour la formation du passif.

ex. : *Le policier arrête le voleur* > *Le voleur est arrêté (par le policier).*

2. La voix passive

Elle ne concerne qu'une partie des verbes existants :
– la majorité des verbes transitifs directs ;

REMARQUE : Le verbe *avoir*, et quelques-uns de ses synonymes, ne peuvent être employés au passif. On a pu écrire ainsi que c'est le verbe *être* qui servait de passif à *avoir*.

ex. : *Pierre* a *de nombreux livres./De nombreux livres* sont à *Pierre*.

De même, les verbes pronominaux ne peuvent être mis au passif.

– de rares verbes transitifs indirects : *obéir à, pardonner à,* etc.

ex. : *Les enfants obéissent à leur père./Le père est obéi de ses enfants.*

REMARQUE : Jusqu'au XVIIIe siècle, ces verbes se faisaient suivre d'un complément d'objet **direct** (*pardonner* quelqu'un), ce qui explique que la transformation passive soit encore possible.

Les verbes intransitifs sont donc par définition exclus de la voix passive.

a) morphologie

À la différence par exemple du latin ou du grec, qui possédaient des désinences (ou terminaisons) spécifiques pour la voix passive, le français ne dispose pas d'une morphologie propre.

La voix passive apparaît donc sous la forme d'une périphrase, combinant le verbe *être* avec la forme adjective du verbe ; on reconnaît là la structure attributive (voir **attribut**) :

ex. : *On ferme la porte.* > *La porte est fermée.*
La porte est fermée/lourde/rouge.

b) la transformation passive

Comme on l'a dit, la voix passive se définit en référence à la voix active. Le mécanisme de transformation peut être décrit de la manière suivante :

– le complément d'objet de la voix active devient sujet de la voix passive :

ex. : *Le chat a tué* la souris. > La souris *a été tuée*.

REMARQUE : Dans le cas des locutions verbales formées sur des verbes transitifs, le second élément, étant dans la majorité des cas soudé au verbe, perd son autonomie syntaxique et n'est plus senti comme un complément d'objet.

ex. : *faire peur, prendre froid.*
mettre la puce à l'oreille.

Du même coup, le retournement du complément d'objet en sujet (constitutif de la voix passive) n'est plus possible : ceci explique que de très nombreuses locutions verbales n'existent qu'à la voix active.

– le sujet de la voix active peut apparaître, facultativement, sous la forme d'un complément prépositionnel appelé complément d'agent :

ex. : *La souris a été tuée (par le chat).*

REMARQUE : Dans la mesure où ce complément est facultatif (tandis que, exprimé sous la forme du sujet à la voix active, il est obligatoire), le verbe au passif perd alors l'un de ses participants obligatoires (voir **transitivité**).

c) interprétations du passif

Dans les deux phrases suivantes,

ex. : *Jeanne est mariée : elle s'appelle Madame Dupont.*
Jeanne a été mariée par le Maire de Paris en personne.

la forme passive donne lieu à deux interprétations différentes, selon l'aspect :
– une valeur résultative se dégage dans le premier cas (indication d'une **propriété** pour le sujet : *Jeanne = femme mariée*), la forme passive se confondant alors totalement avec la structure attributive,
– indication d'un **processus**, d'un événement dans le second exemple *(Le Maire de Paris a marié Jeanne).*

REMARQUE : Ces deux valeurs ne sont pas toujours possibles pour le même verbe. Elles sont liées à deux paramètres :
– verbe perfectif ou verbe imperfectif : valeur résultative pour le premier,
ex. : *La porte est ouverte.*

valeur de procès pour le second :

ex. : *Une solution est cherchée à ce problème* (= on cherche une solution).

– dans le cas du verbe perfectif, présence ou non d'un circonstant : en l'absence de toute indication de cadre du procès verbal, la phrase s'interprète comme une phrase attributive *(La porte est ouverte : vous pouvez entrer).* Dès lors au contraire que les circonstances sont spécifiées, la phrase s'interprète en rapport avec la voix active, c'est-à-dire comme l'évocation d'un procès *(Elle sera mariée demain par le Maire de Paris < Le Maire de Paris la mariera demain).*

La voix passive combine ainsi deux indications :
– l'évocation d'un **procès verbal** ;
– l'**attribution d'une propriété** nouvelle au sujet.

II. QUELQUES SUBSTITUTS POSSIBLES À LA VOIX

Le français moderne dispose de plusieurs tournures pouvant sous certaines conditions se substituer à la voix passive.

REMARQUE : De fait, le passif est d'emploi rare en français.

A. CONSTRUCTIONS VERBALES

De forme active, elles sont paraphrasables par un passif.

1. La forme pronominale à sens passif

ex. : *Ce livre* se vend *trente francs en librairie* (= est vendu).

2. La forme impersonnelle à sens passif

ex. : *Il* se vend *chaque année dix mille exemplaires de ce livre* (= dix mille exemplaires sont vendus).

À la différence du passif cependant, ces deux tours excluent la présence d'un complément d'agent : celui-ci reste donc indéterminé, ce qui explique que, dans les deux cas, une autre paraphrase soit possible avec le pronom indéfini *on (On vend ce livre).*

B. PÉRIPHRASES VERBALES

On rapprochera de la voix passive les trois périphrases suivantes :
– *se faire + infinitif;*

ex. : *Il s'est fait mordre par un chien* (= il a été mordu).

– *se voir + participe passé ou infinitif;*

ex. : *Il s'est vu sommé de quitter la place* (= il a été sommé...).

– *laisser + infinitif;*

ex. : *Il a laissé insulter sa femme par le voyou* (= sa femme a été insultée malgré lui).

Indications bibliographiques

I. GUIDES BIBLIOGRAPHIQUES

– *Bulletin analytique de linguistique française* (publié par l'I.N.A.L.F.), depuis 1969.

– *Bulletin signalétique du C.N.R.S.* (Sciences du langage), depuis 1969.

– MARTIN (R.) et MARTIN (E.), *Guide bibliographique de linguistique française*, Paris, Klincksieck, 1973.

II. OUVRAGES GÉNÉRAUX

A. Histoire des disciplines

– ARRIVÉ (M.), CHEVALIER (J.-Cl.), *La grammaire*, Paris, Klincksieck, 1975.

– CHEVALIER (J.-Cl.), *Histoire de la syntaxe. Naissance de la notion de complément dans la grammaire française (1530-1750)*, Genève, Droz, 1968.

– FUCHS (C.), LE GOFFIC (P.), *Les linguistiques contemporaines, repères théoriques*, Paris, Hachette, 1992.

– KRISTÉVA (J.), *Le langage, cet inconnu. Une initiation à la linguistique*, Paris, Seuil, 1981 [publié originellement en 1969, sous le nom d'auteur de J. JOYAUX).

– MALMBERG (B.), *Histoire de la linguistique*, Paris, P.U.F., 1991.

– MOUNIN (G.), *Histoire de la linguistique, des origines au XXe siècle*, Paris, P.U.F., 1967.

– SERBAT (G.), *Cas et fonction*, Paris, P.U.F., 1981.

B. Études de grammaire et de linguistique

1. Études générales

– *Grand Larousse de la langue française*, Paris, Larousse, 7 volumes [articles de grammaire rédigés par H. BONNARD, liste récapitulée au tome 7].

– ARRIVÉ (M.), BLANCHE-BENVENISTE (Cl.), CHEVALIER (J.-Cl.), PEYTARD (J.), *Grammaire Larousse du français contemporain*, Paris, Larousse, 1964.

– ARRIVÉ (M.), GADET (F.), GALMICHE (M.), *La grammaire d'aujourd'hui. Guide alphabétique de linguistique française*, Paris, Flammarion, 1986.

– BÉCHADE (H.-D.), *Phonétique et morphologie du français moderne et contemporain*, Paris, P.U.F., 1992.

Syntaxe du français moderne et contemporain, Paris, P.U.F., 1986 [édition revue et augmentée en 1993].

– BONNARD (H.), *Code du français courant*, Paris, Magnard, 1981.

– CHISS (J.-L.), FILLIOLET (J.), MAINGUENEAU (D.), *Linguistique française. Notions fondamentales*, Paris, Hachette.

– DELOFFRE (F.), *La phrase française*, Paris, SEDES, 1979.

– GARDES-TAMINE (J.), *La grammaire*, tomes 1 et 2, Paris, A. Colin, 1988.

– GARY-PRIEUR (M.-N.), *De la grammaire à la linguistique. L'étude de la phrase*, Paris, A. Colin, 1985.

– GREVISSE (M.), *Le bon usage*, Paris-Louvain-La-Neuve, Duculot, 1986 [douzième édition refondue par A. GOOSSE].

– LE GOFFIC (P.), *Grammaire de la phrase française*, Paris, Hachette, 1993.

– MAINGUENEAU (D.), *Précis de grammaire pour examens et concours*, Paris, Bordas, 1991.

– MARTINET (A.), *Syntaxe générale*, Paris, A. Colin, 1985.

– MOIGNET (G.), *Systématique de la langue française*, Paris, Klincksieck, 1981.

– MOLINIÉ (G.), *Le français moderne*, Paris, P.U.F., 1991.

– POPIN (J.), *Précis de grammaire fonctionnelle du français, tome 1, Morphosyntaxe*, Paris, Nathan, 1993.

– RIEGEL (M.), PELLAT (J.-C.), RIOUL (R.), *Grammaire méthodique du français*, Paris, P.U.F., 2e éd., 1996.

– SOUTET (O.), *La syntaxe du français*, Paris, P.U.F., 1989.

– SOUTET (O.), *Linguistique*, Paris, P.U.F., 1995.

– TESNIÈRE (L.), *Éléments de syntaxe structurale*, Paris, Klincksieck, 1965.

– WAGNER (R.-L.), PINCHON (J.), *Grammaire du français classique et moderne*, Paris, Hachette, 1962.

2. Études portant sur des points particuliers

– *L'Infinitif* [ouvrage collectif sous la direction de S. RÉMI-GIRAUD], Lyon, P.U.L., 1988.

– ANTOINE (G.), *La coordination en français*, Paris, d'Artrey, 1966.

– AUTHIER-REVUZ (J.), *Les mots qui ne vont pas de soi – boucles réflexives et non-coïncidences du dire*, Paris, Larousse, 1994.

– CATACH (N.), *L'orthographe française*, Paris, Nathan, 1980.

– COLIN (J.-P.), *Dictionnaire des difficultés de la langue française*, Paris, Le Robert, nouvelle édition 1989.

– CULIOLI (A.), *Pour une linguistique de l'énonciation. Opérations et représentations, tome 1*, Paris, Ophrys, 1990.

– DUCROT (O.) *et alii*, *Les mots du discours*, Paris, Éd. de Minuit, 1980.

– GOUGENHEIM (G.), *Étude sur les périphrases verbales*, Paris, Nizet, 1929.

– GROSS (M.), *Méthodes en syntaxe. Régime des constructions complétives*, Paris, Hermann, 1975.

– GUILLAUME (G.), *Temps et verbe. Théorie des aspects, des modes et des temps*, suivi de *L'architectonique des temps dans les langues classiques*, Paris, Champion, 1965.

– IMBS (P.), *L'emploi des temps verbaux en français moderne. Essai de grammaire descriptive*, Paris, Klincksieck, 1960.

– KLEIBER (G.), *Problèmes de référence : descriptions définies et noms propres*, Paris, Klincksieck, 1980.

L'article le *générique ; la généricité sur le mode massif*, Genève, Droz, 1990.

– MARTIN (R.), *Pour une logique du sens*, Paris, P.U.F., 1983.

Langage et croyance. Les univers de croyance *dans la théorie sémantique*, Bruxelles, P. Mardaga, 1987.

– MÉLIS (L.), *Les circonstants et la phrase : étude sur la classification et la systématique des compléments circonstanciels en français moderne*, Louvain, Presses Universitaires de Louvain, 1983.

La voix pronominale : la systématique des tours pronominaux en français moderne, Paris-Louvain-la-Neuve, Duculot, 1990.

– MILNER (J.-Cl.), *De la syntaxe à l'interprétation. Quantités, insultes, exclamations*, Paris, Seuil, 1978.

– MOLINIÉ (G.), *Dictionnaire de rhétorique*, Paris, Le Livre de Poche, 1992.

– PICOCHE (J.), *Précis de lexicologie française*, Paris, Nathan, 1977.

– ROTHEMBERG (M.), *Les verbes à la fois transitifs et intransitifs en français contemporain*, La Haye/Paris, Mouton, 1974.

– SOUTET (O.), *La concession en français, des origines au XVIe siècle. Les tours prépositionnels*, Genève, Droz, 1990.

La concession dans la phrase complexe, des origines au XVIe siècle, Genève, Droz, 1992.

– WILMET (M.), *Études de morpho-syntaxe verbale*, Paris, Klincksieck, 1976.

La détermination nominale, Paris, P.U.F., 1986.

III. REVUES DE GRAMMAIRE ET DE LINGUISTIQUE

[On ne citera que les noms des principales revues utilisées, sans référence aux articles particuliers qui ont été exploités. De nombreux numéros spéciaux, thématiques, ont ainsi été consultés avec grand profit ; il serait cependant trop long de les énumérer ici.]

– *Le français moderne*, d'Artrey et C.I.L.F., depuis 1933.

– *L'information grammaticale*, J.-B. Baillière et Heck, depuis 1979.

– *Langage*, Larousse, depuis 1966.

– *Langue française*, Larousse, depuis 1962.

– *Travaux de linguistique et de littérature*, Klincksieck, depuis 1963.

Table des articles

LES CATÉGORIES GRAMMATICALES

LES FONCTIONS

LA PHRASE

LE VERBE

ORTHOGRAPHE ET CONJUGAISON

par
Mireille HUCHON
Professeur à l'Université Paris-Sorbonne

Avertissement

Cette seconde partie de l'*Encyclopédie de la grammaire et de l'orthographe* contient :

– un guide orthographique ;

– la conjugaison des verbes ;

– un dictionnaire de 55 000 mots, précédé d'une description du système phonographique du français actuel ;

– un appendice donnant les textes officiels du XXe siècle concernant les tolérances et rectifications orthographiques.

Les correspondances entre la graphie et la prononciation sont systématisées dans le code phonographique placé avant le dictionnaire. Les 26 rubriques du guide orthographique, classées alphabétiquement, renvoient principalement aux caractéristiques étymologiques, morphologiques et distinctives des graphies.

Certaines rubriques traitent de l'ambiguïté des lettres muettes (*e* muet, *h*, consonnes doubles, consonnes finales, liaisons), des distinctions orthographiques (homonymies grammaticales, participe présent et adjectif verbal) ; d'autres de l'orthographe morphologique et syntaxique (préfixes, suffixes, genre, nombre, numération, accord de l'adjectif, du participe passé, du verbe). Une large part a été faite aux signes auxiliaires (accents, apostrophe, trait d'union, cédille, tréma), aux abréviations, aux majuscules, à la ponctuation. Des considérations historiques permettent de mieux comprendre les usages actuels.

Toutes les suggestions et recommandations du rapport du Conseil supérieur de la langue française (publié au *Journal officiel* du 6 décembre 1990), que l'Académie française fournit en option dans la 9e édition de son dictionnaire, sont indiquées avec la mention CSLF 1990.

Le tome I (de *A* à *Enzyme*) de cette 9e édition est paru en 1992. Pour la suite du dictionnaire, le *Journal officiel* publie régulièrement dans ses documents administratifs des fascicules d'une cinquantaine de pages (en 1997, publication jusqu'à la lettre H). L'ensemble de ces travaux est désigné dans le présent ouvrage par : *Dic. Ac. 1992*. (Dans le dictionnaire orthographique, *Ac.* jusqu'à la lettre H renvoie à cette dernière édition, à partir de la lettre H à la 8e édition.)

Pour les conjugaisons, l'étude des finales et des radicaux est suivie de 65 tableaux de conjugaison des verbes à la voix active : verbes *être* (C1) et *avoir* (C2), verbes réguliers du 1er groupe (C3) et du 2e groupe (C4), verbes irréguliers du 1er groupe (C5-C17), du 2e groupe (C18), du 3e groupe (C19-C65) et des caractéristiques de certains verbes défectifs (C66-C81).

La description du code phonographique permet de montrer, pour chaque graphème (unité graphique), les valeurs phonétiques possibles (l'astérisque marquant les emplois peu fréquents), puis, pour chaque phonème (unité phonétique), les graphèmes concurrents.

Dans le dictionnaire, chaque mot est suivi de sa classe grammaticale et éventuellement de l'indication de son appartenance à la langue familière ou argotique. (Toutefois, pour des raisons de place, les cas où un mot de la langue courante est pris dans un sens familier ou argotique n'ont pu être mentionnés.) Les abréviations (notées *abrév.*) appartiennent souvent à la langue familière.

Les homonymes de même catégorie grammaticale sont distingués par une brève définition ou un renvoi au vocabulaire spécialisé auquel ils appartiennent (v. par ex. : *chant* et *champ*). Il en est de même pour les noms qui offrent un sens différent en fonction du genre (v. par ex. : *période*).

En cas de pluralité d'orthographe, la parenthèse est utilisée lorsqu'il s'agit de suppression de lettres (ex. : *défen(d)s* = *défends* ou *défens*) ; dans les autres cas, il est fait usage de la mention *ou* : *lys* ou *lis*.

L'astérisque devant *h* signale l'existence d'un *h* aspiré.

Certains mots dont l'orthographe présente des difficultés sont accompagnés d'un renvoi au guide alphabétique. Les emplois des accents, de l'apostrophe, des consonnes finales, des consonnes doubles, du *e* muet, de la cédille, du tréma, du trait d'union, les variations en genre et en nombre n'ont pas été référencés. Le classement alphabétique des rubriques orthographiques permet dans chacun de ces cas une consultation rapide du guide.

Une transcription phonétique accompagne les mots qui offrent des graphèmes rares ou pour lesquels il y a ambiguïté. Pour les autres mots, il est possible de se reporter au classement alphabétique des graphèmes qui précède le dictionnaire.

Chaque verbe irrégulier est accompagné d'un renvoi au type auquel il appartient. Tous les verbes en *-er* et *-ir* sans renvoi se conjuguent donc respectivement sur *aimer* (C3) et sur *finir* (C4).

Pour les noms et les adjectifs qui n'ont pas de pluriel en *s* et pour les mots composés, la forme du pluriel est fournie (entre parenthèses, précédée de la mention *pl*, sauf pour les mots en *-al* et *-ail* où le pluriel est donné immédiatement après la forme du singulier, ex. : *cheval, aux*). Toutefois, le pluriel des mots en *-eau*, dans la mesure où il est toujours en *x*, n'a pas été mentionné.

Pour les adjectifs, la forme féminine suit la forme masculine (ex. : *fin, e*) et les formes plurielles qui ne se forment pas par la simple adjonction d'un *s* sont notées (ex. : *beau, belle, beaux*).

Alphabet phonétique

(A.P.I. alphabet phonétique international)

Voyelles		Consonnes		Semi-voyelles	
[a]	patte	[p]	pas	[j]	yeux
[ɑ]	pâte	[b]	bas	[w]	ouate
[ɛ]	père	[t]	tu	[ɥ]	nuit
[e]	blé	[d]	du		
[œ]	peur	[k]	car		
[ø]	peu	[g]	gare		
[ə]	me	[f]	file		
[ɔ]	mol	[v]	vil		
[o]	mot	[s]	sel		
[u]	mou	[z]	zèle		
[y]	mur	[ʃ]	chant		
[i]	mi	[ʒ]	gent		
[ɑ̃]	an	[l]	lire		
[ɛ̃]	lin	[r]	rire		
[ɔ̃]	on	[m]	mi		
[œ̃]	un	[n]	ni		
		[ɲ]	ligne		
		[ŋ]	parking		

Phonème : Unité phonologique distinctive minimale.
Ex. : *chars* = [ʃar] est composé de trois phonèmes.
Le tableau de cette page fournit la liste des phonèmes du français moderne.

Graphème : Unité graphique distinctive minimale transcrivant un phonème *(phonogramme)* ou ayant une fonction morphologique *(morphogramme)*, étymologique ou distinctive (différenciation des homonymes). Composée d'une lettre ou d'un groupe de lettres (généralement deux *[digramme]* ou trois *[trigramme]*).
Ex. : *chars* = *ch-a-r-s* est constitué de quatre graphèmes dont le premier est un digramme ; *eaux* = *eau -x* est constitué de deux graphèmes dont le premier est un trigramme. Dans ces deux cas, le graphème en finale, qui ne correspond à aucun son dans le mot, a une fonction morphologique (marque du pluriel).

Abréviations et symboles

abrév.	abréviation
Ac.	Académie française
adj	adjectif, adjective
adv	adverbe, adverbial
arg.	argot
art	article
auxil	auxiliaire
conj	conjonction, conjonctif
CSLF 1990	rapport du 6 décembre 1990 du Conseil supérieur de la langue française
déf	défini
dém	démonstratif
Dic.	Dictionnaire
ex.	exemple
exclam	exclamatif
f	féminin
fam.	familier
gr.	grec
impér	impératif
impers.	impersonnel
indéf	indéfini
indic	indicatif
inf	infinitif
interj	interjection
interr	interrogatif
inv.	invariable
lat.	latin
loc	locution
m	masculin
n	nom
nf	nom féminin
nm	nom masculin
num	numéral
p.	page
pers.	personne, personnel
pl	pluriel
pop.	populaire
poss	possessif
pp	participe passé
prép	préposition
prés	présent
pron	pronom
q.	que
rel	relatif
s	singulier
subj	subjonctif
v	verbe
v.	voir
vi	verbe intransitif
vimp	verbe impersonnel
vpr	verbe pronominal
vt	verbe transitif
vti	verbe transitif indirect
vulg.	vulgaire

Introduction

L'écriture d'une langue se fait soit par des procédés idéographiques (le caractère renvoie directement à un sens, comme en chinois), soit par des procédés phonographiques (la lettre renvoie à un son).

Si les procédés phonographiques dominent dans la graphie du français, ils ne doivent pas masquer les autres valeurs de l'écriture que celui-ci a développées au cours de son histoire, comme les marques morphologiques, étymologiques et distinctives, si bien que les lettres dans certains de leurs emplois peuvent s'apparenter à de véritables idéogrammes.

Un alphabet inadapté à la notation des sons

Au même titre que les fonctions multiples données aux graphies, l'inadéquation de l'alphabet actuel à la notation des sons explique la complexité de l'orthographe française.

L'orthographe actuelle se compose de 26 lettres, alors que le système phonétique est formé d'un ensemble de 37 phonèmes. Notre alphabet a, en effet, hérité du latin 23 lettres qui, dans cette langue, correspondaient généralement aux sons. Mais le français a acquis des phonèmes ignorés du latin : les consonnes [ʒ], [v], [ʃ], [ɲ], les voyelles [y], [ə], [œ], [ø] et les voyelles nasalisées. L'évolution phonétique a également entraîné des prononciations diverses pour plusieurs lettres : ainsi *c*, toujours prononcé [k] en latin, est, dans certains cas, passé à [s], *g* ([g] en latin) à [ʒ], *s* ([s] en latin) à [z]. La langue française s'est efforcée de résoudre cette véritable quadrature du cercle par des substituts : combinaison de lettres (par exemple *ch* pour le son [ʃ], *gn* pour le son [ɲ]), signes auxiliaires (accents, tréma, cédille).

C'est donc avec un matériel inadapté qu'il a fallu composer – l'adoption du *w* germanique au XIe siècle a été sans grande incidence – et, si certains grammairiens ont pu au cours de l'histoire prôner l'invention de signes nouveaux pour des réalités nouvelles, ces innovations (à l'exception du *j* et du *v* apparus au XVIe siècle et qui ne sont que des variantes des signes *i* et *u*) ont toujours été refusées. A qui rêverait d'une belle architecture pour la forme du français, la réalité n'oppose qu'un bâtiment hétéroclite, construit au gré des générations avec des matériaux de récupération.

L'orthographe médiévale et l'image du français actuel

Les premières traces écrites d'une langue vulgaire différente du latin – le roman, appelé à devenir le français – datent du IXe siècle. L'acte de naissance du français est traditionnellement le texte des *Serments de Strasbourg* (842) où Louis le Germanique prête serment en ces termes : *Pro Deo amur et pro christian poblo et nostro commun salvument...* Le latin vulgaire parlé dans la Gaule romaine, où il s'était substitué au gaulois, et soumis à l'influence francique, prend alors statut de langue. La réforme carolingienne, en restituant avec les écoles un latin plus proche du latin classique, a permis la reconnaissance de l'existence de cette langue vulgaire autonome (le concile de Tours dès 813 prescrit de prêcher en langue vulgaire).

Pendant longtemps encore les deux langues s'influencent mutuellement : on continue à prononcer le latin comme on prononce le français et l'orthographe française, aux mains des clercs, se calque sur celle du latin. Elle commence en partie à se fixer au XIIe siècle.

Tous les phonèmes nouveaux cités précédemment sont à cette date présents. Le XIIe siècle se caractérise par un système phonétique particulièrement riche, puisqu'il compte une cinquantaine de phonèmes ; outre la présence de consonnes aujourd'hui disparues, [dʒ] par exemple (de même prononciation que l'anglais actuel *jin*), il connaît de nombreuses diphtongues et triphtongues[1] qui sont, en ce temps-là, judicieusement notées par des digrammes (ensemble de deux lettres) et des trigrammes (ensemble de trois lettres) : *roi* prononcé [roi], *ai* [ai], *eau* [eau].

1. Fusion en une seule syllabe de deux ou trois éléments vocaliques.

Dans ce derniers cas, le système graphique médiéval apparaît donc plus proche de la prononciation et certains ont loué une correspondance sans égale ultérieurement. Mais il existe aussi de multiples cas d'ambiguïté : par exemple, en l'absence d'accents, les différences de timbre du *e* ne sont pas notées ; *i* et *j*, *u* et *v* ne sont pas distingués et la variation de transcription selon les régions et les copistes est grande.

La langue actuelle conserve de nombreuses graphies de cette époque et les importants changements phonétiques du français entre le XIIe et le XVIIe siècle ne se sont généralement pas répercutés dans la graphie.

Ainsi, alors que les diphtongues et les triphtongues disparaissent de la prononciation ([ai] passe à [ɛ], [ou] à [u], [eau] à [o]), les digrammes et les trigrammes correspondants sont maintenus. De même, tandis que les voyelles en hiatus (devant une autre voyelle) s'effacent dans la prononciation, elles restent sporadiquement dans la graphie (ex. : *août* [u], *faon* [fɑ̃], *Jean* [ʒɑ̃], *eût* [y]). Il en est de même des consonnes finales non prononcées à partir du XIIIe siècle. Par ailleurs, la complexe graphie des nasales perdure, alors même que la prononciation de la double articulation nasale se simplifie (v. **10** I D).

De plus, à partir du XIIIe siècle où les juristes multiplient les écrits, les lettres étymologiques, les lettres diacritiques (qui servent à distinguer) et les lettres analogiques se développent considérablement.

Les lettres étymologiques servent à indiquer la filiation par rapport au latin. Ainsi les médiévales *erbe* ou *eure* (du latin *herba* et *hora*) deviennent *herbe* et *heure*, *subtil* remplace *sutil* (du latin *subtilis*), restitutions qui passeront souvent dans la prononciation. La langue emprunte de plus en plus souvent au latin et les emprunts, même s'ils sont francisés dans leur prononciation, conservent souvent leur graphie d'origine (*prompt* par exemple, du latin *promptus*).

La nécessité de rendre lisible l'écriture gothique, apparue au XIe siècle et de déchiffrement difficile, entraîne de nombreuses surcharges diacritiques. Les séries de jambages peu différenciées (le *u*, le *m* et le *i*, non pointé, tendent à se confondre) font adopter certaines habitudes : le *y*, par exemple, devient un fréquent substitut du *i* (ex. : *lys, roy*). En l'absence de distinction entre *u* et *v*, un mot comme *uit* (provenant du latin *octo*) est pourvu d'un *h* initial pour ne pas être confondu avec *vit*.

Le besoin de distinction des graphèmes ambigus conduit à des solutions diverses : ainsi, pour le *e* qui équivaut à plusieurs sons, l'utilisation du *s* devant consonne (ex. : *est*), du doublement de la consonne suivante (ex. : *elle*) ou du *z* final (ex. : *aimez*). Dans la mesure où la consonne devant une autre consonne n'est plus prononcée, cette place sert à souligner les caractéristiques des graphèmes voisins : le *b* de *debuoir* note que le *u* est un *v*; il en est de même pour le *d* de *aduenir*.

La notion de régularité morphologique prend de l'importance. Le principe de dérivation devient productif. Ainsi *grant* passe à *grand* pour le rapprocher de *grandeur; il prend* est pourvu d'un *d* par analogie avec *prendre; tems* d'un *p* à cause de *temporel*.

L'apport de la Renaissance

Du XIIIe au XVe siècle, les solutions sont souvent diverses et isolées. Le XVIe siècle, siècle d'or du français, avec la naissance de la grammaire française (la première grammaire du français date de 1530), de la lexicographie française (le premier dictionnaire français paraît en 1539), se caractérise par un souci de codification orthographique très affirmé qui conduit à de violents combats (v. plus loin) et par des apports essentiels.

Les grandes innovations dans l'histoire du français sont en effet l'adoption des signes auxiliaires et celle du *j* et du *v*. En une décennie, à partir de 1530, le français se dote des accents, de l'apostrophe, du tréma, de la cédille et en 1540 apparaît même le premier traité de ponctuation du français (dû à la plume de Dolet). Par ailleurs, le *j* (*i* long utilisé dans certains manuscrits) est employé par le grammairien Louis Meigret en 1542 pour noter le son [ʒ] et le *v* (variante graphique du *u* à l'initiale) par Peletier du Mans en 1550. En 1559, un ouvrage de Ramus offre un emploi cohérent de ces deux signes en minuscules et en majuscules, d'où leur nom de « lettres ramistes ».

A cette date, le système graphique actuel est donc constitué et ses grandes tendances affirmées. A l'exception du passage de *l* mouillé à yod, du *r* roulé à *r* grasseyé, de [wɛ] à [wa], de la chute du [ə] dans un certain nombre de positions, les changements phonétiques ultérieurs sont en nombre limité et généralement non pris en considération dans la graphie. Certaines des prononciations anciennes survivent régionalement et dans certains pays francophones.

Caractères de l'orthographe française[1]

L'orthographe que le français s'est constituée au cours des siècles est donc phonétique, morphologique, étymologique et distinctive ; elle obéit à des exigences parfois contradictoires dans leurs principes et sources de difficultés dans la pratique.

La fonction de représentation des sons est certes primordiale. Elle met en jeu des relations entre phonèmes et graphèmes complexes (comme le montrent les tableaux qui précèdent le dictionnaire).

La correspondance exacte entre lettre et son, telle que la réalise par exemple l'alphabet phonétique international, est rare. Fréquemment, le graphème se présente sous forme de deux lettres (digramme : ex. : *au*) ou de trois lettres (trigramme : ex. : *eau*).

Les caractéristiques du système graphique français sont l'ambivalence des graphèmes (une graphie correspondant à plusieurs sons, par exemple, *c* et *s*) et leur synonymie (plusieurs graphies correspondant à un seul son, par exemple *an* et *en*).

Les phénomènes de distribution sont, par conséquent, importants en français. Un graphème prend souvent sa valeur en fonction de la place qu'il occupe dans le mot : par exemple *c* devant *a* et *o* se prononce [k] et devant *e* et *i* [s], *s* en début de mot se prononce [s] et à l'intervocalique [z] ; les exceptions dans ces répartitions sont peu nombreuses, mais entraînent les principales irrégularités du français.

A côté des nombreux graphèmes qui marquent la prononciation *(phonogrammes)* et qui sont les seuls retenus dans les tableaux des pp. 807 à 814, il existe des graphies qui, souvent sans incidence sur la prononciation, ont une fonction purement morphologique *(morphogrammes)* : par exemple, le *s* du pluriel des noms, le *-ent* de troisième personne du pluriel, le *d* de *froid* (rapproché des mots de la même famille : *froide, froidure*).

Certains graphèmes, eux, ne marquent que l'origine, comme le *h* de *homme*, le second *p* de *prompt* ou le *rh* de *rhume*. Mais, souvent, ces lettres étymologiques, qui ont servi à montrer, en un temps de défense et illustration du français, que cette langue était la digne héritière du passé, sont utilisées dans un souci de distinction des homonymes et prennent quasi une valeur idéographique, tel *doigt* du latin *digitum* à distinguer de *doit*.

1. Sur le système orthographique du français, consulter les ouvrages de V.-G. Gak et N. Catach cités en bibliographie.

La prépondérance du facteur phonographique entraîne souvent la prononciation de lettres qui n'avaient jusque-là qu'une valeur étymologique, morphologique ou distinctive : ainsi est prononcé le *b* de *obscur*, qui ne l'était pas au début du XVIe siècle, et actuellement on entend de plus en plus le *s* de *mœurs* ou le *t* de *but*. Littré, au XIXe siècle, s'élevait contre la prononciation du *s* de *fils*. Cette influence de l'orthographe sur la prononciation est un phénomène constant dans l'histoire de la langue.

Parmi les phonogrammes, certains sont majoritaires et tendent donc à l'emporter. Dans un mot comme *gageure, geu*, qui équivaut à *ge* + *u* [ʒy], est souvent lu *g* + *eu* ; *o-ign-on* [ɔɲɔ̃] est parfois compris *oi-gn-on* [wa]. Dans les mots en *qu*, la prononciation [kw] régresse au profit de [k] (v. la prononciation de *quinquagénaire*).

Deux phénomènes compliquent actuellement l'orthographe française : les hésitations graphiques et l'accroissement du nombre des graphèmes dus aux emprunts.

L'existence de graphèmes synonymiques permet une pluralité de graphies, admise par l'usage pour certains mots. Plus de 5 % des mots français ont ainsi une orthographe fluctuante : *lys/lis, clef/clé, fantasme/phantasme* sont des exemples bien connus. Mais que l'on parcoure le dictionnaire et les hésitations apparaissent nombreuses. La transcription des mots de la langue populaire est souvent très mal fixée (v. *gniole* ou *chnoque* dans le dictionnaire). Les néologismes scientifiques donnent fréquemment matière à plusieurs transcriptions.

Si la langue, au fil du temps, a parfois fait une discrimination sémantique pour des formes qui à l'origine avaient une valeur identique (*panser* et *penser, conter* et *compter* par exemple), toutes ces concurrences sont en général sans fonction.

Alors qu'au XVIe siècle les emprunts latins et grecs apportaient de nouveaux graphèmes, les emprunts actuels aux langues étrangères multiplient des correspondances entre graphèmes et phonèmes inconnues du français, comme *oo* = [u] *football, ea* = [i] *speaker* ou [ɛ] *break, u* = [œ] *club, a* = [o] *football, er* = [œr] *hamburger*.

Une adaptation de ces emprunts au système français selon des normes strictes est souhaitable. Elle se heurte, dans l'état du bilinguisme français/anglais actuel, à un souci d'authenticité de l'image du mot identique à celui que les hommes du XVIe siècle témoignaient face aux emprunts latins ou grecs. Ainsi la forme francisée *bifteck* n'a jamais complètement éliminé le *beefsteak* et on lui préfère le *steak*. Les commissions de terminologie, développées depuis 1973, n'arrivent pas toujours à imposer des équivalents francisés.

Normes : les dictionnaires et l'Académie

Depuis le XVIe siècle, où la nécessité d'une codification de l'orthographe indépendante des variations personnelles s'est manifestée avec le développement de l'imprimerie, l'orthographe n'a cessé d'évoluer et dans une certaine mesure de se simplifier. Elle s'est aussi imposée comme unique. Les systèmes individuels n'ont plus cours.

Ce sont les dictionnaires et leurs révisions multiples sous l'influence de l'usage qui fournissent la norme. Le premier dictionnaire français, de Robert Estienne (1539, 9 000 entrées de mots), est contemporain de la fameuse ordonnance de Villers-Cotterêts imposant le français dans toutes les pièces judiciaires du royaume. La deuxième édition en 1549 est augmentée (13 000 entrées) et considérablement enrichie de remarques normatives, ainsi que d'éléments de la langue juridique. Ce dictionnaire est imprimé et révisé tout au long du siècle jusqu'au *Thresor de la langue françoyse* de Nicot (1606) qui l'accroît considérablement. Le dictionnaire de Richelet en 1680 tend à certaines simplifications (consonnes doubles, disparition de lettres non prononcées). Même si l'orthographe unifiée n'est pas encore un dogme et s'il y a des variantes individuelles, ces dictionnaires sont une aide fidèle aux imprimeurs.

L'Académie française, créée par Richelieu en 1635 (avec pour fonction de « travailler avec tout le soin et toute la diligence possible à donner des règles certaines à notre langue et à la rendre pure, éloquente et capable de traiter les arts et les sciences »), prend le relais. Son premier dictionnaire paraît en 1694.

Comme le dit Mézeray dans son projet de 1673 : « La Compagnie declare qu'elle desire suivre l'ancienne orthographe qui distingue les gents de lettres d'avec les ignorants et les simples femmes et qu'elle veut la maintenir partout, hormis dans les mots ou un long et constant usage en aura introduit une contraire. »

La première édition du dictionnaire utilise un classement de mots par famille (abandonné dans la deuxième édition en 1718 au profit de l'ordre alphabétique), adopte le *j* et le *v* dans le corps des articles et supprime, par rapport au dictionnaire de Nicot, un certain nombre de lettres superflues. Le *y* et le *z* en finale sont encore très fréquents.

La troisième édition de 1740, sous la direction de l'abbé d'Olivet, est caractérisée par d'importantes modifications comme des simplifications de lettres étymologiques (*omettre* pour *obmettre*), le remplacement de nombreux *s* par l'accent circonflexe, la limitation du *y*, modifications qui affectent le tiers des 18 000 mots du dictionnaire. Dans la quatrième édition de 1762, sont enregistrées également un certain nombre de simplifications et de cohérences d'emploi dans l'usage des accents et dans l'élimination du *z*. Dans la cinquième édition (1798), on note la simplification de lettres doubles, la suppression de certains *h* ou *e* muets et l'intégration dans l'ordre alphabétique des mots commençant par *j* et *v*.

La sixième édition de 1835 substitue la graphie *ai* à *oi* pour les mots du type *françois* prononcé [ɛ] et aligne les pluriels en *nts* (au lieu de *ns*) sur les singuliers *nt* (*enfans* devient *enfants*). Certaines lettres étymologiques sont introduites, tel *rhythme*.

En 1878 et 1935, paraissent sans changements vraiment significatifs les deux dernières éditions du *Dictionnaire de l'Académie*. Celle de 1935 par exemple dote les dérivés de *abattre* de deux *t*, supprime l'apostrophe et le trait d'union dans un certain nombre de composés avec *entre*, substitue pour *grand-mère* le trait d'union à l'apostrophe, supprime l'accent circonflexe de *gaieté, gaiement, faine, fainée*.

Chaque édition apporte donc ses modifications. Elles ne sont pas toujours systématiques et l'Académie revient parfois sur certaines de ses décisions (par exemple, pour les pluriels en *-ants* de l'édition de 1694, passés en *-ans* en 1740 et revenus en *-ants* en 1835).

L'Académie prépare actuellement la neuvième édition de son dictionnaire et publie régulièrement des fascicules. En 1992 est paru le premier (jusqu'à la lettre *E*) des trois tomes de cette édition (50 000 entrées prévues).

Dans le corps même des articles, l'Académie a procédé à quelques rectifications concernant l'accent aigu indûment utilisé pour le son [ɛ] (*avènement* pour *avénement, cèderai* pour *céderai, évènement* invité à coexister avec *événement*), l'accentuation de termes étrangers *(allégretto)*, la soudure de certains noms composés ou leur pluriel (ainsi l'invariabilité de l'adjectif féminin *grand [grand-mères]* et de *garde [garde-barrières]*). Si elle a ajouté un *p* à *chausse-trappe*, supprimé l'apostrophe pour certains composés de *entre*, l'Académie, fidèle à sa vocation de gardienne de l'usage, revient à une double graphie pour *gaiement, gaîment, gaieté, gaîté*, comme dans son dictionnaire de 1878, alors que celui de 1935 avait supprimé les formes avec accent circonflexe qui n'avaient toutefois jamais totalement disparu.

Depuis la dernière édition complète du dictionnaire de l'Académie, la langue a évolué et la référence est maintenant cherchée dans les dictionnaires usuels aux révisions annuelles ; ils composent avec les enseignements de l'Académie, les rectifications qu'elle fournit et l'usage qu'ils essayent parfois d'infléchir (comme la tendance à la soudure des mots composés chez certains d'entre eux) ; ils prennent éventuellement parti dans les cas de double graphie.

L'achèvement de la neuvième édition du *Dictionnaire de l'Académie* s'il n'est pas trop différé et le parti pris d'une révision ultérieure permanente devraient redonner à ce dictionnaire son rôle de référence. Par ailleurs, le décret du 3 juillet 1996 relatif à l'enrichissement de la langue française, en réorganisant les commissions de terminologie créées en 1970, a confié, en matière de néologie, un rôle clef à l'Académie française : les termes nouveaux, d'usage obligatoire pour l'État et ses établissements publics, seront soumis à son aval avant de pouvoir être publiés au *Journal officiel*.

Réformes : le serpent de mer

L'histoire de l'orthographe française témoigne d'une évolution lente, sans véritable dessein organisateur, d'où la difficulté de toute systématisation de l'orthographe. Sporadiquement s'exprime un désir de normalisation plus logique ; c'est l'occasion de débats passionnés où s'opposent souvent les mêmes arguments, comme le montrent à quelques siècles d'intervalle les trois exemples suivants.

En 1550, les positions sont bien affirmées autour de la figure centrale de Louis Meigret (le premier auteur d'une grammaire française en français). Il entre en conflit sur le principe d'une réforme avec Guillaume des Autels, partisan d'une orthographe traditionnelle, et sur les modalités de cette réforme avec Peletier du Mans, qui, lui, faisait des suggestions plus modérées.

Pour les réformateurs, l'orthographe, « miroir » de la parole, est corrompue par les lettres superflues et la confusion de leurs valeurs. Ils rejettent les lettres qui s'étaient multipliées pour marquer l'étymologie, la régularité morphologique ou la distinction des homonymes. Ils fustigent la polyvalence des graphèmes comme *c* ou *g* (prononcés différemment dans *car* et *ciel*, ou dans *garde* et *gent*), la multiplicité des graphèmes équivalents (*x*, *s* et *z* en finale ou *an* et *en*).

Les tenants de l'usage mettent en avant la nécessité de marquer l'origine, les dérivations et la distinction des homonymes. Ils ont beau jeu de signaler la diversité des prononciations (beaucoup plus marquée qu'actuellement).

L'avant-garde littéraire prend parti pour la réforme. Ainsi le jeune Ronsard, arrogant auteur des *Odes*, trouve que Meigret n'est pas allé assez loin en ne retranchant pas partout « l'epouuantable crochet d'*y* » et lui reproche de n'avoir pas traité des difficultés du *h*. D'autres restent plus circonspects. Du Bellay met en avant l'usage et le public.

Mis à part les signes auxiliaires, comme l'apostrophe ou les accents, introduits d'ailleurs avant cette période de polémique, les innovations typographiques ou les véritables systèmes orthographiques (comme ceux de Ramus ou de Baïf) n'ont pas été adoptés, la norme orthographique appartenant en fait aux ateliers et aux compositeurs qui ont refusé toute transformation radicale ou systématisée, mais ont généralisé néanmoins certaines simplifications.

La bataille fut violente à la fin du XIXe siècle et au début du XXe siècle[1]. Firmin-Didot, imprimeur de l'Académie française et auteur des *Observations sur l'orthographe ou ortographie française*, Littré, Sainte-Beuve, prennent acte de la nécessité d'une réforme.

De nombreux philologues français prennent parti pour une réforme ; la presse se fait l'écho des discussions. En 1889, une pétition de plus de 7 000 signatures demande à l'Académie française d'entreprendre les réformes nécessaires. Elle est approuvée par quarante membres de l'Institut, deux cents professeurs de l'enseignement supérieur, la plupart des doyens des facultés des lettres, quatre-vingts professeurs de petit séminaire, un millier de professeurs de l'enseignement secondaire, plusieurs milliers d'instituteurs, et nombreux sont les organisations laïques, les conseils généraux et les députés à soutenir ces projets.

Des philologues prennent la plume en orthographe réformée ; les revues spécialisées accueillent favorablement leurs articles ; mais les écrivains sont beaucoup plus conservateurs. Si Anatole France approuve les projets de réforme, Leconte de Lisle ou A. Daudet s'y opposent.

Au mois de juillet 1893, à l'Académie française, l'académicien Gréard présente un projet de réforme qui, au cours d'une séance où les académiciens sont en nombre restreint, est adopté par une voix de majorité. Le duc d'Aumale, absent de cette séance, déchaîne alors une violente

1. Pour toute l'histoire de cette bataille, ses enjeux politiques et ses péripéties jusqu'à la guerre de 1914, on lira l'article de N. Catach cité en bibliographie.

campagne de presse. Les décisions sont remises en cause en octobre suivant et l'Académie souligne qu'aucune des modifications proposées par la note Gréard n'est à considérer comme définitive et qu'elle « maintient son droit de statuer sur chacune d'elles comme elle le jugera convenable au fur et à mesure que l'occasion s'en présentera ».

Les réformes portaient entre autres sur le trait d'union, les accents et les signes auxiliaires, les mots d'emprunt, les noms pourvus de deux genres, les voyelles doubles ou composées *(œ)*, les doubles ou triples consonnes à réduire (*astme, psycologie, crysantème* étaient proposés).

De toute cette effervescence sortit l'arrêté du 26 février 1901 qui indiquait les tolérances applicables aux examens, arrêté qui ne fut jamais vraiment suivi d'effet et a été remplacé par l'arrêté du 28 décembre 1976 qui n'a guère eu plus de succès.

Un groupe de linguistes initiateurs, une Académie « surprise », de violentes campagnes de presse, tous les ingrédients se retrouvent à la fin du XXe siècle pour une nouvelle bataille de l'orthographe.

En 1989, le Conseil supérieur de la langue française est chargé par le Premier ministre de proposer des retouches en fonction de l'usage et pour un apprentissage plus aisé : modifications sur le trait d'union, le pluriel des mots composés, l'accent circonflexe, le participe passé. Une commission composée de linguistes présente l'année suivante des propositions. Le *Journal officiel* du 6 décembre 1990 donne la liste des rectifications de l'orthographe (approuvées par l'Académie à l'unanimité le 3 mai 1990) qui portent sur le trait d'union, les marques du nombre, le tréma et les accents, les verbes en *-eler* et *-eter*, des séries irrégulières, modifications qui auraient dû affecter selon Maurice Druon, secrétaire perpétuel de l'Académie, trois mille des cinquante mille mots de l'usage courant. Des recommandations sont proposées aux créateurs de néologismes. (Voir le texte en fin d'ouvrage.)

Une tempête se déchaîne dans la presse et sur les ondes. Des associations de défense du français se créent. Certains académiciens se désolidarisent. La plupart des écrivains sont hostiles ; les correcteurs déclarent qu'ils ne suivront pas ces directives. L'Académie, en janvier 1991, se prononce finalement contre une application par « voie impérative » de ces rectifications et, « selon une procédure qu'elle a souvent mise en œuvre, elle souhaite que ces simplifications ou unifications soient soumises à l'épreuve du temps ». Elle donne donc, dans la nouvelle édition de son dictionnaire en appendice, les listes des rectifications et laissera l'usage en décider.

PREMIÈRE PARTIE

GUIDE ORTHOGRAPHIQUE

La fameuse dictée de Mérimée, dont on trouvera une version ci-dessous, offre quelques-unes des chausse-trappes[1] traditionnelles de l'orthographe française : accents, tréma, genre des noms, distinction des homonymes, du participe présent et de l'adjectif verbal, accord des participes passés, mots techniques avec graphies d'origine grecque.

Pour parler sans ambiguïté, ce dîner à Sainte-Adresse, près du Havre, malgré les effluves embaumés de la mer, malgré les vins de très bons crus, les cuisseaux de veau et les cuissots de chevreuil prodigués par l'amphitryon, fut un vrai guêpier.

Quelles que soient, quelque exiguës qu'aient pu paraître, à côté de la somme due, les arrhes qu'étaient censés avoir données la douairière et le marguillier, il était infâme d'en vouloir, pour cela, à ces fusiliers jumeaux et mal bâtis, et de leur infliger une raclée, alors qu'ils ne songeaient qu'à prendre des rafraîchissements avec leurs coreligionnaires. Quoi qu'il en soit, c'est bien à tort que la douairière, par un contre-sens[2] exorbitant, s'est laissé entraîner à prendre un râteau et qu'elle s'est crue obligée de frapper l'exigeant marguillier sur son omoplate vieillie.

Deux alvéoles furent brisés; une dysenterie se déclara, suivie d'une phtisie et l'imbécillité du malheureux s'accrut.

– Par saint Hippolyte, quelle hémorragie! s'écria ce bélître.

A cet événement[3], saisissant son goupillon, ridicule excédent de bagage, il la poursuivit dans l'église tout entière.

La langue du XXe siècle ajoute à ces difficultés les problèmes posés par le développement des mots composés (trait d'union et pluriel) et, pour les emprunts récents, anglais ou autres (v. *break* ou *speaker*), par l'absence d'adaptation aux normes du système phonographique français, ce qui entraîne une multiplication du nombre de graphèmes (voir page 807 et suivantes). Autant d'embûches qui font les beaux jours des compétitions actuelles d'orthographe.

1. La 9e édition du Dictionnaire de l'Académie (1992) a ajouté un *p* à *chausse-trappe* et autorise une graphie sans trait d'union.

2. Ce mot est écrit avec un trait d'union dans l'édition du Dictionnaire de l'Académie de 1835 et graphié *contresens* dans celle de 1878.

3. La 9e édition du dictionnaire de l'Académie entérine la graphie *évènement*.

1 abréviations, sigles et symboles

I. ABRÉVIATIONS

A - Procédés d'abréviations

Il existe deux manières d'abréger :

1. Lettre initiale (ou premières lettres ou lettre initiale et lettre intérieure) + point (ex. : *M.* = *Monsieur*; *Ch.* = *Charles*; *ms.* = *manuscrit*).

La dernière lettre de l'abréviation est usuellement une consonne. Le pluriel peut être marqué par le redoublement, si l'abréviation ne conserve que l'initiale (*pages* abrégé en *p.* ou *pp.*).

2. Lettre initiale + lettre finale (le plus souvent en exposant dans un caractère plus petit) sans point (ex. : *Mme* = *Madame*).

B - Principales abréviations

1. Numération

1er	premier
1re	première
2^{d}	second
2^{de}	seconde
2^{e}	deuxième
3^{e}	troisième
	etc.
n^{o}	numéro
n^{os}	numéros
1°	primo
2°	secundo
3°	tertio
	etc.

2. Titres

D^{r}	Docteur
D^{rs}	Docteurs
LL. AA.	Leurs Altesses
LL. MM.	Leurs Majestés
M.	Monsieur
M^{e}	Maître
M^{es}	Maîtres
Mgr	Monseigneur
Mlle	Mademoiselle
Mlles	Mesdemoiselles
MM.	Messieurs
Mme	Madame
Mmes	Mesdames
P.	Père
P^{r}	Professeur
P^{rs}	Professeurs
R.P.	Révérend Père
S.A.	Son Altesse
S.A.I.	Son Altesse Impériale
S.A.R.	Son Altesse Royale
S.A.S.	Son Altesse Sérénissime
S.E.	Son Excellence (ministre ou ambassadeur)
S.Em.	Son Éminence
S.Exc.	Son Excellence (évêque)
S.M.	Sa Majesté

S^{r}	Sœur
S.S.	Sa Sainteté
Vve	Veuve

3. Références bibliographiques

art.	article
cf.	confer
chap.	chapitre
fig.	figure
f^{o}	folio
ibid.	ibidem
id.	idem
l.c.	loco citato (à l'endroit cité)
ms.	manuscrit
mss.	manuscrits
N.B.	Nota bene
op. cit.	opus citatum (ouvrage cité)
p.	page
pl.	planche
P.-S.	post-scriptum
r^{o}	recto
S.l.n.d.	sans lieu ni date
sq.	sequiturque (et suivant)
sqq.	sequunturque (et suivants)
s.v.	sub verbo (au mot)
t.	tome
v^{o}	verso
vol.	volume

4. Divers

av.	avenue
bd	boulevard
Cie	Compagnie
E.	Est
N.	Nord
O.	Ouest
S.	Sud
E^{ts}	Établissements
etc.	et cætera
J.-C.	Jésus-Christ
pl.	place
S^{t}	Saint
S^{te}	Sainte
S.A.	Société anonyme
S.V.P.	S'il vous plaît
vs	versus (opposé à)

II. SIGLES

Les sigles, mots constitués d'une initiale ou d'une succession d'initiales, sont utilisés fréquemment pour la désignation de pays, sociétés, organismes, partis. Ils se présentent sous une double forme :

A - Prononciation indépendante de chaque lettre, avec, usuellement, écriture en capitales avec points (ex. : O.N.U. [Organisation des Nations Unies], [oɛny]).

B - Prononciation syllabique, avec, usuellement, écriture en minuscules ou en capitales et suppression des points (ex. : ONU [ony] ; Unesco ou UNESCO [United Nations Educational Scientific and Cultural Organization], [ynɛsko]).

III. SYMBOLES

Dans les sciences, les symboles sont, à l'origine, des abréviations, dépourvues maintenant de point (ex. : *h* = heure ; *mn* = minute ; *pb* = plomb).

A - Mesures

Pour les mesures, régies par le système international d'unités (SI), en vigueur depuis 1975, les symboles des unités ne doivent pas être suivis du point ni prendre la marque du pluriel.

V. les 7 unités SI de base de ce système : *m* (mètre) ; *kg* (kilogramme) ; *s* (seconde) ; *A* (ampère) ; *K* (Kelvin) ; *cd* (candela) ; *mol* (mole).

B - Symboles des corps simples chimiques

actinium ..... Ac
aluminium ..... Al
américium ..... Am
antimoine ..... Sb
argent ..... Ag
argon ..... Ar
arsenic ..... As
astate ..... At
azote ..... N
baryum ..... Ba
berkélium ..... Bk
béryllium ..... Be
bismuth ..... Bi
bore ..... B
brome ..... Br
cadmium ..... Cd
cæsium ..... Cs
calcium ..... Ca
californium ..... Cf
carbone C
cérium ..... Ce
césium ..... Cs
chlore Cl
chrome ..... Cr
cobalt ..... Co
cuivre ..... Cu
curium ..... Cm
dysprosium ..... Dy
einsteinium ..... Es
erbium ..... Er
étain ..... Sn
europium ..... Eu
fer ..... Fe
fermium ..... Fm
fluor ..... F
francium ..... Fr
gadolinium ..... Gd
gallium ..... Ga
germanium ..... Ge
hafnium ..... Hf
hahnium ..... Ha
hélium ..... He
holmium ..... Ho
hydrogène ..... H
indium ..... In
iode I
iridium ..... Ir
kourtchatovium ..... Ku

krypton .... Kr
lanthane .... La
lawrencium .... Lr
lithium Li
lutécium .... Lu
magnésium .... Mg
manganèse .... Mn
mendélévium .... Md
mercure .... Hg
molybdène .... Mo
néodyme .... Nd
néon .... Ne
neptunium .... Np
nickel .... Ni
niobium .... Nb
nobélium .... No
or .... Au
osmium .... Os
oxygène .... O
palladium .... Pd
phosphore .... P
platine .... Pt
plomb .... Pb
plutonium .... Pu
polonium .... Po
potassium .... K
praséodyme .... Pr
prométhéum .... Pm
protactinium .... Pa
radium .... Ra
radon .... Rn
rhénium .... Re
rhodium .... Rh
rubidium .... Rb
ruthénium .... Ru
samarium .... Sm
scandium .... Sc
sélénium .... Se
silicium .... Si
sodium .... Na
soufre .... S
strontium .... Sr
tantale .... Ta
technétium .... Tc
tellure .... Te
terbium .... Tb
thallium .... Tl
thorium .... Th
thulium .... Tm
titane .... Ti
tungstène .... W
uranium .... U
vanadium V
xénon .... Xe
ytterbium .... Yb
yttrium .... Y
zinc .... Zn
zirconium .... Zr

2 accent aigu

Ce signe, introduit par le grammairien Palsgrave en 1530, n'est utilisé que sur le *e* où il marque ordinairement le son [e] et parfois le son [ɛ], entrant alors en concurrence avec l'accent grave.

I. MARQUE DU PHONÈME [e]

A - A l'initiale ou à l'intérieur d'un mot, le *é* se trouve uniquement en finale de syllabe (ex. : *cé/lé/ri/té*).

B - En fin de mot, le *é* est utilisé soit en finale absolue, soit devant *e*, soit devant *s* (ex. : *aimé, aimée, aimés*).

L'accent aigu est absent d'un certain nombre de mots d'origine étrangère (ex. : *veto*). CSLF 1990 proposait de les doter d'un accent, sauf s'ils ont valeur de citation (ex. : *requiem*).

II. MARQUE DU PHONÈME [ɛ]

A - Jusqu'à *Dic. Ac.* 1992, les mots suivants étaient dotés d'un accent aigu qui correspondait à une prononciation ancienne (devant une syllabe avec [ə] muet, le [e] est passé à [ɛ]) :

1. *Abrègement, affèterie, allègement, allègrement, cèleri, crèneler* (et dérivés), *empiètement, évènement, fèverole, hébètement, piètement, règlementer (-aire, -airement, -ation), sècheresse, sècherie, sèneçon, sènevé, vènerie.*

2. Futur et conditionnel des verbes du type *céder* (ex. : *cèderai*).

3. Inversion du pronom personnel à la 1re personne du singulier de l'indicatif présent (ex. : *aimè-je*).

B - Il y a hésitation actuellement dans la langue courante entre une prononciation en [e] ou [ɛ] du é (devant syllabe en [ə] muet) dans les mots :

- avec préfixes *dé* et *pré* (ex. : *déceler, décevoir, se démener, prévenir*) ;
- avec *é* initial *(échelon, écheveau, écheveler, échevin, édredon, élever, émeraude, émeri, épeler, éperon)* ;
- et pour *médecin, médecine.*

C - Concurrences entre accent aigu et accent grave

Dans les familles de mots, certaines divergences d'accent marquent une différence de prononciation ([ɛ] sous l'accent, [e] dans les autres positions). C'est le cas par exemple de *pièce / piécette* ou *siège / siéger.*

D'autres divergences, purement graphiques, témoignaient d'une absence de cohérence dans les rectifications de l'Académie. Par exemple, *sèche, sèchement, assèchement, dessèchement* (ces deux derniers mots régularisés dans *Dic. Ac.* 1935) s'opposaient sans raison à *sécheresse, sécherie ; avènement* à *événement ; règle, règlement* et *dérèglement* à *réglementer (-aire, -airement, -ation).*

Dans *Dic. Ac.* 1878, les finales en *-ége* sont passées à *-ège* ; la ville de *Liège* a changé son accent aigu en accent grave en 1946.
Dans *Dic. Ac.* 1992, les irrégularités restantes ont été éliminées.

3 accent circonflexe

Ce signe, introduit par le grammairien Sylvius en 1531, peut être utilisé sur toutes les voyelles (à l'exception de *y*). La multiplicité de ses fonctions et l'absence de cohérence de la plupart de ses emplois en font une des difficultés majeures de l'orthographe actuelle.

L'accent circonflexe indiquait à l'origine l'allongement de la voyelle dû à la disparition dans la prononciation d'une consonnne (essentiellement *s*) devant une autre consonne (*tête* pour l'ancienne forme *teste*) ou d'une voyelle en hiatus (*mûr* pour l'ancienne forme *meur*). Cet usage, qui s'est développé au XVIIe siècle, a été entériné par *Dic. Ac.* 1740, qui, à l'exception de *il est*, a transformé le *s* non prononcé devant consonne en accent circonflexe. L'accent a par ailleurs pu être utilisé comme marque phonétique même sans disparition de lettre, principalement en syllabe tonique (ex. : *cône*, emprunté au latin *conum*), mais de façon non systématique (contrairement à *diplôme, zone* et *axiome* n'ont pas d'accent).

Il y a alternance dans certaines familles de mots entre les mots avec accent circonflexe et les mots avec *s* prononcé :

ancêtre, ancestral ; arrêt, arrestation ; bâton, bastonnade ; bête, bestial ; épître, épistolaire ; fenêtre, défenestration ; fête, festivité ; forêt, forestier ; hôpital, hospitalier ; vêtement, vestimentaire.

I. PLACE

A - L'accent circonflexe est ordinairement placé en fin de syllabe graphique (ex. : *fê/te, hê/tre*).

Exceptions : • quelques mots terminés en *t* (ex. : *forêt, bât, benoît, fût, goût, rôt*) ;
• *mûr, sûr, soûl* ;
• les formes de subjonctif *tînt* et *vînt* et de passé simple *tînmes, tîntes, vînmes, vîntes* ;
• les formes du verbe *croître*, homonymes de celles du verbe *croire* (ex. : *je crûsse*).

Il est rarement en finale absolue : *(re)crû, (re)dû, mû, ô, allô, bê.*

B - En cas de succession de voyelles, il est toujours sur le dernier élément (ex. : *traître*), sauf pour *bâiller* et ses dérivés.

II. FONCTIONS

A - Marque phonétique

L'accent a servi initialement à marquer les voyelles longues de timbres suivants :

ê = [ɛ] ex. : *rêve*
â = [ɑ] ex. : *grâce*
ô = [o] ex. : *cône*
eûn = [ø] ex. : *jeûne*

Il permet ainsi d'opposer des mots qui ne se distinguent que par le timbre de la voyelle :

[ɑ] [a]	*âcre, acre ;*	*mât, mat ;*	*mâture, mature ;*
	bâiller, bailler ;	*mâter, mater ;*	*pâle, pale ;*
	châsse, chasse ;	*mâtin, matin ;*	*tâche, tache ;*
	hâler, haler ;		
[o] [ɔ]	*côlon, colon ;*	*nôtre, notre ;*	*vôtre, votre ;*
	côte, cote ;	*rôder, roder ;*	
[ø] [œ]	*jeûne, jeune.*		

B - Marque morphologique

L'accent est employé de façon systématique :

1. Dans les verbes :

- aux 1re et 2e personnes du pluriel du passé simple (ex. : *aimâmes, aimâtes*; à l'exception des verbes avec tréma *haïr* et *ouïr*) ;
- à la 3e personne de l'imparfait du subjonctif (ex. : *aimât*; à l'exception de *il haït*) ;
- dans les verbes en *-aître* et *-oître*, lorsque *ai* ou *oi* sont suivis de *t* (ex. : *paraît*) ;
- à toutes les formes du verbe *croître* homonymes de celles du verbe *croire* (ex. : *je crûsse*) ;
- à la 3e personne du singulier de l'indicatif présent des verbes *clore, gésir, plaire, complaire* et *déplaire* (ex. : *clôt*) ;
- au participe passé masculin singulier des verbes *croître* (et *recroître*), *devoir* (et *redevoir*), *mouvoir*.

    Dic. Ac. 1762 a supprimé l'accent circonflexe sur le *u* des participes à l'exception des verbes précités où il sert (sauf pour *redû*) à la distinction des homonymes.

2. Pour les suffixes *-âtre* (ex. : *blanchâtre*; mais non sur *-iatre*, ex. : *pédiatre*) et *-être* (ex. : *champêtre*).

3. Dans les adverbes en *-ment* suivants : *assidûment, (in)congrûment, continûment, crûment, (in)dûment, goulûment, nûment*.

    L'accent circonflexe s'est substitué au *e* du féminin de l'adjectif correspondant ; l'adverbe en *-ment* a en effet été formé avec le féminin de l'adjectif et avec le suffixe *-ment* provenant du latin *mente* = « esprit » (*bona mente*, « d'un bon esprit », a ainsi donné naissance à *bonnement*). Ce maintien n'apparaît guère justifié puisqu'on écrit par ailleurs *absolument, éperdument, ingénument*, etc.

    Dic. Ac. 1932 n'indiquait plus que *gaiement* (et *gaieté*), alors que *Dic. Ac.* 1878 donnait parallèlement la forme *gaîment* (et *gaîté*), encore en vigueur dans certains dictionnaires actuels. *Dic. Ac.* 1992 fournit à nouveau les deux graphies.

C - Différenciation des homonymes

L'accent sert à distinguer les mots suivants :

boîte, (il) *boite ;*	*forêt, foret ;*	*mûr, mur ;*
chrême, crème ;	*fût, fut ;*	*pêcher, pécher ;*
crû, cru ;	*gêne, gène ;*	*pêcheur, pécheur ;*
dû, du ;	*genêt, genet ;*	*rôt, rot ;*
faîte, faite ;	*mû, mu ;*	*sûr, sur.*

III. DIVERGENCES DANS L'EMPLOI DE L'ACCENT CIRCONFLEXE

Assez souvent, il y a conflit entre l'analogie et la prononciation. Ainsi, dans la série *tête/têtu*, pour unifier la famille de mots, l'accent est utilisé sur *têtu*, alors que le son du *ê* [e] est différent de celui de *tête* [ɛ]. Dans *tempête* [ɛ], *tempétueux* [e], la même différence phonétique est marquée par un changement d'accent.

Les apparentes irrégularités suivantes peuvent donc parfois tenir à une différence de timbre entre la voyelle tonique et la voyelle atone correspondante :

arôme [o], *aromatique* [ɔ]

crêpe [ɛ], *crépu* [e]

(mais dans ce dernier cas, *crêper* qui a la même prononciation que *crépu* n'a pas d'accent aigu).

ê/é

famille de *bête*	*bétail*
Bohême	*Bohémien*
(re)conquête, conquêt	*(re)conquérir, conquérant*
famille de *crêpe*	*crépu*
extrême, extrêmement	*extrémité, extrémisme, extrémiste*
Gênes	*Génois*
famille de *mêler*	famille de *mélange*
suprême	*suprématie*
tempête, tempêter	*tempétueux, tempétueusement*

eû/eu

jeûne, jeûner, jeûneur	*à jeun, déjeuner*

û/u

dû	*indu*
famille de *fût*	*futaie, futaille*
sûr, sûrement, sûreté	composés avec préfixes : *assurer*, etc.

ô/o

arôme	tous les dérivés : *aromatique*, etc.
cône	*conique, conifère, conoïde*
famille de *côte*	*coteau*
diplôme, diplômer, diplômé	*diplomate, diplomatie, diplomatique*
famille de *drôle*	*drolatique*
fantôme	tous les dérivés : *fantomatique*, etc.

icône	tous les dérivés : *iconoclaste*, etc.
impôt	tous les dérivés de *imposer*
pôle	*polaire, polariser*
symptôme	tous les dérivés : *symptomatique*, etc.
famille de *trône*	tous les dérivés de *introniser*

â/a

dérivés de *âcre*	dérivés de *acrimonie*
famille de *câble*	*encablure*
famille de *crâne*	*craniologie*
(dis)grâce	tous les dérivés : *(dis)gracier*, etc.
infâme	*infamant, infamie*
famille de *tâter*	*tatillon*

CSLF 1990 proposait de conserver l'accent sur *a, e* et *o*, mais de le supprimer sur *i* et *u* (où il n'est jamais une marque phonétique), à l'exception des 1re et 2e personnes du pluriel du passé simple, de la 3e personne du singulier de l'imparfait du subjonctif, de la distinction des homonymes *dû, jeûne, mûr, sûr* et des formes du verbe *croître*. Il conseillait de le bannir dans les emprunts nouveaux. Cette série de modifications, tout comme celle qui concernait les noms composés, a provoqué une virulente polémique.

4 accent grave

Ce signe, introduit par Sylvius en 1531, est utilisé depuis le XVIe siècle pour la distinction des homonymes et a été employé par Corneille pour la marque du son [ɛ].

I. DISTINCTION DES HOMONYMES

Sur *a* ou *u*, l'accent sert à la distinction des homonymes grammaticaux.

A - Sur le *a* : *à* (préposition), *çà* (adverbe) et *deçà, là* (adverbe) et ses composés *(delà, holà, voilà)* + l'adverbe *déjà*. (On notera aussi son emploi sur le nom *pietà* emprunté à l'italien.)

B - Sur le *u* : *où* (pronom relatif).

II. MARQUE DU PHONÈME [ɛ]

Sur *e*, l'accent marque le phonème [ɛ].

A - A l'intérieur d'un mot, toujours en finale d'une syllabe suivie d'une syllabe comportant un *e* muet (ex. : *se/crè/te, rè/gle/ment*)

v. **2** II, les cas de concurrence avec l'accent aigu.

B - A l'initiale, seulement dans le cas de *èche* et *ère*.

C - En fin de mot, uniquement devant un *s* prononcé ou non (ex. : *aloès, palmarès ; procès, succès*) et à la seule exception des mots savants *épistémè, koinè* et *psychè*.

5 accord de l'adjectif

L'adjectif épithète ou attribut s'accorde en genre et en nombre avec le nom ou le pronom auquel il se rapporte (ex. : *la dernière soirée* [épithète] ; *La chaussée est dangereuse* [attribut]).
Pour le pluriel des adjectifs composés et des adjectifs de couleur, v. **21** IV **B** et **21** VII.

L'adjectif employé comme adverbe est invariable (ex. : *une entreprise **fort** intéressante ; parler **net***). Cette invariabilité date du XVIIe siècle ; il subsiste de l'usage antérieur *les fleurs **fraîches** écloses* et *les portes **grandes** ouvertes*.

I. AVEC LES PRONOMS

A - Avec *nous* ou *vous* renvoyant à une seule personne (pluriel de majesté), l'adjectif est au singulier et s'accorde selon le genre (ex. : *Nous sommes contente*).

B - Avec *on* à valeur générale, l'adjectif est au masculin singulier (ex. : *On est content*). Si *on* renvoie à des personnes déterminées, il y a variation en genre et en nombre (ex. : *Toutes les trois, on est très contentes*).

C - Avec *quelque chose, pas grand-chose, rien, autre chose, personne, tout le monde*, l'adjectif est au masculin (ex. : *rien de neuf; Personne n'est parfait*).

II. AVEC PLUSIEURS NOMS

A - Les règles de variation en nombre sont identiques à celles qui régissent l'accord du verbe et du sujet. L'adjectif est normalement au pluriel. En cas de noms de même genre, il s'accorde en genre et, en cas de noms de genres différents, il est au masculin pluriel (ex. : *la fille et le garçon contents*).

Pour les énumérations, il y a possibilité dans la langue littéraire d'accord avec le nombre le plus proche. Il en est de même pour les synonymes (ex. : *Une joie, un plaisir intense l'envahit*).

B - Pour les noms joints par *comme, ainsi que*, il y a accord avec le premier terme, si la conjonction conserve une valeur comparative (ex. : *Le chat, ainsi que le chien, est carnivore = le chat comme le chien*) ; accord au pluriel, si elle a simple valeur de coordination (ex. : *Le chat ainsi que le chien sont carnivores = le chat et le chien*).

C - Pour les noms joints par *ou*, l'accord est facultatif, selon que prime(nt) la valeur de conjonction ou la valeur de disjonction (ex. : *La médisance ou la calomnie est blâmable* ou *sont blâmables*).

III. AVEC UN NOM COMPLÉMENT DÉTERMINATIF

A - Après un nom complément d'un nom collectif, l'adjectif s'accorde selon le sens (ex. : *une foule de personnes mécontentes* ou *mécontente*).

B - Après *des plus, des moins, des mieux*, l'adjectif est au pluriel et s'accorde en genre avec le nom (ex. : *une proposition des plus intéressantes*) ; mais il y a parfois accord au singulier, l'expression étant considérée comme synonyme d'« extrêmement ». Si l'adjectif se rapporte à un pronom neutre, le singulier est de rigueur (ex. : *ce qui est des plus intéressant*).

C - Après *une sorte de, une espèce de*, l'accord se fait avec le nom déterminant (ex. : *une espèce de fou étonnant*).

D - Après un nom de fraction singulier, l'accord a lieu avec le nom de fraction ou le complément (ex. : *La moitié de l'effectif est absent[e]*).

Avec un nom de fraction au pluriel, l'adjectif prend les marques du pluriel (ex. : *Les trois quarts de l'effectif sont absents*).

E - Après un nom complément d'un adverbe de quantité, l'adjectif s'accorde avec l'adverbe de quantité, si l'on insiste sur la quantité (ex. : *Le trop de certitude est dangereux*).

IV. CAS PARTICULIERS

– *Avoir l'air* + adjectif :
L'adjectif s'accorde avec *air*, si *air* a le sens de « physionomie » (ex. : *Elle a l'air faux*) ; avec le sujet si *avoir l'air* signifie « sembler » (ex. : *Elle a l'air sérieuse*).

– *Demi :*
Demi est invariable devant le nom ou l'adjectif. Il est suivi du trait d'union (ex. : *toutes les demi-heures*), sauf avec l'expression *à demi* (ex. : *à demi ouverte*). Après le nom, il s'accorde en genre (ex. : *deux heures et demie, midi et demi, minuit et demi, minuit* et *midi* étant des noms masculins).

– *Égal :*
N'avoir d'égal que : accord soit avec le premier, soit avec le second terme du rapport (ex. : *Elle n'a d'égal[e] que son frère*).
D'égal à égal : le plus souvent invariable.
Sans égal : invariabilité ou variation au féminin (ex. : *Ils sont sans égal, elles sont sans égal[es]*).

– *Feu :*
Invariable devant le nom (ex. : *feu la reine*), variable entre l'article et le nom (ex. : *la feue reine*).

– *Se faire fort de :*
Expression invariable, survivance du temps où l'adjectif *fort*, comme *grand* (v. *grand-mère*), ne variait pas en genre.

– *Franc de port* :

Expression invariable quand elle est rapportée au verbe (ex. : *Il l'a reçu franc de port*), mais variabilité dans les autres cas (ex. : *des colis francs de port*).

– *Nouveau* à valeur adverbiale :

Précédant un participe passé, accord (ex. : *nouveaux venus*), sauf dans *nouveau-né* (pour lequel l'arrêté de 1901 tolérait la graphie en un seul mot).

– *Nu* :

Invariable lorsqu'il précède le nom d'une partie du corps comme *nu-pieds, nu-tête.*

– *Possible* :

Invariable après une locution superlative (ex. : *le plus de choses possible*).

– *Seul à seul* :

Invariabilité (ex. : *Ils se sont vus seul à seul*).

6 accord du participe passé

I. PARTICIPE PASSÉ SANS AUXILIAIRE

A - Le participe s'accorde comme un adjectif, en genre et en nombre, avec le nom ou le pronom auquel il se rapporte (ex. : *illusions perdues*).

B - Exceptions : sont invariables :

– Les participes placés immédiatement avant le nom et jouant le rôle de préposition : *approuvé, attendu, compris, entendu, excepté, non compris, ôté, ouï, passé, reçu, supposé, vu, y compris* (ex. : *vu les difficultés*).

L'usage est double pour *étant donné* et *mis à part* avec toutefois tendance à l'invariabilité (ex. : *étant donné(es) les circonstances; mis(es) à part les circonstances*).

– *Ci-annexé, ci-inclus, ci-joint* en emploi adverbial, c'est-à-dire :
en tête de phrase (ex. : *ci-joint les factures*) ;
devant un nom sans déterminant (ex. : *vous trouverez ci-joint copie*).
Dans les autres cas, l'accord est facultatif (ex. : *les lettres que vous trouverez ci-joint(es); vous trouverez ci-inclus(e) la copie.*

L'arrêté de 1901 tolérait l'accord dans tous les cas.

II. PARTICIPE PASSÉ AVEC ÊTRE

Le participe s'accorde en genre et en nombre avec le sujet du verbe (ex. : *Nous sommes convaincus*).

Avec le pluriel de majesté, la variation ne se fait qu'en genre (ex. : *Nous sommes persuadé[e]*).

III. PARTICIPE PASSÉ AVEC AVOIR

A - Règle générale

Le participe s'accorde en genre et en nombre avec le complément d'objet direct (c.o.d.) quand celui-ci précède le participe. Il est donc invariable si le c.o.d. est absent ou suit le participe (ex. : *L'histoire qu'elles ont lue; elles ont lu l'histoire*).

La règle, formulée par Marot au XVIe siècle, s'est imposée au XIXe siècle.

B - Cas particuliers

Les difficultés d'emploi du participe passé avec *avoir* tiennent à des problèmes concernant la nature ou l'identification du c.o.d. Une stricte analyse grammaticale permet de les résoudre.

1. Le complément d'objet direct précédent est :

– Le pronom *l'* neutre, équivalent de *cela* ⇨ invariabilité (ex. : *La difficulté est plus grande qu'il ne l'avait présumé*).

– L'adverbe pronominal *en* ⇨ invariabilité (ex. : *Des fautes, j'en ai commis*).
L'arrêté de 1976 autorise l'accord.
– Formé avec un adverbe de quantité ⇨ accord avec le complément (ex. : *Combien de personnes a-t-il rencontrées ?*).
Mais, avec *peu de*, l'accord est facultatif (ex. : *Le peu de confiance que vous avez manifesté[e]*).

2. Le participe passé est suivi d'un infinitif.
Il faut déterminer si le complément est c.o.d. de la forme composée avec le participe ou de l'infinitif. Dans le premier cas, il y a accord avec le c.o.d. qui précède (le c.o.d. étant alors aussi sujet de l'action exprimée par l'infinitif) :
La fille que j'ai entendue chanter = j'ai entendu la fille qui chantait.
(fille c.o.d. de *entendre)* ;
La chanson que j'ai entendu chanter = j'ai entendu que l'on chantait la chanson.
(chanson c.o.d. de *chanter).*
N.B. : ● Invariabilité des participes passés de *faire, devoir, pouvoir, vouloir* suivis de l'infinitif (ex. : *Les travaux qu'il a dû achever*). CSLF 1990 recommandait l'invariabilité également pour *laisser.*
● Invariabilité après les verbes d'opinion et de déclaration, car l'agent de l'infinitif n'est pas c.o.d. de la forme composée avec participe : *Cette difficulté qu'il a cru disparaître = il a cru que la difficulté disparaissait.*
Avec l'infinitif, l'arrêté de 1901 tolérait l'invariabilité ; celui de 1976 autorise le double usage.

3. Le participe passé est suivi d'un attribut du c.o.d.
Le participe s'accorde avec le c.o.d. qui précède (ex. : *Ces livres qu'il a trouvés intéressants*).

4. Certains verbes intransitifs, comme *courir, coûter, régner, valoir, vivre*, sont invariables au sens propre quand leur complément est un complément circonstanciel, à ne pas confondre avec un c.o.d. (ex. : *Les cent mètres qu'a couru l'athlète*).
L'arrêté de 1976 autorise l'accord.

5. Le participe passé des verbes impersonnels est invariable (ex. : *Les chaleurs qu'il a fait cet été*).

IV. LE PARTICIPE PASSÉ DES VERBES PRONOMINAUX

Voir, pour la définition des verbes pronominaux, page 722 et des verbes transitifs et intransitifs, page 721.

A - Verbes essentiellement pronominaux

Le participe s'accorde avec le sujet (ex. : *Ils se sont absentés*).

Exception : le participe *s'arroger* s'accorde avec le c.o.d. qui précède (ex. : *les droits qu'il s'est arrogés*).

Il y a également accord pour les verbes suivants qui ne sont pas toujours pronominaux : *s'apercevoir, s'attaquer, s'attendre, s'aviser, se battre, se connaître, se départir, se défier, se douter, s'échapper, s'ennuyer, s'imaginer, se jouer, se moquer, se plaindre, se porter, s'en prendre, se prévaloir, se railler, se refuser, se résoudre, se saisir, se servir, se taire.*

B - Verbes transitifs et intransitifs en emploi pronominal

Le participe, comme lorsqu'il est employé avec *avoir*, s'accorde avec le c.o.d. qui précède. Il faut alors déterminer si le pronom réfléchi est c.o.d.

1. Le pronom est c.o.d. ⇨ le participe s'accorde avec le pronom.
Ils se sont amusés = ils ont amusé qui ? se mis pour *ils.*

2. Le pronom n'est pas c.o.d. ⇨ le participe s'accorde avec le c.o.d., lorsque celui-ci le précède.
La maison qu'ils se sont achetée ; Ils se sont acheté une maison = ils ont acheté quoi ? une maison.

L'on notera l'invariabilité pour les verbes transitifs indirects en emploi pronominal : *complaire, convenir, déplaire, entre(-)nuire, mentir, nuire, parler, plaire, ressembler, rire, sourire, succéder, suffire, survivre.*

Avec *l'*, *en* et l'infinitif, le participe des verbes pronominaux obéit aux règles précédemment données (v. III, **B** 1, **B** 2) :

Ils se sont vu abandonner = ils ont vu qu'on les abandonnait (*se* c.o.d. de *abandonner*)

Ils se sont vus abandonner leur projet = ils ont vu eux-mêmes abandonner leur projet (*se* c.o.d. de *voir*).

C - Verbes à sens passif

Le participe s'accorde avec le sujet (ex. : *Les livres se sont mal vendus*).

La régularisation des variations du participe passé, souvent purement orthographiques, se heurte dans certains cas à la prononciation (ex. : *Les choix qu'il a pris* [pri] ; *les décisions qu'il a prises* [priz]).
Face à la difficulté du problème, CSLF 1990 a renoncé à proposer une réforme, se contentant de demander l'invariabilité de *laisser* suivi d'un infinitif.

7 accord du verbe et du sujet

Le verbe s'accorde en personne et en nombre avec le sujet.

I. L'ACCORD EN PERSONNE

En cas de sujets qui ne sont pas de même personne, la première personne prévaut sur les deux autres, la deuxième sur la troisième (ex. : *Toi et moi, (nous) partirons demain ; Toi et lui, (vous) partirez demain*).
Avec le pronom relatif qui a pour antécédent un ou des pronoms personnels de première ou de deuxième personne, l'accord se fait avec le ou les pronoms personnels (ex. : *C'est moi qui l'ai fait ; toi et moi qui partirons demain*).

II. L'ACCORD EN NOMBRE

A - Avec un seul sujet

Le verbe est au pluriel si le sujet est au pluriel. Mais il peut y avoir hésitation dans un certain nombre de cas où le sujet, grammaticalement au singulier, exprime une pluralité. Le choix du nombre est alors souvent affaire d'interprétation.

1. Nom collectif suivi d'un complément pluriel.
L'accord se fait selon le sens ; la mise en valeur de la globalité entraîne

le singulier ; la mise en valeur de la pluralité, le pluriel (ex. : *Une foule de soldats est arrivée ; Une foule de soldats sont arrivés*).

2. Expressions nominales exprimant la quantité.

● Avec les indications numérales et les pourcentages, le singulier apparaît si l'idée d'unité globale prime et le pluriel si c'est l'idée de pluralité d'unités ou de centièmes (ex. : *Huit mille francs sont nécessaires ; Huit mille francs est nécessaire ; 8 % d'augmentation est indispensable ; 8 % d'augmentation sont indispensables*).

● Avec les noms de fractions au singulier et les numéraux, l'accord se fait avec le complément quand il s'agit d'un nombre approximatif (ex. : *La moitié des participants sont satisfaits ; Une douzaine de jours suffiront*) et avec le terme quantitatif dans les autres cas (ex. : *Le tiers des députés était présent*).

● Avec un nom de fraction au pluriel, l'accord se fait au pluriel (ex. : *Les deux cinquièmes du gâteau ont été mangés*).

3. Adverbe de quantité.

L'accord avec le complément de l'adverbe est de règle (ex. : *Beaucoup de personnes sont là*).

Si le complément n'est pas exprimé, l'accord se fait au pluriel (ex. : *Beaucoup l'ignorent, peu le savent*).

Mais avec *peu de* précédé d'un déterminant, l'accord a lieu avec *peu* si l'on veut mettre l'accent sur « l'insuffisance de » (ex. : *Son peu de ressources l'a affecté*).

Avec *plus d'un*, le verbe se met traditionnellement au singulier (ex. : *Plus d'un l'aura compris*), mais le pluriel n'est pas rare (ex. : *Plus d'un l'auront compris*).

4. Pronom neutre *ce*.

Quand l'attribut est un nom pluriel ou un pronom de la troisième personne, le verbe *être* se met au pluriel dans la langue soutenue (ex. : *Ce sont eux*), mais tend à rester au singulier dans la langue courante (ex. : *C'est eux*).

La règle est valable pour *ce doit être, ce peut être, ce ne saurait être.*

Le verbe *être* reste invariable dans *si ce n'est, fût-ce, ne fût-ce que.*

5. Titre d'œuvre.

Si le titre commence par un déterminant pluriel, le verbe est souvent au pluriel (ex. : ***Les Fleurs du mal*** *datent de 1857*).

Si le titre ne commence pas par un déterminant pluriel, le singulier est plus fréquent (ex. : ***Illusions perdues*** *est à relire*).

6. Avec un sujet pluriel, il y a accord ou invariabilité de *vive, qu'importe, peu importe, reste, soit* (ex. : *Vive(nt) les vacances*).

B - Avec plusieurs sujets

Le verbe se met ordinairement au pluriel. Mais il peut rester au singulier dans quelques cas :

1. Sujets renvoyant à une seule réalité.
Si les sujets au singulier désignent un seul et même être ou objet, ou en cas de synonymes, le verbe est au singulier (ex. : *Une joie, un bonheur immense l'envahit*).

2. Sujets formant une gradation ou résumés par un mot.
L'accord se fait avec le dernier élément ou avec l'élément résumant (ex. : *Un souffle, une ombre, un rien, tout lui donnait la fièvre* [La Fontaine]).

3. Sujets coordonnés.
– Avec *comme, ainsi que, ou, ni,* le pluriel est d'usage si prime l'idée d'addition, le singulier si la conjonction garde sa valeur comparative ou sa valeur d'opposition. Il en est de même avec *moins que, plus que, non, plutôt que, avec* (ex. : *Le préfet ou son représentant viendra ; L'ancien français ainsi que l'allemand possèdent une déclinaison*).
– Avec *l'un ou l'autre,* le singulier est plus fréquent ; avec *l'un et l'autre,* le pluriel.

Dans la plupart des cas précités, les arrêtés de 1901 et de 1976 admettent l'un et l'autre accords (sans considération de sens).

8 apostrophe

Ce signe (emprunté aux grammairiens grecs) a été introduit en français par Sylvius en 1531.

I. MARQUE DE L'ÉLISION DE LA VOYELLE FINALE

L'apostrophe marque l'élision (disparition, dans la prononciation, de la voyelle finale) du *a*, du *e* ou du *i* des mots-outils suivants devant un mot commençant par une voyelle ou un *h* muet.

A - Elision du *a* : *la* article ou pronom (ex. : *l'arme*) ;
du *e* : monosyllabes *je, me, te, le, se, ne, de, ce* (pronom neutre), *que* (ex. : *j'ai*).
– *jusque* (ex. : *jusqu'à demain*) ;
– composés de *que* avec certaines restrictions :
• *lorsque, parce que, puisque, quoique* devant *il, ils, elle, elles, on, un, une*
+ devant *à* pour *parce que*
+ devant *en* pour *puisque* et parfois pour *lorsque* ;
• *quelque* devant *un* et *une* ;
• *presque* devant *île* ;
– *entre* dans les verbes *s'entr'aimer, s'entr'apercevoir, s'entr'égorger, s'entr'avertir, s'entr'appeler, entr'apparaître.*
du *i* : *si* conjonction devant *il(s)* (ex. : *s'il dit*).

Ce et les pronoms personnels précités en cas d'inversion n'offrent pas d'élision devant initiale vocalique (ex. : *Puis-je entrer ? Est-ce exact ? Achète-le aujourd'hui*), à l'exception du cas où le pronom suit un impératif et précède *en* ou *y* (ex. : *Change-l'en, Va-t'en*).

L'adjectif démonstratif *ce* devant voyelle ou *h* muet est remplacé par *cet.* La forme *l'on*, qui alterne surtout pour des raisons d'euphonie avec *on*, provient de l'article élidé devant le nom (*on* étant issu du latin *homo*, « l'homme »). *Prud'homme* est formé à partir de *preux, de* et *homme.*

Anciennement, le *a* de *ma, ta, sa* disparaissait devant un mot féminin singulier avec une initiale vocalique ou un *h* muet, ce qui explique les formes *m'amie, mamie et mamours.* Les formes *mon, ton, son* se sont substituées à cet emploi.

L'apostrophe était usitée depuis le XVIe siècle pour *grand-mère, grand-route*, etc., où *grand* n'est cependant pas une forme élidée, mais l'ancienne forme féminine de l'adjectif ; elle a été remplacée par le trait d'union dans *Dic. Ac.* 1932.
Quelques emprunts présentent des cas d'élision particuliers : *ch'timi, commedia dell'arte ; traveller's chèque* (ou *check*), *pin's* offrent la marque du cas possessif anglais, à tort pour ce dernier mot que l'on a proposé de remplacer par *épinglette*. L'onomatopée *v'lan* est une variante (expressive ?) de *vlan*.

B - L'élision est facultative devant *ouate, ouistiti*, les noms de voyelles (ex. : *le a* ou *l'a*) et les mots en emploi autonyme (ex. : *l'étymologie d'arbre* ou *de arbre*).

C - L'élision ne se fait pas devant :

- *énième, huit* (et ses dérivés), *oui, onze* (sauf dans les expressions *bouillon d'onze heures, belle-d'onze-heures, dame-d'onze-heures* et de façon facultative avec *le* et *que*), *uhlan, ululer* (et ses dérivés) et *un* (chiffre ou numéro) ;
- les termes avec un *y* à l'initiale, empruntés récemment à des langues étrangères (ex. : *le yacht, le yéti*).

II. MARQUE DE L'APOCOPE

L'apostrophe indique la disparition de certains sons dans la transcription de la langue parlée (ex. : *v'là le facteur, t'as tort*).

9 cédille

L'imprimeur Geoffroy Tory en 1530 utilisa le premier la cédille, signe emprunté à un confrère spécialisé dans l'impression des livres d'*Heures* (livres de prières) espagnols. En effet, la cédille, à l'origine *z* écrit sous le *c*, était très fréquente dans l'écriture wisigothique en usage dans la langue espagnole.

L'usage de la cédille devant *a, o, u,* pour noter le son [s], se généralisa en France à partir de 1540 (ex. : *garçon, reçu*).

10 consonnes doubles

Les consonnes doubles, très fréquentes en français, peuvent correspondre à des phonèmes (ou groupes de phonèmes) particuliers ; à une double prononciation des consonnes ; mais le plus souvent elles n'ont qu'une justification historique : marques de l'étymologie ou anciennes notations de phonèmes (voyelles nasales, voyelles ouvertes). L'hétérogénéité de leurs origines et de leurs fonctions en fait une des difficultés majeures de l'orthographe actuelle.

Les consonnes ne peuvent se trouver doublées qu'après une voyelle orale et devant une autre voyelle (précédée éventuellement de *l* ou *r*) : *apporter, affleurer* s'opposent ainsi à *emporter*. Font exception les mots avec le préfixe *trans* (ex. : *transsibérien, transsubstantiation*) et l'imparfait du subjonctif de *venir, tenir* et de leurs composés (ex. : *tinsse*), v. C 28.

Elles se trouvent occasionnellement à la fin de mots d'origine étrangère (ex. : *football*).

I. FONCTIONS

A - Redoublement indiquant une prononciation particulière

Le *ss* intervocalique s'oppose au *s* intervocalique pour noter le son [s] (ex. : *russe* [s] / *ruse* [z]).

cc + *e, i, y* peut représenter	[ks] (ex. : *accent*).
gg + *e, i, y*	[gʒ] (ex. : *suggestion*)
ou	[dʒ] (ex. : *loggia*).
ll	[j] (ex. : *fille*).
zz	[dz] (ex. : *pizza*).

B - Marque phonétique du [ɛ] ou du [ɔ]

La consonne double qui suit *e* ou *o* sert à marquer le son [ɛ] ou [ɔ] (ex. : *celle, cette* pour [ɛ], *botte* pour [ɔ]).

Le [ə] n'est donc généralement pas suivi d'une double consonne (sauf *dessus, dessous* et les mots pourvus du préfixe *re*), d'où les alternances entre [ɛ] + consonne double (ex. : *appelle*) et [ə] + consonne simple (ex. : *appeler*).

C - Prononciation des deux consonnes

Les consonnes ne sont prononcées géminées que dans un nombre restreint de cas :

1. Prononciation expressive (ex. : *horrible* prononcé [ɔrribl]).
Cette prononciation peut même affecter des mots qui ont une consonne simple (ex. : *abominable* prononcé [abbɔminabl]).

2. Opposition entre imparfait et conditionnel pour *mourir, acquérir, courir* et leurs composés (ex. : *courais / courrais*).

3. A la jonction de certains préfixes tels :
col / com, con ;
il / im, in / ir ;
trans / inter, sur ;
(ex. : *illettré* [i(l)letre] ; *immobile* [im(m)ɔbil] ; *collatéral* [kɔl(l)ateral] ; *interrègne* [ɛ̃tɛrrɛɲ] ; *surréalisme* [syrrealism]).

4. A la limite de deux mots (ex. : *vingt-trois* [vɛ̃ttrwa]) ;
ou à l'intérieur d'un mot par suite de la chute du [ə] (ex. : *netteté* [nɛtte]).

D - Redoublement purement graphique

Alors que certaines consonnes ne sont jamais doublées *(h, j, k, q, v, x)*, d'autres le sont dans un nombre limité de cas :

b : *abbatial, abbaye, abbé, abbesse, abbevillien, gibbeux, gibbon, gibbosité, rabbin* (et dérivés), *sabbat* (et dérivés), *schibboleth.*
d : *addition, adduction, bouddhiste, cheddite, haddock, lyddite, paddock, paddy, pudding, puddler* (et dérivés), *quiddité, reddition.*
g : *agglomérer, agglutiner, aggraver, dogger, jigger, jogging, leggin(g)s, toboggan.*
z : *blizzard, pouzzolane, razzia* (pour les autres mots en *zz*, prononciation [dz], également possible pour ces deux derniers mots).

Les consonnes doubles sont souvent des lettres étymologiques. Dans le cas très fréquent de *m* et de *n*, il s'agit d'une survivance du temps où ces consonnes étaient utilisées pour noter la nasalisation de la voyelle précédente.

M et *n* ont en effet été doublées en ancien français pour marquer la double articulation de la voyelle nasalisée et de la consonne nasale pour le [ɑ̃], le [ɛ̃], le [ɔ̃] ; *bone*, prononcé [bɔ̃n] au XIIe siècle, a été ainsi graphié *bonne*. La marque de cette double prononciation, disparue au XVIe siècle, a été conservée.

Le phénomène de nasalisation a affecté le *a*, le *e* et le *o* à partir du XIe siècle. Auparavant, comme en latin, les voyelles n'étaient jamais nasalisées. Au Moyen Âge, on prononce donc la voyelle nasalisée et la consonne nasale suivante. Au XVIe siècle intervient la perte de la double articulation nasale. Lorsque la consonne est en fin de syllabe, elle disparaît : la prononciation [bɔ̃n] de *bon* passe ainsi à [bɔ̃]. Lorsque la consonne est entre voyelles, c'est la voyelle qui se dénasalise : *bonne* n'est plus prononcé [bɔ̃nə], mais [bɔnə].

Les consonnes nasales ne sont pas doublées après *i* et *u*, voyelles dont la nasalisation a été tardive et peu marquée (ex. : *lime, lune*).

Exceptions :
- mots formés d'un radical commençant par *m* ou *n* et du préfixe *im* ou *in* (ex. : *immobile, innommable*) ;
- termes savants ou étrangers (ex. : *zinnia, summum, tunnel*).

Les adverbes en *-ment* ne doublent le *m* que s'ils sont formés sur les adjectifs terminés en *-ant* ou *-ent* : ces adverbes possédaient en ancien français une double articulation nasale [ɑ̃mɑ̃] et sont actuellement prononcés [amɑ̃] (ex. : *puissamment, fréquemment,* opposés à *bonnement, assidûment*).

Le passage du son [ɛ̃] à [ɑ̃] date du XIe siècle, si bien qu'à cette date-là les finales *-emment* et *-ammant* sont devenues identiques dans la prononciation.

E - Distinction des homonymes

Dans les exemples suivants, la consonne double sert à distinguer des homonymes :

ballade, balade ;	*canne, cane ;*	*datte, date ;*
butter, buter ;	*cotte, cote ;*	*déferrer, déférer ;*
détonner, détoner ;	*guerre, guère ;*	*salle, sale ;*
erre, ère ;	*lutter, luter ;*	*souffre, soufre ;*
galle, gale ;	*marri, mari ;*	*ville, vile.*

II. DOUBLEMENT DE LA CONSONNE A LA JONCTION DU PRÉFIXE ET DU RADICAL

A - La rencontre d'un préfixe terminé par une consonne et d'un radical commençant par une consonne peut entraîner la présence d'une consonne double, soit que le radical commence par une consonne identique – cas des préfixes *bis* (ex. : *bissection*, mais, pour *bisexuel*, la graphie avec un seul *s* s'impose), *em* (ex. : *emménager*), *en* (ex. : *enneiger*), *hyper* (ex. : *hyperréalisme*), *inter* (ex. : *interrègne*), *super* (ex. : *superréaction*), *sur* (ex. : *surréel*), *trans* (ex. : *transsibérien*) –, soit qu'il y ait eu assimilation de la consonne finale du préfixe avec la consonne initiale du radical – cas des préfixes *a(d), co(n), di(s), e(x), i(n), sou(s), su(b)*. Ce phénomène d'assimilation, présent dans des mots dont la formation remonte au latin, est absent dans les créations plus récentes.

ad :

- absence de redoublement de consonnes devant radical en *b, h, j, m,v*.
- redoublement et assimilation constants devant :
  c – ex. : *accompagner* (sauf *acagnarder, acoquiner*)
  f – ex. : *affaiblir*
  n – ex. : *annoter* (sauf *anoblir, anéantir, anordir*)
  r – ex. : *arraisonner* (sauf *araser*)
  s – ex. : *assécher*
  t – ex. : *attiédir* (sauf *atermoyer*)
- fréquents avec :
  l – ex. : *allier, allaiter* (sauf *alarguer, alanguir, aléser, aligner, aliter, alourdir, alunir*)
  p – ex. : *apparaître* (sauf *apaiser, apanage, apercevoir, apeurer, apiéceur, apiquer, apitoyer, aplanir, aplatir, apostille, apurer*)
- exceptionnels avec :
  d – ex. : *addition, adduction*
  g – ex. : *agglomérer, agglutiner, aggraver*

con, in :

- doublement devant *n* et assimilation devant *l, m, r* (ex. : *connaître, collaborer, commémorer, correspondre ; innombrable, illettré [*sauf *inlassable, inracontable], immangeable, irrésolu*).
- à la forme *con*, la langue actuelle préfère pour les

néologismes la forme *co* qui n'entraîne jamais de redoublement (ex. : *coreligionnaire, corédacteur*).

• dans les mots avec *im*, on relève la prononciation [im(m)] pour les mots de formation latine (ex. : *immuable*) ; [ɛ̃m] pour les dérivés formés à partir du français (ex. : *immanquable*).

dis, ex, sous : double *s* devant radical en *s* et assimilation devant radical en *f* (ex. : *dissymétrie, difforme, essoucher, effacer, esseuler, effeuiller, soussigner, souffrir*).

sub : assimilation devant *c, f, p* (ex. : *succéder, suffire, supporter*).

B - La rencontre d'un préfixe terminé par une voyelle et d'un radical commençant par un *s* pose pour le maintien du son [s] du radical le problème du redoublement du *s*, v. **23** III.

Ainsi pour le suffixe *dé*, si l'on trouve pour les formations anciennes *des* avec une prononciation [e] (ex. : *desserrer*) ou [ə] (ex. : *dessus*), les formations nouvelles offrent des graphies avec un seul *s* (ex. : *désolidariser, désubjectiviser, désulfiter, désulfurer*). Il en est de même pour *re*; *ressembler* s'oppose à des créations actuelles comme *resaler*. *Pressentir* est isolé par rapport aux autres mots en *pré* (ex. : *présélection*).

III. CONCURRENCES

A - Finales -*ète* et -*ette*

Après [ɛ] et [ɔ], v. IB, il y a souvent concurrence entre le doublement de la consonne et la consonne simple.

-*ette* *pour :* – Les noms féminins sauf *comète, diète, épithète, planète, préfète, saynète.*
– Les adjectifs et noms féminins à suffixe diminutif (ex. : *doucette*).

-*ète* *pour :* – Les noms masculins (ex. : *poète*), sauf *quintette, squelette.*
– Les adjectifs féminins non dérivés : *(in)complète, concrète, désuète, (in)discrète, (in)quiète, replète, secrète.*

B - Verbes en *-eler* et *-eter*

– Doublement de la consonne après [ɛ] dans les verbes du type C10 (ex. : *appeler / appelle ; jeter / jette*).
– Accent sur le *è* + *l* ou *t* dans les verbes du type C9 (ex. : *peler / pèle ; acheter / achète*).

C - Finales *-ote* et *-otte*

-otte pour : – Les adjectifs et noms féminins (correspondant à un masculin *-ot*) à suffixe diminutif (ex. : *vieillotte*), sauf *petiote, fiérote.*

-ote pour : – Les noms masculins (ex. : *despote*).
– Les adjectifs et noms féminins (correspondant à un masculin *-ot*) non dérivés (ex. : *bigote*), sauf *sotte.*

D - Finales *-oter* et *-otter*

-oter : – Finale majoritaire utilisée pour les verbes formés sur les noms :
- en *-o, -ot* (ex. : *caboter*).
- en *-ote* (ex. : *piloter*).
- les diminutifs (ex. : *crachoter*).

-otter : – Verbes formés :
- sur les noms en *-otte* (ex. : *botter*).
- avec le suffixe diminutif *-otter* (ex. : *bouillotter, cachotter, frisotter*).
- quelques mots en *-ot* (ex. : *boulotter, flotter, garrotter, grelotter, trotter*).

E - Verbes en *-oner* et *-onner*

-onner pour : – Les verbes formés
- avec le suffixe *-onner* (ex. : *chantonner*).
- avec un substantif en *-on* et le suffixe *-er* (ex. : *additionner*).
- à partir de mots comme *couronne (couronner)* ou *tonner (entonner).*

-oner pour : Les verbes *détoner, dissoner, s'époumoner, ramoner, téléphoner.*

IV. SÉRIES IRRÉGULIÈRES

En raison de l'apparition à des dates différentes et selon des voies diverses de mots d'une même famille, il peut exister un certain nombre d'irrégularités graphiques. Ainsi certains termes, emprunts savants au latin, n'ont pas de consonne nasale géminée, tels *honorable* pris directement au latin *honorabilis* ou *donataire* à *donatorius*, alors que *honneur* ou *donner*, venus antérieurement par voie populaire de *honorem* et *donare*, ont une double nasale.

- Dans les mots en *-ion*, le *n* est doublé, sauf pour *millionième* et pour les dérivés en *-al, -alisme, -aliste* (exception : *confessionnal, processionnal*).
- Dans les mots en *-on*, le *n* est doublé, sauf pour les dérivés en *-al, -alisme, -aliste, -at, -ataire, -ateur, -ation, -ance,* les suffixes commençant par *i* (excepté *-ier, baronnie et maçonnique*).

Pour les dérivés de mots en *-ion*, il faut noter la tendance récente à doubler le *n* dans tous les cas (ex. : *professionnalisme*). L'Académie s'est élevée contre ce nouvel usage.

Sont irrégulières les familles de :

battre :	doublement sauf *bataille* (et dérivés), *combatif* et *combativité, courbatu et courbature ; embat(t)re* offre la double orthographe.
canton :	doublement sauf *cantonade et cantonal.*
char :	doublement sauf *chariot* et ses dérivés.
chat :	*chat(ière, -oiement, -oyer* et *-on)* et *chatt(e, -erie, -emite).*
col :	doublement pour les mots en *coll-* et *décoll-* (ex. : *collier, décoller*) ; *l* simple pour les mots en *accol-* et *racol-* (ex. : *accoler, racoler*).
courir :	*r* simple sauf *courre, courrier, courriériste, courreries.*
don :	doublement sauf *donataire, donateur, donation.*
fol :	*l* simple sauf *follet, follement, folle.*
guerre :	doublement du *r* sauf *guérilla, guérillero* (empruntés à l'espagnol).
homme :	doublement sauf *bonhomie, prud'homie, homicide, hominidé, hominien, hominisation, hominisé, homuncule* ou *homoncule.*
honneur :	radical populaire *honn- (déshonneur)* ou savant *honor- (déshonorer).*
imbécile :	*l* simple sauf *imbécillité.*

millionième : et *millionnaire.*
monnaie : radical populaire *monn- (monnayer)* et savant *monét- (monétaire).*
nom : radical populaire *nomm-* (ex. : *nommer*) et radicaux savants *nomin-* (ex. : *innominé*) et *nomen-* (ex. : *nomenclature*). Dans le dictionnaire de l'Académie (1932), *innomé* est écrit avec un seul *m.*
nul : séries *null-* (ex. : *nullité*), *annul-* (ex. : *annuler*).
ordonner : radical populaire *ordonn-* (ex. : *ordonner*) ; radical savant *ordin-* (ex. : *ordination*).
patron : *n* simple sauf *patronne, patronner, patronnesse.*
quitte : doublement sauf *quitus.*
ruban : *n* simple sauf *enrubanner.*
siffler : doublement sauf *persifler* et ses dérivés.
son : *n* simple pour *asson(er, -ant, -ance), consonance, consonant, disson(er, ant, -ance), résonance, résonateur, sonate, sonore ;*
doublement pour : *consonne, malsonnant, résonn(er, -ant), sonn(er, -ant, -erie, -et, -ette, -eur, -aille, -ailler).*
sot : doublement sauf *sotie.*
souffler : doublement sauf *boursoufler* et ses dérivés.
ton : *n* simple sauf *détonner et entonner.*
tonner : doublement sauf *détoner* et ses dérivés et *tonitruer.*
trappe : doublement du *p* sauf *attraper, rattraper* et leurs dérivés.
tutelle : et *tutélaire.*

CSLF 1990 a proposé de régulariser *bonhomie, boursoufler* et ses dérivés, *chariot, combatif, combativité, embatre, imbécillité, innomé, persifler* et ses dérivés, *prud'homal, prud'homie* et *sotie,* ainsi que *cahute* pour le rapprocher de *hutte* (quoique les mots n'aient pas la même origine).

Par ailleurs, CSLF 1990 conseillait des finales *-ole* au lieu de *-olle* (à l'exception de *colle, folle, molle*) ; la simplification de la géminée pour *dentellière, interpeller* et *prunellier* ; une finale en *-otter* pour les verbes formés sur une base *-otte* et *-oter* pour ceux qui le sont sur une base *-ot* ; l'absence de doublement pour les dérivés de mots en *-an* et en *-on* (devant *a, i* et *o*) ; l'alignement sur les formes *-èle* et *-ète,* pour les verbes en *-eler* et *-eter* (à l'exception d'*appeler,* de *jeter* et de leurs dérivés), ainsi que pour leurs dérivés en *-ement.*

11 consonnes finales

Suivies d'un *e*, les consonnes finales sont prononcées. En finale absolue, l'usage est varié. Certaines consonnes, habituellement non prononcées, apparaissent en liaison, v. **17**.

I. CONSONNES SIMPLES

b - rare et assez souvent prononcé (ex. : *snob, baobab, cab, nabab*).

c - souvent prononcé, surtout dans les monosyllabes, mais séries non régulières (ex. : *lac / tabac ; bloc / broc ; parc / marc ; donc / jonc*).

ch - valeurs diverses : muet dans *almanach*, [k] dans *varech*, [ʃ] dans *Auch*.

d - rare et prononcé dans des mots étrangers (ex. : *bled, caïd, sud*), mais muet dans des mots comme *pied, chaud*, dans les mots en *-ard* ou *-aud*.

f - souvent prononcé (ex. : *œuf, bœuf, serf*), non prononcé dans *cerf, clef, nerf, chef-d'œuvre* ; prononcé [v] en liaison dans *neuf ans, neuf heures*.

g - quelquefois prononcé (ex. : *gag, iceberg*) ; muet le plus souvent (ex. : *coing*).

k - prononcé (ex. : *stock, mameluk*).

l - après *a, e, o, u*, le plus souvent prononcé (ex. : *bal, sel, bol*) ;
– après *i* :
- prononcé (ex. : *profil*) ;
- muet (ex. : *coutil, fusil, gentil, persil, sourcil*) ;
- double prononciation (ex. : *chenil, gril, grésil*) ;
- deuxième élément du graphème correspondant à [j] (ex. : *soleil, travail*).

m - prononcé dans des mots d'emprunt (ex. : *islam, groom*) ou des mots latins (ex. : *maximum*) ; dans les autres cas, graphème correspondant à la notation de la voyelle nasale (ex. : *faim*).

n - prononcé dans des mots d'emprunt (ex. : *éden, dolmen*) ou des mots latins (ex. : *abdomen, cyclamen, hymen*) ; dans les autres cas, graphème correspondant à la notation de la voyelle nasale (ex. : *don*).

p - rare, prononcé (ex. : *cap, stop*) ou non (ex. : *loup, drap, sirop*).

q - prononcé (ex. : *coq, cinq* [sauf, pour ce chiffre, devant un mot commençant par une consonne]).

r - prononcé, sauf dans les infinitifs en *-er* (ex. : *chanter*) et les mots à suffixe *-er, -ier* (ex. : *crémier*).

s - prononcé dans :
- les mots latins ou d'origine étrangère (ex. : *as*) ;
- certains mots après *è* (ex. : *faciès*, s'opposant à *procès*).

L'on notera la tendance à la prononciation de certains *s* (ex. : *fils*) depuis le XIXe siècle. Actuellement, dans *mœurs, ananas*, le *s* est de plus en plus souvent articulé.
– non prononcé comme marque du pluriel et de la deuxième personne du singulier, sauf en liaison où il est prononcé [z].

t - prononciation fréquente dans :
- les monosyllabes (ex. : *dot*) ;
- les mots d'origine latine (ex. : *transit*) ;
- les mots étrangers (ex. : *spot*).

Le *t* est de plus en plus souvent prononcé, surtout à la pause : v. actuellement *but* [by(t)], *fait* [fɛ(t)].

x - non prononcé le plus souvent (ex. : *croix*).
– prononcé :
- [ks] pour les noms propres ou étrangers (ex. : *thorax, index, phénix, lynx*) ;
- [s] pour *six, dix* à la pause ;
- [z] pour *six, dix* devant voyelle.

z - prononcé en cas d'emprunt (ex. : *gaz*), non prononcé dans les deuxièmes personnes du pluriel (ex. : *aimez*) et d'anciennes formes comme *rez, chez, assez*.

II. GROUPES DE CONSONNES

Un certain nombre de mots sont terminés par des groupes consonantiques qui ont une valeur étymologique (marquant l'origine latine) ou diacritique (servant souvent à la distinction des homonymes) et qui ne sont pas prononcés.

cs - (ex. : *lacs* [« cordon »]).

ct - (ex. : *aspect, instinct*), mais *ct* est prononcé dans *compact, intact, infect, abject ; exact* et *circonspect* ont une double prononciation possible.

ds - (ex. : *poids, remords*).
gs - (ex. : *legs*).
gt - (ex. : *doigt*).
ls - (ex. : *pouls*).
ps - (ex. : *corps*), mais le groupe est prononcé dans *biceps, reps, laps.*
pt - (ex. : *exempt*), mais le groupe est prononcé dans *rapt, concept, abrupt.*
rs - (ex. : *gars, volontiers*).
ts - (ex. : *mets*).

III. CONSONNES EN FINALE DE SYLLABE

Les consonnes en finale de syllabe ne se faisaient pas entendre et avaient même disparu de l'orthographe au Moyen Âge, mais, par souci étymologique, au XVIe siècle, elles ont été en partie réintroduites dans la graphie et même dans la prononciation (ex. : *obtenir, objet, subtil*).

Un certain nombre d'entre elles toutefois ne sont pas prononcées :
g - (ex. : *longtemps, sangsue*).
l - (ex. : *aulne*).
m - (ex. : *automne, damner*).
p - (ex. : *baptême, compte, dompteur, exempt, prompt, septième, sculpter*).
th - (ex. : *asthme, isthme*).

La prononciation du *m* de *automnal*, du *p* de *cheptel* est facultative, celle du *p* usuelle dans *impromptu* (qui s'oppose ainsi à *promptement*).

12 e muet

Le *e* dit caduc, muet ou sourd [ə], assez proche de [œ], présente des caractères originaux par rapport aux autres voyelles. Il se caractérise par sa fréquente caducité. Son maintien dépend souvent des niveaux de langue ; ainsi, contrairement à l'usage courant, dans la langue poétique et théâtrale, il est, dans certaines positions, toujours conservé.

Ce son ne peut à lui seul constituer une syllabe. Il ne se trouve pas en initiale absolue. Il est toujours employé en fin de syllabe. Son élision devant un autre mot à initiale vocalique est constante (ex. : *elle a tort* [ɛlatɔr]).

I. PRONONCIATION DANS L'USAGE COURANT

A - En syllabe initiale ou intérieure

1. Précédé d'un groupe de consonnes, le *e* est prononcé (ex. : *premier* [prəmje]).
2. Précédé d'une voyelle, le *e* n'est pas prononcé (ex. : *jouera* [ʒura]).
3. Précédé d'une consonne simple :

● à l'initiale d'un groupe de mots, le *e* est ordinairement prononcé (ex. : *tenir est difficile* [tənir]) ;

● à l'intérieur d'un groupe de mots, le *e* n'est pas prononcé (ex. : *il est difficile de tenir* [tnir]), sauf lorsqu'il est suivi de [l], [m], [n], [r] + [j] (ex. : *relier* [rəlje]) ;

● en cas de succession de *e*, il y a prononciation d'un *e* sur deux avec généralement prononciation du premier (ex. : *je le vois* [ʒəlvwa]), sauf pour *je te* [ʒtə], *ce que* [skə], *parce que* [parskə]).

B - En finale

1. Après consonne, le *e* n'est pas prononcé, sauf dans les mots *ce, le, que* accentués (ex. : *Pourquoi ? parce que...* [parskə]). C'est là une des grandes différences entre la diction ordinaire et la diction poétique classique où le *e* après consonne et devant un autre mot à initiale consonantique est toujours articulé.

2. Après voyelle, le *e* n'est jamais entendu (ex. : *vie*) et la versification classique interdit l'emploi d'un mot terminé par une voyelle et *e* devant un autre mot avec une initiale consonantique.

II. PRÉSENCE DU *E* GRAPHIQUE APRÈS VOYELLE

Après voyelle, la présence du *e*, uniquement graphique, entraîne maintes confusions.

A - En finale

Certaines séries de mots offrent régulièrement une finale en *e*.

ée • pour la plupart des noms féminins (sauf *acné, clé, psyché* et la majorité des noms féminins en *-té* ou *-tié*; la finale en *-tée* ne se trouve dans ces derniers cas que pour les noms exprimant le contenu (ex. : *pelletée*) et les mots usuels : *butée, dictée, jetée, montée, pâtée, portée*).
• pour les noms masculins : *apogée, athée, caducée, camée, coryphée, empyrée, hyménée, hypogée, lycée, mausolée, musée, pygmée, scarabée, trophée.*

ie • dans les noms féminins, sauf *brebis, souris, fourmi, merci, nuit, perdrix.*
• dans quelques noms masculins : *amphibie, bain-marie, brie, coolie, génie, impie, incendie, messie, parapluie, sosie.*

aie dans tous les noms féminins, sauf *paix.*

oie • dans tous les noms féminins sauf *foi, loi, paroi, fois, croix, noix, poix, voix.*
• le nom masculin *foie.*

ue dans tous les noms féminins sauf *bru, glu, tribu, vertu.*

eue • dans les noms féminins
• pour les composés masculins de *queue.*

oue dans tous les noms féminins, sauf *toux.*

B - A l'intérieur d'un mot

Offrent régulièrement un *e* les dérivés en *-ment* de verbes en :
– *ier* (ex. : *remerciement*), sauf *châtiment*;
– *yer* (ex. : *paiement*) ;
– *uer* (ex. : *dénuement*) ;
– *ouer* (ex. : *dénouement*).

Pour les dérivés des verbes en *-éer*, il y a absence de *e* (ex. : *agrément*), excepté dans le cas de *gréement.*

13 genre des adjectifs

Dans la prononciation et dans l'écriture, l'opposition des genres n'est pas systématique. Plus de la moitié des adjectifs ont une même prononciation aux deux genres.

Dans la prononciation, la chute du [ə] final a considérablement transformé au XVIIe siècle le système morphologique d'opposition des genres, qui reposait auparavant sur la présence phonique du *e* final.

I. FORMES INDIFFÉRENCIÉES AUX DEUX GENRES

La graphie et la prononciation sont identiques au masculin et au féminin dans les cas suivants :

– Adjectifs avec *e* au masculin (ex. : *vide, sublime*).

Ont régulièrement un *e* au masculin les adjectifs en *-aire* (sauf *clair* et *pair*) ; en *-ile* (sauf *civil, puéril, subtil, vil, viril, volatil*) ; en *-ique* (sauf *public*) ; en *-oire* (sauf *noir*) ; en *-ule* (sauf *nul*).

– Adjectifs issus par dérivation impropre d'un nom ou d'un adverbe (ex. : *marron*).

– Anciens adjectifs épicènes (ne différenciant pas masculin et féminin) conservés dans des noms composés comme *grand-mère.*

II. FÉMININ DIFFÉRENCIÉ DU MASCULIN PAR LA PRÉSENCE D'UN *E*

A - Prononciation identique

La prononciation ne diffère pas entre masculin et féminin pour les adjectifs terminés au masculin :

1. Par une voyelle orale (ex. : *vrai / vraie*).

2. Par une consonne articulée [k], [t], [l], [r] (ex. : *net / nette ; nul / nulle ; amer / amère*).

Le son [k] noté au masculin *c* apparaît au féminin sous la forme *que* pour : *ammoniac, caduc, franc, laïc, public, turc,* et *cque* pour *grec.*

B - Prononciation différente

La présence du *e* permet la prononciation de la consonne précédente, muette au masculin. La prononciation du féminin aide ainsi souvent à reconstituer la graphie du masculin.

1. Articulation de la consonne finale au féminin.

[t] *petit / petite*

[j] *gentil / gentille*

[d] *sourd / sourde*

[r] *léger / légère*

L'on notera les alternances possibles dans la graphie de la consonne finale :

[ʃ] *blanc / blanche*
frais / fraîche

[s] *tiers / tierce*
faux / fausse
doux / douce

[t] *absous / absoute*

[z] *heureux / heureuse*

[g] *long / longue*

La prononciation de la consonne finale s'accompagne d'un changement d'articulation pour :

- le [e] devant [r] = [ɛ] (ex. : *léger / légère*).
- le [o] devant [t] = [ɔ] (ex. : *sot / sotte*).

2. Alternance voyelle nasale / voyelle orale et consonne nasale.

Pour les adjectifs avec masculin à voyelle nasale en finale de syllabe, le féminin se caractérise par l'articulation de la voyelle orale et de la consonne (ex. : *persan / persane* [pɛrsɑ̃] / [pɛrsan] ; *plein / pleine* [plɛ̃] / [plɛn]).

Dans les mots où la voyelle nasale est suivie d'une consonne, la règle précédente (**A** 1) est appliquée (ex. : *rond / ronde* [rɔ̃ / rɔ̃d]).

3. Substitution de consonne.

Dans les cas suivants, on note un changement d'articulation de la consonne :

- [f] / [v] (ex. : *bref / brève*)
- [k] / [ʃ] (ex. : *sec / sèche*)
- [œr] / [øz] : pour le suffixe *-eur / -euse* (ex. : *menteur / menteuse*).

4. Addition d'une consonne.

Les quelques mots suivants offrent au féminin une consonne absente du masculin :

coi	*/ coite*	*esquimau*	*/ esquimaude*
favori	*/ favorite*	*andalou*	*/ andalouse*
rigolo	*/ rigolote*	*butor*	*/ butorde.*

5. Suffixe propre au féminin.

Pour les adjectifs en *-eur,* à côté de la finale en *-euse (menteur / menteuse),* il y a maintien de l'ancienne finale *-eresse* pour les mots *enchanteresse, pécheresse, vengeresse* et des termes en emploi juridique *(bailleresse, défenderesse, demanderesse, venderesse)* ou poétique *(chasseresse)* et utilisation de la finale *-trice* (masculin *-teur*) pour certains adjectifs de formation savante *(créateur, créatrice).*

6. Formes différentes par vocalisation de la consonne *l* au masculin.

A *belle, nouvelle, folle, molle, vieille* correspondent les masculins *beau, nouveau, fou, mou, vieux* (par suite de la généralisation des formes où le *l* s'était vocalisé), employés devant un mot commençant par une consonne ; mais, devant un mot commençant par une voyelle, survivent les masculins *bel, nouvel, fol, mol, vieil.*

C - Particularités orthographiques

L'addition du *e* peut s'accompagner de certaines modifications orthographiques :

1. Doublement de la consonne *l, n, s* ou *t.*

Il affecte de façon assez systématique les adjectifs en :

- *-el, -eil* + *nul* et *gentil.*
- *-en, -on* (sauf *mormone* et les doubles formes *laponne / lapone ; lettonne / lettone ; nipponne / nippone*) + *paysan, rouan, valaisan.*
- *-et* sauf *(in)complet, concret, désuet, (in)discret, (in)quiet, replet, secret* qui ont un féminin en *-ète.*
- *bas, gras, las, épais, gros, métis, exprès, profès* où le doublement note le son [s].

2. Transcription du [ɛ].

Le son [ɛ] est marqué au féminin soit par le doublement de la consonne, soit par l'accent grave (ex. : *net / nette ; amer / amère*). V. **10** I **B** et **4** II.

3. Tréma sur le *e*.

Le tréma (v. **26** III) permet aux adjectifs en *gu* de conserver l'articulation du [y] (ex. : *aigu / aiguë*).

14 genre des noms

Alors que, pour les êtres inanimés, la répartition des genres (masculin ou féminin) est aléatoire, pour les êtres animés, le masculin est généralement dévolu aux individus de sexe masculin et le féminin à ceux de sexe féminin.

Il existe des cas où il n'y a pas d'adéquation entre genre et sexe. Sont ainsi masculins des termes comme *bas-bleu, mannequin*, des noms dépréciatifs avec suffixe *-on* (ex. : *laideron*) ; sont féminins certains noms désignant des fonctions (ex. : *estafette, recrue, sentinelle, vigie*) ou des noms péjoratifs (ex. : *crapule, fripouille*).

I. DISTINCTION MORPHOLOGIQUE

A - La distinction entre masculin et féminin peut être marquée morphologiquement par :

1. Des noms différents (ex. : *frère / sœur ; gendre / bru ; bouc / chèvre ; cerf / biche*).
2. La présence d'un *e* : voir la rubrique précédente, **13**, consacrée au féminin de l'adjectif, les mêmes règles orthographiques s'appliquant aussi aux noms.
3. L'adjonction d'un suffixe (ex. : *maître, maîtresse*).

B - La distinction entre les genres peut n'être pas marquée morphologiquement. C'est le cas des noms épicènes (c'est-à-dire qui ne distinguent pas le masculin du féminin) ; le genre est alors indiqué par le déterminant (ex. : *un enfant / une enfant ; un artiste / une artiste ; un secrétaire / une secrétaire*).

Cas particuliers :

– Un certain nombre de noms qui désignent une espèce animale (ex. : *un éléphant, une tortue*) ne peuvent varier en genre ; seule la mention *mâle / femelle* permet alors de préciser le sexe d'un individu de cette espèce.

– De même, un certain nombre de noms exclusivement masculins désignent de façon générique une profession qui peut être exercée actuellement par des femmes. L'usage est divers :

- Le nom peut être accompagné de la mention *femme* antéposée ou postposée (ex. : *un professeur femme ; une femme professeur*), ou d'appellations annexes (ex. : *Madame le professeur, Madame le Premier ministre*).
- Quelques-uns de ces noms sont dotés d'une forme féminine, d'usage maintenant tout à fait courant (ex. : *avocate, aviatrice*) ou plus familier (ex. : *doctoresse*).

Certains féminins sont traditionnellement usités pour désigner la femme des titulaires de certaines fonctions (ex. : *la générale, la maréchale, l'amirale*).

II. RÉPARTITION DE CERTAINS NOMS

A - Lettres

Les noms des voyelles et, parmi les consonnes, de celles qui, dans la prononciation, commencent par une consonne *(b* [be], *c, d, g, j, k, p, q, t, v, w, z)* sont traditionnellement masculins. Les consonnes qui, dans la prononciation, commencent par une voyelle *(f* [ɛf], *h, l, m, n, r, s, x)*, peuvent être de genre féminin.

Mais, actuellement, le masculin tend à prévaloir pour toutes les lettres. C'est l'usage suivi dans ce volume.

B - Villes et îles

Les noms de villes sont généralement féminins dans le cas de finale en *e* ou *es (Rome, Athènes)* ou dans la langue littéraire.

Précédé de *tout*, le nom est masculin s'il désigne l'ensemble des habitants (ex. : *Tout Venise était là*) et féminin s'il désigne la ville (ex. : *toute Venise la rouge*).

Les noms d'îles sont féminins, sauf *le Groenland.*

C - Navires

Dans la terminologie de la marine de l'Ancien Régime et de la marine nationale, le nom garde son genre d'origine (ex. : *le Colbert, la Lorraine, le Clemenceau*).

En cas d'adjectif substantivé, le nom peut être masculin ou féminin (ex. : *le Victorieux*).

Dans la marine marchande actuelle, pour les paquebots, le masculin tend à l'emporter (ex. : *le France*). Dans les autres cas, le féminin peut être employé quand le nom du navire est précédé de *ville de* ou en cas de prénom féminin (ex. : *la Jeanne d'Arc*).

D - Fêtes

Pâques est masculin singulier quand il est sans déterminant *(à Pâques prochain)* et féminin pluriel avec déterminant *(les Pâques prochaines)*, dans les expressions *Pâques fleuries, Pâques closes* et dans les formules de souhait *(joyeuses Pâques)*. Il est employé au féminin singulier pour la fête judaïque et la fête russe.

Noël est masculin usuellement, mais féminin quand il est employé avec l'article sans épithète *(à la Noël)*.

III. VARIATION DU GENRE AVEC LE NOMBRE

Amour, délice et *orgue* ont un genre différent au singulier (masculin) et au pluriel (féminin). Il existe toutefois un emploi archaïque d'*amour* au féminin singulier et la possibilité de l'utiliser au masculin pluriel dans certains sens comme celui d'« enfants symbolisant l'amour ». *Orgues*, féminin pluriel lorsqu'il s'applique à un seul instrument, est masculin pluriel pour désigner plusieurs instruments.

Gens, qui est le pluriel du nom féminin *gent* (« race »), est aujourd'hui masculin pluriel. Il conserve de son genre ancien l'usage du féminin pour l'adjectif épithète qui précède *(les bonnes gens)* ; mais, si *gens* est utilisé dans une locution (*gens de lettres* par ex.), l'adjectif qui précède est au masculin pluriel.

IV. NOMS DONT LE GENRE EST SOUVENT PROBLÉMATIQUE

Les hésitations sur le genre des noms sont nombreuses, principalement lorsqu'il y a initiale vocalique et que le genre ne peut ainsi être marqué par l'article qui est alors élidé.

A - Sont masculins

abaque, abîme, acabit, acrostiche, adage, aéronef, aéroplane, agrume, ail, air, albâtre, alcool, alvéole, amalgame, ambre, amiante, amphibie, anathème, anévrisme, anniversaire, anthracite, antidote, antipode, antre, apanage, aphte, apogée, apologue, appendice, après-dîner, arcane, argent, armistice, aromate, arôme, artifice, asile, asphalte, astérisque, asthme, astragale, atome, augure, auspice, autographe, automne, axiome, balustre, bulbe, camée, campanile, cèpe, cerne, chrysanthème, cloporte, colchique, contralto, coryphée, cytise, éclair, edelweiss, édicule, effluve, éloge, emblème, emplâtre, empyrée, encombre, en-tête, entracte, épilogue, épisode, épithalame, équinoxe, esclandre, escompte, évangile, éventail, exergue, exode, exorde, faste, globule, hallali, haltère, harmonique, héliotrope, hémisphère, hémistiche, hiéroglyphe, holocauste, horoscope, hospice, hyménée, hypogée, iguane, indice, insigne, intermède, interstice, intervalle, isthme, jade, jute, libelle, lignite, limbe, mausolée, méandre, midi, myrte, nimbe, obélisque, opprobre, opuscule, ouvrage, pénates, pétale, planisphère, polype, pore, poulpe, rail, sévices, subside, tentacule, termite, trope, tubercule, ulcère, viscère, vivres.

B - Sont féminins

abside, absinthe, acné, acoustique, aérogare, affres, agrafe, alcôve, alèse, algèbre, amibe, ammoniaque, amnistie, amorce, anagramme, ancre, anicroche, ankylose, antichambre, apostille, apostrophe, apothéose, arabesque, argile, arrhes, artère, atmosphère, attache, autoroute, avant-scène, azalée, bésicles, campanule, caténaire, chrysalide, dartre, disparate, ébène, écarlate, ecchymose, échappatoire, écharde, écritoire, égide, encaustique, enzyme, éphéméride, épigramme, épitaphe, épithète, équivoque, escarre, extase, gemme, hécatombe, icône, immondice, interview, mandibule, météorite, oasis, octave, omoplate, once, orbite, oriflamme, prémices, prémisse, primeur, primevère, pulpe, réglisse, scolopendre, scorsonère, stalactite, stalagmite, ténèbres, topaze, urticaire, vicomté, virago, volte-face.

C - Possèdent le double genre

après-midi, avant-midi, chistera, manse, mérule, ope, palabre, parka, perce-neige, phalène, poliste, psalliote, psylle, relâche, sisson(n)e, soûl.

V. NOMS HOMONYMES DISTINGUÉS PAR LE GENRE

Voir dans le dictionnaire les différences de sens selon le genre des mots suivants.

A - Homonymes issus de deux mots distincts

aria, aune, barbe, barde, bisse, bogue, bugle, carpe, chine, chorée, coche, curie, doris, drille, erse, escarpe, geste, guyot, jaque, jarre, litre, livre, louche, manille, maroufle, môle, morne, moule, mousse, nielle, ombre, onagre, oolit(h)e, page, palme, pandore, part, platine, poêle, ponte, régale, serre, somme, souris, tour, trochée, vague, vase, vigile.

B - Homonymes ayant une même origine

aigle, automatique, baliste, baste, boum, cache, cartouche, champagne, chromo, ciste, classique, coca, cornette, cosmétique, couple, crêpe, critique, doyenné, émeraude, enseigne, espace, faune, finale, foudre, garde, garenne, gîte, grand-croix, granule, graphique, greffe, guide, hymne, imago, interligne, laque, légume, leucite, lévite, liquide, lucernaire, lune, lyrique, manche, manœuvre, marine, matricule, mauve, mémoire, merci, mezzo-soprano, micro, mode, moufle, oblique, œuvre, office, orange, orge, paillasse, pantomime, parallèle, passe, pendule, période, physique, pique, plastique, pleurite, poche, poison, politique, poste, pourpre, pupille, quatre-quatre, quintefeuille, réclame, relâche, rencontre, romance, rose, sagittaire, sati, sc(h)olie, serpentaire, simili, solde, statuaire, synopsis, tonique, torque, transat, triomphe, trompette, turbo, turquoise, vapeur, voile.

15 h

Le *h*, d'origine phénicienne, qui avait servi à marquer l'aspiration en grec, n'est plus en français actuel (à l'exception d'une prononciation expressive dans quelques cas) qu'une marque graphique, souvenir d'une étymologie ancienne (= le « h muet ») ou une marque de disjonction (= le « h aspiré ») qui empêche la liaison avec le mot précédent.

Dans le dictionnaire, les mots où le *h* marque la disjonction sont précédés d'un astérisque.

L'aspiration à l'initiale de mot n'avait plus cours dans le latin parlé du Ier siècle avant J.-C. Dans les mots français issus directement du latin, le *h* n'est donc qu'une graphie étymologique (ex. : *homme* à la place du médiéval *ome* pour le rapprocher du latin *hominem*). Mais l'aspiration est réapparue en gallo-roman dans les emprunts de mots germaniques, tels que *haïr, haubert*. Cette aspiration a disparu de la langue commune au XVIIe siècle, mais se retrouve encore dans certaines régions (Alsace, Bretagne, Lorraine, Normandie) et au Canada.

Le *h* était aussi utilisé en latin avec *c, p, t* pour transcrire les consonnes affriquées grecques.

I. A L'INITIALE DU MOT

A - Le *h* « muet » n'est qu'un souvenir étymologique sans aucune influence sur la prononciation (ex. : *l'hiver*).

Le *h* a été aussi usité comme signe diacritique en un temps où le *u* et le *v* n'étaient pas distingués, pour noter le *u* initial : d'où *huile* (provenant de *oleum*, à distinguer de *vile*), *huis* (de *ostium*, à distinguer de *vis*), *huit* (de *octo*, à distinguer de *vit*), *huître* (de *ostrea*, à distinguer de *vitre*).

B - Le *h* dit « aspiré », marque de disjonction, empêche, comme une consonne, l'élision et la liaison (ex. : *le handicap*).

● La distribution entre *h* muet et *h* aspiré est parfois aléatoire (ex. : *le héros, l'héroïne*) et la langue populaire tend à supprimer la disjonction (comme dans le cas de la prononciation *des haricots* avec liaison).

Dans les noms propres, l'usage est flottant pour *Harfleur, Hegel, Henri, Heredia, Hernani, Hitler, Honfleur, Hubert, Hugo, Hugues*.

C - Une prononciation expressive de certaines onomatopées *(hop, hum !)* ou de mots comme *haleter, hennir, horrible* tend à restituer l'aspiration.

II. A L'INTÉRIEUR DU MOT

A - Le *h* marque la disjonction (en concurrence avec le trait d'union et le tréma) :

1. Dans les mots commençant par *h* entrant en composition (ex. : *bonheur, gentilhomme, inhospitalier*).

2. Entre certains graphèmes (ex. : *cahier, ébahi, trahison*).

B - Le *h* est élément de digramme :
1. Avec *p, r, t,* il correspond aux lettres grecques :
ph (= phi, φ) (ex. : *philosophie*).
rh (= rhô, ρ) (ex. : *rhétorique*).
th (= thêta, θ) (ex. : *théâtre*).

2. Avec *c,* il marque le phonème [ʃ] (ex. : *chien*) ou note la lettre grecque *khi* [k] (ex. : *chœur*).

3. Il est utilisé avec diverses autres consonnes dans des emprunts étrangers (ex. : *bouddha, ghetto, shérif*).
Les graphies *silhouette* et *dahlia,* provenant de noms propres, sont isolées.

16 homonymies grammaticales

L'homonymie d'un certain nombre de mots-outils (adverbes, prépositions, conjonctions, interjections [catégories grammaticales toujours invariables], adjectifs, pronoms) entraîne de fréquentes hésitations. Pour les autres homonymies (noms, adjectifs qualificatifs, verbes), nombreuses en français, v. le dictionnaire où les termes homonymes sont suivis d'une brève définition.

Pour l'homonymie grammaticale, dans la pratique, la commutation avec des termes de même catégorie grammaticale permet souvent d'éviter les erreurs (remplacement de *a* par *avait,* de *à* par une autre préposition, etc.).

I	à	préposition :	*A Paris*
	a	verbe *avoir* :	*Il a tort*
II	ah	interjection :	*Ah ! qu'il est beau !*
	ha	interjection :	*Ha ! vous voilà !*
III	**aussitôt**	adverbe (« dans le moment même ») :	*Il arrive aussitôt*

	aussi tôt	locution adverbiale (contraire de *aussi tard*) :	*Il n'arrivera pas aussi tôt*
IV	**bientôt**	adverbe (« prochainement ») :	*Il viendra bientôt*
	bien tôt	locution adverbiale (« très tôt ») :	*Il sera là bien tôt*
V	**ça**	pronom démonstratif :	*Il est venu pour ça*
	çà	adverbe :	*Çà et là*
	sa	adjectif possessif :	*Sa maison*
VI	**ce**	adjectif ou pronom démonstratif :	*Ce charmant bambin* *Ce n'est pas difficile*
	se	pronom personnel réfléchi, employé uniquement avec les verbes pronominaux :	*Il se lève*
VII	**c'est**	pronom démonstratif + auxiliaire *être* :	*C'est vrai*
	s'est	pronom personnel réfléchi + auxiliaire *être* :	*Il s'est blessé*
VIII	**ce sont**	pronom démonstratif + auxiliaire *être* :	*Ce sont des problèmes*
	se sont	pronom personnel réfléchi + auxiliaire *être* :	*Ils se sont blessés*
IX	**ces**	adjectif démonstratif, pluriel de *ce, cet* ou *cette* :	*Regarde ces enfants*
	ses	adjectif possessif, pluriel de *son* et *sa* :	*Il protège ses enfants*
X	**dans**	préposition :	*Dans la ville*
	d'en	préposition + *en* :	*La maison d'en face*
XI	**est**	verbe *être* à l'indicatif présent :	*Même s'il est difficile*
	ait	verbe *avoir* au subjonctif présent :	*Bien qu'il ait peur*

XII	et	conjonction de coordination :	*Lui et son frère*
	eh	interjection :	*Eh bien !*
	hé	interjection :	*Hé oui !*
XIII	la	article défini féminin singulier :	*La maison*
	la	pronom personnel féminin singulier :	*Il la voit*
	l'a	pronom personnel élidé devant *a* :	*Il l'a dit*
	là	adverbe :	*Il viendra là*
	là	interjection :	*Ah ! là ! là !*
XIV	leur	pronom personnel de la 3ᵉ personne du pluriel toujours invariable :	*Il leur dit*
	leur(s)	adjectif possessif de la 3ᵉ personne du pluriel qui prend les marques du nombre quand chaque possesseur possède plusieurs objets :	*Ils sont venus avec leur mère. Ils ont leurs livres.*
XV	ma	adjectif possessif :	*Ma voiture*
	m'a	pronom personnel élidé + auxiliaire *avoir* :	*Il m'a vu*
XVI	m'est	pronom personnel élidé + auxiliaire *être* :	*Il m'est étranger*
	mais	conjonction de coordination :	*Il part, mais il reviendra*
XVII	même	– adjectif indéfini variant en genre et en nombre.	
		Placé avant le nom, il souligne l'identité, la ressemblance :	*Les mêmes amis*

		Après le nom, il a une valeur d'insistance :	*Les amis mêmes*
		– pronom indéfini variant en genre et en nombre, marquant la similarité :	*Les mêmes viendront*
		– adverbe marquant l'extension et signifiant « aussi », « jusqu'à » :	*Les plus sages même* *Même les plus sages*
XVIII	mon	adjectif possessif :	*Mon livre*
	m'ont	pronom personnel élidé + auxiliaire *avoir* :	*Ils m'ont cru*
XIX	ni	conjonction de coordination :	*Ni elle ni lui ne viendront*
	n'y	adverbe de négation *ne* élidé + l'adverbe pronominal *y* :	*Il n'y comprend rien*
XX	on [ɔ̃]	pronom personnel (toujours sujet du verbe) :	*On dit vrai*
	ont	verbe *avoir* :	*Ils ont dit*
XXI	on [ɔ̃n]	pronom personnel devant voyelle :	*On a tort*
	on n'	pronom personnel + adverbe de négation *ne* élidé :	*On n'a pas tort*
XXII	or	conjonction de coordination :	*Or il vient*
	hors	adverbe ou préposition :	*Hors série*
XXIII	ou	conjonction de coordination :	*Lui ou moi*
	où	adverbe ou pronom relatif :	*Le lieu où il va*
XXIV	parce que	locution conjonctive marquant la cause :	*Parce que je le pense*

	par ce que	préposition + pronom démonstratif + relatif :	*A en juger par ce que nous savons*
XXV	**peut-être**	adverbe :	*Il viendra peut-être demain*
	peut être	verbe *pouvoir* + *être* :	*Cela peut être difficile*
XXVI	**quand**	conjonction de temps ou adverbe interrogatif :	*Quand vous serez bien vieille ; quand ?*
	quant à	locution prépositive :	*Quant à moi*
	qu'en	*que* élidé + *en* :	*Qu'en fait-il ?*
XXVII	**plutôt**	adverbe (« de préférence ») :	*Prenez plutôt ce chemin*
	plus tôt	locution adverbiale (« de meilleure heure ») :	*Il viendra plus tôt*
XXVIII	**pourquoi**	adverbe et conjonction :	*Pourquoi vient-il ?*
	pour quoi	préposition *pour* + pronom interrogatif *quoi* :	*Pour quoi faire ?*
XXIX	**quel, quelle**	adjectif interrogatif ou exclamatif :	*Quel amour ! Quelle chance !*
	qu'elle	*que* adverbe, conjonction ou pronom relatif élidé + pronom personnel :	*Qu'elle est belle ! Il faut qu'elle vienne*
XXX	**quelque(s)**	adjectif indéfini :	*Quelques raisons que vous fournissiez*
	quelque	adverbe	
		• signifiant « environ » devant un numéral :	*Quelque trois cents personnes*
		• employé au sens de « si » devant un adjectif et suivi de *que* + subjonctif :	*Quelque grands qu'ils soient*

	quel que, quelle que, quels que, quelles que	adjectif indéfini exprimant la concession ou l'indétermination + *que* et le verbe *être* (*quel* est l'attribut qui s'accorde avec le sujet du verbe) :	*Quel que soit le prix* *Quels que soient les prix*
XXXI	**quelquefois**	adverbe (« une fois » ou « parfois »)	*Il lui arrivait quelquefois d'y songer*
	quelques fois	adjectif + nom	*Ils l'ont fait quelques fois*
XXXII	**qui**	pronom relatif ou interrogatif :	*Qui vient ?*
	qu'y	*que* élidé + adverbe pronominal *y* :	*Qu'y faire ?*
XXXIII	**qu'il**	*que* élidé + pronom personnel sujet :	*L'homme qu'il a vu*
	qui l'	pronom relatif ou interrogatif + pronom personnel complément :	*L'homme qui l'a vu*
XXXIV	**quoique**	conjonction de subordination marquant la concession, équivalant à « bien que » :	*Quoiqu'il pleuve, il sort*
	quoi que	relatif indéfini, équivalant à « quelle que soit la chose que » :	*Quoi que vous fassiez, il sortira*
XXXV	**sans**	préposition :	*Sans danger*
	s'en	pronom personnel réfléchi + adverbe pronominal *en* :	*Il s'en moque*
	c'en	pronom démonstratif élidé + *en* :	*C'en est fini*

XXXVI	si	conjonction de subordination :	*Si tu le veux*
	si	adverbe :	*Il est si grand*
	s'y	pronom personnel réfléchi + adverbe pronominal *y* :	*Il s'y entend*
XXXVII	sitôt	adverbe (« aussitôt ») :	*Sitôt dit, sitôt fait*
	si tôt	locution adverbiale (contraire de « si tard ») :	*Il n'arrivera pas si tôt*
XXXVIII	soi	pronom personnel réfléchi :	*Chacun pour soi*
	soit	conjonction ou adverbe :	*Soit l'un, soit l'autre*
XXXIX	son	adjectif possessif :	*Son livre*
	sont	verbe *être* :	*Ils sont là*
XL	ta	adjectif possessif :	*Ta maison*
	t'a	pronom personnel élidé + auxiliaire *avoir* :	*Il t'a vu*
XLI	tant	adverbe :	*Il souffre tant*
	t'en	pronom personnel élidé + adverbe pronominal :	*Tu t'en moques*
XLII	ton	adjectif possessif :	*Ton enfant*
	t'ont	pronom personnel élidé + auxiliaire *avoir* :	*Ils t'ont vu*
XLIII	tout	– adjectif et pronom indéfini variant en genre et en nombre :	*Elles sont toutes là*
		– adverbe	
		• invariable au masculin :	*Tout beaux*
		• variable devant un adjectif féminin commençant par une consonne ou un *h* aspiré :	*Toute belle / toutes belles* mais *tout entière / tout entières*

La règle de l'invariabilité de l'adverbe, édictée au XVIIe siècle, compose ici avec l'usage antérieur où l'adverbe pouvait varier (v. la rubrique **5** pour une autre survivance de cette variation) : le maintien du *e* final de *tout* permet de conserver au féminin la prononciation du *t* devant consonne.

À cause de l'ambiguïté de *tout, elles sont toutes belles* peut équivaloir à « toutes sont belles » ou « elles sont très belles ». Devant *autre, tout* peut être adjectif et signifier « n'importe quel » *(toute autre le saurait)* ou adverbe, invariable, au sens de « complètement » *(elle est tout autre).*

17 liaisons

Certaines consonnes finales, qui sont muettes à la pause ou devant un mot commençant par une consonne, peuvent être prononcées devant un mot commençant par une voyelle ou un *h* muet. La liaison dépend souvent du niveau de langue (elle est plus fréquente dans le discours soigné que dans la conversation ordinaire).

I. CONSONNES APPARAISSANT EN LIAISON

Les consonnes prononcées en liaison sont en nombre limité et seuls les sons [z], [t] et [n] sont d'emploi fréquent.

[z]	*s*	(ex. : *les hommes* [lezɔm])
	x	(ex. : *six hommes* [sizɔm])
	z	(ex. : *donnez-en* [donezɑ̃])
[t]	*t*	(ex. : *vient-il* [vjɛ̃til])
	d	(ex. : *grand homme* [grɑ̃tɔm])
[n]	*n*	(ex. : *un enfant* [œ̃nɑ̃fɑ̃])

Les liaisons suivantes sont plus rares :

[r]	*r*	dans le cas de *premier, dernier, léger* et dans la diction poétique pour les verbes en *-er*
[p]	*p*	seulement pour *trop* et *beaucoup*
[k]	*g*	dans la langue soignée (ex. : *long entretien* [lɔ̃kɑ̃trətjɛ̃]) ; dans les expressions *sang impur* [sɑ̃kɛ̃pyr], *sang et eau* [sɑ̃keo]

[g]	*g*	dans l'usage ordinaire (ex. : *long entretien* [lɔ̃gɑ̃trətjɛ̃])
[f]	*f*	(ex. : *neuf enfants* [nœfɑ̃fɑ̃])
[v]	*f*	seulement pour *neuf* dans *neuf ans* [nœvɑ̃] et *neuf heures* [nœvœr]

En raison de la règle de la perte de la double articulation nasale (v. **10 I D**), les voyelles nasales suivantes se dénasalisent : *ain, ein, en, in* et *on* (ex. : *plein,* [plɛ̃], *plein exercice* [plɛn]). Mais la dénasalisation n'a pas lieu pour *on, mon, ton, son : mon ami* [mɔ̃nami] s'oppose ainsi à *bon ami* [bɔnami]).

II. MARQUES PARTICULIÈRES POUR LA LIAISON

Dans deux cas apparaissent des graphies inexistantes lorsque le terme est isolé :

– *t* entre une troisième personne du singulier terminée par *e* ou *a* et le sujet inversé : *aime-t-il?*, voir page 723.

– *s* à la fin des impératifs terminés par *e* précédant *en* et *y* (ex. : *donnes-en*), voir page 726.

III. LIAISONS DE RÈGLE

La liaison est d'usage dans des groupes aux rapports syntaxiques étroits :

A - A l'intérieur du groupe verbal :

• entre le pronom sujet et le verbe :

ils ont [ilzɔ̃],
viennent-ils? [vjɛntil] ;

• après *c'est* et *il est* impersonnel et l'attribut (ex. : *c'est intéressant* [sɛtɛ̃terɛsɑ̃]).

B - A l'intérieur du groupe nominal :

• entre le nom et les articles et adjectifs préposés (ex. : *les amis* [lezami]) ;

• après certaines prépositions comme *dans, en, sans* (ex. : *sans allié* [sɑ̃zalje]).

C - **A l'intérieur du groupe adjectival**, entre l'adverbe et l'adjectif (ex. : *bien avisé* [bjɛ̃navise]).

D - **Dans les locutions et mots composés** (ex. : *de temps en temps* [d(ə)tɑ̃zɑ̃tɑ̃], *petit à petit* [p(ə)titap(ə)ti]).

IV. LIAISONS RECOMMANDÉES

Les liaisons sont souhaitables :

A - **Entre l'auxiliaire et le participe passé** (ex. : *il est allé* [ilɛtale]).

B - **Entre le verbe et l'attribut** (ex. : *il est amusant* [ilɛtamyzɑ̃]).

C - **Après *quand* et *dont*** (ex. : *quand on sait* [kɑ̃tɔ̃sɛ]).

La liaison ne se fait pas entre deux groupes rythmiques ; après la conjonction *et* ; après la consonne finale d'un nom au singulier ; après la finale *-es* de la deuxième personne du présent de l'indicatif et du subjonctif ; dans les mots terminés par *rt, rs* (ex. : *hors antenne* [ɔrɑ̃tɛn]), sauf dans le cas où le *s* est la marque du pluriel (ex. : *leurs amis* [lœrzami]).

18 majuscules

La majuscule, lettre de plus grande taille que les autres, placée à l'initiale d'un mot, est pourvue de deux fonctions.

I. FONCTION DE DÉMARCATION

Toujours en tête du premier mot d'une phrase (et généralement en début de vers), elle signale l'articulation d'un texte.

Elle est d'emploi systématique en début de texte ; en début d'alinéa ; après un point ; après un deux-points ou un tiret introduisant un discours cité.

> *Longtemps, je me suis couché de bonne heure. Parfois, à peine ma bougie éteinte, mes yeux se fermaient si vite que je n'avais pas le temps de me dire : «Je m'endors».* (Proust).

Elle est utilisée après le point d'interrogation, le point d'exclamation ou les points de suspension quand ils marquent une fin de phrase.

Quel homme exquis ! Quel malheur qu'il ait fait un mariage tout à fait déplacé ! (Proust).

II. FONCTION DISTINCTIVE

La majuscule est la marque du nom propre. Elle est utilisée dans les cas suivants.

A - Désignation de la personne

1. Noms de familles, prénoms, surnoms, pseudonymes (ex. : *les Bourbons, Jean Dupont, le Balafré*).

● L'article qui fait corps avec le nom propre est doté de la majuscule (ex. : *La Fontaine*), sauf en cas de surnom (ex. : *Charles le Téméraire*) ou devant un nom d'artiste (ex. : *la Callas*).

● La particule nobiliaire contractée avec l'article *(du, des)* prend la majuscule quand elle est employée après préposition (ex. : *la poésie de Du Bellay*, mais *Joachim du Bellay*).

2. Noms qui désignent Dieu (ex. : *le Messie*).

3. Noms des divinités mythologiques (ex. : *Jupiter*).
Pour *ciel*, l'usage est indécis.

4. Noms des abstractions personnifiées (ex. : *la Vertu et le Vice*).

5. Noms de peuples, d'habitants, dérivés de noms propres de lieux (ex. : *les Parisiens*).
Mais la minuscule est de règle pour la langue (ex. : *le français*).

6. Noms de dynastie dérivés de noms propres (ex. : *les Mérovingiens*).

B - Dénomination géographique et astronomique

1. Noms de continents, pays, régions, villes, villages, montagnes, cours d'eau, mers, îles ; noms de rues et d'édifices (ex. : *la France, le Rhône, la Méditerranée*).

● L'article qui fait partie du nom dans les noms de localité est doté de la majuscule (ex. : *Le Havre*).

● L'adjectif prend seul la majuscule quand il est associé à *océan, mer, fleuve, cap, montagne, rue, place* (ex. : *le cap Vert, la place Royale*).

● Lorsque le nom de lieu désigne un objet ou un produit venant de ce lieu, il est doté de la minuscule (ex. : *boire du bordeaux*).

2. Noms de planètes, constellations, étoiles, astres, signes du zodiaque, points cardinaux (ex. : *Mercure, Jupiter*).

Les points cardinaux ne prennent pas la majuscule quand ils indiquent une direction ou situent un lieu (ex. : *au nord de Paris*).

C - Désignations diverses

1. Noms de corps constitués, sociétés civiles, savantes, politiques (ex. : *l'Académie française, l'Assemblée nationale*).

Pour les membres d'ordre religieux, les adeptes d'une doctrine, il y a généralement emploi de la minuscule, sauf quand on considère l'ordre comme un ensemble (ex. : *les Dominicains*).

2. Raison sociale (ex. : *Renault, Hachette*).

3. Noms de bateaux, avions, véhicules (ex. : *France, Concorde, Ariane*).

4. Marques déposées (ex. : *Frigidaire*).

5. Noms désignant certaines époques, certaines dates, certains événements notables, certaines fêtes (ex. : *la Réforme, l'Assomption, l'Empire romain, l'Empire*).

L'Académie écrit *le Moyen Âge, l'Antiquité*.

6. Dans la langue scientifique, les noms de classes zoologiques, botaniques, etc. (ex. : *les Ombellifères*) ; les symboles chimiques (ex. : *P*) ; les unités de mesures qui proviennent d'un nom propre (ex. : *A = ampère*).

D - Marque de déférence

La majuscule accompagne les termes de politesse et les titres honorifiques. Elle est de règle quand on s'adresse à une personne par écrit (ex. : *Monsieur le Président*) et certains titres sont toujours dotés de la majuscule (ex. : *Sa Majesté, Son Excellence*).

La majuscule se trouve parfois accordée aux possessifs et aux pronoms personnels lorsqu'ils se réfèrent à Dieu (ex. : *Votre royaume*) ou dans les textes d'encycliques.

E - Titres d'ouvrages ou d'œuvres artistiques

L'usage n'est pas toujours bien défini. Les règles suivantes sont néanmoins assez souvent suivies :

- nom précédé de l'article défini ⇨ l'article ne prend pas la majuscule (ex. : *la Joconde*) ;
- noms juxtaposés ou nom + adjectif ⇨ la majuscule est présente pour le premier nom (ex. : *la Comédie humaine*) ;
- noms coordonnés par *et* ou *ou* ⇨ si chaque nom est bien distingué, l'emploi de la majuscule affecte le second nom également (ex. : *Guerre et Paix*) ;
- adjectif + nom ⇨ les deux termes prennent la majuscule (ex. : *la Divine Comédie*).

Dans les autres cas, le premier mot seul s'écrit avec une majuscule (ex. : *Un cœur simple, À la recherche du temps perdu*).

F - L'adjectif

L'adjectif peut aussi être doté de la majuscule.

1. Quand il fait corps avec le nom propre pour former un nom composé, signalé généralement par un trait d'union (ex. : *la Comédie-Française, la Grande-Bretagne*). Voir néanmoins sans trait d'union : *le Premier ministre, la Sublime Porte, la Grande Armée, l'Invincible Armada*.

2. Pour désigner le surnom d'un personnage (ex. : *Louis le Débonnaire*).

3. Avec les termes géographiques quand il suit le nom (ex. : *l'océan Atlantique*).

4. Lorsqu'il s'agit de *Saint* utilisé pour les noms de localités, fêtes, rues (ex. : *rue Saint-Honoré*).

+ *la Sainte-Alliance, Saint-Empire, Saint-Esprit, Saint-Office, Saint-Père, Saint Sépulchre, Saint-Siège, Sainte-Trinité, la Sainte Vierge*.

5. Dans les titres d'ouvrages, lorsqu'il est antéposé au nom propre (ex. : *la Divine Comédie* qui s'oppose ainsi à *la Comédie humaine*).

19 numération

I. CHIFFRES ARABES

Indépendamment des textes scientifiques, les chiffres arabes sont d'usage courant pour l'indication des dates (ex. : *24 janvier 1919*), des heures (ex. : *10 heures*), des numéros de pages (ex. : *p. 484*), des prix, poids et mesures (ex. : *100 F; 1,50 m*). Dans l'écriture des nombres, une espace blanche sépare les tranches de trois chiffres (ex. : *23 000*), sauf pour l'indication des dates (ex. : *an 1795*).

II. CHIFFRES ROMAINS

I	*1*
V	*5*
X	*10*
L	*50*
C	*100*
D	*500*
M	*1 000*
$\overline{X}$	*10 000*
$\overline{C}$	*100 000*
$\overline{\lvert X \rvert}$	*1 000 000*

A - La lecture se fait en partant du chiffre le plus élevé :

- Par addition pour les chiffres qui suivent :

CL = 150 (100 + 50)
XX = 20 (10 + 10)
MMM = 3 000 (1 000 + 1 000 + 1 000)

- Par soustraction pour les chiffres précédents :

IV = 4 (5 – 1)
CMXXV = 925 (1 000 – 100 + 10 + 10 + 5)

B - Les chiffres romains sont utilisés pour les noms des souverains (ex. : *Charles V*), les dynasties (ex. : *XIV*^{e} *dynastie*), les siècles (ex. : *XX*^{e} *siècle*), les années du calendrier républicain (ex. : *l'an II*), les dates sur un monument ou sur un ouvrage (ex. : *MCMXI* = 1911), les tomes (ex. : *t. III*), les chapitres (ex. : *ch. V*), les actes (ex. : *acte V*), les divisions (ex. : *IV, A, 1°*), la pagination des préfaces (ex. : *p. XX*), les numéros d'arrondissement (ex. : *Ve*), les numéros d'armée (ex. : *la Ve division*), les noms de chevaux ou de bateaux.

III. MOTS NUMÉRAUX

A - Lecture des nombres

● *70* et *90* en Belgique, en Suisse et dans l'est de la France se lisent *septante* et *nonante*; *80* en Suisse romande : *huitante.*

● de *1 100* à *1 900*, la lecture se fait soit à partir de *mille* (ex. : *mille sept cent un*), soit à partir de *cent* (ex. : *dix-sept cent un*).

B - Prononciation particulière

Les cardinaux conservent des caractéristiques de la prononciation des consonnes finales du temps où elles pouvaient varier en fonction de la place du mot dans la phrase (au XVIe siècle, la consonne était prononcée à la pause et devant voyelle).

● *Six* et *dix* sont prononcés [si] et [di] devant consonne (ex. : *six livres*) ; [siz] et [diz] devant voyelle (ex. : *six amis*) ; [sis] et [dis] à la pause (ex. : *ils sont six*).

● *Huit* perd sa finale [t] devant consonne ; de même le [k] final de *cinq* peut disparaître devant consonne.

● *Vingt* garde son [t] final devant voyelle et dans les nombres composés (ex. : *vingt-deux*).

● Le [t] final de *cent* est prononcé devant voyelle (sauf devant *un* et *onze*).

C - Trait d'union

Il est de règle pour les adjectifs numéraux composés inférieurs à *cent* et non reliés par *et* (ex. : *quatre-vingt-treize ; vingt et un*). V. **25** II B.

D - Accord

Les adjectifs numéraux cardinaux sont invariables à l'exception de *un, vingt, cent*, dans certaines conditions.

● *Un* est variable en genre (ex. : *une maison*).

• *Vingt* et *cent* sont variables quand ils sont multipliés et non suivis d'un autre numéral (ex. : *quatre-vingts, quatre-vingt-dix ; deux cents, deux cent trois*).

Zéro, millier, million, billion, trillion, milliard sont des noms. Ils s'accordent dans tous les cas (ainsi que *mille* utilisé comme mesure de distance). Aussi *cent* est-il variable lorsqu'il les précède (ex. : *trois cents millions*).

Les adjectifs numéraux ordinaux sont variables, mais les adjectifs numéraux cardinaux, employés comme des adjectifs ordinaux, sont invariables (ex. : *page trois cent, l'an mille neuf cent quatre-vingt*).

E - Concurrence entre mille et mil

Mil, suivi d'un ou de plusieurs nombres, est utilisé pour la date des années de l'ère chrétienne (ex. : *l'an mil deux cent ; l'an deux mille*).

L'arrêté de 1901 tolérait le pluriel de *vingt* et de *cent* dans tous les cas ; l'absence de trait d'union ; l'emploi de *mille* pour *mil*.

20 participe présent et adjectif verbal

I. INVARIABILITÉ

La forme *-ant* correspond au participe présent, à l'adjectif verbal et au gérondif. Ils ne se distinguent formellement que par la présence indispensable du *en* pour le gérondif, toujours invariable, par la variabilité de l'adjectif verbal (ex. : *chaussées glissantes*) et l'invariabilité du participe présent (ex. : *enfants glissant sur la glace*).

L'adjectif verbal, tout comme un adjectif qualificatif, évoque une propriété dans sa permanence et se caractérise par son emploi comme épithète postposée ou antéposée *(œuvre plaisante, plaisante œuvre)* ou comme attribut *(cette œuvre est plaisante)* ; par sa possibilité de variation en degré *(une œuvre très plaisante)*, et d'antéposition de l'adverbe *(une œuvre assez plaisante)*.

Le participe présent, qui évoque un procès, est d'ordinaire en fonction d'épithète, souvent en position détachée, et se singularise par la présence de complément *(une œuvre plaisant à tous)*, par la possibilité de postposition de l'adverbe *(une œuvre plaisant beaucoup)*, de présence de *ne (une œuvre ne plaisant guère)*.

L'invariabilité du participe présent ne date que du XVIIe siècle (Académie, 3 juin 1679). Ont survécu quelques expressions figées avec variation : *les ayants droit, les ayants cause, toutes affaires cessantes, séance tenante*.

L'expression *soit-disant* est invariable (*disant* est un participe présent et *soi* le complément d'objet direct = *se disant*).

Battant neuf, flambant neuf sont communément invariables. Pour *sonnant, battant* ou *tapant*, utilisés pour l'expression de l'heure, une double orthographe est possible (ex. : *à six heures sonnant[es]*).

II. DISTINCTIONS ORTHOGRAPHIQUES

Certains participes se distinguent graphiquement des adjectifs verbaux et des noms issus de l'adjectif verbal.

A - Par une opposition ***-ant/-ent*** (la terminaison *-ent* correspondant à un emprunt direct de la forme latine).

Participe présent	Adjectif verbal	Nom
adhérant	*adhérent*	*adhérent*
affluant	*affluent*	*affluent*
coïncidant	*coïncident*	
compétant	*compétent*	
confluant	*confluent*	*confluent*
convergeant	*convergent*	
déférant	*déférent*	
détergeant	*détergent*	*détergent*
différant	*différent*	*différend*
divergeant	*divergent*	
émergeant	*émergent*	
équivalant	*équivalent*	*équivalent*
excédant	*excédant*	*excédent*
excellant	*excellent*	
expédiant	*expédient*	*expédient*
indifférant	*indifférent*	*indifférent*
influant	*influent*	

interférant	*interférent*	
négligeant	*négligent*	
précédant	*précédent*	*précédent*
présidant		*président*
résidant	*résidant/résident*	*résident*
somnolant	*somnolent*	
urgeant	*urgent*	
violant	*violent*	

B - Par une opposition entre *qu/c* et *gu/g*

Les formes *qua* et *gua* sont normalement utilisées pour le participe présent des verbes en *-quer* et *-guer* en conformité avec les autres formes verbales.

Participe présent	Adjectif verbal	Nom
claudiquant	*claudicant*	
communiquant	*communicant*	
convainquant	*convaincant*	
fabriquant		*fabricant*
intoxiquant	*intoxicant*	
provoquant	*provocant*	
suffoquant	*suffocant*	
vaquant	*vacant*	
déléguant		*délégant*
divaguant	*divagant*	
extravaguant	*extravagant*	*extravagant*
fatiguant	*fatigant*	
fringuant	*fringant*	
intriguant	*intrigant*	*intrigant*
naviguant	*navigant*	*navigant*
zigzaguant	*zigzagant*	

21 pluriel des noms et des adjectifs

Dans l'écriture, le pluriel se caractérise usuellement par l'adjonction du morphème *s* (ou *x* après *u* dans certaines classes de mots).

Oralement, cette marque, prononcée [z], n'est perceptible qu'en cas de liaison. Le pluriel n'est donc le plus souvent identifiable que par l'emploi de déterminants (*les, mes*, etc.) et, pour un nombre restreint de mots, par un changement de finale.

I. LES MARQUES DU PLURIEL

A - Invariabilité

Sont invariables :

1. Les noms et adjectifs avec singulier en *s, x* ou *z* (ex. : *fois, choix, nez*).

2. Les noms provenant de mots ou de syntagmes invariables (adverbes, conjonctions, prépositions, phrases ; ex. : *les comment, les pour, les qu'en-dira-t-on*).

3. Les noms de lettres de l'alphabet, de chiffres (ex. : *les a, les huit*).
Font exception *zéro, millier, million, billion, trillion, milliard ; vingt* et *cent* quand ils sont multipliés et non suivis d'un autre nombre (ex. : *deux cents*). V. **19** III **D**.

4. Les noms de notes de musique (ex. : *les do*).

5. Certains mots étrangers mal intégrés (ex. : *les veto*).

6. Certains mots composés (v. plus loin IV).

7. La plupart des noms propres (v. plus loin II).

8. Certains adjectifs mal intégrés (ex. : *mastoc*).

9. Certains adjectifs de couleur (v. plus loin VII).

B - Variation dans la prononciation des finales

La prononciation du singulier et du pluriel est différente :

1. Dans quelques noms qui conservent l'alternance médiévale (arti-

culation de la consonne finale / absence d'articulation de cette consonne devant *s*) :

bœuf / bœufs	[bœf] / [bø]
œuf / œufs	[œf] / [ø]
os / os	[ɔs] / [o]

2. Dans les mots avec vocalisation du [l] ou de l'ancien *l* mouillé : mots en *-al / -aux* [al] / [o] ; en *-ail / aux* [aj] / [o], ainsi qu'*aïeul / aïeux* [ajœl] / [ajø] ;
ciel / cieux [sjɛl] / [sjø] ; *œil / yeux* [œj] / [jø] ; *bel / beaux, nouvel / nouveaux* [-ɛl] / [-o].

3. Dans les mots composés comme *Madame / Mesdames* avec variation du premier élément (v. plus loin IV, **A**).

C - Concurrence entre *s* et *x*

Pour marquer les finales *us* en ancien français, il était d'usage d'employer une abréviation qui s'est confondue avec le *x*, d'où des graphies *chevax* pour *chevaus* (forme qui correspond à la vocalisation du *l* devant *s*, *chevals* étant devenu au XIe siècle *chevaus*). Comme la valeur de ce signe n'était plus comprise, on réintroduisit un *u* qui donne la forme actuelle *chevaux*.

Le *x* est donc maintenant utilisé comme substitut de *s* :

- exceptionnellement pour les mots à singulier en *-ou* et *-ail* ;
- majoritairement pour les mots à singulier en *-al, -au, -eu* ;
- exclusivement pour les mots à singulier en *-eau* et *-œu*.

1. Mots en *-ou*.

Le pluriel est en *s* (ex. : *sou, sous*), sauf pour les sept noms suivants qui le forment en *x* :

bijou, caillou, chou, genou, hibou, joujou, pou... auxquels on ajoutera le familier *ripou*.

2. Mots en *-ail*.

Le pluriel est en *-ails* (ex. : *épouvantail, épouvantails*), sauf pour les dix noms suivants qui le forment en *-aux* :

bail, corail, émail, fermail, gemmail, soupirail, travail, vantail, ventail, vitrail.

Émail, travail, dans des acceptions particulières, ont aussi un pluriel en *-ails.* L'ancien pluriel de *ail (aulx)* s'efface actuellement au profit de *ails.*

3. Mots en *-al.*

Le pluriel est généralement en *-aux* (ex. : *cheval/chevaux*), mais il est en *-als* pour :

– Les noms : *aval, bal, cal, carnaval, chacal, festival, pal, récital, régal,* auxquels on ajoutera de nombreux termes d'emploi plus rare ou spécialisé comme *cantal, caracal, choral, copal, corral, emmenthal, final, floréal, furfural, gal, galgal, gavial, gayal, mistral, narval, nopal, pascal, raval, rital, rorqual, saroual, serval, sial, sisal, trial, virginal.*

– Les adjectifs : *banal* (au sens d'« ordinaire »), *bancal, cérémonial, fatal, fractal, natal, naval, prénatal, tonal.*

Il y a actuellement hésitation pour *austral, boréal, choral* (adj.), *étal, final* (adj.), *glacial, idéal, jovial, marial, pascal* (adj.), *semi-nasal, tribal, val* (*vaux* étant utilisé principalement dans l'expression *par monts et par vaux* et dans les noms propres de lieux). *Finaux* est d'utilisation fréquente dans les domaines économique et linguistique.

Pour *banal*, il existe une différence sémantique entre *banaux*, utilisé dans l'expression *fours banaux*, et *banals* au sens d'« ordinaire ».

4. Mots en *-au, -eau, -eu, -œu.*

Le pluriel est en *x* (ex. : *tuyaux, chapeaux, cheveux, vœux*), sauf pour quelques mots en *-au* : *landau, sarrau, senau, unau* et quelques mots en *-eu : bleu, émeu, emposieu, enfeu, feu* (adj.), *lieu* (poisson), *pneu, richelieu, schleu.*

5. *Aïeul, ciel* et *œil.*

Pour *aïeul*, on différencie les pluriels *aïeuls* « grands-parents » et *aïeux* « ancêtres ». À côté des formes usuelles *yeux* et *cieux*, il existe les pluriels *œils* et *ciels* dans des acceptions techniques.

II. LE PLURIEL DES NOMS PROPRES

Les noms propres ne sont qu'occasionnellement employés au pluriel. Ils prennent la marque du *s* dans quelques cas bien précis.

A - Noms de personne

Prennent un *s* au pluriel :

1. Certains noms de familles illustres ou de dynasties :
les Antonins, Bourbons, Capets, Césars, Condés, Constantins, Curiaces, Flaviens, Gracques, Guises, Horaces, Montmorencys, Paléologues, Plantagenets, Ptolémées, Scipions, Sévères, Stuarts, Tarquins, Tudors.

2. En cas d'antonomase (noms désignant des types), les noms propres devenus noms communs (ex. : *des harpagons*). L'usage est varié dans les autres cas (ex. : *des Balzacs* ou *des Balzac*).

3. Les noms de personnes désignant des œuvres d'art (ex. : *les Apollons de la sculpture grecque*) ; mais il y a invariabilité pour les œuvres d'art désignées par le nom de l'auteur (ex. : *trois Poussin*).

B - Noms géographiques

1. Pour des réalités distinctes (ex. : *les deux Allemagnes/les Indes*).

2. Pour des emplois comme type (ex. : *les Romes*).

C - Noms de marques commerciales ou de produits, lorsqu'ils sont lexicalisés comme noms communs (ex. : *des jeeps, des cognacs*).

L'arrêté de 1901 tolérait la marque du *s* dans tous les cas d'emploi du nom propre au pluriel.

III. LE PLURIEL DES TERMES D'ORIGINE ÉTRANGÈRE

Selon le degré d'intégration du mot au système nominal du français, le pluriel est marqué par :

A - La francisation par le *s* (ex. : *des accessits, agendas, alibis, numéros, vendettas, visas*).

B - L'invariabilité pour les noms latins de prières et de chants liturgiques par exemple (ex. : *des credo, des magnificat*) ou pour certains termes de musique italiens (ex. : *forte*).

C - La conservation de la forme du pluriel d'origine (ex. : *un erratum/des errata*).

D - Une double forme qui témoigne du conflit entre la tendance à l'intégration et le maintien de la forme originelle :

1. Pour les mots latins (ex. : *un maximum/des maximums* ou *maxima*).

2. Pour les mots anglais terminés par :
- *-man :* pluriel en *men* ou *s* (ex. : *un gentleman/des gentlemen* ou *gentlemans*) ;
- *-y :* pluriel en *ies* ou *s* (ex. : *un baby/des babies* ou *babys*) ;
- *-sh, -ch, -ss :* pluriel en *es* ou *s* (ex. : *un match/des matches* ou *matchs*).

3. Pour les mots italiens, pluriel italien en *i* ou français en *s* (ex. : *un condottiere/des condottieri* ou *des condottieres ; un scénario/des scenarii* ou *des scénarios*).

Certains mots italiens en *i* sont utilisés comme singulier et dotés alors d'un pluriel en *s* (ex. : *un macaroni/des macaronis*).
Les arrêtés de 1901 et de 1976 tolèrent la formation du pluriel selon la règle générale pour les « mots tout à fait entrés dans la langue française ». CSLF 1990 a recommandé de renforcer l'intégration des mots d'emprunt par la marque du pluriel en *s*, à l'exception des « mots ayant conservé valeur de citation » (ex. : *des mea culpa*).

IV. LE PLURIEL DES MOTS COMPOSÉS

A - Les noms

S'il y a soudure, le nom composé est considéré comme un nom simple et le pluriel se fait par adjonction d'un *s* (ou d'un *x*) (ex. : *un portefeuille/des portefeuilles ; un portemanteau/des portemanteaux*),

avec variation du premier élément pour
bonhomme/bonshommes
gentilhomme/gentilshommes
madame/mesdames
mademoiselle/mesdemoiselles

monseigneur/messeigneurs
monsieur/messieurs

Si les éléments ne sont pas soudés, les noms et les adjectifs peuvent varier, alors que les autres éléments sont invariables. Les critères de variation fondés sur des relations sémantiques anciennes (et souvent occultées présentement) entre les éléments composants sont parfois arbitraires.

1. Nom + nom.

– En cas de relation d'égalité entre les deux termes, marque du pluriel pour les deux noms (ex. : *des oiseaux-mouches*).

– En cas de relation de complémentarité pour le deuxième terme, marque du pluriel pour le premier nom (ex. : *des timbres-poste* [pour la poste]).

– En cas de relation de complémentarité pour le premier terme, marque du pluriel pour le deuxième nom (ex. : *des Sud-Américains* [du Sud]).

En l'absence de trait d'union, l'on note le même type d'accord (ex. : *les enfants modèles, les mots clefs*).

En cas de composition avec un premier élément à terminaison *-o*, seul varie le deuxième élément (ex. : *des Anglo-Normands*).

2. Nom + adjectif.

Marque du pluriel pour les deux éléments (ex. : *des coffres-forts*).
Exceptions : *des mères-grand, des chevau-légers, des terre-pleins.*

3. Adjectif + nom.

Marque du pluriel pour les deux éléments (ex. : *des belles-mères*).
Exceptions : a) Invariabilité pour les anciens noms propres (ex. : *des saint-bernard*).

b) Marque du pluriel sur le second élément :

- pour *grand* + nom féminin (ex. : *grand-mères*) ;
- pour les dérivés de noms propres (ex. : *des saint-cyriens*) ;
- pour le féminin pluriel de *franc-maçon* et *franc-comtois* : *des franc-maçonnes, des franc-comtoises* ;
- pour *des long-courriers* et *des sauf-conduits.*

4. Adjectif + adjectif.

Variabilité des deux éléments (ex. : *des sourds-muets*).

5. Adverbe + adjectif.
Variabilité du deuxième élément (ex. : *des nouveau-nés*).

6. Anciens noms propres.
Invariabilité (ex. : *des port-salut*).

7. Mot invariable + nom.
Marque du pluriel pour le deuxième élément (ex. : *des à-côtés, des avant-gardes*).

Exceptions : Invariabilité du deuxième élément pour :
- *des après-midi* ;
- *des demi-sang, des demi-sel, des demi-solde* (officier) ;
- les noms composés en *hors* (ex. : *des hors-la-loi*) ;

8. Nom + préposition + nom.
Marque du pluriel pour le premier élément (ex. : *des arcs-en-ciel ; des pots-de-vin*).

Exceptions : Invariabilité pour :
- *des pot-au-feu, des prince-de-galles, des coq-à-l'âne, des tête-à-tête, des pied-à-terre, des face-à-face ;*
- les couleurs : *des vert-de-gris, des tête-de-nègre.*

9. Verbe + nom.
Le verbe reste invariable et pour le deuxième élément l'usage est varié.

– Marque du pluriel :
- marque déjà présente au singulier, car le nom est toujours considéré dans sa pluralité (ex. : *un porte-bagages/des porte-bagages*) ;
- marque présente au pluriel seulement (ex. : *un tire-bouchon/des tire-bouchons*).

– Invariabilité, lorsque le nom est conçu comme singulier et non numérable (ex. : *un porte-bonheur/des porte-bonheur ; un abat-jour/des abat-jour*).

– Usage non fixé (ex. : *un pèse-lettre/des pèse-lettres* ou *pèse-lettre ; un porte-savon/des porte-savons* ou *porte-savon ; un taille-crayon/des taille-crayons* ou *taille-crayon*).

Pour les composés de *garde*, il y avait variation de *garde*, quand le composé désigne des êtres humains (ex. : *des gardes-barrière(s)*, mais *des garde-fous*).

L'Académie a finalement opté dans la 9e édition de son dictionnaire pour l'invariabilité de *garde*.

10. Verbe avec verbe, pronom ou adverbe.
Invariabilité (ex. : *des laissez-passer, des je-ne-sais-quoi, des on-dit, des bien-être*).

11. Onomatopées.
Usage varié (ex. : *des tam-tams, des frous-frous*).

12. Mots composés d'origine étrangère.
Intégrés, ils suivent les règles de variation des mots composés français (ex. : *des pans-bagnats*). D'origine récente, ils conservent souvent leurs caractéristiques originelles (ex. : *des self-made-men*).

B - Les adjectifs

1. Adjectif + adjectif.
Usuellement, marque du pluriel pour les deux éléments.
Exceptions : a) Invariabilité pour les adjectifs de couleur, v. plus loin VI.
b) Marque sur le deuxième élément :
- composés avec *grand* (ex. : *grand-guignolesques*) ;
- féminin pluriel de *franc-maçon* et *franc-comtois* (*franc-maçonnes, franc-comtoises*) ;
- dérivés de nom propre (ex. : *saint-simoniens*).

2. Adverbe ou préfixe + adjectif.
Marque du pluriel sur le deuxième élément (ex. : *avant-coureurs, court-vêtues*).

3. Préposition + nom.
Invariabilité (ex. : *après-vente*).

Constatant les irrégularités entre *un cure-dent* et *un cure-ongles, des après-midi* et *des après-dîners, des serre-tête* et *des couvre-chefs*, et notant l'unité sémantique du nom composé, CSLF 1990 a préconisé l'absence de marque au singulier et le *s* (ou le *x*) au pluriel pour les noms composés d'un verbe et d'un nom ou d'une préposition et d'un nom, ne faisant exception qu'en cas d'élément nominal avec majuscule ou précédé de l'article (*des prie-Dieu, des trompe-l'œil*) : ce fut un des points vivement critiqués de ces propositions et les détracteurs ont épinglé l'écriture d'*un sèche-cheveu*, d'*un tire-fesse* et *des perce-neiges* (alors que les partisans de la réforme leur opposaient l'illogisme actuel du *garde-meuble*).

V. LE NOMBRE DU COMPLÉMENT DE NOM

Le nom en fonction de complément du nom et non précédé d'un déterminant se met :

A - Au singulier, s'il désigne une réalité unique, une abstraction, l'espèce, une matière non dénombrable (ex. : *un ver à soie, une livre de beurre*).

B - Au pluriel, s'il désigne une quantité d'éléments qu'on peut dénombrer (ex. : *un fruit à pépins, un jus de fruits, une boîte de chocolats*).

C - Mais il y a souvent double possibilité (ex. : *gelée de groseille[s], maison de brique[s], pâte d'amande[s]*).

L'emploi du pluriel pour le premier nom n'a généralement pas d'incidence sur le second nom (ex. : *un tas de paille/des tas de paille*).

Le complément d'*espèce*, de *sorte* ou de *variété* est au même nombre que *espèce, sorte* ou *variété* (ex. : *une espèce de livre/des espèces de livres ; une sorte de divertissement/des sortes de divertissements ; une variété de fleur/des variétés de fleurs*).

Lorsque *espèce* a son sens scientifique, le complément est au pluriel (ex. : *une espèce de poissons*).

VI. LE PLURIEL DES ADJECTIFS DE COULEUR

A - Sont variables

1. Les adjectifs suivants :

beige	*brun*	*fauve*	*infrarouge*
blanc	*châtain*	*glauque*	*jaune*
bleu	*cramoisi*	*incarnat*	*mauve*
blond	*écarlate*	*incolore*	*noir*

pourpre *rousse* *vermeil* *violet*
rose *ultra(-)violet* *vert* *zinzolin*
rouge

Écarlate, fauve, incarnat, mauve, pourpre, rose sont à l'origine des noms.

2. Les adjectifs dérivant de noms de couleur :
azurin, olivâtre, orangé, terreux, verdissant, etc.

B - Sont invariables

1. Les noms employés comme adjectifs (ex. : *abricot, auburn, framboise, marron, sépia*).
2. Les adjectifs composés (ex. : *vert-bleu, bleu-noir*).
3. Les adjectifs modifiés par d'autres mots (ex. : *bleu de nuit, jaune clair, vert olive*).
4. Les adjectifs coordonnés s'appliquant à des éléments présentant deux couleurs distinctes (ex. : *des toits rouge et noir*).

22 ponctuation

L'usage des signes de ponctuation, employés sporadiquement en français à partir du IXe siècle, a commencé à se fixer au XVIe siècle, quand paraissent les premiers traités concernant la ponctuation française. Existaient déjà les signes actuels à l'exception du tiret, des points de suspension (XVIIe siècle) et des crochets (XVIIIe). La ponctuation actuelle a un double rôle : rythmique, en notant les pauses, et logique.

I. LE POINT

Le point a une double fonction.

A - Marque de la fin de l'énoncé

Je pose la tasse et me tourne vers mon esprit. C'est à lui de trouver la vérité. (Proust).

Le point dénote la pause la plus forte et la phrase suivante commence obligatoirement par une majuscule.

B - Marque d'abréviation

M. = Monsieur.

Il n'est pas utilisé pour l'abréviation formée du début et de la fin du mot *(Dr = docteur)* ni pour le symbole *(m = mètre)*; v. **1** I et **1** III.

II. LE POINT D'INTERROGATION

Le point d'interrogation marque la modalité interrogative à la fin d'une phrase interrogative ou d'un groupe de mots sur lequel porte l'interrogation. Il est suivi d'une majuscule ou d'une minuscule selon que l'on considère l'énoncé achevé ou non.

Qui vive ? Est-ce moi seul ? Est-ce moi-même ? (A. Breton).
Chercher ? pas seulement : créer. (Proust).

Il n'est jamais utilisé dans l'interrogation indirecte. Il peut être seul pour marquer le doute, la donnée inconnue ou peu sûre et, dans un dialogue rapporté, l'étonnement muet. Il est dans ce cas parfois doublé (??), triplé (???) ou employé avec un point d'exclamation (??!).

Pour les citations ou les discours rapportés introduits par les deux-points, la ponctuation de la phrase citée prime ; le point d'interrogation de la phrase introductrice est alors omis (ex. : *Qui a crié : « Victoire ! »*).

III. LE POINT D'EXCLAMATION

Le point d'exclamation marque les modalités exclamative ou jussive (ordre) en fin de syntagme ou en fin de phrase. Il peut être suivi d'une majuscule ou d'une minuscule selon que l'on considère l'énoncé achevé ou non.

Quelle horreur ! me disais-je [...]. *Quelle horreur ! Ma consolation, c'est de penser aux femmes que j'ai connues, aujourd'hui qu'il n'y a plus d'élégance.* (Proust).

Employé seul, doublé (!!), triplé (!!!) ou joint au point d'interrogation (!!?), il sert à exprimer un sentiment.

Après une interjection, il est répété en fin de phrase.
Ah ! on a beau dire, la vie a du bon tout de même, mon cher Amédée ! (Proust).
En cas de locution interjective, il apparaît après le dernier élément (ex. : *eh bien !*).

IV. POINTS DE SUSPENSION

Toujours au nombre de trois, ils ont diverses valeurs expressives.

A - Marque d'un énoncé inachevé

Aucune chance de l'y trouver, naturellement, à moins que... (Breton).
Ils ne sont jamais employés avec *etc.*, qui est à considérer comme leur substitut.

B - Marque d'un énoncé différé

Après une pause marquant l'hésitation ou destinée à mettre en valeur la suite de l'énoncé.
« C'est prodigieux, je n'ai jamais rien vu d'aussi fort... » Mais un scrupule d'exactitude lui faisant corriger cette première assertion, elle ajouta cette réserve : « rien d'aussi fort... depuis les tables tournantes ! » (Proust).

C - Suggestion d'un prolongement inexprimé de la pensée

J'ai vu d'autres aurores encore. – J'ai vu l'attente de la nuit... (Gide).
Ils se trouvent alors fréquemment après un point d'exclamation ou d'interrogation.

D - Marque de l'omission d'une partie d'une citation

Quand l'omission se fait à l'intérieur d'un texte reproduit, les points de suspension se mettent entre crochets.
La cigale [...] *se trouva fort dépourvue.* (La Fontaine).

E - Substitut de la fin d'un nom marqué par une initiale

Par décence : *la P... respectueuse,* ou par discrétion :
On m'a relâchée le jour même, sur l'intervention d'un ami, avocat ou juge, nommé G... (Breton).

En cas de combinaison avec d'autres signes, ils se substituent au point ; ils précèdent la virgule ou le point-virgule nécessaire à la construction de la phrase ; ils précèdent ou suivent le point d'exclamation ou d'interrogation selon le sens de la phrase.

V. LA VIRGULE

La virgule marque une pause de peu de durée ; elle implique obligatoirement une suite. Elle ne sépare pas le sujet et le verbe, ni le verbe et ses compléments. Elle peut être utilisée seule ou redoublée pour encadrer un terme ou un syntagme.

A - Séparation d'éléments semblables

La virgule simple est de règle avec des mots, des groupes de mots ou des propositions de même fonction juxtaposées.

[...] *le fil des heures, l'ordre des années et des mondes.* (Proust).

Dans certaines énumérations, il y a alternance possible avec le point-virgule ; v. VI.

La virgule, se substituant à la conjonction, est absente devant les éléments coordonnés par *et, ni, ou* (ex. : *son père et sa mère ; ni noir ni bleu*).

La virgule apparaît toutefois devant la conjonction :

- s'il y a plus de deux éléments coordonnés par *et, ni, ou* (ex. : *ni son père, ni sa mère, ni lui*) ;
- si les éléments coordonnés sont d'une certaine étendue ou de construction dissemblable ;
- en cas de rejet du second sujet après le verbe (ex. : *Son père n'est pas venu, ni lui*).

B - Détachement et décalage

La virgule est simple après un élément détaché en début de phrase ; avant un élément détaché en fin de phrase (ex. : *Demain, il viendra*).

La virgule est double à l'intérieur de la phrase, l'insertion étant marquée par une double pause (ex. : *Il arriva, le lendemain, sans prévenir*).

1. Détachement d'éléments dépendant de la phrase.

La virgule est employée, entre autres cas :

– Après un complément circonstanciel d'une certaine étendue ou une proposition circonstancielle en tête de phrase.

Au sortir de ce parc, la Vivonne redevient courante. (Proust).

La virgule est facultative si le complément circonstanciel est court ou suivi immédiatement du verbe :

Certes, j'étais bien éveillé maintenant... (Proust).

Certes je leur trouvais du charme. (Proust).

– Avec apposition ou épithète détachée.

Obscurcie par l'ombre des grands arbres qui l'entouraient, une pièce d'eau avait été creusée. (Proust).

– En cas d'ellipse du verbe énoncé précédemment (ex. : *Il est venu, elle non*).

– Devant les propositions relatives explicatives.

[...] *jusqu'aux sources de la Vivonne, auxquelles j'avais souvent pensé...* (Proust).

2. Éléments non liés à la phrase.

– Propositions incises (ex. : *Je reviendrais, dit-il*).

– Propositions participes absolues (ex. : *Les parts faites, il prit la plus grosse*).

– Apostrophe (ex. : *Rodrigue, as-tu du cœur ?*).

3. Dans l'écriture des nombres, pour la séparation de la partie décimale (ex. : *10,5*).

VI. LE POINT-VIRGULE

Le point-virgule dénote une pause de durée moyenne. Il marque la fin d'un enchaînement et coordonne des phrases grammaticalement complètes, mais liées par le sens.

On ne pouvait pas remercier mon père ; on l'eût agacé par ce qu'il appelait des sensibleries. (Proust).

Il sépare des parties de phrase d'une certaine étendue et est d'usage à la fin des alinéas d'une énumération :

Dans son discours du 24 octobre 1989, le Premier ministre a proposé

à la réflexion du Conseil supérieur cinq points précis concernant l'orthographe :
– *le trait d'union ;*
– *le pluriel des mots composés ;*
– *l'accent circonflexe ;*
– *le participe passé des verbes pronominaux ;*
– *diverses anomalies.*

Il alterne avec la virgule ou le point.

VII. LES DEUX-POINTS

Les deux-points indiquent une pause de moyenne durée, précédée d'une montée mélodique et d'une intonation d'attente. Ils signalent l'existence d'une relation entre deux éléments. Ils ont une double fonction.

A - Introduction du discours rapporté

Ils sont suivis des guillemets, ou d'un tiret, et d'une majuscule.

[...] *alors on disait au dîner : « Demain, s'il fait le même temps, nous irons du côté de Guermantes. »* (Proust).

Ils n'apparaissent pas quand la citation est intégrée à la phrase :

Françoise désespérée qu'il ne tombât pas une goutte d'eau pour les « pauvres récoltes »... (Proust).

B - Mise en valeur d'une relation logique (explication, justification, conséquence, opposition, équivalence).

Paul Éluard s'est présenté à l'adresse de la carte : personne. (Breton).
Ingrédients : lait, œufs, farine.

VIII. GUILLEMETS

Les guillemets marquent les limites d'un texte considéré par l'auteur comme étranger à son propre discours.

A - Citations

Pour faire partie du «petit noyau», du «petit groupe», du «petit clan» des Verdurin... (Proust).

Les guillemets ouvrants sont repris au début de chaque alinéa cité.

B - Dialogue rapporté

Les guillemets marquent traditionnellement le début et la fin du dialogue (les changements d'interlocuteurs étant signalés par des tirets).

Mais, dans l'usage moderne, les tirets leur sont souvent substitués.

Il me répondit :

– *Ça ne fait rien. Dessine-moi un mouton.* (Saint-Exupéry).

C - Mise en valeur d'un mot

Les guillemets attirent l'attention sur les termes étrangers, les registres particuliers, les autonymes.

Le «polyptote» est un terme de rhétorique.

Dans cet emploi, les guillemets sont en concurrence avec le soulignement et les italiques.

Les signes de ponctuation se placent avant les guillemets fermants quand ils appartiennent au passage cité.

IX. LES PARENTHÈSES

La présence des deux marques, ouvrante et fermante, est toujours indispensable. Elles encadrent une indication accessoire. Les éléments entre parenthèses peuvent être grammaticalement indépendants du reste de la phrase ou lui être reliés.

[...] *c'est des lions. (Pour Françoise la comparaison d'un homme à un lion, qu'elle prononçait li-on, n'avait rien de flatteur.)* (Proust).

Elle est bien moins embêtante que Mme XJ (la femme de l'académicien bavard, laquelle était remarquable) qui vous cite vingt volumes. (Proust).

Les parenthèses, dans certains de leurs emplois, ont une valeur identique à la double virgule et aux tirets.

Utilisées dans un mot en lexicographie, elles indiquent la coexistence de deux formes (ex. : *cal(a)mar* = *calamar* et *calmar*).

X. LES TIRETS

A - Le tiret simple

Dans la transcription des dialogues, il est utilisé traditionnellement devant chaque changement de réplique et, dans l'usage actuel, il est en concurrence avec les guillemets devant la première réplique ; v. VIII.

B - Le double tiret

Comme les parenthèses, il marque une indication accessoire, mais la met en valeur.

[...] *les formes – et celle aussi du petit coquillage de pâtisserie, si grassement sensuel, sous son plissage sévère et dévot – s'étaient abolies.* (Proust).

Le second tiret disparaît devant la ponctuation de fin de phrase, mais, à l'intérieur de la phrase, le tiret peut coexister avec la ponctuation de la phrase, placée alors après le second tiret.

XI. LES CROCHETS

La présence des deux crochets est toujours indispensable. Ils signalent :

A - À l'intérieur de parenthèses, une indication accesssoire (ex. : *(Bientôt [le 14 juillet], il arriverait)).*

B - Les interventions dans un texte cité :
– Passage omis matérialisé par des points de suspension [...] ;
– Mots rétablis par conjecture, par exemple dans un manuscrit difficile à déchiffrer ;
– Commentaires qui ne sont pas à mettre au compte de l'auteur cité.

C - Les transcriptions en alphabet phonétique (ex. : [ɛ]).

XII. LA BARRE OBLIQUE

A - La barre simple sépare deux termes qui s'opposent (ex. : *et/ou*) ou deux termes de même catégorie en emploi distinct (ex. : *présent/imparfait*).

Elle est d'usage comme équivalent de *par* en contexte technique (ex. : *100 km/h*) et dans les fractions (ex. : *1/40*).

B - La barre double signale les transcriptions phonologiques (ex. : */E/*).

XIII. L'ASTÉRISQUE

Ce signe (du latin *astericus*, « petite étoile ») est utilisé :

A - Simple ou triple, généralement après initiale, en remplacement d'un nom propre (ex. : *madame d'A*, la marquise de B****).
Il est, dans cet emploi, en concurrence avec le point marque d'abréviation (v. I) et les points de suspension (v. IV).

B - Dans les ouvrages de langue avec diverses valeurs de convention :
– Marque d'une forme supposée (ex. : *« chemin » provient du latin populaire *camminum*).
– Marque du *h* aspiré (ex. : **héros*).

C - Après un mot, comme appel de notes.

D - Simple ou triple entre les paragraphes, pour marquer les divisions d'un texte.

23 préfixes

Le préfixe est toujours antéposé à la base et ne modifie généralement pas la catégorie grammaticale de celle-ci. La définition du préfixe, l'extension même de cette classe, ses rapports avec la composition étant sujets à discussion, il a été, ici, pris en considération, dans une perspective orthographique, l'ensemble des éléments préfixaux : dans une première liste, les préfixes traditionnels qui expriment des notions plus générales (position, négation, séparation, intensité...), dans une seconde liste les préfixaux qui ont un sens plus restreint et permettent essentiellement la formation de mots qui appartiennent au champ des sciences et des techniques.

I. PRONONCIATIONS PARTICULIÈRES

Les préfixes conservent leur identité phonique indépendamment de leur position, ce qui entraîne des maintiens de prononciations et des correspondances entre graphème et phonème peu usuelles dans le système orthographique actuel, comme :

– La double articulation nasale (ex. : *emmener* [ɑ̃mene]) ; v. **10 I D**.

– La tendance à la prononciation de la consonne double ; v. **10 I C**.

– La prononciation [e] ou [ə] pour des formes en *ess* (ex. : *pressentir, dessus*), alors que le doublement de la consonne après *e* indique normalement le son [ɛ] ; v. **10 I B**.

– La présence d'un *e* en syllabe graphique ouverte avec le son [ɛ] pour les composés de *hyper, inter* et *super* avec mots commençant par voyelle (ex. : *hyperactif*)

– Le maintien du *s* simple pour marquer le son [s], normalement noté *ss* (ex. : *unisexe, asocial*) ; v. **10 II B**.

II. PRINCIPAUX « PRÉFIXES »

Dans les mots préfixés, le préfixe et le radical peuvent être soudés ou reliés par un trait d'union ; v. **10 II A 3**.

On notera, dans les créations récentes, la tendance à l'emploi du trait d'union pour marquer l'individualité du préfixe. Ainsi pour *néo* ou *non*, contrairement à l'usage ancien, sont privilégiées maintenant les formes avec trait d'union (*néo-capitalisme* s'oppose à *néologisme ; non-alignement* à *nonchalant*).

Dans la liste suivante, qui fournit les préfixes encore productifs actuellement, l'astérisque note les préfixes qui offrent la double possibilité de formation en un seul mot ou avec trait d'union. Dans les autres cas, la graphie est constante, usuellement avec soudure (sauf pour *ex* [marquant l'état antérieur], *semi* et *vice*, toujours dotés du trait d'union). Les formes françaises ci-dessous données sans astérisque et sans trait d'union sont donc toujours soudées.

Préfixe	Origine	Valeur	Exemple
a/an (devant voyelle)	gr.	absence, privation	*amoral/anorganique*
ab/abs (devant radical en *t*)	lat.	éloignement	*abréaction/abstenir*
ad/a, ac, af, ag, al, an, ap, ar, as, at	lat.	vers	*advenir, accommoder*
allo	gr.	autre	*allopathie*
amphi	gr.	autour	*amphimixie*
ana	gr.	inversion	*anachronisme*
anté, anti	gr.	avant	*antédiluvien, antidater*
**anti, anté*	gr.	contre	*anticyclone, anti-américain, Antéchrist*
ap(o)	gr.	hors de	*apostrophe*
**arch(i)*	gr.	prééminence	*archiduc, archi-commun*
**auto*	gr.	soi-même	*autodéfense, auto-infection*
bi, bis	lat.	redoublement	*bicyclette, biscornu, bisannuel*
cata	gr.	en bas	*cataphote*
circum (*circon* dans des formations latines)	lat.	autour	*circumterrestre, circonférence*
cis	lat.	en deçà	*cisjordanien*
co, con, col, com, cor	lat.	avec	*collatéral, coaccusé*
**contre*	lat.	contre, à côté,	*contre-allée, contrefaçon*
dé, dés, des	lat.	contraire	*décommander, désindexer*
di	gr.	deux fois	*dioxyde*
di	gr.	séparation, à travers	*diapositive*
dis (*dif* dans des formations latines)	lat.	séparation, défaut	*disproportion, diffamer*
é, ef, es	lat.	hors de, privation, achèvement	*équeuter, effeuiller*

ecto	gr.	en dehors	*ectoderme*
en, em (devant *m, b, p*)	lat.	dans	*encercler, emmurer*
en, em (devant *m, b, p*)	lat.	de là	*emporter*
endo	gr.	dedans	*endogamie*
**entr(e)*	lat.	entre	*entrebâiller, entre(-)dévorer, entrouvrir, s'entr'égorger ou s'entrégorger*
épi	gr.	sur	*épicentre*
équi	lat.	égal	*équipotentiel*
eu	gr.	bien	*eugénique*
ex-	lat.	état antérieur	*ex-consul*
ex	lat.	hors de, dehors	*expatrier*
exo	gr.	dehors	*exogamie*
extra	lat.	en dehors	*extralucide, extra-utérin*
hémi	gr.	à moitié	*hémicylindrique*
hétéro	gr.	différent	*hétérosexuel*
homéo	gr.	semblable	*homéostasie*
homo	gr.	semblable	*homographe*
hyper	gr.	au-dessus	*hypersensible*
hypo	gr.	au-dessous	*hypotendu*
in, im (devant *m, b, p*), *il* (devant *l*), *ir* (devant *r*)	lat.	négation	*inactif, immaculé, illettré, irrévérencieux*
in, im (devant *m, b, p*), *il* (devant *l*), *ir* (devant *r*)	lat.	dans	*importer, irradiation*
**infra*	lat.	inférieur	*infrastructure, infra(-)sonore*
inter	lat.	entre	*interaction*
**intra*	lat.	à l'intérieur	*intracellulaire, intra-utérin*
intro	lat.	à l'intérieur	*introjection*
iso	gr.	égal	*isotope*
juxta	lat.	près de	*juxtalinéaire*
macro	gr.	grand	*macromolécule*
mé, mes	francique	mauvais	*mégarde, mésalliance*
még(a)	gr.	grand	*mégaphone*
mégalo	gr.	grand	*mégalocéphale*
mét(a)	gr.	succession, changement, participation	*métaplasie*

**mi*	lat.	milieu	*mi-carême, milieu*
**micro*	gr.	petit	*microfiche, micro-ondes*
**mini*	lat.	moins	*minibus, mini-ordinateur*
mon(o)	gr.	seul	*monovalent*
multi	lat.	nombreux	*multiplace*
**néo*	gr.	nouveau	*néologisme, néo-capitalisme*
**non*	lat	négation	*nonchalant, non-payement*
omni	lat.	tout	*omnisport*
par	lat.	accomplissement	*parachever*
para	gr.	à côté	*paramédical*
para (à partir de mots italiens)		protection contre	*parachute*
per	lat.	valeur intensive, à travers	*peroxyde, percutané*
péri	gr.	autour de	*périnatal*
pluri	lat.	pluralité	*pluridisciplinaire*
poly	gr.	nombreux	*polyculture*
**post*	lat.	après	*post-scriptum, postdater*
pour	lat.	pour	*pourboire*
pré	lat.	avant	*préscolaire*
**pro*	lat.	en avant, en faveur	*profrançais, pro-américain*
r(e), ré	lat.	répétition, inversion	*reprendre, réapparaître*
**rétro*	lat.	en arrière	*rétro-utérin, rétroaction*
semi-	lat.	à demi	*semi-nomade*
**sous, souf* (forme *sou* dans les composés anciens)	lat.	sous	*sous-couche, souffrir*
sub, suf, sup	lat.	sous	*subaigu*
super	lat.	au-dessus	*supersonique*
supra	lat.	au-dessus	*supranational*
sur	lat.	au-dessus	*suralimenter*
**sus*	lat.	au-dessus	*susdit, sus-tonique*
sy, syl, sym, syn	gr.	avec	*synase*
télé	gr.	loin	*télécabine*
trans	lat.	au-delà	*transvaser*
tri(s)	lat.	trois	*tricycle, trisaïeul*

**ultra*	lat.	au-delà	*ultra(-)son*
uni	lat.	un	*unisexe*
vice-, vi	lat.	à la place	*vice-roi*

III. FORMES CONCURRENTES

Un certain nombre de préfixes présentent des formes avec assimilation de la consonne (ex. : *col, con; ec, ef*) qui correspondent généralement à des formations remontant au latin. Les compositions nouvelles adoptent usuellement des formes non variables (voir l'utilisation actuelle du préfixe *co* en toutes positions et **10** II, les phénomènes de doublement de consonnes).

Les préfixes suivants posent le problème de l'alternance *é/e* et *s/ss.*

A - *dé, dés, des*

- *dé* devant consonne simple ou *h* aspiré : *décommander*;
- *dés* devant voyelle ou *h* muet : *désorganiser*;
- *des* devant mot commençant par *s* avec prononciation en [e] : *desserrer* ou [ə] : *dessus.*

Font exceptions les créations plus récentes (ex. : *désolidariser*), v. **10** II B.

B - *mé, més, mes*

- *mé* devant consonne : *méforme*;
- *més* devant voyelle : *mésalliance*;
- *mes* devant mot commençant par *s* : *messeoir.*

C - *pré, pres*

pres n'est utilisé que dans *pressentir* et ses dérivés.

D - *re, ré, r, res*

- *re* devant consonne ou *h* aspiré : *rehausser*;
- *res* devant *s (ressembler)*, mais avec absence de doublement dans certains mots où le préfixe est senti comme tel : *resaluer, resoulever.*

- *ré* devant voyelle ou *h* muet :

[a] *réapparaître*;
[e] *réélire*;
[i] *réitérer*;
[ɔ] *réorganiser*;
[y] *réunir*;
[u] *réouvrir*;
[ɑ̃] *réembaucher*;
[ɛ̃] *réinventer*.

- *r* devant :

[a] *rabaisser*;
[ɛ̃] *rembarquer*.

L'initiale *ré* devant consonne est présente dans des mots empruntés au latin (ex : *réciter*) ; d'où des distinctions comme :

recréer/récréer;
reformer/réformer;
repartir/répartir.

Actuellement, devant initiale [a] et [ɑ̃], il y a tendance à utiliser *ré*, alors que les dérivés anciens sont en *r*, ce qui entraîne des concurrences du type *rajuster/réajuster*, avec parfois différence sémantique comme dans le cas de *ranimer* et *réanimer*.

IV. ÉLÉMENTS DE COMPOSITION GRÉCO-LATINS À L'INITIALE

Les éléments de composition, d'origine grecque ou latine, utilisés à l'initiale, ont un fonctionnement assez voisin de celui des préfixes : place, absence d'autonomie, mais ils sont le plus souvent usités en composition avec d'autres mots qui n'ont pas d'autonomie. Ils se caractérisent par un sens restreint par rapport aux préfixes proprement dits ; ils sont souvent limités à la langue scientifique qui multiplie ce type de formation.

Élément initial	Origine	Valeur	Exemple
acanth(o)	gr.	épine	*acanthoptérygien*
acét(o)	lat.	vinaigre	*acétonurie*
acro	gr.	élevé	*acrocéphale*
actino	gr.	rayon	*actinomètre*

adéno	gr.	glande	*adénovirus*
**aéro*	gr.	air	*aérodrome, aéro-club*
**agri, agr(o)*	gr.	champ	*agronomie, agro-alimentaire*
andro	gr.	homme	*androgenèse*
anémo	gr.	vent	*anémographe*
angi(o)	gr.	vaisseau	*angiologie*
anth(o)	gr.	fleur	*anthologie*
anthropo	gr.	homme	*anthropomorphisme*
api	lat.	abeille	*apiculteur*
aqua, aqui	lat.	eau	*aquaculture, aquiculture*
arbori	lat.	arbre	*arboriculture*
archéo	gr.	ancien	*archéologie*
aréni	lat.	sable	*arénicole*
arithm(o)	gr.	nombre	*arithmétique*
artéri(o)	gr.	artère	*artériopathie*
arthr(o)	gr.	articulation	*arthroscopie*
astér(o)	gr.	astre	*astéroïde*
astr(o)	gr.	astre	*astrologie*
auri	lat.	or	*aurifère*
auricul(o)	lat.	oreille	*auriculothérapie*
avi	lat.	oiseau	*aviculture*
bactéri(o)	gr.	bâton	*bactériologie*
bar(y)	gr.	pesanteur	*barycentre*
biblio	gr.	livre	*bibliophile*
bio	gr.	vie	*bioclimat*
blasto	gr.	germe	*blastoderme*
brachi	lat.	bras	*brachiopode*
brachy	gr.	court	*bracycéphale*
brady	gr.	lent	*bradycardie*
**bronch(o)*	gr.	bronche	*broncho-pneumonie, bronchoscopie*
bryo	gr.	mousse	*bryologie*
butyr(o)	lat.	beurre	*butyromètre*
caco	gr.	mauvais	*cacographie*
calc	lat.	chaux	*calcicole*
calli	gr.	beau	*calligraphie*
calor(i)	lat.	chaleur	*calorifère*
capill	lat.	cheveu	*capilliculteur*
carbo	lat.	charbon	*carbochimie*

carcin(o)	gr.	cancer	*carcinogène*
cardi(o)	gr.	cœur	*cardiogramme*
carn(i)	lat.	chair	*carnivore*
casé(i)	lat.	fromage	*caséification*
caud(i)	lat.	queue	*caudifère*
cén(o)	gr.	commun	*cénozoïque*
centi	lat.	centième	*centibar*
céphal(o)	gr.	tête	*céphalopode*
cér(i)	lat.	cire	*cérifère*
chalco	gr.	cuivre	*chalcographie*
chir(o)	gr.	main	*chiromancie*
chlor(o)	gr.	vert	*chloroplaste*
chondr(o)	gr.	cartilage	*chondroblaste*
chrom(o)	gr.	couleur	*chromodynamique*
chron(o)	gr.	temps	*chronométrage*
chrys(o)	gr.	or	*chrysanthème*
cinémat, ciné, cinét	gr.	mouvement	*cinématographe, cinétique*
cirri, cirro	gr.	mèche	*cirripède*
clav(i)	lat.	clé	*clavicorde*
cœli(o)	gr.	ventre	*cœlioscopie*
conch(o)	gr.	coquille	*conchyliologie*
copro	gr.	excrément	*coproculture*
cordi	lat.	cœur	*cordiforme*
cosm(o)	gr.	monde	*cosmonaute*
cox(o)	lat.	hanche	*coxarthrose*
cruci	lat.	croix	*cruciverbiste*
cryo	gr.	froid	*cryogénie*
**crypt(o)*	gr.	caché	*cryptogame*
cupri, cupro-	lat.	cuivre	*cuprifère, cupro-alliage*
cyan(o)	gr.	bleu	*cyanhydrique*
cycl(o)	gr.	cercle	*cyclotourisme*
cysto	gr.	vessie	*cystoscopie*
cyto	gr.	cellule	*cytogénétique*
dactyl(o)	gr.	doigt	*dactyloscopie*
déca	gr.	dix	*décamètre*
dém(o)	gr.	peuple	*démographie*
derm(o)	gr.	peau	*dermographie*
digit(o)	lat.	doigt	*digitigrade*
diplo	gr.	double	*diplodocus*

dodéca	gr.	douze	*dodécasyllabe*
dolicho	gr.	long	*dolichocéphale*
**dynam(o)*	gr.	force	*dynamo-électrique, dynamogène*
dys	gr.	difficulté	*dysfonctionnement*
**électr(o)*	gr.	ambre jaune	*électrodéposition, électro-encéphalogramme*
embryo	gr.	fœtus	*embryologie*
encéphal(o)	gr.	cerveau	*encéphalographie*
**entér(o)*	gr.	entrailles	*entérovaccin, entéro-rénal*
entomo	gr.	insecte	*entomologiste*
erg(o)	gr.	travail	*ergométrie*
ethn(o)	gr.	peuple	*ethnolinguistique*
étho	gr.	caractère	*éthologique*
ferro, ferri	lat.	fer	*ferroalliage*
fibri, fibro	lat.	filament	*fibroscopie*
galact(o)	gr.	lait	*galactomètre*
gam(o)	gr.	mariage	*gamopétale*
**gast(é)r(o)*	gr.	estomac	*gastéropode, gastro-entérite*
gé(o)	gr.	terre	*géothermie*
géront(o)	gr.	vieillard	*gérontocratie*
**gloss(o)*	gr.	langue	*glossolalie, glosso-pharyngien*
gluc(o)	gr.	sucré	*glucomètre*
graph(o)	gr.	écrire	*graphologie*
gyn(éco)	gr.	femme	*gynécologie*
gyro	gr.	cercle	*gyrophare*
hapl(o)	gr.	simple	*haplologie*
hect(o)	gr.	cent	*hectolitre*
héli(o)	gr.	soleil	*héliothérapie*
hémat(o), hémo	gr.	sang	*hématologie*
hépat(o)	gr.	foie	*hépatologie*
hept(a)	gr.	sept	*heptacorde*
hex(a)	gr.	six	*hexamètre*
hiér(o)	gr.	sacré	*hiérodule*
hipp(o)	gr.	cheval	*hippomobile*
hist(o)	gr.	tissu	*histologie*
holo	gr.	entier	*hologramme*
homi	lat.	homme	*homicide*
hor(o)	gr.	heure	*horodateur*
**hydr(o)*	gr.	eau	*hydrocarbure*

hygro	gr.	humide	*hygromètre*
hypn(o)	gr.	sommeil	*hypnologie*
hystér(o)	gr.	utérus	*hystérographie*
icon(o)	gr.	image	*iconographe*
idé(o)	gr.	idée	*idéogramme*
idi(o)	gr.	particulier	*idiolecte*
igni	lat.	feu	*ignifuge*
iléo-	lat.	flanc	*iléo-cæcal*
kilo	gr.	mille	*kilomètre*
kinési	gr.	mouvement	*kinésithérapie*
lacto	lat.	lait	*lactodensimètre*
laryng(o)	gr.	gorge	*laryngologie*
**leuco*	gr.	blanc	*leucocytose, leuco-encéphalite*
lingui	lat.	langue	*linguiforme*
litho	gr.	pierre	*lithographie*
log(o)	gr.	discours	*logographe*
mast(o)	gr.	mamelle	*mastodonte*
médico-	lat.	médecin	*médico-social*
mél(o)	gr.	chant	*mélodrame*
més(o)	gr.	milieu	*mésothérapie*
métall(o)	lat.	métal	*métallographie*
métr(o)	gr.	mesure	*métronome*
milli	lat.	division par mille	*millimètre*
mis(o)	gr.	haïr	*misogyne*
mném(o)	gr.	mémoire	*mnémotechnique*
morpho	gr.	forme	*morphologie*
myco	gr.	champignon	*mycologie*
myél(o)	gr.	moelle	*myélographie*
my(o)	gr.	muscle	*myopathie*
myri(a)	gr.	dix mille	*myriapode*
myth(o)	gr.	légende	*mythologie*
nécro	gr.	mort	*nécrologie*
néphr(o)	gr.	rein	*néphrectomie*
neur(o), névr(o)	gr.	nerf	*neurobiochimie*
noso	gr.	maladie	*nosographie*
nyct	gr.	nuit	*nycthémère*
octo	lat.	huit	*octosyllabe*
odont(o)	gr.	dent	*odontostomatologie*

oléo, oléi	lat.	huile	*oléiculture*
**olig(o)*	gr.	peu nombreux	*oligophrénie, oligo-élément*
onom	gr.	nom	*onomasiologie*
ophtalm(o)	gr.	œil	*ophtalmoscopie*
ornitho	gr.	oiseau	*ornithomancie*
oro	gr.	montagne	*orographie*
ortho	gr.	droit	*orthographe*
osté(o)	gr.	os	*ostéogenèse*
ostréi	lat.	huître	*ostréiculture*
**ot(o)*	gr.	oreille	*otorragie, oto-rhino-laryngologie*
ov(o)	lat.	œuf	*ovovivipare*
ox, oxy(d)	gr.	aigu	*oxyacétylénique*
pachy	gr.	épais	*pachyderme*
paléo	gr.	ancien	*paléoclimat*
pan(to)	gr.	tout	*pantographe*
path(o)	gr.	souffrance	*pathogène*
patr	lat.	père	*patriclan*
péd(o)	gr.	enfant	*pédopsychiatrie*
péd(i)	lat.	pied	*pédicure*
penta	gr.	cinq	*pentamètre*
pétro	lat.	pierre	*pétrochimie*
phago	gr.	manger	*phagocyte*
pharmac(o)	gr.	médicament	*pharmacodépendance*
pharyng(o)	gr.	gosier	*pharyngo-laryngite*
phén(o)	gr.	apparaître	*phénotype*
phil(o)	gr.	ami	*philotechnique*
phon(o)	gr.	son	*phonogramme*
**photo*	gr.	lumière	*photocomposition, photo(-)électrique*
phyllo	gr.	feuille	*phyllopode*
phys(io)	gr.	nature	*physiopathologie*
phyt(o)	gr.	plante	*phytobiologie*
pisci	lat.	poisson	*pisciculture*
pleur(o)	gr.	côté	*pleurodynie*
plouto	gr.	richesse	*ploutocratie*
pneum(a)to	gr.	souffle	*pneumatologie*
pod(o)	gr.	pied	*podomètre*
poli	gr.	ville	*policlinique*

**prim(o), primi*	lat.	premier	*primo-infection, primipilaire*
prot(o)	gr.	premier	*prototype*
pseud(o)	gr.	faux	*pseudonyme*
**psych(o)*	gr.	âme	*psychosensoriel, psycho-sensori-moteur*
ptéro	gr.	aile	*ptérodactyle*
pyo	gr.	pus	*pyodermite*
pyr(o)	gr.	feu	*pyrotechnie*
quadr(i)	lat.	quatre	*quadrichromie*
quinqu	lat.	cinq	*quinquagénaire*
quint(i)	lat.	cinquième	*quintillion*
**radi(o)*	lat.	rayon	*radiocassette, radio-isotope*
rect(i)	lat.	droit	*rectangle*
rhéo	gr.	couler	*rhéomètre*
**rhin(o)*	gr.	nez	*rhinologie, rhino-pharyngien*
rhizo	gr.	racine	*rhizocarpé*
sal(i)	lat.	sel	*salicole*
sarco	gr.	chair	*sarcoplasma*
saur(o)	gr.	lézard	*saurophidien*
schizo	gr.	fendre	*schizonévrose*
séma, sémio	gr.	signe	*sémiologie*
séro	lat.	petit lait	*sérodiagnostic*
sidér(o)	gr.	fer	*sidérostat*
simili	lat.	semblable	*similicuir*
somat(o)	gr.	corps	*somatopsychique*
spélé(o)	gr.	caverne	*spéléonaute*
sphér(o)	gr.	globe	*sphéromètre*
**stéré(o)*	gr.	solide	*stéréométrie, stéréo-isomère*
stomat(o)	gr.	bouche	*stomatologiste*
tachy	gr.	rapide	*tachycardie*
tauto	gr.	le même	*tautochrone*
taxi	gr.	arrangement	*taxinomie*
techn(o)	gr.	science	*technocratie*
tétra	gr.	quatre	*tétrasyllabe*
thalasso	gr.	mer	*thalassothérapie*
théo	gr.	dieu	*théologie*
théra(peu)	gr.	soin	*thérapeutique*
**therm(o)*	gr.	chaleur	*termoïonique* ou *thermo-ionique*

top(o)	gr.	lieu	*topographie*
typo	gr.	caractère	*typographie*
urano	gr.	ciel	*uranographie*
ur(o)	gr.	urine	*urologie*
vermi	gr.	ver	*vermifuge*
xén(o)	gr.	étranger	*xénophobe*
xér(o)	gr.	sec	*xérographie*
xylo	gr.	bois	*xylophone*
zoo	gr.	animal	*zoologie*

24 suffixes

Les suffixes sont toujours soudés à la base et modifient fréquemment la catégorie grammaticale de celle-ci.

I. SUFFIXES DE NOMS ET D'ADJECTIFS

Les suffixes suivants servent à former des noms et des adjectifs à partir de bases diverses.

Nature grammaticale de la base	Suffixe	Origine	Valeur	Exemple
v	*able*	lat.	possibilité	*valable*
n	*acée*	lat.	famille de plantes	*rosacée*
v, n	*ade*	(provençal et italien)	action, collectif	*embrassade*
v, n	*age (issage)*	lat.	action, collectif	*atterrissage, pelage*
n	*aie*	lat.	collectif	*chênaie*
v, n	*ail*	lat.	instrument	*attirail*
v, n	*aille*	lat.	collectif, action	*ferraille*
n, adj	*ain, aine*	lat.	habitant, relation	*africain*
n	*aire*	lat.	agent	*millionnaire*
n	*ais, aise*	lat.	habitant	*lyonnais*

v, n	*aison*	lat.	action	*fenaison*
n	*al, ale*	lat.	qualité	*tropical*
n	*an, ane*	lat.	habitant	*persan*
v, adj	*ance*	lat.	action	*souffrance*
n, v	*ard, arde*	germ.	péjoratif, habitant	*vantard*
n, v, adj	*asse* ou *ace*	lat.	péjoratif	*fadasse*
n	*at*	lat.	fonction	*patronat*
v, n	*ateur, atrice*	lat.	agent	*explorateur*
n	*atique*	lat.	relation	*problématique*
adj	*âtre*	lat.	péjoratif	*blanchâtre*
v, n	*ature*	lat.	action, instrument	*filature*
adj	*aud, aude*	germ.	péjoratif	*lourdaud*
n	*é*	lat.	état	*évêché*
n, v	*é, ée*	lat.	état	*âgé*
n	*eau*	lat.	diminutif	*traîneau*
n	*ée*	lat.	action, contenu	*bouchée*
n	*ée*	lat.	famille de plantes	*jasminée*
n	*éen, éenne*	lat.	relation	*lycéen*
n	*el, elle*	lat.	relation	*accidentel*
n	*elet, elette*	*el* + lat.	diminutif	*rondelet*
n, adj	*elle*	lat.	diminutif	*poutrelle*
v	*ement*	lat.	action	*bêlement*
v, adj	*ence*	lat.	propriété	*ingérence*
n	*er, ère*	lat.	agent	*horloger*
n	*escent, escente*	lat.	qualité	*fluorescent*
v, adj, n	*erie*	français XIIe siècle	qualité, lieu, action	*causerie*
n	*eron*	*er* + lat.	agent, diminutif	*moucheron*
n	*esque*	italien	qualité	*rocambolesque*
adj	*esse*	lat.	qualité, défaut	*richesse*
n, adj, v	*et, ette*	lat.	diminutif	*propret*
adj	*eté*	lat.	qualité	*propreté*
adj	*eur*	lat.	qualité	*hauteur*
v	*eur, eresse*	lat.	agent	*enchanteur*
v, n	*eur, euse*	lat.	agent	*chercheur*
n, v	*eux, euse*	lat.	relation	*paresseuse*
v, n	*ible*	lat.	possibilité	*éligible*
adj	*ie*	gréco-lat.	qualité	*courtoisie*
num	*ième*	lat.	rang	*troisième*

n	*ien, enne*	lat.	relation	*collégien*
n	*ier, ère*	lat.	agent, arbre	*prunier*
v, n	*if, ive*	lat.	qualité	*maladif*
v	*ile*	lat.	capacité	*vibratile*
n	*ille*	lat.	diminutif	*flottille*
n	*illon*	*ill* + lat.	diminutif	*oisillon*
n, adj	*in, ine*	lat.	relation, diminutif	*alpin*
v, n	*ing*	anglais	action	*camping*
n	*ique*	lat.	relation	*chimique*
n	*ique*	lat.	relation	*linguistique*
v	*is*	lat.	résultat d'une action	*roulis*
n	*isant*	gréco-lat.	relation	*arabisant*
adj, n, v	*ise*	lat.	qualité, défaut	*franchise*
v, n, adj	*isme*	lat.	doctrine, propriété	*romantisme*
adj	*issime*	lat.	degré	*grandissime*
adj, n, v	*iste*	lat.	partisan, agent	*gréviste*
v, n	*ison*	lat.	action	*garnison*
n	*ite*	gr.	état maladif	*bronchite*
n	*ite*	gréco-lat.	adepte	*carmélite*
adj	*ité*	lat.	qualité	*mondanité*
adj, n	*itude*	lat.	qualité	*platitude*
v	*oir, oire*	lat.	instrument, lieu	*rasoir, fumoir*
n	*ois, oise*	lat.	habitant	*lillois*
v, n	*oison*	lat.	action	*pâmoison*
n, adj	*ole*	lat.	diminutif	*rougeole*
n	*on*	lat.	diminutif	*chaton*
n	*ose*	gr.	maladie	*psychose*
n, v	*ot, otte, ote*	lat.	diminutif	*pâlot*
num	*ple*	lat.	multiple	*triple*
adj	*té*	lat.	qualité	*fierté*
n, v, adj	*tion, sion, ssion, xion, ation, ition*	lat.	action	*dentition connexion finition*
v	*toire*	lat.	qualité	*diffamatoire*
n	*u, ue*	lat.	qualité	*feuillu*

n	*ueux, ueuse*	lat.	relation	*majestueux*
n	*ule, cule*	lat.	diminutif	*globule, animalcule*
v, n, adj	*ure*	lat.	action, état	*brûlure*

II. SUFFIXES DE VERBES

Nature grammaticale de la base	Suffixe	Origine	Valeur	Exemple
n	*er*	lat.	action	*meubler*
adj	*ir*	lat.	action	*faiblir*
v	*ailler*	lat.	péjoratif	*criailler*
v	*asser*	à partir de *asse*	péjoratif	*écrivasser*
v, n	*eler*	lat.	diminutif	*bosseler*
v	*eter*	de *et*	diminutif	*voleter*
n, adj	*fier*	lat.	action	*statufier*
v	*ifler*	origine inconnue	action	*écornifler*
v	*iller*	lat.	diminutif	*mordiller*
v	*iner*	lat.	diminutif	*trottiner*
n, adj	*iser*	lat.	action	*vulgariser*
v	*nicher*	origine obscure	péjoratif	*pleurnicher*
v	*ocher*	origine obscure	péjoratif	*effilocher*
v	*onner*	à partir de *on*	diminutif	*chantonner*
v	*oter*	à partir de *ot*	diminutif	*vivoter*
n, v, adj	*ouiller*	lat.	action	*chatouiller*
n, adj, pron	*oyer*	lat.	action	*chatoyer*

III. SUFFIXES D'ADVERBES

L'ancien suffixe *ons (à tâtons, à reculons)* ne fournit plus de termes nouveaux. Au contraire, le suffixe *ment* est très productif. Provenant de l'ablatif du substantif latin féminin *mens, mentis,* « l'esprit » (*bona mente* = « d'un bon esprit »), il s'ajoute au féminin de l'adjectif (ex. : *fermement, clairement*).

A - Adjectifs féminins terminés par une voyelle + *e*

Le *e*, disparu de la prononciation à la Renaissance, a aussi disparu de la graphie de l'adverbe au XVIe siècle, d'où les formes *poliment, vraiment.* Exceptions : *gaiement* et les adverbes suivants où l'accent circonflexe rappelle la chute du *e* : *assidûment, (in)congrûment, continûment, crûment, (in)dûment, goulûment, nûment.*

B - Adjectifs féminins terminés par une consonne + *e*

Certains adverbes, sous l'influence des adverbes formés sur les participes passés *(aisément)*, offrent un *é* au lieu du *e: aveuglément, (in)commodément, communément, conformément, confusément, diffusément, énormément, expressément, exquisément, immensément, importunément, incommodément, indivisément, intensément, obscurément, (in)opportunément, précisément, profondément, profusément, uniformément.*

C - Adverbes en *-amment* et *-emment* provenant d'anciens féminins en *-ant* et *-ent*

Certains adjectifs en ancien français n'avaient qu'une forme pour les deux genres (tels *fort, grand, gentil*, les participes présents en *-ant* et les adjectifs en *-ent*), d'où les adverbes du type *puissamment (= puissant-ment), prudemment (= prudent-ment).* Alors que le *e* analogique de finale féminine s'est développé et que *grand* est devenu *grande* et l'ancien adverbe *granment, grandement*, on a conservé l'ancienne formation pour *gentiment* et la plupart des adverbes dérivés d'adjectifs en *-ant* et *-ent.* Pour ces adverbes en *-amment* et *-emment*, la prononciation ancienne avec double articulation nasale [ãmãn] s'est réduite à [amã], mais la graphie de la consonne double s'est conservée.

IV. ÉLÉMENTS DE COMPOSITION GRÉCO-LATINS EN FINALE

	Origine	Valeur	Exemple
algie	gr.	douleur	*névralgie*
anthrope	gr.	homme	*misanthrope*
anthropie	gr.	homme	*misanthropie*
archie	gr.	commandement	*oligarchie*

arque	gr.	qui commande	*monarque*
asthénie	gr.	faiblesse	*neurasthénie*
bare	gr.	pression	*isobare*
blaste	gr.	germe	*chondroblaste*
bole	gr.	qui lance	*discobole*
carde	gr.	cœur	*myocarde*
cardie	gr.	cœur	*myocardie*
cène	gr.	récent	*éocène*
céphale	gr.	tête	*brachycéphale*
chrome	gr.	couleur	*polychrome*
chrone	gr.	temps	*isochrone*
cide	lat.	tuer	*régicide*
cole	lat.	de la culture	*agricole*
colore	lat.	couleur	*multicolore*
coque	gr.	graine	*streptocoque*
cosme	gr.	monde	*microcosme*
crate	gr.	pouvoir	*bureaucrate*
cratie	gr.	pouvoir	*bureaucratie*
culteur	lat.	qui cultive	*agriculteur*
culture	lat.	culture	*apiculture*
cycle	gr.	roue	*tricycle*
cyte	gr.	cellule	*leucocyte*
dactyle	gr.	qui a des doigts	*ptérodactyle*
derme	gr.	peau	*pachyderme*
doxe	gr.	opinion	*hétérodoxe*
drame	gr.	pièce de théâtre	*mélodrame*
drome	gr.	course	*hippodrome*
ectomie	gr.	ablation	*vasectomie*
èdre	gr.	face	*tétraèdre*
émie	gr.	sang	*urémie*
ergie	gr.	travail	*énergie*
esthésie	gr.	sensation	*radiesthésie*
fère	lat.	qui porte	*mammifère*
fique	lat.	qui produit	*prolifique*
forme	lat.	qui a la forme	*protéiforme*
fuge	lat.	fuir, faire fuir	*vermifuge*
game	gr.	mariage	*polygame*
gamie	gr.	union	*polygamie*
gène	gr.	qui engendre	*hydrogène*

genèse	gr.	formation	*parthénogenèse*
gone	gr.	angle	*polygone*
grade	lat.	qui marche	*plantigrade*
gramme	gr.	écrit	*cardiogramme*
graphe	gr.	qui écrit	*stylographe*
graphie	gr.	art d'écrire	*dactylographie*
gyne	gr.	femme	*misogyne*
(h)ydre	gr.	eau	*clepsydre*
iatre	gr.	qui soigne	*pédiatre*
iatrie	gr.	qui soigne	*psychiatrie*
lâtre	gr.	adoration	*idolâtre*
lâtrie	gr.	adoration	*idolâtrie*
lingue	lat.	langue	*bilingue*
lit(h)e	gr.	pierre	*monolithe*
logie	gr.	science	*psychologie*
logue	gr.	qui étudie	*psychologue*
mancie	gr.	divination	*chiromancie*
mane	gr.	qui a la passion	*mélomane*
manie	gr.	passion	*mégalomanie*
mètre	gr.	mesure	*décamètre*
métrie	gr.	mesure	*audiométrie*
mobile	lat.	qui se meut	*automobile*
morphe	gr.	forme	*polymorphe*
moteur	lat.	qui se meut	*quadrimoteur*
myélite	gr.	moelle	*ostéomyélite*
nome	gr.	qui règle	*astronome*
oïde	gr.	qui a la forme	*ovoïde*
onyme	gr.	nom	*toponyme*
onymie	gr.	nom	*toponymie*
pare	lat.	qui enfante	*primipare*
pathe	gr.	malade	*psychopathe*
pathie	gr.	maladie	*adénopathie*
pède	lat.	pied	*bipède*
pédie	gr.	éducation	*encyclopédie*
phage	gr.	manger	*anthropophage*
phagie	gr.	manger	*anthropophagie*
phane	gr.	qui brille	*cellophane*
phile	gr.	ami	*xénophile*
philie	gr.	amour	*zoophilie*

phobe	gr.	craindre	*xénophobe*
phobie	gr.	crainte	*xénophobie*
phone	gr.	voix	*téléphone*
phonie	gr.	voix	*cacophonie*
phore	gr.	qui porte	*sémaphore*
pithèque	gr.	singe	*australopithèque*
pode	gr.	pied	*pseudopode*
pole	gr.	ville	*métropole*
ptère	gr.	aile	*hélicoptère*
saure	gr.	lézard	*dinosaure*
scope	gr.	voir	*télescope*
scopie	gr.	regarder	*radioscopie*
some	gr.	corps	*chromosome*
sphère	gr.	globe	*atmosphère*
stat	gr.	stable	*aérostat*
taphe	gr.	tombeau	*cénotaphe*
taxie	gr.	arrangement	*phyllotaxie*
technie	gr.	science	*mnémotechnie*
technique	gr.	science	*mnémotechnique*
thèque	gr.	armoire	*bibliothèque*
thérapie	gr.	traitement	*psychothérapie*
therme	gr.	chaleur	*isotherme*
thermie	gr.	chaleur	*géothermie*
tomie	gr.	action de découper	*trachéotomie*
type	gr.	impression	*linotype*
typie	gr.	impression	*linotypie*
urie	gr.	urine	*albuminurie*
vore	lat.	dévorer	*herbivore*

25 trait d'union

Ce signe marque soit la coupure d'un mot en fin de ligne (usage datant du XIIe siècle), soit la cohésion lexicale ou syntaxique d'un groupe de termes (usage emprunté à l'hébreu par Olivetan dans sa traduction française de la Bible en 1535).

I. MARQUE DE COUPURE DE MOTS EN FIN DE LIGNE

La division se fait selon la syllabation graphique ou selon l'étymologie.

A - Syllabation graphique

1. Consonne entre voyelles : coupe après la voyelle (ex. : *ve-nue*).
2. Deux consonnes entre voyelles : coupe après la première consonne (ex. : *ob-jet*, *al-ler*),

sauf en cas de digramme ou de consonne + *r* ou *l* (ex. : *ha-cher*, *ra-cler*).

3. Trois ou quatre consonnes entre voyelles : coupe après la deuxième consonne,

sauf en cas de digramme ou de consonne + *r* ou *l* (ex. : *ar-chet*, *sar-cler*).

Absence de coupe :

- Entre deux voyelles : la coupe se fait après la seconde voyelle (ex. : *oa-sis*), sauf pour les préfixes (*pré-avis*).
- Après ou avant *x* ou *y* suivi d'une voyelle : *exact*, *payer* ne peuvent être coupés, contrairement à *ex-pert*, *pay-san* où *x* et *y* sont suivis d'une consonne.
- Après une apostrophe ; *l'a-mi* est la seule coupe possible.
- Après le *t* euphonique.
- Pour les nombres exprimés en chiffres *(1950)*, entre le nom et le nombre correspondant *(Louis XV)*, dans les sigles *(ONU)*, entre l'initiale et le nom suivant *(J. Mars)*.

La coupure ne doit pas entraîner de voyelle seule en fin de ligne, ni de rejet d'une consonne + *e* muet en début de ligne. Il faut également éviter de faire coïncider la coupure du mot avec le trait d'union, marque d'unité lexicale ou syntaxique.

B - Division étymologique

Le mot peut être coupé selon ses éléments d'origine, en cas de composition encore manifeste (ex. : *in-stable, bio-sphère*).

II. MARQUE DE RÉUNION D'ÉLÉMENTS FORMANT UNE UNITÉ NOUVELLE

A - Unité lexicale

Le trait d'union comme marque du mot composé (doté d'un sens nouveau par rapport à ses constituants) est en concurrence avec la simple juxtaposition *(compte rendu)* et l'agglutination *(portefeuille)*.

Dans l'histoire de la langue, on note la tendance à l'intégration du mot composé par agglutination (dans *Dic. Ac.* 1935 par ex., suppression du trait d'union pour *primesautier* ou *contrecoup*).

1. Actuellement, l'usage du trait d'union, quoique non systématique, est fréquent :

– En cas de changement de catégories grammaticales, par ex. : de nom issu :

- d'une locution adverbiale (ex. : *un hors-la-loi*) ;
- d'un syntagme prépositionnel (ex. : *un après-midi*) ;
- d'un élément verbal et de son complément (ex. : *un ouvre-boîtes*) ;
- d'une phrase (ex. : *le qu'en-dira-t-on*).

– En cas d'emploi métonymique (ex. : *un rouge-gorge*).

– En cas de composition avec un élément vieilli ne pouvant plus être dissocié ou en emploi figé (ex. : *pêle-mêle, rez-de-chaussée, grand-mère*).

– En cas de composition avec élément sous-entendu (ex. : *timbre-poste* [timbre *pour* la poste] ; *franco-anglais* [français *et* anglais]).

– Pour distinguer le composé du groupe syntaxique homonyme (ex. : *pot de vin/pot-de-vin*).

2. Le trait d'union est de règle :

– Après *saint* pour les noms de fêtes, de lieux ou d'édifices (ex. : *la Saint-Jean, l'église Saint-Sulpice*).

L'Académie écrit aussi *Sainte-Alliance, Saint-Empire, Saint-Esprit, Esprit-Saint, Saint-Office, Saint-Père, Saint-Siège, Sainte-Trinité,* mais *Sainte Vierge* et *Saint Sépulchre.*

– Pour les prénoms composés usuels (ex. : *Jean-Paul*).

– Dans l'administration française, entre les éléments des noms de localités ou de rues (ex. : *rue Henri-Martin*).

– Dans les composés de *né* (ex. : *artiste-né*, *nouveau-né*).

3. Pour les mots composés avec préfixes ou prépositions, il y a emploi systématique du trait d'union pour les mots formés avec :

après, *arrière*, *avant*, *demi* (sauf *à demi* + adjectif), *ex* (marquant l'état antérieur), *mi*, *non* (+ nom), *nu*, *quasi* (+ nom), *semi*, *sous*, *vice*.

Pour les autres préfixes, l'usage est varié (v. **23** II) et souvent peu cohérent (v. par ex. : les mots composés avec *contre* dans le dictionnaire). Pour des créations de circonstance ou des créations récentes, le trait d'union est privilégié. Il peut être utilisé en cas de finale vocalique du préfixe pour éviter une mauvaise lecture au contact d'une autre voyelle (ex. : *micro-onde*).

Ainsi, avec *anti*, le trait d'union apparaît devant les noms propres ou devant un deuxième élément commençant par *i (anti-Atlas, anti-infectieux)*, avec *intra*, devant un second élément commençant par une voyelle *(intra-utérin)* et pour *intra-muros*.

L'on note la soudure pour les composés avec *anté*, *co*, *extra*, *hyper*, *hypo*, *inter*, *para*, *pré*, *sub*, *super*, *sur*.

Le trait d'union est en usage pour les composés avec un adjectif en *-o* (ex. : *austro-hongrois*, *franco-polonais*).

> L'utilisation du trait d'union dans les noms composés est une des questions controversées de l'orthographe actuelle. L'arrêté de 1901 tolérait l'absence du trait d'union. CSLF 1990 a proposé d'écrire soudés les noms composés (comme *croque-monsieur*, *chauve-souris*, *ping-pong*, *ex-libris*, *cow-boy*), dont les composantes ne correspondent plus au lexique ou à la syntaxe actuels, ou dont le premier élément est un verbe, ou qui sont fondés sur des radicaux onomatopéiques, ou qui sont des emprunts étrangers.
> Dans ses recommandations aux lexicographes, CSLF 1990 a préconisé la soudure pour les noms composés d'un élément verbal suivi d'une forme nominale ou de *tout* ; d'une particule invariable ; des préfixes *extra*, *infra*, *intra*, *ultra* ; d'éléments nominaux et adjectivaux peu analysables ; d'onomatopées ; d'éléments savants et pour les noms composés d'origine étrangère. Le trait d'union ne survivrait qu'en cas de composition libre ; pour marquer une relation de coordination entre deux éléments *(franco-italien)* et lorsque le nom composé est employé métaphoriquement (*langue-de-bœuf* en cuisine). Les réactions d'hostilité ont été violentes.

B - Unité syntaxique

Le trait d'union est d'emploi systématique :

1. Entre le verbe et les pronoms personnels sujets ou objets (+ *ce*, *on*, *en* et *y*) immédiatement postposés (ex. : *dit-il*, *allons-nous-en*).
Mais le trait d'union est absent si le pronom est complément d'un infinitif qui suit (ex. : *va le voir*, *va en donner*).

2. Avec le *t* euphonique (ex. : *aime-t-il ?*).

3. Dans les nombres composés inférieurs à 100 et non reliés par *et* (ex. : *quatre-vingt-cinq*) ; v. **19** III **D**.

4. Entre le pronom personnel et *même* (ex. : *lui-même*).

5. Avec *ci* et *là* en composition avec un pronom démonstratif, un nom précédé du démonstratif, un adverbe ou un participe (ex. : *celui-là*, *cet homme-ci*, *ci-dessous*), sauf *là contre*, *de là*, *dès là* et *par là* quand il n'est pas employé dans l'expression *par-ci par-là*.

6. Dans les locutions adverbiales composées de *au* ou *par* et de *deçà*, *dedans*, *dehors*, *delà*, *dessous*, *dessus*, *derrière*, *devant* (ex. : *par-devant*, *au-delà*).
On note l'absence de trait d'union pour les locutions formées avec *en* (ex. : *en dedans*).

L'arrêté de 1901 tolérait l'absence de trait d'union dans tous les cas précités. CSLF 1990 a proposé de lier par le trait d'union tous les éléments formant un nombre complexe.

26 tréma

Ce signe, introduit en 1531 par Sylvius, est employé exclusivement sur *i*, *u* et *e*. Il marque la disjonction de voyelles contiguës qui ne doivent pas être considérées comme un digramme (ex. : *haïe* [ai] s'oppose à *haie* [ɛ]).

Placé, à l'exception de *ïambe*, sur le second élément, le tréma indique ainsi une prononciation distincte de la voyelle précédente.

L'usage du tréma n'est pas systématique (ex. : *ouïr*/ *oui* ; *ambiguïté*/ *linguistique*) et, pour marquer la disjonction, il est en concurrence avec le *h* (ex. : *haïr*/ *trahir*).

I. PRONONCIATION DISYLLABIQUE DE *aï, oï, uï, ouï, aü, oë, aë*

Le tréma est d'emploi systématique lorsqu'il y a possibilité de confusion avec un digramme ; dans les autres cas, sa présence, sans justification fonctionnelle, est irrégulière.

Il est toujours employé sur *aï* et *oï*, puisqu'il pourrait y avoir confusion avec les digrammes *ai* et *oi* (ex. : *haïr*, *héroïne*). Il en est de même pour *oïn* à différencier de *oin* (ex. : *coïncider*).

Pour *uï*, il survit, d'une part, dans la famille de mots d'*amuïr*, qui s'oppose à tous les autres cas d'emploi de *ui* (ex. : *fuite*, *nuit*, *acuité*) et, d'autre part, après *g*, où il retrouve une fonction de distinction d'homonyme (v. plus loin, III).

Pour *ouï*, les mots de la famille de *ouïr* sont en désaccord avec l'usage courant de *oui*.

Sur *éi*, où il y a pourtant ambiguïté avec le graphème *ei*, la disjonction est marquée exclusivement par l'accent (ex. : *protéine*, *simultanéité*).

Sur le *u*, dans le cas de *aü*, le tréma permet la différenciation avec le diagramme *au* (ex. : *capharnaüm*, *Esaü*).

Sur le *e*, à part le groupe *uë* après *g* où il a une fonction distinctive (v. plus loin, III), il est d'emploi abusif après *o* et *a* (puisque l'existence des graphèmes *æ* et *œ* devrait permettre d'éviter toute confusion ; mais ces deux graphèmes, absents des claviers de machines à écrire et d'ordinateurs, sont en voie d'extinction). *Canoë*, *Noël*, *foëne*, *Joël*, sont encore dotés du tréma, mais, dans *Dic. Ac.* 1878, le tréma de *poëte* a été remplacé par l'accent grave.

La graphie *aë* se trouve seulement dans des noms propres (ex. : *Israël*) ; dans les noms *Staël* et *Saint-Saëns*, le *e* n'est pas prononcé.

II. PRONONCIATION [j] DU *i*

Le tréma est employé sur le *i* placé entre deux voyelles pour noter le son [j] (ex. : *aïeul*).

Le nom *ïambe* et ses dérivés conservent le souvenir du temps où le tréma servait à distinguer le *i* voyelle et le *i* consonne (le *j* actuel).

III. PRONONCIATION DU *u* APRÈS *g*

Le tréma sert à distinguer *g* + *u* du digramme *gu*.

A - Prononciation [gɥi] du groupe *guï* : *ambiguïté*, *contiguïté* et *exiguïté*. Mais le tréma est absent de *aiguille* et de *linguiste*.

B - Prononciation [gy] du groupe *guë* : *aiguë*, *ciguë*. Mais le tréma est absent de *arguer*.

La langue n'a pas développé d'emploi du tréma dans le groupe *qui* (ex. : *ubiquité*) où il aurait permis toutefois d'éviter les confusions entre [ki] et [kɥi].

Comme, dans le cas de *guë*, le tréma surmonte une voyelle non prononcée, l'Académie, en 1975, avait décidé d'employer le tréma sur la lettre prononcée *u* et d'en étendre l'emploi à des mots en *geu* prononcés [ʒy] : *gageure*, *mangeure*, *rongeure*, *vergeure* et au *u* de *arguer* pour éviter une mauvaise prononciation (CSLF 1990 a fait les mêmes prescriptions). Mais cette règle qui fait porter le tréma sur une lettre toujours prononcée va à l'encontre de l'habitude de l'emploi du tréma sur la seconde voyelle.

En fait, la présence du tréma sur la seconde voyelle pourrait être généralisée comme marque de disjonction en cas d'ambiguïté avec d'autres digrammes.

DEUXIÈME PARTIE

CONJUGAISON

La langue française compte environ 12 000 verbes qui se répartissent traditionnellement en trois classes.

- La classe des verbes du 1er groupe, en *-er*, réunit plus des neuf dixièmes des verbes français. Elle s'enrichit régulièrement de créations.
- La classe des verbes du 2e groupe, en *-ir*, avec à certains temps l'affixe *-iss-* (qui provient d 'un élément *-isc-* présent dans certains verbes latins), comprend quelque 300 verbes et est également disponible pour la création lexicale.
- La classe des verbes du 3e groupe, très hétérogène, regroupe environ 350 verbes irréguliers avec infinitif en *-ir, -oir, -re.* Certains de ses verbes, au cours des siècles, sont passés dans la classe précédente, plusieurs sont défectifs et la langue populaire leur préfère des verbes de formation régulière ; *émouvoir* cède ainsi le pas à *émotionner, résoudre* à *solutionner.*

Les formes du verbe, qui constituent sa conjugaison, varient en fonction de la personne (6 personnes), de la voix (active : *il blesse*; passive : *il est blessé* ou pronominale : *il se blesse*), du mode (indicatif, subjonctif, impératif, infinitif, participe), et du temps (présent, imparfait, futur, etc.). Chaque mode comporte des formes simples *(j'aime)*, des formes composées *(j'ai aimé)* et éventuellement des formes surcomposées *(j'ai eu aimé).* Les verbes impersonnels ne sont usités qu'à l'infinitif et à la troisième personne du singulier. Certains verbes sont toujours impersonnels *(il pleut)*, d'autres occasionnellement *(il paraît).*

I. LES VOIX

A - La voix active

La voix active est la seule voix à présenter des formes simples pour les temps simples : *j'aime, j'aimais*, etc.

1. Les temps composés sont formés avec l'auxiliaire *avoir (j'ai aimé)* ou *être (je suis tombé)*.

Avoir est employé pour tous les verbes transitifs directs (*vt* dans le dictionnaire), transitifs indirects *(vti)*, pour de nombreux verbes intransitifs *(vi)* et la plupart des verbes impersonnels *(vimp)*.

> Les verbes transitifs directs sont des verbes construits avec un complément d'objet direct, les verbes transitifs indirects avec un complément d'objet indirect et les verbes intransitifs sans complément.

Être est d'usage pour certains verbes intransitifs marquant un changement d'état ou un mouvement, comme *devenir (il est devenu riche), partir (je suis parti)* et pour quelques verbes employés impersonnellement.

Des verbes intransitifs offrent un double emploi : *avoir* pour exprimer l'action et *être* pour exprimer l'état résultant de cette action *(le film a commencé ; le film est commencé)*.

> Les verbes se conjuguant avec l'auxiliaire *être* sont signalés dans le dictionnaire.

2. Les temps surcomposés (absents des tableaux) sont constitués des formes composées de l'auxiliaire *avoir* ou *être* et du participe passé.

Indicatif :		
passé surcomposé	*j'ai*	*eu fini,*
	j'ai	*été parti*
plus-que-parfait surcomposé	*j'avais*	*eu fini,*
	j'avais	*été parti*
futur antérieur surcomposé	*j'aurai*	*eu fini,*
	j'aurai	*été parti*
conditionnel surcomposé	*j'aurais*	*eu fini,*
	j'aurais	*été parti*
Subjonctif :		
passé surcomposé	*q. j'aie*	*eu fini,*
	q. j'aie	*été parti*
infinitif passé surcomposé	*avoir*	*eu fini,*
	avoir	*été parti*
participe passé surcomposé	*ayant*	*eu fini,*
	ayant	*été parti*

B - La voix passive

Elle se forme avec l'auxiliaire *être* et le participe passé du verbe concerné accordé en genre et en nombre avec le sujet :

il	*est aimé*
elle	*est aimée*
ils	*sont aimés*
elles	*sont aimées*

Les formes surcomposées existent aussi au passif :

j'ai	*eu été aimé,e*
j'avais	*eu été aimé,e*
j'aurai	*eu été aimé,e*
j'aurais	*eu été aimé,e*
q. j'aie	*eu été aimé,e*
avoir	*eu été aimé,e*
ayant	*eu été aimé,e*

C - La voix pronominale

La voix pronominale se caractérise par :

– La présence d'un pronom complément :

je	*me*	*lève*
tu	*te*	*lèves*
il	*se*	*lève*
nous	*nous*	*levons*
vous	*vous*	*levez*
ils	*se*	*lèvent*

Ce pronom apparaît à l'impératif après le verbe : *lève-toi, levons-nous, levez-vous.*

– L'utilisation de l'auxiliaire *être* aux temps composés *(il s'est levé).*

Les formes surcomposées sont aussi employées dans la conjugaison pronominale : *je me suis eu habillé,* etc.

Les verbes peuvent être essentiellement pronominaux, c'est-à-dire d'emploi exclusivement pronominal, ou occasionnellement pronominaux.

Dans le répertoire, *(se) vpr* désigne un verbe toujours pronominal ; *repentir (se) vpr* est un verbe toujours pronominal ; *tromper vt, vpr* est un verbe occasionnellement pronominal.

II. LES TEMPS SIMPLES DE LA VOIX ACTIVE

Les tableaux de conjugaison suivants fournissent les temps simples et les temps composés de la voix active. Alors que, pour ces derniers, il y a une régularité des paradigmes, toujours prévisibles à partir du participe passé et des temps simples de l'auxiliaire *avoir*, il n'en est pas de même des formes simples et c'est à partir de leurs caractéristiques que se font les classifications.

Chaque forme simple est composée d'un radical + éventuellement d'un morphème propre au temps concerné (-[*e*]*r* par exemple pour le futur) + éventuellement d'un élément *ai-*/*-i-* + des marques de personne et de nombre :

j'aim-er-ai-s comporte ces quatre éléments, mais *j'aim-e* n'en compte que deux.

Le tableau de la page suivante fournit les finales des différents modes et temps (à l'exception des verbes *être, avoir* et *aller*).

> Un *t* euphonique est utilisé depuis le XVIIe siècle entre une troisième personne du singulier terminée par *e* ou par *a* et le sujet *il, elle* ou *on* inversé : *aime-t-il?, viendra-t-il?, aima-t-elle?* Il est analogique des formes verbales terminées par un *t* prononcés en liaison devant initiale vocalique : *vient-il?*

Indicatif présent

Les verbes du 1er groupe sont caractérisés par les marques :

-e,-es, -e, -ons, -ez, -ent.

Elles sont aussi employées pour les verbes des types *ouvrir* (C19), *assaillir* (C20) et *cueillir* (C21).

> En cas d'inversion du pronom sujet, à la première personne du singulier, le *e* (qui est alors prononcé) est doté d'un accent qui marque la prononciation [ɛ] : *aimè-je* (v. 2 II A).

Les verbes du 2e et du 3e groupe ont les marques :

-s ou *-x, -s* ou *-x, -t* ou *-ø, -ons, -ez, -ent.*

x se substitue à *-s* aux deux premières personnes de *pouvoir, vouloir* et *valoir.*

À la 3e personne du singulier, il y a absence de marque dans les verbes en *-cre, -tre* et certains verbes en *-dre.*

Le verbe *faire* conserve les anciennes formes : *faites, font* et le verbe *dire*, la forme *dites.*

LES DÉSINENCES VERBALES

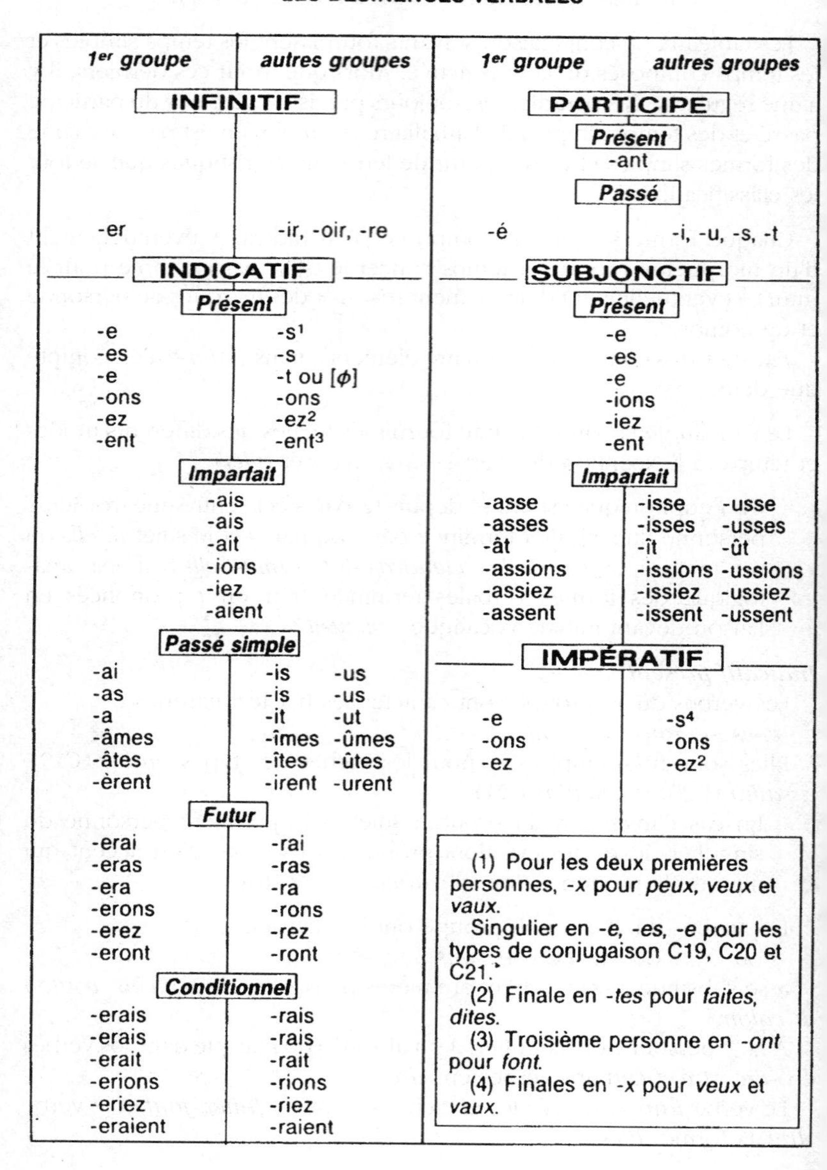

INFINITIF

1er groupe	autres groupes
-er	-ir, -oir, -re

INDICATIF

Présent

1er groupe	autres groupes
-e	-s[1]
-es	-s
-e	-t ou [ϕ]
-ons	-ons
-ez	-ez[2]
-ent	-ent[3]

Imparfait

1er groupe et autres groupes
-ais
-ais
-ait
-ions
-iez
-aient

Passé simple

1er groupe	autres groupes	
-ai	-is	-us
-as	-is	-us
-a	-it	-ut
-âmes	-îmes	-ûmes
-âtes	-îtes	-ûtes
-èrent	-irent	-urent

Futur

1er groupe	autres groupes
-erai	-rai
-eras	-ras
-era	-ra
-erons	-rons
-erez	-rez
-eront	-ront

Conditionnel

1er groupe	autres groupes
-erais	-rais
-erais	-rais
-erait	-rait
-erions	-rions
-eriez	-riez
-eraient	-raient

PARTICIPE

Présent

1er groupe et autres groupes
-ant

Passé

1er groupe	autres groupes
-é	-i, -u, -s, -t

SUBJONCTIF

Présent

1er groupe et autres groupes
-e
-es
-e
-ions
-iez
-ent

Imparfait

1er groupe	autres groupes	
-asse	-isse	-usse
-asses	-isses	-usses
-ât	-ît	-ût
-assions	-issions	-ussions
-assiez	-issiez	-ussiez
-assent	-issent	-ussent

IMPÉRATIF

1er groupe	autres groupes
-e	-s[4]
-ons	-ons
-ez	-ez[2]

(1) Pour les deux premières personnes, *-x* pour *peux, veux* et *vaux.*
Singulier en *-e, -es, -e* pour les types de conjugaison C19, C20 et C21.

(2) Finale en *-tes* pour *faites, dites.*

(3) Troisième personne en *-ont* pour *font.*

(4) Finales en *-x* pour *veux* et *vaux.*

Indicatif imparfait

Pour tous les verbes, il est caractérisé par la présence de *-ai* aux trois premières personnes et à la troisième personne du pluriel et de *-i-* aux deux premières personnes du pluriel :

-ai-s, -ai-s, -ai-t, -i-ons, -i-ez, -ai-ent.

Passé simple

Les verbes du 1er groupe se distinguent par des marques non homogènes :

-ai, -as, -a, -âmes, âtes, -èrent.

Les autres verbes (à l'exception du type *venir*, C28) ont des marques homogènes, soit en *-i-*, soit en *-u-* :

-is, is, -it, -îmes, -îtes, -irent.

-us, -us, -ut, -ûmes, -ûtes, -urent.

Futur

Il est caractérisé par le morphème *-er-* pour les verbes du 1er groupe, *-r-* pour les autres verbes, suivi des marques : *-ai, -as, -a, -ons, -ez, -ont.*

Ces marques correspondent aux finales du présent de l'indicatif du verbe *avoir* : le futur français provient d'une périphrase latine formée de l'infinitif du verbe latin et de l'indicatif présent du verbe *habere (amare habeo = «j'ai à aimer»).*

Conditionnel

Il a le même morphème *-er-* ou *-r-* que le futur et les mêmes finales que l'indicatif imparfait.

Il est issu d'une périphrase latine formée avec l'infinitif du verbe et l'imparfait du verbe *habere (amare habebam= «j'avais à aimer»).*

Subjonctif présent

Ses marques sont identiques pour tous les verbes :

-e, -es, -e, -i-ons, -i-ez, -ent.

À l'exception des première et deuxième personnes du pluriel (qui sont homonymes de celles de l'imparfait, sauf pour *avoir, être, savoir* et *pouvoir*), elles sont semblables à celles du présent de l'indicatif des verbes du 1er groupe.

Subjonctif imparfait

Ce temps a la même voyelle spécifique que le passé simple : *-a-, -i-* ou *-u-*. Il y a unité, pour tous les verbes, des marques de personnes et de nombre :

-sse, -sses, -^t, -ssions, -ssiez, -ssent.

Impératif

Ses formes (à l'exception des verbes *être, avoir, vouloir* et *savoir*) se sont confondues avec celles de l'indicatif présent. La première et la deuxième personne du pluriel de ces deux temps sont identiques (formes en *-ons* et *-ez* + *dites* et *faites*).

L'évolution phonétique depuis le latin a rendu la 2e personne du singulier semblable à la 1re personne de l'indicatif présent. Elle se caractérise donc par la présence d'un *e* pour les verbes du premier groupe *(aime, mange)* et les quelques verbes du troisième groupe à l'indicatif présent en *-e* (C19, C20, C21 : *ouvre, assaille, cueille*) ; par la présence d'un *s* dans les autres cas *(viens, prends)*, avec la variante *-x* pour *veux* et *vaux*.

> Lorsque la 2e personne du singulier des verbes à l'impératif en *-e* est utilisée devant *en* ou *y*, non suivis d'un infinitif, elle est dotée d'un *-s* : *manges-en, offres-en.*

L'impératif des quatre verbes qui font exception provient du subjonctif latin ; leur 2e personne du singulier est toutefois, selon la règle générale, soit en *e*, soit en *s* : *aie, sache, veuille, sois.*

Pour l'emploi du trait d'union et de l'apostrophe après l'impératif, v. **25** II **B** et **8** I **A**.

Participe présent

Invariable, il est formé avec le suffixe *-ant.*

Gérondif

Il est de même forme que le participe présent et précédé de *en.*

Pour des raisons de commodité matérielle, il n'a pas été marqué dans les tableaux de conjugaison.

Participe passé

Les verbes du 1er groupe ont toujours un participe passé en *-é (chanté* ; ceux du 2e en *-i (fini)* ; ceux du 3e en *-i, -u, -s* ou *-t.* Mis à part le cas de quelques verbes qui ont un participe passé invariable, le participe varie en genre et en nombre.

III. LES RADICAUX DES FORMES SIMPLES

La multiplicité des formes (96 formes pour le paradigme d'un verbe à la voix active) ne doit pas cacher certaines constantes et l'apprentissage de la graphie des verbes irréguliers peut se faire à partir de quelques règles valables dans tous les cas, à l'exception de *être, avoir, aller.*

Il est nécessaire de connaître le participe passé, les radicaux du présent (P1, P2, P3), du futur (F) et du passé simple (PS). À partir de ces radicaux, on peut prévoir le radical d'un certain nombre d'autres formes.

P1 - Radical des trois premières personnes de l'indicatif présent

⇨ 2° personne du singulier de l'impératif qui est semblable à la 1re personne de l'indicatif présent (à l'exception de *savoir* et *vouloir*) ;

je vois ⇨ *vois.*

P2 - Radical de la 1re et de la 2e personne du pluriel de l'indicatif présent

⇨ impératif pluriel : les formes étant homonymes (sauf pour *savoir* et *vouloir*) ;

⇨ subjonctif présent : 1re et 2e personnes du pluriel (sauf pour *savoir, pouvoir, faire* et les verbes en *-cer* et *-ger*) ;

⇨ imparfait de l'indicatif (à noter que les deux premières personnes du pluriel de l'imparfait sont semblables à celles du subjonctif présent [sauf pour *savoir* et *pouvoir*]) ;

⇨ participe présent (sauf *savoir* et *pouvoir*) ;

nous voyons ⇨ impératif : *voyons*
subjonctif présent : *voyons*
imparfait : *voyais*
participe présent : *voyant.*

Dans le cas de *dire* et de *faire*, le radical de la 1re et de la 2e personne du pluriel n'est pas identique (les formes *dites* et *faites* se retrouvent à la 2e personne de l'impératif pluriel).

P3 - Radical de la 3e personne de l'indicatif présent

⇨ trois premières personnes du singulier + la 3e personne du pluriel du subjonctif présent (sauf pour *savoir, pouvoir, valoir, vouloir, faire*).

P3 peut être égal, selon les verbes, à P1 ou à P2.
ils voient ⇨ *voie.*

F - Radical du futur

⇨ conditionnel ;
verrai ⇨ *verrais.*
Pour les verbes du 1er et du 2e groupe (réguliers), le radical est prévisible à partir de l'infinitif :
aimer ⇨ *aimerai*
finir ⇨ *finirai.*

PS - Radical du passé simple

⇨ plus-que-parfait du subjonctif ;
vis ⇨ *visse.*
Pour les verbes du 1er groupe, il se confond avec le radical de l'infinitif auquel on ajoute *a.* Pour les verbes du 3e groupe, la forme est à apprendre, tout comme l'appartenance du verbe aux participes passés en *i* ou *u.*

Les irrégularités dans les radicaux proviennent généralement de diversités dans l'accentuation des formes latines, entraînant des évolutions phonétiques différentes. Ainsi l'alternance *je viens/nous venons* est due à l'opposition entre *venio* (accentué sur le *e*) et *venimus* (accentué sur le *i*).

Même si toutes les alternances d'accent, en raison de la nature de la voyelle ou de sa place dans la syllabe, n'ont pas abouti à une alternance vocalique, les trois premières personnes du singulier et la troisième personne du pluriel de l'indicatif présent, du subjonctif présent et la deuxième personne du singulier de l'impératif avaient fréquemment un radical fort (c'est-à-dire accentué). L'ancien français connaissait ainsi *tu aimes, nous amons ; tu pleures, nous plourons.*

De nombreux verbes se sont ultérieurement alignés par analogie ; *nous veons* est devenu *nous voyons.* Mais il subsiste encore des cas d'alternance dans les verbes du troisième groupe *(je bois, nous buvons)* ; dans ceux du premier groupe, une alternance ancienne, devenue une alternance en [ɛ] / [ə] au XVIIe siècle, explique les formes *il jette, nous jetons.*

Le futur était à l'origine formé sur un radical faible (*amare habeo* accentué sur le *a* de *habeo*), d'où les cas de divergences entre le radical de l'infinitif accentué *(voir)* et celui du futur non accentué *(verrai)*, parfois réduites (comme pour *pourvoir, pourvoirai*).

En ancien français, l'alternance affectait aussi certains passés simples, mais l'analogie a été en ce domaine pleinement efficace.

IV. CLASSEMENT DES VERBES IRRÉGULIERS

Le classement traditionnel, toujours requis par les consignes officielles, présente un grand nombre d'inconvénients qui ont été maintes fois signalés.

S'il semble valide pour les deux premiers groupes, dont il permet de décliner la conjugaison dans la majorité des cas, ce classement masque certaines caractéristiques propres notamment au groupe I, et qui semblent faire exception à sa régularité. Ainsi le verbe *envoyer* possède trois bases distinctes ; son futur en particulier n'est pas prévisible à partir de l'infinitif *(j'enverrai)*. De la même manière, les verbes dont l'avant-dernière syllabe à l'infinitif possède un *e* instable [ə] (type *achever*) font alterner deux bases (*j'achève/nous achevons* : [ɛ [/] ə]) ; enfin les verbes en *-yer* possèdent également deux bases *(je nettoie/nous nettoyons)*.

Mais la principale critique tient à la constitution du groupe III, véritable fourre-tout. Sa division en sous-groupes selon la finale d'infinitif masque des rapprochements nécessaires entre verbes : ainsi *partir* se conjugue sur le même modèle que *battre*, de même que *répandre* ou *vaincre*, en dépit de leurs infinitifs différents : ils font alterner une base courte, aux rangs P1, P2, P3 de l'indicatif présent *(je pars, tu répands, il vainc)* et une base longue consonantique ailleurs (*nous partons, vous répandrez, il vainquait)*. On réunit inversement des verbes dont la conjugaison diffère : *résoudre* et *coudre* par exemple. Surtout, certains verbes du groupe III gagneraient à être rapprochés du groupe I : c'est le cas des verbes en *-clure*, de *courir* et ses dérivés, qui ne possèdent qu'une seule base, et plus encore des verbes en *-frir, -vrir* et *-aillir*, ainsi que *cueillir* et ses dérivés, dont les désinences à l'indicatif présent sont les mêmes que le verbe *aimer*. Le verbe *voir*, autre exemple, se comporte en fait comme *envoyer* (alternance *voy/voi/verr : voy-ons/voi-r/verr-a)*.

On le voit, les critiques qui ont été formulées s'appuient sur un principe de discrimination différent : plutôt que de se fonder sur la finale d'infinitif, une solution a été proposée qui tient compte du **nombre de**

bases orales pour un verbe. Ainsi, pour Jean Dubois, *Grammaire structurale du français – le verbe*, sept groupes peuvent être distingués (en exceptant le passé simple), de *être* (verbe à 7 bases) à *aimer, ouvrir, cueillir, assaillir, conclure, courir* (verbes à 1 base).

Cette classification met en valeur des relations occultées par les classements traditionnels, comme entre *voir* et *envoyer* (tous deux verbes à trois bases). Toutefois, elle masque aussi les variations qui affectent des verbes avec un nombre de base différent, mais très voisins (*pourvoir* [verbe à deux bases] et *voir* par exemple).

À l'intérieur de chaque groupe, des sous-groupes doivent être constitués pour former des modèles de conjugaison, ce qui complique sensiblement les choses ; en outre ce classement, pour fonctionner, exclut les formes du passé simple et la forme adjective, difficilement prévisibles en raison d'importantes évolutions phonétiques. C'est dire qu'en dépit de l'intérêt que présente ce modèle, plus rigoureux, plus cohérent et plus opératoire pour la compréhension des mécanismes de conjugaison que le classement traditionnel, sa relative complexité en interdit une présentation exhaustive et en limite l'application pédagogique dans les classes élémentaires. Par ailleurs, comme on l'a vu, il ne saurait dispenser de l'apprentissage systématique de nombreux verbes types.

Un classement à partir des formes écrites a été adopté ici.

Les tableaux suivants donnent la conjugaison à la voix active :

1 - des auxiliaires *être* (C1) et *avoir* (C2) ;

2 - des verbes réguliers du 1er et du 2e groupe : *aimer* (C3) et *finir* (C4) ;

4 - des verbes avec irrégularités :

- du 1er groupe (C5 à C17) :
- du 2e groupe (C18) ;
- du 3e groupe (C19 à C65).

A - Pour les verbes du premier groupe, les divergences entre conjugaisons tiennent à :

1. La diversité d'origine pour le verbe *aller* (C5), dont les formes proviennent des verbes latins *ire, vadere* et *ambulare.*

2. L'ambiguïté de la prononciation du *c* et du *g* qui entraîne pour les verbes en *-cer* l'emploi d'une cédille devant les finales en *a* ou *o* (C6

- type *tracer*) et, pour les verbes en *-ger*, l'emploi de la graphie *ge* (C7 - type *ranger*).

3. L'alternance vocalique [ɛ] / [ə] (C8 - type *peser*) avec le cas particulier des verbes en *-eter* ou *-eler*, le [ɛ] pouvant alors être marqué :

● soit par l'accent grave (C9 - type *peler*),

● soit, beaucoup plus fréquemment, par le doublement de la consonne (C10 - type *appeler*) ;

– ou l'alternance vocalique [ɛ] / [e], le [ɛ] étant noté par l'accent grave, le [e] par l'accent aigu (C11 - type *céder*).

Certains verbes cumulent le problème du *c* et de l'alternance vocalique (C12 - type en *-écer : rapiécer*) ou du *g* et de l'alternance vocalique (C13 - type en *-éger : assiéger*).

Les verbes en *-éer* (C14), quoique ayant une alternance à l'oral entre [ɛ] et [e], ont un radical toujours identique.

4. La transformation du *y* du radical en *i* quand disparaît la prononciation [j] (c.à.d. devant *e* muet) :

● transformation facultative (verbes en *-ayer*, C15 - type *payer*) ;

● transformation obligatoire (verbes en *oyer* ou *-uyer*, C16 - type *choyer*).

Envoyer et *renvoyer* (C17) ont de plus un radical du futur irrégulier. CLSF 1990 proposait d'unifier les verbes en *-eler* et *-eter* sur *peler* (à l'exception de *jeter* et d'*appeler*).

B - Les verbes du deuxième groupe (C4 - type *finir*) n'offrent d'irrégularité que celle du verbe *haïr* (C18), imputable à la présence du tréma.

Dans la classe des verbes en *-ir*, on note toutefois deux distributions sémantiques :

● *bénir* fait au participe passé *bénit* pour les choses consacrées par une bénédiction rituelle *(pain bénit / eau bénite)* et *béni* dans les autres cas ;

● *fleurir* au sens de « prospérer » peut être doté de l'imparfait *florissait* et du participe présent *florissant*.

C - Dans le troisième groupe, les verbes en *-ir* se présentent :

1. Avec une désinence *-e* identique à celle des verbes en *-er* aux trois personnes du singulier de l'indicatif présent et à la 2e personne du singulier de l'impératif :

– verbes en *-frir, -vrir* (C19 - type *ouvrir*) ;
– verbes en *-aillir* (C20 - type *assaillir*) ;
– verbes en *-cueillir* (C21 - type *cueillir*), avec futur identique à celui des verbes en *-er.*

2. Avec désinence *-s* au présent de l'indicatif :
– à radical court au singulier de l'indicatif présent (C22 - type *bouillir*; C23 - type *mentir*) ;
– à radical constant à l'indicatif présent (C24 - type *vêtir*; C25 - type *courir*) ;
– à alternance de la voyelle du radical aux présents et à l'impératif (C26 - type *mourir*; C27 - type *requérir*; C28 - type *venir*) ;
– à alternance de *i* et de *y* tenant à une prononciation du [j] (C29 - type *fuir*).

D - Les verbes en *oir* ont souvent une alternance vocalique aux présents :

1. Elle est en *oi/oy* pour les formes avec prononciation du [j] (C30 - type *voir* et C31 - type *surseoir*), verbes dont l'alternance ancienne *voi/veons* a été réduite par analogie.

Le verbe *asseoir* (C32) offre toutefois une concurrence entre des formes en *oi/oy* et l'ancienne alternance *ie* pour le singulier et *ey* pour le pluriel.

2. Elle est en *ai/a* (C33 - type *savoir*) entre singulier et pluriel de l'indicatif présent et de l'impératif.

3. Elle provient de l'ancienne vocalisation du *l* devant consonne aux formes du singulier (C34 - type *valoir*).

4. Cette vocalisation du *l* se double d'une alternance en *eu/ou* pour le verbe *vouloir* (C35).

Cette même alternance en *eu/ou* est présente dans les verbes du type *pouvoir* (C36) et du type *mouvoir* (C37).

5. L'ancienne alternance *oi/e* affecte les verbes du type *devoir* (C38) et du type *décevoir* (C39).

Dans la classe des verbes en *-oir, savoir, valoir, vouloir, pouvoir* ont des subjonctifs à radical particulier.

E - Les verbes en *-re*, par rapport à ceux en *-oir*, ont tous un futur de formation régulière.

Certains sont de même type que *vêtir* avec, au présent, une absence de marque de 3e personne du singulier (C40 - type *vaincre*; C41 - type *pendre*) et de plus une alternance au présent (C42 - type *prendre*). La plupart ont un radical court particulier aux trois premières personnes du singulier de l'indicatif présent, alors que le radical du pluriel est marqué dans la prononciation par l'adjonction d'une consonne :

- verbes en *-dre* : C43 - type *feindre*; C44 - type *résoudre*; C45 - type *coudre*; C46 - type *moudre*;
- en *-tre* : C47 - type *battre* et C48 - type *mettre*, caractérisés par le doublement de la consonne ;
- en *-vre* : C49 - type *vivre*; C50 - type *suivre*;
- en *-re* : C51 - type *écrire*; C52 - type *rire* (la différence [ri / rij] n'est pas marquée dans l'écriture) ; C53 - type *lire*; C54 - type *dire*; C55 - type *suffire*; C56 - type *déduire*.

Font exception les verbes du type *exclure* (C57), de radical unique au présent ; des types *traire* (C58) et *faire* (C59), où les 1re et 2e personnes du pluriel s'opposent aux autres.

Le type *plaire* (C60) et les verbes en *-tre* (types *paraître* [C61], *naître* [C62], *croître* [C63]), qui suivent la norme des verbes en *-re* pour le radical du présent, offrent de plus un accent circonflexe sur les formes pourvues d'un *t*.

Les verbes en *-oire* se signalent, contrairement aux autres verbes en *-re*, par l'alternance entre *oi* et *oy*, qui rapproche le type *croire* (C64) du type *voir*, et par la survivance de l'alternance vocalique pour le type *boire* (C65).

AVERTISSEMENT POUR LA LECTURE DES TABLEAUX

Dans les tableaux suivants, pour les verbes qui se conjuguent avec le verbe *être*, les temps composés sont donnés au masculin. Avec un sujet au féminin, il y a accord avec le sujet :

il est venu ; elle est venue
ils sont venus ; elles sont venues.

Le gérondif, non fourni dans les tableaux, se forme avec le participe présent précédé de *en*.

L'abréviation *q.* correspond au *que* qui accompagne traditionnellement la conjugaison du subjonctif, mais dont la présence avant le subjonctif, même si elle est très fréquente, n'a rien d'obligatoire (v. par exemple, *Vivent les vacances !*).

La dénomination scolaire de *conditionnel passé 2e forme*, non retenue ici, s'applique en fait à certains emplois du plus-que-parfait du subjonctif qui se rapprochent de ceux du conditionnel passé. Elle n'a aucune base morphologique et devrait être abandonnée.

Le conditionnel, conformément aux données linguistiques actuelles, a été intégré au mode de l'indicatif.

1 ÊTRE

INFINITIF

Présent	*Passé*	
être	avoir	été

PARTICIPE

Présent	*Passé*	
étant	été	
	ayant	été

INDICATIF

Présent	*Passé composé*	
je suis	j' ai	été
tu es	tu as	été
il est	il a	été
ns sommes	ns avons	été
vs êtes	vs avez	été
ils sont	ils ont	été

Imparfait	*Plus-que-parfait*	
j' étais	j' avais	été
tu étais	tu avais	été
il était	il avait	été
ns étions	ns avions	été
vs étiez	vs aviez	été
ils étaient	ils avaient	été

Passé simple	*Passé antérieur*	
je fus	j' eus	été
tu fus	tu eus	été
il fut	il eut	été
ns fûmes	ns eûmes	été
vs fûtes	vs eûtes	été
ils furent	ils eurent	été

Futur simple	*Futur antérieur*	
je serai	j' aurai	été
tu seras	tu auras	été
il sera	il aura	été
ns serons	ns aurons	été
vs serez	vs aurez	été
ils seront	ils auront	été

Conditionnel présent	*Conditionnel passé*	
je serais	j' aurais	été
tu serais	tu aurais	été
il serait	il aurait	été
ns serions	ns aurions	été
vs seriez	vs auriez	été
ils seraient	ils auraient	été

SUBJONCTIF

Présent	*Passé*	
q. je sois	q. j' aie	été
tu sois	tu aies	été
il soit	il ait	été
ns soyons	ns ayons	été
vs soyez	vs ayez	été
ils soient	ils aient	été

Imparfait	*Plus-que-parfait*	
q. je fusse	q. j' eusse	été
tu fusses	tu eusses	été
il fût	il eût	été
ns fussions	ns eussions	été
vs fussiez	vs eussiez	été
ils fussent	ils eussent	été

IMPÉRATIF

Présent	*Passé*	
sois	aie	été
soyons	ayons	été
soyez	ayez	été

- Utilisé comme auxiliaire pour la voix passive avec un participe passé accordé en genre et en nombre avec le sujet (ex.: *je suis aimé,e*, etc.).
- Utilisé comme auxiliaire aux temps composés de la voix active de certains verbes avec un participe passé accordé en genre et en nombre avec le sujet (ex.: *je suis venu,e*, etc.).
- Utilisé comme auxiliaire aux temps composés de tous les verbes à la voix pronominale (ex. *je me suis levé,e*, etc.).
- Participe passé *été* toujours invariable.

INFINITIF

Présent	*Passé*
avoir	avoir eu

PARTICIPE

Présent	*Passé*
ayant	eu, e
	ayant eu

INDICATIF

Présent	*Passé composé*
j' ai	j' ai eu
tu as	tu as eu
il a	il a eu
ns avons	ns avons eu
vs avez	vs avez eu
ils ont	ils ont eu

Imparfait	*Plus-que-parfait*
j' avais	j' avais eu
tu avais	tu avais eu
il avait	il avait eu
ns avions	ns avions eu
vs aviez	vs aviez eu
ils avaient	ils avaient eu

Passé simple	*Passé antérieur*
j' eus	j' eus eu
tu eus	tu eus eu
il eut	il eut eu
ns eûmes	ns eûmes eu
vs eûtes	vs eûtes eu
ils eurent	ils eurent eu

Futur simple	*Futur antérieur*
j' aurai	j' aurai eu
tu auras	tu auras eu
il aura	il aura eu
ns aurons	ns aurons eu
vs aurez	vs aurez eu
ils auront	ils auront eu

Conditionnel présent	*Conditionnel passé*
j' aurais	j' aurais eu
tu aurais	tu aurais eu
il aurait	il aurait eu
ns aurions	ns aurions eu
vs auriez	vs auriez eu
ils auraient	ils auraient eu

SUBJONCTIF

Présent	*Passé*
q. j' aie	q. j' aie eu
tu aies	tu aies eu
il ait	il ait eu
ns ayons	ns ayons eu
vs ayez	vs ayez eu
ils aient	ils aient eu

Imparfait	*Plus-que-parfait*
q. j' eusse	q. j' eusse eu
tu eusses	tu eusses eu
il eût	il eût eu
ns eussions	ns eussions eu
vs eussiez	vs eussiez eu
ils eussent	ils eussent eu

IMPÉRATIF

Présent	*Passé*
aie	aie eu
ayons	ayons eu
ayez	ayez eu

● Utilisé comme auxiliaire aux temps composés de la voix active de la plupart des verbes, avec un participe passé dont l'accord dépend de la position du complément d'objet direct (v. **6** III).

3 Verbes en *-er* : AIMER

INFINITIF

Présent	*Passé*	
aimer	avoir	aimé

PARTICIPE

Présent	*Passé*	
aimant	aimé, e	
	ayant	aimé

INDICATIF

Présent	*Passé composé*	
j' aime	j' ai	aimé
tu aimes	tu as	aimé
il aime	il a	aimé
ns aimons	ns avons	aimé
vs aimez	vs avez	aimé
ils aiment	ils ont	aimé

Imparfait	*Plus-que-parfait*	
j' aimais	j' avais	aimé
tu aimais	tu avais	aimé
il aimait	il avait	aimé
ns aimions	ns avions	aimé
vs aimiez	vs aviez	aimé
ils aimaient	ils avaient	aimé

Passé simple	*Passé antérieur*	
j' aimai	j' eus	aimé
tu aimas	tu eus	aimé
il aima	il eut	aimé
ns aimâmes	ns eûmes	aimé
vs aimâtes	vs eûtes	aimé
ils aimèrent	ils eurent	aimé

Futur simple	*Futur antérieur*	
j' aimerai	j' aurai	aimé
tu aimeras	tu auras	aimé
il aimera	il aura	aimé
ns aimerons	ns aurons	aimé
vs aimerez	vs aurez	aimé
ils aimeront	ils auront	aimé

Conditionnel présent	*Conditionnel passé*	
j' aimerais	j' aurais	aimé
tu aimerais	tu aurais	aimé
il aimerait	il aurait	aimé
ns aimerions	ns aurions	aimé
vs aimeriez	vs auriez	aimé
ils aimeraient	ils auraient	aimé

SUBJONCTIF

Présent	*Passé*	
q. j' aime	q. j' aie	aimé
tu aimes	tu aies	aimé
il aime	il ait	aimé
ns aimions	ns ayons	aimé
vs aimiez	vs ayez	aimé
ils aiment	ils aient	aimé

Imparfait	*Plus-que-parfait*	
q. j' aimasse	q. j' eusse	aimé
tu aimasses	tu eusses	aimé
il aimât	il eût	aimé
ns aimassions	ns eussions	aimé
vs aimassiez	vs eussiez	aimé
ils aimassent	ils eussent	aimé

IMPÉRATIF

Présent	*Passé*	
aime	aie	aimé
aimons	ayons	aimé
aimez	ayez	aimé

- Type de conjugaison régulière des verbes du 1er groupe.

INFINITIF

Présent	Passé	
finir	avoir	fini

PARTICIPE

Présent	Passé	
finissant	fini, e	
	ayant	fini

INDICATIF

Présent	Passé composé	
je finis	j' ai	fini
tu finis	tu as	fini
il finit	il a	fini
ns finissons	ns avons	fini
vs finissez	vs avez	fini
ils finissent	ils ont	fini

Imparfait	Plus-que-parfait	
je finissais	j' avais	fini
tu finissais	tu avais	fini
il finissait	il avait	fini
ns finissions	ns avions	fini
vs finissiez	vs aviez	fini
ils finissaient	ils avaient	fini

Passé simple	Passé antérieur	
je finis	j' eus	fini
tu finis	tu eus	fini
il finit	il eut	fini
ns finîmes	ns eûmes	fini
vs finîtes	vs eûtes	fini
ils finirent	ils eurent	fini

Futur simple	Futur antérieur	
je finirai	j' aurai	fini
tu finiras	tu auras	fini
il finira	il aura	fini
ns finirons	ns aurons	fini
vs finirez	vs aurez	fini
ils finiront	ils auront	fini

Conditionnel présent	Conditionnel passé	
je finirais	j' aurais	fini
tu finirais	tu aurais	fini
il finirait	il aurait	fini
ns finirions	ns aurions	fini
vs finiriez	vs auriez	fini
ils finiraient	ils auraient	fini

SUBJONCTIF

Présent	Passé	
q. je finisse	q. j' aie	fini
tu finisses	tu aies	fini
il finisse	il ait	fini
ns finissions	ns ayons	fini
vs finissiez	vs ayez	fini
ils finissent	ils aient	fini

Imparfait	Plus-que-parfait	
q. je finisse	q. j' eusse	fini
tu finisses	tu eusses	fini
il finît	il eût	fini
ns finissions	ns eussions	fini
vs finissiez	vs eussiez	fini
ils finissent	ils eussent	fini

IMPÉRATIF

Présent	Passé	
finis	aie	fini
finissons	ayons	fini
finissez	ayez	fini

● Type de conjugaison régulière des verbes du 2e groupe.

5 ALLER

INFINITIF

Présent	Passé	
aller	être	allé

PARTICIPE

Présent	Passé	
allant	allé, e	
	étant	allé

INDICATIF

Présent	Passé composé	
je vais	je suis	allé
tu vas	tu es	allé
il va	il est	allé
ns allons	ns sommes	allés
vs allez	vs êtes	allés
ils vont	ils sont	allés

Imparfait	Plus-que-parfait	
j' allais	j' étais	allé
tu allais	tu étais	allé
il allait	il était	allé
ns allions	ns étions	allés
vs alliez	vs étiez	allés
ils allaient	ils étaient	allés

Passé simple	Passé antérieur	
j' allai	je fus	allé
tu allas	tu fus	allé
il alla	il fut	allé
ns allâmes	ns fûmes	allés
vs allâtes	vs fûtes	allés
ils allèrent	ils furent	allés

Futur simple	Futur antérieur	
j' irai	je serai	allé
tu iras	tu seras	allé
il ira	il sera	allé
ns irons	ns serons	allés
vs irez	vs serez	allés
ils iront	ils seront	allés

Conditionnel présent	Conditionnel passé	
j' irais	je serais	allé
tu irais	tu serais	allé
il irait	il serait	allé
ns irions	ns serions	allés
vs iriez	vs seriez	allés
ils iraient	ils seraient	allés

SUBJONCTIF

Présent	Passé	
q. j' aille	q. je sois	allé
tu ailles	tu sois	allé
il aille	il soit	allé
ns allions	ns soyons	allés
vs alliez	vs soyez	allés
ils aillent	ils soient	allés

Imparfait	Plus-que-parfait	
q. j' allasse	q. je fusse	allé
tu allasses	tu fusses	allé
il allât	il fût	allé
ns allassions	ns fussions	allés
vs allassiez	vs fussiez	allés
ils allassent	ils fussent	allés

IMPÉRATIF

Présent	Passé	
va	sois	allé
allons	soyons	allés
allez	soyez	allés

- Formé sur trois radicaux d'origines différentes.
- *S'en aller* offre une conjugaison identique. Aux temps composés, l'auxiliaire *être* se place entre *en* et *allé*: *je m'en suis allé*, etc. Les formes de l'impératif sont: *va-t'en, allons-nous-en, allez-vous-en.*

INFINITIF

Présent	*Passé*
tracer	avoir tracé

PARTICIPE

Présent	*Passé*
traçant	tracé, e
	ayant tracé

INDICATIF

Présent	*Passé composé*
je trace	j' ai tracé
tu traces	tu as tracé
il trace	il a tracé
ns traçons	ns avons tracé
vs tracez	vs avez tracé
ils tracent	ils ont tracé

Imparfait	*Plus-que-parfait*
je traçais	j' avais tracé
tu traçais	tu avais tracé
il traçait	il avait tracé
ns tracions	ns avions tracé
vs traciez	vs aviez tracé
ils traçaient	ils avaient tracé

Passé simple	*Passé antérieur*
je traçai	j' eus tracé
tu traças	tu eus tracé
il traça	il eut tracé
ns traçâmes	ns eûmes tracé
vs traçâtes	vs eûtes tracé
ils tracèrent	ils eurent tracé

Futur simple	*Futur antérieur*
je tracerai	j' aurai tracé
tu traceras	tu auras tracé
il tracera	il aura tracé
ns tracerons	ns aurons tracé
vs tracerez	vs aurez tracé
ils traceront	ils auront tracé

Conditionnel présent	*Conditionnel passé*
je tracerais	j' aurais tracé
tu tracerais	tu aurais tracé
il tracerait	il aurait tracé
ns tracerions	ns aurions tracé
vs traceriez	vs auriez tracé
ils traceraient	ils auraient tracé

SUBJONCTIF

Présent	*Passé*
q. je trace	q. j' aie tracé
tu traces	tu aies tracé
il trace	il ait tracé
ns tracions	ns ayons tracé
vs traciez	vs ayez tracé
ils tracent	ils aient tracé

Imparfait	*Plus-que-parfait*
q. je traçasse	q. j' eusse tracé
tu traçasses	tu eusses tracé
il traçât	il eût tracé
ns traçassions	ns eussions tracé
vs traçassiez	vs eussiez tracé
ils traçassent	ils eussent tracé

IMPÉRATIF

Présent	*Passé*
trace	aie tracé
traçons	ayons tracé
tracez	ayez tracé

● Présence d'un ç devant *a* et *o* pour maintenir le son [s] du *c* à toutes les personnes.

INFINITIF

Présent	*Passé*
ranger	avoir rangé

PARTICIPE

Présent	*Passé*
rangeant	rangé, e
	ayant rangé

INDICATIF

Présent	*Passé composé*
je range	j' ai rangé
tu ranges	tu as rangé
il range	il a rangé
ns rangeons	ns avons rangé
vs rangez	vs avez rangé
ils rangent	ils ont rangé

Imparfait	*Plus-que-parfait*
je rangeais	j' avais rangé
tu rangeais	tu avais rangé
il rangeait	il avait rangé
ns rangions	ns avions rangé
vs rangiez	vs aviez rangé
ils rangeaient	ils avaient rangé

Passé simple	*Passé antérieur*
je rangeai	j' eus rangé
tu rangeas	tu eus rangé
il rangea	il eut rangé
ns rangeâmes	ns eûmes rangé
vs rangeâtes	vs eûtes rangé
ils rangèrent	ils eurent rangé

Futur simple	*Futur antérieur*
je rangerai	j' aurai rangé
tu rangeras	tu auras rangé
il rangera	il aura rangé
ns rangerons	ns aurons rangé
vs rangerez	vs aurez rangé
ils rangeront	ils auront rangé

Conditionnel présent	*Conditionnel passé*
je rangerais	j' aurais rangé
tu rangerais	tu aurais rangé
il rangerait	il aurait rangé
ns rangerions	ns aurions rangé
vs rangeriez	vs auriez rangé
ils rangeraient	ils auraient rangé

SUBJONCTIF

Présent	*Passé*
q. je range	q. j' aie rangé
tu ranges	tu aies rangé
il range	il ait rangé
ns rangions	ns ayons rangé
vs rangiez	vs ayez rangé
ils rangent	ils aient rangé

Imparfait	*Plus-que-parfait*
q. je rangeasse	q. j' eusse rangé
tu rangeasses	tu eusses rangé
il rangeât	il eût rangé
ns rangeassions	ns eussions rangé
vs rangeassiez	vs eussiez rangé
ils rangeassent	ils eussent rangé

IMPÉRATIF

Présent	*Passé*
range	aie rangé
rangeons	ayons rangé
rangez	ayez rangé

- Conservation du *e* après le *g* devant *a* et *o* pour maintenir le son [ʒ] du *g*.

INFINITIF

Présent	Passé
peser	avoir pesé

PARTICIPE

Présent	Passé
pesant	pesé, e ayant pesé

INDICATIF

Présent	Passé composé
je pèse	j' ai pesé
tu pèses	tu as pesé
il pèse	il a pesé
ns pesons	ns avons pesé
vs pesez	vs avez pesé
ils pèsent	ils ont pesé

Imparfait	Plus-que-parfait
je pesais	j' avais pesé
tu pesais	tu avais pesé
il pesait	il avait pesé
ns pesions	ns avions pesé
vs pesiez	vs aviez pesé
ils pesaient	ils avaient pesé

Passé simple	Passé antérieur
je pesai	j' eus pesé
tu pesas	tu eus pesé
il pesa	il eut pesé
ns pesâmes	ns eûmes pesé
vs pesâtes	vs eûtes pesé
ils pesèrent	ils eurent pesé

Futur simple	Futur antérieur
je pèserai	j' aurai pesé
tu pèseras	tu auras pesé
il pèsera	il aura pesé
ns pèserons	ns aurons pesé
vs pèserez	vs aurez pesé
ils pèseront	ils auront pesé

Conditionnel présent	Conditionnel passé
je pèserais	j' aurais pesé
tu pèserais	tu aurais pesé
il pèserait	il aurait pesé
ns pèserions	ns aurions pesé
vs pèseriez	vs auriez pesé
ils pèseraient	ils auraient pesé

SUBJONCTIF

Présent	Passé
q. je pèse	q. j' aie pesé
tu pèses	tu aies pesé
il pèse	il ait pesé
ns pesions	ns ayons pesé
vs pesiez	vs ayez pesé
ils pèsent	ils aient pesé

Imparfait	Plus-que-parfait
q. je pesasse	q. j' eusse pesé
tu pesasses	tu eusses pesé
il pesât	il eût pesé
ns pesassions	ns eussions pesé
vs pesassiez	vs eussiez pesé
ils pesassent	ils eussent pesé

IMPÉRATIF

Présent	Passé
pèse	aie pesé
pesons	ayons pesé
pesez	ayez pesé

- Verbes en *-er* dont l'avant-dernière voyelle est un *e* (à l'exception des verbes en *-eler* et *-eter*).
- Accent grave présent sur le *e*, pour marquer le son [ɛ], lorsqu'il est suivi d'une syllabe comportant un *e* muet.

9 Verbes en *-eler* ou *-eter* : PELER

INFINITIF

Présent	*Passé*	
peler	avoir	pelé

PARTICIPE

Présent	*Passé*	
pelant	pelé, e	
	ayant	pelé

INDICATIF

Présent	*Passé composé*	
je pèle	j' ai	pelé
tu pèles	tu as	pelé
il pèle	il a	pelé
ns pelons	ns avons	pelé
vs pelez	vs avez	pelé
ils pèlent	ils ont	pelé

Imparfait	*Plus-que-parfait*	
je pelais	j' avais	pelé
tu pelais	tu avais	pelé
il pelait	il avait	pelé
ns pelions	ns avions	pelé
vs peliez	vs aviez	pelé
ils pelaient	ils avaient	pelé

Passé simple	*Passé antérieur*	
je pelai	j' eus	pelé
tu pelas	tu eus	pelé
il pela	il eut	pelé
ns pelâmes	ns eûmes	pelé
vs pelâtes	vs eûtes	pelé
ils pelèrent	ils eurent	pelé

Futur simple	*Futur antérieur*	
je pèlerai	j' aurai	pelé
tu pèleras	tu auras	pelé
il pèlera	il aura	pelé
ns pèlerons	ns aurons	pelé
vs pèlerez	vs aurez	pelé
ils pèleront	ils auront	pelé

Conditionnel présent	*Conditionnel passé*	
je pèlerais	j' aurais	pelé
tu pèlerais	tu aurais	pelé
il pèlerait	il aurait	pelé
ns pèlerions	ns aurions	pelé
vs pèleriez	vs auriez	pelé
ils pèleraient	ils auraient	pelé

SUBJONCTIF

Présent	*Passé*	
q. je pèle	q. j' aie	pelé
tu pèles	tu aies	pelé
il pèle	il ait	pelé
ns pelions	ns ayons	pelé
vs peliez	vs ayez	pelé
ils pèlent	ils aient	pelé

Imparfait	*Plus-que-parfait*	
q. je pelasse	q. j' eusse	pelé
tu pelasses	tu eusses	pelé
il pelât	il eût	pelé
ns pelassions	ns eussions	pelé
vs pelassiez	vs eussiez	pelé
ils pelassent	ils eussent	pelé

IMPÉRATIF

Présent	*Passé*	
pèle	aie	pelé
pelons	ayons	pelé
pelez	ayez	pelé

● En concurrence avec le type suivant pour les verbes en *-eler* et *-eter*.

Verbes concernés : *celer, ciseler, déceler, (dé)congeler, (dé)geler, démanteler, écarteler, s'encasteler, harceler, marteler, (re)modeler, peler, receler, regeler, surgeler, (r)acheter, bégueter, breveter, corseter, crocheter, fileter, fureter, haleter.*

● Comme dans le type précédent, accent grave présent sur le *e* pour marquer le son [ɛ], lorsqu'il est suivi d'une syllabe comportant un *e* muet.

INFINITIF

Présent	*Passé*
appeler	avoir appelé

PARTICIPE

Présent	*Passé*
appelant	appelé, e ayant appelé

INDICATIF

Présent	*Passé composé*
j' appelle	j' ai appelé
tu appelles	tu as appelé
il appelle	il a appelé
ns appelons	ns avons appelé
vs appelez	vs avez appelé
ils appellent	ils ont appelé

Imparfait	*Plus-que-parfait*
j' appelais	j' avais appelé
tu appelais	tu avais appelé
il appelait	il avait appelé
ns appelions	ns avions appelé
vs appeliez	vs aviez appelé
ils appelaient	ils avaient appelé

Passé simple	*Passé antérieur*
j' appelai	j' eus appelé
tu appelas	tu eus appelé
il appela	il eut appelé
ns appelâmes	ns eûmes appelé
vs appelâtes	vs eûtes appelé
ils appelèrent	ils eurent appelé

Futur simple	*Futur antérieur*
j' appellerai	j' aurai appelé
tu appelleras	tu auras appelé
il appellera	il aura appelé
ns appellerons	ns aurons appelé
vs appellerez	vs aurez appelé
ils appelleront	ils auront appelé

Conditionnel présent	*Conditionnel passé*
j' appellerais	j' aurais appelé
tu appellerais	tu aurais appelé
il appellerait	il aurait appelé
ns appellerions	ns aurions appelé
vs appelleriez	vs auriez appelé
ils appelleraient	ils auraient appelé

SUBJONCTIF

Présent	*Passé*
q. j' appelle	q. j' aie appelé
tu appelles	tu aies appelé
il appelle	il ait appelé
ns appelions	ns ayons appelé
vs appeliez	vs ayez appelé
ils appellent	ils aient appelé

Imparfait	*Plus-que-parfait*
q. j' appelasse	q. j' eusse appelé
tu appelasses	tu eusses appelé
il appelât	il eût appelé
ns appelassions	ns eussions appelé
vs appelassiez	vs eussiez appelé
ils appelassent	ils eussent appelé

IMPÉRATIF

Présent	*Passé*
appelle	aie appelé
appelons	ayons appelé
appelez	ayez appelé

● Type plus fréquent que le précédent pour les verbes en *-eler* et *-eter*. Pour les verbes ne se conjuguant pas sur ce type, v. la liste donnée pour la conjugaison C 9.

● Doublement de la consonne *l* ou *t* pour marquer le son [ɛ] du *e*, lorsqu'il est suivi d'une syllabe comportant un *e* muet.

INFINITIF

Présent	*Passé*	
céder	avoir	cédé

PARTICIPE

Présent	*Passé*	
cédant	cédé, e	
	ayant	cédé

INDICATIF

Présent	*Passé composé*	
je cède	j' ai	cédé
tu cèdes	tu as	cédé
il cède	il a	cédé
ns cédons	ns avons	cédé
vs cédez	vs avez	cédé
ils cèdent	ils ont	cédé
Imparfait	***Plus-que-parfait***	
je cédais	j' avais	cédé
tu cédais	tu avais	cédé
il cédait	il avait	cédé
ns cédions	ns avions	cédé
vs cédiez	vs aviez	cédé
ils cédaient	ils avaient	cédé
Passé simple	***Passé antérieur***	
je cédai	j' eus	cédé
tu cédas	tu eus	cédé
il céda	il eut	cédé
ns cédâmes	ns eûmes	cédé
vs cédâtes	vs eûtes	cédé
ils cédèrent	ils eurent	cédé
Futur simple	***Futur antérieur***	
je cèderai	j' aurai	cédé
tu cèderas	tu auras	cédé
il cèdera	il aura	cédé
ns cèderons	ns aurons	cédé
vs cèderez	vs aurez	cédé
ils cèderont	ils auront	cédé
Conditionnel présent	***Conditionnel passé***	
je cèderais	j' aurais	cédé
tu cèderais	tu aurais	cédé
il cèderait	il aurait	cédé
ns cèderions	ns aurions	cédé
vs cèderiez	vs auriez	cédé
ils cèderaient	ils auraient	cédé

SUBJONCTIF

Présent	*Passé*	
q. je cède	q. j' aie	cédé
tu cèdes	tu aies	cédé
il cède	il ait	cédé
ns cédions	ns ayons	cédé
vs cédiez	vs ayez	cédé
ils cèdent	ils aient	cédé
Imparfait	***Plus-que-parfait***	
q. je cédasse	q. j' eusse	cédé
tu cédasses	tu eusses	cédé
il cédât	il eût	cédé
ns cédassions	ns eussions	cédé
vs cédassiez	vs eussiez	cédé
ils cédassent	ils eussent	cédé

IMPÉRATIF

Présent	*Passé*	
cède	aie	cédé
cédons	ayons	cédé
cédez	ayez	cédé

- Le *é* [e] devient è [ɛ] devant une syllabe finale avec *e* muet.
- Depuis *Dic. Ac.* 1992, *è* au futur et au conditionnel en remplacement du *é* qui était indûment utilisé alors qu'il y a prononciation en [ɛ].

INFINITIF

Présent	*Passé*	
rapiécer	avoir	rapiécé

PARTICIPE

Présent	*Passé*	
rapiéçant	rapiécé, e	
	ayant	rapiécé

INDICATIF

Présent	*Passé composé*	
je rapièce	j' ai	rapiécé
tu rapièces	tu as	rapiécé
il rapièce	il a	rapiécé
ns rapiéçons	ns avons	rapiécé
vs rapiécez	vs avez	rapiécé
ils rapiècent	ils ont	rapiécé

Imparfait	*Plus-que-parfait*	
je rapiéçais	j' avais	rapiécé
tu rapiéçais	tu avais	rapiécé
il rapiéçait	il avait	rapiécé
ns rapiécions	ns avions	rapiécé
vs rapiéciez	vs aviez	rapiécé
ils rapiéçaient	ils avaient	rapiécé

Passé simple	*Passé antérieur*	
je rapiéçai	j' eus	rapiécé
tu rapiéças	tu eus	rapiécé
il rapiéça	il eut	rapiécé
ns rapiéçâmes	ns eûmes	rapiécé
vs rapiéçâtes	vs eûtes	rapiécé
ils rapiécèrent	ils eurent	rapiécé

Futur simple	*Futur antérieur*	
je rapiècerai	j' aurai	rapiécé
tu rapièceras	tu auras	rapiécé
il rapiècera	il aura	rapiécé
ns rapiècerons	ns aurons	rapiécé
vs rapiècerez	vs aurez	rapiécé
ils rapièceront	ils auront	rapiécé

Conditionnel présent	*Conditionnel passé*	
je rapiècerais	j' aurais	rapiécé
tu rapiècerais	tu aurais	rapiécé
il rapiècerait	il aurait	rapiécé
ns rapiècerions	ns aurions	rapiécé
vs rapièceriez	vs auriez	rapiécé
ils rapièceraient	ils auraient	rapiécé

SUBJONCTIF

Présent	*Passé*	
q. je rapièce	q. j' aie	rapiécé
tu rapièces	tu aies	rapiécé
il rapièce	il ait	rapiécé
ns rapiécions	ns ayons	rapiécé
vs rapiéciez	vs ayez	rapiécé
ils rapiècent	ils aient	rapiécé

Imparfait	*Plus-que-parfait*	
q. je rapiéçasse	q. j' eusse	rapiécé
tu rapiéçasses	tu eusses	rapiécé
il rapiéçât	il eût	rapiécé
ns rapiéçassions	ns eussions	rapiécé
vs rapiéçassiez	vs eussiez	rapiécé
ils rapiéçassent	ils eussent	rapiécé

IMPÉRATIF

Présent	*Passé*	
rapièce	aie	rapiécé
rapiéçons	ayons	rapiécé
rapiécez	ayez	rapiécé

Double particularité :

- *c* ⇨ *ç* devant *a* et *o*, comme dans le type C6 ;
- *é* [e] ⇨ *è* [ɛ] devant une syllabe finale avec *e* muet, comme dans le type C11.

13 Verbes en *-éger* : ASSIÉGER

INFINITIF

Présent	*Passé*	
assiéger	avoir	assiégé

PARTICIPE

Présent	*Passé*	
assiégeant	assiégé, e	
	ayant	assiégé

INDICATIF

Présent	*Passé composé*	
j' assiège	j' ai	assiégé
tu assièges	tu as	assiégé
il assiège	il a	assiégé
ns assiégeons	ns avons	assiégé
vs assiégez	vs avez	assiégé
ils assiègent	ils ont	assiégé

Imparfait	*Plus-que-parfait*	
j' assiégeais	j' avais	assiégé
tu assiégeais	tu avais	assiégé
il assiégeait	il avait	assiégé
ns assiégions	ns avions	assiégé
vs assiégiez	vs aviez	assiégé
ils assiégeaient	ils avaient	assiégé

Passé simple	*Passé antérieur*	
j' assiégeai	j' eus	assiégé
tu assiégeas	tu eus	assiégé
il assiégea	il eut	assiégé
ns assiégeâmes	ns eûmes	assiégé
vs assiégeâtes	vs eûtes	assiégé
ils assiégèrent	ils eurent	assiégé

Futur simple	*Futur antérieur*	
j' assiègerai	j' aurai	assiégé
tu assiègeras	tu auras	assiégé
il assiègera	il aura	assiégé
ns assiègerons	ns aurons	assiégé
vs assiègerez	vs aurez	assiégé
ils assiègeront	ils auront	assiégé

Conditionnel présent	*Conditionnel passé*	
j' assiègerais	j' aurais	assiégé
tu assiègerais	tu aurais	assiégé
il assiègerait	il aurait	assiégé
ns assiègerions	ns aurions	assiégé
vs assiègeriez	vs auriez	assiégé
ils assiègeraient	ils auraient	assiégé

SUBJONCTIF

Présent	*Passé*	
q. j' assiège	q. j' aie	assiégé
tu assièges	tu aies	assiégé
il assiège	il ait	assiégé
ns assiégions	ns ayons	assiégé
vs assiégiez	vs ayez	assiégé
ils assiègent	ils aient	assiégé

Imparfait	*Plus-que-parfait*	
q. j' assiégeasse	q. j' eusse	assiégé
tu assiégeasses	tu eusses	assiégé
il assiégeât	il eût	assiégé
ns assiégeassions	ns eussions	assiégé
vs assiégeassiez	vs eussiez	assiégé
ils assiégeassent	ils eussent	assiégé

IMPÉRATIF

Présent	*Passé*	
assiège	aie	assiégé
assiégeons	ayons	assiégé
assiégez	ayez	assiégé

Double particularité :

- *ge* conservé devant *a* et *o*, comme dans le type C7 ;
- *é* [e] ⇨ *è* [ɛ] devant une syllabe finale avec *e* muet, comme dans le type C11.

INFINITIF

Présent	*Passé*
créer	avoir créé

PARTICIPE

Présent	*Passé*
créant	créé, e
	ayant créé

INDICATIF

Présent	*Passé composé*
je crée	j' ai créé
tu crées	tu as créé
il crée	il a créé
ns créons	ns avons créé
vs créez	vs avez créé
ils créent	ils ont créé

Imparfait	*Plus-que-parfait*
je créais	j' avais créé
tu créais	tu avais créé
il créait	il avait créé
ns créions	ns avions créé
vs créiez	vs aviez créé
ils créaient	ils avaient créé

Passé simple	*Passé antérieur*
je créai	j' eus créé
tu créas	tu eus créé
il créa	il eut créé
ns créâmes	ns eûmes créé
vs créâtes	vs eûtes créé
ils créèrent	ils eurent créé

Futur simple	*Futur antérieur*
je créerai	j' aurai créé
tu créeras	tu auras créé
il créera	il aura créé
ns créerons	ns aurons créé
vs créerez	vs aurez créé
ils créeront	ils auront créé

Conditionnel présent	*Conditionnel passé*
je créerais	j' aurais créé
tu créerais	tu aurais créé
il créerait	il aurait créé
ns créerions	ns aurions créé
vs créeriez	vs auriez créé
ils créeraient	ils auraient créé

SUBJONCTIF

Présent	*Passé*
q. je crée	q. j' aie créé
tu crées	tu aies créé
il crée	il ait créé
ns créions	ns ayons créé
vs créiez	vs ayez créé
ils créent	ils aient créé

Imparfait	*Plus-que-parfait*
q. je créasse	q. j' eusse créé
tu créasses	tu eusses créé
il créât	il eût créé
ns créassions	ns eussions créé
vs créassiez	vs eussiez créé
ils créassent	ils eussent créé

IMPÉRATIF

Présent	*Passé*
crée	aie créé
créons	ayons créé
créez	ayez créé

- Conjugaison identique au type *aimer*, C3.
- Maintien d'un radical *é* à toutes les personnes, malgré des différences de prononciation comparables à celles du type *céder*, C11.

15 Verbes en *-ayer* : PAYER

INFINITIF

Présent	***Passé***	
payer	avoir	payé

PARTICIPE

Présent	***Passé***	
payant	payé, e	
	ayant	payé

INDICATIF

Présent	***Passé composé***	
je paie	j' ai	payé
tu paies	tu as	payé
il paie	il a	payé
ns payons	ns avons	payé
vs payez	vs avez	payé
ils paient	ils ont	payé

Imparfait	***Plus-que-parfait***	
je payais	j' avais	payé
tu payais	tu avais	payé
il payait	il avait	payé
ns payions	ns avions	payé
vs payiez	vs aviez	payé
ils payaient	ils avaient	payé

Passé simple	***Passé antérieur***	
je payai	j' eus	payé
tu payas	tu eus	payé
il paya	il eut	payé
ns payâmes	ns eûmes	payé
vs payâtes	vs eûtes	payé
ils payèrent	ils eurent	payé

Futur simple	***Futur antérieur***	
je paierai	j' aurai	payé
tu paieras	tu auras	payé
il paiera	il aura	payé
ns paierons	ns aurons	payé
vs paierez	vs aurez	payé
ils paieront	ils auront	payé

Conditionnel présent	***Conditionnel passé***	
je paierais	j' aurais	payé
tu paierais	tu aurais	payé
il paierait	il aurait	payé
ns paierions	ns aurions	payé
vs paieriez	vs auriez	payé
ils paieraient	ils auraient	payé

SUBJONCTIF

Présent	***Passé***	
q. je paie	q. j' aie	payé
tu paies	tu aies	payé
il paie	il ait	payé
ns payions	ns ayons	payé
vs payiez	vs ayez	payé
ils paient	ils aient	payé

Imparfait	***Plus-que-parfait***	
q. je payasse	q. j' eusse	payé
tu payasses	tu eusses	payé
il payât	il eût	payé
ns payassions	ns eussions	payé
vs payassiez	vs eussiez	payé
ils payassent	ils eussent	payé

IMPÉRATIF

Présent	***Passé***	
paie	aie	payé
payons	ayons	payé
payez	ayez	payé

● Pour tous les verbes en *ayer*, deux séries de formes possibles :
— *ay* ⇨ *ai* devant *e* muet (avec disparition du son [j], ex. : *il paie* = [pɛ]) (formes données dans ce tableau) ;
— maintien en toutes positions de la graphie *y* (et du son [j], ex. : *il paye* = [pɛj]). V. type C3, type régulier sur lequel se conjuguent par ailleurs tous les verbes en *-eyer* qui, eux, n'offrent pas la possibilité de double graphie.

INFINITIF

Présent	*Passé*	
choyer	avoir	choyé

PARTICIPE

Présent	*Passé*	
choyant	choyé, e	
	ayant	choyé

INDICATIF

Présent	*Passé composé*	
je choie	j' ai	choyé
tu choies	tu as	choyé
il choie	il a	choyé
ns choyons	ns avons	choyé
vs choyez	vs avez	choyé
ils choient	ils ont	choyé

Imparfait	*Plus-que-parfait*	
je choyais	j' avais	choyé
tu choyais	tu avais	choyé
il choyait	il avait	choyé
ns choyions	ns avions	choyé
vs choyiez	vs aviez	choyé
ils choyaient	ils avaient	choyé

Passé simple	*Passé antérieur*	
je choyai	j' eus	choyé
tu choyas	tu eus	choyé
il choya	il eut	choyé
ns choyâmes	ns eûmes	choyé
vs choyâtes	vs eûtes	choyé
ils choyèrent	ils eurent	choyé

Futur simple	*Futur antérieur*	
je choierai	j' aurai	choyé
tu choieras	tu auras	choyé
il choiera	il aura	choyé
ns choierons	ns aurons	choyé
vs choierez	vs aurez	choyé
ils choieront	ils auront	choyé

Conditionnel présent	*Conditionnel passé*	
je choierais	j' aurais	choyé
tu choierais	tu aurais	choyé
il choierait	il aurait	choyé
ns choierions	ns aurions	choyé
vs choieriez	vs auriez	choyé
ils choieraient	ils auraient	choyé

SUBJONCTIF

Présent	*Passé*	
q. je choie	q. j' aie	choyé
tu choies	tu aies	choyé
il choie	il ait	choyé
ns choyions	ns ayons	choyé
vs choyiez	vs ayez	choyé
ils choient	ils aient	choyé

Imparfait	*Plus-que-parfait*	
q. je choyasse	q. j' eusse	choyé
tu choyasses	tu eusses	choyé
il choyât	il eût	choyé
ns choyassions	ns eussions	choyé
vs choyassiez	vs eussiez	choyé
ils choyassent	ils eussent	choyé

IMPÉRATIF

Présent	*Passé*	
choie	aie	choyé
choyons	ayons	choyé
choyez	ayez	choyé

- Changement du *y* en *i*: *oy* ⇨ *oi* et *uy* ⇨ *ui* devant *e* muet (formes où disparaît le son [j], ex.: *choie* [ʃwa] ≠ *choyons* [ʃwajɔ̃]). Correspond au type C15.
- Pour *(r)envoyer*, v. C17.

17 ENVOYER

INFINITIF

Présent	*Passé*	
envoyer	avoir	envoyé

PARTICIPE

Présent	*Passé*	
envoyant	envoyé, e	
	ayant	envoyé

INDICATIF

Présent	*Passé composé*	
j' envoie	j' ai	envoyé
tu envoies	tu as	envoyé
il envoie	il a	envoyé
ns envoyons	ns avons	envoyé
vs envoyez	vs avez	envoyé
ils envoient	ils ont	envoyé
Imparfait	***Plus-que-parfait***	
j' envoyais	j' avais	envoyé
tu envoyais	tu avais	envoyé
il envoyait	il avait	envoyé
ns envoyions	ns avions	envoyé
vs envoyiez	vs aviez	envoyé
ils envoyaient	ils avaient	envoyé
Passé simple	***Passé antérieur***	
j' envoyai	j' eus	envoyé
tu envoyas	tu eus	envoyé
il envoya	il eut	envoyé
ns envoyâmes	ns eûmes	envoyé
vs envoyâtes	vs eûtes	envoyé
ils envoyèrent	ils eurent	envoyé
Futur simple	***Futur antérieur***	
j' enverrai	j' aurai	envoyé
tu enverras	tu auras	envoyé
il enverra	il aura	envoyé
ns enverrons	ns aurons	envoyé
vs enverrez	vs aurez	envoyé
ils enverront	ils auront	envoyé
Conditionnel présent	***Conditionnel passé***	
j' enverrais	j' aurais	envoyé
tu enverrais	tu aurais	envoyé
il enverrait	il aurait	envoyé
ns enverrions	ns aurions	envoyé
vs enverriez	vs auriez	envoyé
ils enverraient	ils auraient	envoyé

SUBJONCTIF

Présent	*Passé*	
q. j' envoie	q. j' aie	envoyé
tu envoies	tu aies	envoyé
il envoie	il ait	envoyé
ns envoyions	ns ayons	envoyé
vs envoyiez	vs ayez	envoyé
ils envoient	ils aient	envoyé
Imparfait	***Plus-que-parfait***	
q. j' envoyasse	q. j' eusse	envoyé
tu envoyasses	tu eusses	envoyé
il envoyât	il eût	envoyé
ns envoyassions	ns eussions	envoyé
vs envoyassiez	vs eussiez	envoyé
ils envoyassent	ils eussent	envoyé

IMPÉRATIF

Présent	*Passé*	
envoie	aie	envoyé
envoyons	ayons	envoyé
envoyez	ayez	envoyé

● + *renvoyer.*

● Même conjugaison que le type précédent : *oy* ⇨ *oi* devant *e* (disparition du son [j]) ; mais radical du futur (et du conditionnel) irrégulier.

INFINITIF

Présent	Passé
haïr	avoir haï

PARTICIPE

Présent	Passé
haïssant	haï, e
	ayant haï

INDICATIF

Présent	Passé composé
je hais	j' ai haï
tu hais	tu as haï
il hait	il a haï
ns haïssons	ns avons haï
vs haïssez	vs avez haï
ils haïssent	ils ont haï

Imparfait	Plus-que-parfait
je haïssais	j' avais haï
tu haïssais	tu avais haï
il haïssait	il avait haï
ns haïssions	ns avions haï
vs haïssiez	vs aviez haï
ils haïssaient	ils avaient haï

Passé simple	Passé antérieur
je haïs	j' eus haï
tu haïs	tu eus haï
il haït	il eut haï
ns haïmes	ns eûmes haï
vs haïtes	vs eûtes haï
ils haïrent	ils eurent haï

Futur simple	Futur antérieur
je haïrai	j' aurai haï
tu haïras	tu auras haï
il haïra	il aura haï
ns haïrons	ns aurons haï
vs haïrez	vs aurez haï
ils haïront	ils auront haï

Conditionnel présent	Conditionnel passé
je haïrais	j' aurais haï
tu haïrais	tu aurais haï
il haïrait	il aurait haï
ns haïrions	ns aurions haï
vs haïriez	vs auriez haï
ils haïraient	ils auraient haï

SUBJONCTIF

Présent	Passé
q. je haïsse	q. j' aie haï
tu haïsses	tu aies haï
il haïsse	il ait haï
ns haïssions	ns ayons haï
vs haïssiez	vs ayez haï
ils haïssent	ils aient haï

Imparfait	Plus-que-parfait
q. je haïsse	q. j' eusse haï
tu haïsses	tu eusses haï
il haït	il eût haï
ns haïssions	ns eussions haï
vs haïssiez	vs eussiez haï
ils haïssent	ils eussent haï

IMPÉRATIF

Présent	Passé
hais	aie haï
haïssons	ayons haï
haïssez	ayez haï

- Type *finir* (C4) avec tréma sur le *i*, sauf aux trois premières personnes du présent de l'indicatif et à la 2e personne du singulier de l'impératif où le radical [ɛ] est graphié *ai*.
- Absence d'accent circonflexe au passé simple *(haïmes, haïtes)* et au subjonctif imparfait *(haït)*.

19 OUVRIR

INFINITIF

Présent	Passé	
ouvrir	avoir	ouvert

PARTICIPE

Présent	Passé	
ouvrant	ouvert, e	
	ayant	ouvert

INDICATIF

Présent	Passé composé	
j' ouvre	j' ai	ouvert
tu ouvres	tu as	ouvert
il ouvre	il a	ouvert
ns ouvrons	ns avons	ouvert
vs ouvrez	vs avez	ouvert
ils ouvrent	ils ont	ouvert

Imparfait	Plus-que-parfait	
j' ouvrais	j' avais	ouvert
tu ouvrais	tu avais	ouvert
il ouvrait	il avait	ouvert
ns ouvrions	ns avions	ouvert
vs ouvriez	vs aviez	ouvert
ils ouvraient	ils avaient	ouvert

Passé simple	Passé antérieur	
j' ouvris	j' eus	ouvert
tu ouvris	tu eus	ouvert
il ouvrit	il eut	ouvert
ns ouvrîmes	ns eûmes	ouvert
vs ouvrîtes	vs eûtes	ouvert
ils ouvrirent	ils eurent	ouvert

Futur simple	Futur antérieur	
j' ouvrirai	j' aurai	ouvert
tu ouvriras	tu auras	ouvert
il ouvrira	il aura	ouvert
ns ouvrirons	ns aurons	ouvert
vs ouvrirez	vs aurez	ouvert
ils ouvriront	ils auront	ouvert

Conditionnel présent	Conditionnel passé	
j' ouvrirais	j' aurais	ouvert
tu ouvrirais	tu aurais	ouvert
il ouvrirait	il aurait	ouvert
ns ouvririons	ns aurions	ouvert
vs ouvririez	vs auriez	ouvert
ils ouvriraient	ils auraient	ouvert

SUBJONCTIF

Présent	Passé	
q. j' ouvre	q. j' aie	ouvert
tu ouvres	tu aies	ouvert
il ouvre	il ait	ouvert
ns ouvrions	ns ayons	ouvert
vs ouvriez	vs ayez	ouvert
ils ouvrent	ils aient	ouvert

Imparfait	Plus-que-parfait	
q. j' ouvrisse	q. j' eusse	ouvert
tu ouvrisses	tu eusses	ouvert
il ouvrît	il eût	ouvert
ns ouvrissions	ns eussions	ouvert
vs ouvrissiez	vs eussiez	ouvert
ils ouvrissent	ils eussent	ouvert

IMPÉRATIF

Présent	Passé	
ouvre	aie	ouvert
ouvrons	ayons	ouvert
ouvrez	ayez	ouvert

- + composés de *ouvrir* et de *couvrir; offrir* et *souffrir.*
- Identité des finales du présent de l'indicatif, du subjonctif et de l'impératif avec celles des verbes en *-er*, C3.

INFINITIF

Présent	Passé
assaillir	avoir assailli

PARTICIPE

Présent	Passé
assaillant	assailli, e ayant assailli

INDICATIF

Présent	Passé composé
j' assaille	j' ai assailli
tu assailles	tu as assailli
il assaille	il a assailli
ns assaillons	ns avons assailli
vs assaillez	vs avez assailli
ils assaillent	ils ont assailli

Imparfait	Plus-que-parfait
j' assaillais	j' avais assailli
tu assaillais	tu avais assailli
il assaillait	il avait assailli
ns assaillions	ns avions assailli
vs assailliez	vs aviez assailli
ils assaillaient	ils avaient assailli

Passé simple	Passé antérieur
j' assaillis	j' eus assailli
tu assaillis	tu eus assailli
il assaillit	il eut assailli
ns assaillîmes	ns eûmes assailli
vs assaillîtes	vs eûtes assailli
ils assaillirent	ils eurent assailli

Futur simple	Futur antérieur
j' assaillirai	j' aurai assailli
tu assailliras	tu auras assailli
il assaillira	il aura assailli
ns assaillirons	ns aurons assailli
vs assaillirez	vs aurez assailli
ils assailliront	ils auront assailli

Conditionnel présent	Conditionnel passé
j' assaillirais	j' aurais assailli
tu assaillirais	tu aurais assailli
il assaillirait	il aurait assailli
ns assaillirions	ns aurions assailli
vs assailliriez	vs auriez assailli
ils assailliraient	ils auraient assailli

SUBJONCTIF

Présent	Passé
q. j' assaille	q. j' aie assailli
tu assailles	tu aies assailli
il assaille	il ait assailli
ns assaillions	ns ayons assailli
vs assailliez	vs ayez assailli
ils assaillent	ils aient assailli

Imparfait	Plus-que-parfait
q. j' assaillisse	q. j' eusse assailli
tu assaillisses	tu eusses assailli
il assaillît	il eût assailli
ns assaillissions	ns eussions assailli
vs assaillissiez	vs eussiez assailli
ils assaillissent	ils eussent assailli

IMPÉRATIF

Présent	Passé
assaille	aie assailli
assaillons	ayons assailli
assaillez	ayez assailli

- + *défaillir, tressaillir.*
- Identité des finales du présent de l'indicatif, du subjonctif et de l'impératif avec celles des verbes en *-er*, C3.
- Pour *défaillir*: survivances parallèlement des anciennes formes d'indicatif présent (ex.: *il défaut)* et de futur (ex.: *il défaudra).*
- Pour *faillir*, v. C 66 et pour *saillir* v. C 69.

21 CUEILLIR

INFINITIF

Présent	Passé	
cueillir	avoir	cueilli

PARTICIPE

Présent	Passé	
cueillant	cueilli, e	
	ayant	cueilli

INDICATIF

Présent	Passé composé	
je cueille	j' ai	cueilli
tu cueilles	tu as	cueilli
il cueille	il a	cueilli
ns cueillons	ns avons	cueilli
vs cueillez	vs avez	cueilli
ils cueillent	ils ont	cueilli

Imparfait	Plus-que-parfait	
je cueillais	j' avais	cueilli
tu cueillais	tu avais	cueilli
il cueillait	il avait	cueilli
ns cueillions	ns avions	cueilli
vs cueilliez	vs aviez	cueilli
ils cueillaient	ils avaient	cueilli

Passé simple	Passé antérieur	
je cueillis	j' eus	cueilli
tu cueillis	tu eus	cueilli
il cueillit	il eut	cueilli
ns cueillîmes	ns eûmes	cueilli
vs cueillîtes	vs eûtes	cueilli
ils cueillirent	ils eurent	cueilli

Futur simple	Futur antérieur	
je cueillerai	j' aurai	cueilli
tu cueilleras	tu auras	cueilli
il cueillera	il aura	cueilli
ns cueillerons	ns aurons	cueilli
vs cueillerez	vs aurez	cueilli
ils cueilleront	ils auront	cueilli

Conditionnel présent	Conditionnel passé	
je cueillerais	j' aurais	cueilli
tu cueillerais	tu aurais	cueilli
il cueillerait	il aurait	cueilli
ns cueillerions	ns aurions	cueilli
vs cueilleriez	vs auriez	cueilli
ils cueilleraient	ils auraient	cueilli

SUBJONCTIF

Présent	Passé	
q. je cueille	q. j' aie	cueilli
tu cueilles	tu aies	cueilli
il cueille	il ait	cueilli
ns cueillions	ns ayons	cueilli
vs cueilliez	vs ayez	cueilli
ils cueillent	ils aient	cueilli

Imparfait	Plus-que-parfait	
q. je cueillisse	q. j' eusse	cueilli
tu cueillisses	tu eusses	cueilli
il cueillît	il eût	cueilli
ns cueillissions	ns eussions	cueilli
vs cueillissiez	vs eussiez	cueilli
ils cueillissent	ils eussent	cueilli

IMPÉRATIF

Présent	Passé	
cueille	aie	cueilli
cueillons	ayons	cueilli
cueillez	ayez	cueilli

- + *accueillir, recueillir.*
- Identité des finales du présent de l'indicatif, du subjonctif et de l'impératif, du futur et du conditionnel avec celles des verbes en *-er*, C3.

INFINITIF

Présent	Passé	
bouillir	avoir	bouilli

PARTICIPE

Présent	Passé	
bouillant	bouilli, e	
	ayant	bouilli

INDICATIF

Présent	Passé composé	
je bous	j' ai	bouilli
tu bous	tu as	bouilli
il bout	il a	bouilli
ns bouillons	ns avons	bouilli
vs bouillez	vs avez	bouilli
ils bouillent	ils ont	bouilli

Imparfait	Plus-que-parfait	
je bouillais	j' avais	bouilli
tu bouillais	tu avais	bouilli
il bouillait	il avait	bouilli
ns bouillions	ns avions	bouilli
vs bouilliez	vs aviez	bouilli
ils bouillaient	ils avaient	bouilli

Passé simple	Passé antérieur	
je bouillis	j' eus	bouilli
tu bouillis	tu eus	bouilli
il bouillit	il eut	bouilli
ns bouillîmes	ns eûmes	bouilli
vs bouillîtes	vs eûtes	bouilli
ils bouillirent	ils eurent	bouilli

Futur simple	Futur antérieur	
je bouillirai	j' aurai	bouilli
tu bouilliras	tu auras	bouilli
il bouillira	il aura	bouilli
ns bouillirons	ns aurons	bouilli
vs bouillirez	vs aurez	bouilli
ils bouilliront	ils auront	bouilli

Conditionnel présent	Conditionnel passé	
je bouillirais	j' aurais	bouilli
tu bouillirais	tu aurais	bouilli
il bouillirait	il aurait	bouilli
ns bouillirions	ns aurions	bouilli
vs bouilliriez	vs auriez	bouilli
ils bouilliraient	ils auraient	bouilli

SUBJONCTIF

Présent	Passé	
q. je bouille	q. j' aie	bouilli
tu bouilles	tu aies	bouilli
il bouille	il ait	bouilli
ns bouillions	ns ayons	bouilli
vs bouilliez	vs ayez	bouilli
ils bouillent	ils aient	bouilli

Imparfait	Plus-que-parfait	
q. je bouillisse	q. j' eusse	bouilli
tu bouillisses	tu eusses	bouilli
il bouillît	il eût	bouilli
ns bouillissions	ns eussions	bouilli
vs bouillissiez	vs eussiez	bouilli
ils bouillissent	ils eussent	bouilli

IMPÉRATIF

Présent	Passé	
bous	aie	bouilli
bouillons	ayons	bouilli
bouillez	ayez	bouilli

- + *débouillir.*
- Même type de conjugaison que *mentir*, C23.

INFINITIF

Présent	*Passé*	
mentir	avoir	menti

PARTICIPE

Présent	*Passé*	
mentant	menti	
	ayant	menti

INDICATIF

Présent	*Passé composé*	
je mens	j' ai	menti
tu mens	tu as	menti
il ment	il a	menti
ns mentons	ns avons	menti
vs mentez	vs avez	menti
ils mentent	ils ont	menti

Imparfait	*Plus-que-parfait*	
je mentais	j' avais	menti
tu mentais	tu avais	menti
il mentait	il avait	menti
ns mentions	ns avions	menti
vs mentiez	vs aviez	menti
ils mentaient	ils avaient	menti

Passé simple	*Passé antérieur*	
je mentis	j' eus	menti
tu mentis	tu eus	menti
il mentit	il eut	menti
ns mentîmes	ns eûmes	menti
vs mentîtes	vs eûtes	menti
ils mentirent	ils eurent	menti

Futur simple	*Futur antérieur*	
je mentirai	j' aurai	menti
tu mentiras	tu auras	menti
il mentira	il aura	menti
ns mentirons	ns aurons	menti
vs mentirez	vs aurez	menti
ils mentiront	ils auront	menti

Conditionnel présent	*Conditionnel passé*	
je mentirais	j' aurais	menti
tu mentirais	tu aurais	menti
il mentirait	il aurait	menti
ns mentirions	ns aurions	menti
vs mentiriez	vs auriez	menti
ils mentiraient	ils auraient	menti

SUBJONCTIF

Présent	*Passé*	
q. je mente	q. j' aie	menti
tu mentes	tu aies	menti
il mente	il ait	menti
ns mentions	ns ayons	menti
vs mentiez	vs ayez	menti
ils mentent	ils aient	menti

Imparfait	*Plus-que-parfait*	
q. je mentisse	q. j' eusse	menti
tu mentisses	tu eusses	menti
il mentît	il eût	menti
ns mentissions	ns eussions	menti
vs mentissiez	vs eussiez	menti
ils mentissent	ils eussent	menti

IMPÉRATIF

Présent	*Passé*	
mens	aie	menti
mentons	ayons	menti
mentez	ayez	menti

- \+ composés de *mentir; sentir, sortir* et leurs composés; *se repentir, partir, repartir, départir;*
  \+ *dormir* et ses composés;
  \+ *servir, desservir, resservir.*
- Verbes perdant la consonne finale du radical au singulier de l'indicatif présent.
- Participe passé invariable pour *mentir* et *dormir*; variable dans les autres cas.

INFINITIF

Présent	Passé	
vêtir	avoir	vêtu

PARTICIPE

Présent	Passé	
vêtant	vêtu, e	
	ayant	vêtu

INDICATIF

Présent	Passé composé	
je vêts	j' ai	vêtu
tu vêts	tu as	vêtu
il vêt	il a	vêtu
ns vêtons	ns avons	vêtu
vs vêtez	vs avez	vêtu
ils vêtent	ils ont	vêtu

Imparfait	Plus-que-parfait	
je vêtais	j' avais	vêtu
tu vêtais	tu avais	vêtu
il vêtait	il avait	vêtu
ns vêtions	ns avions	vêtu
vs vêtiez	vs aviez	vêtu
ils vêtaient	ils avaient	vêtu

Passé simple	Passé antérieur	
je vêtis	j' eus	vêtu
tu vêtis	tu eus	vêtu
il vêtit	il eut	vêtu
ns vêtîmes	ns eûmes	vêtu
vs vêtîtes	vs eûtes	vêtu
ils vêtirent	ils eurent	vêtu

Futur simple	Futur antérieur	
je vêtirai	j' aurai	vêtu
tu vêtiras	tu auras	vêtu
il vêtira	il aura	vêtu
ns vêtirons	ns aurons	vêtu
vs vêtirez	vs aurez	vêtu
ils vêtiront	ils auront	vêtu

Conditionnel présent	Conditionnel passé	
je vêtirais	j' aurais	vêtu
tu vêtirais	tu aurais	vêtu
il vêtirait	il aurait	vêtu
ns vêtirions	ns aurions	vêtu
vs vêtiriez	vs auriez	vêtu
ils vêtiraient	ils auraient	vêtu

SUBJONCTIF

Présent	Passé	
q. je vête	q. j' aie	vêtu
tu vêtes	tu aies	vêtu
il vête	il ait	vêtu
ns vêtions	ns ayons	vêtu
vs vêtiez	vs ayez	vêtu
ils vêtent	ils aient	vêtu

Imparfait	Plus-que-parfait	
q. je vêtisse	q. j' eusse	vêtu
tu vêtisses	tu eusses	vêtu
il vêtît	il eût	vêtu
ns vêtissions	ns eussions	vêtu
vs vêtissiez	vs eussiez	vêtu
ils vêtissent	ils eussent	vêtu

IMPÉRATIF

Présent	Passé	
vêts	aie	vêtu
vêtons	ayons	vêtu
vêtez	ayez	vêtu

- + composés *dévêtir, revêtir.*
- Radical identique dans toute la conjugaison.

25 COURIR

INFINITIF

Présent	Passé	
courir	avoir	couru

PARTICIPE

Présent	Passé	
courant	couru, e	
	ayant	couru

INDICATIF

Présent	Passé composé	
je cours	j' ai	couru
tu cours	tu as	couru
il court	il a	couru
ns courons	ns avons	couru
vs courez	vs avez	couru
ils courent	ils ont	couru

Imparfait	Plus-que-parfait	
je courais	j' avais	couru
tu courais	tu avais	couru
il courait	il avait	couru
ns courions	ns avions	couru
vs couriez	vs aviez	couru
ils couraient	ils avaient	couru

Passé simple	Passé antérieur	
je courus	j' eus	couru
tu courus	tu eus	couru
il courut	il eut	couru
ns courûmes	ns eûmes	couru
vs courûtes	vs eûtes	couru
ils coururent	ils eurent	couru

Futur simple	Futur antérieur	
je courrai	j' aurai	couru
tu courras	tu auras	couru
il courra	il aura	couru
ns courrons	ns aurons	couru
vs courrez	vs aurez	couru
ils courront	ils auront	couru

Conditionnel présent	Conditionnel passé	
je courrais	j' aurais	couru
tu courrais	tu aurais	couru
il courrait	il aurait	couru
ns courrions	ns aurions	couru
vs courriez	vs auriez	couru
ils courraient	ils auraient	couru

SUBJONCTIF

Présent	Passé	
q. je coure	q. j' aie	couru
tu coures	tu aies	couru
il coure	il ait	couru
ns courions	ns ayons	couru
vs couriez	vs ayez	couru
ils courent	ils aient	couru

Imparfait	Plus-que-parfait	
q. je courusse	q. j' eusse	couru
tu courusses	tu eusses	couru
il courût	il eût	couru
ns courussions	ns eussions	couru
vs courussiez	vs eussiez	couru
ils courussent	ils eussent	couru

IMPÉRATIF

Présent	Passé	
cours	aie	couru
courons	ayons	couru
courez	ayez	couru

- + composés de *courir.*
- Radical identique dans toute la conjugaison.

INFINITIF

Présent	*Passé*	
mourir	être	mort

PARTICIPE

Présent	*Passé*	
mourant	mort, e	
	étant	mort

INDICATIF

Présent	*Passé composé*	
je meurs	je suis	mort
tu meurs	tu es	mort
il meurt	il est	mort
ns mourons	ns sommes	morts
vs mourez	vs êtes	morts
ils meurent	ils sont	morts

Imparfait	*Plus-que-parfait*	
je mourais	j' étais	mort
tu mourais	tu étais	mort
il mourait	il était	mort
ns mourions	ns étions	morts
vs mouriez	vs étiez	morts
ils mouraient	ils étaient	morts

Passé simple	*Passé antérieur*	
je mourus	je fus	mort
tu mourus	tu fus	mort
il mourut	il fut	mort
ns mourûmes	ns fûmes	morts
vs mourûtes	vs fûtes	morts
ils moururent	ils furent	morts

Futur simple	*Futur antérieur*	
je mourrai	je serai	mort
tu mourras	tu seras	mort
il mourra	il sera	mort
ns mourrons	ns serons	morts
vs mourrez	vs serez	morts
ils mourront	ils seront	morts

Conditionnel présent	*Conditionnel passé*	
je mourrais	je serais	mort
tu mourrais	tu serais	mort
il mourrait	il serait	mort
ns mourrions	ns serions	morts
vs mourriez	vs seriez	morts
ils mourraient	ils seraient	morts

SUBJONCTIF

Présent	*Passé*	
q. je meure	q. je sois	mort
tu meures	tu sois	mort
il meure	il soit	mort
ns mourions	ns soyons	morts
vs mouriez	vs soyez	morts
ils meurent	ils soient	morts

Imparfait	*Plus-que-parfait*	
q. je mourusse	q. je fusse	mort
tu mourusses	tu fusses	mort
il mourût	il fût	mort
ns mourussions	ns fussions	morts
vs mourussiez	vs fussiez	morts
ils mourussent	ils fussent	morts

IMPÉRATIF

Présent	*Passé*	
meurs	sois	mort
mourons	soyons	morts
mourez	soyez	morts

- Par rapport au type précédent, alternance vocalique aux présents et à l'impératif.
- Conjugaison avec *être* aux temps composés.

27 REQUÉRIR

INFINITIF

Présent	*Passé*	
requérir	avoir	requis

PARTICIPE

Présent	*Passé*	
requérant	requis, e	
	ayant	requis

INDICATIF

Présent	*Passé composé*	
je requiers	j' ai	requis
tu requiers	tu as	requis
il requiert	il a	requis
ns requérons	ns avons	requis
vs requérez	vs avez	requis
ils requièrent	ils ont	requis
Imparfait	***Plus-que-parfait***	
je requérais	j' avais	requis
tu requérais	tu avais	requis
il requérait	il avait	requis
ns requérions	ns avions	requis
vs requériez	vs aviez	requis
ils requéraient	ils avaient	requis
Passé simple	***Passé antérieur***	
je requis	j' eus	requis
tu requis	tu eus	requis
il requit	il eut	requis
ns requîmes	ns eûmes	requis
vs requîtes	vs eûtes	requis
ils requirent	ils eurent	requis
Futur simple	***Futur antérieur***	
je requerrai	j' aurai	requis
tu requerras	tu auras	requis
il requerra	il aura	requis
ns requerrons	ns aurons	requis
vs requerrez	vs aurez	requis
ils requerront	ils auront	requis
Conditionnel présent	***Conditionnel passé***	
je requerrais	j' aurais	requis
tu requerrais	tu aurais	requis
il requerrait	il aurait	requis
ns requerrions	ns aurions	requis
vs requerriez	vs auriez	requis
ils requerraient	ils auraient	requis

SUBJONCTIF

Présent	*Passé*	
q. je requière	q. j' aie	requis
tu requières	tu aies	requis
il requière	il ait	requis
ns requérions	ns ayons	requis
vs requériez	vs ayez	requis
ils requièrent	ils aient	requis
Imparfait	***Plus-que-parfait***	
q. je requisse	q. j' eusse	requis
tu requisses	tu eusses	requis
il requît	il eût	requis
ns requissions	ns eussions	requis
vs requissiez	vs eussiez	requis
ils requissent	ils eussent	requis

IMPÉRATIF

Présent	*Passé*	
requiers	aie	requis
requérons	ayons	requis
requérez	ayez	requis

● + composés de *quérir (acquérir, conquérir, s'enquérir, reconquérir). Quérir* n'est usité qu'à l'infinitif.

● Alternance vocalique aux présents et à l'impératif.

INFINITIF

Présent	Passé	
venir	être	venu

PARTICIPE

Présent	Passé	
venant	venu, e	
	étant	venu

INDICATIF

Présent	Passé composé	
je viens	je suis	venu
tu viens	tu es	venu
il vient	il est	venu
ns venons	ns sommes	venus
vs venez	vs êtes	venus
ils viennent	ils sont	venus

Imparfait	Plus-que-parfait	
je venais	j' étais	venu
tu venais	tu étais	venu
il venait	il était	venu
ns venions	ns étions	venus
vs veniez	vs étiez	venus
ils venaient	ils étaient	venus

Passé simple	Passé antérieur	
je vins	je fus	venu
tu vins	tu fus	venu
il vint	il fut	venu
ns vînmes	ns fûmes	venus
vs vîntes	vs fûtes	venus
ils vinrent	ils furent	venus

Futur simple	Futur antérieur	
je viendrai	je serai	venu
tu viendras	tu seras	venu
il viendra	il sera	venu
ns viendrons	ns serons	venus
vs viendrez	vs serez	venus
ils viendront	ils seront	venus

Conditionnel présent	Conditionnel passé	
je viendrais	je serais	venu
tu viendrais	tu serais	venu
il viendrait	il serait	venu
ns viendrions	ns serions	venus
vs viendriez	vs seriez	venus
ils viendraient	ils seraient	venus

SUBJONCTIF

Présent	Passé	
q. je vienne	q. je sois	venu
tu viennes	tu sois	venu
il vienne	il soit	venu
ns venions	ns soyons	venus
vs veniez	vs soyez	venus
ils viennent	ils soient	venus

Imparfait	Plus-que-parfait	
q. je vinsse	q. je fusse	venu
tu vinsses	tu fusses	venu
il vînt	il fût	venu
ns vinssions	ns fussions	venus
vs vinssiez	vs fussiez	venus
ils vinssent	ils fussent	venus

IMPÉRATIF

Présent	Passé	
viens	sois	venu
venons	soyons	venus
venez	soyez	venus

- \+ composés de *venir; tenir* et ses composés.
- Alternance vocalique aux présents et à l'impératif.
- Auxiliaire *être* pour *venir* et ses composés sauf *circonvenir, prévenir* et *subvenir*.
- *Advenir* n'est usité qu'à l'infinitif et aux troisièmes personnes.

29 FUIR

INFINITIF

Présent	Passé	
fuir	avoir	fui

PARTICIPE

Présent	Passé	
fuyant	fui, e	
	ayant	fui

INDICATIF

Présent	Passé composé	
je fuis	j' ai	fui
tu fuis	tu as	fui
il fuit	il a	fui
ns fuyons	ns avons	fui
vs fuyez	vs avez	fui
ils fuient	ils ont	fui

Imparfait	Plus-que-parfait	
je fuyais	j' avais	fui
tu fuyais	tu avais	fui
il fuyait	il avait	fui
ns fuyions	ns avions	fui
vs fuyiez	vs aviez	fui
ils fuyaient	ils avaient	fui

Passé simple	Passé antérieur	
je fuis	j' eus	fui
tu fuis	tu eus	fui
il fuit	il eut	fui
ns fuîmes	ns eûmes	fui
vs fuîtes	vs eûtes	fui
ils fuirent	ils eurent	fui

Futur simple	Futur antérieur	
je fuirai	j' aurai	fui
tu fuiras	tu auras	fui
il fuira	il aura	fui
ns fuirons	ns aurons	fui
vs fuirez	vs aurez	fui
ils fuiront	ils auront	fui

Conditionnel présent	Conditionnel passé	
je fuirais	j' aurais	fui
tu fuirais	tu aurais	fui
il fuirait	il aurait	fui
ns fuirions	ns aurions	fui
vs fuiriez	vs auriez	fui
ils fuiraient	ils auraient	fui

SUBJONCTIF

Présent	Passé	
q. je fuie	q. j' aie	fui
tu fuies	tu aies	fui
il fuie	il ait	fui
ns fuyions	ns ayons	fui
vs fuyiez	vs ayez	fui
ils fuient	ils aient	fui

Imparfait	Plus-que-parfait	
q. je fuisse	q. j' eusse	fui
tu fuisses	tu eusses	fui
il fuît	il eût	fui
ns fuissions	ns eussions	fui
vs fuissiez	vs eussiez	fui
ils fuissent	ils eussent	fui

IMPÉRATIF

Présent	Passé	
fuis	aie	fui
fuyons	ayons	fui
fuyez	ayez	fui

- + *s'enfuir.*
- *ui* ⇨ *uy* (avec prononciation du [j]) devant voyelle autre que *e* muet.

INFINITIF

Présent	Passé
voir	avoir vu

PARTICIPE

Présent	Passé
voyant	vu, e
	ayant vu

INDICATIF

Présent	Passé composé
je vois	j' ai vu
tu vois	tu as vu
il voit	il a vu
ns voyons	ns avons vu
vs voyez	vs avez vu
ils voient	ils ont vu

Imparfait	Plus-que-parfait
je voyais	j' avais vu
tu voyais	tu avais vu
il voyait	il avait vu
ns voyions	ns avions vu
vs voyiez	vs aviez vu
ils voyaient	ils avaient vu

Passé simple	Passé antérieur
je vis	j' eus vu
tu vis	tu eus vu
il vit	il eut vu
ns vîmes	ns eûmes vu
vs vîtes	vs eûtes vu
ils virent	ils eurent vu

Futur simple	Futur antérieur
je verrai	j' aurai vu
tu verras	tu auras vu
il verra	il aura vu
ns verrons	ns aurons vu
vs verrez	vs aurez vu
ils verront	ils auront vu

Conditionnel présent	Conditionnel passé
je verrais	j' aurais vu
tu verrais	tu aurais vu
il verrait	il aurait vu
ns verrions	ns aurions vu
vs verriez	vs auriez vu
ils verraient	ils auraient vu

SUBJONCTIF

Présent	Passé
q. je voie	q. j' aie vu
tu voies	tu aies vu
il voie	il ait vu
ns voyions	ns ayons vu
vs voyiez	vs ayez vu
ils voient	ils aient vu

Imparfait	Plus-que-parfait
q. je visse	q. j' eusse vu
tu visses	tu eusses vu
il vît	il eût vu
ns vissions	ns eussions vu
vs vissiez	vs eussiez vu
ils vissent	ils eussent vu

IMPÉRATIF

Présent	Passé
vois	aie vu
voyons	ayons vu
voyez	ayez vu

- Composés de *voir*.
- Pour *prévoir* et *pourvoir*, régularisation du radical du futur et du conditionnel (*je prévoirai*, etc., *je pourvoirai*, etc.) et pour *pourvoir*, passé simple *je pourvus*, etc., subjonctif imparfait *je pourvusse*, etc.

31 SURSEOIR

INFINITIF

Présent	*Passé*	
surseoir	avoir	sursis

PARTICIPE

Présent	*Passé*	
sursoyant	sursis, e	
	ayant	sursis

INDICATIF

Présent	*Passé composé*	
je sursois	j' ai	sursis
tu sursois	tu as	sursis
il sursoit	il a	sursis
ns sursoyons	ns avons	sursis
vs sursoyez	vs avez	sursis
ils sursoient	ils ont	sursis

Imparfait	*Plus-que-parfait*	
je sursoyais	j' avais	sursis
tu sursoyais	tu avais	sursis
il sursoyait	il avait	sursis
ns sursoyions	ns avions	sursis
vs sursoyiez	vs aviez	sursis
ils sursoyaient	ils avaient	sursis

Passé simple	*Passé antérieur*	
je sursis	j' eus	sursis
tu sursis	tu eus	sursis
il sursit	il eut	sursis
ns sursîmes	ns eûmes	sursis
vs sursîtes	vs eûtes	sursis
ils sursirent	ils eurent	sursis

Futur simple	*Futur antérieur*	
je surseoirai	j' aurai	sursis
tu surseoiras	tu auras	sursis
il surseoira	il aura	sursis
ns surseoirons	ns aurons	sursis
vs surseoirez	vs aurez	sursis
ils surseoiront	ils auront	sursis

Conditionnel présent	*Conditionnel passé*	
je surseoirais	j' aurais	sursis
tu surseoirais	tu aurais	sursis
il surseoirait	il aurait	sursis
ns surseoirions	ns aurions	sursis
vs surseoiriez	vs auriez	sursis
ils surseoiraient	ils auraient	sursis

SUBJONCTIF

Présent	*Passé*	
q. je sursoie	q. j' aie	sursis
tu sursoies	tu aies	sursis
il sursoie	il ait	sursis
ns sursoyions	ns ayons	sursis
vs sursoyiez	vs ayez	sursis
ils sursoient	ils aient	sursis

Imparfait	*Plus-que-parfait*	
q. je sursisse	q. j' eusse	sursis
tu sursisses	tu eusses	sursis
il sursît	il eût	sursis
ns sursissions	ns eussions	sursis
vs sursissiez	vs eussiez	sursis
ils sursissent	ils eussent	sursis

IMPÉRATIF

Présent	*Passé*	
sursois	aie	sursis
sursoyons	ayons	sursis
sursoyez	ayez	sursis

- Par rapport à *voir*, unification du radical du futur et participe passé en *s*.
- Le verbe *asseoir* (v. C32), régularisé, offre une conjugaison identique à celle-ci à l'exception du futur et du conditionnel (*j'assoirai*, etc.).

INFINITIF

Présent	Passé	
asseoir	avoir	assis

PARTICIPE

Présent	Passé	
asseyant	assis, e	
	ayant	assis

INDICATIF

Présent	Passé composé	
j' assieds	j' ai	assis
tu assieds	tu as	assis
il assied	il a	assis
ns asseyons	ns avons	assis
vs asseyez	vs avez	assis
ils asseyent	ils ont	assis

Imparfait	Plus-que-parfait	
j' asseyais	j' avais	assis
tu asseyais	tu avais	assis
il asseyait	il avait	assis
ns asseyions	ns avions	assis
vs asseyiez	vs aviez	assis
ils asseyaient	ils avaient	assis

Passé simple	Passé antérieur	
j' assis	j' eus	assis
tu assis	tu eus	assis
il assit	il eut	assis
ns assîmes	ns eûmes	assis
vs assîtes	vs eûtes	assis
ils assirent	ils eurent	assis

Futur simple	Futur antérieur	
j' assiérai	j' aurai	assis
tu assiéras	tu auras	assis
il assiéra	il aura	assis
ns assiérons	ns aurons	assis
vs assiérez	vs aurez	assis
ils assiéront	ils auront	assis

Conditionnel présent	Conditionnel passé	
j' assiérais	j' aurais	assis
tu assiérais	tu aurais	assis
il assiérait	il aurait	assis
ns assiérions	ns aurions	assis
vs assiériez	vs auriez	assis
ils assiéraient	ils auraient	assis

SUBJONCTIF

Présent	Passé	
q. j' asseye	q. j' aie	assis
tu asseyes	tu aies	assis
il asseye	il ait	assis
ns asseyions	ns ayons	assis
vs asseyiez	vs ayez	assis
ils asseyent	ils aient	assis

Imparfait	Plus-que-parfait	
q. j' assisse	q. j' eusse	assis
tu assisses	tu eusses	assis
il assît	il eût	assis
ns assissions	ns eussions	assis
vs assissiez	vs eussiez	assis
ils assissent	ils eussent	assis

IMPÉRATIF

Présent	Passé	
assieds	aie	assis
asseyons	ayons	assis
asseyez	ayez	assis

● + *rasseoir.*

● Conjugaison qui maintient une ancienne alternance et qui est en concurrence avec le type précédent, C31 (v. *j'assois, j'assoyais, j'assoirai, j'assoirais, j'assoie,* etc., *assois, assoyons, assoyez, assoyant,* formes moins fréquentes dans l'usage écrit).

● Voir aussi une troisième forme de futur (et de conditionnel) : *j'asseyerai,* etc., rare maintenant.

33 SAVOIR

INFINITIF

Présent	*Passé*	
savoir	avoir	su

PARTICIPE

Présent	*Passé*	
sachant	su, e	
	ayant	su

INDICATIF

Présent	*Passé composé*	
je sais	j' ai	su
tu sais	tu as	su
il sait	il a	su
ns savons	ns avons	su
vs savez	vs avez	su
ils savent	ils ont	su

Imparfait	*Plus-que-parfait*	
je savais	j' avais	su
tu savais	tu avais	su
il savait	il avait	su
ns savions	ns avions	su
vs saviez	vs aviez	su
ils savaient	ils avaient	su

Passé simple	*Passé antérieur*	
je sus	j' eus	su
tu sus	tu eus	su
il sut	il eut	su
ns sûmes	ns eûmes	su
vs sûtes	vs eûtes	su
ils surent	ils eurent	su

Futur simple	*Futur antérieur*	
je saurai	j' aurai	su
tu sauras	tu auras	su
il saura	il aura	su
ns saurons	ns aurons	su
vs saurez	vs aurez	su
ils sauront	ils auront	su

Conditionnel présent	*Conditionnel passé*	
je saurais	j' aurais	su
tu saurais	tu aurais	su
il saurait	il aurait	su
ns saurions	ns aurions	su
vs sauriez	vs auriez	su
ils sauraient	ils auraient	su

SUBJONCTIF

Présent	*Passé*	
q. je sache	q. j' aie	su
tu saches	tu aies	su
il sache	il ait	su
ns sachions	ns ayons	su
vs sachiez	vs ayez	su
ils sachent	ils aient	su

Imparfait	*Plus-que-parfait*	
q. je susse	q. j' eusse	su
tu susses	tu eusses	su
il sût	il eût	su
ns sussions	ns eussions	su
vs sussiez	vs eussiez	su
ils sussent	ils eussent	su

IMPÉRATIF

Présent	*Passé*	
sache	aie	su
sachons	ayons	su
sachez	ayez	su

- Alternance vocalique *ai / a* à l'indicatif présent.
- Subjonctif présent et impératif de formation irrégulière.

INFINITIF

Présent	Passé	
valoir	avoir	valu

PARTICIPE

Présent	Passé	
valant	valu, e	
	ayant	valu

INDICATIF

Présent	Passé composé	
je vaux	j' ai	valu
tu vaux	tu as	valu
il vaut	il a	valu
ns valons	ns avons	valu
vs valez	vs avez	valu
ils valent	ils ont	valu

Imparfait	Plus-que-parfait	
je valais	j' avais	valu
tu valais	tu avais	valu
il valait	il avait	valu
ns valions	ns avions	valu
vs valiez	vs aviez	valu
ils valaient	ils avaient	valu

Passé simple	Passé antérieur	
je valus	j' eus	valu
tu valus	tu eus	valu
il valut	il eut	valu
ns valûmes	ns eûmes	valu
vs valûtes	vs eûtes	valu
ils valurent	ils eurent	valu

Futur simple	Futur antérieur	
je vaudrai	j' aurai	valu
tu vaudras	tu auras	valu
il vaudra	il aura	valu
ns vaudrons	ns aurons	valu
vs vaudrez	vs aurez	valu
ils vaudront	ils auront	valu

Conditionnel présent	Conditionnel passé	
je vaudrais	j' aurais	valu
tu vaudrais	tu aurais	valu
il vaudrait	il aurait	valu
ns vaudrions	ns aurions	valu
vs vaudriez	vs auriez	valu
ils vaudraient	ils auraient	valu

SUBJONCTIF

Présent	Passé	
q. je vaille	q. j' aie	valu
tu vailles	tu aies	valu
il vaille	il ait	valu
ns valions	ns ayons	valu
vs valiez	vs ayez	valu
ils vaillent	ils aient	valu

Imparfait	Plus-que-parfait	
q. je valusse	q. j' eusse	valu
tu valusses	tu eusses	valu
il valût	il eût	valu
ns valussions	ns eussions	valu
vs valussiez	vs eussiez	valu
ils valussent	ils eussent	valu

IMPÉRATIF

Présent	Passé	
vaux	aie	valu
valons	ayons	valu
valez	ayez	valu

- + composés : *équivaloir, prévaloir, revaloir.*
- Finale en *-x* au lieu de *-s* pour les deux premières personnes de l'indicatif présent et la deuxième personne du singulier de l'impératif.
- Subjonctif présent de formation irrégulière, sauf pour *prévaloir* (*je prévale*, etc.).

35 VOULOIR

INFINITIF

Présent	Passé	
vouloir	avoir	voulu

PARTICIPE

Présent	Passé	
voulant	voulu, e	
	ayant	voulu

INDICATIF

Présent	Passé composé	
je veux	j' ai	voulu
tu veux	tu as	voulu
il veut	il a	voulu
ns voulons	ns avons	voulu
vs voulez	vs avez	voulu
ils veulent	ils ont	voulu

Imparfait	Plus-que-parfait	
je voulais	j' avais	voulu
tu voulais	tu avais	voulu
il voulait	il avait	voulu
ns voulions	ns avions	voulu
vs vouliez	vs aviez	voulu
ils voulaient	ils avaient	voulu

Passé simple	Passé antérieur	
je voulus	j' eus	voulu
tu voulus	tu eus	voulu
il voulut	il eut	voulu
ns voulûmes	ns eûmes	voulu
vs voulûtes	vs eûtes	voulu
ils voulurent	ils eurent	voulu

Futur simple	Futur antérieur	
je voudrai	j' aurai	voulu
tu voudras	tu auras	voulu
il voudra	il aura	voulu
ns voudrons	ns aurons	voulu
vs voudrez	vs aurez	voulu
ils voudront	ils auront	voulu

Conditionnel présent	Conditionnel passé	
je voudrais	j' aurais	voulu
tu voudrais	tu aurais	voulu
il voudrait	il aurait	voulu
ns voudrions	ns aurions	voulu
vs voudriez	vs auriez	voulu
ils voudraient	ils auraient	voulu

SUBJONCTIF

Présent	Passé	
q. je veuille	q. j' aie	voulu
tu veuilles	tu aies	voulu
il veuille	il ait	voulu
ns voulions	ns ayons	voulu
vs vouliez	vs ayez	voulu
ils veuillent	ils aient	voulu

Imparfait	Plus-que-parfait	
q. je voulusse	q. j' eusse	voulu
tu voulusses	tu eusses	voulu
il voulût	il eût	voulu
ns voulussions	ns eussions	voulu
vs voulussiez	vs eussiez	voulu
ils voulussent	ils eussent	voulu

IMPÉRATIF

Présent	Passé	
veux, veuille	aie	voulu
voulons, veuillons	ayons	voulu
voulez, veuillez	ayez	voulu

- Alternance vocalique *eu/ou* aux présents et à l'impératif.
- Finale en *-x* au lieu de *-s* pour les deux premières personnes de l'indicatif présent et la deuxième personne du singulier de l'impératif.
- Subjonctif présent de formation irrégulière.

INFINITIF

Présent	Passé	
pouvoir	avoir	pu

PARTICIPE

Présent	Passé	
pouvant	pu	
	ayant	pu

INDICATIF

Présent	Passé composé	
je peux, puis	j' ai	pu
tu peux	tu as	pu
il peut	il a	pu
ns pouvons	ns avons	pu
vs pouvez	vs avez	pu
ils peuvent	ils ont	pu

Imparfait	Plus-que-parfait	
je pouvais	j' avais	pu
tu pouvais	tu avais	pu
il pouvait	il avait	pu
ns pouvions	ns avions	pu
vs pouviez	vs aviez	pu
ils pouvaient	ils avaient	pu

Passé simple	Passé antérieur	
je pus	j' eus	pu
tu pus	tu eus	pu
il put	il eut	pu
ns pûmes	ns eûmes	pu
vs pûtes	vs eûtes	pu
ils purent	ils eurent	pu

Futur simple	Futur antérieur	
je pourrai	j' aurai	pu
tu pourras	tu auras	pu
il pourra	il aura	pu
ns pourrons	ns aurons	pu
vs pourrez	vs aurez	pu
ils pourront	ils auront	pu

Conditionnel présent	Conditionnel passé	
je pourrais	j' aurais	pu
tu pourrais	tu aurais	pu
il pourrait	il aurait	pu
ns pourrions	ns aurions	pu
vs pourriez	vs auriez	pu
ils pourraient	ils auraient	pu

SUBJONCTIF

Présent	Passé	
q. je puisse	q. j' aie	pu
tu puisses	tu aies	pu
il puisse	il ait	pu
ns puissions	ns ayons	pu
vs puissiez	vs ayez	pu
ils puissent	ils aient	pu

Imparfait	Plus-que-parfait	
q. je pusse	q. j' eusse	pu
tu pusses	tu eusses	pu
il pût	il eût	pu
ns pussions	ns eussions	pu
vs pussiez	vs eussiez	pu
ils pussent	ils eussent	pu

IMPÉRATIF

Inusité

- Alternance vocalique *eu / ou* à l'indicatif présent.
- Finale en *-x* au lieu de *-s* pour les deux premières personnes de l'indicatif présent.
- Subjonctif présent de formation irrégulière.
- Au présent, double forme *peux* ou *puis* (seule possible avec l'inversion du pronom : *puis-je*).

37 MOUVOIR

INFINITIF

Présent	Passé	
mouvoir	avoir	mû

PARTICIPE

Présent	Passé	
mouvant	mû, mue	
	ayant	mû

INDICATIF

Présent	Passé composé	
je meus	j' ai	mû
tu meus	tu as	mû
il meut	il a	mû
ns mouvons	ns avons	mû
vs mouvez	vs avez	mû
ils meuvent	ils ont	mû

Imparfait	Plus-que-parfait	
je mouvais	j' avais	mû
tu mouvais	tu avais	mû
il mouvait	il avait	mû
ns mouvions	ns avions	mû
vs mouviez	vs aviez	mû
ils mouvaient	ils avaient	mû

Passé simple	Passé antérieur	
je mus	j' eus	mû
tu mus	tu eus	mû
il mut	il eut	mû
ns mûmes	ns eûmes	mû
vs mûtes	vs eûtes	mû
ils murent	ils eurent	mû

Futur simple	Futur antérieur	
je mouvrai	j' aurai	mû
tu mouvras	tu auras	mû
il mouvra	il aura	mû
ns mouvrons	ns aurons	mû
vs mouvrez	vs aurez	mû
ils mouvront	ils auront	mû

Conditionnel présent	Conditionnel passé	
je mouvrais	j' aurais	mû
tu mouvrais	tu aurais	mû
il mouvrait	il aurait	mû
ns mouvrions	ns aurions	mû
vs mouvriez	vs auriez	mû
ils mouvraient	ils auraient	mû

SUBJONCTIF

Présent	Passé	
q. je meuve	q. j' aie	mû
tu meuves	tu aies	mû
il meuve	il ait	mû
ns mouvions	ns ayons	mû
vs mouviez	vs ayez	mû
ils meuvent	ils aient	mû

Imparfait	Plus-que-parfait	
q. je musse	q. j' eusse	mû
tu musses	tu eusses	mû
il mût	il eût	mû
ns mussions	ns eussions	mû
vs mussiez	vs eussiez	mû
ils mussent	ils eussent	mû

IMPÉRATIF

Présent	Passé	
meus	aie	mû
mouvons	ayons	mû
mouvez	ayez	mû

- + *émouvoir, promouvoir.*
- Alternance vocalique *eu / ou* aux présents et à l'impératif.
- Accent circonflexe seulement au participe passé masculin singulier de *mouvoir* (participe passé de *émouvoir* et *promouvoir* sans accent).

INFINITIF

Présent	Passé	
devoir	avoir	dû

PARTICIPE

Présent	Passé	
devant	dû, due	
	ayant	dû

INDICATIF

Présent	Passé composé	
je dois	j' ai	dû
tu dois	tu as	dû
il doit	il a	dû
ns devons	ns avons	dû
vs devez	vs avez	dû
ils doivent	ils ont	dû

Imparfait	Plus-que-parfait	
je devais	j' avais	dû
tu devais	tu avais	dû
il devait	il avait	dû
ns devions	ns avions	dû
vs deviez	vs aviez	dû
ils devaient	ils avaient	dû

Passé simple	Passé antérieur	
je dus	j' eus	dû
tu dus	tu eus	dû
il dut	il eut	dû
ns dûmes	ns eûmes	dû
vs dûtes	vs eûtes	dû
ils durent	ils eurent	dû

Futur simple	Futur antérieur	
je devrai	j' aurai	dû
tu devras	tu auras	dû
il devra	il aura	dû
ns devrons	ns aurons	dû
vs devrez	vs aurez	dû
ils devront	ils auront	dû

Conditionnel présent	Conditionnel passé	
je devrais	j' aurais	dû
tu devrais	tu aurais	dû
il devrait	il aurait	dû
ns devrions	ns aurions	dû
vs devriez	vs auriez	dû
ils devraient	ils auraient	dû

SUBJONCTIF

Présent	Passé	
q. je doive	q. j' aie	dû
tu doives	tu aies	dû
il doive	il ait	dû
ns devions	ns ayons	dû
vs deviez	vs ayez	dû
ils doivent	ils aient	dû

Imparfait	Plus-que-parfait	
q. je dusse	q. j' eusse	dû
tu dusses	tu eusses	dû
il dût	il eût	dû
ns dussions	ns eussions	dû
vs dussiez	vs eussiez	dû
ils dussent	ils eussent	dû

IMPÉRATIF

Présent	Passé	
dois	aie	dû
devons	ayons	dû
devez	ayez	dû

- + *redevoir.*
- Alternance vocalique *oi / e* aux présents et à l'impératif.
- Accent circonflexe seulement au participe passé masculin singulier.

39 DÉCEVOIR

INFINITIF

Présent	*Passé*	
décevoir	avoir	déçu

PARTICIPE

Présent	*Passé*	
décevant	déçu, e	
	ayant	déçu

INDICATIF

Présent	*Passé composé*	
je déçois	j' ai	déçu
tu déçois	tu as	déçu
il déçoit	il a	déçu
ns décevons	ns avons	déçu
vs décevez	vs avez	déçu
ils déçoivent	ils ont	déçu

Imparfait	*Plus-que-parfait*	
je décevais	j' avais	déçu
tu décevais	tu avais	déçu
il décevait	il avait	déçu
ns décevions	ns avions	déçu
vs déceviez	vs aviez	déçu
ils décevaient	ils avaient	déçu

Passé simple	*Passé antérieur*	
je déçus	j' eus	déçu
tu déçus	tu eus	déçu
il déçut	il eut	déçu
ns déçûmes	ns eûmes	déçu
vs déçûtes	vs eûtes	déçu
ils déçurent	ils eurent	déçu

Futur simple	*Futur antérieur*	
je décevrai	j' aurai	déçu
tu décevras	tu auras	déçu
il décevra	il aura	déçu
ns décevrons	ns aurons	déçu
vs décevrez	vs aurez	déçu
ils décevront	ils auront	déçu

Conditionnel présent	*Conditionnel passé*	
je décevrais	j' aurais	déçu
tu décevrais	tu aurais	déçu
il décevrait	il aurait	déçu
ns décevrions	ns aurions	déçu
vs décevriez	vs auriez	déçu
ils décevraient	ils auraient	déçu

SUBJONCTIF

Présent	*Passé*	
q. je déçoive	q. j' aie	déçu
tu déçoives	tu aies	déçu
il déçoive	il ait	déçu
ns décevions	ns ayons	déçu
vs déceviez	vs ayez	déçu
ils déçoivent	ils aient	déçu

Imparfait	*Plus-que-parfait*	
q. je déçusse	q. j' eusse	déçu
tu déçusses	tu eusses	déçu
il déçût	il eût	déçu
ns déçussions	ns eussions	déçu
vs déçussiez	vs eussiez	déçu
ils déçussent	ils eussent	déçu

IMPÉRATIF

Présent	*Passé*	
déçois	aie	déçu
décevons	ayons	déçu
décevez	ayez	déçu

- + *apercevoir, concevoir, percevoir, recevoir.*
- Alternance vocalique *oi / e* aux présents et à l'impératif.
- Présence d'un ç devant *o* et *u*.

INFINITIF

Présent	Passé
vaincre	avoir vaincu

PARTICIPE

Présent	Passé
vainquant	vaincu, e ayant vaincu

INDICATIF

Présent	Passé composé
je vaincs	j' ai vaincu
tu vaincs	tu as vaincu
il vainc	il a vaincu
ns vainquons	ns avons vaincu
vs vainquez	vs avez vaincu
ils vainquent	ils ont vaincu

Imparfait	Plus-que-parfait
je vainquais	j' avais vaincu
tu vainquais	tu avais vaincu
il vainquait	il avait vaincu
ns vainquions	ns avions vaincu
vs vainquiez	vs aviez vaincu
ils vainquaient	ils avaient vaincu

Passé simple	Passé antérieur
je vainquis	j' eus vaincu
tu vainquis	tu eus vaincu
il vainquit	il eut vaincu
ns vainquîmes	ns eûmes vaincu
vs vainquîtes	vs eûtes vaincu
ils vainquirent	ils eurent vaincu

Futur simple	Futur antérieur
je vaincrai	j' aurai vaincu
tu vaincras	tu auras vaincu
il vaincra	il aura vaincu
ns vaincrons	ns aurons vaincu
vs vaincrez	vs aurez vaincu
ils vaincront	ils auront vaincu

Conditionnel présent	Conditionnel passé
je vaincrais	j' aurais vaincu
tu vaincrais	tu aurais vaincu
il vaincrait	il aurait vaincu
ns vaincrions	ns aurions vaincu
vs vaincriez	vs auriez vaincu
ils vaincraient	ils auraient vaincu

SUBJONCTIF

Présent	Passé
q. je vainque	q. j' aie vaincu
tu vainques	tu aies vaincu
il vainque	il ait vaincu
ns vainquions	ns ayons vaincu
vs vainquiez	vs ayez vaincu
ils vainquent	ils aient vaincu

Imparfait	Plus-que-parfait
q. je vainquisse	q. j' eusse vaincu
tu vainquisses	tu eusses vaincu
il vainquît	il eût vaincu
ns vainquissions	ns eussions vaincu
vs vainquissiez	vs eussiez vaincu
ils vainquissent	ils eussent vaincu

IMPÉRATIF

Présent	Passé
vaincs	aie vaincu
vainquons	ayons vaincu
vainquez	ayez vaincu

● + *convaincre.*

● Absence de désinence à la 3ᵉ personne de l'indicatif présent.

● Alternance *c* devant consonne et devant *u / qu* devant les autres voyelles.

INFINITIF

Présent	*Passé*	
pendre	avoir	pendu

PARTICIPE

Présent	*Passé*	
pendant	pendu, e	
	ayant	pendu

INDICATIF

Présent	*Passé composé*	
je pends	j' ai	pendu
tu pends	tu as	pendu
il pend	il a	pendu
ns pendons	ns avons	pendu
vs pendez	vs avez	pendu
ils pendent	ils ont	pendu
Imparfait	***Plus-que-parfait***	
je pendais	j' avais	pendu
tu pendais	tu avais	pendu
il pendait	il avait	pendu
ns pendions	ns avions	pendu
vs pendiez	vs aviez	pendu
ils pendaient	ils avaient	pendu
Passé simple	***Passé antérieur***	
je pendis	j' eus	pendu
tu pendis	tu eus	pendu
il pendit	il eut	pendu
ns pendîmes	ns eûmes	pendu
vs pendîtes	vs eûtes	pendu
ils pendirent	ils eurent	pendu
Futur simple	***Futur antérieur***	
je pendrai	j' aurai	pendu
tu pendras	tu auras	pendu
il pendra	il aura	pendu
ns pendrons	ns aurons	pendu
vs pendrez	vs aurez	pendu
ils pendront	ils auront	pendu
Conditionnel présent	***Conditionnel passé***	
je pendrais	j' aurais	pendu
tu pendrais	tu aurais	pendu
il pendrait	il aurait	pendu
ns pendrions	ns aurions	pendu
vs pendriez	vs auriez	pendu
ils pendraient	ils auraient	pendu

SUBJONCTIF

Présent	*Passé*	
q. je pende	q. j' aie	pendu
tu pendes	tu aies	pendu
il pende	il ait	pendu
ns pendions	ns ayons	pendu
vs pendiez	vs ayez	pendu
ils pendent	ils aient	pendu
Imparfait	***Plus-que-parfait***	
q. je pendisse	q. j' eusse	pendu
tu pendisses	tu eusses	pendu
il pendît	il eût	pendu
ns pendissions	ns eussions	pendu
vs pendissiez	vs eussiez	pendu
ils pendissent	ils eussent	pendu

IMPÉRATIF

Présent	*Passé*	
pends	aie	pendu
pendons	ayons	pendu
pendez	ayez	pendu

- Verbes en *-andre, -endre* (sauf *prendre), -ondre, -erdre, -ordre, -ompre.*
- Radical unique dans la graphie à l'indicatif présent avec absence de désinence à la 3e personne (sauf pour *rompre, corrompre, interrompre*; ex.: *il rompt).*

PRENDRE 42

INFINITIF

Présent	Passé
prendre	avoir pris

PARTICIPE

Présent	Passé
prenant	pris, e ayant pris

INDICATIF

Présent	Passé composé
je prends	j' ai pris
tu prends	tu as pris
il prend	il a pris
ns prenons	ns avons pris
vs prenez	vs avez pris
ils prennent	ils ont pris

Imparfait	Plus-que-parfait
je prenais	j' avais pris
tu prenais	tu avais pris
il prenait	il avait pris
ns prenions	ns avions pris
vs preniez	vs aviez pris
ils prenaient	ils avaient pris

Passé simple	Passé antérieur
je pris	j' eus pris
tu pris	tu eus pris
il prit	il eut pris
ns prîmes	ns eûmes pris
vs prîtes	vs eûtes pris
ils prirent	ils eurent pris

Futur simple	Futur antérieur
je prendrai	j' aurai pris
tu prendras	tu auras pris
il prendra	il aura pris
ns prendrons	ns aurons pris
vs prendrez	vs aurez pris
ils prendront	ils auront pris

Conditionnel présent	Conditionnel passé
je prendrais	j' aurais pris
tu prendrais	tu aurais pris
il prendrait	il aurait pris
ns prendrions	ns aurions pris
vs prendriez	vs auriez pris
ils prendraient	ils auraient pris

SUBJONCTIF

Présent	Passé
q. je prenne	q. j' aie pris
tu prennes	tu aies pris
il prenne	il ait pris
ns prenions	ns ayons pris
vs preniez	vs ayez pris
ils prennent	ils aient pris

Imparfait	Plus-que-parfait
q. je prisse	q. j' eusse pris
tu prisses	tu eusses pris
il prît	il eût pris
ns prissions	ns eussions pris
vs prissiez	vs eussiez pris
ils prissent	ils eussent pris

IMPÉRATIF

Présent	Passé
prends	aie pris
prenons	ayons pris
prenez	ayez pris

- + composés.
- Alternance vocalique aux présents et à l'impératif.
- Absence de désinence à la 3e personne du singulier de l'indicatif présent.

43 Verbes en *-indre* : **FEINDRE**

INFINITIF

Présent	*Passé*	
feindre	avoir	feint

PARTICIPE

Présent	*Passé*	
feignant	feint, e	
	ayant	feint

INDICATIF

Présent	*Passé composé*	
je feins	j' ai	feint
tu feins	tu as	feint
il feint	il a	feint
ns feignons	ns avons	feint
vs feignez	vs avez	feint
ils feignent	ils ont	feint

Imparfait	*Plus-que-parfait*	
je feignais	j' avais	feint
tu feignais	tu avais	feint
il feignait	il avait	feint
ns feignions	ns avions	feint
vs feigniez	vs aviez	feint
ils feignaient	ils avaient	feint

Passé simple	*Passé antérieur*	
je feignis	j' eus	feint
tu feignis	tu eus	feint
il feignit	il eut	feint
ns feignîmes	ns eûmes	feint
vs feignîtes	vs eûtes	feint
ils feignirent	ils eurent	feint

Futur simple	*Futur antérieur*	
je feindrai	j' aurai	feint
tu feindras	tu auras	feint
il feindra	il aura	feint
ns feindrons	ns aurons	feint
vs feindrez	vs aurez	feint
ils feindront	ils auront	feint

Conditionnel présent	*Conditionnel passé*	
je feindrais	j' aurais	feint
tu feindrais	tu aurais	feint
il feindrait	il aurait	feint
ns feindrions	ns aurions	feint
vs feindriez	vs auriez	feint
ils feindraient	ils auraient	feint

SUBJONCTIF

Présent	*Passé*	
q. je feigne	q. j' aie	feint
tu feignes	tu aies	feint
il feigne	il ait	feint
ns feignions	ns ayons	feint
vs feigniez	vs ayez	feint
ils feignent	ils aient	feint

Imparfait	*Plus-que-parfait*	
q. je feignisse	q. j' eusse	feint
tu feignisses	tu eusses	feint
il feignît	il eût	feint
ns feignissions	ns eussions	feint
vs feignissiez	vs eussiez	feint
ils feignissent	ils eussent	feint

IMPÉRATIF

Présent	*Passé*	
feins	aie	feint
feignons	ayons	feint
feignez	ayez	feint

- Verbes en *-aindre*, *-eindre* et *-oindre*.
- Alternance au présent de l'indicatif et à l'impératif entre forme avec voyelle nasale (singulier) et sans voyelle nasale (pluriel).

INFINITIF

Présent	*Passé*
résoudre	avoir résolu

PARTICIPE

Présent	*Passé*
résolvant	résolu, e ayant résolu

INDICATIF

Présent	*Passé composé*
je résous	j' ai résolu
tu résous	tu as résolu
il résout	il a résolu
ns résolvons	ns avons résolu
vs résolvez	vs avez résolu
ils résolvent	ils ont résolu

Imparfait	*Plus-que-parfait*
je résolvais	j' avais résolu
tu résolvais	tu avais résolu
il résolvait	il avait résolu
ns résolvions	ns avions résolu
vs résolviez	vs aviez résolu
ils résolvaient	ils avaient résolu

Passé simple	*Passé antérieur*
je résolus	j' eus résolu
tu résolus	tu eus résolu
il résolut	il eut résolu
ns résolûmes	ns eûmes résolu
vs résolûtes	vs eûtes résolu
ils résolurent	ils eurent résolu

Futur simple	*Futur antérieur*
je résoudrai	j' aurai résolu
tu résoudras	tu auras résolu
il résoudra	il aura résolu
ns résoudrons	ns aurons résolu
vs résoudrez	vs aurez résolu
ils résoudront	ils auront résolu

Conditionnel présent	*Conditionnel passé*
je résoudrais	j' aurais résolu
tu résoudrais	tu aurais résolu
il résoudrait	il aurait résolu
ns résoudrions	ns aurions résolu
vs résoudriez	vs auriez résolu
ils résoudraient	ils auraient résolu

SUBJONCTIF

Présent	*Passé*
q. je résolve	q. j' aie résolu
tu résolves	tu aies résolu
il résolve	il ait résolu
ns résolvions	ns ayons résolu
vs résolviez	vs ayez résolu
ils résolvent	ils aient résolu

Imparfait	*Plus-que-parfait*
q. je résolusse	q. j' eusse résolu
tu résolusses	tu eusses résolu
il résolût	il eût résolu
ns résolussions	ns eussions résolu
vs résolussiez	vs eussiez résolu
ils résolussent	ils eussent résolu

IMPÉRATIF

Présent	*Passé*
résous	aie résolu
résolvons	ayons résolu
résolvez	ayez résolu

- \+ *absoudre* (avec participe passé : *absous, absoute*), *dissoudre* (avec participe passé : *dissous, dissoute*).
- Absence de passé simple et de subjonctif imparfait pour *absoudre* et *dissoudre*.

45 COUDRE

INFINITIF			PARTICIPE		
Présent	***Passé***		***Présent***	***Passé***	
coudre	avoir	cousu	cousant	cousu, e	
				ayant	cousu

INDICATIF

Présent	***Passé composé***	
je couds	j' ai	cousu
tu couds	tu as	cousu
il coud	il a	cousu
ns cousons	ns avons	cousu
vs cousez	vs avez	cousu
ils cousent	ils ont	cousu
Imparfait	***Plus-que-parfait***	
je cousais	j' avais	cousu
tu cousais	tu avais	cousu
il cousait	il avait	cousu
ns cousions	ns avions	cousu
vs cousiez	vs aviez	cousu
ils cousaient	ils avaient	cousu
Passé simple	***Passé antérieur***	
je cousis	j' eus	cousu
tu cousis	tu eus	cousu
il cousit	il eut	cousu
ns cousîmes	ns eûmes	cousu
vs cousîtes	vs eûtes	cousu
ils cousirent	ils eurent	cousu
Futur simple	***Futur antérieur***	
je coudrai	j' aurai	cousu
tu coudras	tu auras	cousu
il coudra	il aura	cousu
ns coudrons	ns aurons	cousu
vs coudrez	vs aurez	cousu
ils coudront	ils auront	cousu
Conditionnel présent	***Conditionnel passé***	
je coudrais	j' aurais	cousu
tu coudrais	tu aurais	cousu
il coudrait	il aurait	cousu
ns coudrions	ns aurions	cousu
vs coudriez	vs auriez	cousu
ils coudraient	ils auraient	cousu

SUBJONCTIF

Présent	***Passé***	
q. je couse	q. j' aie	cousu
tu couses	tu aies	cousu
il couse	il ait	cousu
ns cousions	ns ayons	cousu
vs cousiez	vs ayez	cousu
ils cousent	ils aient	cousu
Imparfait	***Plus-que-parfait***	
q. je cousisse	q. j' eusse	cousu
tu cousisses	tu eusses	cousu
il cousît	il eût	cousu
ns cousissions	ns eussions	cousu
vs cousissiez	vs eussiez	cousu
ils cousissent	ils eussent	cousu

IMPÉRATIF

Présent	***Passé***	
couds	aie	cousu
cousons	ayons	cousu
cousez	ayez	cousu

- + *découdre, recoudre.*
- Absence de désinence à la 3e personne du singulier de l'indicatif présent.

INFINITIF

Présent	Passé
moudre	avoir moulu

PARTICIPE

Présent	Passé
moulant	moulu, e
	ayant moulu

INDICATIF

Présent	Passé composé
je mouds	j' ai moulu
tu mouds	tu as moulu
il moud	il a moulu
ns moulons	ns avons moulu
vs moulez	vs avez moulu
ils moulent	ils ont moulu

Imparfait	Plus-que-parfait
je moulais	j' avais moulu
tu moulais	tu avais moulu
il moulait	il avait moulu
ns moulions	ns avions moulu
vs mouliez	vs aviez moulu
ils moulaient	ils avaient moulu

Passé simple	Passé antérieur
je moulus	j' eus moulu
tu moulus	tu eus moulu
il moulut	il eut moulu
ns moulûmes	ns eûmes moulu
vs moulûtes	vs eûtes moulu
ils moulurent	ils eurent moulu

Futur simple	Futur antérieur
je moudrai	j' aurai moulu
tu moudras	tu auras moulu
il moudra	il aura moulu
ns moudrons	ns aurons moulu
vs moudrez	vs aurez moulu
ils moudront	ils auront moulu

Conditionnel présent	Conditionnel passé
je moudrais	j' aurais moulu
tu moudrais	tu aurais moulu
il moudrait	il aurait moulu
ns moudrions	ns aurions moulu
vs moudriez	vs auriez moulu
ils moudraient	ils auraient moulu

SUBJONCTIF

Présent	Passé
q. je moule	q. j' aie moulu
tu moules	tu aies moulu
il moule	il ait moulu
ns moulions	ns ayons moulu
vs mouliez	vs ayez moulu
ils moulent	ils aient moulu

Imparfait	Plus-que-parfait
q. je moulusse	q. j' eusse moulu
tu moulusses	tu eusses moulu
il moulût	il eût moulu
ns moulussions	ns eussions moulu
vs moulussiez	vs eussiez moulu
ils moulussent	ils eussent moulu

IMPÉRATIF

Présent	Passé
mouds	aie moulu
moulons	ayons moulu
moulez	ayez moulu

- + *émoudre, remoudre.*
- Absence de désinence à la 3e personne de l'indicatif présent.

47 BATTRE

INFINITIF

Présent	*Passé*	
battre	avoir	battu

PARTICIPE

Présent	*Passé*	
battant	battu, e	
	ayant	battu

INDICATIF

Présent	*Passé composé*	
je bats	j' ai	battu
tu bats	tu as	battu
il bat	il a	battu
ns battons	ns avons	battu
vs battez	vs avez	battu
ils battent	ils ont	battu

Imparfait	*Plus-que-parfait*	
je battais	j' avais	battu
tu battais	tu avais	battu
il battait	il avait	battu
ns battions	ns avions	battu
vs battiez	vs aviez	battu
ils battaient	ils avaient	battu

Passé simple	*Passé antérieur*	
je battis	j' eus	battu
tu battis	tu eus	battu
il battit	il eut	battu
ns battîmes	ns eûmes	battu
vs battîtes	vs eûtes	battu
ils battirent	ils eurent	battu

Futur simple	*Futur antérieur*	
je battrai	j' aurai	battu
tu battras	tu auras	battu
il battra	il aura	battu
ns battrons	ns aurons	battu
vs battrez	vs aurez	battu
ils battront	ils auront	battu

Conditionnel présent	*Conditionnel passé*	
je battrais	j' aurais	battu
tu battrais	tu aurais	battu
il battrait	il aurait	battu
ns battrions	ns aurions	battu
vs battriez	vs auriez	battu
ils battraient	ils auraient	battu

SUBJONCTIF

Présent	*Passé*	
q. je batte	q. j' aie	battu
tu battes	tu aies	battu
il batte	il ait	battu
ns battions	ns ayons	battu
vs battiez	vs ayez	battu
ils battent	ils aient	battu

Imparfait	*Plus-que-parfait*	
q. je battisse	q. j' eusse	battu
tu battisses	tu eusses	battu
il battît	il eût	battu
ns battissions	ns eussions	battu
vs battissiez	vs eussiez	battu
ils battissent	ils eussent	battu

IMPÉRATIF

Présent	*Passé*	
bats	aie	battu
battons	ayons	battu
battez	ayez	battu

- + composés.
- Absence de désinence à la 3e personne de l'indicatif présent.

INFINITIF

Présent	Passé	
mettre	avoir	mis

PARTICIPE

Présent	Passé	
mettant	mis, e	
	ayant	mis

INDICATIF

Présent	Passé composé	
je mets	j' ai	mis
tu mets	tu as	mis
il met	il a	mis
ns mettons	ns avons	mis
vs mettez	vs avez	mis
ils mettent	ils ont	mis

Imparfait	Plus-que-parfait	
je mettais	j' avais	mis
tu mettais	tu avais	mis
il mettait	il avait	mis
ns mettions	ns avions	mis
vs mettiez	vs aviez	mis
ils mettaient	ils avaient	mis

Passé simple	Passé antérieur	
je mis	j' eus	mis
tu mis	tu eus	mis
il mit	il eut	mis
ns mîmes	ns eûmes	mis
vs mîtes	vs eûtes	mis
ils mirent	ils eurent	mis

Futur simple	Futur antérieur	
je mettrai	j' aurai	mis
tu mettras	tu auras	mis
il mettra	il aura	mis
ns mettrons	ns aurons	mis
vs mettrez	vs aurez	mis
ils mettront	ils auront	mis

Conditionnel présent	Conditionnel passé	
je mettrais	j' aurais	mis
tu mettrais	tu aurais	mis
il mettrait	il aurait	mis
ns mettrions	ns aurions	mis
vs mettriez	vs auriez	mis
ils mettraient	ils auraient	mis

SUBJONCTIF

Présent	Passé	
q. je mette	q. j' aie	mis
tu mettes	tu aies	mis
il mette	il ait	mis
ns mettions	ns ayons	mis
vs mettiez	vs ayez	mis
ils mettent	ils aient	mis

Imparfait	Plus-que-parfait	
q. je misse	q. j' eusse	mis
tu misses	tu eusses	mis
il mît	il eût	mis
ns missions	ns eussions	mis
vs missiez	vs eussiez	mis
ils missent	ils eussent	mis

IMPÉRATIF

Présent	Passé	
mets	aie	mis
mettons	ayons	mis
mettez	ayez	mis

- \+ composés.
- Absence de désinence à la 3e personne de l'indicatif présent.
- Ne diffère du type précédent que par le radical du passé simple et le participe passé.

49 VIVRE

INFINITIF

Présent	Passé	
vivre	avoir	vécu

PARTICIPE

Présent	Passé	
vivant	vécu, e	
	ayant	vécu

INDICATIF

Présent	Passé composé	
je vis	j' ai	vécu
tu vis	tu as	vécu
il vit	il a	vécu
ns vivons	ns avons	vécu
vs vivez	vs avez	vécu
ils vivent	ils ont	vécu

Imparfait	Plus-que-parfait	
je vivais	j' avais	vécu
tu vivais	tu avais	vécu
il vivait	il avait	vécu
ns vivions	ns avions	vécu
vs viviez	vs aviez	vécu
ils vivaient	ils avaient	vécu

Passé simple	Passé antérieur	
je vécus	j' eus	vécu
tu vécus	tu eus	vécu
il vécut	il eut	vécu
ns vécûmes	ns eûmes	vécu
vs vécûtes	vs eûtes	vécu
ils vécurent	ils eurent	vécu

Futur simple	Futur antérieur	
je vivrai	j' aurai	vécu
tu vivras	tu auras	vécu
il vivra	il aura	vécu
ns vivrons	ns aurons	vécu
vs vivrez	vs aurez	vécu
ils vivront	ils auront	vécu

Conditionnel présent	Conditionnel passé	
je vivrais	j' aurais	vécu
tu vivrais	tu aurais	vécu
il vivrait	il aurait	vécu
ns vivrions	ns aurions	vécu
vs vivriez	vs auriez	vécu
ils vivraient	ils auraient	vécu

SUBJONCTIF

Présent	Passé	
q. je vive	q. j' aie	vécu
tu vives	tu aies	vécu
il vive	il ait	vécu
ns vivions	ns ayons	vécu
vs viviez	vs ayez	vécu
ils vivent	ils aient	vécu

Imparfait	Plus-que-parfait	
q. je vécusse	q. j' eusse	vécu
tu vécusses	tu eusses	vécu
il vécût	il eût	vécu
ns vécussions	ns eussions	vécu
vs vécussiez	vs eussiez	vécu
ils vécussent	ils eussent	vécu

IMPÉRATIF

Présent	Passé	
vis	aie	vécu
vivons	ayons	vécu
vivez	ayez	vécu

- \+ composés : *revivre, survivre.*
- Participe passé de *survivre* invariable.

INFINITIF

Présent	Passé	
suivre	avoir	suivi

PARTICIPE

Présent	Passé	
suivant	suivi, e	
	ayant	suivi

INDICATIF

Présent	Passé composé	
je suis	j' ai	suivi
tu suis	tu as	suivi
il suit	il a	suivi
ns suivons	ns avons	suivi
vs suivez	vs avez	suivi
ils suivent	ils ont	suivi
Imparfait	**Plus-que-parfait**	
je suivais	j' avais	suivi
tu suivais	tu avais	suivi
il suivait	il avait	suivi
ns suivions	ns avions	suivi
vs suiviez	vs aviez	suivi
ils suivaient	ils avaient	suivi
Passé simple	**Passé antérieur**	
je suivis	j' eus	suivi
tu suivis	tu eus	suivi
il suivit	il eut	suivi
ns suivîmes	ns eûmes	suivi
vs suivîtes	vs eûtes	suivi
ils suivirent	ils eurent	suivi
Futur simple	**Futur antérieur**	
je suivrai	j' aurai	suivi
tu suivras	tu auras	suivi
il suivra	il aura	suivi
ns suivrons	ns aurons	suivi
vs suivrez	vs aurez	suivi
ils suivront	ils auront	suivi
Conditionnel présent	**Conditionnel passé**	
je suivrais	j' aurais	suivi
tu suivrais	tu aurais	suivi
il suivrait	il aurait	suivi
ns suivrions	ns aurions	suivi
vs suivriez	vs auriez	suivi
ils suivraient	ils auraient	suivi

SUBJONCTIF

Présent	Passé	
q. je suive	q. j' aie	suivi
tu suives	tu aies	suivi
il suive	il ait	suivi
ns suivions	ns ayons	suivi
vs suiviez	vs ayez	suivi
ils suivent	ils aient	suivi
Imparfait	**Plus-que-parfait**	
q. je suivisse	q. j' eusse	suivi
tu suivisses	tu eusses	suivi
il suivît	il eût	suivi
ns suivissions	ns eussions	suivi
vs suivissiez	vs eussiez	suivi
ils suivissent	ils eussent	suivi

IMPÉRATIF

Présent	Passé	
suis	aie	suivi
suivons	ayons	suivi
suivez	ayez	suivi

● + composés : *s'ensuivre, poursuivre.*

● *Foutre* et *contrefoutre*, mis à part le participe passé en *u (foutu)*, et l'absence de passé simple, de passé antérieur, d'imparfait et de plus-que-parfait du subjonctif, offrent un même type de conjugaison.

51 ÉCRIRE

INFINITIF

Présent	*Passé*	
écrire	avoir	écrit

PARTICIPE

Présent	*Passé*	
écrivant	écrit, e	
	ayant	écrit

INDICATIF

Présent	*Passé composé*	
j' écris	j' ai	écrit
tu écris	tu as	écrit
il écrit	il a	écrit
ns écrivons	ns avons	écrit
vs écrivez	vs avez	écrit
ils écrivent	ils ont	écrit

Imparfait	*Plus-que-parfait*	
j' écrivais	j' avais	écrit
tu écrivais	tu avais	écrit
il écrivait	il avait	écrit
ns écrivions	ns avions	écrit
vs écriviez	vs aviez	écrit
ils écrivaient	ils avaient	écrit

Passé simple	*Passé antérieur*	
j' écrivis	j' eus	écrit
tu écrivis	tu eus	écrit
il écrivit	il eut	écrit
ns écrivîmes	ns eûmes	écrit
vs écrivîtes	vs eûtes	écrit
ils écrivirent	ils eurent	écrit

Futur simple	*Futur antérieur*	
j' écrirai	j' aurai	écrit
tu écriras	tu auras	écrit
il écrira	il aura	écrit
ns écrirons	ns aurons	écrit
vs écrirez	vs aurez	écrit
ils écriront	ils auront	écrit

Conditionnel présent	*Conditionnel passé*	
j' écrirais	j' aurais	écrit
tu écrirais	tu aurais	écrit
il écrirait	il aurait	écrit
ns écririons	ns aurions	écrit
vs écririez	vs auriez	écrit
ils écriraient	ils auraient	écrit

SUBJONCTIF

Présent	*Passé*	
q. j' écrive	q. j' aie	écrit
tu écrives	tu aies	écrit
il écrive	il ait	écrit
ns écrivions	ns ayons	écrit
vs écriviez	vs ayez	écrit
ils écrivent	ils aient	écrit

Imparfait	*Plus-que-parfait*	
q. j' écrivisse	q. j' eusse	écrit
tu écrivisses	tu eusses	écrit
il écrivît	il eût	écrit
ns écrivissions	ns eussions	écrit
vs écrivissiez	vs eussiez	écrit
ils écrivissent	ils eussent	écrit

IMPÉRATIF

Présent	*Passé*	
écris	aie	écrit
écrivons	ayons	écrit
écrivez	ayez	écrit

● + *décrire, récrire* et composés en *-scrire: circonscrire, (ré)inscrire, prescrire, proscrire, souscrire, (re)transcrire.*

● Type de conjugaison voisin, à l'exception du participe passé, de *mentir*, C23.

INFINITIF

Présent	Passé
rire	avoir ri

PARTICIPE

Présent	Passé
riant	ri
	ayant ri

INDICATIF

Présent	Passé composé
je ris	j' ai ri
tu ris	tu as ri
il rit	il a ri
ns rions	ns avons ri
vs riez	vs avez ri
ils rient	ils ont ri

Imparfait	Plus-que-parfait
je riais	j' avais ri
tu riais	tu avais ri
il riait	il avait ri
ns riions	ns avions ri
vs riiez	vs aviez ri
ils riaient	ils avaient ri

Passé simple	Passé antérieur
je ris	j' eus ri
tu ris	tu eus ri
il rit	il eut ri
ns rîmes	ns eûmes ri
vs rîtes	vs eûtes ri
ils rirent	ils eurent ri

Futur simple	Futur antérieur
je rirai	j' aurai ri
tu riras	tu auras ri
il rira	il aura ri
ns rirons	ns aurons ri
vs rirez	vs aurez ri
ils riront	ils auront ri

Conditionnel présent	Conditionnel passé
je rirais	j' aurais ri
tu rirais	tu aurais ri
il rirait	il aurait ri
ns ririons	ns aurions ri
vs ririez	vs auriez ri
ils riraient	ils auraient ri

SUBJONCTIF

Présent	Passé
q. je rie	q. j' aie ri
tu ries	tu aies ri
il rie	il ait ri
ns riions	ns ayons ri
vs riiez	vs ayez ri
ils rient	ils aient ri

Imparfait	Plus-que-parfait
q. je risse	q. j' eusse ri
tu risses	tu eusses ri
il rît	il eût ri
ns rissions	ns eussions ri
vs rissiez	vs eussiez ri
ils rissent	ils eussent ri

IMPÉRATIF

Présent	Passé
ris	aie ri
rions	ayons ri
riez	ayez ri

- + *sourire.*
- Radical constant.
- Participe passé toujours invariable.

53 LIRE

INFINITIF

Présent	Passé	
lire	avoir	lu

PARTICIPE

Présent	Passé	
lisant	lu, e	
	ayant	lu

INDICATIF

Présent	Passé composé	
je lis	j' ai	lu
tu lis	tu as	lu
il lit	il a	lu
ns lisons	ns avons	lu
vs lisez	vs avez	lu
ils lisent	ils ont	lu

Imparfait	Plus-que-parfait	
je lisais	j' avais	lu
tu lisais	tu avais	lu
il lisait	il avait	lu
ns lisions	ns avions	lu
vs lisiez	vs aviez	lu
ils lisaient	ils avaient	lu

Passé simple	Passé antérieur	
je lus	j' eus	lu
tu lus	tu eus	lu
il lut	il eut	lu
ns lûmes	ns eûmes	lu
vs lûtes	vs eûtes	lu
ils lurent	ils eurent	lu

Futur simple	Futur antérieur	
je lirai	j' aurai	lu
tu liras	tu auras	lu
il lira	il aura	lu
ns lirons	ns aurons	lu
vs lirez	vs aurez	lu
ils liront	ils auront	lu

Conditionnel présent	Conditionnel passé	
je lirais	j' aurais	lu
tu lirais	tu aurais	lu
il lirait	il aurait	lu
ns lirions	ns aurions	lu
vs liriez	vs auriez	lu
ils liraient	ils auraient	lu

SUBJONCTIF

Présent	Passé	
q. je lise	q. j' aie	lu
tu lises	tu aies	lu
il lise	il ait	lu
ns lisions	ns ayons	lu
vs lisiez	vs ayez	lu
ils lisent	ils aient	lu

Imparfait	Plus-que-parfait	
q. je lusse	q. j' eusse	lu
tu lusses	tu eusses	lu
il lût	il eût	lu
ns lussions	ns eussions	lu
vs lussiez	vs eussiez	lu
ils lussent	ils eussent	lu

IMPÉRATIF

Présent	Passé	
lis	aie	lu
lisons	ayons	lu
lisez	ayez	lu

- + *élire, réélire, relire.*

INFINITIF

Présent	*Passé*
dire	avoir dit

PARTICIPE

Présent	*Passé*
disant	dit, e
	ayant dit

INDICATIF

Présent	*Passé composé*
je dis	j' ai dit
tu dis	tu as dit
il dit	il a dit
ns disons	ns avons dit
vs dites	vs avez dit
ils disent	ils ont dit
Imparfait	***Plus-que-parfait***
je disais	j' avais dit
tu disais	tu avais dit
il disait	il avait dit
ns disions	ns avions dit
vs disiez	vs aviez dit
ils disaient	ils avaient dit
Passé simple	***Passé antérieur***
je dis	j' eus dit
tu dis	tu eus dit
il dit	il eut dit
ns dîmes	ns eûmes dit
vs dîtes	vs eûtes dit
ils dirent	ils eurent dit
Futur simple	***Futur antérieur***
je dirai	j' aurai dit
tu diras	tu auras dit
il dira	il aura dit
ns dirons	ns aurons dit
vs direz	vs aurez dit
ils diront	ils auront dit
Conditionnel présent	***Conditionnel passé***
je dirais	j' aurais dit
tu dirais	tu aurais dit
il dirait	il aurait dit
ns dirions	ns aurions dit
vs diriez	vs auriez dit
ils diraient	ils auraient dit

SUBJONCTIF

Présent	*Passé*
q. je dise	q. j' aie dit
tu dises	tu aies dit
il dise	il ait dit
ns disions	ns ayons dit
vs disiez	vs ayez dit
ils disent	ils aient dit
Imparfait	***Plus-que-parfait***
q. je disse	q. j' eusse dit
tu disses	tu eusses dit
il dît	il eût dit
ns dissions	ns eussions dit
vs dissiez	vs eussiez dit
ils dissent	ils eussent dit

IMPÉRATIF

Présent	*Passé*
dis	aie dit
disons	ayons dit
dites	ayez dit

● + composés de *dire* (sauf *maudire*, conjugué sur *finir* mais avec participe passé *maudit*).

● 2e personne du pluriel de l'indicatif présent et de l'impératif :
— en *-dites* seulement pour *redire* (*redites*);
— en *-disez* dans les autres cas (*contredisez*, etc.).

55 SUFFIRE

INFINITIF

Présent	Passé	
suffire	avoir	suffi

PARTICIPE

Présent	Passé	
suffisant	suffi	
	ayant	suffi

INDICATIF

Présent	Passé composé	
je suffis	j' ai	suffi
tu suffis	tu as	suffi
il suffit	il a	suffi
ns suffisons	ns avons	suffi
vs suffisez	vs avez	suffi
ils suffisent	ils ont	suffi

Imparfait	Plus-que-parfait	
je suffisais	j' avais	suffi
tu suffisais	tu avais	suffi
il suffisait	il avait	suffi
ns suffisions	ns avions	suffi
vs suffisiez	vs aviez	suffi
ils suffisaient	ils avaient	suffi

Passé simple	Passé antérieur	
je suffis	j' eus	suffi
tu suffis	tu eus	suffi
il suffit	il eut	suffi
ns suffîmes	ns eûmes	suffi
vs suffîtes	vs eûtes	suffi
ils suffirent	ils eurent	suffi

Futur simple	Futur antérieur	
je suffirai	j' aurai	suffi
tu suffiras	tu auras	suffi
il suffira	il aura	suffi
ns suffirons	ns aurons	suffi
vs suffirez	vs aurez	suffi
ils suffiront	ils auront	suffi

Conditionnel présent	Conditionnel passé	
je suffirais	j' aurais	suffi
tu suffirais	tu aurais	suffi
il suffirait	il aurait	suffi
ns suffirions	ns aurions	suffi
vs suffiriez	vs auriez	suffi
ils suffiraient	ils auraient	suffi

SUBJONCTIF

Présent	Passé	
q. je suffise	q. j' aie	suffi
tu suffises	tu aies	suffi
il suffise	il ait	suffi
ns suffisions	ns ayons	suffi
vs suffisiez	vs ayez	suffi
ils suffisent	ils aient	suffi

Imparfait	Plus-que-parfait	
q. je suffisse	q. j' eusse	suffi
tu suffisses	tu eusses	suffi
il suffît	il eût	suffi
ns suffissions	ns eussions	suffi
vs suffissiez	vs eussiez	suffi
ils suffissent	ils eussent	suffi

IMPÉRATIF

Présent	Passé	
suffis	aie	suffi
suffisons	ayons	suffi
suffisez	ayez	suffi

● + *confire, déconfire* (avec participe passé *confit, e; déconfit, e).*
+ *circoncire* (avec participe passé *circoncis, e).*

● Participe passé de *suffire* toujours invariable.

INFINITIF

Présent	Passé	
cuire	avoir	cuit

PARTICIPE

Présent	Passé	
cuisant	cuit, e	
	ayant	cuit

INDICATIF

Présent	Passé composé	
je cuis	j' ai	cuit
tu cuis	tu as	cuit
il cuit	il a	cuit
ns cuisons	ns avons	cuit
vs cuisez	vs avez	cuit
ils cuisent	ils ont	cuit

Imparfait	Plus-que-parfait	
je cuisais	j' avais	cuit
tu cuisais	tu avais	cuit
il cuisait	il avait	cuit
ns cuisions	ns avions	cuit
vs cuisiez	vs aviez	cuit
ils cuisaient	ils avaient	cuit

Passé simple	Passé antérieur	
je cuisis	j' eus	cuit
tu cuisis	tu eus	cuit
il cuisit	il eut	cuit
ns cuisîmes	ns eûmes	cuit
vs cuisîtes	vs eûtes	cuit
ils cuisirent	ils eurent	cuit

Futur simple	Futur antérieur	
je cuirai	j' aurai	cuit
tu cuiras	tu auras	cuit
il cuira	il aura	cuit
ns cuirons	ns aurons	cuit
vs cuirez	vs aurez	cuit
ils cuiront	ils auront	cuit

Conditionnel présent	Conditionnel passé	
je cuirais	j' aurais	cuit
tu cuirais	tu aurais	cuit
il cuirait	il aurait	cuit
ns cuirions	ns aurions	cuit
vs cuiriez	vs auriez	cuit
ils cuiraient	ils auraient	cuit

SUBJONCTIF

Présent	Passé	
q. je cuise	q. j' aie	cuit
tu cuises	tu aies	cuit
il cuise	il ait	cuit
ns cuisions	ns ayons	cuit
vs cuisiez	vs ayez	cuit
ils cuisent	ils aient	cuit

Imparfait	Plus-que-parfait	
q. je cuisisse	q. j' eusse	cuit
tu cuisisses	tu eusses	cuit
il cuisît	il eût	cuit
ns cuisissions	ns eussions	cuit
vs cuisissiez	vs eussiez	cuit
ils cuisissent	ils eussent	cuit

IMPÉRATIF

Présent	Passé	
cuis	aie	cuit
cuisons	ayons	cuit
cuisez	ayez	cuit

● + *construire, instruire, détruire, luire, nuire* et leurs composés, ainsi que les verbes en *-duire.*

● Participe passé en *ui* sans féminin ni pluriel pour *(re)luire* et *nuire.*

● *Pour (re)luire,* possibilité d'usage au passé simple des formes anciennes *je (re)luis,* etc.

● Type de conjugaison voisin de celui de *écrire,* C51.

57 EXCLURE

INFINITIF

Présent	Passé	
exclure	avoir	exclu

PARTICIPE

Présent	Passé	
excluant	exclu, e	
	ayant	exclu

INDICATIF

Présent	Passé composé	
j' exclus	j' ai	exclu
tu exclus	tu as	exclu
il exclut	il a	exclu
ns excluons	ns avons	exclu
vs excluez	vs avez	exclu
ils excluent	ils ont	exclu

Imparfait	Plus-que-parfait	
j' excluais	j' avais	exclu
tu excluais	tu avais	exclu
il excluait	il avait	exclu
ns excluions	ns avions	exclu
vs excluiez	vs aviez	exclu
ils excluaient	ils avaient	exclu

Passé simple	Passé antérieur	
j' exclus	j' eus	exclu
tu exclus	tu eus	exclu
il exclut	il eut	exclu
ns exclûmes	ns eûmes	exclu
vs exclûtes	vs eûtes	exclu
ils exclurent	ils eurent	exclu

Futur simple	Futur antérieur	
j' exclurai	j' aurai	exclu
tu excluras	tu auras	exclu
il exclura	il aura	exclu
ns exclurons	ns aurons	exclu
vs exclurez	vs aurez	exclu
ils excluront	ils auront	exclu

Conditionnel présent	Conditionnel passé	
j' exclurais	j' aurais	exclu
tu exclurais	tu aurais	exclu
il exclurait	il aurait	exclu
ns exclurions	ns aurions	exclu
vs excluriez	vs auriez	exclu
ils excluraient	ils auraient	exclu

SUBJONCTIF

Présent	Passé	
q. j' exclue	q. j' aie	exclu
tu exclues	tu aies	exclu
il exclue	il ait	exclu
ns excluions	ns ayons	exclu
vs excluiez	vs ayez	exclu
ils excluent	ils aient	exclu

Imparfait	Plus-que-parfait	
q. j' exclusse	q. j' eusse	exclu
tu exclusses	tu eusses	exclu
il exclût	il eût	exclu
ns exclussions	ns eussions	exclu
vs exclussiez	vs eussiez	exclu
ils exclussent	ils eussent	exclu

IMPÉRATIF

Présent	Passé	
exclus	aie	exclu
excluons	ayons	exclu
excluez	ayez	exclu

- \+ *conclure, inclure, occlure.*
- Avec participe passé *inclus, e* pour *inclure* et *occlus, e* pour *occlure.*
- Radical constant.

INFINITIF

Présent	Passé	
traire	avoir	trait

PARTICIPE

Présent	Passé	
trayant	trait, e	
	ayant	trait

INDICATIF

Présent	Passé composé	
je trais	j' ai	trait
tu trais	tu as	trait
il trait	il a	trait
ns trayons	ns avons	trait
vs trayez	vs avez	trait
ils traient	ils ont	trait

Imparfait	Plus-que-parfait	
je trayais	j' avais	trait
tu trayais	tu avais	trait
il trayait	il avait	trait
ns trayions	ns avions	trait
vs trayiez	vs aviez	trait
ils trayaient	ils avaient	trait

Passé simple	Passé antérieur	
Inusité	j' eus	trait
	tu eus	trait
	il eut	trait
	ns eûmes	trait
	vs eûtes	trait
	ils eurent	trait

Futur simple	Futur antérieur	
je trairai	j' aurai	trait
tu trairas	tu auras	trait
il traira	il aura	trait
ns trairons	ns aurons	trait
vs trairez	vs aurez	trait
ils trairont	ils auront	trait

Conditionnel présent	Conditionnel passé	
je trairais	j' aurais	trait
tu trairais	tu aurais	trait
il trairait	il aurait	trait
ns trairions	ns aurions	trait
vs trairiez	vs auriez	trait
ils trairaient	ils auraient	trait

SUBJONCTIF

Présent	Passé	
q. je traie	q. j' aie	trait
tu traies	tu aies	trait
il traie	il ait	trait
ns trayions	ns ayons	trait
vs trayiez	vs ayez	trait
ils traient	ils aient	trait

Imparfait	Plus-que-parfait	
Inusité	q. j' eusse	trait
	tu eusses	trait
	il eût	trait
	ns eussions	trait
	vs eussiez	trait
	ils eussent	trait

IMPÉRATIF

Présent	Passé	
trais	aie	trait
trayons	ayons	trait
trayez	ayez	trait

- \+ composés de *traire; braire, raire* (utilisés seulement aux 3e personnes).
- Alternance *ai / ay*, tenant à une prononciation de [j] devant voyelle autre que *e*.

59 FAIRE

INFINITIF

Présent	Passé
faire	avoir fait

PARTICIPE

Présent	Passé
faisant	fait, e
	ayant fait

INDICATIF

Présent	Passé composé
je fais	j' ai fait
tu fais	tu as fait
il fait	il a fait
ns faisons	ns avons fait
vs faites	vs avez fait
ils font	ils ont fait

Imparfait	Plus-que-parfait
je faisais	j' avais fait
tu faisais	tu avais fait
il faisait	il avait fait
ns faisions	ns avions fait
vs faisiez	vs aviez fait
ils faisaient	ils avaient fait

Passé simple	Passé antérieur
je fis	j' eus fait
tu fis	tu eus fait
il fit	il eut fait
ns fîmes	ns eûmes fait
vs fîtes	vs eûtes fait
ils firent	ils eurent fait

Futur simple	Futur antérieur
je ferai	j' aurai fait
tu feras	tu auras fait
il fera	il aura fait
ns ferons	ns aurons fait
vs ferez	vs aurez fait
ils feront	ils auront fait

Conditionnel présent	Conditionnel passé
je ferais	j' aurais fait
tu ferais	tu aurais fait
il ferait	il aurait fait
ns ferions	ns aurions fait
vs feriez	vs auriez fait
ils feraient	ils auraient fait

SUBJONCTIF

Présent	Passé
q. je fasse	q. j' aie fait
tu fasses	tu aies fait
il fasse	il ait fait
ns fassions	ns ayons fait
vs fassiez	vs ayez fait
ils fassent	ils aient fait

Imparfait	Plus-que-parfait
q. je fisse	q. j' eusse fait
tu fisses	tu eusses fait
il fît	il eût fait
ns fissions	ns eussions fait
vs fissiez	vs eussiez fait
ils fissent	ils eussent fait

IMPÉRATIF

Présent	Passé
fais	aie fait
faisons	ayons fait
faites	ayez fait

- + composés.
- 2e et 3e personnes du pluriel de l'indicatif présent, 2e personne du pluriel de l'impératif irrégulières.
- Subjonctif présent de formation irrégulière.
- Conformément à la prononciation, le futur et le conditionnel sont en *e*; mais *ai* est conservé pour *faisant*, *faisons* et l'imparfait.

INFINITIF

Présent	*Passé*	
plaire	avoir	plu

PARTICIPE

Présent	*Passé*	
plaisant	plu	
	ayant	plu

INDICATIF

Présent	*Passé composé*	
je plais	j' ai	plu
tu plais	tu as	plu
il plaît	il a	plu
ns plaisons	ns avons	plu
vs plaisez	vs avez	plu
ils plaisent	ils ont	plu

Imparfait	*Plus-que-parfait*	
je plaisais	j' avais	plu
tu plaisais	tu avais	plu
il plaisait	il avait	plu
ns plaisions	ns avions	plu
vs plaisiez	vs aviez	plu
ils plaisaient	ils avaient	plu

Passé simple	*Passé antérieur*	
je plus	j' eus	plu
tu plus	tu eus	plu
il plut	il eut	plu
ns plûmes	ns eûmes	plu
vs plûtes	vs eûtes	plu
ils plurent	ils eurent	plu

Futur simple	*Futur antérieur*	
je plairai	j' aurai	plu
tu plairas	tu auras	plu
il plaira	il aura	plu
ns plairons	ns aurons	plu
vs plairez	vs aurez	plu
ils plairont	ils auront	plu

Conditionnel présent	*Conditionnel passé*	
je plairais	j' aurais	plu
tu plairais	tu aurais	plu
il plairait	il aurait	plu
ns plairions	ns aurions	plu
vs plairiez	vs auriez	plu
ils plairaient	ils auraient	plu

SUBJONCTIF

Présent	*Passé*	
q. je plaise	q. j' aie	plu
tu plaises	tu aies	plu
il plaise	il ait	plu
ns plaisions	ns ayons	plu
vs plaisiez	vs ayez	plu
ils plaisent	ils aient	plu

Imparfait	*Plus-que-parfait*	
q. je plusse	q. j' eusse	plu
tu plusses	tu eusses	plu
il plût	il eût	plu
ns plussions	ns eussions	plu
vs plussiez	vs eussiez	plu
ils plussent	ils eussent	plu

IMPÉRATIF

Présent	*Passé*	
plais	aie	plu
plaisons	ayons	plu
plaisez	ayez	plu

- + *complaire, déplaire, taire.*
- Présence d'un accent circonflexe sur la 3e personne de l'indicatif présent (sauf pour *taire*).
- Participe passé invariable (sauf pour *taire*).

61 PARAÎTRE

INFINITIF

Présent	*Passé*	
paraître	avoir	paru

PARTICIPE

Présent	*Passé*	
paraissant	paru, e	
	ayant	paru

INDICATIF

Présent	*Passé composé*	
je parais	j' ai	paru
tu parais	tu as	paru
il paraît	il a	paru
ns paraissons	ns avons	paru
vs paraissez	vs avez	paru
ils paraissent	ils ont	paru

Imparfait	*Plus-que-parfait*	
je paraissais	j' avais	paru
tu paraissais	tu avais	paru
il paraissait	il avait	paru
ns paraissions	ns avions	paru
vs paraissiez	vs aviez	paru
ils paraissaient	ils avaient	paru

Passé simple	*Passé antérieur*	
je parus	j' eus	paru
tu parus	tu eus	paru
il parut	il eut	paru
ns parûmes	ns eûmes	paru
vs parûtes	vs eûtes	paru
ils parurent	ils eurent	paru

Futur simple	*Futur antérieur*	
je paraîtrai	j' aurai	paru
tu paraîtras	tu auras	paru
il paraîtra	il aura	paru
ns paraîtrons	ns aurons	paru
vs paraîtrez	vs aurez	paru
ils paraîtront	ils auront	paru

Conditionnel présent	*Conditionnel passé*	
je paraîtrais	j' aurais	paru
tu paraîtrais	tu aurais	paru
il paraîtrait	il aurait	paru
ns paraîtrions	ns aurions	paru
vs paraîtriez	vs auriez	paru
ils paraîtraient	ils auraient	paru

SUBJONCTIF

Présent	*Passé*	
q. je paraisse	q. j' aie	paru
tu paraisses	tu aies	paru
il paraisse	il ait	paru
ns paraissions	ns ayons	paru
vs paraissiez	vs ayez	paru
ils paraissent	ils aient	paru

Imparfait	*Plus-que-parfait*	
q. je parusse	q. j' eusse	paru
tu parusses	tu eusses	paru
il parût	il eût	paru
ns parussions	ns eussions	paru
vs parussiez	vs eussiez	paru
ils parussent	ils eussent	paru

IMPÉRATIF

Présent	*Passé*	
parais	aie	paru
paraissons	ayons	paru
paraissez	ayez	paru

● + composés de *connaître* et *paraître*.
+ *repaître*.
+ *paître* défectif (passé simple, subjonctif imparfait et temps composés absents).

● Accent circonflexe sur le *i* qui précède le *t*.

INFINITIF

Présent	Passé
naître	être né

PARTICIPE

Présent	Passé
naissant	né, e
	étant né

INDICATIF

Présent	Passé composé
je nais	je suis né
tu nais	tu es né
il naît	il est né
ns naissons	ns sommes nés
vs naissez	vs êtes nés
ils naissent	ils sont nés

Imparfait	Plus-que-parfait
je naissais	j' étais né
tu naissais	tu étais né
il naissait	il était né
ns naissions	ns étions nés
vs naissiez	vs étiez nés
ils naissaient	ils étaient nés

Passé simple	Passé antérieur
je naquis	je fus né
tu naquis	tu fus né
il naquit	il fut né
ns naquîmes	ns fûmes nés
vs naquîtes	vs fûtes nés
ils naquirent	ils furent nés

Futur simple	Futur antérieur
je naîtrai	je serai né
tu naîtras	tu seras né
il naîtra	il sera né
ns naîtrons	ns serons nés
vs naîtrez	vs serez nés
ils naîtront	ils seront nés

Conditionnel présent	Conditionnel passé
je naîtrais	je serais né
tu naîtrais	tu serais né
il naîtrait	il serait né
ns naîtrions	ns serions nés
vs naîtriez	vs seriez nés
ils naîtraient	ils seraient nés

SUBJONCTIF

Présent	Passé
q. je naisse	q. je sois né
tu naisses	tu sois né
il naisse	il soit né
ns naissions	ns soyons nés
vs naissiez	vs soyez nés
ils naissent	ils soient nés

Imparfait	Plus-que-parfait
q. je naquisse	q. je fusse né
tu naquisses	tu fusses né
il naquît	il fût né
ns naquissions	ns fussions nés
vs naquissiez	vs fussiez nés
ils naquissent	ils fussent nés

IMPÉRATIF

Présent	Passé
nais	sois né
naissons	soyons nés
naissez	soyez nés

- + *renaître* (qui n'a pas de participe passé).
- Accent circonflexe sur le *i* qui précède le *t*.

63 CROÎTRE

INFINITIF

Présent	Passé	
croître	avoir	crû

PARTICIPE

Présent	Passé	
croissant	crû, crue	
	ayant	crû

INDICATIF

Présent	Passé composé	
je croîs	j' ai	crû
tu croîs	tu as	crû
il croît	il a	crû
ns croissons	ns avons	crû
vs croissez	vs avez	crû
ils croissent	ils ont	crû

Imparfait	Plus-que-parfait	
je croissais	j' avais	crû
tu croissais	tu avais	crû
il croissait	il avait	crû
ns croissions	ns avions	crû
vs croissiez	vs aviez	crû
ils croissaient	ils avaient	crû

Passé simple	Passé antérieur	
je crûs	j' eus	crû
tu crûs	tu eus	crû
il crût	il eut	crû
ns crûmes	ns eûmes	crû
vs crûtes	vs eûtes	crû
ils crûrent	ils eurent	crû

Futur simple	Futur antérieur	
je croîtrai	j' aurai	crû
tu croîtras	tu auras	crû
il croîtra	il aura	crû
ns croîtrons	ns aurons	crû
vs croîtrez	vs aurez	crû
ils croîtront	ils auront	crû

Conditionnel présent	Conditionnel passé	
je croîtrais	j' aurais	crû
tu croîtrais	tu aurais	crû
il croîtrait	il aurait	crû
ns croîtrions	ns aurions	crû
vs croîtriez	vs auriez	crû
ils croîtraient	ils auraient	crû

SUBJONCTIF

Présent	Passé	
q. je croisse	q. j' aie	crû
tu croisses	tu aies	crû
il croisse	il ait	crû
ns croissions	ns ayons	crû
vs croissiez	vs ayez	crû
ils croissent	ils aient	crû

Imparfait	Plus-que-parfait	
q. je crûsse	q. j' eusse	crû
tu crûsses	tu eusses	crû
il crût	il eût	crû
ns crûssions	ns eussions	crû
vs crûssiez	vs eussiez	crû
ils crûssent	ils eussent	crû

IMPÉRATIF

Présent	Passé	
croîs	aie	crû
croissons	ayons	crû
croissez	ayez	crû

- \+ *accroître, décroître, recroître* qui n'ont un accent que sur le *i* suivi d'un *t*.
- Pour *croître*, accent circonflexe sur toutes les formes homonymes de celles du verbe *croire*.
- Participe passé *crû* et *recrû* avec accent circonflexe seulement au masculin singulier. Absence d'accent circonflexe sur *décru* et *accru*.

INFINITIF

Présent	*Passé*	
croire	avoir	cru

PARTICIPE

Présent	*Passé*	
croyant	cru, e	
	ayant	cru

INDICATIF

Présent	*Passé composé*	
je crois	j' ai	cru
tu crois	tu as	cru
il croit	il a	cru
ns croyons	ns avons	cru
vs croyez	vs avez	cru
ils croient	ils ont	cru

Imparfait	*Plus-que-parfait*	
je croyais	j' avais	cru
tu croyais	tu avais	cru
il croyait	il avait	cru
ns croyions	ns avions	cru
vs croyiez	vs aviez	cru
ils croyaient	ils avaient	cru

Passé simple	*Passé antérieur*	
je crus	j' eus	cru
tu crus	tu eus	cru
il crut	il eut	cru
ns crûmes	ns eûmes	cru
vs crûtes	vs eûtes	cru
ils crurent	ils eurent	cru

Futur simple	*Futur antérieur*	
je croirai	j' aurai	cru
tu croiras	tu auras	cru
il croira	il aura	cru
ns croirons	ns aurons	cru
vs croirez	vs aurez	cru
ils croiront	ils auront	cru

Conditionnel présent	*Conditionnel passé*	
je croirais	j' aurais	cru
tu croirais	tu aurais	cru
il croirait	il aurait	cru
ns croirions	ns aurions	cru
vs croiriez	vs auriez	cru
ils croiraient	ils auraient	cru

SUBJONCTIF

Présent	*Passé*	
q. je croie	q. j' aie	cru
tu croies	tu aies	cru
il croie	il ait	cru
ns croyions	ns ayons	cru
vs croyiez	vs ayez	cru
ils croient	ils aient	cru

Imparfait	*Plus-que-parfait*	
q. je crusse	q. j' eusse	cru
tu crusses	tu eusses	cru
il crût	il eût	cru
ns crussions	ns eussions	cru
vs crussiez	vs eussiez	cru
ils crussent	ils eussent	cru

IMPÉRATIF

Présent	*Passé*	
crois	aie	cru
croyons	ayons	cru
croyez	ayez	cru

- \+ *accroire*.
- Alternance *oi* devant consonne ou *e* muet / *oy* devant les autres voyelles.

65 BOIRE

INFINITIF

Présent	Passé	
boire	avoir	bu

PARTICIPE

Présent	Passé	
buvant	bu, e	
	ayant	bu

INDICATIF

Présent	Passé composé	
je bois	j' ai	bu
tu bois	tu as	bu
il boit	il a	bu
ns buvons	ns avons	bu
vs buvez	vs avez	bu
ils boivent	ils ont	bu

Imparfait	Plus-que-parfait	
je buvais	j' avais	bu
tu buvais	tu avais	bu
il buvait	il avait	bu
ns buvions	ns avions	bu
vs buviez	vs aviez	bu
ils buvaient	ils avaient	bu

Passé simple	Passé antérieur	
je bus	j' eus	bu
tu bus	tu eus	bu
il but	il eut	bu
ns bûmes	ns eûmes	bu
vs bûtes	vs eûtes	bu
ils burent	ils eurent	bu

Futur simple	Futur antérieur	
je boirai	j' aurai	bu
tu boiras	tu auras	bu
il boira	il aura	bu
ns boirons	ns aurons	bu
vs boirez	vs aurez	bu
ils boiront	ils auront	bu

Conditionnel présent	Conditionnel passé	
je boirais	j' aurais	bu
tu boirais	tu aurais	bu
il boirait	il aurait	bu
ns boirions	ns aurions	bu
vs boiriez	vs auriez	bu
ils boiraient	ils auraient	bu

SUBJONCTIF

Présent	Passé	
q. je boive	q. j' aie	bu
tu boives	tu aies	bu
il boive	il ait	bu
ns buvions	ns ayons	bu
vs buviez	vs ayez	bu
ils boivent	ils aient	bu

Imparfait	Plus-que-parfait	
q. je busse	q. j' eusse	bu
tu busses	tu eusses	bu
il bût	il eût	bu
ns bussions	ns eussions	bu
vs bussiez	vs eussiez	bu
ils bussent	ils eussent	bu

IMPÉRATIF

Présent	Passé	
bois	aie	bu
buvons	ayons	bu
buvez	ayez	bu

- + *reboire.*
- Alternance vocalique *oi / u* aux présents et à l'impératif.

V. VERBES DÉFECTIFS

Les verbes défectifs sont des verbes dont certaines formes de conjugaison sont inusitées. Les verbes suivants se limitent aux formes citées. D'autres verbes défectifs, présentant un nombre très restreint de formes, ne sont indiqués que dans le dictionnaire orthographique.

C66 – FAILLIR :

Passé simple : *je faillis,* etc.
Futur : *je faillirai,* etc.
Conditionnel : *je faillirais,* etc.
Participe passé : *failli* et temps composés.

Les formes suivantes sont archaïques :
Indicatif présent : *je faux, tu faux, il faut, nous faillons, vous faillez, ils faillent* ; Imparfait : *je faillais,* etc. ; Futur : *je faudrai,* etc. ; Subjonctif présent : *je faille,* etc. ; Subjonctif imparfait : *je faillisse,* etc. ; Participe présent : *faillant.*
Au sens de « faire faillite », *faillir* se conjugue sur *finir.*

C67 – GÉSIR :

Indicatif présent : *je gis, tu gis, il gît, nous gisons, vous gisez, ils gisent.*
Indicatif imparfait : *je gisais,* etc.
Participe présent : *gisant.*

C68 – OUÏR :

Surtout utilisé aux participes passés *(ouï),* présent *(oyant)* et aux temps composés.
Survivance possible des anciennes formes d'indicatif présent : *j'ois, tu ois, il oit, nous oyons, vous oyez, ils oient* ; d'imparfait : *j'oyais,* etc. ; de passé simple : *j'ouïs,* etc. ; de futur (et de conditionnel) : *j'ouïrai* ou *j'orrai* ou *j'oirai,* etc. ; de subjonctif présent : *j'oie, tu oies, il oie, nous oyions, vous oyiez, ils oient* et de subjonctif imparfait : *j'ouïsse,* etc. ; et d'impératif : *ois, oyons, oyez.*

C69 – SAILLIR :

Verbe utilisé seulement aux 3e personnes. Au sens de « jaillir », se conjugue comme *finir* (C4) :
Indicatif présent : *il saillit, ils saillissent*

Imparfait : *il saillissait, ils saillissaient*
Passé simple : *il saillit, ils saillirent*
Futur : *il saillira, ils sailliront*
Subjonctif présent : *il saillisse, ils saillissent*
Subjonctif imparfait : *il saillît, ils saillissent*
Participe présent : *saillissant*
Participe passé : sailli, e.

Au sens d'« être en saillie », il se conjugue, à l'exception du futur, comme *assaillir* (C20) :
Indicatif présent : *il saille, ils saillent*
Imparfait : *il saillait, ils saillaient*
Passé simple : *il saillit, ils saillirent*
Futur : *il saillera, ils sailleront*
Subjonctif présent : *il saille, ils saillent*
Participe présent : *saillant*
Participe passé : *sailli, e.*

C70 – CHOIR : Indicatif présent : *je chois, tu chois, il choit, ils choient*
Passé simple : *je chus, il chut*
Futur : *je choirai*, etc. (avec variante archaïque *je cherrai*, etc.)
Conditionnel : *je choirais*, etc. (*je cherrais*, etc.)
Subjonctif imparfait : *il chût*
Participe passé : *chu, e.*

C71 – DÉCHOIR : Conjugaison identique à celle de *pourvoir* (C30), mais sans indicatif imparfait, ni participe présent.

C72 – ÉCHOIR : Indicatif présent : *il échoit* ou *il échet, ils échoient* ou *ils échéent*
Passé simple : *il échut, ils échurent*
Futur : *il échoira* ou *il écherra, ils échoiront* ou *ils écherront*
Conditionnel : *il échoirait* ou *il écherrait, ils échoiraient* ou *ils écherraient*
Subjonctifs présent : *il échoie*; imparfait : *il échût*
Participes présent : *échéant*; passé : *échu, e.*

C73 – FALLOIR : Verbe impersonnel utilisé seulement à l'indicatif : *il faut, il fallait, il fallut, il faudra, il faudrait*, au subjonctif : *il faille, il fallût*, au participe passé : *fallu.*

C74 – PLEUVOIR : Verbe impersonnel utilisé seulement à l'indicatif : *il pleut, il pleuvait, il plut, il pleuvra, il pleuvrait*, au subjonctif : *il pleuve, il plût*, aux participes présent : *pleuvant* et passé : *plu.*

C75 – SEOIR, MESSEOIR : Au sens de « convenir » :
Indicatif présent : *il sied, ils siéent*
Indicatif imparfait : *il seyait, ils seyaient*
Futur : *il siéra, ils siéront*
Conditionnel : *il siérait, ils siéraient*
Subjonctif présent : *il siée, ils siéent*
Participe présent : *séant, seyant.*

Au sens d'« être assis », *seoir* n'est plus employé qu'aux participes présent : *séant*, et passé : *sis, e.*

C76 – BRUIRE : Indicatif présent : *il bruit, ils bruissent*
Indicatif imparfait : *il bruissait, ils bruissaient*
Participe présent : *bruissant.*

C77 – CLORE : Indicatif présent : *je clos, tu clos, il clôt, ils closent*
Futur : *je clorai*, etc.
Conditionnel : *je clorais*, etc.
Subjonctif présent : *je close*, etc.
Impératif : *clos*
Participe passé : *clos, e.*

Enclore a, de plus, les formes d'indicatif présent *nous enclosons, vous enclosez.*
Éclore n'est utilisé qu'à la 3e personne.
Pour le présent, l'Académie ne met pas d'accent circonflexe à *il éclot, il enclot.*

Déclore et *forclore* ont seulement un participe passé.

C78 – FRIRE : Indicatif présent : *je fris, tu fris, il frit*
Futur : *je frirai*, etc.
Conditionnel : *je frirais*, etc.
Impératif : *fris*
Participe passé : *frit,e*
et temps composés.

C79 – OCCIRE : Futur : *j'occirai*, etc.
Participe passé : *occis, e*
et temps composés.

C80 – OINDRE : Dans des expressions toutes faites : « *oignez* vilain, il vous poindra, poignez vilain, il vous *oindra* » ; « l'*oint* du Seigneur ».

C81 – POINDRE : Indicatif présent : *il point*
Futur : *il poindra.*

Au sens de « piquer », employé dans l'expression « oignez vilain, il vous *poindra, poignez* vilain, il vous oindra ».

TROISIÈME PARTIE

LE SYSTÈME PHONOGRAPHIQUE

Ces quelques pages, consacrées au système phonographique du français (correspondance des sons et de la graphie), d'un abord un peu plus difficile que le reste de l'ouvrage, ne nécessitent néanmoins du lecteur que la connaissance de l'alphabet phonétique international et de la définition du graphème et du phonème (voir page 594).

Le système phonographique du français se caractérise par l'ambiguïté de la plupart des graphèmes, qui offrent des valeurs multiples (graphèmes ambivalents), et par le grand nombre de graphèmes qui entrent en concurrence pour la notation d'un même phonème (graphèmes synonymiques).

La liste alphabétique ci-dessous fournit les principaux graphèmes qui ont une valeur de phonogramme ; y ont été inclus les graphèmes rares, signalés par un astérisque. Puis, pour chaque phonème, ont été regroupés les graphèmes en vigueur et leurs emplois respectifs. Les phénomènes de distribution sont alors essentiels. Dans cette seconde sous-partie (« Correspondances des graphèmes et des phonèmes »), en gras, sont indiqués les 45 graphèmes de base recensés par N. Catach *(L'orthographe française)*, qui en a établi la liste à partir des fréquences d'emploi. La multitude des graphèmes ne doit pas faire oublier en effet que certains graphèmes sont largement majoritaires et que les phonogrammes qui compliquent l'orthographe française sont marginaux.

> Ainsi, selon N. Catach, le graphème *a* note 92 % des transcriptions du phonème [a], le graphème *i* 98 % de celles du phonème [i], le graphème *u* 100 % de celles du phonème [y], le graphème *eu* 93 % de celles du phonème [œ]. Cet auteur, qui introduit la notion d'archigraphème, tire de ces fréquences des conséquences importantes pour un apprentissage pédagogique raisonné[1].

1. Sur la description du code phonographique du français, consulter également l'ouvrage de V.-G. Gak cité en *Bibliographie*.

En parcourant cette liste, on n'oubliera pas qu'elle ne prend en considération que les graphèmes qui correspondent à un son et que l'orthographe est rendue plus complexe par la présence de graphèmes qui, non prononcés, ont une fonction morphologique, étymologique ou distinctive.

I. LISTE ALPHABÉTIQUE DES GRAPHÈMES

a	[a]	ex. : *la*
	[ɑ]	ex. : *pas*
	*[o]	mots d'origine anglaise (ex. : *football*)
à	[a]	ex. : *là*
â	[ɑ]	ex. : *pâte*
	[a]	ex. : *aimâmes*
æ	*[e]	ex. : *æthuse*
aen	*[ɑ̃]	*Caen*
aën	*[ɑ̃]	*Saint-Saëns*
ai	[ɛ]	ex. : *paire*
	[e]	• désinences verbales (ex. : *je chantai, je chanterai*) • *quai, gai* (prononcé aussi [gɛ])
	[ə]	formes en *fais-* : *faisan* et ses dérivés, *faisant* et ses composés, *faisons, faisable, faisabilité*
aî	[ɛ]	ex. : *maître*
aim	*[ɛ̃]	en finale (ex. : *faim*)
= *ai* + *m*	[ɛ + m]	devant voyelle (ex. : *aime*)
ain	[ɛ̃]	en finale de syllabe (ex. : *grain*)
= *ai* + *n*	[ɛ + n]	devant voyelle (ex. : *graine*)
am	[ɑ̃]	• devant *b, p* (ex. : *chambre*) • *dam*
	[a]	devant un *n* ou un autre *m* (ex. : *damner, gramme*, les adverbes en *-amment*)
= *a* + *m*	[a + m]	• en finale absolue (ex. : *dirham*) • devant voyelle (ex. : *ami*)
an	[ɑ̃]	en finale de syllabe (ex. : *an*)
	[a]	devant un autre *n* (ex. : *année*)
= *a* + *n*	[a + n]	• devant voyelle (ex. : *cane*) • en finale de mots d'emprunt (ex. : *dan*)
aon	*[ɑ̃]	en finale : *faon, paon, taon*
	*[a]	*paonne*

aô	*[o]	*Saône*
aoû	*[u]	*août*
au	[o]	ex. : *haut*
	[ɔ]	devant *r* (ex. : *saur*)
ay	[ɛi]	devant consonne (ex. : *pays*)
	[ɛj]	devant voyelle (ex. : *payer*)
	*[ɛ]	en finale (ex. : *tramway*)
	*[aj]	dans quelques mots (ex. : *bayer, bayadère*)
b	[b]	ex. : *bas*
	[p]	ex. : *obtenir*
bb	*[b]	ex. : *abbé*
c	[k]	● devant *a, o, u* et devant consonne (ex. : *car, croc, tocsin*) ● en finale (ex. : *choc*)
	[s]	devant *e, i, y* (ex. : *celui*)
	*[g]	*second* et ses dérivés, *zinc*
ç	[s]	devant *a, o, u* (ex. : *ça*)
cc	[k]	devant *a, o, u, l, r* (ex. : *accord*)
	[ks]	devant *i, e, é, è* (ex. : *accent*)
cch	*[k]	ex. : *bacchanale*
ch	[ʃ]	ex. : *charge*
	[k]	● devant consonne (ex. : *chlore*) ● mots grecs (ex. : *chaos*) ou emprunts divers (ex. : *krach, chianti*)
ck	*[k]	emprunts anglais (ex. : *stock*)
cqu	*[k]	ex. : *grecque, acquérir*
cu	*[k]	devant *e* (ex. : *cueillir*)
= *c* + *u*	[ky]	ex. : *cuillère*
d	[d]	ex. : *don*
	[t]	en liaison (ex. : *prend-il*)
dd	*[d]	ex. : *addition*
ddh	*[d]	ex. : *bouddha*
e	[ə]	● devant consonne simple ou consonne + *l, r* (ex. : *devant*) ● devant *ss* dans certains mots formés avec préfixe (ex. : *ressembler*) ● en fin de monosyllabes grammaticaux (ex. : *de*)
	[ɛ]	● devant deux consonnes (ex. : *nette*)

		• devant consonne finale prononcée (ex. : *mer*)
		• devant *t* final muet (ex. : *cadet*)
	[e]	• mots d'emprunt (ex. : *veto*)
		• devant *s* dans les monosyllabes grammaticaux (ex. : *des*)
		• devant *d, f, r, z* muets en finale (ex. : *pied, nez*)
	*[œ]	dans le suffixe anglais *-er* (ex. : *speaker*)
	[–]	• entre voyelle et consonne (ex. : *jouera*)
		• en fin de mot (ex. : *balle*)
é	[e]	ex. : *blé*
è	[ɛ]	ex. : *chère*
ê	[ɛ]	ex. : *être*
ë	[ɛ]	ex. : *Noël*
	*[e]	ex. : *canoë*
ea	*[ɛ]	emprunts étrangers (ex. : *break*)
	*[i]	emprunts étrangers (ex. : *speaker*)
ean	*[ɑ̃]	*Jean*
	[a]	devant un autre *n* : *Jeanne*
	*[in]	emprunts étrangers (ex : *jean[s]*)
eau	[o]	ex. : *beau*
ed	*[e]	ex. : *pied*
= *e* + *d*	[ɛd]	ex. : *bled*
ee	*[i]	emprunts anglais (ex. : *meeting*)
	*[ɛ]	emprunts allemands (ex. : *Beethoven*)
	*[e]	*pedigree*
ef	*[e]	*clef*
= *e* + *f*	[ɛf]	ex. : *nef*
ei	[ɛ]	ex. : *seize*
eî	*[ɛ]	ex. : *reître*
eim	*[ɛ̃]	*Reims*
ein	[ɛ̃]	en finale de syllabe (ex. : *plein*)
= *ei* + *n*	[ɛn]	devant voyelle (ex. : *pleine*)
em	[ɑ̃]	• devant *b, p* (ex. : *emprunt*)
		• pour le préfixe *em* (ex. : *emmener*)
	*[a]	• adverbes en *-emment* (ex. : *prudemment*)
		• *femme*
	[ɛ]	devant un autre *m* (ex. : *gemme*)
= *e* + *m*	[əm]	ex. : *semer*

	[ɛm]	en finale de mots d'emprunts (ex. : *idem*)
en	[ɑ̃]	• en finale de syllabe (ex. : *entrer*)
		• préfixe *en* devant *n* (ex. : *ennoblir*)
	[ɑ̃n]	préfixe *en* devant voyelle (ex. : *enivrer*)
	[ɛ̃]	• en finale après *i, y, é* (ex. : *bien*)
		• dans *tient* et *vient*
		• dans quelques mots comme *examen*
	*[a]	*couenne, solennel*
	[ɛ]	devant un autre *n* (ex. : *renne*)
	[e]	devant un autre *n* (ex. : *hennir*)
= *e* + *n*	[ən]	ex. : *mener*
	[ɛn]	ex. : *abdomen*
er	[e]	en finale (ex. : *aimer*)
= *e* + *r*	[ɛr]	ex. : *mer*
	[œr]	mots anglais (ex. : *speaker*)
et	[ɛ]	en finale (ex. : *foret*)
	[e]	ex. : *et*
= *e* + *t*	[ɛt]	ex. : *net*
êt	[ɛ]	en finale (ex. : *forêt*)
eu	[œ]	ex. : *jeune*
	[ø]	• devant *s* intervocalique (ex. : *peureuse*)
		• devant *t* (ex. : *meute*)
		• en finale (ex. : *jeu*)
	*[y]	formes en *eu* du verbe *avoir*
eû	*[ø]	*jeûne, jeûner*
	*[y]	*eût*
eun	*[œ̃]	*à jeun*
ey	[ej]	devant voyelle (ex. : *grasseyer*)
	*[ɛ]	en fin de mot (ex. : *bey*)
ez	[e]	en finale (ex. : *aimez, chez*)
f	[f]	ex. : *frais*
	*[v]	*neuf ans, neuf heures*
ff	[f]	ex. : *affaire*
g	[g]	• devant *a, o, u,* et consonnes (ex. : *gare*)
		• en finale (ex. : *gang*)
	[ʒ]	devant *e, i, y* (ex. : *gel*)
	*[dʒ]	mots d'emprunt (ex. : *gin*)
	*[k]	ex. : *sang impur*
ge	[ʒ]	devant *a, o, u* (ex. : *gageure*)

gg	[gʒ]	ex. : *suggestif*
	[dʒ]	ex. : *loggia*
	[g]	ex. : *agglomération*
gh	*[g]	ex. : *ghetto*
gn	[ɲ]	ex. : *gagner*
= *g* + *n*	[gn]	mots d'origine savante (ex. : *diagnostic, magnat*)
gu	[g]	devant voyelle (ex. : *gui*)
= *g* + *u*	[gy]	en finale de syllabe (ex. : *aigu*)
	[gw]	dans des mots d'emprunt devant *a* (ex. : *lingual*)
	[gɥ]	dans des mots d'emprunt devant *i* (ex. : *linguiste*)
i	[i]	ex. : *ni*
	[j]	devant voyelle (ex. : *lieu*, sauf après groupe consonne + *r* ou *l* [ex. : *ouvrier*], où *i* se prononce [ij])
	*[œ]	mots anglais (ex. : *flirt*)
î	[i]	ex. : *abîme*
ie	*[i]	mots d'emprunt (ex. : *lied*)
ign	*[ɲ]	*oignon, encoignure*
il	[j]	en finale après *a, e, eu, œ* (ex. : *soleil*)
= *i* + *l*	[il]	ex. : *exil*
ill	[j]	entre deux voyelles (ex. : *bouillir*)
	[ij]	• entre consonne et voyelle (ex. : *briller*) • entre *u* et voyelle (ex. : *juillet*)
= *i* + *l*	[il]	ex. : *ville*
im	[ɛ̃]	devant *b* et *p* (ex. : *implanter*)
	[i]	devant un autre *m* (ex. : *immobile*)
= *i* + *m*	[im]	devant voyelle (ex. : *mime*) mots d'emprunt (ex. : *intérim*)
in	[ɛ̃]	en finale de syllabe (ex. : *fin*)
	*[i]	devant un autre *n* (ex. : *innocent*)
= *i* + *n*	[in]	devant voyelle (ex. : *mine*)
în	*[ɛ̃]	*vînt, vînmes, vîntes, tînt, tînmes, tîntes*
j	[ʒ]	ex. : *je*
	*[dʒ]	emprunts anglais (ex. : *jean[s]*)
	*[j]	mots d'emprunt (ex. : *fjord*)
k	[k]	ex. : *car*
kh	*[k]	emprunts slaves ou orientaux (ex. : *kolkhoze*)

l	[l]	ex. : *la*
ll	[ll]	ex. : *illégal*
	[l]	ex. : *illusion*
m	[m]	ex. : *ma*
mm	[m]	ex. : *gramme*
mn	*[n]	*automne, condamner, damner*
= *m* + *n*	[mn]	ex. : *calomnie*
n	[n]	ex. : *ni*
ni	[ɐ]	finales en *ier* (ex. : *meunier*)
nn	[n]	ex. : *bonne*
o	[ɔ]	ex. : *ordre*
	[o]	• en fin de mot (ex. : *loto*)
		• devant *s* intervocalique (ex. : *rose*)
ô	[o]	ex. : *cône*
oa	*[o]	mots d'emprunt (ex. : *toast*)
œ	*[œ]	ex. : *œil*
	*[e]	mots d'emprunt (ex. : *œsophage*)
	*[ɛ]	*œstre*
oe	[wa]	ex. : *moelle*
	*[ø]	*foehn*
oê	[wa]	ex. : *poêle*
œu	[œ]	ex. : *cœur*
	[ø]	• en finale ou devant consonne non prononcée : *vœu, nœud*
		• pluriel *œufs, bœufs*
oi	[wa]	ex. : *poire*
oî	[wa]	ex. : *boîte*
oin	[wɛ̃]	en fin de syllabe (ex. : *coin*)
= *oi* + *n*	[wan]	devant voyelle (ex. : *moine*)
om	[ɔ̃]	en fin de syllabe devant *b, p* (ex. : *bombe*)
	[ɔ]	devant un autre *m* (ex. : *tomme*)
= *o* + *m*	[ɔm]	devant voyelle (ex. : *tome*)
on	[ɔ̃]	en fin de syllabe (ex. : *bon*)
	[ɔ]	devant un autre *n* (ex. : *bonne*)
	*[ə]	*monsieur*
= *o* + *n*	[ɔn]	devant voyelle (ex. : *donation*)
oo	*[ɔ]	ex. : *alcool*
	*[u]	ex. : *football*
	*[œ]	ex. : *flood*

= *o* + *o*	*[ɔɔ]	ex. : *enzootie*
ooing	*[wɛ̃]	*shampooing*
ou	[u]	ex. : *ou*
	[w]	devant voyelle (ex. : *louis*)
	*[aw]	mots d'emprunt (ex. : *out*)
où	[u]	ex. : *où*
oû	[u]	ex. : *goût*
ouin	[wɛ̃]	en fin de syllabe (ex. : *baragouin*)
= *oui* + *n*	[win]	devant voyelle (ex. : *baragouiner*)
oy	[waj]	ex. : *loyer*
	*[ɔj]	• *oyant* • mots d'emprunt (ex. : *boy*)
p	[p]	ex. : *près*
ph	[f]	ex. : *phoque*
pp	[p]	ex. : *appel*
q	[k]	• en finale de mot (ex. : *coq*) • *piqûre*
qu	[k]	ex. : *quatre*
	[kw]	dans des mots d'emprunt devant *a* (ex. : *équatorial*)
	[kɥ]	dans des mots d'emprunt devant *e, i* (ex. : *équidistant*)
r	[r]	ex. : *courir*
rr	[r]	ex. : *courrier*
	[rr]	ex. : *surréalisme*
rh	[r]	mots d'origine grecque (ex. : *rhume*)
rrh	*[r]	ex. : *cirrhose*
s	[z]	entre voyelles (ex. : *ruse*)
	[s]	• à l'initiale (ex. : *sous*) • après consonne (ex. : *corse*) ou devant consonne (ex. : *poste*) • entre voyelles, en composition (ex. : *présupposer*)
sc	[s]	ex. : *sceau*
	*[ʃ]	emprunts italiens (ex. : *fascisme*)
sch	*[ʃ]	mots d'origine grecque ou allemande (ex. : *schisme, kirsch*)
sh	*[ʃ]	mots d'origine anglaise (ex. : *short*)
ss	[s]	ex. : *assis*

sth	*[s]	ex. : *asthme, asthmatique*
t	[t]	ex. : *tri*
	[s]	• mots en *-tion, -tiel, -tieux, -tiaire, -tien* • finales en *-tie*
th	[t]	mots d'origine grecque (ex. : *théâtre*)
tt	[t]	ex. : *attrait*
u	[y]	ex. : *sur*
	[ɥ]	devant voyelle (ex. : *lui*)
	[ɔ]	en finale de certains emprunts latins (ex. : *album*)
	*[œ]	emprunts anglais (ex. : *bluff*)
û	[y]	ex. : *fût*
ü	*[ɔ]	*capharnaüm*
ue	*[œ]	entre *c* ou *g* et *il* (ex. : *accueil*)
um	[œ̃]	en fin de syllabe devant *b* ou *p* (ex. : *humble*) ou en finale (ex. : *parfum*)
	[y]	devant un autre *m* (ex. : *kummel*)
= *u* + *m*	[ɔm]	en finale de certains emprunts latins (ex. : *album*)
un	[œ̃]	en fin de syllabe (ex. : *un*)
	[y]	devant un autre *n* (ex. : *tunnel*)
	*[ɔ̃]	mots d'emprunt (ex. : *punch*)
= *u* + *n*	[yn]	devant voyelle (ex. : *une*)
v	[v]	ex. : *vivre*
w	[v]	ex. : *wagon*
	[w]	emprunts anglais (ex. : *tramway*)
x	[ks]	• ex. : *galaxie* • mots à préfixe *ex* + consonne (ex. : *externe*)
	[gz]	mots à préfixe *ex* + voyelle (ex. : *examiner*)
	*[s]	*six, dix, soixante, Bruxelles, Auxerre*
	*[z]	ex. : *dixième*
y	[i]	ex. : *cygne*
	[j]	ex. : *yeux*
ym	[ɛ̃]	devant *b* et *p* (ex. : *symbole*) + *thym*
= *y* + *m*	[im]	devant voyelle (ex. : *symétrie*)
yn	[ɛ̃]	en fin de syllabe (ex. : *synthèse*)
= *y* + *n*	[in]	devant voyelle (ex. : *cynique*)
z	[z]	ex. : *zèbre*
	*[s]	*quartz*
zz	*[z]	ex. : *razzia*
	*[dz]	ex. : *pizza*

II. CORRESPONDANCES DES GRAPHÈMES ET DES PHONÈMES

A - Voyelles orales

1. [a] ***a**, à, â, am, *em, an, *en, *aon, *ean*

Pour le [a] antérieur, le graphème le plus fréquent est *a*. L'accent grave adopté sur le *a* final de la préposition *à* et des adverbes *(là)* sert à la distinction des homonymes. L'accent circonflexe est utilisé systématiquement dans certaines formes verbales *(aimât, aimâmes, aimâtes)*.

Les autres graphèmes sont les vestiges de la prononciation avec une voyelle nasalisée (v. **10 I D**) : *couenne, solennel*, adverbes en *-amment* et *-emment, femme, paonne, Jeanne*.

2. [ɑ] ***a**, â*

Le [ɑ] postérieur peut aussi être noté par *a*, l'accent circonflexe, marque usuelle de ce son, étant utilisé de façon non systématique (v. **3** II **A**, les séries de mots qui s'opposent par la prononciation du *a)*.

3. [ɛ] ***e**, **è**, ê, é, **ai**, aî, ei, *eî, *ay, *ey, ë, *œ, *ea, *ee*

Le son [ɛ] est marqué très souvent par *e* avec ou sans accent :

• *e* en syllabe graphique fermée (c'est-à-dire terminée par une consonne, ex. : *amer, pelle, espoir)*.

• *è* en syllabe graphique ouverte (c'est-à-dire terminée par une voyelle) et devant le *s* final prononcé ou non (ex. : *amère, congrès, aloès)*; v. **4** II.

• *ê* en syllabe graphique ouverte et devant le *t* final (ex. : *honnête, forêt)*; v. **3** I.

Dans *Dic. Ac.*, 1992, régularisation des cas où *é* était employé avec le son [ɛ] devant une syllabe en [ə] ; v. **2** II (ex. : *évènement*).

Pour les finales devant *t*, s'opposent les nombreux mots en *et (parquet)* aux quelques mots en *êt* provenant de formes dont le *s* a disparu *(acquêt, apprêt, arrêt, benêt, forêt, genêt, intérêt, prêt, protêt, têt)*.

La syllabe graphique est fréquemment fermée par une consonne double (ex. : *belle, querelle*), manière de marquer le [ɛ] antérieure à la généralisation des accents ; v. **10 I B**.

Les verbes en *-eler/-eter* illustrent la concurrence entre absence d'accent dans une syllabe graphique fermée et présence d'accent en syllabe ouverte (ex. : *jette/achète, appelle/pèle)*.

Il est un cas, néanmoins, où le *e* est utilisé en syllabe graphique ouverte pour marquer le son [ɛ] : celui des composés de *hyper, inter* et *super* avec des mots commençant par voyelle (ex. : *hyperalgie).*

Les autres graphèmes du [ɛ] sont des digrammes, souvenirs d'anciennes prononciations ou emprunts à des systèmes étrangers. L'ancienne diphtongue *ai,* qui s'est réduite à [ɛ] au XIIIe siècle, peut se trouver en toutes positions, mais est plus fréquente à la tonique et en finale. L'ancienne diphtongue *ei*, réduite à [ɛ] au XIIIe siècle également, est utilisée devant les finales : *-che, -ge, -gle, -gne, -me, -ne, -ze* et dans quelques mots étrangers. Les graphèmes *aî* et *eî* sont employés pour noter la chute du *s* (ex. : *maître, reître).* Les graphèmes *ay* et *ey* correspondent à [ɛ] dans des mots d'emprunt (ex. : *tramway, poney)* et à [ɛj] dans les verbes en *-ayer* et *-eyer*. Les graphèmes *œ, ea, ee,* rares, sont des emprunts au latin, à l'anglais et à l'allemand.

4. [e] ***e, é***, **ed, *ef, er, ez, ai, *œ, *ae, *ee, *ë*

Le son [e] est marqué très souvent par *e* avec ou sans accent :

● *e* en syllabe graphique fermée (ex. : *effet)*; dans les déterminants au pluriel (ex. : *les, mes)*; dans quelques mots d'emprunt (ex. : *veto)*; suivi de *ss* avec les préfixes *é, dé, ré, pré* (ex. : *pressentir).*

● *é* en syllabe graphique ouverte (ex. : *pré)*, devant le *s* final (ex. : *nés).*

● *er, ez, ed, ef* en finale (ex. : *aimer, aimez, pied, clef).*

Ai est utilisé en finale de la première personne du futur et du passé simple ; *ay* dans un mot comme *pays.*

Ae et *œ* sont employés sporadiquement dans des emprunts savants (ex. : *et cætera, fœtus)*; *ee* est isolé dans *pedigree.*

5. [œ] ***eu***, *œu, *œ, *ue, *e, *u, *i*

La différence de timbre entre [œ] et [ø] n'est généralement pas marquée dans la graphie. Le graphème *eu* équivaut à [œ] sauf devant [z], [t] et en finale.

L'ancienne graphie *œu* se trouve dans les mots suivants et leurs dérivés : *bœuf, chœur, mœurs, œuvre, rancœur, sœur; œ* survit dans *œil; ue* subsiste après *c* et *g* et devant *il* pour conserver les sons [k] et [g] (ex. : *cueillir, orgueil).*

Dans certains emprunts anglais, [œ] est écrit *e* (cas du suffixe *-er* dans *speaker)*, *u* (ex. : *club*) ou *i* (ex. : *flirt*).

6. [ø] ***eu***, **eû, œu, *oe*

Le graphème *eu*, employé devant *s* intervocalique, *t* et en finale, sert à noter le son [ø] ; *eû* est utilisé pour *jeûne* et *jeûner*; *œu* dans *nœud, vœu, bœufs, œufs* et *oe* dans *foehn*.

7. [ə] **e**, *ai*, **on*

La graphie *ai* est limitée au mot *faisan* et à ses dérivés et à certaines formes du verbe *faire*; la graphie *on* à *monsieur*.

Pour la prononciation du *e* muet, v. **12** I.

8. [ɔ] **o**, *au*, *u*, **ü*, **oo*

La graphie la plus courante de [ɔ] est *o*. *Au*, graphie venant de la vocalisation du *l* devant consonne (*chevals* devenu *chevaus*, graphié ensuite *chevaux*), est utilisé devant *r* (ex. : *saur)*.

Dans la finale de mots latins en *um*, comme *album*, *u* note le son [ɔ] ; l'on relève une graphie avec tréma dans *capharnaüm*.

Le graphème *oo* est utilisé pour des emprunts comme *alcool*.

9. [o] **o**, *ô*, ***au***, ***eau***, **a*, **aô*, **oa*

La graphie *o* correspond à un [o] à la finale et à l'intérieur d'un mot devant [z] (ex. : *rose*) et parfois devant [s] (ex. : *fosse*). Le *ô* est bien représenté (ex. : *rôder, drôle*).

Sauf devant *r*, *au* note toujours le son [o].

Eau est un trigramme, vestige d'une ancienne triphtongue provenant de la vocalisation du *l* (*bels* devenu *beaus*, graphié ensuite *beaux*).

Dans des mots d'emprunt comme *football* et *toast*, *a* et *oa* servent à noter le son [o].

10. [u] ***ou***, *oû*, *où*, **oo*, **aoû*

Le graphème *ou* note généralement le son [u]. L'accent circonflexe est utilisé sur un certain nombre de mots comme *croûte* ou *voûte*. L'accent grave sur l'adverbe relatif *où* permet de le différencier de la conjonction de coordination *ou*.

Quelques emprunts anglais offrent le graphème *oo* (ex. : *football)*; une ancienne graphie (correspondant à un temps où la voyelle en hiatus était prononcée) survit pour *août*.

11. [y] ***u***, *û*, **eu*, **eû*

Le son [y] est toujours représenté par *u* ou *û*, à l'exception des formes en *eu* et *eût* du verbe *avoir*, qui conservent la marque de l'ancien hiatus.

12. [i] ***i***, *ï*, *î*, *y*, **ea*, **ee*, **ie*

Le graphème le plus courant est *i* (pour l'accent circonflexe et le tréma, v. **3** II B et **26**).

Le graphème *y* est employé dans les mots *lys, y, pays, abbaye,* dans de nombreux termes d'origine grecque et dans des emprunts anglais (ex. : *whisky)* ou autres (ex. : *pyjama, yaourt).*

Ea et *ee* sont des graphèmes d'origine anglaise (ex. : *speaker, meeting)*; *ie* d'origine allemande (ex. : *lied).*

B - Voyelles nasales

Les graphèmes marquant les quatre voyelles nasales [ɑ̃], [ɔ̃], [ɛ̃], [œ̃], sont constitués d'une voyelle suivie d'un *n* ou d'un *m* :

- soit dans une syllabe graphique suivie d'une autre consonne que *n* ou *m* (ex. : *santé)*;
- soit en fin de mot (ex. : *an).*

Pour les phénomènes de nasalisation et de dénasalisation, v. **10** I *D*.

Le phénomène de nasalisation tend à ouvrir les voyelles; aussi, l'ancienne voyelle nasale correspondant à la voyelle orale [i], [ĩ], s'est-elle ouverte en [ɛ̃] (ex. : *alpin, alpine)*, celle qui correspondait à la voyelle orale [e] en [ɑ̃] (ex. : *il prend, ils prennent)*, d'où l'identité de valeur pour certains graphèmes comme *en* et *an*.

Dans la langue actuelle, [œ̃] tend à se confondre avec [ɛ̃] : *brun* est prononcé comme *brin*.

Concurrence entre *m* et *n*

Les graphèmes de voyelles nasales, par suite d'un phénomène ancien d'assimilation, sont en *m* devant *m, b* et *p* (ex. : *embolie, emporter).*

Exception : *bonbon, bonbonne, embonpoint, perlimpinpin, mainmise.*

1. [ɑ̃] ***an****, am,* ***en****, em, *aon, *aen, *aën, *ean*

An et *en* (et leurs variantes de position *am* et *em)* sont les graphèmes les plus fréquents. *En* est souvent utilisé pour des mots qui proviennent de formes latines en *in* ou *en* et, à l'exception du monosyllabe *en*, ne se trouve pas en finale absolue. C'est la graphie des adverbes en *-ment*, des substantifs en *-ment* (ex. : *dévouement)*, du préfixe *entre*, alors que *an* est la marque du participe présent, des finales *-an, -ane, -and, -ande* et des préfixes *anti, ante, ambi, amphi*. La concurrence entre les deux graphies affecte surtout l'adjectif verbal (v. **20** II) et les finales en *-ant/-ent, -ance/-ence* (pour lesquelles on peut noter la tendance – non systématique toutefois – à utiliser *an* pour les mots formés sur une base verbale vivante, *confiance [confier]* s'opposant ainsi à *confidence).*

Les autres graphèmes, survivances de prononciation ancienne, ne concernent qu'un nombre très limité de mots.

2. [ɛ̃] ***in***, *im, ain, *aim, ein, *eim,* **en**, *em, yn, ym, *în, *ïn, *ën*
Les graphies majoritaires sont *in (im), ain* (*aim* en finale seulement), *ein* (*eim* dans *Reims).*
Le graphème *en* note [ɛ̃] à la finale après *i, y, é* (ex. : *bien),* dans *tient* et *vient* et dans quelques mots d'origine étrangère, latine ou grecque (ex. : *agenda)*; dans les autres cas, il marque le son [ɑ̃]. Le graphème *yn (ym)* appartient surtout à des termes grecs.

[wɛ̃] est rendu par *oin, ouin, ooing.*
Le graphème *ouin* ne se trouve que dans un nombre limité de mots : *babouin, baragouin, bédouin, chafouin, marsouin, maringouin, pingouin, sagouin, tintouin* et la forme *shampooing* est isolée.

3. [ɔ̃] ***on***, *om, *un*
Le graphème *on (om)* est prédominant ; *un* est présent dans quelques mots étrangers (ex. : *punch).*
Certains mots ont une double graphie (ex. : *acupuncteur, acuponcteur).*

4. [œ̃] ***un***, *um, *eun*
La graphie commune est *un*; *um* apparaît devant *b* ou *p* et en finale (ex. : *humble, parfum)*; *eun* dans *à jeun.*

C - Consonnes

Pour l'emploi des consonnes doubles, v. **10**.

1. [p] ***p***, *pp, b*
Le son [p] a deux graphèmes principaux (ex. : *père, apporter*). Dans certaines conditions, le *b* s'assourdit en [p] (ex. : *obtenir*).

2. [b] ***b***, **bb*
Le doublement de la consonne est rare.

3. [t] ***t***, *d, tt, th*
Le *t* est fréquemment doublé.
Le graphème *th* appartient à des mots d'origine grecque (ex. : *théâtre).*
Le *d* final en liaison se prononce [t] (ex. : *un grand enfant, prend-il ?).*

4. [d] ***d***, **dd, *ddh*
Le doublement de la consonne est rare et le graphème *ddh* n'apparaît que dans des emprunts (ex. : *bouddha).*

5. [k] *c*, ***qu***, *q*, *k*, *ch*, *cu*, *cc*, **ck*, **cqu*, **cch*, **kh*, **g*

Les emplois des graphèmes les plus fréquents se distribuent en fonction de la voyelle qui suit :

– *qu* devant *e*, *i* ;

– *c* devant *a*, *o*, *u*.

Exceptions :

- les verbes en *-quer* conservent toujours *qu* dans leur conjugaison (ex. : *il marqua, nous marquons)*, d'où des irrégularités entre participe présent et adjectif verbal, v. **20** II ; ils présentent de nombreux dérivés en *qua* (ex. : *marquage, critiquable)*, mais les adjectifs dérivés s'écrivent en *c* quand existe un substantif en *-tion* (ex. : *applicable – application* ; seule exception : *praticable* qui n'est pas rattaché à un substantif en *-tion)*.
- *qu* + *a* et *o* dans des mots comme *quatre, qualité, quai, laquais, quoi, quolibet*.

Qu suivi de *i* ou de *a* est dans un certain nombre de cas prononcé [kɥ] ou [kw] (v. *équidistant, quidam, équateur*, etc.), mais plusieurs de ces mots tendent à la prononciation en [k] (v. la double prononciation possible de *quinquagénaire* ou *quiétude)*.

Pour les autres graphèmes, il faut noter que :

– *q* se trouve en finale de mot (ex. : *coq, cinq)* et dans *piqûre* ;

– *cu* devant *e* (ex. : *cueillir*) ;

– *k* dans des emprunts (ex. : *mark, képi)* ;

– *ch* dans de nombreux mots issus du grec (ex. : *choléra)*.

Sont beaucoup moins fréquents les graphèmes :

– *cch* (ex. : *saccharine)* ;

– *cc* à la jonction du radical et des préfixes, dans des termes d'origine savante (ex. : *baccalauréat)* ;

– *ck* dans des mots d'emprunt (ex. : *bifteck)* ;

– *cqu* dans les mots préfixés par *ac*, correspondant à un radical en *qu* (ex. : *acquérir)* ou suffixés correspondant à un radical en *c* (ex. : *becquée, sacquer)* et dans le féminin *grecque* ;

– *kh* dans des emprunts slaves ou orientaux (ex. : *kolkhoze, khédive)* ;

– *g* dans la liaison *sang impur, sang et eau*.

6. [g] *g, gu, *gg, *c, *gh*

Les emplois des deux graphèmes les plus fréquents se distribuent en fonction de la voyelle qui suit :
– *gu* devant *e, i, y*;
– *g* devant *a, o, u*.

Exceptions : • les verbes en *-guer* conservent toujours *gu* dans leur conjugaison (ex. : *il se fatigua)*, d'où des irrégularités entre participe présent et adjectif verbal, v. 20 II ;
• quelques mots d'emprunt ont une graphie *g* au lieu de *gu* (ex. : *geisha)*.

Lorsque *gu* se prononce [gy], le tréma est de règle sur le *e* (ex. : *ciguë)*, sauf pour le verbe *arguer*; mais il peut être absent sur le *i* (ex. : *linguiste)*; v. *26* III.

Les autres graphies de [g] sont isolées : le doublement de la consonne ; le *c* de *second* et de *zinc*; le *gh* de mots d'emprunt (ex. : *ghetto)*.

7. [f] *f, ff, ph*

Le *f* est fréquemment doublé. Le graphème *ph* est utilisé dans les termes d'origine grecque (ex. : *alphabet)* et dans quelques emprunts orientaux (ex. : *typhon)*.

On notera la double orthographe possible pour *mufti* et *muphti*; *parafe* et *paraphe*; *fantasme* et *phantasme*. *Filtre* et *philtre* se distinguent par leur sens.

8. [v] *v, w, *f*

Le graphème *v* est largement majoritaire ; *w* n'est utilisé que dans des mots d'emprunt (ex. : *wagon, edelweiss)*. Dans *neuf ans* et *neuf heures*, le *f* se prononce [v].

9. [s] *s, c, ç, ss, sc, *x, t, *sth, *z*

Les principales marques du son [s] se distribuent ainsi :
– *s* à l'initiale ou devant consonne ou après consonne ;
– *ss* entre voyelles ;

Mais *s* peut aussi se trouver seul après voyelle (v. **10** II **B** et **23** III) :
• à la jonction d'un préfixe à finale vocalique et d'un radical commençant par *s* (ex. : *asocial, contresigner, présupposer, unisexuel)*;
• dans des mots composés (ex. : *tournesol, soubresaut, vraisemblable, parasol)*;
– *c* devant *e, i, y*;
– *ç* devant *a, o, u*;

ç est employé dans les formes en *a, o,* de verbes en *c* (ex. : *plaçons, plaçant)* et dans des dérivés de termes avec radical en *c* (ex. : *balançoire, glaçon).*

– *t* devant *i* dans les mots en *-tion, -tiel, -tieux, -tiaire, -tien* et *-tie.*

Le graphème *sc* qui représente originellement le latin *sc* + *e, i, y* (ex. : *science)* a été utilisé également pour la distinction d'homonymes (ex. : *sceau)*; *x* est employé dans *soixante, dix, six* et leurs dérivés, *Bruxelles, Auxerre*; *sth* dans *asthme*; *z* dans *quartz.*

10. [z] *z, **s**, *zz, *x*

Les graphèmes *z* et *s* se distribuent traditionnellement la notation du [z] :

● *z* en début, en fin de mot et après consonne (ex. : *zèbre, gaz, bronze)*;

● *s* entre voyelles (ex. : *rose).*

Exceptions : ● *s* après consonne dans des mots comme *subsister.* Dans les composés de *trans, an* note une voyelle nasale et *s* se prononce donc [z] devant initiale vocalique (ex. : *transalpin).*

● *z* entre voyelles dans de nombreux mots, souvent d'emprunt (ex. : *alezan, azimut, azur).*

Le graphème *x* n'est conservé que dans les dérivés de *deux, six* et *dix* où il alterne avec *z* :

deuxième; deuzio (familier)

sixième, sixièmement; sixain ou *sizain*

dixième, dixièmement; dizain, dizaine.

11. [ʃ] ***ch**, *sc, *sch, *sh*

Le graphème quasi général est *ch* (qui est aussi utilisé pour [k]). Les autres graphèmes, *sc* (ex. : *crescendo), sch* (ex. : *schéma), sh* (ex. : *shilling)*, ne sont présents que dans des emprunts.

On notera les diverses possibilités de graphies pour *shah* et *chah*; le populaire *schnoque (schnock)* ou *chnoque*, ou l'argotique *schnouff (schnouf)* ou *chnouf* (v. pour d'autres exemples le dictionnaire au graphème *sch).*

12. [ʒ] ***j, g** + e, i, y, ge + a, o, u*

Le son [ʒ] est marqué :

– à l'initiale par :

● *g* devant *i* et *y* (ex. : *gibet, gymnase,* sauf *jiu-jitsu)*;

● *j* ou *g* devant *e* (ex. : *jeter, geler)*;

- *j* dans les autres cas (sauf *geai* et *geôle)*;

– en fin de mot seulement par *g* + *e* (ex. : *toge)*.

Le graphème *ge* se trouve devant *a, o, u* dans les verbes en *-ger* et leurs dérivés (ex. : *mangeant, mangeons)* et dans les mots *gageure, mangeure, vergeure*.

13. [l] *l, ll*

l est assez souvent redoublé ; il peut alors être prononcé double (ex. : *illettré)*.

14. [r] *r, rr, rh, *rrh*

r est assez souvent redoublé ; il peut alors être prononcé double (ex. : *surréalisme)*. Les graphèmes *rh* et *rrh* appartiennent à des mots empruntés au grec (ex. : *rhume, cirrhose)*.

15. [m] ***m**, mm*

Le redoublement de la consonne marque l'ancienne nasalisation ; v. **10 I D**.

16. [n] *n, nn, *mn*

Le redoublement de la consonne marque l'ancienne nasalisation ; v. **10 I D**.

Le *m* ne se prononce pas dans *automne, condamner, damner*.

17. [ɲ] ***gn**, *ign, ni*

gn est la graphie la plus courante. L'ancien *ign* survit dans *oignon, encoignure*; *ni* est surtout employé dans les finales des noms et des adjectifs en *-nier* (ex. : *pionnier, meunier)*.

18. [j] *ng* se trouve en finale dans des emprunts anglais (ex. : *parking)*

D - Semi-consonnes

1. [j] ***i**, ï, **y**, **ill**, ll, illi, **il**, j*

Le changement d'articulation du *l* mouillé au XVIIIe siècle en *yod* (semi-voyelle correspondant à *i)* a entraîné une multiplication de graphies pour le son [j] (représenté traditionnellement par *i* et *y)*, puisque les anciennes graphies du *l* mouillé – *ill, ll, illi, il* – ont été conservées.

Les principaux emplois des graphèmes de [j] sont les suivants :

i : – à l'initiale (ex. : *iode)*;

– après consonne (ex. : *lierre)*;

– à l'intervocalique après *é* (ex. : *théière)*.

ï : – à l'initiale (ex. : *ïambe)*;
– à l'intervocalique (ex. : *glaïeul)*.

y : – à l'initiale dans des mots d'emprunt (ex. : *yaourt)*;
– après consonne, exceptionnellement (ex. : *lyonnais)*;
– après voyelle : *bayer, bayadère, brayette, cipaye, cobaye, copayer, fayard, fayot, mayonnaise, papayer, tayaut, boy, boyard, boycotter, cacaoyer, caloyer, coyau, coyotte, goyave, oyant, oyez, oyat, soya, bruyère, gruyère, thuya*.

Dans certains mots, il a une double fonction : élément de digramme + marque du [j] :
après *a* [ɛj] (ex. : *payer)*;
o [waj] (ex. : *loyer)*;
u [ɥij] (ex. : *ennuyer)*.

il : en finale de mots masculins après *a, e, eu, œ* (ex. : *rail)*.
ill : à l'intervocalique après *a, e, eu, œu, ou* (ex. : *feuille, ailleurs)*.
ll : après *i* devant voyelle (ex. : *fille, fillette)*.
illi : dans les mots avec suffixe *-ier* (ex. : *groseillier)*.
CSLF 1990 proposait de supprimer ce graphème en écrivant en *-iller* les mots en *-illier*.
j : dans quelques mots étrangers (ex. : *fjord)*.

2. [w], semi-voyelle correspondant à [u]
● devant voyelle autre que [a] : ***ou, w***;
ou est la graphie la plus ordinaire (ex. : *jouer)*, *w* ne se trouvant que dans des mots d'emprunt (ex. : *tramway)*.
● devant [a] : ***oi***, *oî, oy, oua, ouen, oe, oê, ua, wa*;
oi est le graphème traditionnel (remontant au temps où *oi* se prononçait [oi], avant de passer à [wɛ] au XIIIe siècle, puis [wa] au XVIIIe siècle ; ex. : *roi)*. Il ne se trouve pas devant un groupe de consonnes (excepté consonne + *l* ou *r)*; ni devant *c, g, ch, ill*.
Le graphème *oî* n'est employé que devant un *t* et le graphème *oy* est utilisé lorsque [wa] précède [j] (ex. : *voyage)*.

Le graphème *oua* est présent devant *c, ch, g, ill* (ex. : *bivouac, gouache)* et dans les verbes en *-ouer*; *oe* et *ouen* sont d'anciennes graphies (ex. : *moelle, couenne)*; le graphème *ua* est usité après *q* et *g* dans des mots d'emprunt (ex. : *quadruple, lingual)* et *wa* dans des termes d'emprunt essentiellement anglais (ex. : *watt)*.

3. [ɥ] la semi-voyelle correspondant à [y] est toujours notée par *u* (ex. : *nuit, huître)*.

QUATRIÈME PARTIE

DICTIONNAIRE ORTHOGRAPHIQUE

ABRÉVIATIONS ET SYMBOLES UTILISÉS
DANS CE DICTIONNAIRE

abrév.	abréviation	m	masculin
Ac.	Académie française	n	nom
adj	adjectif, adjective	nf	nom féminin
adv	adverbe, adverbiale	nm	nom masculin
arg.	argot	num	numéral
art	article	pers.	personne
auxil	auxiliaire	pl	pluriel
conj	conjonction, conjonctif	pop.	populaire
déf	défini	poss	possessif
dém	démonstratif	pp	participe passé
exclam	exclamatif	prép	préposition
f	féminin	prés	présent
fam.	familier	pron	pronom
gr.	grec	rel	relatif
impér	impératif	s	singulier
impers.	impersonnel	subj	subjonctif
indéf	indéfini	v	verbe
indic	indicatif	v.	voir
inf	infinitif	vi	verbe intransitif
interj	interjection	vimp	verbe impersonnel
interr	interrogatif	vpr	verbe pronominal
inv.	invariable	vt	verbe transitif
lat.	latin	vti	verbe transitif indirect
loc	locution	vulg.	vulgaire

Pour le mode d'emploi du dictionnaire, voir page 592 ; pour l'alphabet phonétique voir page 594.

Tous les verbes irréguliers sont suivis d'un renvoi aux types de conjugaison donnés dans les tableaux, les verbes en **-er** sans renvoi se conjuguent sur le type C3 ; les verbes en **-ir** sans renvoi se conjuguent sur le type C4.

Quand la forme du pluriel des adjectifs ou des noms n'est pas mentionnée, elle est en **-s** (sauf pour les mots en **-eau** où le pluriel, non mentionné également, est toujours en **-x**).

La mention Ac. renvoie jusqu'à la lettre H à l'usage de la 9e édition du *Dictionnaire* de l'Académie et à partir de la lettre H à celui de la 8e édition.

A la fin du dictionnaire, se trouve une liste des graphies recommandées par le Conseil supérieur de la langue française (1990) et acceptées par l'Académie qui la publie en annexe de son dictionnaire.

a *nm inv.*
à *prép* 16-I
abaca *nm*
abacule *nm*
abaissable *adj*
abaissant, e *adj*
abaisse *nf (en pâtisserie)*
abaisse-langue *nm inv.*
abaissement *nm*
abaisser *vt, vpr*
abaisseur *adj m, nm*
abajoue *nf*
abandon *nm*
abandonnataire *n*
abandonné, e *adj*
abandonnement *nm*
abandonner *vt, vpr*
abandonnique *adj, nm*
abaque *nm*
abasie *nf*
abasourdir [-zu-] *vt*
abasourdissant, e [-zu-] *adj*
abasourdissement [-zu-] *nm*
abat [aba] *nm (action d'abattre)*
abâtardir *vt*
abâtardissement *nm*
abatis [-ti] *nm (terrain non essouché)*
abat-foin *nm inv.*
abat-jour *nm inv.*
abats [aba] *nm pl (boucherie)*
abat-son *nm inv.*
abattable *adj*
abattage *nm*
abattant *nm*
abattée *nf*
abattement *nm*
abatteur *nm*
abattis [-ti] *nm (coupe dans un bois, abats de volailles)*
abattoir *nm*
abattre *vt, vi, vpr* C47
abattu, e *adj, nm*
abatture *nf*
abat-vent *nm inv.*
abat-voix *nm inv.*
abbatial, e, aux [-sjal, sjo] *adj*
abbatiale [-sjal] *nf*
abbaye [abei] *nf*
abbé *nm (religieux)*
abbesse *nf (religieuse)*
abbevillien, enne *adj, nm*
abc [abese] *nm inv.*
abcéder *vi* C11
abcès [apsɛ] *nm*
abdication *nf*
abdiquer *vt, vi*
abdomen [-mɛn] *nm*
abdominal, e, aux *adj*
abdominaux *nm pl*
abducteur *adj m, nm*
abduction *nf*
abécédaire *nm*
abecquer *vtr*
abée *nf (ouverture)*
abeille *nf*
abélien, enne *adj*
aber [abɛr] *nm*
aberrance *nf*
aberrant, e *adj*
aberration *nf*
abêtir *vt, vpr*
abêtissant, e *adj*
abêtissement *nm*
abhorrer [abɔre] *vt*
abiétacée *nf*
abiétin, e *adj*
abiétinée *nf*
abîme *nm*
abîmer *vt, vpr*
ab intestat [abɛ̃testa] *loc adj*
abiotique *adj*
ab irato *loc adv*
abject, e [abʒɛkt] *adj*
abjectement [abʒɛkt-] *adv*
abjection [abʒɛktjɔ̃] *nf*
abjuration *nf*
abjurer *vt, vi*
ablactation *nf*
ablatif, ive *adj, nm*
ablation *nf*
able *nm*
ablégat [-ga] *nm*
ableret ou **ablier** *nm*
ablette *nf*
ablution *nf*
abnégation *nf*
aboi *nm*
aboiement *nm*
abolir *vt*
abolition *nf*
abolitionnisme *nm*
abolitionniste *adj, n*
abominable *adj*
abominablement *adv*
abomination *nf*
abominer *vt*
abondamment *adv*
abondance *nf*
abondanciste *n*
abondant, e *adj*
abonder *vi*
abonné, e *adj, n*
abonnement *nm*
abonner *vt, vpr*
abonnir *vt, vpr*
abonnissement *nm*
abord *nm*
abord (d') *loc adv*
abordable *adj*

abordage *nm*
aborder *vi, vt*
abordeur *nm*
aborigène *adj, n*
abornement *nm*
aborner *vt*
abortif, ive *adj*
abot [abo] *nm*
abouchement *nm*
aboucher *vt, vpr*
abouler *vt, vpr (arg.)*
aboulie *nf*
aboulique *adj, n*
about [abu] *nm*
aboutage *nm*
aboutement *nm*
abouter *vt*
abouti, e *adj*
aboutir *vti, vi*
aboutissant *nm*
aboutissement *nm*
ab ovo *loc adv*
aboyant, e [abwajɑ̃, ɑ̃t] *adj*
aboyer [abwaje] *vi, vti* C16
aboyeur, euse [abwajœr, øz] *adj, n*
abracadabra *nm*
abracadabrant, e *adj*
abraser *vt*
abrasif, ive *adj, nm*
abrasimètre *nm*
abrasion *nf*
abraxas [-ksas] *nm*
abréaction *nf*
abréagir *vi*
abrégé *nm*
abrègement [-brɛ-] *nm*
abréger *vt* C13
abreuvement *nm*
abreuver *vt, vpr*
abreuvoir *nm*
abréviateur, trice *n*
abréviatif, ive *adj*
abréviation *nf*
abri *nm*
abribus [-bys] *nm*
abricot [-ko] *nm, adj inv.*
abricoté, e *adj*
abricotier *nm*
abri-sous-roche *nm (pl abris-sous-roche)*
abrité, e *adj*
abriter *vt, vpr*
abrivent *nm*
abrogatif, ive *adj*
abrogation *nf*
abrogatoire *adj*
abrogeable *adj*
abroger *vt* C7
abrouti, e *adj*
abrupt, e [abrypt] *adj, nm*
abruptement [abrypt-] *adv*
abruti, e *adj, n*
abrutir *vt, vpr*
abrutissant, e *adj*
abrutissement *nm*
abscisse [apsis] *nf*
abscons, e [apskɔ̃,ɔ̃s] *adj*
absence *nf*
absent, e *adj, n*
absentéisme *nm*
absentéiste *adj, n*
absenter (s') *vpr*
absid(i)al, e, aux *adj*
abside *nf*
absidiole *nf*
absinthe [apsɛ̃t] *nf*
absinthisme [apsɛ̃-] *nm*
absolu, e *adj, nm*
absoluité *nf*
absolument *adv*
absolution *nf*
absolutisme *nm*
absolutiste *adj, n*
absolutoire *adj*
absorbable *adj*
absorbant, e *adj*
absorbé, e *adj*
absorber *vt, vpr*
absorbeur *nm*
absorption *nf*
absorptivité *nf*
absoudre *vt* C44
absoute *nf*
abstème *adj, n*
abstenir (s') *vpr* C28
abstention *nf*
abstentionnisme *nm*
abstentionniste *adj, n*
abstinence *nf*
abstinent, e *adj, n*
abstract [-trakt] *nm*
abstracteur *nm*
abstraction *nf*
abstraire *vt, vpr* C58
abstrait, e *adj, nm*
abstraitement *adv*
abstrus, e [apstry, yz] *adj*
absurde *adj, nm*
absurdement *adv*
absurdité *nf*
abus [aby] *nm*
abuser *vti, vt, vpr*
abusif, ive *adj*
abusivement *adv*
aby(s)me *nm* ou *nf (Ac.)*
abyssal, e, aux *adj*
abysse *nm*
abyssin, e ou abyssinien, enne *adj, n*
acabit [akabi] *nm*
acacia *nm*
académicien, enne *n*
académie *nf*
académique *adj*
académiquement *adv*
académisme *nm*
acadien, enne *adj, n (d'Acadie)*
acagnarder *vt, vpr*
acajou *nm, adj inv.*
acalculie *nf*
acalèphe *nm*
acalorique *adj*
acanthacée *nf*
acanthe *nf*
acanthoptérygien *nm*
a cappella [akapela] *loc adv, adj inv.*
acariâtre *adj*
acaricide *adj, nm*
acarien *nm*
acariose *nf*

acarus [-rys] *nm*
acaule *adj*
accablant, e *adj*
accablement *nm*
accabler *vt*
accalmie *nf*
accaparement *nm*
accaparer *vt*
accapareur, euse *n*
accastillage *nm*
accastiller *vt*
accédant, e *n*
accéder *vti* C11
accelerando [akselerɑ̃do] *adv*
accélérateur, trice *adj, nm*
accélération *nf*
accéléré, e *adj, nm*
accélérer *vt, vi, vpr* C11
accéléromètre *nm*
accent *nm*
accenteur *nm*
accentuation *nf*
accentué, e *adj*
accentuel, elle *adj*
accentuer *vt, vpr*
acceptabilité *nf*
acceptable *adj*
acceptant, e *adj, n*
acceptation *nf*
accepter *vt, vti*
accepteur *nm, adj m*
acception *nf*
accès [aksɛ] *nm*
accessibilité *nf*
accessible *adj*
accession *nf*
accessit [aksesit] *nm*
accessoire *adj, nm*
accessoirement *adv*
accessoiriser *vt*
accessoiriste *n*
accident *nm*
accidenté, e *adj, n*
accidentel, elle *adj*
accidentellement *adv*
accidenter *vt*
accipitridé *nm*
accise *nf*
accisien *nm*
acclamation *nf*
acclamer *vt*
acclimatable *adj*
acclimatation *nf*
acclimatement *nm*
acclimater *vt, vpr*
accointances *nf pl*
accointer (s') *vpr*
accolade *nf*
accolage *nm*
accolé, e *adj*
accolement *nm*
accoler *vt, vpr*
accommodable *adj*
accommodant, e *adj*
accommodat [-da] *nm*
accommodateur, trice *adj*
accommodation *nf*
accommodement *nm*
accommoder *vt, vi, vpr*
accompagnateur, trice *n*
accompagnement *nm*
accompagner *vt, vpr*
accompli, e *adj, nm*
accomplir *vt, vpr*
accomplissement *nm*
ac(c)on *nm*
ac(c)onage *nm*
ac(c)onier *nm*
accord *nm (arrangement)*
accord (d') *loc adv*
accordable *adj*
accordage *nm*
accordailles *nf pl*
accord-cadre *nm (pl accords-cadres)*
accordé, e *adj, n*
accordéon *nm*
accordéoniste *n*
accorder *vt, vpr*
accordeur *nm*
accordoir *nm*
accore *adj (plongeant à pic)*
accore *nm (pièce de navire)*
accort, e [akɔr, ɔrt] *adj (avenant)*
accostable *adj*
accostage *nm*
accoster *vt, vi*
accot [ako] *nm*
accotement *nm*
accoter *vt, vpr*
accotoir *nm*
accouchée *nf*
accouchement *nm*
accoucher *vi, vt, vti (auxil avoir* ou *être)*
accoucheur, euse *n*
accoudement *nm*
accouder (s') *vpr*
accoudoir *nm*
accouer *vt*
accouple *nf*
accouplé, e *adj*
accouplement *nm*
accoupler *vt, vpr*
accourcir *vt, vti*
accourcissement *nm*
accourir *vi* C25 *(auxil avoir* ou *être)*
accourse *nf*
accoutrement *nm*
accoutrer *vt, vpr*
accoutumance *nf*
accoutumé, e *adj*
accoutumée (à l') *loc adv*
accoutumer *vt, vpr*
accouvage *nm*
accouveur, euse *n*
accréditation *nf*
accréditement *nm*
accréditer *vt, vpr*
accréditeur *nm*
accréditif, ive *adj, nm*
accrescent, e [akrɛsɑ̃, ɑ̃t] *adj*
accrétion *nf*
accro [akrɔ] *adj, n (passionné ; fam.)*
accroc [akro] *nm (déchirure)*
accrochage *nm*
accroche *nf*

accroche-cœur *nm (pl accroche-cœurs)*
accroche-plat *nm (pl accroche-plat*[s]*)*
accrocher *vt, vi, vpr*
accrocheur, euse *adj, n*
accroire (faire) ou (laisser) *vt*
accroires *nm pl*
accroissement *nm*
accroître *vt, vpr* C63
accroupir (s') *vpr*
accroupissement *nm*
accru, e *adj, nm*
accrue *nf*
accu *nm (accumulateur; fam.)*
accueil *nm*
accueillant, e *adj*
accueillir *vt* C21
accul [aky] *nm (refuge)*
acculée *nf*
acculer *vt*
acculturation *nf*
acculturer *vt*
accumulateur *nm*
accumulation *nf*
accumuler *vt, vpr*
accusable *adj*
accusateur, trice *adj, n*
accusatif *nm*
accusation *nf*
accusatoire *adj*
accusé, e *n, adj*
accuser *vt, vpr*
ace [es] *nm*
acéphale *adj, nm*
acéphalie *nf*
acéracée *nf*
acerbe *adj*
acerbité *nf*
acéré, e *adj*
acérer *vt* C11
acescence [asesɑ̃s] *nf*
acescent, e [asesɑ̃, ɑ̃t] *adj*
acétabule *nf*
acétal, als *nm*
acétaldéhyde *nm*
acétamide *nm*
acétate *nm*
acéteux, euse *adj*
acétification *nf*
acétifier *vt*
acétimètre ou acétomètre *nm*
acétique *adj (acide)*
acétobacter [-baktɛr] *nm*
acétocellulose *nf*
acétomètre ou acétimètre *nm*
acétone *nf*
acétonémie *nf*
acétonémique *adj*
acétonurie *nf*
acétylcellulose *nf*
acétylcholine [-ko-] *nf*
acétylcoenzyme A *nf*
acétyle *nm*
acétylène *nm*
acétylénique *adj*
acétylsalicylique *adj*
acétylure *nm*
achaine ou achène ou akène [akɛn] *nm*
achalandage *nm*
achalandé, e *adj*
achalander *vt, vpr*
achalasie [-ka-] *nf*
achaler *vtr*
achard *nm*
acharné, e *adj*
acharnement *nm*
acharner (s') *vpr*
achat [aʃa] *nm*
ache *nf (plante)*
acheb [akɛb] *nm*
achéen, enne [-ke-] *adj, n*
achéménide [-ke-] *adj*
acheminement *nm*
acheminer *vt, vpr*
achène ou achaine ou akène *nm*
achetable *adj*
acheter *vt, vpr* C9
acheteur, euse *n*
acheuléen, enne [aʃøleɛ̃, ɛn] *adj, nm*
achevé, e *adj*
achèvement *nm*
achever *vt, vpr* C8
achigan [aʃigɑ̃] *nm*
achillée [akile] *nf*
acholie [akoli] *nf*
achondroplasie [akɔ̃-] *nf*
achoppement *nm*
achopper *vi, vpr*
achromat [akrɔma] *nm*
achromatique [akrɔ-] *adj*
achromatiser [akrɔ-] *vt*
achromatisme [akrɔ-] *nm*
achromatopsie [akrɔ-] *nf*
achrome [akrom] *adj*
achromie [akrɔmi] *nf*
achronique [akrɔ-] *adj*
achylie [aʃili] *nf*
aciculaire *adj*
acicule *nf*
acidalie *nf*
acide *adj, nm*
acidifiable *adj*
acidifiant, e *adj*
acidification *nf*
acidifier *vt*
acidimètre *nm*
acidimétrie *nf*
acidité *nf*
acido-alcalimétrie *nf (pl acido-alcalimétries)*
acido-basique *adj (pl acido-basiques)*
acidocétose *nf*
acidophile *adj*
acidose *nf*
acidulé, e *adj*
aciduler *vt*
acier *nm*
aciérage *nm*
aciéré, e *adj*
aciérer *vt* C11
aciérie *nf*
aciériste *n*
acineux, euse *adj*
acinus [-nys] *nm (pl acini)*
aclinique *adj*
acmé *nf*

acné *nf (dermatose)*
acnéique *adj*
acœlomate *nm*
acolytat [-ta] *nm*
acolyte *nm*
acompte *nm*
ac(c)on *nm*
ac(c)onage *nm*
ac(c)onier *nm*
aconit [-nit] *nm*
aconitine *nf*
a contrario [akɔ̃trarjo] *loc adv*
acoquinant, e *adj*
acoquinement *nm*
acoquiner (s') *vpr*
acore *nm (plante)*
à-côté *nm (pl à-côtés)*
acotylédone *adj*
acoumètre *nm*
acoumétrie *nf*
à-coup *nm (pl à-coups)*
acouphène *nm*
acousticien, enne *n*
acoustique *adj, nf*
acqua-toffana [akwatɔfana] *nf inv.*
acquéreur *nm*
acquérir *vt, vpr* C27
acquêt [akɛ] *nm (acquisition)*
acquiescement [akjɛsmɑ̃] *nm*
acquiescer [akjese] *vti* C6
acquis, e [aki, iz] *adj, nm (obtenu)*
acquisitif, ve [aki-] *adj*
acquisition [aki-] *nf*
acquit [aki] *nm (quittance)*
acquit-à-caution [aki-] *nm (pl acquits-à-caution)*
acquittable [aki-] *adj*
acquitté, e [aki-] *n*
acquittement [aki-] *nm*
acquitter [aki-] *vt, vpr*
acra(t) *nm*
acre [akr] *nf (mesure)*
âcre [ɑkr] *adj (fort)*
âcrement *adv*
âcreté *nf*
acridien *nm*
acrimonie *nf*
acrimonieusement *adv*
acrimonieux, euse *adj*
acrobate *n*
acrobatie [-si] *nf*
acrobatique *adj*
acrocéphale *adj, n*
acrocéphalie *nf*
acrocyanose *nf*
acrodynie *nf*
acroléine *nf*
acromégalie *nf*
acromion *nm*
acronyme *nm*
acrophobie *nf*
acropole *nf*
acrostiche *nm*
acrotère *nm*
acrylique *adj, nm*
actant *nm*
acte *nm*
actée *nf*
actéon *nm*
acteur, trice *n*
actif, ive *adj, nm*
actinide *nm*
actinie *nf*
actinique *adj*
actinisme *nm*
actinite *nf*
actinium [-njɔm] *nm*
actinologie *nf*
actinomètre *nm*
actinométrie *nf*
actinomorphe *adj*
actinomycète *nm*
actinomycose *nf*
actinote *nf*
actinothérapie *nf*
action *nf*
actionnable *adj*
actionnaire *n*
actionnariat [-rja] *nm*
actionnement *nm*
actionner *vt*
actionneur *nm*
activateur, trice *adj, nm*
activation *nf*
active *nf*
activé, e *adj*
activement *adv*
activer *vt, vpr*
activeur *nm*
activisme *nm*
activiste *adj, n*
activité *nf*
actuaire *n*
actualisation *nf*
actualiser *vt, vpr*
actualité *nf*
actuariat [-rja] *nm*
actuariel, elle *adj*
actuel, elle *adj*
actuellement *adv*
acuité [akɥite] *nf*
acul [aky] *nm (fond d'un parc à huîtres)*
aculéate *nm*
acuminé, e *adj*
acupuncteur, trice ou acuponcteur, trice *n*
acupuncture ou acuponcture *nf*
acutangle *adj*
acyclique *adj*
acylation *nf*
acyle *nm*
A.D.A.C. *nm*
adage *nm*
adagio [ada(d)ʒjo] *adv, nm*
adamantin, e *adj*
adamien, enne *n*
adamique *adj*
adamisme *nm*
adamite *n*
adaptabilité *nf*
adaptable *adj*
adaptateur, trice *n*
adaptatif, ive *adj*
adaptation *nf*
adapter *vt, vpr*
addax [adaks] *nm*
addenda [adɛ̃da] *nm inv.*
addiction *nf*

additif, ive *adj, nm*
addition *nf (opération)*
additionnel, elle *adj*
additionner *vt*
additionneur *nm*
adducteur *adj m, nm*
adduction *nf*
adénine *nf*
adénite *nf*
adénocarcinome *nm*
adénogramme *nm*
adénoïde *adj*
adénoïdectomie *nf*
adénome *nm*
adénopathie *nf*
adénosine *nf*
adénovirus [-rys] *nm*
adent [adɑ̃] *nm*
adepte *n*
adéquat, e [adekwa, at] *adj*
adéquatement [-kwa-] *adv*
adéquation [-kwa-] *nf*
adextré, e *adj*
adhérence *nf*
adhérent, e *adj, n*
adhérer *vti* C11
adhésif, ive *adj, nm*
adhésion *nf*
adhésivité *nf*
ad hoc [adɔk] *loc, adj inv.*
ad hominem [adɔminɛm] *loc, adj inv.*
adiabatique *adj*
adiabatisme *nm*
adiantum [-tɔm] ou adiante *nm*
adiaphorèse *nf*
adieu *nm (pl adieux), interj*
à Dieu va(t) *loc interj*
adipeux, euse *adj*
adipique *adj*
adipolyse *nf*
adipopexie *nf*
adipose *nf*
adiposité *nf*
adiposo-génital, e, aux *adj*
adipsie *nf*
adiré, e *adj*
adition *nf (acceptation)*
adjacent, e *adj*
adjectif, ive *adj, nm*
adjectival, e, aux *adj*
adjectivement *adv*
adjectiver *vt*
adjoindre *vt, vpr* C43
adjoint, e *adj, n*
adjonction *nf*
adjudant *nm*
adjudant-chef *nm (pl adjudants-chefs)*
adjudicataire *n*
adjudicateur, trice *n*
adjudicatif, ive *adj*
adjudication *nf*
adjuger *vt, vpr* C7
adjuration *nf*
adjurer *vt*
adjuvant, e *adj, nm*
adjuvat [-va] *nm*
ad libitum [adlibitɔm] *loc adv*
ad litem [adlitɛm] *loc, adj inv.*
admettre *vt* C48
adminicule *nm*
administrateur, trice *n*
administratif, ive *adj, n*
administration *nf*
administrativement *adv*
administré, e *n*
administrer *vt*
admirable *adj*
admirablement *adv*
admirateur, trice *adj, n*
admiratif, ive *adj*
admiration *nf*
admirativement *adv*
admirer *vt, vpr*
admissibilité *nf*
admissible *adj, n*
admission *nf*
admittance *nf*
admixtion [admikstjɔ̃] *nf*
admonestation *nf*
admonester *vt*
admonition *nf*
A.D.N. *nm inv.*
adné, e *adj*
adobe *nm*
adolescence *nf*
adolescent, e *adj, n*
adonien *adj, nm*
adonique *adj, nm*
adonis [-nis] *nm (jeune homme, papillon); nf (plante)*
adoniser *vt, vpr*
adonner (s') *vpr*
adoptable *adj*
adoptant, e *adj, n*
adopté, e *adj, n*
adopter *vt*
adoptianisme *nm*
adoptif, ive *adj*
adoption *nf*
adorable *adj*
adorablement *adv*
adorateur, trice *n*
adoration *nf*
adorer *vt*
ados [ado] *nm*
adossé, e *adj*
adossement *nm*
adosser *vt, vpr*
adoubement *nm*
adouber *vt*
adoucir *vt, vpr*
adoucissage *nm*
adoucissant, e *adj, nm*
adoucissement *nm*
adoucisseur *nm*
ad patres [adpatrɛs] *loc adv*
adragante *adj f, nf*
ad rem [adrɛm] *loc adv*
adrénaline *nf*
adrénergique *adj*
adressage *nm*
adresse *nf*
adresser *vt, vpr*
adret [adrɛ] *nm*
adroit, e *adj*
adroitement *adv*
adsorbant, e *adj, nm*

adsorber *vt*
adsorption *nf*
adstrat [-tra] *nm*
adulaire *nf*
adulateur, trice *adj, n*
adulation *nf*
aduler *vt*
adulte *adj, n*
adultération *nf*
adultère *adj, n*
adultérer *vt* C11
adultérin, e *adj, n*
adultisme *nm*
ad usum delphini [adyzɔmdɛlfini] *loc, adj inv.*
ad valorem [advalɔrɛm] *loc, adj inv.*
advection *nf*
advenir *vi (usité à la 3e pers), vimp* C*28 (auxil être)*
adventice [advɑ̃tis] *adj*
adventif, ive *adj*
adventiste *adj, n*
adverbe *nm*
adverbial, e, aux *adj*
adverbialement *adv*
adversaire *n*
adversatif, ive *adj*
adverse *adj*
adversité *nf*
ad vitam aeternam [advitameternam] *loc adv*
adynamie *nf*
adynamique *adj*
aède *nm*
ægagropile ou égagropile *nm*
ægosome [egɔzom] *nm*
ægyrine [eʒirin] *nf*
æpyornis ou épyornis [epjɔrnis] *nm*
aérage *nm*
aérateur *nm*
aération *nf*
aéraulique *adj, nf*
aéré, e *adj*
aérer *vt, vpr* C11
aéricole *adj*
aérien, enne *adj, nm*
aérifère *adj*
aérium [aerjɔm] *nm*
aérobic *nm*
aérobie *adj, nm*
aérobiologie *nf*
aérobiose *nf*
aéro-club *nm (pl aéro-clubs)*
aérocolie *nf*
aérocondenseur *nm*
aérodrome *nm*
aérodynamique *adj, nf*
aérodynamisme *nm*
aérodyne *nm*
aérofrein *nm*
aérogare *nf*
aérogastrie *nf*
aérogène *adj*
aéroglisseur *nm*
aérogramme *nm*
aérographe *nm*
aérolithe *nm*
aérologie *nf*
aérologique *adj*
aéromancie *nf*
aéromètre *nm*
aérométrie *nf*
aéromobile *adj*
aéromodélisme *nm*
aéromoteur *nm*
aéronaute *n*
aéronautique *adj, nf*
aéronaval, e, als *adj*
aéronavale *nf*
aéronef *nm*
aéronomie *nf*
aéropathie *nf*
aérophagie *nf*
aérophobie *nf*
aéroplane *nm*
aéroport *nm*
aéroporté, e *adj*
aéroportuaire *adj*
aéropostal, e, aux *adj*
aéroscope *nm*
aérosol *nm*
aérosondage *nm*
aérospatial, e, aux *adj*
aérospatiale *nf*
aérostat [-sta] *nm*
aérostation *nf*
aérostatique *adj, nf*
aérostier *nm*
aérotechnique *adj, nf*
aéroterrestre *adj*
aérothérapie *nf*
aérotherme *nm*
aérothermique *adj*
aérothermodynamique *nf*
aérotrain *nm*
aérotransporté, e *adj*
æschne [eskn] *nf*
æthuse ou éthuse [etys] *nf*
aétite *nf*
affabilité *nf*
affable *adj*
affablement *adv*
affabulation *nf*
affabuler *vt, vi*
affacturage *nm*
affadir *vt*
affadissant, e *adj*
affadissement *nm*
affaibli, e *adj*
affaiblir *vt, vpr*
affaiblissant, e *adj*
affaiblissement *nm*
affaire *nf*
affairé, e *adj, n*
affairement *nm*
affairer (s') *vpr*
affairisme *nm*
affairiste *n*
affaissement *nm*
affaisser *vt, vpr*
affaitage ou affaitement *nm*
affaiter *vt*
affalement *nm*
affaler *vt, vpr*
affamé, e *adj, n*
affamer *vt*
affameur, euse *adj, n*
afféager *vt* C7
affect [afɛkt] *nm*
affectation *nf*

affecté, e *adj*
affecter *vt, vpr*
affectif, ive *adj*
affection *nf*
affectionné, e *adj*
affectionner *vt*
affectivité *nf*
affectueusement *adv*
affectueux, euse *adj*
affenage [afnaʒ] *nm*
afférent, e *adj*
affermage *nm*
affermer *vt*
affermir *vt, vpr*
affermissement *nm*
affété, e *adj*
affèterie [-fɛ-] *nf*
affichage *nm*
affiche *nf*
afficher *vt, vpr*
affichette *nf*
afficheur, euse *n*
affichiste *n*
affidavit [-vit] *nm* *(pl affidavit*[s]*)*
affidé, e *adj, n*
affilage *nm*
affilé, e *adj, n*
affilée (d') *loc adv*
affiler *vt*
affiliation *nf*
affilié, e *adj, n*
affilier *vt, vpr*
affiloir *nm*
affin, e *adj*
affinage *nm*
affinement *nm*
affiner *vt, vpr*
affinerie *nf*
affineur, euse *adj, n*
affinité *nf*
affinoir *nm*
affiquet *nm*
affirmatif, ive *adj, nf*
affirmation *nf*
affirmative *nf*
affirmativement *adv*
affirmer *vt, vpr*
affixal, e, aux *adj*
affixe *nm (linguistique) ; nf* ou *nm (Ac.) (mathématiques)*
affixé, e *adj*
affleurage *nm*
affleurement *nm*
affleurer *vt, vi*
afflictif, ive *adj*
affliction *nf*
affligé, e *adj*
affligeant, e *adj*
affliger *vt, vpr* C7
afflouer *vt*
affluence *nf*
affluent, e *adj, nm*
affluer *vi*
afflux [afly] *nm*
affolant, e *adj*
affolé, e *adj*
affolement *nm*
affoler *vt, vpr*
affouage *nm*
affouagé, e *n*
affouager *vt* C7
affouagiste *n*
affouillement *nm*
affouiller *vt*
affour(r)agement *nm*
affour(r)ager *vt* C7
affourche *nf*
affourcher *vt*
affranchi, e *adj, n*
affranchir *vt, vpr*
affranchissable *adj*
affranchissement *nm*
affres *nf pl*
affrètement *nm*
affréter *vt* C11
affréteur *nm*
affreusement *adv*
affreux, euse *adj*
affriander *vt*
affriolant, e *adj*
affrioler *vt*
affriqué, e *adj*
affriquée *nf*
affront *nm*
affronté, e *adj*
affrontement *nm*
affronter *vt, vpr*
affronteur, euse *n*
affruiter *vi, vt*
affublement *nm*
affubler *vt, vpr*
affusion *nf*
affût [afy] *nm*
affûtage *nm*
affûter *vt*
affûteur *nm*
affûteuse *nf*
affûtiau *nm*
afghan, e *adj, n*
afghani *nm*
aficionado *nm*
afin de *loc prép*
afin que *loc conj*
afocal, e, aux *adj*
a fortiori [afɔrsjɔri] *loc adv*
africain, e *adj, n*
africanisation *nf*
africaniser *vt, vpr*
africanisme *nm*
africaniste *n*
afrikaans [-kɑ̃s] *nm s*
afrikander ou afrikaner [-ɛr] *n*
afro *adj inv. (abrév.)*
afro-américain, e *adj, n* *(pl afro-américains, es)*
afro-asiatique *adj, n* *(pl afro-asiatiques)*
afro-brésilien, enne *adj, n* *(pl afro-brésiliens, ennes)*
afro-cubain, e *adj, n* *(pl afro-cubains, es)*
after-shave [aftœrʃɛv] *nm inv.*
ag(h)a *nm*
agaçant, e *adj*
agace ou agasse *nf*
agacement *nm*
agacer *vt* C6
agacerie *nf*
agalactie ou agalaxie *nf*
agame *adj, nm*

agamète *nf*
agami *nm (oiseau)*
agamidé *nm*
agamie *nf (reproduction)*
agammaglobulinémie *nf*
agape *nf*
agapète *nf*
agar-agar *nm (pl agar-agars)*
agaric [-rik] *nm*
agaricacée *nf*
agasse ou **agace** *nf*
agassin ou **agacin** *nm*
agate *nf*
agatisé, e *adj*
agave ou **agavé** *nm*
age [aʒ] *nm (flèche de charrue)*
âge [ɑʒ] *nm (période)*
âgé, e *adj*
agence *nf*
agencement *nm*
agencer *vt* C6
agenda [aʒɛ̃da] *nm*
agénésie *nf*
agenouillement *nm*
agenouiller (s') *vpr*
agenouilloir *nm*
agent *nm*
ageratum [-tɔm] ou **agérate** *nm*
aggiornamento [a(d)ʒjɔrnamɛnto] *nm*
agglomérant *nm*
agglomérat [-ra] *nm*
agglomération *nf*
aggloméré, e *adj, nm*
agglomérer *vt, vpr* C11
agglutinant, e *adj, nm*
agglutination *nf*
agglutiner *vt, vpr*
agglutinine *nf*
agglutinogène *nm*
aggravant, e *adj*
aggravation *nf*
aggravée *nf*
aggraver *vt, vpr*
ag(h)a *nm*
agile *adj*
agilement *adv*
agilité *nf*
agio [aʒjio] *nm*
a giorno [adʒjɔrno] *loc adv*
agiotage *nm*
agioter *vi*
agioteur, euse *n*
agir *vi, vt, vpr impers*
agissant, e *adj*
agissements *nm pl*
agitateur, trice *n*
agitation *nf*
agitato *adv*
agité, e *adj, n*
agiter *vt, vpr*
agit-prop [aʒitprɔp] *nf inv.*
aglossa *nm*
aglyphe *adj*
agnat, e [agna, at] *adj, n (parent)*
agnathe [agnat] *adj, nm (sans mâchoire)*
agnation [agnasjɔ̃] *nf*
agneau *nm*
agnelage *nm*
agnelée *nf*
agneler *vi* C10
agnelet *nm*
agnelin, e *adj, n*
agnelle *nf*
agnosie [agno-] *nf*
agnosique [agno-] *adj, n*
agnosticisme [agnɔ-] *nm*
agnostique [agnɔ-] *adj, n*
agnus-castus [agnyskastys] *nm inv.*
agnus-Dei [agnysdei] *nm inv.*
agonie *nf*
agonir *vt*
agonisant, e *adj, n*
agoniser *vi*
agoniste *adj*
agora *nf*
agoraphobie *nf*
agouti *nm*
agrafage *nm*
agrafe *nf*
agrafer *vt*
agrafeur, euse *n*
agrainage *nm*
agrainer *vt*
agraire *adj*
agrammatical, e, aux *adj*
agrammaticalité *nf*
agrammatisme *nm*
agrandir *vt, vpr*
agrandissement *nm*
agrandisseur *nm*
agranulocytose *nf*
agraphie *nf*
agrarien, enne *adj, n*
agréable *adj, nm*
agréablement *adv*
agréation *nf*
agréé, e *adj, nm*
agréer *vt, vti* C14
agrégat [-ga] *nm*
agrégatif, ive *adj, n*
agrégation *nf*
agrégé, e *adj, n*
agréger *vt, vpr* C13
agrément *nm*
agrémenter *vt*
agrès [agrɛ] *nm pl*
agresser *vt*
agresseur *adj m, nm*
agressif, ive *adj*
agression *nf*
agressivement *adv*
agressivité *nf*
agreste *adj*
agricole *adj*
agriculteur, trice *n*
agriculture *nf*
agriffer (s') *vpr*
agrile *nm*
agrion *nm*
agriote *nm*
agripaume *nf*
agrippement *nm*
agripper *vt, vpr*
agro-alimentaire *adj, nm (pl agro-alimentaires)*
agrochimie *nf*

agro-industrie *nf (pl agro-industries)*
agrologie *nf*
agronome *nm*
agronomie *nf*
agronomique *adj*
agro-pastoral, e, aux *adj*
agropyrum [-rɔm] *nm*
agrostis [-stis] ou agrostide *nf*
agrotis [-tis] *nm*
agrume *nm*
aguardiente [agwardjɑ̃t] *nf*
aguerrir *vt, vpr*
aguets (aux) *loc adv*
agueusie *nf*
agui *nm*
aguichant, e *adj*
aguiche *nf*
aguicher *vt*
aguicheur, euse *adj, n*
ah *interj* 16-II
ahan [aɑ̃] *nm*
ahaner [aane] *vi*
ahuri, e *adj, n*
ahurir *vt*
ahurissant, e *adj*
ahurissement *nm*
aï [ai] *nm*
aiche ou esche [ɛʃ] *nf*
aide *n*
aide-comptable *n (pl aides-comptables)*
aïd-el-fitr ou aïd-el-séghir *nf inv.*
aïd-el-kébir ou aïd-el-adha *nf inv.*
aide-mémoire *nm inv.*
aider *vt, vti, vpr*
aide-soignant, e *n (pl aides-soignants, es)*
aïe [aj] *interj*
aïeul, e [ajœl] *n (grand-parent)* 21-I C5
aïeux *nm pl (ancêtres)* 21-I C5
aigle *nm (oiseau, emblème); nf (femelle, enseigne)*
aiglefin ou églefin *nm*
aiglette *nf*
aiglon, onne *n*
aigre *adj, nm*
aigre-doux, ce *adj (pl aigres-doux, ces)*
aigrefin *nm*
aigrelet, ette *adj*
aigrement *adv*
aigremoine *nf*
aigret, ette *adj*
aigrette *nf*
aigretté, e *adj*
aigreur *nf*
aigri, e *adj, n*
aigrin *nm*
aigrir *vt, vi, vpr*
aigu, ë *adj, nm*
aiguade [ɛgad] *nf*
aiguail [ɛgaj] *nm*
aiguayer [ɛga-] *vt* C15
aigue-marine *nf (pl aigues-marines)*
aiguière [ɛgjɛr] *nf*
aiguillade [ɛgɥi-] *nf*
aiguillage [egɥi-] *nm*
aiguillat [egɥija] *nm*
aiguille [egɥij] *nf*
aiguillée [egɥije] *nf*
aiguiller [egɥije] *vt*
aiguilletage [egɥi-] *nm*
aiguilleté, e [egɥi-] *adj*
aiguilleter [egɥi-] *vt* C10
aiguillette [egɥijɛt] *nf*
aiguilleur [egɥi-] *nm*
aiguillier, ère [egɥi-] *n*
aiguillon [egɥijɔ̃] *nm*
aiguillonner [egɥi-] *vt*
aiguillot [egɥijo] *nm*
aiguisage [egi-] *nm*
aiguisement [egi-] *nm*
aiguiser [egi-] *vt*
aiguiseur, euse [egi-] *n*
aiguisoir [egi-] *nm*
aïkido [ajkido] *nm*
ail [aj] *nm (pl ails* ou *aulx)* 21-I C2
ailante *nm*
aile *nf*
ailé, e *adj*
aileron *nm*
ailette *nf*
ailier *nm*
aillade [ajad] *nf*
ailler [aje] *vt*
ailleurs [ajœr] *adv*
ailloli ou aïoli [ajoli] *nm*
aimable *adj*
aimablement *adv*
aimant, e *adj*
aimant *nm*
aimantation *nf*
aimanter *vt*
aimer *vt, vpr*
aine *nf (partie du corps)*
aîné, e *adj, n*
aînesse *nf*
aïnou [ajnu] *nm*
ainsi *adv*
aïoli ou ailloli [ajɔli] *nm*
air *nm (gaz)*
airain *nm*
airbag *nm*
airbus [-bys] *nm inv.*
aire *nf (surface)*
airedale [ɛrdɛl] *nm*
airée *nf*
airelle *nf*
airer *vi*
ais [ɛ] *nm (planchette)*
aisance *nf*
aise *adj, nf*
aisé, e *adj*
aisément *adv*
aisseau *nm*
aisselle *nf*
aissette ou essette *nf*
aisy [ɛzi] *nm*
aîtres ou êtres *nm pl (disposition des lieux)*
aixois, e *adj, n*
ajaccien, enne *adj, n*
ajiste *adj, n*
ajointer *vt*
ajonc [aʒɔ̃] *nm*
ajour *nm*

ajouré, e *adj*
ajourer *vt*
ajourné, e *adj, n*
ajournement *nm*
ajourner *vt*
ajout [aʒu] *nm*
ajoute *nf*
ajouté *nm*
ajouter *vt, vti, vpr*
ajoutoir *nm*
ajustage *nm*
ajusté, e *adj*
ajustement *nm*
ajuster *vt*
ajusteur *nm*
ajustoir *nm*
ajut *nm*
ajutage *nm*
akène ou **achaine** ou **achène** [akɛn] *nm*
akinésie *nf*
akkadien, enne *adj, n (d'Akkad)*
akvavit ou **aquavit** [akwavit] *nm*
alabandine *nf*
alabastre ou **alabastron** *nm*
alabastrite *nf*
alacrité *nf*
alaire *adj*
alaise ou **alèse** ou **alèze** *nf*
alambic [-bik] *nm*
alambiqué, e *adj*
alandier *nm*
alanguir [-gir] *vt*
alanguissement [-gi-] *nm*
alanine *nf*
alaouite *adj*
alarmant, e *adj*
alarme *nf*
alarmer *vt, vpr*
alarmisme *nm*
alarmiste *adj, n*
alastrim [-im] *nm*
a latere [alatere] *loc adv*
alaterne *nm*
albanais, e *adj, n*
albâtre *nm*
albatros [-tros] *nm*
albédo *nm*
alberge *nf*
albergier *nm*
albigeois, e *adj, n*
albinisme *nm*
albinos [-nos] *n, adj inv.*
albite *nf*
albraque *nf*
albuginé, e *adj*
albuginée *nf*
albugo *nm*
album [albɔm] *nm*
albumen [-mɛn] *nm*
albumine *nf*
albuminé, e *adj*
albumineux, **euse** *adj*
albuminoïde *adj, nm*
albuminurie *nf*
albuminurique *adj, n*
albumose *nf*
alcade *nm*
alcaïque *adj*
alcalescence [-lɛsɑ̃s] *nf*
alcalescent, e [-lɛsɑ̃, ɑ̃t] *adj*
alcali *nm*
alcalifiant, ante *adj*
alcalimètre *nm*
alcalimétrie *nf*
alcalin, e *adj, nm*
alcaliniser *vt*
alcalinité *nf*
alcalino-terreux, **euse** *adj (pl alcalino-terreux, euses)*
alcaloïde *nm*
alcalose *nf*
alcane *nm*
alcarazas [-as] *nm*
alcazar *nm*
alcène *nm*
alchémille [-ke-] *nf*
alchimie *nf*
alchimique *adj*
alchimiste *nm*
alcool [alkɔl] *nm*
alcoolat [alkɔla] *nm*
alcoolature [-kɔl-] *nf*
alcoolé [-kɔle] *nm*
alcoolémie [-kɔl-] *nf*
alcoolification [-kɔl-] *nf*
alcoolique [-kɔl-] *adj, n*
alcoolisable [-kɔl-] *adj*
alcoolisation [-kɔl-] *nf*
alcoolisé, e [-kɔl-] *adj*
alcooliser [-kɔl-] *vt, vpr*
alcoolisme [-kɔl-] *nm*
alcoologie [-kɔl-] *nf*
alcoomètre [-kɔ-] *nm*
alcoométrie [-kɔ-] *nf*
alcootest [alkɔtɛst] *nm*
alcoran *nm*
alcôve *nf*
alcoylation [-kɔi-] *nf*
alcoyle [-kɔil] *nm*
alcyne *nm*
alcyon *nm*
alcyonaire *nm*
alcyonien *adj*
aldéhyde [-deid] *nm*
aldéhydrique [-deid-] *adj*
al dente [aldɛnte] *loc adv*
alderman [ɔldərman] *nm (pl aldermen)*
aldin, e *adj*
aldol *nm*
aldose *nm*
aldostérone *nf*
ale [ɛl] *nf*
aléa *nm*
aléatoire *adj*
aléatoirement *adv*
alémanique *adj, n*
alêne *nf (de cordonnier)*
alénier *nm*
alénois *adj m*
alentour *adv*
alentours *nm pl*
aléoute *adj, nm*
aleph [alɛf] *nm*
alépine *nf*
alérion *nm*
alerte *nf, adj, interj*
alertement *adv*
alerter *vt*

alésage *nm*
alèse ou alèze ou alaise *nf*
alésé, e *adj*
aléser *vt* C11
aléseur, euse *n*
alésoir *nm*
aléthique *adj*
aleurite *nf*
aleurode *nm*
aleurone *nf*
alevin [alvɛ̃] *nm*
alevinage [alv-] *nm*
aleviner [alv-] *vt, vi*
alevinier [alv-] *nm*
alevinière [alv-] *nf*
alexandra *nm inv.*
alexandrin, e *adj, nm*
alexandrinisme *nm*
alexandrite *nf*
alexie *nf*
alexine *nf*
alezan, e [alzɑ̃, an] *adj, n*
alfa *nm (herbe)*
alfange *nf*
alfatier, ère *adj, n*
algarade *nf*
algazelle *nf*
algèbre *nf*
algébrique *adj*
algébriquement *adv*
algébriste *n*
algérien, enne *adj, n*
algérois, e *adj, n*
algide *adj*
algidité *nf*
algie *nf*
alginate *nm*
algine *nf*
alginique *adj*
algique *adj*
algol *nm*
algolagnie *nf*
algonkien ou algonquien, enne *adj, nm*
algonkin, e ou algonquin, e *(Ac.) adj, n*
algorithme *nm*
algorithmique *adj*
alguazil [algwazil] *nm*
algue *nf*
alias [aljas] *adv*
alibi *nm*
aliboron *nm*
aliboufier *nm*
alicante *nm*
alidade *nf*
aliénabilité *nf*
aliénable *adj*
aliénant, e *adj*
aliénataire *n*
aliénateur, trice *n*
aliénation *nf*
aliéné, e *n*
aliéner *vt, vpr* C11
aliéniste *adj, n*
alifère *adj*
aliforme *adj*
alignement *nm*
aligner *vt, vpr*
aligoté *adj, nm*
aliment *nm*
alimentaire *adj*
alimentation *nf*
alimenter *vt, vpr*
alinéa *nm*
alinéaire *adj*
alios [aljos] *nm*
aliphatique *adj*
aliquante [-kɑ̃t] *adj*
aliquote [-kɔt] *adj f, nf*
alise *nf*
alisier *nm*
alismacée *nf*
alitement *nm*
aliter *vt, vpr*
alizari *nm*
alizarine *nf*
alizé *adj m, nm*
alkékenge [alkekɑ̃ʒ] *nm*
alkermès [-ɛs] *nm*
allache *nf*
allaitement *nm (de lait)*
allaiter *vt*
allant, e *adj, nm*
allantoïde *nf*
allantoïdien *nm, adj m*
allatif *nm*
alléchant, e *adj*
allèchement *nm*
allécher *vt* C11
allée *nf*
allégation *nf*
allège *nf*
allégeance [aleʒɑ̃s] *nf*
allègement [-lɛ-] *nm*
alléger *vt* C13
allégir *vt*
allégorie *nf*
allégorique *adj*
allégoriquement *adv*
allégoriser *vt*
allégoriste *n*
allègre *adj*
allègrement *adv*
allégresse *nf*
allegretto ou allégretto [alegreto] *adv, nm*
allégro *adv, nm*
alléguer *vt* C11
allèle *nm*
allélomorphe *adj*
alléluia [aleluja] *nm*
allemand, e *adj, n*
allène *nm (hydrocarbure)*
aller *vi, vpr* C5 *(auxil être)*
aller *nm*
allergène *nm*
allergide *nf*
allergie *nf*
allergique *adj*
allergisant, e *adj*
allergologie *nf*
allergologiste *n*
allergologue *n*
alleu *nm (pl alleux)*
alleutier *nm*
alliacé, e *adj*
alliage *nm*
alliaire *nf*
alliance *nf*
allié, e *adj, n*
allier *vt, vpr*
allier *nm*
alligator *nm*

allingue *nm*
allitération *nf*
allô *interj*
allocataire *n*
allocation *nf*
allochtone [alɔktɔn] *adj, nm*
allocutaire *n*
allocution *nf*
allodial, e, aux *adj*
allogamie *nf*
allogène *adj (d'autre origine)*
allonge *nf*
allongé, e *adj*
allongement *nm*
allonger *vt, vi, vpr* C7
allopathe *adj, n*
allopathie *nf*
allopathique *adj*
allophone *adj, n*
allosome *nm*
allostérie *nf*
allostérique *adj*
allotropie *nf*
allotropique *adj*
allouable *adj*
allouer *vt*
alluchon *nm*
allumage *nm*
allumé, e *adj*
allume-cigare *nm (pl allume-cigares)*
allume-feu *nm inv.*
allume-gaz *nm inv.*
allumer *vt, vpr*
allumette *nf*
allumettier, ère *n*
allumeur *nm*
allumeuse *nf (fam.)*
allumoir *nm*
allure *nf*
alluré, e *adj*
allusif, ive *adj*
allusion *nf*
allusivement *adv*
alluvial, e, aux *adj*
alluvion *nf*
alluvionnaire *adj*
alluvionnement *nm*
alluvionner *vi*
allyle *nm*
allylique *adj*
almageste *nm*
alma mater [-tɛr] *nf*
almanach [-na] *nm*
almandin *nm* ou **almandine** *nf*
almée *nf*
almicantarat [-ra] *nm*
aloès [alɔɛs] *nm*
alogie *nf*
alogique *adj*
aloi *nm*
alopécie *nf*
alors [alɔr] *adv*
alors que *loc conj*
alose *nf*
alouate *nm*
alouette *nf*
alourdir *vt, vpr*
alourdissement *nm*
aloyau [alwajo] *nm*
alpaga *nm*
alpage *nm*
alpax [-paks] *nm inv.*
alpe *nf*
alpenstock [alpɛnstɔk] *nm*
alpestre *adj*
alpha *nm inv. (lettre grecque)*
alphabet [-bɛ] *nm*
alphabète *adj, n*
alphabétique *adj*
alphabétiquement *adv*
alphabétisation *nf*
alphabétisé, e *adj, n*
alphabétiser *vt*
alphabétisme *nm*
alphanumérique *adj*
alpin, e *adj*
alpinisme *nm*
alpiniste *n*
alpiste *nm*
alquifoux [-ki-] *nm*
alsace *nm*
alsacien, enne *adj, n*
altaïque *adj*
altérabilité *nf*
altérable *adj*
altéragène *adj*
altérant, e *adj, n*
altération *nf*
altercation *nf*
altéré, e *adj*
alter ego [altɛrego] *nm inv.*
altérer *vt, vpr* C11
altérité *nf*
alternance *nf*
alternant, e *adj*
alternat [-na] *nm*
alternateur *nm*
alternatif, ive *adj*
alternative *nf*
alternativement *adv*
alterne *adj*
alterné, e *adj*
alterner *vt, vi*
altesse *nf*
althæa [altea] ou **althée** *nf*
altier, ère *adj*
altimètre *nm*
altimétrie *nf*
altiport *nm*
altise *nf*
altiste *n*
altitude *nf*
alto *nm, adj*
altocumulus [-lys] *nm*
altostratus [-tys] *nm*
altruisme *nm*
altruiste *adj*
altuglas [-glas] *nm*
alucite *nf*
alude *nf*
aluette *nf*
alumelle *nf*
aluminage *nm*
aluminate *nm*
alumine *nf*
aluminer *vt*
aluminerie *nf*
alumineux, euse *adj*
aluminiage *nm*
aluminium [-njɔm] *nm*
aluminosilicate *nm*
aluminothermie *nf*

alumnat [-na] *nm*
alun [alœ̃] *nm*
alunage *nm*
alunation *nf*
aluner *vt*
alunière *nf*
alunifère *adj*
alunir *vi*
alunissage *nm*
alunite *nf*
alvéolaire *adj*
alvéole *nm*
alvéolé, e *adj*
alvéolite *nf*
alvin, e *adj*
alysse *nm* ou alysson *nm*
alyte *nm*
amabile [-le] *adv*
amabilité *nf*
amadou *nm*
amadouer *vt*
amadouvier *nm*
amaigri, e *adj*
amaigrir *vt, vpr*
amaigrissant, e *adj*
amaigrissement *nm*
amalgamation *nf*
amalgame *nm*
amalgamer *vt, vpr*
aman [aman] *nm*
amandaie *nf*
amande *nf (fruit)*
amandier *nm*
amandine *nf*
amanite *nf*
amant, e *n*
amarantacée *nf*
amarante *nf, adj inv.*
amareyeur, euse *n*
amaril, e [-ril] *adj*
amarinage *nm*
amariner *vt*
amarnien, enne *adj, n*
amarrage *nm*
amarre *nf*
amarrer *vt*
amaryllidacée *nf*
amaryllis [-lys] *nf*
amas [ama] *nm*
amasser *vt, vpr*
amasseur *nm*
amateloter *vt*
amateur *adj, nm*
amateurisme *nm*
amatir *vt*
amaurose *nf*
amazone *nf*
amazonien, enne *adj, n*
amazonite *nf*
ambages *nf pl*
ambassade *nf*
ambassadeur, drice *n*
ambe *nm*
ambiance *nf*
ambiant, e *adj*
ambidextre *adj, n*
ambigu, ë *adj*
ambiguïté [-gɥite] *nf*
ambigument *adv*
ambiophonie *nf*
ambitieusement *adv*
ambitieux, euse *adj, n*
ambition *nf*
ambitionner *vt*
ambivalence *nf*
ambivalent, e *adj*
amble *nm*
ambler *vi*
ambleur, euse *adj*
amblyope *adj, n*
amblyopie *nf*
amblyoscope *nm*
amblystome *nm*
ambon *nm*
ambre *nm, adj inv.*
ambré, e *adj*
ambréine *nf*
ambrer *vt*
ambrette *nf*
ambroisie *nf*
ambrosiaque *adj*
ambrosien, enne *adj*
ambulacraire *adj*
ambulacre *nm*
ambulance *nf*
ambulancier, ère *n*
ambulant, e *adj, n*
ambulatoire *adj*
âme *nf*
améliorable *adj*
améliorant, e *adj*
amélioration *nf*
améliorer *vt, vpr*
amen [amɛn] *nm inv.*
aménageable *adj*
aménagement *nm*
aménager *vt* C7
aménageur, euse *n*
amendable *adj*
amende *nf (peine)*
amendement *nm*
amender *vt, vpr*
amène *adj*
amenée *nf*
amener *vt, vpr* C8
aménité *nf*
aménorrhée *nf*
amensal, e, aux *adj*
amensalisme *nm*
amentale *nf*
amentifère *adj, nm*
amenuisement *nm*
amenuiser *vt, vpr*
amer, ère [amɛr] *adj, nm*
amérasien, enne *adj, n*
amèrement *adv*
américain, e *adj, n*
américanisation *nf*
américaniser *vt, vpr*
américanisme *nm*
américaniste *adj, n*
américium [-sjɔm] *nm*
amérindien, enne *adj, n*
amerlo(t) ou amerloque *n (pop.)*
amerrir *vi*
amerrissage *nm*
amertume *nf*
améthyste [ametist] *nf*
amétrope *adj*
amétropie *nf*
ameublement *nm*
ameublir *vt*
ameublissement *nm*
ameuter *vt, vpr*
amharique *nm*
ami, e *adj, n*
amiable *adj*

amiable (à l') *loc adv*
amiablement *adv*
amiante *nm*
amibe *nf*
amibiase *nf*
amibien, enne *adj, nm*
amiboïde *adj*
amical, e, aux *adj*
amicale *nf*
amicalement *adv*
amict [ami] *nm (linge bénit)*
amide *nm*
amidon *nm*
amidonnage *nm*
amidonner *vt*
amidonnerie *nf*
amidonnier, ère *adj, n*
amidopyrine *nf*
amiénois, e *adj, n*
amimie *nf*
amimique *adj, n*
amincir *vt, vpr*
amincissant, e *adj*
amincissement *nm*
amine *nf*
aminé, e *adj*
aminoacide *nm*
aminogène *nm*
aminoplaste *nm*
amiral, e, aux *adj, nm*
amiralat [-la] *nm*
amirale *nf*
amirauté *nf*
amissibilité *nf*
amissible *adj*
amitié *nf*
amitose *nf*
ammocète [-sɛt] *nf*
ammodyte *nm* ou *nf*
ammonal, als *nm*
ammoniac, aque *adj, nm (composé gazeux)*
ammoniacal, e, aux *adj*
ammoniaque *nf (solution aqueuse)*
ammonisation ou ammonification *nf*
ammonite *nf*
ammonium [-njɔm] *nm*
ammoniurie *nf*
ammophile *nf*
amnésie *nf*
amnésique *adj, n*
amniocentèse [-sɛ̃tɛz] *nf*
amnios [amnjɔs] *nm*
amnioscopie *nf*
amniote *nm*
amniotique *adj*
amnistiable *adj*
amnistiant, e *adj*
amnistie *nf*
amnistié, e *adj, n*
amnistier *vt*
amocher *vt, vpr (fam.)*
amodiable *adj*
amodiataire *n*
amodiateur *nm*
amodiation *nf*
amodier *vt*
amoindrir *vt, vpr*
amoindrissement *nm*
amok *nm*
amollir *vt, vpr*
amollissant, e *adj*
amollissement *nm*
amome *nm*
amonceler *vt, vpr* C10
amoncellement *nm*
amont *nm, adj inv.*
amontillado [amɔntijado] *nm*
amoral, e, aux *adj*
amoralisme *nm*
amoralité *nf*
amorçage *nm*
amorce *nf*
amorcer *vt, vpr* C6
amorçoir *nm*
amoroso [-zo] *adv*
amorphe *adj*
amorti *nm*
amortie *nf*
amortir *vt, vpr*
amortissable *adj*
amortissement *nm*
amortisseur *nm*
amouillante *nf, adj f*
amour *nm s, nm* ou *nf pl* 14-III
amouracher (s') *vpr*
amourette *nf*
amourettes *nf pl*
amoureusement *adv*
amoureux, euse *adj, n*
amour-propre *nm (pl amours-propres)*
amovibilité *nf*
amovible *adj*
ampélidacée *nf*
ampélographie *nf*
ampélopsis [-psis] *nm*
ampère *nm*
ampère-heure *nm (pl ampères-heures)*
ampèremètre *nm*
ampère-tour *nm (pl ampères-tours)*
amphétamine *nf*
amphi *nm (abrév.)*
amphiarthrose *nf*
amphibie *adj, nm*
amphibien *nm*
amphibiose *nf*
amphibole *adj, nf*
amphibolite *nf*
amphibologie *nf*
amphibologique *adj*
amphictyon [ɑ̃fiktjɔ̃] *nm*
amphictyonie [ɑ̃fiktjɔni] *nf*
amphictyonique [ɑ̃fiktjɔnik] *adj*
amphigouri *nm*
amphigourique *adj*
amphimixie *nf*
amphineure *nm*
amphioxus [-ksys] *nm*
amphipode *nm*
amphisbène *nm*
amphithéâtre *nm*
amphitryon *nm*
ampholyte *nm*
amphore *nf*
amphotère *adj*
ample *adj*
amplectif, ive *adj*
amplement *adv*

ampleur *nf*
ampli *nm (abrév.)*
ampliateur *nm*
ampliatif, ive *adj*
ampliation *nf*
amplifiant, e *adj*
amplificateur, trice *adj, n*
amplification *nf*
amplifier *vt, vpr*
amplitude *nf*
ampli-tuner [ɑ̃plitynɛr] *nm (pl ampli-tuners)*
ampoule *nf*
ampoulé, e *adj*
amputation *nf*
amputé, e *adj*
amputer *vt, vpr*
amuïr [amɥir] *vt, vpr*
amuïssement *nm*
amulette *nf*
amure *nf*
amurer *vt*
amusable *adj*
amusant, e *adj*
amuse-gueule *nm inv.*
amusement *nm*
amuser *vt, vpr*
amusette *nf*
amuseur, euse *n*
amusie *nf*
amygdale [amidal] *nf*
amygdalectomie [amidal-] *nf*
amygdalien, enne [amidal-] *adj*
amygdalite [amidalit] *nf*
amylacé, e *adj*
amylase *nf*
amyle *nm*
amylène *nm*
amylique *adj*
amylobacter [-tɛr] *nm*
amyloïde *adj*
amylose *nf*
amytrophie *nf*
an *nm*
ana *nm inv.*
anabaptisme [-batism] *nm*
anabaptiste [-batist] *adj, n*
anabas [-bas] *nm*
anableps [-blɛps] *nm*
anabolisant, e *adj, nm*
anabolisme *nm*
anabolite *nm*
anacarde *nm*
anacardiacée *nf*
anacardier *nm*
anachorète [-kɔ-] *nm*
anachorétique [-kɔ-] *adj*
anachorétisme [-kɔ-] *nm*
anachronique [-krɔ-] *adj*
anachronisme [-krɔ-] *nm*
anaclinal, e, aux *adj*
anaclitique *adj*
anacoluthe *nf*
anaconda *nm*
anacréontique *adj*
anacroisés *nm pl*
anacrouse *nf*
anacyclique *adj, nm*
anadiplose *nf*
anadyomène *adj*
anaérobie *adj, nm*
anaérobiose *nf*
anaglyphe ou **anaglypte** *nm*
anaglyptique *adj, nf*
anagnoste [-gnost] *nm*
anagogie *nf*
anagogique *adj*
anagrammatique *adj*
anagramme *nf*
anal, e, aux *adj* (de *anus)*
analecta ou **analectes** *nm pl*
analeptique *adj, nm*
analgésie *nf*
analgésique *adj, nm*
analité *nf*
anallergique *adj*
analogie *nf*
analogique *adj*
analogiquement *adv*
analogon *nm*
analogue *adj*
analphabète *adj, n*
analphabétisme *nm*
analycité *nf*
analysable *adj*
analysant, e *n*
analyse *nf*
analysé, e *n*
analyser *vt, vpr*
analyseur, euse *n*
analyste *n*
analyste-programmeur, euse *n (pl analystes-programmeurs, euses)*
analytique *adj, nf*
analytiquement *adv*
anamnèse *nf*
anamorphose *nf*
ananas [anana(s)] *nm*
anapeste *nm*
anapestique *adj*
anaphase *nf*
anaphore *nf*
anaphorèse *nf*
anaphorique *adj, nm*
anaphrodisiaque *adj, nm*
anaphrodisie *nf*
anaphylactique *adj*
anaphylaxie *nf*
anaplasie [-zi] *nf*
anaplastie *nf*
anar *adj, n (abrév.)*
anarchie *nf*
anarchique *adj*
anarchiquement *adv*
anarchisant, e *adj, n*
anarchisme *nm*
anarchiste *adj, n*
anarcho-syndicalisme [-ko-] *nm (pl anarcho-syndicalismes)*
anarcho-syndicaliste [-ko-] *adj, n (pl anarcho-syndicalistes)*
anarthrie *nf*
anasarque *nf*
anastigmat [-ma] *adj m, nm*
anastigmatique *adj*

anastomose *nf*
anastomoser *vt, vpr*
anastrophe *nf*
anatexie *nf*
anathématisation *nf*
anathématiser *vt*
anathème *nm*
anatidé *nm*
anatife *nm*
anatocisme [-sism] *nm*
anatomie *nf*
anatomique *adj*
anatomiquement *adv*
anatomiser *vt*
anatomiste *n*
anatomopathologie *nf*
anatoxine *nf*
ancestral, e, aux *adj*
ancêtre *nm*
anche *nf (languette)*
anchois *nm*
anchoyade ou anchoïade [ɑ̃ʃɔjad] *nf*
ancien, enne *adj, n*
anciennement *adv*
ancienneté *nf*
ancillaire [-silɛr] *adj*
ancolie *nf*
ancrage *nm*
ancre *nf (de navire)*
ancrer *vt, vpr*
andain *nm*
andalou, se *adj, n*
andante [ɑ̃dɑ̃t(e)] *adv, nm*
andantino *adv, nm*
andésite *nf*
andin, e *adj, n*
andorran, e *adj, n*
andouille *nf*
andouiller *nm*
andouillette *nf*
andrène *nm*
andrinople *nf*
androcée *nm*
androcéphale *adj*
androgène *adj, nm*
androgenèse *nf*
androgénie *nf*
androgyne *adj, n*
androgynie *nf*
androïde *nm*
andrologie *nf*
andrologue *n*
andropause *nf*
androstérone *nf*
âne *nm*
anéantir *vt, vpr*
anéantissement *nm*
anecdote *nf*
anecdotier, ère *n*
anecdotique *adj*
anémiant, e *adj*
anémie *nf*
anémié, e *adj*
anémier *vt, vpr*
anémique *adj, n*
anémographe *nm*
anémomètre *nm*
anémone *nf*
anémophile *adj*
anémophilie *nf*
anencéphale *adj, n*
anencéphalie *nf*
anépigraphe *adj*
anérection *nf*
anergie *nf*
ânerie *nf*
anéroïde *adj*
ânesse *nf*
anesthésiant, e *adj, nm*
anesthésie *nf*
anesthésier *vt*
anesthésiologie *nf*
anesthésiologiste *n*
anesthésique *adj, nm*
anesthésiste *n*
aneth [anɛt] *nm*
anéthol *nm*
aneuploïde *adj*
aneurine *nf*
anévrismal, e, aux *adj*
anévrisme *nm*
anfractueux, euse *adj*
anfractuosité *nf*
angarie *nf*
ange *nm*
angéite ou angiite *nf*
angélique *adj, nf*
angéliquement *adv*
angélisme *nm*
angelot *nm*
angélus [-lys] *nm*
angevin, e *adj, n*
angiectasie *nf*
angine *nf*
angineux, euse *adj, n*
angiocardiographie *nf*
angiocholite [-kɔlit] *nf*
angiographie *nf*
angiologie *nf*
angiomatose *nf*
angiome *nm*
angiosperme *nf, adj*
angiotensine *nf*
angkorien, enne *adj*
anglais, e *adj, n (d'Angleterre)*
anglaiser *vt*
angle *nm*
angledozer [-ʒœr] *nm*
anglet [ɑ̃glɛ] *nm (architecture)*
anglican, e *adj, n*
anglicanisme *nm*
angliciser *vt, vpr*
anglicisme *nm*
angliciste *n*
anglo-américain, e *adj, n (pl anglo-américains, es)*
anglo-arabe *adj, n (pl anglo-arabes)*
anglomane *adj, n*
anglomanie *nf*
anglo-normand, e *adj, n (pl anglo-normands, es)*
anglophile *adj, n*
anglophilie *nf*
anglophobe *adj, n*
anglophobie *nf*
anglophone *adj, n*
anglo-saxon, onne *adj, n (pl anglo-saxons, onnes)*
angoissant, e *adj*
angoisse *nf*
angoissé, e *adj, n*
angoisser *vt, vpr*

angolais, e *adj, n*
angon *nm*
angor *nm*
angora *adj, n*
angrois *nm*
angström [ɑ̃gstrœm] *nm*
anguiforme [ɑ̃gi-] *adj*
anguille [ɑ̃gij] *nf*
anguillère [ɑ̃gijɛr] *nf*
anguillidé [ɑ̃gilide] *nm*
anguillule [ɑ̃gilyl] *nf*
anguillulose [ɑ̃gilyloz] *nf*
angulaire *adj*
anguleux, euse *adj*
angusticlave *nm*
angustifolié, e *adj*
angustura ou angusture *nf*
anharmonique *adj*
anhélation *nf*
anhéler *vi* C11
an(h)idrose *nf*
anhydre *adj*
anhydride *nm*
anhydrite *nf*
anhydrobiose *nf*
anicroche *nf*
ânier, ère *n*
aniline *nf*
anilisme *nm*
animadversion *nf*
animal, e, aux *adj, nm*
animalcule *nm*
animalerie *nf*
animalier, ère *adj, n*
animaliser *vt*
animalité *nf*
animateur, trice *n*
animation *nf*
animato *adv*
animé, e *adj*
animelles *nf pl*
animer *vt, vpr*
animisme *nm*
animiste *adj, n*
animosité *nf*
anion *nm*
anionique *adj*
anis [ani(s)] *nm*
anisé *nm*
aniser *vt*
anisette *nf*
anisogamie *nf*
anisotrope *adj*
anisotropie *nf*
ankylose *nf*
ankylosé, e *adj*
ankyloser *vt, vpr*
ankylostome *nm*
ankylostomiase *nf*
annal, e, aux *adj (de an)*
annales *nf pl*
annaliste *n (d'annales)*
annalité *nf*
annamite *adj, n*
annate *nf*
anneau *nm*
année *nf*
année-lumière *nf (pl années-lumières)*
annelé, e *adj*
anneler *vt* C10
annelet *nm*
annélide *nm*
annelure *nf*
annexe *adj, nf*
annexer *vt, vpr*
annexion *nf*
annexionnisme *nm*
annexionniste *adj, n*
annexite *nf*
annihilation *nf*
annihiler *vt, vpr*
anniversaire *adj, nm*
annonce *nf*
annoncer *vt, vpr* C6
annonceur, euse *n*
annonciateur, trice *adj, nm*
annonciation *nf*
annoncier, ère *n*
annone *nf*
annotateur, trice *n*
annotation *nf*
annoter *vt*
annuaire *nm*
annualiser *vt*
annualité *nf*
annuel, elle *adj*
annuellement *adv*
annuité *nf*
annulabilité *nf*
annulable *adj*
annulaire *adj, nm*
annulatif, ive *adj*
annulation *nf*
annuler *vt, vpr*
anobie *nf*
anobli, e *adj, n*
anoblir *vt*
anoblissement *nm*
anode *nf*
anodin, e *adj*
anodique *adj*
anodisation *nf*
anodiser *vt*
anodonte *adj, nm*
anodontie [-si] *nf*
anomal, e, aux *adj*
anomala *nm*
anomalie *nf*
anomalistique *adj*
anomie *nf*
ânon *nm*
anonacée *nf*
anone *nf*
ânonnement *nm*
ânonner *vi, vt*
anonymat [-ma] *nm*
anonyme *adj, n*
anonymement *adv*
anophèle *nm*
anorak [-rak] *nm*
anordir *vi*
anorexie *nf*
anorexigène *adj, nm*
anorexique *adj, n*
anorganique *adj*
anorgasmie *nf*
anormal, e, aux *adj, n*
anormalement *adv*
anormalité *nf*
anosmie *nf*
anoure *adj, nm*
anovulatoire *adj*
anoxémie *nf*
anoxie *nf*
anse *nf (baie, partie recourbée)*

ansé, e *adj*
ansériforme *nm*
ansérine *nf*
anspect [ãspɛk] *nm*
antagonique *adj*
antagonisme *nm*
antagoniste *adj, n*
antalgie *nf*
antalgique *adj, nm*
antan (d') *loc, adj inv.*
antapex *nm*
antarctique *adj, n*
ante *nf*
antécambrien, enne *adj, nm*
antécédence *nf*
antécédent, e *adj, nm*
Antéchrist *nm*
antédiluvien, enne *adj*
antéfixe *nf*
antéhypophyse *nf*
antéislamique *adj*
antenais, e *adj*
anténatal, e, als *adj*
antennate *nm*
antenne *nf*
antépénultième *adj, nf*
antéposer *vt*
antéposition *nf*
antéprédicatif, ive *adj*
antérieur, e *adj*
antérieurement *adv*
antériorité *nf*
antérograde *adj*
antéversion *nf*
anthémis [ãtemis] *nf*
anthère *nf*
anthéridie *nf*
anthérozoïde *nm*
anthèse *nf*
anthocéros [-os] *nm*
anthologie *nf*
anthonome *nm*
anthozoaire *nm*
anthracène *nm*
anthracite *nm, adj inv.*
anthraciteux, euse *adj*
anthracnose *nf*
anthracose *nf*
anthraquinone *nf*
anthrax [ãtraks] *nm*
anthrène *nm*
anthropien, enne *adj, nm*
anthropique *adj*
anthropobiologie *nf*
anthropocentrique *adj*
anthropocentrisme *nm*
anthropogenèse *nf*
anthropogénie *nf*
anthropoïde *adj, n*
anthropologie *nf*
anthropologique *adj*
anthropologiste *nm*
anthropologue *n*
anthropométrie *nf*
anthropométrique *adj*
anthropomorphe *adj*
anthropomorphique *adj*
anthropomorphisme *nm*
anthroponyme *nm*
anthroponymie *nf*
anthropophage *adj, n*
anthropophagie *nf*
anthropophile *adj*
anthropopithèque *nm*
anthropotechnique [-tɛknik] *nf*
anthropozoïque *adj, nm*
anthurium [-rjɔm] *nm*
anthyllis [-lis] ou anthyllide *nf*
antiacide *adj*
antiadhésif, ive *adj, nm*
antiaérien, enne *adj*
anti-âge *adj inv.*
antialcoolique [-kɔl-] *adj*
antialcoolisme [-kɔl-] *nm*
antiallergique *adj*
antiamaril, e [-ril] *adj*
anti(-)américanisme *nm (pl anti(-) américanismes)*
antiasthmatique [-asma-] *adj, nm*
antiatome *nm*
antiatomique *adj*
antiautoritaire *adj*
antibiogramme *nm*
antibiose *nf*
antibiothérapie *nf*
antibiotique *adj, nm*
antibois *nm*
antibourgeois, e *adj*
antiblocage *adj*
antibrouillage *nm*
antibrouillard *adj inv., nm*
antibruit *adj inv.*
anticabreur *adj m*
anticalcaire *adj*
anticancéreux, euse *adj*
anticapitaliste *adj*
anticasseurs *adj inv.*
anticathode *nf*
antichambre *nf*
antichar *adj*
antichoc *adj*
anticholérique *adj*
antichrèse [-krɛz] *nf*
antichrétien, enne [-kre-] *adj*
antichrist *nm*
anticipation *nf*
anticipatoire *adj*
anticipé, e *adj*
anticiper *vt, vti, vi*
anticlérical, e, aux *adj, n*
anticléricalisme *nm*
anticlinal, e, aux *adj, nm*
anticoagulant, e *adj, nm*
anticolonialisme *nm*
anticolonialiste *adj, n*
anticommunisme *nm*
anticommuniste *adj, n*
anticonceptionnel, elle *adj*
anticoncurrentiel, elle *adj*
anticonformisme *nm*
anticonformiste *adj, n*
anticonjoncturel, elle *adj*

anticonstitutionnel, elle *adj*
anticonstitutionnellement *adv*
anticorps [-kɔr] *nm*
anticorpuscule *nm*
anticorrosion *adj inv.*
anticryptogamique *adj*
anticyclique *adj*
anticyclonal, e, aux *adj*
anticyclone *nm*
anticyclonique *adj*
antidate *nf*
antidater *vt*
antidéflagrant, e *adj*
antidémocratique *adj*
antidéplacement *nm*
antidépresseur *adj m, nm*
antidérapant, e *adj, nm*
antidétonant, e *adj, nm*
antidiphtérique *adj*
antidiurétique *adj, nm*
antidoping [-piŋ] ou antidopage *nm*
antidote *nm*
antidrogue *adj inv.*
antiéconomique *adj*
antiémétique *adj, nm*
antienne [ɑ̃tjɛn] *nf*
antienzyme [ɑ̃tiɑ̃zim] *nf*
antiesclavagiste *adj, n*
antiétatique *adj*
antifading [-diŋ] *nm*
antifascisme [-faʃism] *nm*
antifasciste [-faʃist] *adj, n*
antiferromagnétisme *nm*
antifiscal, e, aux *adj*
antifongique *adj, nm*
antifriction *adj inv.*
antifumée *adj inv., nm*
anti-g *adj inv.*
antigang [-gɑ̃g] *adj inv.*
antigel *nm*
antigène *nm*
antigivrant, e *adj, nm*
antiglisse *adj inv.*
antigouvernemental, e, aux *adj*
antigravitation *nf*
antigravitationnel, elle *adj*
antigrève *adj inv.*
antigrippal, e, aux *adj*
antihalo *adj inv., nm*
antihausse *adj inv.*
antihéros *nm*
antihistaminique *nm, adj*
antihygiénique *adj*
anti-impérialisme *nm (pl anti-impérialismes)*
anti-impérialiste *adj, n (pl anti-impérialistes)*
anti-inflammatoire *adj, nm (pl anti-inflammatoires)*
anti-inflationniste *adj (pl anti-inflationnistes)*
antilacet [-sɛ] *adj inv.*
antilithique *adj*
antillais, e *adj, n*
antilogarithme *nm*
antilogie *nf*
antilope *nf*
antimaçonnique *adj*
antimatière *nf*
antiméridien *nm*
antimilitarisme *nm*
antimilitariste *adj, nm*
antimissile *adj*
antimite *adj, nm*
antimitotique *adj, nm*
antimoine *nm*
antimonarchique *adj*
antimonarchiste *n*
antimoniate *nm*
antimonié, e *adj*
antimoniure *nm*
antimycosique *adj, nm*
antinational, e, aux *adj*
antinaturel, elle *adj*
antinazi, e *adj, n*
antinazisme *nm*
antineutrino *nm*
antineutron *nm*
antinévralgique *adj*
antinomie *nf*
antinomique *adj*
antinucléaire *adj, n*
antioxydant *nm*
antipaludique *adj, nm*
antipape *nm*
antiparallèle *adj*
antiparasite *adj, nm*
antiparasiter *vt*
antiparlementaire *adj*
antiparlementarisme *nm*
antiparti *adj inv.*
antiparticule *nf*
antipathie *nf*
antipathique *adj*
antipatriote *n*
antipatriotique *adj*
antipatriotisme *nm*
antipelliculaire *adj*
antipéristaltique *adj*
antipernicieux, euse *adj*
antipersonnel *adj inv.*
antiphilosophique *adj*
antiphlogistique *adj*
antiphonaire *nm*
antiphrase *nf*
antipodal, e, aux *adj*
antipode *nm*
antipodisme *nm*
antipodiste *n*
antipoétique *adj*
antipoison *adj inv.*
antipoliomyélitique *adj*
antipollution *adj inv.*
antiprotectionniste *adj, n*
antiproton *nm*
antiprurigineux, euse *adj, nm*
antipsychiatre [-kja-] *nm*
antipsychiatrie [-kja-] *nf*
antipsychiatrique [-kja-] *adj*
antipsychotique [-kɔ-] *adj, nm*
antiputride *adj*
antipyrétique *adj, nm*
antipyrine *nf*
antiquaille [-kaj] *nf*

antiquaire [-kɛr] *n*
antique *adj, nm (art) ; nf (objet d'art, imprimerie)*
antiquisant, e [-ki-] *adj*
antiquité [-ki-] *nf*
antirabique *adj*
antirachitique *adj*
antiracisme *nm*
antiraciste *adj, n*
antiradar *adj inv., nm inv.*
antiradiation *adj inv.*
antirationnel, elle *adj*
antireflet *adj inv.*
antiréglementaire *adj*
antireligieux, euse *adj*
antirépublicain, e *adj, n*
antirévolutionnaire *adj*
antirides *adj inv., nm inv.*
antiroman *nm*
antirouille *nm, adj inv.*
antisatellite *adj inv.*
antiscientifique *adj*
antiscorbutique *adj*
antisèche *nm* ou *nf (fam.)*
antiségrégationniste *adj, n*
antisémite *adj, n*
antisémitisme *nm*
antisepsie *nf*
antiseptique *adj, nm*
antisida *adj inv.*
antisismique *adj*
antisocial, e, aux *adj*
antisolaire *adj*
anti-sous-marin, e *adj (pl anti-sous-marins, es)*
antisoviétique *adj*
antispasmodique *adj, nm*
antisportif, ive *adj*
antistatique *adj, nm*
antistreptolysine *nf*
antistrophe *nf*
antisudoral, e, aux *adj*
antisymétrique *adj*
antisyndical, e, aux *adj*
antisyphilitique *adj*
antitabac [-ba] *adj inv.*
antiterroriste *adj*
antitétanique *adj*
antithermique *adj*
antithèse *nf*
antithétique *adj*
antithyroïdien, enne *adj*
antitoxine *nf*
antitoxique *adj*
antitrust [-trœst] *adj inv.*
antituberculeux, euse *adj*
antitussif, ive *adj*
antivariolique *adj*
antivénéneux, euse *adj*
antivénérien, enne *adj*
antivenimeux, euse *adj*
antiviral, e, aux *adj, nm*
antivol *adj inv., nm*
antoinisme *nm*
antonomase *nf*
antonyme *nm*
antonymie *nf*
antre *nm*
antrustion *nm*
anuiter (s') *vpr*
anurie *nf*
anus [anys] *nm*
anuscopie *nf*
anversois, e *adj, n*
anxiété *nf*
anxieusement *adv*
anxieux, euse *adj, n*
anxiogène *adj*
anxiolytique *adj, nm*
aoriste *nm*
aorte *nf*
aortique *adj*
aortite *nf*
août [u(t)] *nm*
aoûtat [auta] *nm*
aoûté, e [(a)ute] *adj*
aoûtement [(a)utmɑ̃] *nm*
aoûteron [ãutrɔ̃] *nm*
aoûtien, enne [ausjɛ̃, ɛn] *n (fam.)*
apache *adj, nm*
apadâna *nf*
apagogie *nf*
apagogique *adj*
apaisant, e *adj*
apaisement *nm*
apaiser *vt, vpr*
apanage *nm*
apanager *vt* C7
apanagiste *adj, n*
a pari *loc adv, adj inv.*
aparté *nm*
apartheid [apartɛd] *nm*
apathie *nf*
apathique *adj*
apathiquement *adv*
apatite *nf*
apatride *adj, n*
apatridie *nf*
apax ou **hapax** [apaks] *nm*
apepsie *nf*
aperception *nf*
apercevable *adj*
apercevoir *vt, vpr* C39
aperçu *nm*
apériodique *adj*
apériteur *nm*
apéritif, ive *adj, nm*
apéro *nm (abrév. pop.)*
aperture *nf*
apesanteur *nf*
apétale *adj, nf*
apetisser *vt, vi*
à-peu-près *nm inv.*
apeuré, e *adj*
apeurer *vt*
apex [apɛks] *nm inv.*
aphasie *nf*
aphasique *adj, n*
aphélandra *nm*
aphélie *nm*
aphérèse *nf*
aphidien *nm*
aphone *adj*
aphonie *nf*
aphorisme *nm*
aphrodisiaque *adj, nm*
aphte [aft] *nm*
aphteux, euse [aftø, øz] *adj*

aphylle *adj*
api *nm*
à pic *loc. adv.*
à-pic [apik] *nm* *(pl à-pics)*
apical, e, aux *adj*
apicale *nf*
apicole *adj*
apiculteur, trice *n*
apiculture *nf*
apidé *nm*
apiéceur, euse *n*
apifuge *adj*
apiol *nm*
apion *nm*
apiquage *nm*
apiquer *vt*
apitoiement *nm*
apitoyer *vt, vpr* C16
aplacentaire *adj, nm*
aplanat [-na] *adj m, nm*
aplanétique *adj*
aplanétisme *nm*
aplanir *vt*
aplanissement *nm*
aplasie *nf*
aplasique *adj*
aplat [apla] *nm (teinte)*
à-plat *nm (pl à-plats) (chute)*
aplati, e *adj*
aplatir *vt, vpr*
aplatissement *nm*
aplatisseur *nm*
aplatissoir *nm* ou aplatissoire *nf*
aplomb [aplɔ̃] *nm*
aplomber *vt, vpr*
apnée *nf*
apoastre *nm*
apocalypse *nf*
apocalyptique *adj*
a poco *loc adv*
apocope *nf*
apocopé, e *adj, nm*
apocryphe *adj, nm*
apocynacée *nf*
apode *adj, nm*
apodictique *adj*
apodose *nf*
apogamie *nf*
apogée *nm*
apographe *nm*
apolitique *adj*
apolitisme *nm*
apollinien, enne *adj*
apollon *nm*
apologétique *adj, nf*
apologie *nf*
apologiste *n*
apologue *nm*
apomixie *nf*
apomorphine *nf*
aponévrose *nf*
aponévrotique *adj*
apophatique *adj*
apophonie *nf*
apophtegme [apɔftɛgm] *nm*
apophysaire *adj*
apophyse *nf*
apoplectique *adj, n*
apoplexie *nf*
aporétique *adj*
aporie *nf*
aposélène *nm*
aposiopèse *nf*
apostasie *nf*
apostasier *vi*
apostat, e [-sta, at] *adj, n*
aposter *vt*
a posteriori [apɔsterjɔri] *loc adv, adj inv.*
apostériorité *nf*
apostille [-stij] *nf*
apostiller [-stije] *vt*
apostolat [-la] *nm*
apostolicité *nf*
apostolique *adj*
apostoliquement *adv*
apostrophe *nf*
apostropher *vt, vpr*
apostume *nm*
apothécie [-si] *nf*
apothème *nm*
apothéose *nf*
apothicaire *nm*
apôtre *nm*
appairage *nm*
appairer *vt*
appalachien, enne *adj*
apparaître *vi* C61 *(auxil être)*
apparat [-ra] *nm*
apparatchik [aparatʃik] *nm*
apparaux *nm pl*
appareil *nm*
appareillade *nf*
appareillage *nm*
appareillement *nm*
appareiller *vt, vi*
appareilleur *nm*
apparemment [-ramɑ̃] *adv*
apparence *nf*
apparent, e *adj*
apparenté, e *adj*
apparentement *nm*
apparenter *vt, vpr*
appariement *nm*
apparier *vt, vpr*
appariteur *nm*
apparition *nf*
apparoir *vi (usité au prés : il appert)*
appartement *nm*
appartenance *nf*
appartenir *vti, vpr* C28
appas [apa] *nm pl* *(charmes)*
appassionato *adv*
appât [apɑ] *nm* *(amorce)*
appâter *vt*
appaumé, e *adj*
appauvrir *vt, vpr*
appauvrissement *nm*
appeau *nm*
appel *nm*
appelant, e *adj, n*
appelé, e *adj, nm*
appeler *vt, vti, vpr* C10
appellatif, ive *adj, nm*
appellation *nf*
appendice [-pɛ̃-] *nm*
appendicectomie [-pɛ̃-] *nf*
appendicite [-pɛ̃-] *nf*

appendiculaire [-pɛ̃-] *adj, nm*
appendre [-pɑ̃-] *vt* C41
appentis [-pɑ̃-] *nm*
appert [-pɛr] *v. apparoir*
appertisation *nf*
appertiser *vt*
appesantir *vt, vpr*
appesantissement *nm*
appétence *nf*
appétissant, e *adj*
appétit *nm*
applaudimètre *nm*
applaudir *vt, vti, vi, vpr*
applaudissement *nm*
applaudisseur, euse *n*
applicabilité *nf*
applicable *adj*
applicage *nm*
applicateur *adj m, nm*
application *nf*
applique *nf*
appliqué, e *adj*
appliquer *vt, vpr*
appoggiature [apɔdʒjatyr] *nf*
appoint *nm*
appointage *nm*
appointement *nm*
appointer *vt*
appontage *nm*
appontement *nm*
apponter *vi*
apponteur *nm*
apport *nm*
apporter *vt*
apporteur *nm*
apposer *vt*
apposition *nf*
appréciabilité *nf*
appréciable *adj*
appréciateur, trice *n*
appréciatif, ive *adj*
appréciation *nf*
apprécier *vt, vpr*
appréhender *vt*
appréhensif, ive *adj*
appréhension *nf*
apprenant, e *n*
apprendre *vt* C42
apprenti, e *n*
apprentissage *nm*
apprêt [aprɛ] *nm*
apprêtage *nm*
apprêté, e *adj*
apprêter *vt, vpr*
apprêteur, euse *n*
apprivoisable *adj*
apprivoisement *nm*
apprivoiser *vt, vpr*
apprivoiseur, euse *adj, n*
approbateur, trice *adj, n*
approbatif, ive *adj*
approbation *nf*
approbativement *adv*
approbativité *nf*
approchable *adj*
approchant, e *adj*
approche *nf*
approché, e *adj*
approcher *vt, vti, vi, vpr*
approfondi, e *adj*
approfondir *vt, vpr*
approfondissement *nm*
appropriation *nf*
approprié, e *adj*
approprier *vt, vpr*
approuvable *adj*
approuver *vt*
approvisionnement *nm*
approvisionner *vt, vpr*
approximatif, ive *adj*
approximation *nf*
approximativement *adv*
appui *nm*
appui(e)-bras *nm (pl appuis-bras* ou *appuie-bras)*
appui(e)-main *nm (pl appuis-main* ou *appuie-main)*
appui(e)-tête *nm (pl appuis-tête* ou *appuie-tête)*
appuyé, e *adj*
appuyer *vt, vi, vpr* C16
apragmatique *adj, n*
apragmatisme *nm*
apraxie *nf*
apraxique *adj, n*
âpre *adj*
âprement *adv*
après [aprɛ] *prép, adv*
après-coup *nm (pl après-coups)*
après-demain *adv*
après-dîner *nm (pl après-dîners)*
après-guerre *nf (pl après-guerres)*
après-midi *nm* ou *nf inv.*
après-rasage *adj inv., nm (pl après-rasage[s])*
après-ski *nm (pl après-ski[s])*
après-souper *nm*
après-vente *adj inv.*
âpreté *nf*
a priori *loc adv, adj inv., nm inv.*
apriorique *adj*
apriorisme *nm*
aprioriste *adj, n*
à-propos *nm inv.*
apsara(s) *nf*
apside *nf*
apte *adj*
aptère *adj*
aptérygote *nm*
aptéryx [-riks] *nm*
aptitude *nf*
apurement *nm*
apurer *vt*
apyre *adj*
apyrétique *adj*
apyrexie *nf*
apyrogène *adj*
aquacole [akwa-] ou **aquicole** [akwɥi-] *adj*
aquaculture [akwa-] ou **aquiculture** [akwɥi-] *nf*
aquafortiste [akwa-] *n*
aquamanile [akwa-] *nm*
aquanaute [akwa-] *nm*
aquaplanage [akwa-] *nm*

aquaplane [akwa-] *nm*
aquaplaning [akwaplaniŋ] *nm*
aquarelle [akwa-] *nf*
aquarelliste [akwa-] *n*
aquariophile [akwa-] *n*
aquariophilie [akwa-] *nf*
aquarium [akwarjɔm] *nm*
aquatinte [akwa-] *nf*
aquatintiste [akwa-] *n*
aquatique [akwa-] *adj*
aquatubulaire [akwa-] *adj*
aquavit ou **akvavit** [akwavit] *nm*
aqueduc [akdyc] *nm*
aqueux, euse [akø, øz] *adj*
à quia *loc adv*
aquicole [akɥi-] ou **aquacole** [akwa-] *adj*
aquiculture [akɥi-] ou **aquaculture** [akwa-] *nf*
aquiculteur [akɥi-] *nm*
aquifère [akɥi-] *adj*
aquilin [akilɛ̃] *adj m*
aquilon [akilɔ̃] *nm*
aquitain, aine [akitɛ̃, ɛn] *adj, n*
aquitanien, enne [aki-] *adj, nm*
ara *nm (perroquet)*
arabe *adj, n*
arabesque *nf*
arabica *nm*
arabique *adj*
arabisant, e *adj, n*
arabisation *nf*
arabiser *vt*
arabisme *nm*
arable *adj*
arabo-islamique *adj (pl arabo-islamiques)*
arabophone *adj, n*
arac ou **ara(c)k** *nm*
aracée *nf*
arachide *nf*
arachnéen, enne [-kneɛ̃, ɛn] *adj*
arachnide [-knid] *nm*
arachnoïde [-knɔid] *nf*
arachnoïdien, enne [-knɔidjɛ̃, ɛn] *adj*
aragonais, e *adj, n*
aragonite *nf*
araignée *nf*
araire *nm*
arak ou **arac(k)** *nm*
aralia *nm*
araméen, enne *adj, nm*
aramide *adj*
aramon *nm*
aranéide *nm*
arantèle *nf*
arase *nf*
arasement *nm*
araser *vt*
aratoire *adj*
araucaria *nm*
arbalète *nf*
arbalétrier *nm*
arbalétrière *nf*
arbitrable *adj*
arbitrage *nm*
arbitragiste *adj, nm*
arbitraire *adj, nm*
arbitrairement *adv*
arbitral, e, aux *adj*
arbitralement *adv*
arbitre *nm*
arbitrer *vt*
arboré, e *adj*
arborer *vt*
arborescence [-resɑ̃s] *nf*
arborescent, e [-resɑ̃, ɑ̃t] *adj*
arboretum [-retɔm] *nm*
arboricole *adj*
arboriculteur, trice *n*
arboriculture *nf*
arborisation *nf*
arborisé, e *adj*
arbouse *nf*
arbousier *nm*
arbre *nm*
arbrisseau *nm*
arbuste *nm*
arbustif, ive *adj*
arc *nm*
arcadien, enne *adj, n*
arcade *nf*
arcane *nm (secret)*
arcanne *nf (craie)*
arcanson *nm*
arcasse *nf*
arcature *nf*
arc-boutant *nm (pl arcs-boutants)*
arc-boutement *nm (pl arcs-boutements)*
arc-bouter *vt, vpr*
arc-doubleau *nm (pl arcs-doubleaux)*
arceau *nm*
arc-en-ciel *nm (pl arcs-en-ciel)*
archaïque [arkaik] *adj*
archaïsant, e [arkaisɑ̃, ɑ̃t] *adj, n*
archaïsme [arkaism] *nm*
archal [arʃal] *nm s*
archange [arkɑ̃ʒ] *nm*
archangélique [arkɑ̃-] *adj*
archanthropien, enne [arkɑ̃-] *adj, n*
arche *nf*
archée *nf* ou *nm (principe originel)*
archéen, enne [arkeɛ̃, ɛn] *adj, nm*
archégone [arke-] *nm*
archelle *nf*
archéologie [arke-] *nf*
archéologique [arke-] *adj*
archéologue [arke-] *n*
archéomagnétisme [arke-] *nm*
archéoptéryx [arkeɔpteriks] *nm*
archer *nm (soldat)*
arch(i)ère *nf*
archerie *nf*
archet *nm (baguette)*
archeterie *nf*
archétype [arketip] *nm*

archevêché *nm*
archevêque *nm*
archiatre [-kja-] *nm*
archichancelier *nm*
archichlamydée [-kla-] *nf*
archiconfrérie *nf*
archicube *nm (arg.)*
archidiaconé *nm*
archidiacre *nm*
archidiocésain, e *adj*
archidiocèse *nm*
archiduc *nm*
archiduché *nm*
archiduchesse *nf*
archiépiscopal, e, aux *adj*
archiépiscopat [-pa] *nm*
arch(i)ère *nf*
archimandrite *nm*
archimédien, enne *adj*
archine *nf*
archipel *nm*
archiphonème *nm*
archipresbytéral, e, aux *adj*
archiprêtre *nm*
archiprêtré *nm*
archiptère *nm*
architecte *n*
architectonie *nf*
architectonique *adj, nf*
architectural, e, aux *adj*
architecture *nf*
architecturer *vt*
architrave *nf*
architravée *nf, adj f*
architrésorier *nm*
archivage *nm*
archiver *vt*
archives *nf pl*
archiviste *n*
archiviste-paléographe *n (pl archivistes-paléographes)*
archivistique *adj, nf*
archivolte *nf*
archontat [arkɔ̃ta] *nm*
archonte [arkɔ̃t] *nm*
arçon *nm*
arçonner *vt*
arc-rampant *nm (pl arcs-rampants)*
arctique *adj, nm*
arcure *nf*
ardéchois, e *adj, n*
ardéidé *nm*
ardéiforme *nm*
ardélion *nm*
ardemment [-damɑ̃] *adv*
ardennais, e *adj, n*
ardent, e *adj, nm*
ardeur *nf*
ardillon *nm*
ardoise *nf*
ardoisé, e *adj*
ardoisier *adj, nm*
ardoisière *nf*
ardu, e *adj*
are *nm (mesure)*
aréage *nm*
arec [arɛk] *nm*
aréflexie *nf*
aréique *adj*
aréisme *nm*
areligieux, euse *adj*
arénacé, e *adj*
arène *nf*
aréneux, euse *adj*
arénicole *adj, nf*
arénisation *nf*
arénophile *adj*
aréographie *nf*
aréolaire *adj*
aréole *nf*
aréomètre *nm*
aréométrie *nf*
aréopage *nm*
aréopagite *nm*
aréostyle *nm*
aréquier *nm*
arête *nf*
arêtier *nm*
arêtière *nf, adj f*
areu *interj*
arganier *nm*
argas [argas] *nm*
argémone *nf*
argent *nm*
argentage *nm*
argentan ou argenton *nm*
argenté, e *adj*
argenter *vt, vpr*
argenterie *nf*
argenteur *nm*
argentier *nm*
argentifère *adj*
argentin, e *adj, n*
argentique *adj*
argentite *nf*
argenton ou argentan *nm*
argenture *nf*
argien, enne *adj, n*
argilacé, e *adj*
argile *nf*
argileux, euse *adj*
argon *nm*
argonaute *nm*
argonide *nm*
argot [-go] *nm*
argotier *nm*
argotique *adj*
argotisme *nm*
argotiste *n*
argousier *nm*
argousin *nm*
arguer [argɥe] *vt, vti*
argument *nm*
argumentaire *nm*
argumentant *nm*
argumentateur, trice *n*
argumentation *nf*
argumenter *vi*
argus [argys] *nm*
argutie [argɥsi] *nf*
argyraspide *nm*
argyrisme *nm*
argyronète *nf*
argyrose *nf*
aria *nm (ennui) ; nf (musique)*
arianisme *nm*
aride *adj*
aridité *nf*
ariégeois, e *adj, n*
arien, enne *adj, n (de arianisme)*
ariette *nf*

arille [arij] *nm*
arillé, e [arije] *adj*
arioso [arjozo] *nm*
ar(r)iser *vt*
aristocrate *n*
aristocratie [-si] *nf*
aristocratique *adj*
aristocratiquement *adv*
aristocratisme *nm*
aristoloche *nf*
aristotélicien, enne *adj, n*
aristotélique *adj*
aristotélisme *nm*
arithméticien, enne *n*
arithmétique *adj, nf*
arithmétiquement *adv*
arithmographe *nm*
arithmologie *nf*
arithmomancie *nf*
arithmomètre *nm*
arkose *nf*
arlequin, e *n*
arlequinade *nf*
arlésien, enne *adj, n*
armada *nf*
armagnac [-ɲak] *nm*
armailli *nm*
armateur *nm*
armature *nf*
arme *nf*
armé, e *adj, nm*
armée *nf*
armeline *nf*
armement *nm*
arménien, enne *adj, n*
armer *vt, vpr*
armet [armɛ] *nm*
armeuse *nf*
armillaire [armil(l)ɛr] *adj, nm*
armille [armij] *nf*
arminianisme *nm*
arminien, enne *adj, n*
armistice *nm*
armoire *nf*
armoiries *nf pl*
armoise *nf*
armon *nm*
armorial, e, aux *adj, nm*
armoricain , e *adj, n*
armorier *vt*
armure *nf*
armurerie *nf*
armurier *nm*
arnaque *nf (pop.)*
arnaquer *vt (pop.)*
arnaqueur *nm (pop.)*
arnica *nf*
aroïdée *nf*
arol ou arol(l)e *nm*
aromate *nm*
aromathérapie *nf*
aromatique *adj, nm*
aromatisant, e *adj, nm*
aromatisation *nf*
aromatiser *vt*
arôme *nm*
aronde *nf*
arpège *nm*
arpéger *vi, vt* C13
arpent *nm*
arpentage *nm*
arpenter *vt*
arpenteur *nm*
arpenteuse *adj f, nf*
arpète *n (pop.)*
arpion *nm (arg.)*
arqué, e *adj*
arquebusade *nf*
arquebuse *nf*
arquebusier *nm*
arquer [arke] *vt, vi, vpr*
arrachage *nm*
arraché *nm*
arrache-clou *nm (pl arrache-clous)*
arrachement *nm*
arrache-pied (d') *loc adv*
arracher *vt, vpr*
arrache-racine (s) *nm (pl arrache-racines)*
arracheur, euse *n*
arrachis [-ʃi] *nm*
arrachoir *nm*
arraisonnement *nm*
arraisonner *vt*
arrangeable *adj*
arrangeant, e *adj*
arrangement *nm*
arranger *vt, vpr* C7
arrangeur, euse *n*
arrentement *nm*
arrenter *vt*
arrérager *vi* C7
arrérages *nm pl*
arrestation *nf*
arrêt [arɛ] *nm*
arrêté, e *adj, nm*
arrête-bœuf *nm inv.*
arrêter *vt, vi, vpr*
arrêtiste *nm*
arrêtoir *nm*
arrhes [ar] *nf pl (acompte)*
arriération *nf*
arrière *adv, adj inv., nm*
arriéré, e *adj, n*
arrière-ban *nm (pl arrière-bans)*
arrière-bec *nm (pl arrière-becs)*
arrière-bouche *nf (pl arrière-bouches)*
arrière-boutique *nf (pl arrière-boutiques)*
arrière-cerveau *nm (pl arrière-cerveaux)*
arrière-chœur *nm (pl arrière-chœurs)*
arrière-corps *nm inv.*
arrière-cour *nf (pl arrière-cours)*
arrière-cousin, e *n (pl arrière-cousins, es)*
arrière-cuisine *nf (pl arrière-cuisines)*
arrière-faix *nm inv.*
arrière-fief *nm (pl arrière-fiefs)*
arrière-fond *nm (pl arrière-fonds)*
arrière-garde *nf (pl arrière-gardes)*
arrière-gorge *nf (pl arrière-gorges)*
arrière-goût *nm (pl arrière-goûts)*

arrière-grand-mère *nf (pl arrière-grand-mères)*
arrière grand-oncle *nm (pl arrière-grands-oncles)*
arrière-grand-père *nm (pl arrière-grands-pères)*
arrière-grands-parents *nm pl*
arrière-grand-tante *nf (pl arrière-grand-tantes)*
arrière-main *nf (pl arrière-mains)*
arrière-neveu *nm (pl arrière-neveux)*
arrière-nièce *nf (pl arrière-nièces)*
arrière-pays *nm inv.*
arrière-pensée *nf (pl arrière-pensées)*
arrière-petit-cousin *nm (pl arrière-petits-cousins)*
arrière-petite-cousine *nf (pl arrière-petites-cousines)*
arrière-petite-fille *nf (pl arrière-petites-filles)*
arrière-petite-nièce *nf (pl arrière-petites-nièces)*
arrière-petit-fils *nm (pl arrière-petits-fils)*
arrière-petit-neveu *nm (pl arrière-petits-neveux)*
arrière-petits-enfants *nm pl*
arrière-plan *nm (pl arrière-plans)*
arrière-port *nm (pl arrière-ports)*
arriérer *vt, vpr* C11
arrière-saison *nf (pl arrière-saisons)*
arrière-salle *nf (pl arrière-salles)*
arrière-train *nm (pl arrière-trains)*
arrière-vassal *nm (pl arrière-vassaux)*
arrière-voussure *nf (pl arrière-voussures)*
arrimage *nm*
arrimer *vt*
arrimeur *nm*
arriser *vt*
arrivage *nm*
arrivant, e *n*
arrivé, e *adj, n*
arrivée *nf*
arriver *vi, vimp (auxil être)*
arrivisme *nm*
arriviste *adj, n*
ar(r)obe *nf*
arroche [arɔʃ] *nf*
arrogamment *adv*
arrogance *nf*
arrogant, e *adj, n*
arroger (s') *vpr* C7
arroi *nm*
arrondi, e *adj, nm*
arrondir *vt, vpr*
arrondissage *nm*
arrondissement *nm*
arrondissure *nf*
arrosable *adj*
arrosage *nm*
arrosé, e *adj*
arrosement *nm*
arroser *vt*
arroseur *nm*
arroseuse *nf*
arrosoir *nm*
arrow-root [arorut] *nm (pl arrow-roots)*
arroyo [arɔjo] *nm*
ars [ar(s)] *nm (du cheval)*
arsenal, aux *nm*
arséniate *nm*
arsenic *nm*
arsenical, e, aux *adj*
arsénié, e *adj*
arsénieux *adj m*
arsénique *adj m*
arsénite *nm*
arséniure *nm*
arsin *adj m*
arsine *nf*
arsouille *n (pop.)*
art [ar] *nm (artiste)*
artéfact [artefakt] *nm*
artel *nm*
artère *nf*
artériectomie *nf*
artériel, elle *adj*
artériographie *nf*
artériole *nf*
artériologie *nf*
artériopathie *nf*
artérioscléreux, euse *adj, n*
artériosclérose *nf*
artériotomie *nf*
artérite *nf*
artéritique *adj, n*
artésien, enne *adj, n*
arthralgie *nf*
arthrite *nf*
arthritique *adj, n*
arthritisme *nm*
arthrodèse *nf*
arthrodie *nf*
arthrographie *nf*
arthrogrypose *nf*
arthropathie *nf*
arthroplastie *nf*
arthropode *nm*
arthroscopie *nf*
arthrose *nf*
artichaut *nm*
artichautière *nf*
article *nm*
articulaire *adj*
articulation *nf*
articulatoire *adj*
articulé, e *adj, nm*
articuler *vt, vpr*
articulet [-lɛ] *nm (fam.)*
artifice *nm*
artificiel, elle *adj*
artificiellement *adv*
artificier *nm*
artificieusement *adv*
artificieux, euse *adj*

artillerie [-tijri] *nf*
artilleur [-tijœr] *nm*
artimon *nm*
artiodactyle *nm*
artiozoaire *nm*
artisan, e *n*
artisanal, e, aux *adj*
artisanalement *adv*
artisanat [-na] *nm*
artiste *adj, n*
artistement *adv*
artistique *adj*
artistiquement *adv*
artocarpus [-pys] ou **artocarpe** *nm*
arum [arɔm] *nm*
aruspice ou **haruspice** *nm*
aruspicine ou **haruspicine** *nf*
aryen, enne *adj, n (relatif aux Aryens)*
arylamine *nf*
aryle *nm*
aryténoïde *adj, nm*
arythmie *nf*
arythmique *adj*
as [as] *nm*
asana *nf*
asbeste [asbɛst] *nm*
asbestose *nf*
ascaride ou **ascaris** [-ris] *nm*
ascaridé *nm*
ascaridiose *nf*
ascendance *nf*
ascendant, e *adj, nm*
ascenseur *nm*
ascension *nf*
ascensionnel, elle *adj*
ascensionner *vi, vt*
ascensionniste *n*
ascèse [asɛz] *nf*
ascète [asɛt] *n*
ascétique [ase-] *adj (de ascète), nf*
ascétisme [ase-] *nm*
ascidie [asi-] *nf*
ascite [asit] *nf*
ascitique [asi-] *adj*
asclépiadacée *nf*
asclépiade *adj, nm (vers)*
asclépiade *nf* ou **asclépias** [-pjas] *nm (plante)*
ascomycète *nm*
ascorbique *adj*
ascospore *nf*
asdic [-dik] *nm*
ase *nf*
aselle *nm*
asémantique [as-] *adj*
asepsie [as-] *nf*
aseptique [as-] *adj*
aseptisation [as-] *nf*
aseptisé, e [as-] *adj*
aseptiser [as-] *vt*
asexualité [as-] *nf*
asexué, e [as-] *adj*
asexuel, elle [as] *adj*
ashkénaze [aʃkenaz] *adj, n*
ashram [aʃram] *nm*
asiadollar *nm*
asiago *nm*
asialie *nf*
asiate *n*
asiatique *adj, n*
asiento [asjɛnto] *nm*
asilaire *adj*
asile *nm*
asine *adj f*
asinien, enne *adj*
asocial, e, aux [as-] *adj, n*
asocialité [as-] *nf*
asparagine *nf*
asparagus [-gys] *nm*
aspartam(e) *nm*
asp(l)e *nm*
aspect [aspɛ] *nm*
asperge *nf*
asperger *vt* C7
aspergès [-ʒɛs] *nm*
aspergillose [-loʒ] *nf*
aspergillus [-ʒilys] ou **aspergille** [-ʒil] *nm*
aspérité *nf*
aspermatisme *nm*
asperme *adj*
aspermie *nf*
aspersion *nf*
aspersoir *nm*
asphaltage *nm*
asphalte *nm*
asphalter *vt*
asphaltier *nm*
asphodèle *nm*
asphyxiant, e *adj*
asphyxie *nf*
asphyxié, e *adj, n*
asphyxier *vt, vpr*
aspic [-pik] *nm*
aspidistra *nm*
aspirant, e *adj, nm*
aspirateur, trice *adj, nm*
aspiration *nf*
aspiratoire *adj*
aspiré, e *adj*
aspirée *nf*
aspirer *vt, vti*
aspirine *nf*
aspiro-batteur *nm (pl aspiro-batteurs)*
asp(l)e *nm*
aspre *nf*
asque *nm*
assa-fœtida ou **assa fœtida** *(Ac.)* [asafetida] *nf*
assagir *vt, vpr*
assagissement *nm*
assai [asaj] *adv*
assaillant, e *adj, n*
assaillir *vt* C20
assainir *vt*
assainissement *nm*
assainisseur *nm*
assaisonnement *nm*
assaisonner *vt*
assamais *nm s*
assassin, e *adj, nm*
assassinat [-na] *nm*
assassiner *vt*
assaut [aso] *nm*
assavoir (faire) *vt*
asse *nf*
asseau *nm (marteau)*
assèchement *nm*

assécher *vt, vi* C11
assemblage *nm*
assemblé *nm*
assemblée *nf*
assembler *vt, vpr*
assembleur, euse *n*
asséner C11 ou **assener** C8 [asene] *vt*
assentiment *nm*
asseoir *vt, vpr* C31, C32
assermentation *nf*
assermenté, e *adj, n*
assermenter *vt*
assertif, ive *adj*
assertion *nf*
assertoire *adj*
assertorique *adj*
asservir *vt, vpr*
asservissant, e *adj*
asservissement *nm*
asservisseur *adj m, nm*
assesseur *nm*
assessorat [-ra] *nm*
assette *nf*
assez *adv*
assibilation *nf*
assibiler *vt*
assidu, e *adj*
assiduité *nf*
assidûment *adv*
assiégé, e *adj, n*
assiégeant, e *adj, n*
assiéger *vt* C13
assiette *nf*
assiettée *nf*
assignable *adj*
assignat [-ɲa] *nm*
assignation *nf*
assigner *vt*
assimilable *adj*
assimilateur, trice *adj, n*
assimilation *nf*
assimilé, e *adj, nm*
assimiler *vt, vpr*
assis, e *adj*
assise *nf*
assises *nf pl*
assistanat [-na] *nm*
assistance *nf*
assistant, e *adj, n*
assisté, e *adj, n*
assister *vt, vti*
associatif, ive *adj*
association *nf*
associationnisme *nm*
associationniste *adj, n*
associativité *nf*
associé, e *adj, n*
associer *vt, vpr*
assoiffé, e *adj, n*
assoiffer *vt*
assolement *nm*
assoler *vt*
assombrir *vt, vpr*
assombrissement *nm*
assommant, e *adj*
assommer *vt, vpr*
assommeur, euse *n*
assommoir *nm*
assomption *nf*
assomptionniste *nm*
assonance *nf*
assonancé, e *adj*
assonant, e *adj*
assoner *vi*
assorti, e *adj*
assortiment *nm*
assortir *vt, vpr*
assoupi, e *adj*
assoupir *vt, vpr*
assoupissant, e *adj*
assoupissement *nm*
assouplir *vt, vpr*
assouplissement *nm*
assourdir *vt, vpr*
assourdissant, e *adj*
assourdissement *nm*
assouvir *vt, vpr*
assouvissement *nm*
assuétude *nf*
assujetti, e *adj, n*
assujettir *vt, vpr*
assujettissant, e *adj*
assujettissement *nm*
assumer *vt, vpr*
assurable *adj*
assurage *nm*
assurance *nf*
assurance-crédit *nf* *(pl assurances-crédits)*
assuré, e *adj, n*
assurément *adv*
assurer *vt, vi, vpr*
assureur *nm*
assyrien, enne *adj, n*
assyriologie *nf*
assyriologue *n*
astasie *nf*
astate *nm*
astatique *adj*
aster [astɛr] *nm (fleur)*
astéréognosie *nf*
astéride *nm*
astérie *nf*
astérisme *nm*
astérisque *nm*
astéroïde *nm*
asthénie *nf*
asthénique *adj, n*
asthénosphère *nf*
asthmatique [asm-] *adj, n*
asthme [asm] *nm*
asti *nm*
asticot [-ko] *nm*
asticoter *vt (fam.)*
astigmate *adj, n*
astigmatisme *nm*
astiquage *nm*
astiquer *vt*
astragale *nm*
astrakan *nm*
astral, e, aux *adj*
astre [astr] *nm*
astreignant, e *adj*
astreindre *vt, vpr* C43
astreinte *nf*
astringence *nf*
astringent, e *adj, nm*
astrobiologie *nf*
astroblème *nm*
astrographe *nm*
astrolabe *nm*
astrolâtrie *nf*
astrologie *nf*
astrologique *adj*
astrologue *n*
astrométrie *nf*
astrométrique *adj*
astrométriste *n*

astronaute *n*
astronauticien, enne *n*
astronautique *nf*
astronef [-nɛf] *nm*
astronome *n*
astronomie *nf*
astronomique *adj*
astronomiquement *adv*
astrophotographie *nf*
astrophysicien, enne *n*
astrophysique *adj, nf*
astuce *nf*
astucieusement *adv*
astucieux, euse *adj*
asymbolie [as-] *nf*
asymétrie [as-] *nf*
asymétrique [as-] *adj*
asymptomatique [as-] *adj*
asymptote [as-] *adj, nf*
asymptotique [as-] *adj*
asynchrone [asɛ̃krɔn] *adj*
asynchronisme [asɛ̃krɔn-] *nm*
asyndète [asɛ̃-] *nf*
asynergie [as-] *nf*
asystolie [as-] *nf*
ataraxie *nf*
ataraxique *adj*
atavique *adj*
atavisme *nm*
ataxie *nf*
ataxique *adj, n*
atèle *nm (singe)*
atélectasie *nf*
atelier *nm*
atellanes *nf pl*
atémi *nm*
a tempo [atɛmpo] *loc adv*
atemporel, elle *adj*
atérien, enne *adj, nm*
atermoiement *nm*
atermoyer [atɛrmwaje] *vi, vt* C16
athanor *nm*
athée *adj, n*
athéisme *nm*
athématique *adj*
athénée *nm*
athénien, enne *adj, n*
athermane *adj*
athermique *adj*
athérome *nm*
athérosclérose *nf*
athétose *nf*
athétosique *adj, n*
athlète *n*
athlétique *adj*
athlétisme *nm*
athrepsie *nf*
athymhormie ou athymie *nf*
atlante *nm*
atlanthrope *nm*
atlantique *adj*
atlantisme *nm*
atlantosaure *nm*
atlas [atlas] *nm*
atmosphère *nf*
atmosphérique *adj*
atoca *nm*
atoll [atɔl] *nm*
atome *nm*
atome-gramme *nm (pl atomes-grammes)*
atomicité *nf*
atomique *adj*
atomisation *nf*
atomisé, e *adj, n*
atomiser *vt*
atomiseur *nm*
atomisme *nm*
atomiste *adj, n*
atomistique *adj, nf*
atonal, e, als *adj*
atonalité *nf*
atone *adj*
atonie *nf*
atonique *adj*
atour *nm*
atout [atu] *nm*
atoxique *adj*
atrabilaire *adj, n*
atrabile *nf*
âtre *nm*
atrésie *nf*
atrium [atrijɔm] *nm*
atroce *adj*
atrocement *adv*
atrocité *nf*
atrophie *nf*
atrophié, e *adj*
atrophier *vt, vpr*
atropine *nf*
attabler *vt, vpr*
attachant, e *adj*
attache *nf*
attaché, e *n*
attaché-case [-kɛz] *nm (pl attachés-cases)*
attachement *nm*
attacher *vt, vi, vpr*
attagène *nm*
attaquable *adj*
attaquant, e *adj, n*
attaque *nf*
attaquer *vt, vpr*
attardé, e *adj, n*
attarder (s') *vpr*
atteindre *vt, vti* C43
atteint, e *adj*
atteinte *nf*
attelage *nm*
atteler *vt, vpr* C10
attelle *nf (pièce pour maintenir)*
attenant, e *adj*
attendre *vt, vti, vi, vpr* C41
attendrir *vt, vpr*
attendrissant, e *adj*
attendrissement *nm*
attendrisseur *nm*
attendu *prép*
attendu, e *adj, nm*
attentat [-ta] *nm*
attentatoire *adj*
attente *nf*
attenter *vti*
attentif, ive *adj*
attention *nf, interj*
attentionné, e *adj*
attentisme *nm*
attentiste *adj, n*
attentivement *adv*
atténuant, e *adj*
atténuateur *nm*
atténuation *nf*

atténuer *vt, vpr*
atterrage *nm*
atterrant, e *adj*
atterrer *vt*
atterrir *vi*
atterrissage *nm*
atterrissement *nm*
attestation *nf*
attesté, e *adj*
attester *vt*
atticisme *nm*
atticiste *n, adj*
attiédir *vt, vpr*
attiédissement *nm*
attifement *nm (fam.)*
attifer *vt, vpr (fam.)*
attiger *vi* C7 *(pop.)*
attique *adj, nm*
attirable *adj*
attirail [-raj] *nm*
attirance *nf*
attirant, e *adj*
attirer *vt, vpr*
attisement *nm*
attiser *vt*
attitré, e *adj*
attitude *nf*
attorney [atɔrnɛ] *nm*
attouchement *nm*
attractif, ive *adj*
attraction *nf*
attraire *vt* C58
attrait [atrɛ] *nm*
attrapade *nf*
attrape *nf*
attrape-mouche *nm (pl attrape-mouches)*
attrape-nigaud *nm (pl attrape-nigauds)*
attraper *vt, vpr*
attrape-tout *adj inv.*
attrapeur, euse *n*
attrayant, e *adj*
attrempage *nm*
attremper *vt*
attribuable *adj*
attribuer *vt, vpr*
attribut [-by] *nm*
attributaire *n*
attributif, ive *adj*
attribution *nf*
attristant, e *adj*
attrister *vt, vpr*
attrition *nf*
attroupement *nm*
attrouper *vt, vpr*
atypie *nf*
atypique *adj*
au, aux *art contracté pour à le, à les*
aubade *nf*
aubain *nm (étranger)*
aubaine *nf*
aube *nf*
aubépine *nf*
aubère *adj, nm (cheval)*
auberge *nf*
aubergine *nf, adj inv.*
aubergiste *n*
aubette *nf*
aubier *nm*
aubin *nm (allure du cheval)*
aubiner *vi*
aubois, e *adj, n*
auburn [obœrn] *adj inv.*
aucuba *nm*
aucun, e *adj indéf, pron indéf*
aucunement *adv*
audace *nf*
audacieusement *adv*
audacieux, euse *adj, n*
au-deçà *loc adv*
au-dedans *loc adv*
au-dehors *loc adv*
au-delà *loc adv*
au-dessous *loc adv*
au-dessus *loc adv*
au-devant *loc adv*
audibilité *nf*
audible *adj*
audience *nf*
audiencier *adj m*
audimat [-mat] *nm inv.*
audimètre *nm*
audimétrie *nf*
audimutité *nf*
audio *adj inv. (abrév.)*
audioconférence *nf*
audiodisque *nm*
audiofréquence *nf*
audiogramme *nm*
audiologie *nf*
audiomètre *nm*
audiométrie *nf*
audionumérique *adj*
audio-oral, e, aux *adj*
audiophone *nm*
audioprothésiste *n*
audiovisuel, elle *adj, nm*
audit [odit] *nm*
auditer *vt*
auditeur, trice *n*
auditif, ive *adj*
audition *nf*
auditionner *vt, vi*
auditoire *nm*
auditorat [-ra] *nm*
auditorium [-rjɔm] *nm*
audois, e *adj, n*
audomarois, e *adj, n*
audonien, enne *adj, n*
auge *nf*
augée *nf*
augeron, onne *adj, n*
auget [oʒɛ] *nm*
augment *nm*
augmentable *adj*
augmentatif, ive *adj, nm*
augmentation *nf*
augmenter *vt, vi, vpr*
augural, e, aux *adj*
augure *nm*
augurer *vt*
auguste *adj, nm*
augustin, e *n*
augustinien, enne *adj, n*
augustinisme *nm*
aujourd'hui *adv, nm*
aula *nf*
aulique *adj*
au(l)naie [onɛ] *nf*
au(l)ne [on] *nm (arbre)*
auloffée *nf*
aulx *nm pl, v. ail*
aumône *nf*
aumônerie *nf*

aumônier, ère *adj, nm*
aumônière *nf*
aumusse *nf*
aunage *nm*
au(l)naie [onɛ] *nf*
au(l)ne [on] *nm (arbre)*
aune *nf (mesure)*
aunée *nf*
auner *vt*
auparavant *adv*
auprès *adv*
auprès (de) *loc prép*
auquel *pron rel, pron interr*
aura *nf*
aurantiacée *nf*
aurélie *nf*
auréole *nf*
auréoler *vt, vpr*
auriculaire *adj, nm*
auricule *nf*
auriculé, e *adj*
auriculothérapie *nf*
aurifère *adj*
aurification *nf*
aurifier *vt (recouvrir d'or)*
aurige *nm*
aurignacien, enne *adj, nm*
aurique *adj, nf*
aurochs [ɔrɔk] *nm*
aurone *nf*
auroral, e, aux *adj*
aurore *nf, adj inv.*
auscitain, e *adj, n*
auscultation *nf*
auscultatoire *adj*
ausculter *vt*
auspice *nm (présage)*
aussi *adv, conj*
aussière ou haussière *nf*
aussitôt *adv* 16-III
austénitique *adj*
austère *adj*
austèrement *adv*
austérité *nf*
austral, ales *nm (monnaie)*
austral, e, als ou aux *adj*
australanthropien, enne *adj, nm*
australien, enne *adj, n*
australopithèque *nm*
austro-hongrois, e *adj (pl austro-hongrois, es)*
austronésien, enne *adj, n*
autan *nm*
autant *adv*
autarcie *nf*
autarcique *adj*
autel *nm (religion)*
auteur *nm (créateur)*
authenticité *nf*
authentification *nf*
authentifier *vt*
authentique *adj*
authentiquement *adv*
autisme *nm*
autiste *adj, n*
autistique *adj*
auto *nf (abrév.)*
auto (sacramental) *nm (pl autos [sacramentales])*
auto-accusateur, trice *adj (pl auto-accusateurs, trices)*
auto-accusation *nf (pl auto-accusations)*
auto-adhésif, ive *adj (pl auto-adhésifs, ives)*
auto-alarme *nm (pl auto-alarmes)*
auto-allumage *nm (pl auto-allumages)*
auto-amorçage *nm (pl auto-amorçages)*
auto-analyse *nf (pl auto-analyses)*
autoberge *nf*
autobiographie *nf*
autobiographique *adj*
autobronzant, e *adj*
autobus [-bys] *nm*
autocanon *nm*
autocar *nm*
autocassable *adj*
autocastration *nf*
autocensure *nf*
autocensurer (s') *vpr*
autocentré, e *adj*
autocéphale *adj*
autochenille *nf*
autochrome [-krom] *adj, nf*
autochtone [-ktɔn] *adj, n*
autocinétique *adj*
autoclave *nm*
autocoat [otokot] *nm*
autocollant, e *adj, nm*
autocommutateur *nm*
autoconduction *nf*
autoconsommation *nf*
autocopiant, e *adj*
autocopie *nf*
autocorrectif, ive *adj*
autocorrection *nf*
auto-couchettes *adj inv.*
autocrate *nm*
autocratie [-krasi] *nf*
autocratique *adj*
autocritique *adj*
autocuiseur *nm*
autodafé *nm*
autodéfense *nf*
autodérision *nf*
autodestructeur, trice *adj*
autodestruction *nf*
autodétermination *nf*
autodétruire (s') *vpr*
autodictée *nf*
autodidacte *adj, n*
autodirecteur, trice *adj*
autodiscipline *nf*
autodrome *nm*
auto-école *nf (pl auto-écoles)*
autoélévateur, trice *adj*
auto(-)érotique *adj (pl auto(-)érotiques)*
auto(-)érotisme *nm (pl auto(-)érotismes)*

auto(-)excitateur, trice *adj (pl auto(-) excitateurs, trices)*
autofécondation *nf*
autofinancement *nm*
autofinancer (s') *vpr*
autofocus [-kys] *adj, nm*
autogame *adj*
autogamie *nf*
autogène *adj*
autogéré, e *adj*
autogestion *nf*
autogestionnaire *adj, n*
autogire *nm*
autographe *adj, nm*
autographie *nf*
autographier *vt*
autographique *adj*
autogreffe *nf*
autoguidage *nm*
autoguidé, e *adj*
auto-immun, e [otoimœ̃, yn] *adj (pl auto-immuns, es)*
auto-immunisation *nf (pl auto-immunisations)*
auto-immunitaire *adj (pl auto-immunitaires)*
auto-immunité *nf (pl auto-immunités)*
auto-imposition *nf (pl auto-impositions)*
auto-inductance *nf (pl auto-inductances)*
auto-induction *nf (pl auto-inductions)*
auto-infection *nf (pl auto-infections)*
auto-intoxication *nf (pl auto-intoxications)*
autolubrifiant, e *adj*
autolysat [-za] *nm*
autolyse *nf*
automate *nm*
automaticien, enne *n*
automaticité *nf*
automation *nf*
automatique *adj, nm (téléphone, arme) ; nf (science)*
automatiquement *adv*
automatisation *nf*
automatiser *vt*
automatisme *nm*
automédication *nf*
automédon *nm*
automitrailleuse *nf*
automnal, e, aux [otɔ(m)nal] *adj*
automne [otɔn] *nm*
automobile *adj, nf*
automobilisable *adj*
automobilisme *nm*
automobiliste *n*
automorphisme *nm*
automoteur, trice *adj, n*
automouvant, e *adj*
automutilation *nf*
autoneige *nf*
autonettoyant, e *adj*
autonome *adj, n*
autonomie *nf*
autonomiste *adj, n*
autonyme *adj, nm*
autonymie *nf*
autoplastie *nf*
autopompe *nf*
autoporteur, euse *adj*
autoportrait *nm*
autopropulsé, e *adj*
autopropulseur *nm, adj m*
autopropulsion *nf*
autopsie *nf*
autopsier *vt*
autopunitif, ive *adj*
autopunition *nf*
autoradio *adj, nm*
autoradiographie *nf*
autorail [-raj] *nm*
autoréférence *nf*
autoréglage *nm*
autorégulateur, trice *adj*
autorégulation *nf*
autoréparable *adj*
autorisation *nf*
autorisé, e *adj*
autoriser *vt, vpr*
autoritaire *adj, n*
autoritairement *adv*
autoritarisme *nm*
autorité *nf*
autoroute *nf*
autoroutier, ère *adj*
auto (sacramental) *nm (pl autos [sacramentales])*
autosatisfaction *nf*
autoscopie *nf*
autosome *nm*
autosomique *adj*
auto-stop *nm (pl auto-stops)*
auto-stoppeur, euse *n (pl auto-stoppeurs, euses)*
autostrade *nf*
autosubsistance *nf*
autosuffisance *nf*
autosuggestion *nf*
autotomie *nf*
autotracté, e *adj*
autotransformateur *nm*
autotrempant *adj m*
autotrophe *adj*
autotrophie *nf*
autour *nm*
autour *adv*
autour (de) *loc prép*
autovaccin *nm*
autre *adj, pron indéf, nm*
autrefois *adv*
autrement *adv*
autrichien, enne *adj, n*
autruche *nf*
autruchon *nm*
autrui *pron indéf inv.*
autunite *nf*
auvent *nm*
auvergnat, e *adj, n*
auxiliaire *adj, n*
auxiliairement *adv*
auxiliariat [-rja] *nm*
auxiliateur, trice *adj, n*
auxine *nf*

auxquels, elles *pron rel pl, pron interr pl*
avachi, e *adj*
avachir *vt, vpr*
avachissement *nm*
aval, als *nm (garantie)*
aval *nm s (partie inférieure), adv, adj inv.*
avalaison *nf*
avalanche *nf*
avalancheux, euse *adj*
avalant, e *adj*
avalé, e *adj*
avaler *vt*
avaleur, euse *n (fam.)*
avaliser *vt*
avaliseur *adj m, nm*
à-valoir *nm inv. (paiement partiel)*
avaloir *nm* ou avaloire *nf (harnais)*
avance *nf*
avancé, e *adj*
avancée *nf*
avancement *nm*
avancer *vt, vi, vpr* C6
avanie *nf*
avant *prép, adv, nm, adj inv.*
avantage *nm*
avantager *vt* C7
avantageusement *adv*
avantageux, euse *adj*
avant-bassin *nm (pl avant-bassins)*
avant-bec *nm (pl avant-becs)*
avant-bras *nm inv.*
avant-cale *nf (pl avant-cales)*
avant-centre *nm (pl avants-centres)*
avant-clou *nm (pl avant-clous)*
avant-contrat *nm (pl avant-contrats)*
avant-corps *nm inv.*
avant-cour *nf (pl avant-cours)*
avant-coureur *adj m, nm (pl avant-coureurs)*
avant-courrier, ère *n (pl avant-courriers, ères)*
avant-creuset *nm (pl avant-creusets)*
avant-dernier, ère *adj, n (pl avant-derniers, ères)*
avant-garde *nf (pl avant-gardes)*
avant-gardisme *adj, n (pl avant-gardismes)*
avant-gardiste *adj, n (pl avant-gardistes)*
avant-goût *nm (pl avant-goûts)*
avant-guerre *nf (pl avant-guerres)*
avant-hier *adv*
avant-main *nm (pl avant-mains)*
avant-midi *nm* ou *nf inv.*
avant-mont *nm (pl avant-monts)*
avant-mur *nm (pl avant-murs)*
avant-pays *nm inv.*
avant-plan *nm (pl avant-plans)*
avant-port *nm (pl avant-ports)*
avant-poste *nm (pl avant-postes)*
avant-première *nf (pl avant-premières)*
avant-projet *nm (pl avant-projets)*
avant-propos *nm inv.*
avant-scène *nf (pl avant-scènes)*
avant-toit *nm (pl avant-toits)*
avant-train *nm (pl avant-trains)*
avant-trou *nm (pl avant-trous)*
avant-veille *nf (pl avant-veilles)*
avare *adj, n*
avarice *nf*
avaricieux, euse *adj, n*
avarie *nf*
avarié, e *adj*
avarier *vt, vpr*
avatar *nm*
à vau-l'eau *loc adv*
Ave ou Ave Maria [avemarja] ou avé *nm inv.*
avec *prép, adv*
aveindre *vt* C43
aveline *nf*
avelinier *nm*
aven [avɛn] *nm*
avenant *nm*
avenant (à l') *loc adv*
avenant, e *adj*
avènement *nm*
avenir *nm (futur)*
avenir (à l') *loc adv*
à-venir ou avenir *nm (sommation)*
avent *nm*
aventure *nf*
aventuré, e *adj*
aventurer *vt, vpr*
aventureusement *adv*
aventureux, euse *adj*
aventurier, ère *n*
aventurine *nf*
aventurisme *nm*
avenu, e *adj*
avenue *nf*
avéré, e *adj*
avérer *vt, vpr* C11
averroïsme *nm*
avers [avɛr] *nm*
averse *nf*
aversion *nf*
averti, e *adj*
avertir *vt*
avertissement *nm*
avertisseur, euse *adj, nm*
avestique *nm*
aveu *nm (pl aveux)*
aveuglant, e *adj*

aveugle *adj, n*
aveuglement *nm*
aveuglément *adv*
aveugle-né, e *adj, n* *(pl aveugles-nés, nées)*
aveugler *vt*
aveuglette (à l') *loc adv*
aveulir *vt*
aveulissement *nm*
aveyronnais, e *adj, n*
aviaire *adj*
aviateur, trice *n*
aviation *nf*
avicole *adj*
aviculteur, trice *n*
aviculture *nf*
avide *adj*
avidement *adv*
avidité *nf*
avifaune *nf*
avilir *vt, vpr*
avilissant, e *adj*
avilissement *nm*
aviné, e *adj*
aviner *vt*
avion *nm*
avion-cargo *nm* *(pl avions-cargos)*
avion-citerne *nm* *(pl avions-citernes)*
avion-école *nm* *(pl avions-écoles)*
avionique *nf*
avionnerie *nf*
avionnette *nf*
avionneur *nm*
aviron *nm*
avis [avi] *nm*
avisé, e *adj*
aviser *vt, vti, vpr*
aviso *nm*
avitaillement *nm*
avitailler *vt, vpr*
avitailleur *nm*
avitaminose *nf*
avivage *nm*
avivement *nm*
aviver *vt*
avocaillon *nm (fam.)*
avocasser *vi*
avocasserie *nf*
avocassier, ère *adj (fam.)*
avocat, e *n (profession)*
avocat *nm (fruit)*
avocatier *nm*
avocette [avɔsɛt] *nf*
avodiré *nm*
avoine *nf*
avoir *vt* C1
avoir *nm*
avoirdupoi(d)s *nm*
avoisinant, e *adj*
avoisiner *vt*
avorté, e *adj*
avortement *nm*
avorter *vi, vt*
avorteur, euse *n*
avorton *nm*
avouable *adj*
avoué *nm*
avouer *vt, vpr*
avoyer *nm*
avoyer *vt* C16
avril *nm*
avulsion *nf*
avunculaire [avɔ̃kylɛr] *adj*
avunculat [avɔ̃kyla] *nm*
axe *nm*
axel [aksɛl] *nm*
axénique *adj*
axénisation *nf*
axer *vt*
axérophtol *nm*
axial, e, aux *adj*
axile *adj*
axillaire *adj*
axiologie *nf*
axiologique *adj*
axiomatique *adj, nf*
axiomatisation *nf*
axiomatiser *vt*
axiome *nm*
axis [aksis] *nm*
axisymétrique [aksisi-] *adj*
axolotl [aksɔlɔtl] *nm*
axone *nm*
axonge *nf*
axonométrie *nf*
axonométrique *adj*
ay [ai] *nm*
ayant cause *nm* *(pl ayants cause)* **20-I**
ayant droit *nm* *(pl ayants droit)* **20-I**
ayatollah [ajatɔla] *nm*
aye-aye [ajaj] *nm* *(pl ayes-ayes)*
aymara [ai-] *nm*
ayuntamiento [ajuntamiɛnto] *nm*
azalée *nf*
azéotrope *nm*
azéotropique *adj*
azerbaïdjanais, e *adj, n*
azéri, e *adj, n*
azerole *nf*
azerolier *nm*
azilien, enne *adj, nm*
azimut [-myt] *nm*
azimutal, e, aux *adj*
azimuté, e *adj*
azoïque *adj, nm*
azonal, e, aux *adj*
azoospermie [azɔɔ-] *nf*
azotate *nm*
azote *nm*
azoté, e *adj*
azotémie *nf*
azotémique *adj*
azoteux, euse *adj*
azothydrique *adj*
azotique *adj*
azotite *nm*
azotobacter [-tɛr] *nm*
azoture *nm*
azoturie *nf*
azotyle *nm*
aztèque *adj, n*
azulejo [azulero] *nm*
azur *nm*
azurage *nm*
azurant, e *adj*
azuré, e *adj*
azuréen, enne *adj*
azurer *vt*
azurite *nf*
azygos [-gɔs] *nf, adj*
azyme *adj, nm*

B

b *nm inv.*
B.A. [bea] *nf inv.*
B.A.-BA [beaba] *nm inv.*
baba *adj inv. (fam.)*
baba *nm*
baba (cool) [babakul] *n (pl babas [cool])*
Babel *nf*
babélisme *nm*
babeurre *nm*
babil [-bil] *nm*
babillage [-bijaʒ] *nm*
babillard, e [-bijar, ard] *adj, n*
babiller [-bije] *vi*
babine *nf*
babiole *nf*
babiroussa *nm*
babisme *nm*
bâbord *nm*
bâbordais *nm*
babouche *nf*
babouin *nm*
babouvisme *nm*
baby [babi ou bebi] *adj inv., nm (pl babies* ou *babys)*
baby-beef [bebibif] *nm (pl baby-beefs)*
baby-boom [bebibum] *nm (pl baby-booms)*
baby-foot [babifut] *nm inv.*
babylonien, enne *adj, n*
baby-sitter [bebisitœr] *n (pl baby-sitters)*
baby-sitting [bebisitiŋ] *nm (pl baby-sittings)*
baby-test [bebitɛst] *nm (pl baby-tests)*
bac *nm*
bac(ch)ante *nf (moustache ; fam.)*
baccalauréat *nm*
baccara *nm (jeu)*
baccarat [-ra] *nm (cristal)*
bacchanal [bakanal] *nm s (bruit)*
bacchanale [bakanal] *nf (fête)*
bacchant [bakɑ̃] *nm*
bacchante [bakɑ̃t] *nf (prêtresse)*
bac(ch)ante *nf (moustache ; fam.)*
baccifère [-ksi-] *adj*
bacciforme [-ksi-] *adj*
bachaga *nm*
bâchage *nm*
bâche *nf*
bachelette *nf (fam.)*
bachelier, ère *n*
bâcher *vt*
bachi-bouzouk [baʃibuzuk] *nm (pl bachi-bouzouks)*
bachique *adj*
bachot *nm*
bachotage *nm (fam.)*
bachoter *vi (fam.)*
bachoteur *nm*
bachoteur, euse *m (fam.)*
bachotte *nf*
bacillaire [-sil(l)-] *adj*
bacille [-sil] *nm*
bacillémie [-si(l)l-] *nf*
bacilliforme [-si(l)l-] *adj*
bacillose [-si(l)l-] *nf*
bacillurie [-si(l)l-] *nf*
backgammon [bakgamɔn] *nm*
background [bakgrawnd] *nm*
bâclage *nm*
bâcle *nf*
bâcler *vt*
bacon [bekɔn] *nm*
bactéricide *adj, nm*
bactéridie *nf*
bactérie *nf*
bactériémie *nf*
bactérien, enne *adj*
bactériologie *nf*
bactériologique *adj*
bactériologiste *n*
bactériologue *n*
bactériophage *nm*
bactériostatique *adj*
bactériurie *nf*
bacul [-ky] *nm*
badaboum *interj*
badamier *nm*
badaud, e *adj, n*
badauder *vi*
badauderie *nf*
badegoulien, enne *adj, nm*
baderne *nf*
badge [badʒ] *nm*
badiane *nf*
badigeon *nm*
badigeonnage *nm*
badigeonner *vt*
badigeonneur *nm*
badigoinces *nf pl (pop.)*
badin, e *adj, n (enjoué)*
badin *nm (aéronautique)*
badinage *nm*
badine *nf*
badiner *vi*
badinerie *nf*
bad-lands [badlɑ̃ds] *nf pl*

badminton [badmintɔn] *nm*
badois, e *adj, n*
baffe *nf (pop.)*
baffle *nm*
bafouer *vt*
bafouillage *nm (fam.)*
bafouille *nf (pop.)*
bafouiller *vt, vi (fam.)*
bafouilleur, euse *adj, n (fam.)*
bafouillis *nm (fam.)*
bâfre *nf (pop.)*
bâfrée *nf (pop.)*
bâfrer *vt, vi (pop.)*
bâfreur, euse *n (pop.)*
bagad [-gad] *nm*
bagage *nm (affaires)*
bagagerie *nf*
bagagiste *nm*
bagarre *nf*
bagarrer *vi, vpr*
bagarreur, euse *adj, n*
bagasse *nf*
bagatelle *nf*
bagnard [-ɲar] *nm*
bagne *nm*
bagnole *nf (fam.)*
bagou(t) [-gu] *nm*
baguage [-gaʒ] *nm (action de baguer)*
bague *nf*
baguenaude *nf*
baguenauder *vi, vpr*
baguenauderie *nf*
baguenaudier, ère *n, adj*
baguer *vt*
baguette *nf*
baguettisant *nm*
baguier *nm*
baguio [bagjo] *nm*
bah *interj*
bahaïsme ou **béhaïsme** *nm*
baht [bat] *nm*
bahut [bay] *nm*
bahutier *nm*
bai, e *adj, nm*
baie *nf (golfe, fruit, ouverture)*
baignade *nf*
baigner *vt, vi, vpr*
baigneur, euse *n*
baignoire *nf*
bail, baux [baj, bo] *nm*
baille [baj] *nf*
bâillement [baj-] *nm*
bailler [baje] *vt (donner)*
bâiller [bɑje] *vi (ouvrir la bouche)*
bailleur, eresse [baj-] *n (de bail)*
bâilleur, euse [bɑj-] *n (qui bâille)*
bailli [baji] *nm*
bailliage [bajaʒ] *nm*
baillive *nf*
bâillon [bɑjɔ̃] *nm*
bâillonnement [bɑj-] *nm*
bâillonner [bɑj-] *vt*
bain *nm*
bain-marie *nm (pl bains-marie)*
baïonnette *nf*
baïoque *nf*
baïram ou **bayram** [bairam] ou **beïram** *nm*
baise *nf (pop.)*
baise-en-ville *nm inv. (fam.)*
baisemain *nm*
baisement *nm*
baiser *vt*
baiser *nm*
baiseur, euse *n (pop.)*
baisoter *vt (fam.)*
baisse *nf*
baisser *vt, vi, vpr*
baissier, ère *adj, n*
baissière *nf*
baisure *nf*
bajoue *nf*
bajoyer [baʒwaje] *nm*
bakchich [bakʃiʃ] *nm*
bakélite *nf*
baklava *nm*
bal, bals *nm (danse)*
balade *nf (promenade)*
balader *vt, vi, vpr*
baladeur, euse *adj, n*
baladin *nm*
balafon *nm*
balafre *nf*
balafré, e *adj, n*
balafrer *vt*
balai *nm (ustensile)*
balai-brosse *nm (pl balais-brosses)*
balais *adj m*
balalaïka *nf*
balance *nf*
balancé, e *adj, nm*
balancelle *nf*
balancement *nm*
balancer *vt, vi, vpr* C6
balancier *nm*
balancine *nf*
balançoire *nf*
balandran ou **balandras** *nm*
balane *nf*
balanite *nf*
balanoglosse *nm*
balata *nm*
balauste *nf*
balaustier *nm*
balayage [-lɛjaʒ] *nm*
balayer [-lɛje] *vt* C15
balayette [-lɛjɛt] *nf*
balayeur, euse [-lɛjœr, øz] *n*
balayures [-lɛjyr] *nf pl*
balboa *nm*
balbutiant, e [-sjɑ̃, ɑ̃t] *adj*
balbutiement [-simɑ̃] *nm*
balbutier [-sje] *vi, vt*
balbuzard *nm*
balcon *nm*
balconnet *nm*
baldaquin *nm*
baleine *nf*
baleiné, e *adj*
baleineau *nm*
baleinier, ère *adj, nm*
baleinière *nf*

balénoptère *nm*
balestron *nm*
balèvre *nf*
balèze *adj, n (pop.)*
balisage *nm*
balise *nf*
baliser *vt*
baliseur *nm*
balisier *nm*
baliste *nf (machine de guerre) ; nm (poisson)*
balistique *adj, nf*
balistite *nf*
balivage *nm*
baliveau *nm*
baliverne *nf*
balkanique *adj*
balkanisation *nf*
balkaniser *vt*
ballade *nf (poème)*
ballant, e *adj, nm*
ballast [-last] *nm*
ballastage *nm*
ballaster *vt*
ballastière *nf*
balle *nf (ballon, projectile, paquet, enveloppe)*
baller *vi*
ballerine *nf*
ballet *nm (danse)*
ballet(t)omane *n*
ballet-pantomime *nm (pl ballets-pantomimes)*
ballon *nm*
ballonné, e *adj*
ballonnement *nm*
ballonner *vt, vpr*
ballonnet *nm*
ballonnier *nm*
ballon-sonde *nm (pl ballons-sondes)*
ballot [-lo] *nm*
ballote *nf (plante)*
ballottade *nf*
ballottage *nm*
ballottement *nm*
ballotte *nf (petite balle)*
ballotter *vt, vi*
ballottin *nm*
ballottine *nf*
ball-trap [baltrap] *nm (pl ball-traps)*
bal(l)uchon *nm (fam.)*
balnéaire *adj*
balnéation *nf*
balnéothérapie *nf*
bâlois, e *adj, n*
balourd, e *adj, n (lourdaud)*
balourd *nm (mécanique)*
balourdise *nf*
baloutchi *nm*
balsa [balza] *nm*
balsamier [-za-] *nm*
balsamine [-za-] *nf*
balsamique [-za-] *adj, nm*
balte *adj, n*
balthazar *nm*
baltique *adj*
bal(l)uchon *nm (fam.)*
balustrade *nf*
balustre *nm*
balzacien, enne *adj*
balzan, e *adj*
balzane *nf*
bambara *nm*
bambin, e *adj, n*
bambochade *nf*
bambochard, e *adj, n (fam.)*
bamboche *nf (fam.)*
bambocher *vi (fam.)*
bambocheur, euse *adj, n (fam.)*
bambou *nm*
bamboula *nf (fam.)*
ban *nm (féodalité, publication)*
banal, e, aux *adj (féodalité)*
banal, e, als *adj (ordinaire)*
banalement *adv*
banalisation *nf*
banalisé, e *adj*
banaliser *vt*
banalité *nf*
banane *nf*
bananeraie *nf*
bananier, ère *adj, nm*
banat [-na] *nm*
banc [bã] *nm (siège, amas)*
bancable *(Ac.)* ou banquable [bã-] *adj*
bancaire *adj*
bancal, e, als *adj, nm*
bancarisation *nf*
banchage *nm*
banche *nf*
bancher *vt*
banco *nm, interj*
bancoulier *nm*
bancroche *adj (fam.)*
banc-titre *nm (pl bancs-titres)*
bandage *nm*
bandagiste *n*
bandana *nm*
bandant, e *adj (arg.)*
bande *nf*
bande-annonce *nf (pl bandes-annonces)*
bandé, e *adj*
bandeau *nm*
bandelette *nf*
bander *vt, vi*
bandera *nf*
bandereau *nm*
banderille [bãdrij] *nf*
banderillero [bãderijero] *nm*
banderole *nf*
bande-son *nf (pl bandes-son)*
bande-vidéo *nf (pl bandes-vidéo)*
bandière *nf*
bandit *nm*
banditisme *nm*
bandonéon *nm*
bandothèque *nf*
bandoulière *nf*
bang [bãg] *nm*
bangladais, e *adj*

banian *nm*
banjo [bɑ̃(d)ʒo] *nm*
banjoïste [bɑ̃dʒɔist] *n*
bank-note *nf* ou *nm* *(pl bank-notes)*
banlieue *nf*
banlieusard, e *n (fam.)*
banlon *nm*
banne *nf*
banneau *nm*
banner *vt*
banneret *nm*
banneton *nm*
bannette *nf*
banni, e *adj, n*
bannière *nf*
bannir *vt*
bannissable *adj*
bannissement *nm*
banquable ou **bancable** *(Ac.) adj*
banque *nf*
banquer *vi (pop.)*
banqueroute *nf*
banqueroutier, ère *n*
banquet *nm*
banqueter *vi* C10
banqueteur *nm*
banquette *nf*
banquier, ère *n*
banquise *nf*
banquiste *nm*
bantou, e *adj, nm*
bantoustan *nm*
banvin *nm*
banyuls [baɲuls] *nm*
baobab [-bab] *nm*
baptême [batɛm] *nm*
baptisé, e [batize] *n*
baptiser [batize] *vt*
baptismal, e, aux [batismal, o] *adj*
baptisme [batism] *nm*
baptistaire [batistɛr] *adj, nm (acte)*
baptiste [batist] *adj, n*
baptistère [batistɛr] *nm (bâtiment)*
baquet [bakɛ] *nm*
baquetures *nf pl*
bar *nm (café, poisson, mesure)*
baragouin *nm (fam.)*
baragouinage *nm (fam.)*
baragouiner *vt, vi (fam.)*
baragouineur, euse *n (fam.)*
baraka *nf (fam.)*
baraque *nf*
baraqué, e *adj (pop.)*
baraquement *nm*
baraquer *vi*
baraterie *nf*
baratin *nm (fam.)*
baratiner *vi, vt (fam.)*
baratineur, euse *adj, n (fam.)*
barattage *nm*
baratte *nf*
baratter *vt*
barbacane *nf*
barbant, e *adj (fam.)*
barbaque *nf (pop.)*
barbare *adj, n*
barbaresque *adj, n*
barbarie *nf*
barbarisme *nm*
barbe *adj, nm (cheval); nf (poil); interj (avec la)*
barbeau *nm, adj inv.*
barbecue [-kju] *nm*
barbe-de-capucin *nf (pl barbes-de-capucin)*
barbelé, e *adj, nm*
barbelure *nf*
barber *vt, vpr (fam.)*
barbet, ette *adj, n (chien)*
barbette *nf*
barbeyer *vi*
barbiche *nf*
barbichette *nf (fam.)*
barbichon *nm*
barbichu, e *adj, n (fam.)*
barbier *nm*
barbifier *vt, vpr (fam.)*
barbillon [-bijɔ̃] *nm*
barbital, als *nm*
barbiturique *adj, nm*
barbiturisme *nm*
barbituromanie *nf*
barbon *nm*
barbotage *nm*
barboter *vi, vt*
barboteur, euse *n*
barboteuse *nf*
barbotière *nf*
barbotin *nm*
barbotine *nf*
barbotte *nf*
barbouillage *nm*
barbouille *nf (fam.)*
barbouiller *vt*
barbouilleur, euse *n*
barbouillis [-buji] *nm*
barbouze *n (pop.)*
barbu, e *adj, n*
barbue *nf*
barbule *nf*
barcarolle *nf*
barcasse *nf*
barcelonais, e *adj, n*
barcelonnette *nf*
bard [bar] *nm (civière)*
barda *nm (fam.)*
bardache *nm*
bardage *nm*
bardane *nf*
barde *nf (selle, lard)*
barde *nm (poète)*
bardeau *nm (planchette)*
bardée *nf*
bardelle *nf*
barder *vt, vpr*
barder *vimp (fam.)*
bardeur *nm*
bardis [-di] *nm (marine)*
bardit *nm (chant)*
bardot *nm (animal)*
barège *nm*
barème *nm*
baresthésie *nf*
barge *nf*
barguigner [-giɲe] *vi*
barigoule *nf*
baril [-il] *nm*

barillet [-rijɛ] *nm*
barine *nm*
bariolage *nm*
bariolé, e *adj*
barioler *vt*
bariolis [-li] *nm*
bariolure *nf*
barjo(t) *adj, n (fam.)*
barkhane *nf*
barlong, gue [-lɔ̃, ɔ̃g] *adj*
barlotière *nf*
barmaid [barmɛd] *nf*
barman [barman] *nm*
bar-mitsva *nf inv.*
barn [barn] *nm*
barnabite *nm*
barnache ou **bernache** ou **bernacle** *nf*
barnum [-ɔm] *nm*
barographe *nm*
baromètre *nm*
barométrie *nf*
barométrique *adj*
baron *nm*
baron, onne *n*
baronnage *nm*
baronnet *nm*
baronnie *nf*
baroque *adj, nm*
baroquisant, e *adj*
baroquisme *nm*
baroscope *nm*
barotraumatisme *nm*
baroud [barud] *nm (pop.)*
baroudeur *nm (fam.)*
barouf ou **baroufle** *nm (pop.)*
barque *nf*
barquerolle *nf*
barquette *nf*
barracuda *nm*
barrage *nm*
barrage-poids *nm (pl barrages-poids)*
barrage-voûte *nm (pl barrages-voûtes)*
barragiste *n*
barranco *nm*
barre *nf (barreau, trait)*
barré, e *adj, nm*
barreau *nm*
barrement *nm*
barren grounds [barəngrawnts] *nm pl*
barrer *vt, vpr*
barrette *nf*
barreur, euse *n*
barricade *nf*
barricader *vt, vpr*
barrière *nf*
barrique *nf*
barrir *vi*
barrissement *nm*
barrit [-ri] *nm*
barrot [-ro] *nm*
bartavelle *nf*
bartholinite *nf*
barycentre *nm*
barye [bɑri] *nf*
barymétrie *nf*
baryon *nm*
baryte *nf*
barytine *nf*
baryton *nm, adj inv.*
baryum [-jɔm] *nm*
barzoï [-zɔj] *nm*
bas, basse *adj*
bas *nm (vêtement)*
bas *adv*
basal, e, aux *adj*
basalte *nm*
basaltique *adj*
basane *nf*
basané, e *adj*
basaner *vt*
bas-bleu *nm (pl bas-bleus)*
bas-côté *nm (pl bas-côtés)*
basculage *nm*
basculant, e *adj*
bascule *nf*
basculement *nm*
basculer *vi, vt*
basculeur *nm*
bas-de-casse *nm inv.*
bas-de-chausses *nm*
base *nf*
base-ball [bɛzbol] *nm (pl base-balls)*
baselle *nf*
baser *vt, vpr*
bas-étai *nm (pl bas-étais)*
bas-fond *nm (pl bas-fonds)*
bas-hauban *nm (pl bas-haubans)*
basic *nm*
basicité *nf*
baside *nf*
basidiomycète *nm*
basidiospore *nf*
basilaire *adj*
basileus [bazilœs] *nm*
basilic [bazilik] *nm (animal, plante)*
basilical, e, aux *adj*
basilique *adj, nf (veine)*
basilique *nf (édifice)*
basin *nm*
basiphile *adj*
basique *adj*
bas-jointé, e *adj (pl bas-jointés, ées)*
basket [baskɛt] *nf (chaussure)*
basket-ball [baskɛtbol] ou **basket** *nm (pl basket-balls* ou *baskets)*
basketteur, euse *n*
bas-mât *nm (pl bas-mâts)*
basoche *nf*
basochien, enne *adj, n*
basophile *adj*
basquais, e *adj, nf*
basque *adj, n*
basque *nf*
basquine *nf*
bas-relief *nm (pl bas-reliefs)*
basse *nf, adj*
basse-contre *nf (pl basses-contre)*
basse-cour *nf (pl basses-cours)*

basse-fosse *nf (pl basses-fosses)*
bassement *adv*
bassesse *nf*
basset *nm*
basse-taille *nf (pl basses-tailles)*
bassin *nm*
bassinage *nm*
bassinant, e *adj (fam.)*
bassine *nf*
bassiner *vt*
bassinet *nm*
bassinoire *nf*
bassiste *n*
basson *nm*
bassonite *nm*
basta *interj*
bast(a)ing [bastɛ̃] *nm*
bastaque *nf*
baste *nf (récipient)*
baste *nm (as de trèfle)*
baste *interj*
basterne *nf*
bastiais, e *adj, n*
bastide *nf*
bastidon *nm*
bastille [-stij] *nf*
bastillé, e *adj*
bast(a)ing [bastɛ̃] *nm*
bastingage *nm*
bastingue *nf*
bastion *nm*
bastionné, e *adj*
baston *nm* ou *nf (arg.)*
bastonnade *nf*
bastonner (se) *vpr (arg.)*
bastos [bastos] *nf (arg.)*
bastringue *nm (fam.)*
bastude *nf*
bas-ventre *nm (pl bas-ventres)*
bât [bɑ] *nm (harnais)*
bataclan *nm (fam.)*
bataille *nf*
batailler *vi*
batailleur, euse *adj, n*
bataillon *nm*
bâtard, e *adj, n*
bâtardeau *nm*
bâtardise *nf*
batave *adj, n*
batavia *nf*
batavique *adj*
batayole *nf*
bâté, e *adj*
bateau *nm*
bateau-citerne *nm (pl bateaux-citernes)*
bateau-feu *nm (pl bateaux-feux)*
bateau-lavoir *nm (pl bateaux-lavoirs)*
bateau-mouche *nm (pl bateaux-mouches)*
bateau-phare *nm (pl bateaux-phares)*
bateau-pilote *nm (pl bateaux-pilotes)*
bateau-pompe *nm (pl bateaux-pompes)*
bateau-porte *nm (pl bateaux-portes)*
batée *nf*
batelage [batlaʒ] *nm*
batelée [batle] *nf*
bateler *vi* C10
batelet [batlɛ] *nm*
bateleur, euse [batlœr, øz] *n*
batelier, ère [batəlje, ɛr] *n*
batellerie [batɛlri] *nf*
bâter *vt*
bat-flanc [baflɑ̃] *nm inv.*
bath [bat] *adj inv. (pop.)*
batholite *nm*
bathyal, e, aux *adj*
bathymètre *nm*
bathymétrie *nf*
bathymétrique *adj*
bathypélagique *adj*
bathyscaphe [batiskaf] *nm*
bathysphère *nf*
bâti, e *adj, nm*
bâtier *nm*
bâtière *nf*
batifolage *nm (fam.)*
batifoler *vi (fam.)*
batifoleur, euse *n (fam.)*
batik *nm*
batillage *nm*
bâtiment *nm*
bâtir *vt, vpr*
bâtisse *nf*
bâtisseur, euse *n*
batiste *nf*
bat-l'eau *nm inv.*
bâton *nm*
bâtonnat [-na] *nm*
bâtonner *vt*
bâtonnet *nm*
bâtonnier *nm*
bâtonniste *nm*
batoude *nf*
batracien *nm*
battage *nm*
battant, e *adj, n* 20-I
batte *nf*
battée *nf*
battellement *nm*
battement *nm*
batterie *nf*
batteur *nm*
batteuse *nf*
battitures *nf pl*
battle-dress [batəldrɛs] *nm inv.*
battoir *nm*
battologie *nf*
battre *vt, vti, vi, vpr* C47
battu, e *adj*
battue *nf*
batture *nf*
bau, baux *nm (poutre)*
baud [bo] *nm (unité de vitesse)*
baudelairien, enne *adj*
baudet [-dɛ] *nm*
baudrier *nm*
baudroie *nf*
baudruche *nf*
bauge *nf*
bauger (se) *vpr* C7
bauhinia [boinja] *nm* ou bauhinie *nf*

baume *nm (résine, préparation)*
baumé *nm*
baumier *nm*
bauquière *nf*
baussenc, enque [-ɑ̃] *adj, n*
bauxite *nf*
bavard, e *adj, n*
bavardage *nm*
bavarder *vi*
bavarderie *nf*
bavarois, e *adj, n*
bavasser *vi (fam.)*
bave *nf*
baver *vi*
bavette *nf*
baveux, euse *adj*
bavocher *vi*
bavochure *nf*
bavoir *nm*
bavolet *nm*
bavure *nf*
bayadère [baja-] *nf, adj*
bayart *nm*
bayer [baje] *vi* C15 *(aux corneilles)*
bayou [baju] *nm*
bayram [bairam] ou **baïram** ou **beïram** *nm*
bazar *nm*
bazarder *vt (fam.)*
bazooka [-zu-] *nm*
B.C.B.G. [besebeʒe] *adj inv. (fam.)*
B.C.G. [beseʒe] *nm inv.*
B.D. [bede] *nf inv. (fam.)*
beagle [bigl] *nm*
béance *nf*
béant, e *adj*
béarnais, e *adj, n*
beat [bit] *nm, adj inv. (beatnik)*
béat, e [bea, at] *adj*
béatement *adv*
béatification *nf*
béatifier *vt*
béatifique *adj*
béatitude *nf*
beatnik [bitnik] *nm*
beau ou **bel** (devant initiale vocalique ou h muet), **belle, beaux** *adj, n* 13-IIB6
beauceron, onne *adj, n*
beaucoup *adv* 17-I
beauf *nm (pop.)*
beau-fils [-fis] *nm (pl beaux-fils)*
beaufort *nm*
beau-frère *nm (pl beaux-frères)*
beaujolais *nm*
beau-papa *nm (pl beaux-papas)*
beau-père *nm (pl beaux-pères)*
beau-petit-fils *nm (pl beaux-petits-fils)*
beaupré *nm*
beauté *nf*
beaux-arts *nm pl*
beaux-parents *nm pl*
bébé *nm*
bébé-éprouvette *nm (pl bébés-éprouvette)*
bébête *adj (fam.)*
be-bop [bibɔp] ou **bop** *nm inv.*
bec *nm*
bécane *nf*
bécard ou **beccard** *nm (poisson)*
bécarre *nm (musique)*
bécasse *nf*
bécasseau *nm*
bécassine *nf*
because [bikoz] *conj, prép (pop.)*
bec-croisé *nm (pl becs-croisés)*
bec-de-cane *nm (pl becs-de-cane)*
bec-de-corbeau *nm (pl becs-de-corbeau)*
bec-de-corbin *nm (pl becs-de-corbin)*
bec-de-lièvre *nm (pl becs-de-lièvre)*
bec-de-perroquet *nm (pl becs-de-perroquet)*
becfigue *nm*
bec-fin *nm (pl becs-fins)*
bêchage *nm*
béchamel(le) *nf*
bêche *nf*
bêche-de-mer *nf (pl bêches-de-mer; holothurie)*
bêche-de-mer ou **bich(e)lamar** *nm (pl bêches-de-mer; langue)*
bêcher *vt, vi*
bêcheur, euse *n*
bêcheveter *vt* C10
béchique *adj*
bécot *nm (fam.)*
bécoter *vt, vpr (fam.)*
becquée ou **béquée** *nf (nourriture)*
becquerel *nm*
becquet ou **béquet** [bekɛ] *nm*
becquetage *nm*
bec(que)tance *nf (pop.)*
becqueter *vt, vi* C10
bec(que)ter *vt, vi (pop.)*
bedaine *nf (fam.)*
bédane *nm*
bedeau *nm*
bédégar *nm*
bedon *nm (fam.)*
bedonnant, e *adj (fam.)*
bedonner *vi (fam.)*
bédouin, e *adj, n*
bée *adj f*
béer *vi* C14
beffroi *nm*
bégaiement [-gɛ-] *nm*
bégard *nm*
bégayant, e [begɛjɑ̃, ɑ̃t] *adj*
bégayer [begeje] *vi, vt* C15
bégayeur, euse [begɛjœr, øz] *adj, n*
bégonia *nm*
bégu, uë *adj*

bègue *adj, n*
béguètement *nm*
bégueter *vi* C9
bégueule *adj, nf (fam.)*
bégueulerie *nf (fam.)*
béguin *nm*
béguinage *nm*
béguine *nf*
bégum [begɔm] *nf*
béhaïsme ou **bahaïsme** *nm*
béhaviorisme *nm*
béhavioriste *adj, n*
beige *adj, nm*
beigeasse *adj*
beigeâtre *adj*
beigne *nf (pop.)*
beignet *nm*
beïram ou **baïram** ou **bayram** [bairam] *nm*
béjaune *nm*
béké *n (créole)*
bel *adj m (devant initiale vocalique et h muet), adv* 13-IIB6
bel *nm*
bélandre *nf*
bêlant, e *adj*
bel canto [bɛlkɑ̃to] *nm inv.*
bêlement *nm*
bélemnite [belɛmnit] *nf*
bêler *vi*
belette *nf*
belge *adj, n*
belgicisme *nm*
bélier *nm*
bélière *nf*
bélinogramme *nm*
bélinographe *nm*
bélître *nm*
belladone *nf*
bellâtre *adj, nm*
belle *adj f, nf*
belle-dame *nf (pl belles-dames)*
belle-de-jour *nf (pl belles-de-jour)*
belle-de-nuit *nf (pl belles-de-nuit)*
belle-doche *nf (pl belles-doches ; pop.)*
belle-d'onze-heures *nf (pl belles-d'onze-heures)*
belle-famille *nf (pl belles-familles)*
belle-fille *nf (pl belles-filles)*
bellement *adv*
belle-maman *nf (pl belles-mamans)*
belle-mère *nf (pl belles-mères)*
belle-petite-fille *nf (pl belles-petites-filles)*
belles-lettres *nf pl*
belle-sœur *nf (pl belles-sœurs)*
bellicisme *nm*
belliciste *adj, n*
bellifontain, e *adj, n*
belligérance *nf*
belligérant, e *adj, n*
belliqueux, euse *adj*
bellot, otte *adj*
belluaire *nm*
belon *nf*
belote *nf*
bél(o)uga *nm (cétacée)*
beluga [beluga] *nm (caviar)*
belvédère *nm*
bémol *nm, adj*
bémoliser *vt*
ben [bɛ̃] *adv (pop.)*
bénard, e *adj, nf*
bénédicité *nm*
bénédictin, e *adj, n*
bénédiction *nf*
bénef *nm (pop.)*
bénéfice *nm*
bénéficiaire *adj, n*
bénéficial, e, aux *adj*
bénéficier *nm*
bénéficier *vti, vi*
bénéfique *adj*
benêt [bənɛ] *adj m, nm*
bénévolat [-la] *nm*
bénévole *adj, n*
bénévolement *adv*
bengalais, e *adj*
bengali ou **bengali, e** *(Ac.), adj, n*
bénignement *adv*
bénignité *nf*
bénin, igne *adj*
béninois, e *adj, n*
béni-oui-oui *nm inv. (fam.)*
bénir *vt*
bénisseur, euse *adj, n*
bénit, e *adj*
bénitier *nm*
benjamin, e *n*
benjoin [bɛ̃ʒwɛ̃] *nm*
benne *nf*
benoît, e *adj*
benoîte *nf*
benoîtement *adv*
benthique [bɛ̃-] *adj*
benthos [bɛ̃tos] *nm*
bentonite [bɛ̃-] *nf*
benzène [bɛ̃zɛn] *nm*
benzénique [bɛ̃-] *adj*
benzénisme [bɛ̃-] *nm*
benzidine [bɛ̃-] *nf*
benzine [bɛ̃-] *nf*
benzoate [bɛ̃-] *nm*
benzodiazépine [bɛ̃-] *nf*
benzoïque [bɛ̃-] *adj m*
benzol [bɛ̃-] *nm*
benzolisme [bɛ̃-] *nm*
benzonaphtol [bɛ̃-] *nm*
benzoyle [bɛ̃-] *nm*
benzyle [bɛ̃-] *nm*
benzylique [bɛ̃-] *adj*
béotien, enne [beosjɛ̃, ɛn] *adj, n*
béotisme *nm*
béquée ou **becquée** *nf*
béquet ou **becquet** *nm*
béquillard, e *adj, n*
béquille *nf*
béquiller *vt, vi*
ber [bɛr] *nm*
berbère *adj, n*
berbéridacée *nf*
bercail *nm s*

berçant, e *adj*
berçante *nf*
berce *nf*
berceau *nm*
bercelonnette *nf*
bercement *nm*
bercer *vt, vpr* C6
berceur, euse *adj*
berceuse *nf*
béret [-rɛ] *nm*
bergamasque *nf*
bergamote *nf*
bergamotier *nm*
berge *nf*
berger, ère *n*
bergerie *nf*
bergeronnette *nf*
berginisation *nf*
béribéri *nm*
berk *interj*
berkélium [-ljɔm] *nm*
berle *nf*
berline *nf*
berlingot [-go] *nm*
berlinois, e *adj, n*
berloque *nf*
berlue *nf*
berme *nf*
bermuda *nm*
bermudien *nm*
bernacle ou **barnache** ou **bernache** *nf*
bernardin, e *n*
bernard-l'(h)ermite *nm inv.*
berne *nf*
berner *vt*
bernique ou **bernicle** *nf*
bernique *interj*
bernois, e *adj, n*
berquinade *nf*
berrichon, onne *adj, n*
berruyer, ère *adj, n*
bersaglier [bɛrsalje] *nm (pl bersagliers* ou *bersaglieri)*
berthe *nf*
berthon *nm*
bertillonnage *nm*
béryl [-il] *nm*
béryllium [-ljɔm] *nm*
besace *nf*
besacier, ère *nf*
besaiguë ou **bisaiguë** [bə- ou bizɛgy] *nf*
besant *nm*
besas [-as] ou **beset** *nm*
bésef ou **bézef** *adv (pop.)*
beset ou **besas** [-as] *nm*
besicles ou **bésicles** *(Ac.)* [bə- ou besikl] *nf pl*
bésigue *nm*
besogne *nf*
besogner *vi, vt*
besogneux, euse *adj, n*
besoin *nm*
bessemer [bɛsmɛr] *nm*
besson, onne *n*
bestiaire *nm*
bestial, e, aux *adj*
bestialement *adv*
bestialité *nf*
bestiaux *nm pl*
bestiole *nf*
best of *nm s*
best-seller [bɛstselœr] *nm (pl best-sellers)*
bêta *nm inv. (lettre)*
bêta, asse *adj, n (bête)*
bêtabloquant, e *adj, nm*
bétail *nm s*
bétaillère *nf*
bêtathérapie *nf*
bêtatron *nm*
bête *nf, adj (animal)*
bétel *nm*
bêtement *adv*
bêtifiant, e *adj*
bêtifier *vt, vi*
bêtise *nf*
bêtisier *nm*
bétoine *nf*
bétoire *nf*
béton *nm*
bétonnage *nm*
bétonné, e *adj*
bétonner *vt, vi*
bétonneuse *nf*
bétonnière *nf*
bette ou **blette** *nf (légume)*
bette *nm (chaland)*
betterave *nf*
betteravier, ère *adj, nm*
bétulacée *nf*
bétyle *nm*
beuglant *nm (pop.)*
beuglante *nf (pop.)*
beuglement *nm*
beugler *vi, vt*
beur *n (Arabe né en France)*
beurk *interj*
beurre *nm (matière grasse)*
beurré, e *adj, nm*
beurrée *nf*
beurrer *vt*
beurrerie *nf*
beurrier, ère *adj, nm*
beuverie *nf*
bévatron *nm*
bévue *nf*
bey [bɛ] *nm (titre)*
beylical, e, aux [be- ou bɛ-] *adj*
beylicat [be- ou bɛ] *nm*
beylisme *nm*
bézef ou **bésef** *adv (pop.)*
bézoard [bezɔar] *nm*
bhouthanais, e *adj, n*
biacide *nm, adj*
biacuminé, e *adj*
biais, e *adj, nm*
biaisé, e *adj*
biaiser *vi*
biarrot, ote *adj, n*
biathlon [biatlɔ̃] *nm*
biaural, e, aux *adj*
biauriculaire *adj*
biaxe *adj*
bibasique *adj*
bibelot *nm*
biberon *nm*
biberonner *vt, vi (fam.)*
bibi *nm (fam.)*
bibi *pron inv. (pop.)*

bibine *nf (fam.)*
bible *nf*
bibliobus [-bys] *nm*
bibliographe *n*
bibliographie *nf*
bibliographique *adj*
bibliomane *n*
bibliomanie *nf*
bibliophile *n*
bibliophilie *nf*
bibliothécaire *n*
bibliothéconomie *nf*
bibliothèque *nf*
biblique *adj*
bibliquement *adv*
bibliste *n*
bic *nm, adj*
bicaméral, e, aux *adj*
bicamérisme *(Ac.)* ou **bicaméralisme** *nm*
bicarbonate *nm*
bicarbonaté, e *adj*
bicarburation *nf*
bicarré, e *adj*
bicentenaire *adj, nm*
bicéphale *adj, nm*
biceps [bisɛps] *nm, adj*
biche *nf*
bicher *vi (pop.)*
bichette *nf*
bich(e)lamar ou **bêche-de-mer** *nm (pl bêches-de-mer; langue)*
bichlorure [-klɔ-] *nm*
bichon, onne *n*
bichonner *vt, vpr*
bichromate [-krɔ-] *nm*
bichromie [-krɔ-] *nf*
bicipital, e, aux *adj*
bickford [bikfɔrd] *nm*
bicolore *adj*
biconcave *adj*
biconvexe *adj*
bicoque *nf*
bicorne *nm*
bicot *nm (fam.)*
bicourant *adj inv.*
bicross *nm inv.*
biculturalisme *nm*
biculturel, elle *adj*
bicuspide *adj*
bicycle *nm*
bicyclette *nf*
bicycliste *n*
bidasse *nm (pop.)*
bide *nm (pop.)*
bident *nm*
bidet [-dɛ] *nm*
bidoche *nf (pop.)*
bidon *nm ; adj inv. (fam.)*
bidonnant, e *adj (pop.)*
bidonner (se) *vpr (pop.)*
bidonville *nm*
bidouillage *nm (fam.)*
bidouiller *vt (fam.)*
bidule *nm (fam.)*
bief [bjɛf] *nm*
bielle *nf*
biellette *nf*
biélorusse *adj, n*
bien *adv, interj, adj inv.*
bien *nm*
bien-aimé, e *adj, n (pl bien-aimés, ées)*
bien-aller *nm s*
bien-dire *nm s*
bien-disant, e *adj (pl bien-disants, es)*
biénergie *nf*
bien-être *nm inv.*
bienfaisance [-fə-] *nf*
bienfaisant, e [-fə] *adj*
bienfait [-fɛ] *nm*
bienfaiteur, trice [-fɛ-] *n, adj*
bien-fondé *nm s*
bien-fonds *nm (pl biens-fonds)*
bienheureux, euse *adj*
bien-jugé *nm s*
biennal, e, aux *adj*
biennale *nf*
bien-pensant, e *adj, n (pl bien-pensants, es)*
bien que *loc conj*
bienséance *nf*
bienséant, e *adj*
bientôt *adv* 16-IV
bienveillamment *adv*
bienveillance *nf*
bienveillant, e *adj*
bienvenir *vi (seulement inf)*
bienvenu, e *adj, n*
bienvenue *nf*
bière *nf*
biergol ou **diergol** *nm*
bièvre *nm*
biface *nm*
biffage *nm*
biffe *nf (arg.)*
biffer *vt*
biffin *nm (arg.)*
biffure *nf*
bifide *adj*
bifidus [-dys] *nm*
bifilaire *adj*
biflèche *adj*
bifocal, e, aux *adj*
bifteck [biftɛk] *nm*
bifurcation *nf*
bifurquer *vi*
bigame *adj, n*
bigamie *nf*
bigarade *nf*
bigaradier *nm*
bigarré, e *adj*
bigarreau *nm*
bigarreautier *nm*
bigarrer *vt*
bigarrure *nf*
big-bang ou **big bang** [bigbɑ̃g] *nm s*
bige *nm*
bigle *adj, n*
bigler *vi, vt*
bigleux, euse *adj, n (fam.)*
bignonia [biɲɔnja] *nm* ou **bignone** *nf*
bignoniacée *nf*
bigophone *nm (fam.)*
bigorne *nf*
bigorneau *nm*
bigorner *vt, vpr*
bigot, e *adj, n*
bigoterie *nf*

bigouden [-dɛ̃, dɛn (au féminin)] *adj, n*
bigoudi *nm*
bigourdan, e *adj, n*
bigre *interj*
bigrement *adv*
bigrille *nf, adj*
biguanide [-gwa-] *nm*
bigue *nf*
biguine [-gin] *nf*
bihebdomadaire *adj*
bihoreau *nm*
bijectif, ive *adj*
bijection *nf*
bijou *nm (pl bijoux)*
bijouterie *nf*
bijoutier, ère *n*
bikini *nm*
bilabiale *adj f, nf*
bilabié, e *adj*
bilame *nm*
bilan *nm*
bilatéral, e, aux *adj*
bilatéralement *adv*
bilatéralité *nf*
bilboquet *nm*
bile *nf*
biler (se) *vpr (fam.)*
bileux, euse *adj, n (fam.)*
bilharzie *nf*
bilharziose *nf*
biliaire *adj*
bilié, e *adj*
bilieux, euse *adj, n*
biligenèse *nf*
bilinéaire *adj*
bilingue *adj, n*
bilinguisme [-gɥism] *nm*
bilirubine *nf*
biliverdine *nf*
bill [bil] *nm*
billage *nm*
billard *nm*
bille *nf*
billebaude *nf*
biller *vt*
billet *nm*
billeté, e *adj*
billette *nf*
billetterie *nf*
billettiste *n*
billevesée [bilvəze] *nf*
billion [biljɔ̃] *nm*
billon [bijɔ̃] *nm*
billonnage *nm*
billot [bijo] *nm*
bilobé, e *adj*
biloculaire *adj*
biloquer *vt*
bimane *adj, n*
bimbelot *nm*
bimbeloterie *nf*
bimbelotier, ère *n*
bimensuel, elle *adj*
bimestre *nm*
bimestriel, elle *adj*
bimétal *nm*
bimétallique *adj*
bimétallisme *nm*
bimétalliste *adj, n*
bimillénaire *nm, adj*
bimoteur *adj m, nm*
binage *nm*
binaire *adj, nf*
binard *nm*
binational, e, aux *adj*
biner *vt, vi*
binette *nf*
bineuse *nf*
bing [biŋg] *nm inv.*
bingo [biŋgo] *nm*
biniou *nm*
binoclard, e *adj, n (fam.)*
binocle *nm*
binoculaire *adj, nf*
binôme *nm*
binomial, e, aux *adj*
bintje [bintʃ] *nf*
bioacoustique *nf*
biobibliographie *nf*
biobibliographique *adj*
biocénose *nf*
biochimie *nf*
biochimique *adj*
biochimiste *n*
biocide *adj, nm*
bioclimat [-ma] *nm*
bioclimatique *adj*
bioclimatologie *nf*
biocompatible *adj*
bioconversion *nf*
biodégradabilité *nf*
biodégradable *adj*
biodégradation *nf*
bioélectricité *nf*
bioélément *nm*
bioénergétique *adj*
bioénergie *nf*
bioéthique *nf*
biogenèse *nf*
biogénie *nf*
biogéographie *nf*
biogéographique *adj*
biographe *n*
biographie *nf*
biographique *adj*
bio-industrie *nf (pl bio-industries)*
biologie *nf*
biologique *adj*
biologiquement *adv*
biologiste *n*
bioluminescence *nf*
biomagnétisme *nm*
biomasse *nf*
biomatériau *nm*
biome *nm*
biomécanique *nf*
biomédical, e, aux *adj*
biométrie *nf*
biomorphique *adj*
biomorphisme *nm*
bionique *nf*
biophysicien, enne *n*
biophysique *nf*
biopsie *nf*
biorythme *nm*
biosciences *nf pl*
biospéléologie *nf*
biosphère *nf*
biostasie *nf*
biosynthèse *nf*
biote *nm*
biotechnique [-tɛk-] *nf*
biotechnologie [-tɛk-] *nf*
biotechnologique *adj*
biothérapie *nf*
biotine *nf*

biotique *adj*
biotite *nf*
biotope *nm*
biotype *nm*
biotypologie *nf*
bioxyde *nm*
bip *nm*
bipale *adj*
biparti, e *adj*
bipartisan, e *adj*
bipartisme *nm*
bipartite *adj*
bipartition *nf*
bipasse *nm* ou **by-pass** [bajpas] *nm inv.*
bipasser *vt*
bipède *adj, n*
bipenne *nf*
bipenné, e ou **bipenne** *adj*
biphasé, e *adj*
bipied [-pje] *nm*
biplace *adj, n*
biplan *nm*
bipoint *nm*
bipolaire *adj*
bipolarisation *nf*
bipolarisé, e *adj*
bipolarité *nf*
bipoutre *adj*
biquadratique [-kwa-] *adj, nf*
bique *nf (fam.)*
biquet, ette *n (fam.)*
biquotidien, enne [-kɔ-] *adj*
birapport *nm*
birbe *nm (pop.)*
biréacteur *nm*
biréfringence *nf*
biréfringent, e *adj*
birème *nf*
biribi *nm*
birloir *nm*
birman, e *adj, n*
birotor *nm, adj inv.*
biroute *nf*
bis, e [bi, biz] *adj*
bis [bis] *adv, interj, nm*
bisaïeul, e [bizajœl] *n*
bisaiguë ou **besaiguë** *nf*
bisannuel, elle *adj*
bisbille [bisbij] *nf (fam.)*
biscaïen, enne ou **biscayen, enne** [biskajɛ̃, jɛn] *adj, n*
biscôme *nm*
biscornu, e *adj*
biscotin *nm*
biscotte *nf*
biscotterie *nf*
biscuit *nm*
biscuiter *vt*
biscuiterie *nf*
biscuitier *nm*
bise *nf*
biseau *nm*
biseautage *nm*
biseauter *vt*
biser *vi (dégénérer); vt (reteindre, embrasser)*
biset [-zɛ] *nm*
bisexualité [bis-] *nf*
bisexué, e [bis-] *adj*
bisexuel, elle [bis-] *adj, n*
bismuth [bismyt] *nm*
bismuthé, e *adj*
bismuthine *nf*
bison *nm*
bisonne *nf*
bisontin, e *adj, n*
bisou ou **bizou** *nm (fam.)*
bisquain *nm*
bisque *nf*
bisquer *vi (fam.)*
bissac *nm*
bisse *nm (canal); nf (guivre)*
bissecteur, trice *adj, n*
bissection *nf*
bissel *nm*
bisser *vt*
bissextre *nm*
bissextile *adj f*
bistorte *nf*
bist(r)ouille *nf (pop.)*
bistouri *nm*
bistournage *nm*
bistourner *vt*
bistre *nm, adj inv.*
bistré, e *adj*
bistrer *vt*
bistro(t) *nm (pop.)*
bist(r)ouille *nf (pop.)*
bisulfate [bis-] *nm*
bisulfite [bis-] *nm*
bisulfure [bis-] *nm*
bit [bit] *nm (informatique)*
bit(t)e *nf (pénis; pop.)*
bitension *nf*
biterrois, e *adj, n*
bitonal, e, aux *adj*
bitord *nm*
bitos *nm (arg.)*
bitte *nf (de navire)*
bit(t)e *nf (pénis; pop.)*
bitter [bitɛr] *nm*
bit(t)ure *nf (pop.)*
bit(t)urer (se) *vpr (pop.)*
bitumage *nm*
bitume *nm*
bitumer *vt*
bitumeux, euse *adj*
bituminer *vt*
bitumineux, euse *adj*
bit(t)ure *nf (pop.)*
bit(t)urer (se) *vpr (pop.)*
biunivoque [biynivɔk] *adj*
bivalence *nf*
bivalent, e *adj*
bivalve *nm, adj*
biveau *nm*
bivitellin, e *adj*
bivouac *nm*
bivouaquer *vi*
biwa *nf*
bizarre *adj*
bizarrement *adv*
bizarrerie *nf*
bizarroïde *adj (fam.)*
bizet *nm*
bizou ou **bisou** *nm*
bizut(h) *nm (arg.)*
bizutage *nm (arg.)*
bizuter *vt (arg.)*

bla-bla ou **bla-bla-bla** *nm inv. (fam.)*
black-bass *nm inv.*
blackboulage *nm (fam.)*
blackbouler *vt (fam.)*
black jack [blakdʒak] *nm inv.*
black-out [blakawt] *nm inv.*
black-rot [blakrɔt] *nm (pl black-rots)*
blafard, e *adj*
blague *nf*
blaguer *vi, vt (fam.)*
blagueur, euse *adj, n (fam.)*
blair *nm (pop.)*
blaireau *nm*
blaireauter *vt*
blairer *vt (pop.)*
blâmable *adj*
blâme *nm*
blâmer *vt*
blanc, blanche *adj, n*
blanc *nm*
blanc-bec *nm (pl blancs-becs)*
blanc-étoc [blɑ̃ketɔk] ou **blanc-estoc** [-estɔk] *nm (pl blancs-étocs* ou *estocs)*
blanchaille *nf*
blanchâtre *adj*
blanche *nf*
blanchet [-ʃɛ] *nm*
blancheur *nf*
blanchiment *nm*
blanchir *vt, vi, vpr*
blanchissage *nm*
blanchissant, e *adj*
blanchissement *nm*
blanchisserie *nf*
blanchisseur, euse *n*
blanchon *nm*
blanc-manger *nm (pl blancs-mangers)*
blancs-manteaux *nm pl*
blanc-seing [blɑ̃sɛ̃] *nm (pl blancs-seings)*
blandices *nf pl*
blanquette *nf*
blanquisme *nm*
blaps [blaps] *nm*
blase ou **blaze** *nm (arg.)*
blasé, e *adj, n*
blasement *nm*
blaser *vt*
blason *nm*
blasonner *vt*
blasphémateur, trice *adj, n*
blasphématoire *adj*
blasphème *nm*
blasphémer *vt, vi* C11
blastoderme *nm*
blastogenèse *nf*
blastomère *nm*
blastomycète *nm*
blastomycose *nf*
blastopore *nm*
blastula *nf*
blatérer *vi* C11
blatte *nf*
blattidé *nm*
blaze ou **blase** *nm (arg.)*
blazer [-zœr ou -zɛr] *nm*
blé *nm*
bled [blɛd] *nm*
blédard *nm*
blême *adj*
blêmir *vi*
blêmissant, e *adj*
blêmissemnt *nm*
blende [blɛ̃d] *nf (minerai)*
blennie *nf*
blennorragie *nf*
blennorragique *adj*
blennorrhée *nf*
blépharite *nf*
blèsement *nm*
bléser *vi* C11
blésité *nf*
blésois, e *adj, n*
blessant, e *adj*
blessé, e *adj, n*
blesser *vt, vpr*
blessure *nf*
blet, ette [blɛ, ɛt] *adj*
b(l)ette *nf (légume)*
blettir *vi*
blettissement *nm*
blettissure *nf*
bleu, e *adj, nm (pl bleus, es)*
bleuâtre *adj*
bleuet [bløɛ] ou **bluet** [blyɛ] *nm*
bleuetière [bløɛtjɛr] *nf*
bleuir *vt, vi*
bleuissage *nm*
bleuissement *nm*
bleusaille *nf (arg.)*
bleuté, e *adj*
bleuter *vt*
bliaud ou **bliaut** [blijo] *nm*
blindage *nm*
blinde *nf (pièce de bois)*
blindé, e *adj*
blinder *vt*
blini *nm*
blister [-stɛr] *nm*
blizzard *nm*
bloc *nm*
bloc (à) *loc adv*
blocage *nm*
blocaille *nf*
bloc-cuisine *nm (pl blocs-cuisines)*
bloc-cylindre *nm (pl blocs-cylindres)*
bloc-diagramme *nm (pl blocs-diagrammes)*
bloc-eau *nm (pl blocs-eau)*
bloc-évier *nm (pl blocs-éviers)*
block *nm*
blockhaus [blɔkos] *nm*
bloc-moteur *nm (pl blocs-moteurs)*
bloc-notes *nm (pl blocs-notes)*
bloc-sièges *nm inv.*
bloc-système *nm (pl blocs-systèmes)*

blocus [blɔkys] *nm*
blond, e *adj, n*
blondasse *adj*
blondeur *nf*
blondin, e *n*
blondin *nm (appareil)*
blondinet, ette *n*
blondir *vi, vt*
blondissant, e *adj*
blondoiement *nm*
blondoyer *vi* C16
bloom [blum] *nm*
bloomer [blumœr] *nm*
bloquer *vt*
blottir (se) *vpr*
blousant, e *adj*
blouse *nf*
blouser *vt, vi*
blouson *nm*
blousse *nf*
blue-jean(s) [bludʒin] *nm (pl blue-jeans* [-dʒinz]*)*
blues [bluz] *nm*
bluet [blyɛ] ou **bleuet** [bløɛ] *nm*
bluette [blyɛt] *nf*
bluff [blœf] *nm*
bluffer [blœfe] *vt, vi*
bluffeur, euse [blœfœr, øz] *adj, n*
blush [blœʃ] *nm (pl blush[e]s)*
blutage *nm*
bluter *vt*
bluterie *nf*
bluteur *nm*
blutoir *nm*
boa *nm*
boat-people [botpipəl] *n inv.*
bob ou **bobsleigh** [bɔbslɛg] *nm*
bobard [bɔbar] *nm (fam.)*
bobèche *nf*
bobéchon *nm*
bobinage *nm*
bobinard *nm (pop.)*
bobine *nf*
bobineau ou **bobinot** *nm*
bobiner *vt*
bobinette *nf*
bobineur, euse *adj, n*
bobinier, ère *n*
bobinoir *nm*
bobinot ou **bobineau** *nm*
bobo *nm (fam.)*
bobonne *nf (pop.)*
bobsleigh [bɔbslɛg] ou **bob** *nm*
bocage *nm*
bocager, ère *adj*
bocal, aux *nm*
bocard *nm*
bocardage *nm*
bocarder *vt*
boche *adj, n (pop.)*
bo(s)chimans *nm pl*
bock *nm*
bodhisattva [bɔdisatva] *nm*
body *nm*
body-building [bɔdibildiŋ] *nm (pl body-buildings)*
boësse ou **boesse** *nf*
boët(t)e ou **boitte** *nf*
bœuf [bœf] *au s,* [bø] *au pl nm, adj inv.*
bof *interj*
bog(g)ie [bɔʒi] *nm*
boghead [bɔgɛd] *nm*
boghei ou **boghey** ou **boguet** [bɔgɛ] *nm*
bog(g)ie [bɔʒi] *nm*
bogomile *n*
bogue *nm (informatique) ; nf (enveloppe de châtaigne)*
boguet ou **boghei** ou **boghey** *nm*
bohème [bɔɛm] *adj, n*
bohémien, enne *adj, n*
boille [bɔj] ou **bouille** *nf*
boire *vt* C65
boire *nm*
bois *nm*
boisage *nm*
boisé, e *adj*
boisement *nm*
boiser *vt*
boiserie *nf*
boiseur *nm*
boisseau *nm*
boisselée *nf*
boisselier *nm*
boissellerie *nf*
boisson *nf*
boîte *nf*
boitement *nm*
boiter *vi*
boiterie *nf*
boiteux, euse *adj, n*
boîtier *nm*
boitillant, e *adj*
boitillement *nm*
boitiller *vi*
boiton *nm*
boit-sans-soif *n inv.*
boitte ou **boët(t)e** *nf*
bol *nm*
bolchevik *n*
bolchevique *adj*
bolchevisme *nm*
bolcheviste *adj, n*
boldo *nm*
bolduc [-dyk] *nm*
bolée *nf*
boléro *nm*
bolet *nm*
bolide *nm*
bolier ou **boulier** *nm*
bolivar *nm (pl bolivares)*
boliviano *nm*
bolivien, enne *adj, n*
bollandiste *nm*
bollard *nm*
bolo(g)nais, e *adj, n*
bolomètre *nm*
bolométrique *adj*
bolo(g)nais, e *adj, n*
bombacée *nf*
bombage *nm*
bombagiste *nm*
bombance *nf (fam.)*

bombarde *nf*
bombardement *nm*
bombarder *vt*
bombardier *nm*
bombardon *nm*
bombe *nf*
bombé, e *adj*
bombement *nm*
bomber *vt, vi, vpr*
bombyx [-biks] *nm*
bôme *nf (marine)*
bômé, e *adj*
bon, bonne *adj*
bon *adv, interj*
bon *nm (billet)*
bonace *nf*
bonapartisme *nm*
bonapartiste *adj, n*
bonasse *adj (fam.)*
bonasserie *nf*
bonbon *nm*
bonbonne *nf*
bonbonnière *nf*
bon-chrétien *nm* *(pl bons-chrétiens)*
bond *nm (saut)*
bonde *nf*
bondé, e *adj*
bondelle *nf*
bondérisation *nf*
bondérisé, e *adj*
bondieusard, e *adj* *(fam.)*
bondieuserie *nf*
bondir *vi*
bondissant, e *adj*
bondissement *nm*
bondon *nm*
bondrée *nf*
bonellie *nf*
bon enfant *adj inv.*
bongo *nm*
bonheur *nm*
bonheur-du-jour *nm* *(pl bonheurs-du-jour)*
bonhomie *nf*
bonhomme *nm* *(pl bonshommes),* *adj m* *(pl bonhommes)*
boni *nm*
bon(n)iche *nf (pop.)*
bonichon *nm (fam.)*
bonification *nf*
bonifier *vt, vpr*
boniment *nm*
bonimenter *vi*
bonimenteur, euse *n*
bonisseur *nm*
bonite *nf*
bonjour *nm*
bon marché *adj inv.*
bonne *nf*
bonne-dame *nf* *(pl bonnes-dames)*
bonne femme *nf* *(pl bonnes femmes)*
bonne-maman *nf* *(pl bonnes-mamans)*
bonnement *adv*
bonnet *nm*
bonneteau *nm*
bonneterie [bɔn(ɛ)tri] *nf*
bonneteur *nm*
bonnetier, ère *n*
bonnette *nf*
bon(n)iche *nf (pop.)*
bon-papa *nm* *(pl bons-papas)*
bonsaï ou bonzaï *(Ac.)* [bɔ̃nzaj] *nm*
bonsoir *nm*
bonté *nf*
bonus [-nys] *nm*
bonus-malus [bonysmalys] *nm*
bonzaï *(Ac.)* ou bonsaï [bɔ̃nzaj] *nm*
bonze, bonzesse *nf*
bonzerie *nf*
boogie-woogie [bugiwugi] *nm* *(pl boogie-woogies)*
bookmaker [bukmɛkœr] *nm*
booléen, enne [buleɛ̃, ɛn] ou boolien, enne [buljɛ̃, ɛn] *adj*
boom [bum] *nm* *(hausse)*
boomerang [bumrɑ̃g] *nm*
booster [bustœr] *nm*
bootlegger [butlegœr] *nm*
boots [buts] *nm pl*
bop ou be-bop [bibɔp] *nm inv.*
boqueteau *nm*
bora *nf*
bor(a)in, e *adj, n*
borane *nm*
borassus [-sys] ou borasse *nm*
borate *nm*
boraté, e *adj*
borax *nm*
borborygme *nm*
bord *nm (limite)*
bordage *nm*
borde *nf*
bordé *nm*
bordeaux *nm, adj inv.*
bordée *nf*
bordel *nm*
bordelais, e *adj, n*
bordelaise *nf*
bordélique *adj (pop.)*
border *vt*
bordereau *nm*
borderie *nf*
borderline [bɔrdərlajn] *nm inv.*
bordier, ère *adj*
bordigue *nf*
bordure *nf*
bore *nm (chimie)*
boréal, e, als ou aux *adj*
borée *nm*
borgne *adj, n*
bor(a)in, e *adj, n*
borie *nf*
borique *adj*
boriqué, e *adj*
bornage *nm*
borne *nf*
borné, e *adj*
borne-fontaine *nf* *(pl bornes-fontaine)*
borner *vt, vpr*

bornoyer *vi, vt* C16
borosilicate *nm*
borraginacée *nf*
borréliose *nf*
bort [bɔr] *nm (diamant)*
bortsch [bɔrtʃ] *nm*
boruration *nf*
borure *nm*
bo(s)chimans *nm pl*
bosco *nm*
boscot, otte *adj, n (pop.)*
boskoop [bɔskɔp] *nf*
bosniaque ou **bosnien, enne** *adj, n*
boson *nm*
bosquet *nm*
boss *nm inv. (pop.)*
bossage *nm*
bossa-nova *nf (pl bossas-novas)*
bosse *nf*
bosselage *nm*
bosseler *vt* C10
bossellement *nm*
bosselure *nf*
bosser *vt (marine); vi (travailler, fam.)*
bossette *nf*
bosseur, euse *adj, n*
bossoir *nm*
bossu, e *adj, n*
bossuer *vt*
boston [bɔstɔ̃] *nm*
bostonner *vi*
bostryche [bɔstriʃ] *nf*
bot, e [bo, ɔt] *adj*
botanique *nf, adj*
botaniste *n*
bothriocéphale *nm*
botrytis [-tis] *nm*
botswanais, e *adj, n*
botte *nf*
bottelage *nm*
botteler *vt* C10
botteleur, euse *adj, n*
botteleuse *nf*
botter *vt, vpr*
botteur *nm*
bottier *nm*
bottillon *nm*
bottin *nm*
bottine *nf*
botulique ou **botulinique** *adj*
botulisme *nm*
boubou *nm*
boubouler *vi*
bouc [buk] *nm*
boucage *nm*
boucan *nm*
boucanage *nm*
boucaner *vt, vi*
boucanier *nm*
boucau *nm (pl boucaux* [entrée d'un port]*)*
boucaud ou **boucot** *nm (crevette)*
boucaut *nm (futaille)*
bouchage *nm*
bouchain *nm*
boucharde *nf*
boucharder *vt*
bouche *nf*
bouché, e *adj*
bouche-à-bouche *nm inv.*
bouchée *nf*
bouche-pores *nm inv.*
boucher *vt, vpr*
boucher, ère *n*
boucherie *nf*
bouche-trou *nm (pl bouche-trous)*
bouchoir *nm*
boucholeur ou **bouchoteur** *nm*
bouchon *nm*
bouchonnage *nm*
bouchonné, e *adj*
bouchonnement *nm*
bouchonner *vt, vi*
bouchonnier *nm*
bouchot [-ʃo] *nm*
bouchoteur ou **boucholeur** *nm*
bouclage *nm*
boucle *nf*
bouclé, e *adj*
bouclement *nm*
boucler *vt, vi*
bouclette *nf*
bouclier *nm*
boucot ou **boucaud** *nm (crevette)*
bouddha *nm*
bouddhique *adj*
bouddhisme *nm*
bouddhiste *adj, n*
bouder *vi, vt, vpr*
bouderie *nf*
boudeur, euse *adj, n*
boudin *nm*
boudinage *nm*
boudine *nf*
boudiné, e *adj*
boudiner *vt, vpr*
boudineuse *nf*
boudoir *nm*
boue *nf (terre détrempée)*
bouée *nf*
boueux, euse *adj*
boueux ou **boueur** *nm*
bouffant, e *adj*
bouffarde *nf (fam.)*
bouffe *adj (opéra)*
bouffe *nf (nourriture; pop.)*
bouffée *nf*
bouffer *vi, vt, vpr*
bouffetance *nf (pop.)*
bouffette *nf*
bouffi, e *adj*
bouffir *vt, vi*
bouffissage *nm*
bouffissure *nf*
bouffon, onne *adj, nm*
bouffonnement *adv*
bouffonner *vi*
bouffonnerie *nf*
bougainvillée *nf* [-vile] ou **bougainvillier** [-vilje] *nm*
bouge *nm*
bougeoir *nm*
bougeotte *nf (fam.)*
bouger *vi, vt, vpr* C7
bougie *nf*

bougnat [buɲa] *nm (pop.)*
bougnoul(e) *nm (pop.)*
bougon, onne *adj, n*
bougonnement *nm*
bougonner *vi*
bougran *nm*
bougre, esse *n*
bougre *interj*
bougrement *adv (fam.)*
bougrerie *nf*
boui-boui *nm (pl bouis-bouis ; pop.)*
bouif *nm (arg.)*
bouillabaisse *nf*
bouillant, e *adj*
bouillasse *nf (fam.)*
bouille *nf (visage ; fam.)*
bouille ou boille [bɔj] *nf (mesure de capacité)*
bouillée *nf*
bouilleur *nm*
bouilli, e *adj, nm*
bouillie *nf*
bouillir *vi, vt* C22
bouillissage *nm*
bouilloire *nf*
bouillon *nm*
bouillon-blanc *nm (pl bouillons-blancs)*
bouillonnant, e *adj*
bouillonné *nm*
bouillonnement *nm*
bouillonner *vi, vt*
bouillotte *nf*
bouillotter *vi*
boujaron *nm*
boulaie *nf*
boulange *nf*
boulanger, ère *n*
boulanger *vi, vt* C7
boulangerie *nf*
boulangisme *nm*
boulangiste *adj, n*
boulant *nm*
boulbène *nf*
boulder [-dɛr] *nm*
boule *nf (objet)*
boulê *nf s*
boulé *nm*
bouleau *nm (arbre)*
boule-de-neige *nf (pl boules-de-neige* [obier]*)*
bouledogue *nm*
bouler *vi, vt*
boulet *nm*
bouletage *nm*
bouleté, e *adj*
boulette *nf*
boulevard *nm*
boulevardier, ère *adj, nm*
bouleversant, e *adj*
bouleversement *nm*
bouleverser *vt*
boulier ou bolier *nm* (filet)
boulier *nm* (calcul)
boulimie *nf*
boulimique *adj, n*
boulin *nm*
bouline *nf*
bouliner *vt*
boulingrin [bulɛ̃grɛ̃] *nm*
boulinier, ère *adj, nm*
boulisme *nm*
bouliste *n*
boulle *nm inv. (meuble)*
boulochage *nm*
boulocher *vi*
boulodrome *nm*
bouloir *nm*
boulomane *n*
boulon *nm*
boulonnage *nm*
boulonnais, e *adj, n*
boulonner *vt, vi*
boulonnerie *nf*
boulot, otte *adj, n*
boulot *nm, adj inv. (travail ; pop.)*
boulotter *vt, vi (pop.)*
boum *nm (bruit) ; nf (surprise-partie)*
boum *interj*
boumer *vi (pop.)*
bouque *nf*
bouquet [-kɛ] *nm*
bouqueté, e *adj*
bouquetière *nf*
bouquetin *nm*
bouquin *nm*
bouquiner *vi, vt*
bouquinerie *nf*
bouquineur, euse *n*
bouquiniste *n*
bouracan *nm*
bourbe *nf*
bourbeux, euse *adj*
boubier *nm*
bourbillon *nm*
bourbon *nm*
bourbonien, enne *adj*
bourbonnais, e *adj, n*
bourdaine *nf*
bourdalou *nm*
bourde *nf (fam.)*
bourdillon *nm*
bourdon *nm*
bourdonnant, e *adj*
bourdonnement *nm*
bourdonner *vi*
bourg [bur] *nm (agglomération)*
bourgade *nf*
bourgeois, e *adj, n*
bourgeoisement *adv*
bourgeoisial, e, aux *adj*
bourgeoisie *nf*
bourgeon *nm*
bourgeonnant, e *adj*
bourgeonnement *nm*
bourgeonner *vi*
bourgeron *nm*
bourgmestre [burgmɛstr] *nm*
bourgogne *nm*
bourgueil *nm*
bourguignon, onne *adj, n*
bourlinguer *vi*
bourlingueur, euse *adj, n (fam.)*
bourrache *nf*
bourrade *nf*
bourrage *nm*
bourras [-ra] *nm*

bourrasque *nf*
bourratif, ive *adj (fam.)*
bourre *nf (déchet); nm (policier; arg.)*
bourré, e *adj*
bourreau *nm*
bourrée *nf*
bourrelé, e *adj*
bourrèlement *nm*
bourreler *vt* C10
bourrelet *nm*
bourrelier *nm*
bourrelle *nf*
bourrellement *nm*
bourrellerie *nf*
bourrer *vi, vt, vpr*
bourrette *nf*
bourriche *nf*
bourrichon *nm (pop.)*
bourricot *nm (fam.)*
bourride *nf*
bourrin *nm (fam.)*
bourrique *nf (fam.)*
bourriquet *nm*
bourroir *nm*
bourru, e *adj, n*
bourse *nf*
bourse-à-pasteur *nf (pl bourses-à-pasteur)*
boursicotage *nm*
boursicoter *vi*
boursicoteur, euse *adj, n*
boursicotier, ière *adj, n*
boursier, ère *adj, n*
boursouflage *nm*
boursouflé, e *adj*
boursouflement *nm*
boursoufler *vt, vpr*
boursouflure *nf*
bouscueil [buskœj] *nm*
bousculade *nf*
bousculer *vt, vpr*
bouse *nf*
bouseux *nm (fam.)*
bousier *nm*
bousillage [-zijaʒ] *nm (fam.)*
bousiller [-zije] *vt, vi (fam.)*
bousilleur, euse [-zijœr] *n (fam.)*
bousin *nm*
bousingot *nm*
boussole *nf*
boustifaille *nf (pop.)*
boustrophédon [-dɔ̃] *nm*
bout *nm (extrémité)*
boutade *nf*
boutargue ou **poutargue** *nf*
bout-dehors *nm (pl bouts-dehors)*
bouté, e *adj*
boutefas [-fa] *nm*
boute-en-train *nm inv.*
boutefeu *nm (pl boutefeux)*
boute-hors *nm inv.*
bouteille *nf*
bouteiller ou **boutillier** *nm*
bouteillerie *nf*
bouteillon *nm*
bouter *vt*
bouterolle *nm*
bouteroue *nf*
boute-selle *nm inv.*
bouteur *nm*
bouthéon *nm*
boutillier ou **bouteiller** *nm*
boutique *nf*
boutiquier, ère *n*
boutis [-ti] *nm*
boutisse *nf*
boutoir *nm*
bouton *nm*
bouton-d'argent *nm (pl boutons-d'argent)*
bouton-d'or *nm (pl boutons-d'or)*
boutonnage *nm*
boutonner *vi, vt, vpr*
boutonnerie *nf*
boutonneux, euse *adj*
boutonnier, ère *n*
boutonnière *nf*
bouton-pression *nm (pl boutons-pression)*
boutre *nm*
bout-rimé *nm (pl bouts-rimés)*
bouturage *nm*
bouture *nf*
bouturer *vi, vt*
bouverie *nf*
bouvet *nm*
bouveter *vt* C10
bouveteuse *nf*
bouvier, ère *n*
bouvillon *nm*
bouvreuil *nm*
bouvril [-il] *nm*
bovarysme *nm*
bovidé *nm*
bovin, e *adj, n*
bovinė *nm*
bowette [bɔvɛt] *nf*
bowling [buliŋ] *nm*
bow-string [bostriŋ] *nm (pl bow-strings)*
bow-window [bowindo] *nm (pl bow-windows)*
box *nm (pl boxes* [compartiment]*)*
box-calf ou **box** *nm (pl inv.* ou *box-calfs)*
boxe *nf (sport)*
boxer *vi, vt*
boxer [bɔksɛr] *nm*
boxer-short *nm (pl boxer-shorts)*
boxeur, euse *n*
box-office *n (pl box-offices)*
boy [bɔj] *nm*
boyard [bɔjar] *nm*
boyau [bwajo] *nm (pl boyaux)*
boyauderie [bwa-] *nf*
boyaudier, ère [bwa-] *n, adj*
boyauter (se) [bwa-] *vpr (pop.)*
boycott ou **boycottage** [bɔj-] *nm*
boycotter [bɔj-] *vt*
boycotteur, euse [bɔj-] *adj, n*

boy-scout [bɔjskut] *nm (pl boy-scouts)*
brabançon, onne *adj, n*
brabant *nm*
bracelet *nm*
bracelet-montre *nm (pl bracelets-montres)*
brachial, e, aux [-kjal] *adj*
brachiation [-kja-] *nf*
brachiocéphalique [-kjɔ-] *adj*
brachiopode [-kiɔ-] *nm*
brachycéphale [-ki-] *adj, n*
brachycéphalie [-ki-] *nf*
brachylogie [-ki-] *nf*
brachy(o)ures [-ki-] *nm pl*
braconnage *nm*
braconner *vi*
braconnier *nm*
braconnière *nf*
bractéal, e, aux *adj*
bractéate *adj*
bractée *nf*
bradage *nm*
bradel (à la) *loc adj, nm*
brader *vt*
braderie *nf*
bradeur, euse *n*
bradycardie *nf*
bradykinésie *nf*
bradype *nm*
bradypsychie [bradipsiʃi] *nf*
braguette *nf*
brahmane *nm*
brahmanique *adj*
brahmanisme *nm*
brahmi *nf s*
brahmine *nf*
brai *nm (résine)*
braie *nf (pantalon)*
braillard, e [brajar, ard] *adj, n*
braille [braj] *nm*
braillement [braj-] *nm*
brailler [braje] *vt, vi*
brailleur, euse [brajœr, øz] *adj, n*
braiment *nm*
brainstorming [brɛnstɔrmiŋ] *nm*
brain-trust [brɛntrœst] *nm (pl brain-trusts)*
braire *vi* C58
braisage *nm*
braise *nf*
braiser *vt*
braisette *nf*
braisier *nm*
braisière *nf*
brame *nf (acier)*
brame ou **bramement** *nm (cri)*
bramer *vi*
bramine *nm*
bran ou **bren** [brɛ̃] *nm*
brancard *nm*
brancarder *vt*
brancardier *nm*
branchage *nm*
branche *nf*
branché, e *adj, n*
branchement *nm*
brancher *vt, vi, vpr*
branchette *nf*
branchial, e, aux [-ʃjal] *adj*
branchie [-ʃi] *nf*
branchiopode [-ʃi-] *nm*
branchu, e *adj*
brandade *nf*
brande *nf*
brandebourg [-bur] *nm*
brandebourgeois, e *adj, n*
brandevin *nm*
brandevinier *nm*
brandir *vt*
brandon *nm*
brandonner *vt*
brandy *nm*
branlant, e *adj*
branle *nm*
branle-bas *nm inv.*
branlement *nm*
branler *vi, vt, vpr*
branquignol *nm (pop.)*
braquage *nm*
braque *adj, nm*
braquemart *nm*
braquement *nm*
braquer *vt, vi, vpr*
braquet [-kɛ] *nm*
braqueur *nm*
bras [bra] *nm*
brasage *nm*
braser *vt*
brasero [brazero] *nm*
brasier *nm*
brasillement *nm*
brasiller [-zije] *vi*
bras-le-corps (à) *loc adv*
brasque *nf*
brasquer *vt*
brassage *nm*
brassard *nm*
brasse *nf*
brassée *nf*
brasser *vt*
brasserie *nf*
brasseur, euse *n*
brassiage *nm*
brassière *nf*
brassin *nm*
brassoir *nm*
brasure *nf*
bravache *adj, nm*
bravade *nf*
brave *adj, n*
bravement *adv*
braver *vt*
bravissimo *interj*
bravo *interj, nm*
bravoure *nf*
brayer [brɛje] *nm*
brayer [brɛje] *vt* C15
break [brɛk] *nm*
breakfast [brɛkfəst] *nm*
brebis *nf*
brèche *nf*
brèche-dent *adj inv., n inv.*
bréchet [-ʃe] *nm*
bredouillage *nm*
bredouillant, e *adj*
bredouille *adj, nf*

bredouillement *nm*
bredouiller *vi, vt*
bredouilleur, euse *adj, n*
bredouillis [-duji] *nm*
bref, ève *adj, nm*
bref *adv, interj*
bregma *nm*
bregmatique *adj*
bréhaigne *adj*
breitschwanz [brɛtʃvɑ̃ts] *nm*
brelan *nm*
brelander *vi*
brelandier, ère *n*
brêler *vt*
brelle *nf*
breloque *nf*
brème *nf*
bren [brɛ̃] ou **bran** *nm*
bréneux, euse *adj*
brésil [-zil] *nm*
brésilien, enne *adj, n*
brésiller [-zije] *vt, vi, vpr*
brésillet [-zijɛ] *nm*
bressan, e *adj, n*
brestois, e *adj, n*
bretauder *vt*
bretèche ou **bretesse** *nf*
bretelle *nf*
bretessé, e *adj*
breton, onne *adj, n*
bretonnant, e *adj*
brette *nf*
bretter ou **bretteler** *vt* C10
bretteur *nm*
bretzel [brɛtzɛl] *nm*
breuil *nm*
breuvage *nm*
brève *nf*
brevet [-vɛ] *nm*
brevetable *adj*
breveté, e *adj, n*
breveter *vt* C9
bréviaire *nm*
bréviligne *adj*
brévité *nf*
briard, e *adj, n*
bribe *nf*
bric-à-brac [brikabrak] *nm inv.*
bricelet *nm*
bric et de broc (de) *loc adv*
brick *nm (voilier)*
brick-goélette *nm (pl bricks-goélettes)*
bricolage *nm*
bricole *nf*
bricoler *vi, vt*
bricoleur, euse *n*
bricolier *nm*
bride *nf*
bridé, e *adj*
brider *vt*
bridge *nm*
bridger *vi* C7
bridgeur, euse *n*
bridon *nm*
brie *nm (fromage); nf (barre)*
briefer [brife] *vt (renseigner; fam.)*
briefing [brifiŋ] *nm*
brièvement *adv*
brièveté *nf*
briffer *vt, vi (manger; pop.)*
brigade *nf*
brigadier *nm*
brigadier-chef *nm (pl brigadiers-chefs)*
brigand *nm*
brigandage *nm*
brigandine *nf*
brigantin *nm*
brigantine *nf*
brigue *nf*
briguer *vt*
brillamment *adv*
brillance *nf*
brillant, e *adj, nm*
brillantage *nm*
brillanté *nm*
brillanter *vt*
brillanteur *nm*
brillantine *nf*
brillantiner *vt*
briller *vi*
brimade *nf*
brimbale ou **bringuebale** *nf*
brimbalement *nm*
brimbaler ou **bringuebaler** ou **brinquebaler** *vt, vi (fam.)*
brimbelle *nf*
brimborion *nm*
brimer *vt*
brin *nm*
brinde *nf*
brindezingue *adj, n (pop.)*
brindille *nf*
brinell [brinɛl] *nm*
bringé, e *adj*
bringeure [brɛ̃ʒyr] *nf*
bringue *nf (pop.)*
bringuebalant, e *adj*
bringuebale ou **brimbale** *nf*
bringuebaler ou **brinquebaler** ou **brimbaler** *vt, vi (fam.)*
brio *nm*
brioche *nf*
brioché, e *adj*
briochin, e *adj, n*
brion *nm*
brique *nf (matériau), adj inv.*
briquer *vt*
briquet *nm*
briquetage *nm*
briqueter *vt* C10
briqueterie [brikt(ə)ri ou -kɛtri] *nf*
briqueteur *nm*
briquetier *nm*
briquette *nf*
bris [bri] *nm (de briser)*
brisance *nf*
brisant, e *adj, nm*
briscard *(Ac.)* ou **brisquard** *nm (fam.)*
brise *nf (vent)*
brisé, e *adj, nm*

brise-béton *nm inv.*
brise-bise *nm inv.*
brise-copeaux *nm inv.*
brisées *nf pl*
brise-fer *nm inv.*
brise-glace *nm inv.*
brise-jet *nm inv.*
brise-lames *nm inv.*
brisement *nm*
brise-mottes *nm inv.*
briser *vt, vi, vpr*
brise-soleil *nm inv.*
brise-tout *nm inv.*
briseur, euse *n*
brise-vent *nm inv.*
brisis [-zi] *nm*
briska *nm*
brisoir *nm*
brisquard ou **briscard** *(Ac.)* [-ar] *nm (fam.)*
brisque *nf*
bristol *nm*
brisure *nf*
britannique *adj, n*
brittonique *adj, nm*
brize *nf (herbe)*
broc [bro] *nm*
brocantage *nm*
brocante *nf*
brocanter *vi, vt*
brocanteur, euse *n*
brocard *nm (moquerie, animal)*
brocarder *vt*
brocart *nm (étoffe)*
brocatelle *nf*
broccio [brɔtʃio] ou **bruccio** [bru-] *nm*
brochage *nm*
brochant, e *adj*
broche *nf*
broché *nm (étoffe)*
brochée *nf (de broche)*
brocher *vt*
brochet [-ʃɛ] *nm (poisson)*
brocheter *vt* C10
brocheton *nm*
brochette *nf*
brocheur, euse *n*
brochoir *nm*
brochure *nf*
brocoli *nm*
brodequin *nm*
broder *vi, vt*
broderie *nf*
brodeur, euse *n*
broie *nf*
broiement *nm*
broker [brɔkœr] *nm*
bromate *nm*
brome *nm*
bromé, e *adj*
broméliacée *nf*
bromhydrique *adj*
bromique *adj*
bromisme *nm*
bromocriptine *nf*
bromoforme *nm*
bromure *nm*
bronca *nf*
bronche *nf*
bronch(i)ectasie [brɔ̃ʃ(j)ɛktazi] *nf*
broncher *vi*
bronchiole [-ʃjɔl] *nf*
bronchique [-ʃik] *adj*
bronchite [-ʃit] *nf*
bronchiteux, euse [-ʃit-] *adj, n*
bronchitique [-ʃit-] *adj, n*
broncho-dilatateur, trice [-kɔ-] *adj (pl broncho-dilatateurs, trices)*
bronchographie [-kɔ-] *nf*
broncho-pneumonie [-kɔ-] *nf (pl broncho-pneumonies)*
broncho-pneumopathie [-kɔ-] *nf (pl broncho-pneumopathies)*
bronchorrhée [-kɔ-] *nf*
bronchoscope [-kɔ-] *nm*
bronchoscopie [-kɔ-] *nf*
brontosaure *nm*
bronzage *nm*
bronzant, e *adj*
bronze *nm*
bronzé, e *adj*
bronzer *vt, vi, vpr*
bronzeur, euse *n*
bronzier *nm*
brook [bruk] *nm*
broquelin *nm*
broquette *nf*
brossage *nm*
brosse *nf*
brosser *vt, vpr*
brosserie *nf*
brossier, ère *n*
brou *nm (enveloppe des noix)*
brouet [bruɛ] *nm*
brouettage *nm*
brouette *nf*
brouettée *nf*
brouetter *vt*
brouhaha *nm*
brouillage *nm*
brouillamini *nm (fam.)*
brouillard *nm*
brouillasse *nf*
brouillasser *vimp*
brouille *nf*
brouillé, e *adj*
brouiller *vt*
brouillerie *nf*
brouilleur *adj, nm*
brouillon, onne *adj, n*
brouillon *nm*
brouillonner *vt*
brouilly *nm*
brouir *vt*
brouissure *nf*
broum *interj*
broussaille *nf*
broussailleux, euse *adj*
broussard *nm (fam.)*
brousse *nf*
broussin *nm*
brout [bru] *nm (pousse)*
broutage *nm*
broutard *nm*
broutement *nm*
brouter *vi, vt*
broutille [-tij] *nf*
brownien, enne [bronjɛ̃, jɛn] *adj*
browning [broniŋ] *nm*

broyage [brwajaʒ] *nm*
broyer [brwaje] *vt* C16
broyeur, euse [brwajœr, øz] *adj, n*
brrr *interj*
bru *nf*
bruant *nm*
bruccio [bru-] ou **broccio** *nm*
brucella ou **brucelle** *nf*
brucelles *nf pl*
brucellose *nf*
bruche *nf*
brucine *nf*
brugnon *nm*
brugnonier *nm*
bruine *nf*
bruiner *vimp*
bruineux, euse *adj*
bruir *vt (textile)*
bruire *vi* C76 *(son)*
bruissage *nm*
bruissant, e *adj*
bruissement *nm*
bruit [brɥi] *nm*
bruitage *nm*
bruiter *vi*
bruiteur, euse *n*
brûlage *nm*
brûlant, e *adj*
brûlé, e *adj, nm*
brûle-bout *nm (pl brûle-bouts)*
brûle-gueule *nm (pl brûle-gueules) (Ac.)* ou *inv.*
brûle-parfum(s) *nm (pl brûle-parfums)*
brûle-pourpoint (à) *loc adv*
brûler *vt, vi, vpr*
brûlerie *nf*
brûle-tout *nm inv.*
brûleur, euse *adj, nm*
brûlis [-li] *nm*
brûloir *nm*
brûlot *nm*
brûlure *nf*
brumaire *nm*
brumal, e, aux *adj*
brumasse *nf*
brumasser *vimp*
brume *nf*
brumer *vimp*
brumeux, euse *adj*
brumisateur *nm*
brun, e *adj, n*
brunante *nf*
brunâtre *adj*
brunch [brœntʃ] *nm (pl brunch(e)s)*
brune *nf*
brunelle *nf*
brunet, ette *adj, n*
bruni *nm*
brunir *vt, vi*
brunissage *nm*
brunissement *nm*
brunisseur, euse *n*
brunissoir *nm*
brunissure *nf*
brushing [brœʃiŋ] *nm*
brusque *adj*
brusquement *adv*
brusquer *vt*
brusquerie *nf*
brut, e [bryt] *adj*
brut [bryt] *adv*
brutal, e, aux *adj, n*
brutalement *adv*
brutaliser *vt*
brutalisme *nm*
brutalité *nf*
brute *nf*
brution [-sjɔ̃] *nm*
bruxellois, e [-sɛ-] *adj, n*
bruxomanie *nf*
bruyamment *adv*
bruyant, e *adj*
bruyère [bryjɛr ou brɥijɛr] *nf*
bryologie *nf*
bryon *nm*
bryone *nf*
bryophyte *nf*
bryozoaire *nm*
buanderie *nf*
buandier, ère *n*
bubale *nm*
bubon *nm*
bubonique *adj*
buccal, e, aux *adj*
buccin [byksɛ̃] *nm*
buccinateur [byksi-] *nm*
bucco-dentaire *adj (pl bucco-dentaires)*
bucco-génital, e, aux *adj*
bucentaure *nm*
bucéphale *nm*
bûche *nf*
bûcher *nm*
bûcher *vt, vi (fam.)*
bûcheron, onne *n*
bûchette *nf*
bûcheur, euse *n (fam.)*
bucolique *adj, nf*
bucrane *nm*
budget [bydʒɛ] *nm*
budgétaire *adj*
budgéter *vt* C11
budgétisation *nf*
budgétiser *vt*
budgétivore *adj, n (fam.)*
buée *nf*
buffet [-fɛ] *nm*
buffetier, ère *n*
bufflage *nm*
buffle *nm*
buffler *vt*
bufflesse *nf*
buffleterie *nf*
buffletin *nm*
bufflon *nm*
bufflonne *nf*
bug [bœg] *nm*
bugle *nf (plante)* ; *nm (instrument de musique)*
buglosse *nf*
bugne *nf*
bugrane *nf*
building [bildiŋ] *nm*
buire *nf*
buis [bɥi] *nm*
buisson *nm*
buisson-ardent *nm (pl buissons-ardents)*
buissonner *vi*

buissonneux, euse *adj*
buissonnier, ère *n*
bulb [bœlb ou bylb] *nm (marine)*
bulbaire *adj*
bulbe *nm (organe végétal)*
bulbeux, euse *adj*
bulbiculture *nf*
bulbille [-bij] *nm*
bulgare *adj, n*
bulge *nm*
bullaire *nm*
bull dog [buldɔg] *nm*
bulldozer [byldɔzɛr] *nm*
bulle *nf (globule)*
bulle *nm, adj inv. (papier)*
bullé, e *adj*
buller *vi*
bulletin *nm*
bulletin-réponse *nm (pl bulletins-réponses)*
bulleux, euse *adj*
bull-finch [bulfinʃ] *nm (pl bull-finches)*
bullionisme *nm*
bull-terrier [bultɛrje] *nm (pl bull-terriers)*
bulot *nm*
bun [bœn] *nm*
buna *nm*
bungalow [bœ̃galo] *nm*
bunker [bunkœr] *nm*
bunraku [bunraku] *nm*
bupreste *nm*
buraliste *n*
bure *nm (puits de mine); nf (étoffe)*
bureau *nm*
bureaucrate *n*
bureaucratie [-si] *nf*
bureaucratique *adj*
bureaucratisation *nf*
bureaucratiser *vt*
bureautique *nf*
burèle ou burelle *nf*
burelé, e *adj*
burelle ou burèle *nf*
burette *nf*
burgau *nm (pl burgaux)*
burgaudine *nf*
burgrave *nm*
burgraviat [vja] *nm*
burin *nm*
burinage *nm*
buriné, e *adj*
buriner *vt*
burineur *nm*
burkinabé *adj inv., n inv.*
burkinais, e *adj, n*
burlat [-la] *nf*
burlesque *adj, nm*
burlesquement *adv*
burlingue *nm (pop.)*
burnous [-nu(s)] *nm*
buron *nm*
bus [bys] *nm*
busard *nm*
busc [bysk] *nm*
buse *nf*
bush [buʃ] *nm (pl bushes)*
bushido [buʃido] *nm inv.*
business [biznɛs] *nm inv.*
businessman [biznɛsman] *nm (pl businessmen)*
busqué, e *adj*
busquer *vt*
busserole *nf*
buste *nm*
bustier *nm*
but [by(t)] *nm*
butadiène *nm*
butane *nm*
butanier *nm*
bute *nf (instrument)*
buté, e *adj*
butée *nf*
butène *nm*
buter *vi, vt, vpr (appuyer, heurter)*
but(t)er *vt (tuer; arg.)*
buteur *nm (sport)*
butin *nm*
butinage *nm*
butiner *vi, vt*
butineur, euse *adj, n*
butoir *nm (heurtoir)*
butome *nm*
butor, de *n, adj*
buttage *nm*
butte *nf (élévation)*
but(t)er *vt (tuer; arg.)*
butter *vt (entourer d'une butte)*
butteur ou buttoir *nm (charrue)*
butyle *nm*
butylène *nm*
butylique *adj*
butyrate *nm*
butyreux, euse *adj*
butyrine *nf*
butyrique *adj*
butyromètre *nm*
butyrophénone *nf*
buvable *adj*
buvard *nm*
buvée *nf*
buvetier, ère *n*
buvette *nf*
buveur, euse *n*
buvoter *vi (fam.)*
buxacée [byksase] *nf*
bye-bye [bajbaj] ou bye *interj*
by-pass [bajpas] *nm inv.* ou bipasse *nm*
byronien, enne *adj*
byronisme *nm*
byssinose *nf*
byssus [bisys] *nm*
byzantin, e *adj, n*
byzantinisme *nm*
byzantiniste *n*
byzantinologie *nf*
byzantinologue *n*

C

c *nm inv.*
ça *pron dém (fam.)* 16-V
ça *nm inv.*
çà *adv, interj* 16-V
caatinga [kaatinga] *nf*
cab [kab] *nm*
cabale *nf (intrigue)*
cabale ou **kabbale** *nf (science occulte)*
cabaler *vi*
cabaleur, euse *n*
cabaliste ou **kabbaliste** *n*
cabalistique ou **kabbalistique** *adj*
caban *nm*
cabane *nf*
cabanement *nm*
cabaner *vt, vi*
cabanon *nm*
cabaret [-rɛ] *nm*
cabaretier, ère *n*
cabas [-ba] *nm*
cabasset *nm*
cabèche *nf (pop.)*
cabernet [-nɛ] *nm*
cabestan *nm*
cabiai [kabjɛ] *nm*
cabillaud *nm (poisson)*
cabillot *nm (cheville)*
cabin-cruiser [kabinkrɥizœr] *nm (pl cabin-cruisers)*
cabine *nf*
cabinet *nm*
câblage *nm*
câble *nm*
câblé, e *adj, nm*
câbleau ou **câblot** *nm*
câbler *vt*
câblerie *nf*
câbleur, euse *n*
câblier *nm*
câblière *nf*
câbliste *nm*
câblodistribution *nf*
câblogramme *nm*
câblot ou **câbleau** *nm*
cabochard, e *adj, n*
caboche *nf (fam.)*
cabochon *nm*
cabosse *nf*
cabosser *vt*
cabot *nm (caporal, chien ; fam.)*
cabot *nm, adj m (cabotin ; fam.)*
cabotage *nm*
caboter *vi*
caboteur *nm*
cabotier *nm*
cabotin, e *n, adj (fam.)*
cabotinage *nm (fam.)*
cabotiner *vi (fam.)*
caboulot [-lo] *nm (pop.)*
cabrade *nf*
cabrage *nm*
cabrement *nm*
cabrer *vt, vi, vpr*
cabri *nm*
cabriole *nf*
cabrioler *vi*
cabriolet [-lɛ] *nm*
cabrioleur, euse *n, adj*
cab-signal *nm (pl cab-signaux)*
cabus [-by] *adj m*
C.A.C. 40 *nm*
caca *nm*
cacaber [kakabe] *vi*
cacahuète *(Ac.)* [kakawɛt] ou **cacahouète** *nf*
cacao *nm*
cacaoté, e *adj*
cacaoui *nm*
cacaotier ou **cacaoyer** *nm*
cacaotière ou **cacaoyère** *nf*
cacarder *vi*
cacatoès [-tɔɛs] *nm*
cacatois [-twa] *nm*
cachalot [-lo] *nm*
cache *nf (cachette) ; nm (élément cachant une surface)*
caché, e *adj*
cache-brassière *nm inv.*
cache-cache *nm inv.*
cache-col *nm inv.*
cache-corset *nm inv.*
cachectique [kaʃɛktik] *adj, n*
cache-entrée *nm inv.*
cache-flamme *nm inv.*
cachemire *(Ac.)* ou **cashmere** [kaʃmir] *nm*
cache-misère *nm inv.*
cache-nez *nm inv.*
cache-pot *nm inv.*
cache-poussière *nm inv.*
cache-prise *nm inv.*
cacher *vt, vpr*
cache-radiateur *nm inv.*
cachère ou **cas(c)her** ou **kas(c)her** *adj inv.*
cache-sexe *nm inv.*
cachet [-ʃɛ] *nm*
cachetage *nm*
cache-tampon *nm inv.*
cacheter *vt* C10
cachette *nf*
cachexie *nf*
cachot *nm*

cachotter *vt*
cachotterie *nf*
cachottier, ère *adj, n*
cachou *nm*
cachucha [katʃutʃa] *nf*
cacique *nm*
cacochyme [-ʃim] *adj, n*
cacodylate *nm*
cacographe *n*
cacographie *nf*
cacolet [-lɛ] *nm*
cacologie *nf*
cacophonie *nf*
cacophonique *adj*
cacosmie *nf*
cactacée ou **cactée** *nf*
cactus [-tys] *nm*
cadastral, e, aux *adj*
cadastre *nm*
cadastrer *vt*
cadavéreux, euse *adj*
cadavérique *adj*
cadavre *nm*
caddie *(Ac.)* ou **caddy** *nm (pl caddies* [golf]*)*
caddie *nm (chariot)*
cade *nm* ou *nf (Ac.)*
cadeau *nm*
cadenas [-nɑ] *nm*
cadenasser *vt*
cadence *nf*
cadencé, e *adj*
cadencer *vt* C6
cadène *nf*
cadenette *nf*
cadet, ette [dɛ, dɛt] *adj, n*
cadi *nm (juge musulman)*
cadjin ou **cajun** [kaʒɛ̃] *adj, n*
cadmiage *nm*
cadmie *nf*
cadmier *vt*
cadmium [-jɔm] *nm*
cadogan ou **catogan** *nm*
cadrage *nm*
cadran *nm (surface graduée)*
cadrat [-dra] *nm*
cadratin *nm*
cadrature *nf*
cadre *nm*
cadrer *vi, vt*
cadreur, euse *n*
caduc, uque *adj*
caducée *nm*
caducifolié, e *adj*
caducité *nf*
caduque *nf*
cadurcien, enne *adj, n*
cæcal, e, aux [sekal, o] *adj*
cæcum [sekɔm] *nm*
caennais, e [kanɛ, ɛz] *adj, n*
cæsium ou **césium** [sezjɔm] *nm*
CAF *adj inv., adv*
cafard, e *adj, n*
cafardage *nm (fam.)*
cafarder *vi, vt (fam.)*
cafardeur, euse *adj, n (fam.)*
cafardeux, euse *adj (fam.)*
café *nm, adj inv.*
café-concert *nm (pl cafés-concerts)*
caféier *nm*
caféière *nf*
caféine *nf*
caféisme *nm*
caf(e)tan *nm*
cafétéria *nf*
café-théâtre *nm (pl cafés-théâtres)*
cafetier, ère *n*
cafouillage *nm (fam.)*
cafouiller *vi (fam.)*
cafouilleur, euse ou **cafouilleux, euse** *adj, n (fam.)*
cafouillis [-fuji] *nm (fam.)*
cafre *adj, n*
caf(e)tan *nm*
cafter *vi, vt (fam.)*
cafteur, euse *n (fam.)*
cage *nf*
cageot *nm*
cagerotte *nf*
caget [-ʒɛ] *nm*
cagette *nf*
cagibi *nm (fam.)*
cagna *nf (arg.)*
cagnard, e *adj (fam.)*
cagnarder *vi (fam.)*
cagnardise *nf*
cagne ou **khâgne** *nf*
cagneux, euse *adj, n*
cagneux, euse ou **khâgneux, euse** *n, adj (élève ; arg.)*
cagnotte *nf*
cagot, e *adj, n*
cagoterie *nf*
cagou *nm*
cagouille *nf*
cagoulard *nm*
cagoule *nf*
cahier *nm*
cahin-caha *adv*
cahors [kaɔr] *nm*
cahot [kao] *nm (secousse)*
cahotage *nm*
cahotant, e *adj*
cahotement *nm*
cahoter *vt, vi*
cahoteux, euse *adj*
cahute *nf*
caïd [kaid] *nm*
caïeu ou **cayeu** *nm (pl caïeux ou cayeux)*
caillage *nm*
caillasse *nf*
caille *nf*
caillé [kaje] *nm*
caillebotis [-ti] *nm*
caillebotte *nf*
caillebotté, e *adj*
caillebotter *vt*
caille-lait *nm inv.*
caillement *nm*
cailler *vt, vi, vpr*
cailletage *nm (fam.)*
caillette *nf*
cailleteau *nm*

cailleter *vi* C10
caillot [kajo] *nm*
caillou *nm (pl cailloux)*
cailloutage *nm*
caillouter *vt*
caillouteux, euse *adj*
cailloutis [-ti] *nm*
caïman *nm*
caïque *nm*
cairn [kɛrn] *nm*
cairote *adj, n*
caisse *nf*
caisserie *nf*
caissette *nf*
caissier, ère *n*
caisson *nm*
caitya [ʃaitja] *nm*
cajeput [kaʒpy(t)] ou **cajeputier** *nm*
cajoler *vt, vi*
cajolerie *nf*
cajoleur, euse *adj, n*
cajou *nm*
cajun ou **cadjin** [kaʒɛ̃] *adj, n*
cake [kɛk] *nm*
cake-walk [kekwɔk] *nm s*
cal, als *nm (callosité)*
calabrais, e *adj, n*
calade *nf*
caladium [-djɔm] ou **caladion** *nm*
calage *nm*
calaisien, enne *adj, n*
calaison *nf*
cal(a)mar *nm*
calambac [-bak] ou **calambour** *nm (bois)*
calame *nm*
calament *nm*
calaminage *nm*
calamine *nf*
calaminer (se) *vpr*
calamistré, e *adj*
calamistrer *vt*
calamite *nf*
calamité *nf*
calamiteux, euse *adj*
calancher *vi (pop.)*
calandrage *nm*
calandre *nf*
calandrer *vt*
calandreur, euse *n*
calanque *nf*
calao *nm*
cal(e)bombe *nf (arg.)*
calcaire *adj, nm*
calcanéum [-neɔm] *nm*
calcarone [-rɔne] *nm*
calcédoine [-se-] *nf*
calcédonieux, euse *adj*
calcémie [-se-] *nf*
calcéolaire [-se-] *nf*
calcicole *adj*
cal(e)cif *nm (pop.)*
calciférol *nm*
calcification *nf*
calcifié, e *adj*
calcifier (se) *vpr*
calcifuge *adj*
calcin *nm*
calcination *nf*
calciner *vt*
calciothermie *nf*
calciphile *adj*
calciphobe *adj*
calcique *adj*
calcite *nf*
calcitonine *nf*
calcium [-sjɔm] *nm*
calciurie *nf*
calcschiste *nm*
calcul *nm*
calculabilité *nf*
calculable *adj*
calculateur, trice *adj*
calculer *vt, vi*
calculette *nf*
calculeux, euse *adj*
caldarium [-rjɔm] *nm*
caldeira [-dɛ-] *nf*
caldoche *n*
cale *nf (soute, support)*
calé, e *adj (fam.)*
calebasse *nf*
calebassier *nm*
calèche *nf*
cal(e)cif *nm (pop.)*
caleçon *nm*
caleçonnade *nf*
calédonien, enne *adj, n*
cale-étalon *nf (pl cales-étalons)*
caléfaction *nf*
calembour *nm (jeu de mots)*
calembredaine *nf*
calendaire *adj*
calendes *nf pl*
calendrier *nm*
cale-pied *nm (pl cale-pieds)*
calepin *nm*
caler *vt, vi*
cal(e)ter *vi, vpr (pop.)*
calfat [-fa] *nm*
calfatage *nm*
calfater *vt*
calfeutrage *nm*
calfeutrement *nm*
calfeutrer *vt, vpr*
calibrage *nm*
calibre *nm*
calibrer *vt*
calibreur, euse *n*
calice *nm*
caliche *nm*
calicot [-ko] *nm*
calicule *nm*
calier *nm*
califat ou **khalifat** *nm*
calife ou **khalife** *nm*
californien, enne *adj, n*
californium [-njɔm] *nm*
califourchon (à) *loc adv*
câlin, e *adj, n*
câliner *vt*
câlinerie *nf*
calisson *nm*
calla *nf*
calleux, euse *adj*
call-girl [kolgœrl] *nf (pl call-girls)*
calligramme *nm*
calligraphe *n*
calligraphie *nf*
calligraphier *vt, vi*
calligraphique *adj*
callipyge [kalipiʒ] *adj*

callosité *nf*
calmage *nm*
calmant, e *adj, nm*
cal(a)mar *nm*
calme *adj, nm*
calmement *adv*
calmer *vt, vpr*
calmir *vi*
calo *nm (argot espagnol)*
calomel *nm*
calomniateur, trice *n*
calomnie *nf*
calomnier *vt*
calomnieusement *adv*
calomnieux, euse *adj*
caloporteur *adj m, nm*
calorie *nf*
calorifère *adj, nm*
calorification *nf*
calorifique *adj*
calorifuge *adj, nm*
calorifugeage *nm*
calorifuger *vt* C7
calorimètre *nm*
calorimétrie *nf*
calorimétrique *adj*
caloriporteur *adj m*
calorique *adj, nm*
calorisation *nf*
calot [-lo] *nm (coiffure, bille)*
calotin *nm (fam.)*
calotte *nf*
calotter *vt (fam.)*
caloyer, ère [-lɔje, ɛr] *n*
calquage *nm*
calque *nm*
calquer *vt*
cal(e)ter *vi, vpr (arg.)*
calumet *nm*
calva *nm (abrév.)*
calvados [-dos] *nm*
calvadosien, enne *adj, n*
calvaire *nm*
calville [-vil] *nf*
calvinisme *nm*
calviniste *adj, n*
calvitie [-si] *nf*
calypso *nm*
camaïeu [kamajø] *nm (pl camaïeux)*
camail, ails *nm*
camaldule *n*
camarade *n*
camaraderie *nf*
camard, e *adj, n*
camarguais, e *adj, n*
camarilla [-rija] *nf*
cambial, e, aux *adj*
cambiaire *adj*
cambiste *adj, n*
cambium [-bjɔm] *nm*
cambodgien, enne *adj, n*
cambouis [kɑ̃bwi] *nm*
cambrage *nm*
cambré, e *adj*
cambrement *nm*
cambrer *vt, vpr*
cambrésien, enne *adj, n*
cambreur *nm*
cambrien, enne *adj, nm*
cambriolage *nm*
cambriole *nf (pop.)*
cambrioler *vt*
cambrioleur, euse *n*
cambrous(s)ard *nm (pop.)*
cambrous(s)e *nf (pop.)*
cambrure *nf*
cambuse *nf*
cambusier *nm*
came *nf*
camé, e *adj, n (arg.)*
camée *nm*
caméléon *nm*
caméléonesque *adj*
camélia *nm*
camélidé *nm*
cameline ou caméline *nf*
camelle *nf*
camelot [-lo] *nm*
camelote *nf (fam.)*
camembert [-bɛr] *nm*
camer (se) *vpr (arg.)*
caméra *nf*
cameraman [kameraman] *nm (pl cameramen* ou *cameramans)*
camérier *nm*
caméristе *nf*
camerlingue *nm*
camerounais, e *adj, n*
caméscope *nm*
camion *nm*
camion-citerne *nm (pl camions-citernes)*
camionnage *nm*
camionner *vt*
camionnette *nf*
camionneur *nm*
camisade *nf*
camisard *nm*
camisole *nf*
camomille *nf*
camouflage *nm*
camoufler *vt, vpr*
camouflet [flɛ] *nm*
camp [kɑ̃] *nm (campement)*
campagnard, e [-ɲar, ard] *adj, n*
campagne *nf*
campagnol [-ɲɔl] *nm*
campane *nf*
campanien, enne *adj*
campanile *nm*
campanilisme *nm*
campanulacée *nf*
campanule *nf*
campé, e *adj*
campêche *nm*
campement *nm*
camper *vi, vt, vpr*
campeur, euse *n*
camphre *nm*
camphré, e *adj*
camphrer *vt*
camphrier *nm*
campignien, enne *adj, nm*
campine *nf*
camping [kɑ̃piŋ] *nm*
camping-car *nm (pl camping-cars)*

camping-gaz *nm inv.*
campo(s) [kɑ̃po] *nm*
campus [kɑ̃pys] *nm*
camus, e [kamy, yz] *adj*
canada *nf inv.*
canadair *nm*
canadianisme *nm*
canadien, enne *adj, n*
canadienne *nf*
canaille *nf, adj*
canaillerie *nf*
canal, aux *nm*
canaliculaire *adj*
canalicule *nm*
canalisable *adj*
canalisation *nf*
canaliser *vt*
cananéen, enne *adj, n*
canapé *nm*
canapé-lit *nm (pl canapés-lits)*
canaque *(Ac.)* ou **kanak, e** *adj, n*
canar *nm (tube)*
canara ou **kannara** *nm*
canard *nm (oiseau)*
canardeau *nm*
canarder *vt, vi (fam.)*
canardière *nf*
canari *nm*
canasson *nm (pop.)*
canasta *nf*
cancale *nf*
cancan *nm*
cancaner *vi*
cancanier, ère *adj, n*
cancel ou **chancel** *nm*
cancer [-sɛr] *nm*
cancéreux, euse *adj, n*
cancérigène ou **cancérogène** *adj*
cancérisation *nf*
cancériser (se) *vpr*
cancérogène ou **cancérigène** *adj*
cancérogenèse *nf*
cancérologie *nf*
cancérologique *adj*
cancérologue *n*
cancérophobie *nf*
canche *nf*
cancoillote [kɑ̃kɔjɔt] *nf*
cancre *n*
cancrelat [-la] *nm*
cancroïde *nm*
candace *nf*
candela [kɑ̃dela] *nf*
candélabre *nm*
candeur *nf*
candi *adj m*
candida *nm (levure)*
candidat, e [-da, at] *n (postulant)*
candidature *nf*
candide *adj*
candidement *adv*
candidose *nf*
candir *vt, vpr*
candisation *nf*
candomblé *nm*
cane *nf (femelle de canard)*
canéficier *nm*
canepetière *nf*
canéphore *nf*
canepin *nm*
caner *vi (reculer; pop.)*
can(n)er *vi (s'en aller; pop.)*
can(n)etage *nm*
can(n)etière *nf*
caneton *nm*
canette *nf (petite cane)*
can(n)ette *nf (bouteille, bobine)*
canevas [-va] *nm*
canezou *nm*
cange *nf*
cangue *nf*
caniche *nm*
caniculaire *adj*
canicule *nf*
canidé *nm*
canier *nm*
canif *nm*
canin, e *adj*
canine *nf*
can(n)isse *nf*
can(n)issier *nm*
canitie [-si] *nf*
caniveau *nm*
canna *nm*
cannabinacée *nf*
cannabique *adj*
cannabis [-bis] *nm*
cannabisme *nm*
cannage *nm*
cannaie *nf*
canne *nf (bâton)*
canné, e *adj*
canneberge *nf*
cannelas *nm*
cannelé, e *adj*
canneler *vt* C10
cannelier *nm*
cannelle *nf*
cannelloni [kaneloni] *nm (pl inv.* ou *cannellonis)*
cannelure *nf*
canner *vt (garnir le dossier d'un siège)*
can(n)er *vi (s'en aller; pop.)*
can(n)etage *nm*
can(n)etière *nf*
cannetille *nf*
can(n)ette *nf*
canneur, euse *n*
cannibale *adj, n*
cannibalesque *adj*
cannibalique *adj*
cannibaliser *vt*
cannibalisme *nm*
cannisse *nf*
cannissier *nm*
canoë [kanɔe] *nm*
canoéisme *nm*
canoéiste *n*
canoë-kayak *nm (pl canoës-kayaks)*
canon *nm, adj*
cañon ou **canyon** *(Ac.)* [kaɲɔ̃ ou -ɲɔn] *nm*
canonial, e, aux *adj*
canonicat [-ka] *nm*
canonicité *nf*
canonique *adj, nf*
canoniquement *adv*
canonisable *adj*

canonisation *nf*
canoniser *vt*
canoniste *nm*
canonnade *nf*
canonnage *nm*
canonner *vt*
canonnier *nm*
canonnière *nf*
canope *nm*
canot [-no] *nm*
canotage *nm*
canoter *vi*
canoteur, euse *n*
canotier *nm*
canson *nm*
cantabile [kɑ̃tabile] *adv, nm*
cantal, als *nm*
cantaloup [-lu] *nm*
cantate *nf*
cantatille *nf*
cantatrice *nf*
canter [kɑ̃tɛr] *nm*
cantharide *nf*
cantharidine *nf*
cantilène *nf*
cantilever [-ləvər] *adj inv., nm*
cantine *nf*
cantiner *vi*
cantinier, ère *n*
cantique *nm*
canton *nm*
cantonade *nf*
cantonais *nm*
cantonal, e, aux *adj*
cantonné, e *adj*
cantonnement *nm*
cantonner *vt, vi, vpr*
cantonnier *nm*
cantonnière *nf*
cantre *nm*
canulant, e *adj (pop.)*
canular *nm*
canularesque *adj*
canule *nf*
canuler *vt (pop.)*
canut, use [kany, yz] *n*
canyon *(Ac.)* ou **cañon** [kaɲɔ̃ ou -ɲɔn] *nm*
canzone [kɑ̃tsɔne] *nf*
canzonetta *nf*
caodaïsme *nm*
caoua *nm (pop.)*
caouan(n)e [kawan] *nf*
caoutchouc [kautʃu] *nm*
caoutchoutage *nm*
caoutchouter *vt*
caoutchouteux, euse *adj*
C.A.P. [seape] *nm*
cap [kap] *nm (terre, tête)*
capable *adj*
capacimètre *nm*
capacitaire *adj, n*
capacitance *nf*
capacité *nf*
capacitif, ive *adj*
caparaçon *nm*
caparaçonner *vt*
cape *nf (vêtement)*
capéer C14 ou **capeyer** *(Ac.) vi*
capelage *nm*
capelan *nm*
capeler *vt* C10
capelet *nm*
capeline *nf*
capendu *nm*
caper *vt*
C.A.P.E.S. [kapɛs] *nm*
capésien, enne *n (de C.A.P.E.S.)*
capétien, enne [-sjɛ̃, ɛn] *adj, n (dynastie)*
capeyer *(Ac.)* ou **capéer** *vi* C14
capharnaüm [-naɔm] *nm*
cap-hornier [kapɔrnje] *nm (pl cap-horniers)*
capillaire [-lɛr] *adj, nm*
capillarite [-lar-] *nf*
capillarité [-lar-] *nf*
capilliculteur, trice [-li-] *n*
capilliculture [-li-] *nf*
capilotade *nf*
capiston *nm (arg.)*
capitaine *nm*
capitainerie *nf*
capital, e, aux *adj, nm*
capitale *nf*
capitalisable *adj*
capitalisation *nf*
capitaliser *vt, vi*
capitalisme *nm*
capitaliste *adj, n*
capitan *nm*
capitane *adj f, nf*
capitation *nf*
capité, e *adj*
capiteux, euse *adj*
capitole *nm*
capitolin, e *adj*
capiton *nm*
capitonnage *nm*
capitonner *vt*
capitoul *nm*
capitoulat [-la] *nm*
capitulaire *adj, nm*
capitulairement *adv*
capitulant *adj m*
capitulard, e *adj, n (fam.)*
capitulation *nf*
capitule *nm*
capitulé, e *adj*
capituler *vi*
capoc ou **capok** ou **kapok** *nm*
capon, onne *adj, n*
caponner *vt*
caponnière *nf*
caporal, aux *nm*
caporal-chef *nm (pl caporaux-chefs)*
caporaliser *vt*
caporalisme *nm*
capot [-po] *nm*
capot [-po] *adj inv.*
capotage *nm*
capote *nf*
capoter *vt, vi*
cappa (magna) *nf*
cappadocien, enne *adj, n*
cappuccino [kaputʃino] *nm*
câpre *nf*

capricant, e [-kɑ̃, ɑ̃t] *adj*
capriccio [-tʃjo] *nm*
caprice *nm*
capricieusement *adv*
capricieux, euse *adj*
capricorne *nm*
câprier *nm*
caprification *nf*
caprifoliacée *nf*
caprin, e *adj, nm*
capriné *nm*
caprolactame *nm*
capron *nm*
capronnier *nm*
caprylique *adj*
capsage *nm*
capselle *nf*
capside *nf*
capsien, enne *adj, nm*
capsulage *nm*
capsulaire *adj*
capsule *nf*
capsule-congé *nf* *(pl capsules-congés)*
capsuler *vt*
captage *nm*
captal, als *nm*
captateur, trice *n*
captatif, ive *adj*
captation *nf*
captativité *nf*
captatoire *adj*
capter *vt*
capte-suies *nm inv.*
capteur *nm*
captieusement *adv*
captieux, euse [kapsjø, øz] *adj*
captif, ive [kaptif, iv] *adj, n*
captivant, e *adj*
captiver *vt*
captivité *nf*
capture *nf*
capturer *vt*
capuce *nm*
capuche *nf*
capuchon *nm*
capuchonné, e *adj*
capuchonner *vt*
capucin, ine *n*
capucinade *nf*
capulet [-lɛ] *nm*
capverdien, enne *adj, n*
caquage *nm*
caque *nf*
caquelon *nm*
caquer *vt*
caquet [-kɛ] *nm*
caquetage *nm*
caquetant, e *adj*
caquètement *nm*
caqueter *vi* C10
caquette *nf*
car *nm (véhicule)*
car *conj*
carabe *nm*
carabé *nm*
carabidé *nm*
carabin *nm*
carabine *nf*
carabiné, e *adj (fam.)*
carabinier *nm*
carabique *nm*
caracal, als *nm*
caraco *nm*
caracole *nf*
caracoler *vt*
caractère *nm*
caractériel, elle *adj, n*
caractériellement *adv*
caractérisation *nf*
caractérisé, e *adj*
caractériser *vt, vpr*
caractéristique *adj, nf*
caractérologie *nf*
caractérologique *adj*
caracul ou karakul [-kyl] *nm*
carafe *nf*
carafon *nm*
caraïbe *adj, n*
caraïte *adj, n*
carambolage *nm*
carambole *nf*
caramboler *vi, vt*
carambouillage *nm*
carambouille *nf*
carambouilleur, euse *n*
caramel *nm, adj inv.*
caramélé, e *adj*
caramélisation *nf*
caramélisé, e *adj*
caraméliser *vi, vt*
carapace *nf*
carapater (se) *vpr (arg.)*
caraque *nf*
carasse *nf*
carassin *nm*
carat [-ra] *nm*
carate *nm*
caravagesque *adj, n*
caravagisme *nm*
caravagiste *adj, n*
caravanage *nm*
caravane *nf*
caravanier, ère *adj, n*
caravan(n)ing [karavaniŋ] *nm s*
caravansérail, ails *nm*
caravelle *nf*
carbamate *nm*
carbamique *adj*
carbatine *nf*
carbet [-bɛ] *nm*
carbochimie *nf*
carbogène *nm*
carbohémoglobine *nf*
carbon(n)ade *nf*
carbonado *nm*
carbonarisme *nm*
carbonaro *nm* *(pl carbonari)*
carbonatation *nf*
carbonate *nm*
carbonaté, e *adj*
carbonater *vt*
carbone *nm*
carboné, e *adj*
carbonifère *adj, nm*
carbonique *adj*
carbonisage *nm*
carbonisation *nf*
carboniser *vt*
carbonitruration *nf*
carbonitrurer *vt*
carbon(n)ade *nf*
carbonyle *nm*
carbonylé, e *adj*

carborundum [-rɔ̃dɔm] *nm*
carboxyhémoglobine *nf*
carboxylase *nf*
carboxyle *nm*
carboxylique *adj*
carburant *adj m, nm*
carburateur *nm*
carburation *nf*
carbure *nm*
carburé, e *adj*
carburéacteur *nm*
carburer *vt ; vi (pop.)*
carburol [-rɔl] *nm*
carcailler [-kaje] *vi*
carcajou *nm*
carcan *nm*
carcasse *nf*
carcel [karsɛl] *nm*
carcéral, e, aux *adj*
carcinogène *adj*
carcinogenèse *nf*
carcinoïde *adj*
carcinologie *nf*
carcinomateux, euse *adj*
carcinome *nm*
cardage *nm*
cardamine *nf*
cardamome *nf*
cardan *nm*
carde *nf*
cardé, e *adj, nm*
carder *vt*
cardère *nf*
cardeur, euse *n*
cardia *nm*
cardial, e, aux *adj*
cardialgie *nf*
cardiaque *adj*
cardigan *nm*
cardinal, e, aux *adj, nm*
cardinalat [-la] *nm*
cardinalice *adj*
cardiogramme *nm*
cardiographe *nm*
cardiographie *nf*
cardioïde *adj, nf*
cardiologie *nf*
cardiologue *n*
cardiomégalie *nf*
cardiomyopathie *nf*
cardiopathie *nf*
cardio-pulmonaire *adj (pl cardio-pulmonaires)*
cardio-rénal, e, aux *adj*
cardio-respiratoire *adj (pl cardio-respiratoires)*
cardiothyréose *nf*
cardiotomie *nf*
cardiotonique *adj, nm*
cardio-vasculaire *adj (pl cardio-vasculaires)*
cardite *nf*
cardon *nm*
carême *nm*
carême-prenant *nm (pl carêmes-prenants)*
carénage *nm*
carence *nf*
carencer *vt* C6
carène *nf*
caréner *vt* C11
carentiel, elle [karɑ̃sjɛl] *adj*
caressant, e *adj*
caresse *nf*
caresser *vt*
caret [-rɛ] *nm*
carex [-rɛks] *nm*
car-ferry [karferi] *nm (pl car-ferries)*
cargaison *nf*
cargneule [karɲœl] *nf*
cargo *nm*
cargue *nf*
carguer *vt*
cari ou car(r)y ou curry *nm*
cariacou *nm*
cariant, e *adj*
cariatide ou caryatide *nf*
caribéen, enne *adj, n*
caribou *nm*
caricatural, e, aux *adj*
caricature *nf*
caricaturer *vt*
caricaturiste *n*
carie *nf*
carié, e *adj*
carier *vt, vpr*
carieux, euse *adj*
carillon *nm*
carillonné, e *adj*
carillonnement *nm*
carillonner *vi, vt*
carillonneur *nm*
carinate *nm*
carioca *adj, n*
cariste *nm*
cariogène *adj*
caritatif, ive *adj*
carlin *nm*
carline *nf*
carlingue *nf*
carlinguier *nm*
carlisme *nm*
carliste *adj, n*
carmagnole *nf*
carme *nm*
carmel *nm*
carmeline *adj*
carmélite *nf, adj inv.*
carmin *nm, adj inv.*
carminatif, ive *adj*
carminé, e *adj*
carnage *nm*
carnassier, ère *adj, nm*
carnassière *nf*
carnation *nf*
carn(e)au *nm*
carnaval, als *nm*
carnavalesque *adj*
carne *nf (pop.)*
carné, e *adj*
carn(e)au *nm*
carnet [-nɛ] *nm*
carnier *nm*
carnification *nf*
carnivore *adj, nm*
carnotset ou carnotzet [karnɔtzɛ] *nm*
carogne *nf (pop.)*
carole *nf*
carolin *adj, nm*
carolingien, enne *adj*
carolus [-lys] *nm*

caronade *nf*
caroncule *nf*
carotène *nm*
carotide *nf*
carotidien, enne *adj*
carottage *nm*
carotte *nf, adj inv.*
carotter *vt (fam.)*
carotteur, euse *adj, n (fam.)*
carottier, ère *adj, n*
caroube *nf*
caroubier *nm*
carouge *nf*
carpaccio [karpatʃjo] *nm*
carpatique ou **karpatique** *adj*
carpe *nf (poisson); nm (anatomie)*
carpé, e *adj*
carpeau *nm*
carpelle *nm*
carpette *nf*
carpettier *nm*
carpiculture *nf*
carpien, enne *adj*
carpillon *nm*
carpocapse *nf*
carquois *nm*
carrare *nm*
carre *nf (angle)*
carré, e *adj, nm*
carreau *nm*
carrée *nf (arg.)*
carrefour *nm*
carrelage *nm*
carreler *vt* C10
carrelet *nm*
carrelette *nf*
carreleur *nm*
carrément *adv*
carrer *vt, vpr*
carrick *nm*
carrier *nm*
carrière *nf*
carriérisme *nm*
carriériste *n*
carriole *nf*
carrossable *adj*
carrossage *nm*
carrosse *nm*
carrossée *nf*
carrosser *vt*
carrosserie *nf*
carrossier *nm*
carrousel [-zɛl] *nm*
carroyage [karwajaʒ] *nm*
carroyer [karwaje] *vt* C16
carrure *nf*
car(r)y ou **cari** ou **curry** *nm*
cartable *nm*
carte *nf (petit carton)*
cartel *nm*
carte-lettre *nf (pl cartes-lettres)*
cartellisation *nf*
cartelliser *vt*
carter [-tɛr] *nm*
carter *vt*
carte-réponse *nf (pl cartes-réponses)*
carterie *nf*
cartésianisme *nm*
cartésien, enne *adj, n*
carte-vue *nf (pl cartes-vues)*
carthaginois, e *adj, n*
carthame *nm*
cartier *nm (de carte)*
cartilage *nm*
cartilagineux, euse *adj*
cartisane *nf*
cartogramme *nm*
cartographe *n*
cartographie *nf*
cartographier *vt*
cartographique *adj*
cartomancie *nf*
cartomancien, enne *n*
carton *nm*
cartonnage *nm*
cartonné, e *adj*
cartonner *vt*
cartonnerie *nf*
cartonneux, euse *adj*
cartonnier, ère *adj, n*
carton-paille *nm (pl cartons-pailles)*
carton-pâte *nm (pl cartons-pâtes)*
carton-pierre *nm (pl cartons-pierres)*
cartoon [kartun] *nm*
cartophile *n*
cartophiliste *n*
cartophilie *nf*
cartothèque *nf*
cartouche *nf (munition); nm (ornement)*
cartoucherie *nf*
cartouchière *nf*
cartulaire *nm*
carva *adj, nm (arg.)*
carvi *nm*
car(r)y ou **cari** ou **curry** *nm*
caryatide ou **cariatide** *nf*
caryocinèse *nf*
caryodiérèse *nf*
caryogamie *nf*
caryogenèse *nf*
caryologie *nf*
caryolytique *adj, nm*
caryophyllacée *nf*
caryophyllé, e *adj*
caryopse *nm*
caryotype *nm*
cas [kɑ] *nm*
casanier, ère *adj, n*
casaque *nf*
casaquin *nm*
casbah [kazba] *nf*
cascade *nf*
cascader *vi*
cascadeur, euse *n*
cascara *nf*
cascatelle *nf*
cas(c)her ou **kas(c)her** ou **cachère** [kaʃɛr] *adj inv.*
case *nf*
caséation *nf*
caséeux, euse *adj*
caséification *nf*
caséifier *vt, vpr*
caséine *nf*
casemate *nf*
casemater *vt*

caser *vt, vpr*
caseret *nm*
caserette *nf*
caserne *nf*
casernement *nm*
caserner *vt*
casernier *nm*
cash [kaʃ] *adv, nm*
cash and carry [kaʃɛndkari] *nm inv.*
cas(c)her ou **kas(c)her** ou **cachère** [kaʃɛr] *adj inv.*
cash-flow [kaʃflo] *nm (pl cash-flows)*
cashmere [kaʃmir] ou **cachemire** *(Ac.) nm*
casier *nm*
casilleux, euse *adj*
casimir *nm*
casing [keziŋ] *nm*
casino *nm*
casoar *nm*
casque *nm*
casqué, e *adj*
casquer *vt (coiffer); vi (payer; arg.)*
casquette *nf*
casquetterie *nf*
casquettier, ère *n*
cassable *adj*
cassage *nm*
cassant, e *adj*
cassate *nf*
cassation *nf*
cassave *nf*
casse *nf (fruit, récipient, boîte, action de casser); nm (cambriolage; arg.)*
cassé, e *adj, nm*
casseau *nm*
casse-cou *nm inv., adj inv.*
casse-croûte *nm inv. (fam.)*
casse-cul *nm inv., adj inv. (pop.)*
casse-graine *nm inv. (fam.)*
casse-gueule *nm inv., adj inv. (pop.)*
casse-lunettes *nm inv.*
cassement *nm*
casse-noisettes *nm inv.*
casse-noix *nm inv.*
casse-pattes *nm inv. (pop.)*
casse-pieds *n inv., adj inv. (fam.)*
casse-pierres *nm inv.*
casse-pipe *nm inv. (pop.)*
casser *vt, vi, vpr*
casserole *nf*
casserolée *nf*
casse-tête *nm inv.*
cassetin *nm*
cassette *nf*
cassettothèque *nf*
casseur, euse *n, adj*
cassie *nf (acacia)*
cassier *nm*
cassine *nf*
cassis [-sis] *nm (fruit)*
cassis [-si] *nm (dos-d'âne)*
cassitérite *nf*
cassolette *nf*
casson *nm*
cassonade *nf*
cassoulet *nm*
cassure *nf*
castagnettes *nf pl*
caste *nf*
castel *nm*
castelet *nm*
castillan, e [-tijɑ̃, an] *adj, n*
castine *nf*
casting [-stiŋ] *nm*
castor *nm*
castorette *nf*
castoréum [-reɔm] *nm*
castramétation *nf*
castrat [-stra] *nm*
castrateur, trice *adj*
castration *nf*
castrer *vt*
castrisme *nm*
castriste *adj, n*
casuarina *nm*
casuel, elle *adj, nm*
casuiste *nm*
casuistique *nf*
casus belli [kazysbɛlli] *nm inv.*
catabatique *adj*
catabolique *adj*
catabolisme *nm*
catabolite *nm*
catachrèse [-krɛz] *nf*
cataclysmal, e, aux *adj*
cataclysme *nm*
cataclysmique *adj*
catacombe *nf*
catadioptre *nm*
catadioptrique *adj*
catafalque *nm*
cataire ou **chataire** *nf*
catalan, e *adj, n*
catalectique *adj*
catalepsie *nf*
cataleptique *adj, n*
catalogage *nm*
catalogne *nf*
catalogue *nm*
cataloguer *vt*
catalpa *nm*
catalyse *nf*
catalyser *vt*
catalyseur *nm, adj m*
catalytique *adj*
catamaran *nm*
cataphote *nm*
cataplasme *nm*
cataplexie *nf*
cataplectique *adj*
catapultage *nm*
catapulte *nf*
catapulter *vt*
cataracte *nf*
catarhinien *nm*
catarrhal, e, aux *adj*
catarrhe *nm*
catarrheux, euse *adj, n*
catastrophe *nf*
catastrophé, e *adj*

catastropher *vt*
catastrophique *adj*
catastrophisme *nm*
catatonie *nf*
catatonique *adj, n*
cat-boat [katbot] *nm (pl cat-boats)*
catch [katʃ] *nm (pl catch(e)s)*
catcher *vi*
catcheur, euse *n*
catéchèse [-ʃɛz] *nf*
catéchète [-ʃɛt] *nm*
catéchétique *adj*
catéchisation [-ʃi-] *nf*
catéchiser [-ʃi-] *vt*
catéchisme [-ʃism] *nm*
catéchiste [-ʃi-] *n*
catéchistique [-ʃi-] *adj*
catécholamine [-kɔ-] *nf*
catéchuménat [-kymena] *nm*
catéchumène [-kymɛn] *n*
catégorème *nm*
catégoricité *nf*
catégorie *nf*
catégoriel, elle *adj*
catégorique *adj*
catégoriquement *adv*
catégorisation *nf*
catégoriser *vt*
catelle *nf*
caténaire *adj, nf*
catergol *nm*
catgut [katgyt] *nm*
cathare *adj, n*
catharisme *nm*
catharsis [-sis] *nf*
cathartique *adj, nm*
cathédral, e, aux *adj, n*
cathèdre *nf*
catherinette *nf*
cathéter [-tɛr] *nm*
cathétérisme *nm*
cathétomètre *nm*
cathode *nf*
cathodique *adj*
catholicisme *nm*
catholicité *nf*
catholique *adj, n*
catholiquement *adv*
cati *nm (fam.)*
catilinaire *nf*
catimini (en) *loc adv*
catin *nf (fam.)*
cation [katjɔ̃] *nm*
cationique [-tjɔ-] *adj*
catir *vt*
catissage *nm*
catisseur, euse *n*
catissoir *nm*
cat(t)leya [katleja] *nm*
catoblépas [-pas] *nm*
catogan ou **cadogan** *nm*
catoptrique *nf, adj*
cat(t)leya [katleja] *nm*
caucasien, enne *adj, n*
cauchemar *nm*
cauchemarder *vi*
cauchemardesque *adj*
cauchemardeux, euse *adj*
cauchois, e *adj, n*
caudal, e, aux *adj*
caudataire *nm*
caudillo [kawdijo] *nm*
caudrette *nf*
caulescent, e *adj*
cauri(s) [kori(s)] *nm*
causal, e *adj*
causalgie *nf*
causalisme *nm*
causalité *nf*
causant, e *adj*
causatif, ive *adj*
cause *nf*
causer *vt, vi*
causerie *nf*
causette *nf (fam.)*
causeur, euse *adj, n*
causeuse *nf*
causse *nm*
causticité *nf*
caustique *adj, n*
cautèle *nf*
cauteleusement *adv*
cauteleux, euse [kotlø,øz] *adj*
cautère *nm*
cautérisation *nf*
cautériser *vt*
caution [-sjɔ̃] *nf*
cautionnement [-sjɔ-] *nm*
cautionner [-sjɔ-] *vt*
cavaillon *nm*
cavalcade *nf*
cavalcader *vi*
cavalcadour *adj m, nm*
cavale *nf*
cavaler *vi, vt, vpr (pop.)*
cavalerie *nf*
cavaleur, euse *adj, n (pop.)*
cavalier, ère *adj, n*
cavalier *nm*
cavalièrement *adv*
cavatine *nf*
cave *nf (local, fonds); nm (dupe; arg.); adj*
caveau *nm*
cavecé, e *adj*
caveçon *nm*
cavée *nf*
caver *vt, vi*
caverne *nf*
caverneux, euse *adj*
cavernicole *adj, nm*
cavet [-vɛ] *nm*
caviar *nm*
caviardage *nm*
caviarder *vt*
cavicorne *nm*
caviste *n*
cavitaire *adj*
cavitation *nf*
cavité *nf*
cayeu *nm (pl cayeux)*
cazette *nf*
CD *nm inv*
CD-ROM *nm inv.*
ce *pron dém neutre s* 16-VI, VII, VIII
ce ou **cet, cette, ces** *adj dém* 16-VI
céans [seɑ̃] *adv*
cébidé *nm*
cébiste *n*
cebuano *nm s*
ceci *pron dém*

cécidie *nf*
cécilie *nf*
cécité *nf*
cédant, e *adj, n*
céder *vt, vti, vi* C11
cédétiste *adj, n*
cedex [sedeks] *nm inv.*
cédi *nm*
cédille *nf*
cédraie *nf*
cédrat [-ra] *nm*
cédratier *nm*
cèdre *nm*
cédrière *nf*
cédulaire *adj*
cédule *nf*
cégep [seʒɛp] *nm*
cégésimal, e, aux *adj*
cégétiste *adj, n*
ceindre *vt* C43
ceintrage *nm*
ceinturage *nm*
ceinture *nf*
ceinturer *vt*
ceinturon *nm*
cela *pron dém inv.*
céladon *nm, adj inv.*
célastracée *nf*
célébrant *nm*
célébration *nf*
célèbre *adj*
célébrer *vt* C11
celebret [selebrɛt] *nm inv.*
célébrité *nf*
celer [səle] *vt* C9
cèleri ou céleri [sɛlri] *nm (légume)*
célérifère *nm*
célérité *nf*
célesta *nm*
céleste *adj*
célestin *nm*
célibat [-ba] *nm*
célibataire *adj, n*
cella [sɛl(l)a] *nf (pl cellae)*
celle *pron dém f s*
celle-ci *pron dém f s*
celle-là *pron dém f s*
cellérier, ère *n*
celles *pron dém f pl*
celles-ci *pron dém f pl*
celles-là *pron dém f pl*
cellier *nm (local)*
cellophane *nf*
cellular *nm*
cellulaire *adj*
cellulase *nf*
cellule *nf*
celluleux, euse *adj*
cellulite *nf*
cellulitique *adj*
celluloïd *nm*
cellulose *nf*
cellulosique *adj*
celte *adj, n*
celtique *adj, nm*
celtisant, e *adj*
celui *pron dém m s*
celui-ci *pron dém m s*
celui-là *pron dém m s*
cément *nm*
cémentation *nf*
cémenter *vt*
cémentite *nf*
cénacle *nm*
cendre *nf*
cendré, e *adj*
cendrée *nf*
cendrer *vt*
cendreux, euse *adj*
cendrier *nm*
cendrillon *nf*
cène *nf (repas)*
cenelle [sənɛl] *nf*
cenellier *nm*
cénesthésie *nf*
cénesthésique *adj*
cénobite *nm*
cénobitique *adj*
cénobitisme *nm*
cénotaphe *nm*
cénozoïque *adj, nm*
cens [sɑ̃s] *nm (redevance)*
censé, e *adj (présumé)*
censément *adv*
censeur *nm*
censier, ère *adj, n*
censitaire *nm, adj*
censive *nf*
censorat [-ra] *nm*
censorial, e, aux *adj*
censuel, elle *adj*
censurable *adj*
censure *nf*
censurer *vt*
cent [sɑ̃] *adj num, nm* 19-III B, D
cent [sɛnt] *nm (monnaie)*
centaine *nf*
centaure *nm*
centaurée *nf*
centavo [sɛntavo] *nm*
centenaire *adj, n*
centenier *nm*
centennal, e, aux [sɑ̃tɛnal, no] *adj*
centésimal, e, aux *adj*
cent-garde *nm (pl cent-gardes)*
centiare *nm*
centibar *nm*
centième *adj, n*
centigrade *nm*
centigramme *nm*
centilage *nm*
centile *nm*
centilitre *nm*
centime *nm*
centimètre *nm*
centimétrique *adj*
centon *nm (texte constitué d'emprunts)*
centrafricain, e *adj, n*
centrage *nm*
central, e, aux *adj, nm*
centrale *nf*
centralien, enne *n*
centralisateur, trice *adj*
centralisation *nf*
centraliser *vt*
centralisme *nm*
centraliste *n*
centraméricain, e *adj, n*
centration *nf*
centre *nm*
centré, e *adj*

centrer *vt*
centreur *nm*
centre-ville *nm* *(pl centres-villes)*
centrifugation *nf*
centrifuge *adj*
centrifuger *vt* C7
centrifugeur *nm*
centrifugeuse *nf*
centriole *nm*
centripète *adj*
centrisme *nm*
centriste *adj, n*
centromère *nm*
centrosome *nm*
cent-suisse *nm* *(pl cent-suisses)*
centumvir [sɑ̃tɔmvir] *nm*
centumvirat [-ra] *nm*
centuple *adj, nm*
centupler *vt, vi*
centuriate *adj*
centurie *nf*
centurion *nm*
cénure ou **cœnure** [senyr] *nm*
cénurose ou **cœnurose** *nf*
cep [sɛp] *nm (vigne)*
cep ou **sep** [sɛp] *nm* *(pièce de charrue)*
cépage *nm*
cèpe *nm (champignon)*
cépée *nf*
cependant *conj, adv*
cependant que *loc conj*
céphalée *nf*
céphalalgie *nf*
céphalique *adj*
céphalophe *nf*
céphalopode *nm*
céphalo-rachidien, enne *adj (pl céphalo-rachidiens, ennes)*
céphalosporine *nf*
céphalothorax *nm*
céphéide *nf*
cérambycidé *nm*
cérambyx [serɑ̃biks] *nm*
cérame *adj, nm*
céramique *adj, nf*
céramiste *adj, n*
céramographie *nf*
céraste *nm*
cérat [sera] *nm*
céraunie *nf*
cerbère *nm*
cercaire *nf*
cerce [sɛrs] *nf*
cerceau *nm*
cerclage *nm*
cercle *nm*
cercler *vt*
cercopithèque *nm*
cercueil *nm*
cerdagnol, e [-ɲɔl] *adj, n*
cerdan, e *adj, n*
céréale *nf*
céréaliculture *nf*
céréalier, ère *adj, nm*
cérébelleux, euse *adj*
cérébral, e, aux *adj, n*
cérébralité *nf*
cérébro-spinal, e, aux *adj*
cérémoniaire *nm*
cérémonial, e, als *adj, nm*
cérémonie *nf*
cérémoniel, elle *adj*
cérémonieusement *adv*
cérémonieux, euse *adj*
cerf [sɛr] *nm (animal)*
cerfeuil *nm*
cerf-volant [sɛrvɔlɑ̃] *nm* *(pl cerfs-volants)*
cerf-volisme [sɛrvɔlism] *nm (pl cerfs-volismes)*
cerf-voliste [sɛrvɔlist] *(pl cerfs-volistes)*
cérifère *adj*
cerisaie *nf*
cerise *nf, adj inv.*
cerisette *nf*
cerisier *nm*
cérite *nf (de cérium)*
cérit(h)e *nm* *(mollusque)*
cérium [-rjɔm] *nm*
cermet *nm*
cerne *nm*
cerné, e *adj*
cerneau *nm*
cerner *vt*
céroplastique *nf*
cerque *nm*
cers [sɛrs] *nm*
certain, e *adj, adj indéf, pron indéf*
certain *nm*
certainement *adv*
certes *adv*
certificat [-ka] *nm*
certificateur *adj m, nm*
certification *nf*
certifié, e *n, adj*
certifier *vt*
certitude *nf*
céruléen, enne *adj*
cérumen [-mɛn] *nm*
cérumineux, euse *adj*
céruse *nf*
cervaison *nf*
cerveau *nm*
cervelas [-la] *nm*
cervelet [-lɛ] *nm*
cervelle *nf*
cervical, e, aux *adj*
cervicalgie *nf*
cervicite *nf*
cervidé *nm*
cervier *adj m*
cervoise *nf*
ces *adj dém pl* 16-IX
C.E.S. [seœɛs] *nm*
césalpiniacée *nf*
césar *nm*
césarien, enne *adj, nf*
césariser *vt*
césarisme *nm*
césium ou **cæsium** *nm*
cessant, e *adj*
cessation *nf*
cesse *nf s*
cesser *vt, vti, vi*
cessez-le-feu *nm inv.*
cessibilité *nf*
cessible *adj*
cession *nf (abandon)*

cession-bail *nf (pl cessions-bail)*
cessionnaire *n*
c'est-à-dire *loc adv*
ceste *nm*
cestode *nm*
césure *nf*
cet *adj dém m s (employé devant initiale vocalique ou h muet)*
C.E.T. [seœt] *nm*
cétacé *nm*
cétane *nm*
céteau *nm*
cétérach [-rak] *nm*
cétogène *adj*
cétoine *nf*
cétone *nf*
cétonémie *nf*
cétonique *adj*
cétonurie *nf*
cétose *nm (chimie)*; *nf (médecine)*
cette *adj dém f s*
ceux *pron dém m pl*
ceux-ci *pron dém m pl*
ceux-là *pron dém m pl*
cévenol, e *adj, n*
ceylanais, e *adj, n*
C.F.A. [seɛfa] *n, adj*
chabichou *nm*
chable *nm*
chabler *vt*
chablis [-bli] *nm*
chabot *nm*
chabraque *nf*
chabrol [-brɔl] ou **chabrot** [-bro] *nm*
chacal, als *nm*
cha-cha-cha [tʃatʃatʃa] *nm inv.*
chaconne *nf*
chacun, e *pron indéf*
chacunière *nf (fam.)*
chadburn [tʃadbœrn] *nm*
chadouf *nm*
chænichtys [keniktis] *nm*
chafiisme *nm s*
chafouin, e *adj*
chagrin, e *adj, nm*
chagrinant, e *adj*
chagriné, e *adj*
chagriner *vt*
chah ou **shah** *nm (souverain d'Iran)*
chahut *nm*
chahuter *vt, vi*
chahuteur, euse *adj, n*
chai(s) *nm*
chaînage *nm*
chaîne *nf (succession d'anneaux)*
chaîné, e *adj*
chaîner *vt*
chaînetier, ère *n*
chaînette *nf*
chaîneur, euse *n*
chaînier *nm*
chaîniste *n*
chaînon *nm*
chaintre *nm*
chair *nf (viande)*
chaire *nf (tribune)*
chai (s) *nm*
chaise *nf*
chaisier, ère *n*
chaland, e *n (client)*
chaland *nm (bateau)*
chaland-citerne *nm (pl chalands-citernes)*
chalandise *nf*
chalaze [kalaz] *nf*
chalazion [kalazjɔ̃] *nm*
chalcographe [kal-] *nm*
chalcographie [kal-] *nf*
chalcolithique [kal-] *adj, n*
chalcopyrite [kal-] *nf*
chalcosine ou **chalcosite** [kal-] *nf*
chaldéen, enne [kaldeɛ̃, ɛn] *adj, n*
châle *nm*
chal(l)enge [ʃalɑ̃ʒ] *nm*
chalengeur ou **challenger** [tʃalɛndʒœr] *nm*
chalet *nm*
chaleur *nf*
chaleureusement *adv*
chaleureux, euse *adj*
châlit [-li] *nm*
chal(l)enge [-lɑ̃ʒ] *nm*
challenger ou **chalengeur** [tʃalɛndʒœr] *nm*
chaloir *vimp (usité dans peu me chaut)*
chaloupe *nf*
chaloupé, e *adj*
chalouper *vi*
chalumeau *nm*
chalut *nm*
chalutage *nm*
chalutier, ière *adj, nm*
chamade *nf*
chamærops ou **chamérops** [kamerɔps] *nm*
chamaille *nf*
chamailler (se) *vpr*
chamaillerie *nf*
chamailleur, euse *adj, n*
chaman ou **chamane** [ʃamɑ̃, an] *n*
chamanisme *nm*
chamaniste *adj*
chamarrer *vt*
chamarrure *nf*
chambard *nm (fam.)*
chambardement *nm (fam.)*
chambarder *vt (fam.)*
chambellan *nm*
chambellanie *nf*
chambertin *nm*
chamboulement *nm (fam.)*
chambouler *vt (fam.)*
chambranle *nm*
chambre *nf*
chambrée *nf*
chambrer *vt*
chambrette *nf*
chambrier *nm*
chambrière *nf*
chameau *nm*

chamelier *nm*
chamelle *nf*
chamelon *nm*
chamérops ou **chamærops** [kamerɔps] *nm*
chamitique [ka-] *adj*
chamito-sémitique [ka-] *adj (pl chamito-sémitiques), nm s*
chamois *nm, adj inv.*
chamoisage *nm*
chamoiser *vt*
chamoiserie *nf*
chamoiseur *nm*
chamoniard, e *adj, n*
chamotte *nf*
champ [ʃɑ̃] *nm (terre)*
champagne *nm (vin); nf (plaine); adj inv.*
champagnisation *nf*
champagniser *vt*
champart [-par] *nm*
champenois, e *adj, n*
champenoise *nf*
champêtre *adj*
champi(s), isse [-pi, is] *n, adj*
champignon *nm*
champignonnière *nf*
champignonniste *n*
champion, onne *n, adj*
championnat [-na] *nm*
champi(s), isse [-pi, is] *n, adj*
champlever [ʃɑ̃ləve] *vt* C8
chamsin ou **khamsin** [kamsin] *nm*
chançard, e *adj, n (fam.)*
chance *nf*
chancel ou **cancel** *nm*
chancelant, e *adj*
chanceler *vi* C10
chancelier *nm*
chancelière *nf*
chancellement *nm*
chancellerie *nf*
chanceux, euse *adj*
chanci *nm*
chancir *vi, vpr*
chancissure *nf*
chancre *nm*
chancrelle *nf*
chancreux, euse *adj*
chandail *nm*
chandeleur *nf*
chandelier *nm*
chandelle *nf*
chanfrein *nm*
chanfreiner *vt*
change *nm*
changeable *adj*
changeant, e *adj*
changement *nm*
changer *vt, vi, vti, vpr* C7
changeur *nm*
chanlatte *nf*
channe *nf*
chanoine *nm*
chanoinesse *nf*
chanson *nf*
chansonner *vt*
chansonnette *nf*
chansonnier, ère *n*
chant [ʃɑ̃] *nm (de chanter)*
chantage *nm*
chantant, e *adj*
chanteau *nm*
chantefable *nf*
chantepleure *nf*
chanter *vi, vt*
chanterelle *nf*
chanteur, euse *n*
chantier *nm*
chantignolle *nf*
chantilly *nf inv.*
chantoir *nm*
chantonnement *nm*
chantonner *vt, vi*
chantoung ou **shantoung** [ʃɑ̃tuŋ] *nm*
chantournage *nm*
chantournement *nm*
chantourner *vt*
chantre *nm*
chanvre *nm*
chanvrier, ère *adj, n*
chaos [kao] *nm (désordre)*
chaotique [kaotik] *adj*
chaouch [ʃauʃ] *nm*
chaource *nm*
chapardage *nm (fam.)*
chaparder *vt, vi (fam.)*
chapardeur, euse *adj, n (fam.)*
chape *nf (vêtement, revêtement)*
chapé, e *adj*
chapeau *nm*
chapeauté, e *adj*
chapeauter *vt (fam.)*
chapelain *nm*
chapelet *nm*
chapelier, ère *adj, n*
chapelle *nf*
chapellenie *nf*
chapellerie *nf*
chapelure *nf*
chaperon *nm*
chaperonner *vt*
chapier *nm*
chapiteau *nm*
chapitral, e, aux *adj*
chapitre *nm*
chapitrer *vt*
chapka *nf*
chaplinesque *adj*
chapon *nm*
chaponnage *nm*
chaponneau *nm*
chaponner *vt*
chaponnière *nf*
chapska ou **schapska** [ʃapska] *nm*
chaptalisation *nf*
chaptaliser *vt*
chaque *adj indéf*
char *nm*
charabia *nm*
charade *nf*
charadriidé [ka-] *nm*
charadriiforme [ka-] *nm*
charale [ka-] *nf*
charançon *nm*
charançonné, e *adj*

charbon *nm*
charbonnage *nm*
charbonner *vt, vi*
charbonnerie *nf*
charbonnette *nf*
charbonneux, euse *adj*
charbonnier, ère *n, adj*
charcuter *vt (fam.)*
charcuterie *nf*
charcutier, ère *n*
chardon *nm*
chardon(n)ay *nm*
chardonneret [-rɛ] *nm*
chardonnette *nf*
charentais, e *adj, n*
charge *nf*
chargé, e *adj, n*
chargement *nm*
charger *vt, vpr* C7
chargeur, euse *n*
charia [ʃarija] *nf*
chariot *nm*
chariotage *nm*
charioter *vi*
charismatique [ka-] *adj*
charisme [ka-] *nm*
charitable *adj*
charitablement *adv*
charité *nf*
charivari *nm*
charlatan *nm*
charlatanerie *nf*
charlatanesque *adj*
charlatanisme *nm*
charlemagne *nm*
charleston [-stɔn] *nm*
charlot *nm (fam.)*
charlotte *nf*
charmant, e *adj*
charme *nm*
charmer *vt*
charmeur, euse *adj, n*
charmille *nf*
charnel, elle *adj*
charnellement *adv*
charnier *nm*
charnière *nf*
charnu, e *adj*
charognard *nm*
charogne *nf*
charophyte [ka-] *nm*
charolais, e *adj, n*
charpentage *nm*
charpente *nf*
charpenté, e *adj*
charpenter *vt*
charpenterie *nf*
charpentier *nm*
charpentière *nf*
charpie *nf*
charrée *nf*
charretée *nf*
charretier, ère *n*
charretin ou charreton *nm*
charrette *nf*
charriable *adj*
charriage *nm*
charrié, e *adj*
charrier *vt, vi*
charroi *nm*
charron *nm*
charronnage *nm*
charronnerie *nf*
charroyer *vt* C16
charruage *nm*
charrue *nf*
charte *nf*
charte-partie *nf* *(pl chartes-parties)*
charter [ʃartɛr] *nm*
chartériser *vt*
chartisme *nm*
chartiste *adj, n*
chartrain, aine *adj, n*
chartreuse *nf*
chartreux, euse *n*
chartrier *nm*
Charybde [ka-] *nm*
chas [ʃa] *nm (d'une aiguille)*
chasement *nm*
chassage *nm*
chassant, e *adj*
chasse *nf (de chasser)*
châsse *nf (reliquaire)*
chassé *nm*
chasse-clou *nm* *(pl chasse-clous)*
chassé-croisé *nm* *(pl chassés-croisés)*
chasséen, enne *adj, nm*
chasse-goupille *nm* *(pl chasse-goupilles)*
chasselas [-la] *nm*
chasse-marée *nm inv.*
chasse-mouches *nm inv.*
chasse-neige *nm inv.*
chasse-pierres *nm inv.*
chasse-pointe *nm* *(pl chasse-pointes)*
chassepot *nm*
chasser *vt*
chasseresse *nf, adj f*
chasse-roue *nm* *(pl chasse-roues)*
châsses *nm pl (yeux; arg.)*
chasseur, euse *n*
chassie *nf (liquide)*
chassieux, euse *adj, n*
châssis [ʃɑsi] *nm (cadre)*
châssis-presse *nm* *(pl châssis-presses)*
chassoir *nm*
chaste *adj*
chastement *adv*
chasteté *nf*
chasuble *nf*
chasublerie *nf*
chasublier, ère *n*
chat, chatte *n (animal)*
châtaigne *nf*
châtaigneraie *nf*
châtaignier *nm*
châtain, e *adj*
chataire ou cataire *nf*
château *nm*
chateaubriand *(Ac.)* ou châteaubriant *nm*
châtelain, e *n*
châtelet *nm*
châtellenie [ʃatɛlni] *nf*
châtelperronien, enne *adj, nm*
chat-huant *nm* *(pl chats-huants)*
châtier *vt*

chatière *nf*
châtiment *nm*
chatoiement *nm*
chaton *nm*
chatonner *vi*
chatouille *nf (fam.)*
chatouillement *nm*
chatouiller *vt*
chatouilleux, euse *adj*
chatouillis [-tuji] *nm (fam.)*
chatoyant, e *adj*
chatoyer *vi* C16
châtrer *vt*
chatte *nf, adj f*
chattemite *nf*
chatterie *nf*
chatterton [-tɔn] *nm*
chat-tigre *nm (pl chats-tigres)*
chaud *nm, adv*
chaud, e *adj*
chaude *nf*
chaudeau *nm*
chaudement *adv*
chaude-pisse *nf (pl chaudes-pisses ; pop.)*
chaud-froid *nm (pl chauds-froids)*
chaudière *nf*
chaudron *nm*
chaudronnée *nf*
chaudronnerie *nf*
chaudronnier, ère *n*
chauffage *nm*
chauffagiste *nm*
chauffant, e *adj*
chauffard *nm*
chauffe *nf*
chauffe-assiettes *nm inv.*
chauffe-bain *nm (pl chauffe-bain[s])*
chauffe-biberon *nm (pl chauffe-biberon[s])*
chauffe-eau *nm inv.*
chauffe-linge *nm inv.*
chauffe-lit *nm inv.*
chauffe-pieds *nm inv.*
chauffe-plats *nm inv.*
chauffer *vt, vi, vpr*
chaufferette *nf*
chaufferie *nf*
chauffeur *nm*
chauffeuse *nf*
chaufour *nm*
chaufournier *nm*
chaulage *nm*
chauler *vt*
chauleuse *nf*
chaumage *nm (de chaumer)*
chaumard *nm*
chaume *nm*
chaumer *vt, vi (couper le chaume)*
chaumière *nf*
chaumine *nf*
chaussant, e *adj (fam.)*
chausse *nf*
chaussé *nm*
chaussée *nf*
chausse-pied *nm (pl chausse-pieds)*
chausser *vt, vi, vpr*
chausse *nf*
chausse-trappe *nf (pl chausse-trappes)*
chaussette *nf*
chausseur *nm*
chausson *nm*
chaussonnier *nm*
chaussure *nf*
chaut *v. chaloir*
chauve *adj, n*
chauve-souris *nf (pl chauves-souris)*
chauvin, e *adj, n*
chauvinisme *nm*
chauvir *vi*
chaux *nf (oxyde de calcium)*
chavirement *nm*
chavirer *vt, vi*
chebec *nm*
chèche *nm*
chéchia *nf*
check-list [(t)ʃɛklist] *nf (pl check-lists)*
check-up [(t)ʃɛkœp] *nm inv.*
cheddar *nm*
cheddite *nf*
cheese-burger *nm (pl cheese-burgers)*
chef *nm*
chef-d'œuvre [ʃɛdœvr] *nm (pl chefs-d'œuvre)*
chefferie [ʃɛfri] *nf*
chef-lieu *nm (pl chefs-lieux)*
cheftaine *nf*
cheik [ʃɛk] *nm (chef)*
chéilite [ke-] *nf*
cheiloplastie [ke-] *nf*
cheire [ʃɛr] *nf (coulée volcanique)*
chéiroptère [kej-] ou **chiroptère** [ki-] *nm*
chélate [ke-] *nm*
chélateur [ke-] *nm*
chélation [ke-] *nf*
chelem [ʃlɛm] *nm*
chélicère [ke-] *nf*
chélidoine [ke-] *nf*
chelléen, enne [ʃɛleɛ̃, ɛn] *adj, nm*
chéloïde [ke-] *nf, adj*
chélonien [ke-] *nm*
chemin *nm*
chemin de fer *nm (pl chemins de fer)*
chemineau *nm (vagabond)*
cheminée *nf*
cheminement *nm*
cheminer *vi*
cheminot [-no] *nm (employé des chemins de fer)*
chemisage *nm*
chemise *nf*
chemiser *vt*
chemiserie *nf*
chemisette *nf*
chemisier, ère *n*
chemisier *nm*
chémorécepteur [ke-] *nm*

chênaie *nf*
chenal, aux *nm*
chenapan *nm (fam.)*
chêne *nm (arbre)*
chêneau *nm (chêne)*
chéneau *nm (rigole)*
chêne-liège *nm (pl chênes-lièges)*
chêne vert *nm (pl chênes verts)*
chenet *nm*
chènevière *nf*
chènevis [ʃɛnvi] *nm*
chènevotte *nf*
chènevotter *vi*
chenil [-ni(l)] *nm*
chenille [-nij] *nf*
chenillé, e [-nije] *adj*
chenillette [-nijɛt] *nf*
chénopode [ke-] *nm*
chénopodiacée [ke-] *nf*
chenu, e *adj*
cheptel [ʃɛ(p)tɛl] *nm*
chèque *nm (paiement)*
chéquier *nm*
cher, ère *adj*
cher *adv*
chercher *vt, vpr*
chercheur, euse *n, adj*
chère *nf (nourriture)*
chèrement *adv*
chergui *nm*
chéri, e *adj, n*
chérif [-rif] *nm (prince musulman)*
chérifat [-fa] *nm*
chérifien, enne *adj*
chérir *vt*
chérissable *adj*
chermès [kɛrmɛs] *nm (puceron)*
chérot *adj (pop.)*
cherry [ʃɛri] *nm (pl cherrys* [liqueur]*)*
cherté *nf*
chérubin *nm*
chervis [ʃɛrvi] *nm*
chester [ʃɛstɛr] *nm*
chétif, ive *adj*
chétivement *adv*
chétiveté ou **chétivité** *nf*
chevaine ou **chevesne** ou **chevenne** *nm*
cheval, aux *nm*
cheval-arçons ou **cheval d'arçons** *nm inv.*
chevalement *nm*
chevaler *vt*
chevaleresque *adj*
chevalerie *nf*
chevalet *nm*
chevalier *nm*
chevalière *nf*
chevalin, e *adj*
cheval-vapeur *nm (pl chevaux-vapeur)*
chevauchant, e *adj*
chevauchée *nf*
chevauchement *nm*
chevaucher *vi, vt, vpr*
chevau-léger *nm (pl chevau-légers)*
chevêche *nf*
chevelé, e *adj*
chevelu, e *adj, n*
chevelure *nf*
chevenne ou **chevesne** ou **chevaine** [-ɛn] *nm*
chevet [-vɛ] *nm*
chevêtre *nm*
cheveu *nm (pl cheveux)*
cheveu-de-Vénus *nm (pl cheveux-de-Vénus)*
chevillage [-vijaʒ] *nm*
chevillard [-vijar] *nm*
cheville [-vij] *nf*
cheviller [-vije] *vt*
chevillette [-vijɛt] *nf*
chevillier [-vije] *nm*
cheviotte *nf*
chèvre *nf*
chevreau *nm*
chèvrefeuille *nm*
chèvre-pied *adj, nm (pl chèvre-pieds)*
chevreter C10 ou **chevretter** *vi*
chevrette *nf*
chevreuil *nm*
chevrier, ère *n*
chevrier *nm*
chevrillard [-vrijar] *nm*
chevron *nm*
chevronné, e *adj*
chevronner *vt*
chevrotain *nm*
chevrotant, e *adj*
chevrotement *nm*
chevroter *vi*
chevrotin *nm*
chevrotine *nf*
chewing-gum [ʃwiŋgɔm] *nm (pl chewing-gums)*
chez *prép*
chez-soi, chez-moi, chez-toi *nm inv.*
chiader *vi, vt (arg.)*
chiadeur, euse *adj, n (arg.)*
chialer *vi (pop.)*
chialeur, euse *adj, n (pop.)*
chiant, e *adj (pop.)*
chianti [kjɑ̃ti] *nm*
chiard *nm (pop.)*
chiasma [kjasma] *nm*
chiasmatique [kjas-] *adj*
chiasme [kjasm] *nm*
chiasse [ʃjas] *nf (pop.)*
chibouque *nf* ou **chibouk** *nm*
chic [ʃik] *nm, adj inv., interj*
chicane *nf*
chicaner *vi, vt, vpr*
chicanerie *nf*
chicaneur, euse *adj, n*
chicanier, ère *adj, n*
chicano *adj, n*
chiche *adj, interj*
chiche-kebab [ʃiʃkebab] *nm (pl chiches-kebabs)*
chichement *adv*
chichi *nm*
chichiteux, euse *adj, n (fam.)*
chiclé [tʃikle] *nm*
chicon *nm*

chicorée *nf*
chicot [ʃiko] *nm*
chicoter *vi (fam.)*
chicotin *nm*
chiée *nf (pop.)*
chien, enne *n*
chien-assis *nm (pl chiens-assis)*
chiendent *nm*
chienlit [ʃjɑ̃li] *n*
chien-loup *nm (pl chiens-loups)*
chiennerie *nf*
chier *vi, vt (pop.)*
chiffe *nf*
chiffon *nm*
chiffonnade *nf*
chiffonnage *nm*
chiffonne *nf*
chiffonné, e *adj*
chiffonnement *nm*
chiffonner *vt, vi*
chiffonnier, ère *n*
chiffrable *adj*
chiffrage *nm*
chiffre *nm*
chiffré, e *adj*
chiffrement *nm*
chiffrer *vi, vt*
chiffreur *nm*
chiffrier *nm*
chigner *vi*
chignole *nf*
chignon *nm*
chihuahua *nm*
chiisme *nm*
chiite *adj, n*
chilien, enne *adj, n*
chilom ou **shilom** *nm*
chimère *nf*
chimérique *adj*
chimériquement *adv*
chimie *nf (science)*
chimiluminescence *nf*
chimiorésistance *nf*
chimiosynthèse *nf*
chimiotactisme *nm*
chimiothérapie *nf*
chimiothérapique *adj*
chimique *adj*
chimiquement *adv*
chimisme *nm*
chimiste *n*
chimiurgie *nf*
chimpanzé *nm*
chinage *nm*
chinchard *nm*
chinchilla *nm*
chine *nm (porcelaine); nf (brocante)*
chiné, e *adj*
chiner *vt, vi*
chinetoque *n (pop.)*
chineur, euse *n*
chinois, e *adj, n*
chinoiser *vi (fam.)*
chinoiserie *nf*
chinook [ʃinuk] *nm*
chintz [ʃints] *nm inv.*
chinure *nf*
chionis [kjɔnis] *nm*
chiot *nm*
chiotte *nf (pop.)*
chiourme *nf*
chiper *vt (fam.)*
chipeur, euse *adj (fam.)*
chipie *nf (fam.)*
chipolata *nf*
chipotage *nm (fam.)*
chipoter *vi, vt (fam.)*
chipoteur, euse *adj, n (fam.)*
chippendale [ʃipɛndal] *adj inv.*
chips [ʃips] *nf pl*
chique *nf*
chiqué *nm (fam.)*
chiquement *adv*
chiquenaude *nf*
chiquer *vt, vi*
chiqueur, euse *n*
chiralité [ki-] *nf*
chirographaire [ki-] *adj*
chirographie [ki-] *nf*
chiromancie [ki-] *nf*
chiromancien, enne [ki-] *n*
chironome [ki-] *nm*
chiropracteur [ki-] *nm*
chiropractie ou **chiropraxie** *(Ac.)* [ki-] *nf*
chiropraticien, enne [ki-] *n*
chiroptère [ki-] ou **chéiroptère** [kɛj-] *nm*
chiroubles *nm*
chirurgical, e, aux *adj*
chirurgie *nf*
chirurgien, enne *n*
chirurgien-dentiste *nm (pl chirurgiens-dentistes)*
chistera [ʃistera] *nm* ou *nf*
chitine [ki-] *nf*
chitineux, euse [ki-] *adj*
chiton [kitɔ̃] *nm*
chiure *nf*
chlamyde [kl-] *nf*
chlamydia [kl-] *nf*
chleuh, e ou **schleu, e** *adj, n (fam.)*
chlinguer ou **sch(e)linguer** *vi (pop.)*
chloasma [klɔ-] *nm*
chlorage [klɔ-] *nm*
chloral, als [klɔ-] *nm*
chloramphénicol [klɔ-] *nm*
chlorate [klɔ-] *nm*
chloration [klɔ-] *nf*
chlore [klɔr] *nm*
chloré, e [klɔ-] *adj*
chlorelle [klɔ-] *nf*
chloreux [klɔ-] *adj m*
chlorhydrate [klɔ-] *nm*
chlorhydrique [klɔ-] *adj*
chlorique [klɔ-] *adj*
chlorite [klɔ-] *nm*
chlorofibre [klɔ-] *nf*
chloroforme [klɔ-] *nm*
chloroformer [klɔ-] *vt*
chloroformisation [klɔ-] *nf*
chlorométrie [klɔ-] *nf*
chlorophycée [klɔ-] *nf*
chlorophylle [klɔ-] *nf*

chlorophyllien, enne [klɔ-] *adj*
chloropicrine [klɔ-] *nf*
chloroplaste [klɔ-] *nm*
chloroquine [klɔ-] *nf*
chlorose [klɔ-] *nf*
chlorotique [klɔ-] *adj, n*
chlorpromazine [klɔ-] *nf*
chlorure [klɔ-] *nm*
chloruré, e [klɔ-] *adj*
chlorurer [klɔ-] *vt*
chnoque ou **schnock** ou **schnoque** *adj inv., n (pop.)*
chnouf ou **schnouf(f)** *nf (arg.)*
choane [kɔan] *nm*
choc *nm, adj inv.*
chochotte *nf (fam.)*
chocolat *nm, adj inv.*
chocolaté, e *adj*
chocolaterie *nf*
chocolatier, ère *n*
chocottes *nf pl (arg.)*
choéphore [kɔefɔr] *nf*
chœur [kœr] *nm (chanteurs, église)*
choir *vi* C70
choisi, e *adj*
choisir *vt*
choix *nm*
choke-bore ou **choke** [tʃɔkbɔr] *nm (pl choke-bores* ou *chokes)*
cholagogue [kɔ-] *adj, nm*
cholécystectomie [kɔ-] *nf*
cholécystite [kɔ-] *nf*
cholécystographie [kɔ-] *nf*
cholécystotomie [kɔ-] *nf*
cholédoque [kɔ-] *adj m*
cholémie [kɔ-] *nf*
choléra [kɔ-] *nm*
cholérétique [kɔ-] *adj, nm*
cholériforme [kɔ-] *adj*
cholérine [kɔ-] *nf*
cholérique [kɔ-] *adj, n (de choléra)*
cholestérol [kɔ-] *nm*
cholestérolémie [kɔ-] *nf*
choliambe [kɔ-] *nm*
choline [kɔ-] *nf*
cholinergique [kɔ-] *adj*
cholinestérase [kɔ-] *nf*
cholurie [kɔ-] *nf*
chômable *adj*
chômage *nm (de chômer)*
chômé, e *adj*
chômer *vi, vt (cesser le travail)*
chômeur, euse *n*
chondre [kɔ̃-] *nm*
chondrichtyen [kɔ̃-] *nm*
chondriome [kɔ̃-] *nm*
chondriosome [kɔ̃-] *nm*
chondrite [kɔ̃-] *nf*
chondroblaste [kɔ̃-] *nm*
chondrocalcinose [kɔ̃-] *nf*
chondrodystrophie [kɔ̃-] *nf*
chondromatose [kɔ̃-] *nf*
chondrome [kɔ̃-] *nm*
chondrosarcome [kɔ̃-] *nm*
chondrostéen [kɔ̃-] *nm*
chope *nf*
choper *vt (attraper; pop.)*
chopine *nf*
chopiner *vi (pop.)*
chopper [ʃɔpœr] *nm*
chopper *vi (heurter)*
chop suey [ʃɔpswej] *nm (pl chop sueys)*
choquant, e *adj*
choquer *vt*
choral, e, aux ou **als** [kɔ-] *adj*
choral, als [kɔ-] *nm (chant religieux)*
chorale [kɔ-] *nf (groupe)*
c(h)orde [kɔ-] *nf (partie de l'embryon)*
c(h)ordé [kɔ-] *nm*
chorédrame [kɔ-] *nm*
chorée [kɔ-] *nf (médecine); nm (métrique)*
chorège [kɔ-] *nm*
chorégie [kɔ-] *nf*
chorégraphe [kɔ-] *n*
chorégraphie [kɔ-] *nf*
chorégraphique [kɔ-] *adj*
choréique [kɔ-] *adj, n*
choreute [kɔ-] *nm*
chorévêque [kɔ-] *nm*
choriambe [kɔ-] *nm*
chorioépithéliome [kɔ-] *nm*
chorion [kɔ-] *nm*
choriste [kɔ-] *n*
chorizo [ʃɔrizo] *nm*
chorographie [kɔ-] *nf*
chorographique [kɔ-] *adj*
choroïde [kɔ-] *nf*
choroïdien, enne [kɔ-] *adj*
chorologie [kɔ-] *nf*
chorus [kɔrys] *nm*
chose *nf (objet); nm (truc); adj inv.*
chosification *nf*
chosifier *vt*
chott [ʃɔt] *nm*
chou *nm (pl choux), adj inv.*
chouan *nm*
chouannerie *nf*
choucas [-ka] *nm*
chouchou, oute *n (fam.)*
chouchoutage *nm (fam.)*
chouchouter *vt (fam.)*
choucroute *nf*
chouette *nf*
chouette *adj, interj (pop.)*
chouettement *adv (pop.)*
chou-fleur *nm (choux-fleurs)*

chouïa [ʃuja] *nm (arg.)*
chouleur *nm*
chou-navet *nm (pl choux-navets)*
chou-palmiste *nm (pl choux-palmistes)*
choupette *nf*
chouque ou **chouquet** *nm*
chou-rave *nm (pl choux-raves)*
chouraver *vt (arg.)*
chouriner ou **suriner** *vt (arg.)*
choute *adj f, nf*
chow-chow [ʃoʃo] *nm (pl chows-chows)*
choyer [ʃwaje] *vt* C16
chrématistique [kre-] *nf*
chrême [krɛm] *nm (huile sacrée)*
chrémeau [kremo] *nm*
chrestomathie [krɛstomati ou -si] *nf*
chrétien, enne [kretjɛ̃, ɛn] *adj, n*
chrétiennement [kre-] *adv*
chrétienté [kre-] *nf*
chris-craft [kriskraft] *nm inv.*
chrisme [krism] *nm*
christ [krist] *nm*
c(h)riste-marine [krist-] *nf (pl c(h)ristes-marines)*
christiania [krist-] *nm*
christianisation [kris-] *nf*
christianiser [kris-] *vt*
christianisme [kris-] *nm*
christique [kris-] *adj*
christologie [kris-] *nf*
chromage [kro-] *nm*
chromate [krɔ-] *nm*
chromatine [krɔ-] *nf*
chromatique [krɔ-] *adj*
chromatiser [krɔ-] *vt*
chromatisme [krɔ-] *nm*
chromatogramme [krɔ-] *nm*
chromatographie [krɔ-] *nf*
chromatophore [krɔ-] *nm*
chromatopsie [krɔ-] *nf*
chrome [krom] *nm*
chromé, e [kro-] *adj*
chromer [kro-] *vt*
chromeur [kro-] *nm*
chromeux, euse [kro-] *adj*
chrominance [kro-] *nf*
chromique [krɔ-] *adj*
chromisation [krɔ-] *nf*
chromiser [krɔ-] *vt*
chromiste [krɔ-] *nm*
chromo [krɔ-] *nm (tableau)*; *nf (chromolithographie)*
chromodynamique [krɔ-] *nf*
chromogène [krɔ-] *adj*
chromolithographie [krɔ-] *nf*
chromosome [krɔ-] *nm*
chromosomique [krɔ-] *adj*
chromosphère [krɔ-] *nf*
chromotypographie [krɔ-] *nf*
chronaxie [krɔ-] *nf*
chronicité [krɔ-] *nf*
chronique [krɔ-] *adj, nf*
chroniquement [krɔ-] *adv*
chroniqueur, euse [krɔ-] *n*
chrono [krɔ-] *nm (abrév.)*
chronobiologie [krɔ-] *nf*
chronogramme [krɔ-] *nm*
chronographe [krɔ-] *nm*
chronologie [krɔ-] *nf*
chronologique [krɔ-] *adj*
chronologiquement [krɔ-] *adv*
chronologiste [krɔ-] *n*
chronométrage [krɔ-] *nm*
chronomètre [krɔ-] *nm*
chronométrer [krɔ-] *vt* C11
chronométreur, euse [krɔ-] *n*
chronométrie [krɔ-] *nf*
chronométrique [krɔ-] *adj*
chronophotographie [krɔ-] *nf*
chrysalide [kri-] *nf*
chrysanthème [kri-] *nm*
chryséléphantin, e [kri-] *adj*
chrysobéryl [kri-] *nm*
chrysocale ou **chrysocalque** [krizokalk] *nm*
chrysocolle [kri-] *nf*
chrysolithe [kri-] *nf*
chrysomèle [kri-] *nf*
chrysomélidé [kri-] *nm*
chrysoprase [kri-] *nf*
ch'timi [ʃtimi] *adj, n*
cht(h)onien, enne [ktɔnjɛ̃, ɛn] *adj*
C.H.U. [seaʃy ou ʃy] *nm*
chuchotement *nm*
chuchoter *vi, vt*
chuchoterie *nf*
chuchoteur, euse *adj, n*
chuchotis [-ti] *nm*
chuintant, e *adj*
chuintante *nf*
chuintement *nm*
chuinter *vi*
churinga [ʃyrɛ̃ga] *nm*
chut [ʃyt] *interj*
chute *nf*
chuter *vi*
chuteur *nm*
chutney [ʃœtnɛ] *nm*
chyle [ʃil] *nm*
chylifère [ʃil-] *adj*
chyme [ʃim] *nm*
c(h)ypriote *adj, n*
ci *adv*
ci *pron dém*
ciao ou **tchao** [tʃao] *interj*

ci-annexé *loc adv* 6-IB
ci-annexé, e *loc adj* 6-IB
ci-après *loc adv*
cibiste *n*
cible *nf*
cibler *vt*
ciboire *nm*
ciborium [-rjɔm] *nm*
ciboule *nf*
ciboulette *nf*
ciboulot [-lo] *nm (pop.)*
cicacidé *nm*
cicatrice *nf*
cicatriciel, elle *adj*
cicatricule *nf*
cicatrisable *adj*
cicatrisant, e *adj, nm*
cicatrisation *nf*
cicatriser *vt, vi, vpr*
cicéro [sisero] *nm*
cicerole *nf*
cicérone ou cicerone [siserɔn] *nm*
cicéronien, enne *adj*
cicindèle *nf*
ciclosporine *nf*
ciconiidé *nm*
ci-contre *loc adv*
cicutine *nf*
ci-dessous *loc adv*
ci-dessus *loc adv*
ci-devant *loc adv*
cidre *nm*
cidrerie *nf*
ciel, cieux ou ciels *(emplois techniques) nm* 21-IC5
ciel *interj*
cierge *nm*
cigale *nf*
cigare *nm*
cigarette *nf*
cigarier *nm*
cigarière *nf*
cigarillo [-rijo] *nm*
ci-gît [siʒi] *adv*
cigogne *nf*
cigogneau *nm*
ciguë [sigy] *nf*
ci-inclus *loc adv* 6-IB
ci-inclus, e *loc adj* 6-IB
ci-joint *loc adv* 6-IB
ci-joint, e *loc adj* 6-IB
cil [sil] *nm (des paupières)*
ciliaire *adj*
ciliature *nf*
cilice *nm (pour la mortification)*
cilié, e *adj, nm*
cillement [sijmɑ̃] *nm*
ciller [sije] *vt, vi*
cimaise *nf*
cime *nf (sommet)*
ciment *nm*
cimentation *nf*
cimenter *vt*
cimenterie *nf*
cimentier *nm*
cimeterre *nm*
cimetière *nm*
cimier *nm*
cinabre [sinabr] *nm*
cinchonine [sɛ̃kɔnin] *nf*
cincle [sɛ̃kl] *nm*
ciné *nm (abrév.)*
cinéaste *n*
ciné-club [-klœb] *nm (pl ciné-clubs)*
cinéma *nm*
cinémascope *nm*
cinémathèque *nf*
cinématique *nf*
cinématographe *nm*
cinématographie *nf*
cinématographier *vt*
cinématographique *adj*
cinématographiquement *adv*
cinémitrailleuse *nf*
cinémographe *nm*
cinémomètre *nm*
ciné-parc *nm (pl ciné-parcs)*
cinéphile *n*
cinéraire *adj, nf*
cinérama *nm*
cinérite *nf*
cinéroman *nm*
cinèse *nf*
cinétique *adj, nf*
cinétir *nm*
cinétisme *nm*
cing(h)alais, e [sɛ̃galɛ, ɛz] *adj, n*
cinglage *nm*
cinglant, e *adj*
cinglé, e *adj, n*
cingler *vt, vi*
cinnamique *adj*
cinnamome *nm*
cinoche *nm (pop.)*
cinoque ou sinoc ou sinoque *adj, n (pop.)*
cinq *adj num inv., nm inv.*
cinquantaine *nf*
cinquante *adj num inv., nm inv.*
cinquantenaire *adj, n*
cinquantième *adj, n*
cinquième *adj, n*
cinquièmement *adv*
cintrage *nm*
cintre *nm*
cintré, e *adj*
cintrer *vt*
cintreuse *nf*
cipaye [sipaj] *nm*
cipolin *nm*
ci-présent *loc adj*
cippe *nm*
cirage *nm*
circadien, enne *adj*
circaète [sirkaɛt] *nm*
circarie *nf*
circassien, enne *adj, n*
circée *nf*
circoncire *vt* C55
circoncis *adj m, nm*
circoncision *nf*
circonférence *nf*
circonflexe *adj*
circonlocution *nf*
circonscriptible *adj*
circonscription *nf*
circonscrire *vt* C51

circonspect, e [-pε(kt), εkt] *adj*
circonspection *nf*
circonstance *nf*
circonstancié, e *adj*
circonstanciel, elle *adj*
circonstancier *vt*
circonvallation *nf*
circonvenir *vt* C28
circonvoisin, e *adj*
circonvolution *nf*
circuit *nm*
circulaire *adj, nf*
circulairement *adv*
circulant, e *adj*
circulariser *vt*
circularité *nf*
circulation *nf*
circulatoire *adj*
circuler *vi*
circumduction [-kɔm-] *nf*
circumlunaire [-kɔm-] *adj*
circumnavigation [-kɔm-] *nf*
circumpolaire [-kɔm-] *adj*
circumstellaire [-kɔm-] *adj*
circumterrestre [-kɔm-] *adj*
cire *nf (d'abeille)*
ciré, e *adj, nm*
cirer *vt*
cireur, euse *n*
cireuse *nf*
cireux, euse *adj*
cirier, ère *adj, nm*
cirière *nf*
ciron *nm*
cirque *nm*
cirre *nm (zoologie, botanique)*
cirrhose *nf*
cirrhotique *adj, n*
cirripède *nm*
cirrocumulus [-lys] *nm*
cirrostratus [-tys] *nm*
cirrus [sirys] *nm*
cirse *nm*
cisaillage *nm*
cisaille *nf*
cisaillement *nm*
cisailler *vt*
cisalpin, e *adj*
ciseau *nm*
ciselage *nm*
ciselé, e *adj*
cisèlement *nm*
ciseler *vt* C9
ciselet *nm*
ciseleur *nm*
ciselure *nf*
cisjuran, e *adj*
cisoires *nf pl*
ciste *nm (arbrisseau); nf (corbeille)*
cistercien, enne *adj, n*
cistre *nm (instrument de musique)*
cistron *nm*
cistude *nf*
citadelle *nf*
citadin, e *n, adj*
citateur, trice *adj, n*
citation *nf*
cité *nf*
cité-dortoir *nf (pl cités-dortoirs)*
cité-jardin *nf (pl cités-jardins)*
citer *vt*
citérieur, e *adj*
citerne *nf*
citerneau *nm*
cithare *nf*
citharède *n*
cithariste *n*
citizen band *nf (pl citizen bands)*
citoyen, enne *n*
citoyenneté *nf*
citrate *nm*
citrin, e *adj*
citrine *nf*
citrique *adj*
citron *nm, adj inv.*
citronnade *nf*
citronné, e *adj*
citronnelle *nf*
citronnier *nm*
citrouille *nf*
citrus [sitrys] *nm*
çivaïsme ou **sivaïsme** [ʃi-] *nm*
çivaïte ou **sivaïte** [ʃi-] *adj, n*
cive *nf*
civelle *nf*
civet [-vε] *nm*
civette *nf*
civière *nf*
civil, e *adj, nm*
civilement *adv*
civilisable *adj*
civilisateur, trice *adj, n*
civilisation *nf*
civilisé, e *adj, n*
civiliser *vt, vpr*
civiliste *n*
civilité *nf*
civique *adj*
civisme *nm*
clabaud [klabo] *nm*
clabaudage *nm*
clabauder *vi*
clabauderie *nf*
clabaudeur, euse *n*
clabot ou **crabot** *(Ac.) nm*
clabotage ou **crabotage** *(Ac.) nm*
claboter ou **craboter** *(Ac.) vt (assembler)*
claboter *vi (mourir; pop.)*
clac *interj*
clactonien, enne *adj, nm*
clade *nm*
cladocère *nm*
clafoutis [-ti] *nm*
claie [klε] *nf*
claim [klεm] *nm*
clair, e *adj*
clair *nm, adv*
clairance *nf*
claire *nf (huître)*
clairement *adv*

clairet, ette *adj, n*
claire-voie *nf* *(pl claires-voies)*
clairière *nf*
clair-obscur *nm* *(pl clairs-obscurs)*
clairon *nm*
claironnant, e *adj*
claironner *vi, vt*
clairsemé, e *adj*
clairvoyance *nf*
clairvoyant, e *adj*
clam [klam] *nm*
clamer *vt*
clameur *nf*
clamp [klɑ̃p] *nm*
clamper *vt*
clampin *nm (fam.)*
clamser ou **clamecer** [klamse] *vi (pop.)*
clan *nm*
clandé *nm (arg.)*
clandestin, e *adj*
clandestinement *adv*
clandestinité *nf*
clanique *adj*
clanisme *nm*
clap *nm*
clapet [-pɛ] *nm*
clapier *nm*
clapir *vi*
clapot *nm*
clapotage *nm*
clapotant, e *adj*
clapotement *nm*
clapoter *vi*
clapoteux, euse *adj*
clapotis [-ti] *nm*
clappement *nm*
clapper *vi*
claquage *nm*
claquant, e *adj*
claque *nf (coup, socque)*
claque *adj, nm (chapeau ; bordel* [*arg.*]*)*
claquedent *nm (fam.)*
claquement *nm*
claquemurer *vt, vpr*
claquer *vi, vt, vpr*
claquet [-kɛ] *nm*
claqueter [klakte] *vi* C10
claquette *nf*
claqueur *nm*
claquoir *nm*
clarain *nm*
clarias [-rjas] *nm*
clarification *nf*
clarifier *vt*
clarine *nf*
clarinette *nf*
clarinettiste *n*
clarisse *nf*
clarté *nf*
clash [klaʃ] *nm* *(pl clash(e)s)*
classable *adj*
classe *nf*
classement *nm*
classer *vt, vpr*
classeur *nm*
classicisme *nm*
classificateur, trice *adj, n*
classification *nf*
classificatoire *adj*
classifier *vt*
classique *adj, nm (auteur, ouvrage, musique) ; nf (épreuve sportive)*
classiquement *adv*
clastique *adj*
claudicant, e *adj*
claudication *nf*
claudiquer *vi*
clause *nf*
claustra *nm* *(pl claustra* [s]*)*
claustral, e, aux *adj*
claustration *nf*
claustrer *vt, vpr*
claustromanie *nf*
claustrophobe *adj, n*
claustrophobie *nf*
clausule *nf*
clavaire *nf*
claveau *nm*
clavecin *nm*
claveciniste *n*
clavelé, e *adj*
clavelée *nf*
claveleux, euse *adj*
claver *vt*
clavetage *nm*
claveter *vt* C10
clavette *nf*
clavicorde *nm*
clavicule *nf*
clavier *nm*
claviste *n*
clayère [klɛjɛr] *nf*
clayette [klɛjɛt] *nf*
claymore *nf*
clayon [klejɔ̃] *nm*
clayonnage *nm*
clayonner *vt*
clé ou **clef** [kle] *nf, adj*
clean [klin] *adj inv. (fam.)*
clearance [klirɑ̃s] *nf*
clearing [kliriŋ] *nm*
clébard ou **clebs** [klɛps] *nm (pop.)*
clédar *nm*
clef [kle] ou **clé** *nf*
clématite *nf*
clémence *nf*
clément, e *adj*
clémentine *nf*
clémentinier *nm*
clenche [klɑ̃ʃ] *nf*
clephte ou **klephte** *nm*
clepsydre *nf*
cleptomane ou **kleptomane** *n*
cleptomanie ou **kleptomanie** *nf*
clerc [klɛr] *nm*
clergé *nm*
clergie *nf*
clergyman [klɛrdʒiman] *nm (pl clergymen)*
clérical, e, aux *adj*
cléricalisme *nm*
cléricature *nf*
clermontois, e *adj, n*
clérouque *nm*

clérouquie ou
clérouchie *nf*
clic *interj*
clic(k) *nm (consonne)*
clic-clac *interj*
clichage *nm*
cliché *nm*
clicher *vt*
clicherie *nf*
clicheur *nm, adj m*
clic(k) *nm (consonne)*
client, e *n*
clientèle *nf*
clientélisme *nm*
clignement *nm*
cligner *vt, vi*
clignotant, e *adj, nm*
clignotement *nm*
clignoter *vi*
climat [-ma] *nm*
climatère *nm*
climatérique *adj*
climatique *adj*
climatisation *nf*
climatiser *vt*
climatiseur *nm*
climatisme *nm*
climatologie *nf*
climatologique *adj*
climatologiste *n*
climatologue *n*
climatopathologie *nf*
climatothérapie *nf*
climax [klimaks] *nm*
clin *nm*
clinamen [-ɛn] *nm*
clin d'œil *nm (pl clins d'œil)*
clindamycine *nf*
clinfoc *nm*
clinicat [-ka] *nm*
clinicien, enne *n*
clinique *adj, nf*
cliniquement *adv*
clinker [klinkœr] *nm*
clinomètre *nm*
clinorhombique *adj*
clinquant, e *adj, nm*
clip [klip] *nm*
clipper [klipœr] *nm*
clique *nf (groupe ; fam.)*
cliquer *vi*
cliques *nf pl (prendre ses cliques et ses claques ; fam.)*
cliquet [-kɛ] *nm*
cliquetant, e *adj*
cliquètement ou
cliquettement *nm*
cliqueter *vi* C10
cliquetis [-ti] *nm*
cliquette *nf*
clisse *nf*
clisser *vt*
clitocybe *nm*
clitoridectomie *nf*
clitoridien, enne *adj*
clitoris [-ris] *nm*
clivable *adj*
clivage *nm*
cliver *vt, vpr*
cloacal, e, aux *adj*
cloaque *nm*
clochard, e *n (vagabond ; fam.)*
clochard *nf inv. (pomme)*
clochardisation *nf*
clochardiser *vt*
cloche *nf, adj*
cloche-pied (à) *loc adv*
clocher *nm*
clocher *vi*
clocheton *nm*
clochette *nf*
clodo *n (pop.)*
clofibrate *nm*
cloison *nf*
cloisonnage *nm*
cloisonné, e *adj, nm*
cloisonnement *nm*
cloisonner *vt*
cloisonnisme *nm*
cloître *nm*
cloîtré, e *adj*
cloîtrer *vt, vpr*
clomifène *nm*
clonage *nm*
clone *nm*
cloner *vt*
clonique *adj*
clonus [-nys] *nm*
clope *nm* ou *nf (arg.)*
clopin-clopant *loc adv*
clopiner *vi*
clopinettes *nf pl (fam.)*
cloporte *nm*
cloque *nf*
cloqué, e *adj*
cloquer *vi*
clore *vt* C77
clos, e [klo, oz] *adj, nm*
closeau *nm*
close-combat *nm (pl close-combats)*
closerie *nf*
clôture *nf*
clôturer *vt*
clou *nm*
clouage *nm*
clouer *vt*
cloutage *nm*
cloutard *nm (fam.)*
clouté, e *adj*
clouter *vt*
clouterie *nf*
cloutier *nm*
cloutière *nf*
clovisse *nf*
clown [klun] *nm*
clownerie [klunri] *nf*
clownesque [klunɛsk] *adj*
clownesse [klunɛs] *nf*
cloyère [klwajɛr] *nf*
club [klœb] *nm*
club-house *nm (pl club-houses)*
clubiste [klœb-] *n*
clunisien, enne *adj*
clupéidé *nm*
cluse *nf*
cluster [klystɛr] *nm*
clystère *nm*
cnémide *nf*
cnidaire *nm*
coaccusation *nf*
coaccusé, e *n*

coach [kotʃ] *nm (pl coaches)*
coacquéreur *nm*
coactif, ive *adj*
coaction *nf*
coadjuteur, trice *n*
coadministrateur, trice *n*
coagulabilité *nf*
coagulable *adj*
coagulant, e *adj, nm*
coagulateur, trice *adj*
coagulation *nf*
coaguler *vt, vi, vpr*
coagulum [-lɔm] *nm*
coalescence *nf*
coalescent, e *adj*
coalescer *vt* C6
coalisé, e *adj, n*
coaliser *vt*
coalition *nf*
coaltar [koltar] *nm*
coaptation *nf*
coapteur *nm*
coarticulation *nf*
coassement *nm*
coasser *vi*
coassocié, e *n*
coassurance *nf*
coati [kɔati] *nm*
coauteur *nm*
coaxial, e, aux *adj*
cob [kɔb] *nm*
cobæa ou cobéa ou cobée *nm*
cobalt [kɔbalt] *nm*
cobaltine *nf*
cobaltothérapie *nf*
cobaye [kɔbaj] *nm*
cobe *nm*
cobéa ou cobée ou cobæa *nm*
cobelligérant, e *adj, nm*
cobol *nm s*
cobra *nm*
coca *nm (arbuste); nf (substance)*
coca-cola ou coca *nm inv.*
cocagne *nf*
cocaïne *nf*
cocaïnisation *nf*
cocaïnisme *nm*
cocaïnomane *n*
cocaïnomanie *nf*
cocarde *nf*
cocardier, ère *adj, n*
cocasse *adj*
cocasserie *nf*
coccidé [kɔksi-] *nm*
coccidie [kɔksi-] *nf*
coccidiose [kɔksi-] *nf*
coccinelle [kɔksi-] *nf*
coccolite *nf*
coccolithophore *nm*
coccygien, enne [kɔksi-] *adj*
coccyx [kɔksis] *nm*
coche *nm (véhicule); nf (entaille, truie)*
cochenillage *nm*
cochenille *nf*
cocher *vt (marquer)*
cocher *nm*
côcher *vt (couvrir la femelle)*
cochère *adj f*
cochet [-ʃɛ] *nm*
cochevis [kɔʃvi] *nm*
cochléaire [kɔkleɛr] *adj*
cochléaria [kɔkle-] *nm*
cochlée [kɔkle] *nf*
cochon *nm*
cochon, onne *adj, n*
cochonceté *nf (pop.)*
cochonnaille *nf*
cochonnée *nf*
cochonner *vi, vt*
cochonnerie *nf (fam.)*
cochonnet *nm*
cochylis [kɔkilis] ou conchylis [kɔ̃kilis] *adj, n*
cocker [kɔkɛr] *nm*
cockney [kɔknɛ] *adj, n*
cockpit [kɔkpit] *nm*
cocktail [kɔktɛl] *nm*
coco *nm; nf (cocaïne; fam.)*
cocon *nm*
coconner *vi*
cocontractant, e *n*
cocoon [kokun] *nm inv.*
cocorico *nm*
cocot(t)er *vi (pop.)*
cocoteraie *nf*
cocotier *nm*
cocotte *nf*
cocotte-minute *nf inv.*
cocot(t)er *vi (pop.)*
cocréancier, ère *n*
coction *nf*
cocu, e *adj, n*
cocuage *nm*
cocufier *vt (fam.)*
cocyclique *adj*
coda *nf*
codage *nm*
code *nm*
codé, e *adj*
codébiteur, trice *n*
codéine *nf*
codemandeur, eresse *adj, n*
coder *vt*
codétenteur, trice *n*
codétenu, e *n*
codeur *nm*
codex [kɔdɛks] *nm*
codicillaire [-silɛr] *adj*
codicille [-sil] *nm*
codificateur, trice *adj, n*
codification *nf*
codifier *vt*
codirecteur, trice *adj, n*
codirection *nf*
codominance *nf*
codon *nm*
codonataire *n*
codonateur, trice *n*
coéchangiste *adj, n*
coéditeur, trice *n*
coédition *nf*
coéducation *nf*
coefficient *nm*
cœlacanthe [se-] *nm*
cœlentéré [se-] *nm*
cœliaque [se-] *adj*
cœlioscopie [se-] *nf*

cœlomate [se-] *nm*
cœlome [selom] *nm*
cœlomique [se-] *adj*
coemption [kɔɑ̃psjɔ̃] *nf*
cœnure ou **cénure** [se-] *nm*
cœnurose ou **cénurose** [se-] *nf*
coenzyme *nf*
coéquation *nf*
coéquipier, ère *n*
coercibilité *nf*
coercible *adj*
coercitif, ive *adj*
coercition *nf*
coéternel, elle *adj*
cœur *nm (organe)*
cœur-de-pigeon *nm (pl cœurs-de-pigeon)*
coexistant, e *adj*
coexistence *nf*
coexister *vi*
coextensif, ive *adj*
cofacteur *nm*
coffin *nm*
coffrage *nm*
coffre *nm*
coffre-fort *nm (pl coffres-forts)*
coffrer *vt*
coffret [-frɛ] *nm*
coffreur *nm*
cofidéjusseur *nm*
cofinancement *nm*
cofinancer *vt* C6
cofondateur, trice *n*
cogérance *nf*
cogérant, e *n*
cogérer *vt* C11
cogestion *nf*
cogitation *nf*
cogiter *vi, vt (fam.)*
cogito *nm inv.*
cognac [-ɲak] *nm*
cognassier *nm*
cognat [kɔgna] *nm*
cognation [kɔgnasjɔ̃] *nf*
cogne *nm (arg.)*
cognée *nf*
cognement *nm*
cogner *vi, vt, vti, vpr*
cogneur *nm (pop.)*
cogniticien, enne [-gni-] *n*
cognitif, ive [-gni-] *adj*
cognition [-gni-] *nf*
cohabitation *nf*
cohabiter *vi*
cohérence *nf*
cohérent, e *adj*
cohéreur *nm*
cohériter *vi*
cohéritier, ère *n*
cohésif, ive *adj*
cohésion *nf*
cohorte *nf*
cohue *nf*
coi, coite [kwa, at] *adj*
coiffage *nm*
coiffant, e *adj*
coiffe *nf*
coiffé, e *adj*
coiffer *vt, vpr*
coiffeur, euse *n*
coiffure *nf*
coin *nm (angle)*
coinçage *nm*
coincement *nm*
coincer *vt, vpr* C6
coinchée *adj f, nf*
coincher *vi*
coïncidence *nf*
coïncident, e *adj*
coïncider *vi*
coin-coin *nm inv.*
coïnculpé, e *n*
coïntéressé, e *n*
coing [kwɛ̃] *nm (fruit)*
coït [kɔit] *nm*
coïter *vi*
cojouissance *nf*
coke *nm (combustible); nf (cocaïne)*
cokéfaction *nf*
cokéfiable *adj*
cokéfiant *adj m*
cokéfier *vt*
cokerie *nf*
coking [kɔkiŋ] *nm*
col *nm (cou, collet, passage)*
cola ou **kola** *nm*
colarin *nm*
colatier ou **kolatier** *nm*
colature *nf*
colback [kɔlbak] *nm*
colbertisme *nm*
col-bleu *nm (pl cols-bleus)*
colchicacée *nf*
colchicine *nf*
colchique [kɔlʃik] *nm*
colcotar *nm*
colcrete [-krɛt] *nm, adj m*
cold-cream [koldkrim] *nm (pl cold-creams)*
col-de-cygne *nm (pl cols-de-cygne)*
colée *nf*
colégataire *n*
coléoptère *nm*
coléoptile *nm*
colère *nf*
coléreux, euse *adj, n*
colérique *adj, n (de colère)*
colibacille [-sil] *nm*
colibacillose [-sil-] *nf*
colibri *nm*
colicitant, e *adj, n*
colifichet *nm*
colimaçon *nm*
colin *nm*
colinéaire *adj*
colinéarité *nf*
colin-maillard *nm s*
colinot *nm*
colin-tampon *nm s*
colique *adj, nf*
colis [-li] *nm*
colistier, ère *n*
colistine *nf*
colite *nf*
colitigant, e *adj*
collabo *n (abrév.)*
collaborateur, trice *n*
collaboration *nf*
collaborationniste *adj, n*

collaborer *vti, vi*
collage *nm*
collagène *nm*
collagénose *nf*
collant, e *adj, n*
collapsar *nm*
collapsus [-psys] *nm*
collargol *nm*
collatéral, e, aux *adj, n*
collateur *nm*
collation *nf*
collationnement *nm*
collationner *vt, vi*
collationnure *nf*
colle *nf (matière)*
collectage *nm*
collecte *nf*
collecter *vt, vpr*
collecteur, trice *adj, nm*
collectif, ive *adj, nm*
collection *nf*
collectionner *vt*
collectionneur, euse *n*
collectionnisme *nm*
collectivement *adv*
collectivisation *nf*
collectiviser *vt*
collectivisme *nm*
collectiviste *adj, n*
collectivité *nf*
collège *nm*
collégial, e, aux *adj*
collégiale *nf*
collégialement *adv*
collégialité *nf*
collégien, enne *n*
collègue *n*
collembole *nm*
collenchyme [kɔlɑ̃ʃim] *nm*
coller *vt, vti, vi*
collerette *nf*
collet [-lɛ] *nm (piège)*
colleter *vt, vpr* C4
colleur, euse *n*
colley [kɔlɛ] *nm (chien)*
collier *nm*
colliger *vt* C7
collimateur *nm*
collimation *nf*
collinaire *adj*
colline *nf*
collision *nf*
collocation *nf*
collodion *nm*
colloïdal, e, aux *adj*
colloïde *nm*
colloque *nm*
colloquer *vt*
collure *nf*
collusion *nf*
collusoire *adj*
collutoire *nm*
colluvial, e, aux *adj*
colluvion *nf*
collybie *nf*
collyre *nm*
colmatage *nm*
colmater *vt*
colobe *nm*
colocase *nf*
colocataire *n*
colocation *nf*
cologarithme *nm*
colombage *nm*
colombe *nf*
colombidé ou columbidé *nm*
colombien, enne *adj, n*
colombier *nm*
colombin, e *adj, n*
colombium ou columbium [kɔlɔ̃bjɔm] *nm*
colombo *nm*
colombophile *adj, n*
colombophilie *nf*
colon [kɔlɔ̃] *nm (personne)*
colon [kɔlɔn] *nm (pl colones* [monnaie]*)*
côlon [kolɔ̃] *nm (intestin)*
colonage *nm*
colonat [-na] *nm*
colonel *nm*
colonelle *nf, adj f*
colonial, e, aux *adj, n*
colonialisme *nm*
colonialiste *adj, n*
colonie *nf*
colonisable *adj*
colonisateur, trice *adj, n*
colonisation *nf*
colonisé, e *adj, n*
coloniser *vt*
colonnade *nf*
colonne *nf*
colonnette *nf*
colopathie *nf*
colophane *nf*
coloquinte *nf*
colorant, e *adj, nm*
coloration *nf*
colorature *nf*
coloré, e *adj*
colorer *vt, vpr*
coloriage *nm*
colorier *vt*
colorimètre *nm*
colorimétrie *nf*
coloris [-ri] *nm*
colorisation *nf*
coloriser *vt*
coloriste *n*
coloscope *nm*
colossal, e, aux *adj*
colossalement *adv*
colosse *nm*
colostomie *nf*
colostrum [-ɔm] *nm*
colpocèle *nf*
colportage *nm*
colporter *vt*
colporteur, euse *n*
colposcope *nm*
colposcopie *nf*
colt [kɔlt] *nm*
coltin *nm*
coltinage *nm*
coltiner *vt ; vpr (pop.)*
coltineur *nm*
colubridé *nm*
colubrin, e *adj*
colubrine *nf*
columbarium [kɔlɔ̃barjɔm] *nm*

columbidé ou **colombidé** *nm*
columbium ou **colombium** [kɔlɔ̃bjɔm] *nm*
columelle *nf*
colure *nm*
col(-)vert *nm (pl cols-verts* ou *colverts)*
colymbiforme *nm*
colza *nm*
colzatier *nm*
coma *nm (sommeil)*
comandant, e *n (mandant)*
comateux, euse *adj, n*
combat *nm*
combatif, ive *adj*
combativité *nf*
combattant, e *adj, nm*
combattre *vt, vti, vi* C47
combe *nf*
combien *adv, conj, nm inv.*
combientième *adj, n*
combinable *adj*
combinaison *nf*
combinard, e *adj, n (pop.)*
combinat [-na] *nm*
combinateur *nm*
combinatoire *adj, nf*
combine *nf (pop.)*
combiné, e *adj, nm*
combiner *vt*
combisme *nm*
comblanchien *nm*
comble *nm, adj*
comblé, e *adj*
comblement *nm*
combler *vt*
combo *nm*
combrière *nf*
comburant, e *adj, nm*
combustibilité *nf*
combustible *adj, nm*
combustion *nf*
come-back [kɔmbak] *nm inv.*
comédie *nf*
comédien, enne *adj, n*
comédon *nm*
comestibilité *nf*
comestible *adj*
comestibles *nm pl*
cométaire *adj*
comète *nf*
comice *nm (assemblée) ; nf (poire)*
comitial ou **comicial, e, aux** [-sjal, o] *adj*
comics *nm pl*
comique *adj, nm*
comiquement *adv*
comité *nm*
comma *nm (intervalle musical)*
command *nm (droit)*
commandant *nm (officier)*
commande *nf (de commander)*
commandement *nm*
commander *vt, vti*
commanderie *nf*
commandeur *nm*
commanditaire *nm, adj*
commandite *nf*
commandité, e *n*
commanditer *vt*
commando *nm*
comme *conj, adv*
commedia dell'arte [kɔmedjadɛlarte] *nf inv.*
commémoraison *nf*
commémoratif, ive *adj*
commémoration *nf*
commémorer *vt*
commençant, e *adj, n*
commencement *nm*
commencer *vi, vt, vti* C6
commendataire *adj, n*
commende *nf (bénéfice ecclésiastique)*
commensal, e, aux *adj*
commensalisme *nm*
commensalité *nf*
commensurabilité *nf*
commensurable *adj*
comment *adv, conj, nm inv.*
commentaire *nm*
commentateur, trice *n*
commenter *vt*
commérage *nm (fam.)*
commerçant, e *n, adj*
commerce *nm*
commercer *vi* C6
commercial, e, aux *adj, nm*
commerciale *nf*
commercialement *adv*
commercialisable *adj*
commercialisation *nf*
commercialiser *vt*
commère *nf*
commérer *vi* C11
commettage *nm*
commettant *nm*
commettre *vt, vpr* C48
comminatoire *adj*
comminutif, ive *adj*
commis [-mi] *nm*
commisération *nf*
commissaire *nm*
commissaire-priseur *nm (pl commissaires-priseurs)*
commissariat [-rja] *nm*
commission *nf*
commissionnaire *n*
commissionnement *nm*
commissionner *vt*
commissoire *adj*
commissural, e, aux *adj*
commissure *adj*
commissurotomie *nf*
commodat [-da] *nm*
commode *adj, nf*
commodément *adv*
commodité *nf*
commodo *nm inv.*
commodore *nm*
commotion *nf*
commotionner *vt*
commuabilité *nf*

commuable *adj*
commuer *vt*
commun, e *adj, n*
communal, e, aux *adj*
communale *nf*
communaliser *vt*
communard, e *n, adj*
communautaire *adj*
communautarisation *nf*
communauté *nf*
communaux *nm pl*
commune *nf*
communément *adv*
communiant, e *n*
communicabilité *nf*
communicable *adj*
communicant, e *adj*
communicateur, trice *adj, nm*
communicatif, ive *adj*
communication *nf*
communicationnel, elle *adj*
communier *vi, vt*
communion *nf*
communiqué *nm*
communiquer *vt, vi, vpr*
communisant, e *adj, n*
communisme *nm*
communiste *adj, n*
commutable *adj*
commutateur *nm*
commutatif, ive *adj*
commutation *nf*
commutativité *nf*
commutatrice *nf*
commuter *vt*
comorien, enne *adj, n*
comourants *nm pl*
compacité *nf*
compact, e [kɔ̃pakt] *adj, nm*
compactage *nm*
compact-disc [kɔ̃pakt-] *nm (pl compact-discs)*
compacter *vt*
compacteur *nm*
compagne *nf*
compagnie *nf*
compagnon *nm*
compagnonnage *nm*
comparabilité *nf*
comparable *adj*
comparaison *nf*
comparaître *vi* C61
comparant, e *adj, n*
comparateur *nm*
comparatif, ive *adj, nm*
comparatisme *nm*
comparatiste *n*
comparativement *adv*
comparé, e *adj*
comparer *vt, vpr*
comparoir *vi (seulement inf et participe prés)*
comparse *n*
compartiment *nm*
compartimentage *nm*
compartimentation *nf*
compartimenter *vt*
comparution *nf*
compas [-pa] *nm*
compassé, e *adj*
compasser *vt*
compassion *nf*
compatibilité *nf*
compatible *adj*
compatir *vti*
compatissant, e *adj*
compatriote *n*
compendieusement *adv*
compendieux, euse *adj*
compendium [kɔ̃pɑ̃djɔm] *nm*
compénétration *nf*
compénétrer (se) *vpr*
compensable *adj*
compensateur, trice *adj*
compensation *nf*
compensatoire *adj*
compensé, e *adj*
compenser *vt, vpr*
compérage *nm*
compère *nm*
compère-loriot *nm (pl compères-loriots)*
compétence *nf*
compétent, e *adj*
compéter *vi* C11
compétiteur, trice *n*
compétitif, ive *adj*
compétition *nf*
compétitivité *nf*
compilateur, trice *n*
compilation *nf*
compiler *vt*
compisser *vt*
complainte *nf*
complaire *vti, vpr* C60
complaisamment *adv*
complaisance *nf*
complaisant, e *adj*
complant *nm*
complanter *vt*
complément *nm*
complémentaire *adj, nm*
complémentarité *nf*
complet, ète *adj, nm*
complètement *nm*
complètement *adv*
compléter *vt, vpr* C11
complétif, ive *adj*
complétion [-sjɔ̃] *nf*
complétude *nf*
complexe *adj, nm*
complexé, e *adj, n*
complexer *vt*
complexifier *vt*
complexion *nf*
complexité *nf*
complication *nf*
complice *adj, n*
complicité *nf*
complies [kɔ̃pli] *nf pl*
compliment *nm*
complimenter *vt*
complimenteur, euse *adj, n*
compliqué, e *adj*
compliquer *vt, vpr*
complot *nm*
comploter *vt, vi*
comploteur, euse *n*
componction *nf*
componé, e *adj*
comporte *nf*
comportement *nm*

comportemental, e, aux *adj*
comportementalisme *nm*
comporter *vt, vpr*
composacée *nf*
composant, e *adj, nm*
composante *nf*
composé, e *adj, n*
composer *vt, vpr*
composeur *nm*
composeuse *nf*
composite *adj, nm*
compositeur, trice *n*
composition *nf*
compost [kɔ̃pɔst] *nm*
compostage *nm*
composter *vt*
composteur *nm*
compote *nf*
compotier *nm*
compound [kɔ̃pund] *adj inv., n*
compréhensibilité *nf*
compréhensible *adj*
compréhensif, ive *adj*
compréhension *nf*
comprendre *vt, vpr* C42
comprenette *nf (fam.)*
compresse *nf*
compresser *vt*
compresseur *adj, nm*
compressibilité *nf*
compressible *adj*
compressif, ive *adj*
compression *nf*
comprimable *adj*
comprimé, e *adj, nm*
comprimer *vt*
compris, e *adj*
compromettant, e *adj*
compromettre *vt, vi, vpr* C48
compromis [-mi] *nm*
compromission *nf*
compromissoire *adj*
comptabilisable *adj*
comptabilisation [kɔ̃ta-] *nf*
comptabiliser [kɔ̃ta-] *vt*
comptabilité [kɔ̃ta-] *nf*
comptable [kɔ̃tabl] *adj, n*
comptage [kɔ̃t-] *nm (de compter)*
comptant [kɔ̃t-] *adj m, adv, nm*
compte [kɔ̃t] *nm (de compter)*
compte chèques ou compte-chèques [kɔ̃t-] *nm (pl comptes chèques* ou *-chèques)*
compte-fils [kɔ̃t-] *nm inv.*
compte-gouttes [kɔ̃t-] *nm inv.*
compte-pas *nm inv.*
compter [kɔ̃te] *vt, vti, vi*
compte rendu [kɔ̃t-] *nm (pl comptes rendus)*
compte-tours *nm inv.*
compteur [kɔ̃t-] *nm (de compter)*
comptine [kɔ̃t-] *nf*
comptoir [kɔ̃t-] *nm*
compulser *vt*
compulsif, ive *adj*
compulsion *nf*
compulsionnel, elle *adj*
comput [kɔ̃pyt] *nm*
computation *nf*
computer [kɔmpjutœr] ou computeur *nm*
comtadin, e *adj, n*
comtal, e, aux *adj*
comtat [-ta] *nm*
comte *nm (titre)*
comté *nm (noblesse)*
comtesse *nf*
comtois, e *adj, n*
con *nm (vulg.)*
con, conne *adj, n (vulg.)*
con(n)ard, e *adj, n (vulg.)*
con(n)asse *nf (vulg.)*
concassage *nm*
concasser *vt*
concasseur *nm*
concaténation *nf*
concave *adj*
concavité *nf*
concéder *vt* C11
concélébration *nf*
concélébrer *vt* C11
concentrateur *nm*
concentration *nf*
concentrationnaire *adj*
concentré, e *adj, nm*
concentrer *vt, vpr*
concentrique *adj*
concentriquement *adv*
concept [kɔ̃sɛpt] *nm*
conceptacle *nm*
concepteur, trice *n*
conception *nf*
conceptisme *nm*
conceptualisation *nf*
conceptualiser *vt*
conceptualisme *nm*
conceptualiste *adj*
conceptuel, elle *adj*
concernant *prép*
concerner *vt*
concert *nm*
concertant, e *adj*
concertation *nf*
concerté, e *adj*
concerter *vi, vt, vpr*
concertina *nm*
concertino *nm*
concertiste *n*
concerto *nm*
concessible *adj*
concessif, ive *adj*
concession *nf*
concessionnaire *adj, n*
concetti [kɔntʃɛti] *nm pl*
concevable *adj*
concevoir *vt, vi* C39
conchoïdal, e, aux [-kɔi-] *adj*
conchoïde [-kɔid] *nf*
conchyliculteur, trice [-ki-] *n*
conchyliculture [-ki-] *nf*
conchylien, enne [-ki-] *adj*
conchyliologie [-ki-] *nf*

conchyliologiste [-ki-] *n*
conchylis ou **cochylis** [-kilis] *nm*
concierge *n*
conciergerie *nf*
concile *nm*
conciliable *adj*
conciliabule *nm*
conciliaire *adj*
conciliant, e *adj*
conciliateur, trice *adj, n*
conciliation *nf*
conciliatoire *adj*
concilier *vt, vpr*
concis, e [kɔ̃si, iz] *adj*
concision *nf*
concitoyen, enne *n*
concitoyenneté *nf*
conclave *nm*
conclaviste *nm*
concluant, e *adj*
conclure *vt, vi, vti* C57
conclusif, ive *adj*
conclusion *nf*
concocter *vt (pop.)*
concombre *nm*
concomitamment *adv*
concomitance *nf*
concomitant, e *adj*
concordance *nf*
concordant, e *adj*
concordat [-da] *nm*
concordataire *adj*
concorde *nf*
concorder *vi*
concourant, e *adj*
concourir *vi, vti* C25
concours [-kur] *nm*
concret, ète *adj, nm*
concrètement *adv*
concréter *vt, vpr* C11
concrétion *nf*
concrétisation *nf*
concrétiser *vt, vpr*
concubin, e *n*
concubinage *nm*
concubinaire *adj m*
concubinat [-na] *nm*
concupiscence [-pisɑ̃s] *nf*
concupiscent, e [-pisɑ̃, ɑ̃t] *adj*
concurremment [-ramɑ̃] *adv*
concurrence *nf*
concurrencer *vt* C6
concurrent, e *adj, n*
concurrentiel, elle [-sjɛl] *adj*
concussion *nf*
concussionnaire *adj, n*
condamnable [-dana-] *adj*
condamnation [-dana-] *nf*
condamnatoire [-dana-] *adj*
condamné, e [-dane] *adj, n*
condamner [-dane] *vt*
condé *nm (arg.)*
condensable *adj*
condensateur *nm*
condensation *nf*
condensé, e *adj, nm*
condenser *vt, vpr*
condenseur *nm*
condescendance [-desɑ̃-] *nf*
condescendant, e [-desɑ̃-] *adj*
condescendre [-desɑ̃-] *vti* C41
condiment *nm*
condisciple *n*
condition *nf*
conditionné, e *adj*
conditionnel, elle *adj, nm*
conditionnellement *adv*
conditionnement *nm*
conditionner *vt*
conditionneur, euse *n*
condoléances *nf pl*
condom [kɔ̃dɔ̃] *nm*
condominium [-njɔm] *nm*
condor *nm*
condottiere [kɔ̃dɔtjɛr] *nm (pl condottieri* ou *condottieres)*
conductance *nf*
conducteur, trice *adj, n*
conductibilité *nf*
conductible *adj*
conduction *nf*
conductivité *nf*
conduire *vt, vpr* C56
conduit *nm*
conduite *nf*
condyle *nm*
condylien, enne *adj*
condylome *nm*
cône *nm*
confabulation *nf*
confabuler *vi*
confection *nf*
confectionner *vt*
confectionneur, euse *n*
confédéral, e, aux *adj*
confédératif, ive *adj*
confédération *nf*
confédéré, e *adj, n*
confédérer *vt* C11
confédérés *nm pl*
confer [kɔ̃fɛr] *mot latin (impératif de conferre)*
conférence *nf*
conférencier, ère *n*
conférer *vi, vt* C11
conferve *nf*
confesse *nf*
confesser *vt, vpr*
confesseur *nm*
confession *nf*
confessionnal, aux *nm*
confessionnel, elle *adj*
confetti *nm*
confiance *nf*
confiant, e *adj*
confidemment [-damɑ̃] *adv*
confidence *nf*
confident, e *n*
confidentialité *nf*
confidentiel, elle *adj*
confidentiellement *adv*

confier *vt, vpr*
configuration *nf*
configurer *vt*
confiné, e *adj*
confinement *nm*
confiner *vt, vti, vpr*
confins *nm pl*
confire *vt, vpr* C55
confirmand, e *n*
confirmatif, ive *adj*
confirmation *nf*
confirmé, e *adj*
confirmer *vt, vpr*
confiscable *adj*
confiscation *nf*
confiserie *nf*
confiseur, euse *n*
confisquer *vt*
confit, e *adj, nm*
confiteor [kɔ̃fiteɔr] *nm inv.*
confiture *nf*
confiturerie *nf*
confiturier, ère *n*
conflagration *nf*
conflictuel, elle *adj*
conflit *nm*
confluence *nf*
confluent, e *adj, nm*
confluer *vi*
confondant, e *adj*
confondre *vt, vpr* C41
conformateur *nm*
conformation *nf*
conforme *adj*
conformé, e *adj*
conformément *adv*
conformer *vt*
conformisme *nm*
conformiste *adj, n*
conformité *nf*
confort *nm*
confortable *adj*
confortablement *adv*
conforter *vt*
confraternel, elle *adj*
confraternité *nf*
confrère *nm*
confrérie *nf*
confrontation *nf*
confronter *vt*
confucéen, enne *adj, n*
confucianisme *nm*
confucianiste *adj, n*
confus, e [-fy, yz] *adj*
confusément *adv*
confusion *nf*
confusionnel, elle *adj*
confusionnisme *nm*
conga *nf*
congaï ou congaye [kɔ̃gaj] *nf*
conge *nm*
congé *nm*
congéable *adj*
congédiable *adj*
congédiement *nm*
congédier *vt*
congelable *adj*
congélateur *nm*
congélation *nf*
congelé, e *adj*
congeler *vt, vpr* C9
congénère *adj, n*
congénital, e, aux *adj*
congénitalement *adv*
congère *nf*
congestif, ive *adj*
congestion *nf*
congestionner *vt*
conglomérat [-ra] *nm*
conglomération *nf*
conglomérer *vt* C11
conglutinant, e *adj*
conglutinatif, ive *adj*
conglutination *nf*
conglutiner *vt*
congolais, e *adj, n*
congratulation *nf*
congratuler *vt, vpr*
congre *nm*
congréer *vt* C14
congréganiste *adj, n*
congrégation *nf*
congrégationalisme *nm*
congrégationaliste *adj, n*
congrès [-grɛ] *nm*
congressiste *n*
congru, e *adj*
congruence *nf*
congruent, e *adj*
congrûment *adv*
conicine *nf*
conicité *nf*
conidie *nf*
conifère *nm*
conique *adj*
conirostre *adj, n*
conjectural, e, aux *adj*
conjecturalement *adv*
conjecture *nf*
conjecturer *vt*
conjoindre *vt* C43
conjoint, e *adj, n*
conjointement *adv*
conjoncteur *nm*
conjonctif, ive *adj*
conjonction *nf*
conjonctival, e, aux *adj*
conjonctive *nf*
conjonctivite *nf*
conjoncture *nf*
conjoncturel, elle *adj*
conjoncturiste *n*
conjugable *adj*
conjugaison *nf*
conjugal, e, aux *adj*
conjugalement *adv*
conjugalité *nf*
conjugué, e *adj*
conjuguée *nf*
conjuguer *vt, vpr*
conjugués *nm pl*
conjungo [kɔ̃ʒɔ̃go] *nm (fam.)*
conjurateur, trice *n*
conjuration *nf*
conjuratoire *adj*
conjuré, e *n*
conjurer *vt, vpr*
connaissable *adj*
connaissance *nf*
connaissement *nm*
connaisseur, euse *adj, n*
connaître *vt, vti, vpr* C61
con(n)ard, e *adj, n (vulg.)*
con(n)asse *nf (vulg.)*

connecter *vt*
connecteur *nm*
connectif, ive *adj, nm*
connectivite *nf*
connerie *nf (vulg.)*
connétable *nm*
connétablie *nf*
connexe *adj*
connexion *nf*
connexité *nf*
connivence *nf*
connivent, e *adj*
connotation *nf*
connoter *vt*
connu, e *adj, nm*
conoïdal, e, aux *adj*
conoïde *adj, nm*
conopée *nm*
conque *nf*
conquérant, e *adj, n*
conquérir *vt, vpr* C27
conquêt [-kɛ] *nm*
conquête *nf*
conquis, e *adj*
conquistador [kɔ̃kistadɔr] *nm* *(pl conquistador*[*e*]*s)*
consacrant *nm, adj m*
consacré, e *adj*
consacrer *vt, vpr*
consanguin, e [kɔ̃sɑ̃gɛ̃, in] *adj, n*
consanguinité [kɔ̃sɑ̃gɥinite] *nf*
consciemment [kɔ̃sjamɑ̃] *adv*
conscience *nf*
consciencieusement *adv*
consciencieux, euse *adj*
conscient, e *adj, nm*
conscientiser *vt*
conscription *nf*
conscrit *nm, adj m*
consécrateur *adj m, nm*
consécration *nf*
consécutif, ive *adj*
consécution *nf*
consécutivement *adv*
conseil *nm*
conseiller *vt*
conseiller, ère *n*
conseilleur, euse *n*
consensuel, elle *adj*
consensus [-sɛ̃sys] *nm*
consentant, e *adj*
consentement *nm*
consentir *vt, vti* C23
conséquemment [-kamɑ̃] *adv*
conséquence *nf*
conséquent, e *adj, nm*
conservateur, trice *adj, n*
conservation *nf*
conservatisme *nm*
conservatoire *adj, nm*
conserve *nf*
conserve (de) *loc adv*
conservé, e *adj*
conserver *vt, vpr*
conserverie *nf*
conserveur *nm*
considérable *adj*
considérablement *adv*
considérant *nm*
considération *nf*
considérer *vt, vpr* C11
consignataire *n*
consignateur *nm*
consignation *nf*
consigne *nf*
consigné, e *adj*
consigner *vt*
consilium fraudis [kɔ̃siljɔmfrodis] *loc adv*
consistance *nf*
consistant, e *adj*
consister *vti*
consistoire *nm*
consistorial, e, aux *adj, nm*
consœur *nf*
consol *nm (marine)*
consolable *adj*
consolant, e *adj*
consolateur, trice *adj, n*
consolation *nf*
console *nf (meuble)*
consoler *vt, vpr*
consolidation *nf*
consolidé, e *adj*
consolider *vt, vpr*
consommable *adj*
consommateur, trice *adj, n*
consommation *nf*
consommé, e *adj, nm*
consommer *vt, vi*
consomptible [-sɔ̃p-] *adj*
consomptif, ive [-sɔ̃p-] *adj*
consomption [-sɔ̃psjɔ̃] *nf*
consonance *nf*
consonant, e *adj*
consonantique *adj*
consonantisme *nm*
consonne *nf*
consort [-sɔr] *adj m*
consortial, e, aux *adj*
consortium [-sjɔm] *nm*
consorts [-sɔr] *nm pl*
consoude *nf*
conspirateur, trice *n*
conspiration *nf*
conspirer *vt, vi, vti*
conspuer *vt*
constable *nm*
constamment [-tamɑ̃] *adv*
constance *nf*
constant, e *adj*
constantan *nm*
constante *nf*
constantinien, enne *adj*
constat [-ta] *nm*
constatable *adj*
constatation *nf*
constater *vt*
constellation *nf*
constellé, e *adj*
consteller *vt*
consternant, e *adj*
consternation *nf*
consterner *vt*
constipant, e *adj*
constipation *nf*
constipé, e *adj, n*
constiper *vt*

constituant, e *adj, nm*
constitué, e *adj*
constituer *vt, vpr*
constitutif, ive *adj*
constitution *nf*
constitution(n)aliser *vt*
constitution(n)alisme *nm*
constitution(n)aliste *n*
constitution(n)alité *nf*
constitutionnel, elle *adj*
constitutionnellement *adv*
constricteur *adj m, nm*
constrictif, ive *adj*
constriction *nf*
constrictor *nm*
constringent, e *adj*
constructeur, trice *adj, n*
constructible *adj*
constructif, ive *adj*
construction *nf*
constructivisme *nm*
constructiviste *adj, n*
construire *vt* C56
consubstantialité *nf*
consubstantiation *nf*
consubstantiel, elle *adj*
consul *nm*
consulaire *adj*
consulat [-la] *nm*
consultable *adj*
consultant, e *adj, n*
consultatif, ive *adj*
consultation *nf*
consulte *nf*
consulter *vt, vi, vpr*
consulteur *nm*
consumable *adj*
consumant, e *adj*
consumer *vt, vpr*
consumérisme *nm*
consumériste *adj, n*
contact [kɔ̃takt] *nm*
contacter *vt*
contacteur *nm*
contactologie *nf*
contactologiste *n*
contage *nm (médecine)*
contagieux, euse *adj, n*
contagion *nf*
contagionner *vt*
contagiosité *nf*
container [kɔ̃tenɛr] ou conteneur [kɔ̃tənœr] *nm*
containérisation ou conteneurisation *nf*
containériser ou conteneuriser *vt*
contaminateur, trice *adj*
contamination *nf*
contaminer *vt*
conte *nm (récit)*
contemplateur, trice *n*
contemplatif, ive *adj, n*
contemplation *nf*
contemplativement *adv*
contempler *vt, vpr*
contemporain, aine *adj, n*
contemporanéité *nf*
contempteur, trice [kɔ̃tɑ̃ptœr, tris] *n*
contenance *nf*
contenant *nm*
conteneur [kɔ̃tənœr] ou container [kɔ̃tenɛr] *nm*
conteneurisation ou containérisation *nf*
conteneuriser ou containériser *vt*
contenir *vt, vpr* C28
content, e *adj, nm s*
contentement *nm*
contenter *vt, vpr*
contentieux, euse *adj, nm*
contentif, ive *adj*
contention *nf*
contenu, e *adj, nm*
conter *vt (raconter)*
contestable *adj*
contestant, e *adj, n*
contestataire *adj, n*
contestateur, trice *adj*
contestation *nf*
conteste (sans) *loc adv*
contester *vt, vi*
conteur, euse *n (de conter)*
contexte *nm*
contextuel, elle *adj*
contexture *nf*
contigu, ë [-gy] *adj*
contiguïté [-gɥite] *nf*
continence *nf*
continent, e *adj*
continent *nm*
continental, e, aux *adj*
continentalité *nf*
contingence *nf*
contingent, e *adj, nm*
contingentement *nm*
contingenter *vt*
continu, e *adj, nm*
continuateur, trice *n*
continuation *nf*
continuel, elle *adj*
continuellement *adv*
continuer *vt, vti, vi, vpr*
continuité *nf*
continûment *adv*
continuo *nm*
continuum [-nɥɔm] *nm*
contondant, e *adj*
contorsion *nf*
contorsionner *vt, vpr*
contorsionniste *n*
contour *nm*
contourné, e *adj*
contournement *nm*
contourner *vt*
contraceptif, ive *adj, nm*
contraception *nf*
contractant, e *adj, n*
contracte *adj*
contracté, e *adj*
contracter *vt, vpr*
contractile *adj*
contractilité *nf*
contraction *nf*
contractualisation *nf*
contractualiser *vt*
contractuel, elle *adj*
contractuellement *adv*
contracture *nf*

contracturer *vt*
contradicteur *nm*
contradiction *nf*
contradictoire *adj*
contradictoirement *adv*
contraignable *adj*
contraignant, e *adj*
contraindre *vt, vpr* C43
contraint, e *adj*
contrainte *nf*
contraire *adj, nm*
contraire (au) *loc adv*
contrairement *adv*
contralto *nm*
contrapuntique ou contrapontique ou contrepointique *adj*
contrapuntiste ou contrapontiste ou contrepointiste *n*
contrariant, e *adj*
contrarié, e *adj*
contrarier *vt*
contrariété *nf*
contrarotatif, ive *adj*
contrastant, e *adj*
contraste *nm*
contrasté, e *adj*
contraster *vt, vi, vti*
contrat [-tra] *nm*
contravention *nf*
contravis [-vi] *nm*
contre *prép, adv, nm*
contre-acculturation *nf (pl contre-acculturations)*
contre-alizé *nm (pl contre-alizés)*
contre-allée *nf (pl contre-allées)*
contre-amiral *nm (pl contre-amiraux)*
contre-appel *nm (pl contre-appels)*
contre-approches *nf pl*
contre-arc *nm (pl contre-arcs)*
contre-assurance *nf (pl contre-assurances)*
contre-attaque *nf (pl contre-attaques)*
contre-attaquer *vt, vi*
contrebalancer *vt, vpr* C6
contrebande *nf*
contrebandier, ère *n*
contrebas *nm*
contrebas (en) *loc adv*
contrebasse *nf*
contrebassiste *n*
contrebasson *nm*
contrebatterie *nf*
contrebattre *vt* C47
contre-bord *nm (pl contre-bords)*
contre-bord (à) *loc adv*
contrebouter ou contrebuter *vt*
contre-braquage *nm (pl contre-braquages)*
contre-braquer *vi, vt*
contrebutement *nm*
contrebuter ou contrebouter *vt*
contrecarrer *vt*
contrechamp *nm*
contre-chant *nm (pl contre-chants)*
contrechâssis *nm inv.*
contre-choc *nm (pl contre-chocs)*
contreclef *nf*
contrecœur *nm*
contrecœur (à) *loc adv*
contrecollé, e *adj*
contrecoup [-ku] *nm*
contre-courant *nm (pl contre-courants)*
contre-courbe *nf (pl contre-courbes)*
contre-culture *nf (pl contre-cultures)*
contredanse *nf*
contre-dénonciation *nf (pl contre-dénonciations)*
contre-digue *nf (pl contre-digues)*
contredire *vt, vpr* C54
contredisant, e *adj*
contredit *nm*
contrée *nf*
contre-écrou *nm (pl contre-écrous)*
contre-électromoteur, trice *adj (pl contre-électromoteurs, trices)*
contre-emploi *nm (pl contre-emplois)*
contre-empreinte *nf (pl contre-empreintes)*
contre-enquête *nf (pl contre-enquêtes)*
contre-épaulette *nf (pl contre-épaulettes)*
contre-épreuve *nf (pl contre-épreuves)*
contre-espalier *nm (pl contre-espaliers)*
contre-espionnage *nm (pl contre-espionnages)*
contre-essai *nm (pl contre-essais)*
contre-exemple *nm (pl contre-exemples)*
contre-expertise *nf (pl contre-expertises)*
contre-extension *nf (pl contre-extensions)*
contrefaçon *nf*
contrefacteur *nm*
contrefaction *nf*
contrefaire *vt* C59
contrefaiseur, euse *n*
contrefait, e *adj*
contre-fenêtre *nf (pl contre-fenêtres)*
contre-fer *nm (pl contre-fers)*
contre-feu *nm (pl contre-feux)*
contre-fiche *nf (pl contre-fiches)*
contreficher (se) *vpr (pop.)*
contre-fil *nm (pl contre-fils)*

contre-filet *nm (pl contre-filets)*
contrefort *nm*
contrefoutre (se) *vpr (pop.)* C50
contre-fugue *nf (pl contre-fugues)*
contre-hacher *vt*
contre-hachure *nf (pl contre-hachures)*
contre-haut (en) *loc adv*
contre-hermine *nf (pl contre-hermines)*
contre-indication *nf (pl contre-indications)*
contre-indiqué, e *adj (pl contre-indiqués, ées)*
contre-indiquer *vt*
contre-interrogatoire *nm (pl contre-interrogatoires)*
contre-investissement *nm (pl contre-investissements)*
contre-jour *nm (pl contre-jours)*
contre-lame *nf (pl contre-lames)*
contre-latte *nf (pl contre-lattes)*
contre-latter *vt*
contre-la-montre *nm inv.*
contre-lettre *nf (pl contre-lettres)*
contremaître, esse *n*
contremander *vt*
contre-manifestant, e *n (pl contre-manifestants, es)*
contre-manifestation *nf (pl contre-manifestations)*
contre-manifester *vi*
contremarche *nf*
contre-marée *nf (pl contre-marées)*
contremarque *nf*
contremarquer *vt*
contre-mesure *nf (pl contre-mesures)*
contre-mine *nf (pl contre-mines)*
contre-miner *vt*
contre-mur *nm (pl contre-murs)*
contre-murer *vt*
contre-offensive *nf (pl contre-offensives)*
contre-ordre ou **contrordre** *nm (pl contre-ordres ou contrordres)*
contre-pal *nm (pl contre-pals)*
contrepartie *nf*
contre-pas *nm inv.*
contre-passation *nf (pl contre-passations)*
contre-passer *vt*
contre-pente *nf (pl contre-pentes)*
contre-performance *nf (pl contre-performances)*
contrepet [-pɛ] *nm*
contrepèterie *nf*
contre-pied *nm inv.*
contreplacage *nm*
contreplaqué *nm*
contreplaquer *vt*
contre-plongée *nf (pl contre-plongées)*
contrepoids *nm*
contre-poil (à) *loc adv*
contrepoint *nm*
contre-pointe *nf (pl contre-pointes)*
contrepointer *vt*
contrepointique ou **contrapuntique** ou **contrapontique** *adj*
contrepointiste ou **contrapuntiste** ou **contrapontiste** *n*
contrepoison *nm*
contre-porte *nf (pl contre-portes)*
contre-pouvoir *nm (pl contre-pouvoirs)*
contre-préparation *nf (pl contre-préparations)*
contre-profil *nm (pl contre-profils)*
contreprojet *nm*
contre-propagande *nf (pl contre-propagandes)*
contre-proposition *nf (pl contre-propositions)*
contre-publicité *nf (pl contre-publicités)*
contrer *vt, vi*
contre-rail *nm (pl contre-rails)*
contre-réforme *nf (pl contre-réformes)*
contre-révolution *nf (pl contre-révolutions)*
contre-révolutionnaire *adj, n (pl contre-révolutionnaires)*
contre-sangle *nf (pl contre-sangles)*
contre-sanglon *nm (pl contre-sanglons)*
contrescarpe *nf*
contre-sceau *nm (pl contre-sceaux)*
contre-sceller *vt*
contreseing [-sɛ̃] *nm*
contresens *nm*
contresignataire *adj, n*
contresigner *vt*
contre-sujet *nm (pl contre-sujets)*
contre-taille *nf (pl contre-tailles)*
contretemps *nm*
contre-terrasse *nf (pl contre-terrasses)*
contre-terrorisme *nm (pl contre-terrorismes)*

contre-terroriste *nm (pl contre-terroristes)*
contre-timbre *nm (pl contre-timbres)*
contre-tirer *vt*
contre-torpilleur *nm (pl contre-torpilleurs)*
contre-transfert *nm (pl contre-transferts)*
contretype *nm*
contre-ut [kɔ̃tryt] *nm inv.*
contre-vair *nm (pl contre-vairs)*
contre-valeur *nf (pl contre-valeurs)*
contrevallation *nf*
contrevenant, e *n*
contrevenir *vti* C28
contrevent *nm*
contreventement *nm*
contreventer *vt*
contrevérité *nf*
contre-visite *nf (pl contre-visites)*
contre-voie *nf (pl contre-voies)*
contribuable *n*
contribuer *vti*
contributif, ive *adj*
contribution *nf*
contrister *vt*
contrit, e *adj*
contrition *nf*
contrôlabilité *nf*
contrôlable *adj*
controlatéral, e, aux *adj*
contrôle *nm*
contrôler *vt, vpr*
contrôleur, euse *n*
contrordre ou **contre-ordre** *nm (pl contrordres ou contre-ordres)*
controuvé, e *adj*
controversable *adj*
controverse *nf*
controversé, e *adj*
controverser *vt*
controversiste *n*
contumace *nf*
contumax [-maks] ou **contumace** *(Ac.) adj, n*
contus, e [kɔ̃ty, yz] *adj*
contusion *nf*
contusionner *vt*
conurbation *nf*
convaincant, e *adj*
convaincre *vt* C40
convaincu, e *adj, n*
convalescence [-lesɑ̃s] *nf*
convalescent, e [-lesɑ̃, ɑ̃t] *adj, n*
convecteur *nm*
convectif, ive *adj*
convection *nf*
convenable *adj*
convenablement *adv*
convenance *nf*
convenant *nm*
convenir *vti, vi, vpr* C28 *auxil avoir (agréer); auxil être (décider ensemble)*
convent *nm*
conventicule *nm*
convention *nf*
conventionnalisme *nm*
conventionné, e *adj*
conventionnel, elle *adj, nm*
conventionnellement *adv*
conventionnement *nm*
conventionner *vt*
conventuel, elle *adj*
convenu, e *adj*
convergence *nf*
convergent, e *adj*
converger *vi* C7
convers, e [-vɛr, ɛrs] *adj*
conversation *nf*
conversationnel, elle *adj*
converser *vi*
conversion *nf*
converti, e *adj, n*
convertibilité *nf*
convertible *adj, nm*
convertir *vt, vpr*
convertissable *adj*
convertissage *nm*
convertissement *nm*
convertisseur *nm*
convexe *adj*
convexité *nf*
convict [-vikt] *nm*
conviction *nf*
convier *vt*
convive *n*
convivial, e, aux *adj*
convivialité *nf*
convocable *adj*
convocation *nf*
convoi *nm*
convoiement *nm*
convoiter *vt*
convoitise *nf*
convoler *vi*
convoluté, e *adj*
convolvulacée *nf*
convolvulus [-ys] *nm*
convoquer *vt*
convoyage *nm*
convoyer *vt* C16
convoyeur, euse *adj, n*
convulsé, e *adj*
convulser *vt, vpr*
convulsif, ive *adj*
convulsion *nf*
convulsionnaire *n*
convulsionner *vt*
convulsivement *adv*
coobligé, e *adj, n*
cooccupant, e *n*
cooccurrence *nf*
cool [kul] *adj inv. (fam.); nm inv.*
coolie [kuli] *nm (travailleur en Extrême-Orient)*
coopérant, e *adj, n*
coopérateur, trice *n*
coopératif, ive *adj*
coopération *nf*
coopératisme *nm*
coopérative *nf*
coopérer *vti, vi* C11

cooptation *nf*
coopter *vt*
coordinateur, trice *adj, n*
coordination *nf*
coordinence *nf*
coordonnateur, trice *adj, n*
coordonnant *nm*
coordonné, e *adj*
coordonnée *nf*
coordonner *vt*
coordonnés *nm pl*
copahu [kɔpay] *nm*
copaïer ou copayer [kɔpaje] *nm*
copain *nm (fam.)*
copal, als *nm*
copartage *nm*
copartageant, e *adj, n*
copartager *vt* C7
coparticipant, e *adj, n*
coparticipation *nf*
copaternité *nf*
copayer ou copaïer *nm*
copeau *nm*
copépode *nm*
copermuter *vt*
copernicien, enne *adj*
copiage *nm*
copie *nf*
copier *vt*
copieur, euse *n*
copieusement *adv*
copieux, euse *adj*
copilote *nm*
copinage *nm (fam.)*
copine *nf (pop.)*
copiner *vi (fam.)*
copinerie *nf (fam.)*
copiste *n*
coplanaire *adj*
copolymère *nm*
coposséder *vt* C11
copossession *nf*
coppa *nf*
copra(h) *nm*
coprésidence *nf*
coprésident, e *n*
coprin *nm*
coprince *nm*
coproculture *nf*
coproduction *nf*
coproduire *vt* C56
coprolalie *nf*
coprolithe *nm*
coprologie *nf*
coprophage *adj, n*
coprophagie *nf*
coprophile *adj*
coprophilie *nf*
copropriétaire *n*
copropriété *nf*
copte *adj, n*
copulatif, ive *adj*
copulation *nf*
copule *nf*
copuler *vi*
copyright [kɔpirajt] *nm*
coq [kɔk] *nm (oiseau)*
coq-à-l'âne [kɔkalan] *nm inv.*
coquart ou coquard [kɔkar] *nm (pop.)*
coque *nf (paroi, coquillage)*
coquecigrue *nf*
coquelet [-lɛ] *nm*
coqueleux, euse *n*
coquelicot [-ko] *nm*
coquelle *nf*
coquelon *nm*
coquelourde *nf*
coqueluche *nf*
coquelucheux, euse *adj, n*
coquemar *nm*
coquerelle *nf*
coqueret *nm*
coquerico *nm*
coquerie *nf*
coqueron *nm*
coquet, ette [-kɛ, kɛt] *adj, n*
coqueter *vi* C10
coquetier *nm*
coquetière *nf*
coquettement *adv*
coquetterie *nf*
coquillage [-kijaʒ] *nm*
coquillard [-kijar] *nm (mauvais garçon)*
coquillart [-kijar] *nm (minéralogie)*
coquille [-kij] *nf*
coquiller [-kije] *vi*
coquillette [-kijɛt] *nf*
coquillier, ère [-kije, jɛr] *adj*
coquin, e *adj, n*
coquinerie *nf*
cor *nm (instrument de musique, tumeur)*
coraciadiforme ou coraciiforme *nm*
coracoïde *adj, nf*
corail, aux *nm, adj inv.*
corailleur [-jœr] *nm*
coralliaire [-ljɛr] *nm*
corallien, enne [-ljɛ̃, ɛn] *adj*
corallifère [-li-] *adj*
corallin, e [-lɛ̃, in] *adj*
coralline [-lin] *nf*
coram populo *loc adv*
coran *nm*
coranique *adj*
corbeau *nm*
corbeille *nf*
corbeille-d'argent *nf (pl corbeilles-d'argent)*
corbillard [-bijar] *nm*
corbillat [-bija] *nm*
corbillon [-bijɔ̃] *nm*
corbin *nm*
corbleu *interj*
cordage *nm*
corde *nf (câble)*
c(h)orde [kɔrd] *nf (partie de l'embryon)*
cordé, e *adj*
c(h)ordé [kɔrde] *nm*
cordeau *nm*
cordée *nf*
cordeler *vt* C10
cordelette *nf*
cordelier *nm*
cordelière *nf*
cordelle *nf*

corder *vt, vpr*
corderie *nf*
cordial, e, aux *adj, nm*
cordialement *adv*
cordialité *nf*
cordier, ère *n*
cordiforme *adj*
cordillère [kɔrdijɛr] *nf*
cordite *nf*
cordoba *nm*
cordon *nm*
cordon-bleu *nm (pl cordons-bleus)*
cordonner *vt*
cordonnerie *nf*
cordonnet [-nɛ] *nm*
cordonnier, ère *n*
cordouan, e *adj, n*
corê ou **coré** ou **korê** *nf*
coréen, enne *adj, n*
corégone *nm*
coreligionnaire *n*
coréopsis [-psis] *nm*
coriace *adj*
coriacité *nf*
coriandre *nf*
coricide *nm*
corindon *nm*
corinthien, enne *nf*
corme *nf*
cormier *nm*
cormophyte *nf*
cormoran *nm*
cornac [-nak] *nm*
cornacée *nf*
cornage *nm*
cornaline *nf*
cornard *nm (pop.)*
cornard, e *adj*
corne *nf*
corné, e *adj*
corned-beef [kɔrnbif] *nm inv.*
cornée *nf*
cornéen, enne *adj*
cornéenne *nf*
corneille [-nɛj] *nf*
cornélien, enne *adj*
cornement *nm*
cornemuse *nf*
cornemuseur ou **cornemuseux** *nm*
corner *vi, vt*
corner [kɔrnɛr] *nm*
cornet [-nɛ] *nm*
cornette *nf (coiffure); nm (porte-étendard)*
cornettiste *n*
corneur, euse *adj, nm*
corn-flakes [kɔrnflɛks] *nm pl*
corniaud ou **corniot** *nm*
corniche *nf*
cornichon *nm*
cornier, ère *adj, n*
cornillat *nm*
cornillon [-nijɔ̃] *nm*
corniot ou **corniaud** *nm*
cornique *nm, adj*
corniste *n*
cornouille [-nuj] *nf*
cornouiller [-nuje] *nm*
cornu, e *adj*
cornue *nf*
corollaire *nm*
corolle *nf*
coron *nm*
coronaire *adj*
coronal, e, aux *adj*
coronarien, enne *adj*
coronarite *nf*
coronographe *nm*
coronarographie *nf*
coronelle *nf*
coroner [-nœr] *nm*
coronille [-nij] *nf*
coronographe *nm*
coronoïde *adj*
corozo *nm*
corporal, aux *nm*
corporatif, ive *adj*
corporation *nf*
corporatisme *nm*
corporatiste *adj, n*
corporel, elle *adj*
corporellement *adv*
corps *nm (organisme)*
corps-mort *nm (pl corps-morts)*
corpulence *nf*
corpulent, e *adj*
corpus [-pys] *nm*
corpusculaire *adj*
corpuscule *nm*
corral, als *nm (enclos)*
corrasion *nf*
correct, e [-kt] *adj*
correctement *adv*
correcteur, trice *adj, n*
correctif, ive *adj, nm*
correction *nf*
correction(n)alisation *nf*
correction(n)aliser *vt*
correctionnel, elle *adj, nf*
corrégidor [kɔreʒidɔr] *nm*
corrélat [-la] *nm*
corrélatif, ive *adj, nm*
corrélation *nf*
corrélationnel, elle *adj*
corrélativement *adv*
corrélé, e *adj*
corréler *vt* C11
correspondance *nf*
correspondancier, ère *n*
correspondant, e *adj, n*
correspondre *vi, vti, vpr* C41
corrézien, enne *adj, n*
corrida *nf*
corridor *nm*
corrigé, e *adj, nm*
corriger *vt, vpr* C7
corrigeur, euse *n*
corrigible *adj*
corroboration *nf*
corroborer *vt*
corrodant, e *adj, nm*
corroder *vt*
corroi *nm*
corroierie [kɔrwari] *nf*
corrompre *vt* C41
corrompu, e *adj*
corrosif, ive *adj, nm*
corrosion *nf*
corroyage [kɔrwajaʒ] *nm*
corroyer [kɔrwaje] *vt* C16

corroyeur [kɔrwajœr] *nm*
corrupteur, trice *adj, n*
corruptibilité *nf*
corruptible *adj*
corruption *nf*
corsage *nm*
corsaire *nm*
corse *adj, n*
corsé, e *adj*
corselet [-sɛ] *nm*
corser *vt, vpr*
corset [-sɛ] *nm*
corseter *vt* C9
corsetier, ère *adj, n*
corso *nm*
cortège *nm*
cortès [-tɛs] *nf pl*
cortex [-tɛks] *nm*
cortical, e, aux *adj*
corticoïde *adj, nm*
corticole *adj*
corticostéroïde *adj, nm*
corticostimuline *nf*
corticosurrénal, e, aux *adj*
corticosurrénale *nf*
corticothérapie *nf*
cortinaire *nm*
cortine *nf*
cortisol *nm*
cortisone *nf*
cortisonique *adj, nm*
corton *nm*
coruscant, e *adj*
coruscation *nf*
corvéable *adj, n*
corvée *nf*
corvette *nf*
corvidé *nm*
corybante *nm*
corymbe [-rɛ̃b] *nm*
corymbifère *adj*
coryphée *nm*
coryza *nm*
cosaque *adj, n*
cosécante *nf*
cosignataire *n, adj*
cosigner *vt*
cosinus [-nys] *nm*
cosmétique *adj, nm (produit) ; nf (cosmétologie)*
cosmétiquer *vt*
cosmétologie *nf*
cosmétologue *n*
cosmique *adj*
cosmodrome *nm*
cosmogonie *nf*
cosmogonique *adj*
cosmographe *n*
cosmographie *nf*
cosmographique *adj*
cosmologie *nf*
cosmologique *adj*
cosmologiste *n*
cosmonaute *n*
cosmopolite *adj, n*
cosmopolitisme *nm*
cosmos [kɔsmɔs] *nm*
cossard, e *adj, n (pop.)*
cosse *nf*
cosser *vi*
cossette *nf*
cosson *nm*
cossu, e *adj*
cossus [kɔsys] *nm*
costal, e, aux *adj*
costard *nm (pop.)*
costaricain, e *adj, n*
costaud, e *adj, n (pop.)*
costière *nf*
costume *nm*
costumé, e *adj*
costumer *vt*
costumier, ère *n*
cosy ou **cosy-corner** *nm (pl cosys, cosies* ou *cosy-corners)*
cotangente *nf*
cotation *nf*
cote *nf (marque, degré)*
côte *nf (os, pente)*
coté, e *adj*
côté *nm*
coteau *nm*
côtelé, e *adj*
côtelette *nf*
coter *vt*
coterie *nf*
côtes-du-rhône *nm inv.*
coteur *nm*
cothurne [kɔtyrn] *nm*
cotice *nf*
cotidal, e, aux *adj*
côtier, ère *adj*
cotignac [-ɲak] *nm*
cotillon [-tijɔ̃] *nm*
cotinga [kɔtɛ̃ga] *nm*
cotingidé *nm*
cotisant, e *adj, n*
cotisation *nf*
cotiser *vi, vpr*
côtoiement *nm*
coton *nm*
cotonnade *nf*
cotonner *vt, vi, vpr*
cotonnerie *nf*
cotonneux, euse *adj*
cotonnier, ère *adj, n*
coton-poudre *nm (pl cotons-poudre)*
coton-tige *nm (pl cotons-tiges)*
côtoyer [-twaje] *vt* C16
cotre *nm*
cotret [-trɛ] *nm*
cottage [kɔtɛdʒ ou kɔtaʒ] *nm*
cotte *nf (vêtement)*
cotutelle *nf*
cotuteur, trice *n*
cotyle *nm (cavité) ; nf (mesure)*
cotylédon *nm*
cotylédoné, e *adj*
cotyloïde *adj*
cou *nm (partie du corps)*
couac *nm*
couard, e *adj, n*
couardise *nf*
couchage *nm*
couchailler *vi (fam.)*
couchant, e *adj, nm*
couche *nf*
couché, e *adj*
couche-culotte *nf (pl couches-culottes)*
coucher *vt, vi, vpr*

coucher *nm*
coucherie *nf (vulg.)*
couche-tard *n inv.*
couche-tôt *n inv.*
couchette *nf*
coucheur, euse *n*
couchis [-ʃi] *nm*
couchitique *adj, nm*
couchoir *nm*
couci-couça ou couci-couci *loc adv (fam.)*
coucou *nm*
coucou *interj*
coucoumelle *nf*
coude *nm*
coudé, e *adj*
coudée *nf*
cou-de-pied *nm (pl cous-de-pied)*
couder *vt*
coudière *nf*
coudoiement *nm*
coudoyer [-dwaje] *vt* C16
coudraie *nf*
coudre *vt* C45
coudrette *nf*
coudrier *nm*
couenne [kwan] *nf*
couenneux, euse [kwanø, øz] *adj*
couette *nf*
couffin *nm*
coufique *(Ac.)* ou kufique *adj, nm*
couguar [kugwar] *nm*
couic *interj*
couillard *adj m (pop.); nm*
couille *nf (pop.)*
couillon *nm (pop.)*
couillonnade *nf (pop.)*
couillonner *vt (pop.)*
couinement *nm*
couiner *vi*
coulabilité *nf*
coulage *nm*
coulant, e *adj, nm*
coule *nf*
coule (à la) *loc adv (pop.)*
coulé *nm*
coulée *nf*
coulemelle *nf*
couler *vi, vt, vpr*
couleur *nf*
couleuvre *nf*
couleuvreau *nm*
couleuvrine *nf*
coulis [kuli] *nm (préparation culinaire); adj m (vent coulis)*
coulissant, e *adj*
coulisse *nf*
coulisseau *nm*
coulissement *nm*
coulisser *vt, vi*
coulissier *nm*
couloir *nm*
couloire *nf*
coulomb [kulɔ̃] *nm*
coulommiers *nm*
coulpe [kulp] *nf*
coulure *nf*
coumarine *nf*
coumarou *nm*
country [kɔntri] *adj inv., nm* ou *nf inv.*
coup [ku] *nm (choc)*
coupable *adj, n*
coupablement *adv*
coupage *nm*
coupailler *vt*
coupant, e *adj, nm*
coup-de-poing *nm (pl coups-de-poing* [arme, silex]*)*
coupe *nf*
coupé, e *adj, nm*
coupeau *nm*
coupe-batterie *nf (pl coupe-batteries)*
coupe-choux *nm inv.*
coupe-cigare *nm (pl coupe-cigares)*
coupe-circuit *nm (pl coupe-circuits)*
coupe-coupe *nm inv.*
coupée *nf*
coupe-faim *nm inv.*
coupe-feu *nm inv.*
coupe-file *nm inv.*
coupe-gorge *nm inv.*
coupe-jambon *nm inv.*
coupe-jarret *nm (pl coupe-jarrets)*
coupe-légumes *nm inv.*
coupellation *nf*
coupelle *nf*
coupeller *vt*
coupe-ongles *nm inv.*
coupe-papier *nm inv.*
coupe-pâte *nm inv.*
couper *vt, vti, vi, vpr*
coupe-racines *nm inv.*
couperet [-rɛ] *nm*
couperose *nf*
couperosé, e *adj*
coupeur, euse *n*
coupe-vent *nm inv.*
couplage *nm*
couple *nm; nf (deux choses de même espèce)*
couplé *nm*
coupler *vt*
couplet [-plɛ] *nm*
coupleur *nm*
coupoir *nm*
coupole *nf*
coupon *nm*
coupon-réponse *nm (pl coupons-réponses)*
coupure *nf*
couque *nf*
cour *nf (du roi, espace)*
courable *adj*
courage *nm*
courageusement *adv*
courageux, euse *adj*
courailler *vi (fam.)*
couramment *adv*
courant, e *adj, nm*
courante *nf*
courbaril [-ril] *nm*
courbatu, e *adj*
courbature *nf*
courbaturé, e *adj*

courbaturer *vt*
courbe *adj, nf*
courbé, e *adj*
courbement *nm*
courber *vt, vi, vpr*
courbette *nf*
courbure *nf*
courcailler *vi*
courcaillet *nm*
courçon, onne ou **courson, onne** *n*
courée *nf*
courette *nf*
coureur, euse *n*
courge *nf*
courgette *nf*
courir *vi, vt* C25
courlan *nm*
courlieu *nm*
courliri *nm*
courlis [-li] *nm*
couronne *nf*
couronné, e *adj*
couronnement *nm*
couronner *vt, vpr*
couros ou **kouros** [-rɔs] *nm*
courre *vt (usité seulement à l'inf)*
courreries [kurri] *nf pl*
courrier *nm*
courriériste *n*
courroie *nf*
courroucer *vt* C6
courroux [kuru] *nm*
cours [kur] *nm (leçon, écoulement, avenue)*
course *nf*
course-croisière *nf (pl courses-croisières)*
course-poursuite *nf (pl courses-poursuites)*
courser *vt (fam.)*
coursier *nm*
coursier, ère *n*
coursive *nf*
courson, onne ou **courçon, onne** *n*
court, e *adj, adv*
court *nm (tennis)*
courtage *nm*
courtaud, e *adj, n*
courtauder *vt*
court-bouillon *nm (pl courts-bouillons)*
court-circuit *nm (pl courts-circuits)*
court-circuiter *vt*
court-courrier *nm (pl court-courriers)*
courtelinesque *adj*
courtement *adv*
courtepointe *nf*
courtier, ère *n*
courtil [-ti] *nm*
courtilière *nf*
courtine *nf*
courtisan *nm*
courtisane *nf*
courtisanerie *nf*
courtiser *vt*
court-jointé, e *adj (pl court-jointés, es)*
court-jus *nm (pop.)*
court métrage ou **court-métrage** *nm (pl courts métrages* ou *courts-métrages)*
courtois, e *adj*
courtoisement *adv*
courtoisie *nf*
court-vêtu, e *adj (pl court-vêtus, es)*
couru, e *adj*
couscous [kuskus] *nm*
cousette *nf*
couseur, euse *n*
cousin, e *n*
cousin *nm*
cousinage *nm*
cousiner *vi*
coussin *nm*
coussinet *nm*
cousu, e *adj*
coût [ku] *nm (prix)*
coûtant *adj m*
couteau *nm*
couteau-scie *nm (pl couteaux-scies)*
coutelas [-lɑ] *nm*
coutelier, ère *n*
coutellerie *nf*
coûter *vt, vi, vti*
coûteusement *adv*
coûteux, euse *adj*
coutier, ère *n*
coutil [kuti] *nm*
coutre *nm*
coutume *nf*
coutumier, ère *adj, nm*
couture *nf*
couturé, e *adj*
couturer *vt*
couturier *adj m, nm (muscle)*
couturier, ère *n*
couvade *nf*
couvain *nm*
couvaison *nf*
couvée *nf*
couvent *nm*
couventine *nf*
couver *vt, vi*
couvercle *nm*
couvert, e *adj, nm*
couverte *nf*
couverture *nf*
couveuse *nf*
couvi *adj m*
couvoir *nm*
couvrant, e *adj*
couvre-chef *nm (pl couvre-chefs)*
couvre-feu *nm (pl couvre-feux)*
couvre-joint *nm (pl couvre-joints)*
couvre-lit *nm (pl couvre-lits)*
couvre-livre *nm (pl couvre-livres)*
couvre-nuque *nm (pl couvre-nuques)*
couvre-objet *nm (pl couvre-objets)*
couvre-pied *nm (pl couvre-pieds)*

couvre-plat *nm (pl couvre-plats)*
couvreur *nm*
couvrir *vt, vpr* C19
couvrure *nf*
covalence *nf*
covalent, e *adj*
covariance *nf*
covariant, e *adj, nm*
covenant *nm*
covendeur, euse *n*
cover-girl [kɔvœrgœrl] *nf (pl cover-girls)*
covoiturage *nm*
cow-boy [kawbɔj ou kobɔj] *nm (pl cow-boys)*
cowper [kawpœr] *nm*
cow-pox [kopɔks] *nm inv.*
coxal, e, aux *adj*
coxalgie *nf*
coxalgique *adj, n*
coxarthrose *nf*
coxo-fémoral, e, aux *adj*
coyau [kɔjo] *nm (pl coyaux)*
coyote [kɔjɔt] *nm*
crabe *nm*
crabier *nm*
crabot *(Ac.)* ou **clabot** *nm*
crabotage *(Ac.)* ou **clabotage** *nm*
craboter *(Ac.)* ou **claboter** *vt*
crabron *nm*
crac *interj*
crac ou **krak** *nm (fortification)*
crachat [-ʃa] *nm*
craché, e *adj*
crachement *nm*
cracher *vt, vi*
cracheur, euse *adj, n*
crachin *nm*
crachiner *vimp*
crachoir *nm*
crachotant, e *adj*
crachotement *nm*
crachoter *vi*
crack [krak] *nm (favori); nm (cocaïne; arg.)*
cracker [krakɛr ou -œr] *nm*
cracovienne *nf*
cracra *adj inv. (fam.)*
crado *adj inv. (pop.)*
craie *nf (calcaire)*
craillement *nm*
crailler [kraje] *vi*
craindre *vt* C43
crainte *nf*
craintif, ive *adj, n*
craintivement *adv*
crambe ou **crambé** *nm*
cramer *vi, vt (pop.)*
cramique *nm*
cramoisi, e *adj*
crampe *nf*
crampillon *nm*
crampon *nm*
cramponnement *nm*
cramponner *vt, vpr*
cramponnet *nm*
cran *nm*
crâne *nm*
crâne *adj*
crânement *adv*
crâner *vi (fam.)*
crânerie *nf*
crâneur, euse *adj, n (fam.)*
crânien, enne *adj*
craniologie *nf*
cranter *vt*
crapahutage *nm (arg.)*
crapahuter *vi (arg.)*
crapaud *nm*
crapaud-buffle *nm (pl crapauds-buffles)*
crapaudière *nf*
crapaudine *nf*
crapette *nf*
crapouillot *nm (pop.)*
crapoussin, e *n*
crapule *nf*
crapulerie *nf*
crapuleusement *adv*
crapuleux, euse *adj*
craquage *nm*
craquant, e *adj*
craque *nf (mensonge; pop.)*
craquelage *nm*
craquelé, e *adj*
craquèlement ou **craquellement** *nm*
craqueler *vt, vpr* C10
craquelin *nm*
craquelure *nf*
craquement *nm*
craquer *vi, vt*
craquètement *nm*
craqueter *vi* C10
craqueur *nm*
crase *nf*
crash [kraʃ] *nm (pl crash(e)s)*
crasher (se) *vpr (fam.)*
craspec *adj inv. (pop.)*
crasse *nf, adj f*
crasseux, euse *adj*
crassicaule *adj*
crassier *nm*
crassilingue *adj*
crassulacée *nf*
crassule *nf*
cratère *nm*
craterelle [kratrɛl] *nf*
cratériforme *adj*
craton *nm*
cravache *nf*
cravacher *vt, vi*
cravan(t) *nm*
cravate *nf*
cravater *vt*
crave *nm*
crawl [krol] *nm*
crawlé, e [krole] *adj*
crawler [krole] *vi*
crayère [krɛjɛr] *nf*
crayeux, euse [krejø, øz] *adj*
crayon [krɛjɔ̃] *nm*
crayon-feutre [krɛjɔ̃-] *nm (pl crayons-feutres)*

crayonnage [krɛjɔnaʒ] *nm*
crayonner [krɛjɔne] *vt*
crayonneur, euse [krɛjɔnœr] *n*
créance *nf*
créancier, ère *n*
créateur, trice *adj, n*
créatif, ive *adj*
créatine *nf*
créatinine *nf*
création *nf*
créationnisme *nm*
créationniste *adj, n*
créatique *nf*
créativité *nf*
créature *nf*
crécelle *nf*
crécerelle *nf*
crèche *nf*
crécher *vi* C11 *(pop.)*
crédence *nf*
crédentité *nf*
crédibiliser *vt*
crédibilité *nf*
crédible *adj*
crédirentier, ère *n*
crédit *nm*
crédit-bail *nm* *(pl crédits-bails)*
créditer *vt*
créditeur, trice *adj, n*
créditiste *n*
credo [kredo] *nm inv.*
crédule *adj*
crédulité *nf*
créer *vt* C14
crémage *nm*
crémaillère *nf*
crémant *adj m, nm (vin)*
crémation *nf*
crématiste *adj, n*
crématoire *adj, nm*
crematorium ou **crématorium** [-rjɔm] *nm*
crème *nf (matière grasse); nm (couleur, café), adj inv.*
crément *nm (syllabe)*
crémer *vi, vt* C11
crèmerie [krɛmri] *nf*
crémeux, euse *adj*
crémier, ère *n*
crémone *nf*
crénage *nm*
créneau *nm*
crènelage [krɛ-] *nm*
crènelé, e [krɛ-] *adj*
crèneler [krɛ-] *vt* C10
crènelure [krɛ-] *nf*
créner *vt* C11
crénom *interj (fam.)*
crénothérapie *nf*
créodonte *nm*
créole *adj, n*
créoliser (se) *vpr*
créosotage *nm*
créosote *nf*
créosoter *vt*
crépage ou **crêpage** *nm*
crêpe *nf (cuisine); nm (tissu, caoutchouc)*
crépelé ou **crêpelé, e** *adj*
crépelu ou **crêpelu, e** *adj*
crépelure ou **crêpelure** *nf*
crêper *vt, vpr*
crêperie *nf*
crépi *nm*
crépide *nf*
crêpier, ère *n*
crépin *nm*
crépine *nf*
crépinette *nf*
crépir *vt*
crépissage *nm*
crépitant, e *adj*
crépitation *nf*
crépitement *nm*
crépiter *vi*
crépon *nm*
crépu, e *adj*
crépure *nf*
crépusculaire *adj*
crépuscule *nm*
créquier *nm*
crescendo [kreʃɛndo] *adv, nm inv.*
crésol *nm*
cresson [kre ou krəsɔ̃] *nm*
cressonnette *nf*
cressonnière *nf*
crésus [-zys] *nm*
crésyl [-zil] *nm*
crêt [krɛ] *nm (crête)*
crétacé, e *adj, nm*
crête *nf*
crêté, e *adj*
crête-de-coq *nf* *(pl crêtes-de-coq)*
crételle *nf*
crêter *vt*
crétin, e *adj, n*
crétinerie *nf (fam.)*
crétinisant, e *adj (fam.)*
crétinisation *nf*
crétiniser *vt (fam.)*
crétinisme *nm*
crétois, e *adj, n*
creton *nm*
cretonne *nf*
creusage *nm*
creusement *nm*
creuser *vt, vi, vpr*
creuset [-zɛ] *nm*
creusois, e *adj, n*
creusure *nf*
creux, euse *adj*
creux *nm, adv*
crevaison *nf*
crevant, e *adj (pop.)*
crevard, e *adj, n (pop.)*
crevasse *nf*
crevasser *vt, vpr*
crève *nf (pop.)*
crevé, e *adj, n*
crève-cœur *nm inv.*
crève-la-faim *n inv.*
crever *vt, vi, vpr* C8
crevette *nf*
crevettier *nm*
crevettine *nf*
crevure *nf (pop.)*
cri *nm*
criaillement *nm*

criailler *vi (fam.)*
criaillerie *nf (fam.)*
criailleur, euse *adj, n (fam.)*
criant, e *adj*
criard, e *adj*
criblage *nm*
crible *nm*
criblé, e *adj*
cribler *vt*
cribleur, euse *n*
criblure *nf*
cric [krik] *nm (appareil)*
cric crac [krikkrak] *interj*
cricket [krikɛt] *nm (sport)*
cricoïde *adj, nm*
cricri *nm inv.*
criée *nf*
crier *vi, vt, vti*
crieur, euse *n*
crime *nm*
criminalisation *nf*
criminaliser *vt*
criminaliste *n*
criminalistique *nf*
criminalité *nf*
criminel, elle *adj, n*
criminellement *adv*
criminogène *adj*
criminologie *nf*
criminologiste *n*
criminologue *n*
crin *nm*
crincrin *nm (fam.)*
crinier *nm*
crinière *nf*
crinoïde *nm*
crinoline *nf*
criocère [krijɔsɛr] *nm*
crique *nf (petite baie)*
criquet [-kɛ] *nm (insecte)*
crise *nf*
crispant, e *adj*
crispation *nf*
crisper *vt, vpr*
crispin *nm*
criss ou kriss *nm*
crissement *nm*
crisser *vi*
cristal, aux *nm*
cristallerie *nf*
cristallin, e *adj, nm*
cristallinien, enne *adj*
cristallisable *adj*
cristallisant, e *adj*
cristallisation *nf*
cristallisé, e *adj*
cristalliser *vt, vi, vpr*
cristallisoir *nm*
cristallite *nf*
cristallochimie *nf*
cristallochimique *adj*
cristallogenèse *nf*
cristallogénie *nf*
cristallographie *nf*
cristallographique *adj*
cristalloïde *adj, n*
cristallomancie *nf*
cristallophyllien, enne *adj*
c(h)riste-marine [kri-] *nf (pl c(h)ristes-marines)*
critère *nm*
critérium [-rjɔm] *nm*
crithmum [-mɔm] ou crithme *nm*
criticailler *vt, vi (fam.)*
criticisme *nm*
criticiste *adj, n*
critiquable *adj*
critique *adj, n*
critiquer *vt*
critiqueur, euse *n*
croassement *nm*
croasser *vi*
croate *adj, n*
croc [kro] *nm*
croc-en-jambe [krɔkɑ̃ʒɑ̃b] *nm (pl crocs-en-jambe)*
croche *adj, nf*
croche-pied *nm (pl croche-pieds; fam.)*
crocher *vt*
crochet [-ʃɛ] *nm*
crochetable *adj*
crochetage *nm*
crocheter *vt* C9
crocheteur *nm*
crochon *nm*
crochu, e *adj*
croco *nm (abrév.)*
crocodile *nm*
crocodilien *nm*
crocus [-kys] *nm*
croire *vt, vti, vi, vpr* C64
croisade *nf*
croisé, e *adj, nm*
croisée *nf*
croisement *nm*
croiser *vt, vi, vpr*
croisette *nf*
croiseur *nm*
croisière *nf*
croisillon *nm*
croissance *nf*
croissant, e *adj, nm*
croisure *nf*
croît [krwa] *nm*
croître *vi* C63
croix *nf*
cromlech [krɔmlɛk] *nm*
cromorne *nm*
crooner [krunœr] *nm*
croquant, e *adj, nm*
croque au sel (à la) *loc adv*
croque-madame *nm inv.*
croquembouche *nm*
croque(-)mitaine *nm (pl croque(-)mitaines)*
croque-monsieur *nm inv.*
croque-mort *nm (pl croque-morts; fam.)*
croquenot *nm (pop.)*
croque-note *nm (pl croque-notes; fam.)*
croquer *vi, vt*
croquet [-kɛ] *nm*
croquette *nf*
croqueur, euse *adj, n*
croquignole *nf*

croquignolet, ette *adj (fam.)*
croquis [-ki] *nm*
croskill [krɔskil] *nm*
crosne [kron] *nm*
cross ou cross-country [krɔskuntri] *nm (pl cross [-countries])*
crosse *nf*
crossé, e *adj*
crosser *vt*
crossette *nf*
crossing-over [krɔsiŋɔvər] *nm inv.*
crossoptérygien *nm*
crotale *nm*
croton *nm*
crotte *nf*
crotté, e *adj*
crotter *vi, vt, vpr*
crottin *nm*
croulant, e *adj, n*
croule *nf*
crouler *vi*
croup [krup] *nm (laryngite)*
croupade *nf*
croupe *nf (partie postérieure)*
croupé, e *adj*
croupetons (à) *loc adv*
croupiat *nm*
croupi, e *adj*
croupier *adj m, nm*
croupière *nf*
croupion *nm*
croupir *vi*
croupissant, e *adj*
croupissement *nm*
croupon *nm*
croustade *nf*
croustillant, e *adj*
croustille *nf*
croustiller *vi*
croûte *nf*
croûter *vi (pop.)*
croûteux, euse *adj*
croûton *nm*
crown-glass [krawnglas] *nm inv.*
croyable [krwajabl] *adj*
croyance [krwajɑ̃s] *nf*
croyant, e [krwajɑ̃, ɑ̃t] *adj, n*
cru, e *adj*
cru *nm (terroir, vin)*
cruauté *nf*
cruche *nf*
cruchée *nf*
cruchon *nm*
crucial, e, aux *adj*
cruciféracée *nf*
crucifère *adj, nf*
crucifiant, e *adj*
crucifié, e *adj, n*
crucifiement *nm*
crucifier *vt*
crucifix [-fi] *nm*
crucifixion *nf*
cruciforme *adj*
cruciverbiste *n*
crude ammoniac [krud-] *nm s*
crudité *nf*
crue *nf (montée)*
cruel, elle *adj*
cruellement *adv*
cruenté, e *adj*
cruiser [kruzœr] *nm*
crûment *adv*
cruor *nm*
crural, e, aux *adj*
crustacé, e [krystase] *adj, nm*
cruzado [kruzado] *nm*
cruzeiro [krusɛjro] *nm*
cryoalternateur *nm*
cryoclastie *nf*
cryoconducteur, trice *adj*
cryodessiccation *nf*
cryogène *adj*
cryogénie *nf*
cryogénique *adj*
cryolithe *nf*
cryologie *nf*
cryoluminescence *nf*
cryométrie *nf*
cryophysique *nf*
cryoscopie *nf*
cryostat [-sta] *nm*
cryothérapie *nf*
cryotron *nm*
cryoturbation *nf*
cryptage *nm*
crypte *nf*
crypter *vt*
cryptique *adj*
cryptobiose *nf*
cryptocommuniste *adj, n*
cryptogame *adj, nm*
cryptogamie *nf*
cryptogamique *adj*
cryptogénétique *adj*
cryptogramme *nm*
cryptographie *nf*
cryptographier *vt*
cryptographique *adj*
cryptomeria *nm*
cryptophyte *adj, nf*
cryptoportique *nm*
csardas ou czardas [kzardas] *nf*
cténaire *nm*
cténophore *nm*
cuadro [kwadro] *nm*
cuadrilla [kwa-] *nf*
cubage *nm*
cubain, e *adj, n*
cubature *nf*
cube *nm, adj*
cubèbe *nm*
cuber *vt, vi*
cubilot [-lo] *nm*
cubique *adj, nf*
cubisme *nm*
cubiste *adj, n*
cubitainer [-tenɛr] *nm*
cubital, e, aux *adj*
cubitière *nf*
cubitus [-tys] *nm*
cuboïde *adj, nm*
cucubale *nm*
cucul [kyky] *adj inv. (fam.)*
cuculle *nf*
cucurbitacée *nf*
cucurbit(a)in *nm*
cucurbite *nf*

çûdra ou sûdra *nm*
cueillage [kœj-] *nm*
cueillaison [kœj-] *nf*
cueillette [kœj-] *nf*
cueilleur, euse [kœj-] *n*
cueillir [kœj-] *vt* C21
cueilloir [kœj-] *nm*
cuesta [kwesta] *nf*
cueva [kweva] *nf*
cui-cui *nm inv. (fam.)*
cuillère ou cuiller [kɥijɛr] *nf*
cuillerée ou cuillérée [kɥij(e)re] *nf*
cuilleron [kɥijrɔ̃] *nm*
cuir *nm*
cuirasse *nf*
cuirassé, e *adj, nm*
cuirassement *nm*
cuirasser *vt, vpr*
cuirassier *nm*
cuire *vt, vi* C56
cuisant, e *adj*
cuiseur *nm*
cuisine *nf*
cuisiné, e *adj*
cuisiner *vi, vt*
cuisinette *nf*
cuisinier, ère *n*
cuisiniste *nm*
cuissage *nm*
cuissard *nm*
cuissardes *nf pl*
cuisse *nf*
cuisseau *nm (de veau)*
cuisse-de-nymphe *nf (pl cuisses-de-nymphe)*
cuisse-madame *nf (pl cuisses-madame)*
cuissettes *nf pl*
cuissière *nf*
cuisson *nf*
cuissot [-so] *nm (de gibier)*
cuistance *nf (pop.)*
cuistot [-sto] *nm (pop.)*
cuistre *nm*
cuistrerie *nf*
cuit, e *adj*
cuite *nf (pop.)*
cuiter (se) *vpr (pop.)*
cuivrage *nm*
cuivre *nm*
cuivré, e *adj*
cuivrer *vt*
cuivrerie *nf*
cuivreux, euse *adj*
cuivrique *adj*
cul [ky] *nm*
culasse *nf*
cul-bénit [kyb-] *nm (pl culs-bénits ; pop.)*
cul-blanc [kyb-] *nm (pl culs-blancs)*
cul-brun [kyb-] *nm (pl culs-bruns)*
culbutage *nm*
culbute *nf*
culbutement *nm*
culbuter *vt, vi*
culbuteur *nm*
culbutis [-ti] *nm (fam.)*
cul-de-basse-fosse [kyd-] *nm (pl culs-de-basse-fosse)*
cul-de-bouteille [kyd-] *nm (pl culs-de-bouteille), adj inv.*
cul-de-four [kyd-] *nm (pl culs-de-four)*
cul-de-jatte [kyd-] *n, adj (pl culs-de-jatte)*
cul-de-lampe [kyd-] *nm (pl culs-de-lampe)*
cul-de-plomb [kyd-] *nm (pl culs-de-plomb) (pop.)*
cul-de-porc [kyd-] *nm (pl culs-de-porc)*
cul-de-poule (en) [kyd-] *loc adj*
cul-de-sac [kyd-] *nm (pl culs-de-sac)*
cul-doré [kyd-] *nm (pl culs-dorés)*
culée *nf*
culer *vi*
culeron *nm*
culex *nm*
culier, ère *adj*
culière *nf*
culinaire *adj*
culminant, e *adj*
culmination *nf*
culminer *vi*
culot [-lo] *nm*
culottage *nm*
culotte *nf*
culotté, e *adj (pop.)*
culotter *vt, vpr*
culottier, ère *n*
culpabilisant, e *adj*
culpabilisation *nf*
culpabiliser *vt, vpr*
culpabilité *nf*
culte *nm*
cultéranisme ou cultisme *nm*
cul-terreux [kyterø] *nm (pl culs-terreux ; pop.)*
cultivable *adj*
cultivar *nm*
cultivateur, trice *n, adj*
cultivé, e *adj*
cultiver *vt, vpr*
cultuel, elle *adj*
cultural, e, aux *adj*
culturalisme *nm*
culturaliste *adj, n*
culture *nf*
culturel, elle *adj*
culturellement *adv*
culturisme *nm*
culturiste *adj, n*
culturologie *nf*
cumin *nm*
cumul *nm*
cumulable *adj*
cumulard, e *n (pop.)*
cumulatif, ive *adj*
cumulativement *adv*
cumuler *vt, vi*
cumulonimbus [-bys] *nm*
cumulostratus [-tys] *nm*
cumulo-volcan *nm*
cumulus [-lys] *nm*
cunéiforme *adj, nm*
cunette *nf*

cuniculiculture *nf*
cunnilingus ou **cunnilinctus** [-ys] *nm*
cupide *adj*
cupidement *adv*
cupidité *nf*
cupidon *nm*
cupressacée *nf*
cupressinée *nf*
cuprifère *adj*
cuprique *adj*
cuprite *nf*
cupro-alliage *nm (pl cupro-alliages)*
cupro-aluminium *nm (pl cupro-aluminiums)*
cupro-ammoniacal, e, aux *adj*
cupro(-)nickel *nm (pl cupro(-)nickels)*
cupro(-)plomb *nm (pl cupro(-)plombs)*
cupule *nf*
cupuliféracée *nf*
cupulifère *nf*
cupuliforme *adj*
curabilité *nf*
curable *adj*
curaçao [-so] *nm*
curage *nm*
curaillon *nm (fam.)*
curare *nm*
curarisant, e *adj, nm*
curarisation *nf*
curatelle *nf*
curateur, trice *n*
curatif, ive *adj*
curculionidé *nm*
curcuma *nm*
cure *nf*
curé *nm (religieux)*
cure-dent *nm (pl cure-dents)*
curée *nf*
cure-môle *nm (pl cure-môles)*
cure-ongles *nm inv.*
cure-oreille *nm (pl cure-oreilles)*
cure-pied *nm (pl cure-pieds)*
cure-pipe *nm (cure-pipes)*
curer *vt, vpr*
curetage *nm*
cureter *vt* C10
cureton *nm (fam.)*
curette *nf*
cureur, euse *adj*
curial, e, aux *adj*
curiate *adj*
curie *nf (organisation) ; nm (unité de mesure)*
curiethérapie *nf*
curieusement *adv*
curieux, euse *adj, n*
curion *nm*
curiosité *nf*
curiste *n*
curium [-rjɔm] *nm*
curling [kœrliŋ] *nm*
curriculum vitæ [kyrikylɔmvite] *nm inv.*
curry ou **cari** ou **car(r)y** *nm*
curseur *nm*
cursif, ive *adj*
cursive *nf*
cursus [-sys] *nm*
curule *adj*
curviligne *adj*
curvimètre *nm*
cuscutacée *nf*
cuscute *nf*
cuspide *nf*
cuspidé, e *adj*
custode *nf*
custodie *nf*
cutané, e *adj*
cuti *nf (abrév.)*
cuticule *nf*
cutine *nf*
cuti-réaction *nf (pl cuti-réactions)*
cutter [kœtœr ou -tɛr] *nm*
cuvage *nm*
cuvaison *nf*
cuve *nf*
cuveau *nm*
cuvée *nf*
cuvelage *nm*
cuveler *vt* C10
cuver *vi, vt*
cuvette *nf*
cuvier *nm*
cyan [sjɑ̃] *nm, adj m*
cyanamide *nf*
cyanhydrique *adj*
cyanogène *nm*
cyanophycée *nf*
cyanose *nf*
cyanoser *vt*
cyanuration *nf*
cyanure *nm*
cyanurer *vt*
cyathe *nm*
cybernéticien, enne *n, adj*
cybernétique *nf, adj*
cycadale *nf*
cycas [sikas] *nm*
cyclable *adj*
cycladique *adj*
cyclamate *nm*
cyclamen [-mɛn] *nm*
cyclane *nm*
cycle *nm*
cyclique *adj*
cycliquement *adv*
cyclisation *nf*
cycliser *vt*
cyclisme *nm*
cycliste *adj, n*
cyclocéphale *nm*
cyclo-cross *nm inv.*
cyclohexane *nm*
cycloïdal, e, aux *adj*
cycloïde *nf*
cyclomoteur *nm*
cyclomotoriste *n*
cyclonal, e, aux *adj*
cyclone *nm*
cyclonique *adj*
cyclope *nm*
cyclo-pédestre *adj (pl cyclo-pédestres)*
cyclopéen, enne *adj*

cyclopie *nf*
cyclo-pousse *nm inv.*
cyclops *nm*
cyclorameur *nm*
cyclosporine *nf*
cyclostome *nm*
cyclothyme *n*
cyclothymie *nf*
cyclothymique *adj, n*
cyclotourisme *nm*
cyclotouriste *n*
cyclotron *nm*
cygne *nm (oiseau)*
cylindrage *nm*
cylindraxe *nm*
cylindre *nm*
cylindrée *nf*
cylindrer *vt*
cylindre-sceau *nm (pl cylindres-sceaux)*
cylindreur, euse *n*
cylindrique *adj*
cylindroïde *adj*
cymbalaire *nf*
cymbale *nf*
cymbalier, ère *n*
cymbaliste *n*
cymbalum [sɛ̃balɔm] *nm*
cyme [sim] *nf (inflorescence)*
cymrique ou kymrique *adj, nm*
cynégétique *nf, adj*
cynipidé *nm*
cynips [-nips] *nm*
cynique *adj, n*
cyniquement *adv*
cynisme *nm*
cynocéphale [sinɔsefal] *nm*
cynodrome *nm*
cynoglosse *nf*
cynophile *adj*
cynophilie *nf*
cynorhodon *nm*
cyon [sjɔ̃] *nm (animal)*
cypéracée *nf*
cyphoscoliose *nf*
cyphose [sifoz] *nf*
cyprée *nf*
cyprès [siprɛ] *nm*
cyprière *nf*
cyprin *nm*
cyprinidé *nm*
cypriote ou chypriote *adj, n*
cyrénaïque *adj, n*
cyrillique [siril(l)ik] *adj*
cystalgie *nf*
cystectomie *nf*
cystéine *nf*
cysticerque *nm*
cystine *nf*
cystique *adj*
cystite *nf*
cystographie *nf*
cystoscope *nm*
cystoscopie *nf*
cystostomie *nf*
cystotomie *nf*
cytise *nm*
cytobiologie *nf*
cytochrome *nm*
cytodiagnostic *nm*
cytogénéticien, enne *n*
cytogénétique *nf*
cytologie *nf*
cytologique *adj*
cytologiste *n*
cytolyse *nf*
cytolytique *adj, nm*
cytoplasme *nm*
cytoplasmique *adj*
cytosine *nf*
cytostatique *adj, nm*
czar ou tsar ou tzar *nm*
czardas ou csardas [kzardas] *nf*

D

d *nm inv.*
d' *prép*
d' *art*
da *adv (fam.)*
dab(e) *nm (arg.)*
d'abord *loc adv*
da capo *loc adv*
d'accord *loc adv*
dace *adj, n*
dacquois, e *adj, n*
dacron *nm*
dactyle *nm*
dactylique *adj*
dactylo ou **dactylographe** *n*
dactylographie *nf*
dactylographier *vt*
dactylographique *adj*
dactylologie *nf*
dactyloscopie *nf*
dada *nm, adj inv.*
dadais *nm (fam.)*
dadaïsme *nm*
dadaïste *adj, n*
dague *nf*
daguerréotype *nm*
daguerréotypie *nf*
daguet [-gɛ] *nm*
dahabieh [daabje] *nf*
dahir [dair] *nm*
dahlia *nm*
dahoméen, enne *adj, n*
dahu *nm*
daigner *vt*
d'ailleurs *loc adv*
daim [dɛ̃] *nm*
daimyo ou **daïmio** [dajmjo] *nm*
daine *nf*
daiquiri [dajkiri] *nm*
dais [dɛ] *nm (trône)*
dal(le) *nm (arg.)*
dalaï-lama *nm (pl dalaï-lamas)*
dallage *nm*
dalle *nf*
daller *vt*
dalleur *nm*
dalmate *adj, n*
dalmatien, enne *n*
dalmatique *nf*
dalot *nm*
daltonien, enne *adj, n*
daltonisme *nm*
dam [dɑ̃] *nm*
damage *nm*
damalisque *nm*
daman *nm*
damas [-ma] *nm*
damasquinage *nm*
damasquiner *vt*
damasquinerie *nf*
damasquineur *nm*
damasquinure *nf*
damassé, e *adj, nm*
damasser *vt*
damasseur, euse *n*
damassure *nf*
dame *nf*
dame *interj*
dame-d'onze-heures *nf (pl dames-d'onze-heures)*
dame-jeanne *nf (pl dames-jeannes)*
damer *vt*
dameret [-rɛ] *nm*
dameuse *nf*
damier *nm*
damnable [danabl] *adj*
damnation [danasjɔ̃] *nf*
damné, e [dane] *adj, n*
damner [dane] *vt, vpr*
damoiseau *nm*
damoiselle *nf*
dan [dan] *nm*
danaïde *nf*
dancing [dɑ̃siŋ] *nm*
dandin *nm*
dandinement *nm*
dandiner *vi, vpr*
dandinette *nf*
dandy [dɑ̃di] *nm (pl dandys ou dandies)*
dandysme *nm*
danger *nm*
dangereusement *adv*
dangereux, euse *adj*
dangerosité *nf*
danien, enne *adj, nm*
danois, e *adj, n*
dans *prép*
dansable *adj*
dansant, e *adj*
danse *nf*
danser *vi, vt*
danseur, euse *n*
dansot(t)er *vi*
dantesque *adj*
danubien, enne *adj*
dao ou **tao** *nm*
daphné [dafne] *nm*
daphnie [dafni] *nf*
daraise *nf*
darbouka ou **derbouka** *nf*
darbysme *nm*
darbyste *adj, n*
dard *nm*
darder *vt*
dardillon *nm*
dare-dare *loc adv (fam.)*
dari *nm*
dariole *nf*
darique *nf*

darne *nf*
darse *nf*
dartois *nm*
dartre *nf*
dartreux, euse *adj*
dartrose *nf*
darwinien, enne [darwi-] *adj*
darwinisme [darwi-] *nm*
darwiniste [darwi-] *adj, n*
dasyure *nm*
datable *adj*
datage *nm*
dataire *nm*
datation *nf*
datcha [datʃa] *nf*
date *nf (temps)*
dater *vt, vi*
daterie *nf*
dateur, euse *adj, nm*
datif, ive *adj, nm*
dation [dasjɔ̃] *nf*
datte *nf (fruit)*
dattier *nm*
datura *nm*
daube *nf*
dauber *vt, vi*
daubeur, euse *adj, n*
daubière *nf*
daumont ou d'aumont (à la) *loc adv*
dauphin *nm*
dauphine *nf*
dauphinelle *nf*
dauphinois, e *adj, n*
daurade *(Ac.)* ou dorade *nf*
davantage *adv*
davidien, enne *adj, n*
davier *nm*
dazibao [datzibao] *nm*
de *prép*
de, du, de la, des *art partitif*
dé *nm*
dead-heat [dɛdit] *nm (dead-heats)*
dealer [dilœr] *nm (fam.)*

déambulation *nf*
déambulatoire *nm, adj*
déambuler *vi*
débâcher *vt*
débâcle *nf*
débâcler *vt, vi*
débagouler *vt, vi (pop.)*
débâillonner *vt*
déballage *nm*
déballastage *nm*
déballer *vt*
déballeur, euse *adj*
déballonner (se) *vpr (pop.)*
débalourder *vt*
débandade *nf*
débander *vt, vi, vpr*
débaptiser [-bati-] *vt*
débarbouillage *nm*
débarbouiller *vt, vpr*
débarbouillette *nf*
débarcadère *nm*
débardage *nm*
débarder *vt*
débardeur *nm*
débarqué, e *adj, n*
débarquement *nm*
débarquer *vt, vi*
débarras [-ra] *nm*
débarrasser *vt, vpr*
débarrer *vt*
débarricader *vt*
débat [-ba] *nm*
débâter *vt*
débâtir *vt*
débattement *nm*
débatteur *nm*
débattre *vt, vti, vpr* C47
débauchage *nm*
débauche *nf*
débauché, e *adj, n*
débaucher *vt, vpr*
débaucheur, euse *n*
débenzolage [-bɛ̃-] *nm*
débenzoler [-bɛ̃-] *vt*
débec(que)ter ou débéqueter *vt (pop.)*
débet [-bɛ] *nm*
débile *adj, n*
débilement *adv*

débilitant, e *adj*
débilitation *nf*
débilité *nf*
débiliter *vt*
débillarder [-bijar-] *vt*
débinage *nm (pop.)*
débine *nf (pop.)*
débiner *vt, vpr (pop.)*
débineur, euse *n (pop.)*
débirentier, ère *n*
débit [-bi] *nm*
débitable *adj*
débitage *nm*
débitant, e *n*
débiter *vt*
débiteur, trice *n, adj*
débitmètre [debimɛtr] *nm*
déblai *nm*
déblaiement *nm*
déblatérer *vti, vi* C11
déblayage [-blɛjaz] *nm*
déblayer [-blɛje] *vt* C15
déblocage *nm*
débloquement *nm*
débloquer *vt, vi*
débobiner *vt*
déboguer *vt*
déboire *nm*
déboisage *nm*
déboisement *nm*
déboiser *vt, vpr*
déboîtement *nm*
déboîter *vt, vti*
débonder *vt, vpr*
débonnaire *adj*
débonnairement *adv*
débonnaireté *nf*
débord *nm*
débordant, e *adj*
débordé, e *adj*
débordement *nm*
déborder *vi, vt, vti, vpr*
débosseler *vt* C10
débotté ou débotter *nm*
débotter *vt, vpr*
débouchage *nm*
débouché *nm*
débouchement *nm*
déboucher *vt, vi*

débouchcheur *nm*
débouchoir *nm*
déboucler *vt*
débouilli *nm*
débouillir *vt* C22
débouillissage *nm*
déboulé ou
déboulér *nm*
débouler *vi, vt (fam.)*
déboulonnage *nm*
déboulonnement *nm*
déboulonner *vt*
débouquement *nm*
débouquer *vi*
débourbage *nm*
débourber *vt*
débourbeur *nm*
débourgeoisé, e *adj*
débourrage *nm*
débourrement *nm*
débourrer *vt, vi*
débours [-bur] *nm*
déboursement *nm*
débourser *vt*
déboussoler *vt (fam.)*
debout *adv, interj, adj inv.*
débouté, e *n*
déboutement *nm*
débouter *vt*
déboutonnage *nm*
déboutonner *vt, vpr*
débraillé, e *adj, nm*
débrailler (se) *vpr*
débranchement *nm*
débrancher *vt*
débrayage [-brɛjaʒ] *nm*
débrayer [-brɛje] *vt, vi* C15
débrayeur [-brɛjœr] *nm*
débridé, e *adj*
débridement *nm*
débrider *vt*
débris [-bri] *nm*
débrochage *nm*
débrocher *vt*
débronzer *vi*
débrouillage *nm*
débrouillard, e *adj, n (fam.)*
débrouillardise *nf (fam.)*
débrouille *nf (pop.)*
débrouillement *nm*
débrouiller *vt, vpr*
débroussaillage *nm*
débroussaillant *nm, adj m*
débroussaillement *nm*
débroussailler *vt*
débroussailleuse *nf*
débrutir *vt*
débrutissage *nm*
débrutissement *nm*
débucher *vi, vt*
débucher ou débuché *nm*
débudgétisation *nf*
débudgétiser *vt*
débusquement *nm*
débusquer *vt, vi*
début [-by] *nm*
débutant, e *adj, n*
débuter *vi, vt*
debye [dəbaj] *nm*
déca *nm (décaféiné ; fam.)*
deçà *adv, prép*
décabosser *vt*
décabriste *n*
décachetage *nm*
décacheter *vt* C10
décadaire *adj*
décade *nf*
décadenasser *vt*
décadence *nf*
décadent, e *adj, n*
décadentisme *nm*
décadi *nm*
décadrage *nm*
décadrer *vt*
décaèdre *nm*
décaféiné, e *adj, nm*
décaféiner *vt*
décagonal, e, aux *adj*
décagone *nm*
décagramme *nm*
décaissage *nm*
décaissement *nm*
décaisser *vt*
décalage *nm*
décalaminage *nm*
décalaminer *vt*
décalcifiant, e *adj*
décalcification *nf*
décalcifier *vt, vpr*
décalcomanie *nf*
décaler *vt*
décalitre *nm*
décalogue *nm*
décalotter *vt*
décalquage *nm*
décalque *nm*
décalquer *vt*
décalvant, e *adj*
décamètre *nm*
décamétrique *adj*
décampement *nm*
décamper *vi*
décan *nm*
décanal, e, aux *adj*
décanat [-na] *nm*
décaniller [-nije] *vi (arg.)*
décantage *nm*
décantation *nf*
décanter *vt, vi, vpr*
décanteur, euse *adj, nm*
décapage *nm*
décapant, e *adj, nm*
décapelage *nm*
décapeler *vt* C10
décapement *nm*
décaper *vt*
décapeur, euse *n*
décapitation *nf*
décapiter *vt*
décapode *nm*
décapole *nm*
décapotable *adj, nf*
décapoter *vt*
décapsulage *nm*
décapsulation *nf*
décapsuler *vt*
décapsuleur *nm*
décapuchonner *vt*
décarbonater *vt*
décarburant *nm*
décarburation *nf*

décarburer *vt*
décarcasser *vt, vpr (fam.)*
décarcération *nf*
décarottage *nm*
décarreler *vt* C10
décartellisation *nf*
décastère *nm*
décastyle *adj*
décasyllabe *adj, nm*
décasyllabique *adj*
décathlon *nm*
décathlonien, enne *n*
décati, e *adj*
décatir *vt, vpr*
décatissage *nm*
décatisseur, euse *adj, n*
décauville *nm*
décavaillonnage *nm*
décavaillonner *vt*
décavaillonneuse *nf*
décavé, e *adj, n (fam.)*
décaver *vt, vpr*
decca *nm (radionavigation)*
décéder *vi* C11 *(auxil être)*
décelable *adj*
décèlement *nm*
déceler *vt* C9
décélération *nf*
décélérer *vi* C11
décembre *nm*
décembriste *n*
décemment [desamɑ̃] *adv*
décemvir [desɛmvir] *nm*
décemviral, e, aux [desɛmviral, o] *adj*
décemvirat [desɛmvira] *nm*
décence *nf*
décennal, e, aux [desenal, o] *adj*
décennie [deseni] *nf*
décent, e *adj*
décentrage *nm*
décentralisateur, trice *adj, n*
décentralisation *nf*
décentraliser *vt*
décentration *nf*
décentrement *nm*
décentrer *vt*
déception *nf*
décercler *vt*
décérébration *nf*
décérébrer *vt* C11
décerner *vt*
décervelage *nm*
décerveler *vt* C10
décès [desɛ] *nm*
décevant, e *adj*
décevoir *vt* C39
déchaîné, e *adj*
déchaînement *nm*
déchaîner *vt, vpr*
déchant *nm*
déchanter *vi*
déchaperonner *vt*
décharge *nf*
déchargement *nm*
déchargeoir *nm*
décharger *vt, vi, vpr* C7
déchargeur *nm*
décharné, e *adj*
décharner *vt*
déchasser *vt, vi*
déchaumage *nm*
déchaumer *vt*
déchaumeuse *nf*
déchaussage *nm*
déchaussé, e *adj*
déchaussement *nm*
déchausser *vt, vpr*
déchausseuse *nf*
déchaussoir *nm*
déchaux [-ʃo] *adj m*
dèche *nf (pop.)*
déchéance *nf*
déchet [deʃɛ] *nm*
déchèterie *nf*
décheviller *vt*
déchiffonner *vt*
déchiffrable *adj*
déchiffrage *nm*
déchiffrement *nm*
déchiffrer *vt*
déchiffreur, euse *n*
déchiquetage *nm*
déchiqueté, e *adj*
déchiqueter *vt* C10
déchiqueteur, euse *n*
déchiqueture *nf*
déchirant, e *adj*
déchiré, e *adj*
déchirement *nm*
déchirer *vt, vpr*
déchirure *nf*
déchlorurer [-klɔ-] *vt*
déchoir *vi* C71 *(auxil avoir* ou *être)*
déchouquer *vt*
déchristianisation [-kris-] *nf*
déchristianiser [-kris-] *vt, vpr*
déchu, e *adj*
déciare *nm*
décibel *nm*
décidabilité *nf*
décidable *adj*
décidé, e *adj*
décidément *adv*
décider *vt, vti, vi, vpr*
décideur *nm*
décidu, e *adj*
déciduale *nf*
décigrade *nm*
décigramme *nm*
décilage *nm*
décile *nm*
décilitre *nm*
déciller ou **dessiller** [desije] *vt*
décimal, e, aux *adj*
décimale *nf*
décimalisation *nf*
décimaliser *vt*
décimalité *nf*
décimateur *nm*
décimation *nf*
décime *nm (partie du franc) ; nf (taxe)*
décimer *vt*
décimètre *nm*
décimétrique *adj*
décintrage *nm*
décintrement *nm*
décintrer *vt*

décisif, ive *adj*
décision *nf*
décisionnaire *adj, nm*
décisionnel, elle *adj*
décisivement *adv*
décisoire *adj*
décistère *nm*
déclamateur, trice *adj, n*
déclamation *nf*
déclamatoire *adj*
déclamer *vt, vi*
déclarable *adj*
déclarant, e *adj, n*
déclaratif, ive *adj*
déclaration *nf*
déclaratoire *adj*
déclaré, e *adj*
déclarer *vt, vpr*
déclassé, e *adj, n*
déclassement *nm*
déclasser *vt, vpr*
déclaveter *vt* C10
déclenche *nf*
déclenchement *nm*
déclencher *vt, vpr*
déclencheur *nm, adj m*
décléricaliser *vt*
déclic [deklik] *nm*
déclin *nm*
déclinable *adj*
déclinaison *nf*
déclinant, e *adj*
déclination *nf*
déclinatoire *nm, adj*
déclinement *nm*
décliner *vi, vt*
décliquetage *nm*
décliqueter *vt* C10
déclive *adj, nf*
déclivité *nf*
décloisonnement *nm*
décloisonner *vt*
déclore *vt* C77
déclouage *nm*
déclouer *vt*
décochage *nm*
décochement *nm*
décocher *vt*
décocté *nm*
décoction *nf*
décodage *nm*
décoder *vt*
décodeur *nm*
décoffrage *nm*
décoffrer *vt*
décoiffage *nm*
décoiffement *nm*
décoiffer *vt*
décoinçage *nm*
décoincement *nm*
décoincer *vt, vpr* C6
décolérer *vi* C11
décollage *nm*
décollation *nf*
décollement *nm*
décoller *vt, vti, vi, vpr*
décolletage *nm*
décolleté, e *adj, nm*
décolleter *vt* C10
décolleteur, euse *n*
décolleur *nm*
décolonisation *nf*
décoloniser *vt*
décolorant, e *adj, nm*
décoloration *nf*
décoloré, e *adj*
décolorer *vt, vpr*
décombres *nm pl*
décommander *vt, vpr*
décommettre *vt* C48
de commodo et incommodo *loc adj*
décompensation *nf*
décompensé, e *adj*
décompenser *vi*
décompléter *vt* C11
décomplexer *vt (fam.)*
décomposable *adj*
décomposer *vt, vpr*
décomposition *nf*
décompresser *vi*
décompresseur *nm*
décompression *nf*
décomprimer *vt*
décompte [-kɔ̃t] *nm*
décompter [-kɔ̃te] *vt, vi*
déconcentration *nf*
déconcentrer *vt, vpr*
déconcertant, e *adj*
déconcerter *vt*
déconditionnement *nm*
déconditionner *vt*
déconfire *vt* C55
déconfit, e *adj*
déconfiture *nf*
décongélation *nf*
décongeler *vt* C9
décongestif, ive *adj, nm*
décongestion *nf*
décongestionner *vt*
déconnecter *vt*
déconner *vi (pop.)*
déconnexion *nf*
déconseiller *vt*
déconsidération *nf*
déconsidérer *vt, vpr* C11
déconsigner *vt*
déconstruction *nf*
déconstruire *vt* C56
décontamination *nf*
décontaminer *vt*
décontenancer *vt, vpr* C6
décontracté, e *adj*
décontracter *vt, vpr*
décontraction *nf*
déconvenue *nf*
décor *nm*
décorateur, trice *n*
décoratif, ive *adj*
décoration *nf*
décorder *vt, vpr*
décoré, e *adj, n*
décorer *vt*
décorner *vt*
décorticage *nm*
décortication *nf*
décortiqué, e *adj*
décortiquer *vt*
décorum [-rɔm] *nm s*
décote *nf*
découcher *vi*
découdre *vt, vi, vpr* C45
découler *vi*
découpage *nm*
découpe *nf*
découpé, e *adj*
découper *vt, vpr*
découpeur, euse *n*
découplage *nm*

découple *nm*
découplé, e *adj*
découpler *vt*
découpoir *nm*
découpure *nf*
décourageant, e *adj*
découragement *nm*
décourager *vt, vpr* C7
découronnement *nm*
découronner *vt*
décours [dekur] *nm*
décousu, e *adj*
décousure *nf*
découvert, e *adj, nm*
découvert (à) *loc adv*
découverte *nf*
découvreur, euse *n*
découvrir *vt, vpr* C19
décrassage *nm*
décrassement *nm*
décrasser *vt, vpr*
décrédibiliser *vt*
décréditer *vt*
décrément *nm*
décrêpage *nm*
décrêper *vt*
décrépir *vt, vpr*
décrépissage *nm*
décrépit, e [-pi, it] *adj*
décrépitation *nf*
décrépiter *vt*
décrépitude *nf*
decrescendo [dekrɛʃɛndo] *adv, nm*
décret [-krɛ] *nm*
décrétale *nf*
décréter *vt* C11
décret-loi *nm* *(pl décrets-lois)*
décreusage *nm*
décreuser *vt*
décri *nm*
décrier *vt*
décriminaliser *vt*
décrire *vt, vpr* C51
décrispation *nf*
décrisper *vt*
décrochage *nm*
décrochement *nm*
décrocher *vt, vi*
décrochez-moi-ça *nm inv.*
décroisement *nm*
décroiser *vt*
décroissance *nf*
décroissant, e *adj*
décroissement *nm*
décroît [dekrwa] *nm*
décroître *vi* C63
décrottage *nm*
décrotter *vt*
décrotteur *nm*
décrottoir *nm*
décruage *nm*
décrue *nf*
décruer *vt*
décrusage *nm*
décruser *vt*
décryptage *nm*
décryptement *nm*
décrypter *vt*
déçu, e *adj*
décubitus [-tys] *nm*
décuire *vt*
décuivrage *nm*
décuivrer *vt*
de cujus [dekyʒys] *nm inv.*
déculasser *vt*
déculottage *nm*
déculottée *nf (fam.)*
déculotter *vt, vpr (fam.)*
déculpabilisation *nf*
déculpabiliser *vt*
déculturation *nf*
décuple *adj, nm*
décuplement *nm*
décupler *vt, vi*
décurie *nf*
décurion *nm*
décurrent, e *adj*
décuscuteuse *nf*
décussation *nf*
décussé, e *adj*
décuvage *nm*
décuvaison *nf*
décuver *vt*
dédaignable *adj*
dédaigner *vt, vti*
dédaigneusement *adv*
dédaigneux, euse *adj*
dédain *nm*
dédale *nm*
dédaléen, enne *adj*
dedans *adv, prép, nm*
dédicace *nf*
dédicacer *vt* C6
dédicataire *n*
dédicatoire *adj*
dédier *vt*
dédifférenciation *nf*
dédifférencier (se) *vpr*
dédire *vt, vpr* C54
dédit [-di] *nm*
dédommagement *nm*
dédommager *vt, vpr* C7
dédorage *nm*
dédoré, e *adj*
dédorer *vt, vpr*
dédouanage *nm*
dédouanement *nm*
dédouaner *vt, vpr*
dédoublage *nm*
dédoublement *nm*
dédoubler *vt, vpr*
dédramatiser *vt*
déductibilité *nf*
déductible *adj*
déductif, ive *adj*
déduction *nf*
déductivement *adv*
déduire *vt* C56
déduit [-dɥi] *nm*
déesse *nf*
défâcher (se) *vpr (fam.)*
de facto [defakto] *loc adv*
défaillance *nf*
défaillant, e *adj*
défaillir *vi* C20
défaire *vt, vpr* C59
défait, e [-fɛ, ɛt] *adj*
défaite *nf*
défaitisme *nm*
défaitiste *adj, n*
défalcation *nf*
défalquer *vt*
défanant *nm*
défassa *nm*
défatigant, e *adj, nm*

défatiguer *vt*
défaufilage *nm*
défaufiler *vt*
défausse *nf*
défausser *vt, vpr*
défaut [-fo] *nm*
défaveur *nf*
défavorable *adj*
défavorablement *adv*
défavoriser *vt*
défécation *nf*
défectif, ive *adj*
défection *nf*
défectueusement *adv*
défectueux, euse *adj*
défectuosité *nf*
défendable *adj*
défendeur, eresse *n*
défendre *vt, vpr* C41
défen(d)s [defɑ̃] *nm*
défendu, e *adj*
défenestration ou
défénestration *nf*
défenestrer ou
défénestrer *vt*
défens [defɑ̃] *nm*
défensable *adj*
défense *nf*
défenseur *nm*
défensif, ive *adj*
défensive *nf*
défensivement *adv*
déféquer *vi, vt* C11
déférence *nf*
déférent, e *adj*
déférer *vt, vti* C11
(justice)
déferger *vt* C7
déferlage *nm*
déferlant, e *adj*
déferlement *nm*
déferler *vt, vti*
déferrage *nm*
déferrement *nm*
déferrer *vt, vpr (de fer)*
déferrure *nf*
défervescence *nf*
défet [-fɛ] *nm*
défeuillaison *nf*
défeuiller *vt, vpr*
défeutrage *nm*
défeutrer *vt*
défi *nm*
défiance *nf*
défiant, e *adj*
défibrage *nm*
défibrer *vt*
défibreur, euse *n*
défibrillateur, trice *adj, nm*
défibrillation *nf*
déficeler *vt* C10
déficience *nf*
déficient, e *adj*
déficit [-fisit] *nm*
déficitaire *adj*
défier *vt, vpr*
défiger *vt* C7
défiguration *nf*
défigurement *nm*
défigurer *vt*
défilage *nm*
défilé, e *adj, nm*
défilement *nm*
défiler *vi, vt, vpr*
défileuse *nf*
défini, e *adj*
définir *vt*
définissable *adj*
définissant *nm*
définiteur *nm*
définitif, ive *adj, nm*
définition *nf*
définitionnel, elle *adj*
définitive (en) *loc adv*
définitivement *adv*
définitoire *adj*
défiscalisation *nf*
défiscaliser *vt*
déflagrant, e *adj*
déflagrateur *nm*
déflagration *nf*
déflagrer *vi*
déflation *nf*
déflationniste *adj*
défléchir *vt*
déflecteur *nm*
déflegmation *nf*
déflegmer *vt*
défleuri, e *adj*
défleurir *vi, vt*
déflexion *nf*
défloraison *nf*
défloration *nf*
déflorer *vt*
défluent *nm*
défluviation *nf*
défoliant, e *adj, nm*
défoliation *nf*
défolier *vt*
défonçage *nm*
défonce *nf (arg.)*
défoncé, e *adj*
défoncement *nm*
défoncer *vt, vpr* C6
défonceuse *nf*
déforcer *vt* C6
déforestation *nf*
déformable *adj*
déformant, e *adj*
déformateur, trice *adj*
déformation *nf*
déformer *vt, vpr*
défoulement *nm*
défouler *vt, vpr (fam.)*
défournage *nm*
défournement *nm*
défourner *vt*
défourneur, euse *n*
défraîchi, e *adj*
défraîchir *vt, vpr*
défraiement *nm*
défranchi, e *adj*
défrayer [defreje] *vt* C15
défrichable *adj*
défrichage *nm*
défrichement *nm*
défriche *nf*
défricher *vt*
défricheur, euse *n*
défriper *vt*
défrisement *nm*
défriser *vt*
défroissable *adj*
défroisser *vt, vpr*
défroncer *vt* C6
défroque *nf*
défroqué, e *adj, n*
défroquer *vi, vt, vpr*
défruiter *vt*

défunt, e [defœ̃, œ̃t] *adj, n*
dégagé, e *adj, nm*
dégagement *nm*
dégager *vt, vpr* C7
dégaine *nf*
dégainer *vt*
dégalonner *vt*
déganter *vt, vpr*
dégarnir *vt, vpr*
dégarnissage *nm*
dégasolinage ou dégazolinage *nm*
dégasoliner ou dégazoliner *vt*
dégât [degɑ] *nm*
dégauchir *vt*
dégauchissage *nm*
dégauchissement *nm*
dégauchisseuse *nf*
dégazage *nm*
dégazer *vt*
dégazolinage ou dégasolinage *nm*
dégazoliner ou dégasoliner *vt*
dégazonnage *nm*
dégazonnement *nm*
dégazonner *vt*
dégel [-ʒɛl] *nm*
dégelée *nf (pop.)*
dégeler *vt, vi, vpr* C9
dégénératif, ive *adj*
dégénération *nf*
dégénéré, e *adj, n*
dégénérer *vi* C11
dégénérescence *nf*
dégermer *vt*
dégingandé, e [deʒɛ̃gɑ̃de] *adj*
dégivrage *nm*
dégivrer *vt*
dégivreur *nm*
déglaçage *nm*
déglacement *nm*
déglacer *vt* C6
déglaciation *nf*
déglinguer *vt (fam.)*
dégluer *vt*
déglutination *nf*
déglutir *vt*
déglutition *nf*
dégobiller *vt, vi (pop.)*
dégoiser *vt, vi (fam.)*
dégommage *nm*
dégommer *vt*
dégonder *vt*
dégonflage *nm*
dégonflé, e *adj, n (pop.)*
dégonflement *nm*
dégonfler *vt, vpr*
dégorgement *nm*
dégorgeoir *nm*
dégorger *vt, vi, vpr* C7
dégoter *vt, vi (fam.)*
dégoudronner *vt*
dégoulinade *nf (fam.)*
dégoulinement *nm (fam.)*
dégouliner *vi (fam.)*
dégoupiller *vt*
dégourdi, e *adj, n*
dégourdir *vt, vpr*
dégourdissement *nm*
dégoût *nm*
dégoûtamment *adv*
dégoûtant, e *adj, n (de dégoût)*
dégoûtation *nf*
dégoûté, e *adj, n*
dégoûter *vt, vpr (de goût)*
dégouttant, e *adj (de goutte)*
dégoutter *vi (de goutte)*
dégradant, e *adj*
dégradation *nf*
dégradé *nm*
dégrader *vt, vpr*
dégrafer *vt, vpr*
dégraissage *nm*
dégraissant, e *adj, nm*
dégraisser *vt, vi*
dégraisseur, euse *n*
dégraissoir *nm*
dégras [degrɑ] *nm*
dégravoiement [-vwɑmɑ̃] *nm*
dégravoyer [-vwaje] *vt* C16
degré *nm*
dégréement *nm*
dégréer *vt* C14
dégressif, ive *adj*
dégressivité *nf*
dégrèvement *nm*
dégrever *vt* C8
dégriffé, e *adj, nm*
dégriffer *vt*
dégringolade *nf (fam.)*
dégringoler *vi, vt (fam.)*
dégrippant *nm*
dégripper *vt*
dégrisement *nm*
dégriser *vt, vpr*
dégrosser *vt*
dégrossir *vt*
dégrossissage *nm*
dégrossissement *nm*
dégrouiller (se) *vpr (pop.)*
dégroupage *nm*
dégroupement *nm*
dégrouper *vt*
déguenillé, e *adj, n*
déguerpir *vi, vt*
déguerpissement *nm*
dégueulasse *adj, n (pop.)*
dégueuler *vi, vt (pop.)*
déguignonner *vt (fam.)*
déguisé, e *adj, n*
déguisement *nm*
déguiser *vt, vpr*
dégurgiter *vt*
dégustateur, trice *n*
dégustation *nf*
déguster *vt*
déhalage *nm*
déhaler *vt, vpr*
déhanché, e *adj, n*
déhanchement *nm*
déhancher *vt, vpr*
déharnachement *nm*
déharnacher *vt*
déhiscence [deisɑ̃s] *nf*
déhiscent, e [deisɑ̃, ɑ̃t] *adj*

dehors *adv, prép, nm, interj*
déhouiller *vt*
déhoussable *adj*
déicide *adj, n*
déictique *adj, nm*
déification *nf*
déifier *vt*
déisme *nm*
déiste *adj, n*
déité *nf*
déjà *adv*
déjanter *vt*
déjauger *vi* C7
déjà-vu *nm inv.*
déjection *nf*
déjeté, e *adj*
déjeter *vt* C10
déjeuner *vi*
déjeuner *nm*
déjouer *vt*
déjucher *vi, vt*
déjuger (se) *vpr* C7
de jure [deʒyre] *loc adv*
delà *adv*
délabialiser *vt, vpr*
délabré, e *adj*
délabrement *nm*
délabrer *vt, vpr*
délabyrinther *vt*
délacer *vt, vpr* C6 *(de lacer)*
délai *nm*
délai-congé *nm (pl délais-congés)*
délainage *nm*
délainer *vt*
délaineuse *nf*
délaissé, e *adj, n*
délaissement *nm*
délaisser *vt*
délaitage *nm*
délaitement *nm*
délaiter *vt*
délaiteuse *nf*
délardement *nm*
délarder *vt*
délassant, e *adj*
délassement *nm*
délasser *vt, vpr (de lasser)*
délateur, trice *n*
délation *nf*
délatter *vt*
délavage *nm*
délavé, e *adj*
délaver *vt*
délayable [-lɛjabl] *adj*
délayage [-lɛjaʒ] *nm*
délayé, e [-leje] *adj*
délayer [-leje] *vt* C15
delco *nm*
deleatur [deleatyr] *nm inv.*
déléaturer *vt*
délébile *adj*
délectable *adj*
délectation *nf*
délecter *vt, vpr*
délégant, e *n*
délégataire *n*
délégation *nf*
délégué, e *adj, n*
déléguer *vt* C11
délestage *nm*
délester *vt, vpr*
délétère *adj*
délétion *nf*
délibérant, e *adj*
délibératif, ive *adj*
délibération *nf*
délibératoire *adj*
délibéré, e *adj, nm*
délibérément *adv*
délibérer *vi, vti* C11
délicat, e [-ka, at] *adj, n*
délicatement *adv*
délicatesse *nf*
délice *nm s; nf pl* 14-III
délicieusement *adv*
délicieux, euse *adj*
délicoter *vt*
délictuel, elle *adj*
délictueux, euse *adj*
délié, e *adj, nm*
déliement *nm*
délier *vt*
délignage *nm*
déligneuse *nf*
délignifier *vt*
délimitation *nf*
délimiter *vt*
délimiteur *nm*
délinéament *nm*
délinéamenter *vt*
délinéateur *nm*
délinéation *nf*
délinéer *vt* C14
délinquance *nf*
délinquant, e *n*
déliquescence [-kɛsɑ̃s] *nf*
déliquescent, e [-kɛsɑ̃, ɑ̃t] *adj*
délirant, e *adj*
délire *nm*
délirer *vi*
delirium tremens [delirjɔmtremɛ̃s] *nm inv.*
délissage *nm*
délisser *vt*
délit [-li] *nm*
délitage *nm*
délitement *nm*
déliter *vt*
délitescence [-tɛsɑ̃s] *nf*
délitescent, e [-tɛsɑ̃, ɑ̃t] *adj*
délivrance *nf*
délivre *nm*
délivrer *vt, vpr*
déloger *vi, vt* C7
délot [-lo] *nm*
délover *vt, vpr*
déloyal, e, aux *adj*
déloyalement *adv*
déloyauté *nf*
delphinarium [-ɔm] *nm*
delphinidé *nm*
delphinium [-njɔm] *nm*
delta *nm inv. (lettre); nm (géographie)*
deltacisme *nm*
deltaïque *adj*
deltaplane *nm*
deltoïde *adj m, nm*
deltoïdien, enne *adj*
déluge *nm*

déluré, e *adj, n*
délurer *vt, vpr*
délusion *nf*
délustrage *nm*
délustrer *vt*
délutage *nm*
déluter *vt*
démagnétisation *nf*
démagnétiser *vt*
démagogie *nf*
démagogique *adj*
démagogue *adj, n*
démaigrir *vt*
démaigrissement *nm*
démaillage *nm*
démailler *vt*
démailloter *vt*
demain *adv*
démanché *nm*
démanchement *nm*
démancher *vt, vi, vpr*
demande *nf*
demander *vt, vti, vpr*
demanderesse *nf*
demandeur, euse *n*
démangeaison *nf*
démanger *vt* C7
démaniller *vt*
démanilleur *nm*
démantèlement *nm*
démanteler *vt* C9
démantibuler *vt (fam.)*
démaquillage [-kijaʒ] *nm*
démaquillant [-kijɑ̃] *adj, nm*
démaquiller [-kije] *vt, vpr*
démarcatif, ive *adj*
démarcation *nf*
démarchage *nm*
démarche *nf*
démarcher *vt*
démarcheur, euse *n*
démarier *vt*
démarquage *nm*
démarque *nf*
démarquer *vt, vi, vpr*
démarqueur, euse *n*
démarrage *nm*
démarrer *vt, vi*

démarreur *nm*
démasclage *nm*
démascler *vt*
démasquer *vt*
démastiquage *nm*
démastiquer *vt*
démâtage *nm*
démâter *vt, vi*
dématérialisation *nf*
dématérialiser *vt, vpr*
dème *nm*
démêchage *nm*
démédicalisation *nf*
démédicaliser *vt*
démêlage *nm*
démêlant, e *adj, nm*
démêlé *nm*
démêlement *nm*
démêler *vt*
démêloir *nm*
démêlure *nf*
démembrement *nm*
démembrer *vt*
déménagement *nm*
déménager *vt, vi* C7
déménageur *nm*
démence *nf*
démener (se) *vpr* C8
dément, e *adj, n*
démenti *nm*
démentiel, elle [-sjɛl] *adj*
démentir *vt, vpr* C23
démerdard, e *adj, n (pop.)*
démerder (se) *vpr (pop.)*
démérite *nm*
démériter *vi*
démesure *nf*
démesuré, e *adj*
démesurément *adv*
démettre *vt, vpr* C48
démeubler *vt*
demeurant (au) *loc adv*
demeure *nf*
demeuré, e *adj, n* 5-IV
demeurer *vi*
demi, e *adj, n*
demiard *nm*
demi-bas *nm inv.*

demi-bastion *nm (pl demi-bastions)*
demi-botte *nf (pl demi-bottes)*
demi-bouteille *nf (pl demi-bouteilles)*
demi-brigade *nf (pl demi-brigades)*
demi-canton *nm (pl demi-cantons)*
demi-centre *nm (pl demi-centres)*
demi-cercle *nm (pl demi-cercles)*
demi-chagrin *nm (pl demi-chagrins)*
demi-circulaire *adj (pl demi-circulaires)*
demi-clef [-kle] *nf (pl demi-clefs)*
demi-colonne *nf (pl demi-colonnes)*
demi-deuil *nm (pl demi-deuils)*
demi-dieu *nm (pl demi-dieux)*
demi-douzaine *nf (pl demi-douzaines)*
demi-droite *nf (pl demi-droites)*
demie *nf*
demi-échec *nm (pl demi-échecs)*
démieller *vt*
demi-figure *nf (pl demi-figures)*
demi-fin, e *adj (pl demi-fins, es)*
demi-finale *nf (pl demi-finales)*
demi-finaliste *n (pl demi-finalistes)*
demi-fond *nm s*
demi-frère *nm (pl demi-frères)*
demi-gros *nm inv.*
demi-grossiste *nm (pl demi-grossistes)*
demi-heure *nf (pl demi-heures)*

demi-jour *nm (pl demi-jours)*
demi-journée *nf (pl demi-journées)*
démilitarisation *nf*
démilitariser *vt*
demi-litre *nm (pl demi-litres)*
demi-longueur *nf (pl demi-longueurs)*
demi-lune *nf (pl demi-lunes)*
demi-mal *nm (pl demi-maux)*
demi-maroquin *nm (pl demi-maroquins)*
demi-mesure *nf (pl demi-mesures)*
demi-mondaine *nf (pl demi-mondaines)*
demi-monde *nm (pl demi-mondes)*
demi-mort, e *adj (pl demi-morts, es)*
demi-mot (à) *loc adv*
demi-mot *nm (pl demi-mots)*
déminage *nm*
déminer *vt*
déminéralisation *nf*
déminéraliser *vt, vpr*
démineur *nm*
demi-pause *nf (pl demi-pauses)*
demi-peau *nm (pl demi-peaux)*
demi-pension *nf (pl demi-pensions)*
demi-pensionnaire *n (pl demi-pensionnaires)*
demi-pièce *nf (pl demi-pièces)*
demi-pique *nf (pl demi-piques)*
demi-pirouette *nf (pl demi-pirouettes)*
demi-place *nf (pl demi-places)*
demi-plan *nm (pl demi-plans)*
demi-pointe *nf (pl demi-pointes)*
demi-portion *nf (pl demi-portions)*
demi-position *nf (pl demi-positions)*
demi-produit *nm (pl demi-produits)*
demi-quart [-kar] *nm (pl demi-quarts)*
demi-queue *nm (pl demi-queues)*
demi-relief *nm (pl demi-reliefs)*
demi-reliure *nf (pl demi-reliures)*
demi-rond, e *adj (pl demi-ronds, es)*
démis, e *adj*
demi-saison *nf (pl demi-saisons)*
demi-sang [-sɑ̃] *nm inv.*
demi-sel *adj inv., nm inv.*
demi-siècle *nm (pl demi-siècles)*
demi-sœur *nf (pl demi-sœurs)*
demi-solde *nf (pl demi-soldes* [salaire]*) ; nm inv. (officier)*
demi-sommeil *nm (pl demi-sommeils)*
demi-soupir *nm (pl demi-soupirs)*
démission *nf*
démissionnaire *adj, n*
démissionner *vi, vt*
demi-succès *nm*
demi-tarif *nm (pl demi-tarifs)*
demi-teinte *nf (pl demi-teintes)*
demi-tige *nf (pl demi-tiges)*
demi-ton *nm (pl demi-tons)*
demi-tonneau *nm (pl demi-tonneaux)*
demi-tour *nm (pl demi-tours)*
démiurge *nm*
démiurgie *nf*
démiurgique *adj*
demi-vie *nf (pl demi-vies)*
demi-vierge *nf (pl demi-vierges)*
demi-voix (à) *loc adv*
demi-volée *nf (pl demi-volées)*
demi-volte *nf (pl demi-voltes)*
demi-watt *nm (pl demi-watts)*
démixtion *nf*
démobilisable *adj*
démobilisateur, trice *adj*
démobilisation *nf*
démobilisé *nm*
démobiliser *vt*
démocrate *adj, n*
démocrate-chrétien, enne *adj, n (pl démocrates-chrétiens, ennes)*
démocratie [-asi] *nf*
démocratique *adj*
démocratiquement *adv*
démocratisation *nf*
démocratiser *vt, vpr*
démodé, e *adj*
démoder *vt, vpr*
demodex [-dɛks] *nm*
démodulateur *nm*
démodulation *nf*
démoduler *vt*
démodulomètre *nm*
démographe *n*
démographie *nf*
démographique *adj*
demoiselle *nf*
démolir *vt*
démolissage *nm*
démolisseur, euse *n*
démolition *nf*

démon *nm*
démone *nf*
démonétisation *nf*
démonétiser *vt*
démoniaque *adj, n*
démonisme *nm*
démonographe *n*
démonographie *nf*
démonologie *nf*
démonomanie *nf*
démonstrateur, trice *n*
démonstratif, ive *adj, nm*
démonstration *nf*
démonstrativement *adv*
démontable *adj*
démontage *nm*
démontant, e *adj*
démonté, e *adj*
démonte-pneu *nm (pl démonte-pneus)*
démonter *vt, vpr*
démonteur, euse *n*
démontrable *adj*
démontrer *vt*
démoralisant, e *adj, n*
démoralisateur, trice *adj, n*
démoralisation *nf*
démoraliser *vt, vpr*
démordre *vti* C41
démotique *adj*
démotivation *nf*
démotivé, e *adj*
démotiver *vt*
démotorisation *nf*
démoucheter *vt* C10
démoulage *nm*
démouler *vt*
démouleur *nm*
démoustication *nf*
démoustiquer *vt*
démultiplicateur, trice *adj, nm*
démultiplication *nf*
démultiplier *vt, vi*
démunir *vt, vpr*
démurer *vt*
démuseler *vt* C10
démutisation *nf*
démutiser *vt*
démystifiant, e *adj*
démystificateur, trice *adj, n*
démystification *nf*
démystifier *vt*
démythification *nf*
démythifier *vt*
dénaire *adj*
dénantir *vt*
dénasalisation *nf*
dénasaliser *vt*
dénatalité *nf*
dénationalisation *nf*
dénationaliser *vt*
dénatter *vt*
dénaturalisation *nf*
dénaturaliser *vt*
dénaturant, e *adj*
dénaturation *nf*
dénaturé, e *adj*
dénaturer *vt*
dénazification *nf*
dénazifier *vt*
dendrite [dɛ̃- ou dɑ̃-] *nf*
dendritique [dɛ̃- ou dɑ̃dritik] *adj*
dendrochronologie [dɛ̃- ou dɑ̃drokrɔnɔlɔʒi] *nf*
dendroclimatologie *nf*
dendroïde *adj*
dendrolithe *nm*
dendrologie *nf*
dendromètre *nm*
dénébuler ou dénébuliser *vt*
dénégation *nf*
déneigement *nm*
déneiger *vt* C7
dénervation *nf*
dénerver *vt*
dengue [dɛ̃g] *nf*
déni *nm*
déniaisement *nm*
déniaiser *vt*
dénicher *vt, vi*
dénicheur, euse *n*
dénicotinisation *nf*
dénicotiniser *vt*
dénicotiniseur *nm*
denier *nm*
dénier *vt*
dénigrant, e *adj*
dénigrement *nm*
dénigrer *vt*
dénigreur, euse *n*
dénitrifiant, e *adj*
dénitrification *nf*
dénitrifier *vt*
dénivelé *nm* ou dénivelée *nf*
déniveler *vt* C10
dénivellation *nf*
dénivellement *nm*
dénombrable *adj*
dénombrement *nm*
dénombrer *vt*
dénominateur *nm*
dénominatif *adj m, nm*
dénomination *nf*
dénommé, e *adj, n*
dénommer *vt*
dénoncer *vt, vpr* C6
dénonciateur, trice *adj, n*
dénonciation *nf*
dénotatif, ive *adj*
dénotation *nf*
dénoter *vt*
dénouement *nm*
dénouer *vt*
dénoyage [-nwajaʒ] *nm*
dénoyautage [-nwajo-] *nm*
dénoyauter [-nwajo-] *vt*
dénoyauteur [-nwajo-] *nm*
dénoyauteuse *nf*
dénoyer [-nwaje] *vt* C16
denrée *nf*
dense *adj*
densément *adv*
densification *nf*
densifier *vt*
densimètre *nm*
densimétrie *nf*
densimétrique *adj*
densité *nf*
dent *nf*
dentaire *adj, nf*

dental, e, aux *adj, n*
dent-de-chien *nf* *(pl dents-de-chien)*
dent-de-lion *nf* *(pl dents-de-lion)*
dent-de-loup *nf* *(pl dents-de-loup)*
denté, e *adj*
dentée *nf*
dentelaire *nf*
dentelé, e *adj, nm*
denteler *vt* C10
dentelle *nf*
dentellerie *nf*
dentellier, ère *adj*
dentellière *nf*
dentelure *nf*
denticule *nm*
denticulé, e *adj*
dentier *nm*
dentifrice *adj, nm*
dentine *nf*
dentirostre *nm*
dentiste *n*
dentisterie *nf*
dentition *nf*
dents-de-scie *nf pl*
denture *nf*
dénucléarisation *nf*
dénucléariser *vt*
dénudation *nf*
dénudé, e *adj*
dénuder *vt, vpr*
dénué, e *adj*
dénuement *nm*
dénuer (se) *vpr*
dénutri, e *adj, n*
dénutrition *nf*
déodorant, e *adj, nm*
déontologie *nf*
déontologique *adj*
dépaillage *nm*
dépailler *vt*
dépalisser *vt*
dépannage *nm*
dépanner *vt*
dépanneur, euse *adj, n*
dépaquetage *nm*
dépaqueter *vt* C10
déparaffinage *nm*
déparasitage *nm*
déparasiter *vt*
dépareillé, e *adj*
dépareiller *vt*
déparer *vt*
déparier *vt*
déparler *vi*
départ [-par] *nm*
départager *vt* C7
département *nm*
départemental, e, aux *adj*
départementalisation *nf*
départementaliser *vt*
départir *vt, vpr* C23
départiteur *adj m, nm*
dépassant, e *nm*
dépassé, e *adj*
dépassement *nm*
dépasser *vt, vi, vpr*
dépassionner *vt*
dépatouiller (se) *vpr* *(fam.)*
dépatrier *vt, vpr*
dépavage *nm*
dépaver *vt*
dépaysant, e [-peizã, ãt] *adj*
dépaysé, e [-peize] *adj*
dépaysement [-peizmã] *nm*
dépayser [-peize] *vt*
dépeçage *nm*
dépècement *nm*
dépecer *vt* C6, C8
dépeceur, euse *n*
dépêche *nf*
dépêcher *vt, vpr*
dépeigné, e *adj*
dépeigner *vt*
dépeindre *vt, vpr* C43
dépeint, e *adj*
dépelotonner *vt*
dépenaillé, e *adj*
dépénalisation *nf*
dépénaliser *vt*
dépendamment *adv*
dépendance *nf*
dépendant, e *adj*
dépendeur, euse *n*
dépendre *vt, vti, vimp* C41
dépens [depã] *nm pl*
dépense *nf*
dépenser *vt, vpr*
dépensier, ère *adj, n*
déperdition *nf*
dépérir *vi*
dépérissant, e *adj*
dépérissement *nm*
dépersonnalisation *nf*
dépersonnaliser *vt, vpr*
dépêtrer *vt, vpr*
dépeuplé, e *adj*
dépeuplement *nm*
dépeupler *vt, vpr*
déphasage *nm*
déphasé, e *adj*
déphaser *vt*
déphaseur *nm*
déphosphoration *nf*
déphosphorer *vt*
dépiautage *nm (fam.)*
dépiauter *vt (fam.)*
dépigeonnage *nm*
dépigeonnisation *nf*
dépigmentation *nf*
dépilage *nm*
dépilation *nf*
dépilatoire *adj, nm*
dépiler *vt, vi*
dépiquage *nm*
dépiquer *vt*
dépistage *nm*
dépister *vt*
dépit *nm*
dépité, e *adj*
dépiter *vt, vpr*
déplacé, e *adj*
déplacement *nm*
déplacer *vt, vpr* C6
déplafonnement *nm*
déplafonner *vt*
déplaire *vti, vpr* C60
déplaisant, e *adj*
déplaisir *nm*
déplanification *nf*
déplantage *nm*
déplantation *nf*
déplanter *vt*

déplantoir *nm*
déplâtrage *nm*
déplâtrer *vt*
déplétif, ive *adj*
déplétion *nf*
dépliage *nm*
dépliant, e *adj, nm*
dépliement *nm*
déplier *vt, vpr*
déplissage *nm*
déplisser *vt, vpr*
déploiement *nm*
déplombage *nm*
déplomber *vt*
déplorable *adj*
déplorablement *adv*
déploration *nf*
déplorer *vt*
déployé, e [-plwaje] *adj*
déployer [-plwaje] *vt, vpr* C16
déplumé, e *adj*
déplumer *vt, vpr*
dépoétiser *vt*
dépointage *nm*
dépointer *vt*
dépoitraillé, e *adj (fam.)*
dépoitrailler (se) *vpr (fam.)*
dépolarisant, e *adj, nm*
dépolarisation *nf*
dépolariser *vt, vi*
dépoli, e *adj*
dépolir *vt*
dépolissage *nm*
dépolissement *nm*
dépolitisation *nf*
dépolitiser *vt*
dépolluant, e *adj, nm*
dépolluer *vt*
dépollueur, euse *adj*
dépollution *nf*
dépolymérisation *nf*
déponent, e *adj, nm*
dépopulation *nf*
déport [-pɔr] *nm*
déportance *nf*
déportation *nf*
déporté, e *n*
déportement *nm*
déporter *vt, vpr*
déposant, e *adj, n*
dépose *nf*
déposer *vt, vi, vpr*
dépositaire *n*
déposition *nf*
déposséder *vt* C11
dépossession *nf*
dépôt [-po] *nm*
dépotage *nm*
dépotement *nm*
dépoter *vt*
dépotoir *nm*
dépôt-vente *nm (pl dépôts-ventes)*
dépoudrer *vt*
dépouille *nf*
dépouillé, e *adj*
dépouillement *nm*
dépouiller *vt, vpr*
dépourvoir *vt* C30
dépourvu, e *adj*
dépoussiérage *nm*
dépoussiérant, e *adj, nm*
dépoussiérer *vt* C11
dépoussiéreur *nm*
dépravant, e *adj*
dépravation *nf*
dépravé, e *adj, n*
dépraver *vt, vpr*
déprécation *nf*
déprécatif, ive *adj*
déprécatoire *adj*
dépréciateur, trice *adj*
dépréciatif, ive *adj*
dépréciation *nf*
déprécier *vt, vpr*
déprédateur, trice *adj, n*
déprédation *nf*
déprendre (se) *vpr* C42
dépressif, ive *adj, n*
dépression *nf*
dépressionnaire *adj*
dépressurisation *nf*
dépressuriser *vt*
déprimant, e *adj*
déprime *nf (fam.)*
déprimé, e *adj, n*
déprimer *vt, vi*
dépriser *vt*
de profundis [deprɔfɔ̃dis] *nm inv.*
déprogrammation *nf*
déprogrammer *vt*
déprolétariser *vt*
dépucelage *nm (fam.)*
dépuceler *vt* C10 *(fam.)*
depuis *prép, adv*
dépulpage *nm*
dépulper *vt*
dépuratif, ive *adj, nm*
dépuration *nf*
dépurer *vt*
députation *nf*
député *nm*
députer *vt*
déqualification *nf*
déqualifier *vt*
der *nm* ou *nf inv. (pop.)*
déracinable *adj*
déraciné, e *adj, n*
déracinement *nm*
déraciner *vt*
dérader *vi*
dérager *vi* C7
déraidir *vt*
déraillement *nm*
dérailler *vi*
dérailleur *nm*
déraison *nf*
déraisonnable *adj*
déraisonnablement *adv*
déraisonner *vi*
déralinguer *vt*
déramer *vi, vt*
dérangé, e *adj*
dérangeant, e *adj*
dérangement *nm*
déranger *vt, vpr* C7
dérapage *nm*
déraper *vi, vt*
dérasé, e *adj*
dérasement *nm*
déraser *vt*
dératé, e *n*
dératisation *nf*

dératiser *vt*
dérayer [-reje] *vt* C15
dérayure [-rejyr] *nf*
derbouka ou darbouka *nf*
derby *nm (pl derbys* ou *derbies)*
déréalisation *nf*
déréaliser *vt*
derechef [-ʃɛf] *adv*
déréel, elle *adj*
déréglé, e *adj*
dérèglement *nm*
déréglementation *nf*
déréglementer *vt*
dérégler *vt* C11
dérégulation *nf*
déréguler *vt*
déréliction *nf*
déresponsabiliser *vt*
déridage *nm*
dérider *vt, vpr*
dérision *nf*
dérisoire *adj*
dérisoirement *adv*
dérivable *adj*
dérivatif, ive *adj, nm*
dérivation *nf*
dérive *nf*
dérivé, e *adj, nm*
dérivée *nf*
dériver *vt, vti, vi*
dériveur *nm*
dermatite *nf*
dermatologie *nf*
dermatologiste *n*
dermatologue *n*
dermatomyosite *nf*
dermatoptique *adj*
dermatose *nf*
derme *nm*
dermeste *nm*
dermique *adj*
dermite *nf*
dermographie *nf*
dermographisme *nm*
dermopuncture ou dermoponcture *nf*
dernier, ère *adj, n* 17-I
dernièrement *adv*
dernier-né, dernière-née *n (pl derniers-nés, dernières-nées)*
derny *nm*
dérobade *nf*
dérobé, e *adj*
dérobée (à la) *loc adv*
dérober *vt, vpr*
dérochage *nm*
dérochement *nm*
dérocher *vt, vi*
dérocheuse *nf*
déroctage *nm*
déroder *vt*
dérogation *nf*
dérogatoire *adj*
dérogeance *nf*
dérogeant, e *adj*
déroger *vti, vi* C7
dérougir *vt, vi*
dérouillage *nm*
dérouillée *nf (pop.)*
dérouillement *nm*
dérouiller *vt, vi, vpr*
déroulage *nm*
déroulement *nm*
dérouler *vt, vpr*
dérouleur *nm*
dérouleuse *nf*
déroutage *nm*
déroutant, e *adj*
déroute *nf*
déroutement *nm*
dérouter *vt*
derrick [dɛrik] *nm*
derrière *prép, adv, nm*
déruralisation *nf*
derviche [dɛrviʃ] *nm*
des *art déf contracté pl, art indéf pl, art partitif pl*
dès *prép*
désabonnement *nm*
désabonner *vt, vpr*
désabusé, e *adj, n*
désabusement *nm*
désabuser *vt*
désacclimater *vt*
désaccord *nm*
désaccordé, e *adj*
désaccorder *vt, vpr*
désaccouplement *nm*
désaccoupler *vt*
désaccoutumance *nf*
désaccoutumer *vt, vpr*
désaciérer *vt* C11
désacralisation [des-] *nf*
désacraliser [des-] *vt*
désactivation *nf*
désactiver *vt*
désadaptation *nf*
désadapté, e *adj, n*
désadapter *vt, vpr*
désaéré, e *adj*
désaérer *vt* C11
désaffectation *nf*
désaffecté, e *adj*
désaffecter *vt*
désaffection *nf*
désaffectionner (se) *vpr*
désafférentation *nf*
désaffiliation *nf*
désaffilier *vt, vpr*
désaffourcher *vi*
désaffubler *vt*
désagrapher *vt*
désagréable *adj*
désagréablement *adv*
désagrégation *nf*
désagrégeant, e *adj*
désagréger *vt, vpr* C13
désagrément *nm*
désaimantation *nf*
désaimanter *vt*
désaimer *vt*
désajuster *vt*
désaliénation *nf*
désaliéner *vt* C11
désalignement *nm*
désaligner *vt*
désalper *vi*
désaltérant, e *adj*
désaltérer *vt, vpr* C11
désambiguïser *vt*
désamidonnage *nm*
désamidonner *vt*
désamorçage *nm*
désamorcer *vt* C6
désannexer *vt*
désannexion *nf*

désapparier *vt*
désappointé, e *adj*
désappointement *nm*
désappointer *vt*
désapprendre *vt* C42
désapprobateur, trice *n, adj*
désapprobation *nf*
désapprouver *vt*
désapprovisionnement *nm*
désapprovisionner *vt*
désarçonner *vt*
désargenté, e *adj*
désargenter *vt, vpr*
désargenture *nf*
désarmant, e *adj*
désarmement *nm*
désarmer *vt, vi*
désarrimage *nm*
désarrimer *vt*
désarroi *nm*
désarticulation *nf*
désarticuler *vt, vpr*
désassemblage *nm*
désassembler *vt, vpr*
désassimilation *nf*
désassimiler *vt*
désassorti, e *adj*
désassortiment *nm*
désassortir *vt*
désastre *nm*
désastreusement *adv*
désastreux, euse *adj*
désatellisation [des-] *nf*
désatelliser [des-] *vt*
désavantage *nm*
désavantager *vt* C7
désavantageusement *adv*
désavantageux, euse *adj*
désaveu *nm* *(pl désaveux)*
désavouer *vt*
désaxé, e *adj, n (fam.)*
désaxer *vt*
descabello *nm*
descellement *nm*
desceller *vt (de sceller)*
descendance *nf*
descendant, e [-ɑ̃, ɑ̃t] *adj, n*
descenderie *nf*
descendeur, euse *n*
descendre C41 *vi (auxil être) ; vt (auxil avoir)*
descenseur *nm*
descente *nf*
déschisteur *nm*
déscolarisation *nf*
déscolariser *vt*
descripteur, trice *n*
descriptible *adj*
descriptif, ive *adj, nm*
description *nf*
déséchouage *nm*
déséchouer *vt*
désectorisation [des-] *nf*
déségrégation [des-] *nf*
désemballage *nm*
désemballer *vt*
désembobiner *vt*
désembourber *vt*
désembourgeoiser *vt*
désembouteiller *vt*
désembuage *nm*
désembuer *vt*
désemparé, e *adj*
désemparer *vi, vt*
désempeser *vt*
désemplir *vi, vt, vpr*
désencadrer *vt*
désenchaîner *vt*
désenchanté, e *adj*
désenchantement *nm*
désenchanter *vt*
désenclavement *nm*
désenclaver *vt*
désencollage *nm*
désencoller *vt*
désencombrement *nm*
désencombrer *vt*
désencrasser *vt*
désendettement *nm*
désendetter (se) *vpr*
désendrailler *vt*
désénerver *vt*
désenfiler *vt*
désenflammer *vt*
désenfler *vt, vi*
désenfumer *vt*
désengagement *nm*
désengager *vt, vpr* C7
désengorger *vt* C7
désengourdir *vt*
désengrener *vt* C8
désenivrer [dezɑ̃-] *vt, vi*
désenneiger [dezɑ̃-] *vt* C7
désennuyer [dezɑ̃-] *vt, vpr*
désenrayer *vt* C15
désenrhumer *vt*
désenrouer *vt*
désensablement *nm*
désensabler *vt*
désensibilisateur [des-] *nm*
désensibilisation [des-] *nf*
désensibiliser [des-] *vt, vpr*
désensimage *nm*
désensimer *vt*
désensorceler *vt* C10
désentoilage *nm*
désentoiler *vt*
désentortiller *vt*
désentraver *vt*
désenvaser *vt*
désenvelopper *vt*
désenvenimer *vt*
désenverguer ou **déverguer** *vt*
désépaissir *vt*
déséquilibrant, e *adj*
déséquilibre *nm*
déséquilibré, e *adj, n*
déséquilibrer *vt*
déséquiper *vt, vpr*
désert, e [-ɛr, ɛrt] *adj, nm*
déserter *vt, vi*
déserteur *nm*
désertification *nf*
désertifier (se) *vpr*
désertion *nf*
désertique *adj*
désescalade *nf*
désespérance *nf*

désespérant, e *adj*
désespéré, e *adj, n*
désespérément *adv*
désespérer *vt, vi, vti, vpr* C11
désespoir *nm*
désétablissement *nm*
désétatiser *vt*
désexcitation *nf*
désexciter *vt*
désexualiser [des-] *vt*
déshabillage *nm*
déshabillé *adj, nm*
déshabiller *vt, vpr*
déshabituer *vt, vpr*
désherbage *nm*
désherbant, e *adj, nm*
désherber *vt*
déshérence *nf*
déshérité, e *n*
déshéritement *nm*
déshériter *vt*
desheurer *vt*
déshonnête *adj*
déshonnêtement *adv*
déshonneur *nm*
déshonorant, e *adj*
déshonorer *vt, vpr*
déshuilage *nm*
déshuiler *vt*
déshuileur *nm*
déshumanisant, e *adj*
déshumanisation *nf*
déshumaniser *vt*
déshumidificateur *nm*
déshumidification *nf*
déshumidifier *vt*
déshydratant, e *adj*
déshydratation *nf*
déshydraté, e *adj*
déshydrater *vt, vpr*
déshydrogénation *nf*
déshydrogéner *vt* C11
déshypothéquer *vt*
désidérabilité *nf*
desiderata [deziderata] *nm*
désidératif, ive *adj*
design [dizajn] *nm inv., adj inv.*
désignation *nf*
désigner *vt, vpr*
designer [dizajnœr] *nm*
désiliciage [desi-] *nm*
désillusion *nf*
désillusionnement *nm*
désillusionner *vt*
désincarcération *nf*
désincarnation *nf*
désincarné, e *adj*
désincarner *vt, vpr*
désincorporer *vt*
désincrustant, e *adj, nm*
désincrustation *nf*
désincruster *vt*
désindexer *vt*
désindustrialisation *nf*
désindustrialiser *vt*
désinence *nf*
désinentiel, elle *adj*
désinfatuer *vt*
désinfectant, e *adj, nm*
désinfecter *vt*
désinfecteur *adj, nm*
désinfection *nf*
désinflation *nf*
désinformation *nf*
désinformer *vt*
désinsectisation *nf*
désinsectiser *vt*
désinsertion *nf*
désintégration *nf*
désintégrer *vt, vpr* C11
désintéressé, e *adj*
désintéressement *nm*
désintéresser *vt, vpr*
désintérêt [-r] *nm*
désintoxication *nf*
désintoxiquer *vt*
désinvestir *vt, vi*
désinvestissement *nm*
désinviter *vt*
désinvolte *adj*
désinvolture *nf*
désir *nm*
désirable *adj*
désirer *vt*
désireux, euse *adj*
désistement *nm*
désister (se) *vpr*
desman [dɛsmɑ̃] *nm*
desmodromique *adj*
desmolase *nf*
desmotropie *nf*
désobéir *vti*
désobéissance *nf*
désobéissant, e *adj*
désobligeamment *adv*
désobligeance *nf*
désobligeant, e *adj*
désobliger *vt* C7
désobstruction *nf*
désobstruer *vt*
désoccupé, e *adj*
désodé, e [desɔde] *adj*
désodorant *nm*
désodorisant, e *adj, nm*
désodoriser *vt*
désœuvré, e *adj, n*
désœuvrement *nm*
désolant, e *adj*
désolateur, trice *adj*
désolation *nf*
désolé, e *adj*
désoler *vt, vpr*
désolidariser [des-] *vt, vpr*
désoperculer *vt*
désopilant, e *adj*
désopiler *vt, vpr*
désorbiter *vt*
désordonné, e *adj*
désordre *nm*
désorganisateur, trice *adj, n*
désorganisation *nf*
désorganiser *vt, vpr*
désorientation *nf*
désorienté, e *adj*
désorienter *vt*
désormais *adv*
désorption *nf*
désossé, e *adj*
désossement *nm*
désosser *vt*
désoxydant, e *adj, nm*
désoxydation *nf*
désoxyder *vt*
désoxygénation *nf*

désoxygéner *vt* C11
désoxyribonucléase *nf*
désoxyribonucléique *adj*
désoxyribose *nf*
desperado [dɛsperado] *nm*
despotat [-ta] *nm*
despote *nm*
despotique *adj*
despotiquement *adv*
despotisme *nm*
desquamation [dɛskwa-] *nf*
desquamer [dɛskwame] *vt, vi, vpr*
desquels, desquelles [dekɛl] *pron rel pl*
dessablage *nm*
dessablement *nm*
dessabler *vt*
dessaisir *vt, vpr*
dessaisissement *nm*
dessalage *nm*
dessalaison *nf*
dessalement *nm*
dessaler *vt, vi, vpr*
dessaleur *nm*
dessalure *nf*
dessangler *vt*
desséchant, e *adj*
dessèchement *nm*
dessécher *vt, vpr* C11
dessein *nm (intention)*
dessein (à) *loc adv*
desseller *vi (ôter la selle)*
desserrage *nm*
desserre *nf*
desserrement *nm*
desserrer *vt*
dessert [-sɛr] *nm*
desserte *nf*
dessertir *vt*
dessertissage *nm*
desservant [-vɑ̃] *nm*
desservir *vt*
dessévage *nm*
dessiccateur *nm*
dessicatif, ive *adj, nm*
dessiccation *nf*
dessiller ou **déciller** [desije] *vt*
dessin *nm (représentation)*
dessinateur, trice *n*
dessinateur, trice-cartographe *n (pl dessinateurs, trices-cartographes)*
dessiné, e *adj*
dessiner *vt, vpr*
dessolement *nm*
dessoler *vt*
dessoucher *vt*
dessouder *vt*
dessoudure *nf*
dessouler *(Ac.)* ou **dessoûler** [-su-] *vt, vi, vpr (fam.)*
dessous [dəsu] *adv, nm*
dessous-de-bouteille *nm inv.*
dessous-de-bras *nm inv.*
dessous-de-carafe *nm inv.*
dessous-de-plat *nm inv.*
dessous-de-table *nm inv.*
dessous-de-verre *nm inv.*
dessuintage *nm*
dessuinter *vt*
dessus [dəsy] *adv, nm*
dessus-de-lit *nm inv.*
dessus-de-plat *nm inv.*
dessus-de-porte *nm inv.*
déstabilisateur, trice *adj*
déstabilisation *nf*
déstabiliser *vt*
déstalinisation *nf*
déstaliniser *vt*
destin *nm*
destinataire *n*
destinateur *nm*
destination *nf*
destinée *nf*
destiner *vt, vpr*
destituable *adj*
destituer *vt*
destitution *nf*
déstocker *vt*
destrier *nm*
destroyer [dɛstrwaje ou dɛstrɔjœr] *nm*
destructeur, trice *adj, n*
destructible *adj*
destructif, ive *adj*
destruction *nf*
destructivité *nf*
déstructuration *nf*
déstructurer *vt, vpr*
désubjectiviser *vt*
désuet, ète [desyɛ, ɛt *(Ac.)* ou dezyɛ, ɛt] *adj*
désuétude [desyɛ- *(Ac.)* ou dezyɛ-] *nf*
désulfiter [des-] *vt*
désulfuration [des-] *nf*
désulfurer [des-] *vt*
désuni, e *adj*
désunion *nf*
désunir *vt, vpr*
désynchronisation [desɛ̃krɔ-] *nf*
désynchroniser [desɛ̃krɔ-] *vt*
désyndicalisation [des-] *nf*
détachable *adj*
détachage *nm*
détachant, e *adj, nm*
détaché, e *adj*
détachement *nm*
détacher *vt, vpr*
détacheur, euse *adj, n*
détail *nm*
détaillant, e *adj, n*
détaillé, e *adj*
détailler *vt*
détalage *nm*
détaler *vt, vi*
détapisser *vt*
détartrage *nm*
détartrant, e *adj, nm*
détartrer *vt*
détartreur *nm*
détaxation *nf*
détaxe *nf*

détaxer *vt*
détectable *adj*
détecter *vt*
détecteur, trice *adj, nm*
détection *nf*
détective *nm*
déteindre *vt, vi* C43
dételage *nm*
dételer *vt, vi* C10
détendeur *nm*
détendre *vt, vpr* C41
détendu, e *adj*
détenir *vt* C28
détente *nf*
détenteur, trice *n*
détention *nf*
détenu, e *n, adj*
détergence *nf*
détergent, e *adj, nm*
déterger *vt* C7
détérioration *nf*
détériorer *vt, vpr*
déterminable *adj*
déterminant, e *adj, nm*
déterminatif, ive *adj, nm*
détermination *nf*
déterminé, e *adj, nm*
déterminer *vt, vpr*
déterminisme *nm*
déterministe *adj, n*
déterrage *nm*
déterré, e *n*
déterrement *nm*
déterrer *vt*
déterreur *nm*
détersif, ive *adj, nm*
détersion *nf*
détestable *adj*
détestablement *adv*
détestation *nf*
détester *vt*
détiré *nm*
détirer *vt, vpr*
détireuse *nf*
détisser *vt*
détonant, e *adj*
détonateur *nm*
détonation *nf*
détoner *vi (exploser)*
détonique *nf*
détonner *vi (contraster)*
détordre *vt, vpr* C41
détors, e [-ɔr, ɔrs] *adj*
détorsion *nf*
détortiller *vt*
détour *nm*
détourage *nm*
détourer *vt*
détourné, e *adj, nm*
détournement *nm*
détourner *vt, vpr*
détoxication *nf*
détoxiquer *vt*
détracter *vt*
détracteur, trice *adj, n*
détraction *nf*
détraqué, e *adj, n*
détraquement *nm*
détraquer *vt, vpr*
détrempe *nf*
détremper *vt*
détresse *nf*
détricoter *vt*
détriment *nm*
détritique *adj*
détritivore *adj, nm*
détritus [-tys] *nm*
détroit [-trwa] *nm*
détromper *vt, vpr*
détrônement *nm*
détrôner *vt*
détroquage *nm*
détroquer *vt*
détroussement *nm*
détrousser *vt*
détrousseur *nm*
détruire *vt, vpr* C56
dette *nf*
détumescence *nf*
D.E.U.G. [dœg] *nm*
deuil *nm*
deus ex machina [deysɛksmakina] *nm inv.*
deutéragoniste *nm*
deutéranopie *nf*
deutérium [-rjɔm] *nm*
deutérocanonique *adj*
deutéron ou deuton *nm*
deutéronome *nm*
Deutsche Mark [dɔjtʃmark ou døtʃmark] *nm*
deux *adj num inv., nm inv.*
deux-deux *nm inv.*
deux-huit *nm inv.*
deuxième *adj, n*
deuxièmement *adv*
deux-mâts *nm inv.*
deux-pièces *nm inv.*
deux-points *nm inv.*
deux-ponts *nm inv.*
deux-quatre *nm inv.*
deux-roues *nm inv.*
deux-seize *nm inv.*
deux-temps *nm inv., adj*
deuzio *adv (fam.)*
dévaler *vt, vi*
dévaliser *vt*
dévaloir *nm*
dévalorisant, e *adj*
dévalorisation *nf*
dévaloriser *vt, vpr*
dévaluation *nf*
dévaluer *vt*
devanagari *nf s, adj*
devancement *nm*
devancer *vt* C6
devancier, ère *n*
devant *prép, adv, nm*
devantier *nm*
devantière *nf*
devanture *nf*
dévasement *nm*
dévaser *vt*
dévastateur, trice *adj, n*
dévastation *nf*
dévaster *vt*
déveine *nf (fam.)*
développable *adj*
développante *nf*
développateur *nm*
développé, e *adj, nm*
développée *nf*
développement *nm*
développer *vt, vpr*

devenir *vi* C28 *(auxil être)*
devenir *nm*
dévente *nf*
déventer *vt*
déverbal, e, aux *adj, nm*
déverbatif, ive *adj, nm*
dévergondage *nm*
dévergondé, e *adj, n*
dévergonder (se) *vpr*
déverguer ou désenverguer *vt*
dévernir *vt*
dévernissage *nm*
déverrouillage *nm*
déverrouiller *vt*
devers [dəvɛr] *prép*
dévers, e [devɛr, ɛrs] *adj, nm*
déversement *nm*
déverser *vt, vi, vpr*
déversoir *nm*
dévêtir *vt, vpr* C24
déviance *nf*
déviant, e *adj, n*
déviateur, trice *adj, nm*
déviation *nf*
déviationnisme *nm*
déviationniste *adj, n*
dévidage *nm*
dévider *vt*
dévideur, euse *n*
dévidoir *nm*
dévier *vi, vt*
devin *nm*
devinable *adj*
deviner *vt*
devineresse *nf*
devinette *nf*
dévirage *nm*
dévirer *vt*
dévirginiser *vt*
dévirilisation *nf*
déviriliser *vt*
déviroler *vt*
devis [dəvi] *nm*
dévisager *vt* C7
devise *nf*
deviser *vi*
devise-titre *nf (pl devises-titres)*
dévissable *adj*
dévissage *nm*
dévisser *vt, vi*
de visu [devizy] *loc adv*
dévitalisation *nf*
dévitaliser *vt*
dévitaminé, e *adj*
dévitrification *nf*
dévitrifier *vt*
dévoiement *nm*
dévoilement *nm*
dévoiler *vt, vpr*
devoir *vt, vpr* C38
devoir *nm*
dévoirant *nm*
dévoisé, e *adj*
dévoltage *nm*
dévolter *vt*
dévolteur *nm*
dévolu, e *adj, nm*
dévolutaire *n*
dévolutif, ive *adj*
dévolution *nf*
devon *nm*
dévonien, enne *adj, nm*
dévorant, e *adj*
dévorateur, trice *adj*
dévorer *vt*
dévoreur, euse *n*
dévot, e [-vo, ɔt] *adj, n*
dévotement *adv*
dévotieusement *adv*
dévotieux, euse *adj*
dévotion *nf*
dévoué, e *adj*
dévouement *nm*
dévouer *vt, vpr*
dévoyé, e [-vwaje] *n*
dévoyer [-vwaje] *vt, vpr* C16
dévriller *vt*
déwatté, e [dewate] *adj*
dextérité *nf*
dextralité *nf*
dextre *adj, nf*
dextrement *adv*
dextrine *nf*
dextrinisation *nf*
dextrocardie *nf*
dextrogyre *adj*
dextrorsum [-sɔm] ou dextrorse *adj inv., adv*
dextrose *nm*
dey [dɛ] *nm (d'Alger)*
dharma *nm*
dia *interj*
diabète *nm*
diabétique *adj, n*
diabétologue *n*
diable *nm, interj*
diablement *adv*
diablerie *nf*
diablesse *nf*
diablotin *nm*
diabolique *adj*
diaboliquement *adv*
diabolo *nm*
diacétylmorphine ou diamorphine *nf*
diachromie [-krɔ-] *nf*
diachronie [-krɔ-] *nf*
diachronique [-krɔ-] *adj*
diachylon ou diachylum [-kilɔm] *nm*
diacide *nm*
diaclase *nf*
diacode *adj*
diaconal, e, aux *adj*
diaconat [-na] *nm*
diaconesse *nf*
diaconie *nf*
diacoustique *nf*
diacre *nm*
diacritique *adj*
diadème *nm*
diadoque *nm*
diagenèse *nf*
diaglyphe ou diaglypte *nm*
diagnose [-gnoz] *nf*
diagnostic [-gnɔ-] *nm*
diagnostique [-gnɔ-] *adj*
diagnostiquer [-gnɔ-] *vt*
diagnostiqueur [-gnɔ-] *nm*
diagonal, e, aux *adj*
diagonale *nf*

diagonalement *adv*
diagramme *nm*
diagraphe *nm*
diagraphie *nf*
dialcool [dialkɔl] ou
diol *nm*
dialectal, e, aux *adj*
dialectalisme *nm*
dialecte *nm*
dialecticien, enne *n*
dialectique *adj, nf*
dialectiquement *adv*
dialectiser *vt*
dialectologie *nf*
dialectologue *n*
diallèle *nm*
dialogique *adj*
dialogue *nm*
dialoguer *vi, vt*
dialoguiste *n*
dialypétale *adj, nf*
dialyse *nf*
dialysé, e *adj, n*
dialyser *vt*
dialyseur *nm*
diamagnétique *adj*
diamagnétisme *nm*
diamant *nm*
diamantaire *n*
diamanté, e *adj*
diamanter *vt*
diamantifère *adj*
diamantin, ine *adj*
diamétral, e, aux *adj*
diamétralement *adv*
diamètre *nm*
diamide *nm*
diamine *nf*
diaminophénol *nm*
diamorphine ou
diacétylmorphine *nf*
diane *nf*
diantre *nm, interj*
diantrement *adv*
diapason *nm*
diapause *nf*
diapédèse *nf*
diaphane *adj*
diaphanéité *nf*
diaphanoscopie *nf*
diaphonie *nf*
diaphorèse *nf*
diaphorétique *adj, nm*
diaphragmatique *adj*
diaphragme *nm*
diaphragmer *vt, vi*
diaphyse *nf*
diapir *nm*
diapo *nf (abrév.)*
diaporama *nm*
diapositive *nf*
diapré, e *adj*
diaprer *vt*
diaprure *nf*
diariste *n*
diarrhée *nf*
diarrhéique *adj, n*
diarthrose *nf*
diascope *nm*
diascopie *nf*
diaspora *nf*
diastase *nf*
diastasique *adj*
diastasis [-zis] *nm*
diastole *nf*
diastolique *adj*
diastyle *nm*
diathèque *nf*
diathermane ou
diatherme ou
diathermique *adj*
diathermanéité ou
diathermansie *nf*
diathermie *nf*
diathèse *nf*
diatomée *nf*
diatomique *adj*
diatomite *nf*
diatonique *adj*
diatoniquement *adv*
diatonisme *nm*
diatribe *nf*
diaule *nf*
diazoïque *adj, nm*
dibasique *adj*
dicarbonylé, e *adj, nm*
dicaryon *nm*
dicaryotique *adj*
dicastère *nm*
dicentra [disɛ̃tra] *nf*
dicétone *nf*
dichotome [dikɔ-] *adj*
dichotomie [dikɔ-] *nf*
dichotomique [dikɔ-] *adj*
dichroïque [dikrɔik-] *adj*
dichroïsme [dikrɔism] *nm*
dichromatique [dikrɔ-] *adj*
dicline *adj*
dico *nm (abrév.)*
dicotylédone *adj, nf*
dicrote *adj*
dictame *nm*
dictamen [-mɛn] *nm*
dictaphone *nm*
dictat ou
diktat [diktat] *nm*
dictateur *nm*
dictatorial, e, aux *adj*
dictatorialement *adv*
dictature *nf*
dictée *nf*
dicter *vt*
diction [diksjɔ̃] *nf*
dictionnaire [diksjɔ-] *nm*
dictionnairique [diksjɔ-] *adj*
dicton *nm*
dictyoptère *nm*
didacticiel *nm*
didactique *adj, nf*
didactiquement *adv*
didactisme *nm*
didactyle *adj*
didascalie *nf*
didelphe *adj, nm*
didelphidé *nm*
diduction *nf*
didyme *adj, nm*
dièdre *nm, adj*
diélectrique *adj, nm*
diencéphale [diɑ̃-] *nm*
diencéphalique [diɑ̃-] *adj*
diène *nm*
diérèse *nf*
diergol ou **biergol** *nm*
dièse *nm, adj*

diesel [djezɛl] *nm*
diéséliste *n*
diéser *vt* C11
dies irae [djɛsire] *nm inv.*
diète *nf*
diététicien, enne *n*
diététique *adj, nf*
dieu *nm*
diffa *nf*
diffamant, e *adj*
diffamateur, trice *adj, n*
diffamation *nf*
diffamatoire *adj*
diffamé, e *adj*
diffamer *vt*
différé, e *adj, nm*
différemment [-ramɑ̃] *adv*
différence *nf*
différenciateur, trice *adj*
différenciation *nf*
différencié, e *adj*
différencier *vt, vpr*
différend *nm (désaccord)*
différent, e *adj*
différentiation *nf*
différentiel, elle *adj, n*
différentier *vt*
différer C11 *vt (remettre) ; vi (être différent)*
difficile *adj, n*
difficilement *adv*
difficulté *nf*
difficultueux, euse *adj*
diffluence *nf*
diffluent, e *adj, nm*
diffluer *vi*
difforme *adj*
difformité *nf*
diffracter *vt*
diffraction *nf*
diffringent, e *adj*
diffus, e [-fy, yz] *adj*
diffusément *adv*
diffuser *vt, vpr*
diffuseur *nm*
diffusible *adj*
diffusion *nf*
digamma *nm*
digastrique *adj*
digérable *adj*
digérer *vt* C11
digest [daj- ou diʒɛst] *nm (résumé)*
digeste [diʒɛst] *nm (recueil de droit)*
digeste *adj*
digesteur *nm*
digestibilité *nf*
digestible *adj*
digestif, ive *adj, nm*
digestion *nf*
digit [diʒit] *nm*
digital, e, aux *adj*
digitale *nf*
digitaline *nf*
digitaliser *vt*
digitation *nf*
digité, e *adj*
digitiforme *adj*
digitigrade *adj, nm*
diglossie *nf*
digne *adj*
dignement *adv*
dignitaire *nm*
dignité *nf*
digon *nm*
digramme *nm*
digraphie *nf*
digression *nf*
digue *nf*
diholoside *nm*
dijonnais, e *adj, n*
diktat ou dictat [diktat] *nm*
dilacération *nf*
dilacérer *vt* C11
dilapidateur, trice *adj, n*
dilapidation *nf*
dilapider *vt*
dilatabilité *nf*
dilatable *adj*
dilatant, e *adj*
dilatateur, trice *adj, nm*
dilatation *nf*
dilater *vt, vpr*
dilatoire *adj*
dilatomètre *nm*
dilection *nf*
dilemme [dilɛm] *nm*
dilettante *n*
dilettantisme *nm*
diligemment [-ʒamɑ̃] *adv*
diligence *nf*
diligent, e *adj*
diligenter *vt*
diluant *nm*
diluer *vt, vpr*
dilution *nf*
diluvial, e, aux *adj*
diluvien, enne *adj*
diluvium [-vjɔm] *nm*
dimanche *nm*
dîme *nf*
dimension *nf*
dimensionnel, elle *adj*
dimensionner *vt*
dimère *nm, adj*
diminuant, e *adj*
diminué, e *adj*
diminuendo [-nyɛndo] *adv*
diminuer *vt, vi, vpr*
diminutif, ive *adj, nm*
diminution *nf*
dimissoire *nm*
dimissorial, e, aux *adj*
dimorphe *adj*
dimorphisme *nm*
dinanderie *nf*
dinandier *nm*
dinar *nm*
dînatoire *adj*
dinde *nf*
dindon *nm*
dindonneau *nm*
dindonner *vt (fam.)*
dindonnier, ère *n*
dine *nf*
dînée *nf*
dîner *vi*
dîner *nm*
dînette *nf*
dîneur, euse *n*
ding *interj*

dinghy [dingi] *nm (pl dinghys)*
dingo *n, adj (fou ; fam.)*
dingo *nm (chien)*
dingue *adj, n (fam.)*
dinguer *vi (pop.)*
dinguerie *nf (fam.)*
dinornis [-nis] *nm*
dinosaure *nm*
dinosaurien *nm*
dinothérium [-rjɔm] *nm*
diocésain, e *adj, n*
diocèse *nm*
diode *nf*
dioïque *adj*
diol ou **dialcool** [dialkɔl] *nm*
dionée *nf*
dionysiaque *adj*
dionysien, enne *adj, n*
dionysies *nf pl*
dioptre *nm*
dioptrie *nf*
dioptrique *nf*
diorama *nm*
diorite *nf*
dioscoréacée *nf*
dioxine *nf*
dioxyde *nm*
dipétale *adj*
diphasé, e *adj*
diphénol *nm*
diphényle *nm*
diphtérie *nf*
diphtérique *adj, n*
diphtongaison *nf*
diphtongue *nf*
diphtonguer *vt, vpr*
diplégie *nf*
diploblastique *adj*
diplocoque *nm*
diplodocus [-kys] *nm*
diploé *nm*
diploïde *adj*
diplomate *adj, n*
diplomatie [-asi] *nf*
diplomatique *adj, nf*
diplomatiquement *adv*
diplôme *nm*
diplômé, e *adj, n*
diplômer *vt*
diplopie *nf*
dipneumone ou **dipneumoné, e** *adj*
dipneuste *nm*
dipode *adj, nm*
dipolaire *adj*
dipôle *nm*
dipsacée *nf*
dipsomane *n, adj*
dipsomanie *nf*
diptère *adj, nm*
diptyque *nm*
dire *vt* C54
dire *nm*
direct, e [dirɛkt] *adj, nm*
directement *adv*
directeur, trice *adj, n*
directif, ive *adj*
direction *nf*
directionnel, elle *nm*
directive *nf*
directivisme *nm*
directivité *nf*
directoire *nm*
directorat [-ra] *nm*
directorial, e, aux *adj*
directrice *nf*
dirham [diram] *nm*
dirigeable *adj, nm*
dirigeant, e *adj, n*
dirigé, e *adj*
diriger *vt, vpr* C7
dirigisme *nm*
dirigiste *n, adj*
dirimant, e *adj*
disaccharide [disakarid] *nm*
disamare *nf*
discal, e, aux *adj*
discale *nf*
discarthrose *nf*
discernable *adj*
discernement *nm*
discerner *vt*
disciple *nm*
disciplinable *adj*
disciplinaire *adj, nm*
disciplinairement *adv*
discipline *nf*
discipliné, e *adj*
discipliner *vt, vpr*
disc-jockey *n (pl disc-jockeys)*
disco *nm* ou *nf (musique) ; nf (discothèque)*
discobole *nm*
discoglosse *nm*
discographie *nf*
discographique *adj*
discoïdal, e, aux *adj*
discoïde *adj*
discompte *nm*
discomycète *nm*
discontacteur *nm*
discontinu, e *adj*
discontinuation *nf*
discontinuer *vt, vi*
discontinuité *nf*
disconvenance *nf*
disconvenir *vti* C28
discopathie *nf*
discophile *adj, n*
discophilie *nf*
discord *adj, nm*
discordance *nf*
discordant, e *adj*
discorde *nf*
discorder *vi*
discothécaire *n*
discothèque *nf*
discount [disk(a)unt] *nm*
discounter [diskauntœr] *nm*
discoureur, euse *n*
discourir *vi* C25
discours [-kur] *nm*
discourtois, e [-twa, a] *adj*
discourtoisement *adv*
discourtoisie *nf*
discrédit [-di] *nm*
discréditer *vt, vpr*
discret, ète [-krɛ, ɛt] *adj*
discrètement *adv*
discrétion [-sjɔ̃] *nf*

discrétionnaire [-sjɔ-] *adj*
discrétoire *nm*
discriminant, e *adj, nm*
discrimination *nf*
discriminatoire *adj*
discriminer *vt*
disculpation *nf*
disculper *vt, vpr*
discursif, ive *adj*
discussion *nf*
discutable *adj*
discutailler *vi (fam.)*
discutailleur, euse *adj, n (fam.)*
discuté, e *adj*
discuter *vt, vti, vpr*
disert, e [dizɛr, ɛrt] *adj*
disertement *adv*
disette *nf*
diseur, euse *n*
disgrâce *nf*
disgracié, e *adj, n*
disgracier *vt*
disgracieux, euse *adj*
disharmonie ou dysharmonie *nf*
disjoindre *vt, vpr* C43
disjoint, e *adj*
disjoncter *vt, vi (fam.)*
disjoncteur *nm*
disjonctif, ive *adj, nm*
disjonction *nf*
dislocation *nf*
disloquer *vt, vpr*
disparaître *vi* C61 *(auxil avoir* ou *être)*
disparate *adj, nf*
dispatcher [dispatʃe] *vt*
dispatching [dispatʃiŋ] *nm*
disparité *nf*
disparition *nf*
disparu, e *adj, n*
dispendieusement *adv*
dispendieux, euse *adj*
dispensable *adj*
dispensaire *nm*
dispensateur, trice *n*
dispensatif, ive *adj*
dispense *nf*
dispensé, e *n*
dispenser *vt, vpr*
dispersant, e *adj, nm*
dispersé, e *adj*
dispersement *nm*
disperser *vt, vpr*
dispersif, ive *adj*
dispersion *nf*
disponibilité *nf*
disponible *adj, n*
dispos, e [-po, oz] *adj, n*
disposant, e *n*
disposé, e *adj*
disposer *vt, vti, vi, vpr*
dispositif *nm*
disposition *nf*
disproportion *nf*
disproportionné, e *adj*
disputable *adj*
disputailler *vi (fam.)*
disputaillerie *nf (fam.)*
disputailleur, euse *adj (fam.)*
disputation *nf*
dispute *nf*
disputer *vt, vti, vpr*
disputeur, euse *n*
disquaire [-kɛr] *n*
disqualification [-ka-] *nf*
disqualifier [-ka-] *vt, vpr*
disque *nm*
disquette *nf*
disruptif, ive *adj*
disruption *nf*
dissection *nf*
dissemblable *adj*
dissemblance *nf*
dissembler *vi*
disséminateur, trice *adj*
dissémination *nf*
disséminer *vt, vpr*
dissension *nf*
dissentiment *nm*
disséquer *vt* C11
disséqueur, euse *adj*
dissertation *nf*
disserter *vi*
dissidence *nf*
dissident, e *adj, n*
dissimilaire *adj*
dissimilation *nf*
dissimilitude *nf*
dissimulateur, trice *adj, n*
dissimulation *nf*
dissimulé, e *adj*
dissimuler *vt, vpr*
dissipateur, trice *n*
dissipation *nf*
dissipé, e *adj*
dissiper *vt, vpr*
dissociabilité *nf*
dissociable *adj*
dissociation *nf*
dissocier *vt*
dissolu, e *adj, n*
dissolubilité *nf*
dissoluble *adj*
dissolutif, ive *adj*
dissolution *nf*
dissolvant, e *adj, nm*
dissonance *nf*
dissonant, e *adj*
dissoner *vi*
dissoudre *vt, vpr* C44
dissuader *vt*
dissuasif, ive *adj*
dissuasion *nf*
dissyllabe *adj, nm*
dissyllabique *adj*
dissymétrie *nf*
dissymétrique *adj*
distal, e, aux *adj*
distance *nf*
distancer *vt* C6
distanciation *nf*
distancier *vt, vpr*
distant, e *adj*
distendre *vt, vpr* C41
distension *nf*
disthène *nm*
distillat [distila] *nm*
distillateur [distila-] *nm*
distillation [distilasjɔ̃] *nf*
distillatoire [distila-] *adj*
distiller [distile] *vt, vi*
distillerie [distilri] *nf*

distinct, e [distɛ̃(kt), ɛ̃kt] *adj*
distinctement *adv*
distinctif, ive *adj*
distinction *nf*
distinguable *adj*
distingué, e *adj*
distinguer *vt, vpr*
distinguo [distɛ̃go] *nm*
distique *adj, nm*
distomatose *nf*
distome *nm*
distordre *vt* C41
distors, e [-ɔr, ɔrs] *adj*
distorsion *nf*
distractif, ive *adj*
distraction *nf*
distractivité *nf*
distraire *vt, vpr* C58
distrait, e [-ɛ, ɛt] *adj, n*
distraitement *adv*
distrayant, e [distrɛjɑ̃, ɑ̃t] *adj*
distribuable *adj*
distribué, e *adj*
distribuer *vt*
distributaire *adj, n*
distributeur, trice *n*
distributif, ive *adj*
distribution *nf*
distributionnalisme *nm*
distributionnaliste *adj, n*
distributionnel, elle *adj*
distributivement *adv*
distributivité *nf*
district [distrikt] *nm*
distyle *adj*
dit, e [di, dit] *adj, nm*
dithyrambe *nm*
dithyrambique *adj*
dito *adv*
diurèse *nf*
diurétique *adj, nm*
diurnal, aux *nm*
diurne *adj*
diva *nf*
divagant, e *adj*
divagateur *adj*
divagation *nf*
divaguer *vi*
divalent, e *adj*
divan *nm*
dive *adj f*
divergence *nf*
divergent, e *adj*
diverger *vi* C7
divers, e [-vɛr, ɛrs] *adj*
diversement *adv*
diversification *nf*
diversifier *vt, vpr*
diversiforme *adj*
diversion *nf*
diversité *nf*
diverticule *nm*
diverticulose *nf*
divertimento [-mɛnto] *nm*
divertir *vt, vpr*
divertissant, e *adj*
divertissement *nm*
divette *nf*
dividende *nm*
divin, e *adj*
divinateur, trice *adj, n*
divination *nf*
divinatoire *adj*
divinement *adv*
divinisation *nf*
diviniser *vt*
divinité *nf*
divis, e [-vi, iz] *adj, nm*
diviser *vt, vpr*
diviseur *nm, adj m*
divisibilité *nf*
divisible *adj*
division *nf*
divisionnaire *adj, nm*
divisionnisme *nm*
divisionniste *adj, n*
divorce *nm*
divorcé, e *adj, n*
divorcer *vi* C6
divortialité *nf*
divulgateur, trice *n*
divulgation *nf*
divulguer *vt*
divulsion *nf*
dix *adj num inv., nm inv.* 19-III B
dix-cors *nm inv.*
dix-huit [dizɥit] *adj num inv., nm inv.*
dix-huitième [diz-] *adj, n*
dix-huitièmement [diz-] *adv*
dixie(land) [diksi(lɑ̃d)] *nm*
dixième [diz-] *adj, n*
dixièmement [diz-] *adv*
dix-neuf [diznœf] *adj num inv., nm inv.*
dix-neuvième [diz-] *adj num, n*
dix-neuvièmement [diz-] *adv*
dix-sept [dis(s)ɛt] *adj num inv., nm inv.*
dix-septième [dis(s)ɛt-] *adj num, n*
dix-septièmement [dis(s)ɛt-] *adv*
dizain *nm*
dizaine *nf*
dizainier ou **dizenier** *nm*
dizygote *adj, n*
djaïn ou **jaïn** *adj, n*
djaïnisme ou **jaïnisme** ou **jinisme** *nm*
djamaa ou **djemaa** *nf*
djebel [dʒebɛl] *nm*
djellaba [dʒelaba] *nf*
djemaa ou **djamaa** *nf*
djiboutien, enne *adj, n*
djihad ou **jihad** [dʒiad] *nm*
djinn [dʒin] *nm*
do *nm inv. (note de musique)*
doberman [dɔberman] *nm*
docétisme *nm*
docile *adj*
docilement *adv*
docilité *nf*
docimasie *nf*
docimastique *adj*

docimologie *nf*
dock *nm*
docker [dɔkɛr] *nm*
docte *adj*
doctement *adv*
docteur *nm*
doctoral, e, aux *adj*
doctoralement *adv*
doctorat [-ra] *nm*
doctoresse *nf*
doctrinaire *adj, n*
doctrinal, e, aux *adj*
doctrinalement *adv*
doctrine *nf*
document *nm*
documentaire *adj, nm*
documentaliste *n*
documentariste *n*
documentation *nf*
documenté, e *adj*
documenter *vt, vpr*
dodécaèdre *nm*
dodécagonal, e, aux *adj*
dodécagone *nm*
dodécaphonique *adj*
dodécaphonisme *nm*
dodécaphoniste *n*
dodécastyle *adj*
dodécasyllabe [-si-] *adj, nm*
dodelinement *nm*
dodeliner *vt, vti*
dodinage *nm*
dodine *nf*
dodo *nm*
dodu, e *adj*
dogaresse *nf*
dogat *nm*
dog-cart [dɔgkart] *nm (pl dog-carts)*
doge *nm*
dogger [dɔgœr] *nm*
dogmatique *adj, n*
dogmatiquement *adv*
dogmatiser *vi*
dogmatiseur *nm*
dogmatisme *nm*
dogmatiste *adj, n*
dogme *nm*
dogre *nm*
dogue *nm*
doigt [dwa] *nm (main)*
doigté [dwate] *nm*
doigter [dwate] *vt, vi*
doigtier [dwatje] *nm*
doit [dwa] *nm (débit)*
dojo *nm*
dol *nm*
dolage *nm*
dolby *nm*
dolce [dɔltʃe] *adv*
dolce vita [dɔltʃevita] *nf*
dolcissimo [dɔltʃisimo] *adv*
doldrums [dɔldrœms] *nm pl*
doléance *nf*
doleau *nm*
dolemment [dɔlamɑ̃] *adv*
dolence *nf*
dolent, e *adj*
doler *vt*
doleuse *nf*
dolic ou **dolique** *nm*
dolichocéphale [-kɔ-] *adj, n*
dolichocéphalie [-kɔ-] *nf*
dolichocôlon [-kɔkolɔ̃] *nm*
doliman *nm*
doline *nf*
dolique ou **dolic** *nm*
dollar *nm*
dolman *nm*
dolmen [-mɛn] *nm*
doloire *nf*
dolomie *nf*
dolomite *nf*
dolomitique *adj*
dolorisme *nm*
doloriste *n*
dolosif, ive *adj*
dolure *nf*
dom [dɔ̃] *nm (titre)*
domaine *nm*
domanial, e, aux *adj*
domanialité *nf*
dôme *nm*
domesticable *adj*
domestication *nf*
domesticité *nf*
domestique *adj, n*
domestiquer *vt*
domicile *nm*
domiciliaire *adj*
domiciliataire *nm*
domiciliation *nf*
domicilier *vt*
dominance *nf*
dominant, e *adj*
dominante *nf*
dominateur, trice *adj, n*
domination *nf*
dominer *vt, vi, vpr*
dominicain, e *adj, n*
dominical, e, aux *adj*
dominion [dɔminjɔ̃ ou -njɔn] *nm*
domino *nm*
dominoterie *nf*
dominotier, ère *n*
domisme *nm*
dommage *nm*
dommageable *adj*
domotique *nf*
domptable [dɔ̃tabl] *adj*
domptage [dɔ̃taʒ] *nm*
dompter [dɔ̃te] *vt*
dompteur, euse [dɔ̃tœr, øz] *n*
dompte-venin [dɔ̃t-] *nm inv.*
don *nm (cadeau)*
don *nm (titre)*
doña [dɔɲa] *nf*
donacie *nf*
donataire *n*
donateur, trice *n*
donation *nf*
donation-partage *nf (pl donations-partages)*
donatisme *nm*
donatiste *adj, n*
donax [dɔnaks] *nm*
donc [dɔ̃(k)] *conj, adv*
dondaine *nf*
dondon *nf (fam.)*
dông *nm*

donjon *nm*
donjonné, e *adj*
don Juan *nm (pl dons Juans)*
don juanesque ou donjuanesque *adj*
don juaniser ou donjuaniser *vi*
don juanisme ou donjuanisme *nm*
donnant, e *adj*
donne *nf*
donné, e *adj, nm*
donnée *nf*
donner *vt, vi, vpr*
donneur, euse *n*
don Quichotte *nm (pl dons Quichottes)*
don quichottisme ou donquichottisme *nm*
dont *pron rel*
donzelle *nf*
dopage *nm*
dopamine *nf*
dopaminergique *adj*
dopant, e *adj, nm*
dope *nm (produit) ; nf (drogue ; arg.)*
doper *vt, vpr*
doping [-piŋ] *nm*
dorade ou daurade *(Ac.) nf*
dorage *nm*
doré, e *adj, nm*
dorée *nf*
dorénavant *adv*
dorer *vt, vpr*
doreur, euse *n, adj*
dorien, enne *adj, n*
dorique *adj*
doris [dɔris] *nm (embarcation) ; nf ou nm (Ac.) (mollusque)*
dorlotement *nm*
dorloter *vt, vpr*
dormance *nf*
dormant, e *adj, nm*
dormeur, euse *adj, n*
dormir *vi* C23
dormitif, ive *adj*
dormition *nf*
dorsal, e, aux *adj*
dorsale *nf*
dorsalgie *nf*
dortoir *nm*
dorure *nf*
doryphore *nm*
dos [do] *nm (partie du corps)*
dosable *adj*
dos-à-dos *nm inv.*
dosage *nm*
dos-d'âne *nm inv.*
dose *nf*
doser *vt*
doseur *nm*
dosimètre *nm*
dosimétrie *nf*
dossard *nm*
dosse *nf*
dosseret *nm*
dossier *nm*
dossière *nf*
dossiste *n*
dot [dɔt] *nf*
dotal, e, aux *adj*
dotalité *nf*
dotation *nf*
doter *vt*
douaire *nm*
douairière *nf*
douane *nf*
douaner *vt*
douanier, ère *adj, nm*
douar *nm*
doublage *nm*
doublante *nf*
double *adj, nm, adv*
doublé, e *adj, nm*
doublé ou doubler *nm (équitation)*
doubleau *nm*
double-bec *nm (pl doubles-becs)*
double-commande *nf (pl doubles-commandes)*
double-corde *nf (pl doubles-cordes)*
double-crème *nm (doubles-crèmes)*
double-croche *nf (pl doubles-croches)*
double-étoffe *nf (pl doubles-étoffes)*
double-fond *nm (pl doubles-fonds)*
doublement *adv, nm*
doubler *vt, vi, vpr*
doubler ou doublé *nm (équitation)*
doublet [-blɛ] *nm*
doublette *nf*
doubleur, euse *n*
doublier *nm*
doublière *nf*
doublon *nm*
doublonner *vi*
doublure *nf*
douçain ou doucin *nm*
douce *v. doux*
douce (en) *loc adv*
douce-amère *nf (pl douces-amères)*
douceâtre *adj*
doucement *adv, interj*
doucereusement *adv*
doucereux, euse *adj*
doucet, ette [-sɛ, ɛt] *adj*
doucette *nf*
doucettement *adv*
douceur *nf*
douche *nf*
doucher *vt, vpr*
doucheur, euse *n*
douci *nm*
doucin ou douçain *nm*
doucine *nf*
doucir *vt*
doucissage *nm*
doudou *nf (fam.)*
doudoune *nf (fam.)*
doué, e *adj*
douelle *nf*
douer *vt*
douglas [-las] *nm*
douille *nf*
douillet, ette *adj*
douillette *nf*

douillettement *adv*
douilletterie *nf*
douleur *nf*
douloureuse *nf (fam.)*
douloureusement *adv*
douloureux, euse *adj*
doum *nm*
douma *nf*
dourine *nf*
douro *nm*
doute *nm*
douter *vt, vi, vpr*
douteur, euse *adj, n*
douteusement *adv*
douteux, euse *adj*
douvain *nm*
douve *nf*
douvelle *nf*
doux, douce [du, us] *adj, n*
doux [du] *adv*
doux-amer, douce-amère *adj (pl doux-amers, douces-amères)*
douzain *nm*
douzaine *nf*
douze *adj num inv., nm inv.*
douze-huit *nm inv.*
douzième *adj num, nm*
douzièmement *adv*
Dow Jones *nm s*
doxographe *nm*
doxologie *nf*
doyen, enne *n*
doyenné *nm (de doyen); nf (poire)*
doyenneté *nf*
dracena [-sena] *nm*
drache *nf*
dracher *vi*
drachme [drakm] *nf*
draconculose *nf*
draconien, enne *adj*
dracontium [-tjɔm] *nm*
drag [drag] *nm*
dragage *nm*
dragée *nf*
dragéifier *vt*
drageoir *nm*
drageon *nm*
drageonnage *nm*
drageonnement *nm*
drageonner *vi*
dragline [draglajn] *nf*
dragon *nm*
dragonnade *nf*
dragonne *nf*
dragonnet [-nɛ] *nm*
dragonnier *nm*
dragster [dragstɛr] *nm*
drague *nf*
draguer *vt, vi (fam.)*
dragueur, euse *n*
draille [draj] *nf*
drain *nm*
drainage *nm*
draine ou drenne *nf*
drainer *vt*
draineur, euse *adj, n*
draisienne *nf*
draisine *nf*
drakkar *nm*
dralon *nm*
dramatique *adj, nf*
dramatiquement *adv*
dramatisant, e *adj*
dramatisation *nf*
dramatiser *vt*
dramaturge *nm*
dramaturgie *nf*
drame *nm*
drap [dra] *nm*
drapé, e *adj, nm*
drapeau *nm*
drapement *nm*
draper *vt, vpr*
draperie *nf*
drap-housse *nm (pl draps-housses)*
drapier, ère *adj, n*
drastique *adj m*
drave *nf*
draver *vt*
draveur, euse *n*
dravidien, enne *adj, nm*
drawback [drobak] *nm*
drayage [drɛjaz] *nm*
drayer [dreje] *vt* C15
drayeuse *nf*
drayoire *nf* ou **drayoir** *nm*
dreadnought [drɛdnɔt] *nm*
drèche ou drêche *nf*
drège ou dreige *nf*
drelin *interj, nm*
drelin-drelin *interj*
drenne ou draine *nf*
drépanocyte *nm*
drépanocytose *nf*
dressage *nm*
dressant *nm*
dressement *nm*
dresser *vt, vpr*
dresseur, euse *n*
dressing(-room) [drɛsiɲrum] *nm (pl dressings* ou *dressing-rooms)*
dressoir *nm*
drève *nf*
dreyfusard, e *adj, n*
dreyfusisme *nm*
drib(b)le *nm*
drib(b)ler *vt, vi*
drib(b)leur, euse *n*
drift *nm*
drifter [driftœr] *nm*
drill [drij] *nm (singe)*
drille *nf (outil); nf pl (chiffons); nm (garçon)*
driller *vt*
dring *interj, nm*
dringuelle *nf*
drink [drink] *nm*
drisse *nf*
drive [drajv] *nm*
drive-in [drajvin] *nm inv.*
driver [drajvœr] *nm*
driver [drajve] *vt, vi*
drogman [drɔgmɑ̃] *nm*
drogue *nf*
drogué, e *n*
droguer *vt, vi, vpr*
droguerie *nf*
droguet [-gɛ] *nm*

droguiste *n*
droit, e *adj*
droit *adv, nm*
droite *nf*
droitement *adv*
droit-fil *adj, nm (pl droits-fils)*
droitier, ère *adj, n*
droitisme *nm*
droitiste *n, adj*
droiture *nf*
drolatique *adj*
drôle *adj, nm*
drôlement *adv*
drôlerie *nf*
drôlesse *nf*
drôlet, ette [-lɛ, ɛt] *adj*
dromadaire *nm*
drome *nf*
dromie *nf*
drômois, e *adj, n*
dromon *nm*
dromos [-mɔs] *nm*
drongaire ou **drungaire** *nm*
dronte *nm*
drop(p)er *vi, vt*
drop-goal ou **drop** [drɔpgol] *nm (pl drop-goals* ou *drops)*
droppage *nm*
drosera ou **droséra** *nm*
droséracée *nf*
drosophile *nf*
drosse *nf*
drosser *vt*
dru, e *adj*
dru *adv*
drugstore [drœgstɔr] *nm*
druide *nm*
druidesse *nf*
druidique *adj*
druidisme *nm*
drumlin [drœmlin] *nm*
drummer [drœmœr] *nm*
drungaire ou **drongaire** *nm*
drupacé, e *adj*
drupe *nf*
druze *adj, n*
dry [draj] *adj inv., nm inv.*
dryade *nf*
dry-farming [drajfarmiŋ] *nm (pl dry-farmings)*
du *art*
dû, due *adj, nm*
dual, e, aux *adj*
dualisme *nm*
dualiste *adj, n*
dualité *nf*
dubitatif, ive *adj*
dubitation *nf*
dubitativement *adv*
duc [dyk] *nm*
ducal, e, aux *adj*
ducasse *nf*
ducat [dyka] *nm*
duc-d'Albe *nm (pl ducs-d'Albe)*
duce [dutʃe] *nm*
duché *nm*
duché-pairie *nm (pl duchés-pairies)*
duchesse *nf*
ducroire *nm*
ductile *adj*
ductilité *nf*
dudgeon *nm*
dudgeonner *vt*
duègne *nf*
duel, elle *adj, nm*
duelliste *nm*
duettino *nm*
duettiste *n*
duetto *nm*
duffle-coat ou **duffel-coat** [dœfəlkot] *nm (pl duffle-coats* ou *duffel-coats)*
dugazon *nf*
dugon(g) *nm*
duit [dyi] *nm*
duite *nf*
dulçaquicole ou **dulcicole** *adj*
dulcification *nf*
dulcifier *vt*
dulcinée *nf*
dulcite *nf*
dulie *nf*
dum-dum [dumdum] *adj inv., nf inv.*
dûment *adv*
dumper [dœmpœr] *nm*
dumping [dœmpiŋ] *nm*
dundee [dœndi] ou **dundée** [dɛ̃de] *nm*
dune *nf*
dunette *nf*
duo *nm*
duodécennal, e, aux *adj*
duodécimal, e, aux *adj*
duodénal, e, aux *adj*
duodénite *nf*
duodénum [-nɔm] *nm*
duodi *nm*
duopole *nm*
dupe *nf, adj*
duper *vt*
duperie *nf*
dupeur, euse *n*
duplex *nm*
duplexage *nm*
duplexer *vt*
duplicata *nm (pl inv.* ou *duplicatas)*
duplicate [dypliket] *nm*
duplicateur *nm*
duplication *nf*
duplicité *nf*
dupliquer *vt*
duquel, desquels *pron rel m*
dur, e *adj, n*
dur *adv*
durabilité *nf*
durable *adj*
durablement *adv*
durain *nm*
dural, e, aux *adj*
duralumin [-mɛ̃] *nm*
duramen [-mɛn] *nm*
durant *prép*
duratif, ive *adj, nm*
durci, e *adj*
durcir *vt, vi, vpr*
durcissement *nm*
durcisseur *nm*

dure *nf*
durée *nf*
durement *adv*
dure-mère *nf*
(pl dures-mères)
durer *vi*
dureté *nf*
durham [dyram] *n, adj*
durillon *nm*
durion *nm*
durit [-rit] ou durite
(Ac.) nf
duumvir [dyɔmvir] *nm*
(pl duumvirs ou
duumviri)
duumvirat [dyɔmvira]
nm
duvet [-vɛ] *nm*
duveté, e *adj*
duveter (se) *vpr* C10
duveteux, euse *adj*
duvetine *nf*
duxelles *nf*
dyade *nf*
dyadique *adj*
dyarchie *nf*
dyke [dajk] *nm*
dynamicien *nm*
dynamique *adj, nf*
dynamiquement *adv*
dynamisation *nf*
dynamiser *vt*
dynamisme *nm*
dynamiste *adj, n*
dynamitage *nm*
dynamite *nf*
dynamiter *vt*
dynamiterie *nf*
dynamiteur, euse *n*
dynamo *nf (abrév.)*
dynamo-électrique *adj*
(pl dynamo-
électriques)
dynamogène *adj*
dynamogénie *nf*
dynamogénique *adj*
dynamographe *nm*
dynamomètre *nm*
dynamométrique *adj*
dynaste *nm*
dynastie *nf*
dynastique *adj*
dyne *nf*
dysacousie *nf*
dysacromélie *nf*
dysarthrie *nf*
dysbarisme *nm*
dysbasie *nf*
dysboulie *nf*
dyscalculie *nf*
dyschondroplasie [-kɔ̃-]
nf
dyschromatopsie [-krɔ-]
nf
dyschromie [-krɔ-] *nf*
dyscrasie *nf*
dysembryome *nm*
dysembryoplasie *nf*
dysendocrinie *nf*
dysenterie [disɑ̃tri] *nf*
dysentérique [disɑ̃-] *adj,*
n
dysesthésie [dis-] *nf*
dysfonction *nf*
dysfonctionnement *nm*
dysgénésie *nf*
dysgénésique *adj*
dysgénique *adj*
dysgraphie *nf*
dysharmonie ou
disharmonie *nf*
dyshidrose *nf*
dyskératose *nf*
dyskinésie ou
dyscinésie *nf*
dyslalie *nf*
dysleptique *adj*
dyslexie *nf*
dyslexique *adj, n*
dyslogie *nf*
dysmature *adj*
dysmélie *nf*
dysménorrhée *nf*
dysmorphie *nf*
dysmorphose *nf*
dysorexie *nf*
dysorthographie *nf*
dysosmie *nf*
dyspareunie *nf*
dyspepsie *nf*
dyspepsique ou
dyspeptique *adj, n*
dysphagie *nf*
dysphasie *nf*
dysphonie *nf*
dysphorie *nf*
dysplasie *nf*
dyspnée *nf*
dyspnéique *adj, n*
dyspraxie *nf*
dysprosium [-zjɔm] *nm*
dyssocial, e, aux *adj*
dystasie *nf*
dysthymie *nf*
dystocie *nf*
dystocique *adj*
dystomie *nf*
dystonie *nf*
dystrophie *nf*
dystrophique *adj*
dysurie *nf*
dysurique *adj, n*
dytique *nm*
dzêta ou zêta *nm inv.*

E

e *nm inv.*
eau *nf*
eau-de-vie *nf*
(pl eaux-de-vie)
eau-forte *nf*
(pl eaux-fortes)
eaux-vannes *nf pl*
ébahi, e *adj*
ébahir *vt, vpr*
ébahissement *nm*
ébarbage *nm*
ébarbement *nm*
ébarber *vt*
ébarbeur, euse *n*
ébarboir *nm*
ébarbure *nf*
ébardoir *nm*
ébats [eba] *nm pl*
ébattre (s') *vpr* C47
ébaubi, e *adj (fam.)*
ébaubir *vt, vpr (fam.)*
ébauchage *nm*
ébauche *nf*
ébaucher *vt, vpr*
ébaucheur *nm*
ébauchoir *nm*
ébauchon *nm*
ébaudir *vt, vpr*
ébavurage *nm*
ébavurer *vt*
ébénacée *nf*
ébène *nf*
ébénier *nm*
ébéniste *n*
ébénisterie *nf*
éberlué, e *adj*
éberluer *vt*
ébionite *nm*
ébiseler *vt* C10
éblouir *vt*
éblouissant, e *adj*
éblouissement *nm*
ébonite *nf*
éborgnage *nm*
éborgnement *nm*
éborgner *vt, vpr*
éboueur *nm*
ébouillantage *nm*
ébouillantement *nm*
ébouillanter *vt, vpr*
éboulement *nm*
ébouler *vt, vpr*
éboulis [-li] *nm*
ébourgeonnage *nm*
ébourgeonnement *nm*
ébourgeonner *vt*
ébourgeonnoir *nm*
ébouriffage *nm*
ébouriffant, e *adj*
ébouriffé, e *adj*
ébouriffer *vt*
ébourrer *vt*
ébouter *vt*
ébranchage *nm*
ébranché, e *adj*
ébranchement *nm*
ébrancher *vt*
ébrancheur *nm*
ébranchoir *nm*
ébranlé, e *adj*
ébranlement *nm*
ébranler *vt, vpr*
ébrasement *nm*
ébraser *vt*
ébrasure *nf*
ébrèchement *nm*
ébrécher *vt, vpr* C11
ébréchure *nf*
ébrener *vt* C8
ébriété *nf*
ébrieux, euse *adj*
ébroïcien, enne *adj, n*
ébrouage *nm*
ébrouement *nm*
ébrouer *vt*
ébrouer (s') *vpr*
ébrouissage *nm*
ébruitement *nm*
ébruiter *vt, vpr*
ébuard *nm*
ébulliomètre *nm*
ébulliométrie *nf*
ébullioscope *nm*
ébullioscopie *nf*
ébullition *nf*
éburnation *nf*
éburné, e *adj*
éburnéen, enne *adj*
écacher *vt*
écaillage *nm*
écaille *nf*
écaillé, e *adj*
écailler *vt, vpr*
écailler, ère *n*
écailleur *nm*
écailleux, euse *adj*
écaillure *nf*
écale *nf*
écaler *vt*
écalure *nf*
écang [ekɑ̃] *nm*
écangue *nf*
écanguer *vt*
écarlate *nf, adj*
écarquiller [-kije] *vt*
écart *nm*
écarté, e *adj, nm*
écartelé, e *adj, nm*
écartèlement *nm*
écarteler *vt* C9
écartelure *nf*
écartement *nm*
écarter *vt, vpr*
écarteur *nm*
écatir *vt*
écatissage *nm*

écatisseur *nm*
écaudé, e *adj*
ecballium [-ljɔm] *nm*
ecce homo [ɛkseɔmo] *nm inv.*
eccéité [ɛkseite] *nf*
ecchymose [ekimoz] *nf*
ecchymosé, e [eki-] *adj*
ecchymotique [eki-] *adj*
ecclésia [eklezja] *nf*
ecclésial, e, aux *adj*
ecclésiaste *nm*
ecclésiastique *adj, nm*
ecclésiastiquement *adv*
ecclésiologie *nf*
ecdysone *nf*
écervelé, e *adj, n*
échafaud *nm*
échafaudage *nm*
échafauder *vt, vi*
échalas [-la] *nm*
échalasser *vt*
échalier *nm*
échalote *nf*
échampir *vt*
échancré, e *adj*
échancrer *vt*
échancrure *nf*
échange *nm*
échangeable *adj*
échanger *vt, vpr* C7
échangeur *nm*
échangisme *nm*
échangiste *n*
échanson [eʃɑ̃sɔ̃] *nm*
échansonnerie *nf*
échantillon *nm*
échantillonnage *nm*
échantillonner *vt*
échantillonneur, euse *n*
échappade *nf*
échappatoire *nf*
échappé, e *n*
échappée *nf*
échappement *nm*
échapper *vti, vt, vpr*
écharde *nf*
échardonnage *nm*
échardonner *vt*
échardonneur, euse *n*
échardonnoir *nm*
écharnage *nm*
écharnement *nm*
écharner *vt*
écharneur, euse *n*
écharnoir *nm*
écharnure *nf*
écharpe *nf*
écharper *vt*
échasse *nf*
échassier *nm*
échauboulure *nf*
échaudage *nm*
échaudé, e *adj, nm*
échaudement *nm*
échauder *vt, vpr*
échaudoir *nm*
échauffant, e *adj*
échauffé, e *adj*
échauffement *nm*
échauffer *vt, vpr*
échauffourée *nf*
échauguette *nf*
échéance *nf*
échéancier *nm*
échéant, e *adj*
échec [eʃɛk] *nm*
échecs [eʃɛk] *nm pl*
échelage *nm*
échelette *nf*
échelier *nm*
échelle *nf*
échelon *nm*
échelonnement *nm*
échelonner *vt, vpr*
échenillage [-nijaʒ] *nm*
écheniller [-nije] *vt*
échenilleur [-nijœr] *nm*
échenilloir [-nijwar] *nm*
écheveau *nm*
échevelé, e *adj*
écheveler *vt* C10
echeveria [eʃeverja] *nm*
échevette *nf*
échevin *nm*
échevinage *nm*
échevinal, e, aux [-na] *adj*
échevinat [-na] *nm*
échidné [ekidne] *nm*
échiff(r)e *nm*
échine *nf*
échinée *nf*
échiner *vt, vpr*
échinidé [eki-] *nm*
échinocactus [ekinɔkaktys] *nm*
échinococcose [eki-] *nf*
échinocoque [eki-] *nm*
échinoderme [eki-] *nm*
échiquéen, enne *adj*
échiqueté, e *adj*
échiquier *nm*
échiurien [eki-] *nm*
écho [eko] *nm (répétition d'un son)*
échocardiogramme [eko-] *nm*
échocardiographie [eko-] *nf*
écho-encéphalographie [eko-] *nf (pl écho-encéphalographies)*
échographie [eko-] *nf*
échographique *adj*
échoir *vi, vti* C72 *(auxil être)*
écholalie [eko-] *nf*
écholocation [eko-] *nf*
échoppe *nf*
échopper *vt*
échosondage [eko-] *nm*
échosondeur [eko-] *nm*
échotier [ekɔ-] *n*
échotomographie [eko-] *nf*
échouage *nm*
échouement *nm*
échouer *vt, vi, vpr*
écidie *nf*
écimage *nm*
écimer *vt*
éclaboussement *nm*
éclabousser *vt, vpr*
éclaboussure *nf*
éclair *nm (lueur), adj inv.*
éclairage *nm*
éclairagisme *nm*
éclairagiste *n*

éclairant, e *adj*
éclaircie *nf*
éclaircir *vt, vpr*
éclaircissage *nm*
éclaircissement *nm*
éclaire *nf (plante)*
éclairé, e *adj*
éclairement *nm*
éclairer *vt, vpr*
éclaireur, euse *n*
éclampsie *nf*
éclamptique *adj, nf*
éclanche *nf*
éclat [ekla] *nm*
éclatage *nm*
éclatant, e *adj*
éclaté *nm*
éclatement *nm*
éclater *vt, vi, vpr*
éclateur *nm*
éclectique *adj, n*
éclectisme *nm*
éclimètre *nm*
éclipse *nf*
éclipser *vt, vpr*
écliptique *adj, nm*
éclissage *nm*
éclisse *nf*
éclisser *vt*
éclogite *nf*
éclopé, e *adj, n*
écloper *vt (fam.)*
éclore *vi* C77 *(auxil être* ou *avoir)*
écloserie *nf*
éclosion *nf*
éclusage *nm*
écluse *nf*
éclusée *nf*
écluser *vt*
éclusier, ère *adj, n*
ecmnésie *nf*
écobuage *nm*
écobuer *vt*
écocide *nm*
écœurant, e *adj*
écœurement *nm*
écœurer *vt*
écofrai ou écofroi *nm*
écographie *nf*

écoinçon *nm*
écolage *nm*
écolâtre *nm*
école *nf*
écolier, ère *n*
écologie *nf*
écologique *adj*
écologiquement *adv*
écologisme *nm*
écologiste *n*
écomusée *nm*
éconduire *vt* C56
économat [-ma] *nm*
économe *adj, n*
économètre *n*
économétricien, enne *n*
économétrie *nf*
économétrique *adj*
économie *nf*
économique *adj, nm*
économiquement *adv*
économiser *vt*
économiseur *nm*
économisme *nm*
économiste *n*
écope *nf*
écoper *vt, vti, vi*
écoperche *nf*
écophase *nf*
écorçage *nm*
écorce *nf*
écorcement *nm*
écorcer *vt* C6
écorceur *nm*
écorceuse *nf*
écorchage *nf*
écorché, e *adj, nm*
écorchement *nm*
écorcher *vt, vpr*
écorcherie *nf*
écorcheur *nm*
écorchure *nf*
écore *nf*
écorer *vt*
écornage *nm*
écorné, e *adj*
écorner *vt*
écornifler *vt (fam.)*
écornifleur, euse *n (fam.)*

écornure *nf*
écossais, e *adj, n*
écosser *vt*
écosseur, euse *n*
écosystème *nm*
écot [eko] *nm (quote-part)*
écoté, e *adj*
écotone *nm*
écotype *nm*
écoulement *nm*
écouler *vt, vpr*
écoumène ou œkoumène *nm*
écourgeon ou escourgeon *nm*
écourté, e *adj*
écourter *vt*
écoutable *adj*
écoutant, e *n, adj*
écoute *nf*
écouter *vt, vpr*
écoute-s'il-pleut *nm inv.*
écouteur, euse *n*
écouteux, euse *adj*
écoutille *nf*
écouvillon *nm*
écouvillonnage *nm*
écouvillonner *vt*
écrabouillage *nm (fam.)*
écrabouillement *nm (fam.)*
écrabouiller *vt, vpr (fam.)*
écran *nm*
écrasant, e *adj*
écrasé, e *adj*
écrasement *nm*
écraser *vt, vpr*
écraseur, euse *n*
écrémage *nm*
écrémer *vt* C11
écrémeuse *nf*
écrémoire *nf*
écrêtage *nm*
écrêtement *nm*
écrêter *vt*
écrevisse *nf*
écrier (s') *vpr*
écrille *nf*

écrin *nm*
écrire *vt, vi, vpr* C51
écrit, e *adj, nm*
écriteau *nm*
écritoire *nf*
écriture *nf*
écrivailler *vi*
écrivailleur, euse *n*
écrivaillon *nm*
écrivain *nm*
écrivasser *vi*
écrivassier, ère *n*
écrou *nm (pl écrous)*
écrouelles *nf pl*
écrouer *vt*
écrouir *vt*
écrouissage *nm*
écroulé, e *adj*
écroulement *nm*
écrouler (s') *vpr*
écroûtage *nm*
écroûtement *nm*
écroûter *vt*
écroûteuse *nf*
écru, e *adj*
ecthyma [ɛktima] *nm*
ectoblaste *nm*
ectoblastique *adj*
ectoderme *nm*
ectodermique *adj*
ectoparasite *nm*
ectopie *nf*
ectopique *adj*
ectoplasme *nm*
ectropion *nm*
écu *nm*
écubier *nm*
écueil [ekœj] *nm*
écuelle [ekɥɛl] *nf*
écuellée [ekɥɛle] *nf*
écuisser *vt*
éculé, e *adj*
éculer *vt*
écumage *nm*
écumant, e *adj*
écume *nf*
écumer *vt, vi*
écumeur, euse *n*
écumeux, euse *adj*
écumoire *nf*
écurage *nm*
écurer *vt*
écureuil *nm*
écurie *nf*
écusson *nm*
écussonnage *nm*
écussonner *vt*
écussonnoir *nm*
écuyer, ère [ekɥije, ɛr] *n*
eczéma [ɛgzema] *nm*
eczémateux, euse [ɛgze-] *adj, n*
édam [edam] *nm*
édaphique *adj*
edelweiss [edɛlvɛs] *nm*
éden [edɛn] *nm*
édénique *adj*
édenté, e *adj, nm*
édenter *vt*
édicter *vt*
édicule *nm*
édifiant, e *adj*
édificateur, trice *adj, n*
édification *nf*
édifice *nm*
édifier *vt*
édile *nm*
édilitaire *adj*
édilité *nf*
édit [edi] *nm*
éditer *vt*
éditeur, trice *n*
édition *nf*
éditionner *vt*
éditorial, e, aux *adj, nm*
éditorialiste *n*
édredon *nm*
éducable *adj*
éducateur, trice *n, adj*
éducatif *adj*
éducation *nf*
éducationnel, elle *adj*
édulcorant, e *adj, nm*
édulcoration *nf*
édulcorer *vt*
éduquer *vt*
éfaufiler *vt*
éfendi ou **effendi** [efɛ̃di] *nm*
effaçable *adj*
effacé, e *adj*
effacement *nm*
effacer *vt, vpr* C6
effaceur *nm*
effaçure *nf*
effaner *vt*
effanure *nf*
effarant, e *adj*
effaré, e *adj*
effarement *nm*
effarer *vt, vpr*
effarouchant, e *adj*
effarouché, e *adj*
effarouchement *nm*
effaroucher *vt, vpr*
effarvatte *nf*
effecteur, trice *adj, n*
effectif, ive *adj, nm*
effectivement *adv*
effectivité *nf*
effectuer *vt, vpr*
efféminé *adj m, nm*
efféminement *nm*
efféminer *vt*
effendi ou **éfendi** [efɛ̃di] *nm*
efférent, e *adj*
effervescence *nf*
effervescent, e *adj*
effet [efɛ] *nm*
effet (en) *loc adv*
effeuillage *nm*
effeuillaison *nf*
effeuillé, e *adj*
effeuillement *nm*
effeuiller *vt, vpr*
effeuilleuse *nf*
efficace *adj, nf*
efficacement *adv*
efficacité *nf*
efficience *nf*
efficient, e *adj*
effigie *nf*
effilage *nm*
effilé, e *adj, nm*
effilement *nm*
effiler *vt, vpr*
effileur, euse *n*
effilochage *nm*
effiloche *nf*

effiloché *nm*
effilochement *nm*
effilocher *vt, vpr*
effilocheur, euse *n*
effilochure *nf*
effilure *nf*
efflanqué, e *adj*
effleurage *nm*
effleurement *nm*
effleurer *vt*
effleurir *vi, vpr*
effloraison *nf*
efflorescence [-resɑ̃s] *nf*
efflorescent, e [-resɑ̃, ɑ̃t] *adj*
effluence *nf*
effluent, e *adj, nm*
effluve *nm*
effondré, e *adj*
effondrement *nm*
effondrer *vt, vpr*
effondrilles *nf pl*
efforcer (s') *vpr* C6
effort *nm*
effraction *nf*
effraie [efrɛ] *nf*
effranger *vt, vpr* C7
effrayant, e [efrɛjɑ̃, ɑ̃t] *adj*
effrayé, e [efrɛje] *adj*
effrayer [efrɛje] *vt, vpr* C15
effréné, e *adj*
effritement *nm*
effriter *vt, vpr*
effroi *nm*
effronté, e *adj, n*
effrontément *adv*
effronterie *nf*
effroyable *adj*
effroyablement *adv*
effusif, ive *adj*
effusion *nf*
éfourceau *nm*
éfrit [efrit] *nm*
égaiement ou égayement [egɛmɑ̃ ou egɛjmɑ̃] *nm (gaieté)*
égailler (s') [segaje] *vpr (s'éparpiller)*
égal, e, aux *adj, n* 5-IV
égalable *adj*
également *adv*
égaler *vt*
égalisateur, trice *adj*
égalisation *nf*
égaliser *vt, vi*
égaliseur *nm*
égaliseuse *nf*
égalitaire *adj, n*
égalitarisme *nm*
égalitariste *adj, n*
égalité *nf*
égard *nm*
égaré, e *adj*
égarement *nm*
égarer *vt, vpr*
égayant, e [egɛjɑ̃, ɑ̃t] *adj*
égayement ou égaiement [egɛjmɑ̃ ou egɛmɑ̃] *nm (gaieté)*
égayement *nm (fossé)*
égayer [egeje] *vt, vpr* C15 *(s'amuser)*
égéen, enne *adj*
égérie *nf*
égermer *vt*
égide *nf*
éginétique *adj*
égipan ou ægipan *nm*
églantier *nm*
églantine *nf*
églefin ou aiglefin *nm*
église *nf*
églogue *nf*
églomiser *vt*
ego [ego] *nm inv.*
égocentrique *adj, n*
égocentrisme *nm*
égoïne *nf*
égoïsme *nm*
égoïste *adj, n*
égoïstement *adv*
égorgement *nm*
égorger *vt, vpr* C7
égorgeur, euse *n*
égosiller (s') *vpr*
égotisme *nm*
égotiste *adj, n*
égout [egu] *nm*
égoutier *nm*
égouttage *nm*
égouttement *nm*
égoutter *vt, vpr*
égouttis [-ti] *nm*
égouttoir *nm*
égoutture *nf*
égr(a)in *nm*
égrainage ou égrenage *nm*
égrainement ou égrènement *nm*
égrainer ou égrener C11 *vt, vpr*
égraineur, euse ou égreneur, euse *n*
égrainoir ou égrenoir *nm*
égrappage *nm*
égrapper *vt*
égrappoir *nm*
égratigner *vt, vpr*
égratignure *nf*
égravillonner *vt*
égrenage ou égrainage *nm*
égrènement ou égrainement *nm*
égrener C11 ou égrainer *vt, vpr*
égreneur, euse ou égraineur, euse *n*
égrenoir ou égrainoir *nm*
égrillard, e *adj, n*
égr(a)in *nm*
égrisage *nm*
égrisé *nm*
égrisée *nf*
égriser *vt*
égrisoir *nm*
égrotant, e *adj*
égrugeage *nm*
égrugeoir *nm*
égruger *vt* C7
égueulé, e *adj*
égueulement *nm*
égueuler *vt*
égyptiaque *adj*
égyptien, enne *adj, n*

égyptologie *nf*
égyptologique *adj*
égyptologue *n*
eh *interj* 16-XII
éhonté, e *adj*
éhouper *vt*
eider [edɛr] *nm*
eidétique [ɛjdetik] *adj*
eidétisme [ɛjde-] *nm*
einsteinium [ajnʃtɛnjɔm] *nm*
éjaculateur *adj m*
éjaculation *nf*
éjaculer *vt*
éjarrage *nm*
éjarrer *vt*
éjectable *adj*
éjecter *vt*
éjecteur *nm*
éjection *nf*
éjointer *vt*
élaboration *nf*
élaboré, e *adj*
élaborer *vt, vpr*
elæis ou éléis [eleis] *nm*
élagage *nm*
élaguer *vt*
élagueur *nm*
élamite *adj, nm*
élan *nm (mouvement; cerf)*
élancé, e *adj*
élancement *nm*
élancer *vt, vi, vpr* C6
éland *nm (antilope)*
élaphe *nm*
élapidé *nm*
élargi, e *adj*
élargir *vt, vi, vpr*
élargissement *nm*
élargisseur *nm*
élasmobranche *nm*
élasticimétrie *nf*
élasticité *nf*
élastine *nf*
élastique *adj, nm*
élastiquement *adv*
élastomère *nm*
élatère *nf*
élatéridé *nm*

élavé, e *adj*
elbeuf *nm*
eldorado *nm*
éléate *adj, nm*
éléatique *adj*
électeur, trice *n*
électif, ive *adj*
élection *nf*
électivement *adv*
électivité *nf*
électoral, e, aux *adj*
électoralement *adv*
électoralisme *nm*
électoraliste *adj, n*
électorat [-ra] *nm*
électret *nm*
électricien, enne *n*
électricité *nf*
électrification *nf*
électrifier *vt*
électrique *adj*
électriquement *adv*
électrisable *adj*
électrisant, e *adj*
électrisation *nf*
électriser *vt*
électro-acousticien, enne *adj, n (pl électro-acousticiens, ennes)*
électro-acoustique *adj, nf (pl électro-acoustiques)*
électro-affinité *nf (pl électro-affinités)*
électro-aimant *nm (pl électro-aimants)*
électrobiogenèse *nf*
électrobiologie *nf*
électrocapillarité *nf*
électrocardiogramme *nm*
électrocardiographe *nm*
électrocardiographie *nf*
électrocautère *nm*
électrochimie *nf*
électrochimique *adj*
électrochoc [-ʃɔk] *nm*
électrocinèse *nf*
électrocinétique *nf*

électrocoagulation *nf*
électrocopie *nf*
électrocuter *vt*
électrocution *nf*
électrode *nf*
électrodéposition *nf*
électrodermal, e, aux *adj*
électrodiagnostic *nm*
électrodialyse *nf*
électrodynamique *adj, nf*
électrodynamomètre *nm*
électro-encéphalogramme *nm (pl électro-encéphalogrammes)*
électro-encéphalographe *nm (pl électro-encéphalographes)*
électro-encéphalographie *nf (pl électro-encéphalographies)*
électroérosion *nf*
électroformage *nm*
électrogène *adj*
électrologie *nf*
électroluminescence *nf*
électroluminescent, e *adj*
électrolysable *adj*
électrolyse *nf*
électrolyser *vt*
électrolyseur *nm*
électrolyte *nm*
électrolytique *adj*
électromagnétique *adj*
électromagnétisme *nm*
électromécanicien, enne *n*
électromécanique *adj, nf*
électroménager, ère *adj, nm*
électrométallurgie *nf*
électrométallurgiste *n*
électromètre *nm*

électrométrie *nf*
électromoteur, trice *adj, nm*
électromyogramme *nm*
électromyographie *nf*
électron *nm*
électronarcose *nf*
électronégatif, ive *adj*
électronicien, enne *n*
électronique *adj, nf*
électroniquement *adv*
électronographie *nf*
électronucléaire *adj, nm*
électronvolt ou électron-volt *nm (pl électronvolts ou électrons-volts)*
électrophone *nm*
électrophore *nm*
électrophorèse *nf*
électrophysiologie *nf*
électroponcture ou électropuncture *nf*
électroportatif, ive *adj*
électropositif, ive *adj*
électroradiologie *nf*
électroradiologiste *n*
électrorétinogramme *nm*
électroscope *nm*
électrostatique *adj, nf*
électrotechnicien, enne *n*
électrotechnique *adj, nf*
électrothérapie *nf*
électrothermie *nf*
électrotropisme *nm*
électrovalence *nf*
électrovalve *nf*
électrovanne *nf*
électrum [-trɔm] *nm*
électuaire *nm*
éléen, enne *adj, n*
élégamment *adv*
élégance *nf*
élégant, e *adj, n*
élégiaque *adj, n*
élégie *nf*
élégir *vt*
éléis ou elæis *nm*
élément *nm*
élémentaire *adj*
élémi *nm*
éléphant *nm*
éléphante *nf*
éléphanteau *nm*
éléphantesque *adj*
éléphantiasique *adj, n*
éléphantiasis [-tjazis] *nm*
éléphantin, e *adj*
élevage *nm*
élévateur, trice *adj, nm*
élévation *nf*
élévatoire *adj*
élève *n*
élevé, e *adj*
élever *vt, vpr* C8
éleveur, euse *n*
élevon *nm*
élevure *nf*
elfe *nm*
élider *vt, vpr*
éligibilité *nf*
éligible *adj*
élimer *vt*
éliminateur, trice *adj*
élimination *nf*
éliminatoire *adj, nf*
éliminer *vt*
élinde *nf*
élingue *nf*
élinguer *vt*
élinvar *nm*
élire *vt* C53
élisabéthain, e *adj*
élision *nf*
élitaire *adj*
élite *nf*
élitisme *nm*
élitiste *adj, n*
élixir *nm*
elle, elles *pron pers f*
ellébore *(Ac.)* ou hellébore *nm*
ellipse *nf*
ellipsoïdal, e, aux *adj*
ellipsoïde *nm, adj*
ellipticité *nf*
elliptique *adj*
elliptiquement *adv*
élocution *nf*
élodée *nf*
éloge *nm*
élogieusement *adv*
élogieux, euse *adj*
éloigné, e *adj*
éloignement *nm*
éloigner *vt, vpr*
élongation *nf*
élonger *vt* C7
éloquemment [-kamɑ̃] *adv*
éloquence *nf*
éloquent, e *adj*
élu, e *n, adj*
élucidation *nf*
élucider *vt*
élucubration *nf*
élucubrer *vt*
éluder *vt*
élusif, ive *adj*
élution *nf*
éluvial, e, aux *adj*
éluviation *nf*
éluvion *nf*
élyme *nm*
élysée *nm*
élyséen, enne *adj*
élytre *nm*
elzévir *nm*
elzévirien, enne *adj*
émaciation *nf*
émacié, e *adj*
émacier *vt, vpr*
émail *nm (pl émaux* ou *émails [dentition])* 21-IC2
émaillage *nm*
émailler *vt*
émaillerie *nf*
émailleur, euse *n*
émaillure *nf*
émanation *nf*
émanche *nf*
émancipateur, trice *adj, n*
émancipation *nf*
émancipé, e *adj*
émanciper *vt, vpr*
émaner *vi*

émargement *nm*
émarger *vt, vti* C7
émasculation *nf*
émasculer *vt*
émaux *nm pl*
embabouiner *vt (fam.)*
embâcle *nm*
emballage *nm*
emballant, e *adj (fam.)*
emballé, e *adj*
emballement *nm*
emballer *vt, vpr*
emballeur, euse *n*
embarbouiller *vt, vpr*
embarcadère *nm*
embarcation *nf*
embardée *nf*
embarder *vi*
embargo *nm*
embarquement *nm*
embarquer *vt, vi, vpr*
embarras [-ra] *nm*
embarrassant, e *adj*
embarrassé, e *adj*
embarrasser *vt, vpr*
embarrer *vi, vpr*
embarrure *nf*
embase *nf*
embasement *nm*
embastillement [-tij-] *nm*
embastiller [-tije] *vt*
embastionnement *nm*
embastionner *vt*
embâtage *nm (de bât)*
embâter *vt*
embâtonner *vt*
embat(t)age *nm (de embat(t)re)*
embat(t)re *vt* C47
embauchage *nm*
embauche *nf (fam.)*
embaucher *vt*
embaucheur, euse *n*
embauchoir *nm*
embaumement *nm*
embaumer *vt, vi*
embaumeur, euse *n*
embecquer *vt*
embéguiner *vt, vpr*
embellie *nf*
embellir *vt, vi*
embellissement *nm*
emberlificoter *vt, vpr (fam.)*
emberlificoteur, euse *adj, n (fam.)*
embesogné, e *adj*
embêtant, e *adj (fam.)*
embêté, e *adj (fam.)*
embêtement *nm (fam.)*
embêter *vt, vpr (fam.)*
embiellage *nm*
embieller *vt*
emblavage *nm*
emblave *nf*
emblavement *nm*
emblaver *vt*
emblavure *nf*
emblée (d') *loc adv*
emblématique *adj*
emblème *nm*
embobeliner *vt, vpr (fam.)*
embobiner *vt, vpr*
emboire *vt, vpr* C65
emboîtable *adj*
emboîtage *nm*
emboîté *nm*
emboîtement *nm*
emboîter *vt, vpr*
emboîture *nf*
embole ou **embolus** [-lys] *nm*
embolie *nf*
embolique *adj*
embolisme *nm*
embolismique *adj*
embolus [-lys] ou **embole** *nm*
embonpoint *nm*
embossage *nm*
embosser *vt, vpr*
embossure *nf*
embouage *nm*
embouche *nf*
embouché, e *adj*
emboucher *vt*
emboucheur *nm*
embouchoir *nm*
embouchure *nf*
embouer *vt*
embouquement *nm*
embouquer *vi, vt*
embourbé, e *adj*
embourber *vt, vpr*
embourgeoisé, e *adj*
embourgeoisement *nm*
embourgeoiser *vt, vpr*
embourrer *vt*
embourrure *nf*
embout [-bu] *nm*
embouteillage *nm*
embouteiller *vt*
embouter *vt*
emboutir *vt*
emboutissage *nm*
emboutisseur *nm*
emboutisseuse *nf*
emboutissoir *nm*
embranchement *nm*
embrancher *vt, vpr*
embraquer *vt*
embrasement *nm*
embraser *vt, vpr*
embrassade *nf*
embrassant, e *adj*
embrasse *nf*
embrassé, e *adj, nm*
embrassement *nm*
embrasser *vt, vpr*
embrasseur, euse *n*
embrasure *nf*
embrayage [ɑ̃brɛjaʒ] *nm*
embrayer [ɑ̃brɛje] *vt, vi, vti* C15
embrayeur [ɑ̃brɛjœr] *nm*
embrener *vt* C8
embrèvement *nm*
embrever *vt* C8
embrigadement *nm*
embrigader *vt*
embringuer *vt (fam.)*
embrocation *nf*
embrochage *nm*
embrochement *nm*
embrocher *vt*
embronchement *nm*
embroncher *vt*
embrouillage *nm*

embrouillamini *nm (fam.)*
embrouille *nf (pop.)*
embrouillé, e *adj*
embrouillement *nm*
embrouiller *vt, vpr*
embroussaillé, e *adj*
embroussailler *vt, vpr*
embruiné, e *adj*
embrumer *vt, vpr*
embrun *nm*
embrunir *vt*
embryocardie *nf*
embryogenèse *nf*
embryogénie *nf*
embryogénique *adj*
embryologie *nf*
embryologique *adj*
embryologiste *n*
embryologue *n*
embryon *nm*
embryonnaire *adj*
embryonné, e *adj*
embryopathie *nf*
embryoscopie *nf*
embryotome *nm*
embryotomie *nf*
embu, e *adj, nm*
embûche *nf*
embûcher *vt, vpr*
embuer *vt*
embuscade *nf*
embusqué, e *adj, n*
embusquer *vt, vpr*
embuvage *nm*
éméché, e *adj (fam.)*
émécher *vt* C11 *(fam.)*
émender *vt*
émeraude *nf (pierre)*; *adj inv., nm (couleur)*
émergé, e *adj*
émergement *nm*
émergence *nf*
émergent, e *adj*
émerger *vi* C7
émeri *nm*
émerillon *nm*
émerillonné, e *adj*
émeriser *vt*
éméritat [-ta] *nm*
émérite *adj*
émersion *nf*
émerveillé, e *adj*
émerveillement *nm*
émerveiller *vt, vpr*
émétine *nf*
émétique *adj, nm*
émétisant, e *adj*
émétiser *vt*
émetteur, trice *adj, nm*
émetteur-récepteur *nm (pl émetteurs-récepteurs)*
émettre *vt, vi* C48
émeu ou émou *nm (pl émeus* ou *émous)*
émeute *nf*
émeutier, ère *n*
émiettement *nm*
émietter *vt, vpr*
émigrant, e *adj, n*
émigration *nf*
émigré, e *adj, n*
émigrer *vi*
émilien, enne *adj*
émincé, e *adj, nm*
émincer *vt* C6
éminemment [-namɑ̃] *adv*
éminence *nf*
éminent, e *adj*
éminentissime *adj*
émir *nm*
émirat [-ra] *nm*
émissaire *adj, nm*
émissif, ive *adj*
émission *nf*
émissole *nf*
emmagasinage *nm*
emmagasinement *nm*
emmagasiner *vt*
emmaillotement *nm*
emmailloter *vt*
emmanché, e *adj, n (pop.)*
emmanchement *nm*
emmancher *vt, vpr*
emmancheur *nm*
emmanchure *nf*
emmantelé, e *adj*
emmarchement *nm*
emmêlé, e *adj*
emmêlement *nm*
emmêler *vt*
emménagement *nm*
emménager *vt, vi* C7
emménagogue [ɑ̃- ou emenagɔg] *adj, nm*
emmener *vt* C8
emmenthal, als [emɛ̃tal] *nm*
emmerdant, e *adj (fam.)*
emmerdement *nm (fam.)*
emmerder *vt, vpr (fam.)*
emmerdeur, euse *adj, n (fam.)*
emmétrer *vt*
emmétrope [eme-] *adj, n*
emmétropie [eme-] *nf*
emmieller *vt*
emmitoufler *vt, vpr*
emmortaiser *vt*
emmotté, e *adj*
emmotter *vt*
emmouscailler *vt (pop.)*
emmuré, e *n*
emmurement *nm*
emmurer *vt*
émoi *nm*
émollient, e *adj, nm*
émolument *nm*
émonctoire *nm*
émondage *nm*
émonder *vt*
émondes *nf pl*
émondeur, euse *n*
émondoir *nm*
émorfilage *nm*
émorfiler *vt*
émotif, ive *adj, n*
émotion *nf*
émotionnable *adj (fam.)*
émotionnant, e *adj (fam.)*
émotionnel, elle *adj*

émotionner *vt (fam.)*
émotivité *nf*
émottage *nm*
émottement *nm*
émotter *vt*
émotteur *nm*
émotteuse *nf*
émou ou émeu *nm* *(pl émous ou émeus)*
émoucher *vt, vpr*
émouchet [-ʃɛ] *nm*
émouchette *nf*
émouchoir *nm*
émoudre *vt* C46
émoulage *nm*
émouleur *nm*
émoulu, e *adj*
émoussé, e *adj*
émoussement *nm*
émousser *vt, vpr*
émoustillant, e *adj* *(fam.)*
émoustiller *vt (fam.)*
émouvant, e *adj*
émouvoir *vt, vpr* C37
empaillage *nm*
empaillé, e *n*
empaillement *nm*
empailler *vt*
empailleur, euse *n*
empalement *nm*
empaler *vt, vpr*
empan *nm*
empanaché, e *adj*
empanacher *vt, vpr*
empannage *nm*
empanner *vt, vi*
empapilloter *vt*
empaquetage *nm*
empaqueter *vt* C10
empaqueteur, euse *n*
emparer *vt (fortifier)*
emparer (s') *vpr* *(prendre)*
empâté, e *adj*
empâtement *nm* *(engraissement, épaississement)*
empâter *vt, vpr* *(de pâte)*
empathie *nf*
empathique *adj*
empattement *nm* *(architecture, typographie, automobile)*
empatter *vt (de patte)*
empaumer *vt*
empaumure *nf*
empêché, e *adj*
empêchement *nm*
empêcher *vt, vpr*
empêcheur, euse *n*
empeigne *nf*
empennage *nm*
empenne *nf*
empenner *vt*
empereur *nm*
emperler *vt, vpr*
empesage *nm*
empesé, e *adj*
empeser *vt* C11
empester *vt, vi*
empêtré, e *adj*
empêtrer *vt, vpr*
emphase *nf*
emphatique *adj*
emphatiquement *adv*
emphysémateux, euse *adj, n*
emphysème *nm*
emphytéose *nf*
emphytéote *n*
emphytéotique *adj*
empiècement *nm*
empierrement *nm*
empierrer *vt*
empiètement [ɑ̃pjɛ-] *nm*
empiéter *vi* C11
empiffrer *vt, vpr (fam.)*
empilable *adj*
empilage *nm*
empile *nf*
empilement *nm*
empiler *vt, vpr*
empileur, euse *n*
empire *nm, adj inv.*
empirer *vi, vt*
empiriocriticisme *nm*
empirique *adj*
empiriquement *adv*
empirisme *nm*
empiriste *adj, n*
emplacement *nm*
emplafonner *vt (pop.)*
emplanture *nf*
emplâtre *nm*
emplette *nf*
emplir *vt, vpr*
emplissage *nm*
emploi *nm*
employable [ɑ̃plwajabl] *adj*
employé, e [ɑ̃plwaje] *n*
employer [ɑ̃plwaje] *vt, vpr* C16
employeur, euse [ɑ̃plwajœr, øz] *n*
emplumé, e *adj*
emplumer *vt*
empocher *vt (fam.)*
empoignade *nf*
empoignant, e *adj*
empoigne *nf (fam.)*
empoigner *vt, vpr*
empointure *nf*
empois [ɑ̃pwa] *nm*
empoise *nf*
empoisonnant, e *adj*
empoisonnement *nm*
empoisonner *vt, vpr*
empoisonneur, euse *adj, n*
empoisser *vt*
empoissonnement *nm*
empoissonner *vt*
emporium [ɑ̃pɔrjɔm] *nm* *(pl emporia ou emporiums)*
emport [ɑ̃pɔr] *nm*
emporté, e *adj*
emportement *nm*
emporte-pièce *nm inv.*
emporter *vt, vpr*
emposieu *nm* *(pl emposieus)*
empotage *nm*
empoté, e *adj, n (fam.)*
empotement *nm*
empoter *vt*

empourprer *vt, vpr*
empoussiérer *vt* C11
empreindre *vt, vpr* C43
empreinte *nf*
empressé, e *adj, n*
empressement *nm*
empresser (s') *vpr*
emprésurer *vt*
emprise *nf*
emprisonnement *nm*
emprisonner *vt*
emprunt *nm*
emprunté, e *adj*
emprunter *vt*
emprunteur, euse *n*
empuantir *vt*
empuantissement *nm*
empuse ou **empusa** *nf (zoologie, botanique)*
empuse *nf (mythologie)*
empyème *nm*
empyrée *nm*
empyreumatique *adj*
empyreume *nm*
ému, e *adj*
émulateur *nm*
émulation *nf*
émule *n*
émuler *vt*
émulgent, e *adj*
émulseur *nm*
émulsif, ive *adj, nm*
émulsifiable *adj*
émulsifiant, e *adj, nm*
émulsifier *vt*
émulsine *nf*
émulsion *nf*
émulsionnable *adj*
émulsionnant, e *adj, nm*
émulsionner *vt*
en *prép, adv, pron pers inv.*
énallage *nf*
enamouré, e [ɑ̃-] ou **énamouré, e** *adj*
enamourer (s') [ɑ̃-] ou **énamourer (s')** *vpr*
énanthème *nm*
énantiomorphe *adj*
énantiotrope *adj*
énarchie *nf*
énarque *n*
énarthrose *nf*
en-avant *nm inv.*
en-but [ɑ̃byt] *nm inv.*
encabanage *nm*
encabaner *vt*
encablure *nf*
encadré *nm*
encadrement *nm*
encadrer *vt, vpr*
encadreur *nm*
encagement *nm*
encager *vt* C7
encagoulé, e *adj*
encaissable *adj*
encaissage *nm*
encaissant, e *adj*
encaisse *nf*
encaissé, e *adj*
encaissement *nm*
encaisser *vt*
encaisseur *nm*
encalminé, e *adj*
encan *nm*
encanaillement *nm*
encanailler *vt, vpr*
encapuchonné, e *adj*
encapuchonner *vt, vpr*
encaquement *nm*
encaquer *vt*
encaqueur, euse *n*
encarpe *nm*
encarrasser *vt*
encart [-kar] *nm*
encartage *nm*
encarté, e *adj*
encarter *vt*
encarteuse *nf*
encartonnage *nm*
encartonner *vt*
encartonneuse *nf*
encartouchage *nm*
encartouché, e *adj*
encartoucher *vt*
encartoucheur *nm*
en-cas [ɑ̃ka] *nm inv.*
encasernement *nm*
encaserner *vt*
encasteler (s') *vpr* C9
encastelure *nf*
encastrable *adj*
encastrement *nm*
encastrer *vt, vpr*
encaustiquage *nm*
encaustique *nf*
encaustiquer *vt*
encavage *nm*
encavement *nm*
encaver *vt*
encaveur *nm*
enceindre *vt* C43
enceinte *nf, adj f*
encellulement *nm*
encelluler *vt*
encens [ɑ̃sɑ̃] *nm*
encensement *nm*
encenser *vt, vi*
encenseur, euse *n*
encensier *nm*
encensoir *nm*
encépagement *nm*
encéphale *nm*
encéphaline *nf*
encéphalique *adj*
encéphalite *nf*
encéphalogramme *nm*
encéphalographie *nf*
encéphalomyélite *nf*
encéphalopathie *nf*
encerclement *nm*
encercler *vt*
enchaîné, e *adj, n*
enchaînement *nm*
enchaîner *vt, vi, vpr*
enchanté, e *adj*
enchanteler *vt* C10
enchantement *nm*
enchanter *vt, vpr*
enchanteur, eresse *adj, n*
enchaperonner *vt*
enchâssement *nm*
enchâsser *vt, vpr*
enchâssure *nf*
enchatonnement *nm*
enchatonner *vt*
enchausser *vt*
enchemisage *nm*

enchemiser *vt*
enchère *nf*
enchérir *vt, vi*
enchérissement *nm*
enchérisseur, euse *n*
enchevalement *nm*
enchevaucher *vt*
enchevauchure *nf*
enchevêtré, e *adj*
enchevêtrement *nm*
enchevêtrer *vt, vpr*
enchevêtrure *nf*
enchevillement *nm*
encheviller *vt*
enchifrené, e *adj*
enchifrènement *nm*
enchifrener *vt* C8
enchiridion [-ki-] *nm*
enchymose [-ki-] *nf*
enclave *nf*
enclavé, e *adj*
enclavement *nm*
enclaver *vt*
enclenche *nf*
enclenchement *nm*
enclencher *vt, vpr*
enclin, e *adj*
encliquetage *nm*
encliqueter *vt* C10
enclise *nf*
enclitique *adj, nm*
enclore *vt* C77
enclos, e [ãklo, oz] *adj, nm*
enclosure *nf*
enclouage *nm*
enclouer *vt*
enclouure [ãkluyr] *nf*
enclume *nf*
enclumeau ou enclumot *nm*
enclumette *nf*
encochage *nm*
encoche *nf*
encochement *nm*
encocher *vt*
encoconner *vt*
encodage *nm*
encoder *vt*
encodeur *nm*
encoffrer *vt*
encoigner (s') [ãkɔɲe] *vpr*
encoignure [ãkɔɲyr] *nf*
encollage *nm*
encoller *vt*
encolleur, euse *n*
encolure *nf*
encombrant, e *adj*
encombre *nm*
encombré, e *adj*
encombrement *nm*
encombrer *vt, vpr*
encomiastique *adj*
encontre de (à l') *loc prép*
encoprésie *nf*
encoprétique *adj, n*
encor(e) *adv*
encorbellement *nm*
encordement *nm*
encorder *vt, vpr*
encor(e) *adv*
encorné, e *adj*
encorner *vt*
encornet [-nɛ] *nm*
encornure *nf*
encoubler (s') *vpr*
encourageant, e *adj*
encouragement *nm*
encourager *vt* C7
encourir *vt* C25
encours [ãkur] *nm*
encrage *nm*
encrassé, e *adj*
encrassement *nm*
encrasser *vt, vpr*
encre *nf (liquide)*
encrer *vt*
encreur, euse *adj, nm*
encrier *nm*
encrine *nm*
encrouage *nm*
encroué, e *adj*
encroûté, e *adj*
encroûtement *nm*
encroûter *vt, vpr*
enculage *nm (pop.)*
enculé *n (pop.)*
enculer *vt (pop.)*
encuvage *nm*
encuvement *nm*
encuver *vt*
encyclique *nf*
encyclopédie *nf*
encyclopédique *adj*
encyclopédisme *nm*
encyclopédiste *n*
endauber *vt*
endéans *prép*
endémicité *nf*
endémie *nf*
endémique *adj*
endenté, e *adj*
endentement *nm*
endenter *vt*
endetté, e *adj*
endettement *nm*
endetter *vt, vpr*
endeuiller *vt*
endêver *vi (fam.)*
endiablé, e *adj*
endiabler *vt, vi*
endiamanté, e *adj*
endigage *nm*
endiguement *nm*
endiguer *vt*
endimanché, e *adj*
endimanchement *nm*
endimancher (s') *vpr*
endive *nf*
endivisionnement *nm*
endivisionner *vt*
endoblaste *nm*
endoblastique *adj*
endocarde *nm*
endocardite *nf*
endocarpe *nm*
endocrânien, enne *adj*
endocrine *adj*
endocrinien, enne *adj*
endocrinologie *nf*
endocrinologiste *n*
endocrinologue *n*
endoctrinement *nm*
endoctriner *vt*
endoctrineur, euse *n*
endoderme *nm*
endodermique *adj*
endodontie [-dɔ̃si] *nf*

endogame *adj, n*
endogamie *nf*
endogé, e *adj*
endogène *adj*
endolori, e *adj*
endolorir *vt*
endolorissement *nm*
endomètre *nm*
endométriome *nm*
endométriose *nf*
endométrite *nf*
endommagement *nm*
endommager *vt* C7
endomorphine *nf*
endomorphisme *nm*
endoparasite *adj, nm*
endophasie *nf*
endoplasme *nm*
endoréique *adj*
endoréisme *nm*
endormant, e *adj*
endormeur, euse *n*
endormi, e *adj*
endormir *vt, vpr* C23
endormissement *nm*
endorphine *nf*
endos [ɑ̃do] *nm*
endoscope *nm*
endoscopie *nf*
endoscopique *adj*
endosmomètre *nm*
endosmose *nf*
endosperme *nm*
endossable *adj*
endossataire *n*
endossement *nm*
endosser *vt*
endosseur *nm*
endossure *nf*
endothélial, e, aux *adj*
endothélium [-ljɔm] *nm*
endothermique *adj*
endotoxine *nf*
endroit [ɑ̃drwa] *nm*
enduction *nf*
enduire *vt* C56
enduit [ɑ̃dɥi] *nm*
enduit, e *adj*
endurable *adj*
endurance *nf*
endurant, e *adj*
endurci, e *adj*
endurcir *vt, vpr*
endurcissement *nm*
endurer *vt*
enduro *nm*
endymion *nm*
en effet *loc conj, adv*
énéma *nm*
énéolithique *adj, nm*
énergéticien, enne *n*
énergétique *adj, nf*
énergie *nf*
énergique *adj*
énergiquement *adv*
énergisant, e *adj, nm*
énergumène *n*
énervant, e *adj*
énervation *nf*
énervé, e *adj*
énervement *nm*
énerver *vt, vpr*
enfaîteau *nm*
enfaîtement *nm*
enfaîter *vt*
enfance *nf*
enfant *n, adj*
enfantement *nm*
enfanter *vt*
enfantillage *nm*
enfantin, e *adj*
enfarger *vt, vpr* C7
enfariné, e *adj*
enfariner *vt*
enfer [ɑ̃fɛr] *nm*
enfermement *nm*
enfermer *vt, vpr*
enferrer *vt, vpr*
enfeu *nm (pl enfeus)*
enfeuiller *vt*
enfichable *adj*
enficher *vt*
enfieller *vt*
enfièvrement *nm*
enfiévrer *vt, vpr* C11
enfilade *nf*
enfilage *nm*
enfiler *vt, vpr*
enfileur, euse *n*
enfin *adv*
enflammé, e *adj*
enflammer *vt, vpr*
enflé, e *n*
enfléchure *nf*
enfler *vt, vi*
enfleurage *nm*
enfleurer *vt*
enflure *nf*
enfoiré, e *adj, n (pop.)*
enfoncé, e *adj*
enfoncement *nm*
enfoncer *vt, vi, vpr* C6
enfonceur, euse *n*
enfonçure *nf*
enformer *vt*
enfouir *vt, vpr*
enfouissement *nm*
enfouisseur *nm*
enfourchement *nm*
enfourcher *vt*
enfourchure *nf*
enfournage *nm*
enfournement *nm*
enfourner *vt, vpr*
enfourneur *nm*
enfreindre *vt* C43
enfuir (s') *vpr* C29
enfumage *nm*
enfumé, e *adj*
enfumer *vt*
enfûtage *nm*
enfûtailler *vt*
enfûter *vt*
engagé, e *adj, n*
engageant, e *adj*
engagement *nm*
engager *vt, vpr* C7
engainant, e *adj*
engainé, e *adj*
engainer *vt*
engamer *vt*
engane *nf*
engaver *vt*
engazonnement *nm*
engazonner *vt*
engeance [ɑ̃ʒɑ̃s] *nf*
engelure [ɑ̃ʒlyr] *nf*
engendrement *nm*
engendrer *vt*
engerbage *nm*

engerber *vt*
engin *nm*
engineering [ɛnʒiniriŋ] *nm*
englober *vt*
engloutir *vt, vpr*
engloutissement *nm*
engluage *nm*
engluement *nm*
engluer *vt, vpr*
engobage *nm*
engobe *nm*
engober *vt*
engommage *nm*
engommer *vt*
engoncement *nm*
engoncer *vt* C6
engorgement *nm*
engorger *vt, vpr* C7
engouement *nm*
engouer (s') *vpr*
engouffrement *nm*
engouffrer *vt, vpr*
engoulevent [ãgulvã] *nm*
engourdi, e *adj*
engourdir *vt, vpr*
engourdissement *nm*
engrais *nm*
engraissage *nm*
engraissement *nm*
engraisser *vt, vi, vpr*
engraisseur *nm*
engramme *nm*
engrangement *nm*
engranger *vt* C7
engravement *nm*
engraver *vt, vpr*
engravure *nf*
engrêlé, e *adj*
engrêlure *nf*
engrenage *nm*
engrènement *nm*
engrener *vt, vi, vpr* C8
engreneur *nm*
engreneuse *nf*
engrenure *nf*
engrois *nm*
engrosser *vt*
engrumeler *vt, vpr*
engueulade *nf (pop.)*
engueulement *nm (pop.)*
engueuler *vt, vpr (pop.)*
enguichure *nf*
enguirlander *vt*
enhardir [ãardir] *vt, vpr*
enharmonie [ãnarmɔni] *nf*
enharmonique [ãnar-] *adj*
enharnarcher [ãɑrnaʃe] *vt*
enherber [ãnɛrbe] *vt*
énième ou **nième** *adj, n*
énigmatique *adj*
énigmatiquement *adv*
énigme *nf*
enivrant, e [ãni-] *adj*
enivrement [ãni-] *nm*
enivrer [ãni-] *vt, vpr*
enjambé, e *adj*
enjambée *nf*
enjambement *nm*
enjamber *vt, vi*
enjaveler *vt* C10
enjeu *nm (pl enjeux)*
enjoindre *vt* C43
enjôlement *nm*
enjôler *vt*
enjôleur, euse *adj, n*
enjolivement *nm*
enjoliver *vt, vpr*
enjoliveur, euse *n*
enjolivure *nf*
enjoué, e *adj*
enjouement *nm*
enjuguer *vt*
enképhaline *nf*
enkysté, e *adj*
enkystement *nm*
enkyster (s') *vpr*
enlacement *nm*
enlacer *vt, vpr* C6
enlaçure *nf*
enlaidir *vt, vi, vpr*
enlaidissement *nm*
enlevage *nm*
enlevé, e *adj*
enlèvement *nm*
enlever *vt, vpr* C8
enlevure *nf*
enliasser *vt*
enlier *vt*
enlisement *nm*
enliser *vt, vpr*
enluminer *vt, vpr*
enlumineur, euse *n*
enluminure *nf*
ennéade [ɛnead] *nf*
ennéagonal, e, aux [ɛneagɔnal] *adj*
ennéagone [ɛneagɔn] *adj, nm*
ennéasyllabe [ɛnea-] *adj, nm*
enneigé, e [ãne-] *adj*
enneigement [ãnɛ-] *nm*
enneiger [ãneʒe] *vt* C7
ennemi, e [ɛnmi] *n, adj*
ennoblir [ãnɔ-] *vt*
ennoblissement [ãnɔ-] *nm*
ennoyage [ãnwajaʒ] *nm*
ennoyer [ãnwaje] *vt* C16
ennuager [ãnɥaʒe] *vt* C7
ennui [ãnɥi] *nm*
ennuyant, e [ãnɥiã, ãt] *adj*
ennuyé, e [ãnɥie] *adj*
ennuyer [ãnɥie] *vt, vpr* C16
ennuyeux, euse [ãnɥi-] *adj*
énoncé *nm*
énoncer *vt, vpr* C6
énonciateur, trice *adj, n*
énonciatif, ive *adj*
énonciation *nf*
énophtalmie *nf*
enorgueillir [ãnɔrgœjir] *vt, vpr*
énorme *adj*
énormément *adv*
énormité *nf*
énostose *nf*
énouer *vt*
énoueur, euse *n*
enquérir (s') *vpr* C27

enquerre (à) [ɑ̃kɛr] *loc adj*
enquête *nf*
enquêter *vi, vpr*
enquêteur, euse ou trice *n*
enquiquinant, e *adj (fam.)*
enquiquinement *nm (fam.)*
enquiquiner *vt (fam.)*
enquiquineur, euse *adj, n (fam.)*
enracinement *nm*
enraciner *vt, vpr*
enragé, e *adj, n*
enrageant, e *adj*
enrager *vi* C7
enraiement ou enrayement [ɑ̃rɛmɑ̃ ou ɑ̃rɛjmɑ̃] *nm*
enrayage [ɑ̃rɛjaʒ] *nm*
enrayer [ɑ̃reje] *vt, vpr* C15
enrayoir [ɑ̃rɛjwar] *nm*
enrayure [ɑ̃rɛjyr] *nf*
enrégimentement *nm*
enrégimenter *vt*
enregistrable *adj*
enregistrement *nm*
enregistrer *vt*
enregistreur, euse *adj, nm*
enrêner *vt*
enrésinement *nm*
enrésiner *vt*
enrhumé, e *adj*
enrhumer *vt, vpr*
enrichi, e *adj*
enrichir *vt, vpr*
enrichissant, e *adj*
enrichissement *nm*
enrobage *nm*
enrobé, e *adj (fam.)*
enrobé *nm*
enrobement *nm*
enrober *vt*
enrobeuse *nf*
enrochement *nm*
enrocher *vt*
enrôlé *nm*
enrôlement *nm*
enrôler *vt, vpr*
enrôleur *nm*
enrouement *nm*
enrouer *vt, vpr*
enroulable *adj*
enroulement *nm*
enrouler *vt, vpr*
enrouleur, euse *adj, nm*
enrouloir *nm*
enrubanner *vt, vpr*
ensablement *nm*
ensabler *vt, vpr*
ensachage *nm*
ensacher *vt*
ensacheur, euse *n*
ensaisinement *nm*
ensaisiner *vt*
ensanglantement *nm*
ensanglanter *vt*
ensauvager *vt*
enseignant, e *adj, n*
enseigne *nf (marque); nm (officier)*
enseignement *nm*
enseigner *vt*
ensellé, e *adj*
ensellement *nm*
ensellure *nf*
ensemble *nm, adv*
ensemblier *nm*
ensembliste *adj*
ensemencement *nm*
ensemencer *vt* C6
enserrer *vt*
enseuillement *nm*
ensevelir *vt, vpr*
ensevelissement *nm*
ensevelisseur, euse *nf*
ensiforme *adj*
ensilage *nm*
ensiler *vt*
ensileuse *nf*
ensimage *nm*
en-soi *nm inv.*
ensoleillé, e *adj*
ensoleillement *nm*
ensoleiller *vt*
ensommeillé, e *adj*
ensommeillement *nm*
ensommeiller *vt*
ensorcelant, e *adj*
ensorceler *vt* C10
ensorceleur, euse *adj, n*
ensorcellement *nm*
ensoufrer *vt*
ensouple *nf*
ensoutaner *vt*
ensuite *adv*
ensuivre (s') *vpr* C50
entablement *nm*
entabler *vt*
entablure *nf*
entacher *vt*
entage *nm*
entaillage *nm*
entaille *nf*
entailler *vt, vpr*
entailloir *nm*
entame *nf*
entamer *vt*
entartrage *nm*
entartrer *vt*
entassement *nm*
entasser *vt, vpr*
ente [ɑ̃t] *nf*
enté, e *adj*
entéléchie [-ʃi] *nf*
entelle *nm*
entendement *nm*
entendeur *nm*
entendre *vt, vpr* C41
entendu, e *adj*
enténébrer *vt* C11
entente *nf*
enter *vt (greffer)*
entéralgie *nf*
entérinement *nm*
entériner *vt*
entérique *adj*
entérite *nf*
entérobactérie *nf*
entérocolite *nf*
entérocoque *nm*
entérokinase *nf*
entéropathie *nf*
entéropneuste *nm*
entéro-rénal, e, aux *adj*
entérovaccin *nm*

entérovirus [-rys] *nm*
enterrage *nm*
enterrement *nm*
enterrer *vt, vpr*
entêtant, e *adj*
en-tête *nm (pl en-têtes)*
entêté, e *adj, n*
entêtement *nm*
entêter *vt, vpr*
enthalpie [ɑ̃talpi] *nf*
enthousiasmant, e *adj*
enthousiasme *nm*
enthousiasmer *vt, vpr*
enthousiaste *adj, n*
enthymème *nm*
entiché, e *adj*
entichement *nm*
enticher (s') *vt, vpr*
entier, ère *adj, nm*
entièrement *adv*
entièreté *nf*
entité *nf*
entoilage *nm*
entoiler *vt*
entoir *nm*
entôlage *nm (arg.)*
entôler *vt (arg.)*
entôleur, euse *n (arg.)*
entolome *nm*
entomologie *nf*
entomologique *adj*
entomologiste *n*
entomophage *adj*
entomophile *adj*
entomostracé *nm*
entonnage *nm*
entonnaison *nf*
entonnement *nm*
entonner *vt*
entonnoir *nm*
entoptique *adj*
entorse *nf*
entortillage *nm*
entortillé, e *adj*
entortillement *nm*
entortiller *vt, vpr*
entour *nm*
entourage *nm*
entouré, e *adj*
entourer *vt, vpr*
entourloupe *nf (fam.)*
entourlouper *vt (fam.)*
entourloupette *nf (fam.)*
entournure *nf*
entraccorder (s') *vpr*
entraccuser (s') *vpr*
entracte *nm*
entradmirer (s') *vpr*
entraide *nf*
entraider (s') *vpr*
entrailles *nf pl*
entraimer ou entr'aimer (s') *vpr*
entrain *nm*
entraînable *adj*
entraînant, e *adj*
entraînement *nm*
entraîner *vt, vpr*
entraîneur, euse *n*
entrait [ɑ̃trɛ] *nm*
entrant, e *adj, n*
entrapercevoir ou entr'apercevoir *vt* C39
entrapparaître ou entr'apparaître *vi*
entrappeler ou entr'appeler (s') *vpr*
entrave *nf*
entravé, e *adj*
entraver *vt*
entravertir ou entr'avertir (s') *vpr*
entre *prép*
entrebâillement *nm*
entrebâiller *vt, vpr*
entrebâilleur *nm*
entre(-)bande *nf (pl entre(-)bandes)*
entrebattre (s') *vpr*
entrechat *nm*
entrechoc *nm*
entrechoquement *nm*
entrechoquer *vt, vpr*
entrecolonne *nm*
entrecolonnement *nm*
entrecôte *nf*
entrecoupé, e *adj*
entrecouper *vt, vpr*
entrecroisement *nm*
entrecroiser *vt, vpr*
entrecuisse *nm*
entre(-)déchirer (s') *vpr*
entre(-)détruire (s') *vpr*
entre(-)deux *nm inv.*
entre-deux-guerres *nf* ou *nm inv.*
entre(-)dévorer (s') *vpr*
entre(-)donner (s') *vpr*
entrée *nf*
entrefaite [ɑ̃trəfɛt] *nf*
entre(-)fenêtre *nm*
entrefer [-fɛr] *nm*
entrefermer *vt*
entrefilet [-lɛ] *nm*
entre(-)frapper (s') *vpr*
entregent [ɑ̃trəʒɑ̃] *nm*
entrégorger ou entr'égorger (s') *vpr* C7
entre(-)haïr (s') *vpr*
entre(-)heurter (s') *vpr*
entrejambe *nm*
entrelacement *nm*
entrelacer *vt, vpr* C6
entrelacs [-lɑ] *nm*
entrelardé, e *adj*
entrelarder *vt*
entre(-)manger (s') *vpr*
entremêlement *nm*
entremêler *vt, vpr*
entremets [-mɛ] *nm*
entremetteur, euse *n*
entremettre (s') *vpr* C48
entremise *nf*
entre(-)nerf *nm (pl entre(-)nerfs)*
entre(-)nœud *nm (pl entre(-)nœuds)*
entre(-)nuire (s') *vpr*
entrepilastre *nm*
entrepont *nm*
entreposage *nm*
entreposer *vt*
entreposeur *nm*
entrepositaire *n*
entrepôt [-po] *nm*
entreprenant, e *adj*
entreprendre *vt, vi* C42

entrepreneur, euse *n*
entreprise *nf*
entrer *vi (auxil être); vt (auxil avoir)*
entre(-)rail *nm (pl entre(-)rails)*
entre(-)regarder (s') *vpr*
entresol *nm*
entresolé, e *adj*
entre(-)soutenir (s') *vpr*
entre(-)suivre (s') *vpr*
entretaille *nf*
entretailler (s') *vpr*
entre(-)temps *nm, loc adv*
entreteneur, euse *n*
entretenir *vt, vpr* C28
entretenu, e *adj*
entretien *nm*
entre(-)tisser *vt*
entretoile *nf*
entretoise *nf*
entretoisement *nm*
entretoiser *vt*
entre(-)tuer (s') *vpr*
entre(-)voie *nf*
entrevoir *vt* C30
entrevous [-vu] *nm*
entrevoûter *vt*
entrevue *nf*
entrisme *nm*
entriste *adj, n*
entrobliger (s') *vpr*
entropie *nf*
entropion *nm*
entroque *nm*
entrouvert, e *adj*
entrouverture *nf*
entrouvrir *vt, vpr* C19
entuber *vt (pop.)*
enturbanné, e *adj*
enture *nf*
énucléation *nf*
énucléer *vt* C14
énumérable *adj*
énumérateur, trice *n, adj*
énumératif, ive *adj*
énumération *nf*
énumérer *vt* C11
énurésie *nf*
énurétique *adj, n*
envahir *vt*
envahissant, e *adj*
envahissement *nm*
envahisseur *nm*
envasement *nm*
envaser *vt*
enveloppant, e *adj*
enveloppe *nf*
enveloppé *nm*
enveloppée *nf*
enveloppement *nm*
envelopper *vt, vpr*
envenimation *nf*
envenimé, e *adj*
envenimement *nm*
envenimer *vt, vpr*
enverger *vt* C7
enverguer *vt*
envergure *nf*
envers [-vɛr] *prép, nm*
envi (à l') *loc adv, loc prép*
enviable *adj*
envider *vt*
envie *nf*
envier *vt*
envieusement *adv*
envieux, euse *adj, n*
enviné, e *adj*
environ *adv, prép*
environnant, e *adj*
environnement *nm*
environnemental, e, aux *adj*
environnementaliste *n*
environner *vt*
environs *nm pl*
envisageable *adj*
envisager *vt* C7
envoi *nm*
envoiler (s') *vpr*
envoilure *nf*
envol *nm*
envolée *nf*
envolement *nm*
envoler (s') *vpr*
envoûtant, e *adj*
envoûtement *nm*
envoûter *vt*
envoûteur, euse *n*
envoyé, e [ɑ̃vwaje] *adj, n*
envoyer [ɑ̃vwaje] *vt, vpr* C16
envoyeur, euse [ɑ̃vwajœr, øz] *n*
enzootie [ɑ̃zɔɔti ou -si] *nf*
enzymatique *adj*
enzyme *nf*
enzymologie *nf*
enzymopathie *nf*
éocène *adj, nm*
éohippus *nm*
éolien, enne *adj, n*
éolipile ou **éolipyle** *nm*
éolithe *nm*
éon *nm*
éosine *nf*
éosinophile *adj, nm*
éosinophilie *nf*
épactal, e, aux *adj*
épacte *nf*
épagneul, e *n*
épagomène *adj*
épaillage *nm*
épailler *vt*
épair *nm*
épais, aisse [epɛ, ɛs] *adj*
épais [epɛ] *adv*
épaisseur *nf*
épaissir *vt, vi, vpr*
épaississant, e *adj, nm*
épaississement *nm*
épaississeur *nm*
épalement *nm*
épamprage *nm*
épamprement *nm*
épamprer *vt*
épanalepse *nf*
épanchement *nm*
épancher *vt, vpr*
épanchoir *nm*
épandage *nm*
épandeur *nm*
épandeuse *nf*
épandre *vt, vpr* C41
épannelage *nm*

épanneler *vt* C10
épanner *vt*
épanorthose *nf*
épanoui, e *adj*
épanouir *vt, vpr*
épanouissant, e *adj*
épanouissement *nm*
épar *nm*
éparchie [eparʃi] *nf*
épargnant, e *adj, n*
épargne *nf*
épargner *vt, vpr*
éparpillement *nm*
éparpiller *vt, vpr*
éparque *nm*
épars, e [epar, ars] *adj*
éparvin ou épervin *nm*
épatamment *adv (fam.)*
épatant, e *adj (fam.)*
épate *nf (fam.)*
épaté, e *adj*
épatement *nm*
épater *vt*
épateur, euse *n*
épaufrer *vt, vpr*
épaufrure *nf*
épaulard *nm*
épaule *nf*
épaulé, e *adj, nm*
épaulée *nf*
épaulé-jeté *nm (pl épaulés-jetés)*
épaulement *nm*
épauler *vt, vi, vpr*
épaulette *nf*
épaulière *nf*
épave *nf*
épaviste *n*
épeautre *nm*
épée *nf*
épeiche [epɛʃ] *nf*
épeichette *nf*
épeire *nf*
ép(e)irogénique *adj*
épéisme *nm*
épéiste *n*
épeler [eple] *vt* C10
épellation *nf*
épendyme [epɑ̃-] *nm*
épenthèse [epɑ̃tɛz] *nf*
épenthétique [epɑ̃tetik] *adj*
épépinage *nm*
épépiner *vt*
éperdu, e *adj*
éperdument *adv*
éperlan *nm*
éperon *nm*
éperonné, e *adj*
éperonner *vt*
éperonnier *nm*
épervier *nm*
épervière *nf*
épervin ou éparvin *nm*
épeurer *vt*
éphèbe *nm*
éphébie *nf*
éphédra ou éphèdre *nm*
éphédrine *nf*
éphelcystique *adj*
éphélide *nf*
éphémère *adj, nm*
éphéméride *nf*
éphéméroptère *nm*
éphésien, enne *adj, n*
éphippigère *nm*
éphod [efɔd] *nm*
éphorat [-ra] *nm*
éphore *nm*
épi *nm*
épiage *nm*
épiaire *nm*
épiaison *nf*
épicanthus [-tys] *nm*
épicarpe *nm*
épicaule *adj*
épice *nf*
épicé, e *adj*
épicéa *nm*
épicène *adj*
épicentre *nm*
épicer *vt* C6 *(assaisonner)*
épicerie *nf*
épichérème [-ke-] *nm*
épicier, ère *n*
épiclèse *nf*
épicondyle *nm*
épicondylite *nf*
épicontinental, e, aux *adj*
épicrânien, enne *adj*
épicurien, enne *adj, n*
épicurisme ou épicuréisme *nm*
épicycle *nm*
épicycloïdal, e, aux *adj*
épicycloïde *nf*
épidémicité *nf*
épidémie *nf*
épidémiologie *nf*
épidémiologique *adj*
épidémiologiste *n*
épidémique *adj*
epidendrum [-dẽdrɔm] *nm*
épiderme *nm*
épidermique *adj*
épidermomycose *nf*
épidiascope *nm*
épidictique *adj*
épididyme *nm*
épididymite *nf*
épidote *nm*
épidural, e, aux *adj*
épier *vi, vt, vpr*
épierrage *nm*
épierrement *nm*
épierrer *vt*
épierreur *nm*
épierreuse *nf*
épieu *nm (pl épieux)*
épieur, euse *n*
épigastre *nm*
épigastrique *adj*
épigé, e *adj*
épigenèse *nf*
épigénie *nf*
épiglotte *nf*
épiglottique *adj*
épigone *nm*
épigrammatique *adj*
épigrammatiste *n*
épigramme *nf*
épigraphe *nf*
épigraphie *nf*
épigraphique *adj*
épigraphiste *n*
épigyne *adj, nf*

épilage *nm*
épilation *nf*
épilatoire *adj*
épilepsie *nf*
épileptiforme *adj*
épileptique *adj, n*
épileptoïde *adj, n*
épiler *vt*
épileur, euse *n*
épillet [epijɛ] *nm*
épilobe *nm*
épilogue *nm*
épiloguer *vt, vi*
épilogueur, euse *n*
épimaque *nm*
épinaie *nf*
épinard *nm*
épinçage *nm*
épinceler *vt* C10
épincer *vt* C6
épincetage *nm*
épinceter *vt* C10
épinceteur, euse *n*
épinceur, euse *n*
épinçoir *nm*
épine *nf*
épiner *vt*
épinette *nf*
épineux, euse *adj, nm*
épine-vinette *nf*
(pl épines-vinettes)
épinglage *nm*
épingle *nf*
épinglé, e *adj, nm*
épingler *vt*
épinglerie *nf*
épinglette *nf*
épinglier, ère *n*
épinier *nm*
épinière *adj f*
épinoche *nf*
épinochette *nf*
épiornis [-nis] *nm*
épipaléolithique *adj, nm*
épipélagique *adj*
épiphane *adj m*
épiphanie *nf*
épiphénomène *nm*
épiphénoménisme *nm*
épiphénoméniste *adj, n*
épiphonème *nm*
épiphylle *adj, nm*
épiphyse *nf*
épiphyte *adj, nm*
épiphytie *nf*
épiploon [-plɔɔ̃] *nm*
épique *adj*
épirogenèse *nf*
épirogénique *adj*
épirote *adj, n*
épiscopal, e, aux *adj*
épiscopalien, enne *adj, n*
épiscopalisme *nm*
épiscopat [-pa] *nm*
épiscope *nm*
épisiotomie *nf*
épisode *nm*
épisodique *adj*
épisodiquement *adv*
épisperme *nm*
épissage *nm*
épisser *vt (assembler)*
épissoir *nm* ou
épissoire *nf*
épissure *nf*
épistasie *nf*
épistaxis [-ksis] *nf*
épistémè *nf*
épistémique *adj*
épistémologie *nf*
épistémologique *adj*
épistémologiste *n*
épistémologue *n*
épistolaire *adj, n*
épistolier, ère *n*
épistyle *nm*
épitaphe *nf*
épitase *nf*
épitaxie *nf*
épite *nf*
épithalame *nm*
épithélial, e, aux *adj*
épithélioma *nm*
épithélium [-ljɔm] *nm*
épithème *nm*
épithète *adj, nf*
épitoge *nf*
épitomé *nm*
épitope *nm*
épître *nf*
épizootie [-zɔɔ-] *nf*
épizootique [-zɔɔ-] *adj*
éploré, e *adj*
éployé, e [eplwaje] *adj*
éployer [eplwaje] *vt*
épluchage *nm*
éplucher *vt*
épluchette *nf*
éplucheur, euse *n*
épluchoir *nm*
épluchure *nf*
épode *nf*
époi *nm*
épointage *nm*
épointé, e *adj*
épointement *nm*
épointer *vt, vpr*
éponge *nf*
épongeage *nm*
éponger *vt, vpr* C7
éponte *nf*
épontille *nf*
épontiller *vt*
éponyme *adj*
éponymie *nf*
épopée *nf*
époque *nf*
épouillage *nm*
épouiller *vt, vpr*
époumoner (s') *vpr*
épousailles *nf pl*
épouse *nf*
épousée *nf*
épouser *vt, vpr*
épouseur *nm*
époussetage *nm*
épousseter *vt* C10
époussette *nf*
époustouflant, e *adj*
époustoufler *vt*
époutier *vt*
épouvantable *adj*
épouvantablement *adv*
épouvantail, ails *nm*
épouvante *nf*
épouvanté, e *adj*
épouvantement *nm*
épouvanter *vt*
époux [epu] *nm*

époxy *adj inv.*
époxyde *nm*
épreindre *vt* C43
épreintes *nf pl*
éprendre (s') *vpr* C42
épreuve *nf*
épris, e [epri, iz] *adj*
éprouvant, e *adj*
éprouvé, e *adj*
éprouver *vt*
éprouvette *nf*
epsilon [ɛpsilɔn] *nm*
epsomite *nf*
épucer *vt* C6
épuisable *adj*
épuisant, e *adj*
épuisé, e *adj*
épuisement *nm*
épuiser *vt, vpr*
épuisette *nf*
épulis [-lis] *nm* ou épulide ou épulie *nf*
épulon *nm*
épulpeur *nm*
épurateur *nm, adj m*
épuratif, ive *adj*
épuration *nf*
épuratoire *adj*
épure *nf*
épuré, e *adj*
épurement *nm*
épurer *vt, vpr*
épurge *nf*
épyornis ou æpyornis *nm*
équanime *adj*
équanimité [ekwa-] *nf*
équant [ekwɑ̃] *nm*
équarrir [eka-] *vt*
équarrissage [eka-] *nm*
équarrissement [eka-] *nm*
équarrisseur [eka-] *nm*
équarrissoir [eka-] *nm*
équateur [ekwa-] *nm*
équation [ekwa-] *nf*
équatorial, e, aux [ekwa-] *adj, nm*
équatorien, enne [ekwa-] *adj, n*
équerrage *nm*
équerre *nf*
équerrer *vt*
équestre *adj*
équeutage *nm*
équeuter *vt*
équiangle [ekɥi-] *adj*
équidé [ek(ɥ)i-] *nm*
équidifférence [ekɥi-] *nf*
équidistance [ekɥi-] *nf*
équidistant, e [ekɥi-] *adj*
équilatéral, e, aux [ekɥi-] *adj*
équilatère [ekɥi-] *adj*
équilibrage *nm*
équilibrant, e *adj*
équilibration *nf*
équilibre *nm*
équilibré, e *adj*
équilibrer *vt, vpr*
équilibreur, euse *adj, nm*
équilibriste *n*
équille [ekij] *nf*
équimoléculaire [ekɥi-] *adj*
équimultiple [ekɥi-] *adj*
équin, e [ekɛ̃, in] *adj*
équinisme *nm*
équinoxe *nm*
équinoxial, e, aux *adj*
équipage *nm*
équipartition [ekɥi-] *nf*
équipe *nf*
équipé, e *adj*
équipée *nf*
équipement *nm*
équiper *vt, vpr*
équipet *nm*
équipier, ère *n*
équipol(l)é [ekɥi-] *adj m*
équipollence [ekɥi-] *nf*
équipollent, e [ekɥi-] *adj*
équipotence [ekɥi-] *nf*
équipotentiel, elle [ekɥi-] *adj*
équiprobable [ekɥi-] *adj*
équisétale [ekɥise-] *nf*
équisétinée [ekɥise-] *nf*
équitable *adj*
équitablement *adv*
équitant, e *adj*
équitation *nf*
équité *nf*
équivalence *nf*
équivalent, e *adj, nm*
équivaloir *vti* C34
équivoque *adj, nf*
équivoquer *vi*
érable *nm*
érablière *nf*
éradication *nf*
éradiquer *vt*
éraflement *nm*
érafler *vt, vpr*
éraflure *nf*
éraillé, e *adj*
éraillement *nm*
érailler *vt, vpr*
éraillure *nf*
erbine *nf*
erbium [ɛrbjɔm] *nm*
erbue ou herbue *nf*
ère *nf (époque)*
érecteur, trice *adj*
érectile *adj*
érectilité *nf*
érection *nf*
éreintage *nm*
éreintant, e *adj*
éreinté, e *adj*
éreintement *nm*
éreinter *vt, vpr*
éreinteur, euse *adj, n*
érémitique *adj*
érémitisme *nm*
érepsine *nf*
érésipélateux ou érysipélateux, euse *adj*
érésipèle ou érysipèle *nm*
éréthisme *nm*
éreutophobie *nf*
erg [ɛrg] *nm*
ergastoplasme *nm*
ergastule *nm*
ergo *conj*

ergogramme *nm*
ergographe *nm*
ergol *nm*
ergologie *nf*
ergomètre *nm*
ergométrie *nf*
ergonomie *nf*
ergonomique *adj*
ergonomiste *n*
ergonome *n*
ergostérol *nm*
ergot [-go] *nm*
ergotage *nm*
ergotamine *nf*
ergoté, e *adj*
ergoter *vi*
ergoterie *nf*
ergoteur, euse *adj, n*
ergothérapeute *n*
ergothérapie *nf*
ergotine *nf*
ergotisme *nm*
éricacée *nf*
ériger *vt, vpr* C7
érigéron *nm*
érigne ou **érine** *nf*
éristale *nm*
éristique *adj, n*
erminette ou **herminette** *nf*
ermitage *nm*
ermite *nm*
éroder *vt*
érogène *adj*
éros [erɔs] *nm*
érosif, ive *adj*
érosion *nf*
érotique *adj, nf*
érotiquement *adv*
érotisation *nf*
érotiser *vt*
érotisme *nm*
érotogène *adj*
érotologie *nf*
érotologique *adj*
érotologue *n*
érotomane *adj, n*
érotomanie *nf*
erpétologie ou **herpétologie** *nf*
erpétologique ou **herpétologique** *adj*
erpétologiste ou **herpétologiste** *n*
errance *nf*
errant, e *adj*
errata *nm inv.*
erratique *adj*
erratum [-tɔm] *nm (pl errata)*
erre *nf (vitesse)*
errement *nm pl*
errer *vi*
erreur *nf*
erroné, e *adj*
erronément *adv*
ers [ɛr] ou [ɛrs] *(Ac.) nm (plante)*
ersatz [ɛrzats] *nm*
erse *nf (anneau); adj, nm (de la haute Ecosse)*
erseau *nm*
érubescence [-besɑ̃s] *nf*
érubescent, e [-besɑ̃, ɑ̃t] *adj*
éruciforme *adj*
éructation *nf*
éructer *vi, vt*
érudit, e [-di, dit] *adj, n*
érudition *nf*
érugineux, euse *adj*
éruptif, ive *adj*
éruption *nf*
érysipélateux ou **érésipélateux, euse** *adj, n*
érysipèle ou **érésipèle** *nm*
érythémateux, euse *adj*
érythème *nm*
érythréen, enne *adj, n*
érythrine *nf*
érythroblaste *nm*
érythroblastose *nf*
érythrocytaire *adj*
érythrocyte *nm*
érythrodermie *nf*
érythromycine *nf*
érythrophobie *nf*
érythropoïèse *nf*
érythropoïétine *nf*
érythrosine *nf*
ès [ɛs] *prép*
esbigner (s') *vpr (pop.)*
esbroufe *nf (fam.)*
esbroufer *vt (fam.)*
esbroufeur, euse *n (fam.)*
escabeau *nm*
escabèche *nf*
escabelle *nf*
escache *nf*
escadre *nf*
escadrille *nf*
escadron *nm*
escalade *nf*
escaladeur, euse *n*
escalader *vt*
escalateur *nm*
escale *nf*
escalier *nm*
escalope *nf*
escaloper *vt*
escamotable *adj*
escamotage *nm*
escamoter *vt*
escamoteur, euse *n*
escampette *nf*
escapade *nf*
escape *nf*
escarbille *nf*
escarbot [-bo] *nm*
escarboucle *nf*
escarcelle *nf*
escargot [-go] *nm*
escargotière *nf*
escarmouche *nf*
escarmoucher *vi*
escarole ou **scarole** *nf*
escarotique *adj*
escarpe *nf (talus); nm (bandit)*
escarpé, e *adj*
escarpement *nm*
escarpin *nm*
escarpolette *nf*
escarre ou **eschare** [-kar] *nf (médecine)*

escarre ou **esquarre** *nf (héraldique)*
escarrifier *vt*
eschare [-kar] *ou* **escarre** *nf (médecine)*
eschatologie [ɛska-] *nf*
eschatologique [ɛska-] *adj*
esche [ɛʃ] ou **aiche** *nf*
escient [ɛsjɑ̃] *nm*
esclaffer (s') *vpr*
esclandre *nm*
esclavage *nm*
esclavager *vt*
esclavagisme *nm*
esclavagiste *nm*
esclave *adj, n*
esclavon *adj, n*
escobar *nm*
escobarder *vi*
escobarderie *nf*
escogriffe *nm*
escomptable [ɛskɔ̃tabl] *adj*
escompte [ɛskɔ̃t] *nm*
escompter [ɛskɔ̃te] *vt*
escompteur [ɛskɔ̃tœr] *adj m, nm*
escopette *nf*
escorte *nf*
escorter *vt*
escorteur *nm*
escot [ɛsko] *nm*
escouade *nf*
escourgeon ou **écourgeon** *nm*
escrime *nf*
escrimer (s') *vpr*
escrimeur, euse *n*
escroc [ɛskro] *nm*
escroquer *vt*
escroquerie *nf*
escudo [ɛskudo] *nm*
esculape *nm*
esculine *nf*
ésérine *nf*
esgourde *nf (pop.)*
eskimo ou **esquimau** *nm*
eskuara ou **euscara** ou **euskera** *nm*
eskuarien ou **euscarien** *(Ac.)* ou **euskarien** *(Ac.)* ou **euskérien, enne** *n, adj*
ésotérique *adj*
ésotérisme *nm*
espace *nm (étendue); nf (imprimerie)*
espacement *nm*
espacer *vt, vpr*
espace-temps *nm (pl espaces-temps)*
espada *nf*
espadon *nm*
espadrille *nf*
espagnol, e *adj, n*
espagnolade *nf*
espagnolette *nf*
espagnolisme *nm*
espalier *nm*
espar *nm*
esparcet [-sɛ] *nm*
esparcette *nf*
espèce *nf*
espérance *nf*
espérantiste *adj, n*
espéranto *nm s*
espère *nf*
espérer *vt, vi, vti* C11
esperluette *nf*
espiègle *adj, n*
espièglerie *nf*
espingole *nf*
espion, onne *n*
espionnage *nm*
espionner *vt*
espionnite *nf*
esplanade *nf*
espoir *nm*
esponton *nm*
espressione (con) [ɛspresjɔne] *loc adv*
espressivo [ɛsprɛsivo] *adj inv., adv*
esprit *nm*
esprit-de-bois *nm inv.*
esprit-de-sel *nm inv.*
esprit-de-vin *nm inv.*
esquarre ou **escarre** *nf*
esquicher *vt, vi, vpr*
esquif [ɛskif] *nm*
esquille [ɛskij] *nf*
esquimau, aude *adj, n (pl esquimaux, audes)*
esquimautage *nm*
esquintant, e *adj (fam.)*
esquinté, e *adj (fam.)*
esquintement *nm (fam.)*
esquinter *vt, vpr (fam.)*
esquire [ɛskwajər] *nm*
esquisse *nf*
esquisser *vt*
esquive *nf*
esquiver *vt, vpr*
essai *nm*
essaim [esɛ̃] *nm*
essaimage *nm*
essaimer *vi, vt*
essangeage *nm*
essanger *vt* C7
essanvage *nm*
essart [esar] *nm*
essartage *nm*
essartement *nm*
essarter *vt*
essayage [esɛjaʒ] *nm*
essayer [eseje] *vt, vpr* C15
essayeur, euse [esɛjœr, øz] *n*
essayiste [esɛjist] *n*
esse [ɛs] *nf*
essence *nf*
essencerie *nf*
essénien, enne *adj*
essential, e, aux *adj*
essentialisme *nm*
essentialiste *adj*
essentiel, elle *adj, nm*
essentiellement *adv*
essette ou **aissette** *nf*
esseulé, e *adj, n*
essieu *nm (pl essieux)*
essonnien, enne *adj, n*
essor *nm*
essorage *nm*

essorer *vt, vpr*
essoreuse *nf*
essorillement [-rijmɑ̃] *nm*
essoriller [-rije] *vt*
essouchement *nm*
essoucher *vt*
essoufflement *nm*
essouffler *vt, vpr*
essuie-glace *nm (pl essuie-glaces)*
essuie-main *(Ac.)* ou **essuie-mains** *nm (pl essuie-mains)*
essuie-pied *(Ac.)* ou **essuie-pieds** *nm (pl essuie-pieds)*
essuie-plume *nm (pl essuie-plumes)*
essuie-verre *(Ac.)* ou **essuie-verres** *nm (pl essuie-verres)*
essuyage *nm*
essuyer *vt, vpr* C16
est [ɛst] *nm inv., adj inv. (point cardinal)*
establishment [ɛstabliʃmɛnt] *nm*
estacade *nf*
estafette *nf*
estafier *nm*
estafilade *nf*
estagnon *nm*
est-allemand, e [ɛst-] *adj (pl est-allemands, es)*
estaminet [-nɛ] *nm*
estampage *nm*
estampe *nf*
estamper *vt*
estampeur, euse *n*
estampie *nf*
estampillage [-pijaʒ] *nm*
estampille [-pij] *nf*
estampiller [-pije] *vt*
estampure ou **étampure** *nf*
estancia *nf*
estarie ou **starie** *nf*
est-ce que *adv interr*
este *adj, n (estonien)*
ester *vi (usité à l'inf)*
ester [ɛstɛr] *nm*
estérase *nf*
estérification *nf*
estérifier *vt*
esterlin *nm*
esthésie *nf*
esthésiogène *adj*
esthésiologie *nf*
esthésiomètre *nm*
esthète *adj, n*
esthéticien, enne *n*
esthétique *adj, nf*
esthétiquement *adv*
esthétisant, e *adj*
esthétiser *vt, vi*
esthétisme *nm*
estimable *adj*
estimateur *nm*
estimatif, ive *adj*
estimation *nf*
estimatoire *adj*
estime *nf*
estimé, e *adj*
estimer *vt, vpr*
estivage *nm*
estival, e, aux *adj*
estivant, e *n*
estivation *nf*
estive *nf*
estiver *vt, vi*
estoc [ɛstɔk] *nm*
estocade *nf*
estomac [-ma] *nm*
estomaqué, e *adj (fam.)*
estomaquer *vt (fam.)*
estompage *nm*
estompe *nf*
estompé, e *adj*
estompement *nm*
estomper *vt, vpr*
estonien, enne *adj, n*
estoquer *vt*
estouffade ou **étouffade** *nf*
estourbir *vt (fam.)*
estrade *nf*
estradiot ou **stradiot(e)** *nm*
estragon *nm*
estramaçon *nm*
estran *nm*
estranguéla ou **estranghéla** *nf*
estranguélo ou **estranghélo** *nm*
estrapade *nf*
estrapasser *vt*
estrogène ou **œstrogène** *adj, nm*
estrope *nf*
estropié, e *adj, n*
estropier *vt, vpr*
estuaire *nm*
estuarien, enne *adj*
estudiantin, e *adj*
esturgeon *nm* 16-XII
ésule *nf*
et *conj*
êta *nm inv.*
établage *nm*
étable *nf*
établer *vt*
établi, e *adj, nm*
établir *vt, vpr*
établissement *nm*
étage *nm*
étagement *nm*
étager *vt, vpr* C7
étagère *nf*
étai *nm*
étaiement [etɛmɑ̃] *(Ac.)* ou **étayement** [etɛjmɑ̃] *nm*
étain *nm*
étal, als ou **aux** *nm (table)*
étalage *nm*
étalager *vt* C7
étalagiste *n*
étale *adj, nm (marine)*
étalement *nm*
étaler *vt, vpr*
étalier, ère *adj, n*
étalinguer *vt*
étalingure *nf*
étalon *nm*
étalonnage *nm*
étalonnement *nm*

étalonner *vt*
étalonneur, euse *n*
étalonnier, ère *adj, n*
étamage *nm*
étambot [-bo] *nm*
étambrai *nm*
étamer *vt*
étameur, euse *n*
étamine *nf*
étampage *nm*
étampe *nf*
étamper *vt*
étamperche ou
étemperche *nf*
étampeur, euse *n*
étampure *nf*
étamure *nf*
étanche *adj, nf*
étanchéité *nf*
étanchement *nm*
étancher *vt*
étançon *nm*
étançonnement *nm*
étançonner *vt*
étang [etɑ̃] *nm (étendue d'eau)*
étant [etɑ̃] *nm (de être)*
étape *nf*
étarque *nf*
étarquer *vt*
état *nm*
étatique *adj*
étatisation *nf*
étatiser *vt*
étatisme *nm*
étatiste *adj, n*
état-major *nm (pl états-majors)*
étau *nm (pl étaux)*
étau-limeur *nm (pl étaux-limeurs)*
étaupinage *nm*
étaupiner *vt*
étayage [etejaʒ] *nm*
étayement [etɛjmɑ̃] ou
étaiement [etɛmɑ̃] *nm*
étayer [eteje] *vt, vpr* C15
et cetera ou et cætera ou etc. [ɛtsetera] *loc adv*

été *nm*
éteignoir *nm*
éteindre *vt, vpr* C43
éteint, e *adj*
étemperche ou
étamperche *nf*
étendage *nm*
étendard *nm*
étenderie *nf*
étendoir *nm*
étendre *vt, vpr* C41
étendu, e *adj*
étendue *nf*
éternel, elle *adj*
éternellement *adv*
éterniser *vt, vpr*
éternité *nf*
éternuement *nm*
éternuer *vi*
étésien *adj m*
étêtage *nm*
étêtement *nm*
étêter *vt*
éteuf *nm*
éteule *nf*
éthane *nm*
éthanol *nm*
éther [etɛr] *nm*
éthéré, e *adj*
éthérification *nf*
éthérifier *vt*
éthérisation *nf*
éthériser *vt*
éthérisme *nm*
éthéromane *adj, n*
éthéromanie *nf*
éther-sel *nm (pl éthers-sels)*
éthiopien, enne *adj, n*
éthiopique *adj*
éthique *adj, nf (morale)*
ethmoïdal, e, aux *adj*
ethmoïde *adj m, nm*
ethmoïdite *nf*
ethnarchie *nf*
ethnarque *nm*
ethnicité *nf*
ethnie *nf*
ethnique *adj*

ethniquement *adv*
ethnobiologie *nf*
ethnocentrique *adj*
ethnocentrisme *nm*
ethnocide *nm*
ethnographe *n*
ethnographie *nf*
ethnographique *adj*
ethnolinguistique *adj, nf*
ethnologie *nf*
ethnologique *adj*
ethnologue *n*
ethnomusicologie *nf*
ethnopsychiatrie [-kja-] *nf*
ethnopsychologie [-kɔ-] *nf*
éthogramme *nm*
éthologie *nf*
éthologique *adj*
éthopée *nf*
ethos [etɔs] *nm*
éthuse ou æthuse [etyʒ] *nf*
éthyle *nm*
éthylène *nm*
éthylénique *adj*
éthylique *adj, n*
éthylisme *nm*
étiage *nm*
étier *nm*
étincelage *nm*
étincelant, e *adj*
étincelé, e *adj*
étinceler *vi* C10
étinceleur *nm*
étincelle *nf*
étincellement *nm*
étiolé, e *adj*
étiolement *nm*
étioler *vt, vpr*
étiologie *nf*
étiologique *adj*
étiopathe *n*
étiopathie *nf*
étique *adj (maigre)*
étiquetage *nm*
étiqueter *vt* C10
étiqueteur, euse *n*

étiquette *nf*
étirable *adj*
étirage *nm*
étiré, e *adj*
étirement *nm*
étirer *vt, vpr*
étireur, euse *n*
étisie ou hectisie *nf*
étoc [etɔk] *nm*
étoffe *nf*
étoffé, e *adj*
étoffer *vt, vpr*
étoile *nf*
étoilé, e *adj*
étoilement *nm*
étoiler *vt, vpr*
étole *nf*
étolien, enne *adj, n*
étonnamment *adv*
étonnant, e *adj*
étonné, e *adj*
étonnement *nm*
étonner *vt, vpr*
étonnure *nf*
étoquiau *nm*
étouffade ou estouffade *nf*
étouffage *nm*
étouffant, e *adj*
étouffé, e *adj*
étouffe-chrétien *nm inv. (fam.)*
étouffé, e *adj*
étouffée (à l') *loc adv*
étouffement *nm*
étouffer *vt, vi, vpr*
étouffeur *nm*
étouffoir *nm*
étoupage *nm*
étoupe *nf*
étoupement *nm*
étouper *vt*
étoupille [-pij] *nf*
étoupiller [-pije] *vt*
étoupillon *nm*
étourderie *nf*
étourdi, e *adj, n*
étourdie (à l') *loc adv*
étourdiment *adv*
étourdir *vt, vpr*
étourdissant, e *adj*
étourdissement *nm*
étourneau *nm*
étrange *adj*
étrangement *adv*
étranger, ère *adj, n*
étrangeté *nf*
étranglé, e *adj*
étranglement *nm*
étrangler *vt, vpr*
étrangleur, euse *n*
étrangloir *nm*
étrape *nf*
étraper *vt*
étrave *nf*
être *vi*
être *nm*
étrécir *vt*
étrécissement *nm*
étreindre *vt* C43
étreinte *nf*
étrenne *nf*
étrenner *vt, vi*
êtres ou aîtres *nm pl (disposition des lieux)*
étrésillon [-zijɔ̃] *nm*
étrésillonnement [-zijɔn-] *nm*
étrésillonner [-zijɔne] *vt*
étrier *nm*
étrillage *nm*
étrille [etrij] *nf*
étriller [etrije] *vt*
étripage *nm*
étriper *vt, vpr*
étriqué, e *adj*
étriquer *vt*
étrive *nf*
étriver *vt*
étrivière *nf*
étroit, e [etrwa, at] *adj*
étroitement *adv*
étroitesse *nf*
étron *nm*
étronçonner *vt*
étrusque *adj, n*
étude *nf*
étudiant, e *adj, n*
étudié, e *adj*
étudier *vt, vpr*
étui *nm*
étuvage *nm*
étuve *nf*
étuvée *nf*
étuvement *nm*
étuver *vt*
étuveur *nm*
étuveuse *nf*
étymologie *nf*
étymologique *adj*
étymologiquement *adv*
étymologiste *n*
étymon *nm*
eubage *nm*
eucalyptol *nm*
eucalyptus [-ptys] *nm*
eucaride *nm*
eucaryote *adj, nm*
eucharistie [øka-] *nf*
eucharistique [øka-] *adj*
euclidien, enne *adj*
eucologe *nm*
eudémis [-mis] *nm*
eudémonisme *nm*
eudiomètre *nm*
eudiométrie *nf*
eudiométrique *adj*
eudiste *nm*
eugénate *nm*
eugénie *nf*
eugénique *adj, nf*
eugénisme *nm*
eugéniste *adj, n*
eugénol *nm*
euglène *nf*
euh *interj*
eumycète *nm*
eunecte *nm*
eunuchisme [-kism] *nm*
eunuque *nm*
eupatoire *nf*
eupeptique *adj, nm*
euphémique *adj*
euphémiquement *adv*
euphémisme *nm*
euphonie *nf*
euphonique *adj*
euphoniquement *adv*
euphorbe *nf*
euphorbiacée *nf*

euphorie *nf*
euphorique *adj*
euphoriquement *adv*
euphorisant, e *adj, nm*
euphorisation *nf*
euphoriser *vt*
euphotique *adj*
euphraise *nf*
euphuisme *nm*
euplectelle *nf*
euploïde *adj*
eupraxique *adj*
eurafricain, e *adj*
eurasiatique *adj*
eurasien, enne *adj, n*
eurêka [øreka] *interj*
euristique ou
heuristique *adj, nf*
euro *nm*
eurocentrisme *nm*
eurocommunisme *nm*
eurocommuniste *adj, n*
eurocrate *n*
eurodevise *nf*
eurodollar *nm*
euromarché *nm*
euromissile *nm*
euromonnaie *nf*
euro-obligation *nf*
(pl euro-obligations)
européanisation *nf*
européaniser *vt*
européanisme *nm*
européen, enne *adj, n*
européisme *nm*
européocentrisme *nm*
europium [-pjɔm] *nm*
eurostratégique *adj*
euroterrorisme *nm*
eurovision *nf*
eurybiote *adj*
euryhalin, e *adj*
euryhalinité *nf*
eurytherme *adj*
eurythermie *nf*
eurythmie *nf*
eurythmique *adj*
euscara ou euskera ou
eskuara *nm*
euscarien *(Ac.)* ou
euskérien ou
euskarien *(Ac.)* ou
eskuarien, enne *adj, n*
eustache *nm*
eustatique *adj*
eustatisme *nm*
eutectique *adj*
eutexie [øtɛksi] *nf*
euthanasie *nf*
euthanasique *adj*
euthérien *nm*
eutocie [-si] *nf*
eutocique *adj*
eutrophe *nf*
eutrophication *nf*
eutrophie *nf*
eutrophique *adj*
eutrophisation *nf*
eux *pron pers m pl*
évacuant, e *adj*
évacuateur, trice *adj*
évacuation *nf*
évacué, e *adj, n*
évacuer *vt*
évadé, e *adj, n*
évader (s') *vpr*
évagation *nf*
évagination *nf*
évaluable *adj*
évaluation *nf*
évaluer *vt*
évanescence [-nesɑ̃s] *nf*
évanescent, e [-nesɑ̃, ɑ̃t]
adj
évangéliaire *nm*
évangélique *adj*
évangéliquement *adv*
évangélisateur, trice
adj, n
évangélisation *nf*
évangéliser *vt*
évangélisme *nm*
évangéliste *nm*
évangile *nm*
évanoui, e *adj*
évanouir (s') *vpr*
évanouissement *nm*
évaporable *adj*
évaporateur *nm*
évaporation *nf*
évaporatoire *adj*
évaporé, e *adj, n*
évaporer *vt, vpr*
évapotranspiration *nf*
évasé, e *adj*
évasement *nm*
évaser *vt, vpr*
évasif, ive *adj*
évasion *nf*
évasivement *adv*
évasure *nf*
évêché *nm*
évection *nf*
éveil *nm*
éveillé, e *adj*
éveiller *vt, vpr*
éveilleur, euse *n*
éveinage *nm*
évènement ou
événement [evɛ-] *nm*
évènementiel ou
événementiel, elle
[evɛ-] *adj*
évent [evɑ̃] *nm*
éventail, ails *nm*
éventailliste *n*
éventaire *nm*
éventé, e *adj*
éventer *vt, vpr*
éventration *nf*
éventrer *vt*
éventreur *nm*
éventualité *nf*
éventuel, elle *adj*
éventuellement *adv*
évêque *nm*
éversion *nf*
évertuer (s') *vpr*
évhémérisme *nm*
éviction *nf*
évidage *nm*
évidé, e *adj*
évidement *nm*
évidemment [-damɑ̃]
adv
évidence *nf*
évident, e *adj*
évider *vt*
évidoir *nm*

évidure *nf*
évier *nm*
évincement *nm*
évincer *vt* C6
éviscération [evise-] *nf*
éviscérer [evise-] *vt* C11
évitable *adj*
évitage *nm*
évitement *nm*
éviter *vt, vti, vi, vpr*
évocable *adj*
évocateur, trice *adj, nm*
évocation *nf*
évocatoire *adj*
évo(h)é *interj*
évolué, e *adj*
évoluer *vi*
évolutif, ive *adj*
évolution *nf*
évolutionnisme *nm*
évolutionniste *n, adj*
évoquer *vt*
évulsion *nf*
evzone [ɛvzɔn] *nm*
ex abrupto [ɛksabrypto] *loc adv*
exacerbation *nf*
exacerbé, e *adj*
exacerber *vt, vpr*
exact, e [egza(kt), akt] *adj*
exactement *adv*
exacteur *nm*
exaction *nf*
exactitude *nf*
ex æquo [egzeko] *loc adv, adj inv., n inv.*
exagérateur, trice *adj, n*
exagération *nf*
exagéré, e *adj*
exagérément *adv*
exagérer *vt, vti* C11
exaltant, e *adj*
exaltation *nf*
exalté, e *adj, n*
exalter *vt, vpr*
examen [-mɛ̃] *nm*
examinateur, trice *n*
examiner *vt, vpr*
ex ante [ɛksɑ̃te] *loc adv*
exanthémateux, euse *adj*
exanthématique *adj*
exanthème *nm*
exarchat [-ka] *nm*
exarque *nm*
exaspérant, e *adj*
exaspération *nf*
exaspéré, e *adj*
exaspérément *adv*
exaspérer *vt, vpr* C11
exaucement *nm*
exaucer *vt* C6 *(vœu)*
excardination *nf*
excardiner *vt*
ex cathedra *loc adv*
excavateur, trice *n*
excavation *nf*
excaver *vt*
excédant, e *adj*
excédé, e *adj*
excédent *nm*
excédentaire *adj*
excéder *vt* C11
excellemment [-lamɑ̃] *adv*
excellence *nf*
excellent, e *adj*
excellentissime *adj*
exceller *vi*
excentration *nf*
excentré, e *adj*
excentrer *vt*
excentricité *nf*
excentrique *adj, n*
excentriquement *adv*
excepté *prép*
excepté, e *adj*
excepter *vt*
exception *nf*
exceptionnel, elle *adj*
exceptionnellement *adv*
excès [ɛksɛ] *nm*
excessif, ive *adj*
excessivement *adv*
exciper *vti*
excipient *nm*
excise *nm*
exciser *vt*
excision *nf*
excitabilité *nf*
excitable *adj*
excitant, e *adj, nm*
excitateur, trice *adj, n*
excitation *nf*
excité, e *adj, n*
exciter *vt, vpr*
exclamatif, ive *adj*
exclamation *nf*
exclamer (s') *vpr*
exclu, e *adj, n*
exclure *vt, vpr* C57
exclusif, ive *adj*
exclusion *nf*
exclusive *nf*
exclusivement *adv*
exclusivisme *nm*
exclusivité *nf*
excommunication *nf*
excommunié, e *adj, n*
excommunier *vt*
excoriation *nf*
excorier *vt*
excrément *nm*
excrémenteux, euse *adj*
excrémentiel, elle *adj*
excreta *nm pl*
excréter *vt* C11
excréteur, trice *adj*
excrétion *nf*
excrétoire *adj*
excroissance *nf*
excursion *nf*
excursionner *vi*
excursionniste *n*
excursus [-sys] *nm*
excusable *adj*
excuse *nf*
excuser *vt, vpr*
exeat [ɛgzeat] *nm inv.*
exécrable [ɛgz-] *adj*
exécrablement [ɛgz-] *adv*
exécration [ɛgz-] *nf*
exécrer [ɛgze-] *vt, vpr* C11
exécutable *adj*
exécutant, e *n*
exécuter *vt, vpr*

exécuteur, trice *n*
exécutif, ive *adj, nm*
exécution *nf*
exécutoire *adj, nm*
exécutoirement *adv*
exèdre *nf*
exégèse *nf*
exégète *nm*
exégétique *adj*
exemplaire *adj, nm*
exemplairement *adv*
exemplarité *nf*
exemplatif, ive *adj*
exemple *nm*
exemplification *nf*
exemplifier *vt*
exempt, e [ɛgzɑ̃, ɑ̃t] *adj, nm*
exempté, e [ɛgzɑ̃te] *adj, n*
exempter [ɛgzɑ̃te] *vt, vpr*
exemption [ɛgzɑ̃psjɔ̃] *nf*
exequatur [ɛgzekwatyr] *nm inv.*
exerçant, e *adj*
exercé, e *adj*
exercer *vt, vpr* C6
exercice *nm*
exerciseur *nm*
exérèse *nf*
exergue *nm*
exfoliant, e *adj*
exfoliation *nf*
exfolier *vt, vpr*
exhalaison *nf*
exhalation *nf*
exhaler [ɛgzale] *vt, vpr*
exhaure *nf*
exhaussé, e *adj*
exhaussement *nm*
exhausser *vt (surélever)*
exhausteur *nm*
exhaustif, ive *adj*
exhaustion *nf*
exhaustivement *adv*
exhaustivité *nf*
exhérédation *nf*
exhéréder *vt* C11
exhiber *vt, vpr*
exhibition *nf*
exhibitionnisme *nm*
exhibitionniste *n*
exhilarant, e *adj*
exhortation *nf*
exhorter *vt*
exhumation *nf*
exhumer *vt*
exigeant, e *adj*
exigence *nf*
exiger *vt* C7
exigibilité *nf*
exigible *adj*
exigu, ë *adj*
exiguïté [egzigɥite] *nf*
exil [egzil] *nm*
exilé, e *n, adj*
exiler *vt, vpr*
exine *nf*
exinscrit, e [egzɛ̃skri] *adj*
existant, e *adj, nm*
existence *nf*
existential, e, aux *adj*
existentialisme *nm*
existentialiste *adj, n*
existentiel, elle *adj*
exister *vi, vimp*
exit [ɛgzit] *nm inv.*
ex-libris [ɛkslibris] *nm inv.*
ex nihilo *loc adv*
exobiologie *nf*
exocet [ɛgzɔsɛ] *nm*
exocrine *adj*
exode *nm*
exogame *adj, n*
exogamie *nf*
exogamique *adj*
exogène *adj*
exon *nm*
exondation *nf*
exondé, e *adj*
exondement *nm*
exonder (s') *vpr*
exonération *nf*
exonérer *vt* C11
exophtalmie *nf*
exophtalmique *adj*
exorable *adj*
exorbitant, e *adj*
exorbité, e *adj*
exorcisation *nf*
exorcisé, e *adj, n*
exorciser *vt*
exorcisme *nm*
exorciste *n*
exorde *nm*
exoréique *adj*
exoréisme *nm*
exosmose *nf*
exosphère *nf*
exosphérique *adj*
exosquelette *nm*
exostose *nf*
exotérique *adj*
exotérisme *nm*
exothermique *adj*
exotique *adj, n*
exotisme *nm*
exotoxine *nf*
expansé, e *adj*
expansibilité *nf*
expansible *adj*
expansif, ive *adj*
expansion *nf*
expansionnisme *nm*
expansionniste *adj, n*
expansivité *nf*
expatriation *nf*
expatrié, e *adj, n*
expatrier *vt, vpr*
expectant, e *adj*
expectatif, ive *adj*
expectation *nf*
expectative *nf*
expectorant, e *adj, nm*
expectoration *nf*
expectorer *vt*
expédient, e *adj, nm*
expédier *vt*
expéditeur, trice *adj, n*
expéditif, ive *adj*
expédition *nf*
expéditionnaire *n, adj*
expéditivement *adv*
expérience *nf*
expérimental, e, aux *adj*
expérimentalement *adv*

expérimentateur, trice *adj, n*
expérimentation *nf*
expérimenté, e *adj*
expérimenter *vt*
expert, e [ɛkspɛr, ɛrt] *adj, nm*
expert-comptable *nm (pl experts-comptables)*
expertement *adv*
expertise *nf*
expertiser *vt*
expiable *adj*
expiateur, trice *adj*
expiation *nf*
expiatoire *adj*
expier *vt, vpr*
expirant, e *adj*
expirateur, trice *adj, nm*
expiration *nf*
expiratoire *adj*
expirer *vt, vi*
explant *nm*
explantation *nf*
explanter *vt*
explétif, ive *adj, nm*
explicable *adj*
explicateur, trice *adj*
explicatif, ive *adj*
explication *nf*
explicitation *nf*
explicite *adj*
explicitement *adv*
expliciter *vt*
expliquer *vt, vpr*
exploit *nm*
exploitabilité *nf*
exploitable *adj*
exploitant, e *n*
exploitation *nf*
exploité, e *adj, n*
exploiter *vt*
exploiteur, euse *n*
explorateur, trice *adj, n*
exploration *nf*
exploratoire *adj*
explorer *vt*
exploser *vi*
exploseur *nm*
explosibilité *nf*
explosible *adj*
explosif, ive *adj, nm*
explosion *nf*
exponentiel, elle *adj*
exportable *adj*
exportateur, trice *adj, n*
exportation *nf*
exporter *vt*
exposant, e *n, nm*
exposé, e *adj, nm*
exposer *vt, vpr*
exposemètre ou **exposimètre** *nm*
exposition *nf*
ex post [ɛkspɔst] *loc adv*
exprès, expresse [ɛksprɛs, ɛs] *adj (précis)*
exprès [ɛksprɛ] *adv, adj inv., nm (sans délai)*
express [ɛksprɛs] *adj inv., nm inv.*
expressément *adv*
expressif, ive *adj*
expression *nf*
expressionnisme *nm*
expressionniste *adj, n*
expressivement *adv*
expressivité *nf*
exprimable *adj*
exprimer *vt, vpr*
ex professo *loc adv*
expromission *nf*
expropriant, e *adj, n*
expropriateur, trice *n, adj*
expropriation *nf*
exproprié, e *adj, n*
exproprier *vt*
expulsé, e *adj, n*
expulser *vt*
expulsif, ive *adj*
expulsion *nf*
expurgation *nf*
expurgatoire *adj*
expurger *vt* C7
exquis, e [ɛkski, iz] *adj*
exquisément *adv*
exquisité *nf*
exsangue [ɛksɑ̃g] *adj*
exsanguino-transfusion *nf (pl exsanguino-transfusions)*
exstrophie *nf*
exsuccion *nf*
exsudat [ɛksyda] *nm*
exsudatif, ive *adj*
exsudation *nf*
exsuder *vt, vi*
extase *nf*
extasié, e *adj*
extasier (s') *vpr*
extatique *adj, n*
extatiquement *adv*
extemporané, e *adj*
extemporanément *adv*
extenseur *adj m, nm*
extensibilité *nf*
extensible *adj*
extensif, ive *adj*
extension *nf*
extensivité *nf*
extensomètre *nm*
exténuant, e *adj*
exténuation *nf*
exténuer *vt, vpr*
extérieur, e *adj, nm*
extérieurement *adv*
extériorisation *nf*
extérioriser *vt, vpr*
extériorité *nf*
exterminateur, trice *adj, n*
extermination *nf*
exterminer *vt, vpr*
externat [-na] *nm*
externe *adj, n*
extérocepteur *nm*
extéroceptif, ive *adj*
extéroceptivité *nf*
exterritorialité *nf*
extincteur, trice *adj, nm*
extinction *nf*
extinguible *adj*
extirpable *adj*
extirpateur, trice *n*

extirpation *nf*
extirper *vt, vpr*
extorquer *vt*
extorqueur, euse *n*
extorsion *nf*
extra *nm inv., adj inv.*
extra-atmosphérique *adj* *(pl extra-atmosphériques)*
extrabudgétaire *adj*
extrace *nf*
extracellulaire *adj*
extraconjugal, e, aux *adj*
extracorporel, elle *adj*
extracourant *nm*
extracteur *nm*
extractible *adj*
extractif, ive *adj*
extraction *nf*
extrader *vt*
extradition *nf*
extrados [-do] *nm*
extra-dry [-draj] *adj inv., nm inv.*
extrafin, e *adj*
extrafort, e *adj, nm*
extragalactique *adj*
extraire *vt, vpr* C58
extrait *nm*
extrajudiciaire *adj*
extrajudiciairement *adv*
extralégal, e, aux *adj*
extralucide *adj*
extra-muros [-myros] *loc adv, adj inv.*
extranéité *nf*
extraordinaire *adj*
extraordinairement *adv*
extraparlementaire *adj*
extrapolation *nf*
extrapoler *vt, vi*
extrapyramidal, e, aux *adj*
extrascolaire *adj*
extrasensible *adj*
extrasensoriel, elle *adj*
extrastatutaire *adj*
extrasystole *nf*
extraterrestre *adj, n*
extraterritorial, e, aux *adj*
extra-utérin, e *adj* *(pl extra-utérins, es)*
extravagance *nf*
extravagant, e *adj, n*
extravaguer *vi*
extravasation *nf*
extravaser (s') *vpr*
extraversion *nf*
extraverti, e *adj, n*
extrémal, e, aux *adj*
extrême *adj, nm*
extrêmement *adv*
extrême-onction *nf* *(pl extrêmes-onctions)*
extrême-oriental, e, aux *adj*
extremis (in) *loc adv*
extrémisme *nm*
extrémiste *adj, n*
extrémité *nf*
extremum [-mɔm] *nm*
extrinsèque *adj*
extrinsèquement *adv*
extrorse *adj*
extruder *vt, vi*
extrudeuse *nf*
extrusif, ive *adj*
extrusion *nf*
exubérance *nf*
exubérant, e *adj*
exulcération *nf*
exulcérer *vt*
exultation *nf*
exulter *vi*
exultet [-tɛt] *nm inv.*
exutoire *nm*
exuviation *nf*
exuvie *nf*
ex vivo *loc adv*
ex-voto *nm inv.*
eye-liner [ajlajnœr] *nm* *(pl eye-liners)*
eyra [ɛra] *nm*

F

f *nm* ou *nf inv.*
fa *nm inv.*
fabagelle *nf*
fabago *nm*
fable *nf*
fabliau *nm (pl fabliaux)*
fablier *nm*
fabricant, e *n*
fabricateur, trice *n*
fabrication *nf*
fabricien *nm*
fabrique *nf*
fabriqué, e *adj*
fabriquer *vt*
fabulateur, trice *adj, n*
fabulation *nf*
fabuler *vi*
fabuleusement *adv*
fabuleux, euse *adj*
fabuliste *nm*
fac [fak] *nf (abrév.)*
façade *nf*
face *nf (visage)*
face-à-face ou face à face *nm inv.*
face-à-main *nm (pl faces-à-main)*
facétie [-si] *nf*
facétieusement *adv*
facétieux, euse *adj, n*
facette *nf*
facetter *vt*
fâché, e *adj*
fâcher *vt, vpr*
fâcherie *nf*
fâcheusement *adv*
fâcheux, euse *adj, nm*
facho *n, adj (abrév.)*
facial, e, aux *adj*
faciès [fasjɛs] *nm*
facile *adj*
facilement *adv*
facilitation *nf*
facilité *nf*
faciliter *vt*
façon *nf*
faconde *nf*
façonnage *nm*
façonné, e *adj, nm*
façonnement *nm*
façonner *vt*
façonneur, euse *n*
façonnier, ère *adj, n*
fac-similé [faksimile] *nm (pl fac-similés)*
factage *nm*
facteur *nm*
facteur, trice *n*
factice *adj*
facticement *adv*
facticité *nf*
factieux, euse [faksjø, øz] *adj, n*
faction *nf*
factionnaire *nm*
factitif, ive *adj, nm*
factorage *nm*
factorerie *nf*
factoriel, elle *adj*
factorielle *nf*
factoring [-riŋ] *nm*
factorisation *nf*
factoriser *vt*
factotum [-tɔm] *nm*
factuel, elle *adj*
factum [-tɔm] *nm*
facturation *nf*
facture *nf*
facturer *vt*
facturier, ère *adj, n*
faculaire *adj*
facule *nf*
facultaire *adj*
facultatif, ive *adj, n*
facultativement *adv*
faculté *nf*
fada *adj, n (fam.)*
fadaise *nf*
fadasse *adj (fam.)*
fadasserie *nf (fam.)*
fade *adj*
fadé, e *adj (pop.)*
fadement *adv*
fadeur *nf*
fading [-diŋ] *nm*
fado *nm*
faena [faena] *nf*
fafiot *nm (arg.)*
fagacée *nf*
fagale *nf*
fagne *nf*
fagopyrisme *nm*
fagot [-go] *nm*
fagotage *nm*
fagoter *vt*
fagoteur, euse *n*
fagotier *nm*
fagotin *nm*
Fahrenheit [farɛnajt] *nm, adj inv.*
faiblard, e *adj (fam.)*
faible *adj, n*
faiblement *adv*
faiblesse *nf*
faiblir *vi*
faiblissant, e *adj*
faïençage *nm*
faïence *nf*
faïencé, e *adj*
faïencerie *nf*
faïencier, ère *n*
faignant, e ou feignant, e *adj, n (pop.)*
faille *nf*
faillé, e *adj*
failler (se) *vpr*

failli, e *adj, n*
faillibilité *nf*
faillible *adj*
faillir *vi, vti* C66
faillite *nf*
faim [fɛ̃] *nf (sensation)*
faim-valle *nf*
faine *nf*
fainéant, e *adj, n*
fainéanter *vi*
fainéantise *nf*
faire *vt, vti, vi, vpr, vimp* C59
faire *nm*
faire-part *nm inv.*
faire-valoir *nm inv.*
fair-play [fɛrplɛ] *nm inv., adj inv.*
faisabilité [fə-] *nf*
faisable [fə-] *adj*
faisan [fə-] *nm*
faisandage [fə-] *nm*
faisandé, e [fə-] *adj*
faisandeau *(Ac.)* ou faisanneau [fə-] *nm*
faisander [fə-] *vt, vpr*
faisanderie [fə-] *nf*
faisandier [fə-] *nm*
faisane [fə-] *nf, adj f*
faisceau [fɛso] *nm*
faiseur, euse [fəsœr, øz] *n*
faisselle *nf*
fait, e *adj, nm*
fait [fɛ(t)] *nm (évènement)*
faîtage *nm*
fait divers ou fait-divers *nm (pl faits divers* ou *faits-divers)*
faîte *nm (sommet)*
faîteau *nm*
faîtier, ère *adj, nf*
fait-tout *nm inv.* ou faitout *(Ac.) nm*
faix [fɛ] *nm (fardeau)*
fakir *nm*
fakirisme *nm*
falaise *nf*
falarique *nf*
falbala *nm*
falciforme *adj*
falconidé *nm*
falconiforme *nm*
faldistoire *nm*
falerne *nm*
fallacieusement *adv*
fallacieux, euse *adj*
falloir *vimp* C73
falot [-lo] *nm*
falot, e [-lo, ɔt] *adj*
falourde *nf*
falsifiabilité *nf*
falsifiable *adj*
falsificateur, trice *n*
falsification *nf*
falsifier *vt*
faluche *nf*
falun *nm*
faluner *vt*
falunière *nf*
falzar *nm (arg.)*
famé, e *adj*
famélique *adj*
fameusement *adv*
fameux, euse *adj*
familial, e, aux *adj*
familiale *nf*
familiarisation *nf*
familiariser *vt, vpr*
familiarité *nf*
familier, ère *adj, nm*
familièrement *adv*
familistère *nm*
famille *nf*
famine *nf*
fan [fan] *n (admirateur)*
fana *adj, n (abrév.)*
fanage *nm*
fanal, aux *nm*
fanatique *adj, n*
fanatiquement *adv*
fanatiser *vt*
fanatisme *nm*
fanchon *nf*
fan-club [fanklœb] *nm (pl fans-clubs)*
fandango [fɑ̃dɑ̃go] *nm*
fane *nf (tige et feuilles)*
fané, e *adj*
faner *vt, vi, vpr*
faneur, euse *n*
fanfare *nf*
fanfaron, onne *adj, n*
fanfaronnade *nf*
fanfaronner *vi*
fanfreluche *nf*
fange *nf*
fangeux, euse *adj*
fangothérapie *nf*
fanion *nm*
fanon *nm*
fantaisie *nf*
fantaisiste *adj, n*
fantasia *nf*
fantasmagorie *nf*
fantasmagorique *adj*
fantasmatique *adj*
fantasme ou phantasme *nm*
fantasmer *vi*
fantasque *adj*
fantassin *nm*
fantastique *adj, nm*
fantastiquement *adv*
fantoche *nm, adj*
fantomal, e, aux *adj*
fantomatique *adj*
fantôme *nm*
fanton ou fenton *(Ac.) nm*
fanzine *nm*
faon [fɑ̃] *nm*
faquin *nm*
faquinerie *nf*
far *nm (gâteau)*
farad [-rad] *nm*
faraday [faradɛ] *nm*
faradique *adj*
faradisation *nf*
faramineux, euse *adj (fam.)*
farandole *nf*
faraud, e *adj, n*
farce *nf, adj inv.*
farceur, euse *n*
farci, e *adj*
farcin *nm*
farcir *vt, vpr*

fard [far] *nm (cosmétique)*
fardage *nm*
farde *nf*
fardé, e *adj*
fardeau *nm*
farder *vt, vi, vpr*
fardier *nm*
fardoches *nf pl*
faré *nm*
farfadet *nm*
farfelu, e *adj*
farfouiller *vi (fam.)*
fargues *nf pl*
faribole *nf*
farigoule ou **férigoule** *nf*
farigoulette *nf*
farinacé, e *adj*
farinage *nm*
farine *nf*
fariner *vt*
farineux, euse *adj, nm*
farinier, ère *adj*
farlouche ou **ferlouche** *nf*
farlouse *nf*
farniente [-njɛnte *(Ac.)* ou -njɛ̃t] *nm*
faro *nm*
farouch(e) [-ruʃ] *nm*
farouche *adj*
farouchement *adv*
farrago *nm*
farsi *nm*
fart [fart] *nm*
fartage *nm*
farter *vt*
fasce [fas] *nf (bandeau)*
fascé, e *adj*
fascia [fasja] *nm*
fasciation [fasja-] *nf*
fasciculation *nf*
fascicule [fasi-] *nm*
fasciculé, e [fasi-] *adj*
fascié, e [fasje] *adj*
fascinage [fasi-] *nm*
fascinant, e [fasi-] *adj*
fascinateur, trice [fasi-] *adj, n*
fascination [fasi-] *nf*
fascine [fasin] *nf*
fasciner [fasine] *vt*
fascisant, e [faʃizɑ̃, ou fasizɑ̃, ɑ̃t] *adj*
fascisation [faʃi-] *nf*
fasciser [faʃize] *vt*
fascisme [faʃism ou fasism] *nm*
fasciste [faʃist ou fasist] *adj, n*
faseyer [faseje] *vi*
faste *nm, adj*
fastes *nm pl*
fast food [fastfud] *nm (pl fast foods)*
fastidieusement *adv*
fastidieux, euse *adj*
fastigié, e *adj*
fastueusement *adv*
fastueux, euse *adj*
fat [fa(t)] *adj m, nm*
fatal, e, als *adj*
fatalement *adv*
fatalisme *nm*
fataliste *adj, n*
fatalité *nf*
fatidique *adj*
fatigabilité *nf*
fatigable *adj*
fatigant, e *adj*
fatigue *nf*
fatigué, e *adj*
fatiguer *vt, vi, vpr*
fatma *nf*
fatras [-tra] *nm*
fatrasie *nf*
fatuité *nf*
fatum [-tɔm] *nm*
faubert *nm*
fauberter ou **fauberder** *vt*
faubourg [-bur] *nm*
faubourien, enne *adj, n*
faucard *nm*
faucardage *nm*
faucarder *vt*
faucardeur, euse *n*
fauchage *nm*
fauchaison *nf*
fauchard *nm*
fauche *nf*
fauché, e *adj, (fam.)*
fauchée *nf*
faucher *vt, vi*
fauchet [-ʃɛ] *nm*
fauchette *nf*
faucheur, euse *n*
faucheux *nm*
fauchon *nm*
faucille [-sij] *nf*
fauciller *vt*
faucillon [-sijɔ̃] *nm*
faucon *nm*
fauconneau *nm*
fauconnerie *nf*
fauconnier *nm*
fauconnière *nf*
faucre *nm*
faufil [-fil] *nm*
faufilage *nm*
faufiler *vt, vpr*
faufilure *nf*
faune *nm (divinité); nf (animaux)*
faunesque *adj*
faunesse *nf*
faunique *adj*
faunistique *adj*
faussaire *n*
faussement *adv*
fausser *vt*
fausse-route *nf (pl fausses-routes)*
fausset [-sɛ] *nm*
fausseté *nf*
faute *nf*
fauter *vi (fam.)*
fauteuil *nm*
fauteur, trice *n*
fautif, ive *adj, n*
fautivement *adv*
fauve *adj, nm*
fauverie *nf*
fauvette *nf*
fauvisme *nm*
faux, fausse *adj, nm (contrefaçon)*
faux *adv*
faux *nf (instrument)*

faux-bord *nm*
(pl faux-bords)
faux-bourdon *nm*
(pl faux-bourdons)
faux-bras *nm inv.*
faux-étambot *nm*
(pl faux-étambots)
faux-filet *nm*
(pl faux-filets)
faux-fuyant *nm*
(pl faux-fuyants)
faux-joint *nm*
(pl faux-joints)
faux-marcher *nm*
(pl faux-marchers)
faux-monnayeur *nm*
(pl faux-monnayeurs)
faux-pont *nm*
(pl faux-ponts)
faux-semblant *nm*
(pl faux-semblants)
faux-sens *nm inv.*
favela [-ve-] *nf*
faverole ou **fèverole** *nf*
faveur *nf*
favisme *nm*
favorable *adj*
favorablement *adv*
favori, ite *adj, n*
favoris *nm pl*
favoriser *vt*
favoritisme *nm*
favus [-vys] *nm*
fax [faks] *nm*
faxer *vt*
fayard [fajar] *nm*
fayot [fajo] *nm (arg.)*
fayoter [fajote] *vi (arg.)*
fazenda [fazɛnda] *nf*
féal, e, aux *adj*
fébricitant, e *adj*
fébricule *nf*
fébrifuge *adj, nm*
fébrile *adj*
fébrilement *adv*
fébrilité *nf*
fécal, e, aux *adj*
fécaloïde *adj*
fécalome *nm*
fèces [fɛs] *nf pl*
fécial, aux ou **fétial, aux** *nm*
fécond, e *adj*
fécondabilité *nf*
fécondable *adj*
fécondant, e *adj*
fécondateur, trice *adj, n*
fécondation *nf*
féconder *vt*
fécondité *nf*
fécule *nf*
féculence *nf*
féculent, e *adj, nm*
féculer *vt*
féculerie *nf*
fed(d)ayin [fedajin] *nm (pl inv.* ou *fed(d)ayins)*
fédéral, e, aux *adj, n*
fédéralisation *nf*
fédéraliser *vt*
fédéralisme *nm*
fédéraliste *adj, n*
fédérateur, trice *adj, n*
fédératif, ive *adj*
fédération *nf*
fédéré, e *adj, nm*
fédérer *vt, vpr* C11
fée *nf*
feed-back [fidbak] *nm inv.*
feeder [fidœr] *nm*
feeling [filiŋ] *nm*
féerie [fe(e)ri] *nf*
féerique [fe(e)rik] *adj*
feignant, e ou **faignant, e** [fe- ou fɛɲɑ̃, ɑ̃t] *adj, n (pop.)*
feindre *vt, vi* C43
feint, e *adj*
feinte *nf*
feinter *vi, vt (fam.)*
feintise *nf*
feld-maréchal [fɛld-] *nm (pl feld-maréchaux)*
feldspath [fɛldspat] *nm*
feldspathique *adj*
feldwebel [fɛldvebəl] *nm*
fêle ou **felle** *nf*
fêlé, e *adj*
fêler *vt*
félibre *nm*
félibrée *nf*
félibrige *nm*
félicitation *nf*
félicité *nf*
féliciter *vt, vpr*
félidé *nm*
félin, e *adj, nm*
félinité *nf*
fellag(h)a *nm*
fellah *nm*
fellation *nf*
felle ou **fêle** *nf*
félon, onne *adj, n*
félonie *nf*
felouque *nf*
fêlure *nf*
femelle *nf, adj*
fémelot [femlo] *nm*
féminin, e *adj, nm*
féminisant, e *adj*
féminisation *nf*
féminiser *vt, vpr*
féminisme *nm*
féministe *adj, n*
féminité *nf*
femme [fam] *nf*
femmelette [famlɛt] *nf*
fémoral, e, aux *adj*
fémoro-cutané, e *adj*
(pl fémoro-cutanés, es)
fémur *nm*
fenaison *nf*
fendage *nm*
fendant *nm*
fendard ou **fendart** ou **fendant** *nm (arg.)*
fenderie *nf*
fendeur, euse *n*
fendille *nf*
fendillé, e [-dije] *adj*
fendillement [-dijmɑ̃] *nm*
fendiller [-dije] *vt, vpr*
fendoir *nm*
fendre *vt, vpr* C41
fendu, e *adj*

fenestella *nf*
fenestrage ou fenêtrage *nm*
fenestration *nf*
fenestré ou fenêtré *adj*
fenestron *nm*
fenêtre *nf*
fenestrer ou fenêtrer *vt*
fenian, e [fe-] *adj, n*
fenil [fənil] *nm*
fennec [fenɛk] *nm*
fenouil *nm*
fenouillet *nm*
fenouillette *nf*
fente *nf*
fenton *(Ac.)* ou fanton *nm*
fenugrec [-grɛk] *nm*
féodal, e, aux *adj*
féodalement *adv*
féodalisme *nm*
féodalité *nf*
fer [fɛr] *nm*
féra *nf* ou férat ou ferrat *nm*
féralies *nf pl*
fer-blanc *nm (pl fers-blancs)*
ferblanterie *nf*
ferblantier *nm*
féret *nm*
feria ou féria *(Ac.) nf*
férial, e, aux *adj*
férie *nf*
férié, e *adj*
férigoule ou farigoule *nf*
féringien, enne *adj, n*
férir *vt (usité à l'inf)*
ferlage *nm*
ferler *vt*
ferlet *nm*
ferlouche ou farlouche *nf*
fermage *nm*
fermail, aux *nm*
fermant, e *adj*
ferme *adj, adv*
ferme *nf*
fermé, e *adj*
fermement *adv*
ferment *nm (levain)*
fermentable *adj*
fermentatif, ive *adj*
fermentation *nf*
fermenté, e *adj*
fermenter *vi*
fermentescible *adj*
fermer *vt, vi, vpr*
fermeté *nf*
fermette *nf*
fermeture *nf*
fermi *nm*
fermier, ère *n, adj*
fermion *nm*
fermium [-mjɔm] *nm*
fermoir *nm*
féroce *adj*
férocement *adv*
férocité *nf*
féroïen, enne *adj, n*
ferrade *nf*
ferrage *nm*
ferraillage *nm*
ferraille *nf*
ferraillement *nm*
ferrailler *vi*
ferrailleur *nm*
ferrat ou férat *nm* ou féra *nf*
ferrate *nm*
ferratier ou ferretier *nm*
ferré, e *adj*
ferrement *nm (de ferrer)*
ferrer *vt*
ferret [-rɛ] *nm*
ferreur *nm*
ferreux, euse *adj*
ferricyanure *nm*
ferrifère *adj*
ferrimagnétisme *nm*
ferriprive *adj*
ferrique *adj*
ferrite *nm (chimie) ; nf (métallurgie)*
ferro(-)alliage *nm*
ferro(-)aluminium *nm*
ferrocérium [-serjɔm] *nm*
ferrochrome [-krom] *nm*
ferrociment *nm*
ferrocyanure *nm*
ferroélectricité *nf*
ferroélectrique *adj*
ferrofluide *nm*
ferromagnésien, enne *adj*
ferromagnétique *adj*
ferromagnétisme *nm*
ferromanganèse *nm*
ferromolybdène *nm*
ferronickel *nm*
ferronnerie *nf*
ferronnier, ère *n*
ferroprussiate *nm*
ferrotypie *n*
ferroutage *nm*
ferrouter *vt*
ferroviaire *adj*
ferrugineux, euse *adj*
ferrure *nf*
ferry *nm (pl ferries ; abrév.)*
ferry-boat [feribot] *nm (pl ferry-boats)*
ferté *nf*
fertile *adj*
fertilement *adv*
fertilisable *adj*
fertilisant, e *adj*
fertilisateur, trice *adj*
fertilisation *nf*
fertiliser *vt*
fertilité *nf*
féru, e *adj*
férule *nf*
fervemment *adv*
fervent, e *adj, n*
ferveur *nf*
fesse *nf*
fessée *nf*
fesse-mathieu *nm (pl fesse-mathieux)*
fesser *vt*
fessier, ère *adj, nm*
fessu, e *adj*
festif, ive *adj*
festin *nm*
festination *nf*
festiner *vt, vi*

festival, als *nm*
festivalier, ère *adj, n*
festivité *nf*
fest-noz [fɛstnoz] *nm* *(pl inv.* ou *festoù-noz)*
festoiement *nm*
feston *nm*
festonner *vt*
festoyer [-twaje] *vi, vt* C16
feta *nf*
fêtard, e *n (fam.)*
fête *nf (réjouissance)*
Fête-Dieu *nf* *(pl Fêtes-Dieu)*
fêter *vt*
fétial, aux ou fécial, aux *nm*
fétiche *nm*
féticheur *nm*
fétichisme *nm*
fétichiste *adj, n*
fétide *adj*
fétidité *nf*
fétu *nm*
fétuque *nf*
feu *nm (pl feux)*
feu, e *adj (pl feus, es)* 5-IV
feudataire *n*
feudiste *n*
feuil *nm*
feuillage *nm*
feuillagé, e *adj*
feuillagiste *n*
feuillaison *nf*
feuillant, antine *n*
feuillard *nm*
feuille *nf*
feuillé, e *adj*
feuillée *nf*
feuille-morte *adj inv.*
feuiller *vi, vt*
feuilleret [-rɛ] *nm*
feuillet [-jɛ] *nm*
feuilletage *nm*
feuilleté, e *adj, nm*
feuilleter *vt* C10
feuilletis [-ti] *nm*
feuilleton *nm*
feuilletonesque *adj*
feuilletoniste *n*
feuillette *nf*
feuillu, e *adj, nm*
feuillure *nf*
feulement *nm*
feuler *vi*
feurre *nm*
feutrable *adj*
feutrage *nm*
feutre *nm*
feutré, e *adj*
feutrer *vt, vi, vpr*
feutreuse *nf*
feutrier, ère *adj*
feutrine *nf*
fève *nf*
fèverole [fɛ-] ou faverole *nf*
févier *nm*
février *nm*
fez [fɛz] *nm*
fi *interj*
fiabilité *nf*
fiable *adj*
fiacre *nm*
fiançailles *nf pl*
fiancé, e *n*
fiancer *vt, vpr* C6
fiasco *nm*
fiasque *nf*
fiat [fjat] *nm inv.*
fibranne *nf*
fibre *nf*
fibreux, euse *adj*
fibrillaire [-ilɛr] *adj*
fibrillation [-ila-] *nf*
fibrille [-ij] *nf*
fibrillé [-ije] *nm*
fibrine *nf*
fibrineux, euse *adj*
fibrinogène *nm*
fibrinolyse *nf*
fibroblaste *nm*
fibrociment *nm*
fibroïne *nf*
fibromateux, euse *adj*
fibromatose *nf*
fibrome *nm*
fibromyome *nm*
fibroscope *nm*
fibroscopie *nf*
fibrose *nf*
fibule *nf*
fic [fik] *nm*
ficaire *nf*
ficelage *nm*
ficelé, e *adj*
ficeler *vt* C10
ficelier *nm*
ficelle *nf*
ficellerie *nf*
fichage *nm*
fichant, e *adj*
fiche *nf*
fiché, e *adj*
ficher *vt, vpr*
fichet [-ʃɛ] *nm*
fichier *nm*
fichiste *n*
fichoir *nm*
fichtre *interj*
fichtrement *adv*
fichu, e *adj (fam.)*
fichu *nm*
ficoïde *nf*
fictif, ive *adj*
fiction *nf*
fictionnel, elle *adj*
fictivement *adv*
ficus [-kys] *nm*
fidéicommis [fideikɔmi] *nm*
fidéicommissaire *nm, adj*
fidéisme *nm*
fidéiste *adj, n*
fidéjusseur *nm*
fidéjussion *nf*
fidéjussoire *adj*
fidèle *adj, n*
fidèlement *adv*
fidélisation *nf*
fidéliser *vt*
fidélité *nf*
fidjien, enne *adj, n*
fiduciaire *adj, n*
fiduciairement *adv*
fiduciant *nm*
fiducie *nf*

fief [fiɛf] *nm*
fieffé, e *adj*
fiel *nm*
fielleusement *adv*
fielleux, euse *adj*
fiente [fjɑ̃t] *nf*
fienter [fjɑ̃te] *vi*
fier, fière *adj*
fier (se) *vpr*
fier-à-bras *nm (pl fiers-à-bras)*
fièrement *adv*
fiérot, e [-ro, ɔt] *adj, n (fam.)*
fierté *nf*
fiesta [fjɛsta] *nf*
fieu *nm (pl fieux)*
fièvre *nf*
fiévreusement *adv*
fiévreux, euse *adj*
fifi *nm (fam.)*
fifille [-fij] *nf (fam.)*
fifre *nm*
fifrelin *nm (fam.)*
fifty-fifty *nm (pl fifty-fifties), loc adv*
figaro *nm (fam.)*
figé, e *adj*
figement *nm*
figer *vt, vpr* C7
fignolage *nm*
fignoler *vt, vi*
fignoleur, euse *adj, n*
figue *nf*
figueraie *nf*
figuerie *nf*
figuier *nm*
figulin, ine *adj, nf*
figurant, e *n*
figuratif, ive *adj, nm*
figuration *nf*
figurativement *adv*
figure *nf*
figuré, e *adj*
figurément *adv*
figurer *vt, vi, vpr*
figurine *nf*
figurisme *nm*
figuriste *nm*
fil *nm (couture, technologie)*
filable *adj*
fil-à-fil *nm inv.*
filage *nm*
filaire *adj*
filaire *nf (ver)*
filament *nm*
filamenteux, euse *adj*
filandière *nf, adj f*
filandre *nf*
filandreux, euse *adj*
filant, e *adj*
filanzane *nm*
filao *nm*
filariose *nf*
filasse *nf, adj inv.*
filassier, ère *n*
filateur *nm*
filature *nf*
fil(-)de(-)fériste *n (pl fil[-]de[-]féristes)*
file *nf (rangée)*
filé *nm*
filer *vt, vi*
filet [-lɛ] *nm*
filetage *nm*
fileté *nm*
fileter *vt* C9
fileur, euse *n*
filial, e, aux *adj*
filiale *nf*
filialement *adv*
filialisation *nf*
filialiser *vt*
filiation *nf*
filibeg ou **philibeg** *nm*
filicale *nf*
filicinée *nf*
filière *nf*
filiforme *adj*
filigrane *nm*
filigraner *vt*
filin *nm*
filipendule *adj, nf*
fillasse [fijas] *nf*
fille [fij] *nf*
fillér [filɛr] *nm inv. (monnaie)*
fillette [fijɛt] *nf*
filleul, e [fijœl] *n*
film *nm*
filmage *nm*
filmer *vt*
filmique *adj*
filmographie *nf*
filmologie *nf*
filmothèque *nf*
filoche *nf*
filocher *vt, vi (pop.)*
filoguidé, e *adj*
filon *nm*
filonien, enne *adj*
filoselle *nf*
filou *nm (pl filous)*
filoutage *nm*
filouter *vt, vi*
filouterie *nf*
fils [fis] *nm*
filtrable *nm*
filtrage *nm*
filtrant, e *adj*
filtrat [-tra] *nm*
filtration *nf*
filtre *nm (appareil)*
filtre-presse *nm (pl filtres-presses)*
filtrer *vt, vi*
fin, e *adj, nm*
fin *adv*
fin *nf (de finir)*
finage *nm*
final, e, als ou **aux** *adj*
final(e) *nm (pl final[e]s [musique])*
finale *nf*
finalement *adv*
finalisation *nf*
finaliser *vt*
finalisme *nm*
finaliste *adj, n*
finalitaire *adj*
finalité *nf*
finançable *adj*
finance *nf*
financement *nm*
financer *vt, vi* C6
financeur, euse *n*
financier, ère *adj, n*
financièrement *adv*

finasser *vi*
finasserie *nf*
finasseur, euse *n*
finassier, ère *n*
finaud, e *adj, n*
finauderie *nf*
fine *nf (eau-de-vie)*
fine-de-claire *nf (pl fines-de-claire)*
finement *adv*
finerie *nf*
fines *nf pl (morceaux de minerai)*
finesse *nf*
finette *nf*
fini, e *adj, nm*
finir *vt, vi*
finish [-niʃ] *nm inv.*
finissage *nm*
finissant, e *adj*
finisseur, euse *n*
finissure *nf*
finistérien, enne *adj, n*
finition *nf*
finitisme *nm*
finitude *nf*
finlandais, e *adj, n*
finlandisation *nf*
finn [fin] *nm*
finnois, e *adj, n*
finno-ougrien, enne *adj, n (pl finno-ougriens, ennes)*
fiole *nf*
fion *nm (pop.)*
fiord ou fjord [fjɔr(d)] *nm*
fioriture *nf*
fioul *nm*
firmament *nm*
firman *nm*
firme *nf*
fisc *nm*
fiscal, e, aux *adj*
fiscalement *adv*
fiscalisation *nf*
fiscaliser *vt*
fiscaliste *n*
fiscalité *nf*
fish-eye [fiʃaj] *nm (pl fish-eyes)*
fissible *adj*
fissile *adj*
fissilingue *adj*
fission *nf*
fissionner *vt, vi*
fissipare *adj*
fissiparité *nf*
fissipède *adj, nm*
fissuration *nf*
fissure *nf*
fissurer *vt, vpr*
fiston *nm (pop.)*
fistot *nm (arg.)*
fistulaire *adj*
fistule *nf*
fistuleux, euse *adj*
fistuline *nf*
F.I.V. *nf*
fivete [fivɛt] *nf*
fixable *adj*
fixage *nm*
fixateur, trice *adj, nm*
fixatif, ive *adj, nm*
fixation *nf*
fixe *adj, nm, interj*
fixé, e *adj, nm*
fixe-chaussette *nm (pl fixe-chaussettes)*
fixement *adv*
fixer *vt, vpr*
fixing [fiksiŋ] *nm*
fixisme *nm*
fixiste *adj, n*
fixité *nf*
fjeld [fjɛld] *nm*
fjord [fjɔr(d)] ou fiord *nm*
fla *nm inv.*
flabellé, e *adj*
flabelliforme *adj*
flabellum [-ɔm] *nm*
flac *interj*
flaccide *adj*
flaccidité [flaksi-] *nf*
flache *nf (dépression)*
flacherie *nf*
flacheux, euse *adj*
flacon *nm*
flaconnage *nm*
flaconnier *nm*
fla(-)fla *nm (pl fla(-)flas)*
flagada *adj inv. (fam.)*
flagellaire *adj*
flagellant *nm*
flagellateur, trice *n*
flagellation *nf*
flagelle ou flagellum [-lɔm] *nm*
flagellé, e *adj, nm*
flageller *vt, vpr*
flagellum [-lɔm] ou flagelle *nm*
flageolant, e *adj*
flageolement *nm*
flageoler *vi*
flageolet [-lɛ] *nm*
flagorner *vt*
flagornerie *nf*
flagorneur, euse *n*
flagrance *nf*
flagrant, e *adj*
flair *nm*
flairer *vt*
flaireur, euse *n, adj*
flamand, e *adj, n (de la Flandre)*
flamant *nm (oiseau)*
flambage *nm*
flambant, e *adj* 20-I
flambard ou flambart *nm*
flambe *nf*
flambé, e *adj*
flambeau *nm*
flambée *nf*
flambement *nm*
flamber *vt, vi*
flamberge *nf*
flambeur, euse *n*
flamboiement *nm*
flamboyant, e [-bwajɑ̃, ɑ̃t] *adj, nm*
flamboyer [-bwaje] *vi* C16
flamenco, ca [flamɛnko, ka] *adj, nm*
flamiche *nf*

flamine *nm*
flamingant, e *adj, n*
flamingantisme *nm*
flamme *nf*
flammé, e *adj*
flammèche *nf*
flammerole *nf*
flan *nm (gâteau)*
flanc [flɑ̃] *nm (côté)*
flanc-garde *nf (pl flancs-gardes)*
flancher *vi (fam.)*
flanchet [-ʃɛ] *nm*
flanconade *nf*
flandricisme *nm*
flandrin *nm*
flâne *nf*
flanelle *nf*
flâner *vi*
flânerie *nf*
flâneur, euse *n*
flanquant, e *adj*
flanquement *nm*
flanquer *vt, vpr*
flapi, e *adj (fam.)*
flaque *nf*
flaquée *nf*
flash [flaʃ] *nm (pl flash*[*e*]*s* [éclair]*)*
flash-back [flaʃbak] *nm inv.*
flasher [flaʃe] *vi*
flasque *adj, nm (plaque) ; nf (flacon)*
flat [fla] *adj m, nm*
flatter *vt, vpr*
flatterie *nf*
flatteur, euse *adj, n*
flatteusement *adv*
flatueux, euse *adj*
flatulence *nf*
flatulent, e *adj*
flatuosité *nf*
flavescent, e [-vesɑ̃, ɑ̃t] *adj*
flaveur *nf*
flavine *nf*
fléau *nm (pl fléaux)*
fléchage *nm*
flèche *nf*
fléché, e *adj*
flécher *vt* C11
fléchette *nf*
fléchir *vt, vi*
fléchissement *nm*
fléchisseur *adj m, nm*
flegmatique *adj, n*
flegmatiquement *adv*
flegmatisant *nm*
flegme *nm*
flegmon ou **phlegmon** *nm*
flein *nm*
flemmard, e [flemar, ard] *adj, n (fam.)*
flemmarder [flemarde] *vi (fam.)*
flemmardise [flemar-] *nf (fam.)*
flemme [flɛm] *nf (fam.)*
fléole ou **phléole** *nf*
flet [flɛ] *nm*
flétan *nm*
flétri, e *adj*
flétrir *vt, vpr*
flétrissant, e *adj*
flétrissement *nm*
flétrissure *nf*
flette *nf*
fleur *nf*
fleurage *nm*
fleurdelisé, e *adj*
fleuré, e *adj*
fleurer *vt, vi*
fleuret [-rɛ] *nm*
fleureter *vi* C10
fleurette *nf*
fleurettiste *n*
fleuri, e *adj*
fleurir *vi, vt*
fleurissant, e *adj*
fleuriste *adj, n*
fleuron *nm*
fleuronné, e *adj*
fleuve *nm*
flexibilité *nf*
flexible *adj, nm*
flexion *nf*
flexionnel, elle *adj*
flexographie *nf*
flexueux, euse *adj*
flexuosité *nf*
flexure *nf*
flibuste *nf*
flibustier *nm*
flic [flik] *nm (pop.)*
flic flac [flik flak] *interj*
flingot [-go] *nm (pop.)*
flingue *nm (pop.)*
flinguer *vt, vpr (pop.)*
flint [flint] ou **flint-glass** *nm (pl flint-glasses)*
flipot *nm*
flipper [flipœr] *nm*
flipper [flipe] *vi (arg.)*
flirt [flœrt] *nm*
flirter [flœrte] *vi*
flirteur, euse [flœr-] *adj, n*
floc [flok] *interj*
floc *nm*
flocage *nm*
floche *adj, nf*
flock-book [flɔkbuk] *nm (pl flock-books)*
flocon *nm*
floconner *vi*
floconneux, euse *adj*
floculation *nf*
floculer *vi*
flonflon *nm*
flood [flœd] *adj inv., nm inv.*
flop [flɔp] *nm*
flopée *nf (pop.)*
floquer *vt*
floraison *nf*
floral, e, aux *adj*
floralies *nf pl*
flore *nf*
floréal, als *nm*
florence *nf*
florentin, e *adj, n*
florès (faire) [-rɛs] *loc verbale*
floricole *adj*
floriculture *nf*
floridée *nf*
florifère *adj*
florilège *nm*

florin *nm*
florissant, e *adj*
floristique *adj, nf*
flosculeux, euse *adj*
flot [flo] *nm*
flottabilité *nf*
flottable *adj*
flottage *nm*
flottaison *nf*
flottant, e *adj*
flottard, e *adj (fam.)*
flottard *nm (arg.)*
flottation *nf*
flotte *nf*
flottement *nm*
flotter *vi, vt, vimp*
flotteur *nm*
flottille [-tij] *nf*
flou, e *adj, nm*
flouer *vt (fam.)*
flouse ou flouze ou flous(se) *nm (pop.)*
flouve *nf*
fluage *nm*
fluate *nm*
fluctuant, e *adj*
fluctuation *nf*
fluctuer *vi*
fluent, e *adj*
fluer *vi*
fluet, ette [flyɛ, ɛt] *adj*
flueurs *nf pl*
fluide *adj, nm*
fluidifiant, e *adj, nm*
fluidification *nf*
fluidifier *vt*
fluidique *adj, nf*
fluidité *nf*
fluographie *nf*
fluor *nm*
fluoration *nf*
fluoré, e *adj*
fluorescéine *nf*
fluorescence [-resɑ̃s] *nf*
fluorescent, e [-resɑ̃, ɑ̃t] *adj*
fluorhydrique *adj m*
fluorine ou fluorite *nf*
fluoroscopie *nf*
fluorose *nf*
fluorure *nm*
fluotournage *nm*
flush [flœʃ ou fləʃ] *nm (pl flushes)*
flûte *nf, interj*
flûté, e *adj*
flûteau *nm*
flûter *vi*
flûtiau *nm (pl flûtiaux)*
flûtiste *n*
flutter [flœtœr] *nm*
fluvial, e, aux *adj*
fluviatile *adj*
fluvioglaciaire *adj*
fluviographe *nm*
fluviomètre *nm*
fluviométrique *adj*
flux [fly] *nm*
fluxion *nf*
fluxmètre [flymɛtr] *nm*
flysch [fliʃ] *nm*
fob [fɔb] *adj inv.*
foc [fɔk] *nm (voile)*
focal, e, aux *adj*
focale *nf*
focalisation *nf*
focaliser *vt*
focomètre *nm*
fœhn *(Ac.)* ou föhn [føn] *nm*
foëne ou foène ou fouëne [fwɛn] *nf*
fœtal, e, aux [fe-] *adj*
fœtus [fetys] *nm*
fofolle *adj f, nf (fam.)*
foggara *nf*
föhn ou fœhn *(Ac.)* [føn] *nm*
foi *nf (croyance)*
foie *nm (organe)*
foie-de-bœuf *nm (pl foies-de-bœuf)*
foin *nm, interj*
foirade *nf (fam.)*
foirail, ails ou foiral, als *nm*
foire *nf*
foirer *vi (pop.)*
foireux, euse *adj, n (pop.)*
foirolle *nf*
fois [fwa] *nf (quantité)*
foison *nf*
foison (à) *loc adv*
foisonnant, e *adj*
foisonnement *nm*
foisonner *vi*
fol *adj m sing (v. fou)* 13-IIB6
folâtre *adj*
folâtrer *vi*
folâtrerie *nf*
foliacé, e *adj*
foliaire *adj*
foliation *nf*
folichon, onne *adj (fam.)*
folichonner *vi (fam.)*
folie *nf*
folié, e *adj*
folio *nm (feuillet)*
foliole *nf*
foliot [-ljo] *nm (balancier)*
foliotage *nm*
folioter *vt*
folioteur *nm*
folioteuse *nf*
folique *adj*
folk [fɔlk] *nm, adj*
folklore *nm*
folklorique *adj*
folkloriste *n*
folksong [fɔlksɔ̃g] *nm*
folle *adj f, nf*
follement *adv*
follet, ette *adj, n*
folliculaire *adj, nm*
follicule *nm*
folliculine *nf*
folliculite *nf*
fomentateur, trice *n*
fomentation *nf*
fomenter *vt*
fomenteur, euse *n*
fonçage *nm*
fonçailles *nf pl*
foncé, e *adj*
foncer *vt, vi* C6
fonceur, euse *adj, n*

fonceuse *nf*
foncier, ère *adj, nm*
foncièrement *adv*
fonction *nf*
fonctionnaire *n*
fonctionnaliser *vt*
fonction(n)alisme *nm*
fonctionnaliste *adj, n*
fonctionnalité *nf*
fonctionnariat [-rja] *nm*
fonctionnarisation *nf*
fonctionnariser *vt*
fonctionnarisme *nm*
fonctionnel, elle *adj*
fonctionnellement *adv*
fonctionnement *nm*
fonctionner *vi*
fond *nm (partie la plus basse)*
fond (à) *loc adv*
fondamental, e, aux *adj*
fondamentalement *adv*
fondamentalisme *nm*
fondamentaliste *adj, n*
fondant, e *adj, nm*
fondateur, trice *n*
fondation *nf*
fondé, e *adj, nm*
fondement *nm*
fonder *vt, vpr*
fonderie *nf*
fondeur, euse *n*
fondis ou **fontis** [-di ou -ti] *nm*
fondoir *nm*
fondouk [-duk] *nm*
fondre *vt, vi, vpr* C41
fondrière *nf*
fonds [fɔ̃] *nm (capitaux)*
fondu, e *adj, nm*
fondue *nf*
fongibilité *nf*
fongible *adj*
fongicide *adj, nm*
fongiforme *adj*
fongique *adj*
fongistatique *adj*
fongosité *nf*
fongueux, euse *adj*
fongus [-gys] *nm*
fontaine *nf*
fontainebleau *nm*
fontainier ou **fontenier** *nm*
fontanelle *nf*
fontange *nf*
fontanili *nm pl*
fonte *nf*
fontenier ou **fontainier** *nm*
fontine *nf*
fontis ou **fondis** [-ti ou -di] *nm*
fonts [fɔ̃] *nm pl (baptismaux)*
foot [fut] *nm (abrév.)*
football [futbol] *nm*
footballeur, euse [futbolœr, øz] *n*
footing [futiŋ] *nm*
for *nm s (for intérieur)*
forage *nm*
forain, e *adj, n*
foramen *nm*
foraminé, e *adj*
foraminifère *nm*
forban *nm*
forçage *nm*
forçat [-sa] *nm*
force *nf*
force (à) *loc adv*
forcé, e *adj*
forcement *nm*
forcément *adv*
forcené, e *adj, n*
forceps [-sɛps] *nm*
forcer *vt, vi, vpr* C6
forcerie *nf*
forces *nf pl*
forcing [-siŋ] *nm*
forcipressure *nf*
forcir *vi*
forclore *vt* C77
forclos, e [-klo, oz] *adj*
forclusion *nf*
forer *vt*
foresterie *nf*
forestier, ère *adj, nm*
foret [fɔrɛ] *nm (outil)*
forêt [fɔrɛ] *nf (bois)*
for(e)tage *nm*
forêt-galerie *nf (pl forêts-galeries)*
foreur *nm, adj m*
foreuse *nf*
forfaire *vt, vti* C59
forfait *nm*
forfaitaire *adj*
forfaiture *nf*
forfanterie *nf*
forficule *nf*
forge *nf*
forgé, e *adj*
forgeable *adj*
forgeage *nm*
forger *vt* C7
forgeron *nm*
forgeur, euse *n*
forint [fɔrint] *nm*
forjet *nm*
forjeter *vt, vi* C10
forlancer *vt* C6
forlane *nf*
forligner *vi*
forlonge *nm* ou *nf*
forlonger *vt* C7
formage *nm*
formaldéhyde *nm*
formalisation *nf*
formalisé, e *adj*
formaliser *vt, vpr*
formalisme *nm*
formaliste *adj, n*
formalité *nf*
formant *nm*
formariage *nm*
format [-ma] *nm*
formatage *nm*
formater *vt*
formateur, trice *adj, n*
formatif, ive *adj*
formation *nf*
forme *nf*
formé, e *adj*
formel, elle *adj*
formellement *adv*
former *vt, vpr*
formeret [-rɛ] *nm*
formiate *nm*

formica *nm*
formicant, e *adj*
formication *nf*
formicidé *nm*
formidable *adj*
formidablement *adv*
formier *nm*
formique *adj*
formol *nm*
formolage *nm*
formoler *vt*
formosan, e *adj, n*
formulable *adj*
formulaire *nm*
formulation *nf*
formule *nf*
formuler *vt, vpr*
fornicateur, trice *n*
fornication *nf*
forniquer *vi*
fors [fɔr] *prép*
forsythia [fɔrsisja] *nm*
fort, e [fɔr, fɔrt] *adj*
fort [fɔr] *adv, nm*
for(e)tage *nm*
forte [fɔrte] *adv, nm inv.*
fortement *adv*
forte-piano [fɔrtepjano] *adv, nm (inv.* ou *pl forte-pianos [Ac.])*
forteresse *nf*
fortiche *adj (fam.)*
fortifiant, e *adj, nm*
fortification *nf*
fortifier *vt, vpr*
fortifs *nf pl (abrév.)*
fortin *nm*
fortiori (a) [fɔrsjɔri] *loc adv*
fortissimo *adv, nm inv.*
fortrait, e [-trɛ, ɛt] *adj*
fortraiture *nf*
fortran *nm*
fortuit, e [-tɥi, ɥit] *adj*
fortuitement *adv*
fortune *nf*
fortuné, e *adj*
forum [-rɔm] *nm*
forure *nf*
fosse *nf*
fossé *nm*
fossette *nf*
fossile *adj, nm*
fossilifère *adj*
fossilisation *nf*
fossiliser *vt, vpr*
fossoir *nm*
fossoyer [-swaje] *vt* C16
fossoyeur, euse [-swajœr] *n*
fou ou fol, folle *adj* 13-IIB6
fou, folle *n*
fouace *nf*
fouacier *nm*
fouage *nm*
fouaille *nf*
fouailler *vt*
foucade *nf*
fouchtra [fuʃtra] *interj*
foudre *nf (décharge électrique); nm (attribut jupitérien; tonneau)*
foudroiement *nm*
foudroyage *nm*
foudroyant, e *adj*
foudroyer *vt* C16
fouée *nf*
fouëne ou foëne ou foène [fwɛn] *nf*
fouet [fwɛ] *nm*
fouettard, e *adj*
fouetté, e *adj, nm*
fouettement *nm*
fouetter *vt, vi*
fouetteur, euse *n*
foufou *adj m, nm (fam.)*
fougasse *nf*
fouger *vi* C7
fougeraie *nf*
fougère *nf*
fougerole *nf*
fougue *nf*
fougueusement *adv*
fougueux, euse *adj*
fouillage *nm*
fouille *nf*
fouille-au-pot *nm inv.*
fouillé, e *adj*
fouiller *vt, vi, vpr*
fouilleur, euse *n*
fouillis [fuji] *nm*
fouinard, e *adj, n (fam.)*
fouine *nf*
fouiner *vi (fam.)*
fouineur, euse *adj, n (fam.)* fouir *vt*
fouissage *nm*
fouisseur, euse *adj, nm*
foulage *nm*
foulant, e *adj*
foulard *nm*
foule *nf (grand nombre)*
foulée *nf*
fouler *vt, vpr (fam.)*
foulerie *nf*
fouleur, euse *n*
fouloir *nm*
foulon *nm*
foulonner *vt*
foulonnier *nm*
foulque *nf*
foultitude *nf (fam.)*
foulure *nf*
four *nm*
fourbe *adj, n*
fourberie *nf*
fourbi *nm (fam.)*
fourbir *vt*
fourbissage *nm*
fourbisseur, euse *n*
fourbu, e *adj*
fourbure *nf*
fourche *nf*
fourchée *nf*
fourche-fière *nf (pl fourches-fières)*
fourcher *vi, vt*
fourchet [-ʃɛ] *nm*
fourchette *nf*
fourchon *nm*
fourchu, e *adj*
fourgon *nm*
fourgonner *vi, vt*
fourgonnette *nf*

fourgue *nm (arg.)*
fourguer *vt (arg.)*
fouriérisme *nm*
fouriériste *adj, n*
fourme *nf*
fourmi *nf*
fourmilier *nm*
fourmilière *nf*
fourmi-lion *(pl fourmis-lions)* ou **fourmilion** *nm*
fourmillant, e [-mijɑ̃, ɑ̃t] *adj*
fourmillement [-mij-] *nm*
fourmiller [-mije] *vi*
fournaise *nf*
fournage *nm*
fourneau *nm*
fournée *nf*
fourni, e *adj*
fournier, ère *n*
fournier *nm*
fournil [-ni(l)] *nm*
fourniment *nm*
fournir *vt, vi, vti, vpr*
fournissement *nm*
fournisseur, euse *n*
fourniture *nf*
fourrage *nm*
fourrager *vi, vt* C7
fourrager, ère *adj*
fourragère *nf*
fourrageur *nm*
fourre *nf*
fourré, e *adj, nm*
fourreau *nm*
fourrer *vt, vpr*
fourre-tout *nm inv.*
fourreur, euse *n*
fourrier *nm*
fourrière *nf*
fourrure *nf*
fourvoiement *nm*
fourvoyer [-vwaje] *vt, vpr* C16
foutaise *nf (fam.)*
foutoir *nm (fam.)*
foutral, e, als *adj (pop.)*
foutraque *adj, n (fam.)*
foutre *vt, vpr (pop.)* C50
foutre *interj, nm (pop.)*
foutrement *adv (pop.)*
foutriquet [-kɛ] *nm (fam.)*
foutu, e *adj (pop.)*
fovéa *nf*
fox [fɔks] *nm inv.*
foxé, e *adj*
fox-hound [fɔksawnd] *nm (pl fox-hounds)*
fox-terrier *nm (pl fox-terriers)*
fox-trot [fɔkstrɔt] *nm (inv.* ou *pl fox-trots [Ac.])*
foyard [fwajar] *nm*
foyer [fwaje] *nm*
foyer, ère *adj*
frac [frak] *nm*
fracas [-ka] *nm*
fracassant, e *adj*
fracassement *nm*
fracasser *vt, vpr*
fractal, e, als *adj, nf*
fraction *nf*
fractionnaire *adj*
fractionné, e *adj*
fractionnel, elle *adj*
fractionnement *nm*
fractionner *vt, vpr*
fractionnisme *nm*
fractionniste *adj, n*
fracturation *nf*
fracture *nf*
fracturer *vt*
fragile *adj*
fragilement *adv*
fragilisation *nf*
fragiliser *vt*
fragilité *nf*
fragment *nm*
fragmentaire *adj*
fragmentairement *adv*
fragmentation *nf*
fragmenter *vt*
fragon *nm*
fragrance *nf*
fragrant, e *adj*
frai *nm (des poissons)*
fraîche *nf*
fraîchement *adv*
fraîcheur *nf*
fraîchin *nm*
fraîchir *vi, vimp*
frairie *nf*
frais, fraîche [frɛ, ɛʃ] *adj, nm*
frais [frɛ] *adv*
frais [frɛ] *nm pl (dépenses)*
fraisage *nm*
fraise *nf*
fraiser *vt (technique)*
fraiser *(Ac.)* ou **fraser** *vt (briser la pâte)*
fraiseraie *nf*
fraiseur *nm*
fraiseur-outilleur *nm (pl fraiseurs-outilleurs)*
fraiseuse *nf*
fraisier *nm*
fraisière *nf*
fraisil [-zi] *nm*
fraisure *nf*
framboise *nf, adj inv.*
framboisé, e *adj*
framboiser *vt*
framboisier *nm*
framée *nf*
franc [frɑ̃] *nm*
franc, franche [frɑ̃, ɑ̃ʃ] *adj (sans équivoque)*
franc, franque [frɑ̃, ɑ̃k] *adj, n (des Francs)*
français, e *adj, n*
franc-alleu [frɑ̃kalø] *nm (pl francs-alleux)*
franc-bord *nm (pl francs-bords)*
franc-bourgeois *nm (pl francs-bourgeois)*
franc-comtois, e *adj, n (pl francs-comtois, franc-comtoises)*
franc-fief *nm (pl francs-fiefs)*
franchement *adv*
franchir *vt*
franchisage *nm*

franchise *nf*
franchisé *nm*
franchiseur *nm*
franchissable *adj*
franchissement *nm*
franchouillard, e *adj, n (fam.)*
francien *nm s*
francilien, enne *adj, n*
francique *adj, nm*
francisation *nf*
franciscain, e *adj, n*
franciser *vt*
francisque *nf*
franciste *n*
francité *nf*
francium [-sjɔm] *nm*
franc-jeu *nm (pl francs-jeux)*
franc-maçon, onne *n, adj (pl francs-maçons, franc-maçonnes)*
franc-maçonnerie *nf (pl franc-maçonneries)*
franc-maçonnique *adj (pl franc-maçonniques)*
franco *adv*
franco-canadien, enne *adj, nm (pl franco-canadiens, ennes)*
franco-français, e *adj (pl franco-français, es ; fam.)*
francolin *nm*
francophile *adj, n*
francophilie *nf*
francophobe *adj, n*
francophobie *nf*
francophone *adj, n*
francophonie *nf*
francophonisation *nf*
franco-provençal, e, aux *adj, nm*
franc-parler *nm (pl francs-parlers)*
franc-quartier *nm (pl francs-quartiers)*
franc-tireur *nm (pl francs-tireurs)*
frange *nf*
frangeant *adj m*
franger *vt* C7
frangin, e *n (pop.)*
frangipane *nf*
frangipanier *nm*
franglais *nm*
franquette (à la bonne) *loc adv (fam.)*
franquisme *nm*
franquiste *adj, n*
fransquillon *nm*
fransquillonner *vi*
frappage *nm*
frappant, e *adj*
frappe *nf*
frappé, e *adj*
frappe-devant *nm inv.*
frappement *nm*
frapper *vt, vi, vti, vpr*
frappeur, euse *adj*
fraser ou fraiser *(Ac.) vt (briser la pâte)*
frasil [-zil] *nm*
frasque *nf*
frater [-tɛr] *nm*
fraternel, elle *adj*
fraternellement *adv*
fraternisation *nf*
fraterniser *vi*
fraternité *nf*
fratricide *adj, n*
fratrie *nf*
fraude *nf*
frauder *vt, vi*
fraudeur, euse *adj, n*
frauduleusement *adv*
frauduleux, euse *adj*
fraxinelle *nf*
frayage [frɛjaʒ] *nm*
frayée [frɛje] *nf*
frayement [frɛjmɑ̃] *nm*
frayer [frɛje] *vt, vi* C15
frayère [frɛjɛr] *nf*
frayeur [frɛjœr] *nf*
freak [frik] *nm (fam.)*
fredaine *nf*
fredon *nm*
fredonnement *nm*
fredonner *vt, vi*
free jazz [fridʒaz] *nm inv.*
free-lance [frilɑ̃s] *adj inv., n (pl free-lances)*
free-martin [frimartin] *nm (pl free-martins)*
freesia [frɛzja] *nm*
freezer [frizœr] *nm*
frégatage *nm*
frégate *nf*
frégater *vt*
frégaton *nm*
frein *nm*
freinage *nm*
freiner *vt, vi, vpr*
freinte *nf*
frelatage *nm*
frelaté, e *adj*
frelater *vt*
frêle *adj*
frelon *nm*
freluche *nf*
freluquet [-kɛ] *nm*
frémir *vi*
frémissant, e *adj*
frémissement *nm*
frênaie *nf*
frénateur, trice *adj*
french cancan [frɛntʃ-] *nm (pl french cancans)*
frêne *nm*
frénésie *nf*
frénétique *adj, n*
frénétiquement *adv*
fréon *nm*
fréquemment [-kamɑ̃] *adv*
fréquence *nf*
fréquencemètre *nm*
fréquent, e *adj*
fréquentable *adj*
fréquentatif, ive *adj, nm*
fréquentation *nf*
fréquenté, e *adj*
fréquenter *vt, vi*

frère *nm, adj m*
frérot [-ro] *nm (fam.)*
fresque *nf*
fresquiste *nm*
fressure *nf*
fret [frɛ] *nm (de fréter)*
fréter *vt* C11 *(affréter)*
fréteur *nm*
frétillant, e [-tijɑ̃, ɑ̃t] *adj*
frétillement [-tij-] *nm*
frétiller [-tije] *vi*
fretin *nm*
frettage *nm*
frette *nf*
fretté, e *adj*
fretter *vt (garnir de frette)*
freudien, enne *adj, n*
freudisme *nm*
freux [frø] *nm*
friabilité *nf*
friable *adj*
friand, e *adj, nm*
friandise *nf*
fribourg [-bur] *nm*
fric [frik] *nm (pop.)*
fricandeau *nm*
fricassée *nf*
fricasser *vt*
fricatif, ive *adj*
fricative *nf*
fric-frac [frikfrak] *nm inv.*
friche *nf*
frichti *nm (fam.)*
fricot [-ko] *nm (fam.)*
fricotage *nm (fam.)*
fricoter *vi, vt (fam.)*
fricoteur, euse *n (fam.)*
friction *nf*
frictionnel, elle *adj*
frictionner *vt, vpr*
fridolin *nm (fam.)*
Frigidaire *nm*
frigidarium [-rjɔm] *nm*
frigide *adj*
frigidité *nf*
frigo *nm (abrév.)*
frigorie *nf*
frigorifié, e *adj*
frigorifier *vt*
frigorifique *adj, nm*
frigorigène *adj, nm*
frigoriste *n*
frileusement *adv*
frileux, euse *adj, n*
frilosité *nf*
frimaire *nm*
frimas [-mɑ] *nm*
frime *nf (fam.)*
frimer *vi (fam.)*
frimeur, euse *n (fam.)*
frimousse *nf (fam.)*
fringale *nf (fam.)*
fringant, e *adj*
fringillidé [-li-] *nm*
fringues *nf pl (pop.)*
fringuer *vt, vi, vpr (pop.)*
fripe *nf (fam.)*
friper *vt*
friperie *nf*
fripier, ère *n*
fripon, onne *adj, n*
friponnerie *nf*
fripouille *nf (fam.)*
fripouillerie *nf (fam.)*
friqué, e *adj (fam.)*
friquet [-kɛ] *nm*
frire *vt, vi* C78
frisage *nm*
frisant, e *adj*
frisbee [frizbi] *nm*
frise *nf*
frisé, e *adj*
frisée *nf*
friselis [-li] *nm*
friser *vt, vi*
frisette *nf*
frisolée *nf*
frison, onne *adj, n*
frison *nm*
frisottant, e *adj*
frisotté, e *adj*
frisotter *vt, vi*
frisottis [-ti] *nm*
frisquet, ette [-kɛ, ɛt] *adj, nm*
frisquette *nf*
frisson *nm*
frissonnant, e *adj*
frissonnement *nm*
frissonner *vi*
frisure *nf*
frit, e [fri, it] *adj*
frite *nf (pomme de terre)*
friterie *nf*
friteuse *nf*
fritillaire [-tilɛr] *nf*
friton *nm*
frittage *nm*
fritte *nf (mélange vitreux)*
fritter *vt*
friture *nf*
fritz [frits] *nm (fam.)*
frivole *adj*
frivolement *adv*
frivolité *nf*
froc [frɔk] *nm*
frocard *nm*
froid, e *adj, nm*
froid *adv*
froid (à) *loc adv*
froidement *adv*
froideur *nf*
froidir *vi*
froidure *nf*
froissable *adj*
froissant, e *adj*
froissement *nm*
froisser *vt, vpr*
froissure *nf*
frôlement *nm*
frôler *vt*
frôleur, euse *n*
fromage *nm*
fromageon *nm*
fromager, ère *adj, n (de fromage)*
fromager *nm (arbre)*
fromagerie *nf*
from(e)gi *nm (pop.)*
froment *nm*
fromental, aux *nm*
from(e)ton *nm (pop.)*
fronce *nf*
froncement *nm*
froncer *vt, vpr* C6

froncis [-si] *nm*
frondaison *nf*
fronde *nf*
fronder *vt, vi*
frondeur, euse *adj, n*
front *nm*
frontail *nm*
frontal, e, aux *adj, nm*
frontalier, ère *adj, n*
frontalité *nf*
fronteau *nm*
frontière *adj inv., nf*
frontignan *nm*
frontispice *nm*
fronton *nm*
frottage *nm*
frottant, e *adj*
frottée *nf*
frotte-manche *nm (inv.* ou *pl frotte-manches [Ac.])*
frottement *nm*
frotter *vt, vi, vpr*
frotteur, euse *n*
frottis [-ti] *nm*
frottoir *nm*
frouer *vi*
froufrou ou frou-frou *(pl frous-frous) nm*
froufroutant, e *adj*
froufroutement *nm*
froufrouter *vi*
froussard, e *adj, n (fam.)*
frousse *nf (fam.)*
fructidor *nm*
fructifère *adj*
fructification *nf*
fructifier *vi*
fructose *nm*
fructueusement *adv*
fructueux, euse *adj*
frugal, e, aux *adj*
frugalement *adv*
frugalité *nf*
frugivore *adj, n*
fruit *nm*
fruité, e *adj*
fruiterie *nf*
fruiticulteur, trice *n*
fruitier, ère *adj, n*
frumentacé, e *adj*
frumentaire *adj*
frusques *nf pl (pop.)*
fruste *adj*
frustrant, e *adj*
frustration *nf*
frustratoire *adj*
frustré, e *adj, n*
frustrer *vt*
frustule *nf*
frutescent, e [-tesɑ̃, ɑ̃t] *adj*
fucacée *nf*
fucale *nf*
fuchsia [fyʃja] *nm, adj inv.*
fuchsine [fyksin] *nf*
fucus [fykys] *nm*
fuégien, enne *adj, n*
fuel [fjul] ou fuel-oil [fjulɔil] *nm (pl fuels* ou *fuel-oils)*
fuero [fwero] *nm*
fugace *adj*
fugacité *nf*
fugato *nm*
fugitif, ive *adj, n*
fugitivement *adv*
fugue *nf*
fugué, e *adj*
fuguer *vi*
fugueur, euse *adj, n*
führer [fyrœr] *nm (titre)*
fuie *nf*
fuir *vi, vt, vpr* C29
fuite *nf*
fulgore *nm*
fulgurance *nf*
fulgurant, e *adj*
fulguration *nf*
fulgurer *vi*
fulgurite *nf*
fuligineux, euse *adj*
fuligule *nm*
full [ful] *nm (poker)*
full-contact *nm (pl full-contacts)*
fulmicoton *nm*
fulminant, e *adj*
fulminate *nm*
fulmination *nf*
fulminatoire *adj*
fulminer *vi, vt*
fulminique *adj*
fulvène *nm*
fumable *adj*
fumage *nm*
fumagine *nf*
fumaison *nf*
fumant, e *adj*
fumariacée *nf*
fumé, e *adj, nm*
fume-cigare *nm inv.* ou fume-cigares *(Ac.) pl*
fume-cigarette *nm inv.* ou fume-cigarettes *(Ac.) pl*
fumée *nf*
fumer *vi, vt*
fumerie *nf*
fumerolle *nf*
fumeron *nm*
fumeronner *vi*
fumet [-mɛ] *nm*
fumeterre *nf*
fumeur, euse *n*
fumeux, euse *adj*
fumier *nm*
fumigateur *nm*
fumigation *nf*
fumigatoire *adj*
fumigène *adj, nm*
fumiger *vt* C7
fumiste *adj, n*
fumisterie *nf*
fumivore *adj, nm*
fumoir *nm*
fumure *nf*
fun [fœn] ou funboard [fœnbɔrd] *nm*
funambule *n*
funambulesque *adj*
funboard [fœnbɔrd] ou fun [fœn] *nm*
fundus [fɔ̃dys] *nm*
fune *nf*
funèbre *adj*
funérailles *nf pl*
funéraire *adj*

funérarium [-rjɔm] *nm*
funeste *adj*
funestement *adv*
funiculaire *nm, adj*
funicule *nm*
funk [fœnk] *adj inv., nm inv.*
funky [fœnki] *adj inv., nm inv.*
fur *nm s*
furan(n)e *nm*
furax *adj inv. (fam.)*
furet [-rɛ] *nm*
furetage *nm*
fureter *vi* C9
fureteur, euse *adj, n*
fureur *nf (colère)*
furfuracé, e *adj*
furfural, als *nm*
furia *nf*
furibard, e *adj (fam.)*
furibond, e *adj*
furie *nf*
furieusement *adv*
furieux, euse *adj, n*
furioso [fyrjozo] *adj*
furole *nf*
furoncle *nm*
furonculeux, euse *adj, n*
furonculose *nf*
furosémide *nm*
furtif, ive *adj*
furtivement *adv*
fusain *nm*
fusainiste ou **fusiniste** *n*
fusant, e *adj, nm*
fusariose *nf*
fusarolle *nf*
fuscine *nf*
fuseau *nm*
fusée *nf*
fusée-détonateur *nf (pl fusées-détonateurs)*
fusée-sonde *nf (pl fusées-sondes)*
fusel *nm*
fuselage *nm*
fuselé, e *adj*
fuseler *vt* C10
fuser *vi*
fuserolle *nf*
fusette *nf*
fusibilité *nf*
fusible *adj, nm*
fusiforme *adj*
fusil [fysi] *nm*
fusilier *nm*
fusillade [-zijad] *nf*
fusiller [-zije] *vt*
fusilleur [-zijœr] *nm*
fusil-mitrailleur *nm (pl fusils-mitrailleurs)*
fusiniste ou **fusainiste** *n*
fusion *nf*
fusionnel, elle *adj*
fusionnement *nm*
fusionner *vt, vi*
fustanelle *nf*
fustet [-tɛ] *nm*
fustigation *nf*
fustiger *vt* C7
fût [fy] *nm*
futaie [fytɛ] *nf (arbres)*
futaille *nf*
futaine *nf*
futé, e *adj, n*
futée [fyte] *nf (mastic)*
futile *adj*
futilement *adv*
futilité *nf*
futur, e *adj, n*
futurisme *nm*
futuriste *adj, n*
futurologie *nf*
futurologue *n*
fuyant, e *adj, n*
fuyard, e *adj, n*

G

g *nm inv.*
gabardine *nf*
gaba(r)re *nf*
gabariage *nm*
gaba(r)rier *nm*
gabarier *vt*
gabarit [-ri] *nm*
gabbro *nm*
gabegie [gabʒi] *nf*
gabelle *nf*
gabelou *nm* *(pl gabelous)*
gabie *nf*
gabier *nm*
gabion *nm*
gabionnage *nm*
gabionner *vt*
gâble ou **gable** *nm*
gabonais, e *adj, n*
gâchage *nm*
gâche *nf*
gâcher *vt*
gâchette *nf*
gâcheur, euse *adj, n*
gâchis [-ʃi] *nm*
gade *nm*
gadget [gadʒɛt] *nm*
gadgétiser *vt (fam.)*
gadidé *nm*
gadin *nm (fam.)*
gadolinium [-njɔm] *nm*
gadoue *nf*
gaélique *adj, nm*
gaffe *nf*
gaffer *vt, vi (fam.)*
gaffeur, euse *adj, n* *(fam.)*
gag [gag] *nm*
gaga *adj, n (fam.)*
gagaku [-ku] *nm inv.*
gage *nm*
gagé, e *adj*
gager *vt* C7
gageur, euse *n*
gageure [gaʒyr] *nf*
gagiste *adj, n*
gagman [gagman] *nm* *(pl gagmen* [-mɛn]*)*
gagnable *adj*
gagnage *nm*
gagnant, e *adj, n*
gagne-pain *nm inv.*
gagne-petit *nm inv.*
gagner *vt, vi*
gagneur, euse *n*
gaguesque *adj (fam.)*
gai, e [ge ou gɛ] *adj*
gaïac ou **gayac** [gajak] *nm*
gaïacol ou **gayacol** [gajakɔl] *nm*
gaiement ou **gaîment** *adv*
gaieté ou **gaîté** *nf*
gaillard, e *adj, n*
gaillard *nm*
gaillarde *nf (danse)*
gaillarde ou **gaillardie** *nf* *(plante)*
gaillardement *adv*
gaillardise *nf*
gaillet [-jɛ] *nm*
gailleterie *nf*
gailletin *nm*
gaillette *nf*
gaîment ou **gaiement** *nf*
gain *nm*
gainage *nm*
gaine *nf*
gaine-culotte *nf* *(pl gaines-culottes)*
gainer *vt*
gainerie *nf*
gainier *nm*
gainier, ère *n*
gaîté ou **gaieté** *nf*
gaize *nf*
gal, als *nm (unité de mesure)*
gala *nm*
galactique *adj*
galactogène *adj, nm*
galactomètre *nm*
galactorrhée *nf*
galactophore *adj*
galactose *nm*
galago *nm*
galalithe *nf*
galamment *adv*
galandage *nm*
galande *nf*
galant, e *adj, nm*
galanterie *nf*
galantin *nm*
galantine *nf*
galapiat [-pja] *nm (fam.)*
galate *adj, n*
galat(h)ée *nf*
galaxie *nf*
galbe *nm*
galbé, e *adj*
galber *vt*
gale *nf (maladie)*
galéace ou **galéasse** *nf*
galée *nf*
galéga *nm*
galéjade *nf*
galéjer *vt* C11
galène *nf*
galénique *adj*
galénisme *nm*
galéode *nf*
galéopithèque *nm*
galéopsis [-sis] *nm*
galère *nf*
galérer *vi* C11

galerie *nf*
galérien *nm*
galerne *nf*
galéruque *nf*
galet [-lɛ] *nm*
galetage *nm*
galetas [-tɑ] *nm*
galeter *vt* C9
galette *nf*
galetteux, euse *n (pop.)*
galeux, euse *n*
galgal, als *nm*
galhauban *nm*
galibot [-bo] *nm*
galicien, enne *adj, n*
galiléen, enne *n*
galimatias [-tja] *nm*
galion *nm*
galiote *nf*
galipette *nf (fam.)*
galipot [-po] *nm*
galipoter *vt*
galle *nf (excroissance des végétaux)*
gallé *nm*
gallec ou **gallo(t)** *nm*
gallérie *nf*
galleux, euse *adj*
gallican, e *adj, n*
gallicanisme *nm*
gallicisme *nm*
gallicole *adj*
galliforme *adj, nm*
gallinacé *adj, nm*
gallique *adj*
gallium [-ljɔm] *nm*
gallo(t) ou **gallec** *nm (dialecte)*
gallois, e *adj, n*
gallomanie *nf*
gallon *nm (mesure de capacité)*
gallophobe *adj*
gallophobie *nf*
gallo-romain, e *adj, n (pl gallo-romains, es)*
gallo-roman, e *nm (pl gallo-romans, es)*
gallo(t) ou **gallec** *nm (dialecte)*

gallup [gallœp] *nm*
galoche *nf*
galon *nm (ruban, grade)*
galonné, e *adj, nm (fam.)*
galonner *vt*
galonnier, ère *n*
galop [-lo] *nm (allure)*
galopade *nf*
galopant, e *adj*
galope *nf*
galoper *vi*
galopeur, euse *adj, n*
galopin *nm (fam.)*
galoubet [-bɛ] *nm*
galuchat [-lyʃa] *nm*
galure ou **galurin** *nm (pop.)*
galvanique *adj*
galvanisation *nf*
galvaniser *vt*
galvanisme *nm*
galvano *nm*
galvanocautère *nm*
galvanomètre *nm*
galvanoplastie *nf*
galvanoplastique *adj*
galvanotype *nm*
galvanotypie *nf*
galvaudage *nm*
galvauder *vt, vi, vpr*
galvaudeux, euse *n*
gamay [gamɛ] *nm*
gamba *nf*
gambade *nf*
gambader *vi*
gambe *nf*
gamberge *nf (arg.)*
gamberger *vi, vt (arg.)* C7
gambette *nm (oiseau); nf (jambe; pop.)*
gambien, enne *adj, n*
gambiller [-bije] *vi (fam.)*
gambit [-bi] *nm*
gambusie *nf*
gamelan *nm*
gamelle *nf*

gamète *nm*
gamétocyte *nm*
gamétogenèse *nf*
gamétophyte *nm*
gamin, e *n*
gaminer *vi*
gaminerie *nf*
gamma *nm inv.*
gammaglobuline *nf*
gammagraphie *nf*
gammare *nm*
gammathérapie *nf*
gamme *nf*
gammée *adj f*
gamopétale *adj, nf*
gamosépale *adj*
gan [gan] *nm inv. (dialecte)*
ganache *nf*
ganacherie *nf*
ganaderia [-derja] *nf*
gandhisme *nm*
gandin *nm*
gandoura *nf*
gang [gɑ̃g] *nm (bande de malfaiteurs)*
ganga *nm*
gangétique *adj*
ganglion *nm*
ganglionnaire *adj*
ganglioplégique *adj, n*
gangrène *nf*
gangrener *vt, vpr* C8
gangreneux, euse *adj*
gangster [gɑ̃gstɛr] *nm*
gangstérisme *nm*
gangue *nf (enveloppe)*
gangué, e *adj*
ganoïde *adj, nm*
ganse *nf*
ganser *vt*
gansette *nf*
gant *nm (habillement)*
gantelée *nf*
gantelet [-lɛ] *nm*
ganteline *nf*
ganter *vt, vi, vpr*
ganterie *nf*
gantier, ère *adj, n*
gantois, e *adj, n*

gap [gap] *nm*
gaperon *nm*
garage *nm*
garagiste *n*
garamond *nm*
garançage *nm*
garance *nf, adj inv.*
garancer *vt* C6
garancerie *nf*
garanceur *nm*
garancière *nf*
garant, e *adj, n*
garantie *nf*
garantir *vt*
garbure *nf*
garce *nf*
garcette *nf*
garçon *nm*
garçonne *nf*
garçonnet [-nɛ] *nm*
garçonnier, ère *adj*
garçonnière *nf*
garde *nf (action) ; nm (gardien)*
gardé, e *adj*
garde-à-vous *nm inv.*
garde-barrière *n (pl garde-barrières)*
garde-bœuf *nm (pl garde-bœufs)*
garde-boue *nm (pl garde-boue[s])*
garde champêtre *nm (pl gardes champêtres)*
garde-chasse *nm (pl garde-chasse[s])*
garde-chiourme *nm (pl garde-chiourmes)*
garde-corps *nm inv.*
garde-côte *nm (pl garde-côtes)*
garde-feu *nm (pl garde-feux)*
garde-fou *nm (pl garde-fous)*
garde-française *nm (pl gardes-françaises)*
garde-frein *nm (pl garde-freins)*
garde-frontière *nm (pl garde-frontières)*
garde-magasin *nm (pl garde-magasins)*
garde-malade(s) *n (pl garde-malades)*
garde-manche *nm (pl garde-manches)*
garde-manger *nm inv.*
garde-marine *nm (pl gardes-marine)*
garde-marteau *nm (pl garde-marteaux)*
garde-meuble *nm (pl garde-meubles)*
garde-mites *nm (pl gardes-mites ; arg.)*
gardénal, als *nm*
gardénia *nm*
garden-party ou **garden-partie** [gardɛnparti] *nf (pl garden-partys* ou *garden-parties)*
garde-pêche *nm (pl garde-pêches)*
garde-place *nm (pl garde-place[s])*
garde-port *nm (pl garde-port[s])*
garder *vt, vpr*
garde-rats *nm inv.*
garderie *nf*
garde-rivière *nm (pl gardes-rivière[s])*
garde-robe *nf (pl garde-robes)*
garde-temps *nm inv.*
gardeur, euse *n*
garde-voie *nm (pl garde-voies)*
garde-vue *nm inv.*
gardian *nm*
gardien, enne *n, adj*
gardiennage *nm*
gardois, e *adj, n*
gardon *nm*
gare *nf*
gare *interj*
garenne *nf (lieu) ; nm (lapin)*
garer *vt, vpr*
gargamelle *nf (pop.)*
gargantua *nm*
gargantuesque *adj*
gargariser (se) *vpr*
gargarisme *nm*
gargote *nf*
gargotier, ère *n*
gargouillade *nf*
gargouille *nf*
gargouillement *nm*
gargouiller *vi*
gargouillis [-guji] *nm*
gargoulette *nf*
gargousse *nf*
gari *nm*
garibaldien, enne *adj, n*
garnement *nm*
garni, e *adj, nm*
garniérite *nf*
garnir *vt, vpr*
garnisaire *nm*
garnison *nf*
garnissage *nm*
garnisseur, euse *n*
garniture *nf*
garonnais, e *adj*
garou *nm (pl garous)*
garrigue *nf* ou *nm (Ac.)*
garrot [-ro] *nm*
garrottage *nm*
garrotte *nf*
garrotter *vt*
gars [gɑ] *nm*
gascon, onne *adj, n*
gasconnade *nf*
gasconner *vi*
gasconnisme *nm*
gasoil *(Ac.)* ou **gas-oil** [gazɔjl ou gazwal] *nm (pl gas-oils)*
gaspacho [gaspatʃo] *nm*
gaspillage [-pijaʒ] *nm*
gaspiller [-pije] *vt*
gaspilleur, euse [-pijœr, øz] *adj, n*

gastéromycète ou **gastromycète** *(Ac.) nm*
gastéropode ou **gastropode** *nm*
gastralgie *nf*
gastralgique *adj*
gastrectomie *nf*
gastrique *adj*
gastrite *nf*
gastroduodénal, e, aux *adj*
gastro-entérite *nf (pl gastro-entérites)*
gastro-entérologie *nf (pl gastro-entérologies)*
gastro-entérologue *nf (pl gastro-entérologues)*
gastro-entérostomie *nf (pl gastro-entérostomies)*
gastro-intestinal, e, aux *adj*
gastromycète *(Ac.)* ou **gastéromycète** *nm*
gastronome *n*
gastronomie *nf*
gastronomique *adj*
gastropode ou **gastéropode** *nm*
gastroscope *nm*
gastroscopie *nf*
gastrotomie *nf*
gastrula *nf*
gastrulation *nf*
gâté, e *adj*
gâteau *nm, adj inv.*
gâte-bois *nm inv.*
gâte-métier *nm (pl gâte-métiers)*
gâte-papier *nm inv.*
gâte-pâte *nm (pl gâte-pâtes)*
gâter *vt, vpr*
gâterie *nf*
gâte-sauce *nm (pl gâte-sauces)*
gâteux, euse *adj, n*
gâtifier *vi (fam.)*
gâtine *nf*
gâtisme *nm*
gatte *nf*
gattilier *nm*
gauche *adj, n*
gauchement *adv*
gaucher, ère *adj, n*
gaucherie *nf*
gauchir *vi, vt*
gauchisant, e *adj*
gauchisme *nm*
gauchissement *nm*
gauchiste *adj, n*
gaucho [go(t)ʃo] *nm*
gaude *nf*
gaudriole *nf (fam.)*
gaufrage *nm*
gaufre *nf*
gaufrer *vt*
gaufrette *nf*
gaufreur, euse *n*
gaufrier *nm*
gaufroir *nm*
gaufrure *nf*
gaulage *nm*
gaule *nf (bâton)*
gaulée *nf*
gauleiter [gɔlajtœr] *nm*
gauler *vt*
gaulis [-li] *nm*
gaullien, enne *adj*
gaullisme *nm*
gaulliste *adj, n*
gaulois, e *adj, n*
gauloisement *adv*
gauloiserie *nf*
gaultheria [golterja] ou **gaulthérie** *nf*
gaupe *nf (pop.)*
gaur *nm*
gauss *nm*
gausser (se) *vpr*
gavage *nm*
gave *nm*
gaver *vt, vpr*
gaveur, euse *n*
gavial, als *nm*
gavon *nm*
gavotte *nf*
gavroche *n, adj*
gay [gɛ] *adj, n (homosexuel)*
gayac ou **gaïac** [gɑjɑk] *nm*
gayacol ou **gaïacol** *nm*
gayal, als *nm*
gaz [gaz] *nm inv. (corps chimique)*
gazage *nm*
gaze *nf (tissu)*
gazé, e *adj, n*
gazéification *nf*
gazéifier *vt*
gazelle *nf*
gazer *vt, vi*
gazetier, ère *n*
gazette *nf*
gazeux, euse *adj*
gazier, ère *adj, nm*
gazoduc [-dyk] *nm*
gazogène *nm*
gazole *nm*
gazoline *nf*
gazomètre *nm*
gazométrie *nf*
gazon *nm*
gazonnage *nm*
gazonnant, e *adj*
gazonné, e *adj*
gazonnement *nm*
gazonner *vt, vi*
gazouillant, e *adj*
gazouillement *nm*
gazouiller *vi*
gazouilleur, euse *adj*
gazouillis [gazuji] *nm*
geai *nm (oiseau)*
géant, e *n, adj*
géaster [ʒeastɛr] *nm*
gecko [ʒeko] *nm*
géhenne [ʒeɛn] *nf*
geignard, e *adj, n*
geignement *nm*
geindre [ʒɛ̃dr] *vi* C43
geindre ou **gindre** *nm*
geisha [geʃa] *nf*
gel *nm*
gélatine *nf*
gélatiné, e *adj*

gélatineux, euse *adj*
gélatiniforme *adj*
gélatino-bromure *nm (pl gélatino-bromures)*
gélatino-chlorure [-klɔ-] *nm (pl gélatino-chlorures)*
gelé, e *adj*
gelée *nf*
geler *vt, vi, vimp* C9
gélif, ive *adj*
gélifiant *nm*
gélification *nf*
gélifier *vt, vpr*
gélifraction *nf*
gelinotte ou gélinotte *(Ac.) nf*
géliturbation *nf*
gélivation *nf*
gélivité *nf*
gélivure *nf*
gélolevure *nf*
gélose *nf*
gélule *nf*
gelure *nf*
gémeaux *nm pl*
gémellaire *adj*
gémellipare *adj*
gémelliparité *nf*
gémellité *nf*
gémination *nf*
géminé, e *adj*
géminer *vt*
gémir *vi*
gémissant, e *adj*
gémissement *nm*
gemmage *nm*
gemmail, aux [ʒemaj, o] *nm*
gemmation *nf*
gemme [ʒɛm] *nf, adj*
gemmé, e *adj*
gemmer *vt, vi*
gemmeur, euse *n, adj*
gemmifère *adj*
gemmipare *adj*
gemmiparité *nf*
gemmologie *nf*
gemmule *nf*
gémonies *nf pl*
gênant, e *adj*
gencive *nf*
gendarme *nm*
gendarmer (se) *vpr*
gendarmerie *nf*
gendelettre *nm (fam.)*
gendre *nm*
gène *nm (biologie)*
gêne *nf (malaise)*
gêné, e *adj*
généalogie *nf*
généalogique *adj*
généalogiquement *adv*
généalogiste *n*
génépi ou genépi *nm*
gêner *vt, vpr*
général, e, aux *adj, nm*
généralat [-la] *nm*
générale *nf*
généralement *adv*
généralisable *adj*
généralisant *adj*
généralisateur, trice *adj*
généralisation *nf*
généraliser *vt, vpr*
généralissime *nm*
généraliste *adj, n*
généralité *nf*
générateur, trice *adj, n*
génératif, ive *adj*
génération *nf*
génératrice *nf*
générer *vt* C11
généreusement *adv*
généreux, euse *adj*
générique *adj, nm*
générosité *nf*
genèse *nf*
génésiaque *adj*
génésique *adj*
génestrol(l)e *nf*
genet [-nɛ] *nm (cheval)*
genêt [-nɛ] *nm (plante)*
généthliaque *adj*
généticien, enne *n*
genêtière *nf*
génétique *adj, nf*
génétiquement *adv*
génétisme *nm*
génétiste *adj, n*
genette *nf*
gêneur, euse *n*
genevois, e *adj, n*
genévrier *nm*
genévrière *nf*
génial, e, aux *adj*
génialement *adv*
génialité *nf*
génie *nm*
genièvre *nm*
genièvrerie *nf*
génique *adj*
génisse *nf*
génital, e, aux *adj*
génitalité *nf*
géniteur, trice *n*
génitif *nm*
génito-urinaire *adj (pl génito-urinaires)*
génocide *nm*
génois, e *adj, n*
génois *nm*
génoise *nf*
génome *nm*
génotype *nm*
genou *nm (pl genoux)*
genouillé, e *adj*
genouillère *nf*
génovéfain *nm*
genre *nm*
gens [ʒɛ̃s ou gɛns] *nf (pl gentes* [zɛ̃tɛs ou gɛntɛs]*) (groupe de familles)*
gens [ʒɑ̃] *nm pl* ou *f pl (personnes)* 14-III
gent [ʒɑ̃] *nf s (race)*
gent, e *adj*
gentianacée *nf*
gentiane [ʒɑ̃sjan] *nf*
gentil, ille [ʒɑ̃ti, ij] *adj*
gentil [ʒɑ̃ti] *nm*
gentilhomme [ʒɑ̃tijɔm] *nm (pl gentilshommes* [ʒɑ̃tizɔm]*)*
gentilhommerie *nf*
gentilhommière *nf*
gentilice *adj, nm*
gentilité *nf*

gentillesse [-tijɛs] *nf*
gentillet, ette [-tijɛ, ɛt] *adj*
gentiment *adv*
gentleman [dʒɛntləman] *nm (pl gentlemen* [-mɛn] ou *gentlemans)*
gentleman-farmer [-farmœr] *nm (pl gentlemen-farmers)*
gentleman-rider [-ridœr] *nm (pl gentlemen-riders)*
gentleman's agreement [dʒɛntləmansagrimɛnt] *nm (pl gentlemen's agreements)*
gentry [dʒɛntri] *nf s*
génuflecteur, trice *adj, n*
génuflexion *nf*
géocentrique *adj*
géocentrisme *nm*
géochimie *nf*
géochimique *adj*
géochimiste *n*
géochronologie [-krɔ-] *nf*
géode *nf*
géodésie *nf*
géodésique *adj*
géodynamique *nf, adj*
géographe *n*
géographie *nf*
géographique *adj*
géographiquement *adv*
géoïde *nm*
geôle [ʒol] *nf*
geôlier, ère [ʒolje, ɛr] *n*
géologie *nf*
géologique *adj*
géologiquement *adv*
géologue *n*
géomagnétique *adj*
géomagnétisme *nm*
géomancie *nf*
géomancien, enne *n*
géométral, e, aux *adj, nm*
géomètre *n*
géométridé *nm*
géométrie *nf*
géométrique *adj*
géométriquement *adv*
géomorphologie *nf*
géomorphologique *adj*
géophage *adj, n*
géophagie *nf*
géophile *nm*
géophone *nm*
géophysicien, enne *n*
géophysique *nf, adj*
géophyte *nf*
géopolitique *nf, adj*
géopoliticien, enne *adj*
géorgien, enne *adj, n*
géorgique *adj*
géostationnaire *adj*
géostatique *nf*
géostratégie *nf*
géostrophique *adj*
géosynchrone *adj*
géosynclinal, aux *nm*
géotechnique [-tɛk-] *adj, nf*
géotectonique *adj, nf*
géotextile *nm*
géothermie *nf*
géothermique *adj*
géothermomètre *nm*
géothermométrie *nf*
géotropisme *nm*
géotrupe *nm*
géphyrien *nm*
gérable *adj*
gérance *nf*
géraniacée ou **géraniée** *nf*
géranium [-njɔm] *nm*
gérant, e *n*
gerbage *nm*
gerbe *nf*
gerbée *nf*
gerber *vt*
gerbera ou **gerbéra** *nm*
gerbeur, euse *n*
gerbier *nm*
gerbière *nf*
gerbille [-bij] *nf*
gerboise *nf*
gerce *nf*
gercement *nm*
gercer *vt, vi, vpr* C6
gerçure *nf*
gérer *vt* C11
gerfaut *nm*
gériatre *n*
gériatrie *nf*
gériatrique *adj*
germain, e *adj, n*
germandrée *nf*
germanique *adj, nm*
germanisant, e *n*
germanisation *nf*
germaniser *vt*
germanisme *nm*
germaniste *n*
germanium [-njɔm] *nm*
germanophile *adj, n*
germanophilie *nf*
germanophobe *adj, n*
germanophobie *nf*
germanophone *adj, n*
germe *nm*
germé, e *adj*
germen [-mɛn] *nm*
germer *vi*
germicide *adj, nm*
germinal, e, aux *adj*
germinal, als *nm*
germinateur, trice *adj*
germinatif, ive *adj*
germination *nf*
germoir *nm*
germon *nm*
géromé *nm*
gérondif *nm*
géronte *nm*
gérontisme *nm*
gérontocratie *nf*
gérontocratique *adj*
gérontologie *nf*
gérontologue *n*
gérontophile *adj, n*
gérontophilie *nf*
gerris [-ris] *nm*
gerseau *nm*
gersois, e *adj, n*
gésier *nm*

gésine *nf*
gésir *vi* C67
gesse [ʒɛs] *nf*
gestaltisme [gɛʃ-] *nm*
gestaltiste [gɛʃ-] *adj, n*
gestation *nf*
gestatoire *adj*
geste *nm (mouvement); nf (poèmes)*
gesticulant, e *adj*
gesticulateur, trice *n*
gesticulation *nf*
gesticuler *vi*
gestion [ʒɛstjɔ̃] *nf*
gestionnaire [ʒɛstjɔ-] *adj, n*
gestuel, elle *adj*
gestuelle *nf*
getter [gɛtər] *nm*
gewurztraminer [gɛvyrstraminɛr] *nm*
geyser [ʒɛzɛr] *nm*
ghanéen, enne *adj, n*
ghetto [gɛto] *nm*
ghilde ou **guilde** [gild] *nf*
G.I. [dziaj] *nm inv.*
giaour *nm*
gibbérelline *nf*
gibbérellique *adj*
gibbeux, euse *adj*
gibbon [ʒibɔ̃] *nm*
gibbosité *nf*
gibecière *nf*
gibelet [-lɛ] *nm*
gibelin, e *adj, n*
gibelotte *nf*
giberne *nf*
gibet [-bɛ] *nm*
gibier *nm*
giboulée *nf*
giboyeux, euse *adj*
gibus [-bys] *nm*
giclée *nf*
giclement *nm*
gicler *vi*
gicleur *nm*
giclure *nf*
gidien, enne *adj*
gifle *nf*
gifler *vt*
gigantesque *adj*
gigantesquement *adv*
gigantisme *nm*
gigantomachie *nf*
gigogne *adj*
gigolo *nm (fam.)*
gigot [-go] *nm*
gigot(t)é, e *adj*
gigotement *nm (fam.)*
gigoter *vi (fam.)*
gigue *nf*
gilet [-lɛ] *nm*
giletier, ère *n, adj*
gille [ʒil] *nm*
gimblette *nf*
gin [dʒin] *nm (boisson)*
gindre ou **geindre** *nm*
gin-fizz [dʒinfiz] *nm inv.*
gingembre *nm*
gingival, e, aux *adj*
gingivite *nf*
ginguet ou **ginglet** ou **ginglard** *nm*
ginguet, ette [ʒɛ̃gɛ, ɛt] *adj*
ginkgo [ʒɛ̃ko] *nm*
ginseng [ʒinsɑ̃g] *nm*
giobertite *nf*
giocoso *adj inv.*
giorno (a) [dʒjɔrno] *loc adv*
gipsy *nm (pl gipsies* ou *gipsys)*
girafe *nf*
girafon ou **girafeau** *nm*
giralducien, enne *adj*
girande *nf*
girandole *nf*
girasol *nm*
giration *nf*
giratoire *adj*
giraumon(t) *nm*
giraviation *nf*
giravion *nm*
girelle *nf*
girie *nf*
girl [gœrl] *nf*
girodyne *nm*
girofle *nm*
giroflé, e *adj*
giroflée *nf*
giroflier *nm*
girolle *nf*
giromancie *nf*
giromancien, enne *n*
giron *nm*
girond, e [-rɔ̃, ɔ̃d] *adj*
girondin, e *adj, n*
gironné, e *adj, nm*
gironner *vt*
girouette *nf*
gisant, e *adj, nm*
giselle *nf*
gisement *nm*
gitan, e *adj, n*
gîte *nm (lieu); nf (marine)*
gîter *vi, vpr*
giton *nm*
givrage *nm*
givrant, e *adj*
givre *nm*
givré, e *adj*
givrer *vt, vpr*
givreux, euse *adj*
givrure *nf*
glabelle *nf*
glabre *adj*
glaçage *nm*
glaçant, e *adj*
glace *nf (froid)*
glacé, e *adj*
glacer *vt, vpr* C6
glacerie *nf*
glaceur *nm*
glaceuse *nf*
glaceux, euse *adj*
glaciaire *adj*
glacial, e, aux ou **als** *adj*
glacialement *adv*
glaciation *nf*
glacier *nm*
glacière *nf*
glaciologie *nf*
glaciologique *adj*
glaciologue *n*
glacis [-si] *nm*
glaçon *nm*
glaçure *nf*

gladiateur *nm*
glagolitique *adj*
glaïeul [glajœl] *nm*
glaire *nf*
glairer *vt*
glaireux, euse *adj*
glairure *nf*
glaise *nf, adj f*
glaiser *vt*
glaiseux, euse *adj*
glaisière *nf*
glaive *nm*
glamour *nm*
glanage *nm*
gland *nm*
glandage *nm*
glande *nf*
glandé, e *adj*
glandée *nf*
glander *vi (pop.)*
glandeur, euse *n (pop.)*
glandouiller *vi (pop.)*
glandulaire *adj*
glandule *nf*
glanduleux, euse *adj*
glane *nf*
glanement *nm*
glaner *vt*
glaneur, euse *n*
glanure *nf*
glapir *vi*
glapissant, e *adj*
glapissement *nm*
glaréole *nf*
glas [glɑ] *nm*
glasnost *nf*
glass *nm (verre ; arg.)*
glatir *vi*
glaucium [-sjɔm] *nm*
glaucome *nm*
glauconie ou **glauconite** *nf*
glauque *adj*
glaviot [-vjo] *nm (pop.)*
glèbe *nf*
gléc(h)ome [-kom] *nm*
gleditschia *nm*
glène *nf*
gléner *vt* C8
glénoïde ou **glénoïdal, e, aux** *adj*
glial, e, aux *adj*
glie *nf*
gliome *nm*
glischroïde [-krɔ-] *adj, n*
glischroïdie [-krɔ-] *nf*
glissade *nf*
glissage *nm*
glissance *nf*
glissando *nm*
glissant, e *adj*
glisse *nf*
glissé, e *adj*
glissement *nm*
glisser *vt, vi, vpr*
glisseur, euse *n*
glissière *nf*
glissoir *nm*
glissoire *nf*
global, e, aux *adj*
globalement *adv*
globalisation *nf*
globaliser *vt*
globalisme *nm*
globalité *nf*
globe *nm*
globe-trotter [glɔbtrɔtœr] ou **globe-trotteur** *n (pl globe-trotters* ou *globe-trotteurs)*
globicéphale *nm*
globigérine *nf*
globine *nf*
globique *adj*
globulaire *adj, nf*
globule *nm*
globuleux, euse *adj*
globuline *nf*
glockenspiel [glɔkɛnʃpil] *nm*
gloire *nf*
glome *nm*
gloméris [-ris] *nm*
glomérulaire *adj*
glomérule *nm*
glomérulonéphrite *nf*
gloria *nm inv. (prière) ; nm (café)*
gloriette *nf*
glorieusement *adv*
glorieux, euse *adj, n*
glorificateur, trice *adj, n*
glorification *nf*
glorifier *vt, vpr*
gloriole *nf*
glose *nf*
gloser *vt, vi, vti*
gloseur, euse *n*
glossaire *nm*
glossateur *nm*
glossématique *nf*
glossème *nm*
glossine *nf*
glossite *nf*
glossolalie *nf*
glosso-pharyngien, enne *adj, nm (pl glosso-pharyngiens, ennes)*
glossotomie *nf*
glottal, e, aux *adj*
glotte *nf*
glottique *adj*
glouglou *nm (pl glouglous)*
glouglouter *vi*
gloussant, e *adj*
gloussement *nm*
glousser *vi*
glouteron *nm*
glouton, onne *adj, n*
gloutonnement *adv*
gloutonnerie *nf*
glu *nf*
gluant, e *adj*
gluau *nm (pl gluaux)*
glucagon *nm*
glucide *nm*
glucidique *adj*
glucine *nf*
glucinium [-njɔm] *nm*
glucocorticoïde *nm*
glucolipide ou **glycolipide** *nm*
glucomètre *nm*
gluconique *adj*
glucose *nm*
glucosé, e *adj*
glucoserie *nf*
glucoside *nm*

glui *nm*
glume *nf*
glumelle *nf*
gluon *nm*
glutamate *nm*
glutamique *adj*
gluten [-tɛn] *nm*
glutineux, euse *adj*
glycémie *nf*
glycéride *nm*
glycérie *nf*
glycérine *nf*
glycériné, e *adj*
glycériner *vt*
glycérique *adj*
glycérol *nm*
glycérolé *nm*
glycérophtalique *adj*
glycine *nf*
glycocolle *nm*
glycogène *nm*
glycogenèse *nf*
glycogénique *adj*
glycogénogenèse *nf*
glycol *nm*
glycolipide ou **glucolipide** *nm*
glycolique *adj*
glycolyse *nf*
glycoprotéine *nf*
glycorégulation *nf*
glycosurie *nf*
glycosurique *adj, n*
glyphe *nm*
glyptique *nf*
glyptodon(te) *nm*
glyptographie *nf*
glyptologie *nf*
glyptothèque *nf*
gnangnan ou **gnian-gnian** [ɲɑ̃ɲɑ̃] *adj inv., n inv. (fam.)*
gnaule ou **gnole** ou **gnôle** ou **gniole** [ɲol] *nf (pop.)*
gneiss [gnɛs] *nm*
gneisseux, euse [gnɛ-] *adj*
gneissique [gnɛ-] *adj*
gnetum [gnetɔm] *nm* ou **gnète** [gnɛt] *nf*
gnocchi [ɲɔki] *nm*
gnognot(t)e [ɲɔɲɔt] *nf (fam.)*
gnole ou **gnôle** ou **gniole** ou **gnaule** [ɲol] *nf (pop.)*
gnome [gnom] *nm*
gnomique [gnɔmik] *adj*
gnomon [gnɔmɔ̃] *nm*
gnomonique [gnɔ-] *adj, nf*
gnon [ɲɔ̃] *nm (pop.)*
gnose [gnoz] *nf*
gnoséologie [gno-] *nf*
gnosie [gnozi] *nf*
gnosticisme [gnɔ-] *nm*
gnostique [gnɔ-] *adj, n*
gnou [gnu] *nm*
go *nm inv.*
go (tout de) *loc adv*
goal [gol] *nm (gardien de but)*
goal-average [golaveraʒ] *nm (pl goal-averages)*
gobbe *nf*
gobelet [-lɛ] *nm*
gobeleterie *nf*
gobeletier *nm*
gobelin *nm*
gobe-mouche *nm (pl gobe-mouches)*
gober *vt*
goberger (se) *vpr* C7 *(fam.)*
gobetage *nm*
gobeter *vt* C10
gobetis *nm*
gobeur, euse *n*
gobichonner *vi (pop.)*
gobie *nm*
godage *nm*
godailler *vi*
godailleur, euse *n (pop.)*
godasse *nf (pop.)*
godelureau *nm*
godemiché *nm (arg.)*
goder *vi*
godet [-dɛ] *nm*
godiche *adj, n (fam.)*
godichon, onne *adj, n (fam.)*
godille [-dij] *nf*
godiller [-dije] *vi*
godilleur, euse [-dijœr, øz] *n*
godillot [-dijo] *nm (pop.)*
godiveau *nm*
godron *nm*
godronnage *nm*
godronner *vt*
goéland [gɔelɑ̃] *nm*
goélette *nf*
goémon *nm*
goétie [gɔesi] *nf*
goglu *nm*
gogo *nm (fam.)*
gogo (à) *loc adv (fam.)*
goguenard, e *adj*
goguenarder *vi*
goguenardise *nf*
goguenot *nm* ou **gogues** *nm pl (pop.)*
goguette *nf (fam.)*
goï ou **goy** [gɔj] *adj, n (pl goïm, goyim)*
goinfre *adj, n*
goinfrer (se) *vpr (fam.)*
goinfrerie *nf*
goitre *nm*
goitreux, euse *adj, n*
golden [-dɛn] *nf*
gold-point [gɔldpɔjnt] *nm (pl gold-points)*
golem [-lɛm] *nm*
golf *nm (sport)*
golfe *nm (baie)*
golfeur, euse *n*
golmot(t)e *nf*
gombo *nm*
goménol *nm*
goménolé, e *adj*
gomina *nf*
gominer (se) *vpr*
gommage *nm*
gomme *nf*
gommé, e *adj*

gomme-gutte [gɔmgyt] *nf (pl gommes-guttes)*
gomme-laque *nf (pl gommes-laques)*
gommer *vt*
gomme-résine *nf (pl gommes-résines)*
gommette *nf*
gommeux, euse *adj, nm*
gommier *nm*
gommose *nf*
gomorrhéen, enne *adj, nf*
gon *nm (mesure)*
gonade *nf*
gonadique *adj*
gonadostimuline *nf*
gonadotrope *adj*
gonadotrophine *nf*
gond [gɔ̃] *nm (mécanisme)*
gondolage *nm*
gondolant, e *adj (pop.)*
gondole *nf*
gondolement *nm*
gondoler *vt, vi, vpr*
gondolier, ère *n*
gone *nm*
gon(n)elle *nf*
gonfalon ou **gonfanon** *nm*
gonfalonier ou **gonfanonier** *nm*
gonflable *adj*
gonflage *nm*
gonflant, e *adj*
gonfle *nf*
gonflé, e *adj*
gonflement *nm*
gonfler *vt, vi, vpr*
gonflette *nf (fam.)*
gonfleur *nm*
gong [gɔ̃g] *nm*
gongorisme *nm*
goniomètre *nm*
goniométrie *nf*
goniométrique *adj*
gon(n)elle *nf*
gonochorique [-kɔ-] *adj*
gonochorisme [-kɔ-] *nm*
gonococcie [-kɔksi] *nf*
gonocoque *nm*
gonocytaire *adj*
gonocyte *nm*
gonophore *nm*
gonorrhée *nf*
gonozoïde *nm*
gonze *nm (arg.)*
gonzesse *nf (arg.)*
gopak ou **hopak** *nm*
gopura *nm inv.*
gord [gɔr] *nm*
gordien *adj m*
goret [-rɛ] *nm*
goretex *nm*
gorfou *nm (pl gorfous)*
gorge *nf*
gorgé, e *adj*
gorge-de-pigeon *adj inv.*
gorgée *nf*
gorger *vt, vpr* C7
gorgerette *nf*
gorgerin *nm*
gorget [-ʒɛ] *nm*
gorgonaire *nm*
gorgone *nf*
gorgonzola *nm*
gorille [-rij] *nm*
gosette *nf*
gosier *nm*
gospel [gɔspɛl] *nm*
gosse *n*
goth, e *adj*
gotha *nm*
gothique *adj, n (écriture)*
gotique *nm s (langue)*
goton *nf (pop.)*
gouache *nf*
gouacher *vt*
gouaille *nf*
gouailler *vt, vi*
gouaillerie *nf*
gouailleur, euse *adj*
goualante *nf (pop.)*
goualeuse *nf (pop.)*
gouape *nf (pop.)*
gouda *nm*
goudron *nm*
goudronnage *nm*
goudronner *vt*
goudronnerie *nf*
goudronneur *nm*
goudronneuse *nf*
goudronneux, euse *adj*
gouet [gwɛ] *nm*
gouffre *nm*
gouge *nf*
gougère *nf*
gougnafier *nm (fam.)*
gouille *nf*
gouine *nf (pop.)*
goujat [-ʒa] *nm*
goujaterie *nf*
goujon *nm*
goujonnage *nm*
goujonner *vt*
goujonnière *adj f*
goulache ou **goulasch** *nm*
goulag [-lag] *nm*
goulasch ou **goulache** *nm*
goule *nf*
goulée *nf*
goulet [-lɛ] *nm*
goulette *nf*
gouleyant, e [-lɛjɑ̃, ɑ̃t] *adj*
goulot [-lo] *nm*
goulotte *nf*
goulu, e *adj, n*
goulûment *adv*
goum [gum] *nm*
goumier *nm*
goupil [-pi(l)] *nm*
goupillage *nm*
goupille [-pij] *nf*
goupiller [-pije] *vt, vpr*
goupillon [-pijɔ̃] *nm*
gour *nm pl*
goura *nm*
gourami *nm*
gourance ou **gourante** *nf (pop.)*
gourbi *nm*
gourd, e *adj*
gourde *nf, adj*
gourdin *nm*

gourer (se) *vpr (pop.)*
gourgandine *nf*
gourmand, e *adj, n*
gourmander *vt*
gourmandise *nf*
gourme *nf*
gourmé, e *adj*
gourmer *vt*
gourmet [-mɛ] *nm*
gourmette *nf*
gournable *nf*
gourou *nm*
gousse *nf*
gousset [-sɛ] *nm*
goût *nm*
goûter [gu] *vt, vti, vi (de goût)*
goûter *nm*
goûteur, euse *n*
goûteux, euse *adj*
goutte *nf*
goutte-à-goutte *nm inv.*
goutte-d'eau *nf (pl gouttes-d'eau)*
gouttelette *nf*
goutter *vi (de goutte)*
gouttereau [gutro] *adj m*
goutteux, euse *adj, n*
gouttière *nf*
gouvernable *adj*
gouvernail, ails *nm*
gouvernance *nf*
gouvernant, e *adj, n*
gouvernante *nf*
gouverne *nf*
gouverné, e *adj*
gouvernement *nm*
gouvernemental, e, aux *adj*
gouvernementalisme *nm*
gouverner *vt, vi, vpr*
gouvernés *nm pl*
gouverneur *nm*
goy ou **goï** [gɔj] *n (pl goy(i)m, goïm)*
goyave [gɔjav] *nf*
goyavier [gɔjavje] *nm*
grabat [-ba] *nm*
grabataire *adj, n*
graben [-bən] *nm*
grabuge *nm (fam.)*
grâce *nf, interj*
graciable *adj*
gracier *vt*
gracieusement *adv*
gracieuseté *nf*
gracieux, euse *adj*
gracile *adj*
gracilité *nf*
gracioso [grasjozo] *adv*
gradation *nf*
grade *nm*
gradé, e *adj, nm*
grader *nm*
gradient [-djɑ̃] *nm*
gradin *nm*
gradine *nf*
graduat *nm*
graduation *nf*
gradué, e *adj, n*
graduel, elle *adj, nm*
graduellement *adv*
graduer *vt*
gradus [-dys] *nm*
graffiti *nm*
graillement *nm*
grailler *vi, vt (pop.)*
graillon *nm*
graillonnant, e *adj*
graillonner *vi*
graillonneux, euse *adj*
grain *nm*
grainage ou **grenage** *nm*
grain-d'orge *nm (pl grains-d'orge)*
graine *nf*
grainer ou **grener** *vi, vt* C8
graineterie *nf*
grainetier, ère *n*
graineur, euse ou **greneur, euse** *n*
grainier, ère *n*
graissage *nm*
graisse *nf*
graisser *vt, vi*
graisseur, euse *adj, nm*
graisseux, euse *adj*
gram [gram] *nm inv. (solution iodo-iodurée)*
gramen [-mɛn] *nm*
graminacée *nf*
graminée *nf*
grammage *nm*
grammaire *nf*
grammairien, enne *n*
grammatical, e, aux *adj*
grammaticalement *adv*
grammaticalisation *nf*
grammaticaliser *vt*
grammaticalité *nf*
grammatiste *nm*
gramme *nm (unité de masse)*
gramophone *nm*
grana *nm*
grand, e *adj, nm*
grand *adv*
grand-angle ou **grand-angulaire** *nm (pl grands-angles* ou *grands-angulaires)*
grand-chambre *nf (pl grand-chambres)*
grand-chose *pron indéf, n inv.*
grand-croix *nm (pl grands-croix [personne]); nf inv. (décoration)*
grand-duc *nm (pl grands-ducs)*
grand-ducal, e, aux *adj*
grand-duché *nm (pl grands-duchés)*
grande-duchesse *nf (pl grandes-duchesses)*
grandelet, ette [-lɛ, ɛt] *adj*
grandement *adv*
grandesse *nf*
grandet, ette [-dɛ, ɛt] *adj*
grandeur *nf*
grand-guignol *nm s*

grand-guignolesque *adj (pl grand-guignolesques)*
grandiloquence *nf*
grandiloquent, e *adj*
grandiose *adj*
grandir *vi, vt, vpr*
grandissant, e *adj*
grandissement *nm*
grandissime *adj*
grand livre ou **grand-livre** *nm (pl grands livres* ou *grands-livres)*
grand-maman *nf (pl grand-mamans)*
grand-maternel, elle *adj (pl grand-maternels, elles)*
grand-mère *nf (pl grand-mères)*
grand-messe *nf (pl grand-messes)*
grand-oncle *nm (pl grands-oncles)*
grand-papa *nm (pl grands-papas)*
grand-paternel, elle *adj (pl grand-paternels, elles)*
grand-peine (à) *loc adv*
grand-père *nm (pl grands-pères)*
grands-parents *nm pl*
grand-tante *nf (pl grand-tantes)*
grand-voile *nf (pl grand-voiles)*
grange *nf*
grangée *nf*
granit(e) [-nit] *nm*
granité, e *adj, nm*
granitelle *nm*
graniter *vt*
graniteux, euse *adj*
granitique *adj*
granitoïde *adj, nm*
granivore *adj, n*
granny-smith [granismis] *nf inv.*
granulaire *adj*
granulat [-la] *nm*
granulation *nf*
granule *nm (petit grain) ; nf (astronomie)*
granulé, e *adj, nm*
granuler *vt*
granuleux, euse *adj*
granulie *nf*
granulite *nf*
granulocyte *nm*
granulome *nm*
granulométrie *nf*
granulométrique *adj*
grape(-)fruit [grɛpfrut] *nm (pl grape(-)fruits)*
graphe *nm*
graphème *nm*
grapheur *nm*
graphie *nf*
graphiose *nf*
graphique *adj, nm (représentation) ; nf (technique de représentation)*
graphiquement *adv*
graphisme *nm*
graphiste *n*
graphitage *nm*
graphite *nm*
graphiter *vt*
graphiteux, euse *adj*
graphitique *adj*
graphitisation *nf*
graphologie *nf*
graphologique *adj*
graphologue *n*
graphomane *nm*
graphomanie *nf*
graphomètre *nm*
grappa *nf*
grappe *nf*
grappillage [-pijaʒ] *nm*
grappiller [-pije] *vt, vi*
grappilleur, euse [-pijœr, øz] *n*
grappillon [-pijɔ̃] *nm*
grappin *nm*
graptolit(h)e *nm*
gras, grasse [grɑ, grɑs] *adj*
gras [grɑ] *adv, nm*
gras-double *nm (pl gras-doubles)*
grassement *adv*
grasserie *nf*
grasset [-sɛ] *nm*
grassette *nf*
grasseyant, e [-sɛjɑ̃, ɑ̃t] *adj*
grasseyement [-sɛjmɑ̃] *nm*
grasseyer [-seje] *vi*
grassouillet, ette *adj*
grat(t)eron *nm*
graticulage *nm*
graticulation *nf*
graticuler *vt*
gratifiant, e *adj*
gratification *nf*
gratifier *vt*
gratin *nm*
gratiné, e *adj*
gratinée *nf*
gratiner *vt, vi*
gratiole [grasjɔl] *nf*
gratis [-tis] *adv*
gratitude *nf*
gratouiller *vt (fam.)*
grattage *nm*
gratte *nf*
gratte-ciel *nm (pl gratte-ciels)*
gratte-cul [-ky] *nm (pl gratte-culs)*
gratte-dos [-do] *nm inv.*
grattelle *nf*
grattement *nm*
gratte-papier *nm (pl gratte-papiers)*
gratte-pied ou **gratte-pied(s)** [-pje] *nm (pl gratte-pieds)*
gratter *vt, vi, vpr*
grat(t)eron *nm*
gratteur, euse *n*
grattoir *nm*
grattoire *nf*
gratton *nm*

gratture *nf*
gratuit, **e** [-tɥi, ɥit] *adj*
gratuité *nf*
gratuitement *adv*
grau *nm (pl graux)*
gravatier *nm*
gravats [-vɑ] *nm pl*
grave *adj, nm*
grave *adv*
grave *nf (gravier)*
gravelage *nm*
gravelé, **e** *adj*
gravelée *nf*
graveler *vt* C10
graveleux, **euse** *adj*
gravelle *nf*
gravelure *nf*
gravement *adv*
gravenche *nf*
graver *vt*
graves *nm (vin); nf pl (terrain)*
gravettien, **enne** *adj, nm*
graveur, **euse** *n*
gravide *adj*
gravidique *adj*
gravidité *nf*
gravier *nm*
gravière *nf*
gravifique *adj*
gravillon [-vijɔ̃] *nm*
gravillonnage [-vijɔ-] *nm*
gravillonner [-vijɔ-] *vt*
gravillonneur, **euse** *n*
gravimètre *nm*
gravimétrie *nf*
gravimétrique *adj*
gravir *vt*
gravisphère *nf*
gravissime *adj*
gravitation *nf*
gravitationnel, **elle** *adj*
gravité *nf*
graviter *vi*
gravoir *nm*
gravure *nf*
gray [grɛ] *nm*
grazioso [grasjozo] *adv*
gré *nm*
gréage *nm*
grèbe *nm*
grébiche *nf*
grec, **grecque** [grɛk] *adj, n*
gréciser *vt*
grécité *nf*
gréco-bouddhique *adj (pl gréco-bouddhiques)*
gréco-latin, **e** *adj (pl gréco-latins, es)*
gréco-romain, **e** *adj (pl gréco-romains, es)*
grecque *nf*
grecquer *vt*
gredin, **e** *n*
gredinerie *nf*
gréement [gremɑ̃] *nm*
green [grin] *nm*
gréer [gree] *vt* C14
gréeur *nm*
greffage *nm*
greffe *nm (secrétariat); nf (opération, plante)*
greffé, **e** *n*
greffer *vt, vpr*
greffeur, **euse** *n*
greffier, **ère** *n*
greffoir *nm*
greffon *nm*
grégaire *adj*
grégarine *nf*
grégarisme *nm*
grège *adj, nm*
grégeois *adj m*
grégorien, **enne** *adj, nm*
grègues *nf pl*
grêle *adj, nf*
grêlé, **e** *adj*
grêler *vimp, vi, vt*
grêleux, **euse** *adj*
grelin *nm*
grêlon *nm*
grelot [-lo] *nm*
grelottant, **e** *adj*
grelottement *nm*
grelotter *vi*
grelottière *nf*
greluche *nf (fam.)*
greluchon *nm (fam.)*
grémial, **aux** *nm*
grémil [-mil] *nm*
grémille [-mij] *nf*
grenache *nm*
grenadage *nm*
grenade *nf*
grenader *vt*
grenadeur *nm*
grenadier *nm*
grenadière *nf*
grenadille [-dij] *nf*
grenadin, **e** *adj, n*
grenadine *nf*
grenage ou **grainage** *nm*
grenaillage *nm*
grenaille *nf*
grenailler *vt*
grenaison *nf*
grenat [-na] *nm, adj inv.*
grené, **e** *adj*
greneler [grənle ou grɛnle] *vt* C10
grener C8 ou **grainer** *vi, vt*
grènetier *nm (officier)*
grènetis [grɛnti] *nm*
grenette *nf*
greneur, **euse** ou **graineur**, **euse** *n*
grenier *nm*
grenoblois, **e** *adj, n*
grenouillage *nm (fam.)*
grenouille *nf*
grenouiller *vi (fam.)*
grenouillère *nf*
grenouilleur, **euse** *n*
grenouillette *nf*
grenu, **e** *adj*
grenure *nf*
grès [grɛ] *nm*
grésage *nm*
gréser *vt* C11
gréseux, **euse** *adj*
grésière *nf*
grésil [grezil] *nm*
grésillant, **e** *adj*

grésillement [-zij-] *nm*
grésiller [-zije] *vi, vt, vimp*
grésillon *nm*
grésoir *nm*
gresserie *nf*
gressin *nm*
greubons *nm pl*
grevé, e *adj*
grève *nf*
grever *vt* C8
gréviste *adj, n*
grianneau *nm*
gribiche *adj, nf*
gribouillage *nm*
gribouille *nm*
gribouiller *vi, vt*
gribouilleur, euse *n*
gribouillis [-buji] *nm*
grièche *adj*
grief [grijɛf] *nm*
grièvement *adv*
griffade *nf*
griffe *nf*
griffer *vt*
griffeton ou **griveton** *nm (arg.)*
griffeur, euse *adj, n*
griffon *nm*
griffonnage *nm*
griffonnement *nm*
griffonner *vt*
griffonneur, euse *n*
griffu, e *adj*
griffure *nf*
grigne *nf*
grigner *vi*
grignon *nm*
grignotage *nm*
grignotement *nm*
grignoter *vt*
grignoteur, euse *adj*
grignoteuse *nf*
grignotis [-ti] *nm*
grigou *nm (pl grigous)*
gri(-)gri *nm (pl grigris* ou *gris-gris)*
gril [gri(l)] *nm (ustensile)*
grill [gril] ou **grill-room** [grilrum] *nm (pl grills* ou *grill-rooms) (restaurant)*
grillade [grij-] *nf*
grillage [grij-] *nm*
grillager [grij-] *vt* C7
grillageur [grij-] *nm*
grille [grij] *nf*
grillé, e [grije] *adj*
grille-écran [grij-] *nf (pl grilles-écrans)*
grille-pain [grij-] *nm inv.*
griller [grij-] *vt, vi*
grillet *nm* ou **grillette** *nf*
grilloir [grij-] *nm*
grillon [grijɔ̃] *nm*
grill-room [grilrum] ou **grill** [gril] *nm (pl grill-rooms* ou *grills)*
grimaçant, e *adj*
grimace *nf*
grimacer *vi, vt* C6
grimacier, ère *adj, n*
grimage *nm*
grimaud *nm*
grime *nm*
grimer *vt, vpr*
grimoire *nm*
grimpant, e *adj*
grimpe *nf*
grimpée *nf*
grimper *vi, vt*
grimper *nm*
grimpereau *nm*
grimpette *nf (fam.)*
grimpeur, euse *adj, n*
grimpion, onne *n*
grinçant, e *adj*
grincement *nm*
grincer *vi* C6
grinche ou **gringe** *adj*
grincher *vi*
grincheux, euse *adj, n*
gringalet [-lɛ] *nm*
gringe ou **grinche** *adj*
gringo [gringo] *adj, n*
gringolé, e *adj*
gringue *nm (arg.)*
griot [grijo] *nm*
griotte *nf*
griottier *nm*
grip [grip] *nm*
grippage *nm*
grippal, e, aux *adj*
grippe *nf*
grippé, e *adj, n*
gripper *vi, vt, vpr*
grippe-sou *nm, adj (pl grippe-sous)*
gris, e *adj, nm*
grisaille *nf*
grisailler *vt, vi*
grisant, e *adj*
grisard *nm*
grisâtre *adj*
grisbi *nm* [grizbi] *(arg.)*
grisé *nm*
griséofulvine *nf*
griser *vt, vpr*
griserie *nf*
griset [-zɛ] *nm*
grisette *nf*
grisoller *vi*
grison, onne *adj, n*
grisonnant, e *adj*
grisonnement *nm*
grisonner *vi*
grisou *nm (pl grisous)*
grisoumètre *nm*
grisouteux, euse *adj*
grive *nf*
grivelé, e *adj*
griveler *vi* C10
grivèlerie *nf*
griveleur, euse *n*
grivelure *nf*
griveton ou **griffeton** *nm (arg.)*
grivois, e *adj*
grivoiserie *nf*
grizzli ou **grizzly** [grizli] *nm*
grœnendael [grɔnɛndal] *nm*
groenlandais, e [grɔɛnlɑ̃dɛ, ɛz] *adj, n*
grog [grɔg] *nm*

groggy [grɔgi] *adj inv.*
grognard *adj, nm*
grognasse *nf (pop.)*
grognasser *vi (fam.)*
grogne *nf (fam.)*
grognement *nm*
grogner *vi*
grognerie *nf*
grogneur, euse *adj*
grognon, onne *adj, n (fam.)*
grognonner *vi (fam.)*
groie *nf*
groin *nm*
groisil [-zil] *nm*
grol(l)e *nf (pop.)*
grommeler *vt, vi* C10
grommellement *nm*
grondant, e *adj*
grondement *nm*
gronder *vi, vt*
gronderie *nf*
grondeur, euse *adj*
grondin *nm*
groom [grum] *nm*
gros, grosse *adj, n*
gros *adv*
gros-bec *nm (pl gros-becs)*
groschen [grɔʃɛn] *nm*
groseille *nf, adj inv.*
groseillier *nm*
gros-grain *nm (pl gros-grains)*
gros-jean *nm inv.*
gros-plant *nm (pl gros-plants)*
gros-porteur *nm (pl gros-porteurs)*
grosse *nf*
grossement *adv*
grosserie *nf*
grossesse *nf*
grosseur *nf*
grossier, ère *adj*
grossièrement *adv*
grossièreté *nf*
grossir *vt, vi*
grossissant, e *adj*
grossissement *nm*
grossiste *n*
grosso modo *loc adv*
grossoyer [-swaje] *vt* C16
grotesque *adj, n*
grotesquement *adv*
grotesques *nf pl*
grotte *nf*
grouillant, e *adj*
grouillement *nm*
grouiller *vi, vpr*
grouillot [-jo] *nm*
group [grup] *nm (sac de poste)*
groupage *nm*
groupal, e, aux *adj*
groupe *nm (ensemble)*
groupement *nm*
grouper *vt, vi, vpr*
groupie *n*
groupuscule *nm*
grouse *nf*
gruau *nm (pl gruaux)*
grue *nf*
grugeoir *nm*
gruger [-ʒe] *vt* C17
grume *nf*
grumeau *nm*
grumeler (se) *vpr* C10
grumeleux, euse *adj*
grumelure *nf*
gruon *nm*
gruppetto [grupɛto] *nm (pl gruppetti* ou *gruppetos)*
grutier, ère *n*
gruyer *adj m*
gruyère [gryjɛr] *nm*
gryphée *nf*
guadeloupéen, enne [gwa-] *adj, n*
guai(s) [gɛ] *adj m (hareng)*
guanaco [gwa-] *nm*
guanine [gwa-] *nf*
guano [gwa-] *nm*
guarani [gwa-] *adj, nm*
guatémaltèque [gwa-] *adj, n*
gué *nm, interj*
guéable *adj*
guèbre *n, adj*
guède *nf*
guéer *vt* C14
guelfe [gɛlf] *adj, n*
guelte [gɛlt] *nf*
guenille [-nij] *nf*
guenilleux, euse *adj*
guenipe *nf*
guenon *nf*
guépard *nm*
guêpe *nf*
guêpier *nm*
guêpière *nf*
guère ou **guères** *(vieux ou poésie) adv*
guéret [-rɛ] *nm*
guéri, e *adj*
guéridon *nm*
guérilla [gerija] *nf*
guérillero [gerijero] ou **guérilléro** *nm*
guérir *vt, vi, vpr*
guérison *nf*
guérissable *adj*
guérisseur, euse *n*
guérite *nf*
guerre *nf*
guerrier, ère *adj, nm*
guerroyer [-rwaje] *vi, vt* C16
guet [gɛ] *nm (de guetter)*
guet-apens [gɛtapɑ̃] *nm (pl guets-apens)*
guêtre *nf*
guêtrer *vt*
guêtron *nm*
guette *nf*
guetter *vt*
guetteur, euse *n*
gueulante *nf (pop.)*
gueulard, e *n, adj (pop.)*
gueulard *nm (technique)*
gueule *nf*
gueule-de-loup *nf (pl gueules-de-loup)*
gueulement *nm (fam.)*

gueuler *vi, vt (pop.)*
gueules *nm*
gueuleton *nm (pop.)*
gueuletonner *vi (pop.)*
gueuloir *nm (fam.)*
gueuse *nf (lingot)*
gueuse ou **gueuze** ou **gueuze-lambic** *(pl gueuzes-lambics) nf (bière)*
gueuser *vi*
gueuserie *nf*
gueux, euse *n (vagabond)*
gueuze ou **gueuse** ou **gueuze-lambic** *(pl gueuzes-lambics) nf (bière)*
gugusse *nm (fam.)*
gui *nm*
guib *nm*
guibol(l)e *nf (pop.)*
guibre *nf*
guiche *nf*
guichet [-ʃɛ] *nm*
guichetier, ère *n*
guidage *nm*
guidance *nf*
guide *nm (personne qui guide); nf (lanière, scoutisme)*
guide-âne *nm (pl guide-ânes)*
guideau *nm*
guide-fil *nm (pl guide-fils)*
guide-lame *(pl guide-lames)*
guider *vt, vpr*
guiderope [gidrɔp] *nm*
guidon *nm*
guignard, e *adj, n (fam.)*
guigne *nf*
guigner *vt*
guignette *nf*
guignier *nm*
guignol *nm*
guignolesque *adj*
guignolet [-lɛ] *nm*
guignon *nm (fam.)*
guilde ou **ghilde** [gild] *nf*
guili-guili *nm inv. (fam.)*
guillage *nm*
guillaume *nm*
guilledou *nm (fam.)*
guillemet [gijmɛ] *nm*
guillemeter *vt* C10
guillemot [-mo] *nm*
guilleret, ette [-rɛ, ɛt] *adj*
guilleri *nm*
guillochage *nm*
guilloche *nf*
guilloché, e *adj*
guillocher *vt*
guillocheur *nm*
guillochis [-ʃi] *nm*
guillochure *nf*
guillon *nm*
guillotine *nf*
guillotiné, e *adj, n*
guillotiner *vt*
guillotineur *nm*
guimauve *nf*
guimbarde *nf*
guimpe *nf*
guincher *vi (pop.)*
guindage *nm*
guindaille *nf*
guindant *nm*
guinde *nf*
guindé, e *adj*
guindeau *nm*
guinder *vt, vpr*
guinderesse *nf*
guinée *nf*
guinéen, enne *adj, n*
guingan *nm*
guingois (de) [gɛ̃gwa] *loc adv (fam.)*
guinguette *nf*
guipage *nm*
guiper *vt*
guipoir *nm*
guipon *nm*
guipure *nf*
guirlande *nf*
guisard *nm*
guisarme *nf*
guise *nf*
guit-guit [gitgit] *nm (pl guits-guits)*
guitare *nf*
guitariste *n*
guitoune *nf (arg.)*
guivre *nf*
guivré, e *adj*
gujarati *nm s*
gulden [guldɛn] *nm*
gummifère *adj*
gunitage *nm*
gunite *nf*
guniter *vt*
günz [gynz] *nm inv.*
guppy [gypi] *nm*
gus(se) *nm (arg.)*
gustatif, ive *adj*
gustation *nf*
gustométrie *nf*
gutta-percha [gytapɛrka] *nf (pl guttas-perchas)*
guttifère ou **guttiférale** *nf*
guttural, e, aux *adj*
gutturale *nf*
guyanais, e [gɥijanɛ, ɛz] *adj, n*
guyanien, enne *adj*
guyot *nm (volcan); nf (poire)*
guzla [gysla] *nf*
gym *nf (abrév.)*
gymkhana [ʒimkana] *nm*
gymnase *nm*
gymnasiarque *nm*
gymnaste *n*
gymnastique *adj, nf*
gymnique *adj, nf*
gymnocarpe *adj*
gymnopédie *nf*
gymnosophiste *nm*
gymnosperme *nf*
gymnote [ʒimnɔt] *nm*
gynandrie *nf*
gynandromorphe *adj*
gynandromorphisme *nm*

gynécée *nm*
gynécocratie *nf*
gynécocratique *adj*
gynécologie *nf*
gynécologique *adj*
gynécologiste *n*
gynécologue *n*
gynécomastie *nf*
gynérium [-rjɔm] *nm*
gypaète *nm*
gypsage *nm*
gypse *nm*
gypseux, euse *adj*
gypsomètre *nm*
gypsophile *nf*
gyrin [ʒirɛ̃] *nm*
gyrobroyeur *nm*
gyrocompas [-pa] *nm*
gyromagnétique *adj*
gyromancie ou **giromancie** *nf*
gyromancien, enne ou **giromancien, enne** *n*
gyromètre *nm*
gyromitre *nm*
gyrophare *nm*
gyropilote *nm*
gyroscope *nm*
gyroscopique *adj*
gyrostat [-sta] *nm*
gyrovague *nm*

H-I

L'astérisque devant *h* marque le *h* « aspiré ».

h *nm* ou *nf inv.*
***ha** *interj* 16-II
***habanera** *nf*
habeas corpus [abeaskɔrpys] *nm inv.*
habile *adj*
habilement *adv*
habileté *nf*
habilitation *nf*
habilité *nf*
habiliter *vt*
habillable [abijabl] *adj*
habillage [abijaʒ] *nm*
habillé, e [abije] *adj*
habillement [abijmɑ̃] *nm*
habiller [abije] *vt, vpr*
habilleur, euse [abijœr, øʒ] *n*
habit *nm*
habitabilité *nf*
habitable *adj*
habitacle *nm*
habitant, e *n*
habitat [-ta] *nm*
habitation *nf*
habité, e *adj*
habiter *vt, vi*
habituation *nf*
habitude *nf*
habitude (d') *loc adv*
habitué, e *n*
habituel, elle *adj*
habituellement *adv*
habituer *vt, vpr*
habitus [-tys] *nm*
***hâblerie** *nf*
***hâbleur, euse** *adj, n*
***hachage** *nm*
***hache** *nf (outil)*
***haché, e** *adj, nm*
***hache-légumes** *nm inv.*
***hachement** *nm*
***hache-paille** *nm inv.*
***hacher** *vt*
***hachereau** *nm*
***hachette** *nf*
***hacheur** *nm*
***hache-viande** *nm inv.*
***hachis** [aʃi] *nm*
***hachisch** ou ***haschich** [aʃiʃ] *nm*
***hachoir** *nm*
***hachure** *nf*
***hachurer** *vt*
hacienda [asjɛnda] *nf*
***ha(c)quebute** [akbyt] *nf*
***hadal, e, aux** *adj*
***haddock** [adɔk] *nm*
***hadith** [adit] *nm*
***hadj** ou ***hadjdj** *nm (pèlerinage)*
***hadj** ou ***hadji** *n inv. (titre)*
hadron *nm*
***hafnium** [-njɔm] *nm*
***hagard, e** *adj*
***haggis** [agis] *nm*
hagiographe *n*
hagiographie *nf*
hagiographique *adj*
***hahnium** [-njɔm] *nm*
***haie** *nf*
***haïk** [aik] *nm*
***haïkaï** [aikai] ou ***haïku** [aiku] *nm*
***haillon** *nm (guenille)*
***haillonneux, euse** *adj*
***haine** *nf (aversion)*
***haineusement** *adv*
***haineux, euse** *adj*
***hainuyer, ère** ou ***hennuyer, ère** [ɛnyje, ɛr] *adj, n*
***haïr** *vt* C18
***haire** [ɛr] *nf (chemise de crin)*
***haïssable** *adj*
***haïtien, enne** *adj, n*
***hakka** *nm*
***halage** *nm (action de haler)*
***halbi** *nm*
***halbran** *nm*
***halbrené, e** *adj*
***hâle** *nm (bronzage)*
***hâlé, e** *adj*
***halecret** [alkrɛ] *nm*
haleine *nf (souffle)*
***halener** *vt* C8
***haler** *vt (tirer)*
***hâler** *vt (bronzer)*
***haletant, e** *adj*
***halètement** *nm (respiration)*
***haleter** *vi* C9
***haleur, euse** *n*
***half-track** [aftrak] *nm (pl half-tracks)*
halicte *nm*
halieutique *adj, nf*
haliotide *nf*
haliple *nm*
halite *nf*
halitueux, euse *adj*

***hall** [ol] *nm*
***hallage** *nm (droit)*
hallali *nm*
***halle** *nf (bâtiment)*
***hallebarde** *nf*
***hallebardier** *nm*
***hallier** *nm*
***halloween** [alɔwin] *nf*
***hallstattien, enne** [alʃtatjɛ̃, ɛn] *adj, nm*
hallucinant, e *adj*
hallucination *nf*
hallucinatoire *adj*
halluciné, e *adj, n*
halluciner *vt*
hallucinogène *adj, nm*
hallucinose *nf*
***halo** *nm*
halogénation *nf*
halogène *adj, nm (élément chimique, lampe à incandescence)*
halogéné, e *adj*
halogénure *nm*
halographie *nf*
***hâloir** *nm*
halon *nm*
halopéridol *nm*
halophile ou **halophyte** *adj, nf*
halothane *nm*
***halte** *nf, interj*
***halte-garderie** *nf (pl haltes-garderies)*
haltère *nm*
haltérophile *adj, n*
haltérophilie *nf*
***halva** *nm*
***hamac** [amak] *nm*
***hamada** *nf*
hamadryade *nf*
hamadryas [-drijas] *nm*
hamamélis [-lis] *nm*
***hamburger** [ɑ̃burgœr] *nm*
***hameau** *nm*
hameçon *nm*
hameçonner *vt*
hamiltonien, enne *adj, nm*
***hammam** [amam] *nm*
***hammerless** [amɛrlɛs] *nm inv.*
***hampe** *nf*
***hamster** [amstɛr] *nm*
***han** *nm inv., interj*
***hanafisme** *nm*
***hanap** [anap] *nm*
***hanbalisme** *nm*
***hanbalite** *adj*
***hanche** *nf (partie du corps)*
***hanchement** *nm*
***hancher** *vt, vi, vpr*
***handball** [ɑ̃dbal] *nm*
***handballeur, euse** *n*
***handicap** [-kap] *nm*
***handicapant, e** *adj*
***handicapé, e** *adj, n*
***handicaper** *vt*
***handicapeur** *nm*
***handisport** *adj*
***hangar** *nm*
***hanneton** *nm*
***hannetonnage** *nm*
***hannetonner** *vt*
***hanovrien, enne** *adj, n*
***hansart** *nm*
***hanse** *nf (association de marchands)*
***hanséatique** *adj*
***hanté, e** *adj*
***hanter** *vt (obséder)*
***hantise** *nf*
***haoussa** [ausa] *nm*
***hapalidé** *nm*
hapax ou **apax** [apaks] *nm*
haploïde *adj*
haplologie *nf*
***happe** *nf*
***happement** *nm*
***happening** [apəniŋ] *nm*
***happer** *vt*
***happy end** [apiɛnd] *nm (pl happy ends)*
***happy few** [apifju] *nm pl*
haptène *nm*
***ha(c)quebute** [akbyt] *nf*
***haquenée** [akne] *nf (cheval)*
***haquet** [akɛ] *nm (charrette)*
***hara-kiri** *nm (pl hara-kiris)*
***harangue** *nf*
***haranguer** *vt*
***harangueur, euse** *n*
***haras** [arɑ] *nm (établissement)*
***harassant, e** *adj*
***harasse** *nf*
***harassé, e** *adj*
***harassement** *nm*
***harasser** *vt*
***harcelant, e** *adj*
***harcèlement** *nm*
***harceler** *vt* C9
***harde** *nf*
***harder** *vt*
***hardes** *nf pl*
***hardi, e** *adj*
***hardi** *interj*
***hardiesse** *nf*
***hardiment** *adv*
***hard-top** [ardtɔp] *nm (pl hard-tops)*
***hardware** [ardwɛr] *nm*
***harem** [arɛm] *nm*
***hareng** [arɑ̃] *nm*
***harengaison** *nf*
***harengère** [arɑ̃ʒɛr] *nf*
***harenguet** *nm*
***harengueux** *nm*
***harenguier** *nm*
***haret** [arɛ] *adj m, nm (chat)*
***harfang** [arfɑ̃] *nm*
***hargne** *nf*
***hargneusement** *adv*
***hargneux, euse** *adj*
***haricot** *nm*
***haridelle** *nf*
***harissa** *nf*

*harki *nm*
*harle *nm*
*harmattan [-tɑ̃] *nm*
harmonica *nm*
harmoniciste *n*
harmonicorde *nm*
harmonie *nf*
harmonieusement *adv*
harmonieux, euse *adj*
harmonique *adj, nm*
harmoniquement *adv*
harmonisation *nf*
harmoniser *vt, vpr*
harmoniste *n*
harmonium [-njɔm] *nm*
*harnachement *nm*
*harnacher *vt, vpr*
*harnacheur *nm*
*harnais [-nɛ] *nm*
*harnois [-nwa] *nm*
*haro *nm*
harpagon *nm*
*harpail, ails *nm* ou *harpaille *nf*
*harpe *nf*
*harpie *nf*
*harpiste *n*
*harpon *nm*
*harponnage *nm*
*harponnement *nm*
*harponner *vt*
*harponneur *nm*
*hart [ar] *nf (lien)*
haruspice ou aruspice *nm*
*hasard *nm*
*hasardé, e *adj*
*hasarder *vt, vpr*
*hasardeux, euse *adj*
*has been [azbin] *n inv. (fam.)*
*hasch [aʃ] *nm (fam.)*
*haschich ou *hachisch [aʃiʃ] *nm*
*haschischin *nm*
*hase *nf*
hashi [aʃi] *nm*
*hassidique *adj*
*hassidisme *nm*
hast [ast] *nm* ou haste *nf*
*hastaire *nm (soldat)*
haste *nf* ou hast [ast] *nm*
*hasté, e *adj*
*hâte *nf*
*hâtelet [-lɛ] *nm*
*hâtelle ou *hâtelette *nf*
*hâter *vt, vpr*
*hâtereau *nm*
*hâtier *nm*
*hâtif, ive *adj*
*hâtiveau *nm*
*hâtivement *adv*
*hattéria *nm*
*hauban *nm*
*haubanage *nm*
*haubaner *vt*
*haubert [obɛr] *nm*
*hausse *nf (de hausser)*
*hausse-col *nm (pl hausse-cols)*
*haussement *nm*
*hausser *vt, vi, vpr*
*haussier, ère *adj, n*
*haussière ou aussière *nf*
*haut, e *adj, nm*
*haut *adv*
*hautain, e *adj*
*hautain ou *hautin *nm*
*hautbois [obwa] *nm*
*hautboïste [obɔist] *n*
*haut-commissaire *nm (pl hauts-commissaires)*
*haut-commissariat *nm (pl hauts-commissariats)*
*haut-de-chausse(s) [odʃos] *nm (pl hauts-de-chausse*[s]*)*
*haut-de-forme *nm (pl hauts-de-forme)*
*haute *nf*
*haute-contre *nf (voix) ; nm (chanteur), adj m (pl hautes-contre)*
*haute-fidélité *nf (pl hautes-fidélités)*
*hautement *adv*
*hautesse *nf*
*haute-tige *nf (pl hautes-tiges)*
*hauteur *nf (élévation)*
*haut-fond *nm (pl hauts-fonds)*
*haut-fourneau *nm (pl hauts-fourneaux)*
*hautin ou *hautain *nm*
*haut-le-cœur *nm inv.*
*haut-le-corps *nm inv.*
*haut-parleur *nm (pl haut-parleurs)*
*haut-relief *nm (pl hauts-reliefs)*
*hauturier, ère *adj*
*havage *nm*
*havanais, e *adj, n*
*havane *nm, adj inv.*
*hâve *adj*
*haveneau [avno] *nm*
*havenet [avnɛ] *nm*
*haver *vt*
*haveur *nm*
*haveuse *nf*
*havrais, e *adj, n*
*havre *nm*
*havresac [-sak] *nm*
*havrit [avri] *nm*
hawaiien ou hawaïen, enne [awajɛ̃, jɛn] *adj, n*
*hayon [ɛjɔ̃ ou ajɔ̃] *nm (panneau)*
hazan *nm*
*hé *interj* 16-XII
*heaume [om] *nm (casque)*
*heaumier *nm*
hebdomadaire *adj, nm*
hebdomadairement *adv*
hebdomadier, ère *n*
hébéphrène *n, adj*
hébéphrénie *nf*
hébéphrénique *adj*
héberge *nf*
hébergement *nm*

héberger *vt* C7
hébertisme *nm*
hébertiste *n, adj*
hébété, e *adj, n*
hébètement [-bɛ-] *nm*
hébéter *vt* C11
hébétude *nf*
héboïdophrénie *nf*
hébraïque *adj*
hébraïsant, e *n, adj*
hébraïser *vi, vt*
hébraïsme *nm*
hébraïste *n, adj*
hébreu *adj m, nm (pl hébreux)*
hécatombe *nf*
hectare *nm*
hectique *adj*
hectisie ou **étisie** *nf*
hecto ou **hectogramme** *nm*
hectolitre *nm*
hectomètre *nm*
hectométrique *adj*
hectopascal, als *nm*
hectowatt *nm*
***héder** [edɛr] *nm*
hédéracée *nf*
hédonisme *nm*
hédoniste *adj, n*
hédonistique *adj*
hégélianisme [-ge-] *nm*
hégélien, enne [-ge-] *adj, n*
hégémonie *nf*
hégémonique *adj*
hégémonisme *nm*
hégire *nf*
***heimatlos** [ajmatlos] *adj inv., n inv.*
***heimatlosat** [ajmatlosa] *nm*
***hein** *interj*
***hélas** *interj*
hélépole *nf*
***héler** *vt* C11
hélianthe *nm*
hélianthème *nm*
hélianthine *nf*
héliaque *adj*
héliaste *nm*
hélice *nf*
héliciculteur, trice *n*
héliciculture *nf*
hélicoïdal, e, aux *adj*
hélicoïde *adj, nm*
hélicon *nm*
hélicoptère *nm*
héligare *nf*
hélio *nf (abrév.* [héliogravure]*)*
héliocentrique *adj*
héliocentrisme *nm*
héliochromie *nf*
héliodore *nm*
héliographe *nm*
héliographie *nf*
héliograveur *nm*
héliogravure *nf*
héliomarin, e *adj*
héliomètre *nm*
hélion *nm*
héliophysique *nf*
héliostat [-sta] *nm*
héliosynchrone *adj*
héliothérapie *nf*
héliotrope *nm*
héliotropine *nf*
héliotropisme *nm*
héliport *nm*
héliportage *nm*
héliporté, e *adj*
hélitransporté, e *adj*
hélitreuillage *nm*
hélium [eljɔm] *nm*
hélix [eliks] *nm*
helladique *adj*
hellébore ou **ellébore** *(Ac.) nm*
hellène *adj, n*
hellénique *adj*
hellénisant, e *adj, n*
hellénisation *nf*
helléniser *vt, vpr*
hellénisme *nm*
helléniste *n*
hellénistique *adj*
***hello** [ɛlo] *interj*
helminthe *nm*
helminthiase *nf*
helminthique *adj*
helminthologie *nf*
héloderme *nm*
helvelle *nf*
helvète *adj, n*
helvétique *adj*
helvétisme *nm*
***hem** [ɛm] *interj*
hémarthrose *nf*
hématémèse *nf*
hémat(h)idrose *nf*
hématie [-ti ou -si] *nf*
hématine *nf*
hématique *adj*
hématite *nf*
hématocrite *nm*
hématologie *nf*
hématologique *adj*
hématologiste *n*
hématologue *n*
hématome *nm*
hématopoïèse *nf*
hématopoïétique *adj*
hématose *nf*
hématozoaire *nm*
hématurie *nf*
héméralope *adj, n*
héméralopie *nf*
hémérocalle *nf*
hémialgie *nf*
hémianopsie *nf*
hémicrânie *nf*
hémicycle *nm*
hémicylindrique *adj*
hémièdre *adj*
hémiédrie *nf*
hémiédrique *adj*
hémigrammus [-mys] *nm*
hémine *nf*
hémione *nm*
hémioxyde *nm*
hémiplégie *nf*
hémiplégique *adj, n*
hémiptère *nm, adj*
hémiptéroïde *nm, adj*
hémisphère *nm*

hémisphérique *adj*
hémistiche [-stiʃ] *nm*
hémitropie *nf*
hémochromatose *nf*
hémoculture *nf*
hémocyanine *nf*
hémodialyse *nf*
hémodynamique *nf, adj*
hémogénie *nf*
hémoglobine *nf*
hémoglobinopathie *nf*
hémoglobinurie *nf*
hémogramme *nm*
hémolyse *nf*
hémolysine *nf*
hémolytique *adj*
hémopathie *nf*
hémophile *adj, n*
hémophilie *nf*
hémoptysie *nf*
hémoptysique *adj, n*
hémorragie *nf*
hémorragique *adj*
hémorroïdaire *adj, n*
hémorroïdal, e, aux *adj*
hémorroïde *nf*
hémostase ou hémostasie *nf*
hémostatique *adj, nm*
hendécagone [ɛ̃de-] *adj, nm*
hendécasyllabe [ɛ̃de-] *adj, nm*
hendiadys ou hendiadyin [ɛndjadis ou -din] *nm*
*henné [ene] *nm*
*hennin [enɛ̃] *nm*
*hennir [enir] *vi*
*hennissant, e [enisɑ̃, ɑ̃t] *adj*
*hennissement [eni-] *nm*
*hennuyer, ère ou *hainuyer, ère [ɛnyje, ɛr] *adj, n*
*henry *nm*
*hep *interj*
héparine *nf*
hépatalgie *nf*
hépatique *adj, n*
hépatique *nf*
hépatisation *nf*
hépatisme *nm*
hépatite *nf*
hépatocèle *nf*
hépatologie *nf*
hépatomégalie *nf*
hépatonéphrite *nf*
hépatopancréas [-kreas] *nm*
heptacorde *adj, nm*
heptaèdre *nm*
heptaédrique *adj*
heptagonal, e, aux *adj*
heptagone *nm*
heptane *nm*
heptathlon *nm*
heptamètre *nm*
heptarchie *nf*
heptasyllabe *adj, nm*
héraldique *adj, nf*
héraldiste *n*
héraultais, e *adj, n*
*héraut [ero] *nm (officier public)*
herbacé, e *adj*
herbage *nm*
herbager, ère *n*
herbager *vt* C7
herbe *nf*
herbe-aux-chats *nf (pl herbes-aux-chats)*
herber *vt*
herberie *nf*
herbette *nf*
herbeux, euse *adj*
herbicide *adj, nm*
herbier *nm*
herbivore *adj, nm*
herborisateur, trice *n*
herborisation *nf*
herborisé, e *adj*
herboriser *vi*
herboriste *n*
herboristerie *nf*
herbu, e *adj*
herbue ou erbue *nf*
*her(s)chage *nm*
*her(s)cher *vi*
*her(s)cheur, euse *n*
hercule *nm*
herculéen, enne *adj*
hercynien, enne *adj*
*herd-book [œrdbuk] *nm (pl herd-books)*
*hère *nm (homme misérable ; cerf)*
héréditaire *adj*
héréditairement *adv*
hérédité *nf*
*hereford [ɛrfɔrd] *adj, n*
hérésiarque *n*
hérésie *nf*
héréticité *nf*
hérétique *adj, n*
*hérissé, e *adj*
*hérissement *nm*
*hérisser *vt, vpr*
*hérisson *nm*
*hérissonne *nf, adj f*
*hérissonner *vt*
héritabilité *nf*
héritage *nm*
hériter *vi, vt, vti*
héritier, ère *n*
hermandad [-dad] *nf*
hermaphrodisme *nm*
hermaphrodite *adj, nm*
herméneutique *nf, adj*
hermès [ɛrmɛs] *nm*
herméticité *nf*
hermétique *adj, nf*
hermétiquement *adv*
hermétisme *nm*
hermétiste *n*
hermine *nf*
herminette ou erminette *nf*
*herniaire *adj*
*hernie *nf*
*hernié, e *adj*
*hernieux, euse *adj, n*
héroïcité *nf*
héroï-comique *adj (pl héroï-comiques)*
héroïde *nf*
héroïne *nf*
héroïnomane *n*

héroïnomanie *nf*
héroïque *adj*
héroïquement *adv*
héroïsme *nm*
*héron *nm*
*héronneau *nm*
*héronnière *nf*
*héros [ero] *nm (personnage illustre)*
*herpe *nf*
herpès [ɛrpɛs] *nm*
herpétique *adj*
herpétisme *nm*
herpétologie ou erpétologie *nf*
herpétologique ou erpétologique *adj*
herpétologiste ou erpétologiste *n*
*hersage *nm*
*her(s)chage *nm*
*her(s)cher *vi*
*her(s)cheur, euse *n*
*herse *nf (instrument, grille)*
*herser *vt*
*herseur, euse *adj, n*
*hertz [ɛrts] *nm*
*hertzien, enne *adj*
hésitant, e *adj, n*
hésitation *nf*
hésiter *vi*
hessois, e *adj, n*
hésychasme [-kasm] *nm*
hétaïre [etair] *nf*
hétairie ou hétérie *nf*
hétérocentrique *adj*
hétérocerque *adj*
hétérochromie [-krɔ-] *nf*
hétérochromosome [-krɔ-] *nm*
hétéroclite *adj*
hétérocycle *nm*
hétérocyclique *adj*
hétérodonte *adj*
hétérodoxe *adj, n*
hétérodoxie *nf*
hétérodyne *adj, nm*
hétérogamétique *adj*
hétérogamie *nf*
hétérogène *adj*
hétérogénéité *nf*
hétérogénie *nf*
hétérogreffe *nf*
hétérologue *adj*
hétérométabole *adj*
hétéromorphe *adj*
hétéromorphie *nf*
hétéromorphisme *nm*
hétéronome *adj*
hétéronomie *nf*
hétéronyme *adj*
hétéroplastie *nf*
hétéroplastique *adj*
hétéroprotéine *nf*
hétéroptère *nm*
hétérosexualité [-sɛks-] *nf*
hétérosexuel, elle [-sɛksɥɛl] *adj, n*
hétéroside *nm*
hétérosis [-zis] *nf*
hétérosphère *nf*
hétérotrophe *adj*
hétérozygote *adj, n*
hetman [ɛtmɑ̃] *nm*
*hêtraie *nf*
*hêtre *nm (arbre)*
*heu *interj*
heur *nm (chance)*
heure *nf (temps)*
heureusement *adv*
heureux, euse *adj, n*
heuristique ou euristique *adj, nf*
*heurt [œr] *nm (choc)*
*heurté, e *adj*
*heurter *vt, vi, vpr*
*heurtoir *nm*
hévéa *nm*
hexachlorure [-klɔ-] *nm*
hexacoralliaire *nm*
hexacorde *nm*
hexadécimal, e, aux *adj*
hexaèdre *nm, adj*
hexaédrique *adj*
hexafluorure *nm*
hexagonal, e, aux *adj*
hexagone *nm, adj*
hexamètre *nm, adj*
hexamidine *nf*
hexane *nm*
hexapode *adj, nm*
hexogène *nm*
hexose *nm*
*hi *interj*
hiatal, e, aux *adj*
hiatus [jatys] *nm*
hibernal, e, aux *adj*
hibernant, e *adj*
hibernation *nf*
hiberner *vi*
hibiscus [-kys] *nm*
*hibou *nm (pl hiboux)*
*hic *nm inv.*
*hic et nunc [ikɛtnɔ̃k] *loc adv*
*hickory [ikɔri] *nm*
hidalgo *nm*
*hideur *nf*
*hideusement *adv*
*hideux, euse *adj*
hidrosadénite *nf*
*hie [i] *nf*
hièble ou yèble *nf*
hiémal, e, aux *adj*
hier [(i)jɛr] *adv, nm*
*hiérarchie *nf*
*hiérarchique *adj*
*hiérarchiquement *adv*
*hiérarchisation *nf*
*hiérarchiser *vt*
*hiérarque *nm*
hiératique *adj*
hiératiquement *adv*
hiératisme *nm*
hiérodule *nm*
hiérogamie *nf*
hiéroglyphe *nm*
hiéroglyphique *adj*
hiérogrammate *nm*
hiérogrammatiste *nm*
hiéronymite *nm*
hiérophante *nm*
*hi-fi *nf inv., adj*
*highlander [ajlɑ̃dœr] *nm*
*high-tech [ajtɛk] *adj inv., nm inv.*

higoumène *nm*
*__hi-han__ *interj, nm*
*__hilaire__ *adj*
hilarant, e *adj*
hilare *adj*
hilarité *nf*
*__hile__ *nm (botanique, anatomie)*
hiloire *nf*
hilote ou **ilote** *nm*
hilotisme ou **ilotisme** *nm*
himalayen, enne [imalajɛ̃, ɛn] *adj*
himation [-tjɔn] *nm*
*__hindi__ [indi] *nm s*
hindou, e *adj, n*
hindouisme *nm*
hindouiste *adj, n*
hindoustani *nm, adj*
hinterland [intɛrlɑ̃d] *nm*
hipparchie [iparʃi] *nf*
hipparion *nm*
hipparque *nm*
hippiatre *nm*
hippiatrie *nf*
hippiatrique *nf, adj*
*__hippie__ ou *__hippy__ *n, adj (pl hippies)*
hippique *adj*
hippisme *nm*
hippocampe *nm*
hippocastanacée *nf*
hippocratique *adj*
hippocratisme *nm*
hippodrome *nm*
hippogriffe *nm*
hippologie *nf*
hippologique *adj*
hippomobile *adj*
hippophaé *nm*
hippophagie *nf*
hippophagique *adj*
hippopotame *nm*
hippopotamesque *adj*
hippotechnie [-tɛkni] *nf*
hippurique *adj*
*__hippy__ ou *__hippie__ *n, adj (pl hippies)*
hircin, e [irsɛ̃, in] *adj*
hirondeau *nm*
hirondelle *nf*
hirsute *adj*
hirsutisme *nm*
hirudinée *nf*
hispanique *adj*
hispanisant, e *n*
hispanisme *nm*
hispaniste *n*
hispano-américain, e *adj, n (pl hispano-américains, es)*
hispano-arabe *adj (pl hispano-arabes)*
hispano-mauresque ou **hispano-moresque** *adj (pl hispano-mauresques* ou *hispano-moresques)*
hispanophone *adj, n*
hispide *adj*
*__hisse (ho)__ *interj*
*__hisser__ *vt, vpr*
histamine *nf*
histaminique *adj*
histidine *nf*
histiocytaire *adj*
histocyte *nm*
histochimie *nf*
histocompatibilité *nf*
histogenèse *nf*
histogramme *nm*
histoire *nf*
histologie *nf*
histologique *adj*
histolyse *nf*
histone *nf*
histoplasmose *nf*
historicisme *nm*
historiciste *adj, n*
historicité *nf*
historié, e *adj*
historien, enne *n*
historier *vt*
historiette *nf*
historiographe *nm*
historiographie *nf*
historique *adj, nm*
historiquement *adv*
historisme *nm*
histrion *nm*
histrionique *adj*
histrionisme *nm*
hitlérien, enne *adj, n*
hitlérisme *nm*
*__hit-parade__ [itparad] *nm (pl hit-parades)*
*__hittite__ *adj, n*
HIV [aʃive] *nm*
hiver [ivɛr] *nm*
hivernage *nm*
hivernal, e, aux *adj*
hivernale *nf*
hivernant, e *adj, n*
hiverner *vi, vt*
H.L.M. [aʃɛlɛm] *nm* ou *nf inv.*
*__ho__ *interj*
*__hobby__ [ɔbi] *nm (pl hobbies* [passe-temps]*)*
*__hobereau__ [ɔbro] *nm*
*__hocco__ *nm*
*__hochement__ *nm*
*__hochepot__ [ɔʃpo] *nm*
*__hoche(-)queue__ *nm (pl hoche(-)queues)*
*__hocher__ *vt*
*__hochet__ [ɔʃɛ] *nm*
*__hockey__ [ɔkɛ] *nm (sport)*
*__hockeyeur, euse__ [ɔkɛjœr, øz] *n*
hodjatoleslam *nm*
hodographe *nm*
hoir [war] *nm*
hoirie *nf*
*__holà__ *interj, nm inv.*
*__holding__ [ɔldiŋ] *nm*
*__hold-up__ [ɔldœp] *nm inv.*
holisme *nm*
holiste *n, adj*
*__hollandais, e__ *adj, n*
*__hollande__ *n*
*__hollywoodien, enne__ [ɔliwudjɛ̃, ɛn] *adj*

holmium [-mjɔm] *nm*
holocauste *nm*
holocène *adj, nm*
holocristallin, e *adj*
hologamie *nf*
hologramme *nm*
holographe ou
  olographe *adj*
holographie ou
  olographie *nf*
holographique ou
  olographique *adj*
holométabole *adj*
holophrastique *adj*
holoprotéine *nf*
holoside *nm*
holostéen *nm*
holothurie *nf*
*homard *nm*
*homarderie *nf*
hombre *nm (cartes)*
*home *nm (maison)*
homélie *nf*
homéomorphe *adj*
homéomorphisme *nm*
homéopathe *n, adj*
homéopathie [-ti] *nf*
homéopathique [-tik]
  adj
homéostasie *nf*
homéostat [-sta] *nm*
homéostatique *adj*
homéotherme *adj, n*
homéothermie *nf*
homérique *adj*
*homespun [-spœn] *nm*
*home-trainer
  [omtrɛnœr] *nm*
  (pl home-trainers)
homicide *adj, n*
homilétique *nf*
hominidé *nm*
hominien *nm*
hominisation *nf*
hominisé, e *adj*
hommage *nm*
hommasse *adj*
homme *nm (être
  humain)*
homme-grenouille *nm*
  *(pl hommes-
  grenouilles)*
homme-orchestre *nm*
  *(pl hommes-
  orchestres)*
homme-sandwich *nm*
  *(pl hommes-
  sandwich(e)s)*
homocentre *nm*
homocentrique *adj*
homocerque *adj*
homochromie *nf*
homocinétique *adj*
homocyclique *adj*
homodonte *adj*
homofocal, e, aux *adj*
homogamétique *adj*
homogène *adj*
homogénéifier *vt*
homogénéisateur, euse
  adj, nm
homogénéisation *nf*
homogénéisé, e *adj*
homogénéiser *vt*
homogénéité *nf*
homographe *adj, nm*
homographie *nf*
homographique *adj*
homogreffe *nf*
homologation *nf*
homologie *nf*
homologue *adj, n*
homologuer *vt*
homomorphisme *nm*
homoncule ou
  homuncule *nm*
homonyme *adj, n*
homonymie *nf*
homonymique *adj*
homophone *adj, n*
homophonie *nf*
homophonique *adj*
homoptère *nm*
homosexualité [-seks-]
  nf
homosexuel, elle
  [-sɛksɥɛl] *adj, n*
homosphère *nf*
homothermie *nf*
homothétie [-si] *nf*
homothétique *adj*
homozygote *adj, n*
homuncule ou
  homoncule *nm*
*honchets [-ʃɛ] *nm pl*
*hondurien, enne *adj, n*
*hongre *adj m, nm*
*hongrer *vt*
*hongreur *nm*
*hongroierie *nf*
*hongrois, e *adj, n*
*hongroyage [ɔ̃grwajaʒ]
  nm
*hongroyer [ɔ̃grwaje] *vt*
  C16
*hongroyeur [ɔ̃grwajœr]
  nm
*honing [oniŋ] *nm*
honnête *adj*
honnêtement *adv*
honnêteté *nf*
honneur *nm*
*honnir *vt*
honorabilité *nf*
honorable *adj*
honorablement *adv*
honoraire *adj*
honoraires *nm pl*
honorariat [-rja] *nm*
honoré, e *adj, nf*
honorer *vt, vpr*
honorifique *adj*
*honoris causa
  [ɔnɔriskoza] *loc,
  adj inv.*
*honte *nf*
*honteusement *adv*
*honteux, euse *adj*
*hooligan ou *houligan
  [uligan] *nm*
*hooliganisme [uli-] *nm*
*hop *interj*
*hopak ou gopak *nm*
hôpital, aux *nm*
hoplite *nm*
*hoquet [ɔkɛ] *nm (bruit)*
*hoqueter [ɔkte] *vi* C10
*hoqueton [ɔktɔ̃] *nm*
horaire *adj, n*

*horde *nf*
hordéacé, e *adj*
hordéine *nf*
*horion *nm*
horizon *nm*
horizontal, e, aux *adj*
horizontale *nf*
horizontalement *adv*
horizontalité *nf*
horloge *nf*
horloger, ère *n, adj*
horlogerie *nf*
*hormis [ɔrmi] *prép*
hormonal, e, aux *adj*
hormone *nf*
hormoner *vt*
hormonothérapie *nf*
*hornblende [ɔrnblɛ̃d] *nf*
horodaté, e *adj*
horodateur, trice *adj, nm*
horokilométrique *adj*
horoscope *nm*
horreur *nf*
horrible *adj*
horriblement *adv*
horrifiant, e *adj*
horrifier *vt (faire horreur)*
horrifique *adj*
horripilant, e *adj*
horripilateur *adj m*
horripilation *nf*
horripiler *vt*
*hors [ɔr] *prép, adv*
16-XXII
*hors(a)in *nm*
*hors-bord *nm inv.*
*hors-concours *nm inv.*
*hors-cote *adj inv., nm inv.*
*hors-d'œuvre *nm inv.*
*horse-guard [ɔrsg(w)ard] *nm (pl horse-guards)*
*horse power [ɔrspɔwœr] *nm inv.*
*horse-pox [ɔrspɔks] *nm*
*hors(a)in *nm*
*hors-jeu *nm inv.*
*hors-la-loi *nm inv.*
*hors-ligne *nm inv.*
*hors-piste(s) *nm (pl hors-piste[s])*
*horst [ɔrst] *nm*
*hors-texte *nm inv.*
hortensia *nm*
horticole *adj*
horticulteur, trice *n*
horticulture *nf*
hortillonnage *nm*
hosanna *nm*
hospice *nm (établissement)*
hospitalier, ère *adj, n*
hospitalisation *nf*
hospitaliser *vt*
hospitalisme *nm*
hospitalité *nf*
hospitalo-universitaire *adj, n (pl hospitalo-universitaires)*
hospodar *nm*
host ou ost [ɔst] *nm*
hosteau ou (h)osto *nm (pop.)*
hostellerie [ɔstɛlri] *nf*
hostie *nf*
hostile *adj*
hostilement *adv*
hostilité *nf*
hosto ou hosteau ou osto *nm (pop.)*
*hot [ɔt] *adj inv., nm inv. (jazz)*
*hot dog [ɔtdɔg] *nm (pl hot dogs)*
hôte [ot] *nm*
hôtel *nm (établissement)*
hôtel-Dieu *nm (pl hôtels-Dieu)*
hôtelier, ère *n, adj*
hôtellerie *nf*
hôtesse *nf*
*hotte [ɔt] *nf (panier)*
*hottée *nf*
*hottentot, e *adj, n*
*hottereau *nm*
*hotter *vt*
hotteret [-rɛ] *nm*
*hotu *nm*
*hou *interj*
*houache ou *houaiche *nf*
*houari [wari] *nm*
*houblon *nm*
*houblonnage *nm*
*houblonner *vt*
*houblonnier, ère *n, adj*
*houdan *nf*
*houe *nf (instrument)*
*houer *vt*
*houille *nf*
*houiller, ère *adj, nm*
*houillère *nf (mine de houille)*
*houka *nm*
*houle *nf*
*houlette *nf*
*houleux, euse *adj*
*houligan ou hooligan [uligan] *nm*
*hou(l)que [u(l)k] *nf*
*houp *interj*
*houppe *nf*
*houppelande *nf*
*houpper *vt*
*houppette *nf*
*houppier *nm*
*hou(l)que [u(l)k] *nf*
*hourd [ur] *nm*
*hourdage *nm*
*hourder *vt*
*hourdis [-di] *nm*
*houri *nf*
*hourque *nf*
*hourra ou *hurrah *interj, nm*
*hourvari *nm*
*housard *nm*
*houseau *nm*
*house-boat [awzbot] *nm (pl house-boats)*
*houspiller *vt*
*houspilleur, euse *n*
*houssaie *nf*
*housse *nf*
*housser *vt*
*houssine *nf*

*houssiner *vt*
*houssoir *nm*
*houx [u] *nm (arbuste)*
hovercraft [-kraft] *nm*
hoverport *nm*
*hoyau [ɔjo ou wajo] *nm (pl hoyaux)*
*huard ou *huart *nm*
*hublot [-blo] *nm*
*huche *nf*
*hucher *vt*
*huchet [yʃɛ] *nm*
*hue [y] *interj*
*huée *nf*
*huer *vt, vi*
*huerta [wɛrta] *nf*
*huguenot [-no] *n, adj*
hui *adv (aujourd'hui)*
huilage *nm*
huile *nf*
huiler *vt*
huilerie *nf*
huileux, euse *adj*
huilier, ère *adj, nm*
huis [ɥi] *nm (porte)*
*huis clos *nm*
huisserie *nf*
huissier *nm*
*huit *adj num inv., nm inv.* 19-IIIB
*huitain *nm*
*huitaine *nf*
*huitante *adj num*
*huitième *adj num, n*
*huitièmement *adv*
huître *nf*
*huit-reflets *nm inv.*
huîtrier, ère *adj, n*
huîtrier *nm*
huîtrière *nf*
*hulotte *nf*
*hululement ou ululement *nm*
*hululer ou ululer *vi*
*hum [œm] *interj*
*humage *nm*
humain, e *adj, nm*
humainement *adv*
humanisation *nf*
humaniser *vt, vpr*
humanisme *nm*
humaniste *n, adj*
humanitaire *adj*
humanitarisme *nm*
humanitariste *adj, n*
humanité *nf*
humanoïde *adj, n*
humble *adj, nm*
humblement *adv*
humectage *nm*
humecter *vt*
humecteur *nm*
*humer *vt*
huméral, e, aux *adj*
humérus [-rys] *nm*
humeur *nf*
humide *adj*
humidificateur *nm*
humidification *nf*
humidifier *vt*
humidifuge *adj*
humidimètre *nm*
humidité *nf*
humifère *adj*
humification *nf*
humiliant, e *adj*
humiliation *nf*
humilié, e *adj, n*
humilier *vt, vpr*
humilité *nf*
humique *adj*
humoral, e, aux *adj*
humorisme *nm*
humoriste *n, adj*
humoristique *adj*
humour *nm*
humus [ymys] *nm*
*hune *nf*
*hunier *nm*
*hunnique *adj (des Huns)*
*hunter [œntər] *nm*
*huppe *nf*
*huppé, e *adj*
*hurdler [œrdlœr] *nm*
*hure *nf*
*hurlant, e *adj*
*hurlement *nm*
*hurler *vi, vt*
*hurleur, euse *adj, n*
*hurluberlu, e *adj, nm (fam.)*
*huron, onne *adj, n*
*huronien, enne *adj*
*hurrah ou hourra *interj, nm*
*hurricane *nm*
*husky [œski] *nm (pl huskies)*
*hussard *nm*
*hussarde *nf*
*hussite *nm*
*hutinet [-nɛ] *nm*
*hutte *nf (abri)*
hyacinthe *nf*
hyades *nf pl*
hyalin, e *adj*
hyalite *nf*
hyaloïde *adj*
hybridation *nf*
hybride *adj, nm*
hybrider *vt, vpr*
hybridisme *nm*
hybridité *nf*
hybridome *nm*
hydarthrose *nf*
hydatide *nf*
hydatique *adj*
hydne *nm*
hydracide *nm*
hydraire *nm*
hydramnios [-amnjɔs] *nm*
hydrant *nm* ou hydrante *nf*
hydrargie *nf*
hydrargyre *nm*
hydrargyrisme *nm*
hydrastis [-stis] *nm*
hydratable *adj*
hydratant, e *adj, nm*
hydratation *nf*
hydrate *nm*
hydrater *vt, vpr*
hydraule *nf*
hydraulicien, enne *adj, n*
hydraulicité *nf*
hydraulique *adj, nf*
hydravion *nm*
hydrazine *nf*

hydre *nf*
hydrémie *nf*
hydrie *nf*
hydrique *adj*
hydrobase *nf*
hydrocarbonate *nm*
hydrocarboné, e *adj*
hydrocarbure *nm*
hydrocèle *nf*
hydrocéphale *adj, n*
hydrocéphalie *nf*
hydrocharidacée [-ka-] *nf*
hydroclasseur *nm*
hydrocoralliaire *nm*
hydrocortisone *nf*
hydrocotyle *nf*
hydrocraquage *nm*
hydrocution *nf*
hydrodésulfuration *nf*
hydrodynamique *nf, adj*
hydroélectricité *nf*
hydroélectrique *adj*
hydrofilicale *nf*
hydrofoil [idrɔfɔjl] *nm*
hydrofugation *nf*
hydrofuge *adj, nm*
hydrofuger *vt* C7
hydrogel *nm*
hydrogénation *nf*
hydrogène *nm*
hydrogéné, e *adj*
hydrogéner *vt* C11
hydrogéologie *nf*
hydroglisseur *nm*
hydrographe *n*
hydrographie *nf*
hydrographique *adj*
hydrolase *nf*
hydrolat [-la] *nm*
hydrolithe *nf*
hydrologie *nf*
hydrologique *adj*
hydrologiste *n*
hydrologue *n*
hydrolysable *adj*
hydrolyse *nf*
hydrolyser *vt*
hydromécanique *adj*
hydromel *nm*
hydrométallurgie *nf*
hydrométéore *nm*
hydromètre *nf*
hydrométrie *nf*
hydrominéral, e, aux *adj*
hydronéphrose *nf*
hydropéricarde *nm*
hydrophile *adj, nm*
hydrophobe *adj*
hydrophobie *nf*
hydropique *adj, n*
hydropisie *nf*
hydropneumatique *adj*
hydroptère *nm*
hydroquinone *nf*
hydrosilicate *nm*
hydrosol *nm*
hydrosoluble *adj*
hydrosphère *nf*
hydrostatique *nf, adj*
hydrothérapie *nf*
hydrothérapique *adj*
hydrothermal, e, aux *adj*
hydrothorax *nm*
hydrotimètre *nm*
hydrotimétrie *nf*
hydrotraitement *nm*
hydroxyde *nm*
hydroxylamine *nf*
hydroxyle *nm*
hydrozoaire *nm*
hydrure *nm*
hyène [jɛn] *nf (animal)*
hygiaphone *nm*
hygiène *nf*
hygiénique *adj*
hygiéniquement *adv*
hygiéniste *n*
hygroma *nm*
hygromètre *nm*
hygrométrie *nf*
hygrométrique *adj*
hygrophile *adj*
hygrophobe *adj*
hygrophore *nm*
hygroscope *nm*
hygroscopie *nf*
hygroscopique *adj*
hygrostat [-sta] *nm*
hylozoïsme *nm*
hymen [imɛn] *nm*
hyménée *nm*
hyménium [-njɔm] *nm*
hyménomycète *nm*
hyménoptère *adj, nm*
hymne *nm (chant); nf (liturgique)*
hyoïde [jɔid] *adj m, nm*
hyoïdien, enne [jɔidjɛ̃, ɛn] *adj*
hypallage *nf*
hyperacidité *nf*
hyperacousie *nf*
hyperactivité *nf*
hyperalgésie *nf*
hyperalgie *nf*
hyperazotémie *nf*
hyperbare *adj*
hyperbate *nf*
hyperbole *nf*
hyperbolique *adj*
hyperboliquement *adv*
hyperboloïde *nm*
hyperboréen, enne *adj*
hypercalcémie *nf*
hypercapnie *nf*
hyperchlorhydrie *nf*
hypercholestérolémie [-kɔ-] *nf*
hyperchrome [-krom] *adj*
hyperchromie [-krɔ-] *nf*
hypercorrect, e [-kɔrɛkt] *adj*
hypercorrection *nf*
hypercritique *adj, n*
hyperdulie *nf*
hyperémotivité *nf*
hyperespace *nm*
hyperesthésie *nf*
hyperfocal, e, aux *adj*
hyperfolliculinie *nf*
hyperfonctionnement *nm*
hyperfréquence *nf*
hypergenèse *nf*
hyperglycémiant, e *adj*
hyperglycémie *nf*

hypergolique *adj*
hypericacée *nf*
hyperkaliémie *nf*
hyperlipémie ou **hyperlipidémie** *nf*
hypermarché *nm*
hyperménorrhée *nf*
hypermètre *adj*
hypermétrope *adj, n*
hypermétropie *nf*
hypermnésie *nf*
hypernerveux, euse *adj, n*
hypéron *nm*
hyperonyme *nm*
hyperplan *nm*
hyperplasie *nf*
hyperréalisme *nm*
hyperréaliste *adj, n*
hypersécrétion *nf*
hypersensibilité *nf*
hypersensible *adj, n*
hypersomniaque *adj, n*
hypersomnie *nf*
hypersonique *adj*
hyperstatique *adj*
hypersthénie *nf*
hypersustentateur, trice *adj, nm*
hypersustentation *nf*
hypertélie *nf*
hypertélique *adj*
hypertendu, e *adj, n*
hypertenseur *adj m*
hypertensif, ive *adj*
hypertension *nf*
hyperthermie *nf*
hyperthyroïdie *nf*
hypertonie *nf*
hypertonique *adj, n*
hypertrophie *nf*
hypertrophié, e *adj*
hypertrophier *vt, vpr*
hypertrophique *adj*
hypervitaminose *nf*
hyphe [if] *nf (des champignons)*
hypholome *nm*
hypnagogique *adj*
hypne *nf*
hypnoïde *adj*
hypnologie *nf*
hypnopompique *adj*
hypnose *nf*
hypnotique *adj, nm*
hypnotiser *vt, vpr*
hypnotiseur, euse *n*
hypnotisme *nm*
hypoacousie *nf*
hypoalgésie *nf*
hypoallergique *adj, nm*
hypocalcémie *nf*
hypocalorique *adj*
hypocauste *nm*
hypocentre *nm*
hypochloreux [-klɔ-] *adj m*
hypochlorhydrie [-klɔ-] *nf*
hypochlorite [-klɔ-] *nm*
hypochrome [-krom] *adj*
hypochromie [-krɔ-] *nf*
hypocondre *nm*
hypocondriaque *adj, n*
hypocondrie *nf*
hypocoristique *adj, nm*
hypocras [-kras] *nm*
hypocrisie *nf*
hypocrite *adj, n*
hypocritement *adv*
hypocycloïdal, e, aux *adj*
hypocycloïde *nf*
hypoderme *nm*
hypodermique *adj*
hypodermose *nf*
hypoesthésie *nf*
hypogastre *nm*
hypogastrique *adj*
hypogé, e *adj*
hypogée *nm*
hypoglosse *adj*
hypoglycémiant, e *adj, nm*
hypoglycémie *nf*
hypogyne *adj*
hypoïde *adj*
hypokaliémie *nf*
hypokhâgne *nf*
hypolipidémie *nf*
hypomanie *nf*
hyponeurien *nm*
hyponomeute ou **yponomeute** *nm*
hyponyme *nm*
hypophosphite *nm*
hypophosphoreux *adj m*
hypophosphorique *adj*
hypophysaire *adj*
hypophyse *nf*
hypoplasie *nf*
hyposcenium [-njɔm] *nm*
hyposécrétion *nf*
hyposodé, e *adj*
hypospadias [-djas] *nm*
hypostase *nf*
hypostasier *vt*
hypostatique *adj*
hypostyle *adj*
hyposulfite *nm*
hyposulfureux *adj m*
hypotaupe *nf (arg.)*
hypotendu, e *adj, n*
hypotenseur *nm*
hypotensif, ive *adj*
hypotension *nf*
hypoténuse *nf*
hypothalamique *adj*
hypothalamus [-talamys] *nm*
hypothécable *adj*
hypothécaire *adj*
hypothécairement *adv*
hypothénar *adj inv., nm*
hypothèque *nf*
hypothéquer *vt*
hypothermie *nf*
hypothèse *nf*
hypothético-déductif, ive *adj (pl hypothético-déductifs, ives)*
hypothétique *adj*
hypothétiquement *adv*
hypothyroïdie *nf*

hypotonie *nf*
hypotonique *adj*
hypotrophie *nf*
hypotypose *nf*
hypovitaminose *nf*
hypoxémie *nf*
hypoxie *nf*
hypsomètre *nm*
hypsométrie *nf*
hypsométrique *adj*
hysope *nf*
hystérectomie *nf*
hystérésis [-zis] ou hystérèse *nf*
hystérie *nf*
hystériforme *adj*
hystérique *adj, n*
hystérographie *nf*
hystérosalpingographie *nf*
hystérotomie *nf*

i *nm inv.*
ïambe ou iambe [jɑ̃b] *nm*
ïambique ou iambique [jɑ̃bik] *adj*
iatrogène *adj*
ibère *adj, n*
ibéride *nf* ou ibéris [-ris] *nm*
ibérique *adj*
ibéris [-ris] *nm* ou ibéride *nf*
ibérisme *nm*
ibidem [-dɛm] *adv*
ibis [ibis] *nm*
icaque *nf*
icaquier *nm*
icarien, enne *adj*
icaunais, e *adj, n*
iceberg [is- ou ajsbɛrg] *nm*
ice-boat [ajsbot] *nm* *(pl ice-boats)*
ice-cream [ajskrim] *nm* *(pl ice-creams)*
icefield [ajsfild] *nm*
icelui, icelle, iceux, icelles *adj dém, pron dém*
ichneumon [iknømɔ̃] *nm*
ichor [ikɔr] *nm*
ichthus [iktys] *nm*
ichtyocolle [iktjɔkɔl] *nf*
ichtyoïde [iktjɔid] *adj*
ichtyol [iktjɔl] *nm*
ichtyologie [iktjɔ-] *nf*
ichtyologique [iktjɔ-] *adj*
ichtyologiste [iktjɔ-] *n*
ichtyophage [iktjɔ-] *adj, n*
ichtyornis [iktjɔrnis] *nm*
ichtyosaure [iktjɔ-] *nm*
ichtyose [iktjoz] *nf*
ichtyostéga [iktjɔ-] *nm*
ici *adv*
ici-bas *adv*
icoglan *nm*
icône *nf*
iconique *adj*
iconoclasme *nm*
iconoclaste *adj, nm*
iconoclastie *nf*
iconographe *n*
iconographie *nf*
iconographique *adj*
iconolâtre *n*
iconolâtrie *nf*
iconologie *nf*
iconologique *adj*
iconologiste *n*
iconologue *n*
iconoscope *nm*
iconostase *nf*
iconothèque *nf*
icosaèdre *nm*
ictère *nm*
ictérique *adj, n*
ictus [iktys] *nm*
ide *nm (poisson)*
idéal, e, als ou aux *adj, nm*
idéalement *adv*
idéalisateur, trice *adj*
idéalisation *nf*
idéaliser *vt*
idéalisme *nm*
idéaliste *adj, n*
idéalité *nf*
idéation *nf*
idée *nf*
idée-force *nf* *(pl idées-forces)*
idéel, elle *adj*
idem [idɛm] *adv*
idempotent, e [idɛmpɔtɑ̃, ɑ̃t] *adj*
identifiable *adj*
identificateur *nm*
identification *nf*
identificatoire *adj*
identifier *vt, vpr*
identifieur *nm*
identique *adj*
identiquement *adv*
identitaire *adj*
identité *nf*
idéogramme *nm*
idéographie *nf*
idéographique *adj*
idéologie *nf*
idéologique *adj*
idéologisation *nf*
idéologue *n*
idéo(-)moteur, trice *adj* *(pl idéo(-)moteurs, trices)*
ides *nf pl (division du mois)*
id est [idɛst] *loc conj*
idiolecte *nm*
idiomatique *adj*
idiome *nm*
idiopathie *nf*
idiopathique *adj*
idiosyncrasie *nf*
idiot, e [idjo, ɔt] *adj, n*
idiotement *adv*
idiotie [-si] *nf*
idiotisme *nm*
idiotifier *vt*
idoine *adj*
idolâtre *adj, n*
idolâtrer *vt, vpr*

idolâtrie *nf*
idolâtrique *adj*
idole *nf*
idylle *nf*
idyllique *adj*
if *nm (arbre)*
igloo ou **iglou** [iglu] *nm*
igname [iɲam ou ignɑm] *nf*
ignare [iɲar] *adj, n*
igné, e [igne ou iɲe] *adj*
ignifugation [igni- ou iɲi-] *nf*
ignifuge [igni- ou iɲi-] *adj, nm*
ignifugeant, e [igni- ou iɲi-] *adj, nm*
ignifuger [igni- ou iɲi-] *vt* C7
ignipuncture [igni- ou iɲipɔ̃ktyr] *nf*
ignition [igni- ou iɲi-] *nf*
ignitron [igni- ou iɲi-] *nm*
ignivome [igni- ou iɲi-] *adj*
ignoble [iɲɔbl] *adj*
ignoblement [iɲɔ-] *adv*
ignominie [iɲɔ-] *nf*
ignominieusement [iɲɔ-] *adv*
ignominieux, euse [iɲɔ-] *adj*
ignorance [iɲɔ-] *nf*
ignorant, e [iɲɔ-] *adj, n*
ignorantin [iɲɔ-] *adj m, nm*
ignoré, e [iɲɔ-] *adj*
ignorer [iɲɔ-] *vt, vpr*
iguane [igwan] *nm*
iguanodon [igwa-] *nm*
igue [ig] *nf*
ikebana *nm*
il, ils *pron pers m*
ilang-ilang ou **ylang-ylang** [ilɑ̃ilɑ̃] *nm (pl ilangs-ilangs* ou *ylangs-ylangs)*
île *nf (terre isolée)*
iléal, e, aux *adj*
iléite *nf*
iléo-cæcal, e, aux [ileosekal, o] *adj*
iléon ou **ileum** [ileɔm] *nm*
îlet *nm*
ileum [ileɔm] ou **iléon** *nm*
iléus [ileys] *nm*
iliaque *adj*
îlien, enne *adj, n*
ilion *nm*
illégal, e, aux *adj*
illégalement *adv*
illégalité *nf*
illégitime *adj*
illégitimement *adv*
illégitimité *nf*
illettré, e *adj, n*
illettrisme *nm*
illicite *adj*
illicitement *adv*
illico [illiko] *adv*
illimité, e *adj, nm*
illisibilité *nf*
illisible *adj*
illisiblement *adv*
illite *nf*
illogique *adj*
illogiquement *adv*
illogisme *nm*
illumination *nf*
illuminé, e *adj, n*
illuminer *vt, vpr*
illuminisme *nm*
illusion *nf*
illusionnel, elle *adj*
illusionner *vt, vpr*
illusionnisme *nm*
illusionniste *n*
illusoire *adj*
illusoirement *adv*
illustrateur, trice *n*
illustration *nf*
illustre *adj*
illustré, e *adj, nm*
illustrer *vt, vpr*
illustrissime *adj*
illuvial, e, aux *adj*
illuviation *nf*
illuvium [i(l)lyvjɔm] *nm* ou **illuvion** *nf*
illyrien, enne *adj, n*
ilménite *nf*
îlot [ilo] *nm*
îlotage *nm*
ilote ou **hilote** *nm*
îlotier *nm*
ilotisme ou **hilotisme** *nm*
image *nf*
imagé, e *adj*
imagerie *nf*
imagier, ère *n, adj*
imaginable *adj*
imaginaire *adj, nm*
imaginal, e, aux *adj*
imaginatif, ive *adj, n*
imagination *nf*
imaginé, e *adj*
imaginer *vt, vpr*
imago [-go] *nm (insecte)*; *nf (représentation)*
imam ou **iman** [imam ou imɑ̃] *nm*
imamat ou **imanat** [-na] *nm*
imbattable *adj*
imbécile *adj, n*
imbécilement *adv*
imbécillité [-sili-] *nf*
imberbe *adj*
imbiber *vt, vpr*
imbibition *nf*
imbrication *nf*
imbriqué, e *adj*
imbriquer *vt, vpr*
imbroglio [ɛ̃brɔljo] *nm*
imbrûlé, e *adj, nm*
imbu, e *adj*
imbuvable *adj*
imide *nm*
imipramine *nf*
imitable *adj*
imitateur, trice *adj, n*
imitatif, ive *adj*
imitation *nf*
imité, e *adj*
imiter *vt*

immaculé, e *adj*
immanence *nf*
immanent, e *adj*
immanentisme *nm*
immangeable [ɛ̃m-] *adj*
immanquable [ɛ̃m-] *adj*
immanquablement [ɛ̃m-] *adv*
immarcescible *adj*
immariable [ɛ̃m-] *adj*
immatérialisme *nm*
immatérialiste *n*
immatérialité *nf*
immatériel, elle *adj*
immatriculation *nf*
immatriculer *vt*
immaturation *nf*
immature *adj*
immaturité *nf*
immédiat, e *adj, nm*
immédiatement *adv*
immédiateté *nf*
immelmann [-man] *nm*
immémorial, e, aux *adj*
immense *adj*
immensément *adv*
immensité *nf*
immensurable *adj*
immergé, e *adj*
immerger *vt, vpr* C7
immérité, e *adj*
immersif, ive *adj*
immersion *nf*
immettable [ɛ̃m-] *adj*
immeuble *adj, nm*
immigrant, e *adj, n*
immigration *nf*
immigré, e *adj, n*
immigrer *vi*
imminence *nf*
imminent, e *adj*
immiscer (s') [imise] *vpr* C6
immixtion [imiksjɔ̃] *nf*
immobile *adj*
immobilier, ère *adj, nm*
immobilisation *nf*
immobiliser *vt, vpr*
immobilisme *nm*
immobiliste *adj, n*
immobilité *nf*
immodération *nf*
immodéré, e *adj*
immodérément *adv*
immodeste *adj*
immodestie *nf*
immolateur *nm*
immolation *nf*
immoler *vt, vpr*
immonde *adj*
immondice *nf*
immoral, e, aux *adj*
immoralement *adv*
immoralisme *nm*
immoraliste *adj, n*
immoralité *nf*
immortaliser *vt*
immortalité *nf*
immortel, elle *adj, n*
immotivé, e *adj*
immuabilité *nf*
immuable *adj*
immuablement *adv*
immun, e [im(m)œ̃, yn] *adj, n*
immunisant, e *adj*
immunisation *nf*
immuniser *vt*
immunitaire *adj*
immunité *nf*
immunochimie *nf*
immunocompétent, e *adj*
immunodéficience *nf*
immunodéficitaire *adj*
immunodépresseur *nm*
immunodépressif, ive *adj*
immunodéprimé, e *adj*
immunofluorescence *nf*
immunogène *adj*
immunoglobuline *nf*
immunologie *nf*
immunologique *adj*
immunologiste *n*
immunostimulant, e *adj, nm*
immunosuppresseur *nm*
immunotechnologie [-tɛk-] *nf*
immunothérapie *nf*
immunotolérant, e *adj*
immunotransfusion *nf*
immutabilité *nf*
impact [ɛ̃pakt] *nm*
impair, e *adj, nm*
impala [impala] *nm*
impalpable *adj*
impaludation *nf*
impaludé, e *adj*
impanation *nf*
imparable *adj*
impardonnable *adj*
imparfait, e *adj, nm*
imparfaitement *adv*
imparidigité, e *adj, nm*
imparipenné, e *adj*
imparisyllabique [-si-] *adj, nm*
imparité *nf*
impartageable *adj*
impartial, e, aux *adj*
impartialement *adv*
impartialité *nf*
impartir *vt*
impasse *nf*
impassibilité *nf*
impassible *adj*
impassiblement *adv*
impatiemment [-sjamɑ̃] *adv*
impatience [-sjɑ̃s] *nf*
impatient, e [-sjɑ̃, ɑ̃t] *adj*
impatientant, e [-sjɑ̃-] *adj*
impatiente ou impatiens [-sjɑ̃s] *nf (plante)*
impatienter [-sjɑ̃-] *vt, vpr*
impatronisation *nf*
impatroniser *vt, vpr*
impavide *adj*
impayable [ɛ̃pɛjabl] *adj*
impayé, e [ɛ̃peje] *adj, nm*
impeachment [impitʃmɛnt] *nm*
impeccabilité *nf*
impeccable *adj*

impeccablement *adv*
impécunieux, euse *adj*
impécuniosité *nf*
impédance *nf*
impedimenta [ɛ̃pedimɛ̃ta] *nm pl*
impénétrabilité *nf*
impénétrable *adj*
impénitence *nf*
impénitent, e *adj*
impensable *adj*
impenses [ɛ̃pɑ̃s] *nf pl*
imper [ɛ̃pɛr] *nm (abrév.)*
impératif, ive *adj, nm*
impérativement *adv*
impératrice *nf*
imperceptibilité *nf*
imperceptible *adj*
imperceptiblement *adv*
imperdable *adj*
imperfectible *adj*
imperfectif, ive *adj, nm*
imperfection *nf*
imperforation *nf*
impérial, e, aux *adj*
impériale *nf*
impérialement *adv*
impérialisme *nm*
impérialiste *adj, n*
impériaux *nm pl*
impérieusement *adv*
impérieux, euse *adj*
impérissable *adj*
impéritie [-si] *nf*
imperium [ɛ̃perjɔm] *nm s*
imperméabilisant, e *adj, nm*
imperméabilisation *nf*
imperméabiliser *vt*
imperméabilité *nf*
imperméable *adj, nm*
impersonnalité *nf*
impersonnel, elle *adj*
impersonnellement *adv*
impertinemment [-namɑ̃] *adv*
impertinence *nf*
impertinent, e *adj, n*
imperturbabilité *nf*
imperturbable *adj*
imperturbablement *adv*
impesanteur *nf*
impétigineux, euse *adj*
impétigo *nm*
impétrant, e *n*
impétration *nf*
impétrer *vt* C11
impétueusement *adv*
impétueux, euse *adj*
impétuosité *nf*
impie *adj, n*
impiété *nf*
impitoyable *adj*
impitoyablement *adv*
implacabilité *nf*
implacable *adj*
implacablement *adv*
implant [ɛ̃plɑ̃] *nm*
implantable *adj*
implantation *nf*
implanter *vt, vpr*
implantologie *nf*
implexe *adj*
implication *nf*
implicite *adj*
implicitement *adv*
impliquer *vt, vpr*
implorant, e *adj*
imploration *nf*
implorer *vt*
imploser *vi*
implosif, ive *adj*
implosion *nf*
impluvium [ɛ̃plyvjɔm] *nm*
impolarisable *adj*
impoli, e *adj, n*
impoliment *adv*
impolitesse *nf*
impolitique *adj*
impondérabilité *nf*
impondérable *adj, nm*
impopulaire *adj*
impopularité *nf*
import *nm*
importable *adj*
importance *nf*
important, e *adj, n*
importateur, trice *adj, n*
importation *nf*
importer *vt, vi, vti, vimp*
import-export *nm inv.*
importun, e [ɛ̃pɔrtœ̃, yn] *adj, n*
importunément *adv*
importuner *vt*
importunité *nf*
imposable *adj*
imposant, e *adj*
imposé, e *adj, n*
imposer *vt, vti, vpr*
imposeur *nm*
imposition *nf*
impossibilité *nf*
impossible *adj, nm*
imposte *nf*
imposteur *nm*
imposture *nf*
impôt [-po] *nm*
impotence *nf*
impotent, e *adj, n*
impraticabilité *nf*
impraticable *adj*
imprécateur, trice *n*
imprécation *nf*
imprécatoire *adj*
imprécis, e [-si, siz] *adj*
imprécision *nf*
imprégnation *nf*
imprégner *vt, vpr* C11
imprenable *adj*
impréparation *nf*
imprésario ou impresario [ɛ̃presarjo] *nm (pl imprésarios* ou *impresarii)*
imprescriptibilité *nf*
imprescriptible *adj*
impressif, ive *adj*
impression *nf*
impressionnabilité *nf*
impressionnable *adj*
impressionnant, e *adj*
impressionner *vt*
impressionnisme *nm*
impressionniste *adj, n*
imprévisibilité *nf*

imprévisible *adj*
imprévision *nf*
imprévoyance *nf*
imprévoyant, e *adj, n*
imprévu, e *adj, nm*
imprimabilité *nf*
imprimable *adj*
imprimante *nf*
imprimatur [ɛ̃primatyr] *nm inv.*
imprimé, e *adj, nm*
imprimer *vt*
imprimerie *nf*
imprimeur *nm*
improbabilité *nf*
improbable *adj*
improbateur, trice *adj, n*
improbation *nf*
improbité *nf*
improductif, ive *adj, nm*
improductivité *nf*
impromptu, e [ɛ̃prɔ̃pty] *adj, nm*
impromptu [ɛ̃prɔ̃pty] *adv*
imprononçable *adj*
impropre *adj*
improprement *adv*
impropriété *nf*
improuvable *adj*
improvisateur, trice *n*
improvisation *nf*
improviser *vt, vpr*
improviste (à l') *loc adv*
imprudemment [-damɑ̃] *adv*
imprudence *nf*
imprudent, e *adj, n*
impubère *adj, n*
impuberté *nf*
impubliable *adj*
impudemment [-damɑ̃] *adv*
impudence *nf*
impudent, e *adj, n*
impudeur *nf*
impudicité *nf*
impudique *adj*
impudiquement *adv*
impuissance *nf*
impuissant, e *adj, n*
impulser *vt*
impulsif, ive *adj, n*
impulsion *nf*
impulsivement *adv*
impulsivité *nf*
impunément *adv*
impuni, e *adj*
impunité *nf*
impur, e *adj*
impurement *adv*
impureté *nf*
imputabilité *nf*
imputable *adj*
imputation *nf*
imputer *vt*
imputrescibilité *nf*
imputrescible *adj*
in [in] *adj inv.*
inabordable *adj*
inabouti, e *adj*
inabrité, e *adj*
inabrogeable *adj*
in absentia [-sɑ̃sja ou -sɛntja] *loc adv*
in abstracto *loc adv*
inaccentué, e *adj*
inacceptable *adj*
inacceptation *nf*
inaccessibilité *nf*
inaccessible *adj*
inaccompli, e *adj*
inaccomplissement *nm*
inaccordable *adj*
inaccoutumé, e *adj*
inachevé, e *adj*
inachèvement *nm*
inactif, ive *adj, n*
inactinique *adj*
inaction *nf*
inactivation *nf*
inactiver *vt*
inactivité *nf*
inactualité *nf*
inactuel, elle *adj*
inadaptable *adj*
inadaptation *nf*
inadapté, e *adj, n*
inadéquat, e [-kwa, -at] *adj*
inadéquation [-kwa-] *nf*
inadmissibilité *nf*
inadmissible *adj*
inadvertance *nf*
inaffectif, ive *adj*
inaffectivité *nf*
inaliénabilité *nf*
inaliénable *adj*
inaliénation *nf*
inalliable *adj*
inalpage *nm*
inaltérabilité *nf*
inaltérable *adj*
inaltéré, e *adj*
inamical, e, aux *adj*
inamissible *adj*
inamovibilité *nf*
inamovible *adj*
inanalysable *adj*
inanimé, e *adj*
inanité *nf*
inanition *nf*
inapaisable *adj*
inapaisé, e *adj*
inaperçu, e *adj*
inapparent, e *adj*
inappétence *nf*
inapplicable *adj*
inapplication *nf*
inappliqué, e *adj*
inappréciable *adj*
inapprécié, e *adj*
inapprivoisable *adj*
inapprivoisé, e *adj*
inapprochable *adj*
inapproprié, e *adj*
inapte *adj, n*
inaptitude *nf*
inarrangeable *adj*
inarticulé, e *adj*
inassimilable *adj*
inassimilé, e *adj*
inassouvi, e *adj*
inassouvissable *adj*
inassouvissement *nm*
inattaquable *adj*
inattendu, e *adj*
inattentif, ive *adj*

inattention *nf*
inaudible *adj*
inaugural, e, aux *adj*
inauguration *nf*
inaugurateur, trice *n*
inaugurer *vt*
inauthenticité *nf*
inauthentique *adj*
inavouable *adj*
inavoué, e *adj*
in-bord [inbɔrd] *nm inv., adj inv.*
inca *n, adj inv.*
incalculable *adj*
incandescence [-desɑ̃s] *nf*
incandescent, e [-desɑ̃, ɑ̃t] *adj*
incantation *nf*
incantatoire *adj*
incapable *adj, n*
incapacitant, e *adj, nm*
incapacité *nf*
incarcération *nf*
incarcérer *vt* C11
incarnadin, e *adj*
incarnat, e [-na, at] *adj, nm*
incarnation *nf*
incarné, e *adj*
incarner *vt, vpr*
incartade *nf*
incasique *adj*
incassable *adj*
incendiaire [ɛ̃sɑ̃-] *adj, n*
incendie [ɛ̃sɑ̃di] *nm*
incendié, e [ɛ̃sɑ̃-] *adj, n*
incendier [ɛ̃sɑ̃-] *vt*
incération *nf*
incertain, e *adj, nm*
incertitude *nf*
incessamment *adv*
incessant, e *adj*
incessibilité *nf*
incessible *adj*
inceste *nm*
incestueux, euse *adj, n*
inch allah [inʃala] *interj*
inchangé, e *adj*
inchantable *adj*
inchauffable *adj*
inchavirable *adj*
inchiffrable *adj*
inchoatif, ive [ɛ̃kɔ-] *adj, nm*
incidemment [-damɑ̃] *adv*
incidence *nf*
incident, e *adj, nm*
incinérateur *nm*
incinération *nf*
incinérer *vt* C11
incipit [ɛ̃sipit] *nm inv.*
incirconcis [-si] *adj, n*
incise *nf*
incisé, e *adj*
inciser *vt*
incisif, ive *adj*
incision *nf*
incisive *nf*
incisure *nf*
incitant, e *adj*
incitateur, trice *adj, n*
incitatif, ive *adj*
incitation *nf*
inciter *vt*
incivil, e *adj*
incivilement *adv*
incivilisable *adj*
incivilité *nf*
incivique *adj*
incivisme *nm*
inclassable *adj*
inclémence *nf*
inclément, e *adj*
inclinable *adj*
inclinaison *nf*
inclination *nf*
incliné, e *adj*
incliner *vt, vi, vpr*
inclinomètre *nm*
inclure *vt* C57
inclus, e [ɛ̃kly, yz] *adj*
inclusif, ive *adj*
inclusion *nf*
inclusivement *adv*
incoagulable *adj*
incoercibilité *nf*
incoercible *adj*
incognito [ɛ̃kɔɲito] *adv, nm*
incohérence *nf*
incohérent, e *adj*
incollable *adj*
incolore *adj*
incomber *vti*
incombustibilité *nf*
incombustible *adj*
incommensurabilité *nf*
incommensurable *adj*
incommensurablement *adv*
incommodant, e *adj*
incommode *adj*
incommodément *adv*
incommoder *vt*
incommodité *nf*
incommunicabilité *nf*
incommunicable *adj*
incommutabilité *nf*
incommutable *adj*
incomparable *adj*
incomparablement *adv*
incompatibilité *nf*
incompatible *adj*
incompétence *nf*
incompétent, e *adj*
incomplet, ète *adj*
incomplètement *adv*
incomplétude *nf*
incompréhensibilité *nf*
incompréhensible *adj*
incompréhensif, ive *adj*
incompréhension *nf*
incompressibilité *nf*
incompressible *adj*
incompris, e [-pri, iz] *adj, n*
inconcevable *adj*
inconcevablement *adv*
inconciliable *adj*
inconditionnalité *nf*
inconditionné, e *adj*
inconditionnel, elle *adj, n*
inconditionnellement *adv*
inconduite *nf*
inconel *nm*

inconfort *nm*
inconfortable *adj*
inconfortablement *adv*
incongelable *adj*
incongru, e *adj*
incongruité *nf*
incongrûment *adv*
inconjugable *adj*
inconnaissable *adj, nm*
inconnaissance *nf*
inconnu, e *adj, n*
inconsciemment [-sjamɑ̃] *adv*
inconscience *nf*
inconscient, e *adj, n*
inconséquemment [-kamɑ̃] *adv*
inconséquence *nf*
inconséquent, e *adj*
inconsidéré, e *adj*
inconsidérément *adv*
inconsistance *nf*
inconsistant, e *adj*
inconsolable *adj*
inconsolé, e *adj*
inconsommable *adj*
inconstance *nf*
inconstant, e *adj, n*
inconstatable *adj*
inconstitutionnalité *nf*
inconstitutionnel, elle *adj*
inconstitutionnellement *adv*
inconstructible *adj*
incontestabilité *nf*
incontestable *adj*
incontestablement *adv*
incontesté, e *adj*
incontinence *nf*
incontinent, e *adj*
incontinent *adv*
incontournable *adj*
incontrôlable *adj*
incontrôlé, e *adj*
inconvenance *nf*
inconvenant, e *adj*
inconvénient *nm*
inconversible *adj*
inconvertibilité *nf*
inconvertible *adj*
incoordination [-kɔɔr-] *nf*
incorporable *adj*
incorporalité *nf*
incorporation *nf*
incorporéité *nf*
incorporel, elle *adj*
incorporer *vt, vpr*
incorrect, e *adj*
incorrectement *adv*
incorrection *nf*
incorrigible *adj*
incorrigiblement *adv*
incorruptibilité *nf*
incorruptible *adj, nm*
incrédibilité *nf*
incrédule *adj, n*
incrédulité *nf*
incréé, e *adj*
incrément *nm*
increvable *adj*
incriminable *adj*
incrimination *nf*
incriminé, e *adj*
incriminer *vt*
incristallisable *adj*
incrochetable *adj*
incroyable [ɛ̃krwajabl] *adj, nm*
incroyablement [ɛ̃krwaja-] *adv*
incroyance [ɛ̃krwajɑ̃s] *nf*
incroyant, e [ɛ̃krwajɑ̃, ɑ̃t] *adj, n*
incrustant, e *adj*
incrustation *nf*
incrusté, e *adj*
incruster *vt, vpr*
incrusteur, euse *n*
incubateur, trice *adj, nm*
incubation *nf*
incube *nm*
incuber *vt*
incuit [ɛ̃kɥi] *nm*
inculcation *nf*
inculpable *adj*
inculpation *nf*
inculpé, e *adj, n*
inculper *vt*
inculquer *vt*
inculte *adj*
incultivable *adj*
incultivé, e *adj*
inculture *nf*
incunable *adj, nm*
incurabilité *nf*
incurable *adj, n*
incurablement *adv*
incurie *nf*
incurieux, euse *adj*
incuriosité *nf*
incursion *nf*
incurvation *nf*
incurvé, e *adj*
incurver *vt, vpr*
incuse *nf, adj f*
indatable *adj*
inde *nm*
indébrouillable *adj*
indécachetable *adj*
indécemment [-samɑ̃] *adv*
indécence *nf*
indécent, e *adj*
indéchiffrable *adj*
indéchirable *adj*
indécidable *adj*
indécis, e [-si, iz] *adj, n*
indécision *nf*
indéclinable *adj*
indécodable *adj*
indécollable *adj*
indécomposable *adj*
indécrochable *adj*
indécrottable *adj*
indéfectibilité *nf*
indéfectible *adj*
indéfectiblement *adv*
indéfendable *adj*
indéfini, e *adj*
indéfiniment *adv*
indéfinissable *adj*
indéformabilité *nf*
indéformable *adj*
indéfrichable *adj*
indéfrisable *adj, nf*
indéhiscence [ɛ̃deisɑ̃s] *nf*

indéhiscent, e [ɛ̃deisɑ̃, ɑ̃t] *adj*
indélébile *adj*
indélébilité *nf*
indélibéré, e *adj*
indélicat, e [-ka, at] *adj*
indélicatement *adv*
indélicatesse *nf*
indémaillable *adj*
indemne [ɛ̃dɛmn] *adj*
indemnisable *adj*
indemnisation *nf*
indemniser *vt*
indemnitaire *adj, n*
indemnité *nf*
indémodable *adj*
indémontable *adj*
indémontrable *adj*
indène *nm*
indéniable *adj*
indéniablement *adv*
indénombrable *adj*
indénouable *adj*
indentation *nf*
indépassable *adj*
indépendamment *adv*
indépendance *nf*
indépendant, e *adj*
indépendantisme *nm*
indépendantiste *adj, n*
indéracinable *adj*
indéréglable *adj*
indescriptible *adj*
indésirable *adj, n*
indestructibilité *adj*
indestructible *adj*
indestructiblement *adv*
indétectable *adj*
indéterminable *adj*
indétermination *nf*
indéterminé, e *adj*
indéterminisme *nm*
indéterministe *adj, n*
index [ɛ̃dɛks] *nm*
indexage *nm*
indexation *nf*
indexer *vt*
indexeur *nm*
indianisme *nm*
indianiste *n*
indic [ɛ̃dik] *nm (arg.)*
indican *nm*
indicateur, trice *adj, n*
indicatif, ive *adj, nm*
indication *nf*
indice *nm*
indiciaire *adj*
indicible *adj*
indiciblement *adv*
indiciel, elle *adj*
indiction *nf*
indien, enne *adj, n*
indifféremment [-ramɑ̃] *adv*
indifférence *nf*
indifférenciation *nf*
indifférencié, e *adj*
indifférent, e *adj, n*
indifférentisme *nm*
indifférer *vt* C11
indigénat [-na] *nm*
indigence *nf*
indigène *adj, n*
indigénisme *nm*
indigéniste *adj, n*
indigent, e *adj, n*
indigeste *adj*
indigestion *nf*
indigète *adj*
indignation [ɛ̃diɲa-] *nf*
indigne [ɛ̃diɲ] *adj*
indigné, e [ɛ̃diɲe] *adj*
indignement [ɛ̃diɲ-] *adv*
indigner [ɛ̃diɲe] *vt, vpr*
indignité [ɛ̃diɲité] *nf*
indigo *nm, adj inv.*
indigoterie *nf*
indigotier *nm*
indigotine *nf*
indiquer *vt*
indirect, e *adj*
indirectement *adv*
indiscernable *adj*
indisciplinable *adj*
indiscipline *nf*
indiscipliné, e *adj*
indiscret, ète *adj, n*
indiscrètement *adv*
indiscrétion *nf*
indiscutable *adj*
indiscutablement *adv*
indiscuté, e *adj*
indispensable *adj, nm*
indispensablement *adv*
indisponibilité *nf*
indisponible *adj*
indisposé, e *adj*
indisposer *vt*
indisposition *nf*
indissociable *adj*
indissolubilité *nf*
indissoluble *adj*
indissolublement *adv*
indistinct, e [ɛ̃distɛ̃(kt), ɛ̃kt] *adj*
indistinctement *adv*
indium [ɛ̃djɔm] *nm*
individu *nm*
individualisation *nf*
individualisé, e *adj*
individualiser *vt, vpr*
individualisme *nm*
individualiste *adj, n*
individualité *nf*
individuation *nf*
individuel, elle *adj, n*
individuellement *adv*
indivis, e [ɛ̃divi, iz] *adj*
indivisaire *n*
indivisément *adv*
indivisibilité *nf*
indivisible *adj*
indivision *nf*
in-dix-huit *adj inv., nm inv.*
indo-aryen, enne *adj (pl indo-aryens, ennes)*
indochinois, e *adj, n*
indocile *adj, n*
indocilité *nf*
indo-européen, enne *adj, n (pl indo-européens, ennes)*
indo-hellénique *adj (pl indo-helléniques)*
indole *nm*
indole-acétique *adj*
indolemment [-lamɑ̃] *adv*

indolence *nf*
indolent, e *adj*
indolore *adj*
indométacine *nf*
indomptable [ɛ̃dɔ̃tabl] *adj*
indompté, e [ɛ̃dɔ̃te] *adj*
indonésien, enne *adj, n*
indoor [indɔr] *adj inv.*
indophénol *nm*
in-douze [induz] *adj inv., nm inv.*
indri [ɛ̃dri] *nm*
indu, e *adj, nm*
indubitable *adj*
indubitablement *adv*
inductance *nf*
inducteur, trice *adj, nm*
inductif, ive *adj*
induction *nf*
induire *vt* C56
induit, e [ɛ̃dɥi, ɥit] *adj, nm*
indulgence *nf*
indulgencier *vt*
indulgent, e *adj*
induline *nf*
indult [ɛ̃dylt] *nm*
indûment *adv*
induration *nf*
induré, e *adj*
indurer *vt, vpr*
indusie *nf*
industrialisation *nf*
industrialiser *vt, vpr*
industrialisme *nm*
industrie *nf*
industriel, elle *adj, nm*
industriellement *adv*
industrieux, euse *adj*
induvie *nf*
inébranlable *adj*
inébranlablement *adv*
inéchangeable *adj*
inécoutable *adj*
inécouté, e *adj*
inédit, e [-di, it] *adj, nm*
inéducable *adj*
ineffable *adj*
ineffablement *adv*
ineffaçable *adj*
ineffaçablement *adv*
inefficace *adj*
inefficacement *adv*
inefficacité *nf*
inégal, e, aux *adj*
inégalable *adj*
inégalé, e *adj*
inégalement *adv*
inégalitaire *adj*
inégalité *nf*
inélastique *adj*
inélégamment *adv*
inélégance *nf*
inélégant, e *adj*
inéligibilité *nf*
inéligible *adj*
inéluctable *adj*
inéluctablement *adv*
inémotivité *nf*
inemploi *nm*
inemployable *adj*
inemployé, e *adj*
inénarrable *adj*
inentamé, e *adj*
inéprouvé, e *adj*
inepte *adj*
ineptie [-si] *nf*
inépuisable *adj*
inépuisablement *adv*
inépuisé, e *adj*
inéquation [-kwasjɔ̃] *nf*
inéquitable [-ki-] *adj*
inerme *adj*
inerte *adj*
inertie [-si] *nf*
inertiel, elle [-sjɛl] *adj*
inescomptable [inɛskɔ̃tabl] *adj*
inespéré, e *adj*
inesthétique *adj*
inestimable *adj*
inétendu, e *adj*
inévitable *adj*
inévitablement *adv*
inexact, e [inɛgza(kt), akt] *adj*
inexactement *adv*
inexactitude *nf*
inexaucé, e *adj*
inexcitabilité *nf*
inexcitable *adj*
inexcusable *adj*
inexcusablement *adv*
inexécutable *adj*
inexécuté, e *adj*
inexécution *nf*
inexercé, e *adj*
inexhaustible *adj*
inexigibilité *nf*
inexigible *adj*
inexistant, e *adj*
inexistence *nf*
inexorabilité *nf*
inexorable *adj*
inexorablement *adv*
inexpérience *nf*
inexpérimenté, e *adj*
inexpert, e *adj*
inexpiable *adj*
inexpié, e *adj*
inexplicable *adj, nm*
inexplicablement *adv*
inexpliqué, e *adj*
inexploitable *adj*
inexploité, e *adj*
inexplorable *adj*
inexploré, e *adj*
inexplosible *adj*
inexpressif, ive *adj*
inexprimable *adj, nm*
inexprimé, e *adj*
inexpugnable [-ɲabl] *adj*
inextensibilité *nf*
inextensible *adj*
in extenso [inɛkstɛ̃so] *loc adv*
inextinguible [-tɛ̃g(ɥ)ibl] *adj*
inextirpable *adj*
in extremis [inɛkstremis] *loc adv*
inextricable *adj*
inextricablement *adv*
infaillibiliste *adj, n*
infaillibilité *nf*
infaillible *adj*
infailliblement *adv*
infaisable [-fə-] *adj*

infalsifiable *adj*
infamant, e *adj*
infâme *adj*
infamie *nf*
infant, e *n*
infanterie *nf*
infanticide *adj, n*
infantile *adj*
infantilisant, e *adj*
infantilisation *nf*
infantiliser *vt*
infantilisme *nm*
infarci, e *adj*
infarctus [-tys] *nm*
infatigable *adj*
infatigablement *adv*
infatuation *nf*
infatué, e *adj*
infatuer *vt, vpr*
infécond, e *adj*
infécondité *nf*
infect, e [ɛ̃fɛkt] *adj*
infectant, e *adj*
infecter *vt, vpr*
infectieux, euse *adj*
infectiologie *nf*
infection *nf*
infélicité *nf*
inféodation *nf*
inféodé, e *adj*
inféoder *vt, vpr*
infère *adj*
inférence *nf*
inférer *vt* C11
inférieur, e *adj, n*
inférieurement *adv*
infériorisation *nf*
inférioriser *vt*
infériorité *nf*
infermentescible *adj*
infernal, e, aux *adj*
inférovarié, e *adj*
infertile *adj*
infertilité *nf*
infestation *nf*
infester *vt*
infeutrable *adj*
infibulation *nf*
infidèle *adj, n*
infidèlement *adv*
infidélité *nf*
infiltrat [-tra] *nm*
infiltration *nf*
infiltrer *vt, vpr*
infime *adj*
in fine [infine] *loc adv*
infini, e *adj, nm*
infiniment *adv*
infinité *nf*
infinitésimal, e, aux *adj*
infinitif, ive *adj, nm*
infinitude *nf*
infirmatif, ive *adj*
infirmation *nf*
infirme *adj, n*
infirmer *vt*
infirmerie *nf*
infirmier, ère *n*
infirmité *nf*
infixe *nm*
inflammabilité *nf*
inflammable *adj*
inflammation *nf*
inflammatoire *adj*
inflation *nf*
inflationniste *adj*
infléchi, e *adj*
infléchir *vt, vpr*
infléchissement *nm*
inflexibilité *nf*
inflexible *adj*
inflexiblement *adv*
inflexion *nf*
infliger *vt* C7
inflorescence *nf*
influençable *adj*
influence *nf*
influencer *vt* C6
influent, e *adj*
influenza [-ɑ̃za ou -ɛ̃za] *nf*
influer *vt, vi, vti*
influx [ɛ̃fly] *nm*
info *nf (abrév.)*
infographie *nf*
in folio [infɔljo] *adj inv., nm inv.*
infondé, e *adj*
informateur, trice *n*
informaticien, enne *n*
informatif, ive *adj*
information *nf*
informationnel, elle *adj*
informatique *adj, nf*
informatiquement *adv*
informatisable *adj*
informatisation *nf*
informatiser *vt*
informe *adj*
informé, e *adj, nm*
informel, elle *adj, nm*
informer *vt, vi, vpr*
informulé, e *adj*
infortune *nf*
infortuné, e *adj, n*
infra [ɛ̃fra] *adv*
infraction *nf*
infraliminaire *adj*
infraliminal, e, aux *adj*
infralittoral, e, aux *adj*
inframicrobiologie *nf*
infranchissable *adj*
infrangible *adj*
infrarouge *adj, nm*
infrason *nm*
infra(-)sonore *adj* *(pl infra(-)sonores)*
infrastructure *nf*
infréquentable *adj*
infroissabilité *nf*
infroissable *adj*
infructueusement *adv*
infructueux, euse *adj*
infule *nf*
infumable *adj*
infundibuliforme [ɛ̃fɔ̃-] *adj*
infundibulum [ɛ̃fɔ̃dibylɔm] *nm*
infuse *adj f*
infuser *vt, vi*
infusibilité *nf*
infusible *adj*
infusion *nf*
infusoire *nm*
ingagnable *adj*
ingambe [ɛ̃gɑ̃b] *adj*
ingénier (s') *vpr*
ingénierie [ɛ̃ʒeniri] *nf*
ingénieur *nm*

ingénieur-conseil *nm (pl ingénieurs-conseils)*
ingénieusement *adv*
ingénieux, euse *adj*
ingéniosité *nf*
ingénu, e *adj, n*
ingénuité *nf*
ingénument *adv*
ingérable *adj*
ingérence *nf*
ingérer *vt, vpr* C11
ingestion [ɛ̃ʒɛstjɔ̃] *nf*
ingouvernable *adj*
ingrat, e [ɛ̃gra, at] *adj, n*
ingratement *adv*
ingratitude *nf*
ingrédient *nm*
ingresque *adj*
ingression *nf*
ingrisme *nm*
inguérissable *adj*
inguinal, e, aux [ɛ̃gɥinal, no] *adj*
ingurgitation *nf*
ingurgiter *vt*
inhabile *adj*
inhabilement *adv*
inhabileté *nf*
inhabilité *nf*
inhabitable *adj*
inhabité, e *adj*
inhabituel, elle *adj*
inhalateur, trice *adj, nm*
inhalation *nf*
inhaler *vt*
inharmonieux, euse *adj*
inhérence *nf*
inhérent, e *adj*
inhibé, e *adj, n*
inhiber *vt*
inhibiteur, trice *adj, nm*
inhibitif, ive *adj*
inhibition *nf*
inhomogène *adj*
inhospitalier, ère *adj*
inhumain, e *adj*
inhumainement *adv*
inhumanité *nf*
inhumation *nf*
inhumer *vt*
inimaginable *adj*
inimitable *adj*
inimité, e *adj*
inimitié *nf*
ininflammabilité *nf*
ininflammable *adj*
inintelligemment [-ʒamɑ̃] *adv*
inintelligence *nf*
inintelligent, e *adj*
inintelligibilité *nf*
inintelligible *adj*
inintelligiblement *adv*
inintéressant, e *adj*
ininterrompu, e *adj*
inique *adj*
iniquement *adv*
iniquité [-ki-] *nf*
initial, e, aux *adj*
initiale *nf*
initialement *adv*
initialisation *nf*
initialiser *vt*
initiateur, trice *adj, n*
initiation *nf*
initiatique *adj*
initiative *nf*
initié, e *adj, n*
initier *vt, vpr*
injectable *adj*
injecté, e *adj*
injecter *vt*
injecteur, trice *adj, nm*
injectif, ive *adj*
injection *nf*
injoignable *adj*
injonctif, ive *adj, nm*
injonction *nf*
injouable *adj*
injure *nf*
injurier *vt*
injurieusement *adv*
injurieux, euse *adj*
injuste *adj*
injustement *adv*
injustice *nf*
injustifiable *adj*
injustifié, e *adj*
inlandsis [inlɑ̃dsis] *nm*
inlassable *adj*
inlassablement *adv*
inlay [inlɛ] *nm*
inné, e *adj*
innéisme *nm*
innéiste *n, adj*
innéité *nf*
innervation *nf*
innerver *vt*
innocemment [inɔsamɑ̃] *adv*
innocence *nf*
innocent, e *adj, n*
innocenter *vt*
innocuité [inɔkɥite] *nf*
innombrable *adj*
innom(m)é, e *adj*
innominé, e *adj*
innommable *adj*
innovant, e *adj*
innovateur, trice *adj, n*
innovation *nf*
innover *vi, vt*
inobservable *adj*
inobservance *nf*
inobservation *nf*
inobservé, e *adj*
inoccupation *nf*
inoccupé, e *adj*
in-octavo [inɔktavo] *adj inv., nm inv.*
inoculable *adj*
inoculation *nf*
inoculer *vt*
inocybe [inɔsib] *nm*
inodore *adj*
inoffensif, ive *adj*
inondable *adj*
inondation *nf*
inondé, e *adj, n*
inonder *vt*
inopérable *adj*
inopérant, e *adj*
inopiné, e *adj*
inopinément *adv*
inopportun, e *adj*
inopportunément *adv*
inopportunité *nf*
inopposabilité *nf*
inopposable *adj*

inorganique *adj*
inorganisable *adj*
inorganisation *nf*
inorganisé, e *adj, n*
inoubliable *adj*
inouï, e [inwi] *adj*
inox [inɔks] *nm*
inoxydable *adj*
in pace ou **in-pace** [inpase] *nm inv.*
in partibus [inpartibys] *loc adj*
in petto [inpɛto] *loc adv*
in-plano [inplano] *adj inv., nm inv.*
input [input] *nm*
inqualifiable *adj*
inquart [ɛ̃kar] *nm*
inquartation *nf*
in-quarto [inkwarto] *adj inv., nm inv.*
inquiet, ète *adj*
inquiétant, e *adj*
inquiéter *vt, vpr* C11
inquiétude *nf*
inquilin, e *adj, nm*
inquilinisme *nm*
inquisiteur, trice *adj, nm*
inquisition *nf*
inquisitoire *adj*
inquisitorial, e, aux *adj*
inracontable *adj*
inrô *nm inv.*
insaisissabilité *nf*
insaisissable *adj*
insalifiable *adj*
insalissable *adj*
insalivation *nf*
insalubre *adj*
insalubrité *nf*
insane *adj*
insanité *nf*
insatiabilité [-sja-] *nf*
insatiable [-sjabl] *adj*
insatiablement [-sja-] *adv*
insatisfaction *nf*
insatisfaisant, e *adj*
insatisfait, e *adj*
insaturé, e *adj*
inscriptible *adj*
inscription *nf*
inscrire *vt, vpr* C51
inscrit, e [ɛ̃skri, it] *adj, n*
inscrivant, e *n*
insculper [ɛ̃skylpe] *vt*
insécabilité *nf*
insécable *adj*
insectarium [-rjɔm] *nm*
insecte *nm*
insecticide *adj, nm*
insectifuge *adj, nm*
insectivore *adj, nm*
insécurité *nf*
in-seize [insɛz] *adj inv., nm inv.*
inselberg [insəlbɛrg] *nm*
inséminateur, trice *adj, n*
insémination *nf*
inséminer *vt*
insensé, e *adj, n*
insensibilisation *nf*
insensibiliser *vt*
insensibilité *nf*
insensible *adj*
insensiblement *adv*
inséparable *adj*
inséparablement *adv*
insérable *adj*
insérer *vt, vpr* C11
insermenté *adj m, nm*
insert [ɛ̃sɛr] *nm*
insertion *nf*
insidieusement *adv*
insidieux, euse *adj*
insight [insajt] *nm*
insigne [ɛ̃siɲ] *adj, nm*
insignifiance [ɛ̃siɲi-] *nf*
insignifiant, e [ɛ̃siɲi-] *adj*
insincère *adj*
insincérité *nf*
insinuant, e *adj*
insinuation *nf*
insinuer *vt, vpr*
insipide *adj*
insipidité *nf*
insistance *nf*
insistant, e *adj*
insister *vi*
in situ [insity] *loc adv*
insociabilité *nf*
insociable *adj*
insolation *nf*
insolemment [-lamɑ̃] *adv*
insolence *nf*
insolent, e *adj, n*
insoler *vt*
insolite *adj, nm*
insolubiliser *vt*
insolubilité *nf*
insoluble *adj*
insolvabilité *nf*
insolvable *adj, n*
insomniaque *adj, n*
insomnie [ɛ̃sɔmni] *nf*
insomnieux, euse *adj, n*
insondable *adj*
insonore *adj*
insonorisation *nf*
insonoriser *vt*
insonorité *nf*
insouciance *nf*
insouciant, e *adj, n*
insoucieux, euse *adj*
insoumis, e [-mi, iz] *adj, nm*
insoumission *nf*
insoupçonnable *adj*
insoupçonné, e *adj*
insoutenable *adj*
inspecter *vt*
inspecteur, trice *n*
inspection *nf*
inspectorat [-ra] *nm*
inspirant, e *adj*
inspirateur, trice *adj, n*
inspiration *nf*
inspiratoire *adj*
inspiré, e *adj, n*
inspirer *vt, vi, vpr*
instabilité *nf*
instable *adj, n*
installateur *nm*
installation *nf*
installer *vt, vpr*
instamment *adv*

instance *nf*
instant, e *adj, nm*
instantané, e *adj, nm*
instantanéité *nf*
instantanément *adv*
instar de (à l') *loc prép*
instaurateur, trice *n*
instauration *nf*
instaurer *vt*
instigateur, trice *n*
instigation *nf*
instiguer *vt*
instillation [ɛ̃stilasjɔ̃] *nf*
instiller [ɛ̃stile] *vt*
instinct [ɛ̃stɛ̃] *nm*
instinctif, ive *adj*
instinctivement *adv*
instinctuel, elle *adj*
instit *n (abrév.)*
instituer *vt, vpr*
institut [-ty] *nm*
institutes *nf pl*
instituteur, trice *n*
institution *nf*
institutionnalisation *nf*
institutionnaliser *vt*
institutionnalisme *nm*
institutionnel, elle *adj*
instructeur *nm, adj m*
instructif, ive *adj*
instruction *nf*
instruire *vt, vpr* C56
instruit, e [ɛ̃stʀɥi, ɥit] *adj*
instrument *nm*
instrumentaire *adj*
instrumental, e, aux *adj, nm*
instrumentalisme *nm*
instrumentation *nf*
instrumenter *vt, vi*
instrumentiste *n*
insu (à l') *loc prép*
insubmersibilité *nf*
insubmersible *adj*
insubordination *nf*
insubordonné, e *adj*
insuccès [ɛ̃syksɛ] *nm*
insuffisamment *adv*
insuffisance *nf*
insuffisant, e *adj*
insufflateur *nm*
insufflation *nf*
insuffler *vt*
insulaire *adj, n*
insularité *nf*
insulinase *nf*
insuline *nf*
insulinémie *nf*
insulinodépendance *nf*
insulinothérapie *nf*
insultant, e *adj*
insulte *nf*
insulté, e *adj, n*
insulter *vt*
insulteur, euse *adj, n*
insupportable *adj*
insupportablement *adv*
insupporter *vt*
insurgé, e *adj, n*
insurger (s') *vpr* C7
insurmontable *adj*
insurpassable *adj*
insurrection *nf*
insurrectionnel, elle *adj*
intact, e [ɛ̃takt] *adj*
intactile *adj*
intaille *nf*
intailler *vt*
intangibilité *nf*
intangible *adj*
intarissable *adj*
intarissablement *adv*
intégrable *adj*
intégral, e, aux *adj*
intégrale *nf*
intégralement *adv*
intégralité *nf*
intégrant, e *adj*
intégrateur *adj, nm*
intégratif, ive *adj*
intégration *nf*
intégrationniste *adj, n*
intègre *adj*
intégré, e *adj*
intègrement *adv*
intégrer *vt, vi, vpr* C11
intégrisme *nm*
intégriste *adj, n*
intégrité *nf*
intellect [ɛ̃tellɛkt] *nm*
intellection *nf*
intellectualisation *nf*
intellectualiser *vt*
intellectualisme *nm*
intellectualiste *adj, n*
intellectualité *nf*
intellectuel, elle *adj, n*
intellectuellement *adv*
intelligemment [-ʒamɑ̃] *adv*
intelligence *nf*
intelligent, e *adj*
intelligentsia ou intelligentzia [ɛ̃teligɛntsja ou -ʒɛ̃sja] *nf*
intelligibilité *nf*
intelligible *adj*
intelligiblement *adv*
intempérance *nf*
intempérant, e *adj*
intempérie *nf*
intempestif, ive *adj*
intempestivement *adv*
intemporalité *nf*
intemporel, elle *adj*
intenable *adj*
intendance *nf*
intendant, e *n*
intense *adj*
intensément *adv*
intensif, ive *adj*
intensification *nf*
intensifier *vt, vpr*
intensité *nf*
intensivement *adv*
intenter *vt*
intention *nf*
intentionnalité *nf*
intentionné, e *adj*
intentionnel, elle *adj*
intentionnellement *adv*
inter [ɛ̃tɛr] *nm s (abrév.)*
interactif, ive *adj*
interaction *nf*
interactionnel, elle *adj*
interactivité *nf*
interafricain, e *adj*
interagir *vi*

interallemand, e *adj*
interallié, e *adj*
interaméricain, e *adj*
interarabe *adj*
interarmées *adj inv.*
interarmes *adj inv.*
interastral, e, aux *adj*
interattraction *nf*
interbancaire *adj*
intercalaire *adj, nm*
intercalation *nf*
intercaler *vt, vpr*
intercéder *vi* C11
intercellulaire *adj*
intercepter *vt*
intercepteur *nm*
interception *nf*
intercesseur *nm*
intercession *nf (action d'intercéder)*
interchangeabilité *nf*
interchangeable *adj*
intercirculation *nf*
interclasse *nm*
interclasser *vt*
interclasseuse *nf*
interclubs [-klœb] *adj inv.*
intercommunal, e, aux *adj*
intercommunautaire *adj*
intercommunication *nf*
intercompréhension *nf*
interconnectable *adj*
interconnecter *vt*
interconnexion *nf*
intercontinental, e, aux *adj*
intercostal, e, aux *adj*
intercotidal, e, aux *adj*
intercourse *nf*
interculturel, elle *adj*
intercurrent, e *adj*
interdépartemental, e, aux *adj*
interdépendance *nf*
interdépendant, e *adj*
interdiction *nf*
interdigital, e, aux *adj*
interdire *vt* C54
interdisciplinaire *adj*
interdisciplinarité *nf*
interdit, e [-di, it] *adj, nm*
interdital, e, aux *adj*
interentreprises *adj inv.*
intéressant, e *adj, n*
intéressé, e *adj, n*
intéressement *nm*
intéresser *vt, vpr*
intérêt [-rɛ] *nm*
interethnique *adj*
interface *nf*
interférence *nf*
interférent, e *adj*
interférentiel, elle *adj*
interférer *vi* C11
interféromètre *nm*
interférométrie *nf*
interféron *nm*
interfluve *nm*
interfoliage *nm*
interfolier *vt*
interfrange *nm*
intergalactique *adj*
interglaciaire *adj*
intergouvernemental, e, aux *adj*
intergroupe *adj, nm*
intérieur *adj, nm*
intérieurement *adv*
intérim [ɛ̃terim] *nm*
intérimaire *adj*
interindividuel, elle *adj*
interindustriel, elle *adj*
intériorisation *nf*
intérioriser *vt*
intériorité *nf*
interjectif, ive *adj*
interjection *nf*
interjeter *vt* C10
interlignage *nm*
interligne *nm (blanc); nf (lame de métal)*
interligner *vt*
interlinéaire *adj*
interlock *nm*
interlocuteur, trice *n*
interlocutoire *adj, nm*
interlope *adj, nm*
interloqué, e *adj*
interloquer *vt*
interlude *nm*
intermariage *nm*
intermaxillaire *adj*
intermède *nm*
intermédiaire *adj, n*
intermédiation *nf*
intermétallique *adj*
intermezzo [ɛ̃tɛrmedzo] *nm*
interminable *adj*
interminablement *adv*
interministériel, elle *adj*
intermission *nf*
intermittence *nf*
intermittent, e *adj*
intermoléculaire *adj*
intermusculaire *adj*
internalisation *nf*
internat [-na] *nm*
international, e, aux *adj, n*
internationalisation *nf*
internationaliser *vt*
internationalisme *nm*
internationaliste *adj, n*
internationalité *nf*
interne *adj, n*
interné, e *adj, n*
internégatif *nm*
internement *nm*
interner *vt*
internonce *nm*
interocéanique *adj*
intéroceptif, ive *adj*
intéroceptivité *nf*
interoculaire *adj*
interosseux, euse *adj*
interpariétal, e, aux *adj*
interparlementaire *adj*
interpellateur, trice *n*
interpellation *nf*
interpeller [-pə- ou -pɛ-] *vt*
interpénétration *nf*
interpénétrer (s') *vpr* C11
interphase *nf*
interphone *nm*

interplanétaire *adj*
interpolateur, trice *n*
interpolation *nf*
interpoler *vt*
interposé, e *adj*
interposer *vt, vpr*
interpositif *nm*
interposition *nf*
interprétable *adj*
interprétant, e *adj, n*
interprétariat [-rja] *nm*
interprétateur, trice *adj, n*
interprétatif, ive *adj*
interprétation *nf*
interprète *n*
interpréter *vt, vpr* C11
interpréteur *nm*
interprofession *nf*
interprofessionnel, elle *adj*
interracial, e, aux *adj*
interrégional, e, aux *adj*
interrègne *nm*
interrogateur, trice *adj, n*
interrogatif, ive *adj, n*
interrogation *nf*
interrogativement *adv*
interrogatoire *nm*
interroger *vt, vpr* C7
interroi *nm*
interrompre *vt, vpr* C41
interrupteur, trice *adj, n*
interruptif, ive *adj*
interruption *nf*
intersaison *nf*
intersecté, e *adj*
intersection *nf*
intersession *nf (de session)*
intersexualité *nf*
intersexué, e *adj*
intersexuel, elle *adj*
intersidéral, e, aux *adj*
intersigne *nm*
interstellaire *adj*
interstice *nm*
interstitiel, elle *adj*
intersubjectif, ive *adj*
intersubjectivité *nf*
intersyndical, e, aux *adj*
intersyndicale *nf*
intertextualité *nf*
intertextuel, elle *adj*
intertidal, e, aux *adj*
intertitre *nm*
intertribal, e, aux ou als *adj*
intertrigo *nm*
intertropical, e, aux *adj*
interurbain, e *adj, nm*
intervallaire *adj*
intervalle *nm*
intervenant, e *adj, n*
intervenir *vi* C28 *(auxil être)*
intervention *nf*
interventionnisme *nm*
interventionniste *adj, n*
interversion *nf*
intervertébral, e, aux *adj*
intervertir *vt*
interview [ɛ̃tɛrvju] *nf*
interviewé, e [-vjuve] *adj, n*
interviewer [-vjuve] *vt*
interviewer [-vjuvœr] *nm* ou interviewer, euse *n*
intervocalique *adj*
interzone *adj*
intestat [-ta] *adj, n*
intestin, e *adj, nm*
intestinal, e, aux *adj*
inti [inti] *nm*
intifada [in-] *nf*
intimation *nf*
intime *adj, n*
intimé, e *adj, n*
intimement *adv*
intimer *vt*
intimidable *adj*
intimidant, e *adj*
intimidateur, trice *adj*
intimidation *nf*
intimider *vt*
intimisme *nm*
intimiste *adj, n*
intimité *nf*
intitulé *nm*
intituler *vt, vpr*
intolérable *adj*
intolérance *nf*
intolérant, e *adj, n*
intonatif, ive *adj*
intonation *nf*
intouchable *adj, n*
intox [ɛ̃tɔks] *nf (abrév.)*
intoxicant, e *adj*
intoxication *nf*
intoxiqué, e *adj, n*
intoxiquer *vt, vpr*
intra-atomique *adj (pl intra-atomiques)*
intracardiaque *adj*
intracellulaire *adj*
intracrânien, enne *adj*
intradermique *adj*
intradermo-réaction ou intradermo *nf (pl intradermo-réactions* ou *intradermos)*
intrados [-do] *nm*
intraduisible *adj*
intraitable *adj*
intramoléculaire *adj*
intramontagnard, e *adj*
intra-muros [ɛ̃tramyros] *loc adv*
intramusculaire *adj*
intransigeance *nf*
intransigeant, e *adj, n*
intransitif, ive *adj, nm*
intransitivement *adv*
intransitivité *nf*
intransmissibilité *nf*
intransmissible *adj*
intransportable *adj*
intrant *nm*
intranucléaire *adj*
intra-utérin, e *adj (pl intra-utérins, ines)*
intraveineux, euse *adj, nf*
in-trente-deux [intrɑ̃tdø] *adj inv., n inv.*
intrépide *adj*

intrépidement *adv*
intrépidité *nf*
intrication *nf*
intrigant, e *adj, n*
intrigue *nf*
intriguer *vt, vi, vpr*
intrinsèque *adj*
intrinsèquement *adv*
intriquer *vt*
introducteur, trice *n*
introductif, ive *adj*
introduction *nf*
introduire *vt, vpr* C56
introït [ɛ̃trɔit] *nm*
introjection *nf*
intromission *nf*
intronisation *nf*
introniser *vt*
introrse *adj*
introspectif, ive *adj*
introspection *nf*
introuvable *adj*
introversion *nf*
introverti, e *adj, n*
intrus, e [ɛ̃try, yz] *adj, n*
intrusion *nf*
intubation *nf*
intuber *vt*
intuitif, ive *adj, n*
intuition *nf*
intuitionnisme *nm*
intuitivement *adv*
intuitu personae [ɛ̃tɥitypɛrsɔne] *loc adv*
intumescence [-mesɑ̃s] *nf*
intumescent, e [-mesɑ̃, ɑ̃t] *adj*
intussusception *nf*
inuit [inɥit] *adj inv.*
inule *nf*
inuline *nf*
inusable *adj*
inusité, e *adj*
inusuel, elle *adj*
in utero [inytero] *loc adv, adj inv.*
inutile *adj, n*
inutilement *adv*
inutilisable *adj*
inutilisé, e *adj*
inutilité *nf*
invagination *nf*
invaginer (s') *vpr*
invaincu, e *adj*
invalidant, e *adj*
invalidation *nf*
invalide *adj, n*
invalider *vt*
invalidité *nf*
invar *nm*
invariabilité *nf*
invariable *adj*
invariablement *adv*
invariance *nf*
invariant, e *adj, nm*
invasion *nf*
invective *nf*
invectiver *vt, vi*
invendable *adj*
invendu, e *adj, nm*
inventaire *nm*
inventer *vt*
inventeur, trice *n*
inventif, ive *adj*
invention *nf*
inventivité *nf*
inventoriage *nm*
inventorier *vt*
invérifiable *adj*
inversable *adj*
inverse *adj, nm*
inversement *adv*
inverser *vt*
inverseur *nm*
inversible *adj*
inversif, ive *adj*
inversion *nf*
invertase *nf*
invertébré, e *adj, nm*
inverti, e *adj, n*
invertine *nf*
invertir *vt*
investigateur, trice *adj, n*
investigation *nf*
investiguer *vi*
investir *vt*
investissement *nm*
investisseur, euse *adj, n*
investiture *nf*
invétéré, e *adj*
invétérer (s') *vpr* C11
invincibilité *nf*
invincible *adj*
invinciblement *adv*
in-vingt-quatre [in-] *adj inv.*
inviolabilité *nf*
inviolable *adj*
inviolablement *adv*
inviolé, e *adj*
invisibilité *nf*
invisible *adj, nm*
invisiblement *adv*
invitant, e *adj*
invitation *nf*
invitatoire *adj, nf*
invite *nf*
invité, e *n*
inviter *vt*
in vitro [in-] *loc adv, adj inv.*
invivable *adj*
in vivo [in-] *loc adv, adj inv.*
invocateur, trice *adj, n*
invocation *nf*
invocatoire *adj*
involontaire *adj*
involontairement *adv*
involucelle *nm*
involucre *nm*
involucré, e *adj*
involuté, e *adj*
involutif, ive *adj*
involution *nf*
invoquer *vt*
invraisemblable *adj*
invraisemblablement *adv*
invraisemblance *nf*
invulnérabilité *nf*
invulnérable *adj*
iodate *nm*
iode *nm*
iodé, e *adj*
ioder *vt*
iodhydrique *adj m*
iodique *adj*

iodisme *nm*
iodler ou iouler ou jodler ou yodler *vi*
iodoforme *nm*
iodure *nm*
ioduré, e *adj*
ion *nm*
ionien, enne *adj, n*
ionique *adj*
ionisant, e *adj*
ionisation *nf*
ioniser *vt*
ionogramme *nm*
ionone *nf*
ionoplastie *nf*
ionosphère *nf*
ionosphérique *adj*
iota *nm inv.*
iotacisme *nm*
iouler ou iodler ou jodler ou yodler *vi*
iourte ou yourte *nf*
ipécacuana ou ipéca *nm*
ipomée *nf*
ippon [ipon] *nm*
ipséité *nf*
ipso facto *loc adv*
irakien, enne ou iraq(u)ien, enne *adj, n*
iranien, enne *adj, n*
irascibilité *nf*
irascible *adj*
ire *nf*
irénique *adj*
irénisme *nm*
iridacée *nf*
iridectomie *nf*
iridée *nf*
iridescent, e [-desɑ̃, ɑ̃t] *adj*
iridié, e *adj*
iridien, enne *adj*
iridium [-djɔm] *nm*
iridologie *nf*
iris [iris] *nm*
irisable *adj*
irisation *nf*
irisé, e *adj*
iriser *vt*
irish-coffee [ajriʃkɔfi] *nm (pl irish-coffees)*
irish-terrier [ajriʃterje] *nm (pl irish-terriers)*
iritis [-tis] *nf*
irlandais, e *adj, n*
irone *nf*
ironie *nf*
ironique *adj*
ironiquement *adv*
ironiser *vi*
ironiste *n*
iroquois, e *adj, n*
irrachetable *adj*
irradiant, e *adj*
irradiateur *nm*
irradiation *nf*
irradier *vt, vi, vpr*
irraisonné *adj*
irrationalisme *nm*
irrationaliste *adj, n*
irrationalité *nf*
irrationnel, elle *adj*
irrattrapable *adj*
irréalisable *adj*
irréalisé, e *adj*
irréalisme *nm*
irréaliste *adj*
irréalité *nf*
irrecevabilité *nf*
irrecevable *adj*
irréconciliable *adj*
irrécouvrable *adj*
irrécupérable *adj*
irrécusable *adj*
irrédentisme *nm*
irrédentiste *adj, n*
irréductibilité *nf*
irréductible *adj*
irréductiblement *adv*
irréel, elle *adj*
irréfléchi, e *adj*
irréflexion *nf*
irréformable *adj*
irréfragable *adj*
irréfutable *adj*
irréfutablement *adv*
irréfuté, e *adj*
irrégularité *nf*
irrégulier, ère *adj, nm*
irrégulièrement *adv*
irréligieux, euse *adj*
irréligion *nf*
irrémédiable *adj*
irrémédiablement *adv*
irrémissible *adj*
irrémissiblement *adv*
irremplaçable *adj*
irréparable *adj*
irréparablement *adv*
irrépréhensible *adj*
irrépressible *adj*
irréprochable *adj*
irréprochablement *adv*
irrésistible *adj*
irrésistiblement *adv*
irrésolu, e *adj*
irrésolution *nf*
irrespect [irɛspɛ] *nm*
irrespectueusement *adv*
irrespectueux, euse *adj*
irrespirable *adj*
irresponsabilité *nf*
irresponsable *adj, n*
irrétrécissabilité *nf*
irrétrécissable *adj*
irrévérence *nf*
irrévérencieusement *adv*
irrévérencieux, euse *adj*
irréversibilité *nf*
irréversible *adj*
irréversiblement *adv*
irrévocabilité *nf*
irrévocable *adj*
irrévocablement *adv*
irrigable *adj*
irrigateur *nm*
irrigation *nf*
irriguer *vt*
irritabilité *nf*
irritable *adj*
irritant, e *adj*
irritatif, ive *adj*
irritation *nf*
irrité, e *adj*
irriter *vt, vpr*
irruption *nf*
isabelle *adj inv., nm*

isallobare *nf*
isard ou izard *nm*
isatis [-tis] *nm*
isba [izba] *nf*
ischémie [iskemi] *nf*
ischémique [iskemik] *adj, n*
ischiatique [iskjatik] *adj*
ischion [iskjɔ̃] *nm*
isentropique *adj*
isiaque *adj*
islam [islam] *nm s*
islamique *adj*
islamisation *nf*
islamiser *vt*
islamisme *nm*
islandais, e *adj, n*
ismaélien, enne ou ismaïlien, enne *n*
ismaélisme *nm*
ismaélite *adj, n*
iso(-)agglutination *nf (pl iso[-]agglutinations)*
isobare *adj; nm (physique); nf (météorologie)*
isobathe *adj, nf*
isocarde *nm*
isocarène *adj*
isocèle *adj*
isochore [-kɔr] *adj*
isochromatique [-krɔ-] *adj*
isochrone [-krɔn] *adj*
isochronique [-krɔ-] *adj*
isochronisme [-krɔ-] *nm*
isoclinal, e, aux *adj*
isocline *adj*
isodyname *adj*
isodynamie *nf*
isodynamique *adj*
isoédrique *adj*
isoélectrique *adj*
isoète *nm*
isogame *adj*
isogamie *nf*
isoglosse *adj, nf*
isogone *adj*
isogreffe *nf*
isohyète *adj, nf*
isohypse *adj, nf*
isoïonique ou isoionique *adj*
isolable *adj*
isolant, e *adj, nm*
isolat [-la] *nm*
isolateur *nm*
isolation *nf*
isolationnisme *nm*
isolationniste *adj, n*
isolé, e *adj, nm*
isolement *nm*
isolément *adv*
isoler *vt, vpr*
isoleucine *nf*
isologue *adj*
isoloir *nm*
isomérase *nf*
isomère *adj, nm*
isomérie *nf*
isomérique *adj*
isomérisation *nf*
isométrie *nf*
isométrique *adj*
isomorphe *adj*
isomorphisme *nm*
isoniazide *nm*
isonomie *nf*
isopet ou ysopet [-pɛ] *nm*
isophase *adj*
isopode *adj, nm*
isoprène *nm*
isoptère *nm*
isoséïste ou isosiste *adj, nf*
isostasie *nf*
isostatique *adj*
isosyllabique [-si-] *adj*
isotherme *adj, nf*
isotonie *nf*
isotonique *adj*
isotope *adj, nm*
isotopique *adj*
isotron *nm*
isotrope *adj*
isotropie *nf*
israélien, enne *adj, n*
israélite *adj, n*
issant, e *adj*
issu, e *adj*
issue *nf*
isthme [ism] *nm*
isthmique [ismik] *adj*
italianisant, e *adj, n*
italianiser *vt, vi, vpr*
italianisme *nm*
italien, enne *adj, n*
italique *adj, nm*
item [itɛm] *adv, nm*
itératif, ive *adj, nm*
itération *nf*
itérativement *adv*
ithyphallique *adj*
itinéraire *adj, nm*
itinérant, e *adj, n*
itou *adv (fam.)*
iule *nm*
ive ou ivette *nf*
ivoire *nm*
ivoirerie *nf*
ivoirien, enne *adj, n*
ivoirier, ère *n*
ivoirin, e *adj*
ivraie *nf*
ivre *adj*
ivresse *nf*
ivrogne *adj, n*
ivrognerie *nf*
ivrognesse *nf*
iwan [iwan] *nm*
ixia *nf*
ixode *nm*
izard ou isard *nm*

J-K

j *nm inv.*
jabiru *nm*
jable *nm*
jabler *vt*
jablière *nf*
jabloir *nm* ou **jabloire** *nf*
jaborandi *nm*
jabot [-bo] *nm*
jaboter *vi*
jaboteur, euse *n*
jacaranda *nm*
jacasse *nf*
jacassement *nm*
jacasser *vi*
jacasserie *nf*
jacasseur, euse *adj, n*
jacassier, ère *adj, n*
jacée *nf*
jacent, e *adj*
jachère *nf*
jacinthe *nf*
jaciste *adj, n*
jack [(d)ʒak] *nm*
jacket [ʒakɛt] *nf*
jackpot [ʒakpɔt] *nm*
jaco(t) ou **jacquot** [-ko] *nm*
jacobée *nf*
jacobin, e *n, adj*
jacobinisme *nm*
jacobite *adj, n*
jaco(t) ou **jacquot** [-ko] *nm*
jacquard *adj m, nm*
ja(c)queline *nf*
ja(c)quemart *nm*
jacquerie *nf*
jacques *nm*
jacquet [-kɛ] *nm*
ja(c)quier *nm*
jacquot ou **jaco(t)** [-ko] *nm*
jactance *nf*
jacter *vi (pop.)*
jaculatoire *adj*
jade *nm*
jadéite *nf*
jadis [-dis] *adv*
jaguar [ʒagwar] *nm*
jaillir *vi*
jaillissant, e *adj*
jaillissement *nm*
jaïn ou **jaïna** ou **djaïn** *adj, n*
jaïnisme ou **djaïnisme** ou **jinisme** *nm*
jais [ʒɛ] *nm (pierre)*
jalap [ʒalap] *nm*
jale *nf*
jalon *nm*
jalon-mire *nm (pl jalons-mires)*
jalonnement *nm*
jalonner *vt, vi*
jalonneur *nm*
jalousement *adv*
jalouser *vt, vpr*
jalousie *nf*
jaloux, ouse *adj, n*
jamaïquain, e ou **jamaïcain, e** *adj, n*
jamais *adv*
jambage *nm*
jambart *nm*
jambe *nf*
jambé, e *adj*
jambette *nf*
jambier *adj m, nm*
jambière *nf*
jambon *nm*
jambonneau *nm*
jamboree [ʒɑ̃bɔri] *nm*
jambose *nf*
jambosier *nm*
jam-session [dʒamsesjɔn] *nf (pl jam-sessions)*
jan [ʒɑ̃] *nm (trictrac)*
jangada *nf*
janissaire *nm*
janotisme ou **jeannotisme** *nm*
jansénisme *nm*
janséniste *adj, n*
jante *nf*
janvier *nm*
japon *nm*
japonais, e *adj, n*
japonaiserie *nf*
japonerie *nf*
japonisant, e *n*
japonisme *nm*
japoniste *n*
jappement *nm*
japper *vi*
jappeur, euse *adj, n*
jaque *nm (fruit); nf (justaucorps)*
jaquelin *nm*
ja(c)queline *nf*
ja(c)quemart *nm*
jaquette *nf*
ja(c)quier *nm*
jar(s) [ʒar] *nm (argot)*
jar(d) *nm (sable)*
jarde *nf*
jardin *nm*
jardinage *nm*
jardiner *vt, vi*
jardinerie *nf*
jardinet [-nɛ] *nm*
jardinier, ère *n, adj*
jardon *nm*
jargon *nm*
jargonaphasie *nf*
jargonner *vi*
jarnicoton *interj*
jaro(u)sse *nf*

jarovisation *nf*
jarre *nf (vase); nm (brin)*
jarret [-rɛ] *nm*
jarreté, e *adj*
jarretelle *nf*
jarreter *vt, vi* C10
jarretière *nf*
jar(s) [ʒar] *nm (argot)*
jars [ʒar] *nm (mâle de l'oie)*
jas [ʒɑ] *nm*
jaser *vi*
jaseran ou **jaseron** *nm*
jaseur, euse *adj, n*
jasmin *nm*
jaspe *nm*
jaspé, e *adj*
jasper *vt*
jaspiner *vi (arg.)*
jaspure *nf*
jass ou **yass** *nm*
jataka *nm inv.*
jatte *nf*
jattée *nf*
jauge *nf*
jaugeage *nm*
jauger *vt, vi* C7
jaugeur *nm*
jaumière *nf*
jaunâtre *adj*
jaune *adj, n, adv*
jaunet, ette *adj, nm*
jaunir *vt, vi*
jaunissage *nm*
jaunissant, e *adj*
jaunisse *nf*
jaunissement *nm*
java *nf*
javanais, e *adj, n*
javart *nm*
javeau *nm*
Javel (eau de) *nf inv.*
javelage *nm*
javelé, e *adj*
javeler *vt, vi* C10
javeleur, euse *n*
javeline *nf*
javelle *nf (brassée de céréales)*
javellisation *nf*
javelliser *vt*
javelot [-lo] *nm*
jazz [dʒaz] *nm*
jazz-band [dʒazbɑ̃d] *m (pl jazz-bands)*
jazzman [dʒazman] *nm (pl jazzmen* [-mɛn]*)*
je *pron pers*
jean(s) [dʒin(s)] *nm*
jean-foutre *nm inv. (pop.)*
jean-le-blanc *nm inv.*
jeannette *nf*
jeannotisme ou **janotisme** *nm*
jéciste *adj, n*
je(c)tisse *adj f*
jeep [dʒip] *nf*
jéjunal, e, aux *adj*
jéjuno-iléon *nm (pl jéjuno-iléons)*
jéjunum [ʒeʒynɔm] *nm*
je-m'en-fichisme *nm (fam.)*
je-m'en-fichiste *adj, n (pl je-m'en-fichistes; fam.)*
je-m'en-foutisme *nm (fam.)*
je-m'en-foutiste *adj, n (pl je-m'en-foutistes; fam.)*
je-ne-sais-quoi *nm inv.*
jennérien, enne *adj*
jenny *nf*
jérémiade *nf*
jerez [rerɛs] ou **xérès** [kserɛs] *nm*
jerk [dʒɛrk] *nm*
jerker *vi*
jéroboam [-bɔam] *nm*
jerrican ou **jerrycan** [dʒerikan] ou **jerricane** [ʒerikan] *nm*
jersey [ʒɛrzɛ] *nm*
jersiais, e *adj, n*
jésuite *adj, nm*
jésuitique *adj*
jésuitiquement *adv*
jésuitisme *nm*
jésus [-zy] *nm, adj inv*
jet [ʒɛ] *nm (lancer)*
jet [dʒɛt] *nm (avion)*
jetable *adj*
jetage *nm*
jeté, e *adj, nm (danse, étoffe)*
jetée *nf (digue)*
jeter *vt, vpr* C10
jeter *nm*
jeteur, euse *n*
je(c)tisse *adj f*
jeton *nm*
jet-set [dʒɛtsɛt] *nm* ou *nf (pl jet-sets)*
jet-stream [dʒɛtstrim] *nm (pl jet-streams)*
jettatura [dʒɛt(t)atura] *nf*
jeu *nm (pl jeux)*
jeudi *nm*
jeun (à) [ʒœ̃] *loc adv*
jeune *adj, n, adv*
jeûne *nm*
jeunement *adv*
jeûner *vi*
jeunesse *nf*
jeunet, ette [-nɛ, ɛt] *adj*
jeûneur, euse *n*
jeunot [-no] *adj, n*
jigger [dʒigər] *nm*
jihad ou **djihad** *nm*
jingle [dʒingœl] *nm*
jingxi [ʒiŋksi] *nm*
jinisme ou **(d)jaïnisme** *nm*
jiu-jitsu *nm inv.*
joaillerie *nf*
joaillier, ère [ʒɔaje, ɛr] *adj, n*
job [dʒɔb] *nm (fam.)*
jobard, e *adj, n (fam.)*
jobarder *vt (fam.)*
jobarderie *nf (fam.)*
jobardise *nf (fam.)*
jobelin *nm*
jocasse *nf*
jociste *adj, n*
jockey [ʒɔkɛ] *n*
jocrisse *nm*

jodhpurs [ʒɔdpur] *nm pl*
jodler ou **iouler** ou **iodler** ou **yodler** *vi*
joggeur, euse [dʒɔ-] *n*
jogging [dʒɔgiŋ] *nm*
johannique *adj*
johannite *adj, n*
joice ou **jouasse** *adj (pop.)*
joie *nf*
joignable *adj*
joindre *vt, vi, vpr* C43
joint, e *adj, nm*
jointif, ive *adj*
jointoiement *nm*
jointoyer [-twaje] *vt* C16
jointoyeur [-twajœr] *nm*
jointure *nf*
jojo *adj inv., nm (fam.)*
joker [ʒɔkɛr] *nm*
joli, e *adj, nm*
joliesse *nf*
joliet, ette [-ljɛ, ɛt] *adj*
joliment *adv*
jomon *nm*
jonc [ʒɔ̃] *nm*
joncacée *nf*
joncer *vt* C6
jonchaie *nf*
jonchée *nf*
joncher *vt*
joncheraie *nf*
jonchère *nf*
jonchet [-ʃɛ] *nm*
jonction *nf*
jongler *vi*
jonglerie *nf*
jongleur, euse *n*
jonkheer [ʒɔnkɛr] *nm*
jonque *nf*
jonquille *nf, adj inv.*
joran *nm*
jordanien, enne *adj, n*
joruri *nm s*
joseph *adj m, nm*
joséphisme *nm*
jota [rɔta] *nf*
jottereau *nm*
jouable *adj*
jouailler *vi (fam.)*
joual [ʒwal] *nm s*
jouasse ou **joice** *adj (pop.)*
joubarbe *nf*
joue *nf (visage)*
jouée *nf*
jouer *vt, vti, vi, vpr*
jouet [ʒuɛ] *nm*
jouette *adj*
joueur, euse *adj, n*
joufflu, e *adj*
joug [ʒu] *nm (pièce de bois)*
jouir *vti, vi*
jouissance *nf*
jouissant, e *adj*
jouisseur, euse *n*
jouissif, ive *adj (pop.)*
joujou *nm (pl joujoux)*
joule *nm*
jour *nm*
journade *nf*
journal, aux *nm*
journalier, ère *adj, n*
journalisme *nm*
journaliste *n*
journalistique *adj*
journée *nf*
journellement *adv*
joute *nf*
jouter *vi*
jouteur, euse *n*
jouvence *nf*
jouvenceau, elle *n*
jouxte *prép*
jouxter *vt*
jovial, e, als ou **aux** *adj*
jovialement *adv*
jovialité *nf*
jovien, enne *adj, n*
joyau *nm (pl joyaux)*
joyeusement *adv*
joyeuseté *nf*
joyeux, euse *adj, nm*
jubarte *nf*
jubé *nm*
jubilaire *adj*
jubilant, e *adj*
jubilation *nf*
jubilatoire *adj*
jubilé *nm*
jubiler *vi*
juché, e *adj*
juchée *nf*
jucher *vt, vi, vpr*
juchoir *nm*
judaïcité *nf*
judaïque *adj*
judaïser *vt, vi*
judaïsme *nm*
judaïté ou **judéité** *nf*
judas *nm*
judéité ou **judaïté** *nf*
judelle *nf*
judéo-allemand, e *adj, nm (pl judéo-allemands, es)*
judéo-chrétien, enne *adj, n (pl judéo-chrétiens, ennes)*
judéo-christianisme *nm*
judéo-espagnol, e *adj, nm (pl judéo-espagnols, es)*
judicature *nf*
judiciaire *adj*
judiciairement *adv*
judicieusement *adv*
judicieux, euse *adj*
judo *nm*
judoka *n*
jugal, e, aux *adj*
juge *nm*
jugé ou **juger** *nm*
jugeable *adj*
jugement *nm*
jugeote *nf (fam.)*
juger *vt, vti, vpr* C7
juger ou **jugé** *nm*
jugeur, euse *n*
juglandacée *nf*
jugulaire *adj, nf*
juguler *vt*
juif, ive *adj, n*
juillet *nm*
juin *nm*
juiverie *nf*
jujube *nm*
jujubier *nm*

juke-box [dʒukbɔks] *nm (pl juke-boxes* ou *inv.)*
julep [ʒylɛp] *nm*
jules *nm*
julien, enne *adj*
juliénas [-nas] *nm*
julienne *nf*
jumbo [dʒœmbo] *nm*
jumbo-jet [dʒœmbodʒɛt] *nm (pl jumbo-jets)*
jumeau, elle *adj, n*
jumel *adj m*
jumelage *nm*
jumelé, e *adj*
jumeler *vt* C10
jumelle *adj f, nf*
jumelles *nf pl*
jument *nf*
jumping [dʒœmpiŋ] *nm*
jungle [ʒœ̃gl ou ʒɔ̃gl] *nf*
junior *adj, n*
junker [junkœr] *nm*
junonien, enne *adj*
junte [ʒœ̃t] *nf*
jupe *nf*
jupe-culotte *nf (pl jupes-culottes)*
jupette *nf*
jupier, ère *n*
jupitérien, enne *adj*
jupon *nm*
juponné, e *adj*
juponner *vt*
jurançon *nm*
jurande *nf*
jurassien, enne *adj, n*
jurassique *adj, nm*
jurat [-ra] *nm*
juratoire *adj*
juré, e *adj*
jurement *nm*
jurer *vt, vi, vti, vpr*
jureur *adj m, nm*
juridiction *nf*
juridictionnel, elle *adj*
juridique *adj*
juridiquement *adv*
juridisme *nm*
jurisconsulte *nm*
jurisprudence *nf*
jurisprudentiel, elle *adj*
juriste *n*
juron *nm*
jury *nm*
jus [ʒy] *nm*
jusant *nm*
jusée *nf*
jusqu'à ce que *loc conj*
jusqu'au-boutisme *nm (pl jusqu'au-boutismes)*
jusqu'au-boutiste *adj, n (pl jusqu'au-boutistes)*
jusque ou jusques *prép*
jusque-là *loc adv*
jusquiame [ʒyskjam] *nf*
jussiée *nf*
jussieua *nm*
jussion *nf*
justaucorps *nm*
juste *adj, n, adv*
justement *adv*
justesse *nf*
justice *nf*
justiciable *adj, n*
justicier, ère *adj, n*
justifiable *adj*
justifiant, e *adj*
justificateur, trice *adj, n*
justificatif, ive *adj, nm*
justification *nf*
justifier *vt, vti, vpr*
jute *nm*
juter *vi*
juteux, euse *adj, nm*
juvénat [-na] *nm*
juvénile *adj, nm*
juvénilité *nf*
juxtalinéaire *adj*
juxtaposable *adj*
juxtaposé, e *adj*
juxtaposer *vt*
juxtaposition *nf*

k *nm inv.*
ka(on) *nm*
kabbale ou cabale *nf*
kabbaliste ou cabaliste *n*
kabbalistique ou cabalistique *adj*
kabic ou kabig *nm*
kabuki [-bu-] *nm*
kabyle *adj, n*
kacha ou kache *nf*
kadi ou cadi *nm*
kaddish *nm*
kafkaïen, enne [kafkajɛ̃, ɛn] *adj*
kaïnite [kainit] *nf*
kaiser [kajzœr ou kɛzɛr] *nm*
kakatoès ou cacatoès [-tɔɛs] *nm*
kakémono *nm*
kaki *adj inv., nm*
kala-azar *nm*
kalachnikov [-ʃnikɔv] *nm*
kaléidoscope *nm*
kaléidoscopique *adj*
kali *nm*
kalicytie *nf*
kaliémie *nf*
kalium [kaljɔm] *nm*
kalmouk, e *adj, n*
kamala *nm*
kami *nm*
kamichi [-ʃi] *nm*
kamikaze *nm*
kammerspiel [kamərʃpil] *nm*
k(h)an [kɑ̃] *nm (abri)*
kana *nm inv.*
kanak, e ou canaque *adj, n*
kandjar *nm*
kangourou *nm*
kanji *nm inv.*
kannara ou canara *nm s*
kantien, enne [kɑ̃sjɛ̃, jɛn] *adj*

kantisme *nm*
kaoliang [kaɔljɑ̃] *nm*
kaolin [kaɔlɛ̃] *nm*
kaolinisation *nf*
kaolinite *nf*
ka(on) *nm*
kapok ou **capoc** ou **capok** [-pɔk] *nm*
kapokier *nm*
kappa *nm inv.*
karakul ou **caracul** [-kyl] *nm*
karaté *nm*
karatéka *n*
karbau ou **kérabau** *nm (pl karbaux* ou *kérabaux)*
karma(n) [-ma(n)] *nm*
karpatique ou **carpatique** *adj*
karst *nm*
karstique *adj*
kart [kart] *nm*
karting [kartiŋ] *nm*
kas(c)her [kaʃɛr] ou **cas(c)her** ou **cachère** *adj inv.*
kassite *adj*
katchina *nm*
kathakali *nm*
kawa ou **kava** *nm*
kayak ou **kayac** [kajak] *nm*
kayakiste *n*
kazakh *adj, nm*
keepsake [kipsɛk] *nm*
keffieh [kefje] *nm*
kéfir ou **képhir** *nm*
kelvin *nm*
kendo [kɛndo] *nm*
kénotron *nm*
kentia [kɛntja] *nm*
kentrophylle [kɛ̃-] *nm*
kenyan, e *adj, n*
kényapithèque *nm*
képhir ou **kéfir** *nm*
képi *nm*
kérabau ou **karbau** *nm (pl kérabaux ou karbaux)*
kératine *nf*
kératinisation *nf*
kératinisé, e *adj*
kératiniser *vt*
kératite *nf*
kératocône *nm*
kératoplastie *nf*
kératose *nf*
kératotomie *nf*
kermès *nm (insecte, chêne)*
kermesse *nf (fête)*
kérogène *nm*
kérosène *nm*
kerria ou **kerrie** *nm*
ketch [kɛtʃ] *nm*
ketchup [kɛtʃəp] *nm*
ketmie *nf*
keynésien, enne *adj*
khâgne ou **cagne** *nf (arg.)*
khâgneux, euse ou **cagneux, euse** *n (arg.)*
khalifat ou **califat** [-fa] *nm*
khalife ou **calife** *nm*
khamsin ou **chamsin** [ramsin] *nm*
k(h)an [kɑ̃] *nm (abri)*
khan [kɑ̃] *nm (titre)*
khanat [-na] *nm*
kharidjisme *nm*
kharidjite *adj, n*
khat ou **qat** [kat] *nm*
khédiv(i)al, e, aux *adj*
khédiv(i)at [-v(j)a] *nm*
khédive *nm*
khi *nm inv.*
khmer, ère *adj, n*
khoin [kwɛ̃] ou **khoisan** *nm*
khôl ou **kôhl** ou **kohol** *nm (fard)*
kibboutz [kibuts] *nm (pl inv.* ou *kibboutzim)*
kichenotte ou **quichenotte** *nf*
kick *nm*
kid [kid] *nm (fam.)*
kidnapper *vt*
kidnappeur, euse *n*
kidnapping [-apiŋ] *nm*
kief [kjɛf] *nm*
kieselgu(h)r [kizɛlgur] *nm*
kiesérite [kiserit] *nf*
kif [kif] *nm*
kif-kif [kifkif] *adj inv. (fam.)*
kiki *nm (pop.)*
kil *nm (pop.)*
kilim [kilim] *nm*
kilo *nm (abrév.)*
kilocalorie *nf*
kilofranc [-frɑ̃] *nm*
kilogramme *nm*
kilogrammètre *nm*
kilohertz [-ɛrtz] *nm*
kilométrage *nm*
kilomètre *nm*
kilométrer *vt* C11
kilométrique *adj*
kilotonne *nf*
kilotonnique *adj*
kilovolt [-vɔlt] *nm*
kilowatt [-wat] *nm*
kilowattheure *nm*
kilt [kilt] *nm*
kimberlite *nf*
kimono *nm, adj inv.*
kinase *nf*
kinescope *nm*
kinésie *nf*
kinésithérapeute *n*
kinésithérapie *nf*
kinesthésie ou **cinesthésie** *nf*
kinesthésique ou **cinesthésique** *adj*
kinétoscope *nm*
king-charles [kiŋ-] *nm inv.*
kinkajou [kɛ̃kaʒu] *nm*
kinois, e *adj, n*
kiosque *nm*
kiosquier, ère *n*
kiosquiste *n*
kip *nm*
kippa *nf*

kipper [kipœr] *nm*
Kippour ou **Yom Kippour** *nm s*
kir *nm*
kirghiz *nm*
kirsch [kirʃ] *nm*
kit [kit] *nm*
kitchenette *nf*
kit(s)ch [kitʃ] *adj inv., nm inv.*
kiwi [kiwi] *nm*
klaxon [-ksɔn] *nm*
klaxonner [-ksɔne] *vi*
kleenex [klinɛks] *nm*
klephte ou **clephte** *nm*
kleptomane ou **cleptomane** *n*
kleptomanie ou **cleptomanie** *nf*
klippe *nf*
klystron *nm*
knickers [nikərs] ou **knickerbockers** [-bɔkœr] *nm pl*
knock-down [nɔkdawn] *nm inv.*
knock-out [nɔkawt] *adj inv., nm inv.*
knout [knut] *nm*
know-how [nɔaw] *nm inv.*
K.-O. [kao] *adj inv., nm inv.*
koala *nm*
kob ou **cob** *nm*
kobold [kɔbɔld] *nm*
Kodak *nm*
kohol ou **khôl** ou **kôhl** *nm*
koinè [kɔjnɛ] *nf s*
kola ou **cola** *nm*
kolatier *nm*
kolinski [kɔlɛ̃ski] *nm*
kolkhoz(e) *nm (pl kolkhoz[es])*
kolkhozien, enne *adj, n*
kommandantur [-tur ou tyr] *nf*
kondo *nm*
konzern [kɔ̃tsɛrn] *nm*
kopeck *nm*
korê ou **coré** *nf*
korrigan, e *n*
koto *nm*
kouan-houa [kwanwa] *nm s*
koubba ou **koubbeh** [kube] *nf*
kouglof ou **kugelhof** [kuglɔf] *nm*
koulak *nm*
koulibiac *nm*
koumys ou **koumis** [-mis] *nm*
kouros ou **couros** [-ros] *nm (pl kouroi ou couroi)*
koweïtien, enne [kowetjɛ̃, ɛn] *adj, n*
kraal [krɑl] *nm*
krach [krak] *nm (débâcle financière)*
kraft *nm*
krak ou **crac** *nm (fortification)*
kraken [-kɛn] *nm*
kreml(in) [krɛmlɛ̃] *nm*
kremlinologie [krɛm-] *nf*
kreutzer [krøtzɛr] *nm*
krill [kril] *nm*
kriss [kris] ou **criss** *nm*
kronprinz [krɔnprints] *nm*
kroumir *nm*
krypton [kriptɔ̃] *nm s*
ksar *nm (pl ksour)*
ksi ou **xi** *nm inv.*
kufique ou **coufique** *adj, nm*
kugelhof ou **kouglof** [kuglɔf] *nm*
kummel *nm*
kumquat [kumkwat] *nm*
kung (-) fu [kungfu] *nm inv.*
kurde *adj, n*
kwas [kvas] ou **kvas** *nm*
k-way [kawɛ] *nm inv.*
kyat *nm*
kymographe *nm*
kymographie *nf*
kymrique ou **cymrique** *adj, nm*
kyrie ou **kyrie eleison** [kirijeeleisɔn] *nm inv.*
kyrielle *nf*
kyste *nm*
kystique *adj*
kyudo *nm*

L

l *nm* ou *nf inv*
la *art f s* 16-XIII
la *nm inv (note de musique)*
la *pr pers f s* 16-XIII
là *adv, interj* 16-XIII
labadens [-dɛ̃s] *nm*
labanotation *nf*
labarum [-rɔm] *nm*
là-bas *adv*
la(b)danum [-nɔm] *nm*
label [labɛl] *nm (marque)*
labelle *nm (pétale)*
labelliser *vt*
labeur *nm*
labferment *nm*
labiacée *nf*
labial, e, aux *adj*
labialisation *nf*
labialiser *vt, vpr*
labié, e *adj*
labiée *nf*
labile *adj*
labilité *nf*
labiodentale *adj f, nf*
labium [-bjɔm] *nm*
laborantin, e *n*
laboratoire *nm*
laborieusement *adv*
laborieux, euse *adj*
labour *nm*
labourable *adj*
labourage *nm*
labourer *vt, vpr*
laboureur *nm*
labrador *nm*
labre *nm*
labri(t) *nm*
labyrinthe *nm*
labyrinthique *adj*
labyrinthite *nf*
labyrinthodonte *nm*
lac [lak] *nm (eau)*
laçage *nm*
laccase *nf*
laccolit(h)e *nm*
lacédémonien, enne *adj, n*
lacement *nm*
lacer *vt (attacher)* C6
lacération *nf*
lacérer *vt* C11
lacerie ou **lasserie** *nf*
lacertilien ou **lacertien** *nm*
lacet [-sɛ] *nm*
laceur, euse *n*
lâchage *nm*
lâche *adj, n*
lâché, e *adj*
lâchement *adv*
lâcher *vt, vi*
lâcher *nm*
lâcheté *nf*
lâcheur, euse *n*
lacinié, e *adj*
lacis [-si] *nm*
laconique *adj*
laconiquement *adv*
laconisme *nm*
lacrima-christi ou **lacryma-christi** [-kristi] *nm inv.*
lacrymal, e, aux *adj*
lacrymogène *adj*
lacrymo-nasal, aux *adj m*
lacs [lɑ] *nm*
lactaire *adj, nm*
lactalbumine *nf*
lactame *nm*
lactarium [-rjɔm] *nm*
lactase *nf*
lactate *nm*
lactation *nf*
lacté, e *adj*
lactescence [-tesɑ̃s] *n*
lactescent, e [-tesɑ̃, ɑ̃t] *adj*
lactifère *adj*
lactique *adj*
lactodensimètre *nm*
lactoflavine *nf*
lactomètre *nm*
lactone *nf*
lactose *nm*
lactosérum [-rɔm] *nm*
lactucarium [-rjɔm] *nm*
lacunaire *adj*
lacune *nf*
lacuneux, euse *adj*
lacustre *adj*
lad [lad] *nm*
la(b)danum [-nɔm] *nm*
ladin *nm*
ladino *nm s*
ladite *adj f (pl lesdites)*
ladre *n, adj*
ladrerie *nf*
lady [lɛdi] *nf (pl ladies)*
lagomorphe *nm*
lagon [lagɔ̃] *nm*
lagopède *nm*
lagotriche ou **lagothrix** *nm*
laguiole [lajɔl] *nm*
laguis [lagi] *nm*
lagunage *nm*
lagunaire *adj*
lagune *nf*
là-haut *adv*
lai [lɛ] *nm (poème)*
lai, e *adj*
laïc, ïque ou **laïque** *adj, n*

laïcat [-ka] *nm*
laîche ou laiche *nf*
laïcisation *nf*
laïciser *vt*
laïcisme *nm*
laïciste *adj, n*
laïcité *nf*
laid, e *adj*
laidement *adv*
laideron, onne *adj, n*
laideur *nf*
laie *nf (femelle du sanglier)*
laie ou laye *nf (hache)*
laimargue *nf*
lainage *nm*
laine *nf*
lainé, e *adj*
lainer *vt*
lainerie *nf*
laineur, euse *n*
laineuse *nf*
laineux, euse *adj*
lainier, ère *adj*
laïque ou laïc, ïque *adj, n*
laird [lɛrd] *nm*
lais [lɛ] *nm pl (alluvions)*
laisse *nf*
laissées *nf pl*
laissé (-) pour (-) compte *nm (pl laissés (-) pour (-) compte)*
laissée (-) pour (-) compte *nf (pl laissées (-) pour (-) compte)*
laisser *vt*
laisser-aller *nm inv.*
laissez-passer *nm inv.*
lait [lɛ] *nm (liquide)*
laitage *nm*
laitance ou laite *nf*
laité, e *adj*
laiterie *nf*
laiteron *nm*
laiteux, euse *adj*
laitier, ère *adj, n*
laiton *nm*
laitonnage *nm*
laitonner *vt*
laitue *nf*
laïus [lajys] *nm (fam.)*
laïusser *vi (fam.)*
laïusseur, euse *adj, n (fam.)*
laize *nf*
lakiste *adj, n*
lallation *nf*
lama *nm*
lamage *nm*
lamaïsme *nm*
lamanage *nm*
lamaneur *nm*
lamantin *nm*
lamarckisme *nm*
lamaserie *nf*
lambda *nm inv., adj inv.*
lambdacisme *nm*
lambdoïde *adj*
lambeau *nm*
lambel *nm*
lambic(k) *nm*
lambin, e *adj, n (fam.)*
lambiner *vi (fam.)*
lambliase *nf*
lambourde *nf*
lambrequin *nm*
lambris [-bri] *nm*
lambrissage *nm*
lambrisser *vt*
lambruche ou lambrusque *nf*
lambswool [-wul] *nm*
lame *nf*
lamé, e *adj, nm*
lamellaire *adj*
lamelle *nf*
lamellé, e *adj*
lamellé-collé *nm (pl lamellés-collés)*
lamelleux, euse *adj*
lamellibranche *nm*
lamellicorne *nm*
lamelliforme *adj*
lamellirostre *nm*
lamentable *adj*
lamentablement *adv*
lamentation *nf*
lamenter *vi, vt, vpr*
lamento [lamɛnto] *nm*
lamer *vt*
lamie *nf*
lamier *nm*
lamifié, e *adj, nm*
laminage *nm*
laminaire *adj, nf*
laminé, e *adj, nm*
laminectomie *nf*
laminer *vt*
lamineur *nm, adj m*
lamineux, euse *adj*
laminoir *nm*
lampadaire *nm*
lampadophore *adj, n*
lampant, e *adj*
lamparo *nm*
lampas [-pa(s)] *nm*
lampassé, e *adj*
lampe *nf*
lampée *nf*
lamper *vt*
lampion *nm*
lampiste *nm*
lampisterie *nf*
lampourde *nf*
lamprillon *nm*
lamproie *nf*
lamprophyre *nm*
lampyre *nm*
lançage *nm*
lance *nf*
lancé, e *adj*
lance-amarre *adj inv., nm inv.*
lance-bombes *nm inv.*
lancée *nf*
lance-flammes *nm inv.*
lance-fusées *nm inv.*
lance-grenades *nm inv.*
lancement *nm*
lance-missiles *nm inv.*
lancéolé, e *adj*
lance-pierres *nm inv.*
lancer *vt, vi, vpr* C6
lancer *nm*
lance-roquettes *nm inv.*
lance-torpilles *nm inv.*
lancette *nf*

lanceur, euse *n*
lancier *nm*
lancinant, e *adj*
lancination *nf*
lancinement *nm*
lanciner *vt, vi*
lançon *nm*
Land [lɑ̃d] *nm (pl Länder* [province]*)*
landais, e *adj, n*
land art [landart] *nm s*
landau *nm (pl landaus)*
landaulet [-lɛ] *nm*
lande *nf (terrain)*
landgrave [lɑ̃dgrav] *nm*
landgraviat [-vja] *nm*
landier *nm*
landolphia ou **landolphie** *nf*
land rover [lɑ̃drɔvœr] *nm* ou *nf*
landsgemeinde [lɑ̃dsgemajndə] *nf*
landsturm [lɑ̃dʃturm] *nm*
landtag [lɑ̃dtag] *nm*
landwehr [lɑ̃dvɛr] *nf*
langage *nm*
langagier, ère *adj*
lange *nm*
langer *vt* C7
langoureusement *adv*
langoureux, euse *adj*
langouste *nf*
langoustier, ère *n*
langoustine *nf*
langres *nm*
langue *nf*
langué, e *adj*
langue-de-bœuf *nf (pl langues-de-bœuf)*
langue-de-chat *nf (pl langues-de-chat)*
langue-de-serpent *nf (pl langues-de-serpent)*
languedocien, enne *adj, n*
languette *nf*
langueur *nf*
langueyage [lɑ̃gɛjaʒ] *nm*
langueyer [lɑ̃gɛje] *vt*
languide *adj*
languier *nm*
languir *vi, vpr*
languissamment *adv*
languissant, e *adj*
lanice *adj*
lanier *nm*
lanière *nf*
lanifère ou **lanigère** *adj*
laniste *nm*
lanlaire *adv*
lanoline *nf*
lansquenet [-nɛ] *nm*
lantana ou **lantanier** *nm*
lanterne *nf*
lanterneau *nm*
lanterner *vi (fam.)*
lanternier *nm*
lanternon *nm*
lanthane *nm*
lanthanide *nm*
lanugineux, euse *adj*
lao *nm s*
laotien, enne *adj, n*
lapalissade *nf*
laparoscopie *nf*
laparotomie *nf*
lapement *nm*
laper *vt, vi*
lapereau *nm*
lapiaz [lapja] ou **lapié** *nm*
lapicide *nm*
lapidaire *nm, adj*
lapidation *nf*
lapider *vt*
lapidification *nf*
lapidifier *vt, vpr*
lapié ou **lapiaz** [lapja] *nm*
lapilli [-pil(l)i] *nm pl*
lapin, e *n*
lapiner *vi*
lapinière *nf*
lapinisme *nm (fam.)*
lapis [-pis] ou **lapis-lazuli** *nm inv.*
laplacien, enne *adj, n*
lapon, on(n)e *adj, n*
lapping [lapiŋ] *nm*
laps [laps] *nm*
laps, e [laps] *adj*
lapsi *nm pl*
lapsus [lapsys] *nm inv.*
laptot [-to] *nm*
laquage [-ka-] *nm*
laquais [-kɛ] *nm*
laque *nf (matière); nm (objet)*
laqué, e *adj*
laquelle *pron rel f, pron interr f (pl lesquelles)*
laquer *vt*
laqueur *nm*
laqueux, euse *adj*
laraire *nm*
larbin *nm (fam.)*
larcin *nm*
lard *nm (graisse)*
larder *vt*
lardoire *nf*
lardon *nm*
lardonner *vt*
lare *adj, nm (dieu)*
largable *adj*
largage *nm*
large *adj, nm, adv*
largement *adv*
largesse *nf*
larget [-ʒɛ] *nm*
largeur *nf*
larghetto [largɛto] *adv, nm*
largo *adv, nm*
largue *adj, adv, nm*
larguer *vt*
largueur *nm*
lariforme *nm*
larigot [-go] *nm*
larme *nf*
larme-de-Job *nf (pl larmes-de-Job)*
larmier *nm*
larmoiement *nm*
larmoyant, e [-mwajɑ̃, ɑ̃t] *adj*
larmoyer [-mwaje] *vi* C16
larron *nm*
larvaire *adj*

larve *nf*
larvé, e *adj*
larvicide *adj, nm*
laryngal, e, aux *adj*
laryngale *nf*
laryngé, e *adj*
laryngectomie *nf*
laryngien, enne *adj*
laryngite *nf*
laryngologie *nf*
laryngologiste *n*
laryngologue *n*
laryngoscope *nm*
laryngoscopie *nf*
laryngotomie *nf*
larynx [larɛ̃ks] *nm*
las [lɑs] *interj*
las, lasse [lɑ, lɑs] *adj*
lasagne [lazaɲ] *nf* *(pl inv.* ou *lasagnes)*
lascar *nm (fam.)*
lascif, ive *adj*
lascivement *adv*
lascivité ou **lasciveté** *nf*
laser [-zɛr] *nm*
lassant, e *adj*
lasser *vt, vpr (fatiguer)*
lasserie ou **lacerie** *nf*
lassis [-si] *nm*
lassitude *nf*
lasso *nm*
lastex [lastɛks] *nm*
lasting [lastiŋ] *nm*
latanier *nm*
latence *nf*
latent, e *adj*
latéral, e, aux *adj*
latéralement *adv*
latéralisation *nf*
latéralisé, e *adj*
latéralité *nf*
latere (a) [latere] *loc adj*
latérisation *nf*
latérite *nf*
latéritique *adj*
latéritisation *nf*
latex [latɛks] *nm*
laticifère *nm, adj*
laticlave *nm*
latifolié, e *adj*
latifundiaire [-fɔ̃-] *adj*
latifundiste [-fɔ̃-] *n*
latifundium [-fɔ̃djɔm] *nm* *(pl latifundia)*
latin, e *adj, n*
latinisant, e *adj, n*
latinisation *nf*
latiniser *vt, vi*
latinisme *nm*
latiniste *n*
latinité *nf*
latino *adj, n*
latino-américain, e *adj* *(pl latino-américains, es)*
latitude *nf*
latitudinaire *adj, n*
latomies *nf pl*
lato sensu [latɔsɛ̃sy] *loc adv*
latrie *nf*
latrines *nf pl*
lattage *nm*
latte *nf*
latter *vt*
lattis [-ti] *nm*
laudanum [-nɔm] *nm*
laudateur, trice *n*
laudatif, ive *adj*
laudes *nf pl*
lauracée *nf*
laure *nf*
lauré, e *adj*
lauréat, e [-rea, at] *adj, n*
lauréole *nf*
laurier *nm*
laurier-cerise *nm* *(pl lauriers-cerises)*
laurier-rose *nm* *(pl lauriers-roses)*
laurier-sauce *nm* *(pl lauriers-sauce)*
laurier-tin *nm* *(pl lauriers-tins)*
lause ou **lauze** *nf*
lavable *adj*
lavabo *nm*
lavage *nm*
lavallière *nf, adj*
lavande *nf, adj inv.*
lavandière *nf*
lavandin *nm*
lavaret [-rɛ] *nm*
lavasse *nf (fam.)*
lavatory [-tɔri] *nm* *(pl lavatories)*
lave *nf*
lavé, e *adj*
lave-dos *nm inv.*
lave-glace *nm* *(pl lave-glaces)*
lave-linge *nm inv.*
lave-mains *nm inv.*
lavement *nm*
lave-pont *nm* *(pl lave-ponts)*
laver *vt, vpr*
laverie *nf*
lave-tête *nm inv.*
lavette *nf*
laveur, euse *n, adj*
lave-vaisselle *nm inv.*
lavis [-vi] *nm*
lavoir *nm*
lavra *nf*
lavure *nf*
lawrencium [lorɑ̃sjɔm] *nm*
laxatif, ive *adj, nm*
laxisme *nm*
laxiste *adj, n*
laxité *nf*
laye ou **laie** [lɛ] *nf* *(hache)*
layer [lɛje] *vt* C15
layetier [lɛjtje] *nm*
layette [lɛjɛt] *nf*
layon [lɛjɔ̃] *nm*
lazaret [-rɛ] *nm*
lazariste *nm*
lazulite *nf*
lazurite *nf*
lazzarone [ladzarɔne] *nm (pl lazzaroni)*
lazzi [la(d)zi] *nm* *(pl lazzi*[*s*]*)*
L-dopa *nf inv*
le *art m*
le *pron pers s*

lé *nm*
leader [lidœr] *nm*
leadership [lidœrʃip] *nm*
leasing [liziŋ] *nm*
lebel *nm*
lécanore *nf*
léchage *nm*
lèche *nf (fam.)*
léché, e *adj (fam.)*
lèche-bottes *adj inv., nm inv. (fam.)*
lèche-cul *nm inv. (pop.)*
lèchefrite *nf*
lèchement *nm*
lécher *vt* C11
lécheur, euse *n (fam.)*
lécheur *adj m*
lèche-vitrines *nm inv. (fam.)*
lécithine *nf*
leçon *nf*
lecteur, trice *n*
lectorat [-ra] *nm*
lecture *nf*
lécythe *nm*
ledit *adj m (pl lesdits)*
légal, e, aux *adj*
légalement *adv*
légalisation *nf*
légaliser *vt*
légalisme *nm*
légaliste *n, adj*
légalité *nf*
légat [-ga] *nm*
légataire *n*
légation *nf*
legato [le-] *adv*
lège *adj*
légendaire *adj*
légende *nf*
légender *vt*
léger, ère *adj* 17-I
légèrement *adv*
légèreté *nf*
leggin(g)s [legins] *nf pl*
leghorn [legɔrn] *nf*
légiférer *vi* C11
légion *nf*
légionnaire *nm*
légionnellose *nf*
législateur, trice *adj, n*
législatif, ive *adj*
législation *nf*
législativement *adv*
législature *nf*
légiste *nm, adj*
légitimation *nf*
légitime *adj, nf*
légitimé, e *adj, n*
légitimement *adv*
légitimer *vt*
légitimiste *adj, n*
légitimité *nf*
lego *nm*
legs [lɛ(g)] *nm*
léguer *vt* C11
légume *nm (plante); nf (personnage; fam.)*
légumier, ère *adj, nm*
légumine *nf*
légumineux, euse *adj*
légumineuse *nf*
léiomyome *nm*
leishmania [lɛʃmanja] ou **leishmanie** *nf*
leishmaniose [lɛʃ-] *nf*
leitmotiv [lajt- ou lɛtmɔtif] *nm (pl leitmotive* ou *leitmotivs)*
lek *nm*
lemme [lɛm] *nm*
lemming [lɛmiŋ] *nm*
lemmacée *nf*
lemniscate *nf*
lemon-grass [lemɔngras] *nm*
lempira *nm*
lémure *nm*
lémurien *nm*
lendemain *nm*
lendit [-di] *nm*
lénifiant, e *adj*
lénifier *vt*
léninisme *nm*
léniniste *adj, n*
lénitif, ive *adj*
lent, e *adj*
lente *nf*
lentement *adv*
lenteur *nf*
lenticelle *nf*
lenticulaire *adj*
lenticulé, e *adj*
lenticule *nf*
lentiforme *adj*
lentigine *nf*
lentigo *nm*
lentille [-tij] *nf*
lentillon [-tijɔ̃] *nm*
lentisque [lɑ̃tisk] *nm*
lentivirus [-rys] *nm*
lento [lɛnto] *adv, nm*
léonard, e *adj, n*
léonin, e *adj*
léonure *nm*
léopard *nm*
léopardé, e *adj*
lépidodendron *nm*
lépidolit(h)e *nm*
lépidoptère *nm*
lépidosirène ou **lépidosiren** [-rɛn] *nm*
lépidostée ou **lépisostée** *nm*
lépiote *nf*
lépisme *nm*
lépisostée ou **lépidostée** *nm*
léporidé *nm*
lèpre *nf*
lépreux, euse *adj, n*
léprologie *nf*
léprologiste *nm*
léprologue *nm*
léproserie *nf*
lepte *nm*
leptocéphale *nm*
leptolithique *adj, nm*
lepton *nm*
leptosome *adj, n*
leptospire *nm*
leptospirose *nf*
lepture *nm*
lequel *pron rel m, pron interr m (pl lesquels)*
lerche *adv (arg.)*
lérot [-ro] *nm*
les *art pl, pron pl*

lès ou **lez** ou **les** [lɛ] *prép*
lesbianisme *nm*
lesbien, enne *adj, n*
lesbisme *nm*
lèse- *adj f inv.*
lèse-majesté *nf inv.*
léser *vt* C11
lésine *nf*
lésiner *vi*
lésinerie *nf*
lésineur, euse *adj, n*
lésion *nf*
lésionnaire *adj*
lésionnel, elle *adj*
lessivable *adj*
lessivage *nm*
lessive *nf*
lessiver *vt*
lessiveuse *nf*
lessiviel, elle *adj*
lest [lɛst] *nm*
lestage *nm*
leste *adj*
lestement *adv*
lester *vt*
let [lɛt] *adj inv.*
létal, e, aux *adj*
létalité *nf*
letchi ou **litchi** ou **lychee** *nm*
léthargie *nf*
léthargique *adj*
lette ou **letton** *nm*
letton, on(n)e *adj, n*
lettrage *nm*
lettre *nf*
lettré, e *adj, n*
lettre-transfert *nf (pl lettres-transferts)*
lettrine *nf*
lettrisme *nm*
leu (à la queue leu) *loc adv*
leu *nm (pl lei* [lɛ]*)*
leucanie *nf*
leucémie *nf*
leucémique *adj, n*
leucine *nf*
leucite *nf (silicate); nm (plaste)*
leucocytaire *adj*
leucocyte *nm*
leucocytose *nf*
leuco-encéphalite *nf (pl leuco-encéphalites)*
leucome ou **leucoma** *nm*
leucopénie *nf*
leucoplasie *nf*
leucopoïèse *nf*
leucopoïétique *adj*
leucorrhée *nf*
leucose *nf*
leucotomie *nf*
leude *nm*
leur *adj poss, pron poss, pron pers inv.* 16-XIV
leurre *nm*
leurrer *vt*
lev [lev] *nm (pl leva)*
levade *nf*
levage *nm*
levain *nm*
levalloisien, enne *adj, nm*
levant *nm, adj m*
levantin, e *adj, n*
lève *nf*
levé, e *adj*
levé ou **lever** *nm*
levée *nf*
lève-glace(s) *nm (pl lève-glaces)*
lever *vt, vi, vpr* C8
lever ou **levé** *nm*
léviathan *nm*
levier *nm*
lévigation *nf*
léviger *vt* C7
lévirat [-ra] *nm*
lévirostre *nm*
lévitation *nf*
lévite *nm (religieux); nf (redingote)*
lévogyre *adj*
levraut *nm*
lèvre *nf*
levrette *nf*
levretté, e *adj*
levretter *vi*
lévrier *nm*
levron, onne *n*
lévulose *nm*
levure *nf*
levurier *nm*
lexème *nm*
lexical, e, aux *adj*
lexicalisation *nf*
lexicalisé, e *adj*
lexicaliser (se) *vpr*
lexicographe *n*
lexicographie *nf*
lexicologie *nf*
lexicologique *adj*
lexicologue *n*
lexie *nf*
lexique *nm*
lexis [lɛksis] *nf*
lez ou **lès** ou **les** [lɛ] *prép*
lézard *nm*
lézarde *nf*
lézardé, e *adj*
lézarder *vt, vi, vpr*
li *nm (mesure)*
liage *nm*
liais [ljɛ] *nm*
liaison *nf*
liaisonner *vt*
liane *nf*
liant, e *adj, nm*
liard *nm*
liarder *vi*
lias [ljɑs] *nm (géologie)*
liasique *adj*
liasse *nf (paquet)*
libage *nm*
libanais, e *adj, n*
libation *nf*
libeccio [libetʃjo] *nm*
libelle *nm*
libellé *nm*
libeller *vt*
libelliste *n*
libellule *nf*
liber [libɛr] *nm*
libera *nm inv.*
libérable *adj*

libéral, e, aux *adj, n*
libéralement *adv*
libéralisation *nf*
libéraliser *vt*
libéralisme *nm*
libéralité *nf*
libérateur, trice *adj, n*
libération *nf*
libératoire *adj*
libéré, e *adj, n*
libérer *vt, vpr* C11
libérien, enne *adj, n*
libériste *adj, n*
libero [-be-] *nm*
libéro-ligneux, euse *adj (pl libéro-ligneux, euses)*
libertaire *adj, n*
liberté *nf*
liberticide *adj, n*
libertin, e *adj, n*
libertinage *nm*
liberty [libɛrti] *nm inv., adj inv.*
liberum veto [liberɔmveto] *nm inv.*
libidinal, e, aux *adj*
libidineux, euse *adj*
libido *nf*
libouret [-rɛ] *nm*
libraire *n*
librairie *nf*
libration *nf*
libre *adj*
libre arbitre *nm s*
libre-échange *nm s*
libre-échangisme *nm s*
libre-échangiste *adj, n (pl libre-échangistes)*
librement *adv*
libre-pensée *nf (pl libres-pensées)*
libre-penseur, euse *n (pl libres-penseurs, euses)*
libre-service *nm (pl libres-services)*
librettiste *n*
libretto [librɛto] *nm (pl librettos* ou *libretti)*
libyen, enne *adj, n*
lice *nf (champ clos, chienne)*
lice ou **lisse** *nf (métier à tisser)*
licence *nf*
licenciable *adj, n*
licencié, e *adj, n*
licenciement *nm*
licencier *vt*
licencieusement *adv*
licencieux, euse *adj*
lichen [likɛn] *nm*
licher *vt (pop.)*
lichette *nf (fam.)*
licier ou **lissier** *nm*
licitation *nf*
licite *adj*
licitement *adv*
liciter *vt*
licorne *nf*
licou ou **licol** *nm*
licteur *nm*
lido *nm*
lie *nf (dépôt)*
lié, e *adj*
lied [lid] *nm (pl lieder* ou *lieds)*
lie-de-vin *adj inv.*
liège *nm*
liégé, e *adj*
liégeois, e *adj, n*
lien *nm*
lier *vt, vpr*
lierne *nf*
lierre *nm*
liesse *nf*
lieu *nm (pl lieus* [poisson]*)*
lieu *nm (pl lieux* [endroit]*)*
lieu-dit ou **lieudit** *nm (pl lieux-dits* ou *lieudits)*
lieue *nf (mesure)*
lieur, lieuse *adj, n*
lieutenance *nf*
lieutenant *nm*
lieutenant-colonel *nm (pl lieutenants-colonels)*
lieutenante *nf*
lièvre *nm*
lift [lift] *nm*
lifter *vt, vi*
liftier, ère *nf*
lifting [liftiŋ] *nm*
ligament *nm*
ligamentaire *adj*
ligamenteux, euse *adj*
ligand [ligɑ̃] *nm*
ligase *nf*
ligature *nf*
ligaturer *vt*
lige *adj*
ligérien, enne *adj*
ligie *nf*
lignage *nm*
lignard *nm*
ligne *nf*
lignée *nf*
ligner *vt*
lignerolle *nf*
ligneul *nm*
ligneux, euse *adj*
lignicole *adj*
lignification *nf*
lignifier (se) *vpr*
lignine *nf*
lignite *nm*
lignomètre *nm*
ligot [-go] *nm*
ligotage *nm*
ligoter *vt*
ligue *nf*
liguer *vt, vpr*
ligueur, euse *n*
ligule *nf*
ligulé, e *adj*
liguliflore *adj, nf*
ligure ou **ligurien, enne** *adj, n*
lilas [-la] *nm, adj inv.*
liliacée *nf*
lilial, e, aux *adj*
liliiflore *nf*
lilium [-ljɔm] *nm*
liliputien, enne *adj, n*

lillois, e *adj, n*
limace *nf*
limaçon *nm*
limage *nm*
limaille *nf*
liman *nm*
limande *nf*
limbaire *adj*
limbe *nm*
limbes *nm pl*
lime *nf*
limer *vt, vpr*
limerick *nm*
limes [limɛs] *nm*
limette *nf*
limettier *nm*
limeur, euse *adj, n*
limicole *adj, n*
limier *nm*
liminaire *adj*
liminal, e, aux *adj*
limitable *adj*
limitatif, ive *adj*
limitation *nf*
limitativement *adv*
limite *nf*
limité, e *adj*
limiter *vt, vpr*
limiteur *nm*
limitrophe *adj*
limivore *adj*
limnée *nf*
limnologie *nf*
limnologique *adj*
limogeage *nm*
limoger *vt* C7
limon *nm*
limonade *nf*
limonadier, ère *n*
limonage *nm*
limonaire *nm*
limonène *nm*
limoneux, euse *adj*
limonier *nm, adj m*
limonière *nf*
limonite *nf*
limoselle [-zɛl] *nf*
limougeaud, e *adj, n*
limousin, e *adj, n*
limousinage *nm*
limousine *nf*
limousiner *vt*
limpide *adj*
limpidité *nf*
limule *nf*
lin *nm*
linacée *nf*
linaigrette *nf*
linaire *nf*
linceul *nm*
linçoir ou linsoir *nm*
linéaire *adj, nm*
linéairement *adv*
linéal, e, aux *adj*
linéament *nm*
linéarité *nf*
linéature *nf*
linéique *adj*
liner [lajnœr] *nm*
linette *nf*
linga ou lingam [lɛ̃ga(m)] *nm inv.*
linge *nm*
lingère *nf*
lingerie *nf*
lingot [-go] *nm*
lingotière *nf*
lingual, e, aux [lɛ̃gwal, gwo] *adj*
linguatule [lɛ̃gwatyl] *nf*
lingue [lɛ̃g] *nf*
linguette *nf*
linguiforme [lɛ̃gɥi-] *adj*
linguiste [lɛ̃gɥist] *n*
linguistique [lɛ̃gɥi-] *adj, nf*
linguistiquement [lɛ̃gɥi-] *adv*
linier, ère *adj, nf*
liniment *nm*
linkage *nm*
links [links] *nm pl*
linnéen, enne *adj*
lino *nm (abrév.)*
linoléine *nf*
linoléique *adj*
linoléum [-leɔm] *nm*
linon *nm*
linotte *nf*
linotype *nf*
linotypie *nf*
linotypiste *n*
linsang [lɛ̃sɑ̃g] *nm*
linsoir ou linçoir *nm*
linteau *nm*
linter [lintɛr] *nm*
lion, lionne *n*
lionceau *nm*
lipase *nf*
lipide *nm*
lipidémie ou lipémie *nf*
lipidique *adj*
lipochrome [-krom] *nm*
lipogramme *nm*
lipoïde *adj*
lipolyse *nf*
lipome *nm*
lipophile *adj*
lipophobe *adj*
lipoprotéine *nf*
liposarcome *nm*
liposoluble *adj*
liposome *nm*
liposuccion [-sjɔ̃] *nf*
lipothymie *nf*
lipotrope *adj*
lipovaccin *nm*
lippe *nf*
lippée *nf*
lippu, e *adj*
liquation [likwasjɔ̃] *nf*
liquéfacteur [-ke-] *nm*
liquéfaction [-ke-] *nf*
liquéfiable [-ke-] *adj*
liquéfiant, e [-ke-] *adj*
liquéfier [-ke-] *vt, vpr*
liquette [-kɛt] *nf*
liqueur [-kœr] *nf*
liquidable [-ki-] *adj*
liquidambar [-ki-] *nm*
liquidateur, trice [-ki-] *adj, n*
liquidatif, ive [-ki-] *adj*
liquidation [-ki-] *nf*
liquide [-kid] *adj, nm (état); nf (consonne)*
liquider [-ki-] *vt*
liquidien, enne [-ki-] *adj*
liquidité [-ki-] *nf*

liquoreux, euse [-kɔ-] *adj*
liquoriste [-kɔ-] *n*
lire *nf (monnaie)*
lire *vt* C53
lirette *nf*
liron *nm*
lis ou **lys** [lis] *nm (fleur)*
lisage *nm*
lisbonnais, e *adj, n*
lise *nf*
lisérage *nm*
liseré ou **liséré** *nm*
liserer C8 ou **lisérer** C11 *vt*
liseron *nm*
liseur, euse *n*
lisibilité *nf*
lisible *adj*
lisiblement *adv*
lisier *nm*
lisière *nf*
lisp *nm*
lissage *nm*
lisse *adj, nf (outil)*
lisse ou **lice** *nf (métier à tisser)*
lissé, e *adj, nm*
lisser *vt*
lisseur, euse *n*
lissier ou **licier** *nm*
lissoir *nm*
listage *nm*
liste *nf*
listel ou **listeau** *nm*
lister *vt*
listériose *nf*
listing [listiŋ] *nm*
liston *nm*
lit *nm (meuble)*
litanie *nf*
lit-cage *nm (pl lits-cages)*
litchi ou **letchi** ou **lychee** *nm*
liteau *nm*
litée *nf*
liter *vt*
literie *nf*
litham ou **litsam** [-am] *nm*
litharge *nf*
lithiase *nf*
lithiasique *adj, n*
lithine *nf*
lithiné, e *adj, nm*
lithinifère *adj*
lithique *adj*
lithium [-tjɔm] *nm*
litho *nf (abrév.)*
lithobie *nm*
lithodome *nm*
lithogène *adj*
lithogenèse *nf*
lithographe *adj, n*
lithographie *nf*
lithographier *vt*
lithographique *adj*
lithologie *nf*
lithologique *adj*
lithopédion *nm*
lithophage *adj, nm*
lithophanie *nf*
lithopone *nm*
lithosol *nm*
lithosphère *nf*
lithothamnium [-tamnjɔm] *nm*
lithotri(p)teur *nm*
lithotritie [-ti ou -si] *nf*
lithotypographie *nf*
lit(h)uanien, enne *adj, n*
litière *nf*
litige *nm*
litigieux, euse *adj*
litispendance *nf*
litorne *nf*
litote *nf*
litre *nm (mesure); nf (bande)*
litron *nm (pop.)*
litsam ou **litham** [-am] *nm*
littéraire *adj, n*
littérairement *adv*
littéral, e, aux *adj*
littéralement *adv*
littéralité *nf*
littérarité *nf*
littérateur *nm*
littérature *nf*
littoral, e, aux *adj, nm*
littorine *nf*
lit(h)uanien, enne *adj, n*
liturgie *nf*
liturgique *adj*
liturgiste *nm*
liure *nf*
livarot [-ro] *nm*
live [lajv] *adj inv., nm inv.*
livèche *nf*
livedo [-ve-] *nf*
livet [-vɛ] *nm*
livide *adj*
lividité *nf*
living [liviŋ] ou **living-room** [liviŋrum] *nm (pl livings* ou *living-rooms)*
livrable *adj*
livraison *nf*
livre *nm (volume); nf (poids, monnaie)*
livre-cassette *nm (pl livres-cassettes)*
livrée *nf*
livrer *vt, vpr*
livresque *adj*
livret [-vrɛ] *nm*
livreur, euse *n*
lixiviation *nf*
llanos [ljanos] *nm pl*
loader [lowdœr] *nm*
lob *nm (sports)*
lobaire *adj*
lobby *nm (pl lobbies)*
lobe *nm (partie d'un organe)*
lobé, e *adj*
lobectomie *nf*
lobélie *nf*
lober *vt, vi*
lobotomie *nf*
lobulaire *adj*
lobule *nm*
lobulé, e *adj*

lobuleux, euse *adj*
local, e, aux *adj, nm*
localement *adv*
localisable *adj*
localisateur, trice *adj, nm*
localisation *nf*
localisé, e *adj*
localiser *vt, vpr*
localité *nf*
locataire *n*
locatif, ive *adj, nm*
location *nf*
location-vente *nf* *(pl locations-ventes)*
loch [lɔk] *nm (appareil, lac)*
loche *nf*
locher *vt*
lochies [lɔʃi] *nf pl*
lock-out [lɔkawt] *nm inv*
lock-outer [lɔkawte] *vt*
locomobile *adj, nf*
locomoteur, trice *adj*
locomotif, ive *adj*
locomotion *nf*
locomotive *nf*
locomotrice *nf*
locotracteur *nm*
loculaire *adj*
loculé, e *adj*
loculeux, euse *adj*
locus [-kys] *nm*
locuste ou locusta *nf*
locuteur, trice *n*
locution *nf*
loden [-dɛn] *nm*
lods [lo] *nm pl (redevance)*
lœss [løs] *nm inv.*
lof [lɔf] *nm*
lofer *vi*
lofing-match *nm* *(pl lofing-match[e]s)*
loft [lɔft] *nm*
logarithme *nm*
logarithmique *adj*
loge *nf*
logeable *adj*
logement *nm*
loger *vt, vi, vpr* C7
logette *nf*
logeur, euse *n*
loggia [lɔdʒja] *nf*
logiciel, elle *adj, nm*
logicien, enne *n*
logicisme *nm*
logico-mathématique *adj (pl logico-mathématiques)*
logico-positivisme *nm* *(pl logico-positivismes)*
logique *adj, nf*
logiquement *adv*
logis [-ʒi] *nm*
logiste *n*
logisticien, enne *n*
logistique *adj, nf*
logo *nm*
logographe *nm*
logographique *adj*
logogriphe *nm*
logomachie [-ʃi] *nf*
logomachique *adj*
logopathie *nf*
logopédie *nf*
logorrhée [-re] *nf*
logorrhéique [-reik] *adj*
logos [lɔgɔs] *nm*
logotype ou logo *nm*
loi *nf*
loi-cadre *nf* *(pl lois-cadres)*
loin *adv*
lointain, e *adj, nm*
lointainement *adv*
loi-programme *nf* *(pl lois-programmes)*
loir *nm*
loisible *adj*
loisir *nm*
lokoum ou loukoum *nm*
lollard *nm*
lombago ou lumbago [lɔ̃-] *nm*
lombaire *adj*
lombalgie *nf*
lombard, e *adj, n*
lombarthrose *nf*
lombes *nf pl*
lombo-sacré, e *adj* *(pl lombo-sacrés, es)*
lombo-sciatique *nf* *(pl lombo-sciatiques)*
lombostat [-sta] *nm*
lombric [-brik] *nm*
lombricoïde *adj*
lombriculture *nf*
londonien, enne *adj, n*
londrès [lɔ̃drɛs] *nm*
long, longue [lɔ̃, ɔ̃g] *adj, nm* 17-I
long [lɔ̃] *adv*
longane *nm*
longanimité *nf*
long-courrier *adj, nm* *(pl long-courriers)*
long-drink [lɔ̃gdrink] *nm* *(pl long-drinks)*
long-métrage ou long métrage *nm* *(pl longs-métrages* ou *longs métrages)*
longe *nf*
longer *vt* C7
longeron *nm*
longévité *nf*
longicorne *adj, nm*
longiligne *adj*
longimétrie *nf*
longitude *nf*
longitudinal, e, aux *adj*
longitudinalement *adv*
long-jointé, e *adj* *(pl long-jointés, es)*
longotte *nf*
longrine *nf*
longtemps *adv, nm*
longue *nf*
longuement *adv*
longuet, ette [-gɛ, ɛt] *adj, nm*
longueur *nf*
longue-vue *nf* *(pl longues-vues)*
looch [lɔk] *nm*
loofa ou luffa *nm*
look [luk] *nm*

looping [lupiŋ] *nm*
lopette ou **lope** *nf (arg.)*
lophobranche *nm*
lophophore *nm*
lopin *nm*
loquace [-kas] *adj*
loquacité [lɔkasite] *nf*
loque *nf (lambeau)*
loquet [-kɛ] *nm*
loqueteau *nm*
loqueteux, euse *adj*
loran *nm*
lord [lɔr(d)] *nm*
lord-maire *nm (pl lords-maires)*
lordose *nf*
lorette *nf*
lorgner *vt*
lorgnette *nf*
lorgnon *nm*
lori *nm (perroquet)*
loricaire *nm*
loriot [-rjo] *nm*
loriquet [-kɛ] *nm*
loris [-ris] *nm*
lorrain, e *adj, n*
lorry [lɔri] *nm (pl lorries [chariot])*
lors *adv*
lorsque [lɔrsk] *conj*
losange *nm*
losangé, e *adj*
loser [luzœr] *nm (fam.)*
lot [lo] *nm*
lot(t)e *nf*
loterie *nf*
loti, e *adj*
lotier *nm*
lotion [lɔsjɔ̃] *nf*
lotionner [lɔsjɔ̃ne] *vt*
lotir *vt*
lotissement *nm*
lotisseur, euse *n*
loto *nm*
lotois, e *adj, n*
lot(t)e *nf*
lotus [-tys] *nm*
louable *adj*
louage *nm*
louange *nf*
louanger *vt* C7
louangeur, euse *adj, n*
loubar(d) *nm (fam.)*
louche *adj, nm (chimie); nf (cuillère)*
louchement *nm*
loucher *vi, vti*
loucherie *nf*
louchet [-ʃɛ] *nm*
loucheur, euse *n*
louchon *nm (fam.)*
louée *nf*
louer *vt, vpr*
loueur, euse *n*
loufiat [-fja] *nm (pop.)*
loufoque *adj, n (fam.)*
loufoquerie *nf (fam.)*
lougre *nm*
louis *nm*
louise-bonne *nf (pl louises-bonnes)*
louis-philippard, e *adj*
louis-quatorzien, enne *adj*
loukoum ou **lokoum** *nm*
loulou *nm (fam.)*
loulou, louloute *n (fam.)*
loup [lu] *nm*
loupage *nm (fam.)*
loup-cervier *nm (pl loups-cerviers)*
loup de mer *nm (pl loups de mer)*
loupe *nf*
loupé, e *adj, nm (fam.)*
louper *vt (fam.)*
loup-garou *nm (pl loups-garous)*
loupiot, ote *n (fam.)*
loupiote *nf (fam.)*
lourd, e *adj, nm*
lourd *adv*
lourdaud, e *adj, n*
lourde *nf (pop.)*
lourdement *adv*
lourder *vt (pop.)*
lourdeur *nf*
lourdingue *adj (arg.)*
loure *nf*
lourer *vt*
loustic *nm (fam.)*
loutre *nf*
louve *nf*
louver *vt*
louvet, ette [-vɛ, ɛt] *adj*
louveteau *nm*
louveter *vi* C10
louveterie [luvtri] *nf*
louvetier *nm*
louvoiement *nm*
louvoyage [-vwajaʒ] *nm*
louvoyer [-vwaje] *vi* C16
lovelace [lɔvlas] *nm*
lover *vt*
loxodromie *nf*
loxodromique *adj*
loyal, e, aux [lwajal, o] *adj*
loyalement [lwaja-] *adv*
loyalisme [lwaja-] *nm*
loyaliste [lwaja-] *adj, n*
loyauté [lwajo-] *nf*
loyer [lwaje] *nm*
lozérien, enne *adj, n*
lubie *nf*
lubricité *nf*
lubrifiant, e *adj, nm*
lubrification *nf*
lubrifier *vt*
lubrique *adj*
lubriquement *adv*
lucane *nm*
lucarne *nf*
lucernaire *nf (méduse); nm (office)*
lucide *adj*
lucidement *adv*
lucidité *nf*
luciférase *nf*
luciférien, enne *adj, n*
luciférine *nf*
lucifuge *adj, nm*
lucilie *nf*
lucimètre *nm*
luciole *nf*
lucite *nf*

lucratif, ive *adj*
lucrativement *adv*
lucre *nm*
luddisme *nm (organisation)*
luddite *nm*
ludiciel *nm*
ludion *nm*
ludique *adj*
ludisme *nm (jeu)*
ludologue *n*
ludothèque *nf*
luétine *nf*
luette *nf*
lueur *nf*
luffa ou loofa *nm*
luge *nf*
luger *vi* C7
luger [lyʒɛr] *nm*
lugeur, euse *n*
lugubre *adj*
lugubrement *adv*
lui *pron pers s*
luire *vi* C56
luisance *nf*
luisant, e *adj, nm*
lulu *nm*
lumachelle *nf*
lumbago ou lombago [lɔ̃-] *nm*
lumen [-ɛn] *nm*
lumière *nf*
lumignon *nm*
luminaire *nm*
luminance *nf*
luminescence [-nesɑ̃s] *nf*
luminescent, e [-nesɑ̃, ɑ̃t] *adj*
lumineusement *adv*
lumineux, euse *adj*
luminisme *nm*
luministe *adj, n*
luminophore *nm*
luminosité *nf*
lumitype *nf*
lump [lœ̃p] *nm*
lumpenprolétariat [lumpənprɔletarja] *nm*
lunaire *adj, nf*
lunaison *nf*
lunatique *adj, n*
lunch [lœ̃ʃ ou lœntʃ] *nm (pl lunch[e]s)*
luncher [lœ̃ʃe] *vi*
lundi *nm*
lune *nf (satellite)*; *nm (poisson)*
luné, e *adj (fam.)*
lunetier, ère [lyntje, ɛr] *adj, n*
lunette *nf*
lunetterie *nf*
luni-solaire *adj (pl luni-solaires)*
lunule *nf*
lunure *nf*
lupanar *nm*
lupercales *nf pl*
luperque *nm*
lupin *nm*
lupique *adj, n*
lupulin *nm*
lupuline *nf*
lupus [-pys] *nm*
lurette *nf (fam.)*
lurex *nm*
luron, onne *n (fam.)*
lusin ou luzin *nm*
lusitain, e ou lusitanien, enne *adj, n*
lusophone *adj, n*
lustrage *nm*
lustral, e, aux *adj*
lustration *nf*
lustre *nm*
lustré, e *adj*
lustrer *vt*
lustrerie *nf*
lustrine *nf*
lut [lyt] *nm (ciment)*
lutécien ou lutétien *nm*
lutécium [-sjɔm] *nm*
lutéine *nf*
lutéinisation *nf*
luter *vt (cimenter)*
lutétien ou lutécien *nm*
luth [lyt] *nm (musique)*
luthéranisme *nm*
lutherie *nf*
luthérien, enne *adj, n*
luthier *nm*
luthiste *n*
lutin, e *adj, nm*
lutiner *vt*
lutrin *nm*
lutte *nf (combat)*
lutter *vi (combattre)*
lutteur, euse *n*
lux [lyks] *nm (unité de mesure)*
luxation *nf*
luxe *nm (opulence)*
luxembourgeois, e *adj, n*
luxer *vt, vpr*
luxmètre *nm*
luxueusement *adv*
luxueux, euse *adj*
luxure *nf*
luxuriance *nf*
luxuriant, e *adj*
luxurieux, euse *adj*
luzerne *nf*
luzernière *nf*
luzin ou lusin *nm*
luzule *nf*
lycanthrope *nm*
lycanthropie *nf*
lycaon [likaɔ̃] *nm*
lycée *nm*
lycéen, enne *n*
lycène *nf*
lycénidé *nm*
lychee ou litchi ou letchi *nm*
lychnis [liknis] *nm*
lycope *nm*
lycoperdon *nm*
lycopode *nm*
lycopodiale *nf*
lycose *nf*
lycra *nm*
lyddite *nf*
lydien, enne *adj, n*
lymphangiome *nm*
lymphangite *nf*
lymphatique *adj, n*
lymphatisme *nm*
lymphe *nf*

lymphoblaste *nm*
lymphocytaire *adj*
lymphocyte *nm*
lymphocytose *nf*
lymphogranulomatose *nf*
lymphographie *nf*
lymphoïde *adj*
lymphome *nm*
lymphopathie *nf*
lymphopénie *nf*
lymphopoïèse *nf*
lymphoréticulose *nf*
lymphosarcome *nm*
lynchage [lɛ̃ʃaʒ] *nm*
lyncher [lɛ̃ʃe] *vt*
lyncheur, euse [lɛ̃ʃ-] *n*
lynx [lɛ̃ks] *nm*
lyonnais, e *adj, n*
lyophile *adj*
lyophilisation *nf*
lyophiliser *vt*
lyre *nf (instrument de musique)*
lyric *nm (couplet de music-hall)*
lyrique *adj, nm (poète); nf (poésie)*
lyriquement *adv*
lyrisme *nm*
lys ou lis [lis] *nm (fleur)*
lysat [-za] *nm*
lyse *nf*
lyser *vt*
lysergamide ou lysergide *nm*
lysergique *adj*
lysimaque *nf*
lysine *nf*
lysosome *nm*
lysozyme *nm*
lytique *adj*

M

m *nm* ou *nf inv.*
ma *adj poss f* 16-XV
maboul, e *adj, n (fam.)*
mac *nm (arg.)*
macabre *adj*
macache *adv (pop.)*
macadam [-dam] *nm*
macadamisage *nm*
macadamiser *vt*
macanéen, enne *adj, n*
macaque *n*
macareux *nm*
macaron *nm*
macaroni *nm*
macaronique *adj*
macassar *nm*
maccartisme ou **maccarthysme** *nm*
macchabée [makabe] *nm (pop.)*
macchiaioli *nm pl*
macédoine *nf*
macédonien, enne *adj, n*
macérateur *adj, nm*
macération *nf*
macérer *vt, vi* C11
maceron *nm*
macfarlane *nm*
Mach ou **mach** [mak] *nm*
machaon [-kaɔ̃] *nm*
mâche *nf*
mâchefer [maʃfɛr] *nm*
mâchement *nm*
mâcher *vt*
machette *nf*
mâcheur, euse *n*
machiavel [makja-] *nm*
machiavélique [makja-] *adj*
machiavélisme [makja-] *nm*
mâchicoulis [maʃikuli] *nm*
machin, e *n (fam.)*
machinal, e, aux *adj*
machinalement *adv*
machination *nf*
machine *nf*
machine-outil *nf (pl machines-outils)*
machiner *vt*
machinerie *nf*
machine-transfert *nf (pl machines-transferts)*
machinisme *nm*
machiniste *nm*
machisme [maʃism] *nm*
machiste [maʃist] *adj, n*
machmètre [mak-] *nm*
macho [matʃo] *adj, n (fam.)*
mâchoire *nf*
mâchon *nm*
mâchonnement *nm*
mâchonner *vt*
mâchouiller *vt (fam.)*
mâchure *nf*
macis [-si] *nm*
mackintosh [makintɔʃ] *nm*
maclage *nm*
macle *nf (cristaux)*
macle ou **macre** *nf (plante)*
maclé, e *adj*
macler *vt*
mâcon *nm*
maçon, onne *adj, n*
maçonnage *nm*
mâconnais, e *adj, n*
maçonner *vt*
maçonnerie *nf*
maçonnique *adj*
ma(c)que *nf*
macramé *nm*
macre ou **macle** *nf*
macreuse *nf*
macrobiotique *adj, nf*
macrocéphale *adj, n*
macrocéphalie *nf*
macrocosme *nm*
macrocosmique *adj*
macrocyste ou **macrocystis** [-stis] *nm*
macrocytaire *adj*
macrocyte *nm*
macrodécision *nf*
macro(-)économie *nf (pl macro*[-]*économies)*
macro(-)économique *adj (pl macro*[-]*économiques)*
macroglobuline *nf*
macroglobulinémie *nf*
macrographie *nf*
macrographique *adj*
macromoléculaire *adj*
macromolécule *nf*
macrophage *adj, nm*
macrophotographie *nf*
macropode *adj, n*
macropsie *nf*
macroscélide *nm*
macroscopique *adj*
macroséisme *nm*
macros(é)ismique *adj*
macrosporange *nm*
macrospore *nf*
macro(-)structure *nf (pl macro*[-]*structures)*
macroure *nm*
macula *nf*

maculage *nm*
maculation *nf*
maculature *nf*
macule *nf*
maculer *vt*
macumba [-kum-] *nf*
madame *nf* *(pl mesdames)*
madapolam [-lam] *nm*
madeleine *nf*
madelonnettes *nf pl*
mademoiselle *nf* *(pl mesdemoiselles)*
madère *nm*
madérisation *nf*
madériser (se) *vpr*
madicole *adj*
madone *nf*
madourais *nm*
madrague *nf*
madras [-dras] *nm*
madrasa *nf*
madré, e *adj, n*
madréporaire *nm*
madrépore *nm*
madréporien, enne *adj*
madréporique *adj*
madrier *nm*
madrigal, aux *nm*
madrigaliste *n*
madrilène *adj, n*
madrure *nf*
maelström [malstrøm] ou **malstrom** [malstrɔm] *nm*
maërl [maɛrl] ou **merl** *nm*
maestoso [maɛstozo] *adv*
maestria [maɛstrija] *nf*
maestro [maɛstro] *nm*
mafé *nm*
maf(f)ia *nf*
maf(f)ieux, euse *adj*
maf(f)ioso [mafjozo] *nm* *(pl maf[f]iosi)*
mafflu, e *adj*
magasin *nm*
magasinage *nm*
magasiner *vi*
magasinier, ère *n*
magazine *nm*
magdalénien, enne *adj, nm*
mage *nm*
mage ou **maje** *adj m*
magenta [maʒɛ̃ta] *adj inv., nm*
maghrébin, e *adj, n*
maghzen ou **makhzen** [-zɛn] *nm*
magicien, enne *n*
magie *nf*
magique *adj*
magiquement *adv*
magister [-tɛr] *nm* *(pédant)*
magistère *nm (dignité, chimie)*
magistral, e, aux *adj*
magistralement *adv*
magistrat [-tra] *nm*
magistrature *nf*
magma *nm*
magmatique *adj*
magmatisme *nm*
magnan [-ɲɑ̃] *nm*
magnanarelle [-ɲa-] *nf*
magnanerie [-ɲa-] *nf*
magnanier, ère [-ɲa-] *n*
magnanime [-ɲa-] *adj*
magnanimement [-ɲa-] *adv*
magnanimité [-ɲa-] *nf*
magnat [magna] *nm*
magner (se) ou **manier (se)** *vpr (fam.)*
magnésie *nf*
magnésien, enne *adj*
magnésiothermie *nf*
magnésite *nf*
magnésium [-zjɔm] *nm*
magnétique *adj*
magnétisable *adj*
magnétisant, e *adj*
magnétisation *nf*
magnétiser *vt*
magnétiseur, euse *n*
magnétisme *nm*
magnétite *nf*
magnéto *nf*
magnétocassette *nm*
magnétochimie *nf*
magnétodynamique *adj*
magnétoélectrique *adj*
magnétohydrodynamique *adj, nf*
magnétomètre *nm*
magnétométrie *nf*
magnétomoteur, trice *adj*
magnéton *nm*
magnéto-optique *nf* *(pl magnéto-optiques)*
magnétopause *nf*
magnétophone *nm*
magnétoscope *nm*
magnétoscoper *vt*
magnétosphère *nf*
magnétostatique *adj, nf*
magnétostriction *nf*
magnétron *nm*
magnificat [magnifikat] *nm inv.*
magnificence *nf*
magnifier *vt*
magnifique *adj*
magnifiquement *adv*
magnitude *nf*
magnolia ou **magnolier** *nm*
magnoliale *nf*
magnum [magnɔm] *nm*
magot [-go] *nm*
magouillage *nm (fam.)*
magouille *nf (fam.)*
magouiller *vi, vt fam.)*
magouilleur, euse *adj, n (fam.)*
magret [-grɛ] *nm*
magyar, e [magjar] *adj, n*
mahaleb [maalɛb] *nm*
maharadjah ou **maharaja** *nm*
maharané ou **maharani** *nf*
mahatma *nm*
mahdi *nm*
mahdisme *nm*
mahdiste *adj, n*

ma(h)-jong [maʒɔ̃(g)] *nm (pl ma[h]-jongs)*
mahométan, e *adj, n*
mahométisme *nm*
mahonia *nm*
mahonne *nf*
ma(h)ous, ousse *adj (fam.)*
mahratte ou **marathe** ou **marathi** *adj, n*
mai *nm (mois)*
maïa *nm (crabe)*
maie [mɛ] *nf (coffre)*
maïeur ou **mayeur** [majœr] *nm*
maïeutique [majøtik] *nf*
maigre *adj, n*
maigrelet, ette *adj, n*
maigrement *adv*
maigreur *nf*
maigrichon, onne *adj, n*
maigriot, otte *adj, n*
maigrir *vt, vi*
mail [maj] *nm (maillet, promenade)*
mail-coach [mɛlkotʃ] *nm (pl mail-coaches)*
mailing [mɛliŋ] *nm*
maillage *nm*
maille *nf (boucle, tache, monnaie)*
maillé, e *adj*
maillechort [majʃɔr] *nm*
mailler *vt, vi*
maillet [majɛ] *nm*
mailleton *nm*
mailloche *nf*
maillon *nm*
maillot [majo] *nm*
maillotin *nm*
maillure *nf*
main *nf*
mainate *nm*
main-d'œuvre *nf (pl mains-d'œuvre)*
main-forte *nf s*
mainlevée *nf*
mainmise *nf*
mainmortable *adj*
mainmorte *nf*
maint, e *adj, pron indéf*
maintenance *nf*
maintenant *adv*
mainteneur *nm*
maintenir *vt, vpr* C28
maintien *nm*
maïolique ou **majolique** *nf*
maire *nm (officier municipal)*
mairesse *nf*
mairie *nf*
mais *conj, adv, nm* 16-XVI
maïs [mais] *nm*
maïserie [maizri] *nf*
maison *nf, adj inv.*
maisonnée *nf*
maisonnette *nf*
maistrance [mɛstrɑ̃s] ou **mestrance** *nf*
maître, maîtresse *adj, n*
maître-à-danser *nm (pl maîtres-à-danser)*
maître-assistant, e *n (pl maîtres-assistants, es)*
maître-autel *nm (pl maîtres-autels)*
maître chanteur ou **maître-chanteur** *nm (pl maîtres chanteurs* ou *maîtres-chanteurs)*
maître-chien *nm (pl maîtres-chiens)*
maître-cylindre *nm (pl maîtres-cylindres)*
maître-penseur *nm (pl maîtres-penseurs)*
maîtresse *nf*
maîtrisable *adj*
maîtrise *nf*
maîtriser *vt, vpr*
maïzena [maize-] *nf*
maje ou **mage** *adj m*
majesté *nf*
majestueusement *adv*
majestueux, euse *adj*
majeur, e *adj, nm*
majolique ou **maïolique** *nf*
ma(h)-jong [maʒɔ̃(g)] *nm (pl ma[h]-jongs)*
major *nm*
majoral, aux *nm*
majorant *nm*
majorat [-ra] *nm*
majoration *nf*
majordome *nm*
majorer *vt*
majorette *nf*
majoritaire *adj, n*
majoritairement *adv*
majorité *nf*
majorquin, e *adj, n*
majuscule *adj, nf*
makhzen ou **maghzen** [-zɛn] *nm*
maki *nm (animal)*
makila *nm*
makimono *nm*
mal, maux *nm, adv*
malabar *adj, nm (pop.)*
malabsorption *nf*
malachite [-kit] *nf*
malacologie *nf*
malacoptérygien *nm*
malacostracé *nm*
malade *adj, n*
maladie *nf*
maladif, ive *adj*
maladivement *adv*
maladrerie *nf*
maladresse *nf*
maladroit, e *adj, n*
maladroitement *adv*
malaga *nm*
mal-aimé, e *n (pl mal-aimés, es)*
malaire *adj*
malais, e *adj, n*
malaise *nm*
malaisé, e *adj*
malaisément *adv*
malandre *nf*
malandrin *nm*
malappris, e *adj, n*
malard ou **malart** *nm*
malaria *nf*

malart ou **malard** *nm*
malavisé, e *adj*
malaxage *nm*
malaxer *vt*
malaxeur *nm*
malayalam *nm*
malayo-polynésien, enne *adj (pl malayo-polynésiens, ennes)*
malbâti, e *adj, n*
malchance *nf*
malchanceux, euse *adj, n*
malcommode *adj*
maldonne *nf*
mâle *adj, nm (sexe)*
malédiction *nf*
maléfice *nm*
maléfique *adj*
malékisme ou **malikisme** *nm*
malencontreusement *adv*
malencontreux, euse *adj*
mal-en-point *adj inv.*
malentendant, e *adj, n*
malentendu *nm*
malfaçon *nf*
malfaisance [-fə-] *nf*
malfaisant, e [-fə-] *adj*
malfaiteur *nm*
malfamé, e ou **mal famé, e** *adj*
malformation *nf*
malfrat [-fra] *nm (arg.)*
malgache *adj, n*
malgracieux, euse *adj*
malgré *prép*
malhabile *adj*
malhabilement *adv*
malheur *nm*
malheureusement *adv*
malheureux, euse *adj, n*
malhonnête *adj, n*
malhonnêtement *adv*
malhonnêteté *nf*
mali *nm*
malice *nf*
malicieusement *adv*
malicieux, euse *adj, n*
malien, enne *adj, n*
malignement [-ɲ-] *adv*
malignité [-ɲi-] *nf*
malikisme ou **malékisme** *nm*
malin, igne [malɛ̃, iɲ] *adj, n*
malines *nf*
malingre *adj*
malinké *nm s*
malinois *nm*
malintentionné, e *adj, n*
malique *adj*
mal-jugé *nm (pl mal-jugés)*
malle *nf (coffre)*
malléabilisation *nf*
malléabiliser *vt*
malléabilité *nf*
malléable *adj*
malléolaire *adj*
malléole *nf*
malle-poste *nf (pl malles-poste)*
mallette *nf*
mal-logé, e *n (pl mal-logés, es)*
mallophage *nm*
malmener *vt* C8
malmignatte *nf*
malnutrition *nf*
malocclusion *nf*
malodorant, e *adj*
malonique *adj*
malotru, e *n*
malouin, e *adj, n*
malpighie *nf*
malpoli, e *adj, n*
malposition *nf*
malpropre *adj, n*
malproprement *adv*
malpropreté *nf*
malsain, e *adj*
malséant, e *adj*
malsonnant, e *adj*
malstrom [malstrɔm] ou **maelström** [malstrøm] *nm*
malt [malt] *nm*
maltage *nm*
maltais, e *adj, n*
maltase *nf*
malté, e *adj*
malter *vt*
malterie *nf*
malteur *nm*
malthusianisme *nm*
malthusien, enne *adj, n*
maltose *nm*
maltôte *nf*
maltraiter *vt*
malus [-lys] *nm*
malvacée *nf*
malveillance *nf*
malveillant, e *adj, n*
malvenu, e *adj*
malversation *nf*
malvoisie *nm*
malvoyant, e *adj, n*
maman *nf*
mamba *nm*
mambo [mɑ̃bo] *nm*
mamelle *nf*
mamelo(u)k *nm*
mamelon *nm*
mamelonné, e *adj*
mamel(o)uk *nm*
mamelu, e *adj*
mamie ou **m'amie** *nf*
mamillaire *adj, nf*
mammaire *adj*
mammalien, enne *adj*
mammalogie *nf*
mammectomie *nf*
mammifère *adj, nm*
mammite *nf*
mammographie *nf*
mammoplastie *nf*
mammouth [mamut] *nm*
mam(m)y *nf*
mamours *nm pl (fam.)*
mam(m)y *nf*
mam'selle ou **mam'zelle** *nf (pop.)*
man [mɑ̃] *nm*
mana *nm*
manade *nf*

management [manaʒmɑ̃] *nm*
manager [manadʒœr ou -dʒɛr] *nm*
manager [manadʒe] *vt* C7
manant *nm*
manceau, elle *adj, n*
mancelle *nf*
mancenille *nf*
mancenillier *nm*
manche *nf (partie du vêtement) ; nm (partie d'un instrument)*
mancheron *nm*
manchette *nf*
manchon *nm*
manchot, e [-ʃo, ɔt] *adj, n*
man(d)chou, e *adj, n*
mancie *nf*
mandala *nm*
mandale *nf (pop.)*
mandant, e *n*
mandarin *nm*
mandarinal, e, aux *adj*
mandarinat [-na] *nm*
mandarine *nf*
mandarinier *nm*
mandat [-da] *nm*
mandataire *n*
mandat-carte *nm (pl mandats-cartes)*
mandat-contributions *nm (pl mandats-contributions)*
mandatement *nm*
mandater *vt*
mandat-lettre *nm (pl mandats-lettres)*
mandature *nf*
man(d)chou, e *adj, n*
mandéen, enne *adj, n*
mandéisme *nm*
mandement *nm*
mander *vt*
mandibulaire *adj*
mandibule *nf*
mandingue *adj, nm*
mandoline *nf*
mandoliniste *n*
mandore *nf*
mandorle *nf*
mandragore *nf*
mandrill [-dril] *nm*
mandrin *nm*
mandrinage *nm*
mandriner *vt*
manducation *nf*
manécanterie *nf*
manège *nm*
mânes *nm pl*
maneton *nm*
manette *nf*
manganate *nm*
manganèse *nm*
manganeux *adj m*
manganin *nm*
manganine *nf*
manganique *adj m*
manganite *nm*
mangeable *adj*
mangeaille *nf*
mange-disque(s) *nm (pl mange-disques)*
mangeoire *nf*
mangeotter *vt*
manger *vt, vi, vpr* C7
manger *nm*
mange(-)tout *nm inv.*
mangeur, euse *n*
mangeure [mɑ̃ʒyr] *nf*
mangle *nf*
manglier *nm*
mangonneau *nm*
mangoustan *nm*
mangoustanier *nm*
mangouste *nf*
mangrove *nf*
mangue *nf*
manguier *nm*
maniabilité *nf*
maniable *adj*
maniaco-dépressif, ive *adj, n (pl maniaco-dépressifs, ives)*
maniaque *adj, n*
maniaquerie *nf*
manichéen, enne [-ke-] *adj, n*
manichéisme [-ke-] *nm*
manichordion [-kɔr-] ou **manicorde** *nm*
manicle ou **manique** *nf*
manie *nf*
maniement *nm*
manier *vt*
manier (se) ou **magner (se)** *vpr (fam.)*
manière *nf*
maniéré, e *adj*
maniérisme *nm*
manieur, euse *n*
manif *nf (abrév.)*
manifestant, e *n*
manifestation *nf*
manifeste *adj, nm*
manifestement *adv*
manifester *vt, vi, vpr*
manifold [manifɔld] *nm*
manigance *nf*
manigancer *vt* C6
maniguette *nf*
manille [-nij] *nf (cartes, anneau) ; nm (cigare)*
manillon [-nijɔ̃] *nm*
manioc [manjɔk] *nm*
manip(e) *nf (abrév.)*
manipulateur, trice *n*
manipulation *nf*
manipule *nm*
manipuler *vt*
manique ou **manicle** *nf*
manitou *nm*
manivelle *nf*
manne *nf*
mannequin *nm*
mannite *nf*
mannitol *nm*
mannose *nm*
manodétendeur *nm*
manœuvrabilité *nf*
manœuvrable *adj*
manœuvre *nf (action) ; nm (ouvrier)*
manœuvrer *vt, vi*
manœuvrier, ère *adj, n*
manographe *nm*
manoir *nm*

manomètre *nm*
manométrie *nf*
manométrique *adj*
manoque *nf*
manostat [-sta] *nm*
manouche *n, adj (fam.)*
manouvrier, ère *n*
manquant, e *adj, n*
manque *nm (défaut); nf (faute; pop.)*
manqué, e *adj, nm*
manquement *nm*
manquer *vt, vti, vi, vpr*
mansarde *nf*
mansardé, e *adj*
manse *nm* ou *nf (habitation)*
mansion *nf (théâtre)*
mansuétude *nf*
mante *nf (manteau, insecte)*
manteau *nm*
mantelé, e *adj*
mantelet [-lɛ] *nm*
mantelure *nf*
mantille [-tij] *nf*
mantique *nf*
mantisse *nf*
mantouan, e *adj, n*
mantra *nm*
manualité *nf*
manubrium [-brjɔm] *nm*
manucure *n*
manucurer *vt*
manuel, elle *adj, n*
manuel *nm*
manuélin, e *adj*
manuellement *adv*
manufacturable *adj*
manufacture *nf*
manufacturer *vt*
manufacturier, ère *adj, n*
manu militari *loc adv*
manumission *nf*
manuscrit, e *adj, nm*
manutention *nf*
manutentionnaire *n*
manutentionner *vt*
manuterge *nm*
manzanilla [mɑ̃zanilja] *nm*
maoïsme *nm*
maoïste *adj, n*
maori, e *adj*
ma(h)ous, ousse *adj (fam.)*
mappemonde *nf*
ma(c)que *nf*
maquée *nf*
maquer *vt, vpr (pop.)*
maqueraison *nf*
maquereau *nm*
maquereauter *vt, vpr (pop.)*
maquerelle *nf*
maquereller *vt, vpr (pop.)*
maquette *nf*
maquettiste *n*
maquignon *nm*
maquignonnage *nm*
maquignonner *vt*
maquillage [-kijaʒ] *nm*
maquiller [-kije] *vt, vpr*
maquilleur, euse [-kijœr] *n*
maquis [maki] *nm (végétation)*
maquisard *nm*
marabout [-bu] *nm*
maraca *nf*
maraîchage *nm*
maraîcher, ère *n, adj*
maraîchin, e *adj, n*
marais *nm*
maranta *nm* ou **marante** *nf*
marasme *nm*
marasque *nf*
marasquin *nm*
marathe ou **mahratte** ou **marathi** *adj, n*
marathon *nm*
marathonien, enne *n*
marâtre *nf*
maraud, e *n*
maraudage *nm*
maraude *nf*
marauder *vi*
maraudeur, euse *n*
maravédis [-di] *nm*
marbre *nm*
marbré, e *adj*
marbrer *vt*
marbrerie *nf*
marbreur, euse *n*
marbrier, ère *adj, n*
marbrure *nf*
marc [mar] *nm (de raisin)*
marcassin *nm*
marcassite *nf*
marcescence [-sesɑ̃s] *nf*
marcescent, e [-sesɑ̃, ɑ̃t] *adj*
marchand, e *adj, n (commerçant)*
marchandage *nm*
marchander *vt*
marchandeur, euse *n*
marchandisage *nm*
marchandise *nf*
marchant, e *adj (qui marche)*
marchantia [marʃɑ̃tja] ou **marchantie** [-ti] *nf*
marche *nf*
marché *nm*
marchéage *nm*
marchepied *nm*
marcher *vi*
marcheur, euse *n*
marcionisme *nm*
marconi *adj inv.*
marcottage *nm*
marcotte *nf*
marcotter *vt*
mardi *nm*
mare *nf (étang)*
marécage *nm*
marécageux, euse *adj*
maréchal, aux *nm*
maréchalat [-la] *nm*
maréchal des logis *nm*
maréchale *nf*
maréchalerie *nf*
maréchal-ferrant *nm (pl maréchaux-ferrants)*

maréchaussée *nf*
marée *nf*
marégraphe *nm*
marelle *nf*
maremmatique *adj*
maremme *nf*
marémoteur, trice *adj*
marengo [-rɛ̃go] *adj inv., nm inv.*
marennes *nf (huître)*
mareyage [-rɛjaʒ] *nm*
mareyeur, euse [-rejœr, øz] *n*
marfil ou morfil [-fil] *nm*
margaille *nf (fam.)*
margarine *nf*
margauder ou margot(t)er *vi*
margaux *nm*
margay [-gɛ] *nm*
marge *nf*
margelle *nf*
marger *vt* C7
margeur, euse *n*
marginal, e, aux *adj, n*
marginalement *adv*
marginaliser *vt*
marginalisme *nm*
marginalité *nf*
marginer *vt*
margis [-ʒi] *nm (arg.)*
margot(t)er ou margauder *vi*
margotin *nm*
margouillis [-ji] *nm (fam.)*
margoulette *nf (pop.)*
margoulin *nm (fam.)*
margrave *nm*
margraviat [-vja] *nm*
marguerite *nf*
marguillier [-gije] *nm*
mari *nm*
mariable *adj*
mariage *nm*
marial, e, als ou aux *adj*
marianiste *nm*
marié, e *adj, n*
marie-jeanne *nf inv. (fam.)*
marie-louise *nf (pl maries-louises)*
marier *vt, vpr*
marie-salope *nf (pl maries-salopes)*
marieur, euse *n*
marigot [-go] *nm*
marihuana [marirwana] ou marijuana [mariʒɥana] *nf*
marin, e *adj, nm*
marina *nf*
marinade *nf*
marine *nf (navigation); nm (soldat, couleur), adj inv.*
mariné, e *adj*
mariner *vt, vi*
maringouin *nm*
marinier, ère *adj, n*
marinisme *nm*
mariol ou mariol(l)e *adj, n (fam.)*
mariologie *nf*
marionnette *nf*
marionnettiste *n*
marisque *nf*
mariste *nm*
marital, e, aux *adj*
maritalement *adv*
maritime *adj*
maritorne *nf*
marivaudage *nm*
marivauder *vi*
marjolaine *nf*
mark [mark] *nm (monnaie)*
marketing [marketiŋ] *nm*
marli *nm*
marlou *nm (pop.)*
marmaille *nf (fam.)*
marmelade *nf*
marmenteau *nm, adj m*
marmitage *nm*
marmite *nf*
marmitée *nf*
marmiter *vt (arg.)*
marmiton *nm*
marmonnement *nm*
marmonner *vt*
marmoréen, enne *adj*
marmoriser *vt*
marmot [-mo] *nm*
marmotte *nf*
marmottement *nm*
marmotter *vt*
marmotteur, euse *adj, n*
marmouset [-zɛ] *nm*
marnage *nm*
marnais, e *adj, n*
marne *nf*
marner *vt, vi*
marneur *nm*
marneux, euse *adj*
marnière *nf*
marocain, e *adj, n (du Maroc)*
maroilles [marwal] ou marolles *nm*
maronite *adj, n*
maronner *vi (fam.)*
maroquin *nm (cuir)*
maroquinage *nm*
maroquiner *vt*
maroquinerie *nf*
maroquinier *nm*
marotique *adj*
marotte *nf*
marouette *nf*
marouflage *nm*
maroufle *nm (fripon); nf (colle)*
maroufler *vt*
maroute *nf*
marquage *nm*
marquant, e *adj*
marque *nf (trace)*
marqué, e *adj*
marquer *vt, vi*
marqueté, e *adj*
marqueter *vt* C10
marqueterie [markətri ou -kɛtri] *nf*
marqueteur *nm*
marqueur, euse *n*
marquis [-ki] *nm*
marquisat [-za] *nm*

marquise *nf*
marquoir *nm*
marraine *nf (femme)*
marrane *nm*
marrant, e *adj (fam.)*
marre *adv (pop.)*
marrer (se) *vpr (pop.)*
marri, e *adj*
marron *nm, adj inv. (couleur)*
marron, onne *adj (irrégulier)*
marronnier *nm*
marrube *nm*
mars [mars] *nm*
marsala *nm*
marsault [-so] ou marseau *nm*
marseillais, e *adj, n*
marshmallow [marʃmalo] *nm*
marsouin *nm*
marsouiner *vi*
marsupial, e, aux *adj, nm*
martagon *nm*
mart(r)e *nf*
marteau *nm, adj*
marteau-pilon *nm (pl marteaux-pilons)*
marteau-piolet *nm (pl marteaux-piolets)*
martel *nm*
martelage *nm*
martelé, e *adj*
martèlement ou martellement *nm*
marteler *vt* C9
marteleur *nm*
martensite [-tɛ̃-] nf
martial, e, aux [-sjal, o] *adj*
martialement [-sja-] *adv*
martien, enne [-sjɛ̃, ɛn] *n, adj*
martin-chasseur *nm (pl martins-chasseurs)*
martinet [-nɛ] *nm*
martingale *nf*
martini *nm*
martiniquais, e *adj, n*
martin-pêcheur *nm (pl martins-pêcheurs)*
mart(r)e *nf*
martyr, e *adj, n (personne)*
martyre *nm (supplice)*
martyriser *vt*
martyrium [-rjɔm] *nm*
martyrologe *nm*
marxien, enne *adj*
marxisant, e *adj*
marxiser *vt*
marxisme *nm*
marxisme-léninisme *nm s*
marxiste *adj, n*
marxiste-léniniste *adj, n (pl marxistes-léninistes)*
marxologue *n*
maryland [lɑ̃d] *nm*
mas [mɑ(s)] *nm (maison)*
mascara *nm*
mascarade *nf*
mascaret [-rɛ] *nm*
mascaron *nm*
mascotte *nf*
masculin, e *adj, nm*
masculiniser *vt*
masculinité *nf*
maser [mazɛr] *nm*
maskinongé *nm*
maso *adj, n (abrév.)*
masochisme [-ʃism] *nm*
masochiste [-ʃist] adj, n
masquage *nm*
masque *nm*
masqué, e *adj*
masquer *vt, vi, vpr*
massacrant, e *adj*
massacre *nm*
massacrer *vt*
massacreur, euse *n*
massage *nm*
massaliote *adj, n*
masse *nf*
massé *nm*
masselotte *nf*
massepain *nm*
masser *vt, vpr*
masséter [-tɛr] *adj m, nm*
massette *nf*
masseur, euse *n*
massicot [-ko] *nm*
massicoter *nf*
massier, ère *n*
massif, ive *adj, nm*
massification *nf*
massifier *vt*
massique *adj*
massivement *adv*
massivité *nf*
mass media ou mass-media *nm pl*
massorah ou massore *nf*
massorète *nm*
massue *nf*
mastaba *nm*
mastectomie *nf*
mastère *nm*
mastic *nm*
masticage *nm*
masticateur, trice *adj, nm*
mastication *nf*
masticatoire *adj, nm*
mastiff *nm*
mastiquer *vt*
mastite *nf*
mastoc *nm, adj inv. (fam.)*
mastodonte *nm*
mastoïde *adj, nf*
mastoïdien, enne *adj*
mastoïdite *nf*
mastologie *nf*
mastroquet [-kɛ] *nm (fam.)*
masturbation *nf*
masturber *vt, vpr*
m'as-tu-vu *nm inv., adj inv.*
masure *nf*
masurium [-rjɔm] *nm*
mat, e [mat] *adj (non brillant)*

mat [mat] *nm, adj inv. (aux échecs)*
mât [mɑ] *nm (pièce d'un navire)*
matador *nm*
mataf [-taf] *nm (arg.)*
matage *nm*
matamore *nm*
match [matʃ] *nm (pl match[e]s)*
matcher *vi, vt*
matchiche *nf*
match-play [matʃplɛ] *nm (pl match-plays)*
maté *nm*
matefaim [-fɛ̃] *nm*
matelas [matla] *nm*
matelassé, e *adj*
matelasser *vt*
matelassier, ère *n*
matelassure *nf*
matelot [-lo] *nm*
matelotage *nm*
matelote *nf*
mater *vt (soumettre)*
mâter *vt (de mât)*
mater dolorosa [matɛr-] *nf inv.*
mâtereau *nm*
matérialisation *nf*
matérialiser *vt, vpr*
matérialisme *nm*
matérialiste *adj, n*
matérialité *nf*
matériau *nm s (pl matériaux)*
matériel, elle *adj, nm*
matériellement *adv*
maternage *nm*
maternel, elle *adj*
maternelle *nf*
maternellement *adv*
materner *vt*
materniser *vt*
maternité *nf*
math(s) *nf pl (abrév.)*
mathématicien, enne *n*
mathématique *adj, nf*
mathématiquement *adv*
math(s) *nf pl (abrév.)*
mathématisation *nf*
mathématiser *vt*
matheux, euse *n*
mathurin *nm*
mathusalem [-lɛm] *nm*
matière *nf*
matiérisme *nm*
matiériste *adj, n*
M.A.T.I.F. *nm*
matin *nm (partie du jour), adv*
mâtin, e *n*
mâtin *nm (chien), interj*
matinal, e, aux *adj*
matinalement *adv*
mâtiné, e *adj*
matinée *nf*
mâtiner *vt*
matines *nf pl*
matineux, euse *adj*
matinier, ère *adj*
matir *vt*
matité *nf*
matoir *nm*
matois, e *adj, n*
matoiserie *nf*
maton, onne *n (arg.)*
matorral, als *nm*
matou *nm (pl matous)*
matraquage *nm*
matraque *nf*
matraquer *vt*
matraqueur, euse *adj, n*
matras [-tra] *nm*
matriarcal, e, aux *adj*
matriarcat [-ka] *nm*
matriçage *nm*
matricaire *nf*
matrice *nf*
matricer *vt* C6
matricide *n*
matriciel, elle *adj*
matriclan *nm*
matricule *nf (inscription); nm (numéro d'inscription)*
matriculer *vt*
matrilignage *nm*
matrilinéaire *adj*
matrilocal, e, aux *adj*
matrimonial, e, aux *adj*
matrimonialement *adv*
matriochka *nf*
matrone *nf*
matronyme *nm*
matte *nf*
matthiole *nf*
maturation *nf*
mature *adj*
mâture *nf (de mât)*
maturité *nf*
matutinal, e, aux *adj*
maubèche *nf*
maudire *vt (même conjugaison que finir, sauf pp maudit)*
maugrabin, e ou **maugrebin, e** *adj, n*
maugréer *vt, vi* C14
maul *nm*
maurandie *nf*
maure ou **more** *adj, n*
maurelle *nf*
mauresque ou **moresque** *adj, nf*
mauricien, enne *adj, n*
mauriste *nm*
mauritanien, enne *adj, n*
mauser [-zɛr] *nm*
mausolée *nm*
maussade *adj*
maussadement *adv*
maussaderie *nf*
mauvais, e *adj, n*
mauvais *adv*
mauvaiseté *nf*
mauve *nf (plante); adj, nm (couleur)*
mauvéine *nf*
mauviette *nf*
mauvis [-vi] *nm*
maxi *nm inv., adj inv.*
maxillaire *adj, nm*
maxille *nf*
maxillipède *nm*

maxillo-facial, e, aux *adj*
maxima *nm pl*
maximal, e, aux *adj*
maximalisation *nf*
maximaliser *vt*
maximaliste *n*
maxime *nf*
maximisation *nf*
maximiser ou **maximaliser** *vt*
maximum [maksimɔm] *nm, adj (pl maximums* ou *maxima)*
maxwell [makswɛl] *nm*
maya *adj, n (civilisation précolombienne)*
maye [mɛ] *nf (auge)*
mayen [majɛ̃] *nm*
mayennais, e [majɛnɛ, ɛz] *adj, n*
mayeur ou **maïeur** [majœr] *nm*
mayonnaise [majɔ-] *nf*
mazagran *nm*
mazarinade *nf*
mazdéen, enne *adj*
mazdéisme *nm*
mazéage *nm*
mazer *vt*
mazette *nf, interj*
mazot [-zo] *nm*
mazout [-zut] *nm*
mazouter *vt*
mazurka *nf*
me *pron pers*
mea culpa [meakylpa] *nm inv.*
méandre *nm*
méandrine *nf*
méat [mea] *nm*
mec [mɛk] *nm (fam.)*
mécanicien, enne *n, adj*
mécanicien-dentiste *nm (pl mécaniciens-dentistes)*
mécanique *adj, nf*
mécaniquement *adv*
mécanisation *nf*
mécaniser *vt*
mécanisme *nm*
mécaniste *adj, n*
mécano *nm (mécanicien)*
mécanographe *n*
mécanographie *nf*
mécanographique *adj*
mécanorécepteur *nm*
mécanothérapie *nf*
Meccano *nm (jeu)*
mécénat [-na] *nm*
mécène *nm*
méchage *nm*
méchamment *adv*
méchanceté *nf*
méchant, e *adj, n*
mèche *nf*
mécher *vt* C11
mécheux, euse *adj*
méchoui [meʃwi] *nm*
mechta [mɛʃta] *nf*
mécompte [-kɔ̃t] *nm*
méconduire (se) *vpr* C56
méconduite *nf*
méconium [-jɔm] *nm*
méconnaissable *adj*
méconnaissance *nf*
méconnaître *vt* C61
méconnu, e *adj, n*
mécontent, e *adj, n*
mécontentement *nm*
mécontenter *vt*
mécoptère *nm*
mécréant, e *n, adj*
médaille *nf*
médaillé, e *adj, n*
médailler *vt*
médailleur *nm*
médaillier *nm*
médailliste *n*
médaillon *nm*
mède *adj, n*
médecin *nm*
médecin-conseil *nm (pl médecins-conseils)*
médecine *nf*
médecine-ball ou **medicine-ball** [-bol] *nm (pl médecine-balls* ou *medicine-balls)*
medersa *nf*
média *nm* ou **media** *nm inv.*
médial, e, aux *adj*
médiale *nf*
médian, e *adj*
médiane *nf*
médianoche [medjanɔʃ] *nm*
médiante *nf*
médiastin *nm*
médiat, e [-dja, at] *adj*
médiateur, trice *adj, n (conciliateur)*
médiathèque *nf*
médiation *nf*
médiatique *adj*
médiatisation *nf*
médiatiser *vt*
médiator *nm (plectre)*
médiatrice *nf*
médical, e, aux *adj*
médicalement *adv*
médicalisation *nf*
médicaliser *vt*
médicament *nm*
médicamenteux, euse *adj*
médicastre *nm*
médication *nf*
médicinal, e, aux *adj*
medicine-ball ou **médecine-ball** [-bol] *nm (pl medicine-balls* ou *médecine-balls)*
médicinier *nm*
médico-légal, e, aux *adj*
médico-pédagogique *adj (pl médico-pédagogiques)*
médico-social, e, aux *adj*
médico-sportif, ive *adj (pl médico-sportifs, ives)*
médiéval, e, aux *adj*

médiévisme *nm*
médiéviste *n*
médina *nf*
médiocratie *nf*
médiocre *adj, n*
médiocrement *adv*
médiocrité *nf*
médique *adj*
médire *vti* C54
médisance *nf*
médisant, e *adj, n*
méditatif, ive *adj*
méditation *nf*
méditer *vt, vti, vi*
méditerrané, e *adj*
méditerranée *nf*
méditerranéen, enne *adj*
médium [-djɔm] *nm*
médiumnique [-djɔmnik] *adj*
médiumnité [-djɔmnite] *nf*
médius [-djys] *nm*
médoc [-dɔk] *nm*
médullaire *adj*
médulleux, euse *adj*
médullo(-)surrénale *nf* *(pl médullo*[-] *surrénales)*
méduse *nf*
méduser *vt*
meeting [mitiŋ] *nm*
méfait [-fɛ] *nm*
méfiance *nf*
méfiant, e *adj, n*
méfier (se) *vpr*
méforme *nf*
mégacaryocyte *nm*
mégacéros [-serɔs] *nm*
mégacôlon *nm*
mégacycle *nm*
mégahertz [-ɛrts] *nm*
mégalithe *nm*
mégalithique *adj*
mégalithisme *nm*
mégalo *adj, n (abrév.)*
mégaloblaste *nm*
mégalocytaire *adj*
mégalocyte *nm*
mégalomane *adj, n*
mégalomaniaque *adj*
mégalomanie *nf*
mégalopole ou **mégalopolis** [-lis] ou **mégapole** *nf*
mégaloptère *nm*
mégaphone *nm*
mégapode *nm*
mégapole ou **mégalopolis** [-lis] ou **mégalopole** *nf*
mégaptère *nm*
mégarde *nf*
mégaron [-rɔn] *nm*
mégathérium [-rjɔm] *nm*
mégatonne *nf*
mégatonnique *adj*
mégawatt [-wat] *nm*
mégère *nf*
mégir *vt*
mégis [-ʒi] *nm, adj*
mégisser *vt*
mégisserie *nf*
mégissier *nm, adj m*
mégohm [megom] *nm*
mégohmmètre *nm*
mégot [-go] *nm*
mégotage *nm (pop.)*
mégoter *vi (pop.)*
méharée *nf*
méhari [meari] *nm* *(pl méharis* ou *méhara)*
méhariste *nm*
meiji [mɛjʒi] *adj*
meilleur, e *adj, n*
meilleur *adv*
méiose *nf*
méiotique *adj*
me(i)stre *nm*
méjanage *nm*
méjuger *vt, vpr* C7
melaena ou **méléna** *nm*
mélampyre *nm*
mélancolie *nf*
mélancolique *adj, n*
mélancoliquement *adv*
mélanésien, enne *adj, n*
mélange *nm*
mélangé, e *adj*
mélanger *vt* C7
mélangeur *nm*
mélanine *nf*
mélanique *adj*
mélanisme *nm*
mélanocyte *nm*
mélanoderme *adj, n*
mélanodermie *nf*
mélanome *nm*
mélanose *nf*
mélanostimuline *nf*
mélasse *nf*
melba *adj inv.*
melchior [-kjɔr] *nm*
melchite [-kit] ou **melkite** *adj, n*
mêlé, e *adj*
méléagrine *nf*
mêlé-cassis ou **mêlé-cass(e)** *(pop.)* ou **mêlécasse** *(pop.)* *nm*
mêlée *nf*
méléna ou **melaena** *nm*
mêler *vt, vpr*
mêle-tout *n inv.*
mélèze *nm*
melia *nm*
méliacée *nf*
mélilot [-lo] *nm*
méli-mélo *nm* *(pl mélis-mélos)*
mélinite *nf*
mélioratif, ive *adj, nm*
mélique *adj, nf*
mélisse *nf*
mélitococcie [-ksi] *nf*
mélitte *nf (herbe)*
melkite ou **melchite** [-kit] *adj, n*
mellah [mɛ(l)la] *nm*
mellifère *adj*
mellification *nf*
mellifique *adj*
melliflu, e ou **melliflue** *(Ac.) adj*
mellite *nm* *(médicament)*
mélo *nm, adj (abrév.)*

mélodica *nm*
mélodie *nf*
mélodieusement *adv*
mélodieux, euse *adj*
mélodique *adj*
mélodiste *n*
mélodramatique *adj*
mélodrame *nm*
méloé *nm*
mélomane *adj, n*
mélomanie *nf*
melon *nm*
mélongène ou **mélongine** *nf*
melonné, e *adj, nf*
melonnière *nf*
mélopée *nf*
mélophage *nm*
melting-pot [mɛltiŋpɔt] *nm (pl melting-pots)*
mélusine *nf*
membrane *nf*
membraneux, euse *adj*
membranule *nf*
membre *nm*
membré, e *adj*
membron *nm*
membru, e *adj*
membrure *nf*
même *adj indéf, pron indéf, adv, nm* 16-XVII
mémé *nf (fam.)*
mêmement *adv*
mémento [memɛ̃to] *nm*
mémère *nf (pop.)*
mémoire *nf (faculté)*; *nm (écrit)*
mémorable *adj*
mémorandum [memɔrɑ̃dɔm] *nm*
mémoration *nf*
mémorial, aux *adj*
mémorialiste *n*
mémoriel, elle *adj*
mémorisation *nf*
mémoriser *vt*
menaçant, e *adj*
menace *nf*
menacé, e *adj*
menacer *vt* C6
ménade *nf*
ménage *nm*
ménagement *nm*
ménager *vt, vpr* C7
ménager, ère *adj, n*
ménagerie *nf*
ménagiste *n*
menchevik [mɛnʃevik] *adj, n*
mendélévium [mɛ̃delevjɔm] *nm*
mendélien, enne [mɛ̃-] *adj*
mendélisme [mɛ̃-] *nm*
mendiant, e *adj, n*
mendicité *nf*
mendier *vt, vi*
mendigot, e [-go, ɔt] *n (pop.)*
mendigoter *vt, vi (pop.)*
mendole *nf*
meneau *nm*
menée *nf*
menées *nf pl*
mener *vt, vi* C8
ménestrel *nm*
ménétrier *nm*
meneur, euse *n*
menhir [menir] *nm*
menin, e [menɛ̃, in] *n*
méninge *nf*
méningé, e *adj*
méningiome *nm*
méningite *nf*
méningitique *adj*
méningococcie [-ksi] *nf*
méningocoque *nm*
méningo-encéphalite *nf (pl méningo-encéphalites)*
méniscal, e, aux *adj*
méniscite [-sit] *nf*
méniscographie *nf*
ménisque *nm*
mennonite *adj, n*
ménologe *nm*
ménopause *nf*
ménopausée *adj f*
ménopausique *adj*
menora [me-] *nf*
ménorragie *nf*
menotte *nf*
mense [mɑ̃s] *nf (revenu)*
mensonge *nm*
mensonger, ère *adj*
mensongèrement *adv*
menstruation *nf*
menstruel, elle *adj*
menstrues *nf pl*
mensualisation *nf*
mensualiser *vt*
mensualité *nf*
mensuel, elle *adj, n*
mensuellement *adv*
mensuration *nf*
mental, e, aux *adj, nm*
mentalement *adv*
mentalisme *nm*
mentalité *nf*
menterie *nf*
menteur, euse *adj, n*
menthe [mɑ̃t] *nf (plante)*
menthol [mɛ̃- ou mɑ̃tɔl] *nm*
mentholé, e [mɛ̃- ou mɑ̃-] *adj*
mention [mɑ̃sjɔ̃] *nf (citation)*
mentionner *vt*
mentir *vi* C23
mentisme *nm*
menton *nm*
mentonnet [-nɛ] *nm*
mentonnier, ère *adj*
mentonnière *nf*
mentor [mɛ̃tɔr] *nm*
menu, e *adj*
menu *nm, adv*
menuet [-nɥɛ] *nm*
menuise *nf*
menuiser *vt*
menuiserie *nf*
menuisier *nm*
ménure *nm*
menu-vair *nm (pl menus-vairs)*
ményanthe *nm*

méphistophélique *adj*
méphitique *adj*
méphitisme *nm*
méplat, e [-pla, at] *adj, nm*
méprendre (se) *vpr* C42
mépris *nm*
méprisable *adj*
méprisant, e *adj*
méprise *nf*
mépriser *vt, vpr*
méprobamate *nm*
mer [mɛr] *nf (étendue d'eau)*
mer-air *adj inv.*
mercanti *nm*
mercantile *adj*
mercantiliser *vt*
mercantilisme *nm*
mercantiliste *adj, nm*
mercaptan *nm*
mercaticien, enne *n*
mercatique *nf*
mercenaire *adj, n*
mercerie *nf*
mercerisage *nm*
merceriser *vt*
merceriseuse *nf*
merchandising [mɛrʃɑ̃diziŋ ou -dajziŋ] *nm*
merci *nf (grâce) ; nm (remerciement), interj*
mercier, ère *n*
mercredi *nm*
mercure *nm*
mercurescéine *nf*
mercureux *adj m*
mercurey *nm*
mercuriale *nf*
mercuriel, elle *adj*
mercurique *adj*
mercurochrome *nm*
merde *nf, interj*
merder *vi (fam.)*
merdeux, euse *adj, n (fam.)*
merdier *nm (fam.)*
merdique *adj (fam.)*
merdoyer [-dwaje] *vi* C16 *(fam.)*
mère *nf, adj (femme)*
mère-grand *nf (pl mères-grand)*
merguez [mɛrgɛz] *nf*
mergule *nm*
méridien, enne *adj, n*
méridional, e, aux *adj, n*
meringue *nf*
meringuer *vt*
mérinos [-nos] *nm*
merise *nf*
merisier *nm*
mérisme *nm*
méristème *nm*
méritant, e *adj*
mérite *nm*
mériter *vt, vti*
méritocratie *nf*
méritoire *adj*
merl ou **maërl** [maɛrl] *nm*
merlan *nm*
merle *nm*
merlette *nf*
merlin *nm*
merlon *nm*
merlu *nm*
merluche *nf*
mer-mer *adj inv.*
mérostome *nm*
mérou *nm (pl mérous)*
mérovingien, enne *adj, n*
mer-sol *adj inv.*
merrain *nm*
mérule *nm* ou *nf*
merveille *nf*
merveilleuse *nf*
merveilleusement *adv*
merveilleux, euse *adj, n*
mérycisme *nm*
merzlota *nf*
mes *adj poss pl*
mesa *nf*
mésaise *nm*
mésalliance *nf*
mésallier (se) *vpr*
mésange *nf*
mésangette *nf*
mésaventure *nf*
mescaline *nf*
mesclun [mɛsklœ̃] *nm*
mesdames *nf pl*
mesdemoiselles *nf pl*
mésencéphale *nm*
mésenchyme [mezɑ̃ʃim] *nm*
mésentente *nf*
mésentère *nm*
mésentérique *adj*
mésestimation *nf*
mésestime *nf*
mésestimer *vt*
mésintelligence *nf*
mesmérien, enne *adj*
mesmérisme *nm*
méso-américain, e *adj (pl méso-américains, es)*
mésoblaste *nm*
mésoblastique *adj*
mésocarpe *nm*
mésoderme *nm*
mésodermique *adj*
mésoéconomie *nf*
mésolithique *adj, nm*
mésomère *adj*
mésomérie *nf*
mésomorphe *adj*
méson *nm*
mésopause *nf*
mésopotamien, enne *adj, n*
mésosphère *nf*
mésothérapie *nf*
mésothorax *nm*
mésozoïque *adj, nm*
mesquin, e *adj*
mesquinement *adv*
mesquinerie *nf*
mess [mɛs] *nm inv. (salle)*
message *nm*
messager, ère *n*
messagerie *nf*
messe *nf (célébration)*
messeoir *vti, vimp* C75

messer [mesɛr] *nm*
messianique *adj*
messianisme *nm*
messidor *nm*
messie *nm*
messier [mesje] *nm*
messieurs [mesjø] *nm pl*
messin, e *adj, n*
messire *nm*
mestrance ou **maistrance** *nf*
me(i)stre *nm*
mesurable *adj*
mesurage *nm*
mesure *nf*
mesuré, e *adj*
mesurer *vt, vpr*
mesureur *nm*
mésuser *vti*
métabole *adj, n*
métabolique *adj*
métaboliser *vt*
métabolisme *nm*
métabolite *nm*
métacarpe *nm*
métacarpien, enne *adj, nm*
métacentre *nm*
métacentrique *adj*
métagalaxie *nf*
métairie *nf*
métal, aux *nm*
métalangage *nm*
métalangue *nf*
métaldéhyde *nm*
métalinguistique *adj*
métallescent, e [-lesɑ̃, ɑ̃t] *adj*
métallerie *nf*
métallier *nm*
métallifère *adj*
métallique *adj*
métallisation *nf*
métallisé, e *adj*
métalliser *vt*
métalliseur *nm, adj m*
métallo *nm (abrév.)*
métallochromie *nf*
métallogénie *nf*
métallographie *nf*
métallographique *adj*
métalloïde *nm*
métalloplastique *adj*
métalloprotéine *nf*
métallurgie *nf*
métallurgique *adj*
métallurgiste *adj, n*
métalogique *adj, nf*
métamathématique *adj*
métamère *adj, nm*
métamérie *nf*
métamérisé, e *adj*
métamorphique *adj*
métamorphiser *vt*
métamorphisme *nm*
métamorphosable *adj*
métamorphose *nf*
métamorphoser *vt, vpr*
métamyélocyte *nm*
métaphase *nf*
métaphore *nf*
métaphorique *adj*
métaphoriquement *adv*
métaphosphorique *adj*
métaphyse *nf*
métaphysicien, enne *n*
métaphysique *adj, nf*
métaphysiquement *adv*
métaplasie [-zi] *nf*
métapsychique *adj, nf*
métapsychologie [-kɔ-] *nf*
métastable *adj*
métastase *nf*
métastaser *vt, vi*
métastatique *adj*
métatarse *nm*
métatarsien, enne *adj, nm*
métathéorie *nf*
métathèse *nf*
métathorax *nm*
métayage [metɛjaʒ] *nm*
métayer, ère [meteje, ɛr] *n*
métazoaire *nm*
méteil [metɛj] *nm*
métempsycose [metɑ̃psikoz] *nf*
métencéphale *nm*
météo *nf (abrév.)*
météore *nm*
météorique *adj*
météorisation *nf*
météoriser *vt*
météorisme *nm*
météorite *nf*
météoritique *adj*
météorologie *nf*
météorologique *adj*
météorologiste *n*
météorologue *n*
métèque *nm*
méthacrylate *nm*
méthacrylique *adj*
méthadone *nf*
méthanal *nm*
méthane *nm*
méthanier *nm*
méthanol *nm*
méthémoglobine *nf*
méthémoglobinémie *nf*
méthionine *nf*
méthode *nf*
méthodique *adj*
méthodiquement *adv*
méthodisme *nm*
méthodiste *adj, n*
méthodologie *nf*
méthodologique *adj*
méthyle *nm*
méthylène *nm*
méthylique *adj*
méthylorange *nm*
métical, als *nm*
méticuleusement *adv*
méticuleux, euse *adj*
méticulosité *nf*
métier *nm*
métis, isse [metis] *adj, n*
métissage *nm*
métisser *vt*
métonymie *nf*
métonymique *adj*
métope *nf*
métrage *nm*
mètre *nm*
métré *nm*

métrer *vt* C11
métreur, euse *n*
métricien, enne *n*
métrique *adj, nf*
métrisation *nf*
métrite *nf*
métro *nm (abrév.)*
métrologie *nf*
métrologique *adj*
métrologiste *n*
métrologue *nm*
métromanie *nf*
métronome *nm*
métropole *nf*
métropolitain, e *adj, n*
métropolite *nm*
métrorr(h)agie *nf*
mets [mɛ] *nm (plat)*
mettable *adj*
metteur, euse *n*
mettre *vt, vpr* C48
meublant, e *adj*
meuble *adj, nm*
meublé, e *adj, nm*
meubler *vt, vpr*
meuglement *nm*
meugler *vi*
meulage *nm*
meule *nf*
meuler *vt*
meulette *nf*
meulier, ère *adj, n*
meulon *nm*
meunerie *nf*
meunier, ère *adj, n*
meurette *nf*
meursault [-so] *nm*
meurt-de-faim *n inv.*
meurtre *nm*
meurtrier, ère *adj, n*
meurtrière *nf*
meurtrir *vt*
meurtrissure *nf*
meute *nf*
mévente *nf*
mexicain, e *adj, n*
mézail *nm*
mézig(ue) *pron pers (arg.)*
mezzanine [mɛdzanin] *nf*
mezza voce [mɛdzavɔtʃe] *loc adv*
mezzo [mɛdzo] *n (abrév.)*
mezzo-soprano [mɛdzo-] *nm (voix); nf (chanteuse) (pl mezzo-sopranos)*
mezzo(-)tinto [mɛdzotinto] *nm inv.*
miam-miam [mjammjam] *interj, nm (fam.)*
mi *nm inv.*
miaou *nm (pl miaous)*
miasmatique *adj*
miasme *nm*
miaulement *nm*
miauler *vi*
miauleur, euse *adj, n*
mi-bas *nm inv.*
mi-bois (à) *loc adv*
mica *nm*
micacé, e *adj*
mi-carême *nf (pl mi-carêmes)*
micaschiste [-ʃist] *nm*
micellaire *adj*
micelle *nf*
miche *nf*
miché *nm (arg.)*
micheline *nf*
mi-chemin (à) *loc adv*
micheton *nm (arg.)*
mi-clos, e *adj*
micmac *nm (fam.)*
micocoulier *nm*
micoquien, enne *adj, nm*
mi-corps (à) *loc adv*
mi-côte (à) *loc adv*
mi-course (à) *loc adv*
micro *nm (appareil); nf (micro-informatique)*
micro(-)ampère *nm (pl micro*[-]*ampères)*
micro(-)ampèremètre *nm (pl micro*[-]*ampèremètres)*
micro(-)analyse *nf (pl micro*[-]*analyses)*
microbalance *nf*
microbe *nm*
microbicide *adj, nm*
microbien, enne *adj*
microbile *nf*
microbiologie *nf*
microbiologiste *n*
microbus [-bys] *nm*
microcalorimètre *nm*
microcalorimétrie *nf*
microcassette *nf*
microcéphale *adj, n*
microcéphalie *nf*
microchimie *nf*
microchirurgie *nf*
microcinéma *nm*
microcircuit *nm*
microclimat [-ma] *nm*
microcline *nm*
microcoque *nm*
microcosme *nm*
microcosmique *adj*
micro-cravate *nm (pl micros-cravates)*
microcristal, aux *nm*
microdissection *nf*
micro(-)économie *nf (pl micro*[-]*économies)*
micro(-)économique *adj (pl micro*[-]*économiques)*
micro(-)édition *nf (pl micro*[-]*éditions)*
micro(-)électronique *nf (pl micro*[-]*électroniques)*
microfiche *nf*
microfilm *nm*
microfilmer *vt*
microflore *nf*
microfractographie *nf*
microglie *nf*
microglossaire *nm*
micrographie *nf*
micrographique *adj*

microgrenu, e *adj*
micro-informatique *nf (pl micro-informatiques)*
micro-intervalle *nm (pl micro-intervalles)*
microlit(h)e *nm*
microlit(h)ique *adj*
micromanipulateur *nm*
micrométéorite *nf*
micromètre *nm*
micrométrie *nf*
micrométrique *adj*
micromodule *nm*
micron *nm*
micronésien, enne *adj, n*
micro-onde *nf (pl micro-ondes [onde])*
micro-ondes *nm inv. (four)*
micro-ordinateur *nm (pl micro-ordinateurs)*
micro-organisme *nm (pl micro-organismes)*
microphage *nm*
microphone *nm*
microphonique *adj*
microphotographie *nf*
microphotographique *adj*
microphysique *nf*
micropilule *nf*
micropodiforme *nm*
microprocesseur *nm*
microprogrammation *nf*
micropsie *nf*
micropyle *nm*
microscope *nm*
microscopie *nf*
microscopique *adj*
microseconde *nf*
microséisme *nm*
microsillon [-sijɔ̃] *nm, adj*
microsociologie *nf*
microsociologique *adj*
microsonde *nf*
microsporange *nm*
microspore *nf*
microstructure *nf*
microtechnique [-tɛk-] *nf*
microthermie *nf*
microtome *nm*
microtraumatisme *nm*
microtubule *nm*
miction [miksjɔ̃] *nf*
middle jazz [midəlʒaz] *nm inv.*
midi *nm*
midinette *nf (fam.)*
midrash [midraʃ] *nm (pl midrashim)*
midship [midʃip] *nm (abrév.)*
midshipman [midʃipman] *nm (pl midshipmen)*
mie *nf (de pain)*
miel *nm*
miellat [-la] *nm*
miellé, e *adj*
mielleusement *adv*
mielleux, euse *adj*
mien, enne *adj poss, pron poss, nm*
miette *nf*
mieux *nm, adj, adv*
mieux-être *nm inv.*
mièvre *adj*
mièvrement *adv*
mièvrerie *nf*
mi-fer (à) *loc adv*
mi-fin *adj (pl mi-fins)*
migmatite *nf*
mignard, e *adj*
mignardise *nf*
mignon, onne *adj, n*
mignonnet, ette *adj, n*
mignoter *vt, vpr*
migraine *nf*
migraineux, euse *adj, n*
migrant, e *adj, n*
migrateur, trice *adj, nm*
migration *nf*
migratoire *adj*
migrer *vi*
mihrâb [mirab] *nm*
mi-jambe (à) *loc adv*
mijaurée *nf*
mijoter *vt, vi*
mijoteuse *nf*
mikado *nm*
mil [mil] *adj num inv.* 19-IIIE
mil [mil ou mij] *nm (millet)*
milan *nm*
milanais, e *adj, n*
mildiou *nm*
mildiousé, e *adj*
mile [majl] *nm (mesure)*
miliaire *adj*
milice *nf*
milicien, enne *n*
milieu *nm (pl milieux)*
militaire *adj, nm*
militairement *adv*
militant, e *adj, n*
militantisme *nm*
militarisation *nf*
militariser *vt*
militer *vi*
milk-bar [milkbar] *nm (pl milk-bars)*
milk-shake [milkʃɛk] *nm (pl milk-shakes)*
millage [-laʒ] *nm*
millas [mija] *nm* ou **mill(i)asse** *nf*
mille [mil] *nm (unité de mesure)*
mille [mil] *adj num, nm inv.*
mille-feuille *nm (pl mille-feuilles)*
millefiori [millefjɔri] *nm inv.*
mille-fleurs *nf inv.*
millénaire [mile-] *adj, nm*
millénarisme [mile-] *nm*
millénariste [mile-] *adj, n*
millenium [milenjɔm] *nm*
mille-pattes [mil-] *nm inv.*

mille(-)pertuis [mil-] *nm inv.*
millépore [mile-] *nm*
milleraies [mil-] *nm*
millerandage [mil-] *nm*
millerandé, e [mil-] *adj*
millésime [mil-] *nm*
millésimé, e [mil-] *adj*
millésimer [mil-] *vt*
millet [mijɛ] *nm*
milliaire [miljɛr] *adj, nm*
milliampère [mili-] *nm*
milliampèremètre [mili-] *nm*
milliard [miljar] *nm*
milliardaire [miljar-] *adj*
milliardième [miljar-] *adj, n*
mill(i)asse [miljas] *nf* ou **millas** [mija] *nm*
millibar [mili-] *nm*
millième [miljɛm] *adj, n*
millier [milje] *nm*
milligramme [mili-] *nm*
millilitre [mili-] *nm*
millimètre [mili-] *nm*
millimétrique [mili-] *adj*
millimétré, e [mili-] *adj*
millimicron [mili-] *nm*
million [miljɔ̃] *nm*
millionième [miljɔ-] *adj, n*
millionnaire [miljɔ] *adj, n*
millithermie [mili-] *nf*
millivolt [mili-] *nm*
millivoltmètre [mili-] *nm*
milord [milɔr] *nm*
milouin *nm*
mi-lourd *adj m, nm (pl mi-lourds)*
mime *nm*
mimer *vt*
mimétique *adj*
mimétisme *nm*
mimi *adj, nm (fam.)*
mimique *nf, adj*
mimodrame *nm*
mimographe *nm*
mimolette *nf*
mimologie *nf*
mimosa *nm*
mimosacée ou **mimosée** *nf*
mi-moyen *adj m, nm (pl mi-moyens)*
min [min] *nm s*
minable *adj, n*
minablement *adv*
minage *nm*
minahouet [minawɛ] *nm*
minaret [-rɛ] *nm*
minauder *vi*
minauderie *nf*
minaudier, ère *adj, n*
minbar [minbar] *nm*
mince *adj, interj*
minceur *nf*
mincir *vi*
mindel [mindɛl] *nm*
mine *nf*
miner *vt*
minerai *nm*
minéral, e, aux *adj, nm*
minéralier *nm*
minéralier-pétrolier *nm (pl minéraliers-pétroliers)*
minéralisateur, trice *adj, nm*
minéralisation *nf*
minéralisé, e *adj*
minéraliser *vt*
minéralogie *nf*
minéralogique *adj*
minéralogiste *n*
minéralurgie *nf*
minerval, als *nm*
minerve *nf*
minerviste *nm*
minervois *nm*
minestrone [minɛstrɔn] *nm*
minet, ette [-ɛ, ɛt] *n*
mineur, e *adj, n*
mini *adj inv.*
miniature *adj, nf*
miniaturisation *nf*
miniaturiser *vt*
miniaturiste *n*
minibus [-bys] *nm*
minicar *nm*
mini(-)cassette *nf (pl mini[-]cassettes)*
minichaîne *nf*
minier, ère *adj, nf*
minijupe *nf*
minima (a) *loc adv*
minimal, e, aux *adj*
minimalisation *nf*
minimaliser *vt*
minimaliste *adj*
minime *adj, n*
minimisation *nf*
minimiser *vt*
minimum [-mɔm] *nm, adj (pl minimums* ou *minima)*
mini-ordinateur *nm (pl mini-ordinateurs)*
ministère *nm*
ministériel, elle *adj*
ministrable *adj, n*
ministre *nm*
minitel *nm*
minitéliste *n*
minium [minjɔm] *nm*
minnesang [minəsaŋ] *nm s*
minoen, enne *adj, nm*
minois *nm*
minorant *nm*
minoratif, ive *adj*
minoration *nf*
minorer *vt*
minoritaire *adj, n*
minorité *nf*
minorquin, e *adj, n*
minot *nm*
minoterie *nf*
minotier *nm*
minou *nm (fam.)*
minuit *nm*
minus (habens) [-nys] *nm*
minuscule *adj, nf*
minutage *nm*
minutaire *adj*
minute *nf, interj*
minuter *vt*

minuterie *nf*
minuteur *nm*
minutie [-si] *nf*
minutier [-tje] *nm*
minutieusement [-sjø-] *adv*
minutieux, euse [-sjø, øz] *adj*
miocène *adj, nm*
mioche *n (fam.)*
mi-parti, e *adj (pl mi-partis, es)*
mir *nm (commune paysanne russe)*
mirabelle *nf*
mirabellier *nm*
mirabilis [-lis] *nm*
miracidium [-djɔm] *nm*
miracle *nm*
miraculé, e *adj, n*
miraculeusement *adv*
miraculeux, euse *adj*
mirador *nm*
mirage *nm*
miraud, e ou **miro** *adj, n (pop.)*
mirbane *nf*
mire *nf (visée)*
mire-œufs [-ø] *nm inv.*
mirepoix *adj f, nf inv.*
mirer *vt, vpr*
mirette *nf (pop.)*
mireur, euse *n*
mirifique *adj*
mirliflor(e) *nm*
mirliton *nm*
mirmidon ou **myrmidon** *nm*
mirmillon *nm*
miro ou **miraud, e** *adj, n (pop.)*
mirobolant, e *adj (fam.)*
miroir *nm*
miroitant, e *adj*
miroité, e *adj*
miroitement *nm*
miroiter *vi*
miroiterie *nf*
miroitier, ère *n*
miroton ou **mironton** *nm*
mis, e [mi, iz] *adj*
misaine *nf*
misandre *adj, n*
misandrie *nf*
misanthrope *adj, n*
misanthropie *nf*
misanthropique *adj*
miscellanées [misɛ-] *nf pl*
miscibilité [misi-] *nf*
miscible [misibl] *adj*
mise *nf*
miser *vt, vti*
misérabilisme *nm*
misérabiliste *adj, n*
misérable *adj, n*
misérablement *adv*
misère *nf*
miserere [mizerere] *nm inv.* ou **miséréré** *nm*
miséreux, euse *adj, n*
miséricorde *nf, interj*
miséricordieux, euse *adj*
misogyne *adj, n*
misogynie *nf*
misonéisme *nm*
misonéiste *adj, n*
mispickel *nm*
miss [mis] *nf (pl miss*[*es*]*; fam.)*
missel *nm*
missi dominici *nm pl*
missile *nm*
missilier *nm*
mission *nf*
missionnaire *n, adj*
missive *nf, adj f*
mistelle *nf*
mistigri *nm*
miston, onne *n (fam.)*
mistoufle *nf (pop.)*
mistral, als *nm*
mitage *nm*
mitaine *nf*
mitan *nm (arg.)*
mitard *nm (arg.)*
mite *nf (insecte)*
mité, e *adj*
mi-temps *loc adv, nm inv., nf inv.*
miter (se) *vpr*
miteux, euse *adj, n*
mithraïsme ou **mithr(i)acisme** *nm*
mithriaque *adj*
mithridatisation *nf*
mithridatiser *vt*
mithridatisme *nm*
mitigation *nf*
mitigé, e *adj*
mitiger *vt* C7
mitigeur *nm*
mitochondrie [-kɔ̃-] *nf*
miton *nm*
mitonner *vt, vi, vpr*
mitose *nf*
mitotique *adj*
mitoyen, enne [-twajɛ̃, ɛn] *adj*
mitoyenneté [-twajɛnte] *nf*
mitraillade *nf*
mitraillage *nm*
mitraille *nf*
mitrailler *vt, vi*
mitraillette *nf*
mitrailleur *nm*
mitrailleuse *nf*
mitral, e, aux *adj, nf*
mitrale *nf*
mitre *nf*
mitré, e *adj*
mitron *nm*
mi-voix (à) *loc adv*
mixage *nm*
mixer *vt*
mixer [miksœr] ou **mixeur** *nm*
mixité *nf*
mixte *adj*
mixtion [mikstjɔ̃] *nf*
mixtionner *vt*
mixture *nf*
mnémonique *adj*
mnémotechnie [-tɛkni] *nf*

mnémotechnique [-tɛknik] *adj, nf*
mnésique *adj*
moabite *adj, n*
mobile *adj, nm*
mobile home [mɔbilom] *nm (pl mobile homes)*
mobilier, ère *adj, nm*
mobilisable *adj*
mobilisateur, trice *adj*
mobilisation *nf*
mobiliser *vt, vpr*
mobilisme *nm*
mobilité *nf*
moblot [-blo] *nm*
mobylette *nf*
mocassin *nm*
mochard, e *adj (pop.)*
moche *adj (fam.)*
mocheté *nf (fam.)*
moco *nm (arg.)*
modal, e, aux *adj*
modalité *nf*
mode *nf (manière passagère) ; nm (manière générale)*
modelage *nm*
modèle *nm, adj*
modelé *nm*
modeler *vt, vpr* C9
modeleur, euse *adj, n*
modélisation *nf*
modéliser *vt*
modélisme *nm*
modéliste *adj, n*
modem [-dɛm] *nm*
modénature *nf*
modérantisme *nm*
modérantiste *adj, n*
modérateur, trice *adj, n*
modération *nf*
moderato [mɔde-] *adv*
modéré, e *adj, n*
modérément *adv*
modérer *vt, vpr* C11
modern dance [mɔdɛrndɑ̃s] *nf (pl modern dances)*
moderne *adj, nm*
modernisateur, trice *adj, n*
modernisation *nf*
moderniser *vt, vpr*
modernisme *nm*
moderniste *adj, n*
modernité *nf*
modern style *nm s, adj inv.*
modeste *adj*
modestement *adv*
modestie *nf*
modicité *nf*
modifiable *adj*
modifiant, e *adj*
modificateur, trice *adj, nm*
modificatif, ive *adj*
modification *nf*
modifier *vt, vpr*
modillon [-dijɔ̃] *nm*
modique *adj*
modiquement *adv*
modiste *n*
modulable *adj*
modulaire *adj*
modulant, e *adj*
modulateur, trice *adj, n*
modulation *nf*
module *nm*
moduler *vt, vi*
modulo *nm*
modulor *nm*
modus vivendi [mɔdysvivɛ̃di] *nm inv.*
moelle [mwal] *nf*
moelleusement [mwal-] *adv*
moelleux, euse [mwalø, øz] *adj*
moellon [mwalɔ̃] *nm*
moellon(n)age [mwal-] *nm*
moere ou **moëre** [mur ou mwɛr] *nf*
mœurs [mœr] *nf pl*
mo(u)fette *nf*
mohair [mɔɛr] *nm inv.*
moi *pron pers, nm inv.*
moie ou **moye** [mwa] *nf*
moignon [mwa-] *nm*
moindre *adj*
moindrement *adv*
moine *nm*
moineau *nm*
moinerie *nf*
moinillon *nm*
moins *adv, prép, nm*
moins-disant *nm (pl moins-disants)*
moins-perçu *nm (pl moins-perçus)*
moins-value *nf (pl moins-values)*
moirage *nm*
moire *nf*
moiré, e *adj, nm*
moirer *vt*
moireur *nm*
moirure *nf*
mois *nm*
moise *nf*
moïse [mɔiz] *nm*
moiser *vt*
moisi *adj, nm*
moisir *vt, vi*
moisissure *nf*
moissine *nf*
moisson *nf*
moissonnage *nm*
moissonner *vt*
moissonneur, euse *n*
moissonneuse-batteuse *nf (pl moissonneuses-batteuses)*
moissonneuse-lieuse *nf (pl moissonneuses-lieuses)*
moite *adj*
moiteur *nf*
moitié *nf*
moka *nm*
mol *adj m (v. mou)* 13-IIB
molaire *adj (de mole)*
môlaire *adj (de môle)*
mol(l)ard *nm (pop.)*
molarité *nf*
mol(l)asse *nf (grès)*
moldave *adj, n*

mole *nf (unité de mesure)*
môle *nf (poisson, obstétrique)*; *nm (digue)*
moléculaire *adj*
molécularité *nf*
molécule *nf*
molécule-gramme *nf (pl molécules-grammes)*
molène *nf*
moleskine *nf*
molester *vt*
moletage *nm*
moleter *vt* C10
molette *nf*
moliéresque *adj*
molinisme *nm*
moliniste *adj, n*
molinosisme *nm*
molinosiste *adj, n*
mollah [mɔla] ou mulla(h) [mula] *nm*
mo(l)lard *nm (pop.)*
mol(l)asse *nf (grès)*
mollasse *adj, n (de mou)*
mollasserie *nf (fam.)*
mollasson, onne *adj, n (fam.)*
mollé *nm*
mollement *adv*
mollesse *nf*
mollet, ette [-lɛ, ɛt] *adj, nm*
molletière *nf, adj f*
molleton *nm*
molletonné, e *adj*
molletonner *vt*
molletonneux, euse *adj*
mollir *vi, vt*
mollisol *nm*
mollo *adv (pop.)*
molluscum [mɔlyskɔm] *nm*
mollusque *nm*
moloch [mɔlɔk] *nm*
molosse *nm*
molto *adv*
molure *nm*
moly *nm*
molybdène [mɔlibdɛn] *nm*
molybdénite *nf*
molybdique *adj*
molysmologie *nf*
môme *n*
moment *nm*
momentané, e *adj*
momentanément *adv*
momerie *nf (mascarade)*
mômerie *nf (enfantillage)*
momie *nf*
momification *nf*
momifier *vt, vpr*
momordique *nf*
mon *adj poss m* 16-XVIII
monacal, e, aux *adj*
monachisme [-ʃism ou -kism] *nm*
monade *nf*
monadelphe *adj*
monadisme *nm*
monadologie *nf*
monandre *adj*
monarchie *nf*
monarchien *nm*
monarchique *adj*
monarchisme *nm*
monarchiste *adj, n*
monarque *nm*
monastère *nm*
monastique *adj*
monaural, e, aux *adj*
monazite *nf*
monceau *nm*
mondain, e *adj, n*
mondanité *nf*
monde *nm*
mondé, e *adj*
monder *vt*
mondial, e, aux *adj*
mondialement *adv*
mondialisation *nf*
mondialiser *vt*
mondialisme *nm*
mond(i)ovision *nf*
monégasque *adj, n*
monel *nm*
monème *nm*
monère *nf*
monergol *nm*
monétaire *adj*
monétarisation *nf*
monétarisme *nm*
monétariste *adj, n*
monétique *nf*
monétisation *nf*
monétiser *vt*
mongol, e *adj, n*
mongolien, enne *adj, n*
mongolique *adj*
mongolisme *nm*
mongoloïde *adj*
monial, e, aux *adj*
moniale *nf*
monilia *nm*
moniliose *nf*
monisme *nm*
moniste *adj, n*
moniteur, trice *n*
monition *nf*
monitoire *adj, nm*
monitor *nm*
monitorage *nm*
monitorat [-ra] *nm*
monitoring [-riŋ] *nm*
môn-khmer, ère [monkmɛr] *adj, nm*
monnaie *nf*
monnaie-du-pape *nf (pl monnaies-du-pape)*
monnayable [-nɛjabl] *adj*
monnayage [-nɛjaʒ] *nm*
monnayer [-nɛje] *vt* C15
mono *n, adj inv. (abrév.)*
monoacide *adj*
monoamine *nf*
monoamine-oxydase *nf (pl monoamines-oxydases)*
monoatomique *adj*
monobase *nf*
monobasique *adj*
monoblaste *nm*

monobloc [-blɔk] *adj inv., nm*
monocâble *adj, nm*
monocamérisme ou monocaméralisme *nm*
monocellulaire *adj*
monochromateur [-krɔ-] *nm*
monochromatique [-krɔ-] *adj*
monochrome [-krom] *adj*
monochromie [-krɔ-] *nf*
monocinétique *adj*
monocle *nm*
monoclinal, e, aux *adj*
monoclinique *adj*
monoclonal, e, aux *adj*
monocolore *adj*
monocoque *adj, nm*
monocorde *adj, nm*
monocotylédone *adj, nf*
monocratie *nf*
monocristal, aux *nm*
monoculaire *adj*
monoculture *nf*
monocycle *adj*
monocyclique *adj*
monocylindrique *adj*
monocyte *nm*
monodépartemental, e, aux *adj*
monodie *nf*
monodique *adj*
monœcie [-nesi] *nf*
monogame *adj*
monogamie *nf*
monogamique *adj*
monogatari *nm*
monogénisme *nm*
monogramme *nm*
monogrammiste *n*
monographie *nf*
monographique *adj*
monoï [mɔnɔj] *nm inv.*
monoïdéisme *nm*
monoïque *adj*
monokini *nm*
monolingue *adj, n*
monolinguisme [-gɥism] *nm*
monolithe *adj, nm*
monolithique *adj*
monolithisme *nm*
monologue *nm*
monologuer *vi*
monomane *adj, n*
monomaniaque *adj, n*
monomanie *nf*
monôme *nm*
monomère *adj, nm*
monométallisme *nm*
monométalliste *adj, n*
monomètre *nm*
monomoteur *adj m, nm*
mononucléaire *adj, nm*
mononucléose *nf*
monoparental, e, aux *adj*
monopartisme *nm*
monophasé, e *adj*
monophonie *nf*
monophonique *adj*
monophysisme *nm*
monophysite *adj, n*
monoplace *adj, n*
monoplan *nm*
monoplégie *nf*
monopole *nm*
monopoleur, euse *n*
monopolisateur, trice *n*
monopolisation *nf*
monopoliser *vt*
monopolistique *adj*
monopoliste *adj, n*
Monopoly *nm inv.*
monoprix *nm*
monoprocesseur *adj m, nm*
monopsone *nm*
monoptère *adj, nm*
monorail *nm, adj inv.*
monorime *adj*
monosaccharide [-ka-] *nm*
monosémique *adj*
monosépale *adj*
monoski *nm*
monosperme *adj*
monostyle *adj*
monosulfite [-syl-] *nm*
monosyllabe [-silab] *adj, nm*
monosyllabique [-sila-] *adj*
monosyllabisme [-sila-] *nm*
monothéique *adj*
monothéisme *nm*
monothéiste *adj, n*
monotone *adj*
monotonie *nf*
monotrace *adj*
monotrème *adj, nm*
monotrope *nm*
monotype *adj, n*
monovalent, e *adj*
monoxyde *nm*
monoxyle *adj*
monozygote *adj*
monseigneur *nm (pl messeigneurs, nosseigneurs)*
monsieur [məsjø] *nm (pl messieurs* [mesjø]*)*
monsignor(e) [-ɲɔr(e)] *nm (pl monsignor*[e]*s ou monsignori)*
monstera *nm*
monstrance *nf*
monstre *adj, nm*
monstrillidé *nm*
monstrueusement *adv*
monstrueux, euse *adj*
monstruosité *nf*
mont *nm*
montage *nm*
montagnard, e *adj, n*
montagne *nf*
montagnette *nf*
montagneux, euse *adj*
montaison *nf*
montalbanais, e *adj, n*
montanisme *nm*
montaniste *adj, n*
montant, e *adj, nm*
montbéliarde *adj f, nf*
mont-blanc [-blɑ̃] *nm (pl monts-blancs)*

mont-de-piété *nm (pl monts-de-piété)*
mont-d'or *nm (pl monts-d'or)*
monte *nf*
monté, e *adj*
monte-charge *nm inv.*
montée *nf*
monte-en-l'air *nm inv. (fam.)*
monténégrin, e *adj, n*
monte-plats *nm inv.*
monter *vt, vi, vpr*
monte-sac(s) *nm (pl monte-sacs)*
monteur, euse *n*
montgolfière *nf*
monticule *nm*
mont-joie *nf (pl monts-joie)*
montmartrois, e *adj*
montmorency *nf inv.*
montmorillonite *nf*
montoir *nm*
montpelliérain, e *adj, n*
montrable *adj*
montrachet [-ʃɛ] *nm*
montre *nf*
montréalais, e [mɔ̃re-] *adj, n*
montre-bracelet *nf (pl montres-bracelets)*
montrer *vt, vpr*
montreur, euse *n*
montueux, euse *adj*
monture *nf*
monument *nm*
monumental, e, aux *adj*
monumentalité *nf*
moque *nf*
moquer *vt, vpr*
moquerie *nf*
moquette *nf*
moquetter *vt*
moqueur, euse *adj, nm*
moracée *nf*
moraille *nf*
moraillon *nm*
moraine *nf*
morainique *adj*
moral, e, aux *adj, nm*
morale *nf*
moralement *adv*
moralisant, e *adj*
moralisateur, trice *adj, n*
moralisation *nf*
moraliser *vt, vi*
moralisme *nm*
moraliste *adj, n*
moralité *nf*
morasse *nf*
moratoire *adj*
moratoire ou **moratorium** [-rjɔm] *nm*
morave *adj, n*
morbide *adj*
morbidesse *nf*
morbidité *nf*
morbier *nm*
morbihannais, e *adj, n*
morbilleux, euse *adj*
morbleu *interj*
morbus [-bys] *nm*
morceau *nm*
morcelable *adj*
morceler *vt, vpr* C10
morcellement *nm*
mordache *nf*
mordacité *nf*
mordançage *nm*
mordancer *vt* C6
mordant, e *adj, nm*
mordicant, e *adj*
mordicus [-kys] *adv (fam.)*
mordillage *nm*
mordillement *nm*
mordiller *vt*
mordoré, e *adj*
mordorer *vt, vpr*
mordorure *nf*
mordre *vt, vi, vti, vpr* C41
mordu, e *adj, n*
more ou **maure** *adj, n*
moreau, elle *adj, n*
morelle *nf*
morène *nf*
moresque ou **mauresque** *adj, nf*
morfal, e, als *adj, n (arg.)*
morfil ou **marfil** [-fil] *nm*
morfler *vi (pop.)*
morfondre (se) *vpr* C41
morfondu, e *adj*
morganatique *adj*
morganatiquement *adv*
morganite *nf*
morgeline *nf*
morgon *nm*
morgue *nf*
morgué ou **morgu(i)enne** *interj*
morguer *vt*
moribond, e *adj, n*
moricaud, e *adj, n*
morigéner *vt* C11
morille [-rij] *nf*
morillon [-rijɔ] *nm*
morio *nm*
morion *nm*
morisque *adj, n*
mormon, e *adj, n*
mormonisme *nm*
morne *adj, nm (colline) ; nf (anneau)*
morné, e *adj*
mornifle *nf (pop.)*
morose *adj*
morosité *nf*
morphème *nm*
morphine *nf*
morphinique *adj*
morphinisme *nm*
morphinomane *adj, n*
morphinomanie *nf*
morphisme *nm*
morphogène *adj*
morphogenèse *nf*
morphologie *nf*
morphologique *adj*
morphologiquement *adv*
morphopsychologie *nf*
morpion *nm (pop.)*

mors [mɔr] *nm (pièce métallique)*
morse *nm*
morsure *nf*
mort *nf (de mourir)*
mort, e *adj, n*
mortadelle *nf*
mortaisage *nm*
mortaise *nf*
mortaiser *vt*
mortaiseuse *nf*
mortalité *nf*
mort-aux-rats [mɔr(t)ora] *nf inv.*
mort-bois *nm (pl morts-bois)*
morte-eau *nf (pl mortes-eaux)*
mortel, elle *adj, n*
mortellement *adv*
morte-saison *nf (pl mortes-saisons)*
mort-gage *nm (pl morts-gages)*
mortier *nm*
mortifère *adj*
mortifiant, e *adj*
mortification *nf*
mortifier *vt*
mortinatalité *nf*
mort-né, e *adj, n (pl mort-nés, ées)*
mortuaire *adj, nf*
morue *nf*
morula *nf*
morutier, ère *adj, nm*
morvandiau ou **morvandeau, elle** *adj, n*
morve *nf*
morveux, euse *adj, n*
mosaïque *adj, nf*
mosaïqué, e *adj*
mosaïsme *nm*
mosaïste *n*
mosan, e *adj*
moscoutaire *adj, n*
moscovite *adj, n*
mosellan, e *adj, n*
mosette ou **mozette** *nf*
mosquée *nf*
mot *nm*
motard *nm (fam.)*
mot-clé ou **mot-clef** [-kle] *nm (pl mots-clés* ou *mots-clefs)*
motel *nm*
motet [-tɛ] *nm*
moteur, trice *adj, n*
moteur *nm*
moteur-fusée *nm (pl moteurs-fusées)*
motif *nm*
motilité *nf*
motion [mɔsjɔ̃] *nf*
motionner *vi*
motivant, e *adj*
motivation *nf*
motiver *vt*
moto *nf (abrév.)*
motociste *nm*
motocross *nm inv.*
motoculteur *nm*
motoculture *nf*
motocycle *nm*
motocyclette *nf*
motocyclisme *nm*
motocycliste *n*
motogodille *nf*
motonautique *adj*
motonautisme *nm*
motoneige *nf*
motoneigiste *n*
motopaver [-vœr] *nm*
motopompe *nf*
motopropulseur *adj m*
motorgrader [-dœr] *nm*
motor-home *nm (pl motor-homes)*
motorisation *nf*
motorisé, e *adj*
motoriser *vt*
motoriste *n*
motorship [mɔtɔrʃip] *nm*
motoski *nm*
mototracteur *nm*
motrice *nf, adj*
motricité *nf*
mots croisés *nm pl*
mots-croisiste *n (pl mots-croisistes)*
motte *nf*
motter (se) *vpr*
motteux *nm*
motu proprio [mɔtyprɔprijo] *loc adv, nm inv.*
motus [-tys] *interj*
mot-valise *nm (pl mots-valises)*
mou ou **mol, molle** *adj, n, adv* 13-IIB
mou *nm (poumon)*
mouchage *nm*
moucharabieh [muʃarabje] *nm*
mouchard, e *n (fam.)*
mouchardage *nm (fam.)*
moucharder *vt, vi (fam.)*
mouche *nf*
moucher *vt, vpr*
moucheron *nm*
moucheronner *vi*
moucheté, e *adj*
moucheter *vt* C10
mouchetis [muʃti] *nm*
mouchette *nf*
moucheture *nf*
mouchoir *nm*
mouchure *nf*
mouclade *nf*
moudjahid [mudʒaid] *nm (pl moudjahidin*[e]*)*
moudre *vt* C46
moue *nf (grimace)*
mouette *nf*
mouf(e)ter *vi (pop.)*
mou(f)fette ou **mofette** *nf*
moufle *nm (partie d'un four) ; nf (gant, poulies)*
mouflet, ette [-flɛ, ɛt] *n (fam.)*
mouflon *nm*
mouf(e)ter *vi (pop.)*

mouillabilité *nf*
mouillage *nm*
mouillance *nf*
mouillant, e *adj, nm*
mouille *nf*
mouillé, e *adj*
mouillement *nm*
mouiller *vt, vi, vpr*
mouillère *nf*
mouillette *nf*
mouilleur *nm*
mouilloir *nm*
mouillure *nf*
mouise *nf (pop.)*
moujik *nm*
moujingue *n (pop.)*
moukère ou **mouquère** *nf (pop.)*
moulage *nm*
moulant, e *adj*
moule *nm (récipient) ; nf (mollusque)*
moulé, e *adj*
mouler *vt*
mouleur *nm*
moulière *nf*
moulin *nm*
moulinage *nm*
moulin-à-vent *nm inv.*
mouliner *vt*
moulinet [-nɛ] *nm*
moulinette *nf*
moulineur, euse *n*
moulinier, ère *n*
moult [mult] *adv*
moulu, e *adj*
moulurage *nm*
mouluration *nf*
moulure *nf*
moulurer *vt*
moulurière *nf*
moumoute *nf (fam.)*
mouquère ou **moukère** *nf (pop.)*
mourant, e *adj, n*
mourir *vi, vpr (auxil être)* C26
mouroir *nm*
mouron *nm*
mourre *nf*
mouscaille *nf (pop.)*
mousmé *nf*
mousquet [-skɛ] *nm*
mousquetade *nf*
mousquetaire *nm*
mousqueterie *nf*
mousqueton *nm*
moussage *nm*
moussaillon *nm (fam.)*
moussaka *nf*
moussant, e *adj*
mousse *nm (matelot) ; nf (plante, écume) ; adj*
mousseline *nf, adj inv.*
mousser *vi*
mousseron *nm*
mousseux, euse *adj, nm*
moussoir *nm*
mousson *nf*
moussu, e *adj*
moustache *nf*
moustachu, e *adj, nm*
moustérien, enne *adj, nm*
moustiquaire *nf*
moustique *nm*
moût [mu] *nm (jus de raisin)*
moutard *nm (fam.)*
moutarde *nf, adj inv.*
moutardier *nm*
moutier *nm*
mouton *nm*
moutonnant, e *adj*
moutonné, e *adj*
moutonnement *nm*
moutonner *vi*
moutonnerie *nf*
moutonneux, euse *adj*
moutonnier, ère *adj*
mouture *nf*
mouvance *nf*
mouvant, e *adj*
mouvement *nm*
mouvementé, e *adj*
mouvementer *vt*
mouvoir *vt* C37
moviola *nf*
moxa *nm*
moye ou **moie** [mwa] *nf*
moyé, e [mwaje] *adj*
moyen, enne [mwajɛ̃, ɛn] *adj, nm*
moyen âge ou **Moyen Âge** [mwajɛ-] *nm*
moyenâgeux, euse [mwajɛ-] *adj*
moyen-courrier [mwajɛ̃-] *nm, adj (pl moyen-courriers)*
moyennant [mwajɛnɑ̃] *prép*
moyenne [mwajɛn] *nf*
moyennement [mwajɛ-] *adv*
moyenner [mwajɛne] *vt*
moyette [mwajɛt] *nf*
moyeu [mwajø] *nm (pl moyeux)*
m(o)zabite *adj, n*
mozambicain, e *adj, n*
mozarabe *adj, n*
mozette ou **mosette** *nf*
mozzarella [-dza-] *nf*
mu *nm inv. (lettre) ; nm (muon)*
muance *nf*
mucilage *nm*
mucilagineux, euse *adj*
mucine *nf*
mucor *nm*
mucoracée *nf*
mucorinée *nf*
mucosité *nf*
mucoviscidose *nf*
mucron *nm*
mucus [-kys] *nm*
mudéjar(e), e [mydeʒar] *adj, n*
mudra [mudra] *nf inv.*
mue *nf, adj*
muer *vt, vi, vpr*
müesli [mysli] ou **musli** *nm*
muet, ette [mɥɛ, ɛt] *adj, n*
muezzin [mɥedzin] *nm*
muffin [mœfin] *nm*

mufle *nm*
muflerie *nf*
muflier *nm*
mufti ou muphti *nm*
muge *nm*
mugir *vi*
mugissant, e *adj*
mugissement *nm*
muguet [-gɛ] *nm*
muid [mɥi] *nm*
mulard, e *adj, nm*
mulassier, ère *adj*
mulâtre, mulâtresse *adj, n*
mule *nf*
mule-jenny [mylʒɛni] *nf (pl mule-jennys)*
mulet [-lɛ] *nm*
muleta [mulɛta] *nf*
muletier, ère *adj, n*
mulette *nf*
mulhousien, enne *adj, n*
mulla(h) [mula] ou mollah [mɔla] *nm*
mulon *nm*
mulot [-lo] *nm*
mulsion *nf*
multibroche *adj*
multicâble *adj, nm*
multicarte *adj*
multicaule *adj*
multicellulaire *adj*
multicolore *adj*
multicoque *adj, nm*
multicouche *adj*
multiculturel, elle *adj*
multiculturalisme *nm*
multidimensionnel, elle *adj*
multidisciplinaire *adj*
multiethnique *adj*
multifenêtre *adj*
multifilaire *adj*
multiflore *adj*
multiforme *adj*
multigrade *adj*
multilatéral, e, aux *adj*
multilinéaire *adj*
multilingue *adj*
multilobé, e *adj*
multiloculaire *adj*
multimédia *adj*
multimètre *nm*
multimilliardaire [-miljar-] *adj, n*
multimillionnaire [-miljɔ-] *adj, n*
multinational, e, aux *adj*
multinationale *nf*
multinévrite *nf*
multinorme *adj*
multipare *adj f, nf*
multiparité *nf*
multipartisme *nm*
multiple *adj, nm*
multiplet [-plɛ] *nm*
multiplex *adj m, nm inv.*
multiplexage *nm*
multiplexeur *nm*
multipliable *adj*
multiplicande *nm*
multiplicateur, trice *adj, nm*
multiplicatif, ive *adj*
multiplication *nf*
multiplicativement *adv*
multiplicité *nf*
multiplier *vt, vi, vpr*
multiplieur *nm*
multipolaire *adj*
multiposte *adj, nm*
multiprocesseur *adj m, nm*
multiprogrammation *nf*
multipropriété *nf*
multiracial, e, aux *adj*
multirécidiviste *n*
multirisque *adj*
multisalles *adj, nm*
multistandard *adj inv., nm*
multitâche *adj*
mutitraitement *nm*
multitube *adj*
multitubulaire *adj*
multitude *nf*
multivibrateur *nm*
mungo [mungo] *nm*
munichois, e [-kwa, az] *adj, n*
municipal, e, aux *adj*
municipales *nf pl*
municipalisation *nf*
municipaliser *vt*
municipalité *nf*
municipe *nm*
munificence *nf*
munificent, e *adj*
munir *vt, vpr*
munition *nf*
munitionnaire *nm*
munster [mœ̃stɛr] nm
muntjac [mœ̃tʒak] *nm*
muon *nm*
muphti ou mufti *nm*
muqueuse *nf*
muqueux, euse *adj*
mur *nm (muraille)*
mûr, e *adj*
murage *nm*
muraille *nf*
mural, e, aux *adj*
mural, als *nm*
muralisme *nm*
muraliste *n*
mûre *nf (fruit)*
mûrement *adv*
murène *nf*
murénidé *nm*
murer *vt, vpr*
muret [-rɛ] *nm*
muretin *nm*
murette *nf*
murex *nm*
muriate *nm*
muriatique *adj*
muridé *nm*
mûrier *nm*
mûrir *vt, vi*
mûrissage *nm*
mûrissant, e *adj*
mûrissement *nm*
mûrisserie *nf*
murmel *nm*
murmurant, e *adj*
murmure *nm*
murmurer *vt, vi*

mûron *nm*
murrhin, e *adj*
mur-rideau *nm*
(pl murs-rideaux)
musacée *nf*
musagète *adj m*
musaraigne *nf*
musard, e *adj, n*
musarder *vi*
musarderie *nf*
musardise *nf*
musc [mysk] *nm*
muscade *nf, adj f*
muscadet [-dɛ] *nm*
muscadier *nm*
muscadin *nm*
muscadine *nf*
muscardin *nm*
muscardine *nf*
muscari *nm*
muscarine *nf*
muscat [-ka] *adj m, nm*
muscidé [-side] *nm*
muscinée [-sine] *nf*
muscle *nm*
musclé, e *adj*
muscler *vt*
musculaire *adj*
musculation *nf*
musculature *nf*
musculeux, euse *adj, nf*
muse *nf*
museau *nm*
musée *nm*
museler *vt* C10
muselet [-lɛ] *nm*
muselière *nf*
musellement *nm*
muséographie *nf*
muséologie *nf*
muser *vi*
muserolle *nf*
musette *nf*
muséum [-ɔm] *nm*
musical, e, aux *adj*
musical, als *nm*
musicalement *adv*
musicalité *nf*
music-hall [myzikol] *nm*
(pl music-halls)
musicien, enne *adj, n*
musicographe *n*
musicographie *nf*
musicographique *adj*
musicologie *nf*
musicologique *adj*
musicologue *n*
musicothérapie *nf*
musique *nf*
musiquer *vt*
musiquette *nf*
musoir *nm*
musqué, e *adj*
musser *vt*
mussif *adj m*
mussipontain, e *adj, n*
mussitation *nf*
must [mœst] *nm (fam.)*
mustang [mystɑ̃g] *nm*
mustélidé *nm*
musulman, e *adj, n*
mutabilité *nf*
mutable *adj*
mutage *nm*
mutagène *adj*
mutagenèse *nf*
mutant, e *adj, n*
mutateur *nm*
mutation *nf*
mutationnisme *nm*
mutationniste *adj, n*
mutatis mutandis
loc adv
mutazilisme *nm*
mutazilite *nm*
muter *vt, vi*
mutilant, e *adj*
mutilateur, trice *adj, n*
mutilation *nf*
mutilé, e *adj, n*
mutiler *vt, vpr*
mutin, e *adj, nm*
mutiné, e *adj, n*
mutiner (se) *vpr*
mutinerie *nf*
mutique *adj*
mutisme *nm*
mutité *nf*
mutualisme *nm*
mutualiste *adj, n*
mutualité *nf*
mutuel, elle *adj, nf*
mutuellement *adv*
mutuellisme *nm*
mutuelliste *adj, n*
mutule *nf*
myalgie *nf*
myasthénie *nf*
myatonie *nf*
mycélien, enne *adj*
mycélium [miseljɔm] *nm*
mycénien, enne *adj, n*
mycétome *nm*
mycoderme *nm*
mycodermique *adj*
mycologie *nf*
mycologique *adj*
mycologue *n*
mycoplasme *nm*
mycorhize *nf*
mycose *nf*
mycosique *adj*
mycosis [-zis] *nm*
mydriase *nf*
mydriatique *adj, nm*
mye [mi] *nf (mollusque)*
myélencéphale *nm*
myéline *nf*
myélinisé, e *adj*
myélite *nf*
myéloblaste *nm*
myélocyte *nm*
myélogramme *nm*
myélographie *nf*
myéloïde *adj*
myélome *nm*
mygale *nf*
mylase *nf*
mylonite *nf*
myocarde *nm*
myocardite *nf*
myocastor *nm*
myofibrille [-ij] *nf*
myogramme *nm*
myographe *nm*
myographie *nf*
myologie *nf*
myome *nm*
myomectomie *nf*
myopathe *adj, n*

myopathie *nf*
myope *adj, n*
myopie *nf*
myopotame *nm*
myorelaxant, e *adj, nm*
myosine *nf*
myosis [-zis] *nm*
myosite *nf*
myosotis [-tis] *nm*
myriade *nf*
myriamètre *nm*
myriapode *nm*
myriophylle [-fil] *nm* ou *nf*
myrmécophile *adj, n*
myrmidon ou mirmidon *nm*
myrobalan ou myrobolan *nm*
myrosine *nf*
myroxylon ou myroxyle *nm*
myrrhe *nf (résine)*
myrtacée *nf*
myrte *nm*
myrtiforme *adj*
myrtille [mirtij] *nf*
mysidacé *nm*
mystagogie *nf*
mystagogue *nm*
mystère *nm*
mystérieusement *adv*
mystérieux, euse *adj*
mysticète *nm*
mysticisme *nm*
mysticité *nf*
mystifiable *adj*
mystifiant, e *adj*
mystificateur, trice *adj, n*
mystification *nf*
mystifier *vt*
mystique *adj, n*
mystiquement *adv*
mythe *nm (récit fabuleux)*
mythifier *vt*
mythique *adj*
mythographe *nm*
mythologie *nf*
mythologique *adj*
mythologue *n*
mythomane *adj, n*
mythomanie *nf*
mytiliculteur, trice *n*
mytiliculture *nf*
mytilotoxine *nf*
myxine *nf*
myxœdémateux, euse [miksedematø, øz] *adj, n*
myxœdème [miksedɛm] *nm*
myxomatose *nf*
myxomycète *nm*
myxovirus *nm*
m(o)zabite *adj, n*

N

n *nm inv.*
na *interj*
nabab [-bab] *nm*
nabi *nm*
nable *nm*
nabot, e [-bo, ɔt] *n*
nabuchodonosor [-kɔ-] *nm*
nacarat [-ra] *nm*
nacelle *nf*
nacre *nf*
nacré, e *adj*
nacrer *vt*
nadir *nm*
naevo-carcinome *nm (pl naevo-carcinomes)*
naevus [nevys] *nm (pl naevi)*
nafé *nm*
nagaïka ou **nahaïka** *nf*
nagari *nf s*
nage *nf*
nageoire *nf*
nager *vt, vi* C7
nageur, euse *n*
naguère *adv*
nahaïka ou **nagaïka** *nf*
nahua *adj, n*
nahuatl *nm s*
naïade *nf*
naïf, ïve *adj, n*
nain, naine *adj, n*
naira *nm*
naissain *nm*
naissance *nf*
naissant, e *adj*
naître *vi* C62 *(auxil être)*
naïvement *adv*
naïveté *nf*
naja *nm*
namibien, enne *adj, n*
nana *nf (fam.)*
nanan *nm (fam.)*
nanar *nm (fam.)*
nancéien, enne *adj, n*
nandou *nm*
nanifier *vt*
naniser *vt*
nanisme *nm*
nankin *nm*
nansouk ou **nanzouk** [-uk] *nm*
nantais, e *adj, n*
nanti, e *adj, n*
nantir *vt, vpr*
nantissement *nm*
nanzouk ou **nansouk** [-uk] *nm*
naos [naɔs] *nm*
napalm *nm*
napée *nf*
napel *nm*
naphta *nm*
naphtalène *nm*
naphtaline *nf*
naphte *nm*
naphtol *nm*
napoléon *nm*
napoléonien, enne *adj*
napolitain, e *adj, n*
nappage *nm*
nappe *nf*
napper *vt*
napperon *nm*
narcéine *nf*
narcisse *nm*
narcissique *adj*
narcissisme *nm*
narco-analyse *nf (pl narco-analyses)*
narcodollar *nm*
narcolepsie *nf*
narcose *nf*
narcothérapie *nf*
narcotine *nf*
narcotique *adj, nm*
narcotrafiquant, e *n*
nard [nar] *nm*
narguer *vt*
narguilé ou **narghilé** ou **narghileh** *nm*
narine *nf*
narquois, e *adj*
narquoisement *adv*
narrateur, trice *n*
narratif, ive *adj*
narration *nf*
narré *nm*
narrer *vt*
narthex [nartɛks] *nm*
narval, als *nm*
nasal, e, aux *adj*
nasale *nf*
nasalisation *nf*
nasaliser *vt, vpr*
nasalité *nf*
nasard *nm*
nasarde *nf*
nase ou **naze** *nm, adj (pop.)*
naseau *nm*
nasillard, e [-zijar, ard] *adj*
nasillement [-zijmɑ̃] *nm*
nasiller [-zije] *vi*
nasilleur, euse [-zijœr] *n*
nasique *n*
nasitort [nazitɔr] *nm*
nasonnement *nm*
nasse *nf*
nastie *nf*
natal, e, als *adj*
nataliste *adj*
natalité *nf*

natation *nf*
natatoire *adj*
natice *nf*
natif, ive *adj, n*
nation *nf*
national, e, aux *adj, n*
nationalisation *nf*
nationaliser *vt*
nationalisme *nm*
nationaliste *adj, n*
nationalité *nf*
national-socialisme *nm s*
national-socialiste *adj, n* *(pl nationaux-socialistes)*
nationaux *nm pl*
nativisme *nm*
nativiste *adj, n*
nativité *nf*
natrémie *nf*
natron ou natrum [-trɔm] *nm*
nattage *nm*
natte *nf*
natté *nm*
natter *vt*
nattier, ère *n*
naturalisation *nf*
naturalisé, e *adj, n*
naturaliser *vt*
naturalisme *nm*
naturaliste *n, adj*
nature *nf, adj inv.*
naturel, elle *adj, nm*
naturellement *adv*
nature morte *nf* *(pl natures mortes)*
naturisme *nm*
naturiste *adj, n*
naucore *nf*
naufrage *nm*
naufragé, e *adj, n*
naufrager *vi*
naufrageur, euse *n*
naumachie [-ʃi] *nf*
naupathie *nf*
nauplius [-plijys] *nm*
nauséabond, e *adj*
nausée *nf*
nauséeux, euse *adj*
nautile *nm*
nautique *adj*
nautisme *nm*
nautonier, ère *n*
navaja [navaχa] *nf*
naval, e, als *adj*
navale *nf*
navalisation *nf*
navarin *nm*
navarque *nm*
navarrais, e *adj, n*
navel *nf*
navet [-vɛ] *nm*
navette *nf*
navetteur, euse *n*
navicert [-sɛr] *nm inv.*
naviculaire *adj*
navicule *nf*
navigabilité *nf*
navigable *adj*
navigant, e *adj, n*
navigateur, trice *n*
navigation *nf*
naviguer *vi*
navire *nm*
navire-citerne *nm* *(pl navires-citernes)*
navire-hôpital *nm* *(pl navires-hôpitaux)*
navire-jumeau *nm* *(pl navires-jumeaux)*
navisphère *nf*
navrant, e *adj*
navrement *nm*
navrer *vt*
nazaréen, enne *adj, n*
nazca *adj, n*
naze ou nase *nm, adj* *(pop.)*
nazi, e *adj, n*
nazisme *nm*
ne *adv*
né, e *adj*
néandert(h)alien, enne *adj, nm*
néanmoins *adv, conj*
néant *nm*
néanthropien, enne *adj, nm*
néantisation *nf*
néantiser *vt*
nebka *nf*
nébuleuse *nf*
nébuleusement *adv*
nébuleux, euse *adj*
nébulisation *nf*
nébuliser *vt*
nébuliseur *nm*
nébulosité *nf*
nécessaire *adj, nm*
nécessairement *adv*
nécessitant, e *adj*
nécessité *nf*
nécessiter *vt*
nécessiteux, euse *adj, n*
neck [nɛk] *nm*
nec plus ultra [nɛkplyzyltra] *nm inv.*
nécrobie *nf*
nécrologe *nm*
nécrologie *nf*
nécrologique *adj*
nécrologue *n*
nécromancie *nf*
nécromancien, enne *n*
nécromant *nm*
nécrophage *adj*
nécrophile *adj, n*
nécrophilie *nf*
nécrophore *nm*
nécropole *nf*
nécropsie *nf*
nécrose *nf*
nécroser *vt, vpr*
nécrosique ou nécrotique *adj*
nectaire *nm*
nectar *nm*
nectarifère *adj*
nectarine *nf*
necton *nm*
néerlandais, e *adj, n*
nef [nɛf] *nf*
néfaste *adj*
nèfle *nf*
néflier *nm*
négateur, trice *adj, n*
négatif, ive *adj*
négation *nf*
négative *nf s*

négativement *adv*
négativisme *nm*
négativité *nf*
négaton *nm*
négatoscope *nm*
négligeable *adj*
négligé, e *adj, nm*
négligemment [-ʒamɑ̃] *adv*
négligence *nf*
négligent, e *adj, n*
négliger *vt, vpr* C7
négoce *nm*
négociabilité *nf*
négociable *adj*
négociant, e *n*
négociateur, trice *n*
négociation *nf*
négocier *vt*
négondo ou **negundo** [negɔ̃do] *nm*
nègre, négresse *n*
nègre *adj*
négrier, ère *adj, nm*
négrille [-grij] *nm*
négrillon, onne [-grijɔ̃, ɔn] *n*
négritude *nf*
négro-africain, e *adj, n (pl négro-africains, es)*
négroïde *adj, n*
negro spiritual [negrospiritwol] *nm (pl negro spirituals)*
néguentropie *nf*
néguentropique *adj*
negundo [negɔ̃do] ou **négondo** *nm*
négus [negys] *nm*
neige *nf*
neiger *vimp* C7
neigeux, euse *adj*
nélombo ou **nelumbo** [-lɔ̃-] *nm*
némale ou **némalion** *nm*
némathelminthe *nm*
nématique *adj*
nématocyste *nm*
nématode *nm*
néméens *adj m pl*
némerte *nm* ou *nf*
néné *nm (pop.)*
nénette *nf (fam.)*
nénies *nf pl*
nenni *adv*
nénuphar *nm*
néoblaste *nm*
néo-calédonien, enne *adj, n (pl néo-calédoniens, ennes)*
néo-capitalisme *nm (pl néo-capitalismes)*
néo-capitaliste *adj, n (pl néo-capitalistes)*
néo-classicisme *nm (pl néo-classicismes)*
néo-classique *adj, n (pl néo-classiques)*
néo-colonialisme *nm (pl néo-colonialismes)*
néo-colonialiste *adj, n (pl néo-colonialistes)*
néocomien, enne *adj, n*
néo-criticisme *nm (pl néo-criticismes)*
néo-darwinisme *nm (pl néo-darwinismes)*
néodyme *nm*
néo-fascisme *nm (pl néo-fascismes)*
néoformation *nf*
néoformé, e *adj*
néogène *adj, nm*
néo-gothique *adj, nm (pl néo-gothiques)*
néo-grec, cque *adj (pl néo-grecs, grecques)*
néo-hébridais, e *n (pl néo-hébridais, es)*
néo-impressionnisme *nm s*
néo-impressionniste *adj, n (pl néo-impressionnistes)*
néo(-)kantisme *nm*
néo-latin, e *adj, nm*
néo-libéralisme *nm (pl néo-libéralismes)*
néolithique *adj, nm*
néolocal, e, aux *adj*
néologie *nf*
néologique *adj*
néologisme *nm*
néoménie *nf*
néomycine *nf*
néon *nm*
néo-natal, e, als *adj*
néo-nazi, e *adj, n (pl néo-nazis, ies)*
néophyte *n*
néopilina *nm*
néoplasie *nf*
néoplasique *adj*
néoplasme *nm*
néoplasticisme *nm*
néo-platonicien, enne *adj, n (pl néo-platoniciens, ennes)*
néo-platonisme *nm (pl néo-platonismes)*
néo-positivisme *nm (pl néo-positivismes)*
néo-positiviste *adj, n (pl néo-positivistes)*
néoprène *nm*
néo-réalisme *nm (pl néo-réalismes)*
néo-réaliste *adj, n (pl néo-réalistes)*
néoténie *nf*
néo-thomisme *nm (pl néo-thomismes)*
néottie *nf*
néo-zélandais, e *adj, n (pl néo-zélandais, es)*
néozoïque *adj, nm*
népalais, e *adj, n*
népalais ou **népali** *nm s*
nèpe *nf*
népenthès [nepɛ̃tɛs] *nm*
népérien, enne *adj*
nepeta ou **népète** *nf*
néphélémétrie *nf*
néphéline *nf*
néphélion *nm*
néphrectomie *nf*

néphrétique *adj*
néphridie *nf*
néphrite *nf*
néphrologie *nf*
néphrologue *n*
néphron *nm*
néphropathie *nf*
néphropexie *nf*
néphrose *nf*
népotisme *nm*
neptunium [nɛptynjɔm] *nm*
néréide *nf* ou néréis [-is] *nm*
nerf [nɛr] *nm*
néritique *adj*
néroli *nm*
néronien, enne *adj*
nerprun [-prœ̃] *nm*
nervation *nf*
nerveusement *adv*
nerveux, euse *adj, n*
nervi *nm*
nervin *adj m, nm*
nervosité *nf*
nervure *nf*
nervuré, e *adj*
nervurer *vt*
nescafé *nm*
n'est-ce pas *loc adv interr*
nestorianisme *nm*
nestorien, enne *adj, n*
net, nette [nɛt] *adj, nm*
net [nɛt] *adj inv., adv*
netsuke [nɛtsyke] *nm*
nettement *adv*
netteté *nf*
nettoiement *nm*
nettoyage [-twajaʒ] *nm*
nettoyant [-twajɑ̃] *nm*
nettoyer [-twaje] *vt* C16
nettoyeur, euse [-twajœr, øz] *n*
neuchâteloise *nf*
neuf [nœf] *adj num inv., nm inv.* 17-I
neuf, neuve [nœf, œv] *adj, nm*
neufchâtel [nøʃatɛl] *nm*
neuf-huit (à) *loc adj*
neume *n*
neural, e, aux *adj*
neurasthénie *nf*
neurasthénique *adj, n*
neurinome *nm*
neurobiochimie *nf*
neurobiochimique *adj*
neurobiologie *nf*
neuroblaste *nm*
neurochimie *nf*
neurochimique *adj*
neurochirurgical, e, aux *adj*
neurochirurgie *nf*
neurochirurgien, enne *n*
neurodépresseur *nm*
neuroendocrinien, enne *adj*
neuroendocrinologie *nf*
neurofibromatose *nf*
neuroleptique *adj, nm*
neurolinguistique [-gwi-] *nf*
neurologie *nf*
neurologique *adj*
neurologue *n*
neurologiste *n*
neuromédiateur *nm*
neuronal, e, aux *adj*
neurone *nm*
neuronique *adj*
neuropathie *nf*
neurophysiologie *nf*
neurophysiologique *adj*
neuroplégique *adj, nm*
neuropsychiatre [-kja-] *n*
neuropsychiatrie [-kja-] *nf*
neuropsychologie [-kɔ-] *nf*
neuropsychologue [-kɔ-] *n*
neuroradiologie *nf*
neurosciences *nf pl*
neurosécrétion *nf*
neurotransmetteur *nm*
neurotransmission *nf*
neurotrope *adj*
neurovégétatif, ive *adj*
neurula *nf*
neutralisant, e *adj*
neutralisation *nf*
neutraliser *vt*
neutralisme *nm*
neutraliste *adj, n*
neutralité *nf*
neutre *adj, nm*
neutrino *nm*
neutron *nm*
neutronique *adj, nf*
neutrophile *adj, nm*
neuvaine *nf*
neuvième *adj, n*
neuvièmement *adv*
ne varietur [nevarjetyr] *loc adv, adj inv.*
névé *nm*
neveu *nm (pl neveux)*
névralgie *nf*
névraxe *nm*
névrilème *nm*
névrite *nf*
névritique *adj*
névrodermite *nf*
névroglie *nf*
névropathe *adj, n*
névropathie *nf*
névroptère *nm*
névrose *nf*
névrosé, e *adj, n*
névrotique *adj*
new-look [njuluk] *nm inv., adj inv.*
newsmagazine [njuzmagazin] ou news *nm*
newton [njutɔn] *nm*
newtonien, enne *adj, n*
newton-mètre *nm (pl newtons-mètres)*
new-yorkais, e [nujɔrkɛ, ɛz] *adj, n*
nez [ne] *nm*
ni *conj* 16-XIX
niable *adj*
niais, e *adj, n*
niaisement *adv*

niaiser *vi*
niaiserie *nf*
niaiseux, euse *adj, n*
niaouli [njauli] *nm*
nicaraguayen, enne [-gwajɛ̃, ɛn] *adj, n*
niche *nf*
nichée *nf*
nicher *vt, vi, vpr*
nichet [-ʃɛ] *nm*
nichoir *nm*
nichon *nm (pop.)*
nichrome [-krom] *nm*
nickel [nikɛl] *nm*
nickelage *nm*
nickelé, e *adj*
nickeler *vt* C10
nickélifère *adj*
nicodème *nm*
niçois, e *adj, n*
nicol *nm*
nicolaïsme *nm*
nicolaïte *nm*
nicotine *nf*
nicotinique *adj*
nicotinisme *nm*
nictation ou **nictitation** *nf*
nictitant, e *adj*
nid [ni] *nm*
nidation *nf*
nid-d'abeilles *nm (pl nids-d'abeilles)*
nid-de-pie *nm (pl nids-de-pie)*
nid-de-poule *nm (pl nids-de-poule)*
nidification *nf*
nidifier *vi*
nièce *nf*
niellage *nm*
nielle *nm (incrustation) ; nf (plante, maladie)*
nieller *vt*
nielleur *nm*
niellure *nf*
nième ou **énième** *adj, n*
nier [nje] *vt*
nietzschéen, enne [nitʃeɛ̃, ɛn] *adj, n*
nife [nife] ou **nifé** ou **nif** *nm*
nigaud, e *adj, n*
nigauderie *nf*
nigelle *nf*
nigérian, e *adj, n*
nigérien, enne *adj, n*
nigéro-congolais, e *adj (pl nigéro-congolais, es)*
night-club [najtklœb] *nm (pl night-clubs)*
nihilisme *nm*
nihiliste *adj, n*
nilgaut [nilgo] *nm*
nille [nij] *nf*
nilotique *adj*
nimbe *nm*
nimber *vt*
nimbo-stratus [nɛ̃bostratys] *nm inv.*
nimbus [nɛ̃bys] *nm inv.*
nimois, e *adj, n*
ninas [ninas] *nm*
niobium [-bjɔm] *nm*
niolo *nm*
nippe *nf (fam.)*
nipper *vt, vpr (fam.)*
nippon, on(n)e *adj, n*
nique *nf*
niquedouille *adj, n (fam.)*
nirvana *nm*
nitescence [-tesɑ̃s] *nf*
nitratation *nf*
nitrate *nm*
nitrater *vt*
nitration *nf*
nitre *nm*
nitré, e *adj*
nitrer *vt*
nitreux, euse *adj*
nitrière *nf*
nitrifiant, e *adj*
nitrification *nf*
nitrifier *vt, vpr*
nitrile *nm*
nitrique *adj*
nitrite *nm*
nitrobacter [-tɛr] *nm*
nitrobenzène [-bɛ̃-] *nm* ou **nitrobenzine** [-bɛ̃-] *nf*
nitrocellulose *nf*
nitrogène *nm*
nitroglycérine *nf*
nitrophile *adj*
nitrosation *nf*
nitrosé, e *adj*
nitrosomonas [-nas] *nm*
nitrosyle *nm*
nitruration *nf*
nitrure *nm*
nitrurer *vt*
nival, e, aux *adj*
nivéal, e, aux *adj*
niveau *nm*
nivelage *nm*
niveler *vt* C10
nivelette *nf*
niveleur, euse *adj, n*
nivelle *nf*
nivellement *nm*
nivéole *nf*
nivernais, e *adj, n*
nivo-glaciaire *adj (pl nivo-glaciaires)*
nivo-pluvial, e, aux *adj*
nivôse *nm*
nixe *nf*
nizeré *nm*
nô *nm inv.*
nobélisable *adj, n*
nobélium [-ljɔm] *nm*
nobiliaire *adj, nm*
noblaillon, onne *n*
noble *adj, n*
noblement *adv*
noblesse *nf*
nobliau *nm (pl nobliaux)*
noce *nf*
noceur, euse *n, adj*
nocher *nm*
nocif, ive *adj*
nocivité *nf*
noctambule *adj, n*
noctambulisme *nm*

noctiluque *adj, nf*
noctuelle *nf*
noctule *nf*
nocturne *adj, n*
nodal, e, aux *adj, nf*
nodosité *nf*
nodulaire *adj*
nodule *nm*
noduleux, euse *adj*
Noël *nm* ou *nf* 14-II
noème *nm*
noèse *nf*
noétique *adj*
nœud *nm*
noir, e *adj, n*
noirâtre *adj*
noiraud, e *adj, n*
noirceur *nf*
noircir *vt, vi, vpr*
noircissement *nm*
noircisseur, euse *n*
noircissure *nf*
noise *nf*
noiseraie *nf*
noisetier *nm*
noisette *nf, adj inv.*
noix *nf*
noli-me-tangere [nɔlimetɑ̃ʒere] *nm inv.*
nolis [-li] *nm*
nolisement *nm*
noliser *vt*
nom *nm*
nomade *adj, n*
nomadiser *vi*
nomadisme *nm*
no man's land [nomanslɑ̃d] *nm inv.*
nombrable *adj*
nombre *nm*
nombrer *vt*
nombreux, euse *adj*
nombril [nɔ̃bri(l)] *nm*
nombrilisme *nm*
nome *nm*
nomenclateur, trice *adj, n*
nomenclature *nf*
nomenklatura [nɔmɛnklatura] *nf*
nominal, e, aux *adj*
nominalement *adv*
nominalisation *nf*
nominaliser *vt*
nominalisme *nm*
nominaliste *adj, n*
nominatif, ive *adj, nm*
nomination *nf*
nominativement *adv*
nominé, e *adj*
nommé, e *adj, n*
nommément *adv*
nommer *vt, vpr*
nomogramme *nm*
nomographe *nm*
nomographie *nf*
nomothète *nm*
non *adv, nm inv.*
non-activité *nf (pl non-activités)*
nonagénaire *adj, n*
nonagésime *adj, nm*
non-agression *nf (pl non-agressions)*
non (-) aligné, e *adj, n (pl non* [-] *alignés, es)*
non-alignement *nm (pl non-alignements)*
nonantaine *nf*
nonante *adj num*
nonantième *adj, n*
non-assistance *nf (pl non-assistances)*
non-belligérance *nf (pl non-belligérances)*
nonce *nm*
nonchalamment *adv*
nonchalance *nf*
nonchalant, e *adj, n*
nonchaloir *nm*
nonclature *nf*
non (-) combattant, e *adj, n (pl non* [-] *combattants, es)*
non (-) comparant, e *adj, n (pl non* [-] *comparants, es)*
non-comparution *nf (pl non-comparutions)*
non-conciliation *nf (pl non-conciliations)*
non-concurrence *nf (pl non-concurrences)*
non-conformisme *nm (pl non-conformismes)*
non (-) conformiste *adj, n (pl non* [-] *conformistes)*
non-conformité *nf (pl non-conformités)*
non-contradiction *nf (pl non-contradictions)*
non (-) croyant, e *adj, n (pl non* [-] *croyants, es)*
non-cumul [-myl] *nm*
non-directif, ive *adj (pl non-directifs, ives)*
non-directivisme *nm (pl non-directivismes)*
non-directivité *nf (pl non-directivités)*
non-discrimination *nf (pl non-discriminations)*
non-dissémination *nf (pl non-disséminations)*
non-dit *nm (pl non-dits)*
none *nf (heure)*
non (-) engagé, e *adj, n (pl non* [-] *engagés, es)*
non-engagement *nm (pl non-engagements)*
non-être *nm inv.*
non euclidien, enne *adj (pl non euclidiens, ennes)*
non-exécution *nf (pl non-exécutions)*

non-existence *nf (pl non-existences)*
non (-) figuratif, ve *adj, n (pl non* [-] *figuratifs, ives)*
non-fumeur, euse *n (pl non-fumeurs, euses)*
nonidi *nm*
non-ingérence *nf (pl non-ingérences)*
non (-) initié, e *adj, n (pl non* [-] *initiés, es)*
non (-) inscrit, e *adj, n (pl non* [-] *inscrits, es)*
non-intervention *nf (pl non-interventions)*
non (-) interventionniste *adj, n (pl non* [-] *intervionnistes)*
non-jouissance *nf (pl non-jouissances)*
non-lieu *nm (pl non-lieux)*
non-métal *nm (pl non-métaux)*
non-moi *nm inv.*
nonne *nf (religieuse)*
nonnette *nf*
nonobstant *prép, adv*
non-paiement ou **non-payement** *nm (pl non-paiements* ou *non-payements)*
nonpareil, eille *adj, n*
non-pesanteur *nf*
non-prolifération *nf (pl non-proliférations)*
non-recevoir *nm*
non-résident *nm*
non-respect *nm (pl non-respects)*
non-retour *nm inv.*
non-rétroactivité *nf (pl non-rétroactivités)*
non-satisfaction *nf (pl non-satisfactions)*
non-sens *nm inv.*
non (-) spécialiste *adj, n (pl non* [-] *spécialistes)*
non-stop [nɔnstɔp] *adj inv., n inv.*
non-tissé *nm (pl non-tissés)*
nonupler *vt*
non-usage *nm (pl non-usages)*
non-valeur *nf (pl non-valeurs)*
non (-) viable *adj (pl non* [-] *viables)*
non-violence *nf (pl non-violences)*
non (-) violent, e *adj, n (pl non* [-] *violents, es)*
non-voyant, e *n (pl non-voyants, es)*
noologique [nɔɔ-] *adj*
nopal, als *nm*
noradrénaline *nf*
noramidopyrine *nf*
nord *nm inv., adj inv.*
nord-africain, e *adj, n (pl nord-africains, es)*
nord-américain, e *adj, n (pl nord-américains, es)*
nord-coréen, enne *adj, n (pl nord-coréens, ennes)*
nordé ou **nordet** *nm*
nord-est [nɔr(d)ɛst] *nm inv., adj inv.*
nordique *adj*
nordir *vi*
nordiste *adj, n*
nord-ouest [nɔr(d)wɛst] *nm inv., adj inv.*
nord-vietnamien, enne *adj, n (pl nord-vietnamiens, ennes)*
noria *nf*
normal, e, aux *adj*
normale *nf*
normalement *adv*
normalien, enne *n*
normalisateur, trice *adj, n*
normalisation *nf*
normalisé, e *adj*
normaliser *vt, vpr*
normalité *nf*
normand, e *adj, n*
normatif, ive *adj*
normativité *nf*
norme *nf*
normé, e *adj*
noroît ou **norois** *nm (vent)*
norrois *nm (langue)*
norvégien, enne *adj, n*
nos *adj poss pl*
nosémose *nf*
nosoconiose *nf*
nosographie *nf*
nosologie *nf*
nostalgie *nf*
nostalgique *adj, n*
nostoc *nm*
nostras [-as] *adj m*
nota ou **nota bene** [nɔtabene] *loc lat., nm inv.*
notabilité *nf*
notable *adj, nm*
notablement *adv*
notaire *nm*
notairesse *nf*
notamment *adv*
notarial, e, aux *adj*
notariat [-rja] *nm*
notarié, e *adj*
notateur, trice *n*
notation *nf*
note *nf*
noter *vt*
nothofagus [-gys] *nm*
notice *nf*
notificatif, ive *adj*
notification *nf*
notifier *vt*
notion *nf*
notionnel, elle *adj*
notoire *adj*
notoirement *adv*
notonecte *nf*

notoriété *nf*
notre *adj poss (pl nos)*
nôtre *pron poss, adj poss, nm*
notre-dame *nf inv.*
notule *nf*
nouage *nm*
nouaison *nf*
nouba *nf*
noue *nf*
noué, e *adj*
nouement *nm*
nouer *vt, vi, vpr*
nouet [nwɛ] *nm*
noueux, euse *adj*
nougat [-ga] *nm*
nougatine *nf*
nouille *nf, adj*
noulet [-lɛ] *nm*
nouménal, e, aux *adj*
noumène *nm*
nounou *nf (pl nounous)*
nourrain *nm*
nourri, e *adj*
nourrice *nf*
nourricier, ère *adj, n*
nourrir *vt, vpr*
nourrissage *nm*
nourrissant, e *adj*
nourrisseur *nm*
nourrisson *nm*
nourriture *nf*
nous *pron pers*
nouure [nuyr] *nf*
nouveau ou nouvel *(devant voyelle* ou *h muet),* elle, eaux *adj, n* 5IV-13-IIB6
nouveau-né, e *adj, n (pl nouveau-nés, es)*
nouveauté *nf*
nouvel *adj m s (v. nouveau)*
nouvelle *nf*
nouvellement *adv*
nouvelliste *n*
nova *nf (pl novae* ou *-ae* [nɔve]*)*
novateur, trice *adj, n*
novation *nf*
novatoire *adj*
novelles *nf pl*
novembre *nm*
nover *vt*
novice *adj, n*
noviciat [-sja] *nm*
noyade [nwajad] *nf*
noyau [nwajo] *nm (pl noyaux)*
noyautage [nwajo-] *nm*
noyauter [nwajo-] *vt*
noyauteur [nwajo-] *nm*
noyé, e [nwaje] *n*
noyer [nwaje] *vt, vpr* C16
noyer [nwaje] *nm*
nu, e *adj, nm*
nu *nm inv. (lettre)*
nu (à) *loc adv*
nuage *nm*
nuageux, euse *adj*
nuaison *nf*
nuance *nf*
nuancé, e *adj*
nuancer *vt* C6
nuancier *nm*
nubien, enne *adj, n*
nubile *adj*
nubilité *nf*
nucal, e, aux *adj*
nucellaire *adj*
nucelle *nm*
nucléaire *adj, nm*
nucléarisation *nf*
nucléariser *vt*
nucléase *nf*
nucléé, e *adj*
nucl(é)ide *nm*
nucléine *nf*
nucléique *adj*
nucléole *nm*
nucléon *nm*
nucléonique *adj*
nucléoprotéide *nm*
nucléoprotéine *nf*
nucléoside *nm*
nucléosynthèse *nf*
nucléotide *nm*
nucléus ou nucleus [nykleys] *nm*
nucl(é)ide *nm*
nudibranche *nm*
nudisme *nm*
nudiste *adj, n*
nudité *nf*
nue *nf*
nué, e *adj*
nuée *nf*
nuement ou nûment *adv*
nue-propriété *nf (pl nues-propriétés)*
nuer *vt*
nuire *vti* C56
nuisance *nf*
nuisette *nf*
nuisible *adj, nm*
nuisiblement *adv*
nuit *nf*
nuitamment *adv*
nuitée *nf*
nul, nulle *adj, pron indéf, adj indéf, n*
nullard, e *adj, n (fam.)*
nullement *adv*
nullipare *adj f, nf*
nullité *nf*
nûment ou nuement *adv*
numéraire *nm, adj*
numéral, e, aux *adj, nm*
numérateur *nm*
numération *nf*
numérique *adj*
numériquement *adv*
numérisation *nf*
numériser *vt*
numériseur *nm*
numéro *nm*
numérologie *nf*
numérotage *nm*
numérotation *nf*
numéroté, e *adj*
numéroter *vt*
numéroteur *nm*
numerus clausus [nymerysklozys] *nm inv.*
numide *adj, n*

numismate *n*
numismatique *adj, nf*
nummulaire *adj, nf*
nummulite *nf*
nummulitique *adj, nm*
nunatak *nm*
nunchaku [nunʃaku] *nm*
nuncupatif [nɔ̃-] *adj m*
nuncupation [nɔ̃-] *nf*
nunuche *adj (fam.)*
nuoc-mâm [nɥɔkmam] *nm inv.*
nu-pieds *nm inv.*
nu-propriétaire, nue-propriétaire *adj, n (pl nus, nues-propriétaires)*
nuptial, e, aux *adj*
nuptialité *nf*
nuque *nf*
nuraghe [nurage] *nm (pl nuraghes* ou *nuraghi)*
nuragique *adj*
nurse [nœrs] *nf*
nursery [nœrsəri] *nf (pl nurserys* ou *nurseries)*
nutation *nf*
nutriment *nm*
nutritif, ive *adj*
nutrition *nf*
nutritionnel, elle *adj*
nutritionniste *n*
nyctaginacée *nf*
nyctalope *adj, n*
nyctalopie *nf*
nycthéméral, e, aux *adj*
nycthémère *nm*
nycturie *nf*
nylon *nm*
nymphal, e, aux *adj*
nymphalidé *nm*
nymphe *nf*
nymphéa *nm*
nymphéacée *nf*
nymphée *nm*
nymphette *nf*
nymphomane *adj, nf*
nymphomanie *nf*
nymphose *nf*
nystagmus [nistagmys] *nm inv.*

o *nm inv.*
ô *interj*
oaristys [-stis] *nf*
oasien, enne *adj, n*
oasis [ɔazis] *nf*
obédience *nf*
obédiencier *nm*
obédientiel, elle *adj*
obéir *vti*
obéissance *nf*
obéissant, e *adj*
obel ou obèle *nm*
obélisque *nm*
obéré, e *adj*
obérer *vt, vpr* C11
obèse *adj, n*
obésité *nf*
obi *nf (ceinture)*
obier *nm*
obit [ɔbit] *nm*
obituaire *adj, nm*
objectal, e, aux *adj*
objecter *vt*
objecteur *nm*
objectif, ive *adj, nm*
objection *nf*
objectivation *nf*
objectivement *adv*
objectiver *vt*
objectivisme *nm*
objectiviste *adj, n*
objectivité *nf*
objet *nm*
objurgation *nf*
oblat, e [ɔbla, at] *n*
oblatif, ive *adj*
oblation *nf*
oblativité *nf*
obligataire *adj, n*
obligation *nf*
obligatoire *adj*
obligatoirement *adv*
obligé, e *adj, n*
obligeamment *adv*
obligeance *nf*
obligeant, e *adj*
obliger *vt, vpr* C7
oblique *adj, nm (anatomie); nf (mathématiques)*
obliquement *adv*
obliquer *vi*
obliquité [-kɥite] *nf*
oblitérateur, trice *adj, nm*
oblitération *nf*
oblitérer *vt* C11
oblong, gue [ɔblɔ̃, ɔ̃g] *adj*
obnubilation *nf*
obnubilé, e *adj*
obnubiler *vt*
obole *nf*
obombrer *vt*
obscène *adj*
obscénité *nf*
obscur, e *adj*
obscurantisme *nm*
obscurantiste *adj, n*
obscurcir *vt, vpr*
obscurcissement *nm*
obscurément *adv*
obscurité *nf*
obsécration *nf*
obsédant, e *adj*
obsédé, e *adj, n*
obséder *vt* C11
obsèques *nf pl*
obséquieusement *adv*
obséquieux, euse *adj*
obséquiosité *nf*
observable *adj*
observance *nf*
observateur, trice *n, adj*
observation *nf*
observatoire *nm*
observer *vt, vpr*
obsession *nf*
obsessionnel, elle *adj*
obsidienne *nf*
obsidional, e, aux *adj*
obsolescence [-lesɑ̃s] *nf*
obsolescent, e [-lesɑ̃, ɑ̃t] *adj*
obsolète *adj*
obstacle *nm*
obstétrical, e, aux *adj*
obstétricien, enne *n*
obstétrique *adj, nf*
obstination *nf*
obstiné, e *adj, n*
obstinément *adv*
obstiner (s') *vpr*
obstructif, ive *adj*
obstruction *nf*
obstructionnisme *nm*
obstructionniste *adj, n*
obstrué, e *adj*
obstruer *vt*
obtempérer *vti* C11
obtenir *vt* C28
obtention *nf*
obturateur, trice *adj, nm*
obturation *nf*
obturer *vt*
obtus, e [ɔpty, yz] *adj*
obtusangle [ɔpty-] *adj*
obtusion *nf*
obus [ɔby] *nm*
obusier *nm*
obvenir *vi* C28 *(auxil être)*
obvers *nm* ou obverse *nf*
obvie *adj*

obvier *vti (seulement inf)*
oc [ɔk] *adv*
ocarina *nm*
occase *nf (fam.)*
occasion *nf*
occasionnalisme *nm*
occasionnel, elle *adj*
occasionnellement *adv*
occasionner *vt*
occident *nm (ouest)*
occidental, e, aux *adj, n*
occidentalisation *nf*
occidentaliser *vt*
occidentaliste *adj, n*
occipital, e, aux *adj, nm*
occiput [ɔksipyt] *nm*
occire [ɔksir] *vt* C79
occitan, e *adj, nm*
occitanisme *nm*
occlure *vt* C57
occlusif, ive *adj*
occlusive *nf*
occlusion *nf*
occultation *nf*
occulte *adj*
occulter *vt*
occultisme *nm*
occultiste *adj, n*
occupant, e *adj, n*
occupation *nf*
occupationnel, elle *adj*
occupé, e *adj*
occuper *vt, vpr*
occurrence *nf*
occurrent, e *adj*
océan *nm*
océanaute *n*
océane *adj f*
océanide *nf*
océanien, enne *adj, n*
océanique *adj*
océanographe *n*
océanographie *nf*
océanographique *adj*
océanologie *nf*
océanologique *adj*
océanologue *n*
ocelle *nm*
ocellé, e *adj*
ocelot [ɔslo] *nm*
ocre *nf, adj inv.*
ocré, e *adj*
ocrer *vt*
ocreux, euse *adj*
octaèdre *adj, nm*
octaédrique *adj*
octal, e, aux *adj*
octane *nm*
octant *nm*
octante *adj num inv.*
octave *nf*
octavier *vt, vi*
octavin *nm*
octavon, onne *adj, n*
octet [ɔktɛ] *nm*
octidi *nm*
octobre *nm*
octocoralliaire *nm*
octogénaire *adj, n*
octogonal, e, aux *adj*
octogone *adj, nm*
octopode *adj, nm*
octostyle *adj*
octosyllabe [-sil-] *adj, nm*
octosyllabique [-sil-] *adj*
octroi *nm*
octroyer [-trwaje] *vt, vpr* C16
octuor *nm*
octuple *adj, nm*
octupler *vt*
oculaire *adj, nm*
oculariste *n*
oculiste *n*
oculogyre *adj*
oculomoteur, trice *adj*
oculus [ɔkylys] *nm (pl oculi* ou *oculus)*
ocytocine *nf*
odalisque *nf*
ode *nf*
odelette *nf*
odéon *nm*
odeur *nf*
odieusement *adv*
odieux, euse *adj*
odomètre *nm*
odonate *nm*
odontalgie *nf*
odontalgique *adj*
odontocète *nm*
odontoïde *adj*
odontologie *nf*
odontologiste *n*
odontomètre *nm*
odontostomatologie *nf*
odorant, e *adj*
odorat [-ra] *nm*
odoriférant, e *adj*
odyssée *nf*
œcuménicité [eky-] *nf*
œcuménique [eky-] *adj*
œcuménisme [eky-] *nm*
œcuméniste [eky-] *adj, n*
œdémateux, euse [ede-] *adj*
œdème [edɛm] *nm*
œdicnème [ediknɛm] *nm*
œdipe [edip] *nm*
œdipien, enne [edi-] *adj*
œil [œj] *nm (pl yeux* ou *œils [emplois techniques]* **21**-IC5)
œil-de-bœuf *nm (pl œils-de-bœuf)*
œil-de-chat *nm (pl œils-de-chat)*
œil-de-perdrix *nm (pl œils-de-perdrix)*
œil-de-pie *nm (pl œils-de-pie)*
œil-de-tigre *nm (pl œils-de-tigre)*
œillade [œjad] *nf*
œillard [œjar] *nm*
œillère [œjɛr] *nf*
œillet [œjɛ] *nm*
œilleton [œjtɔ̃] *nm*
œilletonnage [œjtɔ-] *nm*
œilletonner [œjtɔ-] *vt*
œillette [œjɛt] *nf*
œkoumène [eku-] ou **écoumène** *nm*
œnanthe [enɑ̃t] *nf*

œnanthique [enɑ̃-] *adj*
œnilisme ou œnolisme [enɔ-] *nm*
œnolique [enɔ-] *adj*
œnologie [enɔ-] *nf*
œnologique [enɔ-] *adj*
œnologue [enɔ-] *n*
œnométrie [enɔ-] *nf*
œnométrique [enɔ-] *adj*
œnothèque [enɔ-] *nf*
œnothéracée [enɔ-] *nf*
œnothère ou œnothera [enɔ-] *nm*
œrsted [œrstɛd] *nm*
œrstite [œrstit] *nf*
œsophage [ezɔ-] *nm*
œsophagien, enne [ezɔ-] *adj*
œsophagique [ezɔ-] *adj*
œsophagite [ezɔ-] *nf*
œsophagoscope [ezɔ-] *nm*
œstradiol [ɛstra-] *nm*
œstral, e, aux [ɛstral, -tro] *adj*
œstre [ɛstr] *nm*
œstrogène [ɛstr-] ou estrogène *adj, nm*
œstrus [ɛstrys] *nm*
œuf [œf au s, ø au pl] *nm* 21-IB
œufrier *nm*
œuvé, e *adj*
œuvre *nf (travail); nm (ensemble d'ouvrages, alchimie)*
œuvrer *vi*
off *adj inv., adv*
offensant, e *adj*
offense *nf*
offensé, e *adj, n*
offenser *vt, vpr*
offenseur *nm*
offensif, ive *adj*
offensive *nf*
offensivement *adv*
offertoire *nm*
office *nm (fonction); nf (pièce)*
official, aux *nm*
officialisation *nf*
officialiser *vt*
officialité *nf*
officiant, e *adj, n*
officiel, elle *adj, nm*
officiellement *adv*
officier *vi*
officier *nm*
officière *nf*
officieusement *adv*
officieux, euse *adj*
officinal, e, aux *adj*
officine *nf*
offrande *nf*
offrant *nm*
offre *nf*
offrir *vt, vpr* C19
offset [ɔfsɛt] *adj inv., n inv.*
offsettiste *n*
offshore ou off shore [ɔfʃɔr] *adj inv., nm inv.*
offusquer *vt, vpr*
oflag [ɔflag] *nm*
og(h)am [ɔgam] *nm*
og(h)amique *adj*
ogival, e, aux *adj*
ogive *nf*
ogre, ogresse *n*
oh *interj*
ohé *interj*
ohm [om] *nm (unité de mesure)*
ohmique *adj*
ohmmètre [ommɛtr] *nm (appareil)*
ohm-mètre [ommɛtr] *nm (pl ohms-mètres* [unité de mesure]*)*
oïdie [ɔidi] *nf*
oïdium [ɔidjɔm] *nm*
oie *nf*
oignon [ɔɲɔ̃] *nm*
oignonade [ɔɲɔnad] *nf*
oignonière [ɔɲɔnjɛr] *nf*
oïl [ɔjl] *adv*
oille [ɔj] *nf*
oindre *vt* C80
oing [wɛ̃] ou oint *nm (graisse)*
oint, e *adj, n (consacré)*
oiseau *nm*
oiseau-lyre *nm (pl oiseaux-lyres)*
oiseau-mouche *nm (pl oiseaux-mouches)*
oiseler *vt, vi* C10
oiselet [-lɛ] *nm*
oiseleur *nm*
oiselier, ère *n*
oiselle *nf*
oisellerie *nf*
oiseux, euse *adj*
oisif, ive *adj, n*
oisillon *nm*
oisivement *adv*
oisiveté *nf*
oison *nm*
O. K. [ɔke] *interj, adj inv. (fam.)*
okapi *nm*
okoumé *nm*
ol(l)é *interj*
oléacée *nf*
oléagineux, euse *adj, nm*
oléastre *nm*
oléate *nm*
olécrane *nm*
olé(i)fiant, e *adj*
oléfine *nf*
oléicole *adj*
oléiculteur, trice *n*
oléiculture *nf*
oléifère *adj*
olé(i)fiant, e *adj*
oléiforme *adj*
oléine *nf*
oléique *adj*
oléoduc *nm*
oléolat [-la] *nm*
olé olé *adj inv.*
oléomètre *nm*
oléopneumatique *adj*
oléorésine *nf*
oléum [ɔleɔm] *nm*
olfactif, ive *adj*

olfaction *nf*
olibrius [-brijys] *nm*
olifant ou **oliphant** *nm*
oligarchie *nf*
oligarchique *adj*
oligarque *nm*
oligiste *adj, nm*
oligocène *adj, nm*
oligochète [-kɛt] *nm*
oligoclase *nf*
oligodendroglie *nf*
oligo-élément *nm (pl oligo-éléments)*
oligophrène *adj, n*
oligophrénie *nf*
oligopole *nm*
oligopolistique *adj*
oligopsone *nm*
oligurie *nf*
olim [ɔlim] *nm inv.*
oliphant ou **olifant** *nm*
olivacé, e *adj*
oliv(er)aie *nf*
olivaison *nf*
olivâtre *adj*
olive *nf, adj inv.*
oliv(er)aie *nf*
olivet [-vɛ] *nm*
olivétain, e *n*
olivette *nf*
olivier *nm*
olivine *nf*
ollaire *adj*
ol(l)é *interj*
olographe ou **holographe** *adj*
olympe *nm*
olympiade *nf*
olympien, enne *adj*
olympique *adj*
olympisme *nm*
ombellale *nf*
ombelle *nf*
ombellé, e *adj*
ombelliféracée *nf*
ombellifère *adj, nf*
ombelliforme *adj*
ombellule *nf*
ombilic [-lik] *nm*
ombilical, e, aux *adj*
ombiliqué, e *adj*
omble *nm*
ombrage *nm*
ombragé, e *adj*
ombrager *vt* C7
ombrageux, euse *adj*
ombre *nm (poisson); nf (absence de lumière)*
ombrée *nf*
ombrelle *nf*
ombrer *vt*
ombrette *nf*
ombreux, euse *adj*
ombrien, enne *adj, n*
ombrine *nf*
ombudsman [ɔmbydsman] *nm (pl ombudsmen* [-mɛn]*)*
oméga *nm inv.*
omelette *nf*
omerta *nf*
omettre *vt* C48
omicron [-krɔn] *nm inv.*
omis, e *adj, nm*
omission *nf*
ommatidie *nf*
omnibus [ɔmnibys] *nm, adj inv.*
omnicolore *adj*
omnidirectif, ive *adj*
omnidirectionnel, elle *adj*
omnipolaire *adj*
omnipotence *nf*
omnipotent, e *adj*
omnipraticien, enne *n, adj*
omniprésence *nf*
omniprésent, e *adj*
omniscience *nf*
omniscient, e *adj*
omnisports *adj inv.*
omnium [ɔmnjɔm] *nm*
omnivore *adj*
omoplate *nf*
on *pron indéf* 16-XX, XXI
onagracée *nf*
onagre *nf (plante); nm (animal)*
onanisme *nm*
onc ou **on(c)ques** *adv*
once *nf*
onchocercose [-kɔ-] *nf*
oncial, e, aux *adj*
onciale *nf*
oncle *nm*
oncogène *adj, nm*
oncologie *nf*
oncologiste *n*
oncologue *n*
oncotique ou **onkotique** *adj*
on(c)ques ou **onc** *adv*
onction *nf*
onctueusement *adv*
onctueux, euse *adj*
onctuosité *nf*
ondatra *nm*
onde *nf*
ondé, e *adj*
ondée *nf*
ondemètre *nm*
ondin, e *n*
on-dit *nm inv.*
ondoiement *nm*
ondoyant, e [ɔ̃dwajɑ̃, ɑ̃t] *adj*
ondoyer [ɔ̃dwaje] *vt, vi* C16
ondulant, e *adj*
ondulation *nf*
ondulatoire *adj*
ondulé, e *adj*
onduler *vt, vi*
onduleur *nm*
onduleux, euse *adj*
one-man-show [wanmanʃo] *nm inv.*
onéreusement *adv*
onéreux, euse *adj*
one-step [wanstɛp] *nm (pl one-steps)*
ongle *nm*
onglé, e *adj, nf*
onglée *nf*
onglet [ɔ̃glɛ] *nm*

onglette *nf*
onglier *nm*
onglon *nm*
onguent [ɔ̃gɑ̃] *nm*
onguicule [ɔ̃g(ɥ)i-] *nm*
onguiculé, e [ɔ̃g(ɥ)i-] *adj, n*
onguiforme [ɔ̃g(ɥ)i-] *adj*
ongulé, e *adj, nm*
onguligrade *adj*
onirique *adj*
onirisme *nm*
onirologie *nf*
onirologue *nm*
oniromancie *nf*
oniromancien, enne *adj, n*
onirothérapie *nf*
onkotique ou **oncotique** *adj*
onomasiologie *nf*
onomastique *adj, nf*
onomatopée *nf*
onomatopéique *adj*
on(c)ques ou **onc** *adv*
ontique *adj*
ontogenèse *nf*
ontogénie *nf*
ontogénétique *adj*
ontogénique *adj*
ontologie *nf*
ontologique *adj*
ontologiquement *adv*
ontologisme *nm*
O.N.U. [oɛny] ou **ONU** [ony] *nf*
onusien, enne *adj, nm*
onychomycose [-kɔ-] *nf*
onychophagie [-kɔ-] *nf*
onychophore [-kɔ-] *nm*
onyx [ɔniks] *nm*
onyxis [ɔniksis] *nm*
onzain *nm*
onze *adj num inv., nm inv.*
onzième *adj, n*
onzièmement *adv*
oocyte [ɔɔ-] *nm*
oogone [ɔɔ-] *nf*
oolit(h)e [ɔɔ-] *nf (concrétion sphérique); nm (calcaire à oolithes)*
oolithique [ɔɔ-] *adj*
oosphère [ɔɔ-] *nf*
oospore [ɔɔ-] *nf*
oothèque [ɔɔ-] *nf*
O.P.A. [opea] *nf inv.*
opacification *nf*
opacifier *vt, vpr*
opacimétrie *nf*
opacité *nf*
opale *nf*
opalescence [-lesɑ̃s] *nf*
opalescent, e [-lesɑ̃, ɑ̃t] *adj*
opalin, e *adj*
opaline *nf*
opalisation *nf*
opaliser *vt*
opaque *adj*
op art [ɔpart] *nm s*
ope *nm (Ac.)* ou *nf*
open [opɛn] *adj inv., nm*
openfield [ɔpœnfild] *nm*
opéra *nm*
opéra-ballet *nm (pl opéras-ballets)*
opérable *adj*
opéra-comique *nm (pl opéras-comiques)*
opérande *nm*
opérant, e *adj*
opérateur, trice *n*
opération *nf*
opérationnel, elle *adj*
opératoire *adj*
operculaire *adj, nf*
opercule *nm*
operculé, e *adj*
opéré, e *adj, n*
opérer *vt, vpr* C11
opérette *nf*
opéron *nm*
ophicléide *nm*
ophidien, enne *adj, nm*
ophioglosse *nm*
ophiographie *nf*
ophiolâtrie *nf*
ophiolite *nf*
ophiolitique *adj*
ophiologie *nf*
ophite *nm*
ophiure *nf*
ophiuride *nm*
ophrys [ɔfris] *nm*
ophtalmie *nf*
ophtalmique *adj*
ophtalmologie *nf*
ophtalmologique *adj*
ophtalmologiste *n*
ophtalmologue *n*
ophtalmomètre *nm*
ophtalmoscope *nm*
ophtalmoscopie *nf*
opiacé, e *adj, nm*
opiacer *vt*
opiat [ɔpja] *nm*
opilion *nm*
opimes *adj f pl*
opinel *nm*
opiner *vi*
opiniâtre *adj*
opiniâtrement *adv*
opiniâtrer (s') *vpr*
opiniâtreté *nf*
opinion *nf*
opiomane *adj, n*
opiomanie *nf*
opisthobranche *nm*
opisthodome *nm*
opisthographe *adj*
opisthotonos [-os] *nm*
opium [ɔpjɔm] *nm*
opodeldoch [-dɔk] *nm*
oponce ou **opuntia** [ɔpɔ̃sja] *nm*
opopanax *nm*
opossum [ɔpɔsɔm] *nm*
opothérapie *nf*
oppidum [-dɔm] *nm (pl oppidums* ou *oppida)*
opportun, e *adj*
opportunément *adv*
opportunisme *nm*
opportuniste *adj, n*
opportunité *nf*

opposabilité *nf*
opposable *adj*
opposant, e *adj, n*
opposé, e *adj, nm*
opposé (à l') *loc adv*
opposer *vt, vpr*
opposite (à l') *loc adv*
opposite *nm*
opposition *nf*
oppositionnel, elle *adj, n*
oppressant, e *adj*
oppressé, e *adj*
oppresser *vt*
oppresseur *nm*
oppressif, ive *adj*
oppression *nf*
opprimant, e *adj*
opprimé, e *adj, n*
opprimer *vt*
opprobre *nm*
opsonine *nf*
optatif, ive *adj, nm*
opter *vi*
opticien, enne *n, adj*
optimal, e, aux *adj*
optimalisation *nf*
optimaliser *vt*
optimiser *vt*
optimisme *nm*
optimiste *adj, n*
optimum [-mɔm] *nm, adj (pl optimums* ou *optima)*
option *nf*
optionnel, elle *adj*
optique *adj, nf*
optoélectronique *nf*
optomètre *nm*
optométrie *nf*
optométriste *n*
optronique *nf, adj*
opulence *nf*
opulent, e *adj*
opuntia [ɔpɔ̃sja] ou **oponce** *nm*
opus [ɔpys] *nm inv.*
opuscule *nm*
opus incertum [ɔpysɛ̃sɛrtɔm] *nm s*
opuscule *nm*
or *nm, adj inv.*
or *conj* 16-XXII
or ou **ore(s)** *adv*
oracle *nm*
oraculaire *adj*
orage *nm*
orageusement *adv*
orageux, euse *adj*
oraison *nf*
oral, e, aux *adj, nm*
oralement *adv*
oraliser *vt*
oralité *nf*
orange *nf (fruit); adj inv., nm (couleur)*
orangé, e *adj, nm*
orangeade *nf*
orangeat [-ʒa] *nm*
oranger *nm*
oranger *vt* C7
orangeraie *nf*
orangerie *nf*
orangette *nf*
orangiste *adj, n*
orang-outan(g) [ɔrɑ̃utɑ̃] *nm (pl orangs-outan*[g]*s)*
orant, e *n*
orateur, trice *n*
oratoire *adj, nm*
oratorien *nm*
oratorio *nm*
orbe *adj, nm*
orbicole *adj*
orbiculaire *adj*
orbital, e, aux *adj*
orbitale *nf*
orbite *nf*
orbitèle *adj*
orbiteur *nm*
orcanette ou **orcanète** *nf*
orchestique [-kɛs-] *adj, nf*
orchestral, e, aux [-kɛs-] *adj*
orchestrateur, trice [-kɛs-] *n*
orchestration [-kɛs-] *nf*
orchestre [-kɛstr] *nm*
orchestrer [-kɛs-] *vt*
orchidacée [-ki-] *nf*
orchidée [-ki-] *nf*
orchis [ɔrkis] *nm*
orchite [ɔrkit] *nf*
ordalie *nf*
ordinaire *adj, nm*
ordinairement *adv*
ordinal, e, aux *adj, nm*
ordinand *nm (qui est ordonné prêtre)*
ordinant *nm (évêque)*
ordinariat [-rja] *nm*
ordinateur *nm*
ordination *nf*
ordinogramme *nm*
ordo *nm inv.*
ordonnance *nf (disposition); nm* ou *nf (militaire)*
ordonnancement *nm*
ordonnancer *vt* C6
ordonnateur, trice *n*
ordonné, e *adj*
ordonnée *nf*
ordonner *vt*
ordovicien, enne *adj, nm*
ordre *nm*
ordré, e *adj*
ordure *nf*
ordurier, ère *adj*
öre [ør] *nm (monnaie)*
oréade *nf*
orée *nf*
oreillard, e [ɔrɛjar, ard] *adj, nm*
oreille [ɔrɛj] *nf*
oreille-de-mer *nf (pl oreilles-de-mer)*
oreille-de-souris *nf (pl oreilles-de-souris)*
oreiller [ɔreje] *nm*
oreillette [ɔrɛjɛt] *nf*
oreillon [ɔrɛjɔ̃] *nm*
orémus [-mys] *nm inv. (fam.)*
oréopithèque *nm*

ore(s) ou or *adv*
orfèvre *n*
orfévré, e *adj*
orfèvrerie *nf*
orfraie *nf*
orfroi *nm*
organdi *nm*
organe *nm*
organeau *nm*
organelle *nf*
organicien, enne *adj, n*
organicisme *nm*
organiciste *adj, n*
organier *nm*
organigramme *nm*
organique *adj*
organiquement *adv*
organisable *adj*
organisateur, trice *adj, n*
organisateur-conseil *nm (pl organisateurs-conseils)*
organisation *nf*
organisationnel, elle *adj*
organisé, é *adj*
organiser *vt, vpr*
organisme *nm*
organiste *n*
organite *nm*
organogenèse *nf*
organoleptique *adj*
organologie *nf*
organomagnésien *adj m, nm*
organométallique *adj, nm*
organothérapie *nf*
organsin *nm*
organsiner *vt*
orgasme *nm*
orgasmique *adj*
orgastique *adj*
orge *nf (céréale) ; nm (grain)*
orgeat [ɔrʒa] *nm*
orgelet [-lɛ] *nm*
orgiaque *adj*
orgie *nf*
orgue *nm ; nf* ou *nm au pl* 14-III
orgueil [ɔrgœj] *nm*
orgueilleusement *adv*
orgueilleux, euse *adj, n*
oribus [-bys] *nm*
orichalque [-kalk] *nm*
oriel *nm*
orient *nm*
orientable *adj*
oriental, e, aux *adj, n*
orientalisme *nm*
orientaliste *adj, n*
orientation *nf*
orienté, e *adj*
orientement *nm*
orienter *vt, vpr*
orienteur, euse *n, adj m*
orifice *nm*
oriflamme *nf*
origami *nm*
origan *nm*
originaire *adj*
originairement *adv*
original, e, aux *adj, n*
originalement *adv*
originalité *nf*
origine *nf*
originel, elle *adj*
originellement *adv*
orignal, aux [-ɲal, o] *nm*
orillon [ɔrijɔ̃] *nm*
orin *nm*
oripeau *nm*
oriya *nm s*
O.R.L. [oɛrɛl] *n*
orle *nm*
orléanais, e *adj, n*
orléanisme *nm*
orléaniste *adj, n*
orlon *nm*
ormaie ou ormoie *nf*
orme *nm*
ormeau ou ormet ou ormier *nm*
ormille [-mij] *nf*
ormoie ou ormaie *nf*
orne *nm*
ornemaniste *n*
ornement *nm*
ornemental, e, aux *adj*
ornementation *nf*
ornementer *vt*
orner *vt*
orniérage *nm*
ornière *nf*
ornithogale *nm*
ornithologie *nf*
ornithologique *adj*
ornithologiste *n*
ornithologue *n*
ornithomancie *nf*
ornithorynque *nm*
ornithose *nf*
orobanche *nf*
orobe *nm*
orogenèse *nf*
orogénie *nf*
orogénique *adj*
orographie *nf*
orographique *adj*
oronge *nf*
oropharynx *nm*
orpaillage *nm*
orpailleur *nm*
orphelin, e *n, adj*
orphelinat [-na] *nm*
orphéon *nm*
orphéoniste *n*
orphie *nf*
orphique *adj, n*
orphisme *nm*
orpiment *nm*
orpin *nm*
orque *nf*
orseille [-sɛj] *nf*
orteil [-tɛj] *nm*
orthocentre *nm*
orthochromatique [-krɔ-] *adj*
orthodontie [-si] *nf*
orthodontiste *n*
orthodoxe *adj, n*
orthodoxie *nf*
orthodromie *nf*
orthodromique *adj*
orthoépie *nf*
orthogenèse *nf*
orthogénie *nf*

orthogénisme *nm*
orthogonal, e, aux *adj*
orthogonalement *adv*
orthogonalité *nf*
orthographe *nf*
orthographie *nf*
orthographier *vt, vpr*
orthographique *adj*
orthonormé, e *adj*
orthopédie *nf*
orthopédique *adj*
orthopédiste *n*
orthophonie *nf*
orthophonique *adj*
orthophoniste *n*
orthopnée *nf*
orthoptère *nm*
orthoptie [-psi] *nf*
orthoptique *nf, adj*
orthoptiste *n*
orthorhombique *adj*
orthoscopique *adj*
orthose *nf*
orthostate *nm*
orthostatique *adj*
orthosympathique *adj*
orthotrope *adj*
ortie *nf*
ortolan *nm*
orvale *nf*
orvet [-vɛ] *nm*
orviétan *nm*
oryctérope *nm*
oryx *nm*
os [ɔs au *s*, o au *pl*] *nm (anatomie)* 21-IB
O.S. [oɛs] *n*
oscabrion *nm*
oscar *nm*
oscillaire [ɔsilɛr] *nf*
oscillant, e [ɔsilɑ̃, ɑ̃t] *adj*
oscillateur [ɔsila-] *nm*
oscillation [ɔsila-] *nf*
oscillatoire [ɔsila-] *adj*
osciller [ɔsile] *vi*
oscillogramme [ɔsilɔ-] *nm*
oscillographe [ɔsilɔ-] *nm*
oscillomètre [ɔsilɔ-] *nm*
oscilloscope [ɔsilɔ-] *nm*
osculateur, trice *adj*
osculation *nf*
oscule *nm*
ose *nm*
osé, e *adj*
oseille [ozɛj] *nf*
oser *vt*
oseraie *nf*
oside *nm*
osier *nm*
osiériculture *nf*
osmie *nf*
osmique *adj*
osmium [ɔsmjɔm] *nm*
osmiure *nm*
osmomètre *nm*
osmonde *nf*
osmose *nf*
osmotique *adj*
osque *adj*
ossature *nf*
osséine *nf*
osselet [-lɛ] *nm*
ossements *nm pl*
ossète *nm*
osseux, euse *adj*
ossianique *adj*
ossianisme *nm*
ossification *nf*
ossifier *vt, vpr*
osso-buco [ɔsobuko] *nm inv.*
ossu, e *adj*
ossuaire *nm*
ost [ɔst] ou host *nm*
ostéalgie *nf*
ostéite *nf*
ostensible *adj*
ostensiblement *adv*
ostensif, ive *adj*
ostensoir *nm*
ostentation *nf*
ostentatoire *adj*
ostéoblaste *nm*
ostéochondrose [-kɔ̃-] *nf*
ostéoclasie *nf*
ostéoclaste *nm*
ostéogène *adj*
ostéogenèse *nf*
ostéogénie *nf*
ostéologie *nf*
ostéologique *adj*
ostéolyse *nf*
ostéomalacie *nf*
ostéome *nm*
ostéomyélite *nf*
ostéopathe *n*
ostéopathie *nf*
ostéophyte *nm*
ostéoplastie *nf*
ostéoporose *nf*
ostéosarcome *nm*
ostéosynthèse *nf*
ostéotomie *nf*
ostiak ou ostyak *nm*
ostinato *nm*
ostiole *nm*
osto ou hosto ou hosteau *nm (pop.)*
ostracé, e *adj, n*
ostracisme *nm*
ostracode *nm*
ostracon [-kɔn] *nm (pl ostraca)*
ostréicole *adj*
ostréiculteur, trice *n*
ostréiculture *nf*
ostréidé *nm*
ostrogot(h), e *adj, n*
ostyak ou ostiak *nm*
otage *nm*
otalgie *nf*
otarie *nf*
ôté *prép*
ôter *vt*
otique *adj*
otite *nf*
otocyon *nm*
otocyste *nm*
otolithe *nf*
otologie *nf*
otomi *nm*
oto-rhino *n (abrév.; pl oto-rhinos)*
oto-rhino-laryngologie *nf s*
oto-rhino-laryngologiste *n (pl oto-rhino-laryngologistes)*
otorragie *nf*

otorrhée *nf*
otoscope *nm*
otospongiose *nf*
ottoman, e *adj, n*
ottonien, enne *adj*
ou *conj* 16-XXIII
où *adv, pron rel* 16-XXIII
ouabaïne [wabain] *nf*
ouaille [waj] *nf*
ouais [wɛ] *interj (fam.)*
ouananiche *nf*
ouaouaron *nm*
ouarine *nm*
ouate *nf (coton)*
ouaté, e *adj*
ouater *vt*
ouaterie *nf*
ouatine *nf*
ouatiner *vt*
oubli *nm (de oublier)*
oubliable *adj*
oublie *nf (gâteau)*
oublier *vt, vpr*
oubliette *nf*
oublieux, euse *adj*
ouche *nf*
oudler [udlœr] *nm*
oued [wɛd] *nm*
ouest [wɛst] *nm inv., adj inv.*
ouest-allemand, e *adj, n (pl ouest-allemands, es)*
ouf *interj*
ougandais, e *adj, n*
ougrien, enne *adj, nm*
ouguiya *nm*
oui *adv, nm inv.*
ouï-dire *nm inv.*
ouïe [wi] *nf*
ouïe ou **ouille** [uj] *interj*
ouïg(h)our [uigur] *nm*
ouillage [ujaʒ] *nm*
ouiller [uje] *vt (remplir)*
ouill(i)ère [ujɛr] ou **oullière** [uljɛr] *nf (espace)*
ouïr *vt* C68
ouistiti *nm*
oukase ou **ukase** *nm*
ouléma ou **uléma** *nm*
oullière [uljɛr] ou **ouill(i)ère** [ujɛr] *nf (espace)*
oumiak *nm*
ouolof ou **wolof** *nm*
ouragan *nm*
ouralien, enne *adj*
ouralo-altaïque *adj (pl ouralo-altaïques)*
ourdir *vt*
ourdissage *nm*
ourdisseur, euse *n*
ourdissoir *nm*
ourdou ou **urdu** [urdu] *nm, adj*
ourlé, e *adj*
ourler *vt*
ourlet [-lɛ] *nm*
ourlien, enne *adj*
ours [urs] *nm*
ourse *nf*
oursin *nm*
ourson *nm*
oust(e) *interj (fam.)*
out [awt] *adv, adj inv.*
outarde *nf*
outardeau *nm*
outil [uti] *nm*
outillage [utijaʒ] *nm*
outillé, e [utije] *adj*
outiller [utije] *vt, vpr*
outilleur [utijœr] *nm*
outlaw [awtlo] *nm*
output [awtput] *nm*
outrage *nm*
outragé, e *adj*
outrageant, e *adj*
outrager *vt* C7
outrageusement *adv*
outrageux, euse *adj*
outrance *nf*
outrancier, ère *adj*
outre *nf, prép, adv*
outré, e *adj*
outre-Atlantique *adv*
outrecuidance *nf*
outrecuidant, e *adj*
outre-Manche *adv*
outremer *nm, adj inv.*
outre-mer *adv*
outrepassé, e *adj*
outrepasser *vt*
outrer *vt*
outre-Rhin *adv*
outre-tombe (d') *loc adj*
outrigger [awtrigœr] *nm*
outsider [awtsajdœr] *nm*
ouvala *nf*
ouvert, e *adj, nm*
ouvertement *adv*
ouverture *nf*
ouvrabilité *nf*
ouvrable *adj*
ouvrage *nm*
ouvragé, e *adj*
ouvrager *vt* C7
ouvraison *nf*
ouvrant, e *adj*
ouvré, e *adj*
ouvreau *nm*
ouvre-boîtes *nm inv.*
ouvre-bouteilles *nm inv.*
ouvre-huîtres *nm inv.*
ouvrer *vt, vi*
ouvreur, euse *n*
ouvrier, ère *n, adj*
ouvriérisme *nm*
ouvriériste *adj, n*
ouvrir *vt, vi, vpr* C19
ouvroir *nm*
ouzbek ou **uzbek** [uzbɛk] *adj, n*
ouzo *nm*
ovaire *nm*
ovalbumine *nf*
ovale *adj, nm*
ovalisation *nf*
ovalisé, e *adj*
ovaliser *vt*
ovariectomie *nf*
ovarien, enne *adj*
ovarite *nf*
ovate *nm*
ovation *nf*
ovationner *vt*
ove *nm*
ové, e *adj*

overdose [ɔvərdoz] *nf*
ovibos [ɔvibɔs] *nm*
ovidé *nm*
oviducte *nm*
ovin, e *adj, nm*
oviné *nm*
ovipare *adj, n*
oviparité *nf*
ovipositeur *nm*
oviscapte *nm*
ovni *nm*
ovocyte *nm*
ovogenèse *nf*
ovogénie *nf*
ovogonie *nf*
ovoïde *adj*
ovoïdal, e, aux *adj*
ovotide *nm*
ovovivipare *adj, n*
ovoviviparité *nf*
ovulaire *adj*
ovulation *nf*
ovulatoire *adj*
ovule *nm*
ovuler *vi*
oxacide *nm*
oxalate *nm*
oxalide *nf* ou oxalis [-lis], *nm*
oxalique *adj*
oxer [ɔksɛr] *nm*
oxford [ɔksfɔr(d)] *nm*
oxhydrique *adj*
oxhydryle *nm*
oxime *nf*
oxo *adj inv.*
oxomium [-mjɔm] *nm*
oxyacétylénique *adj*
oxycarboné, e *adj*
oxychlorure *nm*
oxycoupage *nm*
oxycrat [-kra] *nm*
oxydable *adj*
oxydant, e *adj, nm (de oxyder)*
oxydase *nf*
oxydation *nf*
oxyde *nm*
oxyder *vt, vpr*
oxydimétrie *nf*
oxydoréductase *nf*
oxydoréduction *nf*
oxygénation *nf*
oxygène *nm*
oxygéné, e *adj*
oxygéner *vt, vpr* C11
oxygénothérapie *nf*
oxyhémoglobine *nf*
oxylithe *nm*
oxymel *nm*
oxysulfure *nm*
oxyton *adj m, nm*
oxyure *nm*
oxyurose *nf*
oyat [ɔja] *nm*
ozocérite ou ozokérite *nf*
ozonateur *nm*
ozone *nm*
ozoné, e *adj*
ozoner *vt*
ozoneur *nm*
ozonide *nm*
ozonisation *nf*
ozoniser *vt*
ozoniseur *nm*
ozonosphère *nf*

P

p *nm inv.*
pacage *nm*
pacager *vt, vi* C7
pace(-)maker [pɛsmɛkœr] *nm (pl pace[-]makers)*
pac(k)fung [pakfɔ̃] *nm*
pacha *nm*
pachalik *nm*
pachto(u) *nm s*
pachyderme [paʃi- ou paki-] *nm*
pachydermie [paʃi- ou paki-] *nf*
pacificateur, trice *adj, n*
pacification *nf*
pacifier *vt*
pacifique *adj*
pacifiquement *adv*
pacifisme *nm*
pacifiste *adj, n*
pack *nm*
package [pakɛdʒ] *nm*
packaging [pakadʒiŋ ou -kedʒin] *nm*
pac(k)fung [pakfɔ̃] *nm*
pacotille *nf*
pacquage *nm*
pacquer *vt*
pacson ou **paqson** ou **paxon** *nm (arg.)*
pacte *nm*
pactiser *vi*
pactole *nm*
paddock [padɔk] *nm*
paddy *nm inv.*
padine *nf*
padischah ou **padicha(h)** *nm*
padou(e) *nm*
paean ou **péan** *nm*
paella [paelja ou paɛla] *nf*
paf *adj inv. (pop.); interj; nm inv.*
pagaie [pagɛ] *nf*
pagaille ou **pagaïe** ou **pagaye** [pagaj] *nf (fam.)*
paganiser *vt*
paganisme *nm*
pagaïe ou **pagaye** ou **pagaille** [pagaj] *nf (fam.)*
pagayer [pageje] *vi, vt* C15
pagayeur, euse [pagɛjœr, øz] *n*
page *nf (côté d'un feuillet); nm (jeune noble)*
page-écran *nf (pl pages-écrans)*
pagel *nm* ou **pagelle** *nf*
pageot ou **pajot** ou **page** *nm (pop.)*
pagination *nf*
paginer *vt*
pagne *nm*
pagnon *nm*
pagnot *nm (pop.)*
pagnoter (se) *vpr (pop.)*
pagode *nf, adj inv.*
pagodon *nm*
pagre *nm*
pagure *nm*
pagus [-gys] *nm (pl pagi)*
pahlavi ou **pehlvi** *nm s*
paidologie ou **pédologie** *nf*
paie [pɛ] ou **paye** [pɛj] *nf*
paiement [pɛmɑ̃] ou **payement** [pɛjmɑ̃] *nm*
païen, enne *adj, n*
paierie [pɛri] *nf (bureau)*
paillage *nm*
paillard, e *adj, n*
paillardise *nf*
paillasse *nf (de paille); nm (clown)*
paillasson *nm*
paillassonnage *nm*
paillassonner *vt*
paille *nf, adj inv.*
paillé, e *adj, nm*
paille-en-queue *nm (pl pailles-en-queue)*
pailler *vt*
pailler *nm*
paillet [pajɛ] *nm*
pailletage *nm*
pailleté, e *adj*
pailleter *vt* C10
pailleteur *nm*
paillette *nf*
paillis [paji] *nm*
paillon *nm*
paillot [pajo] *nm*
paillote *nf*
pain *nm (aliment)*
pair, e *adj*
pair *nm (égalité, titre)*
pairage *nm*
paire *nf (deux éléments)*
pairesse *nf*
pairie [pɛri] *nf (dignité)*
paisible *adj*
paisiblement *adv*
paissance [pɛsɑ̃s] *nf*
paisseau *nm*
paître *vt, vi* C61

paix *nf (concorde), interj*
pajot ou **pageot** ou **page** *nm (pop.)*
pakistanais, e *adj, n*
pal *adj inv., nm inv. (télévision)*
pal, als *nm (pieu, bande)*
palabre *nf* ou *nm*
palabrer *vi*
palace *nm*
paladin *nm*
palafitte *nm*
palais *nm (édifice, bouche)*
palamisme *nm*
palan *nm*
palanche *nf*
palançon *nm*
palangre *nf*
palangrotte *nf*
palanque *nf*
palanquée *nf*
palanquer *vt, vi*
palanquin *nm*
palastre ou **palâtre** *nm*
palatal, e, aux *adj*
palatale *nf*
palatalisation *nf*
palatalisé, e *adj*
palataliser *vt*
palatial, e, aux [-sjal, o] *adj*
palatin, e *adj, n*
palatinat [-na] *nm*
palâtre ou **palastre** *nm*
pale *nf (technique)*
pal(l)e *nf (liturgie)*
pâle *adj*
palé, e *adj*
pale-ale [pɛlɛl] *nf (pl pale-ales)*
paléanthropien, enne *adj, n*
palée *nf*
palefrenier *nm*
palefroi *nm*
palémon *nm*
paléoasiatique *adj*
paléobotanique *nf*
paléocène *nm*
paléochrétien, enne *adj*
paléoclimat *nm*
paléoclimatologie *nf*
paléoécologie *nf*
paléogène *nm*
paléogéographie *nf*
paléographe *n*
paléographie *nf*
paléographique *adj*
paléohistologie *nf*
paléolithique *adj, nm*
paléomagnétisme *nm*
paléontologie *nf*
paléontologique *adj*
paléontologiste *n*
paléontologue *n*
paléosibérien, enne *adj*
paléosol *nm*
paléothérium [-rjɔm] *nm*
paléozoïque *adj, nm*
paleron *nm*
palestinien, enne *adj, n*
palestre *nf*
palet [-lɛ] *nm (pierre plate)*
paletot [palto] *nm*
palette *nf*
palettisation *nf*
palettiser *vt*
palettiseur *nm*
palétuvier *nm*
pâleur *nf*
pali, e *adj, nm (langue)*
palicare ou **pal(l)ikare** *nm*
pâlichon, onne *adj*
palier *nm*
palière *adj f*
pa(l)likare ou **palicare** *nm*
palilalie *nf*
palimpseste [palɛ̃psɛst] *nm*
palindrome *nm, adj*
palingénésie *nf*
palingénésique *adj*
palinodie *nf*
palinodique *adj*
pâlir *vi, vt*
palis [-li] *nm (pieu)*
palissade *nf*
palissader *vt*
palissadique *adj*
palissage *nm*
palissandre *nm*
pâlissant, e *adj*
palisser *vt*
palisson *nm*
palissonner *vt*
palissonneur *nm*
paliure *nm*
palladianisme *nm*
palladien, enne *adj*
palladium [-djɔm] *nm*
pal(l)e *nf (liturgie)*
palléal, e, aux *adj*
palliatif, ive *adj, nm*
pallidum [-dɔm] *nm*
pallier *vt*
pa(l)likare ou **palicare** *nm*
pallium [paljɔm] *nm*
palmacée *nf*
palma-christi [-kristi] *nm inv.*
palmaire *adj*
palmarès [-rɛs] *nm*
palmarium [-rjɔm] *nm*
palmas [-mas] *nf pl*
palmatifide *adj*
palmature *nf*
palme *nf (feuille de palmier) ; nm (mesure)*
palmé, e *adj*
palmer *vt*
palmeraie *nf*
palmette *nf*
palmier *nm*
palmifide *adj*
palmipède *adj, nm*
palmiséqué, e *adj*
palmiste *nm*
palmite *nm*
palmitine *nf*
palmitique *adj m*
palmure *nf*
palois, e *adj, n*

palombe *nf*
palonnier *nm*
pâlot, otte [-lo, ɔt] *adj, nm*
palourde *nf*
palpable *adj*
palpation *nf*
palpe *nm*
palpébral, e, aux *adj*
palper *vt*
palpeur *nm*
palpitant, e *adj*
palpitation *nf*
palpiter *vi*
palplanche *nf*
palsambleu *interj*
paltoquet [-kɛ] *nm (fam.)*
paluche *nf (pop.)*
palud ou **palus** [-ly] ou **palude** *nm*
paludarium [-rjɔm] *nm*
paludéen, enne *adj*
paludier, ère *n*
paludine *nf*
paludisme *nm*
paludologie *nf*
palus ou **palud** [-ly] ou **palude** *nm*
palustre *adj*
palynologie *nf*
palynologique *adj*
pâmer (se) *vpr*
pâmoison *nf*
pampa *nf*
pampero *nm*
pamphlet *nm*
pamphlétaire *n*
pampille [-pij] *nf*
pamplemousse *nm* ou *nf*
pamplemoussier *nm*
pampre *nm*
pan *nm (partie), interj*
panace ou **panax** *nm*
panacée *nf*
panachage *nm*
panache *nm*
panaché, e *adj, nm*
panacher *vt, vpr*
panachure *nf*
panade *nf*
panafricain, e *adj*
panafricanisme *nm*
panais *nm*
panama *nm*
panaméen, enne ou **panamien, enne** *adj*
panaméricain, e *adj*
panaméricanisme *nm*
panamien, enne ou **panaméen, enne** *adj*
panarabisme *nm*
panard, e *adj*
panard *nm (pop.)*
panaris [-ri] *nm*
panatel(l)a *nm*
panathénées *nf pl*
panax ou **panace** *nm*
pan-bagnat *nm (pl pans-bagnats)*
panca ou **panka** *nm*
pancalisme *nm*
pancartage *nm*
pancarte *nf*
panchen-lama [panʃɛn-] *nm (pl panchen-lamas)*
panchromatique *adj*
panclastite *nf*
pancosmisme *nm*
pancrace *nm*
pancréas [pãkreas] *nm*
pancréatectomie *nf*
pancréatine *nf*
pancréatique *adj*
pancréatite *nf*
panda *nm*
pandanus [-nys] *nm*
pandectes *nf pl*
pandèmes *nf pl*
pandémie *nf*
pandémonium [-njɔm] *nm*
pandiculation *nf*
pandit [pãdit] *nm*
pandore *nm (gendarme ; fam.) ; nf (instrument de musique)*
pané, e *adj*
panégyrique *nm*
panégyriste *n*
panel [panɛl] *nm*
paner *vt*
panerée *nf*
paneterie [pan(ɛ)tri] *nf*
panetier *nm*
panetière *nf*
paneton *nm (panier)*
pangermanisme *nm*
pangermaniste *adj, n*
pangolin *nm*
panhellénique [panɛ-] *adj*
panhellénisme [panɛ-] *nm*
panic *nm (millet)*
panicaut [-ko] *nm*
panicule *nf*
paniculé, e *adj*
panier *nm*
panière *nf*
panier-repas *nm (pl paniers-repas)*
panifiable *adj*
panification *nf*
panifier *vt*
paniquant, e *adj*
paniquard, e *adj, n (fam.)*
panique *nf, adj (terreur)*
paniquer *vt, vi, vpr*
panislamique *adj*
panislamisme *nm*
panjabi *nm*
panka ou **panca** *nm*
panlogisme *nm*
panmixie *nf*
panne *nf*
panné, e *adj*
panneau *nm*
panneauter *vi*
panneresse *nf*
panneton *nm (partie d'une clé)*
pannicule *nm*
panonceau *nm*
panophtalmie *nf*

panoplie *nf*
panoptique *adj, nm*
panorama *nm*
panoramique *adj, nm*
panoramiquer *vi*
panorpe *nf*
panosse *nf*
panosser *vt*
panoufle *nf*
panpsychisme *nm*
pansage *nm*
panse *nf*
pansement *nm*
panser *vt (soigner)*
panslave *adj*
panslavisme *nm*
pansu, e *adj*
pantagruélique *adj*
pantalon *nm*
pantalonnade *nf*
pante *nm (individu ; pop.)*
pantelant, e *adj*
panteler *vi* C10
pantenne ou **pantène** *nf*
panthéisme *nm*
panthéiste *adj, n*
panthéon *nm*
panthère *nf, adj inv.*
pantière *nf*
pantin *nm*
pantographe *nm*
pantoire *nf*
pantois, e *adj*
pantomètre *nm*
pantomime *nf (jeu du mime) ; nm (mime)*
pantothénique *adj*
pantouflard, e *adj, n (fam.)*
pantoufle *nf*
pantoufler *vi (fam.)*
pantouflier, ère *n*
pantoum [-tum] *nm*
panure *nf*
panzer [pɑ̃dzɛr] *nm*
paon [pɑ̃] *nm (oiseau)*
paonne [pan] *nf*
papa *nm*
paparazzo *nm (pl. paparazzi)*
papable *adj m*
papaïne *nf*
papal, e, aux *adj*
papas [-pas] *nm*
papauté *nf*
papaver [-vɛr] *nm*
papavéracée *nf*
papavérine *nf*
papaye [papaj] *nf*
papayer [papaje] *nm*
pape *nm*
papegai ou **papegeai** *nm*
papelard, e *adj, n (hypocrite)*
papelard *nm (papier ; fam.)*
papelardise *nf*
paperasse *nf*
paperasserie *nf*
paperassier, ère *n, adj*
papesse *nf*
papeterie [pap(ɛ)tri] *nf*
papetier, ère *n*
papi ou **papy** *nm*
papier *nm*
papier-calque *nm (pl papiers-calque)*
papier-émeri *nm (pl papiers-émeri)*
papier-filtre *nm (pl papiers-filtres)*
papier-monnaie *nm (pl papiers-monnaies)*
papilionacé, e [-ljɔ-] *adj*
papilionacée [-ljɔ-] *nf*
papillaire [-pilɛr] *adj*
papille [-pij] *nf*
papilleux, euse [-pijø, øz] *adj*
papillome [-pijom] *nm*
papillon [-pijɔ̃] *nm*
papillonnage [-pijɔ-] *nm*
papillonnant, e [-pijɔ-] *adj*
papillonnement [-pijɔ-] *nm*
papillonner [-pijɔ-] *vi*
papillotage [-pijɔ-] *nm*
papillotant, e [-pijɔ-] *adj*
papillote [-pijɔt] *nf*
papillotement [-pijɔ-] *nm*
papilloter [-pijɔ-] *vi, vt*
papion *nm*
papisme *nm*
papiste *n*
papotage *nm (fam.)*
papoter *vi (fam.)*
papou, e *adj, n*
papouille *nf (fam.)*
paprika *nm*
papule *nf*
papuleux, euse *adj*
papy ou **papi** *nm*
papyrologie *nf*
papyrologue *n*
papyrus [-rys] *nm inv.*
paqson ou **pacson** ou **paxon** *nm (arg.)*
pâque *nf (fête juive)*
paquebot [-bo] *nm*
pâquerette *nf*
Pâques *nm ; nf pl (fête chrétienne)* 14-II
paquet [-kɛ] *nm*
paquetage *nm*
paqueteur, euse *n*
par *prép, adv*
par *nm*
para *nm (abrév.)*
parabase *nf*
parabellum [-bɛlɔm] *nm inv.*
parabiose *nf*
parabole *nf*
parabolique *adj, nm*
paraboliquement *adv*
paraboloïde *nm*
paracentèse [-sɛ̃tɛz] *nf*
paracétamol *nm*
parachèvement *nm*
parachever *vt* C8
parachronisme [-krɔ-] *nm*
parachutage *nm*
parachute *nm*
parachuter *vt*

parachutisme *nm*
parachutiste *n, adj*
Paraclet [-klɛ] *nm*
parade *nf*
parader *vi*
paradeur, euse *n*
paradigmatique *adj, nf*
paradigme *nm*
paradis [-di] *nm*
paradisiaque *adj*
paradisier *nm*
parados [-do] *nm*
paradoxal, e, aux *adj*
paradoxalement *adv*
paradoxe *nm*
parafe ou paraphe *nm*
parafer ou parapher *vt*
parafeur ou parapheur *nm*
paraffinage *nm*
paraffine *nf*
paraffiné, e *adj*
paraffiner *vt*
parafiscal, e, aux *adj*
parafiscalité *nf*
parafoudre *nm*
parage *nm*
parages *nm pl*
paragraphe *nm*
paragrêle *nm, adj*
paraguayen, enne [-gwɛ-] *adj, n*
paraison *nf*
paraître *vi, vimp* C61 *(auxil être* ou *avoir)*
paraître *nm*
paralangage *nm*
paralittéraire *adj*
paralittérature *nf*
parallactique *adj*
parallaxe *nf*
parallèle *adj, nf (ligne droite) ; nm (cercle, comparaison)*
parallèlement *adv*
parallélépipède ou parallélipipède *nm*
parallélépipédique *adj*
parallélisme *nm*
parallélogramme *nm*
paralogique *adj*
paralogisme *nm*
paralysant, e *adj*
paralysé, e *adj, n*
paralyser *vt*
paralysie *nf*
paralytique *adj, n*
paramagnétique *adj*
paramagnétisme *nm*
paramécie *nf*
paramédical, e, aux *adj*
paramètre *nm*
paramétrer *vt*
paramétrique *adj*
paramilitaire *adj*
paramnésie *nf*
paranéoplasique *adj*
parangon *nm*
parangonnage *nm*
parangonner *vt*
paranoïa *nf*
paranoïaque *adj, n*
paranoïde *adj*
paranormal, e, aux *adj, nm*
paranthrope *nm*
parapente *nm*
parapet [-pɛ] *nm*
parapharmacie *nf*
paraphasie *nf*
paraphe ou parafe *nm*
parapher ou parafer *vt*
paraphernal, e, aux *adj*
parapheur ou parafeur *nm*
paraphimosis [-zis] *nm*
paraphrase *nf*
paraphraser *vt*
paraphraseur, euse *n*
paraphrastique *adj*
paraphrène *adj, n*
paraphrénie *nf*
paraphrénique *adj*
paraphyse *nf*
paraplégie *nf*
paraplégique *adj, n*
parapluie *nm*
parapode *nm*
parapsychique *adj*
parapsychologie *nf*
parapsychologique *adj*
parapsychologue *n*
parascève *nf*
parascolaire *adj*
parasexualité *nf*
parasismique *adj*
parasitaire *adj*
parasite *nm, adj*
parasiter *vt*
parasiticide *adj, nm*
parasitisme *nm*
parasitologie *nf*
parasitose *nf*
parasol *nm*
parastatal, e, aux *adj, nm*
parasympathique *adj, nm*
parasympatholytique *adj, nm*
parasympathomimétique *adj*
parasynthétique *adj, nm*
parataxe *nf*
parathormone *nf*
parathyroïde *nf*
parathyroïdien, enne *adj*
paratonnerre *nm*
parâtre *nm*
paratyphique *adj, n*
paratyphoïde *adj, nf*
paravalanche *nm*
paravent *nm*
paravivipare *adj*
parbleu *interj*
parc [park] *nm (enclos)*
parcage *nm*
parcellaire *adj*
parcellarisation *nf*
parcellariser *vt, vpr*
parcelle *nf*
parcellisation *nf*
parcelliser *vt, vpr*
parce que *loc conj* 16-XXIV
parchemin *nm*
parcheminé, e *adj*
parcheminer *vt, vpr*

parcheminier, ère *n*
parchet *nm*
parcimonie *nf*
parcimonieusement *adv*
parcimonieux, euse *adj*
par-ci par-là *loc adv*
parclose *nf*
parc(o)mètre *nm*
parcotrain *nm*
parcourir *vt* C25
parcours *nm*
par-dedans *loc adv*
par-dehors *loc adv*
par-delà *loc prép*
par-derrière *loc adv, loc prép*
par-dessous *loc adv, loc prép*
par-dessus *loc adv, loc prép*
pardessus *nm*
par-devant *loc adv*
par-devers *loc prép*
pardi *interj*
pardieu *interj*
pardon *nm*
pardonnable *adj*
pardonner *vt, vti, vi, vpr*
paré, e *adj*
paréage ou pariage *nm*
pare-balles *nm inv., adj inv.*
pare-boue *nm inv.*
pare-brise *nm inv.*
pare-chocs *nm inv.*
parèdre *adj, n*
pare-éclats *nm inv.*
pare-étincelles *nm inv.*
pare-feu *nm inv., adj inv.*
pare-fumée *nm inv., adj inv.*
parégorique *adj*
pareil, eille *adj, n*
pareil *adv*
pareillement *adv*
par(h)élie *nm*
parement *nm*
parementer *vt*
parementure *nf*
parenchymateux, euse [-ʃi-] *adj*
parenchyme [-ʃim] *nm*
parent, e *adj, n*
parental, e, aux *adj*
parental(i)es *nf pl*
parenté *nf*
parentèle *nf*
parentéral, e, aux *adj*
parenthèse *nf*
paréo *nm*
parer *vt, vpr (orner)*
parer *vt, vti, vi, vpr (éviter)*
parère *nm*
parésie *nf*
pare-soleil *nm inv.*
paresse *nf*
paresser *vi*
paresseusement *adv*
paresthésie *nf*
pareur, euse *n*
parfaire *vt* C59
parfait, e *adj, nm*
parfaitement *adv*
parfilage *nm*
parfiler *vt*
parfois *adv*
parfondre *vt* C41
parfum [-fœ̃] *nm*
parfumé, e *adj*
parfumer *vt, vpr*
parfumerie *nf*
parfumeur, euse *n*
par(h)élie *nm*
pari *nm*
paria *nm*
pariade *nf*
pariage ou paréage *nm*
parian *nm*
paridé *nm*
paridigité, e *adj, nm*
parier *vt*
pariétaire *nf*
pariétal, e, aux *adj, n*
parieur, euse *adj, n*
parigot, e *adj, n (pop.)*
paripenné, e *adj*
paris-brest *nm inv.*
parisette *nf*
parisianisme *nm*
parisien, enne *adj, n*
parisyllabe [-si-] *adj, nm*
parisyllabique [-si-] *adj, nm*
paritaire *adj*
paritarisme *nm*
parité *nf*
parjure *adj, n*
parjurer (se) *vpr*
parka *nm* ou *nf*
parkérisation *nf*
parking [-kiŋ] *nm*
parkinson [-kinsɔn] *nm*
parkinsonien, enne *adj, n*
parlant, e *adj, nm*
parlé, e *adj, nm*
parlement *nm*
parlementaire *adj, n*
parlementairement *adv*
parlementarisme *nm*
parlementer *vi*
parler *vi, vt, vti, vpr*
parler *nm*
parleur, euse *n*
parloir *nm*
parlo(t)te *nf (fam.)*
parme *nm, adj inv.*
parmélie *nf*
parmenture *nf*
parmesan, e *adj, n*
parmi *prép*
parnasse *nm*
parnassien, enne *adj, n*
parodie *nf*
parodier *vt*
parodique *adj*
parodiste *n*
parodontal, e, aux *adj*
parodonte *nm*
parodontologie *nf*
parodontolyse *nf*
parodontose *nf*
paroi *nf*
paroir *nm*
paroisse *nf*
paroissial, e, aux *adj*
paroissien, enne *n*
parole *nf*

paroli *nm s*
parolier, ère *n*
paronomase *nf*
paronyme *adj, nm*
paronymie *nf*
paronymique *adj*
paronyque *nf*
paros [-rɔs] *nm*
parotide *nf, adj f*
parotidien, enne *adj*
parotidite *nf*
parousie *nf*
paroxysmal, e, aux *adj*
paroxysme *nm*
paroxysmique *adj*
paroxystique *adj*
paroxyton [-tɔ̃] *adj m, nm*
parpaillot, e [-jo, ɔt] *n*
parpaing [-pɛ̃] *nm*
Parque *nf (divinité)*
parquer *vt, vi*
parquet [-kɛ] *nm*
parquetage *nm*
parqueter *vt* C10
parqueterie [-kətri ou -kɛtri] *nf*
parqueteur *nm*
parqueur, euse *n*
parquier, ère *n*
parrain *nm*
parrainage *nm*
parrainer *vt*
parricide *adj, n*
parsec [-sɛk] *nm*
parsemer *vt* C8
parsi, e *adj, n*
parsisme *nm*
part *nf (partie)* ; *nm (enfant)*
partage *nm*
partageable *adj*
partageant, e *n*
partager *vt, vpr* C7
partageur, euse *adj*
partageux, euse *adj, n*
partance *nf*
partant, e *adj, nm*
partant *conj*
partenaire *n*
partenariat [-rja] *nm*
parterre *nm*
parthénogenèse *nf*
parthénogénétique *adj*
parti, e *adj*
parti, e ou ite *adj (héraldique)*
parti *nm (groupement)*
partiaire [-sjɛr] *adj*
partial, e, aux [-sjal, o] *adj*
partialement [-sja-] *adv*
partialité [-sja-] *nf*
participant, e *adj, n*
participatif, ive *adj*
participation *nf*
participe *nm*
participer *vti*
participial, e, aux *adj*
particularisation *nf*
particulariser *vt, vpr*
particularisme *nm*
particulariste *adj, n*
particularité *nf*
particule *nf*
particulier, ère *adj, n*
particulièrement *adv*
partie *nf (portion)*
partiel, elle [-sjɛl] *adj, nm*
partiellement [-sjɛl-] *adv*
partinium [-njɔm] *nm*
partir *vi* C23 *(auxil être)*
partisan, e *adj, n*
partita *nf (pl partite* ou *partitas)*
partiteur *nm*
partitif, ive *adj, nm*
partition [-sjɔ̃] *nf*
parton *nm*
partout *adv*
partouze ou partouse *nf (fam.)*
parturiente [-rjɑ̃t] *nf*
parturition [-sjɔ̃] *nf*
parulie *nf*
parure *nf*
parurerie *nf*
parurier, ère *n*
parution *nf*
parvenir *vi, vti* C28 *(auxil être)*
parvenu, e *adj, n*
parvis [-vi] *nm*
pas [pɑ] *nm, adv*
pascal, e, als ou aux *adj*
pascal, als *nm*
pascalien, enne *adj*
pascal-seconde *nm (pl pascals-seconde)*
pas-d'âne *nm inv.*
pas-de-géant *nm inv.*
pas-de-porte *nm inv.*
pas-grand-chose *n inv.*
paso doble [pasodɔbl] *nm inv.*
pasquin *nm*
pasquinade *nf*
passable *adj*
passablement *adv*
passacaille *nf*
passade *nf*
passage *nm*
passager, ère *adj, n*
passagèrement *adv*
passant, e *adj, n*
passation *nf*
passavant *nm*
passe *nm (passe-partout)* ; *nf (action de passer)*
passé, e *adj, nm*
passe-bande *adj inv.*
passe-bas *adj inv.*
passe-boules *nm inv.*
passe-crassane *nf inv.*
passe-debout *nm inv.*
passe-droit *nm (pl passe-droits)*
passée *nf*
passe-haut *adj inv.*
passéisme *nm*
passéiste *adj, n*
passe-lacet *nm (pl passe-lacets)*
passement *nm*
passementer *vt*
passementerie *nf*
passementier, ère *n*

passe-montagne *nm, adj (pl passe-montagnes)*
passe-partout *nm inv., adj inv.*
passe-passe *nm inv.*
passe-pied *nm (pl passe-pieds)*
passe-plat *nm (pl passe-plats)*
passepoil *nm*
passepoiler *vt*
passeport *nm*
passer *vi, vt, vpr*
passerage *nf*
passereau *nm*
passerelle *nf*
passériforme *nm*
passerine *nf*
passerinette *nf*
passe(-)rose *nf (pl passe*[-]*roses)*
passe-temps *nm inv.*
passe-thé *nm inv.*
passe-tout-grain *nm inv.*
passeur, euse *n*
passe-velours *nm inv.*
passe-volant *nm (pl passe-volants)*
passe-vues *nm inv.*
passible *adj*
passif, ive *adj, nm*
passifloracée *nf*
passiflore *nf*
passim [pasim] *adv*
passing-shot [pasinʃɔt] *nm (pl passing-shots)*
passion *nf*
passion(n)iste *nm*
passionnaire *nm*
passionnant, e *adj*
passionné, e *adj, n*
passionnel, elle *adj*
passionnellement *adv*
passionnément *adv*
passionner *vt, vpr*
passionnette *nf*
passivation *nf*
passivement *adv*
passiver *vt*
passivité *nf*
passoire *nf*
pastel *nm, adj inv.*
pastelliste *n*
pastenague *nf*
pastèque *nf*
pasteur *nm*
pasteurella *nf*
pasteurellose *nf*
pasteurien, enne ou pastorien, enne *adj*
pasteurisation *nf*
pasteuriser *vt*
pastiche *nm*
pasticheur, euse *n*
pastillage [-tijaʒ] *nm*
pastille [-tij] *nf*
pastilleur, euse [-tijœr, øz] *n*
pastis [-tis] *nm*
pastoral, e, aux *adj*
pastorale *nf*
pastorat [-ra] *nm*
pastorien, enne ou pasteurien, enne *adj*
pastoureau, elle *n*
pat [pat] *adj inv., nm (échecs)*
patache *nf*
patachon *nm (fam.)*
patafioler *vt (fam.)*
patagium [-ʒjɔm] *nm*
pataphysique *nf, adj*
patapouf *nm, interj (fam.)*
pataquès [patakɛs] *nm*
pataras [-ra] *nm*
patarasse *nf*
patard *nm*
patarin *nm*
patate *nf*
patati, patata *loc adv (fam.)*
patatras [-tra] *interj*
pataud, e *adj, n*
pataugas *nm*
pataugeage *nm*
pataugeoire *nf*
patauger *vi* C7
pataugeur, euse *n*
patchouli [patʃuli] *nm*
patchwork [patʃwœrk] *nm*
pâte *nf (amalgame)*
pâté *nm (charcuterie)*
pâtée *nf (mélange pour animaux)*
patelin, e *adj, n (hypocrite)*
patelin *nm (village; fam.)*
patelinage *nm*
pateliner *vt, vi*
patelinerie *nf*
patelle *nf*
patène *nf*
patenôtre *nf*
patent, e *adj*
patentable *adj*
patentage *nm*
patente *nf*
patenté, e *adj, n*
patenter *vt*
pater [patɛr] *nm inv. (prière); nm (père; fam.)*
patère *nf (coupe, support)*
paterfamilias [patɛrfamiljas] *nm*
paternalisme *nm*
paternaliste *adj, n*
paterne *adj*
paternel, elle *adj, nm (fam.)*
paternellement *adv*
paternité *nf*
pâteux, euse *adj*
pathétique *adj, nm*
pathétiquement *adv*
pathétisme *nm*
pathogène *adj*
pathogenèse *nf*
pathogénie *nf*
pathogénique *adj*
pathognomonique *adj*
pathologie *nf*
pathologique *adj*
pathologiquement *adv*
pathologiste *n, adj*

pathomimie *nf*
pathos [-tos] *nm*
patibulaire *adj*
patiemment [-sjamɑ̃] *adv*
patience *nf*
patient, e *adj, n*
patienter *vi*
patin *nm*
patinage *nm*
patine *nf*
patiner *vt, vi*
patinette *nf*
patineur, euse *n*
patinoire *nf*
patio [-tjo ou -sjo] *nm*
pâtir *vi*
pâtis [pɑti] *nm*
pâtisser *vi*
pâtisserie *nf*
pâtissier, ère *n, adj*
pâtissoire *nf*
pâtisson *nm*
patoche *nf (fam.)*
patois *nm*
patoisant, e *adj, n*
patoiser *vi*
pâton *nm*
patouillard *nm*
patouiller *vt, vi (fam.)*
patraque *adj, nf (fam.)*
pâtre *nm*
patriarcal, e, aux *adj*
patriarcalement *adv*
patriarcat [-ka] *nm*
patriarche *nm*
patrice *nm*
patricial, e, aux *adj*
patriciat [-sja] *nm*
patricien, enne *adj, n*
patriclan *nm*
patrie *nf*
patrilignage *nm*
patrilinéaire *adj*
patrilocal, e, aux *adj*
patrimoine *nm*
patrimonial, e, aux *adj*
patriotard, e *adj, n*
patriote *adj, n*
patriotique *adj*
patriotiquement *adv*
patriotisme *nm*
patristique *nf, adj*
patrologie *nf*
patron, onne *n*
patronage *nm*
patronal, e, aux *adj*
patronat [-na] *nm*
patronner *vt*
patronnesse *adj f*
patronyme *nm*
patronymique *adj*
patrouille *nf*
patrouiller *vi*
patrouilleur *nm*
patte *nf (partie du corps)*
patté, e *adj*
patte-de-loup *nf (pl pattes-de-loup)*
patte-d'oie *nf (pl pattes-d'oie)*
patte-mâchoire *nf (pl pattes-mâchoires)*
pattemouille *nf*
patte-nageoire *nf (pl pattes-nageoires)*
pattern [patɛrn] *nm*
pattinsonage [patinsɔnaʒ] *nm*
pattu, e *adj*
pâturable *adj*
pâturage *nm*
pâture *nf*
pâturer *vt, vi*
pâturin *nm*
paturon ou pâturon *nm*
pauchouse ou pochouse *nf*
pauciflore *adj*
paulette *nf*
paulien, enne *adj*
paulinien, enne *adj*
paulinisme *nm*
pauliste *adj, n*
paulownia [polɔnja] *nm*
paume *nf*
paumé, e *adj, n (fam.)*
paumelle *nf*
paumer *vt, vpr (fam.)*
paumier *nm*
paumoyer [-mwaje] *vt, vpr* C16
paumure *nf*
paupérisation *nf*
paupériser *vt*
paupérisme *nm*
paupière *nf*
paupiette *nf*
pause *nf (arrêt)*
pause-café *nf (pl pauses-café)*
pauser *vi (de pause)*
pauvre *adj, n*
pauvrement *adv*
pauvresse *nf*
pauvret, ette [-vrɛ, ɛt] *n, adj*
pauvreté *nf*
pavage *nm*
pavane *nf*
pavaner (se) *vpr*
pavé, e *adj, nm*
pavement *nm*
paver *vt*
paveur *nm*
pavie *nf*
pavillon *nm*
pavillonnaire *adj*
pavillonnerie *nf*
pavimenteux, euse *adj*
pavlovien, enne *adj*
pavois *nm*
pavoisement *nm*
pavoiser *vt, vi*
pavot [-vo] *nm*
paxon ou paqson ou pacson *nm (arg.)*
payable [pɛjabl] *adj*
payant, e [pɛjɑ̃, ɑ̃t] *adj, n*
paye [pɛj] ou paie [pɛ] *nf*
payement [pɛy-] ou paiement [pɛ-] *nm*
payer [pɛje] *vt, vi, vpr* C15
payeur, euse [pɛjœr, -øz] *adj, n*
pays, e [pei, peiz] *n*

pays [pei] *nm*
paysage [pei-] *nm*
paysager, ère [pei-] *adj*
paysagiste [pei-] *n, adj*
paysan, anne [pei-] *n, adj*
paysannat [peizana] *nm*
paysannerie [pei-] *nf*
péage *nm*
péager, ère *n*
péagiste *n*
péan ou **paean** *nm*
peau *nf (enveloppe)*
peaucier *nm, adj m*
peaufiner *vt*
peau-rouge *adj, n (pl peaux-rouges)*
peausserie *nf*
peaussier *nm, adj m*
pébrine *nf*
pébroc ou **pébroque** *nm (arg.)*
pécaïre [pekajre] *interj*
pécan *nm (fruit)*
pécari *nm*
peccable *adj*
peccadille *nf*
peccant, e *adj*
pechblende [pɛʃblɛ̃d] *nf*
pêche *nf, adj inv. (fruit, couleur)*
pêche *nf (poissons)*
péché *nm (faute)*
pécher *vi* C11 *(commettre une faute)*
pêcher *vt (prendre du poisson)*
pêcher *nm (arbre)*
pe(u)chère *interj*
pêcherie *nf*
pêchette *nf*
pécheur, eresse *n (de péché)*
pêcheur, euse *n (de pêche)*
pécloter *vi*
pecnot ou **péquenot, otte** ou **péquenaud, e** *n (pop.)*
pécoptéris [-ris] *nm*
pécore *nf (péronnelle); n (paysan; pop.)*
pecten [-tɛn] *nm*
pectine *nf*
pectiné, e *adj, nm*
pectique *adj*
pectoral, e, aux *adj, nm*
péculat [-la] *nm*
pécule *nm*
pécuniaire *adj*
pécuniairement *adv*
pédagogie *nf*
pédagogique *adj*
pédagogiquement *adv*
pédagogue *n, adj*
pédalage *nm*
pédale *nf*
pédaler *vi*
pédaleur, euse *n*
pédalier *nm*
pédalo *nm*
pédant, e *adj, n*
pédanterie *nf*
pédantesque *adj*
pédantisme *nm*
pédé *nm (abrév.)*
pédéraste *nm*
pédérastie *nf*
pédérastique *adj*
pédestre *adj*
pédestrement *adv*
pédiatre *n*
pédiatrie *nf*
pédiatrique *adj*
pedibus *adv (fam.)*
pédicellaire *nm*
pédicelle *nm*
pédicellé, e *adj*
pédiculaire *adj, nf*
pédicule *nm*
pédiculé, e *adj*
pédiculose *nf*
pédicure *n*
pédicurie *nf*
pédieux, euse *adj*
pedigree [pedigre] *nm*
pédiluve *nm*
pédimane *nm*
pédiment *nm*
pédipalpe *nm*
pédiplaine *nf*
pédodontie [-si] *nf*
pédogenèse *nf*
pédologie ou **paidologie** *nf*
pédologue *n*
pédomètre ou **podomètre** *nm*
pédonculaire *adj*
pédoncule *nm*
pédonculé, e *adj*
pédophile *adj, n*
pédophilie *nf*
pédopsychiatre [-kja-] *n*
pédopsychiatrie [-kja-] *nf*
pedum [pedɔm] *nm*
pedzouille *n (pop.)*
peeling [piliŋ] *nm*
pégase *nm*
pegmatite *nf*
pègre *nf*
pehlvi ou **pahlavi** *nm s*
peignage *nm*
peigne *nm*
peigné, e *adj, n*
peigne-cul *nm (pl peigne-cul*[*s*]*; pop.)*
peigner *vt, vpr*
peigneur, euse *n*
peignoir *nm*
peignures *nf pl*
peille *nf (chiffon)*
peinard, e ou **pénard, e** *adj, n (pop.)*
peinardement ou **pénardement** *adv (pop.)*
peindre *vt, vpr* C43
peine *nf (souffrance)*
peiner *vt, vi*
peint, e *adj*
peintre *nm*
peintre-graveur *nm (pl peintres-graveurs)*
peinture *nf*
peinturer *vt*
peinturlurer *vt*

péjoratif, ive *adj, nm*
péjoration *nf*
péjorativement *adv*
pékan *nm (animal)*
pékin *nm (étoffe)*
pékin ou **péquin** *nm (civil ; arg.)*
pékiné, e *adj, nm*
pékinois, e *adj, nm*
pékinologue *n*
pelade *nf*
pelage *nm*
pélagianisme *nm*
pélagien, enne *adj, n*
pélagique *adj*
pelagos [-gɔs] *nm*
pélamide ou **pélamyde** *nf*
pelard *adj m, nm*
pélargonium [-njɔm] *nm*
pélasgien, enne [-la(s)ʒjɛ̃, ɛ̃n] *adj*
pélasgique [-la(s)ʒik] *adj*
pelé, e *adj, n*
pélécaniforme *nm*
pélécypode *nm*
péléen, enne ou **peléen, enne** *adj*
pêle-mêle *adv, nm inv.*
peler *vt, vi* C9
pèlerin *nm*
pèlerinage *nm*
pèlerine *nf*
péliade *nf*
pélican *nm*
pelisse *nf*
pellagre *nf*
pellagreux, euse *adj, n*
pelle *nf*
pelle-bêche *nf (pl pelles-bêches)*
pelle-pioche *nf (pl pelles-pioches)*
pellet [-lɛ] *nm*
pelletage *nm*
pelletée *nf*
pelleter *vt* C10
pelleterie [pɛltri] *nf*
pelleteur *nm*
pelleteuse *nf*
pelletier, ère *adj, n*
pelletiérine *nf*
pelliculage *nm*
pelliculaire *adj*
pellicule *nf*
pelliculeux, euse *adj*
pellucide *adj*
pélobate *nm*
pélodyte *nm*
péloponnésien, enne *adj, n*
pelotage *nm (fam.)*
pelotari *nm*
pelote *nf*
peloter *vt, vi*
peloteur, euse *adj, n*
peloton *nm*
pelotonnement *nm*
pelotonner *vt, vpr*
pelouse *nf*
pelta ou **pelte** *nf*
peltaste *nm*
pelté, e *adj*
peluche *nf*
p(e)luché, e *adj*
p(e)lucher *vi*
p(e)lucheux, euse *adj*
pelure *nf*
pélusiaque *adj*
pelvien, enne *adj*
pelvigraphie *nf*
pelvimétrie *nf*
pelvipéritonite *nf*
pelvis [pɛlvis] *nm*
pemmican [pɛmikɑ̃] *nm*
pemphigus [pɑ̃figys] *nm inv.*
pénal, e, aux *adj*
pénalement *adv*
pénalisant, e *adj*
pénalisation *nf*
pénaliser *vt*
pénaliste *n*
pénalité *nf*
penalty [penalti] *nm (pl penaltys* ou *penalties)*
pénard, e ou **peinard, e** *adj, n (pop.)*
pénardement ou **peinardement** *adv (pop.)*
pénates *nm pl*
penaud, e *adj*
pence [pɛns] *nm pl (v. penny)*
penchant *nm*
penché, e *adj*
pencher *vt, vi, vpr*
pendable *adj*
pendage *nm*
pendaison *nf*
pendant, e *adj, nm*
pendant *prép*
pendard, e *n (fam.)*
pendeloque *nf*
pendentif *nm*
penderie *nf*
pendiller [-dije] *vi*
pendillon [-dijɔ̃] *nm*
pendoir *nm*
pendouiller *vi (fam.)*
pendre *vt, vi, vpr* C41
pendu, e *adj, n*
pendulaire *adj*
pendule *nm (balancier) ; nf (horloge)*
penduler *vi*
pendulette *nf*
pendulier *nm*
pêne *nm (de serrure)*
pénéplaine *nf*
pénétrabilité *nf*
pénétrable *adj*
pénétrant, e *adj*
pénétrante *nf*
pénétration *nf*
pénétré, e *adj*
pénétrer *vt, vi, vpr* C11
pénétromètre *nm*
pénibilité *nf*
pénible *adj*
péniblement *adv*
péniche *nf*
pénicille [-sil] ou **penicillium** [-ljɔm] *nm*
pénicillé, e [-sile] *adj*
pénicillinase [-sili-] *nf*

pénicilline [-silin] *nf*
pénicillino-résistant, e [-sili-] *adj*
penicillium [-ljɔm] ou **pénicille** [-sil] *nm*
pénien, enne *adj*
pénil [penil] *nm*
péninsulaire *adj*
péninsule *nf*
pénis [penis] *nm*
pénitence *nf*
pénitencerie *nf*
pénitencier *nm*
pénitent, e *n, adj*
pénitentiaire *adj*
pénitentiaux *adj m pl*
pénitentiel, elle *adj, nm*
pennage *nm*
penne *nf (plume)*
penné, e *adj*
penniforme *adj*
pennon *nm (drapeau)*
pen(n)on *nm (blason)*
pennsylvanien, enne [pɛn-] *adj, n*
penny [pɛni] *nm (pl pence* [monnaie] ou *pennies* [pièce]*)*
pénologie *nf*
pénombre *nf*
penon *nm (marine)*
pen(n)on *nm (blason)*
pensable *adj*
pensant, e *adj*
pense-bête *nm (pl pense-bêtes)*
pensée *nf*
penser *vi, vt, vti (réfléchir)*
penser *nm*
penseur, euse *n, adj*
pensif, ive *adj*
pension *nf*
pensionnaire *adj*
pensionnat [-na] *nm*
pensionné, e *adj, n*
pensionner *vt*
pensivement *adv*
pensum [pɛ̃sɔm] *nm*
pentacle [pɛ̃-] *nm*
pentacorde [pɛ̃-] *nm*
pentacrine [pɛ̃-] *nm*
pentadactyle [pɛ̃-] *adj*
pentadécagone ou **pentédécagone** [pɛ̃-] *nm, adj*
pentaèdre [pɛ̃-] *nm, adj*
pentagonal, e, aux [pɛ̃-] *adj*
pentagone [pɛ̃-] *nm*
pentamère [pɛ̃-] *nm, adj*
pentamètre [pɛ̃-] *nm, adj*
pentane [pɛ̃-] *nm*
pentapole [pɛ̃-] *nf*
pentarchie [pɛ̃tarʃi] *nf*
pentateuque [pɛ̃-] *nm*
pentathlon [pɛ̃-] *nm*
pentatome [pɛ̃-] *nf*
pentatonique [pɛ̃-] *adj*
pente *nf (inclinaison)*
pentecôte *nf*
pentecôtisme *nm*
pentecôtiste *adj, nm*
pentédécagone ou **pentadécagone** [pɛ̃-] *nm*
penthiobarbital, als [pɛ̃-] *nm*
pent(h)ode [pɛ̃-] *nf*
penthotal [pɛ̃-] *nm*
pentose [pɛ̃-] *nm*
pentrite [pɛ̃-] *nf*
pentu, e *adj*
penture *nf*
pénultième *adj, nf*
pénurie *nf*
péon [peɔn] *nm*
péotte *nf*
pep [pɛp] *nm (fam.)*
pépé *nm*
pépée *nf (pop.)*
pépère *adj, nm (fam.)*
péperin *nm*
pépettes ou **pépètes** *nf pl (pop.)*
pépie *nf*
pépiement *nm*
pépier *vi*
pépin *nm*
pépinière *nf*
pépiniériste *n, adj*
pépite *nf*
péplum [peplɔm] *nm*
pépon *nm*
péponide *nm*
peppermint [pepərmint] *nm*
pepsine *nf*
peptide *nm*
peptique *adj*
peptone *nf*
peptonisation *nf*
péquenot ou **pecnot, otte** ou **péquenaud, e** *n (pop.)*
péquin ou **pékin** *nm (civil ; pop.)*
péramèle *nm*
perborate *nm*
perçage *nm*
percale *nf*
percaline *nf*
perçant, e *adj*
perce *nf*
percée *nf*
percement *nm*
perce-muraille *nf (pl perce-murailles)*
perce-neige *nm* ou *nf inv.*
perce-oreille *nm (pl perce-oreilles)*
perce-pierre *nf (pl perce-pierres)*
percept [-sɛpt] *nm*
percepteur, trice *adj, nm*
perceptibilité *nf*
perceptible *adj*
perceptiblement *adv*
perceptif, ive *adj*
perception *nf*
perceptionnisme *nm*
percer *vt, vi* C6
percerette *nf*
perceur, euse *n, adj*
perceuse *nf*
percevable *adj*
percevoir *vt* C39

perchage *nm*
perche *nf*
perché, e *adj, n*
percher *vt, vi, vpr*
percheron, onne *adj, n*
percheur, euse *adj*
perchis [pɛrʃi] *nm*
perchiste *n*
perchlorate [-klɔ-] *nm*
perchlorique [-klɔ-] *adj m*
perchman [pɛrʃman] *nm (pl perchmen* [pɛrʃmɛn]*)*
perchlorure [-klɔ-] *nm*
perchoir *nm*
perciforme *adj, nm*
perclus, e *adj*
percnoptère *nm*
perçoir *nm*
percolateur *nm*
percolation *nf*
percomorphe *adj, nm*
percussion *nf*
percussionniste *n*
percutané, e *adj*
percutant, e *adj, nm*
percuter *vt, vi*
percuteur *nm*
percuti-réaction *nf (pl percuti-réactions)*
perdable *adj*
perdant, e *adj, n*
perditance *nf*
perdition *nf*
perdre *vt, vi, vpr* C41
perdreau *nm*
perdrigon *nm*
perdrix [-dri] *nf*
perdu, e *adj, nm*
perdurer *vi*
père *nm (paternité)*
pérégrin *nm*
pérégrination *nf*
péremption [perɑ̃psjɔ̃] *nf*
péremptoire *adj*
péremptoirement *adv*
pérennant, e *adj*
pérenne *adj*
pérennisation *nf*
pérenniser *vt*
pérennité *nf*
péréquation *nf*
perestroïka *nf*
perfectibilité *nf*
perfectible *adj*
perfectif, ive *adj, nm*
perfection *nf*
perfectionné, e *adj*
perfectionnement *nm*
perfectionner *vt, vpr*
perfectionnisme *nm*
perfectionniste *adj, n*
perfide *adj, n*
perfidement *adv*
perfidie *nf*
perfolié, e *adj*
perforage *nm*
perforant, e *adj*
perforateur, trice *adj, n*
perforation *nf*
perforé, e *adj*
perforer *vt*
perforeuse *nf*
performance *nf*
performant, e *adj, nm*
performatif, ive *adj, nm*
perfringens [pɛrfrɛ̃ʒɛ̃s] *adj, nm*
perfuser *vt*
perfusion *nf*
pergélisol *nm*
pergola *nf*
péri, e *adj, n*
périanthaire *adj*
périanthe *nm*
périarthrite *nf*
périastre *nm*
péribole *nm*
péricarde *nm*
péricardique *adj*
péricardite *nf*
péricarpe *nm*
périchondre [-kɔ̃dr] *nm*
péricliter *vi*
péricrâne *nm*
péricycle *nm*
péridinien *nm*
péridot [-do] *nm*
péridotite *nf*
péridural, e, aux *adj, n*
périgée *nm*
périglaciaire *adj*
périgordien *nm*
périgourdin, e *adj, n*
périgueux *nm*
périhélie *nm*
péri-informatique *nf*
péril [-ril] *nm*
périlleusement [-rijø-] *adv*
périlleux, euse [-rijø, øz] *adj*
périmé, e *adj*
périmer (se) *vpr*
périmètre *nm*
périnatal, e, als ou aux *adj*
périnatalité *nf*
périnatalogie *nf*
périnéal, e, aux *adj*
périnée *nm*
périnéorraphie *nf*
période *nf (espace de temps) ; nm (degré)*
périodicité *nf*
périodique *adj, nm*
périodiquement *adv*
périoste *nm*
périostite *nf*
péripate *nm*
péripatéticien, enne *n, adj*
péripatétisme *nm*
péripétie [-si] *nf*
périphérie *nf*
périphérique *adj, nm*
périphlébite *nf*
périphrase *nf*
périphraser *vi*
périphrastique *adj*
périple *nm*
périptère *adj, nm*
périr *vi*
périscolaire *adj*
périscope *nm*
périscopique *adj*
périsélène *nm*
périsperme *nm*

périssable *adj*
périssodactyle *nm*
périssoire *nf*
périssologie *nf*
péristaltique *adj*
péristaltisme *nm*
péristome *nm*
péristyle *nm*
péritéléphonie *nf*
péritélévision *nf*
périthèce *nm*
péritoine *nm*
péritonéal, e, aux *adj*
péritonite *nf*
pérityphlite *nf*
péri(-)urbain, e *adj* *(pl péri*[-]*urbains, es)*
perlant, e *adj*
perle *nf*
perlé, e *adj*
perlèche ou pourlèche *nf*
perler *vt, vi*
perlier, ère *adj*
perlimpinpin *nm s*
perlingual, e, aux [-gwal, o] *adj*
perlite *nf*
perlon *nm*
perlot [pɛrlo] *nm*
perlouse ou perlouze *nf (arg.)*
perluète *nf*
permafrost [-frɔst] *nm*
permagel *nm*
permalloy [pɛrmelɔj ou -malwa] *nm*
permanence *nf*
permanencier, ère *n*
permanent, e *adj, n*
permanente *nf*
permanenter *vt*
permanganate *nm*
permanganique *adj*
perméabilité *nf*
perméable *adj*
permettre *vt, vpr* C48
permien, enne *adj, nm*
permis [-mi] *nm*
permissif, ive *adj*
permission *nf*
permissionnaire *nm*
permissivité *nf*
permittivité *nf*
permutabilité *nf*
permutable *adj*
permutant, e *n*
permutation *nf*
permuter *vt, vi*
pernicieusement *adv*
pernicieux, euse *adj*
perniciosité *nf*
péroné *nm*
péronier, ère *adj, nm*
péronisme *nm*
péronnelle *nf (fam.)*
péronosporacée *nf*
péronosporale *nf*
péroraison *nf*
pérorer *vi*
péroreur, euse *n*
per os [pɛrɔs] *loc adv*
pérot *nm*
peroxydase *nf*
peroxyde *nm*
peroxyder *vt*
perpendiculaire *adj, nf*
perpendiculairement *adv*
perpétration *nf*
perpétrer *vt* C11
perpette (à) ou perpète (à) *loc adv (fam.)*
perpétuation *nf*
perpétuel, elle *adj*
perpétuellement *adv*
perpétuer *vt, vpr*
perpétuité *nf*
perpignanais, e *adj, n*
perplexe *adj*
perplexité *nf*
perquisiteur, trice *adj*
perquisition *nf*
perquisitionner *vt, vi*
perré *nm*
perrière *nf*
perron *nm*
perroquet [-kɛ] *nm*
perruche *nf*
perruque *nf*
perruquier *nm*
pers, e [pɛr, pɛrs] *adj*
persan, e *adj, n*
perse *adj, n*
persécuté, e *adj, n*
persécuter *vt*
persécuteur, trice *adj, n*
persécution *nf*
perséides *nf pl*
persel *nm*
persévérance *nf*
persévérant, e *adj, n*
persévération *nf*
persévérer *vi* C11
persicaire *nf*
persicot [-ko] *nm*
persienne *nf*
persiflage *nm*
persifler *vt*
persifleur, euse *adj, n*
persil [pɛrsi] *nm*
persillade [-sijad] *nf*
persillé, e [-sije] *adj*
persillère [-sijɛr] *nf*
persique *adj*
persistance *nf*
persistant, e *adj*
persister *vi, vimp*
persona grata *loc adj inv.*
personale *nf*
personé, e *adj*
personnage *nm*
personnalisation *nf*
personnaliser *vt*
personnalisme *nm*
personnaliste *adj, n*
personnalité *nf*
personne *nf, pron indéf m s*
personnel, elle *adj, nm*
personnellement *adv*
personnification *nf*
personnifié, e *adj*
personnifier *vt*
perspectif, ive *adj*
perspective *nf*
perspicace *adj*
perspicacité *nf*
perspiration *nf*

persuader *vt, vti, vpr*
persuasif, ive *adj*
persuasion *nf*
persulfate *nm*
persulfure *nm*
persulfuré, e *adj*
perte *nf*
pertinemment [-namɑ̃] *adv*
pertinence *nf*
pertinent, e *adj*
pertuis [pɛrtɥi] *nm*
pertuisane *nf*
pertuisanier *nm*
perturbateur, trice *adj, n*
perturbation *nf*
perturber *vt*
péruvien, enne *adj, n*
pervenche *nf, adj inv.*
pervers, e *adj, n*
perversement *adv*
perversion *nf*
perversité *nf*
pervertir *vt, vpr*
pervertissement *nm*
pervertisseur, euse *adj, n*
pervibrage *nm*
pervibrateur *nm*
pervibration *nf*
pervibrer *vt*
pesade *nf*
pesage *nm*
pesamment [-amɑ̃] *adv*
pesant, e *adj, nm*
pesanteur *nf*
pèse-acide *nm* *(pl pèse-acide*[s]*)*
pèse-alcool [-kɔl] *nm* *(pl pèse-alcool*[s]*)*
pèse-bébé *nm* *(pl pèse-bébés)*
pesée *nf*
pèse-esprit *nm* *(pl pèse-esprit*[s]*)*
pèse-lait *nm* *(pl pèse-lait*[s]*)*
pèse-lettre *nm* *(pl pèse-lettre*[s]*)*
pèse-liqueur *nm* *(pl pèse-liqueur*[s]*)*
pèse-moût *nm* *(pl pèse-moût*[s]*)*
pèse-personne *nm* *(pl pèse-personne*[s]*)*
peser *vt, vi* C8
pèse-sel *nm* *(pl pèse-sel*[s]*)*
pèse-sirop *nm* *(pl pèse-sirop*[s]*)*
peseta [peseta ou pezeta] *nf*
pesette *nf*
peseur, euse *n*
pèse-vin *nm* *(pl pèse-vin*[s]*)*
peso [pɛso] *nm*
peson *nm*
pessaire *nm*
pesse *nf*
pessimisme *nm*
pessimiste *adj, n*
peste *nf*
pester *vi*
pesteux, euse *adj*
pesticide *adj, nm*
pestiféré, e *adj, n*
pestilence *nf*
pestilentiel, elle *adj*
pet [pɛ] *nm (gaz ; fam.)*
pétale *nm*
pétalisme *nm*
pétaloïde *adj*
pétanque *nf*
pétant, e *adj (fam.)*
pétaradant, e *adj*
pétarade *nf*
pétarader *vi*
pétard *nm*
pétase *nm*
pétaudière *nf (fam.)*
pétauriste *nm*
pet-de-loup *nm* *(pl pets-de-loup)*
pet-de-nonne *nm* *(pl pets-de-nonne)*
pétéchial, e, aux [-ʃjal, ʃjo] *adj*
pétéchie [peteʃi] *nf*
pet-en-l'air *nm inv.*
péter *vt, vi* C11 *(fam.)*
pète(-)sec *n inv., adj inv. (fam.)*
péteur, euse *n (fam.)*
péteux, euse *n, adj (fam.)*
pétillant, e [-tijɑ̃, ɑ̃t] *adj*
pétillement [-tijmɑ̃] *nm*
pétiller [-tije] *vi*
pétiole [pesjɔl] *nm*
pétiolé, e [pesjɔle] *adj*
petiot, e [-ɔ, ɔt] *adj, n (fam.)*
petit, e [-ti, it] *adj, n*
petit [-ti] *adv*
petit-beurre *nm* *(pl petits-beurre)*
petit-bois *nm* *(pl petits-bois)*
petit-bourgeois, petite-bourgeoise *n, adj (pl petits-bourgeois, petites-bourgeoises)*
petit déjeuner *nm* *(pl petits déjeuners)*
petit-déjeuner *vi (fam.)*
petite-fille *nf* *(pl petites-filles)*
petitement *adv*
petite-nièce *nf* *(pl petites-nièces)*
petitesse *nf*
petit-fils *nm* *(pl petits-fils)*
petit-four *nm* *(pl petits-fours)*
petit-gris *nm* *(pl petits-gris)*
pétition *nf*
pétitionnaire *n*
pétitionner *vi*
petit-lait *nm* *(pl petits-laits)*
petit-maître, petite-maîtresse *n* *(pl petits-maîtres, petites-maîtresses)*
petit-nègre *nm s*

petit-neveu *nm (pl petits-neveux)*
pétitoire *adj, nm*
petit pois *nm (pl petits pois)*
petits-enfants *nm pl*
petit-suisse *nm (pl petits-suisses)*
pétoche *nf (pop.)*
pétoire *nf*
peton *nm (fam.)*
pétoncle *nm*
pétouiller *vi*
pétrarquiser *vi*
pétrarquisme *nm*
pétrarquiste *n, adj*
pétré, e *adj*
pétrel *nm*
pétreux, euse *adj*
pétrifiant, e *adj*
pétrification *nf*
pétrifié, e *adj*
pétrifier *vt, vpr*
pétrin *nm*
pétrir *vt*
pétrissable *adj*
pétrissage *nm*
pétrisseur, euse *adj, n*
pétrochimie *nf*
pétrochimique *adj*
pétrochimiste *n*
pétrodollar *nm*
pétrogale *nm*
pétrogenèse *nf*
pétrographe *n*
pétrographie *nf*
pétrographique *adj*
pétrole *nm*
pétrolette *nf (fam.)*
pétroleuse *nf*
pétrolier, ère *adj, nm*
pétrolifère *adj*
pétrologie *nf*
pétulance *nf*
pétulant, e *adj*
pétun [petœ̃] *nm*
pétuner *vi*
pétunia *nm*
peu *adv*
peucédan *nm*
pe(u)chère *interj*
peuh *interj*
peu(h)l, e *adj, n*
peulven [pølvɛn] *nm*
peuplade *nf*
peuple *nm*
peuplé, e *adj*
peuplement *nm*
peupler *vt, vpr*
peupleraie *nf*
peuplier *nm*
peur *nf*
peureusement *adv*
peureux, euse *adj, n*
peut-être *adv* **16-XXV**
peyotl [pejɔtl] *nm*
pèze *nm (arg.)*
pezize [pəziz] *nf*
pfennig [pfɛnig] *nm (pl pfennigs* ou *pfennige)*
pff(t) ou **pfut** *interj*
P.G.C.D. *nm*
phacochère [-ʃɛr] *nm*
phacomètre *nm*
phaéton *nm*
phage *nm*
phagédénique *adj*
phagédénisme *nm*
phagocytaire *adj*
phagocyte *nm*
phagocyter *vt*
phagocytose *nf*
phalange *nf*
phalanger *nm*
phalangette *nf*
phalangien, enne *adj*
phalangine *nf*
phalangiste *n, adj*
phalanstère *nm*
phalanstérien, enne *adj, n*
phalarope *nm*
phalène *nf (Ac.)* ou *nm*
phalère *nf*
phalline *nf*
phallique *adj*
phallocentrique *adj*
phallocentrisme *nm*
phallocrate *adj, n*
phallocratie [-krasi] *nf*
phallocratique *adj*
phalloïde *adj*
phallus [falys] *nm*
phanatron *nm*
phanère *nm*
phanérogame *nf, adj*
phanie *nf*
phantasme ou **fantasme** *nm*
pharaon *nm*
pharaonien, enne *adj*
pharaonique *adj*
phare *nm (lumière)*
pharillon *nm*
pharisaïque *adj*
pharisaïsme *nm*
pharisien, enne *adj, n*
pharmaceutique *adj, nf*
pharmacie *nf*
pharmacien, enne *n*
pharmacocinétique *nf*
pharmacodépendance *nf*
pharmacodynamie *nf*
pharmacodynamique *adj*
pharmacogénétique *nf*
pharmacognosie *nf*
pharmacologie *nf*
pharmacologique *adj*
pharmacologiste *n*
pharmacologue *n*
pharmacomanie *nf*
pharmacopée *nf*
pharmacothérapie *nf*
pharmacovigilance *nf*
pharyngal, e, aux *adj, nf*
pharyngé, e *adj*
pharyngien, enne *adj*
pharyngite *nf*
pharyngo-laryngite *nf*
pharynx [farɛ̃ks] *nm*
phascolome *nm*
phase *nf*
phasemètre *nm*
phasianidé *nm*
phasme *nm*
phasmidé *nm*

phatique *adj*
phelloderme *nm*
phellogène *adj*
phénakisti(s)cope *nm*
phénanthrène *nm*
phénate *nm*
phénicien, enne *adj, n*
phénicoptère *nm*
phénique *adj*
phéniqué, e *adj*
phénix *nm (oiseau)*
phénix ou phœnix *nm (palmier)*
phénobarbital, als *nm*
phénocristal, aux *nm*
phénol *nm*
phénolate *nm*
phénolique *adj*
phénologie *nf*
phénoménal, e, aux *adj*
phénoménalement *adv*
phénoménalisme *nm*
phénoménalité *nf*
phénomène *nm*
phénoménisme *nm*
phénoméniste *adj, n*
phénoménologie *nf*
phénoménologique *adj*
phénoménologue *n*
phénoplaste *nm*
phénothiazine *nf*
phénotype *nm*
phénotypique *adj*
phénylalanine *nf*
phénylbutazone *nf*
phénylcétonurie *nf*
phényle *nm*
phéochromocytome [-krɔ-] *nm*
phéophycée *nf*
phéro(r)mone ou phéro-hormone *nf*
phi *nm inv.*
philanthe *nm*
philanthrope *n*
philanthropie *nf*
philanthropique *adj*
philatélie *nf*
philatélique *adj*
philatéliste *n*
philharmonie *nf*
philharmonique *adj*
philhellène *adj, n*
philhellénisme *nm*
philibeg ou filibeg *nm*
philippin, e *adj, n*
philippine *nf*
philippique *nf*
philistin *nm, adj m*
philistinisme *nm*
philo *nf (abrév.)*
philodendron [-dɛ̃-] *nm*
philologie *nf*
philologique *adj*
philologiquement *adv*
philologue *n*
philosophale *adj f*
philosophe *n, adj*
philosopher *vi*
philosophie *nf*
philosophique *adj*
philosophiquement *adv*
philosophisme *nm*
philotechnique *adj*
philtre *nm (breuvage magique)*
phimosis [-zis] *nm*
phlébite *nf*
phlébographie *nf*
phlébologie *nf*
phlébologue *n*
phléborragie *nf*
phlébotome *nm*
phlébotomie *nf*
phlegmasie *nf*
phlegmon [flɛgmɔ̃] *nm*
phlegmoneux, euse *adj*
phléole ou fléole *nf*
phlogistique *nm*
phlox [flɔks] *nm*
phlyctène [fliktɛn] *nf*
pH-mètre *nm (pl pH-mètres)*
phobie *nf*
phobique *adj, n*
phocéen, enne *adj, n*
phocidien, enne *adj, n*
phocomèle *adj, n*
phocomélie *nf*
phœnix ou phénix *nm (palmier)*
pholade *nf*
pholcodine *nf*
pholiote *nf*
phonateur, trice *adj*
phonation *nf*
phonatoire *adj*
phone *nm*
phonématique *nf, adj*
phonème *nm*
phonémique *adj*
phonéticien, enne *n*
phonétique *adj, nf*
phonétiquement *adv*
phonétisme *nm*
phoniatre *n*
phoniatrie *nf*
phonie *nf*
phonique *adj*
phono *nm (abrév.)*
phonocapteur, trice *adj*
phonocardiographie *nf*
phonogénie *nf*
phonogénique *adj*
phonogramme *nm*
phonographe *nm*
phonographique *adj*
phonolit(h)e *nm (Ac.)* ou *nf*
phonolit(h)ique *adj*
phonologie *nf*
phonologique *adj*
phonologue *n*
phonométrie *nf*
phonon [fɔnɔ̃] *nm*
phonothèque *nf*
phoque *nm (animal)*
phormium [fɔrmjɔm] ou phormion *nm*
phosgène *nm*
phosphatage *nm*
phosphatase *nf*
phosphatation *nf*
phosphate *nm*
phosphaté, e *adj*
phosphater *vt*
phosphaturie *nf*
phosphène *nm*
phosphine *nf*

phosphite *nm*
phosphocalcique *adj*
phosphoglycérique *adj*
phospholipide *nm*
phosphoprotéide *nm*
phosphoprotéine *nf*
phosphore *nm*
phosphoré, e *adj*
phosphorer *vi*
phosphorescence *nf*
phosphorescent, e *adj*
phosphoreux, euse *adj*
phosphorique *adj m*
phosphorisme *nm*
phosphorite *nf*
phosphorylation *nf*
phosphoryle *nm*
phosphure *nm*
phot [fɔt] *nm*
photo *nf (abrév.)*
photobiologie *nf*
photocalque *nm*
photocathode *nf*
photo(-)cellule *nf (pl photo[-]cellules)*
photochimie *nf*
photochimique *adj*
photocomposer *vt*
photocomposeur *nm*
photocomposeuse *nf*
photocompositeur *nm*
photocomposition *nf*
photoconducteur, trice *adj*
photoconduction *nf*
photocopie *nf*
photocopier *vt*
photocopieur *nm*
photocopieuse *nf*
photodégradable *adj*
photodégradation *nf*
photodiode *nf*
photodissociation *nf*
photo(-)élasticimétrie *nf (pl photo[-]élasticimétries)*
photo(-)élasticité *nf (pl photo[-]élasticités)*
photo(-)électricité *nf (pl photo[-]électricités)*
photo(-)électrique *adj (pl photo[-]électriques)*
photo(-)émetteur, trice *adj (pl photo[-]émetteurs, trices)*
photo(-)finish [fɔtofiniʃ] *nf (pl photos-finish ou photofinish)*
photofission *nf*
photogène *adj*
photogenèse *nf*
photogénie *nf*
photogénique *adj*
photogramme *nm*
photogrammétrie *nf*
photographe *n*
photographie *nf*
photographier *vt*
photographique *adj*
photographiquement *adv*
photograveur *nm*
photogravure *nf*
photo-interprétation *nf (pl photos-interprétations)*
photolecture *nf*
photolithographie *nf*
photologie *nf*
photoluminescence *nf*
photolyse *nf*
photomacrographie *nf*
photomagnétique *adj*
photomaton *nm*
photomécanique *adj*
photomètre *nm*
photométrie *nf*
photométrique *adj*
photomicrographie *nf*
photomontage *nm*
photomultiplicateur, trice *adj, nm*
photon [fɔtɔ̃] *nm*
photonique *adj*
photopériode *nf*
photopériodique *adj*
photopériodisme *nm*
photophobie *nf*
photophore *nm, adj*
photopile *nf*
photopolymère *adj*
photorécepteur *nm*
photoreportage *nm*
photorésistant, e *adj*
photo-robot *nf (pl photos-robots)*
photo(-)roman *nm (pl photos[-]romans)*
photosensibilisation *nf*
photosensibilité *nf*
photosensible *adj*
photosphère *nf*
photostat [-sta] *nm*
photostoppeur, euse *n*
photostyle *nm*
photosynthèse *nf*
photosynthétique *adj*
phototactisme *nm*
phototaxie *nf*
photothèque *nf*
photothérapie *nf*
phototransistor *nm*
phototropisme *nm*
phototype *nm*
phototypie *nf*
photovoltaïque *adj*
phragmite *nm*
phrase *nf*
phrasé *nm*
phraséologie *nf*
phraséologique *adj*
phraser *vi, vt*
phraseur, euse *n*
phrastique *adj*
phratrie *nf (clan)*
phréatique *adj*
phrénique *adj*
phrénologie *nf*
phrygane *nf*
phrygien, enne *adj, n*
phtaléine *nf*
phtalique *adj m*
phtiriase *nf* ou phtiriasis [-zis] *nm*
phtirius [-rjys] *nm*
phtisie *nf*
phtisiologie *nf*
phtisiologue *n*
phtisique *adj, n*
phycoérythrine *nf*

phycomycète *nm*
phylactère *nm*
phylarque *nm*
phylétique *adj*
phyllade *nm*
phyllie *nf*
phyllopode *nm*
phyllotaxie *nf*
phylloxéra ou phylloxera *nm*
phylloxéré, e *adj*
phylloxérien, enne *adj*
phylloxérique *adj*
phylogenèse *nf*
phylogénétique *adj*
phylogénie *nf*
phylogénique *adj*
phylum [filɔm] *nm*
physalie *nf*
physalis [-lis] *nm*
physe *nf*
physicalisme *nm*
physicien, enne *n*
physico-chimie *nf*
physico-chimique *adj (pl physico-chimiques)*
physico-mathématique *adj, nf (pl physico-mathématiques)*
physico-théologique *adj (pl physico-théologiques)*
physiocrate *n, adj*
physiocratie *nf*
physiognomonie [-gnɔ-] *nf*
physiognomonique [-gnɔ-] *adj*
physiognomoniste [-gnɔ-] *n*
physiologie *nf*
physiologique *adj*
physiologiquement *adv*
physiologiste *n*
physionomie *nf*
physionomique *adj*
physionomiste *adj, n*
physiopathologie *nf*
physiopathologique *adj*
physiothérapie *nf*
physique *adj, nf (science); nm (aspect)*
physiquement *adv*
physisorption *nf*
physostigma *nm*
physostome *nm*
phytéléphas [-fas] *nm*
phyt(o)hormone *nf*
phytobiologie *nf*
phytoflagellé *nm*
phytogéographie *nf*
phyt(o)hormone *nf*
phytopathologie *nf*
phytophage *adj, nm*
phytopharmacie *nf*
phytophthora *nm*
phytoplancton *nm*
phytosanitaire *adj*
phytosociologie *nf*
phytothérapeute *n*
phytothérapie *nf*
phytotron *nm*
phytozoaire *nm*
pi *nm inv. (lettre grecque)*
pi *nm (physique)*
piaculaire *adj*
piaf *nm (fam.)*
piaffant, e *adj*
piaffement *nm*
piaffer *vi*
piaffeur, euse *adj*
piaillard, e *adj, n*
piaillement *nm*
piailler *vi*
piaillerie *nf*
piailleur, euse *adj, n*
pian [pjɑ̃] *nm*
pianissimo *adv, nm*
pianiste *n*
pianistique *adj*
piano *nm, adv*
piano-bar *nm (pl pianos-bars)*
pianoforte [-fɔrte] *nm*
pianotage *nm*
pianoter *vi*
piassava *nm*
piastre *nf*
piaule *nf (arg.)*
piaulement *nm*
piauler *vi*
piazza [pjadza] *nf*
pibale *nf*
pible (à) *loc adv*
pibrock *nm*
pic *nm (instrument, oiseau, sommet)*
pic (à) *loc adv*
pica *nm*
picador *nm*
picage *nm (maladie des gallinacés)*
picaillons *nm pl (pop.)*
picard, e *adj, n*
picardan *nm*
picarel *nm*
picaresque *adj*
pic(c)olo *nm*
pichenette *nf (fam.)*
pichet [-ʃɛ] *nm*
picholine [-kɔ-] *nf*
pickles [pikœls] *nm pl*
pickpocket [pikpɔkɛt] *nm*
pick-up [pikœp] *nm inv.*
picoler *vi (fam.)*
pic(c)olo *nm*
picorer *vt, vi*
picot [-ko] *nm*
picotage *nm*
picote *nf*
picoté, e *adj*
picotement *nm*
picoter *vt*
picotin *nm*
picpoul *nm*
picrate *nm*
picridium [-djɔm] *nm*
picrique *adj m*
picris [-kris] *nm*
pictogramme *nm*
pictographie *nf*
pictographique *adj*
pictural, e, aux *adj*

pic-vert ou **pivert** *nm (pl pics-verts* ou *piverts)*
pidgin [pidʒin] *nm s*
pie *nf (oiseau); adj inv. (couleur)*
pie *adj f (pieuse)*
pièce *nf*
piécette *nf*
pied [pje] *nm*
pied-à-terre [pjetatɛr] *nm inv.*
pied-bot *nm (pl pieds-bots)*
pied-d'alouette *nm (pl pieds-d'alouette)*
pied-de-biche *nm (pl pieds-de-biche)*
pied-de-cheval *nm (pl pieds-de-cheval)*
pied-de-chèvre *nm (pl pieds-de-chèvre)*
pied-de-loup *nm (pl pieds-de-loup)*
pied-de-mouton *nm (pl pieds-de-mouton)*
pied-de-poule *nm (pl pieds-de-poule), adj inv.*
pied-de-roi *nm (pl pieds-de-roi)*
pied-de-veau *nm (pl pieds-de-veau)*
pied-droit ou **piédroit** *nm (pl pieds-droits* ou *piédroits)*
piédestal, aux *nm*
pied-fort ou **piéfort** *nm (pl pieds-forts* ou *piéforts)*
piedmont ou **piémont** *nm*
pied-noir *n, adj (pl pieds-noirs)*
piédouche *nm*
pied-plat *nm (pl pieds-plats)*
piédroit ou **pied-droit** *nm (pl piédroits* ou *pieds-droits)*
piéfort ou **pied-fort** *nm (pl piéforts* ou *pieds-forts)*
piège *nm*
piégeage *nm*
piéger *vt* C13
piégeur *nm*
pie-grièche [pigrijɛʃ] *nf (pl pies-grièches)*
pie-mère *nf (pl pies-mères)*
piémont ou **piedmont** *nm*
piémontais, e *adj, n*
piéride *nf*
pierraille *nf*
pierre *nf*
pierrée *nf*
pierreries *nf pl*
pierreux, euse *adj, nf*
pierrier *nm*
pierrot [-ro] *nm*
pietà [pjeta] *nf inv.*
piétaille *nf*
piété *nf*
piètement [piɛ-] *nm*
piéter *vi, vpr* C11
piétin *nm*
piétinant, e *adj*
piétinement *nm*
piétiner *vi, vt*
piétisme *nm*
piétiste *adj, n*
piéton, onne *n, adj*
piétonnier, ère *adj*
piétrain *nm, adj m*
piètre *adj*
piètrement *adv*
pieu *nm (pl pieux)*
pieusement *adv*
pieuter (se) *vpr (pop.)*
pieuvre *nf*
pieux, euse *adj*
pièze *nf*
piézo-électricité *nf (pl piézo-électricités)*
piézo-électrique *adj (pl piézo-électriques)*
piézographe *nm*
piézomètre *nm*
pif *nm (fam.)*
pif *interj*
pi(f)fer *vt (fam.)*
pifomètre *nm (fam.)*
pige *nf*
pigeon *nm*
pigeonnant, e *adj*
pigeonne *nf*
pigeonneau *nm*
pigeonner *vt*
pigeonnier *nm*
piger *vt* C7
pigiste *n*
pigment *nm*
pigmentaire *adj*
pigmentation *nf*
pigmenté, e *adj*
pigmenter *vt*
pignade ou **pignada** *nf*
pignatelle *nf*
pigne *nf*
pignocher *vi*
pignon *nm*
pignoratif, ive *adj*
pignouf *nm (pop.)*
pilaf *nm*
pilage *nm*
pilaire *adj*
pilastre *nm*
pilchard [-ʃar(d)] *nm*
pile *nf, adv*
piler *vt, vi*
pilet [-lɛ] *nm*
pileur, euse *n*
pileux, euse *adj*
pilier *nm*
pilifère *adj*
pili-pili *nm inv.*
pillage [pijaʒ] *nm*
pillard, e [pijar, ard] *adj, n*
pilleur, euse [pijœr, øz] *adj, n*
pillow-lava [pilolava] *nf (pl pillow-lavas)*
pilocarpe *nm*
pilocarpine *nf*
pilon *nm*
pilonnage *nm*
pilonner *vt*

pilori *nm*
pilo-sébacé, e *adj (pl pilo-sébacés, es)*
piloselle *nf*
pilosisme *nm*
pilosité *nf*
pilot [-lo] *nm*
pilotage *nm*
pilote *nm, adj*
piloter *vt*
pilotin *nm*
pilotis [-ti] *nm*
pilou *nm*
pilulaire *adj, nm*
pilule *nf*
pilulier *nm*
pilum [pilɔm] *nm*
pimbêche *nf (fam.)*
pimbina *nm*
piment *nm*
pimenter *vt*
pimpant, e *adj*
pimprenelle *nf*
pin *nm (arbre)*
pinacée *nf*
pinacle *nm*
pinacothèque *nf*
pinaillage *nm (fam.)*
pinailler *vi (fam.)*
pinailleur, euse *adj, n (fam.)*
pinard *nm (pop.)*
pinardier *nm*
pinasse *nf*
pinastre *nm*
pinçage *nm*
pinçard, e *adj, n*
pince *nf*
pincé, e *adj*
pinceau *nm*
pincée *nf*
pince-fesses *nm inv. (fam.)*
pincelier *nm*
pince-maille *nm (pl pince-mailles)*
pincement *nm*
pince-monseigneur *nm (pl pinces-monseigneur)*
pince-nez *nm inv.*
pincer *vt* C6
pince-sans-rire *nm inv.*
pincette *nf*
pinchard, e *adj, n*
pinçon *nm (blessure)*
pinçure *nf*
pindarique *adj*
pindariser *vi*
pindarisme *nm*
pinéal, e, aux *adj*
pineau *nm (vin de Charentes)*
pinède *nf*
pinène *nm*
pineraie *nf*
pingouin *nm*
ping-pong [piŋpɔ̃g] *nm (pl ping-pongs)*
pingre *adj, n*
pingrerie *nf*
pinière *nf*
pinne *nf (mollusque)*
pinnipède *nm*
pinnothère *nm*
pinnule *nf*
pinocytose *nf*
pinot *nm (vin de Bourgogne)*
pin-pon [pɛ̃pɔ̃] *interj*
pin's *nm inv.*
pinscher [pinʃɛr ou ʃœr] *nm*
pinson *nm (oiseau)*
pintade *nf*
pintadeau *nm*
pintadine *nf*
pinte *nf*
pinter *vt, vi, vpr (pop.)*
pin-up [pinœp] *nf inv.*
pinyin [pinjin] *nm s*
piochage *nm*
pioche *nf*
piocher *vt*
piocheur, euse *adj, n*
piolet [-lɛ] *nm*
pion *nm*
pion, pionne *n (arg.)*
pioncer *vi* C6 *(pop.)*
pionnier, ère *n*
pioupiou *nm (pop.)*
pipa *nm*
pipe *nf*
pipeau *nm*
pipée *nf*
pipelet, ette [-lɛ, ɛt] *n*
pipe(-)line [piplin] *nm (pl pipe[-]lines)*
piper *vt, vi*
pipéracée *nf*
piperade [piperad] *nf*
piper-cub [pipɛrkœb] *nm (pl piper-cubs)*
pipérin *nm* ou **pipérine** *nf*
pipéronal, als *nm*
pipette *nf*
pipeur, euse *n*
pipi *nm (urine ; fam.)*
pipi ou **pi(t)pit** [pi(t)pit] *nm (oiseau)*
pipier, ère *adj, n*
pipistrelle *nf*
pi(t)pit [pi(t)pit] ou **pipi** *nm (oiseau)*
pipo *n (polytechnicien ; arg.)*
piquage *nm (de piquer)*
piquant, e *adj, nm*
pique *nf (arme) ; nm (jeu de cartes)*
piqué, e *adj, nm*
pique-assiette *n inv.*
pique-bœuf *nm (pl pique-bœufs)*
pique-feu *nm inv.*
pique-fleurs *nm inv.*
pique-nique *nm (pl pique-niques)*
pique-niquer *vi*
pique-niqueur, euse *n (pl pique-niqueurs, euses)*
pique-notes *nm inv.*
piquer *vt, vi, vpr*
piquet [-kɛ] *nm*
piquetage *nm*
piqueter *vt* C10
piquette *nf*
piqueur, euse *adj, n*

piqueux *nm*
piquier *nm*
piquoir *nm*
piqûre *nf*
piranha [piraɲa] ou **piraya** [piraja] *nm*
piratage *nm*
pirate *nm, adj*
pirater *vt, vi*
piraterie *nf*
piraya [piraja] ou **piranha** [piraɲa] *nm*
pire *adj, nm*
piriforme *adj*
pirogue *nf*
piroguier *nm*
pirojki [pirɔʃki] *nm pl*
pirole *nf*
piroplasmose *nf*
pirouette *nf*
pirouettement *nm*
pirouetter *vi*
pis [pi] *adv, adj, nm (poitrine)*
pis-aller *nm inv.*
pisan, e *adj, n*
piscicole *adj*
pisciculteur, trice *n*
pisciculture *nf*
pisciforme *adj*
piscine *nf*
piscivore *adj, n*
pisé *nm*
pisiforme *adj, nm*
pisolit(h)e *nf*
pisolit(h)ique *adj*
pissaladière *nf*
pissat [-sa] *nm*
pisse *nf (vulg.)*
pisse-froid *nm inv. (fam.)*
pissement *nm*
pissenlit [pisɑ̃li] *nm*
pisser *vt, vi (vulg.)*
pissette *nf*
pisseur, euse *n (vulg.)*
pisseux, euse *adj (fam.)*
pisse-vinaigre *nm inv. (fam.)*
pissoir *nm (pop.)*
pissotière *nf (fam.)*
pistache *nf, adj inv.*
pistachier *nm*
pistage *nm*
pistard *nm*
piste *nf*
pister *vt*
pisteur *nm*
pistil [pistil] *nm*
pistole *nf*
pistolet *nm*
pistolet-mitrailleur *nm (pl pistolets-mitrailleurs)*
pistoleur *nm*
piston *nm*
pistonner *vt*
pistou *nm*
pita *nm*
pitance *nf*
pitchoun, e *n*
pitchpin [pitʃpɛ̃] *nm*
pite [pit] *nf*
piteusement *adv*
piteux, euse *adj*
pithécanthrope *nm*
pithiatique *adj, n*
pithiatisme *nm*
pithiviers *nm*
pitié *nf*
piton *nm (sommet, crochet)*
pitonnage *nm*
pitonner *vi*
pitoyable *adj*
pitoyablement *adv*
pi(t)pit [pi(t)pit] ou **pipi** *nm (oiseau)*
pitre *nm*
pitrerie *nf*
pittoresque *adj, nm*
pittosporum [-rɔm] *nm*
pituitaire *adj*
pituite *nf*
pityriasis [-rjasis] *nm*
piu [pju] *adv*
pive *nf*
pivert ou **pic-vert** *nm (pl piverts ou pics-verts)*
pivoine *nf*
pivot [-vo] *nm*
pivotant, e *adj*
pivotement *nm*
pivoter *vi*
pixel *nm*
pizza [pidza] *nf*
pizzeria [pidzerja] *nf*
pizzicato [pidzikato] *nm (pl pizzicati ou pizzicatos)*
placage *nm (revêtement)*
placard *nm*
placarder *vt*
place *nf*
placé, e *adj, nm*
placebo [plasebo] *nm*
placement *nm*
placenta [-sɛ̃ta] *nm*
placentaire [-sɛ̃tɛr] *adj, nm*
placentation [-sɛ̃-] *nf*
placer *vt, vpr* C6
placer [-sɛr] *nm*
placet [-sɛ] *nm*
placette *nf*
placeur, euse *n*
placide *adj*
placidement *adv*
placidité *nf*
placier, ère *n*
placoderme *nm*
placoplâtre *nm*
plaçure *nf*
plafond *nm*
plafonnage *nm*
plafonnement *nm*
plafonner *vt, vi*
plafonneur *nm*
plafonnier *nm*
plagal, e, aux *adj*
plage *nf*
plagiaire *n*
plagiat [-ʒja] *nm*
plagier *vt*
plagioclase *nm*
plagiste *n*
plaid [plɛ] *nm (assemblée juridique)*

plaid [plɛd] *nm (couverture)*
plaidable *adj*
plaidant, e *adj*
plaider *vt, vi*
plaideur, euse *n*
plaidoirie *nf*
plaidoyer *nm*
plaie *nf (blessure)*
plaignant, e *adj, n*
plain, e *adj, n*
plain-chant [plɛ̃ʃɑ̃] *nm (pl plains-chants)*
plaindre *vt, vpr* C43
plaine *nf*
plain-pied (de) *loc adv*
plainte *nf (de plaindre)*
plaintif, ive *adj*
plaintivement *adv*
plaire *vti, vimp, vpr* C60
plaisamment *adv*
plaisance *nf*
plaisancier, ère *n*
plaisant, e *adj, nm*
plaisanter *vt, vi*
plaisanterie *nf*
plaisantin *nm, adj m*
plaisir *nm*
plan, e *adj, nm (surface, carte, projet)*
planage *nm*
planaire *nf*
planant, e *adj*
planche [plɑ̃ʃ] *nf*
planchéiage *nm*
planchéier *vt*
plancher *nm*
plancher *vi*
planchette *nf*
planchiste *n*
plançon *nm*
plan-concave *adj (pl plan-concaves)*
plan-convexe *adj (pl plan-convexes)*
plancton [plɑ̃ktɔ̃] *nm*
planctonique *adj*
planctonivore *adj*
planctophage *adj*
plane *nf*
plané, e *adj, nm*
planéité *nf*
planelle *nf*
planer *vt, vi*
planétaire *adj, nm*
planétairement *adv*
planétarisation *nf*
planétarium [-rjɔm] *nm*
planète *nf*
planétisation *nf*
planétoïde *nm*
planétologie *nf*
planeur, euse *n*
planèze *nf*
planifiable *adj*
planificateur, trice *adj, n*
planification *nf*
planifier *vt*
planimètre *nm*
planimétrie *nf*
planimétrique *adj*
planipenne *nm*
planisme *nm*
planisphère *nm*
planiste *n*
plan-masse *nm (pl plans-masses)*
planning [planiŋ] *nm*
planoir *nm*
planorbe *nf*
plan-plan *adv (fam.)*
planque *nf (fam.)*
planqué, e *adj, n (fam.)*
planquer *vt, vpr (fam.)*
plan-relief *nm (pl plans-reliefs)*
plansichter [plɑ̃siʃtɛr] *nm*
plant *nm (plante)*
plantage *nm*
plantain *nm*
plantaire *adj*
plantard *nm*
plantation *nf*
plante *nf*
planté, e *adj*
planter *vt, vpr*
planteur *nm*
planteuse *nf*
plantigrade *adj, nm*
plantoir *nm*
planton *nm*
plantule *nf*
plantureusement *adv*
plantureux, euse *adj*
plaquage *nm (action de plaquer)*
plaque *nf*
plaqué *nm*
plaquemine *nf*
plaqueminier *nm*
plaque-modèle *nf (pl plaques-modèles)*
plaquer *vt*
plaquette *nf*
plaqueur, euse *n*
plasma *nm*
plasmagène *adj, nm*
plasmaphérèse *nf*
plasmatique *adj*
plasmide *nm*
plasmifier *vt*
plasmique *adj*
plasmocytaire *adj*
plasmocyte *nm*
plasmode *nm*
plasmodium [-djɔm] *nm*
plasmolyse *nf*
plasmopara *nm*
plaste *nm*
plastic *nm (explosif)*
plasticage ou **plastiquage** *nm*
plasticien, enne *n*
plasticité *nf*
plastie *nf*
plastifiant, e *adj, nm*
plastification *nf*
plastifier *vt*
plastigel *nm*
plastiquage ou **plasticage** *nm*
plastique *adj, nf (beauté) ; nm (matière synthétique)*
plastiquement *adv*
plastiquer *vt*
plastiqueur *nm*

plastisol *nm*
plastron *nm*
plastronner *vt, vi*
plasturgie *nf, nm*
plat, e *adj*
platane *nm*
plat-bord *nm (pl plats-bords)*
plate *nf*
plateau *nm*
plateau-repas *nm (pl plateaux-repas)*
plate-bande *nf (pl plates-bandes)*
platée *nf*
plate-forme *nf (pl plates-formes)*
platelage *nm*
plate-longe *nf (pl plates-longes)*
platement *adv*
plateresque *adj*
plateure *nf*
plathelminthe *nm*
platière *nf*
platinage *nm*
platine *nm (métal), adj inv.; nf (pièce plate)*
platiné, e *adj*
platiner *vt*
platinifère *adj*
platinite *nf*
platinoïde *nm*
platinotypie *nf*
platitude *nf*
platode *nm*
platonicien, enne *adj, n*
platonique *adj*
platoniquement *adv*
platonisme *nm*
plâtrage *nm*
plâtras [-tra] *nm*
plâtre *nm*
plâtrer *vt*
plâtrerie *nf*
plâtreux, euse *adj*
plâtrier *nm*
plâtrière *nf*
platyr(r)hinien *nm*
plausibilité *nf*
plausible *adj*
play-back [plɛbak] *nm inv.*
play-boy [plɛbɔj] *nm (pl play-boys)*
playon ou **pleyon** *nm*
pléba(i)n *nm*
plèbe *nf*
plébéien, enne *adj, n*
plébiscitaire *adj*
plébiscite *nm*
plébisciter *vt*
plécoptère *nm*
plectognathe *nm*
plectre *nm*
pléiade *nf*
plein, e *adj, nm*
plein *prép, adv*
pleinement *adv*
plein-emploi ou **plein emploi** *nm s*
plein-temps *nm (pl pleins-temps), adj inv.*
plein-vent *nm (pl pleins-vents)*
pléistocène *adj, nm*
plénier, ère *adj*
plénipotentiaire *nm, adj*
plénitude *nf*
plénum ou **plenum** [-nɔm] *nm*
pléonasme *nm*
pléonastique *adj*
plésiosaure *nm*
pléthore *nf*
pléthorique *adj*
pleur *nm*
pleurage *nm*
pleural, e, aux *adj*
pleurant, e *adj, nm*
pleurard, e *adj, n*
pleure-misère *n inv.*
pleurer *vi, vt*
pleurésie *nf*
pleurétique *adj, n*
pleureur, euse *adj, n*
pleurite *nf (pleurésie); nm (zoologie)*
pleurnichard, e *adj, n*
pleurnichement *nm*
pleurnicher *vi*
pleurnicherie *nf*
pleurnicheur, euse *adj, n*
pleurobranche *nm*
pleurodynie *nf*
pleuronecte *nm*
pleuronectidé *nm*
pleuropneumopathie *nf*
pleurote *nm*
pleurotomie *nf*
pleutre *nm, adj*
pleutrerie *nf*
pleuvasser *vimp*
pleuviner *vimp*
pleuvoir *vimp, vi* C74
pleuvoter *vimp*
plèvre *nf*
plexiglas [plɛksiglas] *nm*
plexus [plɛksys] *nm*
pleyon ou **playon** *nm (instrument)*
pleyon ou **plion** *nm (brin d'osier)*
pli *nm (pliure)*
pliable *adj*
pliant, e *adj, nm*
plie *nf (poisson)*
plié *nm*
pliement *nm*
plier *vt, vi, vpr*
plieur, euse *n*
plinthe *nf (bande)*
pliocène *adj, nm*
plioir *nm*
plion ou **pleyon** *nm*
plique *nf*
plissage *nm*
plissé, e *adj, nm*
plissement *nm*
plisser *vt, vi, vpr*
plisseur, euse *n*
plissure *nf*
pliure *nf*
ploc *interj*
plocéidé *nm*

ploiement *nm*
plomb [plɔ̃] *nm*
plombage *nm*
plombaginacée *nf*
plombagine *nf*
plombe *nf (arg.)*
plombé, e *adj*
plombémie *nf*
plomber *vt, vpr*
plomberie *nf*
plombeur *nm, adj m*
plombier *nm*
plombières *nf*
plombifère *adj*
plomboir *nm*
plombure *nf*
plommée *nf*
plonge *nf*
plongeant, e *adj*
plongée *nf*
plongement *nm*
plongeoir *nm*
plongeon *nm*
plonger *vt, vi, vpr* C7
plongeur, euse *adj, n*
plot [plo] *nm*
plouc ou **plouk** *n, adj (fam.)*
plouf *interj*
ploutocrate *nm*
ploutocratie [-si] *nf*
ploutocratique *adj*
ployable [plwajabl] *adj*
ployer [plwaje] *vt, vi* C16
p(e)luché, e *adj*
p(e)lucher *vi*
pluches *nf pl (fam.)*
p(e)lucheux, euse *adj*
pluie *nf*
plumage *nm*
plumaison *nf*
plumard *nm (pop.)*
plumasserie *nf*
plumassier, ère *adj, n*
plum-cake *nm (pl plum-cakes)*
plume *nf (d'oiseau)*
plume *nm (lit; pop.)*
plumeau *nm*
plumée *nf*
plumer *vt, vi*
plumer (se) *vpr (pop.)*
plumet [-mɛ] *nm*
plumeté, e *adj, nm*
plumetis [-ti] *nm*
plumeur, euse *n*
plumeux, euse *adj*
plumier *nm*
plumitif *nm*
plum-pudding [plumpudiŋ] *nm (pl plum-puddings)*
plumule *nf*
plupart (la) *nf*
plural, e, aux *adj*
pluralisme *nm*
pluraliste *adj, n*
pluralité *nf*
pluriannuel, elle *adj*
pluricausal, e, als ou **aux** *adj*
pluricellulaire *adj*
pluridimensionnel, elle *adj*
pluridisciplinaire *adj*
pluridisciplinarité *nf*
pluriel, elle *adj, nm*
plurilatéral, e, aux *adj*
plurilingue *adj, n*
plurinational, e, aux *adj*
pluripartisme *nm*
plurivalent, e *adj*
plurivoque *adj*
plus [plys ; plyz *devant voyelle* ou *h muet ;* ply *devant consonne et dans les locutions négatives ne... plus, non plus*] *adv*
plus [plys] *nm*
plusieurs *adj indéf pl, pron indéf pl*
plus-que-parfait [plyskəparfɛ] *nm*
plus-value *nf (pl plus-values)*
pluton *nm*
plutonien, enne *adj, n*
plutonigène *adj*
plutonique *adj*
plutonisme *nm*
plutonium [-njɔm] *nm*
plutôt *adv* 16-XXVII
pluvial, e, aux *adj*
pluvian *nm*
pluvier *nm*
pluvieux, euse *adj*
pluviner *vimp*
pluviomètre *nm*
pluviométrie *nf*
pluviométrique *adj*
pluvio-nival, e, aux *adj*
pluviôse *nm*
pluviosité *nf*
P.M.U. *nm*
pneu *nm (pl pneus)*
pneumallergène *nm*
pneumatique *adj, nm*
pneumatologie *nf*
pneumatophore *nm*
pneumatothérapie *nf*
pneumectomie *nf*
pneumo *nm (abrév.)*
pneumoconiose *nf*
pneumocoque *nm*
pneumocystose *nf*
pneumogastrique *nm, adj m*
pneumographie *nf*
pneumologie *nf*
pneumologue *n*
pneumonectomie *nf*
pneumonie *nf*
pneumonique *adj, n*
pneumopathie *nf*
pneumopéritoine *nm*
pneumo-phtisiologie *nf s*
pneumo-phtisiologue *n (pl pneumo-phtisiologues)*
pneumothorax *nm*
pochade *nf*
pochard, e *n, adj (fam.)*
pocharder (se) *vpr (fam.)*
pochardise *nf (fam.)*

poche *nf (petit sac); nm (livre)*
poché, e *adj*
pochée *nf*
pocher *vt, vi*
pochetée *nf (pop.)*
pochette *nf*
pochette-surprise *nf (pl pochettes-surprises)*
pocheuse *nf*
pochoir *nm*
pochon *nm*
pochothèque *nf*
pochouse ou **pauchouse** *nf*
poco a poco *loc adv*
podagre *adj*
podaire *nf*
podestat [-ta] *nm*
podium [-djɔm] *nm*
podolithe *nm*
podologie *nf*
podologue *n*
podomètre ou **pédomètre** *nm*
podzol [pɔdzɔl] *nm*
podzolique *adj*
podzoliser *vt*
podzolisation *nf*
pœcile [pesil] *nm*
pœcilotherme [pesi-] ou **poïkilotherme** [pɔiki-] *adj, nm*
poêle [pwal] *nm (fourneau, étoffe); nf (ustensile culinaire)*
poêlée [pwa-] *nf*
poêler [pwa-] *vt*
poêlier [pwa-] *nm*
poêlon [pwa-] *nm*
poème *nm*
poésie *nf*
poète *nm, adj*
poétereau *nm*
poétesse *nf*
poétique *adj, nf*
poétiquement *adv*
poétisation *nf*
poétiser *vt*
pogne *nf (pop.)*
pognon *nm (pop.)*
pogonophore *nm*
pogrom(e) [pɔgrɔm] *nm*
poids [pwa] *nm (pesanteur)*
poignant, e *adj*
poignard *nm*
poignarder *vt*
poigne *nf*
poignée *nf*
poignet [-ɲɛ] *nm*
poïkilotherme [pɔiki-] ou **pœcilotherme** [pesi-] *adj, nm*
poil *nm (pelage, duvet)*
poilant, e *adj (pop.)*
poil-de-carotte *adj inv.*
poiler (se) *vpr (pop.)*
poilu, e *adj, nm*
poinçon *nm*
poinçonnage *nm*
poinçonnement *nm*
poinçonner *vt*
poinçonneur, euse *n*
poindre *vt, vi* C81
poing *nm (main fermée)*
point *nm (signe, endroit), adv*
pointage *nm*
pointal, aux *nm*
point de vue *nm (pl points de vue)*
pointe *nf*
pointé, e *adj*
pointeau *nm*
pointer *vt, vi, vpr*
pointer [pwɛ̃tɛr] *nm*
pointeur, euse *n*
pointil ou **pontil** [-til] *nm*
pointillage [-tijaʒ] *nm*
pointillé [-tije] *nm*
pointiller [-tije] *vt, vi*
pointilleux, euse [-tijø, øz] *adj*
pointillisme [-tijism] *nm*
pointilliste [-tijist] *adj, n*
pointu, e *adj*
pointure *nf*
point-virgule *nm (pl points-virgules)*
poire *nf*
poiré *nm*
poireau *nm*
poireauter ou **poiroter** *vi (fam.)*
poirée *nf*
poirier *nm*
pois *nm (plante)*
poiscaille *n (pop.)*
poise *nm*
poiseuille *nm*
poison *nm (toxique); nf (personne)*
poissard, e *adj, n*
poisse *nf (pop.)*
poisser *vt, vi*
poisseux, euse *adj*
poisson *nm*
poisson-chat *nm (pl poissons-chats)*
poisson-épée *nm (pl poissons-épées)*
poisson-lune *nm (pl poissons-lunes)*
poissonnerie *nf*
poissonneux, euse *adj*
poissonnier, ère *n*
poisson-scie *nm (pl poissons-scies)*
poitevin, e *adj, n*
poitrail *nm*
poitrinaire *adj, n*
poitrine *nf*
poitrinière *nf*
poivrade *nf*
poivre *nm*
poivré, e *adj*
poivrer *vt, vpr*
poivrier *nm*
poivrière *nf*
poivron *nm*
poivrot, e [-vro, ɔt] *n (pop.)*
poix *nf (matière)*
poker [pɔkɛr] *nm*
polacre *nf*
polaire *adj, nf*

polaque *nm*
polar *nm (roman ; arg.)*
polard, e *adj, n (studieux ; fam.)*
polarimètre *nm*
polarimétrie *nf*
polarisable *adj*
polarisant, e *adj*
polarisation *nf*
polariscope *nm*
polarisé, e *adj*
polariser *vt, vpr*
polariseur *nm, adj m*
polarité *nf*
polarographie *nf*
polaroïd *nm*
polatouche *nm*
polder [pɔldɛr] *nm*
poldérisation *nf*
pôle *nm*
polémarque *nm*
polémique *adj, nf*
polémiquer *vi*
polémiste *n*
polémologie *nf*
polémologue *n*
polémoniacée *nf*
polenta [-lɛn-] *nf*
pole position *nf (pl pole positions)*
poli, e *adj, nm*
police *nf*
policé, e *adj*
policeman [pɔlisman] *nm (pl policemen* [-mɛn]*)*
policer *vt* C6
polichinelle *nm*
policier, ère *adj, n*
policlinique *nf (établissement de soins sans hospitalisation)*
policologie *nf*
poliment *adv*
polio *n (malade) ; nf (maladie)*
poliomyélite *nf*
poliomyélitique *adj, n*
poliorcétique *adj, nf*
polir *vt, vpr*
polissable *adj*
polissage *nm*
polisseur, euse *n*
polissoir *nm (outil)*
polissoire *nf (meule, brosse)*
polisson, onne *adj, n*
polissonner *vi*
polissonnerie *nf*
poliste *nm* ou *nf*
politesse *nf*
politicaillerie *nf (fam.)*
politicard, e *n, adj*
politicien, enne *n, adj*
politicologie *nf*
politicologue *n*
politique *adj, nm (homme) ; nf (gouvernement de l'Etat)*
politique-fiction *nf (pl politiques-fictions)*
politiquement *adv*
politiquer *vi*
politisation *nf*
politiser *vt*
politologie *nf*
politologue *n*
poljé [pɔlje] *nm*
polka *nf*
pollakiurie *nf*
pollen [pɔlɛn] *nm*
pollicitation *nf*
pollinie *nf*
pollinique *adj*
pollinisation *nf*
pollinose *nf*
polluant, e *adj, nm*
polluer *vt*
pollueur, euse *adj, n*
pollution *nf*
polo *nm*
polochon *nm*
polonais, e *adj, n*
polonium [-njɔm] *nm*
poltron, onne *adj, n*
poltronnerie *nf*
polyacide *adj, nm*
polyaddition *nf*
polyakène *adj, nm*
poly(alco)ol *nm*
polyamide *nm*
polyamine *nf*
polyandre *adj*
polyarchie *nf*
polyarthrite *nf*
polybasique *adj*
polybutadiène *nm*
polycarpique *adj, nf*
polycentrique *adj*
polycentrisme *nm*
polycéphale *adj*
polychète [-kɛt] *nm*
polychlorure [-klɔ-] *nm*
polychroïsme [-krɔism] *nm*
polychrome [-krom] *adj*
polychromie [-krɔ-] *nf*
polyclinique *nf (établissement où l'on soigne des maladies diverses)*
polycondensat [-sa] *nm*
polycondensation *nf*
polycopie *nf*
polycopié, e *adj, nm*
polycopier *vt*
polyculture *nf*
polycyclique *adj*
polydactyle *adj, n*
polydactylie *nf*
polydipsie *nf*
polyèdre *adj, nm*
polyédrique *adj*
polyembryonie *nf*
polyester [pɔliɛstɛr] *nm*
polyéthylène ou polythène *nm*
polygala ou polygale *nm*
polygame *adj, n*
polygamie *nf*
polygénique *adj*
polygénisme *nm*
polygéniste *n, adj*
polyglobulie *nf*
polyglotte *adj, n*
polygonacée *nf*
polygonal, e, aux *adj*

polygonation *nf*
polygone *nm*
polygonisation *nf*
polygraphe *n*
polygynie *nf*
polyholoside *nm*
polylobé, **e** *adj*
polymère *adj, nm*
polymérie *nf*
polymérisable *adj*
polymérisation *nf*
polymériser *vt*
polymorphe *adj*
polymorphie *nf*
polymorphisme *nm*
polynésien, **enne** *adj, n*
polynévrite *nf*
polynôme *nm*
polynomial, **e**, **aux** *adj*
polynucléaire *adj, nm*
poly(alco)ol *nm*
polyoléfine *nf*
polyoside *nm*
polype *nm*
polypeptide *nm*
polypeptidique *adj*
polypétale *adj*
polypeux, **euse** *adj*
polyphasé, **e** *adj*
polyphonie *nf*
polyphonique *adj*
polyphoniste *n*
polypier *nm*
polyploïde *adj, nm*
polyploïdie *nf*
polypnée *nf*
polypode *nm*
polypore *nm*
polyporée *nf*
polyprop(yl)ène *nm*
polyptère *nm*
polyptyque *nm*
polysaccharide [-sakarid] *nm*
polysémie [-se-] *nf*
polysémique [-se-] *adj*
polysoc [-sɔk] *adj, nm*
polystyle *adj*
polystyrène *nm*
polysulfure [-sy-] *nm*
polysyllabe [-si-] *adj, nm*
polysyllabique [-si-] *adj, nm*
polysynodie [-si-] *nf*
polysynthétique [-sɛ̃-] *adj*
polytechnicien, **enne** [-tɛk-] *n*
polytechnique [-tɛk-] *adj, nf*
polythéisme *nm*
polythéiste *adj, n*
polythène ou **polyéthylène** *nm*
polytherme *nm*
polytonal, **e**, **als** *adj*
polytonalité *nf*
polytransfusé, **e** *adj, n*
polytraumatisé, **e** *adj, n*
polytric *nm*
polyuréthan(n)e *nm*
polyurie *nf*
polyurique *adj, n*
polyvalence *nf*
polyvalent, **e** *adj, n*
polyvinyle *nm*
polyvinylique *adj*
pomelo ou **pomélo** *nm*
pomerium ou **pomœrium** [-rjɔm] *nm*
pomiculteur, **trice** *n*
pommade *nf*
pommader *vt, vpr*
pommard *nm*
pomme *nf*
pommé, **e** *adj*
pommeau *nm*
pomme de terre *nf* *(pl pommes de terre)*
pommelé, **e** *adj*
pommeler (se) *vpr* C10
pommelle *nf*
pommer *vi*
pommeraie *nf*
pommet(t)é, **e** *adj*
pommette *nf*
pommier *nm*
pomoculture *nf*
pomœrium ou **pomerium** [-rjɔm] *nm*
pomologie *nf*
pomologiste *n*
pomologue *n*
pompadour *adj inv., nm inv.*
pompage *nm*
pompe *nf*
pompéien, **enne** *adj, n*
pomper *vt*
pompette *adj (fam.)*
pompeur, **euse** *n*
pompeusement *adv*
pompeux, **euse** *adj*
pompier, **ère** *adj, n*
pompiérisme *nm*
pompile *nm*
pompiste *n*
pompon *nm*
pomponner *vt, vpr*
ponant *nm*
ponantais, **e** *adj, n*
ponçage *nm*
ponce *nf, adj f*
poncé, **e** *adj*
ponceau *nm, adj inv.*
poncelet [-lɛ] *nm*
poncer *vt* C6
ponceur, **euse** *n*
ponceux, **euse** *adj*
poncho [pɔ̃- ou pɔntʃo] *nm*
poncif *nm*
ponction *nf*
ponctionner *vt*
ponctualité *nf*
ponctuation *nf*
ponctuel, **elle** *adj*
ponctuellement *adv*
ponctuer *vt*
pondaison *nf*
pondérable *adj*
pondéral, **e**, **aux** *adj*
pondérateur, **trice** *adj*
pondération *nf*
pondéré, **e** *adj*
pondérer *vt* C11
pondéreux, **euse** *adj, nm*

pondeur, euse *adj, n*
pondoir *nm*
pondre *vt* C41
ponette *nf*
poney [-nɛ] *nm*
pongé(e) *nm*
pongidé *nm*
pongiste *n*
pont *nm*
pontage *nm*
pont-bascule *nm (pl ponts-bascules)*
pont-canal *nm (pl ponts-canaux)*
ponte *nf (action de pondre) ; nm (personnage)*
ponté, e *adj*
pontée *nf*
ponter *vt, vi*
pontet [-tɛ] *nm*
pontier *nm*
pontife *nm*
pontifiant, e *adj*
pontifical, e, aux *adj, nm*
pontificat [-ka] *nm*
pontifier *vi*
pontil ou **pointil** [-til] *nm*
pont-l'évêque *nm inv.*
pont-levis [pɔ̃ləvi] *nm (pl ponts-levis)*
ponton *nm*
ponton-grue *nm (pl pontons-grues)*
pontonnier *nm*
pont-promenade *nm (pl ponts-promenade*[s]*)*
pont-rail *nm (pl ponts-rails)*
pont-route *nm (pl ponts-routes)*
pontuseau *nm*
pool [pul] *nm (groupement)*
pop [pɔp] *adj inv., n inv.*
pop art ou **pop'art** ou **pop-art** [pɔpart] *nm s*
pop-corn [pɔpkɔrn] *nm inv.*
pope *nm*
popeline *nf*
poplité, e *adj, nm*
pop music *nf s*
popote *nf, adj inv. (fam.)*
popotin *nm (pop.)*
populace *nf*
populacier, ère *adj*
populage *nm*
populaire *adj*
populairement *adv*
popularisation *nf*
populariser *vt*
popularité *nf*
population *nf*
populationniste *adj, n*
populéum [-leɔm] *nm*
populeux, euse *adj*
populisme *nm*
populiste *adj, n*
populo *nm (pop.)*
poquer *vi*
poquet [-kɛ] *nm*
porc [pɔr] *nm (animal)*
porcelaine *nf*
porcelainier, ère *adj*
porcelet [-lɛ] *nm*
porc-épic [pɔrkepik] *nm (pl porcs-épics)*
porchaison *nf*
porche *nm*
porcher, ère *n*
porcherie *nf*
porcin, e *adj, nm*
pore *nm (orifice)*
poreux, euse *adj*
porion *nm*
porno *nm, adj (abrév.)*
pornographe *n*
pornographie *nf*
pornographique *adj*
porophore *nm*
porosité *nf*
porphyre *nm*
porphyrie *nf*
porphyrine *nf*
porphyrique *adj*
porphyrogénète *adj*
porphyroïde *adj*
porque *nf*
porreau *nm*
porrection *nf*
porridge [pɔridʒ] *nm*
port *nm (action de porter, abri)*
portabilité *nf*
portable *adj*
portage *nm*
portail, ails *nm*
portal, e, aux *adj*
portance *nf*
portant, e *adj, nm*
portatif, ive *adj*
porte *adj, nf*
porté, e *adj*
porté ou **porter** *nm*
porte-aéronefs *nm inv.*
porte-à-faux *nm inv.*
porte-affiche(s) *nm inv.*
porte-aiguille *nm (pl porte-aiguille*[s] *; pièce d'une machine)*
porte-aiguilles *nm inv. (trousse)*
porte-allumettes *nm inv.*
porte-amarre *nm (pl porte-amarre*[s]*)*
porte-à-porte *nm inv.*
porte-autos *nm inv.*
porte-avions *nm inv.*
porte-bagages *nm inv.*
porte-baïonnette *nm (pl porte-baïonnette*[s]*)*
porte-balais *nm inv.*
porte-bannière *n (pl porte-bannière*[s]*)*
porte-barges *nm inv., adj inv.*
porte-bébé *nm (pl porte-bébé*[s]*)*
porte-billets *nm inv.*
porte-bonheur *nm inv.*

porte-bouquet [-kɛ] *nm (pl porte-bouquet[s])*
porte-bouteilles *nm inv.*
porte-brancard *nm (pl porte-brancard[s])*
porte-carte(s) *nm inv.*
porte-chapeaux *nm inv.*
porte-cigares *nm inv.*
porte-cigarettes *nm inv.*
porte-clefs ou porte-clés *nm inv.*
porte-conteneurs *nm inv.*
porte-copie *nm (pl porte-copie[s])*
porte-couteau *nm (pl porte-couteau[x])*
porte-crayon *nm (pl porte-crayon[s])*
porte-croix *nm inv.*
porte-crosse *nm (pl porte-crosse[s])*
porte-documents *nm inv.*
porte-drapeau *nm (pl porte-drapeau[x])*
portée *nf*
porte-enseigne *nm (pl porte-enseigne[s])*
porte-épée *nm (pl porte-épée[s])*
porte-étendard *nm (pl porte-étendard[s])*
porte-étriers *nm inv.*
porte-étrivière *nm (pl porte-étrivière[s])*
portefaix [-fɛ] *nm*
porte-fanion *nm (pl porte-fanion[s])*
porte-fenêtre *nf (pl portes-fenêtres)*
portefeuille *nm*
porte-fort *nm inv.*
porte-glaive *nm inv.*
porte-greffe(s) *nm (pl porte-greffe[s])*
porte-hauban(s) *nm (pl porte-haubans)*
porte-hélicoptères *nm inv.*
porte-jarretelles *nm inv.*
porte-lame *nm (pl porte-lame[s])*
portelone *nm*
porte-malheur *nm inv.*
portemanteau *nm*
portement *nm*
porte-menu *nm (pl porte-menu[s])*
porte(-)mine *nm (pl portemines ou porte-mine[s])*
porte-monnaie *nm inv.*
porte-montre *nm (pl porte-montre[s])*
porte-mors [-mɔr] *nm inv.*
porte-musique *nm inv.*
porte-objet *nm (pl porte-objet[s])*
porte-outil *nm (pl porte-outil[s])*
porte-papier *nm inv.*
porte-parapluies *nm inv.*
porte-parole *nm inv.*
porte-plume *nm inv.*
porte-queue *nm inv.*
porter *vt, vti, vpr*
porter ou porté *nm*
porter [-tɛr] *nm*
porterie *nf*
porte-savon *nm (pl porte-savon[s])*
porte-serviettes *nm inv.*
porte-skis *adj inv., nm inv.*
porteur, euse *adj, n*
porte-vent *nm inv.*
porte-voix *nm inv.*
portfolio [pɔrtfɔljo] *nm*
portier, ère *n, adj*
portillon *nm*
portion [pɔrsjɔ̃] *nf*
portionnaire [-sjɔ-] *n*
portique *nm*
portland [pɔrtlɑ̃d] *nm*
portlandien *adj m, nm*
porto *nm*
portor *nm*
portoricain, e *adj, n*
portrait *nm*
portraitiste *n*
portrait-robot *nm (pl portraits-robots)*
portraiturer *vt*
port-salut *nm inv.*
portuaire *adj*
portugais, e *adj, n*
portulan *nm*
portune *nm*
posada *nf*
pose *nf (de poser)*
posé, e *adj*
posément *adv*
posemètre *nm*
poser *vt, vi, vpr*
poseur, euse *adj, n*
posidonie *nf*
positif, ive *adj, nm*
position *nf*
positionnement *nm*
positionner *vt, vpr*
positionneur *nm*
positivement *adv*
positivisme *nm*
positiviste *adj, n*
positivité *nf*
posit(r)on *nm*
posit(r)onium [-njɔm] *nm*
posologie *nf*
possédant, e *adj, n*
possédé, e *adj, n*
posséder *vt, vpr* C11
possesseur *nm*
possessif, ive *adj, nm*
possession *nf*
possessionnel, elle *adj*
possessivité *nf*
possessoire *adj*
possibilité *nf*
possible *adj, nm* 5-IV
postage *nm*
postal, e, aux *adj*
postclassique *adj*
postcombustion *nf*
postcommunion *nf*
postcure *nf*
postdate *nf*

postdater *vt*
poste *nf (lettres) ; nm (lieu de fonction)*
posté, e *adj*
poster *vt, vpr*
poster [pɔstɛr] *nm*
postérieur, e *adj, nm*
postérieurement *adv*
posteriori (a) *loc adv*
postériorité *nf*
postérité *nf*
postface *nf*
postglaciaire *adj*
posthite *nf*
posthume *adj*
posthypophyse *nf*
postiche *adj, nm*
postier, ère *n*
postillon *nm*
postillonner *vi*
postimpressionnisme *nm*
postimpressionniste *adj, n*
postindustriel, elle *adj*
postmoderne *adj, nm*
postmodernisme *nm*
postnatal, e, als *adj*
postopératoire *adj*
post-partum [-tɔm] *nm inv.*
postposer *vt*
postposition *nf*
postprandial, e, aux *adj*
postromantique *adj*
postscolaire *adj*
post-scriptum [-tɔm] *nm inv.*
postsonorisation *nf*
postsynchronisation *nf*
postsynchroniser *vt*
postulant, e *n*
postulat [-la] *nm*
postulation *nf*
postuler *vt, vi*
postural, e, aux *adj*
posture *nf*
pot [po] *nm (récipient)*
potable *adj*
potache *nm (fam.)*
potager, ère *adj, nm*
potamochère [-ʃɛr] *nm*
potamologie *nf*
potamot [-mo] *nm*
potard *nm (fam.)*
potasse *nf*
potasser *vt (fam.)*
potassique *adj*
potassium [-sjɔm] *nm*
pot-au-feu [pɔtofø] *nm inv., adj inv.*
pot-bouille *nf (pl pots-bouilles ; pop.)*
pot-de-vin *nm (pl pots-de-vin)*
pote *nm (pop.)*
poteau *nm*
potée *nf*
potelé, e *adj*
potence *nf*
potencé, e *adj*
potentat [-tãta] *nm*
potentialiser *vt*
potentialité *nf*
potentiel, elle *adj, nm*
potentiellement *adv*
potentille [pɔtãtij] *nf*
potentiomètre *nm*
poterie *nf*
poterne *nf*
potestatif, ive *adj*
potiche *nf*
potier, ère *n*
potin *nm*
potiner *vi*
potinier, ère *adj, n*
potion *nf*
potiquet [-kɛ] *nm*
potiron *nm*
potlatch [pɔtlatʃ] *nm*
potomanie *nf*
potomètre *nm*
potorou *nm*
pot-pourri *nm (pl pots-pourris)*
potron-ja(c)quet *nm inv.*
potron-minet *nm inv.*
potto *nm*
pottock [pɔtɔk] *nm*
pou *nm (pl poux* [animal]*)*
pouacre *adj, n*
pouah *interj*
poubelle *nf*
pouce *nm (doigt)*
pouce-pied *nm (pl pouces-pieds)*
poucettes *nf pl*
poucier *nm (doigtier)*
pou-de-soie ou **pou(l)t-de-soie** *nm (pl poux-* ou *pou[l]ts-de-soie)*
pouding ou **pudding** [pudiŋ] *nm (pl poudings* ou *puddings)*
poudingue [pudɛ̃g] *nm*
poudrage *nm*
poudre *nf*
poudrer *vt, vi, vpr*
poudrerie *nf*
poudrette *nf*
poudreuse *nf*
poudreux, euse *adj*
poudrier *nm*
poudrière *nf*
poudrin *nm*
poudroiement *nm*
poudroyer [-drwaje] *vi* C16
pouf *nm*
pouf *interj*
pouffer *vi*
pouf(f)iasse *nf (pop.)*
pouillard *nm*
pouillé *nm*
pouillerie *nf*
pouilles *nf pl*
pouilleux, euse *adj, n*
pouillot [-jo] *nm*
pouilly *nm inv.*
poujadisme *nm*
poujadiste *adj, n*
poulailler *nm*
poulain *nm*
poulaine *nf*

poularde *nf*
poulbot [-bo] *nm*
poule *nf (oiseau)*
poulette *nf, adj f*
pouliche *nf*
poulie *nf*
pouliner *vi*
poulinière *nf, adj f*
pouliot [-ljo] *nm*
poulot, otte [-lo, ɔt] *n (fam.)*
poulpe *nm*
pouls [pu] *nm (battement des artères)*
pou(l)t-de-soie ou pou-de-soie *nm (pl pou(l)ts- ou poux-de-soie)*
poumon *nm*
poupard, e *adj, n (poupon)*
poupart *nm (crabe)*
poupe *nf*
poupée *nf*
poupin, e *adj*
poupon *nm*
pouponner *vi*
pouponnière *nf*
pour *prép, nm inv.*
pourboire *nm*
pourceau *nm*
pour-cent *nm inv.*
pourcentage *nm*
pourchasser *vt, vpr*
pourfendeur, euse *n*
pourfendre *vt* C41
pourlèche ou perlèche *nf*
pourlécher *vt, vpr* C11
pourparler *nm*
pourpier *nm*
pourpoint *nm*
pourpre *nf (matière colorante, étoffe); nm (couleur, mollusque), adj*
pourpré, e *adj*
pourprin, e *adj, nm*
pourquoi *adv, conj, nm inv.* 16-XXVIII
pourri, e *adj, nm*
pourridié *nm*
pourrir *vt, vi, vpr*
pourrissage *nm*
pourrissant, e *adj*
pourrissement *nm*
pourrissoir *nm*
pourriture *nf*
pour-soi *nm inv.*
poursuite *nf*
poursuiteur *nm*
poursuivant, e *adj, n*
poursuivre *vt, vpr* C50
pourtant *adv*
pourtour *nm*
pourvoi *nm*
pourvoir *vt, vti, vpr* C30
pourvoyeur, euse [-vwajœr, øz] *n*
pourvu, e *adj, nm*
pourvu que *loc conj*
poussage *nm*
poussa(h) *nm*
pousse *nf (croissance)*
poussé, e *adj*
pousse-café *nm inv.*
pousse-cailloux *nm inv. (pop.)*
poussée *nf*
pousse-pied *nm inv.*
pousse-pousse *nm inv.*
pousser *vt, vi, vpr*
pousse-toc *nm inv.*
poussette *nf*
poussette-canne *nf (pl poussettes-cannes)*
pousseur *nm*
poussier *nm (poussière)*
poussière *nf*
poussiéreux, euse *adj*
poussif, ive *adj, nm*
poussin *nm*
poussine *nf*
poussinière *nf*
poussivement *adv*
poussoir *nm*
poutargue ou boutargue *nf*
pou(l)t-de-soie ou pou-de-soie *nm (pl pou(l)ts- ou poux-de-soie)*
poutrage *nm*
poutraison *nf*
poutre *nf*
poutrelle *nf*
poutser *vt (fam.)*
pouture *nf*
pouvoir *vt* C36
pouvoir *nm*
pouzzolane [pu(d)zɔlan] *nf*
P.P.C.M. *nm*
prâcrit ou pracrit ou prâkrit ou prakrit [prakri] *nm*
practice *nm*
praesidium ou présidium [prezidjɔm] *nm*
pragmatique *adj, nf*
pragmatisme *nm*
pragmatiste *adj, n*
prag(u)ois, e *adj, n*
praire *nf*
prairial, als *nm*
prairie *nf*
prâkrit ou prakrit ou prâcrit ou pracrit [prɑkri] *nm*
pralin *nm*
pralinage *nm*
praline *nf*
praliné, e *adj, nm*
praliner *vt*
prame *nf*
prandial, e, aux *adj*
prao *nm*
prase *nm*
praséodyme *nm*
praticabilité *nf*
praticable *adj, nm*
praticien, enne *n*
pratiquant, e *adj, n*
pratique *adj, nf*
pratiquement *adv*
pratiquer *vt, vpr*
praxie *nf*

praxinoscope *nm*
praxis [-ksis] *nf*
praxithérapie *nf*
pré *nm*
préadamisme *nm*
préadamite *adj, n*
préadaptation *nf*
préadolescent, e *n*
préalable *adj, nm*
préalablement *adv*
préalpin, e *adj*
préambule *nm*
préamplificateur *nm*
préannonce *nf*
préapprentissage *nm*
préau *nm (pl préaux)*
préavis *nm*
préaviser *vt*
prébende *nf*
prébendé *adj m, nm*
prébendier *nm*
précaire *adj*
précairement *adv*
précambrien, enne *adj, nm*
précancéreux, euse *adj*
précarisation *nf*
précariser *vt*
précarité *nf*
précatif, ive *adj, nm*
précaution *nf*
précautionner *vt, vpr*
précautionneusement *adv*
précautionneux, euse *adj*
précédemment [-damɑ̃] *adv*
précédent, e *adj, nm*
précéder *vt* C11
préceinte *nf*
précellence *nf*
précepte *nm*
précepteur, trice *n*
préceptorat [-ra] *nm*
précession *nf*
préchambre *nf*
préchauffage *nm*
préchauffer *vt*
prêche *nm*
prêcher *vt, vi*
prêcheur, euse *adj, n*
prêchi-prêcha *nm inv. (fam.)*
précieusement *adv*
précieux, euse *adj, n*
préciosité *nf*
précipice *nm*
précipitamment *adv*
précipitation *nf*
précipité, e *adj, nm*
précipiter *vt, vi, vpr*
préciput [-pyt] *nm*
préciputaire *adj*
précis, e *adj, nm*
précisément *adv*
préciser *vt, vpr*
précision *nf*
précisionnisme *nm*
précité, e *adj*
préclassique *adj*
préclinique *adj*
précoce *adj*
précocement *adv*
précocité *nf*
précolombien, enne *adj*
précombustion *nf*
précompte [-kɔ̃t] *nm*
précompter [-kɔ̃te] *vt*
préconception *nf*
préconçu, e *adj*
préconisation *nf*
préconiser *vt*
préconiseur *nm*
préconscient, e *adj, nm*
précontraint, e *adj, nm*
précontrainte *nf*
précordial, e, aux *adj*
précuit, e *adj*
précurseur *adj m, nm*
prédateur, trice *adj, nm*
prédation *nf*
prédécesseur *nm*
prédécoupé, e *adj*
prédélinquant, e *n*
prédelle *nf*
prédestination *nf*
prédestiné, e *adj, n*
prédestiner *vt*
prédétermination *nf*
prédéterminer *vt*
prédéterminisme *nm*
prédicable *adj, nm*
prédicant *nm*
prédicat [-ka] *nm*
prédicateur, trice *n*
prédicatif, ive *adj*
prédication *nf*
prédictif, ive *adj*
prédiction *nf*
prédigéré, e *adj*
prédilection *nf*
prédiquer *vt*
prédire *vt* C54 *(indic prés et impér, 2e pers. pl : prédisez)*
prédisposer *vt*
prédisposition *nf*
prédominance *nf*
prédominant, e *adj*
prédominer *vi*
préélectoral, e, aux *adj*
préélémentaire *adj*
préemballé, e *adj*
prééminence *nf*
prééminent, e *adj*
préemption *nf*
préencollé, e *adj*
préenregistré, e *adj*
préétabli, e *adj*
préétablir *vt*
préexcellence *nf*
préexistant, e *adj*
préexistence *nf*
préexister *vi*
préfabrication *nf*
préfabriqué, e *adj, nm*
préface *nf*
préfacer *vt* C6
préfacier *nm*
préfectoral, e, aux *adj*
préfecture *nf*
préférable *adj*
préférablement *adv*
préféré, e *adj, n*
préférence *nf*
préférentiel, elle *adj*
préférentiellement *adv*
préférer *vt* C11

préfet [-fɛ] *nm*
préfète *nf*
préfiguration *nf*
préfigurer *vt*
préfinancement *nm*
préfix, e [prefiks] *adj*
préfixal, e, aux *adj*
préfixation *nf*
préfixe *nm*
préfixé, e *adj*
préfixer *vt*
préfixion *nf*
préfloraison *nf*
préfoliation ou **préfoliaison** *nf*
préformage *nm*
préformation *nf*
préformer *vt*
prégénital, e, aux *adj*
préglaciaire *adj*
prégnance *nf*
prégnant, e *adj*
préhellénique *adj*
préhenseur *adj m*
préhensile *adj*
préhension *nf*
préhistoire *nf*
préhistorien, enne *n*
préhistorique *adj*
préhominien *nm*
préindustriel, elle *adj*
préislamique *adj*
préjudice *nm*
préjudiciable *adj*
préjudiciaux *adj m pl*
préjudiciel, elle *adj*
préjudicier *vti*
préjugé *nm*
préjuger *vt, vti* C7
prélart *nm*
prélasser (se) *vpr*
prélat [-la] *nm*
prélatin, e *adj*
prélature *nf*
prélavage *nm*
prêle ou **prèle** *nf*
prélegs [prelɛ(g)] *nm*
prélèvement *nm*
prélever *vt* C8
préliminaire *adj, nm*
préliminairement *adv*
prélogique *adj*
prélude *nm*
préluder *vi, vti*
prématuré, e *adj, n*
prématurément *adv*
prématurité *nf*
prémédication *nf*
préméditation *nf*
prémédité, e *adj*
préméditer *vt, vti*
prémenstruel, elle *adj*
prémices *nf pl (début)*
premier, ère *adj, n* 17-I
premier (en) *loc adv*
premièrement *adv*
premier-né, première-née *adj, n (pl premiers-nés, premières-nées)*
prémilitaire *adj*
prémisse *nf (logique)*
prémolaire *nf*
prémonition *nf*
prémonitoire *adj*
prémontré, e *n*
prémunir *vt, vpr*
prémunition *nf*
prenable *adj*
prenant, e *adj*
prénatal, e, als *adj*
prendre *vt, vi, vpr* C42
preneur, euse *adj, n*
prénom *nm*
prénommé, e *adj, n*
prénommer *vt, vpr*
prénotion *nf*
prénuptial, e, aux *adj*
préoccupant, e *adj*
préoccupation *nf*
préoccupé, e *adj*
préoccuper *vt, vpr*
préœdipien, enne *adj*
préolympique *adj*
préopératoire *adj*
préoral, e, aux *adj*
prépa *nf (abrév.)*
préparateur, trice *n*
préparatif *nm*
préparatoire *adj*
préparer *vt, vpr*
prépayer [-peje] *vt* C15
prépondérance *nf*
prépondérant, e *adj*
préposé, e *n*
préposer *vt*
prépositif, ive *adj*
préposition *nf*
prépositionnel, elle *adj*
prépositivement *adv*
prépotence *nf*
préprogrammé, e *adj*
prépsychose [-koz] *nf*
prépsychotique [-kɔ-] *adj, n*
prépuce *nm*
préraphaélisme *nm*
préraphaélite *adj, nm*
prérasage *nm*
préréglage *nm*
prérégler *vt* C11
prérentrée *nf*
préretraite *nf*
préretraité, e *n*
prérogative *nf*
préroman, e *adj*
préromantique *adj*
préromantisme *nm*
près *adv*
présage *nm*
présager *vt* C7
présalaire [presa-] *nm*
pré-salé *nm (pl prés-salés)*
présanctifié, e [-sɑ̃-] *adj, n*
presbyophrénie *nf*
presbyte *adj, n*
presbytéral, e, aux *adj*
presbytère *nm*
presbytérianisme *nm*
presbytérien, enne *adj, n*
presbytie [-si] *nf*
prescience [presjɑ̃s] *nf*
prescient, e [presjɑ̃, ɑ̃t] *adj*
préscolaire *adj*
prescripteur *nm*
prescriptible *adj*

prescription *nf*
prescrire *vt, vpr* C51
préséance [-se-] *nf*
présélecteur [-se-] *nm*
présélection [-se-] *nf*
présélectionner [-se-] *vt*
présence *nf*
présénescence [-senesɑ̃s] *nf*
présénile [-se-] *adj*
présent, e *adj, nm*
présent (à) *loc adv*
présentable *adj*
présentateur, trice *n*
présentation *nf*
présentement *adv*
présenter *vt, vi, vpr*
présentoir *nm*
présérie [-se-] *nf*
préservateur, trice *adj*
préservatif, ive *adj, nm*
préservation *nf*
préserver *vt, vpr*
préside *nm*
présidence *nf*
président *nm*
présidente *nf*
présidentiable *adj, n*
présidentialisme *nm*
présidentiel, elle *adj*
présidentielles *nf pl*
présider *vt, vti*
présidial, aux *nm*
présidialité *nf*
présidium ou praesidium [prezidjɔm] *nm*
présocratique [-sɔ-] *adj, n*
présomptif, ive *adj*
présomption *nf*
présomptueusement *adv*
présomptueux, euse *adj, n*
présonorisation [-sɔ-] *nf*
presque *adv*
presqu'île *nf (pl presqu'îles)*
pressage *nm*
pressant, e *adj*
press-book [prɛsbuk] *nm (pl press-books)*
presse *nf*
pressé, e *adj, nm*
presse-bouton *adj inv.*
presse-citron *nm inv.*
pressée *nf*
presse-étoupe *nm inv.*
presse-fruits *nm inv.*
pressentiment *nm*
pressentir *vt* C23
presse-papiers *nm inv.*
presse-purée *nm inv.*
presser *vt, vi, vpr*
presse-raquette *nm inv.*
presseur, euse *adj, n*
presse-viande *nm inv.*
pressier *nm*
pressing [prɛsiŋ] *nm*
pression *nf*
pressoir *nm*
pressostat *nm*
pressurage *nm*
pressurer *vt, vpr*
pressureur *nm*
pressurisation *nf*
pressuriser *vt*
prestance *nf*
prestant *nm*
prestataire *n*
prestation *nf*
preste *adj*
prestement *adv*
prestesse *nf*
prestidigitateur, trice *n*
prestidigitation *nf*
prestige *nm*
prestigieux, euse *adj*
prestissimo *adv*
presto *adv*
présumable *adj*
présumé, e *adj*
présumer *vt, vti*
présupposé, e [-sy-] *adj, nm*
présupposer [-sy-] *vt*
présupposition [-sy-] *nf*
présure [-zyr] *nf*
présurer [-zyre] *vt*
prêt, e [prɛ, ɛt] *adj*
prêt [prɛ] *nm*
prêt-à-coudre *nm (pl prêts-à-coudre)*
pretantaine ou pretentaine ou prétantaine *nf*
prêté, e *adj, nm*
prétendant, e *n*
prétendre *vt, vti, vpr* C41
prétendu, e *adj*
prétendument *adv*
prête-nom *nm (pl prête-noms)*
pretentaine ou prétentaine ou pretantaine *nf*
prétentiard, e *adj, n (fam.)*
prétentieusement *adv*
prétentieux, euse *adj, n*
prétention *nf*
prêter *vt, vti, vi, vpr*
prétérit [-rit] *nm*
prétérition *nf*
préteur *nm (magistrat)*
prêteur, euse *adj, n (de prêt)*
prétexte *nf (toge), adj; nm (raison)*
prétexter *vt*
pretintaille *nf*
pretium doloris [presjɔmdɔlɔris] *nm inv.*
prétoire *nm*
prétorial, e, aux *adj*
prétorien, enne *adj, nm*
prêtraille *nf*
prétraité, e *adj*
prêtre *nm*
prêtre-ouvrier *nm (pl prêtres-ouvriers)*
prêtresse *nf*
prêtrise *nf*
préture *nf*
preuve *nf*
preux *adj m inv., nm inv.*

prévalence *nf*
prévaloir *vt, vpr* C34
prévaricateur, trice *adj, n*
prévarication *nf*
prévariquer *vi*
prévenance *nf*
prévenant, e *adj*
prévenir *vt* C28 *(auxil avoir)*
préventif, ive *adj*
prévention *nf*
préventivement *adv*
préventologie *nf*
préventorium [-rjɔm] *nm*
prévenu, e *adj, n*
préverbe *nm*
prévisibilité *nf*
prévisible *adj*
prévision *nf*
prévisionnel, elle *adj*
prévisionniste *n*
prévoir *vt* C30
prévôt [-vo] *nm*
prévôtal, e, aux *adj*
prévôté *nf*
prévoyance [-vwajɑ̃s] *nf*
prévoyant, e [-vwajɑ̃, ɑ̃t] *adj*
prévu, e *adj, n*
priant *nm*
priapée *nf*
priapisme *nm*
prie-Dieu *nm inv.*
prier *vt, vi*
prière *nf*
prieur, e *n*
prieuré *nm*
prima donna *nf (pl inv.* ou *prime donne* [primedɔne]*)*
primage *nm*
primaire *adj, n*
primal, e, aux *adj*
primarité *nf*
primat [-ma] *nm*
primate *nm*
primatial, e, aux [-sjal, sjo] *adj*
primatiale [-sjal] *nf*
primatie [-si] *nf*
primauté *nf*
prime *adj, nf*
primé, e *adj*
primer *vt, vti*
primerose *nf*
primesautier, ère *adj*
primeur *nf*
primeuriste *n*
primevère *nf*
primidi *nm*
primipare *adj, nf*
primipilaire *nm*
primipile *nm*
primitif, ive *adj, n*
primitivement *adv*
primitivisme *nm*
primo *adv*
primogéniture *nf*
primo-infection *nf (pl primo-infections)*
primordial, e, aux *adj*
primulacée *nf*
prince *nm*
prince-de-galles *nm inv., adj inv.*
princeps [prɛ̃sɛps] *adj inv.*
princesse *nf*
princier, ère *adj*
princièrement *adv*
principal, e, aux *adj, nm*
principalement *adv*
principat [-pa] *nm*
principauté *nf*
principe *nm*
printanier, ère *adj*
printanisation *nf*
printemps [-tɑ̃] *nm*
priodonte *nm*
priorat [-ra] *nm*
priori (a) *loc adv*
prioritaire *adj, n*
prioritairement *adv*
priorité *nf*
pris, e [pri, iz] *adj*
priscillianisme *nm*
prise *nf*
prisée *nf*
priser *vt, vpr*
priseur, euse *n*
prismatique *adj*
prisme *nm*
prison *nf*
prisonnier, ère *adj, n*
privat(-)docent ou **privat (-)dozent** [privadɔsɛ̃t] *nm (pl privat*[-]*docents, privat*[-]*dozents)*
privatif, ive *adj, nm*
privation *nf*
privatique *nf*
privatisable *adj, nf*
privatisation *nf*
privatiser *vt*
privatiste *n*
privauté *nf*
privé, e *adj, nm*
priver *vt, vpr*
privilège *nm*
privilégié, e *adj, n*
privilégier *vt*
prix *nm*
pro *adj, n (abrév.)*
probabilisme *nm*
probabiliste *adj, n*
probabilité *nf*
probable *adj*
probablement *adv*
probant, e *adj*
probation *nf*
probationnaire *n*
probatique *adj f*
probatoire *adj*
probe *adj*
probité *nf*
problématique *adj, nf*
problématiquement *adv*
problème *nm*
proboscidien *nm*
procaïne *nf*
procaryote *adj, nm*
procédé *nm*
procéder *vti, vi* C11
procédural, e, aux *adj*
procédure *nf*

procédurier, ère *adj, n*
procellariforme *nm*
procès [prɔsɛ] *nm*
processeur *nm*
processif, ive *adj, n*
procession *nf*
processionnaire *adj f, nf*
processionnal, aux *nm*
processionnel, elle *adj*
processionnellement *adv*
processus [-sys] *nm*
procès-verbal *nm (pl procès-verbaux)*
prochain, e *adj, n*
prochainement *adv*
proche *adj, nm*
proche *adv*
prochinois, e *adj, n*
proc(h)ordé [-kɔr-] ou protoc(h)ordé *nm*
procidence *nf*
proclamateur, trice *n*
proclamation *nf*
proclamer *vt*
proclitique *adj, nm*
proclive *adj*
proconsul *nm*
proconsulaire *adj*
proconsulat [-la] *nm*
proc(h)ordé ou protoc(h)ordé *nm*
procrastination *nf*
procréateur, trice *adj, n*
procréation *nf*
procréatique *nf*
procréer *vt* C14
proctalgie *nf*
proctite *nf*
proctologie *nf*
proctologue *n*
proctorrhée *nf*
procurateur *nm*
procuratie [-si] *nf*
procuration *nf*
procuratrice *nf*
procure *nf*
procurer *vt, vpr*
procureur *nm*
prodigalité *nf*
prodige *nm*
prodigieusement *adv*
prodigieux, euse *adj*
prodigue *adj, n*
prodiguer *vt, vpr*
pro domo *loc adj inv.*
prodrome *nm*
prodromique *adj*
producteur, trice *adj, n*
productibilité *nf*
productible *adj*
productif, ive *adj*
production *nf*
productique *nf*
productivisme *nm*
productiviste *adj*
productivité *nf*
produire *vt, vpr* C56
produit *nm*
proéminence *nf*
proéminent, e *adj*
prof *n (abrév.)*
profanateur, trice *adj, n*
profanation *nf*
profane *adj, n*
profaner *vt*
profectif, ive *adj*
proférer *vt* C11
profès, esse [-fɛ,ɛs] *adj, n*
professer *vt*
professeur *nm*
profession *nf*
professionnalisation *nf*
professionnaliser *vt*
professionnalisme *nm*
professionnel, elle *adj, n*
professionnellement *adv*
professoral, e, aux *adj*
professorat [-ra] *nm*
profil [-fil] *nm*
profilage *nm*
profilé, e *adj, nm*
profiler *vt, vpr*
profilographe *nm*
profit *nm*
profitable *adj*
profitant, e *adj*
profiter *vti, vi*
profiterole *nf*
profiteur, euse *n*
profond, e *adj, n*
profond *adv*
profondément *adv*
profondeur *nf*
pro forma *loc adj inv.*
profus, e [-fy, yz] *adj*
profusément *adv*
profusion *nf*
progéniture *nf*
progestatif, ive *adj, nm*
progestérone *nf*
progiciel *nm*
proglottis [-tis] *nm*
prognathe [-gnat] *adj, n*
prognathisme [-gna-] *nm*
programmable *adj*
programmateur, trice *n*
programmation *nf*
programmatique *adj*
programme *nm*
programmé, e *adj*
programmeur, euse *n*
progrès [-grɛ] *nm*
progresser *vi*
progressif, ive *adj, nm*
progression *nf*
progressisme *nm*
progressiste *adj, n*
progressivement *adv*
progressivité *nf*
prohibé, e *adj*
prohiber *vt*
prohibitif, ive *adj*
prohibition *nf*
prohibitionnisme *nm*
prohibitionniste *adj, n*
proie *nf*
projecteur *nm*
projectif, ive *adj*
projectile *nm*
projection *nf*
projectionniste *n*
projecture *nf*
projet [-ʒɛ] *nm*
projeter *vt, vpr* C10

projeteur *nm*
prolactine *nf*
prolamine *nf*
prolan *nm*
prolapsus [-psys] *nm*
prolégomènes *nm pl*
prolepse *nf*
prolétaire *n, adj*
prolétariat [-rja] *nm*
prolétarien, enne *adj*
prolétarisation *nf*
prolétariser *vt, vpr*
prolifération *nf*
prolifère *adj*
proliférer *vi* C11
prolificité *nf*
prolifique *adj*
proligère *adj*
prolixe *adj*
prolixement *adv*
prolixité *nf*
prolo *n (pop.)*
prologue *nm*
prolongateur *nm*
prolongation *nf*
prolonge *nf*
prolongé, e *adj*
prolongement *nm*
prolonger *vt, vpr* C7
promenade *nf*
promener *vt, vi, vpr* C8
promeneur, euse *n*
promenoir *nm*
promesse *nf*
prométhazine *nf*
prométhéen, enne *adj*
prométhéum [-teɔm] ou **prométhium** [-tjɔm] *nm*
prometteur, euse *adj*
promettre *vt, vpr* C48
promis, e *adj, n*
promiscue [-sky] *adj f*
promiscuité *nf*
promo *nf (abrév.)*
promontoire *nm*
promoteur, trice *n*
promotion *nf*
promotionnel, elle *adj*
promouvoir *vt* C37 *(employé aux temps composés et au passif)*
prompt, e [prɔ̃, prɔ̃t] *adj*
promptement [prɔ̃tmɑ̃] *adv*
prompteur [prɔ̃ptœr] *nm*
promptitude [prɔ̃tityd] *nf*
promu, e *adj, n*
promulgation *nf*
promulguer *vt*
promyélocyte *nm*
pronaos [prɔnaɔs] *nm inv.*
pronateur, trice *adj, nm*
pronation *nf*
prône *nm*
prôneur, euse *n*
pronom *nm*
pronominal, e, aux *adj*
pronominalement *adv*
prononçable *adj*
prononcé, e *adj, nm*
prononcer *vt, vi, vpr* C6
prononciation *nf*
pronostic [-stik] *nm*
pronostique *adj*
pronostiquer *vt*
pronostiqueur, euse *n*
pronunciamiento [prɔnunsjamjɛnto] *nm*
pro-occidental, e, aux *adj, n*
propadiène *nm*
propagande *nf*
propagandisme *nm*
propagandiste *adj, n*
propagateur, trice *n*
propagation *nf*
propager *vt, vpr* C7
propagule *nf*
propane *nm*
propanier *nm*
proparoxyton *nm, adj m*
propédeutique *nf*
propène *nm*
propension *nf*
propergol *nm*
propfan [-fan] *nm*
propharmacien, enne *n*
prophase *nf*
prophète *nm*
prophétesse *nf*
prophétie [-si] *nf*
prophétique *adj*
prophétiquement *adv*
prophétiser *vt*
prophétisme *nm*
prophylactique *adj*
prophylaxie *nf*
propice *adj*
propitiation [-pisjasjɔ̃] *nf*
propitiatoire [-pisja-] *adj, nm*
propolis [-lis] *nf*
proportion *nm*
proportionnalité *nf*
proportionné, e *adj*
proportionnel, elle *adj*
proportionnellement *adv*
proportionnément *adv*
proportionner *vt, vpr*
propos *nm*
proposable *adj*
proposer *vt, vi, vpr*
proposition *nf*
propositionnel, elle *adj*
propre *adj, nm*
propre-à-rien *n (pl propres-à-rien ; fam.)*
proprement *adv*
propret, ette [-prɛ, ɛt] *adj*
propreté *nf*
propréteur *nm*
propréture *nf*
propriétaire *n*
propriété *nf*
proprio *n (pop.)*
propriocepteur *nm*
proprioceptif, ive *adj*
proprioception *nf*
propulser *vt, vpr*
propulseur *nm*

propulsif, ive *adj*
propulsion *nf*
propylée *nm*
propylène *nm*
prorata *nm inv.*
prorogatif, ive *adj*
prorogation *nf*
proroger *vt, vpr* C7
prosaïque *adj*
prosaïquement *adv*
prosaïsme *nm*
prosateur *nm*
proscenium [prɔsenjɔm] *nm*
proscripteur *nm*
proscription *nf*
proscrire *vt* C51
proscrit, e *adj, n*
prose *nf*
prosecteur [-sɛk-] *nm*
prosectorat [-sɛktɔra] *nm*
prosélyte [-zelit] *n*
prosélytisme [-ze-] *nm*
prosimien [-si-] *nm*
prosobranche *nm*
prosodie *nf*
prosodique *adj*
prosopopée *nf*
prospect [prɔspɛ] *nm*
prospecter *vt*
prospecteur, trice *n*
prospecteur-placier *nm (pl prospecteurs-placiers)*
prospectif, ive *adj*
prospection *nf*
prospective *nf*
prospectus [-tys] *nm*
prospère *adj*
prospérer *vi* C11
prospérité *nf*
prostaglandine *nf*
prostate *nf*
prostatectomie *nf*
prostatique *adj, nm*
prostatite *nf*
prosternation *nf*
prosternement *nm*
prosterner *vt, vpr*
prosthèse *nf*
prosthétique *adj*
prostitué, e *n*
prostituer *vt, vpr*
prostitution *nf*
prostration *nf*
prostré, e *adj*
prostyle *adj, nm*
protactinium [-njɔm] *nm*
protagoniste *n*
protamine *nf*
prot(ér)andrie *nf*
protase *nf*
prote *nm*
protéagineux, euse *adj, nm*
protéase *nf*
protecteur, trice *adj, n*
protection *nf*
protectionnisme *nm*
protectionniste *adj, n*
protectorat [-ra] *nm*
protée *nm (animal)*
protégé, e *adj, n*
protège-bas *nm inv.*
protège-cahier *nm (pl protège-cahiers)*
protège-dents *nm inv.*
protège-parapluie *nm (pl protège-parapluies)*
protéger *vt, vpr* C13
protège-slip *nm (pl protège-slips)*
protège-tibia *nm (pl protège-tibias)*
protéide *nm*
protéiforme *adj*
protéine *nf*
protéinique *adj*
protéinurie *nf*
protéique *adj*
protèle *nm*
protéolyse *nf*
protéolytique *adj*
prot(ér)andrie *nf*
prot(ér)ogynie *nf*
protestable *adj*
protestant, e *adj, n*
protestantisme *nm*
protestataire *adj n*
protestation *nf*
protester *vi, vt, vti*
protêt [prɔtɛ] *nm (acte)*
prothalle *nm*
prothèse *nf*
prothésiste *n*
prothétique *adj*
prothorax *nm*
prothrombine *nf*
protide *nm*
protidique *adj*
protiste *nm*
protoc(h)ordé ou **proc(h)ordé** [-kɔr-] *nm*
protococcale *nf*
protococcus [-kys] *nm*
protocolaire *adj*
protocole *nm*
protoc(h)ordé ou **proc(h)ordé** [-kɔr-] *nm*
protoétoile *nf*
protogalaxie *nf*
protogine *nf*
prot(ér)ogynie *nf*
protohistoire *nf*
protohistorien, enne *n*
protohistorique *adj*
protomé *nm*
proton *nm*
protonéma *nm*
protonique *adj*
protonotaire *nm*
protophyte *nm*
protoplanète *nf*
protoplasma ou **protoplasme** *nm*
protoplasmique *adj*
protoptère *nm*
protostomien *nm*
protothérien *nm*
prototype *nm*
protoure *nm*
protoxyde *nm*
protozoaire *nm*
protractile *adj*
protubérance *nf*
protubérant, e *adj*

protubérantiel, elle *adj*
protuteur, trice *n*
prou *adv*
proudhonien, enne *adj, n*
proue *nf*
prouesse *nf*
prouvable *adj*
prouver *vt, vpr*
provéditeur *nm*
provenance *nf*
provençal, e, aux *adj, n*
provende *nf*
provenir *vi* C28 *(auxil être)*
proverbe *nm*
proverbial, e, aux *adj*
proverbialement *adv*
providence *nf*
providentialisme *nm*
providentiel, elle *adj*
providentiellement *adv*
provignage *nm*
provignement *nm*
provigner *vt, vi*
provin *nm*
province *nf*
provincial, e, aux *adj, n*
provincialat [-la] *nm*
provincialisme *nm*
proviseur *nm*
provision *nf*
provisionnel, elle *adj*
provisionner *vt*
provisoire *adj, nm*
provisoirement *adv*
provisorat [-ra] *nm*
provitamine *nf*
provo *n, adj*
provocant, e *adj*
provocateur, trice *adj, n*
provocation *nf*
provoquer *vt*
proxémique *nf*
proxène *nm*
proxénète *n*
proxénétisme *nm*
proximal, e, aux *adj*
proximité *nf*
proyer *nm*
pruche *nf*
prude *adj, n*
prudemment [-damɑ̃] *adv*
prudence *nf*
prudent, e *adj, n*
pruderie *nf*
prud'homal, e, aux *adj*
prud'homie *nf*
prud'homme *nm*
prudhommerie *nf*
prudhommesque *adj*
pruine *nf*
prune *nf, adj inv.*
pruneau *nm*
prunelaie *nf*
prunelée *nf*
prunelle *nf*
prunellier *nm*
prunier *nm*
prunus [-nys] *nm*
prurigineux, euse *adj*
prurigo *nm*
prurit [-rit] *nm*
prussiate *nm*
prussien, enne *adj, n*
prussique *adj m*
prytane *nm*
prytanée *nm*
psallette *nf*
psalliote *nf* ou *nm*
psalmiste *nm*
psalmodie *nf*
psalmodier *vt, vi*
psaltérion [-rjɔ̃] *nm*
psaume *nm*
psautier *nm*
pschent [pskɛnt] *nm*
pseudarthrose *nf*
pseudo-bulbaire *adj (pl pseudo-bulbaires)*
pseudo-fécondation *nf (pl pseudo-fécondations)*
pseudo-membrane *nf (pl pseudo-membranes)*
peudo-névroptère *nm (pl pseudo-névroptères)*
pseudonyme *nm*
pseudopode *nm*
psi *nm inv.*
psilocybe *nm*
psilocybine *nf*
psilopa *nm*
psitt ou pst *interj*
psittacidé *nm*
psittacisme *nm*
psittacose *nf*
psoas [psɔas] *nm*
psoque *nm*
psoralène *nm*
psoriasis [psɔrjazis] *nm*
pst ou psitt *interj*
psy *n (abrév.)*
psychanalyse [-ka-] *nf*
psychanalyser [-ka-] *vt*
psychanalyste [-ka-] *n*
psychanalytique [-ka-] *adj*
psychasthénie [-ka-] *nf*
psychasthénique [-ka-] *adj, n*
psyché [psiʃe] *nf (glace)*
psyché ou psychè [psiʃe] *nf (philosophie)*
psychédélique [-ke-] *adj*
psychédélisme [-ke-] *nm*
psychiatre [-kjatr] *n*
psychiatrie [-kja-] *nf*
psychiatrique [-kja-] *adj*
psychique [psiʃik] *adj*
psychisme [psiʃism] *nm*
psychoaffectif, ive [-kɔ-] *adj*
psychoanaleptique [-kɔ-] *adj, nm*
psychochirurgie [-kɔ-] *nf*
psychocritique [-kɔ-] *adj, n*
psychodramatique [-kɔ-] *adj*
psychodrame [-kɔ-] *nm*

psychodysleptique [-kɔ-] *adj, nm*
psychogène [-kɔ-] *adj*
psychogénie [-kɔ-] *nf*
psychogenèse [-kɔ-] *nf*
psychogénétique [-kɔ-] *nf*
psychokinèse ou **psychokinésie** [-kɔ-] *nf*
psycholeptique [-kɔ-] *adj, nm*
psycholinguiste [-kɔ-] *n*
psycholinguistique [-kɔ-] *nf, adj*
psychologie [-kɔ-] *nf*
psychologique [-kɔ-] *adj*
psychologiquement [-kɔ-] *adv*
psychologisme [-kɔ-] *nm*
psychologue [-kɔ-] *adj, n*
psychométricien, enne [-kɔ-] *n*
psychométrie [-kɔ-] *nf*
psychométrique [-kɔ-] *adj*
psychomoteur, trice [-kɔ-] *adj*
psychomotricité [-kɔ-] *nf*
psychonévrose [-kɔ-] *nf*
psychopathe [-kɔ-] *n*
psychopathie [-kɔ-] *nf*
psychopathologie [-kɔ-] *nf*
psychopédagogie [-kɔ-] *nf*
psychopédagogique [-kɔ-] *adj*
psychopharmacologie [-kɔ-] *nf*
psychophysiologie [-kɔ-] *nf*
psychophysiologique [-kɔ-] *adj*
psychophysique [-kɔ-] *nf, adj*
psychoplasticité [-kɔ-] *nf*
psychopompe [-kɔ-] *adj*
psychoprophylactique [-kɔ-] *adj*
psychorééducateur, trice [-kɔ-] *adj, n*
psychorigide [-kɔ-] *adj, n*
psychorigidité [-kɔ-] *nf*
psychose [-koz] *nf*
psychosensoriel, elle [-kɔsɑ̃-] *adj*
psycho-sensori-moteur [-kɔsɑ̃-] *adj m (pl psycho-sensori-moteurs)*
psychosocial, e, aux [-kɔsɔ-] *adj*
psychosociologie [-kɔsɔ-] *nf*
psychosociologique [-kɔsɔ-] *adj*
psychosociologue [-kɔsɔ-] *n*
psychosomatique [-kɔsɔ-] *adj, nf*
psychotechnicien, enne [-kɔtɛk-] *n*
psychotechnique [-kɔtɛk-] *adj, nf*
psychothérapeute [-kɔ-] *n*
psychothérapeutique [-kɔ-] *adj*
psychothérapie [-kɔ-] *nf*
psychothérapique [-kɔ-] *adj*
psychotique [-kɔ-] *adj, n*
psychotonique [-kɔ-] *adj, nm*
psychotrope [-kɔ-] *adj, nm*
psychromètre [-krɔ-] *nm*
psychrométrie [-krɔ-] *nf*
psychrométrique [-krɔ-] *adj*
psylle *nm* ou *nf*
psyllium [psiljɔm] *nm*
ptéranodon *nm*
ptéridophyte *nm*
ptéridospermée *nf*
ptérobranche *nm*
ptérodactyle *adj, nm*
ptéropode *nm*
ptérosaurien *nm*
ptérygoïde *adj f, nf*
ptérygoïdien *adj m, nm*
ptérygote *nm*
ptérygotus [-tys] *nm*
ptolémaïque *adj*
ptoléméen, enne *adj*
ptomaïne *nf*
ptôse ou **ptose** *nf*
ptôsis [-zis] *nm*
ptyaline *nf*
ptyalisme *nm*
puant, e *adj*
puanteur *nf*
pub [pœb] *nm (taverne)*
pub [pyb] *nf (abrév.)*
pubalgie *nf*
pubère *adj, n*
pubertaire *adj*
puberté *nf*
pubescence [-sɑ̃s] *nf*
pubescent, e [-sɑ̃, ɑ̃t] *adj*
pubien, enne *adj*
pubis [-bis] *nm*
publiable *adj*
public, ique *adj, nm*
publicain *nm*
publication *nf*
publiciste *n*
publicitaire *adj, n*
publicitairement *adv*
publicité *nf*
public-relations [pœblikrilɛʃəns] *n inv.*
publier *vt*
publipostage *nm*
publiquement *adv*
puccinie *nf* ou **puccinia** [pyksi-] *nm*
puce *nf, adj inv.*
puceau *nm, adj m*
pucelage *nm*
pucelle *nf, adj f*
puceron *nm*
puche *nf*

pucheux *nm*
pucier *nm (pop.)*
pudding ou **pouding** [pudiŋ] *nm*
puddlage [pœdlaʒ] *nm*
puddler [pœdle] *vt*
puddleur [pœdlœr] *nm*
pudeur *nf*
pudibond, e *adj*
pudibonderie *nf*
pudicité *nf*
pudique *adj*
pudiquement *adv*
puer *vt, vi*
puéricultrice *nf*
puériculture *nf*
puéril, e *adj*
puérilement *adv*
puérilisme *nm*
puérilité *nf*
puerpéral, e, aux *adj*
puffin *nm*
pugilat [-la] *nm*
pugiliste *nm*
pugilistique *adj*
pugnace [-gnas] *adj*
pugnacité [-gna-] *nf*
puîné, e *adj, n*
puis *adv*
puisage *nm*
puisard *nm*
puisatier *nm*
puisement *nm*
puiser *vt*
puisette *nf*
puisque *conj*
puissamment *adv*
puissance *nf*
puissant, e *adj, nm*
puits *nm (trou)*
pulicaire *nf*
pull [pyl] ou **pull-over** [pylɔvɛr] *nm (pl pulls* ou *pull-overs)*
pullman [pulman] *nm*
pullorose *nf*
pull-over [pylɔvɛr] ou **pull** [pyl] *nm (pl pull-overs* ou *pulls)*
pullulation *nf*
pullulement *nm*
pulluler *vi*
pulmonaire *adj, nf*
pulmoné *nm*
pulpaire *adj*
pulpe *nf*
pulpeux, euse *adj*
pulpite *nf*
pulque [pulke] *nm*
pulsant, e *adj*
pulsar *nm*
pulsatif, ive *adj*
pulsation *nf*
pulsé, e *adj*
pulser *vt*
pulsion *nf*
pulsionnel, elle *adj*
pulsomètre *nm*
pulsoréacteur *nm*
pultacé, e *adj*
pultrusion *nf*
pulvérin *nm*
pulvérisable *adj*
pulvérisateur *nm*
pulvérisation *nf*
pulvériser *vt*
pulvériseur *nm*
pulvérulence *nf*
pulvérulent, e *adj*
puma *nm*
puna *nf*
punaise *nf*
punaiser *vt*
punch [pɔ̃ʃ] *nm (boisson)*
punch [pœnʃ] *nm s (puissance)*
puncheur [pœnʃœr] *nm*
punching-ball [pœnʃiŋbol] *nm (pl punching-balls)*
punctum [pɔ̃ktɔm] *nm s*
puni, e *adj, n*
punique *adj*
punir *vt*
punissable *adj*
punitif, ive *adj*
punition *nf*
punk [pœ̃k ou pœnk] *adj inv., n*
puntarelle [pɔ̃tarɛl] *nf*
puntillero [puntijero] *nm*
pupazzo [pupadzo] *nm (pl pupazzi)*
pupe *nf*
pupillaire *adj*
pupillarité *nf*
pupille [pypij] *n (orphelin)*
pupille [pypij] *nf (œil)*
pupinisation *nf*
pupipare *adj*
pupitre *nm*
pupitreur, euse *n*
pur, e *adj, n*
pureau *nm (partie de tuile)*
purée *nf*
purement *adv*
pureté *nf*
purgatif, ive *adj, nm*
purgation *nf*
purgatoire *nm*
purge *nf*
purgeoir *nm*
purger *vt, vpr* C7
purgeur *nm*
purifiant, e *adj*
purificateur, trice *adj, nm*
purification *nf*
purificatoire *adj, nm*
purifier *vt, vpr*
purin *nm*
purine *nf*
purique *adj*
purisme *nm*
puriste *adj, n*
puritain, e *adj, n*
puritanisme *nm*
purot [-ro] *nm (fosse à purin)*
purotin *nm (fam.)*
purpura *nm*
purpurin, e *adj, nf*
pur-sang *nm inv.*
purulence *nf*

purulent, e *adj*
pus [py] *nm*
puseyisme [py- ou pjuzeism] *nm*
push-pull [puʃpul] *adj inv., nm inv.*
pusillanime [-la-] *adj, n*
pusillanimité [-la-] *nf*
pustule *nf*
pustulé, e *adj*
pustuleux, euse *adj*
putain *nf (fam.)*
putassier, ère *adj (vulg.)*
putatif, ive *adj*
pute *nf (pop.)*
putier [-tje] ou **putiet** [-tjɛ] *nm*
putois *nm*
putréfaction *nf*
putréfiable *adj*
putréfié, e *adj*
putréfier *vt, vpr*
putrescence [-tresɑ̃s] *nf*
putrescent, e [-tresɑ̃, ɑ̃t] *adj*
putrescibilité *nf*
putrescible *adj*
putride *adj*
putridité *nf*
putsch [putʃ] *nm*
putschiste [putʃist] *adj, n*
putt [pœt] *nm*
putter [pœtœr] *nm*
putter [pœte] *vi*
putting [pœtiŋ] *nm*
putto [puto] *nm (pl putti)*
puy *nm (montagne)*
puzzle [pœzl] *nm*
p.-v. [peve] *nm (fam.)*
pycnogonide *nm*
pycnomètre *nm*
pycnose *nf*
pyélite *nf*
pyélonéphrite *nf*
pygargue *nm*
pygmée *n*
pygméen, enne *adj*
pyjama *nm*
pylône *nm*
pylore *nm*
pylorique *adj*
pyocyanique *adj*
pyodermite *nf*
pyogène *adj*
pyorrhée *nf*
pyrale *nf*
pyralène *nm*
pyramidal, e, aux *adj*
pyramide *nf*
pyramidé, e *adj*
pyramider *vt*
pyramidon *nm*
pyranne *nm*
pyrène *nm*
pyrénéen, enne *adj, n*
pyrénéite *nf*
pyrénomycète *nm*
pyrèthre *nm*
pyrétothérapie *nf*
pyrex *nm*
pyrexie *nf*
pyridine *nf*
pyridoxine *nf*
pyrimidine *nf*
pyrite *nf*
pyroclastique *adj*
pyrocorise *nm*
pyro(-)électricité *nf, (pl pyro*[-]*électricités)*
pyrogallique *adj m*
pyrogallol *nm*
pyrogénation *nf*
pyrogène *adj*
pyrographe *n*
pyrograver *vt*
pyrograveur, euse *n*
pyrogravure *nf*
pyroligneux *adj m, nm*
pyrolusite *nf*
pyrolyse *nf*
pyromane *n*
pyromanie *nf*
pyromètre *nm*
pyrométrie *nf*
pyrométrique *adj*
pyrophore *nm*
pyrophorique *adj*
pyrophosphate *nm*
pyrophosphorique *adj*
pyrophyte *nf, adj*
pyrosis [-zis] *nm*
pyrosphère *nf*
pyrosulfurique [-syl-] *adj m*
pyrotechnicien, enne [-tɛkni-] *n*
pyrotechnie [-tɛkni] *nf*
pyrotechnique [-tɛknik] *adj*
pyroxène *nm*
pyroxyle *nm*
pyroxylé, e *adj*
pyrrhique *nf*
pyrrhocoris [-ris] ou **pyrrhocore** *nm*
pyrrhonien, enne *adj, n*
pyrrhonisme *nm*
pyrrhotite *nf*
pyrrol(e) *nm*
pyrrolique *adj*
pythagoricien, enne *adj, n*
pythagorique *adj*
pythagorisme *nm*
pythie *nf*
pythien, enne *adj*
pythique *adj*
python *nm (serpent)*
pythonisse *nf*
pyurie *nf*
pyxide *nf*

Q-R

q *nm inv.*
qasida [kasida] *nf*
qat ou **khat** [kat] *nm*
qatari, e *adj, n*
qibla *nf*
Q.G. [kyʒe] *nm inv.*
Q.I. [kyi] *nm inv.*
quadragénaire [kwa-] *adj, n*
quadragésimal, e, aux [kwa-] *adj*
quadragésime [kwa-] *nf*
quadrangle [kwa-] *nm*
quadrangulaire [kwa-] *adj*
quadrant [k(w)a-] *nm (géométrie)*
quadratique [kwa-] *adj*
quadrature [kwa-] *nf*
quadrette [ka-] *nf*
quadriceps [kwa-] *nm*
quadrichromie [kwa-] *nf*
quadriennal, e, aux [kwa-] *adj*
quadrifide [kwa-] *adj*
quadrifolié, e [kwa-] *adj*
quadrige [k(w)a-] *nm*
quadrijumeau [kwa-] *adj m*
quadrilatéral, e, aux [k(w)a-] *adj*
quadrilatère [k(w)a-] *nm*
quadrillage [kadrijaʒ] *nm*
quadrille [kadrij] *nf (cavaliers); nm (danse)*
quadrillé, e [kadrije] *adj*
quadriller [kadrije] *vt*
quadrillion ou **quatrillion** [k(w)a-] *nm*
quadrilobe [kwa-] *nm*
quadrimestre [k(w)a-] *nm*
quadrimoteur [k(w)a-] *nm, adj m*
quadripartite [kwa-] *adj*
quadriphonie [kwa-] *nf*
quadriplégie [kwa-] *nf*
quadripolaire [kwa-] *adj*
quadripôle [kwa-] *nm*
quadrique [kwa-] *adj, nf*
quadriréacteur [k(w)a-] *adj m, nm*
quadrirème [kwa-] *nf*
quadrisyllabe [kwadrisilab] *nm*
quadrisyllabique [kwadrisila-] *adj*
quadrivalent, e [kwa-] *adj*
quadrivium [kwadrivjɔm] *nm*
quadrumane [k(w)a-] *adj, nm*
quadrupède [k(w)a-] *adj, n*
quadruple [k(w)a-] *adj, nm*
quadrupler [k(w)a-] *vt*
quadruplés, ées [k(w)a-] *n pl (enfants)*
quadruplet [k(w)adryplɛ] *nm (mathématiques)*
quadruplex [kwa-] *nm inv.*
quai [ke] *nm*
quaker, eresse [kwɛkœr, krɛs] *n*
quakerisme [kwɛkœrism] *nm*
qualifiable [ka-] *adj*
qualifiant, e [ka-] *adj*
qualificateur [ka-] *nm*
qualificatif, ive [ka-] *adj, nm*
qualification [ka-] *nf*
qualifié, e [ka-] *adj*
qualifier [ka-] *vt, vpr*
qualitatif, ive [ka-] *adj*
qualitativement [ka-] *adv*
qualité [ka-] *nf*
quand [kɑ̃] *adv, conj* 16-XXVI
quanta [k(w)ɑ̃-] *nm pl*
quant à [kɑ̃ta] *loc prép* 16-XXVI
quant-à-soi [kɑ̃ta-] *nm inv.*
quantième [kɑ̃tjɛm] *nm, adj interr*
quantifiable [kɑ̃-] *adj*
quantificateur [kɑ̃-] *nm*
quantification [kɑ̃-] *nf*
quantifié, e [kɑ̃-] *adj*
quantifier [kɑ̃-] *vt*
quantique [k(w)ɑ̃-] *adj*
quantitatif, ive [kɑ̃-] *adj*
quantitativement [kɑ̃-] *adv*
quantité [kɑ̃-] *nf*
quantum [kwɑ̃tɔm] *nm (pl quanta)*
quarantaine [ka-] *nf*
quarante [kar-] *adj num inv., nm inv.*
quarante-huitard, e [kar-] *adj, n (pl quarante-huitards, ardes)*

quarantenaire [kar-] *adj, nm*
quarantième [kar-] *adj, n*
quark [kwark] *nm*
quart, e [kar] *adj, nm (faction)*
quartage [kar-] *nm*
quartager [kar-] *vt* C7
quartan(n)ier [kar-] *nm*
quartation [kar-] *nf*
quartaut [kar-] *nm*
quart-de-pouce [kar-] *nm (pl quarts-de-pouce)*
quart-de-rond [kar-] *nm (pl quarts-de-rond)*
quarte [kart] *adj f, nf (mesure)*
quarté [karte] *nm*
quartefeuille [kar-] *nf*
quartelette [kar-] *nf*
quartenier [kar-] *nm*
quarter [kar-] *vt*
quarteron, onne [kar-] *n*
quartette [kwar-] *nm*
quartidi [kwar-] *nm*
quartier [kar-] *nm (portion)*
quartier-maître [kar-] *nm (pl quartiers-maîtres)*
quartilage [kwartilaʒ] *nm*
quartile [kwar-] *nm*
quart-monde ou **quart monde** [kar-] *nm (pl quarts* [-] *mondes)*
quarto [kwa-] *adv*
quartz [kwarts] *nm inv.*
quartzeux, euse [kwartsø, øz] *adj*
quartzifère [kwartsi-] *adj*
quartzite [kwartsit] *nm*
quasar [k(w)a-] *nm*
quasi [kazi] *adv, nm*
quasi-contrat [ka-] *nm (pl quasi-contrats)*
quasi-délit [ka-] *nm (pl quasi-délits)*
quasiment [ka-] *adv (fam.)*
quasimodo [kazi-] *nf*
quasi-usufruit [ka-] *nm*
quassia ou **quassier** [k(w)a-] *nm*
quassine [kwa-] *nf*
quater [kwatɛr] *adv*
quaternaire [kwa-] *adj*
quaterne [kwa-] *nm*
quaternion [kwa-] *nm*
quatorze [ka-] *adj num inv., nm inv.*
quatorzième [ka-] *adj, n*
quatorzièmement [ka-] *adv*
quatrain [ka-] *nm*
quatre [katr] *adj num inv., nm inv.*
quatre-cent-vingt-et-un *nm inv.*
quatre-de-chiffre *nm inv.*
quatre-épices *nm inv.*
quatre-feuilles *nm inv.*
quatre-heures *nm inv.*
quatre-huit *nm inv.*
quatre-mâts *nm inv.*
quatre-quarts *nm inv.*
quatre-quatre *nm inv. (musique)*; *nm* ou *nf inv. (automobile)*
quatre-saisons *nf inv.*
quatre-temps *nm pl*
quatre-vingt-dix *adj num, nm inv.*
quatre-vingtième *adj, n*
quatre-vingt(s) *adj num (sans s devant un adj num)* 19-III, *nm*
quatrième [ka-] *adj num, n*
quatrièmement [ka-] *adv*
quatrillion ou **quadrillion** [k(w)a-] *nm*
quattrocento [kwatrɔtʃɛnto] *nm s*
quatuor [kwatɥɔr] *nm*
que, qu' *(devant voyelle) pron rel, pron interr, conj, adv exclam*
québécisme *nm*
québécois, e *adj, n*
quebracho [kebratʃo] *nm*
quechua [ketʃwa] ou **quichua** *nm s*
quel, quelle *adj interr, pron interr, adj exclam* 16-XXIX
quelconque *adj indéf, adj*
quelea *nm*
quel que, quelle que *adj rel* 16-XXX
quelque *adj indéf, adv* 16-XXX
quelque chose *pron indéf m*
quelquefois *adv* 16-XXXI
quelque part *loc adv*
quelques-uns, es *pron indéf pl*
quelqu'un, e *pron indéf s*
quémander *vt, vi*
quémandeur, euse *n*
qu'en-dira-t-on [kɑ̃diratɔ̃] *nm inv. (fam.)*
quenelle *nf*
quenotte *nf (fam.)*
quenouille *nf*
quéquette *nf (vulg.)*
quérable *adj*
quercinois, e ou **quercynois, e** *adj, n*
quercitrin *nm* ou **quercitrine** *nf*
quercitron *nm*
quercynois, e ou **quercinois, e** *adj, n*

querelle *nf*
quereller *vt, vpr*
querelleur, euse *adj, n*
quérir *vt (seulement à l'inf)*
quérulence *nf*
quérulent, e *adj, n*
questeur [k(W)ɛs-] *nm*
question *nf*
questionnaire *nm*
questionnement *nm*
questionner *vt, vpr*
questionneur, euse *n*
questure [k(W)ɛstyr] *nf*
quête [kɛt] *nf*
quêter *vt, vi*
quêteur, euse *n*
quetsche [kwɛtʃ] *nf*
quetzal, als [kɛtzal] *nm*
queue *nf (extrémité)*
queue ou **queux** *nf (pierre à aiguiser)*
queue-d'aronde *nf (pl queues-d'aronde)*
queue-de-cheval *nf (pl queues-de-cheval)*
queue-de-cochon *nf (pl queues-de-cochon)*
queue-de-morue *nf (pl queues-de-morue)*
queue-de-pie *nf (pl queues-de-pie)*
queue-de-rat *nf (pl queues-de-rat)*
queue-de-renard *nf (pl queues-de-renard)*
queusot [-zo] *nm*
queuter *vi*
queux ou **queue** *nf (pierre à aiguiser)*
queux *nm (cuisinier)*
qui *pron rel, pron interr* *16*-XXXII
quia (à) [kɥija] *loc adv*
quiche [kiʃ] *nf*
quichenotte [ki-] ou **kichenotte** *nf*
quichua ou **quechua** *nm s*
quick [kwik] *nm*
quiconque [ki-] *pron rel indéf, pron indéf*
quidam [k(ɥ)idam] *nm (fam.)*
quiddité [kɥi-] *nf*
quiescence [kɥi-] *nf*
quiescent, e [kɥi-] *adj*
quiet, ète [kjɛ, ɛt] *adj*
quiétisme [kje- ou kɥije-] *nm*
quiétiste [kje- ou kɥije-] *adj, n*
quiétude [kjet- ou kɥije-] *nf*
quignon [kiɲɔ̃] *nm*
quille [kij] *nf*
quilleur, euse [kijœr, øz] *n*
quillier [kije] *nm*
quillon [kijɔ̃] *nm*
quinaire [ki-] *adj*
quinaud, e [ki-] *adj*
quincaillerie [kɛ̃-] *nf*
quincaillier, ère [kɛ̃-] *n*
quinconce [kɛ̃kɔ̃s] *nm*
quindécemvir [kɥɛ̃desɛmvir] ou **quindécimvir** *nm*
quine [kin] *nm*
quiné, e [kine] *adj*
quinine [ki-] *nf*
quinoa [ki-] *nm*
quinoléine [ki-] *nf*
quinone [ki-] *nf*
quinquagénaire [kɥɛ̃kwa- ou kɛ̃ka-] *adj, n*
quinquagésime [kɥɛ̃kwa- ou kɛ̃ka-] *nf*
quinquennal, e, aux [kɛ̃ke- ou kɥɛ̃kɥe-] *adj*
quinquennat [kɛ̃ke- ou kɥɛ̃kɥe-] *nm*
quinquet [kɛ̃kɛ] *nm*
quinquina [kɛ̃kina] *nm*
quintaine [kɛ̃-] *nf*
quintal, aux [kɛ̃-] *nm*
quinte [kɛ̃t] *nf*
quintefeuille [kɛ̃tfœj] *nf (plante) ; nm (rosace)*
quintessence [kɛ̃-] *nf*
quintessencié, e [kɛ̃-] *adj*
quintessencier [kɛ̃-] *vt*
quintet [kɛ̃tɛt] *nm (quintette de jazz)*
quintette [k(ɥ)ɛ̃tɛt] *nm*
quinteux, euse [kɛ̃-] *adj*
quintidi [k(ɥ)ɛ̃tidi] *nm*
quintillion [k(ɥ)ɛ̃tiljɔ̃] *nm*
quinto [kɥɛ̃-] *adv*
quintuple [kɛ̃-] *adj, nm*
quintupler [kɛ̃-] *vt, vi*
quintuplés, ées [kɛ̃-] *n pl*
quinzaine [kɛ̃-] *nf*
quinze [kɛ̃-] *adj num inv., nm inv.*
quinzième [kɛ̃-] *adj, n*
quinzièmement [kɛ̃-] *adv*
quinziste [kɛ̃-] *nm*
quipo ou **quipou** ou **quipu** [ki-] *nm*
quiproquo [kiprɔko] *nm*
quipu ou **quipo** ou **quipou** [ki-] *nm*
quirat [kira] *nm*
quirataire [ki-] *n*
quirite [kɥirit] *nm*
quiscale [kɥiskal] *nm*
quittance [ki-] *nf*
quittancer [ki-] *vt* C6
quitte [kit] *adj*
quitter [ki-] *vt, vpr*
quitus [k(ɥ)itys] *nm*
qui vive ? [ki-] *interj.*
qui-vive *nm inv.*
quiz [kwiz] *nm*
quôc-ngu [kɔkngu] *nm s*
quoi *pron rel, interr, exclam* **16**-XXXIV

quoique *conj*
quolibet [kɔlibɛ] *nm*
quorum [k(w)ɔrɔm] *nm*
quota [k(w)ɔta] *nm*
quote-part [kɔtpar] *nf (pl quotes-parts)*
quotidien, enne [kɔ-] *adj, nm*
quotidiennement [kɔ-] *adv*
quotidienneté [kɔ-] *nf*
quotient [kɔsjɑ̃] *nm*
quotité [kɔ-] *nf*

r *nm* ou *nf inv.*
ra *nm inv. (coup de baguette sur le tambour)*
rab(e) *nm (abrév.)*
rabab ou rebab *nm*
rabâchage *nm (fam.)*
rabâcher *vt, vi (fam.)*
rabâcheur, euse *adj, n (fam.)*
rabais *nm*
rabaissement *nm*
rabaisser *vt, vpr*
raban *nm*
rabane *nf*
rabat [-ba] *nm*
rabat-joie *nm inv., adj inv.*
rabattage *nm*
rabattant, e *adj*
rabattement *nm*
rabatteur, euse *n*
rabattoir *nm*
rabattre *vt, vi, vpr* C47
rabbi *nm*
rabbin *nm*
rabbinat [-na] *nm*
rabbinique *adj*
rabbinisme *nm*
rab(e) *nm (abrév.)*
rabelaisien, enne *adj*
rabibochage *nm (fam.)*
rabibocher *vt, vpr (fam.)*
rabiot *nm (fam.)*
rabioter *vt, vi (fam.)*
rabique *adj*
râble *nm*
râblé, e *adj*
râbler *vt*
râblure *nf*
rabonnir *vi*
rabot [-bo] *nm*
rabotage *nm*
raboter *vt*
raboteur *nm*
raboteuse *nf*
raboteux, euse *adj*
rabougri, e *adj*
rabougrir *vt, vpr*
rabougrissement *nm*
rabouillère *nf*
rabouilleur, euse *n*
rabouter *vt*
rabrouement *nm*
rabrouer *vt*
raca *interj*
racage *nm*
racahout [rakau] *nm*
racaille *nf*
raccard *nm*
raccommodable *adj*
raccommodage *nm*
raccommodement *nm*
raccommoder *vt, vpr*
raccommodeur, euse *n*
raccompagner *vt*
raccord *nm*
raccordement *nm*
raccorder *vt, vpr*
raccourci, e *adj, nm*
raccourcir *vt, vi*
raccourcissement *nm*
raccoutumer ou réaccoutumer *vt, vpr*
raccroc [-kro] *nm*
raccrochage *nm*
raccrochement *nm*
raccrocher *vt, vpr*
raccrocheur, euse *adj, n*
raccuser *vt*
race *nf*
racé, e *adj*
racémique *adj*
racer [resœr ou rasɛr] *nm*
rachat [-ʃa] *nm*
rachetable *adj*
racheter *vt, vpr* C9
rachi *nf (abrév.)*
rachialgie [raʃjalʒi] *nf*
rachianalgésie [-ʃi-] *nf*
rachianesthésie [-ʃi-] *nf*
rachidien, enne [raʃi-] *adj*
rachis [raʃis] *nm*
rachitique [raʃi-] *adj, n*
rachitisme [raʃi-] *nm*
racial, e, aux *adj*
racinage *nm*
racinal, aux *nm*
racine *nf*
raciner *vt, vi*
racinien, enne *adj*
raciologie *nf*
racisme *nm*
raciste *adj, n*
rack *nm*
racket [rakɛt] *nm (extorsion de fonds)*
racketter [rakɛte] *vt*
racketteur [rakɛtœr] *nm (de racket)*
raclage *nm*
racle *nf*
raclée *nf (fam.)*
raclement *nm*
racler *vt, vpr*
raclette *nf*
racleur, euse *n*
racloir *nm*
raclure *nf*
racolage *nm*
racoler *vt*
racoleur, euse *adj, n*
racontable *adj*
racontar *nm (fam.)*

raconter *vt, vpr*
raconteur, euse *n*
racorni, e *adj*
racornir *vt, vpr*
racornissement *nm*
rad [rad] *nm*
radar *nm*
radarastronomie *nf*
radariste *n*
rade *nf*
radeau *nm*
rader *vt*
radiaire *adj, nm*
radial, e, aux *adj*
radiale *nf*
radian *nm (mesure)*
radiance *nf*
radiant, e *adj, nm (astronomie)*
radiateur *nm*
radiatif, ive *adj*
radiation *nf*
radical, e, aux *adj, nm*
radicalaire *adj*
radicalement *adv*
radicalisation *nf*
radicaliser *vt, vpr*
radicalisme *nm*
radical-socialisme *nm s*
radical-socialiste *n (pl radicaux-socialistes)*
radicant, e *adj*
radicelle *nf*
radicotomie *nf*
radiculaire *adj*
radiculalgie *nf*
radicule *nf*
radiculite *nf*
radié, e *adj*
radiée *nf*
radier *vt*
radier *nm*
radiesthésie *nf*
radiesthésiste *n*
radieux, euse *adj*
radin, e *adj, n (fam.)*
radiner *vi, vpr (pop.)*
radinerie *nf (fam.)*
radio *nm (radiotélégraphiste) ; nf, adj inv. (abrév.)*
radioactif, ive *adj*
radioactivation *nf*
radioactivité *nf*
radioalignement *nm*
radioaltimètre *nm*
radioamateur *nm*
radioastronome *n*
radioastronomie *nf*
radiobalisage *nm*
radiobalise *nf*
radiobaliser *vt*
radiobiologie *nf*
radiocarbone *nm*
radiocassette *nf*
radiocobalt [-balt] *nm*
radiocommande *nf*
radiocommunication *nf*
radiocompas [-pa] *nm*
radioconducteur *nm*
radiocristallographie *nf*
radiodermite *nf*
radiodiagnostic [-gnɔ-] *nm*
radiodiffuser *vt*
radiodiffusion *nf*
radioélectricien, enne *n*
radioélectricité *nf*
radioélectrique *adj*
radioélément *nm*
radiofréquence *nf*
radiogalaxie *nf*
radiogénique *adj*
radiogoniomètre *nm*
radiogoniométrie *nf*
radiogramme *nm*
radiographie *nf*
radiographier *vt*
radioguidage *nm*
radioguider *vt*
radio-immunologie *nf s*
radio-isotope *nm (pl radio-isotopes)*
radiolaire *nm*
radiolarite *nf*
radiolésion *nf*
radiolocalisation *nf*
radiologie *nf*
radiologique *adj*
radiologiste *n*
radiologue *n*
radiolyse *nf*
radiométallographie *nf*
radiomètre *nm*
radionavigant *nm*
radionavigation *nf*
radionécrose *nf*
radiophare *nm*
radiophonie *nf*
radiophonique *adj*
radiophotographie *nf*
radioprotection *nf*
radiorécepteur *nm*
radioreportage *nm*
radioreporter [-tɛr] *n*
radiorésistance *nf*
radio(-)réveil *nm (pl radios-réveils* ou *radioréveils)*
radioscopie *nf*
radiosensibilité [-sɑ̃-] *nf*
radiosondage [-sɔ̃-] *nm*
radiosonde [-sɔ̃d] *nf*
radiosource [-surs] *nf*
radio-taxi *nm (pl radio-taxis)*
radiotechnique [-tɛk-] *nf, adj*
radiotélégramme *nm*
radiotélégraphie *nf*
radiotélégraphique *adj*
radiotélégraphiste *n*
radiotéléphone *nm*
radiotéléphonie *nf*
radiotéléphoniste *n*
radiotélescope *nm*
radiotélévisé, e *adj*
radiotélévision *nf*
radiothérapeute *n*
radiothérapie *nf*
radiotrottoir *nm* ou *nf (fam.)*
radis [-di] *nm*
radium [-djɔm] *nm*
radiumthérapie [radjɔm-] *nf*
radius [-djys] *nm*

radja(h) ou raja(h) [ra(d)ʒa] *nm*
radôme *nm*
radon *nm*
radotage *nm*
radoter *vt, vi*
radoteur, euse *n*
radoub [-du] *nm*
radouber *vt*
radoucir *vt, vpr*
radoucissement *nm*
radula *nf*
rafale *nf*
raffermir *vt, vpr*
raffermissement *nm*
raffinage *nm*
raffinat [-na] *nm*
raffiné, e *adj, n*
raffinement *nm*
raffiner *vt, vi, vpr*
raffinerie *nf*
raffineur, euse *n*
rafflesia *nm* ou rafflésie *nf*
raffoler *vti*
raffut [-fy] *nm (fam.)*
raffûter *vt*
rafiot ou rafiau *(pl rafiaux) nm (fam.)*
rafistolage *nm (fam.)*
rafistoler *vt (fam.)*
rafle *nf*
rafler *vt (fam.)*
rafraîchi, e *adj*
rafraîchir *vt, vi, vpr*
rafraîchissant, e *adj*
rafraîchissement *nm*
raft ou rafting *nm*
raga *nm inv.*
ragaillardir *vt*
rage *nf*
rageant, e *adj*
rager *vt* C7
rageur, euse *adj*
rageusement *adv*
raglan *nm, adj inv.*
ragondin *nm*
ragot, e *adj*
ragot *nm*
ragougnasse *nf (pop.)*
ragoût *nm*
ragoûtant, e *adj*
ragréer *vt* C14
ragtime [-tajm] *nm*
raguer *vt, vi, vpr*
rahat-loukoum [raatlukum] ou rahat-lokoum [-lɔkum] *nm (pl rahat-loukoums, rahat-lokoums)*
rai *nm (rayon)*
raï *nm inv.*
raïa ou ray(i)a *nm*
raid [rɛd] *nm*
raide *adj, adv*
rai-de-cœur *nm (pl rais-de-cœur)*
raider [rɛdɛr] *nm*
raideur *nf*
raidillon [-dijɔ̃] *nm*
raidir *vt, vi, vpr*
raidissement *nm*
raidisseur *nm*
raie *nf (trait, poisson)*
raifort [rɛfɔr] *nm*
rail [raj] *nm*
railler *vt, vi, vpr*
raillerie *nf*
railleur, euse *adj, n*
rail-route *adj inv., nm*
rainer *vt*
rainette ou rénette *nf (outil)*
rainette *nf (grenouille)*
rainurage *nm*
rainure *nf*
rainurer *vt*
raiponce *nf (plante)*
raire *vi* C58
raïs [rais] *nm*
raisin *nm*
raisiné *nm*
raison *nf*
raisonnable *adj*
raisonnablement *adv*
raisonnant, e *adj*
raisonné, e *adj*
raisonnement *nm*
raisonner *vi, vt, vti, vpr (réfléchir)*
raisonneur, euse *adj, n*
raja(h) ou radja(h) [ra(d)ʒa] *nm*
rajeunir *vt, vi, vpr*
rajeunissant, e *adj*
rajeunissement *nm*
rajout [-ʒu] *nm*
rajouter *vt*
rajustement ou réajustement *nm*
rajuster ou réajuster *vt, vpr*
raki *nm*
râlant, e *adj*
râle *nm*
râlement *nm*
ralenti, e *adj, nm*
ralentir *vt, vi, vpr*
ralentissement *nm*
ralentisseur *nm*
râler *vi*
râleur, euse *adj, n (fam.)*
ralingue *nf*
ralinguer *vt, vi*
raller *vi*
rallidé *nm*
rallié, e *adj, n*
ralliement *nm*
rallier *vt, vpr*
ralliforme *nm*
rallonge *nf*
rallonger *vt, vi* C7
rallumer *vt, vpr*
rallye [rali] *nm*
ramadan *nm*
ramage *nm*
ramager *vt, vi* C7
ramassage *nm*
ramassé, e *adj*
ramassement *nm*
ramasse-miettes *nm inv.*
ramasse-monnaie *nm inv.*
ramasse-poussière *nm inv.*
ramasser *vt, vpr*
ramassette *nf*

ramasseur, euse *n*
ramasseuse-presse *nf (pl ramasseuses-presses)*
ramassis [-si] *nm*
ramassoire *nf*
rambarde *nf*
rambour *nm*
ramdam [ramdam] *nm (pop.)*
rame *nf*
ramé, e *adj*
rameau *nm*
ramée *nf*
ramender *vt*
ramendeur, euse *n*
ramener *vt, vpr* C8
ramener *nm*
ramequin [ramkɛ̃] *nm*
ramer *vt, vi*
ramescence [-mesɑ̃s] *nf*
ramette *nf*
rameur, euse *n*
rameuter *vt*
rameux, euse *adj*
rami *nm (cartes)*
ramie *nf (plante)*
ramier *nm, adj m*
ramification *nf*
ramifié, e *adj*
ramifier *vt, vpr*
ramille [-mij] *nf*
ramingue *adj*
ramolli, e *adj, n*
ramollir *vt, vpr*
ramollissant, e *adj*
ramollissement *nm*
ramollo *adj, n (fam.)*
ramonage *nm*
ramoner *vt*
ramoneur *nm*
rampant, e *adj, nm*
rampe *nf*
rampeau *nm*
rampement *nm*
ramper *vi*
rampon(n)eau *nm (pop.)*
ramure *nf*
ranale *nf*
ranatre *nf*
rancard ou **rancart** ou **rencard** *nm (rendez-vous) (arg.)*
rancarder ou **rencarder** *vt, vpr (arg.)*
rancart *nm (débarras; fam.)*
rance *adj, nm*
rancescible *adj*
ranch [rɑ̃(t)ʃ] *nm (pl ranch(e)s)*
ranche *nf*
rancher [rɑ̃ʃe] *nm*
rancho [rɑ̃(t)ʃo] *nm*
ranci, e *adj, nm*
rancio [rɑ̃sjo] *nm*
rancir *vi, vpr*
rancissement *nm*
rancissure *nf*
rancœur *nf*
rançon *nf*
rançonnement *nm*
rançonner *vt*
rançonneur, euse *n*
rancune *nf*
rancunier, ère *adj, n*
rand [rɑ̃d] *nm (monnaie)*
randomisation *nf*
randomiser *vt*
randonnée *nf*
randonner *vi*
randonneur, euse *n*
rang [rɑ̃] *nm (rangée)*
rangé, e *adj*
rangée *nf*
rangement *nm*
ranger *vt, vpr* C7
ranger [randʒœr] *nm*
rani *nf*
ranidé *nm*
ranimation ou **réanimation** *nf*
ranimer *vt, vpr*
rantanplan ou **rataplan** *interj.*
ranz [rɑ̃(z)] *nm inv.*
raout [raut] *nm*
rapace *adj, nm*
rapacité *nf*
râpage *nm*
rapatrié, e *adj, n*
rapatriement *nm*
rapatrier *vt, vpr*
râpe *nf*
râpé, e *adj, nm*
râper *vt*
râperie *nf*
râpes *nf pl*
rapetassage *nm (fam.)*
rapetasser *vt (fam.)*
rapetissement *nm*
rapetisser *vt, vi*
râpeux, euse *adj*
raphé *nm*
raphia *nm*
raphide *nf*
rapiat, e [-pja, at] *adj, n (fam.)*
rapide *adj, nm*
rapidement *adv*
rapidité *nf*
rapiéçage *nm*
rapiècement *nm*
rapiécer *vt* C12
rapière *nf*
rapin *nm*
rapine *nf*
rapiner *vt, vi*
rapinerie *nf*
raplapla *adj inv. (fam.)*
raplatir *vt*
rap(p)ointir *vt*
rap(p)ointis *nm*
rappareiller *vt*
rappariement *nm*
rapparier *vt*
rappel *nm*
rappelable *adj*
rappelé, e *adj, n*
rappeler *vt, vpr* C10
rappliquer *vt, vi (fam.)*
rap(p)ointir *vt*
rap(p)ointis *nm*
rapport *nm*
rapporté, e *adj*
rapporter *vt, vpr*
rapporteur, euse *adj, n*

rapprendre ou **réapprendre** *vt*
rapprêter *vt*
rapproché, e *adj*
rapprochement *nm*
rapprocher *vt, vpr*
rapproprier *vt*
r(h)apsode *nm*
r(h)apsodie *nf*
r(h)apsodique *adj*
rapt [rapt] *nm*
raptus [-tys] *nm inv.*
râpure *nf*
raquer *vt (pop.)*
raquette *nf (instrument)*
raquetteur, euse *n (de raquette)*
rare *adj*
raréfaction *nf*
raréfiable *adj*
raréfier *vt, vpr*
rarement *adv*
rarescent, e [-resɑ̃, ɑ̃t] *adj*
rareté *nf*
rarissime *adj*
ras [rɑ] *nm (plate-forme)*
ras [rɑs] *nm (chef éthiopien)*
ras, e [rɑ, rɑz] *adj*
ras [rɑ] *adv*
rasade *nf*
rasage *nm*
rasance *nf*
rasant, e *adj*
rascasse *nf*
rasé, e *adj*
rase-mottes *nm inv.*
rase-pet *nm (pl rase-pet* [s]*)*
raser *vt, vpr*
rasette *nf*
raseur, euse *n*
rash [raʃ] *nm (pl rash*[e]s)
rasibus [-bys] *adv (fam.)*
raskol *nm*
ras-le-bol *nm inv. (fam.)*
rasoir *nm, adj*
raspoutitsa *nf*
rassasiant, e *adj*
rassasié, e *adj*
rassasiement *nm*
rassasier *vt, vpr*
rassemblé, e *adj*
rassemblement *nm*
rassembler *vt, vpr*
rassembleur, euse *n*
rasseoir *vt, vpr* C31, 32
rasséréné, e *adj*
rasséréner *vt, vpr* C11
rassir *vi, vpr (auxil avoir* ou *être)*
rassis, e [-si, iz] *adj*
rassissement *nm*
rassortiment ou **réassortiment** *nm*
rassortir ou **réassortir** *vt*
rassurant, e *adj*
rassuré, e *adj*
rassurer *vt, vpr*
rastafari ou **rasta** *adj inv., n*
rastaquouère [-kwɛr] ou **rasta** *nm (fam.)*
rastel *nm*
rat *nm (animal)*
rata *nm (pop.)*
ratafia *nm*
ratage *nm*
rataplan ou **rantanplan** *interj*
ratatiné, e *adj*
ratatiner *vt, vpr*
ratatouille *nf*
rat-de-cave *nm (pl rats-de-cave)*
rate *nf*
raté, e *adj, n*
râteau *nm*
ratel *nm*
râtelage *nm*
râtelée *nf*
râteler *vt* C10
râteleur, euse *n*
râtelier *nm*
râtelures *nf pl*
rater *vt, vi*
ratiboiser *vt (pop.)*
ratichon *nm (pop.)*
raticide *nm*
ratier *nm, adj m*
ratière *nf*
ratification *nf*
ratifier *vt*
ratinage *nm*
ratine *nf*
ratiner *vt*
ratineuse *nf*
rating [-tiŋ] *nm*
ratio [-sjo] *nm*
ratiocination [-sjɔ-] *nf*
ratiociner [-sjɔ-] *vi*
ratiocineur [-sjɔ-] *nm*
ration *nf*
rational, aux *nm*
rationalisation *nf*
rationalisé, e *adj*
rationaliser *vt*
rationalisme *nm*
rationaliste *adj, n*
rationalité *nf*
rationnaire *adj, n*
rationnel, elle *adj, nm*
rationnellement *adv*
rationnement *nm*
rationner *vt, vpr*
ratissage *nm*
ratisser *vt*
ratissette *nf*
ratissoire *nf*
ratite *nm*
raton *nm*
raton(n)ade *nf*
rattachement *nm*
rattacher *vt, vpr*
rattrapable *adj*
rattrapage *nm*
rattraper *vt, vpr*
raturage *nm*
rature *nf*
raturer *vt*
raubasine *nf*
rauchage *nm*
raucher *vt*
raucheur *nm*

raucité *nf*
rauque *adj*
rauquer *vi*
rauwolfia [rovɔlfja] *nf*
ravage *nm*
ravagé, e *adj*
ravager *vt* C7
ravageur, euse *adj, n*
raval, als *nm*
ravalement *nm*
ravaler *vt, vpr*
ravaleur *nm*
ravaudage *nm*
ravauder *vt*
ravaudeur, euse *n*
rave *nf*
ravelin *nm*
ravenala [-ve-] *nm*
ravenelle *nf*
ravi, e *adj*
ravier *nm*
ravière *nf*
ravigotant, e *adj (fam.)*
ravigote *nf*
ravigoter *vt (fam.)*
ravilir *vt*
ravin *nm*
ravine *nf*
ravinée *nf*
ravinement *nm*
raviner *vt*
ravioli *nm (pl ravioli[s])*
ravir *vt*
raviser (se) *vpr*
ravissant, e *adj*
ravissement *nm*
ravisseur, euse *adj, n*
ravitaillement *nm*
ravitailler *vt, vpr*
ravitailleur, euse *adj, n*
ravivage *nm*
raviver *vt*
ravoir *vt, vpr (seulement à l'inf)*
ray [rɛ] *nm*
ray(i)a ou **raïa** *nm*
rayage [rɛjaʒ] *nm*
rayé, e [reje] *adj*
rayement [rɛjmɑ̃] *nm*
rayer [reje] *vt* C15
rayère [rɛjɛr] *nf*
ray-grass [rɛgrɑ(s)] *nm inv.*
ray(i)a ou **raïa** *nm*
rayon [rɛjɔ̃] *nm*
rayonnage [rɛjɔ-] *nm*
rayonnant, e [rɛjɔ-] *adj*
rayonne [rɛjɔn] *nf*
rayonné, e [rɛjɔ-] *adj, nm*
rayonnement [rɛjɔ-] *nm*
rayonner [rɛjɔ-] *vi*
rayonneur [rɛjɔ-] *nm*
rayure [rɛjyr] *nf*
raz [rɑ] *nm inv. (marée)*
razzia [ra(d)zja] *nf*
razzier [ra(d)zje] *vt*
ré *nm inv.*
réa *nm*
réabonnement *nm*
réabonner *vt, vpr*
réabsorber *vt*
réabsorption *nf*
réac *adj, n (abrév.; fam.)*
réaccoutumer ou **raccoutumer** *vt, vpr*
réactance *nf*
réacteur *nm*
réactif, ive *adj, nm*
réaction *nf*
réactionnaire *adj, n*
réactionnel, elle *adj*
réactivation *nf*
réactiver *vt*
réactivité *nf*
réactogène *adj, nm*
réactualisation *nf*
réactualiser *vt*
réadaptation *nf*
réadapter *vt, vpr*
réadmettre *vt* C48
réadmission *nf*
ready-made [redimɛd] *nm (pl ready-made[s])*
réaffirmer *vt*
réagir *vi*
réajustement ou **rajustement** *nm*
réajuster ou **rajuster** *vt, vpr*
réal, e, aux *adj, nm*
réale *nf*
réalésage *nm*
réaléser *vt* C11
réalgar *nm*
réalignement *nm*
réaligner *vt*
réalisable *adj*
réalisateur, trice *n*
réalisation *nf*
réaliser *vt, vpr*
réalisme *nm*
réaliste *adj, n*
réalistement *adv*
réalité *nf*
réaménagement *nm*
réaménager *vt* C7
réamorcer *vt* C6
réanimateur, trice *n*
réanimation ou **ranimation** *nf*
réanimer *vt*
réapparaître *vt* C61
réapparition *nf*
réapprendre ou **rapprendre** *vt* C42
réapprovisionnement *nm*
réapprovisionner *vt, vpr*
réargenter *vt*
réarmement *nm*
réarmer *vt, vi*
réarrangement *nm*
réarranger *vt* C7
réassignation *nf*
réassigner *vt*
réassort *nm*
r(é)assortiment *nm*
r(é)assortir *vt*
réassurance *nf*
réassurer *vt, vpr*
réassureur *nm*
rebab ou **rabab** *nm*
rebaisser *vi*
rebaptiser *vt*
rébarbatif, ive *adj*
rebâtir *vt*
rebattement *nm*

rebattre *vt* C47
rebattu, e *adj*
rebec *nm*
rebelle *adj, n*
rebeller (se) *vpr*
rébellion *nf*
rebiffer (se) *vpr (fam.)*
rebiquer *vi (fam.)*
reblanchir *vt*
reblochon *nm*
reboire *vt, vi* C65
reboisement *nm*
reboiser *vt*
rebond *nm*
rebondi, e *adj*
rebondir *vi*
rebondissement *nm*
rebord *nm*
reborder *vt*
rebot [-bo] *nm*
rebouchage *nm*
reboucher *vt*
rebouilleur *nm*
rebours (à) *loc adv*
rebouter *vt*
rebouteur ou **rebouteux, euse** *n*
reboutonner *vt, vpr*
rebras *nm*
rebroder *vt*
rebroussement *nm*
rebrousse-poil (à) *loc adv*
rebrousser *vt, vi*
rebrûler *vt*
rebuffade *nf*
rébus [-bys] *nm*
rebut [-by] *nm*
rebutant, e *adj*
rebuter *vt, vpr*
recacheter *vt* C10
recalage *nm*
recalcification *nf*
recalcifier *vt*
récalcitrant, e *adj, n*
recalculer *vt*
recalé, e *adj, n*
recaler *vt*
récapitulatif, ive *adj*
récapitulation *nf*
récapituler *vt*
recarder *vt*
recarreler *vt* C10
recaser *vt*
recauser *vi*
recaver (se) *vpr (pop.)*
recéder *vt* C11
recel *nm*
receler C10 ou **recéler** C11 *vt*
receleur, euse *n*
récemment [-samɑ̃] *adv*
récence *nf*
recensement *nm*
recenser *vt*
recenseur, euse *n, adj m*
recension *nf*
récent, e *adj*
recentrage *nm*
recentrer *vt*
recepage ou **recépage** *nm*
recepée ou **recépée** *nf*
receper C8 ou **recéper** C11 *vt*
récépissé *nm*
réceptacle *nm*
récepteur, trice *adj, nm*
réceptif, ive *adj*
réception *nf*
réceptionnaire *n*
réceptionner *vt*
réceptionniste *n*
réceptivité *nf*
recerclage *nm*
recercler *vt*
recès ou **recez** *nm*
récessif, ive *adj*
récession *nf*
récessivité *nf*
recette *nf*
recevabilité *nf*
recevable *adj*
receveur, euse *n*
recevoir *vt, vpr* C39
recez ou **recès** [-sɛ] *nm*
réchampir ou **rechampir** *vt*
réchampissage ou **rechampissage** *nm*
rechange *nm*
rechanger *vt* C7
rechanter *vt*
rechapage *nm*
rechaper *vt*
réchappé, e *n*
réchapper *vi*
recharge *nf*
rechargeable *adj*
rechargement *nm*
recharger *vt* C7
rechasser *vt, vi*
réchaud *nm*
réchauffage *nm*
réchauffé, e *adj, nm*
réchauffement *nm*
réchauffer *vt, vpr*
réchauffeur *nm*
rechaussement *nm*
rechausser *vt, vpr*
rêche *adj*
recherche *nf*
recherché, e *adj*
rechercher *vt*
rechigner *vi, vti*
rechristianiser [-kris-] *vt*
rechute *nf*
rechuter *vi*
récidivant, e *adj*
récidive *nf*
récidiver *vi*
récidivisme *nm*
récidiviste *n*
récidivité *nf*
récif [resif] *nm*
récital, e, aux *adj*
recingle ou **resingle** ou **résingle** *nf*
récipiendaire *n*
récipient *nm*
réciprocité *nf*
réciproque *adj, nf*
réciproquement *adv*
réciproquer *vt, vi*
récit *nm*
récital, als *nm*
récitant, e *adj, n*
récitatif *nm*

récitation *nf*
réciter *vt*
réclamant, e *n*
réclamation *nf*
réclame *nm (chasse); nf (publicité)*
réclamer *vt, vi, vpr*
reclassement *nm*
reclasser *vt*
reclouer *vt*
reclus, e [-kly, yz] *adj, n*
réclusion *nf*
réclusionnaire *n*
récognitif *adj m*
récognition *nf*
recoiffer *vt, vpr*
recoin *nm*
récolement *nm*
récoler *vt*
recollage *nm*
récollection *nf*
recollement *nm*
recoller *vt, vi*
récollet [-lɛ] *nm*
récoltable *adj*
récoltant, e *adj, n*
récolte *nf*
récolter *vt*
récolteur *nm*
recombinaison *nf*
recombiner *vt, vpr*
recommandable *adj*
recommandataire *n*
recommandation *nf*
recommandé, e *adj, nm*
recommander *vt, vpr*
recommencement *nm*
recommencer *vt, vi* C6
recomparaître *vi* C61
récompense *nf*
récompenser *vt*
recomposable *adj*
recomposer *vt, vpr*
recomposition *nf*
recompter [-kɔ̃te] *vt*
réconciliateur, trice *n*
réconciliation *nf*
réconcilier *vt, vpr*
recondamner [-dane] *vt*
reconductible *adj*
reconduction *nf*
reconduire *vt* C56
réconfort *nm*
réconfortant, e *adj*
réconforter *vt, vpr*
reconnaissable *adj*
reconnaissance *nf*
reconnaissant, e *adj*
reconnaître *vt, vpr* C61
reconnu, e *adj*
reconquérir *vt* C27
reconquête *nf*
reconsidérer *vt* C11
reconsolider *vt*
reconstituant, e *adj, nm*
reconstituer *vt, vpr*
reconstitution *nf*
reconstruction *nf*
reconstruire *vt* C56
reconvention *nf*
reconventionnel, elle *adj*
reconventionnellement *adv*
reconversion *nf*
reconvertir *vt, vpr*
recopier *vt*
recoquiller *vt, vpr*
record *nm, adj inv. (exploit)*
recordage *nm*
recorder *vt*
recordman [rəkɔrdman] *nm (pl recordmen* [-mɛn] ou *recordmans)*
recordwoman [rəkɔrdwɔman] *nf (pl recordwomen* [-mɛn]*)*
recorriger *vt* C7
recors *nm (témoin)*
recoucher *vt, vpr*
recoudre *vt* C45
recoupage *nm*
recoupe *nf*
recoupement *nm*
recouper *vt, vpr*
recoupette *nf*
recouponner *vt*
recourbé, e *adj*
recourbement *nm*
recourber *vt, vpr*
recourbure *nf*
recourir *vt, vti, vi* C25
recours *nm*
recouvrable *adj*
recouvrage *nm*
recouvrement *nm*
recouvrer *vt*
recouvrir *vt, vpr* C19
recracher *vt, vi*
récréance *nf*
récréatif, ive *adj*
récréation *nf*
recréer *vt* C14
récréer *vt, vpr* C14
récrément *nm*
recrépir *vt*
recrépissage *nm*
recreuser *vt*
récrier (se) *vpr*
récriminateur, trice *adj, n*
récrimination *nf*
récriminer *vi*
récrire ou réécrire *vt* C51
recristallisation *nf*
recristalliser *vt, vi*
recroître *vi* C63
recroquevillé, e *adj*
recroquevillement *nm*
recroqueviller *vt, vpr*
recru, e *adj*
recrû *nm (nouvelle pousse)*
recrudescence *nf*
recrudescent, e *adj*
recrue *nf (soldat)*
recrutement *nm*
recruter *vt, vpr*
recruteur *nm, adj m*
recta *adv (fam.)*
rectal, e, aux *adj*
rectangle *nm, adj*
rectangulaire *adj*
recteur, trice *adj, n*
rectifiable *adj*

rectificateur, trice *adj, n*
rectificatif, ive *adj, nm*
rectification *nf*
rectifier *vt*
rectifieur, euse *n*
rectiligne *adj, nm*
rectilinéaire *adj*
rection *nf*
rectite *nf*
rectitude *nf*
recto *nm*
recto-colite *nf (pl recto-colites)*
rectoral, e, aux *adj*
rectorat [-ra] *nm*
rectoscope *nm*
rectoscopie *nf*
rectrice *nf*
rectum [rɛktɔm] *nm*
reçu, e *n*
recueil [rəkœj] *nm*
recueillement *nm*
recueilli, e *adj*
recueillir *vt, vpr* C21
recuire *vt, vi* C56
recuit *nm*
recul [-kyl] *nm*
reculade *nf*
reculé, e *adj*
reculée *nf*
reculement *nm*
reculer *vt, vi, vpr*
reculons (à) *loc adv*
reculotter *vt*
récupérable *adj*
récupérateur, trice *adj, n*
récupération *nf*
récupérer *vt, vi* C11
récurage *nm*
récurer *vt*
récurrence *nf*
récurrent, e *adj*
récursif, ive *adj*
récursivité *nf*
récursoire *adj*
récusable *adj*
récusation *nf*
récuser *vt, vpr*
recyclable *adj*
recyclage *nm*
recycler *vt, vpr*
rédacteur, trice *n*
rédaction *nf*
rédactionnel, elle *adj, nm*
redan ou redent *nm*
reddition *nf*
redécouvrir *vt* C19
redéfaire *vt* C59
redéfinir *vt*
redemander *vt*
redémarrage *nm*
redémarrer *vi*
rédempteur, trice *adj, n*
rédemption *nf*
rédemptoriste *nm*
rédemptoristine *nf*
redent ou redan *nm*
redenté, e *adj*
redéploiement *nm*
redéployer [-plwaje] *vt* C16
redescendre *vi, vt* C41
redevable *adj, n*
redevance *nf*
redevenir *vi* C28 *(auxil être)*
redevoir *vt* C38
rédhibition *nf*
rédhibitoire *adj*
rédie *nf*
rediffuser *vt*
rediffusion *nf*
rédiger *vt* C7
redimensionner *vt*
rédimer *vt, vpr*
redingote *nf*
rédintégration *nf*
redire *vt, vti* C54
rediscuter *vt*
redistribuer *vt*
redistribution *nf*
redite *nf*
redondance *nf*
redondant, e *adj*
redonner *vt, vi*
redorer *vt*
redoublant, e *n*
redoublé, e *adj*
redoublement *nm*
redoubler *vt, vti, vi*
redoul [-dul] *nm*
redoutable *adj*
redoutablement *adv*
redoute *nf*
redouter *vt*
redoux *nm*
rédowa [-va] *nf*
redox *adj*
redressage *nm*
redresse (à la) *loc adj (pop.)*
redressement *nm*
redresser *vt, vpr*
redresseur *nm, adj m*
réductase *nf*
réducteur, trice *adj, nm*
réductibilité *nf*
réductible *adj*
réduction *nf*
réductionnisme *nm*
réductionniste *adj, n*
réduire *vt, vi, vpr* C56
réduit, e *adj, nm*
réduplicatif, ive *adj, nm*
réduplication *nf*
réduve *nm*
rééchelonnement *nm*
rééchelonner *vt*
réécouter *vt*
réécrire ou récrire *vt* C51
réécriture *nf*
réédification *nf*
réédifier *vt*
rééditer *vt*
réédition *nf*
rééducation *nf*
rééduquer *vt*
réel, elle *adj, nm*
réélection *nf*
rééligible *adj*
réélire *vt* C53
réellement *adv*
réembaucher ou rembaucher *vt*
réémetteur *nm*

réemploi ou **remploi** *nm*
réemployer ou **remployer** *vt* C16
réemprunter ou **remprunter** *vt*
réengagement ou **rengagement** *nm*
réengager ou **rengager** *vt, vi, vpr* C7
réenregistrer *vt*
réensemencement *nm*
réensemencer *vt* C6
réentendre *vt* C41
rééquilibrage *nm*
rééquilibrer *vt*
réer *vi* C14
réescompte [-kɔ̃t] *nm*
réescompter [-kɔ̃te] *vt*
réessayage ou **ressayage** [-sɛjaʒ] *nm*
réessayer ou **ressayer** [-seje] *vt*
réétudier *vt*
réévaluation *nf*
réévaluer *vt*
réexamen *nm*
réexaminer *vt*
réexpédier *vt*
réexpédition *nf*
réexportation *nf*
réexporter *vt*
refaçonner *vt*
réfaction *nf*
refaire *vt, vpr* C59
réfection *nf*
réfectoire *nm*
refend (de) *loc adj*
refendre *vt* C41
référé *nm*
référence *nf*
référencer *vt* C6
référendaire *adj, nm*
référendum [-dɔm] *nm*
référent *nm*
référentiel, elle *adj, nm*
référer *vti, vpr* C11
refermer *vt, vpr*
refiler *vt*
refinancement *nm*
réfléchi, e *adj*
réfléchir *vt, vti, vi, vpr*
réfléchissant, e *adj*
réflecteur *nm, adj*
réflectif, ive *adj*
réflectorisé, e *adj*
reflet [-flɛ] *nm*
refléter *vt, vpr* C11
refleurir *vt, vi*
reflex *adj inv., nm inv. (photo)*
réflexe *adj, nm (réaction)*
réflexibilité *nf*
réflexible *adj*
réflexif, ive *adj*
réflexion *nf*
réflexivité *nf*
réflexogène *adj*
réflexogramme *nm*
réflexologie *nf*
réflexothérapie *nf*
refluer *vi*
reflux [-fly] *nm*
refondre *vt, vi* C41
refonte *nf*
réformable *adj*
reformage *nm*
réformateur, trice *adj, n*
réformation *nf*
réforme *nf*
réformé, e *adj, nm*
réformer *vt, vpr*
reformer *vt, vpr*
réformette *nf (fam.)*
réformisme *nm*
réformiste *adj, n*
reformuler *vt*
refouiller *vt*
refoulé, e *adj, n*
refoulement *nm*
refouler *vt*
refouloir *nm*
réfractaire *adj, nm*
réfracter *vt*
réfracteur, trice *adj, nm*
réfraction *nf*
réfractionniste *n*
réfractomètre *nm*
refrain *nm*
réfrangibilité *nf*
réfrangible *adj*
refrènement ou **réfrènement** *nm*
refréner ou **réfréner** *vt* C11
réfrigérant, e *adj, nm*
réfrigérateur *nm*
réfrigération *nf*
réfrigéré, e *adj*
réfrigérer *vt* C11
réfringence *nf*
réfringent, e *adj*
refroidir *vt, vi, vpr*
refroidissement *nm*
refroidisseur *adj m, nm*
refuge *nm*
réfugié, e *adj, n*
réfugier (se) *vpr*
refus [-fy] *nm*
refusable *adj*
refusé, e *adj, n*
refuser *vt, vi, vpr*
réfutable *adj*
réfutation *nf*
réfuter *vt*
refuznik [rəfyznik] *n*
reg [rɛg] *nm*
regagner *vt*
regain *nm*
régal, als *nm (plaisir)*
régalade *nf*
régalage *nm*
régale *nm (musique); adj f (chimie); nf (droit)*
régalement *nm*
régaler *vt, vpr*
régalien, enne *adj*
regard *nm*
regardable *adj*
regardant, e *adj*
regarder *vt, vti, vpr*
regardeur, euse *n*
regarnir *vt*
régate *nf*
régater *vi*
régatier *nm*
regazonner *vt*

regel *nm*
regeler *vt, vimp* C9
régence *nf, adj inv.*
Regency *adj inv.*
régendat [-da] *nm*
régénérateur, trice *adj, n*
régénération *nf*
régénéré, e *adj*
régénérer *vt* C11
régent, e *n*
régenter *vt*
reggae [rege] *nm inv., adj inv.*
régicide *n, adj*
régie *nf*
regimbement *nm*
regimber *vi, vpr*
regimbeur, euse *adj, n*
régime *nm*
régiment *nm*
régimentaire *adj*
reginglard *nm*
région *nf*
régional, e, aux *adj, nm*
régionalisation *nf*
régionaliser *vt*
régionalisme *nm*
régionaliste *adj, n*
régir *vt*
régisseur *nm*
registraire *n*
registration *nf*
registre *nm*
registrer *vt*
réglable *adj*
réglage *nm*
règle *nf*
réglé, e *adj*
règlement *nm*
règlementaire [rɛ-] *adj*
règlementairement [rɛ-] *adv*
règlementarisme [rɛ-] *nm*
règlementation [rɛ-] *nf*
règlementer [rɛ-] *vt*
régler *vt, vpr* C11
réglet *nm*
réglette *nf*
régleur, euse *n*
réglisse *nf*
réglo *adj inv., adv (pop.)*
régloir *nm*
réglure *nf*
régnant, e *adj*
règne *nm*
régner *vi* C11
régolite *nm*
regonflage *nm*
regonflement *nm*
regonfler *vt, vi*
regorgement *nm*
regorger *vt* C7
regrat [-gra] *nm*
regrattage *nm*
regratter *vt, vi*
regrattier, ère *n*
regréer *vt* C14
regreffer *vt*
régresser *vi*
régressif, ive *adj*
régression *nf*
regret [-grɛ] *nm*
regrettable *adj*
regrettablement *adv*
regretter *vt*
regrèvement *nm*
regrimper *vt, vi*
regros [-gro] *nm*
regrossir *vi*
regroupement *nm*
regrouper *vt, vpr*
régulage *nm*
régularisation *nf*
régulariser *vt*
régularité *nf*
régulateur, trice *adj, nm*
régulation *nf*
régule *nm*
réguler *vt*
régulier, ère *adj, nm*
régulièrement *adv*
regur [regyr] *nm*
régurgitation *nf*
régurgiter *vt*
réhabilitable *adj*
réhabilitation *nf*
réhabilité, e *adj, n*
réhabiliter *vt, vpr*
réhabituer *vt*
rehaussage *nm*
rehaussement *nm*
rehausser *vt*
rehaut *nm*
réhoboam *nm*
réhydratation *nf*
réhydrater *vt*
reichsmark [rajʃsmark] *nm inv.*
reichstag [rajʃstag] *nm*
réification *nf*
réifier *vt*
réimperméabilisation *nf*
réimperméabiliser *vt*
réimplantation *nf*
réimplanter *vt*
réimportation *nf*
réimporter *vt*
réimposer *vt*
réimposition *nf*
réimpression *nf*
réimprimer *vt*
rein *nm*
réincarcération *nf*
réincarcérer *vt* C11
réincorporer *vt*
reine *nf (souveraine)*
reine-claude *nf (pl reines-claudes)*
reine-des-prés *nf (pl reines-des-prés)*
reine-marguerite *nf (pl reines-marguerites)*
reinette *nf (pomme)*
réinfecter *vt*
réinfection *nf*
réinscription *nf*
réinscrire *vt* C51
réinsérer *vt* C11
réinsertion *nf*
réinstallation *nf*
réinstaller *vt*
réintégrable *adj*
réintégrande *nf*
réintégration *nf*
réintégrer *vt* C11

réintroduction *nf*
réintroduire *vt* C56
réinventer *vt*
réinvention *nf*
réinvestir *vt, vi*
réinviter *vt*
reis [reis] *nm*
réitératif, ive *adj*
réitération *nf*
réitéré, e *adj*
réitérer *vt* C11
reître [rɛtr] *nm*
rejaillir *vi*
rejaillissement *nm*
rejet [-ʒɛ] *nm*
rejetable *adj*
rejeter *vt, vi, vpr* C10
rejeton *nm*
rejoindre *vt, vpr* C43
rejointoiement *nm*
rejointoyer [-twaje] *vt* C16
rejouer *vt, vi*
réjoui, e *adj*
réjouir *vt, vpr*
réjouissance *nf*
réjouissant, e *adj*
rejuger *vt* C7
relâche *nf (marine)*; *nm* ou *nf (théâtre, effort)*
relâché, e *adj*
relâchement *nm*
relâcher *vt, vi, vpr*
relais *nm*
relaisser (se) *vpr*
relance *nf*
relancer *vt, vi* C6
relaps, e [-laps] *adj, n*
rélargir *vt*
relater *vt*
relatif, ive *adj, n*
relation *nf*
relationnel, elle *adj*
relativement *adv*
relativisation *nf*
relativiser *vt*
relativisme *nm*
relativiste *adj, n*
relativité *nf*
relaver *vt*
relax ou **relaxe** *adj (fam.)*
relaxant, e *adj*
relaxation *nf*
relaxe *nf*
relaxe ou **relax** *adj (fam.)*
relaxer *vt, vpr*
relayer [-leje] *vi, vpr* C15
relayeur, euse [-lɛjœr, øz] *n*
relecture *nf*
relégation *nf*
relégué, e *adj, n*
reléguer *vt* C11
relent *nm*
relevable *adj*
relevage *nm*
relevailles *nf pl*
relève *nf*
relevé, e *adj, n*
relèvement *nm*
relever *vt, vi, vpr* C8
releveur, euse *adj, n*
reliage *nm*
relief *nm*
relier *vt*
relieur, euse *adj, n*
religieusement *adv*
religieux, euse *adj, n*
religion *nf*
religionnaire *n*
religiosité *nf*
reliquaire *nm*
reliquat [-ka] *nm*
relique *nf*
relire *vt, vpr* C53
reliure *nf*
relogement *nm*
reloger *vt* C7
relouer *vt*
réluctance *nf*
reluire *vi* C56
reluisant, e *adj*
reluquer *vt (fam.)*
rem [rɛm] *nm*
remâcher *vt*
remaillage ou **remmaillage** *nm*
remailler ou **remmailler** *vt*
remake [rimɛk] *nm*
rémanence *nf*
rémanent, e *adj*
remanger *vt, vi* C7
remaniable *adj*
remaniement *nm*
remanier *vt*
remaquiller *vt, vpr*
remarcher *vi*
remariage *nm*
remarier *vt, vpr*
remarquable *adj*
remarquablement *adv*
remarque *nf*
remarqué, e *adj*
remarquer *vt*
remasticage *nm*
remastiquer *vt*
remballage *nm*
remballer *vt*
rembarquement *nm*
rembarquer *vt, vi, vpr*
rembarrer *vt*
rembaucher ou **réembaucher** *vt*
remblai *nm*
remblaiement *nm*
remblayage [-blɛjaʒ] *nm*
remblayer [-bleje] *vt* C15
remblayeuse [-blɛjøz] *nf*
rembobiner *vt*
remboîtage *nm*
remboîtement *nm*
remboîter *vt*
rembourrage *nm*
rembourrer *vt*
rembourrure *nf*
remboursable *adj*
remboursement *nm*
rembourser *vt, vpr*
rembranesque *adj*
rembrunir *vt, vpr*
rembrunissement *nm*
rembuchement *nm*
rembucher *vt, vpr*
remède *nm*
remédiable *adj*
remédier *vti*

remembrement *nm*
remembrer *vt*
remémoration *nf*
remémorer *vt, vpr*
remerciement *nm*
remercier *vt*
réméré *nm*
remettant *nm*
remettre *vt, vpr* C48
remeubler *vt, vpr*
rémige *nf*
remilitarisation *nf*
remilitariser *vt*
réminiscence *nf*
remisage *nm*
remis, e [-mi, iz] *adj*
remise *nf*
remiser *vt, vi, vpr*
remisier *nm*
rémissible *adj*
rémission *nf*
rémittence *nf*
rémittent, e *adj*
rémiz [remiz] *nm*
remmaillage ou remaillage *nm*
remmailler ou remailler *vt*
remmailleuse *nf*
remmailloter *vt*
remmancher *vt*
remmener *vt* C8
remmoulage *nm (fonderie)*
remnogramme *nm*
remnographie *nf*
remodelage *nm*
remodeler *vt* C9
rémois, e *adj, n*
remontage *nm*
remontant, e *adj, nm*
remonte *nf*
remontée *nf*
remonte-pente *nm (pl remonte-pentes)*
remonter *vt, vi, vpr*
remonteur, euse *n*
remontoir *nm*
remontrance *nf*
remontrer *vt, vpr*
rémora *nm*
remordre *vt* C41
remords *nm*
remorquage *nm*
remorque *nf*
remorquer *vt*
remorqueur, euse *adj, nm*
remoudre *vt* C46
remouillage *nm*
remouiller *vt*
rémoulade *nf*
remoulage *nm (meunerie)*
remouler *vt*
rémouleur *nm*
remous *nm*
rempaillage *nm*
rempailler *vi*
rempailleur, euse *n*
rempaqueter *vt*
rempart *nm*
rempiétement *nm*
rempiéter *vt* C11
rempiler *vt, vi*
remplaçable *adj*
remplaçant, e *n*
remplacement *nm*
remplacer *vt, vpr* C6
remplage *nm*
rempli, e *adj, nm*
remplier *vt*
remplir *vt, vpr*
remplissage *nm*
remplisseur, euse *n*
remploi ou réemploi *nm*
remployer ou réemployer *vt* C16
remplumer (se) *vpr*
rempocher *vt*
rempoissonnement *nm*
rempoissonner *vt*
remporter *vt*
rempotage *nm*
rempoter *vt*
remprunter ou réemprunter *vt*
remuage *nm*
remuant, e *adj*
remue *nf*
remue-ménage *nm inv.*
remue-méninges *nm inv.*
remuement *nm*
remuer *vt, vi, vpr*
remueur, euse *n*
remugle *nm*
rémunérateur, trice *adj, n*
rémunération *nf*
rémunératoire *adj*
rémunérer *vt* C11
renâcler *vi*
renaissance *nf, adj inv.*
renaissant, e *adj*
renaître *vi* C62 *(ni pp, ni temps composés)*
rénal, e, aux *adj*
renard *nm*
renarde *nf*
renardeau *nm*
renardière *nf*
renauder *vi (pop.)*
rencaissage *nm*
rencaissement *nm*
rencaisser *vt*
rencard ou rancard ou rancart *nm (rendez-vous ; arg.)*
rencarder ou rancarder *vt, vpr (pop.)*
renchaîner *vt*
renchéri, e *adj, n*
renchérir *vi, vt*
renchérissement *nm*
renchérisseur, euse *n*
rencogner *vt, vpr*
rencontre *nf (fait de rencontrer) ; nm (héraldique)*
rencontrer *vt, vpr*
rendement *nm*
rendez-vous *nm inv.*
rendormir *vt, vpr* C23
rendosser *vt*
rendre *vt, vpr* C41
rendu, e *adj*
rendzine [rɛ̃dzin] *nf*
rêne *nf (courroie)*

renégat, e [-ga, at] *n*
renégociation *nf*
renégocier *vt*
reneiger *vimp* C7
rénette ou **rainette** *nf (outil)*
renfaîtage *nm*
renfaîter *vt*
renfermé, e *adj, nm*
renfermement *nm*
renfermer *vt, vpr*
renfiler *vt*
renflammer *vt*
renflé, e *adj*
renflement *nm*
renfler *vt, vpr*
renflouage *nm*
renflouement *nm*
renflouer *vt*
renfoncement *nm*
renfoncer *vt* C6
renforçage *nm*
renforçateur *adj, nm*
renforcement *nm*
renforcer *vt* C6
renformir *vt*
renformis [-mi] *nm*
renfort *nm*
renfrogné, e *adj*
renfrognement *nm*
renfrogner (se) *vpr*
rengagé *nm*
rengagement ou **réengagement** *nm*
rengager ou **réengager** *vt, vi, vpr* C7
rengaine *nf*
rengainer *vt*
rengorgement *nm*
rengorger (se) *vpr* C7
rengraisser *vi*
rengrènement *nm*
rengréner C11 ou **rengrener** C8 *vt*
reniement *nm*
renier *vt*
reniflard *nm*
reniflement *nm*
renifler *vi, vt*
renifleur, euse *adj, n (fam.)*
réniforme *adj*
rénine *nf*
rénitence *nf*
rénitent, e *adj*
rennais, e *adj, n*
renne *nm (animal)*
renom *nm (renommée)*
renommé, e *adj*
renommée *nf*
renommer *vt*
renon *nm (résiliation)*
renonce *nf*
renoncement *nm*
renoncer *vt, vti* C6
renonciataire *n*
renonciateur, trice *n*
renonciation *nf*
renonculacée *nf*
renoncule *nf*
renouée *nf*
renouement *nm*
renouer *vt, vti*
renouveau *nm*
renouvelable *adj*
renouvelant, e *n*
renouveler *vt, vpr* C10
renouvellement *nm*
rénovateur, trice *adj, n*
rénovation *nf*
rénover *vt*
renquiller *vt (arg.)*
renseignement *nm*
renseigner *vt, vpr*
rentabilisable *adj*
rentabilisation *nf*
rentabiliser *vt*
rentabilité *nf*
rentable *adj*
rentamer *vt*
rente *nf*
renté, e *adj*
renter *vt*
rentier, ère *n*
rentoilage *nm*
rentoiler *vt*
rentoileur, euse *n*
rentrage *nm*
rentraire C58 ou **rentrayer** C15 *vt*
rentraiture *nf*
rentrant, e *adj*
rentrayer C15 ou **rentraire** C58 *vt*
rentré, e *adj, nm*
rentrée *nf*
rentrer *vi (auxil être); vt (auxil avoir)*
renversant, e *adj*
renverse *nf*
renversé, e *adj*
renversement *nm*
renverser *vt, vi, vpr*
renvidage *nm*
renvider *vt*
renvideur *nm*
renvoi *nm*
renvoyer *vt* C16
réoccupation *nf*
réoccuper *vt*
réopérer *vt* C11
réorchestration [-kɛs-] *nf*
réorchestrer [-kɛs-] *vt*
réordination *nf*
réorganisateur, trice *adj, n*
réorganisation *nf*
réorganiser *vt, vpr*
réorientation *nf*
réorienter *vt*
réouverture *nf*
repaire *nm (refuge)*
repairer *vi*
repaître *vt, vpr* C61
répandre *vt, vpr* C41
répandu, e *adj*
réparable *adj*
reparaître *vi* C61 *(auxil avoir* ou *être)*
réparateur, trice *adj, n*
réparation *nf*
réparer *vt*
reparler *vi*
repartager *vt* C7
répartement *nm*
repartie [rə- ou re-] *nf*

repartir *vt (auxil avoir) ; vi (auxil être)* C23
répartir *vt, vpr*
répartiteur *nm, adj*
répartition *nf*
reparution *nf*
repas [-pɑ] *nm*
repassage *nm*
repasser *vt, vti, vpr*
repasseur *nm*
repasseuse *nf*
repavage *nm*
repavement *nm*
repaver *vt*
repayer [-peje] *vt* C15
repêchage *nm*
repêcher *vt*
repeindre *vt* C43
repeint *nm*
rependre *vt* C41
repenser *vt, vi*
repentance *nf*
repentant, e *adj*
repenti, e *adj, n*
repentir *nm*
repentir (se) *vpr* C23
repérable *adj*
repérage *nm*
repercer *vt* C6
répercussion *nf*
répercuter *vt, vpr*
reperdre *vt* C41
repère *nm (marque)*
repérer *vt, vpr* C11
répertoire *nm*
répertorier *vt*
répéter *vt, vpr* C11
répéteur *nm*
répétiteur, trice *n*
répétitif, ive *adj*
répétition *nf*
répétitivité *nf*
répétitorat [-ra] *nm*
repeuplement *nm*
repeupler *vt, vpr*
repic *nm (jeu de piquet)*
repiquage *nm*
repique *nf (photographie)*
repiquer *vt, vti*
répit *nm*
replacement *nm*
replacer *vt, vpr* C6
replantation *nf*
replanter *vt, vpr*
replat [-pla] *nm*
replâtrage *nm*
replâtrer *vt*
replet, ète [-plɛ, ɛt] *adj*
réplétif, ive *adj*
réplétion *nf*
repleuvoir *vimp* C74
repli *nm*
repliable *adj*
réplication *nf*
repliement *nm*
replier *vt, vpr*
réplique *nf*
répliquer *vt, vi*
replisser *vt*
reploiement *nm*
replonger *vt, vi, vpr* C7
reployer [-plwaje] *vt* C16
repolir *vt*
repolissage *nm*
répondant, e *n*
répondeur, euse *adj, nm*
répondre *vt, vti* C41
répons [-pɔ̃] *nm*
réponse *nf (de répondre)*
repopulation *nf*
report *nm*
reportage *nm*
reporter [-tɛr] *nm (journaliste)*
reporter *vt, vpr*
reporter-cameraman [rəpɔrtɛrkameraman] *nm (pl reporters-cameramen* [-mɛn] ou *cameramans)*
reporteur, trice *n (ouvrier d'imprimerie)*
repos *nm*
reposant, e *adj*
repose *nf*
reposé, e *adj*
repose-bras *nm inv.*
reposée *nf*
repose-pied(s) *nm (pl repose-pieds)*
reposer *vt, vi, vpr*
repose-tête *nm inv.*
repositionner *vt*
reposoir *nm*
repourvoir *vt* C30
repoussage *nm*
repoussant, e *adj*
repousse *nf*
repoussé, e *adj, nm*
repoussement *nm*
repousser *vt, vi*
repoussoir *nm*
répréhensible *adj*
reprendre *vt, vi, vpr* C42
repreneur *nm*
représailles *nf pl*
représentable *adj*
représentant, e *n*
représentatif, ive *adj*
représentation *nf*
représentativité *nf*
représenter *vt, vi, vpr*
répresseur *nm*
répressif, ive *adj*
répression *nf*
réprimande *nf*
réprimander *vt*
réprimer *vt*
reprint [rəprint] *nm*
reprisage *nm*
repris de justice *nm inv.*
reprise *nf*
repriser *vt*
repriseuse *nf*
réprobateur, trice *adj*
réprobation *nf*
reprochable *adj*
reproche *nm*
reprocher *vt, vpr*

reproducteur, trice *adj, n*
reproductibilité *nf*
reproductible *adj*
reproductif, ive *adj*
reproduction *nf*
reproduire *vt, vpr* C56
reprogrammer *vt*
reprographie *nf*
reprographier *vt*
réprouvé, e *adj, n*
réprouver *vt*
reps [rɛps] *nm*
reptation *nf*
reptile *nm*
reptilien, enne *adj*
repu, e *adj*
républicain, e *adj, n*
républicaniser *vt, vpr*
républicanisme *nm*
république *nf*
répudiation *nf*
répudier *vt*
répugnance *nf*
répugnant, e *adj*
répugner *vt, vti*
répulsif, ive *adj*
répulsion *nf*
réputation *nf*
réputé, e *adj*
réputer *vt*
requalification [-ka-] *nf*
requérable *adj*
requérant, e *adj, n*
requérir *vt* C27
requête *nf*
requeté [rekete] *nm*
requêter *vt*
requiem [rekɥijɛm] *nm inv.*
requin *nm*
requin-marteau *nm (pl requins-marteaux)*
requinquer [rəkɛ̃ke] *vt, vpr (fam.)*
requis, e [-ki, iz] *adj, nm*
réquisit [rekwizit] *nm*
réquisition *nf*
réquisitionner *vt*
réquisitoire *nm*
réquisitorial, e, aux *adj*
requitter *vt, vpr*
resaler [rəs-] *vt*
resalir [rəs-] *vt*
resarcelé, e [rəs-] *adj*
rescapé, e *adj, n*
rescindable *adj*
rescindant, e *adj, nm*
rescinder *vt*
rescision [rɛsizjɔ̃] *nf*
rescisoire [rɛsizwar] *adj, nm*
rescousse *nf*
rescription *nf*
rescrit [rɛskri] *nm*
réseau *nm*
résection [resɛ-] *nf*
réséda *nm*
réséquer [rese-] *vt* C11
réserpine *nf*
réservataire *adj, nm*
réservation *nf*
réserve *nf*
réservé, e *adj*
réserver *vt, vpr*
réserviste *nm*
réservoir *nm*
résidanat [-na] *nm*
résidant, e *adj, n (qui réside dans un lieu)*
résidence *nf*
résident, e *n (qui réside dans un autre lieu que son pays d'origine)*
résidentiel, elle *adj*
résider *vi*
résidu *nm*
résiduaire *adj*
résiduel, elle *adj*
résignataire *nm*
résignation *nf*
résigné, e *adj, n*
résigner *vt, vpr*
résiliable *adj*
résiliation *nf*
résilience *nf*
résilient, e *adj*
résilier *vt*
résille [-sij] *nf*
résine *nf*
résiné *adj m, nm*
résiner *vt*
résineux, euse *adj, nm*
résingle ou **resingle** ou **recingle** *nf*
résinier, ère *adj, n*
résinifère *adj*
résipiscence [resipisɑ̃s] *nf*
résistance *nf*
résistant, e *adj, n*
résister *vti*
résistible *adj*
résistivité *nf*
resocialisation [rəs-] *nf*
resocialiser [rəs-] *vt*
résolu, e *adj*
résoluble *adj*
résolument *adv*
résolutif, ive *adj, nm*
résolution *nf*
résolutoire *adj*
résolvant, e *adj*
résolvante *nf*
résonance *nf*
résonnant, e *adj*
résonateur *nm*
résonner *vi (retentir)*
résorber *vt, vpr*
résorcine *nf*
résorcinol *nm*
résorption *nf*
résoudre *vt, vpr* C44
respect [rɛspɛ] *nm*
respectabilité *nf*
respectable *adj*
respecter *vt, vpr*
respectif, ive *adj*
respectivement *adv*
respectueusement *adv*
respectueux, euse *adj, nf*
respirable *adj*
respirateur *nm*
respiration *nf*
respiratoire *adj*
respirer *vt, vi*
resplendir *vi*

resplendissant, e *adj*
resplendissement *nm*
responsabilisation *nf*
responsabiliser *vt*
responsabilité *nf*
responsable *adj, n*
resquillage *nm (fam.)*
resquille *nf (fam.)*
resquiller *vt, vi (fam.)*
resquilleur, euse *n (fam.)*
ressac [rəsak] *nm*
ressaigner *vt, vi*
ressaisir *vt, vpr*
ressaisissement *nm*
ressasser *vt*
ressasseur, euse *adj, n*
ressaut *nm*
ressauter *vt, vi*
ressayage ou **réessayage** [-sɛjaʒ] *nm*
ressayer ou **réessayer** [re- ou reeseje] *vt* C15
ressemblance *nf*
ressemblant, e *adj*
ressembler *vti, vpr*
ressemelage *nm*
ressemeler *vt* C10
ressemer *vt, vpr* C8
ressentiment *nm*
ressentir *vt, vpr* C23
resserre *nf*
resserré, e *adj*
resserrement *nm*
resserrer *vt, vpr*
resservir *vt, vi, vpr* C23
ressort *nm*
ressortir *vi, vimp* C23 *(auxil être ; sortir de nouveau, résulter)*
ressortir *vti (être du ressort de)*
ressortissant, e *adj, n*
ressouder *vt*
ressource *nf*
ressourcement *nm*
ressourcer (se) *vpr* C6
ressouvenir (se) *vpr* C28
ressuage *nm*
ressuer *vi*
ressui [resɥi] *nm*
res(s)urgir [rəsyrʒir] *vi*
ressusciter [resy-] *vt, vi*
ressuyage [resɥijaʒ] *nm*
ressuyer [resɥije] *vt, vpr*
restant, e *adj, nm*
restaurant *nm*
restaurateur, trice *n*
restauration *nf*
restaurer *vt, vpr*
reste *nm*
rester *vi*
restituable *adj*
restituer *vt*
restitution *nf*
restitutoire *adj*
restoroute *nm*
restreindre *vt, vpr* C43
restrictif, ive *adj*
restriction *nf*
restringent, e *adj, nm*
restructuration [rəs-] *nf*
restructurer [rəs-] *vt*
resucée [rəsyse] *nf (fam.)*
résultant, e *adj*
résultante *nf*
résultat [-ta] *nm*
résulter *vi, vimp*
résumé, e *adj, nm*
résumer *vt, vpr*
resurchauffe [rəs-] *nf*
resurchauffer [rəs-] *vt*
resurchauffeur [rəs-] *nm*
résurgence *nf*
résurgent, e *adj*
res(s)urgir [rəsyrʒir] *vi*
résurrection *nf*
résurrectionnel, elle *adj*
retable *nm*
rétabli, e *adj*
rétablir *vt, vpr*
rétablissement *nm*
retaille *nf*
retailler *vt*
rétamage *nm*
rétamé, e *adj*
rétamer *vt*
rétameur *nm*
retapage *nm (fam.)*
retape *nf (pop.)*
retaper *vt, vpr (fam.)*
retard *nm, adj inv.*
retardataire *adj, n*
retardateur, trice *adj*
retardé, e *adj, n*
retardement *nm*
retarder *vt, vi, vpr*
retassure *nf*
retâter *vt, vti*
reteindre *vt* C43
retéléphoner *vt*
retendoir *nm*
retendre *vt* C41
retenir *vt, vpr* C28
rétenteur, trice *adj*
rétention *nf*
retentir *vi*
retentissant, e *adj*
retentissement *nm*
retenue *nf*
reterçage *nm*
retercer C6 ou **reterser** *vt*
rétiaire [-sjɛr] *nm*
réticence *nf*
réticent, e *adj*
réticulaire *adj*
réticulation *nf*
réticule *nm*
réticulé, e *adj*
réticuler *vt*
réticulocyte *nm*
réticulo-endothélial, e, aux *adj*
réticulo-endothéliose *nf*
réticulose *nf*
réticulum [-lɔm] *nm*
rétif, ive *adj*
rétine *nf*
rétinien, enne *adj*
rétinite *nf*
r(h)étique *adj*
retirable *adj*
retirage *nm*
retiration *nf*
retiré, e *adj*
retirement *nm*
retirer *vt, vpr*
retirons *nm pl*

retissage *nm*
retisser *vt*
rétiveté ou **rétivité** *nf*
retombant, e *adj*
retombe *nf*
retombé *nm*
retombée *nf*
retombement *nm*
retomber *vt (auxil être)*
retondre *vt* C41
retordage *nm*
retordement *nm*
retordeur, euse *n*
retordoir ou **retorsoir** *nm*
retordre *vt* C41
rétorquable *adj*
rétorquer *vt*
retors, e [-tɔr, ɔrs] *adj*
rétorsion *nf*
retorsoir ou **retordoir** *nm*
retouchable *adj*
retouche *nf*
retoucher *vt, vti*
retoucheur, euse *n*
retour *nm*
retournage *nm*
retourne *nf*
retournement *nm*
retourner *vi, vpr, vimp (auxil être); vt (auxil avoir)*
retracer *vt* C6
rétractabilité *nf*
rétractable *adj*
rétractation *nf*
rétracter *vt, vpr*
rétractif, ive *adj*
rétractile *adj*
rétractilité *nf*
rétraction *nf*
retraduction *nf*
retraduire *vt* C56
retrait, e *adj, nm*
retraitant, e *n*
retraite *nf*
retraité, e *adj, n*
retraitement *nm*
retraiter *vt*
retranchement *nm*
retrancher *vt, vpr*
retranscription *nf*
retranscrire *vt* C51
retransmetteur *nm*
retransmettre *vt* C48
retransmission *nf*
retravailler *vt, vi, vti*
retraverser *vt*
retrayant, e [-trɛjɑ̃, ɑ̃t] *adj, n*
retrayé, e [-treje] *adj, n*
rétréci, e *adj*
rétrécir *vt, vi, vpr*
rétrécissement *nm*
rétreindre ou **retreindre** *vt* C43
rétreint *nm*
retreinte *nf*
retrempe *nf*
retremper *vt, vpr*
rétribuer *vt*
rétribution *nf*
retriever [retrivœr] *nm*
rétro *adj inv., nm s (abrév.; rétrograde)*
rétro *nm (abrév.; rétroviseur)*
rétroactes *nm pl*
rétroactif, ive *adj*
rétroaction *nf*
rétroactivement *adv*
rétroactivité *nf*
rétroagir *vi*
rétrocéder *vt, vi* C6
rétrocession *nf*
rétrochargeuse *nf*
rétrocontrôle *nm*
rétrocroisement *nm*
rétrofléchi, e *adj*
rétroflexe *adj, nf*
rétrofusée *nf*
rétrogradation *nf*
rétrograde *adj*
rétrograder *vt, vi*
rétrogression *nf*
rétropédalage *nm*
rétroposition *nf*
rétroprojecteur *nm*
rétropropulsion *nf*
rétrospectif, ive *adj, nm*
rétrospection *nf*
rétrospective *nf*
rétrospectivement *adv*
retroussage *nm*
retroussé, e *adj*
retroussement *nm*
retrousser *vt, vpr*
retroussis [-si] *nm*
retrouvable *adj*
retrouvailles *nf pl*
retrouver *vt, vpr*
rétroversion *nf*
rétrovirus [-rys] *nm*
rétroviseur *nm*
rets [rɛ] *nm (filet)*
retsina *nm*
retuber *vt*
réunification *nf*
réunifier *vt*
réunion *nf*
réunionnais, e *adj, n*
réunion(n)ite *nf (fam.)*
réunir *vt, vpr*
réunissage *nm*
réussi, e *adj*
réussir *vt, vti, vi*
réussite *nf*
réutilisable *adj*
réutiliser *vt*
revaccination [-vaksi-] *nf*
revacciner [-vaksi-] *vt*
revaloir *vt* C34
revalorisation *nf*
revaloriser *vt*
revanchard, e *adj, n (fam.)*
revanche *nf*
revancher (se) *vpr*
revanchisme *nm*
revascularisation [-vask-] *nf*
revasculariser [-vask-] *vt*
rêvasser *vi*
rêvasserie *nf*
rêvasseur, euse *adj, n*
rêve *nm*
rêvé, e *adj*

revêche *adj*
réveil *nm*
réveille-matin *nm inv.*
réveiller *vt, vpr*
réveilleur, euse *n*
réveillon *nm*
réveillonner *vi*
réveillonneur *nm*
révélateur, trice *adj, nm*
révélation *nf*
révélé, e *adj*
révéler *vt, vpr* C11
revenant, e *adj, n*
revenant-bon *nm (pl revenants-bons)*
revendeur, euse *n*
revendicateur, trice *n*
revendicatif, ive *adj*
revendication *nf*
revendiquer *vt*
revendre *vt* C41
revenez-y *nm inv.*
revenir *vi* C28 *(auxil être)*
revente *nf*
revenu *nm (somme)*
revenue *nf (pousse nouvelle)*
rêver *vt, vti, vi, vpr*
réverbérant, e *adj*
réverbération *nf*
réverbère *nm*
réverbérer *vt, vpr* C11
revercher *vt*
reverchon *nm*
reverdir *vt, vi*
reverdissage *nm*
reverdissement *nm*
reverdoir *nm*
révérence *nf*
révérenciel, elle *adj*
révérencieusement *adv*
révérencieux, euse *adj*
révérend, e *adj, n*
révérendissime *adj*
révérer *vt* C11
rêverie *nf*
revernir *vt*
revers *nm*
reversal, e, aux *adj*
reversement *nm*
reverser *vt*
reversi(s) [-si] *nm*
réversibilité *nf*
réversible *adj*
réversion *nf*
reversoir *nm*
revêtement *nm*
revêtir *vt, vpr* C24
rêveur, euse *adj, n*
rêveusement *adv*
revient *nm s*
revif *nm*
revigoration *nf*
revigorer *vt*
revirement *nm*
révisable *adj*
réviser *vt*
réviseur *nm*
révision *nf*
révisionnel, elle *adj*
révisionnisme *nm*
révisionniste *adj, n*
revisser *vt*
revitalisation *nf*
revitaliser *vt*
revival, als [rəvival ou rivajvœl] *nm*
revivification *nf*
revivifier *vt*
reviviscence ou réviviscence [-visɑ̃s] *nf*
reviviscent, e ou réviviscent, e *adj*
revivre *vt, vi* C49
révocabilité *nf*
révocable *adj*
révocation *nf*
révocatoire *adj*
revoici *prép.*
revoilà *prép.*
revoir *vt, vpr* C30
revoir *nm*
revoler *vi, vt*
révoltant, e *adj*
révolte *nf*
révolté, e *adj, n*
révolter *vt, vpr*
révolu, e *adj*
révolution *nf*
révolutionnaire *adj, n*
révolutionnairement *adv*
révolutionnarisation *nf*
révolutionnarisme *nm*
révolutionnariste *adj, nm*
révolutionner *vt*
revolver [revɔlvɛr] *nm*
revolvériser *vt*
revolving [-iŋ] *adj inv.*
révoquer *vt*
revoter *vt, vi*
revouloir *vt* C35
revoyure [rəvwajyr] *nf s*
revue *nf*
revuiste *nm*
révulsé, e *adj*
révulser *vt, vpr*
révulsif, ive *adj, nm*
révulsion *nf*
rewriter [rərajtœr] *nm*
rewriter [rərajte] *vt*
rewriting [rərajtiŋ] *nm*
rexisme [rɛks-] *nm*
rexiste [rɛks-] *adj, n*
rez-de-chaussée *nm inv.*
rez-de-jardin *nm inv.*
rhabdomancie *nf*
rhabdomancien, enne *n*
rhabillage *nm*
rhabillement *nm*
rhabiller *vt, vpr*
rhabilleur, euse *n*
rhamnacée *nf*
r(h)apsode *nm*
r(h)apsodie *nf*
r(h)apsodique *adj*
rhé *nm (unité)*
rhème *nm*
rhénan, e *adj*
rhénium [renjɔm] *nm*
rhéobase *nf*
rhéologie *nf*
rhéologique *adj*
rhéologue *n*
rhéomètre *nm*
rhéophile *adj*

rhéostat [-sta] *nm*
rhéostatique *adj*
rhésus [-zys] *nm*
rhéteur *nm*
rhétien, enne *adj, nm*
r(h)étique *adj*
rhétoricien, enne *adj, n*
rhétorique *nf, adj*
rhétoriqueur *nm*
rhéto-roman, e *adj, nm (pl rhéto-romans, es)*
rhexistasie *nf*
rhinanthe *nm*
rhinencéphale *nm*
rhingrave [rɛ̃grav] *n*
rhinite *nf*
rhinocéros [-rɔs] *nm*
rhinolaryngite *nf*
rhinologie *nf*
rhinolophe *nm*
rhino-pharyngé, e *adj (pl rhino-pharyngés, es)*
rhino-pharyngien, enne *adj (pl rhino-pharyngiens, ennes)*
rhino-pharyngite *nf (pl rhino-pharyngites)*
rhino-pharynx [-rɛ̃ks] *nm inv.*
rhinoplastie *nf*
rhinoscopie *nf*
rhinovirus [-rys] *nm*
rhizobium [-bjɔm] *nm*
rhizocarpé, e *adj*
rhizoctone *nm*
rhizoctonie *nf*
rhizoïde *nm*
rhizome *nm*
rhizophage *adj*
rhizophore *nm*
rhizopode *nm*
rhizosphère *nf*
rhizostome *nm*
rhizotome *nm*
rhô [ro] *nm inv. (lettre)*
rhodamine *nf*
rhodanien, enne *adj*
rhodia *nm*
rhodié, e *adj*
rhodien, enne *adj, n*
rhodinol *nm*
rhodite *nm (insecte); nf (minerai)*
rhodium [-djɔm] *nm*
rhododendron [-dɛ̃drɔ̃] *nm*
rhodoïd *nm*
rhodophycée *nf*
rhodopsine *nf*
rhombe *nm (instrument de musique)*
rhombencéphale *nm*
rhombique *adj*
rhomboèdre *nm*
rhomboédrique *adj*
rhomboïdal, e, aux *adj*
rhomboïde *nm, adj m*
rhotacisme *nm*
rhovyl [-vil] *nm*
rhubarbe *nf*
rhum [rɔm] *nm*
rhumatisant, e *adj, n*
rhumatismal, e, aux *adj*
rhumatisme *nm*
rhumatoïde *adj*
rhumatologie *nf*
rhumatologique *adj*
rhumatologue *n*
r(h)umb [rɔ̃b] *nm (marine)*
rhume *nm*
rhumer [rɔme] *vt*
rhumerie [rɔmri] *nf*
rhynchite [rɛ̃kit] *nm*
rhynchonelle [rɛ̃kɔ-] *nf*
rhynchote [rɛ̃kɔt] *nm*
rhyolit(h)e *nf*
rhytidome *nm*
rhytine *nf*
rhyton *nm*
ria *nf*
rial, als *nm*
riant, e *adj*
ribambelle *nf*
ribaud, e *adj, n*
ribaudequin *nm*
ribésiacée *nf*
riblage *nm*
ribler *vt*
riblon *nm*
riboflavine *nf*
ribonucléase *nf*
ribonucléique *adj*
ribose *nm*
ribosome *nm*
ribote *nf*
ribouis [-bwi] *nm (pop.)*
riboulant, e *adj (pop.)*
ribouldingue *nf (pop.)*
ribouler *vi (pop.)*
ribozyme *nm*
ricain, e *adj, n (pop.)*
ricanant, e *adj*
ricanement *nm*
ricaner *vi*
ricaneur, euse *adj, n*
riccie [riksi] *nf*
ricercare [ritʃɛrkare] *nm (pl ricercari)*
richard, e *n*
riche *adj, n*
richelieu *nm (pl richelieu[s])*
richement *adv*
richesse *nf*
richissime *adj*
ricin *nm*
riciné, e *adj*
rickettsie [rikɛtsi] *nf*
rickettsiose [rikɛtsjoz] *nf*
rickshaw [rikʃo] *nm*
ricocher *vi*
ricochet [-ʃɛ] *nm*
ric-rac *loc adv (fam.)*
rictus [riktys] *nm inv.*
ridage *nm*
ride *nf*
ridé, e *adj*
rideau *nm*
ridée *nf*
ridelle *nf*
ridement *nm*
rider *vt, vpr*
ridicule *adj, nm*
ridiculement *adv*
ridiculiser *vt, vpr*
ridoir *nm*
ridule *nf*

riel *nm*
riemannien, enne [rima-] *adj*
rien *pron indéf, nm, adv*
riesling [risliŋ] *nm*
rieur, euse *adj, n*
rif ou **riff(l)e** *nm (arg.)*
rifain, e *adj, n*
rifampicine *nf*
riffe ou **rif(fle)** *nm (arg.)*
rififi *nm (arg.)*
riflard *nm*
rifle *nm*
rifler *vt*
riflette *nf (arg.)*
rifloir *nm*
rift *nm*
rigaudon ou **rigodon** *nm*
rigide *adj*
rigidement *adv*
rigidifier *vt*
rigidité *nf*
rigodon ou **rigaudon** *nm*
rigolade *nf (fam.)*
rigolage *nm*
rigolard, e *adj, n (fam.)*
rigole *nf*
rigoler *vi (fam.)*
rigoleur, euse *adj, n (fam.)*
rigollot [-lo] *nm (papier)*
rigolo, ote *adj, n (drôle ; fam.)*
rigorisme *nm*
rigoriste *adj, n*
rigotte *nf*
rigoureusement *adv*
rigoureux, euse *adj*
rigueur *nf*
rikiki ou **riquiqui** *adj inv. (fam.)*
rillettes [rijɛt] *nf pl*
rillons [rijɔ̃] *nm pl*
rilsan *nm*
rimailler *vi*
rimailleur, euse *n*
rimaye [rimaj ou -mɛ] *nf*
rime *nf*
rimer *vt, vi*
rimeur, euse *n*
rimmel *nm inv.*
rinçage *nm*
rinceau *nm*
rince-bouche *nm inv.*
rince-bouteilles *nm inv.*
rince-doigts *nm inv.*
rincée *nf (pop.)*
rincer *vt* C6
rincette *nf (fam.)*
rinceur, euse *n*
rinçure *nf*
rinforzando [rinfɔrtsɑ̃do] *adv*
ring [ring] *nm*
ringard, e *adj, n (démodé ; fam.)*
ringard *nm (barre de fer)*
ringardage *nm*
ringarder *vt*
ringuette *nf*
rioter *vi*
ripage *nm*
ripaille *nf (fam.)*
ripailler *vi (fam.)*
ripailleur, euse *adj, n (fam.)*
ripaton *nm (pop.)*
ripe *nf*
ripement *nm*
riper *vt, vi*
ripieno *nm s*
ripolin *nm*
ripoliner *vt*
riposte *nf*
riposter *vi*
ripper [ripœr] *nm*
ripple-mark [ripœlmark] *nf (pl ripple-marks)*
ripuaire *adj*
riquiqui ou **rikiki** *adj inv. (fam.)*
rire *vi, vti, vpr* C52
rire *nm*
ris [ri] *nm (rire, voile, veau)*
risban [risbɑ̃] *nm*
risberme *nf*
risée *nf*
riser [rizɛr ou rajzœr] *nm*
risette *nf (fam.)*
risible *adj*
risiblement *adv*
risorius [-rjys] *nm*
risotto [rizɔto] *nm*
risque *nm*
risqué, e *adj*
risquer *vt, vti, vpr*
risque-tout *n inv.*
riss *nm*
rissole *nf*
rissoler *vt, vi*
ristourne *nf*
ristourner *vt*
rital, als *nm (pop.)*
ritardando *adv*
rite *nm*
ritournelle *nf*
ritualisation *nf*
ritualiser *vt*
ritualisme *nm*
ritualiste *adj, n*
rituel, elle *adj, nm*
rituellement *adv*
rivage *nm*
rival, e, aux *adj, n*
rivaliser *vi*
rivalité *nf*
rive *nf*
rivelaine *nf*
river *vt*
riverain, e *adj, n*
riveraineté *nf*
rivesaltes *nm*
rivet [-vɛ] *nm*
rivetage *nm*
riveter *vt* C10
riveteuse *nf*
riveur, euse *n*
rivière *nf*
rivoir *nm*
rivulaire *nf*
rivure *nf*

rixdale [riksdal] *nf*
rixe *nf*
riyal, als *nm*
riz *nm (plante)*
rizerie *nf*
rizicole *adj*
riziculteur, trice *n*
riziculture *nf*
rizière *nf*
riz-pain-sel *nm inv.*
roadster [rodstɛr] *nm*
roast-beef [rɔsbif] ou **rosbif** *nm (pl roast-beefs* ou *rosbifs)*
rob *nm (suc)*
rob ou **robre** *nm (bridge)*
robage *nm*
robe *nf (vêtement)*
robelage *nm*
rober *vt*
robert *nm (pop.)*
robin *nm*
robinet [-nɛ] *nm*
robinetier *nm*
robinetterie *nf*
robinier *nm*
roboratif, ive *adj*
robot [-bo] *nm*
robotique *nf*
robotisation *nf*
robotiser *vt*
robre ou **rob** *nm (bridge)*
roburite *nf*
robusta *nm*
robuste *adj*
robustement *adv*
robustesse *nf*
roc [rɔk] *nm (pierre)*
roc(k) *nm (oiseau)*
rocade *nf*
rocaillage *nm*
rocaille *nf, adj inv.*
rocailleur *nm*
rocailleux, euse *adj*
rocamadour *nm*
rocambole *nf*
rocambolesque *adj*
roccella [rɔksɛla] ou **rocelle** *nf*
rochage *nm*
rochassier *nm*
roche *nf*
roche-magasin *nf (pl roches-magasins)*
rocher *vi*
rocher *nm (pierre)*
roche-réservoir *nf (pl roches-réservoirs)*
rochet [-ʃɛ] *nm (tunique, bobine)*
rocheux, euse *adj*
rochier *nm*
roc(k) *nm (oiseau)*
rock ou **rock and roll** [rɔkɛndrɔl] *nm inv., adj inv. (musique)*
rocker [rɔkœr] *nm* ou **rockeur, euse** *n*
rocket ou **roquette** *nf*
rocking-chair [rɔkiŋ(t)ʃɛr] *nm (pl rocking-chairs)*
rococo *adj inv., nm s*
rocou *nm*
rocouer *vt*
rocouyer [-kuje] *nm*
rodage *nm*
rôdailler *vi*
rodéo *nm*
roder *vt, vpr (user)*
rôder *vi (errer)*
rôdeur, euse *adj, n*
rodoir *nm*
rodomont *adj, nm*
rodomontade *nf*
roentgen ou **röntgen** [rœntgɛn] *nm*
rœsti ou **rösti** [røʃti] *nm pl*
rogations *nf pl*
rogatoire *adj*
rogatoirement *adv*
rogaton *nm (fam.)*
rognage *nm*
rogne *nf (fam.)*
rogne-pied *nm inv.*
rogner *vt, vi*
rogneur, euse *n*
rognoir *nm*
rognon *nm*
rognonnade *nf*
rognonner *vi (fam.)*
rognure *nf*
rogomme *nm (pop.)*
rogue *adj, nf*
rogué, e *adj*
rohart [rɔar] *nm*
roi *nm*
roide *adj, adv*
roideur *nf*
roidir *vt, vpr*
roitelet [-lɛ] *nm*
rôlage *nm*
rôle *nm*
rôle-titre *nm (pl rôles-titres)*
roller-skate *nm (pl roller-skates)*
rollier *nm*
rollmops [rɔlmɔps] *nm*
rollot *nm*
rom [rɔm] *adj inv.*
romain, e *adj, n*
roman, e *adj*
roman *nm s (langue)*
roman *nm (livre)*
romance *nm (poème en octosyllabes); nf (chanson, mélodie)*
romancer *vt* C6
romancero [rɔmɑ̃sero] *nm*
romanche *nm*
romancier, ère *n*
romand, e *adj, n (Suisse)*
romanée *nm*
romanesque *adj, nm*
roman-feuilleton *nm (pl romans-feuilletons)*
roman-fleuve *nm (pl romans-fleuves)*
romani *nm*
romanichel, elle *n*
romanisant, e *adj*
romanisation *nf*

romaniser *vt, vi*
romanisme *nm*
romaniste *n*
romanité *nf*
roman-photo *nm (pl romans-photos)*
romanticisme *nm*
romantique *adj, n*
romantisme *nm*
romarin *nm*
rombière *nf (fam.)*
rompre *vt, vi, vpr* C41
rompu, e *adj, nm*
romsteck ou **rumsteck** ou **rumsteak** [rɔmstɛk] *nm*
ronce *nf*
ronceraie *nf*
ronceux, euse *adj*
ronchon, onne *adj, n (fam.)*
ronchonnement *nm (fam.)*
ronchonner *vi (fam.)*
ronchonneur, euse *adj, n (fam.)*
roncier *nm*
roncière *nf*
rond, e *adj, nm*
rond *adv*
rondache *nf*
rondade *nf*
rond-de-cuir *nm (pl ronds-de-cuir)*
ronde *nf*
rondeau *nm (rouleau de bois, poème)*
ronde-bosse *nf (pl rondes-bosses)*
rondel *nm*
rondelet, ette [-lɛ, ɛt] *adj (fam.)*
rondelle *nf*
rondement *adv*
rondeur *nf*
rondier ou **rônier** ou **ronier** *nm*
rondin *nm*
rondo *nm (musique)*
rondouillard, e *adj (fam.)*
rond-point *nm (pl ronds-points)*
ronéo *nf*
ronéoter ou **ronéotyper** *vt*
ronflant, e *adj*
ronflement *nm*
ronfler *vi*
ronfleur, euse *n*
rongement *nm*
ronger *vt, vpr* C7
rongeur, euse *adj, nm*
rônier ou **ronier** ou **rondier** *nm*
rônin *nm*
ronron *nm*
ronronnement *nm*
ronronner *vi*
ronsardiser *vi*
röntgen ou **roentgen** [rœntgɛn] *nm*
roof ou **rouf** *nm*
rookerie [rukri] ou **roquerie** *nf*
rooter [rutœr] *nm*
roque *nm (échecs)*
roquefort *nm*
roquelaure *nf*
roquentin *nm*
roquer *vi*
roquerie ou **rookerie** [rukri] *nf*
roquet [-kɛ] *nm*
roquette ou **rocket** *nf (projectile)*
roquette ou **rouquette** *nf (plante)*
rorqual, als [rɔrkwal] *nm*
rosace *nf*
rosacé, e *adj*
rosacée *nf*
rosage *nm*
rosaire *nm*
rosalbin *nm*
rosaniline *nf*
rosat [roza] *adj inv.*
rosâtre *adj*
rosbif ou **roast-beef** *nm (pl rosbifs ou roast-beefs)*
rose *nf (fleur) ; nm (couleur), adj*
rosé, e *adj, nm*
roseau *nm*
rose-croix *n inv.*
rosé-des-prés *nm (pl rosés-des-prés)*
rosée *nf (vapeur d'eau)*
roselet [-lɛ] *nm*
roselier, ère *adj, nf*
roséole *nf*
roser *vt*
roseraie *nf*
rosette *nf*
roseur *nf*
roseval, als *nf*
rosicrucien, enne *adj, nm*
rosier *nm*
rosière *nf*
rosiériste *n*
rosir *vt, vi*
rosissement *nm*
rossard, e *n (fam.)*
rosse *nf, adj (fam.)*
rossée *nf (fam.)*
rosser *vt (fam.)*
rosserie *nf (fam.)*
rossignol *nm*
rossinante *nf*
rossolis [-li] *nm*
rösti ou **rœsti** [røʃti] *nm pl*
rostral, e, aux *adj*
rostre *nm*
rot [rɔt] *nm (maladie de la vigne)*
rot [ro] *nm (gaz de l'estomac)*
rôt [ro] *nm (rôti)*
rotacé, e *adj*
rotang [rɔtɑ̃g] *nm*
rotangle ou **rotengle** *nm*
rotarien *adj, nm*
rotary *nm*
rotateur *adj m, nm*

rotatif, ive *adj*
rotation *nf*
rotative *nf*
rotativiste *n*
rotatoire *adj*
rote *nf*
rotengle ou **rotangle** *nm*
roténone *nf*
roter *vi (fam.)*
rôti, e *adj, n (viande)*
rôtie *nf (tranche de pain)*
rotifère *nm*
rotin *nm*
rôtir *vt, vi, vpr*
rôtissage *nm*
rôtisserie *nf*
rôtisseur, euse *n*
rôtissoire *nf*
rotogravure *nf*
rotonde *nf*
rotondité *nf*
rotoplot [-plo] *nm (pop.)*
rotor *nm*
rotr(o)uenge *nf*
rotule *nf*
rotulien, enne *adj*
roture *nf*
roturier, ère *adj, n*
rouable *nm*
rouage *nm*
rouan, anne *adj, nm*
rouanne *nf*
rouannette *nf*
roubaisien, enne *adj, n*
roubignole *nf (pop.)*
roublard, e *adj, n (fam.)*
roublardise *nf (fam.)*
rouble *nm*
rouchi *nm s*
roucoulade *nf*
roucoulant, e *adj*
roucoulement *nm*
roucouler *vi, vt*
roudoudou *nm (fam.)*
roue *nf*
roué, e *adj, n*
rouelle *nf*
rouennais, e [rwa-] *adj, n*
rouennerie [rwanri] *nf*
roue-pelle *nf (pl roues-pelles)*
rouer *vt*
rouergat, e [-ga, at] *adj, n*
rouerie [ruri] *nf*
rouet [rwɛ] *nm*
rouette *nf*
rouf ou **roof** [ruf] *nm*
rouflaquette *nf (fam.)*
rouge *adj, adv, n*
rougeâtre *adj*
rougeaud, e *adj, n*
rouge-gorge *nm (pl rouges-gorges)*
rougeoiement *nm*
rougeole *nf*
rougeoleux, euse *adj, n*
rougeoyant, e [-ʒwajɑ̃, ɑ̃t] *adj*
rougeoyer [-ʒwaje] *vt* C16
rouge-queue *nm (pl rouges-queues)*
rouget, ette [-ʒɛ, ɛt] *adj, nm*
rougeur *nf*
rough [rœf] *nm*
rougi, e *adj*
rougir *vt, vi*
rougissant, e *adj*
rougissement *nm*
rouille *nf, adj inv.*
rouillé, e *adj*
rouiller *vt, vi, vpr*
rouillure *nf*
rouir *vt, vi*
rouissage *nm*
rouissoir *nm*
roulade *nf*
roulage *nm*
roulant, e *adj, n*
roule *nm*
roulé, e *adj, nm*
rouleau *nm*
rouleauté, e ou **roulotté** *adj, nm*
roulé-boulé *nm (pl roulés-boulés)*
roulement *nm*
rouler *vt, vi, vpr*
roulette *nf*
rouleur, euse *adj, n*
roulier *nm*
roulis [-li] *nm*
rouloir *nm*
roulotte *nf*
roulotté, e ou **rouleauté, e** *adj, nm*
roulotter *vt*
roulure *nf*
roumain, e *adj, n*
roumi *nm*
round [rawnd ou rund] *nm*
roupie *nf*
roupiller [-pije] *vi (pop.)*
roupillon [-pijɔ̃] *nm (pop.)*
rouquette ou **roquette** *nf*
rouquin, e *adj, n (fam.)*
rouscailler *vi (pop.)*
rouspétance *nf (fam.)*
rouspéter *vi (fam.)* C11
rouspéteur, euse *adj, n*
roussâtre *adj*
rousse *nf*
rousseau *nm*
rousselet [-lɛ] *nm*
rousserolle *nf*
roussette *nf*
rousseur *nf*
roussi *nm*
roussillonnais, e *adj, n*
roussin *nm*
roussir *vt, vi*
roussissement *nm*
roussissure *nf*
rouste *nf (pop.)*
roustons *nm pl (pop.)*
routage *nm*
routard, e *n (fam.)*
route *nf*
router *vt*

routier, ère *adj, n*
routine *nf*
routinier, ère *adj, n*
rouverin ou **rouverain** *adj m*
rouvieux *nm, adj m*
rouvraie *nf*
rouvre *nm*
rouvrir *vt, vi* C19
roux, rousse *adj, n*
rowing [rɔwiŋ] *nm*
royal, e, aux [rwajal, o] *adj*
royale [rwajal] *nf*
royalement [rwajalmɑ̃] *adv*
royalisme [rwaja-] *nm*
royaliste [rwaja-] *adj m*
royalty [rwajalti] *nf* *(pl royalties* [-tiz]*)*
royaume [rwajom] *nm*
royauté [rwajote] *nf*
ru *nm (ruisseau)*
ruade *nf*
ruandais, e *adj, n*
ruban *nm*
rubané, e *adj*
rubaner *vt*
rubanerie *nf*
rubanier, ère *adj, n*
rubato [rubato] *adv, adj, nm*
rubéfaction *nf*
rubéfier *vt*
rubellite *nf*
rubénien, enne *adj*
rubéole *nf*
rubéoleux, euse *adj, n*
rubescent, e [-besɑ̃, ɑ̃t] *adj*
rubiacée *nf*
rubican *adj m*
rubicelle *nf*
rubicond, e *adj*
rubidium [-djɔm] *nm*
rubiette *nf*
rubigineux, euse *adj*
rubis [-bi] *nm*
rubrique *nf*
rubriquer *vt*
ruche *nf*
ruché *nm (bande d'étoffe)*
ruchée *nf (population d'une ruche)*
rucher *vt*
rucher *nm (ensemble de ruches)*
rudbeckia *nm* ou **rudbeckie** *nf*
rude *adj*
rudement *adv*
rudenté, e *adj*
rudenture *nf*
rudéral, e, aux *adj*
rudération *nf*
rudesse *nf*
rudiment *nm*
rudimentaire *adj*
rudiste *nm*
rudoiement *nm*
rudoyer [-dwaje] *vt* C16
rue *nf (voie, plante)*
ruelle *nf*
ruer *vt, vi, vpr*
ruf(f)ian *nm*
rugby [rygbi] *nm*
rugbyman [rygbiman] *nm (pl rugbymen* [-mɛn]*)*
rugination *nf*
rugine *nf*
rugir *vt, vi*
rugissant, e *adj*
rugissement *nm*
rugosité *nf*
rugueux, euse *adj, nm*
ruiler *vt*
ruine *nf*
ruiné, e *adj*
ruine-de-Rome *nf (pl ruines-de-Rome)*
ruiner *vt*
ruineusement *adv*
ruineux, euse *adj*
ruiniforme *adj*
ruiniste *n*
ruinure *nf*
ruisseau *nm*
ruisselant, e *adj*
ruisseler *vi* C10
ruisselet [-lɛ] *nm*
ruissellement *nm*
r(h)umb [rɔ̃b] *nm*
rumba [rumba] *nf*
rumen [rymɛn] *nm*
rumeur *nf*
rumex [rymɛks] *nm*
ruminant, e *adj, nm*
rumination *nf*
ruminer *vt*
rumsteck ou **romsteck** ou **rumsteak** *nm*
runabout [rœnabawt] *nm*
rune *nf*
runique *adj*
ruolz [rɥɔls] *nm inv.*
rupestre *adj*
rupiah [rupja] *nf*
rupicole *nm*
rupin, e *adj, n (pop.)*
rupiner *vt, vi (arg.)*
rupteur *nm*
rupture *nf*
rural, e, aux *adj, n*
ruralisme *nm*
rurbain, e *adj*
rurbanisation *nf*
ruse *nf*
rusé, e *adj, n*
ruser *vi*
rush [rœʃ] *nm* *(pl rush(e)s)*
russe *adj, n*
russification *nf*
russifier *nf*
russophile *adj, n*
russule *nf*
rustaud, e *adj, n*
rustauderie *nf*
rusticage *nm*
rusticité *nf*
rustine *nf*
rustique *adj, nm*
rustiquer *vt*
rustre *adj, nm*
rut [ryt] *nm*

rutabaga *nm*
rutacée *nf*
ruthène *adj, n*
ruthénium [-njɔm] *nm*
rutilance *nf*
rutilant, e *adj*
rutile *nm*
rutilement *nm*
rutiler *vi*
rutine *nf*
rutoside *nm*
ruz [ry] *nm (vallée)*
rydberg [ridbɛrg] *nm*
rye [raj] *nm*
rythme *nm*
rythmé, e *adj*
rythmer *vt*
rythmicien, enne *n*
rythmicité *nf*
rythmique *adj, nf*
rythmiquement *adv*

S

s *nm* ou *nf inv.*
sa *adj poss f s* 16-V
sabayon *nm*
sabbat [saba] *nm*
sabbathien, enne *n*
sabbatique *adj*
sabéen, enne *adj, n*
sabéisme *nm*
sabelle *nf*
sabellianisme *nm*
sabine *nf*
sabir *nm*
sablage *nm*
sable *nm, adj inv.*
sablé, e *adj, nm*
sabler *vt*
sablerie *nf*
sableur, euse *n*
sableux, euse *adj*
sablier *nm*
sablière *nf*
sablon *nm*
sablonner *vt*
sablonneux, euse *adj*
sablonnière *nf*
sabord *nm*
sabordage *nm*
sabordement *nm*
saborder *vt, vpr*
sabot [-bo] *nm*
sabotage *nm*
sabot-de-Vénus *nm* *(pl sabots-de-Vénus)*
saboter *vt*
saboterie *nf*
saboteur, euse *n*
sabotier, ère *n*
sabouler *vt*
sabra *adj, n*
sabre-baïonnette *nm* *(pl sabres-baïonnettes)*
sabre-briquet *nm* *(pl sabres-briquets)*
sabrer *vt*
sabretache *nf*
sabreur *nm*
sabreuse *nf*
saburral, e, aux *adj*
saburre *nf*
sac *nm*
saccade *nf*
saccadé, e *adj*
saccader *vt*
saccage *nm*
saccager *vt* C7
saccageur, euse *adj, n*
saccharase [-ka-] *nf*
saccharate [-ka-] *nm*
sacchareux, euse [-ka-] *adj*
saccharidé [-ka-] *nm*
saccharides [-ka-] *nm pl*
saccharifère [-ka-] *adj*
saccharification [-ka-] *nf*
saccharifier [-ka-] *vt*
saccharimètre [-ka-] *nm*
saccharimétrie [-ka-] *nf*
saccharimétrique [-ka-] *adj*
saccharin, e [-ka-] *adj*
saccharine [-ka-] *nf*
sacchariné, e [-ka-] *adj*
saccharique [-ka-]*adj*
saccharoïde [-ka-] *adj*
saccharolé [-ka-] *nm*
saccharomyces [sakarɔmisɛs] *nm*
saccharose [-ka-] *nm*
saccharure [-ka-] *nm*
sacciforme [-ki-] *adj*
saccule [-kyl] *nm*
sacculiforme [-ky-] *adj*
sacculine [-ky-] *nf*
sacerdoce *nm*
sacerdotal, e, aux *adj*
sachem [saʃɛm] *nm*
sacherie *nf*
sachet [-ʃɛ] *nm*
sacoche *nf*
sacolève *nf* ou **sacoléva** *nm*
sacome *nm*
sac-poubelle *nm* *(pl sacs-poubelle)*
sa(c)quer *vt (fam.)*
sacral, e, aux *adj*
sacralisation *nf*
sacraliser *vt*
sacramentaire *n, adj*
sacramental, aux *nm*
sacramentel, elle *adj*
sacre *nm*
sacré, e *adj, nm*
sacrebleu *interj*
Sacré-Cœur *nm s*
sacredieu *interj*
sacrement *nm*
sacrément *adv (fam.)*
sacrer *vt, vi*
sacret [-krɛ] *nm*
sacrificateur, trice *n*
sacrificatoire *adj*
sacrifice *nm*
sacrificiel, elle *adj*
sacrifié, e *adj, n*
sacrifier *vt, vti, vpr*
sacrilège *adj, n*
sacripant *nm*
sacristain *nm*
sacristaine ou **sacristine** *nf*
sacristi *interj*
sacristie *nf*
sacristine ou **sacristaine** *nf*

sacro-iliaque *adj (pl sacro-iliaques)*
sacro-saint, e *adj (pl sacro-saints, es ; fam.)*
sacrum [-krɔm] *nm*
sad(d)ucéen, enne *adj, n*
sadique *adj, n*
sadique-anal, e *adj (pl sadiques-anaux, anales)*
sadiquement *adv*
sadisme *nm*
sadomasochisme [-ʃism] *nm*
sadomasochiste [-ʃist] *adj, n*
sad(d)ucéen, enne *adj, n*
safari *nm*
safari-photo *nm (pl safaris-photos)*
safran *nm, adj inv.*
safrané, e *adj*
safraner *vt*
safranière *nf*
safre *nm*
saga *nf*
sagace *adj*
sagacité *nf*
sagaie *nf*
sagard *nm*
sage *adj, n*
sage-femme *nf (pl sages-femmes)*
sagement *adv*
sagesse *nf*
sagette *nf*
sagine *nf*
sagittaire *nm (constellation) ; nf (plante)*
sagittal, e, aux *adj*
sagitté, e *adj*
sagou *nm*
sagouin *nm*
sagoutier *nm*
sagum [sagɔm] *nm*
saharien, enne *adj, n*
sahélien, enne *adj, nm*
sahib *nm*
sahraoui, e *adj, n*
saï [sai] *nm*
saie [sɛ] *nf*
saietter [sɛjɛte] *vt*
saïga *nm*
saignant, e *adj, nm*
saignée *nf*
saignement *nm*
saigner *vt, vi, vpr*
saigneur, euse *n, adj (de sang)*
saigneux, euse *adj*
saignoir *nm*
saillant, e *adj, nm*
saillie *nf*
saillir *vi, vt* C69
saïmiri *nm*
sain, e *adj, nm*
sainbois *nm*
saindoux *nm*
sainement *adv*
sainfoin *nm*
saint, e *adj, n (religion)*
saint-amour *nm inv.*
saint-benoît *nm inv.*
saint-bernard *nm inv.*
saint-crépin *nm inv.*
saint-cyrien, enne *n (pl saint-cyriens, ennes)*
sainte-barbe *nf (pl saintes-barbes)*
saintement *adv*
saint-émilion *nm inv.*
sainte-nitouche *nf (pl saintes-nitouches)*
Saint-Esprit *nm s*
sainteté *nf*
saint-florentin *nm inv.*
saint-frusquin *nm inv. (pop.)*
saint-germain *nm inv.*
saint-glinglin (à la) *loc adv (fam.)*
saint-honoré *nm (pl inv.)*
saint-marcellin *nm inv.*
saint-michel *nm inv.*
saint-nectaire *nm inv.*
Saint-Office *nm s*
saintongeais, e *adj, n*
saintpaulia *nm*
saint-paulin *nm inv.*
Saint-Père *nm (pl Saints-Pères)*
saint-pierre *nm inv.*
Saint-Siège *nm s*
saint-simonien, enne *adj, n (pl saint-simoniens, ennes)*
saint-simonisme *nm s*
saint-sulpicien, enne *adj*
saint-synode *nm (pl saints-synodes)*
saisi, e *adj, n*
saisie-arrêt *nf (pl saisies-arrêts)*
saisie-brandon *nf (pl saisies-brandons)*
saisie-exécution *nf (pl saisies-exécutions)*
saisie-gagerie *nf (pl saisies-gageries)*
saisine *nf*
saisir *vt, vpr*
saisissable *adj*
saisissant, e *adj, nm*
saisissement *nm*
saison *nf*
saisonnier, ère *adj, nm*
saïte *adj*
sajou ou sapajou *nm*
saké *nm*
saki *nm*
sakieh [sakje] *nf*
saktisme *nm*
sal, als *nm*
salace *adj*
salacité *nf*
salade *nf*
saladero [-dero] *nm*
saladier, ère *n (arg.)*
saladier *nm*
salage *nm*
salaire *nm*
salaison *nf*
salamalecs *nm pl (fam.)*
salami *nm*

salangane *nf*
salant *adj m, nm*
salarial, e, aux *adj*
salariat [-rja] *nm*
salarié, e *adj, n*
salarier *vt*
salat [salɑt] *nf*
salaud *nm, adj m (pop.)*
salbande *nf*
sale *adj*
salé, e *adj, nm*
salement *adv*
salep [-lɛp] *nm*
saler *vt*
saleron *nm*
salers [salɛrs] *nm*
salésien, enne *adj, n*
saleté *nf*
saleur, euse *n*
salicacée *nf*
salicaire *nf*
salicine *nf*
salicole *adj*
salicoque *nf*
salicorne *nf*
salicoside *nm*
saliculture *nf*
salicylate *nm*
salicylé, e *adj*
salicylique *adj*
salidiurétique *adj, nm*
salien, enne *adj*
salière *nf*
salifère *adj*
salifiable *adj*
salification *nf*
salifier *vt*
saligaud, e [-go, ɔd] *n (pop.)*
salignon [-ɲɔ̃] *nm*
salin, e *adj, n*
salinage *nm*
saline *nf*
salinier, ère *adj*
salinité *nf*
salique *adj*
salir *vt, vpr*
salissant, e *adj*
salisson *nf (fam.)*
salissure *nf*
salivaire *adj*
salivant, e *adj*
salivation *nf*
salive *nf*
saliver *vi*
salle *nf*
salmanazar *nm*
salmigondis [-di] *nm*
salmis [-mi] *nm*
salmonelle *nf*
salmonellose *nf*
salmoniculteur *nm*
salmoniculture *nf*
salmonidé *nm*
saloir *nm*
salol *nm*
salon *nm*
salon(n)ard, e *n (fam.)*
salonnier, ère *adj, n*
saloon [-lun] *nm*
salop [-lo] *nm (pop.)*
salopard *nm (pop.)*
salope *nf (pop.)*
saloper *vt (pop.)*
saloperie *nf (pop.)*
salopette *nf*
salopiau(d) ou salopiot *nm (fam.)*
salpe *nf*
salpêtrage *nm*
salpêtre *nm*
salpêtrer *vt*
salpêtreux, euse *adj*
salpêtrière *nf*
salpêtrisation *nf*
salpicon *nm*
salpingite *nf*
salsa *nf*
salsepareille *nf*
salsifis [-fi] *nm*
salsolacée *nf*
saltarelle *nf*
saltation *nf*
saltatoire *adj*
saltimbanque *n*
salto *nm*
salubre *adj*
salubrité *nf*
saluer *vt*
salure *nf*
salut *nm, interj*
salutaire *adj*
salutairement *adv*
salutation *nf*
salutiste *adj, n*
salvadorien, enne *adj, n*
salvateur, trice *adj*
salve *nf*
salve ou salvé ou salve regina *nm inv.*
samare *nf*
samaritain, e *adj, n*
samarium [-rjɔm] *nm*
samba *nf*
sambuque *nf*
samedi *nm*
samit [-mi] *nm*
samizdat [samizdat] *nm*
sammy *nm (pl sammies)*
samoan, e *adj, n*
samole *nm*
samouraï ou samurai [samuraj] *nm*
samovar *nm*
samoyède *nm*
sampan(g) *nm*
sampi *nm*
sampot [-po] *nm*
samurai [samuraj] ou samouraï *nm*
sana *nm (abrév.)*
sanatorial, e, aux *adj*
sanatorium [-rjɔm] *nm*
san-benito [sɑ̃benito] *nm (pl san-benitos)*
sancerre *nm*
sanctifiant, e *adj*
sanctificateur, trice *adj, n*
sanctification *nf*
sanctifier *vt, vpr*
sanction *nf*
sanctionner *vt*
sanctuaire *nm*
sanctuariser *vt*
sanctus [sɑ̃ktys] *nm*
sandale *nf*
sandalette *nf*
sandaraque *nf*

sanderling [sɑ̃dɛrlɛ̃] *nm*
sandinisme *nm*
sandiniste *adj, n*
sandix ou **sandyx** *nm*
sandjak [sɑ̃dʒak] *nm*
sandow [sɑ̃do ou sɑ̃dɔv] *nm*
sandre *nm* ou *nf (poisson)*
sandwich [sɑ̃dwitʃ] *nm (pl sandwich[e]s)*
sandwicher *vt (fam.)*
sandyx ou **sandix** [-diks] *nm*
sanforisage *nm*
sang [sɑ̃] *nm (liquide)* 17-I
sang-dragon ou **sang-de-dragon** *nm inv.*
sang-froid *nm inv.*
sanglant, e *adj*
sangle *nf*
sangler *vt, vpr*
sanglier *nm*
sanglon *nm*
sanglot [-glo] *nm*
sanglotement *nm*
sangloter *vi*
sang-mêlé *n inv.*
sangria [sɑ̃grija] *nf*
sangsue [sɑ̃sy] *nf*
sanguin, e *adj, n*
sanguinaire *adj, nf*
sanguinolent, e *adj*
sanguisorbe *nf*
sanhédrin [sanedrɛ̃] *nm*
sanicle ou **sanicule** *nf*
sanie *nf*
sanieux, euse *adj*
sanisette *nf*
sanitaire *adj, nm*
sans *prép* 16-XXXV
sans-abri *n inv.*
sans-cœur *adj inv., n inv.*
sanscrit, e ou **sanskrit, e** *adj, nm*
sans-culotte *nm (pl sans-culottes)*
sans-emploi *n inv.*
sansevière *nf*
sans-façon *nm inv.*
sans-faute *nm inv.*
sans-fil *n (pl sans-fil[s])*
sans-filiste *n (pl sans-filistes)*
sans-gêne *n inv., adj inv.*
sans-grade *n inv.*
sanskrit, e ou **sanscrit, e** *adj, nm*
sanskritisme *nm*
sanskritiste *n*
sans-le-sou *n inv. (fam.)*
sans-logis *n inv.*
sansonnet [-nɛ] *nm*
sans-papiers *n inv.*
sans-parti *n inv.*
sans-patrie *n inv.*
sans-souci *adj inv., n inv.*
santal, als *nm*
santaline *nf*
santé *nf*
santiag [sɑ̃tjag] *nf*
santoline *nf*
santon *nm (figurine)*
santonine *nf*
santonnier, ère *n*
sanve *nf*
sanza *nf*
saoudien, enne *adj, n*
saoudite *adj*
saoul, e ou **soûl, e** [su, sul] *adj*
saouler ou **soûler** [sule] *vt, vpr*
sapajou ou **sajou** *nm*
sape *nf*
sapement *nm*
sapèque *nf*
saper *vt, vpr*
saperde *nf*
saperlipopette *interj*
saperlotte *interj*
sapeur *nm*
sapeur-pompier *nm (pl sapeurs-pompiers)*
saphène *adj, nf*
saphique *adj*
saphir *nm, adj inv.*
saphisme *nm*
sapide *adj*
sapidité *nf*
sapience [sapjɑ̃s] *nf*
sapiential, e, aux [sapjɑ̃sjɑ̃l, o ou sapjɛ̃sjal, o] *adj, nm pl*
sapin *nm*
sapindacée *nf*
sapine *nf*
sapinette *nf*
sapinière *nf*
sapiteur *nm*
saponacé, e *adj*
saponaire *nf*
saponase *nf*
saponé *nm*
saponifiable *adj*
saponification *nf*
saponifier *vt*
saponine *nf*
saponite *nf*
sapotacée *nf*
sapote ou **sapotille** *nf*
sapotier ou **sapotillier** *nm*
sapristi *interj*
sapropel ou **sapropèle** *nm*
saprophage *adj, nm*
saprophyte *adj, nm*
saprophytisme *nm*
sa(c)quer *vt (fam.)*
sar *nm*
sarabande *nf*
sarbacane *nf*
sarcasme *nm*
sarcastique *adj*
sacastiquement *adv*
sarcelle *nf*
sarcine *nf*
sarclage *nm*
sarcler *vt*
sarclette *nf*
sarcleur, euse *n*
sarcloir *nm*
sarclure *nf*

sarcoïde *nf*
sarcoïdose *nf*
sarcomateux, euse *adj*
sarcome *nm*
sarcophage *nm*
sarcoplasma ou sarcoplasme *nm*
sarcopte *nm*
sardanapale *nm*
sardanapalesque *adj*
sardane *nf*
sarde *adj, n*
sardine *nf*
sardinelle *nf*
sardinerie *nf*
sardinier, ère *n*
sardoine *nf*
sardonique *adj*
sardoniquement *adv*
sardonyx [-niks] *nf*
sargasse *nf*
sari *nm*
sarique *nf*
sarisse *nf*
S.A.R.L. *nf inv.*
sarment *nm*
sarmenter *vi*
sarmenteux, euse *adj*
sarode *nm*
sarong [-rɔ̃g] *nm*
saros [-rɔs] *nm*
saroual, als ou sarouel *nm*
sarracenia *nm* ou sarracénie *nf*
sarracénique *adj*
sarrancolin *nm*
sarrasin, e *adj, n*
sarrau *nm (pl sarraus)*
sarrette ou sarrète ou serrette *nf*
sarriette *nf*
sarrois, e *adj, n*
sarrussophone *nm*
sarthois, e *adj, n*
sas [sa(s)] *nm*
sassafras [-fra] *nm*
sassage *nm*
sassanide *adj, n*
sassement *nm*
sassenage *nm*
sasser *vt*
sasseur, euse *n*
satané, e *adj*
satanique *adj*
sataniquement *adv*
satanisme *nm*
satellisable *adj*
satellisation *nf*
satelliser *vt*
satellite *nm, adj*
sati *nm inv. (rite); nf inv. (veuve)*
satiété [sasjete] *nf*
satin *nm*
satinage *nm*
satiné, e *adj, nm*
satiner *vt*
satinette *nf*
satineur, euse *n*
satire *nf (critique)*
satirique *adj (de satire)*
satiriquement *adv*
satiriser *vt*
satiriste *n*
satisfaction *nf*
satisfaire *vt, vti, vpr* C59
satisfaisant, e [-fəzɑ̃] *adj*
satisfait, e *adj*
satisfecit [satisfesit] *nm inv.*
satisfiabilité *nf*
satisfiable *adj*
satori *nm inv.*
satrape *nm*
satrapie *nf*
saturabilité *nf*
saturable *adj*
saturant, e *adj*
saturateur *nm*
saturation *nf*
saturé, e *adj*
saturer *vt*
saturnales *nf pl*
saturne *nm*
saturnie *nf*
saturnien, enne *adj*
saturnin, e *adj*
saturnisme *nm*
satyre *nm (demi-dieu)*
satyriasis [-sis] *nm*
satyrique *adj (de satyre)*
satyrisme *nm*
sauce *nf*
saucé, e *adj*
saucée *nf (pop.)*
saucer *vt* C6
saucier *nm*
saucière *nf*
sauciflard *nm (fam.)*
saucisse *nf*
saucisson *nm*
saucissonné, e *adj*
saucissonner *vi (fam.)*
saucissonneur *nm (fam.)*
sauf, sauve *adj*
sauf *prép*
sauf-conduit *nm (pl sauf-conduits)*
sauge *nf*
saugrenu, e *adj*
saulaie *nf*
saule *nm*
saulée *nf*
saumâtre *adj*
saumon *nm, adj inv.*
saumoné, e *adj*
saumoneau *nm*
saumurage *nm*
saumure *nf*
saumuré, e *adj*
saumurer *vt*
sauna *nm*
saunage *nm*
saunaison *nf*
sauner *vi*
saunier *nm*
saunière *nf*
saupiquet [-kɛ] *nm*
saupoudrage *nm*
saupoudrer *vt*
saupoudreur, euse *adj*
saupoudreuse *nf*
saur [sɔr] *adj m*
saurage *nm*
saurer *vt*
sauret [-rɛ] *adj m*
saurien *nm*
saurin *nm*

sauris [-ri] *nm*
saurissage *nm*
saurisserie *nf*
saurisseur *nm*
saurophidien *nm*
sauropsidé *nm*
saussaie *nf*
saut *nm (de sauter)*
sautage *nm*
saut-de-lit *nm (pl sauts-de-lit)*
saut-de-loup *nm (pl sauts-de-loup)*
saut-de-mouton *nm (pl sauts-de-mouton)*
saute *nf*
sauté, e *adj, nm*
sautelle *nf*
saute-mines *nm inv.*
saute-mouton *nm inv.*
sauter *vt, vi*
sautereau *nm*
sauterelle *nf*
sauterie *nf (fam.)*
sauternes *nm*
saute-ruisseau *nm inv. (fam.)*
sauteur, euse *adj, n*
sautier *nm*
sautillage *nm*
sautillant, e *adj*
sautillement *nm*
sautiller *vi*
sautoir *nm*
sauvage *adj, n*
sauvagement *adv*
sauvageon, onne *n*
sauvagerie *nf*
sauvagesse *nf*
sauvagin, e *adj, n*
sauvegarde *nf*
sauvegarder *vt*
sauve-qui-peut *nm inv.*
sauver *vt, vpr*
sauvetage *nm*
sauveté *nf*
sauveterrien, enne *adj, nm*
sauveteur *nm*
sauvette (à la) *loc adv*
sauveur *nm, adj m*
sauvignon *nm*
savamment *adv*
savane *nf*
savant, e *adj, n*
savarin *nm*
savart *nm*
savate *nf*
savetier *nm*
saveur *nf*
savoir *vt, vpr* C33
savoir *nm*
savoir-faire *nm inv.*
savoir-vivre *nm inv.*
savon *nm*
savonnage *nm*
savonner *vt, vpr*
savonnerie *nf*
savonnette *nf*
savonneux, euse *adj*
savonnier, ère *adj*
savourer *vt*
savoureux, euse *adj*
savoyard, e [-vwajar] *adj, n*
saxatile *adj*
saxe *nm*
saxhorn [saksɔrn] *nm*
saxicole *adj*
saxifragacée *nf*
saxifrage *nf*
saxo *nm (abrév.)*
saxon, onne *adj, n*
saxophone *nm*
saxophoniste *n*
saynète [sɛnɛt] *nf*
sayon [sɛjɔ̃] *nm*
sbire *nm*
sbrinz *nm*
scabieuse *nf*
scabieux, euse *adj*
scabreux, euse *adj*
scaferlati *nm*
scalaire *adj, nm*
scalde *nm*
scaldien, enne *adj*
scalène *adj, nm*
scalogramme *nm*
scalp [skalp] *nm*
scalpel *nm*
scalper *vt*
scampi *nm pl*
scandale *nm*
scandaleusement *adv*
scandaleux, euse *adj*
scandaliser *vt, vpr*
scander *vt*
scandinave *adj, n*
scandium [skɑ̃djɔm] *nm*
scanner [skanɛr] *nm*
scanneur *nm*
scanographe *nm*
scanographie *nf*
scanographique *adj*
scansion *nf*
scaphandre *nm*
scaphandrier *nm*
scaphite *nm*
scaphoïde *adj, nm*
scaphopode *nm*
scapulaire *adj, nm*
scapulo-huméral, e, aux *adj*
scarabée *nm*
scarabéidé *nm*
scare *nm*
scarieux, euse *adj*
scarifiage *nm*
scarificateur *nm*
scarification *nf*
scarifier *vt*
scarlatine *nf*
scarole ou escarole *nf*
scat [skat] *nm*
scatol(e) *nm*
scatologie *nf*
scatologique *adj*
scatophile *adj*
sceau *nm (cachet)*
sceau-de-Salomon *nm (pl sceaux-de-Salomon)*
scélérat, e *adj, n*
scélératesse *nf*
scellage *nm*
scellé, e *adj, nm*
scellement *nm*
sceller *vt (fermer)*
scénarimage *nm*

scénario *nm (pl scénarios* ou *scenarii)*
scénariste *n*
scène *nf (de théâtre)*
scénique *adj*
scéniquement *adv*
scénographe *n*
scénographie *nf*
scénographique *adj*
scénologie *nf*
scénopégies *nf pl*
scepticisme *nm*
sceptique *adj, n (qui doute)*
sceptiquement *adv*
sceptre *nm*
s(c)hako *nm*
schappe [ʃap] *nf (soie)*
schapska ou **chapska** *nm*
scheidage [ʃɛdaʒ] *nm*
scheider [ʃɛde] *vt*
sch(e)linguer ou **chlinguer** *vi (pop.)*
schelling ou **schilling** *nm (monnaie autrichienne)*
schéma *nm*
schématique *adj*
schématiquement *adv*
schématisation *nf*
schématiser *vt*
schématisme *nm*
schème *nm*
s(c)héol [ʃeɔl] *nm*
scherzando [skɛrtzando] *adv*
scherzo [skɛrtzo] *adv, nm*
schibboleth [ʃibɔlɛt] *nm*
schiedam [skidam] *nm*
schilling ou **schelling** *nm (monnaie autrichienne)*
schipperke [ʃi-] *adj, n*
schismatique [ʃis-] *adj, n*
schisme [ʃism] *nm*
schiste [ʃist] *nm*
schisteux, euse [ʃis-] *adj*
schistoïde [ʃis-] *adj*
schistosité [ʃis-] *nf*
schistosomiase [ʃis-] *nf*
schizogamie [ski-] *nf*
schizogenèse [ski-] *nf*
schizogonie [ski-] *nf*
schizoïde [ski-] *adj, n*
schizoïdie [ski-] *nf*
schizométamérie [ski-] *nf*
schizonévrose [ski-] *nf*
schizophasie [ski-] *nf*
schizophrène [ski-] *n, adj*
schizophrénie [ski-] *nf*
schizophrénique [ski-] *adj*
schizose [ski-] *nf*
schizothyme [ski-] *adj, n*
schizothymie [ski-] *nf*
schizothymique [ski-] *adj, n*
schlague [ʃlag] *nf*
schlamm [ʃlam] *nm*
schlass [ʃlas] *adj inv., nm (pop.)*
schleu, e ou **chleuh, e** *nm (pop.)*
sch(e)linguer ou **chlinguer** *vi (pop.)*
schlittage [ʃlit-] *nm*
schlitte [ʃlit] *nf*
schlitter [ʃlite] *vt*
schlitteur [ʃlit-] *nm, adj m*
schnaps [ʃnaps] *nm*
schnauzer [ʃnawzɛr] *nm*
schnock ou **(s)chnoque** [ʃnɔk] *adj inv., n (pop.)*
schnorchel [ʃnɔrkɛl] ou **schnorkel** *nm*
schnouff ou **(s)chnouf** *nf (arg.)*
schofar [ʃofar] *nm*
sc(h)oliaste [skɔ-] *nm*
sc(h)olie [skɔ-] *nm (remarque à propos d'un théorème)*; *nf (annotation)*
schooner [ʃunœr] *nm*
schorre [ʃɔr] *nm*
schproum [ʃprum] *nm (pop.)*
schupo [ʃupo] *nm*
schuss [ʃus] *nm, adj, adv*
sciable *adj*
sciage *nm*
scialytique *nm*
sciant, e *adj (fam.)*
sciatique *adj, nm (nerf)*; *nf (affection)*
scie *nf (outil)*
sciemment [sjamɑ̃] *adv*
science *nf*
science-fiction *nf (pl sciences-fictions)*
sciène [sjɛn] *nf*
sciénidé *nm*
scientificité *nf*
scientifique *adj, n*
scientifiquement *adv*
scientisme *nm*
scientiste *adj, n*
scier [sje] *vt*
scierie [siri] *nf*
scieur *nm (de scier)*
scieuse *nf*
scille [sil] *nf (plante)*
scincidé [sɛ̃side] *nm*
scincoïde *nm*
scinder [sɛ̃de] *vt, vpr*
scinque [sɛ̃k] *nm (reptile)*
scintigramme *nm*
scintigraphie *nf*
scintillant, e *adj*
scintillateur *nm*
scintillation *nf*
scintillement *nm*
scintiller *vi*
scintillomètre *nm*
scion [sjɔ̃] *nm (branche)*
sciotte [sjɔt] *nf*
scirpe [sirp] *nm*

scissile *adj*
scission *nf*
scissionniste *adj, n*
scissipare *adj*
scissiparité *nf*
scissure *nf*
scitaminale *nf*
sciure *nf*
sciuridé *nm*
scléral, e, aux *adj*
scléranthe *nm*
sclérenchyme [sklerɑ̃ʃim] *nm*
scléreux, euse *adj*
sclérodermie *nf*
sclérogène *adj*
scléromètre *nm*
sclérophylle *adj*
scléroprotéine *nf*
sclérosant, e *adj*
sclérose *nf*
sclérosé, e *adj, n*
scléroser *vt, vpr*
sclérote *nm*
sclérotique *nf*
scolaire *adj, nm*
scolairement *adv*
scolarisable *adj*
scolarisation *nf*
scolariser *vt*
scolarité *nf*
scolasticat [-ka] *nm*
scolastique *adj, n*
scolex [skɔlɛks] *nm*
sc(h)oliaste *nm*
sc(h)olie *nm (remarque à propos d'un théorème) ; nf (annotation)*
scoliose *nf*
scoliotique *adj, n*
scolopendre *nf*
scolyte *nm*
scombridé *nm*
sconse ou **skun(k)s** ou **skons** [skɔ̃s] *nm*
scoop [skup] *nm*
scooter [skutœr ou -tɛr] *nm*
scootériste [sku-] *n*
scopie *nf*
scopolamine *nf*
scorbut [skɔrbyt] *nm*
scorbutique *adj*
score *nm*
scoriacé, e *adj*
scorie *nf*
scorpène *nf*
scorpion *nm*
scorsonère *nf*
scotch [skɔtʃ] *nm*
scotcher *vt*
scotie *nf*
scotisme *nm*
scotiste *adj, n*
scotome *nm*
scotomisation *nf*
scotomiser *vt*
scottish [skɔtiʃ] *nf*
scottish-terrier [skɔtiʃterje] *nm (pl scottish-terriers)*
scoumoune *nf (arg.)*
scoured [skurɛd] *adj, nm*
scout, e [skut] *adj, n*
scout-car *nm (pl scout-cars)*
scoutisme *nm*
scrabble [skrab(ə)l] *nm*
scrabbleur, euse *n*
scramasaxe *nm*
scraper [skrapœr] *nm*
scratch [skratʃ] *adj inv., nm (pl scratch[e]s)*
scratcher *vt*
scriban ou **scribain** *nm* ou **scribanne** *nf*
scribe *nm*
scribouillard *nm (fam.)*
scribouilleur, euse *n (fam.)*
scripophilie *nf*
script [skript] *nm (scénario, écriture)*
scripte *n (collaborateur du réalisateur)*
scripteur *nm*
script-girl [skriptgœrl] *nf (pl script-girls)*
scripturaire *adj*
scriptural, e, aux *adj*
scrofulaire *nf*
scrofulariacée *nf*
scrofule *nf*
scrofuleux, euse *adj, n*
scrogneugneu *interj, nm (pl scrogneugneux)*
scrotal, e, aux *adj*
scrotum [-tɔm] *nm*
scrub [skrœb] *nm*
scrubber [skrœbœr] *nm*
scrupule *nm*
scrupuleusement *adv*
scrupuleux, euse *adj*
scrutateur, trice *adj, n*
scrutation *nf*
scruter *vt*
scrutin *nm*
scull [skœl] *nm*
sculpter [skylte] *vt, vi*
sculpteur [skyltœr] *nm*
sculptural, e, aux [skylty-] *adj*
sculpture [skyltyr] *nf*
scutellaire *nf*
scutiforme *adj*
scutum [skytɔm] *nm*
scyphoméduse [sif-] *nf*
scyphozoaire [sifɔzɔɛr] *nm*
scythe [sit] *adj, n*
scythique *adj*
se *pron pers* 16-VI, VII, VIII
sea-line [silajn] *nm (pl sea-lines)*
séance *nf*
séant, e *adj, nm*
seau *nm (récipient)*
sébacé, e *adj*
sébaste *nm*
sébile *nf*
sebk(h)a [sɛpka] *nf*
séborrhée *nf*
sébum [-bɔm] *nm*
sec, sèche *adj, n*
sec *adv, nm*
sécable *adj*

secam [sekam] *adj inv., nm inv.*
sécant, e *adj*
sécante *nf*
sécateur *nm*
sécession *nf*
sécessionniste *adj, n*
séchage *nm*
sèche *nf (marine, cigarette [fam.])*
sèche-cheveux *nm inv.*
sèche-linge *nm inv.*
sèche-mains *nm inv.*
sèchement *adv*
sécher *vt, vi, vpr* C11
sècheresse [sɛ-] *nf*
sècherie [sɛ-] *nf*
sécheur, euse *n*
séchoir *nm*
second, e [-gɔ̃, ɔ̃d] *adj, n*
secondaire [-gɔ̃-] *adj, nm*
secondairement [-gɔ̃-] *adv*
secondarité [-gɔ̃-] *nf*
seconde [-gɔ̃d] *nf*
secondement [-gɔ̃-] *adv*
seconder [-gɔ̃-] *vt*
secouement *nm*
secouer *vt, vpr*
secoueur *nm*
secourable *adj*
secoureur, euse *adj, n*
secourir *vt* C25
secourisme *nm*
secouriste *n*
secours *nm*
secousse *nf*
secret, ète [-krɛ, ɛt] *adj, n*
secrétage *nm*
secrétaire *n*
secrétaire-greffier *nm (pl secrétaires-greffiers)*
secrétairerie *nf*
secrétariat [-rja] *nm*
secrétariat-greffe *nm (pl secrétariats-greffes)*
secrète *nf*
secrètement *adv*
secréter *vt* C11
sécréter *vt* C11
sécréteur, euse ou **trice** *adj*
sécrétine *nf*
sécrétion *nf*
sécrétoire *adj*
sectaire *adj, n*
sectarisme *nm*
sectateur, trice *n*
secte *nf*
secteur *nm*
section *nf*
sectionnement *nm*
sectionner *vt, vpr*
sectionneur *nm*
sectoriel, elle *adj*
sectorisation *nf*
sectoriser *vt*
séculaire *adj*
séculairement *adv*
sécularisation *nf*
séculariser *vt*
séculier, ère *adj, nm*
secundo [sekɔ̃do ou səgɔ̃do] *adv*
sécurisant, e *adj*
sécurisation *nf*
sécuriser *vt*
sécuritaire *adj*
sécurité *nf*
sedan *nm*
sédatif, ive *adj, nm*
sédation *nf*
sédentaire *adj, n*
sédentarisation *nf*
sédentariser *vt, vpr*
sédentarité *nf*
sedia gestatoria [sedjaʒɛstatɔrja] *nf inv.*
sédiment *nm*
sédimentaire *adj*
sédimentation *nf*
sédimenter *vi, vpr*
sédimentologie *nf*
séditieux, euse *adj, n*
sédition *nf*
séducteur, trice *n, adj*
séduction *nf*
séduire *vt* C56
séduisant, e *adj*
sedum [-dɔm] *nm*
séfarade ou **sefardi** *n, adj (pl séfarades* ou *sefardim)*
ségala *nm*
seghia ou **seguia** *nf*
segment *nm*
segmentaire *adj*
segmental, e, aux *adj*
segmentation *nf*
segmenter *vt, vpr*
ségrairie *nf*
ségrais [-grɛ] *nm*
ségrégabilité *nf*
ségrégatif, ive *adj*
ségrégation *nf*
ségrégationnisme *nm*
ségrégationniste *adj, n*
ségrégué, e ou **ségrégé, e** *adj*
seguidilla [segidija] ou **séguedille** [segədij] *nf*
seguia ou **seghia** *nf*
seiche *nf (mollusque, oscillation)*
séide [seid] *nm*
seigle *nm*
seigneur *nm (maître)*
seigneuriage *nm*
seigneurial, e, aux *adj*
seigneurie *nf*
seille [sɛj] *nf*
seillon [sɛjɔ̃] *nm*
seime *nf (maladie des équidés)*
sein *nm (poitrine)*
seine ou **senne** *nf (filet de pêche)*
seing [sɛ̃] *nm (signature)*
s(é)ismal, e, aux *adj*
séisme *nm*
s(é)ismicité *nf*
s(é)ismique *adj*
s(é)ismogramme *nm*
s(é)ismographe *nm*
s(é)ismologie *nf*
s(é)ismologique *adj*
s(é)ismologue *n*

s(é)ismométrie *nf*
s(é)ismothérapie *nf*
seize *adj num inv., nm inv.*
seizième *adj, n*
seizièmement *adv*
seiziémiste *nm*
séjour *nm*
séjourner *vi*
sel *nm (substance)*
sélacien *nm*
sélaginelle *nf*
select [selɛkt] *adj inv.* ou **sélect, e** *adj (fam.)*
sélecter *vt*
sélecteur, trice *adj, nm*
sélectif, ive *adj*
sélection *nf*
sélectionné, e *adj, n*
sélectionner *vt*
sélectionneur, euse *n*
sélectivement *adv*
sélectivité *nf*
sélène *adj*
sélenhydrique *adj m*
séléniate *nm*
sélénieux *adj m*
sélénique *adj m*
sélénite *n, adj*
séléniteux, euse *adj*
sélénium [-njɔm] *nm*
séléniure *nm*
sélénographie *nf*
sélénographique *adj*
sélénologie *nf*
sélénologue *n*
self *nf (self-inductance); nm (psychanalyse, self-service)*
self-control *nm (pl self-controls)*
self-defense *nf (pl self-defenses)*
self-government [sɛlfgɔvɛrnmɛnt] *nm (pl self-governments)*
self-inductance *nf (pl self-inductances)*
self-induction *nf (pl self-inductions)*
self-made-man [sɛlfmɛdman] *nm (pl self-made-men* [-mɛn]*)*
self-service [sɛlfsɛrvis] *nm (pl self-services)*
selle *nf (siège, excrément); nm (race de chevaux)*
seller *vt (de selle)*
sellerie *nf*
sellerie-bourrellerie *nf (pl selleries-bourrelleries)*
sellerie-maroquinerie *nf (pl selleries-maroquineries)*
sellette *nf*
sellier *nm (de selle)*
selon *prép*
seltz (eau de) [sɛls] *nf*
selve ou **selva** *nf*
semailles *nf pl*
semaine *nf*
semainier, ère *n*
sémantème *nm*
sémanticien, enne *n*
sémantique *adj, nf*
sémantiquement *adv*
sémantisme *nm*
sémaphore *nm*
sémaphorique *adj*
sémasiologie *nf*
semblable *adj, nm*
semblablement *adv*
semblant *nm*
sembler *vi, vimp*
sème *nm (linguistique)*
semé, e *adj, nm*
sém(é)iologie *nf*
sém(é)iologique *adj*
semelle *nf*
sémème *nm*
semence *nf*
semen-contra [semɛnkɔ̃tra] *nm inv.*
semer *vt* C8
semestre *nm*
semestriel, elle *adj*
semestriellement *adv*
semeur, euse *n*
semi-argenté, e *adj (pl semi-argentés, es)*
semi-aride *adj (pl semi-arides)*
semi-automatique *adj (pl semi-automatiques)*
semi-auxiliaire *adj, nm (pl semi-auxiliaires)*
semi-balistique *adj (pl semi-balistiques)*
semi-chenillé, e *adj, nm (pl semi-chenillés, es)*
semi-circulaire *adj (pl semi-circulaires)*
semi-coke *nm (pl semi-cokes)*
semi-conducteur, trice *adj, n (pl semi-conducteurs, trices)*
semi-conserve *nf (pl semi-conserves)*
semi-consonne *nf (pl semi-consonnes)*
semi-convergente *adj f (pl semi-convergentes)*
semi-distillation [-la-] *nf (pl semi-distillations)*
semi-dominance *nf (pl semi-dominances)*
semi-durable *adj (pl semi-durables)*
semi-fini, e *adj (pl semi-finis, es)*
semi-glisseur *nm (pl semi-glisseurs)*
semi-globale *adj f (pl semi-globales)*
semi-gothique *adj (pl semi-gothiques)*
semi-grossiste *n (pl semi-grossistes)*
semi-liberté *nf (pl semi-libertés)*
sémillant, e *adj*
sémillon [semijɔ̃] *nm*
semi-logarithmique *adj (pl semi-logarithmiques)*

semi-lunaire *adj (pl semi-lunaires)*
séminaire *nm*
séminal, e, aux *adj*
séminariste *nm*
semi-nasal, e, als ou **aux** *adj*
semi-nasale *nf (pl semi-nasales)*
séminifère *adj*
semi-nomade *adj, n (pl semi-nomades)*
semi-nomadisme *nm (pl semi-nomadismes)*
séminome *nm*
semi-officiel, elle *adj (pl semi-officiels, elles)*
sém(é)iologie *nf*
sém(é)iologique *adj*
sémiologue *n*
sémioticien, enne *n*
sémiotique *nf, adj*
semi-ouvert, e *adj (pl semi-ouverts, es)*
semi-ouvré, e *adj (pl semi-ouvrés, es)*
semi-peigné *adj m, nm (pl semi-peignés)*
semi-perméable *adj (pl semi-perméables)*
semi-polaire *adj (pl semi-polaires)*
semi-portique *nm (pl semi-portiques)*
semi-précieuse *adj f (pl semi-précieuses)*
semi-présidentiel, elle *adj (pl semi-présidentiels, elles)*
semi-produit *nm (pl semi-produits)*
semi-public, ique *adj (pl semi-publics, iques)*
sémique *adj*
semi-remorque *nm* ou *nf (pl semi-remorques)*
semi-rigide *adj (pl semi-rigides)*
semis [-mi] *nm*
semi-submersible *adj (pl semi-submersibles)*
sémite *adj, n*
sémitique *adj*
sémitisant, e *adj, n*
sémitisme *nm*
semi-tubulaire *adj (pl semi-tubulaires)*
semi-voyelle *nf (pl semi-voyelles)*
semnopithèque *nm*
semoir *nm*
semonce *nf*
semoncer *vt* C6
semoule *nf*
semoulerie *nf*
semoulier *nm*
semper virens [sɛ̃pɛrvirɛ̃s] *nm inv., adj inv.*
sempervirent, e [sɛ̃pɛrvirɑ̃, ɑ̃t] *adj*
sempervivum [-vɔm] *nm inv.*
sempiternel, elle [sɛ̃-] *adj*
sempiternellement [sɛ̃-] *adv*
semple [sɑ̃pl] *nm*
sen [sɛn] *nm inv. (monnaie)*
sénaire *nm*
sénarmontite *nf*
sénat [-na] *nm*
sénateur *nm*
sénatorerie *nf*
sénatorial, e, aux *adj*
sénatus-consulte [senatyskɔ̃sylt] *nm (pl sénatus-consultes)*
senau *nm (pl senaus)*
séné *nm*
sénéchal, aux *nm*
sénéchaussée *nf*
sèneçon [sɛ-] *nm*
sénégalais, e *adj, n*
sénégalisme *nm*
sénescence [-nesɑ̃s] *nf*
sénescent, e [-nesɑ̃, ɑ̃t] *adj*
senestre ou **sénestre** *adj*
senestrochère [sənɛstrɔkɛr] *nm*
senestrorsum [-sɔm] *adj inv., adv*
sènevé [sɛnve] *nm*
sénevol *nm*
sénile *adj*
sénilisme *nm*
sénilité *nf*
senior [senjɔr] *adj, n*
séniorité *nf*
senne ou **seine** *nf (filet de pêche)*
senneur *nm*
sénologie *nf*
sénonais, aise *adj, n*
señorita [seɲɔrita] *nm*
sens [sɑ̃s] *nm (faculté, direction)*
sensass ou **sensa(s)** *adj inv. (abrév.)*
sensation *nf*
sensationnalisme *nm*
sensationnel, elle *adj, nm*
sensationnisme *nm*
sensé, e *adj (raisonnable)*
sensément *adv*
senseur *nm (capteur)*
sensibilisant, e *adj*
sensibilisateur, trice *adj*
sensibilisation *nf*
sensibiliser *vt*
sensibilité *nf*
sensible *adj, nf*
sensiblement *adv*
sensiblerie *nf*
sensille *nf*
sensitif, ive *adj, n*
sensitomètre *nm*
sensitométrie *nf*
sensoriel, elle *adj*
sensorimétrie *nf*
sensorimétrique *adj*
sensori-moteur, trice *adj (pl sensori-moteurs, trices)*
sensualisme *nm*

sensualiste *adj, n*
sensualité *nf*
sensuel, elle *adj, n*
sente *nf*
sentence *nf*
sentencieusement *adv*
sentencieux, euse *adj*
senteur *nf*
senti, e *adj, nm*
sentier *nm*
sentiment *nm*
sentimental, e, aux *adj, n*
sentimentalement *adv*
sentimentalisme *nm*
sentimentalité *nf*
sentine *nf*
sentinelle *nf*
sentir *vt, vi, vpr* C23
seoir [swar] *vi, vimp* C75
sep ou **cep** [sɛp] *nm (pièce de charrue)*
sépale *nm*
sépaloïde *adj*
séparable *adj*
séparateur, trice *adj, nm*
séparation *nf*
séparatisme *nm*
séparatiste *adj, n*
séparé, e *adj*
séparément *adv*
séparer *vt, vpr*
sépia *nf, adj inv.*
sépiole *nf*
sépiolite *nf*
seps [sɛps] *nm (lézard)*
sept [sɛt] *adj num inv., nm inv. (nombre)*
septain [sɛtɛ̃] *nm*
septal, e, aux [sɛptal, o] *adj*
septante *adj num inv., nm pl*
septantième *adj num, n*
septembre *nm*
septembrisades *nf pl*
septembriseur *nm*
septemvir [sɛptɛmvir] *nm*
septénaire *adj, nm*
septennal, e, aux *adj*
septennalité *nf*
septennat [-na] *nm*
septentrion *nm*
septentrional, e, aux *adj*
septicémie *nf*
septicémique *adj*
septicité *nf*
septicopyoémie *nf*
septidi *nm*
septième [sɛtjɛm] *adj, n*
septièmement [sɛtjɛ-] *adv*
septime *nf*
septimo *adv*
septique *adj (qui infecte)*
septmoncel [sɛmɔ̃sɛl] *nm*
septuagénaire *adj, n*
septuagésime *nf*
septum [sɛptɔm] *nm*
septuor *nm*
septuple *adj, nm*
septupler *vt, vi*
sépulcral, e, aux *adj*
sépulcre *nm*
sépulture *nf*
séquelle *nf*
séquence *nf*
séquenceur *nm*
séquentiel, elle *adj*
séquestration *nf*
séquestre *nm*
séquestré, e *adj, n*
séquestrer *vt*
sequin [səkɛ̃] *nm*
séquoia [sekɔja] *nm*
sérac *nm*
sérail, ails *nm*
sérançage *nm*
sérancer *vt* C6
serapeum [serapeɔm] *nm (pl serapeums* ou *serapea)*
séraphin *nm*
séraphique *adj*
serbe *adj, n*
serbo-croate *adj, n (pl serbo-croates)*
serdab *nm*
serdeau *nm*
serein, e *adj (calme); nm (fraîcheur du soir)*
sereinement *adv*
sérénade *nf*
sérénissime *adj*
sérénité *nf*
séreux, euse *adj, nf*
serf, serve [sɛr(f), sɛrv] adj, n
serfouage *nm*
serfouette *nf*
serfouir *vt*
serfouissage *nm*
serge *nf*
sergé *nm*
sergent *nm*
sergent-chef *nm (pl sergents-chefs)*
sergent-major *nm (pl sergents-majors)*
sergette *nf*
serial, als [serjal] *nm*
sérialisme *nm*
sérialité *nf*
sériation *nf*
séricicole *adj*
sériciculteur, trice *n*
sériciculture *nf*
séricigène *adj*
séricine *nf*
série *nf*
sériel, elle *adj*
sérier *vt*
sérieusement *adv*
sérieux, euse *adj, nm*
sérigraphie *nf*
serin, e *nm (oiseau); adj (niais)*
sérine *nf*
seriner *vt*
serinette *nf*
seringa(t) *nm*
seringage *nm*

seringue *nf*
seringuer *vt*
seringuero *nm*
sérique *adj*
serment *nm (promesse)*
sermon *nm*
sermonnaire *nm*
sermonner *vt*
sermonneur, euse *n, adj*
sérodiagnostic *nm*
sérologie *nf*
sérologique *adj*
sérologiste *n*
séronégatif, ive *adj, n*
séronégativité *nf*
séropositif, ive *adj, n*
séropositivité *nf*
sérosité *nf*
sérothérapie *nf*
sérotonine *nf*
sérovaccination *nf*
serpe *nf*
serpent *nm*
serpentaire *nm (oiseau) ; nf (plante)*
serpente *nf*
serpenteau *nm*
serpentement *nm*
serpenter *vi*
serpentin, e *adj, nm*
serpentine *nf*
serpette *nf*
serpigineux, euse *adj*
serpillière [sɛrpijɛr] *nf*
serpolet *nm*
serpule *nf*
serra *nf*
serrage *nm*
serran *nm*
serranidé *nm*
serrate *adj*
serratule *nf*
serre *nf (griffe, construction) ; nm (crête)*
serré, e *adj*
serre-écrou *nm (pl serre-écrous)*
serre-file *nm (pl serre-files)*
serre-fils [-fil] *nm inv.*
serre-frein(s) *nm (pl serre-freins)*
serre-joint(s) *nm (pl serre-joints)*
serre-livres *nm inv.*
serrement *nm (de serrer)*
serre-nez *nm inv.*
serre-papiers *nm inv.*
serrer *vt, vi, vpr*
serre-tête *nm inv.*
serrette ou **sarrette** ou **sarrète** *nf*
serriste *n*
serrure *nf*
serrurerie *nf*
serrurier *nm*
sertão [sɛrtɑ̃] *nm*
serte *nf*
serti *nm*
sertir *vt*
sertissage *nm*
sertisseur, euse *adj, n*
sertissure *nf*
sérum [-rɔm] *nm*
sérum-albumine *nf (pl sérum-albumines)*
sérum-globuline *nf (pl sérum-globulines)*
servage *nm*
serval, als *nm*
servant *nm, adj m*
servante *nf*
serventois *nm*
serveur, euse *n*
serviabilité *nf*
serviable *adj*
service *nm*
serviette *nf*
serviette-éponge *nf (pl serviettes-éponges)*
servile *adj*
servilement *adv*
servilité *nf*
servir *vt, vti, vi, vpr* C23
servite *nm*
serviteur *nm*
servitude *nf*
servocommande *nf*
servodirection *nf*
servofrein *nm*
servomécanisme *nm*
servomoteur *nm*
servovalve *nf*
ses *adj poss pl* 16-IX
sésame *nm*
sésamoïde *adj, nm*
sesbania *nm* ou **sesbanie** [sɛs-] *nf*
sesquialtère [sɛskɥialtɛr] *nm*
sesquioxyde [sɛskɥiɔksid] *nm*
sessile *adj*
session *nf (période)*
sesterce *nm*
set [sɛt] *nm (manche d'un match, napperon)*
sétacé, e *adj (en forme de soie de porc)*
setier *nm*
séton *nm*
setter [sɛtɛr] *nm*
seuil *nm*
seul, e *adj*
seulement *adv* 5-IV
seulet, ette [-lɛ, ɛt] *adj*
sève *nf*
sévère *adj*
sévèrement *adv*
sévérité *nf*
sévices *nm pl*
sévir *vi*
sevrage *nm*
sevrer *vt, vpr* C8
sèvres *nm*
sévrienne *nf*
sexage *nm*
sexagénaire *adj, n*
sexagésimal, e, aux *adj*
sexagésime *nf*
sex-appeal [sɛksapil] *nm (pl sex-appeals)*
sexe *nm*
sexisme *nm*
sexiste *adj, n*

sexologie *nf*
sexologue *n*
sexonomie *nf*
sexpartite *adj*
sex-ratio [-rasjo] *nf (pl sex-ratios)*
sex-shop [sɛksʃɔp] *nm (pl sex-shops)*
sex-symbol *nm (pl sex-symbols)*
sextant *nm*
sexte *nf*
sextidi *nm*
sextillion [-ljɔ̃] *nm*
sextine *nf*
sexto *adv*
sextolet [-lɛ] *nm*
sextuor *nm*
sextuple *adj, nm*
sextuplé, e *n*
sextupler *vt, vi*
sexualisation *nf*
sexualiser *vt*
sexualisme *nm*
sexualité *nf*
sexué, e *adj*
sexuel, elle *adj*
sexuellement *adv*
sexy [sɛksi] *adj inv. (fam.)*
seyant, e [sejɑ̃, ɑ̃t] *adj*
sézig(ue) *pron pers (pop.)*
sforzando [sfɔrdzɑ̃do] *adv*
sfumato [sfumato] *nm*
sgraffite [sgrafit] *nm*
shabbat [ʃabat] *nm*
shah ou **chah** *nm (souverain d'Iran)*
shake-hand [ʃɛkɑ̃d] *nm inv.*
shaker [ʃɛkœr] *nm*
shakespearien, enne [ʃɛkspirjɛ̃, ɛn] *adj*
s(c)hako [ʃako] *nm*
shama [ʃama] *nm*
shamisen [ʃamizɛn] *nm*
shampo(o)ing [ʃɑ̃pwɛ̃] *nm*
shampooiner ou **shampouiner** [ʃɑ̃pwine] *vt*
shampooineur, euse ou **shampouineur, euse** [ʃɑ̃pwinœr, øz] *n*
shant(o)ung ou **chantoung** [ʃɑ̃tung] *nm*
sharia [ʃarja] *nf*
shed [ʃɛd] *nm*
shekel *nm*
s(c)héol *nm*
shérardisation [ʃe-] *nf*
shérif [ʃerif] *nm*
sherpa [ʃɛrpa] *nm*
sherry [ʃɛri] *nm (pl sherrys* ou *sherries* [xérès]*)*
shetland [ʃɛtlɑ̃d] *nm*
shilling [ʃiliŋ] *nm (monnaie anglaise et de pays africains)*
shilom ou **chilom** *nm*
shimmy [ʃimi] *nm (oscillation des roues)*
shinto ou **shintoïsme** [ʃinto-] *nm*
shintoïste [ʃintɔist] *adj, n*
shipchandler [ʃip-] *nm*
shirting [ʃœrtiŋ] *nm*
shocking [ʃɔkiŋ] *adj inv.*
shog(o)un [ʃɔgun] *nm*
shog(o)unal, e, aux [ʃɔgu-] *adj*
shoot [ʃut] *nm*
shooter [ʃute] *vi (tirer); vt, vpr (piquer; arg.)*
shopping [ʃɔpiŋ] *nm*
short [ʃɔrt] *nm*
shorthorn [ʃɔrtɔrn] *nm, adj*
short ton [ʃɔrttɔn ou -œn] *nm (pl short tons)*
show [ʃo] *nm (spectacle)*
show-biz [ʃobiz] *nm inv. (fam.)*
show-business [ʃobiznɛs] *nm inv.*
show(-)room [ʃorum] *nm (pl show(-)rooms)*
shrapnel(l) [ʃrapnɛl] *nm*
shunt [ʃœ̃t] *nm*
shunter [ʃœ̃te] *vt*
shuttle *nm*
si *conj, adv* 16-XXXVI
si *nm inv. (note)*
sial, als *nm*
sialagogue *adj, nm*
sialique *adj*
sialis [-lis] *nm*
sialorrhée *nf*
siamang *nm*
siamois, e *adj, n*
sibérien, enne *adj, n*
sibilant, e *adj*
sibylle *nf*
sibyllin, e *adj*
sic [sik] *adv*
sicaire *nm*
sicav *nf inv.*
siccatif, ive [-ka-] *adj, nm*
siccativité [-ka-] *nf*
siccité [siksite] *nf*
sicilien, enne *adj, n*
sicle *nm (poids, monnaie)*
sida *nm*
side-car [sid- ou sajdkar] *nm (pl side-cars)*
sidéen, enne *n*
sidéral, e, aux *adj*
sidérant, e *adj*
sidération *nf*
sidérer *vt* C11
sidérite *nf*
sidérographie *nf*
sidérolit(h)e *nf*
sidérolit(h)ique *adj, nm*
sidérose *nf*
sidérostat [-sta] *nm*
sidéroxyton *nm*
sidérurgie *nf*
sidérurgique *adj*
sidérurgiste *n*
sidi *nm*

sidologue *n*
siècle *nm*
siège *nm*
siéger *vt* C13
siemens [si- ou zimɛns] *nm*
sien, sienne *pron poss, adj poss, n*
sierra [sjɛra] *nf*
sieste *nf*
sieur *nm (individu)*
sievert [sivɛrt] *nm*
sifflage *nm*
sifflant, e *adj*
sifflement *nm*
siffler *vi, vt*
sifflet [-flɛ] *nm*
siffleur, euse *adj, n*
siffleux *nm*
sifflotement *nm*
siffloter *vt, vi*
sifilet [-lɛ] *nm*
sigillaire [-lɛr] *adj, nf*
sigillé, e [-le] *adj*
sigillographie [-lɔ-] *nf*
sigillographique [-lɔ-] *adj*
sigisbée *nm*
siglaison *nf*
sigle *nm*
sigma *nm inv.*
sigmoïde *adj*
sigmoïdite *nf*
signal, aux *nm*
signalé, e *adj*
signalement *nm*
signaler *vt, vpr*
signalétique *adj, nf*
signaleur *nm*
signalisation *nf*
signaliser *vt*
signataire *n*
signature *nf*
signe *nm (marque)*
signer *vt, vpr*
signet [-ɲɛ] *nm*
signifiant, e *adj, nm*
significatif, ive *adj*
significativement *adv*
signifié *nm*
signifier *vt*
sikh *nm, adj*
sikhara *nm inv.*
sikhisme *nm*
sil [sil] *nm (argile)*
silane *nm*
silence *nm*
silencieusement *adv*
silencieux, euse *adj, nm*
silène *nm*
silentbloc [silɑ̃tblɔk] *nm*
silésien, enne *adj, n*
silex [silɛks] *nm*
silhouette *nf*
silhouetter *vt, vpr*
silicate *nm*
silice *nf (oxyde de silicium)*
siliceux, euse *adj*
silicicole *adj*
silicique *adj*
silicium [-sjɔm] *nm*
siliciure *nm*
silicone *nf*
silicose *nf*
silicosé, e *adj*
silicotique *adj*
silicule *nf*
silionne *nf*
silique *nf*
sillage [sijaʒ] *nm*
sillet [sijɛ] *nm*
sillon [sijɔ̃] *nm*
sillonner [sijɔ-] *vt*
silo *nm*
silotage *nm*
silphe *nm (insecte)*
silt [silt] *nm*
silure *nm*
silurien, enne *adj, nm*
silves *nf pl*
sima *nm*
simagrée *nf*
simarre *nf*
simaruba [-ruba] *nm*
simarubacée *nf*
simbleau *nm*
simien, enne *adj, nm*
simiesque *adj*
similaire *adj*
simili *nm (cliché de photogravure, imitation); nf (similigravure)*
similicuir *nm*
similigravure *nf*
similisage *nm*
similiser *vt*
similiste *nm*
similitude *nf*
similor *nm*
simoniaque *adj, n*
simonie *nf*
simoun [-mun] *nm*
simple *adj, nm*
simplement *adv*
simplet, ette [-plɛ, ɛt] *adj*
simplex [sɛ̃plɛks] *nm (mode de transmission)*
simplexe *nm (mathématiques)*
simplicité *nf*
simplifiable *adj*
simplificateur, trice *adj, n*
simplification *nf*
simplifié, e *adj*
simplifier *vt*
simplisme *nm*
simpliste *adj, nm*
simulacre *nm*
simulateur, trice *n*
simulation *nf*
simulé, e *adj*
simuler *vt*
simulie *nf*
simultané, e *adj*
simultanée *nf*
simultanéisme *nm*
simultanéité *nf*
simultanément *adv*
sinanthrope *nm*
sinapisé, e *adj*
sinapisme *nm*
sincère *adj*
sincèrement *adv*
sincérité *nf*

sincipital, e, aux *adj*
sinciput [sɛ̃sipyt] *nm*
sinécure *nf*
sine die [sinedje] *loc adv inv.*
sine qua non [sinekwanɔn] *loc, adj inv.*
singalette *nf*
singe *nm*
singer *vt* C7
singerie *nf*
single [singəl] *nm, adj*
singleton [sɛ̃gləto͂] nm
singspiel [siɲʃpil] *nm*
singapourien, enne *adj, n*
singulariser *vt, vpr*
singularité *nf*
singulier, ère *adj, nm*
singulièrement *adv*
sinisant, e *n*
sinisation *nf*
siniser *vt, vpr*
sinistre *adj, nm*
sinistré, e *adj, n*
sinistrement *adv*
sinistrose *nf*
sinité *nf*
sinn-feiner [sinfɛjnœr] *n (pl sinn-feiners)*
sinoc ou **sinoque** ou **cinoque** *adj, n (pop.)*
sinologie *nf*
sinologue *n*
sinon *conj*
sinople *nm*
sinoque ou **sinoc** ou **cinoque** *adj, n (pop.)*
sino-tibétain, e *nm (pl sino-tibétains, es)*
sinter [sɛ̃tɛr] *nm*
sintérisation *nf*
sintériser *vt*
sinuer *vi*
sinueux, euse *adj*
sinuosité *nf*
sinus [sinys] *nm*
sinusal, e, aux *adj*
sinusien, enne *adj*
sinusite *nf*
sinusoïdal, e, aux *adj*
sinusoïde *nf*
sionisme *nm*
sioniste *adj, n*
sioux *adj, n*
siphoïde *adj*
siphomycète *nm*
siphon *nm*
siphonaptère *nm*
siphonné, e *adj*
siphonner *vt*
siphonogamie *nf*
siphonophore *nm*
sipo *nm*
sir [sœr] *nm*
sirdar *nm*
sire *nm (seigneur)*
sirène *nf*
sirénien *nm*
sirex *nm*
sirli *nm*
siroc(c)o *nm*
sirop [-ro] *nm*
siroter *vt, vi*
sirtaki *nm*
sirupeux, euse *adj*
sirvente ou **sirventès** [sirvɑ̃tɛs] *nm*
sis, e [si, siz] *adj*
sisal, als *nm*
s(é)ismal, e, aux *adj*
s(é)ismicité *nf*
s(é)ismique *adj*
s(é)ismogramme *nm*
s(é)ismographe *nf*
s(é)ismologie *nf*
s(é)ismologique *adj*
s(é)ismologue *n*
s(é)ismométrie *nf*
s(é)ismothérapie *nf*
sisson(n)e *nm* ou *nf*
sister-ship [sistœrʃip] *nm (pl sister-ships)*
sistre *nm (instrument de musique)*
sisymbre [sizɛ̃br] *nm*
sitar *nm (instrument de musique)*
sitariste *n*
sitcom *nf*
site *nm*
sit-in [sitin] *nm inv.*
sitiomanie *nf*
sitogoniomètre *nm*
sitologue *n*
sitostérol *nm*
sitôt *adv* 16-XXXVII
sittelle ou **sittèle** *nf*
situation *nf*
situationnisme *nm*
situationniste *adj, n*
situé, e *adj*
situer *vt, vpr*
sium [sjɔm] *nm*
sivaïsme ou **çivaïsme** [ʃivaism] *nm* **19**-IIIB
six *adj num inv., nm inv.*
sixain [sizɛ̃] ou **sizain** *nm*
six-huit *nm inv.*
sixième *adj num, n*
sixièmement *adv*
six-quatre-deux (à la) *loc adv*
sixte *nf*
sizain ou **sixain** [sizɛ̃] *nm*
sizerin *nm*
ska *nm*
skaï [skaj] *nm*
skate [sket] *nm* ou **skateboard** [sketbɔrd] nm
skating [sketiŋ] *nm*
skeet [skit] *nm*
sketch [skɛtʃ] *nm (pl sketch[e]s)*
ski *nm*
skiable *adj*
skiascopie *nf*
ski-bob *nm (pl ski-bobs)*
skier *vi*
skieur, euse *n*
skif(f) *nm*
skinhead [skinɛd] ou **skin** [skin] *adj, n*
skip *nm*
skipper [skipœr] *nm*

skua *nm*
skons ou **skun(k)s** ou **sconse** [skɔ̃s] *nm*
skye-terrier [skajtɛrje] *nm pl (pl skye-terriers)*
slalom [slalɔm] *nm*
slalomer *vi*
slalomeur, euse *n*
slang [slɑ̃g] *nm*
slave *adj, n*
slavisant, e *n*
slaviser *vt*
slavisme *nm*
slaviste *n*
slavistique *nf*
slavon *nm s*
slavophile *adj, n*
sleeping ou **sleeping-car** [slipiŋ-] *nm (pl sleepings* ou *sleeping-cars)*
slice [slajs] *nm*
slicé, ce [slajse] *adj*
slicer [slajse] *vt* C6
slikke [slik] *nf*
sling *nm*
slip [slip] *nm*
slogan *nm*
sloop [slup] *nm*
sloughi [slugi] *nm*
slovaque *adj, n*
slovène *adj, n*
slow [slo] *nm*
smala(h) *nf*
smalt *nm*
smaltine ou **smaltite** *nf*
smaragdin, e *adj*
smaragdite *nf*
smart [smart] *adj inv. (fam.)*
smash [smaʃ] *nm (pl smash[e]s)*
smasher [smaʃe] *vi*
smectique *adj*
smegma *nm*
S.M.I.C. [smik] *nm*
smicard, e *n (fam.)*
smilax *nm*
smillage *nm*
smille *nf*
smiller *vt*
smithsonite [smitsɔnit] *nf*
smocks [smɔk] *nm pl*
smog [smɔg] *nm*
smoking [smɔkiŋ] *nm*
smolt [smɔlt] *nm*
smorzando [-tsɑ̃do] *adv*
smurf [smœrf] *nm*
snack-bar ou **snack** *nm (pl snack-bars, snacks)*
snif(f) *interj*
sniffer *vt (arg.)*
snob [snɔb] *adj, n*
snober *vt*
snobinard, e *adj, n (fam.)*
snobisme *nm*
snow-boot [snobut] *nm (pl snow-boots)*
soap opera [sɔpɔpera] *nm (pl soap operas)*
sobre *adj*
sobrement *adv*
sobriété *nf*
sobriquet [-kɛ] *nm*
soc *nm (d'une charrue)*
sociabiliser *vt*
sociabilité *nf*
sociable *adj*
social, e, aux *adj*
social-chrétien, sociale-chrétienne *adj, n (pl sociaux-chrétiens, sociales-chrétiennes)*
social-démocrate, sociale-démocrate *adj, n (pl sociaux-démocrates, sociales-démocrates)*
social-démocratie *nf (pl social-démocraties)*
socialement *adv*
social-impérialisme *nm s*
socialisant, e *adj, n*
socialisation *nf*
socialiser *vt*
socialisme *nm*
socialiste *adj, n*
socialité *nf*
sociatrie *nf*
sociétaire *adj, n*
sociétariat [-rja] *nm*
société *nf*
socinianisme *nm*
sociobiologie *nf*
sociocentrisme *nm*
sociocritique *nf*
socioculturel, elle *adj*
sociodramatique *adj*
sociodrame *nm*
socio-économique *adj (pl socio-économiques)*
socio-éducatif, ive *adj (pl socio-éducatifs, ives)*
sociogenèse *nf*
sociogramme *nm*
sociolinguistique *nf, adj*
sociologie *nf*
sociologique *adj*
sociologiquement *adv*
sociologiste *adj, n*
sociologue *n*
sociométrie *nf*
sociométrique *adj*
socioprofessionnel, elle *adj, n*
sociothérapie *nf*
socle *nm*
socque *nm (chaussure)*
socquette *nf*
socratique *adj*
soda *nm*
sodé, e *adj*
sodique *adj*
sodium [sɔdjɔm] *nm*
sodoku *nm*
sodomie *vt*
sodomiser *vt*
sodomite *nm*
sœur *nf, adj*
sœurette *nf (fam.)*
sofa *nm*
soffioni *nm pl*
soffite *nm*

soft-drink *nm (pl soft-drinks)*
software [sɔftwɛr] *nm*
soi *pron pers, nm* 16-XXXVIII
soi-disant *adj inv., adv*
soie *nf*
soierie *nf*
soif *nf*
soiffard, e *n (pop.)*
soignant, e *adj, n*
soigné, e *adj*
soigner *vt, vi, vpr*
soigneur *nm*
soigneusement *adv*
soigneux, euse *adj*
soin *nm*
soir *nm*
soirée *nf*
soit [swa] *conj* 16-XXXVIII
soit [swat] *adv* 16-XXXVIII
soit-communiqué *nm inv.*
soixantaine *nf*
soixante *adj num inv., nm inv.*
soixante-dix *adj num inv., nm inv.*
soixante-dixième *adj num, n*
soixante-huitard, e *adj, n (pl soixante-huitards, es ; fam.)*
soixantième *adj num, n*
soja ou **soya** *nm*
sol *nm (terrain)*
sol *nm inv. (note de musique)*
solaire *adj, nm*
solanacée *nf*
solarigraphe *nm*
solarisation *nf*
solarium [-rjɔm] *nm*
soldanelle *nf*
soldat *nm*
soldate *nf*
soldatesque *adj, nf*
solde *nm (différence, marchandise) ; nf (paie)*
soldé, e *adj*
solder *vt, vpr*
soldeur, euse *n*
sole *nf (poisson, surface horizontale)*
soleá *nf (pl soleares)*
soléaire *adj, nm*
solécisme *nm*
soleil *nm*
solen [sɔlɛn] *nm*
solennel, elle [sɔlanɛl] *adj*
solennellement [-lanɛl-] *adv*
solenniser [-lani-] *vt*
solennité [-lani-] *nf*
solénoïdal, e, aux *adj*
solénoïde *nm*
soleret [-rɛ] *nm*
solex *nm*
solfatare [sɔlfatar] *nf*
solfège *nm*
solfier *vt*
solicitor *nm*
solidago *nm* ou **solidage** *nf*
solidaire *adj*
solidairement *adv*
solidariser *vt, vpr*
solidarité *nf*
solide *adj, nm*
solidement *adv*
solidification *nf*
solidifier *vt, vpr*
solidité *nf*
soliflore *nm*
solifluxion ou **solifluction** *nf*
soliloque *nm*
soliloquer *vi*
solin *nm*
solipède *adj, nm*
solipsisme *nm*
soliste *n*
solitaire *adj, n*
solitairement *adv*
solitude *nf*
solive *nf*
soliveau *nm*
sollicitation *nf*
solliciter *vt*
solliciteur, euse *n*
sollicitude *nf*
solo *nm (pl solos* ou *soli), adj inv.*
solognot, e [-ɲo, ɔt] *adj, n*
solstice *nm*
solsticial, e, aux *adj*
solubilisation *nf*
solubiliser *vt*
solubilité *nf*
soluble *adj*
soluté *nm*
solution *nf*
solutionner *vt*
solutréen, enne *adj, nm s*
solvabilité *nf*
solvable *adj*
solvant *nm*
solvatation *nf*
solvate *nm*
soma *nm*
somali, e *adj, n*
somalien, enne *adj, n*
somation *nf (de soma)*
somatique *adj*
somatisation *nf*
somatiser *vt*
somato-psychique *adj (pl somato-psychiques)*
somatotrope *adj*
somatotrophine *nf*
sombre *adj*
sombrer *vi*
sombrero [sɔ̃brero] *nm*
somesthésie *nf*
somite *nm*
sommable *adj*
sommaire *adj, nm*
sommairement *adv*
sommation *nf (de sommer)*

somme *nf (total, charge) ; nm (sommeil)*
sommeil *nm*
sommeiller *vi*
sommeilleux, euse *adj, nm*
sommelier, ère *n*
sommellerie *nf*
sommer *vt*
sommet [-mɛ] *nm*
sommier *nm*
sommital, e, aux *adj*
sommité *nf*
somnambule *adj, n*
somnambulique *adj*
somnambulisme *nm*
somnifère *adj, nm*
somniloquie [-ki] *nf*
somnolence *nf*
somnolent, e *adj*
somnoler *vi*
somptuaire *adj*
somptueusement *adv*
somptueux, euse *adj*
somptuosité *nf*
son *nm, adj poss m s* 16-XXXIX
sonagramme *nm*
sonagraphe *nm*
sonal, als *nm*
sonar *nm*
sonate *nf*
sonatine *nf*
sondage *nm*
sonde *nf*
sondé, e *n*
sonder *vt*
sondeur, euse *n*
sone *nm*
songe *nm*
songe-creux *nm inv.*
songer *vti, vi* C7
songerie *nf*
songeur, euse *adj, n*
sonie *nf*
sonique *adj*
sonnaille *nf*
sonnailler *vi*
sonnailler *nm*
sonnant, e *adj* 20-I
sonné, e *adj*
sonner *vt, vti, vi*
sonnerie *nf*
sonnet [-nɛ] *nm*
sonnette *nf*
sonneur *nm*
sono *nf (abrév.)*
sonomètre *nm*
sonore *adj*
sonorisation *nf*
sonoriser *vt, vpr*
sonorité *nf*
sonothèque *nf*
sonotone *nm*
sophisme *nm*
sophiste *adj, n*
sophistication *nf*
sophistique *adj, nf*
sophistiqué, e *adj*
sophistiquer *vt*
sophora *nm*
sophrologie *nf*
sophrologique *adj*
sophrologue *n*
sophronique *adj*
soporifique *adj, nm*
sopraniste *nm*
soprano ou soprane *n (pl sopranos* ou *soprani)*
sorbe *nf*
sorbet [-bɛ] *nm*
sorbetière *nf*
sorbier *nm*
sorbitol *nm*
sorbonnard, e *n, adj (fam.)*
sorcellerie *nf*
sorcier, ère *n, adj*
sordide *adj*
sordidité *nf*
sore *nm (sporanges)*
sorgho [-go] *nm*
sorite *nm*
sornette *nf*
sororal, e, aux *adj*
sororat [-ra] *nm*
sort *nm (hasard)*
sortable *adj*
sortant, e *adj, nm*
sorte *nf*
sortie *nf*
sortie-de-bain *nf (pl sorties-de-bain)*
sortie-de-bal *nf (pl sorties-de-bal)*
sortilège *nm*
sortir *vt (auxil avoir), vi (auxil être), vpr* C23
sortir *vt (obtenir)* C4
sortir *nm s*
S.O.S. *nm*
sosie *nm*
sostenuto [-nuto] *adv*
sot, sotte *adj, n (niais)*
sotch [sɔtʃ] *nm*
sotériologie *nf*
sotie *nf*
sot-l'y-laisse *nm inv.*
sottement *adv*
sottise *nf*
sottisier *nm*
sou *nm (monnaie)*
souage *nm*
souahéli, e ou swahili, e *adj, nm*
soubassement *nm*
soubresaut [-so] *nm*
soubrette *nf*
soubreveste *nf*
souche *nf*
souchet [-ʃɛ] *nm*
souchetage *nm*
souchette *nf*
sou(-)chong [suʃɔ̃(g)] *nm inv.*
souci *nm*
soucier *vt, vpr*
soucieusement *adv*
soucieux, euse *adj*
soucoupe *nf*
soudabilité *nf*
soudable *adj*
soudage *nm*
soudain, e *adj*
soudain *adv*
soudainement *adv*
soudaineté *nf*

soudan *nm (sultan)*
soudanais, e *adj, n*
soudanien, enne *adj, n*
soudant, e *adj (de souder)*
soudard *nm*
soude *nf*
soudé, e *adj*
souder *vt, vpr*
soudeur, euse *n*
soudier, ère *adj, nf*
soudoyer [-dwaje] *vt* C16
soudure *nf*
soue *nf (étable à cochons)*
soufflage *nm*
soufflant, e *adj, n*
soufflard *nm*
souffle *nm*
soufflé, e *adj, nm*
soufflement *nm*
souffler *vt, vti, vi*
soufflerie *nf*
soufflet [-flɛ] *nm*
souffleter *vt* C10
souffletier *nm*
souffleur, euse *n*
soufflure *nf*
souffrance *nf*
souffrant, e *adj*
souffre-douleur *nm inv.*
souffreteux, euse *adj*
souffrir *vt, vti, vi, vpr* C19
s(o)ufi [sufi] *nm, adj inv.*
s(o)ufisme *nm*
soufrage *nm*
soufre *nm, adj inv.*
soufré, e *adj*
soufrer *vt*
soufreur, euse *n*
soufrière *nf*
soufroir *nm*
souhait [swɛ] *nm*
souhaitable *adj*
souhaiter *vt*
souillard *nm*
souillarde *nf*
souille *nf*
souiller *vt, vpr*
souillon *n (fam.)*
souillure *nf*
souï(-)manga [swimɑ̃ga] *nm*
souk [suk] *nm*
soul *adj inv., nm* ou *nf (musique)*
soûl, e ou **saoul, e** [su, sul] *adj, nm (ivre)*
soulagement *nm*
soulager *vt* C7
soulane *nf*
soûlant, e *adj*
soûlard, e *n (pop.)*
soûlaud, e *n (pop.)*
soûler ou **saouler** *vt, vpr (fam.)*
soûlerie *nf (pop.)*
soulevé *nm*
soulèvement *nm*
soulever *vt, vpr* C8
soulier *nm*
soulignage *nm*
soulignement *nm*
souligner *vt*
soûlographe *n (fam.)*
soûlographie *nf (fam.)*
soûlot, ote *n (pop.)*
soulte [sult] *nf*
soumaintrain *nm*
soumettre *vt, vpr* C48
soumis, e *adj*
soumission *nf*
soumissionnaire *n*
soumissionner *vt*
soundanais *nm s*
soupape *nf*
soupçon *nm*
soupçonnable *adj*
soupçonner *vt*
soupçonneusement *adv*
soupçonneux, euse *adj*
soupe *nf*
soupente *nf*
souper *vi*
souper *nm*
soupeser *vt* C8
soupeur, euse *adj*
soupière *nf*
soupir *nm*
soupirail, aux *nm*
soupirant, e *adj, nm*
soupirer *vi, vt, vti*
souple *adj*
souplement *adv*
souplesse *nf*
souquenille [suknij] *nf*
souquer *vt, vi*
s(o)urate *nf*
source *nf*
sourcier, ère *n*
sourcil [-si] *nm*
sourcilier, ère *adj*
sourciller [-sije] *vi*
sourcilleux, euse [-sijø, øz] *adj*
sourd, e *adj, n*
sourdement *adv*
sourdine *nf*
sourdingue *adj, n (pop.)*
sourd-muet, sourde-muette *n, adj (pl sourds-muets, sourdes-muettes)*
sourdre *vi* C75
souriant, e *adj*
souriceau *nm*
souricier *nm, adj m*
souricière *nf*
sourire *vi, vti* C52
sourire *nm*
souris *nf (animal); nm (sourire)*
sournois, e *adj, n*
sournoisement *adv*
sournoiserie *nf*
sous *prép*
sous-acquéreur *nm (pl sous-acquéreurs)*
sous-admissible *adj, n (pl sous-admissibles)*
sous-affluent *nm (pl sous-affluents)*
sous-affrètement *nm (pl sous-affrètements)*
sous-aide *n (pl sous-aides)*

sous-alimentation *nf (pl sous-alimentations)*
sous-alimenté, e *adj (pl sous-alimentés, es)*
sous-alimenter *vt*
sous-amendement *nm (pl sous-amendements)*
sous-arachnoïdien, enne *adj (pl sous-arachnoïdiens, ennes)*
sous-arbrisseau *nm (pl sous-arbrisseaux)*
sous-arrondissement *nm (pl sous-arrondissements)*
sous-barbe *nf (pl sous-barbes)*
sous-bas *nm inv.*
sous-bibliothécaire *n (pl sous-bibliothécaires)*
sous-bois *nm inv.*
sous-brigadier *nm (pl sous-brigadiers)*
sous-calibré, e *adj (pl sous-calibrés, es)*
sous-cavage *nm (pl sous-cavages)*
sous-chef *nm (pl sous-chefs)*
sous-classe *nf (pl sous-classes)*
sous-clavier, ère *adj (pl sous-claviers, ères)*
sous-comité *nm (pl sous-comités)*
sous-commission *nf (pl sous-commissions)*
sous-comptoir *nm (pl sous-comptoirs)*
sous-consommation *nf (pl sous-consommations)*
sous-continent *nm (pl sous-continents)*
sous-couche *nf (pl sous-couches)*
souscripteur, trice *n*
souscription *nf*
souscrire *vt, vti, vi* C51
sous-cutané, e *adj (pl sous-cutanés, es)*
sous-développé, e *adj, n (pl sous-développés, es)*
sous-développement *nm (pl sous-développements)*
sous-diaconat [-na] *nm (pl sous-diaconats)*
sous-diacre *nm (pl sous-diacres)*
sous-directeur, trice *n (pl sous-directeurs, trices)*
sous-dominante *nf (pl sous-dominantes)*
sous-économe *nm (pl sous-économes)*
sous-effectif *nm (pl sous-effectifs)*
sous-embranchement *nm (pl sous-embranchements)*
sous-emploi *nm (pl sous-emplois)*
sous-employer [-plwaje] *vt* C16
sous-ensemble *nm (pl sous-ensembles)*
sous-entendre *vt* C41
sous-entendu *nm (pl sous-entendus)*
sous-entrepreneur *nm (pl sous-entrepreneurs)*
sous-épidermique *adj (pl sous-épidermiques)*
sous-épineux, euse *adj, nm*
sous-équipé, e *adj (pl sous-équipés, es)*
sous-équipement *nm (pl sous-équipements)*
sous-espace *nm (pl sous-espaces)*
sous-espèce *nf (pl sous-espèces)*
sous-estimation *nf (pl sous-estimations)*
sous-estimer *vt*
sous-évaluation *nf (pl sous-évaluations)*
sous-évaluer *vt*
sous-exploitation *nf (pl sous-exploitations)*
sous-exploiter *vt*
sous-exposer *vt*
sous-exposition *nf (pl sous-expositions)*
sous-faîte *nm (pl sous-faîtes)*
sous-famille *nf (pl sous-familles)*
sous-fifre *nm (pl sous-fifres)*
sous-filiale *nf (pl sous-filiales)*
sous-frutescent, e *adj (pl sous-frutescents, tes)*
sous-garde *nf (pl sous-gardes)*
sous-genre *nm (pl sous-genres)*
sous-glaciaire *adj (pl sous-glaciaires)*
sous-gorge *nf inv.*
sous-gouverneur *nm (pl sous-gouverneurs)*
sous-groupe *nm (pl sous-groupes)*
sous-homme *nm (pl sous-hommes)*
sous-humanité *nf (pl sous-humanités)*
sous-ingénieur *nm (pl sous-ingénieurs)*
sous-inspecteur, trice *n (pl sous-inspecteurs, trices)*
sous-intendant *nm (pl sous-intendants)*
sous-jacent, e *adj (pl sous-jacents, es)*

sous-lieutenant *nm*
(pl sous-lieutenants)
sous-locataire *n*
(pl sous-locataires)
sous-location *nf*
(pl sous-locations)
sous-louer *vt*
sous-main *nm inv.*
sous-maître *nm*
(pl sous-maîtres)
sous-maîtresse *nf*
(pl sous-maîtresses)
sous-marin, e *adj, nm*
(pl sous-marins, es)
sous-marinier *nm*
(pl sous-mariniers)
sous-marque *nf*
(pl sous-marques)
sous-maxillaire *adj*
(pl sous-maxillaires)
sous-médicalisé, e *adj*
(pl sous-médicalisés, es)
sous-multiple *adj, nm*
(pl sous-multiples)
sous-nappe *nf*
(pl sous-nappes)
sous-normale *nf*
(pl sous-normales)
sous-nutrition *nf*
(pl sous-nutritions)
sous-œuvre *nm*
(pl sous-œuvres)
sous-off *nm*
(pl sous-offs ; arg.)
sous-officier *nm*
(pl sous-officiers)
sous-orbitaire *adj*
(pl sous-orbitaires)
sous-orbital, e, aux *adj*
sous-ordre *nm*
(pl sous-ordres)
sous-palan (en) *loc adv*
sous-payer [-peje] *vt* C15
sous-peuplé, e *adj*
(pl sous-peuplés, es)
sous-peuplement *nm*
(pl sous-peuplements)
sous-pied *nm*
(pl sous-pieds)
sous-plat *nm*
(pl sous-plats)
sous-préfectoral, e, aux *adj*
sous-préfecture *nf*
(pl sous-préfectures)
sous-préfet [-fɛ] *nm*
(pl sous-préfets)
sous-préfète *nf*
(pl sous-préfètes)
sous-production *nf*
(pl sous-productions)
sous-produit *nm*
(pl sous-produits)
sous-programme *nm*
(pl sous-programmes)
sous-prolétaire *n*
(pl sous-prolétaires)
sous-prolétariat [-rja] *nm*
(pl sous-prolétariats)
sous-pubien, enne *adj*
(pl sous-pubiens, ennes)
sous-pull *nm*
(pl sous-pulls)
sous-quartier *nm*
(pl sous-quartiers)
sous-race *nf*
(pl sous-races)
sous-refroidi, e *adj*
(pl sous-refroidis, es)
sous-saturé, e *adj*
(pl sous-saturés, es)
sous-scapulaire *adj*
(pl sous-scapulaires)
sous-secrétaire *nm*
(pl sous-secrétaires)
sous-secrétariat [-rja] *nm*
(pl sous-secrétariats)
sous-secteur *nm*
(pl sous-secteurs)
sous-section *nf*
(pl sous-sections)
sous-seing [susɛ̃] *nm inv.*
soussigné, e *adj, n*
sous-sol *nm*
(pl sous-sols)
sous-solage *nm*
(pl sous-solages)
sous-soleuse *nf*
(pl sous-soleuses)
sous-station *nf*
(pl sous-stations)
sous-système *nm*
(pl sous-systèmes)
sous-tangente *nf*
(pl sous-tangentes)
sous-tasse ou **soutasse** *nf (pl sous-tasses* ou *soutasses)*
sous-tendre *vt* C41
sous-tension *nf*
(pl sous-tensions)
sous-titrage *nm*
(pl sous-titrages)
sous-titre *nm*
(pl sous-titres)
sous-titré, e *adj*
(pl sous-titrés, es)
sous-titrer *vt*
soustracteur *nm*
soustractif, ive *adj*
soustraction *nf*
soustraire *vt, vpr* C58
sous-traitance *nf*
(pl sous-traitances)
sous-traitant *nm*
(pl sous-traitants)
sous-traiter *vt*
sous-utiliser *vt*
sous-ventrière *nf*
(pl sous-ventrières)
sous-verge *nm inv.*
sous-verre *nm inv.*
sous-vêtement *nm*
(pl sous-vêtements)
sous-virer *vi*
sous-vireur, euse *adj*
(pl sous-vireurs, euses)
soutache *nf*
soutacher *vt*
soutane *nf*
soutanelle *nf*
soutasse ou **sous-tasse** *nf (pl soutasses* ou *sous-tasses)*
soute *nf*
soutenable *adj*

soutenance *nf*
soutenant *nm*
soutènement *nm*
souteneur *nm*
soutenir *vt, vpr* C28
soutenu, e *adj, nm*
souterrain, e *adj, nm*
souterrainement *adv*
soutien *nm*
soutien-gorge *nm* *(pl soutiens-gorge)*
soutier *nm*
soutirage *nm*
soutirer *vt*
soûtra ou sutra [sutra] *nm*
soutrage *nm*
souvenance *nf*
souvenir *nm*
souvenir *vi, vpr* C28
souvenir-écran *nm* *(pl souvenirs-écrans)*
souvent *adv*
souverain, e *adj, n*
souverainement *adv*
souveraineté *nf*
souvlaki *nm*
soviet [sɔvjɛt] *nm*
soviétique *adj, n*
soviétisation *nf*
soviétiser *vt*
soviétologue *n*
sovkhoz(e) [sɔvkoz] *nm*
soya ou soja *nm*
soyer [swaje] *nm*
soyeux, euse [swajø, øz] *adj, nm*
space opera [spesɔpera] *nm (pl space operas)*
spacieusement *adv*
spacieux, euse *adj*
spadassin *nm*
spadice *nm*
spadiciflore *nf*
spaghetti *nm* *(pl spaghettis ou inv.)*
spahi *nm*
spalax *nm*
spallation *nf*
spalter [spaltɛr] *nm*

spanandrie *nf*
spanioménorrhée *nf*
sparadrap [-dra] *nm*
spardeck *nm*
sparganier *nm*
sparidé *nm*
sparring-partner [spariŋpartnɛr] *nm* *(pl sparring-partners)*
spart(e) *nm*
spartakisme *nm*
spartakiste *adj, n*
spartéine *nf*
sparterie *nf*
spartiate *adj, n, nf pl (sandales)*
spasme *nm*
spasmodique *adj*
spasmolytique *adj, nm*
spasmophile *adj, n*
spasmophilie *nf*
spasmophilique *adj, n*
spasticité *nf*
spatangue *nm*
spath [spat] *nm* *(minerai)*
spathe *nf (feuille)*
spathique *adj*
spatial, e, aux [spasjal, sjo] *adj*
spatialisation *nf*
spatialiser *vt*
spatialité *nf*
spationaute *n*
spationef *nm*
spatio-temporel, elle *adj* *(pl spatio-temporels, elles)*
spatule *nf*
spatulé, e *adj*
speaker, speakerine [spikœr, krin] *n*
spécial, e, aux *adj*
spéciale *nf*
spécialement *adv*
spécialisation *nf*
spécialiser *vt, vpr*
spécialiste *adj, n*
spécialité *nf*
spéciation *nf*

spécieusement *adv*
spécieux, euse *adj*
spécification *nf*
spécificité *nf*
spécifier *vt*
spécifique *adj*
spécifiquement *adv*
spécimen [-mɛn] *nm*
spéciosité *nf*
spectacle *nm*
spectaculaire *adj*
spectateur, trice *n*
spectral, e, aux *adj*
spectre *nm*
spectrochimique *adj*
spectrogramme *nm*
spectrographe *nm*
spectrographie *nf*
spectrographique *adj*
spectrohéliographe *nm*
spectromètre *nm*
spectrométrie *nf*
spectrométrique *adj*
spectrophotomètre *nm*
spectrophotométrie *nf*
spectroscope *nm*
spectroscopie *nf*
spectroscopique *adj*
spéculaire *adj, nf*
spéculateur, trice *n*
spéculatif, ive *adj*
spéculation *nf*
spéculativement *adv*
spéculer *vi*
spéculo(o)s ou spéculaus [-los] *nm*
spéculum [-lɔm] *nm*
speech [spitʃ] *nm* *(pl speech[e]s ; fam.)*
speedé [spide] *adj* *(fam.)*
speiss [spɛs] *nm*
spéléologie *nf*
spéléologique *adj*
spéléologue *n*
spéléonaute *n*
spencer [spɛnsɛr] *nm*
spéos [speos] *nm*
spergule *nf*

spermaceti [spɛrmaseti] *nm*
spermaphyte *nf*
spermatide *nm*
spermatie [-si] *nf*
spermatique *adj*
spermatocyte *nm*
spermatogenèse *nf*
spermatogonie *nf*
spermatophore *nm*
spermatophyte *nf*
spermatozoïde *nm*
sperme *nm*
spermicide *adj, nm*
spermogonie *nf*
spermogramme *nm*
spermophile *nm*
sphacèle *nm*
sphagnale [sfagnal] *nf*
sphaigne [sfɛɲ] *nf*
sphénisque *nm*
sphénodon *nm*
sphénoïdal, e, aux *adj*
sphénoïde *adj, nm*
sphère *nf*
sphéricité *nf*
sphéroïdal, e, aux *adj*
sphéroïde *nm*
sphéromètre *nm*
sphex [sfɛks] *nm*
sphincter [-tɛr] *nm*
sphinctérien, enne *adj*
sphinge *nf*
sphingidé *nm*
sphinx [sfɛ̃ks] *nm*
sphygmogramme *nm*
sphygmographe *nm*
sphygmomanomètre *nm*
sphyrène *nf*
spi ou **spinnaker** [-nekœr] *nm*
spic ou **aspic** *nm (lavande)*
spica *nm*
spiccato [-ka-] *adv*
spiciforme *adj*
spicilège *nm*
spicule *nm*
spider [-dɛr] *nm*
spiegel [spigœl] *nm*
spin [spin] *nm*
spina-bifida *nm inv. (malformation); n inv. (malade)*
spinal, e, aux *adj*
spinalien, enne *adj, n*
spina-ventosa [-vɛ̃-] *nm*
spinelle *nm*
spinnaker [-nekœr] ou **spi** *nm*
spinozisme *nm*
spinoziste *adj, n*
spiracle *nm*
spiral, e, aux *adj, nm*
spirale *nf*
spiralé, e *adj*
spirant, e *adj, nf*
spire *nf*
spirée *nf*
spirifer [-fɛr] *nm*
spirille [-rij] *nm*
spirillose [-riloz] *nf*
spiritain *nm*
spirite *adj, n*
spiritisme *nm*
spiritual, als [spiritwol] *nm*
spiritualisation *nf*
spiritualiser *vt*
spiritualisme *nm*
spiritualiste *adj, n*
spiritualité *nf*
spirituel, elle *adj, nm*
spirituellement *adv*
spiritueux, euse *adj, nm*
spirochète [-kɛt] *nm*
spirochétose [-ke-] *nf*
spirographe *nm*
spirogyre *nf*
spiroïdal, e, aux *adj*
spiromètre *nm*
spirorbe *nm*
spiruline *nf*
spitant, e *adj*
splanchnique [splɑ̃knik] *adj*
splanchnologie [splɑ̃k-] *nf*
spleen [splin] *nm*
spleenétique [spli-] ou **splénétique** *adj, n*
splendeur *nf*
splendide *adj*
splendidement *adv*
splénectomie *nf*
splénétique ou **spleenétique** [spli-] *adj, n*
splénique *adj*
splénite *nf*
splénomégalie *nf*
splénomégalique *adj*
spoiler [spɔjlər] *nm*
spoliateur, trice *adj, n*
spoliation *nf*
spolier *vt*
spondaïque *adj*
spondée *nm*
spondias [-djas] *nm*
spondylarthrite *nf*
spondylarthrose *nf*
spondyle *nm*
spondylite *nf*
spongiaire *nm*
spongiculture *nf*
spongieux, euse *adj*
spongille [spɔ̃ʒil] *nf*
spongiosité *nf*
sponsor *nm*
sponsorat [-ra] *nm*
sponsoring [-riŋ] *nm*
sponsoriser *vt*
spontané, e *adj*
spontanéisme *nm*
spontanéiste *adj, n*
spontanéité *adj, n*
spontanément *adv*
sporadicité *nf*
sporadique *adj*
sporadiquement *adv*
sporange *nm*
spore *nf (des végétaux)*
sporogone *nm*
sporophyte *nm*
sporotriche [-triʃ] *nm*
sporotrichose [-koz] *nf*
sporozoaire *nm*
sport *nm (exercice), adj inv.*

sportif, ive *adj, n*
sportivement *adv*
sportivité *nf*
sportsman [-man] *nm* *(pl sportsmen* [-mɛn]*)*
sportswear [spɔrtswɛr] *nm*
sportule *nf*
sporulation *nf*
sporuler *vi*
spot [spɔt] *nm*
spoutnik *nm*
sprat [sprat] *nm*
spray [sprɛ] *nm*
sprechgesang [ʃpreʃgesaŋ] *nm*
springbok [spriŋbɔk] *nm*
springer [springɛr] *nm*
sprinkler [sprinklœr] *nm*
sprint [sprint] *nm*
sprinter [sprintœr] *nm*
sprinter [sprinte] *vi*
sprue *nf*
spumescent, e *adj*
spumeux, euse *adj*
spumosité *nf*
squale [skwal] *nm*
squamate [skwa-] *nm*
squame [skwam] *nf*
squameux, euse [skwa-] *adj*
squamifère [skwa-] *adj*
squamule [skwa-] *nf*
square [skwar] *nm*
squash [skwaʃ] nm
squat [skwat] *nm*
squatina [skwa-] *nm* ou **squatine** [skwa-] *nf*
squatter [skwatœr] *nm*
squatter [skwate] *vt*
squattériser [skwa-] *vt*
squaw [skwo] *nf*
squeezer [skwize] *vt*
squelette *nm*
squelettique *adj*
squille [skij] *nf*
squire [skwajœr] *nm* *(titre nobiliaire)*
squirr(h)e [skir] *nm* *(tumeur)*
squirr(h)eux, euse [ski-] *adj*
sri lankais, e *adj, n*
stabat mater [stabatmatɛr] *nm inv.*
stabilisant, e *adj, nm*
stabilisateur, trice *adj, nm*
stabilisation *nf*
stabiliser *vt*
stabilité *nf*
stable *adj*
stabulation *nf*
staccato [stakato] *adv, nm*
stade *nm*
stadhouder ou **stathouder** [-udɛr] *nm*
stadia *nf*
staff [staf] *nm*
staffer *vt*
staffeur *nm*
stage *nm*
stagflation *nf*
stagiaire *adj, n*
stagnant, e [stagnɑ̃, ɑ̃t] *adj*
stagnation [stagnasjɔ̃] *nf*
stagner [stagne] *vi*
stakhanovisme [staka-] *nm*
stakhanoviste [staka-] *adj, n*
stakning [stakniŋ] *nm*
stalactite *nf*
stalag [-lag] *nm*
stalagmite *nf*
stalagmomètre *nm*
stalagmométrie *nf*
stalinien, enne *adj, n*
stalinisme *nm*
stalle *nf*
staminal, e, aux *adj*
staminé, e *adj*
staminifère *adj*
stance *nf*
stand [stɑ̃d] *nm*
standard *adj* *(pl standard*[s]*), nm*
standardisation *nf*
standardiser *vt*
standardiste *n*
stand-by [stɑ̃dbaj] *adj inv., n inv.*
standing [stɑ̃diŋ] *nm*
stanneux *adj m*
stannifère *adj*
stannique *adj*
staphisaigre *nf*
staphylier *nm*
staphylin, e *adj, nm*
staphylococcie [-kɔksi] *nf*
staphylocoque *nm*
staphylome *nm*
star *nf*
star(i)ets [star(j)ɛts] *nm*
starie ou **estarie** *nf*
starisation *nf*
stariser ou **starifier** *vt*
starking [-kiŋ] *nf*
starlette *nf*
staroste *nm*
star-system *nm* *(pl star-systems)*
starter [startɛr] *nm*
starting-block [startiŋblɔk] *nm* *(pl starting-blocks)*
starting-gate [startiŋgɛt] *nf (pl starting-gates)*
stase *nf*
statère *nm*
stathouder ou **stadhouder** [-udɛr] *nm*
stathoudérat [-ra] *nm*
statice *nm*
statif *nm*
station *nf*
station-aval *nf* *(pl stations-aval)*
stationnaire *adj, nm*
stationnarité *nf*
stationnement *nm*
stationner *vi*
station-service *nf* *(pl stations-service)*

statique *adj, nf*
statiquement *adv*
statisme *nm*
statisticien, enne *n*
statistique *adj, nf*
statistiquement *adv*
statocyste *nm*
stator [statɔr] *nm*
statoréacteur *nm*
statthalter [sta- ou ʃtataltɛr] *nm*
statuaire *adj, n*
statue *nf (sculpture)*
statuer *vi, vt*
statuette *nf*
statufier *vt*
statu quo [statykwo] *nm inv.*
stature *nf*
staturo-pondéral, e, aux *adj*
statut *nm (règlement)*
statutaire *adj*
statutairement *adv*
stawug [stavyg] *nm*
stayer [stɛjœr] *nm*
steak [stɛk] *nm*
steamer [stimœr] *nm*
stéarate *nm*
stéarine *nf*
stéarinerie *nf*
stéarinier *nm*
stéarique *adj*
stéaryle *nm*
stéatite *nf*
stéatome *nm*
stéatopyge *adj*
stéatopygie *nf*
stéatose *nf*
steeple-chase [stipəltʃez] ou **steeple** [stipl] *nm (pl steeple-chases* ou *steeples)*
stéganopode *nm*
stégocéphale *nm*
stégomyie ou **stegomya** *nf*
stégosaure ou **stegosorus** [-rys] *nm*
steinbock [stejnbɔk] *nm*
stèle *nf*
stellage *nm*
stellaire *adj, nf*
stelléride *nm*
stellionat [-ljɔna] *nm*
stellionataire [-ljɔna-] *adj, n*
stellite *nm*
stem(m) [stɛm] *nm*
stemmate *nm*
stencil [stɛn- ou stɛ̃sil] *nm*
stenciliste [stɛn-] *nm*
stendhalien, enne *adj, n*
sténo *n (abrév.)*
sténodactylo *n*
sténodactylographie *nf*
sténogramme *nm*
sténographe *n*
sténographie *nf*
sténographier *vt*
sténographique *adj*
sténographiquement *adv*
sténohalin, e *adj*
sténopé *nm*
sténosage *nm*
sténose *nf*
sténosé, e *adj*
sténotherme *adj*
sténotype *nf*
sténotypie *nf*
sténotypiste *n*
stentor [stɑ̃tɔr] *nm*
stéphanois, e *adj, n*
steppage *nm*
steppe *nf*
stepper [stɛpœr] ou **steppeur** *nm*
steppique *adj*
stéradian *nm*
stercoraire *adj, nm*
stercoral, e, aux *adj*
stercorite *nf*
sterculiacée *nf*
stère *nm*
stéréo *nf, adj inv. (abrév.)*
stéréobate *nm*
stéréochimie *nf*
stéréochimique *adj*
stéréochromie *nf*
stéréocomparateur *nm*
stéréoduc *nm*
stéréognosie *nf*
stéréogramme *nm*
stéréographie *nf*
stéréographique *adj*
stéréo-isomère *nm (pl stéréo-isomères)*
stéréo-isomérie *nf (pl stéréo-isoméries)*
stéréométrie *nf*
stéréométrique *adj*
stéréophonie *nf*
stéréophonique *adj*
stéréophotographie *nf*
stéréoradiographie *nf*
stéréorégularité *nf*
stéréoscope *nm*
stéréoscopie *nf*
stéréoscopique *adj*
stéréospécificité *nf*
stéréospécifique *adj*
stéréospondyle *nm*
stéréotaxie *nf*
stéréotaxique *adj*
stéréotomie *nf*
stéréotomique *adj*
stéréotype *adj, nm*
stéréotypé, e *adj*
stéréotypie *nf*
stéréovision *nf*
stérer *vt* C11
stéride *nm*
stérile *adj, nm*
stérilement *adv*
stérilet [-lɛ] *nm*
stérilisant, e *adj, nm*
stérilisateur *nm*
stérilisation *nf*
stérilisé, e *adj*
stériliser *vt*
stérilité *nf*
stérique *adj*
sterlet [-lɛ] *nm*
sterling [stɛrliŋ] *adj inv., nm inv.*
sternal, e, aux *adj*
sterne *nf*

sterno-cléido-mastoïdien *adj m, nm (pl sterno-cléido-mastoïdiens)*
sternum [stɛrnɔm] *nm*
sternutation *nf*
sternutatoire *adj*
stéroïde *adj, nm*
stéroïdien, **enne** *adj*
stéroïdique *adj*
stérol *nm*
stertor *nm*
stertoreux, **euse** *adj*
stéthoscope *nm*
steward [stjuward ou stiwart] *nm*
sthène *nm*
sthénie *nf*
stibié, **e** *adj*
stibine *nf*
stichomythie [-kɔ-] *nf*
stick [stik] *nm*
stigma *nm*
stigmate *nm*
stigmateur *nm*
stigmatique *adj*
stigmatisation *nf*
stigmatisé, **e** *adj, n*
stigmatiser *vt*
stigmatisme *nm*
stigmomètre *nm*
stil-de-grain *nm inv.*
stillation [-la-] *nf*
stillatoire [-la-] *adj*
stilligoutte [-li-] *nm*
stilton [stiltɔn] *nm*
stimugène *adj, nm*
stimulant, **e** *adj, nm*
stimulateur *nm*
stimulation *nf*
stimuler *vt*
stimuline *nf*
stimulus [-lys] *nm (pl stimuli* ou *stimulus)*
stipe *nm*
stipendié, **e** *adj, nm*
stipendier *vt*
stipité, **e** *adj*
stipulaire *adj*
stipulant, **e** *adj, n*
stipulation *nf*
stipule *nf*
stipulé, **e** *adj*
stipuler *vt*
stochastique [-kas-] *adj, nf*
stock *nm*
stockage *nm*
stock-car *nm (pl stock-cars)*
stocker *vt*
stockfisch [stɔkfiʃ] *nm*
stockiste *nm*
stock-outil *nm (pl stocks-outils)*
stœchiométrie [stekjɔ-] *nf*
stœchiométrique [stekjɔ-] adj
stoïcien, **enne** *adj, n*
stoïcisme *nm*
stoïque *adj*
stoïquement *adv*
stoker [stɔkɛr ou -kœr] *nm*
stokes [stoks] *nm*
stol *adj inv., nm inv.*
stolon *nm*
stolonifère *adj*
stomacal, **e**, **aux** *adj*
stomachique [-ʃik] *adj, nm*
stomate *nm*
stomatite *nf*
stomatologie *nf*
stomatologiste *n*
stomatologue *n*
stomatoplastie *nf*
stomatorragie *nf*
stomatoscope *nm*
stomocordé *nm*
stomoxe *nm*
stop *nm, interj*
stoppage *nm*
stopper *vt, vi*
stoppeur, **euse** *n*
storax ou **styrax** *nm*
store *nm*
storiste *n*
story-board [stɔribɔrd] *nm (pl story-boards)*
st(o)ûpa *nm*
stout [stawt] *nm*
strabique *adj, n*
strabisme *nm*
stradiot(e) ou **estradiot** *nm*
stradivarius [-rjys] *nm inv.*
stramoine ou **stramonium** [-njɔm] *nf*
strangulation *nf*
stranguler *vt*
strapontin *nm*
strasbourgeois, **e** *adj, n*
stras(s) [stras] *nm (verre coloré)*
strasse *nf (bourre)*
stratagème *nm*
strate *nf*
stratège *nm*
stratégie *nf*
stratégique *adj*
stratégiquement *adv*
stratégiste *nm*
stratification *nf*
stratifié, **e** *adj*
stratifier *vt*
stratigraphie *nf*
stratigraphique *adj*
stratiome ou **stratiomys** [-mis] *nm*
strato-cumulus [-lys] *nm inv.*
stratoforteresse *nf*
stratopause *nf*
stratosphère *nf*
stratosphérique *adj*
stratovision *nf*
stratum [-tɔm] *nm*
stratus [-tys] *nm*
strelitzia *nm*
strepsiptère *nm*
streptobacille *nm*
streptococcie [-kɔksi] *nf*
streptococcique [-kɔksik] *adj*
streptocoque *nm*
streptomycète *nm*

streptomycine *nf*
stress [strɛs] *nm*
stressant, e *adj*
stresser *vt*
stretch [strɛtʃ] *nm, adj inv.*
stretching [strɛtʃiŋ] *nm*
strette *nf*
striation *nf*
strict, e *adj*
strictement *adv*
striction *nf*
stricto sensu [striktosɛ̃sy] *loc adv*
stridence *nf*
strident, e *adj*
stridor *nm*
stridulant, e *adj*
stridulation *nf*
striduler *vi*
striduleux, euse *adj*
strie *nf*
strié, e *adj*
strier *vt*
strige ou **stryge** *nf*
strigidé *nm*
strigile *nm*
string [striŋ] *nm*
strioscopie *nf*
strioscopique *adj*
stripage *nm*
stripper [stripœr] *nm*
stripper *vt*
stripping [stripiŋ] *nm*
strip-tease [striptiz] *nm (pl strip-teases)*
strip-teaseuse [striptizøz] *nf (pl strip-teaseuses)*
striure *nf*
strix *nm*
strobile *nm*
strobophotographie *nf*
stroborama *nm*
stroboscope *nm*
stroboscopie *nf*
stroboscopique *adj*
stroma *nm*
strombe *nm*
strombolien, enne *adj*
strong(y)le *nm*
strongylose *nf*
strontiane *nf*
strontium [strɔ̃sjɔm] *nm*
strophante ou **strophantus** [-tys] *nm*
strophantine *nf*
strophe *nf*
structurable *adj*
structural, e, aux *adj*
structuralisme *nm*
structuraliste *adj, n*
structurant, e *adj*
structuration *nf*
structure *nf*
structuré, e *adj*
structurel, elle *adj*
structurellement *adv*
structurer *vt, vpr*
structurologie *nf*
strume *nf*
struthionidé *nm*
struthioniforme *nm*
strychnée [-kne] *nf* ou **strychnos** [-knos] *nm*
strychnine [-knin] *nf*
strychnos [-knos] *nm* ou **strychnée** [-kne] *nf*
stryge ou **strige** *nf*
stuc *nm*
stucage *nm*
stucateur *nm*
stud-book [stœdbuk] *nm (pl stud-books)*
studette *nf*
studieusement *adv*
studieux, euse *adj*
studio *nm*
stuka [ʃtuka] nm
st(o)ûpa *nm*
stupéfaction *nf*
stupéfaire *vt* C59 *(seulement 3ᵉ pers indic. prés et temps composés)*
stupéfait, e *adj*
stupéfiant, e *adj, nm*
stupéfier *vt*
stupeur *nf*
stupide *adj*
stupidement *adv*
stupidité *nf*
stuporeux, euse *adj*
stupre *nm*
stuquer *vt*
sturnidé *nm*
style *nm*
stylé, e *adj*
styler *vt*
stylet [-lɛ] *nm*
stylisation *nf*
styliser *vt*
stylisme *nm*
styliste *n*
stylisticien, enne *n*
stylistique *adj, nf*
stylite *nm*
stylo *nm (abrév.)*
stylobate *nm*
stylo-feutre *nm (pl stylos-feutres)*
stylographe *nm*
stylographique *adj*
styloïde *adj*
stylomine *nm*
styptique *adj, nm*
styrax ou **storax** *nm*
styrène ou **styrolène** *nm*
su, e *adj, nm*
suage *nm*
suaire *nm*
suant, e *adj*
suave *adj*
suavement *adv*
suavité *nf*
subaérien, enne *adj*
subaigu, ë *adj*
subalpin, e *adj*
subalterne *adj, n*
subantarctique *adj*
subaquatique [-kwa-] *adj*
subarctique *adj*
subatomique *adj*
subcarpatique *adj*
subconscient, e *adj, nm*
subdélégation *nf*
subdéléguer *vt* C11
subdésertique *adj*
subdiviser *vt*

subdivision *nf*
subdivisionnaire *adj*
subduction *nf*
subéquatorial, e, aux [-kwa-] *adj*
suber [sybɛr] *nm*
subéreux, euse *adj*
subérine *nf*
subfébrile *adj*
subintrant, e *adj*
subir *vt*
subit, e [-bi, it] *adj*
subitement *adv*
subito *adv (fam.)*
subjacent, e *adj*
subjectif, ive *adj*
subjectile *nm*
subjectivement *adv*
subjectivisme *nm*
subjectiviste *adj, n*
subjectivité *nf*
subjonctif, ive *adj, nm*
subjuguer *vt*
subkilotonnique *adj*
sublimation *nf*
sublime *adj, nm*
sublimé, e *adj, nm*
sublimement *adv*
sublimer *vt, vi*
subliminaire *adj*
subliminal, e, aux *adj*
sublimité *nf*
sublingual, e, aux [syblɛ̃gwal, gwo] *adj*
sublunaire *adj*
submerger *vt* C7
submersible *adj, nm*
submersion *nf*
subnarcose *nf*
subodorer *vt*
suborbital, e, aux *adj*
subordination *nf*
subordonnant *adj, nm*
subordonné, e *adj, n*
subordonner *vt*
subornation *nf*
suborner *vt*
suborneur, euse *adj, n*
subrécargue *nm*
subreptice [sybrɛptis] *adj*
subrepticement [sybrɛptismɑ̃] adv
subreption *nf*
subrogateur *adj m, nm*
subrogatif, ive *adj*
subrogation *nf*
subrogatoire *adj*
subrogé, e *adj, n*
subroger *vt* C7
subséquemment [-kamɑ̃] *adv*
subséquent, e *adj*
subside [sypsid ou -bzid] *nm*
subsidence [-psi ou -bzi-] *nf*
subsidiaire [-psi ou -bzi-] *adj*
subsidiairement [-psi ou -bzi-] *adv*
subsistance *nf*
subsistant, e *adj, nm*
subsister *vi*
subsonique *adj*
substance *nf*
substantialisme *nm*
substantialiste *adj, n*
substantialité *nf*
substantiel, elle *adj*
substantiellement *adv*
substantif, ive *adj, nm*
substantifique *adj*
substantivation *nf*
substantivement *adv*
substantiver *vt*
substituable *adj*
substituer *vt, vpr*
substitut [-ty] *nm*
substitutif, ive *adj*
substitution *nf*
substrat [-tra] *nm*
substratum [-tɔm] *nm*
substruction *nf*
substructure *nf*
subsumer *vt*
subterfuge *nm*
subtil, e *adj*
subtilement *adv*
subtilisation *nf*
subtiliser *vt, vi*
subtilité *nf*
subtropical, e, aux *adj*
subulé, e *adj*
suburbain, e *adj*
suburbicaire *adj*
subvenir *vti* C28 *(auxil avoir)*
subvention *nf*
subventionnel, elle *adj*
subventionner *vt*
subversif, ive *adj*
subversion *nf*
subversivement *adv*
subvertir *vt*
suc [syk] *nm*
succédané [-kse-] *nm*
succéder [-kse-] *vti, vpr* C11
succenturié, e [-ksɑ̃-] *adj*
succès [-ksɛ] *nm*
successeur [-kse-] *nm*
successibilité [-kse-] *nf*
successible [-kse-] *adj*
successif, ive [-kse-] *adj*
succession [-kse-] *nf*
successivement [-kse-] *adv*
successoral, e, aux [-kse-] *adj*
succin [syksɛ̃] *nm*
succinct, e [syksɛ̃, ɛ̃t] *adj*
succinctement [syksɛ̃tmɑ̃] *adv*
succinique [-ksi-] *adj*
succion [sy(k)sjɔ̃] *nf*
succomber [-kɔ̃-] *vi, vti*
succube [-kyb] *nm*
succulence [-ky-] *nf*
succulent, e [-ky-] *adj*
succursale [-ky-] *nf*
succursalisme [-ky-] *nm*
succursaliste [-ky-] *adj, n*
succussion [-ky-] *nf*
sucement *nm*
sucer *vt* C6

sucette *nf*
suceur, euse *adj, n*
suçoir *nm*
suçon *nm (fam.)*
suçoter *vt*
sucrage *nm*
sucrant, e *adj*
sucrase *nf*
sucrate *nm*
sucre *nm*
sucré, e *adj*
sucrer *vt, vpr*
sucrerie *nf*
sucrier, ère *adj, nm*
sucrin *adj m, nm*
sucrine *nf*
sud [syd] *nm inv., adj inv.*
sud-africain, e *adj, n (pl sud-africains, es)*
sud-américain, e *adj, n (pl sud-américains, es)*
sudation *nf*
sudatoire *adj*
sud-coréen, enne *adj, n (pl sud-coréens, ennes)*
sud-est [sydɛst] *nm inv., adj inv.*
sudète *adj, n*
sudiste *adj, n*
sudoral, e, aux *adj*
sudorifère *adj*
sudorifique *adj, nm*
sudoripare *adj*
sud-ouest [sydwɛst] *nm inv., adj inv.*
sud-vietnamien, enne *adj, n (pl sud-vietnamiens, ennes)*
suède *nm*
suédé, e *adj, nm*
suédine *nf*
suédois, e *adj, n*
suée *nf (fam.)*
suer *vi, vt*
suet [sɥɛt] *nm inv.*
suette *nf*
sueur *nf*
suffète *nm*
suffire *vti, vimp, vpr* C55
suffisamment *adv*
suffisance *nf*
suffisant, e *adj, n*
suffixal, e, aux *adj*
suffixation *nf*
suffixe *nm*
suffixer *vt*
suffocant, e *adj*
suffocation *nf*
suffoquer *vt, vi*
suffragant, e *adj, n*
suffrage *nm*
suffragette *nf*
suffusion *nf*
s(o)ufi [sufi] *nm, adj inv.*
s(o)ufisme *nm*
suggérer [-gʒe-] *vt* C7
suggestibilité [-gʒɛs-] *nf*
suggestible [-gʒɛs-] *adj*
suggestif, ive [-gʒɛs-] *adj*
suggestion [-gʒɛstjɔ̃] *nf*
suggestionner [-gʒɛstjɔ-] *vt*
suggestivité [-gʒɛs-] *nf*
suicidaire *adj, n*
suicide *nm, adj*
suicidé, e *adj, n*
suicider (se) *vpr*
suidé *nm*
suie *nf*
suif [sɥif] *nm*
suiffer *vt*
suiffeux, euse *adj*
sui generis [sɥiʒeneris] *loc, adj inv.*
suint [sɥɛ̃] *nm*
suintant, e *adj*
suintement *nm*
suinter *vi, vt*
suintine *nf*
suisse *adj, n*
suissesse *nf*
suite *nf*
suitée *adj f*
suivant, e *adj, n*
suivant *prép*
suiveur, euse *adj, nm*
suivez-moi-jeune-homme [sɥivemwaʒœnɔm] *nm inv. (fam.)*
suivi, e *adj, nm*
suivisme *nm*
suiviste *adj, n*
suivre *vt, vi, vimp, vpr* C50
sujet, ette [-ʒɛ, ɛt] *adj, n*
sujétion *nf*
sulcature *nf*
sulciforme *adj*
sulfacide *nm*
sulfamide *nm*
sulfatage *nm*
sulfatation *nf*
sulfate *nm*
sulfaté, e *adj*
sulfater *vt*
sulfateur, euse *n*
sulfhémoglobine *nf*
sulfhydrique *adj m*
sulfhydryle *nm*
sulfinisation *nf*
sulfitage *nm*
sulfite *nm*
sulfocarbonate *nm*
sulfocarbonique *adj*
sulfonation *nf*
sulfone *nf*
sulfoné, e *adj*
sulfosel *nm*
sulfovinique *adj*
sulfurage *nm*
sulfuration *nf*
sulfure *nm*
sulfuré, e *adj*
sulfurer *vt*
sulfureux, euse *adj*
sulfurique *adj*
sulfurisé, e *adj*
sulky [sylki] *nm*
sulpicien, enne *adj, nm*
sultan *nm*
sultanat [-na] *nm*
sultane *nf*
sulvinite *nf*
sumac [symak] *nm*

sumérien, enne *adj, nm*
summum [sɔmmɔm] *nm*
sumo [sumo] *nm*
sunlight [sœnlajt] *nm*
sunna *nf*
sunnisme *nm*
sunnite *adj, n*
super *adj inv., nm (abrév.)*
super *vt, vi*
superalliage *nm*
superamas [-ma] *nm*
superbe *adj, nf*
superbement *adv*
superbénéfice *nm*
superbombe *nf*
supercarburant *nm*
superchampion, onne *n*
supercherie *nf*
superciment *nm*
supercritique *adj*
supère *adj (botanique)*
supérette *nf*
superfamille *nf*
superfécondation *nf*
superfétation *nf*
superfétatoire *adj*
superficialité *nf*
superficie *nf*
superficiel, elle *adj*
superficiellement *adv*
superfin, e *adj*
superfinition *nf*
superflu, e *adj, nm*
superfluide *adj, nm*
superfluidité *nf*
superforme *nf (fam.)*
superforteresse *nf*
super(-)grand *nm (pl super[-]grands ; fam.)*
superhétérodyne *adj, nm*
super-huit *adj inv., nm inv.*
supérieur, e *adj, n*
supérieurement *adv*
supériorité *nf*
superlatif *nm*
superlativement *adv*
super-léger *adj, nm (pl super-légers)*
supermalloy [-melɔj ou -malwa] *nm*
superman [sypɛrman] *nm (pl supermen* [-mɛn]*)*
supermarché *nm*
supernova *nf (pl supernovæ* ou *-ae)*
superordre *nm*
superovarié, e *adj*
superphosphate *nm*
superplasticité *nf*
superplastique *adj*
superposable *adj*
superposé, e *adj*
superposer *vt, vpr*
superposition *nf*
superpréfet [-fɛ] *nm*
superproduction *nf*
superprofit *nm*
superpuissance *nf*
superréaction *nf*
supersonique *adj, nm*
superstar *nf*
superstitieusement *adv*
superstitieux, euse *adj, n*
superstition *nf*
superstrat [-stra] *nm*
superstructure *nf*
supertanker [-kœr] *nm*
superviser *vt*
superviseur *nm*
supervision *nf*
superwelter [sypɛrwɛltœr] *adj, nm*
supin *nm*
supinateur *adj m, nm*
supination *nf*
supplanter *vt*
suppléance *nf*
suppléant, e *adj, n*
suppléer *vt, vti* C14
supplément *nm*
supplémentaire *adj*
supplémentairement *adv*
supplémenter *vt*
supplétif, ive *adj, nm*
supplétoire *adj*
suppliant, e *adj, n*
supplication *nf*
supplice *nm*
supplicié, e *n*
supplicier *vt*
supplier *vt*
supplique *nf*
support *nm*
supportable *adj*
support-chaussette *nm (pl supports-chaussettes)*
supporter [-tœr ou -tɛr] *nm*
supporteur, trice *n*
supporter *vt, vpr*
supposable *adj*
supposé, e *adj*
supposer *vt*
supposition *nf*
suppositoire *nm*
suppôt [-po] *nm*
suppression *nf*
supprimable *adj*
supprimer *vt, vpr*
suppurant, e *adj*
suppuratif, ive *adj, nm*
suppuration *nf*
suppurer *vi*
supputation *nf*
supputer *vt*
supra *adv*
supraconducteur, trice *adj, nm*
supraconduction *nf*
supraconductivité *nf*
supraliminaire *adj*
supranational, e, aux *adj*
supranationalisme *nm*
supranationalité *nf*
suprasegmental, e, aux *adj*
suprasensible *adj*
supraterrestre *adj*
suprématie *nf*
suprême *adj, nm*
suprêmement *adv*
sur *prép*
sur, e *adj (aigre)*
sûr, e *adj (certain)*

surabondamment *adv*
surabondance *nf*
surabondant, e *adj*
surabonder *vi*
suraccumulation *nf*
suractivé, e *adj*
suractivité *nf*
surah *nm*
suraigu, ë *adj*
surajouter *vt*
sural, e, aux *adj*
suralcoolisation [-kɔ-] *nf*
suralimentation *nf*
suralimenté, e *adj*
suralimenter *vt*
suramplificateur *nm*
suranné, e *adj*
surarbitre *nm*
surarmement *nm*
s(o)urate [surat] *nf*
surbaissé, e *adj*
surbaissement *nm*
surbaisser *vt*
surbau *nm (pl surbaux)*
surboum *nf (fam.)*
surcapacité *nf*
surcapitalisation *nf*
surcharge *nf*
surcharger *vt* C7
surchauffe *nf*
surchauffé, e *adj*
surchauffer *vt*
surchauffeur *nm*
surchoix *nm*
surclassé, e *adj*
surclasser *vt*
surcompensation *nf*
surcomposé, e *adj*
surcompression *nf*
surcomprimé, e *adj*
surcomprimer *vt*
surconsommation *nf*
surcontre *nm*
surcontrer *vt*
surcostal, e, aux *adj, nm*
surcot [-ko] *nm*
surcoupe *nf*
surcouper *vi, vt*
surcoût [-ku] *nm*
surcreusement *nm*
surcroît [-krwa] *nm*
surcuit *nm*
surdent *nf*
surdéterminant, e *adj*
surdétermination *nf*
surdéterminé, e *adj*
surdéterminer *vt*
surdéveloppé, e *adj*
surdi-mutité *nf*
(pl surdi-mutités)
surdité *nf*
surdorer *vt*
surdos [-do] *nm*
surdosage *nm*
surdose *nf*
surdoué, e *adj, n*
sureau *nm (arbuste)*
sureffectif *nm*
surélévation *nf*
surélever *vt* C8
surelle *nf*
sûrement *adv*
suréminent, e *adj*
surémission *nf*
suremploi *nm*
surenchère *nf*
surenchérir *vi*
surenchérissement *nm*
surenchérisseur, euse *n*
surencombré, e *adj*
surencombrement *nm*
surendettement *nm*
surentraînement *nm*
surentraîner *vt*
suréquipé, e *adj*
suréquipement *nm*
suréquiper *vt*
surérogation *nf*
surérogatoire *adj*
surestarie *nf*
surestimation *nf*
surestimer *vt, vpr*
suret, ette [-rɛ, ɛt] *adj*
sûreté *nf*
surévaluation *nf*
surévaluer *vt*
surexcitable *adj*
surexcitant, e *adj*
surexcitation *nf*
surexcité, e *adj*
surexciter *vt*
surexploitation *nf*
surexploiter *vt*
surexposer *vt*
surexposition *nf*
surf [sœrf] *nm*
surfaçage *nm*
surface *nf*
surfacer *vt, vi* C6
surfaceuse *nf*
surfactant, e *adj, nm*
surfacique *adj*
surfaire *vt* C59
surfait, e *adj*
surfaix [syrfɛ] *nm*
(sangle)
surfer [sœrfe] *vi*
surfeur, euse [sœrfœr, øz]
n
surfil [-fil] *nm*
surfilage *nm*
surfiler *vt*
surfin, e *adj*
surfondu, e *adj*
surfusion *nf*
surgélateur *nm*
surgélation *nf*
surgelé, e *adj, nm*
surgeler *vt* C9
surgénérateur *nm*
surgénération *nf*
surgeon *nm*
surgeonner *vi*
surgir *vi*
surgissement *nm*
surhaussé, e *adj*
surhaussement *nm*
surhausser *vt*
surhomme *nm*
surhumain, e *adj*
surhumainement *adv*
surhumanité *nf*
suri, e *adj*
suricate ou **surikate** *nm*
surimi *nm*
surimposer *vt*
surimposition *nf*
surimpression *nf*
surin *nm*

suriner ou **chouriner** *vt (arg.)*
surinfection *nf*
surinformer *vt*
surintendance *nf*
surintendant *nm*
surintendante *nf*
surintensité *nf*
surinvestissement *nm*
surir *vi*
surjalée *adj f*
surjaler *vi*
surjectif, ive *adj*
surjection *nf*
surjet [-ʒɛ] *nm*
surjeter *vt* C10
sur-le-champ *loc adv*
surlendemain *nm*
surligneur *nm*
surliure *nf*
surlonge *nf*
surlouer *vt*
surloyer [-lwaje] *nm*
surmédicalisation *nf*
surmédicaliser *vt*
surmenage *nm*
surmenant, e *adj*
surmené, e *adj*
surmener *vt, vpr* C8
sur(-)moi *nm inv.*
surmontable *adj*
surmonter *vt, vpr*
surmontoir *nm*
surmortalité *nf*
surmoulage *nm*
surmoule *nm*
surmouler *vt*
surmulet [-lɛ] *nm*
surmulot [-lo] *nm*
surmultiplication *nf*
surmultiplié, e *adj*
surnager *vt* C7
surnatalité *nf*
surnaturalisme *nm*
surnaturel, elle *adj, nm*
surnaturellement *adv*
surnom *nm*
surnombre *nm*
surnommer *vt*
surnuméraire *adj, n*
suroffre *nf*
suroît [-rwa] *nm*
suros [-ro] *nm (tumeur du cheval)*
suroxyder *vt*
suroxygéné, e *adj*
surpassement *nm*
supasser *vt, vpr*
surpâturage *nm*
surpaye [syrpɛ(j)] *nf*
surpayer [-peje] *vt* C15
surpeuplé, e *adj*
surpeuplement *nm*
surpiquer *vt*
surpiqûre *nf*
sur(-)place *nm*
surplis [-pli] *nm*
surplomb [-plɔ̃] *nm*
surplombant, e *adj*
suplombement *nm*
surplomber *vt, vi*
surplus [-ply] *nm*
surpopulation *nf*
surprenant, e *adj*
surprendre *vt, vpr* C42
surpression *nf*
surprime *nf*
surprise *nf*
surprise-partie ou **surprise-party** *nf (pl surprises-parties)*
surproducteur, trice *adj*
surproduction *nf*
surproduire *vt* C56
surprotection *nf*
surprotéger *vt* C7
surpuissant, e *adj*
surréalisme *nm*
surréaliste *adj, n*
surréalité *nf*
surrection *nf*
surréel, elle *adj, nm*
surrégénérateur *nm*
surrégénération *nf*
surremise *nf*
surrénal, e, aux *adj*
surrénale *nf*
surrénalite *nf*
surréservation *nf*
sursalaire *nm*
sursaturant, e *adj*
sursaturation *nf*
sursaturé, e *adj*
sursaturer *vt*
sursaut *nm*
sursauter *vi*
surséance *nf*
sursemer *vt* C8
surseoir *vti* C31
sursimulation *nf*
sursis [-si] *nm*
sursitaire *n, adj*
sursolide *adj, nm*
sursoufflage *nm*
surtaux *nm*
surtaxe *nf*
surtaxer *vt*
surtension *nf*
surtitre *nm*
surtondre *vt* C41
surtonte *nf*
surtout *adj, nm*
surtravail, aux *nm*
surveillance *nf*
surveillant, e *n*
surveillé, e *adj*
surveiller *vt, vpr*
survenance *nf*
survenir *vi, vimp* C28 *(auxil être)*
survente *nf*
survenue *nf*
survêtement *nm*
survie *nf*
survirage *nm*
survirer *vi*
survireur, euse *adj*
survitesse *nf*
survitrage *nm*
survivance *nf*
survivant, e *adj, n*
survivre *vi, vti, vpr* C49
survol *nm*
survoler *vt*
survoltage *nm*
survolté, e *adj*
survolter *vt*
survolteur *nm*

survolteur-dévolteur *nm (pl survolteurs-dévolteurs)*
sus [sy(s)] *adv*
susceptibilité *nf*
susceptible *adj*
susciter *vt*
suscription *nf*
sus-dénommé, e *adj, n (pl sus-dénommés, es)*
susdit, e *adj, n*
sus-dominante *nf (pl sus-dominantes)*
sus-épineux, euse *adj, nm*
sus-hépatique *adj (pl sus-hépatiques)*
sus-jacent, e *adj (pl sus-jacents, es)*
sus-maxillaire *adj (pl sus-maxillaires)*
susmentionné, e *adj*
susnommé, e *adj, n*
suspect, e [syspɛ(kt), kt] *adj, n*
suspecter *vt*
suspendre *vt, vpr* C41
suspendu, e *adj*
suspens [syspɑ̃] *adj m, nm (en attente)*
suspense [syspɑ̃s] *nf (droit canonique)*
suspense [syspɛns ou sœspɛns] *nm (attente impatiente)*
suspenseur *adj m, nm*
suspensif, ive *adj*
suspension *nf*
suspensoïde *adj, nm*
suspensoir *nm*
suspente *nf*
suspicieusement *adv*
suspicieux, euse *adj*
suspicion *nf*
sustentateur, trice *adj*
sustentation *nf*
sustenter *vt, vpr*
sus-tonique *nf*
susurrant, e [sysy-] *adj*
susurration [sysy-] *nf*
susurrement [sysy-] *nm*
susurrer [sysy-] *vt, vi*
susvisé, e *adj*
sutra [sutra] ou **soûtra** *nm*
sutural, e, aux *adj*
suture *nf*
suturer *vt*
suzerain, e *adj, n*
suzeraineté *nf*
svastika ou **swastika** [svastika] *nm*
svelte *adj*
sveltesse *nf*
swahili, e ou **souahéli, e** *adj, nm*
swap [swap] *nm*
swastika ou **svastika** [svastika] *nm*
sweater [switœr] *nm*
sweat-shirt [switʃərt] *nm (pl sweat-shirts)*
sweepstake [swipstɛk] *nm*
swing [swiŋ] *nm*
swinguer [swinge] *vi*
sybarite *adj, n*
sybaritique *adj*
sybaritisme *nm*
sycomore *nm*
sycophante *nm*
sycosis [-zis] *nm*
syénite *nf*
syllabaire *nm*
syllabation *nf*
syllabe *nf*
syllabique *adj*
syllabisme *nm*
syllabus [-bys] *nm*
syllepse *nf*
sylleptique *adj*
syllogisme *nm*
syllogistique *nf, adj*
sylphe *nm (génie)*
sylphide *nf*
sylvain *nm*
sylvaner [-nɛr] *nm*
sylve *nf*
sylvestre *adj*
sylvicole *adj*
sylviculteur *nm*
sylviculture *nf*
sylviidé *nm*
sylvinite *nf*
symbiose *nf*
symbiote *nm*
symbiotique *adj*
symbole *nm*
symbolique *adj, n*
symboliquement *adv*
symbolisation *nf*
symboliser *vt*
symbolisme *nm*
symboliste *adj, n*
symétrie *nf*
symétrique *adj, n*
symétriquement *adv*
sympa *adj inv. (abrév.)*
sympathectomie *nf*
sympathicotonie *nf*
sympathie *nf*
sympathique *adj, nm*
sympathiquement *adv*
sympathisant, e *adj, n*
sympathiser *vi*
sympatholytique *adj, nm*
sympathomimétique *adj, nm*
symphonie *nf*
symphonique *adj*
symphoniste *n*
symphorine *nf*
symphyse *nf*
symplectique *adj*
symposium [sɛ̃pozjɔm] *nm*
symptomatique *adj*
symptomatiquement *adv*
symptomatologie *nf*
symptôme *nm*
synagogue *nf*
synalèphe *nf*
synallagmatique *adj*
synanthéré, e *adj*
synanthérée *nf*
synapse *nf*
synaptase *nf*
synaptique *adj*
synarchie [-ʃi] *nf*
synarthrose *nf*

synase *nf*
synchondrose [-kɔ̃-] *nf*
synchrocyclotron [-krɔ-] *nm*
synchrone [-kron] *adj*
synchronie [-krɔ-] *nf*
synchronique [-krɔ-] *adj*
synchroniquement [-krɔ-] *adv*
synchronisation [-krɔ-] *nf*
synchronisé, e [-krɔ-] *adj*
synchroniser [-krɔ-] *vt*
synchroniseur, euse [-krɔ-] *n*
synchronisme [-krɔ-] *nm*
synchrotron [-krɔ-] *nm*
syncinésie *nf*
synclinal, e, aux *adj, nm*
syncopal, e, aux *adj*
syncope *nf*
syncopé, e *adj*
syncoper *vt, vi*
syncrétique *adj*
syncrétisme *nm*
syncrétiste *adj, n*
syncristalliser *vi*
syncytium [sɛ̃sitjɔm] *nm*
syndactyle *adj*
syndactylie *nf*
synderme *nm*
syndic [-dik] *nm*
syndical, e, aux *adj*
syndicalisation *nf*
syndicaliser *vt*
syndicalisme *nm*
syndicaliste *n*
syndicat [-ka] *nm*
syndicataire *adj, n*
syndiqué, e *adj, n*
syndiquer *vt, vpr*
syndrome *nm*
synecdoque *nf*
synéchie [sineʃi] *nf*
synectique *nf*
synérèse *nf*
synergide *nf*
synergie *nf*
synergique *adj*
synergisme *nm*
synergiste *adj*
synesthésie *nf*
syngnathe *nm*
synodal, e, aux *adj*
synode *nm*
synodique *adj*
synœcisme *nm*
synonyme *adj, nm*
synonymie *nf*
synonymique *adj*
synopse *nf*
synopsie *nf*
synopsis [-psis] *nm (schéma d'un scénario) ; nf (vue d'ensemble)*
synoptique *adj*
synostose *nf*
synovectomie *nf*
synovial, e, aux *adj*
synoviale *nf*
synovie *nf*
synoviorthèse *nf*
synovite *nf*
syntacticien, enne *n*
syntactique *adj, nf*
syntagmatique *adj*
syntagme *nm*
syntaxe *nf*
syntaxique *adj*
synthé *nm (abrév.)*
synthèse *nf*
synthétique *adj*
synthétiquement *adv*
synthétisable *adj*
synthétisant, e *adj*
synthétiser *vt*
synthétiseur *nm*
synthétisme *nm*
syntone *adj*
syntonie *nf*
syntonisation *nf*
syphilide *nf*
syphiligraphe *n*
syphiligraphie *nf*
syphilis [-lis] *nf*
syphilitique *adj, n*
syriaque *adj, n*
syrien, enne *adj, n*
syringe *nf*
syringomyélie *nf*
syrinx [sirɛ̃ks] *nf*
syrphe *nm*
syrphidé *nm*
syrrhapte *nm*
syrte *nf*
systématicien, enne *n*
systématique *adj, nf*
systématiquement *adv*
systématisation *nf*
systématisé, e *adj*
systématiser *vt*
système *nm*
systémicien, enne *n, adj m*
systémique *adj, nf*
systole *nf*
systolique *adj*
systyle *adj, nm*
syzygie *nf*

T

t *nm inv.*
ta *adj poss f s* 16-XL
tabac [-ba] *nm*
tabacomanie *nf*
tabaculteur, trice *n*
tabagie *nf*
tabagique *adj*
tabagisme *nm*
tabar(d) *nm*
tabassée *nf (pop.)*
tabasser *vt (pop.)*
tabatière *nf*
tabellaire *adj*
tabelle *nf*
tabellion [-beljɔ̃] *nm*
tabernacle *nm*
tabès ou **tabes** [tabɛs] *nm*
tabétique *adj, n*
tabla *nm*
tablar(d) *nm*
tablature *nf*
table *nf*
tableau *nm*
tableautin *nm*
tablée *nf*
tabler *vti, vi*
table ronde *nf*
tabletier, ère *n*
tablette *nf*
tabletterie [tablɛtri] *nf*
tableur *nm*
tablier *nm*
tabloïd(e) *adj, nm*
tabor *nm*
taborite *n*
tabou, e *adj, nm*
tabouiser ou **tabouer** *vt*
taboulé *nm*
tabouret [-rɛ] *nm*
tabulaire *adj*
tabulateur *nm*
tabulatrice *nf*
tabulé *nm*
tac *nm, interj*
tacaud *nm*
tacca *nm*
tacet [tasɛt] *nm*
tache *nf (saleté)*
tâche *nf (travail)*
taché, e *adj*
tachéographe [-ke-] *nm*
tachéomètre [-ke-] *nm*
tachéométrie [-ke-] *nf*
tacher *vt, vpr (salir)*
tâcher *vt, vti, vi (essayer)*
tâcheron *nm*
tacheté, e *adj*
tacheter *vt* C10
tacheture *nf*
tachina [-ki-] *nm* ou **tachine** [-ki-] *nf*
tachisme [-ʃism] *nm*
tachiste [-ʃist] *adj, n*
tachistoscope [-kis-] *nm*
tachistoscopique [-kis-] *adj*
tachyarythmie [-ki-] *nf*
tachycardie [-ki-] *nf*
tachygenèse [-ki-] *nf*
tachygraphe [-ki-] *nm*
tachymètre [-ki-] *nm*
tachyon [-kjɔ̃] *nm*
tachyphagie [-ki-] *nf*
tachyphémie [-ki-] *nf*
tachyphylaxie [-ki-] *nf*
tachypsychie [takipsiʃi] *nf*
tacite *adj*
tacitement *adv*
taciturne *adj*
taciturnité *nf*
tacle *nm*
tacon *nm*
taconeos [-neɔs] *nm pl*
tacot [-ko] *nm*
tact [takt] *nm*
tacticien, enne *n*
tactile *adj*
tactique *adj, nf*
tactiquement *adv*
tactisme *nm*
tadjik *adj, n*
tadorne *nm*
taekwondo *nm*
tael [taɛl] ou **taël** *nm*
taenia ou **ténia** *nm*
taffetas [tafta] *nm*
tafia *nm*
tag *nm*
tagal ou **tagalog** *nm s*
tagetes [taʒetɛs] ou **tagète** ou **tagette** *nm*
tagine ou **tajine** *nf*
tagliatelle [taljatɛl] *nf (pl tagliatelle*[s]*)*
tahitien, enne *adj, n*
taïaut ou **tayaut** [tajo] *interj*
tai-chi-chuan [taiʃiʃwan] ou **taï-chi** *nm inv.*
taie *nf (enveloppe)*
taïga *nf*
taïji ou **t'ai-ki** *nm*
taillable *adj*
taillade *nf*
taillader *vt*
taillage *nm*
taillanderie *nf*
taillandier *nm*
taillant *nm*
taille *nf*
taillé, e *adj, nm*
taille-crayon(s) *nm (pl taille-crayon*[s]*)*

taille-douce *nf (pl tailles-douces)*
tailler *vt, vi, vpr*
taille-racines *nm inv.*
taillerie *nf*
tailleur, euse *n*
tailleur-pantalon *nm (pl tailleurs-pantalons)*
taillis [taji] *nm*
tailloir *nm*
taillole *nf*
tain *nm (glace)*
taire *vt, vpr* C60
taiseux, euse *adj, n*
taiwanais, e [taj-] *adj, n*
tajine ou **tagine** *nm*
take-off [tɛkɔf] *nm inv.*
tala *adj, n (arg.)*
talc [talk] *nm*
talé, e *adj*
taled ou **tal(l)eth** ou **tal(l)ith** *nm*
talent *nm*
talentueusement *adv*
talentueux, euse *adj*
taler *vt (meurtrir)*
tal(l)eth ou **tal(l)ith** ou **taled** *nm*
talion *nm*
talisman *nm*
talismanique *adj*
tal(l)ith ou **tal(l)eth** ou **taled** *nm*
talitre *nm*
talkie-walkie [tɔkiwɔlki] *nm (pl talkies-walkies)*
talk-show [tokʃo] *nm (pl talk-shows)*
tallage *nm*
talle *nf*
taller *vi (agriculture)*
tallipot [-po] *nm*
tal(l)ith ou **tal(l)eth** ou **taled** *nm*
talmouse *nf*
talmud [-myd] *nm*
talmudique *adj*
talmudiste *n*
taloche *nf (fam.)*
talocher *vt (fam.)*
talon *nm*
talonnade *nf*
talonnage *nm*
talonnement *nm*
talonner *vt, vi*
talonnette *nf*
talonneur *nm*
talonnière *nf*
talpack [-pak] *nm*
talquer *vt*
talqueux, euse *adj*
talure *nf*
talus [-ly] *nm, adj m*
taluté, e *adj*
t(h)alweg [talvɛg] *nm*
tamandua *nm*
tamanoir *nm*
tamarin *nm*
tamarinier *nm*
tamaris [-ris] ou **tamarix** *nm*
tambouille *nf (pop.)*
tambour *nm*
tambourin *nm*
tambourinage *nm*
tambourinaire *nm*
tambourinement *nm*
tambouriner *vi, vt*
tambourineur, euse *n*
tambour-major *nm (pl tambours-majors)*
tamia *nm*
tamier *nm*
tamil, e ou **tamoul, e** *adj, n*
tamis [-mi] *nm*
tamisage *nm*
tamiser *vt, vi*
tamiserie *nf*
tamiseur, euse *n*
tamisier, ère *n*
tamoul, e ou **tamil, e** *adj, n*
tamouré *nm*
tampico *nm*
tampon *nm*
tamponnade *nf*
tamponnage *nm*
tamponnement *nm*
tamponner *vt, vpr*
tamponneur, euse *adj, n*
tamponnoir *nm*
tam-tam [tamtam] *nm (pl tam-tams)*
tan [tɑ̃] *nm (écorce du chêne)*
tanagra *nm* ou *nf*
tanaisie *nf*
tancer *vt* C6
tanche *nf*
tandem [tɑ̃dɛm] *nm*
tandis que [tɑ̃di(s)kə] *loc conj*
tangage *nm*
tangara *nm*
tangence *nf*
tangent, e *adj*
tangente *nf*
tangentiel, elle *adj*
tangentiellement *adv*
tangerine *nf*
tangibilité *nf*
tangible *adj*
tangiblement *adv*
tango *nm, adj inv.*
tangon *nm*
tangue *nf*
tanguer *vi*
tanguière *nf*
tanière *nf*
tan(n)in *nm*
tan(n)isage *nm*
tan(n)iser *vt*
tank *nm*
tanka *nm inv.*
tanker [tɑ̃kœr] *nm*
tankiste *nm*
tannage *nm*
tannant, e *adj*
tanne *nf*
tanné, e *adj, nm*
tannée *nf*
tanner *vt*
tannerie *nf*
tanneur, euse *adj, n*
tan(n)in *nm*
tannique *adj*

tan(n)isage *nm*
tan(n)iser *vt*
tanrec ou **tenrec** [tɑ̃rɛk] *nm*
tan-sad [tɑ̃sad] *nm (pl tan-sads)*
tant *adv* **16**-XLI
tantale *nm*
tante *nf (parente)*
tantième *adj, nm*
tantine *nf*
tantinet [-nɛ] *nm*
tantôt *adv, nm*
tantouse ou **tantouze** *nf (pop.)*
tantra *nm inv.*
tantrique *adj*
tantrisme *nm*
tanzanien, enne *adj, n*
tao ou **dao** *nm*
taoïsme ou **taôisme** *nm*
taoïste ou **taôiste** *adj, n*
taon [tɑ̃] *nm (mouche)*
tapage *nm*
tapager *vi* C7
tapageur, euse *adj*
tapageusement *adv*
tapant, e *adj* **20**-I
tape *nf*
tapé, e *adj*
tape-à-l'œil *nm inv., adj inv.*
tape(-)cul *nm (pl tape* [-]*culs ; fam.)*
tapée *nf (fam.)*
tapement *nm*
tapenade *nf*
taper *vt, vi, vpr*
tapette *nf*
tapeur, euse *n*
taphophilie *nf*
tapi, e *adj*
tapin *nm (pop.)*
tapiner *vi (pop.)*
tapinois (en) *loc adv*
tapioca *nm*
tapir *nm*
tapir (se) *vpr*
tapis [-pi] *nm*
tapis-brosse *nm (pl tapis-brosses)*
tapisser *vt*
tapisserie *nf*
tapissier, ère *n*
tapon *nm*
tapotement *nm*
tapoter *vt*
tapure *nf*
tapuscrit *nm*
taque *nf*
taquer *vt*
taquet [-kɛ] *nm*
taquin, e *adj, n*
taquiner *vt, vpr*
taquinerie *nf*
taquoir *nm*
târa ou **tara** *nm*
tarabiscot [-ko] *nm*
tarabiscotage *nm*
tarabiscoté, e *adj*
tarabiscoter *vt*
tarabuster *vt*
tarage *nm*
tarama *nm*
tararage *nm*
tarare *nm*
tarasque *nf*
taratata *interj*
taraud *nm (outil)*
taraudage *nm*
taraudant, e *adj*
tarauder *vt*
taraudeur, euse *adj, n*
taravelle *nf*
tarbouch(e) *nm*
tard *adv, nm s*
tardenoisien, enne *adj, nm*
tarder *vi, vti, vimp*
tardif, ive *adj*
tardigrade *adj, nm*
tardillon, onne [-dijɔ̃, ɔn] *n*
tardivement *adv*
tardiveté *nf*
tare *nf*
taré, e *adj, n*
tarente *nf*
tarentelle *nf*
tarentule *nf*
tarer *vt*
taret [-rɛ] *nm*
targe *nf*
targette *nf*
targuer (se) *vpr*
targui, e ou **touareg, ègue** *adj, n (targui parfois réservé au s et touareg au pl)*
targum [targɔm] *nm*
tari, e *adj*
taricheute [-køt] *nm*
tarière *nf*
tarif [-rif] *nm*
tarifaire *adj*
tarif(i)er *vt*
tarification *nf*
tarif(i)er *vt*
tarin *nm*
tarir *vt, vi, vpr*
tarissable *adj*
tarissement *nm*
tarlatane *nf*
tarmac *nm*
tarmacadam [-dam] *nm*
tarnais *adj, n*
taro *nm (plante)*
tarot [-ro] *nm (jeu de cartes)*
taroté, e *adj*
tarpan *nm*
tarpon *nm*
tarse *nm*
tarsectomie *nf*
tarsien, enne *adj, nm*
tarsier *nm*
tartan *nm*
tartane *nf*
tartare *adj, nm*
tartarin *nm (fam.)*
tarte *nf, adj*
tartelette *nt*
tartempion *nm s (fam.)*
tartignol(le) *adj (pop.)*
tartine *nf*
tartiner *vt*
tartir *vi (arg.)*
tarton *nm*
tartrate *nm*

tartre *nm*
tartré, e *adj*
tartreux, euse *adj*
tartrique *adj*
tartuf(f)e *nm, adj*
tartuf(f)erie *nf*
tarzan *nm (fam.)*
tas [tɑ] *nm*
tassage *nm*
tasse *nf*
tasseau *nm*
tassement *nm*
tasser *vt, vi, vpr*
tassette *nf*
tassili *nm*
taste-vin ou tâte-vin *nm inv.*
T.A.T. [teate] *nm*
tata *nf (pop.)*
tatami *nm*
tatane *nf (pop.)*
tatar, e *adj, nm*
ta, ta, ta *interj*
tâter *vt, vti, vpr*
tâteur *nm, adj m*
tâte-vin ou taste-vin *nm inv.*
tatillon, onne [-tijɔ̃, ɔn] *adj, n*
tâtonnant, e *adj*
tâtonnement *nm*
tâtonner *vi*
tâtons (à) *loc adv*
tatou *nm*
tatouage *nm*
tatouer *vt*
tatoueur *nm*
tau *nm inv. (lettre grecque)*
taud [to] *nm* ou taude [tod] *nf (tente)*
taudis [-di] *nm*
taulard ou tôlard, e *n (arg.)*
taule ou tôle *nf (prison; arg.)*
taulier, ère ou tôlier, ère *n (patron d'hôtel; arg.)*
taupe *nf*
taupé, e *adj, nm*
taupe-grillon *nm (pl taupes-grillons)*
taupier *nm*
taupière *nf*
taupin *nm*
taupinée *nf*
taupinière *nf*
taure *nf (vache)*
taureau *nm*
taurides *nf pl (étoiles)*
taurillon *nm*
taurin, e *adj*
taurobole *nm*
tauromachie [-ʃi] *nf*
tauromachique [-ʃik] *adj*
tautochrone [-krɔn] *adj*
tautologie *nf*
tautologique *adj*
tautomère *adj*
tautomérie *nf*
taux *nm (pourcentage)*
tauzin *nm*
tavaïolle *nf*
tavel *nm*
taveler *vt* C10
tavelure *nf*
taverne *nf*
tavernier, ère *n*
tavillon [-vijɔ̃] *nm*
taxable *adj*
taxacée *nf*
taxateur *adj, nm*
taxatif, ive *adj*
taxation *nf*
taxaudier ou taxodier ou taxodium [-djɔm] *nm*
taxe *nf*
taxer *vt*
taxi *nm (véhicule)*
taxiarque *nm*
taxi-brousse *nm (pl taxis-brousse)*
taxidermie *nf*
taxidermiste *n*
taxie *nf (réaction)*
taxi-girl *nf (pl taxi-girls)*
taximètre *nm*
taxinée *nf*
taxinomie *nf*
taxinomique *adj*
taxinomiste *n*
taxiphone *nm*
taxiway [taksiwɛ] *nm*
taxodium [-djɔm] ou taxodier ou taxaudier *nm*
taxon ou taxum [-ksɔm] *nm (pl taxons, taxums, taxa)*
tayaut [tajo] ou taïaut *interj*
taylorisation [tɛl-] *nf*
tayloriser [tɛl-] *vt*
taylorisme [tɛl-] *nm*
tchadien, enne *adj, n*
tchadanthrope *nm*
tchador *nm*
tchao [tʃao] ou ciao *interj*
tchapalo *nm*
tcharchaf *nm*
tchécoslovaque *adj*
tchèque *adj, n*
tchérémisse *adj, nm*
tchernoziom [-zjɔm] ou tchernozem *nm*
tchervonets [-njɛts] *nm (pl tchervontsy)*
tchin-tchin [tʃintʃin] *interj, nm*
tchitola *nm*
te *pron pers s*
té *nm (instrument)*
té *interj*
tea-gown [tigɑwn] *nf*
team [tim] *nm*
tea-room [tirum] *nm (pl tea-rooms)*
tec *nm inv. (unité de mesure)*
technème [tɛk-] *nm*
technétium [tɛknesjɔm] *nm*
technétronique [tɛk-] *adj*
technicien, enne [tɛk-] *adj, n*
techniciste [tɛk-] *adj*

techniciser ou **techniser** [tɛk-] *vt*
technicité [tɛk-] *nf*
technico-commercial, e, aux [tɛk-] *adj*
technicolor [tɛk-] *nm*
technique [tɛk-] *adj, nf*
techniquement [tɛk-] *adv*
techniser ou **techniciser** [tɛk-] *vt*
technobureaucratique [tɛk-] *adj*
technocrate [tɛk-] *n*
technocratie [tɛk-] *nf*
technocratique [tɛk-] *adj*
technocratisation [tɛk-] *nf*
technocratiser [tɛk-] *vt*
technocratisme [tɛk-] *nm*
technologie [tɛk-] *nf*
technologique [tɛk-] *adj*
technologiste [tɛk-] *n*
technologue [tɛk-] *nm*
technophile [tɛk-] *adj*
technopole [tɛk-] *nf*
technostructure [tɛk-] *nf*
te(c)k *nm (bois)*
teckel *nm*
tectibranche *nm*
tectite *nf*
tectonique *nf, adj*
tectonophysique *nf*
tectrice *adj f, nf*
teddy-bear [tedibɛr] *nm (pl teddy-bears)*
Te Deum [tedeɔm] *nm inv.*
tee [ti] *nm*
teen(-)ager [tinedʒœr] *n (pl teen[-]agers)*
tee-shirt ou **t-shirt** [tiʃœrt] *nm (pl tee-shirts, t-shirts)*
téfillin ou **tephillin** ou **tephillim** *nm pl*
téflon *nm*
tégénaire *nf*
tégument *nm*
tégumentaire *adj*
teigne *nf*
teigneux, euse *adj, n*
t(e)illage *nm*
t(e)ille *nf*
t(e)iller *vt*
t(e)illeur, euse *n*
teindre *vt, vpr* C43
teint, e *adj*
teint *nm (coloris)*
teintant, e *adj*
teinte *nf*
teinté, e *adj*
teinter *vt, vpr (colorer)*
teinture *nf*
teinturerie *nf*
teinturier, ère *n*
te(c)k *nm (bois)*
tel, telle *adj, adj indéf, pron indéf*
télamon *nm*
télangiectasie *nf*
télé *nf (abrév.)*
téléaffichage *nm*
téléalarme *nf*
télébenne *nf*
téléboutique *nf*
télécabine *nf*
télécarte *nf*
téléchargement *nm*
télécinéma *nm*
télécommande *nf*
télécommander *vt*
télécommunication *nf*
téléconférence *nf*
télécopie *nf*
télécopieur *nm*
télécran *nm*
télédétection *nf*
télédiagnostic *nm*
télédictage *nm*
télédiffuser *vt*
télédiffuseur *vt*
télédiffusion *nf*
télédistribution *nf*
télédynamie *nf*
télédynamique *adj*
télé(-)enseignement *nm (pl télé[-]enseignements)*
téléfax *nm*
téléférique ou **téléphérique** *adj, nm*
téléfilm *nm*
téléga ou **télègue** *nf*
télégénique *adj*
télégestion *nf*
télégramme *nm*
télégraphe *nm*
télégraphie *nf*
télégraphier *vt, vi*
télégraphique *adj*
télégraphiquement *adv*
télégraphiste *n*
télègue ou **téléga** *nf*
téléguidage *nm*
téléguider *vt*
téléimpression *nf*
téléimprimeur *nm*
téléinformatique *adj, nf*
télékinésie *nf*
télémaintenance *nf*
télémanipulateur *nm*
télémanipulation *nf*
télémark *nm*
télématique *adj, nf*
télématisation *nf*
télématiser *vt*
télémécanicien *nm*
télémécanique *nf*
télémessagerie *nf*
télémesure *nf*
télémètre *nm*
télémétreur *nm*
télémétrie *nf*
télencéphale *nm*
télé(o)nomie *nf*
téléobjectif *nm*
téléologie *nf*
téléologique *adj*
télé(o)nomie *nf*
téléopérateur *nm*
téléosaure *nm*
téléostéen *nm*
télépathe *adj, n*
télépathie *nf*
télépathique *adj*
téléphérique ou **téléférique** *adj, nm*
téléphone *nm*

téléphoné, e *adj*
téléphoner *vi, vti, vt*
téléphonie *nf*
téléphonique *adj*
téléphoniquement *adv*
téléphoniste *n*
téléphotographie *nf*
télépointage *nm*
téléport *nm*
téléprompteur *nm*
téléradar *nm*
téléradiographie ou téléradio *(abrév.) nf*
téléreportage *nm*
téléreporter [-tɛr] *nm*
téléscaphe *nm*
télescopage *nm*
télescope *nm*
télescoper *vt, vpr*
télescopique *adj*
téléscripteur *nm*
télésiège *nm*
télésignalisation *nf*
téléski *nm*
téléspectateur, trice *n*
télesthésie *nf*
télésurveillance *nf*
télétex *nm*
télétexte *nm*
téléthèque *nf*
télétoxique *adj*
télétraitement *nm*
télétransmission *nf*
télétravail *nm*
télétype *nm*
téleutospore *nf*
télévente *nf*
télévisé, e *adj*
téléviser *vt*
téléviseur *nm*
télévision *nf*
télévisuel, elle *adj*
télex *nm inv.*
télexer *vt*
télexiste *n*
tell [tɛl] *nm*
tellement *adv*
tellière *adj, nm*
tellurate *nm*
tellure *nm*
tellureux *adj m*
tellurhydrique *adj m*
tellurien, enne *adj*
tellurique *adj*
tellurisme *nm*
telluromètre *nm*
tellurure *nm*
télolécithe ou télolécithique *adj*
télophase *nf*
télougu ou telugu [telugu] *nm s*
telson [tɛlsɔ̃] *nm*
temenos [-nɔs] *nm inv.*
téméraire *adj, n*
témérité *nf*
témoignage *nm*
témoigner *vi, vti, vt*
témoin *nm, adj*
tempe *nf*
tempera *nf*
tempérament *nm*
tempéramental, e, aux *adj*
tempérance *nf*
tempérant, e *adj*
température *nf*
tempéré, e *adj*
tempérer *vt* C11
tempête *nf*
tempêter *vi*
tempétueux, euse *adj*
temple *nm*
templier *nm*
tempo [tɛ̃ ou tɛm-] *nm*
temporaire *adj*
temporairement *adv*
temporal, e, aux *adj, nm*
temporalité *nf*
temporel, elle *adj, nm*
temporellement *adv*
temporisateur, trice *adj, n*
temporisation *nf*
temporiser *vi*
temps [tɑ̃] *nm (durée)*
tenable *adj*
tenace *adj*
tenacement *adv*
ténacité *nf*
tenaillant, e *adj*
tenaille *nf*
tenaillement *nm*
tenailler *vt*
tenancier, ère *n*
tenant, e *adj, nm*
tendance *nf*
tendanciel, elle *adj*
tendancieusement *adv*
tendancieux, euse *adj*
tendelle *nf*
tender [tɑ̃dɛr] *nm*
tenderie *nf*
tendeur, euse *n*
tendineux, euse *adj*
tendinite *nf*
tendoir *nm*
tendon *nm*
tendre *vt, vti, vpr* C41
tendre *adj, n*
tendrement *adv*
tendresse *nf*
tendreté *nf*
tendron *nm*
tendu, e *adj*
ténèbres *nf pl*
ténébreusement *adv*
ténébreux, euse *adj, nm*
ténébrion *nm*
tènement *nm*
ténesme *nm*
teneur *nf (contenu)*
teneur, euse *n (de tenir)*
teneurmètre *nm*
ténia ou taenia *nm*
ténicide *adj, nm*
ténifuge *adj, nm*
tenir *vi, vti, vt, vpr, vimp* C28
tennis [-nis] *nm*
tennis-elbow [tenisɛlbo] *nm (pl tennis-elbows)*
tennisman [tenisman] *nm (pl tennismen [-mɛn])*
tennistique *adj*
tenon *nm*

tenonner *vt*
tenonneuse *nf*
ténor *nm*
ténorino *nm*
ténorisant, e *adj*
ténorite *nf*
ténotomie *nf*
tenrec ou **tanrec** *nm*
tenseur *adj m, nm*
tensio(-)actif, ive *adj, nm (pl tensio[-]actifs, ives)*
tensiomètre *nm*
tension *nf*
tenson *nf*
tensoriel, elle *adj*
tentaculaire *adj*
tentacule *nm*
tentant, e *adj*
tentateur, trice *adj, n*
tentation *nf*
tentative *nf*
tente *nf (abri)*
tente-abri *nf (pl tentes-abris)*
tenter *vt*
tenthrède *nf*
tenture *nf*
tenu, e *adj, n*
ténu, e *adj*
tenue *nf*
ténuirostre *adj, nm*
ténuité *nf*
tenure *nf*
tenuto [tenuto] *adv*
teocal(l)i *nm*
t(h)éorbe *nm*
tep *nf inv.*
tépale *nm*
téphillin ou **tefillin** ou **téphillim** *nm pl*
téphrite *nf*
téphrosie *nf*
tepidarium [tepidarjɔm] ou **tépidarium** *nm*
tequila [tekila] *nf*
ter *adv, adj*
téraspic *nm*
tératogène *adj*
tératogenèse *nf*
tératogénie *nf*
tératologie *nf*
tératologique *adj*
tératologiste *nm*
tératologue *nm*
terbium [-bjɔm] *nm*
tercer C6 ou **terser** ou **tiercer** C6 *vt*
tercet [-sɛ] *nm*
térébelle *nf* ou **terebellum** *nm*
térébenthène *nm*
térébenthine *nf*
térébinthacée *nf*
térébinthe *nm*
térébique *adj*
térébrant, e *adj*
térébratule *nf*
téréphtalate *nm*
téréphtalique *adj*
tergal, als *nm*
tergal, e, aux *adj*
tergite *nm*
tergiversation *nf*
tergiverser *vi*
terlenka [-lɛn-] *nm*
termaillage *nm*
terme *nm (limite)*
terminaison *nf*
terminal, e, aux *adj, n*
terminale *nf*
terminateur *nm*
terminer *vt, vpr*
terminisme *nm*
terminologie *nf*
terminologique *adj*
terminologue *n*
terminus [-nys] *nm*
termite *nm (insecte)*
termitière *nf*
ternaire *adj*
terne *adj, nm*
ternir *vt, vpr*
ternissement *nm*
ternissure *nf*
terpène *nm*
terpénique *adj*
terpine *nf*
terpinéol ou **terpinol** *nm*
terrafungine [-fɔ̃-] *nf*
terrage *nm*
terrain *nm*
terramare *nf*
terraplane *nm*
terraqué, e *adj*
terrarium [-rjɔm] *nm*
terrasse *nf*
terrassement *nm*
terrasser *vt*
terrassier *nm*
terre *nf*
terre à terre ou **terre-à-terre** *loc, adj inv.*
terreau *nm*
terreautage *nm*
terreauter *vt*
terrefort *nm*
terre-neuvas [-nœva] *nm inv., adj inv.*
terre-neuvier *nm (pl terre-neuviers)*
terre-neuve *nm inv.*
terre-neuvien, enne *adj (pl terre-neuviens, ennes)*
terre-plein *nm (pl terre-pleins)*
terrer *vt, vpr*
terrestre *adj*
terreur *nf*
terreux, euse *adj*
terri(l) [-ri(l)] *nm*
terrible *adj*
terriblement *adv*
terricole *adj*
terrien, enne *adj, n*
terrier, ère *n*
terrifiant, e *adj*
terrifier *vt*
terrigène *adj*
terri(l) [-ri(l)] *nm*
terrine *nf*
terrir *vi*
territoire *nm*
territorial, e, aux *adj, nm*
territorialement *adv*
territorialité *nf*
terroir *nm*

terrorisant, e *adj*
terroriser *vt*
terrorisme *nm*
terroriste *adj, n*
terser ou **tercer** C6 ou **tiercer** C6 *vt*
tertiaire *adj, n*
tertiairisation ou **tertiarisation** *nf*
tertio [tɛrsjo] *adv*
tertre *nm*
térylène *nm*
terza rima [-tsa- ou -dza-] *nf (pl inv.* ou *terze rime)*
terzetto [tɛrdzɛto] *nm*
tes *adj poss pl*
tesla *nm*
tesselle *nf*
tessère *nf*
tessiture *nf*
tesson *nm*
test [tɛst] *nm*
testabilité *nf*
testable *adj*
testacé, e *adj, nm*
testacelle *nf*
testage *nm*
testament *nm*
testamentaire *adj*
testateur, trice *n*
tester *vi, vt*
testeur *nm*
testiculaire *adj*
testicule *nm*
testimonial, e, aux *adj*
test-match *nm (pl test-match*[*e*]*s)*
testologie *nf*
teston *nm*
testostérone *nf*
têt [tɛ] *nm (tesson)*
tétanie *nf*
tétanique *adj, n*
tétanisation *nf*
tétaniser *vt, vpr*
tétanos [-nos] *nm inv.*
têtard *nm*
tête *nf (partie du corps)*
tête-à-queue *nm inv.*
tête-à-tête *nm inv., loc adv*
têteau *nm*
tête-bêche *loc adv*
tète-chèvre *nm (pl tète-chèvres)*
tête-de-clou *nf (pl têtes-de-clou)*
tête-de-loup *nf (pl têtes-de-loup)*
tête-de-Maure *nf (pl têtes-de-Maure), adj inv.*
tête-de-moineau *nm (pl têtes-de-moineau)*
tête-de-nègre *nm inv., adj inv.*
tétée *nf*
téter *vt* C11
téterelle *nf*
têtière *nf*
tétin *nm*
tétine *nf*
téton *nm (fam.)*
tétonnière *nf*
tétrachlorure [-klɔ-] *nm*
tétracorde *nm*
tétracycline *nf*
tétradactyle *adj*
tétrade *nf*
tétradyname *adj*
tétraèdre *nm*
tétraédrique *adj*
tétragone *nf*
tétraline *nf*
tétralogie *nf*
tétramère *adj, n*
tétramètre *nm*
tétraphonie *nf*
tétraplégie *nf*
tétraplégique *adj, n*
tétraploïde *adj, nm*
tétraploïdie *nf*
tétrapode *nm, adj*
tétraptère *adj, n*
tétrarchat [-ka] *nm*
tétrarchie [-ʃi] *nf*
tétrarque *nm*
tétras [-tra] *nm*
tétras-lyre [-tra-] *nm (pl tétras-lyres)*
tétrastyle *adj, nm*
tétrasyllabe [-silab] *adj, nm*
tétrasyllabique [-sila-] *adj*
tétratomique *adj*
tétrode *nf*
tétrodon *nm*
tette *nf (mamelle des animaux)*
têtu, e *adj, n*
teuf-teuf *nm (pl teuf-teuf* ou *teufs-teufs ; fam.)*
teuton, onne *adj, n*
teutonique *adj*
teutonisme *nm*
tex [tɛks] *nm inv.*
texan, e *adj, n*
texte *nm*
textile *adj, nm*
textuel, elle *adj*
textuellement *adv*
texturant *nm*
texturation *nf*
texturisation *nf*
texture *nf*
texturer *vt*
texturiser *vt*
tézig(ue) *pron pers (pop.)*
T.G.V. *nm*
thaï, e *adj, nm*
thaïlandais, e *adj, n*
thalamique *adj*
thalamus [-mys] *nm*
thalassémie *nf*
thalassocratie *nf*
thalassothérapie *nf*
thalassotoque *adj*
thaler [talɛr] *nm*
thalidomide *nf*
thalle *nm (appareil végétatif)*
thallium [-ljɔm] *nm*
thallophyte *nf*
t(h)alweg [talveg] *nm*
thanatologie *nf*

thanatopraxie *nf*
thanatos [-tɔs] *nm*
thane *nm*
thaumaturge *adj, nm*
thaumaturgie *nf*
thé *nm (boisson)*
théatin *nm*
théâtral, e, aux *adj*
théâtralement *adv*
théâtraliser *vt, vi*
théâtralisme *nm*
théâtralité *nf*
théâtre *nm*
théâtreuse *nf (fam.)*
théâtro(-)thérapie *nf (pl théâtro[-] thérapies)*
thébaïde *nf*
thébain, e *adj, n*
thébaïne *nf*
thébaïque *adj*
thébaïsme *nm*
théier, ère *adj, nm*
théière *nf*
théine *nf*
théisme *nm*
théiste *adj, n*
thématique *adj, nf*
thématisme *nm*
thème *nm*
thénar *nm*
théobromine *nf*
théocentrisme *nm*
théocratie [-si] *nf*
théocratique *adj*
théodicée *nf*
théodolite *nm*
théogonie *nf*
théogonique *adj*
théologal, e, aux *adj, nm*
théologie *nf*
théologien, enne *n*
théologique *adj*
théologiquement *adv*
théophilanthrope *n*
théophilanthropie *nf*
théophylline *nf*
t(h)éorbe *nm*
théorématique *adj*
théorème *nm*
théorétique *adj*
théoricien, enne *n*
théorie *nf*
théorique *adj*
théoriquement *adv*
théorisation *nf*
théoriser *vt, vi*
théosophe *n*
théosophie *nf*
théosophique *adj*
thèque *nf (gaine)*
thérapeute *n*
thérapeutique *adj, nf*
thérapie *nf*
thériaque *nf*
théridion ou theridium [-djɔm] *nm*
thermal, e, aux *adj*
thermalisme *nm*
thermalité *nf*
thermes *nm pl (bains)*
thermicien, enne *n*
thermicité *nf*
thermidor *nm*
thermidorien, enne *adj, n*
thermie *nf*
thermique *adj, nf*
thermisation *nf*
thermistance *nf*
thermistor ou thermisteur *nm*
thermite *nf (mélange)*
thermocautère *nm*
thermochimie *nf*
thermochimique *adj*
thermoclastie *nf*
thermocline *nf*
thermoconduction *nf*
thermoconvection *nf*
thermocouple *nm*
thermodurcissable *adj*
thermodynamicien, enne *n*
thermodynamique *nf, adj*
thermoélectricité *nf*
thermoélectrique *adj*
thermoélectronique *adj*
thermoformage *nm*
thermogène *adj*
thermogenèse *nf*
thermogénie *nf*
thermographe *nm*
thermographie *nf*
thermogravimétrie *nf*
thermogravure *nf*
thermoïonique ou thermo-ionique *adj (pl thermoïoniques ou thermo-ioniques)*
thermolabile *adj*
thermolabilité *nf*
thermoluminescence *nf*
thermolyse *nf*
thermomagnétique *adj*
thermomètre *nm*
thermométrie *nf*
thermométrique *adj*
thermonucléaire *adj*
thermopile *nf*
thermoplaste *nm*
thermoplastique *adj, nm*
thermopompe *nf*
thermopropulsé, e *adj*
thermopropulsif, ive *adj*
thermopropulsion *nf*
thermorécepteur *nm*
thermorégulateur, trice *adj, nm*
thermorégulation *nf*
thermorésistant, e *adj*
thermos [-mos] *nf*
thermoscope *nm*
thermosiphon *nm*
thermosphère *nf*
thermostable *adj*
thermostat [-sta] *nm*
thermostatique *adj*
thermotactisme *nm*
théromorphe *nm*
thésard, e *n (fam.)*
thésaurisation *nf*
thésauriser *vi, vt*
thésauriseur, euse *adj*
thesaurus [tezorys] ou thésaurus *nm inv.*
thèse *nf*

thesmophories *nf pl*
thesmothète *nm*
thessalien, enne *adj, n*
thêta *nm inv.*
thétique *adj*
théurgie *nf*
théurgique *adj*
thiamine *nf*
thiazole *nm*
thibaude *nf*
thioacide *nm*
thioalcool [-kɔl] *nm*
thiocarbonate *nm*
thiol *nm*
thionate *nm*
thionine *nf*
thionique *adj*
thiophène ou **thiofène** *nm*
thiosulfate *nm*
thiosulfurique *adj*
thio-urée *nf* *(pl thio-urées)*
thixotropie *nf*
thlaspi *nm*
tholos [-lɔs] *nf*
thomas *nm (pop.)*
thomise *nm*
thomisme *nm*
thomiste *adj, n*
thon *nm*
thonaire *nm*
thonier *nm*
thonine *nf*
thora ou **torah** *nf*
thoracentèse [-sɛ̃tɛz] *nf*
thoracique *adj*
thoracoplastie *nf*
thoracotomie *nf*
thorax [-raks] *nm*
thorianite *nf*
thorine *nf*
thorite *nf*
thorium [-rjɔm] *nm*
thoron *nm*
thrace *adj, n*
thrène *nm (chant)*
thréonine *nf*
thridace *nf*
thriller [srilœr ou trilœr] *nm*
thrips [trips] *nm*
thrombine *nf (enzyme)*
thrombocyte *nm*
thromboélastogramme *nm*
thromboembolique *adj*
thrombokinase *nf*
thrombolyse *nf*
thrombopénie *nf*
thrombophlébite *nf*
thromboplastine *nf*
thrombose *nf*
thrombus [-bys] *nm*
thug [tyg] *nm*
thulium [tyljɔm] *nm*
t(h)une *nf (arg.)*
thuriféraire *nm*
thuya [tyja] *nm*
thyiade *nf*
thylacine *nm*
thym [tɛ̃] *nm (plante)*
thymie *nf*
thymine *nf*
thymique *adj*
thymoanaleptique *adj, nm*
thymol *nm*
thymus [-mys] *nm*
thyratron *nm*
thyréostimuline *nf*
thyréotrope *adj*
thyristor *nm*
thyroglobuline *nf*
thyroïde *adj, nf*
thyroïdectomie *nf*
thyroïdien, enne *adj*
thyroïdisme *nm*
thyroïdite *nf*
thyrotrophine *nf*
thyroxine *nf*
thyrse *nm*
thysanoptère *nm*
thysanoure *nm*
tian *nm*
tiare *nf*
tibétain, e *adj, n*
tibia *nm*
tibial, e, aux *adj*
tic *nm (manie)*
tichodrome [-kɔ-] *nm*
ticket [tikɛ] *nm*
tic (-) tac *nm inv.*
tictaquer *vi*
tie-break [tajbrɛk] *nm* *(pl tie-breaks)*
tiédasse *adj*
tiède *adj, n, adv*
tièdement *adv*
tiédeur *nf*
tiédir *vi, vt*
tiédissement *nm*
tien, tienne *pron poss, adj poss, n*
tiento [tjɛnto] *nm*
tierce *nf, adj f*
tiercé, e *adj, nm*
tiercefeuille *nf*
tiercelet *nm*
tiercer C6 ou **tercer** C6 ou **terser** *vt*
tierceron *nm*
tiers, tierce *adj, nm*
tiers-monde *nm* *(pl tiers-mondes)*
tiers-mondisme *nm* *(pl tiers-mondismes)*
tiers-mondiste *adj, n* *(pl tiers-mondistes)*
tiers-point *nm* *(pl tiers-points)*
tif(fe) *nm (pop.)*
tige *nf*
tigelle *nf*
tigette *nf*
tiglon *nm*
tignasse *nf (fam.)*
tigre *nm*
tigré, e *adj*
tigresse *nf*
tigridie *nf*
tigron *nm*
tilbury [tilbyri] *nm*
tilde [tild ou tilde] *nm*
tiliacée *nf*
tillac [tijak] *nm*
t(e)illage *nm*
tillandsia *nm* ou **tillandsie** [tijɑ̃-] *nf*

t(e)ille *nf*
t(e)iller *vt*
tilleul *nm*
t(e)illeur, euse *n*
tilt *nm*
timbale *nf*
timbalier *nm*
timbrage *nm*
timbre *nm*
timbré, e *adj*
timbre-amende *nm (pl timbres-amendes)*
timbre-poste *nm (pl timbres-poste)*
timbre-quittance *nm (pl timbres-quittances)*
timbrer *vt*
time-sharing [tajmʃɛriŋ] *nm (pl time-sharings)*
timide *adj, n*
timidement *adv*
timidité *nf*
timing [tajmiŋ] *nm*
timon *nm*
timonerie *nf*
timonier *nm*
timoré, e *adj, n*
tin *nm (pièce de bois)*
tinamou *nm*
tincal, als *nm*
tinctorial, e, aux *adj*
tinéidé *nm*
tinette *nf*
tintamarre *nm*
tintement *nm*
tinter *vt, vi (résonner)*
tintin *nm, interj (pop.)*
tintinnabulant, e *adj*
tintinnabuler *vi*
tintouin *nm (fam.)*
tip(p)er *vt*
tipi *nm*
tipule *nf*
tique *nf (parasite)*
tiquer *vi (fam.)*
tiqueté, e *adj*
tiqueture *nf*
tiqueur, euse *adj, n*
tir *nm*
tirade *nf*
tirage *nm*
tiraillement *nm*
tirailler *vt, vi, vpr*
tirailleur *nm*
tirant *nm (de tirer)*
tirasse *nf*
tire *nf*
tiré, e *adj, nm*
tire-au-cul *nm inv. (pop.)*
tire-au-flanc *nm inv. (pop.)*
tire-balle(s) *nm (pl tire-balles)*
tire-bonde *nm (pl tire-bondes)*
tire-botte *nm (pl tire-bottes)*
tire-bouchon *nm (pl tire-bouchons)*
tire-bouchonner *vt, vpr*
tire-bouton *nm (pl tire-boutons)*
tire-braise *nm inv.*
tire-clou *nm (pl tire-clous)*
tire-d'aile (à) *loc adv*
tire-fesses *nm inv. (fam.)*
tire-filet *nm (pl tire-filets)*
tire-fond *nm inv.*
tire-jus *nm inv. (pop.)*
tire-laine *nm inv.*
tire-lait *nm inv.*
tire-larigot (à) *loc adv (fam.)*
tire-ligne *nm (pl tire-lignes)*
tirelire *nf*
tire-l'œil *nm inv.*
tire-nerf *nm (pl tire-nerfs)*
tire-pied *nm (pl tire-pieds)*
tirer *vt, vi, vpr*
tire-sou *nm (pl tire-sous)*
tiret [-rɛ] *nm*
tiretaine *nf*
tirette *nf*
tireur, euse *n*
tireuse *nf*
tire-veille *nm inv.*
tire-veine *nm (pl tire-veines)*
tiroir *nm*
tiroir-caisse *nm (pl tiroirs-caisses)*
tisane *nf*
tisanière *nf*
tison *nm*
tisonné, e *adj*
tisonner *vt*
tisonnier *nm*
tissage *nm*
tisser *vt*
tisserand, e *n*
tisserin *nm*
tisseur, euse *n*
tissu *nm*
tissu-éponge *nm (pl tissus-éponges)*
tissulaire *adj*
tissure *nf*
titan *nm*
titane *nm*
titanesque *adj*
titanique *adj*
titi *nm (fam.)*
titillation *nf*
titiller *vt*
titisme *nm*
titiste *adj, n*
titrage *nm*
titre *nm*
titré, e *adj*
titrer *vt*
titreuse *nf*
titrimétrie *nf*
titubant, e *adj*
titubation *nf*
tituber *vi*
titulaire *adj, n*
titularisation *nf*
titulariser *vt*
tjäle [tjɛl] *nm*
tmèse *nf*
toarcien, enne *adj, nm*

toast [tost] *nm*
toaster [tostœr] ou toasteur *nm*
toboggan [tɔbɔgɑ̃] *nm*
toc *nm (bruit, imitation), adj*
tocade ou toquade *nf (fam.)*
tocante ou toquante *nf (pop.)*
tocard, e *adj (pop.)*
tocard ou toquard *nm (fam.)*
toccata *nf (pl toccate ou toccatas)*
tocophérol *nm*
tocsin *nm*
toge *nf*
togolais, e *adj, n*
tohu-bohu *nm inv.*
toi *pron pers, nm*
toilage *nm*
toile *nf*
toilerie *nf*
toilettage *nm*
toilette *nf*
toiletter *vt*
toileuse *nf*
toilier, ère *adj, n*
toise *nf*
toisé *nm*
toiser *vt, vpr*
toison *nf*
toit *nm*
toiture *nf*
toiture-terrasse *nf (pl toitures-terrasses)*
tokai ou tokay [tɔkɛ] ou tokaï [tɔkaj] ou tokaj *nm (vin)*
tokamak *nm*
tokay ou tokai [tɔkɛ] ou tokaï [tɔkaj] ou tokaj *nm (vin)*
tokharien, enne *adj, nm*
tôlard, e ou taulard, e *n (arg.)*
tôle *nf (plaque de métal)*
tôle ou taule *nf (prison ; arg.)*
tôlée *adj f*
tolérable *adj*
tolérance *nf*
tolérant, e *adj, n*
tolérantisme *nf*
tolérer *vt* C11
tôlerie *nf*
tolet [-lɛ] *nm*
toletière *nf*
tôlier *nm (ouvrier)*
tôlier, ère ou taulier, ère *n (patron d'hôtel ; arg.)*
tolite *nf*
tollé *nm*
tolu *nm*
toluène *nm*
toluidine *nf*
toluol *nm*
tomahawk [tɔmaok] *nm*
tomaison *nf*
toman *nm*
tomate *nf*
tombac *nm*
tombal, e, aux *adj*
tombale *nf*
tombant, e *adj*
tombe *nf*
tombé, e *adj, nm*
tombeau *nm*
tombée *nf*
tombelle *nf*
tomber *vt (auxil avoir) ; vi (auxil être)*
tomber *nm*
tombereau *nm*
tombeur *nm*
tombola *nf*
tombolo *nm*
tome *nm (volume)*
tom(m)e *nf (fromage)*
tomenteux, euse *adj*
tomer *vt*
tom(m)e *nf (fromage)*
tom(m)ette *nf*
tommy [tɔmi] *nm (pl tommies ; fam.)*
tomodensitomètre *nm*
tomodensitométrie *nf*
tomodensitométrique *adj*
tomographie *nf*
tomographique *adj*
tom-pouce *nm inv.*
ton *adj poss m s* 16-XLII
ton *nm (manière, tonalité)*
ton [tœn ou tan] *nf (unité de masse)*
tonal, e, als *adj*
tonalité *nf*
tonca ou tonka *nf*
tondage *nm*
tondaison *nf*
tondeur, euse *n*
tondre *vt* C41
tondu, e *adj, nm*
tonicardiaque *adj, nm*
tonicité *nf*
tonie *nf*
tonifiant, e *adj, nm*
tonifier *vt*
tonique *adj, nm (remède, lotion) ; nf (musique)*
tonitruant, e *adj*
tonitruer *vi*
tonka ou tonca *nf*
tonkinois, e *adj, n*
tonlieu *nm (pl tonlieux)*
tonnage *nm*
tonnant, e *adj*
tonne *nf*
tonneau *nm*
tonnelage *nm*
tonnelet [-lɛ] *nm*
tonnelier *nm*
tonnelle *nf*
tonnellerie *nf*
tonner *vi, vimp*
tonnerre *nm, interj*
tonographie *nf*
tonométrie *nf*
tonométrique *adj*
tonsure *nf*
tonsuré *adj m, nm*
tonsurer *vt*
tonte *nf*

tontine *nf*
tontiner *vt*
tontisse *adj, nf*
tonton *nm*
tonture *nf*
tonus [-nys] *nm inv.*
top *nm*
topaze *nf*
tope *interj*
toper *vi*
topette *nf*
tophacé, e *adj*
tophus [-fys] *nm inv.*
topiaire *adj, nf*
topinambour *nm*
topique *adj, nm (médicament, argument, sujet) ; nf (psychanalyse, théorie des lieux communs)*
top niveau *nm (pl top niveaux)*
topo *nm (abrév.)*
topographe *n*
topographie *nf*
topographique *adj*
topo-guide *nm (pl topo-guides)*
topologie *nf*
topologique *adj*
topométrie *nf*
toponyme *nm*
toponymie *nf*
toponymique *adj*
toponymiste *nm*
top secret *adj inv.*
toquade ou **tocade** *nf (fam.)*
toquante ou **tocante** *nf (pop.)*
toquard ou **tocard** *nm (fam.)*
toque *nf (coiffure)*
toqué, e *adj, n (fam.)*
toquer *vi, vpr*
toquet [-kɛ] *nm*
torah ou **thora** *nf*
torana *nm*
torche *nf*
torché, e *adj (fam.)*
torche-cul *nm (pl torche-culs ; pop.)*
torchée *nf (pop.)*
torcher *vt, vpr*
torchère *nf*
torchis [-ʃi] *nm*
torchon *nm*
torchonner *vt*
torcol ou **torcou** *nm*
tordage *nm*
tordant, e *adj*
tord-boyaux *nm inv. (fam.)*
tordeur, euse *n*
tord-nez *nm inv.*
tordoir *nm*
tordre *vt* C41
tordu, e *adj, n*
tore *nm (moulure curviligne)*
toréador *nm*
toréer *vi* C14
torero [tɔrero] *nm*
toreutique *nf*
torgnole *nf (pop.)*
torii *nm inv.*
toril [-ril] *nm*
torique *adj*
tormentille [-tij] *nf*
tornade *nf*
toroïdal, e, aux *adj*
toron *nm*
toronneuse *nf*
torpédo *nf*
torpeur *nf*
torpide *adj*
torpillage [-pijri] *nm*
torpille [-pij] *nf*
torpiller [-pije] *vt*
torpillerie [-pijri] *nf*
torpilleur [-pijœr] *nm*
torque *nm (collier) ; nf (rouleau)*
torr *nm (unité de pression)*
torrée *nf*
torréfacteur *nm*
torréfaction *nf*
torréfier *vt*
torrent *nm*
torrentiel, elle *adj*
torrentiellement *adv*
torrentueux, euse *adj*
torride *adj*
tors, e *adj (tordu)*
tors [tɔr] *nm (action de tordre les fils)*
torsade *nf*
torsader *vt*
torse *nm*
torseur *nm*
torsion *nf*
tort [tɔr] *nm (préjudice)*
torticolis [-li] *nm*
tortil [-til] *nm*
tortillage [-tijaʒ] *nm*
tortillard [-tijar] *adj m ; nm (fam.)*
tortille [-tij] *nf*
tortillement [-tij-] *nm*
tortiller [-tije] *vt, vi, vpr*
tortillon [-tijɔ̃] *nm*
tortionnaire *n, adj*
tortis [-ti] *nm*
tortricidé *nm*
tortu, e *adj*
tortue *nf*
tortueusement *adv*
tortueux, euse *adj*
torturant, e *adj*
torture *nf*
torturer *vt, vpr*
torve *adj*
tory [tɔri] *adj, nm (pl tories)*
torysme *nm*
toscan, e *adj, n*
tosser *vi*
tôt *adv*
total, e, aux *adj, nm*
totale *nf*
totalement *adv*
totalisant, e *adj*
totalisateur, trice *adj, nm*
totalisation *nf*
totaliser *vt*
totaliseur *nm*
totalitaire *adj*
totalitarisme *nm*

totalité *nf*
totem [-tɛm] *nm*
totémique *adj*
totémisme *nm*
tôt-fait *nm (pl tôt-faits)*
totipotence *nf*
totipotent, e *adj*
toto *nm (pop.)*
toton *nm*
touage *nm*
touaille [twaj] *nf*
touareg, ègue ou targui, e *adj, n (targui parfois réservé au s et touareg au pl)*
toubib *nm (fam.)*
toucan *nm*
touchant, e *adj*
touchant *prép*
touch(e)au *nm*
touche *nf*
touche-à-tout *n inv.*
toucher *vt, vti, vpr*
toucher *nm*
touche-touche (à) *loc adv (fam.)*
touchette *nf*
toucheur *nm*
toue *nf (bateau)*
touée *nf*
touer *vt*
toueur *nm*
touffe *nf*
touffeur *nf*
touffu, e *adj*
touillage *nm (fam.)*
touille *nf*
touiller *vt (fam.)*
toujours *adv*
toulonnais, e *adj, n*
touloupe *nf*
toulousain, e *adj, n*
toundra [tun-] *nf*
toungouse ou toungouze [tunguz] *adj, n*
toupet [-pɛ] *nm*
toupie *nf*
toupiller [-pije] *vt*
toupilleur [-pijœr] *nm*
toupilleuse [-pijøz] *nf*
toupillon [-pijɔ̃] *nm*
toupiner *vt*
touque *nf*
tour *nf (édifice) ; nm (appareil, mouvement)*
touraillage *nm*
touraille *nf*
touraillon *nm*
tourangeau, elle *adj, n*
touranien, enne *adj*
tourbe *nf*
tourber *vi*
tourbeux, euse *adj*
tourbier, ère *adj, n*
tourbillon [-bijɔ̃] *nm*
tourbillonnaire [-bijɔ-] *adj*
tourbillonnant, e [-bijɔ-] *adj*
tourbillonnement [-bijɔ-] *nm*
tourbillonner [-bijɔne] *vi*
tourd [tur] *nm (poisson)*
tourde *nf*
tourdille [-dij] *adj*
tourelle *nf*
touret [-rɛ] *nm*
tourie *nf*
tourier, ère *adj, n*
tourillon [-rijɔ̃] *nm*
tourillonner [-rijɔ-] *vt, vi*
tourillonneuse [-rijɔ-] *nf*
tourin *nm*
tourisme *nm*
touriste *n*
touristique *adj*
tourlourou *nm*
tourmaline *nf*
tourment *nm*
tourmentant, e *adj*
tourmente *nf*
tourmenté, e *adj*
tourmenter *vt, vpr*
tourmenteur, euse *n*
tourmentin *nm*
tournage *nm*
tournailler *vi*
tournant, e *adj, nm*
tourne *nf*
tourné, e *adj*
tourne-à-gauche *nm inv.*
tournebouler *vt (fam.)*
tournebride *nm*
tournebroche *nm*
tourne-disque *nm (pl tourne-disques)*
tournedos [-do] *nm*
tournée *nf*
tourne-feuille *nm (pl tourne-feuilles)*
tournemain (en un) *loc adv*
tourne-pierre *nm (pl tourne-pierres)*
tourner *vt, vi, vpr*
tournesol *nm*
tournette *nf*
tourneur, euse *n, adj*
tourne-vent *nm inv.*
tournevis [-vis] *nm*
tournicoter *vi (fam.)*
tourniole *nf (fam.)*
tourniquer *vi (fam.)*
tourniquet [-kɛ] *nm*
tournis [-ni] *nm*
tournisse *nf*
tournoi *nm*
tournoiement *nm*
tournois *adj inv.*
tournoyant, e [-nwajɑ̃, ɑ̃t] *adj*
tournoyer [-nwaje] *vi* C16
tournure *nf*
touron [turɔ̃ ou -ɔn] *nm*
tour-opérateur *nm (pl tours-opérateurs)*
tourte *nf*
tourteau *nm*
tourtereau *nm*
tourterelle *nf*
tourtière *nf*
touselle *nf*
toussailler *vi*
Toussaint *nf inv.*
tousser *vi*
tousserie *nf*
tousseur, euse *adj, n*

toussotement *nm*
toussoter *vi*
tout, toute *adj indéf, pron indéf (pl tous, toutes)* 16-XLIII
tout *adv, nm* 16-XLIII
tout-à-l'égout *nm inv.*
toute-bonne *nf (pl toutes-bonnes)*
toute-épice *nf (pl toutes-épices)*
toutefois [tutfwa] *adv*
toute-puissance *nf inv.*
toutim(e) [tutim] *nm (arg.)*
toutou *nm (fam.)*
tout-Paris *nm s*
tout-petit *nm (pl tout-petits)*
tout-puissant, toute-puissante *adj, n (pl tout-puissants, toutes-puissantes)*
tout-venant *nm inv.*
toux [tu] *nf (de tousser)*
toxémie *nf*
toxicité *nf*
toxicodermie *nf*
toxicologie *nf*
toxicologique *adj*
toxicologue *n*
toxicomane *adj, n*
toxicomaniaque *adj*
toxicomanie *nf*
toxicomanogène *adj*
toxicose *nf*
toxidermie *nf*
toxi-infectieux, euse *adj (pl toxi-infectieux, euses)*
toxi-infection *nf (pl toxi-infections)*
toxine *nf*
toxique *adj, nm*
toxoplasme *nm*
toxoplasmose *nf*
trabe *nf*
trabée *nf*
traboule *nf*
trabouler *vi*
trac *nm (peur)*
trac (tout à) *loc adv*
traçage *nm*
traçant, e *adj*
tracas *nm*
tracasser *vt, vpr*
tracasserie *nf*
tracassier, ère *adj, n*
tracassin *nm (fam.)*
trace *nf*
tracé *nm*
tracement *nm*
tracer *vt, vi* C6
traceret [-rɛ] *nm*
traceur, euse *adj, n*
trachéal, e, aux [trakeal, o] *adj*
trachée [ʃe] *nf*
trachée-artère [traʃe-] *nf (pl trachées-artères)*
trachéen, enne [trakeɛ̃, ɛn] *adj*
trachéide [-keid] *nf*
trachéite [-keit] *nf*
trachéo-bronchite [-keo-] *nf*
trachéostomie [-keo-] *nf*
trachéotomie [-keo-] *nf*
trachome [-kom] *nm*
trachyte [-kit] *nm*
traçoir *nm*
tract [trakt] *nm*
tractable *adj*
tractation *nf*
tracté, e *adj*
tracter *vt*
tracteur, trice *adj, nm*
tractif, ive *adj*
traction *nf*
tractionnaire *nm*
tractoriste *n*
tractus [traktys] *nm inv.*
tradescantia [tradɛskɑ̃sja] *nm*
trade-union [trɛdynjɔn ou -djunjɔn] *nf (pl trade-unions)*
traditeur *nm*
tradition *nf*
traditionalisme *nm*
traditionaliste *adj, n*
traditionnaire *adj, n*
traditionnel, elle *adj*
traditionnellement *adv*
traducteur, trice *n*
traduction *nf*
traduire *vt, vpr* C56
traduisible *adj*
trafic *nm*
traficoter *vi, vt (fam.)*
trafiquant, e *n*
trafiquer *vi, vti, vt*
tragédie *nf*
tragédien, enne *n*
tragi-comédie *nf (pl tragi-comédies)*
tragi-comique *adj (pl tragi-comiques)*
tragique *adj, nm*
tragiquement *adv*
tragus [-gys] *nm*
trahir *vt, vpr*
trahison *nf*
traille [traj] *nf*
train *nm*
traînage *nm*
traînailler *vi, vt*
traînant, e *adj*
traînard, e *n (personne ; fam.)*
traînard *nm (mécanique)*
traînasser *vi, vt (fam.)*
traîne *nf (de traîner)*
traîneau *nm*
traînée *nf*
traînement *nm*
traîne-misère *nm inv.*
traîner *vt, vi, vpr*
traîne-savates *nm inv. (fam.)*
traîne-semelles *nm inv. (fam.)*
traîneur, euse *n*
train-ferry *nm (pl trains-ferries)*
tr(a)inglot *nm (fam.)*
training [trɛniŋ] *nm*

train(-)train *nm* *(pl train*[-] *trains; fam.)*
traire *vt* C58
trait, e *adj, nm*
traitable *adj*
traitant, e *adj, nm*
trait d'union *nm* *(pl traits d'union)*
traite *nf*
traité *nm*
traitement *nm*
traiter *vt, vti, vi*
traiteur *nm*
traître, esse *adj, n*
traîtreusement *adv*
traîtrise *nf*
trajectographie *nf*
trajectoire *nf*
trajet [-ʒɛ] *nm*
tralala *nm (fam.)*
tram [tram] *nm* *(tramway)*
tramage *nm*
tramail, ails ou trémail, ails *nm*
trame *nf (fils)*
tramer *vt, vpr*
traminot [-no] *nm*
tramontane *n*
tramp [trɑ̃p] *nm*
tramping [-piŋ] *nm*
trampoline *nm*
tramway [tramwɛ] *nm*
tranchage *nm*
tranchant, e *adj, nm*
tranche *nf*
tranché, e *adj*
tranchée *nf*
tranchée-abri *nf* *(pl tranchées-abris)*
tranchefile *nf*
tranchefiler *vt*
tranche-montagne *nm* *(pl tranche-montagnes)*
trancher *vt, vi*
tranchet [-ʃɛ] *nm*
trancheur, euse *n*
tranchoir *nm*
tranquille *adj*
tranquillement *adv*
tranquillisant, e *adj, nm*
tranquilliser *vt, vpr*
tranquillité *nf*
transaction *nf*
transactionnel, elle *adj*
transafricain, e *adj*
transalpin, e *adj*
transaminase *nf*
transandin, e *adj*
transat [trɑ̃zat] *nm* *(chaise); nf (course)*
transatlantique *adj, nm*
transbahuter *vt (fam.)*
transbordement *nm*
transborder *vt*
transbordeur *nm, adj m*
transcanadien, enne *adj, nf*
transcaspien, enne *adj*
transcaucasien, enne *adj*
transcendance *nf*
transcendant, e *adj, nm*
transcendantal, e, aux *adj*
transcendantalisme *nm*
transcender *vt, vpr*
transcodage *nm*
transcoder *vt*
transcodeur *nm*
transconteneur *nm*
transcontinental, e, aux *adj*
transcripteur *nm*
transcription *nf*
transcrire *vt* C51
transculturel, elle *adj*
transdisciplinaire *adj*
transducteur *nm*
transduction *nf*
transe *nf*
transept [trɑ̃sɛpt] *nm*
transférable *adj*
transférase *nf*
transfèrement *nm*
transférentiel, elle *adj*
transférer *vt* C11
transfert *nm*
transfigurateur, trice *n*
transfiguration *nf*
transfigurer *vt*
transfiler *vt*
transfini, e *adj*
transfixion *nf*
transfo *nm (abrév.)*
transformable *adj*
transformante *adj f*
transformateur, trice *adj, nm*
transformation *nf*
transformationnel, elle *adj*
transformer *vt, vpr*
transformisme *nm*
transformiste *adj, n*
transfrontalier, ère *adj*
transfuge *n*
transfusé *nm*
transfuser *vt, vpr*
transfuseur *nm*
transfusion *nf*
transfusionnel, elle *adj*
transgresser *vt*
transgresseur *nm*
transgressif, ive *adj*
transgression *nf*
transhorizon *adj inv.*
transhumance *nf*
transhumant, e *adj, n*
transhumer *vt, vi*
transi, e *adj, nm*
transiger *vi* C7
transir *vt, vi*
transistor *nm*
transistorisation *nf*
transit [-zit] *nm*
transitaire *adj, n*
transiter *vt, vi*
transitif, ive *adj*
transition *nf*
transitionnel, elle *adj*
transitivement *adv*
transitivité *nf*
transitoire *adj*
transitoirement *adv*
translatif, ive *adj*
translation *nf*
translit(t)ération *nf*

translit(t)érer *vt* C11
translocation *nf*
translucide *adj*
translucidité *nf*
transmetteur *nm*
transmettre *vt, vpr* C48
transmigration *nf*
transmigrer *vi*
transmissibilité *nf*
transmissible *adj*
transmission *nf*
transmodulation *nf*
transmuable *adj*
transmuer *vt*
transmutabilité *nf*
transmutable *adj*
transmutation *nf*
transmuter *vt, vpr*
transnational, e, aux *adj*
transocéanien, enne *adj*
transocéanique *adj*
transpalette *nm*
transparaître *vt* C61
transparence *nf*
transparent, e *adj, nm*
transpercement *nm*
transpercer *vt* C6
transphrastique *adj*
transpirant, e *adj*
transpiration *nf*
transpirer *vi, vt*
transplant [-plɑ̃] *nm*
transplantable *adj*
transplantation *nf*
transplantement *nm*
transplanter *vt, vpr*
transplanteur *nm*
transplantoir *nm*
transpolaire *adj*
transpondeur *nm*
transport [-pɔr] *nm*
transportable *adj*
transportation *nf*
transporté, e *adj, nm*
transporter *vt, vpr*
transporteur, euse *adj, nm*
transposable *adj*
transposée *adj, nf*
transposer *vt*
transpositeur, trice *adj, n*
transposition *nf*
transpyrénéen, enne *adj*
transsaharien, enne *adj, nm*
transsexualisme *nm*
transsexuel, elle *adj, n*
transsibérien, enne *adj, nm*
transsonique *adj*
transstockeur *nm*
transsubstantiation *nf*
transsudat [-da] *nm*
transsudation *nf*
transsuder *vt, vi*
transuranien *adj m*
transvasement *nm*
transvaser *vt*
transversal, e, aux *adj*
transversale *nf*
transversalement *adv*
transverse *adj*
transvestisme *nm*
transvider *vt*
transylvain, e *adj, n*
transylvanien, enne *adj, n*
tran(-)tran *nm (pl tran[-] trans ; fam.)*
trapèze *nm*
trapéziste *n*
trapézoèdre *nm*
trapézoïdal, e, aux *adj*
trapézoïde *adj, nm*
trap(p)illon [-pijɔ̃] *nm*
trappe *nf*
trapper *vt*
trappeur *nm*
trap(p)illon [-pijɔ̃] *nm*
trappiste *nm*
trappistine *nf*
trapu, e *adj*
traque *nf (de traquer)*
traquenard *nm*
traquer *vt*
traquet [-kɛ] *nm*
traqueur, euse *adj, n*
trattoria *nf*
trauma *nm*
traumatique *adj*
traumatisant, e *adj*
traumatiser *vt*
traumatisme *nm*
traumatologie *nf*
traumatologique *adj*
traumatologiste *n*
traumatologue *n*
travail, aux *nm (activité)* 21-IC2
travail, ails *nm (appareil)* 21-IC2
travaillé, e *adj*
travailler *vi, vt, vti*
travailleur, euse *adj, n*
travaillisme *nm*
travailliste *adj, n*
travailloter *vi (fam.)*
travée *nf*
travelage *nm*
traveller's cheque ou **traveller's check** *nm (pl traveller's cheques* ou *traveller's checks)*
travelling [travliŋ] *nm*
travelo *nm (pop.)*
travers *nm*
traversable *adj*
travers-banc *nm (pl travers-bancs)*
traverse *nf*
traversée *nf*
traverser *vt, vpr*
traversier, ère *adj, n*
traversin *nm*
traversine *nf*
travertin *nm*
travesti, e *adj, nm*
travestir *vt, vpr*
travestisme *nm*
travestissement *nm*
traviole (de) *loc adv (pop.)*
trayeur, euse *n*
trayeuse *nf*
trayon [trɛjɔ̃] *nm*
trébuchant, e *adj*
trébuchement *nm*
trébucher *vi, vt*

trébuchet [-ʃɛ] *nm*
trécheur ou trescheur [trɛʃœr] *nm*
tréfilage *nm*
tréfiler *vt*
tréfilerie *nf*
tréfileur, euse *n*
trèfle *nm*
tréflé, e *adj*
tréfilière *nf*
tréfoncier, ère *adj*
tréfonds [-fɔ̃] *nm*
trégor(r)ois, e *adj, n*
treillage *nm*
treillager *vt* C7
treillageur *nm*
treillagiste *nm*
treille *nf*
treillis [trɛji] *nm*
treillisser *vt*
treize *adj num inv., nm inv.*
treizième *adj num, n*
treizièmement *adv*
treiziste *nm*
trek ou trekking [trɛkiŋ] *nm*
trélingage *nm*
tréma *nm*
trémail, ails ou tramail, ails *nm*
trématage *nm*
trémater *vi*
trématode *nm*
tremblaie *nf*
tremblant, e *adj*
tremblante *nf*
tremble *nm*
tremblé, e *adj, nm*
tremblement *nm*
trembler *vi*
trembleur, euse *adj*
tremblotant, e *adj*
tremblote *nf (fam.)*
tremblotement *nm*
trembloter *vi*
trémelle *nf*
trémie *nf*
trémière *adj f*
trémolite *nf*
trémolo ou tremolo [tre-] *nm*
trémoussement *nm*
trémousser (se) *vpr*
trempabilité *nf*
trempage *nm*
trempe *nf*
trempé, e *adj, nf*
tremper *vt, vi, vpr*
trempette *nf (fam.)*
trempeur *nm*
tremplin *nm*
trémulant, e *adj*
trémulation *nf*
trémuler *vt, vi*
trenail, ails *nm*
trench-coat [trɛnʃkot] ou trench *nm* *(pl trench-coats* ou *trenchs)*
trend [trɛnd] *nm*
trentain *nm*
trentaine *nf*
trente *adj num inv., nm inv.*
trente-et-quarante *nm inv.*
trente et un *nm*
trentenaire *adj*
trente-six *adj num, nm inv.*
trentième *adj num, n*
trépan *nm*
trépanation *nf*
trépané, e *adj, nm*
trépaner *vt*
trépang ou tripang [-pɑ̃] *nm*
trépas [-pɑ] *nm*
trépassé, e *n*
trépasser *vi*
tréphocyte *nm*
tréphone *nf*
trépidant, e *adj*
trépidation *nf*
trépider *vi*
trépied *nm*
trépignement *nm*
trépigner *vi*
trépigneuse *nf*
trépointe *nf*
tréponématose *nf*
tréponème *nm*
très *adv*
trésaille *nf*
trescheur [trɛʃœr] ou trécheur *nm*
trésor *nm*
trésorerie *nf*
trésorier, ère *n*
trésorier-payeur *nm (pl trésoriers-payeurs)*
tressage *nm*
tressaillement *nm*
tressaillir *vi* C20
tressautement *nm*
tressauter *vi*
tresse *nf*
tresser *vt*
tresseur, euse *n*
tréteau *nm*
treuil *nm*
treuillage *nm*
treuiller *vt*
trêve *nf*
trévire *nf*
trévirer *vt*
trévise *nf*
tri *nm*
triacide *nm*
triade *nf*
triadique *adj*
triage *nm*
triaire *nm*
trial, als [trijal] *nm*
trialcool ou triol *nm*
triamcinolone *nf*
triandrie *nf*
triangle *nm*
triangulaire *adj*
triangulation *nf*
trianguler *vt*
trias [trijas] *nm*
triasique *adj*
triathlon *nm*
triathlonien, enne *n*
triatomique *adj*
tribade *nf*
tribadisme *nm*
tribal, e, aux ou als *adj*

tribalisme *nm*
triballe *nf*
triballer *vt*
tribart *nm*
tribasique *adj*
tribo(-)électricité *nf*
(pl tribo[-]électricités)
tribo(-)électrique *adj*
(pl tribo[-]électriques)
tribologie *nf*
triboluminescence *nf*
tribomètre *nm*
tribométrie *nf*
tribord *nm*
tribordais *nm*
triboulet [-lɛ] *nm*
tribu *nf (peuplade)*
tribulation *nf*
tribun *nm*
tribunal, aux *nm*
tribunat [-na] *nm*
tribune *nf*
tribunitien, enne *adj*
tribut [-by] *nm (impôt)*
tributaire *adj*
tribute *adj*
tric(k) *nm (bridge)*
tricalcique *adj*
tricennal, e, aux *adj*
tricentenaire *nm, adj*
tricéphale *adj*
triceps [trisɛps] *adj, nm*
tricératops [-tɔps] *nm*
triche *nf (fam.)*
tricher *vi, vti*
tricherie *nf*
tricheur, euse *adj, n*
trichiasis [-kja-] *nm*
trichine [-kin] *nf*
trichiné, e [-ki-] *adj*
trichineux, euse [-ki-] *adj*
trichinose [-ki-] *nf*
trichite [-kit] *nf*
trichloracétique [-klɔ-] *adj*
trichloréthylène [-klɔ-] *nm*
trichocéphale [-kɔ-] *nm*
trichogramme [-kɔ-] *nm*
tricholome [-kɔ-] *nm*
trichoma [-kɔ-] ou **trichome** [-kom] *nm*
trichomonas [trikɔmɔnɑs] *nm*
trichophyton [-kɔ-] *nm*
trichoptère [-kɔ-] *nm*
trichrome [-krom] *adj*
trichromie [-krɔ-] *nf*
tric(k) *nm (bridge)*
triclinique *adj*
triclinium [-njɔm] *nm*
tricoises *nf pl*
tricolore *adj, n*
tricône *nm*
tricontinental, e, aux *adj*
tricorne *adj, nm*
tricot [-ko] *nm*
tricotage *nm*
tricoté, e *adj*
tricoter *vt, vi*
tricotets [-tɛ] *nm pl*
tricoteur, euse *n*
tricouni *nm*
tricourant *adj inv.*
trictrac *nm*
tricuspide *adj*
tricycle *nm*
tridacne *nm*
tridactyle *adj*
trident *nm*
tridenté, e *adj*
tridi *nm*
tridimensionnel, elle *adj*
trièdre *adj, nm*
triennal, e, aux *adj*
trier *vt*
triérarque *nm*
trière *nf*
trieur, euse *n*
trifide *adj*
trifolié, e ou **trifoliolé, e** *adj*
triforium [-rjɔm] *nm*
trifouiller *vi, vt (fam.)*
trigémellaire *adj*
trigéminé, e *adj*
trigle *nm*
triglycéride *nm*
triglyphe *nm*
trigone *adj, nm*
trigonelle *nf*
trigonocéphale *nm*
trigonométrie *nf*
trigonométrique *adj*
trigonométriquement *adv*
trigramme *nm*
trijumeau *adj m, nm*
trilatéral, e, aux *adj*
trilingue *adj, n*
trilit(t)ère *adj*
trille [trij] *nm*
triller [trije] *vi, vt*
trillion [triljɔ̃] *nm*
trilobé, e *adj*
trilobite *nm*
triloculaire *adj*
trilogie *nf*
trilogique *adj*
trimaran *nm*
trimard *nm (pop.)*
trimarder *vt, vi (pop.)*
trimardeur *nm (pop.)*
trimbal(l)age *nm (fam.)*
trimbal(l)ement *nm (fam.)*
trimbal(l)er *vt, vpr (fam.)*
trimer *vi (fam.)*
trimère *adj*
trimestre *nm*
trimestriel, elle *adj*
trimestriellement *adv*
trimétal, aux *nm*
trimètre *nm*
trimmer [trimœr ou -mɛr] *nm*
trimoteur *adj m, nm*
trin, e *adj*
trinervé, e *adj*
tringle *nf*
tringler *vt*
tr(a)inglot *nm*
trinitaire *adj, n*
trinité *nf*
trinitré, e *adj*
trinitrine *nf*
trinitrobenzène *nm*

trinitrotoluène *nm*
trinôme *nm*
trinquart *nm*
tri(n)queballe *nm*
trinquer *vi*
trinquet [-kɛ] *nm*
trinquette *nf*
trinqueur *nm*
trio *nm*
triode *nf*
triol ou **trialcool** *nm*
triolet [-lɛ] *nm*
triolisme *nm*
triomphal, e, aux *adj*
triomphalement *adv*
triomphalisme *nm*
triomphaliste *adj, n*
triomphant, e *adj*
triomphateur, trice *adj, n*
triomphe *nm (victoire); nf (jeu de cartes)*
triompher *vi, vti*
trionyx [-niks] *nm*
trip *nm (état hallucinatoire)*
tripaille *nf (fam.)*
tripale *adj*
tripang ou **trépang** [-pɑ̃] *nm*
triparti, e *adj*
tripartisme *nm*
tripartite *adj, nf*
tripartition *nf*
tripatouillage *nm (fam.)*
tripatouiller *vt, vi (fam.)*
tripatouilleur, euse *n (fam.)*
tripe *nf (boyau)*
triperie *nf*
tripette *nf*
triphasé, e *adj*
triphénylméthane *nm*
triphtongue *nf*
tripier, ère *n*
triplace *adj*
triplan *nm*
triple *adj, nm*
triplé *nm*
triplement *adv, nm*
tripler *vt, vi*
triplés, ées *n pl*
triplet [-plɛ] *nm*
triplette *nf*
triplex *nm*
triplicata *nm (pl triplicata*[s]*)*
triploblastique *adj, nm*
triploïde *adj, n*
triplure *nf*
tripode *adj*
tripodie *nf*
tripoli *nm*
tri(-)porteur *nm (pl tri(-)porteurs)*
tripot [-po] *nm*
tripotage *nm (fam.)*
tripotée *nf (pop.)*
tripoter *vt, vi (fam.)*
tripoteur, euse *n (fam.)*
tripous ou **tripoux** *nm pl*
triptyque *nm*
trique *nf (bâton)*
tri(n)queballe *nm*
trique-madame *nf (pl trique-madame*[s]*)*
triquer *vt (fam.)*
triquet [-kɛ] *nm*
triquètre *nf*
trirectangle *adj*
trirègne *nm*
trirème *nf*
trisaïeul, e *n*
trisannuel, elle *adj*
trisecteur, trice [-sɛk-] *adj*
trisection [-sɛk-] *nf*
triskèle *nf*
trismégiste *adj m*
trismus [-mys] ou **trisme** *nm*
trisoc [-sɔk] *nm*
trisomie *nf*
trisomique *adj, n*
trisser *vt (répéter); vi (cri de l'hirondelle); vi* ou *vpr (partir; pop.)*
triste *adj*
tristement *adv*
tristesse *nf*
tristounet, ette *adj (fam.)*
trisyllabe [-silab] *adj, nm*
trisyllabique [-silab-] *adj*
triticale *nm*
tritium [-tjɔm] *nm*
triton *nm*
triturable *adj*
triturateur *nm*
trituration *nf*
triturer *vt, vpr*
triumvir [trijɔmvir] *nm*
triumviral, e, aux [trijɔm-] *adj*
triumvirat [trijɔmvira] *nm*
trivalent, e *adj*
trivalve *adj*
trivial, e, aux *adj*
trivialement *adv*
trivialité *nf*
troc *nm (échange)*
trocart *nm*
trochaïque [-kaik] *adj*
trochanter [-kɑ̃tɛr] *nm*
troche *nf* ou **troque** *nm (mollusque)*
trochée *nm (métrique); nf (touffe de rameaux)*
troches *nf pl (excréments)*
trochet [-ʃɛ] *nm*
trochile [-kil] *nm*
trochilidé [-ki-] *nm*
trochin [-ʃɛ̃] *nm*
trochisque [-ʃisk] *nm*
trochiter [-kitɛr] *nm*
trochlée [-kle] *nf*
trochophore [-kɔ-] *nf*
trochosphère [-kɔ-] *nf*
trochure [-ʃyr] *nf*
troène *nm*
troglobie *adj, nm*
troglodyte *nm*
troglodytique *adj*
trogne *nf (fam.)*

trognon *nm ; adj (fam.)*
troïka *nf*
trois *adj num, nm inv.*
trois-deux *nm inv.*
trois-étoiles *nm inv., adj inv.*
trois-huit *nm inv.*
troisième *adj num, n*
troisièmement *adv*
trois-mâts *nm inv.*
trois-points *adj inv.*
trois-ponts *nm inv.*
trois-quarts *nm inv.*
trois-six *nm inv.*
troll [trɔl] *nm (lutin)*
trolle *nf (vénerie)*
trolley [trɔlɛ] *nm (abrév.)*
trolleybus [trɔlɛbys] *nm*
trombe *nf*
trombidion *nm*
trombidiose *nf*
trombine *nf (visage ; pop.)*
trombinoscope *nm (fam.)*
tromblon *nm*
trombone *nm*
tromboniste *n*
trommel *nm*
trompe *nf*
trompe-la-mort *n inv.*
trompe-l'œil *nm inv.*
tromper *vt, vpr*
tromperie *nf*
trompeter *vt, vi* C10
trompette *nf (instrument) ; nm (trompettiste)*
trompette-des-morts ou **trompette-de-la mort** *nf (pl trompettes-des-morts, trompettes-de-la-mort)*
trompettiste *n*
trompeur, euse *adj, n*
trompeusement *adv*
tronc [trɔ̃] *nm*
troncation *nf*
troncature *nf*
tronche *nf (pop.)*
tronchet [-ʃɛ] *nm*
tronçon *nm*
tronconique *adj*
tronçonnage *nm*
tronçonnement *nm*
tronçonner *vt*
tronçonneur *nm*
tronçonneuse *nf*
tronculaire *adj*
trône *nm*
trôner *vi*
tronqué, e *adj*
tronquer *vt*
trop *adv* 17-I
trope *nm*
trophallaxie *nf*
trophée *nm*
trophicité *nf*
trophique *adj*
trophoblaste *nm*
trophoblastique *adj*
trophonévrose *nf*
tropical, e, aux *adj*
tropicalisation *nf*
tropicaliser *vt*
tropique *adj, nm*
tropisme *nm*
tropopause *nf*
troposphère *nf*
trop-perçu *nm (pl trop-perçus)*
trop-plein *nm (pl trop-pleins)*
troque *nm* ou **troche** *nf (mollusque)*
troquer *vt*
troquet [-kɛ] *nm (fam.)*
troqueur, euse *n*
trot [tro] *nm*
trotskisme *nm*
trotskiste *adj, n*
trotte *nf*
trotte-menu *adj inv.*
trotter *vi ; vpr (fam.)*
trotteur, euse *n, adj*
trottinement *nm*
trottiner *vi*
trottinette *nf*
trotting [-tiŋ] *nm*
trottoir *nm*
trou *nm*
troubade *nm (pop.)*
troubadour *nm, adj*
troublant, e *adj*
troublé, e *adj*
trouble *adj, adv, nm (de troubler)*
trouble ou **truble** *nf (filet)*
troubleau *nm*
trouble-fête *n inv.*
troubler *vt, vpr*
troué, e *adj*
trouée *nf*
trouer *vt, vpr*
troufignon *nm (pop.)*
troufion *nm (pop.)*
trouillard, e *adj, n (pop.)*
trouille *nf (pop.)*
trouillomètre *nm (pop.)*
trou-madame *nm (pl trous-madame)*
troupe *nf*
troupeau *nm*
troupiale *nm*
troupier *nm, adj m*
troussage *nm*
trousse *nf*
troussé, e *adj*
trousseau *nm*
trousse-galant *n m (pl trousse-galants)*
trousse-pied *nm inv.*
trousse-queue *nm (pl trousse-queue[s])*
troussequin ou **trusquin** *nm*
trousser *vt, vpr*
trousseur *nm (fam.)*
trou-trou *nm (pl trou-trous)*
trouvable *adj*
trouvaille *nf*
trouvé, e *adj*
trouver *vt, vpr, vimp*
trouvère *nm*
trouveur, euse *n*
troyen, enne *adj, n*

truand, e *n*
truander *vt, vi (fam.)*
truanderie *nf*
truble ou **trouble** *nf (filet)*
trublion *nm*
truc [tryk] *nm (fam.)*
trucage ou **truquage** *nm*
truchement *nm*
trucider *vt (fam.)*
truck [trœk] *nm*
trucmuche *nm (fam.)*
truculence *nf*
truculent, e *adj*
trudgeon [trœdʒɔn] *nm*
truelle *nf*
truellée *nf*
truffe *nf*
truffé, e *adj*
truffer *vt*
trufficulture *nf*
truffier, ère *adj, nf*
truffière *nf*
truie *nf*
truisme *nm*
truite *nf*
truité, e *adj*
truiticulture ou **trutticulture** *nf*
trullo *nm (pl trulli)*
trumeau *nm*
truquage ou **trucage** *nm*
truquer *vt, vi*
truqueur, euse *n*
truquiste *n*
trusquin ou **troussequin** *nm*
trusquiner ou **troussequiner** *vt*
trust [trœst] *nm*
truste [tryst] ou **trustis** [trystis] *nf*
trustee [trœsti] *nm*
truster [trœs-] *vt*
trusteur [trœs-] *nm*
trutticulture ou **truiticulture** *nf*
trypanosome *nm*
trypanosomiase *nf*
trypsine *nf*
trypsinogène *nm*
tryptophane *nm*
tsar ou **tzar** ou **czar** *nm*
tsarévitch ou **tzarévitch** *nm*
tsarine ou **tzarine** *nf*
tsarisme *nm*
tsariste *adj, n*
tsé-tsé *nf inv.*
t-shirt ou **tee-shirt** [tiʃœrt] *nm (pl t-shirts, tee-shirts)*
tsigane ou **tzigane** [tsigan] *adj, n*
tso(u)in-tso(u)in [tswɛ̃tswɛ̃] *interj, adj (pop.)*
tsunami [tsynami] *nm*
tu *pron pers s*
tuable *adj*
tuage *nm*
tuant, e *adj*
tub [tœb] *nm*
tuba *nm*
tubage *nm*
tubaire *adj*
tubard, e *adj, n (pop.)*
tube *nm*
tuber *vt*
tubéracé, e *adj*
tubéracée *nf*
tubérale *nf*
tubercule *nm*
tuberculeux, euse *adj, n*
tuberculide *nf*
tuberculinisation *nf*
tuberculine *nf*
tuberculinique *adj*
tuberculisation *nf*
tuberculose *nf*
tubéreuse *nf*
tubéreux, euse *adj*
tubériforme *adj*
tubérisation *nf*
tubérisé, e *adj*
tubérosité *nf*
tubicole *adj*
tubifex [-fɛks] *nm inv.*
tubipore *nm*
tubiste *nm*
tubitèle *nm*
tubulaire *adj, nf*
tubule *nm*
tubulé, e *adj*
tubuleux, euse *adj*
tubulidenté *nm*
tubuliflore *adj*
tubulonéphrite *adj*
tubulure *nf*
tudesque *adj*
tudieu *interj*
tué, e *n*
tue-chien *nm inv.*
tue-diable *nm inv.*
tue-mouches *adj inv., nm inv.*
tuer *vt, vpr*
tuerie *nf*
tue-tête (à) *loc adv*
tueur, euse *n*
tuf [tyf] *nm*
tuf(f)eau *nm*
tufier, ère *adj*
tuile *nf*
tuileau *nm*
tuiler *vt*
tuilerie *nf*
tuilette *nf*
tuilier, ère *adj, n*
tularémie *nf*
tulipe *nf*
tulipier *nm*
tulle *nm*
tullerie *nf*
tullier, ère *adj*
tulliste *n*
tuméfaction *nf*
tuméfié, e *adj*
tuméfier *vt, vpr*
tumescence [-mesɑ̃s] *nf*
tumescent, e [mesɑ̃, ɑ̃t] *adj*
tumeur *nf*
tumoral, e, aux *adj*
tumulaire *adj*
tumulte *nm*
tumultueusement *adv*
tumultueux, euse *adj*

tumulus [-lys] *nm (pl inv.* ou *tumuli)*
tunage *nm*
t(h)une *nf (pop.)*
tuner [tjunœr ou tynœr] *nm*
tungar [tœ̃-] *nm*
tungstène [tœ̃kstɛn] *nm*
tungstique [tœ̃k-] *adj*
tunicelle *nf*
tunicier *nm*
tunique *nf*
tuniqué, e *adj*
tunisien, enne *adj, n*
tunisois, e *adj, n*
tunnel *nm*
tunnelier *nm*
tupaïa ou **tupaja** *nm*
tupi *adj inv., n inv.*
tupi-guarani *nm s*
tupinambis [-bis] *nm*
tuque *nf*
turban *nm*
turbe *nf*
turbé ou **turbeh** *nm*
turbellarié *nm*
turbide *adj*
turbidimètre *nm*
turbidité *nf*
turbin *nm (pop.)*
turbinage *nm*
turbine *nf*
turbiné, e *adj*
turbinelle *nf*
turbiner *vt (de turbine) ; vi (travailler ; pop.)*
turbith *nm*
turbo *adj inv. ; nm (turbocompresseur) ; nf (voiture)*
turbo *nm inv. (mollusque)*
turbo(-)alternateur *nm (pl turbo*[-] *alternateurs)*
turbocompressé, e *adj*
turbocompresseur *nm*
turbofiltre *nm*
turboforage *nm*
turbomachine *nf*
turbomoteur *nm*
turbopompe *nf*
turbopropulseur *nm*
turboréacteur *nm*
turbosoufflante *nf*
turbot [-bo] *nm (poisson)*
turbotière *nf*
turbotin *nm*
turbotrain *nm*
turbulence *nf*
turbulent, e *adj*
turc, turque *adj, n*
turcique *adj*
turco *nm*
turco-mongol, e *adj, nm*
turdidé *nm*
turf [tœrf ou tyrf] *nm*
turfiste [tœr- ou tyr-] *n*
turgescence *nf*
turgescent, e *adj*
turgide *adj*
turinois, e *adj, n*
turion *nm*
turista [tu-] *nf*
turkmène *adj, n*
turlupiner *vt, vi (fam.)*
turlutaine *nf*
turlutte *nf*
turlututu *interj*
turne *nf (pop.)*
turnep(s) [tyrnɛp(s)] *nm*
turonien, enne *adj, nm*
turpide *adj*
turpidement *adv*
turpitude *nf*
turquerie *nf*
turquette *nf*
turquin *adj m*
turquoise *nf (pierre) ; adj inv., nm (couleur)*
turriculé, e *adj*
turritelle *nf*
tussah ou **tussau** *(pl tussaux) nm*
tussilage *nm*
tussor(e) *nm*
tutélaire *adj*
tutelle *nf*
tuteur, trice *n*
tuteurage *nm*
tuteurer *vt*
tut(h)ie *nf*
tutoiement *nm*
tutorat [-ra] *nm*
tutoyer [-twaje] *vt, vpr* C16
tutoyeur, euse [-twajœr, øz] *adj, n*
tutti [tuti] *nm inv.*
tutti frutti [tutifruti] *loc, adj inv.*
tutti quanti [tutikwɑ̃ti] *loc adv.*
tutu *nm*
tuyau [tɥijo] *nm (pl tuyaux)*
tuyautage [tɥijo-] *nm*
tuyauté, e [tɥijo-] *adj, nm*
tuyauter [tɥijo-] *vt, vi*
tuyauterie [tɥijo-] *nf*
tuyauteur, euse [tɥijo-] *n (fam.)*
tuyère [tyjɛr ou tɥijɛr] *nf*
T.V.A. [tevea] *nf inv.*
tweed [twid] *nm*
twin-set [twinsɛt] *nm (pl twin-sets)*
twist [twist] *nm*
twister *vi*
tylenchus [tilɛ̃kys] *nm*
tympan *nm*
tympanal, aux *nm*
tympanique *adj*
tympaniser *vt*
tympanisme *nm*
tympanon *nm*
tympanoplastie *nf*
tyndallisation *nf*
type *nm*
typé, e *adj*
typer *vt*
typesse *nf (pop.)*
typhacée *nf*
typhique *adj, n*

typhlite *nf*
typhoïde *adj, nf*
typhoïdique *adj*
typhon *nm*
typhose *nf*
typhus [-fys] *nm*
typique *adj, nf*
typiquement *adv*
typo, ote *n*
(typographe)
typo *nf (typographie)*
typographe *n*
typographie *nf*
typographique *adj*
typographiquement *adv*
typologie *nf*
typologique *adj*
typomètre *nm*
typon *nm*
typtologie *nf*
tyran *nm (despote)*
tyranneau *nm*
tyrannicide *n*
tyrannie *nf*
tyrannique *adj*
tyranniquement *adv*
tyranniser *vt*
tyrannosaure *nm*
tyrolien, enne *adj, n*
tyrosinase *nf*
tyrosine *nf*
tyrothricine *nf*
tzar ou **tsar** ou **czar**
[tsar] *nm*
tzarévitch ou **tsarévitch**
nm
tzarine ou **tsarine** *nf*
tzigane ou **tsigane**
[tsigan] *adj, n*

U

u *nm inv.*
ubac *nm*
ubiquiste [-kɥist] *adj, n*
ubiquité [-kɥite] *nf*
ubuesque *adj*
ufologie *nf*
uhlan [ylɑ̃] *nm*
ukase [ukaz] ou **oukase** *nm*
ukrainien, enne *adj, n*
ukulélé *nm*
ulcératif, ive *adj*
ulcération *nf*
ulcère *nm*
ulcéré, e *adj*
ulcérer *vt* C11
ulcéreux, euse *adj*
ulcéroïde *adj*
uléma [ulema] ou **ouléma** *nm*
uliginaire *adj*
uligineux, euse *adj*
ulluque *nm*
U.L.M. *nm inv.*
ulmacée *nf*
ulmaire *nf*
ulmiste *n*
ulnaire *adj*
ultérieur, e *adj*
ultérieurement *adv*
ultimatum [-tɔm] *nm*
ultime *adj*
ultimo *adv*
ultra *adj, n*
ultrabasique *adj*
ultracentrifugation *nf*
ultracentrifugeuse *nf*
ultracourt, e *adj*
ultrafiltration *nf*
ultrafiltre *nm*
ultra(-)marin, e *adj* *(pl ultra[-]marins, es)*
ultramicroscope *nm*
ultramicroscopie *nf*
ultramicroscopique *adj*
ultramoderne *adj*
ultramontain, e *adj, n*
ultramontanisme *nm*
ultra-petita [yltrapetita] *nm inv., adv*
ultrapression *nf*
ultraroyaliste *adj, n*
ultrasensible *adj*
ultra(-)son *nm* *(pl ultra[-]sons)*
ultrasonique *adj*
ultrasonore *adj*
ultravide *nm*
ultra(-)violet, ette *adj, nm (pl ultra[-]violets)*
ultravirus [-rys] *nm*
ululation *nf*
ululement ou ***hululement** *nm*
ululer ou ***huluer** *vi*
ulve *nf*
un *art indéf, adj num m, adj m, pron indéf m, nm* 19-IIID
unanime *adj*
unanimement *adv*
unanimisme *nm*
unanimiste *adj, n*
unanimité *nf*
unau [yno] *nm* *(pl unaus)*
unciforme [ɔ̃-] *adj*
unciné, e [ɔ̃-] *adj*
underground [œndœrgraund] *adj inv., nm inv.*
une *art indéf, adj num f, adj f, pron indéf f, nf*
unguéal, e, aux [ɔ̃geal, geo] *adj*
unguifère [ɔ̃gɥi-] *adj*
unguis [ɔ̃gɥis] *nm*
uni, e *adj, nm*
uniate *adj, n*
uniaxe *adj*
unicaule *adj*
unicellulaire *adj*
unicité *nf*
unicolore *adj*
unicorne *nm, adj*
unidimensionnel, elle *adj*
unidirectionnel, elle *adj*
unième *adj num*
unièmement *adv*
unificateur, trice *adj, n*
unification *nf*
unifier *vt, vpr*
unifilaire *adj*
uniflore *adj*
unifolié, e *adj*
uniforme *adj, nm*
uniformément *adv*
uniformisation *nf*
uniformiser *vt*
uniformité *nf*
unijambiste *adj, n*
unilatéral, e, aux *adj*
unilatéralement *adv*
unilinéaire *adj*
unilingue *adj*
unilobé, e *adj*
uniloculaire *adj*
uniment *adv*
uninominal, e, aux *adj*
union *nf*
unionisme *nm*

unioniste *adj, n*
uniovulé, e *adj*
unipare *adj*
unipersonnel, elle *adj*
unipolaire *adj*
unique *adj*
uniquement *adv*
unir *vt, vpr*
unisexualité [-sɛks-] *nf*
unisexe [-sɛks] *adj*
unisexué, e [-sɛks-] *adj*
unisexuel, elle [-sɛks-] *adj*
unisson *nm*
unitaire *adj, n*
unitarien, enne *n, adj*
unitarisme *nm*
unité *nf*
unitif, ive *adj*
univalent, e *adj*
univalve *adj*
univers *nm*
universalisation *nf*
universaliser *vt*
universalisme *nm*
universaliste *adj, n*
universaux *nm pl*
universel, elle *adj*
universellement *adv*
universitaire *adj, n*
université *nf*
univitellin, ine *adj*
univocité *nf*
univoque *adj*
untel, unetelle [œ̃tɛl, yntɛl] ou **un telle, une telle** *n*
upas [ypas] *nm*
upérisation *nf*
upériser *vt*
uppercut [ypɛrkyt] *nm*
upsilon [ypsilɔn] *nm inv.*
upwelling [œpwəliŋ] *nm*
uracile *nm*
uraète *nm*
uraeus [yreys] *nm inv.*
uranate *nm*
urane *nm*
uraneux *adj m*
uranie *nf*
uranifère *adj*
uraninite *nf*
uranique *adj*
uranisme *nm*
uranite *nf*
uranium [-njɔm] *nm*
uranographie *nf*
uranoplastie *nf*
uranoscope *nm*
uranyle *nm*
urate *nm*
urbain, e *adj*
urbanisation *nf*
urbaniser *vt, vpr*
urbanisme *nm*
urbaniste *n, adj*
urbanistique *adj*
urbanité *nf*
urbi et orbi [yrbiɛtɔrbi] *loc adv*
urcéolé, e *adj*
urdu [urdu] ou **ourdou** *nm s*
ure ou **urus** [yrys] *nm*
urédinale *nf*
urédinée *nf*
urédospore *nf*
urée *nf*
uréide *nm*
urémie *nf*
urémique *adj, n*
urétéral, e, aux *adj*
uretère *nm*
urétérite *nf*
urétérostomie *nf*
uréthan(n)e *nm*
urétral, e, aux *adj*
urètre *nm*
urétrite *nf*
urgence *nf*
urgent, e *adj*
urger *vimp* C7
uricémie *nf*
urinaire *adj*
urinal, aux *nm*
urine *nf*
uriner *vi*
urineux, euse *adj*
urinifère *adj*
urinoir *nm*
urique *adj*
urne *nf*
urobiline *nf*
urobilinurie *nf*
urochrome [-krom] *nm*
urodèle *nm*
uro(-)génital, e, aux *adj*
urographie *nf*
urokinase *nf*
urolagnie *nf*
urologie *nf*
urologue *n*
uromètre *nm*
uropode *nm*
uropygial, e, aux *adj*
uropygien, enne *adj*
ursidé *nm*
ursuline *nf*
urticacée *nf*
urticaire *nf*
urticale *nf*
urticant, e *adj*
urtication *nf*
urubu *nm*
uruguayen, enne [yrygwɛjɛ̃, ɛn] *adj, n*
urus [yrys] ou **ure** *nm*
us [ys] *nm pl*
usage *nm*
usagé, e *adj*
usager *nm*
usance *nf*
usant, e *adj*
usé, e *adj*
user *vt, vti, vpr*
usinabilité *nf*
usinage *nm*
usine *nf*
usiner *vt, vi*
usinier, ère *adj*
usité, e *adj*
usnée [ysne] *nf*
ustensile *nm*
ustilaginale *nf*
usucapion *nf*
usuel, elle *adj, nm*
usuellement *adv*
usufructuaire *adj*

usufruit *nm*
usufruitier, **ère** *adj, n*
usuraire *adj*
usurairement *adv*
usure *nf*
usurier, **ère** *n*
usurpateur, **trice** *adj, n*
usurpation *nf*
usurpatoire *adj*
usurper *vt, vi*
usus [yzys] *nm*
ut [yt] *nm inv. (note)*
utérin, **e** *adj, n*
utérus [-rys] *nm*
utile *adj, nm*
utilement *adv*
utilisable *adj*
utilisateur, **trice** *n*
utilisation *nf*
utiliser *vt*
utilitaire *adj, nm*
utilitarisme *nm*
utilitariste *adj, n*
utilité *nf*
utopie *nf*
utopique *adj*
utopisme *nm*
utopiste *adj, n*
utraquiste [-kɥist] *nm*
utriculaire *nf*
utricule *nm*
utriculeux, **euse** *adj*
U.V. *nm (ultra(-)violet) ; nf (unité de valeur)*
uval, **e**, **aux** *adj*
uva-ursi *nm inv.*
uvée *nf*
uvéite *nf*
uvulaire *adj*
uvule ou **uvula** *nf*
uxorilocal, **e**, **aux** *adj*
uzbek [uzbɛk] ou **ouzbek** *adj, n*

V

v *nm inv.*
V1, V2 *nm*
va *interj*
vacance *nf*
vacancier, ère *adj, n*
vacant, e *adj*
vacarme *nm*
vacataire *adj, n*
vacation *nf*
vaccaire [-kɛr] *nf*
vaccin [-ksɛ̃] *nm*
vaccinable [-ksi-] *adj*
vaccinal, e, aux [-ksi-] *adj*
vaccinateur, trice [-ksi-] *adj*
vaccination [-ksi-] *nf*
vaccine [-ksi-] *nf*
vaccinelle [-ksi-] *nf*
vacciner [-ksi-] *vt*
vaccinide [-ksi-] *nf*
vaccinier [-ksi-] *nm*
vaccinifère [-ksi-] *adj*
vaccinogène [-ksi-] *adj*
vaccinoïde [-ksi-] *nf, adj*
vaccinostyle [-ksi-] *nm*
vaccinothérapie [-ksi-] *nf*
vachard, e *adj (pop.)*
vache *nf, adj (fam.)*
vachement *adv (fam.)*
vacher, ère *n*
vacherie *nf*
vacherin *nm*
vachette *nf*
vacillant, e [-sij-] *adj*
vacillation [-sij-] *nf*
vacillement [-sij-] *nm*
vaciller [-sije] *vi*
vacive *nf, adj f*
vacuité *nf*
vacuolaire *adj*
vacuole *nf*
vacuolisation *nf*
vacuome *nm (biologie)*
vacuum [vakyɔm] *nm inv. (vide)*
vade-mecum [vademekɔm] *nm inv.*
vade retro (satana) *interj*
vadrouille *nf*
vadrouiller *vi (fam.)*
vadrouilleur, euse *n (fam.)*
va-et-vient [vaevjɛ̃] *nm inv.*
vagabond, e *adj, n*
vagabondage *nm*
vagabonder *vi*
vagal, e, aux *adj*
vagin *nm*
vaginal, e, aux *adj*
vaginisme *nm*
vaginite *nf*
vagir *vi*
vagissant, e *adj*
vagissement *nm*
vagolytique *adj*
vagotomie *nf*
vagotonie *nf*
vagotonique *adj*
vague *adj, nm (imprécision) ; nf (masse d'eau)*
vaguelette *nf*
vaguement *adv*
vaguemestre *nm*
vaguer *vi*
vahiné [vaine] *nf*
vaigrage *nm*
vaigre *nf*
vaillamment [vaja-] *adv*
vaillance [vajɑ̃s] *nf*
vaillant, e [vajɑ̃, ɑ̃t] *adj*
vaillantie [vajɑ̃ti] *nf*
vain, e *adj*
vain (en) *loc adv*
vaincre *vt* C40
vaincu, e *n, adj*
vainement *adv*
vainqueur *adj, nm*
vair *nm (fourrure)*
vairé, e *adj*
vairon *adj m, nm*
vaisseau *nm*
vaisselier *nm*
vaisselle *nf*
vaissellerie *nf*
vaisya [vɛsja] *nm inv.*
val, vals ou **vaux** *nm*
valable *adj*
valablement *adv*
valaisan, anne *adj, n*
valaque *adj, n*
valdinguer *vi (pop.)*
valdôtain, e *adj, n*
valençay [-lɑ̃sɛ] *nm*
valence *nf*
valence ou **valencia** *nf inv.*
valence-gramme *nf (pl valences-grammes)*
valenciennes *nf inv.*
valenciennois, e *adj, n*
valentinite *nf*
valérianacée *nf*
valériane *nf*
valérianelle *nf*
valérianique ou **valérique** *adj*
valet [-lɛ] *nm*
valetaille *nf*
valétudinaire *adj, n*
valeur *nf*

valeureusement *adv*
valeureux, euse *adj*
valgus [-gys], **valga** *adj inv., nm*
validation *nf*
valide *adj*
validement *adv*
valider *vt*
valideuse *nf*
validité *nf*
valine *nf*
valise *nf*
valkyrie ou **walkyrie** *nf*
vallée *nf*
valleuse *nf*
vallisnérie *nf*
vallon *nm*
vallonné, e *adj*
vallonnement *nm*
valoche *nf (pop.)*
valoir *vi, vt, vpr, vimp* C34
valorisant, e *adj*
valorisation *nf*
valoriser *vt*
valpolicella [-tʃɛla] *nm*
valse *nf*
valse-hésitation *nf (pl valses-hésitations)*
valser *vi, vt*
valseur, euse *n*
valvaire *adj*
valve *nf*
valvé, e *adj*
valvulaire *adj*
valvule *nf*
valvulectomie *nf*
valvuloplastie *nf*
valvulotomie *nf*
vamp [vɑ̃p] *nf*
vamper *vt (fam.)*
vampire *nm*
vampirique *adj*
vampiriser *vt*
vampirisme *nm*
van [vɑ̃] *nm (voiture, corbeille)*
vanadinite *nf*
vanadique *adj*
vanadium [-djɔm] *nm*
vanda *nf*
vandale *n, adj*
vandaliser *vt*
vandalisme *nm*
vandoise *nf*
vanesse *nf*
vanille [-nij] *nf*
vanillé, e [-nije] *adj*
vanillier [-nije] *nm*
vanilline [-nilin] *nf*
vanillisme [-nilism] *nm*
vanillon [-nijɔ̃] *nm*
vanisé, e *adj*
vanité *nf*
vaniteusement *adv*
vaniteux, euse *adj, n*
vanity-case [vanitikɛz] *nm (pl vanity-cases)*
vannage *nm*
vanne *nf*
vanné, e *adj (fam.)*
vanneau *nm*
vannée *nf*
vannelle *nf*
vanner *vt*
vannerie *nf*
vanneur, euse *n*
vannet [-nɛ] *nm*
vannier *nm*
vannure *nf*
vantail, aux *nm (partie mobile d'une porte)*
vantard, e *adj, n*
vantardise *nf*
vantelle *nf*
vanter *vt, vpr (louer)*
va-nu-pieds *nm inv.*
vape *nf (pop.)*
vapeur *nf (gaz); nm (navire)*
vapocraquage *nm*
vapocraqueur *nm*
vaporeux, euse *adj*
vaporisage *nm*
vaporisateur *nm*
vaporisation *nf*
vaporiser *vt, vpr*
vaquer *vi, vti*
var *nm*
varaigne *nf*
varan *nm*
varangue *nf*
varappe *nf*
varapper *vi*
varappeur, euse *n*
varech [varɛk] *nm*
vareuse *nf*
varheure *nm*
varheuremètre *nm*
varia *nm pl*
variabilité *nf*
variable *adj, nf*
variablement *adv*
variance *nf*
variante *nf*
variateur *nm*
variation *nf*
varice *nf*
varicelle *nf*
varicocèle *nf*
varié, e *adj*
varier *vt, vi*
variétal, e, aux *adj*
variété *nf*
variocoupleur *nm*
variole *nf*
variolé, e *adj, n*
varioleux, euse *adj, n*
variolique *adj*
variolisation *nf*
variomètre *nm*
variorum [-rɔm] *nm inv.*
variqueux, euse *adj*
varistance *nf*
varlet [-lɛ] *nm*
varlope *nf*
varloper *vt*
varois, e *adj, n*
var(r)on *nm*
varus [-rys], **vara** *adj inv., nm.*
varve *nf*
vasard, e *adj, nm*
vasculaire *adj*
vascularisation *nf*
vascularisé, e *adj*
vasculo-nerveux, euse *adj (pl vasculo-nerveux, euses)*

vase *nf (boue); nm (récipient)*
vasectomie *nf*
vasectomiser *vt*
vaseline *nf*
vaseliner *vt*
vaseux, euse *adj*
vasière *nf*
vasistas [vazistas] *nm*
vaso(-)constricteur, trice *adj, nm (pl vaso-constricteurs, trices)*
vaso(-)constriction *nf (pl vaso*[-]*constrictions)*
vaso(-)dilatateur, trice *adj (pl vaso*[-]*dilatateurs, trices)*
vaso(-)dilatation *nf (pl vaso*[-]*dilatations)*
vaso(-)moteur, trice *adj (pl vaso*[-]*moteurs, trices)*
vaso(-)motricité *nf (pl vaso*[-]*motricités)*
vasopresseur *nm*
vasopressine *nf*
vasotomie *nf*
vasouiller *vi (fam.)*
vasque *nf*
vassal, e, aux *adj, n*
vassalique *adj*
vassaliser *vt*
vassalité *nf*
vasselage *nm*
vassiveau *nm*
vaste *adj*
vastement *adv*
vaticane *adj f*
vaticinateur, trice *n*
vaticination *nf*
vaticiner *vi*
va-tout *nm inv.*
vau *nm (pl vaux* [architecture]*)*
vauchérie *nf*
vauclusien, enne *adj*
vaudeville *nm*
vaudevillesque *adj*
vaudevilliste *n*
vaudois, e *adj, n*
vaudou, e *adj, nm*
vau-l'eau (à) *loc adv*
vaurien, enne *n (chenapan)*
Vaurien *nm (bateau)*
vautour *nm*
vautrait *nm*
vautrer (se) *vpr*
vaux *nm pl (vallées)*
vavasseur *nm*
va-vite (à la) *loc adv*
vé *interj, nm*
veau *nm (animal)*
vécés *nm pl (fam.)*
vecteur *nm, adj m*
vectoriel, elle *adj*
vécu, e *adj, nm*
vedettariat [-rja] *nm*
vedette *nf*
vedika *nf inv.*
védique *adj, nm*
védisme *nm*
végétal, e, aux *adj, nm*
végétalisme *nm*
végétarien, enne *adj, n*
végétarisme *nm*
végétatif, ive *adj*
végétation *nf*
végéter *vi* C11
véhémence *nf*
véhément, e *adj*
véhémentement *adv*
véhiculaire *adj*
véhicule *nm*
véhiculer *vt*
véhiculeur *nm*
veille *nf*
veillée *nf*
veiller *vi, vti, vt*
veilleur *nm*
veilleuse *nf*
veinard, e *adj, n (fam.)*
veine *nf*
veiné, e *adj*
veiner *vt*
veinette *nf*
veineux, euse *adj*
veinosité *nf*
veinule *nf*
veinure *nf*
vélage *nm*
vélaire *adj, nf*
vélani *nm*
vélar *nm*
vélarisation *nf*
velarium ou **vélarium** [-rjɔm] *nm*
velche ou **welche** [vɛlʃ] *n*
velcro *nm inv.*
veld(t) *nm*
vêlement *nm*
vêler *vi*
vêleuse *nf*
vélie *nf*
vélin *nm*
véliplanchiste *n*
vélique *adj*
vélite *nm*
vélivole ou **vélivoliste** *adj, n*
vellave *adj, n*
velléitaire *adj, n*
velléité *nf*
vélo *nm*
véloce *adj*
vélocement *adv*
vélocimétrie *nf*
vélocipède *nm*
vélocipédique *adj*
vélociste *n*
vélocité *nf*
vélocross *nm inv.*
vélodrome *nm*
vélomoteur *nm*
véloski *nm*
velot [-lo] *nm*
velours *nm*
velouté, e *adj, nm*
veloutement *nm*
velouter *vt, vpr*
velouteux, euse *adj*
veloutier *nm*
veloutine *nf*
velte *nf*
velu, e *adj*
vélum ou **velum** [-lɔm] *nm*

velvet [vɛlvɛt] *nm*
velvote *nf*
venaison *nf*
vénal, e, aux *adj*
vénalement *adv*
vénalité *nf*
venant, e *adj, nm*
vendable *adj*
vendange *nf*
vendangeoir *nm*
vendanger *vt, vi* C7
vendangerot [-ro] *nm*
vendangette *nf*
vendangeur, euse *n*
vendéen, enne *adj, n*
vendémiaire *nm*
vendetta *nf*
vendeur, euse *n*
vendeur, eresse *n, adj (droit)*
vendre *vt, vpr* C41
vendredi *nm*
vendu, e *adj, n*
venelle *nf*
vénéneux, euse *adj*
vénérable *adj, n*
vénération *nf*
vénér(é)ologie *nf*
vénérer *vt* C11
vénéricarde *nf*
vènerie [vɛnri] *nf*
vénérien, enne *adj, n*
venet [-nɛ] *nm*
venette *nf*
veneur *nm*
vénézuélien, enne *adj, n*
vengeance *nf*
venger *vt, vpr* C7
vengeron *nm*
vengeur, eresse *adj, n*
veniat [venjat] *nm inv.*
véniel, elle *adj*
véniellement *adv*
venimeux, euse *adj*
venimosité *nf*
venin *nm*
venir *vi (auxil être)* C28
vénitien, enne *adj, n*
vent *nm (souffle)*
ventage *nm*
ventail, aux *nm* ou **ventaille** *nf (partie de la visière du casque)*
vente *nf*
venté, e *adj*
venteau *nm (ouverture d'une soufflerie)*
venter *vimp (de vent)*
venteux, euse *adj*
ventilateur *nm*
ventilation *nf*
ventiler *vt*
ventileuse *nf*
ventis [vɑ̃ti] *nm pl*
ventôse *nm*
ventouse *nf*
ventral, e, aux *adj*
ventre *nm*
ventrebleu *interj*
ventrèche *nf*
ventre-de-biche *adj inv.*
ventrée *nf*
ventre-saint-gris *interj*
ventriculaire *adj*
ventricule *nm*
ventriculographie *nf*
ventrière *nf*
ventriloque *adj, n*
ventriloquie [-ki] *nf*
ventripotent, e *adj*
ventru, e *adj*
venturi *nm*
venu, e *adj, n*
venue *nf*
vénus [venys] *nf*
vénusien, enne *adj, n*
vénusté *nf*
vêpres *nf pl*
ver *nm (animal)*
véracité *nf*
véraison *nf*
véranda *nf*
vératre *nm*
vératrine *nf*
verbal, e, aux *adj*
verbalement *adv*
verbalisateur *adj m, nm*
verbalisation *nf*
verbaliser *vi, vt*
verbalisme *nm*
verbascacée *nf*
verbe *nm*
verbénacée *nf*
verbeusement *adv*
verbeux, euse *adj*
verbiage *nm*
verbicruciste *n*
verbigération *nf*
verbomanie *nf*
verboquet [-kɛ] *nm*
verbosité *nf*
verdage *nm*
verdâtre *adj*
verdelet, ette [-lɛ, ɛt] *adj*
verdet [-dɛ] *nm*
verdeur *nf*
verdict [vɛrdikt] *nm*
verdier *nm*
verdir *vt, vi*
verdissage *nm*
verdissant, e *adj*
verdissement *nm*
verdoiement *nm*
verdoyant, e [-dwajɑ̃, ɑ̃t] *adj*
verdoyer [-dwaje] *vi* C16
verdunisation *nf*
verduniser *vt*
verdure *nf*
verdurier, ère *n*
vérétille [-tij] *nm*
véreux, euse *adj*
verge *nf*
vergé, e *adj*
vergence *nf*
vergeoise *nf*
verger *nm*
vergerette *nf*
vergeté, e *adj*
vergetier *nm*
vergette *nf*
vergeture *nf*
vergeure [vɛrʒyr] *nf*
verglacé, e *adj*
verglacer *vimp* C6
verglas [-gla] *nm*
ver(g)ne *nm*
vergobret [-brɛ] *nm*
vergogne *nf*

vergue *nf*
véridicité *nf*
véridique *adj*
véridiquement *adv*
vérifiable *adj*
vérificateur, trice *adj, n*
vérificatif, ive *adj*
vérification *nf*
vérifier *vt, vpr*
vérifieur, euse *n*
vérin *nm*
vérine ou **verrine** *nf*
vérisme *nm*
vériste *adj, n*
véritable *adj*
véritablement *adv*
vérité *nf*
verjus [-ʒy] *nm*
verjuté, e *adj*
verlan *nm*
vermée *nf*
vermeil, eille *adj, nm*
vermet [-mɛ] *nm*
vermicelle *nm*
vermicide *adj, nm*
vermiculaire *adj*
vermiculé, e *adj*
vermiculure *nf*
vermidien *nm*
vermiforme *adj*
vermifuge *adj, nm*
vermille [-mij] *nf*
vermiller [-mije] *vi*
vermillon [-mijɔ̃] *nm, adj inv.*
vermillonner [-mijɔne] *vi, vt*
vermine *nf*
vermineux, euse *adj*
verminose *nf*
vermis [-mis] *nm*
vermisseau *nm*
vermivore *adj*
vermouler (se) *vpr*
vermoulu, e *adj*
vermoulure *nf*
vermout(h) *nm*
vernaculaire *adj*
vernal, e, aux *adj*
vernalisation *nf*
vernation *nf*
ver(g)ne *nm*
verni, e *adj, n*
vernier *nm*
vernir *vt*
vernis [-ni] *nm*
vernissage *nm*
vernissé, e *adj*
vernisser *vt*
vernisseur, euse *n*
vernix caseosa [vɛrnikskazeoza] *nm inv.*
vérole *nf*
vérolé, e *adj, n*
véronal, als *nm*
véronique *nf*
verranne *nf*
verrat [vɛra] *nm*
verre *nm (récipient)*
verré, e *adj*
verrée *nf*
verrerie *nf*
verrier, ère *adj, n*
verrine ou **vérine** *nf*
verroterie *nf*
verrou *nm*
verrouillage *nm*
verrouiller *vt, vpr*
verrouilleur *nm*
verrucaire *nf*
verrucosité *nf*
verrue *nf*
verruqueux, euse *adj*
vers *nm (poésie) ; prép*
versaillais, e *adj, n*
versant *nm*
versatile *adj*
versatilité *nf*
verse *nf*
verse (à) *loc adv*
versé, e *adj*
verseau *nm*
versement *nm*
verser *vt, vi*
verset [-sɛ] *nm*
verseur *adj m, nm*
verseuse *nf*
versicolore *adj*
versificateur *nm*
versification *nf*
versifier *vi, vt*
version *nf*
vers-librisme *nm (pl vers-librismes)*
vers-libriste *n, adj (pl vers-libristes)*
verso *nm*
versoir *nm*
verste *nf*
versus [vɛrsys] *prép*
vert, e *adj, nm (couleur)*
vert-de-gris *nm inv., adj inv.*
vert-de-grisé, e *adj (pl vert-de-grisés, es)*
verte *nf (fam.)*
vertébral, e, aux *adj*
vertèbre *nf*
vertébré, e *adj, nm*
vertébrothérapie *nf*
vertement *adv*
vertex [-tɛks] *nm inv.*
vertical, e, aux *adj, n*
verticalement *adv*
verticalité *nf*
verticille [-sil] *nm*
verticillé, e [-sile] *adj*
verticité *nf*
vertige *nm*
vertigineusement *adv*
vertigineux, euse *adj*
vertigo *nm*
vertu *nf*
vertubleu *interj*
vertuchou *interj*
vertudieu *interj*
vertueusement *adv*
vertueux, euse *adj*
vertugadin *nm*
verve *nf*
verveine *nf*
vervelle *nf*
vervet [-vɛ] *nm*
verveux *nm*
verveux, euse *adj*
vésanie [vezani] *nf*
vesce [vɛs] *nf (plante)*
vésical, e, aux *adj*

vésicant, e *adj, nm*
vésication *nf*
vésicatoire *adj, nm*
vésiculaire *adj*
vésicule *nf*
vésiculeux, euse *adj*
vesou *nm*
vespa *nf*
vespasienne *nf*
vespéral, e, aux *adj, nm*
vespertilion *nm*
vespétro *nm*
vespidé *nm*
vesse *nf (émission de gaz ; pop.)*
vesse-de-loup *nf (pl vesses-de-loup)*
vesser *vi (pop.)*
vessie *nf*
vessigon *nm*
vestale *nf*
vestalies *nf pl*
veste *nf*
vestiaire *nm*
vestibulaire *adj*
vestibule *nm*
vestige *nm*
vestimentaire *adj*
veston *nm*
vêtement *nm*
vétéran *nm*
vétérinaire *adj, n*
vétillard, e [-tijar, ard] *adj, n*
vétille [-tij] *nf*
vétiller [-tije] *vi*
vétilleux, euse [-tijø, øz] *adj*
vêtir *vt* C24
vétiver [vetivɛr] *nm*
veto [veto] *nm inv.*
vêtu, e *adj*
vêture *nf*
vétuste *adj*
vétusté *nf*
veuf, veuve *adj, n*
veuglaire *nf*
veule *adj*
veulerie *nf*
veuvage *nm*
vexant, e *adj*
vexateur, trice *adj*
vexation *nf*
vexatoire *adj*
vexer *vt, vpr*
vexillaire [vɛksilɛr] *nm*
vexille [vɛksil] *nm*
vexillologie [vɛksil-] *nf*
via *prép*
viabiliser *vt*
viabilité *nf*
viable *adj*
viaduc *nm*
viager, ère *adj, nm*
viande *nf*
viander *vi ; vpr (pop.)*
viatique *nm*
vibice *nf*
vibord *nm*
vibrage *nm*
vibrant, e *adj*
vibrante *nf*
vibraphone *nm*
vibraphoniste *n*
vibrateur *nm*
vibratile *adj*
vibration *nf*
vibrato *nm*
vibratoire *adj*
vibrer *vi, vt*
vibreur *nm*
vibrion *nm*
vibrionner *vi*
vibrisse *nf*
vibromasseur *nm*
vicaire *nm*
vicarial, e, aux *adj*
vicariance *nf*
vicariant, e *adj*
vicariat [-rja] *nm*
vice *nm (défaut)*
vice-amiral *nm (pl vice-amiraux)*
vice-chancelier *nm (pl vice-chanceliers)*
vice-consul *nm (pl vice-consuls)*
vice-consulat [-la] *nm (pl vice-consulats)*
vicelard, e *adj (arg.)*
vice-légat [-ga] *nm (pl vice-légats)*
vice-légation *nf (pl vice-légations)*
vicennal, e, aux *adj*
vice-présidence *nf (pl vice-présidences)*
vice-président, e *n (pl vice-présidents, es)*
vice-recteur *nm (pl vice-recteurs)*
vice-reine *nf (pl vice-reines)*
vice-roi *nm (pl vice-rois)*
vice-royauté *nf (pl vice-royautés)*
vicésimal, e, aux *adj*
vice versa [vis(e)vɛrsa] *loc adv*
vichy *nm*
vichyssois, e *adj, n*
vichyste *adj, n*
viciable *adj*
viciateur, trice *adj*
viciation *nf*
vicié, e *adj*
vicier *vt*
vicieusement *adv*
vicieux, euse *adj, n*
vicinal, e, aux *adj, nm*
vicinalité *nf*
vicissitude *nf*
vicomtal, e, aux *adj*
vicomte *nm*
vicomté *nf*
vicomtesse *nf*
victimaire *nm*
victime *nf*
victimologie *nf*
victoire *nf*
victoria *nf*
victorien, enne *adj*
victorieusement *adv*
victorieux, euse *adj*
victuailles *nf pl*
vidage *nm*
vidame *nm*
vidamé *nm*
vidamie *nf*

vidange *nf*
vidanger *vt* C7
vidangeur *nm*
vide *adj, nm*
vidé, e *adj*
vidéaste *n*
vide-bouteille *nm (pl vide-bouteilles)*
vide-cave *nm inv.*
videlle *nf*
vidéo *adj inv., nf (abrév.)*
vidéocassette *nf*
vidéoclip [-klip] *nm*
vidéoclub [-klœb] *nm*
vidéocommunication *nf*
vidéoconférence *nf*
vidéodisque *nm*
vidéofréquence *nf*
vidéogramme *nm*
vidéographie *nf*
vidéophone *nm*
vidéophonie *nf*
vide-ordures *nm inv.*
vidéotex [-tɛks] *nm inv.*
vidéothèque *nf*
vidéotransmission *nf*
vide-poches *nm inv.*
vide-pomme *nm inv.*
vider *vt, vpr*
vide-tourie *nm inv.*
videur, euse *n*
vide-vite *nm inv.*
vidicon *nm*
vidimer *vt*
vidimus [-mys] *nm*
vidoir *nm*
viduité *nf*
vidure *nf*
vie *nf*
vieil *(devant voyelle* ou *h muet)* ou **vieux, vieille, vieux** *adj* 13-IIB6
vieillard *nm*
vieille *nf*
vieillerie *nf*
vieillesse *nf*
vieilli, e *adj*
vieillir *vi, vt, vpr*
vieillissant, e *adj*
vieillissement *nm*
vieillot, otte [-jo, ɔt] *adj*
vièle *nf (ancêtre du violon)*
vielle *nf (vièle à roue)*
vieller *vi*
vielleur, euse ou **vielleux, euse** *n*
viennois, e *adj, n*
viennoiserie *nf*
vierge *adj, nf*
vietnamien, enne *adj, n*
vieux ou **vieil, vieille, vieux** *adj* 13-IIB6
vieux, vieille *n*
vieux-catholique, vieille-catholique *n, adj (pl vieux-catholiques, vieilles-catholiques)*
vieux-croyant [vjøkrwajɑ̃] *nm (pl vieux-croyants)*
vieux-lille *nm inv.*
vif, vive *adj, nm*
vif-argent *nm (pl vifs-argents)*
vigie *nf*
vigil, e [-ʒil] *adj (de veille)*
vigilamment *adv*
vigilance *nf*
vigilant, e *adj, nm*
vigile *nf (veille de fête religieuse) ; nm (garde) ; adj*
vigne *nf*
vigneau *nm (tertre)*
vigneau ou **vignot** *nm (bigorneau)*
vigneron, onne *adj, n*
vignette *nf*
vignettiste *n*
vigneture *nf*
vignoble *nm*
vignot ou **vigneau** *nm (bigorneau)*
vigogne *nf*
vigoureusement *adv*
vigoureux, euse *adj*
viguerie [vigri] *nf*
vigueur *nf*
viguier *nm*
vihara *nm inv.*
viking [-kiŋ] *adj, nm*
vil, e *adj*
vilain, e *adj, n*
vilain *adv*
vilainement *adv*
vilayet [vilajɛ] *nm*
vilebrequin *nm*
vilement *adv*
vilenie [vil(e)ni] *nf*
vilipender *vt*
villa *nf*
villafranchien, enne *adj, nm*
village *nm*
villageois, e *n, adj*
villanelle *nf*
ville *nf*
ville-champignon *nf (pl villes-champignons)*
ville-dortoir *nf (pl villes-dortoirs)*
villégiateur *nm*
villégiature *nf*
villégiaturer *vi (fam.)*
ville-satellite *nf (pl villes-satellites)*
villeurbannais, e *adj, n*
villeux, euse *adj*
villosité *nf*
vimana *nm inv.*
vin *nm (boisson)*
vina *nf inv.*
vinage *nm*
vinaigre *nm*
vinaigrer *vt*
vinaigrerie *nf*
vinaigrette *nf*
vinaigrier *nm*
vinaire *adj*
vinasse *nf (fam.)*
vinblastine *nf*
vincamine *nf*
vincristine *nf*
vindas [-das] *nm*

vindicatif, ive *adj*
vindicativement *adv*
vindicte *nf*
vinée *nf*
viner *vt*
vineux, euse *adj*
vingt [vɛ̃ ou vɛ̃t] *adj num inv., nm (nombre)* 19-IIIB, D
vingtaine [vɛ̃tɛn] *nf*
vingt-deux [vɛ̃tdø] *interj (pop.)*
vingt-et-un [vɛ̃teɛ̃] *nm inv.*
vingtième [vɛ̃tjɛm] *adj num, n*
vingtièmement [vɛ̃tjɛmmɑ̃] *adv*
vinicole *adj*
viniculture *nf*
vinifère *adj*
vinificateur, trice *n*
vinification *nf*
vinifier *vt*
vinique *adj*
vinosité *nf*
vintage *nm*
vinyle *nm*
vinylique *adj*
vinylite *nf*
vioc, vioque *adj, n (pop.)*
viol *nm (violation)*
violacé, e *adj*
violacée *nf*
violacer *vt, vpr* C6
violat [-la] *adj m*
violateur, trice *n*
violation *nf*
violâtre *adj*
viole *nf (instrument de musique)*
violemment [-lamɑ̃] *adv*
violence *nf*
violent, e *adj, n*
violenter *vt*
violer *vt*
violet, ette [-lɛ, ɛt] *adj, nm*
violeter *vt* C10
violette *nf*
violeur, euse *n*
violier *nm*
violine *adj inv., nf*
violiste *n*
violon *nm*
violoncelle *nm*
violoncelliste *n*
violoné, e *adj*
violoner *vt, vi (fam.)*
violoneux *nm*
violoniste *nm*
viorne *nf*
V.I.P. *n*
vipère *nf*
vipereau ou **vipéreau** ou **vipériau** *nm*
vipéridé *nm*
vipérin, e *adj*
vipérine *nf*
virage *nm*
virago *nf*
viral, e, aux *adj*
vire *nf*
virée *nf (fam.)*
virelai [virlɛ] *nm*
virement *nm*
virer *vi, vti, vt*
virescence *nf*
vireton *nm*
vireur *nm*
vireux, euse *adj*
virevoltant, e *adj*
virevolte *nf*
virevolter *vi*
virginal, e, aux *adj*
virginal, als *nm*
virginie *nm*
virginité *nf*
virgule *nf*
virguler *vt*
viril, e *adj*
virilement *adv*
virilisant, e *adj, nm*
virilisation *nf*
viriliser *vt*
virilisme *nm*
virilité *nf*
virilocal, e, aux *adj*
virion *nm*
virocide ou **virucide** ou **virulicide** *adj, nm*
viroïde *nm*
virolage *nm*
virole *nf*
viroler *vt*
virolier *nm*
virologie *nf*
virologique *adj*
virologiste *n*
virologue *n*
virose *nf*
virostatique *adj, nm*
virtualité *nf*
virtuel, elle *adj*
virtuellement *adv*
virtuose *n*
virtuosité *nf*
virucide ou **virocide** ou **virulicide** *adj, nm*
virulence *nf*
virulent, e *adj*
virulicide ou **virucide** ou **virocide** *adj, nm*
virure *nf*
virus [-rys] *nm*
vis [vis] *nf (de visser)*
visa *nm*
visage *nm*
visagisme *nm*
visagiste *n*
vis-à-vis [vizavi] *loc adv, loc prép, nm inv.*
viscache [viskaʃ] *nf*
viscéral, e, aux [vise-] *adj*
viscéralement [vise-] *adv*
viscère [visɛr] *nm*
viscoélasticité *nf*
viscoélastique *adj*
viscoplasticité *nf*
viscoplastique *adj*
viscoréduction *nf*
viscose *nf*
viscosimètre *nm*
viscosité *nf*
visé, e *adj, nm*
visée *nf*
viser *vt, vi, vti*

viseur *nm*
vishnouisme [viʃnu-] *nm*
visibilité *nf*
visible *adj, nm*
visiblement *adv*
visière *nf*
vision *nf*
visionnage *nm*
visionnaire *adj, n*
visionner *vt*
visionneuse *nf*
visitandine *nf*
visitatrice *nf*
visitation *nf*
visite *nf*
visiter *vt*
visiteur, euse *n*
visnage [visnaʒ] *nm*
vison *nm*
visonnière *nf*
visqueux, euse *adj*
vissage *nm*
visser *vt*
visserie *nf*
visseuse *nf*
visualisation *nf*
visualiser *vt*
visuel, elle *adj, nm*
visuellement *adv*
vit [vi(t)] *nm*
vitacée *nf*
vital, e, aux *adj*
vitalisme *nm*
vitaliste *adj, n*
vitalité *nf*
vitamine *nf*
vitaminé, e *adj*
vitaminique *adj*
vitaminothérapie *nf*
vite *adv, adj*
vitellin, e *adj*
vitellus [vitɛlys] *nm*
vitelotte [vitlɔt] *nf*
vitesse *nf*
viticole *adj*
viticulteur, trice *n*
viticulture *nf*
vitiligo *nm*
vitiviniculture *nf*
vitrage *nm*
vitrail, aux *nm*
vitrain *nm*
vitre *nf*
vitré, e *adj*
vitrer *vt*
vitrerie *nf*
vitreux, euse *adj*
vitrier *nm*
vitrière *nf*
vitrifiable *adj*
vitrification *nf*
vitrifier *vt, vpr*
vitrine *nf*
vitriol *nm*
vitriolage *nm*
vitrioler *vt*
vitrioleur, euse *n*
vitrocérame *nm*
vitrocéramique *nf*
vitrophanie *nf*
vitulaire *adj*
vitupération *nf*
vitupérateur, trice *n*
vitupérer *vt, vti, vi* C11
vivable *adj*
vivace *adj*
vivace [vivatʃe] *adj inv., adv*
vivacité *nf*
vivandier, ère *n*
vivant, e *adj, nm*
vivarium [-rjɔm] *nm*
vivat [viva(t)] *nm, interj*
vive *nf, adj*
vive ou vivent *interj*
vive-eau *nf (pl vives-eaux)*
vivement *adv, interj*
viverridé *nm*
viveur *nm*
vividité *nf*
vivier *nm*
vivifiant, e *adj*
vivificateur, trice *adj, n*
vivification *nf*
vivifier *vt*
vivipare *adj, n*
viviparité *nf*
vivisection *nf*
vivoir *nm*
vivoter *vi*
vivre *vi, vt* C49
vivre *nm*
vivré, e *adj*
vivrier, ère *adj*
vizir *nm*
vizirat [-ra] *nm*
vlan ou v'lan [vlɑ̃] *interj*
vocable *nm*
vocabulaire *nm*
vocal, e, aux *adj*
vocalement *adv*
vocalique *adj*
vocalisateur, trice *n*
vocalisation *nf*
vocalise *nf*
vocaliser *vi, vt, vpr*
vocalisme *nm*
vocatif *nm*
vocation *nf*
voceratrice [vɔtʃeratritʃe] ou vocératrice *nf*
vocero ou vocéro [vɔtʃero] *nm (pl voceri)*
vocifératеur, trice *n, adj*
vocifération *nf*
vociférer *vi, vt, vti* C11
vocodeur *nm*
vodka *nf*
vœu *nm (pl vœux)*
vogoul(e) *adj, nm*
vogue *nf*
voguer *vi*
voici *prép., adv*
voie *nf (chemin)*
voï(é)vodat *nm*
voï(é)vode *nm*
voï(é)vodie *nf*
voilà *prép, adv*
voilage *nm*
voile *nm (étoffe); nf (de bateau)*
voilé, e *adj*
voilement *nm*
voiler *vt, vi, vpr*
voilerie *nf*
voilette *nf*
voilier *nm*

voilure *nf*
voir *vt, vti, vpr* C30
voire *adv*
voirie *nf*
voisé, e *adj*
voisement *nm*
voisin, e *adj, n*
voisinage *nm*
voisiner *vi*
voiturage *nm*
voiture *nf*
voiture-balai *nf (pl voitures-balais)*
voiture-bar *nf (pl voitures-bars)*
voiturée *nf*
voiture-lit *nf (pl voitures-lits)*
voiturer *vt*
voiture-restaurant *nf (pl voitures-restaurants)*
voiturette *nf*
voiturier *nm*
voiturin *nm*
voï(é)vodat *nm*
voï(é)vode *nm*
voï(é)vodie *nf*
voix *nf (organe de la parole)*
vol *nm (action de voler)*
volable *adj*
volage *adj*
volaille *nf*
volailler, ère *n*
volailleur *nm*
volant, e *adj, nm*
volapük [-pyk] *nm s*
volatil, e *adj*
volatile *nm*
volatilisable *adj*
volatilisation *nf*
volatiliser *vt, vpr*
volatilité *nf*
vol-au-vent *nm inv.*
volcan *nm*
volcanique *adj*
volcaniser *vt*
volcanisme *nm*
volcanologie ou **vulcanologie** *nf*
volcanologique ou **vulcanologique** *adj*
volcanologue ou **vulcanologue** *n*
vole *nf (aux cartes)*
volé, e *adj, n*
voler *vi, vt*
volerie *nf*
volet [-lɛ] *nm*
voletant, e *adj*
voleter *vi* C10
volettement *nm*
voleur, euse *adj, n*
volière *nf*
volige *nf*
voligeage *nm*
voliger *vt* C7
volis [-li] *nm*
volitif, ive *adj*
volition [-sjɔ̃] *nf*
volley-ball [vɔlɛbol] ou **volley** [vɔlɛ] *nm (pl volley-balls* ou *volleys)*
volleyer *vi*
volleyeur, euse [vɔlɛjœr, øz] *n*
volnay [-nɛ] *nm*
volontaire *adj, n*
volontairement *adv*
volontariat [-rja] *nm*
volontarisme *nm*
volontariste *adj, n*
volonté *nf*
volontiers [-tje] *adv*
volt [vɔlt] *nm (unité de mesure)*
voltage *nm*
voltaïque *adj, n*
voltaire *nm*
voltairianisme *nm*
voltairien, enne *adj, n*
voltaïsation *nf*
voltamètre *nm*
voltampère *nm*
volte *nf (tour)*
volte-face *nf inv.*
volter *vi*
voltige *nf*
voltigement *nm*
voltiger *vi* C7
voltigeur *nm*
voltmètre *nm*
volubile *adj*
volubilement *adv*
volubilis [-lis] *nm*
volubilité *nf*
volucelle *nf*
volucompteur [-kɔ̃tœr] *nm*
volume *nm*
volumétrie *nf*
volumétrique *adj*
volumineux, euse *adj*
volumique *adj*
volupté *nf*
voluptuaire *adj*
voluptueusement *adv*
voluptueux, euse *adj, n*
volute *nf*
volvaire *nf*
volve *nf*
volvocale *nf*
volvox [vɔlvɔks] ou **volvoce** *nm*
volvulus [-lys] *nm*
vomer [-mɛr] *nm*
vomérien, enne *adj*
vomi *nm*
vomique *adj, nf*
vomiquier *nm*
vomir *vt*
vomissement *nm*
vomissure *nf*
vomitif, ive *adj, nm*
vomitoire *nm*
vomito negro *nm s*
vorace *adj*
voracement *adv*
voracité *nf*
vortex [-tɛks] *nm*
vorticelle *nf*
vos *adj poss pl*
vosgien, enne [voʒjɛ̃, ɛn] *adj, n*
votant, e *n*
votation *nf*
vote *nm*

voter *vi, vt*
votif, ive *adj*
votre *adj poss s (pl vos)*
vôtre *pron poss, adj poss s, n (pl vôtres)*
voucher [vuʃɛr] *nm*
vouer *vt, vpr*
vouge *nm*
vouivre *nf*
vouloir *vt, vti, vpr* C35
vouloir *nm*
voulu, e *adj*
vous *pron pers pl*
vousseau *nm*
vous(s)oiement *nm*
vous(s)oyer [-swaje] *vt, vpr* C16
voussoir *nm*
voussure *nf*
voûtain *nm*
voûte *nf*
voûté, e *adj*
voûter *vt, vpr*
vouvoiement *nm*
vouvoyer [-vwaje] *vt, vpr* C16
vouvray [-vrɛ] *nm*
vox populi *nf inv.*
voyage *nm*
voyager *vi* C7
voyageur, euse *n*
voyageur-kilomètre *nm (pl voyageurs-kilomètre)*
voyagiste *n*
voyance *nf*
voyant, e *adj, n*
voyelle *nf*
voyer *adj m, nm*
voyeur, euse *n*
voyeurisme *nm*
voyou *nm (pl voyous)*
vrac *nm*
vrai, e *adj, nm*
vraiment *adv*
vraisemblable *adj, nm*
vraisemblablement *adv*
vraisemblance *nf*
vraquier *nm*
vreneli *nm*
vrillage [vrijaʒ] *nm*
vrille [vrij] *nf*
vrillé, e [vrije] *adj, nf*
vriller [vrije] *vt, vi*
vrillette [vrijɛt] *nf*
vrombir *vi*
vrombissant, e *adj*
vrombissement *nm*
vroum ou **vroom** *interj*
V.R.P. [veɛrpe] *nm inv.*
v.t.t. *nm inv.*
vu, e *adj, nm*
vu *prép*
vue *nf*
vulcain *nm*
vulcanales *nf pl*
vulcanien, enne *adj*
vulcanisation *nf*
vulcaniser *vt*
vulcanologie ou **volcanologie** *nf*
vulcanologique ou **volcanologique** *adj*
vulcanologue ou **volcanologue** *n*
vulgaire *adj, nm*
vulgairement *adv*
vulgarisateur, trice *adj, n*
vulgarisation *nf*
vulgariser *vt*
vulgarisme *nm*
vulgarité *nf*
vulgate *nf*
vulgo *adv*
vulgum pecus [vylgɔmpekys] *nm inv. (fam.)*
vulnérabiliser *vt*
vulnérabilité *nf*
vulnérable *adj*
vulnéraire *adj, nm (médicament) ; nf (plante)*
vulnérant, e *adj*
vulpin, e *adj, nm*
vultueux, euse *adj*
vulvaire *adj, nf*
vulve *nf*
vulvite *nf*
vumètre *nm*

W-X-Y-Z

w *nm inv.*
wading [wɛdiŋ] *nm*
wagage [wagaʒ] *nm*
wagnérien, enne [vagne-] *adj, n*
wagnérisme [vagne-] *nm*
wagon [vagɔ̃] *nm*
wagon-bar [va-] *nm (pl wagons-bars)*
wagon-citerne [va-] *nm (pl wagons-citernes)*
wagon-foudre [va-] *nm (pl wagons-foudres)*
wagon-lit [va-] *nm (pl wagons-lits)*
wagonnée [va-] *nf*
wagonnet [va-] *nm*
wagonnier [va-] *nm*
wagon-poste [va-] *nm (pl wagons-poste)*
wagon-réservoir [va-] *nm (pl wagons-réservoirs)*
wagon-restaurant [va-] *nm (pl wagons-restaurants)*
wagon-salon [va-] *nm (pl wagons-salons)*
wagon-tombereau [va-] *nm (pl wagons-tombereaux)*
wagon-trémie [va-] *nm (pl wagons-trémies)*
wagon-vanne [va-] *nm (pl wagons-vannes)*
wahhabisme [waa-] *nm*
wahhabite [waa-] *adj, n*
walé ou **awalé** *nm*
walkie-talkie [wɔkitɔki] *nm (pl walkies-talkies)*
walkman [wokman] *nm*
walk(-)over [walkɔvœr] *nm inv.*
walkyrie [val-] ou **valkyrie** *nf*
wallaby [walabi] *m (pl wallabies)*
wallingant, e [wa-] *adj, n*
wallon, onne [wa-] *adj, n*
wallonisme [wa-] *nm*
wapiti [wa-] *nm*
wargame [wargɛm] *nm*
warning [warniŋ] *nm*
warrant [warɑ̃] *nm*
warrantage [wa-] *nm*
warranter [wa-] *vt*
washingtonia [waʃiŋtɔnja] *nm*
wassingue [wa- ou va-] *nf*
water-ballast [watɛrbalast] *nm (pl water-ballasts)*
water-closet(s) [watɛrklɔzɛt] *nm (pl water-closets)*
watergang [watœrgɑ̃g] *nm*
wateringue [watrɛ̃g] *nf*
water-polo [watɛrpɔlo] *nm (pl water-polos)*
waterproof [watɛrpruf] *adj inv., nm*
waters [watɛr] *nm pl*
watt [wat] *nm (unité de mesure)*
wattheure [wat-] *nm*
wattman [watman] *nm (pl wattmen* [-mɛn] *ou wattmans)*
wattmètre [wat-] *nm*
W.-C. [dubləvese ou vese] *nm pl*
weber [vebɛr] *nm*
week-end [wikɛnd] *nm (pl week-ends)*
wehnelt [venɛlt] *nm*
welche [velʃ] ou **velche** *n*
wellingtonia [weliŋtɔnja] *nm*
weltanschauung [vɛltanʃawuŋ] *nf*
welter [wɛltɛr] *nm*
wergeld [vɛrgɛld] *nm*
western [wɛstɛrn] *nm*
wharf [warf] *nm*
whig [wig] *adj, nm*
whipcord [wipkɔrd] *nm*
whippet [wipɛt] *nm*
whisky [wiski] *nm (pl whiskies* ou *whiskys)*
whist [wist] *nm*
white-spirit [wajtspirit] *nm (pl inv.* ou *white-spirits)*
wigwam [wigwam] *nm*
wil(l)aya [vilaja] *nf*
williams [wiljams] *nf*
winch [wintʃ] *nm (pl winch[e]s)*
winchester [wintʃɛstɛr] *nf*
windsurf [windsœrf] *nm*
wintergreen [wintœrgrin] *nm*

wishbone [wiʃbon] *nm*
wisigoth, e [vizigo, ɔt] *adj, n*
wisigothique [vizigɔtik] *adj*
witloof [witlɔf] *nf*
wolfram [wɔlfram] *nm*
wolof [wɔ-] ou **ouolof** *nm*
wombat [vɔ̃ba] *nm*
won [wɔn] *nm*
woofer [wufœr] *nm*
wormien [vɔrmjɛ̃] *adj m*
wu [vu] *nm s*
würm [vyrm] *nm*
wurmien, enne ou **würmien, enne** [vyrmjɛ̃, ɛn] *adj*
wurtembergeois, oise [vyrtɛ̃bɛrʒwa, az] *dj, n*
wyandotte [vjɑ̃dɔt] *adj, n*

x *nm* ou *nf inv.*
xanthélasma [gzɑ̃-]*nm*
xanthie [gzɑ̃-] *nf*
xanthine [gzɑ̃-] *nf*
xanthique [gzɑ̃-] *adj*
xanthochromie [gzɑ̃-] *nf*
xanthoderme [gzɑ̃-] *adj*
xanthogénique [gzɑ̃-] *adj*
xanthome [gzɑ̃-] *nm*
xanthophycée [gzɑ̃-] *nf*
xanthophylle [gzɑ̃-] *nf*
xénarthre [gze-] *nm*
xénélasie [gze-] *nf*
xénon [gze-] *nm*
xénophile [gze-] *adj, n*
xénophilie [gze-] *nf*
xénophobe [gze-] *adj, n*
xénophobie [gze-] *nf*
xéranthème [kse-] *nm*
xérès [kserɛs] ou **jerez** *nm*
xérodermie [kse-] *nf*
xérographie [kse-] *nf*
xérophile [kse-] *adj*
xérophtalmie [kse-] *nf*
xérophyte [kse-] *nf*
xérophytique [kse-] *adj*
xérus [kserys] *nm*
xi [ksi] ou **ksi** *nm inv.*
xiang [ksjɑ̃g] *nm s*
ximenia *nm* ou **ximénie** [ksi- ou gzi-] *nf*
xipho [ksi-] *nm*
xiphoïde [ksi-] *adj m*
xiphoïdien, enne [ksi-] *adj*
xiphophore [ksi-] *nm*
xoanon [ksɔ-] *nm*
xylème [gzi-] *nm*
xylène [gzi-] *nm*
xylidine [gzi-] *nf*
xylocope [gzi-] *nm*
xylographe [gzi-] *n*
xylographie [gzi-] *nf*
xylographique [gzi-] *adj*
xylol [gzi-] *nm*
xylophage [gzi-] *adj, n*
xylophone [gzi-] *nm*
xylose [gzi-] *nm*
xyste [gzi-] *nm*

y *nm inv.*
y *pron pers, adv*
yacht [jot] *nm*
yacht-club [jotklœb] *nm (pl yacht-clubs)*
yachting [jotiŋ] *nm*
yacht(s)man [jotman] *nm (pl yacht*[s] *men* ou *yacht*[s] *mans)*
ya(c)k [jak] *nm*
yang [jɑ̃g] *nm s*
yankee [jɑ̃ki] *adj, n*
yaourt [jaurt] ou **yog(h)ourt** [jogurt] *nm*
yaourtière *nf*
yard [jard] *nm*
yass ou **jass** [jas] *nm*
yassa *nm*
yatagan [jatagɑ̃] *nm*
yawl [jol] *nm*
yearling [jœrliŋ] *nm*
yèble ou **hièble** *nf*
yéménite *adj, n*
yen [jɛn] *nm (monnaie)*
yeoman [jɔman] *nm (pl yeomen* [-mɛn] ou *yeomans)*
yeomanry [jomanri] *nf*
yeti *nm*
yeuse *nf*
yeux *nm pl*
yé-yé *adj inv., n inv. (fam.)*
yiddish [jidiʃ] *adj inv., nm inv.*
yin [jin] *nm s*
ylang-ylang ou **ilang-ilang** *nm (pl ylangs-ylangs, ilangs-ilangs)*
yod [jɔd] *nm*
yodler ou **iodler** ou **jodler** ou **iouler** *vi*
yoga *nm*
yogi *nm*
yog(h)ourt [jogurt] ou **yaourt** [jaurt] *nm*
yohimbehe [jɔimbe] *nm*
yohimbine [jɔimbin] *nf*
yole [jɔl] *nf*
Yom Kippour ou **Kippour** *nm s*
yorkshire-terrier ou **yorkshire** [jɔrkʃœr] *nm (pl yorkshire-terriers* ou *yorkshires)*
yougoslave *adj, n*
youp *interj*
youpi ou **youppie** *interj*
youpin, e *n (pop.)*
yourte ou **iourte** *nf*

youyou *nm*
(pl youyous)
yo-yo *nm inv.*
ypérite *nf*
yponomeute ou **hyponomeute** *nm*
ypréau *nm*
ysopet ou **isopet** [izɔpɛ] *nm*
ytterbine *nf*
ytterbium [-bjɔm] *nm*
yttria *nm*
yttrialite *nf*
yttrifère *adj*
yttrique *adj*
yttrium [itrijɔm] *nm*
yuan *nm*
yucca [juka] *nm*
yuppie *n*

z *nm inv.*
zabre *nm*
Z.A.C. *nf*
Z.A.D. *nf*
zain [zɛ̃] *adj m*
zaïre *nm*
zaïrois, e *adj, n*
zakouski *nm pl*
zambien, enne *adj, n*
zamia ou **zamier** *nm*
zancle *nm*
zan(n)i [dzani] *nm*
zanzibar ou **zanzi** *nm*
zaouïa ou **zawiya** *nf*
zapateado [sapateado] *nm*
zapper *vi*
zapping [zapiŋ] *nm*
zarzuela [sarswela] *nf*
zawiya ou **zaouïa** *nf*
zazou, e *adj, n*
zèbre *nm*
zébrer *vt* C11
zébrure *nf*
zébu *nm*
zée *nm*
zéine *nf*
zélateur, trice *n*
zèle *nm*
zélé, e *adj, n*
zellige *nm*
zélote *nm*
zemstvo [zjɛmstvo] *nm*
zen [zɛn] *nm s, adj inv.*
zénana ou **zenana** *nf*
zend, e [zɛ̃d] *adj, nm*
zénith *nm*
zénithal, e, aux *adj*
zéolit(h)e *nf*
zéphyr *nm*
zéphyrien, enne *adj*
zéphyrine *nf*
zeppelin [zɛplɛ̃] *nm*
zéro *nm, adj num inv.*
zérotage *nm*
zérumbet [zerɔ̃bɛt] *nm*
zest *interj, nm*
zeste *nm (morceau)*
zester *vt*
zêta [dzɛta] ou **dzêta** *nm inv.*
zétète *nm*
zététique *adj*
zeugma ou **zeugme** *nm*
zeuzère *nf*
zézaiement *nm*
zézayer *vi* C15
zibeline *nf*
zieuter ou **zyeuter** *vt (pop.)*
zig(ue) *nm (pop.)*
ziggourat [-rat] *nf*
zigoteau ou **zigoto** *nm (pop.)*
zigouiller *vt (pop.)*
zigzag *nm*
zigzagant, e *adj*
zigzaguer *vi*
zimbabwéen, enne [zim-] *adj, n*
zinc [zɛ̃g] *nm*
zincage ou **zingage** *nm*
zincate *nm*
zincifère *adj*
zincographie *nf*
zingage ou **zincage** *nm*
zingaro [dzingaro] *nm (pl zingari)*
zingibéracée *nf*
zinguer *vt*
zingueur *nm*
zinjanthrope *nm*
zinnia *nm*
zinzin *adj, nm (fam.)*
zinzinuler *vi*
zinzolin, e *adj, nm*
zip *nm*
zipper *vt*
zircon *nm*
zircone *nf*
zirconite *nf*
zirconium [-njɔm] *nm*
zist [zist] *nm*
zizania ou **zizanie** *nf (graminée)*
zizanie *nf (mésentente)*
zizi *nm (fam.)*
zloty [zlɔti] *nm*
zoanthaire *nm*
zoanthropie *nf*
zodiac *nm (canot)*
zodiacal, e, aux *adj*
zodiaque *nm (astronomie)*
zoé *nf*
zoécie *nf*
zoïle *nm*
zombi(e) *nm*
zona *nm*
zonage *nm*
zonal, e, aux *adj*
zonard, e *n, adj (fam.)*
zone *nf*
zoné, e *adj*
zoner *vt, vi*
zonier, ère *adj, n*
zonure *nm*
zoo [zoo] *nm*
zoogamète *nm*
zoogéographie *nf*
zooglée *nf*
zooïde *adj*
zoolâtre *adj, n*

zoolâtrie *nf*
zoolit(h)e *nm*
zoologie *nf*
zoologique *adj*
zoologiquement *adv*
zoologiste *n*
zoologue *n*
zoom [zum] *nm*
zoomer [zume] *vi*
zoomorphe *adj*
zoomorphisme *nm*
zoonose *nf*
zoopathique *adj*
zoophile *adj, n*
zoophilie *nf*
zoophobie *nf*
zoophore *nm*
zoophyte *nm*
zoopsie *nf*
zoosémiotique [-se-] *nf*
zoosporange *nm*
zoospore *nf*
zootaxie *nf*
zootechnicien, enne [-tɛkni-] *n*
zootechnie [-tɛkni] *nf*
zootechnique [-tɛknik] *adj*
zoothèque *nf*
zoothérapeutique *adj*
zoothérapie *nf*
zorille *nf*
zoroastrien, enne *adj, n*
zoroastrisme *nm*
zostère *nf*
zostérien, enne *adj*
zou *interj*
zouave *nm*
zoulou, e *adj*
zozo *nm (pop.)*
zozotement *nm (fam.)*
zozoter *vi (fam.)*
zuc(c)hette [zykɛt] *nf*
Z.U.P. *nf*
zut *interj*
zutique *adj*
zutiste *n*
zwanze [zwɑ̃z] *nf* ou *nm*
zwinglianisme [zvɛ̃-] *nm*
zwinglien, enne [zvɛ̃-] *adj, n*
zyeuter ou zieuter *vt (pop.)*
zygène [ziʒɛn] *nf*
zygnéma *nm*
zygoma *nm*
zygomatique *adj*
zygomorphe *adj*
zygomycète *nm*
zygopétale ou zygopetalium *nm*
zygote *nm*
zymase *nf*
zymotechnie [-tɛkni] *nf*
zymotique *adj*
zythum [zitɔm] ou zython [-tɔ̃] *nm*

Graphies recommandées par le Conseil supérieur de la langue française et acceptées par l'Académie française

L'Académie publie en annexe de son dictionnaire une liste qui se conforme aux recommandations du Conseil supérieur de la langue française parues en décembre 1990 dans le *Journal officiel*[1] (voir ici appendice III, p. 1291).

« L'Académie a précisé qu'elle entendait que ces recommandations soient soumises à l'épreuve du temps. Elle maintiendra donc les graphies qui figurent dans son *Dictionnaire* jusqu'au moment où elle aura constaté que les modifications recommandées sont bien entrées dans l'usage. Aucune des deux graphies ne peut être tenue pour fautive. »

Pour les mots à partir de la lettre H se reporter à l'appendice III.

A

abaisse-langue (*pl. abaisse-langues*)
abat-foin (*pl. abat-foins*)
abat-jour (*pl. abat-jours*)
abat-son (*pl. abat-sons*)
abat-vent (*pl. abat-vents*)
abîme *ou* abime
abîmer *ou* abimer
absoudre, *pp absout*
accroître *ou* accroitre
acœlomate *ou* acélomate
addenda (*pl. addendas*)
affût *ou* affut
affûtage *ou* affutage
affûter *ou* affuter
affûteur *ou* affuteur
affûtiau *ou* affutiau
agératum
agneler *se conjugue comme celer* (C9)
aide-mémoire (*pl. aide-mémoires*)
aigretté *ou* aigreté
aigu, aigüe
aiguilleter (C9)
aimè-je
aîné, aînée *ou* ainé, ainée
aînesse *ou* ainesse
aître *ou* aitre
aîtres *ou* aitres
alcalinoterreux
allume-feu (*pl. allume-feux*)
ambigu, ambigüe
ambigüité
amonceler (C9)
amoncèlement
amuse-gueule (*pl. amuse-gueules*)
ana *nm* (*pl. anas*)
anneler (C9)
août *ou* aout
aoûtat *ou* aoutat
aoûteron *ou* aouteron
aoûtien, -tienne *ou* aoutien, -tienne
apparaître *ou* apparaitre
appas (*pl.*) *s'écrit* appâts
appuie-main (*pl. appuie-mains*)
appuie-tête (*pl. appuie-têtes*)
après-dîner *ou* après-diner, après-dînée *ou* après-dinée
après-midi (*pl. après-midis*)
après-rasage *nm* (*pl. après-rasages*)

1. Les textes des pages 1273 à 1305 sont publiés avec l'aimable autorisation du *Journal officiel*.

après-ski
(pl. après-skis)
apriori *nm*
(pl. aprioris)
arborétum
arcboutant
arcbouter
argüer
arrachepied (d')
arrête-bœuf
(pl. arrête-bœufs)
arrière-goût *ou*
arrière-gout
assafétida
(pl. assafétidas) ou
assa fœtida *(pl. assa fœtidas)*
asseoir *s'écrit assoir*
assidûment *ou*
assidument
auburn *(pl. auburns)*
autoaccusation *ou*
auto-accusation
autoallumage *ou*
auto-allumage
autoamorçage *ou*
auto-amorçage
autoécole *ou*
auto-école
autostop
autostoppeur, -euse
avant-goût *ou*
avant-gout
avunculaire *ou*
avonculaire

B

babyfoot
(pl. babyfoots)
banqueter (C9)
barcarole
barquerole
baseball
basketball
bassecontre
bassecour
bassetaille
bateler (C9)
bat-flanc
(pl. bat-flancs)
becqueter (C9)
bégu, bégüe
bélître *ou* bélitre
benoît, -oîte *ou*
benoit, -oite
benoîte *(nf) ou*
benoite
benoîtement *ou*
benoitement
besaigüe
bestseller
bisaiguë
bizut
blabla *ou* blablabla
(pl. blablas ou blablablas)
blackout
bluejean
boîte *ou* boite
boîtier *ou* boitier
bonhommie
bosseler (C9)
botteler (C9)
bouiboui
bouloter
bourreler (C9)
bourrèlement
boursouffler
boursoufflure
boutentrain
bouterole
boute-selle
(pl. boute-selles)
bouveter (C9)
box *(pl. box)*
branlebas
braséro
brèche-dent
(pl. brèche-dents)
bretteler (C9)
breveter (C9)
briqueter (C9)
brise-bise
(pl. brise-bises)
brise-fer
(pl. brise-fers)
brise-glace
(pl. brise-glaces)
brise-jet
(pl. brise-jets)
brise-lampe
(pl. brise-lames)
brise-motte
(pl. brise-mottes)
brisetout
(pl. brisetouts)
brise-vent
(pl. brise-vents)
brocheter (C9)
bronchopneumonie
brûlage *ou* brulage
brûlant *ou* brulant
brûlé, -ée *ou* brulé, -ée
brûle-bout *ou*
brule-bout
brûle-gueule *ou*
brule-gueule
brûlement *ou*
brulement
brûle-parfum *ou*
brule-parfum
brûle-pourpoint (à)
ou brule-pourpoint (à)
brûler *ou* bruler
brûlerie *ou* brulerie
brûletout *ou*
bruletout
(pl. brûletouts ou bruletouts)
brûleur, -euse *ou*
bruleur, -euse
brûlis *ou* brulis
brûloir *ou* bruloir

brûlot *ou* brulot
brûlure *ou* brulure
bûche *ou* buche
bûcher *nm ou* bucher
bûcher *vt ou* bucher
bûcheron *ou* bucheron
bûchette *ou* buchette
bûcheur, -euse *ou* bucheur, -euse.

C

cachecache
cache-col *(pl. cache-cols)*
cache-misère *(pl. cache-misères)*
cache-pot *(pl. cache-pots)*
cache-poussière *(pl. cache-poussières)*
cache-radiateur *(pl. cache-radiateurs)*
cache-sexe *(pl. cache-sexes)*
cacheter (C9)
cachoter
cachoterie
cachotier, -ière
cæcal *ou* cécal
cæcum *ou* cécum
cahutte
caille-lait *(pl. caille-laits)*
cailleter (C9)
candéla
canneler (C9)
capeler (C9)
capoc
caqueter (C9)
caracul
carbonaro *(pl. carbonaros)*
cardiovasculaire
carreler (C9)
casse-cou *(pl. casse-cous)*
casse-croûte *(pl. casse-croûtes) ou* casse-croute *(pl. casse-croutes)*
casse-lunette *(pl. casse-lunettes)*
casse-noisette *(pl. casse-noisettes)*
casse-pied *(pl. casse-pieds)*
casse-pierre *(pl. casse-pierres)*
casse-pipe *(pl. casse-pipes)*
casse-tête *(pl. casse-têtes)*
cèleri
cent : *cent-deux, deux-cents, deux-cent-trente-et-un, l'emploi du trait d'union étant étendu à tous les numéraux qui forment un nombre complexe inférieur ou supérieur à cent.*
céphalorachidien
cérébrospinal
chaînage *ou* chainage
chaîne *ou* chaine
chaîner *ou* chainer
chaînetier *ou* chainetier
chaînette *ou* chainette
chaîneur *ou* chaineur
chaînier *ou* chainier, chaîniste *ou* chainiste
chaînon *ou* chainon
chamitosémitique
chanceler (C9)
chancèlement
charriot
chasse-marée *(pl. chasse-marées)*
chasse-mouche *(pl. chasse-mouches)*
chasse-neige *(pl. chasse-neiges)*
chasse-pierre *(pl. chasse-pierres)*
chauffe-assiette *(pl. chauffe-assiettes)*
chauffe-bain *(pl. chauffe-bains)*
chauffe-biberon *(pl. chauffe-biberons)*
chauffe-eau *(pl. chauffe-eaux)*
chauffe-linge *(pl. chauffe-linges)*
chauffe-lit *(pl. chauffe-lits)*
chauffe-pied *(pl. chauffe-pieds)*
chauffe-plat *(pl. chauffe-plats)*
chaussetrappe
chauvesouris
chébec *ou* chebec
chèvrepied
chevreter (C9)
chistéra
chowchow
cicérone
ci-gît *ou* ci-git
cigüe
cinéclub
claqueter (C9)
claveter (C9)
clergyman *(pl. clergymans)*

cliqueter (C9)
clochepied (à)
cloître *ou* cloitre
cloîtrer *ou* cloitrer
cœlacanthe *ou* célacanthe
cœlentérés *ou* célentérés
cœliaque *ou* céliaque
cœlomate *ou* célomate
cœlome *ou* célome
coincoin *(pl. coincoins)*
colleter (C9)
combattif
combattivité
comparaître *ou* comparaitre
compte-fil *(pl. compte-fils)*
compte-goutte *(pl. compte-gouttes)*
compte-tour *(pl. compte-tours)*
condottière
congrûment *ou* congrument
connaître *ou* connaitre
contigu, contigüe
contigüité
continûment *ou* continument
contralizé *ou* contre-alizé
contrallée *ou* contre-allée
contrappel *ou* contre-appel
contrapproches *ou* contre-approches
contrassurance *ou* contre-assurance
contrattaque *ou* contre-attaque
contrattaquer *ou* contre-attaquer
contrebord
contrebord (à)
contrebraquage
contrebraquer
contrechant
contrechoc
contrecourant
contrecourbe
contredigue
contrécrou *ou* contre-écrou
contrélectromoteur, -trice, *ou* contre-électromoteur, -trice
contremploi *ou* contre-emploi
contrempreinte *ou* contre-empreinte
contrenquête *ou* contre-enquête
contrépreuve *ou* contre-épreuve
contrespionnage *ou* contre-espionnage
contressai *ou* contre-essai
contrexpertise *ou* contre-expertise
contrefenêtre
contrefer
contrefeu
contrefiche
contrefil
contrefilet
contrefugue
contrehacher
contrehachure
contrehaut (en)
contrindication *ou* contre-indication
contrindiquer *ou* contre-indiquer
contrejour
contrelatte
contrelatter
contrelettre
contremanifestant
contremanifestation
contremanifester
contremarée
contremesure
contremine
contreminer
contremur
contremurer
controffensive *ou* contre-offensive
contrepas
contrepassation
contrepasser
contrepente
contreperformance
contrepied *(pl. contrepieds)*
contreplongée
contrepoil
contrepointe
contrepointer
contreporte
contrepouvoir
contrepréparation
contre-profil
contre-propagande
contrerail
contreréforme
contrerévolution
contrerévolutionnaire
contresangle
contresanglon
contresceau
contresceller
contretaille
contreterrasse
contreterrorisme
contreterroriste
contretimbre
contretirer
contretorpilleur
contrevair
contrevaleur
contrevisite
contrevoie
coqueter (C9)
coquiller, -ère
corolaire
corole
coupe-chou *(pl. coupe-choux)*
coupecoupe *(pl. coupecoupes)*
coupe-feu *(pl. coupe-feux)*
coupe-file *(pl. coupe-files)*

coupe-gorge
(pl. coupe-gorges)
coupe-légume
(pl. coupe-légumes)
coupe-ongle
(pl. coupe-ongles)
coupe-papier
(pl. coupe-papiers)
coupe-racine
(pl. coupe-racines)
coupe-vent
(pl. coupe-vents)
coût *ou* cout
coûter *ou* couter
coûteusement *ou* couteusement
coûteux *ou* couteux
covergirl
cowboy
coxofémoral
craqueler (C9)
craquèlement
craqueter (C9)
crématorium
crèneler (C9)
crève-cœur
(pl. crève-cœurs)
crochepied
croît *ou* croit
croquemitaine
croquemonsieur
(pl. croquemonsieurs)
croquemort
(pl. croquemorts)
croquenote
(pl. croquenotes)
croûte *ou* croute
croûter *ou* crouter
croûteux *ou* crouteux
croûton *ou* crouton
crûment *ou* crument
çudra *ou* sudra
cuicui *(pl. cuicuis)*
cuissot *s'écrit cuisseau*
cure-ongle
(pl. cure-ongles)
cureter (C9)
curriculum vitae
(pl. curriculums vitae)
cutiréaction
cuveler (C9)
cyclocross
cyclopédestre

D

déboîtement *ou* déboitement
déboîter *ou* déboiter
débosseler (C9)
décacheter (C9)
décapeler (C9)
décarreler (C9)
décerveler (C9)
déchaînement *ou* déchainement
déchaîner *ou* déchainer
déchiqueter (C9)
déclaveter (C9)
décliqueter (C9)
décolleter (C9)
décroît *ou* décroit
décroître *ou* décroitre
déficeler (C9)
défraîchir *ou* défraichir
dégoût *ou* dégout
dégoûtant *ou* dégoutant
dégoûté *ou* dégouté
dégoûter *ou* dégouter
déléatur
(pl. déléaturs)
délirium trémens
démoucheter (C9)
démuseler (C9)
déniveler (C9)
dénivèlement
denteler (C9)
dentellier, -ière *ou* dentelier, -ière
dépaqueter (C9)
dépuceler (C9)
désenchaîner *ou* désenchainer
désensorceler (C9)
désidérata
(pl. désidératas)
despérado
dessillier *s'écrit déciller*
dételer (C9)
diésel
dîme *ou* dime
dînatoire *ou* dinatoire
dînée *ou* dinée
dîner *nm ou* diner
dîner *vi ou* diner
dînette *ou* dinette
dîneur *ou* dineur
disaccaride
disparaître *ou* disparaitre
dompte-venin
(pl. dompte-venins)
douçâtre
dracéna
dûment *ou* dument
duplicata
(pl. duplicatas)
dussè-je
se duveter (C9)
dynamoélectrique *ou* dynamo-électrique

E

échevelер (C9)
échévéria
échoencéphalographie
écroûtage *ou* écroutage, écroûtement *ou* écroutement
écroûter *ou* écrouter
eczéma *s'écrit exéma*
eczémateux *s'écrit exémateux*
édelweiss
églefin *ou* èglefin
électroacoustique *ou* électro-acoustique
électroaimant *ou* électro-aimant
électroencéphalogramme *ou* électro-encéphalogramme
électroencéphalographe *ou* électro-encéphalographe
électroencéphalographie *ou* électro-encéphalographie
électronvolt
embecquer *ou* embéquer
emboîtage *ou* emboitage
emboîté *ou* emboité
emboîtement *ou* emboitement
emboîter *ou* emboiter
emboîture *ou* emboiture
embûche *ou* embuche
embûcher *ou* embucher
empaqueter (C9)
emporte-pièce *(pl. emporte-pièces)*
enchaîné, -ée *ou* enchainé, -ée
enchaînement *ou* enchainement
enchaîner *ou* enchainer
enchanteler (C9)
encliqueter (C9)
encroûtement *ou* encroutement
encroûter *ou* encrouter
enfaîteau *ou* enfaiteau
enfaîtement *ou* enfaitement
enfaîter *ou* enfaiter
enfûtage *ou* enfutage
enfûter *ou* enfuter
engrumeler (C9)
enjaveler (C9)
ensorceler (C9)
ensorcèlement
entraimer (s')
entraînable *ou* entrainable
entraînant, -ante *ou* entrainant, -ante
entraînement *ou* entrainement
entraîner *ou* entrainer
entraîneur *ou* entraineur
entraîneuse *ou* entraineuse
entrapercevoir
entrapparaître *ou* entrapparaitre
entrappeler (s')
entravertir (s')
entrebande
entredéchirer (s')
entredétruire (s')
entredeux
entredévorer (s')
entredonner (s')
entrefenêtre
entrefrapper (s')
entrégorger (s')
entrenerf
entrenœud
entrenuire (s')
entrerail
entreregarder (s')
entresoutenir (s')
entresuivre (s')
entretemps
entretuer (s')
entrevoie
entrevoûter *ou* entrevouter
envoûtant, -ante *ou* envoutant, -ante
envoûtement *ou* envoutement
envoûter *ou* envouter
envoûteur, -euse *ou* envouteur, -euse
épanneler (C9)
épeler (C9)
épinceter (C9)
épître *ou* épitre
épousseter (C9)
errata *(pl. erratas)*
erratum *(pl. erratums)*
étinceler (C9)
étincèlement
étiqueter (C9)
étouffe-chrétien *(pl. étouffe-chrétiens)*
exigu, exigüe
exigüité
extra *(pl. extras)*
extrémum

F

facsimilé
fairplay
faîtage *ou* faitage
faîte *ou* faite
faîteau *ou* faiteau
faîtier *ou* faitier
ferroalliage
ferroaluminium
feuilleter (C9)
ficeler (C9)
flûte *ou* flute
flûté, -ée *ou* fluté, -ée
flûteau *ou* fluteau
flûter *ou* fluter
flûteur, -euse *ou* fluteur, -euse
flûtiau *ou* flutiau
flûtiste *ou* flutiste
fourretout *(pl. fourretouts)*
fraîche *ou* fraiche
fraîchement *ou* fraichement
fraîcheur *ou* fraicheur
fraîchin *ou* fraichin
fraîchir *ou* fraichir
fric-frac *ou* fricfrac
frisotant, -e
frisoter
frisotis
fumerole
fuseler (C9)

G

gageüre
gagne-pain *(pl. gagne-pains)*
gagnepetit *(pl. gagnepetits)*
garde-vue *(pl. garde-vues)*
garrotage
garroter
gastroentérite
gastroentérologie
gastroentérostomie
il gît *ou* il git
girolle *ou* girole
gîte *ou* gite
gîter *ou* giter
glossopharygien, -enne
gobeter (C9)
goulûment *ou* goulument
goût *ou* gout
goûter *ou* gouter
goûteur, -euse *ou* gouteur, -euse
goûteux, -euse *ou* gouteux, -euse

APPENDICE

Tolérances et propositions officielles de rectifications de l'orthographe au XXe siècle

I - ARRÊTÉ DU 26 FÉVRIER 1901

Le Ministre de l'Instruction publique et des Beaux-Arts,
Vu l'article 5 de la loi du 27 février 1880 ;
Vu l'arrêté du 31 juillet 1900 ;
Le Conseil supérieur de l'Instruction publique entendu,
Arrête :

ARTICLE Ier. – Dans les examens ou concours dépendant du Ministère de l'Instruction publique, qui comportent des épreuves spéciales d'orthographe, il ne sera pas compté de fautes aux candidats pour avoir usé des tolérances indiquées dans la liste annexée au présent arrêté.

La même disposition est applicable au jugement des diverses compositions rédigées en langue française, dans les examens ou concours dépendant du Ministère de l'Instruction publique qui ne comportent pas une épreuve spéciale d'orthographe.

Art. 2 – L'arrêté du 31 juillet 1900 est rapporté.

Fait à Paris, le 26 février 1901.

GEORGES LEYGUES.

Liste annexée à l'arrêté du 26 février 1901

SUBSTANTIFS

Pluriel ou singulier. – Dans toutes les constructions où le sens permet de comprendre le substantif complément aussi bien au singulier qu'au pluriel, on tolérera l'emploi de l'un ou l'autre nombre. Ex. : *des habits de femme* ou *de femmes ; – des confitures de groseille* ou *de groseilles ; – des prêtres en bonnet carré* ou *en bonnets carrés ; – ils ont ôté leur chapeau* ou *leurs chapeaux.*

SUBSTANTIFS DES DEUX GENRES

1. **Aigle**. – L'usage actuel donne à ce substantif le genre masculin, sauf dans le cas où il désigne des enseignes. Ex. : *les aigles romaines.*

2. **Amour, orgue**. – L'usage actuel donne à ces deux mots le genre masculin au singulier. Au pluriel, on tolérera indifféremment le genre masculin ou le genre féminin. Ex. : *les grandes orgues ; – un des plus beaux orgues ; – de folles amours, des amours tardifs.*

3. **Délice et délices** sont, en réalité, deux mots différents. Le premier est d'un usage rare et un peu recherché. Il est inutile de s'en occuper dans l'enseignement élémentaire et dans les exercices.

4. **Automne, enfant**. – Ces deux mots étant des deux genres, il est inutile de s'en occuper particulièrement. Il en est de même de tous les substantifs qui sont indifféremment des deux genres.

5. **Gens, orge**. - On tolérera, dans toutes les constructions, l'accord de l'adjectif au féminin avec le mot *gens*. Ex. : *instruits* ou *instruites par l'expérience, les vieilles gens sont soupçonneux* ou *soupçonneuses.*

On tolérera l'emploi du mot *orge* au féminin sans exception : *orge carrée, orge mondée, orge perlée.*

6. **Hymne**. - Il n'y a pas de raison suffisante pour donner à ce mot deux sens différents, suivant qu'il est employé au masculin ou au féminin. On tolérera les deux genres, aussi bien pour les chants nationaux que pour les chants religieux. Ex. : *un bel hymne* ou *une belle hymne.*

7. **Pâques**. – On tolérera l'emploi de ce mot au féminin aussi bien pour désigner une date que la fête religieuse. Ex. : *à Pâques prochain* ou *à Pâques prochaines.*

PLURIEL DES SUBSTANTIFS

1. **Pluriel des noms propres**. – La plus grande obscurité régnant dans les règles et les exceptions enseignées dans les grammaires, on tolérera dans tous les cas que les noms propres, précédés de l'article pluriel, prennent la marque du pluriel. Ex. : *Les Corneilles* comme *les Gracques ; – des Virgiles* (exemplaires) comme *des Virgiles* (éditions).

Il en sera de même pour les noms propres de personnes désignant les œuvres de ces personnes. Ex. : *des Meissoniers.*

2. **Pluriel des noms empruntés à d'autres langues**. – Lorsque ces mots sont tout à fait entrés dans

la langue française, on tolérera que le pluriel soit formé selon la règle générale. Ex. : *des exéats* comme *des déficits.*

NOMS COMPOSÉS

Noms composés. – Les mêmes noms composés se rencontrent aujourd'hui tantôt avec le trait d'union, tantôt sans trait d'union. Il est inutile de fatiguer les enfants à apprendre des contradictions que rien ne justifie. L'absence de trait d'union dans l'expression *pomme de terre* n'empêche pas cette expression de former un véritable mot composé aussi bien que *chef-d'œuvre*, par exemple. Ces mots pourront toujours s'écrire sans trait d'union.

ARTICLES

1. Article devant les noms propres de personnes. – L'usage existe d'employer l'article devant certains noms de famille italiens : *le Tasse, le Corrège*, et quelquefois à tort devant les prénoms : *(le) Dante, (le) Guide.* – On ne comptera pas comme faute l'ignorance de cet usage.

Il règne aussi une grande incertitude dans la manière d'écrire l'article qui fait partie de certains noms propres français : *la Fontaine* ou *La Fontaine, la Fayette* ou *Lafayette.* Il convient d'indiquer, dans les textes dictés, si, dans les noms propres qui contiennent un article, l'article doit être séparé du nom.

2. Article supprimé. – Lorsque deux adjectifs unis par *et* se rapportent au même substantif de manière à désigner en réalité deux choses différentes, on tolérera la suppression de l'article devant le second adjectif. Ex. : *l'histoire ancienne et moderne*, comme *l'histoire ancienne et la moderne.*

3. Article partitif. – On tolérera *du, de la, des*, au lieu de *de* partitif, devant un substantif précédé d'un adjectif. Ex. : *de* ou *du bon pain, de bonne viande* ou *de la bonne viande, de* ou *des bons fruits.*

4. Article devant *plus, moins*, etc. – La règle qui veut qu'on emploie *le plus, le moins, le mieux*, comme un neutre invariable devant un adjectif indiquant le degré le plus élevé de la qualité possédée par le substantif qualifié sans comparaison avec d'autres objets, est très subtile et de peu d'utilité. Il est superflu de s'en occuper dans l'enseignement élémentaire et dans les exercices. On tolérera *le plus, la plus, les plus, les moins, les mieux*, etc., dans des constructions telles que : *on a abattu les arbres le plus* ou *les plus exposés à la tempête.*

ADJECTIFS

1. Accord de l'adjectif. – Dans la locution *se faire fort de*, on tolérera l'accord de l'adjectif. Ex. : *se faire fort, forte, forts, fortes de...*

2. Adjectif construit avec plusieurs substantifs. – Lorsqu'un adjectif qualificatif suit plusieurs substantifs de genres différents, on tolérera toujours que l'adjectif soit construit au masculin pluriel quel que soit le genre du substantif le plus voisin. Ex. : *appartements et chambres meublés.* – On tolérera aussi l'accord avec le substantif le plus rapproché. Ex. : *un courage et une foi nouvelle.*

3. Nu, demi, feu. – On tolérera l'accord de ces adjectifs avec le substantif qu'ils précèdent. Ex. : *nu* ou *nus pieds, une demi* ou *demie heure* (sans trait d'union entre les mots), *feu* ou *feue reine.*

4. Adjectifs composés. – On tolérera la réunion des deux mots constitutifs en un seul mot, qui formera son féminin et son pluriel d'après la règle générale. Ex. : *nouveauné, nouveaunée, nouveaunés, nouveaunées; courtvêtu, courtvêtue, courvêtus, courvêtues.*

Mais les adjectifs composés qui désignent des nuances étant devenus, par suite d'une ellipse, de véritables substantifs invariables, on les traitera comme des mots invariables. Ex. : *des robes bleu clair, vert d'eau*, etc., de même qu'on dit *des habits marron.*

5. Participes passés invariables. – Actuellement les participes *approuvé, attendu, ci-inclus, ci-joint, excepté, non compris, y compris, ôté, passé, supposé, vu,* placés avant le substantif auquel ils sont joints, restent invariables; *Excepté* est même déjà classé parmi les prépositions. On tolérera l'accord facultatif pour ces participes, sans exiger, l'application de règles différentes suivant que ces mots sont placés au commencement ou dans le corps de la proposition, suivant que le substantif est ou n'est pas déterminé. Ex. : *ci joint* ou *ci jointes les pièces demandées* (sans trait d'union entre *ci* et le participe); – *je vous envoie ci joint* ou *ci jointe copie de la pièce.*

On tolérera la même liberté pour l'adjectif *franc.* Ex. : *envoyer franc de port* ou *franche de port une lettre.*

6. Avoir l'air. – On permettra d'écrire indifféremment : *elle a l'air doux* ou *douce, spirituel* ou *spirituelle.* On n'exigera pas la connaissance d'une différence de sens subtile suivant l'accord de l'adjectif avec le mot *air* ou avec le mot désignant la personne dont on indique l'air.

7. Adjectifs numéraux. – *Vingt, cent.* La prononciation justifie dans certains cas la règle actuelle, qui donne un pluriel à ces deux mots quand ils sont multipliés par un autre nombre. On tolérera le pluriel de *vingt* et de *cent*, même lorsque ces mots sont suivis d'un autre adjectif numéral. Ex. : *quatre vingt* ou *quatre vingts dix hommes ; – quatre cent* ou *quatre cents trente hommes.*

Le trait d'union ne sera pas exigé entre le mot désignant les unités et le mot désignant les dizaines. Ex. : *dix sept.*

Dans la désignation du millésime, on tolérera *mille* au lieu de *mil*, comme dans l'expression d'un nombre. Ex. : *l'an mil huit cent quatre vingt dix* ou *l'an mille huit cents quatre vingts dix.*

ADJECTIFS DÉMONSTRATIFS, INDÉFINIS ET PRONOMS

1. **Ce.** – On tolérera la réunion des particules *ci* et *là* avec le pronom qui les précède, sans exiger qu'on distingue *qu'est ceci, qu'est cela* de *qu'est ce ci, qu'est ce là.* – On tolérera la suppression du trait d'union dans ces constructions.

2. **Même.** – Après un substantif ou un pronom au pluriel, on tolérera l'accord de *même* au pluriel et on n'exigera pas de trait d'union entre *même* et le pronom. Ex. : *nous mêmes, les dieux mêmes.*

3. **Tout.** – Devant un nom de ville, on tolérera l'accord du mot *tout* avec le nom propre sans chercher à établir une différence un peu subtile entre des constructions comme *tout Rome* et *toute Rome.*

On ne comptera pas de faute non plus à ceux qui écriront indifféremment, en faisant parler une femme, *je suis tout à vous* ou *je suis toute à vous.*

Lorsque *tout* est employé avec le sens indéfini de *chaque*, on tolérera indifféremment la construction au singulier ou au pluriel du mot *tout* et du substantif qu'il accompagne. Ex. : *des marchandises de toute sorte* ou *de toutes sortes ; – la sottise est de tout (tous) temps et de tout (tous) pays.*

4. **Aucun.** – Avec une négation, on tolérera l'emploi de ce mot aussi bien au pluriel qu'au singulier. Ex. : *ne faire aucun projet* ou *aucuns projets.*

5. **Chacun.** – Lorsque ce pronom est construit après le verbe et se rapporte à un mot pluriel sujet ou complément, on tolérera indifféremment, après *chacun*, le possessif *son, sa, ses* ou le possessif *leur, leurs.* Ex. : *ils sont sortis chacun de son côté* ou *de leur côté ; – remettre des livres chacun à sa place* ou *à leur place.*

VERBES

1. **Verbes composés.** – On tolérera la suppression de l'apostrophe et du trait d'union dans les verbes composés. Ex. : *entrouvrir, entrecroiser.*

2. **Trait d'union.** – On tolérera l'absence de trait d'union entre le verbe et le pronom sujet placé après le verbe. Ex. : *est-il ?*

3. **Différence du sujet apparent et du sujet réel.** – Ex. : *sa maladie sont des vapeurs.* Il n'y a pas lieu d'enseigner de règles pour des constructions semblables, dont l'emploi ne peut être étudié utilement que dans la lecture et l'explication des textes. C'est une question de style et non de grammaire, qui ne saurait figurer ni dans les exercices élémentaires ni dans les examens.

4. **Accord du verbe précédé de plusieurs sujets non unis par la conjonction** *et.* – Si les sujets ne sont pas résumés par un mot indéfini tel que *tout, rien, chacun*, on tolérera toujours la construction du verbe au pluriel. Ex. : *sa bonté, sa douceur le font admirer.*

5. **Accord du verbe précédé de plusieurs sujets au singulier unis par** *ni, comme, avec, ainsi que* **et autres locutions équivalentes.** – On tolérera toujours le verbe au pluriel. Ex. : *ni la douceur ni la force n'y peuvent rien* ou *n'y peut rien ; – la santé comme la fortune demandent à être ménagées* ou *demande à être ménagée ; – le général avec quelques officiers sont sortis* ou *est sorti du camp ; – le chat ainsi que le tigre sont des carnivores* ou *est un carnivore.*

6. **Accord du verbe quand le sujet est un mot collectif.** – Toutes les fois que le collectif est accompagné d'un complément au pluriel, on tolérera l'accord du verbe avec le complément. Ex. : *un peu de connaissances suffit* ou *suffisent.*

7. **Accord du verbe quand le sujet est** *plus d'un.* – L'usage actuel étant de construire le verbe au singulier avec le sujet *plus d'un*, on tolérera la construction du verbe au singulier, même lorsque *plus d'un* est suivi d'un complément au pluriel. Ex. : *plus d'un de ces hommes étaient* ou *était à plaindre.*

8. **Accord du verbe précédé de** *un de ceux (une de celles) qui.* – Dans quels cas le verbe de la proposition relative doit-il être construit au pluriel, et dans quels cas au singulier ? C'est une délicatesse de langage qu'on n'essayera pas d'introduire dans les exercices élémentaires ni dans les examens.

9. **C'est, ce sont.** – Comme il règne une grande diversité d'usage relativement à l'emploi régulier de *c'est* et de *ce sont*, et que les meilleurs auteurs ont employé *c'est* pour annoncer un substantif au pluriel ou un pronom de la troisième personne au pluriel, on tolérera dans tous les cas l'emploi de *c'est* au lieu de *ce sont.* Ex. : *c'est* ou *ce sont des montagnes et des précipices.*

10. Concordance ou correspondance des temps. – On tolérera le présent du subjonctif au lieu de l'imparfait dans les propositions subordonnées dépendant de propositions dont le verbe est au conditionnel. Ex. : *il faudrait qu'il vienne* ou *qu'il vînt.*

PARTICIPES

1. Participe présent et adjectif verbal. – Il convient de s'en tenir à la règle générale d'après laquelle on distingue le participe de l'adjectif en ce que le premier indique l'action, et le second l'état. Il suffit que les élèves et les candidats fassent preuve de bon sens dans les cas douteux. On devra éviter avec soin les subtilités dans les exercices. Ex. : *des sauvages vivent errant* ou *errants dans les bois.*

2. Participe passé. – Il n'y a rien à changer à la règle d'après laquelle le participe passé construit comme épithète doit s'accorder avec le mot qualifié, et construit comme attribut avec le verbe *être* ou un verbe intransitif doit s'accorder avec le sujet. Ex. : *des fruits gâtés; – ils sont tombés; – elles sont tombées.*

Pour le participe passé construit avec l'auxiliaire *avoir,* lorsque le participe passé est suivi, soit d'un infinitif, soit d'un participe présent ou passé, on tolérera qu'il reste invariable, quels que soient le genre et le nombre des compléments qui précèdent. Ex. : *les fruits que je me suis laissé* ou *laissés prendre; – les sauvages que l'on a trouvé* ou *trouvés errant dans les bois.* Dans le cas où le participe passé est précédé d'une expression collective, on pourra à volonté le faire accorder avec le collectif ou avec son complément. Ex. : *la foule d'hommes que j'aie vue* ou *vus.*

ADVERBES

***Ne* dans les propositions subordonnées.** – L'emploi de cette négation dans un très grand nombre de propositions subordonnées donne lieu à des règles compliquées, difficiles, abusives, souvent en contradiction avec l'usage des écrivains les plus classiques.

Sans faire de règles différentes suivant que les propositions dont elles dépendent sont affirmatives ou négatives ou interrogatives, on tolérera la suppression de la négation *ne* dans les propositions subordonnées dépendant de verbes ou de locutions signifiant :

Empêcher, défendre, éviter que, etc. Ex. : *défendre qu'on vienne* ou *qu'on ne vienne;*

Craindre, désespérer, avoir peur, de peur que, etc. Ex. : *de peur qu'il aille* ou *qu'il n'aille;*

Douter, contester, nier que, etc. Ex. : *je ne doute pas que la chose soit vraie* ou *ne soit vraie;*

Il tient à peu, il ne tient pas à, il s'en faut que, etc. Ex. : *il ne tient pas à moi que cela se fasse* ou *ne se fasse.*

On tolérera de même la suppression de cette négation après les comparatifs et les mots indiquant une comparaison : *autre, autrement que,* etc. Ex. : *l'année a été meilleure qu'on l'espérait* ou *qu'on ne l'espérait; – les résultats sont autres qu'on le croyait* ou *qu'on ne le croyait.*

De même, après les locutions *à moins que, avant que.* Ex. : *à moins qu'on accorde le pardon* ou *qu'on n'accorde le pardon.*

OBSERVATION

Il conviendra, dans les examens, de ne pas compter comme fautes graves celles qui ne prouvent rien contre l'intelligence et le véritable savoir des candidats, mais qui prouvent seulement l'ignorance de quelque finesse ou de quelque subtilité grammaticale.

Vu pour être annexé à l'arrêté du 26 février 1901.

Le ministre de l'Instruction et des Beaux-Arts, GEORGES LEYGUES.

II – ARRÊTÉ DU 28 DÉCEMBRE 1976

(Journal officiel N.C. du 9 février 1977)

Le ministre de l'Éducation,

Vu l'arrêté du 26 février 1901 relatif à la simplification de l'enseignement de la syntaxe française;

Vu l'avis du conseil de l'enseignement général et technique,

Arrête :

Art. 1er. – La liste annexée à l'arrêté du 26 février 1901 susvisé est remplacée par la liste annexée au présent arrêté.

Art. 2. – Le directeur général de la programmation et de la coordination, le directeur des lycées, le directeur des collèges et le directeur des écoles sont chargés, chacun en ce qui le concerne, de l'exécution du présent arrêté.

Fait à Paris, le 28 décembre 1976. RENÉ HABY.

ANNEXE
Tolérances grammaticales ou orthographiques

Dans les examens ou concours dépendant du ministère de l'Éducation et sanctionnant les étapes de la scolarité élémentaire et de la scolarité secondaire, qu'il s'agisse ou non d'épreuves spéciales d'orthographe, il ne sera pas compté de fautes aux candidats dans les cas visés ci-dessous.

*

Chaque rubrique comporte un, deux ou trois articles affectés d'un numéro d'ordre. Chaque article comprend un ou plusieurs exemples et un commentaire encadré.

Les exemples et les commentaires se présentent sous des formes différentes selon leur objet.

Premier type :

Dans l'emploi de certaines expressions, l'usage admet deux possibilités sans distinguer entre elles des nuances appréciables de sens.

Il a paru utile de mentionner quelques-unes de ces expressions. Chaque exemple est alors composé de deux phrases placées l'une sous l'autre en parallèle. Le commentaire se borne à rappeler les deux possibilités offertes par la langue.

Deuxième type :

Pour d'autres expressions, l'usage admet une dualité de tournures, mais distingue entre elles des nuances de sens ; le locuteur ou le scripteur averti accorde sa préférence à l'une ou l'autre selon ce qu'il veut faire entendre ou suggérer.

Les rubriques qui traitent de ce genre d'expressions conservent, pour chaque exemple, deux phrases parallèles, mais le commentaire se modèle sur un schéma particulier. Dans un premier temps, il rappelle les deux possibilités en précisant que le choix, entre elles, relève d'une intention ; dans un second temps, il invite les correcteurs à ne pas exiger des candidats la parfaite perception de tonalités parfois délicates de la pensée ou du style. La tolérance est introduite par la succession des deux formules : « L'usage admet, selon l'intention,... » et : « On admettra... dans tous les cas ».

Troisième type :

La dernière catégorie est celle des expressions auxquelles la grammaire, dans son état actuel, impose des formes ou des accords strictement définis, sans qu'on doive nécessairement considérer tout manquement à ces normes comme l'indice d'une défaillance du jugement ; dans certains cas, ce sont les normes elles-mêmes qu'il serait difficile de justifier avec rigueur, tandis que les transgressions peuvent procéder d'un souci de cohérence analogique ou logique.

Dans les rubriques qui illustrent ces cas, chaque exemple est constitué par une seule phrase, à l'intérieur de laquelle s'inscrit entre parenthèses la graphie qu'il est conseillé de ne pas sanctionner. Selon la nature de la question évoquée, le commentaire énonce simplement la tolérance ou l'explicite en rappelant la règle.

*

Parmi les indications qui figurent ci-après, il convient de distinguer celles qui précisent l'usage et celles qui proposent des tolérances. Les premières doivent être enseignées. Les secondes ne seront prises en considération que pour la correction des examens ou concours ; elles n'ont pas à être étudiées dans les classes et encore moins à se substituer aux connaissances grammaticales et orthographiques que l'enseignement du français doit s'attacher à développer.

I. – Le verbe

1. Accord du verbe précédé de plusieurs sujets à peu près synonymes à la troisième personne du singulier juxtaposés :

La joie, l'allégresse s'empara (s'emparèrent) *de tous les spectateurs.*

L'usage veut que, dans ce cas, le verbe soit au singulier. On admettra l'accord du pluriel.

2.

2*a*. Accord du verbe précédé de plusieurs sujets à la troisième personne du singulier unis par *comme, ainsi que* et autres locutions d'emploi équivalent :

Le père comme le fils mangeaient *de bon appétit.*
Le père comme le fils mangeait *de bon appétit.*

L'usage admet, selon l'intention, l'accord au pluriel ou au singulier. On admettra l'un et l'autre accord dans tous les cas.

2*b*. Accord du verbe précédé de plusieurs sujets à la troisième personne du singulier unis par *ou* ou par *ni* :
Ni l'heure ni la saison ne conviennent *pour cette excursion.*
Ni l'heure ni la saison ne convient *pour cette excursion.*

> L'usage admet, selon l'intention, l'accord au pluriel ou au singulier.
> On admettra l'un et l'autre accord dans tous les cas.

3. Accord du verbe quand le sujet est un mot collectif accompagné d'un complément au pluriel :
À mon approche, une bande de moineaux s'envola.
À mon approche, une bande de moineaux s'envolèrent.

> L'usage admet, selon l'intention, l'accord avec le mot collectif ou avec le complément.
> On admettra l'un et l'autre accord dans tous les cas.

4. Accord du verbe quand le sujet est *plus d'un* accompagné ou non d'un complément au pluriel :
Plus d'un de ces hommes m'était *inconnu.*
Plus d'un de ces hommes m'étaient *inconnus.*

> L'usage admet, selon l'intention, l'accord au pluriel ou au singulier.
> On admettra l'un et l'autre accord dans tous les cas.

5. Accord du verbe précédé de *un des... qui, un de ceux que, une des... que, une de celles qui,* etc. :
La Belle au bois dormant est un des contes qui charment *les enfants.*
La Belle au bois dormant est un des contes qui charme *les enfants.*

> L'usage admet, selon l'intention, l'accord au pluriel ou au singulier.
> On admettra l'un et l'autre accord dans tous les cas.

6. Accord du présentatif *c'est* suivi d'un nom (ou d'un pronom de la troisième personne) au pluriel :
Ce sont *là de beaux résultats.*
C'est *là de beaux résultats.*
C'étaient *ceux que nous attendions.*
C'était *ceux que nous attendions.*

> L'usage admet l'accord au pluriel ou au singulier.

7. Concordance des temps :
J'avais souhaité qu'il vînt (qu'il vienne) *sans tarder.*
Je ne pensais pas qu'il eût oublié (qu'il ait oublié) *le rendez-vous.*
J'aimerais qu'il fût (qu'il soit) *avec moi.*
J'aurais aimé qu'il eût été (qu'il ait été) *avec moi.*

> Dans une proposition subordonnée au subjonctif dépendant d'une proposition dont le verbe est à un temps du passé ou au conditionnel, on admettra que le verbe de la subordonnée soit au présent quand la concordance stricte demanderait l'imparfait, au passé quand elle demanderait le plus-que-parfait.

8. Participe présent et adjectif verbal suivis d'un complément d'objet indirect ou d'un complément circonstanciel :
La fillette, obéissant *à sa mère, alla se coucher.*
La fillette, obéissante *à sa mère, alla se coucher.*
J'ai recueilli cette chienne errant *dans le quartier.*
J'ai recueilli cette chienne errante *dans le quartier.*

> L'usage admet que, selon l'intention, la forme en *-ant* puisse être employée sans accord comme forme du participe ou avec accord comme forme de l'adjectif qui lui correspond.
> On admettra l'un et l'autre emploi dans tous les cas.

9. Participe passé conjugué avec *être* dans une forme verbale ayant pour sujet *on* :
On est resté (restés) *bons amis.*

> L'usage veut que le participe passé se rapportant au pronom *on* se mette au masculin singulier. On admettra que ce participe prenne la marque du genre et du nombre lorsque *on* désigne une femme ou plusieurs personnes.

10. Participe passé conjugué avec *avoir* et suivi d'un infinitif :
Les musiciens que j'ai entendus (entendu) *jouer.*
Les airs que j'ai entendu (entendus) *jouer.*

> L'usage veut que le participe s'accorde lorsque le complément d'objet direct se rapporte à la forme conjuguée et qu'il reste invariable lorsque le complément d'objet direct se rapporte à l'infinitif.
> On admettra l'absence d'accord dans le premier cas. On admettra l'accord dans le second, sauf en ce qui concerne le participe passé du verbe *faire.*

11. Accord du participe passé conjugué avec *avoir* dans une forme verbale précédée de *en* complément de cette forme verbale :
J'ai laissé sur l'arbre plus de cerises que je n'en ai cueilli.
J'ai laissé sur l'arbre plus de cerises que je n'en ai cueillies.

> L'usage admet l'un et l'autre accord.

12. Participe passé des verbes tels que : *coûter, valoir, courir, vivre,* etc., lorsque ce participe est placé après un complément :
Je ne parle pas des sommes que ces travaux m'ont coûté (coûtées).
J'oublierai vite les peines que ce travail m'a coûtées (coûté).

> L'usage admet que ces verbes normalement intransitifs (sans accord du participe passé) puissent s'employer transitivement (avec accord) dans certains cas.
> On admettra l'un et l'autre emploi dans tous les cas.

13. Participes et locutions tels que *compris (y compris, non compris), excepté, ôté, étant donné, ci-inclus, ci-joint* :
13*a. Compris (y compris, non compris), excepté, ôté :*
J'aime tous les sports, excepté la boxe (exceptée la boxe).
J'aime tous les sports, la boxe exceptée (la boxe excepté).

> L'usage veut que ces participes et locutions restent invariables quand ils sont placés avant le nom avec lequel ils sont en relation et qu'ils varient quand ils sont placés après le nom.
> On admettra l'accord dans le premier cas et l'absence d'accord dans le second.

13*b. Étant donné :*
Étant données *les circonstances...*
Étant donné *les circonstances...*

> L'usage admet l'accord aussi bien que l'absence d'accord.

13*c. Ci-inclus, ci-joint :*
Ci-inclus (ci-incluse) *la pièce demandée.*
Vous trouverez ci-inclus (ci-incluse) *copie de la pièce demandée.*
Vous trouverez cette lettre ci-incluse.
Vous trouverez cette lettre ci-inclus.

> L'usage veut que *ci-inclus, ci-joint* soient :
> invariables en tête d'une phrase ou s'ils précèdent un nom sans déterminant ;
> variables ou invariables, selon l'intention, dans les autres cas.
> On admettra l'accord ou l'absence d'accord dans tous les cas.

II. – Le nom

14. Liberté du nombre.
14*a*.
De la gelée de groseille.
De la gelée de groseilles.
Des pommiers en fleur.
Des pommiers en fleurs.

L'usage admet le singulier et le pluriel.

14*b*.
Ils ont ôté leur chapeau.
Ils ont ôté leurs chapeaux.

L'usage admet, selon l'intention, le singulier et le pluriel. On admettra l'un et l'autre nombre dans tous les cas.

15. Double genre :
Instruits (instruites) *par l'expérience, les vieilles gens sont très prudents* (prudentes) : *ils* (elles) *ont vu trop de choses.*

L'usage donne au mot *gens* le genre masculin, sauf dans des expressions telles que : *les bonnes gens, les vieilles gens, les petites gens.* Lorsqu'un adjectif ou un participe se rapporte à l'une de ces expressions ou lorsqu'un pronom la reprend, on admettra que cet adjectif, ce participe, ce pronom soient, eux aussi, au féminin.

16. Noms masculins de titres ou de professions appliqués à des femmes :
Le français nous est enseigné par une dame. Nous aimons beaucoup ce professeur. Mais il (elle) *va nous quitter.*

Précédés ou non de *Madame*, ces noms conservent le genre masculin ainsi que leurs déterminants et les adjectifs qui les accompagnent. Quand ils sont repris par un pronom, on admettra pour ce pronom le genre féminin.

17. Pluriel des noms :
17*a*. Noms propres de personnes :
Les Dupont (Duponts). *Les Maréchal* (Maréchals).

On admettra que les noms propres de personnes prennent la marque du pluriel.

17*b*. Noms empruntés à d'autres langues :
Des maxima (des maximums). *Des sandwiches* (des sandwichs).

On admettra que, dans tous les cas, le pluriel de ces noms soit formé selon la règle générale du français.

III. – L'article

18. Article devant *plus, moins, mieux.*
Les idées qui paraissent les plus *justes sont souvent discutables.*
Les idées qui paraissent le plus *justes sont souvent discutables.*

Dans les groupes formés d'un article défini suivi de *plus, moins, mieux* et d'un adjectif ou d'un participe, l'usage admet que, selon l'intention, l'article varie ou reste invariable. On admettra que l'article varie ou reste invariable dans tous les cas.

IV. – L'adjectif numéral

19. *Vingt* et *cent* :
Quatre-vingt-dix (quatre vingts dix) *ans.*
Six cent trente-quatre (six cents trente quatre) *hommes.*
En mil neuf cent soixante-dix-sept (mille neuf cents soixante dix sept).

On admettra que *vingt* et *cent*, précédés d'un adjectif numéral à valeur de multiplicateur, prennent la marque du pluriel même lorsqu'ils sont suivis d'un autre adjectif numéral. Dans la désignation d'un millésime, on admettra la graphie *mille* dans tous les cas.
N.B. – L'usage place un trait d'union entre les éléments d'un adjectif numéral qui forment un ensemble inférieur à cent.
On admettra l'omission du trait d'union.

V. – L'adjectif qualificatif

20. *Nu, demi* précédant un nom :
Elle courait nu-pieds (nus pieds).
Une demi-heure (demie heure) *s'écoula*.

L'usage veut que *nu, demi* restent invariables quand ils précèdent un nom auquel ils sont reliés par un trait d'union.
On admettra l'accord.

21. Pluriel de *grand-mère, grand-tante*, etc. :
Des grand-*mères.*
Des grands-*mères.*

L'usage admet l'une et l'autre graphie.

22. *Se faire fort de... :*
Elles se font fort (fortes) *de réussir.*

On admettra l'accord de l'adjectif.

23. *Avoir l'air :*
Elle a l'air doux.
Elle a l'air douce.

L'usage admet que, selon l'intention, l'adjectif s'accorde avec le mot *air* ou avec le sujet du verbe *avoir.*
On admettra l'un et l'autre accord dans tous les cas.

VI. – Les indéfinis

24. *L'un et l'autre :*
24*a*. *L'un et l'autre* employé comme adjectif :
1. *J'ai consulté l'un et l'autre* document.
   J'ai consulté l'un et l'autre documents.
2. *L'un et l'autre document* m'a *paru intéressant.*
   L'un et l'autre document m'ont *paru intéressants.*

1. L'usage admet que, selon l'intention, le nom précédé de *l'un et l'autre* se mette au singulier ou au pluriel.
On admettra l'un et l'autre nombre dans tous les cas.
2. Avec le nom au singulier, l'usage admet que le verbe se mette au singulier ou au pluriel.

24*b*. *L'un et l'autre* employé comme pronom :
L'un et l'autre se taisait.
L'un et l'autre se taisaient.

L'usage admet que, selon l'intention, le verbe précédé de *l'un et l'autre* employé comme pronom se mette au singulier ou au pluriel.
On admettra l'un et l'autre nombre dans tous les cas.

25. *L'un ou l'autre, ni l'un ni l'autre :*
25*a*. *L'un ou l'autre, ni l'un ni l'autre* employés comme adjectifs :
L'un ou l'autre projet me convient.
L'un ou l'autre projet me conviennent.

Ni l'une ni l'autre idée ne m'inquiète.
Ni l'une ni l'autre idée ne m'inquiètent.

L'usage veut que le nom précédé de *l'un ou l'autre* ou de *ni l'un ni l'autre* se mette au singulier ; il admet que, selon l'intention, le verbe se mette au singulier ou au pluriel. On admettra, pour le verbe, l'un et l'autre accord dans tous les cas.

25*b*. *L'un ou l'autre, ni l'un ni l'autre* employés comme pronoms :
De ces deux projets, l'un ou l'autre me convient.
De ces deux projets, l'un ou l'autre me conviennent.
De ces deux idées, ni l'une ni l'autre ne m'inquiète.
De ces deux idées, ni l'une ni l'autre ne m'inquiètent.

L'usage admet que, selon l'intention, le verbe précédé de *l'un ou l'autre* ou de *ni l'un ni l'autre* employés comme pronoms se mette au singulier ou au pluriel. On admettra l'un et l'autre nombre dans tous les cas.

26. *Chacun :*
Remets ces livres chacun à sa place.
Remets ces livres chacun à leur place.

Lorsque *chacun*, reprenant un nom (ou un pronom de la troisième personne) au pluriel, est suivi d'un possessif, l'usage admet que, selon l'intention, le possessif renvoie à *chacun* ou au mot repris par *chacun*. On admettra l'un et l'autre tour dans tous les cas.

VII. – « Même » et « tout »

27. *Même :*
Dans les fables, les bêtes mêmes *parlent*.
Dans les fables, les bêtes même *parlent*.

Après un nom ou un pronom au pluriel, l'usage admet que *même*, selon l'intention, prenne ou non l'accord. On admettra l'une ou l'autre graphie dans tous les cas.

28. *Tout :*
28*a*. *Les proverbes sont de* tout *temps et de* tout *pays*.
Les proverbes sont de tous *temps et de* tous *pays*.

L'usage admet, selon l'intention, le singulier ou le pluriel.

28*b*. *Elle est toute* (tout) *à sa lecture*.

Dans l'expression *être tout à*..., on admettra que *tout*, se rapportant à un mot féminin, reste invariable.

28*c*. *Elle se montra tout* (toute) *étonnée*.

L'usage veut que *tout*, employé comme adverbe, prenne la marque du genre et du nombre devant un mot féminin commençant par une consonne ou un *h* aspiré et reste invariable dans les autres cas. On admettra qu'il prenne la marque du genre et du nombre devant un nom féminin commençant par une voyelle ou un *h* muet.

VIII. – L'adverbe « ne » dit explétif

29. *Je crains qu'il* ne *pleuve*.
Je crains qu'il pleuve.
L'année a été meilleure qu'on ne *l'espérait*.
L'année a été meilleure qu'on l'espérait.

L'usage n'impose pas l'emploi de *ne* dit explétif.

IX. – Accents

30. Accent aigu :
Assener (asséner) ; *referendum* (référendum).

Dans certains mots, la lettre *e*, sans accent aigu, est prononcée [*é*] à la fin d'une syllabe. On admettra qu'elle prenne cet accent – même s'il s'agit de mots d'origine étrangère – sauf dans les noms propres.

31. Accent grave :
Événement (évènement) ; *je céderai* (je cèderai).

Dans certains mots, la lettre *e* avec un accent aigu est généralement prononcée [*è*] à la fin d'une syllabe. On admettra l'emploi de l'accent grave à la place de l'accent aigu.

32. *Accent circonflexe :*
Crâne (crane) ; *épître* (épitre) ; *crûment* (crument).

On admettra l'omission de l'accent circonflexe sur les voyelles *a, e, i, o, u* dans les mots où ces voyelles comportent normalement cet accent, sauf lorsque cette tolérance entraînerait une confusion entre deux mots en les rendant homographes (par exemple : *tâche/tache ; forêt/foret ; vous dîtes/vous dites ; rôder/roder ; qu'il fût/il fut*).

X. – Trait d'union

33. *Arc-en-ciel* (arc en ciel) ; *nouveau-né* (nouveau né) ; *crois-tu ?* (crois tu ?) ; *est-ce vrai ?* (est ce vrai ?) ; *dit-on* (dit on) ; *dix-huit* (dix huit) ; *dix-huitième* (dix huitième) ; *par-ci, par-là* (par ci, par là).

Dans tous les cas, on admettra l'omission du trait d'union, sauf lorsque sa présence évite une ambiguïté *(petite-fille/petite fille)* ou lorsqu'il doit être placé avant et après le *t* euphonique intercalé à la troisième personne du singulier entre une forme verbale et un pronom sujet postposé *(viendra-t-il ?)*.

Observation

Dans les examens ou concours visés en tête de la présente liste, les correcteurs, graduant leurs appréciations selon le niveau de connaissances qu'ils peuvent exiger des candidats, ne compteront pas comme fautes graves celles qui, en dehors des cas mentionnés ci-dessus, portent sur de subtiles particularités grammaticales.

III - JOURNAL OFFICIEL DE LA RÉPUBLIQUE FRANÇAISE

Edition des documents administratifs, 6 décembre 1990, n° 100
Les rectifications de l'orthographe
Conseil Supérieur de la langue française

RAPPORT

INTRODUCTION

Dans son discours du 24 octobre 1989, le Premier ministre a proposé à la réflexion du Conseil supérieur cinq points précis concernant l'orthographe :
– le trait d'union ;
– le pluriel des mots composés ;
– l'accent circonflexe ;
– le participe passé des verbes pronominaux ;
– diverses anomalies.

C'est sur ces cinq points que portent les présentes propositions. Elles ne visent pas seulement l'orthographe du vocabulaire existant, mais aussi et surtout celle du vocabulaire à naître, en particulier dans les sciences et les techniques.

Présentées par le Conseil supérieur de la langue française, ces rectifications ont reçu un avis favorable de l'Académie française à l'unanimité, ainsi que l'accord du Conseil de la langue française du Québec et celui du Conseil de la langue de la Communauté française de Belgique.

Ces rectifications sont modérées dans leur teneur et dans leur étendue.

En résumé :

– le trait d'union : un certain nombre de mots remplaceront le trait d'union par la soudure (exemple : **portemonnaie** comme **portefeuille**) ;
– le pluriel des mots composés : les mots composés du type **pèse-lettre** suivront au pluriel la règle des mots simples (des **pèse-lettres**) ;
– l'accent circonflexe : il ne sera plus obligatoire sur les lettres **i** et **u**, sauf dans les terminaisons verbales et dans quelques mots (exemples : **qu'il fût, mûr**) ;
– le participe passé : il sera invariable dans le cas de **laisser** suivi d'un infinitif (exemple : **elle s'est laissé mourir**) ;
– les anomalies :
  - mots empruntés : pour l'accentuation et le pluriel, les mots empruntés suivront les règles des mots français (exemple : un **imprésario**, des **imprésarios**) ;
  - séries désaccordées : des graphies seront rendues conformes aux règles de l'écriture du français (exemple : **douçâtre**), ou à la cohérence d'une série précise (exemples : **boursouffler** comme **souffler, charriot** comme **charrette**).

Ces propositions sont présentées sous forme, d'une part, de règles d'application générale et de modifications de graphies particulières, destinées aux usagers et à l'enseignement, et, d'autre part, sous forme de recommandations à l'usage des lexicographes et des créateurs de néologismes.

Principes

La langue française, dans ses formes orales et dans sa forme écrite, est et doit rester le bien commun de millions d'êtres humains en France et dans le monde.

C'est dans l'intérêt des générations futures de toute la francophonie qu'il est nécessaire de continuer à apporter à l'orthographe des rectifications cohérentes et mesurées qui rendent son usage plus sûr, comme il a toujours été fait depuis le XVIIe siècle et comme il est fait dans la plupart des pays voisins.

Toute réforme du système de l'orthographe française est exclue : nul ne saurait affirmer sans naïveté qu'on puisse aujourd'hui rendre « simple » la graphie de notre langue, pas plus que la langue elle-même. Le voudrait-on, beaucoup d'irrégularités qui sont la marque de l'histoire ne pourraient être supprimées sans mutiler notre expression écrite.

Les présentes propositions s'appliqueront en priorité dans trois domaines : la création de mots nouveaux, en particulier dans les sciences et les techniques, la confection des dictionnaires, l'enseignement.

Autant que les nouveaux besoins de notre époque, le respect et l'amour de la langue exigent que sa créativité, c'est-à-dire son aptitude à la néologie, soit entretenue et facilitée : il faut pour cela que la graphie des mots soit orientée vers plus de cohérence par des règles simples.

Chacun sait la confiance qu'accordent à leurs dictionnaires non seulement écrivains, journalistes, enseignants, correcteurs d'imprimerie et autres professionnels de l'écriture, mais plus généralement tous ceux, adultes ou enfants, qui écrivent la langue française. Les lexicographes, conscients de cette responsabilité, jouent depuis quatre siècles un rôle déterminant dans l'évolution de l'orthographe : chaque nouvelle édition des dictionnaires faisant autorité enregistre de multiples modifications des graphies, qui orientent l'usage autant qu'elles le suivent. Sur de nombreux points, les présentes propositions entérinent les formes déjà données par des dictionnaires courants. Elles s'inscrivent dans cette tradition de réfection progressive et permanente. Elles tiennent compte de l'évolution naturelle de l'usage en cherchant à lui donner une orientation raisonnée et elles veillent à ce que celle-ci soit harmonieuse.

L'apprentissage de l'orthographe du français continuera à demander beaucoup d'efforts, même si son enseignement doit être rendu plus efficace. L'application des règles par les enfants (comme par les adultes) sera cependant facilitée puisqu'elles gagnent en cohérence et souffrent moins d'exceptions. L'orthographe bénéficiera d'un regain d'intérêt qui devrait conduire à ce qu'elle soit mieux respectée, et davantage appliquée.

À l'heure où l'étude du latin et du grec ne touche plus qu'une minorité d'élèves, il paraît nécessaire de rappeler l'apport de ces langues à une connaissance approfondie de la langue française, de son histoire et de son orthographe et par conséquent leur utilité pour la formation des enseignants de français. En effet, le système graphique du français est essentiellement fondé sur l'histoire de la langue, et les présentes rectifications n'entament en rien ce caractère.

Au-delà même du domaine de l'enseignement, une politique de la langue, pour être efficace, doit rechercher la plus large participation des acteurs de la vie sociale, économique, culturelle, administrative. Comme l'a déclaré le Premier ministre, il n'est pas question de légiférer en cette matière. Les édits linguistiques sont impuissants s'ils ne sont pas soutenus par une ferme volonté des institutions compétentes et s'ils ne trouvent pas dans le public un vaste écho favorable. C'est pourquoi ces propositions sont destinées à être enseignées aux enfants – les graphies rectifiées devenant la règle, les anciennes demeurant naturellement tolérées ; elles sont recommandées aux adultes, et en particulier à tous ceux qui pratiquent avec autorité, avec éclat, la langue écrite, la consignent, la codifient et la commentent.

On sait bien qu'il est difficile à un adulte de modifier sa façon d'écrire. Dans les réserves qu'il peut avoir à adopter un tel changement, ou même à l'accepter dans l'usage des générations montantes, intervient un attachement esthétique, voire sentimental, à l'image familière de certains mots. L'élaboration des présentes propositions a constamment pris en considération, en même temps que les arguments proprement linguistiques, cet investissement affectif. On ne peut douter pourtant que le même attachement pourra plus tard être porté aux nouvelles graphies proposées ici, et que l'invention poétique n'y perdra aucun de ses droits, comme on l'a vu à l'occasion des innombrables modifications intervenues dans l'histoire du français.

Le bon usage a été le guide permanent de la réflexion. Sur bien des points il est hésitant et incohérent, y compris chez les plus cultivés. Et les discordances sont nombreuses entre les dictionnaires courants, ne permettant pas à l'usager de lever ses hésitations. C'est sur ces points que le Premier ministre a saisi en premier lieu le Conseil supérieur, afin d'affermir et de clarifier les règles et les pratiques orthographiques.

Dans l'élaboration de ces propositions, le souci constant a été qu'elles soient cohérentes entre elles et qu'elles puissent être formulées de façon claire et concise. Enfin, les modifications préconisées ici respectent l'apparence des textes (d'autant qu'elles ne concernent pas les noms propres) : un roman contemporain ou du siècle dernier doit être lisible sans aucune difficulté. Des évaluations informatiques l'ont confirmé de manière absolue.

Ces propositions, à la fois mesurées et argumentées, ont été acceptées par les instances qui ont autorité en la matière. Elles s'inscrivent dans la continuité du travail lexicographique effectué au cours des siècles depuis la formation du français moderne. Responsable de ce travail, l'Académie française a corrigé la graphie du lexique en 1694, 1718, 1740, 1762, 1798, 1835, 1878 et 1932-35. En 1975 elle a proposé une série de nouvelles rectifications, qui ne sont malheureusement pas passées dans l'usage, faute d'être enseignées et recommandées. C'est dans le droit-fil de ce travail que le Conseil a préparé ses propositions en sachant que dans l'histoire, des délais ont toujours été nécessaires pour que l'adoption d'améliorations de ce type soit générale.

En entrant dans l'usage, comme les rectifications passées et peut-être plus rapidement, elles contribueront au renforcement, à l'illustration et au rayonnement de la langue française à travers le monde.

I. – ANALYSES

1. *Le trait d'union*

Le trait d'union a des emplois divers et importants en français :

- des emplois syntaxiques : inversion du pronom sujet (*exemple :* **dit-il**), et libre coordination (*exemples :* la ligne **nord-sud**, le rapport **qualité-prix**). Il est utilisé aussi dans l'écriture des nombres, mais, ce qui est difficilement justifiable, seulement pour les numéraux inférieurs à cent (*exemple :* **vingt-trois**, mais **cent trois**). (Voir Règle 1.)
- des emplois lexicaux dans des mots composés librement formés (néologismes ou créations stylistiques, *exemple :* **train-train**) ou des suites de mots figées (*exemples :* **porte-drapeau, va-nu-pied**).

Dans ces emplois, la composition avec trait d'union est en concurrence, d'une part, avec la composition par soudure ou agglutination (*exemples :* **portemanteau, betterave**), d'autre part, avec le figement d'expressions dont les termes sont autonomes dans la graphie (*exemples :* **pomme de terre, compte rendu**).

Lorsque le mot composé contient un élément savant (c'est-à-dire qui n'est pas un mot autonome :

narco-, **poly-**, etc.), il est généralement soudé (*exemple :* **narcothérapie**) ou, moins souvent, il prend le trait d'union (*exemple :* **narco-dollar**). Si tous les éléments sont savants, la soudure est obligatoire (*exemple :* **narcolepsie**). Dans l'ensemble, il est de plus en plus net qu'on a affaire à un seul mot, quand on va de l'expression figée au composé doté de trait d'union, et au mot soudé.

Dans une suite de mots devenue mot composé, le trait d'union apparaît d'ordinaire :

a) Lorsque cette suite change de nature grammaticale (*exemple :* il intervient **à propos**, il a de l'**à-propos**). Il s'agit le plus souvent de noms (un **ouvre-boîte**, un **va-et-vient**, le **non-dit**, le **tout-à-l'égout**, un **après-midi**, un **chez-soi**, un **sans-gêne**). Ces noms peuvent représenter une phrase (*exemples :* un **laissez-passer**, un **sauve-qui-peut**, le **qu'en-dira-t-on**). Il peut s'agir aussi d'adjectifs (*exemple :* un décor **tape-à-l'œil**) ;

b) Lorsque le sens (et parfois le genre ou le nombre) du composé est distinct de celui de la suite de mots dont il est formé (*exemple :* un **rouge-gorge** qui désigne un oiseau). Il s'agit le plus souvent de noms (un **saut-de-lit**, un **coq-à-l'âne**, un **pousse-café**, un **à-coup**) dont certains sont des calques de mots empruntés (un **gratte-ciel**, un **franc-maçon**) ;

c) Lorsque l'un des éléments a vieilli et n'est plus compris (*exemples :* un **rez-de-chaussée**, un **croc-en-jambe**, à **vau-l'eau**). L'agglutination ou soudure implique d'ordinaire que l'on n'analyse plus les éléments qui constituent le composé dans des mots de formation ancienne (*exemples :* **vinaigre**, **pissenlit**, **chienlit**, **portefeuille**, **passeport**, **marchepied**, **hautbois**, **plafond**), etc. ;

d) Lorsque le composé ne respecte pas les règles ordinaires de la morphologie et de la syntaxe, dans des archaïsmes (la **grand-rue**, un **nouveau-né**, **nu-tête**) ou dans des calques d'autres langues **(surprise-partie, sud-américain)**.

On remarque de très nombreuses hésitations dans l'usage du trait d'union et des divergences entre les dictionnaires, ce qui justifie qu'on s'applique à clarifier la question, ce mode de construction étant très productif. On améliorera donc l'usage du trait d'union en appliquant plus systématiquement les principes que l'on vient de dégager, soit à l'utilisation de ce signe, soit à sa suppression par agglutination ou soudure des mots composés. (Voir Graphies 1, 2, 3 ; Recommandations 1, 2.)

2. *Les marques du nombre*

Les hésitations concernant le pluriel de mots composés à l'aide du trait d'union sont nombreuses. Ce problème ne se pose pas quand les termes sont soudés (*exemples :* un **portefeuille**, des **portefeuilles** ; un **passeport**, des **passeports**).

Bien que le mot composé ne soit pas une simple suite de mots, les grammairiens de naguère ont essayé de maintenir les règles de variation comme s'il s'agissait de mots autonomes, notamment :

- en établissant des distinctions subtiles : entre des **gardes-meubles** (hommes) et des **gardes-meubles** (lieux), selon une analyse erronée déjà dénoncée par Littré ; entre un **porte-montre** si l'objet ne peut recevoir qu'une montre, et un **porte-montres** s'il peut en recevoir plusieurs ;
- en se contredisant l'un l'autre, voire eux-mêmes, tantôt à propos des singuliers, tantôt à propos des pluriels : un **cure-dent**, mais un **cure-ongles** ; des **après-midi**, mais des **après-dîners**, etc.

De même que **mille-feuille** ou **millefeuille** (les deux graphies sont en usage) ne désigne pas mille (ou beaucoup de) feuilles, mais un gâteau, et ne prend donc pas d'**s** au singulier, de même le **ramasse-miettes** ne se réfère pas à des miettes à ramasser, ni à l'acte de les ramasser, mais à un objet unique. Dans un mot de ce type, le premier élément n'est plus un verbe (il ne se conjugue pas) ; l'ensemble ne constitue donc pas une phrase (décrivant un acte), mais un nom composé. Il ne devrait donc pas prendre au singulier la marque du pluriel. À ce nom doit s'appliquer la règle générale d'accord en nombre des noms : pas de marque au singulier, **s** ou **x** final au pluriel. (Voir Règle 2.)

3. *Le tréma et les accents*

3.1. Le tréma :

Le tréma interdit qu'on prononce deux lettres en un seul son (*exemple :* **lait** mais **naïf**). Il ne pose pas de problème quand il surmonte une voyelle prononcée (*exemple :* **maïs**), mais déroute dans les cas où il surmonte une voyelle muette (*exemple :* **aiguë**) : il est souhaitable que ces anomalies soient supprimées. De même l'emploi de ce signe doit être étendu aux cas où il permettra d'éviter des prononciations fautives (*exemples :* **gageure**, **arguer**). (Voir Graphies 4, 5)

3.2. L'accent grave ou aigu sur le *e* :

L'accent aigu placé sur la lettre **e** a pour fonction de marquer la prononciation comme «*e* fermé», l'accent grave comme «*e* ouvert». Il est nécessaire de rappeler ici les deux règles fondamentales qui régissent la quasi-totalité des cas :

Première règle :

La lettre *e* ne reçoit un accent aigu ou grave que si elle est en finale de la syllabe graphique : **é/tude** mais **es/poir**, **mé/prise** mais **mer/cure**, **inté/ressant** mais **intel/ligent**, etc.

Cette règle ne connaît que les exceptions suivantes :

- l'*s* final du mot n'empêche pas que l'on accentue la lettre *e* qui précède : **accès**, **progrès** (avec *s* non prononcé), **aloès**, **herpès** (avec *s* prononcé), etc. ;
- dans certains composés généralement de formation récente, les deux éléments, indépendamment de la coupe syllabique, continuent à être perçus chacun avec sa signification propre, et le premier porte l'accent aigu. *Exemples :* **télé/spectateur** (contrairement à **téles/cope**), **pré/scolaire** (contrairement à **pres/crire**), **dé/stabiliser** (contrairement à **des/tituer**), etc.

Deuxième règle :

La lettre *e* ne prend l'accent grave que si elle est précédée d'une autre lettre, et suivie d'une syllabe qui comporte un *e* muet. D'où les alternances : **aérer**, il **aère** ; **collège**, **collégien** ; **célèbre**, **célébrer** ; **fidèle**, **fidélité** ; **règlement**, **régulier** ; **oxygène**, **oxygéner**, etc. Dans les mots **échelon**, **élever**, etc., la lettre *e* n'est pas précédée d'une autre lettre.

À cette règle font exception : les mots formés à l'aide des préfixes **dé-** et **pré-** (se **démener**, **prévenir**, etc.) ; quelques mots, comme **médecin**, **ère** et **èche**.

L'application de ces régularités ne souffre qu'un petit nombre d'anomalies (*exemples :* un **événement**, je **considérerai**, **puissé-je**, etc.), qu'il convient de réduire. (Voir Règle 3 ; Graphies 6 ; 7 ; Recommandation 3.)

3.3 L'accent circonflexe :

L'accent circonflexe représente une importante difficulté de l'orthographe du français, et même l'usage des personnes instruites est loin d'être satisfaisant à cet égard.

L'emploi incohérent et arbitraire de cet accent empêche tout enseignement systématique ou historique. Les justifications étymologiques ou historiques ne s'appliquent pas toujours : par exemple, la disparition d'un *s* n'empêche pas que l'on écrive **votre**, **notre**, **mouche**, **moite**, **chaque**, **coteau**, **moutarde**, **coutume**, **mépris**, etc., et à l'inverse, dans **extrême** par exemple, on ne peut lui trouver aucune justification. Il n'est pas constant à l'intérieur d'une même famille : **jeûner**, **déjeuner** ; **côte**, **coteau** ; **grâce**, **gracieux** ; **mêler**, **mélange** ; **icône**, **iconoclaste**, ni même dans la conjugaison de certains verbes **(être**, **êtes**, **était**, **étant)**. De sorte que des mots dont l'histoire est tout à fait parallèle sont traités différemment : **mû**, mais **su**, **tu**, **vu**, etc ; **plaît**, mais **tait**.

L'usage du circonflexe pour noter une prononciation est loin d'être cohérent : **bateau**, **château** ; **noirâtre**, **pédiatre** ; **zone**, **clone**, **aumône** ; **atome**, **monôme**. Sur la voyelle *e*, le circonflexe n'indique pas, dans une élocution normale, une valeur différente de celle de l'accent grave (ou aigu dans quelques cas) : comparer il **mêle**, il **harcèle** ; **même**, **thème** ; **chrême**, **crème** ; **trêve**, **grève** ; **prêt**, **secret** ; **vêtir**, **vétille**. Si certains locuteurs ont le sentiment d'une différence phonétique entre *a* et *â*, *o* et *ô*, *è* ou *é* et *ê*, ces oppositions n'ont pas de réalité sur les voyelles *i* et *u* (comparer **cime**, **abîme** ; **haine**, **chaîne** ; **voûte**, **route**, **croûte** ; **huche**, **bûche** ; **bout**, **moût**, etc.). L'accent circonflexe, enfin, ne marque le timbre ou la durée des voyelles que dans une minorité des mots où il apparaît, et seulement en syllabe accentuée (tonique) ; les distinctions concernées sont elles-mêmes en voie de disparition rapide.

Certes, le circonflexe paraît à certains inséparable de l'image visuelle de quelques mots et suscite même des investissements affectifs (mais aucun adulte, rappelons-le, ne sera tenu de renoncer à l'utiliser).

Dès lors, si le maintien du circonflexe peut se justifier dans certains cas, il ne convient pas d'en rester à la situation actuelle : l'amélioration de la graphie à ce sujet passe donc par une réduction du nombre de cas où le circonflexe est utilisé. (Voir Règle 4 ; Recommandation 4.)

4. *Les verbes en* -eler *et* -eter

L'infinitif de ces verbes comporte un « *e* sourd », qui devient « *e* ouvert » dans la conjugaison devant une syllabe muette (*exemples :* **acheter**, **j'achète** ; **ruisseler**, **je ruisselle**).

Il existe deux procédés pour noter le « *e* ouvert » ; soit le redoublement de la consonne qui suit le *e* (*exemple :* **ruisselle**) ; soit le *e* accent grave, suivi d'une consonne simple (*exemple :* **harcèle**).

Mais, quant au choix entre ces deux procédés, l'usage ne s'est pas fixé, jusqu'à l'heure actuelle : parmi les verbes concernés, il y en a peu sur lesquels tous les dictionnaires sont d'accord. La graphie avec è présente l'avantage de ramener tous ces verbes au modèle de conjugaison de **mener** (il **mène**, elle **mènera**).

Quelques dérivés en **-ement** sont liés à ces verbes (*exemple :* **martèlement** ou **martellement**).

On mettra fin sur ce point aux hésitations, en appliquant une règle simple. (Voir Règle 5.)

5. *Le participe passé des verbes en emplois pronominaux*

Les règles actuelles sont parfois d'une application difficile et donnent lieu à des fautes, même chez les meilleurs écrivains.

Cependant, il est apparu aux experts que ce problème d'orthographe grammaticale ne pouvait être résolu en même temps que les autres difficultés abordées. D'abord il ne s'agit pas d'une question purement orthographique, car elle touche à la syntaxe et même à la prononciation. Ensuite il est impossible de modifier la règle dans les participes de verbes en emplois pronominaux sans modifier aussi les règles concernant les emplois non pronominaux : on ne peut séparer les uns des autres, et c'est l'ensemble qu'il faudrait retoucher. Il ne sera donc fait qu'une proposition, permettant de simplifier un point très embarrassant : le participe passé de **laisser** suivi d'un infinitif, dont l'accord est pour le moins incertain dans l'usage. (Voir Règle 6.)

6. *Les mots empruntés*

Traditionnellement, les mots d'emprunt s'intègrent à la graphie du français après quelque temps. Certains, malgré leur ancienneté en français, n'ont pas encore subi cette évolution.

6.1 Singulier et pluriel :

On renforcera l'intégration des mots empruntés en leur appliquant les règles du pluriel du français, ce qui implique dans certains cas la fixation d'une forme de singulier.

6.2. Traitement graphique :

Le processus d'intégration des mots empruntés conduit à la régularisation de leur graphie, conformément aux règles générales du français. Cela implique qu'ils perdent certains signes distinctifs « exotiques », et qu'ils entrent dans les régularités de la graphie française. On tiendra compte cependant du fait que certaines graphies étrangères, anglaises en particulier, sont devenues familières à la majorité des utilisateurs du français.

On rappelle par ailleurs que des commissions ministérielles de terminologie sont chargées de proposer des termes de remplacement permettant d'éviter, dans les sciences et techniques en particulier, le recours aux mots empruntés. (Voir Règle 7 ; Graphies 8, 9 ; Recommandations 4, 5, 7, 8, 9.)

7. *Les anomalies*

Les anomalies sont des graphies non conformes aux règles générales de l'écriture du français (*comme* **ign** dans **oignon**) ou à la cohérence d'une série précise. On peut classer celles qui ont été examinées en deux catégories :

7.1. Séries désaccordées :

Certaines graphies heurtent à la fois l'étymologie et le sentiment de la langue de chacun, et chargent inutilement l'orthographe de bizarreries, ce qui n'est ni esthétique, ni logique, ni commode. Conformément à la réflexion déjà menée par l'Académie sur cette question, ces points de détail seront rectifiés. (Voir Graphies 10, 11, 12, 13 ; Recommandation 6.)

7.2. Dérivés formés sur les noms qui se terminent par **-on** et **-an** :

La formation de ces dérivés s'est faite et se fait soit en doublant le *n* final du radical, soit en le gardant simple. L'usage, y compris celui des dictionnaires, connaît beaucoup de difficultés et de contradictions, qu'il serait utile de réduire.

Sur les noms en **-an** (une cinquantaine de radicaux), le *n* simple est largement prédominant dans l'usage actuel. Un cinquième des radicaux seulement redouble le *n* (pour seulement un quart environ de leurs dérivés).

Sur les noms en **-on** (plus de 400 radicaux, et trois fois plus de dérivés), la situation actuelle est plus complexe. On peut relever de très nombreux cas d'hésitation, à la fois dans l'usage et dans les dictionnaires. Selon qu'est utilisé tel ou tel suffixe, il peut exister une tendance prépondérante soit au *n* simple, soit au *n* double. On s'appuiera sur ces tendances quand elles existent pour introduire plus de régularité. (Voir Recommandation 10.)

II. RÈGLES

1. **Trait d'union** : on lie par des traits d'union les numéraux formant un nombre complexe, inférieur ou supérieur à cent.

Exemples : elle a **vingt-quatre** ans, cet ouvrage date de l'année **quatre-vingt-neuf**, elle a **cent-deux** ans, cette maison a **deux-cents** ans, il lit les pages **cent-trente-deux** et **deux-cent-soixante-et-onze**, il possède **sept-cent-mille-trois-cent-vingt-et-un francs**. (Voir Analyse 1.)

2. **Singulier et pluriel des noms composés comportant un trait d'union** : les noms composés d'un verbe et d'un nom suivent la règle des mots simples, et prennent la marque du pluriel seulement quand ils sont au pluriel, cette marque est portée sur le second élément.

Exemples : un **pèse-lettre**, des **pèse-lettres**, un **cure-dent**, des **cure-dent**, un **perce-neige**, des **perce-neiges**, un **garde-meuble**, des **garde-meubles** (sans distinguer s'il s'agit d'homme ou de lieu), un **abat-jour**, des **abat-jours**.

Il en va de même des noms composés d'une préposition et d'un nom. Exemples : un **après-midi**, des **après-midis**, un **après-ski**, des **après-skis**, un **sans-abri**, des **sans-abris**.

Cependant, quand l'élément nominal prend une majuscule ou quand il est précédé d'un article singulier, il ne prend pas de marque de pluriel. Exemples : des **prie-Dieu**, des **trompe-l'œil**, des **trompe-la-mort**. (Voir Analyse 2.)

3. **Accent grave** : conformément aux régularités décrites plus haut (Analyse 3.2) :

a) On accentue sur le modèle de **semer** les futurs et conditionnels des verbes du type **céder** : **je cèderai**, **je cèderais**, **j'allègerai**, **j'altèrerai**, **je considèrerai**, etc.

b) Dans les inversions interrogatives, la première personne du singulier en *e* suivie du pronom sujet **je** porte un accent grave : **aimè-je**, **puissè-je**, etc. (Voir Analyse 3.2 ; Graphies 6, 7 ; Recommandation 3.)

4. **Accent circonflexe** :

Si l'accent circonflexe placé sur les lettres *a, o* et *e,* peut indiquer utilement des distinctions de timbre (**mâtin** et **matin** ; **côte** et **cote** ; **vôtre** et **votre** ; etc), placé sur *i* et *u* il est d'une utilité nettement plus restreinte (**voûte** et **doute** par exemple ne se distinguent dans la prononciation que par la première consonne). Dans quelques terminaisons verbales (passé simple, etc.), il indique des distinctions morphologiques nécessaires. Sur les autres mots, il ne donne généralement aucune indication, excepté pour de rares distinctions de formes homographes.

En conséquence, on conserve l'accent circonflexe sur *a, e* et *o,* mais sur *i* et sur *u* il n'est plus obligatoire, excepté dans les cas suivants :

a) Dans la conjugaison, où il marque une terminaison :

Au passé simple (première et deuxième personnes du pluriel) :

nous **suivîmes**, nous **voulûmes**, comme nous **aimâmes** ;

vous **suivîtes**, vous **voulûtes**, comme vous **aimâtes**.

À l'imparfait du subjonctif (troisième personne du singulier) :

qu'il **suivît**, qu'il **voulût**, comme qu'il **aimât**.

Au plus-que-parfait du subjonctif, aussi nommé parfois improprement conditionnel passé deuxième forme (troisième personne du singulier) :

qu'il **eût suivi**, il **eût voulu**, comme qu'il **eût aimé**.

Exemples :

Nous **voulûmes** qu'il **prît** la parole ;

Il **eût** préféré qu'on le **prévînt**.

b) Dans les mots où il apporte une distinction de sens utile : **dû**, **jeûne**, les adjectifs **mûr** et **sûr**, et le verbe **croître** (étant donné que sa conjugaison est en partie homographe de celle du verbe **croire**). L'exception ne concerne pas les dérivés et les composés de ces mots (*exemple :* **sûr**, mais **sureté** ; **croître**, mais **accroitre**). Comme c'est déjà le cas pour **dû**, les adjectifs **mûr** et **sûr** ne prennent un accent circonflexe qu'au masculin singulier.

Les personnes qui ont déjà la maîtrise de l'orthographe ancienne pourront, naturellement, ne pas suivre cette nouvelle norme. (Voir Analyse 3.3 ; Recommandation 4.)

Remarques :

– cette mesure entraîne la rectification de certaines anomalies étymologiques, en établissant des régularités. On écrit désormais **mu** (comme déjà **su, tu, vu, lu**), **plait** (comme déjà **tait, fait**), **piqure**, **surpiqure** (comme déjà **morsure**), **traine**, **traitre**, et leurs dérivés (comme déjà **gaine**, **haine**, **faine**), et **ambigument**, **assidument**, **congrument**, **continument**, **crument**, **dument**, **goulument**, **incongrument**, **indument**, **nument** (comme déjà **absolument**, **éperdument**, **ingénument**, **résolument**) ;

– sur ce point comme sur les autres, aucune modification n'est apportée aux noms propres. On garde le circonflexe aussi dans les adjectifs issus de ces noms (exemples : **Nîmes**, **nîmois**.)

5. **Verbes en** -eler **et** -eter :

L'emploi du *e* accent grave pour noter le son « *e* ouvert » dans les verbes en **eler** et en **eter** est étendu à tous les verbes de ce type.

On conjugue donc, sur le modèle de **peler** et d'**acheter** : elle **ruissèle**, elle **ruissèlera**, j'**époussète**, j'**étiquète**, il **époussètera**, il **étiquètera**.

On ne fait exception que pour **appeler** (et **rappeler**) et **jeter** (et les verbes de sa famille), dont les formes sont les mieux stabilisés dans l'usage.

Les noms en **-ement** dérivés de ces verbes suivront la même orthographe : **amoncèlement**, **bossèlement**, **chancèlement**, **cisèlement**, **cliquètement**, **craquèlement**, **craquètement**, **cuvèlement**, **déni-**

vèlement, **ensorcèlement**, **étincèlement**, **grommèlement**, **martèlement**, **morcèlement**, **musèlement**, **nivèlement**, **ruissèlement**, **volètement**. (Voir Analyse 4.)

6. **Participe passé** : le participe passé de **laisser** *suivi d'un infinitif* est rendu invariable : il joue en effet devant l'infinitif un rôle d'auxiliaire analogue à celui de **faire**, qui est toujours invariable dans ce cas (avec l'auxiliaire **avoir** comme en emploi pronominal).

Le participe passé de **laisser** suivi d'un infinitif est donc invariable dans tous les cas, même quand il est employé avec l'auxiliaire **avoir** et même quand l'objet est placé avant le verbe. (Voir Analyse 5.)

Exemples :

Elle **s'est laissé mourir** (comme déjà elle **s'est fait maigrir**) ;
Elle **s'est laissé séduire** (comme déjà elle **s'est fait féliciter**) ;
Je les ai laissé partir (comme déjà **je les ai fait partir**) ;
La maison qu'elle **a laissé saccager** (comme déjà la maison qu'elle **a fait repeindre**).

7. **Singulier et pluriel des mots empruntés** : les noms ou adjectifs d'origine étrangère ont un singulier et un pluriel réguliers : un **zakouski**, des **zakouskis** ; un **ravioli**, des **raviolis** ; un **graffiti**, des **graffitis** ; un **lazzi**, des **lazzis** ; un **confetti**, des **confettis** ; un **scénario**, des **scénarios** ; un **jazzman**, des **jazzmans**, etc. On choisit comme forme du singulier la forme la plus fréquente, même s'il s'agit d'un pluriel dans l'autre langue.

Ces mots forment régulièrement leur pluriel avec un *s* non prononcé (*exemples :* des **matchs**, des **lands**, des **lieds**, des **solos**, des **apparatchiks**). Il en est de même pour les noms d'origine latine (*exemples :* des **maximums**, des **médias**). Cette proposition ne s'applique pas aux mots ayant conservé valeur de citation (*exemple :* des **mea culpa**).

Cependant, comme il est normal en français, les mots terminés par *s*, *x* et *z* restent invariables (*exemples :* un **boss**, des **boss** ; un **kibboutz**, des **kibboutz** ; un **box**, des **box**).

Remarque : le pluriel de mots composés étrangers se trouve simplifié par la soudure (*exemples :* des **covergirls**, des **bluejeans**, des **ossobucos**, des **weekends**, des **hotdogs**). (Voir Analyse 6 ; Graphies 8, 9 ; Recommandations 4, 5, 7, 8, 9.)

Tableau résumé des règles

NUMERO	ANCIENNE ORTHOGRAPHE	NOUVELLE ORTHOGRAPHE
1	vingt-trois, cent trois.	**vingt-trois, cent-trois.**
2	un cure-dents des cure-ongle. un cache-flamme(s) des cache-flamme(s).	**un cure-dent** **des cure-ongles.** **un cache-flamme** **des cache-flammes.**
3*a*	je céderai, j'allégerais.	**je cèderai, j'allègerais.**
3*b*	puissé-je, aimé-je.	**puissè-je, aimè-je.**
4	il plaît, il se tait. la route, la voûte.	**il plait, il se tait.** **la route, la voute.**
5	il ruisselle, amoncèle.	**il ruissèle, amoncèle.**
6	elle s'est laissée aller. elle s'est laissé appeler.	**elle s'est laissé aller.** **elle s'est laissé appeler.**
7	des jazzmen, des lieder.	**des jazzmans, des lieds.**

III. – GRAPHIES PARTICULIÈRES FIXÉES OU MODIFIÉES

Ces listes, restreintes, sont limitatives.

Il s'agit en général de mots dont la graphie est irrégulière ou variable ; on la rectifie, ou bien l'on retient la variante qui permet de créer les plus larges régularités. Certains de ces mots sont déjà donnés par un ou plusieurs dictionnaires usuels avec la graphie indiquée ici : dans ce cas, c'est une harmonisation des dictionnaires qui est proposée.

1. **Mots composés** : on écrit soudés les noms de la liste suivante, composés sur la base d'un élément verbal généralement suivi d'une forme nominale ou de « tout ».

Les mots de cette liste, ainsi que ceux de la liste B ci-après (éléments nominaux et divers), sont en général des mots anciens dont les composants ne correspondent plus au lexique ou à la syntaxe actuels (**chaussetrappe**) ; y figurent aussi des radicaux onomatopéiques ou de formation expressive

(piquenique, passepasse), des mots comportant des dérivés **(tirebouchonner)**, certains mots dont le pluriel était difficile (un **brisetout**, dont le pluriel devient des **brisetouts**, comme un **faitout**, des **faitouts**, déjà usité), et quelques composés sur **porte-**, dont la série compte plusieurs soudures déjà en usage (**portefaix**, **portefeuille**, etc.). Il était exclu de modifier d'un coup plusieurs milliers de mots composés, l'usage pourra le faire progressivement (Voir Analyse 1 ; Recommandations 1, 2.)

Liste A

arrachepied (d').
boutentrain.
brisetout.
chaussetrappe.
clochepied (à).
coupecoupe.
couvrepied.
crochepied.
croquemadame.
croquemitaine.
croquemonsieur.
croquemort.
croquenote.
faitout.
fourretout.
mangetout.
mêletout.
passepartout.
passepasse.
piquenique.
porteclé.
portecrayon.
portemine.
portemonnaie.
portevoix.
poucepied.
poussepousse.
risquetout.
tapecul.
tirebouchon.
tirebouchonner.
tirefond.
tournedos.
vanupied.

2. **Mots composés** : on écrit soudés également les noms de la liste suivante, composés d'éléments nominaux et adjectivaux. (Voir Analyse 1 ; Recommandations 1, 2.)

Liste B

arcboutant.
autostop.
autostoppeur, euse.
bassecontre.
bassecontriste.
bassecour.
bassecourier.
basselisse.
basselissier.
bassetaille.
branlebas.
chauvesouris.
chèvrepied.
cinéroman.
hautecontre.
hautelisse.
hautparleur.
jeanfoutre.
lieudit.
millefeuille.
millepatte.
millepertuis.
platebande.
potpourri.
prudhomme.
quotepart.
sagefemme.
saufconduit.
téléfilm.
terreplein.
vélopousse.
véloski.
vélotaxi.

3. **Onomatopées** : on écrit soudés les onomatopées et mots expressifs (de formations diverses) de la liste suivante (voir Analyse 1 ; Recommandations 1, 2.)

Liste C

blabla.
bouiboui.
coincoin.
froufrou.
grigri.
kifkif.
mélimélo.
pêlemêle
pingpong.
prêchiprêcha.
tamtam.
tohubohu.
traintrain.
troutrou.
tsétsé.

4. **Tréma** : dans les mots suivants, on place le tréma sur la voyelle qui doit être prononcée : **aigüe** (et dérivés, comme **suraigüe**, etc.), **ambigüe**, **exigüe**, **contigüe**, **ambigüité**, **exigüité**, **contigüité**, **cigüe**. Ces mots appliquent ainsi la règle générale : le tréma indique qu'une lettre *(u)* doit être prononcée (comme voyelle ou comme semi-voyelle) séparément de la lettre précédente *(g)*. (Voir Analyse 3.1)

5. **Tréma** : le même usage du tréma s'applique aux mots suivants où une suite **-gu-** ou **-geu-** conduit à des prononciations défectueuses (il **argue** prononcé comme il **nargue**). On écrit donc : il **argüe** (et toute la conjugaison du verbe **argüer**) ; **gageüre**, **mangeüre**, **rougeüre**, **vergeüre**. (Voir Analyse 3.1)

6. **Accents** : on munit d'un accent les mots de la liste suivante où il avait été omis, ou dont la prononciation a changé. (Voir Analyse 3.2 ; Règle 3 ; Recommandation 3.)

Liste D

asséner.	québecois.	réclusionnaire.
bélitre.	recéler.	réfréner.
bésicles.	recépage.	sèneçon.
démiurge.	recépée.	sénescence.
gélinotte.	recéper.	sénestre.

7. **Accents** : l'accent est modifié sur les mots de la liste suivante qui avaient échappé à la régularisation entreprise par l'Académie française aux XVIIIe et XIXe siècles, et qui se conforment ainsi à la règle générale d'accentuation. (Voir Analyse 3.2 ; Règle 3 ; Recommandation 3.)

Liste E

abrègement.	crèteler.	règlementaire.
affèterie.	crènelage.	règlementairement.
allègement.	crèneler.	règlementation.
allègrement.	crènelure.	règlementer
assèchement.	empiètement.	sècheresse.
cèleri.	évènement.	sècherie.
complètement (nom).	fèverole.	sènevé.
crèmerie.	hébètement.	vènerie

8. **Mots composés empruntés** : on écrit soudés les mots de la liste suivante, composés d'origine latine ou étrangère, bien implantés dans l'usage et qui n'ont pas valeur de citation. (Voir Analyse 6 ; Règle 7 ; Recommandations 4, 5, 7, 8, 9.)

Liste F

Mots d'origine latine
(employés comme noms – exemple : un **apriori**)

apriori.	exvoto.	vadémécum.
exlibris.	statuquo.	

Mots d'origine étrangère

baseball.	fairplay.	motocross.
basketball.	globetrotteur.	ossobuco.
blackout.	handball.	pipeline.
bluejean.	harakiri.	sidecar.
chichekébab.	hotdog.	striptease.
chowchow.	lockout.	volleyball.
covergirl.	majong.	weekend.
cowboy.		

9. **Accentuation des mots empruntés** : on munit d'accents les mots de la liste suivante, empruntés à la langue latine ou à d'autres langues, lorsqu'ils n'ont pas valeur de citation. (Voir Analyse 6 ; Règle 7 ; Recommandations 4, 5, 7, 8, 9.)

Liste G

Mots d'origine latine

artéfact.	jéjunum.	sénior.
critérium.	linoléum.	sérapéum.
déléatur.	média.	spéculum.
délirium trémens.	mémento.	tépidarium.
désidérata.	mémorandum.	vadémécum.
duodénum.	placébo.	vélarium.
exéat.	proscénium.	vélum.
exéquatur.	référendum.	véto.
facsimilé.	satisfécit.	

Mots empruntés à d'autres langues

allégretto.
allégro.
braséro.
candéla.
chébec.
chéchia.
cicérone.
condottière.
décrescendo.
diésel.
édelweiss.
imprésario.
kakémono.
méhalla.
pédigrée.
pérestroïka.
péséta.
péso.
piéta.
révolver.
séquoia.
sombréro.
téocalli.
trémolo.
zarzuéla.

10. **Anomalies** : des rectifications proposées par l'Académie (en 1975) sont repris, et sont complétées par quelques rectifications de même type. (Voir Analyse 7.)

Liste H

absout, absoute (participe, au lieu de *absous, absoute*).
appâts (au lieu de *appas*).
assoir, rassoir, sursoir (au lieu de *asseoir*, etc.) *(a)*.
bizut (au lieu de *bizuth*) *(b)*.
bonhommie (au lieu de *bonhomie*).
boursoufflement (au lieu de *boursouflement*).
boursouffler (au lieu de *boursoufler*).
boursoufflure (au lieu de *boursouflure*).
cahutte (au lieu de *cahute*).
charriot (au lieu de *chariot*).
chaussetrappe (au lieu de *chausse-trape*).
combattif (au lieu de *combatif*).
combattivité (au lieu de *combativité*).
cuisseau (au lieu de *cuissot*).
déciller (au lieu de *dessiller*) *(c)*.
dissout, dissoute (au lieu de *dissous, dissoute*).
douçâtre (au lieu de *douceâtre*) *(d)*.
embattre (au lieu de *embatre*).
exéma (au lieu de *eczéma*) et ses dérivés *(e)*.
guilde (au lieu de *ghilde*, graphie d'origine étrangère).
homéo- (au lieu de *homoeo-*).
imbécilité (au lieu de *imbécillité*).
innommé (au lieu de *innomé*).
levreau (au lieu de *levraut*).
nénufar (au lieu de *nénuphar*) *(f)*.
ognon (au lieu de *oignon*).
pagaille (au lieu de *pagaïe, pagaye*) *(g)*.
persifflage (au lieu de *persiflage*).
persiffler (au lieu de *persifler*).
persiffleur (au lieu de *persifleur*).
ponch (boisson, au lieu de *punch*) *(h)*.
prudhommal (avec soudure) (au lieu de *prud'homal*).
prudhommie (avec soudure) (au lieu de *prud'homie*).
relai (au lieu de *relais*) *(i)*.
saccarine (au lieu de *saccharine*) et ses nombreux dérivés.
sconse (au lieu de *skunks*) *(j)*.
sorgo (au lieu de *sorgho*, graphie d'origine étrangère).
sottie (au lieu de *sotie*).
tocade (au lieu de *toquade*).
ventail (au lieu de *vantail*) *(k)*.

Notes :

(a) Le *e* ne se prononce plus. L'Académie française écrit déjà **j'assois** (à côté de **j'assieds**), **j'assoirai**, etc. (mais **je surseoirai**). **Assoir** s'écrit désormais comme **voir** (ancien français **veoir**), **choir** (ancien français **cheoir**), etc.

(b) À cause de **bizuter, bizutage**.

(c) À rapprocher de **cil**. Rectification d'une ancienne erreur d'étymologie.
(d) **Cea** est une ancienne graphie rendue inutile par l'emploi de la cédille.
(e) La suite **cz** est exceptionnelle en français. **Exéma** comme **examen**.
(f) Mot d'origine arabo-persane. L'Académie a toujours écrit **nénufar**, sauf dans la huitième édition (1932-1935).
(g) Des trois graphies de ce mot, celle-ci est la plus conforme aux règles et la moins ambiguë.
(h) Cette graphie évite l'homographie avec **punch** (coup de poing) et l'hésitation sur la prononciation.
(i) Comparer **relai-relayer**, avec **balai-balayer**, **essai-essayer**, etc.
(j) Des sept graphies qu'on trouve actuellement, celle-ci est la plus conforme aux règles et la moins ambiguë.
(k) À rapprocher de **vent** ; rectification d'une ancienne erreur d'étymologie.

11. **Anomalies** : on écrit en **-iller** les noms suivants anciennement en **-illier**, où le *i* qui suit la consonne ne s'entend pas (comme **poulailler**, **volailler**) **joailler**, **marguiller**, **ouillère**, **quincailler**, **serpillère**. (Voir Analyse 7.)

12. **Anomalies** : on écrit avec un seul *l* (comme **bestiole**, **camisole**, **profiterole**, etc.) les noms suivants : **barcarole**, **corole**, **fumerole**, **girole**, **grole**, **guibole**, **mariole**, et les mots moins fréquents : **bouterole**, **lignerole**, **muserole**, **rousserole**, **tavaïole**, **trole**. Cette terminaison se trouve ainsi régularisée, à l'exception de **folle**, **molle**, de **colle** et de ses composés. (Voir Analyse 7.)

13. **Anomalies** : le *e* muet n'est pas suivi d'une consonne double dans les mots suivants, qui rentrent ainsi dans les alternances régulières (*exemples :* **lunette**, **lunetier**, comme **noisette**, **noisetier** ; **prunelle**, **prunelier** comme **chamelle**, **chamelier**, etc.) : **interpeler** (au lieu de *interpeller*) ; **dentelière** (au lieu de *dentellière*) ; **lunetier** (au lieu de *lunettier*) ; **prunelier** (au lieu de *prunellier*). (Voir Analyse 7.)

Liste des graphies rectifiées

abrègement.
absout.
affèterie.
aigüe.
allègement.
allègrement.
allégretto.
allégro.
ambigüe.
ambigüité.
appâts.
apriori.
arcboutant.
argüer.
arrachepied (d').
artéfact.
assèchement.
asséner.
assoir.
autostop.
autostoppeur, euse.
barcarole.
baseball.
basketball.
bassecontre.
bassecontriste.
bassecour.
bassecourier.
basselisse.
basselissier.
bassetaille.
bélitre.
bésicles.
bizut.
blabla.
blackout.
bluejean.
bonhommie.
bouiboui.
boursoufflement.
boursouffler.
boursoufflure.
boutentrain.
bouterole.
branlebas.
braséro.
brisetout.
cahutte.
candéla.
cèleri.
charriot.
chaussetrappe.
chauvesouris.
chébec.
chéchia.
chèvrepied.
chichekébab.
chowchow.
cicérone.
cigüe.
cinéroman.
clochepied (à).
coincoin.
combattif.
combattivité.
complètement.
condottière.
contigüe.
contigüité.
corole.
coupecoupe.
couvrepied.
covergirl.
cowboy.
crèmerie.
crènelage.
crèneler.
crènelure.
crèteler.
critérium.
crochepied.
croquemadame.
croquemitaine.
croquemonsieur.
croquemort.
croquenote.
cuisseau.
déciller.
décrescendo.
déléatur.
délirium trémens.
démiurge.
dentelière.
désidérata.
diésel.
dissout.
douçâtre.
duodénum.
édelweiss.
embattre.
empiètement.
évènement.
exéat.
exéma.
exéquatur.
exigüe.
exigüité.
exlibris.
exvoto.
facsimilé.
fairplay.
faitout.
fèverole.
fourretout.
froufrou.
fumerole.
gageüre.
gélinotte.
girole.
globetrotteur.
grigri.
grole.
guibole.
guilde.

handball.
harakiri.
hautecontre.
hautelisse.
hautparleur.
hébètement.
homéo-.
hotdog.
imbécilité.
imprésario.
innommé.
interpeler.
jeanfoutre.
jéjunum.
joailler.
kakémono.
kifkif.
levreau.
lieudit.
lignerole.
linoléum.
lockout.
lunetier.
majong.
mangetout.
mangeüre.
marguiller.
mariole.
média.
méhalla.
mêletout.
mélimélo.
mémento.
mémorandum.
millefeuille.
millepatte.
millepertuis.
motocross.
muserole.
nénufar.
ognon.
ossobuco.
ouillère.
pagaille.
passepartout.
passepasse.
pédigrée.
pêlemêle.
pérestroïka.
persifflage.
persiffler.
pesiffleur.
péséta.
péso.
piéta.
pingpong.
pipeline.
piquenique.
placébo.
platebande.
ponch.
porteclé.
portecrayon.
portemine.
portemonnaie.
portevoix.
potpourri.
poucepied.
poussepousse.
prêchiprêcha.
proscénium.
prudhommal.
prudhomme.
prudhommie.
prunelier.
québecois.
quincailler.
quotepart.
rassoir.
recéler.
recépage.
récépée.
recéper.
réclusionnaire.
référendum.
réfréner.
règlementaire.
règlementairement.
règlementation.
règlementer.
relai.
révolver.
risquetout.
rougeüre.
rousserole.
saccarine.
sagefemme.
satisfécit.
saufconduit.
sconse.
sècheresse.
sècherie.
sèneçon.
sénescence.
sénestre.
sènevé.
sénior.
séquoia.
sérapéum.
serpillère.
sidecar.
sombréro.
sorgo.
sottie.
spéculum.
statuquo.
striptease.
suraigüe.
sursoir.
tamtam.
tapecul.
tavaïole.
téléfilm.
téocalli.
tépidarium.
terreplein.
tirebouchon.
tirebouchonner.
tirefond.
tocade.
tohubohu.
tournedos.
traintrain.
trémolo.
trole.
troutrou.
tsétsé.
vadémécum.
vanupied.
vélarium.
vélopousse.
véloski.
vélotaxi.
vélum.
vènerie.
ventail.
vergeüre.
véto.
volleyball.
weekend.
zarzuéla.

IV. – RECOMMANDATIONS AUX LEXICOGRAPHES ET CRÉATEURS DE NÉOLOGISMES

Les recommandations qui suivent ont pour but d'orienter l'activité des lexicographes et créateurs de néologismes de façon à améliorer l'harmonie et la cohérence de leurs travaux. **Elles ne sont pas destinées dans un premier temps à l'utilisateur, particulier ou professionnel, ni à l'enseignement.**

1. **Trait d'union** : le trait d'union pourra être utilisé notamment lorsque le nom composé est employé métaphoriquement : **barbe-de-capucin, langue-de-bœuf** (en botanique), **bonnet-d'évêque** (en cuisine et en architecture) ; mais on écrira **taille de guêpe** (il n'y a métaphore que sur le second terme), **langue de terre** (il n'y a métaphore que sur le premier terme), **langue de bœuf** (en cuisine, sans métaphore). (Voir Analyse 1.)

2. **Mots composés** : quant à l'agglutination, on poursuivra l'action de l'Académie française, en recourant à la soudure dans les cas où le mot est bien ancré dans l'usage et senti comme une seule unité lexicale. Cependant, on évitera les soudures mettant en présence deux lettres qui risqueraient de susciter des prononciations défectueuses ou des difficultés de lecture (1). (Voir Analyse 1.)

L'extension de la soudure pourra concerner les cas suivants :

a) Des noms composés sur la base d'un élément verbal suivi d'une forme nominale ou de *tout* (voir plus haut, liste A, les exemples dès maintenant proposés à l'usage général).

b) Des mots composés d'une particule invariable suivie d'un nom, d'un adjectif ou d'un verbe ; la tendance existante à la soudure sera généralisée avec les particules *contre, entre* quand elles sont utilisées comme préfixes, sur le modèle de *en, sur, supra,* et de la plupart des autres particules, qui sont déjà presque toujours soudées. L'usage de l'apostrophe sera également supprimé par la soudure.

Exemples : **contrechant** (comme **contrechamp**), **à contrecourant** (comme **à contresens**), **contrecourbe** (commme **contrechâssis**), **contrefeu** (comme **contrefaçon**), **contrespionnage** (comme **contrescarpe**), **contrappel** (comme **contrordre**), **entraide** (comme **entracte**), **entreligne** (comme **entrecôte**), **s'entrenuire** (comme **s'entrechoquer**), **s'entredévorer** (comme **s'entremanger**), etc.

c) Des noms composés au moyen des préfixes latins : *extra, intra, ultra, infra.*

Exemples : **extraconjugal** (comme **extraordinaire**), **ultrafiltration**, **infrasonore**, etc.

d) Des noms composés d'éléments nominaux et adjectivaux, devenus peu analysables aujourd'hui. Voir plus haut liste B, les exemples dès maintenant proposés à l'usage général.

e) Des mots composés à partir d'onomatopées ou similaires, sur le modèle de la liste C (voir plus haut).

f) Des noms composés d'origine latine ou étrangère, bien implantés dans l'usage, employés sans valeur de citation. Voir plus haut liste F, les exemples dès maintenant proposés à l'usage général.

g) Les nombreux composés sur éléments « savants » (en particulier en o). On écrira donc par exemple : **aéroclub**, **agroalimentaire**, **ampèreheure**, **audiovisuel**, **autovaccin**, **cardiovasculaire**, **cinéclub**, **macroéconomie**, **minichaine**, **monoatomique**, **néogothique**, **pneumohémorragie**, **psychomoteur**, **radioactif**, **rhinopharyngite**, **téléimprimeur**, **vidéocassette**, etc.

Remarque : le trait d'union est justifié quand la composition est libre, et sert précisément à marquer une relation de coordination entre deux termes (noms propres ou géographiques) : les relations **italo-françaises** (ou **franco-italiennes**), les contentieux **anglo-danois**, les mythes **gréco-romains**, la culture **finno-ougrienne**, etc.

3. **Accentuation des mots empruntés** : on mettra un accent sur des mots empruntés au latin ou à d'autres langues intégrés au français (*exemples :* **artéfact**, **braséro**), sauf s'ils gardent un caractère de citation (*exemple :* un **requiem**). Voir plus haut, liste G, les exemples dès maintenant proposés à l'usage général. Certains de ces mots sont déjà accentués dans des dictionnaires. (Voir Analyse 3.2 et 6 ; Règle 3 ; Graphies 6, 7.)

4. **Accentuation des mots empruntés et des néologismes** : on n'utilisera plus l'accent circonflexe dans la transcription d'emprunts, ni dans la création de mots nouveaux (sauf dans les composés issus de mots qui conservent l'accent). On peut par exemple imaginer un **repose-flute**, mais un **allume-dôme**, un **protège-âme**. (Voir Analyses 3.3 et 6 ; Règle 4.)

5. **Singulier et pluriel des noms empruntés** : on fixera le singulier et le pluriel des mots empruntés conformément à la règle 7 ci-dessus. (Voir Analyse 6 ; Règle 7 ; Graphies 8, 9.)

6. **Anomalies** : on mettra fin aux hésitations concernant la terminaison -otter ou -oter, en écrivant en **-otter** les verbes formés sur une base en **-otte** (comme **botter** sur **botte**) et en **-oter** les verbes formés sur une base en **-ot** (comme **garroter** sur **garrot**, **greloter** sur **grelot**) ou ceux qui comportent le suffixe verbal **-oter** (*exemples :* **baisoter**, **frisoter**, **cachoter**, **dansoter**, **mangeoter**, comme **clignoter**, **crachoter**, **toussoter**, etc.). Dans les cas où l'hésitation est possible, on ne modifiera pas la graphie (*exemples :* **calotter** sur **calotte** ou sur **calot**, **flotter** sur **flotte** ou sur **flot**, etc.), mais, en cas de diversité dans l'usage, on fixera la graphie sous la forme **-oter**. (Voir Analyse 7 ; Graphies 10, 11, 12, 13.)

Les dérivés suivront le verbe (*exemples :* **cachotier**, **grelotement**, **frisotis**, etc.)

7. **Emprunts** : on francisera dans toute la mesure du possible les mots empruntés en les adaptant à l'alphabet et à la graphie du français. Cela conduit à éviter les signes étrangers (diacritiques ou non) n'appartenant pas à notre alphabet (par exemple, *ä*), qui subsisteront dans les noms propres seulement. D'autre part, des combinaisons inutiles en français seront supprimées : **volapük** deviendra **volapuk**, **muesli** deviendra **musli** (déjà usité), **nirvâna** s'écrira **nirvana**, le *ö* pourra, selon la prononciation en français, être remplacé par *o* (**maelström** deviendra **maelstrom** déjà usité) ou *oe* (**angström** deviendra **angstroem**, déjà usité, **röstis** deviendra **roestis**, déjà usité). Bien que les emplois de *gl* italien et *ñ*, *ll* espagnols soient déjà familiers, on acceptera des graphies comme **tailiatelle** (tagliatelle), **paélia** (paella), **lianos** (llanos), **canyon** qui évitent une lecture défectueuse. (Voir Analyse 6 ; Graphies 8, 9.)

8. **Emprunts** : dans les cas où existent plusieurs graphies d'un mot emprunté, on choisira celle

qui est la plus proche du français (*exemples :* des **litchis**, un enfant **ouzbek**, un **bogie**, un **canyon**, du **musli**, du **kvas**, **cascher**, etc.). (Voir Analyse 6 ; Graphies 8, 9.)

9. **Emprunts** : le suffixe nominal **-er** des anglicismes se prononce tantôt comme dans **mer** (*exemples :* **docker**, **révolver**, **starter**) et plus souvent comme dans notre suffixe **-eur** (*exemples :* **leader**, **speaker**) ; parfois deux prononciations coexistent (*exemples :* **cutter**, **pull-over**, **scooter**). Lorsque la prononciation du **-er** (final) est celle de **-eur**, on préférera ce suffixe (*exemple :* **debatter** devient **débatteur**). La finale en **-eur** sera de règle lorsqu'il existe un verbe de même forme à côté du nom (*exemples :* **squatteur**, verbe **squatter** ; **kidnappeur**, verbe **kidnapper**, etc.). (Voir Analyse 6 ; Graphies 8, 9.)

10. **Néologie** : dans l'écriture de mots nouveaux dérivés de noms en **-an**, le *n* simple sera préféré dans tous les cas ; dans l'écriture de mots nouveaux dérivés de noms en **-on**, le *n* simple sera préféré avec les terminaisons suffixales commençant par *i, o* et *a*. On écrira donc, par exemple : **-onite**, **-onologie**, **-onaire**, **-onalisme**, etc. (Voir Analyse 7.)

Remarque générale. – Il est recommandé aux lexicographes, au-delà des rectifications présentées dans ce rapport et sur leur modèle, de privilégier, en cas de concurrence entre plusieurs formes dans l'usage, la forme la plus simple : forme sans circonflexe, forme agglutinée, forme en *n* simple, graphie francisée, pluriel régulier, etc.

(1) Il y a risque de prononciation défectueuse quand deux lettres successives peuvent être lues comme une seule unité graphique, comme les lettres *o* et *i*, *a* et *i*, *o* et *u*, *a* et *u*. Exemples : **génito-urinaire**, **extra-utérin**. Pour résoudre la difficulté, la terminologie scientifique préfère parfois le tréma au trait d'union (**radioïsotope**, sur le modèle de **coïncidence**). Toutefois l'Académie a estimé qu'on pouvait conserver le trait d'union en cas de contact entre deux voyelles (**contre-attaque**, ou **contrattaque** avec élision comme dans **contrordre**). De même elle a jugé utile le recours éventuel au trait d'union dans les mots formés de plus de deux composants, fréquents dans le vocabulaire scientifique. Par ailleurs, on rappelle que le *s* placé entre deux voyelles du fait de la composition se prononce sourd : **pilosébacé**, **sacrosaint**.

TABLEAU SYNOPTIQUE DES CORRESPONDANCES entre analyses, règles, graphies et recommandations			
Analyses	Règles	Graphies	Recommandations
1	1	1, 2, 3	1, 2
2	2		
3,1 3,2 3,3	3 4	4,5 6,7	3 4
4	5		
5	6		
6	7	8,9	4, 5, 7, 8, 9
7		10, 11, 12, 13	6, 10

Indications bibliographiques

BEAULIEUX (Ch.), *Histoire de l'orthographe française*, Paris, Champion, 1927.

BÉCHADE (H.), *Phonétique et morphologie du français moderne et contemporain*, Paris, Nathan, 1992.

BLANCHE-BENVENISTE (C.) et CHERVEL (A.), *L'orthographe*, Paris, Maspero, 1969.

CATACH (N.), *L'orthographe*, Que sais-je?, Paris, PUF, 1978.

« La bataille de l'orthographe aux alentours de 1900 », *Histoire de la langue française 1880-1914*, CNRS, 1985, p. 237-251.

L'orthographe française, Paris, Nathan, 1986.

Les délires de l'orthographe, Paris, Plon, 1989.

L'orthographe en débat, Paris, Nathan, 1991.

Dictionnaire historique de l'orthographe française sous la direction de N. Catach, Paris, Larousse, 1995.

COLIN (J.-P.), *Dictionnaire des difficultés du français*, Paris, Dictionnaires Le Robert, 1989.

DRILLON (J.), *Traité de la ponctuation française*, Paris, Gallimard, 1991.

DUBOIS (J.), *Grammaire structurale du français – le verbe*, Paris, Larousse, 1967.

DUPRÉ (P.), *Encyclopédie du bon français dans l'usage contemporain*, Paris, éditions de Trévise, 1972.

« Fantasmographie », *Eidôlon*, 1985, 26.

GAK (V.G.), *L'orthographe du français – Essai de description théorique et pratique*, Paris, SELAF, 1976.

GOOSSE (A.), *La « nouvelle » orthographe*, Paris, Duculot, 1991.

GREVISSE (M.), *Le bon usage*, 8e édition, Gembloux, Duculot, 1964.

Le bon usage, 12e édition refondue par André Goosse, Gembloux, Duculot, 1988.

Le livre de l'orthographe – Un dossier de « Lire » présenté par Bernard Pivot, Paris, Hatier, 1989.

PICOCHE (J.) et MARCHELLO-NIZIA (Ch.), *Histoire de la langue française*, Paris, Nathan, 1991.

SYNDICAT DES CORRECTEURS, *Trait d'union, anomalies et cætera*, Climats, 1991.

THIMONNIER (R.), *Code orthographique et grammatical*, Paris, Hatier, 1970.

THOMAS (A.), *Dictionnaire des difficultés de la langue française*, Paris, Larousse, 1971.

Table des articles

Édition 01
Dépôt Éditeur 4217-08/1997
ISBN 2-2531-3019-2
Composition réalisée par COMPOFAC - PARIS
Imprimé en Italie par G. Canale & C. S.p.A. - Borgaro T.se - Torino

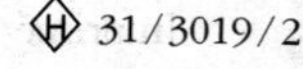
31/3019/2